조선시대 번역고소설 총서 ⑫

요 화 젼
瑤 華 傳

최길용 · 이재홍 · 김영 校註

이회문화사

이 저서는 2002년도 한국학술진흥재단(기초학문육성지원사업)의
지원에 의하여 연구되었음. (KRF-2002-071-AS3511)
This work was supported by Korea Research Foundation
Grant. (KRF-2002-071-AS3511)

머 리 말

『瑤華傳』 42회는 淸代 蘇州 사람 丁秉仁의 작으로 嘉慶 8年(1803)에 완성된 것이다.

그 줄거리는 숫여우 한 마리가 인간이 되기 위해 童女 89명을 해하여 그 元陰을 먹는 악행을 저지르던 중 劍仙 무애자에게 참수된 뒤, 다시 福王의 딸 瑤華로 환생하여 무애자에게 글과 무예를 익히고 득도하여 劍仙이 된다는 것으로 일종의 神魔小說이다. 그 주제는 숫여우가 음란을 일삼다가 목이 잘리고, 황음무도한 복왕의 딸로 태어나 시련을 겪으며, 끝내는 그 淫根을 끊어 자신에게 지워진 淫債를 갚고 득도한다는 내용의 '戒淫'에 있다. 따라서 이 작품 속에는 한 몸에 陰陽의 兩根을 갖고 亂淫하는 인물들이 등장하는가 하면 도처에 외설스런 표현들이 난무하고 있는 등, 당대 조선조 소설들이 보여주고 있는 도덕적 세계와는 매우 다른 세계를 그리고 있어, 한중소설의 차이를 이해하는데 상당한 도움을 얻을 수 있는 작품이다.

국내에는 1838년 濤音書屋刊本이 수입되어 奎章閣에 갊아 있는데, 中文 원전으로는 국내 유일본이다. 이 濤音書屋刊本은 같은 규장각에 소장된 한글 필사본 『요화젼』의 직접적인 번역 대본이었으리라 추측된다. 현재 『瑤華傳』의 한글 번역본은 규장각본(14권 7책)과 낙선재본(22권 22책) 등 2종이 있는데 둘 다 필사본이다. 규장각에 소장되어 있는 한글 필사본은 번역본 초고인 듯 부분적으로 지우거나 수정된 부분이 많이 눈에 띄는데, 이것은 누군가가 다른 독자나 또는 다른 轉寫本을 위해 수정을 가해놓은 것으로 보인다. 낙선재본은 바로 이 규장각본의 수정내용을 그대로 수용하여 궁체로 필사한 것이다.

번역시기는 선행본인 규장각본이 1838년 중국에서 간행된 도음서옥간본을 底本으로 하여 번역된 사실과 두 번역본(규장각본과 낙선재본)의 표기법이 대체로 19세기 후반에 나온 坊刻本소설들의 표기법과 유사한 점으로 미루어 19세기 후반, 특히 고종 21년(1884) 전후에 李鍾泰 등의 문사에 의해 번역되었을 가능성이 높다.

낙선재본 『요화젼』은 모두 22권 22책으로 되어 있는데, 각 권은 평균 100면 정도이고, 한 면은 9행이며, 매 행의 자수는 일정하지 않으나 대개 18자 내외로 되어 있다. 각 책의 크기는 27.8×19cm 이다.

『요화전』은 전체적으로 직역에 가까운 번역 양상을 띠고 있지만 다른 번역본들의 경우처럼 생략과 축역·의역도 빈번하게 이루어지고 있다. 또 각 회 머리의 開場詩와 끝의 評文 그리고 서사진행에 별 문제가 없는 詩들이나 일부 猥褻的인 부분들은 번역하지 않았다. 문체 면에서 보면 근대 중국어를 한국식 한자어로 바꿔놓는 식의 번역이 주가 되고 있으면서도 문장 가운데 근대 중국어를 그대로 노출시키고 있는 등 중국어의 직접 차용 예도 빈번하게 나타나고 있다.

본 교주본은 원문은 그대로 수록하되 띄어쓰기만은 대략 현행 표기에 맞추어 하였다. 그리고 자주 출현하는 인명과 지명은 원문과 대조하여 각 회 맨 처음에 한하여 괄호 안에 한자를 병기하였다.

원문이 훼손되어 잘 알 수 없는 글자에 대해서는 □으로 표기하였고, 전사하는 과정에서 잘못 표기된 글자에 대해서 [ ]의 형태로 병기하였다. 아울러 맨 뒤에는 원문을 영인해 수록하였다.

이 교주서는 2002년도 한국학술진흥재단의 기초학문육성지원사업(국학고전연구)의 일환으로 나오는 6책 가운데 맨 마지막 권임을 밝힌다.

최 길 용

2003년 12월 7일

차 례

낙선재본 《요화전瑤華傳》 표지

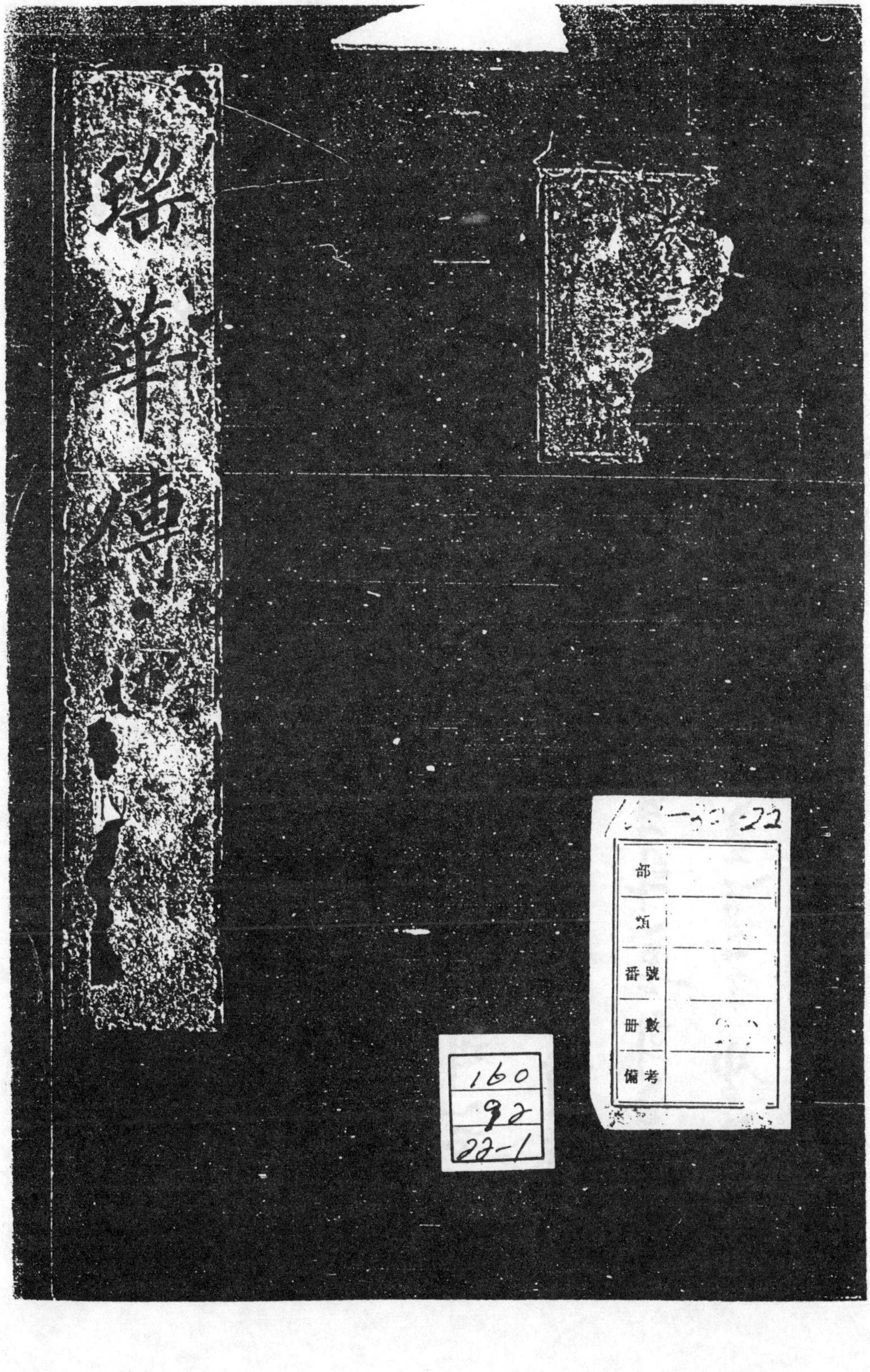

낙선재본 《요화전瑤華傳》 권지일 본문 첫면

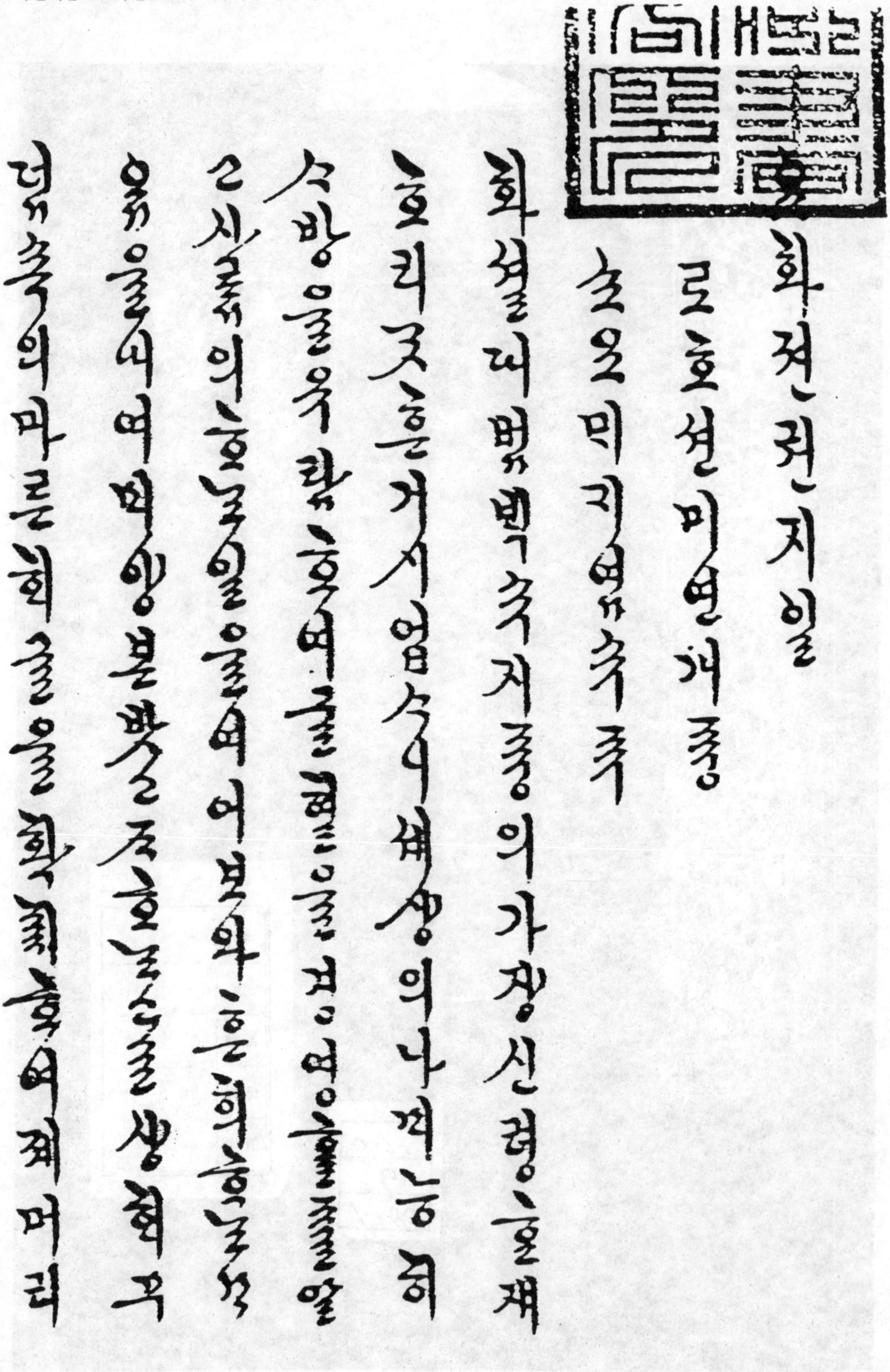
화젼권지일
로호션미연개죵

〔요화젼 瑤華傳 권지일 卷之一〕

1
로호션미연개즁 쇼요ᄆᆡᄀᆡ념슈쥬
老狐禪微言皆中 小妖魅改念受誅

【1】 화셜 대범 ᄇᆡᆨ슈지즁(百獸之中)의 가쟝 신령ᄒᆞᆫ 재 호리(狐狸) ᄀᆞᆺ흔 거시 업ᄉᆞ니 셰샹의 나ᄆᆡ 능히 ᄉᆞ방을 유람ᄒᆞ여 굴혈(窟穴)을 경영ᄒᆞᆯ 쥴 알고 사ᄅᆞᆷ의 ᄒᆞᄂᆞᆫ 일을 여어보와 흔희(忻喜)ᄒᆞᄂᆞᆫ ᄆᆞᄋᆞᆷ을 내여 ᄆᆡ양 본밧고ᄌᆞ ᄒᆞᄂᆞᆫ 고로 샹히 무덤 쇽의 마른 ᄒᆡ골을 확취(攫取)ᄒᆞ여 졔 머리 【2】의 언고 달을 바라보와 갓기ᄅᆞᆯ 구ᄒᆞ니 인도ᄒᆞ미 잇셔 그러ᄒᆞ미 아니라 대ᄀᆡ 그 텬셩이 ᄌᆞ연 그러ᄒᆞ미오 젹이 지각이 이시면 사ᄅᆞᆷ 아당ᄒᆞ기ᄅᆞᆯ ᄉᆡᆼ각ᄒᆞᄂᆞ니 황하슈(黃河水) 븍편의 더욱 만흔지라. 슈녀호[1]ᄂᆞᆫ 녀인을 호리고 암녀호ᄂᆞᆫ 남ᄌᆞᄅᆞᆯ 호리며 그 슈련호미 깁흔 쟈ᄂᆞᆫ 능히 사ᄅᆞᆷ의 형톄ᄅᆞᆯ 변환ᄒᆞ고 도ᄒᆡᆼ이 죡지 못ᄒᆞᆫ 쟈ᄂᆞᆫ 능히 사ᄅᆞᆷ의 몽ᄆᆡ(夢寐)ᄒᆞᄂᆞᆫ ᄯᆡᄅᆞᆯ 타셔 희롱ᄒᆞ여 셰월의 오ᄅᆡ면 맛ᄎᆞᆷ내 ᄇᆡᆨ쥬의 【3】 형톄ᄅᆞᆯ 변환ᄒᆞ여 교졉ᄒᆞᆷ과 슈응ᄒᆞᄂᆞᆫ 거시 ᄒᆞᆼ샹 사ᄅᆞᆷ으로 더브러 다르미 업더라.

드ᄅᆞ니 하븍(河北) 오ᄉᆡᆼ(五省)의 본젼(本錢)을 가지고 상고질ᄒᆞᄂᆞᆫ[2] 재 이시니 ᄋᆡᆨ이 져ᄌᆞ 가온ᄃᆡ셔 열인(閱人)ᄒᆞᆫ 사ᄅᆞᆷ이야 능히 분변ᄒᆞ여 알ᄃᆡ 다만 능히 ᄭᆡ쳐 니ᄅᆞ지 못ᄒᆞ며 혹 믈건 갑시 져앙(低昂)ᄒᆞ믈 주(籌) 노흐며 미리 년ᄉᆞ의 풍흉(豊凶)을 혜여 보ᄂᆞᆫ 이ᄅᆞᆯ 만나ᄆᆡ 말노 탐지ᄒᆞ여 보면 확실이 효험이 이시니 이ᄂᆞᆫ 덕ᄒᆡᆼ을 닷가 정도의 도라간 쟈오 그 버거ᄂᆞᆫ 【4】 오직 사ᄅᆞᆷ 호리기ᄅᆞᆯ 일숨다가 ᄆᆡ양 사ᄅᆞᆷ의 칙륵〔勅勒 축귀ᄒᆞᄂᆞᆫ 법〕ᄒᆞᄂᆞᆫ 법을 잘ᄒᆞᄂᆞᆫ 쟈의게 다다ᄅᆞ미 ᄆᆡ양 졔 ᄉᆡᆼ명을 샹ᄒᆞ며 ᄯᅩᄒᆞᆫ 가히 져당ᄒᆞ고 도망ᄒᆞᄂᆞᆫ 쟈도 잇셔 가히 그 ᄒᆡᆼ지(行止)ᄅᆞᆯ 측량치 못ᄒᆞᆯ지라.

강븍(江北) 막[박]쥬(亳州) ᄯᅡ히 안경(安慶) ᄯᅡ흘 련졉ᄒᆞ엿ᄂᆞᆫᄃᆡ 그 즁의 일좌 남산이 이시니 모다 놉흔 뫼와 깁흔 언덕이나 다만 황량ᄒᆞᆫ 산으로 쇼산(所産)은 업고 그 즁의 독샤 ᄆᆡᆼ호와 녀호 무리와 톳기 ᄯᅦ가 각각 그 죵류ᄅᆞᆯ 안돈ᄒᆞ고 【5】 이시니 렵포[호](獵戶)곳 아니면 니ᄅᆞᄂᆞᆫ 사ᄅᆞᆷ이 드무더라. 그 쇽ᄋᆡ 한ᄯᅦ 호리가 잇셔 가쟝 번셩ᄒᆞ다 니ᄅᆞᄂᆞᆫᄃᆡ 긔쳔ᄇᆡᆨ 년이 된 지 아지 못ᄒᆞᆯ지라. 도ᄒᆡᆼ을 닷가 잇ᄂᆞᆫ 쟈ᄂᆞᆫ 굴혈을 먼니 ᄯᅥ나 별노이 심산으로 드러가고 도를 닷가 널우지 못ᄒᆞᆫ 쟈ᄂᆞᆫ 원방을 유람ᄒᆞ라 가ᄂᆞᆫ 쟈도 이시며 젹이 지각이 잇셔 쟝ᄎᆞᆺ 슈련코져 ᄒᆞᄂᆞᆫ 쟈도 오히려 그 즁의 쳐ᄒᆞ여 잇고 망연이 지식이 업ᄂᆞᆫ 쟈ᄂᆞᆫ 그 슈를 혜지 못ᄒᆞᆯ지라. 음식을 도젹ᄒᆞ며 음 【6】 난을 방ᄌᆞ히 ᄒᆞ여 그 덧덧ᄒᆞᆫ 셩픔을 직흴 ᄯᅡ름이라.

무릇 산이 고원ᄒᆞ면 령슈(靈秀)ᄒᆞᆫ 긔운을 갓쵸지 아니미 업ᄉᆞ니 사ᄅᆞᆷ이 그 즁ᄋᆡ 쳐ᄒᆞ면 그 긔운이 사ᄅᆞᆷ의게 븟치련마ᄂᆞᆫ[3] 이 산은 쇼산

---

1) 【숫녀호】 명 숫여우. ¶ 雄狐 ‖ 숫여우 슈녀호ᄂᆞᆫ 녀인을 호리고 암녀호ᄂᆞᆫ 남ᄌᆞᄅᆞᆯ 호리며 (雄狐媚女人, 雌狐媚男子.) <瑤華 1:2>

2) 【상고질ᄒᆞ다】 동 {상고(商賈)질하다.} 장사하다. ¶ 賈 ‖ 드ᄅᆞ니 하븍 오ᄉᆡᆼ의 본젼을 가지고 상고질ᄒᆞᄂᆞᆫ 재이시니 ᄋᆡᆨ이 져ᄌᆞ 가온ᄃᆡ셔 열인ᄒᆞᆫ 사ᄅᆞᆷ이야 능히 분변ᄒᆞ여 알ᄃᆡ 다만 능히 ᄭᆡ쳐 니ᄅᆞ지 못ᄒᆞ며 (聞北五省, 有持本行賈者, 慣在市廛之經紀, 頗能辨識之, 只不可道破.) <瑤華 1:3>

3) 【븟치다】 동 부치다. ¶ 鍾 ‖ 무릇 산이 고원ᄒᆞ면 령슈ᄒᆞᆫ 긔운을 갓쵸지 아니미 업ᄉᆞ니 사ᄅᆞᆷ이 그 즁ᄋᆡ 쳐ᄒᆞ면 그 긔운이 사ᄅᆞᆷ의게 븟치련마ᄂᆞᆫ 이 산은 쇼산이 업ᄉᆞᄆᆞᆯ 인ᄒᆞ여 사ᄅᆞᆷ이 ᄀᆡ벽ᄒᆞ지 못ᄒᆞ므로 그 령슈ᄒᆞᆫ 긔운이 금슈의게 븟치여

이 업ᄉᆞ믈 인ᄒᆞ여 사ᄅᆞᆷ이 ᄀᆡ벽(開闢)ᄒᆞ지 못ᄒᆞ므로 그 령슈(靈秀)ᄒᆞᆫ 긔운이 금슈의게 븟치여 오직 호리가 가쟝 번셩ᄒᆞ니 져 긔쳔ᄇᆡᆨ 년 가온ᄃᆡ 몃 ᄀᆡ 녀호들이 슈련(修鍊)ᄒᆞᆫ 쥴을 알지 못ᄒᆞ고 다만 령슈ᄒᆞᆫ 긔운이 허다히 ᄲᅦ여나【7】므로 졈졈 쳔박ᄒᆞ여지고 도ᄅᆞᆯ 닐우ᄂᆞᆫ 재 더옥 닷글ᄉᆞ록 더옥 나아가나 근ᄅᆡ의ᄂᆞᆫ 져의 죵뉴 ᄉᆞᄉᆞ로 능히 슈ᄇᆡᆨ 년 젼 도ᄒᆡᆼ이 고심치ᄂᆞᆫ 못ᄒᆞ고 블과 쟝ᄎᆞᆺ 슈련(修煉)코져 ᄒᆞᄂᆞᆫᄃᆡ 그 즁 한 녀희 신고히 슈련ᄒᆞ여 지각을 어드ᄆᆡ 망연이 지식업ᄂᆞᆫ 류로 더브러 한가지로 굴혈의 쳐코져 아니ᄒᆞ여 쟝ᄎᆞᆺ 먼니 ᄯᅥ나 심곡(深谷)으로 드러가려 ᄒᆞ니 한 ᄢᅡᆼ ᄌᆞ웅(雌雄) 녀호가 잇셔 그 가고ᄌᆞ ᄒᆞ믈 보ᄆᆡ ᄯᅩᄒᆞᆫ 흠션ᄒᆞ여[4] 그 곡졀을 무ᄅᆞ니【8】져 쟝ᄎᆞᆺ 가려 ᄒᆞ던 녀희 니ᄅᆞᄃᆡ,

"ᄂᆡ 도ᄒᆡᆼ이 쳔박ᄒᆞ기로 가려 ᄒᆞᄂᆞᆫ 의ᄉᆞᄅᆞᆯ ᄂᆡ미니, '쳣지ᄂᆞᆫ 일즉 가마니 슈련ᄒᆞ여 진정기르믈 요구ᄒᆞ미오', '둘지ᄂᆞᆫ 일즉 드ᄅᆞ니 젼ᄇᆡ(前輩)의 로죠죵(老祖宗)이 여긔 잇셔 말ᄉᆞᆷᄒᆞ기ᄅᆞᆯ 슈ᄇᆡᆨ년 후로 격(隔)ᄒᆞ여 이 ᄉᆞ이의 겁슈(劫數)가 니ᄅᆞ리라' ᄒᆞ엿시니, 다만 아지 못게라 엇더ᄒᆞᆫ 겁슈며 가히 몃 ᄒᆡ 동안 일인지 가셔 무러 보려 ᄒᆞ노라."

"너의 무리가 만일 슈련ᄒᆞᄂᆞᆫ 법을 강구ᄒᆞ려 ᄒᆞ면 가히 날과 ᄀᆞᆺ【9】치 져곳의 니ᄅᆞ러 ᄒᆞᆫ 번 무ᄅᆞ면 가ᄅᆞ쳐 쥬지 아니ᄒᆞᆯ ᄂᆡ 업ᄉᆞ리라."

져 ᄌᆞ웅 녀희 드ᄅᆞᄆᆡ 심히 유리ᄒᆞ믈 ᄭᆡᄃᆞᆺ고 드ᄃᆡ여 동ᄒᆡᆼᄒᆞ여 앏흐로 갈ᄉᆡ, 져 몬져 가려 ᄒᆞ던 녀희 ᄯᅩ 니ᄅᆞᄃᆡ,

"나ᄂᆞᆫ 도슐을 어더 ᄒᆡᆼᄒᆞᄂᆞᆫ 법이 갓지 아니ᄒᆞ니 두리건ᄃᆡ 너의가 날을 ᄯᅡ라오지 못ᄒᆞᆯ지라. 내 몬져 말ᄒᆞᆯ 거시니 셔흐로 향ᄒᆞ여 바라고 가다가 ᄇᆡᆨ운(白雲)이 가쟝 놉흔 산 머리ᄅᆞᆯ 옹호ᄒᆞᆫ 곳이 우리들의 젼ᄇᆡ의 로죠죵이 슈련ᄒᆞᄂᆞᆫ 곳이니【10】너의 다만 올나가면 믄득 그곳이라."

ᄒᆞ고, 언파(言罷)의 공즁으로 올나 가니, 져 ᄌᆞ웅 량회(兩狐) 그 광경을 보ᄆᆡ 십분 흠모ᄒᆞ여 이의 슈도ᄒᆞᆯ ᄆᆞᄋᆞᆷ이 더옥 견고ᄒᆞ여 졍셩것 ᄯᅡ라 앏으로 가 멧 날을 가ᄂᆞᆫ 쥴을 아지 못ᄒᆞ더니, 일일은 임의 산하(山下)의 니ᄅᆞ러 우ᄒᆞᆯ 바라보니 대략이 ᄇᆡᆨ리(百里) 놉히나 되ᄂᆞᆫ지라, 져 량ᄀᆡ(兩個)들이 슈일을 헐식(歇食)ᄒᆞ고 겨유 모질믈 발ᄒᆞ여 올나가니, 진ᄀᆡ(眞個)[5] 텬신만고(千辛萬苦) ᄒᆞ여 산 우ᄒᆡ 니ᄅᆞ니, 과연 것구러져 가ᄂᆞᆫ 쵸옥(草屋)이【11】잇고 면젼의 형극(荊棘)이 한 길 놉히가 되어 가히 드러갈 로졍(路程)이 업ᄂᆞᆫ지라 두로 한 박회ᄅᆞᆯ 돌더니 다만 븍변 형극이 ᄡᅧᆫ바 바린 것 ᄀᆞᄐᆞ여 가히 몸을 용납ᄒᆞ여 드러갈만 ᄒᆞᆫ지라. ᄉᆡᆼ각ᄒᆞᄃᆡ 필연 몬져 온 그거시 발셔 와셔 드러갓다 ᄒᆞ고 드ᄃᆡ여 그 길노 조ᄎᆞ 졈졈 나아가더니 바야흐로 보니 늙은 녀회 도ᄉᆞ리고 쵸옥 아ᄅᆡ 안ᄌᆞᆺᄂᆞᆫᄃᆡ, 신톄ᄂᆞᆫ 도로혀 근본 형샹이고, 모ᄉᆡᆨ(毛色)이 슌흑(純黑)ᄒᆞᆫ 가온ᄃᆡ 흰 털이 나셔 오륙 촌(寸) 기ᄅᆡ나 되ᄂᆞᆫ지【12】라. 눈을 감고 가마니 안ᄌᆞᆺ시니 져 ᄌᆞ웅 량회(兩狐) 보고 즉시 ᄯᅡ히 업ᄃᆡ여 심즁의 의ᄉᆞᄅᆞᆯ 가져 빌며 한 ᄎᆞ례ᄅᆞᆯ 고ᄒᆞ니, 져 녀회 ᄭᆡ여나며 무ᄅᆞᄃᆡ,

"너의 량ᄀᆡ가 ᄂᆡ 후ᄃᆡ ᄌᆞ숀이 되ᄂᆞ냐."

져 ᄌᆞ웅 량회 답응(答應)ᄒᆞ니, 로회 니ᄅᆞᄃᆡ,

"너의 등이 방ᄌᆞ(方纔)[6] 고ᄒᆞ던 의ᄉᆞᄅᆞᆯ ᄂᆡ가 모다 아ᄂᆞᆫ디라. 다만 슈두〔修道〕ᄒᆞᄂᆞᆫ[7] 져

(凡山之高遠者, 無有不具靈秀之氣, 如人處其中, 則鍾於人, 此山因無所產, 無人開闢, 其靈秀之氣, 則鍾于禽獸矣.) <瑤華 1:6> 貼 ‖ 쳥문이 스ᄉᆞ로 거울의 비최여 두 태양혈 우ᄒᆡ 븟치거ᄂᆞᆯ (晴雯自拿着一面靶兒鏡子, 貼在兩太陽上.) <紅樓 52:26> ⇒ 브티다

4) 【흠션ᄒᆞ다】 [동] 흠선(欽羨)하다. ¶ 希冀 ‖ 쟝ᄎᆞᆺ 먼니 ᄯᅥ나 심곡으로 드러가려 ᄒᆞ니 한 ᄢᅡᆼ ᄌᆞ웅 녀호가 잇셔 그 가고ᄌᆞ ᄒᆞ믈 보ᄆᆡ ᄯᅩᄒᆞᆫ 흠션ᄒᆞ여 그 곡졀을 무ᄅᆞ니 (將欲遠離而入深谷. 尙有一雄一雌, 略有知識, 見其欲去, 亦有希冀之心, 叨其底蘊.) <瑤華 1:7>

5) 【진ᄀᆡ】 [부] {진개(眞箇).} 정말로. 참으로. ¶ 眞個 ‖ 겨유 모질믈 발ᄒᆞ여 올나가니 진ᄀᆡ 텬신만고ᄒᆞ여 산 우ᄒᆡ 니ᄅᆞ니 (眞個千辛萬苦, 方到得山頂, 果見有個倒敗的草棚, 面前的荊棘足有一丈多高, 無路徑可入.) <瑤華 1:10>

6) 【방ᄌᆞ】 [부] {방재(方纔fāngcái).} 방금. 금방. 중국어 차용어. ¶ 方纔 ‖ 너의 등이 방ᄌᆞ 고ᄒᆞ던 의ᄉᆞᄅᆞᆯ ᄂᆡ가 모다 아ᄂᆞᆫ디라 (你們方纔禱告的意思, 我都知道了.) <瑤華 1:12>

7) 【슈듀ᄒᆞ다】 [동] 수도(修道)하다. ¶ 修道 ‖ 다만 슈두ᄒᆞᄂᆞᆫ 져 일이 흐ᄅᆞᄂᆞᆫ 강믈 ᄀᆞᄐᆞ여 날마다 갈ᄉᆞ록 나져가ᄂᆞ니 (但是修道這件事, 也同江流之水, 日趨日下.) <瑤華 1:12>

일이 ᄒᆞᄅᆞᄂᆞᆫ 강믈 ᄀᆞᆺᄐᆞ여 날마다 갈ᄉᆞ록 나져가ᄂᆞ니, 긔록ᄒᆞ여 보면 우리 젼비ᄂᆞᆫ 도힝을 슈련ᄒᆞ미 심히 용이ᄒᆞ여 이제 신 【13】 션의 류의 드러가 일죽 임의 공을 일워고, 그 다음은 구각을 버셔 바리고 히외에 쇼요ᄒᆞᆯ 양이면 엇던 힝락이 되리오. 우리 등은 일반으로 신고ᄒᆞ고 슈련ᄒᆞ여 슈빅 년이 되나, 피모(皮毛)ᄭᆞ지 모다 능히 버셔 바리지 못ᄒᆞ니 후싱이 젼비와 갓지 못ᄒᆞᆫ지라. 내 싱각건ᄃᆡ 대텬셰계(大千世界)의 뎨일은 텬디인(天地人) 삼ᄌᆡ(三才)를 혬ᄒᆞᆯ 거시오, 뎨이ᄂᆞᆫ 룡봉(龍鳳)과 귀린(龜麟)의 ᄉᆞ령(四靈)을 혬ᄒᆞᆯ 거시오, 뎨삼은 우리 동류가 가쟝 령이(靈異)ᄒᆞ다 니ᄅᆞᆯ지라. 하ᄂᆞᆯ이 그 셩 【14】 픔을 부(付)ᄒᆞ여 쥬미 싱각지 아니ᄒᆞ여 어들 거시니 만일 셰상을 버셔나 가마니 슈련ᄒᆞ면 ᄉᆞᄉᆞ로 득도ᄒᆞ기가 쉬오련마ᄂᆞᆫ 근ᄅᆡ의 한 무리가 날마다 믈건을 도젹ᄒᆞ여 입의 맛ᄀᆞᆺ게[8] ᄒᆞ고 어려온 거ᄉᆞᆯ 두려워ᄒᆞ며 즐거온 거ᄉᆞᆯ 깃거ᄒᆞ고 모다 즘싱의 도의 버셔날 거ᄉᆞᆫ 싱각지 아니ᄒᆞᄂᆞᆫ 고로 슈련ᄒᆞ여 셩공ᄒᆞᆫ 쟤 젹고 륜회의 드러가ᄂᆞᆫ 쟤 만흐며, 만일 다시 악어(惡孽)ᄅᆞᆯ 지으량이면 다만 털을 닙고 ᄲᅤᆯ을 ᄶᅵᆯ ᄲᅳᆫ 아니라 능히 쟝ᄎᆞᆺ 고기와 【15】 식 즘싱의 화싱(化生)ᄒᆞᄂᆞᆫ 쇽의 드러가지 못ᄒᆞᆯ 거시니 엇지 가히 앗갑지 아니ᄒᆞ랴. 이졔 너의 무리 슈련ᄒᆞᄂᆞᆫ 공부 강론ᄒᆞ기ᄅᆞᆯ 요구ᄒᆞ면 ᄂᆡ 비록 말ᄒᆞ기ᄂᆞᆫ 심히 어려오나 도로혀 그 실샹은 용이ᄒᆞ니 그 법이 삼층(三層) 졀치(節次) 잇ᄂᆞ니라.”

ᄌᆞ웅 량회 니ᄅᆞᄃᆡ,

“아지 못게라 삼층 졀ᄎᆞᄅᆞᆯ 로죠죵(老祖宗)이 명빅히 교도(敎導)ᄒᆞ여 ᄌᆞ숀비(子孫輩)로 ᄒᆞ여곰 슈련ᄒᆞ미 쉽게 ᄒᆞᆷ을 요구ᄒᆞ노라.”

로회(老狐) 니ᄅᆞᄃᆡ,

“뎨일층은 다만 쳥고ᄒᆞᆫ 거ᄉᆞᆯ 격거내고 ᄆᆞᄋᆞᆷ이 번거ᄒᆞᆫ 거ᄉᆞᆯ 견 【16】 ᄃᆡ여 내ᄂᆞ니라.”

ᄌᆞ웅 량회 웃고 니ᄅᆞᄃᆡ,

“로죠죵의 말ᄉᆞᆷ이 우리가 너모 존귀ᄒᆞᆫ 양으로 니ᄅᆞ미로다. 우리가 엇지 쳥고ᄒᆞᆷ을 격거ᄂᆡ지 못ᄒᆞ며 번거ᄒᆞᆫ 거ᄉᆞᆯ 견ᄃᆡ지 못ᄒᆞ리오.”

로회 니ᄅᆞᄃᆡ,

“너의 량ᄀᆡ(兩個)가 ᄯᅩ 궤휼ᄒᆞᆫ 말을 ᄒᆞᄂᆞᆫ도다. 여등이 평일의 닭을 도젹ᄒᆞ며 톳기ᄅᆞᆯ 확취ᄒᆞ여 쥬린 거ᄉᆞᆯ 치오니 쳥고ᄒᆞᆫ 거ᄉᆞᆯ 격ᄂᆞᆫ다 니ᄅᆞ지 못ᄒᆞᆯ 거시오, 일ᄌᆡᆨ도 동즁(洞中)의 고요히 잇지 못ᄒᆞ고, 산으로 ᄲᅱ여 단니기ᄅᆞᆯ 싱각ᄒᆞ니, 번거ᄒᆞᆫ 거ᄉᆞᆯ 견ᄃᆡᆫ다 니ᄅᆞ 【17】 지 못ᄒᆞ리라.”

ᄌᆞ웅 량회 니ᄅᆞᄃᆡ,

“우리가 본ᄃᆡ 량식이 업ᄉᆞ니 마지 못ᄒᆞ여 닭을 도젹ᄒᆞ며 톳기ᄅᆞᆯ 취ᄒᆞ여 츙복ᄒᆞ고 한 번 먹은 후의 ᄯᅩ 먹을 거ᄉᆞᆯ ᄎᆞ지려 ᄒᆞ미 마지 못ᄒᆞ여 동즁의 나가 ᄎᆞ지라 단니ᄂᆞᆫ 거시니 이거시 ᄒᆞᆯ일업셔 ᄒᆞ미니라.”

로회 니ᄅᆞᄃᆡ,

“이러므로ᄡᅥ 너의가 능히 슈련ᄒᆞ지 못ᄒᆞᆯ 거시니, 만일 슈련ᄒᆞ기ᄅᆞᆯ 요구ᄒᆞ려 ᄒᆞ거든 몬져 살싱ᄒᆞᆷ을 경계ᄒᆞ고, 목마ᄅᆞ거든 바ᄅᆞᆷ을 먹으며, 니슬을 마시고, 쥬리거든 쟛 【18】 나무ᄅᆞᆯ 먹고 쇼나무ᄅᆞᆯ 숨키면 믄득 살싱ᄒᆞ여 젹악(積惡)ᄒᆞᄂᆞᆫ ᄃᆡ 니ᄅᆞ지 아닐 거시오, 한가ᄒᆞᆫ ᄯᅢ의 ᄆᆞᄋᆞᆷ을 편히ᄒᆞ며 긔운을 고요히 ᄒᆞ여야 능히 셩픔을 기ᄅᆞᄂᆞᆫ 거시오, 하로의 셰 번식ᄒᆞ고 ᄉᆞᄒᆞᆯ의 아홉 번ᄒᆞ면 ᄌᆞ연 신리(神理)가 통달ᄒᆞ여지고, 아오로 심법(心法)을 젼슈(傳授)치 아니ᄒᆞ여도 오직 셰월이 구원(久遠)ᄒᆞ면 번요(煩擾)ᄒᆞᆫ 거ᄉᆞᆯ 견ᄃᆡ여 내ᄂᆞ니라.”

ᄌᆞ웅 량회 니ᄅᆞᄃᆡ,

“다시 뎨이층을 가ᄅᆞ치기ᄅᆞᆯ 구ᄒᆞᄂᆞ니 엇지ᄒᆞ여야 구름의 드러가랴.”

로회 【19】 니ᄅᆞᄃᆡ,

“뎨이층은 ᄯᅩ 뎨일층의 비ᄒᆞ여 힘이 ᄃᆞᆯ니ᄂᆞᆫ 거시니 다만 긔여히 몸을 굽히고 ᄯᅳᆺ을 낫초며 셩픔을 견ᄃᆡ고 슈고ᄅᆞᆯ 바드며 ᄆᆞᄋᆞᆷ을 머믈너 일위 션진(仙眞)을 ᄎᆞᄌᆞ 스승을 삼아 셤겨 죵(從)ᄒᆞ며 ᄯᅳᆺ을 굽혀 봉승ᄒᆞ고 그 즐겨ᄒᆞᄂᆞᆫ ᄆᆞᄋᆞᆷ 엇기ᄅᆞᆯ 바라고 그 현묘ᄒᆞᆫ 거ᄉᆞᆯ 젼슈ᄒᆞ여 쥬믈 구ᄒᆞ며 다시 신고ᄒᆞᄂᆞᆫ 공부ᄅᆞᆯ 더ᄒᆞ여 그 귀로 니ᄅᆞ고 낫ᄎᆞ로 명ᄒᆞᆷ을 어드면 ᄉᆞᄉᆞ로 췌탁(揣度)ᄒᆞᄂᆞᆫ[9] ᄃᆡ 비ᄒᆞ미 필경은 드러가기 쉽고 ᄯᅩ

8) 【맛ᄀᆞᆺ-】 형 «맛ᄀᆞᆺ다» 맞다. 알맞다. ¶ 適 ‖ 근ᄅᆡ의 한 무리가 날마다 믈건을 도젹ᄒᆞ여 입의 맛ᄀᆞᆺ게 ᄒᆞ고 어려온 거ᄉᆞᆯ 두려워 ᄒᆞ며 즐거온 거ᄉᆞᆯ 깃거ᄒᆞ고 (無如近今一輩, 日惟竊物適口, 畏難喜樂.) <瑤華 1:14>

9) 【췌탁ᄒᆞ다】 동 {췌탁(揣度)하다.} 헤아리다. ¶ 揣摹 ‖ 그 귀로 니ᄅᆞ고 낫ᄎᆞ로 명ᄒᆞᆷ을 어드면 ᄉᆞᄉᆞ로 췌탁ᄒᆞᄂᆞᆫ ᄃᆡ 비ᄒᆞ미 필경은 드러가기 쉽고 (得其耳提面命, 較之自爲揣摹者, 究竟易入.)

법슐(法術)의 비유 【20】 ᄒᆞᆫ 거술 어드면 가히 뢰뎡(雷霆)의 지는 거술 면ᄒᆞ리라."

ᄌᆞ웅 량회 니ᄅᆞᄃᆡ,

"다만 아등의 형톄 루츄ᄒᆞ녀 신션이 즐겨 거두지 아닐 거시니 엇지 그리 ᄒᆞ리오."

로회 니ᄅᆞᄃᆡ,

"우리가 신션이 와셔 찻기ᄅᆞᆯ 기다리면 져 거ᄉᆞᆫ 반ᄃᆞ시 리치의 업ᄂᆞᆫ 일이니 그러므로ᄡᅥ ᄀᆡ여히 셩픔을 견ᄃᆡ고 슈고ᄅᆞᆯ 바드라 말ᄒᆞᆫ 거시니 내가 몸을 ᄲᅢ쳐 그 동부(洞府)의 나아가셔 엇지 감히 거두기ᄅᆞᆯ 바라리오. 모롬즉이 지휘ᄅᆞᆯ 기다리지 아니ᄒᆞ고 스ᄉᆞ로 힘을 다ᄒᆞ 【21】 며 독촉ᄒᆞ기ᄅᆞᆯ 번거히 아니ᄒᆞ여 그 규모ᄅᆞᆯ 직희면 져 신션이 엇지 무심ᄒᆞᆫ ᄌᆡ랴. 반ᄃᆞ시 측은히 너겨 졔도ᄒᆞ여 쥴 ᄆᆞᄋᆞᆷ을 둘 거시니 그 ᄡᅵ의 날마다 그 겻히 친근ᄒᆞ여 시ᄀᆞᆨ을 ᄯᅥ나지 아니ᄒᆞ면 엇지 거두지 아니ᄒᆞᆯ 리치(理致) 잇시랴. 너의 등(等)이 동명션사(洞冥仙師)의 버드나무 경ᄀᆡ가 잇셔 슈죵(隨從)ᄒᆞ엿단 말을 듯지못ᄒᆞ엿ᄂᆞ냐?"

ᄌᆞ웅 량회 니ᄅᆞᄃᆡ,

"져 말은 일즉 드럿거니와 도로혀 뎨삼층(第三層)을 일졔히 지시ᄒᆞ여 쥬믈 청ᄒᆞ노라."

로회 니ᄅᆞᄃᆡ,

"져 뎨삼 【22】 층은 우리 힝실의 버셔나지 못ᄒᆞᄂᆞ니 져거ᄉᆞᆫ 다만 방문좌도(旁門左道)라 혬ᄒᆞᆯ 거시니 다만 시졀을 어더 모롬즉이 공을 ᄡᅡᆺ고 힝실을 무으면[10] 가히 이젼 허믈을 덥ᄒᆞᆯ 거시니 ᄯᅩᄒᆞᆫ 블가ᄒᆞ미 되지 아닐지라. 만일 슛커ᄉᆞᆫ 일ᄇᆡᆨ개 동녀(童女)의 진음(眞陰)을 ᄎᆡ득(採得)ᄒᆞ여 나의 양ᄀᆡ(陽氣)ᄅᆞᆯ 보(補)ᄒᆞ면 ᄯᅩᄒᆞᆫ 능히 형톄ᄅᆞᆯ 변환ᄒᆞ여 ᄒᆡ탈이 될 거시오, 암커ᄉᆞᆫ 동남(童男)을 ᄎᆡ득ᄒᆞ기ᄅᆞᆯ ᄯᅩᄒᆞᆫ 이ᄀᆞᆺ치 ᄒᆞᆯ 거시로ᄃᆡ 다만 보다 졍도ᄂᆞᆫ 아니오, ᄯᅩ 셩명[生命]이 호흡ᄒᆞᆯ ᄉᆞ이의 이실 【23】 거시니 가히 방비 아니치 못ᄒᆞ리라."

웅회(雄狐) 니ᄅᆞᄃᆡ,

"동녀 ᄀᆞᆺ튼 거시 무ᄉᆞᆷ 슈단이 잇셔 셩명의 근심이 잇다 ᄒᆞᄂᆞ뇨?"

로회 니ᄅᆞᄃᆡ,

"동녀ᄂᆞᆫ 본ᄃᆡ 슈단이 업ᄉᆞ나 다만 스ᄉᆞ로 부형배(父兄輩) 잇셔 보호ᄒᆞᆯ 거시니 만일 알고 ᄭᆡ다ᄅᆞ미 되면 엇지 즐겨 임치ᄒᆞ리오.[11] 반ᄃᆞ시 도슐 잇ᄂᆞᆫ 사ᄅᆞᆷ을 ᄎᆞ져 법슐을 지어 살육을 힝ᄒᆞᆯ 거시오. 도로혀 한 무리 검션(劍仙)과 협객(俠客)이 잇셔 길의셔 불평ᄒᆞᆫ 일을 보면 칼ᄒᆞᆯ ᄲᅢ혀 셔로 도울 거시니 이ᄂᆞᆫ 모다 의사(意思) 가온ᄃᆡ 일이라. 【24】 엇지 셩명의 근심이 되지 아니ᄒᆞ랴."

ᄌᆞ웅량회 니ᄅᆞᄃᆡ,

"져 삼층 도(道) 슈련ᄒᆞᄂᆞᆫ 곡졀은 임의 지시ᄒᆞ믈 입어시니 ᄌᆞ숀 무리 스ᄉᆞ로 맛당히 좃고 밧드러 가마니 슈련ᄒᆞ려니와 다만 드ᄅᆞ니 거ᄒᆞᆫ 바 산즁이 슈년내의 장ᄎᆞᆺ 겁슈(劫數)가 니ᄅᆞᆫ다 ᄒᆞ니 아지 못게라 엇지ᄒᆞ여야 피ᄒᆞᆯ고. 도로혀 로죠종(老祖宗)이 일병(一倂) 지시ᄒᆞ믈 바라노라."

로회 니ᄅᆞᄃᆡ,

"져 겁슈 두 글ᄌᆞ가 심히 푸러ᄂᆡ기 어려오니 대ᄀᆡ 상텬이 묘명(杳冥)ᄒᆞ샤 가히 염녀가 업술 듯ᄒᆞ나 그 【25】 러나 혼돈(混沌)ᄒᆞᄂᆞᆫ ᄡᅵ가 이시니 져 혼돈이 믄득 상텬의 겁슈오 대디(大地)가 오련(兀然)ᄒᆞ여 움즉이지 아니ᄒᆞ나 도로혀 상젼벽ᄒᆡ(桑田碧海)의 변이 이시니 상젼벽ᄒᆡ가 대디의 겁슈오 사ᄅᆞᆷ의 겁슈ᄂᆞᆫ 더욱 만흐니 국ᄀᆡ(國家) 변혁되면 텬하의 겁슈오 졸연이 도적의 병괘(兵戈)ᄅᆞᆯ 만나면 일방(一方)의 겁슈오, ᄯᅩ 질병과 ᄌᆡ앙은 일신의 겁쉬니 이ᄂᆞᆫ 피ᄒᆞ려 ᄒᆞ여도 되지 못ᄒᆞᆯ 거시오. 만일 피ᄒᆞ기ᄅᆞᆯ 요구ᄒᆞ려 ᄒᆞ면 다만 ᄆᆞᄋᆞᆷ 두기ᄅᆞᆯ 착ᄒᆞ게 ᄒᆞ여야 비록 겁쉬 【26】 니ᄅᆞᆯ지라도 구을어 신상(身上)의ᄂᆞᆫ 니ᄅᆞ지 아니ᄒᆞᆯ 거시니 이거시 피ᄒᆞᄂᆞᆫ 법이니라."

ᄌᆞ웅 량회 한 번 의론을 드ᄅᆞ미 심히 깃거ᄒᆞ여 드ᄃᆡ여 졀ᄒᆞ고 하직ᄒᆞ려 ᄒᆞ니, 로회 니ᄅᆞᄃᆡ,

<瑤華 1:19>

10) 【무으다】 동 쌓다. 만들다. ¶ 累 ‖ 다만 시졀을 어더 모롬즉이 공을 ᄡᅡᆺ고 힝실을 무으면 가히 이젼 허믈을 덥ᄒᆞᆯ 거시니 (倘得氣候, 仍須積功累行, 可復前愆, 亦未爲不可.) <瑤華 1:22>

11) 【임치ᄒᆞ다】 동 임치하다. 손을 놓고 쉬다. ¶ 干休 ‖ 동녀ᄂᆞᆫ 본ᄃᆡ 슈단이 업ᄉᆞ나 다만 스ᄉᆞ로 다만 스ᄉᆞ로 부형배 잇셔 보호ᄒᆞᆯ 거시니 만일 알고 ᄭᆡ다ᄅᆞ미 되면 엇지 즐겨 임치ᄒᆞ리오 반ᄃᆞ시 도슐 잇ᄂᆞᆫ 사ᄅᆞᆷ을 ᄎᆞ져 법슐을 지어 살육을 힝ᄒᆞᆯ 거시오 (童女本無作爲, 但自有父兄輩保護, 倘被知覺, 豈肯干休. 必致訪求有道術之人, 作法行誅.) <瑤華 1:23>

“너의 량ᄀᆡ(兩個)가 여긔 오ᄂᆞᆫ 거시 심히 어려워 ᄒᆞ니 내 이제 너의ᄅᆞᆯ 가ᄅᆞ쳐 경ᄀᆡᆨ의 본곳으로 가고 도로의 분쥬ᄒᆞᄂᆞᆫ 거ᄉᆞᆯ 면ᄒᆞ게 ᄒᆞᆯ 거시니 가히 죠흐랴?

량회 드ᄅᆞᄆᆡ 더욱 깃거ᄒᆞ여 ᄯᅩ 머리ᄅᆞᆯ 죠아 사례ᄒᆞ니, 로회 몸을 니러 ᄯᅡ흘 향ᄒᆞ여 한 ᄌᆞᆷ ᄒᆞᆰ을 쥐여 가지고 가마 【27】 니 한 ᄎᆞ례 렴ᄒᆞ며 드ᄃᆡ여 량호ᄅᆞᆯ ᄃᆡᄒᆞ여 니ᄅᆞᄃᆡ,

“이 법은 토둔(土遁)이라 부ᄅᆞ노니 팔문둔갑(八門遁甲) 쇽의셔 ᄇᆡ화 온 거시라. 내가 ᄒᆞᆰ을 가져 ᄯᅡ흘 향ᄒᆞ여 한번 ᄲᅮ리거든 너의ᄂᆞᆫ 져 ᄒᆞᆰ을 ᄯᅡ라 ᄯᅡ흐로 향ᄒᆞ여 노와가면 경ᄀᆡᆨ의 가히 너의 쇼혈(巢穴)의 니ᄅᆞᆯ 거시니 이거시 도ᄅᆞᆯ ᄇᆡ호ᄂᆞᆫ 입문 뎨일법이니 너의ᄅᆞᆯ 가ᄅᆞ쳐 시러곰[12] 묘ᄒᆞᆫ 곳을 알게 ᄒᆞ미니라.”

웅회 니ᄅᆞᄃᆡ,

“로죠죵이 이 법으로ᄡᅥ 우리 등을 교도ᄒᆞ면 엇지 더욱 죠치 아니ᄒᆞ랴.”

로회 져 【28】 웅호ᄅᆞᆯ 가ᄅᆞ치며 니ᄅᆞᄃᆡ,

“네가 마ᄋᆞᆷ ᄡᅳᄂᆞᆫ 거시 급조(急燥)ᄒᆞ니 두리건ᄃᆡ 구ᄅᆞᆷ의 들기가 어려울 거시오, ᄒᆞ믈며 네가 한 조각 분슈가 젼혀 업시 이 법을 ᄇᆡ호랴 ᄒᆞ니 네가 고요한 ᄆᆞᄋᆞᆷ이 업ᄉᆞ면 법을 젼ᄒᆞ여 쥰다 ᄒᆞ여도 효험이 업ᄉᆞᆯ 거시오, ᄎᆞᄎᆞ 이런 ᄆᆞᄋᆞᆷ이 긋치ᄂᆞᆫ 거시 올흐리라.”

ᄒᆞ고 말이 맛ᄎᆞ며 ᄒᆞᆰ을 가져 ᄯᅡ흘 향ᄒᆞ여 곳 한번 ᄲᅮ리니, 량회 몸을 노화 ᄯᅡ라가ᄆᆡ 진ᄀᆡ(眞個) 눈 구을 동안의 임의 쇼혈의 니른지라. 량회 경 【29】 희ᄒᆞ믈 이긔지 못ᄒᆞ고 ᄯᅩ 공즁을 바라고 ᄇᆡ샤ᄒᆞ며, ᄌᆞ회 니ᄅᆞᄃᆡ,

“도ᄒᆡᆼ 곳 이시면 이ᄀᆞᆺ치 신묘ᄒᆞᆯ 거시니 져 도ᄅᆞᆯ 가히 닥지 아니치 못ᄒᆞ리라.”

웅회 니ᄅᆞᄃᆡ,

“로죠죵의 삼층 졀ᄎᆞ가 잇다 말ᄒᆞ여시니 네 ᄯᅳᆺ의ᄂᆞᆫ 어내 층을 죠ᄎᆞ려 ᄒᆞᄂᆞ냐?”

ᄌᆞ회 니ᄅᆞᄃᆡ,

“ᄌᆞ연 뎨일층이 가쟝 죠흐리로다.”

웅회 니ᄅᆞᄃᆡ,

“죠키ᄂᆞᆫ 죠타 ᄒᆞ나 다만 공 일우기가 쉽지 못ᄒᆞ리라.”

ᄌᆞ회 니ᄅᆞᄃᆡ,

“담착(擔着)ᄒᆞ여[13] 청고(淸苦)ᄒᆞᆫ 거ᄉᆞᆯ 격거낼 거시오 져 쉽고 쉽지 못ᄒᆞᆫ 거시 무ᄉᆞᆫ 관계 【30】 되랴.”

웅회 니ᄅᆞᄃᆡ,

“뎨이층은 도로혀 가히 ᄡᅧ ᄒᆞᆯ만ᄒᆞ니 블과 근로(勤勞)ᄅᆞᆯ 견ᄃᆡ여 내미로다.”

ᄌᆞ회 니ᄅᆞᄃᆡ,

“져거ᄉᆞᆫ 하졀 거시 업ᄉᆞ니 비록 공을 일운다 ᄒᆞ나 다만 하쳔출신(下賤出身)을 버셔나지 못ᄒᆞ리라.”

웅회 니ᄅᆞᄃᆡ,

“내 ᄉᆡᆼ각의ᄂᆞᆫ 뎨삼층이 다만 청고(淸苦)도 ᄇᆡᆺ지 아니ᄒᆞ고 하쳔의 ᄯᅥ러지지 아닐 ᄲᅮᆫ 아니라 도로혀 허다ᄒᆞᆫ 슈용ᄒᆞ미 되리라.”

ᄌᆞ회 니ᄅᆞᄃᆡ,

“져거ᄉᆞᆫ 다만 죠히 너게 양(讓)ᄒᆞ여 요구ᄒᆞ게 ᄒᆞ리라.”

웅회 니ᄅᆞᄃᆡ,

“엇지 너ᄂᆞᆫ 요구치 아니ᄒᆞ려 ᄒᆞᄂᆞ냐?” 【31】 ᄌᆞ회 웃고 니ᄅᆞᄃᆡ,

“도ᄅᆞᆯ 닥그믈 요구ᄒᆞᄂᆞᆫ 밧ᄌᆞᄂᆞᆫ 본ᄃᆡ 즘ᄉᆡᆼ의 도의 버셔나믈 요구ᄒᆞ거ᄂᆞᆯ 만일 우리가 일ᄇᆡᆨ기 동남을 후리려 ᄒᆞ면 엇지 셰간의 창기와 일반이 되지 아니랴. 져ᄂᆞᆫ 비록 사ᄅᆞᆷ이라 하나 실노 금슈와 더브러 다ᄅᆞ미 업ᄉᆞ니 내가 비록 즘ᄉᆡᆼ이나 져로 더브러 항오(行伍)되기가 븟그러온지라 나의 쥬견이 뎡ᄒᆞ엿시니 네가 뎨일층 좃기ᄅᆞᆯ 요구ᄒᆞ랴 ᄒᆞ거든 네가 스ᄉᆞ로 쥬견을 짓ᄂᆞᆫ 거시 편ᄒᆞ리라.”

ᄒᆞ고 말이 맛ᄎᆞᄆᆡ 스ᄉᆞ로 【32】 굴혈 쇽으로 드러가 법ᄃᆡ로 죠ᄎᆞ 슈련ᄒᆞ더라. 져 웅회 ᄌᆞ호의 한번 의론을 드ᄅᆞᄆᆡ 심히 유리ᄒᆞ믈 ᄭᆡᄃᆞᄅᆞ며 만일 뎨삼층 법을 ᄒᆡᆼᄒᆞ려ᄒᆞ면 ᄯᅩ 셩명의 근심이 이실가 두려워 ᄒᆞ여 다만 시러곰 ᄌᆞ호ᄅᆞᆯ ᄯᅡ라 한가지로 슈련ᄒᆞᆫ지 ᄇᆡᆨ여년이 되ᄆᆡ 비록 깁히 도ᄒᆡᆼ은 엇지 못ᄒᆞ나 물리와 셰경을 날마다

12) 【시러곰】 [부] 능히. ¶ 得 ‖ 이거시 도ᄅᆞᆯ ᄇᆡ호ᄂᆞᆫ 입문 뎨일법이니 너의ᄅᆞᆯ 가ᄅᆞ쳐 시러곰 묘ᄒᆞᆫ 곳을 알게 ᄒᆞ미니라 (這是學道的入門第一法也, 教你們得知修煉的妙處.) <瑤華 1:27>

13) 【담착ᄒᆞ다】 [동] {담착(擔着)하다.} 도맡다. ¶ 拼着 ‖ 담착ᄒᆞ여 청고ᄒᆞᆫ 거ᄉᆞᆯ 격거낼 거시오 져 쉽고 쉽지 못ᄒᆞᆫ 거시 무ᄉᆞᆫ 관계 되랴 (拼着熬清苦, 管也易不易.) <瑤華 1:30> ⇒ 담착ᄒᆞ다

통달ᄒᆞ고, ᄌᆞ호ᄂᆞᆫ 심지가 더욱 견고ᄒᆞ나 옹호ᄂᆞᆫ ᄯᅢ로 급조(急燥)ᄒᆞᆫ ᄆᆞᄋᆞᆷ을 내고, ᄯᅩ 슈십년을 격ᄒᆞ여 홀연 변ᄀᆡᄒᆞ여 뎨삼층 배【33】ᄒᆞᆯ 의ᄉᆞᄅᆞᆯ 내여 과연 허다히 슈용(受用)ᄒᆞ믈 어더 몬져 근쳐의 잇셔 동녀의 순음(純陰)을 ᄎᆡ득(採得)ᄒᆞ더니, 이후로ᄂᆞᆫ 졈졈 먼니 나라 슈ᄇᆡᆨ리 가온ᄃᆡᄂᆞᆫ ᄒᆞᆷᄭᅴ ᄎᆡ졍(採精)ᄒᆞ기ᄅᆞᆯ 두로 ᄒᆞ여 손을 곱아 혜ᄆᆡ 임의 팔십여 ᄀᆡ 동녀ᄅᆞᆯ 어더 일ᄇᆡᆨ ᄀᆡ 슈(數)의 부죡ᄒᆞᆫ 거시 몃 ᄀᆡ 못되니 셩공ᄒᆞ기ᄅᆞᆯ 바라며 심히 득의ᄒᆞ믈 ᄭᆡᄃᆞᆺ고, 어시의 시ᄀᆡᆨ으로 ᄆᆞᄋᆞᆷ을 두어 ᄇᆡᆨᄀᆡ 슈ᄅᆞᆯ 긔여히 ᄎᆡ오려 ᄒᆞ니, 이 일은 대ᄀᆡ 대명(大明) 가졍(嘉靖) 만력(萬曆) 년간의 잇ᄂᆞᆫ 일이라. 한편의 더【34】져 두고, ᄌᆡ셜 한ᄀᆡ 재관(宰官)이 이시니 셩은 허(許)오 명은 쳥션(靑選)이니 강남(江南) ᄉᆞ람이라. 본시 부호(富戶)로 여러 ᄒᆡ ᄀᆡ근을 만나ᄆᆡ 인ᄒᆞ여 가산을 버혀ᄂᆡ여 관가의 보(報)ᄒᆞ고 진휼ᄒᆞ기ᄅᆞᆯ 못밋ᄎᆞᆯᄃᆞᆺ ᄒᆞ기로, 이러므로ᄡᅥ 도신(道臣)이 져 명ᄶᆞ(名字)ᄅᆞᆯ 가져 나라의 쥬문(奏聞)ᄒᆞᄆᆡ, 됴가(朝家)의셔 즉시 포쟝ᄒᆞ여 쳥선으로ᄡᅥ 동지(同知) 직함을 상샤ᄒᆞ여시나 이후로 가산이 탕ᄑᆡ(蕩敗)ᄒᆞ여 ᄉᆡᆼ되(生道) 망연(茫然)ᄒᆞ고 다만 져 헛된 직함만 어덧ᄂᆞᆫ지라, 인(因)ᄒᆞ여 ᄉᆡᆼ각ᄒᆞᄆᆡ 아모됴록 실직(實職)【35】을 어더 됴히 가구(家口)ᄅᆞᆯ 양활(養活)ᄒᆞ니만 ᄀᆞᆺ지 못ᄒᆞ다 ᄒᆞ여 이의 도신(道臣)의게 면쳥ᄒᆞ니, 도신이 져의 착ᄒᆞᆫ 일을 즐겨ᄒᆞ고 시쥬(施主)ᄒᆞ믈 됴하ᄒᆞ여 가ᄉᆞᆫ이 탕ᄑᆡᄒᆞ기의 니ᄅᆞ믈 가ᄋᆡᆨᄒᆞ여 즉시 응락ᄒᆞ고, 됴뎡의 ᄎᆞᄉᆞ로ᄡᅥ 쥬달ᄒᆞ니 됴가의셔 져의 일단 됴ᄒᆞᆫ 의ᄉᆞᄅᆞᆯ 아름다이 너겨 통판(通判) 벼술노 ᄲᅡ셔 ᄡᅳ기ᄅᆞᆯ 허ᄒᆞ시니 이거시 특교(特敎)로 ᄒᆞ신 일이ᄆᆡ 더욱 신쇽ᄒᆞ여 반년이 못되여 대동부통판(大同府通判)이 되엿ᄂᆞᆫ지라 십분 환희ᄒᆞ여 드ᄃᆡ여 도ᄉᆞ(道師)의게 하【36】직ᄒᆞ고 즉시 ᄒᆡᆼ장을 슈습ᄒᆞ여 도임ᄒᆞ고져 ᄒᆞᆯᄉᆡ, 통판이 본ᄃᆡ ᄋᆞᄃᆞᆯ이 업고 다만 한 ᄯᆞᆯ을 두어시ᄃᆡ 일홈은 봉고(鳳姑)니 나히 장ᄎᆞᆺ 빈혀 ᄭᅩᆺ기의 밋쳣시ᄃᆡ 오히려 츌가치 못ᄒᆞ엿ᄂᆞᆫ지라. 부인 주씨(周氏)와 쳐남 양인을 다리고 가인복부비(家人僕婦輩)ᄅᆞᆯ 아오로 이십오륙 식귀(食口) 되ᄂᆞᆫ지라. 발ᄒᆡᆼᄒᆞ여 몬져 슈로(水路)로붓허 포구의 니ᄅᆞᄆᆡ 드ᄃᆡ여 노ᄉᆡ 메ᄂᆞᆫ 교ᄌᆞᄅᆞᆯ 셰내여 륙노로조차 하남(河南) ᄉᆡᆼ셩(省城)으로 말ᄆᆡ암아 산셔셩(山西省)의 나ᄅᆞ러 곳 대동부로 가려 ᄒᆞᆯᄉᆡ 슈일【37】을 ᄒᆡᆼᄒᆞ여 신양부(信陽府)의 다다ᄅᆞ니 ᄯᅢ가 졍히 오후ᄂᆞᆫ 되엿ᄂᆞᆫ지라. ᄎᆞ부(車夫) 등이 말ᄒᆞᄃᆡ 가히 박쥬(亳州) ᄯᅡᄒᆞᆯ 지나셔 우가진(尤家鎭) 쥬막의 니ᄅᆞ러 숙쇼ᄒᆞᄂᆞᆫ 거시 경편(經便)ᄒᆞ다 ᄒᆞ거ᄂᆞᆯ 통판이 죵기언(從其言)ᄒᆞ여 총총히 ᄒᆡᆼᄒᆞᆯᄉᆡ 다만 보니 로상(路上)의 믈[水] 지나간 곳이 만ᄒᆞᆫ지라. 토인다려 무ᄅᆞᄆᆡ 토인이 ᄃᆡ답ᄒᆞᄃᆡ 황하슈(黃河水)가 터져 믈이 창일ᄒᆞ엿다가 방ᄌᆞ 지나갓다 ᄒᆞᄂᆞᆫ지라. 다시 ᄒᆡᆼᄒᆞ여 순식간의 임의 박쥬ᄅᆞᆯ 지나 날이 장ᄎᆞᆺ 셔산의 지고져 ᄒᆞ여 ᄒᆡᆼᄒᆞ기 심히 어렵고【38】도즁이 니령(泥濘)ᄒᆞ여 즘ᄉᆡᆼ들이 밋그러져 너머지ᄂᆞᆫ 거시 만ᄒᆞᆫ지라. ᄎᆞ부 등이 한 쳐쇼ᄅᆞᆯ ᄎᆞᄌᆞ 헐숙(歇宿)ᄒᆞ기ᄅᆞᆯ 요구ᄒᆞ니 통판이 니ᄅᆞᄃᆡ,

"우리 권쇽이 만하 아모 곳의셔나 헐숙지 못ᄒᆞᆯ지라. 아모리 어려워도 맛당ᄒᆞᆫ 쳐쇼ᄅᆞᆯ 갈희여 숙쇼ᄒᆞᄂᆞᆫ 거시 올타."

ᄒᆞᆫᄃᆡ, ᄎᆞ부 등이 니ᄅᆞᄃᆡ,

"로야(老爺)ᄂᆞᆫ 방심ᄒᆞ쇼셔. 이 노뎡(路程)은 우리 등이 익이 단니던 곳이니 안온ᄒᆞᆫ 곳을 구쳐ᄒᆞ리이다."

ᄒᆞ고 ᄯᅩ 슈리(數里)ᄅᆞᆯ ᄒᆡᆼᄒᆞ여 한 곳의 다ᄃᆞ르ᄆᆡ 날은 졈졈 져믈고 맛당ᄒᆞᆫ 곳이 업【39】더니, 한 곳의 다다라 ᄎᆞ부 등이 가ᄅᆞ쳐 니ᄅᆞᄃᆡ, "져 집이 가쟝 편타." ᄒᆞ거ᄂᆞᆯ, 통판이 즉시 교ᄌᆞ의 나려 한번 보ᄆᆡ 삼ᄉᆞ 간 파상(破傷)ᄒᆞᆫ 쵸옥(草屋)이라. 가인 등이 어ᄌᆞ러이 쇼ᄅᆡᄒᆞ며 니ᄅᆞᄃᆡ,

"이 젹은 쵸옥의셔 엇지 쥬졉ᄒᆞ리오."

이의 ᄎᆞ부 등을 ᄌᆡ촉ᄒᆞ여 다ᄅᆞᆫ 쥬막을 ᄀᆞᆯ히라 ᄒᆞᄃᆡ ᄎᆞ부 등이 즐겨 듯지 아니ᄒᆞᄂᆞᆫ지라.

ᄎᆞ시 통판이 ᄉᆞ면을 도라보ᄆᆡ 믄득 길가의 여러 노인이 잇셔 한가히 셜화ᄒᆞ거ᄂᆞᆯ 통판이 앏흐로 나아가 무ᄅᆞᄃᆡ,

"앏 길희 가히 됴ᄒᆞᆫ 쥬【40】막이 잇ᄂᆞ냐?"

져 노인 등이 니ᄅᆞᄃᆡ,

"이 곳 쥬막은 다만 져 쵸옥 ᄲᅮᆫ이라. 이곳을 지나 우가진(尤家鎭)의 니ᄅᆞ러야 비로쇼 헐숙ᄒᆞᆯ 곳이 이ᄉᆞᆯ 거시니 그리로 ᄒᆡᆼᄒᆞ면 됴ᄒᆞᆯ ᄃᆞᆺ ᄒᆞ나 그러나 우리 ᄉᆡᆼ각의ᄂᆞᆫ 이곳의셔 오리만 더 가면 승방이 이시ᄃᆡ 암ᄌᆞ가 관활(寬闊)ᄒᆞ여 가히 쥬졉ᄒᆞᆯ만 ᄒᆞ리이다."

통판이 그 말을 듯고 즉시 ᄎᆞ부 등을 ᄌᆡ촉ᄒᆞ여 밧비 승방으로 가려 ᄒᆞ니 ᄎᆞ부 등이 그 노인 다려 무ᄅᆞᄃᆡ,

"노쟝(老丈) 등의 말하ᄂᆞᆫ 곳이 가히 ᄌᆡᄉᆡᆼ암(再生菴)을 니ᄅᆞ미냐?"

노인 등이 니 【41】 ᄅᆞᄃᆡ,

"졍히 그럿타."

ᄒᆞ니, ᄎᆞ부 등이 일졔히 쇼ᄅᆡ질너 니ᄅᆞᄃᆡ,

"져 암즁의 ᄒᆞᆼ상(恒常) 강되(强盜) 와셔 겁탈ᄒᆞᆫ다 ᄒᆞ니 만일 실슈 되면 엇디 우리 등이 관가의 득죄치 아니ᄒᆞ랴."

그 로인이 웃고 니ᄅᆞᄃᆡ, '너ᄂᆞᆫ 죠급히 구지 말나. 져번의ᄂᆞᆫ 과연 쥬졉지 못ᄒᆞ더니 이졔ᄂᆞᆫ 그 암즁의 일ᄀᆡ ᄉᆞ뷔 니ᄅᆞ러 십분 ᄌᆞ비지심(慈悲之心)을 두고 ᄯᅩ 도ᄒᆡᆼ을 죠하ᄒᆞ니 강도 등이 한번 샹관ᄒᆞ여 본 후로 다시ᄂᆞᆫ 감히 가셔야 료(了)치 못ᄒᆞ니 너의 등은 방심ᄒᆞ고 다만 가셔 헐슉(歇宿) 【42】 케 ᄒᆞ라. ᄎᆞ부 등은 다만 밋지 아니ᄒᆞ거ᄂᆞᆯ 통판이 니ᄅᆞᄃᆡ,

"너의 등이 비록 익이 단닌 길이나 져 노인들이 여긔 잇셔 ᄌᆞ셰히 아ᄂᆞᆫᄃᆡ 비치 못ᄒᆞᆯ 거시니 여등이 만일 그 곳으로 가지 아니ᄒᆞ려ᄒᆞ면 길히셔 한둔(寒屯)코져 ᄒᆞᄂᆞ냐?"

ᄎᆞ부 등이 엇지 ᄒᆞᆯ 길 업셔 다만 면강(勉强)ᄒᆞ여 길의 올나 오륙 리(里)ᄅᆞᆯ 가지 못ᄒᆞ여 임의 암ᄌᆞ의 니ᄅᆞ고 텬ᄉᆡᆨ이 임의 어두웟ᄂᆞᆫ지라. 가인 등이 일ᄀᆡ 니고(尼姑)ᄅᆞᆯ 다리고 문젼의 잇셔 ᄉᆞ후ᄒᆞ거ᄂᆞᆯ 즉시 교ᄌᆞ의 나려 니고로 더브러 례ᄒᆞ니 그 니괴 【43】 화긔ᄅᆞᆯ ᄯᅴ고 드러와 가권(家眷)을 쳥ᄒᆞ여 일졔히 드러가며, 일변 가인으로 ᄒᆞ여곰 ᄒᆡᆼ장을 플나 ᄒᆞ고 보니 오간(五間) 대텽(大廳)이 잇ᄂᆞᆫᄃᆡ 쳥즁 부쳐 감실(龕室) 쇽의 숑ᄌᆞ관음보살(送子觀音菩薩)을 뫼시고 두 편의 ᄯᅩ 방새 잇고, ᄯᅩ 부억이 잇셔 가히 찬슈ᄅᆞᆯ 이바지ᄒᆞᆯ지라. 드ᄃᆡ여 각각 방샤ᄅᆞᆯ 졍돈ᄒᆞ고 ᄒᆡᆼ장을 옴겨 드리며 일변 밥을 지을ᄉᆡ 쥬시 봉고로 더브러 니고의 쳥ᄒᆞᆷ을 닙어 션방의 드러가 한가히 말ᄒᆞ다가 한지위[14] 못되여 셕반이 되엿다 ᄒᆞ거ᄂᆞᆯ, 쥬시모 【44】 녜 션방으로 죠차 와셔 ᄒᆞᆷ긔 밥을 먹을 ᄉᆡ 쥬시 니ᄅᆞᄃᆡ,

"션방 즁의 일ᄀᆡ 녀인이 잇ᄂᆞᆫᄃᆡ ᄉᆡᆼ긴 거시 심히 죠코 사ᄅᆞᆷ되미 무던ᄒᆞ나 니고ᄂᆞᆫ 아니라."

ᄒᆞ니, 통판이 니ᄅᆞᄃᆡ,

"임의 니괴 아니면 거긔 잇셔 무어ᄉᆞᆯ 위ᄒᆞᄂᆞ냐?"

쥬시 니ᄅᆞᄃᆡ,

"내 져ᄃᆞ려 무ᄅᆞ니 졔 말ᄒᆞ기ᄅᆞᆯ '낙발(落髮)은 아니ᄒᆞ고 ᄒᆡᆼ실을 닥ᄂᆞᆫ다' ᄒᆞ더라."

봉괴 니ᄅᆞᄃᆡ,

"모친이 졔 년긔ᄅᆞᆯ 무ᄅᆞ미 졔 말이 오십여 셰라 ᄒᆞᄂᆞᆫᄃᆡ 얼골이 도로혀 연미ᄒᆞ고 ᄌᆞᄐᆡ 극히 표치(標致)ᄒᆞ더이다."

통판이 니ᄅᆞᄃᆡ,

"고이치 아 【45】 니ᄒᆞ다. 웃 쥬막 사ᄅᆞᆷ들이 말ᄒᆞ기ᄅᆞᆯ 졔가 도ᄒᆡᆼ이 잇다 ᄒᆞ미로다."

쥬시 니ᄅᆞᄃᆡ,

"보기의 졔가 심상ᄒᆞᆫ 녀인 모양 ᄀᆞᆺ지 아니ᄒᆞ더이다."

통판이 니ᄅᆞᄃᆡ,

"졔가 귀ᄅᆞᆯ ᄯᅮᆯ고 발을 동혓더냐?"

봉괴 웃고 니ᄅᆞᄃᆡ,

"야애 그ᄅᆞᆺ 의론ᄒᆞᄂᆞᆫ 말ᄉᆞᆷ이로다. 모친 말ᄉᆞᆷ이 '져 ᄉᆞ부(師父)의 ᄒᆡᆼ동거지가 남과 다르다' ᄒᆞᄃᆡ, 그 쟝쇽과 분바른 거ᄉᆞᆫ 우리 등으로 더브러 셔로 ᄀᆞᆺ더이다."

통판이 웃고 니ᄅᆞᄃᆡ,

"진ᄀᆡ(眞個) 내가 그ᄅᆞᆺ 의ᄉᆞ로 말ᄒᆞ미로다."

셜화ᄒᆞᄂᆞᆫ ᄉᆞ이의 밥을 임의 맛ᄎᆞ미 각각 표연히 포진(鋪陳)을 슈 【46】 습ᄒᆞ여 ᄌᆞ려 ᄒᆞᆯᄉᆡ, 통판이 ᄯᅩ 쳐남의 잇ᄂᆞᆫ 방즁의 니ᄅᆞ러 한번 돌나보고 도라와 문을 닷고 취침ᄒᆞᆯᄉᆡ, 별노이 먼니 거러 신고(辛苦)ᄒᆞ엿기로 누으며 믄득 잠들고, 쥬시ᄂᆞᆫ 봉고로 더부러 셔셔히 슈습ᄒᆞ여 평안히 쉬더라.

ᄌᆡ셜 져 암ᄌᆡ 우가진의셔 상게(相距) ᄉᆞ오 십리ᄂᆞᆫ 되고 이곳이 졍히 웅호(雄狐)의 츌입ᄒᆞᄂᆞᆫ 곳이라. 맛참 봉고의 교ᄌᆞ가 웃 쥬막 쵸옥의셔 쉬일 ᄣᆡ의 일즉 웅호의 여어본 ᄇᆡ 되여 사ᄅᆞᆷ

---

14) 【한지위】 명 한참, 한동안. '지위'는 '일정한 사이', '일정한 시간 동안'을 뜻한다. ¶ 一會 ‖ 션방의 드러가 한가히 말ᄒᆞ다가 한지위 못되여 셕반이 되엿다 ᄒᆞ거ᄂᆞᆯ (入禪房閑話, 不一會晚膳有了, 周氏同鳳姑已從裏面出來, 遂就房間內一同用膳.) <瑤華 1:43>

의 고요ᄒᆞ기ᄅᆞᆯ 기다려 와셔 겁칙ᄒᆞ려 ᄒᆞᆯ시 ᄎᆞ시봉【47】괴 비록 신고ᄒᆞ미 이시나 오히려 잠들기 젼이라. 홀연 한 쥴기 노린내ᄋᆞᆷ[15]이 잇셔 ᄲᅣᆷ을 향ᄒᆞ여 올나오ᄂᆞᆫ지라. 경히 몸을 기우려 침방으로 드러가려 ᄒᆞᆯ시 곳 한 믈건이 잇셔 가슴을 눌느니 십분 ᄀᆡ운이 막히ᄂᆞᆫ ᄃᆞᆺᄒᆞ고 ᄯᅩ 그거시 손으로ᄡᅥ 졔 쇽옷ᄉᆞᆯ[16] 그ᄅᆞᄂᆞᆫ지라. ᄆᆞᄋᆞᆷ의 명ᄇᆡᆨᄒᆞ여 급급히 져당ᄒᆞ려 ᄒᆞ나 엇지 알니, 다시ᄂᆞᆫ 일지 못ᄒᆞ고 임의 져 믈건이 쇽옷ᄉᆞᆯ 밀쳐바리고 졈졈 핍박ᄒᆞᄂᆞᆫ지라. 십분 챡급ᄒᆞ여 힘을 다ᄒᆞ여 고함【48】ᄒᆞ려 ᄒᆞ나 다만 능히 쇼ᄅᆡ 나오지 못ᄒᆞ고 이어 졈졈 혼미ᄒᆞ여 필경은 그 거시 어ᄃᆡ로 간 쥴을 모ᄅᆞᆯ너라. 한 잠이 임의 지나고 ᄃᆞᆰ의 쇼ᄅᆡ 쳐ᄋᆞᆷ으로 부ᄅᆞ거ᄂᆞᆯ 차부 등이 와셔 ᄯᅥ나기ᄅᆞᆯ 지촉ᄒᆞ니 즁인이 믈을 더히고 죠반을 ᄀᆞᆺ초며 ᄒᆡᆼ장을 슈습ᄒᆞ여 장ᄎᆞᆺ ᄯᅥ나려 ᄒᆞᆯ시 비로소 상방(上房)의 와셔 통판의 ᄀᆡ침ᄒᆞ믈 쳥ᄒᆞ니, 쥬시 듯고 ᄯᅩᄒᆞᆫ 옷ᄉᆞᆯ 닙고 니러ᄂᆞ니 홀연 봉고ᄅᆞᆯ 보지 못ᄒᆞᆯ지라. 방즁이 대경소요ᄒᆞ며 부녀 등이 년속히【49】와셔 통판을 쳥ᄒᆞᄂᆞᆫ지라. 통판이 급급히 방의 드러오니 쥬시 련망(連忙)히 니ᄅᆞᄃᆡ,

"봉괴 어ᄃᆡ로 간지 아지 못ᄒᆞ노라."

통판이 니ᄅᆞᄃᆡ,

"이 무ᄉᆞᆷ 말이냐. ᄀᆞᆺ치 한 방의 잇셔 엇지 보지 못ᄒᆞ엿가 ᄒᆞᄂᆞ냐?"

즁인이 모다 니ᄅᆞᄃᆡ, '지금 ᄌᆞ리 우ᄒᆡ 업다' ᄒᆞ거ᄂᆞᆯ, 통판이 급급히 등쵹을 가지고 ᄌᆞ리 우ᄒᆞᆯ 향ᄒᆞ여 비최여 보ᄆᆡ, 다만 의복만 나마 잇고 사ᄅᆞᆷ의 영ᄌᆞ(影子)ᄂᆞᆫ 보지 못ᄒᆞᆯ지라. 대경실ᄉᆡᆨᄒᆞ나 궁구ᄒᆞ여도 무ᄉᆞᆷ 연괸지 알 슈 업ᄂᆞᆫ지라. 드ᄃᆡ여 쳐남과 가인 무리ᄅᆞᆯ 시겨【50】두로 ᄎᆞ지ᄃᆡ 일호도 형영이 업ᄂᆞᆫ지라. 쥬시 챡급ᄒᆞ여 ᄋᆡ통ᄒᆞ니 ᄎᆞ부 등이 듯고 각각 이상ᄒᆞ다 닐ᄏᆞᆺ더라. 니괴 ᄯᅩᄒᆞᆫ 놀나 문을 열고 나아와 연유ᄅᆞᆯ ᄌᆞ셰히 탐지ᄒᆞ고 ᄯᅩᄒᆞᆫ 각쳐로 ᄎᆞ져보며, 져 통판은 두 눈의 눈믈이 셔귀여 ᄒᆞᄅᆞ며 벙벙히 한 져 움즉이지 못ᄒᆞ고, 쥬시ᄂᆞᆫ 대곡(大哭)ᄒᆞ며, 이 ᄯᆡ가 하늘이 임의 ᄇᆞᆰ앗ᄂᆞᆫ지라. 홀연 보니 니괴 년망(連忙)히 ᄯᆞ라오며 쥬시ᄅᆞᆯ ᄭᅳ을고 니로ᄃᆡ '부인은 쾌히 오라' ᄒᆞ거ᄂᆞᆯ 쥬시 무ᄉᆞᆷ 곡졀이 잇ᄂᆞᆫ 쥴 알【51】고 급히 우름을 멈츄고 노고ᄅᆞᆯ ᄯᆞ라 후뎐(後殿)으로 드러가니 니괴 일변 가며 일변 니ᄅᆞᄃᆡ, 아지 못게라 너의 쇼져가 젹신(赤身)으로 엇지 뒤편 ᄎᆡ포(菜圃) 담 밋ᄒᆡ셔 ᄌᆞᄂᆞ냐. 쥬시 듯고 ᄆᆞᄋᆞᆷ이 황겁ᄒᆞ여 급급히 니고ᄅᆞᆯ ᄯᆞ라 여러 구ᄇᆡᄅᆞᆯ 지나 ᄎᆡ포의 니ᄅᆞ러 보니, 과연 봉괴 도로혀 담밋ᄒᆡ 누엇ᄂᆞᆫ지라. ᄎᆞ두와 복부 등이 ᄒᆞᆷᄭᅴ 다라드러 져ᄅᆞᆯ 안아 쥬방 겻 일긔 빈 평상 우ᄒᆡ 갓다 노코 쥬시 몸을 갓가이 ᄒᆞ여 두로 ᄌᆞ셰히 보니, 다ᄒᆡᆼ히 숀상ᄒᆞᆫ 곳은 업ᄉᆞ나 오【52】직 ᄉᆞ체 상ᄒᆞ여 피ᄒᆞ르고 사ᄅᆞᆷ은 혼미ᄒᆞᆫ 모양이오 입가의 흰 츔이 흘너시니 그 가슴을 만져보니 도로혀 온긔ᄂᆞᆫ 잇ᄂᆞᆫ지라. 급히 차환을 명ᄒᆞ여 의복을 가져다가 닙힌 후 통판이 드러와 보니 맛ᄎᆞᆷᄂᆡ 무ᄉᆞᆷ 연괸 쥴 아지 못ᄒᆞ고, 모든 사ᄅᆞᆷ이 벙벙이 보거ᄂᆞᆯ, 니괴 부녀들노 ᄒᆞ여곰 ᄭᅳᆯᄂᆞᆫ 물을 ᄎᆔᄒᆞ여 입의 ᄃᆡ혀 구ᄒᆞᆫ 후, ᄯᅩ 가셔 노ᄉᆞ부ᄅᆞᆯ 쳥ᄒᆞ여 오니, 통판은 다만 피ᄒᆞ여 나아가고 쥬시 급히 봉고의 밤 지낸 일을 낫낫치 말ᄒᆞ니 져 ᄉᆞ뷔【53】ᄃᆡ답 아니ᄒᆞ고 봉고의 ᄌᆞᄂᆞᆫ 평상 압ᄒᆡ 니ᄅᆞ러 한 지위 보고 ᄲᅣᆷ 우ᄒᆞᆯ 향ᄒᆞ여 입긔운을 ᄲᅮᆷ고 드ᄃᆡ여 니고ᄅᆞᆯ 명ᄒᆞ여 잇글고 봉고의 작야 누엇던 곳의 니ᄅᆞ러 한 ᄎᆞ례ᄅᆞᆯ 둘너보더니 홀연 드ᄅᆞ니 봉괴 ᄭᆡ여나셔 쥬시의 품쇽의 것구러져 대곡ᄒᆞ며 쥭으려 ᄒᆞ거ᄂᆞᆯ ᄉᆞ뷔 가마니 쥬시ᄅᆞᆯ 시겨 ᄉᆞᄉᆞ로이 어제 밤 쇼죠[져] 당ᄒᆞᆫ 연유ᄅᆞᆯ ᄇᆞᆰ히 무러 알게 ᄒᆞ라 ᄒᆞ니, 쥬시 련망히 봉고의 곡읍을 멈츄고 연유ᄅᆞᆯ 무러 니고의게 부탁ᄒᆞ【54】여 ᄉᆞ부긔 고ᄒᆞ라 ᄒᆞ더니, 간 지 언마 못ᄒᆞ여 다만 보니 ᄉᆞ뷔 방즁으로 조ᄎᆞ 나오며 노ᄉᆡᆨ이 만면ᄒᆞ여 크게 쇼ᄅᆡ질너 니ᄅᆞᄃᆡ,

"내가 여긔 잇ᄂᆞᆫᄃᆡ 져 업츅이 도로혀 감히 이ᄀᆞᆺ치 긔탄업시 발작ᄒᆞ니 결단코 능히 요셔치 못ᄒᆞ리라."

---

15)【노린내ᄋᆞᆷ】 명 노린내. ¶ 騷氣 ‖ 홀연 한 쥴기 노린내ᄋᆞᆷ이 잇셔 ᄲᅣᆷ을 향ᄒᆞ여 올나오ᄂᆞᆫ지라 (忽覺一陣騷氣撲上臉來.) <瑤華 1:47>

16)【쇽옷】 명 속옷. ¶ 小衣 ‖ ᄯᅩ 그거시 손으로ᄡᅥ 졔 쇽옷ᄉᆞᆯ 그ᄅᆞᄂᆞᆫ지라 ᄆᆞᄋᆞᆷ의 명ᄇᆡᆨᄒᆞ여 급급히 져당ᄒᆞ려 ᄒᆞ나 엇지 알니 다시ᄂᆞᆫ 일지 못ᄒᆞ고 임의 져 믈건이 쇽옷ᄉᆞᆯ 밀쳐바리고 졈졈 핍박ᄒᆞᄂᆞᆫ지라 (又覺用手來解他小衣, 心上却也明白, 急急用手阻擋, 那知再擡不起, 已被他退去小衣, 漸有一物直抵其私處, 十分着急.) <瑤華 1:47>

ᄒᆞ고, 드ᄃᆡ여 다라 동산의 올나가 허리 ᄉᆞ이ᄅᆞᆯ 향ᄒᆞ여 일ᄀᆡ 광치 잇ᄂᆞᆫ 금 ᄀᆞᆺᄐᆞᆫᄃᆡ 금이 아니오 은 ᄀᆞᆺᄐᆞᆫᄃᆡ 은이 아닌 탄ᄌᆞᄅᆞᆯ 내여 공즁을 향ᄒᆞ여 한 번 더지미 번ᄀᆡ 모양 ᄀᆞᆺᄐᆞᆫ 한 믈건이 스 【55】 ᄉᆞ로 남편을 향ᄒᆞ여 나라가고 ᄯᅩ 셔편을 바라보다가 다시 고셩ᄒᆞ여 니ᄅᆞᄃᆡ, '져 무리 가히 모지도다.' ᄒᆞ며, ᄯᅩ 허리 ᄉᆞ이ᄅᆞᆯ 향ᄒᆞ여 다시 일ᄀᆡ 탄ᄌᆞ(彈子)ᄅᆞᆯ 집어ᄂᆡ여 젼 모양으로 더졋더니 이윽ᄒᆞᆫ 후 다만 드ᄅᆞ니 한마ᄃᆡ 쇼ᄅᆡ로 공즁의셔 한 믈건이 ᄯᅥ러져 나려오고 ᄯᅩ 손으로 공즁을 향ᄒᆞ여 한 번 부ᄅᆞᄆᆡ 두 쥴기 흰 빗치 나라 슈즁의 드러오니 인ᄒᆞ여 두 낫 탄ᄌᆡ라. 허리 가의 감쵸와 너코 드ᄃᆡ여 방즁으로 드러가거놀 즁인 【56】 이 모다 동산 쇽으로 나아가 보니, 져 공즁의셔 ᄯᅥ러져 나려온 믈건이 거믄 털이 박히고 피 흐ᄅᆞᄂᆞᆫ 일ᄀᆡ 슈급(首級)인ᄃᆡ ᄀᆡ도 아니오 ᄯᅩ 도야지도 아니어놀 즁인이 그곳의 잇셔 어ᄌᆞ러이 료량(料量)ᄒᆞ더라. 쥬시 봉고ᄅᆞᆯ 거ᄂᆞ리고 ᄉᆞ부의 방즁의 니ᄅᆞ러 져ᄅᆞᆯ ᄃᆡ신ᄒᆞ여 원슈 갑하 쥰 은혜ᄅᆞᆯ 샤례ᄒᆞ니 져 ᄉᆞ뷔 심히 공슌히 회샤(回謝)ᄒᆞ고, ᄯᅩ 량ᄀᆡ(兩個) 환약을 쥬어 봉고다려 니ᄅᆞᄃᆡ,

"이거시 벽샤(辟邪)ᄒᆞᄂᆞᆫ 환약이니 난호와 네 차례ᄅᆞᆯ 먹으면 신상이 믄득 죠 【57】 ᄒᆞ리라."

쥬시 무ᄅᆞᄃᆡ,

"ᄉᆞ부의 버힌 바 믈건이 필경 무슨 요괴냐?"

ᄉᆞ뷔 ᄃᆡ답ᄒᆞᄃᆡ,

"블과 싀호리(豺狐狸)의 졍령(精靈)이니라."

통판이 드ᄅᆞᄆᆡ 십분 감격ᄒᆞ여 긔여히 드러가 면ᄃᆡᄒᆞ여 치샤ᄒᆞ랴 ᄒᆞ고 니고ᄅᆞᆯ 부탁ᄒᆞ여 그 ᄯᅳᆺ을 통ᄒᆞ니 한 즈음의 니괴 와셔 니ᄅᆞᄃᆡ, '그쳐럼 말고 젼도의 보즁ᄒᆞ여 가라' ᄒᆞ니, 통판이 비로쇼 슈습ᄒᆞ고 발졍ᄒᆞ여 도즁의셔 져 ᄉᆞ부의 일을 ᄎᆔ탁(揣度)ᄒᆞ여 신션이라 말ᄒᆞᄂᆞᆫ 이도 잇고 부쳐가 셰상의 나려왓다 말ᄒᆞᄂᆞᆫ 이도 잇 【58】 시ᄃᆡ, 오직 통판은 이 금션(劍仙)인 쥴 알고 져의 등의 길의 가ᄂᆞᆫ 거ᄉᆞᆫ 그만두니라.

ᄌᆡ셜, 져 웅회 ᄯᅩ 일ᄀᆡ 동녀의 슌음을 어더 ᄌᆞ긔의 양긔ᄅᆞᆯ 보ᄒᆞ여 내고, 그 슈련ᄒᆞ믈 ᄌᆞ뢰ᄒᆞᄆᆡ 십분 환희ᄒᆞ여 머리ᄅᆞᆯ 흔들고 ᄭᅩ리ᄅᆞᆯ 펼치며 인ᄒᆞ여 쇼혈(巢穴)노 도라오다가 쟝ᄎᆞᆺ 동구의 니ᄅᆞ러 다만 보니 ᄌᆞ회 숑지[ᄌᆞ](松籽)와 ᄇᆡᆨᄌᆞ(柏子)ᄅᆞᆯ 취ᄒᆞ여 가지고 산상으로 죠ᄎᆞ 도라오다가 ᄆᆞᆺ쵸와 죠히 만나셔 웅호의 양양득의(洋洋得意)ᄒᆞ믈 보고 드ᄃᆡ여 무로ᄃᆡ,

"네 어ᄃᆡ로셔 오건ᄃᆡ 져럿 【59】 ᄐᆞᆺ 즐겨 ᄒᆞᄂᆞ냐?

웅회 ᄃᆡ답ᄒᆞᄃᆡ,

"각기 도힝을 발션(發宣)ᄒᆞᆯ 거시니 네 날다려 뭇기ᄂᆞᆫ 어지미냐?"

ᄌᆞ회 니ᄅᆞᄃᆡ,

"임의 도힝의 유익ᄒᆞᆯ 양이면 응당 환희ᄒᆞ려니와 다만 아지 못게라 무슴 모양을 ᄒᆞ여야 도힝의 유익ᄒᆞ미 되랴. 그러므로ᄡᅧ 한 마ᄃᆡᄅᆞᆯ 뭇노라."

웅회 니ᄅᆞᄃᆡ,

"네가 스ᄉᆞ로 즐거온 거ᄉᆞᆫ 취치 아니ᄒᆞ고 긔여히 한ᄀᆞᆺ 신고(辛苦)만 ᄒᆞ니 내 도힝 ᄀᆞᆺᄐᆞ면 도로혀 일ᄀᆡ 쾌활ᄒᆞᆫ 방문이 되리라."

ᄌᆞ회 니ᄅᆞᄃᆡ,

"대략 이 ᄯᅩ 일ᄀᆡ 동녀의 월경슈(月經水)[17]ᄅᆞᆯ 어드 【60】 미냐?"

웅회 웃고 니ᄅᆞᄃᆡ,

"네가 죠히 아라 내ᄂᆞᆫ도다."

ᄌᆞ회 니ᄅᆞᄃᆡ,

"근쳐의ᄂᆞᆫ 네가 ᄎᆡ정(採精)ᄒᆞ믈 다ᄒᆞ엿거ᄂᆞᆯ 어내 곳의 도로혀 남져지[18] 잇셔 너로 더브러 보ᄒᆞᄂᆞᆫ 거ᄉᆞᆯ ᄌᆞ뢰ᄒᆞᄂᆞ냐?"

웅회 작야의 지ᄂᆡᆫ ᄉᆞ경을 일편(一遍)을 말ᄒᆞᄆᆡ 슈무족도(手舞足蹈)ᄒᆞ믈 ᄭᆡᄃᆞᆺ지 못ᄒᆞ고 한 지위ᄅᆞᆯ 칭쾌ᄒᆞ거ᄂᆞᆯ, ᄌᆞ회 듯다가 즉시 변ᄉᆡᆨᄒᆞ며 큰 소ᄅᆡ로 말ᄒᆞ여 니ᄅᆞᄃᆡ,

"죠치 아니타."

ᄒᆞ거ᄂᆞᆯ, 웅회 ᄲᆞᆯ니 그 연유ᄅᆞᆯ 무ᄅᆞ니 아지 못게라 ᄌᆞ회 무슴 말을 ᄒᆞ엿ᄂᆞᆫ지 다시 하회ᄅᆞᆯ 드러 【61】 믄득 알니라

---

17) 【월경슈】 명 월경수(月經水). ¶ 汞水 ‖ 대략 이 ᄯᅩ 일ᄀᆡ 동녀의 월경슈ᄅᆞᆯ 어드미냐 (大約又得一箇童女的汞水了.) <瑤華 1:59>

18) 【남져지】 명 나머지. ¶剩下 ‖ 근쳐의ᄂᆞᆫ 네가 ᄎᆡ정ᄒᆞ믈 다ᄒᆞ엿거ᄂᆞᆯ 어내 곳의 도로혀 남져지 잇셔 너로 더브러 보ᄒᆞᄂᆞᆫ 거ᄉᆞᆯ ᄌᆞ뢰ᄒᆞᄂᆞ냐 (近處已被你採完, 那裏還有剩下的與你滋補?) <瑤華 1:60>

2

능ᄎᆔ신혼방셜검 지명ᄌᆈ얼사투ᄐᆡ
能聚神魂方說劍 指明罪孽使投胎

화셜 ᄌᆞ회 대경실ᄉᆡᆨᄒᆞ며 니ᄅᆞᄃᆡ,

"죠치 아니ᄒᆞ도다. 네가 별쳐로 단니며 취멱(取覓)ᄒᆞᄂᆞᆫ 거ᄉᆞᆫ 그만 ᄒᆞ려니와 엇지 져ᄅᆞᆯ ᄌᆞ아내엿ᄂᆞ냐?"

웅회 니ᄅᆞᄃᆡ,

"져곳의 무어시 잇셔 ᄌᆞ아내지 못ᄒᆞᆫ다 하ᄂᆞ냐?"

ᄌᆞ회 니ᄅᆞᄃᆡ,

"그 암즁의 ᄒᆞᆼ상 보긔(寶氣)가 잇셔 하ᄂᆞᆯ의 ᄲᅩ이니 ᄇᆞᆫᄃᆞ시 리인(異人)이 그곳의 이실지라. 네가 로【62】죠종(老祖宗)의 교훈ᄒᆞ던 거ᄉᆞᆯ ᄉᆡᆼ각지 못ᄒᆞᄂᆞ냐. 두리건ᄃᆡ 져 졉슈ᄅᆞᆯ 네가 ᄉᆞᆼ당ᄒᆞ리로다."

웅회 니ᄅᆞᄃᆡ,

"문득 날을 엇진 모양으로 쳐치ᄒᆞᆯ고?"

말이 맛지 못ᄒᆞ여 홀연 보니 한 즐기 흰빗치 져의 인후ᄅᆞᆯ 빗최여 나려오니, 웅회 급히 몸을 피ᄒᆞ며 져 나려오ᄂᆞᆫ 칼을 잡아 ᄌᆞ셔히 보ᄆᆡ 광치 눈의 ᄲᅩ이ᄂᆞᆫ지라. 동혈(同穴) 즁의 잇ᄂᆞᆫ 로소호리(老少狐狸)들이 모다 놀나 다라나며 져 웅호ᄂᆞᆫ 의ᄉᆞ의 칼을 바리고 도망ᄒᆞ려 ᄒᆞ더니, 말ᄒᆞᄂᆞᆫ ᄯᅢ의ᄂᆞᆫ 더ᄃᆡ고 오ᄂᆞᆫ【63】ᄯᅢᄂᆞᆫ 쾌(快)ᄒᆞᆫ지라. 흰빗치 ᄲᅩ와 니ᄅᆞ며 나ᄂᆞᆫ 칼이 ᄯᅩ 다라드러 밋쳐 도타(到躲)치[19] 못ᄒᆞ고 임의 몸과 머리가 둘의 나ᄂᆞᆫ지라.

원ᄅᆡ 져 웅회 평시의 슈련ᄒᆞᆫ 공뷔 심상치 아니ᄒᆞ여 두뢰(頭顱)ᄂᆞᆫ 버혀 갓시나 창ᄌᆞ 가온ᄃᆡ 한 긔운이 곳 ᄯᅮ러나와 바ᄅᆞᆷ을 마져 한 ᄎᆞ례ᄅᆞᆯ 쥬션(周旋)ᄒᆞ더니 졍신과 혼ᄇᆡᆨ이 여젼히 한곳의 모혀 시신 겻희 업ᄃᆡ여 이시ᄆᆡ 졈졈 능히 명ᄇᆡᆨᄒᆞ여지ᄂᆞᆫ지라. 인ᄒᆞ여 ᄉᆡᆼ각ᄒᆞᄃᆡ 엇더ᄒᆞᆫ 사ᄅᆞᆷ이 이 나ᄂᆞᆫ 칼을 두어 가히 쳔ᄇᆡᆨ리【64】밧긔 슈급 버혀가기ᄅᆞᆯ 이ᄀᆞᆺ치 ᄒᆞᄂᆞᆫ고. 필시 암즁의 보긔(寶氣)가 ᄯᅮ러나오ᄂᆞᆫ 사ᄅᆞᆷ의 ᄒᆞᄂᆞᆫ 일이로다.

져의 도ᄒᆡᆼ이 실노이 등한치 아니ᄒᆞ니 내 ᄯᅩ 신혼(神魂)을 슈렴ᄒᆞ여 져곳으로 가셔 명ᄇᆡᆨ히 아라보며, 엇지 슈련을 ᄒᆞ여야 가히 능히 날을 ᄲᅧᆸ아내여 유명(幽冥)의 괴로오믈 버셔날고. 쥬의ᄅᆞᆯ 뎡ᄒᆞᄆᆡ 드ᄃᆡ여 바ᄅᆞᆷ을 ᄯᅡ라 표탕(飄蕩)ᄒᆞ여, 다만 븍편을 향ᄒᆞ여 ᄒᆡᆼᄒᆞ여 오ᄆᆡ 임의 암ᄌᆞ의 다ᄃᆞ랏ᄂᆞᆫ지라. 인ᄒᆞ여 월장ᄒᆞ여 ᄎᆡ원 속으로 지나며 보【65】니 슈급이 오히려 잇ᄂᆞᆫ지라. 그 겻출 의지ᄒᆞ여 한 지위 도라단니다가 한 길노 션방(禪房)을 ᄎᆞᄌᆞ 니ᄅᆞ러 보니 져 금션이 좌탑 우희 단졍히 안ᄌᆞᆺᄂᆞᆫᄃᆡ 임의 입졍(入定)ᄒᆞ엿ᄂᆞᆫ지라. ᄯᅩ 션탑 겻희 업ᄃᆡ여 잇셔 그 신혼이 도라오기ᄅᆞᆯ 기다려 무ᄅᆞ려 ᄒᆞ더라.

ᄌᆡ셜 져 금션은 누군고. 원ᄅᆡ 죠쥬(趙州)인후촌(仁厚村) 사ᄅᆞᆷ으로 농가의 ᄉᆡᆼ장ᄒᆞ고 부형의 셩은 계(計)시오, 뎨형ᄌᆞᄆᆡ(弟兄姊妹)가 아오로 오인인ᄃᆡ 금션이 뎨이녜(第二女)라. 일즉 사ᄅᆞᆷ의게 싀집가려 ᄒᆞ더니 망문과뷔(望門寡婦)【66】되믈 안ᄒᆞ여 다시 빙폐(聘幣)ᄅᆞᆯ 기다리더니 우연이 촌구(村口)의 잇셔 놀더니 악ᄒᆞᆫ 사ᄅᆞᆷ의 약(藥)으로 희미ᄒᆞ게 ᄆᆡᆫ돌믈 인ᄒᆞ여 곳 다리고 북경(北京) 셩(城)내의 니ᄅᆞ러 남의 집의 팔녀 ᄉᆞ환ᄒᆞᄂᆞᆫ 녀ᄌᆡ 되엇더니, 홀연 니인(異人)이 잇셔 그곳을 지나다가 금션의 량미간(兩眉間)의 한

---

19) 【도타ᄒᆞ다】 ㉮동 {도타(到躲)하다.} 피하다. ¶ 躲閃 ‖ 말ᄒᆞᄂᆞᆫ ᄯᅢ의ᄂᆞᆫ 더ᄃᆡ고 오ᄂᆞᆫ ᄯᅢᄂᆞᆫ 쾌ᄒᆞᆫ지라 흰빗치 ᄲᅩ와 니ᄅᆞ며 나ᄂᆞᆫ 칼이 ᄯᅩ 다라드러 밋쳐 도타치 못ᄒᆞ고 임의 몸과 머리가 둘의 나ᄂᆞᆫ지라 (說時遲, 來時快, 又見白光射至, 飛劍又到, 躲閃不及, 早已身首異處.) <瑤華 1:63>

쥴기 ᄆᆞᆰ은 긔운이 이시믈 보ᄆᆡ 슉근(夙根)이 잇ᄉᆞ믈 알고 드ᄃᆡ여 중가(重價)ᄅᆞᆯ 쥬고 ᄉᆞ셔 도라와 슈양ᄒᆞ여 의녀(義女)ᄅᆞᆯ 삼고 죠셕의 슈련ᄒᆞᄂᆞᆫ 슐법을 가ᄅᆞ쳐 ᄉᆞ오십 년을 지나 【67】 ᄆᆡ, 다 니인(異人)의 비결을 어더 량구(兩口) 비검(飛劍)을 고와[20] 어덧더니, 후의 니인의 비승(飛昇)ᄒᆞ믈 다다라 그 공부ᄅᆞᆯ 닥고 ᄒᆡᆼ실을 ᄡᅡ흐면 가히 신션의 반열의 오르리라 부촉ᄒᆞ니, 금션이 니인의 부촉ᄒᆞᆫ 바ᄅᆞᆯ 죠ᄎᆞ ᄀᆞᆺ가온 ᄃᆡ로 말ᄆᆡ암아 먼 ᄃᆡ로 ᄃᆞᆫ녀 몬져 하삭(河朔) ᄉᆞ이의 잇셔 공덕을 널니 ᄒᆡᆼᄒᆞ여 곤궁ᄒᆞᆫ 이ᄅᆞᆯ 건지고 위ᄐᆡᄒᆞᆫ 이ᄅᆞᆯ 붓잡더니, 그 후ᄂᆞᆫ 두로 텬하(天下)로 ᄃᆞᆫ녀 ᄉᆞᄒᆡ의 오유(遨遊)ᄒᆞ여 공부와 ᄒᆡᆼ실을 만히 ᄡᅡ하 졈졈 능히 몸을 구름 우ᄒᆡ 가ᄇᆡ 【68】 야이 ᄒᆞ고, 신혼이 몸 밧긔 나가며, 그 도호(道號)가 하나히 아니라 도쳐의(到處)의 곳치고, 이졔 동ᄒᆡ로 조ᄎᆞ 구름을 노라 오다가, 하남(河南) ᄯᅡ 풍긔(風氣)가 박실(樸實)ᄒᆞ믈 보ᄆᆡ 잠간 멈츄어 이 암ᄌᆞ 가온ᄃᆡ 쥬졉ᄒᆞ여 스ᄉᆞ로 무ᄋᆡ〔无碍 거칠거시 업단 말이라〕ᄌᆡ라 닐ᄏᆞᄅᆞ며 문득 니ᄅᆞᄂᆞᆫ 곳 마다 공변되지 못ᄒᆞ고 평슌치 못ᄒᆞ여 왕법(王法)의 밋지 못ᄒᆞᆯ 바 일이 이시면 곳 ᄃᆡ신 셜분ᄒᆞ여 보복ᄒᆞ여 쥬고, 만일 량션ᄒᆞᆫ 집이 잇ᄂᆞᆫ ᄃᆡ 능히 날을 지내지 못ᄒᆞ면 곳 강포ᄒᆞ여 법(法)아닌 사ᄅᆞᆷ 【69】 의 집 ᄌᆡ물을 취ᄒᆞ여다가 졉졔(接濟)ᄒᆞ여 쥬ᄃᆡ 아오로 명ᄯᅡᄅᆞᆯ 머믈고 ᄌᆞ최ᄅᆞᆯ 기치지 아니ᄒᆞ므로ᄡᅥ 셰상 사ᄅᆞᆷ이 아ᄂᆞᆫ 재 심히 젹더라. 졔 비록 오십여 셰 되엿다 말ᄒᆞ나 기실은 ᄇᆡᆨ유여 셰(百有餘歲)나 된지라.

져 웅회 동녀의 월경슈ᄅᆞᆯ ᄎᆡ취ᄒᆞ던 날은 져가 젹젹암(滴滴岩)의 잇셔 불평ᄒᆞᆫ 일을 쳐치ᄒᆞ기로 인ᄒᆞ여 밋쳐 아지 못ᄒᆞ더니, 웅호ᄅᆞᆯ 버힌 후로붓허ᄂᆞᆫ 신(神)을 내여 집의 도라와 녀호의 노린 내음ᄉᆡ 이시믈 맛고 혜안(慧眼)을 ᄡᅥ 보니 녀호의 혼 【70】 이 좌탑 우ᄒᆡ 업ᄃᆡ여 잇ᄂᆞᆫ지라. 져 웅호의 혼이 임의 금션의 신긔가 도라오믈 보고 드ᄃᆡ여 추창(趨蹌)ᄒᆞ며 머리ᄅᆞᆯ 죠아 ᄀᆞᆯ오ᄃᆡ,

“이류(異類)의 음혼(淫魂)이 어졔 비검의 쥬륙ᄒᆞ믈 닙어시나 도덕을 흠모ᄒᆞ여 특별이 와셔 의지ᄒᆞ믈 구ᄒᆞ노라.”

무ᄋᆡᄌᆡ(無碍子) ᄭᅮ지져 ᄀᆞᆯ오ᄃᆡ,

“네가 곳 월경을 ᄎᆡ취ᄒᆞ여 슈련ᄒᆞ려 ᄒᆞ던 웅회냐? 맛참내 능히 혼을 모와 앏흐로 와 날을 보니 너의 도ᄒᆡᆼ이 쳔박지ᄂᆞᆫ 아니ᄒᆞᆫᄃᆡ, 엇진 연고로 ᄉᆞ긔ᄅᆞᆯ 곳쳐 졍도로 도라 【71】 가지 아니ᄒᆞ고 이러ᄐᆞᆺ 죄얼을 지으며 너의 온 의ᄉᆞᄂᆞᆫ 무어ᄉᆞᆯ 위ᄒᆞ미냐?”

요혼(妖魂)이 ᄀᆞᆯᄋᆞᄃᆡ,

“다ᄅᆞᆷ이 아니라 내 비록 이류(異類)나 슈련ᄒᆞᄂᆞᆫ 거ᄉᆞᆫ ᄀᆞᆺᄐᆞᄃᆡ 공부가 심쳔(深淺) 다른 ᄃᆡ 지나지 아니ᄒᆞᆫ지라. ᄉᆞ졍(邪正) 두 글ᄌᆞ의 니ᄅᆞ러ᄂᆞᆫ 엇지 일즉 분변치 아니ᄒᆞ리오마ᄂᆞᆫ 다만 붉은 ᄃᆡ 갓갑고 거믄 ᄃᆡ 갓가온 거시 각각 부터 오ᄂᆞᆫ ᄇᆡ 이시니 우리 류(類)가 ᄯᅩᄒᆞᆫ 공부와 놉흔 ᄒᆡᆼ실이 잇ᄂᆞᆫ 재냐. 다만 익히ᄂᆞᆫ 바 도ᄂᆞᆫ 신션과 붓쳐의 두 집 일이 아니미 업ᄂᆞᆫ지라. 이단의 니ᄅᆞ러ᄂᆞᆫ 잡귀와 【72】 요괴의 두 길 ᄲᅮᆫ이니 귀신은 임의 그림ᄌᆞᄂᆞᆫ 잇고 형톄ᄂᆞᆫ 업셔 맛참내 족히 사ᄅᆞᆷ을 놀낼 ᄯᆞᄅᆞᆷ이오. 요괴ᄂᆞᆫ ᄉᆡ가 아니면 곳 즘ᄉᆡᆼ이라. 경긔ᄅᆞᆯ 모으고 신식[神識]을 거두어 모다 능히 그 형톄ᄅᆞᆯ 변환ᄒᆞᄃᆡ 우리 녀호의 류ᄂᆞᆫ 텬셩이 ᄌᆞ연 다시 타류ᄅᆞᆯ 이긔나 그러나 비검이 몸을 ᄯᆞ라 가히 ᄇᆡᆨ리 밧긔 슈급을 취ᄒᆞᄂᆞᆫ 쟈ᄂᆞᆫ 듯지 못ᄒᆞᆫ지라. 이 ᄠᅳᆺ이 한번 ᄆᆡᆼ동(萌動)ᄒᆞᄆᆡ 신혼을 억지로 모와 내여 ᄉᆞ부의게 근위(根委)ᄅᆞᆯ 알고ᄌᆞ ᄒᆞ미오 내가 임의 형톄가 ᄯᅥ나고 【73】 혼ᄇᆡᆨ이 표탕ᄒᆞ여시니 엇지 다른 ᄉᆡᆼ각이 이시랴.”

무ᄋᆡᄌᆡ ᄀᆞᆯ오ᄃᆡ,

“근위ᄅᆞᆯ 네가 알냐 ᄒᆞ거든 악념을 품지 아니ᄒᆞᄂᆞᆫ 거시 곳 ᄀᆡ샤귀졍(改邪歸正)ᄒᆞᄂᆞᆫ 단셰니 가히 우리 도(道)의 도라올 만ᄒᆞ고 네가 근위ᄅᆞᆯ ᄭᆡ치려 ᄒᆞ거든 ᄂᆡ 맛당히 너ᄅᆞᆯ 위ᄒᆞ여 ᄭᆡ쳐쥴 거시니 우리 도ᄂᆞᆫ 아올나 고이ᄒᆞᆫ 거시 업고 실상은 다 유셕도(儒釋道) 삼교(三教) 가온ᄃᆡ 통ᄉᆞᆯ(統率)이 되ᄂᆞ니라.”

요혼(妖魂)이 ᄀᆞᆯ오ᄃᆡ,

“이 말이 긔망ᄒᆞᄂᆞᆫ 것 ᄀᆞᆺ도다. 내 드ᄅᆞ니 텬디 잇셔 오므로ᄡᅥ 다만 삼교ᄅᆞᆯ 알고 모다 삼교 【74】 ᄅᆞᆯ 거나리ᄂᆞᆫ 재 잇단 말은 듯지 못ᄒᆞ엿

20) 【고으다】 동 고다. 숙련하다. ¶ 錬 ‖ 죠셕의 슈련ᄒᆞᄂᆞᆫ 슐법을 가ᄅᆞ쳐 ᄉᆞ오십 년을 지나ᄆᆡ 다 니인의 비결을 어더 량구 비검을 고와 어덧더니 (朝夕授以修煉之術, 歷四五十年, 盡得異人秘傳, 煉得兩口飛劍.) <瑤華 1:67>

노라."

무익지 웃고 ᄀᆞᆯ오ᄃᆡ,

"삼교ᄂᆞᆫ 스ᄉᆞ로 이 삼교오, 거나리ᄂᆞᆫ 쟈ᄂᆞᆫ 이의 거ᄂᆞ려 좃ᄂᆞᆫ단 말이오, 도로혀 삼교를 거ᄂᆞ리단 말은 아니니 그런고로 ᄀᆞᆯ오ᄃᆡ, 삼교 가온ᄃᆡ 통ᄒᆞᆫ다 ᄒᆞ미니라."

요혼이 ᄀᆞᆯ오ᄃᆡ,

"엇지ᄒᆞ여 삼교의 즁(中)이라 ᄒᆞᄂᆞ냐?"

무익지 ᄀᆞᆯ오ᄃᆡ,

"우리 도의 ᄒᆡᆼᄒᆞᄂᆞᆫ 바 일은 인의례지신(仁義禮智信)의 ᄯᅥ나지 아니ᄒᆞ니 이거시 유교를 좃ᄎᆞ미오, 공덕과 ᄒᆡᆼ실을 이 즁의 ᄡᅡ코 육신을 도외(度外)에 두ᄂᆞᆫ 거시 이 【75】 셕교(釋敎)를 좃ᄎᆞ미오 길의셔 불평(不平)ᄒᆞᆷ을 보미 칼을 ᄲᅡ혀 셔로 도으며 금(金) ᄡᅳ기를 흙ᄀᆞᆺ치 ᄒᆞ여 어려온 거ᄉᆞᆯ 플며 위틱ᄒᆞᆫ 거ᄉᆞᆯ 건지ᄂᆞᆫ 거시 이 도교를 좃ᄎᆞ미니 엇지 삼교 가온ᄃᆡ 비회ᄒᆞ미 아니랴."

요혼이 탄식ᄒᆞ여 ᄀᆞᆯ오ᄃᆡ,

"묘ᄒᆞ다 이 의론이여. 진실노 심흉(心胸)을 쾌활케 ᄒᆞ여 이ᄂᆞᆫ 경도로 도라가게 ᄒᆞ미오, 녀호 무리 ᄀᆞᄐᆞᆫ 거ᄉᆞᆫ 죄가 죽ᄂᆞᆫ ᄃᆡ 용납지 못ᄒᆞ리로다."

무익지 ᄀᆞᆯ오ᄃᆡ,

"우리가 슈도ᄒᆞ미 극히 순정(純正)ᄒᆞ나 익히ᄂᆞᆫ 재 심히 젹 【76】 고 고릭의 셔로 젼ᄒᆞ기를 다만 황셕공(黃石公)의 한 일이 잇고, 비록 신션 두 길이 이시나 이거셰 ᄌᆞ뢰(資賴)치 아니ᄒᆞ며, 사ᄅᆞᆷ과 요괴와 잡귀 ᄀᆞᄐᆞᆫ 것들은 문이 업셔 가히 드지 못ᄒᆞᄂᆞᆫ지라. 내 그러므로ᄡᅥ 두로 텬하의 노ᄂᆞᆫ 밧 ᄌᆞ(者)ᄂᆞᆫ 나의 도를 인간의 젼ᄒᆞ고져 ᄒᆞ미러니, 엇지 한 사ᄅᆞᆷ과 한 요괴와 한 잡귀가 구ᄒᆞᄂᆞᆫ 재 업ᄉᆞᆯ 쥴을 엇지 헤아려시리오. 우리 도가 족히 셰상의 젼치 못ᄒᆞ미냐?"

요혼이 ᄀᆞᆯ오ᄃᆡ,

"사ᄅᆞᆷ이 스ᄉᆞ로 한 길이오, 잡귀가 스ᄉᆞ로 한 길이오, 요 【77】 괴즉 우리 등이라. 그러나 우리가 이졔ᄂᆞᆫ 귀신과 요괴가 다 일신의 븟치여시니 아지 못게라 가히 시러곰 전슈(傳授)되랴, 못되랴?"

무익지 ᄀᆞᆯ오ᄃᆡ,

"너를 거두워 젼슈ᄒᆞ여 쥬기ᄂᆞᆫ 심히 쉬흐나, 너ᄂᆞᆫ 다만 샤긔오 나ᄂᆞᆫ 이의 슌졍ᄒᆞᆫ지라. 샤긔가 경도를 이긔지 못ᄒᆞᄂᆞ니 두리건ᄃᆡ 구룸의 드러오기가 어려오리라."

요혼이 ᄀᆞᆯ오ᄃᆡ,

"진실노 이 ᄀᆞᄐᆞ나 다만 내가 도라와 의지ᄒᆞᆯ 의ᄉᆡ 심히 간졀ᄒᆞ니 엇지 한 간샤(奸邪)를 인ᄒᆞ여 문외에 미러 내치랴."

무익 【78】 지 ᄀᆞᆯ오ᄃᆡ,

"도의 드러오ᄂᆞᆫ 재 임의 드므니 엇지 다시 막을 니야 이시리오. 내 맛당히 너를 ᄃᆡ신ᄒᆞ여 혬ᄒᆞ여 보니 모롬즉이 이 두 가지 공부가 잇셔야 겨유 능히 우리 도의 드려[러]올 듯ᄒᆞ나, 두리건ᄃᆡ 네 ᄆᆞ옴의 원하ᄂᆞᆫ 비 아닐가 ᄒᆞ노라."

요혼이 니ᄅᆞᄃᆡ,

"다만 거두기를 바라ᄂᆞ니 엇지 어려오믈 두려ᄒᆞ리오."

우익지 ᄀᆞᆯ오ᄃᆡ,

"네가 음졍을 취ᄒᆞ여 양긔를 보ᄒᆞᆫ 거시 임의 언마 공부를 어덧ᄂᆞ냐?"

요혼이 ᄀᆞᆯ오ᄃᆡ,

"우리 무리 슈련ᄒᆞᄂᆞᆫ 거시 셰상의 나무[므] 【79】 로븟허 일ᄇᆡᆨ 긔 쳐녀의 순음을 취득ᄒᆞ여야 능히 형톄를 변환ᄒᆞ거ᄂᆞᆯ 나ᄂᆞᆫ 겨유 팔십구인을 상관ᄒᆞᆫ 고로 오히려 암미(魘魔)ᄒᆞᄂᆞᆫ 슐법을 베프노라."

무익지 ᄀᆞᆯ오ᄃᆡ,

"여등이 츌셰ᄒᆞ미 곳 이런 일노ᄡᅥ 일을 삼ᄂᆞᆫ다 ᄒᆞ니 오히려 가히 말감(末減)[21]을 좃치려니와 다만 ᄒᆡᆼᄒᆞᆫ 바 일이 ᄯᅩᄒᆞᆫ 능히 그 션악을 알겟ᄂᆞ냐?"

요혼이 ᄀᆞᆯ오ᄃᆡ,

"ᄃᆡ략이 그 대톄ᄂᆞᆫ 알거시니 젼의 이 ᄉᆞ이의 잇셔 ᄒᆡᆼᄒᆞᆫ 비 도로혀 션악간의 잇ᄂᆞᆫ지라. 일즉 긔록ᄒᆞ건ᄃᆡ 어내 히 【80】 의 한 쳐녀가 잇셔 경욕을 인ᄒᆞ여 명이 호흡간(呼吸間)의 잇거ᄂᆞᆯ 내가 더브러 한 ᄎᆞ례만 상관ᄒᆞ여시니 임의 능히 내 공부를 건지미오 ᄯᅩᄒᆞᆫ 능히 제명을 구완ᄒᆞ여 쥬엇노라."

무익지 ᄀᆞᆯ오ᄃᆡ,

---

21) 【말감】 명 {말감(末減).} 가장 가벼운 죄에 처함. ¶ 末減 ‖ 여등이 츌셰ᄒᆞ미 곳 이런 일노ᄡᅥ 일을 삼ᄂᆞᆫ다 ᄒᆞ니 오히려 가히 말감을 좃치려니와 다만 ᄒᆡᆼᄒᆞᆫ 바 일이 ᄯᅩᄒᆞᆫ 능히 그 션악을 알겟ᄂᆞ냐 (汝等之屬, 出世卽以此爲事, 尙可稍從末減, 但行所事亦能知其善惡乎?) <瑤華 1:79>

"비록 극ᄒᆞᆫ 악은 아니되나 ᄯᅩᄒᆞᆫ 적션은 못되리라."

요혼이 ᄀᆞᆯ오ᄃᆡ,

"근년(近年)의 한 쳐녀가 ᄉᆞᄉᆞ로이 사ᄅᆞᆷ을 죠ᄎᆞ믈 만나니 그 졍이 블과 ᄉᆡᆨ욕(色慾)을 위ᄒᆞ미라. 내가 곳 그 가ᄂᆞᆫ 길을 희미ᄒᆞ게 ᄒᆞ고 한번 상관한 후의 돌녀 보ᄂᆡ여 졔 욕심을 치와 쥬고 그 더러온 【81】 ᄒᆡᆼ실을 감쵸게 ᄒᆞ여시니 혹 가히 착ᄒᆞ다 ᄒᆞ랴?"

무ᄋᆡ지 ᄀᆞᆯ오ᄃᆡ,

"졔 간샤ᄒᆞᆫ ᄆᆞᄋᆞᆷ으로ᄡᅥ 드러오거ᄂᆞᆯ 네 간샤ᄒᆞᆫ ᄆᆞᄋᆞᆷ으로ᄡᅥ 졔어ᄒᆞ니 네게 잇셔ᄂᆞᆫ 착ᄒᆞᆫ 일을 ᄒᆞ엿다 ᄒᆞᄃᆡ 텬리의 잇셔ᄂᆞᆫ 인ᄒᆞ여 악ᄒᆞᆫ 일이 되리라."

요혼이 텽파의 슬허ᄒᆞ여 ᄀᆞᆯ오ᄃᆡ,

"만일 이 ᄀᆞᄐᆞ면 우리 등은 악ᄒᆞᆫ 것만 잇고 착ᄒᆞᆫ 거ᄉᆞᆫ 업ᄉᆞ니 엇지 능히 졍도의 드러가리오."

무ᄋᆡ지 ᄀᆞᆯ오ᄃᆡ,

"텬도ᄂᆞᆫ 죠히 슌환이 되ᄂᆞ니 ᄎᆞ후로ᄂᆞᆫ 악ᄒᆞᆫ 거ᄉᆞᆯ 바리고 착ᄒᆞᆫ ᄃᆞ로 도라오면 셩인의 【82】 니ᄅᆞ신 바 쳐음의 착ᄒᆞ니 보다 나으미 잇다 ᄒᆞ시니 우리 엇지 용납지 아니ᄒᆞ랴."

요혼이 ᄀᆞᆯ오ᄃᆡ,

"내 장ᄎᆞᆺ 륜회의 드러갈 터이니 엇지 다시 죄얼을 지으리오. ᄉᆞ뷔 즐겨 ᄌᆞ비지심(慈悲之心)을 발ᄒᆞ면 ᄎᆞ후ᄂᆞᆫ ᄀᆡ과쳔션ᄒᆞ여 맛당히 곳 ᄉᆞ부의 명을 한갈ᄀᆞ치 좃ᄎᆞ리라."

무ᄋᆡ지 ᄀᆞᆯ오ᄃᆡ,

"나 보기의 너의 신령ᄒᆞᆫ ᄀᆡ운이 어둡지 아니ᄒᆞ니 스ᄉᆞ로 쉬온 ᄃᆡ로 븟치려니와 다만 너의 이왕 죄악이 실노 깁흔지라, 심상(尋常)ᄒᆞ므로 가히 갑지 못ᄒᆞᆯ지니, 만일 부귀 【83】 쌍젼ᄒᆞᆫ 집과 공ᄒᆡᆼ이 유여(有餘)ᄒᆞᆫ 쳐지 아니면 결단코 갓기ᄅᆞᆯ 원만(圓滿)ᄒᆞ기 어려올지라. 네 젼신이 숏커시 되어시니 반ᄃᆞ시 환ᄉᆡᆼᄒᆞ여 계집이 되고 다시 부귀가 옹호(擁護)ᄒᆞ믈 어더야 마감ᄒᆞ기가 오히려 쉬오나 그러ᄒᆞ나 그 ᄯᅢ 고ᄉᆡᆼᄒᆞᄂᆞᆫ 거시 젹지 아니ᄒᆞ리라."

요혼이 ᄀᆞᆯ오ᄃᆡ,

"다만 아지 못게라 엇지ᄒᆞ여야 죄ᄅᆞᆯ 갑ᄂᆞᆫ 법인고. 도로혀 ᄇᆞᆰ히 가ᄅᆞ치믈 구ᄒᆞ노라."

무ᄋᆡ지 ᄀᆞᆯ오ᄃᆡ,

"네가 팔구십 ᄀᆡ 쳐녀의 몸을 훼상ᄒᆞ여 쥬엇시니, ᄯᅩᄒᆞᆫ 맛당히 그 슈ᄅᆞᆯ 【84】 의지ᄒᆞ여 갑ᄒᆞ리라."

요혼이 ᄀᆞᆯ오ᄃᆡ,

"만일 그 슈 ᄃᆡ로 의지ᄒᆞ여 갑ᄒᆞ려 ᄒᆞ면 엇지 창기와 ᄀᆞᆺ지 아니ᄒᆞ며, 연화(烟花)부치[22] 쇽의 츄락ᄒᆞᄂᆞᆫ 거시 더욱 깁ᄒᆞᆯ 거시니 도로혀 그 지ᄎᆞ(之次)ᄅᆞᆯ ᄉᆡᆼ각ᄒᆞ라."

무ᄋᆡ지 ᄀᆞᆯ오ᄃᆡ,

"갑ᄒᆞᆯ ᄇᆡ 비록이 슈가 잇시나 ᄯᅩᄒᆞᆫ 반ᄃᆞ시 다 몸으로 갑ᄂᆞᆫ 거시 아니라. 혹 한 사ᄅᆞᆷ의 명을 구졔ᄒᆞ여 쥬며, 혹 한 가지 슈치(羞恥)ᄒᆞᆫ 일을 ᄲᅦ셔 쥬며, 혹 남의 명절을 보젼ᄒᆞ여 쥬며, 혹 남의 아ᄅᆞᆷ다온 거ᄉᆞᆯ 일워여 쥬ᄂᆞᆫ 거시 모다 가히 한 죄얼을 【85】 쇼멸ᄒᆞᄂᆞᆫ 거시니, 이거시 너의 ᄒᆞᄂᆞᆫ 바의 잇ᄂᆞᆫ 거시니라. 대ᄀᆡ 오예(汚穢)ᄒᆞᆫ ᄯᅡᄒᆞᆯ 소졔치 아니ᄒᆞ면 날노 ᄲᅡ히고 달노 가득ᄒᆞᆯ 거시니, 만일 다시 더 ᄲᅡᆺ치 아니ᄒᆞ고 ᄯᅩ 소졔ᄅᆞᆯ 더ᄒᆞᆯ 양이면 엇지 오예ᄒᆞᆫ ᄯᅡ히 곳쳐 졍결ᄒᆞ미 되지 아닐가 근심ᄒᆞ랴."

요혼이 오톄(五體)ᄅᆞᆯ ᄯᅡ히 더지고 머리ᄅᆞᆯ 죠아 ᄀᆞᆯ오ᄃᆡ,

"ᄉᆞ부의 ᄊᆞ짓ᄂᆞᆫ 막ᄃᆡ가 곳 신령ᄒᆞᆫ 문(門)을 ᄯᅮ러내니, 다만 아지 못게라 어내 ᄯᅡ히 쳐ᄒᆞ여야 가ᄒᆞᆯ고?"

무ᄋᆡ지 ᄀᆞᆯ오ᄃᆡ,

"내 ᄉᆡᆼ각ᄒᆞ니 변량셩(汴梁省) 복왕(福王)이 무도 【86】 ᄒᆞ여 불구의 ᄑᆡ망(敗亡)ᄒᆞᆯ 거시나, 그러나 그 비빈(妃嬪) 한시(韓氏) 쟝ᄎᆞᆺ 잉ᄐᆡᄒᆞᆯ 거시니, 네 승시ᄒᆞ여 가히 가셔 투ᄐᆡ(投胎)ᄒᆞ면 내 시러곰 승간(乘間)ᄒᆞ여 보호ᄒᆞ여 쥴 거시오, 그 맛ᄎᆞᆷ내 산실(散失)ᄒᆞᆯ ᄌᆡ물을 가지고 심히 가히 네 공덕의 ᄲᅵᄂᆞᆫ 거ᄉᆞᆯ 건져낼 거시오. 인ᄒᆞ여 너ᄅᆞᆯ 위ᄒᆞ여 보검(寶劍)을 짓ᄂᆞᆫ 터ᄒᆞᆯ ᄇᆡ포(擺布)ᄒᆞ여 ᄡᅥ 너ᄅᆞᆯ 검슐의 종요ᄒᆞᆫ 거ᄉᆞᆯ 젼슈ᄒᆞ리라."

요혼이 다시 머리ᄅᆞᆯ 죠아 졀ᄒᆞ고 ᄀᆞᆯ오ᄃᆡ,

---

22) 【부치】 졉 붙이. ((명사 뒤에 붙어)) 같은 부류라는 뜻을 더하는 접미사. ¶ 隊 ‖ 만일 그 슈 ᄃᆡ로 의지ᄒᆞ여 갑ᄒᆞ려 ᄒᆞ면 엇지 창기와 ᄀᆞᆺ지 아니ᄒᆞ며 연화부치 쇽의 츄락ᄒᆞᄂᆞᆫ 거시 더욱 깁ᄒᆞᆯ 거시니 도로혀 그 지ᄎᆞᄅᆞᆯ ᄉᆡᆼ각ᄒᆞ라 (若欲按數償之, 豈不同於娼妓烟花隊裏, 墮落更深, 還思其次.) <瑤華 1:84>

"원컨ᄃᆡ 가셔 투ᄐᆡᄒᆞᆯ 거시니 오히려 법력으로 보호ᄒᆞ믈 바라노라."

무【87】ᄋᆡ지 ᄀᆞᆯ오ᄃᆡ,

"이졔 ᄯᅢ가 되어시니 나의 검광(劍光) 가ᄅᆞ치믈 ᄯᅡ라가라."

ᄒᆞ고 말이 맛ᄎᆞᄆᆡ 허리 ᄉᆞ이로 탄ᄌᆞᄅᆞᆯ 집어내여 북텬을 바라고 한 번 더지ᄆᆡ 요혼이 ᄯᅡ라가다가 홀연 ᄯᅡ히 ᄯᅥ러지니 임의 강보(襁褓) 즁의 잇ᄂᆞᆫ지라.

보ᄂᆞᆫ 이[23]ᄂᆞᆫ 너다려 니ᄅᆞᄂᆞ니 이 복왕(福王)은 뉜고? 만력황뎨(萬曆皇帝)의 아ᄃᆞᆯ이오 일홈은 상슌(尙洵)이니, 임의 번왕(藩王)을 하남셩(河南省)의 봉ᄒᆞ여 쥬엇시니 그 졍ᄉᆞ(政事)ᄂᆞᆫ 다ᄉᆞ리지 아니ᄒᆞ고 날마다 쥬ᄉᆡᆨ으로 즐기기만 ᄒᆞᄂᆞᆫ고로 변양셩(汴梁省)의 가지 못ᄒᆞ게【88】ᄒᆞ니 연곡지하(輦轂之下)의셔 ᄒᆞ고ᄌᆞ ᄒᆞᄂᆞᆫ 바ᄅᆞᆯ 임의로 못ᄒᆞ믈 인ᄒᆞ여 죠신(朝臣) 쳥ᄒᆞ고 대신(代身) 쥬문(奏聞)ᄒᆞ여 봉ᄒᆞ여 쥰 쳐소로 도라가미 임의 만력 ᄉᆞ십이 년의 겨유 변량셩의 니ᄅᆞ니, 이 사ᄅᆞᆷ이 비록 뎨실지쥐(帝室之主)나 실상은 하우(下愚)와 ᄀᆞᆺ트여 셩픔이 ᄉᆞ치ᄅᆞᆯ 죠하ᄒᆞ고 쥬ᄉᆡᆨ을 탐ᄒᆞ여 비빈이 ᄡᅡᆲ히 가득ᄒᆞ나 오히려 ᄯᅳᆺ의 ᄎᆞᆨ지 못ᄒᆞ여 ᄆᆡ양 민간으로 단니며 미ᄉᆡᆨ을 간ᄐᆡᆨᄒᆞ여 좃지 아닛ᄂᆞᆫ 쟈ᄂᆞᆫ 그 가산을 파(破)ᄒᆞ니, 져 ᄇᆡᆨ셩들이 사ᄅᆞᆷ마다 통한ᄒᆞ여【89】ᄒᆞ며 그 왕의 신ᄌᆞ(身子)가 비반(肥胖)ᄒᆞ믈 인ᄒᆞ여 져왕 [猪王 도야지 인군이란 말] 이라 닐ᄏᆞᄅᆞ나, 졔가 번왕인고로 엇지ᄒᆞᆯ 슈 업셔 다만 ᄎᆞᆷ고 지내며 져 궁즁의 심복시신(心腹侍臣) 십여 원(員)이 이시니, 졔일은 오품(五品) 젼함이니 벼술 일홈은 장ᄉᆞ(長史)오, ᄯᅩ 령ᄉᆞ(令史)가 이시니 졍팔품(正八品) 봉록을 먹고, 기여(其餘) 구품과 류(流)에 드지 못ᄒᆞᆫ 재 두어 사ᄅᆞᆷ이 잇셔 번왕의 부즁(府中) 내외 대소ᄉᆞ무ᄅᆞᆯ 구완케 ᄒᆞ고, 져 친왕(親王)[24]이 오현(五縣)과 일쥬(一州)의 전량(錢糧)과 죠미(漕米)ᄅᆞᆯ ᄎᆞ지ᄒᆞ여 가지고, ᄯᅩ 회양(淮揚) 소금 삼십여 만 셕을 ᄯᅧ【90】혀 가지고 ᄃᆡ방의 긴요ᄒᆞᆫ 일을 의론ᄒᆞᄂᆞᆫ ᄃᆡ 참예ᄒᆞ여 쥬문ᄒᆞᄂᆞᆫ 고로 십분 안향ᄒᆞ더라. 이 ᄯᅢ 원소가졀(元宵佳節)의 크게 등희[燈火]ᄅᆞᆯ 베푸니 거국(擧國)이 밋친 것 ᄀᆞᆺ트여 남녀ᄅᆞᆯ 의론 말고 일졔히 궁의 드러와 구경ᄒᆞ게 허ᄒᆞ니, 진ᄀᆡ 인산인해(人山人海)ᄒᆞ여 밀쳐도 열니지 아니ᄒᆞ고, 곳 침궁문하(寢宮門下)의 니ᄅᆞ러ᄂᆞᆫ 남ᄌᆞᄂᆞᆫ 드러가지 못ᄒᆞ게 ᄒᆞ고 다만 먼니 바라보니, 침궁 안의 칠간고루(七間高樓)가 잇고, 루ᄒᆞ(樓下)의 ᄎᆡ등(彩燈)이 각쳐로 일양이오, 고루 상의 걸인 바 등들은 보기의 이상ᄒᆞ고【91】루하(樓下)ᄂᆞᆫ 일ᄉᆡᆨ(一色)으로 쥬칠난간(朱漆欄干)을 ᄆᆡᆫᄃᆞᆯ고, 셔편의 한 무리 녀악(女樂)이 잇셔 풍악을 ᄀᆞᆺ쵸고, 루(樓)의 가득히 왕ᄅᆡᄒᆞᄂᆞᆫ 쟈ᄂᆞᆫ 도시(都是) 궁녀오 그 젼후의 아ᄅᆞᆷ다온 거ᄉᆞᆫ 스ᄉᆞ로 말ᄒᆞᆯ 것 업고, 그 가온ᄃᆡ 일위 녀인이 안져시ᄃᆡ 겻ᄒᆡ ᄉᆞ오인 챠환(叉鬟)이 잇셔 ᄉᆞ후(伺候)ᄒᆞ니, 등하의 아ᄅᆞᆷ다온 ᄐᆡ되 사ᄅᆞᆷ의 눈을 놀내여 루상(樓上)의 시녜 가득ᄒᆞ나 일인도 밋ᄎᆞ리 업고, 다만 기인의 신변의 셧ᄂᆞᆫ 일ᄀᆡ ᄋᆞᄒᆡ 나히 십삼 셰ᄂᆞᆫ ᄒᆞ고 극히 가려(佳麗)ᄒᆞ여 기인으로 더브러 일반이라.

ᄀᆞᆺ보ᄂᆞᆫ 모단 사【92】ᄅᆞᆷ들이 뎐상을 바라보며 칭찬ᄒᆞ믈 마지 아니ᄒᆞ고, 그 즁 일인이 즁인을 향ᄒᆞ여 니ᄅᆞᄃᆡ,

"누샹의 안진 져 분이 결단코 셔시낭낭(徐氏娘娘)이라."

ᄒᆞ며, ᄯᅩ 일인이 니ᄅᆞᄃᆡ,

"져 왕비ᄅᆞᆯ 보니 졀ᄉᆡᆨ가인이어ᄂᆞᆯ 엇지ᄒᆞ여 왕애(王爺)ᄂᆞᆫ 오히려 부족히 너겨 금일 인가의 녀ᄋᆞᄅᆞᆯ 요구ᄒᆞ고, 명일 ᄇᆡᆨ셩의 쳐실을 유인ᄒᆞ여, 거두워 드린 부녀들을 우리들도 보왓거니와, 엇지 져 낭낭의 아ᄅᆞᆷ다온 ᄐᆡ도의 비ᄒᆞ랴. 비컨ᄃᆡ 속담의 니른바 육종(肉種)을 마다ᄒᆞ고 두부(豆腐)【93】ᄅᆞᆯ 먹ᄂᆞᆫ 혬이 아니냐?"

ᄯᅩ 일인이 니ᄅᆞᄃᆡ,

"너의ᄂᆞᆫ 보라. 낭낭 겻ᄒᆡ 셔 잇ᄂᆞᆫ 소챠환이 담소ᄒᆞᄂᆞᆫ 모양을 화공을 드려 그려도 그리지 못ᄒᆞᆯ지라. 져런 인믈을 좌우의 두고 슈용(受用)을 아니ᄒᆞ며 젼도(顚倒)히 잔비(殘杯)와 핑젹(烹

---

23)【간관 看官】독자 여러분. 옛날 중국 장회 소설에서 많이 사용되던 套式語. ‖ 보ᄂᆞᆫ 이ᄂᆞᆫ 너다려 니ᄅᆞᄂᆞ니 이 복왕은 뉜고 (看官, 你道福藩是誰?) <瑤華 1:87>

24)【친왕】명 친왕(親王). 황제의 아들이나 형제를 일컫는 말. 一等宗室. (譯補 尊卑 18b) ¶ 親王 ‖ 친왕 <方一 尊卑 12a> 져 친왕이 오현과 일쥬의 전량과 죠미ᄅᆞᆯ ᄎᆞ지ᄒᆞ여 가지고 (他是親王, 撥收五縣一州錢糧漕米, 還撥淮揚鹽賦三十餘萬.) <瑤華 1:89>

炙) 먹기ᄅᆞᆯ 죠하ᄒᆞ니 진실노 ᄶᅵᄃᆞᆺ지 못ᄒᆞᆯ 일이로다.”

쳐음은 나ᄌᆞᆨ이 의론ᄒᆞ더니 말이 졈졈 홍이 놉ᄒᆞ지ᄆᆡ 쇼ᄅᆡ 졈졈 놉ᄒᆞ지믈 ᄶᅵᄃᆞᆺ지 못ᄒᆞᄂᆞᆫ지라. 슈궁ᄐᆡ감(守宮太監)이 그 요란ᄒᆞ믈 듯고 믄득 막ᄃᆡᄅᆞᆯ 들고 두다리니 즁인이 홍이 놉핫더니 ᄐᆡ감의 【94】 휘축ᄒᆞ믈 당ᄒᆞᄆᆡ 졔인이 대경ᄒᆞ여 젼지도지(顚之倒之)ᄒᆞ며 밧그로 나아가니, ᄎᆞ시 훤홰(喧譁) 대단ᄒᆞᆫ지라. 장ᄉᆡ(長史) 무ᄉᆞᆷ 일인지 아지 못하여 련망(連忙)히 ᄐᆡ감을 방챠(防遮)ᄒᆞ여 마고 치지 못ᄒᆞ게 ᄒᆞ니, 졔인이 비로소 슘을 두ᄅᆞ고 각각 홋허져 가더라.

지셜 번왕(藩王)이 한 곳 유벽ᄒᆞᆫ 곳의 잇셔 등블을 혀지 아니ᄒᆞ고 가마니 녀식을 엿보와 아ᄅᆞᆷ다온 녀ᄌᆞᄅᆞᆯ 만나면 사ᄅᆞᆷ을 시겨 긔록ᄒᆞ고 ᄯᅩ 디방의 디리귀(地里鬼)란 사ᄅᆞᆷ을 삭쥬어 오로지 탐지ᄒᆞ여 한번 긔록ᄒᆞᄂᆞᆫ ᄃᆡ 오르면 모ᄅᆞᆷ【95】즉이 근져(根底)ᄅᆞᆯ 사실(査實)ᄒᆞ더니, ᄎᆞ일 늣도록 본 계집이 슈쳔의 지나ᄃᆡ ᄆᆞᄋᆞᆷ의 맛ᄂᆞᆫ 재 업더니, 최후의 일인을 보ᄆᆡ 가쟝 아름다워 년긔ᄂᆞᆫ 이십 셰의 지나지 못ᄒᆞ고 일신의 쇼복(素服)을 닙어시며 톄형이 흡연히 고와 젼후의 본 바 쳐음이라. 심즁의 그윽이 흠모ᄒᆞ더니, 일즉 디리귀 그 근본을 탐지ᄒᆞ여 오ᄆᆡ, 이ᄂᆞᆫ 왕가(王家)의 후쳬라. 져 왕가ᄂᆞᆫ 본ᄃᆡ 명문거족이오, 일즉 상비(喪配)ᄒᆞ고 한시(韓氏)ᄅᆞᆯ 후취(後娶)ᄒᆞ니 텬하졀식이라. 그 미식의 혹ᄒᆞ여 【96】 일즉 셰상을 바렷더라.

져 한시의 신상의 셰 가지 묘ᄒᆞᆫ 곳이 이시니, 뎨일은 신상이 가쟝 향긔로와 비ᄒᆞᆯ ᄃᆡ 업고, 뎨이ᄂᆞᆫ 혼신(渾身)의 일졈 험이 업셔 긔뷔(肌膚) 양지ᄇᆡᆨ옥(羊脂白玉) ᄀᆞᆺ고, 뎨삼은 더욱 묘ᄒᆞ여 맛ᄎᆞᆷ내 하희(夏姬)[25] 지ᄉᆡᆼᄒᆞᆷ ᄀᆞᆺᄐᆞ니 가히 텬하졀식이라.

ᄎᆞ시 한시 일즉 과거(寡居)ᄒᆞ여 뜻을 셰워 슈졀코져 ᄒᆞ더니, 복왕(福王)의 슈즁의 걸닌 ᄇᆡ 되ᄆᆡ 복왕의 음심이 대발ᄒᆞ여 즉긱의 삼키지 못ᄒᆞ믈 한ᄒᆞ더라. 즉시 장ᄉᆞ의게 분부ᄒᆞ여 삼일 내로 【97】 져 한시ᄅᆞᆯ 궁의 드러오게 ᄒᆞᄃᆡ, 만일 지완ᄒᆞ면 몬져 장ᄉᆞᄅᆞᆯ ᄎᆡᆨ벌ᄒᆞ리라 ᄒᆞ니 장ᄉᆡ 엇지 감히 왕명을 어긔리오. 드ᄃᆡ여 고두슈명(叩頭受命)ᄒᆞ고 명죠의 디리귀로 더브러 한시 집의 니ᄅᆞ러 왕야의 명을 젼ᄒᆞ니, 한시 쳐음 뜻이 변ᄒᆞ여 슌종ᄒᆞᆯ ᄆᆞᄋᆞᆷ이 잇ᄂᆞᆫ지라. 이의 말ᄒᆞᄃᆡ,

“왕야의 죠ᄒᆞᆫ 뜻을 감히 어긔지ᄂᆞᆫ 못ᄒᆞ려니와 다만 나의 셰 가지 일을 시ᄒᆡᆼᄒᆞ여야 슌종ᄒᆞ리라.”

장ᄉᆡ 듯기ᄅᆞᆯ 쳥ᄒᆞ니 한시 니ᄅᆞᄃᆡ,

“뎨일은 궁의 드러 【98】 가지 말고 궁외에 잇셔 쥬졉(住接)ᄒᆞ게 ᄒᆞ고, 뎨이ᄂᆞᆫ 거쳐범졀과 일용즙믈을 비빈(妃嬪)과 일톄로 ᄒᆞ고, 뎨삼은 풍악과 ᄎᆡ교(彩轎)ᄅᆞᆯ 가지고 와셔 마ᄌᆞ가ᄃᆡ, 이 삼건(三件)을 시ᄒᆡᆼᄒᆞ면 문득 가려니와, 만일 왕애 이 삼건을 시ᄒᆡᆼ치 아니코 억탁(臆度)으로 핍박ᄒᆞ면, 금야의 죽을지언졍 왕명이 비록 즁ᄒᆞ나 결단코 좃지 아니리라.”

장ᄉᆡ 그ᄃᆡ로 복명ᄒᆞ니 복왕이 다만 한시 취ᄒᆞ기로 위쥬ᄒᆞᆫ지라, 엇지 그 말을 좃지 아니리오. 즉시 장ᄉᆞ로 더브러 상의ᄒᆞ여 별노이 한【99】시 거쳐ᄒᆞᆯ 곳을 ᄀᆞᆯᄒᆡᆯ식, 장ᄉᆡ 니ᄅᆞᄃᆡ,

“몬져 민간의 방샤(房舍)ᄅᆞᆯ 셰내여 잠간 우거ᄒᆞ게 ᄒᆞ고, 일변 농장의 방옥(房屋)을 슈습ᄒᆞ여 일용즙믈을 판비ᄒᆞᆫ 후, 왕애 틈을 타 왕ᄅᆡᄒᆞ시면 엇지 편치 아니ᄒᆞ리잇가.”

복왕이 텽파의 희동안ᄉᆡᆨ(喜動顔色)ᄒᆞ여 즉시 장ᄉᆞᄅᆞᆯ 시겨 모든 일을 판비ᄒᆞ게 ᄒᆞ고, 삼일 후의 왕이 ᄉᆞᄉᆞ로이 ᄒᆡᆼᄒᆞ여 한시 거쳐ᄒᆞᆫ 곳의 니ᄅᆞ니 한시 왕의 니ᄅᆞ믈 듯고 급히 문의 나와 쳠ᄇᆡᄒᆞ고 왕이 승당좌뎡ᄒᆞᄆᆡ, 셕반을 지내고 촉을 니어 한 【100】 담ᄒᆞᆯ식, 밤이 깁흐ᄆᆡ 촉을 장외로 믈니고 상상(床上)의 오ᄅᆞ니 견권지정(繾綣之情)이 비ᄒᆞᆯᄃᆡ 업더라.

ᄎᆞ시 한시 왕의 위인을 보ᄆᆡ ᄇᆡᆨ무일취(百無一取)라. 심심즁의 심히 깃거 아니ᄒᆞ나 오직 다ᄒᆡᆼᄒᆞᆫ 바ᄂᆞᆫ 복왕이 평일의 방ᄉᆞ의 익은 거시 한 가지 취ᄒᆞᆯ 것시 잇ᄂᆞᆫ지라. 부인의 믈 ᄀᆞᆺᄐᆞᆫ 셩픔과 버들 ᄀᆞᆺᄐᆞᆫ ᄐᆡ도로 타쳡(妥帖)ᄒᆞ미 되ᄆᆡ, 복왕이 ᄎᆞ야ᄅᆞᆯ 지내며 그 셰 가지 일을 시험ᄒᆞ여 보니 헛되미 업ᄂᆞᆫ지라. 후궁의 여간 비빙(妃嬪)이 이시나 엇지 이 셰 가지 겸ᄒᆞᆫ 재야 이시리【101】오.

어시의 춍ᄒᆞ미 일궁의 웃듬이 되어 말ᄃᆡ로

25) 【하희(夏姬)】 춘추 때 진대부(陳大夫)의 처. 하징서(夏徵舒)의 어머니. 정(鄭)나라 여자로 얼굴이 매우 아름다웠다.

좃고 계교(計巧)ᄃᆡ로 좃ᄎᆞ 한일도 어긔ᄂᆞᆫ 비 업ᄉᆞ니, 한시 가히 ᄆᆞᄋᆞᆷ의 평안ᄒᆞ고 ᄯᅳᆺ의 합ᄒᆞᆯ만ᄒᆞ나 혐의ᄒᆞᆫ 밧ᄌᆞᄂᆞᆫ 왕의 셩픔이 너무 음난ᄒᆞ여 일과(日過)ᄒᆞ야 방ᄉᆞ(房事)ᄅᆞᆯ 두며, 둔즉 원밤을 지ᄂᆡ고 ᄇᆡᆨ쥬의 도로혀 남져지 홍을 동ᄒᆞ니, 한시 어려서븟허 듯지 못ᄒᆞᆫ 일이라. 깁히 그른 쥴을 알ᄃᆡ 졈졈 날이가ᄆᆡ 녜투(例套)로 알더라.

여러 날이 못되여 농장의 방ᄉᆞᄅᆞᆯ 슈졍ᄒᆞ고 장ᄎᆞᆺ 길일을 ᄀᆞᆯᄒᆞ여 품ᄒᆞ니 【102】 복왕이 농장 인믈이 츄솔(麤率)ᄒᆞ므로 별노이 궁듕의 ᄉᆞ환ᄒᆞᆯ 남녀ᄅᆞᆯ 션턱ᄒᆞ여 일병(一幷) 반이(搬移)ᄒᆞ게 ᄒᆞ니, 비록 삼ᄉᆞ일 로졍은 되나 왕ᄅᆡ의 쥬현이 지응ᄒᆞ고, 로졍을 ᄯᅡ라 ᄒᆞᆷᄭᅴ ᄒᆡᆼ궁이 잇셔 노쵀(勞瘁)ᄒᆞ믈 ᄭᅵᄃᆞᆺ지 못ᄒᆞ더라.

일일은 쟝샹(莊上)의 니ᄅᆞ러 한시 보ᄆᆡ 방옥(房屋)이 고대ᄒᆞ여 젼후의 일곱 텽ᄉᆡ(廳舍) 잇고 텽ᄉᆞ마다 칠 간(間)식 되고 월랑과 골방이 그 슈효ᄅᆞᆯ 혜지 못ᄒᆞᆯ 거시오, 장내의 모다 창고와 슉위ᄒᆞᄂᆞᆫ 방새 잇고, 넷ᄌᆡ 쳐소가 이 상셔방(上書房)이니 원 【103】 락(院落)이 십분 광활ᄒᆞ고, 뎨오 쳐소ᄂᆞᆫ 이 침궁이라. 일병 화려ᄒᆞ고 후면 두 곳은 다 궁녀의 일보ᄂᆞᆫ 곳이라. 한시 홀노 한곳의 거쳐ᄒᆞᄆᆡ 십분 환희ᄒᆞ니 왕이 ᄯᅩ 쟝샹의 사ᄅᆞᆷ이 젹으믈 혐의ᄒᆞ여 ᄯᅩ 별노이 궁녀ᄅᆞᆯ 파뎡(派停)ᄒᆞ여 아오로 장구히 쥬졉(住接)ᄒᆞ게 ᄒᆞ고, 령ᄉᆞ(令史) 일명과 태감 량명(兩名)을 파뎡ᄒᆞ여 일을 감ᄃᆞᆼᄒᆞ게 ᄒᆞ니, 거연(居然)이 궁즁 규모로 다르미 업ᄂᆞᆫ지라. 왕이 한시 ᄉᆞ랑ᄒᆞ기ᄅᆞᆯ 쟝즁보옥(掌中寶玉)ᄀᆞᆺ치 ᄒᆞ여온 지 슈월의 맛ᄎᆞᆷ내 본부로 도라가 【104】 믈 니ᄌᆞ니, 이 ᄯᆡ의 한시 임의 슈ᄐᆡᄒᆞᆫ지라. 극히 왕을 ᄀᆞᆫᄒᆞ여 궁으로 도라가 시비ᄅᆞᆯ 면케ᄒᆞ고 장ᄎᆞᆺ ᄯᅩᄒᆞᆫ ᄯᆡᄯᆡ로 품고ᄒᆞ니 드ᄃᆡ여 턱일ᄒᆞ여 환궁ᄒᆞᆯᄉᆡ, ᄯᅥ나기ᄅᆞᆯ 님ᄒᆞ여 심히 창연ᄒᆞ여 ᄒᆞ믈 마지 아니ᄒᆞ더라.

일노븟허 농장 사ᄅᆞᆷ들이 모다 한시ᄅᆞᆯ 공경ᄒᆞ고, 복왕이 변셩(汴城)의 니ᄅᆞᄆᆡ, 맛쵸와 만슈셩졀(萬壽聖節)을 다다라, 드ᄃᆡ여 경셩(京城)의 드러가 츅슈ᄒᆞ고 ᄯᅩ 죠뎡의 머므너 잇셔 압반ᄒᆞ기로[26] ᄯᅩ 슈월이 되믈 ᄭᅵᄃᆞᆺ지 못ᄒᆞ더라.

26) 【압반ᄒᆞ다】 동 압반(押班)하다. 반을 다스리다. ¶ 領班 ‖ ᄯᅩ 죠뎡의 머므너 잇셔 압반ᄒᆞ기로 ᄯᅩ 슈월이 되믈 ᄭᅵᄃᆞᆺ지 못ᄒᆞ더라 (瑤華 1:104)

이ᄯᆡ의 한시 장ᄎᆞᆺ 림 【105】 산ᄒᆞ여 ᄒᆞ니 엇지 된고? 챠텽하회분히ᄒᆞ라.

［요화젼 瑤華傳 권지이 卷之二］

【1】 화셜 한시 장ᄎᆞᆺ 분만ᄒᆞ려 ᄒᆞ니 령ᄉᆞ비(令史輩) 복왕ᄭᅴ 품쳥(稟請)ᄒᆞ여 농장으로 오게 ᄒᆞ니, 복왕이 맛쵸와 경성으로븟허 변셩의 도라온지라.

한번 이 ᄀᆡ별을 드ᄅᆞᄆᆡ 곳 드ᄃᆡ여 ᄯᅡ라오니 한시 임의 분만ᄒᆞ엿ᄂᆞᆫ지라. 복왕이 그 정유(情由)ᄅᆞᆯ 무른ᄃᆡ, 한시 니ᄅᆞᄃᆡ,

"십일월 십일일 반야(半夜)의 장ᄎᆞᆺ 림산(臨産)ᄒᆞᆯ 【2】 ᄯᆡ의 ᄇᆡᆨ광(白光) 한쥴기가 곳 창령(窓欞)을 ᄡᅩ이더니 ᄒᆡ산ᄒᆞᄆᆡ 가히 앗가온 거시 이녀지라."

ᄒᆞ거ᄂᆞᆯ 복왕이 니ᄅᆞᄃᆡ,

"남녀ᄂᆞᆫ 일반이니 무ᄉᆞᆷ 분변이 이시리오." 안아 한번 보ᄆᆡ 십분 청슈ᄒᆞᆫ지라. 원ᄅᆡ 복왕이 오히려 셔ᄌᆡ(庶子) 업ᄉᆞ믈 인ᄒᆞ여 심즁의 대희ᄒᆞ여 일홈을 쥬어 ᄀᆞᆯ오ᄃᆡ '요화(瑤華)'라 ᄒᆞ고, ᄯᅩ 허다ᄒᆞᆫ 금과 ᄎᆡ단을 상급ᄒᆞ더라.

한시 산후의 잘 죠셥지 못ᄒᆞ믈 인ᄒᆞ여 샹히 병이 만흐ᄃᆡ 복왕의 음ᄒᆞᆫ 셩픔을 곳치지 못ᄒᆞ여 ᄌᆞ로 괴롭 【3】 게 ᄒᆞ니, 한시 견ᄃᆡ지 못ᄒᆞ여 드ᄃᆡ여 가마니 령ᄉᆞᄅᆞᆯ 부촉ᄒᆞ여 품쳥ᄒᆞ야 환궁ᄒᆞ게 ᄒᆞ더니, 홀연 드ᄅᆞ니 사쳔셩(四川省)이 평안치 못ᄒᆞ므로 다시 경셩의 드러가 셩지ᄅᆞᆯ 밧드러 ᄒᆞ여곰 ᄉᆞ쳔의 가셔 군무ᄉᆞ((軍務事)ᄅᆞᆯ 감(監) 간검ᄒᆞ게 ᄒᆞ니, 한시 조히 안한ᄒᆞ게 죠병ᄒᆞ여 슈삼년이 되ᄆᆡ 병이 쾌히 하리니, 이 왕은 복왕의 ᄌᆞ로 보ᄎᆡ믈 혐의 ᄒᆞ더니, 이졔ᄂᆞᆫ 한가히 잇신지 날이 오ᄅᆡᄆᆡ ᄌᆞ못 공규(空閨) 젹막ᄒᆞ믈 원망ᄒᆞ더라.

그 농장이 본ᄃᆡ 우가진과 갓가온 【4】 ᄃᆡ진상의 승방이 심히 만코 오직 영령암(永寧菴)이란 암자의 녀승이 가장 만흐니, 샹히 부귀ᄒᆞᄂᆞᆫ 사ᄅᆞᆷ의 집으로 왕ᄅᆡᄒᆞ더니 한시 농장의 니른 후로 즉시 암즁 녀승 둘이 령ᄉᆞᄅᆞᆯ 소ᄀᆡᄒᆞ여 그 츌입ᄒᆞ기ᄅᆞᆯ 허락밧고 기즁 일ᄀᆡ 녀승이 인믈이 쥰쵸(俊俏)ᄒᆞ고 언에(言語) 령리ᄒᆞᆫᄃᆡ 법명은 경연(靜緣)이라 부ᄅᆞ고 ᄒᆞᆼ상 쟝샹의 니ᄅᆞ러 한시ᄅᆞᆯ 봉승(奉承)ᄒᆞ며 아오로 그 도뎨(徒弟)ᄅᆞᆯ 락발(落髮)시기믈 허락바다 은젼(銀錢)을 부려간 거시 불소(不少)ᄒᆞ더라.

이 ᄒᆡ 칠월 십오 【5】 일은 이 우란분회(盂蘭盆會) 〔슈륙(水陸)ᄒᆞ단 말이라〕[27]크게 열요(熱鬧)ᄒᆞᆫ지라. 션긔(先期)ᄒᆞ여 와 청ᄒᆞ니, 한시 문의 나가 단니여 민망(憫惘)ᄒᆞ믈 풀녀ᄒᆞ여 드ᄃᆡ여 령ᄉᆞ(令史)의게 분부ᄒᆞ여 교ᄌᆞᄅᆞᆯ 판비ᄒᆞ고 명일의 암ᄌᆞ의 나아가 분향ᄒᆞ려 ᄒᆞᆯ시, 청신(淸晨)의 쇼셰(梳洗)ᄒᆞ고 유랑(乳娘)이 요화군쥬(瑤華郡主)ᄅᆞᆯ 다리거 암ᄌᆞ의 니ᄅᆞᄆᆡ 영졉ᄒᆞ며 봉승ᄒᆞᄂᆞᆫ 거ᄉᆞᆫ 니로 말 아니ᄒᆞ며 각 쳐의 분향ᄒᆞ기ᄅᆞᆯ 맛ᄎᆞᄆᆡ ᄌᆡ실(齋室)노 청ᄒᆞ여 챠ᄅᆞᆯ 드리고 각 방으로 단니며 유남[람](遊覽)ᄒᆞ다가경연의 방즁이 아치(雅致)ᄒᆞ믈 보ᄆᆡ, 드ᄃᆡ 【6】 여 방밧긔 나아가 안ᄌᆞ니 시녀 등이 말ᄒᆞᄃᆡ, '방쇽의 엇던 부인이 잇다' ᄒᆞ거ᄂᆞᆯ, 한시 드ᄃᆡ여 졍연을 시겨 마ᄌᆞ와 한가히 말ᄒᆞ려 ᄒᆞ더니, 한 ᄯᆡ가 못되여 그 부인이 ᄯᅡ라 나오거ᄂᆞᆯ 한시 져ᄅᆞᆯ 향ᄒᆞ여 한번 ᄉᆞᆲ혀 보ᄆᆡ 일ᄃᆡ 쥰쵸ᄒᆞᆫ 가인(佳人)이라. 련망히 례(禮)ᄒᆞ고 ᄀᆞᆺ가히 안져 보ᄆᆡ 미목(眉目) ᄉᆞ이의 한쥴기 쳥슈ᄒᆞᆫ 긔운이 사ᄅᆞᆷ을 ᄡᅩ이ᄂᆞᆫ지라. 십분ᄋᆡ모지심이 쇼ᄉᆞᄂᆞ니 보ᄂᆞᆫ 이[看官: 독자 여러 분]ᄂᆞᆫ 이 누구라 니ᄅᆞᆯ고? 원ᄅᆡ 이 무ᄋᆡ지(無碍子)라. 한시ᄅᆞᆯ 친ᄒᆞ여 죠히 요화ᄅᆞᆯ 보호코 【7】 져 ᄒᆞ여 몬져 이곳의 와 이시미라.

한시 져로 더브러 언어ᄒᆞᄆᆡ 간략ᄒᆞ고 ᄯᅩ 명ᄇᆡᆨᄒᆞ며 아오로 심샹ᄒᆞᆫ 부녀의 그셰 업ᄂᆞᆫ지라.

어시의 련면(連綿)ᄒᆞ게 문답ᄒᆞᄆᆡ 긔미(氣味) 셔로 마ᄌᆞ니, ᄂᆡ괴 ᄯᅳᆺ을 짐작ᄒᆞ고 문득 ᄌᆡ식(齋食)을 가져 그 앏히 베프러 노흐니, 한시 문득 무ᄋᆡᄌᆞ로 더브러 ᄒᆞᆷ긔 먹고 인ᄒᆞ여 무ᄅᆞᄃᆡ,

"ᄉᆞ부야 네가 어ᄃᆡ로 좃ᄎᆞ 이곳의 니ᄅᆞ럿ᄂᆞ냐?"

무ᄋᆡ지 니ᄅᆞᄃᆡ,

"구름 ᄀᆞᆺ치 우유(優游)ᄒᆞ여 졍쳬업시 만나ᄆᆞᆫ 거ᄉᆞᆯ ᄯᅡ라 안신(安身)ᄒᆞ노라."

ᄯᅩ 무ᄅᆞᄃᆡ,

"출신(出身)ᄒᆞᆫ 쳐쇼와 모시(母氏)의 셩은 【8】 무어시며, 일즉 사ᄅᆞᆷ의게 싀집 갓시며, 법명(法名)은 무어시라 부ᄅᆞᄂᆞ냐?"

무ᄋᆡ지 니ᄅᆞᄃᆡ,

"나ᄂᆞᆫ 본ᄃᆡ 조주인(趙州人)이오, 모가(母家)의 셩은 계시(計氏)오, 일즉 방시(方氏)의게 싀집가믈 허ᄒᆞ엿더니 망문과뷔(望門寡婦) 된 고로 ᄆᆞᆫ득 도ᄅᆞᆯ ᄇᆡ호고 스ᄉᆞ로 법명을 ᄆᆡᆫ드러 무ᄋᆡᄌᆞ라 부ᄅᆞ노라."

한시 니ᄅᆞᄃᆡ,.

"년긔ᄂᆞᆫ 언마나 되엿ᄂᆞ냐."

무ᄋᆡ지 니ᄅᆞᄃᆡ,

"오십륙셰ᄅᆞᆯ 지내엿노라."

한시 니고와 모든 부녀 등으로 더브러 아오로 일시의 놀나며 모다 니ᄅᆞᄃᆡ,

"우리 등은 ᄉᆞ부의 나히 이십여셰 즘 된 【9】 쥴 아랏노라."

무ᄋᆡ지 니ᄅᆞᄃᆡ,

"방외인은 ᄆᆞ옴의 일이 얽히ᄂᆞᆫ 거시 업ᄂᆞᆫ 고로 아직 과히 쇠로(衰老)치 아니ᄒᆞ엿노라."

정히 말ᄒᆞ며 다만 보니 유뫼 요화ᄅᆞᆯ 안고 오거ᄂᆞᆯ, 무ᄋᆡ지 보고 니ᄅᆞᄃᆡ,

"이 ᄋᆞᄒᆡᄂᆞᆫ 뉜고?"

한시 니ᄅᆞᄃᆡ, '군쥬'라 ᄒᆞ거ᄂᆞᆯ, 무ᄋᆡ지 안고 ᄌᆞ세히 보며 니ᄅᆞᄃᆡ,

"죠히 복긔 잇ᄂᆞᆫ 군쥐니 다만 등한ᄒᆞᆫ 사ᄅᆞᆷ을 맛져 무양(撫養)치 말나. 져의 전정(前程)이 방ᄒᆡ로울가 두리노라."

져 요홰 무ᄋᆡᄌᆞᄅᆞᆯ 보고 언소(言笑)ᄒᆞᄂᆞᆫ 거시 ᄌᆞ약ᄒᆞ여 말ᄒᆞᄃᆡ,

"우리 집을 ᄒᆞᆷ긔 가셔 【10】 노닐ᄌᆞ."

ᄒᆞ거ᄂᆞᆯ, 무ᄋᆡ지 니ᄅᆞᄃᆡ,

"ᄆᆡ우 죠흐니 나도 ᄒᆞᆷ긔 가셔 노닐고ᄌᆞ ᄒᆞ

---

27) 【盂蘭盆會 우란분회】 yúlánpénhuì <名> 슈륙ᄒᆞ단 말이라 (瑤華 2:5) 佛教節日活動之一。七月十五日爲僧自恣日，自恣卽自我檢討，僧人每年夏季要坐夏，坐夏于七月十五日結束，結束的那一天向佛懺悔自己的過失，曰自恣。傳說目連的母親死後爲餓鬼，目連盡自己神通仍不能救濟其母，佛告以每年七月十五僧自恣日，以百味飮食供養十方自恣僧，卽可解脫七世父母及現生父母遭厄難者。後成爲佛教最重要的節日之一，擧辦齋僧施食、饒吹歌舞、放河燈、燒法船等各項法事活動。‖ 目連尊者，七月望日救母地獄。(語覽 西遊 71a) "次日却是七月十五日，吳月娘坐轎子出門，往地藏庵薛姑子那裏，替西門慶燒~箱庫去。" (金甁 83)

노라.”

한시 니르되,

“ᄉᆞ뷔 틈이 잇거든 즐겨 우리 장샹(莊上)의 니르러 잠간 몃날을 머믈겟ᄂᆞ냐?”

무이지 웃고 니르되,

“무ᄉᆞᆷ 즐겁지 아니미 이시랴. 다만 두리건ᄃᆡ 왕부상(王府上)의 례졀이 번다ᄒᆞ여 우리 ᄀᆞᆺᄐᆞᆫ 사ᄅᆞᆷ을 용납기 어려오리라.”

한시 니르되,

“우리 왕애(王爺) 평시의 져만 일은 아ᄅᆞᆫ쳬 아니ᄒᆞ시거니와 ᄒᆞ믈며 이졔 ᄉᆞ쳔셩 군무ᄉᆞ를 간검ᄒᆞ라 가 계시니 명일 교ᄌᆞ를 보내【11】여 다려라리다.”

무이지 니르되,

“내가 이곳의ᄂᆞᆫ 잇지 아니ᄒᆞ노라.”

한시 니르되,

“사뷔 어ᄃᆡ셔 쥬졉ᄒᆞᄂᆞ냐?”

무이지 니르되,

“여긔셔 ᄉᆞ오십리를 격ᄒᆞ여 지싱암(再生菴)이 이시니 그 곳의셔 머무노라.”

한시 니르되,

“그 곳도 머지 아니ᄒᆞ니 명일의 힘ᄡᅥ 강림ᄒᆞ믈 ᄇᆞ라노라.”

무이지 니르되, ‘다시 상량ᄒᆞ기를 기다리고, 오히려 젹은 일이 잇셔 시러곰 뫼시지 못ᄒᆞᆫ다’ ᄒᆞ고 드ᄃᆡ여 몸을 니러 가거ᄂᆞᆯ 한시 나아가 보내고 바야흐로 도라오고, 니고 등이 ᄯᅩ 암즁의셔 놀【12】기를 쳥ᄒᆞ여 각쳐로 단니며 노더니, 텬ᄉᆡᆨ이 장ᄎᆞᆺ 느ᄌᆞ미 경연이 지영(祗迎)ᄒᆞ여 올니고 친히 잔을 잡고 먹기를 권ᄒᆞ며 언어와 희소(喜笑)ᄒᆞᄂᆞᆫ 거시 무비(無非) 봉승(奉承)하ᄂᆞᆫ 거시니 한시 엇지 쾌락지 아니리오.

한 지위 못ᄒᆞ여 ᄯᅩ 도뎨(徒弟) 등을 시켜 ᄎᆞ례로 잔을 잡게 ᄒᆞ며 허다 은근ᄒᆞᆫ 모양을 극진이 ᄒᆞ여 곳 마시기를 야심ᄒᆞ기의 니르러 바야흐로 파ᄒᆞ고, 한시 곳 시녀를 시겨 령ᄉᆞ의게 분부ᄒᆞ여 교ᄌᆞ를 등ᄃᆡᄒᆞ라 ᄒᆞ니, 경연이 구지 머믈너 암즁의셔【13】쉬게 ᄒᆞ고 명일의 져 ᄉᆞ부와 ᄀᆞᆺ치 도라가ᄂᆞᆫ 거시 죠타 ᄒᆞ니, 한시 니르되,

“이ᄂᆞᆫ 되지 못ᄒᆞᆯ 일이라. 내 명일의 별노 이 교ᄌᆞ를 보내여 이곳의 와셔 져를 영졉ᄒᆞᆯ 거시니 너의ᄂᆞᆫ 져의 오지 아니믈 보거던 가히 사ᄅᆞᆷ을 시겨 본ᄃᆡ 머무던 지싱함의 가셔 져를 지촉ᄒᆞ여 힘ᄡᅥ 일죽 오게 ᄒᆞ라.”

경연이 답응ᄒᆞ고 니고와 시녜 와셔 교부(轎夫)를 등ᄃᆡᄒᆞ엿다 보ᄒᆞ거ᄂᆞᆯ 즉시 몸을 니러 교ᄌᆞ의 오르니 니고 등이 나와 산문(山門)가지 젼송ᄒᆞ고 비로소 도라가【14】더라.

지셜, 한시 집의 니르러 령ᄉᆞ(令史)의게 분부ᄒᆞ여,

“명일 아ᄎᆞᆷ의 교ᄌᆞ를 출혀 암ᄌᆞ의 보내여 ᄉᆞ부를 영졉ᄒᆞ여 쟝샹의 와 노닐게 ᄒᆞ라.”

ᄒᆞ니, 령시 즉시 답응ᄒᆞᆫ 후의 비로소 침궁의 도라와 편히 쉬고 한번 ᄭᆡᄃᆞ라 보미 일광(日光)이 임의 창의 빗겻ᄂᆞᆫ지라. 작일 취ᄒᆞᆫ 거시 ᄭᆡ지 못ᄒᆞᆫ 듯ᄒᆞ여 다시 한 ᄎᆞ례를 ᄌᆞ려 ᄒᆞ더니 다만 보니 유랑 포시(鮑氏) 요화를 안고 울며 방으로 드러오니 한시 년망히 니르되,

“엇지ᄒᆞ여 이리 ᄒᆞᄂᆞ냐?”

포시 니르되,

“작야의【15】군쥐 집의 도라온 후 다만 말ᄒᆞ기를, ‘암즁의셔 만나본 바 ᄉᆞ부를 부인이 긔여히 쳥ᄒᆞ여 온다’ ᄒᆞ기로 십분 관렴(關念)이 되어 ᄒᆞ고, ᄯᅩ 부인이 말ᄒᆞᆫ 비 진가(眞假)를 아지 못ᄒᆞᆫ다 ᄒᆞ여 밤ᄉᆞ이의 잠을 ᄌᆞ지 못ᄒᆞ고 금죠(今朝)의 하ᄂᆞᆯ이 겨유 밝으미 믄득 니러나 다만 비ᄌᆞ를 지촉ᄒᆞ여 가셔 ᄉᆞ부를 영졉ᄒᆞ여 온지 아니ᄒᆞ엿ᄂᆞᆫ지 보고 오라 ᄒᆞ나 비ᄌᆞ 등이 부인이 오히려 긔침 아니ᄒᆞ믈 알미 즉시 오지 못ᄒᆞ엿더니, 군쥐 믄득 밋지 아니ᄒᆞ여 곡읍ᄒᆞ기【16】를 마지 아닌ᄂᆞᆫ 고로 안고 왓시니 부인이 가히 한 마ᄃᆡ를 분부ᄒᆞ여야 군쥐 이졔 밋으리라. 한시 니라ᄃᆡ,

“내 무어ᄉᆞᆯ 위ᄒᆞ여 그리 ᄒᆞ리오. 내가 져를 마져 온다 말ᄒᆞᆫ 거시 무ᄉᆞᆫ 거ᄌᆞᆺᄒᆞ미 이시랴.”

드ᄃᆡ여 시녀를 시겨 령ᄉᆞ다려 무ᄅᆞᄃᆡ,

“가히 ᄉᆞ부를 영졉ᄒᆞ라 ᄀᆞᆺᄂᆞ냐?”

시네 즉시 도라와 대답ᄒᆞᄃᆡ,

“임의 마지라 간 지 반일이 되어시니 싱각건ᄃᆡ 반ᄃᆞ시 오리라.”

ᄒᆞ거ᄂᆞᆯ 한시 말을 듯고 즉시 몸을 니러 쇼셰를 겨유 맛ᄎᆞ미 태감 등이 궁문 어귀의 잇셔【17】고ᄒᆞᄃᆡ

“져 ᄉᆞ뷔 오지 아니ᄒᆞ고 도로혀 영녕암 니괴 와셔 부인긔 고ᄒᆞᆯ 말ᄉᆞᆷ이 잇다 ᄒᆞ니 가히 져

ᄅᆞᆯ 블너 드리라."

ᄒᆞ거ᄂᆞᆯ, 한시 니ᄅᆞᄃᆡ,

"져 ᄉᆞ뷔 엇지ᄒᆞ여 아니오ᄂᆞ뇨. 필연 연괴 이시니 쾌히 니고ᄅᆞᆯ 블너 드리라. 내 져다려 무러보리라."

태감 등이 답응ᄒᆞ고 나거더니 경연이 임의 침궁의 니ᄅᆞ거ᄂᆞᆯ, 한시 마ᄌᆞ며 몬져 작일의 번요히 지내믈 사례ᄒᆞᄆᆡ, 니괴 안심치 못ᄒᆞ믈 니ᄅᆞ고, 한시 문득 므ᄅᆞᄃᆡ,

"엇지ᄒᆞ여 ᄉᆞ뷔 오지 아니ᄒᆞᆯ고?"

경연이 니ᄅᆞ【18】ᄃᆡ,

"부인이 아지 못ᄒᆞᆯ지라. 져 ᄉᆞ뷔 착실이 도힝이 잇셔 경이히 즐겨 남의 집의 가지 아니ᄒᆞᄂᆞᆫ지라. 작일은 부인이 연분이 잇셔 흡연이 죠히 봉착(逢着)ᄒᆞ엿고, 내 드ᄅᆞᄆᆡ ᄉᆞ부의 언어ᄒᆞᄂᆞᆫ 거시 부인과 더브러 십분 의합ᄒᆞ니, 요량컨ᄃᆡ 교ᄌᆞ만 보내면 필연 일즉 올 듯ᄒᆞ고, 내 도로혀 졔가 지완ᄒᆞᆯ가 두려 작일 늦게야 문득 노파ᄅᆞᆯ 시겨 그곳의 가셔 지휘ᄒᆞ엿ᄂᆞᆫᄃᆡ, 져 로파의 각력이 본ᄃᆡ 죠하 금일 식젼(食前)의 임의 도라와셔 말ᄒᆞ【19】기ᄅᆞᆯ 사뷔 암ᄌᆞ로 도라오지 아니코 어내 곳으로 향ᄒᆞ엿ᄂᆞᆫ지 아지 못ᄒᆞᆫ다 ᄒᆞ니, 그 암ᄌᆞ의 쥬지ᄒᆞᄂᆞᆫ 니고ᄂᆞᆫ 릉각(能覺)이라 부ᄅᆞᄂᆞᆫᄃᆡ 본시 거ᄌᆞᆺ말 ᄒᆞ지 안ᄂᆞᆫ 사ᄅᆞᆷ이라."

ᄒᆞ거ᄂᆞᆯ, 한시 니ᄅᆞᄃᆡ,

"졔 임의 ᄌᆡ싱암의 잇다 ᄒᆞ더니, 엇지 ᄯᅩ 그 암즁으로 도라가지 아니ᄒᆞ며, 이졔 ᄯᅩ 너의 말을 의거컨ᄃᆡ, 마지라 간 교ᄌᆡ 필연 그 곳의 가지 아니ᄒᆞᆫ가 ᄒᆞ노라."

뎡연이 니ᄅᆞᄃᆡ,

"교ᄌᆞ 올 ᄣᅢ가 매우 일지ᄂᆞᆫ 아니ᄒᆞ고 우리 노ᄑᆡ 임의 단녀오기로 그러므로ᄡᅥ 져의 등으로【20】ᄒᆞ여곰 공연히 아니 가게 ᄒᆞ엿노라."

한시 니ᄅᆞᄃᆡ,

"ᄉᆞ뷔 오지 아닛ᄂᆞᆫ 의ᄉᆞᄂᆞᆫ 실노이 ᄭᅵᄃᆞᆺ지 못ᄒᆞ리로다.

뎡연이 니ᄅᆞᄃᆡ,

"져 ᄉᆞ뷔 우리 등 ᄀᆞᆺ치 일쳔 집으로 단니며 의식 시쥬ᄒᆞ믈 요구치 아니ᄒᆞᄂᆞᆫ지라. 부인이 작일 말ᄒᆞᄂᆞᆫ 바ᄅᆞᆯ 졔가 일즉 한 입으로 응락ᄒᆞ미 업ᄉᆞ니, ᄉᆡᆼ각건ᄃᆡ 능히 한번 블너 오지 아닐지라. 만일 긔여히 져ᄅᆞᆯ 오게 ᄒᆞ려 ᄒᆞ면 도로혀 용이ᄒᆞ도다."

한시 니ᄅᆞᄃᆡ,

"나 보기의 졔가 별노이 일죵 ᄋᆡ련(愛憐)ᄒᆞᆫ 의ᄉᆡ 잇셔 그러ᄒᆞ【21】므로ᄡᅥ 져ᄅᆞᆯ 긔여히 블너 쥬션코져 ᄒᆞ미오 무ᄉᆞᆫ 긴요ᄒᆞᆫ 일은 아니라. 고이ᄒᆞ다. 우리 군쥐 아지 못게라 엇지ᄒᆞ여 져ᄅᆞᆯ 보더니 안심락의(安心樂意)ᄒᆞ믈 마지 아니ᄒᆞ고, 금됴의 유랑이 와셔 말ᄒᆞ기ᄅᆞᆯ 작야의 졔가 잠을 안온이 못ᄒᆞ고 내가 ᄉᆞ부 다려오ᄂᆞᆫ 말이 져ᄅᆞᆯ 쇽인가 두려 ᄆᆞᆫ득 유랑을 잇ᄭᅳᆯ고 내 방즁의 안겨와 ᄉᆞ부ᄅᆞᆯ 마ᄌᆞ오라 ᄒᆞ고 ᄌᆡ촉ᄒᆞ니, 너ᄂᆞᆫ 말ᄒᆞ라. 고이ᄒᆞ냐 고이치 아니ᄒᆞ냐?"

뎡연이 니ᄅᆞᄃᆡ,

"ᄆᆞᆫ득 져 ᄉᆞ뷔 종ᄅᆡ【22】우리 암즁의 이ᄅᆞ지 아니ᄒᆞ더니 내가 오월간(五月間)의 ᄌᆡ공(齋供)ᄒᆞᄂᆞᆫ ᄡᆞᆯ을 어드라 갈ᄉᆡ ᄌᆡ싱암을 지나가기로 ᄆᆞᆫ득 그 곳의셔 하로ᄅᆞᆯ 지쳬ᄒᆞ여 비로소 져ᄅᆞᆯ 아랏더니, 아지 못게라 졔가 작일 일ᄀᆡ 사ᄅᆞᆷ이 본암으로 왓ᄂᆞᆫᄃᆡ, 맛쵸와 부인이 ᄯᅩ 니ᄅᆞ러 계시니 도로혀 유의ᄒᆞ여 부인을 만나볼 의향이 잇ᄂᆞᆫ가 보도다."

한시 니ᄅᆞᄃᆡ,

"져거ᄉᆞᆫ 젼ᄉᆡᆼ 인연의 일인지 가히 아지못ᄒᆞ거니와 다만 네 말이 져 오게 ᄒᆞ미 용이타 ᄒᆞ니 엇지 용이ᄒᆞᆫ 법이【23】냐. ᄯᅩ 말ᄒᆞ여 내가 듯게 ᄒᆞ라."

3

빈문겸세흉환지 삼쳥명샤특지ᄅᆡ
頻聞歉歲凶患至 三請明師特地來

져 니괴 손을 져으며 니ᄅᆞᄃᆡ,

"임의 군쥐 져 ᄉᆞ부ᄅᆞᆯ 시ᄀᆡᆨ의 ᄉᆞ렴ᄒᆞ면 반ᄃᆞ시 부인이 친히 나아가 쳥ᄒᆞ여야 졔가 ᄌᆞ연 능히 믈니치지 못ᄒᆞᆯ 거시오, 쳣ᄌᆡᄂᆞᆫ 부인이 도우(道友)ᄅᆞᆯ 어더 시배(侍陪)되리오. 둘ᄌᆡᄂᆞᆫ 군쥬의 긔렴(記念)ᄒᆞᄂᆞᆫ ᄆᆞᄋᆞᆷ을 위로ᄒᆞᆯ 거시나, 다만 아지 못게라 부인이 즐겨 그곳의 가랴?"

한시 니ᄅᆞᄃᆡ,

"져 ᄌᆡᄉᆡᆼ암이 가히 유람ᄒᆞᆯ 만ᄒᆞ냐?"

뎡연이 니ᄅᆞᄃᆡ,

"져 암ᄌᆡ 우리 곳의 비ᄒᆞ면 ᄇᆡ승(倍勝)ᄒᆞ미 잇고, 져 암ᄌᆡ 박 【24】 쥐셩(亳州城) 즁 일위 ᄉᆞ환(仕宦)ᄒᆞᄂᆞᆫ 집 사당(祠堂)집이니라."

한시 니ᄅᆞᄃᆡ,

"엇지ᄒᆞ여 ᄌᆡᄉᆡᆼ(再生) 두 ᄌᆞᄅᆞᆯ 취ᄒᆞ여 일홈을 지엇ᄂᆞᆫ지, ᄉᆡᆼ각건ᄃᆡ 필연 무슴 연괴 이시미로다."

뎡연이 니ᄅᆞᄃᆡ,

"부인의 궁구(窮究)ᄒᆞ미 일졈도 그ᄅᆞ지 아닌지라. 져 ᄉᆞ환ᄒᆞᄂᆞᆫ 노태야(老太爺)가 본ᄃᆡ 부호(富戶)로 초년의 몬져 한 독ᄌᆞ(獨子)ᄅᆞᆯ 두엇ᄂᆞᆫᄃᆡ, 진ᄀᆡ 쳔령백리(千伶百俐)ᄒᆞ여 십삼ᄉᆞ 세 되엿ᄂᆞᆫᄃᆡ, 문득 문명이 크게 진동ᄒᆞ여 즁인이 모다 신동이라 부ᄅᆞ더니, 그 후 일즉 립신(立身)ᄒᆞ여 녀식을 탐ᄒᆞ더니, 슈삼 【25】 년을 지내지 못ᄒᆞ고 믄득 요쵹[夭慽]ᄒᆞᄆᆡ, 져 노태얘 ᄆᆞᄋᆞᆷ의 슬허ᄒᆞ여 특별이 우리 암즁의 나ᄅᆞ러 송ᄌᆞ관음보살(送子觀音菩薩) 면젼의 잇셔 한 낫 소원을 발ᄒᆞ여 만일 져 죽은 쇼애(少爺) 다시 와셔 환ᄉᆡᆼᄒᆞᆯ 양이면 결단코 ᄉᆞ당집을 셰워 공양ᄒᆞ리라 하더니, ᄉᆡᆼ각지 못ᄒᆞᆫ 바 그리ᄒᆞ고 간지 당년(當年)의 믄득 ᄯᅩ 일ᄀᆡ 귀ᄌᆞᄅᆞᆯ 어더시니, 이졔 경셩의 잇셔 ᄉᆞ환ᄒᆞᄂᆞᆫ지라. 져 노태얘 믄득 크게 암ᄌᆞᄅᆞᆯ 짓고 송자관음을 뫼셔 공양ᄒᆞ게 ᄒᆞ고 몬져ᄂᆞᆫ 남승(男僧)이 쥬장(主掌)ᄒᆞ게 【26】 ᄒᆞ더니, 이후의 무ᄉᆞᆫ 일노 야료(惹鬧)가 되엿ᄂᆞᆫ지 그러므로 ᄲᅧ별노이 녀승을 쳥ᄒᆞ여 쥬지(住持)ᄒᆞ게 ᄒᆞ고 져 암즁의 ᄌᆡ공(齋供)ᄒᆞᄂᆞᆫ 거ᄉᆞᆫ 도로혀 호씨(胡氏) 셩(姓) 가진 향환(鄉宦)ᄒᆞᄂᆞᆫ 집의셔 ᄆᆡ월(每月)의 진비(進排)ᄒᆞ고, 아오로 녀승들이 단니며 시쥬ᄒᆞ기ᄅᆞᆯ 구치 아니ᄒᆞ니 죠흐냐, 죠치 아니하냐?"

한시 니ᄅᆞᄃᆡ,

"져러ᄐᆞᆺ 말ᄒᆞ면, 네 암ᄌᆞ와 비ᄒᆞ면 더옥 부셩ᄒᆞ리로다."

뎡연이 니ᄅᆞᄃᆡ,

"우리 져 암ᄌᆞ야 엇지 져긔 비(比)ᄒᆞ랴. 만일 부인이 가려 ᄒᆞ면 내 믄득 뫼시고 가ᄂᆞᆫ 거시 【27】 엇더ᄒᆞ랴?"

말이 맛지 못ᄒᆞ여 ᄯᅩ 보니, 유랑(乳娘)[28]이 요화ᄅᆞᆯ 안고 나아오며 니ᄅᆞᄃᆡ,

"군쥐 ᄯᅩ 긔여히 와셔 부인긔 져 ᄉᆞ부의 ᄅᆡ불ᄅᆡ(來不來)ᄅᆞᆯ 무ᄅᆞ려 ᄒᆞᆫ다."

ᄒᆞ니, 뎡연이 련망이 입을 니어 니ᄅᆞᄃᆡ,

"군쥬야 내 바야흐로 ᄉᆞ부의 곳으로 죠ᄎᆞ 왓ᄂᆞᆫᄃᆡ 져의 말ᄒᆞ기ᄅᆞᆯ 요리(料理)ᄒᆞᆯ 일이 이시니 슈삼일이 지나지 아냐 믄득 오리라 ᄒᆞ여시니, 너ᄂᆞᆫ 쳔만 죠급히 구지 말나."

---

28) 【유랑】 명 유랑(乳娘). ¶ 奶娘 ‖ 말이 맛지 못ᄒᆞ여 ᄯᅩ 보니 유랑이 요화ᄅᆞᆯ 안고 나아오며 (話未說完, 又見奶娘抱了瑤華出來.) <瑤華 2:27> 乳母 ‖ 홍ᄉᆞᄂᆞᆫ 뉴유랑 〔유모의 셩이 뉴가라〕 맛다 기ᄅᆞ니 (這紅絲才三四歲, 竟是一個柳乳母撫養成人.) <玉支 2:61>

요홰 져 유모ᄅᆞᆯ 향ᄒᆞ여 눈을 흘기며 니ᄅᆞᄃᆡ,

"네 죠히 거ᄌᆞᆺ말을 ᄒᆞ도다. 방ᄌᆞ(方纔) 우【28】리 모친과 ᄒᆞᆷ긔 쳥ᄒᆞ라 간다 ᄒᆞ더니, 이즈음의 ᄯᅩ 져러ᄐᆞᆺ 말ᄒᆞᄂᆞ냐?"

뎡연이 듯고 박장대소ᄒᆞ며 니ᄅᆞᄃᆡ,

"져 군쥐 실노이 졍셰(精細)ᄒᆞ도다."

한시 요화다려 니ᄅᆞᄃᆡ,

"네 임의 아ᄅᆞ시니 도로혀 와셔 무ᄉᆞᆫ ᄌᆡ촉을 ᄒᆞᄂᆞ냐. 다만 가셔 노닐고 내가 뎡연과 ᄀᆞ치 의론이 뎡ᄒᆞ기ᄅᆞᆯ 기다려 너와 ᄀᆞ치 가셔 쳥ᄒᆞᄂᆞᆫ 것이 믄득 올흐리라."

요홰 말을 듯고 인ᄒᆞ여 유랑과 ᄀᆞ치 드러가더라. 한시 믄득 뎡연을 ᄃᆡᄒᆞ여 니ᄅᆞᄃᆡ,

"우리 등이 어내 ᄯᅢ【29】의 가기ᄅᆞᆯ 언약ᄒᆞ려ᄂᆞ냐?"

뎡연이 니ᄅᆞᄃᆡ,

"져 ᄌᆡᄉᆡᆼ암 속의 큰 계슈나뮈 잇셔 이졔 ᄭᅩᆺ퓐 거시 무셩ᄒᆞ여시니 믄득 슈일 동안의 나아가야 가히 계화(桂花)ᄅᆞᆯ 완상ᄒᆞ리라."

한시 니ᄅᆞᄃᆡ,

"그리ᄒᆞ면 명일의 가ᄂᆞᆫ 거시 죠타."

ᄒᆞ고, 드ᄃᆡ여 챠환을 분부ᄒᆞ여 령ᄉᆞ의게 젼ᄒᆞ여 알게 ᄒᆞᄃᆡ,

"명일의 내가 뎡연과 ᄒᆞᆷ긔 ᄌᆡᄉᆡᆼ암의 가셔 계화ᄅᆞᆯ 구경ᄒᆞ려 ᄒᆞ니, 일승(一乘) 교ᄌᆞᄅᆞᆯ 더 쥰비ᄒᆞ고, 금일 보내엿던 그 교ᄌᆞ도 한ᄃᆡ ᄯᆞ라가게 ᄒᆞ며, 죠히 ᄉᆞ부【30】ᄅᆞᆯ 영졉ᄒᆞ여 오게 ᄒᆞ라."

챠환이 나아가 분부ᄅᆞᆯ 젼ᄒᆞ고 드ᄃᆡ여 뎡연으로 더브러 담소ᄒᆞ다가 믄득 져ᄅᆞᆯ 머믈너 침궁의 두고 일야ᄂᆞᆫ 말이 업시 지내고, 차일(次日)의 몸을 니러 쇼셰ᄒᆞ고 죠반을 지내ᄆᆡ ᄀᆞ치 ᄋᆞᆲ흐로 갈ᄉᆡ, 한시ᄂᆞᆫ 일승 대교ᄅᆞᆯ 타고, 유랑은 요화로 더브러 일승 즁교ᄅᆞᆯ 타고, 뎡연은 일승 소교오, 기여 궁녀와 차환은 모다 차ᄅᆞᆯ 타고 별노이 관ᄉᆞ(管事)ᄒᆞᄂᆞᆫ 두 사ᄅᆞᆷ을 파뎡(派定)ᄒᆞ여[29] 길의 잇셔 죠검(照檢)케 ᄒᆞ고 쟝샹(莊上)의 나셔 겨유 십리【31】 즘 가더니 홀연 거믄 구름이 ᄒᆡᄅᆞᆯ 가리고 구름 가온ᄃᆡ 알알(嘎嘎)ᄒᆞᆫ 소ᄅᆡ 잇ᄂᆞᆫᄃᆡ, 한낫 장ᄃᆡᄒᆞᆫ 사ᄅᆞᆷ이 잇셔 긴 막ᄃᆡᄅᆞᆯ 들고 어ᄌᆞ러이 치며 구즁(口中)으로 어ᄌᆞ러이 고함ᄒᆞ니, 한시 무ᄉᆞᆫ 일인지 아지 못ᄒᆞ고 믄득 관ᄉᆞᄒᆞᄂᆞᆫ 사ᄅᆞᆷ을 블너 교젼(轎前)의 셰우고 곡졀을 무ᄅᆞ니, 져 관ᄉᆞᄒᆞᄂᆞᆫ 사ᄅᆞᆷ이 고ᄒᆞᄃᆡ,

"져 ᄇᆡᆨ셩 무리 져긔 잇셔 황츙(蝗蟲)을 ᄶᅩᆺᄂᆞᆫ다."

ᄒᆞ거ᄂᆞᆯ, 한시 니ᄅᆞᄃᆡ,

"황충은 어ᄃᆡ 잇고 무어ᄉᆞᆯ 위ᄒᆞ여 공즁을 바라고 어ᄌᆞ러이 치며【32】 고ᄒᆞᆷᄒᆞᄂᆞ냐?"

관ᄉᆞᄒᆞᄂᆞᆫ 사ᄅᆞᆷ이 ᄯᅩ 고ᄒᆞᄃᆡ,

"져 하ᄂᆞᆯ의 가득ᄒᆞᆫ 거믄 구름이 모다 황츙인ᄃᆡ, 졔가 ᄇᆞᆺᄒᆡ 나려와 버리[30]ᄅᆞᆯ 먹을가 두려 그러므로ᄡᅥ 져긔 잇셔 ᄶᅩᆽᄎᆞ가며 친다."

ᄒᆞ니 한시 니ᄅᆞᄃᆡ,

"버리ᄅᆞᆯ 졔가 먹기ᄅᆞᆯ 당ᄒᆞ면 젼ᄀᆡ(田家) 엇지 쥬리지 아니ᄒᆞ랴."

관ᄉᆞᄒᆞᄂᆞᆫ 사ᄅᆞᆷ이 니ᄅᆞᄃᆡ,

"져 황츙이 경ᄉᆞ로 조ᄎᆞ 일즉 이곳의 니ᄅᆞ러 지나가ᄂᆞᆫ 바 디방(地方)의 ᄇᆞᆺ 속이 모다 ᄇᆡ게 되엿시니 두리건ᄃᆡ ᄯᅩ 흉년이 될가 ᄒᆞ노라."
로상(路上)의 황츙의 말은 말ᄒᆞ지 아니ᄒᆞ고,

ᄌᆡ셜, 져 ᄌᆡᄉᆡᆼ암의 늙은 니고의 명은 릉각(能覺)이라 부ᄅᆞᄂᆞᆫᄃᆡ 착ᄒᆞᆫ 거ᄉᆞᆯ 향(向)ᄒᆞ고 ᄒᆡᆼ실을 닥ᄂᆞᆫ 일ᄀᆡ 조흔 녀승이라. 그러므로 ᄡᅥ 무ᄋᆡ지 즐겨 즘간 쥬졉(住接)ᄒᆞ더라.[31] 릉각이 쳥ᄒᆞ여 머무른 후의 무ᄋᆡᄌᆞ의 ᄒᆡᆼ지 리상(異常)ᄒᆞ믈 보고 감히 태만치 못ᄒᆞ여 별노이 일간 방사(房舍)ᄅᆞᆯ 슈습ᄒᆞ여 져로 ᄒᆞ여곰 거졉(居接)게 ᄒᆞ더라.

---

29) 【죠검ᄒᆞ다】 동 조검(照檢)하다. ¶ 照應 ‖ 기여 궁녀와 차환은 모다 차ᄅᆞᆯ 타고 별노이 관ᄉᆞᄒᆞᄂᆞᆫ 두 사ᄅᆞᆷ을 파뎡ᄒᆞ여 길의 잇셔 죠검케 ᄒᆞ고 (其餘宮女丫投都坐手車, 另撥管事兩名, 在路照應.) <瑤華 2:30>

30) 【버리】 명 보리. ¶ 麥子 ‖ 져 하ᄂᆞᆯ의 가득ᄒᆞᆫ 거믄 구름이 모다 황츙인ᄃᆡ 졔가 ᄇᆞᆺᄒᆡ 나려와 버리ᄅᆞᆯ 먹을가 두려 그러므로ᄡᅥ 져긔 잇셔 ᄶᅩᆽᄎᆞ가며 친다 (這滿天烏雲的都是蝗蟲, 恐怕他下來吃麥子.) <瑤華 2:32> ⇒ 보리

31) 【쥬졉ᄒᆞ다】 동 {주접(住接)하다.} 잠시 머물다. ¶ 住下 ‖ 져 ᄌᆡᄉᆡᆼ암의 늙은 니고의 명은 릉각이라 부ᄅᆞᄂᆞᆫᄃᆡ 착ᄒᆞᆫ 거ᄉᆞᆯ 향ᄒᆞ고 ᄒᆡᆼ실을 닥ᄂᆞᆫ 일ᄀᆡ 조흔 녀승이라 그러므로 ᄡᅥ 무ᄋᆡ지 즐겨 즘간 쥬졉ᄒᆞ더라 (那再生庵的老尼名叫能覺, 是箇向善修行的一箇好尼僧, 所以無碍子肯暫住下.) <瑤華 2:33>

암ᄌᆞ 속의 본ᄃᆡ 향화 밧드ᄂᆞᆫ 젼디(田地)가 잇고, ᄯᅩ 호시 집의셔 ᄆᆡ삭(每朔)의 ᄌᆡ공(齋供) 쌀을 보ᄂᆡ미 심히 풍족ᄒᆞᆫ지라. ᄆᆞᆫ득 당쳐디방(當處地方)의 져 무리 【34】 달피광곤(獺皮光棍) ［발피[32]ᄅᆞᆯ 니ᄅᆞ미라］ 이 ᄢᅢ로 희ᄀᆡ(睎覬)ᄒᆞᄂᆞᆫ[33] ᄆᆞᄋᆞᆷ을 내여 블시의 와셔 소요케 ᄒᆞ니, 비록 향환(鄕宦)의 집 형셰ᄅᆞᆯ 의지ᄒᆞ미 이시나 엇지 져 무리로 더브러 샹히 원슈 ᄆᆡᆺ기ᄅᆞᆯ 일ᄉᆞᆷ으랴. 룽각이 ᄯᅩᄒᆞᆫ 가히 쳐치ᄒᆞᆯ 법이 업더니 무ᄋᆡ지 니른 후로븟허 져 무리 광곤(光棍)[34]들이 그릇 무ᄋᆡ지ᄅᆞᆯ 락발(落髮) 아니코 슈힝ᄒᆞᄂᆞᆫ 난잡한 니고로 침작ᄒᆞ고 ᄯᅩ ᄉᆞᄉᆞ 싱각을 내다가 무ᄋᆡᄌᆞ의 져 무리ᄅᆞᆯ 난타ᄒᆞ믈 당ᄒᆞ여 복죄(伏罪)ᄒᆞᄂᆞᆫ 문장을 밧치ᄆᆡ 비로소 노와 보내니 비 【35】 록 일시 청졍(淸靜)ᄒᆞ여시나 다만 져 무리 광곤이 당장의ᄂᆞᆫ 비록 ᄌᆞ복(自服)ᄒᆞᄃᆡ ᄎᆞᄎᆞ 오러ᄆᆡ 감심치 아니ᄒᆞ야 셔로 치려 ᄒᆞ나 ᄯᅩ 칠 슈ᄂᆞᆫ 업고 다만 한 무리 과로(過路)ᄒᆞᄂᆞᆫ 향마적(響馬賊)[35]을 통ᄒᆞ여 겁박ᄒᆞ다가 엇지 알니, 죽이려 ᄒᆞᄃᆡ 죽이지 못ᄒᆞ고 도로혀 져의 ᄉᆞ오 인 셩명만 상ᄒᆞ미 일노 조ᄎᆞ 비로소 감히 젹게 보지 못ᄒᆞ고 이 후의 허통판이 여긔 잇셔 슉소ᄒᆞᄂᆞᆫᄃᆡ ᄯᅩ 호리(狐狸)ᄅᆞᆯ 살육ᄒᆞᄆᆡ 져 일방 사ᄅᆞᆷ들이 뉘 공경치 아니ᄒᆞ며, 룽각이야 어옥 【36】 더 ᄒᆞᆯ 말이 업더라.

이날 무ᄉᆞᄒᆞᄆᆡ 졍히 뎐상(殿上)의 잇셔 쇄쇼(灑掃)ᄒᆞ더니[36], 홀연이 문 두다리ᄂᆞᆫ 소ᄅᆡᄅᆞᆯ 듯고 즉시 문을 여니 이의 뎡연이 온지라. 일변 마ᄌᆞ 드리고 문빗장을 걸냐 ᄒᆞ니 뎡연이 니ᄅᆞᄃᆡ,

"ᄉᆞ형아 빗장을 지ᄅᆞ지 말나. 복번왕부(福藩王府) 중 부인이 여긔 와셔 유람ᄒᆞ려 ᄒᆞᄂᆞᆫᄃᆡ, 내가 뫼시고 와셔 즈긔의 니ᄅᆞᄂᆞ니라."

룽각이 니ᄅᆞᄃᆡ,

"졔가 죵ᄅᆡ 일즉 이의 온 일이 업ᄂᆞᆫᄃᆡ 특별이 와셔 유람ᄒᆞ랴ᄂᆞ냐? 도로혀 무ᄉᆞᆫ ᄉᆞ단이 잇ᄂᆞ냐?"

뎡연 【37】 이 니ᄅᆞᄃᆡ,

"졔가 와셔 녀의 ᄉᆞ부ᄅᆞᆯ 비알ᄒᆞ려 ᄒᆞᄂᆞ니라."

룽각이 니ᄅᆞᄃᆡ,

"져 량인(兩人)이 어ᄂᆡ ᄢᅢ의 셔로 아랏ᄂᆞ냐?"

뎡연이 니ᄅᆞᄃᆡ,

"슈일 젼의 우리 암ᄌᆞ의셔 모도여 보고 그러므로ᄡᅧ ᄂᆞᄌᆞ믈 당ᄒᆞ여 노파ᄅᆞᆯ 시겨 와셔 지휘ᄒᆞ여 다시 만나려 ᄒᆞ더니, 너의 져 ᄉᆞ뷔 도라오지 아니ᄒᆞ엿다 ᄒᆞ더니 이졔ᄂᆞᆫ 가히 도라왓ᄂᆞ냐?"

룽각이 니ᄅᆞᄃᆡ,

"나도 져 몃칠 동안의 져ᄅᆞᆯ 보지 못ᄒᆞ엿노라."

뎡연이 니ᄅᆞᄃᆡ,

"엇지 한 집의 잇셔 져의 츌입ᄒᆞ믈 아 【38 】 지 못ᄒᆞᄂᆞ냐?"

룽각이 웃고 니ᄅᆞᄃᆡ,

"우리 ᄉᆞ뷔 신통이 광대ᄒᆞ미니라."

졍히 말ᄒᆞ며 드ᄅᆞ니 암ᄌᆞ 문 어귀의 인셩이 훤잡(喧雜)ᄒᆞ거ᄂᆞᆯ[37], 룽각이 ᄲᆞᆯ니 웃오술 닙

32) 【발피】 명 {발피(潑皮).} 무뢰배(無賴輩). ¶ ᄆᆞᆫ득 당쳐디방의 져 무리 달피광곤 ［발피ᄅᆞᆯ 니ᄅᆞ미라］ 이 ᄢᅢ로 희ᄀᆡᄒᆞᄂᆞᆫ ᄆᆞᄋᆞᆷ을 내여 블시의 와셔 소요케 ᄒᆞ니 (就有當地這些賴皮光棍, 時生覬覦, 不時來庵打攪.) <瑤華 2:34>

33) 【희ᄀᆡᄒᆞ다】 동 희개(睎覬)하다. 엉큼한 마음으로 기회를 노리고 엿보다. ¶ 覬覦 ‖ ᄆᆞᆫ득 당쳐디방의 져 무리 달피광곤 ［발피ᄅᆞᆯ 니ᄅᆞ미라］ 이 ᄢᅢ로 희ᄀᆡᄒᆞᄂᆞᆫ ᄆᆞᄋᆞᆷ을 내여 블시의 와셔 소요케 ᄒᆞ니 (就有當地這些賴皮光棍, 時生覬覦, 不時來庵打攪.) <瑤華 2:34>

34) 【賴皮 뢰피】 làipí <名> [래피] ᄆᆡ온 놈 (譯補 人品 19b) [래피] ᄂᆞᆷ의게 밀오기 잘ᄒᆞᄂᆞᆫ 이 (漢淸 凶惡 8:42b) (蒙補 人事 5a) 뮈은 놈 (廣物譜 1 形氣 9b) [래피] 미운 놈 (華抄 人品 9a) 못된 거시 (語覽 西遊 62b) ▼광곤 ‖ "這些～誤認爲帶髮修行的混帳道姑, 又生忘念, 被無碍子打得這些～寫了甘服狀子, 纔放了去." 져 무리 광곤들이 그릇 무ᄋᆡ지ᄅᆞᆯ 락발 아니코 슈힝ᄒᆞᄂᆞᆫ 난잡한 니고로 침작ᄒᆞ고 ᄯᅩ ᄉᆞᄉᆞ 싱각을 내다가 무ᄋᆡᄌᆞ의 져 무리ᄅᆞᆯ 난타ᄒᆞ믈 당ᄒᆞ여 복죄ᄒᆞᄂᆞᆫ 문장을 밧치ᄆᆡ 비로소 노와 보내니 (瑤華 2:34)

35) 【향마젹】 명 향마적(響馬賊). 마적(馬賊). ¶ 響馬 ‖ 다만 한 무리 과로ᄒᆞᄂᆞᆫ 향마적을 통ᄒᆞ여 겁박ᄒᆞ다가 (只得通了一群過路的響馬去搶劫.) <瑤華 2:35>

36) 【쇄쇼ᄒᆞ다】 동 {쇄소(灑掃)하다.} ¶ 拂拭 ‖ 이날 무ᄉᆞᄒᆞᄆᆡ 졍히 뎐상의 잇셔 쇄쇼ᄒᆞ더니 (這日無事, 正在殿上打掃拂拭.) <瑤華 2:36>

37) 【훤잡ᄒᆞ다】 형 {훤잡(喧雜)하다.} 떠들썩하

고 뎡연과 ᄒᆞᆫ 가지로 영졉ᄒᆞ라 산문의 나아가니 일위 부인이 경히 교ᄌᆞ의 나리ᄂᆞᆫ지라. 련망히 앏흐로 나아가 문안ᄒᆞ고 청ᄒᆞ여 암ᄌᆞ의 드릴ᄉᆡ, 챠환과 궁녀비 옹위ᄒᆞ여 드러오ᄆᆡ 일즉 관ᄉᆞᄒᆞᄂᆞᆫ 사ᄅᆞᆷ들이 향촉을 드리거ᄂᆞᆯ, 룽각이 ᄃᆡ신 바다 분향ᄒᆞ고 ᄯᅩ 졔 이층 뎐각의 니ᄅᆞ러 【39】 례비ᄅᆞᆯ 맛ᄎᆞᄆᆡ 룽각이 거듭 앏흘 와 비현(拜見)ᄒᆞ고 각각 안ᄌᆞᄆᆡ, 한시 믄득 무로ᄃᆡ,

“쥬지ᄒᆞᄂᆞᆫ 사ᄅᆞᆷ이냐? 법명을 가ᄅᆞ치믈 청ᄒᆞ노라.”

뎡연이 련망히 대신 한 차례ᄅᆞᆯ 베플ᄆᆡ, 룽각이 몸을 니러 차ᄅᆞᆯ 다리려 ᄒᆞ니, 한시 만류ᄒᆞ여 니ᄅᆞᄃᆡ,

“반ᄃᆞ시 ᄃᆡ시 분망히 ᄒᆞᆯ 거시 아니라 내게 스ᄉᆞ로 사ᄅᆞᆷ이 잇셔 요리ᄒᆞᆯ 거시니 너ᄂᆞᆫ ᄯᅩ 안져 말ᄒᆞ라.”

룽각이 드ᄃᆡ여 안ᄌᆞ며 요화ᄅᆞᆯ 보고 믄득 무ᄅᆞᄃᆡ,

“져 분이 부인의 쇼졔냐?“

한시 니ᄅᆞᄃᆡ,

“믄득 【40】 왕야(王爺)의 군쥬니라.”

룽각이 련망(連忙)히 입을 고쳐 니ᄅᆞᄃᆡ,

“군쥬면 진ᄀᆡ(眞個) 죠흔 복셩(福性)이로다!”

뎡연이 니ᄅᆞᄃᆡ,

“져 군쥐 젼일의 녀의 ᄉᆞ부ᄅᆞᆯ 보고 십분 괘렴(掛念)ᄒᆞ여 금일 특별이 와셔 져ᄅᆞᆯ 청ᄒᆞ여다가 ᄒᆞᆫ 가지로 놀녀 ᄒᆞᄂᆞ니라.”

한시 니ᄅᆞᄃᆡ,

“져 ᄉᆞ뷔 금일은 집의 잇ᄂᆞ냐?”

룽각이 니ᄅᆞᄃᆡ,

“ᄉᆞ부의 죵젹이 대히(大海)의 부평초(浮萍草) ᄀᆞᄐᆞ니, 빈승(貧僧)도 믄득 져의 유무ᄅᆞᆯ 아지 못ᄒᆞᆯ지라. 쳥컨ᄃᆡ 부인은 잠간 쉬고 다시 져 방중의 니ᄅᆞ러 한번 보면 믄득 집의 잇고 업ᄂᆞᆫ 거ᄉᆞᆯ 【41】 알니라. 한시 니ᄅᆞᄃᆡ,

“졔가 ᄒᆞᆼ상 시시로 문의 나가ᄂᆞ냐?”

룽각이 니ᄅᆞᄃᆡ,

“ᄉᆞ부의 도ᄒᆡᆼ이 고명ᄒᆞ기로 져의 ᄒᆡᆼ동거지ᄅᆞᆯ 능히 알 길이 업노라.”

한시 니ᄅᆞᄃᆡ,

“져의 츌입은 네가 알리로다.”

룽각이 니ᄅᆞᄃᆡ,

“그도 능히 아지 못ᄒᆞ노라.”

한시 니ᄅᆞᄃᆡ,

“필경 문호(門戶)로 츌입ᄒᆞᆯ 거시어ᄂᆞᆯ 츌입ᄒᆞᄂᆞᆫ 것도 모른다 ᄒᆞ믄 거ᄌᆞᆺ말이로다.”

룽각이 니ᄅᆞᄃᆡ,

“져의 무예(武藝) 고강(高强)ᄒᆞ여 방옥(房屋)ᄀᆞᄐᆞᆫ 거ᄉᆞᆫ 한번 ᄲᅱ여넘ᄂᆞᆫ 거시 나ᄂᆞᆫ 졔비 ᄀᆞᄐᆞ니 엇지 ᄡᅥ 문호로 구ᄎᆞ히 츌입ᄒᆞ리 【42】 오.”

뎡연이 ᄯᅩ 니ᄅᆞᄃᆡ,

“졔 ᄆᆡ양 집의 잇셔 밥도 먹지 아니하ᄂᆞ냐?”

룽각이 니ᄅᆞᄃᆡ,

“잇다감 먹기ᄂᆞᆫ ᄒᆞ나 범인과 ᄀᆞᆺ치 비부르도록 먹지ᄂᆞᆫ 아니ᄒᆞᄂᆞ니라.”

한시 니ᄅᆞᄃᆡ,

“실노 놉흔 도ᄒᆡᆼ이로다. 져의 잇ᄂᆞᆫ 방이 어ᄃᆡ 잇ᄂᆞ냐? 우리 등이 가셔 비현코져 ᄒᆞ노라.”

룽각이 드ᄃᆡ여 졔인을 다리고 구븨구븨 구를[을]너 후변(後邊)의 니ᄅᆞ러 장ᄎᆞᆺ 방문의 다다ᄅᆞᄆᆡ, 룽각이 몬져 가 문을 밀치고 ᄒᆞᆫ번 보며 머리ᄅᆞᆯ 도로혀 한부인을 보고 니ᄅᆞᄃᆡ,

“금일도 집의 잇 【43】 지 아니타.”

ᄒᆞ니, 한시 니ᄅᆞᄃᆡ,

“삼ᄉᆞ일 동안의 도시(都是)[38] 집의 잇지 아니 ᄒᆞ엿ᄂᆞ냐?”

룽각이 니ᄅᆞᄃᆡ,

“빈승 등이 감히 마고 츌입지 못ᄒᆞᄂᆞᆫ 고로 그러므로ᄡᅥ 어내 ᄯᅢ의 나간 지 모로노라.”

다. 와자하다. ¶ 嘈雜 ‖ 경히 말ᄒᆞ며 드ᄅᆞ니 암ᄌᆞ 문 어귀의 인셩이 훤잡ᄒᆞ거ᄂᆞᆯ 룽각이 ᄲᆞᆯ니 옷오ᄉᆞᆯ 닙고 뎡연과 ᄒᆞᆫ 가지로 영졉ᄒᆞ라 산문의 나아가니 (正說着, 聽見庵門口人聲嘈雜, 這能覺赶着穿上大衣, 同淨緣接出山門.) <瑤華 2:38>

38) 【도시】 부 {도시(都是).} 다. 모두. 도무지. ¶ 都 ‖ 삼ᄉᆞ일 동안의 도시 집의 잇지 아니 ᄒᆞ엿ᄂᆞ냐 (難道這三四天都不在家?) <瑤華 2:43> 져 집안의 드러와셔 희ᄌᆞ 노릇ᄒᆞ던 적은 분두의 무리 잡죵이 도시 사ᄅᆞᆷ의 눈치만 보고 거ᄒᆡᆼᄒᆞᄂᆞᆫ 것들이라 (這屋裡連三日兩日進來的唱戲的小粉頭們, 都三般兩樣掂人分兩放小菜碟兒了.) <紅樓 60:26>

한시 드듸여 요화로 더브러 당[방]장(方丈)의 드러가 한번 보니, 문득 일간 뷘 방의 다만 일좌 평상을 즁간의 버려 놋코 별노 다른 거순 업는지라. 뎡연이 ᄯᅡ라 드러와 한번 보고 니ᄅᆞ듸,

"져 ᄉᆞ뷔 실노 고이ᄒᆞ도다. 쿵쿵(空空)진듸[39] 엇지 일ᄌᆞ(日子)를 지내는고? 가히 이상토다."

한 【44】 시 우으며 니ᄅᆞ듸,

"이거시 너의 등 션문(禪門) 즁의 두 구절 셜화 잇ᄂᆞ니라."

릉각이 접(接)ᄒᆞ여 말ᄒᆞ듸,

"ᄉᆡᆨ(色)이 곳 뷘 거시오, 뷘 거시 곳 이 ᄉᆡᆨ(色)이냐 〔色卽是空, 空卽是色.〕?"

한시 니ᄅᆞ듸,

"릉각도 ᄯᅩᄒᆞᆫ 심히 션리(禪理)의 통달토다."

뎡연이 니ᄅᆞ듸,

"쳥컨듸, 부인은 방쟝 속의 가셔 계화를 구경ᄒᆞ라."

한시 니ᄅᆞ듸,

"심히 죠토다."

졍연이 니ᄅᆞ듸,

"방쟝 가는 노졍(路程)[40]이 심히 굴곡ᄒᆞ니 네가 압셔는 거시 죠흘가 ᄒᆞ노라."

릉각이 니ᄅᆞ듸,

"그러ᄒᆞ면 내 인도ᄒᆞ리라."

한시 니ᄅᆞ듸,

"대ᄉᆞ는 몬져 압셔라."

【45】 ᄒᆞ고 진긔 구븨를 돌고 모퉁이를 굴너 죠히 한 ᄎᆞ례를 가다가 비로소 보니, 문상(門上)의 '방쟝方丈' 두 글ᄌᆞ 현판이 잇는지라. 릉각이 몬져 문을 드러가더니, 다만 드ᄅᆞ니 큰 소릭로 니ᄅᆞ듸,

"ᄋᆡ야 네가 어너 ᄯᅢ 왓ᄂᆞ냐? 내 맛쵸와 아지 못ᄒᆞ엿도다."

뎡연이 뒤히 잇셔 싱각ᄒᆞ듸,

'무ᄋᆡ지 도라와셔 홀노 일기(一個)가 여긔 잇나'

ᄒᆞ고, 한시 ᄯᅩᄒᆞᆫ 그러히 너겨 드듸여 급히 드러오니, 이 별노 다른 니고오, 믄득 무ᄋᆡ지 아니라. 릉각이 임의 져 니고를 븟드러 니ᄅᆞ듸,

"네가 몬 【46】 져 와 부인긔 비현ᄒᆞ라."

한시 압흐로 향ᄒᆞ여 그 니고를 보니 비록 광듀(光頭)나 믄득 싱기기를 십분 쳥슈ᄒᆞᆫ지라. 피ᄎᆞ의 례를 맛고 한시 믄득 무ᄅᆞ듸,

"져 대ᄉᆞ는 어듸로셔 왓ᄂᆞ냐?"

릉각이 니ᄅᆞ듸,

"믄득 빈승의 동문(同門) 형뎨로라."

뎡연이 니라듸,

"귀찰(貴刹)은 어듸 잇ᄂᆞ냐?"

그 니괴 입을 여러 듸답ᄒᆞ듸,

"빈승은 여긔 잇셔 츌가ᄒᆞ미 아니라, 소주(蘇州)로 조ᄎᆞ 운유(雲遊)ᄒᆞ여 이곳의 니ᄅᆞ럿노라."

한시 드ᄅᆞ미 져 셩음이 연미ᄒᆞ여[41] 별노이 한 무리 사ᄅᆞᆷ의 환희 【47】 ᄒᆞ믈 ᄌᆞ아내는 모양이 잇는지라. 드듸여 니ᄅᆞ듸,

"졔가 원방의 잇는 대시냐?"

릉각이 니ᄅᆞ듸,

"졔가 소쥬 송취암(松翠菴)의셔 츌가ᄒᆞ여 크게 죠히 슈용(受用)ᄒᆞ더니 아지 못게라 엇지므로 나와 운유(雲遊)ᄒᆞ라 단니ᄂᆞ냐."

말이 마ᄎᆞ미,

즁인이 좌졍(坐定)ᄒᆞ고 한시 ᄌᆞ셔히 그 방장(方丈)을 보니, 믄득 관활(寬闊)치는 못ᄒᆞ고 다만 두 큰 간(間)이 잇는듸, 한 간은 방이 되고 한 간은 긱실이니, 압히 도로혀 한 조각 뷘 터히 잇고, 즁간의 일쥬(一株) 계화(桂花)나뮈 이시니 가지마다 셔리여[42] 층층이 일 【48】 경ᄒᆞ

---

39) 【쿵쿵지다】 형 텅텅 비다. ¶ 空空 ‖ 져 ᄉᆞ뷔 실노 고이ᄒᆞ도다 쿵쿵진듸 엇지 일ᄌᆞ를 지내는고 가히 이상토다 (這位師父實實奇怪, 這麼空空的, 怎樣過日子?) <瑤華 2:43>

40) 【노졍】 명 노정(路程). ¶ 路徑 ‖ 방쟝 가는 노졍이 심히 굴곡ᄒᆞ니 네가 압셔는 거시 죠흘가 ᄒᆞ노라 (到你方丈的路徑甚是曲折, 你倒不妨前走.) <瑤華 2:44>

41) 【연미ᄒᆞ다】 형 {연미(軟美)하다. 부드럽고 아름답다. 곱다. ¶ 嬌嫩 ‖ 한시 드ᄅᆞ미 져 셩음이 연미ᄒᆞ여 별노이 한 무리 사ᄅᆞᆷ의 환희ᄒᆞ믈 ᄌᆞ아내는 모양이 잇는지라 (韓氏聽他聲音嬌嫩, 另有一種討人喜歡的樣子.) <瑤華 2:46>

42) 【셔리다】 동 서리다. ¶ 盤結 ‖ 즁간의 일쥬 계화나뮈 이시니 가지마다 셔리여 층층이 일경ᄒᆞ여 대략이 십일이 층이 되는듸 오히려 보탑 모양 ᄀᆞᄐᆞᆫ지라 (正中間一株大桂花樹, 樹

여 대략이 십일이층(十一二層)이 되ᄂᆞᆫᄃᆡ, 오히려 보탑(寶塔) 모양 ᄀᆞᆺᄐᆞᆫ지라. 뎡연이 겻ᄒᆡ 이셔 니ᄅᆞᄃᆡ,

"부인아 너 보기의 져 계화나무 싱긴 거시 고괴(古怪)치 아니ᄒᆞ냐?"

한시 니ᄅᆞᄃᆡ,

"죠흔 한 조각 의ᄉᆡ(意思)로다. 보기의 빅십년 동안의 허다ᄒᆞᆫ 공부ᄅᆞᆯ 허비ᄒᆞ여 비로쇼 져 모양 경치ᄅᆞᆯ 어덧도다."

릉각이 니ᄅᆞᄃᆡ,

"부인이 보기ᄅᆞᆯ 진경을 어덧도다."

한 즈음의 한 낫 도ᄑᆡ(道婆) 드러와 반과(盤果)ᄅᆞᆯ 버려노코 한시ᄅᆞᆯ 청ᄒᆞ여 차을 먹으라 ᄒᆞ니, 한시 니ᄅᆞᄃᆡ,

"이졔 날의 너【49】의 령ᄌᆡ[졔](令弟) 먼니 왓시니 벽벽이 져ᄅᆞᆯ 청ᄒᆞ여 수좨(首坐) 되게 ᄒᆞ라."

릉각이 니ᄅᆞᄃᆡ,

"져ᄂᆞᆫ 한 집 사ᄅᆞᆷ ᄀᆞᆺᄐᆞ니 엇지 감히 부인을 참남(僭濫)ᄒᆞ리오.[43]"

릉쉬(能修) 니ᄅᆞᄃᆡ,

"ᄌᆞ연 부인이 상좨 되리라."

한시 니ᄅᆞᄃᆡ,

"우리 등은 본쳐(本處) 사ᄅᆞᆷ이니 엇지 먼ᄃᆡ 손을 참남ᄒᆞ리오."

뎡연이 ᄯᅩ 대신ᄒᆞ여 몃 마ᄃᆡ 겸손ᄒᆞᄆᆡ, 한시 드ᄃᆡ여 슈셕의 안고, 릉각이 뎡연을 ᄡᅳ러 뎨이위(第二位)의 안고, 군쥬(郡主)ᄅᆞᆯ 청ᄒᆞ여 밧그로 향ᄒᆞ여 안치고, 져의 뎨형(弟兄)은 ᄀᆞᆺ치 안져, 도파(道婆)로 챠ᄅᆞᆯ ᄯᅡ라 올【50】니며, 릉각이 안차(按次)ᄒᆞ여 다과(茶果)ᄅᆞᆯ 보내니, 한시 릉각을 향ᄒᆞ여 니ᄅᆞᄃᆡ,

"너의 령졔(令弟)의 법명을 가ᄅᆞ치믈 청치 못ᄒᆞ엿노라."

릉각이 니ᄅᆞᄃᆡ,

"져ᄂᆞᆫ 릉슈(能修)라 부ᄅᆞ고, 내 ᄯᅩ 일위 형장이 이시니, 일홈은 릉정(能靜)이라 부ᄅᆞ고, 우리 동문의 다만 삼 형제가 잇노라."

한시 니ᄅᆞᄃᆡ,

"엇지ᄒᆞ여 ᄯᅩ 량쳐(兩處)의 각거ᄒᆞ며, ᄯᅩ 셔로 격ᄒᆞ미 심히 멀게 ᄒᆞ엿ᄂᆞ냐?"

릉쉬 니ᄅᆞᄃᆡ,

"우리 스승은 곳 이곳 사ᄅᆞᆷ이니, 둘ᄌᆡ 형을 다리고 여긔와 운유ᄒᆞ다가 인ᄒᆞ여 죠ᄎᆞ 뎨【51】ᄌᆡ 되엿노라."

뎡연이 니ᄅᆞᄃᆡ,

"죠히 한 팔을 머믈너 여긔 잇ᄂᆞᆫ 거시 가히 운유ᄒᆞ다가 헐각(歇脚)ᄒᆞᆯ ᄯᅡ히 되리로다."

한시 니ᄅᆞᄃᆡ,

"다과ᄅᆞᆯ 임의 지내엿시니 가히 거더가고 맛쵸아 밥을 버려오게 ᄒᆞ라."

릉각이 니ᄅᆞᄃᆡ,

"ᄯᅩ 청ᄒᆞᄂᆞ니 부인은 잠간 ᄌᆡ반(齋飯)을 먹으려ᄂᆞ냐 도로혀 니ᄅᆞ냐?"

ᄒᆞ니, 한시 니ᄅᆞᄃᆡ,

"대ᄉᆞ의 ᄆᆞ옴 허비ᄒᆞᄂᆞᆫ 거술 과히 말나. 내 임의 반ᄎᆡ(飯菜)ᄅᆞᆯ 판비(辦備)ᄒᆞ엿노라."

ᄒᆞ고, 드ᄃᆡ여 챠환을 명ᄒᆞ여 '다반(茶飯)을 올니라' ᄒᆞ니, 한즈음이 못ᄒᆞ여 하나흘【52】접(接)ᄒᆞ고 둘을 접ᄒᆞ여 올녀오거ᄂᆞᆯ, 한시 릉각 뎨형(弟兄)을 청ᄒᆞ여 '햐져(下箸)ᄒᆞ라' ᄒᆞ니, 모다 ᄃᆡ답ᄒᆞᄃᆡ '상시의 ᄭᆡᆨᄌᆡ(喫齋)ᄒᆞᆫ다' ᄒᆞ니, 한시 니ᄅᆞᄃᆡ,

"ᄆᆡ우 ᄆᆞᆰ게 슈도ᄒᆞᆫ 줄을 알깃노라."

ᄒᆞ고, ᄯᅩ 슐을 올녀오ᄆᆡ, 릉각 형뎨 ᄉᆞ양ᄒᆞ여 니ᄅᆞᄃᆡ,

"죵ᄅᆡ 파계(破戒)ᄅᆞᆯ 아니ᄒᆞ였다."

ᄒᆞ고, 다만 뎡연이 뫼셔 먹으며 ᄯᅩ 릉각다려 무ᄅᆞᄃᆡ,

"너의 ᄉᆞ뷔 평일의 니ᄅᆞᄂᆞᆫ 바 곳을 네가 형영을 알미 이시리로다."

릉각이 니ᄅᆞᄃᆡ,

"빈승이 실노 아지 못ᄒᆞ나 잇다감 드ᄅᆞ니 졔 말ᄒᆞ기ᄅᆞᆯ 샹【53】히 남산(南山) 서편 젹젹암(滴滴岩)이 잇ᄂᆞᆫᄃᆡ 본ᄃᆡ 셕실이라 심히 청정(淸靜)ᄒᆞ믈 ᄭᆡᄃᆞᆺᄂᆞᆫ다 ᄒᆞᄂᆞᆫᄃᆡ, 제가 그곳의 잇셔 헐각(歇脚)ᄒᆞᄂᆞᆫ[44] ᄣᅢ가 만타."

枝像盤結得一斬齊的, 一層一層, 約莫有十一二層, 猶如寶塔的樣子.) <瑤華 2:47> ⇒ 서리다, 셜이다

43)【참남ᄒᆞ다】 형 참남(僭濫)하다. 분수에 넘쳐 너무 지나치다. ¶ 僭 ‖ 져ᄂᆞᆫ 한 집 사ᄅᆞᆷ ᄀᆞᆺᄐᆞ니 엇지 감히 부인을 참남ᄒᆞ리오 (我們是本地人, 如何好僭遠客.) <瑤華 2:49>

44)【헐각ᄒᆞ다】 동 {헐각(歇脚)하다.} 머물러 쉬다. ¶ 歇足 ‖ "常在這南山之西, 有箇滴滴岩, 是箇石室, 甚覺淸靜, 他在那處歇足的多." 샹히

ᄒᆞ니 한시 니ᄅᆞᄃᆡ,

"여긔셔 그곳이 언마 노뎡이 되ᄂᆞ냐?"

뎡연이 니ᄅᆞᄃᆡ,

"내 아ᄂᆞ니 여긔셔 그곳 가기 이십여 리ᄂᆞᆫ 되고, 장ᄎᆞᆺ 젹젹암을 갓가이 가면 일ᄀᆡ 고시(顧氏) 집 화원(花園)이 잇ᄂᆞᆫ ᄃᆡ 경치ᄅᆞᆯ 가히 유람ᄒᆞᆯ 만ᄒᆞ니라."

릉각이 니ᄅᆞᄃᆡ,

"그ᄅᆞ지 아니ᄒᆞ다. 져 고시 우리 호단월(胡檀越)노 더브러 친의(親宜) 잇고, 근ᄅᆡ ᄯᅩ 쥬황친(周皇親) 집으로 더브러 혼【54】인을 뎡ᄒᆞ여시니, 가히 져 집이냐?"

뎡연이 니ᄅᆞᄃᆡ,

"그러타."

ᄒᆞ니, 한시 니ᄅᆞᄃᆡ,

"졔 임의 그곳의 잇셔 거쥬ᄒᆞᄂᆞᆫᄃᆡ 엇지ᄒᆞ여 ᄯᅩ 샹ᄒᆡ 져 곳의 니ᄅᆞ러 가ᄂᆞ냐?"

릉각이 머리ᄅᆞᆯ 져으며 니ᄅᆞᄃᆡ,

"져의 ᄉᆞ졍은 말ᄒᆞ기 어렵도다."

뎡연이 니ᄅᆞᄃᆡ,

"졔 거긔 잇셔 샹ᄒᆡ 무어ᄉᆞᆯ 간판(幹辦)ᄒᆞᄂᆞ냐[45]?"

릉각이 니ᄅᆞᄃᆡ,

"내 드ᄅᆞ니 졔 우연이 한두 가지 일을 말ᄒᆞᄂᆞᆫ ᄃᆡ, 도시(都是)[46] 길ᄒᆡ셔 블평ᄒᆞᆫ 거ᄉᆞᆯ 보면 사ᄅᆞᆷ으로 더브러 원굴(寃屈)ᄒᆞᆫ 거ᄉᆞᆯ ᄲᅵ셔 쥬니 너ᄂᆞᆫ 말ᄒᆞ라. 두려오냐 두렵【55】지 아니ᄒᆞ냐?"

졍히 말ᄒᆞ며 다만 보니, 일ᄀᆡ 궁네 드러와 품ᄒᆞᄃᆡ,

"령ᄉᆡ(令史) 와셔 말ᄒᆞ기ᄅᆞᆯ 변량(汴梁) 궁즁의셔 쟝ᄉᆞᄅᆞᆯ 시겨 오기ᄂᆞᆫ 븍도의셔 년흉(年凶)ᄒᆞ믈 당ᄒᆞ여 진휼ᄒᆞᆯ 량미 업ᄉᆞ믈 위ᄒᆞ여 농장(農莊)의 미ᄆᆡᆨ(米麥)을 운젼(運轉)ᄒᆞ여 간다' ᄒᆞ니, 쳥컨ᄃᆡ 부인은 도라가 열쇠ᄅᆞᆯ 쥬어 창(倉)을 열게 ᄒᆞ라."

한시 니ᄅᆞᄃᆡ,

"아랏시니 령ᄉᆞ(令史)다려 몬져 가라."

ᄒᆞ고,

"나ᄂᆞᆫ 오후의 문득 도라 가리라."

남산 셔편 젹젹암이 잇ᄂᆞᆫᄃᆡ 본ᄃᆡ 셕실이라 심히 쳥졍ᄒᆞ믈 ᄭᆡ닷ᄂᆞᆫ다 ᄒᆞᄂᆞᆫᄃᆡ 졔가 그곳의 잇셔 헐각ᄒᆞᄂᆞᆫ ᄣᆡ가 만타 <瑤華 2:53>

궁녀 간 지 언마 못되여 ᄯᅩ 와 품ᄒᆞᄃᆡ,

"관사(管事)ᄒᆞᄂᆞᆫ 무리 말ᄒᆞ기ᄅᆞᆯ 여긔셔 【56】 쟝샹(莊上) 가기가 륙십 리ᄂᆞᆫ 되니 믄득 이 ᄣᆡ의 발ᄒᆡᆼᄒᆞ여도 긔여히 밤길을 ᄒᆞᆯ 터이니 쳥컨ᄃᆡ 부인은 맛참내 여긔셔 뉴슉ᄒᆞ고 명죠의 ᄯᅥ나ᄂᆞᆫ 거시 죠타."

한시 니ᄅᆞᄃᆡ,

"믄득 밤길을 ᄒᆞ여도 ᄒᆡ롭지 아니리라."

궁네 니ᄅᆞᄃᆡ,

"비ᄌᆡ(婢子) 드ᄅᆞ니 령ᄉᆞ가 관ᄉᆞ와 ᄀᆞᆺ치 샹량ᄒᆞ여 말ᄒᆞ기ᄅᆞᆯ 밤길을 ᄒᆞ다가ᄂᆞᆫ 두리건ᄃᆡ 로상의 모진 사ᄅᆞᆷ이 잇실가 ᄒᆞ니, 명일의 일즉 ᄒᆡᆼᄒᆞᄂᆞᆫ 거시 안온타 ᄒᆞ더이다."

한시 머리ᄅᆞᆯ 드러보니, 태양이 임의 셔흐로 【57】 기우러진지라. 드ᄃᆡ여 니ᄅᆞᄃᆡ,

"그만두고 명일 죠됴(早朝)의 가ᄌᆞ ᄒᆞ나 다시 릉각대ᄉᆞᄅᆞᆯ 하로 밤 ᄯᅩ 소요(騷擾)케 ᄒᆞ리로다."

릉각이 니ᄅᆞᄃᆡ,

"그리ᄒᆞ면 ᄆᆡ우 편ᄒᆞ나 다만 두리건ᄃᆡ 포진이 졍결치 못ᄒᆞ여 부인의 혐의ᄒᆞ믈 어들가 ᄒᆞ노라."

한시 니ᄅᆞᄃᆡ,

"너의 등 츌가ᄒᆞᆫ 사ᄅᆞᆷ이 무ᄉᆞᆫ 졍결치 못ᄒᆞ미 이시랴."

드ᄃᆡ여 챠환 무리로 ᄉᆞᆯ을 치라 ᄒᆞ며,

"ᄆᆞ옴것[47] 양ᄃᆡ로 한번 ᄎᆔᄒᆞ여 보ᄌᆞ."

ᄒᆞ니 뎡연이 니ᄅᆞᄃᆡ,

"부인의 쥬량이 크신ᄃᆡ 가히 앗갑다. 사ᄅᆞᆷ이 되시고 지【58】내리 업도다."

한시 니ᄅᆞᄃᆡ,

---

45) 【간판ᄒᆞ다】 (동) {간판(幹辦)하다.} 일을 주관하다. ¶ 幹 ‖ 졔 거긔 잇셔 샹ᄒᆡ 무어ᄉᆞᆯ 간판ᄒᆞᄂᆞ냐 (你在那裏, 日常幹些甚麽?) <瑤華 2:54>

46) 【도시】 (부) {도시(都是).} 다. 모두. 도무지. ¶ 都是 ‖ 내 드ᄅᆞ니 졔 우연이 한두 가지 일을 말ᄒᆞᄂᆞᆫ ᄃᆡ 도시 길ᄒᆡ셔 블평ᄒᆞᆫ 거ᄉᆞᆯ 보면 사ᄅᆞᆷ으로 더브러 원굴ᄒᆞᆫ 거ᄉᆞᆯ ᄲᅵ셔 쥬니 (我聽他偶然說起一兩件事, 都是路見不平, 與人報雪寃仇, 你說怕不怕.) <瑤華 2:54>

47) 【ᄆᆞ옴것】 (부) 마음껏. ¶ 索性 ‖ 드ᄃᆡ여 챠환 무리로 ᄉᆞᆯ을 치라 ᄒᆞ며 ᄆᆞ옴것 양ᄃᆡ로 한번 ᄎᆔᄒᆞ여 보ᄌᆞ ᄒᆞ니 (遂令丫頭們斟酒, 道: "索性放量醉他一醉.") <瑤華 2:57>

“너의 쥬량도 녓지 아니ᄒᆞᆫᄃᆡ 무슴 의ᄉᆞ로나 한 사ᄅᆞᆷ다려만 취ᄒᆞ라 ᄒᆞᄂᆞ냐?”

챠환 등이 그 뜻을 침작[짐작]ᄒᆞ고 일죽 만작(滿酌)ᄒᆞ여 올니니 차례로 바다 마시고, 릉각이 니ᄅᆞᄃᆡ,

“부인 쟝샹의 내가 죵ᄅᆡ 가셔 보지 못ᄒᆞ여시니, 그 곳이 ᄆᆡ우 열요(熱鬧)ᄒᆞ냐[48]?”

한시 니ᄅᆞᄃᆡ,

“블과 외로이 븨여 잇ᄂᆞᆫ 쟝ᄌᆡ(莊子)니 무어시 열요ᄒᆞ랴.”

릉각이 니ᄅᆞᄃᆡ,

“쟝샹의 ᄌᆞ연 져축ᄒᆞᆫ 거시 이시리로다.”

한시 니ᄅᆞᄃᆡ,

“네 듯지 못ᄒᆞ엿ᄂᆞ냐? 변량궁의셔 쟝샹【59】의 와셔 량식을 가져가려 ᄒᆞᄂᆞ니라.”

릉각이 니ᄅᆞᄃᆡ,

“시ᄌᆡ(時在)ᄒᆞᆫ 미ᄆᆡᆨ(米麥)이 언마나 되ᄂᆞ냐?”

한시 니ᄅᆞᄃᆡ,

“거의 ᄉᆞ오십 만 셕은 되리라.”

릉각이 니ᄅᆞᄃᆡ,

“ᄋᆡ야(阿喲), 그러ᄒᆞᆯ 양이면 이 ᄀᆞᆺᄐᆞᆫ 흉년의 ᄆᆡ우 방심치 못ᄒᆞ리라.”

한시 니ᄅᆞᄃᆡ,

“나도 ᄯᅩᄒᆞᆫ 근심되ᄂᆞᆫ 거시니, 이번의 가셔 믄득 령즁(營中)의 지휘(知會)ᄒᆞ여[49] 군ᄉᆞᄅᆞᆯ 발ᄒᆞ여 간슈케 ᄒᆞ리라.”

릉각이 니ᄅᆞᄃᆡ,

“군ᄉᆞᄅᆞᆯ 발(撥)ᄒᆞ여 간슈케 ᄒᆞ면, 져의 등의먹을 량식을 쥬지 아니ᄒᆞ리오.”

한시 니ᄅᆞᄃᆡ,

“져거ᄉᆞᆫ ᄌᆞ연 능히 면【60】치 못ᄒᆞ리라.”

릉각이 니ᄅᆞᄃᆡ,

“만일 우리 ᄉᆞ부ᄅᆞᆯ 뫼셔다가 쟝샹의 잇게 ᄒᆞ면, 믄득 슈쳔되ᄂᆞᆫ 강되라도 졔가 능히 져당(抵當)ᄒᆞ여 내리라.”

한시 니ᄅᆞᄃᆡ,

“져 ᄉᆞ부의 무예 이러ᄐᆞᆺ 고강(高强)ᄒᆞ냐?”

릉각이 니ᄅᆞᄃᆡ,

“부인아 져의 슈단이 만흐믈 아지 못ᄒᆞᄂᆞ냐?”

릉쉬 니ᄅᆞᄃᆡ,

“샤형(師兄)아 너 말ᄒᆞᄂᆞᆫ 져 ᄉᆞ뷔 이 엇더ᄒᆞᆫ 이냐?”

릉각이 니ᄅᆞᄃᆡ,

“져 ᄉᆞ뷔 이졔 우리 이곳의 좌뎡ᄒᆞ여 계시니 법명은 무ᄋᆡ지라. 터럭을 두고 ᄒᆡᆼ실을 닥ᄂᆞᆫ 도괴(道姑)니라.”

릉쉬 니ᄅᆞᄃᆡ,

【61】“가히 ᄇᆡᆨ졍(白淨)ᄒᆞ고 표치(標致)ᄒᆞᆫ 그 분이냐? 져 말을 드ᄅᆞ면 오십여 셰라 ᄒᆞᄂᆞᆫᄃᆡ 바라보ᄆᆡ 다만 삼십 셰ᄂᆞᆫ 되엿더라.”

릉각이 니ᄅᆞᄃᆡ,

“일호도 그ᄅᆞ지 아니ᄒᆞ니 네 어ᄃᆡ셔 보왓ᄂᆞ냐?”

릉쉬 니ᄅᆞᄃᆡ,

“거년 츄간(秋間)의 내가 남ᄒᆡ(南海) 보타산(普陀山)의 가셔 믄득 져ᄅᆞᆯ 만나 보니, 졔 면상(面上)의 별노이 한 쥴기 쳥슈(淸秀)ᄒᆞᆫ 긔운이 잇기로 내 믄득 료량(料量)ᄒᆞᄆᆡ 졔가 비범ᄒᆞᆫ 사ᄅᆞᆷ이라. 당장의 믄득 져와 더브러 례(禮)ᄒᆞ고 말ᄒᆞ여보ᄆᆡ, ᄯᅩ 일단 화긔 잇고 다【62】만 졔 무ᄋᆡ지라 니ᄅᆞ지 아니ᄒᆞ며 별노이 명ᄢᅵ 이시니, 내 ᄉᆡᆼ각지 못ᄒᆞ여시나 져로 더브러 일쳐의셔 거졉(居接)ᄒᆞ여 십여 일을 쥬션ᄒᆞ며 졔 신변의 량기 금탄ᄌᆡ(金彈子) 이시니 졔 말ᄒᆞ기ᄅᆞᆯ 량구보검(兩口寶劍)이라 ᄒᆞ며 죠히 니(利)ᄒᆞᆫ 거시라. 상(常)히 다른 사ᄅᆞᆷ의 일을 위ᄒᆞ여 공연이 긔운을 내니, ᄉᆡᆼ각건ᄃᆡ 져의 숀의 죽은 사ᄅᆞᆷ이 젹지 아니리라.

한시 니ᄅᆞᄃᆡ,

“졔 사ᄅᆞᆷ을 죽이면 능히 상명(償命)을 아니ᄒᆞᄂᆞ냐?”

릉각이 니ᄅᆞᄃᆡ,

---

48) 【열요ᄒᆞ다】 형 {열요(熱鬧)하다.} 떠들썩하다. ¶ 鬧熱 ‖ 부인 장상의 내가 죵ᄅᆡ 가셔 보지 못ᄒᆞ여시니 그 곳이 ᄆᆡ우 열요ᄒᆞ냐 (夫人, 王莊上我從未到過, 那裏還鬧熱麽?) <瑤華 2:58> ⇒ 드레다, 여로ᄒᆞ다, 여료ᄒᆞ다, 여루ᄒᆞ다, 여류ᄒᆞ다, 열요ᄒᆞ다

49) 【지휘ᄒᆞ다】 동 {지회(知會 zhīhuì)하다.} 알리다. 중국어 차용어. ¶ 知會 ‖ 나도 ᄯᅩᄒᆞᆫ 근심되ᄂᆞᆫ 거시니 이번의 가셔 믄득 령즁의 지휘ᄒᆞ여 군ᄉᆞᄅᆞᆯ 발ᄒᆞ여 간슈케 ᄒᆞ리라 (我也在此擔憂, 回去就要知會營裏, 撥兵來看守.) <瑤華 2:59> ⇒ 디위ᄒᆞ다, 지위ᄒᆞ다

"져 량ᄀᆡ 탄ᄌᆡ 나라가셔 사ᄅᆞᆷ을 죽【63】이니 엇지 젠 쥴 알니요."

한시 니ᄅᆞᄃᆡ,

"ᄋᆡ야! 네 말이 가히 슈쳔인을 져당ᄒᆞᆫ다 ᄒᆞ믈 고이히 너기지 못ᄒᆞ리로다. 이 갓ᄐᆞ면 급급히 가셔 져를 청ᄒᆞ여 쟝샹의 니ᄅᆞ게 ᄒᆞ리라."

뎡연이 니ᄅᆞᄃᆡ,

"명일의 부인이 몬져 쟝샹의 도라간 후의 다시 와셔 져를 청ᄒᆞᄂᆞᆫ 거시 가히 올흐랴?"

한시 니ᄅᆞᄃᆡ,

"ᄌᆞ연 몬져 도라가셔 량식을 슈운(輸運)ᄒᆞ여 보낸 후의 다시 젹젹암의 가셔 져를 청ᄒᆞ여 나의 졍셩을 뵈리라."

릉각이 니ᄅᆞᄃᆡ,

"ᄆᆡ우 올흐니 져【64】ᄉᆞ부를 결단코 그ᄅᆞᆺ 지내지 말나."

뎡연이 니ᄅᆞᄃᆡ,

"부인이 도라가셧다가 몃날이나 격ᄒᆞ여 다시 오실고?"

한시 니ᄅᆞᄃᆡ,

"금일은 이 십팔일(十八日)이니, 대략이 이십삼ᄉᆞ일 간이 되리라."

뎡연이 니ᄅᆞᄃᆡ,

"져 며칠 동안은 우리 암즁의 일이 이시니 두리건ᄃᆡ, 그 씌의 밧드러 뫼시지 못ᄒᆞ리라."

한시 니ᄅᆞᄃᆡ,

"무ᄉᆞᆫ 요긴ᄒᆞᆫ 일이 잇ᄂᆞ냐?"

뎡연이 니ᄅᆞᄃᆡ,

"즁츄졀ᄀᆡ(中秋節期)가 니ᄅᆞᄂᆞᆫᄃᆡ 과년(過年)ᄒᆞᆯ 량식이 도로혀 젹으니 ᄎᆡ소(菜蔬)와 과품(果品)을 가지고 각집으로【65】단니며 쥬면(서) 죠히 량미를 시쥬(施主)ᄒᆞ여다가 시일(是日)을 지너려 ᄒᆞ노라."

한시 니ᄅᆞᄃᆡ,

"이거시 믄득 아니치 못ᄒᆞ리라."

릉각이 니ᄅᆞᄃᆡ,

"임의 샤형(師兄)이 결을치 못ᄒᆞ거든 그 씌의 부인이 쇼암(小庵)으로 오시면 빈승이 뫼시ᄂᆞᆫ 거시 엇더ᄒᆞ뇨?"

한시 니ᄅᆞᄃᆡ,

"죠타."

ᄒᆞ고, 반일 한담ᄒᆞ기로 슐을 만히 멈츄엇ᄂᆞᆫ지라. ᄲᆞᆯ니 챠환을 블너 슐을 치라 ᄒᆞ고 도픠(道婆) ᄯᅩ 등블을 혀 올니거ᄂᆞᆯ, 한시 곳 요화로 ᄒᆞ여곰 몬져 밥을 먹게 ᄒᆞ니, 유랑이 련망히 가져【66】오ᄆᆡ, 요홰 밥을 먹은 후의 몬져 유랑과 ᄒᆞᆷ긔 헐슉ᄒᆞ더라. 한시 뎡연으로 더브러 한 ᄎᆞ례를 마신 후의 비로쇼 셕반을 지내고 ᄯᅩ 한담ᄒᆞ다가 각기 안침ᄒᆞ더라.

ᄎᆞ일(次日)의 한시 일즉 니러나 쇼세ᄒᆞ고 죠반을 먹은 후 즉시 몸을 니러 쟝샹으로 도라올ᄉᆡ, 교ᄌᆞ 안의셔 보니 밧두던 우히 셔쇽(黍粟)이 의연이 죠히 ᄌᆞ랏ᄂᆞᆫ지라. 드ᄃᆡ여 령ᄉᆞ다려 무ᄅᆞᄃᆡ,

"여등이 말ᄒᆞ기를 년ᄉᆡ(年歲) 흉년이라 ᄒᆞ더니, 져 밧속의 모다 량식이 잇ᄂᆞᆫᄃᆡ 엇지ᄒᆞ【67】여 흉년이라 ᄒᆞᄂᆞ냐."

령ᄉᆡ 답응ᄒᆞᄃᆡ

"부인이 교즁(轎中)의 잇셔 ᄌᆞ셰히 보지 못ᄒᆞ시도다. 이졔 밧 속의 잇ᄂᆞᆫ 셔쇽(黍粟)들이 다만 쥴기만 남고 니삭은 일즉 황츙이 먹어 건졍(乾淨)ᄒᆞ게 되여시니 엇지 도로혀 사ᄅᆞᆷ 먹을 거시 이시랴."

졍히 말ᄒᆞ며 다만 보니 빗긴 길노 한무리 남녀ᄇᆡ 나ᄂᆞᆫᄃᆞ시 다라 앏흘 향ᄒᆞ여 가거ᄂᆞᆯ, 한시 니ᄅᆞᄃᆡ,

"져 한 무리 사ᄅᆞᆷ이 어ᄃᆡ를 ᄯᅡ라 져러ᄐᆞᆺ 춍망히 가ᄂᆞ냐?"

령ᄉᆡ ᄃᆡ답ᄒᆞᄃᆡ,

"모다 귀덕부(歸德府)를 향ᄒᆞ여 가셔 흉년을【68】고ᄒᆞ고 진휼을 고ᄒᆞᆫ다."

ᄒᆞ거ᄂᆞᆯ, 한시 심즁의 ᄉᆡᆼ각ᄒᆞ여 니ᄅᆞᄃᆡ,

"과연 진ᄀᆡ 겸년(歉年)[50]이로다."

한참이 못되여 임의 쟝샹의 니ᄅᆞ러 드ᄃᆡ여 열쇠를 쥬어 령ᄉᆞ비로 ᄒᆞ여곰 창고를 열고 셕수(石數)를 죠검(照檢)ᄒᆞ여 변량셩으로 슈운ᄒᆞ여 가게 ᄒᆞ더라.

ᄎᆞ일 아ᄎᆞᆷ의 슈궁태감(守宮太監)이 와셔 품ᄒᆞᄃᆡ, 외간(外間)의 허다ᄒᆞᆫ ᄀᆡ민 등이 와셔 진휼ᄒᆞ기를 구ᄒᆞᆫ다 ᄒᆞ고, 령ᄉᆡ 부인긔 고ᄒᆞᄃᆡ, ᄆᆡ인(每人)의 량미를 언마식 쥬기를 청ᄒᆞ니, 한시 분부ᄒᆞᄃᆡ,

"량의(量宜)【69】ᄒᆞ여[51] 난화 쥬ᄂᆞᆫ 거시

---

50)【겸년】명 겸년(歉年). 흉년(凶年). ¶ 大荒 ‖ 과연 진ᄀᆡ 겸년이로다 (果眞大荒了.) <瑤華 2:68>

믄득 올흐리라."

ᄒᆞ더니, 한춤만의 ᄯᅩ 드ᄅᆞ니 사ᄅᆞᆷ의 쇼릐 비등ᄒᆞᄂᆞᆫ지라, 한시 심즁의 십분 의아ᄒᆞ더니 곳 늣게야 바야흐로 고요ᄒᆞᄆᆡ, 인ᄒᆞ여 챠환을 분부ᄒᆞ여,

"령ᄉᆞ의게 가셔 량미ᄅᆞᆯ 언마나 분급ᄒᆞ여시믈 무러보라."

ᄒᆞ니 즉시 와셔 고ᄒᆞᄃᆡ,

"긔민 ᄆᆡ명의 일승(一升)식 쥬ᄆᆡ 닷 셤 분슈나 ᄡᅵ엿다."

ᄒᆞ거ᄂᆞᆯ, 한시 ᄯᅩ ᄒᆞ여곰 무ᄅᆞᄃᆡ,

"이졔 밧 두던 우희 셔쇽들이 황츙이 먹어다 ᄒᆞ기ᄅᆞᆯ 닙어시니, 오히려 다【70】ᄅᆞᆫ 죵ᄌᆞ 잡곡으로 츙슈(充數)ᄒᆞᆯ[52] 거시 잇ᄂᆞ냐?"

챠환이 답응ᄒᆞ고 나가더니, 그 젼ᄒᆞᄂᆞᆫ 말을 쳥초(淸楚)ᄒᆞ게 긔록지 못ᄒᆞ나, 도로혀 궁문상태감(宮門上太監)이 듯고 나아가 젼ᄒᆞ고, 다시 챠환과 ᄀᆞᆺ치 드러와 고ᄒᆞᄃᆡ,

"령ᄉᆞ의 말을 드ᄅᆞ니 이졔 오히려 츄졀(秋節)이라, 졍히 잡곡을 기워 심으기ᄂᆞᆫ 죠커니와 하ᄂᆞᆯ이 가므믈 인ᄒᆞ여 능히 ᄡᅵᄅᆞᆯ 더지 못ᄒᆞᆯ지라. 다만 일장 대우(大雨)ᄅᆞᆯ 기다려 비로쇼 파죵ᄒᆞ리라."

ᄒᆞ니, 한시 듯고 텬상을 바라ᄆᆡ 일졈 구름이 업고 ᄆᆡ일【71】아ᄎᆞᆷ의 믄득 긔민들이 와셔 야료(惹鬧)만 ᄒᆞᄂᆞᆫ지라. 한시 좌왜(坐臥) 불편ᄒᆞ더니, 어언간의 ᄉᆞ오일이 지ᄂᆞᆺᄂᆞᆫ지라. 당만(當晩)ᄒᆞ여 령ᄉᆞᄅᆞᆯ 분부ᄒᆞ여 교군을 다리고 ᄌᆡ싱암으로 가ᄂᆞᆫᄃᆡ, 아오로 빈 교ᄌᆞᄅᆞᆯ 가지고 가라 ᄒᆞ니, 겻희 잇ᄂᆞᆫ 챠환이 니ᄅᆞᄃᆡ,

"젼일의 비ᄌᆡ 부인이 몃칠을 격ᄒᆞ여 인ᄒᆞ여 가셔 ᄉᆞ부 쳥ᄒᆞᆯ 쥴을 아ᄂᆞᆫ 고로 관ᄉᆞᄒᆞᄂᆞᆫ 이ᄅᆞᆯ 일너 빈 교ᄌᆞᄅᆞᆯ 암즁의 두게 ᄒᆞ엿노라'

한시 듯고 니ᄅᆞᄃᆡ,

"ᄆᆡ우 죠타."

ᄒᆞ고 드ᄃᆡ여 안【72】침(安寢)ᄒᆞ고 명죠의 일즉 니러 셰슈ᄒᆞ고 ᄌᆡ싱암의로 가더라.

ᄌᆡ셜, 져 젹젹암은 어ᄂᆡ 곳의 잇ᄂᆞᆫ고? 믄득 젼일의 웅호(雄狐)의 굴혈 ᄆᆡᆫ든 바 남산의셔 상게(相距)[53] 블과 이십여 리오, 산 형셰가 셔편으로 다라 졈졈 져함(低陷)ᄒᆞ고, 뫼부리 속의 셕실이 잇ᄂᆞᆫᄃᆡ, 셔로 젼ᄒᆞ기ᄅᆞᆯ 사ᄅᆞᆷ이 잇셔 그 곳의셔 슈련ᄒᆞ여 ᄇᆡᆨ일 승편ᄒᆞ엿다 ᄒᆞ고, 산의 ᄉᆡ암이 흘너나려 젹젹(滴滴)ᄒᆞ여 그치지 앗ᄂᆞᆫ 고로, 사ᄅᆞᆷ이 모다 부ᄅᆞ기ᄅᆞᆯ 젹젹암이라 ᄒᆞ고 ᄯᅩ 진쥬【73】쳔(珍珠泉)이라 부ᄅᆞ더라. 거쥬ᄒᆞᆫ 사ᄅᆞᆷ들이 츈츄 셩묘(省墓)ᄒᆞᆯ ᄯᆡ의 모다 가셔 유람ᄒᆞ나, 평시의ᄂᆞᆫ 인젹이 드무더라. 무ᄋᆡ지 비록 ᄌᆡ싱암의 우거(寓居)ᄒᆞ나, 큰 길거리ᄅᆞᆯ 당ᄒᆞᆫ지라, 사ᄅᆞᆷ을 ᄃᆡ신ᄒᆞ여 원슈ᄅᆞᆯ 갑고, 붓그러온 거술 ᄡᅵ셔 쥬고ᄌᆞ ᄒᆞ나, 사ᄅᆞᆷ의 쳥문(聽聞)으로 놀낼가 두려 동작이 편치 못ᄒᆞᆫ 고로 샹희 젹젹암의 잇셔 거ᄒᆡᆼ(擧行)ᄒᆞ며, 믄득 한시 누ᄎᆞ 쳥ᄒᆞ라온 쥴은 아지 못ᄒᆞ나 그러나 요화ᄅᆞᆯ 보호ᄒᆞ여 쥴 ᄉᆡᆼ각은 ᄯᅳᆺ의 머무ᄂᆞᆫ지라. 져【74】몃날의 몃가지 죠흔 일을 쳐치ᄒᆞ고 득의ᄒᆞ여 암ᄌᆞ로 도라오다가, 고가(顧家)의 집 화원(花園)의 니ᄅᆞ러ᄂᆞᆫ 홀연 대위(大雨) 붓ᄂᆞᆫᄃᆞᆺ 오ᄂᆞᆫ지라. 드ᄃᆡ여 화원문으로 드러가 잠시 피ᄒᆞ더니, 먼니 바라보ᄆᆡ 한 무리 교ᄌᆞ와 슐위 나ᄂᆞᆫᄃᆞ시 다라오며 몬져 두어 사ᄅᆞᆷ이 다라드러 화원문을 열나 ᄒᆞ고 비ᄅᆞᆯ 피코져 ᄒᆞᆫ다 ᄒᆞ거ᄂᆞᆯ, 동산 직흰 사ᄅᆞᆷ들이 말을 드ᄅᆞᄆᆡ 복왕부즁 내관이라 감히 태만치 못ᄒᆞ여 ᄲᆞᆯ니 쇄쇼ᄒᆞ더니, 젼안간(轉眼間)의 교ᄌᆡ 다라드러 원【75】문(園門)이 협착(狹窄)ᄒᆞ믈 인ᄒᆞ여 대교ᄂᆞᆫ 능히 뫼셔 드리지 못ᄒᆞ고 드ᄃᆡ여 문 어귀의셔 나리고, 한시 겨유 나셔며 임의 무ᄋᆡ지 원문 머리의 이시믈 보고 련망히 블너 니ᄅᆞᄃᆡ,

"ᄉᆞ부야, 엇지 네가 이곳의 잇ᄂᆞᆫ고?"

무ᄋᆡ지 믄득 머리ᄅᆞᆯ 두루혀 보ᄆᆡ 이 한시라. ᄯᅩᄒᆞᆫ 곳 앏흐로 와 무ᄅᆞᄃᆡ,

---

51) 【량의ᄒᆞ다】 동 {양의(量宜)하다.} 잘 헤아려 좋도록 하다. ¶ 酌量 ‖ 량의ᄒᆞ여 난화 쥬ᄂᆞᆫ 거시 믄득 올흐리라 (叫令史酌量着發就是了.) <瑤華 2:68> ⇒ 냥의ᄒᆞ다

52) 【츙슈ᄒᆞ다】 동 {충수(充數)하다.} 보충(補充)하다. 대신(代身)하다. ¶ 補 ‖ 이졔 밧 두던 우희 셔쇽들이 황츙이 먹어다 ᄒᆞ기ᄅᆞᆯ 닙어시니 오히려 다ᄅᆞᆫ 죵ᄌᆞ 잡곡으로 츙슈ᄒᆞᆯ 거시 잇ᄂᆞ냐 (如今田地上麥子、高粱被蝗蟲喫去了，還能補種得別樣雜糧麽?) <瑤華 2:70>

53) 【상거】 명 {상거(相距).} 서로 떨어진 거리(距離). ¶ 相離 ‖ 믄득 젼일의 웅호의 굴혈 ᄆᆡᆫ든 바 남산의셔 상게 블과 이십여 리오 (就是從前雄狐所穴之南山一帶，相離不過三十餘里.) <瑤華 2:72>

"부인아, 무스 볼일이 잇셔 이곳의 니르럿ᄂᆞ냐?"

한시 니르ᄃᆡ,

"ᄉᆞ부야, 날노 ᄒᆞ여금 ᄎᆞᄌᆞ라 단니믈 죠히 신고(辛苦)ᄒᆞ게 ᄒᆞ도다!"

무ᄋᆡ지 니르ᄃᆡ,

"이러틋 비 오니 원즁으로 드러가 【76】 셔셔히 안 ᄎᆞ례 말ᄒᆞᄌᆞ."

ᄒᆞ고, 릉각(能覺)도 니르고 유랑이 요화를 안고 드ᄃᆡ여 일졔히 원즁의 드러가 삼간(三間) 되는 일좌(一座) 쳥셕(廳席)의 안ᄌᆞ며, 한시 섈니 챠환을 시겨 관ᄉᆞ(管事)의게 젼ᄒᆞ여 챠롤 가져오라 ᄒᆞ고, 일변 졈심을 경돈(整頓)ᄒᆞ여 가져다가 먹으려 ᄒᆞ더니, 머리롤 도로혀 릉각을 보고 홀연 니르ᄃᆡ,

4

요득검션ᄅᆡ부뎨 챵셩예포계몽동
邀得劍仙來府第 創成藝圃啓蒙童

"ᄋᆡ야, 엇지ᄒᆞᆯ고. 우리 등의 판비(辦備)ᄒᆞᆫ 거ᄉᆞᆫ 도시(都是) 훈치(葷菜)라. ᄉᆞ부로 ᄒᆞ여곰 무어ᄉᆞᆯ 먹게 ᄒᆞ랴?"

릉각이 니ᄅᆞᄃᆡ,

"만히 부인의 괘렴(掛念)ᄒᆞ시믈 샤례ᄒᆞ노라. 【77】 빈승도 쇼ᄎᆡᄅᆞᆯ 가지고 온 거시 잇다."

ᄒᆞ고 드ᄃᆡ여 ᄉᆞᄆᆡ 쇽으로 ᄡᆞᆫ 거ᄉᆞᆯ 내여 노흐니, 한시 바다 가지고 여러 보ᄆᆡ 극히 정치ᄒᆞᆫ ᄎᆡ쇠 만흔지라. 드ᄃᆡ여 니ᄅᆞᄃᆡ,

"릉각 ᄉᆞ뷔 죠히 ᄆᆞᄋᆞᆷ을 ᄡᅳ도다."

정히 말ᄒᆞᄆᆡ 다반을 임의 올니ᄂᆞᆫ지라. 한시 믄득 챠환을 시겨 교의(交椅)ᄅᆞᆯ 옴겨 교ᄌᆞ 앏히 노코, 무ᄋᆡᄌᆞᄅᆞᆯ 청ᄒᆞ여 슈좌의 안치고, 릉각은 그 다음의 안고, 한시ᄂᆞᆫ 밧그로 향ᄒᆞ여 안고, 요화ᄂᆞᆫ 아ᄅᆡ 뫼시게 ᄒᆞ고, 몬져 챠ᄅᆞᆯ 먹으ᄆᆡ 반치(飯菜) 련속히 올나오ᄂᆞᆫ지라. 한시 【78】 ᄯᅩ 무ᄋᆡᄌᆞ의게 슐을 권ᄒᆞ니, 무ᄋᆡ지 ᄉᆞ양치 아니코 훈치가지 병(並)ᄒᆞ여 먹으며, 잔을 가라 인ᄒᆞ여 마시거ᄂᆞᆯ, 한시 말을 여러 니ᄅᆞᄃᆡ,

"ᄉᆞ부야, 네가 날노 ᄒᆞ여곰 괴로이 찻게 ᄒᆞ도다."

무ᄋᆡ지 니ᄅᆞᄃᆡ,

"엇지 감히 부인을 노동ᄒᆞ여 ᄎᆞᄌᆞ시게 ᄒᆞ리오."

한시 니ᄅᆞᄃᆡ,

"그날 영령암(永寧庵)의셔 작별ᄒᆞᆯ ᄯᅢ의 ᄉᆞ부ᄅᆞᆯ 청ᄒᆞ여 쟝샹의 와셔 노닐 쥴노 언약ᄒᆞᆫ 고로 졔이일(第二日)의 일즉 교ᄌᆞᄅᆞᆯ 보내엿더니, 뎡연이 와 [말]ᄒᆞ기ᄅᆞᆯ ᄉᆞ뷔 아오로 지싱암의 도라오지 아냣다 ᄒᆞ기 【79】 로, 내가 ᄯᅩ 몃칠을 격ᄒᆞ여 다시 뎡연과 ᄀᆞᆺ치 지싱암 릉각의 곳의 가셔 밧드러 청ᄒᆞ려 ᄒᆞ더니, ᄉᆞ뷔 오히려 도라오지 아닌 쥴을 알고 인ᄒᆞ여 량미ᄅᆞᆯ 슈운ᄒᆞ여 보내믈 위ᄒᆞ여 부득블 쟝샹으로 도라온지라. 그러치 아니터면 그날의 믄득 젹젹암으로 가셔셔로 청ᄒᆞᆯ 거ᄉᆞᆯ, ᄉᆞ고ᄅᆞᆯ 인ᄒᆞ여 ᄯᅩ 슈일을 허송ᄒᆞᆫ지라. 내가 ᄉᆞ부 바라기ᄅᆞᆯ 임의 날 지내ᄂᆞᆫ 거시 ᄒᆡ 지내ᄂᆞᆫ 것 ᄀᆞᄐᆞ며, 우리 군쥬ᄂᆞᆫ 바라미 더옥 간졀ᄒᆞᆫ 고로 특별이 오 【80】 ᄂᆞᆯ날 ᄯᅡ라와 셔로 청ᄒᆞ여 쟝샹의 니ᄅᆞ게 ᄒᆞ미니, 바라건ᄃᆡ ᄉᆞ부ᄂᆞᆫ 우리 모녀의 졍셩을 ᄭᆡ혀 다시ᄂᆞᆫ 츄탁(推托)치 말지어다."

릉각이 ᄯᅩᄒᆞᆫ ᄃᆡ신 일편(一遍)을 찬조ᄒᆞ니, 무ᄋᆡ지 웃고 니ᄅᆞᄃᆡ,

"부인의 아ᄅᆞᆷ다온 ᄯᅳᆺ을 져바리기 어려오니 ᄌᆞ연 쟝샹으로 한번 가리라."

한시 니ᄅᆞᄃᆡ,

"별노이 쥬의ᄅᆞᆯ ᄡᅳᆯ 거시 업고 내가 ᄉᆞ부ᄅᆞᆯ 청ᄒᆞ려 ᄒᆞ고 져 교ᄌᆡ 임의 공연이 삼ᄉᆞ ᄎᆞᄅᆞᆯ ᄅᆡ왕ᄒᆞ엿노라."

무ᄋᆡ지 니ᄅᆞᄃᆡ,

"곳 이ᄀᆞᆺ치 ᄆᆞᄋᆞᆷ을 허비ᄒᆞ여시니 이번은 결단코 죠히 【81】 믈니치지 못ᄒᆞᆯ지라. 하ᄂᆞᆯ이 긔기ᄅᆞᆯ 기다려 믄득 한 가지로 쟝샹으로 도라가ᄂᆞᆫ 거시 올흐리라."

한시 니ᄅᆞᄃᆡ,

"족히 ᄉᆞ부의 ᄌᆞ비지심을 알니로다."

요홰 드ᄅᆞᄆᆡ 믄득 깃거ᄒᆞ니, 릉각이 니ᄅᆞᄃᆡ,

"너ᄂᆞᆫ 보라. ᄉᆞ부의 쟝샹으로 가믈 듯고 군쥬ᄀᆞ지 련(連)ᄒᆞ여 깃거ᄒᆞ니 실노이 령리ᄒᆞ도다."

무ᄋᆡ지 한시ᄅᆞᆯ ᄃᆡᄒᆞ여 니ᄅᆞᄃᆡ,

"군쥬의 복(福)과 명(命)이 심히 죠하 일싱 안향(安享)ᄒᆞ기는 족ᄒᆞᆫ것마는, 다만 졔가 젼싱의 죄얼이 심ᄒᆞ니 모롬즉이 공을 ᄡᅡᆨ고 힝 【82】 실을 닷가야 바야흐로 능히 죄얼을 소멸ᄒᆞ리라."

한시 니ᄅᆞ되,

"다만 ᄉᆞ부는 명빅히 지시ᄒᆞ믈 고ᄒᆞᄂᆞ니, 죠히 가라치믈 조ᄎᆞ 져를 되신ᄒᆞ여 긔도ᄒᆞ리라."

무익지 웃고 니ᄅᆞ되,

"미우 죠토다."

한시 ᄯᅩ 궁녀를 시겨 다시 술을 치고 치쇼를 올녀 통음ᄒᆞ며 십분 환희ᄒᆞ고, 룽각이 겻히 잇셔 ᄒᆞᄂᆞᆯ을 바라보고 니ᄅᆞ되,

"비가 임의 긋쳐시니 우리 등이 밥을 맛치고 각쳐로 가셔 유완ᄒᆞ여 이 동산의 경치가 엇더ᄒᆞᆫ지 볼 거시니 부인이 여긔 【83】 ᄯᅩ 니ᄅᆞ기 어려오리라."

한시 니ᄅᆞ되,

"져거슨 ᄌᆞ연 그리ᄒᆞᄌᆞ."

ᄒᆞ고, ᄯᅩ 무익ᄌᆞ의게 술을 권ᄒᆞ려 ᄒᆞ니,

무익지 니ᄅᆞ되,

"금일은 화원을 유람ᄒᆞᆯ 거시니, 귀장(貴莊)의 니ᄅᆞ기를 기다려 다시 밧드러 지내리라."

한시 니ᄅᆞ되,

"임의 이러ᄒᆞ면 우리 등이 어셔 밥을 먹으리라."

ᄒᆞ고, 챠환 등의 식반 올니기를 기다려 한 즈음이 못ᄒᆞ여 먹기를 맛치고 궁녀와 챠환 등을 지촉ᄒᆞ여 먹이며 죠히 함긔 가 유람ᄒᆞᄌᆞ ᄒᆞ니, 무익지 니ᄅᆞ되,

"져 동산 속을 내 【84】 가 샹히 왕릭ᄒᆞ여 노경이 심히 익으니 져의 등은 밥먹게 두고, 우리 등이 몬져 가셔 노는 거시 엇더ᄒᆞ뇨?"

한시 니ᄅᆞ되,

"미우 죠타."

ᄒᆞ고, 룽각이 니ᄅᆞ되,

"나는 군쥬를 안고 함긔 가리라."

ᄒᆞ고, 어시의 무익ᄌᆞ는 앏흐로 셔고, 한시는 다음의 셔고, 룽각은 요화와 ᄀᆞᆺ치 ᄯᅩ 뒤히 잇셔 셔흘 향ᄒᆞ고 가더니, 얼굴을 마조쳐 일좌(一座) 큰 셕가산이 잇고, 산상의 두 간 젹은 방샤를 지엇는되, 무익지 돌쳐 한시를 되하여 니ᄅᆞ되,

"부인이 능히 산의 【85】 올나 유람ᄒᆞᆯ고?"

한시 니ᄅᆞ되,

"엇지 능치 못ᄒᆞ리오. 다만 ᄉᆞ부의 셔셔히 가기를 구ᄒᆞ노라."

무익지 니ᄅᆞ되,

"나는 아오로 급히 가는 거시 아니라, 경히 부인 오기를 기다리노라."

룽각이 니ᄅᆞ되,

"ᄉᆞ부아, 너의 삼촌금련(三寸金蓮)으로 엇지 타연이 힝ᄒᆞ며 아오로 과족(裹足)ᄒᆞᆫ 모양과 ᄀᆞᆺ지 아니ᄒᆞ냐?"

무익지 웃고 니ᄅᆞ되,

"이졔 과족한 녀낭(女娘)들은 ᄉᆞᄉᆞ로 슈하 사ᄅᆞᆷ이 븟드러 쥬는 거시 잇셔 ᄌᆞ연 어려셔븟허 이 ᄀᆞᆺ거니와 우리 등 츌가ᄒᆞᆫ 이는 외로온 몸과 외ᄧᅡᆨ 그림ᄌᆞ여ᄂᆞᆯ 도 【86】 로혀 뉘가 잇셔 븟드러 쥬리오. 부지블각의 하로와 ᄯᅩ 하로를 지내여 믄득 힝뵈 익어졋ᄂᆞ니라."

말이 맛지 못ᄒᆞ여 다만 드ᄅᆞ니 뒤히셔 '익야' ᄒᆞ는 한 쇼릭 나는지라. 머리를 돌나 한번 보니, 임의 한시 ᄶᅡ회 안져 잇고 산을 올나오지 못ᄒᆞ는지라. 무익지 련망히 니ᄅᆞ되,

"부인이 엇지ᄒᆞ여 그리ᄒᆞᄂᆞ냐?"

한시 웃고 니ᄅᆞ되,

"ᄉᆞ부의 말ᄒᆞᆫ 바 슈하 사ᄅᆞᆷ이 븟드러 쥬어셔 익엇다 ᄒᆞ므로ᄡᅥ 혼ᄌᆞ 올나 여러 멋부리를 가지 못ᄒᆞ여 믄득 올나가지 못 【87】 ᄒᆞ리로다."

무익지 니ᄅᆞ되,

"이러ᄒᆞ면 부인이 내 팔을 잡고 져 젹은 방ᄌᆞ(房子)의 올나 안져 챠환 등의 오기를 기다려 다시 가ᄌᆞ."

ᄒᆞ니, 한시 니ᄅᆞ되,

"엇지 그리ᄒᆞ리오."

무익지 니ᄅᆞ되,

"무어시 두리랴."

ᄒᆞ고, 드듸여 손으로ᄡᅥ 한시를 일희여 내여 일보일보로 산상의 올나가, 굴너 소방ᄌᆞ(小房子)의 니ᄅᆞ러 안치니, 한시 보미 삼간 젹은 셔방(書房)을 극히 졍치ᄒᆞ게 ᄭᅮ며노코 허다한 명인(名人)의 셔화(書畵)를 거릿고, 두 간은 통창(通敞)ᄒᆞ고 한 간은 침방(寢房)이 되엿는되 문의 【88】 잠을쇠를 치엿는지라. 창 조희를 침 뭇쳐 ᄯᅮᆯ코 속을 향ᄒᆞ여 한번 보니, 시령 우히 가

득ᄒᆞ게 셔칙을 빠핫ᄂᆞᆫ지라. 룽각이 요화롤 노코 한시와 무이ᄌᆞ로 더브러 일제히 안ᄌᆞ며, 한시 니ᄅᆞ되,

"이 화원이 ᄆᆡ우 광활ᄒᆞ도다."

무ᄋᆡ지 니ᄅᆞ되,

"크기ᄂᆞᆫ 너모 크지 아니커니와 죵젼 비치ᄒᆞᆫ 사ᄅᆞᆷ이 죠히 곡졀을 드러내지 아니ᄒᆞ엿ᄂᆞ니라."

졍히 말ᄒᆞ며 다만 보니, 유랑이 궁녀와 챠환 등으로 홈긔 ᄎᆞᄌᆞ온지라. 무ᄋᆡ지 니ᄅᆞ되,

"우리 등이 져 【89】 루상(樓上)의 올나 먼니 바라보리라."

ᄒᆞ고, 드듸여 각각 몸을 닐ᄉᆡ, 인ᄒᆞ여 무ᄋᆡ지 앏흘 셔고, 셔방(書房) 뒤흐로 조차 나와 몃 층 뫼부리롤 나리니, 문득 분장(粉墻)이 잇셔 가로막은지라. 약간 두어 구뷔롤 돌쳐 ᄆᆞᆫ득 일긔 젹은 문이 잇거ᄂᆞᆯ 문을 미러 열치고 다만 보니, 오간(五間) 대루상(大樓上)의 포진(鋪陳)한 거시 졍졔ᄒᆞᆫ지라. 드듸여 각각 당면의 니ᄅᆞ러 난간을 의지ᄒᆞ여 바라보니, 뵈ᄂᆞᆫ 거시 심히 먼지라. 한시 남편(南便)을 가ᄅᆞ치며 니ᄅᆞ되,

"져 ᄒᆞᆫ 씌 거믄 거시 뭉 【90】 친듸가 죠히 시젼(市鎭)이냐?"

룽각이 니ᄅᆞ되,

"져 뭉치 잇ᄂᆞᆫ 듸가 이 신양관(信陽關)인듸, 원릭 큰 시젼이라."

ᄒᆞ고, 아릐롤 향ᄒᆞ여 한번 보니, 일긔 큰 년못시 잇고, 년못 속의 도로혀 량쳑(兩隻) 소션(小船)이 잇셔 루하(樓下) 셕쵸(石砌) 가의 듸여 두엇ᄂᆞᆫ지라. 무ᄋᆡ지 니ᄅᆞ되,

"부인아 가히 여긔셔 헐각(歇脚)ᄒᆞ라?"

한시 니ᄅᆞ되,

"잇씌의 도로혀 가히 더 가ᄌᆞ."

ᄒᆞ니, 무ᄋᆡ지 니ᄅᆞ되,

"이러ᄒᆞ면 우리 무리 루(樓)의 나려 져 곳 셜동(雪洞) 속의 가셔 헐각(歇脚)ᄒᆞᄌᆞ."

ᄒᆞ고, 드듸여 몬져 루의 나리거ᄂᆞᆯ 【91】 한시 룽각과 ᄀᆞᆺ치 ᄯᅡ라 나려 루하의 니ᄅᆞ니, 다만 삼간 텽ᄉᆞ가 되고, 두 머리편 량간(兩間)은 침방을 ᄭᅮ몃더라. 드듸여 셔편을 죠ᄎᆞ 굴너 나오니 곳 한 오리 아홉 구븨 되ᄂᆞᆫ 셕판괴(石板橋)라. 위이(逶逶)ᄒᆞ여 년못술 지내니 대면(對面)ᄒᆞ여 셜동이 잇ᄂᆞᆫ지라. 안흐로 드러가니 곱은 방[曲房]과 깁흔 원낙(園落)이 심히 유슈(幽邃)ᄒᆞ믈 ᄭᆡ닷고, 드듸여 각각 한 편을 다라 허다ᄒᆞᆫ 진셜(陳設)ᄒᆞᆫ 믈건은 이로 다 못 보고 인ᄒᆞ여 도라셔 앏간의 니ᄅᆞ러 즁인이 안져 헐각(歇脚)ᄒᆞᆯᄉᆡ, 한시 【92】 보니, 상면(上面)의 일폭 횡화(橫畵)롤 거럿ᄂᆞᆫ듸, 이 셜경(雪景)이라. 드듸여 무ᄋᆡᄌᆞ롤 향ᄒᆞ여 니ᄅᆞ되,

"셜동 니면(裡面)의 반ᄃᆞ시 셜경화츅(雪景畵軸)을 거러 노와야 바야흐로 눈 '셜雪' ᄍᆞ가 친당(襯當)ᄒᆞ리라."

무ᄋᆡ지 니ᄅᆞ되,

"부인이 ᄌᆞ셰히 보지 못ᄒᆞ미로다. 비록 포치(布置)ᄒᆞᆫ 거ᄉᆞᆫ 셜경이나, 기실은 일장 녯일을 그린 거시니라."

한시 니ᄅᆞ되,

"엇지ᄒᆞ여 인믈은 보지 못ᄒᆞᄂᆞ냐?"

무ᄋᆡ지 니ᄅᆞ되,

"죠히 몃 낫 인믈이 모옥(茅屋) 가의 잇다."

ᄒᆞ고, 드듸여 손으로 가ᄅᆞ치듸,

"져거시 이 아니냐?" 【93】

한시 몸을 니러 그림가의 가셔 ᄌᆞ셰히 보니 진긔(眞個) 두 낫 사ᄅᆞᆷ과 셰 필 말이 담 밧긔 잇고, ᄯᅩ 보니 다만 쵸당 가온듸 두 사ᄅᆞᆷ이 안져시나, 다만 무ᄉᆞᆷ 젼괸(典故) 쥴은 아지 못ᄒᆞ리라. 드듸여 무ᄋᆡᄌᆞ 다려 무ᄅᆞ듸,

"임의 ᄉᆞ부가 젼괴(典故)라 말ᄒᆞ니 반ᄃᆞ시 셩명이 이실 거시로듸, 나ᄂᆞᆫ 문득 아라내지 못ᄒᆞ니 쳥컨듸 ᄉᆞ부ᄂᆞᆫ 명빅히 지시ᄒᆞ라."

무ᄋᆡ지 니ᄅᆞ되,

"이거시 삼국시졀 젼괴(典故)니 초당 가온듸 안즌 두 사ᄅᆞᆷ은 웃편은 류현덕(劉玄德)이오, 아릐ᄂᆞᆫ ᄆᆞᆫ득 졔갈공명(諸葛孔明)이 【94】 오, 밧긔 두 사ᄅᆞᆷ은 한분은 관셩뎨군(關聖帝君)이오, 하나흔 쟝장군(張將軍)이니, 져거시 류황슉(劉皇叔)의 삼고쵸려(三顧草廬)ᄒᆞ던 고ᄉᆡ(故事)니라."

한시 말을 드ᄅᆞᄆᆡ 문득 ᄭᆡᄃᆞ라 ᄯᅩ 한 ᄎᆞ례롤 ᄌᆞ셰히 보고, 무ᄋᆡ지 니ᄅᆞ되,

"우리들이 다시 후변(後邊) 침슈졍(枕漱亭) 우히 가셔 유람ᄒᆞ리라."

한시 답응ᄒᆞ고 ᄯᅡ라 각기 몸을 니러 셜동 년장(沿墻) 오동나무 아릐로 조ᄎᆞ 동(東)을 향ᄒᆞ여 '살 ᄒᆞᆫ 밧탕 분슈'[54]롤 가셔 보니, 일긔 뎡ᄌᆞ

(亭子)를 지당(池塘) 가의 지어 잇고, 우편은 셕가산이 잇는 ᄃᆡ, 그 돌들이 심히 쳑투(剔透) 【95】ᄒᆞᆫ지라. 릉각이 니ᄅᆞᄃᆡ,

"져 셕가산이 져 모양 령롱(玲瓏)ᄒᆞᆫ 돌들이 이시니 다만 두리건ᄃᆡ 이 ᄯᅮ러 ᄆᆡᆫ든 거신가 보다."

무ᄋᆡ지 한시와 ᄀᆞᆺ치 대소ᄒᆞ고 니ᄅᆞᄃᆡ,

"어내 곳의 ᄯᅮ러 ᄆᆡᆫ든 가산(假山)이 잇ᄉᆞ리오?"

릉각이 니ᄅᆞᄃᆡ,

"만일 ᄯᅮ러 ᄆᆡᆫᄃᆞ지 아니 ᄒᆞ여시면 엇지 져런 텬ᄉᆡᆼ령롱(天生玲瓏)ᄒᆞᆫ 돌이 이시랴?"

무ᄋᆡ지 니ᄅᆞᄃᆡ,

"텬ᄉᆡᆼ령롱ᄒᆞᆫ 산도 언ᄆᆡ 되ᄂᆞᆫ지 아지 못ᄒᆞ여 믄득 능히 시러다가 가산(假山)을 ᄡᅡ하 노치 못ᄒᆞ거니와, 져 가산은 도시 태호셕(太湖石)인ᄃᆡ 큰 덩이를 가져 태호 속 【96】의 담아 두어 물이 흘너 츙격(沖激)ᄒᆞ믈 말ᄆᆡ암아 년심세구(年深歲久)ᄒᆞ며 믄득 능히 이ᄀᆞᆺ치 령롱ᄒᆞ여 졋ᄂᆞ니라."

릉각이 니ᄅᆞᄃᆡ,

"져거시 긔괴ᄒᆞ도다. 믈은 엇더한 유약ᄒᆞᆫ 거시며, 돌은 엇더ᄒᆞᆫ 견강ᄒᆞᆫ 거신ᄃᆡ, 도로혀 능히 ᄯᅮ러내여 이ᄀᆞᆺ치 령롱ᄒᆞ게 되어시랴."

한시 니ᄅᆞᄃᆡ,

"그러므로ᄡᅥ 유(柔)ᄒᆞᆫ 거시 능히 강ᄒᆞᆫ 거ᄉᆞᆯ 이권다 닐넛ᄂᆞ니라."

말ᄒᆞ며 임의 뎡ᄌᆞ 우희 니ᄅᆞ니 일기 궁녜 머리를 드러 한번 보고 니ᄅᆞᄃᆡ,

"부인아, 텬ᄉᆡᆨ이 변ᄒᆞ엿시니 두리건 【97】ᄃᆡ ᄯᅩ 비가 오실가 ᄒᆞ노라."

한시 니ᄅᆞᄃᆡ,

"우리 등이 도라갈지라. 만일 다시 톄우(滯雨)되면 이졔 능히 암즁으로 가지 못ᄒᆞᆯ 거시오. 포진(鋪陳)을 가져오지 못ᄒᆞ여시니 이곳의셔 엇지 헐숙(歇宿)ᄒᆞ리오."

무ᄋᆡ지 니ᄅᆞᄃᆡ,

"가히 앗갑다. 화원을 겨유 반만 유람ᄒᆞ엿도다."

한시 니ᄅᆞᄃᆡ,

"다른 날 다시 와셔 한 ᄎᆞ례를 소창(逍暢)ᄒᆞ리라."

무ᄋᆡ지 니ᄅᆞᄃᆡ,

"그러ᄒᆞ면 그리ᄒᆞᄌᆞ."

ᄒᆞ고, 믄득 산동(山洞)으로 조ᄎᆞ 나아가니 앗가 밥먹던 ᄃᆡ방이라. ᄒᆞ고 인ᄒᆞ여 무ᄋᆡ지 몬져 힝ᄒᆞ여 구븨구븨 굴너 산동(山洞) 【98】을 나셔니, 진ᄀᆡ 앗가 안ᄌᆞᆺ던 화쳥(花廳)이라. 한시 궁녀를 분부ᄒᆞ여 령ᄉᆞ의게 지휘ᄒᆞ여 지ᄉᆡᆼ암으로 도라가ᄌᆞ ᄒᆞ고, 즁인이 인ᄒᆞ여 화쳥 우희 안ᄌᆞᆺ더니, 한 ᄌᆞ음의 궁녜 와셔 교ᄌᆞ를 쥰비ᄒᆞ엿다 ᄒᆞ거ᄂᆞᆯ, 드ᄃᆡ여 원문의 나아가 각기 교ᄌᆞ의 오ᄅᆞ고, 궁녀와 차환 등은 차의 오ᄅᆞ니, 인부 등이 비를 마졸가 두려 나ᄂᆞᆫᄃᆞ시 다라 한 시각이 못되여 임의 지ᄉᆡᆼ암의 니ᄅᆞ니, 도파(道婆) 등이 나와 문을 열고, 릉슈(能修)도 ᄯᅡ라 나와 뎐쳠(殿簷) 아ᄅᆡ 셔 잇거ᄂᆞᆯ, 무ᄋᆡ 【99】지 한시로 ᄒᆞᆷᄭᅴ 교ᄌᆞ의 나려 암즁으로 드러가다가 한 눈으로 믄득 보고 니ᄅᆞᄃᆡ,

"능슈야 네가 어내 ᄢᅴ의 니ᄅᆞ럿ᄂᆞ냐?"

릉슈 낫낫치 답응ᄒᆞ거ᄂᆞᆯ, 무ᄋᆡ지 니ᄅᆞᄃᆡ,

"ᄉᆞ부를 니별ᄒᆞᆫ 지 량년(兩年)이 되ᄂᆞᆫᄃᆡ 다시 이곳의셔 ᄯᅩ 모드기ᄂᆞᆫ ᄭᅬᄃᆞᆺ지 못ᄒᆞ엿노라."

한시 니ᄅᆞᄃᆡ,

"인ᄉᆡᆼ이 어내 곳의셔 셔로 만나지 아니ᄒᆞ랴."

ᄒᆞ며,

"즁인은 모다 니ᄅᆞᄃᆡ, 산과 물은 도로혀 셔로 만나ᄂᆞᆫ 날은 이시나 사ᄅᆞᆷ의 취산(聚散) 되ᄂᆞᆫ 거ᄉᆞᆫ 능히 미리 혜아리지 못ᄒᆞ리라."

릉슈 니ᄅᆞᄃᆡ,

"뎨지 비 【100】로소 온지 언ᄆᆡ 못되엿ᄂᆞᆫᄃᆡ, 드ᄅᆞ니 ᄉᆞ뷔 이곳의 니ᄅᆞ미 오릿다 ᄒᆞ더라."

무ᄋᆡ지 니ᄅᆞᄃᆡ,

"내가 너로 더브러 리별ᄒᆞᆫ 후의 본 ᄯᅳ즌 셤셔(陝西)의 가셔 한번 놀냐 ᄒᆞᆯᄉᆡ, 길이 이곳을 지나다가 보ᄆᆡ 풍쇽이 슌박ᄒᆞᆫ 고로 잠간 머므럿노라."

한시 니ᄅᆞᄃᆡ,

"ᄉᆞ뷔 실노이 쾌락ᄒᆞ도다. ᄉᆡᆼ각건ᄃᆡ 텬하를 모다 두로 노라 보왓ᄂᆞ냐?"

무ᄋᆡ지 니ᄅᆞᄃᆡ,

"오히려 일족 가지 못ᄒᆞᆫ 곳이 잇노라."

54) 【살 한 밧탕 분슈】 원전의 '一箭之地'를 번역한 말. 화살의 사정거리. 엎어지면 코 닿을 곳, 아주 가까운 곳.

한시 니ᄅᆞ듸,

"오늘 유람ᄒᆞ여 곤(困)ᄒᆞᆯ 듯ᄒᆞ니 모롬즉이 평안히 쉬 【101】 리라."

룽각이 드듸여 방장(方丈)의 마ᄌᆞ 드러가 셜화ᄒᆞ니, 이 ᄣᅢ가 임의 황혼이 된지라. 등불을 혀고 찬슈(饌羞)ᄅᆞᆯ 버려 노흐며 셕간(席間)의 말이 오고가믹 심히 긔미가 마ᄌᆞᄅᆞᆯ ᄯᅳᆺ더라. 셕반을 맛촌 후의 한시 무이ᄌᆞᄅᆞᆯ 마져 동침ᄒᆞ려 ᄒᆞ니, 무이지 니ᄅᆞ듸,

"청컨듸 부인은 취편(取便)ᄒᆞ라. 나는 션상(禪床)이 잇셔 가히 ᄡᅧ 좌공(坐工)을 ᄒᆞ리라."

ᄒᆞ고, 드듸여 각각 도라가 안침(安寢)ᄒᆞ고 명조의 한시 몸을 닐믹 궁녀와 챠환 등이 ᄉᆞ후(伺候)ᄒᆞ여 쇼셰(梳洗)ᄅᆞᆯ 맛치고 방의 나와 보니 【102】 하ᄂᆞᆯ이 졍히 청명ᄒᆞᆫ지라. 무이지 룽각과 룽슈로 더브러 모다 방장의 잇셔 셜화ᄒᆞ며 말ᄒᆞ듸,

"한 차례 우틱(雨澤)이 ᄒᆞᆰ 가온듸ᄅᆞᆯ ᄯᅮ러 드러갓시니 도로혀 가히 년ᄉᆞ(年事)ᄅᆞᆯ 고ᄒᆞ여 내리라."

ᄒᆞ고, ᄯᅩ 한 ᄎᆞ례ᄅᆞᆯ 한담ᄒᆞ더니, 한시 즉시 무이ᄌᆞᄅᆞᆯ 마ᄌᆞ ᄒᆞᆷᄭᅴ 쟝샹으로 도라가려 ᄒᆞ니, 룽각이 니ᄅᆞ듸,

"노졍이 심히 머니 다시 조반을 지내지 아니코 가랴?"

ᄒᆞ며, 룽쉬 지삼 만류ᄒᆞ니, 한시 조흔 ᄯᅳᆺ을 ᄯᅥᆯ니치지 못ᄒᆞ여 다만 머무ᄅᆞ믹 일즉 찬슈ᄅᆞᆯ 버 【103】 려 올니거ᄂᆞᆯ, 한시 무이ᄌᆞ로 더브러 몬져 술을 먹고, 룽각과 룽쉬 요화로 더브러 즉시 밥을 지내믹, 무이지 룽각을 듸ᄒᆞ여 니ᄅᆞ듸,

"내가 부인의 졍셩으로 청ᄒᆞᆷ을 니어시니 부득블(不得不) 쟝샹으로 가셔 쇼견(消遣)ᄒᆞᆯ지라. 만일 내가 간 후의 도로혀 무뢰비들이 ᄯᅩ 잇셔 야료ᄒᆞ거든 네 가히 사ᄅᆞᆷ을 시겨 알게 ᄒᆞ면 내 다시 와셔 져 무리ᄅᆞᆯ 쳐치ᄒᆞ리라."

룽각이 니ᄅᆞ듸,

"ᄉᆞ부의 젼번의 슈ᄎᆞ 쳐분ᄒᆞ므로 조ᄎᆞ 져 무리 임의 리히(利害)ᄅᆞᆯ 【104】 아ᄂᆞᆫ 고로, 지금가지 청졍(清淨)ᄒᆞ여 지내니 만일 다시 이젼 버ᄅᆞ술 움즉여 내면 ᄌᆞ연 ᄉᆞ부의게 보호ᄒᆞ여 쥬시믈 청ᄒᆞ리라."

무이지 니ᄅᆞ듸,

"도로혀 한가지 긴탁(緊託)ᄒᆞᆯ 일이 이시니, 너의 쥬방(廚房)이 방장(方丈)의셔 상게(相距) 너모 머니, 블조심을 극진히 ᄒᆞ라."

룽각이 몃 마듸 올타 답응ᄒᆞ고 드듸여 밥을 맛ᄎᆞ믹, 궁녀와 챠환 등이 각각 슈습ᄒᆞ거ᄂᆞᆯ, 한시 분부ᄒᆞ여 니ᄅᆞ듸,

"여등이 어셔 밥을 먹고 쾌히 령ᄉᆞ의게 젼ᄒᆞ여 인부ᄅᆞᆯ 일졔히 등대케 【105】 ᄒᆞ라."

궁녀 등이 답응ᄒᆞ더니, 한 즈음이 못되여 모다 등듸ᄒᆞᆷ을 고ᄒᆞ거ᄂᆞᆯ, 한시 궁녀로 ᄒᆞ여곰 례믈(禮物)을 가져오니, 무이ᄌᆞ의게ᄂᆞᆫ 한 병(柄) 옥여의(玉如意)오, 열 ᄭᅦ미 가람슈쥬(伽南數珠)오, 네 필(匹) 념식복쥬(染色濮綢)오, 네 필(匹) 귀쥬(貴綢)오, 요화ᄅᆞᆯ 듸신ᄒᆞ여 폐빅(幣帛)ᄒᆞ여 뵙ᄂᆞᆫ 례믈을 보내니, 빅금 ᄉᆞ십량과 젹금원보(赤金元寶) 량ᄀᆡ(兩個)가 각 십량즁(十兩重)이오, 룽각의게ᄂᆞᆫ 밀화슈쥬(密花數珠)가 한 ᄭᅦ미오, 도금가ᄉᆞ여의구(鍍金袈裟如意鉤)가 한 가지오, 남포(藍布)가 십필(十疋)이오, 황금이 ᄉᆞ량이오, 【106】 룽슈의게ᄂᆞᆫ 야자실슈쥬(椰子實數珠)가 한 ᄭᅦ미오, 양지옥계지(羊脂玉戒指)가 한 ᄀᆡ오, 침향식항쥬(沈香色杭綢)가 한 필이오, 빅포(白布)가 이필(二疋)이라.

각각 분비ᄒᆞ여 당장의 드려 노흐니, 무이지 웃고 니ᄅᆞ듸,

"내가 져 믈건을 가져 무어시 ᄡᅳ며, ᄯᅩ 겸ᄒᆞ여 상ᄌᆞ(箱子)가 업ᄉᆞ니 거두워 감촐 곳이 업ᄂᆞᆫ지라, 청컨듸 부인은 도로 가져가라."

한시 니ᄅᆞ듸,

"내 알기의 ᄉᆞ부가 져 믈건은 귀히 너기지ᄂᆞᆫ 아니ᄒᆞ거니와, 다만 우리 등 시쇽 사ᄅᆞᆷ들은 다만 져런 믈건을 드려야 가히 졍셩을 표【107】 ᄒᆞᆯ지니, 그리 아니면 엇지 ᄡᅧ 진졍(眞情)이 되랴. ᄉᆞ뷔 본듸 여긔 잇지 아니ᄒᆞ나 ᄯᅩᄒᆞᆫ 모롬즉이 간슈ᄒᆞ여 스스로 ᄡᅳ지 아니ᄒᆞᆫ다 ᄒᆞ여도 가히 굴너 다ᄅᆞᆫ듸 ᄲᅢ셔 인졍을 짓게 ᄒᆞ라."

무이지 니ᄅᆞ듸,

"부인이 임의 이ᄀᆞᆺ치 말ᄒᆞ면 내가 이곳의 잇셔 룽각의 슈고ᄅᆞᆯ 만히 시겨시니, 요화의 쥬ᄂᆞᆫ 믈건 즁 빅금 십ᄉᆞ량을 굴너 룽각을 쥬어 내 ᄯᅳᆺ을 표ᄒᆞ고, 기외 믈건은 다만 내가 바든 양으로 알고 혹 귀장(貴莊)의 니ᄅᆞ러 별노이 ᄡᅳᆯ 곳이 잇거든 다시 달내여 ᄡᅳ 【108】 ᄂᆞᆫ 거시 엇더ᄒᆞ냐?"

한시 니르딕,

“져거순 그리ᄒᆞ리라.”

ᄒᆞ니, 릉각과 릉쉬 한 ᄎᆞ례 ᄉᆞ양ᄒᆞ다가 다만 거두워 가지고 각각 비사(拜辭)ᄒᆞ며 드듸여 무인ᄌᆞ롤 마ᄌᆞ 갓치 교ᄌᆞ의 오르니, 릉각과 릉쉬 교ᄌᆞ롤 보낸 후의 도라가니, 챠텽하회분히ᄒᆞ라.

［요화젼 瑤華傳 권지삼 卷之三］

【1】지셜 무인지 한시로 더브러 한길노 쟝샹의 도라올식 원릭 텬시가 심히 짤나 륙십리 노졍을 힝ᄒᆞ여 경셩의 니ᄅᆞ니 임의 블혈 써가 된지라. 관ᄉᆞ(管事)ᄒᆞᄂᆞᆫ 무리 임의 등촉을 가져 영졉ᄒᆞ여 대뎐(大殿) 앏히 가셔 교ᄌᆞ의 나린 후의 무인ᄌᆞ롤 쳥ᄒᆞ여 침궁(寢宮)의 니ᄅᆞ러 각인이 볍ᄂᆞᆫ 례롤 힝【2】ᄒᆞᆫ 후의 쟝쇽(裝束)을 그ᄅᆞ고 외간의셔 셕반을 드려오니 드듸여 한가지로 먹을 식 한시 니ᄅᆞ딕,

“오놀은 춍춍ᄒᆞ여 잠간 민든 밥을 딕졉ᄒᆞ거니와 릭일은 다시 별찬을 판비ᄒᆞ여 봉쳥(奉請)ᄒᆞ리라.”

무인지 니ᄅᆞ딕,

“부인은 가히 써 그리 말지어다. 나ᄂᆞᆫ 구름쳐럼 노ᄂᆞᆫ 죵젹이라. 아모 음식이든지 심히 유의롤 아니ᄒᆞ니 긔여히 포진쳔물(暴殄天物)을 말지어다.”

한시 니ᄅᆞ딕,

“블과시 나의 일졈 셩심을 다ᄒᆞ려 ᄒᆞ미라. 한 즈음이 못 되여【3】밥을 맛치믹 즁인이 안ᄌᆞ 한담홀식 한시 요화의 ᄉᆞ렴을 간졀이 ᄒᆞᄂᆞᆫ 의ᄉᆞ롤 말ᄒᆞ고 쏘 니ᄅᆞ딕,

“내 의견은 ᄉᆞ부롤 굴(屈)ᄒᆞ여 여긔 잇셔 군쥬로 ᄒᆞ여곰 복죵ᄒᆞ려 ᄒᆞ니 아지 못게라 ᄉᆞ뷔 즐겨 용납ᄒᆞ랴.”

무인지 니ᄅᆞ딕,

“엇지 즐기지 아니리오. 다만 몬져 왕야의 품고ᄒᆞᆫ 후의 바야흐로 가히 봉승ᄒᆞ리라.”

한시 니ᄅᆞ딕,

“만일 그러ᄒᆞ면 ᄉᆞ부ᄂᆞᆫ 방심ᄒᆞ라. 내가 말ᄒᆞ믹 왕애 다시 듯지 아니할 리ᄂᆞᆫ 업ᄂᆞ니라.”

무인지 니ᄅᆞ딕,

“원릭 이ᄀᆞᆺᄐᆞ냐. 믄득 그러ᄒᆞ려니【4】와 다만 나ᄂᆞᆫ 쳥졍(淸淨)ᄒᆞᆫ 거술 ᄉᆞ랑ᄒᆞ고 번요ᄒᆞᆫ 거술 념피ᄒᆞ니, 아지 못게라, 부즁(府中)의 언마 방사(房舍) 잇ᄂᆞ냐. 모름즉이 몬져 날을 거ᄂᆞ리고 두로 보와 고요ᄒᆞᆫ 쳐쇼롤 갈희여 바야흐로 가히 쥬졉(住接)ᄒᆞ리라.”

한시 니ᄅᆞ딕,

“그 거순 용이ᄒᆞ니 명일을 기다려 ᄉᆞ부롤 쳥ᄒᆞ여 보와 ᄀᆞᆯ히게 ᄒᆞ리라.”

ᄒᆞ고 당쟝의 유랑(乳娘)을 시겨 요화롤 다려다가 무인ᄌᆞ의게 팔빅(八拜)롤 시기니 무인지 ᄉᆞ양치 아니코 곳 바드며 졀을 맛ᄎᆞ믹 믄득 ᄶᅳ으러 겻히 안치고 무마(撫摩)ᄒᆞ【5】며 한시롤 딕ᄒᆞ여 니ᄅᆞ딕,

“군쥬의 텬품이 쳥고ᄒᆞ니 쟝릭의 반ᄃᆞ시 일번 ᄉᆞ업을 지어내리라.”

한시 니ᄅᆞ딕,

“녀지 되여 무슨 ᄉᆞ업을 지으랴. ᄉᆞ뷔 공연히 져롤 포쟝(褒奬)ᄒᆞ미로다.”

무인지 니ᄅᆞ딕,

“포쟝ᄒᆞ미 아니니 두리건딕 부인의 알 빅 아니니라.”

한시 드듸여 궁녀롤 분부ᄒᆞ여 것너방 한간을 간졍(乾淨)ᄒᆞ게 슈습ᄒᆞ고 무인ᄌᆞ롤 쳥하여 쥬졉게 ᄒᆞ고 드듸여 각각 안침ᄒᆞ고 익일 죠반 후의 무인ᄌᆞ롤 잇글고 압뒤흐로 도라단니며 한 ᄎᆞ례롤 본【6】후의 침궁의 도라오믹 무인지 니ᄅᆞ딕,

“부즁 방식(房舍) 모다 쳥졍치ᄂᆞᆫ 못ᄒᆞ고 쏘 쟝릭의 기예롤 교습ᄒᆞ지 못ᄒᆞ리라.”

한시 웃고 니ᄅᆞ딕,

“녀히지(女孩子) 엇더ᄒᆞᆫ 기예롤 련습ᄒᆞᆯ깃ᄂᆞ냐?”

무인지 니ᄅᆞ딕,

“부인은 아지 못ᄒᆞ도다. 져 군쥐 범간(凡間) 쇽믈이 아니라. 쟝릭의 가히 션젹의 참녜홀만 ᄒᆞ니 만일 문무젼진(文武全材)롤 익히지 아니ᄒᆞ면 엇지 져롤 가ᄅᆞ쳐 공덕을 빠코 힝실을 닥게 ᄒᆞ랴.”

한시 경희ᄒᆞ여 니ᄅᆞ딕,

“ᄉᆞ부의 말이 과연 진젹ᄒᆞ냐?”

무인지 니ᄅᆞ딕,

"부 【7】 인아 긔여히 ᄉᆡᆼ각ᄒᆞ여 보라. 만일 심샹ᄒᆞᆫ 일이면 내가 즐겨 엇지 가ᄇᆡ야이 부즁의 드러와 이 번요ᄒᆞᆫ 거ᄉᆞᆯ 구ᄒᆞ며 ᄯᅩ 내가 한 사ᄅᆞᆷ을 건져 쥬ᄂᆞᆫ 거시 ᄌᆞ긔의 공덕이 되ᄂᆞ니라."

한시 드ᄅᆞᄆᆡ 동심(動心)ᄒᆞ믈 ᄭᆡᄃᆞᆺ지 못ᄒᆞ고 드ᄃᆡ여 련망(連忙)히55) 몸을 니러 ᄇᆡ샤ᄒᆞ며 ᄯᅩ 무ᄅᆞᄃᆡ,

"만일 우리 부즁의 맛당ᄒᆞᆫ 곳이 업ᄉᆞ면 두리건ᄃᆡ 왕애 즐겨 ᄉᆞ부로 ᄒᆞ여곰 져ᄅᆞᆯ 다리고 먼니 가게ᄂᆞᆫ 아니ᄒᆞ리라."

무ᄋᆡ지 웃고 니ᄅᆞᄃᆡ,

"다만 왕애 즐겨 아니ᄒᆞᆯ ᄲᅮᆫ 아니라 믄득 부인도 엇지 【8】 노와 보내고 셔로 ᄯᅥ나 이시랴. 내 보니 져편의 ᄉᆞ정(舍亭)이 이시니 ᄉᆡᆼ각건ᄃᆡ 왕야의 습샤(習射)ᄒᆞᄂᆞᆫ 곳이니 믄득 그ᄂᆞᆫ 아셔오지 못ᄒᆞᆯ 거시오, 동편의 방블ᄒᆞᆫ 쳐쇠 잇ᄂᆞᆫ ᄃᆡ 이졔 공허ᄒᆞᆫ 곳이라. 만일 그곳의 별노이 오간 대텽(大廳)과 상방(廂房)과 이방(耳房)을 지어 노흐면 죡히 쥬졉ᄒᆞ여 글을 닑고 활흘 ᄡᅩ고 물달니ᄂᆞᆫ 법을 갓갓지56) 다 ᄒᆞᆯ 거시니 부인은 엇더타 ᄒᆞᄂᆞ냐?"

한시 니ᄅᆞᄃᆡ,

"져거ᄉᆞᆫ 극히 용이ᄒᆞᆫ 일이라. 다만 ᄒᆡ지시러곰 ᄡᅥ 셩취 되게 ᄒᆞᆯ 양이면 믄득 그곳의 잇셔 【9】 ᄉᆞ부의 명ᄃᆡ로 좇ᄂᆞᆫ 거시 편ᄒᆞ리라."

ᄒᆞ고 드ᄃᆡ여 령ᄉᆞ(令史)의게 분부ᄒᆞ여 집짓ᄂᆞᆫ 도형을 그려 노코 인ᄒᆞ여 관ᄉᆞ(管事)ᄒᆞᄂᆞᆫ 사ᄅᆞᆷ을 시겨 박셕(磚石)과 목ᄌᆡ(木材)ᄅᆞᆯ 무취(貿取)ᄒᆞ여57) 시역(始役)ᄒᆞ기ᄅᆞᆯ 등ᄃᆡ케 ᄒᆞ고, 일일은 무ᄋᆡ지 한시로 더브러 한가히 말ᄒᆞᆯ식, 드ᄃᆡ여 무ᄅᆞᄃᆡ,

"이졔 부고즁(府庫中)의 ᄡᅡ힌 곡식이 언마나 잇ᄂᆞ냐."

한시 니ᄅᆞᄃᆡ,

"이곳의 고ᄌᆡ(庫財) 만치 아니ᄒᆞ니 무비죠젹(無非糶糴)ᄒᆞᄂᆞᆫ 거시오 ᄒᆡᄅᆞᆯ 지내ᄂᆞᆫ 화곡(禾穀) 져축ᄒᆞᆫ 거시 대략 십여 만 셕즘 되고, 다른 창(倉)의 ᄡᅡ힌 보리가 합ᄒᆞ여 ᄉᆞ오십 만 셕 【10】 은 되ᄂᆞ니라."

무ᄋᆡ지 니ᄅᆞᄃᆡ,

"왕애 임의 이곳으로ᄡᅥ 별업(別業)을 ᄉᆞᆷ앗시니 벅벅이 궁즁의 져축ᄒᆞᆫ 바ᄅᆞᆯ 이곳으로 반운(搬運)ᄒᆞ여다가 난화 ᄡᅡ하 ᄡᅥ 불우지비(不虞之備)ᄅᆞᆯ ᄆᆡᆫ들게 ᄒᆞ라."

한시 깁히 그러히 너겨 믄득 니ᄅᆞᄃᆡ,

"ᄉᆞ부의 념려ᄒᆞᄂᆞᆫ ᄇᆡ 심히 올흐니 왕야의 오시기ᄅᆞᆯ 기다려 맛당히 졔긔ᄒᆞ여 그리 ᄒᆞ리라."

ᄒᆞ고 믄득 령ᄉᆞ의게 집짓ᄂᆞᆫ 도형을 가져다가 여간(如干) 곳쳐 쥬고 즉시 길일을 ᄀᆞᆯᄒᆡ여 역ᄉᆞᄅᆞᆯ 시작게 ᄒᆞ니 왕부의 범ᄇᆡᆨ이 스ᄉᆞ로 신쇽ᄒᆞ더라. 어언 【11】 간의 ᄯᅩ 십일월 십이일을 다ᄃᆞᄅᆞ니 요화의 ᄉᆡᆼ일이라.

한시 연셕을 판비ᄒᆞ고 무ᄋᆡᄌᆞᄅᆞᆯ 간청ᄒᆞ여 ᄆᆞ음ᄃᆡ로 통음(痛飮)ᄒᆞᆯ식, 요홰 금년의 임의 ᄉᆞ셰 된지라. 언어 ᄃᆡ답ᄒᆞᄂᆞᆫ 거시 심히 령리ᄒᆞ며, 셕간의 한 ᄎᆞ례 안졋다가 몬져 유모와 ᄀᆞᆺ치 가셔 ᄌᆞ더라.

한시 쥬흥(酒興)이 심히 무르록아 무ᄋᆡᄌᆞ로 ᄒᆞ여금 긔여히 취코져 ᄒᆞ여 은근히 권ᄒᆞᄆᆡ 무ᄋᆡ지 아오로 ᄉᆞ양치 아니ᄒᆞ나 취ᄒᆞᆫ 의ᄉᆞᄂᆞᆫ 업ᄂᆞᆫ지라. 한시 드ᄃᆡ여 니ᄅᆞᄃᆡ,

"ᄉᆞ부의 쥬량이 크게 아름답도다."

무 【12】 ᄋᆡ지 니ᄅᆞᄃᆡ,

"ᄉᆞᆯ을 먹어도 가ᄒᆞ고 아니 먹어도 가ᄒᆞ니라."

한시 웃고 무ᄅᆞᄃᆡ,

"만일 ᄉᆞᆯ 쥬ᄍᆞ(酒字) 아릐58) 져 글ᄌᆞ도 능

---

55) 【련망히】 {연망(連忙)히.} 바삐, 급히. ¶ 忙 ‖ 한시 드ᄅᆞᄆᆡ 동심ᄒᆞ믈 ᄭᆡᄃᆞᆺ지 못ᄒᆞ고 드ᄃᆡ여 련망히 몸을 니러 ᄇᆡ샤ᄒᆞ며 (韓氏聽了，不覺動心，遂忙起身拜謝.) <瑤華 3:7>

56) 【갓갓지】 [부] 갖가지. ¶ 件件 ‖ 죡히 쥬졉ᄒᆞ여 글을 닑고 활흘 ᄡᅩ고 물달니ᄂᆞᆫ 법을 갓갓지 다 ᄒᆞᆯ 거시니 부인은 엇더타 ᄒᆞᄂᆞ냐 (狠够住下了，讀書騎射，件件皆可.) <瑤華 3:8> 色色的 ‖ 즁인이 답응ᄒᆞ고 다시 문을 열고 갓갓지 반이ᄒᆞ여 나려오니 (衆人答應，又復開了門，色色的搬了下來.) <紅樓 40:9> ⇒ 갓갓지로

57) 【무취ᄒᆞ다】 [동] 무취(貿取)하다. 사다. ¶ 購買 ‖ 인ᄒᆞ여 관ᄉᆞᄒᆞᄂᆞᆫ 사ᄅᆞᆷ을 시겨 박셕과 목ᄌᆡᄅᆞᆯ 무취ᄒᆞ여 시역ᄒᆞ기ᄅᆞᆯ 등ᄃᆡ케 ᄒᆞ고 (仍令管事人購買磚瓦、木植，聽候興工.) <瑤華 3:9>

58) 【酒字之下 주자지하】 jiǔzìzhīxià <名> ᄉᆞᆯ 쥬ᄍᆞ 아릐 *色 ‖ "若酒字之下，這箇字也能够如是麽?" 만일 ᄉᆞᆯ 쥬ᄍᆞ 아릐 져 글ᄌᆞ도 능히 이ᄀᆞᆺ치 쟉ᄒᆞ게 ᄒᆞᄂᆞ냐 (瑤華 3:12) "只是年紀大了婦人十多歲，三十餘了，酒字緊了些，~便懈

히 이ᄀᆞᆺ치 죡ᄒᆞ게 ᄒᆞᄂᆞ냐.”

무ᄋᆡ지 니ᄅᆞᄃᆡ,

“무ᄉᆞᆷ 능치 못ᄒᆞ미 이시랴.”

한시 니ᄅᆞᄃᆡ,

“그러ᄒᆞ나 ᄉᆞ부ᄂᆞᆫ 도로혀 쳐녀의 몸으로 잇ᄂᆞ보다.”

무ᄋᆡ지 졈두ᄒᆞ니 한시 니ᄅᆞᄃᆡ,

“잇다감 동심(動心)ᄒᆞᄂᆞᆫ ᄯᅢ 잇ᄂᆞ냐.”

무ᄋᆡ지 니ᄅᆞᄃᆡ,

“내가 능히 운긔(運氣)ᄒᆞᄂᆞᆫ 공뷔 잇셔 가히 ᄡᅧ 그 ᄆᆞ옴을 억졔ᄒᆞᄂᆞ니라.”

한시 니ᄅᆞᄃᆡ,

“엇지ᄒᆞ여 운긔ᄒᆞᄂᆞᆫ 공뷔 되ᄂᆞ냐.”

무ᄋᆡ지 우ᄉᆞ며 옷 가ᄉᆞᆷ을 【13】 헷치고 눈빗 ᄀᆞᆺᄐᆞᆫ 두 져ᄉᆞᆯ 드러내며 한시로 ᄒᆞ여곰 숀으로 무마ᄒᆞ게 ᄒᆞ니, 한시 진ᄀᆡ(眞個) 어로만져 희롱ᄒᆞᄆᆡ 밋그럽고 연ᄒᆞ미 쇼음[59] ᄀᆞᆺᄐᆞᆫ지라. ᄯᅩ 시녀 무리로 ᄒᆞ여곰 시험ᄒᆞ여 만져보라 ᄒᆞᄆᆡ, 다 말ᄒᆞ기ᄅᆞᆯ 심샹한 사ᄅᆞᆷ과 일반이라 ᄒᆞ거ᄂᆞᆯ, 무ᄋᆡ지 홀연 한번 흉낭(胸囊)을 내밀ᄆᆡ 두 졋시 견강(堅剛)ᄒᆞ여 ᄉᆡᆼ텰(生鐵) ᄀᆞᆺᄐᆞᆫ지라. 즁인이 이샹ᄒᆞ다 ᄒᆞ고, 무ᄋᆡ지 니ᄅᆞᄃᆡ,

“너의들이 무ᄉᆞᆷ 믈건이던지 가지고 내 졋ᄉᆞᆯ 두다려 친다 ᄒᆞ여도 도시 해롭지 아니ᄒᆞ리라.”

【14】 믄득 한 낫 우쥰ᄒᆞᆫ 차환이 한낫 텰편을 가져 나가 힘ᄡᅥ 우 아래로 치더니 ‘탁’ ᄒᆞᄂᆞᆫ 소ᄅᆡ 나며 텰편이 도로혀 ᄯᅱ여와 거의 졔 머리ᄅᆞᆯ ᄭᆡ칠번 ᄒᆞᆫ지라. 어시의 즁인이 열복(悅服)ᄒᆞ여 더옥 등한치 아니ᄒᆞᆫ 사ᄅᆞᆷ으로 밋고, 한시 ᄯᅩ ᄉᆡᆼ각ᄒᆞᄃᆡ,

“졔 임의 녀ᄌᆞ의 몸이량이면 엇지 우리와 ᄀᆞᆺ치 범졀을 다르게 ᄒᆞᄂᆞ냐. 내 ᄯᅩ 유심ᄒᆞ여 져ᄅᆞᆯ 보리라.”

ᄒᆞ고 일노죠ᄎᆞ ᄆᆡ야의 반ᄃᆞ시 시녀 무리로 ᄒᆞ여곰 그 동졍을 ᄉᆞᆲ히라 ᄒᆞ니, ᄀᆡᄀᆡ히 도ᄅᆞ와 보ᄒᆞ 【15】 ᄃᆡ,

“ᄉᆞ뷔 밤 동안의 아오로 의복을 벗지 아니ᄒᆞ고 다만 안져 잇다가 텬명(天明)ᄒᆞ기ᄅᆞᆯ 기다려 믄득 니러ᄂᆞ고 져의 쇼셰ᄒᆞᄂᆞᆫ 거ᄉᆞᆫ 보지 못ᄒᆞ엿다.”

ᄒᆞ고 여러 말이 도시 일반이라. 한시 일노죠ᄎᆞ 더옥 열복ᄒᆞ고 슈일을 격ᄒᆞ여 무ᄋᆡᄌᆞ의 쳐쇼의 니ᄅᆞ러 의복 고쳐 닙기ᄅᆞᆯ 쳥ᄒᆞ니, 무ᄋᆡ지 니ᄅᆞᄃᆡ,

“내가 죵ᄅᆡ 의복을 곳쳐 닙지 아니ᄒᆞ노라.”

한시 니ᄅᆞᄃᆡ,

“닙은지 오ᄅᆡ니 엇지 더럽지 아니ᄒᆞ랴.”

무ᄋᆡ지 옷ᄉᆞᄆᆡᄅᆞᆯ 번드쳐 한시다려,

“보라.”

ᄒᆞ며 니ᄅᆞᄃᆡ,

“가 【16】 히 ᄉᆡ로 닙은 것과 일반이 되깃ᄂᆞ냐?”

한시 손을 드러 펼쳐보ᄆᆡ 과연 졍결ᄒᆞ고 ᄯᅩ 그 긔미(氣味)ᄅᆞᆯ 맛타보ᄆᆡ 별노이 일죵 긔이ᄒᆞᆫ 향취 잇셔 믄득 ᄌᆞ긔 신샹과 ᄀᆞᆺ지 아니ᄒᆞᄆᆡ, 더옥 이상ᄒᆞ믈 ᄭᆡ다ᄅᆞᆯ지라. 무ᄋᆡ지 일죽 임의 알고 우ᄉᆞ며 니ᄅᆞᄃᆡ,

“부인 신샹의 긔미ᄂᆞᆫ 스ᄉᆞ로 비범ᄒᆞ여 이졔 영화와 부귀ᄅᆞᆯ 누리ᄂᆞᆫ 거시 믄득 이 긔운으로 죠ᄎᆞ 어든 거시오, 나의 긔미ᄂᆞᆫ 공부로 슈련ᄒᆞ여 닐운 거시 모다 젼ᄉᆡᆼ의 근긔(根基)로 죠ᄎᆞ 발ᄒᆞᄂᆞᆫ 거시니, ᄆᆡ우 【17】 용이치 아니ᄒᆞ니라.”

한시 졈두 칭션(稱善)ᄒᆞ고 졍히 말ᄒᆞ며 다만 보니 일ᄀᆡ 시녜와 보ᄒᆞᄃᆡ,

“방ᄌᆞ 궁문 직힌 태감이 와셔 말ᄒᆞ기ᄅᆞᆯ, 령ᄉᆡ 밧긔 잇셔 픔ᄒᆞᄃᆡ, ᄉᆡ로 짓ᄂᆞᆫ 방새 임의 필역(畢役) 되어시니, 청컨ᄃᆡ 부인은 ᄉᆞᆲ혀 보시게 ᄒᆞᆫ다.”

ᄒᆞ니,

한시 니ᄅᆞᄃᆡ,

“아랏시니 져의 동다려 기다리라 ᄒᆞ라.”

시녜 나아가 분부ᄒᆞ더라.

한시 믄득 무ᄋᆡᄌᆞᄅᆞᆯ ᄃᆡᄒᆞ여 니ᄅᆞᄃᆡ,

“ᄉᆞ뷔 가히 흥을 내여 ᄒᆞᆷ긔 가셔 한번 보와 무ᄉᆞᆫ 합의치 못ᄒᆞᆫ 곳이 잇거든 죠히 져 【18

了些。” 뎌의 나히 만코 얼골이 ᄆᆡ믈ᄒᆞ며 ᄯᅩ 술을 즐겨 샹시 ᄆᆞ양 취코 ᄃᆞ니믈 보고 (型世 4:52)

59) 【쇼음】 명 솜. ¶ 綿 ‖ 무ᄋᆡ지 우ᄉᆞ며 옷가ᄉᆞᆷ을 헷치고 눈빗 ᄀᆞᆺᄐᆞᆫ 두 져ᄉᆞᆯ 드러내며 한시로 ᄒᆞ여곰 숀으로 무마ᄒᆞ게 ᄒᆞ니 한시 진ᄀᆡ 어로만져 희롱ᄒᆞᄆᆡ 밋그럽고 연ᄒᆞ미 쇼음 ᄀᆞᆺᄐᆞᆫ지라 (無碍子將胸前衣襟坦開，露出雪白的兩箇奶來， 先令韓氏用手摸弄眞箇膩滑如綿.) <瑤華 3:13> ⇒ 소음

】의 등을 가ᄅᆞ쳐 곳치게 ᄒᆞ라."

무ᄋᆡ지 니ᄅᆞᄃᆡ,

"그리 ᄒᆞ리라."

ᄒᆞ니, 한시 ᄆᆞᆫ득 궁녀ᄅᆞᆯ 블너 교ᄌᆞᄅᆞᆯ 등ᄃᆡᄒᆞ게 ᄒᆞ라 ᄒᆞ고, 한가지로 당즁의 니ᄅᆞ러 쟝속을 곳치고 무ᄋᆡᄌᆞ와 ᄒᆞᆫ가지로 교ᄌᆞ의 올나 상셔방(上書房)의 나아가 ᄆᆞᆫ득 동편 젹은 문을 굴너 임의 바라보니, ᄉᆡ로 지은 누각이 두로 분쟝이 ᄲᅡ히고 졍즁(正中)ᄒᆞ여 두 븕은 문이 잇ᄂᆞᆫᄃᆡ, 살두 밧탕 길을 가셔, ᄆᆞᆫ득 니ᄅᆞ러 교ᄌᆞᄅᆞᆯ 문 안가지 메여 드리ᄆᆡ, 한시 무ᄋᆡᄌᆞ와 ᄒᆞᆷ긔 교ᄌᆞ의 나려 보ᄆᆡ, 샹면이 큰【19】오 간 누각이오 십분 통챵ᄒᆞ고 두 편의 별노이 이방(耳房) ᄉᆞ 간이 잇고, 아ᄅᆡᄅᆞᆯ 향ᄒᆞ여 한번 보ᄆᆡ, 동셔의 각각 상방(厢房) 칠 간식이 잇ᄂᆞᆫᄃᆡ, 다 회환(廻還)ᄒᆞᄂᆞᆫ 모양으로 ᄭᆞ미고 ᄉᆞ면 샹하의 모다 쥬칠난간(朱漆欄干)이오, 기즁 포진ᄒᆞᆫ 곳과 일용즙믈(日用什物)이 갓쵸지 아닌 거시 업ᄂᆞᆫ지라. 량인이 당즁의 안ᄌᆞ 한시 니ᄅᆞᄃᆡ,

"이 방옥(房屋)이 ᄆᆡ우 광활ᄒᆞ니 ᄉᆞ뷔 군쥬로 더브러 엇지 쥬졉ᄒᆞ리오."

무ᄋᆡ지 니ᄅᆞᄃᆡ,

"우리 량인은 다만 두간이면 족ᄒᆞᆯ지라. 다만 별노이[60] ᄉᆞ령(使令)ᄒᆞᄂᆞᆫ【20】사ᄅᆞᆷ들을 파뎡(派定)ᄒᆞ여 두어야 죠히 쥬졉ᄒᆞ리라."

한시 니ᄅᆞᄃᆡ,

"임의 그러ᄒᆞ면 ᄆᆞᆫ득 청ᄒᆞᄂᆞ니, ᄉᆞ부ᄂᆞᆫ 분파(分派)ᄒᆞ여 내면 죠히 져의 등의게 젼ᄒᆞ여 알게 ᄒᆞ리라."

무ᄋᆡ지 시녀ᄅᆞᆯ 시겨 필연(筆硯)과 지믈(紙物)을 갓쵸아 노코, ᄌᆞ긔가 셔안 앏히 안ᄌᆞ ᄯᅩ ᄒᆞᆫ시ᄅᆞᆯ 청ᄒᆞ여 ᄃᆡ면ᄒᆞ여 안치고 ᄆᆞᆫ득 붓술 잡으며 경히 한시다려 말ᄒᆞ려 ᄒᆞ더니, 다만 보니 시녜 말ᄒᆞ여 니ᄅᆞᄃᆡ,

"령식 궁문 밧긔 잇셔 부인긔 품고ᄒᆞᄃᆡ, 변량(汴梁) 쟝식(長史) 져의 등의게 긔별ᄒᆞ기【21】ᄅᆞᆯ 왕애 임의 ᄉᆞ천(四川)으로 죠ᄎᆞ 경셩(京城)의 니ᄅᆞ럿ᄂᆞᆫᄃᆡ 황상이 본봉(本封)으로 도라가지 아니케 ᄒᆞ시ᄂᆞᆫ 고로 아직 경즁(京中)의 잇셔 지내시고 몬져 지휘ᄒᆞᄂᆞᆫ 문쳡[61]이 임의 왓기로 아시게 ᄒᆞᆫ다."

ᄒᆞ거ᄂᆞᆯ, 한시 니ᄅᆞᄃᆡ,

"아랏시니 만일 왕애 변량셩으로 도라오신다 ᄒᆞᄂᆞᆫ 긔별이 잇거든 져의 등을 시겨 미리 몬져 보ᄒᆞ여 알게 ᄒᆞ라."

시녜 젼ᄒᆞ라 나가더라.

---

60)【별노이】[부] 별(別)로. 따로. ¶ 另 ‖ 다만 별노이 ᄉᆞ령ᄒᆞᄂᆞᆫ 사ᄅᆞᆷ들을 파뎡ᄒᆞ여 두어야 죠히 쥬졉ᄒᆞ리라 (但分派有使令之人, 分派起來, 恰好够住.) <瑤華 3:19>

61)【諭帖 유쳡】yùtiě <名> 지휘ᄒᆞᄂᆞᆫ 문쳡 ‖ "先有～回來諭知." 몬져 지휘ᄒᆞᄂᆞᆫ 문쳡이 임의 왓기로 아시게 ᄒᆞᆫ다 (瑤華 3:21)

5
션ᄌᆞ녀만당학예 탐식욕일검제근
選子女滿堂學藝 貪色欲一劍除根

어시의 무ᄋᆡ지 한시 령ᄉᆞ의게 분부ᄒᆞᄆᆞᆯ 보고 드ᄃᆡ여 니ᄅᆞᄃᆡ,

"황가 졔도의ᄂᆞᆫ 자녀 등이 입학이 되량이【22】면 믄득 사ᄅᆞᆷ을 분파ᄒᆞ여 ᄉᆞ부ᄒᆞ여 ᄧᅡᆨ지어 독셔ᄒᆞᆫ다 ᄒᆞ더라."

한시 니ᄅᆞᄃᆡ,

"그러ᄒᆞᆫ지라 젼ᄌᆞ의 드ᄅᆞ니 왕야의 말ᄉᆞᆷ도 그럿타."

ᄒᆞ니, 무ᄋᆡ지 니ᄅᆞᄃᆡ,

"임의 져런 규뫼 이시니 부인은 가히 령ᄉᆞ의게 분부ᄒᆞ여 쟝ᄉᆞ(長史)다려 닐너 궁즁 가로(家奴) 명하(名下)의 군쥬로 더부러 년긔 상등(相等)ᄒᆞᆫ ᄌᆞ녀 이십명을 ᄀᆞᆯᄒᆡ여 오면 내가 ᄉᆡᆼ기미 쳥슈(淸秀)ᄒᆞ고 복분(福分)이 잇ᄂᆞᆫ 남녀 각 ᄉᆞ명을 ᄀᆞᆯᄒᆡ여 내면 믄득 상방의 ᄉᆞ환도 시기고 다리고 ᄧᅡᆨ지어 독셔ᄒᆞ기의 넉넉ᄒᆞ고 ᄌᆞ녀 즁【23】쇼셰를 ᄃᆡ신시겨 쥬고 과족(裹足)을 ᄒᆞ여 쥴 만ᄒᆞᆫ ᄋᆞᄒᆡ를 ᄯᅩ ᄉᆞ명을 어더야 ᄒᆞ리라."

한시 ᄉᆡᆼ각ᄒᆞ여 니ᄅᆞᄃᆡ,

"그리ᄒᆞ면 ᄆᆡ우 죠흐니 ᄉᆞ부ᄂᆞᆫ 다만 그러케 단ᄌᆞ를 젹어 내라."

무ᄋᆡ지 드ᄃᆡ여 붓ᄉᆞᆯ 드러 ᄡᅳ며 ᄯᅩ 니ᄅᆞᄃᆡ,

"의복을 셰답(洗踏)ᄒᆞ며[62] 문뎡(門庭)을 쇄쇼ᄒᆞᄂᆞᆫ ᄉᆞ긔 식부(媳婦)를 어더야 ᄒᆞ리라."

한시 니ᄅᆞᄃᆡ,

"반ᄃᆞ시 그러ᄒᆞ려니와 다만 이곳이 큰 쥬방의셔 상게(相距) 심히 머니 별노 일긔 쥬방을 ᄯᅡ로 비셜ᄒᆞᄂᆞᆫ 거시 죠흐리라."

무ᄋᆡ지 니ᄅᆞᄃᆡ,

"쟈거ᄉᆞᆫ 일경 그【24】리 ᄒᆞᆯ 거시오. ᄯᅩ 푸쥬 맛ᄐᆞᆫ 식부 량명(兩名)과 슈문ᄒᆞᄂᆞᆫ 태감 량명과 믈 깃고 믈건 메ᄂᆞᆫ 태감 량명을 두어야 ᄒᆞᆫ다."

ᄒᆞ고, 단ᄌᆞ의 버리니 임의 이십이 명이라. 한시 니ᄅᆞᄃᆡ,

"ᄯᅩ ᄆᆡ판〔買辦[63] 믈건 무역ᄒᆞᄂᆞᆫ 사ᄅᆞᆷ이라〕일명이 잇셔야 ᄒᆞ리라."

무ᄋᆡ지 니ᄅᆞᄃᆡ,

"쟈거ᄉᆞᆫ 가히 그리ᄒᆞᆯ 거시 아니니 져 집안이 모다 부녜라. ᄆᆡ판ᄒᆞᄂᆞᆫ 거ᄉᆞᆫ 반ᄃᆞ시 관ᄉᆞᄒᆞᄂᆞᆫ 사ᄅᆞᆷ이야 ᄒᆞᆯ 거신ᄃᆡ, 이 쇽의 츌입ᄒᆞ기 블편ᄒᆞᆯ지라. 다만 상방 ᄉᆞ환ᄒᆞᄂᆞᆫ 부녀 즁의 일명을 ᄀᆞᆯᄒᆞ여 내여 그 일을 총리(總理)ᄒᆞ【25】게 ᄒᆞ고, 일용즙믈의 살 거히 잇거든 단ᄌᆞ를 ᄢᅧ 태감을 시겨 젼ᄒᆞ여 거ᄒᆡᆼ시기ᄂᆞᆫ 거시 심히 편ᄒᆞ리라."

한시 니ᄅᆞᄃᆡ,

"심히 죠타."

ᄒᆞ고, 드ᄃᆡ여 분파ᄒᆞᆫ 단ᄌᆞᄃᆡ로 거ᄒᆡᆼᄒᆞ여 침궁으로 보내여 갈ᄒᆞ여 뎡ᄒᆞ게 ᄒᆞ고 인ᄒᆞ여 침궁으로 도라와 무ᄋᆡᄌᆞ로 더브러 한담ᄒᆞᆯ시, 무ᄋᆡ지 ᄯᅩ 일긔 단ᄌᆞ를 미러 한시로 보게 ᄒᆞ며 니ᄅᆞᄃᆡ,

"져 믈건을 한 가지도 업지 못ᄒᆞ리라."

한시 바다 한번 보니 도【26】시 셔ᄎᆡᆨ과 문방졔구며 아오로 궁젼(弓箭)과 창도(槍刀)와

62 【셰답ᄒᆞ다】 동 {세답(洗踏)하다.} 빨래하다. ¶ 漿洗 ‖ 의복을 셰답ᄒᆞ며 문뎡을 쇄쇼ᄒᆞᄂᆞᆫ ᄉᆞ긔 식부를 어더야 ᄒᆞ리라 (漿洗衣服, 粗用打掃, 也得四個婦人.) <瑤華 3:23>

63) 【ᄆᆡ판】 명 {매판(買辦).} ¶ 믈건 무역ᄒᆞᄂᆞᆫ 사ᄅᆞᆷ이라 ‖ ᄯᅩ ᄆᆡ판 일명이 잇셔야 ᄒᆞ리라 (可要買辦一名?) <瑤華 3:24> ᄆᆡ판, 믈건을 ᄉᆞ고 판비ᄒᆞᄂᆞᆫ ᄎᆞ인이라 (買辦) <紅樓 29:9>

과모(戈矛)와 곤방(棍棒)[64]이 한가지도 갓쵸지 아닌 거시 업ᄉᆞ며, 그 ᄉᆞᆺ히 ᄯᅩ 셔화 금긔(琴棋)와 각 ᄉᆡᆨ 장텹(粧帖)과 빵륙(雙陸) 투호(投壺) 츄쳔(鞦韆) 졔구ᄅᆞᆯ 버리고 하층의 ᄯᅩ ᄉᆞ셕 너흔 ᄌᆞ루와 쇠말둑과 돌져기[65]와 져른 셕쥬(石柱)와 놉고 나즌 반등(板凳)과 크고 젹은 나무ᄉᆞ다리와 ᄃᆡ곳창이 등 믈건이 아오로 뉵ᄇᆡᆨ 가지나 되ᄂᆞᆫ지라.

한시 웃고 니ᄅᆞᄃᆡ,

"져거시 다 무예 ᄇᆡ호ᄂᆞᆫ 졔귀(諸具)니 엇지 모다 배화내리오. ᄉᆞ부의 바라ᄂᆞᆫ ᄇᆡ 너모 과ᄒᆞ【27】도다."

무ᄋᆡ지 니ᄅᆞᄃᆡ,

"이거시 도로혀 급히 ᄢᅵ우ᄂᆞᆫ 믈건이오 이후의 슈용ᄒᆞᆯ 바ᄂᆞᆫ 아직 젹어내지 아니ᄒᆞ엿노라."

한시 드ᄃᆡ여 시녀ᄅᆞᆯ 시겨 령ᄉᆞ의게 젼ᄒᆞ여 믈목(物目)을 초슈ᄒᆞ여 판비케 ᄒᆞ고 당일은 다른 말이 업더라..

ᄎᆞ식 엇지 된고 하회ᄅᆞᆯ 보와 분히ᄒᆞ라.[66]

각셜 한시 무ᄋᆡᄌᆞ로 더브러 가셔 ᄉᆡ로 지은 누각【28】을 구경ᄒᆞᆯ식 기시 ᄉᆞ후ᄒᆞᄂᆞᆫ 사ᄅᆞᆷ 즁의 일긔 내무(內務)ᄅᆞᆯ 관셥ᄒᆞᄂᆞᆫ 부ᄉᆞ(副史) 쟝쵸연(張超然)의 ᄋᆞ ᄃᆞᆯ이니 쟝기덕(張其德)이라 ᄒᆞᄂᆞᆫ 거시 이시니, 나히 비로소 십팔구 셰ᄂᆞᆫ 되고 쳐음으로 인ᄉᆞ(人事)[67]ᄅᆞᆯ 아ᄂᆞᆫ지라. 곳 한시의 ᄌᆞ식을 흠모ᄒᆞ여 몽ᄆᆡ의 ᄢᅵᆺ치나 능히 한번 친근ᄒᆞᆯ 길이 업더니, 이날 한시 오ᄂᆞᆫ 쥴을 알ᄆᆡ 깃부미 바라ᄂᆞᆫ 밧긔 나셔, 즁인 쇽의 셧기여 잇셔 져ᄅᆞᆯ 한번 만나 보ᄂᆞᆫ 것도 죠타 ᄒᆞ여, 드ᄃᆡ여 긴 목을 느리고 바라ᄆᆡ, 뎨일승(第一乘) 교지 필시 한시【29】라 ᄒᆞ더니, 엇지 알니 이 무ᄋᆡ지라. 보지 아니면 오히려 죠흘 거술 밋 보ᄆᆡ 혼비ᄇᆡᆨ산ᄒᆞ여 다시 뎨이승(第二乘) 교ᄌᆞ을 보니 이의 한시라. 무ᄋᆡᄌᆞ의 밋지 못ᄒᆞ믈 ᄭᆡ닷고 맛참내 한시 ᄉᆡᆼ각던 ᄆᆞ음을 가져 경긱간(頃刻間)의 옴겨 무ᄋᆡᄌᆞ의 신샹의 니ᄅᆞ러 교ᄌᆞ 가ᄂᆞᆫ 거술 ᄯᅡ라 눈을 굴니지 아니ᄒᆞ다가 졔가 드러가믈 보ᄆᆡ ᄯᅩ 벙벙이 셔셔 져의 나오기ᄅᆞᆯ 기다려 곳 보내여 궁내가지 니ᄅᆞᄆᆡ, 신혼이 젼도ᄒᆞ여 맛참내 교ᄌᆞᄅᆞᆯ ᄯᅡ라 드러가고ᄌᆞ ᄒᆞ【30】더니, 슈궁(守宮)ᄒᆞᄂᆞᆫ 태감의 구타ᄒᆞ믈 닙어, 바야흐로 ᄶᅩᆺ겨 나오며 셰셰히 아라보니, 믄득 이 사ᄅᆞᆷ이 ᄉᆡ집으로 올마 쥬졉ᄒᆞᄂᆞᆫ지라. ᄯᅩ 슈무족도(手舞足蹈)ᄒᆞ믈 ᄭᆡ닷지 못ᄒᆞ니, 원ᄅᆡ 져 쟝가의 집이 믄득 동편 머리 젹은 문 어귀 월낭(月廊) 쇽의 이시ᄆᆡ 스ᄉᆞ로 니ᄅᆞ기ᄅᆞᆯ, 가히 ᄡᅥ 내 슈즁의 들니라 ᄒᆞ고, 날마다 반이(搬移)ᄒᆞᄂᆞᆫ 일ᄌᆞᄅᆞᆯ 아라보기ᄅᆞᆯ 오히려 져의 쟝가드ᄂᆞᆫ 날ᄀᆞᆺ치 기다려 일변 쾌활이 지내니, 너다려 니ᄅᆞᄃᆡ, 가히 우으냐 우읍지 아니ᄒᆞ냐. 이【31】거시 졔 명궁이 맛당히 이ᄀᆞᆺ치 되ᄂᆞᆫ 고로 그러므로ᄡᅥ 이런 긔이ᄒᆞᆫ ᄉᆡᆼ각을 내니, 이거ᄉᆞᆫ 뒤 말이라. ᄯᅩ 더져 두고,

ᄌᆡ셜, 령식 궁녀ᄅᆞᆯ 분파ᄒᆞ고ᄌᆞ 녀ᄅᆞᆯ 간션(揀選)ᄒᆞᄂᆞᆫ 원단ᄌᆞᄅᆞᆯ 가져 셔신을 변량 쟝ᄉᆞ(長史)의게 븟쳐쥬니 그 곳의셔 감히 지완치 못ᄒᆞ여 즉시 즁인을 분파ᄒᆞ여 쟝샹(莊上)의 보내여 왓거ᄂᆞᆯ, 령식 궁즁의 드러와 품ᄒᆞ니 한시 무ᄋᆡᄌᆞ로 더브러셔 방즁의 안ᄌᆞ 몬져 간션ᄒᆞᆫ 녀ᄌᆞ들을 블너드리ᄆᆡ 일졔히 나아와 고두ᄇᆡ현(叩頭拜

64) 【곤방】 명 곤봉(棍棒). '棒'은 중국음이 '방 bàng'임. 중국어 차용어. ¶ 棍棒 ‖ 아오로 궁젼과 창도와 과모와 곤방이 한가지도 갓쵸지 아닌 거시 업ᄉᆞ며 (并定做小弓箭, 弓箭槍刀戈矛棍棒, 無一不備.) <瑤華 3:26>

65) 【돌져기】 명 돌쩌귀. ¶ 石球 ‖ 하층의 ᄯᅩ ᄉᆞ셕 너흔 ᄌᆞ루와 쇠말둑과 돌져기와 져른 셕쥬와 놉고 나즌 반등과 크고 젹은 나무ᄉᆞ다리와 ᄃᆡ곳창이 등 믈건이 아오로 뉵ᄇᆡᆨ 가지나 되ᄂᆞᆫ지라 (下層又開沙囊、裟袋、木椿、鐵椿、石球、短石柱、高低板凳、大小木梯、竹籤等物, 總共有五六百件.) <瑤華 3:26>

66) 필사본에는 이곳에서 제5회 회목명이 시작되고 있음.

67) 【人道 인도】 réndào <名> ㈠ 生殖器。‖ "沙太監道: '這有何難! 待我弄個法子, 去哄他進來。若肯淨身就罷, 萬一不肯, 待我把幾杯藥酒灌醉了他, 輕輕割去此道, 到醒來知覺的時節, 他就不肯做太監, 也長不出~來了。" (十二樓 2) ㈡ 인ᄉᆞ *男女之事。‖ "年纔十八九歲, 初知~, 卽仰慕韓氏的姿容, 眠思夢想, 不能够一爲親近." 나히 비로소 십팔구 셰ᄂᆞᆫ 되고 쳐음으로 인ᄉᆞᄅᆞᆯ 아ᄂᆞᆫ지라 곳 한시의 ᄌᆞ식을 흠모ᄒᆞ여 몽ᄆᆡ의 ᄢᅵᆺ치나 능히 한번 친근ᄒᆞᆯ 길이 업더니 (瑤華 3:28) "古人男子三十而娶, 女子二十而嫁, 使其氣血充足, 然後行其~, 所以古人往往多壽。" (醒姻 44)

見)ᄒᆞ거ᄂᆞᆯ,【32】 한시 져의 등을 시겨 무ᄋᆡᄌᆞ의 신변으로 갓가히 가 간션ᄒᆞᆷ을 ᄉᆞ후ᄒᆞ게 ᄒᆞ니, 무ᄋᆡ지 ᄀᆡᄀᆡ히 셜화ᄅᆞᆯ 므러 보고 머리ᄅᆞᆯ 무마ᄒᆞ며 ᄯᅩ 손가지 ᄭᅳ으러 ᄌᆞ셰히 보와 ᄲᅡᆸ아가며 ᄲᅡᆸ아와셔 ᄉᆞᄀᆡ 남ᄌᆞ와 ᄉᆞᄀᆡ 녀인을 ᄀᆞᆯ희여 내니, ᄀᆡᄀᆡ히 미쳥목슈(眉淸目秀)ᄒᆞ고 ᄐᆡ되 단졍ᄒᆞᆫ지라. 한시 보ᄆᆡ 가히 ᄉᆞ랑ᄒᆞᆷ을 ᄭᅵᄃᆞᆺ고 그 나마ᄂᆞᆫ 도로 졔 집으로 보내더라.

ᄆᆞᆫ득 져 ᄀᆞᆯ희여 낸 팔ᄀᆡ ᄌᆞ녀ᄅᆞᆯ 단ᄌᆞ 우희 명ᄍᆞ(名字) 버린 거ᄉᆞᆯ 보니 졔 일ᄀᆡ 남동(男童)의 일홈은 쵸엽(蕉葉)이니 륙가(陸家)의 ᄌᆞ식【33】이오, 졔 이ᄀᆡ 남동의 명은 도홍(桃紅)이니 필가(畢家)의 ᄌᆞ식이오, 졔 삼ᄀᆡ 남동의 명은 하향(荷香)이니 기가(祁家)의 ᄌᆞ식이오, 졔 ᄉᆞᄀᆡ 남동의 명은 류지(柳枝)니 완가(阮家)의 ᄌᆞ식이라. 한시 니ᄅᆞᄃᆡ,

"원리 명ᄍᆞ 모다 죠흐니 반ᄃᆞ시 곳칠 거시 업다."

ᄒᆞ고 다시 ᄉᆞᄀᆡ 녀동(女童)의 명ᄍᆞᄅᆞᆯ 보니, 졔 일은 쇼란(素蘭)이오, 졔이ᄂᆞᆫ 미영(梅影)이오, 졔 삼은 니운(梨雲)이오, 졔 ᄉᆞᄂᆞᆫ 욱니(郁李)라. 무ᄋᆡ지 니ᄅᆞᄃᆡ,

"너의 명ᄍᆞ 모다 죠흐니 하나토 곳칠 거시 업다."

ᄒᆞ거ᄂᆞᆯ, 한시 니ᄅᆞᄃᆡ,

"다만 사ᄅᆞᆷ만 조흘 ᄲᅮᆫ 아니라 명ᄍᆞ가지【34】 모다 졍졔케 지엇다."

ᄒᆞ고 드ᄃᆡ여 시녀 등을 시겨 져의들을 거ᄂᆞ리고 가셔 군쥬의게 두어 ᄀᆞᆺ치 노닐게 ᄒᆞ고, ᄯᅩ 파뎡ᄒᆞᆫ 바 상방의 ᄉᆞ환ᄒᆞᄂᆞᆫ 궁녀 ᄉᆞ명을 닛그러 보니, 단ᄌᆞ 우희 셩명을 버렷ᄂᆞᆫᄃᆡ, 심취미(沈翠眉)와 황금슌(黃金釧)과 쇼원향(蘇遠香)과 구쇼셤(裘素蟾)이라. 드ᄃᆡ여 무ᄋᆡᄌᆞ의 앏흐로 가 몸을 갓가히 ᄒᆞ여 일일히 말을 무러보게 ᄒᆞ고, 한시 겻흐로 조ᄎᆞ 보니 취미와 금슌과 쇼셤 삼인은 모다 싱기기ᄅᆞᆯ 면뫼 단졍ᄒᆞ고 톄형이 요라ᄒᆞᄃᆡ 오직 원향 일인【36】이 즁인의 비ᄒᆞᄆᆡ 츄뢰(醜鹵)ᄒᆞ고, 셩음이 둔탁ᄒᆞᆫ지라. 무ᄋᆡ지 무ᄅᆞᄃᆡ,

"네 어려서 붓허 궁의 드러왓ᄂᆞ냐? 도로혀 쟝대한 후 ᄲᅡᆸ혓ᄂᆞ냐?"

원향이 니ᄅᆞᄃᆡ,

"죄인의 련좌ᄒᆞᄂᆞᆫ 가쇽으로 분파가 되여 궁의 드러왓노라."

한시 니ᄅᆞᄃᆡ,

"이러ᄒᆞ면 네가 쳐녀ᄂᆞᆫ 아니로다."

원향이 얼굴을 븕히며 니ᄅᆞᄃᆡ,

"사ᄅᆞᆷ의게 싀집간 일은 업다."

ᄒᆞ거ᄂᆞᆯ, 무ᄋᆡ지 니ᄅᆞᄃᆡ,

"네 눈셥이 허여지고 허리 굴거시니 반ᄃᆞ시 ᄋᆞ히 몸은 아니로다."

원향이 머리ᄅᆞᆯ 낫초고 가마니 말ᄒᆞ【35】여 니ᄅᆞᄃᆡ,

"로상(路上)의셔 사ᄅᆞᆷ의 핍박ᄒᆞᆷ을 닙어시나, 실샹은 싀집간 일은 업노라."

한시 니ᄅᆞᄃᆡ,

"그러ᄒᆞ면 군쥬의 곳에 두어 ᄉᆞ후ᄒᆞᄂᆞᆫ 거시 ᄆᆞᆫ득 편치 못ᄒᆞ다."

ᄒᆞ여, 드ᄃᆡ여 슈문태감을 명ᄒᆞ여 령ᄉᆞᄅᆞᆯ 시겨 쇼원향을 본궁으로 도라보내고, 별노이 일인을 ᄀᆞᆯ희여 보궐ᄒᆞ게 ᄒᆞ니, 무ᄋᆡ지 니ᄅᆞᄃᆡ,

"ᄯᅩ 졍구(精究)ᄅᆞᆯ 마쳐야 ᄒᆞᆯ 거시니 도로혀 ᄯᅩ 변통ᄒᆞᆯ[68] 거시 이실 쥴을 가히 아지 못ᄒᆞ리라."

한시 졈두ᄒᆞ고 드ᄃᆡ여 원향을 한 녑희셔【37】이시라 ᄒᆞ고, ᄯᅩ 단ᄌᆞ 우희 셰답(洗踏)ᄒᆞᄂᆞᆫ 궁녀 ᄉᆞ명 파뎡ᄒᆞᆫ 거ᄉᆞᆯ 보니, 반계아(潘桂兒)와 림록환(林綠環)과 화견슈(花見羞)와 ᄇᆡᆨ우옥(白于玉)이라. 한시 블너 드리ᄆᆡ ᄎᆞ례로 드러오니 무ᄋᆡ지 안ᄎᆞ(按此)ᄒᆞ여[69] 보ᄆᆡ 도시 이십 셰 이상이라. 홀연 보니 넷지 사ᄅᆞᆷ의 년긔(年紀)가 십륙칠 셰ᄂᆞᆫ 되엿ᄂᆞᆫ지라. 싱긴 거시 톄ᄐᆡ(體態) 남과 다르고 눈이 ᄆᆞᆰ고 눈셥이 셩긔며 좌편 눈부리[70]

---

68)【변통ᄒᆞ다】[동] 변통(變通)하다. ¶ 战敠 ‖ ᄯᅩ 정구ᄅᆞᆯ 마쳐야 ᄒᆞᆯ 거시니 도로혀 ᄯᅩ 변통ᄒᆞᆯ 거시 이실 쥴을 가히 아지 못ᄒᆞ리라 (且點驗完了, 恐怕還有战敠, 亦未可知.) <瑤華 3:37>

69)【안ᄎᆞᄒᆞ다】[동] 안차(按次)하다. ¶ 挨排 ‖ 한시 블너 드리ᄆᆡ ᄎᆞ례로 드러오니 무ᄋᆡ지 안ᄎᆞᄒᆞ여 보ᄆᆡ 도시 이십 셰 이상이라 (韓氏喚令進見, 遂魚貫而入. 無碍子挨排看去.) <瑤華 3:37>

70)【눈부리】[명] 눈자위. ¶ 眼角 ‖ 싱긴 거시 톄ᄐᆡ 남과 다르고 눈이 ᄆᆞᆰ고 눈셥이 셩긔며 좌편 눈부리 우희 쥬ᄉᆞ빗 ᄀᆞᄐᆞᆫ 일졈 반홍이 잇셔 심히 쥰쵸ᄒᆞᆫ 쥴을 ᄭᆡ다ᄅᆞᆯ지라 (生來體態不同, 眼眉秀朗, 而左眼角有朱砂瘢一點, 甚覺俏麗.) <瑤華 3:37>

우희 쥬ᄉᆞ빗 ᄀᆞᆺᄐᆞᆫ 일졈 반홍(瘢紅)이 잇셔 심히 쥰쵸(俊俏)ᄒᆞᆫ 쥴을 ᄭᆡ다ᄅᆞᆯ지라. 한시 ᄯᅩᄒᆞᆫ ᄇᆡᆨ우옥을 가ᄅᆞ쳐 웃고 니ᄅᆞᄃᆡ,

"져 모양 사ᄅᆞᆷ【38】을 엇지 세답ᄒᆞᄂᆞᆫ 소임의 파뎡ᄒᆞ리오?"

무ᄋᆡ지 니ᄅᆞᄃᆡ,

"그리ᄒᆞ면 졍히 쇼원향으로 더브러 밧고와 시기ᄂᆞᆫ 거시 죠타."

ᄒᆞ니, 한시 드ᄃᆡ여 단ᄌᆞᄅᆞᆯ 가져 무ᄋᆡᄌᆞ 다려 니뎡(移定)ᄒᆞ라 ᄒᆞ며, ᄇᆡᆨ우옥을 한편의 세워 두고 ᄯᅩ 쥬방 쇼임ᄒᆞᄂᆞᆫ 궁녀 량명(兩名)을 보니, 단ᄌᆞ 우희 ᄡᅳ기ᄅᆞᆯ 나환ᄋᆞ(羅紈兒)와 쥬쳥대(周靑黛)라. 블너드려 보ᄆᆡ, 면뫼 졍결ᄒᆞ고 모다 삼십 셰ᄂᆞᆫ 된지라. 무ᄋᆡ지 쳥ᄃᆡ다려 무ᄅᆞᄃᆡ,

"너의 등이 본궁의 잇셔 무ᄉᆞᆫ 직임을 맛핫더냐?"

쳥대 니ᄅᆞᄃᆡ,

"본시 쥬방을 맛【39】탓노라."

ᄒᆞᄂᆞᆫᄃᆡ, 셩음이 십분 쳥량(淸亮)ᄒᆞ니, 한시 니ᄅᆞᄃᆡ,

"네 져만 년긔의 셩음은 도로혀 져러ᄐᆞᆺ 어엿브냐?"

쳥ᄃᆡᄂᆞᆫ 머리ᄅᆞᆯ 낫쵸아 말을 아니ᄒᆞ고 나환ᄋᆡ 홀연이 한 마ᄃᆡᄅᆞᆯ 웃거ᄂᆞᆯ, 무ᄋᆡ지 니ᄅᆞᄃᆡ,

"너 웃ᄂᆞᆫ 거시 반ᄃᆞ시 연괴 이실 거시니 가히 말ᄒᆞ여 우리로 알게 ᄒᆞ라."

환ᄋᆡ 쳐음은 즐겨 말 아니ᄒᆞ다가 한시의 힐문ᄒᆞ믈 닙어 마지 못ᄒᆞ여 가마니 니ᄅᆞᄃᆡ,

"졔가 본ᄃᆡ 고녜(鼓女)[71]라."

ᄒᆞ니 드ᄃᆡ여 즁인이 모다 웃고 무ᄋᆡ지 니ᄅᆞᄃᆡ,

"져거시 ᄡᅳᆯᄃᆡ 잇ᄂᆞᆫ 사ᄅᆞᆷ이니 ᄆᆡ우 조타." 【40】ᄒᆞ고, 한시 ᄯᅩ 슈문태감 량명과 쇄쇼(灑掃)ᄒᆞᄂᆞᆫ 태감 량명을 보며 드ᄃᆡ여 니ᄅᆞᄃᆡ,

"져 노린 내옴ᄉᆡ 나ᄂᆞᆫ 태감은 보와 ᄡᅳᆯᄃᆡ 업다."

ᄒᆞ고, 드ᄃᆡ여 령ᄉᆞ의게 분부ᄒᆞ여 파뎡ᄒᆞᆫ 궁녀와 태감을 다려다가 ᄉᆡ집의 거쥬케 ᄒᆞ니, 시녀 등이 곳 거ᄂᆞ려 나아가 령ᄉᆞ의게 븟쳐 보내더라.

ᄯᅩ 반이ᄒᆞᆯ 길일 션턱ᄒᆞᆫ 단ᄌᆞ(單子)ᄅᆞᆯ 드리라 ᄒᆞ여 보니 십이월 십ᄉᆞ일 슐시(戌時)의 ᄉᆡ집 드ᄂᆞᆫ 거시 대길(大吉)ᄒᆞᆫ지라. 드ᄃᆡ여 무ᄋᆡᄌᆞᄅᆞᆯ 미러 뵈니 무ᄋᆡ지 ᄯᅩ 손가락 우희 한번 굴너보【41】다가 니ᄅᆞᄃᆡ,

"그 일ᄌᆡ 심히 조타."

ᄒᆞ니, 한시 드ᄃᆡ여 령ᄉᆞᄅᆞᆯ 내여 쥬어 알게 ᄒᆞ고, 그날의 반이ᄒᆞᆯ 쥴노 분부ᄒᆞ더라.

무ᄋᆡ지 니ᄅᆞᄃᆡ,

"도로혀 한가지 험되ᄂᆞᆫ 거시 잇도다."

한시 니ᄅᆞᄃᆡ,

"무ᄉᆞᆫ 일이냐?"

무ᄋᆡ지 니ᄅᆞᄃᆡ,

"져 ᄉᆡ로 지은 누각의 명ᄧᆞ가 업고 다만 신옥(新屋)이라 ᄒᆞᄂᆞᆫ 거시 아졍(雅正)치 못ᄒᆞ니라."

한시 니ᄅᆞᄃᆡ,

"쳥컨ᄃᆡ ᄉᆞ부ᄂᆞᆫ 명ᄧᆞᄅᆞᆯ 지어내면 조흐리라."

무ᄋᆡ지 한번 ᄉᆡᆼ각ᄒᆞ여 니ᄅᆞᄃᆡ,

"잇다 져 ᄉᆡ집이 군쥬의 무예학습ᄒᆞᄂᆞᆫ 쳐쇼ᄅᆞᆯ ᄆᆡᆫᄃᆞᆫ 거시니 믄득 예포(藝圃)라【42】일홈ᄒᆞ고 믄득 졔ᄋᆡᆨ(題額)ᄒᆞ여 윤택ᄒᆞᆫ 쳥셕(靑石)의 삭여 담문 우희 븟쳐 두게 ᄒᆞ라."

한시 루상과 루하의 ᄆᆞ옴ᄃᆡ로 편ᄋᆡᆨ을 지어 달ᄌᆞ ᄒᆞ니, 무ᄋᆡ지 니ᄅᆞᄃᆡ,

"잇다. 루하 편ᄋᆡᆨ은 '슝본당崇本堂' 삼ᄧᆞᄅᆞᆯ 지어 편람나무[72]의 양쳥ᄉᆡᆨ(洋靑色) 글ᄌᆞᄅᆞᆯ ᄡᅳ고, 루상의ᄂᆞᆫ '호거루好居樓' 삼ᄧᆞᄅᆞᆯ 지어 양쳥 밧탕의 흑칠노 글ᄌᆞᄅᆞᆯ ᄡᅳ고, 좌우의 ᄃᆡᄒᆞᄂᆞᆫ 련귀(聯句)ᄂᆞᆫ 머믈너 군쥬 쟝ᄃᆡᄒᆞ기ᄅᆞᆯ 기다려 졔가

---

71) 【石女兒 석녀아】 shínǚr <名> 고녀 *陰道太窄, 不能做愛的女人。‖ "羅紈兒初時不肯說, 被韓氏盤詰不過, 只得悄悄的道: '他是～.'" 환ᄋᆡ 쳐음은 즐겨 말 아니ᄒᆞ다가 한시의 힐문ᄒᆞ믈 닙어 마지 못ᄒᆞ여 가마니 니ᄅᆞᄃᆡ 졔가 본ᄃᆡ 고녜라 (瑤華 3:39) "紅大道: '怎的叫～? 等我摸!' 便一摸去, 如個光燒餅, 一片生的。摸來摸去, 摸着一個眼兒, 只有豆兒大。" (如花情 6) "不一時, 聽得那女子道: '我不是長姑, 我是他的表姐。只因他是～, 故此我來替他, 我叫他來, 你試試便曉得了。" (燈花夢 6)

72) 【편람나무】 [명] 남목(楠木). ¶ 楠木 ‖ 生于南方, 葉似牛耳. (漢淸 樹木 13:20a) 루하 편ᄋᆡᆨ은 슝본당 삼ᄧᆞᄅᆞᆯ 지어 편람나무의 양쳥ᄉᆡᆨ 글ᄌᆞᄅᆞᆯ ᄡᅳ고 (樓下匾額, 題箇'崇本堂'三字, 用楠木洋靑字.) <瑤華 3:42>

스스로 짓게 ᄒᆞ라.”

한시 웃고 응락ᄒᆞ며, 무ᄋᆡ지 별노이 한 단ᄌᆞ의 빠셔 쥬니 한시 【43】 드ᄃᆡ여 령ᄉᆞ의게 분부ᄒᆞ여 쌜니 현판을 민ᄃᆞ러 붓친 후의 바야흐로 옴겨 들니라 ᄒᆞ니, 시녜 젼ᄒᆞ여 나가고 또 궁녜 드러와 식반을 쳥ᄒᆞ니, 한시 무ᄋᆡᄌᆞ롤 마ᄌᆞ 방즁의 도라와 겨유 안ᄌᆞᄆᆡ 홀연 보니 요홰 나는 ᄃᆞ시 뛰며 곡ᄒᆞ여 나와 왼 싸히 어ᄌᆞ러이 구으니, 한시 련망히 안아 일희혀고 졍히 연고롤 무ᄅᆞ려 ᄒᆞ더니, 일작 궁녜 와 보ᄒᆞ기롤 군쥬의 유랑이 쥭엇다 ᄒᆞ거ᄂᆞᆯ, 한시 니ᄅᆞᄃᆡ,

“졔가 조히 단단(端端)ᄒᆞ더니 무숨 병으로 쥭기롤 【44】 이러톳 쾌히 ᄒᆞ엿ᄂᆞ냐?”

궁녀들이 ᄃᆡ답ᄒᆞᄃᆡ,

“급히 즁풍ᄒᆞᆫ 둣ᄒᆞ더이다.”

한시 드ᄅᆞᄆᆡ 눈물을 흘니며 탄식ᄒᆞ믈 마지 아니ᄒᆞ고, 무ᄋᆡ지 한시 픔쇽으로 좃ᄎᆞ 요화롤 가져 안아다가 무숨 말을 ᄒᆞᄂᆞᆫ지 아지 못ᄒᆞ게 일변 안위ᄒᆞᄆᆡ 부지블각ᄒᆞ게 요홰 믄득 즐겨 둣더라. 한 가지로 밤을 지내고, 한시 관ᄉᆞᄒᆞᄂᆞᆫ 사ᄅᆞᆷ의게 분부ᄒᆞ여 유랑의 초죵범ᄇᆡᆨ을 판비ᄒᆞ여 쥬고 일노브터 요홰 맛ᄎᆞᆷ내 무ᄋᆡᄌᆞ롤 의지ᄒᆞ여 슉식ᄒᆞ더라.

칠팔 【45】 일을 지내ᄆᆡ 임의 반이홀 긔약이라. 사ᄅᆞᆷ의 숀이 즁다(衆多)ᄒᆞ여 임의 ᄇᆡ셜ᄒᆞ믈 졍졔히 ᄒᆞ여 노코 시긔이 니ᄅᆞᄆᆡ, 한시 무ᄋᆡᄌᆞ롤 보내여 요화와 ᄀᆞᆺ치 시집으로 갈ᄉᆡ, 흠긔 교ᄌᆞ의 안져 예포의 니ᄅᆞ러 각각 터쥬의게 비례ᄒᆞ고 드ᄃᆡ여 한시와 ᄀᆞᆺ치 ᄉᆞ면을 돌나 볼ᄉᆡ, 드ᄃᆡ여 즁문의 들ᄆᆡ 믄득 두곳 이방이 이시니, 동편은 슈문ᄒᆞᄂᆞᆫ 태감이 거쥬ᄒᆞ고 셔편은 쇄쇼ᄒᆞᄂᆞᆫ 태감이 거쥬ᄒᆞ고 동편 월랑방 웃 두 간은 셰답(洗踏)ᄒᆞᄂᆞᆫ[73] 궁녜 거쥬 【46】 ᄒᆞ고 아ᄅᆡ 두 간은 일용ᄒᆞᄂᆞᆫ 식물과 긔명을 빠하 잇고, 셔편 웃 두 간은 ᄉᆞ환ᄒᆞᄂᆞᆫ 궁녜 거쥬ᄒᆞ고 아ᄅᆡ 두 간은 믄득 푸쥐라. 텽샹의 니ᄅᆞ니 쟝ᄌᆞ가 잇셔 두편을 막앗고 한 쥴기 월낭이 잇거ᄂᆞᆯ 그리로 드러가니 셔편 두 간이 이방을 통ᄒᆞ여 련ᄒᆞ여 ᄉᆞ간이 되ᄂᆞᆫ ᄃᆡ, 샹방 ᄉᆞ환ᄒᆞᄂᆞᆫ 궁녀의 거쥬ᄒᆞᄂᆞᆫ 바오, 요화의 팔ᄌᆡ 남녀의 의복즙믈을 모다 그곳의 버려두고 또 셔편 방을 조ᄎᆞ 동편 방의 니ᄅᆞ러 보니, 머리 한 간은 믄득 무 【47】 ᄋᆡᄌᆞ의 침방인ᄃᆡ, 쟝ᄌᆞ(障子)로 내외롤 분별ᄒᆞ고 다음 간은 요화의 침방인ᄃᆡ 즁간의 셰교(細巧)ᄒᆞᆫ 쟝ᄌᆞ로 막앗고 별노이 또 방이 이시니 이거ᄉᆞᆫ 요화의 ᄎᆞ지ᄒᆞᄂᆞᆫ 큰 캉(炕)이오 좌편의 별노이 젹은 캉이 잇거ᄂᆞᆯ, 한시 무로ᄃᆡ,

“어내 사ᄅᆞᆷ이 여긔 잇셔 져롤 짝ᄒᆞ여 헐슉ᄒᆞᄂᆞ냐?”

무ᄋᆡ지 니ᄅᆞᄃᆡ,

“내 임의 ᄇᆡᆨ우옥을 명ᄒᆞ여 여긔 잇셔 져롤 짝짓게 ᄒᆞ엿노라.”

한시 조타 닐ᄏᆞᆺ고 외간의 또 량ᄀᆡ 캉이 이시니, 이ᄂᆞᆫ ᄉᆞᄀᆡ 녀비의 ᄌᆞᄂᆞᆫ 곳이오, 또 통ᄒᆞᆫ 두 간 이방(耳房) 【48】 안의 니ᄅᆞ러 보니 ᄆᆡ 간의 한 캉식이 잇ᄂᆞᆫᄃᆡ 이ᄂᆞᆫ ᄉᆞ개 동남(童男)의 거쥬ᄒᆞᄂᆞᆫ 곳이라.

보기롤 다ᄒᆞᆫ 후의 또 루샹의 니ᄅᆞ러 한 ᄎᆞ례롤 바라볼ᄉᆡ 좌우 루방(樓房) 쇽의 빠ᄒᆞᆫ 거시 다 긔명즙믈(器皿什物)이라.

한시 니ᄅᆞᄃᆡ,

“군쥐 오히려 어리니 두리건ᄃᆡ 슈삼년을 더 지내여야 겨유 능히 입학ᄒᆞ리라.”

무ᄋᆡ지 니ᄅᆞᄃᆡ,

“어린 ᄯᅴ의ᄂᆞᆫ 어린 ᄯᅴ의 배홀 거시 이시니 히 밧고이거든 믄득 학당을 열녀 ᄒᆞ노라.”

한시 웃고 니ᄅᆞᄃᆡ,

“다만 ᄉᆞ부의 쥬의ᄃᆡ로 ᄒᆞ라.”

말이 맛ᄎᆞ 【49】 ᄆᆡ, 각각 드ᄃᆡ여 루의 나릴ᄉᆡ 한시 보ᄆᆡ ᄇᆡ치ᄒᆞᆫ 거시 졍졔ᄒᆞ고 방믈이 완비ᄒᆞᆫ지라. 십분 환희ᄒᆞ여 무ᄋᆡᄌᆞ의 쳐쇼의 잇셔 셕반을 지내고 비로쇼 침궁으로 도라오다.

젼안간(轉眼間)의 임의 셰계(歲季)롤 당ᄒᆞᆫ지라 부즁의 대쇼 ᄉᆞ무ᄂᆞᆫ 분망ᄒᆞ게 지내ᄂᆞᆫ 거ᄉᆞᆫ 말ᄒᆞ지 말고 곳 원죠(元旦)롤 지내ᄆᆡ 드ᄃᆡ여 각각 쳥한(淸閑)ᄒᆞ여 일이 업고 부즁의 부녀들이 돈을 구ᄒᆞ며 슐을 먹지 아니리 업셔 종일 피곤ᄒᆞ게 지내고, 또 등졀(燈節)을 당ᄒᆞ여 한시 연셕을 ᄀᆞᆺ초고 무ᄋᆡ 【50】 ᄌᆞ롤 쳥ᄒᆞ여 등화롤 구경ᄒᆞ게 홀ᄉᆡ, 요홰 팔ᄀᆡ ᄌᆞ녀로 더브러 일졔히 침궁의 니ᄅᆞ니 임의 등블과 달빗치 셔귀여[74] 휘

73) 【셰답ᄒᆞ다】 동 {세답(洗踏)하다.} 빨래하다. ¶ 洗浣 ‖ 동편 월랑방 웃 두 간은 셰답ᄒᆞᄂᆞᆫ 궁녜 거쥬ᄒᆞ고 (東邊廂房上兩間, 是洗浣宮女住下.) <瑤華 3:45> ⇒ 3:23

황ᄒᆞᆫ지라. 이윽히 보다가 즉시 연셕의 드니 한시의 홍치(興致) 무ᄅᆞ록아[75] 슐을 림리(淋漓)ᄒᆞ게 먹어 이경의 니ᄅᆞᄆᆡ 무ᄋᆡ지 요화로 더브러 고퇴(告退)ᄒᆞ니 한시 쥬홍을 ᄯᅡ라 긔여히 져의 무리ᄅᆞᆯ 보내여 쥬려 ᄒᆞ고 교ᄌᆞ의 안지 아니코 다만 량ᄀᆡ 시녀ᄅᆞᆯ 붓들고 보힝ᄒᆞᆯ시 젼후뎐상(前後殿上)의 ᄎᆡ등(彩燈)을 모다 거럿ᄂᆞᆫ지라. ᄯᅩ ᄒᆞᆫ ᄎᆞ 【51】 례ᄅᆞᆯ 보고 겨유 한가지로 예포의 니ᄅᆞᆯ시 한시 로즁의 월광을 ᄯᅡ라 담쇼ᄒᆞ기ᄅᆞᆯ 마지 아니 하ᄂᆞᆫ지라. 즁인이 다만 시러곰 ᄯᅡ라 대루하(大樓下)의 니ᄅᆞ더니 ᄉᆡᆼ각지 아닌 한시 슐이 홀연 역ᄒᆞ여 토ᄒᆞ기ᄅᆞᆯ 건졍(乾淨)ᄒᆞ게 ᄒᆞ여시나 머리 묵업고 다리 가ᄇᆡ야워 믄득 셔편 머리 심취미(沈翠眉)의 평샹 우희셔 취ᄒᆞ여 ᄌᆞ니, 궁녜 각각 ᄉᆞ후ᄒᆞᆯ ᄉᆡ 져마다 곤하여 것구러져 ᄌᆞ기도 ᄒᆞ며, 등쵹이 스ᄉᆞ로 ᄭᅥ지고 사ᄅᆞᆷ의 쇼ᄅᆡ 잠젹ᄒᆞ엿ᄂᆞᆫ지라. 이틈을 타 믄득 【52】 일ᄀᆡ 사ᄅᆞᆷ이 혼동ᄒᆞ여 나오니 이ᄂᆞᆫ 누군고?

원ᄅᆡ 부ᄉᆞ 쟝쵸연(張超然)의 ᄋᆞᄃᆞᆯ 쟝기덕(張其德)이라. 아 밤 슐취ᄒᆞᆫ 후의 졍히 ᄒᆞᆯ 거시 업셔 집의 나와 대젼 우희 등블을 보려 ᄒᆞ더니, 홀연 드ᄅᆞ니 예포 쇽 슈문대감이 궁내의 슈문태감다려 니ᄅᆞ기ᄅᆞᆯ,

"부인긔셔 슐이 취ᄒᆞ여 임의 예포 쇽의셔 취침ᄒᆞ여 계시니 가히 궁문을 닷치고 등쵹을 죠심ᄒᆞ라."

슈궁 태감이 답응ᄒᆞ고 각기 가셔 슈습ᄒᆞ고 ᄌᆞ거ᄂᆞᆯ 기덕이 드ᄅᆞᄆᆡ 음심(淫心)이 대발ᄒᆞ여 【53】 ᄉᆡᆼ각ᄒᆞᄃᆡ,

"오ᄂᆞᆯ 밤의ᄂᆞᆫ 반ᄃᆞ시 도모ᄒᆞᆯ 긔회 잇다."

ᄒᆞ고, 드ᄃᆡ여 부모ᄅᆞᆯ 쇽이고 경편ᄒᆞᆫ 의복을 밧고와 쟝쇽을 졍당이 ᄒᆞ고 가마니 집 뒤흐로 죠ᄎᆞ 분쟝을 ᄯᅱ여 올나 한번 보니 임의 예포의 뷘 터이라. 곳 예포 외문의 니ᄅᆞ러 보니 문이 임의 긴긴히 닷치고 ᄉᆞ면 쟝원이 놉하 가히 드러 갈 곳이 업ᄂᆞᆫ지라. 다시 문틈으로 죠차 여어 보니 등홰 멸치 아니ᄒᆞ엿ᄂᆞᆫ지라. 드ᄃᆡ여 두샹의 터럭 거두ᄂᆞᆫ 빈혀ᄅᆞᆯ 가져 문 빗쟝을 여니 텬시가 간 【54】 조(乾燥)ᄒᆞ믈 인ᄒᆞ여 빗쟝이 유활ᄒᆞ여 맛참내 열닌 ᄇᆡ 된지라.

몸을 가ᄇᆡ야이 ᄒᆞ여 가마니 드러가니 슈문태감이 잠이 임의 깁헛ᄂᆞᆫ지라. 드ᄃᆡ여 가마니 슝본당(崇本堂) 즁의 니ᄅᆞ니, 등쵹은 모다 ᄭᅥ지고 혹 암즁의 무ᄋᆡ지 어ᄃᆡ셔 ᄌᆞᄂᆞᆫ지 아지 못ᄒᆞᆯ지라. 드ᄃᆡ여 동편머리 방문을 한번 밀치ᄆᆡ 닷치기ᄅᆞᆯ 긴긴히 ᄒᆞ엿시믈 보고 다시 셔편 방을 가셔 밀치ᄆᆡ 역시 견폐(堅閉)ᄒᆞ엿ᄂᆞᆫ지라. ᄯᅩ 셔편 월낭을 죠ᄎᆞ 나려가니 한 방문이 잇ᄂᆞᆫ ᄃᆞᆺᄒᆞ거ᄂᆞᆯ 손 【55】 으로 한 번 밀치ᄆᆡ 곳 열니ᄂᆞᆫ지라. 맛참내 몸을 쇼ᄉᆞ 드러가 캉 우ᄒᆞᆯ 향ᄒᆞ여 어로만ᄌᆞ니 일ᄡᅣᆼ 젹은 발이 잇거ᄂᆞᆯ, 일ᄀᆡ 여진 줄 알고 ᄉᆡᆼ각건ᄃᆡ 필시 무ᄋᆡ지라. ᄎᆞ시 ᄉᆡᆨ담(色膽)이 하ᄂᆞᆯ ᄀᆞᆺᄐᆞ여 드ᄃᆡ여 그 의복을 헷치고 그 죠흔 일을 일우고 한 거름으로 나아오니, 너ᄂᆞᆫ 니ᄅᆞ라. 통간ᄒᆞᆫ 밧 ᄌᆡ(者) 엇던 사ᄅᆞᆷ인고? 이 쇼원향이라. 하로ᄅᆞᆯ ᄉᆞ후ᄒᆞᄆᆡ 십분 곤뇌ᄒᆞ여 달게 ᄌᆞᄂᆞᆫ고로 기덕의 경박ᄒᆞ믈 닙어시나 오히려 ᄶᅵ ᄃᆞᆺ지 못ᄒᆞ더라.

각셜 【56】 무ᄋᆡ지 좌공ᄒᆞ여 신혼이 나갓다가 다시 신혼이 도라온 후의 혜광(慧光)을 노화 한번 빗최ᄆᆡ 간ᄉᆞᄒᆞᆫ 사ᄅᆞᆷ이 드러와 음난ᄒᆞᆫ 일을 ᄒᆡᆼᄒᆞ믈 아니, 이거시 부ᄉᆞ 댱쵸연의 ᄌᆞ식이라. 곳 칼을 날녀 버히려 ᄒᆞ더니 홀연 ᄉᆡᆼ각을 풀쳐 머믈너 두엇다가 후일의 ᄡᅳᄂᆞᆫ 배 되게 ᄒᆞ려 ᄒᆞ고 ᄯᅩ ᄉᆡᆼ각ᄒᆞ니 쟝쵸연이 다만 이 ᄋᆞᄃᆞᆯ ᄲᅮᆫ이라. 그 ᄉᆞ쇽(嗣續)을 니어 노키ᄅᆞᆯ 기다린 연후의 그 죄얼을 쳐치ᄒᆞ리라. 드ᄃᆡ여 가마니 문을 열고 몬져 【57】 나와 기다리더니, 기덕이 급히 집으로 도라오고져 ᄒᆞᄆᆡ 방챠(防遮)치 못ᄒᆞᆫ 무ᄋᆡ지 어둔 곳의 잇셔 한 손으로 칼을 잡고 한손으로 기덕을 ᄭᅳ을며 니ᄅᆞᄃᆡ,

"너의 져 도적의 ᄌᆞ식이 감히 가마니 내 집의 드러와 임의로 간음을 ᄒᆡᆼᄒᆞ니 죄가 맛당히 일만 번 쥭을지라. 쾌히 목을 늘히여 한 칼의 쥭ᄂᆞᆫ 거ᄉᆞᆯ 바드라. 그러치 아니코 내 소ᄅᆡ 질너

---

74) 【셔귀다】 동 섞다. ¶ 交 ‖ 일졔히 침궁의 니ᄅᆞ니 임의 등블과 달빗치 셔귀여 휘황ᄒᆞᆫ지라(一齊到寢宮來, 已是燈月交輝.) <瑤華 3:50> 夾 ‖ 다시 겸ᄒᆞ여 두 번을 ᄶᅧᆯ고 놀나며 분쥬ᄒᆞ믈 겸ᄒᆞ여시니 이런 셔너 가지로 셔귀여 공격ᄒᆞ믈 인ᄒᆞ여 부지불각의 곳 일병을 어드니 (更兼兩回凍惱奔波, 因此三五下裏夾攻, 不覺就得了一病

75) 【무ᄅᆞ록다】 형 무르녹다. ¶ 濃郁 ‖ 이윽히 보다가 즉시 연셕의 드니 한시의 홍치 무ᄅᆞ록아 슐을 림리ᄒᆞ게 먹어 (韓氏興致濃郁, 吃箇淋漓盡致.) <瑤華 3:50> ⇒ 무르록다

일희여 내면 도로혀 네 부모의게 루가 되리라."

기덕이 머리롤 드러 한번 보니 다른 사름이 아니오 믄【58】득 무인지라. 심중의 져기 쥬장(主張)되미 잇셔 드듸여 니로듸,

"ᄉ부야 우리가 편긱 동안이나 셔로 조케 지낸 일이 잇거놀 네 춤아 독흔 슈단을 쓰려 ᄒ└냐?"

무인지 니르듸,

"네가 무숨 난잡흔 말을 ᄒ└냐. 네 방ᄌ 간음흔 바는 쇼원향이라. 네가 긔여히 내 몸의 갓가히 홀양이면 두리건듸 열번 환싱흔다 ᄒ여도 도로혀 능치 못ᄒ리니 너는 쾌히 목을 펴라. 내 다만 한 칼로 버힐 거시오. 네 다시 굴각(倔强)흔 체홀 양이면 내 믄득 칼노 난【59】도 ᄒ리라."

ᄒ고, 몸을 니러 곳 찍으려 ᄒ거놀 기덕이 놀나 혼블부톄(魂不附體) ᄒ고 련망히 ᄭ러 업듸여 다만 살녀 쥬기롤 구ᄒ니, 무인지 한춤 멈츄다가 닐인듸,

"다만 네 일명을 살녀 줄 거시니 네 만일 즐겨 일노좃ᄎ 내 지위롤 듯고 내 약속을 바드면 한 실마리 은덕을 베플니라."

기덕이 고두 샤례ᄒ니 무인지 니르듸,

"도로혀 네가 군쥬롤 복시ᄒ기롤 구ᄒ└냐?"

기덕이 ᄲᆞᆯ니 고두ᄒ며 니르듸,

"모다 드ᄅ리라."

ᄒ니, 무인지 니르듸,

"네 임의【60】내 말을 조ᄎ면 ᄯ 몸을 닐나."

기덕이 그 말을 듯고 다만 뛰여 니러 셔려 ᄒ더니, 홀연 보니 한 줄기 빅광(白光)이 눈 앏희셔 번드기더니 하톄 빙냥(氷凉) ᄒ여지며 양물(陽物)을 버혀 나렷└지라. 믄득 알픈 줄은 ᄭ돗지 못홀지라. 한번 놀나믈 머금고 목인(木人) 굿치 되어시니. 무인지 허리로 조ᄎ 일봉 가루약을 ᄎᄌ 내여 쥬며 니르듸,

"쾌히 이 약가로롤 가셔 발나야 가히 일명을 보젼ᄒ리라."

ᄒ고, 무인ᄌ는 몸을 두로혀더니 믄득 보지 못【61】홀지라.

기덕이 그 약을 바다 가지고 바지롤 풀고 져 ᄒ더니 엇지 알니. 바지는 임의 파상(破傷)ᄒ여지고 양물이 임의 듸하의 ᄯ러져 노혓└지라. 드듸여 약말(藥末)을 샹쳐의 바ᄅ고 의젼히 담을 뛰여 나가 집 뒤흐로 죠ᄎ 굴너 가즁의 니ᄅ러 가마니 ᄌ려 홀시, 하로 밤을 ᄌ지 못ᄒ고 ᄯ 경공(驚恐)ᄒ믈 더ᄒ여 샹의 오ᄅ미 믄득 잠이 드럿더니, 텬명(天明)의 니ᄅ지 못ᄒ여 알픈 거시 참기 어려온지라. ᄯ 약말을 가져 ᄲ리미 겨유 지통(止痛)이 되고 족히 일【62】기월을 지내여 바야흐로 샹쳐(傷處) 슈합(收合)이 되나, 임의 일기 태감(太監)이 되엿더라.

지셜, 한시 그날 밤의 무인ᄌ의 쳐쇼의 잇셔 술이 취ᄒ믈 인ᄒ여 옷닙은 치 ᄌ고 ᄭ여 보미 비로쇼 침궁의 잇지 아니믈 ᄭ돗고 깁히 뉘웃쳐 ᄒ며 무인ᄌ의 죠쇼롤 입을가 두려 밧비 쇼세ᄒ고 믄득 침궁으로 도라오나 오히려 슉취미셩(宿醉未醒)ᄒ므로 상 우히 누엇시니 신지 쳠약ᄒ고 ᄯ 촉샹(觸傷)이 되어 병이 나셔 여러 날이 되미 비로쇼 평복(平復)ᄒ더라. 이놀 맛쵸【63】아 영녕암(永寧菴)과 지싱암(再生菴)의 니고들이 와셔 문후ᄒ니, 한시 경히 다리고 한담ᄒ더니, 홀연 황금슌이 나아와 품ᄒ듸, ᄉ뷔 져롤 시겨 부인긔 품ᄒ라 ᄒ기롤 금일 일지 조흐니 군쥬와 져 ᄌ녀 등으로 ᄒ여곰 입학ᄒ게 ᄒ고, 믄득 과족(裹足)도 ᄒ게 흔다 ᄒ니, 한시 웃고 니ᄅ듸,

"히ᄌ 등이 도로혀 유치흔듸 ᄉ뷔 무어슬 위ᄒ여 져러틋 긴급히 구└냐?"

금슌이 니ᄅ듸,

"ᄉ부의 말숨이 더듸면 용이ᄒ게 배호지 못흔다 ᄒ더이다."

한시 니ᄅ듸,

"그만 두고 ᄉ【64】부의 ᄒ└듸로 좃└ 거시 믄득 올흐리라."

금슌이 응락ᄒ고, 경히 몸을 도로치려 ᄒ더니, 져 량암(兩庵) 니고비 ᄯ 말을 붓쳐 듸신 문안을 쳥ᄒ라 ᄒ거놀, 금슌이 ᄯ 응락ᄒ며 믄득 도라가고 ᄯ 시녜 와 고ᄒ듸 외간의 령시 말을 젼ᄒ여 품ᄒ듸,

"왕얘 임의 변량의 도라오샤 슈일 내의 몸을 니러 믄득 쟝상(莊上)으로 오신다 ᄒ더이다."

한시 니ᄅ듸,

"아랏다."

ᄒ거놀 져 니고배 드ᄅ미 왕얘 쟝상으로

도라오는지라. 〈경이 이시믈 알고 드되【65】여 하직ᄒᆞ고 도라가거늘 한시 왕애 도라오믈 무ᄋᆡᄌᆞ의게 통ᄒᆞ고 ᄯᅩ 져 ᄌᆞ녀 등의 무어술 배호는지 보고ᄌᆞ ᄒᆞᄂᆞᆫ 고로, 니고 등을 머무ᄅᆞ지 아니코 져의 등이 간 후의 교ᄌᆞ도 타지 아니ᄒᆞ고 ᄉᆞᄉᆞ로 시녀롤 븟잡고 예포로 니ᄅᆞ미,

6

福王受劍仙冷落 韓氏因勞瘵云亡

몬져 시녀ᄅᆞᆯ 보ᄂᆡ여 슈문ᄒᆞᄂᆞᆫ 태감을 블너 분부ᄒᆞᄃᆡ,

"내 넌ᄌᆞ시 ᄉᆞ부의 기예ᄅᆞᆯ 엇지 가ᄅᆞ치ᄂᆞᆫ 거ᄉᆞᆯ 보려 ᄒᆞ니, 너의 무리ᄂᆞᆫ 반ᄃᆞ시 통치 말나."

ᄒᆞ고, 션ᄶᅳᆨ 쟝문(墻門)의 드러가 보니, 텬쟝(天障) 가의 허다ᄒᆞᆫ 판등(板凳)을 버려놋【66】코 ᄯᅩ 덧고치[76]ᄅᆞᆯ 만히 박아놋코 무ᄋᆡ지 의샹을 버셔 바리고 방쟝 군쥬와 져 ᄌᆞ녀 무리ᄅᆞᆯ 가ᄅᆞ쳐 ᄯᅱ여 긔여히 져 판등을 넘게 ᄒᆞ며, ᄯᅩ 손을 ᄧᅡ라 ᄧᅡ 우ᄒᆡ 박아 노흔 덧고치ᄅᆞᆯ ᄢᅦ게 ᄒᆞ니, 한시 문겻ᄒᆡ 가리여 셔셔 문틈으로 ᄉᆞᆲ혀 보니 져 무리 개개히 ᄯᅱ기ᄅᆞᆯ 나ᄂᆞᆫ ᄃᆞᆺᄒᆞ고, 무ᄋᆡ지 ᄯᅱ기ᄅᆞᆯ 법과 ᄀᆞᆺ치 못ᄒᆞᄂᆞᆫ 쟈ᄅᆞᆯ 보면 ᄯᅩ ᄌᆞ긔가 ᄯᅱ여셔 져 ᄋᆡ들노 ᄒᆞ여곰 보게 ᄒᆞ며 ᄯᅩ 니ᄅᆞᄂᆞᆫ 말이 신ᄌᆞ(身子)ᄅᆞᆯ 몬져 놉히 니ᄅᆞ혀야 ᄯᅱ여 넘기 용이ᄒᆞ다 ᄒᆞ더라.

한【67】시 오리 셔셔 각통(脚痛)이 나ᄂᆞᆫ 지라. 드ᄃᆡ여 통ᄒᆞ여 알게 ᄒᆞ니, 무ᄋᆡ지 ᄲᆞᆯ니 방즁의 드러가 의샹을 뎡돈ᄒᆞ고 나와 졉견ᄒᆞ거ᄂᆞᆯ, 한시 니ᄅᆞᄃᆡ,

"ᄉᆞ부야, 너무 심력을 허비ᄒᆞ도다."

무ᄋᆡ지 니ᄅᆞᄃᆡ,

"무삼 허비ᄒᆞ미 되랴. 긔여히 무예ᄅᆞᆯ ᄇᆡ호려 ᄒᆞ면 모롬죽이 어려셔 붓허 학습ᄒᆞ여야 바야흐로 가히 셩공ᄒᆞ리라."

한시 칭찬ᄒᆞ여 니ᄅᆞᄃᆡ,

"ᄉᆞ뷔 실노이 일이 경치 못ᄒᆞ미 업도다. 군쥐 복이 잇셔 비로쇼 ᄉᆞ부의 이ᄀᆞᆺ치 교도ᄒᆞᆷ을 닙으니 왕야긔셔 쟝【68】샹으로 도라오시기ᄅᆞᆯ 기다려 ᄌᆞ연 치샤ᄒᆞ시리다."

무ᄋᆡ지 니ᄅᆞᄃᆡ,

"왕얘 이곳으로 오신단 긔별이 잇ᄂᆞ냐?"

한시 니ᄅᆞᄃᆡ,

"임의 변셩의 도라오시고 몃칠을 지나 이곳으로 오신다."

ᄒᆞ고, ᄯᅩ 보니 당즁의 ᄉᆞ좌 탁ᄌᆞᄅᆞᆯ 버려노코 셔칙을 느러 노핫ᄂᆞᆫ지라. ᄯᅩ 무ᄅᆞᄃᆡ,

"져의들이 도로혀 글도 닑으려 ᄒᆞᄂᆞ냐?"

무ᄋᆡ지 니ᄅᆞᄃᆡ,

"져의들이 엇지 독셔ᄒᆞᆫ다 ᄒᆞ랴. 블과시(不過是) 몬져 몃ᄀᆡ 글ᄌᆞᄅᆞᆯ 알게 ᄒᆞ려 ᄒᆞ노라."

한시 요화로 ᄒᆞ여곰 겻ᄒᆡ 안치고 무러 니ᄅᆞᄃᆡ,

"네 조히 범ᄇᆡᆨ을 ᄇᆡ화 ᄉᆞ부의 타ᄆᆡ(打罵)ᄒᆞᄂᆞᆫ 거ᄉᆞᆯ 당치 말나."

요홰 답응ᄒᆞ거ᄂᆞᆯ, ᄯᅩ 무ᄅᆞᄃᆡ,

"네 과족(裹足)을 ᄒᆞ엿ᄂᆞ냐?"

요홰 니ᄅᆞᄃᆡ,

"과족ᄒᆞᆫ지 몃칠은 되엿노라."

ᄯᅩ 팔ᄀᆡ ᄌᆞ녀 등을 블너 면면히 분부ᄒᆞ고 시녀로 ᄒᆞ여곰 관ᄉᆞᄒᆞᄂᆞᆫ 사ᄅᆞᆷ의게 젼ᄒᆞ여 말ᄒᆞ기ᄅᆞᆯ,

"내가 ᄉᆞ부로 더브러 이곳의셔 셜화ᄒᆞ니 찬쉬(饌羞) 잇거든 이곳으로 버려 오라."

시녀 등이 젼ᄒᆞ여 나가고 한시 ᄯᅩ 무ᄅᆞᄃᆡ,

"ᄉᆞ뷔 젼일의 허다ᄒᆞᆫ 긔계졔구(器械諸具)ᄅᆞᆯ 판비ᄒᆞ게 ᄒᆞ여시니, 져의들이 일시의 엇지 ᄇᆡ화 내【70】리오."

---

76) 【덧고치】 [명] 대꼬창이. ¶ 竹簽 ‖ 션ᄶᅳᆨ 쟝문의 드러가 보니 텬쟝 가의 허다ᄒᆞᆫ 판등을 버려놋코 ᄯᅩ 덧고치ᄅᆞᆯ 만히 박아놋코 (遂閃進墻門, 見天井地下排許多板凳, 又釘下竹簽, 只見無碍子卸去裙襖.) <瑤華 3:26>

무ᄋᆡ지 니ᄅᆞᄃᆡ,

"무릇 사ᄅᆞᆷ들이 유치ᄒᆞᆯ ᄯᅢᄂᆞᆫ 심령이 긔교ᄒᆞ니 무ᄉᆞᆫ 일을 가히 배호지 못ᄒᆞ랴. 내 ᄆᆡ양 보니 사ᄅᆞᆷ의 집 부모들이 고식ᄒᆞᆫᄃᆡ 과ᄒᆞ여 드ᄃᆡ여 ᄌᆞ녜 등으로 ᄒᆞ여곰 ᄯᅢᄅᆞᆯ 일코 학을 폐ᄒᆞ게 ᄒᆞᄂᆞᆫ 거시 실노 가셕ᄒᆞᆫ고로 나ᄂᆞᆫ 여긔ᄅᆞᆯ 두지 아니ᄒᆞ고 진졍으로 교도ᄒᆞ여 져 무리로 ᄒᆞ여곰 쟝ᄅᆡ의 큰 그ᄅᆞ시 되게 ᄒᆞ면 엇지 죠치 아니ᄒᆞ랴."

한시 니ᄅᆞᄃᆡ,

"ᄉᆞ뷔 ᄌᆞ비ᄒᆞ여 즐겨 ᄆᆞᄋᆞᆷ을 ᄡᅥ 사ᄅᆞᆷ의 지조ᄅᆞᆯ 셩취ᄒᆞ여 쥬면 ᄆᆡ우 【71】 공덕이 되리라."

졍히 말ᄒᆞᄆᆡ, 임의 찬슈ᄅᆞᆯ 버려온지라. ᄆᆞᆫ득 요화로 더브러 먹을 ᄉᆡ 무ᄋᆡ지 요화로 ᄒᆞ여곰 밧비 먹고 가셔 ᄌᆞ고 명일의 일죽 니러나 공부ᄅᆞᆯ ᄡᅳ게 ᄒᆞ라. 요홰 즉시 먹고 ᄇᆡ우옥과 ᄀᆞᆺ치 집안의 도라가 쉬더라.

한시 ᄯᅩ 무ᄋᆡᄌᆞ로 더브러 ᄃᆡ작ᄒᆞᆯᄉᆡ, 무ᄋᆡ지 니ᄅᆞᄃᆡ,

"왕얘 불일ᄂᆡ의 이곳으로 도라오신다 ᄒᆞ니 내 몬져 부인의 말ᄒᆞ여 알게 ᄒᆞᄂᆞᆫ 거시니, 왕야의 본셩이 음욕을 죠하ᄒᆞ여 다만 부녀ᄅᆞᆯ 보ᄆᆡ 반ᄃᆞ시 ᄂᆡᄉᆞᄒᆞᆫ 【72】 ᄉᆡᆼ각이 동ᄒᆞᆫ다 ᄒᆞ니, 내 ᄀᆞᆺ ᄐᆞ여 져로 더브러 ᄃᆡ면 아니ᄒᆞᆯ지라. 가히 몬져 날을 ᄃᆡ신ᄒᆞ여 아시게 ᄒᆞᆯ 거시오, ᄯᅩ 내가 요화ᄅᆞᆯ 븟도다 쥬ᄂᆞᆫ 거ᄉᆞᆫ 후일의 이 농쟝을 보젼ᄒᆞ랴 ᄒᆞ고 의ᄉᆞᄅᆞᆯ 낸 거시니 무익ᄒᆞ미 되지 아니ᄒᆞᆯ지라. 왕얘 만일 별노이 셔로 ᄃᆡ졉ᄒᆞᆯ 양이면 스ᄉᆞ로 맛당히 그 일을 시죵을 보와 쥬려니와 셜영 별노이 다른 ᄉᆡᆼ각을 내여 날을 범ᄒᆞ기ᄅᆞᆯ 바라다가ᄂᆞᆫ 젼일의 임의 ᄒᆞᆫ 양ᄌᆞ가 잇셔 조쳐ᄒᆞᆫ 거ᄉᆞᆯ 고이히 너【73】기지 말나. 긔여히 져ᄅᆞᆯ 가ᄅᆞ쳐 ᄭᆡ닷게 ᄒᆞ라."

한시 악연ᄒᆞ여 무ᄅᆞᄃᆡ,

"젼일의 ᄉᆞ뷔 무ᄉᆞᆫ 양ᄌᆞᄅᆞᆯ 지엇ᄂᆞᆫ지 보지 못ᄒᆞ엿노라."

무ᄋᆡ지 웃고 니ᄅᆞᄃᆡ,

"부인이 스ᄉᆞ로 아지 못ᄒᆞ나 져 쇼인 놈은 ᄆᆞᄋᆞᆷ ᄡᅳ기ᄅᆞᆯ 임의 오ᄅᆡ ᄒᆞ엿ᄂᆞ니라."

한시 니ᄅᆞᄃᆡ,

"이 엇던 쇼인 놈인고."

무ᄋᆡ지 니ᄅᆞᄃᆡ,

"ᄆᆞᆫ득 부ᄉᆞ 쟝쵸연의 ᄌᆞ식 쟝기덕이라. 졔가 몬져 망령도이 부인을 상ᄉᆞᄒᆞ다가 이후의 홀연 ᄯᅩ 옴겨 내 신샹의 니ᄅᆞ니 나 알기의 졔 비록 못된 ᄆᆞᄋᆞᆷ을 두나 도로혀 【74】 감히 발직을 아니ᄒᆞᄂᆞᆫ 고로 치지ᄒᆞ엿더니 엇지 알니. 원쇼날 밤즁의 졔 홀연 홍치ᄅᆞᆯ 내여 공연이 문빗장을 몰내 열고 예포로 너머 드러와 게으른 둑겁이가 쳔아(天鵝)의 고기ᄅᆞᆯ 먹으려 ᄒᆞ고[77] 망녕된 ᄉᆡᆼ각을 낸지라. 부인이 그 ᄯᅢ의 취ᄒᆞ여 평상의 누어시나 다ᄒᆡᆼ이 량편 방문이 긴긴히 닷치여 거죠ᄂᆞᆫ 되지 못ᄒᆞ여시나 그러치 아니면 부인이 응당 욕을 보왓실지라. 졔가 죠ᄎᆞ 하슈(下手)치 못ᄒᆞ믈 보고 홀연 쇼원향의 방문을 밀쳐 【75】 열ᄆᆡ 원향이 잠이 깁허 ᄭᆡ닷지 못ᄒᆞ고 맛ᄎᆞᆷ내 져의 죵ᄌᆞ 더지믈 닙엇ᄂᆞᆫ지라. 나의 쵸의(初意)ᄂᆞᆫ 곳 칼을 날녀 버히고ᄌᆞ ᄒᆞ다가 인ᄒᆞ여 ᄉᆡᆼ각ᄒᆞ니, 졔가 쟝쵸연의 독ᄌᆞ라 마지 못ᄒᆞ여 져ᄅᆞᆯ 머믈너 후ᄉᆞᄅᆞᆯ 두게 용납ᄒᆞ엿거니와 그 죄가 쇼즁ᄒᆞ기로 임의 져ᄅᆞᆯ 궁형(宮刑)을[78] 당ᄒᆞ게 ᄒᆞ엿시니, 후일 가히 요화의게 보내여 쥬어 몸 갓가히 시죵ᄒᆞᄂᆞᆫ 사ᄅᆞᆷ을 ᄆᆡᆫ들냐 ᄒᆞ노라."

한시 니ᄅᆞᄃᆡ,

"엇지 쟝쵸연이 쇼원향과 ᄀᆞᆺ치 와셔 연유ᄅᆞᆯ 품ᄒᆞᄂᆞᆫ 거ᄉᆞᆯ 【76】 보지 못ᄒᆞ깃ᄂᆞ냐?"

무ᄋᆡ지 니ᄅᆞᄃᆡ,

"이 일이 모롬즉이 삼ᄉᆞ삭 지내기ᄅᆞᆯ 기다려 ᄌᆞ연 발각이 되려니와, 다만 왕얘 일간 도라온다 ᄒᆞ기로 내가 진ᄀᆡ(眞個) 몬져 셜파ᄒᆞ여 왕야로 ᄒᆞ여곰 리해ᄅᆞᆯ 알게 ᄒᆞ노라."

한시 비록 강잉ᄒᆞ여 졈두ᄂᆞᆫ ᄒᆞ나 심히 븟그려 ᄒᆞ거ᄂᆞᆯ 무ᄋᆡ지 니ᄅᆞᄃᆡ,

---

77) 【게으른 둑겁이가 쳔아의 고기ᄅᆞᆯ 먹으려 ᄒᆞ다】 (속) 옴두꺼비 백조를 잡아 먹으려 한다. 자기 분수를 모르는 것을 비유. ¶ 想天鵝肉吃 ‖ 졔 홀연 홍치ᄅᆞᆯ 내여 공연이 문빗장을 몰내 열고 예포로 너머 드러와 게으른 둑겁이가 쳔아의 고기ᄅᆞᆯ 먹으려 ᄒᆞ고 망녕된 ᄉᆡᆼ각을 낸지라 (他忽發高興, 公然撬門越進藝圃來, 妄想天鵝肉吃.) <瑤華 3:74>

78) 【淨身 정신】 jìng//shēn <動> ˈ궁형 ‖ "師父恨其不法, 已將他~了. 一府中若干人, 沒有一人知覺的, 可是利害麽?" 그 죄가 쇼즁ᄒᆞ기로 임의 져ᄅᆞᆯ 궁형을 당ᄒᆞ게 ᄒᆞ엿시니 후일 가히 요화의게 보내여 쥬어 몸 갓가히 시죵ᄒᆞᄂᆞᆫ 사ᄅᆞᆷ을 ᄆᆡᆫ들냐 ᄒᆞ노라 (瑤華 3:75)

"부인은 반ᄃᆞ시 괘렴치 말나. 예포의셔 헐숙ᄒᆞᄂᆞᆫ 거시 침궁으로 더브러 무슨 분변이 이시랴. 다만 져 무뢰빈 ᄆᆞ옴의 간ᄉᆞᄒᆞᆫ 넘녀ᄅᆞᆯ 두어 의려ᄒᆞ믈 니ᄅᆞ게 ᄒᆞ여시니 가히 ᄡᅧ 반ᄃᆞ【77】시 다 왕야ᄭᅴ 고쇼ᄒᆞ여 의단(疑團)을 열게 말나."

한시 말을 드ᄅᆞᄆᆡ 바야흐로 근심을 도로혀 깃브믈 숨고 음식을 맛춤애 즉시 침궁으로 도라와 암암이 무ᄋᆡᄌᆞ의 ᄒᆞᄂᆞᆫ 바ᄅᆞᆯ 열복ᄒᆞ고 스ᄉᆞ로 촌탁(忖度)ᄒᆞᄃᆡ[79] 이후ᄂᆞᆫ 가히 무슨 일을 임의로 못ᄒᆞ리라 ᄒᆞ더라.

ᄯᅩ 월여ᄅᆞᆯ 지내여 하로ᄂᆞᆫ 홀연 보ᄒᆞᄃᆡ,

"복왕의 힝ᄎᆡ 십여 리 밧긔 계셔 즉긱의 니ᄅᆞ신다."

ᄒᆞ니, 한시 ᄌᆞ연 미리 ᄉᆞ후ᄒᆞᆯ 사ᄅᆞᆷ들을 쥰비ᄒᆞ고 아오로 사ᄅᆞᆷ을 예포의 보내여 요화의게 알게 ᄒᆞ여【78】팔ᄀᆡ ᄌᆞ녀들을 거ᄂᆞ리고 이곳의 와셔 ᄒᆞᆷᄭᅴ 영졉게 ᄒᆞ더니, 한 ᄌᆞ음이 못되여 복왕이 쟝샹의 니ᄅᆞ러 몬져 외뎐(外殿)의 안ᄌᆞᄆᆡ 령ᄉᆞ와 부ᄉᆞ와 관ᄉᆞᄒᆞᄂᆞᆫ 사ᄅᆞᆷ들이 힝ᄎᆞᄒᆞᆫ 후의 일졀 경력ᄒᆞᆫ ᄉᆞ졍을 품지(禀知) ᄒᆞᆫ 연후의 침궁의 드러오니, 한시 요화와 ᄀᆞᆺ치 쳠하 밋희 셔셔 ᄉᆞ후ᄒᆞ며 몬져 궁빈과 시녀 등이 궁문 밧긔 영졉ᄒᆞ여 젼샹의 니ᄅᆞ러 왕이 교의 우희 뎡좌(定座)ᄒᆞ기ᄅᆞᆯ 기다려 드ᄃᆡ여 각기 문안을 쳥ᄒᆞ더라. 복왕이 요화ᄅᆞᆯ 한번 보【79】고 믄득 한시ᄅᆞᆯ ᄃᆡᄒᆞ여 니ᄅᆞᄃᆡ,

"져 히ᄌᆡ 져러틋 엇지 쟝셩ᄒᆞ엿ᄂᆞ냐?"

한시 품ᄒᆞ여 니ᄅᆞᄃᆡ,

"금년이 임의 오 셰 되엿ᄂᆞᆫᄃᆡ 이졔 과족가지 ᄒᆞ엿고, ᄉᆞ부ᄅᆞᆯ 쳥ᄒᆞ여 교도ᄒᆞ여 독셔가지 ᄒᆞ노라."

복왕이 드ᄃᆡ여 안아 신샹의 노코 비혼 바ᄅᆞᆯ 무ᄅᆞ니 요홰 일일이 ᄃᆡ답ᄒᆞᄂᆞᆫ ᄃᆡ 구치쳥샹(口齒清爽)ᄒᆞ고 심지 명빅ᄒᆞ거ᄂᆞᆯ 십분 환희ᄒᆞ며 ᄯᅩ 보니 한 모양ᄀᆞᆺ치 된 ᄌᆞ녀 팔인이 잇ᄂᆞᆫ지라. 무로ᄃᆡ,

"져 무리ᄂᆞᆫ 어대셔 온 거시냐?"

한시 ᄯᅩ 셰셰히 품고ᄒᆞ거ᄂᆞᆯ ᄯᅩ 무ᄅᆞᄃᆡ,

【80】"ᄉᆞ부ᄂᆞᆫ 어ᄃᆡ셔 쳥ᄒᆞ여 왓ᄂᆞ냐?"

요홰 원위(原委)ᄅᆞᆯ 밝히 말ᄒᆞ니, 복왕의 ᄯᅳᆺ의 공교히 마조친 거시 긴ᄒᆞ다 ᄒᆞ여, 요화로 하여금 ᄉᆞ부의게 말을 젼ᄒᆞ여 명신(明晨)의 보게 ᄒᆞ라 ᄒᆞ니, 한시 ᄯᅩ 무ᄋᆡᄌᆞ의 허다 쟝쳐ᄅᆞᆯ 한번 포장(褒奬)ᄒᆞ여 말ᄒᆞ며, ᄯᅩ 니ᄅᆞᄃᆡ,

"졔가 경이히 즐겨 사ᄅᆞᆷ을 보지 아니ᄒᆞ니 도덕 잇ᄂᆞᆫ 녀관(女冠)이라."

ᄒᆞ고 졍히 말ᄒᆞᄆᆡ, 임의 찬슈ᄅᆞᆯ 버려 올니거ᄂᆞᆯ, 한시 요화로 더브러 ᄒᆞᆷᄭᅴ 뫼시고 지내며, 요홰 몬져 간다 품ᄒᆞ니 복왕이 태감 등으로 ᄒᆞ【81】여금 보내여 쥬고, 져 팔ᄀᆡ ᄌᆞ녀도 일졔히 ᄯᅡ라 가더라.

쇽담으로 니ᄅᆞᄃᆡ, 'ᄉᆡ 혼인이 먼니셔 도라오ᄂᆞᆫ 것만 ᄀᆞᆺ지 못ᄒᆞ다'[80] ᄒᆞ니, 복왕이 평일의 녀ᄉᆡᆨ으로ᄡᅥ 졔일건 관(緊關)을 삼아 겨유 쵸경의 니ᄅᆞᄆᆡ 즉시 한시ᄅᆞᆯ ᄌᆡ촉ᄒᆞ여 취침ᄒᆞ고 명죠의 몸을 니러 안ᄌᆞᄆᆡ 임의 한 무리 ᄌᆞ네 요화ᄅᆞᆯ 옹위ᄒᆞ여 드러와 문안을 맛ᄎᆞᄆᆡ 한 가의 셔 잇거ᄂᆞᆯ, 복왕이 드ᄃᆡ여 한시다려 무ᄅᆞᄃᆡ,

"져 ᄉᆞ뷔 년긔ᄂᆞᆫ 언마나 되고, ᄉᆡᆼ긴 모양은 엇더ᄒᆞ뇨?"

【82】한시 니ᄅᆞᄃᆡ,

"ᄉᆞ부의 년긔ᄂᆞᆫ 임의 오십여 셰 되고 ᄉᆡᆼ긴 모양은 십분 졍졔ᄒᆞᆫᄃᆡ 져의 얼골은 보기의 다만 이십여 셰ᄂᆞᆫ 된 듯ᄒᆞ더이다."

복왕이 니ᄅᆞᄃᆡ,

"그러케 졈고 어엿부면[81] 엇지 퇴쇽(退俗) ᄒᆞ고 쟝쇽을 곳쳐 우리 곳의 귀비(貴妃) 노ᄅᆞᄉᆞᆯ 아니ᄒᆞᄂᆞ냐? 졔 츌가하ᄂᆞᆫ 것보다 나흐리라."

---

79) 【촌탁ᄒᆞ다】 동 {촌탁(忖度)하다.} 헤아리다. ¶ 忖 ‖ 스ᄉᆞ로 촌탁ᄒᆞᄃᆡ 이후ᄂᆞᆫ 가히 무슨 일을 임의로 못ᄒᆞ리라 (且心上自忖, 以後不可大意.) <瑤華 3:77>

80) 【ᄉᆡ 혼인이 먼니셔 도라오ᄂᆞᆫ 것만 ᄀᆞᆺ지 못ᄒᆞ다】 속 신혼이 전 혼인만 못하다. 구관이 명관이다. ¶ 新婚不如遠歸. ‖ 쇽담으로 니ᄅᆞᄃᆡ ᄉᆡ 혼인이 먼니셔 도라오ᄂᆞᆫ 것만 ᄀᆞᆺ지 못ᄒᆞ다 ᄒᆞ니 복왕이 평일의 녀ᄉᆡᆨ으로ᄡᅥ 졔일건 관을 삼아 겨유 쵸경의 니ᄅᆞᄆᆡ 즉시 한시ᄅᆞᆯ ᄌᆡ촉ᄒᆞ여 취침ᄒᆞ고 (新婚不如遠歸, 況這福王平日以女色爲第一件要務, 一到初更卽促就寢, 不消說顚鸞倒鳳, 整夜不休.) <瑤華 3:81>

81) 【어엿부다】 형 어여쁘다. ¶ 少艾 ‖ 그러케 졈고 어엿부면 엇지 퇴쇽ᄒᆞ고 쟝쇽을 곳쳐 우리 곳의 귀비 노ᄅᆞᄉᆞᆯ 아니ᄒᆞᄂᆞ냐 (既然少艾, 何不還俗改粧, 也做箇貴嬪, 不强似出家麽?) <瑤華 3:82> ⇒ 어엿브다, 에엿부다

한시 년망히 손을 흔들며 니ᄅᆞᄃᆡ,

"왕야ᄂᆞᆫ 져런 말을 말나. 져 ᄉᆞ뷔 도ᄒᆡᆼ이 쳥고ᄒᆞ니 져를 범ᄒᆞ면 숀샹되미 이실가 두리노라."

복왕이 니ᄅᆞᄃᆡ,

"졔 감히 나ᄂᆞᆫ 샹(傷)ᄒᆞ【83】지 못ᄒᆞ리라."

한시 니ᄅᆞᄃᆡ,

"졔가 영리ᄅᆞᆯ 사모치 아니코 ᄯᅩ 법슐이 고강(高强)ᄒᆞ니 두리건ᄃᆡ 왕애 능히 졔게 엇지ᄒᆞ지 못ᄒᆞ리라."

복왕이 니ᄅᆞᄃᆡ,

"졔가 무ᄉᆞᆫ 법슐과 도ᄒᆡᆼ이 잇건ᄃᆡ 너의 등이 져러틋 리해(利害)될 쥴노 말ᄒᆞᄂᆞ냐?"

한시 니ᄅᆞᄃᆡ,

"나ᄂᆞᆫ 아지 못ᄒᆞ엿더니 도로혀 졔가 스ᄉᆞ로 말ᄒᆞ기ᄅᆞᆯ 원쇼(元宵)날 느존 밤의 부ᄉᆞ 쟝쵸연의 ᄋᆞ돌 쟝기덕이 문을 몰내 열고 예포(藝圃)의 너머 드러와 궁녀 쇼원향의 잠 깁히 든 거술 ᄯᅡ라 감히 그 방의 드【84】러가 통간(通姦)ᄒᆞ엿기로 ᄉᆞ뷔 그 범법ᄒᆞ믈 한ᄒᆞ여 기덕을 잡아 궁형(宮刑)을 시ᄒᆡᆼᄒᆞ엿ᄂᆞᆫᄃᆡ, 부즁 사ᄅᆞᆷ들이 하나토 아ᄂᆞ니 업다 ᄒᆞ니 가히 리해된다 아니ᄒᆞ랴."

복왕이 놀나 니ᄅᆞᄃᆡ,

"쟝쵸연의 ᄌᆞ식이 맛참내 이ᄀᆞᆺ치 담대ᄒᆞᆫ 거죠ᄅᆞᆯ ᄒᆞ다가 임의 궁형을 당ᄒᆞ엿다 ᄒᆞ니 내 나가셔 졔 분슈ᄅᆞᆯ 아라보와 궁의 블너드려 ᄉᆞ역을 시기리라."

ᄒᆞ고 ᄯᅩ 무ᄅᆞᄃᆡ,

"져 ᄉᆞ뷔 평일의 져 무리 ᄌᆞ녀ᄅᆞᆯ 가ᄅᆞ쳐 무어술 ᄇᆡ호게 ᄒᆞᄂᆞ냐?"

한시 니ᄅᆞᄃᆡ,

"졔 말【85】을 의거ᄒᆞ여 몬져 무예ᄅᆞᆯ ᄇᆡ호고 다음의 독셔가지 시긴다 ᄒᆞ니 매우 죠리가 이시믈 ᄭᅵ다ᄅᆞᆯ 거시오. 졔 말이 농쟝이 광야의 ᄯᅥ러져 이시니 반ᄃᆞ시 무예와 ᄌᆡ릉(才能)을 어더야 보존ᄒᆞ여 직희여 낸다 ᄒᆞ며, 쟉년 츄간의 황츙(蝗蟲) ᄌᆡ앙을 인ᄒᆞ여 흉년이 되기로 날을 놀내여 일야의 편치 못ᄒᆞ게 지내엿ᄂᆞᆫ지라. 져 팔ᄀᆡ ᄌᆞ녀배 칠팔 년을 지내면 무예가 ᄒᆞᆷ긔 한슉(嫺熟)ᄒᆞ여질 거시니, 그 ᄯᆡᄂᆞᆫ 비로소 밋브미[82] 잇셔 두려오미 업【86】ᄉᆞ리라 ᄒᆞ여 졔 ᄯᅩ 말ᄒᆞ기ᄅᆞᆯ 지금 시세 편치 못ᄒᆞ니 변량셩 부고의 ᄲᅡ흔 거술 가히 반운ᄒᆞ여다가 이곳의 져치(貯置)ᄒᆞ여야 비로소 방심되리라 ᄒᆞ더이다."

복왕이 니ᄅᆞᄃᆡ,

"고ᄌᆡ(庫財)ᄒᆞᆫ 믈건을 변량의 두어야 스ᄉᆞ로 셩디(城池)와 군병이 호위ᄒᆞᆯ 거시니 이곳의 엇지 능히 져치ᄒᆞ랴."

한시 니ᄅᆞᄃᆡ,

"왕애 도로혀 ᄉᆞ부의 무예ᄅᆞᆯ ᄭᅵᄃᆞᆺ지 못ᄒᆞ도다. 졔 만일 어내 곳의 이시량이면 비록 삼오쳔 되ᄂᆞᆫ 인민 온다 ᄒᆞ여도 졔 가히 법으로ᄡᅥ 졔어【87】ᄒᆞᆯ만 ᄒᆞ니라."

복왕이 혀ᄎᆞ며 니ᄅᆞᄃᆡ,

"졔가 져 모양 무예 잇ᄂᆞ냐?"

한시 니ᄅᆞᄃᆡ,

"경녕 그러ᄒᆞ니 왕야ᄂᆞᆫ 방심ᄒᆞ라."

복왕이 니ᄅᆞᄃᆡ,

"임의 져러ᄒᆞ면 내 무ᄉᆞᆷ 방심치 못ᄒᆞ미 이시랴. 사ᄅᆞᆷ을 보내여 변량의 가셔 믈건을 반운ᄒᆞ여 이곳의 ᄲᅡ흐리라."

ᄒᆞ고, 드ᄃᆡ여 요화 다려 니ᄅᆞᄃᆡ,

"네 가셔 ᄉᆞ부ᄅᆞᆯ 쳥ᄒᆞ여 이곳의 오게 ᄒᆞ라. 내 말이 잇셔 져로 더브러 강론ᄒᆞ려 ᄒᆞᄂᆞᆫ 거시오 공연이 일업시 져ᄅᆞᆯ 번요케 ᄒᆞ미 아니니라."

요홰 답응ᄒᆞ고 니ᄅᆞᄃᆡ,

"ᄉᆞ뷔 녀ᄋᆞ【88】ᄅᆞᆯ 시겨 ᄃᆡ신 와셔 부친의 문안을 쳥ᄒᆞ라 ᄒᆞᄂᆞᆫᄃᆡ 졔가 셩픔이 쳥경ᄒᆞᆫ 거술 깃거 ᄒᆞ여 사ᄅᆞᆷ을 가ᄅᆞ쳐 져ᄅᆞᆯ 보게 아니ᄒᆞ더이다."

복왕이 니ᄅᆞᄃᆡ,

"엇지ᄒᆞ던지 네가 몬져 가셔 말ᄒᆞ기ᄅᆞᆯ 임의 내집의 잇셔 엇지 셔로 얼굴을 보지 아니ᄒᆞ며 ᄉᆞ뷔 방외인(方外人)으로 오지 아니ᄒᆞ여도 내 엇지 가지 아니ᄒᆞ며 ᄯᅩ 져 ᄉᆡ로 지은 예포ᄅᆞᆯ 내 가셔 보려 ᄒᆞ니 네 몬져 갈지어다."

요홰 듯고 한시ᄅᆞᆯ 하직ᄒᆞ고 팔ᄀᆡ ᄌᆞ녀로 더브러 ᄯᅦ지어 도라와 믄득 왕애 긔여【89】히

82)【밋브다】[형] 미쁘다. 미덥다. ¶ 恃 ‖ 져 팔ᄀᆡ ᄌᆞ녀배 칠팔 년을 지내면 무예가 ᄒᆞᆷ긔 한슉ᄒᆞ여질 거시니 그 ᄯᆡᄂᆞᆫ 비로소 밋브미 잇셔 두려오미 업ᄉᆞ리라 (得這八箇子女, 不過七八年間, 武藝俱各嫺熟了, 那纔有恃無恐.) <瑤華 3:85> ⇒ 미부다, 믿부다, 밋부다

와셔 보신단 말을 젼ᄒᆞ니, 무ᄋᆡ지 드ᄃᆡ여 집ᄉᆞᄒᆞᄂᆞᆫ 부녀배로 ᄒᆞ여곰 영졉ᄒᆞ여 ᄉᆞ후케 ᄒᆞ고 아오로 날을 ᄃᆡ신ᄒᆞ여 회샤ᄒᆞ라 ᄒᆞ니, 부녀배 답응ᄒᆞ고 각각 졍돈ᄒᆞ더니 한 즈음이 못ᄒᆞ여 져곳 궁녜 와셔 보ᄒᆞᄃᆡ 왕애 오신다 ᄒᆞ거ᄂᆞᆯ, 요홰 부녀 등을 거ᄂᆞ리고 즁당의 마져 배알ᄒᆞ니, 복왕이 믄득 무ᄅᆞᄃᆡ,

"ᄉᆞ부ᄅᆞᆯ 엇지 보지 못ᄒᆞᄂᆞ냐?"

부녀 등이 니ᄅᆞᄃᆡ,

"ᄉᆞ뷔 노비ᄅᆞᆯ 시겨 ᄃᆡ신 왕야긔 회샤ᄒᆞ라 ᄒᆞ더이다."

복왕이 니ᄅᆞᄃᆡ,

"져ᄂᆞᆫ 이 【90】 ᄉᆞ뷔니 ᄌᆞ연 져러케 말ᄒᆞ여니와 너의 등은 내 말을 젼ᄒᆞ여 힘ᄡᅥ 쳥ᄒᆞ여 나와 한번 보게 ᄒᆞ라."

빅우옥이 황금슌과 ᄀᆞᆺ치 나가더니 한 즈음의 도라와 품ᄒᆞᄃᆡ,

"ᄉᆞ뷔 말ᄉᆞᆷ이 나ᄂᆞᆫ 방외인으로 례졀을 아지 못ᄒᆞ니 긔여히 보려 ᄒᆞ시면 반ᄃᆞ시 칙망은 말지어다."

복왕이 니ᄅᆞᄃᆡ,

"례졀은 구ᄋᆡ치 아닐 거시니 다만 쳥ᄒᆞ여 나오라."

즉시 보니 문이 열니ᄂᆞᆫ 곳의 무ᄋᆡ지 도복을 닙고 나와 왕의게 향ᄒᆞ여 고두ᄒᆞ니 왕이 몸을 니러 회례(回禮)ᄒᆞᄆᆡ 【91】 무ᄋᆡ지 믄득 동편 머리의 안거ᄂᆞᆯ 왕이 샹하ᄅᆞᆯ 한번 ᄉᆞᆲ혀보ᄆᆡ ᄉᆞᄅᆞᆷ은 비록 표치ᄒᆞ나 량미간의 은은이 한 쥴기 살긔 뵈ᄂᆞᆫ지라. 감히 ᄉᆞ렴을 내지 못ᄒᆞ고 드ᄃᆡ여 한훤(寒暄)을 펴며 ᄯᅩ 여간 됴뎡 일을 말ᄒᆞ여 밋ᄎᆞ니 무ᄋᆡ지 다만 입을 여지 아니코 한 즈음 듯더니 믄득 몸을 니러 니ᄅᆞᄃᆡ, 방외인이 셰무(世務)을 아지 못ᄒᆞ니 감히 밧드러 뫼시지 못ᄒᆞᆫ다 ᄒᆞ고 타연이 드러가거ᄂᆞᆯ 왕이 ᄯᅩ 루상으로 올나가 한 ᄎᆞ례 보고 믄득 환궁ᄒᆞ니, 다만 요홰 부녀배로 【92】 더브러 보내여 나오더라.

왕이 샹셔방(上書房)의 니ᄅᆞ러 즉시 령ᄉᆞ와 부ᄉᆞ 등을 젼ᄒᆞ여 니ᄅᆞᆯ 말이 잇다 ᄒᆞ니, 일이긱(一二刻)이 못되여 일졔히 계하의 니ᄅᆞ거ᄂᆞᆯ, 왕이 쟝쵸연을 블너 ᄭᅮ지ᄌᆞᄃᆡ,

"네가 부ᄉᆞ 되어 조히 법도ᄅᆞᆯ 아지 못ᄒᆞᄂᆞᆫ도다."

쵸연이 무ᄉᆞᆫ 일을 스스로 범ᄒᆞᆫ 쥴을 아지 못ᄒᆞ고 황망히 ᄭᅮ러 업ᄃᆡ거ᄂᆞᆯ, 왕이 니ᄅᆞᄃᆡ,

"네 쟝ᄃᆡᄒᆞᆫ ᄋᆞ돌을 두고 엄히 관쇽지 못ᄒᆞ여 문을 몰내 열고 방의 드러가 간음ᄒᆞᆫ 일을 ᄒᆡᆼᄒᆞᄂᆞᆫᄃᆡ 니ᄅᆞ게 ᄒᆞ니 져거시 도로혀 【93】 톄통이 되깃ᄂᆞ냐?"

쵸연이 ᄃᆡ답ᄒᆞᄃᆡ,

"쇼지(小的)의 ᄋᆞᄌᆞᄂᆞᆫ 일홈이 기뎍이니 날마다 신변의 두어 ᄉᆞ환을 시기니 아오로 감히 범간ᄒᆞᄂᆞᆫ 일을 ᄒᆡᆼ치 못ᄒᆞᆯ지라. 만일 과연 범죄ᄒᆞ미 이시량이면 소지 즉긔의 동혀다가 왕야의 쳐치ᄒᆞ시믈 쳥ᄒᆞᆯ 거시오 감히 용셔치 못ᄒᆞ리라."

ᄒᆞ니, 왕이 니ᄅᆞᄃᆡ,

"네가 ᄋᆞᄌᆞ가지 련(連)ᄒᆞ여 도시 능히 관쇽도 못ᄒᆞᄂᆞᆫᄃᆡ 엇지 도로혀 능히 부ᄉᆞ(副史) 되리오. 내 ᄯᅩ 너다려 무러 보ᄂᆞ니 네 ᄌᆞ식이 졍월간의 일즉 병들믈 인ᄒᆞ여 몃칠을 【94】 누어 지내더냐?"

쵸연이 ᄃᆡ답ᄒᆞᄃᆡ,

"과연 달반이나 긔동치 못ᄒᆞ엿ᄂᆞ이다."

왕이 니ᄅᆞᄃᆡ,

"그러ᄒᆞ면 네 믄득 도라가 져의 하톄ᄅᆞᆯ 시험ᄒᆞ여 보라. 도로혀 잇ᄂᆞᆫ지 업ᄂᆞᆫ지 알니라."

쵸연이 즉시 ᄯᅱ여 니러 나가더라.

왕이 ᄯᅩ 령ᄉᆞ 죠셩(趙成)를 블너 분부ᄒᆞᄃᆡ,

"네 임의 령ᄉᆞ 벼술노 잇셔 슈하 부ᄉᆞ들을 모다 관쇽ᄒᆞᆯ 거시어ᄂᆞᆯ 엇지 젼연이 유심치 못ᄒᆞ여 져런 ᄉᆞ단이 나ᄂᆞᆫᄃᆡ 니ᄅᆞ니 너 ᄯᅩᄒᆞᆫ 칙벌을 당ᄒᆞ리라."

죠셩이 관을 벗고 샤죄ᄒᆞ거ᄂᆞᆯ, 왕이 니ᄅᆞᄃᆡ,

【95】 "ᄎᆞ후ᄂᆞᆫ 죠심ᄒᆞ여 지내고 다시 범ᄒᆞᄂᆞᆫ 비 이시면 일병(一竝) 치죄ᄒᆞ리라."

령시 부ᄉᆞ 등으로 ᄒᆞᆷ긔 슈명ᄒᆞ더라.

왕이 드ᄃᆡ여 령ᄉᆞᄅᆞᆯ 시겨 일쟝 고유(告諭)ᄒᆞᄂᆞᆫ 단ᄌᆞᄅᆞᆯ ᄡᅥ ᄉᆞᄅᆞᆷ을 부려 변량 부즁 쟝ᄉᆞ의게 지휘ᄒᆞ여 져ᄅᆞᆯ 가ᄅᆞ쳐 호위ᄒᆞᄂᆞᆫ 군병을 파뎡ᄒᆞ여 텬ᄶᆞ(天字) 디ᄶᆞ(地字) 호(號) 금 ᄡᆞᆫ 고(庫)와 로ᄶᆞ(露字) 결ᄶᆞ(結字) 호(號) 은 ᄡᆞᆫ 고(庫)ᄅᆞᆯ 열어 일병 잇ᄂᆞᆫ ᄃᆡ로 슈운ᄒᆞ여 호송ᄒᆞ여다가 이곳의 ᄡᅡ게 ᄒᆞᄃᆡ 모롬즉이 신쇽히 ᄒᆞ고 지완치 못ᄒᆞ게 ᄒᆞ라.

령시 답응ᄒᆞ고 나아가 간판(赶辦)ᄒᆞ더라.

장 【96】 쵸연이 임의 그 즈식을 동혀 가지고 드러와 홈긔 꾸러 업디여 청죄ᄒᆞ거늘 왕이 니ᄅᆞ되,

"네 져의 하뎨 유무롤 밝히 시험ᄒᆞ엿ᄂᆞ냐?"

쵸연이 머리롤 두다리며 죄롤 당ᄒᆞ고 기덕을 즉시 쳐살ᄒᆞ믈 청ᄒᆞ거놀, 왕이 니ᄅᆞ되,

"네 평일의 판ᄉᆞ(辦事) 잘ᄒᆞᄂᆞᆫ 거술 싱각ᄒᆞ여 네 즈식의 한번 쥭을 거술 면ᄒᆞ여 쥬ᄂᆞᆫ 거시니, 가히 곳 명즈(名字)롤 고ᄒᆞ여 칙(冊)의 쁘게 ᄒᆞ고 궁내의 드려 보내여 ᄉᆞ역을 시기게 ᄒᆞ되, 만일 과연 조심 근신ᄒᆞ면 평일보다 더옥 관디홀 거시오, 【97】 오히려 별도이 범ᄒᆞᄂᆞᆫ 배 이시면 반ᄃᆞ시 관유(寬宥)치 아니ᄒᆞ리라!"

기덕이 돈슈ᄒᆞ고 울며 샤례ᄒᆞ거늘 왕이 즉시 쵸연으로 ᄒᆞ여곰 명ᄶᆞ롤 보ᄒᆞ여 칙의 쁘ᄂᆞᆫ 일을 판리(辦理)케 ᄒᆞ고, 기덕은 발ᄒᆞ여 궁문을 간슈케 ᄒᆞ고 쇼원향은 내여 보내여 장쵸연으로 ᄒᆞ여곰 다려가게 ᄒᆞ고, 호령을 맛ᄎᆞᄆᆡ 령ᄉᆞ 등이 임의 변량의 보내ᄂᆞᆫ 고유단ᄌᆞ롤 ᄲᅧ 가지고 왕긔 청ᄒᆞ여 슈결을 바다 즉시 사ᄅᆞᆷ을 시겨 가져가게 ᄒᆞ고 ᄯᅩ 쟝샹의셔 츌입ᄒᆞᄂᆞᆫ 곡부(穀簿)와 은젼 쁘ᄂᆞᆫ 쟝긔(賬記)롤 【98】 가져 입감(入鑑)ᄒᆞ게 ᄒᆞ니 왕이 한지위 사실을 ᄒᆞ여 보고 바야흐로 믈너 침궁의 도라오니, 요화 등이 임의 나아와 느즌 문안을 청ᄒᆞ고 인ᄒᆞ여 머믈너 뫼시고 셕반을 맛ᄎᆞᄆᆡ 비로소 예포로 도라가고, 왕은 인ᄒᆞ여 한시의 침쇼의셔 헐슉ᄒᆞ려 ᄒᆞ니, 한시 신샹이 블평ᄒᆞᄆᆞ로ᄡᅧ ᄉᆞ양ᄒᆞ거놀 왕이 다만 샹셔방(上書房)으로 나아와 궁녀 즁의 ᄆᆞ옴의 드ᄂᆞᆫ 사ᄅᆞᆷ을 블너 즐거오믈 취ᄒᆞ고 ᄆᆡ일 쟝샹의 ᄉᆞ무롤 쳥리(淸理)ᄒᆞ기로 분망ᄒᆞ여 한가치 못ᄒᆞ더니, 슈십일을 지 【99】 내ᄆᆡ 변량셩의셔 임의 금은을 슈운ᄒᆞ여 니ᄅᆞ럿거놀, 왕이 ᄯᅩ 경부ᄉᆞ 등으로 ᄒᆞ여곰 침궁 후의 고사(庫舍)롤 곳쳐 베플고 동셔편의 금고와 은고롤 민둘며 목칙과 난간과 상즈와 궤롤 경졔히 조비ᄒᆞ고 일일이 져울질 ᄒᆞ여 명빅히 죠슈(照數)ᄒᆞ여 너키로 몃칠을 분망히 지내더라.

왕이 쟝샹의 잇셔 부지불각간(不知不覺間)의 오십여 일을 머믈넛ᄂᆞᆫ지라. 경히 변량셩으로 도라오려 ᄒᆞ더니, 그 곳의 장시 홀연 보ᄒᆞ여 니ᄅᆞ되,

"만력(萬曆) 황뎨 승하하여 계시 【100】 니 친왕 이하로 모다 경셩의 드러가 셩복홀 것시니 왕야ᄂᆞᆫ 즉각 몸을 닐나."

ᄒᆞ엿거놀, 왕이 침궁의 드러가 이 일을 가져 한시로 알게 ᄒᆞ고 창고 쇄약을 모다 및기고 일변 궁녀롤 지촉ᄒᆞ여 힝쟝을 슈습ᄒᆞ게 ᄒᆞ고, 다시 샹셔방으로 나아와 령ᄉᆞ의게 분부ᄒᆞ여 상텽(喪廳)을 엇지 배셜ᄒᆞ며 셩복ᄒᆞᄂᆞᆫ 의쥬(儀註)롤 ᄇᆞᆰ히 닐위여 내여 ᄡᅧ 쟝샹 부녀 등의 셩복ᄒᆞᄂᆞᆫ 거술 편케 ᄒᆞ더니, 한시 홀연 시녀롤 부려 복왕을 청ᄒᆞ여 드러오라 ᄒᆞ니, 아지 못게라 무숨 일인지 ᄯᅩ 하회롤 보와 분히ᄒᆞ라.

［요화젼 瑤華傳 권지ᄉᆞ 卷之四］

【1】 화셜 한시 홀연 시녀롤 부려 왕을 청ᄒᆞ여 드러오라 ᄒᆞ거놀, 왕이 드러가 무슨 일이냐 무ᄅᆞ니 한시 니ᄅᆞ되,

"내 신샹이 량일은 하리고[83] 삼일은 알픈지라. 심히 지텡ᄒᆞ여 견ᄃᆡ지 못홀 줄을 알지니, 싱각건ᄃᆡ 셩복 후의ᄂᆞᆫ 반ᄃᆞ시 ᄆᆡ일 거ᄋᆡ(擧哀)ᄒᆞ고 배궤(拜跪)홀 거시나 두리건ᄃᆡ 노록(勞碌)되여 닐지 못홀 거 【2】 시니 가히 요화롤 시겨 나롤 ᄃᆡ신ᄒᆞ여 힝례코져 ᄒᆞ노라."

왕이 니ᄅᆞ되,

"그리ᄒᆞ게 ᄒᆞ고, 만일 ᄶᅵ닷지 못ᄒᆞᄂᆞᆫ 일이 잇거든 가히 ᄉᆞ부로 더브러 짐작(斟酌)게 ᄒᆞ라."

한 즈음이 못ᄒᆞ여 거ᄆᆡ 졔도(齊到)ᄒᆞ믈 보ᄒᆞ거놀 즉시 발힝ᄒᆞ여 가더라.

이 곳 령ᄉᆞ 등이 ᄯᅩ 분망ᄒᆞ게 슈삼일을 지내여 쟝ᄉᆞ의 일이 임의 판비되ᄆᆡ ᄆᆡ일의 다만 요화만 니ᄅᆞ러 힝례ᄒᆞ고 쟝샹 사ᄅᆞᆷ들이 도시 쇼복을 닙고 ᄉᆞ십구일을 지내ᄆᆡ, 비로소 셕복(釋服)ᄒᆞ려 ᄒᆞ더니, 홀연 ᄯᅩ 변량 쟝ᄉᆞ 【3】 의 보리 흔 거술 바다 본 즉 션인군은 태창황뎨니 등극흔지 일삭만의 ᄯᅩ 승하ᄒᆞ셧다 ᄒᆞ거놀 거듭 시로 샹텽(喪廳)과 상복을 판비ᄒᆞ기로 슈삼삭을

83) 【하리다】 동 낫다. ¶ 好 ‖ 내 신샹이 량일은 하리고 삼일은 알픈지라 심히 지텡ᄒᆞ여 견ᄃᆡ지 못홀 줄을 알지니 (我兩日好, 三日歹, 身子甚覺支撑不住.) <瑤華 4:1>

분망히 지내고, 또 하로ᄂᆞᆫ 변량 장시 보ᄒᆞ여 말ᄒᆞ기를 산동 젹비(賊匪)들이 작난ᄒᆞ고 시로 등극ᄒᆞᆫ 황뎨ᄂᆞᆫ 왕야의 질지라. 왕얘 낫ᄎᆞ로 셩지를 밧드러 감군ᄉᆞ 되어 산동 젹비를 츌경ᄒᆞ라 가시ᄂᆞᆫ듸, 왕야의 고유ᄒᆞ시ᄂᆞᆫ 문텹(文帖)이 잇셔 우리 등의게 알게 ᄒᆞ야 쟝샹 내외의 잇ᄂᆞᆫ 남ᄌᆞ와 부인 등이 【4】 조심ᄒᆞ여 쟝샹을 간슈ᄒᆞ라 ᄒᆞ고, 또 일봉 셔신이 잇셔 ᄉᆞ부를 쥰다 ᄒᆞ며 모다 젼ᄒᆞ여 드러오거ᄂᆞᆯ, 한시 병드러 상의 니지 못ᄒᆞ고 드듸여 무ᄋᆡᄌᆞ를 청ᄒᆞ여 외변젼리(外邊傳來)한 셜화를 알게 ᄒᆞ고, 또 셔칙(書冊)을 밀위여 보게 ᄒᆞ니, 무ᄋᆡ지 보고 니ᄅᆞ듸,

“왕얘 금은을 반운ᄒᆞ여 이곳의 두믈 위ᄒᆞ여 날다려 부탁ᄒᆞ여 조검(照檢)ᄒᆞ게 ᄒᆞ니, 이거ᄉᆞᆫ 말ᄒᆞᆯ 거시 업ᄉᆞᆯ지라. 내 신샹의 담착ᄒᆞᆫ 일이니라.”

한시 니ᄅᆞ듸,

“ᄉᆞ뷔 져곳의 잇셔 이곳 일을 엇지 조응ᄒᆞ【5】여 내리오. 이곳으로 올마와서 쥬졉ᄒᆞᄂᆞᆫ 것만 ᄀᆞᆺ지 못ᄒᆞ리라.”

무ᄋᆡ지 니ᄅᆞ듸,

“엇지 이곳의 잇시랴. 너의 쟝샹의 일을 내가 어내 거술 아지 못ᄒᆞᄂᆞᆫ 거시 이시랴. 긴요치 아니ᄒᆞᆫ 거ᄉᆞᆫ 상관치 아니ᄒᆞ려니와, 져기 대시면 령락히 보지 아닐 거시니 부인은 방심ᄒᆞ라.”

한시 쳔은만사(千恩萬謝)ᄒᆞ고, 무ᄋᆡ지 ᄆᆞᆫ득 몸을 니러 가더라.

지셜, 왕이 츌경ᄒᆞ므로브터 한시ᄂᆞᆫ 와병ᄒᆞ여시미 이곳은 심히 청정(淸靜)ᄒᆞ고 다ᄆᆞᆫ 져곳의셔 요홰 진심ᄒᆞ여 슐 【6】 법을 배호더니 광음이 신속ᄒᆞ여 어언간의 임의 삼ᄉᆞ 년을 지내엿ᄂᆞᆫ지라. 요화의 인픔이 본듸 총명ᄒᆞ고 겸ᄒᆞ여 무ᄋᆡᄌᆞ의 진심 교도ᄒᆞ므로 가쟝 셩취되고 팔긔 ᄌᆞ녀 가지련ᄒᆞ여 비록 요화ᄂᆞᆫ 밋지 못ᄒᆞ나, 져의 무리 중의ᄂᆞᆫ 츌뉴발최(出類拔萃)ᄒᆞ다 헴ᄒᆞᆯ지라. 요홰 긔운을 운젼ᄒᆞ고 솟고 ᄯᅱ며 권법(拳法)과 막듸 쓰ᄂᆞᆫ 것과 궁젼(弓箭)과 탄자(彈子)와 표창(標槍)과 뉴셩퇴(流星槌)로브터 뼈 도검(刀劍)과 과모(戈矛)와 간편(鐧片)과 단병(短兵)의 류(類) 가지 밋쳐 ᄂᆞᆺᄂᆞᆺ치[84] 졍통ᄒᆞ고, 져 【7】 ᄉᆞ개 녀ᄌᆞ 중의 오직 쇼란(素蘭)과 미영(梅影)은 요화(瑤華)로 더브러 무예 상등ᄒᆞ고, 져 니운(梨雲)은 원릐 츄ᅀᅩᆯ(麤率)ᄒᆞ고, 욱리(郁李)ᄂᆞᆫ 년긔 두히가 젹은 고로, 그러므로 뼈 밋지 못ᄒᆞ고, 동남(童男) 중 무예ᄂᆞᆫ 쵸엽(蕉葉)이 졔일 되고, 도홍은 우쥰(愚蠢)ᄒᆞ고, 하향은 문무젼ᄌᆡ(文武全材)나 년긔 너모 젹은 고로 능히 ᄡᅡ로지 못ᄒᆞ고, 류지ᄂᆞᆫ 비록 각ᄉᆡᆨ(各色)을 비화시나 능히 졍슉치 못ᄒᆞ더라. ᄆᆞᆫ득 왕이 츌졍ᄒᆞᆫ 지 그 ᄒᆡ로 조ᄎᆞ 빵일(雙日)은 무예를 련습ᄒᆞ고 쳑일(隻日)은 진심 독셔ᄒᆞ고 야간은 셔의(書義)를 강론ᄒᆞ 【8】 여 삼ᄉᆞ년 동안의 하로도 간단(間斷)ᄒᆞ미 업ᄉᆞ니, 네 ᄉᆡᆼ각의 엇더ᄒᆞ뇨?

금년의 요홰 임의 십 셰가 된지라. 져 ᄉᆞ기 녀ᄌᆞ와 ᄀᆞᆺ치 과족ᄒᆞ여 셤셰ᄒᆞ기 쥭엽(竹葉) ᄀᆞᆺ타여 길의 닷기를 나ᄂᆞᆫᄃᆞ시 ᄒᆞ니, 대긔 ᄯᅱᄂᆞᆫ 우흐로 조ᄎᆞ 어더낸 공뷔(功夫)러니 이졔 져 녀낭 등의 병근(病根)된 거시 발은 비록 젹어지나 십보를 닷지 못ᄒᆞ여 ᄆᆞᆫ득 사ᄅᆞᆷ의 붓드러 쥬ᄂᆞᆫ 거술 구ᄒᆞ나, 요화ᄂᆞᆫ 위인이 ᄆᆞᆫ득 무ᄋᆡᄌᆞ와 셩졍이 ᄀᆞᆺᄐᆞ여 날보다 나흔 이ᄂᆞᆫ 결단코 즐겨 긔운을 나리지 아니ᄒᆞ고 【9】 날보다 나즌 이ᄂᆞᆫ ᄆᆞᆫ득 계교를 아니ᄒᆞ며, 안식을 화열이 ᄒᆞᄂᆞᆫ ᄢᅵ가 비록 만흐나 굿셴 긔운이 밍렬ᄒᆞᆫ ᄢᅵᄂᆞᆫ ᄆᆞᆫ득 블측(不測)ᄒᆞ여지니, 하인배 모다 일호도 경만치 못ᄒᆞ고, 요화의 공경ᄒᆞᄂᆞᆫ 밧 ᄌᆞ(者)ᄂᆞᆫ 다만 무ᄋᆡᄌᆞ 일인 ᄲᅮᆫ이오 기여ᄂᆞᆫ 모다 신샹의 두지 아니ᄒᆞ며, 그 식견이 심히 놉하 하로ᄂᆞᆫ 심취미(沈翠眉)가 반계ᄋᆞ(潘桂兒)로 더브러 간슈ᄒᆞ엿던 ᄒᆡ치(海菜)가 곰[85]이 나셔 변ᄒᆞ믈 인ᄒᆞ여 피ᄎᆞ의 셔로 조심치 못ᄒᆞ믈 칭원ᄒᆞ며, 계ᄋᆡ 입을 ᄡᅡ라 ᄆᆞᆫ득 ᄉᆞ지ᄌᆞ니 취미 듯 【10】 지 아니ᄒᆞ고 져의 입부리를 쥐여 지ᄅᆞ고 량인이 요란ᄒᆞᄂᆞᆫ 거시 불미ᄒᆞᆫ지라. 요홰 듯고 ᄆᆞᆫ득 량인을 블너 압희 셰우

84) 【ᄂᆞᆺᄂᆞᆺ치】 [부] 낱낱이. ¶ 色色 ‖ 요홰 긔운을 운젼ᄒᆞ고 솟고 ᄯᅱ며 권법과 막듸 쓰ᄂᆞᆫ 것과 궁젼과 탄자와 표창과 뉴셩퇴로브터 뼈 도검과 과모와 간편과 단병의 류가지 밋쳐 ᄂᆞᆺᄂᆞᆺ치 졍통ᄒᆞ고 (瑤華自運氣、縱跳、拳棒、弓箭、彈子、標槍、流星, 以及槍刀戈矛鐧劍短兵之類, 色色精明.) <瑤華 4:6>

85) 【곰】 [명] 곰팡이. ¶ 霉 ‖ 하로ᄂᆞᆫ 심취미가 반계ᄋᆞ로 더브러 간슈ᄒᆞ엿던 ᄒᆡ치가 곰이 나셔 변ᄒᆞ믈 인ᄒᆞ여 피ᄎᆞ의 셔로 조심치 못ᄒᆞ믈 칭원ᄒᆞ며 (一日, 沈翠眉與潘桂兒, 因爲收藏的海菜霉變, 彼此埋怨.) <瑤華 4:9>

고 무ᄅᆞᄃᆡ,

"져 희치ᄅᆞᆯ 어내 사ᄅᆞᆷ이 간슈ᄒᆞᄂᆞᆫ 거시냐?"

취미 미ᄅᆞᄃᆡ,

"본ᄃᆡ 비ᄌᆞ(婢子)의 간슈ᄒᆞ엿다가 응용(應用)ᄒᆞᄂᆞᆫ ᄊᆡᄅᆞᆯ 당ᄒᆞ여 비로소 조검ᄒᆞ여 내여 져의 등을 맛져 경ᄒᆞ게 ᄢᅵ셔 비로소 쥬방의 보내여 평임ᄒᆞ게 ᄒᆞᄂᆞᆫ지라. 세쵸의 일즉 조검ᄒᆞ여 내여 계ᄋᆞᄅᆞᆯ 맛기여 져다려 니ᄅᆞ기ᄅᆞᆯ 응용ᄒᆞᆯ 거ᄉᆞᆫ ᄡᅳ고 응용 아닐 【11】 거ᄉᆞᆫ 믄득 도로 감쵸깃다 ᄒᆞ나, 아오로 와셔 도로 쥬지ᄂᆞᆫ 아니ᄒᆞ고 내가 졈검(點檢)ᄒᆞ여 보ᄆᆡ, 한 가지가 젹은 고로 비로소 가셔 져다려 무ᄅᆞᄆᆡ, 졔 말이 임의 도로 가져왓다 ᄒᆞ나, 내 숀의ᄂᆞᆫ 드지 아니ᄒᆞ고 방ᄌᆞ 졔 집의셔 뒤여 내ᄆᆡ 임의 마ᄀᆡ[86] 드러 변ᄒᆞ엿ᄂᆞᆫ ᄃᆡ, 도로혀 말ᄒᆞ기ᄅᆞᆯ 관슈ᄒᆞᄂᆞᆫ 사ᄅᆞᆷ이 일즉 져마치 아니ᄒᆞ여 그러므ᄡᅧ 상(傷)ᄒᆞ엿다 ᄒᆞ고 도로혀 나ᄅᆞᆯ ᄎᆡᆨ망ᄒᆞ기의 인ᄒᆞ여 져로 더브러 상힐ᄒᆞᆫ다 ᄒᆞ거ᄂᆞᆯ, ᄯᅩ 계ᄋᆞ 다려 무ᄅᆞ대,

【12】 "너ᄂᆞᆫ 엇지 말ᄒᆞ려 ᄒᆞᄂᆞ냐?"

계ᄋᆡ 니ᄅᆞᄃᆡ,

"비ᄌᆡ 긔역ᄒᆞ니 임의 져의게 도로 맛기엿거ᄂᆞᆯ 몃 ᄊᆡᄅᆞᆯ 지내여와셔 비ᄌᆞ다려 무ᄅᆞ며 그 믈건을 찻다가 홀연 비ᄌᆞ의 방쇽의 드러가 뒤여내엿다 ᄒᆞ니 엇지 그 믈건이 상ᄒᆞᄆᆡ 군쥬의 ᄎᆡᆨ벌을 닙을가 두려 거즛 비ᄌᆞ의 방즁의셔 ᄎᆞᄌᆞ내엿다 ᄒᆞ여 ᄡᅧ 져ᄅᆞᆯ ᄭᅮ지젓더니, 졔 도로혀 비ᄌᆞᄅᆞᆯ 치기로 그러므로 ᄡᅧ 요란을 닐워 【13】 내엿다."

ᄒᆞ거ᄂᆞᆯ, 요홰 취미 다려 니ᄅᆞᄃᆡ,

"네 별노이 간슈ᄒᆞᆫ 희치ᄅᆞᆯ 몃 가지 가져오고 계ᄋᆞ의 방의셔 뒤여낸 거ᄉᆞᆯ 함긔 가져다가 두 가지ᄅᆞᆯ 한 ᄃᆡ 비ᄒᆞ여 보와 만일 너의 슈장ᄒᆞ엿던 거시 져 방 즁의셔 ᄎᆞᄌᆞ낸 것과 ᄀᆞᆺ치 마ᄀᆡ[87] 든 거시 한 모양이면 이ᄂᆞᆫ 계ᄋᆞ(桂兒)가 올치 못ᄒᆞ미오. 만일 두 모양이 되량이면 믄득 네가 올치 못ᄒᆞ미니, 극히 분변ᄒᆞ기 용이ᄒᆞ리라."

한 즈음의 취미 치쇼ᄅᆞᆯ 가져다가 면젼의 니ᄅᆞ거ᄂᆞᆯ 요홰 ᄇᆡᆨ우옥으로 ᄒᆞ여곰 【14】 여러 봉을 낫낫치 펴 노흐ᄆᆡ, 비록 마ᄀᆡ[88]ᄂᆞᆫ 이시나 도시 상면의만 잇고 즁간의ᄂᆞᆫ 조흐며, 져의 뒤여내여온 일봉을 가져 여러보ᄆᆡ, 젼톄의 마ᄀᆡ 도져(到底)ᄒᆞ고 ᄯᅩ 과지(裹紙)가지 련(連)ᄒᆞ여 모다 습ᄀᆡ 잇ᄂᆞᆫ지라. 요홰 계ᄋᆞᄅᆞᆯ 향ᄒᆞ여 니ᄅᆞᄃᆡ,

"너ᄂᆞᆫ 보라. 네가 잘못ᄒᆞ여 노코 원통ᄒᆞ게 남을 ᄭᅮ지ᄌᆞ며 도로혀 요란을 부리ᄂᆞ냐?"

계ᄋᆡ 이 광경을 보ᄆᆡ ᄃᆡ답ᄒᆞᆯ 말이 업ᄂᆞᆫ지라. 요홰 무ᄅᆞᄃᆡ,

"네 가히 심복ᄒᆞᄂᆞ냐?"

계ᄋᆡ 다만 그릇ᄒᆞ므로 당ᄒᆞ거ᄂᆞᆯ, 요홰 ᄇᆡᆨ 【15】 우옥으로 ᄒᆞ여곰 계ᄋᆞᄅᆞᆯ 손으로 세 번 치게 ᄒᆞ고 분부ᄒᆞ여 니ᄅᆞᄃᆡ,

"다시ᄂᆞᆫ 감히 굴강(倔強)ᄒᆞᆫ[89] 쳬ᄒᆞ면 잡아다가 ᄎᆡᆺ직을 치리라."

어시의 즁인이 그 고명ᄒᆞ믈 심복ᄒᆞ더라.

ᄌᆡ셜, 한시 복왕이 츌정ᄒᆞᆫ 후로븟허 치료ᄒᆞᆫ 지 일년 만의 겨유 상샹(床上)의ᄂᆞᆫ 니러나시나 면용(面容)은 슈쳑ᄒᆞ여지고 담슈(痰嗽)ᄂᆞᆫ 블시로 ᄒᆞ여 ᄯᅩ 조양(調養)ᄒᆞᆫ 지 반 년만의 비로소 본원(本元)은 회복ᄒᆞ여시나 정신은 매우 젼만 못ᄒᆞ더니 니어셔 병정이 교졉ᄒᆞ여 졈졈 로ᄎᆡ증(癆瘵症)[90]이 되 【16】 여 맛춤내 능히 몸을

---

86) 【마ᄀᆡ】 [명] 곰팡이. ¶ 霉 ‖ 방ᄌᆞ 졔 집의셔 뒤여 내ᄆᆡ 임의 마ᄀᆡ 드러 변ᄒᆞ엿ᄂᆞᆫᄃᆡ 도로혀 말ᄒᆞ기ᄅᆞᆯ 관슈ᄒᆞᄂᆞᆫ 사ᄅᆞᆷ이 일즉 져마치 아니ᄒᆞ여 그러므ᄡᅧ 상ᄒᆞ엿다 ᄒᆞ고 도로혀 나ᄅᆞᆯ ᄎᆡᆨ망ᄒᆞ기의 인ᄒᆞ여 (方纔在他屋裏檢尋出來, 已是霉變了, 反說經管之人不曾吹晾, 所以壞了, 還要罵人.) <瑤華 4:11>

87) 【마ᄀᆡ】 [명] 곰팡이. ¶ 霉 ‖ 만일 너의 슈장ᄒᆞ엿던 거시 져 방 즁의셔 ᄎᆞᄌᆞ낸 것과 ᄀᆞᆺ치 마ᄀᆡ 든 거시 한 모양이면 이ᄂᆞᆫ 계ᄋᆞ가 올치 못ᄒᆞ미오 (若是你收藏的與方纔他房裏撿出來的霉得一樣, 是你的不是.) <瑤華 4:13>

88) 【마ᄀᆡ】 [명] 곰팡이. ¶ 霉 ‖ 한 즈음의 취미 치쇼ᄅᆞᆯ 가져다가 면젼의 니ᄅᆞ거ᄂᆞᆯ 요홰 ᄇᆡᆨ우옥으로 ᄒᆞ여곰 여러 봉을 낫낫치 펴 노흐ᄆᆡ 비록 마ᄀᆡᄂᆞᆫ 이시나 도시 상면의만 잇고 즁간의ᄂᆞᆫ 조흐며 (一會兒, 翠眉拿到面前, 瑤華令白于玉一包一包的打開, 雖有些霉, 却都在浮面, 中間盡是好的.) <瑤華 4:14>

89) 【굴강ᄒᆞ다】 [형] 굴강(倔強)하다. 고집에 세 남에게 굴하지 않다. ¶ 倔強 ‖ 다시ᄂᆞᆫ 감히 굴강ᄒᆞᆫ 쳬ᄒᆞ면 잡아다가 ᄎᆡᆺ직을 치리라 (再敢倔強, 拿來打鞭子.) <瑤華 4:15>

90) 【로ᄎᆡ증】 [명] {노채증(癆瘵症).} 폐병. ¶ 癆瘵 ‖ ᄯᅩ 조양ᄒᆞᆫ 지 반 년만의 비로소 본원은

닐지 못ᄒᆞ거ᄂᆞᆯ, 요홰 팔ᄀᆡ ᄌᆞ녀로 더브러 은근(殷勤) 봉시(奉侍)ᄒᆞ고 무ᄋᆡ지 ᄯᅩ 령ᄉᆞ 등으로 ᄒᆞ여곰 각쳐로 고명ᄒᆞᆫ 의원을 청ᄒᆞ여다가 치료ᄒᆞ되, '돌이 ᄃᆡ히의 ᄌᆞᆷ기ᄂᆞᆫ 것' ᄀᆞᄐᆞ여 일호도 효험이 업고 졔 삼년 츈졀이 되ᄆᆡ 일일 층가ᄒᆞ니, 무ᄋᆡ지 닐지 못ᄒᆞᆯ 쥴 알고 가마니 요화ᄅᆞᆯ 시겨 셔신을 ᄲᅧ 복왕긔 품고ᄒᆞ엿더니, ᄎᆞ시 산동 젹비ᄅᆞᆯ 평뎡ᄒᆞ엿ᄂᆞᆫ지라. 왕이 요화의 셔신을 보고 즉시 화답ᄒᆞ되, 복명ᄒᆞᆫ 【17】 후의 즉시 쟝샹으로 도라가리라 ᄒᆞ엿거ᄂᆞᆯ, 한시 드ᄅᆞᄆᆡ 심히 쾌ᄒᆞ게 아랏더니, 요량치 못ᄒᆞᆫ 복명ᄒᆞᆫ 후의 ᄯᅩ 변보(邊報)ᄅᆞᆯ 졉ᄒᆞ니, ᄉᆞ쳔(四川) 즁경부(重慶府) 사슝명(奢崇明)이 작란ᄒᆞ므로 텬계황뎨(天啓皇帝) 셩지의 복왕으로 ᄒᆞ여곰 산동의 승젼ᄒᆞᆫ 군ᄉᆞᄅᆞᆯ 옴겨 슝명을 쵸멸ᄒᆞ라 ᄒᆞ시니, 왕이 감히 좃지 아니치 못ᄒᆞ여 여젼이 감군ᄉᆞ(監軍使)로 셩야(星夜)로 가ᄂᆞᆫ 고로, 셔신도 밋쳐 붓치지 못ᄒᆞ고 다만 병부 챠관을 시겨 변량셩의 가셔 알게 ᄒᆞ고, 다시 변량 장ᄉᆞ로 ᄒᆞ 【18】 여곰 쟝샹의 지휘ᄒᆞ게 ᄒᆞ니, 무ᄋᆡ지 알고 요화ᄅᆞᆯ 부쵹(附囑)ᄒᆞ여 한시ᄅᆞᆯ 속여 이 소식을 아지 못ᄒᆞ게 ᄒᆞ엿더니, 혜아리지 못ᄒᆞᆫ 바 일죽 부쵹 아니ᄒᆞᆫ 이운(梨雲)이 진졍을 고ᄒᆞ여 알게 ᄒᆞ니, 한시 한번이 소식을 드ᄅᆞᄆᆡ 원ᄒᆞᆫᄒᆞ여 한마ᄃᆡ 쇼ᄅᆡ로 맛참내 긔졀ᄒᆞᄂᆞᆫ지라. 요홰 팔ᄀᆡ ᄌᆞ녀로 더브러 애통ᄒᆞ기ᄅᆞᆯ 이샹(異常)히 ᄒᆞ고, 무ᄋᆡ지 ᄃᆡ신ᄒᆞ여 치상 범ᄇᆡᆨ을 료리(料理)ᄒᆞ며 일병 복왕긔 통부ᄒᆞ고 아오로 가무(家務)ᄅᆞᆯ 총리ᄒᆞᆯ 사ᄅᆞᆷ을 품청ᄒᆞ고, ᄯᅩ 령 【19】 ᄉᆞᄅᆞᆯ 신칙ᄒᆞ여 디ᄉᆞ(地師)ᄅᆞᆯ 청ᄒᆞ여다가 ᄶᅡᄒᆞᆯ ᄀᆞᆯᄒᆡ여 분묘ᄅᆞᆯ ᄆᆡᆫ돌고 쟝샹의 셔 ᄉᆞ십구 일 슈륙 도쟝(道場)을 베플고, 요홰 참쵀 상복으로 권도(權道)로 아ᄃᆞᆯ 직분을 ᄃᆡ신ᄒᆞᆯ시, 디방 문무 각관들이 와셔 됴문ᄒᆞᄂᆞᆫ 쟈ᄅᆞᆯ 일일이 회례(回禮)ᄒᆞ고, 숑빈(送殯)ᄒᆞᄂᆞᆫ 날의 샹쟝을 집고 포복ᄒᆞ여 울고 보내여 효도ᄅᆞᆯ 극진이 ᄒᆞ고, 영녕암과 지싱암 니고 등이 모다 와셔 됴문ᄒᆞ더라.

회복ᄒᆞ여시나 졍신은 매우 젼만 못ᄒᆞ더니 니어셔 병졍이 교졉ᄒᆞ여 졈졈 로채즁이 되여 맛참내 능히 몸을 닐지 못ᄒᆞ거ᄂᆞᆯ (又調養半年，始復本元，精神則不大不如前矣. 繼而淹纏不清，漸成了癆瘵，竟不能起床了.) <瑤華 4:16>

7
상신분사지춘식 시젼렵미각젼히
上新墳乍知春色 試畋獵埋却前骸

쟝ᄉᆞ(葬事)ᄅᆞᆯ 맛ᄎᆞᄆᆡ 무ᄋᆡ지 의론을 말ᄒᆞ여 내여 니ᄅᆞᄃᆡ, 져 ᄌᆞ녀배ᄅᆞᆯ ᄒᆞᆷ긔 옮겨 침 【20】 궁의 도라오게 ᄒᆞ고, 예포의 직흰 바 태감과 궁녀ᄅᆞᆯ 반ᄃᆞ시 이동치 말고 ᄡᅡᆼ일(雙日) 습무(習武) ᄒᆞᄂᆞᆫ ᄯᅢ의 니ᄅᆞ러ᄂᆞᆫ 인ᄒᆞ여 져곳의 가셔 련습ᄒᆞ게 ᄒᆞ고, 오직 셔칙과 포진제구(鋪陳諸具)ᄂᆞᆫ 거두어다가 침궁 아ᄅᆡ 량간 방즁의 너허 노코 쥬쳥ᄃᆡ(周靑黛)와 쟝기덕(張其德) 량인으로 방의 잇셔 간슈ᄒᆞ게 ᄒᆞ고 인ᄒᆞ여 대루(大樓)모양으로 배셜ᄒᆞ여 무ᄋᆡ지 거쥬ᄒᆞ고 범ᄇᆡᆨ ᄉᆞ단을 일일이 무ᄋᆡᄌᆞ의게 품고ᄒᆞ고 샹셔방 격은문을 잠아 노코 침궁 동 샹방 겻ᄒᆡ 별노이 한 문을 여러 ᄲᅧ왕 【21】 릭ᄅᆞᆯ 통ᄒᆞ게 ᄒᆞ고, 요홰 효복(孝服)이 몸의 이시믈 인ᄒᆞ여 독셔와 습무 외에ᄂᆞᆫ 다른 일은 일병(一倂)[91] 무ᄋᆡᄌᆞ의 쥬쟝ᄒᆞ믈 쳥ᄒᆞ니, 무ᄋᆡ지 ᄯᅩᄒᆞᆫ ᄉᆞ양치 아니ᄒᆞ고 안례(按禮)ᄒᆞ여 경긔(經紀)ᄒᆞ더라.

이날 일이 업ᄉᆞᄆᆡ 쟝기덕으로 ᄒᆞ여곰 예포 대루상의 조비ᄒᆞ여 둔 금긔(琴棋)와 셔화(書畵)와 필쳡(筆帖)의 류ᄅᆞᆯ 가져다가 침궁의 옴겨 노코 요화와 져 팔기 ᄌᆞ녀 등을 ᄃᆡᄒᆞ여 니ᄅᆞᄃᆡ,

"너의 등이 ᄒᆞᆷ긔 효복이 몸의 이시니 다른 일은 모다 간예치 못ᄒᆞ려니와 져 금긔셔 【22】 화(琴棋書畵) 네가지ᄂᆞᆫ 독셔와 습무ᄒᆞᄂᆞᆫ 겨를의 가히 각각 사ᄅᆞᆷ의 셩픔에 죠하ᄒᆞᄂᆞᆫ 바ᄅᆞᆯ ᄯᅡ라 한 지조ᄅᆞᆯ 련습ᄒᆞ여 내여야 가히 쇼견도 되고 ᄯᅩ 가히 셩령도 개활ᄒᆞᆯ 거시니 너의 등이 각기 골희여 뎡ᄒᆞ면 내 조히 각양 법식을 가져 너의 등을 젼슈ᄒᆞ여 련습케 ᄒᆞ리라."

어시의 각각 턱뎡ᄒᆞᆯ 시 요홰 니ᄅᆞᄃᆡ,

"나ᄂᆞᆫ 몬져 거문고ᄅᆞᆯ 배호리라."

ᄒᆞ고, 쵸엽과 이운은 니ᄅᆞᄃᆡ,

"우리ᄂᆞᆫ 그림을 배호리라."

ᄒᆞ며, 하향은 니ᄅᆞᄃᆡ,

"나ᄂᆞᆫ 글시 ᄡᅳ기도 배호고 거 【23】 문고도 배호리라."

ᄒᆞ며, 쇼란은 니ᄅᆞᄃᆡ,

"나ᄂᆞᆫ 바독을 배호리라."

ᄒᆞ며, 미영은 니ᄅᆞᄃᆡ,

"나ᄂᆞᆫ 군쥬와 ᄀᆞᆺ치 거문고ᄅᆞᆯ 배호리라."

ᄒᆞ며, 욱니ᄂᆞᆫ 니ᄅᆞᄃᆡ,

"나ᄂᆞᆫ 바독과 그림을 배호리라."

ᄒᆞ며, 도홍은 니ᄅᆞᄃᆡ,

"나ᄂᆞᆫ 글시와 바독을 배호리라."

ᄒᆞ며, 류지ᄂᆞᆫ 니ᄅᆞᄃᆡ,

"나ᄂᆞᆫ 욱니와 ᄀᆞᆺ치 바독을 배호리라."

ᄒᆞ거ᄂᆞᆯ, 무ᄋᆡ지 니ᄅᆞᄃᆡ,

"임의 각기 뎡ᄒᆞ여시나 나 보기의 하향의 필력이 각인의게 비기ᄆᆡ 매우 츄경(遒勁)ᄒᆞ니[92] 필텹은 모다 하향을 맛져 쥬어 글시 배호 【24】 려 ᄒᆞᄂᆞᆫ 쟈ᄂᆞᆫ 더브러 ᄀᆞᆺ치 련습게 ᄒᆞ고, 요홰 몬져 거문고ᄅᆞᆯ 배호려 ᄒᆞ니 내 이 금보(琴譜)ᄅᆞᆯ

91) 【일병】 閉 {일병(一倂).} 함께. 모두. ¶ 概 ‖ 요홰 효복이 몸의 이시믈 인ᄒᆞ여 독셔와 습무 외에ᄂᆞᆫ 다른 일은 일병 무ᄋᆡᄌᆞ의 쥬쟝ᄒᆞ믈 쳥ᄒᆞ니 (瑤華因孝服在身, 除讀書習武外, 他事槪請無碍子主張.) <瑤華 4:21>

92) 【츄경ᄒᆞ다】 형 추경(遒勁)하다. 글씨가 힘이 있다. ¶ 遒勁 ‖ 나 보기의 하향의 필력이 각인의게 비기ᄆᆡ 매우 츄경ᄒᆞ니 필텹은 모다 하향을 맛져 쥬어 글시 배호려 ᄒᆞᄂᆞᆫ 쟈ᄂᆞᆫ 더브러 ᄀᆞᆺ치 련습게 ᄒᆞ고 (我看荷香筆力較各人來得遒勁、碑帖都交與荷香, 凡要學習者, 與之一同講習.) <瑤華 4:23>

쥬ᄂᆞᆫ 거시니 네 스ᄉᆞ로 령회(領會)ᄒᆞ여 내되 ᄭᅴ치지 못ᄒᆞᄂᆞᆫ 거ᄉᆞᆫ 와셔 뭇게 ᄒᆞ고 ᄀᆞᆺ치 배호ᄂᆞᆫ 쟈롤 닐너 알게 ᄒᆞ고, 바독은 긔보롤 볼 거시 아니라 강언의 니ᄅᆞᄃᆡ '바독은 션슈롤 닷톤다'[93] ᄒᆞ니, 한가ᄒᆞᆫ ᄯᅢ의 다만 ᄌᆞ로 ᄃᆡ국ᄒᆞ여 말이 죽고 ᄉᆞᄂᆞᆫ 거ᄉᆞᆯ 알기롤 기다린 후의 다시 긔보롤 볼 거시오. 그림은 화보가 아니면 가치 못ᄒᆞ니, 화뵈 이 곳의 이시ᄆᆡ, 어내 거【25】ᄉᆞᆯ 배호기롤 ᄉᆞ랑ᄒᆞ거든 다만 한 가지만 갈히여 배홀 거시오. 다만 가히 죠셕변긔ᄂᆞᆫ 못홀 거시오. 엇ᄂᆞᆫ 배 잇기롤 기다려 다시 졔이건을 배호라."

ᄒᆞ니, 드ᄃᆡ여 각기 슈명ᄒᆞ고 각각 스ᄉᆞ로 최탁(揣度)ᄒᆞ라 가더라. 무ᄋᆡ지 ᄯᅩ ᄌᆞ녀 등의 슈용홀 바 각항 셔칙을 버려내여 부ᄉᆞ 등으로 ᄒᆞ여곰 조비ᄒᆞ게 ᄒᆞ고, ᄯᅩ ᄉᆡᆼ각ᄒᆞ니 ᄌᆞ녀 등이 졈졈 쟝ᄃᆡᄒᆞ여 가ᄂᆞᆫ지라 결복(結服) 후의 일병(一併)[94] 의복이 흠긔 셔로 칭당치 못홀지라. ᄌᆞ세히 조검ᄒᆞ여 벅벅이【26】비(備)홀 쟈롤 일일이 긔록ᄒᆞ여 별노이 도춍단ᄌᆞ(都摠單子)롤 ᄲᅧ내여 령ᄉᆞ 등으로 ᄒᆞ여곰 사ᄅᆞᆷ을 시겨 강남의 보내여 ᄉᆞ라릉단(紗羅綾緞)을 ᄆᆡ판 ᄒᆞ게 ᄒᆞ고 ᄯᅩ 변량의 보내여 시속 양ᄌᆞ 차환(釵環)과 슈식(首飾)과 건젹(巾幘)과 화혜(靴鞋) 각종을 ᄆᆡᆫᄃᆞᆯ게 홀식, 분파ᄒᆞ기롤 졍당(停當)히 ᄒᆞ고 신칙ᄒᆞ여 즉시 조판(照辦)ᄒᆞ게 ᄒᆞ더라. 다만 보니 시녀 등이 슈즁의 한 장 죠희 조각을 가지고 와 품ᄒᆞᄃᆡ,

"외간의 부식 드러와 고ᄒᆞ기롤 일간 한 부인 긔신(忌辰)이 될 터이니 군쥐 반드시 분묘의 올나【27】지젼을 ᄉᆞᄅᆞ고 치젼(致奠)을 홀 거시니, 벅벅이 판비홀 문건을 단ᄌᆞ의 ᄲᅧ셔 드리ᄂᆞᆫ 거시니, 쳥컨ᄃᆡ ᄉᆞ부ᄂᆞᆫ 감(監)ᄒᆞ시고 뎡ᄒᆞ여 쥬셔야 미리 경긔(經紀)ᄒᆞ리라."

ᄒᆞ거ᄂᆞᆯ, 무ᄋᆡ지 단ᄌᆞ롤 보고 말ᄒᆞᄃᆡ,

"이ᄃᆡ로 거힝ᄒᆞ라."

ᄒᆞ니, 시녜 단ᄌᆞ롤 가지고 나아가고 뒤홀 ᄯᅡ라 ᄯᅩ 품ᄒᆞᄃᆡ,

"ᄉᆞ뷔 ᄌᆞ연 군쥬와 ᄀᆞᆺ치 가실 거시니 교ᄌᆞ롤 타실ᄂᆞᆫ지 ᄎᆞ롤 타실ᄂᆞᆫ지 쳐분을 기다린다."

ᄒᆞ거ᄂᆞᆯ, 무ᄋᆡ지 니ᄅᆞᄃᆡ,

"문득 군쥬ᄂᆞᆫ 보힝치 못홀 거시니 다만 ᄎᆞ롤 타게 ᄒᆞ고, 나도 반ᄃᆞ시 교ᄌᆞ롤 타【28】지 아닐지니, 일양 쇼쟝(素帳)을 두른 ᄎᆞ롤 ᄃᆡ령ᄒᆞ라."

ᄒᆞ더라.

슈일을 지나ᄆᆡ, 긔신이 임의 되엿ᄂᆞᆫ지라. 무ᄋᆡ지 쟝기덕으로 ᄒᆞ여곰 부ᄉᆞ롤 시겨 분묘 겻히 헐쇼(歇所)[95]롤 판비ᄒᆞ여 ᄡᅥ 군쥬롤 편케 ᄒᆞ고 ᄯᅩ 요화와 ᄌᆞ녀 등을 경계ᄒᆞ여 반ᄃᆞ시 쇼세도 말고 일변 죠반을 진촉ᄒᆞ여 먹은 후의 요화로 ᄒᆞ여곰 참최즁복(斬衰重服)을 밧고와 닙게 ᄒᆞ고, ᄉᆞ긔 암ᄌᆞᄂᆞᆫ 셰마도포(細麻道袍)와 호건쵸리(孝巾草履)롤 ᄀᆞᆺ쵸게 ᄒᆞ고, ᄉᆞ긔 녀ᄌᆞᄂᆞᆫ 셰마(細麻) 치마와 호계장건(孝髻長巾)을 ᄀᆞᆺ쵸게 ᄒᆞ고 량인이【29】한 ᄎᆞ롤 타고 요홰 무ᄋᆡᄌᆞ와 ᄀᆞᆺ치 각기 일량 ᄎᆞ롤 타ᄂᆞᆫᄃᆡ, 쥬쳥대와 쟝기덕은 요화의 ᄎᆞ 가의 안고, ᄇᆡᆨ우옥과 황금슌은 무ᄋᆡᄌᆞ의 ᄎᆞ 겻히 안고, 량긔 태감이 젼도ᄒᆞ고, 관ᄉᆞᄒᆞᄂᆞᆫ 사ᄅᆞᆷ들이 졔슈롤 거ᄂᆞ리고 고악(鼓樂)ᄒᆞᄂᆞᆫ 사ᄅᆞᆷ들은 뒤히 ᄯᅡᄅᆞ게 ᄒᆞ고, 림록환과 화견슈ᄂᆞᆫ 내인배(內人輩)롤 약쇽(約束)ᄒᆞ게 ᄒᆞ고 분파ᄒᆞ기롤 맛ᄎᆞᄆᆡ 모다 뎐샹의 나와 ᄎᆞ의 올나 발힝ᄒᆞ니, 분묘가 쟝ᄉᆞ의셔 상게(相距) 삼니(三里) 노졍이라. 슌식간의 임의 니ᄅᆞ러 몬져 헐쇼(歇所)[96]의 드러가【30】잠간 쉬고 부ᄉᆞ 등이 졔슈와 죠희와 비단을 포셜ᄒᆞᆫ 후의 쳥ᄒᆞ거ᄂᆞᆯ, 무ᄋᆡ지 ᄉᆞ긔 비ᄌᆞ로 ᄒᆞ여곰 요화롤 븟드러 나와 분묘 앏히 니ᄅᆞ러 졔젼(祭奠)홀식 고악이 아오로 동ᄒᆞ며 졔젼ᄒᆞᆫ 후의 폐ᄇᆡᆨ을 걸고, 요홰 반향을

93)【바독은 션슈롤 닷톤다】㊎ 바둑은 선수를 다툰다. ¶ 棋從圍墻起. ‖ 바독은 긔보롤 볼 거시 아니라 강언의 니ᄅᆞᄃᆡ 바독은 션슈롤 닷톤다 ᄒᆞ니 (棋且不用閱譜, 常言道: 棋從圍墻起.) <瑤華 4:24>

94)【일병】㊇ {일병(一併).} 함께. 모두. ¶ 一切 ‖ ᄯᅩ ᄉᆡᆼ각ᄒᆞ니 ᄌᆞ녀 등이 졈졈 쟝ᄃᆡᄒᆞ여 가ᄂᆞᆫ지라 결복 후의 일병 의복이 흠긔 셔로 칭당치 못홀지라 (又思子女們漸漸長大, 服滿之後, 一切衣飾俱不相稱.) <瑤華 4:25>

95)【헐쇼】㊔ 헐소(歇所). ¶ 坐落 ‖ 무ᄋᆡ지 쟝기덕으로 ᄒᆞ여곰 부ᄉᆞ롤 시겨 분묘 겻히 헐쇼롤 판비ᄒᆞ여 ᄡᅥ 군쥬롤 편케 ᄒᆞ고 (無碍子令張其德吩咐令史, 撥副史一名, 先往墳頭備辦坐落, 以便郡主歇息.) <瑤華 4:28>

96)【헐쇼】㊔ 헐소(歇所). ¶ 坐落 ‖ 분묘가 쟝ᄉᆞ의셔 상게 삼니 노졍이라 슌식간의 임의 니ᄅᆞ러 몬져 헐쇼의 드러가 잠간 쉬고 (墳頭只離王莊三里多路, 瞬息便到, 先入坐落暫歇.) <瑤華 4:29>

곡읍ᄒᆞ거ᄂᆞᆯ 시녀 등이 권ᄒᆞ여 그치게 ᄒᆞ고, 인ᄒᆞ여 헐쇼의 드러와 한 지위 쉬고 드듸여 각기 ᄎᆞ의 올나 도라올ᄉᆡ 로샹의셔 보니 양류ᄂᆞᆫ 푸른 빗치 발ᄒᆞ고 꾀고리ᄂᆞᆫ 공교히 울고 머리ᄅᆞᆯ 드러 ᄯᅩ 보ᄆᆡ 풍징이 하ᄂᆞᆯ의 가【31】득ᄒᆞ여 쇼릐 어ᄌᆞ러오니 진ᄀᆡ 조흔 텬긔오 ᄯᅩ 보니 ᄒᆡᆼ인이 모다 광쥬리ᄅᆞᆯ 메고 ᄒᆡᆼ담(行擔)[97]을 니어 졔쇼(祭掃)ᄒᆞ라 가ᄂᆞᆫ 모양이라.

ᄒᆡᆼᄒᆞ여 쟝ᄎᆞᆺ 쟝샹의 니르ᄆᆡ 무ᄋᆡ지 ᄎᆞᄅᆞᆯ 밧긔 머무르고 셔로 쟝외에 디형을 볼ᄉᆡ 요화도 ᄯᅩᄒᆞᆫ ᄎᆞ의 나려 뫼시더라.

무ᄋᆡ지 요화ᄅᆞᆯ 디ᄒᆞ여 니ᄅᆞ듸,

"쳥명졀긔 임의 갓가온 고로 노샹 ᄒᆡᆼ인들이 졔쇼ᄒᆞ라 가ᄂᆞᆫ 재 심히 만토다."

요홰 니ᄅᆞ듸,

"ᄌᆡ명일(再明日)이 쳥명졀긔라."

ᄒᆞ거ᄂᆞᆯ, 무ᄋᆡ지 잠잠히 싱각ᄒᆞ다가 드듸여 각기 부【32】의 도라와 침궁의 안ᄌᆞ셔 즉시 장기덕을 블너 령ᄉᆞ의게 분부ᄒᆞ여 가턱 밧 ᄉᆞ면의 버드나무ᄅᆞᆯ 심으고 나무ᄅᆞᆯ 한 길즘 더 ᄢᅧ셔 두로 루방(樓房)을 일희혀고 누방 밧긔 ᄯᅩ 버드나무ᄅᆞᆯ 심으듸 져 의ᄉᆞ(意思)ᄅᆞᆯ 의지ᄒᆞ여 몬져 일긔 도형을 그려 드리며 아오로 공료(工料) 쥴 은량을 혬ᄒᆞ여 드리라 ᄒᆞ니, 령ᄉᆡ 슈명ᄒᆞ고 불슈일간(不數日間)의 도형과 공가(工價) 마련ᄒᆞᆫ 거ᄉᆞᆯ 단ᄌᆞ의 버려 드리니, 듸총이 내외 루방이 일쳔 륙ᄇᆡᆨ 팔십 간이니 ᄆᆡ간의 은ᄌᆡ 십【33】팔 량식 들고 아오로 버드나무 두 쥴기ᄅᆞᆯ 심의ᄆᆡ 통계ᄒᆞ여 은ᄌᆡ 삼만 ᄉᆞ쳔여 량이 ᄡᅵ울지라. 드듸여 요화로 더브러 알게 ᄒᆞ고 은고(銀庫)ᄅᆞᆯ 여러 내여 쥬라 ᄒᆞ니, 요홰 쥬져ᄒᆞᄂᆞᆫ ᄃᆞᆺᄒᆞ거ᄂᆞᆯ, 무ᄋᆡ지 니ᄅᆞ듸,

"너ᄂᆞᆫ 밋쳐 ᄭᆡᄃᆞᆺ지 못ᄒᆞᄂᆞᆫ도다. 져 ᄡᅳᄂᆞᆫ 은ᄌᆡ 의구히 도라 드러오리라."

요홰 니ᄅᆞ듸,

"아지 못게라 져 루방은 허다히 지어 무어싀 ᄡᅳ며 임의 루방을 지엇ᄂᆞᆫ듸 슈용ᄒᆞᆫ 은ᄌᆡ 엇지 ᄯᅩ 굴너 도라오랴?"

무ᄋᆡ지 니ᄅᆞ듸,

"이후의 년ᄉᆡ(年事) 조치 못ᄒᆞᆯ 거【34】시니 이 ᄣᅢᄅᆞᆯ ᄯᆞ라 긴급히 방옥을 짓지 아니ᄒᆞ면 그 ᄣᅢ의ᄂᆞᆫ 지으려 ᄒᆞ여도 어려올지라. 져 루방을 지어내여 쟉인배로 거쥬케 ᄒᆞ고 ᄆᆡ간 ᄆᆡ셰의 방셰ᄅᆞᆯ 다만 � 두 말식 거두량이면 합ᄒᆞ여 블과 슈ᄇᆡᆨ 젼이라. 져 간고ᄒᆞᆫ 쟉인 등이 엇지 원치 아니ᄒᆞ며, 우리 쟉인 등이 ᄒᆞᆷ긔 륙쳔여 명이나 되ᄂᆞᆫ지라. 돈 잇ᄂᆞᆫ 쟈와 가히 ᄲᅧ 걱정 업시 날을 지내ᄂᆞᆫ 쟈ᄂᆞᆫ ᄉᆞᄉᆞ로 즐겨 올마드지 아닐 거시오, 기 외에 빈한ᄒᆞᆫ 쟈ᄂᆞᆫ 부득블【35】우리 쟝샹의 의지ᄒᆞ려 ᄒᆞ여 와셔 쥬졉ᄒᆞᆯ 거시니, 쳣지ᄂᆞᆫ 쟝샹이 공허치 아닐 거시오. 둘지ᄂᆞᆫ 맛츰 의외에 일이 이시ᄆᆡ 믄득 가히 호위ᄒᆞᆷ을 지을 거시오. 너의 무리 비록 친왕의 집이나 다만 군ᄉᆞ 기ᄅᆞᄂᆞᆫ 법은 허치 아니ᄒᆞ니 져 쟉인 등을 무예ᄅᆞᆯ 훈련ᄒᆞ여 졍슉ᄒᆞ여지면 병뎡으로 더브러 다ᄅᆞᆯ 거시 업ᄉᆞᆯ 거시오. ᄯᅩ 군량을 덜 거시니 엇지 일거량득(一擧兩得)이 아니며, ᄆᆡ 간 셰 밧ᄂᆞᆫ 곡식이 ᄆᆡ년의 믄득 삼ᄇᆡᆨ여 셕은 될지라【36】십년 후의ᄂᆞᆫ ᄌᆞ연 방옥이 공ᄶᅥ러지ᄂᆞᆫ 거시 될 거시니, 너ᄂᆞᆫ 말ᄒᆞ라 엇더ᄒᆞ냐?"

요홰 듯고 심즁의 심히 깃거 드듸여 ᄇᆡᆨ우옥을 시겨 즉긔의 고(庫)ᄅᆞᆯ 열고 은ᄌᆞᄅᆞᆯ 칭량ᄒᆞ여 내여 오니, 무ᄋᆡ지 령ᄉᆞᄅᆞᆯ 블너 은ᄌᆞᄅᆞᆯ 가지고 지료ᄅᆞᆯ 무(貿)ᄒᆞ여 턱일ᄒᆞ여 흥공(興工)ᄒᆞ라 ᄒᆞ니, 령ᄉᆡ 은ᄌᆞᄅᆞᆯ 거ᄂᆞ리고 나아가더라.

ᄯᅩ 요화ᄅᆞᆯ 듸ᄒᆞ여 니ᄅᆞ듸,

"가히 관ᄉᆞᄒᆞᆯ 사ᄅᆞᆷ 량명을 뎡ᄒᆞ여 하나흔 은ᄌᆞᄅᆞᆯ 가지고 ᄉᆞ쳔의 보내여 쇼마(小馬) 이십 필을 ᄉᆞ고 하나흔【37】셤셔의 보내여 대마(大馬) ᄉᆞ십 필을 ᄉᆞ셔 와야 조히 궁마ᄅᆞᆯ 련습ᄒᆞᆯ 거시니 대략 이쳔 금 이상은 될지라. 명일의 령ᄉᆞᄅᆞᆯ 시겨 ᄲᆞᆯ니 간판(赶辦)케 ᄒᆞ라."

요홰 답응ᄒᆞ거ᄂᆞᆯ, 무ᄋᆡ지 ᄯᅩ 니ᄅᆞ듸,

"ᄉᆞ면 창고의 쟝벽이 심히 약ᄒᆞ니 맛당히 둘어 다시 둣겁게 벽장을 ᄡᅡ흐려 ᄒᆞ면 비록 만금을 허비ᄒᆞ나 믄득 이 쟝샹을 견슈ᄒᆞᆯ 거시니 루방 역ᄉᆞ 밧치기ᄅᆞᆯ 기다려 다시 셩공ᄒᆞ게 ᄒᆞ라."

일로브터 말이 업더라.

십일월 간의 니ᄅᆞ러 루방【38】역ᄉᆞᄅᆞᆯ 마쳣거ᄂᆞᆯ 무ᄋᆡ지 요화ᄅᆞᆯ 다리고 후루샹의 올나 한번 바라보니 과연 진ᄀᆡ 쟝샹이 광야의 잇ᄂᆞᆫ 것

97)【ᄒᆡᆼ담】명 행담(行擔). ¶ 簦 ‖ ᄯᅩ 보니 ᄒᆡᆼ인이 모다 광쥬리ᄅᆞᆯ 메고 ᄒᆡᆼ담을 니어 졔쇼ᄒᆞ라 가ᄂᆞᆫ 모양이라 (又見行人皆擔簦携榼, 像也是祭掃的.) <瑤華 4:31>

ᄀᆞᆺ지 아니ᄒᆞ고 버드나무가 용이히 ᄌᆞ라 장ᄎᆞᆺ 사ᄅᆞᆷ의 고의 밋게 되고 ᄉᆞ면이 청총(淸葱)ᄒᆞ여 ᄒᆡᄌᆞ 믈노 더브러 셔로 빗최ᄆᆡ 별노이 일종 청아ᄒᆞᆫ 긔샹이 잇ᄂᆞᆫ지라. 일변 쟉인이 타조(打租)ᄅᆞᆯ 밧칠 ᄯᅢᄅᆞᆯ 기다려 고시(告示) ᄒᆞᄂᆞᆫ 글을 ᄲᅧ 븟쳐 방을 들고 ᄡᆞᆯ을 바드려 ᄒᆞᆫ다 ᄒᆞ니 진ᄀᆡ 날마다 쟉인배 와셔 방을 셰달나 ᄒᆞ며, 쟉인이 아니【39】오 다른 사ᄅᆞᆷ들도 와셔 셰 쥬믈 청ᄒᆞ거ᄂᆞᆯ 령시 와셔 지시ᄒᆞ믈 청ᄒᆞ니 무ᄋᆡ지 니ᄅᆞᄃᆡ,

“우리 져 누방을 ᄒᆞᆯ노 쟉인을 셰쥬어 거쥬케 ᄒᆞ미니, 만일 쟉인이 아니어든 반ᄃᆞ시 허치 말나.”

령시 ᄯᅩ 품ᄒᆞᄃᆡ,

“고시ᄒᆞᆯ 젹의 본ᄃᆡ 다른 사ᄅᆞᆷ은 셰쥰다 아니ᄒᆞ엿ᄂᆞᆫᄃᆡ 져 무리 니ᄅᆞᄃᆡ, 이 방옥이 칠팔ᄇᆡᆨ 호ᄂᆞᆫ 쥬졉ᄒᆞᆯ 만ᄒᆞ니 언마 못ᄒᆞ여 시진(市鎭)이 될 거신ᄃᆡ 공쟝(工匠)과 시졍(市井)[98]들이 ᄒᆞᆷᄭᅴ 오지 아니치 못ᄒᆞᆯ지라. 잠간 거쥬ᄒᆞ여 ᄂᆞᆺ코 ᄌᆞ원ᄒᆞ여 은ᄌᆞᄅᆞᆯ 가지고【40】우리 쟝샹 겻ᄒᆡ ᄯᅩ 방샤ᄅᆞᆯ 짓고 져ᄌᆞᄅᆞᆯ 열며 곳 집갑 쇽의셔 셰 밧치ᄂᆞᆫ 곡식을 졔ᄒᆞᆫ다 ᄒᆞ고 즁인이 ᄒᆞᆷᄭᅴ 헴치고 왓다.”

ᄒᆞ거ᄂᆞᆯ, 무ᄋᆡ지 니ᄅᆞᄃᆡ,

“임의 즁인의 쇼원이 그러ᄒᆞ면 져의 무리 잠간 몬져 와셔 거쥬ᄒᆞ게 ᄒᆞ고 쇽히 은ᄌᆞᄅᆞᆯ 가지고 ᄯᆞ로 방샤ᄅᆞᆯ 짓게 ᄒᆞ여 가히 우리 무리의 쟉인을 그ᄅᆞᆺ되게 말나.”

령시 그쳐름 거ᄒᆡᆼᄒᆞ더라.

일년을 지ᄂᆞᄆᆡ 방옥이 다 거쥬ᄒᆞ여 ᄎᆞ게 되고 쟉젼(作廛)ᄒᆞᄂᆞᆫ 사ᄅᆞᆷ들이 루방 밧긔 ᄯᅩ 평집을【41】지어 량편의 각각 삼ᄉᆞ십 개 이시니 맛참내 시진(市鎭)을 닐우고 거민들이 맛참내 왕쟝(王莊) 이 ᄯᅡᄅᆞᆯ 가져 디명을 삼아 이졔가지 사ᄅᆞᆷ이 오히려 그리 칭ᄒᆞ더라.

미구(未久)의 량쳐 마필을 ᄒᆞᆷᄭᅴ ᄉᆞ셔 도라왓거ᄂᆞᆯ 요화 무라[리] ᄲᆞᆼ일이 되면 ᄯᅩᄒᆞᆫ 공부ᄅᆞᆯ 더ᄒᆞ고 빅우옥과 황금슌도 ᄯᅩᄒᆞᆫ ᄌᆞ녀 무리ᄅᆞᆯ ᄯᅡ라 긔사(騎射)ᄒᆞᄂᆞᆫ 거ᄉᆞᆯ 학습ᄒᆞ여 ᄆᆞᆫ득 편리ᄒᆞ더라.

하로 밤은 무ᄋᆡ지 침궁으로 죠ᄎᆞ 도라와 예포 대루하의 니ᄅᆞ러 한 방을 지나가려 ᄒᆞ더니 드ᄅᆞᄆᆡ【42】거문고 쇼ᄅᆡ 료량ᄒᆞ나 오히려 곡죠ᄂᆞᆫ 일우지 못ᄒᆞᄂᆞᆫᄃᆡ, 어내 사ᄅᆞᆷ이 안의 잇셔 학습ᄒᆞᄂᆞᆫ 쥴은 아지 못ᄒᆞᆯ지라. 드ᄃᆡ여 몸을 굴너 챵 앏ᄒᆡ 니ᄅᆞ러 한번 여어 보니 요홰 미영과 ᄀᆞᆺ치 거문고ᄅᆞᆯ 셔로 맛쵸ᄂᆞᆫᄃᆡ 도시 맛쵸와 내지 못ᄒᆞᄂᆞᆫ지라. 무ᄋᆡ지 방즁으로 드러가며 니ᄅᆞᄃᆡ,

“거문고 맛쵸ᄂᆞᆫ 거시 ᄎᆡᆨ 《션옹仙翁》 곡죄 잇ᄂᆞᆫᄃᆡ 거긔 졍슉ᄒᆞ여야 겨유 능히 맛쵸와 내나니라.”

요홰 니ᄅᆞᄃᆡ,

“ᄆᆞᆫ득 여긔 잇셔 그 곡죠ᄅᆞᆯ 익히나 아지 못게라 엇지【43】그러ᄒᆞᆫ지 ᄉᆡᆼ음은 갓지 아니ᄒᆞ다.”

ᄒᆞ거ᄂᆞᆯ, 무ᄋᆡ지 니ᄅᆞᄃᆡ,

“이리 노라. 내 화ᄒᆞ여 내기ᄅᆞᆯ 기다리라.”

ᄒᆞ고 쥴을 가져 두어 번 만지다가 타거ᄂᆞᆯ 음졀이 ᄆᆞᆫ득 화ᄒᆞ여지믈 ᄭᆡ다ᄅᆞᆯ지라. 미영이 니ᄅᆞᄃᆡ,

“ᄉᆞ부의 화ᄒᆞ여 내ᄂᆞᆫ 배 아지 못게라 몃 번 둘너 즉시 되ᄂᆞᆫ지 뎨ᄌᆞ 등이 져 연고ᄂᆞᆫ ᄭᆡ치지 못ᄒᆞ도다.”

무ᄋᆡ지 니ᄅᆞᄃᆡ,

“져러ᄐᆞᆺ 말ᄒᆞᆯ 거시 아니라. 거문고 맛쵸ᄂᆞᆫ 고져(高低)가 모다 ᄌᆞ긔의 뎡ᄒᆞᄂᆞᆫ 바의 이시니 대강 이 한 쥴 화ᄒᆞᄂᆞᆫ 거시 놉거든【44】져 녀셧 쥴도 긔여히 ᄯᆞ라 모다 놉ᄒᆞ야 ᄆᆞᆫ득 합ᄒᆞᄂᆞ니 대챵 이 군현(君絃)으로ᄡᅥ 쥬쟝을 삼ᄂᆞᆫ지라. 만일 임의로 고하ᄅᆞᆯ ᄒᆞᆯ 양이면 ᄆᆞᆫ득 화ᄒᆞ여 내기가 어려온지라. 거문고 리치(理致) 셰미(細微)ᄒᆞ니 한 두 말노 ᄡᅥ 가히 포괄(包括)치 못ᄒᆞᆯ지라. 너이 무리 귀의 쇼ᄅᆡ 익지 못ᄒᆞᆷ은 대ᄀᆡ 평일의 홍샹풍류 쇼ᄅᆡᄅᆞᆯ 듯지 못ᄒᆞᆫ 쇼치니 반ᄃᆞ시 긔여히 이졔 풍류 소리ᄅᆞᆯ 드러 익혀야 겨유 능히 녯 풍류 쇼ᄅᆡ의 ᄭᆡ다라 드러 갈 거시니 아지 못게라 우【45】리 등의 쟝샹 궁녀 즁의 가히 어려셔 여악(女樂)의 ᄎᆞᆷ슈ᄒᆞᆫ 재 몃치나 잇ᄂᆞ냐?”

미영이 니ᄅᆞᄃᆡ,

“음악 아ᄂᆞᆫ 재 ᄉᆞ오인이 잇ᄂᆞ니라.”

무ᄋᆡ지 요화ᄅᆞᆯ ᄃᆡᄒᆞ여 니ᄅᆞᄃᆡ,

98)【시졍】 명 시정(市井). ¶ 鋪戶 ‖ 이 방옥이 칠팔 ᄇᆡᆨ 호ᄂᆞᆫ 쥬졉ᄒᆞᆯ 만ᄒᆞ니 언마 못ᄒᆞ여 시진이 될 거신ᄃᆡ 공쟝과 시졍들이 ᄒᆞᆷᄭᅴ 오지 아니치 못ᄒᆞᆯ지라 (這些房屋, 要住到七八百戶人家, 差不多也成箇市鎭了, 工匠鋪戶俱少不來.) <瑤華 4:39>

"명일의 일이 업거든 가히 져희 무리 멋 사ᄅᆞᆷ을 ᄡᅡ내여 져의로 ᄒᆞ여곰 씌로 련습게 ᄒᆞ면 쳣지ᄂᆞᆫ 왕야의 잔치ᄒᆞᆯ 씌의 ᄡᅵ우믈 ᄀᆞᆺ촐 거시오. 둘지ᄂᆞᆫ 너의로 ᄒᆞ여곰 귀의 고하되ᄂᆞᆫ 음졀을 아라내여야 거문고 배호기 용이ᄒᆞ리라."

요홰 답응ᄒᆞ거ᄂᆞᆯ, 무ᄋᆡ지 ᄯᅩ ᄒᆞᆫ ᄎᆞ례ᄅᆞᆯ 타다가【46】 비로쇼 침실노 도라가더라.

요홰 믄득 한 지조ᄅᆞᆯ 배호ᄆᆡ 젼심치 아니ᄒᆞ미 업고 이 씌의 거문고ᄅᆞᆯ 맛초와 되지 못ᄒᆞᄆᆡ, 무ᄋᆡᄌᆞ의 지교(指敎)ᄒᆞ믈 드ᄅᆞᆫ 후로븟허 졈졈 능히 ᄭᅵ쳐내고 ᄆᆡ영도 ᄯᅩᄒᆞᆫ 그러ᄒᆞ더라.

일일은 결을이 이시ᄆᆡ 무ᄋᆡᄌᆞ의 가ᄅᆞ치믈 죠ᄎᆞ ᄇᆡᆨ우옥과 황금순 량인으로 ᄒᆞᆷᄭᅴ 셰답국(洗踏局)의 드러가 궁녀 무리 죠작ᄒᆞᄂᆞᆫ 거ᄉᆞᆯ 보더니 그 쇽의 일ᄀᆡ 년ᄭᅴ 젹이 만ᄒᆞᆫ 재 잇ᄂᆞᆫ지라. 블너 심변의 니ᄅᆞ게 ᄒᆞ고 요홰 무ᄅᆞ【47】ᄃᆡ,

"네 명ᄶᆞᄅᆞᆯ 무어시라 부ᄅᆞᄂᆞ냐?"

그 궁녜 답응ᄒᆞᄃᆡ,

"비자의 셩명은 츄소졍(鄒素貞)이라."

하거ᄂᆞᆯ, 요홰 니ᄅᆞᄃᆡ,

"네 년ᄭᅴ 언마나 되엿ᄂᆞ냐?"

소졍이 ᄃᆡ답ᄒᆞᄃᆡ,

"비ᄌᆡ 금년의 ᄉᆞ십오 셰 되엿다."

ᄒᆞ거ᄂᆞᆯ, 요홰 니ᄅᆞᄃᆡ,

"네가 우리 집 쇼식이 되ᄂᆞ냐?"

소졍이 그런 쥴노 ᄃᆡ답ᄒᆞ거ᄂᆞᆯ, 요홰 니ᄅᆞᄃᆡ,

"네 가히 궁즁의셔 어린 씌로븟허 일즉 녀악ᄒᆞᄂᆞᆫ 사ᄅᆞᆷ의 츙슈ᄒᆞ여 잇ᄂᆞᆫ 이ᄅᆞᆯ 아ᄂᆞ냐?"

소졍이 니ᄅᆞᄃᆡ,

"그런 배 이시니, 비ᄌᆞ도 어릴 씌의 일즉 츙수ᄒᆞ엿【48】고 도로혀 국슈방(鞠漱芳)과 장옥셤(張玉蟾)과 은벽옥(殷碧玉)과 원쥬ᄋᆞ(袁珠兒)와 하유란(夏幽蘭)과 반산셜(樊山雪)과 ᄆᆡ근츈(梅近春)이 잇ᄂᆞᆫᄃᆡ, 져의들이 도시 녀악부 내의 츌신으로 년ᄭᅴ 졈졈 쟝ᄃᆡᄒᆞ믈 인ᄒᆞ여 다른 ᄉᆞ역ᄒᆞᄂᆞᆫ ᄃᆡ 츙당ᄒᆞ엿다."

ᄒᆞ거ᄂᆞᆯ, 요홰 니ᄅᆞᄃᆡ,

"져 몃 ᄀᆡ 즁의 어내 사ᄅᆞᆷ이 음악의 가쟝 익으냐?"

소졍이 니ᄅᆞᄃᆡ,

"져 칠인 즁의 본ᄉᆞ(本事)가 샹등(相等)이오 비ᄌᆞᄂᆞᆫ 일즉 교습ᄒᆞ여 쥬ᄂᆞᆫ 소임을 지내여 져 무리의 비ᄒᆞ면 ᄯᅩ 잡된 곡죠 몃 가지ᄅᆞᆯ 더 안다."

ᄒᆞ니, 요홰 니ᄅᆞᄃᆡ,

"ᄆᆡ우 죠타. ᄉᆞ뷔 날노 ᄒᆞ여곰 너의 무리ᄅᆞᆯ ᄉᆞ문(査問)ᄒᆞ여 음악 아ᄂᆞᆫ 재 이시면 명일노 위시ᄒᆞ여 ᄆᆡ일의 모다 샹셔방 셔편 샹방 속의 모하 두고 련습ᄒᆞ믈 한슉ᄒᆞ게 ᄒᆞ여 ᄡᅥ 왕야의 잔치ᄒᆞᆯ 씌의 ᄡᅵ이믈 갓초게 ᄒᆞ라 ᄒᆞ여 계시니 내 의구히 너ᄅᆞᆯ 교습ᄒᆞᄂᆞᆫ 쇼임의 둘 거시니 네 만일 교도ᄒᆞ기ᄅᆞᆯ 잘 ᄒᆞ면 내 왕야ᄭᅴ 쳔거ᄒᆞ여 별노이 죠ᄒᆞᆫ 치ᄉᆞ(差使)ᄅᆞᆯ 시겨 쥬리라."

소졍이 련망히 ᄭᅮ러 고두샤은ᄒᆞ거ᄂᆞᆯ, 요홰 ᄯᅩ ᄇᆡᆨ우옥을 시겨 져 일곱 사ᄅᆞᆷ의게【50】 지위ᄒᆞ게 ᄒᆞ고 바야흐로 침궁의 도라오니 일노븟허 왕쟝이 죠히 열요(熱鬧)ᄒᆞ더라. 부지불각ᄒᆞ게 하로가 ᄉᆞ흘이 되고 ᄉᆞ흘이 아흐레가 되어 어언간의 요화의 효복(孝服)이 임의 ᄎᆞ고 나히 임의 십삼 셰 되여시니, 졍히 두발이 졍졔ᄒᆞ고 신지 길도 아니ᄒᆞ고 ᄶᆞ르도 아니ᄒᆞ며 여위지도 아니ᄒᆞ고 술ᄡᅵ지도 아니ᄒᆞ여 졔 모의 톄격이 잇ᄂᆞᆫᄃᆡ, 미목의 쳥슈ᄒᆞᆫ 것과 오관의 단졍ᄒᆞ므로 긔뷔 유이(柔膩)ᄒᆞ고 거지 아졍ᄒᆞᆫ 거ᄉᆞᆫ 다시 그 모시의게 지나고, 무ᄋᆡ【51】지 ᄯᅩ ᄒᆞ여곰 당시(唐詩)ᄅᆞᆯ 슉독ᄒᆞ게 ᄒᆞ여 시ᄅᆞᆯ 짓기ᄅᆞᆯ 배호게 ᄒᆞ며, 팔ᄀᆡ ᄌᆞ녀도 ᄯᅡ라 ᄀᆞᆺ치 셔권을 학습ᄒᆞ며 시격(詩格)의 관통ᄒᆞᄆᆡ 더욱 용이ᄒᆞ여 반년 동안의 임의 격식의 드러 마지며, ᄯᅩ ᄒᆞ여곰 각식 잡희ᄅᆞᆯ 익히ᄂᆞᆫᄃᆡ, 다 힘을 슈고 아니ᄒᆞ고, ᄉᆞᄀᆡ 녀ᄌᆞ 즁의 식식이 다 능히 ᄒᆞ기ᄂᆞᆫ 쇼란과 ᄆᆡ영이 가히 요화로 더브러 비견ᄒᆞ고 욱리ᄂᆞᆫ 젹이 다음이 되고 니운은 ᄯᅩ 그 다음이 되나 ᄆᆡ영의 니ᄅᆞ러ᄂᆞᆫ 더옥 긔괴(奇怪)ᄒᆞ여 요화로 더브러 동년이오,【52】 그 톄양(體樣)[99]과 태도와 언쇼와 ᄒᆡᆼ동거지가 더브러 일호도 다르미 업고 다만 복식으로 분변ᄒᆞ거니와 만일 일양으로 쟝속ᄒᆞᆯ 양이면 맛춤내 죠ᄎᆞ 분변ᄒᆞ미 업술 거시오, 셩격이 심히 ᄯᅩ 셔로 갓가오니 그러므로ᄡᅥ 요홰

99)【톄양】 [명] {체양(體樣).} 체형(體形). ¶ 身材 ‖ ᄆᆡ영의 니ᄅᆞ러ᄂᆞᆫ 더옥 긔괴ᄒᆞ여 요화로 더브러 동년이오 그 톄양과 태도와 언쇼와 ᄒᆡᆼ동거지가 더브러 일호도 다르미 업고 (至梅影更爲奇怪, 本與瑤華同歲, 其身材態度, 眉目言笑, 以及行動舉止, 與之一毫無二.) <瑤華 4:52>

더브러 친근ᄒᆞ기ᄅᆞᆯ 즁인 즁의 더옥 ᄲᅱ여나고, ᄉᆞᄀᆡ 남자 즁의ᄂᆞᆫ ᄌᆞ연 하향과 도셩이 더옥 낫다 헴ᄒᆞᆯ 거시오, 기여ᄂᆞᆫ ᄯᅩᄒᆞᆫ 가관(可觀)이 이시니 믄득 ᄉᆞᄀᆡ 녀ᄌᆞ만은 ᄀᆞᆺ지 못ᄒᆞ더라.

이ᄣᆡᄂᆞᆫ 가을이 놉하 ᄀᆡ운이 청샹(淸爽)ᄒᆞ며[100) 【53】 덥도 ᄎᆞ도 아니ᄒᆞᆫ지라. 무ᄋᆡ지 니ᄅᆞᄃᆡ,

"너의 무리 다만 집 쇽의 감쵸여 ᄀᆡ샤(騎射)ᄒᆞᄂᆞᆫ 안목이 도시 광활치 못ᄒᆞᆫ지라. 이러ᄐᆞᆺ 죠ᄒᆞᆫ 텬ᄀᆡ의 가히 ᄲᅧ 너의 무리ᄅᆞᆯ 거ᄂᆞ리고 문의 나아가셔 한 ᄎᆞ례 산양질ᄒᆞ여 각인의 기예ᄅᆞᆯ 시험ᄒᆞ미 엇더ᄒᆞ냐?"

즁인이 드ᄅᆞᄆᆡ 조히 환희ᄒᆞ여 ᄒᆞ거ᄂᆞᆯ 드ᄃᆡ여 쟝기덕으로 ᄒᆞ여곰 령ᄉᆞ의게 지위ᄒᆞ여[101) 영문의 가셔 쟝막을 비러오고 졔구ᄅᆞᆯ 판비ᄒᆞ여 남산의 가셔 산양질 ᄒᆞᆯᄉᆡ, 쟝막을 산하의 【54】 쳐 노와 휴식ᄒᆞ믈 기다리라 ᄒᆞ니, 기덕이 령ᄉᆞ의게 젼ᄒᆞ여 스ᄉᆞ로 가셔 간판(赶辦)ᄒᆞ고, ᄯᅩ 부ᄉᆞ 일명과 관ᄉᆞ 량명을 파뎡ᄒᆞ여 그곳의 가셔 ᄉᆞ후ᄒᆞ게 ᄒᆞ고 침궁 쇽의ᄂᆞᆫ 심취미와 구쇼셤과 림록환과 화견슈 ᄉᆞ명을 맛기여 관쇽ᄒᆞ게 ᄒᆞ고, 궁문샹(宮門上)은 ᄯᅩ 예포의 잇ᄂᆞᆫ 태감 ᄉᆞ명을 뎡ᄒᆞ여 함ᄀᆡ 파슈ᄒᆞ게 ᄒᆞ고 부ᄉᆞ의게 분부ᄒᆞ여 은량을 가져가게 ᄒᆞ고, 분비ᄅᆞᆯ 졍당히 한 후의 명됴 쇼세ᄒᆞ고 죠반을 맛치ᄆᆡ 각인이 쟝쇽ᄒᆞᆯᄉᆡ 【55】 요홰 ᄉᆞᄀᆡ 녀ᄌᆞ로 ᄀᆞᆺ치 두샹의 져ᄉᆞ(紵紗) 말ᄋᆡᆨ(抹額)이[102)ᄅᆞᆯ ᄡᅳ고 취운교ᄅᆞᆯ ᄶᅩᄌᆞ며 오직 요화만 말ᄋᆡᆨ이 우희 한 포귀 구술 물인 취봉(翠鳳)을 더 ᄭᅩᆺ고 신샹의 ᄯᅩ 화슈오(花綉襖)ᄅᆞᆯ 닙고, 요홰 ᄉᆞᄀᆡ 녀로 더브러 각기 오ᄉᆡᆨ빗출 난호와 허리의 월하군을 두르고 발의 셰 치 되ᄂᆞᆫ 화ᄌᆞ(靴子)ᄅᆞᆯ 신고 각기 궁젼과 판ᄌᆞ와 표창을 가지고 오죡 요화만 스ᄉᆞ로 ᄎᆞ지 아니ᄒᆞ고, 무ᄋᆡᄌᆞᄂᆞᆫ 말ᄋᆡᆨ이 우희 련화계(蓮花髻)ᄅᆞᆯ 쪽지고 챡슈(窄袖) 오ᄌᆞ(襖子)ᄅᆞᆯ 닙고 밧ᄀᆡᄂᆞᆫ 침향ᄉᆡᆨ(沈香色) 도포ᄅᆞᆯ 닙엇더라.

무ᄋᆡ지 니【56】ᄅᆞᄃᆡ,

"ᄇᆡᆨ우옥과 황금슌이 ᄀᆡ샤ᄒᆞᆯ 쥴을 아ᄂᆞ니 가히 ᄶᅡ라갈만 ᄒᆞᆫ지라. 군쥬와 나의 궁젼과 창도ᄅᆞᆯ ᄭᅴ고 가게 ᄒᆞ라."

어시의 황금슌은 무ᄋᆡᄌᆞᄅᆞᆯ ᄃᆡ신ᄒᆞ여 탄궁과 표창을 지고 ᄇᆡᆨ우옥은 요화ᄅᆞᆯ ᄃᆡ신ᄒᆞ여 탄궁(彈弓)과 삼쳡량인도(三尖兩刃刀)ᄅᆞᆯ ᄭᅴ고 져 ᄉᆞᄀᆡ 남ᄌᆞᄂᆞᆫ 각기 ᄌᆞ지ᄉᆡᆨ 비단젼포와 쇽발관(束髮冠)과 분져와(粉底靴)와 궁젼ᄃᆡ(弓箭袋)ᄅᆞᆯ 닙고 쟝창을 지고 일졔히 말ᄀᆡ 올나 궁문의 나이 량편의 관광ᄒᆞᄂᆞᆫ 사ᄅᆞᆷ들이 한 번 보ᄆᆡ 텬샹의셔 한 ᄶᅦ 션동과 【57】 션네 나린가 의심ᄒᆞ더라.

문의 난 지 언마 못되여 다만 보니 젼면의 임의 녀덟 ᄡᅣᆼ 마병이 잇셔 등의 각기 팔쳑이나 되ᄂᆞᆫ ᄀᆡ치ᄅᆞᆯ ᄶᅩᄌᆞ시니, 오ᄉᆡᆨ이 셔로 셕밧괴여[103) 앏히 잇셔 인도ᄒᆞ고 ᄯᅩ 일ᄇᆡᆨ 명 도픠슈(刀牌手) 보병이 두 가의 잇셔 호위ᄒᆞ니 이거ᄉᆞᆫ 령ᄉᆞ비가 영문의 가셔 쟝막을 빌ᄉᆡ 그 곳의셔 왕애 군쥬가 나와 산양ᄒᆞ믈 보고 특별이 져 무리 병졍을 발ᄒᆞ여 의취ᄅᆞᆯ 돕게 ᄒᆞ미라.

져 관광ᄒᆞᄂᆞᆫ 사ᄅᆞᆷ들이 먼니 바라보ᄆᆡ 믄득 【58】 한 포귀 오ᄉᆡᆨ ᄎᆡ운이 앏ᄒᆞᆯ 향ᄒᆞ여 나라가ᄂᆞᆫ ᄃᆞᆺᄒᆞ더라.

한 ᄣᆡ의 임의 산하의 니ᄅᆞ러 보니 쟝막의 드러가 안ᄌᆞᄆᆡ 일즉 관ᄉᆞᄒᆞᄂᆞᆫ 사ᄅᆞᆷ들이 챵을 드러오거ᄂᆞᆯ ᄇᆡᆨ우옥 등이 바다 올니고 무ᄋᆡ지 ᄯᅩ 부ᄉᆞ의게 젼ᄒᆞ여 말ᄒᆞ기ᄅᆞᆯ,

"무관노야ᄂᆞᆫ 좀간 머믈너 여ᄀᆡ 잇셔 병졍을 관쇽ᄒᆞ여 우리로 ᄒᆞ여곰 ᄒᆞᆷᄀᆡ 산양ᄒᆞᄂᆞᆫ 터의 버【59】러 잇게 ᄒᆞ고 문관 노야ᄂᆞᆫ 쳥컨ᄃᆡ 아문

---

100) 【秋高氣爽 추고기상】 qiūgāoqìshuǎng <成> 가을이 놉하 ᄀᆡ운이 청샹ᄒᆞ다 ‖ "其是~, 不暖不寒." 이ᄣᆡᄂᆞᆫ 가을이 놉하 ᄀᆡ운이 청샹ᄒᆞ며 덥도 ᄎᆞ도 아니ᄒᆞᆫ지라 (瑤華 4:52)

101) 【지위ᄒᆞ다】 [동] {지회(知會)하다.} 알리다. ¶ 傳知 ‖ 즁인이 드ᄅᆞᄆᆡ 조히 환희ᄒᆞ여 ᄒᆞ거ᄂᆞᆯ 드ᄃᆡ여 쟝기덕으로 ᄒᆞ여곰 령ᄉᆞ의게 지위ᄒᆞ여 영문의 가셔 쟝막을 비러오고 졔구ᄅᆞᆯ 판비ᄒᆞ여 (遂令張其德傳知令史, 往營中借帳房.) <瑤華 4:53> ⇒ 디위ᄒᆞ다, 지휘ᄒᆞ다

102) 【말ᄋᆡᆨ이】 [명] {말액(抹額)이.} 이엄(耳掩). 사모 밑에 쓰는 모피 방한구. ¶ 抹額 ‖ 요홰 ᄉᆞᄀᆡ 녀ᄌᆞ로 ᄀᆞᆺ치 두샹의 져ᄉᆞ 말ᄋᆡᆨ이ᄅᆞᆯ ᄡᅳ고 취운교ᄅᆞᆯ ᄶᅩᄌᆞ며 오직 요화만 말ᄋᆡᆨ이 우희 한 포귀 구술 물인 취봉을 더 ᄭᅩᆺ고 (瑤華同四婢頭上都札縐紗抹額, 帶上翠雲翹. 惟瑤華抹額上多揷一朵銜珠翠鳳.) <瑤華 4:55>

103) 【셕밧괴다】 [형] 뒤섞이다. ¶ 錯 ‖ 젼면의 임의 녀덟ᄡᅣᆼ 마병이 잇셔 등의 각기 팔쳑이나 되ᄂᆞᆫ ᄀᆡ치ᄅᆞᆯ ᄶᅩᄌᆞ시니 오ᄉᆡᆨ이 셔로 셕밧괴여 앏히 잇셔 인도ᄒᆞ고 (每人背上挖着八尺多高的一面方旗, 五色相錯, 這前引導.) <瑤華 4:57>

의 도라가 휴식ᄒᆞ게 ᄒᆞ고 우리 무리로 인ᄒᆞ여 공ᄉᆞ를 그릇되게 말나."

부시 언어를 바다 나아가 니ᄅᆞ더니, 한 즈음이 못ᄒᆞ여 드러와 품ᄒᆞ되, 각위 노얘 말ᄉᆞᆷᄒᆞ기를 도시 여긔 잇셔 ᄉᆞ후ᄒᆞᆯ지라. 이곳이 황산(荒山) 광얘(曠野)라. 문관은 거민(居民)을 탄압[彈壓]ᄒᆞ고 무변(武弁)은 병뎡(兵丁)을 약속(約束)ᄒᆞ기로 감히 ᄯᅥ나지 못ᄒᆞ리라 ᄒᆞ니, 기실은 군쥬의 산양ᄒᆞᄂᆞᆫ 거ᄉᆞᆯ 보고ᄌᆞ ᄒᆞᄂᆞᆫ 의ᄉᆞ라. 무의지 그 ᄯᅳᆺ을 짐쟉ᄒᆞᄆᆡ, 다만 임타(任他)ᄒᆞ여 두고 드 【60】 듸여 각인으로 ᄒᆞ여곰 외면의 넙은 의복은 버셔 바리고 치마폭을 가져 동혀ᄆᆡ라 ᄒᆞ고, ᄌᆞ긔도 도포를 벗고 치마폭을 동혀ᄆᆡ고 병뎡을 분부ᄒᆞ여 각기 말 우희 한 오리 빗듸[104]를 더ᄒᆞ여 단단히 동히게 ᄒᆞ고 임의 드ᄅᆞ니 일셩 포향의 뒤흘 ᄯᆞ라 나팔부ᄂᆞᆫ 쇼릐 나ᄂᆞᆫ지라. 져곳의 위쟝(圍場) 배포(擺布)ᄒᆞᆫ 쥴을 알고 각인이 긔계를 가지며 몸을 날녀 말긔 올나 칫직을 더지고 곳비를 노와 위쟝으로 드러가ᄆᆡ, 져 병뎡 무리 ᄯᆞ라오며 숩플 【61】 쇽의 비금쥬쉬(飛禽走獸) ᄉᆞ면으로 나라닷거ᄂᆞᆯ, ᄌᆞ녀 무리 쥬슈를 만나면 살노 ᄡᅩ고 비금을 만나면 탄ᄌᆞ로 칠시, 져 위쟝 쥬회(周回) 슈리(數里)나 되ᄂᆞᆫ지라. 쟝토호록(獐兎狐鹿)과 교쳥치목(鵁鶄雉鶩)이 도피ᄒᆞᆯ 길이 업ᄂᆞᆫ지라. 모다 표챵과 젼탄의 치ᄂᆞᆫ 거ᄉᆞᆯ 닙어 긔긔히 혼미ᄒᆞ여지ᄆᆡ 병뎡 무리 손을 ᄯᆞ라 ᄉᆞ로잡고, 요홰 먼니 바라보니, 무의지 몸을 날녀 말긔 나리며 일긔 노로를 싱금ᄒᆞ여 병뎡으로 ᄒᆞ여곰 동히라 ᄒᆞ거ᄂᆞᆯ 제 심샹(心上)의 ᄯᅩᄒᆞᆫ 한 기를 잡고져 【62】 ᄒᆞ더니, 맛쵸와 일쳑(一隻) 대록(大鹿)이 ᄲᅱ여 말 앏흐로 지나며 빗기여 위쟝 밧그로 도주ᄒᆞ거ᄂᆞᆯ, 요홰 노치 아니코 긴긴히 ᄯᆞ라 한 곳 산ᄲᅮ리[105]의 니ᄅᆞ러 몸을 날녀 말긔 나려 잡아 가지고 말곳비를 ᄭᅳᆫ허내여 ᄉᆞᄉᆞᆷ을 동혀셔 말안쟝 겻히 달고 몸을 돌나 졍히 말긔 오르려 ᄒᆞ더니, 한 뭉치 ᄇᆡᆨ골(白骨)이 잇거ᄂᆞᆯ 사ᄅᆞᆷ인지 즘ᄉᆡᆼ인지ᄂᆞᆫ 아지 못ᄒᆞ되, 보기의 불인(不忍)ᄒᆞ여 믄득 칼을 가져 흙을 글거 가리여 무더 쥬고 바야흐로 말긔 올나 위쟝 【63】 으로 드러올ᄉᆡ 다만 보니 무의지 ᄌᆞ녀 등으로 ᄒᆞ여곰 흠긔 와셔 찻다가 셔로 보ᄆᆡ 각기 깃거ᄒᆞ고, ᄯᅩ 보니 말 뒤희 일쳑 활록(活鹿)을 ᄆᆡ엿ᄂᆞᆫ지라. 즁인이 각각 ᄒᆡ이(駭異)ᄒᆞ여 ᄒᆞ거ᄂᆞᆯ 요홰 니ᄅᆞ되,

"ᄉᆞᄇᆡ 일긔 산 노로를 잡ᄂᆞᆫ 거ᄉᆞᆯ 본 고로 나도 ᄯᅩᄒᆞᆫ 일긔 산 거ᄉᆞᆯ 잡앗노라."

즁인이 그 무예 조흐믈 칭찬ᄒᆞ고 무의지 니ᄅᆞ되,

"금일 산양질ᄒᆞᆫ 거시 가히 즐겁다 니를지라. 텬ᄉᆡᆨ이 느져가니 우리 무리 도라가고 져 문무 즁관을 일즉 허여지게 ᄒᆞ리 【64】 라."

ᄒᆞ고, 말이 맛ᄎᆞᄆᆡ 몬져 말을 모라 위쟝을 나셔니, 즁인이 흠긔 ᄯᆞ르더라.

지셜, 져 문무 각관이 모다 쟝막 밧긔 잇셔 ᄉᆞ후ᄒᆞ더니, 요화 등이 위쟝의 잇셔 산양ᄒᆞᆯ ᄯᅢ의 먼니 바라보니 져의 무리 왕릭 치빙(馳騁)ᄒᆞᄂᆞᆫ 거시 날나 오라고 날나 나리ᄂᆞᆫ지라. 즁인이 모다 탄식ᄒᆞ여 니ᄅᆞ되, 져 모양 쇼쇼ᄒᆞᆫ 년긔로 엇지 져러ᄒᆞᆫ 기예를 배홧ᄂᆞᆫ고 ᄒᆞ며 부ᄉᆞ의 겻히 이시믈 보고 드듸여 각기 평일의 엇더케 학습ᄒᆞ던 거ᄉᆞᆯ 무러보ᄆᆡ, 부 【65】 시 일일이 말ᄒᆞ여 알게 ᄒᆞ니, 즁인이 각기 혀ᄎᆞ며 놀나 니ᄅᆞ되,

"져 모양 련슉(練熟)ᄒᆞᆫ 거ᄉᆞᆯ 괴이 너기지 못ᄒᆞᆯ지라. 다만 아지 못게라 져 ᄉᆞ부를 어듸로 죠ᄎᆞ 쳥ᄒᆞ여 왓ᄂᆞ냐?"

졍히 무러보고져 ᄒᆞ더니, 다만 보니 한 무리 촌뷔(村婦) 쟝막 앏히 와셔 ᄎᆞ를 드리려 ᄒᆞ거ᄂᆞᆯ 즁관이 니ᄅᆞ되,

"군쥬 도라 오시기를 기다려 다시 쟝막 쇽의 드러가라."

촌뷔 니ᄅᆞ되,

"우리 무리 부인ᄇᆡ야 무어ᄉᆞᆯ 두리리오. 너의ᄂᆞᆫ 우리 한가ᄒᆞᆫ 이를 샹관치 말나."

【66】 ᄒᆞ거ᄂᆞᆯ 즁인이 모다 막ᄌᆞ르더니[106]

104) 【빗듸】 명 뱃대. ¶ 肚帶 ‖ 병뎡을 분부ᄒᆞ여 각기 말 우희 한 오리 빗듸를 더ᄒᆞ여 단단히 동히게 ᄒᆞ고 (又令馬牌子于各馬上加上一條肚帶, 各拴縛停當.) <瑤華 4:60> ⇒ 빗대, 오랑

105) 【산ᄲᅮ리】 명 산부리. ¶ 山凹 ‖ 요홰 노치 아니코 긴긴히 ᄯᆞ라 한 곳 산ᄲᅮ리의 니ᄅᆞ러 몸을 날녀 말긔 나려 잡아 가지고 말곳비를 ᄭᅳᆫ허내여 ᄉᆞᄉᆞᆷ을 동혀셔 말안쟝 겻히 달고 (瑤華不捨, 緊緊赶到一箇山凹裏, 飛身跳下馬來擒住, 將馬上一條偏韁用力割斷, 將來拴了, 繫在馬鞍橋上.) <瑤華 4:62>

106) 【막ᄌᆞ르다】 동 막지르다. 막다. 거절(拒絶)하다. ¶ 攔阻 ‖ 즁인이 모다 막ᄌᆞ르더니 임의 보

임의 보믜 군쥬 무리 말을 날녀 도라오ᄂᆞᆫ지라. 다만 왋흐로 가셔 보니, 져 부녀 무리 말을 나리ᄂᆞᆫᄃᆡ, 개개히 삼촌금년(三寸金蓮)이오 가ᄂᆞᆫ 허리 한 즘은 되ᄂᆞᆫᄃᆡ 엇지 져러ᄒᆞᆫ 력량이 이시리오. 일시의 흠긔 쟝막 쇽으로 드러가더라. 져 촌부 무리롤 아지 못게라 즁관들이 용납ᄒᆞ여 쟝방쇽의 드러 보낸고? 하회의 분히ᄒᆞ라.

믜 군쥬 무리 말을 날녀 도라오ᄂᆞᆫ지라 (各官都來攔阻, 已見郡主們飛馬回來了.) <瑤華 4:66>

8
쟝무쵸귀셤녀슈 가원젼쟝검션도
莊務初歸纖女手 家園全仗劍仙圖

【67】 화셜 무ᄋᆡ지 요화로 더브러 위장(圍場)의셔 반일을 치빙ᄒᆞ다가 경히 쟝막(帳幕)의 와셔 쉬려 ᄒᆞ더니 다만 보니 십여 ᄀᆡ 촌뷔 각기 찻병을 가지고 닷토와 와셔 챠ᄅᆞᆯ 드리거ᄂᆞᆯ 무ᄋᆡ지 요화와 ᄀᆞᆺ치 먹으며 향촌의 ᄉᆞ경을 무ᄅᆞ니 져 촌부들이 ᄀᆡᄀᆡ히 다라드러 ᄌᆞ두지족(自頭至足)을 ᄌᆞ세히 ᄉᆞᆲ혀 보며 칭찬ᄒᆞ기ᄅᆞᆯ 마지 아니ᄒᆞᄂᆞᆫ지라. 무ᄋᆡ지 령ᄉᆞ의게 분부ᄒᆞ여 십 량 은ᄌᆞᄅᆞᆯ 가져다가 난호와 샹 【68】 급ᄒᆞ니, 져 촌부등이 각각 칭샤ᄒᆞ기ᄅᆞᆯ 마지 아니ᄒᆞ더라. 무ᄋᆡ지 ᄌᆞ녀(子女) 무리와 ᄀᆞᆺ치 몸을 닐ᄉᆡ 여전히 쟝쇽ᄒᆞ고 모다 쟝(帳) 밧긔 나아가 말긔 오ᄅᆞᆯᄉᆡ 인ᄒᆞ여 부ᄉᆞᄅᆞᆯ 분부ᄒᆞ여 문무 각관을 향ᄒᆞ여 치샤ᄒᆞ고 아오로 각기 병뎡(兵丁)을 샹급ᄒᆞ고 드ᄃᆡ여 일졔히 궁으로 드러가더라.

지셜 그 ᄯᅢ의 관광ᄒᆞ던 사람들이 어리셕은 이도 잇고 병병ᄒᆞᆫ이도 이시며 그 장속(裝束)을 ᄉᆞ랑ᄒᆞᄂᆞᆫ 이도 이시며 그 용모ᄅᆞᆯ 칭찬하ᄂᆞᆫ 이도 이시며 ᄯᅩ 말ᄒᆞ기ᄅᆞᆯ 져 쇼쇼ᄒᆞᆫ 년긔의 편벽도이 능히 말타고 활 【70】 ᄲᅩ며 감히 가셔 산양질을 ᄒᆞᆫ다 ᄒᆞ며 다만 보니 병뎡 무리 타ᄉᆞ(打死)ᄒᆞᆫ 쟝토(獐兎)와 치목(雉鶩) 등을 메여 드러오ᄂᆞᆫ 거시 팔구 가지의 나리지 아니ᄒᆞ고 후변의 ᄯᅩ 량ᄀᆡ 병뎡이 각기 일ᄀᆡ 산 노로[107]와 산 ᄉᆞ슴을 ᄭᅳ러 오ᄂᆞᆫᄃᆡ 모다 ᄆᆡ우 큰 거시라. 겻ᄒᆡ 한 사ᄅᆞᆷ이 잇셔 니ᄅᆞᄃᆡ,

"반ᄃᆞ시 쟝샹의 와셔 팔라 온다."

ᄒᆞ거ᄂᆞᆯ, 병뎡이 니ᄅᆞᄃᆡ,

"엇지 팔나 오ᄂᆞᆫ 거시랴?"

져 한 낫 산 노로ᄂᆞᆫ 청의(靑衣) 닙은 부인의 ᄉᆡᆼ금ᄒᆞᆫ 거시오. 한 낫 산 ᄉᆞ슴은 두샹의 취봉 ᄡᅳ존 쇼져의 ᄉᆡᆼ 【71】 금ᄒᆞ여 온 거시니라. 겻ᄒᆡ ᄯᅩ 한 사ᄅᆞᆷ이 니ᄅᆞᄃᆡ,

"너ᄂᆞᆫ 마고 칭호 말나. 청의 입은 이ᄂᆞᆫ 군쥬의 ᄉᆞ부오, 취봉 ᄡᅳ존 이ᄂᆞᆫ 믄득 이 군쥐라."

ᄒᆞ거ᄂᆞᆯ 즁인이 드ᄅᆞᄆᆡ, 일병(一倂)[108] 긔이ᄒᆞ다 일ᄏᆞᄅᆞ며 니ᄅᆞᄃᆡ,

"산양질 ᄒᆞᄂᆞᆫᄃᆡ 엇지 능히 산 즘ᄉᆡᆼ을 ᄉᆡᆼ금ᄒᆞ리오?"

ᄒᆞ며 뒤ᄒᆞᆯ ᄯᅡ라 ᄯᅩ 마병이 오며 말ᄒᆞᄃᆡ,

"너의들이 가 보지 못ᄒᆞ엿ᄂᆞ냐. 져 군쥬와 쇼져와 쇼야 무리 위쟝 안의셔 말을 치빙ᄒᆞᄂᆞᆫᄃᆡ 아오로 반졈 긔력을 허비치 아니ᄒᆞ여 우리들의 치마ᄒᆞᄂᆞᆫ 공부의 【72】 비ᄒᆞ면 조히 낫더라."

ᄒᆞ니, 즁인이 이 말을 드ᄅᆞᄆᆡ 진ᄀᆡ 쳔인이 ᄋᆡ모ᄒᆞ고 만인이 칭찬ᄒᆞ다가 밤이 깁기의 니ᄅᆞ러 바야흐로 허여지더라.

지셜, 요화 무리 궁의 드러와 한 지위 휴식ᄒᆞ고 비로소 셕반을 지낸 후 무ᄋᆡ지 더불고 한담ᄒᆞᆯᄉᆡ, 즁인이 위쟝의셔 보던 바 경치ᄅᆞᆯ 각기 말ᄒᆞ더라. 요홰 니ᄅᆞᄃᆡ,

"지ᄉᆡᆼ암 니괴 마춤내 엇지 블의 타 죽엇ᄂᆞᆫ지 드ᄅᆞᄆᆡ 심히 가련ᄒᆞ도다."

무ᄋᆡ지 니ᄅᆞᄃᆡ,

"졔가 겁슈(劫數)ᄅᆞᆯ 당ᄒᆞᆫ지라. 내 일즉 져ᄅᆞᆯ ᄭᆡ쳐 쥬 【73】 ᄃᆡ 능히 도피치 못ᄒᆞ여시니 조히 ᄎᆞᄉᆡᆼ의 장[졍]ᄉᆞ(情事)ᄅᆞᆯ 맛쳐 두고 다시 일

---

107) 【노로】 명 노루. ¶ 獐 ‖ 후변의 ᄯᅩ 량ᄀᆡ 병뎡이 각기 일ᄀᆡ 산 노로와 산 ᄉᆞ슴을 ᄭᅳ러 오ᄂᆞᆫᄃᆡ 모다 ᄆᆡ우 큰 거시라 (後邊又有兩個兵, 各牽着一個活獐, 一個活鹿, 都是很大的.) <瑤華 4:70>

108) 【일병】 부 {일병(一倂).} 함께. 모두. ¶ 一發 ‖ 즁인이 드ᄅᆞᄆᆡ 일병 긔이ᄒᆞ다 일ᄏᆞᄅᆞ며 니ᄅᆞᄃᆡ (衆人聽了, 一發稱奇.) <瑤華 4:71> ⇒ 4:21/25

ᄀᆡ 가죡 쥬머니를 밧고와 환싱ᄒᆞ리라.”

요홰 니ᄅᆞᄃᆡ,

“능히 이 ᄀᆞᄐᆞ량이면 도로혀 조흐리라.”

무ᄋᆡ지 ᄯᅩ 니ᄅᆞᄃᆡ,

“네가 ᄉᆞ숨을 잡은 후의 내 보니 ᄯᅩ 거긔 잇셔 ᄒᆞᆫ ᄎᆞ례를 셔 잇셔 무어술 ᄒᆞ엿ᄂᆞ냐?”

요홰 니ᄅᆞᄃᆡ,

“내 보니 그곳의 한 뭉치 ᄇᆡᆨ골이 잇ᄂᆞᆫᄃᆡ 사ᄅᆞᆷ인지 즘싱인지 아지 못ᄒᆞ나 드러나 이시믈 블인ᄒᆞ여 칼 ᄭᅳᆺᄎᆞ로 진ᄒᆞᆰ을 헷치고 파뭇기로 그러므로ᄡᅥ 오릭 셔 잇셧【74】노라.”

무ᄋᆡ지 듯고 박쟝대쇼ᄒᆞ며 니ᄅᆞᄃᆡ,

“맛당코 맛당타.”

ᄒᆞ거놀 요홰 죵릭 져러ᄐᆞᆺ 대쇼ᄒᆞᄂᆞᆫ 거슨 보지 못ᄒᆞ엿ᄂᆞᆫ지라. ᄉᆡᆼ각건ᄃᆡ 반ᄃᆞ시 연괴 잇다 ᄒᆞ여 드ᄃᆡ여 무ᄅᆞᄃᆡ,

“ᄉᆞ부긔셔 이ᄀᆞᆺ치 대쇼ᄒᆞ시니 ᄉᆡᆼ각건ᄃᆡ 져 ᄇᆡᆨ골이 뎨ᄌᆞ로 더므러 젼ᄉᆡᆼ의 결연되미 잇ᄂᆞ냐?”

요홰 믄득 ᄯᅩ 므ᄅᆞ려 ᄒᆞ거놀, 무ᄋᆡ지 니ᄅᆞᄃᆡ,

“다시 쟝래를 기다려 ᄌᆞ연 너로 더브러 말ᄒᆞ여 알 거시오. 이 ᄣᅢᄂᆞᆫ 오히려 니ᄅᆞ니 ᄯᅩ 가셔 ᄌᆞ기나 ᄒᆞ라.”

요홰 감【75】히 다시 뭇지 못ᄒᆞ고 다만 ᄉᆞᄉᆞ로 가셔 안침ᄒᆞ나 그러나 심즁의 조히 민망ᄒᆞ여 ᄒᆞ더라.

명일 쳥죠의 침궁 안의셔 모다 니러나지 아니ᄒᆞ여 슈궁 태감이 문을 두다려 열나ᄒᆞ고 젼어(傳語)ᄒᆞ여 니ᄅᆞᄃᆡ,

“변량 쟝ᄉᆡ 보ᄒᆞ여 니ᄅᆞᄃᆡ, 왕애 임의 반ᄉᆞ(班師)ᄒᆞ여 죠뎡으로 도라오시며 며츨 내의 가히 변량의 니ᄅᆞ실 거시니 쟝샹의 오ᄂᆞᆫ 셔신이 잇거든 다시 와셔 보ᄒᆞᆯ 거시오 몬져 고유ᄒᆞᄂᆞᆫ 문텹을 븟쳐 여긔 잇다 ᄒᆞ거놀 무ᄋᆡ지 즉시 요화를 블너 ᄭᆡ여 지촉ᄒᆞ【76】여 문텹을 보라 ᄒᆞ니, 요홰 ᄲᆞᆯ니 니러 쇼셰ᄒᆞ고 문텹을 ᄯᅥ혀보미,

“반젹 샤슉명(奢崇明)이 임의 항복ᄒᆞ고 이제 반ᄉᆞᄒᆞ여 죠뎡으로 도라오ᄂᆞᆫ ᄃᆡ 네 긔별ᄒᆞ믈 바다 네 모시 작고 ᄒᆞ믈 아라시니, 심히 감샹ᄒᆞ고 네 가히 ᄉᆞ부를 의지ᄒᆞ여 조히 학업을 익히고 쟝샹 대쇼 ᄉᆞ무ᄂᆞᆫ 널노 ᄒᆞ여곰 맛타 경긔ᄒᆞ게 ᄒᆞᄃᆡ, 만일 아지 못ᄒᆞᆯ 거시 잇거든 ᄉᆞ부의게 품ᄒᆞ여 보고 가히 ᄉᆞᄉᆞ로 쥬쟝치ᄂᆞᆫ 말 거시오 내가 변량의 도라온 후의 슈일을 머믈너 다시 쟝샹으로 가리라.”

ᄒᆞ엿거놀, 요홰 그 연유를 무ᄋᆡᄌᆞ긔 고ᄒᆞ며 말ᄒᆞᄃᆡ,

“왕애 비록 날다려 쟝샹 ᄉᆞ무를 관리ᄒᆞ라 ᄒᆞ시나 내 도로혀 ᄭᆡ치지 못ᄒᆞᄂᆞᆫ 것도 잇고 내외의 ᄡᅳᄂᆞᆫ 사ᄅᆞᆷ가지 련ᄒᆞ여 모다 ᄌᆞ셰히 아지 못ᄒᆞ니, 만일 왕애 도라와 무러보시ᄂᆞᆫᄃᆡ 맛춤내 목우인(木偶人)과 ᄀᆞᄐᆞ량이면 엇지 쳐치ᄒᆞ리오?”

무ᄋᆡ지 니ᄅᆞᄃᆡ,

“져거시 무슴 난쳐ᄒᆞ미 이시랴. 블과 슈일 공부를 허비ᄒᆞ면 믄득 명ᄇᆡᆨᄒᆞ여지리라.”

요홰 니ᄅᆞᄃᆡ,

“어내 거술 죠ᄎᆞ 몬져 사실ᄒᆞ여 내리오?”

무ᄋᆡ지 니ᄅᆞᄃᆡ,

“ᄌᆞ【78】연 몬져 챵고로 죠ᄎᆞ 츌입되ᄂᆞᆫ 거술 사실ᄒᆞ여 시지 되ᄂᆞᆫ 슈효와 잇고 업ᄂᆞᆫ 거시 쳔챡(舛錯)되믈 안 연후의 다시 쟝샹의 잇ᄂᆞᆫ 바 의복과 포진과 금은동텰과 긔완즙믈이 치부칙과 셔로 맛ᄂᆞᆫ지 아니ᄒᆞᄂᆞᆫ지 알고 쟝샹 내외 남부(男婦)가 몬져ᄂᆞᆫ 언마가 잇고 니어셔 언마가 더 드러오며, 맛튼 일은 무슴 일인지 졈검ᄒᆞ여 보ᄃᆡ, 몬져 령ᄉᆞ와 부ᄉᆞ와 각기 관ᄉᆞᄒᆞᄂᆞᆫ 사ᄅᆞᆷ들의게 분부ᄒᆞ여 치부ᄒᆞᄂᆞᆫ 칙ᄌᆞ의 밝히 버려 드리라 ᄒᆞ여 낫낫치 보와 사실ᄒᆞ게【79】ᄒᆞ고, 칙ᄌᆞ를 가져 거두워 두면 져 각항 ᄉᆞ졍이 모다 내 ᄆᆞ옴의 이실 거시니 무슨 난쳐ᄒᆞ미 이시랴?”

요홰 니ᄅᆞᄃᆡ,

“가지 슈회 다다ᄒᆞ니 두리건ᄃᆡ 말노 젼ᄒᆞ면 분명치 못ᄒᆞ리라.”

무ᄋᆡ지 니ᄅᆞᄃᆡ,

“져의 무리로 말을 젼ᄒᆞᆯ 거시 아니라, 왕애 젹셔간(嫡庶間) ᄋᆞ돌이 업고 다만 너 녀ᄋᆞ 일인 ᄲᅮᆫ이라. 임의 너다려 쟝무를 관리ᄒᆞ게 ᄒᆞ여 계시니 믄득 왕야와 일반이라. 심샹(心上)의 구ᄐᆞ여 내가 녀ᄋᆞ로 노면(露面)ᄒᆞ믈 구ᄋᆡᄒᆞ고 슈치ᄒᆞ믈 두려워 ᄒᆞᄂᆞᆫ 의ᄉᆞ를 두고 쟝샹 내외 남뷔(男婦) 도【80】시 슈하 사ᄅᆞᆷ이니 뉘 감히 너를 죤경치 아니ᄒᆞ랴. 밥을 지낸 후의 샹셔방의 나가 안져셔 령ᄉᆞ와 부ᄉᆞ와 관ᄉᆞᄒᆞᄂᆞᆫ 모든 사ᄅᆞᆷ을 젼ᄒᆞ여 드러오게 ᄒᆞ고 면대ᄒᆞ여 니ᄅᆞ기를 왕야긔셔 날다려 쟝샹 ᄉᆞ무를 관리ᄒᆞ라 ᄒᆞ시

니 쟝샹의 잇ᄂᆞᆫ 바 챵고의 각항 치부ᄅᆞᆯ ᄲᅦᆯ니 ᄆᆡᆫ드러 드려 졈검ᄒᆞ여 볼거시오 졈검ᄒᆞᄂᆞᆫ ᄣᅢᄂᆞᆫ 친히 ᄉᆞᄉᆞ로 각쳐로 단니며 문으로 본다 ᄒᆞ면 두리건ᄃᆡ 져의들이 엇지ᄒᆞ랴?"

요홰 니ᄅᆞᄃᆡ,

"ᄉᆞ뷔 한가지로 가셔야 비로소 죠흐리라."

무ᄋᆡ지 【81】 니ᄅᆞᄃᆡ,

"그리ᄒᆞ면 내 ᄯᅩ 너ᄅᆞᆯ ᄲᅡᆨᄒᆞ여 한번 경니(經理)ᄒᆞᆫ 연후의 ᄌᆞ연 죠리 잇셔 능히 죠도(調度)ᄒᆞ리라."

요홰 드ᄃᆡ여 쟝기덕으로 ᄒᆞ여곰 령ᄉᆞ 등의게 젼ᄒᆞ여 식후의 샹셔방의 ᄒᆞᆷ긔 니ᄅᆞ러 면유ᄒᆞᄂᆞᆫ 말을 듯게 ᄒᆞ라 ᄒᆞ고, 밥을 맛ᄎᆞᄆᆡ 무ᄋᆡ지 요화로 ᄒᆞ여곰 의복을 밧고와 닙으려 ᄒᆞ니, ᄆᆡ영 등 졔녜 모다 ᄋᆞᆲ흘 와 ᄉᆞ후ᄒᆞ더라.

요홰 두상의 염발(斂髮)ᄒᆞᄂᆞᆫ 금옥 빈혀ᄅᆞᆯ ᄭᅩᄌᆞ며 그 우희 ᄯᅩ 봉두ᄎᆞ(鳳頭釵)ᄅᆞᆯ 더 ᄭᅩᄌᆞ니 봉의 입쇽의 칠촌 기리 되ᄂᆞᆫ 진쥬로 ᄭᅮ 【82】 ᄆᆡᆫ 푸른 오리[109]ᄅᆞᆯ 머금고 니마 우희 푸른 비단의 ᄡᅡᆼ룡이 여의쥬ᄅᆞᆯ 희롱ᄒᆞᄂᆞᆫ 거술 슈노흔 오리ᄅᆞᆯ 동히고 귀 우희 팔보로 ᄭᅮᄆᆡᆫ 구술고리ᄅᆞᆯ 걸고, 몸의ᄂᆞᆫ ᄭᅩᆺ출 슈노흔 숑록ᄉᆡᆨ(松綠色) 오ᄌᆞ(襖子)ᄅᆞᆯ 닙고 두가의 금령(金鈴)과 옥경(玉磬)을 ᄎᆞ고 허리의 ᄇᆡᆨ년군(白練裙)을 ᄆᆡ고 ᄉᆞ기 녀ᄌᆞᄂᆞᆫ 한 빗ᄎᆞ로 금잠(金簪)을 ᄭᅩᄌᆞ 머리털을 누ᄅᆞ고 잡ᄉᆡᆨ 비단 오ᄌᆞᄅᆞᆯ 닙고 허리의 ᄇᆡᆨ년군을 ᄆᆡ고, 무ᄋᆡᄌᆞᄂᆞᆫ 다만 샹히 닙은 의복을 닙고 외간의 임의 모다 모혓다 ᄒᆞ거ᄂᆞᆯ 드ᄃᆡ여 각각 궁문 【83】 으로 나갈ᄉᆡ 몬져 쟝기덕이 ᄋᆞᆲ셔고 기ᄎᆞᄂᆞᆫ ᄉᆞ기 남동이 젼비로 셔고 요홰 비로소 나오ᄂᆞᆫᄃᆡ, ᄉᆞ기 녀지 겻희셔 옹위ᄒᆞᆫ 연후의 무ᄋᆡ지 나아오며, 황금슌과 ᄇᆡᆨ우옥이 근슈(跟隨)ᄒᆞ고 쥬쳥ᄃᆡᄂᆞᆫ 파리치와 쥬미(麈尾)와 슈건과 부치ᄅᆞᆯ 밧들고 모다 샹셔방의 니ᄅᆞ러 요홰 무ᄋᆡᄌᆞᄅᆞᆯ 쳥ᄒᆞ여 셔편 한 간 방의 안치고 ᄌᆞ긔ᄂᆞᆫ 겻희 잇셔 뫼시니 쟝기덕이 임의 령ᄉᆞ와 부ᄉᆞ와 관ᄉᆞᄒᆞᄂᆞᆫ 사ᄅᆞᆷ 등을 거ᄂᆞ리고 ᄋᆞᆲ흐로와 문안을 맛ᄎᆞᄆᆡ, 반렬을 난호와 셔시 【84】 ᄃᆡ 감히 우러러 보지 못ᄒᆞ더라. 요홰 ᄉᆞᄆᆡ로 왕야의 고유ᄒᆞᆫ 문텹을 내여 쇼란을 쥬어 쟝기덕의게 젼ᄒᆞ여 령ᄉᆞ 등 즁인과 ᄀᆞᆺ치 보게 ᄒᆞ고, 요홰 무ᄅᆞᄃᆡ,

"너의들이 모다 보왓ᄂᆞ냐?"

각인이 모다 본 쥴노 답응ᄒᆞ거ᄂᆞᆯ 요홰 니ᄅᆞᄃᆡ,

"내가 왕얘 츌뎡ᄒᆞ시고 모친이 별셰ᄒᆞ므로 조ᄎᆞ 비록 쟝샹 ᄉᆞ무ᄅᆞᆯ 관셥ᄒᆞ나 실노 도져히 ᄉᆞᆲ히지 못ᄒᆞ여 맛ᄎᆞᆷ내 챵고의 시지ᄂᆞᆫ 언마나 되며 즙믈은 언마나 되며 인구ᄂᆞᆫ 언마나 되ᄂᆞᆫ 거술 ᄒᆞᆷ긔 다 아지 【85】 ᄂᆞᆫ 못ᄒᆞᄂᆞᆫ지라. 왕얘 지휘ᄒᆞ지 아니므로 내 믄득 쳔ᄌᆞ히 사실ᄒᆞ지ᄂᆞᆫ 못ᄒᆞ엿거니와 이졔ᄂᆞᆫ 임의 왕야의 명을 밧드러시니 만일 도라오샤 범졀을 무ᄅᆞ시ᄂᆞᆫ ᄣᅢ의 ᄌᆞ셰히 대답을 못ᄒᆞ면 내 ᄆᆞ옴을 ᄡᅳ지 안닌 모양 ᄀᆞᆺᄐᆞ여 심히 블안ᄒᆞᆯ 거시니 너의 무리가 가히 각 항 츌입ᄒᆞᄂᆞᆫ 슈목을 가져 ᄎᆡᆨᄌᆞᄅᆞᆯ ᄆᆡᆫ드러 드려오면 내 조히 한번 사실ᄒᆞ여 보리라."

령시 품ᄒᆞᄃᆡ,

"부인이 기셰ᄒᆞ시므로브터 왕얘 반ᄃᆞ시 군쥬ᄅᆞᆯ 가ᄅᆞ쳐 관리ᄒᆞ라 ᄒᆞ 【86】 실 쥴을 알기의 각 항 ᄎᆡᆨᄌᆞᄅᆞᆯ 임의 쳥쵸(淸楚)ᄒᆞ게 버려 긔록ᄒᆞ고 츌입ᄒᆞᄂᆞᆫ 슈효의 나ᄅᆞ러ᄂᆞᆫ 년월 대춍이 소샹ᄒᆞ고 ᄉᆞ호(絲毫)도 쳔쟉ᄒᆞᆫ 거시 업다."

ᄒᆞ며 각인 슈즁의 가진 바 치부ᄎᆡᆨ을 가져 일병 쟝기덕을 쥬어 '굴너 밧치거ᄂᆞᆯ'[轉送] 요홰 무ᄋᆡᄌᆞ의게 드려 한번 보게 ᄒᆞ니, 무ᄋᆡ지 니ᄅᆞᄃᆡ,

"져 허다ᄒᆞᆫ 치부ᄅᆞᆯ 경긱의 보지 못ᄒᆞᆯ 거시니 ᄯᅩ 군쥬의 사실ᄒᆞ여 보기ᄅᆞᆯ 기다려 일ᄌᆞᄅᆞᆯ 지휘ᄒᆞᆯ 거시니, 너의ᄂᆞᆫ 그 ᄣᅢ의 ᄉᆞ후ᄒᆞ고 지금은 나아가라."

【87】 ᄒᆞ니, 즁인이 모다 응낙ᄒᆞ고 믈너가더라. 무ᄋᆡ지 믄득 요화로 ᄒᆞ여곰 겻희 안ᄌᆞ라 ᄒᆞ고 몬져 챵고 치부 일본을 경검ᄒᆞ여 보니 미ᄆᆡᆨ이 모다 ᄉᆞ십이 만 이 쳔여 셕이 이시니, ᄆᆡ일 먹ᄂᆞᆫ 거ᄉᆞᆫ ᄯᅡ로 곳집이 잇셔 별노이 ᄎᆡᆨᄌᆞ가 잇고 곳집 간슈(間數)ᄅᆞᆯ 보ᄆᆡ 동편은 이ᄇᆡᆨ ᄉᆞ십 간이니, ᄆᆡ 간의 대략이 미ᄆᆡᆨ 오ᄇᆡᆨ 셕식 ᄡᅡ하 두고 셔편도 그러ᄒᆞ며 남편 루방 뒤희 챵괴 일ᄇᆡᆨ 팔십 간이니 슈회 ᄯᅩᄒᆞᆫ 샹등ᄒᆞ고 븍편 루방

109) 【오리】 명 실 · 나무 · 대 따위의 가늘고 긴 조각. 오라기. ¶ 봉의 입쇽의 칠촌 기리 되ᄂᆞᆫ 진쥬로 ᄭᅮᄆᆡᆫ 푸른 오리ᄅᆞᆯ 머금고 니마 우희 푸른 비단의 ᄡᅡᆼ룡이 여의쥬ᄅᆞᆯ 희롱ᄒᆞᄂᆞᆫ 거술 슈노흔 오리ᄅᆞᆯ 동히고 (鳳口啣着七寸來長的眞珠串, 翠條勒齊額上散髮, 翠條中嵌着二龍戲珠.) <瑤華 4:82>

좌우의는 창괴 일빅이【88】십 간이니, 슈회 ᄯᅩ ᄒᆞᆫ 샹등ᄒᆞᆫ지라. 통계ᄒᆞ면 대총 슈회 셔로 맛고 ᄯᅩ 각고의 ᄌᆞ적ᄒᆞᄂᆞᆫ 미곡이 여러히 져치(貯置)ᄒᆞ여 내여 ᄡᅵ우는 거ᄉᆞᆯ 졔ᄒᆞ미 실노 시지는 이십오 만 칠쳔여 량이오 변량의셔 운젼ᄒᆞ여 온 황금 량고(兩庫)가 삼십일 만 량이 되고 빅은량고는 오십 만 량이 되ᄂᆞᆫᄃᆡ, 아오로 ᄡᅵ우지는 아니코 오족 쟝인의 루방 지은 것과 아오로 마필 ᄉᆞ오ᄂᆞᆫ 재 삼만 오쳔 량이 되ᄂᆞᆫᄃᆡ, 가히 이 속의셔 회감(會減)ᄒᆞᆯ110) 쥴을 아지 못ᄒᆞᄂᆞᆫᄃᆡ, 지휘ᄅᆞᆯ 밧지 아니ᄒᆞᆫ【89】고로 감히 쳔ᄌᆞ히 긔록지 못ᄒᆞ고 기여 연월일 각 항 치뷔(置簿) 심히 번쇄ᄒᆞ여 밋쳐 ᄌᆞ셰히 사실치 못ᄒᆞᆯ 거시오 일졀 금옥과 동텰과 포진즙믈 각칙을 다 쳐음으로 쟝샹 배셜ᄒᆞᆯ ᄯᅢ의 찬죠(攢造)ᄒᆞᆫ 거시니 료량컨ᄃᆡ, 진감[增減]되미 업고 남녀 인구 칙ᄌᆞ의 니ᄅᆞ러ᄂᆞᆫ 불시의 진감되고 산삭ᄒᆞᆫ 거시 ᄯᅩᄒᆞᆫ 심히 번쇄ᄒᆞᆫ지라. 무ᄋᆡ지 요화ᄅᆞᆯ ᄃᆡᄒᆞ여 니ᄅᆞᄃᆡ,

"이 거ᄉᆞᆫ 슈습ᄒᆞ여 가지고 축일 쇼견ᄒᆞᆯ 일을 ᄆᆡᆫ드러 셔셔히 밝히 보게 ᄒᆞ고 일ᄌᆞᄅᆞᆯ 뎡【90】ᄒᆞ여 사실ᄒᆞ라."

ᄒᆞ고 드ᄃᆡ여 각기 몸을 니러 환궁ᄒᆞ더라.

요홰 쥬야ᄅᆞᆯ 련ᄒᆞ여 각 항 슈효ᄅᆞᆯ 사실ᄒᆞ여 보니 진기 총명ᄒᆞᆫ 범졀이 속인과 ᄀᆞᆺ지 아니ᄒᆞ여 심즁의 임의 ᄭᆡᄃᆞᆺ더라.

한 번은 보기ᄅᆞᆯ 밤이 깁도록 ᄒᆞ미 시녀 배ᄂᆞᆫ 모다 임의 잠이 깁헛ᄂᆞᆫ지라. 다만 ᄉᆞᄉᆞ로 방문을 닷치고 옷ᄉᆞᆯ 그ᄅᆞ며 취침ᄒᆞ려 ᄒᆞ다가 홀연 보니 방문 뒤히 한 조각 글시 ᄡᅳᆫ 조희 ᄯᅥ러졋거ᄂᆞᆯ 집어 가지고 여러보니 이의 량슈 오언시라.

【91】기일의 ᄀᆞᆯ온,

아시유졍랑(我是有情郎)인ᄃᆡ
이위무의랑(你爲無義娘)이라
긔번허롱영(幾番虛弄影)이오
불긍효원앙(不肯效鴛鴦)고

나ᄂᆞᆫ 이 졍잇ᄂᆞᆫ 산ᄋᆞ희ᄃᆡ111)
너ᄂᆞᆫ 의 업ᄂᆞᆫ 계집이 될지라
몃 번이나 헛도이 영ᄌᆞᄅᆞᆯ 희롱ᄒᆞ면셔
즐겨 원앙을 본밧지 아니ᄒᆞᄂᆞᆫ고

기이의 ᄀᆞᆯ온,

비아우비롱(非啞又非聾)인ᄃᆡ
령셔ᄌᆞ이통(靈犀自爾通)이라
하인불츄채(何因不瞅睬)오
【92】배지매동풍(背地罵東風)이라

벙어리도 아니오 귀먹어리도 아닌ᄃᆡ
ᄆᆞ옴이 ᄉᆞᄉᆞ로 통ᄒᆞ여지더라
무어ᄉᆞᆯ 인ᄒᆞ여 거우지 아닛ᄂᆞᆫ고
모ᄅᆞᄂᆞᆫ 곳의셔 동풍을 ᄭᅮ짓더라

요홰 보미 미우 의미 잇셔 ᄎᆞ마 ᄉᆞᆫ의 놋치 못ᄒᆞ니, 대개 요홰 나히 임의 십삼 셰 된지라. 비록 무ᄋᆡ지 관속(管束)ᄒᆞ기ᄅᆞᆯ 심히 엄ᄒᆞ게 ᄒᆞ나 다만 졍욕이 졈졈 열니ᄂᆞᆫ 거시야 엇지 능히 금ᄒᆞ여 내리오. 펴보기ᄅᆞᆯ 반향이나 ᄒᆞᄃᆡ 다만 어내 사ᄅᆞᆷ이 지은 바ᄂᆞᆫ 아지 못ᄒᆞᆯ 거시오, ᄯᅩ 글 뒤히 명ᄌᆞᄅᆞᆯ ᄡᅳ지 아닌지라. ᄉᆡᆼ각건ᄃᆡ ᄉᆞ개 남ᄌᆞ즁의 다만 하향이 가쟝 영오ᄒᆞ고 구긔(口氣) ᄌᆞ획(字劃)ᄅᆞᆯ 숣혀보미 심히 셔로 갓【93】가오나 그러나 어내 사ᄅᆞᆷ과 더브러 ᄉᆞ괴여 조하ᄒᆞᄂᆞᆫ 거ᄉᆞᆫ 믄득 최탁(揣度)ᄒᆞ여 내지 못ᄒᆞᆯ지라. 드ᄃᆡ여 그 글을 가져 졉어 ᄉᆞᄆᆡ 속의 감쵸고 바야흐로 안침ᄒᆞᆯᄉᆡ 일야의 몽혼이 젼도ᄒᆞ다가 텬명의 밋쳐 믄득 ᄭᆡ며 그 글을 ᄉᆡᆼ각ᄒᆞ여 드ᄃᆡ여 옷ᄉᆞᆯ 닙고 니러 안ᄌᆞ 그 글을 취ᄒᆞ여 ᄯᅩ 한 ᄎᆞ례ᄅᆞᆯ 보다가, 무ᄋᆡᄌᆞ의 긔침ᄒᆞᄂᆞᆫ 쇼리ᄅᆞᆯ 듯고 련망히 글을 가져 여젼히 ᄉᆞᄆᆡ 속의 감쵸고 와셔 지촉ᄒᆞᆯ가 두려 다만 의복을 졍졔ᄒᆞ고 쇼셰ᄅᆞᆯ 겨유【94】맛ᄎᆞ미, 무ᄋᆡ지 와셔 무ᄅᆞᄃᆡ,

"네가 져 몃날의 칙ᄌᆞᄅᆞᆯ 사실ᄒᆞ여 보와시

---

110)【회감ᄒᆞ다】동 회감(會減)하다. 엇셈하다. 서로 주고받을 것을 셈 쳐 보고 남은 것을 셈하다.¶ 動支 ‖ "惟造佃戶樓房并買馬匹, 發出銀三萬五千兩, 不知可是在此動支, 未蒙諭知, 不敢擅登." 오족 쟝인의 루방 지은 것과 아오로 마필 ᄉᆞ오ᄂᆞᆫ 재 삼만 오쳔 량이 되ᄂᆞᆫᄃᆡ 가히 이 속의셔 회감ᄒᆞᆯ 쥴을 아지 못ᄒᆞᄂᆞᆫᄃᆡ 지휘ᄅᆞᆯ 밧지 아니ᄒᆞᆫ 고로 감히 쳔ᄌᆞ히 긔록지 못ᄒᆞ고 (瑤華 4:88)

111)【산ᄋᆞ희】명 사나이. ¶ 情郎 ‖ 나ᄂᆞᆫ 이 졍잇ᄂᆞᆫ 산ᄋᆞ희ᄃᆡ 너ᄂᆞᆫ 의업ᄂᆞᆫ 계집이 될지라 (我是有情郎, 你爲無義娘) <瑤華 4:91> ⇒ 15:44

니 가히 대총 슈효ᄅᆞᆯ 긔록ᄒᆞ깃ᄂᆞ냐?"

요홰 니ᄅᆞᄃᆡ,

"셰셰히 긔록ᄒᆞ엿노라."

ᄒᆞ거ᄂᆞᆯ 무ᄋᆡ지 니ᄅᆞᄃᆡ,

"임의 이러ᄒᆞ면 고시ᄒᆞᄂᆞᆫ 거ᄉᆞᆯ 뻐쥬어 명일노 ᄉᆞ졈케 ᄒᆞ라."

요홰 머리ᄅᆞᆯ 돌나 쇼란이 겻ᄒᆡ 이시믈 보고 드ᄃᆡ여 ᄉᆞᄀᆡ 남ᄌᆞ의게 젼ᄒᆞ여 누구던지 고시ᄒᆞᄂᆞᆫ 조건을 빼내여 쥬어 명일노 챵고와 방샤ᄅᆞᆯ 사실ᄒᆞ여 보게 ᄒᆞ라 ᄒᆞ니, 쇼란이 간 지 언마 못ᄒᆞ여 믄득 일쟝 죠회ᄅᆞᆯ 가지 【95】 고 드러와 무ᄋᆡᄌᆞᄅᆞᆯ 보게 ᄒᆞ니, 요홰 몸을 갓가히 ᄒᆞ여 보니 고시ᄒᆞᄂᆞᆫ 글이라. 그 글의 ᄒᆞ여시ᄃᆡ,

"령ᄉᆞ인 등은 지실(知悉)ᄒᆞ라. 명일 오후의 모다 ᄉᆞ후ᄒᆞ여 챵샤(倉舍)[112]와 고방을 조검ᄒᆞ여 보며, 아오로 인구 슈효ᄅᆞᆯ ᄉᆞ졈ᄒᆞᆯ 거시니 그 각기 챡념ᄒᆞ여 거ᄒᆡᆼᄒᆞ라."

ᄒᆞ엿ᄂᆞᆫᄃᆡ, ᄌᆞ획이 단졍ᄒᆞ고 격식이 ᄌᆞᆨ윤(調匀)ᄒᆞ거ᄂᆞᆯ[113] 요홰 무ᄅᆞᄃᆡ,

"이거ᄉᆞᆯ 뉘가 뻣ᄂᆞ뇨?"

쇼란이 ᄃᆡ답ᄒᆞᄃᆡ,

"져무리 모다 침궁 밧긔 노니라 가고 다만 하향이 예포의 잇셔 셔텹을 림셔(臨書)ᄒᆞ기로 그러므로 【96】 뻐 믄득 져ᄅᆞᆯ 시겨 뻣다."

ᄒᆞ거ᄂᆞᆯ, 무ᄋᆡ지 니ᄅᆞᄃᆡ,

"하양이 즐겨 맛춤내 공부ᄅᆞᆯ ᄒᆞᄂᆞᆫ도다."

요홰 ᄌᆞ셰히 보니, ᄌᆞ획이 어졔 보던 글 ᄡᅳᆫ 것과 ᄀᆞᆺ튼지라. ᄯᅩ 무ᄅᆞᄃᆡ,

"도로혀 누구와 ᄀᆞᆺ치 잇ᄂᆞ냐?"

쇼란이 니ᄅᆞᄃᆡ,

"아모 사ᄅᆞᆷ도 업고 내가 나올 ᄯᅢ의 심춰미가 져 방 즁으로 드러가 믈건을 가져 가더라."

ᄒᆞ니, 요홰 졈두ᄒᆞ고 심즁의 ᄉᆡᆼ각ᄒᆞᄃᆡ 믄득 쇼란이 져로 더브러 셔로 ᄉᆞ괴미 아니냐 ᄒᆞ며 당쟝의 밥을 먹고 ᄆᆡ영을 다리고 샹셔방의 니ᄅᆞ러 셔칙을 졈검 【97】 ᄒᆞ여 볼ᄉᆡ, ᄆᆡ영이 ᄎᆡᆨ목록을 가지고 셔로 죠슈(照數)ᄒᆞ여[114] 보ᄆᆡ 한 권도 틀니지 아니 ᄒᆞᆫ지라. 요홰 ᄆᆡ영을 ᄭᅳ을고 방 뒤ᄒᆡ 드러가 ᄉᆞᄆᆡ로 글귀ᄅᆞᆯ 집어내여 ᄆᆡ영을 쥬니, ᄆᆡ영이 ᄌᆞ셰히 보고 믄득 무ᄅᆞᄃᆡ,

"어내 곳의셔 어더온 거시냐? 이것이 의취 잇ᄂᆞᆫ 글이로다."

요홰 니ᄅᆞᄃᆡ,

"쟉야의 내가 방문 뒤흐로 조ᄎᆞ 집은 거시니 너 보기의 어내 사ᄅᆞᆷ의 필젹이냐?"

ᄆᆡ영이 반향을 보다가 니ᄅᆞᄃᆡ,

"져 몃ᄀᆡ 쇼시 무리 즁의 다만 하향이 져쳐로 ᄡᅳᆯ 거시오 도홍은 블과 【98】 셔로 ᄀᆞᆺ톨ᄃᆞᆺ ᄒᆞ니라."

요홰 니ᄅᆞᄃᆡ,

"나도 하향의 글신 쥴은 짐작ᄒᆞ거니와 다만 어내 사ᄅᆞᆷ을 쥰 글인 쥴은 아지 못ᄒᆞ노라."

ᄆᆡ영이 니ᄅᆞᄃᆡ,

"글 가온ᄃᆡ ᄯᅳᆺ은 져의 무리 가만ᄒᆞᆫ 곳의 각기 셔로 만나보지 못ᄒᆞᄂᆞᆫ 의ᄉᆞᄅᆞᆯ 두엇시나 믄득 아지 못게라 어내 사ᄅᆞᆷ으로 더브러 셔로 친ᄒᆞᆫ고. 내가 군쥬와 ᄀᆞᆺ치 유심ᄒᆞ여 보면 필연 아라 내리라."

요홰 니ᄅᆞᄃᆡ,

"쇼시(小廝) 무리들이 년긔 임의 장대ᄒᆞ여 가니 맛당히 우리 총즁(叢中)의 두지 못ᄒᆞᆯ지라. 내가 ᄉᆞ부긔 말 【99】 ᄒᆞ여 져 무리ᄅᆞᆯ 드러내리라."

ᄆᆡ영이 니ᄅᆞᄃᆡ,

"ᄆᆡ우 맛당ᄒᆞ니 만일 무심히 지ᄂᆡ다가 도로혀 져의 둘이 샹통ᄒᆞ미 되리라."

요홰 우ᄉᆞ며 니ᄅᆞᄃᆡ,

"너ᄂᆞᆫ 금야라도 믄득 유심ᄒᆞ여 ᄉᆞᆲ히게 ᄒᆞ라."

ᄆᆡ영이 ᄯᅩ 웃고 니ᄅᆞᄃᆡ,

"다만 두리건ᄃᆡ ᄒᆞᆯ노 나 일ᄀᆡ ᄡᅳᆫ이 아니라."

---

112) 【倉厫 창오】 cāng'áo <名> [창오ᅌᅡᆫ] 창 (譯補 倉庫 18a) '챵샤 *儲粮的倉庫。‖ "明午伺候, 盤驗～庫房, 并查點在莊人口, 其各凜遵." 명일 오후의 모다 ᄉᆞ후ᄒᆞ여 챵샤와 고방을 조검ᄒᆞ여 보며 아오로 인구 슈효ᄅᆞᆯ ᄉᆞ졈ᄒᆞᆯ 거시니 그 각기 챡념ᄒᆞ여 거ᄒᆡᆼᄒᆞ라 (瑤華 4:95) "西門慶因問: '～修理的也將完了?'" (金瓶 61) "米滿～, 財盈府庫。" (三國 87)

113) 【調匀 조균】 tiáoyún <動> ᄌᆞᆨ윤ᄒᆞ다 *調和均匀。‖ "字劃端好, 款式～." ᄌᆞ획이 단졍ᄒᆞ고 격식이 ᄌᆞᆨ윤ᄒᆞ거ᄂᆞᆯ (瑤華 4:95) "養白馬的, 要水草～。" (西遊 16)

114) 【죠슈ᄒᆞ다】 동 점검(點檢)하다. ¶ 檢點 ‖ ᄆᆡ영이 ᄎᆡᆨ목록을 가지고 셔로 죠슈ᄒᆞ여 보ᄆᆡ 한 권도 틀니지 아니 ᄒᆞᆫ지라 (梅影取了冊籍, 兩個檢點一回, 一部也不錯.) <瑤華 4:97>

말이 맛추믹 비로쇼 침궁으로 도라오더라.

졔이일 죠반 후의 무잉지 쟝기덕을 블너 령수의게 젼호여 니루딗,

"금일은 교주롤 대령 말고 다만 쇼ᄎ(小車) 수량(四輛)을 깃쵸와 노흐면 조히 각쳐로 단【100】니며 수실호여 보리라."

호니 수실호 배 엇더호고? 하회의 분히호라.

［요화젼 瑤華傳 권지오 卷之五］

【1】화셜 무잉지 쟝기덕을 블너 령수(令史)의게 젼호여 니루딗,

"금일은 교주롤 등디치 말고 다만 쇼ᄎ 녁량을 깃쵸와 노흐면 조히 각쳐로 단니며 사실호여 보리라."

요홰 니루딗,

"쇼ᄎ 녁량이 엇지 넉넉호랴?"

무잉지 니루딗,

"매우 넉넉호니 나는 너와 깃치 두 ᄎ의 안주셔 도로혀 각기 일기 시녀롤 다릴【2】거시오. 남져지[115] 두 ᄎ(車)의는 져 벅벅이 보힝 못홀 시녀배롤 쥬어 미 ᄎ의 량인(兩人)식 안게 호고 남져지 소시(小廝) 무리는 다만 거러갈 거시오, 도시 부즁의 잇셔 단니는 거시오, 쏘 문의 나지 아니홀 거시니, 반드시 더 배뎡치 말고 샹셔방의 칙샹과 탁주롤 버려노아 죠히 인구롤 수졈(查點)호게 호라."

쟝기덕이 젼호라 나가더라. 쏘 와셔 품호딗,

"령수의 말숨이 군쥬 친히 인구롤 수졈호시니 져의 무리는 겻히 잇셔 호명호기 블편홀지라. 져의 녀식(女息)이【3】미우 수졍(事情)도 찌치고 쏘 글주도 아는지라. 가히 뻐 셔로 디신호여 거힝시긴다 호고, 이제 궁문 밧긔 디령호여 몬져 드러와 배현코져 혼다."

호거놀, 무잉지 니루딗,

"져롤 블너 드리라."

호니, 쟝기덕이 잇그러 드러와 몬져 무잉주롤 향호여 고두(叩頭)호고 다음의 군쥬롤 향호여 비례롤 맛치고 드딗여 한가의 셔 잇거놀, 요홰 무잉주와 깃치 져 부인을 한 번 보믹 신주는 주그마 호고 비록 년긔는 수십의 갓가오나 미목(眉目)이 도로혀 쳥슈호고 신샹의 팔【4】품 복식을 닙엇는딗, 쥬취가 머리의 가득호고 쇼차환이 짜랏는지라. 무잉지 니루딗,

"너는 령수의 결발혼 안히며 모가의 셩은 무어시라 호느냐?"

그 부인이 니루딗,

"비주의 모가 셩은 은시(殷氏)오 졔 일홈은 치하(彩霞)오 령수의 결발(結髮)혼 안히라. 향릭(向來)의 변량 궁즁의셔 오로지 내무롤 맛타 보앗노라."

무잉지 니루딗,

"이깃치 말호면 미우 일을 알니로다."

은시 답응호딗,

"도로혀 수부의 교도호믈 구호노라."

무잉지 니루딗,

"군쥬 나히 어리니【5】정히 너 깃툰 일기 사룸을 어더 보도호여 쥬려 호니 네 가히 뻐 궁의 드러와 단니게 호라."

은시 니루딗,

"군쥬 총명이 졀셰호시믹 외간의셔 어내 뉘가 모루는 곳의 잇셔 칭찬치 아니호리오. 도시 수부의 교도호는 법이 조흐미로다."

요홰 무루딗,

"우리 집 창즁의 시지(時在)[116] 미믹(米麥)이 언마나 되느냐?"

은시 니루딗,

"수십이 만 셕쉬(石數) 잇고, 도로혀 이쳔여 셕 녕쉬(零數) 잇다."

호거놀 요홰 니루딗,

"고지 은주는 언마나 되느냐?"

은시 딗답호딗,

"거월(去月)가지 긋쳐 십칠 만 칠 쳔여 량

115)【남져지】명 나머지. ¶ 餘 ‖ 남져지 두 ᄎ의는 져 벅벅이 보힝 못홀 시녀배롤 쥬어 미 ᄎ의 량인식 안게 호고 남져지 소시 무리는 다만 거러갈 거시오 (那兩輛與不應走的婢女, 每輛坐二個, 其餘小厮們只跑路, 總在府中, 又不出門, 不必排款.) <瑤華 5:2>

116)【시지】명 시재(時在). ¶ 現在 ‖ 우리 집 창즁의 시지 미믹이 언마나 되느냐 (我們現在倉中米麥, 共有多少?) <瑤華 5:5>

【6】 이 잇다."

ᄒᆞ거놀, 요홰 니ᄅᆞ되,

"져거손 틀니도다. 다만 십 오만 칠 쳔여 량이 잇ᄂᆞ니라."

은시 니ᄅᆞ되,

"틀니지 아니ᄒᆞ니 ᄉᆞ면의 쟝벽 슈츅(修築) ᄒᆞᆫ 바 이만 량가지 너허셔 말ᄒᆞ미라."

ᄒᆞ니, 요홰 니ᄅᆞ되,

"쟝벽은 모다 빠핫ᄂᆞ냐?"

은시 디답ᄒᆞ되,

"오일 젼의 필역(畢役)ᄒᆞ엿고 오놀은 군쥬긔 ᄉᆞ후ᄒᆞ여 창고를 졈검ᄒᆞ신 후 믄득 쳥ᄒᆞ여 쟝벽가지 돌나 보시게 ᄒᆞᆫ다."

ᄒᆞ니, 무인지 니ᄅᆞ되,

"쟝벽 우흘 가히 올나갈 만ᄒᆞ냐?"

은시 디답ᄒᆞ되,

"츈간의 ᄉᆞ부의 분부롤 무릇 【7】 ᄂᆞᆫ디 령ᄉᆞ배ᄂᆞᆫ 도로혀 ᄉᆞ부의 의ᄉᆞ롤 씨치지 못ᄒᆞᄂᆞᆫ지라, 다만 비지 쵀탁ᄒᆞ여 보니, 챵고 밧 ᄉᆞ면의 축장(築墻)ᄒᆞ기ᄂᆞᆫ 본디 쟝샹을 견고ᄒᆞ믈 위ᄒᆞ여 의견을 내신 거시어놀 만일 둑겁고 놉지 못ᄒᆞ면 그릇 슈다ᄒᆞᆫ 은ᄌᆞ만 허비ᄒᆞᆯ지라. 그러므로 뻐 쟝벽을 히ᄌᆞ(垓子) 안흐로 조ᄎᆞ 큰 돌을 드려 쌰리로 니ᄅᆞ혀 팔쳑 고(高) 되게 ᄒᆞ고, 다시 벽돌노 일 쟝 륙 쳑 고(高)롤 빠흐니 통계ᄒᆞ면 놉히가 이 쟝 ᄉᆞ 쳑이 되고 하변 너른 거손 구 쳑이오 이 샹면 너른 거손 오 쳑 반 【8】 이 되어 가히 삼 필 미(馬) 병힝ᄒᆞᆯ 만ᄒᆞ고 미양 창ᄉᆞ(倉舍) 십 간(十間)을 지나며 담 우히 한 뎡ᄌᆞ롤 세우고 모다 뒤 챵문을 기폐ᄒᆞ게 ᄒᆞ여 가히 쟝외 슈리 원근을 요망(瞭望)ᄒᆞ게 ᄒᆞ엿노라."

무인지 니ᄅᆞ되,

"져거시 셩 빡ᄂᆞᆫ 모양을 의지ᄒᆞ미 아니냐?"

은시 대답ᄒᆞ되,

"외변의 버드나뮈 잇셔 가리고 ᄯᅩ 여쟝(女墻)117)은 업ᄉᆞ니 믄득 셩 빠핫다고 ᄒᆞ지ᄂᆞᆫ 못ᄒᆞ려니와 속의셔 보면 맛춤내 셩 모양은 된다."

ᄒᆞ거놀, 무인지 니ᄅᆞ되,

"이만 량 은ᄌᆞ 슈용된 거술 고이히 너기지 【9】 못ᄒᆞᆯ지라. 조토다. 네 쥬견이 믄득 올타."

ᄒᆞ니, 요홰 니어 니ᄅᆞ되,

"뎨ᄌᆞ의 의ᄉᆞᄂᆞᆫ 예포 중 한 조각 변 싸히 가히 화원을 배셜ᄒᆞᆯ 거시니, 만일 기예롤 련습ᄒᆞ려 ᄒᆞ면 그 셔편의 도로혀 왕야의 활쏘시ᄂᆞᆫ 길이 이시니 가히 뻐 비러 쓰리라."

무인지 니ᄅᆞ되,

"화원을 배치ᄒᆞᄂᆞᆫ 거시 본디 너의 무리 부귀ᄒᆞᄂᆞᆫ 사롬의 집의 응당ᄒᆞᆯ 일이라. 삼ᄉᆞ만 은ᄌᆞ롤 바리면 믄득 되리라."

ᄒᆞ고 몬져 은시로 ᄒᆞ여곰 것히 잇셔 쉬게 ᄒᆞ고 일변 찬슈롤 지촉ᄒᆞ여 먹기롤 【10】 맛촌 후의 요화로 ᄒᆞ여곰 쟝속을 곳치게 ᄒᆞ고 아오로 미영과 쇼랑과 화견슈와 빅우옥과 쥬쳥대와 림록환을 분부ᄒᆞ여 ᄉᆞ기 쇼시와 ᄀᆞᆺ치 근슈케 ᄒᆞ고, 쟝기덕은 젼도ᄒᆞ라 ᄒᆞ고 ᄯᅩ 일량 소ᄎᆞ롤 가져다가 은시롤 쥬어 타게 ᄒᆞ고 심취미 황금슌과 니운과 욱리로 ᄒᆞ여곰 방옥을 관슈케 ᄒᆞ고, 약속을 맛ᄎᆞ미 슈문태감이 드러와 품ᄒᆞ대, 령ᄉᆞ 무리 일졔히 ᄉᆞ후ᄒᆞ엿다 ᄒᆞ거놀, 무인지 중인을 거ᄂᆞ리고 졍뎐 우희 니ᄅᆞ러 ᄎᆞ의 오롤시, 쥬【11】 쳥대 각항 칙ᄌᆞ롤 밧드러 동ᄎᆞ(同車) ᄒᆞ고 요화의 ᄎᆞ의ᄂᆞᆫ 미영이 ᄀᆞᆺ치 안고 쇼란은 화견슈와 ᄀᆞᆺ치 한 ᄎᆞ의 안고, 빅우옥은 림록환과 ᄀᆞᆺ치 안고 쟝기덕은 앏흐로 힝ᄒᆞ고 ᄉᆞ기 쇼시ᄂᆞᆫ ᄎᆞ 뒤히 ᄯᆞᄅᆞ고 흠긔 미러 뎐문의 나미, 일즉 졍부ᄉᆞ(正副史)와 각 총관(摠管) 등이 문루(門樓) 좌우의 잇셔 ᄉᆞ후ᄒᆞᄂᆞᆫ지라. 몬져 동편의 니ᄅᆞ러 문루의 니어 빠흔 륙십 간 챵고롤 다ᄃᆞᄅᆞ미, 무인지 요화의 ᄎᆞ부롤 블너 셔로 미러 동힝ᄒᆞ게 ᄒᆞ고 쥬쳥대의 가진 바 칙ᄌᆞ의셔 한 벌을 내여 요화롤 쥬 【12】 며 니ᄅᆞ되,

"미 간 고 문샹의 모다 슈쟝ᄒᆞᆫ 슈회 이실 거시니 네 가히 칙ᄌᆞ롤 가지고 ᄉᆞ대(査對)ᄒᆞ여 보라."

요홰 바다보며 ᄎᆞ부(車夫)롤 시겨 셔셔히 힝ᄒᆞ게 ᄒᆞ고 디ᄒᆞ여 사실ᄒᆞ여 보미 쳔착(舛錯) 된 일기 졈[圈子] 마진 거시 업ᄂᆞᆫ지라. 곳 셔편 문루와 챵고의 니ᄅᆞ러 그치미 령ᄉᆞ배 품ᄒᆞ여 니ᄅᆞ되, 두량(斗量)ᄒᆞᄂᆞᆫ 졔귀(諸具) 모다 이시니 가히 한 고롤 추쳠ᄒᆞ여 보ᄌᆞ ᄒᆞ거놀, 무인지 니ᄅᆞ되,

---

117) 【여장】 명 {여장(女墻).} 성가퀴, 성첩(城堞), 성 위에 낮게 쌓은 담. ‖ 외변의 버드나뮈 잇셔 가리고 ᄯᅩ 여쟝은 업ᄉᆞ니 (外面有柳樹遮蔽, 又沒有女墻.) <瑤華 5:8>

"너의 무리ᄅᆞᆯ 만일 밋고 지낼 터이면 ᄆᆞᆫ득 두량ᄒᆞ여 볼 거시 업ᄉᆞ리라."

령ᄉᆞ 등이 답응ᄒᆞᄃᆡ,

"져거시 도 【13】 시 쟉간(作奸)ᄒᆞᆫ 거시니 만일 흠츅(欠縮)이 이시량이면 ᄀᆡ여히 보츙되게 ᄒᆞᆯ 거시니 엇지 그쳐럼 아니ᄒᆞ리오."

요홰 니ᄅᆞᄃᆡ,

"임의 이 ᄀᆞᆺᄐᆞ면 각인이 흠츅되거든 배샹ᄒᆞᄆᆞᆫ 감결(甘結)을 ᄀᆞᆺ초와 올니라."

즁인이 임의 ᄡᅥ 가졋다가 ᄆᆞᆫ득 올니거ᄂᆞᆯ, 요홰 쟝기덕을 시겨 일졔히 거두게 ᄒᆞ고 은시 젼ᄒᆞ여 말ᄒᆞᄃᆡ,

"ᄆᆞᆫ득 담 우희 올나 공졍(工程)을 보신다."

ᄒᆞ니, 령식 드ᄃᆡ여 문루 간벽의 한 낫 목칙 셰운 문을 열고 스ᄉᆞ로 젼도ᄒᆞ며 모든 ᄎᆞᄅᆞᆯ 옹위ᄒᆞ여 담 밋흐 니ᄅᆞ 【14】 ᄆᆡ ᄆᆞᆫ득 빗긴 언덕이 잇거ᄂᆞᆯ 층층이 미러 올나가 담 우희 니ᄅᆞᄆᆡ ᄆᆞᆫ득 일ᄀᆡ 뎡ᄌᆡ 잇ᄂᆞᆫ지라. 은시 몬져 ᄎᆞ의 나려 무ᄋᆡᄌᆞ와 요화ᄅᆞᆯ 쳥ᄒᆞ여 뎡ᄌᆞ 안의 드러가 들경치ᄅᆞᆯ 요망(瞭望)ᄒᆞ라 ᄒᆞ니, 드ᄃᆡ여 밧비 ᄎᆞ의 나리ᄆᆡ 은시 뒤 챵을 열쳐 밀고 가ᄅᆞ쳐 뵈니 두 쥴기 버드나무가 놉히 담의 지나고 나무 틈으로 조ᄎᆞ 바라보니 진ᄀᆡ 슈리나 먼 남산 타렵(打獵)ᄒᆞ던 쳐쇠 의의(依依)ᄒᆞ게 뵈고, ᄯᅩ 문루 밧긔 왕ᄅᆡᄒᆞᄂᆞᆫ ᄒᆡᆼ인이 ᄭᅳᆺ치지 아니코 각 항 져ᄌᆞᄅᆞᆯ 졍졔히 여 【15】 렷ᄂᆞᆫ지라.

요홰 심즁의 심히 깃거 ᄒᆞ고, 무ᄋᆡ지 인ᄒᆞ여 ᄎᆞ부로 ᄒᆞ여곰 동편 길을 향ᄒᆞ여 셔셔히 미러 가게 ᄒᆞ고 ᄯᅩ 몃ᄀᆡ 뎡ᄌᆞᄅᆞᆯ 지나셔 졍동면(正東面) 일ᄀᆡ 뎡ᄌᆞ 우희 니ᄅᆞ러 무ᄋᆡ지 ᄆᆞᆫ득 차ᄅᆞᆯ 멈츄게 ᄒᆞ니, 은시 몬져 가셔 뒤 챵을 열거ᄂᆞᆯ 무ᄋᆡ지 요화로 더브러 챵가의 니ᄅᆞ러 밧글 향ᄒᆞ여 한 번 바라보ᄆᆡ 먼니 약대 복태(卜馱)118)와 노ᄉᆡ 메인 대ᄎᆞ(大車) 한 무리 다라오거ᄂᆞᆯ 은시다려 무ᄅᆞᄃᆡ,

"져곳이 필시 대론(大路)가 시부도다."

은시 대답ᄒᆞᄃᆡ,

"젹이 올흐니 박쥐(亳州)로 가ᄂᆞᆫ 【16】 대로니, 우리 무리 쟝 뒤흐로 조ᄎᆞ 지나간다."

ᄒᆞ거ᄂᆞᆯ, 무ᄋᆡ지 아ᄅᆡᄅᆞᆯ 향ᄒᆞ여 한번 보ᄆᆡ 개울믈이 모다 말낫거ᄂᆞᆯ ᄯᅩ 무ᄅᆞᄃᆡ,

"져 곳 ᄀᆡ울믈이 엇지ᄒᆞ여 마ᄅᆞᄂᆞ냐?"

은시 ᄃᆡ답ᄒᆞᄃᆡ,

"져 ᄀᆡ울이 도시 쥭은 믈이라. ᄎᆞ간의 디형이 놉고 ᄯᅩ 동졀을 다ᄃᆞᄅᆞᄆᆡ 그런 바로 ᄡᅥ 몬져 마른다."

ᄒᆞ거ᄂᆞᆯ, 무ᄋᆡ지 니ᄅᆞᄃᆡ,

"져 일을 몬져 요리(料理)ᄒᆞᆯ 거시니 이 즁 어내 곳이 대하(大河)ᄅᆞᆯ 통ᄒᆞ엿ᄂᆞ냐?"

은시 니ᄅᆞᄃᆡ,

"드ᄅᆞ니 대하가 여ᄀᆡ셔 샹게 ᄀᆡ십리 노졍이 된다 ᄒᆞ니, 두리건ᄃᆡ 인슈(引水)ᄒᆞ기 어 【17】 렵다."

ᄒᆞ거ᄂᆞᆯ, 무ᄋᆡ지 니ᄅᆞᄃᆡ,

"가히 도로혀 셔로 갓가온 곳이 잇ᄂᆞ냐?"

은시 니ᄅᆞᄃᆡ,

"비ᄌᆡ 나아가 령ᄉᆞ다려 무러 보리라."

ᄒᆞ고 ᄆᆞᆫ득 밧긔 나아가 ᄌᆞ세히 무러보고 도라와 고ᄒᆞᄃᆡ,

"샹(相) 근쳐의ᄂᆞᆫ 대하가 업고 다만 남산 아ᄅᆡ 큰 시내 잇셔 가히 ᄡᅥ 인슈ᄒᆞᆯ만 ᄒᆞᄃᆡ 다만 삼ᄉᆞ리 즘 되ᄂᆞᆫ지라. 도로혀 셩비(省費)ᄂᆞᆫ 되거니와 이졔 두리건ᄃᆡ 산(山) 물이 창일ᄒᆞᄂᆞᆫ ᄣᆡᄂᆞᆫ 도로혀 침몰(浸沒)ᄒᆞᆯ가 두리노라."

무ᄋᆡ지 니ᄅᆞᄃᆡ,

"져 거ᄉᆞᆫ 도로혀 무방ᄒᆞ니 우리 등이 븍편 머리로 향ᄒᆞ여 십모뎐(十畝田) 【18】 을 개쳑ᄒᆞ고 하슈ᄅᆞᆯ 인도ᄒᆞ여 크거든 터 노코 젹거든 져츅ᄒᆞ며 그 쇽의 가히 년ᄭᅩᆺ출 심으고 어종(魚種)을 기ᄅᆞ면 리(利) 남ᄂᆞᆫ 돈이 도로혀 셰 밧ᄂᆞᆫ 곡식보다 나ᄒᆞᆯ 거시니, 네 가 령ᄉᆞ다려 닐너 이졔 쟉인이 한가ᄒᆞ고 시내믈이 마ᄅᆞᆯ ᄣᆡᄅᆞᆯ ᄧᅡ라 슈삼일 내의 공역을 니ᄅᆞ혈 거시니 가히 한 번 슈고ᄒᆞ고 길게 평안ᄒᆞ리라.119)"

---

118) 【복태】 명 {복태(卜馱).} 짐바리. ¶ 馱子 ‖ 챵가의 니ᄅᆞ러 밧글 향ᄒᆞ여 한 번 바라보ᄆᆡ 먼니 약대 복태와 노ᄉᆡ 메인 대ᄎᆞ 한 무리 다라오거ᄂᆞᆯ (走到窗邊, 往外一望, 遠遠見馱子騾轎一隊走來.) <瑤華 5:15>

119) 【一勞永逸 일로영일】 yīláoyǒngyì <成> 한 번 슈고ᄒᆞ고 길게 평안ᄒᆞ리라 ‖ "你去對你們那個令史說, 趁此佃戶閑暇, 溪水涸竭之時, 三兩日內就可興工, 更是~." 네 가 령ᄉᆞ다려 닐너 이졔 쟉인이 한가ᄒᆞ고 시내믈이 마ᄅᆞᆯ ᄣᆡᄅᆞᆯ ᄧᅡ라 슈삼일 내의 공역을 니ᄅᆞ혈 거시니 가히 한 번 슈고ᄒᆞ고 길게 평안ᄒᆞ리라 (瑤華 5:18)

은시 답응ᄒᆞ고 즉시 지휘ᄒᆞ더라. 또 ᄎᆞ의 올나 북편 뎡ᄌᆞ 샹의 니ᄅᆞ니 은시 몬져 뒤 창을 여러 노커늘, 무이지 요화와 ᄀᆞᆺ치 챵가의 니【19】ᄅᆞ러 바라보니 거믄 뭉치 슈림(樹林)이 ᄭᅳᆫ치지 아닌지라. 무이지 니ᄅᆞᄃᆡ,

"져 곳이 박쥐 아니냐?"

한시[殷氏] ᄃᆡ답ᄒᆞᄃᆡ,

"미쳐 박쥐ᄂᆞᆫ 니ᄅᆞ지 못ᄒᆞ고 우가진(尤家鎭)이라."

ᄒᆞ거늘, 무이지 니ᄅᆞᄃᆡ,

"져 촌락 둘이 가히 우리 농쟝의 쟉인(作人)들이냐?"

은시 ᄃᆡ답ᄒᆞᄃᆡ,

"만히 그럿타."

ᄒᆞ거늘, 무이지 믄득 가ᄅᆞ치며 니ᄅᆞᄃᆡ,

"져 촌락을 지나ᄂᆞᆫ 한 조각 뎐모(田畝)ᄅᆞᆯ 가히 파셔 못슬 ᄆᆡᆫᄃᆞ러 물을 져축ᄒᆞ고 그 물을 ᄡᅳ으러다가 우리 ᄒᆡᄌᆞ 안헤 통ᄒᆞ여 노흐면 쟝ᄅᆡ의 도로혀 쁠 곳이 이시리라."

【20】은시 무ᄅᆞᄃᆡ,

"져 젹은 하슈ᄅᆞᆯ 통ᄒᆞ면 ᄉᆞ뷔 무어시 쁠 곳이 잇ᄂᆞ뇨?"

무이지 손을 드러 예포(藝圃)ᄅᆞᆯ 가라치며 니ᄅᆞᄃᆡ,

9

녀셔ᄌᆞ졈험가구 복번왕면시문ᄌᆡ
女庶子點驗家口 福藩王面試文才

"너의 군쥐 긔여히 예포 쇽의 화원을 셜치ᄒᆞ려 ᄒᆞᄂᆞᆫ ᄆᆞ음이 간졀ᄒᆞ니, 만일 화원을 지으량이면 여긔셔 븟허 믈을 인도ᄒᆞ며 문을 ᄆᆡᆫ드러 출입게 ᄒᆞ고 량쳑(兩隻) 쇼션을 지어 슈문으로 왕ᄅᆡᄒᆞ며 년못 가온ᄃᆡ 년홰 픠거든 ᄇᆡᄅᆞᆯ 타고 조히 가셔 완샹ᄒᆞ리라."

요홰 드ᄅᆞᄆᆡ 더옥 환희ᄒᆞ여 드ᄃᆡ여 은시ᄅᆞᆯ ᄃᆡᄒᆞ여 니ᄅᆞᄃᆡ,

"가히 쇽쇽히 【21】 공역을 닐희여 ᄉᆞ부의 말ᄉᆞᆷ대로 의지ᄒᆞ여 조작이 되량이면 믄득 가히 유남(遊覽)ᄒᆞ기 조흐리라."

말이 맛ᄎᆞᄆᆡ 각기 ᄎᆞ의 올나 ᄯᅩᄒᆞᆫ 지체ᄒᆞᄂᆞᆫ 곳이 이시나 능히 셰셰히 말 아니코 굴너 루방 문의 이ᄅᆞ러 즉시 궁으로 도라오니 젼문 어귀의 대쇼 남부ᄇᆡ(男婦輩) 모혀 셜화ᄒᆞ다가 ᄎᆞ가 오믈 보고 길을 갈나 옹위ᄒᆞ여 드러와 바야흐로 졍뎐의 드러ᄀᆞᆯ시 홀연 드ᄅᆞ니 외면 사ᄅᆞᆷ들이 크게 훤화(喧譁)ᄒᆞ여 우으며 말쇼ᄅᆡ 그치지 아니커ᄂᆞᆯ, 무ᄋᆡ지 ᄎᆞ의 나려 샹셔방 【22】 셔간문 머리의 안ᄌᆞ며 요화로 ᄒᆞ여곰 졍뎐 교의 우히 안게 ᄒᆞ니, 요홰 니ᄅᆞᄃᆡ,

"ᄉᆞ뷔 이곳의 계신ᄃᆡ 뎨ᄌᆡ 엇지 상좌ᄒᆞ리오."

무ᄋᆡ지 니ᄅᆞᄃᆡ,

"져 ᄌᆞ리ᄂᆞᆫ 너의 부친의 좌탑(坐榻)이니 그러므로 ᄡᅧ 네가 안질 거시니 나ᄅᆞᆯ 구ᄋᆡ치 말나."

요홰 비로소 안ᄌᆞᄆᆡ 쇼란 무리 몃 ᄀᆡ 비ᄌᆞᄂᆞᆫ 신변의 셔잇고 쇼시 무리ᄂᆞᆫ 쳠하 밋히 셔 잇더라. 무ᄋᆡ지 쟝기덕이 드러오믈 보고 드ᄃᆡ여 무ᄅᆞᄃᆡ,

"방ᄌᆞ(方纔) 젼문[正門] 어귀의셔 여러 사ᄅᆞᆷ들이 엇지ᄒᆞ여 훤쇼(喧笑)ᄒᆞ엿ᄂᆞ냐?"

기덕이 ᄃᆡ답ᄒᆞᄃᆡ,

【23】 "져의 무리 말ᄒᆞ기ᄅᆞᆯ 군쥬 심변의 뫼시ᄂᆞᆫ 시녜 맛춤내 면뫼 한 모양 ᄀᆞᆺᄐᆞ여 뵈니 만일 의복으로 분변치 못ᄒᆞ면 맛춤내 분변ᄒᆞ여 내지 못ᄒᆞᆫ다 ᄒᆞ고 그러므로 ᄡᅧ 훤쇼ᄒᆞᆫ다."

ᄒᆞ거ᄂᆞᆯ, 무ᄋᆡ지 ᄯᅩᄒᆞᆫ 웃고 니ᄅᆞᄃᆡ,

"졍히 올타. 져 량ᄀᆡ가 일년(一年)이 ᄯᅩ 일년과 ᄀᆞᆺᄐᆞ여 나도 샹히 그ᄅᆞᆺ 부른다."

ᄒᆞ고 드ᄃᆡ여 은시ᄅᆞᆯ 블너 져로 ᄒᆞ여곰 칙ᄌᆞᄅᆞᆯ 가지고 인구ᄅᆞᆯ 졈고ᄒᆞ라 ᄒᆞ니, 은시 드러와 보ᄆᆡ, 요홰 임의 뎡즁의 안즌지라. ᄲᆞᆯ니 령ᄉᆞᄅᆞᆯ 블너 즁인 【24】 을 령솔ᄒᆞ고 졈고ᄒᆞ믈 드르라 ᄒᆞ며, 칙샹 앏흐로 가셔 칙ᄌᆞᄅᆞᆯ 펴 노흐니, 요홰 쥬필노ᄡᅧ 졈칠시, 졔 일명은 믄득 령ᄉᆞ 죠셩(趙成)이라. 앏히 잇다가 답응ᄒᆞ고 동편으로브터 셔편을 향ᄒᆞ여 굴너 나가고, 죠셩의 명하의 쳐 은시오, ᄌᆞ녀 병(竝)ᄒᆞ여 삼구(三口)오, 졔 이명은 부ᄉᆞ 손필대(孫必大)와 쳐 단시(段氏)니 ᄌᆞ녜 량구오, 졔 삼명은 부ᄉᆞ 쟝쵸연(張超然)과 쳐 녀시(余氏)니 ᄌᆞ 일명 쟝기덕인ᄃᆡ, 아ᄅᆡ 쥬(註)달기ᄅᆞᆯ 임의 몸을 곱게 ᄒᆞ여 궁의 드러갓다 ᄒᆞ여시며, 졔 ᄉᆞ명 【25】 은 부ᄉᆞ 젼금역(錢金易)과 쳐 봉시니, ᄌᆞ녀 삼구오, 졔 오명은 부ᄉᆞ 위가긔(魏家騏)와 쳐 쥬시(周氏)니 ᄌᆞ녀 ᄉᆞ귀라. 요홰 무ᄅᆞᄃᆡ,

"엇지ᄒᆞ여 져 부ᄉᆞ가 ᄯᅩ 잇ᄂᆞ냐?"

은시 ᄃᆡ답ᄒᆞᄃᆡ,

"이젼은 쟝샹의 령ᄉᆞ 일명과 부ᄉᆞ 량명을 파뎡ᄒᆞ엿더니, ᄉᆞ뷔 쟝샹의 니ᄅᆞ시믈 인ᄒᆞ여 ᄉᆞ뮈(事務) 번극ᄒᆞᆫ지라. 그러므로 ᄡᅧ ᄯᅩ 왕부의 가셔 량명을 다려다가 내무ᄅᆞᆯ 관셥게 ᄒᆞ고 아ᄅᆡ

량명은 외무를 관셥게 ᄒᆞ고 각기 부ᄉᆞ 명하의 ᄯᅩ 관ᄉᆞᄒᆞᄂᆞᆫ 사ᄅᆞᆷ들이 이시니 이 거ᄉᆞᆫ 져의 무리 ᄌᆞ긔가 골닙[120) 【26】 ᄒᆞ여 ᄉᆞ환시기ᄂᆞᆫ 고로 칙ᄌᆞ의ᄂᆞᆫ 드지 아니ᄒᆞ엿다."

ᄒᆞ거ᄂᆞᆯ, 요홰 졈두ᄒᆞ고 은시 ᄯᅩ 니ᄅᆞᄃᆡ,

"각 태감도 졈고ᄅᆞᆯ 들라."

ᄒᆞ니, 슈문 태감 량명인ᄃᆡ, 졔 일명 후신(候新)이 아리셔 답응ᄒᆞ며 셔흐로 가고, 졔 이명 왕휘(汪輝)도 듯고 ᄯᆞ라 나가며 잡역 거힝ᄒᆞᄂᆞᆫ 태감 팔명인ᄃᆡ, 하희(何喜)와 김룡(金鎔)과 오위(吳渭)와 니쥰(李俊)과 왕셩(王成)과 대원(戴元)과 진곤(陳昆)과 쥬슈(朱秀) 무리 호명을 응ᄒᆞ고, 예포의 슈문태감 량명의 숀경(孫慶)과 엄경(嚴正)이오, 잡역 거힝ᄒᆞᄂᆞᆫ 태감 량명의 강발(姜發)과 져귀(褚貴) 각기 답응 ᄒᆞ고 【27】 셔편으로 조ᄎᆞ 나가더라. 은시 ᄯᅩ 말ᄒᆞᄃᆡ,

"궁녀 무리 졈고ᄅᆞᆯ 들라."

ᄒᆞ니, 내궁 슈문 궁녀 ᄉᆞ명의 한츄계와 국슈방과 죠의빈과 신옥아오, 침문 궁녀 이명의 장옥셤과 시야릐(施夜來)라 ᄒᆞ거ᄂᆞᆯ, 요홰 ᄯᅮ지져 멈츄며 니ᄅᆞᄃᆡ,

"앏흐로 오라."

ᄒᆞ니, 야릐 올나와 고두ᄒᆞ고 한 가의 셔잇거ᄂᆞᆯ, 요홰 무ᄅᆞᄃᆡ,

"네 년긔가 언마나 되엿ᄂᆞ냐?"

야릐 ᄃᆡ답ᄒᆞᄃᆡ,

"오십팔 셰라."

ᄒᆞ거ᄂᆞᆯ, 요홰 니ᄅᆞᄃᆡ,

"어려셔브터 궁의 드러왓ᄂᆞ냐? 쟝대ᄒᆞᆫ 후의 그리 ᄒᆞ엿ᄂᆞ냐?"

야릐 ᄃᆡ답ᄒᆞ 【28】 ᄃᆡ,

"비지 이십 오 셰의 궁의 드러왓다."

ᄒᆞ거ᄂᆞᆯ 요홰 니ᄅᆞᄃᆡ,

"네가 죄인 련좌(緣坐)되ᄂᆞᆫ 가쇽(家屬)으로 그러ᄒᆞ냐?"

야릐 올흔 쥴노 답응ᄒᆞ니, 요홰 니ᄅᆞᄃᆡ,

"어ᄂᆡ 곳 사ᄅᆞᆷ이며 가향(家鄕)의 도로혀 의지ᄒᆞᆯ 사ᄅᆞᆷ이 잇ᄂᆞ냐?"

야릐 ᄃᆡ답ᄒᆞᄃᆡ,

"본시 광동(廣東) 사ᄅᆞᆷ이오 모가(母家)의 도로혀 사ᄅᆞᆷ이 잇셔 의지ᄒᆞᆯ 만ᄒᆞ다."

ᄒᆞ거ᄂᆞᆯ, 요홰 니ᄅᆞᄃᆡ,

"네 년긔가 쟝대ᄒᆞ고 내 궁즁의 ᄉᆞ후ᄒᆞᄂᆞᆫ 사ᄅᆞᆷ이 만흐니 내가 은혜ᄅᆞᆯ ᄂᆡ려 너ᄅᆞᆯ 노화 보내면 가히 죠흐랴?"

야릐 련망히 ᄭᅮ여 니러 고두ᄒᆞ며 니ᄅᆞ 【29】 ᄃᆡ,

"군쥬의 은혜 텬디 ᄀᆞᆺᄐᆞᆷ을 샤례ᄒᆞᆫ다."

ᄒᆞ거ᄂᆞᆯ, 요홰 은시다려 니ᄅᆞᄃᆡ,

"네가 져ᄅᆞᆯ 다리고 나가 령ᄉᆞ의게 맛기고 져ᄅᆞᆯ 이십 량 은ᄌᆞᄅᆞᆯ ᄉᆞ급ᄒᆞᆫ 후의 한 사ᄅᆞᆷ을 파견ᄒᆞ여 져ᄅᆞᆯ 도라 보내여 본향으로 가게 ᄒᆞ라."

야릐 ᄯᅩ 다시 쳔은만샤(千恩萬謝)ᄒᆞ고, 은시 숑태감을 블너 거ᄂᆞ려 나가 내 집의 도부(到付)ᄒᆞ라 ᄒᆞ고, 요홰 드ᄃᆡ여 그 명ᄇᆡᄅᆞᆯ 쵸쥬(交周)ᄒᆞ고, 은시 ᄯᅩ 쥬다(酒茶) 맛ᄐᆞᆫ 궁녀 량명 왕교와 셜비봉(薛飛鳳)을 부ᄅᆞ거ᄂᆞᆯ 요홰 ᄯᅩ 블너 올니니, 고두ᄒᆞ고 겻ᄒᆡ 셧거ᄂᆞᆯ 요홰 니ᄅᆞᄃᆡ, 【30】 "너ᄂᆞᆫ 년긔가 언마나 되ᄂᆞ냐?"

비봉이 니ᄅᆞᄃᆡ,

"십륙 셰라."

ᄒᆞ거ᄂᆞᆯ, 요홰 니ᄅᆞᄃᆡ,

"네가 가즁의셔 싱산ᄒᆞᆫ 배냐? 도로혀 밧그로 조ᄎᆞ 드러왓ᄂᆞ냐?"

비봉이 니ᄅᆞᄃᆡ,

"가즁 쇼싱이라."

ᄒᆞ거ᄂᆞᆯ, 요홰 니ᄅᆞᄃᆡ,

"네 년긔 오히려 젹거ᄂᆞᆯ, 믄득 ᄉᆞ역ᄒᆞᄂᆞᆫᄃᆡ ᄎᆞᆼ슈(充數)ᄒᆞ엿ᄂᆞ냐?"

비봉이 ᄃᆡ답ᄒᆞᄃᆡ,

"본시 모친이 벅벅이[121) 당ᄒᆞᆯ 거ᄉᆞᆯ 병이 즁ᄒᆞᆷ을 인ᄒᆞ고, ᄯᅩ 가만ᄒᆞᆫ 병을 드러내지 못ᄒᆞᄂᆞᆫ 고로, ᄌᆞ긔가 졍원(情愿)ᄒᆞ여 ᄃᆡ신 거힝ᄒᆞᆫ다."

---

120) 【골닙ᄒᆞ다】 고용하다. 중국어 '雇來'를 번역한 말로 쓰였다. ‖ 각기 부ᄉᆞ 명하의 ᄯᅩ 관ᄉᆞᄒᆞᄂᆞᆫ 사ᄅᆞᆷ들이 이시니 이 거ᄉᆞᆫ 져의 무리 ᄌᆞ긔가 골닙ᄒᆞ여 ᄉᆞ환시기ᄂᆞᆫ 고로 칙ᄌᆞ의ᄂᆞᆫ 드지 아니 ᄒᆞ엿다 (各副史名下, 還有管事人, 是他們自已雇來使喚的, 故不入冊.) <瑤華 5:25>

121) 【벅벅이】 뷔 반드시. 틀림없이. ¶ 應 ‖ 본시 모친이 벅벅이 당ᄒᆞᆯ 거ᄉᆞᆯ 병이 즁ᄒᆞᆷ을 인ᄒᆞ고 ᄯᅩ 가만한 병을 드러내지 못ᄒᆞᄂᆞᆫ 고로 ᄌᆞ긔가 졍원ᄒᆞ여 ᄃᆡ신 거힝ᄒᆞᆫ다 (原是母親應撥, 因母親病得利害, 又是暗病驗不來的, 故自家情願來替代的.) <瑤華 5:30>

ᄒᆞ거ᄂᆞᆯ, 요홰 니ᄅᆞᄃᆡ,

"도로혀 【31】 일기 효녀로다. 쥬다(酒茶) 맛ᄂᆞᆫ 거ᄉᆞᆫ 내가 다시 일인을 어더 너ᄅᆞᆯ ᄃᆡ신ᄒᆞᆯ 거시니 너ᄂᆞᆫ 여긔 잇다가 다른 ᄎᆞᄉᆞ(差使)ᄒᆞᆯ 거시 이시면 다시 너로 파뎡ᄒᆞ리라."

비봉이 다만 셔셔 ᄉᆞ후ᄒᆞ더라.

은시 또 감션(監膳)ᄒᆞᄂᆞᆫ 궁녀 량명 츄계아(鄒桂娃)와 심계션(沈桂仙)과 의ᄃᆡ 맛ᄐᆞᆫ 궁녀 량명 은벽옥(殷碧玉)과 려량진(呂良珍)과 관(冠)과 신[履] 맛ᄐᆞᆫ 궁녀 량명 뎡옥도(鄭玉濤)와 원쥬ᄋᆞ(袁珠兒)와 침션 맛ᄐᆞᆫ 궁녀 량명 쟝벽도(蔣碧桃)와 황화관(黃花冠)과 세답 맛ᄐᆞᆫ 궁녀 ᄉᆞ명 츄소경(鄒素貞)과 양옥완(楊玉腕)과 쳑승란(戚勝蘭)과 【32】 샤쟝춘(謝長春)이오, 또 쥬방 맛ᄐᆞᆫ 궁녀 륙명 ᄇᆡᆨ졍쳥(柏正靑)과 하유란(夏幽蘭)과 등옥잉(滕玉鶯)을 브ᄅᆞ거ᄂᆞᆯ, 요홰 ᄭᅮ지져 니ᄅᆞᄃᆡ,

"져것들이 루츄ᄒᆞᆫᄃᆡ 어지 쥬방을 맛게 ᄒᆞ리오, 쾌히 본궁으로 도라 보내라."

ᄒᆞᄆᆡ, 은시 즉시 슈문 태감을 블너 져 삼인을 거ᄂᆞ려다가 사ᄅᆞᆷ을 시겨 변량으로 보내라 ᄒᆞ고, ᄉᆞ명 번산셜(樊山雪)과 오명 손옥년(孫玉蓮)이 바야흐로 응락ᄒᆞ거ᄂᆞᆯ, 요홰 블너 올녀 무ᄅᆞᄃᆡ,

"너ᄂᆞᆫ 뉘가 파뎡ᄒᆞ여 쥬방을 맛게 ᄒᆞ엿ᄂᆞ냐?"

옥년이 ᄃᆡ답ᄒᆞ 【33】 ᄃᆡ,

"왕얘 궁의 계실 ᄯᅢ의 비지 진 계병(雞餅)을 ᄆᆡᆫ돌 쥴 알믈 인ᄒᆞ여 특별이 이곳의 보내여 ᄉᆞ후ᄒᆞ엿다."

ᄒᆞ거ᄂᆞᆯ 요홰 니ᄅᆞᄃᆡ,

"나의 무러보ᄂᆞᆫ 말이 ᄉᆞᄉᆞ로 연괴 잇ᄂᆞ니라."

은시 또 륙명 ᄆᆡ근츈(梅近春)을 브ᄅᆞ고 품ᄒᆞᄃᆡ,

"모다 졈고ᄒᆞ엿다."

ᄒᆞ거ᄂᆞᆯ, 요홰 니ᄅᆞᄃᆡ,

"예포 즁 사ᄅᆞᆷ은 내가 모다 아ᄂᆞᆫ 거시니 모롬죽이 호명 말고 모다 블너 올니라."

은시 손으로 한번 부ᄅᆞᄆᆡ 모다 올나오거ᄂᆞᆯ, 요홰 니ᄅᆞᄃᆡ,

"반계ᄋᆞᄂᆞᆫ 등옥잉의 궐(闕)[122]의 치오고, 나환ᄋᆞ 【34】 ᄂᆞᆫ 시야릐의 궐의 치오고 쇼원향은 셜비봉의 궐의 치오라."

ᄒᆞ고 말이 맛ᄎᆞᄆᆡ, 드ᄃᆡ여 몸을 니니 즁인이 믄득 흣허지더라.

또 밥 ᄯᅢ 되엿ᄂᆞᆫ지라. 밥을 맛치고 요홰 무ᄋᆡᄌᆞ의게 쳥ᄒᆞ여 화원 도식을 그리라 ᄒᆞ니, 무ᄋᆡ지 니ᄅᆞᄃᆡ,

"외변의 분부ᄒᆞ여 한 쟝을 그려 드리면, 내가 침쟉ᄒᆞ여 보ᄂᆞᆫ 거시 믄득 올흐리라."

요홰 니ᄅᆞᄃᆡ,

"져의 무리가 그리면 뎨ᄌᆞ의 의향의 맛지 아닐 거시오. 또 두리건대 져의 무 【35】 리의게 의혹되믈 닙을지라. 도로혀 ᄉᆞ뷔 궁즁을 의지ᄒᆞ여 일기 도형을 ᄆᆡᆫᄃᆞ러 내면 뎡녕 져의 무리보다 나흐리라."

ᄒᆞ니, 무ᄋᆡ지 우으며 ᄭᅮ지져 니ᄅᆞᄃᆡ,

"너 희지 조하ᄒᆞᄂᆞᆫ 념뒤 너모 심ᄒᆞ도다."

시녀들이 무ᄋᆡᄌᆞ의 조화ᄒᆞᄂᆞᆫ 거ᄉᆞᆯ 보려 ᄒᆞ여 슈각(手脚)이 황란(遑亂)ᄒᆞ며 화구ᄅᆞᆯ 가져 옴겨오고 또 일쟝 조희ᄅᆞᆯ 버려 노커ᄂᆞᆯ 무ᄋᆡ지 몬져 뉴탄(柳炭)[123]으로 영ᄌᆞ(影子)ᄅᆞᆯ 그리며, 요화ᄃᆞ려 니ᄅᆞᄃᆡ,

"내 의ᄉᆞᄂᆞᆫ 예포 루방은 가히 ᄲᅧ 움죽이지 말고 다만 문 겻 【36】 히 잇ᄂᆞᆫ 방샤ᄅᆞᆯ 허러 바리고 가히 양어(養魚)ᄒᆞᄂᆞᆫ 지당(池塘)을 열지라."

ᄒᆞ니, 요홰 ᄃᆡ답ᄒᆞᄃᆡ,

"그런 바로ᄲᅧ 이 도양(圖樣)을 ᄉᆞ뷔 그려 내여야 비로쇼 합의ᄒᆞ리라."

ᄒᆞ니, 무ᄋᆡ지 드ᄃᆡ여 화본(畵本) 우희 루방은 여젼이 그리고 또 니ᄅᆞᄃᆡ,

"동편 샹방의 여젼이 두고 셔편 샹방은 곳쳐 월낭(月廊)을 ᄆᆡᆫᄃᆞ러 곳 통ᄒᆞ여 젼일 젹은 문의 니ᄅᆞ러 긋치고, 또 동편 샹방 겻희 일기 큰 련못ᄉᆞᆯ 열고 믄득 셔편 머리로 구뷔쳐 동남각상(東南角上)의 니ᄅᆞ러 긋쳐 ᄲᅧ 년못 안 활슈ᄅᆞᆯ 닛그러 오기 【37】 편케 ᄒᆞ고 이곳의 임의 년못ᄉᆞᆯ 파량이면 가히 져 대루ᄅᆞᆯ 다 드러내지 못

---

122) 【궐】 명 궐(闕). 결원(缺員). ¶ 缺 ‖ 반계ᄋᆞᄂᆞᆫ 등옥잉의 궐의 치오고 나환ᄋᆞᄂᆞᆫ 시야릐의 궐의 치오고 쇼원향은 셜비봉의 궐의 치오라 (潘桂兒可抵滕玉鶯的缺, 羅納兒抵了施夜來的缺, 蘇遠香抵了薛比鳳的缺.) <瑤華 5:33-34>

123) 【뉴탄】 명 유탄(柳炭). ¶ 柳枝 ‖ 또 일쟝 조희ᄅᆞᆯ 버려 노커ᄂᆞᆯ 무ᄋᆡ지 몬져 뉴탄으로 영ᄌᆞᄅᆞᆯ 그리며 (又攤上一張紙. 無碍子先用柳枝畫個影子.) <瑤華 5:35>

ᄒᆞᆯ지라. 즁간의 일좌 가산(假山)을 크게 ᄡᅡ하 막아 가리여 ᄡᅥ 로츌(露出)되ᄂᆞᆫ 혐을 면케 ᄒᆞ리라.”

ᄒᆞ고, 드ᄃᆡ여 뉴탄(柳炭)을 가져 가산 영ᄌᆞ(影子)ᄅᆞᆯ 그려내고,

“산동(山洞)은 모롬ᄌᆞ이 관챵(寬廠)ᄒᆞ여야 통ᄒᆞ여 나오ᄂᆞᆫ 길이 편ᄒᆞᆯ 거시오, 산 ᄋᆞᆲ히 임의 한덩이 ᄇᆡᆫ ᄯᅡ히 이시니 동편 머리 년못 가흐로 조ᄎᆞ 벅벅이 빗기 삼간 년뎡(蓮亭)을 짓고 ᄉᆞ면의 모다 쥭림을 심어 한 번 보ᄆᆡ 요연(了然)치 못ᄒᆞ게 ᄒᆞ고, 년뎡 셔 【38】 남각샹(西南角上)의 한 ᄒᆞᆰ덩이 언덕을 일월ᄉᆡ, ᄆᆞᆫ득 년못 판 ᄒᆞᆰ을 가져 ᄡᅡ하 내고, 뫼ᄲᅮ리 우히 일기 뎡ᄌᆞᄅᆞᆯ 셰워야 븍편을 ᄯᅩ 갈ᄒᆞᆯ 거시오, 그러치 아니면 젼폭 경치가 ᄯᅩ 드러날 거시오, 토강(土崗) 안흐로 조ᄎᆞ 졍남(正南)의 삼간 화루(花樓)ᄅᆞᆯ 지으ᄃᆡ 고대(高大)치ᄂᆞᆫ 말게 ᄒᆞ고, 일간은 루가 되어 셔쟝(西墻)을 의지ᄒᆞ게 ᄒᆞ고, 량간은 월ᄃᆡ(月臺)ᄅᆞᆯ ᄆᆡᆫᄃᆞ러 술[酒]을 버려 완월ᄒᆞ기의 편ᄒᆞ게 ᄒᆞ고, 가산 ᄋᆞᆲ 빈 ᄯᅡ히 맛당히 한 간 셔텽(書廳)을 지으ᄃᆡ, 네 쳠하가 믈을 헷치게 ᄒᆞ고 ᄯᅩᄒᆞᆫ 오 【39】 리 셕교ᄅᆞᆯ 셰워 가히 화랑을 통ᄒᆞ게 ᄒᆞ고 화랑을 말ᄆᆡ암아 비로쇼 예포 대루 아릭로 나아가게 ᄒᆞ고, 대루 동편 샹방문 어귀로 말ᄆᆡ암아 한 오리 홍란판교(紅欄板橋)ᄅᆞᆯ 셰워 가산 길을 통ᄒᆞ여 가히 년뎡의 니ᄅᆞ게 ᄒᆞ고, 년뎡 븍편의 ᄯᅩ 일좌 삼층화계(三層花階)ᄅᆞᆯ ᄡᅡ하 가히 란초와 국화ᄅᆞᆯ 심어야 가히 동편 샹방으로 더브러 격졀(隔絶)ᄒᆞ깃고, 가산(假山) 젼면 산샹 산하의 만히 ᄇᆡᆨ피숑(白皮松)을 심으고, 화루년쟝(花樓沿墻) 일ᄃᆡ의 만히 오동나무ᄅᆞᆯ 심우고, 녯날 여러 노흔 【40】 바 젹은 문은 여젼히 통ᄒᆞ게 ᄒᆞ고, 예포 량ᄌᆞ 현판을 옴겨 그 우히 븟치고, ᄯᅩᄒᆞᆫ 시렁[架] 자등(紫藤)을 심어 ᄡᅥ 문길[門路]을 표ᄒᆞ고, 년못 다ᄒᆞᄂᆞᆫ 곳 극남(極南) 머리의 도로혀 한 조각 빈 ᄯᅡ히 이시니, ᄉᆞ면의 쟝원을 ᄡᅡ코 그 안의 쇼옥(小屋) 삼간을 지어 동향ᄒᆞ고, 다시 남편의 목단ᄃᆡ(牡丹臺)ᄅᆞᆯ ᄡᅡ하 모란 큰 포귀ᄅᆞᆯ 만히 심으고, 셔방으로 드러가려 ᄒᆞ면, ᄯᅩ 모롬ᄌᆞ이 한 오리 젹은 셕교ᄅᆞᆯ 지어야 통노가 되리라.”

ᄒᆞ고 말이 맛ᄎᆞᄆᆡ, 뉴탄(柳炭)[124]을 가져 통트러 영ᄌᆞᄅᆞᆯ 그려낸 후의 목 【41】 필을 가져 ᄆᆡᆫᄃᆞ러 내여, 무릇 각쳐 방옥과 화슈(花樹)와 셕목 다리와 가산(假山) 공통ᄒᆞᆫ 노뎡(路程)과 슈도(水道) 완연ᄒᆞᆫ ᄆᆡᆨ락(脈絡)을 일일이 셰밀ᄒᆞ게 그리지 아니미 업ᄂᆞᆫᄃᆡ, 그 쾌ᄒᆞ미 나ᄂᆞᆫ ᄃᆞᆺᄒᆞ고 다시 치식을 메여 노흐ᄆᆡ 맛춤애 일폭 샹품의 양홰(樣畫)라.

요홰 ᄯᅩ 니ᄅᆞᄃᆡ,

“도로혀 량쳑 ᄇᆡ가 업도다.”

무ᄋᆡ지 니ᄋᆞᄃᆡ,

“화원을 모다 지어 노흐면 도로혀 량쳑 션을 ᄆᆡᆫᄃᆞ지 못ᄒᆞᆯ가 두리랴. 져거ᄉᆞᆫ 별노히 도형ᄒᆞᆯ 거시니 반ᄃᆞ시 긴급ᄒᆞᆫ 거ᄉᆞᆫ 아니니라.”

즁인이 보고 대단히 칭찬ᄒᆞ며, 【42】 닐오ᄃᆡ,

“ᄉᆞ뷔 못ᄒᆞᄂᆞᆫ 거시 업도다.”

요홰 당샹의 ᄆᆞᆫ득 은치하ᄅᆞᆯ 블너 당면ᄒᆞ여 분부ᄒᆞ려 ᄒᆞ거ᄂᆞᆯ, 무ᄋᆡ지 니ᄅᆞᄃᆡ,

“임의 야심ᄒᆞ여시니 엇지 분망히 구ᄂᆞ냐.”

ᄒᆞ며 드ᄃᆡ여 각기 안침ᄒᆞ고, ᄎᆞ일의 요홰 니러나기ᄅᆞᆯ 너무 일즉ᄒᆞ여 그 도양(圖樣)을 어루만ᄌᆞ니, 무ᄋᆡ지 니러나며 보고 니ᄅᆞᄃᆡ,

“네 ᄆᆞ옴이 너모 열(熱)ᄒᆞ도다.”

드ᄃᆡ여 쟝기덕으로 ᄒᆞ여곰 은치하ᄅᆞᆯ 블너 드려 일일이 명ᄇᆡᆨᄒᆞ게 지시ᄒᆞ고 져ᄅᆞᆯ 시겨 령ᄉᆞ의게 지휘ᄒᆞ여 공요(工料) 쇼입(所入)을 혬ᄒᆞ여 가 【43】 지고 은ᄌᆞᄅᆞᆯ 타 내여 공역(工役)을 일희여 내라 ᄒᆞ니, 치히 령명(領命)ᄒᆞ고 가거ᄂᆞᆯ, 무ᄋᆡ지 바야흐로 방문의 들녀 ᄒᆞ더니, 홀연 쟝기덕과 은치하ᄅᆞᆯ 블너 도라와 ᄒᆞ여곰 방의 드러오게 ᄒᆞ고 ᄯᅩ 한 ᄎᆞ례ᄅᆞᆯ 말ᄒᆞᄂᆞᆫᄃᆡ, 다 셩음이 져미(低微)ᄒᆞ여 무ᄉᆞᆫ 말을 ᄒᆞᄂᆞᆫ지 아지 못ᄒᆞᆯ지라. 요홰 졍히 가셔 무ᄅᆞ려 ᄒᆞ더니, 다만 보니 림록환과 화견쉬 침궁 뒤흐로 조ᄎᆞ 크게 우으며 다라오거ᄂᆞᆯ 쥬쳥ᄃᆡ 무ᄅᆞᄃᆡ,

“너의 무리 무어ᄉᆞᆯ 웃ᄂᆞ냐?”

림록환이 니ᄅᆞᄃᆡ,

“ᄉᆡᆼ각지 못 【44】 ᄒᆞᆫ 육리가 쇼쇼 년긔로 도로혀 바둑 슈가 조히 놉도다.”

요홰 니ᄅᆞᄃᆡ,

---

124) 【뉴탄】 명 유탄(柳炭). ¶ 柳枝 ‖ 뉴탄을 가져 통트러 영ᄌᆞᄅᆞᆯ 그려낸 후의 목필을 가져 ᄆᆡᆫᄃᆞ러 내여 (用柳枝通畫了影子，然後用墨筆勾出.) <瑤華 5:40>

"뉘가 져와 ᄀᆞᆺ치 두더냐?"

화견쉬 림록환을 가ᄅᆞ치며 니ᄅᆞᄃᆡ,

"져ᄂᆞᆫ 련ᄒᆞ여 셰 판을 지고 나ᄂᆞᆫ 한 판을 지고 도로혀 쌘쌘ᄒᆞᆫ 츄쇼경이 항복지 아니ᄒᆞ여 제가 ᄯᅩ 두 판을 지고, 이제ᄂᆞᆫ 가히 져와 ᄀᆞᆺ치 둘 사ᄅᆞᆷ이 업다."

ᄒᆞ거ᄂᆞᆯ, 니운이 겻ᄒᆡ 잇다가 니ᄅᆞᄃᆡ,

"나도 가셔 듸여히 져ᄅᆞᆯ 한 판을 니긔리라."

ᄒᆞ고, 경히 발을 움즉이더니, 무ᄋᆡ지 방으로 조ᄎᆞ 나오며 니운을 물녀 멈츄며, 니 【45】 ᄅᆞᄃᆡ,

"네가 비호ᄂᆞᆫ 공부ᄂᆞᆫ 일호도 쟝진(長進)된 거시 업고 도로혀 다른 사ᄅᆞᆷ과 더브러 각승ᄒᆞ려 ᄒᆞᄂᆞ냐? 이제 초치[초엽]의 그림은 약간 가관이 잇거니와 네 그림은 이 무어시 되엿관ᄃᆡ 뜻의 합ᄒᆞᄂᆞᆫ 양을 아ᄂᆞ냐?"

말ᄒᆞᄆᆡ, 니운이 폐구무언(閉口無言)ᄒᆞ며 낫빗촐 븕히고 피ᄒᆞ여 방쇽으로 드러 가더라. 무ᄋᆡ지 ᄇᆡᆨ우옥다려 무ᄅᆞᄃᆡ,

"너의 무리 향내의 변량궁 쇽의 잇셔시니 가히 왕야가 평일의 무슴 잡기ᄅᆞᆯ ᄉᆞ랑ᄒᆞ던지 아나냐?"

ᄇᆡᆨ우옥이 ᄃᆡ답ᄒᆞᄃᆡ,

"그 ᄣᅵ의 비지 년 【46】 긔 도로혀 젹으나 샹히 드ᄅᆞ니 왕야긔셔 빵륙치기ᄅᆞᆯ 깃거 ᄒᆞ신다 ᄒᆞ니, 아지 못게라 빵륙은 이 무슴 믈건인지 보지 못ᄒᆞ엿다."

ᄒᆞ거ᄂᆞᆯ, 무ᄋᆡ지 니ᄅᆞᄃᆡ,

"빵륙은 슈회 삼십이 ᄀᆡ니 모양은 방퇴(棒槌) 갓고 ᄯᅩ 더지ᄂᆞᆫ 판이 이시ᄆᆡ, 다만 혬ᄒᆞ여 몬져 쏩아 놋ᄂᆞᆫ 재 승ᄒᆞ미 되ᄂᆞᆫ 거시니, 져거ᄉᆞᆫ 어렵지 아니ᄒᆞᆫ 일이니라."

요홰 니ᄅᆞᄃᆡ,

"나 보기의 예포 대루샹의 일ᄀᆡ 목갑(木匣)이 잇ᄂᆞᆫᄃᆡ 그 쇽의 한 뭉치 방퇴 모양 ᄀᆞᆺᄐᆞᆫ 거ᄉᆞᆯ 너허시니, 반은 오목(烏木)으로 ᄆᆡᆫ돌고 반 【47】 은 황양목(黃楊木)으로 ᄆᆡᆫᄃᆞ러시니, 그 거시 가히 빵륙이냐?"

무ᄋᆡ지 니ᄅᆞᄃᆡ,

"경히 올토다."

림록환이 니ᄅᆞᄃᆡ,

"ᄉᆞ뷔 ᄌᆞ연 빵륙도 잘 치실 거시니, 명일의 비지 긔여히 배호리라."

ᄒᆞ거ᄂᆞᆯ, 무ᄋᆡ지 니ᄅᆞᄃᆡ,

"용이타."

ᄒᆞ고, 화견쉬 ᄯᅩ 니ᄅᆞᄃᆡ,

"대루샹의 구리로 ᄆᆡᆫ든 큰 병이 잇ᄂᆞᆫᄃᆡ 입우희 ᄯᅩ 량ᄀᆡ ᄯᅮ러나온 귀 ᄲᅮ리가 이시니 져 거ᄉᆞᆫ 무어ᄉᆡ ᄡᅳᄂᆞᆫ 거시냐?"

무ᄋᆡ지 웃고 니ᄅᆞᄃᆡ,

"져 병은 쇼위 투회(投壺)니 이십 ᄀᆡ ᄃᆡ[竹] 쳠지(簽子) 잇셔야 ᄒᆞᄂᆞᆫ 거시니라."

요홰 니ᄅᆞᄃᆡ,

"엇지ᄒᆞᄂᆞᆫ 법이냐?"

【48】 무ᄋᆡ지 니ᄅᆞᄃᆡ,

"쥭쳠(竹簽)을 가져 한 ᄀᆡ식을 숀의 집고 사ᄅᆞᆷ이 먼니 셔 잇셔 쥭쳠을 병쇽의 더져 져 쥭쳠의 ᄭᅩ리가 져 병 우희 이셔 일제히 셔고 한 ᄀᆡ 근두(筋斗)쳐[125] 번드겨 병쇽으로 드러가면 믄득 맛쳣다 ᄒᆞ고, 혹 번드쳐 두 귀 가온ᄃᆡ로 드러가면 ᄯᅩᄒᆞᆫ 맛쳣다 혬ᄒᆞᄂᆞ니라."

요홰 니ᄅᆞᄃᆡ,

"살을 가져 더지ᄂᆞᆫ ᄃᆡ 엇지ᄒᆞ여 살 ᄭᅩ리가 믄득 셔기ᄅᆞᆯ 쏫쏫시 ᄒᆞ다가 비로쇼 근두쳐 병으로 드러가ᄂᆞ냐? 져거ᄉᆞᆫ ᄭᆡᄃᆞᆺ지 못ᄒᆞ리로다."

무ᄋᆡ지 니ᄅᆞᄃᆡ,

"져 거ᄉᆞᆫ 더 【49】 져 보와 너의 무리로 보게 ᄒᆞ여야 바야흐로 ᄭᆡᄃᆞᄅᆞᆯ 거시오 만일 더지기ᄅᆞᆯ 죠히 ᄒᆞᆯ 양이면 도로혀 허다ᄒᆞᆫ 명목(名目)울 더져내여야 절지(絶才)라 혬치ᄂᆞ니라."

화견쉬 니ᄅᆞᄃᆡ,

"명일의 가져올 거시니 청컨ᄃᆡ ᄉᆞ부ᄂᆞᆫ 더져 우리들노 보게 ᄒᆞ여야 다시 학습ᄒᆞ리라."

ᄒᆞ고 경히 말ᄒᆞ며 다만 보니, 쟝기덕이 드러와 품ᄒᆞᄃᆡ,

"영녕암 경연 니괴 ᄉᆞ단을 들네여 내여 귀

---

125) 【근두치다】 동 {근두(筋斗)치다.} 재주넘다. ¶ 觔斗 ‖ 쥭쳠을 가져 한 ᄀᆡ식을 숀의 집고 사ᄅᆞᆷ이 먼니 셔 잇셔 쥭쳠을 병쇽의 더져 져 쥭쳠의 ᄭᅩ리가 져 병 우희 이셔 일제히 셔고 한 ᄀᆡ 근두쳐 번드겨 병쇽으로 드러가면 믄득 맛쳣다 ᄒᆞ고 혹 번드쳐 두 귀 가온ᄃᆡ로 드러가면 ᄯᅩᄒᆞᆫ 맛쳣다 혬ᄒᆞᄂᆞ니라 (將竹簽拿一根在手, 人要站得遠遠的, 將簽往地上投去. 那竹簽的尾在地上一立一個觔斗翻入壺裏就算中了, 或翻入兩耳也算中的.) <瑤華 5:48>

덕부(歸德府) 관ᄎᆡ(官差)의게 잡혀갓다."

ᄒᆞ거놀, 무ᄋᆡ지 니ᄅᆞᄃᆡ,

"어ᄃᆡ로 조ᄎᆞ 아랏ᄂᆞ냐?"

기덕이 니 【50】 ᄅᆞᄃᆡ,

"방자 쟝문 어귀의 잇셔 드ᄅᆞ니 푸리(鋪裏) 사ᄅᆞᆷ들이 그러케 말ᄒᆞ더라."

ᄒᆞ니, 요홰 니ᄅᆞᄃᆡ,

"무ᄉᆞᆫ ᄉᆞ졍으로 그리 되엿ᄂᆞ뇨?"

기덕이 ᄃᆡ답ᄒᆞᄃᆡ,

"져의 무리 말ᄒᆞ기ᄅᆞᆯ 귀덕부의셔 칠팔 ᄀᆡ 향마젹(響馬賊)을 잡아 타겁(打劫)ᄒᆞᆫ 장믈(贓物)을 츄열(推閱)ᄒᆞᄆᆡ 모다 영녕암 뎡연의 곳의 부쳐 두엇다 ᄒᆞ기로 ᄌᆡ작일의 관챠들이 젼쥬(錢主) 모양을 ᄡᅮ며 가지고 져 암ᄌᆞ의 니ᄅᆞ러 시쥬ᄒᆞ여 산문과 대젼(大殿)을 슈ᄀᆡ(修改)ᄒᆞᆫ다 ᄒᆞᄆᆡ, 져 졍연이 환희ᄒᆞ미 엇더타 【51】 못ᄒᆞ여 믄득 져 관챠ᄅᆞᆯ 머믈너 암즁의 두엇더니 엇지 알니, 관ᄎᆡ 슐을 가져 졍연을 취ᄒᆞ여 노코 졔 방쇽의 드러가 향마젹의 부치여 둔 허다 장물을 뒤여내고 밤을 련ᄒᆞ여 관부의 품ᄒᆞᄆᆡ, 어젯날 챠인을 발ᄒᆞ여 장믈과 사ᄅᆞᆷ가지 련ᄒᆞ여 거ᄂᆞ려 ᄀᆞᆺ다."

ᄒᆞ거놀, 무ᄋᆡ지 니ᄅᆞᄃᆡ,

"져 거ᄉᆞᆫ 두리건ᄃᆡ 능히 ᄇᆡᆨ방(白放) 되어 오지 못ᄒᆞ리라."

ᄒᆞ더라.

ᄌᆡ셜 복왕이 변량의 도라오ᄆᆡ 셔비(徐妃) ᄉᆞ쇽(嗣續)이 업ᄉᆞ므로 ᄡᅥ 근심ᄒᆞ고 왕을 권ᄒᆞ여 신ᄌᆞ(身子) 【52】 ᄅᆞᆯ 셥양(攝養)ᄒᆞ라 ᄒᆞ며, ᄯᅩ 미리 쇼황쥬(蘇杭州)의 가셔 몃 ᄀᆡ 녀ᄒᆡᄌᆞ(女孩子)ᄅᆞᆯ ᄉᆞ다 다 왕을 ᄡᅳ러 멈츄니 엇지 알니, 왕이 젼혀 방술 공부ᄅᆞᆯ 죠하 ᄒᆞ므로 셔시의 ᄯᅳᆺ을 막지 못ᄒᆞ여 면강ᄒᆞ여 지내나 유치ᄒᆞᆫ 녀ᄌᆞ들이 종ᄅᆡ ᄯᅳᆺ의 맛지 아니ᄒᆞ여 능히 방샤의 관슉(慣熟)ᄒᆞᆫ 궁빈비ᄅᆞᆯ 다리고 즐거오믈 취ᄒᆞ여 월여ᄅᆞᆯ 류련(留連)ᄒᆞ다가 홀연 ᄉᆡᆼ각ᄒᆞᄆᆡ, 한시ᄂᆞᆫ 병망(病亡)ᄒᆞ고 요화ᄂᆞᆫ 고독ᄒᆞᆫ지라. 드ᄃᆡ여 ᄐᆡᆨ일 발ᄒᆡᆼᄒᆞ여 쟝샹으로 올ᄉᆡ, 왕비 셔시 일향 복 【53】 왕이 한시ᄅᆞᆯ 어더 농쟝의 둔 쥴은 모로니 대개 쟝ᄉᆞ 등이 쇽이기ᄅᆞᆯ 텰통ᄀᆞᆺ치 ᄒᆞ믈 인ᄒᆞ미라.

이 날의 왕이 쟝샹으로 도라가믈 알ᄆᆡ 여러날 ᄯᅥ나 이시믈 면치 못ᄒᆞ기로 ᄲᆞᆯ니 궁녀ᄅᆞᆯ 블너 연셕을 버리고 친히 슐을 밧드러 은근히 권ᄒᆞ며 친ᄋᆡᄒᆞᄂᆞᆫ 의ᄉᆞᄅᆞᆯ 허다히 지어내니, 왕은 본시 쥬식의 무리라. 져러ᄐᆞᆺ 봉승ᄒᆞᄂᆞᆫ 거술 견ᄃᆡ지 못ᄒᆞ여 드ᄃᆡ여 회포ᄅᆞᆯ 열고 창쾌(暢快)히 마시거놀 셔시 ᄡᅳ러 머믈너 한 가지로 헐숙ᄒᆞᆯ ᄉᆡ 【54】 도로혀 ᄌᆞ긔가 쇠ᄒᆞ여 의취 업술가 두려 ᄯᅩ ᄉᆡ로 ᄉᆞ셔 온 녀 ᄒᆡᄌᆞᄅᆞᆯ 블너다가 겻드러 쥬션ᄒᆞ니, 왕이 심즁의 견ᄃᆡ지 못ᄒᆞ여 다만 셔시로 더브러 하로밤을 견권(繾綣)ᄒᆞᆯ[126] ᄉᆡ 셔시 ᄇᆡᆨ가지로 봉승ᄒᆞ여 비로소 능히 일야 쾌락ᄒᆞ믈 엇더라.

운우지졔(雲雨之際)의 믄득 무ᄅᆞᄃᆡ,

"무어ᄉᆞᆯ 위ᄒᆞ여 급급히 쟝샹으로 가시려 ᄒᆞᄂᆞᆫ고?"

왕이 모호히 ᄃᆡ답ᄒᆞᄃᆡ,

"요화ᄅᆞᆯ 보라 가려 ᄒᆞ노라."

셔시 무ᄅᆞᄃᆡ,

"요화가 무어시냐?"

왕이 ᄯᅩ 무심히 대답ᄒᆞᄃᆡ,

"한시의 쇼ᄉᆡᆼ이라. 네 【55】 도로혀 아지 못ᄒᆞᄂᆞ야?"

셔시 놀나 다시 무ᄅᆞ려 ᄒᆞᆯ ᄢᆡ의 믄득 혼미ᄒᆞ여 잠들거놀, 셔시 심즁의 조히 견ᄃᆡ지 못ᄒᆞ여 일야ᄅᆞᆯ 졉목지 못ᄒᆞ고 텬명(天明)ᄒᆞᄆᆡ 왕의 잠ᄭᆡ기ᄅᆞᆯ 기다려 드ᄃᆡ여 연유ᄅᆞᆯ 힐문ᄒᆞ니, 왕이 스ᄉᆞ로 취후 실언ᄒᆞ믈 ᄭᆡᄃᆞᄅᆞ나 다ᄒᆡᆼ이 한시 임의 죽엇ᄂᆞᆫ지라. 말ᄒᆞ여도 ᄯᅩᄒᆞᆫ 방ᄒᆡ롭지 아닐가 ᄒᆞ여 드ᄃᆡ여 몃ᄒᆞ 동안 ᄉᆞ졍을 가져 젼후의 ᄒᆞᆫ 거술 ᄀᆞᆺ쵸 니ᄅᆞ니, 셔시 곳 왕긔 청ᄒᆞ여 요화ᄅᆞᆯ 다려오려 ᄒᆞ거놀 왕이 니 【56】 ᄅᆞᄃᆡ,

"제가 심샹ᄒᆞᆫ 녀ᄌᆡ 아니니 널노 ᄡᅥ 졔 일을 샹관케 아니리라."

ᄒᆞ니, 셔시 두뢰(頭腦)ᄅᆞᆯ 모착(摸着)지 못ᄒᆞ고 오죽 심즁의 한ᄒᆞ믈 품을 ᄯᆞ롬이라.

왕이 죠반 후의 즉시 발ᄒᆡᆼᄒᆞ여 쟝ᄎᆞᆺ 쟝샹의 갓가히 니ᄅᆞᆯ ᄉᆡ 먼니 바라보니, 거믄 뭉치ᄒᆞᆫ 포긔 슈목(樹木)이 잇ᄂᆞᆫ지라. 왕이 마샹의셔

126) 【견권ᄒᆞ다】 [동] 견권(繾綣)하다. 못내 그리워하다. ¶ 綢繆 ‖ 왕이 심즁의 견ᄃᆡ지 못ᄒᆞ여 다만 셔시로 더브러 하로밤을 견권ᄒᆞᆯᄉᆡ 셔시 ᄇᆡᆨ가지로 봉승ᄒᆞ여 비로소 능히 일야 쾌락ᄒᆞ믈 엇더라 (福王心不過意, 只得與徐氏綢繆一晩. 徐氏百般奉承, 纔能受得一宵快樂.) <瑤華 5:54>

가르치딕, "내가 몃히롤 오지 아니ᄒᆞ엿더니, ᄯᅩ 허다한 쟝옥이 더 ᄒᆞ엿ᄂᆞ냐?"

쟝ᄉᆞ 무리 딕답ᄒᆞ딕,

"져거시 믄득 왕야의 쟝지라."

ᄒᆞ거놀 왕이 니ᄅᆞ딕,

"엇지 져러틋 【57】 가참(加參)이 되엿ᄂᆞ냐?"

쟝시 딕답ᄒᆞ딕,

"져거시 도시 ᄉᆞ부의 포치ᄒᆞᆫ 거시니, 만일 쟝문 어귀의 니ᄅᆞ셔ᄂᆞᆫ 다만 두리건딕 왕야긔셔 모다 아라내지 못ᄒᆞ리라."

ᄒᆞ거놀, 왕이 드ᄅᆞᄆᆡ 심즁의 암희ᄒᆞ고 일시간의 쟝문 어귀의 이ᄅᆞ러 다만 보니 인믈이 졔졔ᄒᆞ딕 도시 령ᄉᆞ 부ᄉᆞ와 관ᄉᆞᄒᆞᄂᆞᆫ 사ᄅᆞᆷ들이라. 앏흐로 와 영졉ᄒᆞ거놀 왕이 ᄯᅩ 보니, 몬젼의 큰 방옥을 지어 져ᄌᆞ롤 여럿ᄂᆞᆫ딕 인연(人煙)이 분잡ᄒᆞ여 크게 젼일 황락(荒落)ᄒᆞᆫ 광경이 아니오, 한 번 대문 【58】 의 들ᄆᆡ 믄득 한 ᄶᅢ 놉흔 쟝원이 웃둑 셔고 경문의 들ᄆᆡ, ᄒᆡᄌᆞ(垓子) 물이 다라 흐ᄅᆞ며 셕교롤 놉게 노화 긔샹이 십분 웅쟝ᄒᆞᆫ지라. 말을 나리ᄆᆡ 일즉 태감 무리 문을 통개ᄒᆞ여 놋코 샹셔방의 다라 니ᄅᆞᄆᆡ 한 무리 부녀배 요화롤 옹위ᄒᆞ여 나와 문을 향ᄒᆞ여 ᄭᅮ러 영졉ᄒᆞᄂᆞᆫ지라. 왕이 ᄲᆞᆯ니 손을 가져 ᄭᅳ러 일회혀고 샹셔방 셔편 간의 안거놀, 요홰 탑젼의 니ᄅᆞ러 배알ᄒᆞ고 문안ᄒᆞ며 아오로 모친의 쟉고ᄒᆞ믈 말ᄒᆞ고 곡ᄒᆞ며 슬하의 업드러 【59】 지거놀, 왕이 ᄯᅩᄒᆞᆫ 눈물이 흘너 긋치지 못ᄒᆞᄆᆡ, 챡실이 한 ᄎᆞ례롤 안위ᄒᆞ고 궁녀롤 시겨 븟드러 드러가 휴식ᄒᆞ게 ᄒᆞ더라. ᄯᅡ라 집ᄉᆞᄒᆞᄂᆞᆫ 사ᄅᆞᆷ이 반(班)을 지어 고두ᄒᆞ고 문안 한 후의 령ᄉᆞ 등이 왕이 문의 나가신 후 지난 바 ᄉᆞ경을 모다 명빅히 고ᄒᆞ니 왕이 ᄯᅩᄒᆞᆫ 환희ᄒᆞ믈 ᄭᆡᄃᆞᆺ고 텬ᄉᆡᆨ이 쟝ᄎᆞᆺ 느ᄌᆞᄆᆡ, 요홰 와셔 져녁 문안ᄒᆞ거놀, 왕이 ᄲᆞᆯ니 요화롤 시겨 ᄉᆞ부긔 드러가 나롤 딕신ᄒᆞ여 안부롤 뭇게 ᄒᆞ고, 쟝샹의 모든 일을 ᄉᆞ뷔 노심ᄒᆞ시믈 【60】 샤례ᄒᆞ라 ᄒᆞ니, 요홰 슈명ᄒᆞ고 드러가더니, 즉시 보ᄆᆡ 황금슌과 빅우옥 량인이 무이ᄌᆞ롤 딕신ᄒᆞ여 문안ᄒᆞᆫ다 ᄒᆞ거놀, 왕이 련망히 니러나 불감ᄒᆞᆯ 쥴노 말ᄒᆞ고, 나롤 딕신ᄒᆞ여 지삼 치샤ᄒᆞ라 ᄒᆞ니, 량비 슈명ᄒᆞ고 드러가더라.

당ᄒᆞ의 령ᄉᆞ의게 분부ᄒᆞ여 졔례롤 판비ᄒᆞ여 명일의 한부인 분샹(墳上)의 가 치졔(致祭)ᄒᆞ게 ᄒᆞ고, 한 ᄌᆞ음이 못ᄒᆞ여 찬슈롤 버려 올니ᄂᆞᆫ딕, 요홰 임의 니ᄅᆞᆫ지라. 왕이 다리고 한가지로 먹을ᄉᆡ 슐 마시ᄂᆞᆫ ᄉᆞ이의 【61】 기간 배혼 바롤 무ᄅᆞ니 요홰 일일이 딕답ᄒᆞ거놀, 왕이 듯고 무ᄅᆞ딕,

"네 능히 시도 지을 쥴 알깃ᄂᆞ냐?"

요홰 대답ᄒᆞ딕 약간 ᄡᅵᆺ쳣다 ᄒᆞ거놀, 왕이 니ᄅᆞ딕,

"한 졔목을 내여 쥴 거시니 능히 지으랴?"

요홰 딕답ᄒᆞ딕,

"비록 능히 짓기ᄂᆞᆫ ᄒᆞ나 다만 조치 못ᄒᆞᆯ가 ᄒᆞᄂᆞ이다."

ᄒᆞ거놀, 왕이 우으며 셕샹의 납쵹(蠟燭)을 가ᄅᆞ쳐 니ᄅᆞ딕,

"이 거술 글졔롤 삼으라."

요홰 머리롤 숙여 한번 ᄉᆡᆼ각ᄒᆞ다가 쇼란을 명ᄒᆞ여 지필을 가져다가 경긱간(頃刻間)의 젹어 올니 【62】 거놀, 왕이 바다 보니 그 시의 닐너시딕,

보거쟝연셕(寶炬張筵席)ᄒᆞ니
등심결예연(燈心結蕊姸)이라
은광셩보죠(恩光誠普照)ᄒᆞ니
ᄎᆞ우급황텬(且又及黃泉)이라

보배 쵹블을 연셕의 베푸러 노핫시니
등혜 ᄭᅩᆺ송이127) 믹친 거시 곱더라.
은혜 빗치 진실노 널니 빗최니
다시 ᄯᅩ 황텬의 미쳣더라

보기롤 다ᄒᆞᄆᆡ 크게 칭찬ᄒᆞ믈 ᄭᆡᄃᆞᆺ지 못ᄒᆞ며 니ᄅᆞ딕,

"내 ᄋᆡ히 다만 짓기롤 잘ᄒᆞᆯ ᄲᅳᆫ 아니라 ᄯᅩ 시 가온딕 효심을 감쵸와시니 실노 엇기 어렵다."

ᄒᆞ고, ᄯᅩ 무ᄅᆞ딕,

"너와 더브러 한 가지로 배호ᄂᆞᆫ 몃 【63】 기 비ᄌᆞ들도 엇더ᄒᆞ냐?"

요홰 딕답ᄒᆞ딕,

"각기 능히 명을 밧들만 하다."

127) 【ᄭᅩᆺ송이】 명 꽃송이. ¶ 蕊 ‖ 보배 쵹블을 연셕의 베푸러 노핫시니 등혜 ᄭᅩᆺ송이 믹친 거시 곱더라 (寶炬張筵席, 燈心結蕊姸.) <瑤華 5:62>

ᄒᆞ거놀, 왕이 믄득 쇼란을 가ᄅᆞ쳐 니ᄅᆞᄃᆡ,

"너도 한 슈롤 짓깃ᄂᆞ냐?"

쇼란이 믄득 글제롤 청ᄒᆞ거놀, 왕이 두로 보다가 병 쇽의 한가지 부용 ᄭᅩᆺ ᄭᅩ존 거술 보고 니ᄅᆞᄃᆡ,

"믄득 이 거술 지으라."

쇼란이 답응ᄒᆞ고 한 번 싱각ᄒᆞ더니 믄득 부술 드러 뻐셔 밧치거놀 왕이 바다 보ᄆᆡ, 그 시의 닐너시ᄃᆡ,

요예츄강샹(搖曳秋江上)ᄒᆞ니
【64】 션연하족론(鮮姸何足論)가
금병승고면(金瓶承顧盼)ᄒᆞ니
ᄉᆞ식쥬인은(乍識主人恩)이라

가을 강 우히 흔들니니
션연ᄒᆞᆫ 거술 엇지 족히 의론ᄒᆞ랴
금병 속의 고면ᄒᆞᆫ[128] 거술 니어시니
잠간 쥬인의 은혜롤 알깃더라

왕이 보며 칙샹을 치고 칭찬ᄒᆞ여 니ᄅᆞᄃᆡ,

"져 모양 조흔 의ᄉᆞ롤 엇기 어렵도다. 너의 ᄉᆞ뷔 엇더케 가ᄅᆞ쳣관ᄃᆡ 져러틋 공뷔되엿ᄂᆞ냐?"

ᄯᅩ 무ᄅᆞᄃᆡ,

"져 쇼시ᄂᆞᆫ 엇더ᄒᆞᆫ고?"

요홰 ᄃᆡ답ᄒᆞᄃᆡ,

"그도 가히 명을 밧들 만ᄒᆞ다."

ᄒᆞ거놀 왕이 기즁 일인을 가ᄅᆞ치며 니ᄅᆞᄃᆡ,

"믄득 져다려 짓게 ᄒᆞ라."

요홰 보니 【65】 이 하향이라. 다라 앏히 와 글제롤 청ᄒᆞ거놀 왕이 무ᄅᆞᄃᆡ,

"너ᄂᆞᆫ 무어시라 부ᄅᆞᄂᆞ냐?"

답응ᄒᆞ여 니ᄅᆞᄃᆡ,

"노ᄌᆞᄂᆞᆫ 하향이라."

왕이 니ᄅᆞᄃᆡ,

"믄득 예 일홈으로 글제롤 숨으라."

하향이 머리롤 숙이고 한 번 싱각ᄒᆞ다가 믄득 쇼란의 옯히 와 지필을 취ᄒᆞ여 뻐 올니거놀 왕이 바다보니, 그 시의 닐너시ᄃᆡ,

화병비범질(花秉非凡質)ᄒᆞ니
풍취하처향(風吹何處香)고
【66】 구텬심담노(九天深湛露)ᄒᆞ니
태화가령방(太華可聯芳)이라

ᄭᅩᆺ치 비범ᄒᆞᆫ 밧탕을 잡아시니
바롬이 블ᄆᆡ 어내 곳의 향내 나ᄂᆞᆫ고
구텬의 우로의 져ᄌᆞ미 깁허시니
태화산의 가셔 가히 ᄭᅩᆺ다온 거술 련ᄒᆞ리라

왕이 보며 거듧 졈두ᄒᆞ고 낭연이 닑다가 큰 소ᄅᆡ로 칭찬ᄒᆞ여 니ᄅᆞᄃᆡ,

"져 일기 젹은 글제롤 가지고 져 모양 대방가로 지어내니, 져 쇼시가 신분이 조화 오ᄅᆡ 사롬의 아ᄅᆡ 잇지 아닐지라. 쟝ᄅᆡ의 조히 셩취ᄒᆞ여 노흐면 ᄆᆡ우 ᄡᅳᆯ 곳이 이시리라."

ᄒᆞ고 ᄯᅩ 요화다려 무ᄅᆞᄃᆡ,

"글지조가 이 갓ᄐᆞ니 무예도 ᄌᆞ연 묘홀지라. 일간의 너의 무리롤 다리【67】고 예포의 가셔 교련ᄒᆞ여 보리라."

요홰 니ᄅᆞᄃᆡ, 예포의 이졔 화원(花園)을 ᄆᆡᆫᄃᆞ러 노왓ᄂᆞᆫᄃᆡ 도로혀 왕야의 ᄉᆞ졍(射亭)이 격ᄒᆞ여시니 교련ᄒᆞ기가 조흘 듯ᄒᆞ다 ᄒᆞ거놀, 왕이 니ᄅᆞᄃᆡ,

"내가 졍히 화원 짓기롤 싱각ᄒᆞ더니, 맛초와 내 ᄯᅳᆺ의 합ᄒᆞ도다. 엇지 지엇ᄂᆞᆫ지 가히 도식(圖式)이 잇ᄂᆞ냐?"

요홰 ᄃᆡ답ᄒᆞᄃᆡ, 도식이 이시니 믄득 ᄉᆞ부의 그린 거시라 ᄒᆞ고, 쇼란으로 ᄒᆞ여곰 가져다가 왕긔 드려 보시게 ᄒᆞ며 니ᄅᆞᄃᆡ, 져 ᄉᆞ뷔 식식 마다 능히 졍ᄒᆞ게 ᄒᆞ니 사롬으로 ᄒᆞ여곰 탄복게 ᄒᆞᆫ 【68】 다 ᄒᆞ더라.

말을 맛ᄎᆞᄆᆡ 밥을 니어 지내고, 요홰 물너가거놀, 왕이 ᄯᅩ 젹이 궁빈으로 더브러 구경을 펴고, ᄎᆞ일 오후의 령시 와셔 치졔ᄒᆞ믈 청ᄒᆞ거놀, 요홰 일시의 쇼복을 닙고 일작 샹셔방(上書房)의 와셔 ᄉᆞ후ᄒᆞ니, 왕이 보ᄆᆡ 쟝쇽ᄒᆞᆫ 거시 별양졍치(別樣精彩)ᄒᆞᆫ지라. 신샹의 한가지 빅릉오ᄌᆞ롤 닙고 허리의 빅릉군을 두르고 발의 남식혜(鞋)롤 신고 두샹의 빅옥잠과 두 포귀 쥬화(珠

128) 【고면ᄒᆞ다】 통 고면(顧眄)하다. 돌아보다. ¶ 顧盼 ‖ 금병 속의 고면ᄒᆞᆫ 거술 니어시니 잠간 쥬인의 은혜롤 알깃더라 (金瓶承顧盼, 乍識主人恩.) <瑤華 5:64>

花)를 씃고 ᄉᆞ개 비ᄌᆞ는 쳥삼빅군(靑衫白裙)이오 쇼시 무리는 쇼복이 조히 졍졔ᄒᆞ고 【69】 왕이 도포를 닙고 교ᄌᆞ의 오ᄅᆞ니 거ᄆᆡ 젼후의 근슈(跟隨)ᄒᆞ고 분샹(墳上)으로 갈ᄉᆡ, 슈 리즘 되어 바라보니 쟝막을 쳐시며 문무 관원들이 몬져 와 ᄉᆞ후ᄒᆞ는지라. 왕이 교ᄌᆞ의 나려 면사(面辭)ᄒᆞᄆᆡ 즁관이 감히 고퇴(告退)를 못ᄒᆞ거늘, 령ᄉᆞ를 시겨 지삼 젼유(傳論)ᄒᆞ니, 군쥐 겻히 잇셔 편치 못ᄒᆞ믈 알ᄆᆡ 바야흐로 각기 믈너가고, 부ᄉᆞ와 관ᄉᆞᄒᆞ는 무리 일즉 졔슈를 가져 배셜ᄒᆞ엿거늘, 왕이 졔를 힝ᄒᆞᄆᆡ 요홰 부복 곡배(哭拜)ᄒᆞ며 애통비호(哀慟悲號)ᄒᆞ거늘 왕이 ᄯᅩᄒᆞᆫ 눈물이 굴【70】너 구술 ᄀᆞᆺ튼지라.

은치히 겻히 잇셔 권ᄒᆞ여 긋치게 ᄒᆞ고 비단을 술오며 슐을 붓게 ᄒᆞ고 도라오니라.

왕이 샹셔방의 잇셔 령ᄉᆞ배로 더브러 본년 츄슈ᄒᆞᆫ 쟝ᄭᅴ와 조젹(租糴)ᄒᆞ는 미곡과 동납(同納)ᄒᆞᆫ 은량(銀兩)을 강론(講論)ᄒᆞᆯᄉᆡ, 령셩(零星)ᄒᆞᆫ 잡된 ᄉᆞ무는 얽히여 밝히지 못ᄒᆞᆯ ᄉᆞ단이 믄득 젹지 아니ᄒᆞᆫᄃᆡ, 슈삼일을 요리ᄒᆞ고 바야흐로 젹이 한가ᄒᆞᆫ지라. 텬긔가 쳥명ᄒᆞ거늘 드ᄃᆡ여 령ᄉᆞ의게 젼령ᄒᆞ여 ᄉᆞ뎡을 슈습ᄒᆞ게 ᄒᆞ고 군쥬 무리의 무예를 보【71】려 ᄒᆞ니, 령시 품ᄒᆞᄃᆡ 임의 ᄉᆞ부의 분부를 닙어 판비되여시니, 왕얘 식후의 힝ᄎᆞᄒᆞ시믈 쳥ᄒᆞᆫ다 ᄒᆞ거놀, 왕이 듯고 심히 깃거 드ᄃᆡ여 ᄲᅧ 밥을 지촉ᄒᆞ여 요화와 ᄀᆞᆺ치 먹고 즉시 요화로 ᄒᆞ여곰 ᄉᆞ부긔 품ᄒᆞ여 오늘은 가히 한가지로 ᄉᆞ뎡의 가셔 한번 보ᄌᆞ ᄒᆞ니, 요홰 ᄃᆡ답ᄒᆞᄃᆡ,

"녀ᄋᆡ ᄉᆞ부의 가실 쥴을 아는 고로 안비ᄒᆞ여 노홧시니 다만 왕야는 몬져 ᄉᆞ뎡으로 가쇼셔."

왕이 나ᄅᆞᄃᆡ

"엇지ᄒᆞ여 네가 날과 ᄒᆞᆷ긔 가지 아니ᄒᆞ【72】ᄂᆞ냐?"

요홰 ᄃᆡ답ᄒᆞᄃᆡ, 녀ᄋᆡ 쇼시 무리를 거ᄂᆞ리고 말을 타고 온다 ᄒᆞ거늘 왕이 니ᄅᆞᄃᆡ,

"조토다. 내 몬져 가리라."

ᄒᆞ고, 드ᄃᆡ여 쟝기덕으로 ᄒᆞ여곰 외간의 젼ᄒᆞ여 등ᄃᆡᄒᆞ게 ᄒᆞ고 왕이 교ᄌᆞ의 안져 ᄉᆞ뎡으로 올ᄉᆡ, 먼니 바라보니 ᄉᆞ뎡 좌편의 한 쟝막을 배셜ᄒᆞ엿는지라. 믄득 무ᄅᆞᄃᆡ,

"져 쟝막은 무어시 ᄡᅳᄂᆞ냐?"

령시 ᄃᆡ답ᄒᆞᄃᆡ, ᄉᆞ뷔 군쥬 무리로 더브러 그 쇽의 잇셔 헐식ᄒᆞᆫ다 ᄒᆞ더라. 임의 ᄉᆞ뎡의 니ᄅᆞ러 교ᄌᆞ의 나릴ᄉᆡ, ᄃᆡ면ᄒᆞ여 보니 놉흔 【73】담 우히 방옥이 잇거놀, ᄯᅩ 무ᄅᆞᄃᆡ,

"져 집을 어내 곳의 지엇ᄂᆞ냐?

령시 ᄃᆡ답ᄒᆞᄃᆡ, 담 우히 지엇다 ᄒᆞ거늘, 왕이 니ᄅᆞᄃᆡ,

"담이 언마나 너ᄅᆞ건ᄃᆡ 져 방옥을 지으며 ᄯᅩ 무어시 ᄡᅳ려 ᄒᆞᄂᆞ냐?"

령시 ᄃᆡ답ᄒᆞᄃᆡ,

"장ᄌᆞ를 보호ᄒᆞ는 의ᄉᆡ니 ᄉᆞ뷔 말ᄒᆞ기를 쟝릐의 태평치 못ᄒᆞᆯ가 두려 그러므로 ᄲᅧ 져 원장과 방옥을 경긔ᄒᆞ여 ᄲᅧ 토비(土匪)의 겁략ᄒᆞ는 거술 막으려 ᄒᆞᆫ다."

ᄒᆞ거늘 왕이 니ᄅᆞᄃᆡ,

"ᄉᆞ뷔 너모 원려(遠慮)를 ᄒᆞ는도다. 내 장ᄌᆞ를 뉘 감히 겁략【74】ᄒᆞ리오?"

령시 ᄃᆡ답ᄒᆞᄃᆡ, 부ᄉᆞ의 말솜이 ᄆᆡ양 효험이 되니 두리건ᄃᆡ 무의 ᄒᆞᄆᆡ 되지 아니리라 ᄒᆞ거놀, 왕이 니ᄅᆞᄃᆡ,

"미리 방비ᄒᆞ는 거시 미샹불(未嘗不) 조커니와 다만 외인으로 더브러 보지 못ᄒᆞ게 ᄒᆞᆯ 거시니, 이 거시 셩텹(城堞)과 ᄀᆞᆺ지 아니ᄒᆞ냐?"

령시 ᄃᆡ답ᄒᆞᄃᆡ, 그는 무방ᄒᆞ니 여긔셔 빅리를 가면 믄득 쥬황친(周皇親)의 집인ᄃᆡ, 현져히 일긔 셩을 ᄲᅡ하시ᄃᆡ 사ᄅᆞᆷ이 론박(論駁)ᄒᆞ는 이가 업다 ᄒᆞ거늘, 왕이 니ᄅᆞᄃᆡ,

"이러ᄒᆞ면 ᄆᆡ우 조토다."

ᄒᆞ고, 경히 말【75】ᄒᆞ며 다만 보니 부ᄉᆞ 위가긔 드러와 품ᄒᆞᄃᆡ, 변량의셔 왕야를 근슈ᄒᆞ여 온 장ᄉᆞ 부ᄉᆞ와 호위 슈죵ᄒᆞ는 사ᄅᆞᆷ들이 군쥐 무예 잘ᄒᆞ시믈 듯고 ᄉᆞ뎡의 니ᄅᆞ러 왕야를 ᄉᆞ후ᄒᆞ여 열무(閱武)ᄒᆞ려 ᄒᆞ니 가히 져 무리를 용납ᄒᆞ여 드러오게 ᄒᆞᆯ는지 특별이 하시(下示)ᄒᆞ믈 쳥ᄒᆞᆫ다 ᄒᆞ거놀, 왕이 침음량구(沉吟良久)의 한 귀졀 말을 ᄒᆞ여 내니 무슴 말인지 아지 못ᄒᆞ거든 하회의 분히ᄒᆞ라.

10
교용막변진감슈 무예쵸군진ᄭᅴᆨ경
嬌容莫辨眞堪笑 武藝超群盡吃驚

각셜 왕이 침음 양구의 니ᄅᆞᄃᆡ,

"오ᄂᆞᆯ날 무예ᄅᆞᆯ 시험ᄒᆞᄂᆞᆫ 거ᄉᆞᆫ 이의 군쥬와 챠환 무리라. 본시 외인으로 ᄒᆞ여곰 보게ᄂᆞᆫ 아니ᄒᆞ려니와 다ᄒᆡᆼ히 군쥬 무리가 넌긔 오히려 젹으니 져 무리로 ᄒᆞ여곰 드러와 보기ᄅᆞᆯ 허ᄒᆞ여 쥬라."

령ᄉᆡᆨ 답응 ᄒᆞ고 나가더라.

다만 보니 한 ᄶᅦ 말탄 시녀들이 쇼챠ᄅᆞᆯ 인도ᄒᆞ여 나ᄂᆞᆫ ᄃᆞ시 다라오ᄆᆡ 무ᄅᆞ니, 무ᄋᆡ지 ᄉᆞ경으로 오ᄂᆞᆫ지라. 왕이 졍히 몸을 니러나려 ᄒᆞ더【77】니 다만 긔마(騎馬)ᄒᆞᆫ 시녀들이 져ᄅᆞᆯ 가져 옹위ᄒᆞ여 쟝 방 쇽으로 드러가고 츄후 ᄉᆞᄀᆡ 쇼시가 긔마ᄒᆞ고 요화ᄅᆞᆯ 닛그러 달녀와 ᄉᆞ뎡아리 니ᄅᆞ러 말을 나려 텽샹을 올나 오거ᄂᆞᆯ, 왕이 ᄯᅩ 보니 시녀들이 쟝막으로 조ᄎᆞ 나오며 각각 각ᄉᆡᆨ ᄎᆡ금협슈오ᄌᆞ(彩錦狹袖襖子)ᄅᆞᆯ 닙고 셩홍ᄉᆡᆨ(猩紅色) 화ᄌᆞ(靴子)ᄅᆞᆯ 신엇ᄂᆞᆫ지라. 드ᄃᆡ여 요화로 ᄒᆞ여곰 겻ᄒᆡ 안ᄌᆞ라 ᄒᆞ니 져 비녀배(婢女輩) 일ᄌᆞ로 등 뒤ᄒᆡ 셔 잇고 쇼시 무리ᄂᆞᆫ 첨하 밋ᄒᆡ 셔잇고 별노이 량개 비ᄌᆡ 넌긔 쟝대ᄒᆞᆫ 지라. 왕이 무ᄅᆞᄃᆡ,

"져 량개 비ᄌᆞᄂᆞᆫ 어내 곳의셔 다려 왓ᄂᆞ냐?"

【78】요홰 대답ᄒᆞᄃᆡ,

"변량궁의셔 다려온 배라. 녀ᄋᆞ 무리 무예 련습ᄒᆞ믈 인ᄒᆞ여 도시 져 량인이 ᄉᆞ후ᄒᆞᆯ 만ᄒᆞ기로 거ᄂᆞ리고 왓다."

ᄒᆞ거ᄂᆞᆯ, 무ᄅᆞᄃᆡ,

"너의 들이 무예ᄅᆞᆯ 아ᄂᆞ냐?"

요홰 ᄃᆡ신 답응ᄒᆞᄃᆡ,

"다만 긔샤(騎射)ᄒᆞᄂᆞᆫ 거ᄉᆞᆫ 능히 ᄒᆞ고 다른 거ᄉᆞᆫ 능치 못ᄒᆞ다."

ᄒᆞ거ᄂᆞᆯ, 왕이 니ᄅᆞᄃᆡ,

"그도 조커니와 이졔 무ᄉᆞᆫ 거ᄉᆞᆯ 몬져 련습ᄒᆞ여 볼고?"

요홰 니ᄅᆞᄃᆡ,

"말타고 쏘며 거ᄅᆞ며 쏘고 탄ᄌᆞ 더지ᄂᆞᆫ 셰 가지ᄅᆞᆯ 몬져 시쟉ᄒᆞ여 다시 의복을 곳쳐 닙ᄂᆞᆫ 것ᄉᆞᆯ 면케 ᄒᆞᆫ다."

ᄒᆞ니 왕이 니ᄅᆞᄃᆡ,

"말타고 쏘게 ᄒᆞ라."

요홰 답응ᄒᆞ【79】고 드ᄃᆡ여 비녀(婢女)와 쇼시(小廝) 무리ᄅᆞᆯ 거ᄂᆞ리고 곳 쳥계(廳階)로 나려가 쟝방 쇽으로 가거ᄂᆞᆯ 왕이 임의 졍면 교의 우ᄒᆡ 안ᄌᆞ 보ᄆᆡ, 한 즈음이 못ᄒᆞ여 각인들이 다시 계(髻)ᄅᆞᆯ 글너 노코 치마폭을 동혀ᄆᆡ고 모다 쟝방으로 나와 말을 타고 교졍 남편을 향ᄒᆞ여 가거ᄂᆞᆯ, 일즉 량ᄀᆡ 태감이 오ᄎᆡ로 그린 가죡 졔기[129]ᄅᆞᆯ 가져 몰가ᄂᆞᆫ 길가의 고ᄅᆞ게 버려 노코, 왕이 ᄒᆞᆯ노 고독ᄒᆞ므로 별노이 령ᄒᆞ여 변량 쟝ᄉᆞ와 본쟝 령부ᄉᆞ배(令副史輩)로 ᄒᆞ여곰 쳥샹의 올나와 문답ᄒᆞ라【80】ᄒᆞ니, 각인이 쳥샹으로 올나 오더니 임의 보ᄆᆡ 한 필 말이 ᄯᅱ여 나오며 믄득 한 살을 메여 져 가죡 져기[130]ᄅᆞᆯ 쏘니 련ᄒᆞ여 다ᄉᆞᆺ ᄃᆡ가 ᄀᆡᄀᆡ히 맛고 져 말이 바야흐로

129) 【皮球 피구】 píqiú <名> 가죡 졔기 ‖ "早有兩個太監拿着五個彩畫～, 於馬道傍勻勻的擺下." 일즉 량ᄀᆡ 태감이 오ᄎᆡ로 그린 가죡 졔기ᄅᆞᆯ 가져 몰 가ᄂᆞᆫ 길가의 고ᄅᆞ게 버려 노코 (瑤華 5:79)

130) 【皮球 피구】 píqiú <名> 가죡 져기 ‖ "就搭上一箭, 射那～有三四尺高, 一連五箭, 箭箭皆然." 믄득 한 살을 메여 져 가죡 져기ᄅᆞᆯ 쏘니 련ᄒᆞ여 다ᄉᆞᆺ ᄃᆡ가 ᄀᆡᄀᆡ히 맛고 져 말이 바야흐로 멈츄더니 (瑤華 5:80)

멈츄더니 이 말이 ᄯᅩ 올나와 ᄡᅩᄂᆞᆫ ᄃᆡ 일양슈법(一樣手法)이오, 아오로 한 살도 헛도이 놋ᄂᆞᆫ 거시 업ᄂᆞᆫ지라.

왕이 태감으로 ᄒᆞ여곰 ᄉᆞ부긔 품ᄒᆞ여 말ᄒᆞᄃᆡ,

"내 안력이 조치 못ᄒᆞ여 먼니 바라ᄆᆡ 능히 쳥쵸치 못ᄒᆞ니, 져의 무리ᄅᆞᆯ 가ᄅᆞ쳐 말을 거둔 후의 모다 텽(廳) 옯으로 와 셔면 내가 조히 아라 보 【81】 리라."

ᄒᆞ니, 태감이 텽령(聽令)ᄒᆞ고 가더라. 다만 보니 쟝방 쇽으로 일ᄀᆡ 노비ᄌᆡ 다라 나와 말 거두ᄂᆞᆫ 곳을 향ᄒᆞ여 가더니 언마 못ᄒᆞ여 믄득 일ᄀᆡ 비ᄌᆡ 나아와 셔며 살을 보ᄒᆞ거ᄂᆞᆯ 왕이 ᄯᅩ 아라보지 못ᄒᆞ여 니ᄅᆞᄃᆡ,

"다시 즁인 즁의 궁즁의셔 아던 사ᄅᆞᆷ을 블너 다가와셔 보ᄒᆞ여 알게 ᄒᆞ라."

태감이 ᄯᅩ 가더니 쟝막 쇽으로 량ᄀᆡ 부녀 나아 오거ᄂᆞᆯ 다만 보니 은치하와 한츄계라. 왕이 니ᄅᆞᄃᆡ,

"죠타. 너의 무리ᄂᆞᆫ 내 옯히 셔셔 살을 보ᄒᆞ여 알게 ᄒᆞ라."

말이 맛지 못ᄒᆞ 【82】 여 ᄯᅩ 살을 보ᄒᆞ거ᄂᆞᆯ 한츄계 니ᄅᆞᄃᆡ,

"이ᄂᆞᆫ 궁녀 황금슌이라."

ᄒᆞ거ᄂᆞᆯ 왕이 보와 지내ᄆᆡ 믄득 나려 가거ᄂᆞᆯ, 머리ᄅᆞᆯ 드러 보니 긔츄고랑[131] 쇽의 말들이 쥬마등(走馬燈) 모양 ᄀᆞᆺᄐᆞ여 아오로 일각도 멈츄미 업고 진ᄀᆡ(眞個) 쒸기ᄅᆞᆯ 경쳡ᄒᆞ게 ᄒᆞ며 져편의셔 ᄯᅩ 와셔 살을 보ᄒᆞ거ᄂᆞᆯ, 한츄계 니ᄅᆞᄃᆡ,

"이ᄂᆞᆫ 군쥐라."

ᄒᆞ니, 왕이 한번 보ᄆᆡ 믄득 나려가고 한 ᄎᆞ례의 ᄯᅩ 하나히 오거ᄂᆞᆯ, 한츄계 말ᄒᆞᄃᆡ,

"이ᄂᆞᆫ 쇼시 류지(柳枝)라."

ᄒᆞ고, 뒤 ᄯᆞᆺᄎᆞ ᄯᅩ 일ᄀᆡ 오거ᄂᆞᆯ, 한츄계 니ᄅᆞᄃᆡ,

"이 【83】 ᄂᆞᆫ 비녀 ᄆᆡ영(梅影)이라."

ᄒᆞ거ᄂᆞᆯ, 왕이 한번 보고 니ᄅᆞᄃᆡ,

"네가 잘못 보ᄒᆞ도다. 져 거ᄉᆞᆫ ᄯᅩ 군쥐니라."

한츄계 ᄃᆡ답ᄒᆞᄃᆡ,

"군쥬의 닙은 거ᄉᆞᆫ 이 황릉오ᄌᆞ(黃綾襖子)오 져 닙은 거ᄉᆞᆫ ᄇᆡᆨ능오지라. 져 량ᄀᆡ의 면뫼 도시 일양이기로 비ᄌᆞ 등이 ᄆᆡ일 궁즁의 한 뎡이 되어 이시나 유심치 못ᄒᆞ다가 의복을 ᄀᆞᆺ치 닙고 나오면 왕왕 그ᄅᆞᆺ 아라 본다."

ᄒᆞ거ᄂᆞᆯ, 왕이 니ᄅᆞᄃᆡ,

"이거시 ᄯᅩ 긔이 ᄒᆞ도다. 텬하의 한 모양 ᄀᆞᆺᄐᆞᆫ 이ᄅᆞᆯ 얼골을 ᄌᆞ셰히 보면 모다 두 모양이 드러나거ᄂᆞᆯ 엇지 능히 분별 【84】 치 못ᄒᆞ미 이시랴."

ᄎᆞᄎᆞ 살 보ᄒᆞᄂᆞᆫ 이가 심히 만흐ᄆᆡ 능히 다 긔록지 못ᄒᆞ더니, 홀연 보ᄆᆡ ᄌᆞ녀 무리 모다 텽샹을 올나와 니ᄅᆞᄃᆡ,

"긔샤ᄂᆞᆫ 임의 맛쳣다."

ᄒᆞ거ᄂᆞᆯ 왕이 니ᄅᆞᄃᆡ,

"능히 그리 ᄒᆞ엿ᄂᆞ냐?"

요홰 옯흐로 나아와 고ᄒᆞᄃᆡ,

"긔샤ᄂᆞᆫ ᄆᆡ인이 세 ᄎᆞ례식 ᄒᆞ엿다."

ᄒᆞ거ᄂᆞᆯ 왕이 니ᄅᆞᄃᆡ,

"이졔ᄂᆞᆫ 무어ᄉᆞᆯ ᄒᆞ려 ᄒᆞᄂᆞ냐?"

요홰 니ᄅᆞᄃᆡ,

"보샤(步射)ᄅᆞᆯ 몬져 ᄒᆞ고 다시 탄ᄌᆞ(彈子)ᄅᆞᆯ 더진다."

ᄒᆞ거ᄂᆞᆯ 왕이 니ᄅᆞᄃᆡ,

"조흐니 믄득 그쳐럼 ᄒᆞ라."

치히 겻히 셧거ᄂᆞᆯ 군쥐 한번 눈을 쥬ᄆᆡ, 치히 【85】 ᄡᅵᄃᆞᆺ고 드ᄃᆡ여 장ᄉᆞ 무리ᄅᆞᆯ ᄃᆡᄒᆞ여 니ᄅᆞᄃᆡ,

"너의들이 조히 쳥의 나려가 ᄉᆞ후ᄒᆞ고 군쥬 무리 보샤ᄒᆞ기ᄅᆞᆯ 기다리라."

ᄒᆞ니 드ᄃᆡ여 짓거리며 모다 나려 가더라. ᄯᅩ 왕의 교의ᄅᆞᆯ 가져 동향ᄒᆞ여 버려노와 뼈 살ᄃᆡ 가ᄂᆞᆫ 규식 보기ᄅᆞᆯ 편케 ᄒᆞ더니, 다만 보니 ᄇᆡᆨ우옥이 가져오ᄂᆞᆫᄃᆡ 한 ᄡᅮ리 쥭간 우히 일ᄀᆡ

131) 【긔츄고랑】 (명) 기추고랑. 옛날에 기병(騎兵)이 말달리기를 익히려고 파서 만들었던 고랑. ¶ 馬道 ‖ 머리ᄅᆞᆯ 드러 보니 긔츄고랑 쇽의 말들이 쥬마등 모양 ᄀᆞᆺᄐᆞ여 아오로 일각도 멈츄미 업고 진ᄀᆡ 쒸기ᄅᆞᆯ 경쳡ᄒᆞ게 ᄒᆞ며 (擡頭看見馬道上的馬, 如同走馬燈一般, 並沒有停一刻, 眞跑得滑溜輕捷.) <瑤華 5:82> 馳道 ‖ 그 긔츄고랑의 임의 ᄉᆞᆷ좌 ᄑᆡ방을 버려 셰오ᄃᆡ 각기 ᄉᆞ발 두레 갓ᄐᆞᆫ ᄎᆡ구 일ᄀᆡ식 달고 ᄡᅩ아 맛치ᄂᆞᆫ 쟈ᄂᆞᆫ 븍을 울니고 각기 관원을 파졍ᄒᆞ여 가음알게 ᄒᆞ더니 (那馳道上早列出三座彩牌坊, 各懸碗口大小彩球一個, 射中者鳴鼓一通, 各派官員監看.) <雪月 17:34>

텰환을 박고 오식 면류로 즁간을 동히고 일기 젹은 금죵을 다랏는딕, 슐잔보다 크지 못ᄒ고, 황금슌은 가져오는딕 한쌰리 쥭간(竹竿) 우희 열아문 오【86】식션(五色線)을 믹엿는지라.

왕이 무르딕,

"져거ᄉᆫ 무어시 쓰ᄂᆞ냐?"

금슌이 딕답ᄒᆞ딕, 이 거ᄉᆫ 오리[鴨] 입 쏘는 관혁이라 ᄒᆞ거늘, 왕이 니르딕,

"엇지 이거ᄉᆯ 쏘ᄂᆞ냐?"

금슌이 딕답ᄒᆞ딕,

"긔여히 오식실을 가져 고르게 세 ᄎᆞ례롤 끈허 노와야 비로쇼 격식의 맛는다 혜ᄒᆞᆫ다."

ᄒᆞ거늘 왕이 머리롤 흔들며 니르딕,

"미우 어렵다."

ᄒᆞ고, 드딕여 일기 태감으로 ᄒᆞ여곰 압흐로 가 버려 노흐라 ᄒᆞ고 쏘 보니 량기 태감이 젹은 쥭통(竹筒) 몃기롤 가지고 딕면(對面) 담 우희 잇셔 분배ᄒᆞ【87】여 일ᄌᆞ로 모ᄉᆯ 박아 놋커늘, 왕이 쏘 무르딕,

"져 쥭통은 무어시 쓰ᄂᆞ냐?"

요홰 딕답ᄒᆞ딕,

"져거ᄉᆫ 믄득 탄ᄌᆞ 맛치는 관혁이라."

ᄒᆞ거늘 왕이 무르딕,

"그 법은 엇더케 ᄒᆞᄂᆞ냐?"

요홰 딕답ᄒᆞ딕,

"긔여히 탄ᄌᆞ롤 가지고 낫낫치 더져 져 쥭통 쇽으로 드려 보내고 한기도 써러져 나오면 믄득 격식의 맛지 못ᄒᆞ다."

ᄒᆞ거늘 왕이 니르딕,

"더욱 어렵도다."

어시의 여러 ᄌᆞ녀 무리 각각 궁젼(弓箭)을 끼고 익ᄎᆞ(挨次)[132]ᄒᆞ여 텽샹으로 올나 오는지라. 몬져 요홰 졔일노 쏘기롤 시작ᄒᆞ는 딕【88】살 가는 쇼릭 임의 관혁 우희 니르는지라. 쏘 경히 '쏜다' ᄒᆞ는 한 쇼릭의 맛쳣다 혬ᄒᆞ며 련ᄒᆞ여 살마다 모다 그러ᄒᆞ고 기기히 익ᄎᆞᄒᆞ여 쏘더니 한 살도 맛치지 못ᄒᆞ는 이 업고, 한 즈음이 못ᄒᆞ여 모다 임의 쏘는 거시 맛쳣는지라. 쏘 오식션 단 관혁을 쏘려 홀시 믄득 한 무리 젹은 챠환들이 뛰여 나려가 관혁 겻희 가리여 잇셔 한 살을 쏘아 가면 믄득 한 조각 끈허진 실을 가져 오는딕, 져 챠환배 발을 멈츄지 못ᄒᆞ고 간혹 공슈(空手)로 오는 재 이시나, 대략【89】이 세 살딕의 지나지 아니ᄒᆞ엿는지라. 져 하면의셔 보는 사름들이 모다 말ᄒᆞ딕,

"우리 무리 쏘ᄒᆞᆫ 긔샤ᄒᆞ는 법을 배홧거니와 엇지 져 모양 조ᄒᆞᆫ 슈단이야 이시랴."

ᄒᆞ고 모다 경심열복(傾心悅服)지 아니라 업더라. 젼안간(轉眼間)의 모다 쏘기롤 두루 ᄒᆞ고 쏘 탄ᄌᆞ 더지는 것도 모다 격식의 합지 아니미 업는지라. 드딕여 각각 나려가 쟝막 쇽의 니르러 헐식(歇息)ᄒᆞ더니, 쏘 보미 태감이 일쳑 기릭 되는 쥭쳠(竹簽)을 가지고 짜 우희 잇셔 빵빵이 못 쥬어 박는딕, 모다 아홉 분배 되고 믹 분배의 오뉵【90】빵식 박아노코 쏘 ᄉᆞ경 뒤희 잇셔 놉고 나즌 판등(板凳) 오륙십 기롤 옴겨 내여 몬져 나즌 거ᄉᆯ 조ᄎᆞ 버려놋는딕, 한 오리 판등 ᄉᆞ이의 한 딕 쥭쳠을 ᄉᆞ이 ᄒᆞ여 버려셔 후면 가지 니르미 더욱 놉하지고, 결말(結末)ᄒᆞ는 한 오리 판등은 믄득 삼쳑 놉히가 되는딕 구층을 분배(分配)ᄒᆞ엿는지라. 왕이 무르딕,

"져거ᄉᆫ 무ᄉᆫ 공부의 ᄡᅳ이는 거시냐?"

한츄계 딕답ᄒᆞ딕,

"이거ᄉᆫ ᄉᆞᆺ품질과 ᄯᅱᆷ뛰는 슈단을 련습ᄒᆞ는 거시라."

ᄒᆞ니 왕이 니르딕,

"져런 공부는 보지 못ᄒᆞ엿다 말ᄒᆞ지【91】말고, 남이 말ᄒᆞ더란 말도 드러보지 못ᄒᆞ여시니, 져 ᄉᆞ뷔 실노이 긔이ᄒᆞ도다."

경히 말ᄒᆞ미 요홰 일군 ᄌᆞ녀롤 거ᄂᆞ리고 쟝방 쇽으로 조ᄎᆞ 다라 청샹의 오르거늘, 왕이 한번 보미 쏘 쟝쇽을 밧고와시니 개개히 도시 청쥬협슈오ᄌᆞ(青紬狹袖襖子)오, 청쥬트크우(青紬膀褲)[133]오 청단화ᄌᆞ(青緞靴子)와 청져ᄉᆞ박두(青紵紗縛頭)오 두발을 모다 모화 동히고 빈혀롤 모다 쐬혀 바리로 허리롤 동히고 압흐로 와셔

132) 【익차(挨次)】 차례. ‖어시의 여러 ᄌᆞ녀 무리 각각 궁젼(弓箭)을 끼고 익ᄎᆞ(挨次)ᄒᆞ여 텽샹으로 올나 오는지라.

133) 【청쥬트크우(青紬膀褲)】 푸른 명주로 적삼과 바지를 한데 붙여 만든 옷을 말한 듯. '트크우'는 '방고(膀褲)'의 번역어인데 구체적으로 어떤 옷을 지칭하는 말인지는 확인하지 못했다. ‖개개히 도시 청쥬협슈오ᄌᆞ오 청쥬트크우오 청단화ᄌᆞ와 청져ᄉᆞ박두오 (一箇箇都是青紬狹袖襖子, 青紬膀褲, 青緞子尖靴, 青紵紗大包頭.) <瑤華 5:91>

왕긔 쳥ᄒᆞ여 뎡ᄌᆞ 아릐 나려 판등 뛰여 넘ᄂᆞᆫ 거ᄉᆞᆯ 보라 ᄒᆞ니, 왕이 몸을 니러 판등 ᄋᆞᆲ히 니【92】ᄅᆞ러 보ᄆᆡ 져 ᄌᆞ녀 무리 개개히 뛰여 판등을 지나며 두 손으로 두 ᄡᅣ리 죽쳠을 ᄲᅢ혀 내ᄂᆞᆫᄃᆡ, 한 오리ᄅᆞᆯ 뛰여 지나고 ᄯᅩ 한 오리ᄅᆞᆯ 뛰ᄂᆞᆫᄃᆡ, 일ᄀᆡ도 지둔(遲鈍)ᄒᆞᆫ 거시 업고 젼안간(轉眼間)의 모다 ᄲᅡ히기ᄅᆞᆯ 맛치고 각인이 ᄯᅩ 트크우[134] 쇽으로 두 ᄡᅣ리 ᄉᆈ오리[135]ᄅᆞᆯ ᄲᅢ혀 내ᄂᆞᆫᄃᆡ, ᄉᆞ오리 우희 일ᄀᆡ ᄃᆡ쵸ᄡᅵ[136]만ᄒᆞᆫ 모ᄉᆞᆯ 박앗ᄂᆞᆫᄃᆡ, 못 ᄭᅩᆺ출 지쳐 노코 담으로 올나가셔 뛰여 ᄉᆞ졍 집을 넘어가ᄂᆞᆫ 이도 잇고, 뛰여 버드나무 우희 넘어가ᄂᆞᆫ 이도 잇고, 뛰여【93】놉흔 담우와 궁내 방옥(房屋) 우희 넘어가, 삽시 동안의 영ᄌᆞ(影子)가 업셔지고, 다만 보니 ᄉᆞ졍 우희 한 사ᄅᆞᆷ이 쳥슈오ᄌᆞ(青袖襖子) 쇽의 량폭 큰 옷기ᄉᆞᆯ 헷치고 텰죠(鐵條)ᄅᆞᆯ 가져 협층(夾層) 쇽의 ᄯᅮ러 노코 두 숀을 잡은 거시 오히려 량ᄀᆡ 날ᄀᆡ와 ᄀᆞᆺ튼지라. 말ᄒᆞᄂᆞᆫ ᄢᅵᄂᆞᆫ 더ᄃᆡ나 그 ᄢᅵᄂᆞᆫ 쾌ᄒᆞ여 궁즁을 의지ᄒᆞ여 한번 쇼ᄉᆞ 버드나무 우흐로 가고, 버드나무 우희셔 ᄯᅩ 집 우흐희 니ᄅᆞ며, 담우와 집 우희셔 어ᄌᆞ러이 왕릐ᄒᆞ기ᄅᆞᆯ 나ᄂᆞᆫ 다시 ᄒᆞ니, 보ᄂᆞᆫ 사ᄅᆞᆷ들이 안목이 현황ᄒᆞ【94】여 어내 사ᄅᆞᆷ인지 분변ᄒᆞ여 내지 못ᄒᆞ고 부ᄅᆞᄂᆞᆫ 한 쇼릐의 일졔히 모다 ᄯᅡ 우흐로 나려셔ᄂᆞᆫᄃᆡ, 한 졈 ᄶᅵᆺ글이 움즉이지 아니ᄒᆞ니 량편의 보ᄂᆞᆫ 사ᄅᆞᆷ들이 보다가 득의ᄒᆞᄂᆞᆫ ᄢᅵ의ᄂᆞᆫ 졔셩갈치(齊聲喝采)ᄒᆞᄂᆞᆫ지라. 왕이 깃거 두 발을 어ᄌᆞ러이 구ᄅᆞ며 급히 령ᄉᆞᄅᆞᆯ 블너 샹급ᄒᆞᆯ 믈건을 예비ᄒᆞ게 ᄒᆞ니 령ᄉᆡᆨ 말을 ᄃᆞᆺ고 나ᄂᆞᆫ ᄃᆞ시 다라가더라.

요화와 ᄌᆞ녀 무리 텽샹의 올나 한가의 셔시니 왕이 요화ᄅᆞᆯ 어루만ᄌᆞ며 니ᄅᆞᄃᆡ,

"내 ᄋᆞ희 진ᄀᆡ 무예ᄅᆞᆯ 잘 ᄒᆞᄂᆞᆫ도다."

【95】그 사ᄅᆞᆷ이 ᄃᆡ답ᄒᆞᄃᆡ,

"비ᄌᆞᄂᆞᆫ 이 ᄆᆡ영이라."

ᄒᆞ거ᄂᆞᆯ, 왕이 머리ᄅᆞᆯ 돌나 ᄌᆞ셰히 보ᄆᆡ 대쇼ᄒᆞ믈 ᄭᆡᄃᆞᆺ지 못ᄒᆞ더라. 원릐 요화ᄂᆞᆫ 왕의 몸 뒤의 잇ᄂᆞᆫᄃᆡ, 이 ᄢᅵ에 복ᄉᆡᆨ이 ᄆᆡ영과 일반이므로 왕이 무심히 분별치 못ᄒᆞ더라. 령ᄉᆡᆨ 샹급ᄒᆞᆯ 은젼과 믈건을 두 짐의 난화 메여 오거ᄂᆞᆯ 왕이 은치하로 ᄒᆞ여곰 몬져 단쇽(緞屬) 네필과 황금졍(黃金錠) 량개와 ᄇᆡᆨ금졍(白金錠) 량ᄀᆡᄅᆞᆯ 취ᄒᆞ여 ᄉᆞ부의게 보내고 ᄯᅩ ᄇᆡᆨ우옥으로 ᄒᆞ여곰 그 슈와 ᄀᆞᆺ치 가져 요화ᄅᆞᆯ 쥬라 ᄒᆞ니, ᄇᆡᆨ우옥이 가【96】지고 요화의 ᄋᆞᆲ흐로 니ᄅᆞ러 니ᄅᆞᄃᆡ,

"왕야긔셔 쥬시ᄂᆞᆫ 거시니 쳥컨ᄃᆡ 바드라."

ᄒᆞ거ᄂᆞᆯ 져 사ᄅᆞᆷ이 아아 ᄒᆞᄂᆞᆫ 한 우음으로 니ᄅᆞᄃᆡ,

"내가 ᄆᆡ영인ᄃᆡ 군쥬가 어ᄃᆡ 계시냐?"

왕이 ᄃᆞᆺ고 ᄯᅩᄒᆞᆫ 대쇼ᄒᆞ며 즁인이 졍유(情由)ᄅᆞᆯ 무러 알ᄆᆡ 역시 우음을 참지 못ᄒᆞ더라. ᄯᅩ 소시의 무리ᄅᆞᆯ 샹급ᄒᆞᄂᆞᆫ 믈건은 필육 두 ᄭᅳᆺ과 쇼금졍(小金錠) 일ᄀᆡ와 쇼은졍(小銀錠) 일ᄀᆡ식 ᄇᆡᆨ우옥으로 ᄒᆞ여곰 죠슈(照數)ᄒᆞ여 내여쥬라 ᄒᆞ고, ᄯᅩ 은치하로 ᄒᆞ여곰 비녀(婢女) 무리 샹급ᄒᆞᄂᆞᆫ 믈건은 필단(疋緞) 두 ᄭᅳᆺ과 한 ᄀᆡ【97】옥쵹(玉鐲)과 일ᄀᆡ 금쵹(金鐲)을 조검(照檢)ᄒᆞ여 내여 각기 일분(一分)식 쥬라 ᄒᆞ니, 져 ᄌᆞ녀 무리ᄂᆞᆫ 모다 쥬엇거니와 다만 ᄆᆡ영의 쥴 거시 일분이 남앗ᄂᆞᆫ지라. 믄득 셔로 보기ᄅᆞᆯ 반일이나 ᄒᆞ다가 한 사ᄅᆞᆷ의 면젼의 보내며 니ᄅᆞᄃᆡ,

"왕얘 너ᄅᆞᆯ 쥬시미니라."

기인이 말ᄒᆞᄃᆡ,

"나ᄂᆞᆫ 임의 바닷다."

ᄒᆞ고 져편 일인이 니ᄅᆞᄃᆡ,

"ᄆᆡ영이 여긔 잇다."

ᄒᆞ니 즁인이 드ᄅᆞᄆᆡ ᄯᅩ 웃더라.

각인이 모다 왕을 향ᄒᆞ여 샤은ᄒᆞ고, 황금슌과 ᄇᆡᆨ우옥 량ᄀᆡ 무ᄋᆡᄌᆞᄅᆞᆯ ᄃᆡ신ᄒᆞ여 회【98】샤ᄒᆞ니 왕이 몸을 니러 니ᄅᆞᄃᆡ,

"내 ᄯᅳᆺ을 ᄉᆞ부의게 말ᄉᆞᆷᄒᆞ여 공경하ᄂᆞᆫ 도리ᄅᆞᆯ 일우지 못ᄒᆞᆫ다."

ᄒᆞ니, 량ᄀᆡ 바야흐로 몸을 두루혀려 ᄒᆞᆯ ᄉᆡ, 왕이 급히 머믈게 ᄒᆞ고 ᄯᅩ 령ᄉᆞ다려 분부ᄒᆞᄃᆡ,

"이 두 사ᄅᆞᆷ을 내가 맛쵸아 잇고 샹급ᄒᆞᆯ 믈건을 판비치 못ᄒᆞ여시니 네가 쇽쇽히 두 사ᄅᆞᆷ

134)【트크우】명 방고(膀褲). ¶ 膀褲 ‖ 각인이 ᄯᅩ 트크우 쇽으로 두 ᄡᅣ리 ᄉᆞ오리ᄅᆞᆯ ᄲᅢ혀 내ᄂᆞᆫᄃᆡ (各人又于膀褲統內, 抽出兩根鐵條來.) <瑤華 5:92>

135)【ᄉᆈ오리】명 쇠오리. 쇠꼬챙이. 굵은 철사. ¶ 鐵條 ‖ 각인이 ᄯᅩ 트크우 쇽으로 두 ᄡᅣ리 ᄉᆈ오리ᄅᆞᆯ ᄲᅢ혀 내ᄂᆞᆫᄃᆡ (各人又于膀褲統內, 抽出兩根鐵條來.) <瑤華 5:92>

136)【ᄃᆡ쵸ᄡᅵ】명 대추씨. ¶ 棗核 ‖ ᄉᆞ오리 우희 일ᄀᆡ ᄃᆡ쵸ᄡᅵ만ᄒᆞᆫ 모ᄉᆞᆯ 박앗ᄂᆞᆫᄃᆡ 못 ᄭᅩᆺ출 지쳐 노코 (而鐵條頭上, 嵌有一個棗核釘, 將釘齒扳轉.) <瑤華 5:92> ⇒ 대쵸ᄡᅵ

의 쥴 거술 조비ᄒᆞ여 져ᄅᆞᆯ 샹쥬게 ᄒᆞ라.”

령시 답응ᄒᆞ고 ᄂᆞᄂᆞᆫ ᄃᆞ시 가거ᄂᆞᆯ, 량인이 거듧 샤은ᄒᆞ고 비로쇼 무ᄋᆡᄌᆞ의게 말을 젼ᄒᆞ라 가더라. 요홰 ᄯᅩ ᄌᆞ녀 무리ᄅᆞᆯ 거ᄂᆞ리고 각 【99】 기 긔계(器械)ᄅᆞᆯ 가지고 ᄯᅡ호로 나려 가거ᄂᆞᆯ 왕이 ᄒᆞ여곰 교의ᄅᆞᆯ 옴겨 쳠하 어귀의 안ᄌᆞ 볼시, 일인이 ᄡᅡᆼ도(雙刀)ᄅᆞᆯ 밧들고 쳥 앒히셔 츔을 일위여 내여 더옥 츔출ᄉᆞ록 더옥 긴(緊)ᄒᆞ여 사ᄅᆞᆷ가지 련(連)ᄒᆞ여 모다 아라보지 못ᄒᆞ고 칼과 사ᄅᆞᆷ과 련ᄒᆞ여 츔츄어 공즁의 올나 ᄯᅡ히 ᄯᅱ기ᄅᆞᆯ 두 ᄌᆞ히나 ᄒᆞ더니, 홀디(忽地)의 몸을 한번 다ᄅᆞᄆᆡ 일도ᄇᆡᆨ광(一道白光)이 ᄉᆞ경 뒤흐로 향ᄒᆞ여 가고, ᄯᅩ 보니 일ᄡᅡᆼ 챵을 가지고 곤쟝(棍杖)을 든 거시 ᄯᅱ며 츔츄어 올나와 ᄃᆡᄒᆞ여 ᄉᆡ술(弑殺)ᄒᆞᄂᆞᆫ대 얽히여 한 【100】 조각이 되어 일호도 빈틈이 업더니, 챵 가진 사ᄅᆞᆷ이 홀디의 권져(圈底)ᄅᆞᆯ ᄯᅱ여나와 챵끗출 드러 져 곤쟝 가진 사ᄅᆞᆷ의 가슴을 향ᄒᆞ여 ᄧᅵ시더니, 져 곤쟝 가진 사ᄅᆞᆷ이 곤쟝을 두ᄅᆞ며 ᄯᅱ여 쳥 뒤흐로 가고, ᄯᅩ 보니 일ᄀᆡ가 ᄯᅩ 일ᄀᆡ로 더브러 대도ᄅᆞᆯ 부리여 ᄉᆡ살ᄒᆞᄂᆞᆫᄃᆡ, 사ᄅᆞᆷ의 심목(心目)을 놀내고, ᄯᅩ 보니 일ᄀᆡᄂᆞᆫ 류셩퇴(流星鎚)ᄅᆞᆯ ᄡᅳᄂᆞᆫᄃᆡ 홀노 ᄡᅳ기ᄅᆞᆯ 반일이나 ᄒᆞ다가 류셩퇴의 ᄆᆡ인 오ᄉᆡᆨ승(五色繩)이 맛춤내 쇠막ᄃᆡ ᄀᆞᆺ트여지고 ᄌᆞ긔가 몸을 가져 ᄎᆡ승(綵繩)을 향ᄒᆞ여 ᄯᅱ다가 홀연 【101】 일ᄀᆡ ᄯᅱ여 나오며 요도(腰刀)ᄅᆞᆯ 가지고 져 ᄎᆡ승을 ᄭᅳᆫ흐려 ᄒᆞ니 겻히 사ᄅᆞᆷ의 보기의ᄂᆞᆫ 필연코 ᄭᅳᆫ흐려 ᄒᆞᄂᆞᆫ 모양으로 아랏더니 엇지 알니, 류셩퇴 ᄡᅳᄂᆞᆫ 사ᄅᆞᆷ이 ᄎᆡ승을 가져 한번 놀니ᄆᆡ, 져 요도ᄅᆞᆯ 가져 일죽 ᄎᆡ승으로 얽어 쳥 뒤흐로 향ᄒᆞ여 한번 더지ᄆᆡ 사ᄅᆞᆷ가지 련ᄒᆞ여 모다 더져 가고 류셩퇴 ᄡᅳᄂᆞᆫ 사ᄅᆞᆷ은 여젼이 일ᄀᆡ만 셔셔 다시 방비치 아니ᄒᆞ더니, 홀연 칠팔 ᄀᆡ 사ᄅᆞᆷ이 각각 쟝챵대도(長槍大刀)ᄅᆞᆯ 가지고 일졔히 둘너 올나 ᄧᅵᄅᆞ기도 ᄒᆞ며 치기도 ᄒᆞᄂᆞᆫᄃᆡ 그 류셩퇴 ᄡᅳᄂᆞᆫ 이가 【102】 일호도 황망치 아니ᄒᆞ고 ᄎᆡ승을 긴히 잡고 몸을 쇼ᄉᆞ 져도 챵 우흐로 향ᄒᆞ여 넘어 가ᄂᆞᆫᄃᆡ 칠팔 슈즁(手中)의 잡앗든 도챵(刀槍)이 모다 ᄎᆡ승의 ᄭᅳ을녀 가고, 어시의 일졔히 다라나며 홀연 보니 빗긴 길노 한 필 빈 말이 ᄯᅱ여 ᄉᆞ경 앒흐로 오거ᄂᆞᆯ 져 류셩퇴 ᄡᅳᄂᆞᆫ 사ᄅᆞᆷ이 ᄎᆡ승을 더지고 ᄂᆞᄂᆞᆫ ᄃᆞ시 다라가 말의셔 ᄡᅳ기가 도로혀 ᄉᆞ오쳑이나 되ᄂᆞᆫᄃᆡ, 한번 ᄯᅱ여 말긔 오ᄅᆞ며 후변의 ᄯᅩᄒᆞᆫ 사ᄅᆞᆷ이 ᄂᆞᄂᆞᆫ ᄃᆞ시 다라드러 몬져 마샹의 안즌 이ᄅᆞᆯ 잡아 한번 ᄭᅳ러 왼편을 향ᄒᆞ【103】여 더지고 ᄌᆞ긔가 믄득 그 말긔 ᄯᅱ여 올나 별ᄀᆞᆺ치 달녀가더니, 맛쵸아 하변의 일 필 빈 말이 ᄯᅱ여 올나 오거ᄂᆞᆯ 져 몬져 말긔 밀니여 ᄯᅥ러진 사ᄅᆞᆷ이 숀을 ᄯᅡ라 말을 잡아 당긔며 곳 올나 안더니, ᄯᅩ 일ᄀᆡ 다라드러 등ᄌᆞ(鐙子)ᄅᆞᆯ 잡고 말등의 오ᄅᆞ니 하나히 ᄯᅱ여 오ᄅᆞᄆᆡ 하나흔 ᄯᅥ러지ᄂᆞᆫ지라. 그리 ᄒᆞ기ᄅᆞᆯ 여러번 ᄒᆞ다가 량인이 흠긔 마샹의 안져 쳥 뒤흐로 ᄯᅱ여 드러가며 ᄯᅩ 오륙 필 말이 모다 ᄯᅱ여 오ᄂᆞᆫᄃᆡ 칼 가진 이도 잇고 챵 가진 이도 잇셔 각각 마샹의셔 【104】 ᄯᅱ며 츔츄ᄆᆡ, 왕이 보며 칭찬ᄒᆞ믈 마지 아니코, 량편(兩便)의 구경ᄒᆞᄂᆞᆫ 사ᄅᆞᆷ들이 ᄀᆡᄀᆡ히 경심ᄒᆡ목(驚心駭目)ᄒᆞ더라.

왕이 홀연 련셕(憐惜)ᄒᆞᄂᆞᆫ 마ᄋᆞᆷ을 내여 련ᄒᆞ여 사ᄅᆞᆷ을 보내여 그만 그치라 ᄒᆞ니, 드ᄃᆡ여 각기 말을 노와 쟝막 겻히 니ᄅᆞ러 모다 말긔 나려 쟝 쇽의 드러와 휴식ᄒᆞᆯ시, 마두[137]배(馬頭輩)[138] ᄯᅡ라와 말을 거두워 가고 태감 무리 ᄯᅩ 긔계ᄅᆞᆯ 슈습ᄒᆞ며 보ᄂᆞᆫ 사ᄅᆞᆷ들이 졈졈 허여져 가더라.

홀연 보니 쟝막 열니ᄂᆞᆫ 곳의 일ᄀᆡ 쇼챠ᄅᆞᆯ 미러 나오ᄂᆞᆫ지라. 무ᄋᆡ지 우【105】히 안고 좌우의 시녀 무리 옹위ᄒᆞ여 가며 홀노 요화만 쳥의 올나와 왕긔 믈너가믈 품ᄒᆞ고 드ᄃᆡ여 말긔 오로ᄆᆡ ᄉᆞᄀᆡ 쇼시 모다 말긔 안ᄌᆞ 젼도ᄒᆞ여 가고 왕도 ᄯᅩᄒᆞᆫ 즉시 도라오니, 텬ᄉᆡᆨ이 임의 느졋ᄂᆞᆫ지라. 샹셔방의 니ᄅᆞᄆᆡ 요홰 임의 한 무리 ᄌᆞ

137) 【마두(馬頭)】 <고제> 말에 관한 일을 맡아 보는 사람. ‖모다 말긔 나려 쟝 쇽의 드러와 휴식ᄒᆞᆯ시, 마두배(馬頭輩) ᄯᅡ라와 말을 거두워 가고

138) 【馬牌(子) 마패자】 mǎpái(zi) <名> [마패] ᄆᆞᆯ ᄀᆞ옴아ᄂᆞᆫ 사ᄅᆞᆷ (譯上 舘驛 23a) [마패ᄌᆞ] 역마 ᄎᆞ지ᄒᆞᄂᆞᆫ 사ᄅᆞᆷ (方一 人類 34b) (課目 宮室 74b) 驛卒。(漢淸 人 5:30a) [마패] ᄆᆞᆯ 가옴아ᄂᆞᆫ 사ᄅᆞᆷ (華抄 舘驛 7b) 마두배 *官員因公遠行, 驛站供給馬匹。支用馬匹的憑證叫馬牌。‖ “早有~赶來, 將馬拉住, 太監們又來收拾器械, 看的人也漸漸的散去.” 마두배 ᄯᅡ라와 말을 거두워 가고 태감 무리 ᄯᅩ 긔계ᄅᆞᆯ 슈습ᄒᆞ며 보ᄂᆞᆫ 사ᄅᆞᆷ들이 졈졈 허여져 가더라 (瑤華 5:104) “小的一路騎頭口, 拿着~先行, 因此先到家。” (金瓶 55)

녀를 거느리고 장쇽을 곳치고 나아와 문안ᄒᆞ거늘 왕이 믄득 뫼셔 밥먹게 ᄒᆞ고, 요화다려 무ᄅᆞ딕,

"져 허다ᄒᆞᆫ 기예롤 너의 무리 엇지 져럿틋 쾌히 배홧ᄂᆞ냐?"

요홰 딕답ᄒᆞ여 말ᄒᆞ딕,

"도시 오셰브터 비홧기로【106】타인의게 비ᄒᆞ면 쾌히 되엿다."

ᄒᆞ거ᄂᆞᆯ 왕이 니ᄅᆞ딕,

"공뷔 져만 ᄒᆞ면 믄득 그만 두깃ᄂᆞ냐?"

요홰 딕답지 아니코 입을 만지고 우ᄉᆞ며 즁인을 향ᄒᆞ여 보니 ᄌᆞ녀 무리 역시 입을 만지며 웃거ᄂᆞᆯ 왕이 의심 내여 무ᄅᆞ딕,

"너의들이 엇지ᄒᆞ여 모다 웃ᄂᆞ냐?"

요홰 딕답ᄒᆞ딕,

"금일 무예 즁의 다만 긔샤ᄒᆞᄂᆞᆫ 것과 쥭첨 삐히ᄂᆞᆫ 거ᄉᆞᆫ 진실ᄒᆞᆫ 공뷔 되고 기외에 보기 죠흔 몃 가지ᄂᆞᆫ ᄉᆞ뷔 왕야의 구경ᄒᆞ시믈 위ᄒᆞ여 창졸간의 옴기여 낸 거시니, 그거ᄉᆞᆫ 블과 안젼의 보【107】기만 조흔 거시오 진실ᄒᆞᆫ 공부ᄂᆞᆫ 일호도 샹관치 아니타."

ᄒᆞ거ᄂᆞᆯ 왕이 니ᄅᆞ딕,

"엇지ᄒᆞ여야 진실ᄒᆞᆫ 공뷔라 ᄒᆞᄂᆞ냐?"

요홰 딕답ᄒᆞ딕,

"ᄉᆞ부의 근본 쥬장ᄒᆞᄂᆞᆫ 거ᄉᆞᆫ 젼혀 긔운을 취련(吹鍊)ᄒᆞᄂᆞᆫ딕 잇고 버금은 ᄲᅱ쒸고 솟ᄂᆞᆫ 거시라."

ᄒᆞ니 왕이 무ᄅᆞ딕,

"련긔(鍊氣)롤 ᄒᆞ면 믄득 엇더타 ᄒᆞᄂᆞ냐?"

요홰 딕답ᄒᆞ딕,

"련긔롤 능히 ᄒᆞ면 버음[139]을 당ᄒᆞ여도 두리지 아니 ᄒᆞᆫ다."

ᄒᆞ거ᄂᆞᆯ 왕이 니ᄅᆞ딕,

"이졔 너의ᄂᆞᆫ 능히 ᄒᆞᄂᆞ냐 못ᄒᆞᄂᆞ냐?"

요홰 딕답ᄒᆞ딕,

"더러ᄂᆞᆫ ᄒᆞ고 더러ᄂᆞᆫ 못ᄒᆞᆫ다."

【108】ᄒᆞ거ᄂᆞᆯ 왕이 니ᄅᆞ딕,

"엇지ᄒᆞ여야 믄득 능ᄒᆞ다 ᄒᆞᄂᆞ냐?"

요홰 딕답ᄒᆞ딕,

"만일 좁은 굴쇽의 잇ᄂᆞᆫ딕 량편의 사ᄅᆞᆷ들 배립(排立)ᄒᆞ여 각기 도창(刀槍)과 곤방(棍棒)을 가지고 숀을 멈츄지 아니코 어ᄌᆞ러이 와 치ᄂᆞᆫ딕, 능히 그 쇽으로 조ᄎᆞ 버셔 외간으로 나가ᄂᆞᆫ 거시 믄득 능ᄒᆞ므로 혬ᄒᆞᆫ다."

ᄒᆞ거ᄂᆞᆯ 왕이 니ᄅᆞ딕,

"져거ᄉᆞᆫ 도시 셩명관두(性命關頭)ᄒᆞᆫ 일이나 네가 이졔 ᄌᆞ연 능ᄒᆞ여 가리라."

요홰 딕답ᄒᆞ딕,

"그 규식은 모다 강구ᄒᆞ여 내엿거니와 ᄉᆞ부의 말숨이 사ᄅᆞᆷ이 쟝대【109】치 못ᄒᆞ면 일죽 시험ᄒᆞ여 보지 못ᄒᆞᆯ 거시니 쟝대ᄒᆞ기롤 기다려 비로쇼 련습ᄒᆞᆫ다."

ᄒᆞ거ᄂᆞᆯ 왕이 니ᄅᆞ딕,

"ᄉᆞ부의 말이 올토다. 쟝샹의 너의 무리 몃 ᄀᆡ가 쟝대ᄒᆞ게 되량이면 내 도로혀 무어슬 두려 ᄒᆞ랴."

요홰 딕답ᄒᆞ딕,

"ᄉᆞ부의 말숨이 우리 쟝샹 밧긔 거쥬ᄒᆞᄂᆞᆫ 쟉인들이 만일 흉년을 당ᄒᆞᆫ ᄯᅢ의ᄂᆞᆫ 가히 져 무리롤 먹여 기ᄅᆞ고 무예롤 교련ᄒᆞ여 내 량이면 건쟝ᄒᆞᆫ 이ᄂᆞᆫ 가히 쳔여 ᄀᆡ롤 어들 거시오, 쇼년배ᄂᆞᆫ 가히 ᄉᆞ오백 명을 어들 거시【110】니, 져려틋 졍ᄒᆞᆫ 군ᄉᆡ 이시면 경영문(京營門) 가온딕 기ᄅᆞᄂᆞᆫ 바 노ᄂᆞᆫ 숍ᄲᅵ로 한가ᄒᆞᆫ 거술 츙슈(充數)ᄒᆞᆫ딕 비ᄒᆞ면 승ᄒᆞ기 십배 ᄲᅳᆫ 아니라."

ᄒᆞ니 왕이 졈두 칭션ᄒᆞ며 니ᄅᆞ딕,

"이졔 조뎡의 도시 위츙현(魏忠賢)이 당노(當路)ᄒᆞ여 모든 ᄡᅳ일딕 잇ᄂᆞᆫ 지조ᄂᆞᆫ 일병 물녀 보내고, 산셤형양(山陜荊襄) 일딕의 도시(都是) 류젹(流賊이 횡힝ᄒᆞ니, 쟝릭의 무ᄉᆞᆫ 광경이 될ᄂᆞᆫ지 아지 못ᄒᆞᆯ지라. 내 의ᄉᆞᄂᆞᆫ 변량의 고지(庫在)ᄒᆞᆫ 거술 모다 운젼ᄒᆞ여 이곳의 감쵸면 가히 넘녜 되지 아니리라."

요홰 딕답ᄒᆞ【111】딕,

"변량셩 왕부ᄂᆞᆫ 다만 문을 닷고 밥먹ᄂᆞᆫ 일ᄀᆡ(一家) 부회(富戶)라 혬ᄒᆞᆯ지니, 만일 변란을 당ᄒᆞ면 다만 조히 두손으로 밧드러 드리고 그 살기롤 구ᄒᆞ여도 도로혀 엇지 못ᄒᆞᆯ가 두리노라."

왕이 니ᄅᆞ딕,

"져 거ᄉᆞᆫ 일즉 내가 변량의 도라가기롤 기다려 다시 회계ᄒᆞ여 보고 량삼고(兩三庫) 금은

---

139)【버음】베힘. ‖ 요홰 딕답ᄒᆞ딕 련긔롤 능히 ᄒᆞ면 버음을 당ᄒᆞ여도 두리지 아니 ᄒᆞᆫ다 ᄒᆞ거ᄂᆞᆯ (瑤華道: "能運精了氣, 刀劍上身, 都不懼.") <瑤華 5:107>

을 반운(搬運)ᄒᆞ여 오리라.”

ᄒᆞ고 말ᄒᆞ며 홍이 놉흐ᄆᆡ 회포ᄅᆞᆯ 열고 쾌창ᄒᆞ게 마시며 즐기믈 견ᄃᆡ지 못ᄒᆞ고 졍히 글졔ᄅᆞᆯ 내여 져 무리로 ᄒᆞ여곰 시ᄅᆞᆯ 지으려 ᄒᆞ더니, 홀연 슈문 태감이【112】드러와 고ᄒᆞᄃᆡ,

“쟝ᄉᆡ 요긴ᄒᆞᆫ 말이 잇셔 드러와 면품(面稟)ᄒᆞᆫ다.”

ᄒᆞ거ᄂᆞᆯ 왕이 분부ᄒᆞ여 드러오라 ᄒᆞ니, 한 ᄌᆞ음이 못ᄒᆞ여 장ᄉᆡ 니ᄅᆞ러 품ᄒᆞᄃᆡ,

“바야흐로 변량부 령ᄉᆞ의 셔신을 바다보니, 셩지가 계셔 왕야ᄅᆞᆯ 부ᄅᆞ신다 ᄒᆞ며 드ᄅᆞ니 ᄉᆞ슝명이 ᄯᅩ 반(叛)ᄒᆞ엿다.”

ᄒᆞ거ᄂᆞᆯ 왕이 그 말을 드ᄅᆞᄆᆡ 놉흔 홍을 바리고 ᄆᆞᆫ득 니ᄅᆞᄃᆡ,

“임의 셩지가 계시면 명일의 몸을 닐거시니 너ᄂᆞᆫ 몬져 힝구ᄅᆞᆯ 요리(料理)ᄒᆞ라.”

ᄒᆞ니, 쟝ᄉᆡ 텽령ᄒᆞ고 나가더라. 왕이 ᄯᅩᄒᆞᆫ ᄉᆞᆯ마【113】시ᄂᆞᆫ 거ᄉᆞᆯ 파ᄒᆞ고 요화ᄅᆞᆯ 궁으로 드러가게 ᄒᆞ고, ᄯᅩ 령ᄉᆞ로 ᄒᆞ여곰 각 항 일을 분파ᄒᆞᆫ 후의 비로쇼 안침ᄒᆞᆯ 시 마ᄋᆞᆷ은 비록 즐겁지 못ᄒᆞ나 그 병근은 바리지 못ᄒᆞ여 샹히 다리고 지내던 궁빈을 블너 ᄯᅩ 견권지경을 지내더라.

요홰 명죠의 일즉 니러 쇼셰ᄒᆞ고 왕애 긔신ᄒᆞ믈 드ᄅᆞᄆᆡ ᄆᆞᆫ득 와셔 문안 ᄒᆞ거ᄂᆞᆯ 왕이 니ᄅᆞᄃᆡ,

“내가 이졔 가면 ᄯᅩ 다시 몃 ᄒᆡ가 될ᄂᆞᆫ지 아지 못ᄒᆞᆯ지라. 너ᄂᆞᆫ 집의 잇셔 조히 ᄌᆞ녀 무리ᄅᆞᆯ 거ᄂᆞ리고 문무 기예ᄅᆞᆯ 련습ᄒᆞ【114】게 ᄒᆞ며, 너의 무리 시격이 비록 조히 되어시나, 다만 학문이 무궁ᄒᆞᆫᄃᆡ 집쇽의 잇ᄂᆞᆫ 몃 사ᄅᆞᆷ만 의지ᄒᆞ여 쥬션ᄒᆞ면 문견이 너ᄅᆞ지 못ᄒᆞ리라. 내 드ᄅᆞ니 변량 내외의 규녀배 시ᄅᆞᆯ 능히 잘 ᄒᆞᄂᆞᆫ 쟤 심히 만타 ᄒᆞ니 맛당히 일ᄀᆡ 규슈의 시ᄉᆞ(詩社)ᄅᆞᆯ 일워내면 피ᄎᆞ의 가히 유익ᄒᆞ미 될 거시니 내가 변량의 도라가 너ᄅᆞᆯ ᄃᆡ신ᄒᆞ여 시ᄉᆞᄅᆞᆯ 열고 셔로 청ᄒᆞᄂᆞᆫ 글을 지어 각 쳐의 젼숑ᄒᆞ여 무ᄅᆞᆺ 규슈가 우리 쟝샹의 와셔 시ᄉᆞ의 드ᄂᆞᆫ 쟤 잇거든 모다 조히【115】졉ᄃᆡ ᄒᆞ면 필연 슈ᄇᆡᆨ니 안의셔ᄂᆞᆫ 흡연ᄒᆞ여 모다 오리라.”

요홰 응락ᄒᆞ고 일변 찬슈ᄅᆞᆯ 올녀 맛차ᄆᆡ 외간의셔 임의 모다 모혓다 품ᄒᆞ고 무ᄋᆡᆨ지 ᄲᆞᆯ니 쥬쳥대와 셜비봉을 보내여 ᄃᆡ신ᄒᆞ여 왕을 보내ᄂᆞᆫ 치ᄉᆞᄅᆞᆯ ᄒᆞ거ᄂᆞᆯ, 왕이 인ᄒᆞ여 요화로 ᄒᆞ여곰 드러가 고ᄒᆞ기ᄅᆞᆯ,

“범ᄇᆡᆨ ᄉᆞ무ᄅᆞᆯ 모다 ᄉᆞ부의 조검ᄒᆞ믈 밋고, 도라온 후의 다시 화샤ᄒᆞ리라.”

ᄒᆞ니, 요홰 드러가 젼ᄒᆞ고 돌쳐 나와 왕긔 품ᄒᆞ여 니ᄅᆞᄃᆡ, ᄉᆞ부의 말ᄉᆞᆷ이 왕야의 ᄒᆡᆼ치 블과 일년즘 되【116】여 ᄆᆞᆫ득 화환ᄒᆞ실 거시니 반ᄃᆞ시 근심을 말고 쟝샹 범ᄉᆞᄂᆞᆫ 다만 방심ᄒᆞ시면 ᄌᆞ연 ᄃᆡ신ᄒᆞ여 요리ᄒᆞ리라 ᄒᆞ니, 왕이 젼두ᄒᆞ고 바야흐로 발힝코ᄌᆞ ᄒᆞ더니, 홀연 ᄯᅩ 한 일을 ᄉᆡᆼ각ᄒᆞ여 내여 요화다려 니ᄅᆞᄃᆡ,

“변량궁즁의셔 너의 젹모(嫡母)긔 네 말을 임의 밝혀시니 이후ᄂᆞᆫ 네가 모ᄅᆞᆷ즉이 ᄌᆞ로 문후ᄒᆞ라.”

요홰 응락ᄒᆞ고 인ᄒᆞ여 보내여 샹셔방 문가의 니ᄅᆞᄆᆡ, 왕이 밧비 드러가라 니ᄅᆞ고, 발힝ᄒᆞ여 변량의 니ᄅᆞ니, 왕의 본셩이 게으ᄅᆞᆫ 거ᄉᆞᆯ【117】ᄉᆞ랑ᄒᆞ여 다만 일직 조치 못ᄒᆞ다 츄탁ᄒᆞ고 부즁의 잇셔 연타(延拖)ᄒᆞ여 가니, 왕비 셔시 진심ᄒᆞ여 봉승ᄒᆞ며 ᄆᆡ양 쥬배간(酒杯間)의 반ᄃᆞ시 요화의 동경을 무ᄅᆞ며 무ᄉᆞᆫ 일을 학습ᄒᆞᆫ지 뭇거ᄂᆞᆯ 왕이 드ᄃᆡ여 문무기예ᄅᆞᆯ 련습ᄒᆞ믈 가져 일편을 말ᄒᆞ니, 셔시 비록 답응은 ᄒᆞ나 심즁의 다만 밋지 아니ᄒᆞ거ᄂᆞᆯ, 왕이 ᄭᆡᄃᆞᆺ고 ᄆᆞᆫ득 니ᄅᆞᄃᆡ,

“네 의심ᄒᆞᄂᆞᆫ 거시 내 져ᄅᆞᆯ 편벽도이 ᄉᆞ랑ᄒᆞ여 과히 기린다 ᄒᆞ미냐? 네가 밋지 아니ᄒᆞ거든 가히 장ᄉᆞ다려 무러보와【118】이 거시 진경인디 가쟉인지 쾌히 알고 ᄆᆞᆫ득 의심을 노케 ᄒᆞ라.”

ᄒᆞ니, 셔시 진ᄀᆡ 쟝ᄉᆞ배와 슈죵ᄒᆞ여 갓던 가졍(家丁) 무리ᄅᆞᆯ 블너 무러 보ᄂᆡ, 극구 칭찬 아니리 업고, 일즉 가셔 보지 못ᄒᆞᆫ 사ᄅᆞᆷ가지 련ᄒᆞ여 모다 니ᄅᆞᄃᆡ,

“져 무리ᄂᆞᆫ 눈으로 본 거시오 노ᄌᆞ 무리ᄂᆞᆫ 귀로 드른 거시나, 듯기ᄅᆞᆯ 오리 ᄒᆞ엿다.”

ᄒᆞ거ᄂᆞᆯ 셔시 비로쇼 실샹을 밋더라.

왕이 ᄯᅩ 학문의 익은 이ᄅᆞᆯ 청ᄒᆞ여 요화 구긔(口氣)ᄅᆞᆯ ᄃᆡ신ᄒᆞ여 청ᄒᆞᄂᆞᆫ 글을 지어 ᄀᆡ간(開刊)ᄒᆞ여 여러 쟝을 박아 두로 변【119】셩 내외 문무 각관의게 보내고, 아오로 부촉ᄒᆞ여 ᄒᆞ여곰 굴너 진신(縉紳)과 ᄉᆞ셔(士庶)의게 보내게 ᄒᆞ니, 한번 이 글이 젼ᄒᆞᄆᆡ 각 집 규슈의 흠모ᄒᆞᄂᆞᆫ ᄆᆞᄋᆞᆷ을 닛그러 내고, ᄯᅩ 고ᄌᆡ(庫在)ᄒᆞᆫ 금은을 가져 쟝샹의 슈운ᄒᆞ녀 보내기로 오히려 연타 ᄒᆞ더니, 디방관이 ᄯᅩ 셩지를 밧드러 와셔 경셩의 올나가믈 이의 ᄌᆡ촉ᄒᆞ니, 왕이 엇지 ᄒᆞᆯ 길이 업셔 다만 길의 나셔 경즁(京中)의 니ᄅᆞ니, 맛쵸와 텬계황뎨(天啓皇帝) 승하ᄒᆞ시고 동포뎨(同胞弟) 신왕긔 젼위ᄒᆞ여 슝졍(崇禎)으로 ᄀᆡ원(改元)ᄒᆞᆫ지라.

【120】 왕이 경히 셩복ᄒᆞᆯ시 슝졍황뎨 종실을 ᄆᆡ오 ᄉᆞ랑ᄒᆞᄂᆞᆫ지라. 왕이 슉부 항녈되믈 무러 알고 블시의 쇼견(召見)ᄒᆞ시니 ᄯᅩ 텬ᄒᆡ가 편치 못ᄒᆞ믈 인ᄒᆞ여 죵젼의 뎡벌ᄒᆞ든 일을 무러보시며 ᄉᆞ슝명의 일을 졔긔ᄒᆞ시거ᄂᆞᆯ, 왕이 일즉 감군시 되어 그 곡졀을 아ᄂᆞᆫ 고로 일일히 쥬문(奏聞)ᄒᆞ고 황뎨 ᄯᅩ 셕쥬녀토ᄉᆞ(石柱女土司) 진량옥(秦良玉)의 고급(告急)ᄒᆞᆫ 문쳡을 ᄎᆞᄌᆞ녀여 왕다려 보라 ᄒᆞ고 깁히 량옥의 츙셩을 다ᄒᆞ여 나라ᄒᆞᆯ 갑ᄂᆞᆫ 거술 탄식ᄒᆞ시니, 왕이 요화의 일을 촉동(觸動)ᄒᆞ여 문득 알외ᄃᆡ,

【121】 "신의 녀식 요화가 ᄯᅩᄒᆞᆫ 문무ᄌᆡ예를 익혓시나 오히려 나히 어린 거시 앗가온지라. 그러치 아니면 가히 국가를 위ᄒᆞ여 힘을 본바드리라."

ᄒᆞ니, 황뎨 드ᄅᆞᄆᆡ 심히 희한ᄒᆞᆫ지라. ᄲᆞᆯ니 무ᄅᆞᄃᆡ,

"이졔 년긔가 엇마나 되엿ᄂᆞ냐?"

왕이 알외ᄃᆡ, 금년의 겨유 십ᄉᆞ 셰가 되엿다 ᄒᆞ니, 황뎨 ᄯᅩ 무ᄅᆞᄃᆡ,

"가히 군마(郡馬)를 ᄐᆡᆨ경ᄒᆞ엿ᄂᆞ냐?"

왕이 알외ᄃᆡ, 오히려 의론치 못ᄒᆞ엿다 ᄒᆞ거ᄂᆞᆯ, 황뎨 니ᄅᆞᄃᆡ,

"ᄆᆡ뎨 임의 니런 ᄌᆡ화(才華)가 이시니 가히 쇼루【122】히 사ᄅᆞᆷ의게 허치 못ᄒᆞᆯ지라. 졔가 십륙 셰 되기를 기다려 경셩으로 보내오면 짐이 맛당히 ᄲᅥ 배합ᄒᆞ믈 ᄐᆡᆨ뎡ᄒᆞ리라."

왕이 ᄯᆞ라 샤은ᄒᆞ고, 경히 물너가려 ᄒᆞ더니, 변방 보쟝(報狀)이 ᄯᅩ 드러오거ᄂᆞᆯ 황뎨 즉시 됴셔ᄒᆞ여 병부시랑 니건태(李建泰)로 대쟝군을 ᄉᆞᆷ고, 왕으로 감군ᄉᆞ를 시겨 뎡토케 ᄒᆞ고, 권도로 복졔를 벗고 가라 ᄒᆞ시니, 왕이 즉시 하직ᄒᆞ고 도라 나와 츌젼ᄒᆞᄂᆞᆫ 연유를 가져 부즁과 쟝샹의 통ᄒᆞ고, 아오로 신 황뎨 쇼견ᄒᆞ실시 일즉 요화【123】의 ᄉᆞ정을 쥬달ᄒᆞᄆᆡ 셩지를 밧드러 십륙셰 되거든 경셩의 올녀 보내여 황샹의 ᄐᆡᆨ배ᄒᆞ여 쥬시믈 ᄉᆞ후(伺候)ᄒᆞᄂᆞᆫ ᄉᆞ연을 일일히 알게 ᄒᆞ고 일병 션황뎨를 위ᄒᆞ여 셩복ᄒᆞ게 ᄒᆞ고, 군관을 ᄎᆞ뎡ᄒᆞ여 셩야로 달녀 븟치게 ᄒᆞ고 드ᄃᆡ여 쟝졸을 동솔(統率)ᄒᆞ여 가지고 ᄉᆞ쳔(四川)으로 가니라.

ᄌᆡ셜 요홰 왕이 발힝ᄒᆞᆫ 후로브터 바야흐로 왕이 니ᄅᆞ던 젹모 셔비 임의 져잇ᄂᆞᆫ 쥴을 알ᄆᆡ 모롬즉이 시시로 문안ᄒᆞ게 ᄒᆞ고 변량셩 금은을 반운ᄒᆞ여【124】이 곳의 져치(貯置)ᄒᆞ게 ᄒᆞ고 ᄯᅩ 시ᄉᆞ를 열어 학문을 널니게 ᄒᆞ라 ᄒᆞ시ᄂᆞᆫ ᄉᆞ연을 일일히 무ᄋᆡᄌᆞ긔 고ᄒᆞ니, 무ᄋᆡ지 니ᄅᆞᄃᆡ,

"너의 젹모긔셔 임의 너잇ᄂᆞᆫ 쥴을 아라 계시니 이후ᄂᆞᆫ 셔신 왕ᄅᆡ의 별노이 문안ᄒᆞ고 가히 태홀(怠忽)ᄒᆞ여 례졀을 일치 말고, 금은 반운ᄒᆞ여 오ᄂᆞᆫ 거ᄉᆞᆫ 쟝샹의 큰 긴요ᄒᆞᆫ 일이니, 유심ᄒᆞ여 쳐치ᄒᆞ리라."

일노븟허 말이 업더니, 슈십일이 못ᄒᆞ여 령싀 젼ᄒᆞ여 품ᄒᆞᄃᆡ, 텬계 황뎨 승하ᄒᆞ셧다 ᄒᆞ거ᄂᆞᆯ, 무ᄋᆡ지 젼령(傳令)ᄒᆞ여 만력(萬曆) ᄐᆡ【125】챵(泰昌) 량죠(兩朝)의 의졀(儀節)을 빙거(憑據)ᄒᆞ여 거힝케 ᄒᆞ고 즉시 ᄎᆞ관(差官)이 니ᄅᆞ러 왕의 고유ᄒᆞᄂᆞᆫ 문텹을 젼ᄒᆞ여 드리거ᄂᆞᆯ, 무ᄋᆡ지 요화와 ᄀᆞᆺ치 보고 즉시 요화로 ᄒᆞ여곰 샹답ᄒᆞᄂᆞᆫ 셔신을 ᄲᅥ 내여 ᄎᆞ관을 쥬어 보내고 쟝샹이 일졔히 셩복ᄒᆞ고, ᄉᆞ십구일을 지내ᄆᆡ 비로쇼 즁복(重服)은 벗고, 인ᄒᆞ여 례식(禮式)을 의지ᄒᆞ여 별노이 싀마복(緦麻服)을 밧고ᄆᆡ, 요화의게 잇셔ᄂᆞᆫ 복졔가 본ᄃᆡ 가배야오니, 황가 졔되이 ᄀᆞᆺᄐᆞᄆᆡ 그리 아니치 못ᄒᆞ더라.

어언간의 임의 신년이 되ᄆᆡ 무ᄋᆡ지 홀연 ᄉᆡᆼ【126】각ᄒᆞ니, 임의 시ᄉᆞ를 열고 시ᄀᆡᆨ을 쳥ᄒᆞᄂᆞᆫ 글을 지어 두루 젼ᄒᆞ여시ᄆᆡ 시회(詩會)ᄒᆞᄂᆞᆫ 사ᄅᆞᆷ들이 죠만간의 올거시니 너의 무리 금일노븟허 모다 당시를 슉독ᄒᆞ고 죠셕으로 최탁ᄒᆞ여 보게 ᄒᆞ며 아오로 요화로 ᄒᆞ여곰 ᄌᆞ녀배를 다리고 ᄆᆡ일 륜회ᄒᆞ여 시ᄉᆞ(詩詞)를 챵화케 ᄒᆞ고 몬져 스ᄉᆞ로 슉습되게 ᄒᆞ여 림시ᄒᆞ여 쳘ᄋᆡ(掣礙) 되믈 면케 ᄒᆞ여 왕야의 권쟝ᄒᆞ시ᄂᆞᆫ 셩의를 ᄃᆡ답게 ᄒᆞ라.

어시의 요홰 ᄉᆞ긔 비ᄌᆞ로 ᄀᆞᆺ치 동편 머리방의 옴겨 거쥬케 ᄒᆞ고 심쥐【127】미와 셜비봉량긔를 명ᄒᆞ여 ᄉᆞ후ᄒᆞ며 공과를 감독게 ᄒᆞ고 셔편 방은 무ᄋᆡᄌᆞ의 거쥬ᄒᆞ고 요화의 침슈ᄒᆞᄂᆞᆫ 바

캉 우히 뎨 이간을 아오로 글방과 통ᄒᆞ게 ᄒᆞ여 ᄉᆞ긔 쇼시로 ᄒᆞ여곰 그 쇽의 잇셔 독셔케 ᄒᆞ고 쟝기덕과 쥬쳥ᄃᆡ 량긔ᄅᆞᆯ 시겨 ᄉᆞ후ᄒᆞ여 공과ᄅᆞᆯ 감독게 ᄒᆞ고, ᄆᆡ일 챵화ᄒᆞᄂᆞᆫ 시ᄉᆞᄂᆞᆫ 늣게야 무ᄋᆡᄌᆞ의게 드려 산삭게 ᄒᆞ고 ᄯᅩ 격률과 셩죠ᄅᆞᆯ 셰셰히 강구케 ᄒᆞ고 하로도 간단치 못ᄒᆞ게 ᄒᆞ며 ᄆᆞ옴을 ᄡᅳ지 아니ᄒᆞᄂᆞᆫ 재 이시면 편박(鞭扑)으【128】로 죵ᄉᆞᄒᆞ고 오일을 격ᄒᆞ여 인ᄒᆞ여 무예ᄅᆞᆯ 련습ᄒᆞ게 ᄒᆞ고 한 긔한(期限)도 간단(間斷)치 못ᄒᆞ게 ᄒᆞ니, 요홰 져 팔긔 ᄌᆞ녀와 ᄀᆞᆺ치 이즁의 ᄆᆡ두(埋頭)ᄒᆞ여시니, 엇지 쟝진치 못ᄒᆞ랴.

무ᄋᆡ지 ᄯᅩ 예포 안 즁인을 일졔히 거더다가 각 소의 ᄉᆞ환을 ᄎᆞ뎡케 ᄒᆞ고 각방 부녀들을 ᄉᆡ로이 분비ᄒᆞ여 노코 외변(外邊) 령부ᄉᆞ 무리ᄂᆞᆫ 의구히 두고 오직 태감 무리가 직임이 고로지 못ᄒᆞ므로 다시 고로게 파졍ᄒᆞ여 쥬고 우연히 고지ᄒᆞᆫ ᄆᆞᆯ건을 ᄉᆡᆼ각ᄒᆞ여 무ᄋᆡ지 ᄯᅩ 한 ᄎᆞ례【129】ᄅᆞᆯ 혬노와 보고 비로쇼 말을 ᄒᆞ여내니 필경 무ᄉᆞᆫ 말인지 아지 못ᄒᆞ거든 하회의 분히ᄒᆞ라.

［요화전 瑤華傳 권지륙 卷之六］

11

예포편연죠의취 쥬시문계죠젼양
藝圃匾聯粗擬就 徵詩文啓早傳揚

【1】 화셜 무ᄋᆡ지 창고의 져치ᄒᆞᆫ 거ᄉᆞᆯ 쇼즁히 너겨 즉시 ᄇᆡᆨ우옥 황금슌과 화견슈 구쇼셤 ᄉᆞ인으로 ᄒᆞ여곰 침궁 안 대쇼 ᄉᆞ경(事情)을 총리케 ᄒᆞ며, ᄯᅩ 고샤약시(庫司鑰匙)ᄅᆞᆯ 맛게 ᄒᆞ고 ᄯᅩ 슈문 궁녀 내의 한츄계(韓秋桂)와 신옥ᄋᆞ(申玉娥) 량ᄀᆡᄅᆞᆯ ᄲᆞᆸ아 내고, 슈문 태감 내의 왕휘(王輝)와 엄경(嚴正) 량인을 ᄲᆞᆸ아 내여 모다 샹셔방의 【2】 잇셔 타쇼(打掃)ᄒᆞ며 샹직(上直)ᄒᆞ게[140] ᄒᆞ고 무릇 시회(詩會)ᄒᆞᄂᆞᆫ 규슈들이 오거든 ᄒᆞᆷᄭᅴ 졉ᄃᆡᄒᆞ며 ᄉᆞ후ᄒᆞ게 ᄒᆞ고, ᄯᅩ 령ᄉᆞ의게 지휘ᄒᆞ여 시ᄅᆞᆯ 능히 ᄒᆞᄂᆞᆫ 교ᄉᆞ(敎師) 네 사ᄅᆞᆷ을 청ᄒᆞ여다가 믄득 쟉인[141]의게 셰쥬고 남은 방옥을 ᄀᆞᆯ희여 학교 네 곳을 배셜ᄒᆞ고 각 쟉인의 ᄌᆞ뎨ᄅᆞᆯ 뎡ᄒᆞ여 그 쇽의셔 독셔케 ᄒᆞ고, 견ᄒᆞ여 군쥬 무리의 지은 바 시문을 보와 그 가부(可否)ᄅᆞᆯ 강론ᄒᆞ게 ᄒᆞ며 규슈 무리 와셔 시회ᄒᆞ기ᄅᆞᆯ 기다려 그 가부ᄅᆞᆯ ᄲᆞ노와 방ᄎᆞ(榜次)ᄅᆞᆯ 내게 ᄒᆞ니, 무ᄋᆡᄌᆞ의 분부ᄅᆞᆯ 뉘 가 【3】 히 좃지 아니리오. 각기 믈너가 요리(料理)ᄒᆞ더라.

하로ᄂᆞᆫ 령싀 드러와 보ᄒᆞᄃᆡ, 변량셩의셔 고지ᄒᆞᆫ 금은을 운젼ᄒᆞ여 왓시니 군쥬ᄭᅴ 청ᄒᆞ여 조검ᄒᆞ여 밧게 ᄒᆞ라 ᄒᆞ니, 무ᄋᆡ지 즉시 ᄇᆡᆨ우옥과 화견슈ᄅᆞᆯ 지휘ᄒᆞ여 죠슈(照數)ᄒᆞ여[142] 칭량(稱量)ᄒᆞ여 밧고 명ᄇᆡᆨ히 슈효ᄅᆞᆯ ᄎᆡᆨᄌᆞ의 치부ᄒᆞ여 내라 ᄒᆞ니, ᄇᆡᆨ우옥 등이 고쥰(考準)ᄒᆞ여 볼 ᄉᆡ, 슈일을 분망히 지내여 비로쇼 명ᄇᆡᆨ히 바다 노코 품ᄒᆞᄃᆡ, 황금 한 고(庫)ᄂᆞᆫ 이십 오 만 량을 다라 너코 ᄇᆡᆨ은(白銀) 량 고ᄂᆞᆫ 오십 팔 만 량을 다 【4】 라 너흐며, 아오로 치부ᄎᆡᆨ을 드려와 보시게 ᄒᆞᆫ다 ᄒᆞ니, 요홰 무ᄋᆡᄌᆞ와 ᄀᆞᆺ치 한번 보고 치부ᄎᆡᆨ[143]을 거두워 감초더라.

광음이 여류(如流)ᄒᆞ여 어언간의 ᄉᆞ월 텬긔 피엿ᄂᆞᆫ지라.

령싀 보ᄒᆞᄃᆡ,

"화원역ᄉᆞ(花園役事)ᄅᆞᆯ 맛쳐시니 청컨대 포진졔구ᄅᆞᆯ 가져다가 비셜ᄒᆞᆫ 후의 ᄉᆞ부와 군쥬ᄅᆞᆯ 청ᄒᆞ여 화원의 니ᄅᆞ러 유람ᄒᆞ라."

ᄒᆞ거ᄂᆞᆯ 무ᄋᆡ지 문득 ᄇᆡᆨ우옥을 시겨 낫낫치 조검ᄒᆞ여 령ᄉᆞᄅᆞᆯ 맛져 보내고 ᄯᅩ 비녀비(婢女輩)ᄅᆞᆯ 분부ᄒᆞᄃᆡ,

"화원도양(花園圖樣)이 이시니 모ᄅᆞᆷ즉이 현 【5】 판과 쥬련(柱聯)을 븟칠 거ᄉᆞᆯ 지졈ᄒᆞ여 각인의 의ᄉᆞᄅᆞᆯ 비겨[144] 내여 내가 뎡탈(定奪)ᄒᆞ게

---

140) 【샹직ᄒᆞ다】 [동] 상직(上直)하다. 숙직(宿直)하다. ¶ 値宿 ‖ 모다 샹셔방의 잇셔 타쇼ᄒᆞ며 샹직ᄒᆞ게 ᄒᆞ고 (都派在上書房打掃値宿.) <瑤華 6:2>

141) 【쟉인】 [명] 소작인(小作人). ¶ 佃戶 ‖ 믄득 쟉인의게 셰쥬고 남은 방옥을 ᄀᆞᆯ희여 학교 네 곳을 배셜ᄒᆞ고 각 쟉인의 ᄌᆞ뎨ᄅᆞᆯ 뎡ᄒᆞ여 그 쇽의셔 독셔케 ᄒᆞ고 (就佃戶租剩的空房內, 設立義學四處, 許各佃戶的子弟, 在內讀書.) <瑤華 6:2> ⇒ 4:34

142) 【죠슈ᄒᆞ다】 [동] 점검(點檢)하다. ¶ 兌收 ‖ 무ᄋᆡ지 즉시 ᄇᆡᆨ우옥과 화견슈ᄅᆞᆯ 지휘ᄒᆞ여 죠슈ᄒᆞ여 칭량ᄒᆞ여 밧고 명ᄇᆡᆨ히 슈효ᄅᆞᆯ ᄎᆡᆨᄌᆞ의 치부ᄒᆞ여 내라 ᄒᆞ니 (無碍子卽傳白于玉、花見羞等, 逐一兌收明白, 來報收數, 幷錄入檔冊.) <瑤華 6:3> ⇒ 4:97

143) 【치부ᄎᆡᆨ】 [명] 치부책(置簿冊). ¶ 檔冊 ‖ 요홰 무ᄋᆡᄌᆞ와 ᄀᆞᆺ치 한번 보고 치부ᄎᆡᆨ을 거두워 감초더라 (瑤華同無碍子看過了, 將檔冊收存.) <瑤華 6:4>

144) 【비기다】 [동] 비기다. ¶ 擬 ‖ 화원 도양이 이시니 모ᄅᆞᆷ즉이 현판과 쥬련을 븟칠 거ᄉᆞᆯ

ᄒᆞ라."

져 ᄌᆞ녀 무리 이 말을 드ᄅᆞᄆᆡ 각각 현릉(衒能)코ᄌᆞ ᄒᆞ여 요화ᄅᆞᆯ 지촉ᄒᆞ며 미리 현판과 쥬련을 짓게 ᄒᆞ더니, 언마 못되여 쇼란이 도양을 ᄎᆞᄌᆞ내여 펴노코 즁인이 한번 보ᄆᆡ 각기 병병이 ᄉᆡᆼ각ᄒᆞ더라.

요홰 몬져 말ᄒᆞᄃᆡ,

"내가 큰 루하의 한 련귀(聯句)ᄅᆞᆯ 어더시니, ᄉᆞ뷔 곳쳐쥬믈 쳥ᄒᆞ노라."

ᄒᆞ고 뻐내니 ᄒᆞ여시ᄃᆡ,

유예위본(有藝爲本)이오 【6】
유인시슝(惟仁是崇)이라

지조 잇ᄂᆞᆫ 거시 근본이 되고
오직 어진 거ᄉᆞᆯ 이 슝샹ᄒᆞᆯ지라

즁인이 보고 니ᄅᆞᄃᆡ,

"이거ᄉᆞᆯ 엇지 뻐 곳치랴."

하향이 니ᄅᆞᄃᆡ,

"나ᄂᆞᆫ 루샹의 한 련귀ᄅᆞᆯ 어더시니 아지 못게라 가히 엇더ᄒᆞᆯ고?"

드ᄃᆡ여 뻐내거ᄂᆞᆯ, 즁인이 보니 ᄒᆞ여시ᄃᆡ,

비월운산죵아호(飛越雲山從我好)고
욕슈단홍약션거(欲修丹汞約仙居)라

구름과 산을 나라 넘ᄂᆞᆫ 거ᄉᆞᆫ 나 조하ᄒᆞ믈 좃고
단ᄉᆞ(丹砂)와 슈은(水銀)을 슈련코ᄌᆞ ᄒᆞ기ᄂᆞᆫ 신션 거(居)ᄒᆞᆫᄃᆡ 언약ᄒᆞ더라

즁인이 니ᄅᆞᄃᆡ,

"매우 조토다."

ᄒᆞ고 ᄆᆡ영이 부ᄉᆞᆯ 바다 니ᄅᆞᄃᆡ,

"나ᄂᆞᆫ 월낭(月廊) 한 ᄀᆡ 편익(匾額)을 어덧다."

ᄒᆞ고, 뻐 【7】 내거ᄂᆞᆯ 즁인이 보니 ᄒᆞ여시ᄃᆡ,

«요월랑邀月廊»: 달을 맛는 월랑(月廊)이라

요홰 니ᄅᆞᄃᆡ,

"가히 쓰깃다."

ᄒᆞ고 도홍이 니ᄅᆞᄃᆡ,

"나ᄂᆞᆫ 셔방(書房)의 련귀ᄅᆞᆯ 어덧다."

ᄒᆞ고, 부ᄉᆞᆯ 바다 뻐 내니 ᄒᆞ여시ᄃᆡ,

셔미도유졍셩츌(書味都由情性出)이오
경광변작화도간(景光便作畵圖看)이라

글마ᄉᆞᆫ 모다 ᄯᅳᆺ과 셩픔으로 말미암아 나고
경광(景光)은 믄득 화도(畵圖)ᄅᆞᆯ 지어 보더라.

요홰 니ᄅᆞᄃᆡ,

"경광(景光)이 츌쳐 어대 잇ᄂᆞ냐?"

쵸엽이 니ᄅᆞᄃᆡ,

"군쥐 엇지 십구슈(十九首) 고시(古詩)ᄅᆞᆯ 련ᄒᆞ여 모다 니졋 【8】 ᄂᆞ냐?"

즁인이 말ᄒᆞᄃᆡ,

"그ᄅᆞ지 아니타."

ᄒᆞ고, 쇼란이 니ᄅᆞᄃᆡ,

"내가 셔방 편익을 어더시니, 아지 못게라 가ᄒᆞᆯᄂᆞᆫ지 못ᄒᆞᆯᄂᆞᆫ지?"

뻐내며 념ᄒᆞ여 니ᄅᆞᄃᆡ,

«인지헌仁智軒»: '어진 거ᄉᆞᆯ 안다' ᄒᆞᄂᆞᆫ 마루라

욱리 니ᄅᆞᄃᆡ,

"엇지 히졔(解題)가 되ᄂᆞ냐?"

쇼란이 ᄃᆡ답ᄒᆞᄃᆡ,

"앏희 물이 잇고 뒤희 산이 잇ᄂᆞ니라."

즁인이 니ᄅᆞᄃᆡ,

"져 졔목 ᄆᆡ우 조토다."

초엽이 니ᄅᆞᄃᆡ,

"내가 일ᄀᆡ 련뎡(蓮亭) 우 편익을 어덧다."

ᄒᆞ고, 두 글ᄌᆞᄅᆞᆯ 뻐내거ᄂᆞᆯ, 즁인이 념(念)ᄒᆞ여 니ᄅᆞᄃᆡ, 【9】

«불허不虛» : 공허치 아니미라

지졈ᄒᆞ여 각인의 의ᄉᆞᄅᆞᆯ 비겨 내여 내가 뎡탈ᄒᆞ게 ᄒᆞ라 (找那張圖畵出來, 應須安設匾對之處, 就各人意思擬出, 送來定奪.) <瑤華 6:5>

요홰 칭찬ᄒᆞ여 니ᄅᆞᄃᆡ,

"져 의ᄉᆡ 번드겨 내기ᄅᆞᆯ 조히 ᄒᆞ여시니 도로혀 빵관(雙關)만 되지 아니미라. 져긔 붓칠 련귀ᄂᆞᆫ 내 지어낼 거시니 너의 무리ᄂᆞᆫ 다른 곳을 ᄉᆡᆼ각ᄒᆞ라."

이운이 니ᄅᆞᄃᆡ,

"나ᄂᆞᆫ 월ᄃᆡ(月臺) 샹 편ᄋᆡᆨ을 어덧다."

ᄒᆞ거ᄂᆞᆯ, 즁인이 져의 ᄲᅧ 내ᄂᆞᆫ 거ᄉᆞᆯ 보ᄆᆡ, ᄒᆞ여시ᄃᆡ,

«앙지仰之» : 우러러 보단 말이라

즁인이 니ᄅᆞᄃᆡ,

"ᄡᅳ깃다."

ᄒᆞ고, 류지 니ᄅᆞᄃᆡ,

"나ᄂᆞᆫ 월ᄃᆡ 샹 련귀ᄅᆞᆯ 어덧다."

ᄒᆞ고, 부술 드러 ᄲᅧ내ᄃᆡ,

도구쥬쥰유일앙(到口酒樽惟一仰)이라
치신계굴깅하지(置身桂窟更何之)랴

입의 니ᄅᆞᄂᆞᆫ 술잔을 오직 한번 우러러 볼지라

몸으로 계슈(桂樹) 굴혈의 두어시니 다시 어ᄃᆡ로 가랴.

즁인이 니ᄅᆞᄃᆡ,

"조흐니 ᄯᅩ ᄉᆞ부의 뎡탈(定奪)ᄒᆞᆷ을 보리라."

ᄒᆞ고, 요홰 니ᄅᆞᄃᆡ,

"나ᄂᆞᆫ 년뎡 우희 련귀ᄅᆞᆯ ᄲᅧ 얻거시니 너의 무리ᄂᆞᆫ 보라."

각근유션슈봉젼(脚跟有線隨蓬轉)이오
심지무파여방평(心地無波與舫平)이라

발뒤축은 실마리가 잇셔 ᄡᅮᆨ을 ᄯᅡ라 굴고,

심지ᄂᆞᆫ 물결이 업셔 ᄇᆡ로 더브러 평안ᄒᆞ더라.

즁인이 졔셩ᄒᆞ여 니ᄅᆞᄃᆡ,

"져 련귀 진ᄀᆡ(眞個) 조토다."

미영【11】이 니ᄅᆞᄃᆡ,

"나ᄂᆞᆫ 토강(土岡) 우 뎡ᄌᆞ의 편ᄋᆡᆨ을 어덧다."

ᄒᆞ고, ᄲᅧ 내여 즁인을 보게 ᄒᆞ니,

«관아觀我»: '나ᄅᆞᆯ 본다' ᄒᆞ미라.

요홰 박쟝대소 ᄒᆞ고 니ᄅᆞᄃᆡ,

"매우 조토다. 져 쳐소의ᄂᆞᆫ 반ᄃᆞ시 이 두 글ᄌᆞᄅᆞᆯ 어더야 ᄒᆞ리라."

쇼란이 니ᄅᆞᄃᆡ,

"져 두 글ᄌᆡ 믄득 란슉(爛熟)ᄒᆞᆫ 거신ᄃᆡ, 이졔 당제(堂題)가 되어시니 그런 바로 ᄲᅧ 녯 곡식 쇽의 방아질ᄒᆞ여[145] ᄉᆡ ᄡᆞᆯ을 어드미로다."

니운이 니ᄅᆞᄃᆡ,

"미영은 다만 ᄭᅬ만 부리도다."

즁인이 니ᄅᆞᄃᆡ,

"졔가 무슨 ᄭᅬᄅᆞᆯ 부리ᄂᆞ【12】냐?"

니운이 니ᄅᆞᄃᆡ,

"너의ᄂᆞᆫ 보지 못ᄒᆞ엿ᄂᆞ냐? 졔 몬져 월랑 편ᄋᆡᆨ을 지어내고 이졔 ᄯᅩ 일기 뎡ᄌᆞ 편ᄋᆡᆨ을 지어내ᄂᆞᆫᄃᆡ, 아오로 조흔 련귀ᄂᆞᆫ 어더 내지 못ᄒᆞ도다."

즁인이 니ᄅᆞᄃᆡ,

"그러ᄒᆞ면 ᄭᅬᄅᆞᆯ 부리미로다."

요홰 니ᄅᆞᄃᆡ,

"그 뎡ᄌᆞ 우희 일부 련귀 업지 못ᄒᆞᆯ 거시니, 믄득 져로 ᄒᆞ여곰 ᄃᆡᄒᆞ여 내라 ᄒᆞ여, 만일 ᄃᆡᄅᆞᆯ 조케 ᄒᆞ면 그만두고 ᄃᆡ가 보치 못ᄒᆞ면 다시 졔가 ᄭᅬ부리ᄂᆞᆫ[146] 죄ᄅᆞᆯ 벌ᄒᆞ리라."

---

145)【방아질ᄒᆞ다】㊍ 방아질하다. ¶ 春 ‖ 져 두 글ᄌᆡ 믄득 란슉ᄒᆞᆫ 거신ᄃᆡ 이졔 당제가 되어시니 그런 바로 ᄲᅧ 녯 곡식 쇽의 방아질ᄒᆞ여 ᄉᆡ ᄡᆞᆯ을 어드미로다 (這兩個字, 却是爛熟的, 今安放得好, 所以舊穀裏春出新米來了.) <瑤華 6:11>

146)【使乖 사괴】shǐ//guāi <動> ᄭᅬᄅᆞᆯ 부리다 * 賣弄聰明。‖ "如對得好, 抵過, 對得不好, 再罰~的罪名." 만일 ᄃᆡᄅᆞᆯ 조케 ᄒᆞ면 그만두고 ᄃᆡ가 보치 못ᄒᆞ면 다시 졔가 ᄭᅬ부리ᄂᆞᆫ 죄ᄅᆞᆯ 벌ᄒᆞ리라 (瑤華 6:12) "東坡~, 只揀塵灰多處, 料久不看, 也忘記了。" (警通 3) "白公問道: '二兄佳作曾完否?' 張軌如便~, 不說做不出, 就信口先應道: '晚生前半已完, 因一時腹痛, 止有結句未完。'" (玉嬌 12)

중인이 니ᄅᆞ되,

"ᄆᆡ우 조흐니 군쥬의 죠쳐ᄒᆞ시미 득당ᄒᆞ다."

ᄒᆞ고, 니운이 【13】 니ᄅᆞ되,

"나는 월ᄃᆡ 아릐 당(堂) 가온ᄃᆡ 련귀를 어덧다."

ᄒᆞ고, 드ᄃᆡ여 부술 드러 ᄡᅧ내되,

유흥ᄌᆞ연슈월샹(有興自然隨月上)ᄒᆞ니
여휘잉도차당즁(餘輝仍到此堂中)이라

흥이 이시ᄆᆡ ᄌᆞ연 달을 ᄯᅡ라 올나오니,
남은 빗치 인ᄒᆞ여 이 당 가온ᄃᆡ 니ᄅᆞ더라.

중인이 니ᄅᆞ되,

"져 련귀 ᄆᆡ우 아름답도다."

ᄆᆡ영이 니ᄅᆞ되,

"뎡ᄌᆞ 우ᄒᆡ 련귀는 내가 ᄉᆡᆼ각ᄒᆞ엿거니와 아지 못게라 가히 ᄡᅳᆯ는지?"

니운이 니ᄅᆞ되,

"너모 겸ᄉᆞ 말고 어셔 ᄡᅧ 내라."

ᄆᆡ영이 ᄡᅧ 내ᄆᆡ, ᄆᆡ운이 념ᄒᆞ여 니ᄅᆞ되, 【14】

원지셔쵹다지재(原知西蜀多才者)라
시신동파념쾌지(始信東坡詠快哉)라

본ᄃᆡ 셔쵹의 ᄌᆡ죠 잇는 재 만흔 쥴을 알지라
비로소 쇼동파가 쾌ᄌᆞ뎡을 읇흔 쥴을 밋긧노라.

요홰 니ᄅᆞ되,

"ᄆᆡ우 조흐니 가히 ᄡᅧ '관아觀我' 두 글ᄌᆞ를 ᄃᆡ적ᄒᆞᆯ 만ᄒᆞ도다."

초엽이 니ᄅᆞ되,

"뎡ᄌᆞ 글ᄌᆞ의 구쇽이 되는ᄃᆞᆺ ᄒᆞ니 ᄯᅩ ᄉᆞ부의 다시 곳치믈 기다리ᄌᆞ."

ᄒᆞ더라.

요홰 부술 바드며 니ᄅᆞ되,

"나는 목난ᄃᆡ(牡丹臺) 우ᄒᆡ 한 련귀를 어더시니, 너의 보기의 엇더ᄒᆞᆯ는지?"

일변 부술 날녀 믄득 ᄡᅳ거늘 중인이 보니,

텬황 〔션파(仙婆)를 니ᄅᆞ미라〕 ᄌᆞ시인여옥(天潢自是人如玉) 인ᄃᆡ
【15】 부귀릉교화야왕(富貴能敎花也王)이라

텬황이 ᄉᆞᄉᆞ로 사ᄅᆞᆷ이 옥과 ᄀᆞᆺ튼ᄃᆡ
부귀ᄒᆞ는 거시 능히 ᄭᅩᆺ출 가ᄅᆞ쳐 왕이 되게 ᄒᆞ더라.

중인이 졔셩ᄒᆞ여 칭찬ᄒᆞ되,

"군쥐 아니면 다른 사ᄅᆞᆷ은 감히 져런 제목을 짓지 못ᄒᆞ리라."

ᄆᆡ영이 니ᄅᆞ되,

"져 련귀는 셕판(石板)의 삭여 담 안ᄒᆡ 노화 두리라."

ᄒᆞ니, 쇼란이 니ᄅᆞ되,

"ᄆᆡ우 맛당ᄒᆞ도다."

욱니 밀치고 나와 니ᄅᆞ되,

"내 만일 한 련귀를 어더 내지 못ᄒᆞ면 니운이 날다려 ᄭᅬ ᄡᅳᆫ다 말ᄒᆞᆯ지니, 내가 목란ᄃᆡ 겻 ᄎᆡᆨ실 쇽 련귀를 어더 내엿는ᄃᆡ, 내 년긔 가장 젹으니 맛당히 일곱 ᄌᆞ의셔 두 ᄌᆞ는 업시 ᄒᆞ고 다 【16】 만 오언으로 지으리라."

니운이 니ᄅᆞ되,

"오언과 칠언이 관계치 아니ᄒᆞ니 다만 짓기만 잘 ᄒᆞ라."

욱니 바야흐로 ᄡᅧ내되,

유원하현벽(幽遠何嫌僻)ᄒᆞ랴
션연간젼츈(鮮姸看殿春)이라

유원ᄒᆞᆫ 거시 엇지 궁벽ᄒᆞ믈 혐의 ᄒᆞ랴
션연ᄒᆞᆫ 거시 츈광의 뒤지는 거슬 보왓더라.

중인이 졔셩ᄒᆞ여 니ᄅᆞ되,

"극히 묘ᄒᆞ니 이 련귀는 옴겨 다른 ᄃᆡ로 가지 못ᄒᆞ리라."

요홰 니ᄅᆞ되,

"져 쇽의 도로혀 한 ᄀᆡ 편익을 ᄆᆡᆫ들 거시니 일병(一併)[147] 짓게 ᄒᆞ라."

147) 【일병】 뷔 {일병(一併).} 함께. 모두. ¶ 一發 ‖ 져 쇽의 도로혀 한 ᄀᆡ 편익을 ᄆᆡᆫ들 거시니 일병 짓게 ᄒᆞ라 (這裏頭還要一個匾, 你一

욱리 한번 ᄉᆡᆼ각ᄒᆞ며 곳 부술 드러 ᄲᅧ 내니, 【17】

«믈아物我»: 만물과 나ᄅᆞᆯ 니ᄅᆞ미라

즁인이 ᄯᅩ 졔셩ᄒᆞ여 니ᄅᆞᄃᆡ 죠타 ᄒᆞ고, 어시의 요홰 하향으로 ᄒᆞ여곰 각인의 지은 편ᄋᆡᆨ과 련귀ᄅᆞᆯ 가져 단졍ᄒᆞᆫ ᄒᆡᄌᆞ(楷字)로 등셔ᄒᆞ여 곳곳이 조검ᄒᆞ여 도양(圖樣) 우ᄒᆡ 붓쳐 노코 아오로 각인의 명ᄶᆞᄅᆞᆯ 쳠씨 붓치고, 쇼란으로 ᄒᆞ여곰 ᄉᆞ부의 곳의 보내여 침쟉(斟酌)ᄒᆞ게[148] ᄒᆞ고, 즁인이 뒤흘 ᄶᅡ라 모다 니ᄅᆞ니, 무ᄋᆡ지 츅조(逐條)ᄒᆞ여 보다가 류지ᄅᆞᆯ 가ᄅᆞ치며 니ᄅᆞᄃᆡ,

"너의 ᄃᆡᄒᆞᆫ 련귀ᄂᆞᆫ ᄠᅳᆫ 법이 쟝리의 광활ᄒᆞᆫ 격죄(格調) 될 듯ᄒᆞ니 【18】 모롬즉이 다시 고쳐야 조흐리라."

ᄒᆞ고, ᄯᅩ 각인의 거술 보다가 니ᄅᆞᄃᆡ,

"반ᄃᆞ시 고치지ᄂᆞᆫ 아니ᄒᆞ나 각인의 심즁의 조치 못ᄒᆞᆫ가 혐의ᄒᆞ거든 ᄌᆞ긔가 다시 침쟉(斟酌)ᄒᆞᄂᆞᆫ 거시 조흘 거시오. 너의 무리 아홉 사ᄅᆞᆷ의 지은 ᄇᆡ 가쟝 졀당(切當)ᄒᆞ나, ᄯᅩ ᄲᅡᆼ관 되ᄂᆞᆫ 거시 다만 셰 련귀 이시니, 졔일 되기ᄂᆞᆫ 욱니의 오언이오, 뎨이ᄂᆞᆫ 요화의 목단ᄃᆡ오, 졔삼은 하향의 루샹 련귀 되고, 기외의ᄂᆞᆫ 구쇽ᄒᆞᆫ 거시 너무 구쇽되고 쇼활ᄒᆞᆫ 거시 너무 쇼활ᄒᆞ여 원뎡(園亭) 두 글ᄌᆞ로 더브러 관계 되미 【19】 젹으니, 이제 ᄯᅩ 져 무리ᄅᆞᆯ 가ᄅᆞ쳐 이 모양으로 조검ᄒᆞ여 조히 현판ᄒᆞ기ᄅᆞᆯ 기다려 만일 과연 ᄌᆞ긔가 보기의 조치 못ᄒᆞ거든 각인의 삭젼을 모하내여 별노이 곳쳐 다ᄂᆞᆫ 거시 벌(罰)ᄒᆞ지 아니ᄒᆞᄂᆞᆫ 벌이 되리라."

즁인이 잠잠ᄒᆞ고 도라와 별노이 짓ᄂᆞᆫ 이도 잇고 번드겨 곳치ᄂᆞᆫ 이도 잇고, 병병히 ᄉᆡᆼ각ᄒᆞᄂᆞᆫ 이도 잇셔 도로혀 가관이 되ᄂᆞᆫ지라. 무ᄋᆡ지 ᄯᅩ 쟝기덕으로 ᄒᆞ여곰 령ᄉᆞ의게 젼ᄒᆞ여 말ᄒᆞᄃᆡ,

"이 훗날의 완완히 원즁으로 드러갈 거시니, 몬져 편ᄋᆡᆨ과 련귀ᄅᆞᆯ 가 【20】 져다가 판ᄀᆡᆨᄒᆞ여 경졔히 다라 노흔 후의 다시 와셔 품ᄒᆞ라."

ᄒᆞ니, 쟝기덕이 젼ᄒᆞ라 나가더라.

밤을 니ᄅᆞ러 각인이 취침ᄒᆞ려 ᄒᆞᆯ시, 요홰 본시 심취미와 셜비봉 량긔로 더브러 반슉(伴宿)ᄒᆞ더니, 이 밤은 분부ᄒᆞᄃᆡ,

"다만 ᄆᆡ영 일인만 겻ᄒᆡ셔 ᄌᆞ고 져 량긔ᄂᆞᆫ 골방으로 옴겨드러가 ᄆᆡ영을 ᄃᆡ신 오게 ᄒᆞ라."

ᄯᅩ 슈십일을 격ᄒᆞ여 비로쇼 편ᄋᆡᆨ과 련귀ᄅᆞᆯ 조히 ᄆᆡᆫ드러 다라 노코 뎨 이일 청신(淸晨)의 원즁의 드러와 공역 맛치믈 보라 쳥ᄒᆞ거ᄂᆞᆯ, 무ᄋᆡ지 허락ᄒᆞ고 죠 【21】 반 후의 곳 각인으로 ᄒᆞ여곰 쟝쇽을 곳치게 ᄒᆞ고 잠간 하로 공부ᄂᆞᆫ 뎡지ᄒᆞ라 ᄒᆞ더라.

일죽 은치히 드러와 ᄉᆞ후ᄒᆞ니, 이 ᄢᆡ 임의 단양졀이 ᄀᆞᆺ가온지라. 치히 허다ᄒᆞᆫ 대승(戴勝)[149]과 ᄯᅩ 실노 ᄆᆡᆫᄃᆞᆫ 사ᄅᆞᆷ과 깁으로 ᄆᆡᆫᄃᆞᆫ 호랑이 류ᄅᆞᆯ 드려와 일일이 난호와 ᄭᅩᆺ게 ᄒᆞ고, 요화의 본셩이 가쟝 경결ᄒᆞᆫ 거술 ᄉᆞ랑ᄒᆞᄂᆞᆫ지라. 져 대홍ᄉᆡᆨ(大紅色)과 대록ᄉᆡᆨ(大綠色)은 평시의 즐겨 닙지 아니ᄒᆞ더니, 이날은 신샹의 은조ᄉᆞ(銀條紗) 오ᄌᆞᄅᆞᆯ 닙고, 쳥ᄉᆞ(靑紗) ᄇᆡᆨ간군(百簡裙)과 숑화ᄉᆡᆨ(松花色) 단ᄉᆞ(單紗) 고ᄌᆞ(褲子)ᄅᆞᆯ 닙고 ᄠᅱ며 【22】 ᄉᆞᆺ구ᄂᆞᆫ 공부ᄅᆞᆯ 닉히믈 인ᄒᆞ여 져(這) ᄉᆞ건(四根) 쇠오리[鐵條]ᄂᆞᆫ 모다 몸의 ᄯᅥ나지 아니코 대홍 혜ᄌᆞ(鞋子)ᄅᆞᆯ 신고 두샹(頭上)의 금옥량챠(金玉兩釵)ᄅᆞᆯ ᄭᅩᆺ고 ᄯᅩ 두 포귀 실사ᄅᆞᆷ과 깁호랑이ᄅᆞᆯ ᄭᅩᆺ지며 져 ᄉᆞ긔 비ᄌᆞᄂᆞᆫ 일ᄉᆡᆨ(一色)지게 은조ᄉᆞ(銀條紗) 오ᄌᆞ(襖子)ᄅᆞᆯ 닙고, 밧긔 대홍ᄉᆡᆨ(大紅色) 허리 슈건을 ᄆᆡ고 각기 슈건과 부치와 파리채 등믈을 가져 ᄉᆞ후 ᄒᆞ고 무ᄋᆡᄌᆞᄂᆞᆫ 다만 쇼ᄉᆞ도포(素紗道袍)ᄅᆞᆯ 닙고, 쟝기덕과 쥬쳥ᄃᆡ ᄯᆞ르고 ᄉᆞ긔 쇼시(小廝)ᄂᆞᆫ 쳥ᄉᆞ도포(靑紗道袍)의 고흔 신과 경ᄒᆞᆫ 보션으로 앏히셔 인도ᄒᆞ고 인ᄒᆞ여 동편 젹은 문으로 【23】 조ᄎᆞ 드러가 쟝ᄎᆞᆺ 동산문(東山門)의 니ᄅᆞᄆᆡ, 임의 보니 예포 두 ᄌᆞᄅᆞᆯ 담 우ᄒᆡ 박아노코 원문 쇽의 드러가니, 믄득 ᄌᆞ등화(紫籐花) 시렁으로ᄡᅥ 문길을 ᄃᆡᄒᆞ고, ᄌᆞ등 ᄭᅩᆺ치 임의 반(盤)을 지어 우ᄒᆡ 잇더라.

發題了罷.) <瑤華 6:16> ⇒ 4:71

148) 【침쟉ᄒᆞ다】 동 {짐작(斟酌)하다.} ¶ 斟酌 ‖ 쇼란으로 ᄒᆞ여곰 ᄉᆞ부의 곳의 보내여 침쟉ᄒᆞ게 ᄒᆞ고 (令素蘭送師父那邊斟酌.) <瑤華 6:17> 參度 ‖ 탐츈이 듯고 믄득 니환과 다브러 원즁의 잇ᄂᆞᆫ 로파의 셩명ᄎᆡᆨ을 가져 여러히 침쟉ᄒᆞ여 몃 사ᄅᆞᆷ을 뎡ᄒᆞ고 (探春聽了, 便和李紈命人將園中所有婆子的名單來, 大家參度, 大概定了幾個.) <紅樓 56:30>

149) 【대승(戴勝)】 오디새. 오디새과에 딸린 새. 벅꾹새.

어시의 토강(土崗) 뎡ᄌᆞ 우ᄒᆡ 니ᄅᆞ러 ᄉᆞ면을 한번 바라보ᄆᆡ 모다 드러나지ᄂᆞᆫ 아니ᄒᆞᄃᆡ, 오쟉 뒷슈풀이 무셩치 못ᄒᆞ여 도로혀 년뎡이 뵈ᄂᆞᆫ지라. 무ᄋᆡᄌᆡ 져 '관아觀我' 량ᄧᆞᄅᆞᆯ 보고 니ᄅᆞᄃᆡ,

"이거시 뉘가 지은 거시냐?"

요홰 니ᄅᆞᄃᆡ,

"ᄆᆡ영이 지은 배라."

ᄒᆞ거ᄂᆞᆯ 무ᄋᆡᄌᆡ 니ᄅᆞᄃᆡ,

"져 두 ᄀᆡ 글ᄌᆡ 도로혀【24】의ᄉᆡ 잇도다. 너의 무리 각기 맛당히 표ᄧᆞ(表字)ᄅᆞᆯ 지을 거시니 쟝ᄅᆡ 시츅(詩軸) 우ᄒᆡ 락관(落款)ᄒᆞ기가 조ᄒᆞᆯ지라. 도라가셔 각인의 셩명을 ᄡᅥ 오면 내 너의 무리ᄅᆞᆯ 위ᄒᆞ여 지어 쥬리라."

각인이 답응ᄒᆞ더라. 드ᄃᆡ여 토강의 나려 월ᄃᆡ 우ᄒᆡ 니ᄅᆞᄆᆡ 심히 샹쾌ᄒᆞ믈 ᄭᆡ다ᄅᆞᆯ지라. 요홰 니ᄅᆞᄃᆡ, 슈일을 격ᄒᆞ여 월ᄉᆡᆨ이 죠ᄒᆞᆫ ᄣᆡ의 ᄉᆞ부ᄅᆞᆯ 쳥ᄒᆞ여 한가지로 구경ᄒᆞᄌᆞ ᄒᆞ거ᄂᆞᆯ, 무ᄋᆡᄌᆡ 웃고 니ᄅᆞᄃᆡ,

"져런 쳐쇼가 이시면 달 구경ᄒᆞᄂᆞᆫ ᄣᆡ가 졍히 만흐리라."

ᄯᅩ 월ᄃᆡ 쇽의【25】드러가 보니, 삼면 챵문을 모다 여럿ᄂᆞᆫᄃᆡ 심히 샹연(爽然)ᄒᆞ더라. 각인이 한 지위 쉬고 인ᄒᆞ여 ᄉᆞ다리로 조ᄎᆞ 나려와 당 즁의 니ᄅᆞ러 보며, 쇼란을 ᄃᆡᄒᆞ여 니ᄅᆞᄃᆡ,

"시종 한 ᄀᆡ 편ᄋᆡᆨ이 젹도다."

무ᄋᆡᄌᆡ 니ᄅᆞᄃᆡ,

"편ᄋᆡᆨ이 이시ᄃᆡ 달지 아니ᄒᆞ고 져 월ᄃᆡ 쇽의 너헛시나 도로혀 한 ᄀᆡ가 젹으니 누구던지 도라가셔 더 ᄆᆡᆫᄃᆞ러 보쳠(補添)ᄒᆞ라."

ᄒᆞ고, ᄯᅩ 토강 아ᄅᆡ로 조ᄎᆞ 굴너 목단ᄃᆡ의 니ᄅᆞ니, 임의 모란을 심으고 편ᄋᆡᆨ과 련귀ᄅᆞᆯ 삭여 다ᄅᆞᆺᄂᆞᆫ지라. 무ᄋᆡᄌᆡ 니ᄅᆞᄃᆡ,

"셕판의 삭【26】이ᄂᆞᆫ 련귀ᄂᆞᆫ 반ᄃᆞ시 연월일과 락관ᄒᆞᄂᆞᆫ 거ᄉᆞᆯ ᄀᆡ록ᄒᆞᆯ 거시니, 그러ᄒᆞ여야 쟝ᄅᆡ의 모탑(摹榻)ᄒᆞ기가[150] 조ᄒᆞᆯ 거ᄉᆞᆯ 이 거ᄉᆞᆫ 도시 격식을 ᄭᆡ치지 못ᄒᆞᄂᆞᆫ 연괴로다."

ᄒᆞ고, ᄎᆡᆨ실 안의 니ᄅᆞ러 안ᄌᆞ며 련귀ᄅᆞᆯ 한번 념ᄒᆞ고 니ᄅᆞᄃᆡ,

"욱니 나히 젹으나 도로혀 져러ᄐᆞᆺ 조ᄒᆞᆫ 년귀ᄅᆞᆯ 지엇도다."

요홰 ᄃᆡ답ᄒᆞᄃᆡ,

"'믈아物我' 두 글ᄌᆞ도 졔가 지엇다."

ᄒᆞ니 무ᄋᆡᄌᆡ 니ᄅᆞᄃᆡ,

"져 량ᄀᆡ 글ᄌᆞᄂᆞᆫ 련귀 조ᄒᆞᆫ 것만 ᄀᆞᆺ지 못ᄒᆞ니, '믈아'ᄂᆞᆫ 블과시츈ᄉᆡᆨ(不過是春色)으로 갓치 ᄒᆞᄂᆞᆫ 의ᄉᆞ오, '뎐츈殿春' 두 글ᄌᆞ로 더브【27】러 합쟝(合掌) 되ᄂᆞᆫ 의ᄉᆡ 이시니 별노이 지을지라."

ᄒᆞ고 말이 맛ᄎᆞᄆᆡ 몸을 니러 양어지변(養魚池邊)의 니ᄅᆞ러 셕교ᄅᆞᆯ 지나가니, ᄃᆡ면ᄒᆞ여 믄득 인지헌(仁知軒)이라. 각인이 모다 못가의 잇셔 다리의 난간을 의지ᄒᆞ여 믈을 보고 무ᄋᆡᄌᆞᄂᆞᆫ 머리ᄅᆞᆯ 슉이고 동쟝 아ᄅᆡ로 왕ᄅᆡᄒᆞ며 한번 보니 임의 슈문으로 활슈ᄅᆞᆯ 통ᄒᆞ여 드러오ᄂᆞᆫ지라.

초엽이 니ᄅᆞᄃᆡ,

"다만 ᄇᆡ가 업다."

ᄒᆞ거ᄂᆞᆯ 요홰 우으며 무ᄋᆡᄌᆞᄅᆞᆯ ᄃᆡᄒᆞ여 니ᄅᆞᄃᆡ,

"청컨ᄃᆡ ᄉᆞ부ᄂᆞᆫ 오ᄂᆞᆯ날 ᄎᆡ션도형(彩船圖形)을 그려내여 ᄆᆡᆫ돌게【28】ᄒᆞ라. 드ᄅᆞ니 년못 쇽의 년이 피여 십분 무셩타 ᄒᆞ니, ᄃᆡ략이 일삭만 지내면 믄득 가셔 ᄭᅩᆺ구경 ᄒᆞᄌᆞ."

ᄒᆞ거ᄂᆞᆯ, 무ᄋᆡᄌᆡ 머리ᄅᆞᆯ 돌나 보니 인지헌 좌편의 오피궤(烏皮几)ᄅᆞᆯ 노코 그 우ᄒᆡ 진셜ᄒᆞᆫ 거시 잇ᄂᆞᆫ지라. 드ᄃᆡ여 응ᄒᆞᄃᆡ,

"믄득 져 곳의 가셔 그려내ᄂᆞᆫ 거시 죠타."

ᄒᆞ고 곳 거러 올나가니, 즁인이 그 말을 드ᄅᆞᄆᆡ, 일졔히 모다 ᄯᆞ라 올나 도형ᄒᆞᄂᆞᆫ 거ᄉᆞᆯ 보려 ᄒᆞ여, 먹을 갈며 부ᄉᆞᆯ 드ᄂᆞᆫ 이와 탁ᄌᆞᄅᆞᆯ 옴겨 놋ᄂᆞᆫ 이가 각기 분망ᄒᆞ고, 요홰 사ᄅᆞᆷ을 시겨 조희ᄅᆞᆯ 가져 오려【29】ᄒᆞ여 머리ᄅᆞᆯ 도로혀 보ᄆᆡ, ᄆᆡ영은 보지 못ᄒᆞ고 믄득 니운을 시겨,

"침궁의 가셔 화본을 가져오며 아오로 ᄎᆡᄉᆡᆨ제구ᄅᆞᆯ 옴겨오라."

ᄒᆞ니 초엽이 니ᄅᆞᄃᆡ,

"져ᄂᆞᆫ 것ᄂᆞᆫ 거시 지완ᄒᆞ니 노ᄌᆡ ᄃᆡ신 가리라."

---

150) 【모탑ᄒᆞ다】 동 {모탑(摹榻)하다.} 탁본(拓本)하다. ¶ 摹拓 ‖ 셕판의 삭이ᄂᆞᆫ 련귀ᄂᆞᆫ 반ᄃᆞ시 연월일과 락관ᄒᆞᄂᆞᆫ 거ᄉᆞᆯ ᄀᆡ록ᄒᆞᆯ 거시니 그러ᄒᆞ여야 쟝ᄅᆡ의 모탑ᄒᆞ기가 조ᄒᆞᆯ 거ᄉᆞᆯ 이 거ᄉᆞᆫ 도시 격식을 ᄭᆡ치지 못ᄒᆞᄂᆞᆫ 연괴로다 (石板對必須要紀年落款, 將來也好摹拓, 這都是不懂款式的緣故.) <瑤華 6:26>

ᄒᆞ고 말ᄒᆞ며 나ᄂᆞᆫᄃᆞ시 닷더니 진ᄀᆡ 한즈음이 못ᄒᆞ여 조희와 그림 졔구ᄅᆞᆯ 가져오거ᄂᆞᆯ 각인이 닷토와 조희ᄅᆞᆯ 펴노흐ᄆᆡ, 무ᄋᆡ지, 류탄(柳炭)을 가져 단졍히 모양을 그려 노코 드ᄃᆡ여 진본을 일워려 ᄒᆞ거ᄂᆞᆯ 쳥ᄃᆡ 벼루ᄅᆞᆯ 밧드러 오ᄆᆡ, 무ᄋᆡ지 즉시 담【30】묵(淡墨)으로 묘(描)ᄒᆞ여 내며, 반시ᄀᆡᆨ이 못ᄒᆞ여 임의 그려노코 ᄯᅩ 엇지 쥬쟉ᄒᆞ며 엇지 셜치ᄒᆞᄂᆞᆫ 거ᄉᆞᆯ 밝히 ᄲᅧ 노흐며 돗ᄃᆡᄂᆞᆫ 죵려(棕櫚) 조각으로 ᄒᆞ고 ᄉᆞ면 난간은 가늘게 삭이게 ᄒᆞ고, 각각 쥬ᄅᆞᆯ 다라 일호도 유루ᄒᆞ미 업ᄉᆞ니, 즁인이 ᄀᆡᄀᆡ히 심복ᄒᆞ더라. 드ᄃᆡ여 쟝기덕으로 ᄒᆞ여곰 령ᄉᆞᄅᆞᆯ 쥬어 날ᄶᆞᄅᆞᆯ 한ᄒᆞ고 ᄆᆡᆫ돌나 ᄒᆞ니라.

쥬쳥ᄃᆡ 졔구ᄅᆞᆯ 슈습ᄒᆞ고 각인이 ᄯᅩ 셕교로 죠ᄎᆞ 월랑을 지나 구을너 대루의 드러가 다시 샹방으로 조ᄎᆞ ᄯᅮ러 동구로 드러갈ᄉᆡ, 【31】무ᄋᆡ지 완보ᄒᆞ여 곳곳이 ᄌᆞ세히 보고 비로쇼 동즁을 향ᄒᆞ여 곡졀 되ᄂᆞᆫ ᄃᆡᄅᆞᆯ ᄯᅡ라 셰셰히 보ᄂᆞᆫ지라. 즁인이 뒤ᄒᆡ 잇셔 심히 초조(焦燥)ᄒᆞ믈 ᄭᆡ다ᄅᆞ며 졔가 무어ᄉᆞᆯ 보ᄂᆞᆫ지 아지 못ᄒᆞᆯ지라. 드ᄃᆡ여 련뎡(蓮亭) 안의 니ᄅᆞ러 한번 보ᄆᆡ, 포진이 십분 졍졔ᄒᆞᆫ지라. 각인이 압뒤흐로 한 차례 도라보고, 무ᄋᆡ지 요화와 갓치 안ᄌᆞ며 니ᄅᆞᄃᆡ,

"쟝ᄅᆡ 시회(詩會)ᄒᆞᆯ151) ᄯᆡ의 조히 이곳의셔 쉴 만ᄒᆞ니, 모롬ᄌᆞᆨ이 사ᄅᆞᆷ을 파뎡ᄒᆞ여 ᄉᆞ후케 ᄒᆞ라."

요홰 니ᄅᆞᄃᆡ,

"조히 궁즁 몃 사ᄅᆞᆷ을 분파【32】ᄒᆞ여 두어야 고독ᄒᆞᆫ 거ᄉᆞᆯ 면ᄒᆞᆯ ᄃᆞᆺᄒᆞ다."

ᄒᆞ니 무ᄋᆡ지 니ᄅᆞᄃᆡ,

"져러케 말ᄒᆞᆯ 거시 아니라 만일 져 무리ᄅᆞᆯ 다려오면 도시 쳑신(隻身) 녀인이라. 사ᄅᆞᆷ이 오ᄂᆞᆫ 이 이시면 ᄌᆞ연 일이 이실 거시오 만일 오ᄂᆞᆫ 이가 업ᄉᆞ면 져의 무리가 너모 령락ᄒᆞᆯ 거시니, 량ᄀᆡ 녀ᄉᆞ의 집을 옴겨 원즁의 두어 남ᄌᆞᄂᆞᆫ 밧긔 잇셔 판ᄉᆞ(辦事)케 ᄒᆞ고 녀인은 안의 잇셔 포진(鋪陳)과 타쇼(打掃)ᄒᆞᄂᆞᆫ 거ᄉᆞᆯ 조검ᄒᆞ게 ᄒᆞ면 과히 노동ᄒᆞᄂᆞᆫ 일도 아니 되고, 만일 ᄌᆞ녀배ᄅᆞᆯ 두어시면 가히 겻드러 슈습ᄒᆞᆯ 거시오, 만【33】일 밧긔셔 오ᄂᆞᆫ 숀이 업ᄉᆞ면 인ᄒᆞ여 져무리로 부뷔 동쳐ᄒᆞ게 ᄒᆞ고, 만일 ᄀᆡᆨ이 원즁의 잇ᄂᆞᆫ ᄯᆡᄂᆞᆫ 부ᄉᆞ로 ᄒᆞ여곰 밧긔셔 헐슉게 ᄒᆞ고 한 집은 샹방의 쥬졉게 ᄒᆞ고 한 집은 월ᄃᆡ 하ᄅᆡ 쥬졉게 ᄒᆞ여 압뒤흐로 조응되게 ᄒᆞ고, ᄀᆡᆨ이 만흔ᄯᆡ의ᄂᆞᆫ 사ᄅᆞᆷ을 더 발ᄒᆞ여 겻드러 판리케 ᄒᆞ미 엇지 량편치 아니ᄒᆞ랴."

즁인이 모다 말ᄒᆞᄃᆡ ᄉᆞ부의 쥬견이 올타 ᄒᆞ고, 요홰 드ᄃᆡ여 ᄎᆡ하다려 무ᄅᆞᄃᆡ,

"어내 두 집을 옴겨 오ᄂᆞᆫ 거시 맛당ᄒᆞ냐?"

ᄎᆡ히 ᄃᆡ답ᄒᆞᄃᆡ,

"위가긔(魏家騏)와 숀필【34】ᄃᆡ(孫必大)져 두 집이 조타."

ᄒᆞ거ᄂᆞᆯ 무ᄋᆡ지 니ᄅᆞᄃᆡ,

"네 나가거든 믄득 가히 너의 령ᄉᆞ의게 젼ᄒᆞ여 져 무리다려 닐너 텩일 ᄒᆞ여 반이ᄒᆞᄃᆡ 지완치 말게 ᄒᆞ라."

ᄎᆡ히 답응ᄒᆞ고 나가더라. 무ᄋᆡ지 보기의 화회(花卉) 심은 배 만치 아니ᄒᆞ고 슈목도 ᄯᅩᄒᆞᆫ 무셩치 못ᄒᆞᆫ지라. ᄎᆡ하의게 분부ᄒᆞ여,

"화회ᄅᆞᆯ 만히 어더다가 심의ᄃᆡ 반ᄃᆞ시 ᄉᆞ시(四時)가 구젼(俱全)케 ᄒᆞ고, 다만 ᄲᆞᆯ니 판비ᄒᆞᄃᆡ 믄득 은젼을 만히 ᄡᅳᄂᆞᆫ 거ᄉᆞᆫ 계관(係關)되지 아니ᄒᆞᆯ 거시오, 다시 츄천(鞦韆) 시렁이 져루샹의 이시니 가히 취ᄒᆞ여 나려【35】목단ᄃᆡ 외변 ᄇᆡᆫ터 우히 세우게 ᄒᆞ라."

ᄎᆡ히 답응ᄒᆞ고 나가더라. 드ᄃᆡ여 다시 산동(山洞)으로 조차 샹방을 지나 거듭 셕교ᄅᆞᆯ 넘어 월랑으로 말ᄆᆡ암아 침궁 샹방 문안으로 도라나오니 임의 셕반 ᄯᆡ 되엿ᄂᆞᆫ지라. 밥을 먹은 후의 각기 욕실의 드러가 몸을 졍히 ᄢᅵᆺ고 별노이 의샹을 밧고와 닙으며 뎡즁의셔 한담ᄒᆞ다가 비로쇼 각기 취침ᄒᆞ더라.

요홰 방의 드러가 ᄆᆡ영다려 무ᄅᆞᄃᆡ,

"네가 동산 쇽의 드러간 후의 ᄯᅩ 어ᄃᆡ로 조ᄎᆞ 갓더냐? 너ᄅᆞᆯ ᄎᆞ져도 보지 못ᄒᆞ엿노【36】라."

ᄆᆡ영이 웃고 니ᄅᆞᄃᆡ,

"다른 사ᄅᆞᆷ이 희롱ᄒᆞ여 노니ᄂᆞᆫ 거ᄉᆞᆯ 보왓노라."

요홰 니ᄅᆞᄃᆡ,

151) 【會文 회문】huìwén <動> 시회ᄒᆞ다 *兼含觀摩、競賽、考試等多種功能的寫作集會。‖ "將來會文的來, 好在此間住歇, 也須撥人伺候." 쟝ᄅᆡ 시회ᄒᆞᆯ ᄯᆡ의 조히 이곳의셔 쉴 만ᄒᆞ니 모롬ᄌᆞᆨ이 사ᄅᆞᆷ을 파뎡ᄒᆞ여 ᄉᆞ후케 ᄒᆞ라 (瑤華 6:31) "叔叔今日莫非學中~麽?" (鏡花 54)

"뉘가 희롱ᄒᆞᄂᆞᆫ 거ᄉᆞᆯ 보왓ᄂᆞ냐?"

일변 무ᄅᆞ며 일변 ᄌᆞ려 ᄒᆞ거ᄂᆞᆯ ᄆᆡ영이 쟝(帳)을 들고 뛰여 드러가 캉 가의 안ᄌᆞ며 니ᄅᆞ듸,

"일젼의 지은 바 두슈 시가 금일의 겨유 챡락(着落)이 잇도다."

요홰 니ᄅᆞ듸,

"네가 져러틋 뛰여 오ᄅᆞᄂᆞᆫ 거시 도로혀 온당치 못ᄒᆞ니 내 캉이 너ᄅᆞ고 큰지라. 침두(枕頭)ᄅᆞᆯ 함긔 ᄒᆞ고 ᄌᆞ며 셔셔히 말ᄒᆞ라."

ᄆᆡ영이 곳 캉으로 올나와 요화로 더브러 한 ᄃᆡ 누어 니ᄅᆞ듸,

"군쥬야 【37】 네가 앗가 무어ᄉᆞᆯ 무럿ᄂᆞ냐?"

요홰 니ᄅᆞ듸,

"내가 엇지 ᄭᆡ닷깃ᄂᆞ냐?"

ᄆᆡ영이 ᄃᆡ답ᄒᆞ듸,

"즁인이 모다 ᄉᆞ부의 도화ᄒᆞᄂᆞᆫ 거ᄉᆞᆯ 보라 가ᄂᆞᆫᄃᆡ 다만 도홍이 졔 곳의 션치 잇셔 움즉이지 아니ᄒᆞ거ᄂᆞᆯ 내가 믄득 의심이 나셔 다만 거ᄌᆞᆺ 올나 가ᄂᆞᆫ 체 ᄒᆞ고 겻눈으로 도라보ᄆᆡ, 졔가 나의 가ᄂᆞᆫ 거ᄉᆞᆯ 보더니 믄득 한 쥴기 연긔(煙氣)쳐로 뛰여 원문(園門)을 나가거ᄂᆞᆯ 내 ᄉᆡᆼ각의 졔가 반ᄃᆞ시 침궁의 니ᄅᆞ러 어내 사ᄅᆞᆷ을 긔회(期會)ᄒᆞᄆᆡ라 ᄒᆞ고, 드듸여 셕교로 좃ᄎᆞ 월랑을 지나 가마니 샹방 쇼문 【38】 을 열고 창틈으로 조ᄎᆞ 한번 보ᄆᆡ 도홍이 맛쵸아 다라 니ᄅᆞ러 한길노셔 샹방으로 가거ᄂᆞᆯ, 내 션지 반향(半晌)만의 바야흐로 도홍이 구쇼셤으로 더브러 셔로 손을 ᄭᅳ을고 우ᄉᆞ며 나오ᄂᆞᆫᄃᆡ, 쇼셤이 지축ᄒᆞ여 쇽히 힝ᄒᆞ여 사ᄅᆞᆷ의 알기ᄅᆞᆯ 면ᄒᆞ라 ᄒᆞ나 내 엇지 모다 본 거신 쥴이야 ᄭᆡ다ᄅᆞ랴. 몬져ᄂᆞᆫ 내가 하향인 쥴노 짐쟉ᄒᆞ엿더니, 어지 도로혀 도홍인 쥴 알니오."

요홰 니ᄅᆞ듸,

"ᄉᆞ인이 ᄒᆞᆷ긔 관ᄉᆞᄒᆞ더니, 져 삼인은 ᄯᅩ 어대로 갓ᄂᆞ냐?"

ᄆᆡ영이 【39】 니ᄅᆞ듸,

"ᄉᆡᆼ각건ᄃᆡ 반ᄃᆞ시 방의셔 ᄌᆞᄂᆞᆫ 이도 잇고, 후변 방의셔 한담ᄒᆞᄂᆞᆫ 이도 잇고, 져 량인은 필연 ᄉᆞᄉᆞ 약쇽이 잇ᄂᆞᆫ 고로 져 모양으로 공교히 마조쳣다."

ᄒᆞ니, 요홰 니ᄅᆞ듸,

"쇼셤의 년긔 쟝ᄃᆡᄒᆞ여시니 가히 쳐녀 몸인 쥴은 아지 못ᄒᆞ노라."

ᄆᆡ영이 ᄃᆡ답ᄒᆞ듸,

"졔가 쳐음으로 올 ᄯᅢ의ᄂᆞᆫ 년긔 도로혀 젹어시니 엇지 쳐녀 몸이 아니랴. 내가 젼붓허 져로 더브러 한가히 말ᄒᆞ여 보ᄆᆡ 져의 셩졍이 심히 안졍치 못ᄒᆞᄆᆞᆯ ᄭᆡ다랏노라."

요홰 니ᄅᆞ듸,

"졔 【40】 가 엇지 말ᄒᆞ엿거든 네가 져의 안졍치 못ᄒᆞᄆᆞᆯ 아랏ᄂᆞ냐?"

ᄆᆡ영이 ᄃᆡ답ᄒᆞ듸,

"왕얘 쟝샹의 계실 ᄯᅢ의 져 비ᄌᆞ 무리ᄅᆞᆯ 샹직게 ᄒᆞ니, 졔가 듯더니 ᄉᆞᄉᆞ로이 나ᄅᆞᆯ 향ᄒᆞ여 말ᄒᆞ듸, 내가 만이 예포의 ᄉᆞ환치 아니ᄒᆞ더면 일즉 왕야긔 친근 ᄒᆞ여시리라 ᄒᆞ거ᄂᆞᆯ, 내 믄득 져ᄅᆞᆯ 븟그려 말ᄒᆞ듸 네 조히 슈치ᄅᆞᆯ 모ᄅᆞᆫ다 ᄒᆞᄆᆡ, 졔 말이 긔위(旣爲) 녀ᄌᆞ의 몸이 되어 엇지 져 모양 일을 면ᄒᆞ랴. 네 만리 져러틋 슈치ᄒᆞ면 쟝ᄅᆡ의 믄득 사ᄅᆞᆷ의게 싀집가지 아 【41】 니 ᄒᆞ려 ᄒᆞᄂᆞ냐 ᄒᆞ며, 도로혀 나ᄅᆞᆯ 조롱ᄒᆞ더라."

ᄒᆞ니, 요홰 니ᄅᆞ듸,

"졔 말이 그ᄅᆞ지 아니ᄒᆞ다. 다만 녀ᄌᆞ의 싀집가ᄂᆞᆫ 거시 부모의 명ᄒᆞᄂᆞᆫ 배니 무ᄉᆞᆫ 슈치되며, 만일 ᄉᆞᄉᆞ로이 도모ᄒᆞ여 사ᄅᆞᆷ마다 지아비 되량이면 다만 슈치ᄒᆞᆯ ᄲᅮᆫ 아니라 인륜의 참예치 못ᄒᆞᄂᆞ니라."

ᄆᆡ영이 니ᄅᆞ듸,

"내 ᄆᆡ양 사ᄅᆞᆷ의 말을 드ᄅᆞ니, 엇지ᄒᆞ여 져 일을 ᄌᆞ조 ᄒᆞ지 못ᄒᆞ면 믄득 비골픈 것ᄀᆞᆺ치 ᄒᆞ니, 내 믄득 ᄭᆡ치지 못ᄒᆞ노라."

요홰 니ᄅᆞ듸,

"우리 무리 도로혀 져 분슈의 니ᄅᆞ지 못 【42】 ᄒᆞ여시니 그러므로 ᄲᅧ ᄭᆡ치지 못ᄒᆞᄂᆞ니라."

ᄆᆡ영이 니ᄅᆞ듸,

"내가 ᄯᅩᄒᆞᆫ 한 가지 일이 잇셔 군쥬긔 보ᄒᆞᄂᆞ니 쟉일 싀로 쇽오ᄉᆞᆯ 밧고와 닙ᄂᆞᆫᄃᆡ ᄆᆡ우 져ᄌᆞᆫ 쥴을 ᄭᆡ닷고 ᄉᆞᄉᆞ로 한번 보니 맛ᄎᆞᆷ내 한 조각 혈젹이라. ᄉᆡᆼ각건ᄃᆡ 필시 하문(下門)[152]으

152) 【하문】 명 하문(下門). 여자의 성기를 점잖게 이르는 말. ¶ 쟉일 싀로 쇽오ᄉᆞᆯ 밧고와 닙ᄂᆞᆫᄃᆡ ᄆᆡ우 져ᄌᆞᆫ 쥴을 ᄭᆡ닷고 ᄉᆞᄉᆞ로 한번 보니 맛ᄎᆞᆷ내 한 조각 혈젹이라 ᄉᆡᆼ각건ᄃᆡ 필시 하문으로 흘너 나온 거시니 이거ᄉᆞᆫ 무ᄉᆞᆷ 연괴냐 (昨日新

로 흘너 나온 거시니 이거슨 무슴 연괴냐?"

요홰 우스며 니르듸,

"네가 진긔 미거(未擧)ᄒᆞ도다. 녀지 십ᄉᆞ 셰 되면 임ᄆᆡᆨ(壬脈)이 통ᄒᆞ여 경슈(經水)[153] 나오나니 니른 바 텬계슈(天癸水)라. 그리ᄒᆞᆫ 후의야 비로쇼 발신(發身)이 되ᄂᆞ니라."

미영이 니【43】르듸,

"발신ᄒᆞᄂᆞᆫ 거시 믄득 엇지미냐?"

요홰 니르듸,

"경슈가 한번 통ᄒᆞ면 두 졋시 놉하지ᄂᆞᆫ지라. 비로쇼 가히 남ᄌᆞ롤 친근ᄒᆞᄂᆞᆫ 거시니 져거술 발신ᄒᆞᆫ다 니르ᄂᆞ니라."

미영이 니르듸,

"군쥬도 경슈 통ᄒᆞ엿ᄂᆞ냐?"

요홰 니르듸,

"나ᄂᆞᆫ 네게 비ᄒᆞ여 일죽 되엿ᄂᆞᆫ지 임의 경월의 통ᄒᆞ엿노라."

한 지위 말ᄒᆞ다가 드듸여 각기 잠드더라.

지셜, 변량셩 내 기봉부(開封府) 지부(知府) 죠대셩(趙大成)은 직녜(直隷) 응텬(應天) 숑강부(松江府) 사름니라. 일작 규녀(閨女)롤 두엇시니 항렬(行列)이 뎨삼이라. 집【44】안의셔 다만 삼고(三姑)라 부르고 져의 셔당 일홈은 만연(蔓衍)이라 부르고 표ᄌᆞ(表字)ᄂᆞᆫ 여야(如也)라 ᄒᆞᄂᆞᆫ듸, 어려셔 븟허 학문공부롤 ᄒᆞ여 시ᄉᆞ(詩詞)와 가부(歌賦)롤 학습지 아니ᄒᆞᆫ 거시 업ᄉᆞᄆᆡ, 죠태쉬 ᄉᆞ랑ᄒᆞ기롤 쟝즁보옥(掌中寶玉)ᄀᆞᆺ치 ᄒᆞ여 반ᄃᆞ시 아름다온 셔랑(婿郞)을 골히려 ᄒᆞᄂᆞᆫ 고로 지금 출가치 아니ᄒᆞ고, 요화의 시붕(詩朋) 부르ᄂᆞᆫ 글을 본 후로브터 ᄯᅳᆺ의 와셔 시회코ᄌᆞ ᄒᆞ나 오히려 부친이 듯지 아닐가 두려 인ᄒᆞ여 젼일의 챵화ᄒᆞᄂᆞᆫ 량기 규즁 시붕을 청ᄒᆞ여 상【45】의ᄒᆞ니, 져 량기 시붕은 이 뉘고?

일기ᄂᆞᆫ 샹부현(祥符縣) 젼ᄉᆞ(典史) 양셔셩(楊瑞成)의 미시오, 셔당 일홈은 양경슈(楊靜姝)라 부르고, 표ᄌᆞᄂᆞᆫ 경산(貞山)이니, 산셔인(山西人)으로 일죽 과거(寡居)ᄒᆞ고, 일기ᄂᆞᆫ 본쳐 향환(鄕宦) 니어ᄉᆞ(李御史)의 ᄯᆞᆯ이오 일홈은 니쇼도(李素濤)라 부르고 표ᄌᆞᄂᆞᆫ 양청(揚淸)이라. 져 만연(蔓衍)이 부친을 ᄯᆞ라 도임ᄒᆞᄆᆡ 시붕이 업ᄂᆞᆫ지라. 쳔방빅계(千方百計)로 비로쇼 져 량인을 쳥ᄒᆞ여다가 시붕을 숨앗시니, 피ᄎᆞ의 왕릭ᄒᆞ며 챵화ᄒᆞ여 드듸여 막약(莫逆)이 되엿더라.

양경산(楊貞山)이 만연의 말ᄒᆞ여 내【46】ᄂᆞᆫ 의ᄉᆞ롤 듯고, 믄득 니르듸,

"이 일을 모롬즉이 우리 거게(哥哥) 내 명텹(名帖)을 가지고 녕존(令尊) 앏히 가셔 말ᄒᆞ여 존대인 의향이 엇더ᄒᆞᆫ지 보와 즐겨 드르시면 믄득 되려니와 즐겨 듯지 아니시면 면강(勉强)키ᄂᆞᆫ 어려오리라."

만연이 니르듸,

"져져(姐姐)야 네가 령형(令兄)으로 더브러 말ᄒᆞ여 알게 ᄒᆞ고, ᄯᅩ 가군의 면젼의 잇셔 몬져 념탐ᄒᆞ여 보와 되고 아니 되기ᄂᆞᆫ ᄒᆞ기의 잇ᄂᆞ니라."

경산(貞山)이 도라가 믄득 조쇼져의 의ᄉᆞ롤 젼ᄒᆞ니, 양젼싀 ᄌᆞ연 의취의 맛ᄂᆞᆫ지라. 믄【47】득 '조타' ᄒᆞ고, 죠태슈롤 보고 말ᄒᆞ듸,

"젼일의 복왕이 시붕 부르ᄂᆞᆫ 문텹을 보내여시니 그 의향이 각쳐 규슈롤 쳥ᄒᆞ여다가 그 군쥬로 더브러 챵화ᄒᆞ기롤 요구ᄒᆞ미니, 아지 못게라 가ᄂᆞᆫ 사름들이 잇ᄂᆞ냐?"

태쉬 듸답ᄒᆞ듸,

"복왕의 의ᄉᆞᄂᆞᆫ ᄌᆞ연 이 ᄀᆞᆺᄐᆞ나 내 드르니 져 군쥬의 ᄌᆡ졍(才情)이 ᄆᆡ우 죠하 등한ᄒᆞᆫ 규슈ᄂᆞᆫ 감히 가지 못ᄒᆞ고 ᄆᆡ우 명ᄇᆞᆺ 잇ᄂᆞᆫ 이ᄂᆞᆫ ᄀᆞᆺᄐᆞ여 가지 아니려 ᄒᆞ니, 일노 보면 가ᄂᆞᆫ 이가 젹으리라."

양젼시(楊典史) 듸답ᄒᆞ듸,

"비직이 외간 사름【48】의 말을 드르니, 복왕이 일죽 대가 쳔금 쇼져롤 두엇ᄂᆞᆫ듸, 시롤 능히 ᄒᆞᄂᆞᆫ 쥴을 알ᄆᆡ 그러므로 ᄲᅧ 특별이 이 거조롤 ᄒᆞ엿ᄂᆞ니라."

태쉬 니르듸,

"두리건듸 쇼녀가 도로혀 능히 군쥬로 더브러 챵화치 못ᄒᆞᆯ 거시오 ᄯᅩ 작반ᄒᆞ리 업ᄉᆞ니 혼ᄌᆞ 가기ᄂᆞᆫ 편치 못ᄒᆞ다."

ᄒᆞ거ᄂᆞᆯ, 젼싀 듸답ᄒᆞ듸,

換小衣, 忽然覺得濕漉漉的, 私自一看, 竟是一大些血, 想是這裏邊流出來的, 是甚麽緣故?) <瑤華 6:42>

153)【경슈】囘 경수(經水). 월경. ¶ 癸水 ‖ 녀지 십ᄉᆞ 셰 되면 임ᄆᆡᆨ이 통ᄒᆞ여 경슈 나오나니 니른 바 텬계슈라 그리ᄒᆞᆫ 후의야 비로쇼 발신이 되ᄂᆞ니라 (女子十四癸水來, 這就是天癸水, 以後就要發身了.) <瑤華 6:42>

"만일 령ᄋᆡ 즐겨 가면 ᄉᆞ미(舍妹)가 샹ᄒᆡ 헌셔(憲署)의 잇셔 반독(伴讀)ᄒᆞ여시니 맛당히 뫼셔 한번 ᄒᆡᆼᄒᆞᆯ 거시오, ᄯᅩ 니어ᄉᆞ의 령ᄋᆡ(令愛) 샹ᄒᆡ 왕ᄅᆡᄒᆞᄂᆞᆫ 거시니 셰 사ᄅᆞᆷ이 ᄒᆞᆷ긔 【49】 가면 젹막지 아니리라."

태쉬 니ᄅᆞᄃᆡ,

"다ᄒᆡᆼᄒᆞᆫ 거ᄉᆞᆫ 복왕이 츌젼ᄒᆞ라 가시니 가히 쇼녀배로 ᄒᆞ여곰 한번 가게 ᄒᆞᆯ 거시니, 믄득 족하(足下)ᄅᆞᆯ 번거히 ᄒᆞ여 대신 요리ᄒᆞ여 노코 일이일 간의 몸을 니ᄂᆞᆫ 거시 편안ᄒᆞ리라."

양경식 슈명ᄒᆞᄆᆡ,

"다만 이 늙으니 한번 허락ᄒᆞ믈 요구ᄒᆞ기로 그나마 일은 무어시 어려오리오."

삼인이 언약을 뎡ᄒᆞ고 곳 발ᄒᆡᆼᄒᆞ여 블슈일(不數日) 내의 임의 왕졍[쟝](王莊)의 니ᄅᆞ러 몬져 사ᄅᆞᆷ으로 ᄒᆞ여곰 통ᄒᆞ게 ᄒᆞ고, 일변 진연[현](進見)ᄒᆞᄂᆞᆫ 례 【50】 믈을 보내니, 령식 드러와 품ᄒᆞᄆᆡ, 무ᄋᆡ지 즉시 이젼의 파뎡ᄒᆞᆫ 사ᄅᆞᆷ으로 ᄒᆞ여곰 영졉ᄒᆞ여셔 방의 니ᄅᆞ러 안게 ᄒᆞ고, 례졀을 가져 요화ᄅᆞᆯ 가ᄅᆞ치고 팔ᄀᆡ ᄌᆞ녀로 ᄒᆞ여곰 옹위ᄒᆞ여 나아가니, 져 삼ᄀᆡ 시붕이 궁젼[紅氈]을 펴노코 군쥬ᄅᆞᆯ 쳥ᄒᆞ여 상좌ᄒᆞᆫ 후의 참알(參謁)ᄒᆞ기ᄅᆞᆯ 요구ᄒᆞ니, 요홰 ᄌᆡ삼 사양ᄒᆞ고 반일 만의 비로쇼 빈쥬ᄅᆞᆯ 난호와 ᄒᆡᆼ례(行禮)ᄒᆞ고, 챠ᄅᆞᆯ 맛ᄎᆞᄆᆡ 쵸삼괴(趙三姑) 몬져 닙을 여러 니ᄅᆞᄃᆡ,

"방ᄌᆞ 가군이 ᄉᆞ쇼ᄒᆞᆫ 례단을 갓쵸와시나 블감(不堪)ᄒᆞ 【51】 미 지극ᄒᆞᆫ지라. 쳥컨ᄃᆡ 군쥬ᄂᆞᆫ 거두어 바드랴?"

요홰 샤례ᄒᆞ고, 삼괴 ᄯᅩ 니ᄅᆞᄃᆡ,

"도로혀 일슈 시 지은 배 잇셔 실과합(實果盒) 쇽의 너허시니, 쳥컨ᄃᆡ 군쥬ᄂᆞᆫ 가히 가ᄅᆞ치믈 바라노라."

ᄒᆞ거ᄂᆞᆯ 요홰 니ᄅᆞᄃᆡ,

"밋쳐 밧드러 보지 못ᄒᆞ엿다."

ᄒᆞ고 즉시 쇼란으로 ᄒᆞ여곰 가져다가 펴노코 낭숑ᄒᆞ니 닐너시ᄃᆡ,

변경봉숑즁시계(汴京捧誦徵詩啓)ᄒᆞ니
인득시인특디릭(引得詩人特地來)라
아원구치친ᄉᆡᆨ쇼(我願驅馳親色笑)나
【52】 슈운필경시시ᄌᆡ(誰云畢竟是詩才)오

변량 경즁의 시붕 부ᄅᆞᄂᆞᆫ 계ᄉᆞᄅᆞᆯ 밧드러 외여 보니
시인을 닛그러 특디(特地)의[154] 오게 ᄒᆞ더라
내 원ᄒᆞᄂᆞᆫ 거ᄉᆞᆫ 구치ᄒᆞ여 와 안ᄉᆡᆨ과 담쇼ᄒᆞ믈 친코ᄌᆞ ᄒᆞ나
뉘 니ᄅᆞ기ᄅᆞᆯ 필경이 시의 ᄌᆡ죄 잇다 ᄒᆞ랴.

요홰 닑기ᄅᆞᆯ 다ᄒᆞᄆᆡ 칭찬블이(稱讚不已)ᄒᆞ거ᄂᆞᆯ 삼괴 이ᄅᆞᄃᆡ,

"임의 여긔 왓시니 부득블 루취(陋醜)ᄒᆞᆫ 거ᄉᆞᆯ 드릴지니[155] 몬져 닷친 거시 묘ᄒᆞᆫ 거시라. 군쥬ᄂᆞᆫ 다ᄒᆡᆼ이 우ᄉᆞᆷ을 웃지 말나."

요홰 니ᄅᆞᄃᆡ,

"쇼뎨 과히 겸샤ᄒᆞ도다."

ᄯᅩ 후면을 보니 ᄡᅥᆺ시ᄃᆡ, '운간여야녀ᄉᆞ(雲間如也女史) 쵸만연(趙鬘衍)의 초고(草稿)'라 ᄒᆞ엿거ᄂᆞᆯ 요홰 니ᄅᆞᄃᆡ,

"존명(尊名)과 존회(尊號) 심히 졍치(精緻)이시니 ᄌᆞ시(自是) 대가의 규뫼(規模)로다."

154) 【特地 특지】 tèdì <副> 부러, 又특벼리, 又ᄀᆞ장 (老朴集 累字解 2b) 各別也, 又ᄀᆞ장; 漢語古부러, 又특별이 (語初 6b) ▼특디의 ‖ "汴京捧誦徵詩啓, 引得詩人～來." 변량 경즁의 시붕 부ᄅᆞᄂᆞᆫ 계ᄉᆞᄅᆞᆯ 밧드러 외여 보니 시인을 닛그러 특디의 오게 ᄒᆞ더라 (瑤華 6:51) [터디] ▼부러 ‖ "我正恨他不過, 昨日那厮恰到我家來, 我～把酒灌的他爛醉, 他便眼花, 不辨東西不省人事, 倒在床上便打鼾睡。" 내 졍히 뎌ᄅᆞᆯ 믜워 견ᄃᆡ지 못ᄒᆞ더니 어ᄌᆡ 뎌 놈이 마치 내 입의 왓거ᄂᆞᆯ 내 부러 술을다가 뎌의게 부어 爛醉케 ᄒᆞ니 뎨 곳 눈이 밤븨어 東西ᄅᆞᆯ 분변치 못ᄒᆞ고 人事ᄅᆞᆯ 아지 못ᄒᆞ여 床 우희 것구러져 곳 코 고오고 자거ᄂᆞᆯ (朴新 2:52a) "擇禪師因道吾指夾山尋師, 頌曰: '京口談玄已有名, 吾山～涉途程。雖云法眼無瑕翳, 爭奈其人掩耳聽。" (祖堂集 2:22:4)

155) 【獻醜 헌추】 xiànchǒu <動> ▼루취ᄒᆞᆫ 거ᄉᆞᆯ 드리다 ‖ "既已來此, 少不得～, 不如先呈的爲妙, 郡主幸勿見笑." 임의 여긔 왓시니 부득블 루취ᄒᆞᆫ 거ᄉᆞᆯ 드릴지니 몬져 닷친 거시 묘ᄒᆞᆫ 거시라 군쥬ᄂᆞᆫ 다ᄒᆡᆼ이 우ᄉᆞᆷ을 웃지 말나 (瑤華 6:52) ▼츄루ᄒᆞᆷ을 보이다 ‖ "巴爺昆玉奶奶姑娘都在此地哩, 我～了。" 파야 곤계와 잉잉과 고랑이 다 이에 겨시거ᄂᆞᆯ 츄루ᄒᆞᆷ을 보여ᄂᆞ이다 (綠牡 3:2)

삼괴 니ᄅᆞ듸,

"웃지 말나."

ᄒᆞ거놀 요홰 ᄯᅩ 무ᄅᆞ【53】듸,

"져 두 쇼져의 대명은 도로혀 청ᄒᆞ여 뭇지 못ᄒᆞ엿노라."

삼괴 듸답ᄒᆞ듸,

"쇼미 일즉 량쇼져롤 듸ᄒᆞ여 말ᄒᆞ기롤 너의 무리 각기 한 슈식 지으듸 반ᄃᆞ시 조흔 시롤 요구ᄒᆞᆯ 거시 아니라. 무비(無非) 셩명(姓名)을 통ᄒᆞ여 림시(臨時)ᄒᆞ여 뭇는 동안의 언마 공부(功夫)롤 허숑ᄒᆞᆷ을 면케 ᄒᆞ엿다."

ᄒᆞ니 말ᄒᆞ미 즁인이 모다 웃고 져 량ᄀᆡ가 각각 셩명을 통ᄒᆞ고, 드듸여 다과롤 버려 올니거놀, 요홰 마ᄌᆞ 안기롤 청ᄒᆞ니 양졍산(楊貞山)이 련쟝(年長)ᄒᆞ므로 뎨일 위의【54】안고, 뎨이위는 죠삼고오, 뎨 삼은 니양쳥(李揚淸)이오, 요화는 즁[쥬]위(主位)의 안고, 비녀배 등이 챠롤 드리고 ᄯᅩ 다과롤 난호와 노흐니, 죠삼괴 보미 량ᄀᆡ 계원(桂圓)이 한 곳의 밋치여 잇는지라. 가마니 취ᄒᆞ여 니양쳥을 밀위여 쥬니, 니양쳥이 져롤 웃는 쥴 알고 삼괴롤 향ᄒᆞ여 한 눈으로 독ᄒᆞ게 보니, 요홰는 아지 못ᄒᆞ고 믄득 양쳥다려 뭇거놀 삼괴 홀연 우숨을 일위여 내니, 아지 못게라 무솜 일인고 하회의 분히ᄒᆞ라.

12
시ᄉᆞ공음졔리구 침함여ᄃᆡ경즁인
詩社共吟題裡句 枕函如對鏡中人

【55】 화셜 요홰 양쳥다려 무ᄅᆞᄃᆡ,

"죠삼괴 무어ᄉᆞᆯ 인ᄒᆞ여 웃ᄂᆞ냐?"

양쳥이 ᄃᆡ답ᄒᆞᄃᆡ,

"군쥬ᄂᆞᆫ 져ᄅᆞᆯ 아ᄅᆞᆫ 쳬 말나."

요홰 드ᄃᆡ여 뭇지 아니ᄒᆞ고, ᄌᆞ세히 보니, 양졍산(楊貞山)의 년ᄀᆡ 삼십 오륙 셰ᄂᆞᆫ 되고 싱기ᄆᆡ 얼굴이 거위알 ᄀᆞᆺ고 긴 눈셥이 십분 쳥슈ᄒᆞ고 두 ᄡᅣᆷ의 몃 졈 얽은 거시 잇고 약간 험된 거ᄉᆞᆫ 입이 너ᄅᆞ고 치아가 드러ᄂᆞᄂᆞᆫ지라. 일신의 쇼복을 닙 【56】 엇고, ᄯᅩ 죠삼고(趙三姑)ᄅᆞᆯ 보니 외 ᄀᆞᆺᄐᆞᆫ ᄡᅣᆷ이오 미목이 쳥슈ᄒᆞ나 비쥰(鼻準)[154]이 젹이 함ᄒᆞᆫ ᄃᆞᆺᄒᆞ고, 잉도 ᄀᆞᆺᄐᆞᆫ 젹은 입의 니ᄆᆡ 다못 널고 말을 아니코 몬져 우셔 심히 운치 잇고 쟝쇽이 ᄯᅩᄒᆞᆫ 심히 션명ᄒᆞ고, 다시 니양쳥을 보니 둥군 얼굴과 너른 니마의 눈셥이 도로혀 셤세ᄒᆞ고 안졍이 젹이 누른 빗출 ᄯᅴᆫ ᄃᆞᆺᄒᆞ고 코와 입은 단졍ᄒᆞ고 일ᄡᅡᆼ 조흔 ᄉᆞᆫ이오 의복은 죠삼고만 못ᄒᆞ나 믄득 녯집 긔샹이 잇ᄂᆞᆫ지라. 져 삼인이 ᄯᅩᄒᆞᆫ 요화ᄅᆞᆯ 자세히 보더라.

요 【57】 홰 ᄯᅩ 시녀의 무리로 ᄒᆞ여곰 챠ᄅᆞᆯ 드리고 과실을 권ᄒᆞ며 ᄯᅩ 각인의 문벌을 무ᄅᆞ니, 져 삼인이 일일이 ᄃᆡ답ᄒᆞ더라.

요홰 양졍산다려 무ᄅᆞᄃᆡ,

"져져(姐姐)의 쇼복ᄒᆞᆫ 거ᄉᆞᆫ 이 어내 사ᄅᆞᆷ을 위ᄒᆞ미냐?"

졍산이 ᄃᆡ답ᄒᆞᄃᆡ,

"쇼ᄆᆡ 임의 미망인이 된 고로 고흔 의복을 믈녀 바렷노라."

요홰 니ᄅᆞᄃᆡ,

"쳥년의 이 모양을 당ᄒᆞ여시니 심히 비샹ᄒᆞ도다."

졍산이 ᄃᆞ답ᄒᆞᄃᆡ,

"박명지인(薄命之人)이 응당 이 갓ᄐᆞ리라."

죠삼괴 니ᄅᆞᄃᆡ,

"양가 져졔 ᄆᆡ우 능ᄒᆞᆫ 사ᄅᆞᆷ인ᄃᆡ, 가히 【58】 홀노 된 거시 앗갑도다."

요홰 ᄯᅩ 무ᄅᆞᄃᆡ,

"니져져의 니ᄆᆡ ᄉᆡ로 다ᄉᆞ린 것 ᄀᆞᆺ도다."

죠삼괴 ᄃᆡ신ᄒᆞ여 말ᄒᆞᄃᆡ,

"혼ᄉᆞ 지낸 지 겨유 달이 찻ᄂᆞᆫᄃᆡ 그 귀령(歸寧)ᄒᆞᄂᆞᆫ 편을 타 믄득 ᄶᅩ으러 왓노라."

양젼산이 니ᄅᆞᄃᆡ,

"죠쇼져ᄂᆞᆫ 진ᄀᆡ 인졍이 아니로다."

즁인이 ᄯᅩ 한 ᄎᆞ례ᄅᆞᆯ 웃더니, 다만 보ᄆᆡ 초엽의 슈즁의 일ᄀᆡ 문텹과 삼ᄉᆞᄀᆡ 슈본(手本)을 가지고 와 품ᄒᆞᄃᆡ 령식 젼ᄒᆞ여 말ᄒᆞ기ᄅᆞᆯ 져ᄉᆞ쳐 학교의 교슈ᄒᆞᄂᆞᆫ 사ᄅᆞᆷ들이 모다 쳥알ᄒᆞ려 ᄒᆞᄂᆞᆫᄃᆡ 이 거ᄉᆞᆫ 져 【59】 무리 슈본이오, ᄯᅩ 각인의 시문 쵸본(草本)이라 ᄒᆞ거ᄂᆞᆯ, 요홰 니ᄅᆞᄃᆡ,

"내가 임의 아랏다 말ᄒᆞᄂᆞᆫ 거시 믄득 올코, 져 믈건을 가져 ᄉᆞ부긔 드려 보시게 ᄒᆞ라."

초엽이 답응ᄒᆞ고 가더라. 삼괴 니ᄅᆞᄃᆡ,

"쳥ᄒᆞ건ᄃᆡ 뭇ᄂᆞ니 ᄉᆞ부ᄂᆞᆫ 이 뉘시냐?"

요홰 답응ᄒᆞᄃᆡ,

"문득 쇼ᄆᆡ의 학업을 교훈ᄒᆞ시ᄂᆞᆫ ᄉᆞ뷔니라."

져 삼인이 ᄒᆞᆷᄭᅴ 니ᄅᆞᄃᆡ,

"이 녀ᄉᆞ뷔 아니시냐?"

---

154) 【비쥰】 명 비준(鼻準). 콧마루. 콧대. ¶ 鼻粱 ‖ ᄯᅩ 죠삼고ᄅᆞᆯ 보니 외 ᄀᆞᆺᄐᆞᆫ ᄡᅣᆷ이오 미목이 쳥슈ᄒᆞ나 비쥰이 젹이 함ᄒᆞᆫ ᄃᆞᆺᄒᆞ고 잉도 ᄀᆞᆺᄐᆞᆫ 젹은 입의 니ᄆᆡ 다못 널고 (又看趙三姑是個瓜子臉, 眉目淸秀, 鼻粱稍陷, 櫻桃小口, 頤頷甚闊.) <瑤華 6:56>

요홰 답응ᄒᆞᄃᆡ,

"경히 그러ᄒᆞ니라."

심괴 니ᄅᆞᄃᆡ,

"우리 무리 아지 못ᄒᆞ고 례폐ᄅᆞᆯ 모다 판비ᄒᆞ여 요지 못ᄒᆞ【60】엿다."

ᄒᆞ고, 복부ᄅᆞᆯ 블너 니ᄅᆞᄃᆡ,

"너의 가셔 가쟝을 ᄃᆡᄒᆞ여 말ᄒᆞᄃᆡ, 왕부 쇽의 일위 ᄉᆞ뷔 계시니 져의 무리ᄅᆞᆯ 시겨 몬져 우리 삼인의 명텹을 갓초고 노야의 슈본(手本) 가지 아오로 쇽쇽히 가져오게 ᄒᆞ여 ᄉᆞ부긔 조히 ᄇᆡ현ᄒᆞ리라."

ᄒᆞ고, 드ᄃᆡ여 각기 몸을 닐거ᄂᆞᆯ, 집ᄉᆞᄒᆞᄂᆞᆫ 사ᄅᆞᆷ들이 슐샹을 드러 내여 각집 하인을 관ᄃᆡᄒᆞ고, 요홰 져 무리ᄅᆞᆯ 양(讓)ᄒᆞ여 셔간(西間) 쇽의 안게 ᄒᆞ고, 한담ᄒᆞ더니 언마 못ᄒᆞ여 복부 무리 명텹을 가져왓거ᄂᆞᆯ, 삼괴 요화ᄅᆞᆯ ᄃᆡ【61】ᄒᆞ여 니ᄅᆞᄃᆡ,

"셔로 간청ᄒᆞᄂᆞ니, 군쥬ᄂᆞᆫ 일기 시녀ᄅᆞᆯ 시겨 져 복부배ᄅᆞᆯ 닛글고 ᄉᆞ부의 곳의 가셔 명텹을 드리게 ᄒᆞ고 쇼ᄆᆡ 무리ᄂᆞᆫ 군쥬의 인도ᄒᆞ여 쥬ᄅᆞᆯ 구ᄒᆞ노라."

요홰 드ᄃᆡ여 도홍을 블너 닛그러 나아가게 ᄒᆞ더니, 한ᄌᆞ음의 나와 니ᄅᆞᄃᆡ,

"ᄉᆞ부의 말ᄉᆞᆷ이 감히 당치 못ᄒᆞᆫ다 ᄒᆞ고, 각 위 쇼져의 명에ᄅᆞᆯ ᄯᅩ 청ᄒᆞ여 원즁의 니ᄅᆞ러 적이 안ᄌᆞ면 뒤ᄒᆞᆯ ᄯᆞ라 믄득 셔로 보리라."

ᄒᆞ니 져 삼인이 니ᄅᆞᄃᆡ,

"이 셰(勢)가 쇼ᄆᆡ 무리 몬져 가셔 배현ᄒᆞᄂᆞᆫ【62】거시 비로쇼 올흐리라."

요홰 니ᄅᆞᄃᆡ,

"ᄉᆞ뷔 불감당이라 말ᄒᆞ고 인의 화원으로 셔로 모히ᄌᆞ ᄒᆞ엿시니 믄득 그러케 ᄒᆞᄂᆞᆫ 거시 편ᄒᆞᆯ 거시오, ᄯᅩ 청컨ᄃᆡ 원즁의 가셔 한가히 노ᄌᆞ."

ᄒᆞ고, ᄉᆞ기 쇼시ᄅᆞᆯ 분부ᄒᆞ여 몬져 가 지휘ᄒᆞ게 ᄒᆞ고, 요홰 ᄉᆞ기 비ᄌᆞ로 더브러 져 삼인을 인도ᄒᆞ여 원즁의 드러가 각쳐로 단니다가 인지현의 안ᄌᆞᄆᆡ 시녀배 ᄎᆞᄅᆞᆯ 드리고 각기 배ᄒᆞᆫ 바ᄅᆞᆯ 무ᄅᆞᆯ시, 삼괴 니ᄅᆞᄃᆡ,

"군쥐 시문을 학습ᄒᆞᆫ다 ᄒᆞ니 문득 몃기 쟉반(作伴)ᄒᆞ며 독셔ᄒᆞᄂᆞᆫ 이가【63】업ᄉᆞ랴?"

요홰 팔기 ᄌᆞ녀ᄅᆞᆯ 가ᄅᆞ쳐 니ᄅᆞᄃᆡ,

"져 무리가 도시 쇼ᄆᆡ의 반독(反讀)ᄒᆞᄂᆞᆫ 사ᄅᆞᆷ이니라."

경산이 니ᄅᆞᄃᆡ,

"져 무리 공부도 ᄌᆞ연 조흐리라."

요홰 니ᄅᆞᄃᆡ,

"져 무리가 쇼ᄆᆡ로 더브러 범ᄇᆡᆨ(凡百)이 ᄎᆞ등ᄒᆞᄆᆡ 만치 아니코 년긔도 ᄆᆡ우 큰 이가 일셰의 지나지 못ᄒᆞ고 ᄉᆞ오셰로 븟허 일졔히 학업을 련습ᄒᆞ여 쇼ᄆᆡ의 ᄇᆡ혼 바ᄅᆞᆯ 져의 무리도 모다 릉ᄒᆞ다."

ᄒᆞ니, 삼인이 놀나며 니ᄅᆞᄃᆡ,

"그리ᄒᆞ면 져의 공뷔 믄득 깁ᄒᆞᆯ지라. 왕야 부즁이 아니면 뉘 집의셔 능히 저러ᄐᆞᆺ 비식【64】ᄒᆞ여 쥬리오."

ᄒᆞ고, 삼인이 져 ᄌᆞ녀 무리 앏히 가셔 힝례ᄒᆞ려 ᄒᆞᄆᆡ, 요홰 지삼 ᄉᆞ양ᄒᆞᄆᆡ 비로쇼 각기 ᄌᆞ리의 안고 경산이 말ᄒᆞᄃᆡ,

"방쟝 글을 지으려 ᄒᆞ니 져 녀덟 사ᄅᆞᆷ도 긔여히 가ᄅᆞ치ᄆᆞᆯ 청ᄒᆞ노라."

요홰 ᄃᆡ답ᄒᆞᄃᆡ,

"쇼ᄆᆡ 집이 이시니 져의 무리 분슈ᄅᆞᆯ 칭도(稱道) ᄒᆞ엿거니와 금일의 존긱이 욻히 계시ᄆᆡ 져의 무리 엇지 감히 방ᄌᆞ히 굴냐."

삼괴 ᄃᆡ답ᄒᆞᄃᆡ,

"군쥬ᄂᆞᆫ 이ᄀᆞᆺ치 말을 말나. 쇼ᄆᆡ 무리 왕야의 곳의 니ᄅᆞᄆᆡ 져 ᄌᆞ녀 무리와 일반이니 엇지 감【65】히 존긱이라 일ᄏᆞᄅᆞ며, 허믈며 글짓ᄂᆞᆫ 거ᄉᆞᆫ 운치의 일이라. 임의 시의 능ᄒᆞ면 엇지 가ᄅᆞ치ᄆᆞᆯ 청치 아닐니 이시랴."

홀연 보니 쥬청ᄃᆡ 와셔 ᄉᆞ뷔 온다 말ᄒᆞ거ᄂᆞᆯ, 경산이 ᄲᆞᆯ니 하인을 블너 홍젼(紅氈)을 펴노코 삼인이 의복을 졍졔ᄒᆞ고 일졔히 니러셔며 니ᄅᆞᄃᆡ, 져 ᄉᆞ뷔 반ᄃᆞ시 륙칠십 된 노인이라 ᄒᆞ더니, 먼니 바라보ᄆᆡ 월광 쇽의셔 오ᄂᆞᆫᄃᆡ, 삼십 셰즘 된 가인(佳人)이라. 모다 니ᄅᆞᄃᆡ,

"그 사ᄅᆞᆷ이 아니라."

ᄒᆞ고 ᄯᅩ 뒤히 오ᄂᆞᆫ 이ᄅᆞᆯ 바라 보니, 요홰 ᄭᆡ닷고 드【66】ᄃᆡ여 말ᄒᆞᄃᆡ,

"져 오ᄂᆞᆫ 이가 믄득 ᄉᆞ뷔라."

ᄒᆞ거ᄂᆞᆯ 져 삼인이 말ᄒᆞᄃᆡ,

"ᄋᆡ야, 도로혀 져 모양 후싱이냐?"

ᄒᆞ고, 각인이 마ᄌᆞ 올나 상좌 ᄒᆞ기ᄅᆞᆯ 청ᄒᆞ고 각기 참배코져 ᄒᆞ거ᄂᆞᆯ, 무ᄋᆡ지 련망히 ᄉᆞ양ᄒᆞ고 셔로 참배ᄒᆞᄆᆞᆯ 파ᄒᆞᄆᆡ, 홍젼을 거더 바리

고 빈쥬를 난호와 안ᄶ ᄒᆞ니, 져 삼인이 엇지 즐겨 안ᄌᆞ리오. 요홰 앏흐로 오며 니ᄅᆞ되,

"삼위 져져는 존긱이니 ᄉᆞ뷔 여긔 잇셔 스ᄉᆞ로 상좌의 참남흘 니 업다."

ᄒᆞ고, 지삼 말ᄒᆞ미 바야흐로 각기 안고 삼인이 무익ᄌᆞ【67】를 ᄌᆞ셰히 한번 보미 별노이 이샹ᄒᆞ믈 씨다를지라. 각기 심즁의 싱각ᄒᆞ되,

"요화의 학문이 부셩ᄒᆞ믈 고이히 너기지 못흘지라. 원러 져런 ᄉᆞ부를 어더시니 과연 즁인으로 더브러 갓지 아니ᄒᆞ리라."

ᄒᆞ고 무익지 요화다려 각인의 셩씨를 무ᄅᆞ니, 요홰 일일이 디답ᄒᆞ고, 무익지 니ᄅᆞ되,

"셰 죤긱이 이ᄅᆞ신 거시 엇기 어려온 일이라. 왕야긔셔 군쥬의 너른 쇼견이 잇지 못ᄒᆞ믈 인ᄒᆞ여 그러무로 시붕 청ᄒᆞ는 거조를 ᄒᆞ여시니, 기실은 져의 배【68】흔 배 심히 너ᄅᆞ도다."

삼인이 니ᄅᆞ되,

"ᄉᆞ뷔 과히 겸숀ᄒᆞ시도다. 우리 무리 온 거시 ᄉᆞ부와 군쥬의 교도ᄒᆞ믈 구ᄒᆞ노라."

각인이 겸숀ᄒᆞ기를 마지 아니ᄒᆞ미, 무익지 밧글 향ᄒᆞ여 안고 삼인은 긱위의 안고, 요화는 인ᄒᆞ여 쥬위의 잇셔 뫼시고 말ᄒᆞ되, 이 거슨 약셜흔 거시니 느존 후의 다시 박흔 뜻을 펴리라. 삼인이 니ᄅᆞ되,

"쇼요(騷擾)ᄒᆞ게 ᄒᆞ는 거시 당치 못ᄒᆞ다."

ᄒᆞ고 인ᄒᆞ여 먹기를 맛ᄎᆞ미 각각 니러나 한가히 단니다가, 무익지 니ᄅᆞ되,

"져 ᄉᆞ긔 시로 청ᄒᆞ【69】여 온 교슈(教授)의 지은 바 시문이 모다 가흔지라. 내가 임의 령ᄉᆞ의게 분부ᄒᆞ여 청ᄒᆞ라 갓ᄂᆞ니라."

요홰 니ᄅᆞ되,

"ᄉᆞ부의 보신 거시 필연 그ᄅᆞ지 아니리라."

ᄒᆞ고 드듸여 셰 시긱을 마ᄌᆞ 침궁의 니ᄅᆞ러 각쳐로 노닐나 단니더라. 무익지 홀노 스ᄉᆞ로 령ᄉᆞ를 분부ᄒᆞ여 삼인의 힝니(行李)와 푸기를 가져다가 련뎡 속의 버려 노와 거쥬케 ᄒᆞ고, 또 샹셔방의 잇는 바 응용 셔칙을 가져가가 인지헌의 옴겨노코 ᄌᆞ긔가 져의 무리를 디신ᄒᆞ여 조흔 졔목을【70】지어내여 각기 졔비를 민드러 일일이 배치ᄒᆞ기를 졍당히 흔 연후의 침궁으로 도라오미, 져의 무리 임의 각쳐로 노닐나 가믈 알고, 다만 보니 탁ᄌᆞ 우희 ᄌᆞ녀 무리 버려 온 셩ᄶ가 잇는지라. 믄득 져의 무리를 디신ᄒᆞ여 명호를 지어셔 단ᄌᆞ의 버려 뻣시니,

쵸엽(蕉葉)의 셩은 륙(陸)시니, 일홈은 슈유(守瑜)라 ᄒᆞ고 별호는 쵸챵(蕉窓)이라.

하향(荷香)의 셩은 기(祁)시니, 일홈은 슈박(守璞)이오 별호는 하쇼(荷沼)라,

믹영(梅影)의 셩은 고(顧)시니, 일홈은 ᄉᆞ미(斯媚)라 ᄒᆞ고 별호는 믹림(梅林)이라,【71】

니운(梨雲)의 셩은 밍(孟)시니, 일홈은 ᄉᆞ언(斯嫣)이오 별호는 이원(梨苑)이라,

도홍(桃紅)의 성은 필(畢)시니, 일홈은 수진(守珍)이오, 별호는 도포(桃圃)라,

류지(柳枝)의 셩은 완(阮)시니, 일홈은 슈련(守璉)이로 별호는 류졍(柳亭)이라,

쇼란(素蘭)의 셩은 목(繆)시니, 일홈은 ᄉᆞ완(斯婉)이오 별호는 난곡(蘭谷)이라,

욱리(郁李)의 셩은 견(甄)시니, 일홈은 사호(斯好)오 별호는 욱분(郁芬)이라.

쓰기를 맛ᄎᆞ미, 요화도 마ᄌᆞ 션궁(璇宮) 량ᄶ로 별호를 짓게 ᄒᆞ고 가마니 쟝기덕의게 분부ᄒᆞ여 령ᄉᆞ의게 젼ᄒᆞ여 각인의 도셔(圖署)를 삭여내여 오늘 오후의 갓다 밧치라 ᄒᆞ고, 돌나 보니 요홰 삼위【72】시긱으로 ᄀᆞᆺ치 드러오거늘 우익지 쌀니 좌를 양(讓)ᄒᆞ고 챠를 보내미, 죠삼긔 니ᄅᆞ되,

"이ᄀᆞᆺ치 히가 길고 일이 업ᄉᆞ니 우리 무리 엇지 ᄉᆞ부긔 청ᄒᆞ여 몃 ᄀᆡ 졔목을 내여 글을 짓지 아니ᄒᆞ랴."

즁인이 모다 말ᄒᆞ되 매우 조타 ᄒᆞ거늘, 무익지 니ᄅᆞ되,

"츌졔(出題)ᄒᆞ라는 두 글ᄌᆞ는 불감당(不敢當)이어니와, 방ᄌᆞ 일이 업기로 셔칙을 펴 보아 몃ᄀᆡ 졔목을 등츌ᄒᆞ여 인지헌의 두고 쇼져 무리의 쇼견(消遣)ᄒᆞ는 거슬 기다리노라."

즁인이 모다 니러 샤례ᄒᆞ고 니【73】ᄅᆞ되,

"도로혀 ᄉᆞ부를 노심케 ᄒᆞ도다. 임의 졔목이 이시니 우리 믄득 그곳으로 가리라."

요홰 드듸여 져 무리를 마ᄌᆞ 가지고 인지헌의 니ᄅᆞ미, 쇡쇡이 구비ᄒᆞ고 칠반(漆盤) 우희 한 뭉치 조희 졉어 노흔 거시 잇거늘 양경산이 니ᄅᆞ되,

"져거시 믄득 졔목이니 청컨디 각기 한 낫

식 쎕아 가지고 변기치는 마ᄌᆞ."

ᄒᆞ니, 삼괴 니ᄅᆞ딕,

"져졔 몬져 쎕으라."

경산이 몬져 일기롤 쎕고, 삼고와 양청이 각기 일기식 쎕은 후의 요홰 비로쇼 일 기롤 쎕고, 삼괴 팔 【74】 기 ᄌᆞ녀롤 쓰러 각각 일 기식 쎕게 ᄒᆞ며, 요홰 하향으로 ᄒᆞ여곰 지폭을 가지고 각인의 졔목을 뻐내는딕, 글지어 쁠 분슈는 븨여 노케 ᄒᆞ더니, 한ᄌᆞ음이 못ᄒᆞ여 하향이 뻐셔 올니니, 경산의 거ᄉᆞᆫ 손을 ᄎᆞᆺ는 거시오, 삼고의 거ᄉᆞᆫ 동무롤 ᄎᆞᆺ는 거시오, 양청의 거ᄉᆞᆫ 개롱(個儂) [롱은 즉 '내'(我)라 ᄒᆞ미라] 이오, 요화의 거ᄉᆞᆫ 젹은 노는 신션이오, 쇼란의 거ᄉᆞᆫ 벼루롤 밧드는 거시오, 미영의 거ᄉᆞᆫ 쏫출 ᄭᆞᆺ는 거시오, 니운의 거ᄉᆞᆫ 챠롤 달히는 거시오, 욱리의 거ᄉᆞᆫ 시젼지(詩箋紙)롤 펴는 【75】 거시오, 초엽의 거ᄉᆞᆫ 술을 ᄉᆞ는 거시오, 도홍의 거ᄉᆞᆫ 고기롤 낙시질 ᄒᆞ는 거시오, 하향의 거ᄉᆞᆫ 화원의 믈 딕히는 거시오, 류지의 거ᄉᆞᆫ 풀을 김ᄆᆡ는 거시라.

드딕여 졔목 쁜 단ᄌᆞ롤 벽샹의 붓치고 각인이 경히 글을 지으려 홀 시, 요홰 니ᄅᆞ딕,

"우리 무리 오놀날의 무ᄉᆞᆫ 톄격(體格)을 지어야 조흐랴?"

경산이 니ᄅᆞ딕,

"톄격을 구ᄋᆡ치 말고 각기 의ᄉᆞ롤 ᄯᆞ라 ᄒᆞᄌᆞ."

ᄒᆞ니, 삼괴 니ᄅᆞ딕,

"만일 톄격을 뎡치 아니면 뻐내미 보기 조치 못홀 거시오, 우리 무리가 여 【76】 긔셔 몃 날을 쇼요(逍遙)히 지낼 거시니, 일ᄌᆞ롤 난호고 톄격을 난호와 짓는 이만 ᄀᆞᆺ지 못ᄒᆞ리라."

양청이 니ᄅᆞ딕,

"ᄆᆡ오[155] 홀 만ᄒᆞ니 금일은 몬져 칠언졀구롤 짓는 거시 엇더ᄒᆞ냐?"

중인이 모다 조타 말ᄒᆞ고, 임의 보니 경산이 몬져 부술 잡아 본쵸(本草)롤 내고 ᄯᅩ 중인을 향ᄒᆞ여 ᄯᅩ 니ᄅᆞ대,

"렬위는 내가 몬져 더러온 거술 드린다 웃지 말나."

155) 【ᄆᆡ오】 㘞 매우. ¶ 狠 ‖ ᄆᆡ오 홀 만ᄒᆞ니 금일은 몬져 칠언졀구롤 짓는 거시 엇더ᄒᆞ냐 (狠使得. 今日先做七截句如何?) <瑤華 6:76> ⇒ 마이, ᄆᆞ이, ᄆᆡ오, ᄆᆡ우, ᄆᆡ이

중인이 보미 닐러시딕,

잉ᄎᆞ고심임졀마(剩此枯心任折磨)ᄒᆞ니
【77】 불혐신고비음아(不嫌辛苦費吟哦)라
은근위방텬황녀(慇懃爲訪天潢女)ᄒᆞ야
ᄉᆞ출시편청경와(寫出詩篇請正訛)라

이 마른 ᄆᆞᄋᆞᆷ이 남앗는딕 졀마(折磨)ᄒᆞ기롤 맛기ᄆᆡ

신고ᄒᆞ여 음아(吟哦) 허비ᄒᆞ는 거술 혐의치 아니터라

은근이 텬황의 녀ᄌᆞ롤 ᄎᆞᆺ기롤 위ᄒᆞ여

시편을 뻐내여 그ᄅᆞᆺ흔 거술 교뎡ᄒᆞ믈 청ᄒᆞ더라.

요화 등이 보고 각기 민텹ᄒᆞ고 타당ᄒᆞ믈 칭찬ᄒᆞ며 요홰 ᄯᅩ흔 부술 잡아 쵸(草)롤 내니, 중인이 보미 ᄒᆞ여시딕,

쟉쇼진긔도요지(昨宵曾記到瑤池)ᄒᆞ니
셔모진언도와치(西母瞋言道我痴)라
일단회문유미료(一段廻文猶未了)ᄒᆞ야
【78】 량삼ᄌᆞᄆᆡ우최시(兩三姊妹又催詩)라

어졔 밤의 일즉 요지(瑤池)의 니른 거술 긔록ᄒᆞ니

셔뫼(西母) ᄉᆞ지져 말ᄒᆞ여 내가 어리다 니ᄅᆞ더라

한 쬬각 회문(廻文)을 오히려 맛치지 못ᄒᆞ여

량삼(兩三) ᄌᆞᄆᆡ들이 ᄯᅩ 시롤 지쵹ᄒᆞ더라.

중인이 일졔히 칭찬ᄒᆞ여 니ᄅᆞ딕,

"조흔 의ᄉᆡ 경히 졔목의 졀당ᄒᆞ도다."

쇼삼괴 쵸롤 내고 드딕여 조희롤 펴고 부술 잡아 뻐 니ᄅᆞ딕,

갈억용광일구회(渴憶容光日九廻)ᄒᆞ니
등한요득고인릭(等閒邀得故人來)라
경회일죵셩셩셕(情懷一種惺惺惜)ᄒᆞ니
블도션원셔불화(不到仙源誓不回)라

목마ᄅᆞ게 용광(容光)을 ᄉᆡᆼ각ᄒᆞ여 날의 아

홉 번 구븨를 ᄒᆞ니
등한이 고인을 마ᄌᆞ 왓더라
졍회 한 좋을 셩셩(惺惺)ᄒᆞ게 앗기니
션원의 니ᄅᆞ지 아니면 밍세코 도라오지 아니리라.

즁인이 ᄯᅩᄒᆞᆫ 모다 칭찬ᄒᆞ며 니ᄅᆞ되,
"졔목을 조【79】흔 거슬 어더 진ᄀᆡ 격률이 조케 되엿도다."
니양쳥이 니ᄅᆞ되,
"너의 무리 각기 졔목 어든 거시 모다 마옴의 맛ᄌᆞᆺ는되,156) 엇지 홀노 나만 믄득 이런 졔목을 쎕앗ᄂᆞ냐. 다만 긔여히 더러오믈 밧치리라."
ᄒᆞ고, 드ᄃᆡ여 부슬 잡아 뼈 니ᄅᆞ되,

자자션명향ᄃᆡ용(藉藉仙名響大鏞)ᄒᆞ니
ᄎᆞ힝긔감효쇼용(此行豈敢效疎慵)ᄒᆞ랴
셤궁득식샹아면(蟾宮得識孀娥面)ᄒᆞ니
불원오롱ᄉᆞᄀᆡ롱(不怨吳儂謝個儂)이라

ᄌᆞᄌᆞᄒᆞᆫ 신션의 일홈이 큰 븍의 쇼릐가 ᄂᆞ니
이 힝ᄒᆞᆫ 거시 엇지 감히 쇼용(疎慵)ᄒᆞᄂᆞᆫ 거슬 본바드랴
셤궁의 시러곰 항아의 얼굴을 아랏시니
오롱(吳儂)을 원망치 아니ᄒᆞ고 ᄀᆡ롱(個儂)을 ᄉᆞ례ᄒᆞ더라.

【80】즁인이 각각 칭찬ᄒᆞ되, 오즉 삼괴 오십의157) 니ᄅᆞ되,
"조히 져 배(輩) 롱(儂)을 피ᄒᆞ여 이 ᄀᆡ 롱(儂)을 강(講)ᄒᆞ여 내엿도다."
양쳥이 삼고를 가ᄅᆞ쳐 니ᄅᆞ되,
"편벽도이 네가 져런 말을 ᄒᆞᄂᆞ냐."
즁인이 ᄯᅩ 우으며 다만 보니, 팔ᄀᆡ ᄌᆞ녀의 글초가 모다 왓거늘, 즁인이 펴노코 낭독ᄒᆞᆯ시, 졔목은 벼루를 밧드ᄂᆞᆫ 거시라.

봉연진경셜ᄐᆡ진(捧硯曾經說太眞)ᄒᆞ니
쳥평아죠지금신(淸平雅調至今新)이라
금죠학ᄉᆞ개반염(今朝學士皆班艶)ᄒᆞ니
【81】비지하방일효빈(婢子何妨一效顰)가

벼루 밧드ᄂᆞᆫ 거시 ᄐᆡ진(太眞) 말ᄒᆞᆫ 거슬 지내시니
쳥평ᄉᆞ(淸平詞) 아졍(雅正)ᄒᆞᆫ 격죄 이졔 니ᄅᆞ러 시롭더라
이졔 아참의 학ᄉᆞ들이 다 아룸답고 고으니
비ᄌᆞ 엇지 ᄒᆞᆫ번 효빈(效顰)ᄒᆞᄂᆞᆫ 거시 ᄒᆡ로오랴.

각인이 모다 말ᄒᆞ되 의ᄉᆞ 쁜 거시 신긔ᄒᆞ다 ᄒᆞ고, ᄯᅩ 일ᄀᆡ 졔목을 보니, 이ᄂᆞᆫ ᄭᅩᆺ출 ᄭᅩᆺᄂᆞᆫ 거시라.

군션아회투ᄉᆞ화(群仙雅會鬪詞華)ᄒᆞ니
시ᄉᆞ쳥신슈ᄑᆞᆯ치(詩思淸新手八叉)라
시문쟝하위윤필(試問將何爲潤筆)고
취환좀샹일지화(翠環簪上一枝花)라

여러 신션이 아담이 모혀 ᄉᆞ화(詞華)를 닷토니
시시 쳥신ᄒᆞ여 숀을 녀덟 번 지더라
시험ᄒᆞ여 뭇ᄂᆞ니 무어슬 가져 윤필을 ᄒᆞᆯ고
푸른 골희 빈혀 우희 한 가지 ᄭᅩᆺ칠너라.

각기 칭찬ᄒᆞ여 니ᄅᆞ되,
"가히 쳥신ᄒᆞ다 닐ᄏᆞᆯ리라."
ᄒᆞ고, ᄯᅩ 일ᄀᆡ 졔목을 보니, 이ᄂᆞᆫ 챠를 다린다【82】ᄒᆞᄂᆞᆫ 거시라.

병갈샹여개불변(病渴相如皆不弁)ᄒᆞ니
번경육우역비관(飜經陸羽亦非冠)이라
지슈일젹시쟝윤(只須一滴詩腸潤)ᄒᆞ야
가귀감경셩두한(佳句堪驚星斗寒)이라

갈증을 알는 샹여가 다 우히 못되고
경문을 번역ᄒᆞᆫ 육우(陸羽)도 ᄯᅩᄒᆞᆫ 웃듬이

156) 【맛ᄌᆞᆽ-】 ㊀ «맛ᄌᆞᆽ다» 맞다. 알맞다. ¶ 稱 ‖ 너의 무리 각기 졔목 어든 거시 모다 마옴의 맛ᄌᆞᆺᄂᆞᆫ듸 엇지 홀노 나만 믄득 이런 졔목을 쎕앗ᄂᆞ냐 (你們各位的題目都稱心, 怎麽我就拈着了這個題目.) <瑤華 6:79>

157) '오십의'는 '우으며'의 오기. 원문은 '惟三姑笑道…'이다.

못되도다

다만 한번 ᄶᅥᄅᆞ쳐 시짓ᄂᆞᆫ 챵ᄌᆞᄅᆞᆯ 윤턱ᄒᆞ게 ᄒᆞ여

아ᄅᆞᆷ다운 글귀가 견ᄃᆡ여 셩두(星斗) 찬 거ᄉᆞᆯ 놀내더라.

각인이 모다 우으며 니ᄅᆞᄃᆡ,

"너모 과히 포쟝ᄒᆞ도다."

ᄯᅩ 일긔 졔목을 보니 시젼지(詩箋紙)ᄅᆞᆯ 펴ᄂᆞᆫ 거시라.

셜도아졔의하거(薛濤雅制意何居)오

단위ᄌᆞ시녀교셰(端爲裁詩女校書)라

【83】 쳥간안젼슈ᄀᆡ변(請看眼前誰個弁)고

불젼인어부증허(拂箋人語不曾虛)라

셜도의 아담ᄒᆞ게 지은 거시 ᄯᅳᆺ이 어ᄃᆡ 거ᄒᆞ엿ᄂᆞ냐

단졍이 글짓는 녀교셔(女校書)ᄅᆞᆯ 위ᄒᆞ미러라

쳥컨ᄃᆡ 보라 안젼(眼前)의 뉘가 웃듬인고

시젼지 펴는 사ᄅᆞᆷ의 말이 일죽 헛되지 아니ᄒᆞ리라.

각인이 ᄯᅩ 칭찬ᄒᆞ여 니ᄅᆞᄃᆡ, ᄉᆡᆼ각지 못ᄒᆞᆫ 배니 더옥 지을ᄉᆞ록 더옥 공교ᄒᆞ도다. ᄯᅩ 일긔 졔목을 보니 ᄉᆞᆯ을 ᄉᆞ는 거시라.

조지란가하운구(早知鸞駕下雲衢)ᄒᆞ니

이향마고ᄎᆞ일회(已向麻姑借一壺)라

가윤시쟝비옥셜(可潤詩腸飛玉屑)이니

촌료진오불슈괴(村醪塵汚不須沽)라

일죽 란ᄉᆡ 멍에가 구롬 길거리의 나리믈 알ᄆᆡ

임의 마고션을 향ᄒᆞ여 한병을 비러 오더라

가히 글 챵ᄌᆞᄅᆞᆯ 윤턱게 ᄒᆞᆯ양이면 옥가루ᄅᆞᆯ 날닐 거시니

촌의 막걸리가 ᄐᆡᆺ글이 더러워 모ᄅᆞᆷ즉이 ᄉᆞ지 아니리라. 【84】

각인이 칭찬ᄒᆞ여 니ᄅᆞᄃᆡ,

"의ᄉᆡ ᄆᆡ우 신긔ᄒᆞ도다."

ᄯᅩ 일긔 졔목을 보니 이ᄂᆞᆫ 고기 낙시질 ᄒᆞᄂᆞᆫ 거시라.

호량하홍ᄌᆞ우유(豪梁雅興自優游)ᄒᆞ니

됴득션린유슈뒤(釣得鮮鱗有數頭)라

물인쥬긔슈히타(勿吝珠璣隨唾咳)ᄒᆞ라

평원십일가반류(平原十日可扳留)라

호량물의 아담ᄒᆞᆫ 흥치 스ᄉᆞ로 우유ᄒᆞ니

싱션비늘을 낙시질 ᄒᆞ여 너ᄆᆡ 두어 마리 잇더라

쥬긔(珠璣)가 히타(咳唾) ᄡᅳᄅᆞᄂᆞᆫ 거ᄉᆞᆯ 앗기지 말나

평원(平原) 십일 동안의 가히 밧드러 머믈니라.

각인이 니ᄅᆞᄃᆡ,

"져 졔목은 본ᄃᆡ 지을 거시 업도다."

요홰 니ᄅᆞᄃᆡ,

"그 졔목이 너모 허슈ᄒᆞ니[158)] 져 글이 의ᄉᆞᄅᆞᆯ 셰여내지 못ᄒᆞᆫ 연괴로다."

경산이 니ᄅᆞᄃᆡ,

"졔목 【85】 은 본ᄃᆡ 긴치 못ᄒᆞ거니와, 다만 져 무리 의ᄉᆞ 내기의 잇ᄂᆞᆫ 거시니 긔여히 묘ᄒᆞ다 칭도(稱道)ᄒᆞ여야 비로쇼 심ᄉᆞᄅᆞᆯ 파내여 지으리라."

요홰 니ᄅᆞᄃᆡ,

"다시 아ᄅᆡ 졔목을 보ᄌᆞ."

ᄒᆞ니 이 화원의 믈 다히ᄂᆞᆫ 거시라. 삼괴 니ᄅᆞᄃᆡ,

"이 졔목이 심ᄉᆞᄅᆞᆯ 긔여히 파내여 짓기가 더옥 어려오리라."

양쳥이 니ᄅᆞᄃᆡ, ᄯᅩ 졔가 엇더케 지엇ᄂᆞᆫ고 보리라 ᄒᆞ고, 경산이 념ᄒᆞ여 니ᄅᆞᄃᆡ,

노포경영셰월심(老圃經營歲月深.)ᄒᆞ니

【86】 은근관ᄀᆡ승감림(慇懃灌漑勝甘霖)이라

---

158) 【허슈ᄒᆞ다】 [형] {허소(虛疎)하다.} 허술하다. 소홀(疏忽)하다. ¶ 不緊 ‖ 그 졔목이 너모 허슈ᄒᆞ니 져 글이 의ᄉᆞᄅᆞᆯ 셰여내지 못ᄒᆞᆫ 연괴로다 (題目原不緊, 但出諸他們的意思, 也要暗合道妙, 這也算挖出心思做的了.) <瑤華 6:84>

노포의 경영훈 거시 세월이 깁허시니
은근이 믈 다히는 거시 감림의 승훈더라.

삼괴 손을 잡아 쥐여 멈츄며 니르딕,

"내 싱각후여 보기를 기다릴지니 싱각건딕 엇지 구을너 나려간고?"

경산이 벙벙이 한 추례 싱각후다가 니르딕,

'믄득 짓기 조치 못후도다.'

삼괴 니르딕,

"만일 날다려 지으라 후면, 쟝계응(張季應)의 치화시(菜花詩) 지은 의수를 가져다가 치와 노흐면 믄득 가히 뻐 후리라."

양청이 니르딕,

"이거시 긔여히 져 무리 구긔(口氣)의 합후여야 비로쇼 톄격을 어덧다 훌 거시니 쟝계응【87】의 치화시가 엇지 져긔 합후랴?"

요홰 니르딕,

"론난 말고 졔가 엇지 지엇눈지 보주."

후니 삼괴 손을 버리거놀, 즁인이 보니 후여시딕,

야졍역가츙시료(野情亦可充詩料)후니
쳥부릭츈만디금(請賦來春滿地金)이라

들 졍이 뜨 훈가히 시료(詩料)의 치일 만후니
쳥컨딕 오는 봄의는 싸히 가득훈 금으로 부(賦)를 지으리라.

삼괴 대소후며 니르딕,

"엇더후냐? 져 의시 아니면 어딕가 싱각후여 내리오."

즁인이 니르딕,

"실노 싱각이 여긔 니른 거시 다힝후도다. 뜨 일슈가 남아시니 이 무슨 졔목인고?"

모다 보니 풀믹는 거시라.【88】

단위연빈벽쵸릭(端爲延賓闢草來)후니
쵸근부진요화해(草根不盡耨還該)라
요장일편은근의(聊將一片慇懃意)후야
박득시편란만진(博得詩篇爛熳栽)라

단졍이 숀님 맛는 거술 위후여 초릭롤 열녀 후는딕
플 뿌리가 다치 못후니 믹는 거시 도로혀 맛당후리라
잇오라지 한 조각 은근훈 뜻을 가져
시편 란만이 짓는 거술 넉넉히 어더 오더라.

즁인이 니르딕,

"져 글이 지은 거시 더옥 조흐니 실노이 져러케 짓기 어렵도다."

요홰 즉시 하향을 블너 졍후게 등셔(謄書)후여 가지고 수부의 보와 뎡후여 쥬를 쳥후딕,

"만일 수뷔 번요훈 거술 혐의후거든 학교의 가셔 교슈의게 보게 후라."

경산이【89】니르딕,

"군쥬는 가히 져다려 분부후여 각인의 명빅를 노츌 말게 후라."

요홰 다시 분부후더라. 다만 보니 태감 무리 드러와 쥬안(酒案)을 버려 노터라. 각인이 뜨 년못가의 니르러 한 추례롤 단니며, 요홰 쟝기덕을 보내여 수부롤 쳥후더니, 이윽한 후 기덕이 드러와 고후딕,

"수부의 말숨이 군쥬가 흘노 뫼시고 지내게 후며, 수부는 오지 아니훈다."

후거놀 즁인이 니르딕,

"져거시 엇지미냐?"

요홰 니르딕,

"수부의 셩졍이 그러후니 그리 후는 거시 편타."

【90】후고 드딕여 각인을 마주 술을 마실시 즁간의 한가히 말후며 편벽도이 술먹지 아니후는 이가 만키로 그러므로 뻐 경긔간의 먹기롤 맛치고, 조삼괴 니르딕,

"드릭니 군쥐 뜨 무예롤 조하훈다 후니 진기 그러후냐?"

요홰 딕답후딕,

"조하후는 거순 아니나 어려서븟허 련습은 후엿노라."

경산이 니르딕,

"반드시 다른 일위 수부롤 쳥후엿시리라."

요홰 니르딕,

"믄득 이 수뷔 가루치는니라."

즁인이 허ᄎᆞ며 놀나 니ᄅᆞᄃᆡ,

"져 ᄉᆞᄇᆡ 문무젼ᄌᆡᄅᆞᆯ 가져 【91】 시니 진ᄀᆡ 가히 공경ᄒᆞ리로다."

양쳥이 니ᄅᆞᄃᆡ,.

"말을 드ᄅᆞ니 권법은 숀의 ᄯᅥ나지 못ᄒᆞ고 곡죠ᄂᆞᆫ 입의 ᄯᅥ나지 못ᄒᆞᆫ다 ᄒᆞ니, 거샹(居常)의 련습ᄒᆞᄂᆞ냐?"

요홰 니ᄅᆞᄃᆡ,

"오ᄂᆞᆯ이 며ᄎᆞᆫ 날이냐?"

삼인이 니ᄅᆞᄃᆡ,

"오ᄂᆞᆯ이 초오일이라."

ᄒᆞ니, 요홰 니ᄅᆞᄃᆡ,

"초팔일이 련무ᄒᆞᄂᆞᆫ 일ᄌᆡ니라."

삼인이 니ᄅᆞᄃᆡ,

"몃ᄎᆞᆯ을 격ᄒᆞ여 한번식 련습ᄒᆞᄂᆞ냐?"

요홰 니ᄅᆞᄃᆡ,

"오일을 격ᄒᆞ여 련습 ᄒᆞᄂᆞ니라."

삼인이 니ᄅᆞᄃᆡ,

"무어ᄉᆞᆯ 련습ᄒᆞᄂᆞ냐?"

요홰 니ᄅᆞᄃᆡ,

"련습ᄒᆞᄂᆞᆫ 거시 ᄆᆡ우 만흐니 긔샤와 【92】 보샤와 쥭쳠(竹簽) ᄲᅧ여오ᄂᆞᆫ 것과 ᄯᅱᄂᆞᆫ 것과 ᄉᆞᆺᄂᆞᆫ 것과 도창과 곤방의 류ᄅᆞᆯ 젼슈히 련습ᄒᆞ려 ᄒᆞ면, 하로ᄅᆞᆯ 가져야 겨유 맛치ᄂᆞ니라."

삼인이 ᄯᅩ 환희ᄒᆞ며 니ᄅᆞᄃᆡ,

"초팔일이 되거든 도로혀 무예보기ᄅᆞᆯ 쳥ᄒᆞᄂᆞ니 미리 쾌활ᄒᆞ도다."

홀연 보니 ᄇᆡ우옥이 와서 렬위ᄅᆞᆯ 쳥ᄒᆞ여 목욕당(沐浴堂)의 오ᄅᆞ라 ᄒᆞ거ᄂᆞᆯ, 드ᄃᆡ여 각기 가셔 두레질 ᄒᆞ여 ᄲᅵᄉᆞᆫ 후의 ᄀᆡᆨ방으로 보내여 쉬게 ᄒᆞ고, 요홰 바야흐로 침방의 도라와 헐슉ᄒᆞᆯ ᄉᆡ ᄆᆡ영이 뒤흘 ᄯᆞ라 드러오거ᄂᆞᆯ, 요 【94】 홰 니ᄅᆞᄃᆡ,

"왕야긔셔 무어시라고 나ᄅᆞᆯ ᄃᆡ신ᄒᆞ여 시붕 부ᄅᆞᄂᆞᆫ 문텹을 내여 져 손님들을 닛그러내여셔 나ᄅᆞᆯ 번요케 ᄒᆞ미로다."

ᄆᆡ영이 니ᄅᆞᄃᆡ,

"져거ᄉᆞᆫ 왕야긔셔 군쥬ᄅᆞᆯ ᄃᆡ신ᄒᆞ여 일홈을 드러내ᄌᆞ ᄒᆞ신 거시니 두리건ᄃᆡ 도로혀 져 몃ᄀᆡ만 도지 아니리라."

요홰 니ᄅᆞᄃᆡ,

"만일 다시 만히 오면 진ᄀᆡ 번요ᄒᆞᆫ 거ᄉᆞᆯ 버셔나지 못ᄒᆞ리로다."

ᄆᆡ영이 니ᄅᆞᄃᆡ,

"져거ᄉᆞᆫ 엇지ᄒᆞᆯ 길이 업ᄉᆞ리라."

요홰 니ᄅᆞᄃᆡ,

"내 한가지 법을 ᄉᆡᆼ각ᄒᆞ엿노라."

ᄆᆡ영이 니ᄅᆞᄃᆡ,

"무ᄉᆞᆫ 법 【94】 이 잇ᄂᆞ냐?"

요홰 니ᄅᆞᄃᆡ,

"사ᄅᆞᆷ이 말ᄒᆞ기ᄅᆞᆯ 너와 날과 둘이 한 모양이라 ᄒᆞ니, 명일의 네가 내 의복을 닙고 나ᄅᆞᆯ ᄃᆡ신ᄒᆞ여 시ᄀᆡᆨ을 슈응케 ᄒᆞ면 하로나 죠히 내가 쉬리라."

ᄆᆡ영이 니ᄅᆞᄃᆡ,

"모양은 미록 ᄀᆞᆺᄐᆞ나 명ᄧᆞᄅᆞᆯ 분비ᄒᆞᆯ ᄡᆡ의 뉘가 감히 혼잡히 츙슈ᄒᆞ랴."

요홰 니ᄅᆞᄃᆡ,

"네가 스ᄉᆞ로 혼잡히 츙슈ᄒᆞᄂᆞᆫ 거ᄉᆞᆫ 그리 못ᄒᆞ려니와 이거ᄉᆞᆫ 내 의ᄉᆞ니 무어시 두려오랴?"

ᄆᆡ영이 니ᄅᆞᄃᆡ,

"금일은 도로혀 뎨 일ᄎᆞ 당ᄒᆞᆫ 거시니 슈고ᄅᆞᆯ ᄆᆡ우 ᄒᆞᄂᆞᆫ ᄡᆡᄅᆞᆯ 기다려 그 ᄡᆡ 【95】 의 ᄃᆡ신ᄒᆞᄂᆞᆫ 거시 더ᄃᆡ지 아니리라."

말이 ᄆᆞᆺᄎᆞᄆᆡ, 요홰 ᄌᆞ려 ᄒᆞᆯᄉᆡ 드ᄃᆡ여 니ᄅᆞᄃᆡ,

"네 금침을 가지고 니리 오면 우리 의구히 한 덩이 되어 한 캉 우희셔 ᄌᆞ면 조치 아니ᄒᆞ랴?"

ᄆᆡ영이 니ᄅᆞᄃᆡ,

"내가 군쥬의 더워 ᄒᆞ실가 두리노라."

요홰 니ᄅᆞᄃᆡ,

"근일은 ᄆᆡ우 덥다 못ᄒᆞ리라."

ᄆᆡ영이 듯고 드ᄃᆡ여 침구ᄅᆞᆯ ᄡᅳ을고 이곳의 니ᄅᆞ러 홈긔 잘ᄉᆡ, ᄯᅩ 니ᄅᆞᄃᆡ,

"엇지ᄒᆞ여 쟉야의 한 ᄎᆞ례 말을 못ᄒᆞ여 믄득 잠이 드럿ᄂᆞ뇨?"

요홰 니ᄅᆞᄃᆡ,

"곤ᄒᆞ여 잠이 드러 비로쇼 조히 지내고 내 ᄉᆡᆼ각 【96】 ᄒᆞ니, 져의 무리 즁인들이 우리 량인 보기ᄅᆞᆯ 다만 의복으로 분변ᄒᆞᆫ다 ᄒᆞ니, 네가 이제 의복을 모다 곳쳐 나와 한 모양을 짓게 ᄒᆞ고, 나도 이후로 큰 의복가지 련ᄒᆞ여 모다 너ᄅᆞᆯ ᄃᆡ신ᄒᆞ여 일습을 예비ᄒᆞ여 요긴ᄒᆞᆫ ᄡᆡᄅᆞᆯ 당ᄒᆞ거든 네 믄득 나ᄅᆞᆯ ᄃᆡ신ᄒᆞ여 나가셔 답응ᄒᆞ게 ᄒᆞ

라."

민영이 니르딗,

"조키는 조커니와 긔여히 무순 일이 면부득(免不得)홀 써롤 보와 비로쇼 져 법을 쓰는 거시오, 쟝릭의 군줘 군마(郡馬)롤 마줄 써의는 긔야 믄득 디신 못ᄒ리라."

요홰 니르딗, 【97】

"나는 너다려 말혼 거시 졍경셜홰(正經說話)여늘 너는 도로혀 나롤 롱ᄒ느냐?"

민영이 웃고 니르딗,

"내 말도 졍경셜홰니라."

요홰 니르딗,

"내가 쟝릭의 엇지 군마롤 맛지 아니ᄒ랴. 내가 그 써롤 당ᄒ거든 너롤 다리고 가셔 홈긔 지내는 거시 엇더ᄒ랴."

민영이 니르딗,

"그러ᄒ면 다시 군쥬의 은젼이 되리로다."

요홰 니르딗,

"져거시 이졔 밤의 말ᄒ는 거시 타협이 되랴?"

민영이 니르딗,

"져거시 무순 타협지 못ᄒ미 이시랴."

ᄒ며 쏘 담쇼ᄒ다가 비로쇼 즈더라.

익일 쳥신의 무익지 믄 【98】 득 나와 요화의 긔침ᄒ믈 지촉ᄒ여 쏘 원즁의 드러가 빈긱을 슈응ᄒ고 밥을 맛촌 후의 외간의셔 보ᄒ딗, 쥬황친의 이쇼졔 와셔 시회(詩會)의 든다 ᄒ거눌, 요홰 드딗여 샹셔방 문젼의 니르러 영졉ᄒ여 셔로 모히미, 친쳑 분의(分義) 펴내니 문득 동항(同行)이라. 즉시 대명(大名)을 무르니 쥬쇼졔 딗답ᄒ딗,

"글 배호는 일홈은 문란(文鸞)이로 표ᄌ(表子)는 션한(仙翰)이라 ᄒ는딗, 금년의 십륙 세 되엿노라."

요홰 니르딗,

"네 도로혀 나보다 이년 마시로다."

쏘 무로딗,

"출가ᄒ엿느냐?"

문 【99】 란이 이르딗,

"거년 납월(臘月)의 셩혼ᄒ엿다."

ᄒ고, 쏘 무르딗,

"군쥬도 싱각건딗 임의 군마(郡馬)가 이시리라."

요홰 머리롤 흔들고 쏘 니르딗,

"네가 오날 온 거시 미우 조흐니 우리 곳의 삼위 져졔 몬져 왓는지라. 쳥컨딗 져 원즁으로 드러가ᄌ."

ᄒ고, 드딗여 시녀로 몬져 가셔 알게 ᄒ 연후의 ᄀ치 인지헌으로 드러가 셔로 샹면ᄒ미, 경의 상합ᄒ는 거순 말ᄒ지 말고, 쏘 무익ᄌ긔 뵈옵고 인ᄒ여 원즁으로 도라오다.

문란이 믄득 무르딗,

"쟉일의 무순 글졔로 글을 지엇느냐?"

요 【100】 홰 벽샹을 가르쳐 니르딗,

"믄득 져거시니라."

문란이 머리롤 드러 보니, 동벽의 한쟝 쇄금(刷金) 젼지(箋紙)롤 붓쳣거눌 갓가히 나아가 보니,

«예포 인지헌(藝圃 仁知軒)의 분졔회고(分題會稿)라» : 글졔롤 난화 시회 ᄒ는 쵸괴라

«방우訪友» : 버술 ᄎᄌ미라
　경산녀ᄉ(貞山女史) 양경슈(楊精姝)

잉ᄎ고심임졀마(剩此枯心任折磨)ᄒ니
불혐신고비음익(不嫌辛苦費吟哦)라
은근위방텬황녀(慇懃爲訪天潢女)ᄒ야
ᄉ출시편청졍홰(寫出詩篇請正訛)라

«요녀邀侶» : 동무롤 마ᄌ미라
　여야규슈(如也閨秀) 조만연(趙鬘衍)

갈억용광일구회(渴憶容光日九廻)ᄒ야
등한요득고인릭(等閒邀得故人來)롤
졍회일종셩셩석(情懷一種惺惺惜)ᄒ니
부도션원셔불회(不到仙源誓不回)롤

«가롱個儂» : 내란 말이라
　양청녀ᄉ(楊清女史) 니쇼도(李素濤)

자자션명향딗용(藉藉仙名響大鏞)ᄒ니
ᄎ힝긔감효쇼용(此行豈敢效疎慵)가
셤궁득식항아면(蟾宮得識嫦娥面)ᄒ니
블원오롱ᄉ기롱(不怨吳儂謝個儂)이라

«쇼유션小遊仙» : 져기 노니는 신션이라
션궁규슈(璇宮閨秀) 쥬요화(朱瑤華)

쟉쇼진긔도요지(昨宵曾記到瑤池)ᄒᆞ니
셔모진언도아치(西母瞋言道我痴)롤
일단회문유미료(一段廻文猶未了)ᄒᆞ야
량삼ᄌᆞ미우최시(兩三姉妹又催詩)롤

«봉연捧硯» : 벼루롤 밧들미라
난곡시녀(蘭谷侍女) 목ᄉᆞ완(繆斯婉)

봉연진경셜티진(捧硯曾經說太眞)ᄒᆞ니
쳥평아죠지금신(淸平雅調至今新)을
금죠학ᄉᆡ개반염(今朝學士皆班艶)이니
비ᄌᆞ하방일효빈(婢子何妨一效顰)가

«잠화簪花» : 옷출 ᄭᅩᄌᆞ미라
미림시녀(梅林侍女) 고ᄉᆞ미(顧斯媚)

군션아회투ᄉᆞ화(群仙雅會鬪詞華)ᄒᆞ니
시ᄉᆞ쳥신슈팔치(詩思淸新手八叉)라
시문쟝하위윤필(試問將何爲潤筆)고
취환좀샹일지화(翠環簪上一枝花)라

«핑명烹茗» : ᄎᆞ롤 달히미라
이원시녀(梨苑侍女) 밍ᄉᆞ규(孟斯嫣)

병갈샹여개불변(病渴相如皆不弁)이오
번경육우역비관(飜經陸羽亦非冠)을
지슈일젹시쟝윤(只須一滴詩腸潤)이니
가귀감경셩두한(佳句堪驚星斗寒)이라

«블젼拂箋» : 시젼지(詩箋紙)롤 펴미라
욱분시녀(郁芬侍女) 견ᄉᆞ여(甄斯好)

셜도아졔의하거(薛濤雅制意何居)오
단위지시녀교셔(端爲裁詩女校書)를
[103] 쳥간안젼슈기변(請看眼前誰個弁)고
불젼인어부증허(拂箋人語不曾虛)라

«고쥬沽酒» : 술을 ᄉᆞ미라
쵸챵동ᄌᆞ(蕉窓童子) 륙슈유(陸守瑜)

조지란가하운구(早知鸞駕下雲衢)ᄒᆞ야
이향마고ᄎᆞ일호(已向麻姑借一壺)를
가윤시쟝비옥셜(可潤詩腸飛玉屑)이니
촌료진오블슈고(村醪塵汚不須沽)를

«됴어釣魚» : 고기를 낙그미라
도포동ᄌᆞ(桃圃童子) 필슈진(畢守珍)

호량하흥ᄌᆞ우유(豪梁雅興自優游)ᄒᆞ야
됴득션린유슈두(釣得鮮鱗有數頭)를
물인쥬긔슈히타(勿吝珠璣隨唾咳)ᄒᆞ라
평원십일가반류(平原十日可扳留)라

«관포灌圃» : 동산의 믈 ᄃᆡ히미라
하쇼동자(荷沼童子) 기슈박(祁守璞)
로포경영셰월심(老圃經營歲月深.)인ᄃᆡ
은근관기승감림(慇懃灌漑勝甘霖)을
[104] 야졍역가츙시료(野情亦可充詩料) 니
쳥부릭츈만디금(請賦來春滿地金)이라

«요쵸耨草» : 플을 ᄆᆡ미라
류졍동자(柳亭童子) 완슈련(阮守璉)

단위연빈벽쵸릭(端爲延賓闢草來)ᄒᆞ니
쵸근부진요화해(草根不盡耨還該)라
요장일편은근의(要將一片慇懃意)ᄒᆞ야
박득시편란만지(博得詩篇爛熳栽)를

문란이 보기롤 맛치고 ᄯᅩ 보니 각가 도쟝(圖章)이 잇ᄂᆞᆫᄃᆡ, ᄌᆞ획이 단졍ᄒᆞ고 관식(款式)이 졍졔ᄒᆞᆫ지라. 칭찬ᄒᆞ미 입의 긋치지 아니믈 ᄭᅢ치지 못ᄒᆞ고 니ᄅᆞᄃᆡ,

"팔인은 엇더ᄒᆞᆫ 사ᄅᆞᆷ이냐?"

요홰 가ᄅᆞ치며 니ᄅᆞᄃᆡ,

[105] "믄득 져 ᄉᆞ기 쇼시(小廝)와 ᄉᆞ기 비지(婢子)니라."

문란이 놀나 니ᄅᆞᄃᆡ,

"믄득 져 무리냐?"

ᄒᆞ며 련망히 니러나 쇼란 무리롤 ᄃᆡᄒᆞ여 니ᄅᆞᄃᆡ,

"원릭 모다 시긱인ᄃᆡ 공경ᄒᆞ믈 일헛노라."

경산이 니ᄅᆞᄃᆡ,

"쳥컨ᄃᆡ 쥬쇼져는 평론ᄒᆞᄂᆞᆫ 거시 엇더ᄒᆞ

냐?"

문란이 디답ᄒᆞ되,

"쇼믹ᄂᆞᆫ ᄌᆞᄀᆡ도 도로혀 분쉬 업ᄂᆞᆫ되 각위 져져와 군쥬ᄂᆞᆫ 도시 큰 학문이라. 진ᄀᆡ ᄌᆞ유(子游)와 ᄌᆞ히(子夏)가 능히 한 말ᄉᆞᆷ을 돕지 못ᄒᆞ미로다."

죠삼괴 니ᄅᆞ되,

"져 글쟝은 쵸본(草本) 낸 후의 등셔ᄒᆞᆫ 거시니 도로혀 한 쟝을 등 【106】 셔 ᄒᆞ여 교슈(敎授)의게 보내여 보라 ᄒᆞ엿더니, 아지 못게라 뵈고 왓ᄂᆞ냐?"

요홰 니ᄅᆞ되,

"내 드ᄅᆞ니 령ᄉᆞ 무리 젼ᄒᆞᄂᆞᆫ 말이 져 ᄉᆞᄀᆡ 교슈비 각기 네가 겸숀ᄒᆞ고, 내가 ᄉᆞ양ᄒᆞ여 츄탁ᄒᆞᆫ다 ᄒᆞ니 어내 씨의 비로쇼 평론ᄒᆞ여 올ᄂᆞᆫ지 모ᄅᆞ노라."

양청이 니ᄅᆞ되,

"져의 무리 겸양ᄒᆞᄂᆞᆫ 거ᄉᆞᆫ 아직 두고 오ᄂᆞᆯ날 쥬쇼졔 ᄯᅩ 왓시니 우리 무리 ᄯᅩ 힘을 ᄢᅧ 다시 시회ᄒᆞᄂᆞᆫ 글을 쵸ᄅᆞᆯ ᄢᅧ 내여 져의 무리로 ᄒᆞ여곰 각기 보게 ᄒᆞ면 다시 겸양ᄒᆞ미 업ᄉᆞᆯ ᄃᆞᆺᄒᆞ리라."

요홰 니ᄅᆞ되,

"쇼져 【107】 의 말이 그ᄅᆞ지 아니타."

ᄒᆞ고 머리ᄅᆞᆯ 돌나 쇼란을 보고 졔목 ᄡᅳᆫ 졔비[159]ᄒᆞᆫ 거ᄉᆞᆯ 가져오라 ᄒᆞ니, 경산이 니ᄅᆞ되,

"금일은 몬져 톄격을 뎡ᄒᆞᆫ 후의 다시 졔목을 ᄲᅡᆸ으리라."

문란이 니ᄅᆞ되,

"칠졀(七絶)은 쟉일 임의 지어시니, 오ᄂᆞᆯ은 맛당히 칠률(七律)을 지으리라."

삼괴 니ᄅᆞ되,

"칠률시ᄂᆞᆫ 반ᄃᆞ시 운ᄍᆞ(韻字)ᄅᆞᆯ 한ᄒᆞ여야 도로혀 짓기 죠코, 그러치 아니면 만텬광야(漫天曠野)의 어ᄃᆡ가 ᄌᆞ최ᄅᆞᆯ 븟치리오?."

문란이 니ᄅᆞ되,

"그리 ᄒᆞ여야 조흐니, 누구ᄂᆞᆫ 어내 운ᄍᆞᄅᆞᆯ 한ᄒᆞ랴?"

요홰 니ᄅᆞ되,

"졔목을 ᄲᅡᆸ아가 【108】 지고 각인이 숀을 ᄯᅡ라 한권 셔칙을 번드겨 보와 뎨일항 뎨일ᄌᆞ가 믄득 칙셩(仄聲)이거든 다시 뎨이ᄌᆞᄅᆞᆯ 보와 뎡ᄒᆞᄌᆞ."

ᄒᆞ니, 즁인이 니ᄅᆞ되,

"져러케 ᄒᆞᄌᆞ."

ᄒᆞ고 각기 졔목을 ᄲᅡᆸ아 일제히 ᄲᅡᆸ은 후의 즁인이 홈긔 보니, 니양청은 «ᄌᆞ미화紫微花»오, 쥬문란은 «호졉홰蝴蝶花»라. 모다 말ᄒᆞ되, 져 제목이 의취 잇다 ᄒᆞ고, 양경산은 «셜리파초雪裡芭蕉»오, 죠삼고ᄂᆞᆫ «헌화萱花»오, 요화ᄂᆞᆫ «경홰瓊花»라. 즁인이 모다 말ᄒᆞ되, 군쥬의 ᄲᅡᆸ은 거시 미우 빗치 난다 ᄒᆞ고, ᄯᅩ 비녀 무리의 ᄲᅡᆸ은 거ᄉᆞᆫ 믹영은 믹화오, 【109】 쇼란은 «슈션화水仙花»오, 니운은 «상즁국霜中菊»이오, 욱리ᄂᆞᆫ «쟝츈화長春花»오, ᄉᆞᄀᆡ 쇼시(小廝)의 ᄲᅡᆸ은 거ᄉᆞᆫ 초엽은 «승혜국僧鞋菊»이오, 도홍은 «목근화木槿花»오, 하향은 «작약화芍藥花»오, 류지ᄂᆞᆫ «셔번년西番蓮»이라. 인ᄒᆞ여 하향으로 ᄒᆞ여곰 각 졔목을 등셔케 ᄒᆞ고, 각인이 셔칙을 번드겨 운ᄍᆞᄅᆞᆯ 뎡ᄒᆞ고 드듸여 음영ᄒᆞᆯ 닐워내니, 아지 못게라 뉘가 이 ᄉᆞ단(詞壇)의 효쟝(驍將)이 되랴. 반ᄃᆞ시 아름다온 글귀 이실 거시니 하회의 분히ᄒᆞ라.

---

159) 【졔비】 명 제비. ¶ 鬮子 ‖ 머리ᄅᆞᆯ 돌나 쇼란을 보고 졔목 ᄡᅳᆫ 졔비ᄒᆞᆫ 거ᄉᆞᆯ 가져오라 ᄒᆞ니 (回頭見素蘭在後, 遂令送題目鬮子.) <瑤華 6:107> ⇒ 져비, 졉이

[요화젼 瑤華傳 권지칠 卷之七]

13

평시구함흠탁식 상하화족창유경
評詩句咸欽卓識 賞荷花足暢幽情

【1】 화셜 즁인이 한 ᄎᆞ례 음영ᄒᆞ다가 련쇽ᄒᆞ여 모다 글 쵸(草)ᄅᆞᆯ ᄂᆡ여 노커ᄂᆞᆯ 하향이 인ᄒᆞ여 시젼지(詩箋紙)의 일일이 등셔ᄒᆞ고 ᄆᆞᆫ득 작일 붓친 바 시젼지 아ᄅᆡ 이어 붓쳐 노왓더니, 맛쵸아 무ᄋᆡ지 다라와 쥬문란의게 회례(回禮)ᄒᆞᆯ 시, 각기 셔로 본 후의 드ᄃᆡ여 무ᄅᆞᄃᆡ,

"금일은 무ᄉᆞᆫ 톄격을 지어시며, 【2】 모다 지엇나냐?"

요홰 ᄃᆡ답ᄒᆞᄃᆡ, 방ᄌᆞ 츌쵸(出草)ᄒᆞ여 임의 등셔ᄒᆞ여 벽샹의 붓쳣다 ᄒᆞ거ᄂᆞᆯ, 무ᄋᆡ지 동벽(東壁)으로 갓가히 가 머리ᄅᆞᆯ 드러 보니, 단졍ᄒᆞᆫ 희ᄌᆞ(楷字)로 시젼지 우희 ᄢᅧ잇ᄂᆞᆫ지라, 드ᄃᆡ여 낭숑ᄒᆞ여 닑으니 ᄒᆞ엿시ᄃᆡ,

«예포인지헌藝圃仁知軒)의 뎨이ᄉᆞ분졔회고(第二社分題會稿)라» 〔뎨 이ᄉᆞ 졔목을 난호와 시회ᄒᆞᄂᆞᆫ 글 최(草)라〕

«셜리파쵸雪裡芭蕉» : 모ᄒᆞᆯ 모(描)ᄧᆞ 운(韻)이라

졍산녀ᄉᆞ(貞山女史) 양졍슈(楊靜姝)

마힐단쳥임필모(摩詰丹青任筆描)ᄒᆞ니
【3】 블문셜디유파초(不聞雪地有巴蕉)라
시인광달무심와(詩人曠達無心臥)오
이부듕화슉환세(嫠婦中懷夙恨消)라

마힐의 단쳥이 붓ᄒᆞᆯ 맛겨 모ᄒᆞ나
눈 ᄡᅡ힌 파쵸 잇단 말을 듯지 못ᄒᆞ엿노라
시ᄒᆞᄂᆞᆫ 사ᄅᆞᆷ의 광달(曠達)ᄒᆞᆫ 거ᄉᆞᆫ 무심이 누엇고
과부(寡婦)의 가온ᄃᆡ 회포ᄂᆞᆫ 이젼 한이 ᄉᆞ라지더라

나허셔함환암권(那許書緘還暗捲)이며
하ᄅᆡ록션샹경요(何來綠扇尙輕搖)오
긔어엄환휴미집(寄語閹宦休迷執)호라
변도삼츈야ᄉᆞ쵸(便到三春也謝凋)라

엇더ᄒᆞᆫ 편지 봉ᄒᆞᆫ 거ᄉᆞᆫ 도로혀 가마니 거럿ᄂᆞᆫᄃᆡ
어ᄃᆡ셔 온 푸른 붓치ᄅᆞᆯ 오히려 가ᄇᆡ야 흔드ᄂᆞ냐
말을 붓치ᄂᆞ니 엄환(閹宦)들은 희미ᄒᆞᆫ 거술 고집지 말나
ᄆᆞᆫ득 삼츈의 니ᄅᆞ러ᄂᆞᆫ 쵸락(凋落)ᄒᆞ여 지더라.

«헌화萱花» : ᄭᅩᆺ다올 방(芳) ᄧᆞ운이라

여야규슈(如也閨秀) 도만연(趙鬘衍)

셜녹함래슈븍당(仙鹿銜來樹北堂)ᄒᆞ니
【4】 분패취엽등난방(紛披翠葉等蘭芳)이라
만시슈턱금침도(漫猜手澤金針度)오
차희번영쵹금장(且喜繁英蜀錦張)이라

신션의 ᄉᆞ슴이 무러와셔 븍당의 심으니
어ᄌᆞ러이 헛친 푸른 닙히 난쵸와 ᄀᆞᆺ치 ᄭᅩᆺ답더라[160]
부즈럽시 싀긔ᄒᆞ기ᄂᆞᆫ 손 흔젹이 금침(金

160) 【ᄭᅩᆺ답다】 형 꽃답다. ¶ 芳 ‖ 신션의 ᄉᆞ슴이 무러와셔 븍당의 심으니 어ᄌᆞ러이 헛친 푸른 닙히 난쵸와 ᄀᆞᆺ치 ᄭᅩᆺ답더라 (仙鹿銜來樹北堂, 紛披翠葉等蘭芳.) <瑤華 7:4>

針)을 제도ᄒᆞ엿다 ᄒᆞ고
ᄯᅩ 깃거ᄒᆞ믄 번화ᄒᆞᆫ ᄭᅩᆺᄲᅮ리[161]가 쵹(蜀)나라 비단을 베픈 듯ᄒᆞ더라

ᄎᆡ벅무시동현란(彩服舞時同絢爛)이오
츈희됴쳐졍셔장(春暉照處正舒長)이라
샹간지각환졍흡(相看只覺歡情洽)ᄒᆞ니
ᄀᆡᆼ유하우져용망(更有何憂底用忘)고

ᄎᆡ식 의복을 츔츄ᄂᆞᆫ ᄯᅢ의 ᄀᆞᆺ치 현란ᄒᆞ고
츈식이 빗최ᄂᆞᆫ 곳의 졍히 펴셔 기더라
셔로 보ᄆᆡ 다만 깃거 ᄒᆞᄂᆞᆫ 졍이 흡죡ᄒᆞ믈 ᄭᆡᄃᆞᄅᆞ니
다시 무ᄉᆞᆫ 근심이 잇셔 ᄲᅧ 이ᄌᆞ미 될고.

«쟝미홰薔薇花»라 : 빗날 화(華)ᄶᅡ 운이라
양쳥녀사(楊淸女史) 니쇼도(李素濤)

졍졍방식츌쳥화(亭亭芳植出淸華)ᄒᆞ니
【5】 난만격년반챡화(爛漫經年半着花)라
임표우릐의탁금(林表雨來疑濯錦)이오
지두풍젼황류하(枝頭風轉恍流霞)라

졍졍(亭亭)ᄒᆞ게 ᄭᅩᆺ다히 심은 거시 나오기ᄅᆞᆯ ᄆᆞᆰ고 빗ᄂᆞ니
난만(爛漫)ᄒᆞᆫ지 ᄒᆡ가 지나ᄆᆡ 반즘 ᄭᅩᆺ치 븟치엿더라
슈플 밧긔 비가 오니 비단을 ᄲᆞᆫ가 의심ᄒᆞ고
가지 머리의 바ᄅᆞᆷ이 구으니 황연(恍然)이 안개가 흐ᄅᆞ더라

단의ᄒᆞᆨᄉᆞ향규반(端宜學士香閨伴)이오
긔욕마고셤죠파(豈欲麻姑纖爪爬)아
요견무[기]총고각근(遙見幾叢高閣近)ᄒᆞ니
형연여화영챵새(熒然藜火映窓紗)라

이 단졍(端整)이 ᄒᆞᆨᄉᆞ의 향규 쇽 ᄶᅡᆨ이 맛당ᄒᆞᆯ지라
엇지 마고(麻姑)의 가ᄂᆞᆫ 손톱을 ᄀᆞᆰ고쟈 ᄒᆞ여
먼니 보ᄆᆡ 무셩ᄒᆞᆫ 포귀가 놉흔 집의 ᄀᆞᆺ가오니
형연ᄒᆞᆫ 쳥녀장(靑藜杖) 블이 챵 깁의 빗최더라.

«호졉화蝴蝶花» : 어릴 치(痴)ᄶᅡ 운이라
션한녀ᄉᆞ(仙翰女史) 쥬문란(周文鸞)

년화심셩본릐치(戀花心性本來痴)ᄒᆞ니
【6】 환작화신각ᄌᆞ지(幻作花身却自知)라
염염무의방쳡슈(艶艶舞衣方貼樹)오
거거쟝몽각졈지(蘧蘧莊夢覺粘枝)라

ᄭᅩᆺ ᄉᆡᆼ각ᄒᆞᄂᆞᆫ 심졍이 본릐의 어리셕으니
변환ᄒᆞ여 ᄭᅩᆺ몸이 된 거ᄉᆞᆯ 믄득 스ᄉᆞ로 알니라
곱고 고은 츔츄ᄂᆞᆫ 옷ᄉᆞᆫ 바야흐로 나무의 븟허 잇고
총총ᄒᆞᆫ 쟝쥬(莊周)의 ᄭᅮᆷ은 ᄭᆡ다ᄅᆞᄆᆡ 가지의 업듸엿더라

봉매휴지당젼인(蜂媒休再當前引)ᄒᆞ라
압우난교격셰위(狎友難教隔世爲)라
시간쥬장용쥬박(試看晝長慵湊拍)ᄒᆞ니
경광젼블ᄉᆞ당시(輕狂全不似當時)라

벌의 즁ᄆᆡᄂᆞᆫ 다시 앏흘 당ᄒᆞ여 닛글지 말나
친압(親狎)ᄒᆞᆫ 벗은 가ᄅᆞ쳐 셰샹을 격ᄒᆞ여 되미 어렵더라
시험ᄒᆞ여 보미 낫이 긴듸 게을니 븟치여 머무니
가비얍고 밋츌 거시 온젼이 당시와 ᄀᆞᆺ지 아니터라.

«경화瓊花» : 놀 유(游)ᄶᅡ 운이라
션궁규슈(璇宮閨秀) 쥬요화(朱瑤華)

요셩져ᄉᆞ하형구(瑤星底事下邢溝)ᄒᆞ야
【7】 야쟉인간한만유(也作人間汗漫遊)오

161) 【ᄭᅩᆺᄲᅮ리】 명 꽃부리. ¶ 英 ‖ 부즈럽시 싀긔ᄒᆞ기ᄂᆞᆫ 손 흔젹이 금침을 제도ᄒᆞ엿다 ᄒᆞ고 ᄯᅩ 깃거ᄒᆞ믄 번화ᄒᆞᆫ ᄭᅩᆺᄲᅮ리가 쵹나라 비단을 베픈 듯ᄒᆞ더라 (漫猜手澤金針度, 且喜繁英蜀錦張.) <瑤華 7:4>

셜염야광난병ᄉᆡᆨ(雪艷夜光難竝色)이오
향미춘ᄋᆡ깅무쥬(香迷春藹更無儔)라

구술 별이 무ᄉᆞᆫ 일노 형구의 나려와
인간의 한만(汗漫)이 노ᄂᆞᆫ 거술 짓ᄂᆞ냐
눈이 고으니 야ᄉᆡᆨ(夜色)이 아올나 빗 되기가 어렵고
향ᄂᆡ가 희미ᄒᆞ니 봄 아즈렁이[162] 다시 ᄧᅡᆨ이 업더라

잠니표묘신경궐(暫離飄緲神京闕)인던
긍입혼음뎨ᄌᆞ모(肯入昏淫帝子眸)아
유득가명텬고졔(留得佳名千古在)ᄒᆞ니
변교ᄉᆞ모부하구(便教思慕復何求)아

좀간 표묘(飄緲)ᄒᆞᆫ 신경(神京) ᄃᆡ궐을 ᄯᅥ낫ᄂᆞᆫᄃᆡ
즐겨 혼음(昏淫)ᄒᆞᆫ 뎨ᄌᆞ(帝子)의 눈의 드러가랴
아름다온 일홈을 머믈너 텬고의 이시니
믄득 가ᄅᆞ쳐 ᄉᆞ모ᄒᆞ나 다시 엇지 구ᄒᆞ랴.

«슈션화水仙花» : 향긔 향(香)ᄧᆞ 운이라
난곡시녀(蘭谷侍女) 목ᄉᆞ완(繆斯婉)

부ᄌᆞ디ᄆᆡᆨ윤텬쟝(不滋地脈潤天漿)ᄒᆞ니
【8】 호톄응지옥유향(皓体凝脂玉有香)이라
한녀릉파샹고면[반](漢女凌波相顧盼)인ᄃᆡ
풍이츅낭호져앙(馮夷蹙浪互低昂)이라

디ᄆᆡᆨ은 붓지 아니ᄒᆞ고 텬쟝은 윤ᄐᆡᆨᄒᆞ엿시니
흰 몸의 기ᄅᆞᆷ이 엉긔엿ᄂᆞᆫᄃᆡ 옥이 향ᄂᆡ가 잇더라
한슈(漢水) 계집이 믈결을 업슈히 너기ᄂᆞᆫ 거ᄉᆞᆫ 셔로 고면ᄒᆞ고
풍이(馮夷)의 믈결을 ᄎᆞᄂᆞᆫ 거ᄉᆞᆫ 셔로 져앙(低昂)ᄒᆞ더라

금반승로단심쇼(金盤承露檀心小)오
샹관ᄉᆡᆼ화취체장(湘管生花翠蒂長)이라
궤져풍뉴릉졀세(怪底風流能絶世)ᄒᆞ니
은ᄃᆡ청망형비샹(銀臺淸望迥非常)이라

금반(金盤)의 이슬을 바드니 단심(檀心)이 젹엇고
샹관(湘管)의 ᄭᅩᆺ치 나니 취체(翠蒂)가 길더라
고이ᄒᆞ다 져 풍뉴 세샹의 ᄲᅡ혀지니
은ᄃᆡ의 ᄆᆞᆰ은 명망이 먼리 비샹ᄒᆞ더라.

«ᄆᆡ화梅花» : ᄆᆞᆰ을 청(淸)ᄧᆞ 운이라
ᄆᆡ림시녀(梅林侍女) 고ᄉᆞ미(顧斯媚)

ᄌᆞ여숑황결구ᄆᆡᆼ(自與松篁結舊盟)ᄒᆞ니
【9】 릉샹오셜여빙청(凌霜傲雪勵氷淸)이라
도인고격견지졍(都因高格堅持定)인ᄃᆡ
독졈군방미허징(獨占群芳未許爭)이라

스ᄉᆞ로 숄과 ᄃᆡ로 더브러 녯 ᄆᆡᆼ셰ᄅᆞᆯ ᄆᆡᄌᆞᆺ시니
셔리ᄅᆞᆯ 업슈히 너기고 눈을 거만이 너기고 어름을 가다듬아 ᄆᆞᆰ더라
모다 놉흔 격죄가 가진 거시 구든 거술 인ᄒᆞ여
홀노 군방(群芳)을 졈ᄒᆞ여 닷토믈 허치 아니터라

ᄅᆡᆼ담무심요월반(冷淡無心邀月伴)이오
횡ᄉᆞ유ᄐᆡ격강명(橫斜有態隔江明)이라
듕회매한림고ᄉᆞ(中懷每恨林高士)ᄒᆞ니
우세무단낭파명(于世無端浪播名)이라

이 ᄅᆡᆼ담ᄒᆞᆫ 거시 ᄆᆞ옴이 업셔 달을 마ᄌᆞ ᄧᅡᆨ짓고
횡ᄉᆞ(橫斜)ᄒᆞᄂᆞᆫ 거시 ᄐᆡ도가 잇셔 강을 격ᄒᆞ여 밝더라
가온ᄃᆡ 회포가 ᄆᆡ양 림고ᄉᆞ(林高士)ᄅᆞᆯ 한ᄒᆞᄂᆞ니
셰샹의 무단이 브즈럽시 일홈이 파젼(播傳)케 ᄒᆞ더라.

---

162) 【아즈렁이】 [명] 아지랑이. ¶ 靄 ‖ 눈이 고으니 야ᄉᆡᆨ이 아올나 빗 되기가 어렵고 향ᄂᆡ가 희미ᄒᆞ니 봄 아즈렁이 다시 ᄧᅡᆨ이 업더라 (雪艷夜光難竝色, 香迷春藹更無儔.) <瑤華 7:7> ⇒ 아즈랑이, 아지랑이, 아지랭이

«셩듕[상산]국霜山菊» : 열 개(開)ᄶᅡ 운이라
이원시녀(梨苑侍女) 밍ᄉᆞ규(孟斯嬀)

향신청녀하청태(向晨靑女下靑苔)
【10】 오셩편릉리반개(傲性偏能籬畔開)라
ᄌᆞ신유ᄌᆞ견만졀(自信幽姿堅晩節)인ᄃᆡ
부동염야[야염]변휴최(不同冶艶便隳摧)라

ᄉᆡ비롤 향ᄒᆞ여 청태(靑苔)로 나려오니
거만ᄒᆞᆫ 셩픔이 편벽도히 능히 울셥 가의 열니더라
스ᄉᆞ로 밋기ᄂᆞᆫ 그윽ᄒᆞᆫ ᄌᆞ틱가 느즌 졀ᄀᆡ 구든ᄃᆡ
염야(艶冶)와 ᄀᆞᆺ치 믄득 ᄶᅥ러져 써ᄶᅵ지ᄂᆞᆫ 아니터라

권렴긔위셔풍슈(捲簾豈爲西風瘦)ᄒᆞ랴
반월무번령우최(伴月無煩冷雨催)라
일죵고고텬부여(一種孤高天付與)ᄒᆞ니
지심유유영두ᄆᆡ(知心惟有嶺頭梅)라

발을 거드ᄆᆡ 엇지 셔풍의 여윈 거시 되랴
달을 ᄶᅡᆨᄒᆞᄆᆡ 찬비롤 번거히 ᄒᆞ여 지쵹ᄒᆞᄆᆡ 업더라
일죵 고고ᄒᆞᆫ 거ᄉᆞᆯ 하ᄂᆞᆯ이 붓쳐 쥬어시니
ᄆᆞᄋᆞᆷ 아ᄂᆞᆫ 거시 오직 영두(嶺頭) ᄆᆡ화가 잇더라.

«쟝츈화長春花» : 날빗 휘(暉)ᄶᅡ 운이라
욱분시녀(郁芬侍女) 견ᄉᆞ여(甄斯妤)

쟉야동군질어귀(昨夜東君叱馭歸)ᄒᆞ니
【11】 편우쇼쵸비방비(偏于小草畀芳菲)라
죵교밀예경년토(從敎密蕊經年吐)ᄒᆞ야
블ᄉᆞ림화젼안희(不似林花轉眼稀)라

쟉야의 동군(東君)이 어거(馭車)ᄒᆞᆫ 거ᄉᆞᆯ ᄭᅮ지져 도라오니
편벽도히 젹은 플의 ᄭᅩᆺ다온 거ᄉᆞᆯ 쥬더라
죠ᄎᆞ 가ᄅᆞ쳐 밀밀ᄒᆞᆫ ᄭᅩᆺ포귀[163]가 ᄒᆡ롤 지ᄂᆡ여 토(吐)ᄒᆞ여셔
슈플 ᄭᅩᆺ시 눈을 굴너 드므러짐과 ᄀᆞᆺ지 아니ᄒᆞ더라.

ᄆᆡ방옥계쇼영일(毎傍玉階消永日)이오
샹경금완답츈희[휘](常擎金碗答春暉)라
샹화만디어연쇼(霜華滿地嫣然笑)ᄒᆞ니
회견한ᄆᆡ향셜비(會見寒梅香雪霏)라

ᄆᆡ양 옥계(玉階)롤 겻ᄒᆞ여 긴 날을 ᄉᆞᆯ오고
ᄒᆞᆼ샹 금완(金碗)을 밧드러 봄날 빗촐 ᄃᆡ답ᄒᆞ더라
셔리 ᄭᅩᆺ치 ᄯᅡ히 가득ᄒᆞᆫᄃᆡ 언연이 우셔시니
맛참니 찬 ᄆᆡ화의 향긔 눈이 졋ᄂᆞᆫ 거ᄉᆞᆯ 보깃더라.

«승혜국僧鞋菊» : 긔이할 기(奇)ᄶᅡ 운이라
쵸창동ᄌᆞ(蕉窓童子) 륙슈유(陸守瑜)

답변운산보보슈(踏遍雲山步步隨)ᄒᆞ니
【12】 우연긔젹지동니(偶然寄迹在東籬)라
구년면벽무진염(九年面壁無塵染)이오
일쳑셔귀유죵유(一隻西歸有種遺)라

운산(雲山)을 밟아 두루ᄒᆞᄆᆡ 보보히 ᄯᅡᄅᆞ더니
우연이 ᄌᆞ최롤 붓쳐 동녁 울셥의 잇더라
아홉 ᄒᆡ 벽을 향ᄒᆞ여시ᄆᆡ 틧ᄭᅳᆯ이 무드지 아냣고
한 ᄶᅡᆨ이 셔흐로 도라가ᄆᆡ 종락(種落)[164]이 잇셔 ᄭᅵ쳣더라

탈ᄉᆞ이의방경벽(脫屣愛依芳徑僻)이오
권유각득만츄의(倦遊覺得晩秋宜)라
분분쇽염단란혼(紛紛俗艶端難混)이나
묘합쳥년ᄉᆡᆨ상긔(妙合靑蓮色相奇)라

---

163) 【ᄭᅩᆺ포귀】 명 꽃송이. ¶ 蕊 ‖ 죠ᄎᆞ 가ᄅᆞ쳐 밀밀ᄒᆞᆫ ᄭᅩᆺ포귀가 ᄒᆡ롤 지ᄂᆡ여 토ᄒᆞ여셔 슈플 ᄭᅩᆺ시 눈을 굴너 드므러짐과 ᄀᆞᆺ지 아니ᄒᆞ더라 (從敎密蕊經年吐, 不似林花轉眼稀.) <瑤華 7:11>

164) 【죵락】 명 {종락(種落).} 종내기. 종류나 계통의 같고 다름을 이르는 말. ¶ 種 ‖ 아홉 ᄒᆡ 벽을 향ᄒᆞ여시ᄆᆡ 틧ᄭᅳᆯ이 무드지 아냣고 한 ᄶᅡᆨ이 셔흐로 도라가ᄆᆡ 죵락이 잇셔 ᄭᅵ쳣더라 (九年面壁無塵染, 一隻西歸有種遺.) <瑤華 7:12> ⇒ 종낙, 종락

신을 버ᄉᆞ미 ᄭᅩᆺ다온 길 유벽ᄒᆞᆫ 거ᄉᆞᆯ 의지ᄒᆞ기ᄅᆞᆯ ᄉᆞ랑ᄒᆞ고

게얼니 놀ᄆᆡ 느즌 가을 맛당ᄒᆞᆫ 거ᄉᆞᆯ ᄡᅵ다라 어덧더라

분분ᄒᆞᆫ 시쇽 고은 것들이 혼합ᄒᆞ기가 어려올지라

묘ᄒᆞᆫ 거시 프른 년ᄭᅩᆺᄎᆞᆯ 합ᄒᆞ여 ᄉᆡᆨ과 형상이 긔이터라.

«목근화木槿花» : 안개 하(霞)ᄧ 운이라
도포동자(桃圃童子) 필슈진(畢守珍)

박명홍안미죡차(薄命紅顔未足嗟)ᄒᆞ니
【13】 풍인구이입시패(風人久已入詩葩)라
부징영위슝죠역(不爭榮萎崇朝易)이오
체견방비긔월화(遞見芳菲幾月花)오

박명홍안(薄命紅顔)을 죡히 슬허ᄒᆞ지 아니ᄒᆞᆯ지라

글짓ᄂᆞᆫ ᄉᆞᄅᆞᆷ들이 오ᄅᆡ 임의 ᄉᆡ(詩)의 드러와 ᄭᅩᆺ답게[165] ᄒᆞ더라

영화ᄅᆞᆸ고 여윈 거시 슝죠(崇朝)의 밧괴ᄂᆞᆫ 거ᄉᆞᆯ 다토지 아니ᄒᆞ고

방비(芳菲)ᄒᆞᆫ 몃 달 ᄭᅩᆺᄎᆞᆯ 가라가며 보더라.

모옥판비로졈염(茅屋板扉勞點染)이오
채규약포쳥쥬차(菜葵藥圃倩週遮)라
단리곡졀홍진격(短籬曲折紅塵隔)ᄒᆞ니
일일증셩일편하(日日蒸成一片霞)라

모옥(茅屋)판비(板扉)ᄂᆞᆫ 졈염(點染)ᄒᆞᄂᆞᆫ 거ᄉᆞᆯ 슈고ᄒᆞ고

ᄎᆡ규(菜葵)와 약포(藥圃)의 두루 가리ᄂᆞᆫ 거ᄉᆞᆯ 빌더라

ᄌᆞ른 눈셥이 곡졀(曲折)ᄒᆞᆫᄃᆡ 홍진(紅塵)이 격ᄒᆞ여시니

날마다 ᄒᆞᆫ 죠각 안ᄀᆡᄅᆞᆯ ᄧᅧ 일우더라.

«쟉약화芍藥花» : 날빗 훈(曛)ᄧ 운이라
하쇼동자(荷沼童子) 기슈박(祁守璞)

텬총양양양연운(千叢穰穰釀烟雲)ᄒᆞ니
【14】 국ᄉᆡᆨ의희근긔분(國色依稀近幾分)이라
이피음단츄근시(已被吟壇推近侍)오
죵빙화보쟉원훈(終憑花譜作元勳)이라

일쳔 포긔가 셩ᄒᆞ고 셩ᄒᆞ여 연긔와 구ᄅᆞᆷ을 비져ᄂᆡ니

국ᄉᆡᆨ이 의희ᄒᆞ여 몃 분이나 ᄀᆞᆺ가온고

임의 읍쥬어리ᄂᆞᆫ 터의 근시(近侍)ᄅᆞᆯ 밀위ᄂᆞᆫ 거ᄉᆞᆯ 입엇고

맛ᄎᆞᆷᄂᆡ ᄭᅩᆺ 보(譜)의 원훈(元勳) 긴 거ᄉᆞᆯ 의지ᄒᆞ더라

옥반원려영죠욱(玉盤圓麗迎朝旭)이오
금ᄃᆡ만환요셕훈(金帶彎環耀夕曛)이라
요위개잔슈보무(姚魏開殘誰步武)냐
번졔[계]현란독쵸군(飜階絢爛獨超群)이라

옥반이 고와 아ᄎᆞᆷ 날빗ᄎᆞᆯ 맛고

금ᄃᆡ가 둥구러 져녁 날빗ᄎᆡ 빗나더라

요ᄌᆞ(姚紫)와 위황(魏黃)이 열녀 쇠잔(衰殘)ᄒᆞ여시니 뉘가 ᄌᆞ최ᄅᆞᆯ ᄯᅡ르랴

셤돌의 번드겨 현란ᄒᆞᆫ 거시 ᄒᆞᆯ노 무리의 ᄯᅱ여나더라.

«셔번년西番蓮» : 보ᄇᆡ 진(珍)ᄧ 운이라
류졍동ᄌᆞ(柳亭童子) 완슈련(阮守璉)

츅국징츄구품진(竺國曾推九品珍)ᄒᆞ니
【15】 하련륙디탁근신(何緣陸地托根新)고
층층보좌분슈염(層層寶座分殊艶)이오
졈졈영심젼법륜(點點靈心轉法輪)이라

텬츅국(天竺國)의셔 일즉 구ᄅᆞᆷ[품](九品) 보ᄇᆡ로 밀위여시니

엇지 인연ᄒᆞ여 륙디의 ᄲᅮ리 의탁ᄒᆞᆫ 거시 ᄉᆡᄅᆞᆸ게 되엿ᄂᆞ냐

층층ᄒᆞᆫ 보ᄇᆡ ᄌᆞ리의 슈염(殊艶)ᄒᆞᆫ 거ᄉᆞᆯ 난호고

졈졈ᄒᆞᆫ 신령ᄒᆞᆫ ᄆᆞᄋᆞᆷ이 법륜(法輪)을 구을

---

165) 【ᄭᅩᆺ답다】 형 꽃답다. ¶ 葩 ‖ 박명홍안을 죡히 슬허ᄒᆞ지 아니ᄒᆞᆯ지라 글짓ᄂᆞᆫ ᄉᆞᄅᆞᆷ들이 오ᄅᆡ 임의 ᄉᆡ의 드러와 ᄭᅩᆺ답게 ᄒᆞ더라 (薄命紅顔未足嗟, 風人久已入詩葩.) <瑤華 7:13>

니러라

지허눅시경묘샹(秪許六時逞妙相)이라
불류경슉염셤진(不留經宿染纖塵)이라
아슈젼향인간식(阿誰傳向人間植)이냐
쥬발쵸개일타진(呪鉢初開一朶眞)이라

다만 눅시(六時)의 묘ᄒᆞᆫ 형샹 밧치믈 허ᄒᆞ고

경슉(經宿)을 머믈너 가ᄂᆞᆫ 틧글이 무드지 아니ᄒᆞ더라

뉘가 젼ᄒᆞ여 인간을 향ᄒᆞ여 심엇ᄂᆞ냐

바리ᄅᆞᆯ 진언(眞言)ᄒᆞ미 쳐음으로 한 포귀 참 거시 열넛더라.

무ᄋᆡ지 닑기ᄅᆞᆯ 맛ᄎᆞᄆᆡ, 벙벙이 셔셔 몸을 움즉이지 아니ᄒᆞ고 오히려 잠잠이 외오ᄂᆞᆫ지라. 죠삼괴【16】쥬문란으로 더브러 ᄋᆞᆲ히 와 니ᄅᆞᄃᆡ,

"뎨ᄌᆞ 등의 어ᄌᆞ러이 지은 글이니 ᄉᆞ부ᄂᆞᆫ 가ᄅᆞ쳐 쥬시믈 바라노라."

무ᄋᆡ지 웃고 니ᄅᆞᄃᆡ,

"엇지 감히 가ᄅᆞ치랴. 그러나 도뎨(徒弟)와 ᄌᆞ녀(子女) 무리ᄂᆞᆫ ᄌᆞ연 교도ᄒᆞ여 쥬려니와 져져(姐姐)의 무리ᄂᆞᆫ 도시(都是) 관슉(慣熟)ᄒᆞᆫ 슈단이라 엇지 감히 방ᄌᆞ히 굴냐."

양졍산이 니양쳥과 ᄀᆞᆺ치 ᄯᅩ ᄋᆞᆲ흐로 와 니로ᄃᆡ,

"뎨ᄌᆞ 무리 군쥬와 ᄌᆞ녀 무리로 더브러 도시 일반이라. 이졔 고ᄒᆞᄂᆞ니 ᄉᆞ부ᄂᆞᆫ 외ᄃᆡ치 말고 진졍으로 가ᄅᆞ쳐 쥬면 덕【17】을 감동ᄒᆞ미 엿지 아니리라."

무ᄋᆡ지 니ᄅᆞᄃᆡ,

"졍히 이쳐럼 ᄒᆞ니 다만 어ᄌᆞ러이 니ᄅᆞ리라."

ᄉᆞ인(四人)이 졔셩(齊聲)ᄒᆞ여 말ᄒᆞᄃᆡ,

"죡히 감ᄉᆞᄒᆞ리로다."

무ᄋᆡ지 양졍산의 글을 가져 한 편을 외오며 니ᄅᆞᄃᆡ,

"쇼져ᄂᆞᆫ 필경 늙은 슈단이라. 련귀 지은 거시 츄경(遒勁)ᄒᆞ게 되고, 젼편이 함긔 타쳡(妥貼)ᄒᆞ다 니ᄅᆞᆯ 거시오. ᄯᅩ 쟉일 지은 바 칠졀(七絶)노 더브러 붓 긔운이 ᄀᆞᆺ고 아올나 츌입되미 업ᄉᆞ니, 믄득 공뷔 엿지 아니타."

ᄒᆞ며,

"됴쇼져의 글은 락귀(落句)【18】가 ᄆᆡ오 죠코 가운ᄃᆡᄂᆞᆫ 도로혀 평균ᄒᆞ나 쟉일 지은 바의 비교ᄒᆞ면 험이 된 듯 ᄒᆞ고, 니쇼져의 글은 련귀ᄂᆞᆫ 특별이 나흐나 락귀ᄒᆞᆫ 거시 너모 허슈ᄒᆞ니 쟉일 지은 바ᄂᆞᆫ 졔목이 ᄉᆞᆫ의 맛지 못ᄒᆞ믈 인ᄒᆞᆫ 고로, 금일은 져기 셩ᄒᆞ믈 ᄭᆡᄃᆞᆺ노라."

ᄒᆞ며, 쥬문란을 가ᄅᆞ쳐 니로ᄃᆡ,

"쇼져의 져 글은 졔목의 동힌 ᄇᆡ 되므로 부득블 이ᄀᆞᆺ치 지으려니와 다만 너모 긔승ᄒᆞ니 우리 무리 녀인들이 시ᄅᆞᆯ 지으ᄆᆡ 니런 졔목을 만【19】나거든 맛당히 글졔 밧긔 ᄉᆡᆼ각을 베플고 ᄃᆡ총이 젹은 집 긔샹은 면케 ᄒᆞ나, 그러나 젼편 ᄂᆡ의 련귀 짓ᄂᆞᆫ 심ᄉᆞᄅᆞᆯ 쥬장ᄒᆞ여 ᄂᆡ여야 비로쇼 죠흐리라."

됴숨괴 겻희 잇셔 니ᄅᆞᄃᆡ,

"ᄉᆞ부의 비평ᄒᆞᄂᆞᆫ 거시 실노이 의ᄉᆡ 깁고 아졍(雅正)ᄒᆞᆫ 쥴을 알니로다."

무ᄋᆡ지 니ᄅᆞᄃᆡ,

"입을 ᄯᅡ라 어ᄌᆞ러이 말ᄒᆞᆫ 거시니 웃지 말나."

ᄒᆞ며, ᄯᅩ 요화ᄅᆞᆯ ᄃᆡᄒᆞ여 니ᄅᆞᄃᆡ,

"네 글은 가히 양쇼져의 시로 더브러 병구(幷俱)ᄒᆞ니, 쟉일 지은 ᄃᆡ 비ᄒᆞ면 ᄆᆡ오 온당ᄒᆞ고, 쇼【20】란의 글은 먼리 쟉일 빗ᄂᆡ니만 ᄀᆞᆺ지 못ᄒᆞ니, '금반승로단심쇼(金盤承露檀心小)'라 ᄒᆞᆫ 져 귀ᄂᆞᆫ ᄯᅩ 녀ᄌᆞ의 구긔(口氣)가 아니라, 하회(下回)의ᄂᆞᆫ 모다 ᄆᆞᄋᆞᆷ을 머믈너 ᄒᆞᆯ 거시오, 락귀(落句)ᄂᆞᆫ 도로혀 가히 ᄲᅧ ᄡᅳᆯ 만ᄒᆞ고, ᄆᆡ영의 글은 젼일과 금일의 지은 ᄇᆡ 모다 죠코 락귀ᄂᆞᆫ 더옥 고결ᄒᆞ다 니ᄅᆞᆯ 거시오 이운의 량슈(兩首)시ᄂᆞᆫ 모다 ᄡᅳᆯ만 ᄒᆞ고, 욱니ᄂᆞᆫ 오날 지은 거시 어졔 보다 나으ᄃᆡ 다만 경인귀(勁引句)가 업고, 쵸엽의 글은 본ᄅᆡ 평샹ᄒᆞ여 블과 글졔ᄅᆞᆯ 가져【21】버리기만 ᄒᆞ고, 도홍도 ᄯᅩᄒᆞᆫ 그러ᄒᆞ며, 하향은 오날 지은 거시 ᄆᆡ오 쟉일보다 승ᄒᆞ고, 류지의 량슈(兩首)ᄂᆞᆫ 함긔 죠코 ᄯᅩ 긔운이 츙족ᄒᆞ여 도로혀 져쳐로 ᄒᆞ기가 어렵다."

ᄒᆞ고, 졍히 말ᄒᆞ더니, 다만 보ᄆᆡ 쟝기덕이 와셔 품ᄒᆞᄃᆡ, ᄌᆞᆷ간 고ᄒᆞᆯ 일이 잇다 ᄒᆞ거ᄂᆞᆯ, 드ᄃᆡ여 침궁으로 도라 가더라.

듕인이 무ᄋᆡ지 도라 간 후의 ᄯᅩ 한 ᄎᆞ례

탄복ᄒᆞ고 눈을 두루미 홍일(紅日)이 산의 먹음엇ᄂᆞᆫ지라. 이의 인지헌(仁知軒)의 잇셔 셕식을 지날 【22】 시, 쥬문란이 니ᄅᆞ되,

"쇼미의 집의 일기 ᄆᆡ뎨가 잇ᄂᆞᆫ되, 두어 귀 글을 지을 줄 아ᄂᆞᆫ지라. 다ᄒᆡᆼ이 각 위 져져가 이 곳의 이시니 져로 ᄒᆞ여곰 와셔 각위의 큰 ᄌᆡ화(才華)ᄅᆞᆯ 보게 ᄒᆞ리라."

요홰 니ᄅᆞ되,

"임의 니러ᄒᆞ면 명일의 내 교ᄌᆞᄅᆞᆯ 보ᄂᆡ여 다려오리라."

문란이 니ᄅᆞ되,

"엇지 감히 쥬인을 슈고롭게 ᄒᆞ리오. 내 다리고 온 가인이 이시니 다만 오날 지은 시ᄅᆞᆯ 쵸(抄)ᄒᆞ여 가지고 긔별 통ᄒᆞ면 명일의 응당 오리라."

ᄒᆞ고 드듸여 셕 【23】 샹(席上)의셔 시ᄅᆞᆯ 긔록ᄒᆞ여 너고 별노이 슈찰(手札)을 ᄡᅥ 가인을 맛겨 쇽히 가게 ᄒᆞ더라.

요홰 ᄯᅩ 쇼란과 ᄆᆡ영으로 ᄒᆞ여곰 은근이 슐을 권ᄒᆞ니, 다만 쥬문란이 두어 잔을 먹고 기여ᄂᆞᆫ 먹ᄂᆞᆫ 이가 언ᄆᆡ 못되고, 임의 마시기ᄅᆞᆯ ᄃᆞᄒᆞᄆᆡ, 각각 한담ᄒᆞ더니 쟝기덕이 드러와 요화의게 품ᄒᆞ되,

"령시 와셔 보ᄒᆞ기ᄅᆞᆯ 년쏫치 셩히 픠엿시니 가히 각 위 쇼져ᄅᆞᆯ 쳥ᄒᆞ여 명일의 ᄭᅩᆺ출 보시게 ᄒᆞᆫ다."

ᄒᆞ니, 됴삼괴 듯고 니 【24】 ᄅᆞ되,

"져 년ᄭᅩᆺ치 우리 의취(意趣)ᄅᆞᆯ 졍히 맛쵸도다. 명일의 그곳의 가셔 모롬즉이 몬져 ᄉᆞᆺ히 한 잔을 공경(恭敬)ᄒᆞ리라."

문란이 니ᄅᆞ되,

"가히 앗갑다. ᄉᆞᄆᆡ가 니런 셩회(盛會)의 ᄯᅡ라오지 못ᄒᆞ도다."

요홰 니ᄅᆞ되,.

"이번 보고 후일 한가지로 다시 보리라."

ᄒᆞ고 ᄯᅩ 쟝기덕의게 분부ᄒᆞ되,

"네가 일죽 ᄉᆞ부긔 품ᄒᆞ엿ᄂᆞ냐?"

기덕이 ᄃᆡ답ᄒᆞ되,

"방ᄌᆞ 품고 ᄒᆞᄆᆡ 믄득 이ᄅᆞᆯ 위ᄒᆞ여 ᄉᆞ뷔 ᄆᆡ오 쥬져ᄒᆞ시며 말ᄒᆞ기ᄅᆞᆯ, ᄇᆡᄂᆞᆫ 젹고 사ᄅᆞᆷ이 만흔 【25】 ᄃᆡ 텬긔가 념렬(炎熱)ᄒᆞ니, 쇼져 등이 더위ᄅᆞᆯ 마실가 넘녜된다 ᄒᆞ고, 임의 령ᄉᆞᄅᆞᆯ 지휘ᄒᆞ여 령문의 가셔 쟝막을 비러다가 치고 ᄉᆞ후케 ᄒᆞ시며, 쇼시와 노ᄌᆞ 무리ᄂᆞᆫ 모다 챠ᄅᆞᆯ 타고 가면 비로쇼 경편타."

ᄒᆞ거ᄂᆞᆯ,

됴ᄉᆞᆷ괴 니ᄅᆞ되,

"우리 무리 쾌락ᄒᆞᄂᆞᆫ 거ᄉᆞᆯ ᄉᆞ부로 ᄒᆞ여곰 져러ᄐᆞᆺ ᄆᆞᄋᆞᆷ을 허비케 ᄒᆞ니, 진ᄀᆡ 불안ᄒᆞ도다."

요홰 니ᄅᆞ되,

"응당 그러 ᄒᆞ시리라."

ᄒᆞ고 졍히 말ᄒᆞᄆᆡ, 챠환(丫鬟) 무리 목욕당의 오ᄅᆞ기ᄅᆞᆯ 【26】 쳥ᄒᆞ거ᄂᆞᆯ 각기 가셔 목욕을 맛ᄎᆞᄆᆡ 약간 한담ᄒᆞ다가 셔퇴(暑退)가 되ᄆᆡ 각각 취침ᄒᆞ더라.

명됴의 무익지 임의 사ᄅᆞᆷ으로 ᄒᆞ여곰 요화ᄅᆞᆯ 지촉ᄒᆞ여 몸을 닐게 ᄒᆞ니, 요홰 임의 ᄆᆡ영과 ᄀᆞᆺ치 쇼셰ᄒᆞ고 듕당의 니ᄅᆞ러 좌졍ᄒᆞᄆᆡ, ᄇᆡᆨ우옥이 와셔 품ᄒᆞ되,

"방ᄌᆞ ᄉᆞ뷔 군쥬 긔침ᄒᆞ미 너모 더될가 두려 몬져 원듕의 가셔 시ᄀᆡᆨ(詩客)을 슈응ᄒᆞ시니, 군쥬도 ᄲᆞᆯ니 원듕의 가 됴반을 맛치고 일죽 셔늘 ᄒᆞᆷ믈 ᄯᅡ 【27】 라 년ᄭᅩᆺ 쳐쇼로 가ᄌᆞ."

ᄒᆞ니 요홰 ᄆᆡ영다려 니로되,

"쳥졍ᄒᆞᆫ 몸을 무ᄉᆞᆫ 시회(詩會)지 ᄒᆞᆫ다 ᄒᆞ고 이러ᄐᆞᆺ 분망ᄒᆞᆷ믈 어더ᄂᆡ여시니 실노이 ᄆᆡᆷ망ᄒᆞ도다."

ᄆᆡ영이 ᄃᆡ답ᄒᆞ되,

"쥬인 되ᄂᆞᆫ 이가 과연 신고(辛苦)ᄒᆞᆫ 모양을 드러ᄂᆡ량이면 ᄀᆡᆨ심(客心)이 편치 못ᄒᆞᆯ 거시니, 군쥬ᄂᆞᆫ ᄡᅥ 번뇌(煩惱)치 말고 ᄯᅩ 년화면분(蓮花面分)으로 쾌히 가셔 져 무리ᄅᆞᆯ 슈응케 ᄒᆞ라."

요홰 다만 눈셥을 ᄶᅵᆼ긔고 면강ᄒᆞ여 갈시, 겨유 방문을 나ᄆᆡ 다만 보니 됴삼괴 쥬 【28】 문란과 ᄀᆞᆺ치 드러와 요화ᄅᆞᆯ 보고 니로되,

"우리 무리 졍히 군쥬의 곳의 와셔 문한ᄒᆞ려 ᄒᆞᄂᆞᆫ되, 군쥐 도로혀 일죽 니러나도다."

요홰 ᄃᆡ답ᄒᆞ되,

"블감ᄒᆞᆫ지라. 쥬인이 게어롬을 탐ᄒᆞ여 존ᄀᆡᆨ을 셜만(褻慢)ᄒᆞᄆᆡ 잇도다."

ᄒᆞ고 드듸여 한가지로 인지헌의 니ᄅᆞ러 각각 두로보며 먼리 바라보니 무익지 셕교 난간가의 잇셔 ᄉᆞ롬을 분부ᄒᆞ여 션쳑을 슈습ᄒᆞ거ᄂᆞᆯ, 요홰 드듸여 즁인으로 더브러 한가지로 볼식, 양 【29】 쳥이 칭찬ᄒᆞ여 니ᄅᆞ되,

"ᄇᆡ 모양이 죠히 졍취(情趣)ᄒᆞ도다. 왕뷔

(王府)아니면 엇지 져 모양으로 민드러 내엿시랴."

양졍산이 니르듸,

"민든 공부(工夫)는 쟝듸치 아니ᄒᆞ나, 믄득 져 관식(款式)은 엇기가 어렵도다."

됴삼괴 니르듸,

"판옥(板屋)을 쓰지 아니코 ᄉᆞ면의 다만 난간을 민드럿시니 ᄯᅩ 쳥샹ᄒᆞ고 ᄯᅩ 경쾌ᄒᆞ도다."

양쳥이 니르듸,

"져 관식이 믄득 남경진(南京秦)의 하슈(河水) 쇽 등희(燈戲) 보는 빅와 일양이로다."

됴삼괴 니르듸,

"네가 엇지 진(秦)의 하슈 쇽의 등션(燈船) 【30】 잇는 쥴을 아느냐?"

양쳥이 듸답ᄒᆞ듸,

"내가 그 곳의셔 싱댱ᄒᆞ여시니 엇지 아지 못ᄒᆞ리오."

경히 말ᄒᆞ더니, 쟝기덕이 와셔 됴반을 쳥ᄒᆞ거늘, 요홰 즉시 즁인을 마ᄌᆞ 인지헌으로 올나 올식, 즁인이 니로듸,

"우리 무리 ᄉᆞ부롤 기ᄃᆞ려 함긔 가ᄌᆞ."

ᄒᆞ니 요홰 니르듸,

"ᄉᆞ부는 한가치 못ᄒᆞ신지라. 우리 무리 몬져 가ᄌᆞ."

ᄒᆞ고, 드듸여 각기 쳥샹으로 오ᄅᆞ니, 무이지 ᄯᅩᄒᆞᆫ 뒤ᄯᆞ라 온지라. 져 ᄉᆞ인은 킥위(客位)의 한고 무이ᄌᆞ는 밧글 향 【31】 ᄒᆞ여 안고, 요화는 쥬위의 안ᄌᆞ 셔로 뫼시고, 무이지 니로듸,

"각식이 임의 판비가 되엿거니와 다만 빅롤 부릴 녀지 업ᄉᆞ니 어듸 가 구ᄒᆞ여 오랴."

양쳥이 니르듸,

"뎨지 드ᄅᆞ니 박쥬(亳州) 짜히 부녀들이 모다 빅롤 부릴 쥴 안다 ᄒᆞ듸 그ᄋᆞ이 싱각건듸 이 곳셔 샹게(相距) 머러 한 거롬의 능히 블너오지 못ᄒᆞ리로다."

무이지 손벽치며 웃고 니르듸,

"니쇼져의 가ᄅᆞ치미 아니더면 믄득 모호이 지닉엿시리라."

ᄒᆞ고,

"쌀니 쥬쳥듸로 ᄒᆞ여곰 쾌 【32】 히 은치ᄒᆞ롤 블너오라. 내가 분부ᄒᆞᆯ 말이 잇다."

ᄒᆞ니 쳥듸 답응ᄒᆞ고 나가며 시녀 무리 밥을 올니거놀 각각 진식(進食)ᄒᆞ고, 이윽ᄒᆞᆫ 후 은치히 임의 다라와 무이ᄌᆞ 신변의 니ᄅᆞ러 니로듸,

"ᄉᆞ뷔 무순 하시ᄒᆞᆯ 말이 잇ᄂᆞ냐?"

무이지 듸답ᄒᆞ듸,

"이졔 군쥬 등이 년쏫 보기롤 구ᄒᆞ여 션쳑과 졔구는 판비 ᄒᆞ여시나 다만 부릴 녀지 업는지라. 우리 궁듕의는 아는 ᄉᆞ롬이 업고, 방ᄌᆞ 니쇼져의 말을 드ᄅᆞ니, 박쥐 부녜 모다 빅롤 부린 【33】 다 ᄒᆞ니, 우리집 ᄉᆞ면의 쥬졉ᄒᆞᆫ 쟉인 듕의 가히 박쥬 사ᄅᆞᆷ들이 잇ᄂᆞ냐? 네 가히 친히 가셔 힘뻐 몃 사ᄅᆞᆷ을 ᄎᆞᄌᆞ 오면 비로쇼 가히 빅롤 타고 옯흐로 가리라."

은치히 듸답ᄒᆞ듸,

"이 일은 용이ᄒᆞ니 가셔 ᄎᆞᄌᆞ 보지 아니ᄒᆞ여도 비지 모다 알거니와 다만 한 가지가 혐 되는 거시 빅 부리는 ᄉᆞᄅᆞᆷ의 쟝쇽ᄒᆞᆯ 거시 업셔 모양이 되지 못ᄒᆞᆯ가 ᄒᆞ노라."

무이지 니로듸,

"빅 부리는 사ᄅᆞᆷ의 쟝쇽ᄒᆞᆯ 거술 내가 몃히 젼의 사ᄅᆞᆷ을 부려 강남의 가셔 단쇽(緞屬)을 【34】 죠비ᄒᆞᆯ 쎄의 임의 그 믈건도 미리 민드러다가 두어시니 그 것슨 도로혀 념녀ᄒᆞᆯ 거시 아니라. 다만 아지 못게라 네가 빅 부리는 사ᄅᆞᆷ이 몃 기나 잇는 쥴 아ᄂᆞ냐?

치히 듸답ᄒᆞ듸,

"로쇼(老少) 병(幷) ᄒᆞ여 슈십 기는 된다."

ᄒᆞ거늘 무이지 니ᄅᆞ듸,

"몬져는 그 거힝ᄒᆞᆯ ᄉᆞᄅᆞᆷ이 업술가 두려 ᄒᆞ엿더니, 이졔는 사ᄅᆞᆷ이 넉넉히 이시니, 믄득 골나셔 빠힐 거시오, 미 션(船) 두미(頭尾)의 량인식은 업지 못ᄒᆞᆯ 거시오, 미 션의 빅쥴 잡아 당긔는 사ᄅᆞᆷ가지 아 【35】 올나 ᄉᆞ기는 될 터이니, 듸총 이십이 인을 어더야 믄득 넉넉ᄒᆞᆯ 거시니 네 가셔 가히 년쇼 가인을 죠슈(照數)ᄒᆞ여 빠오면 내가 져롤 공젼(工錢)을 쥬고 시길 거시오, 공(空)히 부리지 아니ᄒᆞᆯ 거시니, 다만 쇽히 쥬션ᄒᆞ고 군쥬 등이 밥을 지닉면 믄득 빅의 오ᄅᆞ리라."

치히 답응ᄒᆞ고 나는다시 가더라. 우이지 ᄯᅩ 쥬쳥듸롤 향ᄒᆞ여 니ᄅᆞ듸,

"네가 가셔 닉 캉(炕)의 빅목(白木) 상지 이시니 그 쇽의 잇는 믈건을 모다 거두어 오라."

청디 답응ᄒᆞ고 가거늘, 양경산이 니로ᄃᆡ,

"ᄉᆞ뷔 실노이 ᄆᆞᄋᆞᆷ을 허비ᄒᆞ여 한 일도 미리 경긔(經紀)치 아니ᄒᆞᄂᆞᆫ 거시 업ᄉᆞ니, 실노 사ᄅᆞᆷ으로 ᄒᆞ여곰 감복게 ᄒᆞᄂᆞᆫ도다."

무ᄋᆡ지 니로ᄃᆡ,

"왕애 가ᄉᆞ로ᄡᅥ 부탁ᄒᆞᆷ을 당ᄒᆞ고, 군쥐 ᄯᅩ 나히 어리기로 부득블 ᄃᆡ신 판리(辦理)ᄒᆞ노라."

쥬문란이 니로ᄃᆡ,

"오날ᄂᆞᆯ 우리 무리 년화 구경ᄒᆞ라 가셔 무어ᄉᆞᆯ ᄒᆞᄂᆞᆫ 거시 조흐랴?"

삼괴 니로ᄃᆡ,

"시ᄅᆞᆯ 짓ᄂᆞᆫ 거시 죠흐리라."

무ᄋᆡ지 니로ᄃᆡ,

"내 드ᄅᆞ니 쥬쇼져의 녕미가 밋쳐 오지 아냣다 ᄒᆞ니 금일은 셔【37】셔히 시ᄅᆞᆯ 짓고 실샹 경치(景致) 엇기ᄅᆞᆯ 기ᄃᆞ려 각인이 다만 복듕의 글 쵸ᄅᆞᆯ ᄉᆡᆼ각ᄒᆞ엿다가 명일의 일병 ᄡᅥ 너고, 오날은 그 곳의 내가 임의 녀악(女樂)을 분부ᄒᆞ여 ᄉᆞ후케 ᄒᆞ고, ᄇᆡ 쇽의 거문고와 바둑과 ᄡᅡᆼ륙(雙陸)과 아픠(牙牌)가 이시니 ᄆᆞᄋᆞᆷ을 ᄯᅡ라 함긔 가히 쇼견(消遣)ᄒᆞᆯ지라. 쇼져 무리ᄂᆞᆫ ᄡᅥ 엇더타 ᄒᆞᄂᆞ뇨?"

즁인이 모다 니로ᄃᆡ,

"ᄉᆞ부의 분뷔 맛당ᄒᆞ시나 다만 너무 ᄆᆞᄋᆞᆷ을 허비ᄒᆞ시도다."

무ᄋᆡ지 니로ᄃᆡ,

"블과 군쥬의 슈고ᄅᆞᆯ ᄃᆡ신ᄒᆞ미오, 나의 ᄌᆞ단ᄒᆞᆫ 거시 아니라. 만일 쇼루ᄒᆞᆫ 곳이 잇거든 도로혀 렬위의 포용ᄒᆞᆷ을 구ᄒᆞ노라."

이윽ᄒᆞᆫ 후 치히 임의 십여 기 녀랑을 다리고 와셔 뵈거ᄂᆞᆯ, 무ᄋᆡ지 즁인으로 더브러 한가지로 볼ᄉᆡ, 모다 ᄲᅡ히기ᄅᆞᆯ 잘ᄒᆞ엿다 ᄒᆞ고, 쟝기덕이 임의 쟝쇽졔구(裝束諸具)ᄅᆞᆯ 가져왓거ᄂᆞᆯ 치하로 ᄒᆞ여곰 너간의 닛글고 가셔 밧고와 넙게 ᄒᆞ고 다시 닛그러 산샹의 니ᄅᆞ러 션쳑 졔구ᄅᆞᆯ 슈습게 ᄒᆞ고, 무ᄋᆡ지 ᄯᅩ 림녹환과 화견슈와 심취미와【39】나환아 ᄉᆞ인을 분파ᄒᆞ여 침궁을 관슈(管守)케 ᄒᆞ고, 은치하로 ᄒᆞ여곰 각항을 조응(照應)케 ᄒᆞ고, 드ᄃᆡ여 ᄇᆡ의 각기 오ᄅᆞᆯᄉᆡ, 무ᄋᆡᄌᆞ와 양경산과 됴삼고와 니양쳥과 쥬문란과 요화ᄂᆞᆫ ᄉᆞ기 비ᄌᆞ와 은치하와 쥬쳥ᄃᆡ로 ᄀᆞᆺ치 안고, 팔기 녀악은 ᄇᆡᆨ우옥과 황금슌과 셜비봉과 구쇼셤과 쟝기덕으로 ᄀᆞᆺ치 한 ᄇᆡ의 안고, ᄉᆞ기 쇼시ᄂᆞᆫ 부ᄉᆞ 관ᄉᆞ와 밋 량명(兩名) ᄐᆡ감으로 ᄀᆞᆺ치 한 ᄇᆡ의 안ᄌᆞ 함긔 대로로 좃ᄎᆞ 년뎡(蓮亭)으로 갈【40】ᄉᆡ, 션쳑이 슈문(水門)의 나미, 녀악 무리 탄 ᄇᆡ가 젼도ᄒᆞ며 가늘게 취ᄐᆡ(吹打)ᄒᆞ고, 일로의 훤화히 갈ᄉᆡ, 니운이 겻ᄒᆡ 잇다가 언덕 우ᄒᆞᆯ 가ᄅᆞ쳐 니로ᄃᆡ,

"져 량편의 졍졔히 셔 잇ᄂᆞᆫ 거시 무ᄉᆞᆫ ᄉᆞᄅᆞᆷ이냐?"

은치히 니로ᄃᆡ,

"문무 량아문(兩衙門)이 병뎡(兵丁)을 분발ᄒᆞ여 훤잡ᄒᆞᆫ 사ᄅᆞᆷ을 ᄶᅩᆺᄂᆞ니라."

경산이 요화 다려 무ᄅᆞᄃᆡ,

"년화 잇ᄂᆞᆫ 곳의 가기가 언마나 되ᄂᆞ냐?"

요홰 치하ᄅᆞᆯ 가ᄅᆞ쳐 니로ᄃᆡ,

"네가 져다려 무러 보라. 나ᄂᆞᆫ 명ᄇᆡᆨ히 아지 못ᄒᆞ노라."

치【41】히 ᄲᅡᆯ니 ᄃᆡ답ᄒᆞᄃᆡ,

"대략 이 삼리 로뎡(路程)은 된다."

ᄒᆞ거ᄂᆞᆯ 양쳥이 목을 늘희여 바라보고, 니로ᄃᆡ,

"가히 먼리 바라보미 푸른 빗 잇ᄂᆞᆫ 곳이 믄득 그곳이냐?"

치히 ᄃᆡ답ᄒᆞᄃᆡ,

"졍히 올타."

ᄒᆞ니 요홰 무ᄅᆞᄃᆡ,

"져 일뎜 푸른 빗촐 보니 이샹토다. 긔 무어시냐?"

무ᄋᆡ지 니로ᄃᆡ,

"령문의셔 비러온 쟝막을 친 거시니, 죠히 그곳의 안게 ᄒᆞ리라."

됴삼괴 ᄯᅩ 언덕 우히 빗줄 ᄡᅳᄋᆞᆫ 녀랑을 가ᄅᆞ쳐 니로ᄃᆡ,

"져의 무리 닙은 바 의샹이 져 녀【42】악 무리의 오ᄎᆡ무의(五彩舞衣)로 ᄀᆞᆺ치 바람의 날녀 니러나면 더옥 보기가 죠흐리로다."

무ᄋᆡ지 니ᄅᆞᄃᆡ,

"됴쇼져 의향은 슈양뎨(隋煬帝) 삼쳔 젼각녀ᄌᆞ의 쟝쇽을 본밧고ᄌᆞ ᄒᆞᄂᆞ냐?"

됴삼괴 드ᄅᆞ미 ᄉᆞᄉᆞ로 실언ᄒᆞᆷ을 ᄭᆡ닷고 안ᄉᆡᆨ이 통홍(通紅)ᄒᆞ거ᄂᆞᆯ, 무ᄋᆡ지 니로ᄃᆡ,

"됴쇼져ᄂᆞᆫ 너모 과심(過心)치 말나. 내가 우은 말노 긔롱ᄒᆞ미오, 져 녀악 무리의 의복은 텬마무의(天魔舞衣)라 부ᄅᆞᄂᆞ니, 내가 됴비(造

備)ᄒᆞᆯ ᄣᆡ의 두 가지로 ᄡᅳ게 ᄒᆞ엿노라."

양졍산이 무ᄅᆞᄃᆡ,

"ᄯᅩ 【43】 무어ᄉᆡ ᄡᅳᄂᆞ냐?"

무ᄋᆡ지 니로ᄃᆡ,

"만일 녀악을 ᄡᅳᄂᆞᆫ ᄣᆡᄂᆞᆫ 잠시 벼의 무리로 넙게 ᄒᆞ고, 우리 무리 원듕의셔 츄쳔(鞦韆)을 희롱ᄒᆞᆯ ᄣᆡᄂᆞᆫ 시녀ᄇᆡ로 넙게 ᄒᆞᄂᆞᆫ 거시니, 츄쳔 우희ᄂᆞᆫ 가히 심샹ᄒᆞᆫ 복ᄉᆡᆨ으로ᄂᆞᆫ ᄡᅳ지 못ᄒᆞᄂᆞ니라."

요홰 니로ᄃᆡ,

"됴가 져져야 우리 무리 명일의 츄쳔을 희롱ᄒᆞᄂᆞᆫ 거시 엇더ᄒᆞ냐?"

즁인이 니로ᄃᆡ,

"매오 죠토다."

ᄒᆞ고, 셜화 ᄒᆞᄂᆞᆫ ᄉᆞ이의 임의 쟝막 옮히 니ᄅᆞ러 동편을 향ᄒᆞ여 한번 바라보니 년홰 만지(滿池)ᄒᆞ여 찬란ᄒᆞ기 【44】 가 비단 ᄀᆞᆺ튼지라. 졔셩ᄒᆞ여 니로ᄃᆡ, 죠흔 ᄃᆡ관이라 ᄒᆞ며, ᄇᆡ질ᄒᆞᄂᆞᆫ 녀랑 무리 각기 숀을 졉아 ᄇᆡ의 나려 쟝막으로 드러가게 ᄒᆞ니, 쟝막이 졍히 년못술 ᄃᆡᄒᆞ여 ᄭᅩᆺ 긔운이 한번 나붓기ᄆᆡ, 향췌 좌의 가득ᄒᆞᆫ지라. 즁인이 심이 죠히 쾌락ᄒᆞ여 ᄒᆞ고, 쥬쳥ᄃᆡ 션샹으로 죠ᄎᆞ 거문고와 바둑과 ᄡᅣᆼ륙과 아퓌ᄅᆞᆯ 반운ᄒᆞ여 올녀 슈삼 탁ᄌᆞ 우희 버려 노흐니, 바둑 두ᄂᆞᆫ 이도 잇고, ᄡᅣᆼ륙치ᄂᆞᆫ 이도 잇고, 아퓌 희롱ᄒᆞ 【45】 ᄂᆞᆫ 이도 이시며, 시녀 ᄇᆡ들은 쇼시 무리와 ᄀᆞᆺ치 삼상량량(三三兩兩)이 각쳐로 단이며 노닐더라.

무ᄋᆡ지 ᄎᆡ하다려 니로ᄃᆡ,

"이의 방ᄌᆞ ᄑᆡᄂᆞᆫ 년ᄭᅩᆺ출 ᄏᆡ여다가 도라가셔 죠히 병의 ᄭᅩᆺ고 보리라."

ᄎᆡ히 대답ᄒᆞᄃᆡ,

"그러므로 ᄡᅧ 져 젹은 ᄇᆡ를 우리 무리가 이왕 죠비(造備)ᄒᆞ여 쇼져 무리 ᄎᆡ련(採蓮)ᄒᆞ기ᄅᆞᆯ 기ᄃᆞ려 ᄡᅳ고자 ᄒᆞ엿노라."

무ᄋᆡ지 니로ᄃᆡ,

"ᄆᆡ오 긴(緊)ᄒᆞ게 되엿시니 가히 ᄇᆡ 부리ᄂᆞᆫ 녀랑 무리ᄅᆞᆯ 시겨 노와 드러가게 ᄒᆞ라."

시녀와 쇼시 무리 듯더니, 일시의 【46】 젹은 ᄇᆡᄅᆞᆯ 타고 호심(湖心) 쇽의 드러가 년화ᄅᆞᆯ ᄏᆡ려 ᄒᆞᆯᄉᆡ, 일졔히 가온ᄃᆡ 니ᄅᆞ러 각각 ᄲᅱ여 나려 년화ᄅᆞᆯ ᄏᆡ거ᄂᆞᆯ, 요홰 쥬문란과 ᄀᆞᆺ치 쟝막의 나려 무ᄋᆡᄌᆞᄅᆞᆯ ᄯᅡ라 ᄌᆞ녀 무리의 ᄒᆞᄂᆞᆫ 거ᄉᆞᆯ 보더니, 잠시간의 만히 ᄏᆡ여 가지고 나오거ᄂᆞᆯ, 몬져 관ᄉᆞ인으로 ᄒᆞ여곰 쟝샹의 보ᄂᆡ고, 쟝막 쇽의 임의 쥬안을 ᄇᆡ셜ᄒᆞ여 노코 무ᄋᆡ지 요화와 즁인으로 함긔 슐을 마실ᄉᆡ, 녀악 무리 풍악을 움족여 ᄂᆡ며 ᄯᅩ 가을 강언덕의 년밥이 만흐니, ᄎᆡ 【47】 련 ᄒᆞᄂᆞᆫ ᄋᆞ녀들이 ᄇᆡᄅᆞᆯ 져흐며 노ᄅᆡ 한 곡죠ᄅᆞᆯ 챵ᄒᆞ려 ᄒᆞ니, 무ᄋᆡ지 련망히 멈츄며 니로ᄃᆡ,

"가히 ᄡᅧ 망국(亡國)ᄒᆞ던 쇼ᄅᆡᄅᆞᆯ 챵(唱)ᄒᆞ지 못ᄒᆞ리라."

졍산이 니로ᄃᆡ,

"져 ᄉᆞ곡(詞曲)이 심히 아ᄅᆞᆷ답거ᄂᆞᆯ 엇지 망국ᄒᆞ던 쇼ᄅᆡ라 니ᄅᆞᄂᆞ뇨?"

무ᄋᆡ지 니로ᄃᆡ,

"져 곡죄 오왕 부체(夫差) 고쇼ᄃᆡ(姑蘇臺)의셔 놀며 금범항(錦帆港)을 지날ᄉᆡ 궁녀ᄇᆡ로 ᄒᆞ여곰 ᄎᆡ련을 시기며, 셔시(西施) ᄉᆞᄉᆞ로 ᄎᆡ련곡(採蓮曲)을 지어 오왕으로 더브러 슐을 권ᄒᆞ여시니, 져거시 망국(亡國)ᄒᆞᆫ 쇼ᄅᆡ가 아니냐?"

삼괴 우으며 니로ᄃᆡ,

"ᄉᆞ뷔 실노이 통치 아닌 ᄇᆡ 업고 ᄭᆡ치지 못ᄒᆞ미 업도다. 져 녀악 무리 그 셜화ᄅᆞᆯ 듯더니 다시 궁샹(宮商)을 밧고와 거듧 락양(洛陽) ᄯᅡ녀의 문을 ᄃᆡᄒᆞ여 거ᄒᆞᆫ 한투(一套) 시죠(時調)ᄅᆞᆯ 챵ᄒᆞ고, 챵이 맛ᄎᆞᄆᆡ 요홰 졍히 한 귀졀 말을 ᄒᆞ려 ᄒᆞ거ᄂᆞᆯ 됴삼괴 가로 막으며 아ᄉᆞ 말ᄒᆞ려 ᄒᆞ니 필경 아지 못게라 무슨 말을 아ᄉᆞᄒᆞ고? 하회의 분히ᄒᆞ라.

14
왕장시무개관건 쥬부징화셜희연
王莊試武開關鍵 周府爭華設戲筵

【49】 각셜 요홰 졍히 한 귀졀 말을 니려 ᄒᆞ더니, 됴삼고의 아ᄉᆞ를 인ᄒᆞ여 밋 져의게 양(讓)ᄒᆞ여 말ᄒᆞ라 ᄒᆞ미, 졔가 ᄯᅩ 무ᄉᆞᆫ 말을 ᄒᆞᆯ는지 이젓ᄂᆞᆫ지라. 듕인이 웃기를 마지 아니ᄒᆞ고, 경산이 인ᄒᆞ여 요화다려 말ᄒᆞ기를 쳥ᄒᆞ니, 요홰 니로ᄃᆡ,

"이졔 풍악이 필경 녯 쇼릐와 녯 졀죠의 아졍(雅正)ᄒᆞᆫ 이만 ᄀᆞᆺ지 못ᄒᆞ니라."

됴삼괴 니로ᄃᆡ,

"방ᄌᆞ 내가 보니 거문괴 잇ᄂᆞᆫ지라. 군쥐 엇지 한 【50】 곡죠롤 희롱ᄒᆞ여 우리 무리롤 가ᄅᆞ쳐 쥬지 아니ᄒᆞᄂᆞ요?"

요홰 머리롤 흔드러 니로ᄃᆡ,

"우리 무리 도시 도져히 비호지 못ᄒᆞ엿노라."

쥬문한이 니로ᄃᆡ,

"ᄉᆡᆼ각건ᄃᆡ ᄉᆞ부ᄂᆞᆫ 거문고롤 졍통ᄒᆞ실 거시니 ᄉᆞ부긔 간쳥ᄒᆞ여 한 곡죠롤 가ᄅᆞ쳐 쥬시게 ᄒᆞ미 엇더ᄒᆞ냐?"

ᄒᆞ고 어시의 양경산과 됴삼고와 니양쳥 등이 함긔 와 쳥ᄒᆞ니 무ᄋᆡ지 ᄲᅡᆯ니 몸을 닐며 니로ᄃᆡ, 그리 ᄒᆞᆯ 거시니 쇼져 무리ᄂᆞᆫ 안기롤 쳥ᄒᆞᆫ다 ᄒᆞ고, 드ᄃᆡ여 쥬쳥ᄃᆡ 【51】 로 ᄒᆞ여곰 거문고롤 가져다가 한 쟝(張) 궤(几) 우희 버려 노흐니, 요홰 ᄲᅡᆯ니 ᄆᆡ영으로 ᄒᆞ여곰 화로의 향을 술오고, 무ᄋᆡ지 궤 가의 니ᄅᆞ러 거문고 줄을 고로고 한 곡죠 «동션인洞仙引»을 타거ᄂᆞᆯ 즁인이 칭션ᄒᆞ기롤 마지 아니ᄒᆞ고, ᄯᅩ 즐거이 몃 잔 술을 마시ᄆᆡ, 임의 날이 산의 나리ᄂᆞᆫ지라. 일 시간의 힝ᄒᆞ여 경긱의 쟝샹의 도라와 즁인이 하로롤 신고ᄒᆞᆷ을 인ᄒᆞ여 일족 쉬고, 날이 ᄇᆞᆰ으ᄆᆡ ᄯᅩ 여젼히 화원의 모도여 양경산이 쥬 【52】 문란과 ᄀᆞᆺ치 죠희롤 펴고 시롤 쓰려 ᄒᆞ더니, ᄆᆞᆫ득 문란의 집 노괴(老姑) 드러와 고ᄒᆞᄃᆡ, 일젼의 본턱의 보니엿던 하인이 도라와 삼쇼져의 셔찰을 드린다 ᄒᆞ거ᄂᆞᆯ 문란이 즁인을 ᄃᆡᄒᆞ여 ᄢᅥ혀 볼ᄉᆡ, 낭숑ᄒᆞ여 니로ᄃᆡ,

"야간의 우리 ᄌᆞ씨의 슈찰(手札)을 바다보고, 아올나 렬위 져져의 글쟝을 밧드러 닑으니, 흠복(欽服)ᄒᆞᄂᆞᆫ 남져지의 다시 념션(艷羨)ᄒᆞ미 깁흔지라. ᄉᆡᆼ각ᄒᆞ니 군쥬의 시붕(詩朋) 부ᄅᆞ【53】ᄂᆞᆫ 문텹이 먼리 펴ᄆᆡ 쇼단(騷壇)의 령쉬(領袖) 되니 진실노 셩게(盛擧)가 되ᄂᆞᆫ지라. 니러므로 ᄲᅥ 심규의 가인들이 치쇡 슈레의 뒷글이 운산(雲山)을 먼리 넘ᄂᆞᆫ 거ᄉᆞᆯ ᄉᆞ양치 아니ᄒᆞ고, 각기 비단 ᄆᆞ옴과 비단 입을 펴 드ᄃᆡ여 안긔가 우련(蔚然)ᄒᆞ고 구롬이 ᄢᅵᄂᆞᆫ 거ᄉᆞᆯ 일웟ᄂᆞᆫ지라. 쇼ᄆᆡ 깃부믈 ᄉᆞᄉᆞ로 금치 못ᄒᆞ나, 한ᄒᆞᄂᆞᆫ 거ᄉᆞᆫ 협하(脇下)의 두 나ᄅᆡ가 나셔 나라 너머오지 못ᄒᆞ고, 엇지 복이 박ᄒᆞ고 지앙이 나셔 ᄒᆞᆯ 【54】 연이 병환이 발ᄒᆞᆯ 줄을 긔억ᄒᆞ엿시랴. 행쟝을 출혀 ᄯᅩ 길의 오ᄅᆞ려 ᄒᆞ다가 돈연이 곳비롤 도ᄅᆞ니, 호ᄉᆞ(好事)의 다마(多魔)ᄒᆞᆫ 거시 이에 심ᄒᆞᆫ 거시 잇지 못ᄒᆞᆯ지라. 인ᄒᆞ여 ᄉᆡᆼ각ᄒᆞ니 하ᄂᆞᆯ이 쇼ᄆᆡ롤 뫼쥬ᄂᆞᆫ 거시 능히 ᄶᅡ라, 각 위 져져의 ᄭᅩᆺ ᄀᆞᆺ튼 얼골을 보지 못ᄒᆞ게 ᄒᆞᄂᆞᆫᄃᆡ 지나지 못ᄒᆞ고 엇지 능히 쇼ᄆᆡ가 마ᄌᆞ 쳥ᄒᆞ여 하림(下臨) 되게 ᄒᆞᄂᆞᆫ 거ᄉᆞᆯ 금ᄒᆞ랴. 하여금 쳔ᄒᆞᆫ 병이 져기 낫【55】거든 힘ᄡᅥ 비ᄂᆞ니, ᄌᆞ씨ᄂᆞᆫ 군쥬와 렬위 져져의게 약쇽ᄒᆞ여 쇼ᄆᆡ롤 마ᄌᆞ 혜림(惠臨)ᄒᆞᆯ 양이면 임의 가히 굽어 앙모ᄒᆞᄂᆞᆫ 목마ᄅᆞᆫ ᄉᆡᆼ각을 드ᄃᆡᆯ 거시오, ᄯᅩᄒᆞᆫ 다시 쇼단(騷壇)의 긔(旗)와 북을 졍졔ᄒᆞ기롤 바라ᄂᆞ니, 쇼ᄆᆡ가 비록 진ᄉᆞ왕(陳思王)의 글을 칠보(七步)의 니ᄅᆞᄂᆞᆫ 거ᄉᆞᆯ 양(讓)ᄒᆞ

나, 믄득 ᄉᆞ도운[온](謝道韞)의 류셔(柳絮)를 읇ᄂᆞᆫ 직화ᄂᆞᆫ 잇ᄂᆞᆫ 잇ᄂᆞᆫ지라. ᄉᆞ즁(社中)의셔 믈니치미 이시면 이ᄂᆞᆫ 반ᄃᆞ시 쇼ᄆᆡ의 긔치(旗幟)를 ᄲᅢ힐가 두려ᄒᆞ미라. 더러온 졍셩 펴기를 바라고 탑(榻)을 쁘러 뻐 기ᄃᆞ리ᄂᆞ니 깃부미 간졀ᄒᆞ고 신혼이 달니ᄂᆞᆫ 거ᄉᆞᆯ 익이지 못ᄒᆞ며, 쇼ᄆᆡ ᄎᆡ란은 옷깃ᄉᆞᆯ 거둔다."

ᄒᆞ엿더라.

닑기를 맛ᄎᆞᄆᆡ, 요홰 웃고 문란다려 니로ᄃᆡ,

"녕ᄆᆡ(令妹)의 시짓ᄂᆞᆫ ᄌᆡ죄 반ᄃᆞ시 과히 놉ᄒᆞᆯ 거시니 내가 실노이 두려 ᄒᆞ노라."

됴삼괴 니로ᄃᆡ,

"군쥐 오히려 이ᄀᆞᆺ치 ᄒᆞ면 우리 무리ᄂᆞᆫ 더옥 감히 방ᄌᆞ치 못ᄒᆞ리라."

문란이 니로ᄃᆡ,

"이거ᄉᆞᆫ ᄉᆞᄆᆡ가 쟝슈(將帥)를 【57】 격동ᄒᆞᄂᆞᆫ 법이니, 렬위 져져ᄂᆞᆫ 진경으로 아지 말나. 그러나 ᄉᆞᄆᆡ의 ᄆᆞᄋᆞᆷ 쁘ᄂᆞᆫ 거시 렬위를 쳥ᄒᆞ여 폐강[장](敝莊)의 강림(降臨)ᄒᆞ고자 ᄒᆞ미니, 바라건ᄃᆡ 렬위ᄂᆞᆫ 명됴의 일졔히 발힝ᄒᆞ게 ᄒᆞ라."

양졍산이 니로ᄃᆡ,

"임의 밧긔 나와 슈일을 두류ᄒᆞ여시니, 잠간 집으로 도라갓다가 다ᄅᆞᆫ 날의 귀부(貴府)로 가게 ᄒᆞ리라."

문란이 니로ᄃᆡ,

"임의 이 곳의 왓시니 엇지 슈일 지쳬ᄒᆞᄂᆞᆫ 거ᄉᆞᆯ 닷토랴. 반ᄃᆞ시 렬위의 굽혀 좃ᄂᆞᆫ 거ᄉᆞᆯ 구ᄒᆞᄂᆞ【58】니, 만일 퇴각ᄒᆞ량이면 내가 맛당히 ᄯᆞ러 구ᄒᆞ리라."

ᄒᆞ고 드ᄃᆡ여 마루 가온ᄃᆡ로 급히 나리려 ᄒᆞ니, 즁인이 ᄲᆞᆯ니 와셔 븟들며 양졍산이 니로ᄃᆡ, 다시 의론ᄒᆞ자 ᄒᆞ거ᄂᆞᆯ, 문란이 니로ᄃᆡ,

"렬위가 허락지 아니ᄒᆞ면 ᄆᆡᆼ셰코 듯지 아니리라."

요홰 븟드러 니ᄅᆞ혀며 니ᄅᆞᄃᆡ,

"각위 져져가 다시 허락지 아닐 니가 업ᄉᆞᆯ 거시니, ᄯᅩ 니러나기를 쳥ᄒᆞ노라."

문란이 바야흐로 니러셔ᄆᆡ, 요홰 ᄯᅩ 니ᄅᆞᄃᆡ,

"명일은 쇼【59】ᄆᆡ 무리 무예를 련습ᄒᆞᄂᆞᆫ 날이니, 두리건ᄃᆡ 능히 그리 못ᄒᆞᆯ 거시오, 맛ᄎᆞᆷ내 후일의 함긔 귀부로 가ᄂᆞᆫ 거시 엇더ᄒᆞ냐?"

문란이 즉시 ᄉᆞ례ᄒᆞ며 니로ᄃᆡ,

"삼가 군쥬의 명ᄃᆡ로 좃ᄎᆞ리라."

즉시 찬슈를 올니고 무ᄋᆡ지 ᄯᅩᄒᆞᆫ 니ᄅᆞ럿ᄂᆞᆫ지라. 드ᄃᆡ여 먹기를 파ᄒᆞ고 요홰 무ᄋᆡᄌᆞ를 ᄃᆡᄒᆞ여 문란의 셔찰의 각인을 마ᄌᆞ 쥬부(周府)의 니ᄅᆞ러 시회(詩會)를 ᄒᆞᄌᆞ ᄒᆞᄂᆞᆫᄃᆡ 뎨ᄌᆞ 무리 임의 허락ᄒᆞ고, 쥬가 져졔 명일의 련무(演武)ᄒᆞ기【60】를 기다린 후의 한가지로 간다 ᄒᆞᄂᆞᆫ 말을 셰셰히 고ᄒᆞ니, 무ᄋᆡ지 니로ᄃᆡ,

"ᄆᆡ우 죠흐니 ᄯᅩ 가히 셰상ᄉᆞ면(世上事面)을 보리라."

ᄒᆞ고, 즁인이 흐터 거러 년못가의 니ᄅᆞ러 보ᄆᆡ, ᄐᆡ감 무리 그곳의 잇셔 츄쳔(鞦韆) 졔구를 출혀 노흔지라. 요홰 즁인을 ᄃᆡᄒᆞ여 니ᄅᆞᄃᆡ,

"각위 져져 즁의 뉘가 일즉 츄쳔을 ᄯᅱ여 보왓거든 몬져 한 번 시험하라."

양졍산이 니양쳥과 ᄀᆞᆺ치 니로ᄃᆡ,

"우리 무리ᄂᆞᆫ 도시 ᄯᅱ여 보지 못ᄒᆞ엿노라."

됴삼【61】괴 니로ᄃᆡ,

"나ᄂᆞᆫ 믄득 ᄯᅱ여 보왓시ᄃᆡ 다만 그 ᄯᅢ의 나히 젹어 도로혀 무셔워 ᄒᆞ기로 십분 잘 ᄯᅱ지 못ᄒᆞ엿노라."

무ᄋᆡ지 니로ᄃᆡ,

"져거시 비록 한가지 희롱ᄒᆞᄂᆞᆫ 일이나 그러나 긔여히 몃 날 공부를 지ᄂᆡ야 비로쇼 가히 ᄆᆞᄋᆞᆷ을 노흘 거시오, 만일 마구 ᄯᅱ다가 실슈를 ᄒᆞ량이면 크게 관계가 되지 아니ᄒᆞ랴."

다시 시녀 무리를 가ᄅᆞ쳐 몬져 한 ᄎᆞ례를 시험ᄒᆞᆫ 후의 다시 쇼져 무리가 희롱ᄒᆞ게 ᄒᆞ라. 시녀 무리 그 말을 듯【62】더니, 일졔히 ᄋᆞᆲ흐로 오거ᄂᆞᆯ, 무ᄋᆡ지 쥬쳥ᄃᆡ로 ᄒᆞ여곰 텬마무의(天魔舞衣)와 취운관(翠雲冠)을 가져오게 ᄒᆞ고 ᄯᅩ ᄆᆡ영과 욱니와 쇼란과 니운을 블너 니로ᄃᆡ,

"너의 무리 ᄉᆞ긔가 몬져 올나 시험ᄒᆞ여 보ᄃᆡ, 다만 ᄎᆡ승(彩繩)을 긴히 잡고 량각(兩脚)을 ᄯᅳᆺᄯᅳᆺ이 버려 가지고 비양(飛颺)ᄒᆞᆯ 거시니, 결단코 가히 느슈히ᄂᆞᆫ 못ᄒᆞᆯ지라. 만일 슈각(手脚)이 한번 느슈ᄒᆞ여지면 ᄎᆡ승도 ᄯᆞ라 느슈ᄒᆞ여질 거시니, 다만 보기 죠치 못ᄒᆞᆯ ᄲᅮᆫ 아니라 도로혀 실쉬(失手) 이실【63】가 두리노라."

졍히 말ᄒᆞ더니 쥬쳥ᄃᆡ 임의 무의(舞衣)와 운관(雲冠)을 가져왓거ᄂᆞᆯ 드ᄃᆡ여 ᄒᆞ여곰 닙고 쁘게 ᄒᆞ며, 각인이 츄쳔(鞦韆) 시렁의 ᄯᅱ여 올나

치승을 잡은지라. 티감무리 긔여히 ᄋᆞᆲ흐로 와 미러쥬려 ᄒᆞ거ᄂᆞᆯ, 무ᄋᆡᄌᆡ 보고 이의 ᄭᆞ지져 멈츄며 니로ᄃᆡ,

"져 무리ᄂᆞᆫ 스ᄉᆞ로 ᄯᅱᆯ 쥴을 알거시니 굿ᄐᆞ여 너의가 밀지 말고, 만일 쇼져 무리가 ᄯᅱ거든 너의 등이 미러 쥬게 ᄒᆞ라."

ᄒᆞ고, 다만 보니 져 ᄉᆞᄀᆡ 비ᄌᆞ들이 발【64】을 한번 구ᄅᆞᄆᆡ, 일즉 임의 공즁의 나붓겨 바ᄅᆞᆷ의 무의 날니ᄂᆞᆫ 거시 한 포귀 ᄎᆡ운이 텬의로 죠ᄎᆞ 나라오ᄂᆞᆫ 듯 ᄒᆞᆫ지라. 좌우인이 칭찬ᄒᆞᄆᆞᆯ 마지 아니ᄒᆞ고, 진개 죠히 볼 만ᄒᆞᆫ지라. 이윽ᄒᆞᆫ 후 셔로 거두고 시렁으로 밀니여 나려오거ᄂᆞᆯ, 무ᄋᆡᄌᆡ 즁인을 청ᄒᆞ여 ᄯᅱ게 ᄒᆞ니, 양경산은 ᄎᆡ복(綵服) 닙은 거시 편치 못ᄒᆞ여 ᄉᆞ양ᄒᆞ고, 됴삼고와 니양청과 쥬문란과 요화 ᄉᆞ인이 ᄎᆡ의ᄅᆞᆯ 밧고와 닙고 운관을 쓰【65】고 함긔 ᄋᆞᆲ흐로 오니, 일즉 티감 무리 겻ᄒᆡ 잇다가 붓드러 츄쳔 시렁의 올니ᄆᆡ, 요홰 됴삼고로 더브러 한 즁의 오ᄅᆞ고, 니양청이 문란과 ᄀᆞᆺ치 한 즁의 오ᄅᆞᄆᆡ, 티감 무리 몬져 니양청을 잡아 미러 쥬ᄆᆡ, 져곳 요화ᄂᆞᆫ 일즉 임의 굴너 왕ᄅᆡ표양(往來飄颺)ᄒᆞᄂᆞᆫ 거시 나ᄂᆞᆫ 신션이 공듕으로 죠ᄎᆞ 나리ᄂᆞᆫ 것 ᄀᆞᆺᄒᆞᆫ지라. 각기 어엿분 티도ᄅᆞᆯ 드러ᄂᆡᄆᆡ 모ᄅᆞᆷ족이 방관(傍觀)ᄒᆞᄂᆞᆫ 사ᄅᆞᆷ으로 ᄒᆞ여곰 흠션(欽羨)ᄒᆞ기ᄅᆞᆯ 마지 아니ᄒᆞ【66】더라. 한 ᄎᆞ례ᄅᆞᆯ 희롱ᄒᆞ고 각인이 나려 셔ᄆᆡ, 도홍과 류지와 하향으로 ᄒᆞ여곰 한 바탕 ᄯᅱ게 ᄒᆞ고, 무ᄋᆡᄌᆡ ᄯᅩ 사ᄅᆞᆷ을 시겨 팔ᄀᆡ 녀악 무리ᄅᆞᆯ 블너다가 반향이나 노닐게 ᄒᆞ고, 홍 잇ᄂᆞᆫ 쟈ᄂᆞᆫ 거듭 다시 ᄯᅱ여 반일(半日)이나 지난 후의 비로쇼 긋치ᄆᆡ, 임의 셕식 ᄯᆡ가 된지라. 각기 목욕을 지ᄂᆡ고 셔늘ᄒᆞᄆᆞᆯ 타 당의 도라가 취침ᄒᆞᄃᆡ, 오즉 요홰 팔ᄀᆡ 자녀로 더브러 안ᄌᆞᆺ더니, 무ᄋᆡᄌᆡ 분부ᄒᆞ여 니로ᄃᆡ,

"너【67】의 무리의 운긔(運氣)ᄒᆞᄂᆞᆫ 공뷔 익게 되엿ᄂᆞ냐, 못 ᄒᆞ엿ᄂᆞ냐?"

즁인이 니로ᄃᆡ,

"익혀 본 지가 오리다."

ᄒᆞ거ᄂᆞᆯ 무ᄋᆡᄌᆡ 니로ᄃᆡ,

"그러ᄒᆞ면 이왕쳐로 ᄒᆞ지 말고 다만 궁젼과 탄ᄌᆞ와 치ᄆᆞ(馳馬)ᄒᆞᄂᆞᆫ 거ᄉᆞᆫ 화원 쇽의셔 련습게 ᄒᆞ라."

요홰 니로ᄃᆡ,

"화원 쇽의셔 련습ᄒᆞᄂᆞᆫ 거ᄉᆞᆫ 엇지미냐?"

무ᄋᆡᄌᆡ 니로ᄃᆡ,

"너의 무리 임의 말ᄒᆞ기ᄅᆞᆯ 운긔ᄒᆞᄂᆞᆫ 공뷔 다 련습되엿다 ᄒᆞ니, 화원 쇽 산듕의셔 권법(拳法)을 ᄒᆞ여 볼 거시니, 명일의 몬【68】져 쇼란과 니운과 욱니와 도홍과 류지로 ᄒᆞ여곰 산골노 드러가게 ᄒᆞ고, 년경의 가셔 각위 쇼져ᄅᆞᆯ 청ᄒᆞ여 밥을 먹은 후의 쳐드러 가게 ᄒᆞ여야 바야흐로 한슉(嫺熟)ᄒᆞ다 혬ᄒᆞᆯ지라. 명일의 일즉 니러나셔 쇼세ᄂᆞᆫ 말고 각위 쇼져ᄅᆞᆯ 청ᄒᆞ여 너의 무리 무예 익히ᄂᆞᆫ 거ᄉᆞᆯ 보게 ᄒᆞ리라."

즁인이 모다 답응ᄒᆞ고, 무ᄋᆡᄌᆡ ᄯᅩ 니로ᄃᆡ,

"나 ᄒᆞᄂᆞᆫ 져 권법이 쳔변만화 ᄒᆞᄂᆞᆫ 거시니, 만일 사ᄅᆞᆷ이 잇셔 능히 넉넉히【69】쳐셔 지나가기ᄂᆞᆫ ᄒᆞ거니와 두리건ᄃᆡ, 쳐서 지나오기ᄂᆞᆫ 어려오리라. 져 년뎡 쇽의 류셩포(流星砲)ᄅᆞᆯ ᄀᆞ쵸와 두어시니 그 쇽의셔 가히 일개 방포ᄅᆞᆯ 노흐량이면 ᄂᆡ가 죠희 와셔 졉응ᄒᆞᆯ 거시니, 너의 무리 가히 잇지 말 거시오, 져 권법이 심히 리ᄒᆡ(利害)가 되ᄂᆞᆫ지라. 도시 방비ᄒᆞ기ᄅᆞᆯ ᄌᆞ셔히 ᄒᆞᆯ 거시며, 만일 져기 ᄒᆡ타(懈怠)ᄒᆞ다가ᄂᆞᆫ 필연 신ᄌᆞ(身子)ᄅᆞᆯ 샹ᄒᆞᆯ 거시니, 가히 스ᄉᆞ로 그ᄅᆞᆺ 되게 말나."

각인이 ᄯᅩ 답응ᄒᆞ고, 무ᄋᆡᄌᆡ 비로쇼【70】물너가 편히 ᄌᆞ라 ᄒᆞ니, 즁인이 방의 도라오ᄆᆡ, 감히 경ᄒᆞᆯ치 못ᄒᆞ여 ᄯᅩ 운긔ᄅᆞᆯ 한 ᄎᆞ례 ᄒᆞ여 보고 비로쇼 취침ᄒᆞ더라.

ᄎᆞ일의 무ᄋᆡᄌᆡ ᄒᆞᆯ노 일즉 니러, 화원 쇽의 드러가 한 ᄎᆞ례ᄅᆞᆯ 왕ᄅᆡᄒᆞ다가 비로쇼 침궁으로 도라오니 보ᄂᆞᆫ 이ᄂᆞᆫ 말ᄒᆞ라, 무ᄋᆡᄌᆡ 산골의 드러가셔 왕ᄅᆡᄒᆞ미 무어시냐. 본ᄅᆡ 당쵸의 화원을 지을 ᄯᆡ의 가마니 령ᄉᆞ의게 분부ᄒᆞ여 슝산(嵩山) 쇼림샤(少林寺)의 가셔 슈단 놉흔 화샹(和尙)을 청ᄒᆞ여 그 졀 쇽의【71】베픈 바 한 오리굴 쇽의 목인(木人)들이 각기 긔계ᄅᆞᆯ 잡고, 함긔 가마니 고동을 감쵸와 고동이 한번 틍긔면 긔계가 다 능히 츔츄며 치ᄂᆞᆫ 그 모양을 의지ᄒᆞ여 ᄆᆡᆫ드러다가 화원 산동(山洞) 쇽의 버려 노왓시니, 져 몃 가지 권법을 다 아라야 비로쇼 능히 방ᄎᆞᄒᆞᆯ 거시오, 만일 무예가 싱쇼ᄒᆞ고 운긔공뷔(運氣工夫) 도져(到底)치 못ᄒᆞ념 다만 능히 쳐나오지 못ᄒᆞᆯ ᄲᅳᆫ 아니라, 맛ᄎᆞᆷᄂᆡ 쳐셔 그 쇽의셔 죽ᄂᆞᆫ 이가 잇ᄂᆞᆫ지라. 그런 바로ᄡᅥ 쇼림【72】ᄉᆞ 권법이 텬하 뎨일이 되고, 무ᄋᆡᄌᆞ의 권법은 더

옥 놉흐며, 져 산동 쇽의 베푸러 노흔 바 긔계는 쇼림ᄉᆞ의 비ᄒᆞ여 더옥 몃 가지가 만흐니, 무릇 한 차례 고동을 쳐 지나미, 또 한가지롤 밧고와 만일 져 몃가지롤 쳐 맛ᄎᆞ미 거듭 또 뎨일건이 되ᄂᆞᆫ지라. 이거시 무ᄋᆡ지 홀노 의ᄉᆞ롤 닉여셔 지어 노흔 비오, 범인이 능히 변통홀 비 아니라. 침궁의 안ᄌᆞ 쥬청디로 ᄒᆞ여곰 ᄌᆞ녀 무리롤 지촉ᄒᆞ여 어셔 오라 ᄒᆞ니, 즁인이 또ᄒᆞᆫ【73】각기 명심ᄒᆞ다가 한번 지촉ᄒᆞ여 부ᄅᆞ믈 듯고, 각각 무ᄋᆡᄌᆞ의 방즁으로 드러오니, 무ᄋᆡ지 니로디,

"작야의 임의 분부ᄒᆞ여시니 믄득 너의 무리 오기(五個)가 몬져 가셔 한 ᄎᆞ례롤 시험ᄒᆞ여 뉘 무예가 조흔지 보게 ᄒᆞ라."

쇼란 무리 각각 장쇽을 곳치고 즉시 산동(山洞) 가의 니ᄅᆞ러 한 발노 고동을 밟으니 일기 곤장이 나라나오거놀, 쇼란이 피ᄒᆞ여 지닉고, 또 뎨이 고동을 밟으니 일기 칼이 찍어 나오거놀 또 피ᄒᆞ여 지닉고, 두 쥬머괴롤 부【74】릅쥐고 쳐드러 갈시, 도홍 등 ᄉᆞ기 ᄶᅡ라 드러오더니, 쇼란이 쳐셔 일반(一半)가지 지닉디 오히려 뒤히 오ᄂᆞᆫ 이가 업ᄉᆞ믈 보고, ᄉᆡᆼ각ᄒᆞ디 쳐드러 오지 못ᄒᆞ미라. 드디여 홀노 량편 긔계롤 분개ᄒᆞ여 노코 용력을 다ᄒᆞ여 겨유 쳐셔 산동으로 나가미, 임의 한츌쳠비(汗出沾背)ᄒᆞ고 헐헐이며 한덩이 셕샹(石上)의 안ᄌᆞ 쉬더니, 홀연 보미 문란의 노괴 셰슈 그릇술 가지고 산동의 나아가 쥬방(廚房) 쇽의 물을 ᄯᅥ가려 ᄒᆞ거놀, 쇼란이 련망히 니로【75】디, 노고ᄂᆞᆫ 가히 지나가지 못ᄒᆞ리라. 져 노괴 쇼란을 보고 니로디,

"아야 져졔(姐姐) 무ᄉᆞᆫ 일을 위ᄒᆞ여 져 모양 쟝쇽을 ᄒᆞ엿ᄂᆞ냐? 가히 사ᄅᆞᆷ으로 더브러 ᄡᅡ홈ᄒᆞ려 ᄒᆞ미냐?"

쇼란이 니로디,

"우리 무리 이곳의 잇셔 무예롤 익히ᄂᆞ니라."

노괴 니로디,

"너의 무리ᄂᆞᆫ 다만 무예만 익힐 거시어놀 엇지 날노 ᄒᆞ여곰 믈을 가져가지 말나 ᄒᆞᄂᆞ냐?"

쇼란이 니로디,

"산동 안의 모다 고동을 버려 노왓시니 닉가 권법을 익혀 보왓시나 오【76】히려 친지 반일만의 겨유 지나왓거놀, 너ᄂᆞᆫ 그 법도 아지 못ᄒᆞ고 드러가다가ᄂᆞᆫ 도로혀 마ᄌᆞ 죽으리라."

노괴 말을 듯고 급히 와셔 문란의게 고ᄒᆞ니, 양경산 무리 듯고 각기 년명으로 나와 보미, 쇼란이 그져 셕샹의 안ᄌᆞ 쳔식(喘息)ᄒᆞᄂᆞᆫ지라. 됴삼괴 무ᄅᆞ디,

"쇼란 져져야 네가 가히 치다가 샹ᄒᆞ엿ᄂᆞ냐?"

쇼란이 디답ᄒᆞ디,

"도로혀 그러치ᄂᆞᆫ 아니ᄒᆞ디, 다만 엇게 우희 한 곤장이 부듸치미 다행히 방비ᄒᆞ믈 쾌히 ᄒᆞ여 즁히 맛지ᄂᆞᆫ 아니ᄒᆞ엿【77】노라."

양쳥이 니로디,

"너의 무리 져러틋 무예롤 익혀시나, 믄득 험ᄒᆞ기가 져러 ᄒᆞ도다."

양경산이 니로디,

"너 일인만 쳐 보왓ᄂᆞ냐? 도로혀 져져 무리도 함긔 ᄒᆞ엿ᄂᆞ냐?"

쇼란이 디답ᄒᆞ디,

"우리 무리 다ᄉᆞᆺ 사ᄅᆞᆷ이 함긔 쳐드러 가더니, 필경은 져 무리ᄂᆞᆫ 쳐드러 오지 못ᄒᆞ고 모다 쳐츌(處出)ᄒᆞ엿ᄂᆞ니라."

경산이 니로디,

"가히 져져의 무예 잘ᄒᆞ믈 알니로다."

문란이 니로디,

"이졔 산동이 격졀(隔絶)ᄒᆞ여 진퇴량난(進退兩難)ᄒᆞ니, 엇지ᄒᆞ【78】여야 비로쇼 죠흐랴?"

졍히 말ᄒᆞ며 다만 보니 욱니 쳐드러 오ᄂᆞᆫ지라. 쇼란이 무ᄅᆞ디,

"져 무리ᄂᆞᆫ 어디 갓ᄂᆞ냐?"

욱니 ᄯᆞᆷ이 흘너 얼골의 가득ᄒᆞ며 쳔긔(喘氣)롤 긋치지 못ᄒᆞ고 숀을 흔들며 니로디,

"도시 쳐드러 오지 못ᄒᆞ고 퇴거ᄒᆞ엿ᄂᆞ니라."

쇼란이 니로디,

"져러ᄒᆞ면 쇼식을 통ᄒᆞ여 나가게 ᄒᆞ리라."

ᄒᆞ고, 드디여 뎡ᄌᆞ 쇽의 드러가 류셩포(流星砲)롤 가져 한번 노흐니, 됴삼괴 니로디,

"져거ᄉᆞᆫ 무슴 의ᄉᆞ냐?"

쇼란이 디답ᄒᆞ디,

"져 곳의【79】셔 쇼식을 어드면 ᄉᆞ뷔 져 무리롤 거ᄂᆞ리고 드러오ᄂᆞ니라."

노괴 겻히 잇셔 니로디,

"만일 ᄉᆞ뷔 져 무리와 ᄀᆞᆺ치 쳐드러 오지

못ᄒᆞ면 우리 무리ᄂᆞᆫ 엇지 나아가랴? 오ᄂᆞᆯ날 됴반을 먹지 못ᄒᆞ리로다."

즁인이 듯고 모다 ᄃᆡ쇼ᄒᆞ더라.

지셜, 도홍과 니운과 류지 삼기가 뎨삼기 고동을 쳐 드러오더니 도홍이 견갑 우희 일즉 한 칼을 마ᄌᆞᆺᄂᆞᆫ지라. 다ᄒᆡᆼ히 칼이 깁히 드지 아니ᄒᆞ여 다만 일겸 혈흔만 잇시나, 믄득 겁ᄒᆞ여 드ᄃᆡ여 【80】 다시 쳐 도라오려 ᄒᆞ다가 엇지 알니, 고동이 굴너 도ᄂᆞᆫᄃᆡ, ᄯᅩ 젼번 격식이 아니라. 련망(連忙)히 권법을 ᄒᆡᆼᄒᆞ여 겨유 쳐 도라나와 다만 침궁의 드러가 고ᄒᆞ니, 무ᄋᆡ지 우ᄉᆞ며 니로ᄃᆡ,

"너의 무리 평일의 다만 한가ᄒᆞ고 게어ᄅᆞ믈 죠화ᄒᆞ여 공부ᄅᆞᆯ 강구치 못ᄒᆞ므로 ᄲᅧ 쳐셔 나가지 못ᄒᆞ여시니, 만일 혹 굿센 도젹을 만나면 엇지 크게 픠ᄒᆞ지 아니랴."

ᄒᆞ고 드ᄃᆡ여 요화와 미영과 하향과 도홍과 이운과 류지 【81】 로 ᄒᆞ여곰 일변 근슈(跟隨)ᄒᆞ라 ᄒᆞ고, 산동 가의 니ᄅᆞ러, 무ᄋᆡ지 넙은 도포ᄅᆞᆯ 버셔 바리고 두 ᄉᆞᄆᆡᄅᆞᆯ 거더 ᄆᆡ고 즁인을 블너 ᄯᆞ로게 ᄒᆞ고 쳐드러갈시, 어시의 요화 등이 무ᄋᆡᄌᆞ의 ᄋᆞᆲ히 이시믈 인ᄒᆞ여 담이 커지고 일보일보 방ᄎᆞ(倣此)ᄒᆞ여 한 잔 챠ᄅᆞᆯ 마실 ᄯᅥᄀᆞ 못되여 모다 임의 쳐, 져편으로 니ᄅᆞ니, 양졍산 등이 영졉ᄒᆞ여 보ᄆᆡ, 무ᄋᆡ지 긔운도 헐헐히지 아니ᄒᆞ고 ᄯᆞᆷ도 흐ᄅᆞ지 아니ᄒᆞ여 일호도 힘을 허비치 아 【82】 닌 모양이라. 각기 칭찬ᄒᆞ여 니로ᄃᆡ,

"필경 ᄉᆞ부의 무예 고강ᄒᆞ도다."

ᄒᆞ고, 뒤흘 ᄯᆞ라 보니 요화 등이 모다 쳐 산동을 나오기ᄂᆞᆫ ᄒᆞ나, 인ᄒᆞ여 ᄯᆞᆷ도 흐ᄅᆞ고 긔운도 헐헐히ᄂᆞᆫ지라. 됴삼과 ᄲᆞᆯ니 노고로 ᄒᆞ여곰 ᄯᆞ라 나오게 ᄒᆞ고, 즁인이 안ᄌᆞ 한 ᄎᆞ례ᄅᆞᆯ 쉬ᄆᆡ, 무ᄋᆡ지 ᄯᅩ 쇼란과 욱니와 요화와 하향으로 ᄒᆞ여곰 져 오기ᄅᆞᆯ 거ᄂᆞ리고 다시 쳐 나아가라 ᄒᆞ며, ᄯᅩ 부탁ᄒᆞᄃᆡ, 이 나가ᄂᆞᆫ 권법이 드러오ᄂᆞᆫ ᄃᆡ 비ᄒᆞ여 ᄆᆡ오 리ᄒᆡ(利害)가 되 【83】 니, 각인이 모롬즉이 죠심ᄒᆞ고 임의 쳐셔 나가거든 인ᄒᆞ여 류셩포ᄅᆞᆯ 노화 알게 ᄒᆞ라.

즁인이 답응ᄒᆞ고 드ᄃᆡ여 쳐셔 나아갈시, 양졍산이 무ᄅᆞᄃᆡ,

"져 쇽이 도져히 엇던 모양이냐? ᄉᆞ뷔 가히 우리 무리로 ᄒᆞ여곰 가 보게 ᄒᆞ라."

무ᄋᆡ지 우ᄉᆞ며 니로ᄃᆡ,

"보기ᄂᆞᆫ 용이ᄒᆞ다."

ᄒᆞ고 드ᄃᆡ여 양졍산을 ᄯᅳ으러 동구(洞口)에 니ᄅᆞ러 니로ᄃᆡ,

"네 ᄯᅩ 드러가 보라."

졍산이 겨유 발을 ᄯᅥ혀 옴겨 드러가다가 졍히 고동을 ᄇᆞᆲ앗ᄂᆞᆫ지라. 다만 드ᄅᆞ 【84】 니 됴삼과 뒤희 잇셔 고함ᄒᆞ여 니로ᄃᆡ,

"죠치 아니타 쾌히 도라 나오라."

ᄒᆞ거ᄂᆞᆯ, 졍산이 머리ᄅᆞᆯ 드러 다만 보니, 두 오리 곤쟝이 머리ᄅᆞᆯ ᄶᅵ쳐 나려 오거ᄂᆞᆯ, 졍산이 놀나 고함ᄒᆞ여 구ᄒᆞ믈 쳥ᄒᆞ니, 무ᄋᆡ지 숀을 펴셔 잡아 멈추ᄆᆡ, 도로혀 니양쳥 등 삼기ᄅᆞᆯ 가져 젼도(轉到)ᄒᆞ여 나ᄂᆞᆫ다시 ᄯᅱ여 년뎡 쇽으로 가거ᄂᆞᆯ, 무ᄋᆡ지 ᄲᆞᆯ니 니로ᄃᆡ,

"다라나지 말나!"

ᄒᆞ고 숀을 가져 한번 노흐ᄆᆡ, ᄅᆞᆼ기 곤쟝이 거두어 드러가ᄂᆞᆫ지라. 몸을 두루혀 양졍산 【85】 등을 ᄃᆡᄒᆞ여 니로ᄃᆡ,

"가히 무셔오냐?"

즁인이 모다 ᄃᆡ답ᄒᆞᄃᆡ,

"바야흐로 죠히 사ᄅᆞᆷ을 놀니ᄂᆞᆫ도다. 져 쇽이 도져히 귀신이 잇ᄂᆞ냐?"

무ᄋᆡ지 니로ᄃᆡ,

"무ᄉᆞᆫ 귀신이 잇시랴. 블과시(不過是) 목인이니라."

졍히 말ᄒᆞ며 드ᄅᆞ니 공즁의셔 류셩포 쇼ᄅᆡ가 나ᄂᆞᆫ지라. ᄌᆞ녀 무리가 쳐셔 나아가믈 알고 드ᄃᆡ여 니로ᄃᆡ,

"우리 무리 죠히 나아가셔 쇼셰ᄒᆞ고 밥을 먹ᄌᆞ."

ᄒᆞ니, 즁인이 니로ᄃᆡ,

"무셔워 놀나기ᄅᆞᆯ 긴히 ᄒᆞ여시ᄆᆡ, 우리 무리ᄂᆞᆫ 밥먹기ᄅᆞᆯ 【86】 원치 아니ᄒᆞ노라."

무ᄋᆡ지 니로ᄃᆡ,

"그리 무셔워 ᄒᆞᆯ 거시 아니라. 다만 고동을 잡아 도로 ᄆᆡ여 노흐면 믄득 평일과 일양이니 무어시 무셔오랴."

ᄒᆞ고, 몸을 굴너 동구의 니ᄅᆞ러 고동을 가져 졍당히 ᄆᆡ여 노코 드ᄃᆡ여 양졍산을 ᄯᅳ을고 몬져 다ᄅᆞ며, 일변 니로ᄃᆡ,

"쇼져 무리 모다 나ᄅᆞᆯ ᄯᆞ라오라."

ᄒᆞ니, 즁인이 바야흐로 거롬을 옴기더라. 졍산이 무ᄅᆞᄃᆡ,

"이졔 그 목인들을 모다 어ᄃᆡ 감쵸왓ᄂᆞ냐?"

무ᄋᆡ지 가ᄅᆞ쳐 니로ᄃᆡ,

"져 산셕이 모다 그거 【87】 시라. 만일 번드겨 ᄂᆡ면 모다 목인이 되ᄂᆞ니라."

됴삼괴 니로ᄃᆡ,

"우리 무리ᄂᆞᆫ 쾌히 갈 거시니 져 목인들이 몸을 번드겨 ᄂᆡ여 ᄯᅩ 사ᄅᆞᆷ 치기ᄅᆞᆯ 못ᄒᆞ게 ᄒᆞ라."

무ᄋᆡ지 니로ᄃᆡ,

"이졔 고동을 모다 동혀 노화시니 엇지 다시 사ᄅᆞᆷ을 치깃ᄂᆞ냐?"

셜화ᄒᆞᄂᆞᆫ ᄉᆞ이의 임의 산동을 나 밧비 거러 침궁의 니ᄅᆞ니, ᄌᆞ녀 무리 쳔식(喘息)을 바야흐로 긋치고 모다 등후(等候)ᄒᆞ더라. 쥬문란이 요화ᄅᆞᆯ ᄃᆡᄒᆞ여 니로ᄃᆡ,

"군쥬야, 너ᄂᆞᆫ 무예ᄅᆞᆯ 잘ᄒᆞᄂᆞᆫ도다. 【88】 양가 져졔 바야흐로 산동 어귀의 나아가 한번 보ᄆᆡ 그 쇽의셔 두 오리 곤쟝이 나라나와 거의 두뢰(頭腦)ᄅᆞᆯ 타파(打破)ᄒᆞ리러니, 다힝히 ᄉᆞ뷔 방ᄎᆞ(防遮)ᄒᆞ여 겨유 도망ᄒᆞ여 나왓ᄂᆞ니라."

요홰 웃고 니로ᄃᆡ,

"너의 무리ᄂᆞᆫ ᄯᅩ 엇지 다라나왓ᄂᆞ냐?"

즁인이 ᄃᆡ답ᄒᆞᄃᆡ,

"다힝히 ᄉᆞ뷔 고동을 동혀ᄆᆡ엿기로 우리 무리 비로쇼 감히 다라왓거니와, 그러치 아니ᄒᆞ면 다만 그 쇽의 하로ᄅᆞᆯ 피ᄒᆞ여 잇실 번 ᄒᆞ엿도다."

져 ᄌᆞ녀 무리 웃기ᄅᆞᆯ 마지 【89】 아니ᄒᆞ더라. 각기 문득 침궁 안의셔 쇼셰ᄒᆞ고, 즉시 밥을 버려 오거ᄂᆞᆯ 드ᄃᆡ여 모도여 안ᄌᆞ 먹을ᄉᆡ, 니양쳥이 니로ᄃᆡ,

"산동 쇽의셔 그런 광경을 당ᄒᆞ면 비록 일만인이나 일인도 버셔 나오지 못ᄒᆞ리라."

무ᄋᆡ지 니로ᄃᆡ,

"져러케 ᄒᆞᆯ량이면 스ᄉᆞ로 능히 쳐셔 드러가려니와 그 법을 모ᄅᆞᄂᆞᆫ 이ᄂᆞᆫ 일만을 말말고 십만인이라도 드러가지 못ᄒᆞ리라."

양경산이 니로ᄃᆡ,

"엇지 그 거술 【90】 옴겨다가 젼후문 어귀의 두어 도젹을 방비치 아니ᄒᆞᄂᆞ뇨? 사ᄅᆞᆷ의게 비ᄒᆞ면 도로혀 강ᄒᆞ리라."

무ᄋᆡ지 니로ᄃᆡ,

"우리 댱샹(莊上) 젼후 량편의 도시 도젹이 드러온다 ᄒᆞᆯ 거시 아니오, 비록 드러오나 도젹의 승ᄒᆞᆫ 거시라도 믄득 잡기ᄂᆞᆫ 용이ᄒᆞ리라."

즁인이 모다 탄복ᄒᆞ더라. 쥬문란이 니로ᄃᆡ,

"명일의 각위 져져ᄅᆞᆯ 마ᄌᆞ 폐ᄉᆞ의 니ᄅᆞ러 슈일을 노닐녀 ᄒᆞᄂᆞ니, 감히 ᄉᆞ부도 함긔 강림ᄒᆞ시믈 바라노라."

무ᄋᆡ지 웃고 니 【91】 로ᄃᆡ,

"쇼져의 셩의ᄅᆞᆯ 봉승ᄒᆞᆯ량이면 ᄉᆞ양치ᄂᆞᆫ 아니려니와 다만 ᄂᆡ가 문의 나면 댱샹의 관슈ᄒᆞᆯ 사ᄅᆞᆷ이 업셔 만일 긴요ᄒᆞᆫ ᄉᆞ졍이 이시면 왕야의 부탁ᄒᆞᆫ 바ᄅᆞᆯ 져바리미니, 쇼져의 요량(料諒)ᄒᆞ여 쥬믈 바라노라."

즁인이 니로ᄃᆡ,

"이거ᄉᆞᆫ ᄉᆞ부의 진졍 말이로다."

무ᄋᆡ지 니로ᄃᆡ,

"죡히 각 위 쇼져ᄅᆞᆯ ᄃᆡ신ᄒᆞ여 발힝ᄒᆞᄂᆞᆫ 일을 료리ᄒᆞᆯ 거시니, ᄌᆞ연 총요(葱擾)ᄒᆞ도다."

셜화ᄒᆞᄂᆞᆫ ᄉᆞ이의 인의 밥먹기ᄅᆞᆯ 맛치고 드ᄃᆡ여 령ᄉᆞ의게 분부ᄒᆞ여 니로ᄃᆡ,

"군쥐 각위 쇼져 무리로 더브러 쥬부의 가셔 시회ᄅᆞᆯ ᄒᆞ려 ᄒᆞ니, 인부ᄅᆞᆯ 판비ᄒᆞ여 명일의 일죽 발힝ᄒᆞ여 힘ᄡᅥ 당일의 득달이 되게 ᄒᆞ라."

ᄒᆞ니, 령시 거힝ᄒᆞ라 나아가고 ᄯᅩ 비녀 무리로 ᄒᆞ여곰 요화의 자지고 갈 졔구ᄅᆞᆯ 슈습게 ᄒᆞ더라. 즁인이 인ᄒᆞ여 인지헌의 니ᄅᆞ러 모도여 말ᄒᆞ려 ᄒᆞᆯᄉᆡ, 월랑을 지나며 보니, 요월 【93】 랑(邀月廊) 삼ᄍᆞ(三字)ᄅᆞᆯ ᄡᅥ 붓쳣ᄂᆞᆫ지라. 됴삼괴 요화다려 무ᄅᆞᄃᆡ,

"군쥬의 부듕의 졍뎐과 셔방(書房)과 침궁 쇽의 각쳐의 걸닌 편ᄋᆡᆨ(匾額)과 쥬련(柱聯)은 모다 락관(落款)을 아니ᄒᆞ여시니 이거시 무ᄉᆞᆫ 의ᄉᆡ냐?"

요홰 듯고 대쇼(大笑)ᄒᆞ거ᄂᆞᆯ, 즁인이 괴로이 소유(所由)ᄅᆞᆯ 무ᄅᆞ니, 요홰 비로쇼 말ᄒᆞᄃᆡ,

"문득 ᄌᆞ긔가 ᄌᆞ녀 무리와 함긔 어ᄌᆞ러이 지엇ᄂᆞ니라."

양경산이 니로ᄃᆡ,

"비록 진션(盡善)치ᄂᆞᆫ 못ᄒᆞ니, 그러나 ᄆᆡ오 죠흔 것도 잇도다."

ᄯᅩ 무ᄅᆞᄃᆡ,

"그림은 뉘가 ᄒᆞᆫ 거시냐?"

요홰 ᄃᆡ답 【94】 ᄒᆞᄃᆡ,

"져 ᄌᆞ녀 무리 즁의 다만 량ᄀᆡ(兩個)가 그릴 쥴을 아니 일ᄀᆡᄂᆞᆫ 쵸엽이오, 일ᄀᆡᄂᆞᆫ 니운이라."

ᄯᅩ 무ᄅᆞᄃᆡ,

"글ᄌᆞᄂᆞᆫ 뉘가 ᄡᅥᆺᄂᆞ냐?"

요홰 니로ᄃᆡ,

"ᄯᅩ 량ᄀᆡ 이시니 일ᄀᆡᄂᆞᆫ 하향이오 일ᄀᆡᄂᆞᆫ 도홍이니라."

쥬문란이 니로ᄃᆡ,

"도로혀 ᄃᆞ론 기예도 ᄒᆞᆯ 쥴 아ᄂᆞᆫ 이가 잇ᄂᆞ냐?"

요홰 니로ᄃᆡ,

"욱니가 바둑을 ᄆᆡ오 잘 두ᄂᆞ니라."

문란이 니ᄅᆞᄃᆡ,

"니러ᄒᆞ면 내가 져로 더브러 한 번 ᄃᆡ국ᄒᆞ여 보리라."

요홰 욱니를 블너 ᄃᆡ국ᄒᆞ게 ᄒᆞ고, 니양쳥이 무ᄅᆞᄃᆡ,

【95】 "군쥬의 셔화와 바둑이 ᄆᆡ오 능ᄒᆞ리로다."

요홰 ᄃᆡ답ᄒᆞᄃᆡ,

"그 거ᄉᆞᆫ 내 모다 능치 못ᄒᆞ고 다만 거문고 타기ᄂᆞᆫ 비홧노라."

됴삼괴 니로ᄃᆡ,

"임의 니러ᄒᆞ면 한 곡죠 타기를 쳥ᄒᆞ노라."

요홰 마지 못ᄒᆞ여 ᄆᆡ영과 ᄀᆞᆺ치 각기 일곡을 타니 즁인이 칭찬ᄒᆞ믈 마지 아니ᄒᆞ고, 니양쳥이 ᄯᅩ 요화를 쳥ᄒᆞ여 거문고 타ᄂᆞᆫ 법을 가ᄅᆞ쳐 달나 ᄒᆞ며 반일을 힐란ᄒᆞ더니, 믄득 뢰셩(雷聲)이 니러나며 ᄃᆡ위(大雨) 방타(滂沱)ᄒᆞ여 인지헌의 능히 【96】 용겁지 못ᄒᆞᆯ지라. 일졔히 침궁으로 도라와셔 각인이 함긔 뢰셩을 두려 한 방 쇽의 모도혀 안ᄌᆞ 한담ᄒᆞ다가 야반의 비가 긋치ᄆᆡ, 바야흐로 각기 취침ᄒᆞ더니 오리지 아냐 하늘이 임의 밝은지라, 무ᄋᆡ지 지쵹ᄒᆞ여 긔침ᄒᆞ게 ᄒᆞ니 즁인이 ᄯᅩᄒᆞᆫ 놀나 ᄭᆡ더라. 겨유 쇼셰를 맛ᄎᆞᄆᆡ, 외변(外邊)의셔 보ᄒᆞᄃᆡ 교ᄆᆡ(轎馬) 함긔 임의 등ᄃᆡᄒᆞ엿다 ᄒᆞ거ᄂᆞᆯ, 드ᄃᆡ여 각기 무ᄋᆡᄌᆞ긔 하직ᄒᆞ고 쥬황친의 당샹으로 향ᄒᆞ여 【97】 갈ᄉᆡ, 요홰 팔ᄀᆡ ᄌᆞ녀를 다리고 로샹의 사ᄅᆞᆷ 만흐믈 인ᄒᆞ여, ᄯᅩ 량ᄀᆡ 부ᄉᆞ를 파뎡ᄒᆞ여 가며 죠쇽ᄒᆞ게 ᄒᆞ고, 거ᄆᆡ 신쇽ᄒᆞ여 겨유 반일을 지나ᄆᆡ 임의 쥬황친의 권쇽이 셩의 나와 영졉ᄒᆞᄂᆞᆫ지라. 각각 셔로 본 연후의 문란 ᄌᆞᄆᆡ 화원 쇽으로 마죠 니ᄅᆞ러 좌경ᄒᆞᄆᆡ, 요홰 보니 쥬황친의 국면(局面)이 왕장(王莊)의 비ᄒᆞ여 더옥 광활ᄒᆞ고, 화원이 ᄯᅩᄒᆞᆫ 심히 통창(通暢)ᄒᆞ며 ᄃᆡ쳥 뒤히 별당이 이시ᄃᆡ, 포진(鋪陳)을 화려히 【98】 ᄒᆞ여시니, 이ᄂᆞᆫ 양경산 등 삼인을 쳥ᄒᆞ여 이곳의셔 헐슉(歇宿)ᄒᆞ게 ᄒᆞ고, 엽히 다시 한 탑(榻)을 비셜ᄒᆞ여시니 이ᄂᆞᆫ 쥬치란이 옴겨와 뫼셔 ᄌᆞ게 ᄒᆞ미오, ᄯᅩ 요화를 닛그러 셔편 일좌 화루샹(華樓上)의 니ᄅᆞ러 말ᄒᆞᄃᆡ, 믄득 여긔셔 쥬졉ᄒᆞ라 ᄒᆞ니, 이ᄂᆞᆫ 요홰 다리고 온 사ᄅᆞᆷ이 만흔고로 흘노 오간 ᄃᆡ루를 양(讓)ᄒᆞ미라. 쥬문란은 여긔 잇셔 뫼셔 ᄌᆞ게 ᄒᆞ고, 늣기를 당ᄒᆞ여 쵸쵸(草草)히 셕식을 지ᄂᆡ고, 즁인이 하로를 신고 【99】 ᄒᆞ므로 즉시 취침ᄒᆞ고, ᄉᆞ기 쇼시ᄂᆞᆫ 함긔 루하의 잇더라.

한 좀을 달게 ᄌᆞ고 눈을 ᄯᅥ 보ᄆᆡ, 임의 일고삼뎡[댱](日高三丈) ᄒᆞ엿ᄂᆞᆫ지라. 요홰 시녀를 블너 ᄭᆡ여 니러나 각각 쇼셰ᄒᆞ여 졍히 분망ᄒᆞᆫ ᄶᅦ의 쥬치란이 루의 올나 문후ᄒᆞ거ᄂᆞᆯ, 요홰 련망히 좌를 양(讓)ᄒᆞ니, 치란이 니로ᄃᆡ,

"가ᄂᆡ의 관ᄉᆞ ᄒᆞᄂᆞᆫ 사ᄅᆞᆷ이 비록 만흐나 우리 가군(家君)의 셩픔이 너모 관후ᄒᆞ시믈 인ᄒᆞ여 거힝이 만흘ᄒᆞᆫ 듯ᄒᆞ니, 만일 편치 못ᄒᆞᆫ 곳이 잇【100】실지라도 군쥬ᄂᆞᆫ 용셔ᄒᆞ라."

요홰 니로ᄃᆡ,

"귀부의 니ᄅᆞ러 쇼요(騷擾)시기ᄂᆞᆫ 거시 임의 블안ᄒᆞ니, 져져ᄂᆞᆫ 이 ᄀᆞᆺ튼 말을 말나."

일변 말ᄒᆞ며 일변 치란을 보니, ᄉᆡᆼ긴 거시 ᄲᅣᆷ이 둥글고 긔부(肌膚)가 결ᄇᆡᆨᄒᆞ고 쳥ᄉᆞ 두발이 ᄆᆡ오 죠흐나 오족 발졔(髮際)가 나즌 듯ᄒᆞ고, 무ᄅᆞ녹은 눈셥과 ᄉᆞ지의 코와 너ᄅᆞᆫ 입이 ᄆᆡ오 문란의 연미ᄒᆞᆫ 거ᄉᆞᆫ ᄀᆞᆺ지 못ᄒᆞ나, 그 졍치(情致)ᄂᆞᆫ 도로혀 심히 영롱ᄒᆞᆫ 고로, 그 면모를 혐의치 아니ᄒᆞ더라. 치란이 쇼【101】란 등 ᄉᆞ기를 보고 칭찬ᄒᆞ믈 마지 아니ᄒᆞ며, 졍히 말ᄒᆞᄆᆡ 문란이 잠이 ᄭᆡ여 치란을 ᄃᆡᄒᆞ여 니로ᄃᆡ,

"져 무리 ᄉᆞ기 져ᄋᆞ(姐兒)가 다만 ᄉᆡᆼ기미 표치ᄒᆞᆯ ᄲᅮᆫ 아니라, 네가 도로혀 져 무리의 기예(技藝)ᄂᆞᆫ 보지 못ᄒᆞ엿시리라."

치란이 믄득 무ᄅᆞ니 아지 못게라, 쇼답이 하여(何如)오? 하회의 분히ᄒᆞ라.

〔요화전 瑤華傳 권지팔 卷之八〕

15
이견슈경방절쇼 욕과무예반투셩
已見睡情方竊笑 欲誇武藝反投誠

【1】 화셜 치란이 믄득 무ᄅᆞᄃᆡ,

"무ᄉᆞᆫ 기예ᄅᆞᆯ 아ᄂᆞ냐?"

문란이 본 바 문무 기예ᄅᆞᆯ 일일히 말ᄒᆞ니 치란이 놀나 혀ᄅᆞᆯ 두ᄅᆞ며 니로ᄃᆡ,

"져런 긔이ᄒᆞᆫ 지죠들이 이시니 실노 가히 공경ᄒᆞᆯ 거시라."

ᄒᆞ고, 경히 말ᄒᆞ며 드ᄅᆞ니, 믄득 ᄉᆞ다리 쇼릐 나며 양경산 등 삼인이 올나오ᄂᆞᆫ지라 【2】 문란 ᄌᆞᄆᆡ ᄲᆞᆯ니 몸을 니러 영졉ᄒᆞ고 함긔 안ᄌᆞ 한담ᄒᆞᆯᄉᆡ, 치란이 니로ᄃᆡ,

"금일의 긔여히 각위ᄅᆞᆯ 쳥ᄒᆞ여 희쥬(戱酒)ᄅᆞᆯ 먹게 ᄒᆞ라 ᄒᆞ여 계시니, 그러므로 화루 우히 슈습ᄒᆞ엿ᄂᆞᆫ지라, 우리 무리 일죽 밥먹고 하로 희ᄌᆞ(戱子)ᄅᆞᆯ 보고, 명일의 바야흐로 시ᄅᆞᆯ 짓ᄌᆞ."

ᄒᆞ니, 요홰 니로ᄃᆡ,

"엇지ᄒᆞ여 져러틋 ᄆᆞᄋᆞᆷ을 허비ᄒᆞᄂᆞ냐? ᄯᅩ 텬긔가 념렬(炎熱)ᄒᆞ니 믈건이 부상(腐傷)ᄒᆞ믈 면치 못ᄒᆞ리라."

문란이 니로ᄃᆡ,

"무어 【3】 술 허비ᄒᆞᆫ다 ᄒᆞ고 그리 ᄒᆞᄂᆞ냐?"

ᄒᆞ며 ᄯᅩ 보니 일기 노괴 한 무리 녀악을 닛글고 루의 올나와 문안ᄒᆞ거ᄂᆞᆯ, 양경산 등이 각기 몸을 닐고, 요홰 눈을 경ᄒᆞ여 한번 보ᄆᆡ 져 녀악 무리 일기도 쳥슈ᄒᆞᆫ 거시 업ᄂᆞᆫ지라. 노괴 품ᄒᆞᄃᆡ,

"죠반을 임의 화쵸 우히 베푸러 노왓다."

ᄒᆞ거ᄂᆞᆯ 문란이 니로ᄃᆡ,

"지쵹지 말나. 우리가 미쳐 쇼셰ᄅᆞᆯ 아니ᄒᆞ엿다."

ᄒᆞ니 시녀 무리 셰수믈과 장염제구(粧奩諸具)ᄅᆞᆯ 가져 오거ᄂᆞᆯ, 요화와 【4】 ᄀᆞᆺ치 관셰ᄒᆞ고 장쇽을 정제ᄒᆞ며 함긔 루의 나려와 화쳥(花廳)의 니ᄅᆞ러 밥을 지ᄂᆡ고 믄득 각쳐로 단이며 두로 구경ᄒᆞᆯᄉᆡ, 먼리 드ᄅᆞ니 음악 소릐 뇨량(嘹喨)ᄒᆞ며 일기 비직 알ᄑᆡ로 와 품ᄒᆞᄃᆡ,

"쳥컨ᄃᆡ 량위 쇼져ᄂᆞᆫ 군쥬와 각위 져져ᄅᆞᆯ 마ᄌᆞ 연셕의 오ᄅᆞ라."

ᄒᆞ니 중인이 듯고 ᄯᅡ라 힝ᄒᆞ여 화쳥의 갓가오ᄆᆡ, 져 녀악 무리 알ᄑᆡ 와 영졉ᄒᆞ고 일졔히 쳥간(廳間)의 니ᄅᆞ러 보니, 좌우의 연셕을 버렷ᄂᆞᆫ지라. 쥬문란 【5】 ᄌᆞᄆᆡ 슐을 치며 몸을 도로혀 각위의게 드리려 ᄒᆞᆯᄉᆡ, 양경산이 긔여히 요화ᄅᆞᆯ 슈좌로 안치려 ᄒᆞ니, 문란이 니로ᄃᆡ,

"군쥐 비록 존귀ᄒᆞ나 쇼ᄆᆡ로 더브러 친의가 이시니 결단코 참람치 못ᄒᆞ리라."

양경산이 죵시 슈좌의 안지 아니커ᄂᆞᆯ, 요홰 니로ᄃᆡ,

"니가 다만 한 귀결 말ᄒᆞ면 졔가 믄득 안ᄌᆞ리라."

중인이 니로ᄃᆡ,

"무ᄉᆞᆫ 말이냐? 쾌히 ᄒᆞ라."

요홰 숀으로 경산을 가ᄅᆞ치며 니로ᄃᆡ,

"니가 임의 참남(僭濫)치 아 【6】 니ᄒᆞ니, 너ᄂᆞᆫ ᄉᆞᄉᆞ로 벅벅이 우리 집의 잇셔 안ᄌᆞ든 좌ᄎᆞ(座次)ᄅᆞᆯ 의지ᄒᆞ면 가히 올흘 거시오, 다시ᄂᆞᆫ 말이 업ᄉᆞ리라."

중인이 숀벽치며 올타 니ᄅᆞ니 경산이 다만 슈셕(首席) 뎨일의 안고, 삼고ᄂᆞᆫ 이셕 뎨일위의 안고, 양쳥은 경산으로 더브러 ᄀᆞᆺ치 안고, 문란은 셔흘 향ᄒᆞ여 뫼셔 안고, 요화ᄂᆞᆫ 삼고의 아릐 안고, 치란은 쥬위의 안ᄌᆞ 좌ᄅᆞᆯ 경ᄒᆞᄆᆡ, 노고 무리 발을 드리워 노코 각기 한잔식 먹으ᄆᆡ, 외간의셔 젼ᄒᆞ여 【7】 말ᄒᆞ기ᄅᆞᆯ 희지(戲子) 드러온다 ᄒᆞ니, 즁인이 샹량(商量)ᄒᆞ여 한가지ᄅᆞᆯ 뎜(點)ᄒᆞ여 너니, 여러 신션이 셔왕모(西王母) 요디(瑤池) 반도회(蟠桃會)의 다라드ᄂᆞᆫ 거시라. 눈을 굴닐 ᄉᆞ이의 븍쇼릐 한번 동ᄒᆞ더니, 일쟉 각식(脚色)을 타분(打扮)ᄒᆞ여 마당의 오ᄅᆞ고 셕샹(席上)의 슈륙(水陸)을 아올나 버려 식식(色色)히 다 극진ᄒᆞ니, 부귀영화ᄂᆞᆫ 다 말ᄒᆞ지 말고, 즁인이 보ᄆᆡ 마당의 오ᄅᆞᄂᆞᆫ 희ᄌᆞ(戲子)들이 다 나히 십ᄉᆞ오 셰ᄂᆞᆫ 된 쇼동(小童)이오, 곡죠 창ᄒᆞᄂᆞᆫ 거시 긔묘ᄒᆞ니, 개 【8】 개히 웃기ᄅᆞᆯ 마지 아니ᄒᆞᄃᆡ, 오ᄌᆞᆨ 요화ᄂᆞᆫ 번거ᄒᆞᆷ을 죠화 아니ᄒᆞᄂᆞᆫ 듯 ᄒᆞ더라. 칠팔 가지 희ᄌᆞᄅᆞᆯ 시기고 십여 번 찬슈ᄅᆞᆯ 올니ᄆᆡ, 비로쇼 희ᄌᆞᄅᆞᆯ 물닌 후의 즁인이 모다 별당으로 믈너와 옷슬 곳쳐 닙을 ᄉᆡ, 임의 ᄯᆞᆷ이 등의 흐ᄅᆞᄆᆞᆯ ᄭᆡ닷고 심히 번죠(煩燥)ᄒᆞᆫ지라. 언마 못ᄒᆞ여 외간의셔 ᄯᅩ 챵[청](請)ᄒᆞ여 다시 ᄒᆞᄂᆞᆫ 희ᄌᆞᄅᆞᆯ 보라 ᄒᆞ거ᄂᆞᆯ, 다라 쳥샹을 나오니 등쵹히 휘황ᄒᆞ고 렬긔(熱氣) 훈징(薰蒸)ᄒᆞ여 화로 쇽의 안ᄌᆞᆫ 것 【9】 ᄀᆞᆺ트니 엇지 견ᄃᆡ리오. 면강ᄒᆞ여 한 ᄎᆞ례 보고, 치란이 시녀로 ᄒᆞ여곰 은젼을 가져가 졔쇼져ᄅᆞᆯ ᄃᆡ신ᄒᆞ여 샹급ᄒᆞ고 드ᄃᆡ여 각각 몸을 니러 루샹의 도라와 믈을 가져 목욕ᄒᆞᄆᆡ, 비로쇼 쳥량ᄒᆞᆷ을 ᄭᆡ다ᄅᆞᆯ지라. 등(燈)을 혀지 말나 ᄒᆞ고 져즌 의복을 가라닙고 각기 흘노 가만ᄒᆞᆫ 곳의 안ᄌᆞ 납량ᄒᆞ더니, 월식이 임의 창의 오ᄅᆞᄂᆞᆫ지라. ᄯᅩ 비녀 무리로 ᄒᆞ여곰 숀을 가라가며 븟치질을 시기ᄆᆡ 비로 【10】 쇼 셔퇴(暑退)가 되더라.

요홰 ᄆᆡ영을 ᄃᆡᄒᆞ여 니로ᄃᆡ,

"니런 념텬의 긔여히 희ᄌᆞᄅᆞᆯ 놀니고 슐을 먹으니 엇지 즐거오믈 취ᄒᆞᄂᆞᆫ 거시랴. 진ᄭᅵ 죄ᄅᆞᆯ 밧게 ᄒᆞ미로다."

ᄆᆡ영이 ᄃᆡ답ᄒᆞᄃᆡ,

"져 무리 특별이 공경ᄒᆞᄂᆞᆫᄃᆡ 텬긔가 너모 더우믈 인ᄒᆞ여 그러므로 ᄲᅧ 군쥬 견ᄃᆡ지 못ᄒᆞ여 ᄒᆞ미로다."

요홰 니로ᄃᆡ,

"실노이 견ᄃᆡ기 어려오니 져 무리 미쳐오지 아니ᄒᆞ여 내가 몬져 잘 거시니 너의 무리도 함긔 ᄌᆞ라."

ᄒᆞ고 바 【11】 야흐로 눈을 감으려 ᄒᆞ더니, 홀연 ᄉᆞ다리[梯] 쇼릐 나ᄂᆞᆫ지라. 쥬문란이 잠이 든 거ᄉᆞᆯ 보더니 ᄭᆡ오지 아니ᄒᆞ고 ᄌᆞ긔도 가마니 ᄌᆞ더라.

요홰 한 잠을 ᄌᆞ고 ᄭᆡ미 텬식이 ᄇᆞᆰᄂᆞᆫ지라. 심히 쳥샹ᄒᆞᆷ을 ᄭᆡᄃᆞ라 드ᄃᆡ여 ᄆᆡ영을 블너 니ᄅᆞ혀 니로ᄃᆡ,

"이 쳥량ᄒᆞᆫ ᄯᅢ를 ᄯᅡ라 죠히 날을 ᄃᆡ신ᄒᆞ여 머리ᄅᆞᆯ 빗겨 쥬면 일광 쇽의셔 더위 맛ᄂᆞᆫ 거ᄉᆞᆯ 면ᄒᆞ리라."

ᄆᆡ영이 답응ᄒᆞ고 ᄃᆡ신 머리ᄅᆞᆯ 빗겨 쥰 연후의 【12】 ᄌᆞ긔도 ᄯᅡ라 빗더라. 요홰 일이 업셔 둘지 간의 나와 문란의 코고으ᄂᆞᆫ 쇼릐ᄅᆞᆯ 듯고 드ᄃᆡ여 가마니 캉(炕) 가의 니ᄅᆞ러 쟝을 들고 한번 보니, 보지 아니ᄒᆞ더면 죠흘 거ᄉᆞᆯ 보ᄆᆡ 우음을 참지 못ᄒᆞ고 ᄲᆞᆯ니 ᄆᆡ영을 블너 옮히 와셔 보라 ᄒᆞ니, ᄆᆡ영이 한 숀으로 텨럭을 잡고 캉 옮히 니ᄅᆞ러 보ᄆᆡ, 문란이 벌거벗고 ᄌᆞᄂᆞᆫᄃᆡ, 한 오리 우ᄉᆞ(藕紗) 겹니블을 덥헛더니, 니블이 모다 밀니여 엽히 노히고 두면(頭面)의 가득ᄒᆞᆫ 거시 도시 ᄯᆞᆷ이 【13】 오, 하톄ᄅᆞᆯ 드러너고 젹신(赤身)으로 ᄌᆞᄂᆞᆫᄃᆡ, 일ᄭᅵ 거위털 부체가 잇셔 그 부체자루가 공교히 그 하문(下門)[166] 쇽을 드러가 ᄭᅩᆺ쳣ᄂᆞᆫ지라. ᄆᆡ영이 ᄎᆞ경을 보ᄆᆡ ᄯᅩᄒᆞᆫ 웃기ᄅᆞᆯ 마지 아니ᄒᆞ고, ᄲᆞᆯ니 니블을 ᄭᅳ러 덥허 쥬며 요화로 더브러 방즁의 니ᄅᆞ러 가마니 니로ᄃᆡ,

"두리건ᄃᆡ 졔가 ᄭᆡ여 보면 피ᄎᆞ의 죠치 못ᄒᆞ다."

ᄒᆞ니 요홰 입을 모호며 웃고 니로ᄃᆡ,

"엇지 녀ᄌᆞ의 몸이 되여 져 모양으로 ᄌᆞᄂᆞ냐. 가히 져 쥬가(周家)의셔 톄통을 출 【14】 히지 못ᄒᆞᆷ을 알니로다."

졍히 말ᄒᆞ더니 쇼란 무리 몸을 닐거ᄂᆞᆯ, 요홰 ᄯᅩ ᄆᆡ영의 머리 다 빗기ᄅᆞᆯ 기ᄃᆞ려 함긔 루의 나려 다시 별당의 니ᄅᆞ러 져 무리가 긔침ᄒᆞᆷ을 보랴 ᄒᆞ고 바야흐로 화쳥(花廳) 가온ᄃᆡ 니ᄅᆞ러 드ᄅᆞ니, 웃ᄂᆞᆫ 쇼릐가 들니거ᄂᆞᆯ 급히 쇽으로 드러가 보니 됴삼괴 쥬치란으로 ᄀᆞᆺ치 니양쳥의 머

166) 【하문】 명 하문(下門). 여자의 성기를 점잖게 이르는 말. ¶ 私處 ‖ 하톄ᄅᆞᆯ 드러너고 젹신으로 ᄌᆞᄂᆞᆫᄃᆡ 일ᄭᅵ 거위털 부체가 잇셔 그 부체자루가 공교히 그 하문 쇽을 드러가 ᄭᅩᆺ쳣ᄂᆞᆫ지라 (下身露得赤條條的, 向裏睡着, 有一把鵝毛扇, 撂在大腿之後, 那扇柄兒恰恰抵住那私處.) <瑤華 8:13>

리ᄅᆞᆯ ᄧᅡ져 쥬ᄂᆞᆫᄃᆡ, 쟉일 희ᄌᆞ 무리가 마고 션녀의 머리 ᄧᅡ진[167] 모양을 ᄒᆞ여 쥬랴 ᄒᆞ니, 양청이 즐겨 아니ᄒᆞ고 【15】 져 량ᄀᆡᄂᆞᆫ ᄀᆞᆺ세게 븟들고 긔여히 ᄒᆞ랴 셔도니, 양경산이 웃고 허리ᄅᆞᆯ 펴지 못ᄒᆞᄂᆞᆫ지라. 요홰 니로ᄃᆡ,

"ᄆᆡ오 열요(熱鬧)ᄒᆞ도다."

치란이 ᄃᆡ답ᄒᆞᄃᆡ,

"군쥬ᄂᆞᆫ 밧비 와셔 니가(李家) 져져가 마고 션녀의 머리 ᄧᅡ진 거ᄉᆞᆯ 입ᄂᆡᄂᆡᄂᆞᆫ[168] 거ᄉᆞᆯ 보게 ᄒᆞ라."

요홰 니로ᄃᆡ,

"보기의 진개 마고션녀(麻姑仙女)와 한 모양 ᄀᆞᄐᆞ니 져 양청의 얼골 판이 져 ᄉᆞ오단(小旦)[169]과 더브러 흡ᄉᆞᄒᆞᆫ 고로 더옥 ᄀᆞᄐᆞᆫ 쥴을 ᄭᆡ다ᄅᆞᆯ지라."

양청은 긔여히 헤쳐 바리고 다시 ᄧᅡ지 【16】 려 ᄒᆞ거ᄂᆞᆯ, 요홰 니로ᄃᆡ,

"무어ᄉᆞᆯ 두려ᄒᆞᄂᆞ냐? 오ᄂᆞᆯ은 ᄯᅩ 연셕의 참예치 아니코 ᄯᅩ 외인이 드러와 보리 업ᄉᆞ니 무어시 관계ᄒᆞ랴."

양청이 믄득 그만 두고 ᄯᅩ ᄭᅩᆺ가지ᄅᆞᆯ ᄭᅩᆺ고 의복을 가라 닙고 모다 젼청으로 나와 안ᄌᆞᆺ더니, 언마 못되여 문란이 와셔 ᄀᆞᆺ치 됴반을 지ᄂᆡ고, 드ᄃᆡ여 각기 글졔ᄅᆞᆯ 비겨 시ᄅᆞᆯ 지으려 ᄒᆞ더니, 쥬문란이 니로ᄃᆡ,

"내가 비녀 무리ᄅᆞᆯ 시겨 졔목 졔비[170]ᄅᆞᆯ ᄆᆡᆫ드러 져곳의 이시니 각기 ᄲᅡ히ᄂᆞᆫ 거시 믄득 【17】 올흐리라."

양경산이 니로ᄃᆡ,

"그거ᄉᆞᆫ 셔셔히 ᄒᆞ고 몬져 톄격(體格)을 의론ᄒᆞᆫ 후의 다시 ᄲᅡ히ᄌᆞ."

ᄒᆞ니, 치란이 니로ᄃᆡ,

"나ᄂᆞᆫ 다만 절귀만 지을 쥴 알고 기외의ᄂᆞᆫ 모다 능치 못ᄒᆞ도다."

요홰 니로ᄃᆡ,

"임의 그러ᄒᆞ면 능히 각기 각 쳬격을 짓ᄂᆞᆫ 거시 도로혀 편ᄒᆞ리라."

양경산이 니로ᄃᆡ,

"만일 니러ᄒᆞ면 몬져 스ᄉᆞ로 무ᄉᆞᆫ 톄격 안연후의 글졔ᄅᆞᆯ ᄲᅡ히리라."

됴삼괴 니로ᄃᆡ,

"그리 ᄒᆞᆯ 거시니, 나ᄂᆞᆫ 믄득 오언고시ᄅᆞᆯ 지으리라."

요홰 니로ᄃᆡ,

"나ᄂᆞᆫ 쟝단귀ᄅᆞᆯ 지으리라."

ᄒᆞ며, 양경산은 니로ᄃᆡ,

"나ᄂᆞᆫ 고풍(古風)을 지으리라."

ᄒᆞ며, 니양청은 니로ᄃᆡ,

"나ᄂᆞᆫ 오언률시ᄅᆞᆯ 지으리라."

ᄒᆞ며, 쥬문란은 니로ᄃᆡ,

"나ᄂᆞᆫ 칠언고시ᄅᆞᆯ 지으리라."

ᄒᆞ니, 치란이 일즉 팔ᄀᆡ ᄌᆞ녀ᄅᆞᆯ 블너다가 져의 무리로 ᄒᆞ여곰 각기 말ᄒᆞ라 ᄒᆞ니, 요홰 니로ᄃᆡ,

"너의 무리 ᄌᆞ량(自量)ᄒᆞ여 무ᄉᆞᆫ 톄격을 짓든지 다만 각기 아라 ᄒᆞ라."

ᄆᆡ영이 니로ᄃᆡ,

"나ᄂᆞᆫ ᄇᆡᆨ냥대톄(柏梁臺體)ᄅᆞᆯ 지으리라."

ᄒᆞ며, 쇼란은 니로ᄃᆡ,

"나ᄂᆞᆫ 【19】 칠률(七律)을 지으리라."

ᄒᆞ며, 쵸엽은 니로ᄃᆡ,

"나ᄂᆞᆫ 륙언시ᄅᆞᆯ 지으리라."

---

167) 【ᄧᅡ지다】 동 쪽지다. ¶ 梳髻兒 ‖ 됴삼괴 쥬치란으로 ᄀᆞᆺ치 니양청의 머리ᄅᆞᆯ ᄧᅡ져 쥬ᄂᆞᆫᄃᆡ 쟉일 희ᄌᆞ 무리가 마고 션녀의 머리 ᄧᅡ진 모양을 ᄒᆞ여 쥬랴 ᄒᆞ니 (見趙三姑同周彩鸞, 要與李揚清照昨日戲班內扮的那麻姑仙梳的那個髻兒.) <瑤華 8:14>

168) 【입ᄂᆡᄂᆡ다】 동 흉내내다. ¶ 군쥬ᄂᆞᆫ 밧비 와셔 니가 져져가 마고 션녀의 머리 ᄧᅡ진 거ᄉᆞᆯ 입ᄂᆡᄂᆡᄂᆞᆫ 거ᄉᆞᆯ 보게 ᄒᆞ라 (郡主來看, 我在這裏替李家姐姐梳個麻姑的髻兒.) <瑤華 8:15> 쵸지 ᄯᅩ 닐오ᄃᆡ ᄂᆡ 너로 더브러 바ᄅᆞᆷ을 ᄡᅬ이려 ᄒᆞ니 네 두려 말나 ᄒᆞ여 맛치 원숭이가 ᄉᆞᄅᆞᆷ의 입ᄂᆡᄂᆡ듯 ᄒᆞ니 (憨哥道: "我和你往一處乘涼, 你不要怕.") <平妖 6:18> ⇒ 임내내다, 임ᄂᆡᄂᆡ다

169) 【ᄉᆞ오단】 명 {소단(小旦 xiǎodàn).} 중국어 차용어. 희곡의 배역 이름. ¶ 唱旦 ‖ 보기의 진개 마고션녀와 한 모양 ᄀᆞᄐᆞ니 져 양청의 얼골 판이 져 ᄉᆞ오단과 더브러 흡ᄉᆞᄒᆞᆫ 고로 더옥 ᄀᆞᄐᆞᆫ 쥴을 ᄭᆡ다ᄅᆞᆯ지라 (這李揚清的臉盤, 也與那唱旦的相似, 故此更覺得相像.) <瑤華 8:15>

170) 【졔비】 명 제비. ¶ 鬮子 ‖ 내가 비녀 무리ᄅᆞᆯ 시겨 졔목 졔비ᄅᆞᆯ ᄆᆡᆫ드러 져곳의 이시니 각기 ᄲᅡ히ᄂᆞᆫ 거시 믄득 올흐리라 (我也叫他們做下題目鬮子在這裡, 各人拈了就是.) <瑤華 8:16> ⇒ 져비, 졉이, 6:107

ᄒᆞ며, 하향은 이로ᄃᆡ

"나ᄂᆞᆫ ᄉᆞ곡(詞曲)을 지으리라."

욱니ᄂᆞᆫ 하향과 ᄀᆞᆺ고, 도홍은 니로ᄃᆡ,

"나ᄂᆞᆫ 오졀(五絶)을 지으리라."

ᄒᆞ며, 니운은 니로ᄃᆡ,

"나ᄂᆞᆫ 오언고시ᄅᆞᆯ 지으리라."

ᄒᆞ며, 류지ᄂᆞᆫ 니로ᄃᆡ,

'나ᄂᆞᆫ ᄉᆞ언시ᄅᆞᆯ 지으리라"

ᄒᆞ니, 문란이 니로ᄃᆡ,

"도시 말ᄒᆞ여 졍ᄒᆞ엿고, ᄆᆡ뎨만 남앗시니 너ᄂᆞᆫ 칠어졀귀ᄅᆞᆯ 지으라."

ᄒᆞ고, 드ᄃᆡ여 글졔 ᄡᅳᆫ 졔비ᄅᆞᆯ 취ᄒᆞ여 시녀【20】무리로 ᄒᆞ여곰 안ᄎᆞ(安次)ᄒᆞ여 노흐니, 양졍산의 ᄲᅢ힌 거ᄉᆞᆫ <즉경卽景>이오, 됴삼고ᄂᆞᆫ <아집雅集>이오, 니양쳥은 <관극觀劇>이오, 요화ᄂᆞᆫ <ᄃᆡ월對月>이오, 쥬문란은 <만장晩粧>이오, 쥬치란은 <게량憩凉>이오, 쇼란은 <블탑拂榻>이오, ᄆᆡ영은 <분향焚香>이오, 니운은 <하[수]렴垂簾>이오, 욱니ᄂᆞᆫ <요[휘]션揮扇>이오, 쵸엽은 <낭금囊琴>이오, 하향은 <셰연洗硯>이오, 도홍은 <리됴理釣>오, 류지ᄂᆞᆫ <관홰灌花>라.

드ᄃᆡ여 치란으로 ᄒᆞ여곰 졔목을 안ᄎᆞᄒᆞ여 ᄲᅧ노코 각인이 붓술 들고 고요히 ᄉᆡᆼ각ᄒᆞ더니, 홀연 드ᄅᆞ【21】ᄆᆡ, ᄂᆡ당의셔 ᄃᆡ셩질호(大聲疾呼)ᄒᆞ며 고함ᄒᆞ여 니로ᄃᆡ,

"죠치 못ᄒᆞ다!"

ᄒᆞᄂᆞᆫ지라. 즁인이 ᄃᆡ경ᄒᆞ더니, 삽시간의 사ᄅᆞᆷ의 쇼ᄅᆡ 훤동(喧動)ᄒᆞ거ᄂᆞᆯ 문란이 안ᄌᆞᆺ지 못ᄒᆞ여 붓술 더지고 몸을 닐냐 ᄒᆞ더니, 외변의셔 한 무리 챠환과 복부(僕婦)들이 ᄯᅱ여 쳥샹으로 드러오며 니로ᄃᆡ,

"져져야 죠치 못ᄒᆞ다! 샹방의 블이 낫다!" ᄒᆞ거ᄂᆞᆯ, 문란이 니로ᄃᆡ,

"어ᄃᆡ셔 낫ᄂᆞ냐?"

복뷔 ᄃᆡ답ᄒᆞᄃᆡ,

"태군(太君) 방 ᄂᆡ의셔 낫다."

ᄒᆞ거ᄂᆞᆯ, 치란이 말을 듯고 ᄲᆞᆯ니【22】문란과 ᄀᆞᆺ치 ᄯᅱ여 드러가더라. 양졍산이 텬졍(天井) 가온ᄃᆡ 니ᄅᆞ러 우흘 향ᄒᆞ여 한번 보니, 흑염(黑焰)이 튱텬(衝天)ᄒᆞ고 화셩(火星)이 란병(亂迸)ᄒᆞᄂᆞᆫ지라. 급히 쳥샹(廳上)의 니ᄅᆞ러 니로ᄃᆡ,

"군쥬와 각위 져져ᄂᆞᆫ 한가의 안ᄌᆞᆺ지 못ᄒᆞ리라."

ᄒᆞ고, 일졔히 나려와 보더니, 니양쳥과 됴삼고ᄂᆞᆫ 일신을 ᄯᅥᆯ고, 요홰 ᄲᆞᆯ니 쵸엽다려 분부ᄒᆞᄃᆡ,

"네가 급히 나가 부ᄉᆞ의긔 젼ᄒᆞ여 교ᄌᆞ와 인부ᄅᆞᆯ 등ᄃᆡᄒᆞ라."

ᄒᆞ고, 일변 쇼란과 ᄆᆡ영으로 ᄒᆞ여곰 루샹의【23】의복과 즙믈을 슈습게 ᄒᆞ고, 양졍산 무리도 각가 노고ᄅᆞᆯ 시겨 슈습게 ᄒᆞ고, 요홰 니로ᄃᆡ,

"우리 무리 다시 한번 기ᄃᆞ려 화셰가 침식(寢息)지 아니커든 다만 함긔 우리 댱샹으로 가ᄌᆞ."

ᄒᆞ니, 졍산 무리 답응ᄒᆞ고, 쵸엽이 드러와 고ᄒᆞᄃᆡ,

"부ᄉᆞ 말이 인부ᄅᆞᆯ 등ᄃᆡᄒᆞ여시나 다만 텬ᄉᆡᆨ이 느졋ᄂᆞᆫ지라. 가ᄂᆞᆫ 로샹의 아올나 쉴 곳이 업고 다만 밤길을 ᄒᆞᆯ 터이니, 각인이 건량(乾粮)을 예비ᄒᆞ여야 비로쇼 발힝ᄒᆞ리라."

ᄒᆞ【24】니, 요홰 문득 예비케 분부ᄒᆞ고, ᄯᅩ 쇼란다려 니로ᄃᆡ,

"외변의 반ᄃᆞ시 구화(救火)ᄒᆞᄂᆞᆫ 사ᄅᆞᆷ이 이실 거시니, 반ᄃᆞ시 모다 량션(良善)ᄒᆞᆷ을 밋지 못ᄒᆞᆯ지라. 야힝을 하량이면 맛당히 방비ᄒᆞᆯ 거시니, 우리 무리 모다 탄ᄌᆞ와 궁도ᄅᆞᆯ 가져 ᄲᅧ 불우지변(不虞之變)을 방비ᄒᆞ리라."

ᄒᆞ고, 어시의 요홰 팔개 ᄌᆞ녀와 ᄀᆞᆺ치 의복을 곳쳐 쟝쇽ᄒᆞ고, 머리ᄅᆞᆯ 져ᄉᆞ슈건(紵紗手巾)으로 동히고, 졍산 등 삼인도 요화와 ᄀᆞᆺ치 일양으로 쟝쇽ᄒᆞ고, 이윽ᄒᆞᆫ 후 부【25】ᄉᆡ 인부ᄅᆞᆯ 거ᄂᆞ리고 드러와 즙믈을 옴겨 ᄂᆡ여 가더라.

요홰 보ᄆᆡ 화염이 더옥 니러나고 사ᄅᆞᆷ의 쇼ᄅᆡ 훤즙(喧雜)ᄒᆞ여[171] 졈뎜 핍근(逼近)ᄒᆞ여지ᄂᆞᆫ지라. 드ᄃᆡ여 졍산 무리ᄅᆞᆯ ᄃᆡᄒᆞ여 니로ᄃᆡ,

"우리 무리 급히 다라날 거시니, 화셰가 더 커지면 두리건ᄃᆡ 버셔나지 못ᄒᆞ리라."

ᄒᆞ고, 드ᄃᆡ여 ᄉᆞ기 쇼시로 길흘 열게 ᄒᆞ고 요화ᄂᆞᆫ 당젼ᄒᆞ여 즁인을 보호ᄒᆞ고, ᄉᆞ기 비ᄌᆞᄂᆞᆫ 뒤흘 방비ᄒᆞ여 화원 문의 나셔니, ᄉᆞᄅᆞᆷ 모【26

171)【훤즙ᄒᆞ다】 형 {훤잡(喧雜)하다.} 떠들썩하다. 와자하다. ¶ 嘈雜 ‖ 요홰 보ᄆᆡ 화염이 더옥 니러나고 사ᄅᆞᆷ의 쇼ᄅᆡ 훤즙ᄒᆞ여 졈뎜 핍근ᄒᆞ여지ᄂᆞᆫ지라 (瑤華見那火烟起的越大了，人聲嘈雜，漸漸逼近攏來.) <瑤華 8:25> ⇒ 훤잡ᄒᆞ다

】힌 거시 산 ㄱ고 왕릐가 막히는지라.

ᄉᆞ기 쇼시 궁도롤 가져 등 우희 지고 두 팔을 쁨닉여 치며 나아가니, 량편 사롬들이 믈결 허여지듯 좌우로 난호여 열니며 그 사롬들이 눈을 드러 보니, 한 무리 부녀들이라. 믄득 앏흐로 다라드러 핍박고ᄌᆞ ᄒᆞ거놀, 요홰 한 다리롤 날녀 일인을 ᄎᆞ셔 공듕으로 죠ᄎᆞ 써러져 나리게 ᄒᆞ니, 그 사롬들이 한 마듸 쇼릐 지ᄅᆞ고 에워싸 드러오ᄂᆞᆫ지라. 요홰 팔기 ᄌᆞ녀와 ᄀᆞᆺ치 【27】 에우고 치니, 그 사롬들이 당치 못ᄒᆞ여 ᄉᆞ산분궤(四散粉潰) ᄒᆞᄂᆞᆫ지라.

겨유 쳥문을 나미 부ᄉᆞ비 가졍과 인부롤 거ᄂᆞ려 욻으로 올나 졉응ᄒᆞ여 나오게 ᄒᆞ고, 몬져 양경산 무리로 ᄒᆞ여곰 욻흐로 가게 ᄒᆞ고, 요화ᄂᆞᆫ 팔기 ᄌᆞ녀와 ᄀᆞᆺ치 뒤홀 이어 칠팔 니(里)롤 힝ᄒᆞ미, 사롬이 졈뎜 희쇼ᄒᆞᆫ지라. 비로쇼 교ᄌᆞ의 올나 셔셔히 힝ᄒᆞ더니, 로샹의셔 쏘 보미, 구화ᄒᆞ라 오ᄂᆞᆫ 병뎡 슈삼뵉 명이 되ᄂᆞᆫ듸, 기듕의 불량ᄒᆞᆫ 무 【28】 리 잇셔 겁략고ᄌᆞ ᄒᆞ여 당돌히 교부롤 쳐 것구ᄅᆞ치고 교닉의 잇ᄂᆞᆫ 사롬을 ᄭᅳ러닉려 ᄒᆞ거놀, 져 ᄉᆞ기 무리가 눈이 쾌ᄒᆞ여 믄득 챠 우희셔 탄ᄌᆞ로 두ᄃᆞ리니, 져 병뎡들이 탄ᄌᆞ 맛ᄂᆞᆫ 이ᄂᆞᆫ 즉긔의 것구러지ᄂᆞᆫ지라. 교군을 ᄭᅮ지져 밧비 가려 ᄒᆞ니, 병뎡들이 일양 쟉란ᄒᆞ려 ᄒᆞ거놀, 부식 니로듸,

"너의 무리가 눈이 머럿ᄂᆞ냐? 이ᄂᆞᆫ 복왕 부듕 닉권(內眷)이니, 너의 무리 감히 져러틋 무례ᄒᆞ다가ᄂᆞᆫ 황샹긔 쥬문(奏聞)이 되면 엇지 【29】 참두(斬頭)ᄒᆞ믈 면ᄒᆞ랴."

병뎡 무리 복왕 부즁이란 말을 듯더니 비로쇼 각각 다라나더라. 힝ᄒᆞ여 오십여 리롤 가더니, 길가의 젹은 촌쟝(村莊)이 잇거놀 부식 문을 열나 ᄒᆞ고, 몬져 슈뵉젼(數百錢)을 쥬고 져의 장옥을 잠간 쉬려 ᄒᆞ니, 촌민이 왕부 군ᄉᆞᆫ 쥴 알미, 은근이 쇄쇼ᄒᆞ여 노코 부녀 무리로 ᄒᆞ여곰 당즁의 영졉ᄒᆞ고 챠롤 달혀 관듸홀ᄉᆡ, 요홰 양경산 무리롤 양(讓)ᄒᆞ여 안게 ᄒᆞ고, 쇼시 무리 건량을 올니며 【30】 촌민 부녜 쏘ᄒᆞᆫ 챠롤 올녀 오ᄂᆞᆫ지라. 요홰 일변 바다 먹으며 일변 부ᄉᆞ로 ᄒᆞ여곰 몬져 댱샹의 가셔 화구(火具)롤 가지고 앏흐로 나아와 졉응케 ᄒᆞ고, 즁인이 챠롤 마시미, 즉시 길의 나 십여 리롤 닷더니, 틔양이 산의 가리오고, 옥퇴(玉兎) 동으로 오ᄅᆞᄂᆞᆫ지라. ᄎᆞ부 무리 달빗출 ᄯᅡ라 홍치가 나미 더욱 급히 힝ᄒᆞ더니, 쵸엽이 쳣지 차 우희 잇셔 드ᄅᆞ니, 홀연 한가지 군호(軍號) ᄒᆞᄂᆞᆫ 살듸가 나라오ᄂᆞᆫ지라. 믄득 챠 【31】 우희 잇셔 오ᄂᆞᆫ 살을 ᄌᆞᆸ아 가지고 드듸여 탄ᄌᆞ활[彈弓]을 달희여 져 살노 인ᄒᆞ여 쏘와 보닉엿더니, 홀연 보미 슈림 쇽 화광이 번드기며 모다 다라나고 일인도 뵈지 아니ᄒᆞᄂᆞᆫ지라.

어시의 더욱 찬힝(竄行)ᄒᆞ여 댱샹이 갓가오미 임의 화구가 나와 영졉ᄒᆞ거놀 쌀니 드러가 듸문의 니ᄅᆞ러 교ᄌᆞ의 나려 침궁의 니ᄅᆞ니, 무ᄋᆡ지 나와 마ᄌᆞ며 임의 쥬가의셔 실화(失火)ᄒᆞᆫ 쥴을 아ᄂᆞᆫ지라. 무ᄋᆡ지 니로듸,

"길의셔 놀날 ᄲᅮᆫ 아니라 쏘 신 【32】 고롤 만히 ᄒᆞ여시니 밥을 일죽 먹고 쉬게 ᄒᆞ라."

즁인이 즉시 ᄌᆞ고 명신(明晨)의 니ᄅᆞ미, 경산무리 즉긔의 몸을 니러 변량셩으로 도라가려 ᄒᆞ거놀, 무ᄋᆡ지 니로듸,

"쇼져 무리 집을 써난 지 여러 날이 되어시니, ᄌᆞ연 도라갈 ᄉᆡᆼ각이 긴ᄒᆞ나, 다만 일시의 그러틋 밧블 거시 아니라 오날은 임부나 판비ᄒᆞ고 힝구롤 슈습ᄒᆞ면 ᄒᆞ로롤 지톄ᄒᆞᄂᆞᆫ 혬이오, 쥬가의셔 반ᄃᆞ시 사롬이 올 거시니 져집의 실화ᄒᆞᆫ ᄉᆞ고롤 【33】 ᄌᆞ셔히 드러 본 후의 귀부의 가도 죠히 치위(致慰)롤 ᄒᆞ리라.

삼인이 모다 니로듸,

"필경은 ᄉᆞ부의 원려ᄒᆞ시미 맛당ᄒᆞ도다."

ᄒᆞ고, 인ᄒᆞ여 요홰 져 무리롤 멈츄어 노닐더니, 쥬황친 집의셔 일기 노괴 와셔 군쥬 보기롤 쳥ᄒᆞ니, 무ᄋᆡ지 블너 드러오라 ᄒᆞ고, 쥬쳥듸로 ᄒᆞ여곰 군쥬와 각위 쇼져긔 말ᄒᆞ기롤 쥬가의셔 사롬이 왓다 ᄒᆞ니, 즁인이 모다 침궁의 니ᄅᆞ러 안ᄌᆞ미, 노괴 나와 고두 문안 【34】 ᄒᆞ고, 믄득 말ᄒᆞ듸, 우리 집 량위 쇼져가 군쥬와 각위 쇼져긔 말삼 보닉기롤 쟉일 가즁의셔 우연히 실홰 되어 다만 놀나실 ᄲᅮᆫ 아니라 도로혀 졉응을 못ᄒᆞ여시니, ᄆᆞ옴의 심히 편안치 못ᄒᆞ여 특별이 비ᄌᆞ롤 보닉여 듸신 ᄉᆞ죄ᄒᆞᆫ다 ᄒᆞ거놀, 경산 등이 듸답ᄒᆞ듸,

"우리 무리가 쇼요시긴 거시 도로혀 불편ᄒᆞᆫ지라. 우리 온 후의 화셰롤 즉시 박멸(撲滅)ᄒᆞ고 인구가 모다 평안ᄒᆞ냐?"

노괴 듸답ᄒᆞ듸,

"불은 즉시 【35】 ᄭᅳ고 샹ᄒᆡ(上下) 다 무ᄉᆞᄒᆞᄃᆡ 다만 태군(太君)[문란의 모시라]이 신ᄌᆡ(身子) 흠안(欠安)ᄒᆞ시나 보기의 ᄃᆡ단치ᄂᆞᆫ 아니타."

ᄒᆞ고, 말이 맛ᄎᆞᄆᆡ 믄득 퇴거(退去)ᄒᆞ더라.

익일의 경산 등이 ᄠᅥ나가고 ᄯᅩ 하로ᄅᆞᆯ 격ᄒᆞ여 믄득 ᄉᆞᄅᆞᆷ이 와 통부(通訃)ᄒᆞᄃᆡ,[172] 쥬황친 가의 태군이 쟉고ᄒᆞ엿다 ᄒᆞ거ᄂᆞᆯ, 령ᄉᆞ비로 ᄒᆞ여곰 ᄌᆞ셔히 무러오라 ᄒᆞ니, 기인이 말ᄒᆞ기ᄅᆞᆯ 그날 실화ᄒᆞ므로 오륙 쳐쇼 방옥을 ᄐᆡ오고 ᄐᆡ군긔셔 놀나 병이 나 슈일 동안의 믄득 별셰 되엿【36】다 ᄒᆞᄂᆞᆫ지라. 요홰 무ᄋᆡᄌᆞᄅᆞᆯ 향ᄒᆞ여 니로ᄃᆡ,

"져 집이 우리와 친쳑이 되니 이졔 맛당히 가셔 됴문ᄒᆞᄂᆞᆫ 거시 올흐리라."

무ᄋᆡᄌᆡ 니로ᄃᆡ,

"왕얘 집의 잇지 아니ᄒᆞ니, 네 가ᄂᆞᆫ 거시 당연ᄒᆞ도다."

요홰 니로ᄃᆡ,

"ᄉᆞ셰ᄂᆞᆫ 비록 그러ᄒᆞ나 다만 황친의 집의 ᄂᆡ외가 모다 규모가 업다."

ᄒᆞ니 무ᄋᆡᄌᆡ 니로ᄃᆡ,

"엇지 ᄲᅧ 보왓ᄂᆞ냐?"

요홰 드ᄃᆡ여 말ᄒᆞᄃᆡ,

"희ᄌᆞᄅᆞᆯ 놀니고 술을 먹ᄂᆞᆫᄃᆡ 눈의 뵈ᄂᆞᆫ ᄇᆡ 다 례졀이 업고, ᄂᆡ 홀노 루샹의 안ᄌᆞ 납【37】량ᄒᆞ더니, 믄득 보ᄆᆡ 가산(假山) 뒤희 여러 쇼시가 잇셔 몸을 감쵸고 여허 보며, 문란이 나와 함긔 ᄌᆞᄂᆞᆫᄃᆡ 모다 벌거벗고 ᄌᆞ니 ᄆᆡ오 모양 ᄀᆞᆺ지 못ᄒᆞᆫ지라. 그러므로 ᄲᅧ 가기가 죠치 못ᄒᆞ다."

ᄒᆞ거ᄂᆞᆯ 무ᄋᆡᄌᆡ 니로ᄃᆡ,

"네가 임의 가지 아니려 ᄒᆞ거든 령ᄉᆞᄅᆞᆯ 시겨 례믈을 ᄀᆞᆺ쵸와 가지고 ᄃᆡ신 가셔 됴문ᄒᆞᄂᆞᆫ 거시 올타."

ᄒᆞ고, 당기덕으로 ᄒᆞ여곰 분부ᄒᆞ여 거힝케 ᄒᆞ고, 일변 셔신을 ᄲᅧ 양경산 등의게 통긔ᄒᆞ더라.

지셜 경산 들【38】이 변량의 도라와 요화의 문무 ᄌᆡ예ᄅᆞᆯ 가져 십분 과장(誇張)ᄒᆞ더니, 그 말이 외변의 젼ᄒᆞ여 나오ᄆᆡ, 일긔 인을 경동ᄒᆞ니, 이 뉜고?

변량 셩즁의 한 사ᄅᆞᆷ이 이시니, 셩은 방(龐)이오, 일홈은 희덕(希德)이니 벼술이 지휘ᄉᆞ(指揮使)의 니ᄅᆞᆫ지라. 슬하의 일긔 녀ᄋᆞᄅᆞᆯ 두엇시니 일홈은 아진(阿眞)이오, 별호ᄂᆞᆫ 아의(雅宜)라. 희덕이 쇼림파(少林派)의 죠흔 권법(拳法)을 ᄇᆡ화 일홈이 ᄉᆞ방의 들네나, ᄋᆞ돌이 업ᄉᆞ믈 인ᄒᆞ여 그 권법을 아진의게 젼【39】슈ᄒᆞ엿더니, 아진이 비록 죠흔 무예ᄂᆞᆫ 가졋시나 ᄉᆞᄅᆞᆷ의게 미쳐 현릉(衒能)은 못ᄒᆞ여 보고 십일 셰 되ᄆᆡ 믄득 일긔 니가(李家) 셩(姓)의게 허혼ᄒᆞ엿다가, 미쳐 쵸례ᄅᆞᆯ 지ᄂᆡ지 못ᄒᆞ여 망문과뷔(望門寡婦) 되고, ᄯᅩ 슈삼년을 격ᄒᆞ여 ᄉᆡᆼ뫼(生母) ᄯᅩ 작고ᄒᆞᆫ지라. 희덕이 년로ᄒᆞ므로 즐겨 ᄌᆡ취ᄂᆞᆫ 아니ᄒᆞ니 아진의 쥬의ᄂᆞᆫ 부친의 쳔년 맛기ᄅᆞᆯ 기ᄃᆞ려 별노이 계교ᄅᆞᆯ ᄒᆞ려 ᄒᆞ더니, 이 날 동니 ᄉᆞᄅᆞᆷ의 말을 드ᄅᆞᄆᆡ, 복왕의 궁즁의 군쥐 이【40】시ᄃᆡ, 무예 졀등ᄒᆞ다 ᄒᆞ거ᄂᆞᆯ, 져의 ᄆᆞᄋᆞᆷ의 스ᄉᆞ로 혜아리ᄃᆡ, 우리 부친이 ᄋᆞ돌 업ᄉᆞ믈 인ᄒᆞ여 권법을 ᄂᆡ게 젼슈ᄒᆞ엿거니와, 져 군쥬ᄂᆞᆫ 왕녀로 무예ᄅᆞᆯ ᄇᆡ화 무어ᄉᆡ ᄡᅳ려 ᄒᆞᄂᆞᆫ고. 두리건ᄃᆡ 다ᄅᆞᆫ 사ᄅᆞᆷ들이 져ᄅᆞᆯ 봉승(奉承)ᄒᆞ려 ᄒᆞ고 거ᄌᆞᆺ 과장ᄒᆞ미라 ᄒᆞ며, ᄯᅩ ᄉᆡᆼ각ᄒᆞᄃᆡ 임의 사ᄅᆞᆷ이 잇셔 과장ᄒᆞᄂᆞᆫ 거시 필연 곡졀이 잇다 ᄒᆞ고 ᄉᆡᆼ각이 한번 동ᄒᆞᄆᆡ 홍치발발(興致勃勃)ᄒᆞ여 ᄆᆞᄋᆞᆷ의 긔여히 져로 더브러 한번 비교코ᄌᆞ ᄒᆞ여 드【41】ᄃᆡ여 부친과 샹의ᄒᆞ니, 희덕이 니ᄅᆞᄃᆡ,

"네가 어려셔 브터 무예ᄂᆞᆫ ᄇᆡ홧시나 한번도 사ᄅᆞᆷ으로 더브러 결워보지 못ᄒᆞᆫ지라. 이졔 한번 가셔 시험ᄒᆞᄂᆞᆫ 거시 방히롭지 아니코 ᄯᅩ 왕야 쟝샹의셔 너의 ᄌᆡ죠ᄅᆞᆯ 발쳔(發薦)ᄒᆞ여 후일 츌신(出身)ᄒᆞᆯ 계교ᄅᆞᆯ ᄉᆡᆼ각ᄒᆞ라."

아진이 부친의 말을 드ᄅᆞᄆᆡ 더옥 득의가 되어 이의 반젼(盤纏)을 출혀 가지고 일ᄌᆞᄅᆞᆯ 갈ᄒᆞ여 발힝ᄒᆞᆯ ᄉᆡ, 녀ᄌᆞ로 길희 힝ᄒᆞ미 편치 못ᄒᆞ다 ᄒᆞ여 녀관(女冠)의 쟝【42】쇽을 곳치고 일긔 노고ᄅᆞᆯ 다리고 맛ᄎᆞᆷᄂᆡ 쟝샹으로 더져오니 령ᄉᆞ비 온 ᄯᅳᆺ을 무러 알고 드러와 보ᄒᆞ거ᄂᆞᆯ, 무ᄋᆡᄌᆡ 말을 ᄂᆡ여 보ᄂᆡ여 니로ᄃᆡ,

"군쥐 련일 신상의 편치 못ᄒᆞ여 능히 비교치 못ᄒᆞᆯ 거시로ᄃᆡ, 다만 졍셩으로 온 사ᄅᆞᆷ을 ᄐᆡ만치 못ᄒᆞ리니, 화원의 마ᄌᆞ 드러가 잠간 몟칠

---

172) 【통부ᄒᆞ다】 명 {통부(通訃)하다.} 사람의 죽음을 알리다. 부음(訃音)을 전하다. ¶ 報喪 ‖ 익일의 경산 등이 ᄠᅥ나가고 ᄯᅩ 하로ᄅᆞᆯ 격ᄒᆞ여 믄득 ᄉᆞᄅᆞᆷ이 와 통부ᄒᆞᄃᆡ 쥬황친 가의 태군이 쟉고ᄒᆞ엿다 ᄒᆞ거ᄂᆞᆯ (又隔了一日, 就有人報喪, 說是太君作故.) <瑤華 8:35>

을 머믈고 군쥬의 조셥ᄒᆞ믈 기다려 다른 날의 비교ᄒᆞᄂᆞᆫ 거시 엇더ᄒᆞ냐?"

아진이 ᄃᆡ답ᄒᆞᄃᆡ,

"귀인이 즐겨 나와 더브러 비교ᄒᆞ량이면 【43】 믄득 슈일을 기다리나 무어시 방헤로오리오."

령시 드ᄃᆡ여 인도ᄒᆞ여 화원의 드러가 인지헌 가온ᄃᆡ 안게 ᄒᆞ고, 침궁의 드러와 고ᄒᆞ니, 요쾌 믄득 나가 비교코ᄌᆞ ᄒᆞ거ᄂᆞᆯ, 무ᄋᆡ지 니로ᄃᆡ,

"그리 못ᄒᆞᆯ지라. 져 무예란 거시 강ᄒᆞᆫ 가온ᄃᆡ 스ᄉᆞ로 강ᄒᆞᆫ 슈단이 잇다 ᄒᆞ며, 허믈며 ᄯᅩ 졔가 녀관이라 ᄒᆞ니 가히 젹게 보지 못ᄒᆞᆯ지라. ᄆᆡ영을 가ᄅᆞ쳐 몬져 나가 져를 졉ᄃᆡᄒᆞ고 ᄂᆡ력을 ᄇᆞᆰ히 무러오면 ᄂᆡ가 스ᄉᆞ로 도리가 잇시리라."

요쾌 깁히 【44】 그 말을 올히 너겨 즉시 ᄆᆡ영으로 ᄒᆞ여곰 쟝쇽을 곳치고 빅우옥과 황금 슌 량기로 ᄡᅡ라 가게 ᄒᆞ니, 이윽ᄒᆞᆫ 후 ᄆᆡ영이 도라와 져의 ᄅᆡ력을 가져 일일히 셜파ᄒᆞ니 무ᄋᆡ지 우ᄉᆞ며 니로ᄃᆡ,

"ᄆᆡ오 죠토다. 졔가 임의 ᄉᆞ환가(仕宦家) 녀지라 ᄒᆞ니 기인을 이곳의 두면 쟝ᄅᆡ의 ᄡᅳᆯ 곳이 잇시리라."

ᄒᆞ고 드ᄃᆡ여 ᄆᆡ영ᄃᆞ려 니로ᄃᆡ,

"네가 나아가셔 져를 뫼셔 좌와와 음식을 ᄀᆞᆺ치 ᄒᆞ고 셜화간의 다만 군쥐 즐겨 사ᄅᆞᆷ으로 더브러 가ᄇᆡ 【45】 야이 비교치 아닌다 말ᄒᆞ고, 우리 화원 쇽의 일개 산동이 이시니 만일 쳐드러 가고 쳐드러 나와 ᄉᆞ오 가지 권법을 다 ᄒᆞ여야 군쥐 비로쇼 비교ᄒᆞᆫ다 ᄒᆞ고, 네가 몬져 쳐셔 드러가고 져로 ᄒᆞ여곰 뒤흘 ᄡᅡ라 쳐드러 오게 ᄒᆞᄃᆡ, 기 즁의 권법이 임의 변ᄒᆞ여시니 만일 졔가 쳐드러 오거든 네 다시 ᄉᆡ로이 쳐셔 나오며 인ᄒᆞ여 져로 ᄒᆞ여곰 ᄯᅡ라 쳐 나오게 ᄒᆞ면, 져 권법은 변ᄒᆞ여 ᄆᆡ오 리히(利害)가 되ᄂᆞᆫ 거시니, 만일 졔가 몃 가지 권법을 모다 【46】 능히 ᄒᆞ량이면, 기인의 무예가 믄득 능ᄒᆞᆫ 거시니 그 ᄯᅢ의 다시 밋그러 와 보게 ᄒᆞ라."

ᄆᆡ영이 일일히 슈명ᄒᆞ고 ᄯᅩ ᄒᆞ여곰 의복을 곳쳐 입게 ᄒᆞ고 인ᄒᆞ여 빅우옥 무리로 ᄯᅡ라 나가게 ᄒᆞ니, 아진이 쳐음 보기의ᄂᆞᆫ ᄆᆡ영의 쟝쇽ᄒᆞᆫ 거시 심히 조터니 다시 보ᄆᆡ 의샹을 곳쳐 닙엇ᄂᆞᆫ지라. ᄉᆡᆼ각ᄒᆞᄆᆡ 반ᄃᆞ시 비교ᄒᆞ려 ᄒᆞᆷ을 알고 드ᄃᆡ여 무ᄅᆞᄃᆡ,

"져져야 필연 무예를 죠화 ᄒᆞᄂᆞᆫ 거시니 가히 나를 몃 가지를 가ᄅᆞ치게 ᄒᆞ라." 【47】

ᄆᆡ영이 ᄃᆡ답ᄒᆞᄃᆡ,

"쇼ᄆᆡ가 엇지 감히 그러ᄒᆞ랴."

아진이 니로ᄃᆡ,

"임의 기예를 시험치 아니ᄒᆞ량이면 엇지 져 모양으로 쟝쇽을 곳쳣ᄂᆞ냐?"

ᄆᆡ영이 니로ᄃᆡ,

"이거시 왕야의 가법이라. ᄀᆡᆨ을 볼 ᄯᅢ의ᄂᆞᆫ 져 모양 쟝쇽을 ᄒᆞ고 보와 지닌 후ᄂᆞᆫ 믄득 의복을 곳치ᄂᆞ니라."

졍히 말ᄒᆞᄆᆡ 임의 찬슈를 버려 왓거ᄂᆞᆯ ᄆᆡ영이 져와 ᄀᆞᆺ치 먹고, 아진이 ᄯᅩ 무ᄅᆞᄃᆡ,

"군쥐 신샹이 엇지ᄒᆞ여 편치 못ᄒᆞ냐?"

ᄆᆡ영이 니로ᄃᆡ,

"군쥐ᄂᆞᆫ 금지옥엽(金枝玉葉) 【48】 으로 곱게 길녓ᄂᆞᆫ지라. ᄀᆞᆺᄐᆞ여 긴ᄒᆞᆫ 병은 아니오, ᄯᅩ 즐겨 사ᄅᆞᆷ으로 더브러 가ᄇᆡ야이 슈단을 비교치 아니ᄒᆞ고, 우리 무리 화원 쇽의 산동이 잇ᄂᆞᆫᄃᆡ, 그 쇽의 몃 가지 권법을 비포ᄒᆞ여시니 무릇 와셔 시험ᄒᆞᄂᆞᆫ 재면 반ᄃᆞ시 몬져 쳥ᄒᆞ여 두 ᄎᆞ례를 츌입게 ᄒᆞ여 만일 능히 왕ᄅᆡ의 구ᄋᆡᄒᆞᄆᆡ 업ᄉᆞ면 믄득 비교치 아니ᄒᆞᆫ다 ᄒᆞ여도 군쥐 즐겨 심렬셩복(心悅誠服)ᄒᆞᄂᆞ니라."

아진이 심듕의 ᄉᆡᆼ각ᄒᆞᄃᆡ, 쇼림ᄉᆞ 권법ᄂᆡ의 믄득 져 【49】 한 가지가 이시니 졍히 ᄂᆡ 심곡의 맛ᄂᆞᆫ지라. 믄득 무ᄅᆞᄃᆡ,

"져 산동이 어ᄃᆡ 이시며 엇지 가셔 한번 시험ᄒᆞ여 쇼ᄆᆡ의 릉부(能否)를 보지 아니ᄒᆞ나냐?"

ᄆᆡ영이 니로ᄃᆡ,

"다시 챠나 먹고 함긔 가ᄌᆞ."

ᄒᆞ더니, 비녀비 챠를 올리거ᄂᆞᆯ ᄀᆞᆺ치 먹고 ᄆᆡ영이 몬져 밧긔 닙은 의샹을 모다 버셔 바리고 믄득 함긔 가ᄌᆞ 쳥ᄒᆞ니, 아진이 니로ᄃᆡ,

"쟝삼(長衫)을 버셔 바려야 비로쇼 시험ᄒᆞ여 보리라."

ᄒᆞ니, ᄆᆡ영이 그ᄃᆡ로 좃고 닛그러 산동 읇히 니ᄅᆞᄆᆡ, ᄆᆡ영이 【50】 보니 그 고동이 임의 죠히 열녓ᄂᆞᆫ지라. 드ᄃᆡ여 아진다려 니로ᄃᆡ,

"쇼ᄆᆡ 몬져 쳐셔 드러갈 거시니 져져ᄂᆞᆫ 뒤흘 ᄯᅡ라오라."

ᄒᆞ고, 두 ᄉᆞᄆᆡ를 거더 ᄆᆡ고 이의 쳐 드러

가거ᄂᆞᆯ, 아진이 드ᄅᆞ니 그 쇽의셔 무ᄉᆞᆫ 쇼ᄅᆡ가 나ᄂᆞᆫ지라. 임의 시험ᄒᆞ여 보왓시므로 젼혀 ᄆᆞᄋᆞᆷ의 두지 아니ᄒᆞ고, 믄득 ᄉᆞᄆᆡ를 거더 ᄆᆡ고 두팔을 쏨니여 쳐드러 오니 엇지 알니오. 권법이 각기 다ᄅᆞᆫ지라. 다ᄒᆡᆼ히 졔가 무예 츌즁ᄒᆞ기로 겨유 져당ᄒᆞ여 나오거 【51】 니와, 그러나 심력은 ᄆᆡ오 허비ᄒᆞᆫ지라. 겨유 셔셔 져편의 니ᄅᆞᄆᆡ ᄆᆡ영이 임의 셤돌 우ᄒᆡ 안ᄌᆞ 등후 ᄒᆞ다가 보ᄆᆡ 아진이 쳐 드러오다가 임의 쳔식을 긋치지 못ᄒᆞᄂᆞᆫ지라. 믄득 쳥ᄒᆞ여 함긔 안ᄌᆞ 져의 무예 죠흐믈 칭찬ᄒᆞ니, 아진이 니로ᄃᆡ,

“져져의 무예ᄂᆞᆫ 쇼ᄆᆡ보다 놉고 ᄒᆞ믈며 져 권법 ᄇᆡ포ᄒᆞᆫ 거시 ᄯᅩ 일양이라. 외간의셔 ᄇᆡ호든 바의 비ᄒᆞ면 다시 일층을 더ᄒᆞ니, 이거시 믄득 군쥬의 ᄇᆡ푸러 노흔 ᄇᆡ냐?”

ᄆᆡ영이 니로 【52】 ᄃᆡ,

“아니라, 이거시 우리 집 ᄉᆞᄇᆡ ᄇᆡ치ᄒᆞ여 노코 우리 무리로 ᄒᆞᆨ습게 ᄒᆞᄂᆞ니라.”

아진이 혀를 두ᄅᆞ며 니로ᄃᆡ,

“너의 무리 부즁의 져 ᄉᆞᄇᆡ 믄득 져러ᄐᆞᆺ ᄒᆞ시니 이졔 가히 당샹의 잇ᄂᆞ냐?”

ᄆᆡ영이 ᄃᆡ답ᄒᆞᄃᆡ,

“이졔 침궁 쇽의 잇ᄂᆞ니라.”

아진이 니로ᄃᆡ,

“ᄂᆡ 가셔 ᄇᆡ현코ᄌᆞ ᄒᆞ노라.”

ᄆᆡ영이 니로ᄃᆡ,

“그리 ᄒᆞᆯ 거시니 ᄂᆡ가 몬져 쳐 나아가기를 기ᄃᆞ려 네가 인ᄒᆞ여 뒤흘 ᄯᆞ라 나오라.”

ᄒᆞ고, 드ᄃᆡ여 쳐 산동 쇽으로 드러가니 아진이 임의 ᄆᆡ영의 말ᄒᆞ 【53】 ᄂᆞᆫ 바를 듯고 ᄯᅩ 방향을 긔록(記錄)ᄒᆞ엿ᄂᆞᆫ지라. 방ᄌᆞ 쳐셔 동으로 드러가기ᄂᆞᆫ ᄒᆞ나 심히 용이치ᄂᆞᆫ 못ᄒᆞᆫ지라. ᄯᅩ 가의(加意)ᄒᆞ여 슈단은 부리ᄃᆡ, 권법이 ᄯᅩ 구을너 달나지ᄆᆡ 진기 한 고동 리ᄒᆡ(利害)가 한 고동의 더ᄒᆞᆫ지라. 겨유 동구의 나ᄅᆞ러 경히 ᄯᅱ여 나가려 ᄒᆞ더니, 방비치 아니ᄒᆞᆫ 곤쟝이 쳐 나려와 맛쵸와 다리 오금의 부ᄃᆡ친지라. 한번 믯그러지고 급히 ᄯᅱ여 니러나더니, 홀연 보ᄆᆡ 머리를 ᄭᅵ쳐 다시 한 칼이 ᄶᅵᆨ어 오ᄂᆞᆫ지라. 【54】 다ᄒᆡᆼ이 ᄆᆡ영이 급히 ᄯᅱ여드러 잡기를 쾌히 ᄒᆞᄆᆡ 샹(傷)튼 아니ᄒᆞᆫ지라. 아진이 겨유 동문을 나셔며 ᄆᆡ영을 ᄃᆡᄒᆞ여 머리를 흔들고 니로ᄃᆡ,

“ᄆᆡ오 리ᄒᆡ가 되도다. 만일 져졔 ᄯᆞ라와 멈추지 아니터면 거의 ᄂᆡ명을 보젼치 못ᄒᆞ엿시리라.”

ᄆᆡ영이 웃고 니로ᄃᆡ,

“져졔 쳐셔 왕ᄅᆡ를 무란(無難)이 ᄒᆞ니 믄득 죠흔 무예라 헴ᄒᆞᆯ지라. 져곳의 가셔 헐식ᄒᆞᄌᆞ.”

ᄒᆞ니, 아진이 드ᄃᆡ여 ᄯᆞ라 ᄃᆡ루 아릐 니ᄅᆞ러 쳔식을 겨유 졍ᄒᆞ고 드ᄃᆡ여 ᄉᆞ부 【55】 와 군쥬긔 ᄇᆡ현ᄒᆞ믈 쳥ᄒᆞ거ᄂᆞᆯ, ᄆᆡ영이 응락ᄒᆞ고 의복을 가져다가 각기 가라 닙고 ᄂᆡᆺ그러 침궁의 드러가 몬져 무ᄋᆡᄌᆞ의게 ᄇᆡ현 후의 다시 요화를 볼식, 즁인이 눈을 드러 한번 보ᄆᆡ 보기의 심히 아졍(雅正)ᄒᆞᄃᆡ 동쟉ᄒᆞᄂᆞᆫ 거시 경쳡지ᄂᆞᆫ 못ᄒᆞᆫ지라. ᄆᆡ영이 아진의 슈ᄎᆞ 츌입ᄒᆞ던 형샹을 일편 셜화ᄒᆞ니, 무ᄋᆡ지 니로ᄃᆡ,

“무예가 ᄲᆞᆯ만치 되엿다.”

ᄒᆞ거ᄂᆞᆯ, 아진이 ᄃᆡ답ᄒᆞᄃᆡ,

“뎨지 어려셔 브터 부친이 죠혼(早婚)ᄒᆞ여 【56】 쥬믈 닙엇시나, 죵ᄅᆡ 슈단을 ᄂᆡ여 보지 못ᄒᆞ고 이졔 드ᄅᆞ니, 군쥐 무예를 잘ᄒᆞᆫ다 ᄒᆞᄂᆞᆫ지라. 특별이 와셔 투탁(投託)ᄒᆞᄂᆞᆫ 거시니 바라건ᄃᆡ ᄉᆞ부와 군쥐 거두어 문하의 두면 칫직을 잡고 등ᄌᆞ(鐙子) ᄯᆞ로기를 원ᄒᆞ리라.”

무ᄋᆡ지 ᄃᆡ답ᄒᆞᄃᆡ,

“군쥐 비록 몃가지 권법은 ᄇᆡ홧시나 경(輕)히 즐겨 사ᄅᆞᆷ으로 더브러 비교치ᄂᆞᆫ 아니ᄒᆞ더니, 이졔 져져의 왕림ᄒᆞ믈 당ᄒᆞᄆᆡ 졍히 셔로 강구(講究)ᄒᆞᄆᆡ 죠코 ᄯᅩ 군쥬로 ᄒᆞ여곰 외변의 광경을 ᄭᅦ 【57】 치게 ᄒᆞ리라.”

ᄒᆞ고, ᄯᅩ 아진의 ᄂᆡ령[력](來歷)[173]을 가져 셰셰히 무러보고, 드ᄃᆡ여 니로ᄃᆡ,

“네가 맛참ᄂᆡ 효녜(孝女)니 더옥 가히 공경ᄒᆞᆯ지라. 만일 혐의치 아니커든 쟝ᄅᆡ의 셔로 왕ᄅᆡᄒᆞ여 친지가 되게 ᄒᆞ라.”

아진이 ᄃᆡ답ᄒᆞᄃᆡ,

“이야 감히 엇지 바라리오. 원컨ᄃᆡ 비녜(婢女) 되여 군쥬와 ᄉᆞ부를 뫼시리라.”

ᄒᆞ니, 요홰 겸양ᄒᆞ고 이의 셔로 한담ᄒᆞ다가 믄득 머믈너 침궁의셔 헐슉ᄒᆞ고, 두류(逗留)ᄒᆞᆫ지 슈일만의 하직ᄒᆞ고 도라가려 ᄒᆞ거ᄂᆞᆯ, 무ᄋᆡ지 니 【58】 로ᄃᆡ,

173) 【ᄂᆡ령】 명 ᄂᆡ력(來歷). ¶ 底裏 ‖ ᄯᅩ 아진의 ᄂᆡ령을 가져 셰셰히 무러보고 (又將阿眞的底裏, 細細問了一遍.) <瑤華 8:57> ⇒ ᄂᆡ력

"임의 녕죤이 당의 계시니 우리 무리 죠히 오러 머믈지는 못ᄒᆞ나, 장릭의 혹ᄌᆞ 셔로 한 곳의 모힐는지 가히 아지 못ᄒᆞ리라."

아진이 ᄯᅩ 두로 ᄉᆞ례ᄒᆞ고 드ᄃᆡ여 변량으로 도라오니라. 이후로부터 시회의 드는 쟈와 무예ᄅᆞᆯ 비교ᄒᆞ는 재 련쇽ᄒᆞ여 ᄆᆡ샥(每朔)의 슈삼치 되는지라. 요홰 ᄆᆡ오 견ᄃᆡ지 못ᄒᆞ나 다만 왕야의 명ᄒᆞ신 비라. 감히 어긔지는 못ᄒᆞ고 어언간의 ᄯᅩ 신년을 당ᄒᆞ니, 이 ᄯᅢ의 요홰 임의 십오셰가 된지라 【59】 무이지 져의 년긔 쟝ᄃᆡᄒᆞ믈 보고 ᄉᆞ기 쇼시ᄅᆞᆯ 문밧긔 나가 거쥬케 ᄒᆞ고, 침궁 안 문은 닷쳐 두어 남녀들이 마고 단이지 못ᄒᆞ게 ᄒᆞ고, 만일 품고ᄒᆞᆯ 일이 이시면 태감 무리게 젼ᄒᆞ여 품ᄒᆞ게 ᄒᆞ더라.

홀연 보니 외간의셔 복왕의 고유ᄒᆞᆫ 문텹을 가져 드러오니 아지 못게라 유텹(諭帖) 닉의 무ᄉᆞᆫ ᄉᆞ졍을 ᄡᅥᆺ는지 하회의 분히ᄒᆞ라.

16
단죠춍영가미호 흑심亽의亽간모
丹詔寵榮加美號 黑心肆意使奸謀

【60】 각셜 무인지 요화와 ᄀᆞᆺ치 유텹을 ᄶᅦ혀 보니 닐너시되,

"요화ᄂᆞᆫ 경셩으로 드러오라. 너가 임의 황샹긔 밝히 알외여 져로 ᄒᆞ여곰 군ᄉᆞ를 거ᄂᆞ리고 ᄉᆞ천의 와셔 삼면으로 합ᄒᆞ여 적비(賊匪)를 쵸멸ᄒᆞ믹 다만 아지 못게라 황샹이 허(許)ᄒᆞ실지 아니 허ᄒᆞ실ᄂᆞᆫ지. 경셩의 드러오면 스ᄉᆞ로 졍탈(定奪)이 되리라."

ᄒᆞ엿ᄂᆞᆫ지라. 요홰 보기를 맛ᄎᆞ믹 ᄆᆞ옴의 견ᄃᆡ지 못ᄒᆞ여 인ᄒᆞ여 말ᄒᆞ되,

【61】 "져 변방의 군병은 엇지 됴뎡(朝廷)의 토젹ᄒᆞ리가 업셔 나의 ᄋᆞ녀를 미드니 무슨 큰 슈단이 잇시리오. 왕야의 명의(命意)ᄂᆞᆫ 긔여히 녀ᄋᆞ 잇ᄂᆞᆫ 거술 드러니랴 ᄒᆞ시ᄂᆞᆫ 거시니, 만일 남ᄌᆞ를 두엇더면 도로혀 아지 못게라. 엇던 모양으로 과쟝(誇張)ᄒᆞ실ᄂᆞᆫ지 아지 못ᄒᆞ노라. 무인지 니로되,

"네가 도로혀 왕야를 원망치 말나. 너의 죵신ᄃᆡᄉᆞ(終身大事) 젼혀 이 한번 힝ᄒᆞᄂᆞᆫᄃᆡ 잇ᄂᆞᆫ 거시니, 너가 너를 포용(包容)ᄒᆞ여 리헤(利害)가 업게 홀 거시오, 네가 일 【62】 쟝 신고를 격고 도라와야 죠히 ᄌᆞ[ᄌᆞ]긔(自己)의 공업(功業)을 셩취홀 터히오, 네가 만일 가기를 원치 아니ᄒᆞ량이면 너가 무어술 위ᄒᆞ여 와셔 너를 직희고 십여 년 신고를 격그랴. 결단코 이ᄀᆞᆺ치 아니ᄒᆞ리라."

요홰 니로되,

"ᄉᆞ부의 큰 은혜를 몸이 맛도록 갑기ᄂᆞᆫ 어려오나 다만 뎨ᄌᆞ 니 연유를 ᄭᆡ치지 못ᄒᆞ므로ᄡᅥ 번뇌ᄒᆞ노라."

무인지 니로되,

"네가 이번 도라오기를 기다려 믄득 밝히 말홀 거시니, 너ᄂᆞᆫ 이졔 쇽쇽 【63】 히 쥬션ᄒᆞ여 신년이 되거든 원쇼(元宵)를 지니고 턱일 긔뎡(起程)ᄒᆞ게 ᄒᆞ라. 이 댱샹(莊上)의 ᄃᆡ쇼 ᄉᆞ무ᄂᆞᆫ 모다 니 신샹의 관계가 되어시니 너는 괘렴 말고 아모 일이라도 어긔지 아니ᄒᆞ면, 필연 슌리(順利)ᄒᆞ게 도라오리라."

요홰 ᄉᆞ부의 효유(曉諭)ᄒᆞ믈 드ᄅᆞ미 ᄆᆞ옴이 비로쇼 편ᄒᆞ여지고, 셰후(歲後)의 경셩의 드러갈 일을 뎜검ᄒᆞ더니, 십이월 십오일의 홀연 보ᄒᆞ되, 경셩의셔 텬ᄉᆞ(天使) 나려오고, 변량 쟝ᄉᆞ 말ᄒᆞ기를 경지가 계시고 아올나 【64】 태감 량명과 궁녀 량명을 ᄉᆞ급ᄒᆞ시므로 함긔 니ᄅᆞ럿다 ᄒᆞ며, 향안을 비셜ᄒᆞ고 됴서 영졉ᄒᆞᄂᆞᆫ 일은 즉시 판비ᄒᆞ고 됴현홀 공복은 쟝ᄉᆞ 한 벌을 가져다가 닙게 ᄒᆞ고 됴셔를 영졉ᄒᆞ라 ᄒᆞ거ᄂᆞᆯ, 무인지 의관을 드려 나가 요화를 닙히고 아올나 ᄉᆞ은 ᄒᆞᄂᆞᆫ 례슈(禮數)를 가ᄅᆞ치고, 샹셔방(上書房)의 나와 ᄉᆞ후홀ᄉᆡ 다만 보니 댱샹 ᄃᆡ문이 모다 열니고 령즁 병뎡이 엇지 아랏ᄂᆞᆫ지 임의 ᄃᆡ문 밧긔 텰쥬(掣肘)ᄒᆞ고 댱 【65】 샹 좌우 ᄉᆞ름들이 한번 이 쇼식을 드ᄅᆞ미 관광ᄒᆞᄂᆞᆫ 사ᄅᆞᆷ들이 미오 분잡ᄒᆞ더라. 요홰 심샹의 도로혀 죠히 우숨을 ᄭᅴ다ᄅᆞ니 아모 일 업시 이 모양 영춍을 밧ᄂᆞᆫ지라. 홀연 드ᄅᆞ니 방포 일셩이 나며 령ᄉᆞ 무리 나ᄂᆞᆫ다시 다라드러 ᄃᆡ문 밧긔 나와 됴셔 마ᄌᆞ믈 쳥ᄒᆞ거ᄂᆞᆯ, 요홰 량ᄀᆡ 비ᄌᆞ를 다리고 문외의 나와 보미, 량개 태감은 ᄃᆡ쳥의 안고 일ᄲᅣᆼ 긔치를 잡아시며, 량ᄀᆡ 궁녀ᄂᆞᆫ 일ᄲᅣᆼ 옥졀을 잡고 일ᄀᆡᄂᆞᆫ 됴셔 【66】 를 지고 텬ᄉᆞ 문의 갓가히 니ᄅᆞ미 곳 부복ᄒᆞ여 영졉ᄒᆞ고 졍뎐 우히 니ᄅᆞ미 포진을 비셜ᄒᆞ여 노코 텬ᄉᆞ 됴셔를 펴노커ᄂᆞᆯ, 요홰 부복ᄒᆞ여 베플기를 기다릴ᄉᆡ, 텬ᄉᆞ 닑어

니ᄅᆞᄃᆡ,

봉텬승운(奉天承運) 황뎨ᄂᆞᆫ 셔의 ᄀᆞᆯ오ᄃᆡ, 너다려 뭇ᄂᆞ니 하람ᄉᆡᆼ(河南省) 번왕(藩王)을 봉ᄒᆞ고 ᄉᆞ천감군ᄉᆞ(四川監軍使)ᄅᆞᆯ 겸ᄒᆞᆫ 신(臣) 샹슌(常洵)이 본 일의 표문을 올녀 알외ᄃᆡ, 젹신(賊臣) ᄉᆞ슝명(奢崇明)이 다시 흉녁을 방【67】ᄌᆞ히 ᄒᆞ고, 왕ᄉᆞᄅᆞᆯ 항거ᄒᆞ므로 이졔 군ᄉᆞᄅᆞᆯ 량로(兩路)로 난화 ᄡᅥ 그 요ᄋᆡᆨ(要隘)을 핍박ᄒᆞᄂᆞᆫᄃᆡ 셕쥬(石柱) [여]토ᄉᆞ(女土司) 진량옥(秦良玉)이 군ᄉᆞ의 힘이 단박(單薄)ᄒᆞ여 젹긔[비](賊匪)의 ᄒᆡᄅᆞᆯ 닙을가 두려워 ᄒᆞᄂᆞᆫ지라. 신의 녀식 요홰 ᄌᆞ못 무예ᄅᆞᆯ 익히고 군ᄉᆞᄅᆞᆯ 단련ᄒᆞ니 업ᄃᆡ여 빌건ᄃᆡ ᄲᆞᆯ니 병부의 신칙ᄒᆞ여 군ᄉᆞ 삼쳔을 죠발ᄒᆞ고 신의 녀식을 셩화 ᄌᆡ촉ᄒᆞ여 령솔ᄒᆞ여 가지고 ᄉᆞ쳔의 와셔 진량옥과 ᄀᆞᆺ【68】치 셔면을 방슈케 ᄒᆞ고, 신등은 힘을 아오로 협공ᄒᆞ면 반ᄃᆞ시 능히 넉괴(逆魁)ᄅᆞᆯ 죽이고 변방을 평안케 ᄒᆞᄂᆞᆫ ᄉᆞ연이라. 사문(査問)ᄒᆞ여 보니, 감군ᄉᆞ 신 샹슌은 짐의 슉부 항렬이오 기녀 요화ᄂᆞᆫ 짐의 삼죵ᄆᆡ(三從妹)라. 임의 무예ᄅᆞᆯ 알량이면 스ᄉᆞ로 벅벅이 변방의 힘을 다ᄒᆞ고 ᄡᅥ 즁샹을 바들지라. 다만 쟉록이 놉지 못ᄒᆞ면 위의ᄅᆞᆯ ᄯᅥᆯ치지 못ᄒᆞᆯ 거시니 일노 ᄡᅥ 요화로 ᄒᆞ여곰 션황뎨【69】의게 닙계(入繼)ᄒᆞ여 뎨십ᄉᆞ황녜(第十四皇女) 되게 ᄒᆞ고 식읍을 슈츈(壽春) ᄯᅡ흐로 경ᄒᆞ고, 더 봉ᄒᆞ여 십ᄉᆞ쟝공쥬(十四長公主)ᄅᆞᆯ 삼고 특별이 ᄂᆡ시 량명과 궁녀 량ᄀᆡᄅᆞᆯ ᄉᆞ급ᄒᆞᄂᆞ니, 즉일 발ᄒᆡᆼᄒᆞ여 ᄃᆡ궐노 와셔 명을 밧들게 ᄒᆞ라. 오회라 공훈을 셰우ᄂᆞᆫ 거ᄉᆞᆯ 엇지 남녀ᄅᆞᆯ 분변ᄒᆞ며, ᄒᆞ믈며 텬왕죵ᄑᆡ(天王宗派)라. 더욱 별노이 의론ᄒᆞᆯ 거시니 과연 능히 넉젹을 쇼멸ᄒᆞ고 대공을 알외면 맛당히 쟉【70】샹을 후히 쥴 거시니, 흠지 ᄉᆞ은ᄒᆞ라.

ᄒᆞ엿더라.

요홰 비무 ᄉᆞ은 필의 셩지(聖旨)ᄅᆞᆯ 쳥ᄒᆞ여 바다 가지고, 령ᄉᆞ 무리로 ᄒᆞ여곰 텬ᄉᆞᄅᆞᆯ 뫼시게 ᄒᆞ고, ᄐᆡ감과 궁녀ᄂᆞᆫ 궁의 드러와 비현ᄒᆞ거ᄂᆞᆯ, 요홰 ᄒᆞ여곰 화원 쇽의 거쥬케 ᄒᆞ고, 됴셔ᄅᆞᆯ 가져 ᄉᆞ부긔 뵈니, 무ᄋᆡ지 보고 니로ᄃᆡ,

"가히 령ᄉᆞ로 ᄒᆞ여곰 텬ᄉᆞ로 더브러 샹의 ᄒᆞ여 원쇼 후의 즉시 발ᄒᆡᆼ케 ᄒᆞ여 ᄒᆡᆼ구(行具) 판비【71】ᄒᆞ미 편케 ᄒᆞ라."

령식 무러보고 드러와 고ᄒᆞᄃᆡ,

"다만 ᄒᆡ만 지ᄂᆡ고 졍월 쵸 삼일의 발ᄒᆡᆼᄒᆞᆯ 거시오, 몬져 ᄇᆡ표(拜表)ᄒᆞ여 쥬달(奏達)ᄒᆞ라."

ᄒᆞ니 무ᄋᆡ지 니로ᄃᆡ,

"ᄆᆡ오 죠토다."

ᄒᆞ고 드ᄃᆡ여 표문을 지어 텬ᄉᆞ의게 븟쳐 보ᄂᆡ니라. 일노브터 쟝샹 ᄉᆞᄅᆞᆷ들이 모다 요화로 ᄡᅥ 십ᄉᆞ쟝공쥐(十四長公主)라 일컷더라.

시시의 시회(詩會)ᄒᆞᄂᆞᆫ ᄉᆞᄅᆞᆷ들이 이 쇼식을 듯고 각기 례믈을 갓쵸와 치하ᄒᆞ고, ᄯᅩ 겸ᄒᆞ여 년져(年底)ᄅᆞᆯ 다ᄃᆞᄅᆞ미 모든 사ᄅᆞᆷ들이 가ᄇᆡ(加拜)ᄒᆞ여 총【72】망이 지ᄂᆡ고, 요화도 ᄯᅩᄒᆞᆫ ᄌᆞ긔의 즙믈을 슈습ᄒᆞ기로 몃 개 챠환 무리로 더브러 두셰만단(頭緒萬端)이나 되어, 왕왕이 밥ᄡᆡ가 참치(參差)ᄒᆞ여지더라. 홀연 한 일을 졔긔ᄒᆞ여 ᄉᆞ부의게 무ᄅᆞ려 ᄒᆞ여 두로 ᄎᆞᄌᆞᄃᆡ 엇지 못ᄒᆞ고, ᄇᆡᆨ우옥 등도 모다 아지 못ᄒᆞ고, 셜비봉을 블너 무ᄅᆞ니, 비봉이 ᄃᆡ답ᄒᆞᄃᆡ,

"ᄉᆞ뷔 쟉일 늣게야 쟉인의 집으로 나가시더니 지금은 오히려 도라오지 아니ᄒᆞ엿다."

ᄒᆞ거ᄂᆞᆯ, 요홰 묘책부득(妙策不得) ᄒᆞ나 다【73】만 ᄉᆡᆼ각건ᄃᆡ, 반ᄃᆞ시 ᄉᆞ괴 잇다 ᄒᆞ며 방심치 못ᄒᆞ더니, ᄯᅩ 슈일을 격ᄒᆞ여 쇼란이 와셔 보ᄒᆞᄃᆡ, ᄉᆞ뷔 도라왓다 ᄒᆞ거ᄂᆞᆯ, 요홰 급히 ᄯᅡ라와 문의 나아갓던 ᄉᆞ졍을 무ᄅᆞ니, 무ᄋᆡ지 니로ᄃᆡ,

"이 ᄯᆡᄂᆞᆫ 말을 아니ᄒᆞ고 ᄯᅩ 과셰(過歲)ᄒᆞ거든 다시 말ᄒᆞ리라."

ᄒᆞ고, 눈 구을닐 동안의 ᄉᆡᄒᆡ가 임의 니ᄅᆞ미 더옥 열요(熱鬧)이 지ᄂᆡ고 이 날의 무ᄋᆡ지 분부ᄒᆞᄃᆡ,

"외간 일졀 ᄉᆞ졍은 덥허 두엇다가 명일을 지ᄂᆞᆫ 후의【74】ᄃᆡ총을 품ᄒᆞ게 ᄒᆞ고, 다만 가마니 인마(人馬)ᄅᆞᆯ 판리(辦理)ᄒᆞ여 쵸삼일 아춤의 일졔히 등ᄃᆡ케 ᄒᆞ라."

ᄒᆞ고, 반후(飯)의 무ᄋᆡ지 요화와 팔기 ᄌᆞ녀와 쥬쳥ᄃᆡ 당기덕 무리ᄅᆞᆯ 다리고 예포 안 목단ᄃᆡ(牡丹臺) 겻집의 드러가 안ᄌᆞ며 니로ᄃᆡ, 동산문(洞山門)을 닷치고 잡인을 츌입지 못ᄒᆞ게 ᄒᆞ고, 무ᄋᆡ지 요화ᄅᆞᆯ ᄃᆡᄒᆞ여 니로ᄃᆡ,

"이번 ᄒᆡᆼ즁의 여러 사ᄅᆞᆷ은 죠흐ᄃᆡ 다만 일

쳐의셔 죠흔 뜻을 품지 아니ᄒᆞ여시니, 믄득 명심ᄒᆞ여 【75】 졔방(隄防)ᄒᆞ여야 바야흐로 익회(厄會)롤 면홀지라. 이졔 닋가 너의 무리의게 부탁ᄒᆞᄂᆞ니 무룻 음식을 당ᄒᆞ거든 결단코 쇼리(疏漏)히 입의 너치 못홀지라. 그러므로 뻐 쥬쳥딕와 댱기덕을 가ᄅᆞ쳐 너롤 따라가게 ᄒᆞᄂᆞ니, 미일의 음식이 져 두 사ᄅᆞᆷ의 ᄉᆞᆫ의 지니지 아니ᄒᆞ거든 ᄌᆞ녀 무리 올니지 못ᄒᆞ게 ᄒᆞ고, 사ᄅᆞᆷ이 와셔 술을 쳥ᄒᆞ거든 일졀 ᄉᆞ양ᄒᆞ여 먹지 말게 ᄒᆞ딕, 이거시 뎨일 긴관지ᄉᆡ(緊關之事)니 너의 무리 즁 【76】 인이 모다 명심불망(銘心不忘)ᄒᆞ라."

ᄒᆞ고, 쏘 ᄉᆞ기 쇼시롤 딕ᄒᆞ여 니로딕,

"너의 무리가 이졔 도시 큰 일이 이시니 그ᄂᆞᆫ 말홀 거시 아니오, 다만 병력(竝力)ᄒᆞ여 공쥬롤 호위ᄒᆞ고, 모ᄅᆞᆷ죽이 직ᄉᆞ롤 난호와 볼 거시니, 하햐과 류지 량개ᄂᆞᆫ 문의(文意)롤 통ᄒᆞᄂᆞᆫ지라, 곳의 긔실(記室)을 마타 일졀 용도 쟝긔(帳記)롤 함긔 경리(經理)ᄒᆞ게 ᄒᆞ고, 쵸엽과 도홍은 문리(文理)ᄂᆞᆫ 부족ᄒᆞ나 위인이 츙근(忠勤)ᄒᆞ니, 져 량기로 치방ᄉᆞ(採訪使)롤 시겨 군 【77】 졍(軍情)의 거셰(巨細)롤 의론 말고, 일쳐의 니ᄅᆞ거든 일쳐롤 탐지케 ᄒᆞ여 느존 밤의 가마니 공쥬긔 품고ᄒᆞ게 ᄒᆞ딕, 다만 실샹을 일허 딕ᄉᆞ롤 그ᄅᆞ게 말나. 만일 ᄆᆞ옴 쓰ᄂᆞᆫ 거술 극진히 ᄒᆞ여 일호도 실슈ᄒᆞ미 업ᄉᆞ면 반ᄉᆞ홀 ᄣᅴ의 황샹긔 쥬달ᄒᆞ여 관직을 샹량(商量)ᄒᆞ여 쥬어 죠히 너의 무리로 ᄒᆞ여곰 쟝진(長進)되믈 도모케 ᄒᆞ고, 만일 위획(違劃)ᄒᆞ여 변ᄒᆞᄂᆞᆫ ᄉᆞ졍이 이시면 너의 무리 나의 쳔리 밧긔 일을 【78】 모다 아ᄂᆞᆫ 거술 짐쟉홀지라. 경ᄒᆞ면 도라온 후의 발락(發落)을 닙 거시오, 즁ᄒᆞ면 스ᄉᆞ로 칼을 날녀 너의 무리의 슈급을 취ᄒᆞ여 오리라."

ᄉᆞ기 쇼시 일졔히 답응ᄒᆞ고 쏘 ᄉᆞ기 비ᄌᆞ롤 분부ᄒᆞ딕,

"너의 무리 무예가 져 쇼시 무리의게 비ᄒᆞ면 승ᄒᆞᆫ지라. 공쥬롤 호위ᄒᆞᄂᆞᆫ 거시 뎨일 긴요ᄒᆞᆫ 일이니, 모ᄅᆞᆷ죽이 경각의 좌우롤 써나지 말고 죽기롤 다ᄒᆞ여 보호ᄒᆞ딕, 기여지사(其餘之事)ᄂᆞᆫ 쇼란과 미영의 【79】 문리가 져기 나흐니 가히 닉기실(內記室)을 맛타셔 다만 공쥬의 왕릭셔찰을 관셥ᄒᆞ게 ᄒᆞ고, 닉운과 욱니ᄂᆞᆫ 겻출 짜라 복시(伏侍)ᄒᆞ여 밤의 샹직(常直)게 ᄒᆞ고, 문의 나가ᄂᆞᆫ 날노부터 위시ᄒᆞ여 집의 도라오ᄂᆞᆫ 날 긋치게 ᄒᆞ딕, 가히 쇼홀치ᄂᆞᆫ 못홀 거시오, 너의 무리 십일인의 무예 쓰ᄂᆞᆫ 의복을 닋가 모다 쥰비ᄒᆞ여시니, 쥬야의 벗지 마라 뻐 불우지변(不虞之變)을 방비ᄒᆞ딕, 만일 어긔ᄂᆞᆫ 쟤 이시면 닋가 쏘ᄒᆞᆫ 알 【80】 거시니 쇼시와 ᄀᆞᆺ치 일반 쳐치ᄒᆞ리라."

비녀비 각각 명을 바다 믈너나니, 무익지 쏘 요화롤 딕ᄒᆞ여 니로딕,

"하인의 일은 닋가 모다 부탁ᄒᆞ엿거니와 너도 여러 가지 딕신 잇시니, 시긔을 닷토와 죠쳐홀지라. 고즁(庫中)의 잇ᄂᆞᆫ 금ᄌᆞ(金子)롤 닋 임의 가마니 십만량을 운젼ᄒᆞ여 닋여 쟝ᄉᆞ비롤 맛기여 난호와 운젼ᄒᆞ여 하람(河南)과 호광(湖廣)과 귀쥬(貴州)와 ᄉᆞ쳔(四川) ᄉᆞ기 포뎡ᄉᆞ(布政司) 아즁(衙中)의 가셔 가히 빅은 일빅 삼ᄉᆞ십 【81】 만량을 밧고와 닐 거시니, 네가 옮길의 니ᄅᆞ면 스ᄉᆞ로 각 싱(省)의셔 밧고와 바든 문셔롤 보닐 거시오, ᄉᆞ쳔(四川)이 평졍된 후의 반ᄃᆞ시 살년(殺年)[174]이 될 거시오, 짜라 녀역(癘疫)이 딕치(大熾)홀 거시니 네가 져 은을 가지고 가쟝 최심ᄒᆞᆫ 곳을 죠검(照檢)ᄒᆞ여 가의(加意)ᄒᆞ여 진휼ᄒᆞ딕 가히 인셕(吝惜)ᄒᆞ여 말 거시오, 반사(班師)ᄒᆞᆫ 후의 다시 셰 죠각[條]을 올니면 황샹이 필연 윤죵(允從)ᄒᆞ실지라. 뎨 일건은 위츙현(魏忠賢)과 긱시(客氏) 량젹(兩賊)의 히ᄒᆞᆫ 바 관원 무리의 가 【82】 쇽(家屬)이 각쳐 안치ᄒᆞᆫ 거술 모다 방셕ᄒᆞ믈 쳥ᄒᆞ고, 뎨이ᄂᆞᆫ 교방사(敎坊司)롤 혁거[革袪]ᄒᆞ고 별노이 젼쟝(田莊)을 비치ᄒᆞ여 그 벼롤 취ᄒᆞ여 부셰(賦稅)롤 져당(抵當)케 ᄒᆞ고, 뎨삼은 궁의 오릭 ᄉᆞ환ᄒᆞ던 궁녀롤 방츌홀 거시니, 이 셰 가지 일이 되량이면 너의 공덕이 불쇼(不少)홀 거시오, 너 간 후의 닋가 즉시 뒤홀 짜라 친슈병(親隨兵) ᄉᆞ빅 명을 발ᄒᆞ여 네게 보닋여 호위롤 삼게 ᄒᆞ리라."

요홰 딕답ᄒᆞ딕,

"져 군ᄉᆞᄂᆞᆫ 어딕로 죠ᄎᆞ 발ᄒᆞ여 【83】 오ᄂᆞ뇨?"

무익지 니로딕,

"져 쟉인비롤 닐너 이십오 셰 이상된 ᄌᆞ뎨

---

174) 【살년】 ⊞ 살년(殺年). 크게 흉년이 든 해. ¶ 大荒 ‖ ᄉᆞ쳔이 평졍된 후의 반ᄃᆞ시 살년이 될 거시오 짜라 녀역이 딕치홀 거시니 (四川平定後, 必然大荒, 荒後必有大疫.) <瑤華 8:81>

롤 각 집의셔 일명식을 싸셔 닉게 ᄒᆞ미 져 무리가 모다 졍원(情愿)ᄒᆞ여시니, 너의 써나간 후를 기다려 즉시 블너다가 교련ᄒᆞ면 ᄃᆡ략 이삼월 닉의는 가히 한슉(嫺熟)ᄒᆞ여질 거시오, 닉가 맛당히 어ᄉᆞᄒᆞ신 량긔 ᄐᆡ감을 치졍(採定)ᄒᆞ여 군즁의 압송ᄒᆞᆯ 거시니 너는 가히 져 무리를 션ᄃᆡ(善待)ᄒᆞ여야 져의 무리 쥭을 힘을 다ᄒᆞ여 죵ᄉᆞᄒᆞᆯ 거시오, 어ᄉᆞ하신 량 【84】 명 궁녀는 쏘 머믈너 두엇다가 너 도라오기를 기다려 별노히 쳐치ᄒᆞ리라."

요홰 일일히 답응ᄒᆞ고, 무ᄋᆡ지 쏘 니로ᄃᆡ,

"닉가 다시 너를 ᄃᆡ신ᄒᆞ여 검술 련습ᄒᆞ는 터흘 ᄆᆡᄃᆞ럿다가 너 도라오기를 기다려 다시 공부를 닥게 ᄒᆞ고, 기여 범ᄉᆞ는 능히 두로 부탁지 못ᄒᆞ리니, 다만 네가 긔틀을 싸라 변ᄒᆞ는 거술 응ᄒᆞ미 믄득 올흐니라."

ᄒᆞ고, 분부를 임의 맛ᄎᆞᄆᆡ 각기 침궁으로 도라가 【85】 더라.

쵸삼일의 니ᄅᆞ러는 모든 일을 졍당히 ᄒᆞ여 노코 모다 와셔 무ᄋᆡᄌᆞ긔 비ᄉᆞᄒᆞᆯ시, 요홰 ᄌᆞ녀 무리와 ᄀᆞᆺ치 냥안이 통홍ᄒᆞ도록 ᄃᆡ곡ᄒᆞ니, 무ᄋᆡ지 위로ᄒᆞ며 니로ᄃᆡ,

"너의는 이쳐로 슬허 말고 다만 원ᄒᆞ는 바는 여등이 일죽 가셔 일죽 도라오는 거시 믄득 죠흐리라."

ᄒᆞ고, 드ᄃᆡ여 각기 ᄒᆡᆼ쟝을 곳치고 졍뎐의 잇셔 발ᄒᆡᆼᄒᆞᆯ 시, 요화는 홍칠ᄎᆡ교(紅漆彩轎)의 안고, 비녀 무리는 차를 타고 쇼시 무리는 몰 【86】 을 타고 젼도(前導)ᄒᆞ며 기여는 다 교ᄌᆞ를 죠ᄎᆞ 근슈ᄒᆞ고 삼셩ᄃᆡ포(三聲大砲)의 령즁의셔 모다 결ᄃᆡ(結隊) ᄒᆞ여 송ᄒᆡᆼ(送行)ᄒᆞ고, ᄃᆡ방관들은 쏘ᄒᆞᆫ 함긔 로방(路旁)의셔 ᄉᆞ러 보닉니, 관광지인(觀光之人)들이 칙칙(嘖嘖) 칭션ᄒᆞ며 니로ᄃᆡ,

"쇼쇼(小小)ᄒᆞᆫ 녀지 능히 츌젼ᄒᆞ여 공을 셰운다."

ᄒᆞ고, 흠모 아니리 업더라.

지셜, 변량궁즁의 왕비 셔시 드ᄅᆞ니, 요화로 ᄡᅧ 공쥬를 봉ᄒᆞ고 셩지를 밧드러 츌젼ᄒᆞᆫ다 ᄒᆞ는지라, 면샹(面上)의는 거ᄌᆞᆺ 짓 【87】 분톄 ᄒᆞ나, 심즁(心中)의 불호지심(不好之心)을 닉여 이의 심복 시녀 악미(蕚梅)로 더브러 의론ᄒᆞ며, 쏘 ᄌᆞ긔의 일긔형뎨로 ᄀᆞᆺ치 샹량(商量)ᄒᆞ여 니로ᄃᆡ,

"닉 이졔 왕비가 되여 남녀간 나하보지 못ᄒᆞ고, 도로혀 궁빈의 쇼싱 녀ᄋᆞ가 져러ᄐᆞ시 영요ᄒᆞᆫ 거술 당ᄒᆞ니 이번은 반ᄃᆞ시 이의 니롤지라. 닉 ᄆᆞ옴의 실노 견ᄃᆡ기 어려오니 너의 무리는 긔모비계(奇謀秘計)를 운동ᄒᆞ여 져를 쥭게 ᄒᆞ여야 나의 심즁이 비로쇼 쾌ᄒᆞ리라."

져 형 【88】 뎨의 일홈은 셔여셩(徐汝成)이라 부ᄅᆞ는ᄃᆡ, 복왕의 형셰를 의지ᄒᆞ여 즁셔(中書) 직함을 어더 가지고 ᄡᅥ로 부즁의 왕ᄅᆡᄒᆞ더니, ᄎᆞ일 왕비의 말ᄒᆞ는 바를 듯고 우ᄉᆞ며 니로ᄃᆡ,

"져 녀ᄋᆡ 지죄 비샹ᄒᆞᆯ ᄲᅮᆫ 아니라 좌우의 쏘ᄒᆞᆫ 간릉(幹能)ᄒᆞᆫ 근슈(跟隨)들이 잇다 ᄒᆞ니, 뉘 능히 가셔 져를 ᄯᅬᄒᆞ리오. 져의 죠화 ᄒᆞ는 바를 죠ᄎᆞ 가만한 계교로 ᄡᅥ 져를 쇽이면 혹ᄌᆞ 될듯ᄒᆞᄃᆡ, 나는 남ᄌᆡ라 엇지 져를 ᄯᅬᄒᆞ리오. 다만 죠 【89】 히 너의 무리가 샹량ᄒᆞ여 ᄒᆞ라."

ᄒᆞ고, 말이 맛ᄎᆞᄆᆡ 밧그로 나아가는지라. 셔시 여셩의 등을 가ᄅᆞ치며 니로ᄃᆡ,

"쓸ᄃᆡ 업는 미거(未擧)ᄒᆞᆫ 거시 부졀업시 남지되엿도다. 이만 계교도 능히 못ᄒᆞᆫ다."

ᄒᆞ고, 드ᄃᆡ여 악미를 블너 니로ᄃᆡ,

"닉 ᄋᆞ히야 평일의 쥬견이 미오 이시니 네가 긔여히 나를 ᄃᆡ신ᄒᆞ여 계교를 싱각ᄒᆞ여 닉라."

악미 ᄃᆡ답ᄒᆞᄃᆡ,

"다ᄅᆞᆫ 슈단은 업고 다만 가마니 ᄒᆞᆯ 계교 두 죠건이 잇다 ᄒᆞ거늘,

셔 【90】 시 니로ᄃᆡ,

"엇지 두 죠견이라 ᄒᆞᄂᆞ냐?"

악미 ᄃᆡ답ᄒᆞᄃᆡ,

"졔가 만일 오면 냥냥이 반ᄃᆞ시 연셕을 비셜ᄒᆞ여 져를 ᄃᆡ졉ᄒᆞᆯ 거시니 가히 가마니 독약을 치쇼 쇽의 너허 져로 ᄒᆞ여곰 즁독ᄒᆞ여 쥭게 ᄒᆞ리라."

셔시 니로ᄃᆡ,

"나는 자연 져와 ᄃᆡᄒᆞ여 먹을 거시니 엇지 그러케 ᄒᆞ랴."

악미 ᄃᆡ답ᄒᆞᄃᆡ,

"그거슨 어렵지 아니ᄒᆞ니, 맛참닉 연셕을 좌우의 비셜ᄒᆞ면 쏘 보기의 죠코 쏘 공경ᄒᆞ미 될지니 엇지 되지 【91】 못ᄒᆞ리오."

셔시 니로ᄃᆡ,

"ᄯᅩ 한 가지ᄂᆞᆫ 무어시냐?"

악ᄆᆡ 니로ᄃᆡ,

"뎨이ᄂᆞᆫ 우리 궁즁의 희ᄌᆞ(戲子) 무리 가온ᄃᆡ 졀묘ᄒᆞᆫ ᄉᆞ오단이 이시니, 져ᄅᆞᆯ 시겨 궁녀 모양을 ᄆᆡᆫ돌고 가셔 ᄉᆞ후케 ᄒᆞ면 공쥬의 나히 임의 십륙 셰가 된지라, 필연 분슈ᄅᆞᆯ ᄭᅵ칠 거시니 져 ᄉᆞ오단이 유인ᄒᆞ여 ᄂᆡ면 마ᄅᆞᆫ 남긔 불을 다히ᄂᆞᆫ 것 ᄀᆞᆺ틀지라 엇지 묘치 아니리오. 그런 후의 쳑ᄉᆞ(刺死)ᄅᆞᆯ ᄒᆞ량이면, 져의 슈하의 무예 잘 ᄒᆞᄂᆞᆫ ᄉᆞᄅᆞᆷ이 이시【92】나 기시의 모다 밧그로 ᄂᆡ여 보ᄂᆡ고 일되기ᄅᆞᆯ 기ᄃᆞ려 우리 무리 ᄉᆞ오단을 가져 슈쇄(收刷)ᄒᆞ여 바리면 귀신인들 엇지 능히 알니오."

셔시 오릐 ᄉᆡᆼ각ᄒᆞ다가 니로ᄃᆡ,

"져 두 가지 계교가 모다 묘ᄒᆞ니 이거시 아니 되거든 다시 져거ᄉᆞᆯ ᄡᅳᄂᆞᆫ 거시 엇지 죠치 아니ᄒᆞ랴. 너ᄂᆞᆫ 가히 관ᄉᆞ(管事)ᄅᆞᆯ 졍졔히 ᄒᆞᄂᆞᆫ ᄉᆞᄅᆞᆷ 일인만 다리고 나ᄅᆞᆯ ᄃᆡ신ᄒᆞ여 ᄇᆡ포ᄒᆞ여 젼후 일을 다 비밀히 ᄒᆞ리라."

ᄒᆞ고, 드【93】ᄃᆡ여 간판(幹辦)ᄒᆞ라 가더라.

각셜, 요홰 길의 나ᄆᆡ 감히 지톄치 못ᄒᆞ고 나ᄒᆞᆯ 만의 믄득 변량셩의 니ᄅᆞ니 디방관들이 햐쳐[175]ᄅᆞᆯ 예비ᄒᆞ여 노코 ᄉᆞ후(伺候)ᄒᆞ더라. 시시의 셔시 몬져 ᄉᆞᄅᆞᆷ을 부려 셔운 어귀의 잇다가 요화ᄅᆞᆯ ᄉᆞ이 길노 ᄆᆞᄌᆞᄆᆡ, 요홰 궁즁의 드러가 ᄇᆡ현ᄒᆞ니, 셔시 거ᄌᆞᆺ 칭찬ᄒᆞ며 은근ᄒᆞ여 분슈 밧긔 친렬(親熱)ᄒᆞ게 구ᄂᆞᆫ지라, 요홰 ᄯᅩᄒᆞᆫ 존즁히 너겨 십분 공경ᄒᆞ고, 궁즁의 머믈너 잇셔 한담ᄒᆞᆯ【94】ᄉᆡ, 셔시 좌우ᄅᆞᆯ 분부ᄒᆞ여 쥬과ᄅᆞᆯ 올니라 ᄒᆞ니, 도홍이 임의 쥬방의셔 치쇼 판비ᄒᆞᄂᆞᆫ 바ᄅᆞᆯ 념탐ᄒᆞ여 알고, 쟝기덕으로 더브러 한 모양으로 구별ᄒᆞ엿다가, 이곳의 치쇼 올닐 ᄯᆡ의 ᄀᆞᆺ치 올녀 져의 무리 치쇼ᄅᆞᆯ 너ᄌᆞ시 밧고와 ᄂᆡ니 겻희 사ᄅᆞᆷ들은 다 아지 못ᄒᆞ더라. 먹기ᄅᆞᆯ 맛ᄎᆞᄆᆡ 즉시 하직ᄒᆞ고 나가려 ᄒᆞ거ᄂᆞᆯ, 셔시 엇지 즐겨 노흐리오. 긔여히 머믈너 ᄉᆞ연(賜宴)ᄒᆞ려 ᄒᆞ니, 요홰 ᄒᆞᆯ일 업셔【95】다만 윤죵ᄒᆞᄆᆡ, 외변의셔 ᄯᅩ 아ᄌᆞ(俄者) 올니든 모양을 판비ᄒᆞ여 드리거ᄂᆞᆯ, 셔시 보ᄆᆡ 요홰 슈ᄎᆞ 먹기ᄂᆞᆫ ᄒᆞ나 일호도 변동되미 업ᄂᆞᆫ지라, 심즁의 이샹히 너기고 연셕을 맛춘 후의 ᄯᅩ 하직ᄒᆞ고 나가려 ᄒᆞ거ᄂᆞᆯ, 셔시 십분 만류ᄒᆞ여 니로ᄃᆡ,

"우리 모녜 ᄌᆞ로 얼골 보기가 어렵고 ᄯᅩ 네가 츌젼ᄒᆞᆫ다 ᄒᆞ니 다만 일일이라도 한 곳의 잇셔 경회나 펴미 엇지 죠치 아니랴."

요홰 ᄯᅩᄒᆞᆫ ᄒᆞᆯ일업셔 멈츄니,【96】셔시 침궁 안 셔편 일간 방옥을 ᄇᆡ셜ᄒᆞ여 요화ᄅᆞᆯ 헐슉게 ᄒᆞᆫᄃᆡ, 도홍이 명ᄇᆡᆨ히 념탐ᄒᆞ고 드ᄃᆡ여 밋쳐 드러오지 못ᄒᆞᆫ 슈ᄀᆡ 비ᄌᆞ와 삼ᄀᆡ 쇼시ᄅᆞᆯ 블너 궁즁의 드러와 반슉(伴宿)게 ᄒᆞ니, 임의 사ᄅᆞᆷ이 잇셔 알고, 문샹(門上)의 지휘ᄒᆞ여 드러오지 못ᄒᆞ게 ᄒᆞ거ᄂᆞᆯ, 져 ᄌᆞ녀 무리 한 쥬머괴와 한 다리로 멧 ᄀᆡᄅᆞᆯ ᄎᆞ셔 것구ᄅᆞ치니 슈문ᄒᆞᄂᆞᆫ ᄉᆞᄅᆞᆷ들이 오릐 져 무리 리ᄒᆡ(利害) 되ᄂᆞᆫ 쥴을 드럿ᄂᆞᆫ지라. 뉘 감히 막으리【97】오. 다만 드려 보ᄂᆡ고 잘 ᄯᆡᄅᆞᆯ 림ᄒᆞ여 셔시 ᄯᅩ 량ᄀᆡ 비ᄌᆞᄅᆞᆯ 보ᄂᆡ여 니로ᄃᆡ,

"ᄎᆞ 량녀(兩女)ᄅᆞᆯ 보ᄂᆡᄂᆞ니 요젹(寥寂)ᄒᆞ믈 위로ᄒᆞ라."

ᄒᆞ거ᄂᆞᆯ 요홰 ᄉᆞ양ᄒᆞ여 도로 보ᄂᆡ니 셔시 가마니 사ᄅᆞᆷ으로 ᄒᆞ여곰 요화의 동졍을 치탐(採探)ᄒᆞ여 보ᄆᆡ, 슈하의 사ᄅᆞᆷ들이 일인도 ᄌᆞ지 아니ᄒᆞᄂᆞᆫ지라. 한 가지 계교도 일우지 못ᄒᆞᄆᆡ, 악ᄆᆡ 말ᄒᆞᄃᆡ,

"치쇼의 치독(置毒)ᄒᆞᄂᆞᆫ 거ᄉᆞᆯ ᄂᆡ가 친히 그ᄅᆞᆺ마다 너헛거ᄂᆞᆯ 엇지 일호도 효험이 업ᄂᆞ뇨?"

셔시【98】ᄉᆡᆼ각ᄒᆞᄆᆡ ᄯᅩᄒᆞᆫ 그 연고ᄅᆞᆯ ᄭᆡᄃᆞᆺ지 못ᄒᆞᆯ지라. ᄎᆞ일 아참의 니ᄅᆞ러 요홰 일즉 니러 와셔 문안ᄒᆞ고 아올나 각쳐로 가셔 시붕(詩朋)들을 만나 볼 연유ᄅᆞᆯ 품ᄒᆞ고 교ᄌᆞ의 올나 각쳐의 단이믈 맛ᄎᆞᄆᆡ 비로쇼 개봉부즁의 니ᄅᆞ니, 디방관이 엇지 힘을 다ᄒᆞ여 봉승 아니ᄒᆞᆯ 니 잇시리오. 됴삼괴 쳥ᄒᆞ여 모다 와셔 뫼시게 ᄒᆞ고, 요홰 외【99】변 음식 먹지 아니믈 알ᄆᆡ, ᄃᆡ신 돈으로 보ᄂᆡ여 판리케 ᄒᆞ고 하로ᄅᆞᆯ 지낸 후의 도라올ᄉᆡ, 즁로의셔 쟝기덕이 품ᄒᆞᄃᆡ,

"쳥컨ᄃᆡ 공쥬ᄂᆞᆫ 햐쳐로 도라가ᄌᆞ."

ᄒᆞ거ᄂᆞᆯ, 요홰 니로ᄃᆡ,

"낭낭긔 하직을 못ᄒᆞ여시니 엇지 햐쳐로 가랴."

쟝기덕이 니로ᄃᆡ,

175)【햐쳐】[명] 하처(下處). 숙소(宿所). ‖ 요홰 길의 나ᄆᆡ 감히 지톄치 못ᄒᆞ고 나ᄒᆞᆯ 만의 믄득 변량셩의 니ᄅᆞ니 디방관들이 햐쳐ᄅᆞᆯ 예비ᄒᆞ여 노코 ᄉᆞ후ᄒᆞ더라 (瑤華 8:93)

"이졔 햐쳐의 가셔 품홀 일이 잇다."

ᄒᆞ고 한가지로 햐쳐의 니ᄅᆞ러 요홰 니로ᄃᆡ,

"가히 사람을 보ᄂᆡ여 왕비긔 고ᄒᆞ여 말ᄒᆞ기를 ᄂᆡ가 츼후의 실톄홀가 두려 궁【100】으로 드러가지 못ᄒᆞᆫ다."

ᄒᆞ고 드ᄃᆡ여 쟝기덕 다려 무ᄅᆞᄃᆡ,

"무ᄉᆞᆫ 말이 잇ᄂᆞ냐?"

기덕이 ᄃᆡ답ᄒᆞᄃᆡ,

"왕비 낭낭긔셔 죠흔 ᄯᅳᆺ을 품지 아니시니 만일 ᄉᆞ뷔 미리 우리 무리를 약쇽지 아니ᄒᆞ시더면 공쥐 쟉야의 져의 무리 독슈(毒手)의 ᄲᅡ졋시리라."

ᄒᆞ거ᄂᆞᆯ, 요홰 드ᄅᆞ미 그 연고를 ᄶᅵ치지 못ᄒᆞ고 도로혀 니로ᄃᆡ,

"ᄌᆞ긔의 골육이 엇지 니러ᄒᆞ리오."

ᄎᆞ시 팔ᄀᆡ ᄌᆞ녀 무리 일졔히 와셔 듯거ᄂᆞᆯ 쟝기덕이 도홍을【101】가ᄅᆞ쳐 니로ᄃᆡ,

"도시 져를 힘닙엇다."

ᄒᆞ니, 요홰 니로ᄃᆡ,

"네 ᄯᅩ 말ᄒᆞ라. 엇지 된 일이냐?"

쟝기덕이 ᄃᆡ답ᄒᆞᄃᆡ,

"쟉일 궁즁의셔 ᄉᆞ찬(賜饌) ᄒᆞ고 ᄉᆞ연(賜宴) 홀 ᄯᅢ의 도홍이 가셔 념탐ᄒᆞ니 십륙 ᄀᆡ 쥬셕긔명(朱錫器皿)을 ᄡᅳᄂᆞᆫ지라. ᄅᆞᆫ득 져 한ᄀᆡ를 가마니 집어ᄂᆡ여 노ᄌᆡ(奴子) 쥬셕 푸리의 니ᄅᆞ러 보니, 맛쵸와 그 그릇 모양을 ᄆᆡᆫᄃᆞ러 노흔 거시 십륙 개가 잇ᄂᆞᆫ지라. 즉긔의 ᄉᆞ셔 가지고 와셔 ᄯᅩ 치쇼를 엇더케 평임(烹飪)ᄒᆞᆫ믈 념【102】탐ᄒᆞ여 가지고 그 모양ᄃᆡ로 판비ᄒᆞ여 샹ᄌᆞ의 너허노코 궁즁으로 메여 드러가려 ᄒᆞ니, 슈문ᄒᆞᄂᆞᆫ 사ᄅᆞᆷ들이 와셔 힐란ᄒᆞ거ᄂᆞᆯ 우리 무리 거즛말노 궁즁의 드러가ᄂᆞᆫ 믈건이라 ᄒᆞ고, 메여 침궁문밧 일간 공방(空房) 쇽의 너허노코 져 무리 한 긔명을 놀니면 우리 무리 바다 가지고 ᄅᆞᆫ득 우리 ᄆᆡᆫᄃᆞᆫ 거ᄉᆞᆯ 밧고와 올녀 두 ᄎᆞ례를 ᄒᆞ고, 져의 무리 올니 바 믈건은 모다 공방쇽 디판(地板) 밋히 더져 두고 잔【103】치를 맛ᄎᆞ미, 우리 무리 슈습ᄒᆞ여 도라오고 일졀 챠와 ᄉᆞᆯ을 모다 밧고와 ᄂᆡ엿기로 공쥐 아올나 져 무리 믈건을 일졈도 맛보지 아니ᄒᆞ엿고, 금됴의 드ᄅᆞ니 궁즁의셔 네ᄀᆡ 관(棺)을 ᄉᆞ셔 드려간다 ᄒᆞ거ᄂᆞᆯ, 노지 우연이 샹치(相値)ᄒᆞ여 져 간판(幹辦)ᄒᆞᄂᆞᆫ 사ᄅᆞᆷ다려 무ᄅᆞ니, 졔가 노ᄌᆞ를 아라 보지 못ᄒᆞ고 말ᄒᆞ기를 쟉일 궁즁의셔 엇던 사ᄅᆞᆷ인지 아지ᄂᆞᆫ 못ᄒᆞ고 한 탁ᄌᆞ 치쇼를 버려 공방 쇽의 너헛ᄂᆞᆫᄃᆡ【104】쥬방 사ᄅᆞᆷ들이 긔명을 슈습ᄒᆞ라 왓다가 모다 먹고 즁독이 되어 몃 ᄀᆡᄂᆞᆫ 구ᄒᆞ여 ᄂᆡ고 네 ᄀᆡᄂᆞᆫ 죽엇다 ᄒᆞᄂᆞᆫ지라, 노지 ᄉᆡᆼ각ᄒᆞ니 공방 쇽의 그 치쇼가 ᄅᆞᆫ득 공쥬를 연양(宴饗)ᄒᆞ든 거시라. 만일 밧고와 ᄂᆡ지 아니터면 필연 그 독슈를 당ᄒᆞ엿시리라."

ᄒᆞ거ᄂᆞᆯ, 요홰 쳥파(聽罷)의 크게 놀나 이윽이 묵묵ᄒᆞ니, 필경이 엇지 된고? 하회의 분히ᄒᆞ라.

[요화전 瑤華傳 권지구 卷之九]

17
어원시문무기예 인가두남녀츈경
御苑試文武技藝 隣家逗男女春情

【1】 화셜 요홰 텽파의 크게 놀나 니로ᄃᆡ,

"다른 일은 죠히 방비ᄒᆞ려니와 져거ᄉᆞᆫ 엇지 그러케 ᄒᆞ엿ᄂᆞ냐? ᄂᆡ가 왕비로 더브러 원간(怨間)의 상관되미 업거ᄂᆞᆯ 엇지ᄒᆞ여 나를 ᄒᆡᄒᆞ려 ᄒᆞᄂᆞᆫ고 가히 우읍다. 우리 ᄉᆞ부ᄂᆞᆫ 진기(眞個) 신인(神人)이니 너의 무리ᄂᆞᆫ 심복ᄒᆞ랴, 아니ᄒᆞ랴?"

중인 【2】 이 일졔히 ᄃᆡ답ᄒᆞᄃᆡ,

"진기 신인이라 그러치 아니면 엇지 미리 알고 그 쳐로 쥬션ᄒᆞ엿시리오."

요홰 니로ᄃᆡ,

"젼일의 비록 ᄉᆞ부의 계칙ᄒᆞ믈 닙어시나 너의 무리 한 집안 ᄉᆞ룸이 ᄒᆡᄒᆞ랴 ᄒᆞᄂᆞᆫ 쥴은 도로혀 아지 못ᄒᆞ엿시리라."

ᄆᆡ영이 니로ᄃᆡ,

"쟉야의 왕비게셔 보닌 량기 궁녜 비지 보기의 의심나ᄂᆞᆫ 거시 져의 ᄒᆡᆼ동거지가 모다 녀인과 ᄀᆞᆺ지 아니터라."

ᄒᆞ니, 요홰 니로ᄃᆡ,

"나도 ᄯᅩᄒᆞᆫ 이 ᄀᆞᆺ트여 가히 보건ᄃᆡ 【3】 져 무리 ᄒᆞᄂᆞᆫ 거시 모다 우리를 ᄒᆡᄒᆞᆯ 의시 잇ᄂᆞᆫ 듯ᄒᆞ도다."

류지 ᄯᅩ 니로ᄃᆡ,

"노ᄌᆞ 무리 몟 기가 반슉ᄒᆞ라 드러오더니 문상(門上) 사룸들이 맛춤ᄂᆡ 가로막거ᄂᆞᆯ 우리 등이 져 몟 기 타도(打倒)ᄒᆞᆫ 거술 밋쳐 공쥬긔 고치 못ᄒᆞ엿노라."

요홰 니로ᄃᆡ,

"임의 니러ᄒᆞ면 우리 무리 명일의 곳 다라날 거시오, 만일 다시 멈츄다가ᄂᆞᆫ 엇더ᄒᆞᆫ 독슈를 만날 쥴 알니오."

ᄒᆞ고 드ᄃᆡ여 부ᄉᆞ비의게 젼령ᄒᆞ여 명일 셩문 열기를 【4】 기ᄃᆞ려 ᄂᆡ가 몬져 ᄯᅥ나간 후의 비로쇼 가셔 왕비긔 품ᄒᆞ여 말ᄒᆞ기를,

"쟉일 늣게야 최촉(催促)ᄒᆞ시ᄂᆞᆫ 셩지(聖旨)를 밧드러 니ᄅᆞᄆᆡ, 감히 지류치 못ᄒᆞᄆᆞ로 미쳐 하직도 못ᄒᆞ고 가ᄂᆞ니 반ᄉᆞ(班師)ᄒᆞ기를 기ᄃᆞ려 왕야와 ᄀᆞᆺ치 도라와 다시 쳥죄ᄒᆞ리라."

ᄒᆞ니 도홍이 젼ᄒᆞ라 나가더라.

당야(當夜)의 안침(安寢)ᄒᆞ고 오경(五更)의 일즉 니러 쇼셰ᄒᆞ고, 하ᄂᆞᆯ이 쟝ᄎᆞᆺ 밝으ᄆᆡ 즉시 셩문을 열게 ᄒᆞ고 나가니 각 관원들이 모다 미쳐 송별치 못ᄒᆞ고 【5】 왕비 셔시 쳥신의 니러나 ᄯᅩᄒᆞᆫ 악ᄆᆡ로 더브러 샹량ᄒᆞ여 별노이 계칙을 싱각ᄒᆞ고 졍히 사룸을 보ᄂᆡ여 쳥ᄒᆞ려 ᄒᆞ더니, 슈문ᄒᆞᄂᆞᆫ 사룸이 임의 드러와 보ᄒᆞᄃᆡ,

"공쥬 쟉일 늣게야 셩지가 최촉ᄒᆞ시믈 당ᄒᆞᄆᆡ 감히 지류(遲留)치 못ᄒᆞ고 금신(今晨) 오경(五更)의 일즉 경셩으로 드러가며 특별이 사룸을 부려 품ᄒᆞ라 왓다."

ᄒᆞ거ᄂᆞᆯ, 셔시 드ᄅᆞᄆᆡ 홍치가 쇼삭(消削)ᄒᆞ여지며 반향을 벙벙ᄒᆞ다가 홀연이 븍편을 가ᄅᆞ치 【6】 며 한ᄒᆞ여 니로ᄃᆡ,

"져 계집 ᄋᆞ히 실노 리ᄒᆡ가 되니 다만 원컨ᄃᆡ 졔가 ᄉᆞ천의 니ᄅᆞ러 도젹의 쳔참만륙(千斬萬戮)ᄒᆞ믈 당ᄒᆞ여야 겨유 나의 심회(心懷)가 쾌ᄒᆞ리라."

악ᄆᆡ 홀연 다라오며 니로ᄃᆡ,

"져 계피 빅쥬의 네 기 사룸을 쥭엿도다."

셔시 본ᄃᆡ 아지 못ᄒᆞᄂᆞᆫ지라 놀나 급히 무ᄅᆞᄃᆡ,

"네 말이 엇진 말이냐?"

악ᄆᆡ 니로ᄃᆡ,

"공쥬 실노이 리ᄒᆡ가 되ᄂᆞᆫ다. 젼일 셕샹의

치쇼ᄅᆞᆯ 도시 공쥬가 ᄌᆞ긔의 판비ᄒᆞᆫ 거시오, 우리 무리 【7】 치쇼ᄂᆞᆫ 져의 무리 슈하 사ᄅᆞᆷ들이 환롱(幻弄)ᄒᆞᆫ ᄇᆡ 되여 모다 정졔히 공방 안 디판(地板) 아ᄅᆡ 더져 두엇더니, 쥬방 사ᄅᆞᆷ들이 슈습ᄒᆞ라 갓다가 쾌활ᄒᆞ게 모다 먹고 한 즈음의 독이 발ᄒᆞ여 삼ᄀᆡ(三個)ᄂᆞᆫ 겨유 구ᄒᆞ고 ᄉᆞᄀᆡᄂᆞᆫ 죽엇다 ᄒᆞ거ᄂᆞᆯ, 셔시 일언을 못ᄒᆞ다가 니로ᄃᆡ,

“원ᄅᆡ 이ᄀᆞᆺ치 ᄒᆞ엿도다. 죵ᄅᆡ 무ᄉᆞᄒᆞ믈 고이히 너겻더니 져 계집ᄋᆞ희의 ᄭᅬ의 도로혀 쇽아 헛도히 ᄉᆞᄀᆡ 셩명만 ᄋᆡ미히 죽여시니 또 우리 등의 죄 【8】 얼만 되도다.”

악ᄆᆡ ᄃᆡ답ᄒᆞᄃᆡ,

“낭낭이 본ᄅᆡ 무어ᄉᆞᆯ 위ᄒᆞ여 긔여히 져ᄅᆞᆯ ᄒᆡᄒᆞ려 ᄒᆞ시난고, 다ᄒᆡᆼ이 져의 무리가 도로혀 아지 못ᄒᆞᆯ지니 그러치 아니면 날노 원개(怨家) 될 번ᄒᆞ엿도다.”

졍히 말ᄒᆞᄆᆡ 다만 보니, 셔여셩이 거러 드러와 셔시ᄅᆞᆯ ᄃᆡᄒᆞ여 니로ᄃᆡ,

“그ᄃᆡᄂᆞᆫ 그 일을 시험ᄒᆞ여 보왓ᄂᆞ냐? 져 계집ᄋᆞ희 슈단이 엇더ᄒᆞ더뇨?”

즁인이 드ᄅᆞᄆᆡ 모다 최탁ᄒᆞ기ᄅᆞᆯ 졔가 엇지 몬져 아랏ᄂᆞᆫ고 ᄒᆞ며, 셔시 니로ᄃᆡ,

“ᄂᆡ 【9】 져 무리 말을 드ᄅᆞ니 져의 일ᄀᆡ ᄉᆞ뷔 이시ᄃᆡ, 십분 고강(高强)타 ᄒᆞᄂᆞᆫ지라. 내 ᄉᆡᆼ각ᄒᆞ니 졔가 반ᄃᆞ시 은신법(隱身法)으로 ᄒᆞᆷ긔 왓거나, 혹ᄌᆞ 요슐을 ᄒᆞ여 그러ᄒᆞᆫ지 아지 못ᄒᆞ리라.”

ᄒᆞ더라.

ᄌᆡ셜, 요홰 ᄒᆡᆼᄒᆞᆫ 지 십여 일만의 쟝ᄎᆞᆺ 경셩의 갓가오ᄆᆡ 슈ᄒᆡᆼᄒᆞᄂᆞᆫ 부ᄉᆡ(副史) 몬져 셩의 드러가 햐쳐ᄅᆞᆯ 졍ᄒᆞᆫ 후의 영졉ᄒᆞ여 셩의 드러가ᄆᆡ, 요홰 몬져 졔인(諸人)을 안돈(安頓)ᄒᆞ고 다만 쇼란만 다리고 궐문 옯히 가셔 명ᄠᆡᄅᆞᆯ 보ᄒᆞ고 명일 죠 【10】 죠(早朝)의 면셩(面聖)ᄒᆞ려 ᄒᆞ엿더니, 즉ᄀᆡᆨ의 부ᄅᆞ시ᄂᆞᆫ 명이 계신지라. 다만 부ᄅᆞ라 나온 ᄐᆡ감을 ᄯᅡ라 궐ᄂᆡ의 드러가 한 곳 편뎐의 니ᄅᆞ러, ᄐᆡ감이 쇼ᄅᆡᄅᆞᆯ 낫쵸와 고ᄒᆞᄃᆡ, 황샹이 져 뎐ᄂᆡ(殿內)의 계시다 ᄒᆞ고, 곳 닛그러 죠현(朝見)ᄒᆞᆯ ᄉᆡ 산호(山呼)ᄅᆞᆯ 맛차ᄆᆡ, 슝뎡황뎨(崇禎皇帝) 보시더니 룡안(龍顏)이 대열(大悅)ᄒᆞ샤 긔뎡(起程)ᄒᆞᆯ 일ᄌᆞ와 로샹ᄒᆡᆼ역(路上行役)을 무ᄅᆞ시니, 요홰 일일히 알왼ᄃᆡ, 뎨 요화ᄅᆞᆯ 닛그러 황후 궁즁으로 드러가시ᄆᆡ, 요홰 또 황 【11】 후긔 죠현ᄒᆞ온ᄃᆡ, 뎨 요화ᄅᆞᆯ 가ᄅᆞ쳐 니ᄅᆞ시ᄃᆡ,

“졔가 능히 문무 기예ᄅᆞᆯ 잘ᄒᆞᆫ다.”

ᄒᆞ시니 황휘 밋ᄂᆞᆫ 듯 아니 밋ᄂᆞᆫ 듯 ᄒᆞ시ᄂᆞᆫ 모양 ᄀᆞᆺ고, 뎨 외뎐으로 나가시ᄆᆡ 황휘 즉시 요화ᄅᆞᆯ 머믈너 궁즁의셔 헐슉게 ᄒᆞ니, 쇼란이 가마니 요화ᄅᆞᆯ ᄃᆡᄒᆞ여 니로ᄃᆡ,

“공쥬ᄂᆞᆫ 황후긔 쥬달ᄒᆞ여 밧긔 잇ᄂᆞᆫ 시녀 무리ᄅᆞᆯ 닛그러 궁의 드려 반슉게 ᄒᆞ라.”

ᄒᆞᆫᄃᆡ, 요홰 그 말ᄃᆡ로 알외니 황휘 즉시 젼지(傳旨)ᄒᆞ여 ᄐᆡ감 등으로 ᄒᆞ여 【12】 금 지휘ᄒᆞ게 ᄒᆞ고, ᄌᆞ셔히 보ᄆᆡ 요화의 동지 십분 단졍ᄒᆞᆫ지라. 그윽이 우ᄃᆡᄒᆞ고 또 쟝공쥬 무리ᄅᆞᆯ 신칙ᄒᆞ여 즉시 드러와 요화로 더브러 ᄌᆞᄆᆡ 항렬을 펴게 ᄒᆞ니, 한 즈음이 못ᄒᆞ여 모다 니ᄅᆞ거ᄂᆞᆯ 요홰 영졉ᄒᆞᄆᆡ 다만 ᄉᆞ인만 드러오고 기여ᄂᆞᆫ 다 하가(下嫁)ᄒᆞ고 혹 쟉고(作故) ᄒᆞ엿ᄂᆞᆫ지라 졍히 셔로 칭호(稱呼)ᄅᆞᆯ 펴고ᄌᆞ ᄒᆞ더니, 믄득 대개(大駕) 니ᄅᆞ시믈 고ᄒᆞ거ᄂᆞᆯ 드ᄃᆡ여 함긔 뎐문의 나아가 영졉ᄒᆞ니, 샹이 보시ᄆᆡ ᄉᆞ공쥐 【13】 드러 왓ᄂᆞᆫ지라. 드ᄃᆡ여 무르시ᄃᆡ,

“여등이 셔로 항렬(行列)을 펴 보왓ᄂᆞ냐?”

모다 ᄃᆡ답ᄒᆞᄃᆡ 미쳐 못ᄒᆞ여시믈 알외니, 뎨 요화ᄅᆞᆯ ᄃᆡᄒᆞ여 니ᄅᆞ시ᄃᆡ,

“짐이 가ᄅᆞ쳐 너로 ᄒᆞ여곰 알게 ᄒᆞ리라.”

ᄒᆞ시고, 이의 나히 삼십 셰ᄂᆞᆫ 된 쟈ᄅᆞᆯ 가ᄅᆞ쳐 니로시ᄃᆡ, 이ᄂᆞᆫ 뎨칠 쟝공쥐니 일즉 하가ᄒᆞ엿다가 임의 과거(寡居)ᄒᆞ고, 또 일인을 가ᄅᆞ쳐 니ᄅᆞ시ᄃᆡ 이ᄂᆞᆫ 뎨팔 공쥐니 슈년젼의 하가ᄒᆞ엿고, 또 일인을 가ᄅᆞ쳐 니ᄅᆞ시ᄃᆡ 이ᄂᆞᆫ 뎨십일 쟝 【14】 공쥐니 혼쳐ᄂᆞᆫ 간턱ᄒᆞ여시나 아직 하가ᄂᆞᆫ 못ᄒᆞ엿고, 기여 십일 십이 량 공쥬ᄂᆞᆫ 일즉 졸셔(卒逝)ᄒᆞ여시니, 너ᄂᆞᆫ 맛당히 항렬이 뎨십ᄉᆡ 되리라 ᄒᆞ시니, 요홰 고두 부복ᄒᆞᆫᄃᆡ, 샹이 댱공쥬(長公主)로 ᄒᆞ여곰 븟드러 니ᄅᆞ혀시고, 이의 요화ᄅᆞᆯ ᄃᆡᄒᆞ여 평일 쇼ᄒᆞᆨ(所學)ᄒᆞᆫ 것과 반독(伴讀)ᄒᆞᄂᆞᆫ ᄉᆞᄅᆞᆷ의 유무ᄅᆞᆯ 무ᄅᆞ시니 요홰 일일히 쥬달ᄒᆞ고, 다시 다려온 ᄉᆞᄀᆡ 비ᄌᆞ와 ᄉᆞᄀᆡ 쇼시로 더브러 동ᄒᆞᆨ(同學)ᄒᆞ엿다 알외니, 샹이 무ᄅᆞ시ᄃᆡ,

“너 ᄇᆡ혼 바 【15】 ᄅᆞᆯ 져의 등도 능히 ᄇᆡ홧ᄂᆞ냐?”

요홰 알외ᄃᆡ,

“모다 능ᄒᆞ다.”

ᄒᆞ니 셩심(聖心)이 대열ᄒᆞ샤 드ᄃᆡ여 궁감으로 ᄒᆞ여곰 뎡귀비(鄭貴妃)ᄅᆞᆯ 명쵸ᄒᆞ시니, 원ᄅᆡ 뎡귀비의 일홈은 류션(留仙)이오, 문무ᄌᆡ예 녀관즁 뎨일이라. 샹이 요화 등의 ᄌᆡ죠ᄅᆞᆯ 면시(面試)코ᄌᆞ ᄒᆞ시ᄂᆞᆫ 고로 명쵸ᄒᆞ시미러니, 이윽ᄒᆞᆫ 후 류션이 니ᄅᆞ거ᄂᆞᆯ 요홰 거안시지(擧眼視之)ᄒᆞ니, 기인의 옥뫼(玉貌) 경경(亭亭)ᄒᆞ고 거지(居止) 단아ᄒᆞᆫ지라. 뎨후긔 향ᄒᆞ여 죠현ᄒᆞ고 모든 공쥬로 한훤(寒喧)을 펴미, 【16】 샹이 요화와 모든 비ᄌᆞᄅᆞᆯ 가ᄅᆞ쳐 니ᄅᆞ시ᄃᆡ,

"이ᄂᆞᆫ 복왕의 군쥐라. 이졔 임의 션뎨긔 입계ᄒᆞ여 봉쟉을 더ᄒᆞ여 십ᄉᆞ쟝공쥐 되고, 쳔고의 무ᄡᆞᆼᄒᆞᆫ 문무젼ᄌᆡ(文武全材)라 오ᄂᆞᆯ날 짐이 져의 등 문ᄌᆡᄅᆞᆯ 시험코ᄌᆞ ᄒᆞᄂᆞ니, 경은 모롬즉이 져의 등으로 더브러 일슈 시ᄅᆞᆯ 챵화(唱和)케 ᄒᆞ라."

류션이 알외ᄃᆡ,

"임의 여러 사ᄅᆞᆷ이 이시니 가히 련귀(聯句)로 챵화ᄒᆞ미 죠흘가 ᄒᆞᄂᆞ이다."

샹이 니ᄅᆞ시ᄃᆡ,

"련귀가 더옥 죠흐니 짐이 【17】 글졔ᄅᆞᆯ 너여 쥬리라."

ᄒᆞ시고, 인ᄒᆞ여 보시니 졍뎐의 옥란홰(玉蘭花) 셩히 픠엿ᄂᆞᆫ지라. 드ᄃᆡ여 가ᄅᆞ쳐 니ᄅᆞ시ᄃᆡ,

"일노 ᄡᅥ 글졔ᄅᆞᆯ ᄒᆞ고 네 몬져 쳣귀ᄅᆞᆯ 너라."

ᄒᆞ시니 류션이 봉지(奉旨)ᄒᆞ미 궁녀 등이 지필을 ᄎᆡ샹 우ᄒᆡ 노커ᄂᆞᆯ, 류션이 한번 ᄉᆡᆼ각ᄒᆞ고 드ᄃᆡ여 ᄡᅥ 올니니 샹이 보시미, ᄒᆞ엿시ᄃᆡ,

본죵어원의운지(本從御苑倚雲栽)ᄒᆞ니

본ᄃᆡ 나라 동산으로 구름을 의지ᄒᆞ여 심어시니

드ᄃᆡ여 궁녀로 ᄒᆞ여곰 요화ᄅᆞᆯ 쥬어 보게【18】ᄒᆞ시니, 요홰 추챵(趨蹌)ᄒᆞ여 어젼의 니ᄅᆞ러 붓술 드러 이어 한 귀ᄅᆞᆯ ᄡᅥ 올니거ᄂᆞᆯ, 샹이 보시니, ᄒᆞ엿시ᄃᆡ,

긔톄환시목필ᄐᆡ(寄體還是木筆胎)라

몸 붓치기ᄅᆞᆯ 도로혀 이 목필(木筆)이 ᄐᆡ(胎)더라

샹이 그ᄃᆡ여 ᄉᆞ기 비ᄌᆞᄅᆞᆯ 젼지ᄒᆞ샤 모다 어젼의 니ᄅᆞ게 ᄒᆞ시고 니ᄅᆞ시ᄃᆡ,

"여등도 ᄋᆡᄎᆞ(挨次)ᄒᆞ여 련귀ᄅᆞᆯ ᄒᆞ게 ᄒᆞ라."

ᄒᆞ시니, 쇼란이 드ᄃᆡ여 봉지ᄒᆞ고 붓술 드러 ᄡᅥ 니로ᄃᆡ,

젹젹구텬슈로즁(滴滴九天垂露重)이오

ᄯᅥ러지고 ᄯᅥ러져 구텬의 이술 드리온 거시 즁ᄒᆞ고

【19】 이의 나아가 밧치고져 ᄒᆞ거ᄂᆞᆯ 샹이 니ᄅᆞ시ᄃᆡ,

"너의들 ᄉᆞ인이 모다 지어 가지고 ᄒᆞᆷ긔 밧치라."

ᄒᆞ시니, 쇼란이 멈추고 곳 붓술 가져 ᄆᆡ영을 쥬니, ᄆᆡ영이 ᄉᆡᆼ각도 아니ᄒᆞ고 붓술 바다 ᄡᅳᄃᆡ,

경경일슈향츈개(亭亭一樹向春開)라

경경ᄒᆞᆫ 나무가 봄을 향ᄒᆞ여 열녓더라

니운이 붓술 바다 한 즈음 침음ᄒᆞ다가 비로쇼 ᄡᅥ너ᄃᆡ,

함포졀ᄋᆡ황금예(含苞絶愛黃金蕊)오

포귀ᄅᆞᆯ 먹음으ᄆᆡ 극히 황금 ᄭᅩᆺ부리ᄅᆞᆯ ᄉᆞ랑ᄒᆞ고

붓술 가져 욱니ᄅᆞᆯ 쥬니, 욱니ᄂᆞᆫ ᄉᆡᆼ각지 아【20】 니코 붓술 바다 ᄡᅥ너ᄃᆡ,

쵸탄여경ᄇᆡᆨ옥배(初綻如擎白玉杯)라

쳐음을 터지ᄆᆡ ᄇᆡᆨ옥잔 밧든 것 ᄀᆞᆺ더라

ᄡᅳ기ᄅᆞᆯ 맛치ᄆᆡ ᄒᆞᆷ긔 올니니 샹이 각각 어람ᄒᆞ시며 칭찬ᄒᆞ시고 즉시 궁녀로 ᄒᆞ여곰 류션을 쥬어 보라 ᄒᆞ시니, 류션이 바다 슈미ᄅᆞᆯ 한 ᄎᆞ례 보고 ᄯᅩ 드ᄃᆡ여 ᄡᅥ너ᄃᆡ,

고야션ᄌᆞ하묘묘(姑射仙姿何杳渺)오

고야산션녀의 ᄌᆞᄐᆡ가 엇지 묘묘(杳渺)ᄒᆞ엿ᄂᆞ냐

샹이 류션의 글을 보시고 드듸여 요화로 ᄒᆞ여곰 결귀(結句)ᄒᆞ라 ᄒᆞ시니, 요홰 쥰지(遵旨)ᄒᆞ고 류션【21】의 붓술 바다 써ᄂᆡ되,

산산환픽ᄌᆞ공릐(姍姍環佩自空來)라
산산ᄒᆞᆫ 환픽(環佩) 쇼릐가 공중으로브터 오더라

요홰 쓰기를 맛치미 스ᄉᆞ로 밧드러 드리니, 샹이 바다 슈삼ᄎᆞ 어람ᄒᆞ시고, 희싀이 미우(眉宇)의 가득 ᄒᆞ샤 니ᄅᆞ시되,

"격률이 샹젹(相敵)ᄒᆞ여 피ᄎᆞ 샹하(上下)치 아니ᄒᆞ니, 엇지 아름답지 아니리오."

ᄒᆞ시고 칭찬블이(稱讚不已) ᄒᆞ시며, 이의 요화다려 무ᄅᆞ시되,

"여등이 몃히나 공부ᄒᆞ엿ᄂᆞ냐?"

요홰 알외되,

"오셰로브터 닙혹ᄒᆞ여 지금가지 니라럿【22】ᄂᆞ이다."

샹이 ᄯᅩ 니로시되,

"여등의 문지ᄂᆞᆫ 임의 보왓시니 명일의 다시 무예를 시험ᄒᆞ여 보리라."

요홰 령명(令命)ᄒᆞ고 퇴거ᄒᆞ니라. 어시의 황휘 즉시 류션으로 ᄒᆞ여곰 어젼의 잇셔 뫼시게 ᄒᆞ고 명죠의 요홰 즁인을 ᄯᅡ라 오경의 니러나 ᄲᆞᆯ니 쇼셰ᄒᆞ고 황후긔 죠현ᄒᆞᆫ 후 즉시 틱감 무리로 ᄒᆞ여곰 하쳐의 가셔 교장의 나아가 곳쳐 입을 의복을 가져오게 ᄒᆞ엿더니, 하ᄂᆞᆯ이 밝으미 임의 궁감이 와셔 젼지ᄒᆞ며 니로【23】되, 궐니 젹은 교장의셔 무예를 시험ᄒᆞ신다 ᄒᆞ며, 맛쵸와 의복도 ᄯᅩᄒᆞᆫ 가져온지라. 드듸여 련무(鍊武)ᄒᆞᄂᆞᆫ 쟝쇽을 곳치고 ᄉᆞ기 비ᄌᆞ도 일양 쟝쇽ᄒᆞ고, 궁감을 ᄯᅡ라 곤령궁(坤寧宮)을 나올시, 궁즁의 젹은 ᄎᆞ(車)를 등듸ᄒᆞ엿ᄂᆞᆫ지라. 이의 챠의 안ᄌᆞ 바로 교쟝 문의 니ᄅᆞ러 즉시 챠의 나려 황샹 탑하의 나아가 고두ᄒᆞ기를 맛치미, 샹이 무ᄅᆞ시되,

"여등이 반ᄃᆞ시 긔ᄉᆞ(騎射)ᄒᆞᄂᆞᆫ 법의 익으리니, 각기 ᄆᆞᆯ을 노화 한번 시험ᄒᆞ라."

ᄒᆞ【24】신되, 요화 등이 령지(領旨)ᄒᆞ고 즉시 젼폐의 나려 교쟝으로 나아가 몸을 날녀 ᄆᆞᆯ긔 오ᄅᆞ며 여러 살을 뽀되, 일기도 락공(落空) 되ᄂᆞᆫ 거시 업고 ᄯᅩ 비ᄌᆞ ᄉᆞ인도 일양이라. 샹이 젼샹의셔 바라보시고 칭찬ᄒᆞ믈 마지 아니시며, 무ᄅᆞ시되,

"가히 다ᄅᆞᆫ 사ᄅᆞᆷ으로 더브러 비교ᄒᆞ여 보랴?"

요홰 쥬ᄒᆞ되,

"명되로 ᄒᆞ리이다."

샹이 ᄯᅩ 무ᄅᆞ시되,

"무슨 기예를 몬져 비교ᄒᆞ리오."

요홰 알외되,

"남녀지간의 다ᄅᆞᆫ 거ᄉᆞᆫ 비교ᄒᆞ미 편치 못ᄒᆞ오니【25】오직 탄환을 시험ᄒᆞᄂᆞᆫ 거시 죠흘 듯ᄒᆞ여이다."

샹이 뎜두ᄒᆞ시고, 이의 죠왕(趙王)을 명ᄒᆞ샤,

"경양군즁의 특별이 오기 션슈(選手)를 ᄲᅡ니여 비교케 ᄒᆞ라."

ᄒᆞ시니, 반시긱이 못ᄒᆞ여 다ᄉᆞᆺ명을 ᄲᅡ셔 왓거ᄂᆞᆯ 샹이 니로시되,

"져 십ᄉᆞ쟝 공쥬 무예 고등ᄒᆞᆫ지라. 짐이 한번 구경코져 ᄒᆞᄂᆞ니, 여등이 감히 공쥬로 더브러 탄궁(彈弓)ᄒᆞᄂᆞᆫ 슈단을 결워보랴?"

무변(武弁) 등이 봉지ᄒᆞ고 알외되,

"만일 셔로 비교ᄒᆞ다가 숀샹ᄒᆞ미 되면 엇【26】지 ᄒᆞ리잇고?"

샹이 니로시되,

"임의 비교ᄒᆞ면 엇지 샹ᄒᆞ미 업ᄉᆞ리오마ᄂᆞᆫ 죠심ᄒᆞ라."

ᄒᆞ시고, 요화다려 무ᄅᆞ시되,

"엇지 비교ᄒᆞ려 ᄒᆞᄂᆞ뇨?"

요홰 알외되,

"피ᄎᆞ의 몬져 되ᄒᆞ여 셰 번식 활을 쁜 연후의 각기 셰 개 탄환을 밧게 ᄒᆞ여 만일 일 개라도 ᄯᅡ히 ᄯᅥ러지면 곳 지ᄂᆞᆫ 혬이라."

ᄒᆞ니, 샹이 젼지ᄒᆞ여 젼하의셔 각기 ᄡᅩ라 ᄒᆞ시며 보실시 믄득 오인 즁의셔 일인이 다라나오되, 구 쳑 댱신의 극히 효용(驍勇)ᄒᆞᆫ지라. 즉시 탄궁을 ᄭᅵ을고【27】다라 젼폐의 니ᄅᆞ러 ᄭᅮ러 알외되,

"신이 감히 공쥬로 더브러 탄궁을 비교ᄒᆞᄂᆞ이다."

샹이 의윤ᄒᆞ시니, 드듸여 다라 서남각샹(西南角上)의 셔고, 요화ᄂᆞᆫ 동북각샹(東北角上)의 잇셔 탄궁을 잡고 피ᄎᆞ의 각기 텰환을 가지고

활을 달히여 쏘니, 량개 탄환이 반로(半路)의셔 셔로 맛죠치미 믄득 한 쇼릐가 크게 나며 모다 싸히 쩌러져 잇는지라. 다시 뎨이개를 타(打)미 이ㄱ고, 뎨삼개를 타(打)미 또훈 ㄱ튼지라. 샹이 보시고 룡미봉안(龍眉鳳眼)의 우음【28】을 먹음으시니, 무변이 공쥬를 향후여 니로딕,

“옥쥬는 몬져 삼개 탄환을 노화 쇼쟝을 치라.”

후거늘, 요홰 우으며 니로딕,

“네가 몬져 치셔 나를 맛치라.”

무변이 진기 손을 드러 일개 탄환을 쳐셔 오거늘, 요홰 좌슈로 뻐 한번 버리미, 탄환이 경히 소미 쇽으로 드러오는지라. 즉시 우슈 소미 쇽으로 죠ㅊ 바다 가지고, 무변이 또 탄즈를 더져 오거늘 요홰 우슈로 뻐 한번 버리미 역시 소미 쇽으【29】로 쩌러져 드러가는지라. 또 좌슈 소미로 죠ㅊ 바다 가지고, 무변이 또 뎨삼개 탄환을 더져 오거늘, 요홰 입으로 뻐 무러 멈츄고 삼기 탄환을 가져 어젼의 노흐니 샹이 크게 칭찬후시고, 겻히 뫼셔 잇는 친왕(親王) 근신(近臣)들이 각기 갈치(喝采)후더라.

샹이 요화를 명후샤 삼개 탄환으로 무변을 치라 후시니, 요홰 봉지후고 즉시 탄환을 가져 더지니 뎨일환은 무변이 손으로 밧고, 뎨이환이 또 니르미 역시 손으로 밧더니, 뎨삼환이 련【30】후여 니르미 무변이 슈각(手脚)이 져기 지둔(遲鈍)후므로 밧다가 락봉[공](落空)이 된지라. 급히 몸을 기우려 피후미 다힝히 샹치는 아니후고 탄환이 믄득 싸히 쩌러지거늘 드듸여 싸 우히셔 집어 어젼의 노흐니, 샹이 깃거 아니시고 또 소기 비즈를 명후샤 또 비교후라 후시니, 져 무변 등이 당치 못후여 일즉 욱니의 일기 탄환의 안뎡(眼睛)을 맛고 것구러지니, 죠왕이 겻히셔 보다가 련망히 븟드러 니르혀미 샹이 룡안(龍顔)의 로긔(怒氣) 가득후샤【31】니로시딕,

“경령(京營) 쟝졸이 여ㅊ 무릉(無能)후니 이는 평일의 경이 잘 훈련치 못훈 허믈이로다.”

죠왕이 면관 소죄후고 샹이 이의 태감을 명후샤 화릉례단(華綾禮緞)을 가져다가 샹급후시니, 요홰 소개 비즈로 더브러 각각 소은 필의 다만 보니, 틱감이 일쟝 표문을 올니며 니로딕, 통뎡소의셔 진졍훈 바 소천 대쟝군이 구완(救援)을 청후는 표문이라 후거늘, 샹이 보시기를 맛치시미, 드듸여 요화를 도라보와 니르시딕,

“너의 부친이【32】소천의 잇셔 임의 반젹을 에워 싸노왓시나 다만 일지병(一枝兵)을 더후면 셩공후리니, 너는 지죠를 다후여 협공후믈 바라노라.”

요홰 ㅅ러 알외딕,

“신쳡(臣妾)이 비록 무지후오나 셩샹의 홍복을 힘닙습고 아릭로 쟝졸의 힘을 비러 반젹을 버혀 셩샹의 근심을 더으리니, 복원(伏願) 셩샹은 셩심을 번뢰(煩惱)치 마르쇼셔.”

샹이 깃그샤 즉시 병부의 젼지(傳旨)후여 슈힝후는 소원(司員)을 파뎡(派定)케 후기고 또 흠텬감(欽天監)의 신칙후샤 츌소(出師)훌 길일(吉日)【33】션틱후시고 별노이 뎡병(精兵)을 싸 츌젼케 후시니, 요홰 텬은을 슉샤후고 잠간 말미를 청후온딕, 샹이 의윤후시니 요홰 인후여 니뎐의 드러가 황후긔 다시 하직후고 소개 비즈를 거느리고 궐문의 나오미, 쇼시(小廝)등이 영졉후여 햐쳐의 니르러 요홰 욱니를 칭원(稱怨)후여 니로딕,

“우리 등이 어뎐의셔 마지 못후여 비교후나, 셔로 샹치 아니미 가후거늘, 엇지 굿투여 사름을 샹케 후여 죠왕으로 후여곰 련뤼(連累) 되게 후니 무어시 쾌훈【34】리오.”

욱니 웃고 딕답후딕,

“그 무변의 기예가 심히 평샹훈지라. 비지 도로혀 슈ㅊ 용셔후엿기로 오히려 그만 후거니와 그러치 아니터면 삼기 탄환을 모다 어더마졋시리라.”

요홰 ㅅ지져 믈니치고 햐쳐를 두로 보니, 방옥(房屋)이 심히 츄익(湫隘)후고, 다시 방즁의 드러가 보니, 다만 일층 판벽(板壁)이 격후엿는딕, 믄득 녀즈의 셩음이 들니고 판벽 틈으로 한번 보미 또 여러 사름이 거쥬후여 심히 안온치 못훈지라. 이의 쟝기덕으로 후여곰 빅힝(陪行)부【35】소의 판리(辦理) 잘못훈 거술 칙유(責諭)후라 후니, 기덕이 즉시 드러와 고후딕, 경셩 방옥이 딕개 이 ㄱ트니 실노이 이의셔 나은 곳이 업다 후거늘, 요홰 또 딕면훈 방즁의 드러가 보니 역시 일반이오, 판벽 틈이 맛춤닉 한 손가락 너뷔는 되딕, 다힝이 죠희로 발나셔 두 편이 막혀시니, 그러치 아니터면 셩식(聲息)이 상통후여 한방의 잇는 것 ㄱ틀지라. 요홰 어려셔브터

일즉 져런 광경은 보지 못ᄒᆞ엿시ᄆᆡ 심즁의 견ᄃᆡ기 어려오나 가히 변통 【36】 ᄒᆞᆯ 길히 업ᄂᆞᆫ지라. 다만 쟝쥬 량인(兩人)으로 ᄒᆞ여곰 방쟝을 만히 ᄀᆞᆽ쵸와 가리게 ᄒᆞ고 인ᄒᆞ여 젼창[청](前廳)으로 나와 쇼시 무리로 ᄒᆞ여곰 부ᄉᆞ의게 젼유(傳諭)ᄒᆞ여 몟집 친왕(親王)과 군왕(郡王)이 계시믈 치탐(採探)ᄒᆞ여 오면 명일의 일즉 가 문안ᄒᆞ리라 ᄒᆞ니, 부싀 응답ᄒᆞ고 가더니, 한 즈음이 못ᄒᆞ여 나ᄂᆞᆫ다시 도라오며 니로ᄃᆡ,

"황샹이 셩지롤 나리시고 아올나 쟝ᄉᆞ관(長史官) 일원(一員)과 령ᄉᆞ관(令史官) 량원과 호위친슈(護衛親隨) 륙십 명을 파뎡ᄒᆞ여 보ᄂᆡ시고, 금닌(金印) 일과(一顆)롤 ᄉᆞ급(賜給) 【37】 ᄒᆞ샤 즉ᄀᆡᆨ의 니롤지니 쾌히 향안(香案)을 ᄇᆡ셜ᄒᆞ고 죠지(詔旨)롤 마지라."

ᄒᆞ거놀, 쟝기덕이 쇼시 등으로 더브러 슈각(手脚)이 황란ᄒᆞ게 포셜ᄒᆞ여 노코 요홰 죠복(朝服)을 곳쳐 닙더니, 맛쵸와 텬싀 임의 니ᄅᆞ렷ᄂᆞᆫ지라. 드ᄃᆡ여 대문 어귀로 죠ᄎᆞ 영졉ᄒᆞ여 청샹(廳上)의 올나 부복ᄒᆞ여 셩지 베푸ᄂᆞᆫ 거술 드롤식, 텬싀 죠셔롤 밧드러 닑으니, 죠셔의 ᄒᆞ엿시ᄃᆡ,

짐이 시험ᄒᆞ여 보니 십ᄉᆞ쟝공즦 문직와 무예 심히 츌즁ᄒᆞ기로 이졔 ᄒᆞ여곰 군ᄉᆞ롤 【38】 다리고 ᄉᆞ쳔의 니ᄅᆞ러 반덕을 쵸멸(剿滅)ᄒᆞ게 ᄒᆞ여시나, 다만 쟝졸을 통령(統領)ᄒᆞᄆᆡ 직함도 씌지 아니ᄒᆞ고 닌신(印信)도 차지 아니ᄒᆞᄂᆞᆫ 거시 편치 못ᄒᆞᆯ지라. 그러므로 ᄡᅥ 특별이 봉ᄒᆞ여 무위탕구경략졍ᄉᆞ(武威盪寇經略正使)롤 숨아 홀노 셔면(西面)을 당ᄒᆞ게 ᄒᆞ니, 다만 감군ᄉᆞ의 졀졔만 듯고 특별이 금닌(金印) 일과(一顆)롤 지어쥬어 ᄒᆡᆼ군ᄒᆞᄂᆞᆫ ᄃᆡ 신(信)을 직희ᄂᆞᆫ 쇼용을 ᄒᆞ게 ᄒᆞ고 인ᄒᆞ여 공쥬의 톄례(體例)롤 죠ᄎᆞ 장ᄉᆞ관 일원과 령ᄉᆞ관 량원을 【39】 분발(分拔)ᄒᆞ여 부즁(府中) ᄉᆞ무롤 판리케 ᄒᆞ고, 친슈(親隨) 륙십명을 쥬어 츌입의 호위ᄒᆞ게 ᄒᆞ고, 이졔 경ᄉᆞ의 우거ᄒᆞ여 휴식이 편치 못ᄒᆞ다 ᄒᆞ니, 쵸몰(抄沒)ᄒᆞᆫ ᄀᆡᆨ시(客氏)의 방옥(房屋)을 옴겨 쥬어 별뎨(別第)롤 ᄆᆡᆫᄃᆞ러 거쥬케 ᄒᆞᄂᆞ니, 흠직(欽哉) ᄉᆞ은(謝恩)ᄒᆞ라.

요홰 ᄇᆡ무(拜舞)ᄒᆞ고 ᄉᆞ은을 맛치ᄆᆡ, 셩지롤 청ᄒᆞ여 가지고 부ᄉᆞ로 ᄒᆞ여곰 관ᄃᆡ케 ᄒᆞ니, 텬싀 챠롤 마시ᄆᆡ 곳 가더라. 뒤흘 ᄯᅡ라 쟝ᄉᆞ와 령ᄉᆞ 삼인 【40】 이 각기 명텹을 ᄀᆞᆽ쵸와 올니고, 아올나 고현(叩見)ᄒᆞ거놀, 요홰 그 명텹을 보니 쟝ᄉᆞ관은 죠의(趙宜)오, 령ᄉᆞ관은 하붕(何鵬)과 고감(高鑒)이라. 즉시 드러와 보게 ᄒᆞ니 슈ᄒᆡᆼᄒᆞᆫ 부싀 다리고 그러와 례ᄇᆡ롤 맛치ᄆᆡ 요홰 보니, 죠의ᄂᆞᆫ 톄뫼 괴오ᄒᆞ고, 하붕은 도로혀 가히 ᄡᅳᆯ 만ᄒᆞᄃᆡ 다만 고감의 ᄉᆡᆼ기미 외최(矮衰)ᄒᆞ여 츌즁치 못ᄒᆞᆫ지라. 드ᄃᆡ여 분부ᄒᆞ여 니로ᄃᆡ,

"황샹의 텬은을 닙어 ᄀᆡᆨ시 방옥을 ᄉᆞ급ᄒᆞ여 계시니 너의 무리 밧비 가셔 명ᄇᆡᆨ히 죠검ᄒᆞ여 보고 련 【41】 야(連夜)ᄒᆞ여 밧비 슈정(修整)케 ᄒᆞ라. ᄂᆡ 우거(寓居)ᄒᆞᄂᆞᆫ 곳이 ᄆᆡ오 편치 못ᄒᆞᆫᄃᆡ 아지 못게라 흠텬감의셔 긔뎡(起程)ᄒᆞᆫ 일ᄌᆞ롤 션턱ᄒᆞ엿ᄂᆞᆫ지, 이곳이 실노이 일ᄀᆡᆨ도 거졉(居接)ᄒᆞ기 어렵도다."

쟝ᄉᆞ 등이 각각 응락ᄒᆞ고 나가더라. 뒤흘 ᄯᅡ라 ᄯᅩ 병부의셔 슈원(隨員) ᄉᆞ명을 분발(分拔)하여와 각기 명텹을 바다보니 그 우히 버렷시ᄃᆡ 병부원외랑(兵部員外郎) 왕념(王濂)과 병부ᄋᆡᆨ외원외랑(兵部額外員外郎) 니관셩(李觀成)과 병부즉승원외랑거가ᄉᆞ쥬ᄉᆞ(兵部卽陞員外郎車駕司主事) 젼연벽(錢連璧)과 병부 【42】 낭중승보원외랑(兵部郎中陞補員外郎) 모일청(毛一淸)이라. 요홰 니로ᄃᆡ,

"아직 참알(參謁)을 면ᄒᆞ여 쥬ᄂᆞᆫ 거시니 군ᄉᆞ 뎜렬(點閱)ᄒᆞᆯ ᄯᆡ롤 기ᄃᆞ려 다시 보게 ᄒᆞ리라."

ᄒᆞ고, ᄯᅩ 하향으로 ᄒᆞ여곰 슈ᄒᆡᆼ 부ᄉᆞ와 ᄀᆞᆽ치 호위친슈군을 뎜검ᄒᆞᆫ 후의 ᄌᆞᆷ간 ᄒᆞ여곰 각쳐의 거쥬ᄒᆞ게 ᄒᆞ고, 요홰 당의 도라와 휴식ᄒᆞᆯ시, ᄆᆡ영이 웃고 니로ᄃᆡ,

"군쥐 니졔ᄂᆞᆫ 경략로애(經略老爺) 되어 계시도다."

요홰 우ᄉᆞ며 니로ᄃᆡ,

"ᄠᅳᆫ 일홈과 ᄠᅳᆫ 리(利)ᄂᆞᆫ 비컨ᄃᆡ 희ᄃᆡ(戲臺) 우히 탈 ᄡᅳᄂᆞᆫ ᄉᆞ롬과 더브러 일반이니, 무ᄉᆞᆫ 탈을 ᄡᅳ면 【43】 믄득 무어시라 일컷다가, ᄇᆞᆨ쇼릐 한번 ᄀᆞᆺ치고 등블이 한번 ᄭᅥ지면 의연ᄒᆞᆫ 일개 나무뎡이니 무ᄉᆞᆫ 죠흔 곳이 이시랴."

여러히 한담ᄒᆞ다가 셕식을 지ᄂᆡᄆᆡ 이의 뢰

곤(勞困)ᄒᆞ믈 ᄭᆡᄃᆞ라 드ᄃᆡ여 비녀(婢女)로 ᄒᆞ여곰 침구ᄅᆞᆯ 비셜ᄒᆞ고 몬져 안침ᄒᆞᆯ식, ᄆᆡ영은 겻히 잇셔 반슉(伴宿)ᄒᆞ고 니운과 욱니ᄂᆞᆫ 아릐 간의셔 샹직ᄒᆞ고 쇼란과 쳥ᄃᆡᄂᆞᆫ 한 방즁의 쥬졉(住接)ᄒᆞ고, 요홰 일즉 자기로 한번 ᄭᆡ여보ᄆᆡ, 경고(更鼓) 쇼릐가 도로혀 들니ᄂᆞᆫ지라, 집 쇽이 고요ᄒᆞ여 【44】 아모 쇼릐도 업더니, 다만 드ᄅᆞᄆᆡ 격벽 쇽의 남녀의 가만ᄒᆞᆫ 음셩이 들니ᄃᆡ, 요화의 안즌 캉(炕)이 다만 한층 판벽이 가렷ᄂᆞᆫ지라. 져긔셔ᄂᆞᆫ 비록 셩음이 져미(低微)ᄒᆞ나 여긔셔ᄂᆞᆫ 명ᄇᆡᆨ히 들니ᄂᆞᆫᄃᆡ 이의 져의 부쳐 량인이 몬져 가ᄉᆞ(家事)ᄅᆞᆯ 말ᄒᆞ며 노인이 드ᄅᆞᆯ[가] 두려 그러므로 ᄲᅧ 가마니 말ᄒᆞ더니 졈졈 희학(戲謔)ᄒᆞᄂᆞᆫᄃᆡ 버무러[176] 동(動)ᄒᆞᄂᆞᆫ 쇼릐 니러ᄂᆞ니, 요홰 십륙 셰가 되어시나 종릐 져 모양 셩식(聲息)은 듯지 못ᄒᆞ엿ᄂᆞᆫ지라. 드ᄃᆡ여 ᄆᆡ영을 ᄭᆡ여 져로 ᄒᆞ여곰 드러 【45】 보게 ᄒᆞ더니, 한참만의 믄득 쇼릐ᄂᆞᆫ 나지 아니ᄒᆞ고 한슈(鼾睡)ᄒᆞᄂᆞᆫ[177] 모양이 완연ᄒᆞᆫ지라.

요홰 니로ᄃᆡ,

"져거시 무ᄉᆞᆫ 고이ᄒᆞᆫ 쇼릐냐? 듯기의 사ᄅᆞᆷ으로 죠히 견ᄃᆡ기 어렵도다."

ᄆᆡ영이 ᄃᆡ답ᄒᆞᄃᆡ,

"ᄉᆡᆼ각건ᄃᆡ 남녜 동쳐ᄒᆞ면 스ᄉᆞ로 져 모양 고이ᄒᆞᆫ 쇼릐 잇나 보도다."

요홰 니로ᄃᆡ,

"엇던 모양으로 죠흔지ᄂᆞᆫ 아지 못ᄒᆞ나 믄득 긔탄(忌憚)을 도라보지 아니미 이ᄀᆞᆺ트랴."

ᄆᆡ영이 니로ᄃᆡ,

"만일 ᄆᆡ오 죠치 아니면 엇지 즐겨 져런 긔형긔형(奇形奇形)의 쇼릐ᄅᆞᆯ 지어 ᄂᆡ리오."

【46】 량인이 말ᄒᆞᄆᆡ 홍치가 놉하 셔로 안아 한 뭉치 되어 희롱ᄒᆞ다가 비로쇼 좀들고, 뎨이일의 도로혀 긔침ᄒᆞ미 더ᄃᆡ니, 쇼란이 와셔 문을 두ᄃᆞ려 비로쇼 ᄭᆡ여노코 쇼셰ᄒᆞ믈 ᄃᆡ후ᄒᆞ고 일변 무ᄅᆞᄃᆡ,

"공쥐 쟉야의 일즉 잣거ᄂᆞᆯ 엇지ᄒᆞ여 오ᄂᆞᆯ은 긔침ᄒᆞ미 더ᄃᆡ뇨?"

요홰 ᄆᆡ영과 ᄀᆞᆺ치 우음을 일워 ᄂᆡ거ᄂᆞᆯ, 쇼란이 연유ᄅᆞᆯ ᄌᆞ셔히 무ᄅᆞ니 비로쇼 가마니 쟉야ᄉᆞᄅᆞᆯ 젼ᄒᆞᆫᄃᆡ, 쇼란이 니로ᄃᆡ,

"이곳의셔ᄂᆞᆫ 도로혀 듯기만 ᄒᆞ엿거니와 져 【47】 긔셔ᄂᆞᆫ ᄂᆡ가 도로혀 보왓노라."

어시의 량인이 ᄯᅩ 본 바ᄅᆞᆯ 무ᄅᆞ니 쇼란이 니로ᄃᆡ,

"이의 가ᄅᆞ쳐 져 모양 형상은 닙ᄂᆡᆯ 슈 업ᄉᆞ니 만일 금야의 ᄯᅩ 여긔셔 류(留)ᄒᆞ면 청컨ᄃᆡ 져곳의 가셔 친히 보와야 믄득 ᄭᆡ다라 ᄂᆡ리라."

요홰 니로ᄃᆡ,

"듯기ᄅᆞᆯ 임의 넉넉히 ᄒᆞ여시니 도로혀 엇지 보나 다ᄅᆞ리오."

쇼란이 니로ᄃᆡ,

"듯ᄂᆞᆫ 거ᄉᆞᆫ 다만 셩음ᄲᅮᆫ이오, 본 거ᄉᆞᆫ 믄득 형톄ᄅᆞᆯ ᄃᆡᄒᆞ미라."

ᄒᆞ니, ᄆᆡ영이 니로ᄃᆡ,

"청ᄃᆡ도 함긔 보왓ᄂᆞ냐?"

쇼란이 니로ᄃᆡ,

"져ᄂᆞᆫ ᄌᆞᄂᆞᆫᄃᆡ 골몰 【48】 ᄒᆞ엿시니 엇지 가 보왓시리오."

경히 말ᄒᆞ더니, 쟝기덕이 드러와 품ᄒᆞᄃᆡ, 부식와셔 말ᄒᆞ기ᄅᆞᆯ 친왕은 다만 죠숑(趙宋)량왕(兩王)이 모혀 계시고, 군왕은 여러 분이 계시니 혜건ᄃᆡ 허다ᄒᆞᆫ ᄃᆡ 졉면(接面)치 못ᄒᆞ리라 ᄒᆞ니, 그 말을 의거 ᄒᆞ면 가히 사ᄅᆞᆷ을 부려 치의(致意)만 ᄒᆞ깃고, 반ᄃᆞ시 그 집으로ᄂᆞᆫ 가지 아닐 거시니 츌가ᄒᆞ신 쟝공쥬 등도 경도의 니ᄅᆞ면 이ᄀᆞᆺ치 거힝ᄒᆞᆫ다 ᄒᆞ거ᄂᆞᆯ, 요홰 니로ᄃᆡ,

"임의 니러ᄒᆞ량이면 사ᄅᆞᆷ을 부려 치의ᄒᆞᄂᆞᆫ 거시 올타."

ᄒᆞ고, ᄯᅩ 보니 【49】 청ᄃᆡ 보ᄒᆞ여 말ᄒᆞ기ᄅᆞᆯ 쟝ᄉᆞ 등이 흠ᄉᆞᄒᆞ신 방옥 슈삼쳐ᄅᆞᆯ 련야ᄒᆞ여 슈졍(修整)ᄒᆞ여 노홧시니 공쥐 몬져 반이(搬移)ᄒᆞ

---

176) 【버물다】 동 얽매이다. 걸리다. 연루되다. ¶ 涉 ‖ 이의 져의 부쳐 량인이 몬져 가ᄉᆞᄅᆞᆯ 말ᄒᆞ며 노인이 드ᄅᆞᆯ[가] 두려 그러므로 ᄲᅧ 가마니 말ᄒᆞ더니 졈졈 희학ᄒᆞᄂᆞᆫᄃᆡ 버무러 동ᄒᆞᄂᆞᆫ 쇼릐 니러ᄂᆞ니 (是小夫妻兩口, 先還說家常, 恐怕老的聽見, 所以唧噥, 以後漸涉戲謔, 響動起來.) <瑤華 9:44>

177) 【한슈ᄒᆞ다】 동 {한수(鼾睡)하다.} 코를 골며 자다. ¶ 鼾 ‖ 드ᄃᆡ여 ᄆᆡ영을 ᄭᆡ여 져로 ᄒᆞ여곰 드러 보게 ᄒᆞ더니 한참만의 믄득 쇼릐ᄂᆞᆫ 나지 아니ᄒᆞ고 한슈ᄒᆞᄂᆞᆫ 모양이 완연ᄒᆞᆫ지라 (遂把梅影推醒, 也教他聽着. 隔一會, 就不響了, 漸聞鼾聲大作.) <瑤華 9:45>

여 드시게 ᄒᆞ라 ᄒᆞ니,

요홰 니로ᄃᆡ,

"오ᄂᆞᆯ날 일지 가히 죠흘는지 다시 쟝ᄉᆞ다려 무러보게 ᄒᆞ라."

쳥ᄃᆡ 나아간지 한즈음의 도라와 품ᄒᆞ거ᄂᆞᆯ, 요홰 드ᄃᆡ여 반이 ᄒᆞ여 가게 ᄒᆞ고, 일변 밥을 지촉ᄒᆞ여 맛치ᄆᆡ, 쇼시 무리 품ᄒᆞᄃᆡ 믈건 반운ᄒᆞᆫ 거시 다 되어시니 공쥬는 힝ᄎᆞᄒᆞ시【50】믈 쳥ᄒᆞᆫ다 ᄒᆞ거ᄂᆞᆯ, 요홰 의복을 곳쳐 닙고 ᄉᆞ기 비ᄌᆞ도 일졔히 쟝속ᄒᆞ고 옹위(擁衛)ᄒᆞ여 팔인ᄃᆡ교(八人大轎)의 오ᄅᆞᄆᆡ, 발을 드리지 아니코 비녀 무리는 챠ᄅᆞᆯ 타고 뒤흘 ᄯᆞᄅᆞ며, ᄉᆞ기 쇼시는 ᄆᆞᆯ을 타고 젼도(前導)ᄒᆞ고, 경령쟝교(京營將校) 무리 경략쟝군(經略將軍)의 집ᄉᆞ(執事)로 파뎡ᄒᆞ여 젼챠후옹(前遮後擁)ᄒᆞᄆᆡ 위의 일로의 덥혓ᄂᆞᆫ지라. 륙가삼시(六街三市)의 관광지인(觀光之人)이 칙칙칭찬(嘖嘖稱讚)ᄒᆞ여 니ᄅᆞᄃᆡ,

"져 년쳔(年淺)ᄒᆞᆫ 공쥐 경략쟝군이 되어 군ᄉᆞᄅᆞᆯ 거ᄂᆞ리고 츌뎡ᄒᆞᄂᆞᆫ 거ᄉᆞᆯ 쳐음 보리로다."

겻히 일【51】인이 니로ᄃᆡ,

"너는 보지 못ᄒᆞ엿시려니와 져 년쳔ᄒᆞᆫ 공쥐 무예 졀등ᄒᆞ여 젼일 경령 닋의셔 ᄲᆞ셔온 무예 잘ᄒᆞᄂᆞᆫ 쟝관ᄇᆡ(將官輩) 황샹 면젼의 잇셔 공쥬로 더브러 비교ᄒᆞᄂᆞᆫᄃᆡ, 쟝관 무리ᄅᆞᆯ ᄯᆞ려 두면(頭面)의 모다 피빗치오 눈망울 가지 련ᄒᆞ여 ᄲᆞ지게 되어시니, 졔가 엇지 경략쟝군이 되지 못ᄒᆞ랴."

ᄒᆞ니, 요홰 교닋(轎內)의셔 드ᄅᆞᄆᆡ 도로혀 우읍고 로샹 ᄉᆞᄅᆞᆷ들이 못닋 흠션ᄒᆞ믈 마지 아니터라. 한 즈음이 못ᄒᆞ여 쟝ᄎᆞᆺ 식집의 니ᄅᆞᆯ시 다만 보니 가로【52】량편의 멈츄어 잇ᄂᆞᆫ 교ᄆᆡ(轎馬) 불계기싊(不計其數)오, ᄯᅩ 보니 ᄉᆞᄅᆞᆷ의 머리가 허다히 비립(排立)ᄒᆞ엿ᄂᆞᆫᄃᆡ, 젼면의셔 보군쟝(步軍將)들이 칫직과 곤쟝을 가져 두다리ᄆᆡ 비로쇼 길이 열니ᄂᆞᆫ지라. 식집 문 어귀의 니ᄅᆞ러 문루 우흐로 드러가니 영졉ᄒᆞᄂᆞᆫ 남네 다시 여러히 모혀 열요(熱鬧)ᄒᆞᄃᆡ 어ᄃᆡ셔 온 쥴은 아지 못ᄒᆞᆯ지라. 요홰 인ᄒᆞ여 령ᄉᆞᄅᆞᆯ 분부ᄒᆞ여 각인의 드리ᄂᆞᆫ 바 명텹을 일일이 긔록게 ᄒᆞ고, 바야흐로 교ᄌᆞ의 나리ᄆᆡ, 홀연 ᄉᆞ오개 남루ᄒᆞᆫ 모양으로 구걸ᄒᆞᄂᆞᆫ【53】녀인이 교ᄌᆞ 압희, ᄭᅮ러 부ᄅᆞ지ᄌᆞ며 니로ᄃᆡ,

"쳥컨ᄃᆡ 공쥬ᄂᆞᆫ 명을 구ᄒᆞ여 달나."

ᄒᆞ거ᄂᆞᆯ, 요홰 두뢰(頭腦)ᄅᆞᆯ 아지 못ᄒᆞ여 놀나 드ᄃᆡ여 쟝ᄉᆞᄅᆞᆯ 블너 교ᄌᆞ 압희 셰우고 무ᄅᆞᄃᆡ,

"져 무리 엇던 사ᄅᆞᆷ이완ᄃᆡ 여긔 잇셔 구ᄒᆞ여 쥬믈 쳥ᄒᆞᄂᆞ냐?"

쟝식 ᄃᆡ답ᄒᆞᄃᆡ,

"져 몟집 부녀는 젼일 긱시(客氏)의 집 문 보던 사ᄅᆞᆷ이라. 긱시의 가구가 흠긔 졍법(正法)ᄒᆞ고 방옥을 쵸몰(抄沒)ᄒᆞᄆᆡ 져 무리 치신(置身)ᄒᆞᆯ 곳이 업셔 인ᄒᆞ여 대문 밧긔 잇셔 익과(挨過) ᄒᆞ더니, 이졔 이 방옥이 임의 공【54】쥬의 긔업(基業)이 되어시ᄆᆡ, 쇼지(小知) 져무리ᄅᆞᆯ 용납ᄒᆞ여 이곳의 잇지 못ᄒᆞ게 ᄒᆞᄂᆞᆫ 고로 그리ᄒᆞᆫ다."

ᄒᆞ거ᄂᆞᆯ, 요홰 니로ᄃᆡ,

"임의 져런 연유가 이시면 미리 구츅(驅逐)ᄒᆞᆯ 거시오, 혹ᄌᆞ 져의 등이 의지ᄒᆞᆯ 곳이 업ᄂᆞᆫ 거ᄉᆞᆯ 익련(哀憐)ᄒᆞᄂᆞᆫ 의ᄉᆡ 이시량이면 ᄯᅩᄒᆞᆫ 너게 품ᄒᆞᆯ 거시어ᄂᆞᆯ, 이졔 너가 교ᄌᆞ의 나리지 못ᄒᆞ여셔 져 무리 감히 당돌히 구니, 도시 너의 무리 긔ᄀᆞᆺ튼 관원이 판리ᄒᆞ기ᄅᆞᆯ 잘못ᄒᆞᆫ 쇼치라. 이 죄는 결연이 용셔치 못ᄒᆞ리로다."

쟝식 공쥬의 ᄃᆡ로ᄒᆞ믈【55】보ᄆᆡ 련망히 ᄭᅮ러 관을 벗고 요ᄃᆡ(饒貸)ᄒᆞ여 쥬믈 구ᄒᆞ니, 요홰 ᄭᅮ지져 물니치고 바야흐로 교ᄌᆞ의 나ᄆᆡ, 쟝ᄉᆞ 등이 급히 몸을 굴녀와셔 ᄶᅩᄎᆞ려 ᄒᆞᄃᆡ 져 부녀 등이 ᄯᅩ 고함ᄒᆞᄂᆞᆫ지라. 요홰 몸을 도로혀 쟝ᄉᆞ의게 분부ᄒᆞᄃᆡ,

"너 임의 아라시니 나의 쳐치ᄒᆞ기ᄅᆞᆯ 기ᄃᆞ리고 네 쳔ᄌᆞ(擅恣)히 쥬쟝은 못ᄒᆞ리라."

쟝ᄉᆞᄇᆡ 응락ᄒᆞ고 물너가더라. 요홰 뎨이층 쳥당의 니ᄅᆞ니 십분 아졍ᄒᆞ고 ᄯᅩ 뎨 삼층의 니ᄅᆞ니 더옥 고ᄃᆡ(高大)ᄒᆞ고 굉창(宏敞)ᄒᆞᆫ지라. 도시 칠팔간식 되ᄂᆞᆫᄃᆡ 원락(院落)이 심슈(深邃)ᄒᆞ여 화원 긔샹이 잇고, ᄯᅩ 루방(樓房)을 슈리ᄒᆞᆫ 거시 그림과 ᄀᆞᆺ고, 포진졔구(鋪陳諸具)와 응용즙믈(應用什物)이 구비ᄒᆞᆫ지라. 드ᄃᆡ여 쟝기덕 다려 무ᄅᆞᄃᆡ,

"여긔 잇ᄂᆞᆫ 거시 다 갑ᄉᆞᆯ 쥬고 판비ᄒᆞ엿ᄂᆞ냐?"

쟝기덕이 품ᄒᆞᄃᆡ, 우리 아올나 갑ᄉᆞᆯ 쥬고 판리ᄒᆞᆫ 거시 아니라 ᄒᆞ니, 요홰 니로ᄃᆡ,

"그러ᄒᆞ면 어ᄃᆡ셔 낫ᄂᆞ냐?"

기덕이 니로되,

"노지 방ᄌ 쟝ᄉ다려 무러보니 졔 말이 당일의 긱시(客氏)의 방옥을 쵸몰(抄沒)ᄒᆞᆯ 【57】 써의 가ᄉ(家舍)ᄂᆞᆫ 발미(發賣)가 아니되고, 잇ᄂᆞᆫ 바 믈건을 다만 의구히 봉쇄(封鎖)ᄒᆞ여 두고 다만 치부의 올여 두엇더니, 쟉일의 쟝시 본부의가 쳥ᄒᆞ여 올 ᄶᅵ의 믈건가지 아올나 교뷔(交付)되여 그러므로 뻐 긔명(器皿)과 즙믈(什物)이 미오 부죡ᄒᆞ고, 이삼 층 집속의 잇든 바 긔믈은 공쟝이 슈리ᄒᆞ믈 인ᄒᆞ여 셔실(闕失)될가 두려 모다 디루 우히 봉치(封置)ᄒᆞ엿다 ᄒᆞ거놀, 요홰 니로되,

"황샹의 은젼이 여텬(如天)ᄒᆞ시도다. 방옥 갑도 미오 쟝ᄒᆞᆯ 거시어ᄂᆞᆯ 도로혀 유치(留置)ᄒᆞᆫ 【58】 믈건이 혜건되 방옥 갑의셔 빈승(倍勝)ᄒᆞ리로다. 가히 쟝ᄉ로 ᄒᆞ여곰 치부칙(置簿冊)을 가져다가 ᄉ실(査實)케 ᄒᆞ라."

기덕이 답응ᄒᆞ고 나가더니 드러와 품ᄒᆞ되,

"쟝시 공쥬룰 쳥ᄒᆞ여 젼챵(前廠)의 니ᄅᆞ러 품ᄒᆞᆯ 말이 잇다."

ᄒᆞ거ᄂᆞᆯ 요홰 비녀롤 다리고 젼창의 나오나, 쟝시 슈즁의 큰 명텹을 밧드러 가지고 품ᄒᆞ여 니로되,

"친왕 죠(趙) 송(宋) 량위게셔 명텹(名帖)을 보니여 안부ᄒᆞ고, 아올나 치하ᄒᆞᄂᆞᆫ 례단을 보니고 기외의 ᄯᅩ 각기 궁녀 ᄉ명식 보니여시니, 밧고 아【59】니 밧기ᄂᆞᆫ 공쥬의 쳐분을 기다리ᄂᆞ다."

ᄒᆞ거ᄂᆞᆯ 요홰 니로되,

"죠송 량왕은 우리 당형뎨(堂兄弟)니 반드시 긱투(客套)롤 쓰지 말고 밧ᄂᆞᆫ 거시 ᄉ리의 당연ᄒᆞ고, 온 사ᄅᆞᆷ을 션되(善待)ᄒᆞ고 샹급ᄒᆞ여 보니라."

ᄒᆞ니, 쟝시 답응ᄒᆞ고 ᄯᅩ 열아홉 집 군왕의 명텹을 드리고 각기 례믈이 잇다 ᄒᆞ거ᄂᆞᆯ, 요홰 니로되,

"군왕들은 쇼원ᄒᆞᆫ 터이니 례믈 밧ᄂᆞᆫ 거시 편치 못ᄒᆞᆫ지라. 가히 회ᄉᄒᆞᄂᆞᆫ 명텹을 쓰고 일병 믈건은 도로 보내라."

령시 답응ᄒᆞ고 ᄯᅩ 외쳑과 니각(內閣) 【60】과 륙부(六部)와 구경(九卿)과 한쳠과도(翰詹科道)[178] 각(各) 죠신(朝臣)의 명텹을 올녀 안부롤 쳥ᄒᆞ거ᄂᆞᆯ, 요홰 니로되,

"모다 슈고된다 말ᄒᆞ라."

ᄒᆞ고 쟝시 ᄯᅩ 니로되,

"경령(京營) 중 오군문(五軍門)과 이십ᄉ위(二十四衛) 무변들이 명텹으로 문안ᄒᆞᆫ다."

ᄒᆞ거ᄂᆞᆯ 요홰 니로되,

"져의 등이 모다 오기ᄂᆞᆫ 무어ᄉᆞᆯ 위ᄒᆞ미냐?"

쟝시 되답ᄒᆞ되,

"드ᄅᆞ니 져의 등 말이 이월 이십일의 셩지롤 밧드러 크게 렬무(閱武)ᄒᆞ신다 ᄒᆞ며, 금일의 병부의셔 지휘가 왓시되 황샹의 명의(命意)가 공쥬로 ᄒᆞ여곰 되신 렬무ᄒᆞ게 【61】 ᄒᆞ시니, 청컨되 그날의 군ᄉ롤 졈고ᄒᆞᆫ다."

ᄒᆞ거ᄂᆞᆯ, 요홰 니로되,

"셩지가 나려 계시냐, 아니ᄒᆞ엿ᄂᆞ냐?"

쟝시 한 귀졀 말을 ᄒᆞ여 닉니 필경 셩지가 나렷ᄂᆞᆫ지 하회의 분히ᄒᆞ라.

---

178) 【한쳠과도(翰詹科道)】 翰은 翰林院을, 詹은 詹事府를, 科는 六科給事中을, 道는 各道御史를 각각 약칭한 것이다. 따라서 六部 九卿 翰詹科道는 淸代의 관직을 총칭한 것이다. ‖ ᄯᅩ 외쳑과 니각과 륙부와 구경과 한쳠과도 각 죠신의 명텹을 올녀 안부롤 쳥ᄒᆞ거ᄂᆞᆯ <瑤華 9:60>

18
유ᄉ뎨음심필로 요화지고장츙영
遊賜第淫心畢路 繳貨財庫藏充盈

각셜, 요홰 셩지가 나리시믈 무ᄅ미 쟝시 딕답이 아직 나리지 아니ᄒ엿다 ᄒ거늘, 요홰 니로딕,

"셩지가 나리기를 기ᄃ려 다시 와셔 문안ᄒᄂ 거시 더 【62】 딕지 아니커늘, 엇지 져러틋 분망히 구ᄂ냐?"

욱니 겻히 잇셔 니로딕,

"져 무변 등이 리히되ᄂ 줄을 알미 그러므로 뼈 감히 티만치 못ᄒ다."

ᄒ거늘, 요홰 쟝ᄉ의게 분부ᄒ여 니로딕,

"도시 나를 딕신ᄒ여 슈고ᄒ다 말ᄒ라."

쟝시 답응ᄒ고 ᄯ 품ᄒ딕,

"공쥐 치부칙을 보시려 ᄒ나 다만 그 칙이 두 샹ᄌ의 가득ᄒ니 렬남ᄒ시려 ᄒ면 오릴지라. 이졔 목록칙이 잇셔 몬져 밧치오니, ᄉ실ᄒ여 보와 만일 한 가지를 가져다가 드리라 ᄒ시면 쟝칙을 【63】 밧치리라."

ᄒ니, 요홰 니로딕,

"그리 ᄒ라."

ᄒ고, 쟝기덕으로 ᄒ여곰 목록칙을 거두게 ᄒ고, 인ᄒ여 대루하의 니ᄅ러 좌뎡ᄒ고 그 칙자를 가져 번렬(飜閱)ᄒ여 보니, 뎨일건이 믄득 방옥인딕, 일곱 곳이 통계ᄒ여 이쳔 오빅 칠십 간이라. 요홰 믹영을 딕ᄒ여 니로딕,

"져쳐로 커셔 무엇ᄒ랴. 몟 분의셔 일분만 나를 쥰다 ᄒ여도 니로 다 거졉지 못ᄒ고, 도로혀 방셰젼(房貰錢)이나 취ᄒ여 쓰리라."

믹영이 니로딕,

"공쥐 쟝닉 ᄉ업이 커질 거시니 져만이나 ᄒ【64】여야 가히 칭당(稱當)이 되리라."

ᄒ고, 요홰 ᄯ 한 편을 번렬ᄒ니 목긔문(木器門)이 잇시딕, 통공(統共)ᄒ여 삼만 팔쳔 오빅 ᄉ십일 건이라. 이의 웃고 믹영을 딕ᄒ여 니ᄅ딕,

"져 목긔(木器)를 보라. 너의 등이 싀집갈 긔명을 련ᄒ여 져치(貯置)ᄒ엿나 보도다."

여러 비ᄌ 등이 모다 우음을 니ᄅ혀 닉고, 쟝기덕이 와셔 품ᄒ딕,

"져 로부녀(老婦女) 등이 젼쳥(前廳)의 잇셔 ᄉ후ᄒ니, 공쥬게셔 엇지 쳐치ᄒ실지? 쟝ᄉ 등이 드러와 쳥ᄒ다."

ᄒ거늘, 요홰 니로딕,

"닉 도로혀 이젓도다."

ᄒ고, 쇼란을 【65】 딕ᄒ여 니로딕,

"너의 등이 다시 닙지 아니ᄒᆯ 의복을 가져다가 각기 져 무리를 한 벌식 쥬어 닙게 ᄒ고 다리고 드러오면, 닉 져의 다려 무를 말이 잇ᄂ니라."

쇼란이 믄득 가셔 ᄎᄌ 보고, 믹영이 니로딕,

"져 노부 무리 블과 긱시의 슈해되여 문직희던 복뷔라. 공쥐 져로 더브러 셔로 아지 못ᄒ거늘 무슨 말이 잇셔 져다려 무ᄅ려 ᄒᄂ뇨?"

요홰 니로딕,

"져의 등이 방ᄌ 문밧긔셔 한바탕 혼동을 ᄒ니, 무슨 연고로 그리ᄒ지 아지 못ᄒ여 져의 다려 【66】 한번 명빅히 무ᄅ리라."

졍히 말ᄒ미 쇼란이 낡은 의복을 죠검ᄒ여다가 쟝기덕으로 ᄒ여곰 분급ᄒ게 ᄒ고, ᄯ 보니 쥬쳥딕 품ᄒ딕,

"령ᄉ 등이 와셔 고ᄒ기를 량위 친왕의 보닉신 팔개 궁녜 드러와 비현ᄒ기를 쳥ᄒ다 ᄒ며, 공쥬게셔 아올라 어닉 곳으로 각기 분별ᄒ여 보닉실는지 쳐분을 바란다."

ᄒᆞ거ᄂᆞᆯ 요홰 블너 드리라 ᄒᆞ니, 져 무리 드러와 일졔히 고두ᄒᆞ고 반렬을 난호와 셔거ᄂᆞᆯ, 요홰 몬져 좌변 ᄉᆞ인을 보【67】니, 다만 일인만 면뫼 쳥슈ᄒᆞ고 기여 삼인은 도시 무용지인(無用之人)이오, 우변 ᄉᆞ인은 도로혀 좌변만 ᄀᆞᆽ지 못ᄒᆞᆫ지라, 년긔ᄂᆞᆫ 모다 십 셰(十歲) ᄂᆡ외오 븕은 허리의 ᄌᆞ른 목이 쳐녀 모양 ᄀᆞᆽ지 아닌지라. 드ᄃᆡ여 무ᄅᆞᄃᆡ,

"어ᄂᆡ ᄉᆞ인이 죠왕부(趙王府)의셔 왓ᄂᆞ냐?"

좌편의셔 ᄃᆡ답ᄒᆞᄃᆡ, 비자 등이라 ᄒᆞ거ᄂᆞᆯ, 머리ᄅᆞᆯ 도로혀 우편다려 무ᄅᆞᄃᆡ,

"너의 등이 송왕부즁(宋王府中)의셔 왓ᄂᆞ냐?"

모다 답응ᄒᆞ거ᄂᆞᆯ, 무ᄅᆞᄃᆡ,

"너의 무리 왕부즁의 잇셔 평일의 무ᄉᆞᆫ 직분을 ᄒᆞ엿ᄂᆞ냐?"

좌변지(左邊的)[179] 품ᄒᆞ여 【68】 니로ᄃᆡ,

"비ᄌᆞ 등이 어려셔브터 군쥬 궁즁의 잇셔 ᄉᆞ후ᄒᆞ다가 장ᄃᆡᄒᆞᆫ 후의 각항 ᄉᆞ역을 ᄎᆞ졍(差定)ᄒᆞ엿고, 왕야게셔 공쥐 다리고 온 사ᄅᆞᆷ이 젹은 쥴을 아ᄅᆞ시고, 그러므로 ᄲᅧ 보ᄂᆡ여 ᄉᆞ후케 ᄒᆞᆫ다."

ᄒᆞ고, 우변지 니로ᄃᆡ,

"비ᄌᆞ 등은 도시 궁즁의 잇셔 왕비ᄅᆞᆯ ᄉᆞ후ᄒᆞ엿다."

ᄒᆞ니 요홰 니로ᄃᆡ,

"ᄆᆡ오 죠토다. 만히 너의 무리 왕야의 비심(費心)ᄒᆞ신 거ᄉᆞᆯ 이어 여등을 발숑(撥送)ᄒᆞ여 나ᄅᆞᆯ ᄃᆡ신ᄒᆞ여 분망ᄒᆞ믈 겻들게[180] ᄒᆞ시도다. 좀간 나가 헐식ᄒᆞ면 ᄂᆡ 각기 ᄉᆞ 【69】 역 시길 거ᄉᆞᆯ ᄉᆡᆼ각ᄒᆞ여 너의 무리로 승당(承當)케 ᄒᆞ리라."

팔ᄀᆡ 궁녜 답응ᄒᆞ거ᄂᆞᆯ 인ᄒᆞ여,

"쥬청ᄃᆡ로 ᄒᆞ여곰 져 무리ᄅᆞᆯ 다리고 나아가 하향을 시겨 팔인의 명ᄧᆞᄅᆞᆯ 버려오게 ᄒᆞ라."

청ᄃᆡ 응락ᄒᆞ고 닛그러 나가더라.

요홰 ᄆᆡ영을 ᄃᆡᄒᆞ여 니로ᄃᆡ,

"져 팔ᄀᆡ 즁의 다만 일ᄀᆡᄂᆞᆫ 가히 ᄡᅳᆯ 만ᄒᆞ고, 칠ᄀᆡᄂᆞᆫ 다만 쥬방과 셰답방(洗踏房)의 ᄉᆞ역ᄒᆞ게 ᄒᆞ리라."

ᄆᆡ영이 ᄃᆡ답ᄒᆞᄃᆡ,

"져 량위 왕애 ᄆᆡ오 분슈의 부족ᄒᆞ시기로 져 모양 인믈을 모다 파뎡ᄒᆞ여 왕비와 【70】 군쥬ᄅᆞᆯ ᄉᆞ후케 ᄒᆞ시도다."

니운이 ᄯᅡ라 니로ᄃᆡ,

"져 왕야 무리 다만 분명치 못ᄒᆞᆯ ᄲᅳᆫ 아니라 도로 죠흔 음식도 먹지 못ᄒᆞ엿시리라."

쇼란이 무ᄅᆞᄃᆡ,

"네 엇디 아ᄂᆞ냐?"

니운이 니로ᄃᆡ,

"져 팔ᄀᆡ의 모양을 보지 못ᄒᆞ엿ᄂᆞ냐? 개개히 졋ᄭᅩᆨ지가 놉고 셩음이 츄솔(麤率)ᄒᆞ고, 눈셥이 허여졋시니 도로혀 쳐녀 모양 ᄀᆞᆽ트냐?"

요홰 니로ᄃᆡ,

"너ᄂᆞᆫ 굿치라. 이ᄂᆞᆫ 계집ᄋᆞ희[181] ᄒᆞᆯ 말이 아니니라."

니운이 실언ᄒᆞᆫ 쥴 ᄭᆡᄃᆞᆺ고 ᄲᅣᆷ이 븕어지며 한편으로 믈너가더라. 요홰 인ᄒᆞ여 【71】 슈힝 부ᄉᆞ의게 젼령ᄒᆞ여,

"이졔 쥬방 ᄂᆡ의 ᄎᆞ역(差役)ᄒᆞᄂᆞᆫ 이가 엇던 사ᄅᆞᆷ이며, 가히 져 궁녀 팔인을 어ᄂᆡ 곳으로 파뎡ᄒᆞ여 보ᄂᆡᆯᄂᆞᆫ지 하향과 ᄀᆞᆽ치 침작(斟酌)ᄒᆞ기ᄅᆞᆯ 타당이 ᄒᆞᆫ 후의 단ᄌᆞ의 버려ᄂᆡ여 ᄂᆡ가 보게 ᄒᆞ라."

기덕이 텽령(聽令)ᄒᆞ고 나가더니, 뒤죠ᄎᆞ

---

179) 【-지】 접 -지(的). -하는 사람. -이. '的'은 우리말 한자음으로 읽으면 '적'으로 읽히지만 중국어로는 '더(de)' 또는 속음으로 '디'로 읽힌다. '디'가 다시 '지'로 바뀌었다. 참고로 중국어의 '的'자에는 '- 하는 사람' '- 이'란 뜻이 담겨 있다. 예컨대 현대 중국어에서 '擦皮鞋的' 하면 '구두닦이', '送信的'하면 '우체부'란 뜻이다. '看報的'하면 '신문 보는 사람'이란 뜻이다. ¶ 的 ‖ 좌변지 품ᄒᆞ여 니로ᄃᆡ (左邊的稟道.) <瑤華 9:67> 완날지 (瓦剌的) <禪眞 19:42> ᄃᆡ범 ᄆᆡᄉᆞ지와 밋 치연식과 ᄆᆡ니화 노리ᄒᆞᄂᆞᆫ ᄌᆡ 각부와 쥬현으로 도라ᄃᆡᆼ기며 (凡賣賽的以及那踩的, 賣梨花的, 遊客各府州縣.) <綠牡 1:42>

180) 【겻들다】 동 거들다. 편들다. ¶ 幇忙 ‖ ᄆᆡ오 죠토다 만히 너의 무리 왕야의 비심ᄒᆞ신 거ᄉᆞᆯ 이어 여등을 발숑ᄒᆞ여 나ᄅᆞᆯ ᄃᆡ신ᄒᆞ여 분망ᄒᆞ믈 겻들게 ᄒᆞ시도다 (好得狠, 多承你們王爺費心, 撥你們來替我幇忙.) <瑤華 9:68> ⇒ 겻두다, 겻드-, 쪄들다

181) 【계집ᄋᆞ희】 명 계집아이. ¶ 女兒家 ‖ 너ᄂᆞᆫ 굿치라 이ᄂᆞᆫ 계집ᄋᆞ희 ᄒᆞᆯ 말이 아니니라 (你這丫頭的嘴也太快了, 這樣話都大聲的講, 且也不是你女兒家說的.) <瑤華 9:70>

오기 노부녀(老婦女)롤 다리고 드러와 비현ᄒᆞ고 한가의 셔 이시니, 요홰 ᄌᆞ셰히 보ᄆᆡ 그 쟝쇽ᄒᆞ미 건쟝ᄒᆞ여 친왕부의셔 보닌 궁녀와 ᄀᆞᆺ지 아니ᄒᆞᆫ지라. 기즁의 일인은 가쟝 늙고 두 ᄀᆡᄂᆞᆫ 즁년짐 되고, ᄯᅩ 두 ᄀᆡᄂᆞᆫ 이 【72】 십 세의 넘지 못ᄒᆞᆫ지라. 요홰 그 로고(老姑)다려 무ᄅᆞᄃᆡ,

"너의 무리 오인이 한 집 사ᄅᆞᆷ이냐? 도로혀 몃 집 ᄉᆞᄅᆞᆷ이 되ᄂᆞ냐?"

노괴 ᄃᆡ답ᄒᆞᄃᆡ,

"본ᄃᆡ 셰 집 사ᄅᆞᆷ이니, 노괴 져 분홍 오ᄌᆞ 닙은 거ᄉᆞ로 더브러 고식(姑息)이 되ᄂᆞᆫᄃᆡ, 제 셩은 쟝(張)이오 져 량ᄀᆡ 즁년(中年)된 이ᄂᆞᆫ 져의 셔로 동셔항렬(同壻行列)이니 져의 집 셩은 나(羅)오, 져 나히 가쟝 어리고 록쥬비ᄌᆞ(綠綢褙子) 닙은 이ᄂᆞᆫ 황귀(黃貴)의 쳐지라. 노녀 등의 남ᄌᆞ 되ᄂᆞᆫ 이ᄂᆞᆫ 모다 졍법(正法)ᄒᆞ믈 당ᄒᆞ고, 젼브터 도시 노죠태태쳔셰(老祖太太千歲) 부즁의 노복이 【73】 라 ᄒᆞ니, 요홰 니ᄅᆞᄃᆡ,

"누구롤 무ᄉᆞᆫ 노죠태태쳔셰라 부ᄅᆞᄂᆞ냐?"

노괴 ᄃᆡ답ᄒᆞᄃᆡ,

"문득 이 집 젼 쥬인이라."

ᄒᆞ거ᄂᆞᆯ, ᄆᆡ영이 니ᄅᆞᄃᆡ,

"너ᄂᆞᆫ 다만 ᄀᆡᆨ시(客氏)라고 말ᄒᆞ라."

요홰 니ᄅᆞᄃᆡ,

"ᄀᆡᆨ시가 블과 션황뎨의 일개 유뫼어ᄂᆞᆯ, 엇지 져 모양 존ᄃᆡᄒᆞᄂᆞᆫ 칭호 잇ᄂᆞ냐? 져거시 가히 우읍고, 졔가 무ᄉᆞᆫ 죄롤 당ᄒᆞ엿나냐?"

로괴 눈믈을 드리오며 니ᄅᆞᄃᆡ,

"쳐참ᄒᆞ믈 닙엇다."

ᄒᆞ거ᄂᆞᆯ 요홰 니ᄅᆞᄃᆡ,

"니런 형육 당ᄒᆞᆫ 거시 고이치 아니토다. 너의 등이 져 모양 사ᄅᆞᆷ의 집의 오ᄅᆡ 잇 【74】 셧ᄂᆞᆫ지라. ᄂᆡ 굿ᄐᆞ여 너의 무리롤 머믈고ᄌᆞᄂᆞᆫ 아니ᄒᆞ나 다만 보기의 여등이 빈궁 고독ᄒᆞᄆᆡ 믄득 블인ᄒᆞ여 머므ᄅᆞ려 ᄒᆞᄂᆞ니 너 로고와 져 즁년 되ᄂᆞᆫ 량인으로 ᄀᆞᆺ치 여젼이 ᄃᆡ문의 잇셔 죠응(照應)ᄒᆞ게 ᄒᆞ며, 져 즁년 되ᄂᆞᆫ 것들이 ᄀᆡ가(改嫁)ᄒᆞ려 ᄒᆞ거든 가히 쟝ᄉᆞ비의게 분부ᄒᆞ여 부즁의셔 관ᄉᆞᄒᆞᄂᆞᆫ ᄉᆞᄅᆞᆷ 즁의 갈히여 셔로 ᄧᆞᆨᄒᆞ게 ᄒᆞ고, 부외의 한가한 ᄉᆞᄅᆞᆷ의게ᄂᆞᆫ ᄉᆡ집가게 말고, 너의 량ᄀᆡ 젹은 식부(息婦)ᄂᆞᆫ 좀간 이 쇽의 잇셔 몃칠 동안의 【75】 나롤 복시(伏侍)ᄒᆞ다가 ᄂᆡ가 발힝ᄒᆞᆯ ᄯᅢ의 다시 구쳐(區處)ᄒᆞ여 쥬리라.

오개 부녜 모다 고두 ᄉᆞ은ᄒᆞ거ᄂᆞᆯ 드ᄃᆡ여 쟝기덕으로 ᄒᆞ여곰 쟝ᄉᆞ의게 지휘ᄒᆞ여 져 삼인을 몬져 낫그러 ᄂᆡ여 가게 ᄒᆞ고, 뎐ᄉᆡᆨ이 오히려 니ᄅᆞᄆᆡ, 요홰 후변(後邊)으로 가 여러 방옥을 순힝ᄒᆞ여 보고ᄌᆞ ᄒᆞ거ᄂᆞᆯ, ᄆᆡ영이 니ᄅᆞᄃᆡ,

"모롬즉이 쟝ᄉᆞ롤 블너 인도ᄒᆞᆯ 거시니, 그러치 아니면 로경(路徑)을 알 길히 업다."

ᄒᆞ거ᄂᆞᆯ 요홰 니ᄅᆞᄃᆡ,

쟝ᄉᆞ로 거힝ᄒᆞᄂᆞᆫ 거ᄉᆞᆫ 편치 못ᄒᆞ다 ᄒᆞ니, 져 량ᄀᆡ 젹은 【76】 식뷔 니ᄅᆞᄃᆡ,

"비ᄌᆞ 등이 어려셔 브터 이곳의 잇셔 쟝ᄃᆡ(長大)ᄒᆞ여시니 가히 인도ᄒᆞ리라."

ᄒᆞ거ᄂᆞᆯ, 요홰 니ᄅᆞᄃᆡ,

"ᄆᆡ오 죠코 너의 여러 사ᄅᆞᆷ은 반ᄃᆞ시 모다 아지 못ᄒᆞᆯ지라. 외간의 일이 잇실가 두리ᄂᆞ니, 다만 ᄆᆡ영만 나롤 ᄯᆞ라 가게 ᄒᆞ라."

즁인이 답응ᄒᆞ고 ᄆᆡ영이 의복을 곳치려 ᄒᆞ거ᄂᆞᆯ, 요홰 니ᄅᆞᄃᆡ,

"ᄆᆡ거ᄒᆞᆫ ᄋᆞ히가 ᄉᆞᄉᆞ로 ᄌᆞ긔 집 쇽의 잇ᄂᆞᆫ 쥴노 혬ᄒᆞᆯ 거시니 무ᄉᆞᆫ 의복을 곳쳐 닙으랴."

황귀 식뷔 품ᄒᆞᄃᆡ,

"비지 몬져 가 져 곳의 가히 잡된 사ᄅᆞᆷ이 잇ᄂᆞᆫ 【77】 지 몬져 도라보고 다시 공쥬롤 쳥ᄒᆞ여 가시게 ᄒᆞ리라."

요홰 그리 ᄒᆞ라 ᄒᆞ더니, 간 지 언마 못ᄒᆞ여 다만 보니 호아가 식뷔 다라오며 니ᄅᆞᄃᆡ,

"모다 도라보ᄆᆡ 한가ᄒᆞᆫ ᄉᆞᄅᆞᆷ은 업고 비ᄌᆞ의 ᄉᆡᆼ각의 각쳐로 단이며 보시려 ᄒᆞ시면 두리건ᄃᆡ 그쳐로 것지 못ᄒᆞᆯ지라. 특별이 일량 챠롤 ᄃᆡ령ᄒᆞᆯ 거시니, 이거시 져 쥬인 잇실 ᄯᅢ의 ᄆᆡᆫ든 바로 격식이 심히 죠타."

ᄒᆞ거ᄂᆞᆯ 요홰 ᄯᅩ 니ᄅᆞᄃᆡ,

"너ᄂᆞᆫ 미러와 나롤 보게 ᄒᆞ라."

져 식뷔 ᄲᆞᆯ니 가 미러 졍즁의 니ᄅᆞᄆᆡ 즁【78】 인이 한번 보니, 과연 졔죠(製造)ᄒᆞᆫ 거시 영롱(玲瓏)ᄒᆞ고 미러 ᄀᆞᄂᆞᆫ ᄯᅢ의 졍졍당당(叮叮璫璫)ᄒᆞᄂᆞᆫ 쇼ᄅᆡ 완연이 ᄉᆞ면[삼현](三絃) 알외ᄂᆞᆫ 것 ᄀᆞᆺ고, ᄯᅩ 보니 기즁의 쇼쇼ᄒᆞᆫ 가루 질닌 남기 만흔ᄃᆡ, 모다 활동이 되고, 손 붓드ᄂᆞᆫ 판목(板木)은 가히 올니면 오ᄅᆞ고 나리면 나릴지라. 그 분슈(分數)롤 일인도 ᄭᆡᄃᆞᆺ지 못ᄒᆞ거ᄂᆞᆯ, 쟝가 식뷔 겻흐로 죠ᄎᆞ 니ᄅᆞᄃᆡ

"쳥컨ᄃᆡ, 공쥬ᄂᆞᆫ 챠의 오ᄅᆞ시면 비ᄌᆡ 노샹의셔 품ᄒᆞ여 아ᄅᆞ시게 ᄒᆞ리라."

요홰 안ᄌᆞᄆᆡ 넉넉ᄒᆞ여 여디가 잇ᄂᆞᆫ지라. 드ᄃᆡ여 ᄆᆡ영을 블너 안치ᄃᆡ 【79】 오히려 좁지 아니커ᄂᆞᆯ, 황가 식부ᄂᆞᆫ 미러 어거ᄒᆞ고, 쟝가 식부ᄂᆞᆫ 챠 가의 안졋ᄂᆞᆫᄃᆡ 졍뎡당당ᄒᆞ며, 겻문으로 죠ᄎᆞ 미러 븍편을 바라고 향ᄒᆞ여 갈ᄉᆡ, 요홰 말을 무ᄅᆞᄃᆡ, 쟝가 식뷔 심히 ᄌᆞ셔히 듯지 못ᄒᆞ니, ᄃᆡ개 져 믈건이 쇼ᄅᆡ나믈 인ᄒᆞ여 그러므로 ᄲᅧ 듯ᄂᆞᆫ 거시 명ᄇᆡᆨ지 못ᄒᆞᆫ지라. 다만 보니 쟝식뷔 챠의 나려 챠 뒤흐로 죠ᄎᆞ 고동[182]을 잡아 한번 누ᄅᆞᄆᆡ 그 ᄀᆞᄂᆞᆫ 쇼ᄅᆡ가 모다 긋치ᄂᆞᆫ지라. ᄆᆡ영이 니로ᄃᆡ,

"이 챠ᄅᆞᆯ 공부(工夫) 드린 거시 실노이 경교ᄒᆞ도다."

요 【80】 홰 무ᄅᆞᄃᆡ,

"가즁(家中)의 잇셔 타ᄂᆞᆫ 쇼ᄎᆞᄅᆞᆯ 엇지 져러ᄐᆞᆺ 경교ᄒᆞ게 ᄒᆞ엿ᄂᆞ냐?"

쟝식뷔 니로ᄃᆡ,

"비ᄌᆡ 내력(來歷)을 명ᄇᆡᆨ히 품(稟)ᄒᆞ랴 ᄒᆞ나 아지 못게라 공쥐 가히 허락ᄒᆞ시랴?"

요홰 니로ᄃᆡ,

"이곳의셔 다ᄅᆞᆫ ᄉᆞᄅᆞᆷ이 드ᄅᆞ리 업ᄉᆞ니 네가 다만 말ᄒᆞ라."

쟝식뷔 ᄃᆡ답ᄒᆞᄃᆡ,

"이 챠ᄂᆞᆫ 본ᄃᆡ 남ᄌᆡ 계집을 어거ᄒᆞᄂᆞᆫ 여의거(如意車)라 하엿ᄂᆞᆫᄃᆡ, 젼 쥬인이 스ᄉᆞ로 어거ᄒᆞ고 일홈을 곳쳐 호츈쇼식거(好春消息車)라 불넛다."

ᄒᆞ거ᄂᆞᆯ, 요홰 굿ᄐᆞ여 다시 뭇지 아니코 여젼히 모라 한 쳐쇼의 니 【81】 ᄅᆞ니, 슝루(崇樓)와 걸각(傑閣)이 잇ᄂᆞᆫᄃᆡ, 홀연이 놉하지고 홀연이 나져지며 그 ᄉᆞ이의 큰 방도 잇고 젹은 마루도 잇ᄂᆞᆫᄃᆡ, 져 쇼챠가 모다 가히 ᄯᅡ라 구ᄅᆞ며 젼연이 일뎜 구익ᄒᆞ미 업고 동편으로 죠ᄎᆞ 셔편으로 ᄯᅮ러 나아가ᄆᆡ 방옥이 언마가 되ᄂᆞᆫ지 아지 못ᄒᆞ며, 엇더케 졔죠ᄒᆞ엿ᄂᆞᆫ지 아지 못ᄒᆞ여 만일 쳐음 보ᄂᆞᆫ 이ᄂᆞᆫ 반ᄃᆞ시 길을 일흘지라. 요홰 무ᄅᆞᄃᆡ,

"이거ᄉᆞᆫ 무ᄉᆞᆫ 쳐쇠냐?"

쟝식뷔 ᄃᆡ답ᄒᆞᄃᆡ,

"이거ᄉᆞᆫ 셔양ᄃᆡ(西洋臺)라 부ᄅᆞᄂᆞ니, 모다 셔국격식(西國格式)을 방죠(倣造)ᄒᆞ여 지은 거시라."

【82】 ᄒᆞ고, 미뤄여 그 집을 나셔ᄆᆡ, 믄득 화원이 되ᄂᆞᆫ지라. 가산셕등(假山石燈)을 죠ᄎᆞ 구ᄇᆡ구ᄇᆡ 보며 나아갈ᄉᆡ 쟝식뷔 가ᄅᆞ쳐 니로ᄃᆡ,

"이거ᄉᆞᆫ 셕실(石室)인ᄃᆡ 기 즁의 셕샹(石床)과 셕괴(石几)ᄅᆞᆯ 비치ᄒᆞ여 노코 여롬날의 즐기믈 취ᄒᆞᄂᆞᆫ 곳이라."

ᄒᆞ며, 요홰 그 쇽을 죠ᄎᆞ 바라보니 진개 아치(雅致)가 비샹ᄒᆞ고 셕실을 ᄯᅮ러 나오ᄆᆡ, ᄯᅩ 화뤼(花樓) 잇고 다시 화루로 죠ᄎᆞ 말ᄆᆡ암아 ᄯᅩ 가산 우희 오ᄅᆞ니 산 어귀의 일좌 쇼뤼 잇ᄂᆞᆫ지라. 쟝식뷔 가ᄅᆞ치ᄃᆡ,

"이거ᄉᆞᆫ 쟝츈외(暢春塢)라 ᄒᆞ니, 쳥컨ᄃᆡ 공쥬ᄂᆞᆫ 【83】 루의 올나 한번 보라."

ᄒᆞ거ᄂᆞᆯ, 요홰 ᄆᆡ영과 ᄀᆞᆺ치 몬져 힝ᄒᆞ고 량개ᄂᆞᆫ 뒤흘 ᄯᅡ라 루의 오ᄅᆞᄆᆡ, 즁간의 일간은 두머리 량간의 비ᄒᆞ여 슈쳑이나 나져지고 기즁의 목탑(木榻)과 궤안(几案)과 교위(交椅)가 졍졔ᄒᆞ엿ᄂᆞᆫᄃᆡ, 다라 탑샹의 니ᄅᆞ러 한번 보ᄆᆡ, 그 쇽이 ᄇᆡ고 아ᄅᆡ로 향ᄒᆞ여 ᄯᅩ 쇼간 평집[平屋]이 잇시ᄃᆡ, 긴 ᄉᆞ다리 잇셔 가히 ᄲᅧ 탑샹의 니ᄅᆞᆯ 만ᄒᆞᆫ지라. ᄆᆡ영이 니로ᄃᆡ,

"이것도 ᄶᅵ듯지 못ᄒᆞ리로다."

황식뷔 니로ᄃᆡ,

"이거시 즐거오믈 취ᄒᆞᄂᆞᆫ 곳이니, 아ᄅᆡ 져 【84】 방은 남ᄌᆞᄅᆞᆯ 감쵸ᄂᆞᆫ 곳이니라."

ᄒᆞ거ᄂᆞᆯ, 요홰 보니 좌탑 뒤 판벽 우희 일개 톄경(體鏡)을 박아 노왓ᄂᆞᆫᄃᆡ, 기리ᄂᆞᆫ 삼 쳑의 지나지 못ᄒᆞ고 너뷔ᄂᆞᆫ 족히 팔구 쳑이 되ᄂᆞᆫ지라. 무ᄅᆞᄃᆡ,

"져 거울은 무어ᄉᆡ ᄡᅳᄂᆞ냐."

황식뷔 웃고 니로ᄃᆡ,

"무비(無非) 남녀 홍 돕ᄂᆞᆫ ᄉᆞ(思)로 ᄆᆡᆫ든 거시라."

ᄒᆞ거ᄂᆞᆯ, ᄆᆡ영이 니로ᄃᆡ,

"어렵다. 도로혀 ᄌᆞ긔의 더러온 터도ᄅᆞᆯ 가져 모다 빗최여 너게 ᄒᆞᄂᆞ냐?"

---

182) 【고동】 명 고동. 기계를 작동(作動)시키는 장치. ¶ 闊捩子 ‖ 다만 보니 쟝식뷔 챠의 나려 챠 뒤흐로 죠ᄎᆞ 고동을 잡아 한번 누ᄅᆞᄆᆡ 그 ᄀᆞᄂᆞᆫ 쇼ᄅᆡ가 모다 긋치ᄂᆞᆫ지라 (只見張家的下車來, 在車後把闊捩子一扭, 這些事件都不響動了.) <瑤華 9:79>

요홰 우ᄉᆞ며 니로ᄃᆡ,

"져 음란ᄒᆞᆫ 늙은 계집이 죵죠지모(從早至暮)ᄒᆞ려 일편 졍신이 그 일의 ᄶᅥ나【85】지 아니ᄒᆞ엿도다."

ᄒᆞ고, 량개 ᄯᅩ 챠의 올나 져흐로 죠ᄎᆞ 굴너 동븍각(東北角)의 니ᄅᆞ니, ᄯᅩ 일좌 대뤼 잇ᄂᆞᆫᄃᆡ, 죠랑(雕廊)과 화등(畫棟)이 죠요ᄒᆞᆫ지라. 쟝식뷔 챠 뒤희 잇셔 요화ᄅᆞᆯ 향ᄒᆞ여 니로ᄃᆡ,

"이곳은 금은과 의복을 ᄲᅡ하 둔 곳집 다락이라. 져 믈건은 모다 우희 잇다 ᄒᆞ고 ᄯᅩ 져기 남으로 굴너 일개 둥군 문으로 쵸ᄎᆞ 드러가ᄆᆡ, 큰 원락(院落)이 이시ᄃᆡ ᄉᆞ면의 도시 월랑(月廊)이오 ᄆᆡ화 나무ᄅᆞᆯ 두로 심엇고 즁간의 일개 큰 뎡ᄌᆡ 잇고 그 우희 일층 루【86】가 잇시며, ᄉᆞ면 란간(欄杆)의 모다 쟝ᄌᆞ(障子)ᄅᆞᆯ 드리웟ᄂᆞᆫ지라. 그 쇽으로 드러가니 일졀 포진졔구가 잇거ᄂᆞᆯ 황식뷔 니로ᄃᆡ,

"이거ᄉᆞᆫ 젼 쥬인 쇼쟝(梳粧)ᄒᆞᄂᆞᆫ 뎡ᄌᆡ라. 하쳔의 가쟝 량상(凉爽)ᄒᆞ고 루샹의셔 가히 달구경ᄒᆞᆫ다."

ᄒᆞ거ᄂᆞᆯ, 요홰 니로ᄃᆡ,

"ᄌᆞ연 도로혀 가히 ᄲᅧ 남ᄌᆞᄅᆞᆯ 감쵸와 둘만ᄒᆞ도다."

즁인이 모다 우음을 일워ᄂᆡ고, 쟝식뷔 가ᄅᆞ쳐 니로ᄃᆡ,

"져 ᄃᆡ면 월랑 뒤희 한 곳이 이시ᄃᆡ 이거ᄉᆞᆫ 즐거오믈 취ᄒᆞᄂᆞᆫ 곳이오, 가히 셔향[양]ᄃᆡ(西洋臺)ᄅᆞᆯ 통ᄒᆞ여 드러【87】가고, ᄯᅩ 가히 이층 챵 우희 오ᄅᆞ리라."

ᄒᆞ니, ᄆᆡ영이 니로ᄃᆡ,

"도로혀 방옥도 잇ᄂᆞ냐?"

황식뷔 니로ᄃᆡ,

"져 셔편 머리의 큰 방옥 다ᄉᆞ시 이시니, 이ᄂᆞᆫ 후야(侯爺)의 거쥬ᄒᆞ던 곳이니라."

요홰 무ᄅᆞᄃᆡ,

"후야ᄅᆞ ᄒᆞ난 거ᄉᆞᆫ 무어시냐?"

ᄆᆡ영이 니로ᄃᆡ,

"내가 긔록ᄒᆞ여시니[183] ᄀᆡᆨ시(客氏)의 본부(本夫)ᄂᆞᆫ 셩이 후(侯)가오 졔 ᄋᆞ들은 후국흥(侯國興)이라 부ᄅᆞ니, ᄉᆡᆼ각건ᄃᆡ 공후 벼술을 봉ᄒᆞ엿시ᄆᆡ 그러므로 ᄲᅧ 후야라 일커ᄅᆞ미라."

ᄒᆞ니, 요홰 니로ᄃᆡ,

"만일 그러ᄒᆞ며 후후야(侯侯爺)라 일ᄏᆞ【88】ᄅᆞ미로다."

즁인이 ᄯᅩ 한 ᄎᆞ례 웃고 텬ᄉᆡᆨ이 쟝ᄎᆞᆺ 느ᄌᆞᄆᆡ 드ᄃᆡ여 원 길노 죠ᄎᆞ 도라오니, 쇼란이 영졉ᄒᆞ며 니로ᄃᆡ,

"놀기ᄅᆞᆯ 가히 즐겁게 ᄒᆞ엿ᄂᆞ냐?"

ᄆᆡ영이 니로ᄃᆡ,

"즐겨ᄒᆞ든 사ᄅᆞᆷ은 임의 쥭엇고[ᄀᆡᆨ시ᄅᆞᆯ 가ᄅᆞ치미라] 우리 등은 다만 보기의 긔(氣)만 나니 무어시 즐거오랴."

요홰 믄득 쇼견ᄒᆞᆫ 쳐쇼ᄅᆞᆯ 져 비녀 무리의게 말ᄒᆞ여 들니니 져마다 ᄭᅮ짓지 아니리 업더라. ᄎᆞ일 아ᄎᆞᆷ의 쟝ᄉᆡ 임의 흠텬감(欽天監)의셔 션튁ᄒᆞᆫ 거술 젼ᄒᆞ여 드리거ᄂᆞᆯ, 요홰 임의 몸【89】을 니러 쇼셰ᄒᆞ며, 바다보니 츌ᄉᆞᄒᆞᆯ 길일이 이월 이십삼일 진시라. 요홰 니로ᄃᆡ,

"ᄯᅩ 긔뎡(起程)ᄒᆞᄂᆞᆫ ᄒᆡᆼ구ᄅᆞᆯ 슈습고ᄌᆞ ᄒᆞᄃᆡ 명일의 ᄯᅩ 대렬(大閱)이 될 듯ᄒᆞ니, 오ᄂᆞᆯ날 몬져 부ᄂᆡ(府內) 일을 가져 판리(辦理)ᄒᆞ여 노와야 겨유 밋ᄎᆞ리라."

ᄆᆡ영이 니로ᄃᆡ,

"금일은 가히 지완ᄒᆞ라. 대렬(大閱)ᄒᆞᆫ 후의 다시 두 날이 공일이 이시니 그 ᄯᅢ의 죠히 료리ᄒᆞ리라."

요홰 니ᄅᆞᄃᆡ,

"오ᄂᆞᆯ날 몬져 파뎡ᄒᆞᆫ 후의 져의 무리로 ᄒᆞ여곰 죠히 숀을 난화 판리케 ᄒᆞ리라."

ᄆᆡ영이 니【90】로ᄃᆡ,

"그리 ᄒᆞ리라."

ᄒᆞ고 요홰 쇼셰ᄅᆞᆯ 맛치ᄆᆡ, ᄆᆡ영으로 더브러 샹의ᄒᆞ더니, 쟝기덕이 드러와 픔ᄒᆞᄃᆡ,

"쟝ᄉᆞ 무리 공쥬ᄅᆞᆯ 쳥ᄒᆞ여 긴요ᄒᆞᆫ 일을 면품(面稟)ᄒᆞᆫ다."

ᄒᆞ거ᄂᆞᆯ 요홰 비녀 등을 다리고 텽뎐(廳殿)의 나오니, 쟝ᄉᆡ 옯흐로 와 품ᄒᆞᄃᆡ,

"흠텬감의셔 임의 츌ᄉᆞᄒᆞᆯ 일ᄌᆞᄅᆞᆯ 졍ᄒᆞ여시니, 블과 삼ᄉᆞ일이 격ᄒᆞ엿ᄂᆞᆫ지라. 부즁 ᄉᆞ뮈 심히 만흐니, 쳥컨ᄃᆡ 공쥬ᄂᆞᆫ 만흔 사ᄅᆞᆷ을 파뎡ᄒᆞ여 난호와 판리ᄒᆞ여야 겨유 밋ᄂᆞᆫ다."

---

183) 【긔록ᄒᆞ다】 [동] {기록(記錄)하다).} 기억(記憶)하다. ¶ 記得 ‖ 내가 긔록ᄒᆞ여시니 ᄀᆡᆨ시의 본부ᄂᆞᆫ 셩이 후가오 졔 ᄋᆞ들은 후국흥이라 부ᄅᆞ니 (我記得客氏的本夫, 原姓侯, 他的兒子叫侯國興.) <瑤華 9:87>

ᄒᆞ거놀 요홰 니로ᄃᆡ,

"나도 【91】 임의 그쳐럼 ᄉᆡᆼ각ᄒᆞ여 졍히 분별ᄒᆞ려 ᄒᆞ더니, 너의 등이 와셔 쳥ᄒᆞ기로 아직 두엇고, 너의 무리 ᄯᅩ 무ᄉᆞᆫ 셜홰 잇ᄂᆞ냐?"

쟝ᄉᆡ 니로ᄃᆡ,

"금일의 령ᄉᆞ 등의 밧ᄌᆞᄒᆞᆫ 각쳐 젼장(田莊) 도디(賭地)와 각쳐 방옥 셰젼(貰錢)이 ᄒᆞᆷ긔 오년 팔개월을 혬ᄒᆞ여 거두어 온 은ᄌᆡ 이만 구쳔 팔ᄇᆡᆨ여 량이 되니, 이 은량은 도로혀 져치(貯置)ᄒᆞᆯᄂᆞᆫ지 혹시 가지고 가실ᄂᆞᆫ지 ᄒᆞ시(下示)ᄒᆞ시믈[184] 쳥ᄒᆞ노라."

요홰 니로ᄃᆡ,

"부즁의 고장(庫藏)ᄒᆞᆫ 거시 잇ᄂᆞ냐?"

쟝ᄉᆡ ᄃᆡ답ᄒᆞᄃᆡ,

"ᄀᆡᆨ시가 본ᄃᆡ 동부동(動不動)ᄒᆞᆫ 금은 냥ᄀᆡ 【92】 고(庫)가 잇고, 동용(動用)ᄒᆞ든 금은 량고ᄅᆞᆯ 모다 ᄎᆡᆨᄌᆞ 우ᄒᆡ 긔록ᄒᆞ엿다."

ᄒᆞ거놀 요홰 즉시 ᄎᆡᆨᄌᆞᄅᆞᆯ 가져오라 ᄒᆞᄆᆡ, ᄃᆡ답ᄒᆞ고 나아가더니, 다만 보ᄆᆡ 외변의셔 병부의셔 셩지ᄅᆞᆯ 쵸록(抄錄)ᄒᆞ여 보ᄂᆡᆫ 거ᄉᆞᆯ 젼ᄒᆞ여 드리ᄂᆞᆫ지라. 요홰 바다보니, ᄒᆞ여시ᄃᆡ,

> 셩지ᄅᆞᆯ 밧드러 본월 이십일의 경령무비(京營武備)ᄅᆞᆯ 대렬(大閱)ᄒᆞᆯᄉᆡ, 십ᄉᆞ 쟝공쥬로 짐을 ᄃᆡ신ᄒᆞ여 ᄉᆞ렬(査閱)ᄒᆞ기 ᄒᆞ고 아올나 다리고 갈 군ᄉᆞ 삼쳔을 ᄡᅡ게 ᄒᆞ며, 격례(格例)ᄅᆞᆯ 죠검(照檢)ᄒᆞ여 부위 【93】 도사와 각변 통령을 베푸러 가지고 ᄶᅡ라 ᄀᆞᆺ치 쵸토ᄒᆞ게 ᄒᆞ라. 흠챠(欽此)

병뷔 ᄯᅩ 슌례ᄒᆞ여 츌ᄉᆞᄒᆞᄂᆞᆫ 쟝군의 갑쥬(甲胄)십삼 부(副)ᄅᆞᆯ 짓고 건장ᄒᆞᆫ 말 십삼 필을 ᄡᅡ고 안쟝 십삼 부(副)ᄅᆞᆯ 아올라 보ᄂᆡ엿ᄂᆞᆫ지라. 요홰 즉시 밧게 ᄒᆞ고, 온 사ᄅᆞᆷ을 샹급ᄒᆞ여 보ᄂᆡ더라.

령ᄉᆡ 고장(庫藏) 쟝ᄎᆡᆨᄌᆞ(帳冊子)ᄅᆞᆯ 가져 드리거놀 요홰 보니, 그 ᄎᆡᆨᄌᆞ의 금은 량고ᄅᆞᆯ 광젹풍영(廣積豐盈) 네 글ᄶᆞ로 막혓시ᄃᆡ, 광(廣)ᄶᆞ 금고의 함긔 금은 이십ᄉᆞ 만 량이오, 젹(積)ᄶᆞ 고 【94】 의 함긔 ᄇᆡᆨ은이 오십일 만 량이라. 함긔 개동(開動)치 아니ᄒᆞ고, 풍(豐)ᄶᆞ 금고의ᄂᆞᆫ ᄡᅳ고 남은 령셩(零星)ᄒᆞᆫ 덩이와 엽ᄶᆞ(葉子) 셩ᄉᆡᆨ(成色)[185]이 되지 못ᄒᆞᆫ 거시 ᄒᆞᆷ긔 일쳔 오ᄇᆡᆨ ᄉᆞ십륙 량이오, 영(盈)ᄶᆞ 은고(銀庫)의 셩슈[186] ᄀᆞᆺ지 못ᄒᆞ고, 셩ᄉᆡᆨ된 것가지 아올나 함긔 오쳔 팔ᄇᆡᆨ 칠십 구 량이라.

요홰 니로ᄃᆡ,

"져 은ᄌᆞ 슈효(數爻)가 젹지 아니ᄒᆞ도다."

ᄒᆞ고, ᄯᅩ 다ᄅᆞᆫ 믈건을 ᄉᆞ견(査見)ᄒᆞ니, ᄯᅩ ᄒᆞᆫ 심히 번다ᄒᆞᆫ지라. 드ᄃᆡ여 니로ᄃᆡ,

"황샹긔셔 다만 나ᄅᆞᆯ 방옥만 ᄉᆞ급ᄒᆞ시고 믈건은 밋지 아냐 【95】 계시며, 허믈며 젹몰(籍沒)ᄒᆞᆫ 가산(家産)이 본ᄃᆡ 벅벅이 쇽공(屬公)ᄒᆞᆯ 거시오, 내가 머믈너 두ᄂᆞᆫ 거ᄉᆞᆫ 편치 못ᄒᆞ니, 여 등은 가히 나ᄅᆞᆯ ᄃᆡ신ᄒᆞ여 도로 밧치ᄂᆞᆫ 표장(表狀)을 지어 금은과 믈건을 환슈(還收)ᄒᆞ시게 쳥ᄒᆞ고, 져 도디(賭地) 은(銀)가지 병(幷)ᄒᆞ여 ᄀᆞᆺ치 밧치게 ᄒᆞ라."

쟝ᄉᆡ 답응ᄒᆞ고 ᄯᅩ 품ᄒᆞᄃᆡ,

"공쥐 ᄡᅳ실 은ᄌᆞᄂᆞᆫ 엇지 쳐치ᄒᆞ려 ᄒᆞ시ᄂᆞ뇨?"

요홰 니로ᄃᆡ,

"나ᄂᆞᆫ 별노이 휴ᄃᆡᄒᆞ여 온 은량이 이시니 너의 만일 ᄡᅳᆯ 거시 부족ᄒᆞ거든 몬져 와셔 가져가ᄂᆞᆫ 거시 편ᄒᆞ고, 너의 몬져 표 【96】 장을 판비ᄒᆞᄂᆞᆫ 거시 올흐니라."

---

184) 【하시ᄒᆞ다】 [동] {하시(下示)하다.} 지시하다. ¶ 示下 ‖ 이 은량은 도로혀 져치ᄒᆞᆯᄂᆞᆫ지 혹시 가지고 가실ᄂᆞᆫ지 ᄒᆞ시ᄒᆞ시믈 쳥ᄒᆞ노라 (此項銀兩還是收貯, 抑或隨帶? 特請示下.) <瑤華 9:91>

185) 【成色 성색】 chéngsè <名> [쳥새] 셩ᄉᆡᆨ ‖ "前兒那一包碎金子共是一百五十三兩六錢七分, 裏頭~不等。" 져 ᄒᆞᆫ 덩이 금이 모다 일ᄇᆡᆨ 오십ᄉᆞᆷ 량 륙젼 칠분 즁인ᄃᆡ 그 즁의 셩ᄉᆡᆨ이 부등ᄒᆞ여 (紅樓 53:10) "豊字金庫, 係貯靈星條塊葉子不等~, 共兌現一千五百四十六兩有零." 풍ᄶᆞ 금고의ᄂᆞᆫ ᄡᅳ고 남은 령셩ᄒᆞᆫ 덩이와 엽ᄶᆞ 셩ᄉᆡᆨ이 되지 못ᄒᆞᆫ 거시 ᄒᆞᆷ긔 일쳔 오ᄇᆡᆨ ᄉᆞ십륙 량이오 (瑤華 9:94) 不是足色的(金銀)。‖ "常時節無以爲敬, 問西門慶借了一錢~銀子。" (金瓶 12)

186) 【셩슈】 [명] 성수(成數). 순도(純度). ¶ 成色 ‖ 영ᄶᆞ 은고의 셩슈 ᄀᆞᆺ지 못ᄒᆞ고 셩ᄉᆡᆨ된 것가지 아올나 함긔 오쳔 팔ᄇᆡᆨ 칠십 구 량이라 (盈字銀庫, 係貯各路不等樣式定件成色銀, 共兌現五千八百七十九兩有零.) <瑤華 9:94> ⇒ 셩수, 셩ᄉᆡᆨ

쟝ᄉ 등이 믈너 나가거늘 요홰 도라 드러와 홈긔 샹량ᄒᆞᄃᆡ,

"닉 의사ᄂᆞᆫ 져 벤 방들이 이시니 몬져 량기 령ᄉ로 ᄒᆞ여곰 반이(搬移)ᄒᆞ여 그 집쇽의 잇셔 간슈케 ᄒᆞ고, 믄득 져의 무리ᄂᆞᆫ 씌고 가지 아닐 거시오, 져 셰곳 슈졍(修整)ᄒᆞᆫ 방옥은 져 팔개 궁녀로 ᄒᆞ여곰 거긔 거쥬ᄒᆞ여 간슈케 ᄒᆞ고, 외간 여러 방은 호위ᄒᆞ라 온 군ᄉ를 쥬어 쥬졉게 홀 거시니, 져 무리가 본ᄃᆡ 평일 ᄉ환이나 시길 거시오, 군즁의ᄂᆞᆫ 다려가 쓸 ᄃᆡ 업【97】ᄉ리라."

미영이 니로ᄃᆡ,

"다만 져쳐럼 안돈시기ᄂᆞᆫ 거시 죠흐ᄃᆡ, 미일 용도를 혬ᄒᆞ여 쥬리라."

ᄒᆞ니 요홰 니로ᄃᆡ,

"그거ᄉᆞᆫ 용이ᄒᆞᆫ지라. 내가 일만 량 은ᄌ를 닉여 령ᄉ의게 맛기여 혹 젼쟝(田莊)을 ᄉ거나, 혹 젼당(典當)푸리를 민드러 취식(取息)ᄒᆞ여 가지고 미일 미인의 량미슈(糧米數)를 졍ᄒᆞ여 난호와 쥬면 믄득 넉넉ᄒᆞ리라."

쇼란이 겻히 잇다가 웃고 니로ᄃᆡ,

"져러케 쳐치ᄒᆞᄂᆞᆫ 거ᄉᆞᆫ 용이ᄒᆞ니, 다만 한 가지 어려온 일이 잇다."

ᄒᆞ거ᄂᆞᆯ, 요홰 무ᄅᆞᄃᆡ,

"무【98】어시냐?"

쇼란이 ᄃᆡ답ᄒᆞᄃᆡ,

"져 팔기 녀인을 져 몟간 방 쇽의 가도와 두엇다가 아지 못게라 우리 무리가 어닉 씨의나 반ᄉ(班師)가 될ᄂᆞᆫ지, 다만 두리건ᄃᆡ 져 무리 일기라도 안졍치 못ᄒᆞᆫ 일을 지어닉면 심히 편치 못홀가 ᄒᆞ노라."

요홰 니로ᄃᆡ,

"너의 념네 졍히 올흐니, 다만 져 무리로 ᄒᆞ여곰 왕부의 도로 가 잇다가 나의 도라오기를 기ᄃᆞ려 다시 블너 오ᄂᆞᆫ 거시 가치 아니ᄒᆞ랴?"

미영이 니로ᄃᆡ,

"죠쳐가 미오 맛당ᄒᆞ다."

ᄒᆞ고, 요홰 니로ᄃᆡ,

"쟝ᄉ다려 일너【98】우리 무리 ᄯᅡ라갈 부ᄉ 등의 길의셔 일용홀 졔구를 판비ᄒᆞ여 쥬게 ᄒᆞ고, 힝쟝졔구ᄂᆞᆫ 길의 ᄯᅡ라 스ᄉ로 입용(入用)홀 거시니, 다시 판비치 말게 ᄒᆞ고, 다른 거ᄉᆞᆫ 요긴ᄒᆞᆫ 일이 업도다."

쇼란이 니ᄅᆞᄃᆡ,

"목젼 광경은 아모 일이 업슬 듯ᄒᆞ나, 다만 황샹긔셔 져 믈건을 가져 의구히 우리를 샹급ᄒᆞ시면 그 일은 믄득 번다ᄒᆞ리라."

요홰 니ᄅᆞᄃᆡ,

"그 씨의 가셔 다시 샹량ᄒᆞ리라."

ᄒᆞ고, 머리를 도로혀 보니, 갑쥬 삼십 부(副)가 탁ᄌ 우히 비치 ᄒᆞ【100】엿ᄂᆞᆫ지라. 쥬쳥ᄃᆡ로 ᄒᆞ여곰 가지가지 헤쳐 보게 ᄒᆞ고, 몟 사름의게 가히 치힝이 맛ᄂᆞᆫ 거ᄉᆞᆯ 보라 ᄒᆞ니, 쳥ᄃᆡ 모다 여러 볼ᄉᆡ, 요홰 보믹 한 벌이 졔작ᄒᆞᆫ 거시 가쟝 졍치(精緻)ᄒᆞᆫ지라. 쇼란을 ᄃᆡᄒᆞ여 니ᄅᆞᄃᆡ,

"져거ᄉᆞᆫ ᄉᆡᆼ각건ᄃᆡ 반ᄃᆞ시 나를 위ᄒᆞ여 민ᄃᆞ럿도다."

ᄒᆞ더라. 챠간하회ᄒᆞ라.

[요화젼 瑤華傳 권지십 卷之十]

【1】화셜 요홰 쇼란을 ᄃᆡᄒᆞ여 니로ᄃᆡ,

"져거ᄉᆞᆫ ᄉᆡᆼ각건ᄃᆡ 반ᄃᆞ시 나를 위ᄒᆞ여 민ᄃᆞ럿도다."

쇼란이 니ᄅᆞᄃᆡ,

"ᄌ연 그러ᄒᆞᆫ지라. 금 죠각으로 샹두(上頭)를 장식ᄒᆞ여시니 다른 사름은 감히 닙지 못ᄒᆞ리라."

요홰 니로ᄃᆡ,

"명일의 나를 ᄯᅡ라가ᄂᆞᆫ 사름들은 모다 투구를 쓰고 갑옷슬 닙을 거시니, 몬져 네 벌을【2】죠검ᄒᆞ여 닉여, 쇼시 무리 쥬어 져다려 ᄒᆞ여곰 엇더케 닙ᄂᆞᆫ 법을 사름다려 무러 익혀 가지고, 우리 무리를 ᄯᅩᄒᆞᆫ 가ᄅᆞ쳐 닙게 ᄒᆞ라."

쳥ᄃᆡ 가지고 나아가 맛기더니, 한 즈음의 쟝시(長史) 드러와 품ᄒᆞᄃᆡ,

"경령오군도독(京營五軍都督)과 이십ᄉ위(二十四衛)가 모다 와셔 명일 오후의 어교쟝(御敎場)으로 가기를 쳥ᄒᆞᆫ다."

ᄒᆞ거ᄂᆞᆯ 요홰 아랏다 니ᄅᆞ고, ᄯᅩ 병부 군졍ᄉ(軍政司)의 보닌 대열(大閱)ᄒᆞᄂᆞᆫ 의쥬(儀注)[187]

187)【儀注 의주】yízhù <名> [이쥬] ~ (漢淸 禮儀

ᄅᆞᆯ 밧드러 올니거ᄂᆞᆯ, 요홰 바다보니 의쥬의 ᄒᆞ여시ᄃᆡ,

"쥬샹(主上)ᄭᅴ셔 대열ᄒᆞ실 ᄢᅴ의 【3】 열무루(閱武樓) 뎨일층의 오ᄅᆞ시고, 슈가(隨駕)ᄒᆞᆫ 문무 관원은 ᄒᆞᆷᄭᅴ 뎨삼층의 잇셔 ᄉᆞ후ᄒᆞ고, 셩지ᄅᆞᆯ 밧드러 어ᄂᆡ 관원을 흠졈(欽點)ᄒᆞ여 ᄃᆡ신 호령을 발ᄒᆞ라 ᄒᆞ시거든, 즉시 뎨이층의 올나가 거힝케 ᄒᆞᄂᆞᆫ지라. 이졔 공쥐 봉명ᄒᆞ고 ᄃᆡ신 열무(閱武)ᄅᆞᆯ ᄒᆞ시니, 응당 뎨이층 열무루의 오ᄅᆞ고, 슈죵ᄒᆞᆫ 인원들은 뎨삼층의 잇셔 ᄉᆞ후ᄒᆞ고 병부낭관(兵部郎官) 일원은 졔비ᄅᆞᆯ ᄲᅡᆸ아 젼ᄒᆞ여 호령을 젼ᄒᆞ게 ᄒᆞ고, 별노이 춍병(總兵) 일원을 졍ᄒᆞ여 ᄃᆡ신 호 【4】 긔(號旗)ᄅᆞᆯ 가지게 ᄒᆞ고, 진을 펴 맛치ᄆᆡ, 각기 기예ᄅᆞᆯ 련습케 ᄒᆞ고 련습을 맛치ᄆᆡ, 군ᄉᆞ 거ᄂᆞ리고 가ᄂᆞᆫ 부위도ᄉᆞ(府衛都司) 각원을 ᄲᅡ게 ᄒᆞ고, 다시 ᄆᆞ보군(馬步軍) 삼쳔병을 갈히게 ᄒᆞ고, 몬져 령문 병뎡은 흐터 보ᄂᆡ고, 그 츌뎡ᄒᆞᆫ 군병은 별노이 쟉ᄃᆡ(作隊)ᄒᆞ여 ᄉᆞ후케 ᄒᆞ고, 둑신(纛神)에게 졔(祭) 지ᄂᆡ여 맛치ᄆᆡ 슈영ᄉᆞ원(隨營司員)이 ᄒᆞᆷᄭᅴ 령ᄃᆡ무변(領隊武弁)으로 더브러 참알ᄒᆞ고, 호령 나믈 기ᄃᆞ려 맛침 후의 예궐(詣闕)ᄒᆞ여 복명ᄒᆞ고, 후의 부(府)로 도라온다."

ᄒᆞ엿ᄂᆞᆫ지라.

요홰 보기ᄅᆞᆯ 【5】 다ᄒᆞ고 니로ᄃᆡ,

"아야, 죠히 사ᄅᆞᆷ을 로돈(勞頓)ᄒᆞᄂᆞᆫ[188] 의쥐로다."

ᄒᆞ고, 이의 병부낭관 일원 젼일룡(錢人龍)을 뎜츌ᄒᆞ여 ᄯᅡ라 어교쟝의 니ᄅᆞ러 ᄉᆞ후ᄒᆞ고, 답응케 ᄒᆞ니, 쟝식 젼ᄒᆞ라 나가더라.

뎐식이 임의 ᄂᆞ졋시ᄆᆡ 셕반을 지촉ᄒᆞ고 교쟝의 ᄯᅡ라 갈 인원을 파뎡ᄒᆞᆯ시, 친슈비녀(親隨婢女) ᄉᆞ명과 쇼시 ᄉᆞ명과 감션(監膳)ᄒᆞᄂᆞᆫ 쟝기덕 쥬쳥ᄃᆡ 이명과 쟝ᄉᆞ 일명과 부ᄉᆞ 일명이라. 단ᄌᆞᄅᆞᆯ 가져 버려ᄂᆡᆫ 후의 밥을 먹고 분부ᄒᆞᄃᆡ,

"명일 삼경의 몸을 닐고, 【6】 ᄉᆞ경의 쇼셰ᄒᆞ고 밥을 먹고, 오경의 교쟝으로 가리라."

ᄒᆞ니, 어시의 각기 진식ᄒᆞ고 ᄯᅡ라 ᄌᆞᄃᆡ ᄉᆞ스로 니운과 욱니 잇셔 경뎜을 직희다가 삼경ᄉᆞ뎜이 되ᄆᆡ, 즉시 ᄉᆞ후ᄒᆞᄂᆞᆫ 사ᄅᆞᆷ들의게 젼ᄒᆞ여 다탕(茶湯)과 반식(飯食)을 맛치 판비케 ᄒᆞ고, 일변 ᄆᆡ영과 쇼란을 블너 요화의 쇼셰ᄒᆞᄂᆞᆫ 거ᄉᆞᆯ 기다릴시, 요홰 ᄆᆡ영과 쇼란을 ᄃᆡᄒᆞ여 니로ᄃᆡ,

【7】 "이졔 일개 녀ᄋᆡ 되어 문ᄌᆡ와 무예ᄅᆞᆯ ᄇᆡ호지 아니ᄒᆞ엿더면 이 ᄢᅦᄅᆞᆯ 당ᄒᆞ여 평샹 우ᄒᆡ셔 죠히 몸을 번드기며 다시 잘 거시어ᄂᆞᆯ 우리 무리 편벽도히 왕가의 싱쟝ᄒᆞ고 ᄯᅩ 무예ᄅᆞᆯ 학습ᄒᆞ여시니, 몸은 계집의 몸이어ᄂᆞᆯ ᄒᆞᄂᆞᆫ 거ᄉᆞᆫ 모다 쟝부의 일이니 엇지 가히 우읍지 아니ᄒᆞ랴."

ᄆᆡ영이 ᄃᆡ답ᄒᆞᄃᆡ,

"공쥐 영화로이 황명을 밧드러 병권을 잡앗시니 몸은 그 지경을 당ᄒᆞᄆᆡ 죠흔 줄을 ᄭᆡ닷지 못ᄒᆞᆫ 듯ᄒᆞ나 【8】 만일 심샹(尋常)ᄒᆞᆫ 쟝부ᄂᆞᆫ ᄭᅮᆷ의도 ᄯᅡᄅᆞ지 못ᄒᆞᆯ지라. 다만 일개 부족ᄒᆞᆫ 바ᄂᆞᆫ 녀신(女身)이 된 거시나, 도로혀 녀신으로 뎨왕된 쟈도 이시니, 다만 공업을 간판(幹辦)ᄒᆞ여 ᄂᆡ여 쳔ᄌᆡ(千載)의 유젼ᄒᆞ량이면, ᄯᅩ 엇지 남녀ᄅᆞᆯ 분별ᄒᆞ랴."

요홰 니로ᄃᆡ,

"ᄉᆞ셰ᄂᆞᆫ 비록 니러ᄒᆞ나, 다만 나의 본심은 청청무의[위](淸靜無爲)ᄒᆞ믈 구ᄒᆞ여 지극ᄒᆞᆫ 도ᄅᆞᆯ 어더 가지고, 륜회의 괴로옴 밧기ᄅᆞᆯ 면호면 원ᄒᆞᄂᆞᆫ 바의 족ᄒᆞᆯ 거시오, 져 모양 부허(浮虛)ᄒᆞᆫ 영요(榮耀)ᄒᆞᆫ 거ᄉᆞᆫ 블과 번개 빗치 【9】 사ᄅᆞᆷ의 눈 가온ᄃᆡ 한번 븕을 ᄶᅡᄅᆞᆷ이오, 한갓 화복(禍福)의 죄ᄅᆞᆯ 더ᄒᆞᆯ 거시니, 무어시 유익ᄒᆞ랴."

쇼란이 ᄃᆡ답ᄒᆞᄃᆡ,

"공쥐 져런 쥬의ᄅᆞᆯ 졍ᄒᆞ여 계시니 더욱 깁히 한 층을 드러갈지라. 오죡 원ᄒᆞᄂᆞᆫ 바ᄂᆞᆫ 한날을 직희고 두 ᄆᆞ음을 두지 아니ᄒᆞ여야 ᄌᆞ연 ᄯᅳᆺᄃᆡ로 되리라."

ᄒᆞ며, 쇼셰ᄅᆞᆯ 맛치고 인ᄒᆞ여 밥을 먹더니, 일즉 쇼시 무리 드러와 품ᄒᆞᄃᆡ,

"쟝쇽이 졍당ᄒᆞ게 되여시니 드러와 갑쥬ᄅᆞᆯ 닙ᄂᆞᆫ 것과 ᄭᅳᆫ타블 ᄆᆡᄂᆞᆫ 연고ᄅᆞᆯ 【10】 말ᄒᆞ리라."

ᄒᆞ니 요홰 즉시 블너 드리ᄆᆡ, 한 죠각 쇼

3:14a) [이쥬] 의주 (方一 朝會 27b) 의쥬 ‖ "又呈兵部軍政司送來大閱～, 瑤華接着看, 那～內開." ᄯᅩ 병부 군정ᄉᆞ의 보ᄂᆡᆫ 대열ᄒᆞᄂᆞᆫ 의쥬ᄅᆞᆯ 밧드러 올니거ᄂᆞᆯ 요홰 바다 보니 의쥬의 ᄒᆞ여시ᄃᆡ (瑤華 10:2) 儀式禮節。‖ "豈知高宗皇帝這一次, 已是決意要到泰山封禪, 詔下禮部官, 草定了一應～, 只待擇個黃道吉日, 御駕啓行。" (醒恒 38)

188) 【로돈ᄒᆞ다】 형 {노돈(勞頓)하다.} 피곤하게 하다. ¶ 勞叨 ‖ 아야 죠히 사ᄅᆞᆷ을 로돈ᄒᆞᄂᆞᆫ 의쥐로다 (阿喲喲, 好勞叨的儀注.) <瑤華 10:5>

릭의 다만 보니 쵸엽 등이 개개히 투구롤 쓰고 갑옷술 닙엇시딕, 면뫼 슈졍(修整)ᄒᆞ고 위뮈(威武) 비샹ᄒᆞᆫ지라. ᄆᆡ영을 딕ᄒᆞ여 니로딕,

"져 무리 ᄉᆞ개롤 보니 ᄯᅩ 언ᄆᆡ[189] 놉하지믈 ᄭᅵ다ᄅᆞ리로다."

인ᄒᆞ여 쟝기덕으로 ᄒᆞ여곰 갑옷술 닙게 ᄒᆞ고, 쥬쳥ᄃᆡ로 ᄒᆞ여곰 ᄌᆞ셰히 보와 가지고 드러와 품ᄒᆞ라 ᄒᆞ고, 요홰 방즁의 드러가 옷술 곳치더니, 한참이 못되여 쳥ᄃᆡ 드러와 몬져 ᄉᆞ개 비ᄌᆞ롤 【11】 가ᄅᆞ쳐 죠히 닙힌 연후의 ᄉᆞ비 ᄯᅩ 와셔 요화로 더브러 쟝쇽ᄒᆞᄂᆞᆫᄃᆡ, 모든 거시 졍당ᄒᆞᆫ지라. 외변의셔 임의 힝ᄎᆞᄒᆞ믈 쳥ᄒᆞ거ᄂᆞᆯ, ᄎᆞ시 텬식이 임의 ᄇᆞᆰ앗ᄂᆞᆫ지라. 모다 나와 젼챵(前廳)의 니ᄅᆞ러 ᄆᆞᆯ긔 오롤ᄉᆡ, 졍탁(鉦鐸)ᄒᆞᆫ 쇼ᄅᆡ의 고악(鼓樂)이 졔명(齊鳴)ᄒᆞ며, 삼셩 대포가 나ᄂᆞᆫ지라. ᄃᆡ문을 나셔니 젼도ᄒᆞᄂᆞᆫ 위의 ᄃᆡ로의 덥혓시며, 옯희는 곡병개(曲屛蓋)가 잇고 뒤희ᄂᆞᆫ 쟝션(障扇)이 잇고, ᄆᆞᆯ 겻희 일면 슈룡졍황ᄃᆡ둑(繡龍正黃大纛) 긔치롤 밧치고 슈죵ᄒᆞᄂᆞᆫ 관원이 다 【12】 쇼롤 아지 못ᄒᆞᄂᆞᆫᄃᆡ, 구롬ᄀᆞᆺ치 오ᄅᆞ고 안개ᄀᆞᆺ치 픠여 임의 교쟝의 니ᄅᆞ니, ᄯᅩ 문드ᄂᆞᆫ ᄃᆡ포롤 노코 령문의 드러가ᄆᆡ 량편의 대오롤 지어 비립(排立)ᄒᆞᆫᄃᆡ, 합계ᄒᆞ니 경령오군도독부(京營五軍都督府)의 흠긔 십만익슈(十萬額數) 되ᄂᆞᆫ 병뎡이 등ᄃᆡᄒᆞ엿ᄂᆞᆫ지라. 순금 투구와 빗난 갑옷ᄉᆞ로 곡병개 장ᄎᆞᆺ 니ᄅᆞ믈 보ᄆᆡ, 일졔히 ᄉᆞ러 업ᄃᆡ여 입으로 경냑로야(經略老爺)롤 영졉ᄒᆞᆫ다 일커ᄅᆞ며 한 마ᄃᆡ 니러나ᄆᆡ 응ᄒᆞᄂᆞᆫ 쇼ᄅᆡ가 우뢰 ᄀᆞᆺ튼지라. 드ᄃᆡ여 뎨이층 【13】 열무루의 올나 몬져 븍향(北向) ᄉᆞ은ᄒᆞᆫ 연후의 공좌(空座)의 안ᄌᆞᆺ더니, 홀연 쟝ᄃᆡ(將臺) 우희셔 홍긔(紅旗)롤 한번 두루더니,

---

189) 【언ᄆᆡ】 뭄 얼마. ¶ 多少 ‖ 져 무리 ᄉᆞ개롤 보니 ᄯᅩ 언ᄆᆡ 놉하지믈 ᄭᅵ다ᄅᆞ리로다 (看他們四個, 覺得又高了多少.) <瑤華 10:10> ⇒ 언ᄆᆞ

19
대열귀ᄅᆡ젼샹술 폐ᄉᆞ취도유병위
大閱歸來傳相術 陛辭就道耀兵威

믄득 진즁의셔 한 무리 쟝관(將官)이 ᄋᆞᆲ흐로 나아와 참알(參謁) ᄒᆞ거ᄂᆞᆯ, 즉시 물녀 보ᄂᆡ고, 군뎡ᄉᆡ 치부ᄎᆡᆨ을 올니ᄂᆞᆫ지라. 인ᄒᆞ여 병부시랑 젼일농(錢人龍)을 타졈(打點)ᄒᆞ니, 군뎡ᄉᆡ(軍政司) 곳 호령 베푸ᄂᆞᆫ 긔ᄅᆞᆯ 가져 쥬ᄆᆡ, 젼일농이 령긔(令旗)ᄅᆞᆯ 바다 가지고 드ᄃᆡ여 아ᄅᆡᄅᆞᆯ 향ᄒᆞ여 한번 두루ᄆᆡ, 십여 원 쟝관들이 나는다시 다라드러 션령관(宣令官) 【14】 을 영졉ᄒᆞ니, 젼일농은 믄득 루(樓)로 나려가ᄆᆡ, 한 모양 공좌(公座) 톄통(體統)이오, ᄯᅩ 일명 총병관(總兵官)을 타뎜ᄒᆞ니 즉긔의 챵(廳) ᄋᆞᆲ희 니ᄅᆞ러 ᄭᅮ러 안즌 연후의 령긔ᄅᆞᆯ 가져 젼ᄒᆞ여 쥬ᄆᆡ, 총병관이 령긔ᄅᆞᆯ 바다 가지고 믄득 쟝ᄃᆡ 동편의 셔셔 긔ᄅᆞᆯ 가져 한번 두루니, 방포 쇼ᄅᆡ가 크게 니러나고, 고악(鼓樂)이 일졔히 울며 ᄃᆡ오와 진(陣) 친 형세가 즉시 변동이 되며 인ᄆᆡ(人馬) 졔졔히 굴너 큰 진을 ᄇᆡ포ᄒᆞ여 일워 노코, 각각 ᄌᆡ릉을 펼ᄉᆡ, 진긔 뢰뎡ᄀᆞᆺ치 【15】 령을 펴ᄆᆡ, 산악도 움즉이ᄂᆞᆫ 듯 ᄒᆞᆫ지라. 한 차례 못ᄒᆞ여 개야미ᄀᆞᆺ치 모히고 벌ᄀᆞᆺ치 엉긔여 변홰불측ᄒᆞ더니, 두어 시ᄀᆡᆨ을 지ᄂᆡᄆᆡ 진을 ᄒᆡᆺ치고 ᄃᆡ오로 도라가며, ᄯᅩ 호령을 발ᄒᆞ여 각쳐 쟝졸의 온갓 기예ᄅᆞᆯ 시연(試演)ᄒᆞᆯᄉᆡ, 궁ᄆᆞ지ᄌᆡ(弓馬之才)와 긔계지뉴(器械之類)ᄅᆞᆯ ᄎᆞ례로 보다가, 기예 츌즁ᄒᆞᆫ 쟝졸이 이시면 ᄎᆡᆨᄌᆞ 우희 가마니 붓ᄉᆞᆯ 가져 긔록ᄒᆞ고, ᄯᅩ 삼ᄉᆞ 시ᄀᆡᆨ을 지ᄂᆞᆫ 후의 비로쇼 맛치ᄆᆡ, 군뎡ᄉᆡ 쳥ᄒᆞ여 열무루의 드러가 좀간 쉬 【16】 게 ᄒᆞ고, 한 즈음의 다담상(茶啖床)을 올니거ᄂᆞᆯ, 요홰 먹ᄂᆞᆫ 동안의 ᄎᆡᆨᄌᆞ 우희 긔록ᄒᆞ여 노ᄒᆞᆫ 쟝졸을 병부 관원의게 맛기여 명슈(名數)ᄅᆞᆯ 안험(按驗)ᄒᆞ여 다시 ᄲᅡ셔 ᄂᆡ여 츌ᄉᆞ(出師)ᄒᆞᄂᆞᆫ ᄋᆡᆨ슈(額數)ᄅᆞᆯ 졍ᄒᆞ게 ᄒᆞ고, 먹기ᄅᆞᆯ 맛치ᄆᆡ, 각 촌(村) 쟝관이 군ᄉᆞᄋᆡᆨ슈(軍士額數) 충슈ᄒᆞᆫ 거시 고로게 ᄒᆞ고, 별노이 ᄃᆡ오ᄅᆞᆯ ᄆᆡᆫᄃᆞ러 ᄉᆞ후ᄒᆞᆫ다 품ᄒᆞ고, 한 즈음의 군뎡ᄉᆡ 둑신(纛神)긔 졔(祭)ᄒᆞ믈 쳥ᄒᆞ거ᄂᆞᆯ, 요홰 드ᄃᆡ여 루의 나려 ᄆᆞᆯ긔 안ᄌᆞ 교쟝의 니ᄅᆞ러 둑신긔 졔 지ᄂᆡ고, 믄득 도라와 뎨삼 【17】 층 공좌(公座)의 안ᄌᆞ니, ᄇᆡ죵(陪從)ᄒᆞᆫ 문무관원들이 두 반렬을 난호와 참알ᄒᆞ거ᄂᆞᆯ, 요홰 보ᄆᆡ, 고원진총병(固原鎭總兵) 죠셰영(祖世英)의 긔샹이 ᄌᆡᆼ영(爭榮)ᄒᆞᆫ지라, 뎜ᄒᆞ여 즁군쟝(中軍將)을 ᄉᆞᆷ고, ᄯᅩ ᄃᆡ명진(大名鎭) 총병 ᄉᆞᆫ죠귀(孫朝貴)와 보졍진(保定鎭) 총병 셥신(葉新)을 뎜ᄒᆞ여 ᄒᆞᆷ긔 션봉쟝 닌(印)을 ᄎᆞ게 ᄒᆞ고, 믄득 당쟝의 교유셔ᄅᆞᆯ ᄂᆡ여쥬고 ᄯᅩ 호령을 베프러 군뎡ᄉᆞ로 ᄒᆞ여곰 약죠방문(約條榜文)을 가져 븟쳐 만일 약죠ᄅᆞᆯ 범ᄒᆞᄂᆞᆫ 재 이시면 즉시 군법을 시ᄒᆡᆼᄒᆞ리라 ᄒᆞ고, 이 【18】 십삼일 진시(辰時)로 츌ᄉᆞᄒᆞᆯ 줄을 효유(曉諭)ᄒᆞ니 각각 령명ᄒᆞ더라. 즉시 ᄃᆡ궐[로] 드러가 복명ᄒᆞ니, 셩지 나리기ᄅᆞᆯ 지금 죠현ᄒᆞᄂᆞᆫ 거ᄉᆞᆫ 면ᄒᆞ여 쥬고, ᄉᆞ죠(辭朝)ᄒᆞᆯ ᄯᆡᄅᆞᆯ 기ᄃᆞ려 별노이 교지가 이시리라 ᄒᆞ엿거ᄂᆞᆯ, 요홰 봉명ᄒᆞ고 집으로 도라올ᄉᆡ, 로샹의 관광지인이 젼의 비ᄒᆞ여 더옥 만흐니, 이ᄂᆞᆫ 다ᄅᆞᆷ이 아니라 젼일 ᄉᆡ집의 올마드ᄂᆞᆫ ᄯᆡᄂᆞᆫ 즁인 보기의 일위 화용월모(花容月貌)의 공쥬오, ᄯᅩ 츌젼ᄒᆞᄂᆞᆫ 경략ᄉᆡ라. 그 슈하의 한 무리 ᄌᆞ 【19】 녀들이 개개히 도시 그림 쇽 사ᄅᆞᆷ ᄀᆞᆺ트니, 하나히 둘의게 젼ᄒᆞ고 둘히 열의게 젼ᄒᆞ여 드ᄃᆡ여 경셩ᄂᆡ외가 모다 공동이 되고, ᄎᆞ일의 ᄯᅩ 드ᄅᆞ니 황뎨ᄅᆞᆯ ᄃᆡ신ᄒᆞ여 열무(閱武)ᄒᆞᆫ다 ᄒᆞᄂᆞᆫ지라. ᄉᆡᆼ각건ᄃᆡ 대쟝의 쟝쇽으로 ᄆᆞᆯ타고 교쟝의 나아가ᄂᆞᆫ 거시 젼일 교ᄌᆞ의 안ᄌᆞ 가ᄂᆞᆫ 것ᄉᆡ 비ᄒᆞ면 보기의 더옥 ᄌᆞ미가 잇다 ᄒᆞ여, 그러므로 ᄲᅧ 경셩 사ᄅᆞᆷ ᄲᅮᆫ 아니라 향촌 사롬가지 련ᄒᆞ여 모다 와셔 관광ᄒᆞ니, 열요ᄒᆞ기가 엇더ᄒᆞ리오. 젼면의셔 보 【20】 군들이 피편(皮鞭)과 목곤(木棍)으로 마고 치우ᄃᆡ 엇지 져워 셔리오. 쳐 즁이기 젼의ᄂᆞᆫ 믈너셔지 아니ᄒᆞ여 일뎜 빈 틈이 업ᄂᆞᆫ지라. 즁군쟝(中軍將)이 ᄒᆞᆯ 일 업셔 다만 일빅명 ᄆᆞ병을 젼령(傳令)ᄒᆞ여 곳비ᄅᆞᆯ 노와 츙돌ᄒᆞ니, 비로쇼 길이 열니ᄂᆞᆫ지라. 이의 부즁의 도라오ᄆᆡ 오히려 인셩이 훤동(喧動)ᄒᆞ다가, 이경(二更)이 니ᄅᆞᆫ 후야 비로쇼 잠젹ᄒᆞ더라.

요홰 침궁의 니ᄅᆞ러 련망히 시녀비ᄅᆞᆯ 블너 쾌히 갑쥬ᄅᆞᆯ 벗기게 ᄒᆞ니, 여러히 일시의 벗기ᄆᆡ, 곳 탑 【21】 샹(榻上)의 구러지며 쳔식ᄒᆞ거ᄂᆞᆯ, 믜영이 련망히 무ᄅᆞᄃᆡ,

"공쥬야 어ᄃᆡ가 편치 못ᄒᆞ시뇨?"

요홰 니로ᄃᆡ,

"내가 십륙 셰가 되도록 엇지 져런 괴로오믈 지ᄂᆡ여 보왓시랴. 져 투구ᄂᆞᆫ 분명히 머리ᄅᆞᆯ 테메이ᄂᆞᆫ 거시오, 갑옷ᄉᆞᆫ 몸을 결박ᄒᆞᄂᆞᆫ 거시라. 만일 하로ᄅᆞᆯ 져 믈건으로 쟝쇽ᄒᆞ라 ᄒᆞ면 엇지가 셔 도적을 쥭이랴. 다만 죠히 가셔 도적의게 쥭ᄂᆞᆫ 혬이 되리라."

믜영이 우ᄉᆞ며 니로ᄃᆡ,

"공쥬ᄂᆞᆫ 금지옥엽(金枝玉葉)이라. ᄌᆞ연 감당치 못ᄒᆞᆯ 거시오. 비 【22】 록 비ᄌᆞ비가 하쳔의 몸이나 어려셔 브터 공쥬ᄅᆞᆯ 뫼시고 쟝셩ᄒᆞ엿거니와 엇지 능히 져 모양 쟝쇽이야 지ᄂᆡ여 보왓시리오. 이졔 일이 ᄎᆞ경의 니ᄅᆞᄆᆡ 두리건ᄃᆡ 하로 괴로올 ᄲᅮᆫ 아닐가 ᄒᆞ노라."

경히 말ᄒᆞᄆᆡ, 쇼란 등 삼인이 드러와 문안ᄒᆞ니, 요홰 다만 누어 잇ᄂᆞᆫ지라. 경유ᄅᆞᆯ 무러 알고 즁인이 일졔히 괴롭다 일컷더니, 쥬쳥ᄃᆡ 드러와 니로ᄃᆡ,

"ᄂᆡ 아라보니 병부의셔 보ᄂᆡᆫ 갑쥐 본시 감쵸와 두고 닙지 아니ᄒᆞ더라. 무ᄉᆞᆫ 희 【23】 신(喜神)인지, 샹강(霜降)인지 맛ᄂᆞᆫ ᄯᅢᄅᆞᆯ 당ᄒᆞ면 사ᄅᆞᆷ으로 ᄒᆞ여곰 사ᄅᆞᆷ을 닙게 ᄒᆞ고, 만일 그 쟝쇽을 ᄒᆞ량이면 모롬즉이 ᄌᆞᄀᆡ가 별노이 가비야온 투구와 연ᄒᆞᆫ 갑옷ᄉᆞᆯ 지어야 능히 몸의 편ᄒᆞ다 ᄒᆞ니 우리 등이 엇지 그 분슈ᄅᆞᆯ 아랏시리오. 다ᄅᆞᆫ 날 발힝ᄒᆞᆯ ᄯᅢ의도 도로혀 져 모양 쟝쇽을 ᄒᆞᆫ다."

ᄒᆞ거ᄂᆞᆯ, 요홰 니로ᄃᆡ,

"져 무리 쥭일 것들이 일인도 져런 일을 아라다가 한 마ᄃᆡ 니ᄅᆞ지 아니ᄒᆞ도다. 쾌히 쟝기덕을 블너오라."

ᄒᆞ니, 【24】 쳥ᄃᆡ 나간 지 ᄆᆡ오 이윽ᄒᆞ여 기덕으로 더브러 드러오ᄂᆞᆫᄃᆡ, 사ᄅᆞᆷ이 와셔 밥먹기ᄅᆞᆯ 쳥ᄒᆞ거ᄂᆞᆯ, 요홰 한 ᄎᆞ례 쉬ᄆᆡ 신지 져기 편ᄒᆞᆫ지라, 니러나 밥을 먹더니 그졔야 기덕이 드러오ᄂᆞᆫ지라. ᄅᆞᆫ득 무ᄅᆞᄃᆡ,

"네가 어ᄃᆡ 잇ᄃᆞ가 부ᄅᆞᆫ 지 반일만의야 겨유 오ᄂᆞ냐?"

기덕이 우ᄉᆞ며 ᄃᆡ답ᄒᆞᄃᆡ,

"ᄃᆡ문 어귀의 잇셔 드ᄅᆞ니 길거리 사ᄅᆞᆷ들이 공쥬ᄅᆞᆯ 강론ᄒᆞᄃᆡ, 말ᄒᆞᄂᆞᆫ 거시 죠히 우읍기로 셔셔 벙벙이 드럿다."

ᄒᆞ거ᄂᆞᆯ, 요홰 무ᄅᆞᄃᆡ,

"져의 무리 말 【25】 이 무어시라 ᄒᆞ더냐?"

기덕이 ᄃᆡ답ᄒᆞᄃᆡ,

"져의 무리 말이 '공쥬게셔 젼일 교ᄌᆞ의 안ᄌᆞᆺ실 ᄯᅢᄂᆞᆫ 우리 보기의 극히 문아(文雅)ᄒᆞ고 풍류가려(風流佳麗)ᄒᆞᆫ 한 분 미인이러니, 오ᄂᆞᆯ날 무변쟝쇽(武弁裝束)으로 ᄆᆞ샹의 안ᄌᆞᆺ시ᄆᆡ, 아지 못게라 엇진 모양으로 ᄅᆞᆫ득 웅위ᄒᆞᆫ ᄀᆡ샹이 잇셔, 사ᄅᆞᆷ으로 ᄒᆞ여곰 두렵게 ᄒᆞ고 ᄅᆞᆫ득 슈하의 뫼신 져져(姐姐)와 쇼야(小爺) 무리 젼일은 각기 쳥슈ᄒᆞ고 연미ᄒᆞ던 모양이러니, 오날은 엇지 위무ᄒᆞᆫ ᄀᆡ셰가 사ᄅᆞᆷ을 핍박ᄒᆞ니, 져거시 【26】 괴괴 ᄒᆞ도다' ᄒᆞ며, ᄯᅩ 일인이 말ᄒᆞᄃᆡ, '너의 무리 모다 ᄇᆞᆰ게 보지 못ᄒᆞ기로 그런 바로 ᄲᅧ 의혹ᄒᆞᄂᆞᆫ도다.' ᄯᅩ 일인이 니로ᄃᆡ 'ᄂᆡ가 너와 ᄀᆞᆺ치 일ᄶᅡᆼ 안졍(眼睛)으로 한 모양 보왓거ᄂᆞᆯ 엇지ᄒᆞ여 너ᄂᆞᆫ ᄅᆞᆫ득 보기ᄅᆞᆯ ᄇᆞᆰ게 ᄒᆞ고, 우리 무리ᄂᆞᆫ ᄅᆞᆫ득 ᄇᆞᆰ게 못ᄒᆞ엿다 ᄒᆞ니 도로혀 명빅히 가ᄅᆞ치믈 쳥'ᄒᆞᄆᆡ, 몬져 말ᄒᆞ던 사ᄅᆞᆷ이 ᄯᅩ 니로ᄃᆡ, '노형 무리ᄂᆞᆫ 챡급히 구지 말고 내 말ᄒᆞ면 각위가 모다 나ᄅᆞᆯ 심복ᄒᆞᆯ지라. 너의 무리 사ᄅᆞᆷ 보ᄂᆞᆫ 거시 한 【27】 번 보ᄆᆡ ᄅᆞᆫ득 그만 두고 ᄌᆞ셔히 오관으로 분변ᄒᆞ며, ᄀᆡ식을 술피지 못ᄒᆞ기의 그러므로 ᄲᅧ 능히 날ᄀᆞᆺ치 ᄇᆞᆰ게 보지 못ᄒᆞᄂᆞ니라.' ᄃᆡᄒᆞᄂᆞᆫ 사ᄅᆞᆷ이 니ᄅᆞᄃᆡ, '네가 샹보ᄂᆞᆫ 법을 아ᄂᆞ냐?' 기인이 니로ᄃᆡ '감히 쇽이지 못ᄒᆞᄂᆞ니 ᄂᆡ가 실노이 샹보ᄂᆞᆫ 법을 의지ᄒᆞ여 밥을 어더 먹노라.' ᄃᆡᄒᆞᄂᆞᆫ 사ᄅᆞᆷ이 ᄯᅩ 니로ᄃᆡ, '네가 ᄇᆞᆰ게 보왓다 ᄒᆞᄂᆞᆫ 거ᄉᆞᆯ 고히이 너기지 못ᄒᆞ리라. 다만 엇지

ᄒᆞ여 ᄆᆞᆰ게 보ᄂᆞᆫ 법이 되ᄂᆞ냐? 말ᄒᆞ여 우리로 알게 ᄒᆞ여야 즐겨 네게 항 【28】 복 ᄒᆞ리라.' 기인이 니로ᄃᆡ, '져거ᄉᆞᆫ ᄌᆞ연 그리ᄒᆞᆯ 거시니, 너의 무리 훤화(喧話)ᄒᆞ지 말고 나의 ᄌᆞ셔ᄒᆞᆫ 말을 드ᄅᆞ라. 져 공쥬긔셔 품뫼(品貌) 아ᄅᆞᆷ다온 거ᄉᆞᆫ 말ᄒᆞ지 말고, 아ᄅᆞᆷ다온 가온ᄃᆡ 도로혀 한 쥴기 ᄆᆞᆰ은 긔운을 씌여시니 실노이 긔이ᄒᆞᆫ 샹격이라. 그 눈가와 눈셥 가히 모다 우흘 향ᄒᆞ여 널고 이마가 ᄯᅩ 놉흐며 두귀 밋치 ᄯᅩ 너ᄅᆞ니 쇼년의 반ᄃᆞ시 병권을 쥬장ᄒᆞᆯ 거시오, 그 풍류 슈려ᄒᆞᆫ 거시 믄득 샹뎡(上停)의만 잇지 아닌지라. 이의 즁뎡(中停)의 【29】 이시니, 두 관골(顴骨)이 은은이 니러나고 쥰뒤(準頭)가 원평(圓平)ᄒᆞ고 산근(山根)이 져함(低陷)치 아니ᄒᆞ고, 누당(淚堂)이 풍만(豊滿)ᄒᆞ며 비록 곡ᄒᆞ나 웃ᄂᆞᆫ 것 ᄀᆞᆺ고, 깃거ᄒᆞ니 셩닌 것ᄀᆞᆺ트니 왕장(王嬙)과 셔시(西施)라도 이의셔 나지ᄂᆞᆫ 못ᄒᆞᆯ 거시오, 하뎡(下停)이 더옥 긔이 ᄒᆞ니, 두 ᄲᅣᆷ의 보죠개 샹히 잇고 입 ᄲᅮ리가 마ᄅᆞᆷ ᄀᆞᆺ트ᄃᆡ 젹고 귀박회가 드러븟고 지각(地閣)이 방원(方圓)ᄒᆞᆫ 고로 샹즁하 삼뎡(三停)이 각기 셔로 도라보지 아니ᄒᆞᄂᆞ니라.' ᄃᆡᄒᆞᄂᆞᆫ ᄉᆞᄅᆞᆷ이 니로ᄃᆡ, '져 각기 도라보지 아니ᄒᆞᆫ단 말은 우리 무리가 믄 【30】 득 ᄭᆡ치지 못ᄒᆞ노라.' 기인이 니로ᄃᆡ, '그러므로 ᄲᅧ ᄂᆡ가 긔이ᄒᆞᆫ 샹격이라 말ᄒᆞ미니, 만일 샹뎡은 문무젼ᄌᆡ로 셩명이 혁혁ᄒᆞ믈 말ᄒᆞ지 말고, 즁뎡은 다시 봉운(丰韻)이 ᄉᆞ면으로 넘치고 한 번 우ᄉᆞ미 셩(城)을 기우려 병권(兵權)을 쥬장ᄒᆞᄂᆞᆫ 모양ᄀᆞᆺ지 아니ᄒᆞ니, 가히 샹뎡으로 더브러 각기 셔로 도라보지 아니ᄒᆞ고, 하뎡의 니ᄅᆞ러ᄂᆞᆫ 더옥 사ᄅᆞᆷ으로 ᄒᆞ여곰 측량키 어려온지라. 한 쥴기 ᄆᆞᆰ은 긔운이 묵거두 턱 아릐로 죠ᄎᆞ 곳 올나가 귀 【31】 쥴기ᄅᆞᆯ 지나 완연이 관음보살의 만월(滿月)ᄒᆞᆫ 형샹이라. 맛참내 신션의 복분(福分)이 잇셔 즁뎡의 무미(嫵媚)ᄒᆞᆫ 틔도로 더브러 더옥 셔로 도라보지 아니ᄒᆞ니, 렬위ᄂᆞᆫ 쇽여 말ᄒᆞᄂᆞᆫ 거시 아니라 내가 샹보ᄂᆞᆫ 밥을 오릐 먹어 사ᄅᆞᆷ의 샹본 거시 쳔인지 만인지 모로ᄃᆡ, 믄득 져 공쥬 ᄀᆞᆺ튼 이샹ᄒᆞᆫ 샹격은 보지 못ᄒᆞ엿ᄂᆞᆫ지라. 너의 무리가 엇지 분변ᄒᆞ여 ᄂᆡ랴.' ᄃᆡᄒᆞᄂᆞᆫ 사ᄅᆞᆷ이 듯더니 니로ᄃᆡ, '네가 만일 져쳐럼 말을 아니ᄒᆞ더면 우리ᄂᆞᆫ 후두 【32】 (糊塗)이 지나갈 거시어ᄂᆞᆯ 네가 ᄇᆞᆰ히 말ᄒᆞ기로 우리 무리 돌쳐 ᄉᆡᆼ각ᄒᆞ니 일뎜도 그ᄅᆞ지 아니ᄒᆞ도다.' ᄯᅩ 무ᄅᆞᄃᆡ '져 슈하의 져져와 쇼야 무리ᄂᆞᆫ 엇더ᄒᆞ냐?' ᄒᆞ고, 졍히 그 말을 드러보려 ᄒᆞ더니 부싀 부ᄅᆞ기로 믄득 즈례 드러왓다 ᄒᆞ며, 도로혀 쵸엽 무리 겻히 잇셔 듯더라."

요홰 드ᄅᆞ미 즁심의 렬복ᄒᆞ여 무ᄋᆡᄌᆞ의 평일의 한두 마ᄃᆡ 드러ᄂᆡ던 말노 더브러 셔로 합ᄒᆞᄂᆞᆫ지라. 다만 입쇽으로 말ᄒᆞᄃᆡ,

"ᄂᆡ 이졔 져 쇼ᄉᆞ(少些)ᄒᆞᆫ 말을 듯지 【33】 아니리라."

ᄒᆞ며 방ᄌᆞ(方才) 쥬쳥ᄃᆡ 말ᄒᆞ기ᄅᆞᆯ,

"우리 무리의 이 법은 갑쥬ᄂᆞᆫ 병부의셔 지어온 거신ᄃᆡ 모다 ᄡᅳ지 못ᄒᆞᆯ지라. 드ᄅᆞ니 ᄌᆞ긔가 별노이 죠비(造備)ᄒᆞ여야 비로쇼 죠타 ᄒᆞ니, 네가 쾌히 령ᄉᆞ의게 젼ᄒᆞ여 져로 ᄒᆞ여곰 쇽히 톄양(體樣)을 의지ᄒᆞ여 가ᄇᆡ야온 투구와 연ᄒᆞᆫ 갑옷 열셰 벌을 ᄆᆡᆫᄃᆞ러 후일의 믄득 ᄡᅳ게 ᄒᆞᄃᆡ, 결단코 가히 그룻치지 못ᄒᆞ리라."

쟝기덕이 젼ᄒᆞ라 나가고, 쟝싀 드러와 품ᄒᆞᄃᆡ, 쟉일 알왼 표쟝(表狀)을 【34】 임의 비답(批答)ᄒᆞ여 나리시며 은량과 믈건을 의구히 샹급ᄒᆞ여 계시니 쳥컨ᄃᆡ 공쥬ᄂᆞᆫ ᄲᆞᆯ니 사ᄅᆞᆷ을 졍ᄒᆞ여 뎜검ᄒᆞ셔야 후일의 죠히 긔뎡(起程)ᄒᆞ리라 ᄒᆞ니, 요홰 일변 뎜두ᄒᆞ고 일변 비답ᄒᆞ신 거ᄉᆞᆯ 바다 보니 ᄒᆞ여 계시ᄃᆡ,

> 표장을 의지ᄒᆞ여 보ᄆᆡ, ᄉᆞ급ᄒᆞᆫ ᄀᆡᆨ시의 즙믈을 도로 밧쳣ᄂᆞᆫ지라. ᄀᆞᆺ쵸 념결(廉潔)ᄒᆞᆫ 거ᄉᆞᆯ 보깃시나 다만 이 물견이 본ᄃᆡ 공신을 샹급ᄒᆞᄂᆞᆫᄃᆡ ᄡᅳᄂᆞᆫ 비니, 이졔 너 경략싀 병법의 【35】 한슉(嫻熟)ᄒᆞ고 안ᄆᆞ(鞍馬)의 근로ᄒᆞ기로 오늘날 반샹(頒賞)ᄒᆞᆫ 거시 곳 후일의 공을 갑ᄂᆞᆫ 거시니 너ᄂᆞᆫ ᄉᆞ양 말고 흠ᄎᆞ(欽此)ᄒᆞ라.

ᄒᆞ엿더라.

요홰 쟝ᄉᆞᄅᆞᆯ ᄃᆡᄒᆞ여 니로ᄃᆡ,

"감히 명을 어긔지 못ᄒᆞᆯ지니, 가히 다시 표쟝을 올녀 ᄉᆞ은케 ᄒᆞ라."

쟝싀 응락ᄒᆞ고 가더라. 요홰 ᄯᅩ 고유ᄒᆞᄂᆞᆫ 거ᄉᆞᆯ ᄲᅧ노코, 군ᄉᆞ 셩명 긔록ᄒᆞᆫ 칙을 져 ᄉᆞ개 쇼시ᄅᆞᆯ 맛겨, 슈힝ᄒᆞᄂᆞᆫ 부ᄉᆞ 젼금역(錢金易)으로 ᄀᆞᆺ치 일병 ᄇᆞᆰ히 뎜검ᄒᆞᆫ 후의 다시 고ᄒᆞ라 ᄒᆞ【36】고, ᄯᅩ 쟝기덕으로 ᄒᆞ여곰 그 분부ᄅᆞᆯ 젼케

ᄒᆞ더라. 이날 하로ᄂᆞᆫ 각인이 모다 신고ᄒᆞ여 드ᄃᆡ여 각기 일즉 잘ᄉᆡ, 요홰 ᄆᆡ영으로 더브러 한 평샹 한 벼개의 눕고, ᄆᆡ영이 가마니 무ᄅᆞᄃᆡ,

"방ᄌᆞ 쟝기덕의 젼ᄒᆞᆫ 바 샹ᄌᆞ(相子)의 삼뎡셜화(三停說話)ᄅᆞᆯ 공쥐 ᄲᅧ 엇더타 ᄒᆞ시ᄂᆞ뇨?"

요홰 탄식고 니로ᄃᆡ,

"금싱은 임의 녀신이 되여시ᄆᆡ 긔여히 쳐녀 몸을 보젼ᄒᆞ기ᄅᆞᆯ 싱각ᄒᆞ나, 두리건ᄃᆡ 만만 능치 못ᄒᆞᆯ 거시니, 즁뎡의 말은 그ᄅᆞ지 아닐 듯ᄒᆞ나, 다 【37】 만 하뎡의 말이 시러곰 말ᄒᆞᆫ 바 ᄀᆞᆺ트면 원의 족ᄒᆞ려니와 아지 못게라 너의 무리 샹본 거ᄉᆞᆫ 엇더 ᄒᆞᆫ지? 명일의 가히 쵸엽을 블너 한번 무러 보라."

ᄆᆡ영이 답응 ᄒᆞ고, ᄯᅩ 무ᄅᆞᄃᆡ,

"공쥬게셔 둑신(纛神)을 졔ᄒᆞ여 계시니 가히 둑신의 쇼샹(塑像)을 보왓ᄂᆞ냐?"

요홰 니로ᄃᆡ,

"ᄂᆡ가 졀ᄒᆞ고 몸을 니러 모착(摸着)ᄒᆞ여 보니, 신샹(神像)이 기우린 몸으로 셔 잇고, ᄯᅩ 계집의 형샹과 ᄀᆞᆺ트니 너ᄂᆞᆫ ᄌᆞ셔히 보왓ᄂᆞ냐?"

ᄆᆡ영이 ᄃᆡ답ᄒᆞᄃᆡ,

"보ᄆᆡ 실노 계집의 【38】 형샹이라. 아지 못게라, 엇지 젹신(赤身)으로 몸을 드러ᄂᆡ고, 한필 ᄆᆞᆯ을 ᄃᆡᄒᆞ여 셧ᄂᆞ뇨? 믄득 그 연고ᄂᆞᆫ ᄭᆡ치지 못ᄒᆞ노라."

요홰 니로ᄃᆡ,

"ᄂᆡ 젼년의 ᄉᆞ부의 말을 드ᄅᆞ니 져 신령이 아비 구ᄒᆞᄂᆞᆫ 졍이 간졀ᄒᆞ믈 위ᄒᆞ여 ᄆᆞᆯ을 향ᄒᆞ여 빌며 고ᄒᆞᄃᆡ, 만일 능히 도적의 령즁의 가셔 아비 구ᄒᆞ여 시러오면, ᄆᆞᆯ노 더브러 부부되믈 원ᄒᆞᆫ다 ᄒᆞᄆᆡ, 그 ᄆᆞᆯ이 맛ᄎᆞᆷ내 그 부친을 구ᄒᆞ여 도라왓다 ᄒᆞ더니, 이후ᄂᆞᆫ 엇진 모양이 되엿ᄂᆞᆫ지 믄득 긔억지 못ᄒᆞ 【39】 노라."

ᄆᆡ영이 니로ᄃᆡ,

"져거시 ᄯᅩ 긔괴ᄒᆞ도다. 사ᄅᆞᆷ이 엇지 말노 더브러 부뷔 되리오. 싱각건ᄃᆡ 필연 ᄉᆞ후의 일이라."

ᄒᆞ니, 요홰 니로ᄃᆡ,

"져거시 블과시 일편 효심으로 ᄲᅧ 능히 넉넉이 신령이 되여시니, 이거시 사ᄅᆞᆷ을 권쟝ᄒᆞᄂᆞᆫ 쯧이니라."

ᄒᆞ고 량인이 말ᄒᆞ다가 잠드러 한번 ᄭᆡᄆᆡ 임의 일고삼뎡[댱](日高三丈)ᄒᆞᆫ지라. 급히 니러나 쇼셰ᄒᆞ고 밥을 먹으ᄆᆡ 기덕이 픔ᄒᆞᄃᆡ, 쇼시 무리 밧긔셔 고ᄒᆞ기ᄅᆞᆯ,

"각 고(庫)의 가셔 믈건을 ᄉᆞ검ᄒᆞ여 볼 터인ᄃᆡ, 도로혀 고군 【40】 등이 칙 너ᄒᆞᆫ 샹ᄌᆞᄅᆞᆯ 지고 드러오니, 청컨ᄃᆡ 공쥬ᄂᆞᆫ 방 쇽으로 드러가 안게 ᄒᆞ라."

요홰 우ᄉᆞ며 니로ᄃᆡ,

"네가 ᄯᅩ 긔이ᄒᆞ도다. ᄂᆡ가 쟉일 교쟝의셔 쳔만인을 보왓거ᄂᆞᆯ 오ᄂᆞᆯ날 도로혀 져 고군을 피ᄒᆞ라 ᄒᆞᄂᆞ냐? 져 무리로 ᄒᆞ여곰 다만 지고 드러오게 ᄒᆞ라."

기덕이 ᄲᆞᆯ니 쇼시 무리로 부ᄉᆞ와 고군을 닛그러 드러와 각항 치부칙을 밝히 뎜검ᄒᆞ여 보고, 믄득 샹ᄌᆞ 쇽으로 죠ᄎᆞ 루샹의 잇ᄂᆞᆫ 믈건을 긔록ᄒᆞᆫ 칙ᄌᆞᄅᆞᆯ ᄎᆞᄌᆞᄂᆡ여 령ᄉᆞ 【41】 와 고군이 안고 ᄉᆞ검ᄒᆞ라 가더라.

요홰 ᄯᅩ 쟝기덕을 분부ᄒᆞ여,

"져 거두어 온 리식(利殖) ᄃᆡ신 바든 은량과 이졔 ᄡᅴ고 갈 쇼용(所用)과 부즁을 간슈ᄒᆞᆯ 인구의 반급(頒給)ᄒᆞᆯ 량미ᄅᆞᆯ 어ᄃᆡ로 죠ᄎᆞ ᄯᅥ러닐ᄂᆞᆫ지 져로 ᄒᆞ여곰 단ᄌᆞ의 밝히 버려 가져오라 ᄒᆞ고, ᄯᅩ 왕부의셔 보ᄂᆡ여 온 ᄑᆞᆯ기 궁녀ᄅᆞᆯ 나ᄯᅥ난 후의 령ᄉᆞᄅᆞᆯ 시겨 다려다가 량 왕부 즁의 븟치여 두엇다가 반ᄉᆞᄒᆞ여 도라오기ᄅᆞᆯ 기ᄃᆞ려 다시 블너 오게 ᄒᆞ라."

쟝기덕 【42】 이 젼ᄒᆞ라 나가고, 장황 량(兩) 식부ᄅᆞᆯ 블너 분부ᄒᆞᄃᆡ, 너 량인은 인ᄒᆞ여 문 ᄋᆞᆸ집 쇽의셔 거쥬케 ᄒᆞ면 ᄂᆡ가 스ᄉᆞ로 량미ᄅᆞᆯ ᄉᆞ급ᄒᆞᆯ 거시오, 너의 년긔가 아직 졈으ᄆᆡ 외로온 몸으로 잇ᄂᆞᆫ 거시 맛ᄎᆞᆷ내 죠치 못ᄒᆞᆯ지라. 내 령ᄉᆞᄅᆞᆯ 가ᄅᆞ쳐 너의 무리ᄅᆞᆯ 위ᄒᆞ여 ᄧᆞᆨ을 지어 쥬라 ᄒᆞ엿ᄂᆞ니라. 량인이 고두ᄒᆞ고 명을 바다 나가더라. 한 즈음의 쟝기덕이 ᄉᆡ로 지은 갑쥬ᄅᆞᆯ 가져 드리거ᄂᆞᆯ, 요홰 보니 과연 지 【43】 은 거시 죠ᄒᆞᆫ지라. 도시 ᄭᅩᆺ 모양으로 슈노코 ᄯᅩ 비단 오ᄌᆞ와 일반이라. 가히 ᄲᅧ 닙을 만ᄒᆞ고, 림진(臨陣)ᄒᆞᄂᆞᆫ ᄯᆡᄅᆞᆯ 당ᄒᆞ면 다시 텰편 투구ᄅᆞᆯ 쓰ᄂᆞᆫᄃᆡ 그 쇽의 한 오리 쇼음 둔 븕은 비단을 밧쳐시ᄆᆡ, 쟉일 그 투구의 ᄡᅬᄭᅳᆺ치 샬 쇽을 눌너 드러가ᄂᆞᆫᄃᆡ 비치 못ᄒᆞᆯ지라.

쥬쳥ᄃᆡ로 ᄒᆞ여곰 각각 분급ᄒᆞ고, ᄯᅩ 쟝ᄉᆞ의게 젼령ᄒᆞ여 그 가권(家眷)을 거ᄂᆞ리고 반이ᄒᆞ여 후변 집 쇽의 드러와 거쥬ᄒᆞ고, 죠히 고쟝훈 거술 죠응(照應)호게 호며【44】일일히 분부호여 닉여 보닉더니, 몟 시롤 격호여 쇼시 무리 와셔 고호딕, 각쳐 믈건을 모다 수뎜호미 아올나 흠축되는 거손 업亽나, 다만 젼답과 방옥의 문권은 보지 못호니 싱각건딕 샹주 속의 감쵸여 잇다 호고, 드딕여 각기 샹주 밋히 큰 뭉치 하나흘 집어닉거놀, 요홰 하향을 맛겨 년월을 짜라 분변호여 젼답과 방옥의 도죠(賭租)와 셰젼(貰錢)을 미년의 언미 되든지 흠긔 한 벌을 긔록호여 오라 호고, 인호여 문권은 쟝亽롤 밧겨 간슈케 호니, 하향이 답응호고, 부亽 무리롤 다리고 나가더라.

눈 굴닐 亽이의 하놀이 임의 어두엇눈지라. 쟝기덕이 젼호여 쟝亽의 픔호는 말을 고호딕, 명일 亽경의 亽죠(辭朝)호고, 오경의 츌셩(出城)호눈딕, 즁군관이 아라보니 칠쟝공쥐(七長公主) 셩지롤 밧드러 딕신 퇴곡(堆轂)[뎐지 쟝슈 보닉는 례라]호는 례롤 힝혼다 호시니, 공쥬는 힘뻐 구지 亽양호라"

호거놀, 요홰 니로딕,

"아랏노라."

호고 드딕여 밥을 올【46】녀 먹은 후의 각기 침쇼로 도라가, 요홰 미영다려 니로딕,

"가히 쵸엽다려 무러보왓누냐?"

미영이 딕답호딕,

"무러 보기는 호여시나 져 옴기는 거시 분명치는 못호다."

호거놀, 요홰 니로딕,

"엇지 말호더냐?"

미영이 니로딕,

"졔가 젼호여 말호는 바롤 드르미, 샹주의 말이 우리 무리 즁의 일인이 공쥬와 굿치 한 모양이오, 면모는 믄득 공쥬와 굿트나 엇지 알니, 또 두 모양이라. 이의 긔식을 볼 거시니【47】져져(姐姐)의 긔샹의 면식은 어엿부기만 호고 위엄이 업亽며, 다만 빠히기는 호나 막지는 못호고, 몸 우히 안존 거시 볼기짝 두두러진 거손 보지 못호깃시니 두리건딕 유시무죵(有始無終)홀 거시오, 기여 삼위는 블과 평샹호나 도로혀 쟝슈는 홀 거시오, 亽개 쇼시 무리는 그 속의 다만 일개가 가히 뼈 숨亽픔 벼술은 호깃시나, 다만 빠혀난 거시 깁히 감쵸이지 못호고 셩픔이 만히 경죠(輕燥)훈 둧호니, 쟝구치 못홀 샹격이【48】라 호거놀, 요홰 니로딕,

"너 샹격 말훈 거손 의심이 업거니와 쇼시 무리 즁의 도로혀 누롤 말호미냐?"

미영이 니로딕,

"닉 싱각의는 하향인가 호노라."

요홰 니로딕,

"믄득 그러호도다. 다른 우히는 모다 노실(老實)호딕, 오죽 하향이 포쟝호기롤 죠하호고 도로혀 다란 사롬이 그리 못훈다 말호라."

미영이 니로딕,

"그 다음의 쏘 드르니 샹주의 말이 공쥬의 몸 뒤히 한 남주와 한 녀인이 짜로눈딕, 남주는 가히 귀션(鬼仙)이 되【49】고 녀인은 가히 디션(地仙)이 되리라 호더라."

요홰 니로딕,

"져거시 쟝기덕과 쥬쳥딕롤 말호미 아니냐?"

미영이 니로딕,

"말 뒤히 량개라 호니 분명히 져 량인을 가르치미로다."

요홰 니로딕,

"져 샹주의 말이 착실히 의시 잇도다. 亽부의 말이 량개가 후릭의 죠흔 곳이 잇다 호더라."

일변 말호며 일변 주미, 니운 무리 경뎜을 직희다가 찍롤 당호여 믄득 집亽호는 사롬들을 블너 료리(料理)케 호고, 짜라 요화롤【50】청호여 니러나 쇼셰호고 밥을 먹게 호더니, 외변의셔 임의 드러와 지촉호눈지라. 요홰 일변 쟝속호며 쏘 쇼시 무리롤 분부호여 부亽와 굿치 힝쟝을 슈습호여 몬져 셩의 나아가라 호고, 다만 亽개 비주롤 다리고 죠회의 드러갈식, 기덕 청딕 량인은 먼리 짜라 亽후호더라. 딕문을 나미 믄득 즁군관과 호위군이 거촉(炬燭)을 좁고 옮뒤흐로 옹호호고, 요홰 비녀로 굿치 일졔히 몰긔 올나 궐문 밧긔 니【51】르니, 틱감 무리 황후의 의지(懿旨)롤 밧들고 앏흐로 와 죠응호며 어젼시위(御前侍衛)의게 통호여 황샹이 뎐샹의 오르시거든 즉시 와 부르라 호엿더니 기다린 지반 시긱의 임의 션쇼(宣召)가 되눈지라.

요홰 亽개 비주롤 다리고 젼폐의 나라가 산호(山呼)호고 비례롤 맛추미, 황뎨 블너 앏히 셰우고 군무亽롤 셰셰히 알쟝을 니루시고, 쏘

말ᄒᆞ시ᄃᆡ,

"네가 이번 가ᄂᆞᆫ 거시 타인의게 비길 비 아니라. 힘ᄡᅥ 슉부로 더브러 동심합력ᄒᆞ【52】여 일즉 텹셔ᄅᆞᆯ 보ᄒᆞ게 ᄒᆞ라."

요홰 일일히 봉명ᄒᆞᄆᆡ, 황뎨 ᄯᅩ 니로시ᄃᆡ,

"짐이 임의 칠쟝공쥬ᄅᆞᆯ 명ᄒᆞ여 짐을 ᄃᆡ신ᄒᆞ여 슈레박회ᄅᆞᆯ 미러 아오라히 ᄃᆡ쟝 보ᄂᆡᄂᆞᆫ 례ᄅᆞᆯ 다ᄒᆞ게 ᄒᆞ엿노라."

요홰 ᄲᆞᆯ니 ᄭᅮ러 업ᄃᆡ여 지삼 고사(固辭)ᄒᆞ고, 죠송 량왕이 ᄯᅩᄒᆞᆫ 겻흐로 죠ᄎᆞ ᄃᆡ신 알외ᄃᆡ,

"졔가 국가의 죵신을 신ᄌᆞ(臣子)의게 비기지 아닐 거시오, 임의 져러ᄐᆞᆺ 고ᄉᆞᄒᆞ니 황샹은 윤죵ᄒᆞ시믈 바라ᄂᆞ이다."

샹이 비로쇼 젼지ᄒᆞ며 면【53】ᄒᆞ게 ᄒᆞ고 ᄯᅩ 근시로 ᄒᆞ여곰 일개 표긔(標旗)ᄅᆞᆯ ᄂᆡ여와 요화ᄅᆞᆯ ᄉᆞ급ᄒᆞ시니, 요홰 ᄭᅮ러 바다 펴 보ᄆᆡ 오쳑 기리와 삼쳑 오륙촌 너븨의 황금단을 드려 ᄭᅮ미고 일 ᄡᅡᆼ 룡을 슈노코 흑늉ᄉᆞ(黑絨紗)의 오개 젹은 글ᄌᆞᄅᆞᆯ ᄡᅥ 븟쳐시니, 뎨십ᄉᆞ황녀(第十四皇女)라 ᄒᆞ고, 즁간의 ᄯᅩ 열두개 큰 글ᄌᆞᄅᆞᆯ 브쳣시니, 흠명ᄉᆞ쳔무위탕구경략졍ᄉᆡ(欽命四川武威盪寇經略正使)라 ᄒᆞ엿ᄂᆞᆫ지라.

요홰 보기ᄅᆞᆯ 맛ᄎᆞᄆᆡ 즉시 고두ᄒᆞ고 디슈(祗受)ᄒᆞ니, 황뎨 니로시ᄃᆡ,

"짐이 특별이 궁녀로【54】ᄒᆞ여곰 련야(連夜)ᄒᆞ여 슈노와 ᄆᆡᆫᄃᆞ러 황ᄆᆡ로 ᄒᆞ여곰, 호반위엄(虎班威嚴)을 빗ᄂᆡ게 ᄒᆞ고, ᄯᅩ 량슈(兩首) 절구ᄅᆞᆯ 지어 젼숑(餞送)ᄒᆞ신다 ᄒᆞ고, ᄯᅩ 근시로 ᄒᆞ여곰 칙샹 우희 가져다가 노흐라 ᄒᆞ시니, 요홰 ᄡᅡᆼ슈로 밧드러 낭숑ᄒᆞ니, 기일(其一)의 닐너시ᄃᆡ,

텬황륙슈건긔훈(天潢毓秀建奇勳)ᄒᆞ니
문무ᄌᆡ릉경위분(文武才能經緯分)이라
위슈인긔당젼ᄉᆞ(爲繡認旗當殿賜)ᄒᆞ니
츄분ᄒᆡᆼ진탕요분(追奔行陣蕩妖氛)이라

텬황의셔 ᄉᆡᆼ혀난 긔운을 비져셔 긔이ᄒᆞᆫ 공을 셰우니

문무의 ᄌᆡ죠와 능ᄒᆞᆫ 거시 경과위ᄅᆞᆯ 난호더라

위ᄒᆞ여 표긔ᄅᆞᆯ 슈노화 젼각을 당ᄒᆞ여 ᄉᆞ급ᄒᆞ니

죠ᄎᆞ ᄯᅡ라 ᄒᆡᆼ진의 가셔 요분(妖氛)을 쇼탕케 ᄒᆞ라

【55】기이(其二)의 닐너시ᄃᆡ,

당ᄃᆡᄌᆡᆼ젼낭ᄌᆞ군(唐代爭傳娘子軍)ᄒᆞ니
ᄌᆡᆼ개막부노홍군(曾開幕府露紅裙)이라
토ᄉᆡ챠득젼모열(土司且得前矛列)ᄒᆞ니
후경빙경텹쥬문(後勁憑卿捷奏聞)이라

당나라 ᄃᆡ의 닷토와 낭ᄌᆞ군을 젼ᄒᆞ여시니

일즉 막부ᄅᆞᆯ 열고 홍군(紅裙)을 드러ᄂᆡ더라

토ᄉᆡ(土司)가 ᄯᅩ 시러곰 션봉의 버려이시니

뒤희 굿센 거ᄉᆞᆫ 경을 의지ᄒᆞ여 텹셔ᄅᆞᆯ 쥬문(奏聞)ᄒᆞ리라.

요홰 다시 고두ᄉᆞ은ᄒᆞ고 알외ᄃᆡ,

"신쳡이 ᄎᆞᆫ공(寸功)을 셰우지 못ᄒᆞ엿거ᄂᆞᆯ 이졔 은샤ᄒᆞ시ᄂᆞᆫ 거시 즁쳡ᄒᆞ고, ᄯᅩ 어졔(御題)로 표쟝ᄒᆞ시믈 닙으니, 더옥 황숑ᄒᆞ미 욕ᄉᆞ무디(慾死無地)라. 신쳡이 오즉 원ᄒᆞ【56】ᄂᆞᆫ 바ᄂᆞᆫ 젹비ᄅᆞᆯ 쇼멸ᄒᆞ여 우흐로 셩회ᄅᆞᆯ 위로ᄒᆞ고, 아ᄅᆡ로 텬은을 만분지일이나 갑흘가 ᄒᆞᄂᆞ이다."

ᄒᆞ고, 드ᄃᆡ여 뎐폐의 하직ᄒᆞ니, 샹이 니로시ᄃᆡ,

"ᄒᆡᆼ군ᄒᆞᄂᆞᆫ 거ᄉᆞᆫ 신쇽ᄒᆞ므로 ᄡᅥ 귀ᄒᆞ믈 ᄉᆞᆷᄂᆞ니 가히 쟝졸을 경계ᄒᆞ여 일즉 쵹즁(蜀中)의 다ᄃᆞᆺ게 ᄒᆞ라. 짐이 맛당히 날을 곱아 기다리리라."

요홰 슈명ᄒᆞ고 젼뎡(殿庭)의 나와 인ᄒᆞ여 곤령궁(坤寧宮)의 드러가 황후와 밋 각 공쥬긔 하직ᄒᆞ고 감히 오ᄅᆡ 머무지 못ᄒᆞ여 즉긔의 궐문을 나【57】니, 하ᄂᆞᆯ이 임의 크게 ᄇᆞᆰ은지라. 바야흐로 ᄆᆞᆯ긔 오ᄅᆞ고ᄌᆞ ᄒᆞ더니, 어젼교위(御前校衛) 와셔 픔ᄒᆞᄃᆡ,

"셩지ᄅᆞᆯ 밧드러 공쥬ᄅᆞᆯ ᄃᆡ신ᄒᆞ여 표긔(標旗)ᄅᆞᆯ ᄌᆞᆸᄂᆞᆫ다."

ᄒᆞ거ᄂᆞᆯ 요홰 즉시 비녀로 ᄒᆞ여곰 표긔ᄅᆞᆯ ᄂᆡ여 쥬니, 그 교위 일즉 긔ᄃᆡᄅᆞᆯ 가지고 왓ᄂᆞᆫ지라. 즉시 ᄆᆡ여 올니고 ᄆᆞᆯ 뒤희 잇셔 바드며, 요홰 즉시 ᄉᆞ개 비ᄌᆞ와 ᄀᆞᆺ치 ᄆᆞᆯ긔 올나 ᄲᆞᆯ니 평측

문(平則門)의 나셔니, 젼송ᄒᆞᄂᆞᆫ 쟤 분답(紛沓)ᄒᆞ여 곳 령문의 니ᄅᆞ러 비로쇼 긋치거ᄂᆞᆯ, 일일히 회ᄉᆞᄒᆞ【58】고, 각쵸쟝관(各哨將官)과 병ᄃᆡ 대오ᄅᆞᆯ 경계ᄒᆞ여 영졉ᄒᆞᄂᆞᆫ지라. 요홰 쟝(帳)의 드러가 좌의 올나 긔힝(起行)ᄒᆞᄂᆞᆫ 호령을 발ᄒᆞᄆᆡ 드ᄃᆡ여 삼셩(三聲) ᄃᆡ포ᄅᆞᆯ 노코 즉긔의 발힝ᄒᆞᆯ시, 경긔ᄂᆞᆫ 표양ᄒᆞ고 술긔ᄂᆞᆫ 분등(奔騰)ᄒᆞ며, 호호탕탕히 별ᄀᆞᆺ치 달니여 힝ᄒᆞ여 나아가ᄆᆡ, 호령이 삼엄ᄒᆞ여 츄호불범(秋毫不犯)ᄒᆞ고, 쟝ᄎᆞᆺ 형쥐셩(荊州城)의 다ᄃᆞ라 믄득 셩외의 쥬찰(駐札)ᄒᆞ엿더니, 홀연 ᄐᆡ감 량명이 니ᄅᆞ러 셔신을 더지ᄂᆞᆫ지라. 요홰 심즁의 무【59】ᄋᆡ지 군ᄉᆞᄅᆞᆯ 보ᄂᆡ여 니리 온 쥴 알고 즉시 블너드리라 ᄒᆞ니, 즁군관이 다리고 드러와 ᄐᆡ감이 문안을 맛치고 셔텹을 올니거ᄂᆞᆯ, 요홰 ᄲᆞᆯ니 ᄶᅥ혀 보니, ᄒᆞ여시ᄃᆡ,

네가 길을 난 이후의 일졀 ᄉᆞ경을 ᄂᆡ가 모다 아랏고, 이졔 ᄃᆡ군을 거ᄂᆞ리고 쟝ᄎᆞᆺ 나아가 쵸토ᄒᆞ기로, ᄂᆡ가 임의 친슈병(親隨兵) ᄉᆞᄇᆡᆨ명을 졍히 죠련ᄒᆞ여 ᄒᆞ여곰 간도(間道)로 곳 형쥐의 다라가 기다리라 ᄒᆞ여시니, ᄉᆡᆼ각【60】건ᄃᆡ, 즉긔의 가히 ᄡᅥ 모도엿실지라. 맛당히 몬져 가마니 하향과 쵸엽을 보ᄂᆡ여 기예 츌즁ᄒᆞᆫ 무변(武弁) ᄉᆞ원(四員)과 졍쟝병(精壯兵) 오ᄇᆡᆨ명을 죠발(調發)ᄒᆞ여 가지고 진쥬(辰州) 동인ᄉᆞ(銅仁思) 남편(南便)으로 말미암아 즈레 한 강을 건너 왕야긔 통보ᄒᆞ게 ᄒᆞ고, 몬져 그 곳 군졍을 ᄌᆞ셔히 밝히 아라 가지고 급죡(急足)을 ᄡᅡ 인ᄒᆞ여 본 길노 말미암아 붓치여 알게 ᄒᆞ고, 그 오ᄇᆡᆨ명 군ᄉᆞᄅᆞᆯ 하향과 쵸엽으로 ᄒᆞ여곰 가히 왕야【61】긔 아시게 ᄒᆞ고, 미리 도적의 진이 셔로 갓가온 곳의 ᄆᆡ복ᄒᆞ여 두고, 가마니 셕쥬토ᄉᆞ(石柱土司)로 ᄒᆞ여곰 알게 ᄒᆞ여 ᄡᅥ 그 담략을 쟝(壯)케 ᄒᆞ여쥬고, 모도여 토젹ᄒᆞᄂᆞᆫ 날을 기다려 니러나 발ᄒᆞ게 ᄒᆞ고, 너ᄂᆞᆫ 그곳의 잇셔 믄져 격문을 발ᄒᆞ여 젹당(賊黨)을 쵸안(招安)ᄒᆞ여 그 동졍이 엇더ᄒᆞᆷ을 아라보며, 다시 문텹을 토ᄉᆞ(土司)의게 지휘ᄒᆞ여 긔약을 졍ᄒᆞ여 모도여 치게 ᄒᆞ고 만일 거즛 항복ᄒᆞᄂᆞᆫ 쟤 잇거든 ᄉᆞ항(詐降)ᄒᆞᄂᆞᆫ ᄯᅳᆺ을【62】가져 계교ᄅᆞᆯ 베푸러 파케 ᄒᆞ고, 회동ᄒᆞᄂᆞᆫ 날의 니ᄅᆞ러 헛도히 표긔ᄅᆞᆯ 세워 곧 ᄃᆡ군으로 ᄒᆞ여곰 젹진을 ᄎᆞᆼ돌케 ᄒᆞ고, 너의 무리 일곱 사ᄅᆞᆷ은 친슈군을 거ᄂᆞ리고, 좌편의 ᄆᆡ복ᄒᆞ고 단병(短兵)으로 ᄡᅥ 졉젼ᄒᆞ면 녁괴(逆魁)가 반ᄃᆞ시 능히 나의 쇼료(所料) 밧긔 나지 못ᄒᆞ여, 가히 한번 북쳐 ᄉᆞ로 좁을 거시오, ᄒᆡᆼ군ᄒᆞᄂᆞᆫ 날은 몬져 군졍ᄉᆞ로 함거(檻車)ᄅᆞᆯ 만히 판비ᄒᆞ여 군ᄉᆞ 옮히 모라 가게 ᄒᆞ면 젹당이【63】보ᄆᆡ 담이 셔늘ᄒᆞ게 ᄒᆞ고, ᄯᅩ 가히 도적의 몰을 ᄡᅥ지ᄅᆞᆯ 거시오, 반ᄉᆞᄒᆞᆫ 후의 황샹이 필연 너ᄅᆞᆯ 하가(下嫁)시길 거시니, 결단코 가히 경셩의 잇셔 셩례ᄅᆞᆯ 말고, 모롬즉이 밝히 쥬달ᄒᆞ여 집의 도라와 셩묘ᄒᆞᆫ 후의 턱일ᄒᆞ여 셩친ᄒᆞ고, 다시 쥬문(奏聞)을 올니리라 ᄒᆞ면 황샹이 필연 윤죵ᄒᆞ시리라. ᄃᆡ단(大段)한 졍형(情形)은 이ᄀᆞᆺ튼ᄃᆡ 지나지 아니ᄒᆞ리니, 림시(臨時)ᄒᆞ여 맛당히 ᄡᅥ 변ᄒᆞᆷ을 ᄯᅡ라 응ᄒᆞᄂᆞᆫ 거시【64】가ᄒᆞ니라. 무ᄋᆡᄌᆞ의 슈륵(手泐)이라

요홰 보기ᄅᆞᆯ 맛치ᄆᆡ, 즁군을 명ᄒᆞ여 ᄐᆡ감과 ᄀᆞᆺ치 친슈병을 거나려 가셔 ᄃᆡ녕(大營)을 슈호ᄒᆞ게 ᄒᆞ니, 즁군이 령명ᄒᆞ고 옮흐로 닷더니 이경(二更)의 니ᄅᆞ러 병뎡을 안돈ᄒᆞ고, 요홰 임의 셔신을 ᄡᅥ 가마니 하향과 쵸엽을 닐너 힝ᄒᆞ게 ᄒᆞ고 ᄯᅩ 즁군의게 가마니 젼ᄒᆞ여 쟝관을 ᄲᅡ며 병뎡을 죠발ᄒᆞᄃᆡ 누셜되지 아니케 ᄒᆞ고, ᄉᆞ경(四更) 되거든 즉시 계힝(啓行)ᄒᆞ라 ᄒᆞ니, 즁군관이 가【67】마니 간판(幹辦)ᄒᆞ여 ᄉᆞᄅᆞᆷ은 함오[190]ᄅᆞᆯ 머금고 말은 방울을 ᄶᅥ히고, ᄉᆞ경 밋쳐 쵸연(悄然)이 가더라.

ᄎᆞ일 시비 요홰 쟝막의 올나 병부 ᄉᆞ원(司員)과 통병쟝관(統兵將官)을 모화 한가지로 의론ᄒᆞᆯ시, 몬져 쵸안ᄒᆞᄂᆞᆫ 격문을 ᄆᆡᆫᄃᆞ러 무변으로 ᄒᆞ여곰 몰을 달녀 각쳐로 가 붓치게 ᄒᆞ고, 아올나 형쥬(荊州)와 양양(襄陽) 두 곳의 분부ᄒᆞ여 급히 함거ᄅᆞᆯ 만히 판비케 ᄒᆞ고, 별노이 쳥포쟝막(靑布帳幕)을 지어 군젼의 가져 나가 쳥용(聽

190) 【함오】 명 하무. 함우(啣一). 옛날 군중(軍中)에서 군사들이 떠들지 못하게 입에 물리는 가는 막대기. ¶ 銜枚 ‖ 즁군관이 가마니 간판ᄒᆞ여 ᄉᆞᄅᆞᆷ은 함오ᄅᆞᆯ 머금고 말은 방울을 ᄶᅥ히고 ᄉᆞ경 밋쳐 쵸연이 가더라 (中軍官自去, 暗暗承辦, 人銜枚, 馬摘鈴. 一交四鼓, 悄然而去.) <瑤華 10:67>

用)ᄒᆞ게 ᄒᆞ고, ᄯᅩ 통병ᄒᆞᆫ 쟝관의【68】게 일너, ᄌᆞ금(自今) 위시ᄒᆞ여 쥬야비도(晝夜倍道)ᄒᆞ여 십일을 한 ᄒᆞ고 즁경부(重慶府)의 다ᄃᆞᆺ게 ᄒᆞᄃᆡ, 만일 어긔면 군법으로 죵ᄉᆞᄒᆞ리라 ᄒᆞ고, ᄃᆞᄃᆡ여 진을 거더 가지고 발힝ᄒᆞ더라.

ᄎᆞ셜, 셕쥬녀토ᄉᆞ(石柱女土司)의 셩은 진(秦)이오, 명은 량옥(良玉)이니, 몬져 졔 아비가 토ᄉᆞ 벼술을 ᄒᆞ다가 쟉고ᄒᆞ미, 모든 ᄋᆞᄌᆞᄂᆞᆫ 다 어리므로 쥬문ᄒᆞ여 쟝녀 량옥으로 즘간 관찰ᄒᆞ게 ᄒᆞ고, 졔의 ᄌᆞ라기롤 기ᄃᆞ려 다시 쥬쳥ᄒᆞ려 ᄒᆞ더라. 량옥의 위인이 강명졍【69】ᄃᆡ(剛明正大) ᄒᆞ고, 안무(按撫)ᄒᆞᄂᆞᆫ 거시 방략(方略)이 이시미 모든 토번(土番) 무리 다 그 법도롤 항복ᄒᆞᄂᆞᆫ고로, 모든 ᄋᆞ이 비록 쟝셩ᄒᆞ여시나 인ᄒᆞ여 구졍(歸正)치 못ᄒᆞ더라.

가졍(嘉靖) 년간의 토비(土匪) 샤슝명(奢崇明)이 쟉란ᄒᆞ여 ᄉᆞ방이 어ᄌᆞ러오미, 량옥이 ᄌᆞ청ᄒᆞ여 뎡벌ᄒᆞ려 ᄒᆞ거ᄂᆞᆯ, 죠뎡이 그 츙의롤 아름ᄃᆞ히 너겨 졀월(節鉞)을 빌니고 뎡토(征討)ᄒᆞ게 ᄒᆞ나, 슝명이 교ᄉᆞ(巧詐)ᄒᆞ여 잠간 반ᄒᆞ고 잠간 항복ᄒᆞ여 쳔연ᄒᆞ게 웅거ᄒᆞ엿ᄂᆞᆫ지라. 량옥의 모든 아이 ᄡᅡ홈【70】ᄒᆞ다가 쥭은 거시 네 사롬이라. 힘이 능히 지텡치 못ᄒᆞ여 쥬쳥ᄒᆞ여 군ᄉᆞ롤 발ᄒᆞ여 나가 합력ᄒᆞ여 쵸멸ᄒᆞ려 ᄒᆞ니, 슝명이 공구(恐懼)ᄒᆞ여 군ᄉᆞ롤 거ᄂᆞ리고 투항ᄒᆞ엿다가 ᄃᆡ병을 겨유 거두미 다시 ᄯᅩ 둔취ᄒᆞ고, 니건틔(李建泰) 봉명ᄒᆞ고 뎡토ᄒᆞᆯ 시, 범졀(凡節)이 나약ᄒᆞ여 관망ᄒᆞ고 욻흐로 나아오지 못ᄒᆞ나, 다힝이 량옥이 잇셔 더브러 텡지(撑持)ᄂᆞᆫ ᄒᆞᄃᆡ 다만 병력이 단박(單薄)ᄒᆞ므로 ᄯᅩᄒᆞᆫ 능히 쵸멸치 못ᄒᆞ니, 복왕(福王)이 쥬쳥【71】ᄒᆞ여 군ᄉᆞ롤 더 발ᄒᆞ고, 요화로 통령ᄒᆞ여 셔로 돕게 ᄒᆞ미라.

근일의 슝명이 ᄃᆡ령의 동졍 업ᄉᆞ믈 보고 일호도 긔탄ᄒᆞ미 업셔 다시 즁경부(重慶府)롤 웅거ᄒᆞ고, 쟝ᄎᆞᆺ 큰 거죠롤 도모ᄒᆞ더니, 홀연이 쵸안ᄒᆞᄂᆞᆫ 격문을 보고 앙텬 ᄃᆡ쇼ᄒᆞ며 니로ᄃᆡ,

"대명의 인지 업ᄉᆞ믈 알니로다. 몬져 일개 ᄡᅳᆯᄃᆡ 업ᄂᆞᆫ 문관을 보닉여 이 곳의 와셔 졉젼ᄒᆞᆯ ᄡᅵ의 허다ᄒᆞᆫ 날의 잠만 ᄌᆞ고 지닉더니, ᄯᅩ 쇼녀롤 보닉여 격문 우히 ᄡᅳᆫ 거【72】술 보니, 십ᄉᆞ 황녜라. ᄂᆡ 특별이 ᄉᆞ로 잡아다가 슈용(受用)ᄒᆞ리라."

즁격이 니로ᄃᆡ,

"대왕은 가히 젹게 보지 말나. 져 녀지 쇼시(小廝) 무리 둣기의 문무젼지 겸비ᄒᆞ다 ᄒᆞ고, 아올나 텬계황뎨(天啓皇帝)의 공쥬 아니오, 믄득 이의 온 감군ᄉᆞ 복왕의 녀ᄋᆡ라 ᄒᆞ더라."

ᄒᆞ니, 슝명이 니로ᄃᆡ,

"블과시 복왕의 공쥬니 져거시야 ᄂᆡ가 도로혀 요구(要求)치 못ᄒᆞ랴. 너의 무리 즁쟝(衆將)이 죠히 지각이 업도다. 젼리ᄒᆞᄂᆞᆫ 말이 무비(無非) 복왕을 위ᄒᆞ여 광면(廣面) 되게【73】ᄒᆞ미니, 네 싱각ᄒᆞ여 보라. 십여 셰 된 녀ᄋᆡ 졔가 비록 하늘을 ᄯᅮᆯᄂᆞᆫ 무예가 잇다 ᄒᆞ여도 믄득 두렵지 아니리니, 너의 무리ᄂᆞᆫ 도로혀 져롤 두려워 ᄒᆞᄂᆞ냐?"

즁격이 니로ᄃᆡ,

"두렵든지 아니 두렵든지 가히 경시치ᄂᆞᆫ 못ᄒᆞ리라."

ᄒᆞ더라. 슝명이 니로ᄃᆡ,

"약간 방비ᄂᆞᆫ 아니치 못ᄒᆞ리라."

ᄒᆞ더라.

지셜, 하향 등이 쳐음으로 ᄎᆞ견(差遣)ᄒᆞ믈 당ᄒᆞ미, 홈긔 각기 날닉게 욻흐로 ᄃᆞᆺᄂᆞᆫᄃᆡ, ᄉᆞ쳔(私錢)을 ᄂᆡ여 쥬육을 ᄉᆞ셔 병뎡 등을 먹게 ᄒᆞ고, ᄯᅩ 호【74】언으로 후려ᄂᆡ니, 져 무리 각각 환희ᄒᆞ여 로샹의셔 졍(情)을 더지고 ᄠᅳᆺ이 합ᄒᆞ여 각각 헌계ᄒᆞ여 니로ᄃᆡ,

"쇼야(小爺)의 져 모양 은ᄃᆡ(恩待)ᄒᆞ믈 닙으니, 우리 무리 명일브터 져 모양으로 힝치 마ᄌᆞ."

ᄒᆞ거ᄂᆞᆯ 하향 등이 무ᄅᆞᄃᆡ,

"너의 말ᄃᆡ로 ᄒᆞ면 엇지 가야 죠흐랴?"

져 무리 ᄃᆡ답ᄒᆞᄃᆡ,

"우리가 이졔ᄂᆞᆫ 로뎡(路程)을 블계ᄒᆞ고 참슈(站數)롤 덥허노코 반ᄃᆞ시 순막방(巡幕房)도 경치 마ᄌᆞ."

ᄒᆞ니 하향이 무ᄅᆞᄃᆡ,

"엇지 슉식을 ᄒᆞ려 ᄒᆞᄂᆞ냐?"

져 무리 한 귀졀 말을 ᄒᆞ【73】여 ᄂᆡ니 크게 유익ᄒᆞ믈 어든지라. 엇지ᄒᆞ엿ᄂᆞᆫ지 하회의 분히ᄒᆞ라.

20

멸구셩공유후경 시금보진쇽젼건
滅寇成功留後勁 施金普賑贖前愆

화셜, 병뎡 무리 니로ᄃᆡ,

"우리 다만 건량(乾糧)만 만히 진히고 길을 ᄯᅡ라 슉식ᄒᆞᄂᆞᆫ 거시 믄득 죠흐리라."

하향(荷香)이 의윤(依允)ᄒᆞ여 쥬야ᄅᆞᆯ 물[불]구(不拘)ᄒᆞ고, ᄡᅵ면 닷고 곤ᄒᆞ면 쉬여 십일의 한ᄒᆞᆫ 로뎡을 나흘의 임의 니ᄅᆞᄆᆡ, 그러므로 ᄲᅧ 즁경부의 【74】 다ᄃᆞᄅᆞᆫ 거시 다ᄅᆞᆫ 사ᄅᆞᆷ의게 비ᄒᆞ여 오륙 일을 몬져 ᄒᆡᆼᄒᆞ엿ᄂᆞᆫ지라. ᄃᆡ령(大營)의 드러가 복왕긔 문안ᄒᆞ고 요화의 셔신을 올니니, 왕이 보ᄆᆡ 군뎡(軍情)을 구획(籌劃)ᄒᆞᆫ 거시 십분 죠리가 잇ᄂᆞᆫ지라. 심히 깃거ᄒᆞ고, 드ᄃᆡ여 니건ᄐᆡ(李建泰)로 샹의ᄒᆞ고 이곳 ᄉᆞ경을 가져 ᄌᆞ셰히 문ᄡᅥᄅᆞᆯ ᄆᆡᆫ돌고 군즁의셔 잘 것ᄂᆞᆫ 급죡(急足)을 ᄲᅡ ᄂᆡ여 련야(連夜)ᄒᆞ여 요화의게 젼ᄒᆞ니, 요홰 보ᄆᆡ, 니건ᄐᆡᄂᆞᆫ 한가지도 쥬획(籌劃)ᄒᆞ미 업고 진량옥은 홀노 지ᄐᆡᆼᄒᆞ기 어렵고, 젹비 【75】 ᄂᆞᆫ 십분 챵궐ᄒᆞ믈 알지라.

드ᄃᆡ여 졔쟝을 쳥ᄒᆞ여 져일을 가지고 엇지 진병ᄒᆞ여야 죠흐믈 샹의ᄒᆞ니, 어시의 각인이 모다 계교ᄅᆞᆯ 드리거ᄂᆞᆯ, 요홰 개개히 드ᄅᆞᄆᆡ 졀당ᄒᆞ게 말ᄒᆞᆫ 거시면 졔말 ᄃᆡ로 죠ᄎᆞ ᄒᆞ고, 긴요ᄒᆞ미 업ᄂᆞᆫ 말은 별노이 더브러 의론ᄒᆞᄂᆞᆫᄃᆡ, 대츙이 무ᄋᆡᄌᆞ의 경ᄒᆞᆫ 바 국면의 버셔나지 못ᄒᆞ더라. 드ᄃᆡ여 ᄃᆡ즁을 당착(當着)ᄒᆞ여 ᄉᆞ월 쵸일일노 긔회ᄒᆞ여 합ᄒᆞ여 도젹치기ᄅᆞᆯ 졍ᄒᆞ고, 다만 웅포 쇼ᄅᆡ 【76】 ᄅᆞᆯ 듯거든 일졔히 군ᄉᆞᄅᆞᆯ 나아가게 ᄒᆞ고 답셔ᄅᆞᆯ ᄡᅥ 복왕이 아ᄅᆞ시게 ᄒᆞ며, ᄯᅡ로 셔신을 ᄆᆡᆫᄃᆞ러 진량옥을 쥬어 알게 ᄒᆞ고, 편지 가지고 온 사ᄅᆞᆷ을 블너 드려 후히 샹급ᄒᆞ고, ᄯᅩ 져다려 시ᄀᆡᆨ을 한ᄒᆞ여 답셔ᄅᆞᆯ 젼케 ᄒᆞᄃᆡ, 만일 시ᄀᆡᆨ이 어긔지 아니ᄒᆞ여 ᄃᆡ공을 일우게 ᄒᆞ면, 별노이 직함을 승셔(陞敍)ᄒᆞ여 쥬리라 ᄒᆞ니, 기인이 쳔만 즐겨 응락ᄒᆞ거ᄂᆞᆯ, 요홰 ᄯᅩ 니로ᄃᆡ,

"내가 ᄯᅩ 일인을 보ᄂᆡ여 왕야의 곳에 가게 ᄒᆞᄂᆞᆫ 거시니, 【77】 너와 동ᄒᆡᆼ케 ᄒᆞ라."

기인이 응락ᄒᆞ더라. 요홰 임의 쟝기덕을 시겨 친슈군 쇽의셔 일명을 ᄲᅡᄂᆡ여 기인과 ᄀᆞᆺ치 ᄒᆡᆼ케 ᄒᆞ며, 요홰 이 ᄣᅢ의 오히려 기쥬부(夔州府)의 잇셔 즁경부(重慶府)로 더브러 샹련(相連)ᄒᆞᆫ 디경 어귀의 찰쥬(扎住)ᄒᆞ여 도젹이 알가 두려 산모롱 쇽의 지여온 록포쟝막(綠布帳幕)을 버려 쳐셔 노코 ᄇᆡᆨ포쟝막은 일병 거두어 드리고 긔치도 셰우지 아니ᄒᆞ고 방포도 놋치 아니ᄒᆞᄆᆡ, 사ᄅᆞᆷ이 잇셔 먼리 바라보면 쟝막이 산빗과 셔로 ᄀᆞᆺ 【78】 트여, 인ᄆᆡ 그 쇽의 찰쥬ᄒᆞᆫ 쥴을 아지 못ᄒᆞ더라.

이곳의셔 즁경부 가기가 반일뎡 되ᄂᆞᆫ 쥴은 아랏시나 오히려 한 강이 잇셔 막힌지라. 드ᄃᆡ여 션봉쟝 숀죠ᄃᆡ(孫朝貴)의게 젼령ᄒᆞ여 가마니 이ᄇᆡᆨ 군졸을 다리고 산즁의 드러가 슈목을 쟉벌(斫伐)ᄒᆞ여 샹뉴의 잇셔 ᄇᆡ치ᄒᆞ고 군ᄉᆞ 건너기ᄅᆞᆯ ᄉᆞ후케 ᄒᆞ더라.

기다려 삼월 이십팔일 야(夜) 이경의 진을 거더 가지고 가마니 ᄒᆡᆼᄒᆞ여 련야(連夜)ᄒᆞ여 한 강을 건너고 인ᄒᆞ여 한 곳 산모롱이 쇽을 【79】 갈히여 찰쥬ᄒᆞ고 잇ᄂᆞᆫ지라.

ᄎᆞ시 슝명이 시ᄀᆡᆨ으로 ᄉᆞᄅᆞᆷ을 보ᄂᆡ여 아라보니 ᄃᆡ로샹의 아올나 인ᄆᆞ 잇ᄂᆞᆫ 거술 보지 못ᄒᆞ엿다 ᄒᆞ고, 련쇽ᄒᆞ여 ᄉᆞ오ᄎᆞ 보ᄒᆞᄂᆞᆫ 거시 여츌일귀(如出一口)라. 슝명이 ᄯᅩ ᄃᆡ쇼ᄒᆞ여 니로ᄃᆡ,

"져 군쥬 ᄋᆞ희가 몬져ᄂᆞᆫ 일단 고흥(高興)으로 오다가 즁로의셔 풍셩(風聲)이 죠치 못ᄒᆞ믈 드ᄅᆞᄆᆡ, ᄌᆞ연 도로 갓시리라."

적장 등이 니로ᄃᆡ,

"대왕은 이쳐럼 ᄎᆔ탁(揣度)지 못ᄒᆞᆯ지라. 만일 졔가 궤계를 부려 돌연이 오고, ᄯᅩ 복왕의 ᄃᆡ령(大營)이 진량 【80】 옥과 ᄀᆞᆺ치 삼면으로 에워ᄡᅡ 드러오면 엇지 져젹(抵敵)ᄒᆞ리오."

슝명이 니로ᄃᆡ,

"져 무리 량ᄃᆡ 인ᄆᆡ ᄒᆞ나흔 남의 잇고, ᄒᆞ나흔 북의 잇거ᄂᆞᆯ 져 녀ᄋᆞᄂᆞᆫ 동으로브터 올지니, 만일 삼면으로 일졔히 오랑이면 모다 쥭여 ᄂᆡ여 편안키가 반셕 ᄀᆞᆺ틀 거시오, 쥭여ᄂᆡ지 못ᄒᆞ면 우리ᄂᆞᆫ 졍히 셔편으로 가 죠히 집으로 도라 갈지니, 그곳이 심히 험ᄒᆞᆫ지라, ᄯᅡ라오지 못ᄒᆞᆯ 거시오, 문득 ᄯᅡ라온다 ᄒᆞ여도 두 개 눈망울이 다만 죠히 우 【81】 리만 바라볼 거시니, 너의 무리ᄂᆞᆫ 모다 방심ᄒᆞ라. 졔가 만일 도라가지 아니ᄒᆞ여시면 져의 인ᄆᆡ 다 대로샹의 잇실 거시니, ᄯᅩ 다른 곳으로 은피(隱避)ᄒᆞ여 갓다 ᄒᆞ고 말ᄒᆞ기 어려오리라."

즁장이 니로ᄃᆡ,

"은피ᄒᆞ기ᄂᆞᆫ ᄆᆡ오 용이ᄒᆞ니 져 일로샹의 깁흔 산과 은옥ᄒᆞᆫ 모롱이가 만흐니 어ᄂᆡ 곳의 가히 은피치 못ᄒᆞ랴."

슝명이 니로ᄃᆡ,

"나도 념녀가 그러키로 탐보ᄒᆞ여 오ᄂᆞᆫ 사ᄅᆞᆷ다려 ᄂᆡ가 믄득 무러보기를 가히 일죽 각쳐 산뫼ᄲᅮ리 【82】 우희셔 요망ᄒᆞ엿ᄂᆞ냐 ᄒᆞᆫ즉, 져의 무리 모다 말ᄒᆞ기를 곳곳이 바라보ᄃᆡ, 다만 무ᄉᆞᆫ 인ᄆᆡ 찰쥬ᄒᆞᆫ 거ᄉᆞᆫ 보지 못ᄒᆞ엿다 ᄒᆞ더라."

즁쟝이 니로ᄃᆡ,

"임의 니러ᄒᆞ면, 졔가 과연 도로 간 거시니 우리 무리 명일의 믄득 군ᄉᆞ를 닐위여 가지고 가셔 진가 파랑(婆娘)을 죽이ᄌᆞ."

ᄒᆞ니, 슝명이 숀벽쳐 니로ᄃᆡ,

"ᄆᆡ오 죠토다. 이거시 비로쇼 졍당ᄒᆞ게 판리ᄒᆞᄂᆞᆫ 거시니, 쇽히 젼령ᄒᆞ여 명일 오경의 일졔히 모도여 셩의 나가 죠발ᄒᆞ믈 【83】 ᄃᆡ후케 ᄒᆞ고, 셩ᄂᆡ의 다만 오ᄇᆡᆨ 군ᄉᆞ를 머믈너 파슈(把守) 시기면 믄득 넉넉ᄒᆞ리라."

즁쟝이 일졔히 응락ᄒᆞ더라.

ᄎᆞ셜, 복왕이 ᄉᆞ월 쵸일일 오각(午刻)의 요화의 셔신을 바다 보고 드ᄃᆡ여 ᄂᆡ건텨로 더브러 가마니 호령을 젼ᄒᆞ여 명일 오경의 일졔히 모혀 다만 동노(東路)의셔 호포(號砲) 쇼ᄅᆡ 나거든 일병 싀살(弑殺)ᄒᆞ여 나아가게 ᄒᆞ고, ᄯᅩ 진량옥의게 젼ᄒᆞ여 일톄로 예비ᄒᆞᄃᆡ 믄득 가히 쇼식을 루셜치 못ᄒᆞ게 ᄒᆞ고, 각기 령회(領會)만 ᄒᆞ게 【84】 ᄒᆞ더라. 요쾌 삼경텬(三更天)의 니ᄅᆞ러 즉시 젼령ᄒᆞ여 함오[하무]를 머금고 ᄲᆞᆯ니 다라가, 오경시분(五更時分)의 니ᄅᆞ러 쟝ᄎᆞᆺ 즁경셩디(重慶城池)의 갓가올 ᄉᆡ, 홀연이 포셩이 나믈 듯고 복왕의 곳의셔 임의 동병ᄒᆞ믈 알ᄆᆡ, 드ᄃᆡ여 방포 졉응ᄒᆞ고 싀살ᄒᆞ여 다라 앏흐로 드러가니, 진량옥이 ᄯᅩᄒᆞᆫ 호포 쇼ᄅᆡ를 듯고 ᄯᅩᄒᆞᆫ 싀살ᄒᆞ여 나오며 포셩이 셔로 응ᄒᆞ여 삼로가 일졔히 다라드니, 슝명의 곳의셔 블과 츌셩ᄒᆞᄂᆞᆫ 포셩으로 알고, 도로혀 병뎡을 등ᄃᆡ치 【85】 아니ᄒᆞ엿다가 졸지의 에워ᄲᅡ 드러오니, 엇지 ᄲᅡ홀 ᄆᆞ음이 잇시리오. 다만 셔흘 향ᄒᆞ여 도둔(逃遁)ᄒᆞ기만 ᄉᆡᆼ각ᄒᆞ더니, 머리를 도로혀 한번 보ᄆᆡ 일면 표긔 우희 뎨십ᄉᆞ황녀 등 글ᄌᆞ를 ᄡᅧ 잇고, 나ᄂᆞᆫ다시 다라오니 슝명이 져 군쥬를 심즁의 아라 두엇ᄂᆞᆫ지라. 홀연 고흥념두(高興念頭)를 발ᄒᆞ여 군ᄉᆞ를 돌나 져젹ᄒᆞᆯᄉᆡ, 요화의 진즁의셔 량원 쟝관이 나ᄂᆞᆫ다시 나와 피ᄎᆞ의 ᄃᆡ젹ᄒᆞᄂᆞᆫᄃᆡ, 슝명의 슈하 인들이 져 량쟝 【86】 이 져의 쥬인 일개를 ᄃᆡ젹ᄒᆞ믈 보고 일졔히 고함ᄒᆞ며 다라드러 싀살ᄒᆞ더니, ᄉᆡᆼ각지 아니ᄒᆞᆫ 하향과 쵸엽이 병력(竝力)ᄒᆞ여 병뎡을 거ᄂᆞ리고 졍히 좌편산 시ᄂᆡ 쇽의 ᄆᆡ복ᄒᆞ엿다가 함살(喊殺)ᄒᆞᄂᆞᆫ 쇼ᄅᆡ를 듯고 드ᄃᆡ여 오ᄇᆡᆨ 보군을 거ᄂᆞ려 빗기 다라드러 에운 즁의 셕기여 ᄆᆞᆯ 다리 ᄧᅵᆨᄂᆞᆫ 이도 잇고, 몸을 쇼ᄉᆞ ᄆᆞ샹의 장관을 죽이ᄂᆞᆫ 이도 잇ᄂᆞᆫ지라. 슝명이 어ᄃᆡ로셔 온 군ᄉᆡ믈 아지 못ᄒᆞ더니, 져 하향이 ᄆᆞ샹의 안ᄌᆞᆫ 쟝관을 죽 【86】 이고, 그 챵을 아ᄉᆞ 가지고 믄득 다ᄅᆞᆫ 쟝관과 ᄡᅡ호니, 그 날ᄂᆞ미 비호 ᄀᆞᆺ튼지라. 쵸엽이 보다가 그 슈단을 ᄇᆡ화 오ᄇᆡᆨ 보병을 거ᄂᆞ리고, 젹진 즁으로 다라드러 무인디경ᄀᆞᆺ치 즛치ᄂᆞᆫ지라. 슝명이 챡급ᄒᆞ여 챵을 가져 한번 두루ᄆᆡ 젹병이 벌 뭉치듯ᄒᆞ여 오더니, 맛쵸와 ᄂᆡ건텨 진량옥으로 더브러 남북 두 머리로 죠ᄎᆞ 옹위ᄒᆞ여 드러와 슝명의 인ᄆᆞ를 츙돌ᄒᆞ여 칠녕팔락(七零八落)ᄒᆞ게 되ᄆᆡ, 슝명이 다만 동편 머리로 향ᄒᆞ여 ᄑᆡᄒᆞ여 다라ᄂᆞ니, 져 삼로 병ᄆᆡ 엇지 즐겨 놋치리오. 긴긴히 츄살(追殺)ᄒᆞ거ᄂᆞᆯ, 슝명이 슈쳔병을 거ᄂᆞ리고 혹젼혹쥬(或戰或走)ᄒᆞ더니, 홀연 드ᄅᆞᄆᆡ 산모롱이 쇽으로

쇼라(小鑼) 한 쇼릭의 여러 빅량 함거롤 미러닉여 가는 길을 끈허 막고 또 일개 보병이 거문뭉치가 되어 싸홈 거러오는딕, 긔치도 업고 또 챵도 업시 손 가온딕 다만 픿도롤 줍고 쇼스며 쒸기롤 진납이ᄀ치 ᄒ미, 져 ᄆ병들이 보고 모다 황겁ᄒ여 줏쳐 도라가고ᄌ ᄒ나, 또 관병을 당치 【89】 못ᄒ고 옯흐로 가 도둔코ᄌ ᄒ나 또 져 함게가 가로막혀 용슐(用術)홀 길히 업는지라. 다만 ᄆ을 바리고 량편 놉흔 셕벽으로 쬬ᄎ 도쥬ᄒ니, 져거순 져의 무리의 졀기(絶技)라 다시 다룬 사룸의 싸라 쬿는 이가 업더니, 엇지 알니, 문득 딕두홀 ᄉ룸이 잇는지라. 요홰 그 모양을 보고 팔개 ᄌ녀롤 블너 쇠오리롤 가지고 일졔히 쒸여 올나 각기 류셩탄ᄌ(流星彈子)와 표챵(標槍)을 부려 먼 놈은 류셩퇴롤 더지고 노흘 가져 한번 옯아 노코 사룸을 련ᄒ여 산 【90】 하로 한번 더지미, 스ᄉ로 병뎡 무리 잇셔 붓드러 결박ᄒ여 함거 속의 가도고, 갓가온 놈은 탄ᄌ로 뼈 뽀와 보닉미, 시위롤 응ᄒ여 것구러지지 아니ᄒ는 재 업는지라. 져 ᄉ빅 개 보군이 밋쬬ᄎ 산부리 우흐로 쒸여 올나가 만나는 딕로 쳐 쥭이니 가히 불상ᄒ다. 젹비의 슈쳔인미 틱반이나 다 살상되고, 기여(其餘) 도망ᄒ는 이는 도망ᄒ고 항복ᄒ는 이는 항복ᄒ며, 무예 잇는 쟝관비들이 스ᄉ로 니ᄅ기롤 밋으미 잇고 두려오미 업다 ᄒ더니, 싱 【91】 각지 못훈 져 한 무리 히아들의 군ᄆ롤 마쬬쳐 맛춤닉 능히 쬿ᄎ 그 ᄌ최롤 밟아 싱금된 거시 또 빅여 명이미, 슝명이 단긔로 도쥬ᄒ거놀, 진량옥이 져의 다라나는 바 노뎡을 알고, 요홰 딕공을 아술가 두려 오륙십 긔롤 닛글고 나는다시 다라 산으로 쬿ᄎ 드러가거놀, 요홰 그 경틱롤 짐쟉ᄒ고 드딕여 팔개 ᄌ녀와 ᄉ빅명 친슈군을 다리고 산즁으로 쬬ᄎ 싸ᄅ며 대병이 또훈 뒤홀 싸라오고, 요홰 한 무리 ᄌ녀와 ᄀ【92】치 쬬략(跳躍)ᄒ기롤 나는다시 ᄒ여 쟝ᄎ 진량옥을 싸라 밋게 되엿더니, 흘연 슝명의 복병이 ᄉ면으로 니러나며 살딕가 나는 황츙이 갓더니, 또 보미 량옥이 ᄆ샹으로 쬬ᄎ 것구러져 나리는지라. 요홰 착급ᄒ여 쒸여 다라오는 군ᄆ들을 멈츄라 ᄒ고, 다만 친슈군을 다리고 산부리롤 련ᄒ여 급히 거러드러 가니, 젹인(賊人)들이 오히려 그 속의 잇셔 방젼(放箭)ᄒ거놀, 드딕여 방픿슈(防牌手)로 ᄒ여곰 신ᄌ롤 호위ᄒ라 ᄒ고, 또 쇼란 등 각 【93】 비자로 ᄒ여곰 흠긔 류셩퇴롤 쓰게 ᄒ고, 쵸엽 등 각 히ᄌ로 흠긔 탄궁을 뽀게 ᄒ여 일졔히 병력ᄒ미, 타도훈 놈은 것구러지고 류셩 노끈의 동힌 쟈는 다시 동혀 것구ᄅ쳐 또 오륙십 명을 줍고 딕군이 뒤싸라 줍은 젹인을 더옥 긴ᄒ게 동히는딕, 사룸이 잇셔 아라보니 슝명이 또훈 그 즁의 잇고 기여는 몟 긔가 못 되는딕 함긔 파산월령(爬山越嶺)ᄒ여 다라나거놀, 요홰 대군을 호령ᄒ여 잡아 노흔 젹인들을 다리 【94】 힘쥴을 끈허 메여 산의 나리게 ᄒ고 복왕으로 더브러 비로쇼 셔로 보고, 니건틱 와셔 문안ᄒ거놀, 요홰 말ᄒ딕,

"가히 앗갑다. 진량옥이 살을 마ᄌ 쥭엇다."

ᄒ고, 드딕여 함긔 량옥의 쥭은 쳐쇼의 니ᄅ니 여러 군식 살을 마ᄌ 샹ᄒ엿는지라. 일졔히 메여 나려다가 치료ᄒ여 쥬고 드딕여 명금(鳴金)ᄒ여 병ᄆ롤 딕진(大陣)을 여러 쥬찰ᄒ고, 일변 량긔 션봉쟝을 호령ᄒ여 가셔 셩을 치딕 힘뻐 이긔리라 ᄒ고, 드딕여 【95】 슈쳔 인ᄆ롤 거ᄂ리고 셩가의 니ᄅ미, 셩샹의셔 도로혀 살을 노커놀 셩봉쟝 숀쬬귀 셩하의 잇셔 고함ᄒ여 니로딕,

"너의 무리 젹괴롤 임의 공쥬의 싱금훈 배 되어 함거의 가도고 명일 경ᄉ로 보닉여 헌공ᄒ려니와, 료량컨딕 여등은 한 무리 여당이라. 특별이 관젼을 드리워 도망ᄒ믈 허락ᄒ는 거시니, 만일 다시 범죄ᄒ량이면 결단코 요딕(饒待)치 아니리라."

경히 말ᄒ미, 픿ᄒ여 도라온 젹인들이 부ᄅ 【96】 며 니로딕,

"만일 쾌히 닷지 아니ᄒ다가는 대병이 또 오리라."

ᄒ니 셩샹 빅셩 등이 ᄎ경을 보미 진개 공동(哄動)ᄒ는 한 쇼릭의 셩문이 크게 열니며 젹비들이 어ᄌ러이 도망ᄒ거놀, 숀쬬귀 칼 끗ᄎ로 가ᄅ치며 니로딕,

"너의 무리 쥭을 죄롤 용셔ᄒ여 쥬ᄂ니 쾌히 개과션ᄒ여 다시 그ᄅ미 업게 ᄒ라."

셩닉 사룸들이 부로휴유(扶老携幼)ᄒ여 향불을 줍고 옯흐로 와 영졉ᄒ거놀 숀쬬귀 니로딕,

"대진이 져곳의 이시니 너의 등이 그리 【97】로 가셔 왕야를 영졉ᄒᆞ라."

ᄒᆞ고, 드듸여 병ᄆᆞ로 ᄒᆞ여곰 찰쥬ᄒᆞ게 ᄒᆞ고, 다만 도ᄉᆞ 몃 명을 다리고 각기 궁젼을 씌고 셩즁의 드러가 순쵸(巡哨)ᄒᆞ니, ᄇᆡᆨ셩이 모다 길거리를 련ᄒᆞ여 ᄭᅮ러 맛거ᄂᆞᆯ, ᄉᆞ실ᄒᆞ여 젹인이 임의 도찬(逃竄)ᄒᆞᆷ을 알고 드듸여 아ᄉᆞ(衙舍)를 졍결이 쇄쇼(灑掃)ᄒᆞ고, 경하ᄒᆞᄂᆞᆫ 연셕을 비셜ᄒᆞ며, 일변 관원을 부려 왕야와 공쥬와 ᄃᆡ쟝군을 영졉ᄒᆞ여 셩의 드러오게 ᄒᆞ더니, 간 지 몃 ᄯᅢ가 못되여 대군이 졔도(齊到)ᄒᆞ여 셩 【98】외의 찰쥬ᄒᆞ고, 복왕과 요홰 니건ᄐᆡ로 ᄀᆞᆺ치 셩의 드러가 즉시 ᄉᆞ원(司員)으로 ᄒᆞ여곰 표쟝을 ᄲᅧ 텹셔를 보ᄒᆞ고, 아올나 진량옥 젼망(戰亡)ᄒᆞᆷ을 쥬달ᄒᆞ고, ᄯᅩ 량옥의 종족 니의 벅벅이 셰습될 사ᄅᆞᆷ을 ᄉᆞ츌(査出)ᄒᆞ여 쥬쳥ᄒᆞ여 시ᄒᆡᆼ케 ᄒᆞ고, 요홰 니건ᄐᆡ를 분부ᄒᆞ여 셩니 ᄇᆡᆨ셩을 안무케 ᄒᆞ고, ᄯᅩ 각쳐 도젹의 쳔답(踐踏) 닙은 쳐쇼를 탐쳥ᄒᆞ여 엇지 무휼ᄒᆞ던지 ᄲᅧ 쥬문케 ᄒᆞ고, 일즉 싱셩(省城)의 문무 각관들 【99】이 명텹을 드러 문안ᄒᆞ거ᄂᆞᆯ, 드듸여 위원(委員)으로 ᄒᆞ여곰 부즁 일과 현즁(縣中) 일을 권찰(權察)ᄒᆞ게 ᄒᆞ여 뒤흘 죠케 ᄒᆞᄂᆞᆫ ᄉᆞ의(事宜)를 간판ᄒᆞ게 ᄒᆞ니, 니건ᄐᆡ 츌ᄉᆞᄒᆞᆫ지 슈년의 일호도 공젹이 업고, 다만 각 관원을 통솔ᄒᆞ여 셩우지칙(城憂之責)을 판리(辦理)ᄒᆞ여 아오라히 ᄭᅮ지람을 면ᄒᆞ려 ᄒᆞ더라.

요홰 복왕을 ᄃᆡᄒᆞ여 니로ᄃᆡ, 몬져 일개 션봉쟝을 보니여 군ᄉᆞ 오ᄇᆡᆨ명을 발ᄒᆞ여 거ᄂᆞ리고 젹범(賊犯)을 압령ᄒᆞ여 경셩으로 보니게 ᄒᆞ【100】고, 다시 즁군쟝으로 ᄒᆞ여곰 향도관(鄕導官) 일명을 다리고 산의 드러가 ᄉᆞ면을 뒤혀 긔여히 도젹의 근착(根着)을 ᄭᅳᆫ허 후환되믈 면케 ᄒᆞ니, 왕이 요화의 쥬의를 의지ᄒᆞ여 일일히 시ᄒᆡᆼᄒᆞ더라.

지셜, 즁군쟝 긔셰영(紀世英)이 인마를 거ᄂᆞ리고 산을 뒤다가 ᄯᅩ 남은 젹비(賊匪) 둔취(屯聚)ᄒᆞᆷ을 마죠ᄎᆞ 크게 일진을 싀살ᄒᆞᄆᆡ, 죽은 재 무슈ᄒᆞ고, ᄇᆡᆨ여 명을 싱금(生擒)ᄒᆞ여 셩즁으로 잡아 드리고, ᄯᅩ ᄉᆞ면(四面)으로 가셔 한 ᄎᆞ례를 뒤지ᄆᆡ, 흡긔 임의 ᄡᅳ러바리【101】고, 비로쇼 와셔 젹비를 ᄌᆞ셔히 ᄉᆞᄒᆡᆨᄒᆞ고, 경셩으로 보닐ᄂᆞᆫ지 여긔셔 졍법(正法)ᄒᆞᆯᄂᆞᆫ지 쳐분을 기다린다 ᄒᆞ거ᄂᆞᆯ, 왕이 요화다려 무ᄅᆞ니, 요홰 대답ᄒᆞᄃᆡ,

"이번 쳠열[셤멸](殲滅)ᄒᆞᆫ 거시 임의 크게 텬화(天和)를 상ᄒᆞ엿ᄂᆞᆫ지라. 가히 협죵(脅從)ᄒᆞᆫ 무리ᄂᆞᆫ 각쳐로 보니여 안치ᄒᆞ여 한 오리 싱로를 여러 쥬ᄂᆞᆫ 거시 죠타."

ᄒᆞ니, 왕이 드듸여 각관의게 분부ᄒᆞ여 이ᄃᆡ로 판리케 ᄒᆞ고, 요홰 ᄯᅩ 가마니 즁군쟝으로 ᄒᆞ여곰 친슈군 ᄇᆡᆨ명 즁의 효ᄉᆞ(曉事)ᄒᆞᄂᆞᆫ 쟈 륙【102】칠십 명을 ᄲᅢ 니여 ᄎᆞ견(差遣)ᄒᆞᆷ을 ᄃᆡ후케 ᄒᆞ고, ᄯᅩ 가마니 하향 등 ᄉᆞ개 쇼시를 부쵹ᄒᆞ여 각기 병뎡 슈십 명을 거ᄂᆞ리고 ᄉᆞ쳐로 가셔 민뎡(民情)의 광경(光景)을 탐지ᄒᆞ여 부현(府縣) 관원이 밋지 못ᄒᆞᆫ 곳이 잇거든 너의 각기 한 벌 칙ᄌᆞ를 민ᄃᆞ러 회계(會計)ᄒᆞ여 보니여 내 ᄉᆞᄉᆞ로이 진휼(賑恤)케 ᄒᆞᄃᆡ, 긔여히 젹실케 ᄉᆞ츌(査出)ᄒᆞ고 사ᄅᆞᆷ의 모츙(冒充)ᄒᆞᆷ을 닙지 말게 ᄒᆞ라. 쇼시 무리 각기 령명ᄒᆞ고 가더라.

ᄒᆞ로가 못되여 니건ᄐᆡ 도라와 고ᄒᆞᄃᆡ,

"민뎡이 미【103】오 피폐ᄒᆞ더니 이졔 진졔(賑濟)ᄒᆞ여 쥬믈 어드ᄆᆡ 다 침셕을 평안이 지닌다."

ᄒᆞ고, ᄯᅩ 부현관(府縣官) 도젹의 쳔답(踐踏)ᄒᆞᆫ 쳐쇼를 ᄉᆞ실ᄒᆞ여 온 거술 의거ᄒᆞ여 벅벅이 두 달을 진휼ᄒᆞ여 즐 량미와 방옥을 슈리ᄒᆞ여 쥬ᄂᆞᆫ 은(銀)이 합ᄒᆞ여 이십팔 만 사쳔 삼ᄇᆡᆨ여 량이라 칙ᄌᆞ를 슈졍ᄒᆞ여 올니거ᄂᆞᆯ, 요홰 셰셰히 일편(一遍)을 보니, 필경 엇지 된고? ᄎᆞ간하회ᄒᆞ라.

[요화젼 瑤華傳 권지십일 卷之十一]

【1】화셜 요홰(瑤華) 셰셰히 일편을 보ᄆᆡ 미오 도져(到底)ᄒᆞᆫ지라. 드듸여 ᄒᆞ여곰 포뎡ᄉᆞ(布政司) 고 쇽의 가 은ᄌᆞ를 가져 가게 ᄒᆞ고, 일샥을 격ᄒᆞ여 ᄉᆞ개 쇼시 ᄎᆞᄎᆞ 도라오며 각기 ᄉᆞ실ᄒᆞ여 온 칙ᄌᆞ를 올니거ᄂᆞᆯ, ᄉᆞᄒᆡᆨᄒᆞ여 보니 ᄯᅩ 은ᄌᆞ 륙만 칠쳔여 량이 드ᄂᆞᆫ지라. ᄯᅩᄒᆞᆫ 일병 포뎡ᄉᆞ 고즁의 분부ᄒᆞ여 부현관을 【2】맛겨 쥬어 지급ᄒᆞ게 ᄒᆞ고, 진휼의 ᄡᅳᄂᆞᆫ 슈효ᄂᆞᆫ 졔ᄒᆞ여 노코, 남은 은ᄌᆞᄂᆞᆫ 다 시러다가 ᄲᅧ 군향(軍餉)을 돕게 ᄒᆞ고, 요홰 ᄉᆞ쳔(四川)의 잇셔 안무ᄒᆞ고 진휼ᄒᆞ여 민뎡의 타쳡(妥貼)되믈 보고, ᄯᅳᆺ의 몬져

ᄃᆡ병을 거더 경셩으로 보ᄂᆡᆫ 후의 련로(沿路)의 진휼ᄒᆞ고 도라가려 ᄒᆞ더니, 즁군쟝이 ᄲᆞᆯ니와 품ᄒᆞᄃᆡ,

“드ᄅᆞ니 류적(流賊)들이 졍히 호광ᄉᆡᆼ(湖廣省)의 잇셔 양양부(襄陽府)ᄅᆞᆯ 규시ᄒᆞᆫ다 ᄒᆞ니, 우리 무리 경셩으로 지나가ᄂᆞᆫ 로뎡이라. 만일 대병을 거더 보 【3】 ᄂᆡ엿다가 즁로의셔 적병을 만나면 엇지 져당ᄒᆞ리오?”

요홰 드ᄅᆞᄆᆡ 다만 시러곰 즁지ᄒᆞ고 인ᄒᆞ여 귀쥬ᄉᆡᆼ(貴州省)의 ᄒᆡᆼ문(行文)ᄒᆞ여 은ᄌᆞᄅᆞᆯ 반운(搬運)ᄒᆞ여 군젼(軍前)의 와셔 응용케 ᄒᆞ고 일변 길일을 갈ᄒᆡ여 반ᄉᆞ(班師)ᄒᆞᆯ ᄉᆡ, 여러 디방관이 ᄇᆡᆨ셩으로 더브러 삼십 니 밧긔 젼숑ᄒᆞ고 비로쇼 도라가ᄂᆞᆫ지라. 대병을 령솔(領率)ᄒᆞ고 형양(荊襄)을 작로ᄒᆞ여 경셩으로 도라올ᄉᆡ, 인ᄒᆞ여 탐ᄌᆞᄅᆞᆯ 노화 ᄉᆞ면으로 적병 쇼식을 탐쳥ᄒᆞ게 ᄒᆞ고, 복왕(福王)이 노ᄎᆞ(路次) 【4】 의셔 요화다려 무ᄅᆞᄃᆡ,

“네가 이번의 ᄉᆞ쳔을 올 ᄯᆡ의 황샹이 도로혀 군향과 진휼ᄒᆞᄂᆞᆫ 돈을 쥬신 거시 ᄒᆞᆷ긔 언마 은량이나 되ᄂᆞ냐?”

요홰 대답ᄒᆞᄃᆡ,

“황샹이 류적(流賊)을 뎡토ᄒᆞ시ᄂᆞᆫᄃᆡ 군향도 오히려 졉졔(接濟)치 못ᄒᆞ시거ᄂᆞᆯ 엇지 ᄉᆞ쳔ᄉᆡᆼ 용도ᄅᆞᆯ 구별ᄒᆞ여 쥬시리오?”

복왕이 니로ᄃᆡ,

“엇지ᄒᆞ여 네가 각쳐의 ᄒᆡᆼ문(行文)ᄒᆞ여 가져오ᄂᆞᆫ 바ᄂᆞᆫ 이거시 무ᄉᆞᆫ 은량이냐?”

요홰 ᄃᆡ답ᄒᆞᄃᆡ,

“녀ᄋᆡ 이번의 ᄉᆞ쳔의 와셔 적비(賊匪)ᄅᆞᆯ 쵸멸(剿滅)ᄒᆞᆫ 후의 디방이 반ᄃᆞ시 젼 【5】 파될 거시니 만일 진휼을 아니ᄒᆞ만 ᄇᆡᆨ셩이 엇지 ᄲᅧ ᄉᆡᆼ도ᄅᆞᆯ 어덧시리오? 반ᄃᆞ시 인ᄒᆞ여 류적 될 쥴을 ᄭᆡ친고로 몸을 닐기 젼의 집 쇽 고장ᄂᆡ(庫藏內) 금ᄌᆞ(金子)ᄅᆞᆯ 가져 십만 량을 반운ᄒᆞ여다가 져멧 ᄉᆡᆼ 포뎡ᄉᆞ 챵고 쇽의 가셔 군향은ᄌᆞ(軍餉銀子) 일ᄇᆡᆨ ᄉᆞ십여 만 량을 박고와 왓시니 이졔 쇼용ᄒᆞᄂᆞᆫ 거시 믄득 그 죠건이라.”

ᄒᆞ거ᄂᆞᆯ, 왕이 니로ᄃᆡ,

“우리 무리 죽을 힘을 ᄂᆡ엿ᄂᆞᆫᄃᆡ 도로혀 ᄉᆞᄉᆞ로이 은량을 허비ᄒᆞ니 혬이 되지 못ᄒᆞ믈 ᄭᆡᄃᆞᆺ노라.”

요 【6】 홰 ᄃᆡ답ᄒᆞᄃᆡ,

“황샹의 은젼이 즁ᄃᆡᄒᆞ신지라. 녀ᄋᆡ 젼ᄌᆞ의 경셩의 니ᄅᆞᄆᆡ, 긔시의 방옥과 젼쟝과 곡죵(穀種)과 즙믈을 ᄉᆞ급ᄒᆞ신 거시 대략이 ᄉᆞᄇᆡᆨ여 만 량이 되니 엇지 혬이 되지 못ᄒᆞᆫ다 ᄒᆞ리오?”

왕이 ᄎᆞ언을 드ᄅᆞᄆᆡ 바야흐로 즐겨ᄒᆞ더라.

ᄒᆞ로ᄂᆞᆫ 쟝ᄎᆞᆺ 양양부의 다다ᄅᆞᆯᄉᆡ 홀연탐ᄌᆡ 보ᄒᆞᄃᆡ 류적 니ᄌᆞ셩(李自成)이 대로의 잇셔 양양셩을 취코ᄌᆞ ᄒᆞᆫ다 ᄒᆞ거ᄂᆞᆯ, 요홰 젼령ᄒᆞ여 인ᄆᆞᄅᆞᆯ 찰쥬(扎住)케 ᄒᆞ고, ᄌᆞ셔히 경유ᄅᆞᆯ 아라 가지고 심즁 【7】 의 가마니 계획을 졍ᄒᆞ고 드ᄃᆡ여 즁군쟝의게 젼유ᄒᆞᄃᆡ,

“명일의 적병을 만나 보거든 진각(陣脚)을 찰쥬ᄒᆞ고 일졀 가히 이동치 말며 다만 우리 무리 나아가ᄂᆞᆫ 거롬을 보고 너의 무리 완완이 ᄯᅡ라오며, 만일 적병이 어ᄌᆞ러이 ᄉᆞ면으로 ᄡᅩ거든 각기 호신ᄒᆞᄂᆞᆫ 방ᄑᆡᄅᆞᆯ ᄌᆞᆸ아 막게 ᄒᆞ고, 셔셔히 뒤흐로 믈너가ᄃᆡ 만일 급히 믈너가다가ᄂᆞᆫ 적병이 반ᄃᆞ시 와 츙돌ᄒᆞᆯ 거시오, 만일 과연 츙돌ᄒᆞ여 오거든 너의 무리ᄂᆞᆫ 믄득 방ᄑᆡ 우ᄒᆡ 잇ᄂᆞᆫ 바살 【8】 을 취ᄒᆞ여 돌쳐 ᄡᅩ게 ᄒᆞ고, 만일 우리 무리 적병을 살퇴(殺退)ᄒᆞ거든 너의 무리ᄂᆞᆫ 믄득 호포ᄅᆞᆯ 노코 급히 젼고(戰鼓)ᄅᆞᆯ 치며 즁병(衆兵)으로 ᄒᆞ여곰 병력ᄒᆞ여 츙살ᄒᆞ다가, 명금(鳴金)ᄒᆞ거든 비로소 긋치게 ᄒᆞ라.”

즁군쟝이 즉시 젼ᄒᆞ라 가더라. ᄯᅩ 친슈병을 블너 분부ᄒᆞᄃᆡ,

“너의 무리ᄂᆞᆫ 명일의 적병을 만나거든 모다 일ᄌᆞ로 버러셔셔 만일 적인이 살을 ᄡᅩ거든 졔일 요긴ᄒᆞᆫ 거ᄉᆞᆫ 각인의 신ᄌᆞ(身子)ᄅᆞᆯ 호위ᄒᆞ여 쥬면 우리 무리 스ᄉᆞ로 ᄡᆞ홈ᄒᆞᄂᆞᆫ 법 【9】 이 잇실 거시오, 만일 적병이 한 번 ᄑᆡᄒᆞ거든 다만 ᄯᅡ라가 적의 ᄆᆞᆯ다리ᄅᆞᆯ ᄶᅵᆨ게 ᄒᆞ며, ᄯᅩ 가마니 팔개 ᄌᆞ녀의게 분부ᄒᆞᄃᆡ,

“명인은 ᄲᅡ홈ᄒᆞᄂᆞᆫ 법이 ᄀᆞᆺ지 아니니 적병으로 더브러 대진ᄒᆞᆯ ᄯᆡ의 다른 군긔ᄂᆞᆫ ᄡᅳ지 말고 각인이 탄환을 만히 가지ᄃᆡ 믄득 탄환을 모다 오 개식을 슈즁의 너헛다가 련ᄒᆞ여 더지기ᄅᆞᆯ 급히 ᄒᆞ고 한 무리 젼배ᄅᆞᆯ 쳐 것구ᄅᆞ지면, 우리 무리 믄득 ᄯᅡ라 한 거롬을 더ᄒᆞ여 긴긴히 쳐셔 가량이면 적병이 물너 【10】 가지 아니치 못ᄒᆞ리니, ᄒᆞᆷ긔 각기 령회(領會)ᄒᆞ게 ᄒᆞ라.”

왕이 겻ᄒᆡ 잇다가 무ᄅᆞᄃᆡ,

“ᄂᆡ 드ᄅᆞ니 류적이 ᄒᆡᆼ군ᄒᆞᄂᆞᆫ 거시 아올나

긔률은 업고 다만 한 모양으로 싀살ᄒᆞ며 츙돌ᄒᆞᆫ다 ᄒᆞ니 만일 네 호령ᄃᆡ로 ᄒᆞ다가 도적이 ᄉᆞ면으로 쒸여 츙돌ᄒᆞ여 오량이면 엇지 이긔리오?"

요홰 ᄃᆡ답ᄒᆞᄃᆡ,

"본ᄃᆡ 져의 무리 긔률 업ᄉᆞ믈 위ᄒᆞ여 그러므로 뻐 우리 무리ᄂᆞᆫ 긔여히 긔률을 엄명케 ᄒᆞ여 져의 무리로 ᄒᆞ여곰 우리 병뎡의 날ᄂᆡ믈 알게 ᄒᆞ니라."

ᄒᆞ【11】니, 왕이 니로ᄃᆡ,

"너의 무리 아홉 사ᄅᆞᆷ이 탄ᄌᆞ 슈단이 비록 죠흐나 적병이 셰대(勢大)ᄒᆞ니 엇지 허다ᄒᆞᆫ 거술 쳐셔 당ᄒᆞ리오."

요홰 ᄃᆡ답ᄒᆞᄃᆡ,

"도적을 잡ᄂᆞᆫ 거시 괴슈ᄅᆞᆯ 잡ᄂᆞᆫ다 ᄒᆞ니, 져의 큰 두목을 쳐 뉘이면 적은 군ᄉᆞ야 엇지 긔탄ᄒᆞ리오?"

왕이 뎜두(點頭)ᄒᆞ더라.

ᄎᆞ일 힝ᄒᆞ여 쵸구(草溝) 디방의 니ᄅᆞ러, 임의 적진을 바라보고 드ᄃᆡ여 병ᄆᆞᄅᆞᆯ 가져 진셰ᄅᆞᆯ 버려 일우고, 요화 등이 ᄉᆞᄇᆡᆨ명 친슈군과 ᄀᆞᆺ치 모다 일신의 흑의(黑衣)ᄅᆞᆯ 닙고 ᄡᅡ 우희 업ᄃᆡ여【12】잇셔 한 거ᄅᆞᆷ식 나아가 드러가니 일ᄃᆡ 적병이 ᄋᆞᆲ흐로 와 츙살ᄒᆞᄂᆞᆫ지라. 요화 무리 ᄌᆞ셰히 보고 령ᄃᆡ(領隊)ᄒᆞᆫ 적쟝 무리ᄅᆞᆯ 한 탄ᄌᆞ로 모다 쳐셔 ᄆᆞᆯ긔 ᄯᅥ러지게 ᄒᆞ고, 져 ᄌᆞ녀 무리 활을 ᄡᅩ며 탄ᄌᆞᄅᆞᆯ 발ᄒᆞ여 개개히 련ᄒᆞ여 오환식을 타니 져 탄ᄌᆡ 비오듯ᄒᆞ여 눈을 ᄯᅳ기 어려온지라. 적병들이 머리ᄅᆞᆯ ᄲᅡ고 쥐숨듯 닷더니, 한즈음이 못ᄒᆞ여 적병 ᄆᆞᆯ ᄯᅩ 오며 살이 ᄯᅩᄒᆞᆫ 여우(如雨) ᄒᆞ거ᄂᆞᆯ, 요화 등이 한 ᄎᆞ례 살을 피ᄒᆞ고, 빈 거【13】술 타 즉시 탄환을 쳐 보ᄂᆡ니, 활은 살을 ᄲᅡ히고 시위ᄅᆞᆯ 당긔ᄂᆞᆫᄃᆡ, 탄환ᄒᆞᄂᆞᆫ 거ᄉᆞᆫ ᄉᆞᆫ을 ᄯᅡ라 ᄆᆞᆫ득 발ᄒᆞᄆᆡ 일즉 져 궁젼슈(弓箭手)ᄅᆞᆯ 가져 쳐셔 칠녕팔락(七零八落)게 ᄒᆞ니, 적쟝 무리 ᄃᆡ로ᄒᆞ여 젼령ᄒᆞ여 진각을 츙돌ᄒᆞ거ᄂᆞᆯ, 요홰 ᄲᆞᆯ니 친슈병(親隨兵)으로 적진의 드러가 ᄆᆞᆯ다리만 ᄧᅵᆨ게 ᄒᆞ고, 아홉 사ᄅᆞᆷ이 일졔히 탄환을 놋거ᄂᆞᆯ, 요홰 보ᄆᆡ, 적ᄃᆡ(賊隊) 쇽의 일개 적쟝이 머리 우희 일산(日傘)을 밧고 츙돌ᄒᆞ여 오ᄆᆡ, ᄉᆡᆼ각건ᄃᆡ 반ᄃᆞ시 적괴라. 어시의 급히【14】두어 거ᄅᆞᆷ을 드러가 ᄌᆞ셰히 보고 일개 탄환을 노화 그 적을 졍히 맛치니, 뒤흘 향ᄒᆞ여 ᄆᆞᆫ득 것구러지고, 츙돌ᄒᆞᄂᆞᆫ 적병의 ᄆᆞᆯ다리ᄅᆞᆯ ᄧᅵᆨ어 ᄭᅳᆫ흐ᄆᆡ, 개개히 ᄆᆞᆯ이 것구러지며 ᄯᅥ러지ᄂᆞᆫ지라. 친슈병 등이 칼을 드러 일개식 죽이니 적병이 져의 두목이 피상(被傷)ᄒᆞ믈 보ᄆᆡ ᄡᅡ홀 ᄆᆞ음이 업셔 각각 ᄆᆞᆯ을 도로혀 구호(救護)ᄒᆞ거ᄂᆞᆯ, 문득 일셩 대포의 젼괴(戰鼓) 급히 발ᄒᆞ니 즁병이 병력ᄒᆞ여 ᄯᅡ라 일진을 싀살ᄒᆞᄆᆡ, 적시여산(積屍如山)ᄒᆞ고 류【15】혈셩쳔(流血成川)이라. 적병이 모다 황겁ᄒᆞ여 도망ᄒᆞ거ᄂᆞᆯ 요홰 ᄆᆞᆯ을 달녀셔 명금(鳴金)ᄒᆞ고, 군ᄉᆞᄅᆞᆯ 거두어 찰쥬ᄒᆞ고, 인ᄒᆞ여 보니 련로(沿路)의 적병의 ᄭᅵ친 바 츼즁(輜重)이 심히 만커ᄂᆞᆯ, 군ᄉᆞ로 ᄒᆞ여곰 거두어 오니, 도시 은뎡인ᄃᆡ ᄆᆡ 개(個) 즁(重)이 오ᄇᆡᆨ여 량이고, 그 쇽의 구무가 잇셔 ᄭᅳᆫ을 ᄭᅦ일지라. 군ᄉᆞ로 ᄒᆞ여곰 메여 가게 ᄒᆞ고, 드ᄃᆡ여 진을 거더 힝ᄒᆞ여 형쥐의 니ᄅᆞ니 문무관원이 ᄋᆞᆲ흐로 와 영졉ᄒᆞ거ᄂᆞᆯ, 요홰 당면ᄒᆞ여 신칙(申飭)ᄒᆞᄃᆡ 적【16】병이 왕ᄅᆡᄒᆞ기ᄅᆞᆯ 무인디경ᄀᆞᆺ치 ᄒᆞᄂᆞᆫ지라.

요홰 니로ᄃᆡ,

"다힝이 너가 병갑이 견리(堅利)ᄒᆞ여 적인을 살퇴ᄂᆞᆫ ᄒᆞ엿거니와 너의 무리 한 군ᄉᆞ도 와셔 칙응ᄒᆞᄂᆞᆫ 거ᄉᆞᆫ 보지 못ᄒᆞ니, 만일 도적의 에우믈 닙더면 엇지 너의 무리 개 ᄀᆞᆺ튼 관원의 ᄉᆞᆫ가온ᄃᆡ 다 죽지 아니ᄒᆞ엿시랴? 내 도라가 황상긔 밝히 알외여 결단코 너의 무리ᄅᆞᆯ 개개히 버히리라."

ᄡᅮ지ᄌᆞᄆᆡ 즁인이 고두류혈(叩頭流血)ᄒᆞ며 ᄉᆞ죄ᄒᆞ더라. 일변 셩의 드러가며 즁군쟝과 슈【17】하 쇼시 무리ᄅᆞᆯ ᄎᆡ송(差送)ᄒᆞ여 부현(府縣)과 안동ᄒᆞ여 도적의 모략을 닙은 쳐쇼ᄅᆞᆯ ᄉᆞ츌ᄒᆞ여 ᄇᆡᆨ셩을 안무ᄒᆞ고 인ᄒᆞ여 지휘ᄒᆞᄂᆞᆫ 문셔ᄅᆞᆯ 발ᄒᆞ여 무챵부(武昌府)의 다라가셔 은ᄌᆞᄅᆞᆯ 바다가지고 진휼케 ᄒᆞ며, ᄯᅩ 적비의 ᄭᅵ친 바 은뎡일ᄅᆞᆯ 그 슈효의 츙보ᄒᆞ라 ᄒᆞ니 각각 령명ᄒᆞ고 판리ᄒᆞ라 가더라.

각셜 니틈(李闖)이 아올나 ᄃᆡ군은 통령치 아니ᄒᆞ고 다만 일만 ᄉᆞ쳔 인ᄆᆞᄅᆞᆯ 다리고 ᄉᆡᆼ각건ᄃᆡ 양양 셩즁의 아올나 대병이 파슈ᄒᆞ미 업ᄉᆞ니 가히 ᄡᅥ 슈고 아니ᄒᆞ여【18】어드리라 ᄒᆞ더니, 헤아리지 못ᄒᆞᆫ 쵸구 디방의 니ᄅᆞ러 홀연 요화의 병ᄆᆞᄅᆞᆯ 만나니 모ᄅᆞᆷ죽이 의ᄉᆞ 밧긔 나ᄂᆞᆫ지라. 젼군이 함몰ᄒᆞ믈 닙의ᄆᆡ 그ᄅᆞᆺ 져의 군ᄉᆡ 그 지경을 당ᄒᆞᆫ 줄노 듯고 츙돌ᄒᆞ여 ᄋᆞᆲ으로 오더니, 인ᄆᆡ 밋쳐 졔도(濟度)치 못ᄒᆞ여 요화의 일기 탄환 더지믈 닙어 경히 익각(額角) 우히 마즈미 등시(登時)의 혼졀(暈絶)ᄒᆞ여 업더지ᄂᆞᆫ지라. 여러 도젹이 구ᄒᆞ기ᄂᆞᆫ ᄒᆞ엿시나 ᄃᆡ외(隊伍) 착란ᄒᆞᆫᄃᆡ, 요화의 군시 도로혀 츙돌ᄒᆞ여 만여 인미 ᄐᆡ반이나 업셔지고 【19】 픽잔ᄒᆞᆫ 군ᄉᆞ들이 황겁ᄒᆞ여 도쥐ᄒᆞ더니 다ᄒᆡᆼ이 요홰 ᄯᆞᆯ아오지 아니코 곳 형쥐셩(荊州省)으로 드러가ᄂᆞᆫ지라. 바야흐로 감히 남은 군ᄉᆞ를 모도와 가지고 좀간 령ᄎᆡ(營寨)를 셰워 쥬졉(駐接)ᄒᆞ고 니틈이 반야의 니ᄅᆞ러 비로소 ᄭᆡ여나며 졀치분ᄒᆞᆫ(切齒憤恨)ᄒᆞ여 슈하 사ᄅᆞᆷ다려 무ᄅᆞᄃᆡ,

"져거시 어ᄂᆡ 곳 병미며 어ᄃᆡ로셔 조ᄎᆞ 왓ᄂᆞ냐?"

젹당이 고ᄒᆞᄃᆡ,

"탐ᄌᆞ의 아라보믈 드ᄅᆞ니 하람싱(河南省) 봉번(封藩)ᄒᆞᆫ 복왕이 쟝군 니건ᄐᆡ(李建泰)와 ᄀᆞᆺ치 ᄉᆞ슝명(奢崇明)을 쵸멸ᄒᆞ고 ᄉᆞ쳔을 조ᄎᆞ 도라 【20】 오다가 도ᄎᆞ(途次)의셔 셔로 만나 져의 일쟝 ᄉᆡ샬ᄒᆞ믈 닙엇다."

ᄒᆞ거ᄂᆞᆯ, 니틈이 니로ᄃᆡ,

"내가 바라보니 표긔의 ᄡᅳᆫ 거시 복왕이란 ᄌᆞ양(字樣)이 아니더라."

일개 대답ᄒᆞᄃᆡ,

"져거ᄉᆞᆫ 져의 녀ᄋᆞ로 더 봉ᄒᆞ여 뎨 십ᄉᆞ 공쥐 되고 ᄯᅩ 경략ᄉᆞ(經略使)를 겸하엿ᄂᆞᆫᄃᆡ 탄ᄌᆞ로ᄡᅧ 사ᄅᆞᆷ치ᄂᆞᆫ 이가 믄득 그 ᄉᆞᄅᆞᆷ이라."

ᄒᆞ니, 니틈이 니로ᄃᆡ,

"너의 무리 모다 긔억ᄒᆞ여 두라. ᄂᆡ가 하람싱(河南省) 셩을 엇ᄂᆞᆫ 날이 잇실 거시니 복왕을 활착(活捉)ᄒᆞ여 긔여히 그 고기를 ᄉᆡᆼ으로 먹고 져 【21】 녀ᄋᆞ를 잡아 즁인으로 더브러 졈혀 쥭여야 바야흐로 이 분긔를 ᄲᅵᄉᆞ리라."

슈하인이 졔셩 답응ᄒᆞ더라.

ᄯᅩ 십여 일을 죠셥(調攝)ᄒᆞ여 비로소 평복이(平復) 되고 일변 령젼(令箭)을 발ᄒᆞ여 다시 삼셔싱(陝西省)의 가 명ᄆᆞ를 죠발ᄒᆞ여 나아가 양양셩을 취ᄒᆞ려 ᄒᆞ더라.

요홰 니건ᄐᆡ로 ᄒᆞ여곰 령숄ᄒᆞ여 흐터 진휼ᄒᆞ게 ᄒᆞ미 월여(月餘)를 지ᄂᆡ여 민뎡이 타텹(妥貼)ᄒᆞᆫ 연후의 계ᄒᆡᆼ(啓行)ᄒᆞᆯ시, 문무 즁관이 원근 ᄇᆡᆨ셩과 ᄀᆞᆺ치 모다 고두ᄒᆞ고 【22】 젼송ᄒᆞᄂᆞᆫᄃᆡ 개개히 쳔은만ᄉᆞᄒᆞ여 즐기ᄂᆞᆫ 쇼ᄅᆡ ᄶᅡ흘 움족이더라.

요홰 젼령ᄒᆞ여 탐쟈를 발ᄒᆞ여 ᄉᆞ쳐로 젹병 유무를 아라보와 ᄃᆡ젹ᄒᆞ믈 쥰비ᄒᆞ더니, ᄒᆡᆼᄒᆞᆫ지 십여 일의 일개 젹병도 만나지 못ᄒᆞ고 쟝ᄎᆞᆺ 위휘부(衛輝府)의 니ᄅᆞ러 즉시 셩의 드러가 좀간 머믈고 즁관다려 무ᄅᆞ미 젹인이 삼월 ᄂᆡ의 일즉 여긔 잇셔 한 ᄎᆞ례 노략ᄒᆞ믈 지닌 줄 알고 드ᄃᆡ여 부현의 젼령ᄒᆞ여 화란 당ᄒᆞᆫ 호구를 ᄉᆞ츌(査出)ᄒᆞ여 일일 【23】 히 진휼ᄒᆞ고, 일변 개봉부(開封府)의 ᄒᆡᆼ문ᄒᆞ여 은ᄌᆞ를 가져오게 ᄒᆞ고, ᄯᅩ 왕을 ᄃᆡᄒᆞ여 말ᄒᆞᄃᆡ,

"녀ᄋᆡ 여긔 잇셔 도로혀 일삭 지톄ᄂᆞᆫ 될 거시니, 왕야ᄂᆞᆫ 엇지 가마니 부즁의 도라가 한 번 술펴보시고 인ᄒᆞ여 즉시 도라와 한 가지로 복명을 아니려 하시ᄂᆞ니잇고?"

왕이 ᄃᆡ답ᄒᆞᄃᆡ,

"노샹의 도젹이 만흐니 만일 봉착ᄒᆞ면 도로혀 온편치 못ᄒᆞᆯ지라. 내가 ᄀᆞᆺ치 여긔 잇시미 내 심히 안심이 되고 다ᄅᆞᆫ ᄉᆞ건은 내 념두의 거리ᄭᅵ지 아니ᄒᆞ노라." 【24】

요홰 드ᄅᆞ미 왕야의 담이 셔늘ᄒᆞ여졋ᄂᆞᆫ지라 믄득 그만두고 어언간의 진휼을 맛치미 드ᄃᆡ여 반ᄉᆞᄒᆞ여 경셩으로 도라올시, ᄎᆞᄎᆞ 경긔(京畿)의 ᄀᆞᆺ가오미 젹병이 필경은 감히 규탐치 못ᄒᆞ더라.

요홰 군ᄉᆞ를 거ᄂᆞ리고 오ᄂᆞᆫ 거시 위의 부셩ᄒᆞᆫ지라. 일로샹의 문무 관원들이 영졉ᄒᆞ고 녁참의셔 지응ᄒᆞ여 ᄯᅩ ᄒᆡᆼᄒᆞᆫ지 오륙 일의 경셩의 ᄀᆞᆺ가오미 믄득 친왕과 군왕과 ᄂᆡ외 훈쳑(勛戚)들이 사ᄅᆞᆷ을 보ᄂᆡ여 영졉ᄒᆞ고, 평층 【25】 문(平則門)의 니ᄅᆞ미 ᄂᆡ각(內閣)과 륙부(六部)와 구경(九卿)이 모다 슈본(手本)을 드려 영졉ᄒᆞ며, 치하ᄒᆞ고 뒤 ᄯᅡ라 ᄯᅩ 셩지를 밧들고 셩의 나와 영졉ᄒᆞᄂᆞᆫ 한 무리 ᄂᆡ관이 잇ᄂᆞᆫ지라. 요홰 젼령ᄒᆞ여 병ᄆᆞ를 찰쥬(札駐)ᄒᆞ고 경략ᄉᆞ 닌신(印信)을 ᄭᅳ을고 ᄃᆡ궐 드러가 복명ᄒᆞ려 ᄒᆞ더니, 쟝ᄎᆞᆺ 궐문의 밋ᄎᆞ미 다만 보니 ᄉᆞ례감(司隷監)이 나오며 구젼(口傳)으로 셩지가 계시다 ᄒᆞ거ᄂᆞᆯ, 즁인이 각각 몰긔 나려 부복(俯伏)ᄒᆞ여 베푸ᄂᆞᆫ 거 【26】 술 드ᄅᆞ니, ᄉᆞ례감이 즉시 펴셔 닑으ᄃᆡ,

셩지를 밧드러 감군ᄉᆞ 복왕이 경략ᄉᆞ 십ᄉᆞ쟝 공쥬와 ᄀᆞᆺ치 밋친 도젹을 뎡토ᄒᆞᆯ시, 슈삭 동안의 믄득 능히 쵸멸ᄒᆞᆫ 거시 실노이 신쇽ᄒᆞ니 심히 가샹ᄒᆞᆫ지라. 다만 힝진의 로고(勞苦)ᄒᆞ여시니 각기 십일식 슈유를 쥬어 편히 쉰 후의 드러와 죠현케 ᄒᆞ고, 밧치ᄂᆞᆫ 바 닌신은 ᄂᆡ관을 맛져 ᄃᆡ신 드리게 ᄒᆞ고, 병쟝들은 거두어 항오(行伍)의 도라가게 ᄒᆞ고 공을【27】의론ᄒᆞᆯ 날을 기다려 다시 승직ᄒᆞ고 샹급ᄒᆞ믈 힝ᄒᆞ려 ᄒᆞ니, 흠ᄌᆡ(欽哉) ᄉᆞ은(謝恩)ᄒᆞ라.

각인이 ᄇᆡ무(拜舞)ᄒᆞ고 니러셔더니 사례감이 니건ᄐᆡ를 ᄃᆡᄒᆞ여 니로ᄃᆡ,

"노션ᄉᆡᆼ긔ᄂᆞᆫ ᄯᅩᄒᆞᆫ 셩지가 나려 여긔 잇다."

ᄒᆞ니, 건ᄐᆡ 졍히 몸을 닐냐 ᄒᆞ다가 인ᄒᆞ여 부복ᄒᆞ여 베푸ᄂᆞᆫ 거ᄉᆞᆯ 드ᄅᆞ미, ᄉᆞ례감이 ᄯᅩ 일조 셩지를 밧드러 ᄂᆡ여 닑어 니로ᄃᆡ,

셩지를 밧드러 ᄃᆡ장군 니건ᄐᆡ 군ᄉᆞ를 거ᄂᆞ리고 츌뎡ᄒᆞᄂᆞᆫ ᄃᆡ 망연이 쥬획(籌劃)ᄒᆞᆫ 거ᄉᆞᆫ 업【28】고 헛도히 군량만 모숀(耗損)ᄒᆞ니 실노이 그 벼ᄉᆞᆯ을 더러이미라. 병부샹셔ᄂᆞᆫ 혁거(革去)ᄒᆞ고 동지(同知) 직함을 쥬ᄂᆞᆫ 거시니 ᄲᆞᆯ니 ᄉᆞ쳔ᄉᆡᆼ의 가셔 ᄡᅳᆫ 바 군향(軍餉)을 가져 회계를 명ᄇᆡᆨ히 ᄒᆞ여 ᄀᆞᆺ쵸 알외ᄃᆡ 만일 허비ᄒᆞᆫ 거시 이시면 즉시 무러 밧치게 ᄒᆞ고 인ᄒᆞ여 대장군 닌신을 거두어 올니게 ᄒᆞ고 압령(押令)ᄒᆞ여 즉ᄀᆡᆨ의 긔뎡(起程)케 ᄒᆞ라. 흠ᄌᆡ ᄉᆞ은이라.

니건ᄐᆡ 머리를 좁고 ᄉᆞ은을 맛치미 만면 슈참(羞慚)【29】ᄒᆞ더니, ᄉᆞ례감 등 뒤으로 칠팔 개 교위(校尉) 다라나오며 닌신을 앗고 압령ᄒᆞ여 가지고 일을 여러 가더라.

복왕이 셩지를 바드미 요화와 ᄀᆞᆺ치 닌신을 밧치고 즉시 집으로 도라갈ᄉᆡ, 요홰 길히셔 령젼(令箭)을 ᄂᆡ여 쇼시 무리를 쥬어 즁군쟝의게 젼령ᄒᆞ여 군ᄉᆞ를 거더 항오로 도라가게 ᄒᆞ니, 쇼시 무리 봉령ᄒᆞ고 가더라. 로샹 사ᄅᆞᆷ들이 ᄯᅩ 보다가 여러 입으로 칭양ᄒᆞ더니, 일인이 니로ᄃᆡ,

"네 보라. 여러 사ᄅᆞᆷ은 일개도 얼골이 풍진(風塵)이 아니【30】ᄲᅡ힌 거시 업ᄉᆞᄃᆡ 유독 져 공쥐 얼골이 젼일 모양과 일반이니 ᄯᅩ 무ᄉᆞᆫ 연괴냐?"

ᄒᆞ더라.

ᄌᆡ셜, 슝뎡황뎨(崇禎皇帝) 무ᄉᆞᆫ 일노 즉시 츌젼 졔쟝을 블너 보지 아니신고? 원ᄅᆡ 셩의가 요화를 위ᄒᆞ여 일개 부마(駙馬)를 간ᄐᆡᆨᄒᆞ려 ᄒᆞ시미 만죠 ᄃᆡ신들이 져 공쥐 등한(等閑)ᄒᆞᆫᄃᆡ 비치 못ᄒᆞᆯ 줄 아ᄂᆞᆫ지라. 다만 아ᄅᆞᆷ다온 ᄌᆞ뎨들은 일즉 일홈이 과갑(科甲)의 오ᄅᆞ고 몸이 환로(宦路)의 버러 이시며, 다만 셩취치 못ᄒᆞᆫ 이ᄂᆞᆫ 엇지 감히 져 공쥬를 ᄧᅡᆨᄒᆞ리오? 그러【31】므로ᄡᅥ 텹셔를 알왼 후로 죠ᄎᆞ 곳 유심ᄒᆞ샤 문무젼ᄌᆡ(文武全才)를 구코ᄌᆞ ᄒᆞ시ᄂᆞᆫᄃᆡ, 각 대신 ᄌᆞ뎨 즁의 문ᄌᆡ 잇ᄂᆞᆫ 이ᄂᆞᆫ 무예가 업고 무예 잇ᄂᆞᆫ 이ᄂᆞᆫ ᄯᅩ 문ᄌᆡ가 젹은지라. 잇다감 젼유ᄒᆞ시ᄃᆡ, 각 관무리 모다 감히 등ᄃᆡ치 못ᄒᆞ고 다만 ᄂᆡ외 훈쳑들이 모다 황후 면젼의 잇셔 친ᄉᆞ를 구ᄒᆞᄂᆞᆫ ᄃᆡ, 황후의 본겻ᄎᆞᆫ[191] 믄득 쥬황친(周皇親)의 집이라. 그 유ᄌᆞ(幼子) 쥬군좨(周君佐) 오히려 취신은 아니ᄒᆞ엿더니, 일즉 가마니 요화를 보고 ᄆᆞ옴의 십분 흠모【32】ᄒᆞ여 친ᄉᆞ 믯기를 ᄉᆡᆼ각ᄒᆞ여 일개 문ᄀᆡᆨ으로 더브러 상의ᄒᆞ니, 기인이 ᄃᆡ답ᄒᆞᄃᆡ,

"이 일이 무어시 어려오랴? 이졔 황후게셔 너의 ᄌᆞ시(姊氏)가 도시거ᄂᆞᆯ 엇지 근심ᄒᆞ리오?

---

191)【본겻ㅊ】명 왕후의 친정. 친정 어머니. 궁중말. ¶ 外家 ‖ 황후의 본겻ᄎᆞᆫ 믄득 쥬황친의 집이라 그 유ᄌᆞ 쥬군좨 오히려 취신은 아니ᄒᆞ엿더니 (皇后外家就是周皇親, 其幼子周君佐尚未聘室.) <瑤華 15:31> 문을 열면 ᄌᆞ로 안부나 아니 듯ᄌᆞ오시며 우히 사라 겨오셔야 본겻 졔ᄉᆞ나 아니 거ᄂᆞ리시ᄂᆞ니잇가 ᄂᆞᆰ습신 본겻치 ᄂᆞᆯ을 밋고 사라 겨오시니잇가 <셔궁 1:56> ⇒ 본겻ㅎ

21
격쟝유의청춘의 면뎨진정뇌총은
隔墻有耳聽春意 面帝陳情賚寵恩

다만 녕존ᄆᆡ 황후긔 친ᄉᆞ되기ᄅᆞᆯ 구ᄒᆞ여 그 말삼만 어드면 믄득 되리라.”

쥬군좨(周君佐) 듯고 심히 깃거ᄒᆞ더라.

원ᄅᆡ 군좨 비록 큰 ᄌᆡ화(才華)ᄂᆞᆫ 업ᄉᆞ나 문무기예 두 가지의 한두 가지ᄂᆞᆫ ᄊᆡᄃᆞᆺ는지라. 범인들은 그 ᄌᆡ화ᄅᆞᆯ 칭찬ᄒᆞ더라. ᄎᆞ일의 군좨 져의 부친 ᄋᆞᆲ히 잇【33】셔 황후긔 쳥ᄒᆞ여 요화(瑤華)로 더브러 혼ᄉᆞ되기ᄅᆞᆯ 구ᄒᆞ니, 쥬황친이 져 요화ᄂᆞᆫ 황샹의 ᄉᆞ랑ᄒᆞᄂᆞᆫ 바 공쥬로 알ᄆᆡ 엇지 되지 아니믈 원ᄒᆞ며, 황휘 ᄯᅩ 본겻 면분(面分)의 구ᄋᆡᄒᆞ여 군좨 요화의게 밋지 못ᄒᆞ믈 밝히 아나 다만 죠히 포용ᄒᆞ여 가지고 그 일을 셩취코ᄌᆞ ᄒᆞ여 불시의 ᄌᆞ로 황뎨 ᄋᆞᆲ히 잇셔 말ᄉᆞᆷ ᄒᆞ시더니 하로ᄂᆞᆫ 황뎨 ᄂᆡ뎐의 드ᄅᆞ샤 요화의 혼ᄉᆞᄅᆞᆯ 졔급(提及)ᄒᆞ시며, ᄌᆡ신(宰臣) 즁의 아올나 아ᄅᆞᆷ다온 ᄌᆞ뎨가 ᄶᅡᆨᄒᆞ여 쥴【34】만ᄒᆞᆫ 거시 업기로 심히 괘렴(掛念)이 된다 ᄒᆞ시거ᄂᆞᆯ, 황휘 즉시 쥬군좌ᄅᆞᆯ 가져 한 ᄎᆞ례ᄅᆞᆯ 과쟝ᄒᆞ시ᄆᆡ 황뎨 황후의 안면을 보샤 면강ᄒᆞ여 허락ᄒᆞ시니, 져 쥬황친의 집의셔 황샹이 윤죵(允從)ᄒᆞ시ᄂᆞᆫ 의향이 계시믈 알ᄆᆡ, 심히 쾌활ᄒᆞ여 련망히 사ᄅᆞᆷ을 부려 군좌ᄅᆞᆯ 다려 경셩으로 드러오나, 황샹이 면시ᄒᆞ여 보실가 두려, ᄒᆞ여곰 죠셕으로 문무ᄌᆡ예ᄅᆞᆯ 련습게 ᄒᆞ더니, 하로ᄂᆞᆫ 셩지가 나려 부ᄅᆞ시거ᄂᆞᆯ 련【35】망히 드러가 죠현(朝見)ᄒᆞᄆᆡ 다힝히 군좌의 면모ᄂᆞᆫ 도로혀 죠흔지라. 황뎨 몃마ᄃᆡ 말을 무러보시고 면시(面試) 아니ᄒᆞ여 보시며 믄득 믈녀 보ᄂᆡ시니, 져 인연이 ᄉᆡᆼ각건ᄃᆡ 칠팔분은 될 듯ᄒᆞᆫ지라. 도로혀 깃거ᄒᆞ여 ᄆᆞᄋᆞᆷ의 가려온 ᄃᆡᄅᆞᆯ 긁ᄂᆞᆫ 듯ᄒᆞᆫ지라. 엇지 쾌활치 아니리오?

ᄌᆡ셜, 복왕(福王)이 요화로 ᄀᆞᆺ치 궁의 도라오ᄆᆡ 륙십 명 호위군과 령ᄉᆞ(令史) 무리 모다 ᄃᆡ후(待候)ᄒᆞ엿다가 왕과 요화의 좌뎡ᄒᆞ기ᄅᆞᆯ 기ᄃᆞ려 일졔히 ᄇᆡ현ᄒᆞ거【36】ᄂᆞᆯ, 요홰 왕의게 고ᄒᆞᄃᆡ “져 무리가 다 황샹의 ᄉᆞ급ᄒᆞ신 ᄇᆡ라” ᄒᆞ니, 왕이 ᄆᆡ오 깃거ᄒᆞ며, ᄯᅩ 각쳐로 단이며 방옥을 보니 모다 임의 슈졍(修整)ᄒᆞ엿더라. 왕이 요화로 더브러 한 곳의 이시믈 블편히 너겨 드ᄃᆡ여 동편 머리 오간 방옥을 가ᄅᆞ쳐 니로ᄃᆡ,

“내가 져긔 잇셔 쥬졉ᄒᆞ리라.”

ᄒᆞ고, 량편 문호ᄅᆞᆯ 모다 봉쇄ᄒᆞ고 다만 뎨삼층 방옥 뒤 한 젹은 문을 머믈너 두어 요화의 죠셕 문안ᄒᆞᄂᆞᆫ 길을 ᄆᆡᆫᄃᆞᆯ고 왕이 다ᄅᆞᆫ 일은 ᄒᆞᆯ 거시 업고【37】믄득 별쳐로 단이며 혼잡히 구지 못ᄒᆞ여 가마니 근슈(跟隨)ᄒᆞᄂᆞᆫ ᄉᆞᄅᆞᆷ으로 ᄒᆞ여곰 교방(敎坊) 쇽의 가셔 슈삼 개 기녀ᄅᆞᆯ 블너다가 방 쇽의 두고 슈용ᄒᆞ더라.

요홰 믄득 반이(搬移)ᄒᆞ여 셔양ᄃᆡ(西洋臺)의 잇셔 헐슉(歇宿)ᄒᆞᆯᄉᆡ ᄆᆡ영(梅影)과 ᄀᆞᆺ치 동편간 루의 잇고, 문 밧 두어간 방은 쟝(張)·황(黃) 량 식부(媳婦)로 ᄒᆞ여곰 거쥬케 ᄒᆞ고, 셔편간 방옥은 쇼란(素蘭)과 니운(李雲)과 욱니(郁李)로 각기 일간 식 맛게 ᄒᆞ고, 그 문 밧근 쟝기덕(張其德)과 쥬청ᄃᆡ(周靑黛)와 각기 일간 식 맛타 간슈케【38】ᄒᆞ고, ᄉᆞ개 쇼시ᄂᆞᆫ 모다 대루 아ᄅᆡ 잇셔 거쥬케 ᄒᆞ고, 죠(趙)·송(宋) 량 왕부(王府)의셔 온 팔개 궁녀ᄂᆞᆫ 각기 직ᄉᆞ(職事)ᄅᆞᆯ 분파ᄒᆞ여 쥬고, ᄯᅩ 후변이 령락(冷落)ᄒᆞ믈 혐의ᄒᆞ여 량개 령ᄉᆞᄅᆞᆯ 분주ᄒᆞ여 가권(家眷)을 다리고 문 어귀의 쥬졉게 ᄒᆞ고, 륙십 명 호위군은 각 방의 잇셔 샹직게 ᄒᆞ고, ᄉᆞᄇᆡᆨ 명 친슈군(親隨軍)은 노비(路費)ᄅᆞᆯ ᄎᆞ하(借下)ᄒᆞ여 이왕 거ᄂᆞ리고 온 태감으로 ᄒᆞ여곰 몬져 다리고 롱쟝(農莊)의 도라가게 ᄒᆞ고, 인ᄒᆞ여 셔신을 닥가 무ᄋᆡᄌᆞ(無碍子)의게 안부ᄅᆞᆯ 청ᄒᆞ【39】고, 아올나 텹셔 올니믈 보ᄒᆞ여 분파ᄒᆞ기ᄅᆞᆯ 맛치ᄆᆡ 다시 령ᄉᆞ로 ᄒᆞ여곰 츌뎡ᄒᆞ므로붓허 반ᄉᆞ(班師)ᄒᆞ기의 니ᄅᆞ러 왕ᄅᆡ 쇼용ᄒᆞᆫ 은ᄌᆞᄅᆞᆯ 쟝씌(帳記)ᄅᆞᆯ ᄆᆡᆫ돌게 ᄒᆞ고, 기여 은ᄌᆞᄂᆞᆫ 도로 닙고(入庫)ᄒᆞ게 ᄒᆞ고, 하향(荷香)으로 ᄒᆞ여곰 ᄉᆞ검(査檢)케 ᄒᆞ더라.

ᄆᆞᆫ득 텬ᄉᆡᆨ이 져믈ᄆᆡ ᄉᆞ개 비ᄌᆞᄅᆞᆯ 거ᄂᆞ리고 왕긔 가셔 문안ᄒᆞ니, 왕이 니로ᄃᆡ,

"신ᄌᆡ 뇌곤ᄒᆞᆯ 거시니 각기 가셔 쉬고 명일의 다시 와셔 보라."

ᄒᆞ니, 기실은 방즁의 잇셔 부녀비(婦女輩)ᄅᆞᆯ 다리고 힝락ᄒᆞ【40】미러라.

요홰 물너와 셕반을 먹은 후의 쟝·황 량 식부ᄅᆞᆯ 다리고 한담ᄒᆞᄆᆡ 져의 둘히 임의 남ᄌᆞᄅᆞᆯ 취ᄒᆞᆫ 줄 알고, 또 무ᄅᆞᄃᆡ,

"ᄂᆡ가 간 후의 져 방옥을 어ᄂᆡ ᄯᆡ의 슈리ᄒᆞ엿ᄂᆞ냐?"

황식뷔 ᄃᆡ답ᄒᆞᄃᆡ,

"삼월 쵸ᄉᆡᆼ의 공역을 니ᄅᆞ혀 륙월을 다 지ᄂᆡ여 겨유 필역이 되엿다."

ᄒᆞ거ᄂᆞᆯ, 또 무ᄅᆞᄃᆡ,

"어ᄂᆡ ᄉᆞᄅᆞᆷ의 쥬견(主見)을 ᄒᆞ엿ᄂᆞ냐?"

쟝식뷔 ᄃᆡ답ᄒᆞᄃᆡ,

"이거ᄉᆞᆫ 쟝ᄉᆞ(長史)의 안ᄒᆡ 의견인ᄃᆡ 기인(其人)이 ᄆᆡ오 지경이 잇셔 비록 량개 령시 간역은 ᄒᆞ여시나【41】기실은 도시 기인의 지휘ᄃᆡ로 ᄒᆞ엿다."

ᄒᆞ거ᄂᆞᆯ, 요홰 무ᄅᆞᄃᆡ,

"기인의 ᄉᆡᆼ기미 ᄆᆡ오 죠흐냐?"

량개 식뷔 일졔히 ᄃᆡ답ᄒᆞᄃᆡ,

"품모(品貌)만 죠흘 ᄲᅮᆫ 아니라 쟉인(作人)이 더옥 죠타."

ᄒᆞ더라. 경히 말ᄒᆞᄆᆡ ᄆᆡ영이 와셔 취침ᄒᆞ믈 청ᄒᆞ거ᄂᆞᆯ 드ᄃᆡ여 침쇼로 도라가 ᄆᆡ영다려 니로ᄃᆡ,

"ᄂᆡ 너와 ᄀᆞᆺ치 오날 밤의 쇽옷ᄉᆞᆯ 가라 닙을지니 다만 더러올 ᄲᅮᆫ 아니라 또 ᄂᆡ음ᄉᆡ 난다."

ᄒᆞ거ᄂᆞᆯ, ᄆᆡ영이 ᄃᆡ답ᄒᆞᄃᆡ,

"ᄉᆞ뷔 쇽옷ᄉᆞᆯ 버ᄉᆞ라 아니ᄒᆞ엿고 또 다ᄅᆞᆫ 거시 업【42】

【42】ᄉᆞ니 엇지 밧고와 닙으리오."

요홰 니로ᄃᆡ,

"네가 다만 ᄉᆞ부의 벗지 말나 ᄒᆞᆫ 말ᄉᆞᆷ은 드러시나 그ᄂᆞᆫ 군즁의 잇셔 불우지변을 방비ᄒᆞ라 ᄒᆞ신 말ᄉᆞᆷ이오, 이졔 일이 임의 지ᄂᆡ고 또 경셩 안의 잇셔 도로혀 무ᄉᆞᆫ 블우지변이 잇시랴?"

ᄆᆡ영이 대답ᄒᆞᄃᆡ,

"무어ᄉᆞᆯ 가져 밧고리오?"

요홰 니로ᄃᆡ,

"내가 일젼의 우연이 ᄎᆡᆨᄌᆞᄅᆞᆯ 뒤지려 ᄒᆞ고 루샹의 올나갓더니, 샹ᄌᆞ 즁의 령셩ᄒᆞᆫ 젹은 의복이 그 쇽의 이시니, 네가 가셔 져 쟝 황 량식【43】부와 ᄀᆞᆺ치 취ᄒᆞ여 오게 ᄒᆞ라."

ᄆᆡ영이 나가셔 가져오니, 모다 삼십여 벌이 되ᄂᆞᆫ지라. 요홰 즁인을 분급(分給)ᄒᆞ여[192] 개개히 가라 닙고 버ᄉᆞᆫ 거ᄉᆞᆫ 셰답(洗踏)게 ᄒᆞ더라.

보ᄂᆞᆫ 이ᄂᆞᆫ 괴여이 무ᄋᆡᄌᆞ의 가라 닙지 못ᄒᆞ게 부촉ᄒᆞᆫ 말을 ᄭᆡ쳐 닐 거시니, 다만 군즁의 잇실 ᄯᆡ ᄲᅮᆫ 아니라, '블우不虞' 두 글ᄌᆞ의 포용ᄒᆞᆫ 밧 ᄌᆡ(者) 심히 너ᄅᆞ니, 요홰 금년이 임의 십륙 셰 된지라. 경ᄆᆡᆨ(經脈)이 임의 통ᄒᆞ고, 또 금ᄉᆡᆼ은 비록 십분 존귀ᄒᆞ니 대충이 젼ᄉᆡᆼ 호리(狐狸)의【44】셩녕(生靈)을 버셔나지 못ᄒᆞᆫ지라. 젼ᄉᆡᆼ은 도로혀 슈 여회러니, 금ᄉᆡᆼ은 계집의 형톄가 되어, ᄉᆞ나희 셩픔은 동ᄒᆞᄂᆞᆫ 가온ᄃᆡ 고요ᄒᆞ미 잇고, 계집의 셩픔은 고요ᄒᆞᆫ 가온ᄃᆡ 동ᄒᆞ미 잇ᄂᆞᆫ 고로 져 비녀 무리 즁의 일개도 감히 몬져 동ᄒᆞ지 못ᄒᆞ나, 오즉 요화ᄂᆞᆫ 편벽도히 또 견ᄃᆡ여 ᄂᆡ지 못ᄒᆞᄂᆞᆫ지라.

ᄎᆞ야의 ᄆᆡ영으로 더브러 금침을 ᄀᆞᆺ치 ᄒᆞᆯ ᄉᆡ, ᄆᆡ영은 쇽옷ᄉᆞᆯ 벗고 다시 건경(乾淨)ᄒᆞᆫ 쇽옷ᄉᆞᆯ 닙으려 ᄒᆞ거ᄂᆞᆯ, 요홰 말니며 니로【45】ᄃᆡ,

"미거ᄒᆞᆫ[193] ᄋᆞ희야, 쇽옷 벗지 못ᄒᆞᆫ 지가

192) 【분급ᄒᆞ다】 [동] 분급(分給)하다. 나누어 주다. ¶ 分發 ‖ 모다 삼십여 벌이 되ᄂᆞᆫ지라 요홰 즁인을 분급ᄒᆞ여 개개히 가라 닙고 버ᄉᆞᆫ 거ᄉᆞᆫ 셰답게 ᄒᆞ더라 (總共有三十多副, 瑤華分發衆人, 一概褪漿洗.) <瑤華 11:43>

193) 【미거ᄒᆞ다】 [형] 미거하다. 철이 없고 사리에 어둡다. ¶ 呆 ‖ 미거ᄒᆞᆫ ᄋᆞ희야 쇽옷 벗지 못ᄒᆞᆫ 지가 임의 반 년이 된지라 오날밤은 벗고 ᄌᆞᄂᆞᆫ 거시 긴치 아니ᄒᆞ냐 우리 량개가 모다 벗고 ᄌᆞ리라 (呆子, 不脫衣褲已是半年多了, 今晚就受用受用也不打緊. 我兩箇都光光的睡一宿去.) <瑤華

임의 반 년이 된지라. 오날밤은 벗고 즈는 거시 긴치 아니ᄒᆞ냐? 우리 량개가 모다 벗고 즈리라."

미영이 다만 그리 ᄒᆞ마 ᄒᆞ며 ᄃᆡ답ᄒᆞᄃᆡ,

"닙고 즈는 거시 익어셔 버ᄉᆞ미 도로혀 죠치 아니ᄒᆞ도다."

요홰 미영의 졋술 어로만지며 니로ᄃᆡ,

"아야, 네 졋시 옷술 동혀셔 넙젹ᄒᆞ엿도다."

미영이 ᄃᆡ답ᄒᆞᄃᆡ,

"엇지 옷술 동혀 그러 ᄒᆞ리오, 나는 아올나 넙ᄒᆞ지는 거술 못보왓노라."

요홰 【46】 니로ᄃᆡ,

"네가 ᄌᆞ셔히 보와야 믄득 알니라."

미영이 그ᄃᆡ여 요화의 졋술 만지며 니로ᄃᆡ,

"공쥬도 가히 날과 한 모양이라."

ᄒᆞ고, 숀으로써 한번 만지ᄆᆡ, 믄득 놉하 우흘 향ᄒᆞ여 쇼숫거ᄂᆞᆯ, 드ᄃᆡ여 니로ᄃᆡ,

"엇지 공쥬는 넙젹지 아니냐?"

요홰 니로ᄃᆡ,

"네가 날과 면모는 일양이나 형톄는 두 모양이라. 져 샹ᄌᆞ(相者)196)의 말이 네가 볼기ᄧᅡᆨ197)이 놉흔 거시 업다 ᄒᆞ믈 듯지 못ᄒᆞ엿ᄂᆞ냐?"

미영이 숀을 구을녀 졔 볼기ᄧᅡᆨ을 만져 보고, 또 숀을 늘희여 【47】 요화의 볼기롤 만지며 니로ᄃᆡ,

"진개 공쥬는 날보다 ᄆᆡ오 놉흐니, 다만 져 샹ᄌᆞ의 말이 그리 되면 엇지 쳐치ᄒᆞ여 ᄒᆞᄂᆞ냐?"

요홰 니로ᄃᆡ,

"엇지 쳐치ᄒᆞ미 잇시랴? 일개 녀인이 되어 져 쟝가 식부의 모양과 ᄀᆞᆺ치 되어 쳔[인]이 뮈워 ᄒᆞ고, 만인이 혐의ᄒᆞ량이면, 무슨 죠흔 곳이 잇시랴. 사롬이 죽어지ᄆᆡ ᄉᆞ롬으로 ᄒᆞ여곰 ᄉᆞ렴(思念)이 되어야 비로쇼 죠코, 만일 싱젼의 믄득 ᄉᆞ롬의 싀려ᄒᆞ믈 닙으면 너는 ᄆᆞᄋᆞᆷ의 죠킷ᄂᆞ냐? 죠치 아니ᄒᆞ깃ᄂᆞ 【48】 냐?"

미영이 니로ᄃᆡ,

"져처럼 말ᄒᆞ면 녀인의 죠흔 광경이 다만 이십 셰쁜이라, 져 나가(羅家)의 집 슈리(妯娌) 량개는 겨유 삼십 세가 되어 믄득 그 모양이 되어시니, 우리는 그 년셰(年歲)의 니ᄅᆞ면 두리건ᄃᆡ ᄆᆡ오 노창(老蒼)ᄒᆞ여지리라.198)"

요홰 니로ᄃᆡ,

"본시 그러ᄒᆞᆫ 거시라. 녀지 되어 ᄯᅢ롤 밋쳐 츌가ᄒᆞᆯ 거시오 과시(過時)가 되면 믄득 표ᄆᆡ [摽梅 녀혼 지톄ᄒᆞᆫ단 말이라] 199)의 탄식ᄒᆞ미 되리라."

미영이 니로ᄃᆡ,

"공쥬는 ᄆᆡ오 쾌활ᄒᆞ실지라. 십일을 지닌 후는 황뎨긔 뵈오량이면 필 【49】 연 하가ᄒᆞ는 죠흔 쳐분이 계시리라."

요홰 니로ᄃᆡ,

"너가 죠흔 쳐분이 이시량이면 도로혀 너롤 더져 두랴?"

미영이 니로ᄃᆡ,

"그러ᄒᆞ든지 아니ᄒᆞ든지 다만 기시의 니ᄅᆞ러는 아지 못게라 엇던 모양이 되ᄂᆞ냐?"

요홰 우ᄉᆞ며 니로ᄃᆡ,

"어너 밤의 ᄉᆞ롬의 부쳬 지너든 형용을 지너여 보지 못ᄒᆞ엿ᄂᆞ냐? 문득 그 모양으로 ᄒᆞᄂᆞ니라."

11:45>

196) 【샹ᄌᆞ】 명 {상자(相者).} 상 보는 사람. 관상(觀相)장이. ¶ 相面的 ‖ 네가 날과 면모는 일양이나 형톄는 두 모양이라 져 샹ᄌᆞ의 말이 네가 볼기ᄧᅡᆨ이 놉흔 거시 업다 ᄒᆞ믈 듯지 못ᄒᆞ엿ᄂᆞ냐 (你只同我面龐一樣, 形體就兩樣了. 不聽了相面的說你沒有臀尖.) <瑤華 11:47>

197) 【볼기ᄧᅡᆨ】 명 볼기짝. ¶ 臀 ‖ 져 샹ᄌᆞ의 말이 네가 볼기ᄧᅡᆨ이 놉흔 거시 업다 ᄒᆞ믈 듯지 못ᄒᆞ엿ᄂᆞ냐 (不聽了相面的說你沒有臀尖.) <瑤華 11:47> ⇒ 볼기ᄧᅡᆨ

198) 【노창ᄒᆞ다】 동 노창(老蒼)하다. 늙어 뵈다. ¶ 老蒼 ‖ 져 나가의 집 슈리 량개는 겨유 삼십 세가 되어 믄득 그 모양이 되어시니 우리는 그 년셰의 니ᄅᆞ면 두리건ᄃᆡ ᄆᆡ오 노창ᄒᆞ여지리라 (你看羅家妯娌兩個, 纔上三十多歲, 就這樣一個面龐了. 我和你到那年歲, 只怕也要老蒼了.) <瑤華 11:48>

199) 【摽梅 표매】 biàoméi 표ᄆᆡ *比喩女子應當結婚的年齡。語出«詩·國風·摽有梅»: "摽有梅, 其實七兮。"求我庶士, 迨其吉兮。" 摽梅, 打落成熟的梅子。‖ 표ᄆᆡ; 녀혼 지톄ᄒᆞᆫ단 말이라 ‖ "女子及時而嫁, 過了時就有~之嘆." 녀지 되어 ᄯᅢ롤 밋쳐 츌가ᄒᆞᆯ 거시오 과시가 되면 믄득 표ᄆᆡ의 탄식ᄒᆞ미 되리라 (瑤華 11:48)

량개 말이 여긔 니ᄅᆞ러ᄂᆞᆫ 셔로 만지며 안ᄂᆞᆫ 거ᄉᆞᆯ 면치 못ᄒᆞ고, 이쳐로 한바탕을 욕심이 동ᄒᆞ다가 각기 잠 【50】 이 드니, ᄉᆡᆼ각지 아니ᄒᆞᆫ 격벽(隔壁)의 잇ᄂᆞᆫ 황가(黃家) 식뷔(媳婦) 쳐음으로 남ᄌᆞᄅᆞᆯ 마ᄌᆞ 졍히 견권(繾綣)ᄒᆞᄂᆞᆫ198) 즈음의 홀연이 요화의 부ᄅᆞ믈 닙어 드러와 ᄉᆞ후ᄒᆞ나 엇지 잠이 오리오. 져 량개의 ᄒᆞ든 바 셜화ᄅᆞᆯ 쳥쵸히 드러보고 가마니 우ᄉᆞ며 니로ᄃᆡ,

"져 량개가 츈심이 동ᄒᆞ엿도다."

ᄒᆞ더라.

ᄎᆞ일의 요홰 쇼셰ᄅᆞᆯ 맛지고 즉시 왕야 쳐쇼의 가 문안ᄒᆞ니, 왕이 임의 니러 안ᄌᆞᆺ다가 다리고 한담ᄒᆞᆯᄉᆡ, 왕이 니로ᄃᆡ,

"황샹긔셔 우리ᄅᆞᆯ 십일 슈유(受由)199)ᄅᆞᆯ 쥬어 【51】 계시거ᄂᆞᆯ 한 가지 죠흔 일은 업고 ᄯᅩ 나가셔 숀을 보지 아닐지라. 도로혀 지ᄂᆡ기가 어려온 고로 ᄂᆡ 이졔 한 법을 ᄉᆡᆼ각ᄒᆞ여 가히 젹막ᄒᆞᆫ 거ᄉᆞᆯ 면ᄒᆞ려 ᄒᆞ노라."

요홰 가ᄅᆞ치믈 쳥ᄒᆞ니 왕이 니로ᄃᆡ,

"이 부즁의 우리 부녀 량개만 잇고 ᄯᅩ 난호와 두 곳의 쥬졉ᄒᆞ니200) 각기 ᄆᆡ일의 음식을 돌녀 찰히면 비위(脾胃)ᄅᆞᆯ 가히 ᄊᆡ쳐닐 거시니, ᄂᆡ가 너로 더브러 셔로 빈쥐 되여 오날은 네가 ᄂᆡ게 잇셔 먹고 명일은 ᄂᆡ가 네게 가셔 먹으며, 다시 사롬을 시 【52】 겨 밧긔 나가 잡노리 잘ᄒᆞᄂᆞᆫ ᄉᆞ롬을 블너드려 ᄆᆡ일의 답답ᄒᆞᆫ 거ᄉᆞᆯ 플량이면 믄득 십일을 죠히 지ᄂᆡ리라."

요홰 니로ᄃᆡ,

"왕야의 말ᄉᆞᆷ이 ᄆᆡ오 올흐니, 믄득 오날브터 그리ᄒᆞᄌᆞ."

ᄒᆞ거ᄂᆞᆯ 왕이 녀ᄋᆞ의 의취 알믈 듯고 더옥 흥치가 놉하 드ᄃᆡ여 져거ᄉᆞᆯ 부ᄅᆞ라 ᄒᆞ며 ᄯᅩ 이거ᄉᆞᆯ 부ᄅᆞ라 ᄒᆞ여 진개 하로ᄅᆞᆯ 열요이 지ᄂᆡ고, 요홰 도라오ᄆᆡ 쟝기덕과 쥬쳥ᄃᆡ 량개로 더브러 샹량ᄒᆞ여 그 일을 졍당(停當)이 ᄒᆞᆯᄉᆡ, 져 쟝ᄉᆞ(長史)와 령ᄉᆞ(令史)의 심즁 【53】 의ᄂᆞᆫ 다만 일개 공쥬만 알고 져 복왕은 믄득 일층을 낫쵸아 보ᄂᆞᆫ 의ᄉᆡ 잇더라.

뎨이일이 공쥐 왕야 쳥ᄒᆞᄂᆞᆫ 날인 쥴 알고 쳣날의 비ᄒᆞ여 판비ᄒᆞ기ᄅᆞᆯ 더옥 열요케 ᄒᆞ니, 복왕이 만심환희ᄒᆞ여 셕샹의셔 보ᄆᆡ 황가 식뷔 심히 쇼치 잇ᄂᆞᆫ지라. 가마니 ᄉᆞ랑ᄒᆞᄂᆞᆫ 눈츼ᄅᆞᆯ ᄇᆡᄆᆡ, 요홰 ᄌᆞ연 감히 어긔지 못ᄒᆞ여 다만 져다려 일너 왕의 곳의 가게 ᄒᆞ니, 니럿ᄐᆞᆺ 날을 지ᄂᆡᄆᆡ, 니ᄅᆞᆫ 바 광음을 열요쟝(熱鬧場)의 지ᄂᆡ미 쉽다 ᄒᆞ더라.

어언간의 임의 뎨 【54】 십일을 다ᄃᆞ라 믄득 대ᄂᆡ(大內)의셔 태감이 나오며 셩지ᄅᆞᆯ 젼ᄒᆞ며 명일은 일즉 죠회의 드러오지 말나. 명일이 즁앙가졀(重陽佳節)이ᄆᆡ, 황샹이 ᄐᆡᄋᆡᆨ지(太液池) 가산(假山) 우희셔 등고(登高)ᄒᆞ시니, 왕애 공쥬와 ᄀᆞᆺ치 죠반 후의 궐문의 니ᄅᆞ러 부ᄅᆞ시ᄂᆞᆫ 거ᄉᆞᆯ ᄉᆞ후ᄒᆞ여 뼈 친친(親親)의 의(誼)ᄅᆞᆯ 펴라 ᄒᆞ시니, 왕이 요화와 ᄀᆞᆺ치 태감을 쳥ᄒᆞ여, ᄃᆡ신 ᄉᆞ후ᄒᆞ여 달나 ᄒᆞ고, 태감이 간 후의 부녜 여젼이 음쥬ᄒᆞ고 취락ᄒᆞ다가 ᄎᆞ일 됴반 후의 ᄒᆞᆷ긔 죠문(朝門)의 드러가 【55】 ᄉᆞ후ᄒᆞ더니, 쟝ᄎᆞᆺ 오각(午刻)이 되ᄆᆡ ᄐᆡ감이 나와 닛그러 드리며 황샹이 오히려 편뎐의 계시다 ᄒᆞ거ᄂᆞᆯ, 왕이 요화와 ᄀᆞᆺ치 츄창(趨蹌)ᄒᆞ여 뎐폐의 오ᄅᆞᄆᆡ, 황뎨 ᄯᅩᄒᆞᆫ 마ᄌᆞ 나리시ᄂᆞᆫ지라. 부녀 량인이 긔거(起居)ᄅᆞᆯ 맛치ᄆᆡ, 황뎨 ᄀᆞᆯ오시ᄃᆡ,

"슉부와 ᄆᆡ뎨ᄅᆞᆯ 괴로이 슈고롭게 ᄒᆞ여 친히 젼진의 나가 일방 ᄉᆡᆼ녕(生靈)이 도탄(塗炭)의 빠지믈 면ᄒᆞ엿도다."

부녀 량인이 졔셩ᄒᆞ여 알외ᄃᆡ,

"이거시 다 황샹의 위덕(威德)이 ᄉᆞᄒᆡ의 밋ᄉᆞ온 고로 녁괴(逆魁)가 스ᄉᆞ로 픠ᄒᆞ 【56】 오미오, 신등의 봉명ᄒᆞ고 뎡초(征剿)ᄒᆞᆫ 거ᄉᆞᆫ 도시 직분의 ᄶᅥᆺᄶᅥᆺᄒᆞᆫ 일이라. 엇지 감히 신등의 공이라 ᄒᆞ리잇고."

---

198) 【견권ᄒᆞ다】 동 견권(繾綣)하다. 못내 그리워하다. ¶ 綢繆 ‖ ᄉᆡᆼ각지 아니ᄒᆞᆫ 격벽의 잇ᄂᆞᆫ 황가 식뷔 쳐음으로 남ᄌᆞᄅᆞᆯ 마ᄌᆞ 졍히 견권ᄒᆞᄂᆞᆫ 즈음의 홀연이 요화의 부ᄅᆞ믈 닙어 드러와 ᄉᆞ후ᄒᆞ나 엇지 잠이 오리오 (隔壁那黃家媳婦初招男人, 正在綢繆之際, 忽然瑤華回來, 派了進來伺候, 不敢不依, 那裏睡得着.) <瑤華 11:50>

199) 【슈유】 명 수유(受由). 말미. 휴가(休暇). ¶ 休沐 ‖ 황샹긔셔 우리ᄅᆞᆯ 십일 슈유ᄅᆞᆯ 쥬어 계시거ᄂᆞᆯ 한 가지 죠흔 일은 업고 ᄯᅩ 나가셔 숀을 보지 아닐지라 (主上叫我們休沐十日, 一些好事沒有, 又不好出來拜客, 到也難過.) <瑤華 11:50>

200) 【쥬졉ᄒᆞ다】 동 {주접(住接)하다.} 잠시 머물다. ¶ 住 ‖ 이 부즁의 우리 부녀 량개만 잇고 ᄯᅩ 난호와 두 곳의 쥬졉ᄒᆞ니 (這府中只有我父女兩個, 且喜分住兩下.) <瑤華 11:51>

황뎨 니로시ᄃᆡ,

"슉부의 부녜 비록 휴쳑(休戚)을 샹관ᄒᆞᄂᆞᆫ 터이나, 그러나 식록(食祿)ᄒᆞᄂᆞᆫ 신ᄌᆞ도 오히려 능히 근심을 난호지 못ᄒᆞ며 한가히 지ᄂᆡᄂᆞᆫ 죵실도 ᄯᅩᄒᆞᆫ 여러히거ᄂᆞᆯ, ᄒᆞᆯ노 슉뷔 ᄆᆡ뎨로 더브러 혈로(賢勞)ᄒᆞ니 짐이 실노이 념녜 깁고, 작일 ᄯᅩ ᄉᆞ쳔(四川) 귀쥬(貴州) 호광(湖廣) 하람(河南) ᄉᆞ쳐 무신(撫臣)의 쥬문을 의거ᄒᆞ니, 녁비(逆匪)ᄅᆞᆯ 쵸멸ᄒᆞᆫ 후의 각쳐【57】의 란민을 진휼ᄒᆞ여 쥰슈회 ᄇᆡᆨ만 은ᄌᆡ 된지라, 다만 됴뎡의셔 아올나 진휼ᄒᆞᄂᆞᆫ 향은(餉銀)을 발ᄒᆞ여 쥬미 업거ᄂᆞᆯ, 슉뷔 어ᄃᆡ로 좃ᄎᆞ 어더왓ᄂᆞ냐?"

복왕이 알외ᄃᆡ,

"신이 션황뎨와 밋 셩상의 홍은을 닙어 일쥬오현양향(一州五縣糧餉)과 아올나 염인〔鹽引 쇼금 운젼ᄒᆞᄂᆞᆫ 표지라〕가지 먹게 ᄒᆞ시미 여러히 여ᄌᆡ로 ᄯᅩ 젼쟝을 별노이 ᄉᆞ셔 도죠ᄅᆞᆯ 거두어 시러곰 져축ᄒᆞ고 ᄯᅩ 십여 년 취식을 ᄒᆞ미 비로쇼 여간 은량이 유ᄌᆡ된지라. 신의 녀식이 우러러 셩【58】의ᄅᆞᆯ 몸바다 병화 후의 반ᄃᆞ시 ᄌᆡ겸(災歉)이 잇실 ᄃᆞᆺᄒᆞᆫ 고로, 특별이 ᄉᆞᄉᆞ 은ᄌᆞᄅᆞᆯ 슈운ᄒᆞ여다가 ᄲᅧ ᄃᆡ신 진휼ᄒᆞ여 쥬ᄆᆡ 류리(遊離)ᄒᆞ여 의지 업ᄂᆞᆫ ᄇᆡᆨ셩을 안무ᄒᆞ여 져기 황샹의 진렴(軫念)ᄒᆞ시ᄂᆞᆫ[201] 회포ᄅᆞᆯ 위로ᄒᆞ엿다."

ᄒᆞ니, 황뎨 갈오샤ᄃᆡ,

"슉부의 부녀 ᄆᆞᄋᆞᆷ은 곳 짐의 ᄆᆞᄋᆞᆷ이라. 일이 대쇼업시 골육 두 ᄌᆞ의 버셔나지 아니ᄒᆞ니, 엇지 시러곰 친친지의(親親之宜)ᄅᆞᆯ 돈독지 아니리오. 그런 고로 짐이 금일 특별이 가연(家筵)을 판비ᄒᆞ여 죠뎡 녜졀은 더【59】러 바리고, 골육지졍을 오로지 펴랴 ᄒᆞ더니, 맛쵸와 즁앙가졀을 다ᄃᆞᄅᆞᄆᆡ, 죠히 놉흔 ᄃᆡ 올나 즐거오믈 취ᄒᆞ리로다.

왕과 요홰 ᄒᆞᆷ긔 알외ᄃᆡ,

"셩은이 융즁ᄒᆞ샤 ᄲᅧ 다시 더ᄒᆞᆯ거시 업ᄉᆞᆯ지라. 공경ᄒᆞ여 맛당히 뫼시고 지ᄂᆡ리라."

ᄒᆞ거ᄂᆞᆯ, 드ᄃᆡ여 ᄂᆡ시로 ᄒᆞ여곰 왕의 무리ᄅᆞᆯ 닛그러 몬져 ᄐᆡ익지의 가셔 셔로 기다리면 짐이 옷ᄉᆞᆯ 곳치고 즉시 가리라 하시니, 왕의 부녜 봉명ᄒᆞ여 그 곳의 가셔 ᄉᆞ후ᄒᆞ더니, 슈유간(須臾間)의 황뎨 니ᄅᆞ【60】시며, 뒤히 뎡류션(鄭留仙)이 ᄯᅡ라 뫼신지라. 인ᄒᆞ여 뫼시고 즉시 가산 우희 올나 젹은 뎡ᄌᆞ 쇽의 니ᄅᆞ러 황뎨 니로시ᄃᆡ,

"이곳의셔ᄂᆞᆫ 다만 가뎡(家庭)의 례슈(禮數)ᄅᆞᆯ 펼 거시오 국법의 의졀은 분변치 말 거시니, 슉뷔 상좌ᄒᆞ고, 짐이 ᄆᆡ뎨로 더브러 량편의 분좌(分坐)ᄒᆞ리라."

왕이 ᄲᆞᆯ니 ᄉᆞ러 업ᄃᆡ여 알외ᄃᆡ,

"황샹이 텬ᄌᆡ 되샤 죵친의 분의ᄅᆞᆯ 출히시나, 벽벽이 죠뎡의 븕은 훈계ᄅᆞᆯ 좃ᄎᆞ실지니, 신이 죽어도 상좌ᄒᆞ라 ᄒᆞ시ᄂᆞᆫ 셩지ᄅᆞᆯ 밧드【61】지 못ᄒᆞ리라."

ᄒᆞ니, 샹이 ᄲᆞᆯ니 붓드러 니ᄅᆞ혀시며, 갈오샤ᄃᆡ,

"슉뷔 쇄탈(灑脫)치 못ᄒᆞ미 니러ᄒᆞ냐?"

ᄒᆞ시고 ᄂᆡ시로 ᄒᆞ여곰 남면ᄒᆞ여 좌셕을 졍ᄒᆞ시고 왕으로 ᄒᆞ여곰 겻히 안게 ᄒᆞ시니, 왕이 졍히 좌의 들고자 ᄒᆞ더니, 홀연 보ᄆᆡ 졍비(鄭妃) 뒤흘 향ᄒᆞ여 믈너가다가 홀연이 헛드ᄃᆡ여 것구러지거ᄂᆞᆯ, 요홰 급히 몸을 날녀 쒸여 나려 졍비ᄅᆞᆯ 구ᄒᆞ여 안고 본쳐의 니ᄅᆞ러 노흐니, 황뎨 오히려 ᄭᆡᄃᆞᆺ지 못ᄒᆞ시고, 머리ᄅᆞᆯ 두루혀시다가【62】요홰 산 뒤흐로 죠ᄎᆞ 졍ᄌᆞ의 오ᄅᆞ믈 보시고 드ᄃᆡ여 무ᄅᆞ시ᄃᆡ,

"ᄆᆡ뎨 ᄯᅩ 어ᄃᆡ로 갓더냐?"

요홰 ᄃᆡ답지 아니코 웃거ᄂᆞᆯ, 뎡비 ᄃᆡ신 알외ᄃᆡ,

"신쳡이 방ᄌᆞ(方纔) 실족ᄒᆞ여 산 아ᄅᆡ로 밀쳐나려가다가, 공쥬의 몸을 날녀 구ᄒᆞ믈 힘닙어 다ᄒᆡᆼ이 숀샹되지 아니ᄒᆞ엿다."

ᄒᆞ거ᄂᆞᆯ,

황뎨 ᄂᆡ시다려 무로시ᄃᆡ,

"이거시 어ᄂᆡ ᄯᅵ 일이냐?"

ᄂᆡ시 그 연유ᄅᆞᆯ 가져 알외ᄆᆡ, 황뎨 갈오샤ᄃᆡ,

"엇지 짐은 몰나ᄂᆞ뇨. 가히 오ᄆᆡ의 무예가 쵸군(超群)ᄒᆞ고, 몸이 가비얍기가 넘ᄉᆞ괴 ᄀᆞᆺ【63】도다. 져러ᄐᆞᆺ 몸ᄡᆞᄂᆞᆫ 법은 어ᄂᆡ ᄉᆞᄅᆞᆷ이 가ᄅᆞ

---

201) 【진렴ᄒᆞ다】 동 {진념(軫念)하다.} 아랫사람의 사정을 걱정하여 돌보다. 임금이 신하나 백성의 사정을 걱정하여 근심ᄒᆞ다. ¶ 軫念 ‖ 특별이 ᄉᆞᄉᆞ 은ᄌᆞᄅᆞᆯ 슈운ᄒᆞ여다가 ᄲᅧ ᄃᆡ신 진휼ᄒᆞ여 쥬ᄆᆡ 류리ᄒᆞ여 의지 업ᄂᆞᆫ ᄇᆡᆨ셩을 안무ᄒᆞ여 져기 황샹의 진렴ᄒᆞ시ᄂᆞᆫ 회포ᄅᆞᆯ 위로ᄒᆞ엿다 (特賚往軍前, 以代撫恤流離無籍之民, 稍慰皇上軫念之懷.) <瑤華 11:58>

치더냐?"

요홰 알외ᄃᆡ,

"믄득 일개 녀관(女冠)[204]이니 별호ᄂᆞᆫ 무ᄋᆡᄌᆞ라 ᄒᆞ고, 신쳡이 오 셰로브터 곳 집의 쳥ᄒᆞ여다가 가ᄅᆞ쳐 쥰 거시 쒀고 쇼ᄉᆞ며 십팔반(十八般) 무예로ᄡᅥ 글 닑고 글시 ᄡᅳ고 가ᄉᆞ와 공뉼(工律)을 모다 ᄇᆡ화습고, 일즉 다ᄅᆞᆫ 스승은 지ᄂᆡ지 아니ᄒᆞ엿다."

ᄒᆞ거ᄂᆞᆯ, 황뎨 ᄀᆞᆯ오샤ᄃᆡ,

"기인이 필연 리인(異人)이로다. 지금도 너의 집의 잇ᄂᆞ냐?"

왕이 ᄃᆡ신 ᄃᆡ답ᄒᆞ거ᄂᆞᆯ, 황뎨 ᄀᆞᆯ오샤ᄃᆡ,

"짐이 쟝ᄎᆞᆺ 블너드려 궁즁 비【64】빈비(妃嬪輩)ᄅᆞᆯ 교훈ᄒᆞ려 ᄒᆞᄂᆞ라."

왕이 알외ᄃᆡ,

"기인의 셩경이 너모 거만ᄒᆞ니, 두리건ᄃᆡ 지존(至尊)ᄭᅴ 죠현(朝見)ᄒᆞ미[205] 편치 못ᄒᆞᆯ가 ᄒᆞᄂᆞ이다."

요홰 ᄯᅩ 알외ᄃᆡ,

"졔가 셰리(勢利)[206]로 ᄡᅥ 일을 숨지 아니ᄒᆞᆫ다."

ᄒᆞ니 황뎨 ᄀᆞᆯ오샤ᄃᆡ,

"필시 금협(劍俠)의 뉴로다."

요홰 이어 알외ᄃᆡ,

"셩명이 통쵹(洞燭)지[207] 못ᄒᆞ시미라, 이번 젼진의 긔묘ᄒᆞᆫ 거술 다 기인의 쥰 ᄇᆡ라, 그러므로 ᄡᅥ ᄃᆡ녁(大逆)을 쵸멸ᄒᆞ엿다."

ᄒᆞ니 황뎨 ᄀᆞᆯ오샤ᄃᆡ,

"이 ᄀᆞᆺ트면 져도 ᄯᅩᄒᆞᆫ 국가의 공을 셰웟시니【65】맛당히 봉호ᄅᆞᆯ 더ᄒᆞᆯ 거시오, 슉부와 ᄆᆡ뎨ᄂᆞᆫ 비록 나라히 ᄭᅩ두기[208]나 그러나 ᄯᅩᄒᆞᆫ 공을 갑하줄 ᄇᆡ 잇시며, 그 나마지도 오히려 효력(效力)ᄒᆞᆫ ᄉᆞᄅᆞᆷ이 잇ᄂᆞ냐?"

왕이 ᄉᆞ개 비ᄌᆞᄅᆞᆯ 가ᄅᆞ쳐 알외ᄃᆡ,

"져 ᄉᆞ개가 신녀(臣女)로 더브러 힘을 다ᄒᆞ미 다ᄅᆞ미 업고, ᄯᅩ ᄉᆞ개 쇼시(小厮)가 잇ᄂᆞᆫᄃᆡ, 더옥 공을 셰웟시니 이거ᄉᆞᆫ 신의 목도ᄒᆞᆫ ᄇᆡ나 하슌(下詢)[209]을 아니시면 ᄯᅩᄒᆞᆫ 감히 쳔ᄌᆞ히 알외지 아니리라."

ᄒᆞ니 황뎨 ᄀᆞᆯ오샤ᄃᆡ,

"나라흘 위ᄒᆞ여 공을 셰우ᄂᆞᆫ 거시 엇지 귀쳔【66】을 의론ᄒᆞ리오. 한됴(漢朝)의 위쳥(衛青)은 본시 노예로 벼술이 봉후대쟝군(封侯大將軍)의 니ᄅᆞ럿시니, 니ᄅᆞᆫ바 영웅을 엇지 귀쳔으로 의론ᄒᆞ리오. 오ᄆᆡᄂᆞᆫ 가히 슈하의 ᄉᆞ비(四婢)와 ᄉᆞ복(四僕)의 명ᄧᆞᄅᆞᆯ 단ᄌᆞ의 버려 올니면 짐이 맛당히 봉샹(封賞)ᄒᆞ여 쥬리라."

요홰 믄득 ᄭᅮ러 안ᄌᆞ며 ᄉᆞ비와 ᄀᆞᆺ치 고두ᄉᆞ은ᄒᆞ고, 임의 보니 ᄂᆡ시 연셕을 버려 올니거ᄂᆞᆯ, 황뎨 ᄯᅩ ᄉᆞ좌(賜坐)ᄒᆞ시니, 왕은 셔편 머리의 안고 요화ᄂᆞᆫ 왕의 아ᄅᆡ 안더라.

황뎨 졍비(鄭妃)ᄅᆞᆯ 도라보시며 니ᄅᆞ시ᄃᆡ,

"너【67】도 어셔 안ᄌᆞ 공쥬의게 한 잔 슐을 공경ᄒᆞ여 ᄡᅥ 네 몸 구ᄒᆞ여 쥰 은혜ᄅᆞᆯ 회ᄉᆞᄒᆞ라."

ᄒᆞ시니, 뎡비 봉명ᄒᆞ여 병을 잡고 슐을 쳐 황뎨ᄭᅴ 올니니, 황뎨 잔을 잡으시ᄆᆡ 왕의 무리 비로쇼 잔을 잡ᄂᆞᆫ지라. 황뎨 무ᄅᆞ시ᄃᆡ,

---

204) 【녀관】 명 {여관(女冠).} 여도사(女道士). ¶ 女冠 ‖ 믄득 일개 녀관이니 별호ᄂᆞᆫ 무ᄋᆡᄌᆞ라 ᄒᆞ고 신쳡이 오 셰로브터 곳 집의 쳥ᄒᆞ여다가 가ᄅᆞ쳐 쥰 거시 쒀고 쇼ᄉᆞ며 십팔반 무예로ᄡᅥ 글 닑고 글시 ᄡᅳ고 가ᄉᆞ와 공뉼을 모다 ᄇᆡ화습고 일즉 다ᄅᆞᆫ 스승은 지ᄂᆡ지 아니ᄒᆞ엿다 (就是那女冠自號無碍子, 自臣五歲上卽來莊上, 授縱跳騰躍, 十八般武藝以及上學攻書, 作文歌詠, 未曾從過兩師.) <瑤華 11:63>

205) 【죠현ᄒᆞ다】 동 조현(朝見)하다. 신하가 조정에 나아가 임금을 뵙다. ¶ 朝見 ‖ 기인의 셩경이 너모 거만ᄒᆞ니 두리건ᄃᆡ 지존ᄭᅴ 죠현ᄒᆞ미 편치 못ᄒᆞᆯ가 ᄒᆞᄂᆞ이다 (此人性情太傲慢, 恐不便朝見至尊.) <瑤華 11:64> ⇒ 도현ᄒᆞ다, 됴현ᄒᆞ다, 조현ᄒᆞ다

206) 【셰리】 명 {세리(勢利).} 권세(權勢)와 이익(利益). ¶ 榮利 ‖ 졔가 셰리로 ᄡᅥ 일을 숨지 아니ᄒᆞᆫ다 (他更不以榮利爲事.) <瑤華 11:64> ⇒ 셰니

207) 【통쵹ᄒᆞ다】 동 통촉(洞燭)하다. 윗사람이 아랫사람의 사정이나 형편 따위를 깊이 헤아려 살피다. ¶ 洞鑑 ‖ 통쵹ᄒᆞ다 (漢淸 觀視 6:39a) 셩명이 통쵹지 못ᄒᆞ시미라 이번 젼진의 긔묘ᄒᆞᆫ 거술 다 기인의 쥰 ᄇᆡ라 그러므로 ᄡᅥ ᄃᆡ녁을 쵸멸ᄒᆞ엿다 (聖明洞鑑無遺. 此番戰陣機宜皆其授, 得以巨逆殲除.) <瑤華 11:64>

208) '골육(骨肉)'의 오기인 듯함.

209) 【하슌】 명 하순(下詢). 아랫사람에게 물음. ¶ 垂詢 ‖ ᄯᅩ ᄉᆞ개 쇼시가 잇ᄂᆞᆫᄃᆡ 더옥 공을 셰웟시니 이거ᄉᆞᆫ 신의 목도ᄒᆞᆫ ᄇᆡ나 하슌을 아니시면 ᄯᅩᄒᆞᆫ 감히 쳔ᄌᆞ히 알외지 아니리라 (尙有四個小厮, 更大樹績, 此臣所目睹, 不蒙垂詢, 亦不敢擅奏.) <瑤華 11:65>

"슉부의 지닌 바 각도 너의 민명이 오히려 타쳡(妥貼)[210]이 되엿느냐?"

왕이 알외딕,

"일즉 도젹의 쳔답(踐踏) 닙은 재 만히 견파가 되엿거놀, 무휼호고 집급훈 후의 가히 뻐 성회를 허비치 아니리라."

호니 황뎨 또 무르시딕, 【68】

"가히 별건시(別件事) 오히려 죠쳐호여 쥴 거시 잇느냐?"

왕이 알외딕,

"신우(臣愚)는 능히 다 아지 못훈다."

호거놀 요홰 알외딕,

"신쳡이 세 가지 쥬달홀 빅 잇는지라, 만일 윤종(允從)호믈 닙으면 특별이 국됴(國祚)가 면원(綿遠)홀 쓴 아니라, 또 성슈 무강호시리라."

호거놀 황뎨 무르시딕,

"무순 일이 그러호냐?"

요홰 알외딕

"뎨일은 황샹의 경호신 바 위킥(魏客) 량녁(兩逆)의 죄안을 텬히 심열셩복(心悅誠服)지 아니 리가 업고, 또 량녁의 히 바든 바 신민들이 죽은 쟈는 임의 은젼을 마쟈 몽스 【69】 호엿시나, 오히려 가쇽들이 잇셔 변디의 유락호는 재 만흐니, 그거시 다 량녁의 무망훈 바로, 녁젹 무리는 임의 뎐형(典刑)으로 명정(明正)호엿거니와 피히훈 가쇽들은 욕을 만나 잇는 거시 져기 미흡훈 듯 호오니, 쳥컨딕 칙지를 나리오샤 대스(大赦)호시면, 은슈(恩數) 믄득 젹지 아니리라."

호니, 황뎨 골오샤딕,

"이 일을 짐이 또훈 싱각이 밋쳐시니, 텬리와 국법과 인졍의 합지 아니미 업스리로다."

요홰 또 알외딕,

"텬하의 교방(敎坊)을 셜시(設施)훈 거순 그 뻐 【70】 의 태죠 고황뎨 나라흘 처음 졍호신지라. 본딕 스방의 도젹을 웅거호여 녁명(逆命)호던 바의 권쇽을 쳐치호므로 그리훈 바여놀, 국개 빅셩을 은혜로 기르신 지 이제 임의 이빅 오십여 년이 된지라. 비록 기간의 쵸졀(草竊)훈 도젹들이 잇시나 또훈 능히 국쵸의 죄녁과는 굿지 못훈지라. 혹시 ᄎ비의게 시힝호는 거순 맛당타 호려니와 지신(宰臣)의 범법호는 거순 스스로 썻썻훈 법젼이 잇고, 련좌되는 가쇽들은 다만 슈즈리 보닉는딕 지나 【71】 지 아니호며, 모역호는 죄안의 니ᄅ러는 그 죠건을 시힝호는 거시 오히려 과호다 호지는 아니호딕, 만일 심샹훈 탐장(貪藏)을 좁혀 쟝믈을 슈세호미 결말이 못되면 그 벌노뻐 가쇽으로 호여곰 교방의 닙젹호는 거시 과당(過當)호다 홀지라. 쳥컨딕 황샹은 이 명목을 혁졔(革除)호시면[211] 풍쇽과 인심이 크게 비익호미 잇다."

호니, 황뎨 골오샤딕,

"이거순 블과 국가 젼량을 츙됴호랴 호미니, 교방을 혁졔호는 거시 또훈 덕 【72】 힝이 되는 일이로다."

요홰 알외딕,

"신쳡이 젼일의 황샹긔셔 킥시(客氏)의 가산을 상급호시는딕, 오히려 금은가지 아올나 스급호신지라. 이제 신쳡이 원호는 바는 이 은량으로 젼쟝(田莊)을 스셔 두어 도죠(賭租)[212]롤 바다 드려 뻐 흠츅(欠縮) 난 바 익슈롤 보츙호리라."

호니, 황뎨 골오샤딕,

"미뎨의 의론이 더옥 도져(到底)호도다.[213] 또 뎨삼건은 무어시냐?"

요홰 알외딕,

"궐닉의 오릭 잇는 궁녀비 즁의 년치(年齒)[214] 쟝딕훈 이롤 스령(使令) 시기는 거시 두

210) 【타쳡】 명 {타첩(妥貼).} 잘 처리함. ¶ 安貼 ‖ 슉부의 지닌 바 각도 너의 민명이 오히려 타쳡이 되엿느냐 (叔父所莅省分, 民情尙安貼否?) <瑤華 11:67>

211) 【혁졔호다】 동 혁제(革除)하다. 없애다. ¶ 裁 ‖ 쳥컨딕 황샹은 이 명목을 혁졔호시면 풍쇽과 인심이 크게 비익호미 잇다 (應請皇上竟行裁去此項名目, 于風俗人心大有裨益.) <瑤華 11:71>

212) 【도죠】 명 도조(賭租). 남의 논밭을 빌려서 부치고 논밭을 빌린 대가로 해마다 내는 벼. 도지(賭地). ¶ 租子 ‖ 이제 신쳡이 원호는 바는 이 은량으로 젼쟝을 스셔 두어 도죠롤 바다 드려 뻐 흠츅난 바 익슈롤 보츙호리라 (今臣妾願將此項銀兩置買莊田, 收入租子以抵所虧課鈔之額.) <瑤華 11:72>

213) 【도져호다】 명 {도저(到底)하다.} 학식이나 생각, 기술 따위가 아주 깊다. ¶ 周到 ‖ 미뎨의 의론이 더옥 도져호도다 또 뎨삼건은 무어시냐 (吾妹更議得周到, 還有第三事呢?) <瑤華 11:72>

214) 【년치】 명 연치(年齒). 나이. ¶ 年 ‖ 궐닉의

리건 【73】 더 셩의의 합당치 아니실 듯ᄒᆞ니, 일노 ᄡᅥ 가히 텬은을 간구(懇求)ᄒᆞᆯ 지라. 익경셔(掖庭署)의 칙지ᄅᆞᆯ 나리오샤 두로 궁녀비의 닙궁ᄒᆞᆫ 년죠(年條)ᄅᆞᆯ ᄉᆞ실ᄒᆞ여 쟝대ᄒᆞᆫ 쟈ᄅᆞᆯ 아올나 노와 보니시면 가히 궁즁의 음녀(陰沴)ᄒᆞᆫ[215] 긔운을 쇼졔ᄒᆞᆯ 거시오, 반ᄃᆞ시 능히 샹텬을 감동ᄒᆞ여 화길ᄒᆞᆫ 샹셔ᄅᆞᆯ 어들 거시니, 이 세 가지ᄅᆞᆯ 모다 윤죵ᄒᆞ시믈 닙으면 필연 깃거ᄒᆞᄂᆞᆫ 쇼릐가 ᄡᅡ홀 움즉이고 덕턱을 인 거시 산과 ᄀᆞᆺ트리라."

ᄒᆞ니, 황뎨 ᄀᆞᆯ 【74】 오샤ᄃᆡ,

"미뎨의 알왼 바 세가지 일이 다 ᄃᆡ공지정(太公至正)ᄒᆞ고 아올나 한 가지 셥ᄉᆞ(涉私) 되ᄂᆞᆫ게 업ᄉᆞ며, 짐의게 극히 유익ᄒᆞ미 되니 엇지 좃지 아니랴. 명죠ᄅᆞᆯ 기다려 맛당히 각신을 명ᄒᆞ여 본ᄉᆞᄅᆞᆯ ᄉᆞ명(査明)ᄒᆞ여 그쳐럼 시힝ᄒᆞ고, 궁녀 방츌ᄒᆞᄂᆞᆫ 거ᄉᆞᆫ 곳 ᄉᆞ례감(司禮監)을 분부ᄒᆞ여 판리케 ᄒᆞ리라."

ᄒᆞ시고, 드ᄃᆡ여 닉시로 ᄒᆞ여곰 젼지케 ᄒᆞ시더라.

뎡비 다시 술을 드리고 닉시 무리 찬슈ᄅᆞᆯ 락역(絡繹)이 올니거ᄂᆞᆯ, 황뎨 왕을 향ᄒᆞ여 니로시ᄃᆡ,

"미뎨 【75】 의 ᄃᆡ신 국ᄉᆞᄅᆞᆯ 쥬획ᄒᆞᆫ 거시 가히 능ᄒᆞᆫ 바ᄅᆞᆯ 극진이 ᄒᆞ엿도다. 짐이 공을 샹쥬ᄂᆞᆫ 외의 ᄯᅩ 반ᄃᆞ시 그 은우(隱憂) 되ᄂᆞᆫ 거ᄉᆞᆯ 위로ᄒᆞᆯ 거시니, 젼년의 ᄉᆞᆨ부ᄅᆞᆯ ᄃᆡ신ᄒᆞ여 일개 쾌셔(快婿)ᄅᆞᆯ 갈히여 쥬마 ᄒᆞ엿시ᄃᆡ, 그 말을 일죽 경각의 잇지 못ᄒᆞᆫ지라. 미뎨의 지명이 오릐 죠뎡의 젼파ᄒᆞ믈 인ᄒᆞ여 군신 ᄌᆞ뎨가 ᄡᅥ 응ᄒᆞ리 업ᄂᆞᆫ지라. 그런고로 짐심(朕心)의 잇지 아니ᄒᆞ여시 【76】 나 졸연히 일우지 못ᄒᆞ엿더니, 이졔 일인을 갈히믹 곳 황후의 어린 아이라. 니론바 친분 우히 친분을 더ᄒᆞ면 경이 더옥 친ᄒᆞ다 ᄒᆞ미라. 그 ᄋᆞ히ᄅᆞᆯ 젼일의 짐이 임의 블너 보니, 픔모(品貌)와 ᄌᆡ간(才干)이 가히 미뎨의 빅필이 될만ᄒᆞᆫ지라. 젼ᄌᆞ 긱시의 쵸몰(抄沒)ᄒᆞᆫ[216] 가산을 미뎨의게 진급ᄒᆞᆫ 거시 ᄯᅩᄒᆞᆫ 짐이 아름다온 ᄧᅡᆨ을 셩취ᄒᆞ여 쥴 의ᄉᆞᄅᆞᆯ 븟치미니, 짐이 맛당히 턱일ᄒᆞ여 하가(下嫁)시기여 ᄡᅥ 짐의 젹년 ᄆᆞ옴의 두던 일을 【77】 노화 바리리라."

왕과 요홰 졔셩 ᄉᆞ은ᄒᆞ고, 요홰 ᄯᅩ 알외ᄃᆡ,

"신쳡이 거듭 텬은을 닙어시니 비록 빅셰가 되나 능히 우러러 갑ᄒᆞᆯ 길히 업ᄉᆞ오며, 허믈며 셩샹 ᄒᆞ시ᄂᆞᆫ 바 혼ᄉᆡ 경히 지당ᄒᆞ시니 엇지 감히 어긔미 이시리오마ᄂᆞᆫ, 다만 신쳡이 츌ᄉᆞᄒᆞᆯ ᄯᅥ의 일즉 싱모의 분젼의셔 츅원ᄒᆞ기ᄅᆞᆯ 가마니 부녀ᄅᆞᆯ 보호ᄒᆞ여 쥬고 안온이 반ᄉᆞᄒᆞ믈 구ᄒᆞ엿더니, 이졔 텬위ᄅᆞᆯ 닙어 시러곰 쇼원ᄃᆡ로 되여시니, 벅벅이 셩묘 【78】 ᄒᆞ기ᄅᆞᆯ 하가(下嫁)보다 몬져 ᄒᆞ랴 ᄒᆞ오니, 복걸 황샹은 신쳡을 허ᄒᆞ샤 집의 도라가 졔쇼(祭掃)ᄒᆞᆫ 후의 즉시 길일을 갈히여 쥬문(奏聞)ᄒᆞ리라."

ᄒᆞ니, 황뎨 니ᄅᆞ시ᄃᆡ,

"짐이 미뎨의 ᄯᅳᆺ이 몬져 효ᄉᆞ(孝思)ᄅᆞᆯ 다ᄒᆞ고 후의 우귀(于歸)ᄒᆞ랴 ᄒᆞᄂᆞᆫ 거시니 이ᄂᆞᆫ 례의 바ᄅᆞᆫ 바의 나미오, ᄯᅩ 황후의 본개 그곳과 졀근(切近)ᄒᆞ다 ᄒᆞ니, ᄉᆞ경이 가치 아니미 업도다."

왕이 보ᄆᆡ 텬ᄉᆡᆨ이 쟝ᄎᆞᆺ 져믄지라. 드ᄃᆡ여 알외ᄃᆡ,

"신 등이 어연(御宴)을 뫼시ᄂᆞᆫ 거시 령힝(榮幸)ᄒᆞ미 【79】 비샹ᄒᆞ나, 다만 두리건ᄃᆡ 셩궁이 로곤(勞困)ᄒᆞ실 거시니 그만 긋치고 믈너가믈 고ᄒᆞᆫ다."

ᄒᆞ거ᄂᆞᆯ 황뎨 졍비ᄅᆞᆯ 가ᄅᆞ쳐 니ᄅᆞ시ᄃᆡ

"오ᄂᆞᆯ날 ᄎᆞ인(此人) 부ᄅᆞ기ᄂᆞᆫ 짐의 ᄠᅳᆺ이 ᄒᆞᆷ긔 등고(登高)ᄒᆞᄂᆞᆫ 시ᄅᆞᆯ 지어 쇼견(消遣)코ᄌᆞ ᄒᆞ더니, 이의 셜화ᄒᆞ기의 그ᄅᆞᆺ되여 가졀을 져바렷도다."

오릐 잇ᄂᆞᆫ 궁네비 즁의 년치 쟝대ᄒᆞᆫ 이ᄅᆞᆯ ᄉᆞ령시기ᄂᆞᆫ 거시 두리건ᄃᆡ 셩의의 합당치 아니실 듯ᄒᆞ니 (久在宮中之宮女, 年大者使令恐亦不當聖意.) <瑤華 11:72>

215) 【음녀ᄒᆞ다】 형 음려(陰沴)하다. ¶ 陰沴 ‖ 두로 궁녀비의 닙궁ᄒᆞᆫ 년죠ᄅᆞᆯ ᄉᆞ실ᄒᆞ여 쟝대ᄒᆞᆫ 쟈ᄅᆞᆯ 아올나 노와 보니시면 가히 궁즁의 음녀ᄒᆞᆫ 긔운을 쇼졔ᄒᆞᆯ 거시오 반ᄃᆞ시 능히 샹텬을 감동ᄒᆞ여 화길ᄒᆞᆫ 샹셔ᄅᆞᆯ 어들 거시니 (遍查宮人入宮年分, 定以限制, 概行放出, 消此宮內陰沴之氣, 必能感召上天和滿之祥.) <瑤華 11:73>

216) 【쵸몰ᄒᆞ다】 동 초몰(抄沒)하다. 적몰(籍沒)하다. ¶ 抄沒 ‖ 젼ᄌᆞ 긱시의 쵸몰ᄒᆞᆫ 가산을 미뎨의게 진급ᄒᆞᆫ 거시 ᄯᅩᄒᆞᆫ 짐이 아름다온 ᄧᅡᆨ을 셩취ᄒᆞ여 쥴 의ᄉᆞᄅᆞᆯ 븟치미니 (前將抄沒客氏家産贈給與妹, 亦朕有心至成佳偶之意.) <瑤華 11:76>

왕과 요홰 ᄒᆞᆫ긔 니러 고두ᄉᆞ은ᄒᆞ매, 황뎨 스ᄉᆞ로 붓드러 니ᄅᆞ혀며 니로시ᄃᆡ,

"이졔 잇는 가턱이 가히 거졉ᄒᆞᆯ 만ᄒᆞ고 ᄯᅩ 칭경ᄒᆞ는 잔치를 지닋지 못ᄒᆞ여시【80】니, 맛당히 다시 경ᄉᆞ(京師)의 몃칠을 머믈너 도라가는 거시 늣지 아니리라."

왕의 부녜 계셩ᄒᆞ여 셩지를 죠ᄎᆞ리라 ᄒᆞ고 어개 니러 나시믈 ᄃᆡ후ᄒᆞ여 뫼시고 산의 나려 환궁ᄒᆞ신 후의 츄창(趨蹌)ᄒᆞ여 궐문의 나오니 임의 호위와 복죵ᄒᆞ는 ᄉᆞ름들이 등ᄃᆡᄒᆞ엿는지라. 즉시 물긔 올나 부즁으로 도라오더라.

지셜, 슝뎡황뎨 닉뎐의 드ᄅᆞ샤 황후를 향ᄒᆞ여 니로시ᄃᆡ,

"짐이 요화의 혼ᄉᆞ를 ᄃᆡ신ᄒᆞ여 쥬쟝ᄒᆞ기로 임의 복왕다려【81】자셔히 일넛다 ᄒᆞ시니, 황휘 드ᄅᆞ시미 심히 깃거온지라. 즉시 닉시로 ᄒᆞ여곰 쥬국장(周國丈)의게 젼유(傳諭)ᄒᆞ여 알게 ᄒᆞ고, 턱일ᄒᆞ여 빙폐를 보ᄂᆡ게 ᄒᆞ시니, 쥬황친이 엇지 지톄ᄒᆞ리오. 즉시 명을 죠ᄎᆞ 판비ᄒᆞ더라.

ᄎᆞ일의 황뎨 편뎐의 어거ᄒᆞ샤 각신으로 ᄒᆞ여곰 요화의 쥬ᄒᆞᆫ 바 두 죠건을 가져 셩지를 ᄆᆡᆫ드러 반ᄒᆡᆼ(頒行)케 ᄒᆞ시고, 병뷔 ᄯᅩ 알외ᄃᆡ 십ᄉᆞ쟝공쥐 임의 ᄀᆞᆺ치 츌뎡ᄒᆞ던 비복 셩명을 가져 단ᄌᆞ의 버려 보ᄒᆞ여 왓【82】다 ᄒᆞ거ᄂᆞᆯ, 황뎨 드ᄃᆡ여 각신으로 더브러 ᄉᆞ슝명을 쵸멸ᄒᆞᆫ 츌뎡쟝ᄉᆞ를 봉샹(封賞)ᄒᆞ여 쥬믈 의론ᄒᆞ시니, 각신 은톄인(溫體仁)이 알외ᄃᆡ,

"복왕이 량ᄎᆞ 감군ᄒᆞ는ᄃᆡ 몬져는 그 거즛 항복ᄒᆞ믈 술피지 못ᄒᆞ여 도적이 다시 반ᄒᆞ는 지경의 니ᄅᆞ니, 이졔 비록 쵸멸은 ᄒᆞ여시나 공죄(功罪)가 셔로 져당ᄒᆞᆯ 거시오, 오죽 십ᄉᆞ 쟝공쥬의 안면을 보와 벅벅이 침량(斟量)ᄒᆞ여[217] 샹급을 더ᄒᆞᆯ 거시로ᄃᆡ 텬의 엇더ᄒᆞ실는지 모른다."

ᄒᆞ니 황뎨 무ᄅᆞᄃᆡ,【83】

"십ᄉᆞ쟝 공쥬는 맛당히 엇지 봉쟉ᄒᆞ여 쥬라?"

은톄인이 알외ᄃᆡ, 이번 ᄃᆡ공을 고셩(告成)ᄒᆞ미 다 공쥬 일인의 힘이니, 은젼을 맛당히 죵후(從厚)ᄒᆞᆯ지라, 신등은 의론ᄒᆞ기를 후ᄇᆡᆨ(侯伯)의 벼술을 봉ᄒᆞ여 쥬려ᄒᆞᆫ다 ᄒᆞ니, 황뎨 니로시ᄃᆡ,

"부인은 녜적의 후ᄇᆡᆨ 봉ᄒᆞ는 칭호가 업ᄉᆞ리라."

톄인이 곳쳐 알외ᄃᆡ,

"한 고죄 일즉 노구(老嫗) 허부(許負)를 봉ᄒᆞ여 명ᄌᆞ후(鳴雌侯)를 숨은 젼고가 잇다 ᄒᆞ니, 황뎨 니로시ᄃᆡ,

"이거슨 샹술(相術)을 귀즁ᄒᆞ【84】는 의시니, 엇지 그거술 의거ᄒᆞ리오?"

톄인이 알외ᄃᆡ,

"그 일은 블과 두찬(杜撰)ᄒᆞ는ᄃᆡ 난 비라. 다만 봉작ᄒᆞ는 ᄉᆞ연을 가져 표츌(表出)ᄒᆞ시면 허부로브터 판연이 다ᄅᆞ미 잇시리라."

ᄒᆞ고 황뎨 ᄯᅩ 니로시ᄃᆡ,

"진량옥(秦良玉) 일문이 몸을 바려시니 이증(貤贈)ᄒᆞ여 쥬믈 맛당히 늉즁ᄒᆞ게 ᄒᆞᆯ 거시오, 량옥의 슈뎡쟝ᄉᆞ(隨征將士)도 ᄯᅩᄒᆞᆫ 안례(按例)ᄒᆞ여 쥬라."

톄인이 알외ᄃᆡ,

"신 등이 회의ᄒᆞ여 밧쳐 경탈(定奪)ᄒᆞ믈 청ᄒᆞ리라."

ᄒᆞ니 황뎨 니로시ᄃᆡ,

"ᄯᅩ 일인이 잇셔 쟉호【85】를 더 봉ᄒᆞ여 쥬랴 ᄒᆞ노라."

217)【침량ᄒᆞ다】 동 침량(斟量)하다. 헤아리다. ¶ 量 ‖ 오죽 십ᄉᆞ 쟝공쥬의 안면을 보와 벅벅이 침량ᄒᆞ여 샹급을 더ᄒᆞᆯ 거시로ᄃᆡ 텬의 엇더ᄒᆞ실는지 모른다 (惟于十四長公主面上似應量加奬賞, 出自皇上天恩.) <瑤華 11:82>

22

封侯帝女堪驚世 狂病王妃快隱情

각신이 그 쇼유ᄅᆞᆯ 아지 못ᄒᆞ여 하시(下示)ᄒᆞ시믈[218] 쥬청ᄒᆞ니, 황뎨 니로시ᄃᆡ,

"작일 십ᄉᆞ쟝(十四長) 공쥬의 면쥬(面奏)ᄒᆞ믈 의거ᄒᆞ니, 이번 젼진(戰陣)의 쥬획ᄒᆞᆫ 거시 다 져의 스승 무ᄋᆡᄌᆞ(無碍子)의 쥰비라 ᄒᆞ니, 경 등은 ᄯᅩᄒᆞᆫ 샹젼의 너흐라."

각신이 봉지ᄒᆞ고 ᄯᅩ 광녹시(光祿寺) 알외ᄃᆡ "ᄉᆞ쳔(四川) 녁비(逆匪)ᄅᆞᆯ 평뎡ᄒᆞ고 반ᄉᆞ(班師)ᄒᆞᆫ 쟝졸을 젼례의 벅벅이 연셕을 흠ᄉᆞ(欽賜)ᄒᆞ시ᄂᆞᆫᄃᆡ 무영뎐(武英殿)의셔 거ᄒᆡᆼᄒᆞᆫ다" ᄒᆞ니, 황뎨 니로시ᄃᆡ,

"복번왕(福藩王)과 십ᄉᆞ쟝 【86】 공쥬ᄂᆞᆫ 부녀지간이오 ᄯᅩ 무영젼의 셜연(設宴)ᄒᆞ량이면 모롬즉이 관원을 보ᄂᆡ여 잔치의 뫼시게 ᄒᆞᆯ 거시니, 그 의취 미흡ᄒᆞᆫ 거시 잇ᄂᆞᆫ지라. 맛당히 권도로 변통ᄒᆞᆯ 거시니 짐의 뜻은 공쥬의 연셕을 졔집으로 ᄉᆞ급ᄒᆞ여 쥬고 별노이 십일쟝 공쥬ᄅᆞᆯ 보ᄂᆡ여 가셔 ᄇᆡ현ᄒᆞ게 ᄒᆞ고 복번왕을 슈졍(隨征)ᄒᆞᆫ 쟝관ᄇᆡ로 더브러 인ᄒᆞ여 무영젼의셔 지ᄂᆡ게 ᄒᆞ고, 송왕(宋王)으로 ᄒᆞ여곰 ᄇᆡ현ᄒᆞ라."

ᄒᆞ시고, 인ᄒᆞ여 퇴죠ᄒᆞ시더라.

ᄌᆡ셜, 요 【87】 홰(瑤華) 믈너 부뎨(府第)의 도라와 인ᄒᆞ여 왕의 곳의셔 뫼셔 이시니 왕이 믈너가라 ᄒᆞᄆᆡ, 요홰 비로쇼 믈너와 대루(大樓) 옯히 니ᄅᆞ니, 로부인(老婦人)이 ᄉᆞ남과 ᄉᆞ녀ᄅᆞᆯ 거ᄂᆞ리고 기다리다가 요홰 드러오믈 보고 ᄭᅮᆯ며 고두ᄒᆞ거ᄂᆞᆯ, 요홰 닐나 ᄒᆞ고 쟝기덕(張其德) 다려 무ᄅᆞᄃᆡ,

"져거시 무ᄉᆞᆫ ᄉᆞᄅᆞᆷ들이냐?"

로뷔 련망히 품ᄒᆞᄃᆡ "노비 무리 공쥬의 거두시믈 닙어 문 어귀 집 쇽의 잇셔 간슈케 ᄒᆞ고, ᄯᅩ 량미ᄅᆞᆯ ᄉᆞ급ᄒᆞ시며, 본ᄃᆡ 다ᄉᆞᆺ 개 독신 부인으로 공쥬 【88】 의 존명을 닙어 나가 량(兩) 슈리(妯娌)로 사ᄅᆞᆷ을 갈희여 ᄇᆡ합ᄒᆞ여 쥬시고, ᄯᅩ 노비의 식부 황가녀(黃家女)로 역시 ᄐᆡᆨ비(擇配)ᄒᆞ여 쥬시니, 이거시 도시 공쥬의 은젼이라. 져 무리 네 ᄡᅡᆼ 부쳐가 특별이 와 ᄉᆞ은ᄒᆞᆫ다" ᄒᆞ니, 팔개 남네 ᄯᅩ 고두ᄒᆞ거ᄂᆞᆯ, 요홰 져 몃개 남ᄌᆞᄅᆞᆯ 보니 도시 츄루(醜陋)ᄒᆞᆫ 모양인ᄃᆡ, 기 즁 일개가 ᄉᆡᆼ기미 결ᄇᆡᆨᄒᆞ고 년긔가 이십 셰의 지나지 못ᄒᆞᆫ지라. ᄉᆡᆼ각ᄒᆞᄆᆡ '져 ᄉᆞᄅᆞᆷ은 아지 못게라 누구와 ᄇᆡ합이 되엿ᄂᆞᆫ고' ᄒᆞ며 입 【89】 쇽으로 말ᄒᆞᄃᆡ, 'ᄂᆡ가 무어술 위ᄒᆞ여 니리 ᄒᆞᄂᆞ뇨? 져 무리ᄅᆞᆯ ᄂᆡ여보ᄂᆡᄂᆞᆫ 거시 올타' ᄒᆞ고, 방즁의 도라와 의복을 가라 닙고 고요히 한 차례ᄅᆞᆯ 쉬며 드ᄃᆡ여 하향(荷香)으로 ᄒᆞ여곰 각인의 명ᄍᆞᄅᆞᆯ 단ᄌᆞ의 버려 병부의 보ᄂᆡ고, ᄯᅩ 니로ᄃᆡ,

"보건ᄃᆡ ᄉᆞ뷔 이번 봉샹(封賞)이 되리라."

ᄆᆡ영이 니로ᄃᆡ,

"잇기ᄂᆞᆫ 잇시려니와 두리건ᄃᆡ 사뷔 져런 일을 깃거 아니리라."

요홰 니로ᄃᆡ,

"깃거ᄒᆞ던지 아니ᄒᆞ던지 블과 ᄂᆡ ᄆᆞ음을 다ᄒᆞᄂᆞᆫ 거시오, ᄉᆞᄅᆞᆷ의 착ᄒᆞᆫ 거ᄉᆞᆯ ᄆᆡ몰케 아니ᄒᆞ미 올흐니라."

요홰 다시 한 일을 ᄉᆡᆼ각ᄒᆞ여 쇼란(素蘭) 다려 니로ᄃᆡ,

"친왕의 보ᄂᆡᆫ 져 팔개 궁녀 즁의 일개가 년긔 젹고 ᄉᆡᆼ긴 거시 가히 ᄡᅳᆯ 만ᄒᆞᆫᄃᆡ, 기인의 명ᄍᆞᄅᆞᆯ 무어시라 부ᄅᆞ든지 ᄂᆡ가 도로혀 이겻도

---

218) 【하시ᄒᆞ다】 [동] {하시(下示)하다.} 지시하다. ¶ 宣示 ‖ 각신이 그 쇼유ᄅᆞᆯ 아지 못ᄒᆞ여 하시ᄒᆞ시믈 쥬쳥ᄒᆞ니 (閣臣未知其細, 因而奏請宣示.) <瑤華 11:85>

다."

민영이 디신 대답ᄒᆞ딕,

"그거술 운ᄋᆞ(雲兒)라 부른다."

ᄒᆞ거늘, 요홰 니로딕,

"가히 져롤 블너 올녀 뻐 황가 식부의 권의 츄슈케 ᄒᆞ라."

쇼란이 대답ᄒᆞ딕,

"드ᄅᆞ니 왕야긔셔 쏘 황가 식부롤 니여보【91】니엿다."

ᄒᆞ거늘, 요홰 니로딕,

"어닋 씌의 그리ᄒᆞ엿눈지 나는 아지 못ᄒᆞ엿도다."

쇼란이 니로딕,

"청딕(青黛)의게 드른 말이라."

ᄒᆞ거늘, 요홰 니로딕,

"그리면 엇지 와 젼치 아니ᄒᆞᆫ고?"

ᄒᆞ며, ᄎᆞ일의 몸을 니러 왕의 쳐쇼의 니ᄅᆞ러 문안ᄒᆞ고 퇴셔 밥먹고 부녀 량인이 셜화ᄒᆞ더니, 다만 보믹 장시(長史) 드러오며 문텹을 가져 품ᄒᆞ딕,

"광녹시의셔 사롬을 부려 문텹을 와 지휘ᄒᆞ기롤 십일일 셩지롤 밧드러 왕야【92】는 무영뎐의 가 잔치 참예ᄒᆞ시고 공쥬의 연셕은 부즁으로 나리시며, 십일쟝 공쥬롤 명ᄒᆞ샤 비현ᄒᆞ게ᄒᆞ신다."

ᄒᆞ거늘, 왕이 니로딕,

"몬져 ᄉᆞ은ᄒᆞ는 표문을 미리 판리케 ᄒᆞ라."

장시 답응ᄒᆞ고 가더라. 왕이 니로딕,

"나는 명일의 각쳐로 가셔 단일 데가 이시니 너는 가히 집의 잇셔 후일의 십일쟝 공쥬 오는 졀ᄎᆞ롤 예비케 ᄒᆞ라."

니러므로 쟝ᄉᆞ와 령ᄉᆞ와 관ᄉᆞᄒᆞ는 ᄉᆞ롬들이 모다 분망히 지닉며 쟝시 쏘【93】제 쳐ᄌᆞ[역ᄉᆞ 간역ᄒᆞ든 계집이라]로 ᄒᆞ여곰 부즁의 니ᄅᆞ러 닉당의 ᄉᆞ무롤 간판ᄒᆞᆯ시, 요화의게 비현ᄒᆞ거늘 요홰 보믹 진개 인지 츌즁ᄒᆞ고 언에(言語) 순량ᄒᆞᆫ지라. 져로 더브러 심히 의합ᄒᆞ여 믄득 ᄌᆞ긔 방즁 협간의 잇셔 머믈게 ᄒᆞ고 졔가 닉외각 일을 난호아 판리ᄒᆞ믹 졍졍(井井)ᄒᆞ여 죠리가 이시니 ᄉᆞᄉᆞ로 심복지인이 되더라.

십일일의 니ᄅᆞ러 연셕이 되는딕 도로혀 안례(按禮)ᄒᆞ여 지닉며 례졀 간ᄉᆞ로 죡히 하로롤 분망【94】히 지닉고 뎨 이일의 쏘 닙죠(入朝)ᄒᆞ여 ᄉᆞ은ᄒᆞ믹, 다힝이 블너 보시지 아니ᄒᆞ고, 쏘 드ᄅᆞ믹 십ᄉᆞ일의 셩지가 계셔 츌뎡ᄒᆞᆫ 공신과 쟝ᄉᆞ롤 봉샹ᄒᆞ신다 ᄒᆞ며, 쏘 텬시 니ᄅᆞ믹 연셕을 판리ᄒᆞ여 관류(款留)ᄒᆞ고 ᄌᆞ녀 무리 모다 관딕롤 쥰비ᄒᆞᆯ시, 슈일을 분망히 지닉고 임의 일지 다ᄃᆞᄅᆞ믹, ᄉᆞ경텬(四更天)의 니ᄅᆞ러 믄득 일졔히 죠회의 드러가 딕후ᄒᆞᆯ시, 왕의 부녀와 아올나 팔개 ᄌᆞ녀 무리 각각 관딕롤 졍졔ᄒᆞ고 기여 ᄉᆞ【95】원과 일반 무변(武弁)들이 죠당(朝堂)의 일졔히 모도엿더니, 한 ᄌᆞ음이 못ᄒᆞ여 칫직질 셰 쇼릭의 일즉 황문관(黃門官)이 잇셔 명쏘롤 안(按)ᄒᆞ여 블너 아올나 단디(丹墀)의 셔셔 먼리 바라보니, 룡졍(龍亭) 안의 지죤이 안ᄌᆞ계시고, 샹보시(尙寶司) 겻힉 잇셔 츄뎜ᄒᆞ여 칙지롤 한 조식 발ᄒᆞ믹, ᄉᆞ례감이 밧드러 즁계의 나려 셔셔 고셩 낭독ᄒᆞ여 니로딕,

> 봉텬승운황데(奉天承運皇帝) 죠셔의 ᄀᆞᆯ왓시딕 뭇ᄂᆞ니 너 하람분번복왕 겸 츙ᄉᆞ천감군ᄉᆞ(河南分藩福王兼充四川監軍使) 신【96】샹순(常洵)을 호명ᄒᆞ믹

복왕이 곳 츄창ᄒᆞ여 옯으로 가 부복ᄒᆞ니, 쏘 베푸러 니로딕,

> 량차 감군(監軍)하는딕 몬져는 슝명(崇明)의 교ᄉᆞ로 거즛 항복ᄒᆞ는 거술 닙어 히(該) 번왕의 허실을 술피지 못ᄒᆞ고 딕률(大律)의 기망ᄒᆞᆷ을 닙어 군ᄉᆞ롤 거드믹 다시 반ᄒᆞ엿는지라 이졔 비록 십ᄉᆞ쟝 공쥬 요화롤 어더,

요홰 쏘ᄒᆞᆫ 츄창ᄒᆞ여 부복ᄒᆞ믹 베푸러 니로딕,

> 위엄을 날녀 쵸멸은 ᄒᆞ엿시나 히번(該藩)의 공죄가 다만 가히 샹젹ᄒᆞᆯ 거시로딕, 오즉 십ᄉᆞ쟝 공쥐 히 번의 친싱녀가 되고, 쏘 ᄉᆞᄉᆞ로 쳔거ᄒᆞ엿시믹 참예ᄒᆞ여 젹은 공이 잇다 아니치 못ᄒᆞᆯ지라. 그러므로 호위군 ᄉᆞ십 명을 더 샹급ᄒᆞ고 영턱현(榮澤縣) 일읍(一邑) 젼량을 더 먹게 ᄒᆞ는 거시니, 니러틋 공을 표쟝ᄒᆞ고 허믈을 드

러너는 거시 그 공은 널니 쓰고 죄는 가【98】비얍게 ᄒᆞ는 뜻이오, 십ᄉᆞ장 공쥬는 어린 나히 술업(術業)을 비화 지용이 겸비ᄒᆞ엿는ᄃᆡ, 군ᄉᆞ 힝ᄒᆞ는 거손 젼광(電光)이 번격ᄒᆞ는 것 ᄀᆞᆺ고, 몰이 니ᄅᆞ는 거손 뇌셩이 동ᄒᆞᆫ 듯ᄒᆞᆫ지라. 슈년 동안의 챵궐ᄒᆞ던 젹비로ᄡᅥ 일일219)(一日)이 못ᄒᆞ여 싱금ᄒᆞ여다가 ᄐᆡ묘(太廟)의 고케 ᄒᆞ고, ᄉᆡᆼ민을 도탄의 건지고, 변경을 안무ᄒᆞ여 락포(樂部)를 ᄆᆡᆫ들며, 짐의 몸은 셔흐로 도라보는 근심을 면케 ᄒᆞ고, 쟝ᄉᆞ 무리로 동산의 음영ᄒᆞ는 거술 넒게【99】ᄒᆞ니, 일노ᄡᅥ 공을 의론ᄒᆞ면 막ᄃᆡᄒᆞᆫ지라. 훈업을 놉히 보ᄒᆞ여 쥬어 ᄡᅥ 공평ᄒᆞᆷ을 ᄇᆞᆰ히기로 이의 봉ᄒᆞ여 션문요무일등곤덕후(宣文耀武一等坤德侯)를 봉ᄒᆞ여 삼ᄃᆡ를 셰습게 ᄒᆞ고, 본신(本身)은 다ᄉᆞᆺᄎᆞ 죽을 거술 용셔ᄒᆞ여 쥬고, 텰권(鐵券)을 쥬며, 진쥬(陳州) 우쥬(禹州) 허쥬(許州) 삼현 젼량을 더 먹게 ᄒᆞ여 ᄡᅥ ᄃᆡ공을 갑흐며 ᄡᅥ 번연(繁衍)ᄒᆞᆫ 거술 밝히고 그 ᄉᆞ승 녀관 무ᄋᆡ지 실심(實心)으로 개도(開導)ᄒᆞ여 쥬어 긔이ᄒᆞᆫ 공이 잇게 ᄒᆞ고, 또 이번【100】젼진의 긔밀(機密)ᄒᆞᆫ 거시 다 그가 쥰 ᄇᆡ라. 더옥 넉넉ᄒᆞᆫ 공이 드러나나 그 셩픔이 야학(野鶴)과 한가ᄒᆞᆫ 구룸 ᄀᆞᆺ트여 가히 후록을 갑지 못ᄒᆞᆯ지라. 그러므로 먼리 봉ᄒᆞ여 순승현묘션ᄉᆞ(順承玄妙ㅈ仙師)를 숨고, 요화의 슈하의 오히려 가졍(家丁) 륙슈유(陸守瑜)와 필슈진(畢守珍)과 기슈박(祁守璞)과 완슈련(阮守璉)과 비녀 고ᄉᆞ미(顧斯媚)와 목ᄉᆞ완(繆斯婉)과 밍ᄉᆞ규(孟斯嫣)와 견ᄉᆞ연(甄斯妍)이 잇는ᄃᆡ,

팔기 ᄌᆞ네 각기 욻흐로 츄챵ᄒᆞ여 부복ᄒᆞ니【101】또 볘푸ᄃᆡ,

혹 변방의 힘을 다ᄒᆞ고 혹 험요(險要)를 슈어(守禦)ᄒᆞ고 혹 군졍을 탐보ᄒᆞ고 혹 긔를 들고 도젹을 쥭이니, 비록 다 그 쥬쟝의 운쥬(運籌)ᄒᆞ여 쥬미나, ᄯᅩᄒᆞᆫ 이 무리 날니게 욻흐로 가 ᄡᅩᆷ니여 몸을 도라보지 아니코 그 쥬인을 도와 쥬엇시니, 비록 비복이라 ᄒᆞ나 공셰우기는 ᄀᆞᆺ튼 ᄇᆡ라. 가졍 륙슈유 등 ᄉᆞ명을 각기 륙품 후부쟝ᄉᆞ(侯府長史) 직함을 쥬는 거시니, 몟 히롤 힘【102】을 볘플기롤 기ᄃᆞ려 과연 능히 간판(干辦)ᄒᆞ미 유여ᄒᆞ거든 니부의 보ᄂᆡ여 인견(引見)ᄒᆞ여 량(量)의 승셔ᄒᆞ여 쥴거시오, 비녀 고ᄉᆞ미 등 ᄉᆞ명은 각기 륙품 향군(鄕君)의 직함을 쥬어 쟝ᄅᆡ ᄉᆞ나희롤 엇거든 일톄로 의빈(儀賓)이라 칭호ᄒᆞ기롤 허락ᄒᆞ여 쥬노라. 오회라, 죠뎡 강긔(綱紀)와 젼형은 이 포쟝(褒奬)ᄒᆞ미오, 이 징계ᄒᆞ미오, 신하의 츙셩 펴는 거손 오족 어질고 오족 덕으로 ᄒᆞᄂᆞ니, 비록 셤셰ᄒᆞᆫ 공뢰라도 ᄯᅩᄒᆞᆫ【103】반ᄃᆞ시 후샹으로 갑거든, ᄒᆞ믈며 크게 지용을 펴미 ᄉᆞᄉᆞ로 벽벽이 은턱을 널니 젓게 ᄒᆞ는 거시니, 봉샹ᄒᆞ미 임의 맛당ᄒᆞ게 되엿는지라. 힘ᄡᅥ 웅명ᄒᆞ녀 욕되미 업게 ᄒᆞ라. 흠지 ᄉᆞ은이라.

ᄒᆞ엿더라

드ᄃᆡ여 즁인이 각기 ᄇᆡ무(拜舞)ᄒᆞ고 ᄉᆞ은을 맛치ᄆᆡ 바야흐로 니러셔랴 ᄒᆞ더니, 홀연 드ᄅᆞᄆᆡ 쵸엽 등 ᄉᆞ개롤 블너 뎐샹의 올니라 ᄒᆞ고, 황문관이 일졔히 부ᄅᆞ니, 필경이 엇지된고? 하회의 분【104】ᄒᆡᄒᆞ라.

［요화젼 瑤華傳 권지십이 卷之十二］

【1】화셜 황문관(黃門官)이 일졔히 블너 니로ᄃᆡ,

"봉비(封拜) 바든 쟈는 반차(班次)의 믈너가라."

ᄒᆞ니 왕과 요화(瑤華)와 밋 ᄉᆞ개 비ᄌᆞ는 단디(丹墀)의 셔셔 바라보ᄆᆡ, ᄉᆞ개 쇼시 어탑 ᄋᆞ ᄅᆡ 업ᄃᆡ엿시나 아올나 엇지 쥬답(奏答)ᄒᆞ는지 드러보지 못ᄒᆞ고 반시긱을 지ᄂᆡ여 비로쇼 하직ᄒᆞ고, 뎐각을 나리며 ᄯᅩ 보미 ᄉᆞ례【2】감(司禮監)이 칙지롤 밧들고 나려와 볘푸ᄃᆡ, ᄉᆞ원(司員) 등 ᄉᆞ명을 봉비ᄒᆞ는 거시라. 왕이 요화ᄃᆞ려 니로ᄃᆡ,

"임의 반퇴(班退)ᄒᆞ라 ᄒᆞ여 계시니 집의 도

219) 원문은 一月로 되어 있다.

라갓다가 명일 오경의 다시 와 ᄉᆞ은ᄒᆞ리라."

ᄒᆞ고, 드ᄃᆡ여 자녀비룰 거ᄂᆞ리고 죠문(朝門)의 나미, ᄉᆡ로 ᄉᆞ급ᄒᆞ신 ᄉᆞ십명 호위군과 요화의 호위ᄒᆞᄂᆞᆫ ᄉᆞᄅᆞᆷ들이 각기 등ᄃᆡ(等待)ᄒᆞ엿ᄂᆞᆫ지라. 요홰 쵸엽(蕉葉)다려 무ᄅᆞᄃᆡ,

"황샹이 여등(汝等)을 블너 무슨 말삼을 하문ᄒᆞ시더냐?"

쵸엽이 대답 【3】 ᄒᆞᄃᆡ,

"다른 말슴은 아니시고 다만 한 ᄎᆞ례 포쟝(褒奬)을 ᄒᆞ시더라."

ᄒᆞ며 왕의 부녀 량인과 팔개 비복이 각기 ᄆᆞᆯ긔 올나 젼ᄎᆞ후응(前遮後應)ᄒᆞ여[220] 집으로 도라올ᄉᆡ, 로샹 ᄉᆞᄅᆞᆷ들이 각각 분분히 의론ᄒᆞ여 말ᄒᆞᄃᆡ, 사ᄅᆞᆷ의 집의셔 모다 니ᄅᆞ기룰 ᄯᆞᆯ을 나흐면 죠치 못ᄒᆞ다 ᄒᆞ더니, 이졔 져 모양 ᄀᆞᆺ튼 녀ᄋᆞ룰 길너 노흐미, ᄋᆞᄌᆞ(兒子)의셔 빅비 승(勝)ᄒᆞ다 ᄒᆞ며, ᄯᅩ 일긔 쇼ᄅᆡ룰 낫쵸와 니로ᄃᆡ,

"져 복왕(福王)의 모양을 보지 못ᄒᆞᄂᆞ냐? 져 녀ᄋᆞ곳 아니면 【4】 져 모양 기룸지지 못ᄒᆞ리라."

ᄒᆞ더라.

지셜 왕이 부중의 도라오미, 일족 친왕(親王)과 군왕(郡王)과 ᄃᆡ쇼 문무관원이 모다 와 치하ᄒᆞ거늘, 복왕이 각기 슈작ᄒᆞ고 장ᄉᆞ비로 ᄒᆞ여곰 응당 각 집의 가셔 회ᄉᆞ(回辭)ᄒᆞᆯ 곳을 ᄌᆞ셔히 긔록ᄒᆞ여 몟칠을 난호와 도라단이게 ᄒᆞ고, 왕은 ᄌᆞ연 경막(寂寞)지 아니ᄃᆡ, 요화ᄂᆞᆫ ᄉᆡᆼ각의 경셩의셔 뉴련(留戀)ᄒᆞᆯ[221] ᄠᅳᆺ이 업고 즈레 쟝샹(莊上)으로 도라가고ᄌᆞ ᄒᆞ나, 왕이 두 곳의 지톄ᄒᆞ여 미일의 회ᄉᆞᄒᆞ기룰 삼ᄉᆞ 집의 지나 【5】 지 못ᄒᆞ고 믄득 란취(爛醉)ᄒᆞ고[222] 도라오니라.

일일은 청신(淸晨)의 요홰 일족 문안ᄒᆞ고 ᄌᆞ긔의 쇼회(所懷)룰 고ᄒᆞ니 왕이 ᄎᆞ시ᄂᆞᆫ 요화의 ᄠᅳᆺ을 슌죵ᄒᆞ믈 면치 못ᄒᆞᄂᆞᆫ지라. 요홰 임의 집의 도라가ᄂᆞᆫ 쥬문을 ᄡᅥ 왕을 뵈고 즉시 밧치게 ᄒᆞ니, 셩지 나리시ᄃᆡ '반ᄃᆞ시 하직지 말고 각기 집으로 도라가라' ᄒᆞ시니, 요홰 바야흐로 ᄆᆞ옴의 쾌활ᄒᆞ여 드ᄃᆡ여 가고 머무ᄂᆞᆫ 인믈을 뎜고ᄒᆞ여[223] 일쟝 단ᄌᆞ의 버려 너니 팔개 ᄌᆞ녀ᄂᆞᆫ ᄯᆞ라 힝ᄒᆞ고, 쟝(張)・쥬(周) 량 【6】 인은 더옥 말ᄒᆞᆯ 거시 업고, 요화의 ᄠᅳᆺ은 쟝ᄉᆞ의 부쳐룰 다리고 쟝샹의 가고져 ᄒᆞ여 븟술 들고 벙벙이 ᄉᆡᆼ각ᄒᆞ니, ᄆᆡ영(梅影)이 니로ᄃᆡ,

"공쥬 무어술 ᄉᆡᆼ각ᄒᆞ시ᄂᆞᆫ지 져 모양 간삽(艱澁)ᄒᆞ시ᄂᆞ뇨?"

요홰 니로ᄃᆡ,

"너가 쟝ᄉᆞ의 부쳐룰 다리고 가고져 ᄒᆞ나 져의 무리 가히 원ᄒᆞᆯᄂᆞᆫ지 아지 못ᄒᆞ미 그리 ᄒᆞ노라."

ᄆᆡ영이 대답ᄒᆞᄃᆡ,

"공쥬 다만 분부ᄒᆞ시면 뉘 감히 좃지 아니리오? 우리 무리 쇼시가 도시 쟝ᄉᆞ(長史)만 ᄒᆞ거든 도로혀 져 무리룰 다려다 【7】 가 무어술 ᄒᆞ려 ᄒᆞᄂᆞᆫ고?"

요홰 니로ᄃᆡ,

"우리 져 쇼시 무리가 쳐음으로 직홈을 ᄡᅴ엿거늘 만일 장ᄉᆞ 거힝을 ᄃᆡ신 시기려 ᄒᆞ면 모롬즉이 맛당히 학습ᄒᆞ여야 ᄒᆞᆯ 터이오, ᄯᅩ 쟝샹의 잇ᄂᆞᆫ 령ᄉᆞ(令史) 무리ᄂᆞᆫ 믄득 합의치 못ᄒᆞ니, 그러므로 ᄲᅧ 져룰 다려가려 ᄒᆞ노라."

ᄆᆡ영이 니로ᄃᆡ,

"이곳 일을 료리ᄒᆞᆯ ᄉᆞᄅᆞᆷ이 젹지 아니ᄒᆞ라."

요홰 니로ᄃᆡ,

"너가 부ᄉᆞ(副史) 젼금역(錢金易)을 시겨 이곳의 머무러 잇셔 판ᄉᆞ(辦事)케 ᄒᆞᄃᆡ 다만 능히 맛당ᄒᆞᆯ 만ᄒᆞ랴?"

ᄯᅩ 장(張)・황(黃) 【8】 량 식부룰 가져 다려가려 ᄒᆞ여 단ᄌᆞ(單子) 우희 버려 ᄡᅳ고, ᄆᆡ영이

220) 【젼ᄎᆞ후응】 동 전차후응(前遮後應)ᄒᆞ다. ¶ 前呼後擁 ‖ 왕의 부녀 량인과 팔개 비복이 각기 ᄆᆞᆯ긔 올나 젼ᄎᆞ후응ᄒᆞ여 집으로 도라올ᄉᆡ (父女二人遂率同這八箇小厮、婢女各各上馬, 前呼後擁的援轡回第.) <瑤華 12:3>

221) 【뉴련ᄒᆞ다】 동 유련(留戀)하다. ¶ 留戀 ‖ 요화ᄂᆞᆫ ᄉᆡᆼ각의 경셩의셔 뉴련ᄒᆞᆯ ᄠᅳᆺ이 업고 즈레 쟝샹으로 도라가고ᄌᆞ ᄒᆞ나 (瑤華回想, 京師城中並無留戀, 意欲徑回莊上.) <瑤華 12:4>

222) 【란취ᄒᆞ다】 형 난취(爛醉)하다. 만취(滿醉)하다. ¶ 爛醉 ‖ 왕이 두 곳의 지톄ᄒᆞ여 미일의 회ᄉᆞᄒᆞ기룰 삼ᄉᆞ 집의 지나지 못ᄒᆞ고 믄득 란취ᄒᆞ고 도라오니라 (無如福王到一處耽擱一處, 每日拜不到三四家, 就爛醉回來.) <瑤華 11:5>

223) 【뎜고ᄒᆞ다】 동 점고(點考)하다. ¶ 掂掇 ‖ 요홰 바야흐로 ᄆᆞ옴의 쾌활ᄒᆞ여 드ᄃᆡ여 가고 머무ᄂᆞᆫ 인믈을 뎜고ᄒᆞ여 일쟝 단ᄌᆞ의 버려 너니 팔개 ᄌᆞ녀ᄂᆞᆫ ᄯᆞ라 힝ᄒᆞ고 (瑤華方有些快心, 就這晚上掂掇去住的人口, 取着一張單子, 想着開出八個子女隨行.) <瑤華 12:5>

ᄯᅩ 니로ᄃᆡ,

"젼일 쇼란(素蘭)의 말ᄒᆞ던 그 팔개 부인을 안돈ᄒᆞ여 쥬게 ᄒᆞ라."

ᄒᆞ니, 요홰 니로ᄃᆡ,

"져거ᄉᆞᆫ ᄆᆡ오 올타."

ᄒᆞ고, 드ᄃᆡ여 령ᄉᆞ의게 젼령ᄒᆞ여 호위군 즁의 만일 취쳐(娶妻)코ᄌᆞ ᄒᆞᄂᆞᆫ 재 잇거든 ᄒᆞ여곰 지명보ᄅᆡ(指名報來) ᄒᆞ여 고쟝(庫藏)ᄒᆞᆫ 은ᄌᆞᄅᆞᆯ 발급ᄒᆞ여 쥬라 ᄒᆞ고, 분파(分派)ᄅᆞᆯ 졍ᄒᆞᄆᆡ 구월 이십이 일을 ᄀᆞᆯᄒᆞ여 발ᄒᆡᆼᄒᆞᆯᄉᆡ 왕긔 졍탈(定奪)ᄒᆞ믈 쳥ᄒᆞ니, 왕이 ᄌᆞ연 윤죵(允從) 【9】 ᄒᆞ더라.[224]

그날의 니ᄅᆞ러 몬져 ᄉᆞ죠(辭朝)ᄒᆞᆫ 후의 문텹을 노와 각쳐의 하직을 고ᄒᆞ고 밧비 셩의 나와 십여일 만의 임의 변량(汴梁)의 니ᄅᆞ러 황하슈ᄅᆞᆯ 밋쳐 건너지 못ᄒᆞ여 쟝ᄉᆞ비 와셔 영졉ᄒᆞᄂᆞᆫ지라. 왕이 무ᄅᆞᄃᆡ,

"부즁이 모다 잘 지ᄂᆡᄂᆞ냐?"

쟝ᄉᆡ ᄃᆡ답ᄒᆞᄃᆡ,

"모다 죠히 지ᄂᆡ나 왕비 낭낭이 궁녀 악ᄆᆡ(萼梅)로 더브러 젼광(癲狂)의 병증을 어더 무ᄅᆞᆺ 사ᄅᆞᆷ을 보ᄆᆡ 칼을 가지고 믄득 죽이랴 ᄒᆞ며, 홀노 방즁의 이시면 다만 목 ᄆᆡ이기ᄅᆞᆯ ᄉᆡᆼ각ᄒᆞ고 【10】 몬져는 도로혀 ᄉᆞᄅᆞᆷ을 아라 보더니, 몟칠ᄌᆡ는 겻히 잇ᄂᆞᆫ ᄉᆞᄅᆞᆷ가지 련ᄒᆞ여 모다 아라보지 못ᄒᆞ시ᄂᆞᆫ지라. 그러므로ᄡᅥ 하관(下官)이 몬져 와셔 영졉ᄒᆞᄆᆡ오, 이졔 공쥬 ᄀᆞᆺ치 부즁의 도라가 시랑이면 침궁 쇽은 임의 즛ᄇᆞᆲ아[225] 블셩(不成) 모양이 된지라 특별이 왕야의 하시(下示)ᄒᆞ시믈[226] 쳥ᄒᆞ여 엇지 판리(辦理)ᄒᆞ게 ᄒᆞ라."

ᄒᆞ니, 왕이 니로ᄃᆡ,

"졔가 임의 ᄉᆞᄅᆞᆷ을 아라보지 못ᄒᆞ거든 사ᄅᆞᆷ이 엇지 능히 져와 더브러 동쳐(同處)ᄒᆞ랴? 너의 무리 ᄲᆞᆯ니 집의 가 【11】 셔 몟 간 뷘 방을 갈희여 져 쥬복(主僕)을 그 쇽의 관ᄉᆞ(管事)ᄒᆞ여 두ᄂᆞᆫ 거시 믄득 올흐리라."

쟝ᄉᆡ ᄃᆡ답ᄒᆞᄃᆡ,

"왕야ᄂᆞᆫ 비록 져쳐럼 분부ᄒᆞ시나 져 낭낭과 비ᄌᆞ의 ᄀᆡ력이 심히 강ᄆᆡᆼ(强猛)ᄒᆞ여 범부녀 무리가 그 몸 옯히 ᄀᆞᆺ가히 가다가 개개히 업더지며 ᄶᅩᆾ겨 나오고, 하쇽 남ᄌᆞᄇᆡᄂᆞᆫ 뉘 감히 낭낭 근쳐의 ᄀᆞᆺ가오리오? 그러므로ᄡᅥ 칠팔 삭을 쇼요(騷擾)이 지ᄂᆡᆫ 뒤 다만 보고만 지ᄂᆡᆫ다."

ᄒᆞ니, 왕이 니로ᄃᆡ,

"그거ᄉᆞᆫ 용이ᄒᆞ다."

ᄒᆞ고 드ᄃᆡ여 요화다려 니로ᄃᆡ,

"네 가히 져 ᄉᆞ개 비ᄌᆞ(婢子)ᄅᆞᆯ 【12】 보ᄂᆡ여 져ᄅᆞᆯ 가져 금졔(禁制)ᄒᆞᄂᆞᆫ[227] 거시 도로혀 죠흐리라."

요홰 ᄃᆡ답ᄒᆞᄃᆡ,

"낭낭은 곳 녀ᄋᆞ의 젹모(嫡母)신ᄃᆡ 엇지 감히 비ᄌᆞ(婢子)ᄅᆞᆯ 가ᄅᆞ쳐 가셔 셜만(褻慢)케 ᄒᆞ리오?"

왕이 니로ᄃᆡ,

"졔가 만일 쳔연이 지ᄂᆡᄂᆞᆫ 사ᄅᆞᆷ이면 ᄌᆞ연 네가 젹모로 ᄃᆡ졉ᄒᆞ려니와 니졔ᄂᆞᆫ 졔가 병풍샹셩ᄒᆞ려 블셩인사(不省人事)ᄒᆞ니 도로혀 무ᄉᆞᆫ 륜리ᄅᆞᆯ 의론ᄒᆞ며, ᄒᆞ믈며 져 비ᄌᆞᄂᆞᆫ ᄂᆡ가 보ᄂᆡᄂᆞᆫ 바오, 아올나 져의 무리가 감히 범샹(犯上)ᄒᆞᄂᆞᆫ 거시 아니니 쇽히 보ᄂᆡ게 ᄒᆞ고, 이졔 하슈(河水)ᄅᆞᆯ 건너면 믄 【13】 득 집의 이ᄅᆞᆯ지라. 지톄ᄒᆞ다가 져와 ᄃᆡ면이 되면 도로혀 인졍되기가 어려오리라."

요홰 마지 못ᄒᆞ여 쇼란을 ᄃᆡᄒᆞ여 웃고 니로ᄃᆡ,

"왕야의 령지(令旨)가 져러ᄒᆞ시니 너의 무리 가셔 거ᄒᆡᆼ은 ᄒᆞᄃᆡ 다만 낭낭의 신샹을 숀샹치ᄂᆞᆫ 못ᄒᆞᆯ 거시니, 그 죄ᄂᆞᆫ 너의 무리가 믄득 당ᄒᆞ여 ᄂᆡ지 못ᄒᆞ리라."

왕이 니로ᄃᆡ,

---

224) 【윤죵ᄒᆞ다】 동 윤종(允從)하다. ¶ 俯從 ‖ 분파ᄅᆞᆯ 졍ᄒᆞᄆᆡ 구월 이십이 일을 ᄀᆞᆯᄒᆞ여 발ᄒᆡᆼᄒᆞᆯᄉᆡ 왕긔 졍탈ᄒᆞ믈 쳥ᄒᆞ니 왕이 ᄌᆞ연 윤죵ᄒᆞ더라 (分派已定, 擇了九月廿二日起行, 遂與福王定奪. 福王自然俯從.) <瑤華 12:8>

225) 【즛ᄇᆞᆲ다】 동 짓밟다. ¶ 糟蹋 ‖ 이졔 공쥬 ᄀᆞᆺ치 부즁의 도라가시랑이면 침궁 쇽은 임의 즛ᄇᆞᆲ아 블셩 모양이 된지라 (如今公主一同回府, 寢宮內已糟蹋得不成樣子.) <瑤華 12:10>

226) 【하시ᄒᆞ다】 동 {하시(下示)하다.} 지시하다. ¶ 示下 ‖ 특별이 왕야의 하시ᄒᆞ시믈 쳥ᄒᆞ여 엇지 판리ᄒᆞ게 ᄒᆞ라 (特請王爺示下, 怎麽辦法?) <瑤華 12:10>

227) 【금졔ᄒᆞ다】 동 금제(禁制)하다. ¶ 鎖禁 ‖ 네 가히 져 ᄉᆞ개 비ᄌᆞᄅᆞᆯ 보ᄂᆡ여 져ᄅᆞᆯ 가져 금졔ᄒᆞᄂᆞᆫ 거시 도로혀 죠흐리라 (你可以遣這些個丫頭, 去將他鎖禁就是了.) <瑤華 12:11>

"도져히 그쳐럼 말홀 거시 아니라 만일 져를 가져 샹훈다 ᄒᆞ여 도로혀 닉 허믈이 될터이니 져 무리는 다만 가게 ᄒᆞ라."

져 ᄉᆞ개 명【14】을 죠ᄎᆞ 몰긔 올나 급히 가셔 빅를 건너고 경긱의 쒸여가거늘, 쟝ᄉᆞ 무리 믄득 좃ᄎᆞ가며 부녀 량인은 셔셔히 하슈를 건너 인ᄒᆞ여 안비셔힝(按轡徐行)홀시, 디방 문무 관원이 모다 와 영졉ᄒᆞ거늘 왕이 일일히 회ᄉᆞ(回辭)ᄒᆞ고 지공(支供)ᄒᆞ는228) 참(站)의 드러가 경히 밥을 먹더니 비ᄌᆞ ᄉᆞ인이 임의 도라오는지라. 왕이 경유를 무ᄅᆞ니, 쇼란이 니로딕,

"낭낭의 긔력이 과연 강밍ᄒᆞ여 우리 비ᄌᆞ ᄉᆞ개 침궁으로 드러오는 거술 보시더니 도로혀 미리 분슈【15】를 짐쟉ᄒᆞ시는 듯ᄒᆞ여 입안으로 말ᄒᆞ여 니로딕, '너의 무리가 져러톳 온다 ᄒᆞ여도 닉가 믄득 너의를 두려ᄒᆞ랴?' ᄒᆞ시고, 침문(寢門) 가의 급히 가셔 일개 문빗쟝229)을 쌔혀 드시는딕, 일쟝 기리는 되는지라. 두 손으로 썩써 두 죠각을 민드러 가지고 믄득 츔츄며 와 ᄉᆞ롬을 치시거늘, 비지 밍영과 깃치 쇼ᄉᆞ 낭낭의 몸 뒤히 잇셔 그 문빗쟝을 아ᄉᆞ믹 낭낭게셔 극히 노ᄒᆞ시나 비ᄌᆞ 등이 문빗쟝 아ᄉᆞ 가지믈 보믹 감히 다라드지【16】는 못ᄒᆞ시고, 머리를 돌나 욱니(郁李)의 단쇼(短小)ᄒᆞ믈 보고 드딕여 힘으로 쌔 아릭로 더지시거늘, 다힝이 비ᄌᆞ 무리 모다 쒸여솟는 기예를 아는지라. 한 번 더져 싸히 니ᄅᆞ믹, 욱니 다리를 드러 한번 구ᄅᆞ고 도로혀 쒸여 집 우히 오ᄅᆞ믹 낭낭긔셔 머리를 드러 보시며 가가대쇼ᄒᆞ시거늘 비ᄌᆞ 삼인이 가마니 낭낭의 몸 뒤히 니ᄅᆞ러 져 량슈(兩手)를 잡아 슈건으로 동혀믹고, 련망히 ᄭᅳ러 일쟝 교위 우히 안지시게 ᄒᆞ믹 홀연 곡ᄒᆞ시며 입안으로【17】말ᄒᆞ여 니ᄅᆞ시딕, '편벽도히 쏘 져런 원슈읫 것들을 마죠쳣다' ᄒᆞ시기의 비ᄌᆞ 무리 드딕여 량개 쇼시를 블너 낭낭 교위를 메워 루샹의 올녀다가 쥬졉ᄒᆞ시게 ᄒᆞ엿노라."

왕이 쏘 무ᄅᆞ딕,

"도로혀 악믹는 엇지ᄒᆞ엿느냐?"

밍영이 답ᄒᆞ딕,

"져는 블과시 연약훈 무리라. 만일 낭낭이 야료(惹鬧)ᄒᆞ시는 써의 졔가 기즁의 잇셔 어ᄌᆞ러이 겻드더니, 이졔 낭낭의 교위의 동혀 안ᄌᆞ누의 올나 가시는 거술 보더니 졔가 믄득 희희(嘻嘻)히 우ᄉᆞ【18】며 싸라 올나가기로 임의 루문(樓門)을 긴히 봉쇄ᄒᆞ엿시니, ᄉᆡᆼ각건딕 다시는 들네여 일을 닉지 아니실 듯ᄒᆞ고 당쟝의 노파 무리를 분부ᄒᆞ여 누각 근쳐의 잇셔 딕후케 ᄒᆞ엿다."

ᄒᆞ거늘 왕이 듯더니 반향을 믁ᄾᆞᄒᆞ다가 홀연 탄식ᄒᆞ여 니로딕,

"져런 병증을 어닉 곳으로죠ᄎᆞ 어덧는지 실노이 알 길히 업도다."

요홰 딕답ᄒᆞ딕,

"녀ᄋᆡ ᄉᆞ부의 말을 드ᄅᆞ니, 딕범 젼광(癲狂) 병증이 모다 죄얼(罪孽)노죠ᄎᆞ 나는지라. 젼ᄉᆡᆼ의 지은 거술 이ᄉᆡᆼ의 밧는다【19】ᄒᆞ니, 아지 못게라 모친이 엇지ᄒᆞ여 그러ᄒᆞ시뇨?"

왕이 니로딕,

"그야 뉘 알깃느냐? 쏘 짐의 도라가 다시 쳐치ᄒᆞ리라."

ᄒᆞ고, 일시의 몸을 니러 두어 시긱이 못ᄒᆞ여 부즁의 니ᄅᆞ믹, 요홰 한 길노 곳 침궁의 니ᄅᆞ러 드러가니, 쇄소를 졍결히 ᄒᆞ고 포진(鋪陳)을 경졔히 ᄒᆞ여 쟝ᄉᆞ·령ᄉᆞ와 틱감·궁녀와 각 집ᄉᆞ(執司)ᄒᆞ는 부녀비 모다 와셔 문안ᄒᆞ며 치하ᄒᆞ고, 입으로 후야(侯爺)라 일컷거늘, 요홰 웃고 니로딕,

"너의 무리 믄득 한 마딕 공쥬라 부를【20】거시어늘 후야라 일컷는 거ᄉᆞᆫ 실노이 듯기가 죠치 못ᄒᆞ니, 도로혀 봉쟉된 쥴을 아는 이는 그쳐럼 알녀니와 그러치 아니훈 이는 도로혀 날다려 후ᄌᆞ(猴子)라 ᄒᆞ리로다."

즁인이 모다 웃음을 춤지 못ᄒᆞ며 한 ᄌᆞ음이 못ᄒᆞ여 뎜뎜 믈너가거늘 요홰 의구히 져 ᄉᆞ

---

228)【지공ᄒᆞ다】동 {지공(支供)하다.} 공급(供給)하다. ¶ 尖 ‖ 디방 문무 관원이 모다 와 영졉ᄒᆞ거늘 왕이 일일히 회ᄉᆞᄒᆞ고 지공ᄒᆞ는 참의 드러가 경히 밥을 먹더니 비ᄌᆞ ᄉᆞ인이 임의 도라오는지라 (早有地方文武都來迎接, 福王一一辭回, 備有尖站, 遂入行館, 正在用膳時, 四個丫頭已復反身來了.) <瑤華 12:14>

229)【문빗쟝】명 문빗장. ¶ 門栓 ‖ 침문 가의 급히 가셔 일개 문빗쟝을 쌔혀 드시는딕 일쟝 기리는 되는지라 (赶到寢門邊拿一條門栓, 足有碗口來粗, 一丈多長, 兩手拿來一屈兩段.) <瑤華 12:15> ⇒ 문빗댱

롬을 가져 경셩의 잇던 모양을 의거ᄒᆞ여 분파ᄒᆞ여 각쳐의 거졉게 ᄒᆞ고 아라보니 왕이 별궁의 계셔 궁빈비롤 다리고 슐을 마시며 즐거오믈 취ᄒᆞ더라.

【21】 뎐식이 장ᄎᆞᆺ 느지미 밥을 먹으니 황가 식뷔 겻히셔 ᄉᆞ후ᄒᆞᄂᆞᆫ지라. 요홰 무ᄅᆞᄃᆡ,

"너의 ᄧᅡᆨᄒᆞᆫ 남ᄌᆞ롤 ᄂᆡ 밋쳐 뭇지 못ᄒᆞ엿시니 뉜지 ᄌᆞ셔히 니ᄅᆞ라."

황식뷔 ᄃᆡ답ᄒᆞᄃᆡ,

"나히 어리고 결빅히 싱긴 거시 믄득 기인이라."

ᄒᆞ니, 요홰 니로ᄃᆡ,

"져 무리 ᄧᅡᆨ지은 셰 개ᄂᆞᆫ 도시 평샹ᄒᆞ거놀 엇지 홀노 너만 그러ᄐᆞᆺ 죠히 어덧ᄂᆞ냐?"

황식뷔 우ᄉᆞ며 니로ᄃᆡ,

"그거ᄉᆞᆫ 각인의 명슈의 달녓다."

ᄒᆞ니 요홰 니로ᄃᆡ,

"뉘 너롤 위ᄒᆞ여 어더 쥬더 【22】 냐?"

황식뷔 ᄃᆡ답ᄒᆞᄃᆡ,

"쟝가 노픠 거간ᄒᆞ여 쥬엇시ᄃᆡ 져의 먼 촌 ᄂᆡ질(內姪)이 된다."

ᄒᆞ거놀, 요홰 ᄯᅩ 무ᄅᆞᄃᆡ,

"졔가 평일의 무ᄉᆞᆫ 싱리(生理)롤 ᄒᆞᄂᆞ냐?"

황식뷔 ᄃᆡ답ᄒᆞᄃᆡ,

"져의 셩은 강(江)이오 일홈은 윤쟝(允長)이니 본ᄃᆡ 부샹(富商)의 ᄌᆞ식으로 후릐의 즁락(中落)ᄒᆞ미 의슐을 빈화 가지고 인ᄒᆞ여 ᄠᅳᆺ을 엇지 못ᄒᆞ므로 ᄲᅧ 발원ᄒᆞ여 공쥬의 문하의 투탁ᄒᆞᆫ다."

ᄒᆞ거놀, 요홰 니로ᄃᆡ,

"그러므로 ᄂᆡ가 져다려 츄솔(麤率)ᄒᆞᆫ ᄉᆞ롬이 아니라 말ᄒᆞ엿노라."

경히 말 【23】 ᄒᆞ며 다만 보니 쟝기덕(張其德)이 와 품ᄒᆞᄃᆡ,

"쟝시 와셔 말ᄒᆞ기롤 져 곳 본부 즁 쇼졔 본체 향신가(香紳家) 무리로 더브러 모다 명텹을 보ᄂᆡ여 치하ᄒᆞ고 문안ᄒᆞᆫ다."

ᄒᆞ거놀 요홰 니로ᄃᆡ,

"져로 ᄒᆞ여곰 치부의 올녀 ᄂᆡ 각기 회ᄉᆞᄒᆞ기롤 기ᄃᆞ리게 ᄒᆞ라."

기덕이 나가 젼ᄒᆞ더라. 명죠의 왕의 곳의 가 문안ᄒᆞ고 도라왓더니, 쟝시 드러와 픔ᄒᆞᄃᆡ,

"ᄉᆞ뷔 셔신을 보ᄂᆡ엿다."

ᄒᆞ거놀 요홰 ᄯᅥ혀 보니, 박쥬(亳州) 일ᄃᆡ의 ᄡᅥ로 류적(流賊)이 와셔 규ᄉᆞ(窺伺)ᄒᆞ니 왕야긔 픔 【24】 ᄒᆞ고 ᄌᆞ녀 무리롤 거ᄂᆞ려 쟝샹의 도라와 파슈ᄒᆞ라 ᄒᆞ엿ᄂᆞᆫ지라. 곳 왕의 곳의 가 픔ᄒᆞ고 쟝샹으로 도라가려 ᄒᆞ니, 왕이 허락ᄒᆞ거놀, 즉시 인마롤 등ᄃᆡ케 ᄒᆞ여 ᄯᅥ날시, 왕이 니로ᄃᆡ,

"나ᄂᆞᆫ ᄯᅩ 보와 병인(病人)이 져기 낫거든 뒤죠ᄎᆞ 갈 거시니 ᄌᆞ로 셔신을 븟쳐 나의 먼리 바라ᄂᆞᆫ 거ᄉᆞᆯ 위로ᄒᆞ라."

요홰 응락ᄒᆞ고 류적이 ᄯᅩ 올가 두려 겸뎡(兼程)ᄒᆞ여 가더니, 로샹의셔 맛쵸와 토적이 졀발(竊發)ᄒᆞᄂᆞᆫ지라. 드ᄃᆡ여 ᄌᆞ녀 무리로 탄궁을 가지고 【25】 ᄲᅧ 블우지변(不虞之變)을 방비ᄒᆞ더니, 일일은 십여 리 동안의 한 무리 쵸구(草寇)가 밧 두던 쇽의 잇다가 한 가지 향젼(響箭)을 날녀 보ᄂᆡᄂᆞᆫ지라. 쇼란의 졉쥬(接住)ᄒᆞ미 되고 요홰 니로ᄃᆡ,

"져 무리 오기롤 기다리지 말나."

ᄒᆞ고 도홍(桃紅)과 류지(柳枝)로 ᄒᆞ여곰 슈힝ᄒᆞᄂᆞᆫ 인원을 호위케 ᄒᆞ고 몰을 노화 밧두던 쇽으로 드러가 탄ᄌᆞ와 표창과 류셩퇴(流星槌)롤 홈긔 발ᄒᆞ여 타ᄉᆞ(打死)도 ᄒᆞ고 싱금도 ᄒᆞ여 근챡(根着)을 무ᄅᆞ니 도시 무뢰비가 류적이 니ᄅᆞ믈 모칭(冒稱)ᄒᆞ고 【26】 련노(沿路)의 겁략ᄒᆞᄂᆞᆫ지라. 요홰 니로ᄃᆡ,

"너의 무리 긔한(飢寒)ᄒᆞᆫᄃᆡ 고홀 ᄃᆡ 업ᄉᆞ믈 블샹히 너겨 잠간 한 번 죽ᄂᆞᆫ 거ᄉᆞᆯ 요ᄃᆡ(饒待)ᄒᆞ여 쥬거니와, 쇽쇽히 가셔 개ᄉᆞ귀졍(改邪歸正)을 ᄒᆞ게 ᄒᆞᆯ 거시오 만일 다시 잡힌 빈 되면 결단코 용셔치 아니리라."

즁적이 머리롤 ᄡᅡ고 쥐 숨듯 도망ᄒᆞ여 가더라. 인ᄒᆞ여 쟝샹(莊上) 근쳐의 니ᄅᆞ러 보니 쟝샹의 인연(人煙)이 쥬집(湊集)ᄒᆞ고 ᄉᆞ면이 평안ᄒᆞ여 류 【27】 적이 와셔 범ᄒᆞᆫ 광경 ᄀᆞᆺ지 아닌지라. 임의 령ᄉᆞ 무리 친슈군(親隨軍)을 다리고 와셔 영졉ᄒᆞ여 ᄃᆡ뎐(大殿)의 니ᄅᆞ미, ᄐᆡ감 무리 영졉ᄒᆞ고 침문 가의 한 무리 부녜 ᄉᆞ후ᄒᆞᄂᆞᆫ지라. 요홰 급히 ᄉᆞ부의 쳐쇼롤 뭇고 곳 방즁으로 드러가니 무인지 마ᄌᆞ 나오거놀, 요홰 ᄲᅡᆯ니 비현ᄒᆞ니, 무인지 븟들고 오릭 니별된 황미롤 말ᄒᆞ며 셔로 눈물을 흘니고 뒤흘 ᄯᅡ라 ᄌᆞ녀 무리 비현홀시, 완연(宛然)이 먼리 ᄯᅥ낫던 ᄋᆞᄒᆡ 모친을 본듯 개개히 【28】 우롬을 긋치지 못ᄒᆞ거놀, 무

ᄋᆡ지 니로ᄃᆡ,

"보ᄆᆡ 믄득 됴흐니 우러 무엇ᄒᆞᄂᆞ냐? 너의 무리 개개히 륙품관(六品官)도 ᄒᆞ고 향군 직함을 가져시니, 이번 고샹ᄒᆞ미 그ᄅᆞ지 아니ᄒᆞ엿도다."

요홰 니로ᄃᆡ,

"뎨ᄌᆞ 무리의 영요(榮耀)히 된 거ᄉᆞᆫ 도시 ᄉᆞ부의 셩취ᄒᆞ여 쥬시미라. 뎨지 감히 은혜ᄅᆞᆯ 잇지 못ᄒᆞ여 어젼의 뫼셔 ᄉᆞ부의 연유ᄅᆞᆯ 밝히 알외엿더니 황샹긔셔 일개 봉호ᄅᆞᆯ 더ᄒᆞ여 쥬시믈 닙엇다."

ᄒᆞ니, 무ᄋᆡ지 니로ᄃᆡ,

"ᄂᆡ가 그 봉호【29】ᄅᆞᆯ 어더 무어ᄉᆡ ᄡᅳ랴?"

ᄯᅩ 보니 ᄉᆡ로 어더온 한 무리 부녜 모다 와셔 비현ᄒᆞ고, 쟝ᄉᆞ 등이 ᄯᅩᄒᆞᆫ 명텹(名帖)[230]을 ᄀᆞᆺ쵸와 드리거ᄂᆞᆯ, 무ᄋᆡ지 ᄃᆡ감으로 ᄒᆞ여곰 ᄃᆡ신 ᄉᆞ례ᄒᆞ여 보ᄂᆡ고, ᄇᆡᆨ우옥(白于玉)을 분부ᄒᆞ여 연셕을 판비ᄒᆞ여 혼개(渾家) 즐길ᄉᆡ, 요홰 류젹의 ᄅᆡ력을 무ᄅᆞ니, 무ᄋᆡ지 니로ᄃᆡ,

"무ᄉᆞᆫ 류젹이 감히 와셔 이곳을 엿보ᄀᆞᆺᄂᆞ냐? 나 알기의 너의 무리 임의 변량의 니ᄅᆞ럿고 왕야의 힝음무도ᄒᆞᄂᆞᆫ 거ᄉᆞᆫ 말ᄒᆞ지 말【30】고 왕비가 ᄯᅩ 광병(狂病)을 어덧시며 네가 그 곳의 잇셔 시붕(詩朋) 무리로 더브러 얽히여 지ᄂᆡᄂᆞᆫ 거시 무ᄉᆞᆫ 유익ᄒᆞ미 이시며, ᄯᅩ 두리건ᄃᆡ, 효복(孝服)이 몸의 림(臨)ᄒᆞᆯ 듯ᄒᆞᆫ지라. 만일 일즉 ᄶᅡ라 죵신ᄃᆡᄉᆞ(終身大事)ᄅᆞᆯ 맛치지 아니타가 이졔 지톄ᄒᆞ여 ᄯᅩ 삼 년이 될 거시니, 니러ᄐᆞᆺ 셰월을 쇼마(消磨)ᄒᆞ면 엇지 가히 앗갑지 아니랴? 그런 고로 ᄂᆡ가 화두(話頭)ᄅᆞᆯ 비러 너의 무리ᄅᆞᆯ 블너 오미라."

ᄒᆞ고, 졍히 말ᄒᆞᄆᆡ 연셕을 버려 올니거ᄂᆞᆯ, 요홰【31】무ᄋᆡᄌᆞᄅᆞᆯ 뫼셔 먹고, ᄌᆞ녀 무리도 각기 ᄂᆡ외 연셕의 참예ᄒᆞ더라.

무ᄋᆡ지 요화다려 니로ᄃᆡ,

"너의 일은 곳 셩취ᄒᆞ려니와 ᄂᆡ ᄉᆡᆼ각ᄒᆞ니, 져 ᄌᆞ녀 무리ᄅᆞᆯ 가져 ᄇᆡ합ᄒᆞ여 쥬고 난호와 ᄂᆡ외 ᄉᆞ무ᄅᆞᆯ 관셥케 ᄒᆞ며, 단신으로 년로ᄒᆞᆫ 궁녀ᄅᆞᆯ ᄃᆡ개 노화쥬어 필경 야료(惹鬧)되믈 면케 ᄒᆞ리라."

ᄒᆞ고, 즉셕의 필연(筆硯)을 가져 단ᄌᆞ 우희 버려ᄂᆡ여 쇼란(素蘭)은 하향(荷香)을 ᄧᆞᆨᄒᆞ여 쥬고, 니운(梨雲)은 쵸엽(蕉葉)을 ᄧᆞᆨᄒᆞ여 쥬고, 욱【32】니(郁李)ᄂᆞᆫ 류지(柳枝)ᄅᆞᆯ ᄧᆞᆨᄒᆞ여 쥬ᄂᆞᆫ지라. 요홰 무ᄅᆞᄃᆡ,

"ᄆᆡ영은 엇던 ᄉᆞᄅᆞᆷ을 ᄧᆞᆨᄒᆞ여 쥴고?"

무ᄋᆡ지 니로ᄃᆡ,

"이 사ᄅᆞᆷ은 ᄂᆡ가 ᄡᅳᆯ 곳이 이시니 아직 치지ᄒᆞᆫ다."

ᄒᆞ고,

"ᄇᆡᆨ우옥(白于玉)과 심취미(沈翠眉)와 황금슌(黃金釧)과 구쇼셤(裘素蟾)과 반계아(潘桂兒)와 림록환(林綠環)과 화견슈(花見羞)와 나환아(羅紈兒) 져 팔개인은 ᄉᆞᄇᆡᆨ명 친슈군 쇽의 가 실업ᄂᆞᆫ ᄉᆞᄅᆞᆷ을 갈히여 ᄂᆡ여 져와 더브러 ᄧᆞᆨᄒᆞ여 쥬고, 이졔 집ᄉᆞᄒᆞᄂᆞᆫ 궁녀 즁의 한츄계(韓秋桂)와 국슈방(鞠漱芳)과 죠의빈(曹宜嬪)과 신옥아(申玉娥)와 쟝【33】금[옥]셤(張玉蟾)과 왕교(王嬌)와 숀옥년(孫玉蓮) 져 칠개 인은 왕야의 친ᄋᆡᄒᆞ시ᄂᆞᆫ ᄇᆡ니, ᄯᅩ 머믈너 방옥을 갈히여 거쥬시겨 왕야의 쟝샹의 니ᄅᆞ시믈 기다려 ᄉᆞ후케 ᄒᆞ고, 츄계아(鄒桂娃)와 심계션(沈繼仙)과 은벽옥(殷碧玉)과 녀량진(呂良珍)과 뎡옥도(鄭玉濤)와 원쥬아(袁珠兒)와 장벽도(蔣碧桃)와 황화관(黃花冠) 등 팔명은 비록 왕야계셔 ᄉᆞ랑은 ᄒᆞ시나 믄득 갓가이ᄂᆞᆫ ᄒᆞ니 ᄒᆞ엿다 ᄒᆞ니 편ᄒᆞ믈 ᄯᅡ라 쟝ᄉᆞ 무리로 ᄒᆞ여곰 ᄃᆡ신 ᄇᆡ합될 ᄉᆞᄅᆞᆷ을 갈ᄒᆞ여 져의 무리로 밧괴【34】셔 거쥬케 ᄒᆞ고, 원ᄅᆡ ᄉᆞ역ᄒᆞ든 ᄉᆞᄅᆞᆷ은 ᄯᅩᄒᆞᆫ 아ᄎᆞᆷ의 드러오고 늣게 나가믈 허ᄒᆞ여 쥬고, 츄슈졍(鄒素貞)과 양옥완(楊玉腕)과 쳑승난(戚勝蘭)과 ᄉᆞ쟝츈(謝長春)과 ᄇᆡᆨ졍쳥(柏正青)과 하유란(夏幽蘭)과 번산셜(樊山雪)과 ᄆᆡ근츈(梅近春) 등 팔명은 노화 보ᄂᆡ여 각기 변량의 도라가

230) 【手板】 【手版 수판】 shǒubǎn <名> 笏。(四上 66b) [싀반] ᄒᆞᆯ, 或云笏[후] (譯上 服飾 44a) (方二 服飾 22b) 笏也, 又曰象簡也。(課目 服用 85b) 品官所執受命書。笏備忽忘。(全下 14b) ᄒᆞᆯ, 備忘忽也。(字下 12b) ᄒᆞᆯ (釋下 23b) (新三 26a) 명텹 *卽"手本"。下官謁見上官時專用的名帖, 上寫姓名、籍貫、官階、履歷等。‖ "又見新收的一班婦女, 都來叩見, 長史等亦具~來見." ᄯᅩ 보니 ᄉᆡ로 어더온 한 무리 부녜 모다 와셔 비현ᄒᆞ고 쟝ᄉᆞ 등이 ᄯᅩᄒᆞᆫ 명텹을 ᄀᆞᆺ쵸와 드리거ᄂᆞᆯ (瑤華 12:29) "子謹遞上~, 赶到面前請了個安, 道聲'大人辛苦'。" (老殘 18) ⇒ 手本

비합을 갈히여 쥬게 ᄒᆞ고, 혹 이곳의 잇셔 비합 갈히는 거시 ᄯᅩᄒᆞᆫ 가ᄒᆞᆯ지라. 져 십월은 믄득 쇼양츈(小陽春)이라. 너가 져무리ᄅᆞᆯ 위ᄒᆞ여 이십일 가쟝 길ᄒᆞᆫ를 갈히여 일졔히 【35】 혼례ᄅᆞᆯ 힝케 ᄒᆞ리라."

ᄒᆞ니, 한 마듸 분부의 부즁 모든 남녀비 개개히 공을 노러ᄒᆞ고 덕을 기리더, 그 즁의 일인이 죠히 민울ᄒᆞ며 말도 못ᄒᆞ여 너고 셩도 못ᄂᆞ니, 아지 못게라 ᄯᅩ 이 뉜고? 하회의 분히ᄒᆞ라.

23
광녀신혼쵸식미 번왕쇽취구지음
曠女新婚初識味 藩王續娶舊知音

시시(是時)의 무익지(無碍子) 또 요화(瑤華)를 디호여 니로디,

"이졔 각인(各人)의 거쥬호는 바 방옥을 모롬즉이 분비호여 줄 거시니 문간 져 방옥은 스기 쇼시로 거쥬케 호고, 곳집 량편 졋방은 빅우옥(白于玉) 등 팔개 부쳐로 【36】 거쥬케 호고, 디루하(大樓下) 량편 샹방(廂房)은 허두레로 쓰는 방[局房]으로 민둘고, 침궁 동편 방은 네가 거쥬호고, 나는 미영(梅影)과 깃치 즘간 셔편 방의 거쥬호엿다가 네 길긔(吉期)롤 기다려 나는 져와 깃치 옴겨 화원 쇽 디루 아릭 잇게 호고, 죠의(趙宜) 부부로 호여곰 죠응케 호고, 침궁 문밧긔 별노이 한 낫 즁문을 민드러 뻐 톄양(體樣)을 죠케 호고, 련무청(演武廳) 뒤히 루방(樓房) 오간을 지어 잠간 부마(駙馬)의 부즁을 민둘고, 궁녀의 각항(各項) 스무는 이젼 【37】 명목(名目)디로 의지호여 방옥 졍호여 가진 샤롬들을 각기 맛타 요리케 호고, 왕애 당의 도라오시거든 인호여 샹셔방(尙書房)의 쥬졉호시게 호고, 량편 월랑(月廊)은 스후호는 궁녀 무리로 헐숙게 호라."

요홰 니로디,

"임의 부마의 부즁을 지으면 또호 스후홀 스룸들을 파졍호리라."

무익지 니로디,

"그거순 용이호니 가히 츄계아 등 팔명을 가져 그 비합되기롤 기드려 스후케 호는 거시 가호며, 너가 【38】 도시 너롤 디신호여 죠히 분파홀 거시니 너는 다만 단즈롤 의지호여 쟝스비(長史輩)의게 분부호여 긴급히 판리호고 모히여 한 쩌의 잇게 말나."

요홰 일일히 응락호더라.

당야(當夜)의 무익지 믄득 미영을 블너,

"너방의 와 즈라."

호니, 요홰 본디 미영과 깃치 침쳐(寢處)호지가 임의 오린지라. 흘연이 쩌나미 심히 놋치 못호고 또 져롤 가져 비합을 아니호여 쥬며, 별노이 용쳬(用處) 잇다 호니 어디 쓰일는지 아지 못호나 【39】 또 감히 뭇지 못호고, 심즁의 죠히 민울호여 반야(半夜)롤 젼젼블미(輾轉不寐) 호고 답답히 너기더라.

지셜, 무익지 미영으로 더브러 함긔 즈며 가마니 니로디,

"너가 너롤 비합 아니호여 쥬는 바는 너가 의시 이시미, 몬져 너다려 말호여 네가 쵸심(焦心)호믈 면케 호리라. 공쥐 미구(未久)의 믄득 부마롤 마즐 거시니 다힝히 너의 면뫼 져로 더브러 일양이라. 요화로 더브러 가만호 가온디 밧고와 너여 제가 도비호라 가기롤 기드린 【40】 후의 네가 믄득 져의 직함을 무릅뻐 가지고 부귀호는 스롬을 지을 거시니, 져는 부탁호리가 잇고 너는 잘 누리다가 요화의 공뷔 일운 후는 자연 너로 더브러 일톄 결말이 되리라."

호니, 미영의 심지가 령리호지라. 무순 명빅지 못호미 이시리오? 믄득 디답호디,

"스부의 즈비호신 므옴으로 능히 비즈로 호여곰 결과가 잇게 호면 막디지은(莫大之恩)이 되리라."

무익지 니로디,

"다만 이 일을 누셜치 못홀지니 【41】 만일 부미 보와 너면 믄득 요화의 젼졍(前程)을 막는 혬이니라."

미영이 령회(領會)호고 뎨일 쳥신(淸晨)의 니르러 믄득 미영으로 더브러 단쟝과 쟝쇽을 변

통ᄒᆞ여 뻐 밧고와 닉일 디보(地步)를 뮌드더니 홀연이 변량의셔 무ᄋᆡᄌᆞ긔 셔신을 부쳣거ᄂᆞᆯ, 요홰 바다 보니 봉피(封皮) 우희 "쇼승현묘션ᄉᆞ(順承玄妙仙師)는 개탁(開拆)이라" ᄡᅧ거ᄂᆞᆯ 친히 무ᄋᆡᄌᆞ긔 드리며 니로ᄃᆡ, 져곳의셔 왓다 ᄒᆞ니 무ᄋᆡ지 한 번 보며 웃고 니로ᄃᆡ,

"무슨 별일이 잇시랴? 왕【42】야가 쥬황친의 집이 통ᄒᆞ여 임의 황샹긔 쥬달ᄒᆞ여 빙폐ᄒᆞ는 례믈을 보니와 변량 궁즁의 거두어 두고 십이월 이십 ᄉᆞ일노 혼례 지닉는 거술 임의 셩지를 바다 윤죵ᄒᆞ여 계시니, ᄒᆡᆼ례ᄒᆞ는 일졀 ᄉᆞ무를 왕비의 병이 즁ᄒᆞ믈 인ᄒᆞ여 능히 친히 가지 못ᄒᆞ니 션식 ᄃᆡ신 료리ᄒᆞ여 쥬믈 힘뻐 바란다."

ᄒᆞ엿는지라.

보기를 맛치ᄆᆡ, 또 니로ᄃᆡ,

"일ᄌᆞ를 졍ᄒᆞ엿시니 예비ᄒᆞ는 거슨 용이ᄒᆞ다."

ᄒᆞ고, 일변으【43】로 장ᄉᆞ비를 분부ᄒᆞ여 몬져 하쇽(下屬) 비복비(婢僕輩)를 비합ᄒᆞ여 쥬라 ᄒᆞᄆᆡ, 블슈일(不數日)의 각기 판비가 되고 이십일은 져의 각기 ᄒᆡᆼ례ᄒᆞ는 날이라. 죠히 열요(熱鬧)ᄒᆞ여 다라오며 ᄂᆞᆯ너가는 거시 도시 식 사롬인ᄃᆡ 들네여 하ᄂᆞᆯ이 ᄇᆞᆰ기의 니ᄅᆞ러 방ᄌᆞ 결말이 되고, ᄃᆡ이일 밤의 무ᄋᆡ지 요화를 블너 가마니 부촉ᄒᆞ여 니로ᄃᆡ,

"닉가 젼ᄌᆞ의 널노 ᄒᆞ여곰 경셩의셔 혼례를 지닉지 말게 ᄒᆞᆫ 밧 쟈는 너의 긴요ᄒᆞᆫ 일을 위【44】ᄒᆞ여 그러므로 뻐 지삼 졍녕(叮嚀)ᄒᆞ엿는지라. 이졔 일이 당두(當頭)가 되어시니 가히 지완치 못ᄒᆞᆯ지라. 져 검환(劍丸) [칼을 련ᄒᆞ여 탄ᄌᆞ 모양 뮌드는 법이라]을 닉가 임의 너를 위ᄒᆞ여 련ᄒᆞ여 뮌ᄃᆞ러 노왓시니, 네가 혼례 젼의는 도로혀 ᄋᆞ희 몸이라. 네 몸쇼 삼개 경야(庚夜)를 직희여야 비로쇼 너의 믈건이 될 거시오, 다만 나 홀노 련(煉)ᄒᆞ면 의구히 닉 믈건이오 너의게는 일호(一毫)도 샹관이 업술지라. 명일은 곳 경일(庚日)이니 네가 금야의 문득 목욕ᄌᆡ계ᄒᆞ고 닉가 다시 너를【45】비결을 쥬어 련ᄒᆞ여 삼경가지 지닉면 일후는 다시 용이ᄒᆞ리라."

요홰 명을 죠ᄎᆞ 즉시 목욕ᄌᆡ계ᄒᆞ거ᄂᆞᆯ 무ᄋᆡ지 비결을 가져 다 젼슈ᄒᆞ여 쥬ᄆᆡ, 요홰 련습ᄒᆞᆫ 후의 무ᄋᆡ지 량개 텰환(鐵丸)을 취ᄒᆞ여 닉여 요화의 구즁(口中)의 너허 쥬고 함긔 좌공ᄒᆞᆯ시,[231] 경일을 직흰다 니ᄅᆞᆫ ᄇᆡ라. 하로밤 ᄉᆞ이의 ᄉᆞ몽비몽(似夢非夢)ᄒᆞ게 허다ᄒᆞᆫ 진셰간 번쇄ᄒᆞᆫ 일을 경녁(經歷)ᄒᆞ고, 십일을 격ᄒᆞ여 또 둘ᄌᆡ 경일을 다ᄃᆞ라【46】무ᄋᆡᄌᆞ를 ᄯᆞ라 함긔 좌공ᄒᆞᆯ시, ᄎᆞ야 몽즁의 또 허다ᄒᆞᆫ 귀괴(鬼怪)와 흉악ᄒᆞᆫ 일을 지닉고, 또 십일을 격ᄒᆞ여 임의 셋ᄌᆡ 경일을 다ᄃᆞ른지라. 여젼이 좌공ᄒᆞ더니, 이 즈음 몽ᄆᆡ(夢寐)ᄒᆞ는 ᄉᆞ이의 보는 ᄇᆡ 다 난과 학이 비등(飛騰)ᄒᆞ며 신션의 산이 놉히 셧는ᄃᆡ 왕ᄅᆡᄒᆞ는 남녀들이 범간(凡間)의 인믈이 아니라 심즁의 심히 그 지취를 어더 즉시 ᄭᅮᆷ을 ᄭᆡ지 아니ᄆᆡ 비로쇼 죠흘 듯 ᄒᆞ더라. 슌식간의 하ᄂᆞᆯ【47】이 임의 밝거ᄂᆞᆯ, 무ᄋᆡ지 니로ᄃᆡ,

"이졔 셰 경일을 지닉는ᄃᆡ 다ᄒᆡᆼ히 깃부기는 너의 근긔(根氣)가 심히 둣허워 비로쇼 과히 로력(勞力) 아니ᄒᆞ고 믄득 되엿거니와, 만일 근긔가 쳔박ᄒᆞ더면 미오 어려오리라."

요홰 심즁의 또ᄒᆞᆫ 심히 깃거ᄒᆞ더니 외간의 혼례 ᄒᆡᆼᄒᆞ는 일이 모다 요리가 된지라. 슈일을 몬져 ᄒᆞ여 한부인(韓夫人) 분묘의 졔쇼(祭掃)ᄒᆞ고, 일변 표문을 올녀 쥬문ᄒᆞ고 길일을 다ᄃᆞ라 부ᄆᆡ(駙馬) 도문(到門)ᄒᆞ여 몬【48】져 군신의 례를 ᄒᆡᆼᄒᆞᆫ 연후의 부부의 례를 ᄒᆡᆼᄒᆞ고 기여 례졀은 다 안례(按禮)ᄒᆞ여 ᄒᆞ더라.

져 쥬군좌(周君佐)는 본ᄃᆡ 훈쳑(勳戚)의 ᄌᆞ뎨라. 년긔(年紀)가 다만 요화보다 량셰(兩歲)가 더 ᄒᆞ나 풍월장즁(風月場中)의 오ᄅᆡ 임의 단련ᄒᆞᆫ지라. 이 즈음 쇼원을 셩취ᄒᆞᄆᆡ 침셕을 ᄀᆞᆺ치 ᄒᆞ는 ᄯᅢ 니ᄅᆞ러 엇지 즐겨 용이ᄒᆞ게 지닉리오?

지셜, 요홰 거샹(居常)의 본ᄃᆡ 여호 셩픔의 버셔나지 못ᄒᆞᆫ지라. 그러나 뻐 진원을 직희여 어든 밧 쟈는 다 신분이 극귀(極貴)【49】ᄒᆞ고, 또 방한(防閑)ᄒᆞ기를 심히 엄히 ᄒᆞᆫ고로 능히 그 ᄠᅳᆺ을 방ᄌᆞᄒᆞ여 작난은 못ᄒᆞ나, 그러나 다 면강ᄒᆞ여 지닉엿는지라. 이졔 신혼 쵸일을 다ᄃᆞᄅᆞᄆᆡ 자연 급히 ᄌᆡ미(滋味)를 맛보와 알냐 ᄒᆞ나 엇지 죠흔 마시 뒤희 잇는 쥴이야 알니오? 이날 밤

---

231)【좌공ᄒᆞ다】동 좌공(坐功)하다. 가부좌 틀고 수도하다. ¶ 打坐 ‖ 요홰 련습ᄒᆞᆫ 후의 무ᄋᆡ지 량개 텰환을 취ᄒᆞ여 닉여 요화의 구즁의 너허 쥬고 함긔 좌공ᄒᆞᆯ시 (瑤華熟習之後, 無碍子取出兩個鐵丸, 放在瑤華口內銜着, 一同打坐, 謂之守庚.) <瑤華 12:45>

늦게야 믄득 ᄆᆡ오 견ᄃᆡ지 못ᄒᆞᄂᆞᆫ 의ᄉᆡ 잇ᄂᆞᆫ 듯 ᄒᆞ더라. 량인이 한 번 ᄭᆡ이ᄆᆡ 일양(日陽)이 창의 빗기엿ᄂᆞᆫ지라. 급히 몸을 니러 쇼셰ᄒᆞ니 민간의 규모ᄂᆞᆫ 신혼 삼일 후의야 비로쇼 방 【50】 문을 나ᄂᆞᆫᄃᆡ, 황가 제도ᄂᆞᆫ 부ᄆᆡ 공쥬ᄅᆞᆯ 취ᄒᆞᆫ 재 반ᄃᆞ시 ᄉᆞ은ᄒᆞ믈 삼일을 ᄒᆞ고, 비로쇼 고묘(告廟)ᄒᆞᄂᆞᆫ 례ᄅᆞᆯ ᄒᆡᆼᄒᆞᄂᆞᆫ지라. 한즈음의 부ᄆᆡ 방의 드러와 ᄉᆞ은ᄒᆞ고 믄득 나가ᄆᆡ 모롬즉이 공쥬의 젼ᄒᆞ여 부ᄅᆞ믈 어더야 비로쇼 침궁의 드러가믈 허ᄒᆞ고 그러치 아니면 궁문 ᄐᆡ감이 모다 가로막ᄂᆞᆫ지라.

이ᄂᆞᆯ ᄂᆞᄌᆞᄆᆡ 죠쟝ᄉᆞ(趙長史)의 쳐 왕시(王氏) 요화다려 무ᄅᆞᄃᆡ,

“하ᄂᆞᆯ이 임의 ᄂᆞ젓시니 가히 부마ᄅᆞᆯ 블너 드리ᄌᆞ.”

ᄒᆞ니 요홰 잠 【51】 잠ᄒᆞ거ᄂᆞᆯ 드ᄃᆡ여 령ᄒᆞ여 드러오게 ᄒᆞ니, 져 쥬군좌ᄂᆞᆫ 복왕과 더브러 다ᄅᆞ미 업ᄂᆞᆫ지라. 온존(溫存)ᄒᆞᆯ 쥴도 모로고 슈쟉ᄒᆞᆯ 쥴도 모로고, 방의 드러오ᄆᆡ, 다만 ᄋᆡ걸ᄒᆞ여 일족 ᄌᆞ기ᄅᆞᆯ 구ᄒᆞᆯ ᄯᆞᄅᆞᆷ이러라.[232]

번거ᄒᆞᆫ 말은 그만두고 임의 쥬황친(周皇親)의 집의셔 례ᄅᆞᆯ ᄀᆞᆺ쵸와 신ᄒᆡᆼᄒᆞ여 오게 ᄒᆞᄂᆞᆫᄃᆡ 혼개(渾家) 목을 늘히여 바라더라.

지셜 무ᄋᆡ지 즉시 회례(回禮)ᄅᆞᆯ 판비ᄒᆞ고, 인부ᄅᆞᆯ 분비ᄒᆞ고, 칠개 ᄌᆞ녀로 ᄒᆞ여곰 【52】 셜비봉(薛比鳳)·ᄇᆡᆨ우옥·황금슌과 밋 량개 ᄐᆡ감으로 ᄀᆞᆺ치 근슈(跟隨)ᄒᆞ여 가게 ᄒᆞ니, 요홰 부마와 ᄀᆞᆺ치 무ᄋᆡᄌᆞ긔 하직ᄒᆞ고 즉시 발ᄒᆡᆼᄒᆞ여 쥬가의 니ᄅᆞᄆᆡ, 쥬황친이 합가(合家) 권쇽을 거ᄂᆞ리고 셩문 어귀의 잇셔 영졉ᄒᆞ여 졍쳥(正廳)의 니ᄅᆞ러 몬져 군신의 례ᄅᆞᆯ ᄒᆡᆼᄒᆞᆫ 연후의 묘현례(廟見禮)ᄅᆞᆯ ᄒᆡᆼᄒᆞ고 ᄃᆡ연을 비셜ᄒᆞ여 모든 친권을 쳥ᄒᆞ여 와 뫼시게 ᄒᆞ고 삼ᄉᆞ일을 번요이 지ᄂᆡᄆᆡ, 요홰 심히 괴롭게 아라 다만 병이 【53】 잇다 핑계ᄒᆞ고, 인ᄒᆞ여 옴겨 화루샹(花樓上)의 니ᄅᆞ러 헐슉ᄒᆞ여 ᄡᅥ 번요ᄒᆞᆫ 거ᄉᆞᆯ 피ᄒᆞ고, 일간의 다만 문란(文鸞)의 ᄌᆞᄆᆡ 뫼셔 지ᄂᆡ고, 져녁은 쥬군좨 와셔 동탑(同榻)ᄒᆞᄂᆞᆫ지라. 요홰 호흡ᄒᆞᄂᆞᆫ 공부ᄅᆞᆯ ᄭᆡ치고 ᄯᅩ 탄토(呑吐)ᄒᆞᄂᆞᆫ 공부ᄅᆞᆯ 더ᄒᆞ여 쥬군좌ᄅᆞᆯ 가져 희롱ᄒᆞ여 회젹골닙ᄒᆞ고, 형용이 고고(枯槁)ᄒᆞ여 ᄡᅥ로 피ᄒᆞ여 가ᄃᆡ, 요홰 ᄀᆞᆺᄐᆞ여 부ᄅᆞ지ᄂᆞᆫ 아니ᄒᆞ고, 져ᄅᆞᆯ 맛겨 거ᄅᆡᄅᆞᆯ 임의로 ᄒᆞ게 ᄒᆞ더라.

일야ᄂᆞᆫ 쥬문란 【54】 란의 곳의 잇셔 셜화ᄅᆞᆯ 오ᄅᆡ ᄒᆞᄆᆡ 비복비 함긔 임의 잠이 깁고 요홰 홀노 도라 원즁의 니ᄅᆞᄆᆡ, 홀연 드ᄅᆞ니 가산(假山) 뒤히셔 인긔쳑이 잇ᄂᆞᆫᄃᆡ 엇던 사ᄅᆞᆷ이 피ᄒᆞ여 쥭림 쇽으로 드러가ᄂᆞᆫ지라. 심즁의 ᄉᆡᆼ각ᄒᆞᄃᆡ,

‘이 황친의 집 쇽의 엇지 도젹이 이시리오?’

ᄒᆞ고 드ᄃᆡ여 치마폭을 도도ᄆᆡ고 좃ᄎᆞ 쥭림 쇽의 드러가니 일개 인이 ᄯᅡ 아ᄅᆡ 업ᄃᆡ여 움즉이지 아니ᄒᆞ거ᄂᆞᆯ, 요홰 몸ᄡᅳᄂᆞᆫ 법을 부려 돌연이 쇼ᄉᆞ 가 【55】 셔 옷깃ᄉᆞᆯ 줍고 기인을 가져 ᄭᅳ을고 화루 앏히 니ᄅᆞ러 ᄯᅡᄒᆞᆯ 향ᄒᆞ여 한 번 더지ᄆᆡ 기인이 밋그러지며 ᄲᅣᆷ을 가리고 동치 ᄒᆞ니ᄒᆞ거ᄂᆞᆯ, 요홰 다시 져ᄅᆞᆯ 줍아 ᄭᅳ러 일희여 흑암(黑暗) 즁의 ᄌᆞ셰히 보니, 일개 ᄇᆡᆨ졍ᄒᆞᆫ 쇼아로 년긔 겨유 슈십 셰ᄂᆞᆫ 된지라. 인ᄒᆞ여 무ᄅᆞᄃᆡ,

“네가 엇던 사ᄅᆞᆷ으로 여긔 니ᄅᆞ러 무ᄉᆞᆫ 일을 ᄒᆞ려 ᄒᆞᄂᆞ냐? 네가 명ᄇᆡᆨ히 말ᄒᆞ면 ᄂᆡ 믄득 노화 쥬려니와 만일 쟝두은미(藏頭隱尾)ᄒᆞ다가ᄂᆞᆫ ᄂᆡ가 믄 【56】 득 쇼시 무리ᄅᆞᆯ 시겨 너ᄅᆞᆯ ᄆᆡ여 다라 두엇다가 명일의 국쟝(國丈)의 곳의 보ᄂᆡ여 쾌히 쳐 쥭이리라.”

그 쇼ᄋᆡ ᄡᅮ러 고두ᄒᆞ며 니로ᄃᆡ,

“공쥬긔셔 술녀 쥬시면 ᄂᆡ가 감히 말ᄒᆞ리라.”

ᄒᆞ거ᄂᆞᆯ, 요홰 니로ᄃᆡ,

“쾌히 말ᄒᆞ면 ᄂᆡ 믄득 요ᄃᆡᄒᆞ여 쥬리라.”

그 ᄋᆞᄒᆡ ᄃᆡ답ᄒᆞᄃᆡ,

“쇼인은 이 부즁 격벽의 잇ᄂᆞᆫ ᄂᆡ웃 ᄋᆞᄒᆡ로 샹히[233] 이 ᄃᆡᆨ의 츌입ᄒᆞ기ᄅᆞᆯ 익이 ᄒᆞ여 이 쇼져와 삼쇼져로 어려셔브터 한 곳의셔 유희ᄒᆞ더니, 이졔 쇼져 무리의 【57】 언약을 니어 그 방즁의 드러가 ᄲᅡᆨ지어 놀녀 ᄒᆞᄂᆞᆫᄃᆡ, 감히 ᄃᆡ쳥 우흐로 죠ᄎᆞ 가지ᄂᆞᆫ 못ᄒᆞ고 화원 안흐로 죠ᄎᆞ 둘너 져

232) 이곳에 외설적인 대목의 원문 1,600여 자 번역 생략됨.

233) 【샹히】 [副] 늘. 항상(恒常). ¶ 素常 ‖ 쇼인은 이 부즁 격벽의 잇ᄂᆞᆫ ᄂᆡ웃 ᄋᆞᄒᆡ로 샹히 이 ᄃᆡᆨ의 츌입ᄒᆞ기ᄅᆞᆯ 익이 ᄒᆞ여 이 쇼져와 삼쇼져로 어려셔브터 한 곳의셔 유희ᄒᆞ더니 (小人是周府上隔壁的隣佑, 素常出入慣的, 與二小姐、三小姐自幼一處遊戲.) <瑤華 12:56> ⇒ 샹해

각문(脚門) 가의 니르러 드러가려 ᄒᆞ노라."

요홰 니로ᄃᆡ,

"져 각문은 어ᄃᆡ가 잇ᄂᆞ냐?"

그 아히 ᄉᆞᆫ을 드러 가ᄅᆞ치ᄃᆡ,

"져 화청간(花廳間) 뒤희 잇ᄂᆞᆫᄃᆡ 제가 임의 사ᄅᆞᆷ을 보ᄂᆡ여 거긔 잇셔 등후ᄒᆞᆫ다."

ᄒᆞ거ᄂᆞᆯ, 요홰 무ᄅᆞᄃᆡ,

"다시 량위 쇼져 업시 모다 네 가셔 ᄶᅡᆨ지어 노ᄂᆞ냐? 맛츰ᄂᆡ 이 쇼졔냐 삼 쇼졔냐?"

그 아히 ᄃᆡ답ᄒᆞ【58】ᄃᆡ,

"실노이 삼쇼져로 더브러 그리 ᄒᆞ고, 져 이 쇼져ᄂᆞᆫ 별노이 다른 사ᄅᆞᆷ이 잇다."

ᄒᆞ거ᄂᆞᆯ, 요홰 심즁의 혜아리ᄃᆡ,

"ᄂᆡ가 샹히 여긔 잇지 아니ᄒᆞᆯ 터인ᄃᆡ 엇지 괴로이 남의 집 악쳐를 드러ᄂᆡ리오?"

드ᄃᆡ여 ᄯᅩ 무ᄅᆞᄃᆡ,

"네 말이 진젹(眞的)ᄒᆞ냐?"

아히 ᄃᆡ답ᄒᆞᄃᆡ,

"공쥬 면젼의셔 감히 거즛말ᄒᆞ리오? 만일 밋지 아니커든 가히 나를 압녕ᄒᆞ여 져 각문가의 니ᄅᆞ러 그 곳의셔 나를 기다리ᄂᆞᆫ 사ᄅᆞᆷ다려 무러 보면 믄득 학실ᄒᆞ리【59】라."

요홰 우ᄉᆞ며 니로ᄃᆡ,

"삼 쇼져의 낫출 보와 너를 요ᄃᆡᄒᆞ여 노화 보ᄂᆡᄂᆞ니라."

그 아히 머리를 ᄡᅡ고 쥐 숨듯 닷더라. 요홰 루즁의 도라오니 쇼란이 ᄭᆡ닷고 ᄲᅡᆯ니 와 침슈(寢睡)ᄒᆞ믈 ᄉᆞ후ᄒᆞ거ᄂᆞᆯ, 요홰 아올나 눕지 아니ᄒᆞ고 의구히 좌공ᄒᆞ며 심즁의 ᄉᆡᆼ각ᄒᆞ여 니로ᄃᆡ,

"문란은 이왕 ᄉᆞ회234)를 어더 드ᄅᆞ니, 그 ᄉᆞ회 공명ᄒᆞᆯ ᄆᆞ옴이 급ᄒᆞ여 다만 경즁의 잇셔 두류(逗留)ᄒᆞᆫ다 ᄒᆞ미 제가 고젹ᄒᆞ믈 견ᄃᆡ지 못ᄒᆞ【60】여 ᄉᆞᄉᆞ로이 사ᄅᆞᆷ으로 더브러 통간ᄒᆞ미 임의 경리의 당치 못ᄒᆞ거ᄂᆞᆯ, 치란(彩鸞)의 니ᄅᆞ러ᄂᆞᆫ 도로혀 츌가ᄂᆞᆫ 아니ᄒᆞ여시나 믄득 즐겨 ᄉᆞᄅᆞᆷ으로 더브러 ᄉᆞ통ᄒᆞ니 이거시 무ᄉᆞᆫ 가법이 되며, ᄯᅩ 황친의 년긔가 칠십여 셰 되엿ᄂᆞᆫᄃᆡ 방즁의 허다ᄒᆞᆫ 희쳡을 두어시니 보기의 ᄯᅩᄒᆞᆫ 청졍ᄒᆞ기 어려온지라. ᄂᆡ러ᄒᆞᆫ 더러온 믈 쇽의 엇지 오ᄅᆡ 머믈니오? 명일의 모롬즉이 고ᄒᆞ고 쟝샹의 도라가 ᄲᅧ 구셜을 면ᄒᆞ【61】리라."

ᄒᆞ고, 쥬의를 졍ᄒᆞ미 차일의 쥬황친긔 하직을 고ᄒᆞ니 쥬황친이 그릇 부마의 부즁이 죠셩못되여 그리ᄒᆞᄂᆞᆫ 쥴노 알고, 감히 구지 머무ᄅᆞ지 못ᄒᆞ여 인ᄒᆞ여 군좌로 ᄒᆞ여곰 ᄲᅡᆼᄲᅡᆼ이 도라가게 ᄒᆞ고, 아올나 ᄒᆞ여곰 경셩의 드러가 ᄉᆞ은ᄒᆞ고 두루 쳐당(妻黨)을 ᄎᆞᄌᆞ보게 ᄒᆞ고, 드ᄃᆡ여 발힝ᄒᆞ여 난호와 두 힝ᄎᆞ를 지어 요화ᄂᆞᆫ 쟝샹으로 오고, 군좌ᄂᆞᆫ 경셩으로 드러가더라.

요홰 장(莊)의 도라오미 무ᄋᆡᄌᆞ【62】로 더브러 호흡과 탄토ᄒᆞᄂᆞᆫ 공부를 더욱 강구ᄒᆞ여 경긔를 죠양ᄒᆞᆯᄉᆡ, 무ᄋᆡ지 요화의 말ᄒᆞᄂᆞᆫ 바를 드ᄅᆞ미 임의 유익ᄒᆞᆫᄃᆡ 나아간 듯ᄒᆞᆫ지라. 인ᄒᆞ여 니로ᄃᆡ,

"너의 평일 말ᄒᆞᄂᆞᆫ 바를 의거ᄒᆞ미 임의 그 묘오(妙奧)ᄒᆞᆫ 거술 어덧시나 오히려 경슉(精熟)지ᄂᆞᆫ 못ᄒᆞ니 모롬즉이 급히 경양(靜養)ᄒᆞᄂᆞᆫ 공부를 더ᄒᆞ여야 바야흐로 깁히 고동235) 쇽을 ᄯᅮ러 드러갈 거시니 좌공 아니면 되지 못ᄒᆞᆯ지라. 네가 이졔 쥬야【63】를 구ᄋᆡ치 말고 모롬즉이 일심으로 좌공ᄒᆞ므로 쥬쟝을 삼으라."

요홰 명을 죠ᄎᆞ려 ᄒᆞ더니, 홀연 쟝기덕(張其德)이 밧그로셔 드러오며 일봉 셔신을 드리고 픔ᄒᆞᄃᆡ,

"변량 령시 보ᄒᆞ여 말ᄒᆞ기를 왕비 낭낭긔셔 풍병(瘋病)이 더옥 침즁ᄒᆞ여 근일은 블셩인ᄉᆞᄒᆞ시기로, 쟝시 셔신을 브쳐 쇼시로 ᄒᆞ여곰 공쥬긔 픔ᄒᆞ여 벅벅이 변량셩의 니ᄅᆞ러 관병(觀病)ᄒᆞ여 ᄲᅧ 륜리를 온젼케 ᄒᆞ라 ᄒᆞ엿다."

ᄒᆞ엿거ᄂᆞᆯ, 무ᄋᆡ【64】지 니로ᄃᆡ,

"ᄂᆡ 혬ᄒᆞ여 보니 네가 효복(孝服)이 몸의 림ᄒᆞᆫ다 ᄒᆞ더니 이거시 가히 응ᄒᆞ미 되도다. 져 셔신은 ᄉᆡᆼ각건ᄃᆡ 왕애 가ᄅᆞ쳐 ᄡᅳ신 거시라."

---

234) 【ᄉᆞ회】 명 사위. ¶ 婿 ‖ 문란은 이왕 ᄉᆞ회를 어더 드ᄅᆞ니 그 ᄉᆞ회 공명ᄒᆞᆯ ᄆᆞ옴이 급ᄒᆞ여 다만 경즁의 잇셔 두류ᄒᆞᆫ다 ᄒᆞ미 제가 고젹ᄒᆞ믈 견ᄃᆡ지 못ᄒᆞ여 (文鸞業已招婿, 聞知其婿巴急功名, 只在京中逗留.) <瑤華 12:59> ⇒ 사회, ᄉᆞ외, ᄉᆞ회

235) 【고동】 명 고동. 기계를 작동(作動)시키는 장치. ¶ 關鍵 ‖ 모롬즉이 급히 경양ᄒᆞᄂᆞᆫ 공부를 더ᄒᆞ여야 바야흐로 깁히 고동 쇽을 ᄯᅮ러 드러갈 거시니 좌공 아니면 되지 못ᄒᆞᆯ지라 (急須重下靜養工夫, 方得深入關鍵, 非打坐不可.) <瑤華 12:62>

ᄒᆞ고, 드ᄃᆡ여 ᄶᅢ혀 보니 과연 왕야의 지휘를 밧드러 ᄒᆞᆫ지라. 드ᄃᆡ여 니로ᄃᆡ,

"이 한 번 ᄒᆡᆼᄒᆞᄂᆞᆫ 거슨 결단코 그만두지 못ᄒᆞᆯ지라. 네 가히 져 무리를 분부ᄒᆞ여 ᄒᆡᆼ쟝을 슈습ᄒᆞ여 가지고 ᄲᆞᆯ니 가셔 왕야의 긔렴(記念)ᄒᆞ믈 위로ᄒᆞ고 궁듕(宮中)의셔 쟝ᄉᆞ 범ᄇᆡᆨ을 【65】 됴리ᄒᆞᄂᆞᆫ 거ᄉᆞᆯ 능히 남의게 미지 못ᄒᆞᆯ지니, ᄯᅩᄒᆞᆫ 가히 ᄃᆡ신 판리ᄒᆞ게 ᄒᆞ고, ᄯᅩᄒᆞᆫ 그 즁이라도 모름즉이 번요ᄒᆞᆫ 거ᄉᆞᆯ 견ᄃᆡ고 좌공을 련습ᄒᆞ다가 일이 맛거든, 지톄 말고 왕야긔 품ᄒᆞ고 쟝샹의 도라와 ᄌᆞ긔의 긴요ᄒᆞᆫ 일을 판리케 ᄒᆞ라."

요홰 드ᄅᆞ미 심히 유리ᄒᆞᆫ지라. 드ᄃᆡ여 ᄒᆡᆼ구를 슈습ᄒᆞ여 가지고, 쥬쳥ᄃᆡ(周青黛)로 ᄒᆞ여곰 인부를 판비케 ᄒᆞ고, 쵸엽과 하향과 쇼란과 욱니 ᄉᆞ개 【66】 를 근슈(跟隨)케 ᄒᆞ고, ᄯᅩ 쳥ᄃᆡ를 분부ᄒᆞ여 ᄐᆡ감 량명과 부ᄉᆞ 일명으로 ᄀᆞᆺ치 길의 잇셔 죠응ᄒᆞ게 ᄒᆞ고, 무의ᄌᆞ긔 하직ᄒᆞ고 발ᄒᆡᆼᄒᆞ여 길의 잇신 지 오일 만의 왕부의 니ᄅᆞ러 왕긔 문안ᄒᆞ고 쟝샹의 ᄉᆞ졍을 ᄃᆡ강 말ᄒᆞ며 쳥ᄃᆡ ᄯᅩ 무의ᄌᆞ를 ᄃᆡ신ᄒᆞ여 문안ᄒᆞ니, 왕이 ᄲᆞᆯ니 긔동ᄒᆞ여 회답ᄒᆞ고 요홰 ᄯᅩ 왕비의 병증을 무ᄅᆞ니, 왕이 니로ᄃᆡ,

"그곳의셔 관ᄉᆞ(管事)ᄒᆞᄂᆞᆫ 궁녀의 말을 드ᄅᆞ미, 몟날을 지ᄂᆡ지 못ᄒᆞ 【67】 깃시니 네가 가셔 한번 보면 믄득 알니라."

요홰 니러 침궁의 니ᄅᆞ미, 쇼란 등이 거긔 잇셔 ᄒᆡᆼ쟝을 안돈ᄒᆞᄂᆞᆫ지라. 드ᄃᆡ여 안ᄌᆞ 잠간 쉬고 쇼란과 욱니로 더브러 ᄒᆞᆷ긔 후루샹(後樓上)의 니ᄅᆞ니 왕비 악믜(萼梅)로 더브러 량인이 ᄲᅥᆺᄲᅥᆺ이 벼ᄀᆡ 우히 누엇고, 두 눈을 즉시ᄒᆞ며 잇다감 고함을 ᄂᆡ여 어ᄌᆞ러이 부ᄅᆞ나, 목구무가 쉬믈 인ᄒᆞ여 고함ᄒᆞ미 심히 크지 못ᄒᆞ고 련ᄒᆞ여 눈을 감고 쳔식ᄒᆞ미 보기의 능히 오ᄅᆡ 【68】 지 못ᄒᆞᆯ지라. 드ᄃᆡ여 침궁으로 도라와 쟝ᄉᆞ비를 부촉ᄒᆞ여 가마니 낭낭의 신후ᄉᆞ(身後事)를 판비케 ᄒᆞ더라.

쥬군쇄 부(府)의 니ᄅᆞ러 쳥알(請謁)ᄒᆞ기를 구ᄒᆞ거ᄂᆞᆯ, 요홰 드ᄃᆡ여 블너드려 피ᄎᆞ의 안부를 무ᄅᆞᆫ 후의,

"ᄉᆞ은ᄒᆞ고 엇지ᄒᆞ여 즉시 쟝샹으로 도라오지 아니ᄒᆞ엿ᄂᆞ냐?"

군쇄 니로ᄃᆡ,

"신샹이 편치 못ᄒᆞ믈 인ᄒᆞ여 그 곳의 잇셔 의원을 구ᄒᆞ여 보더니 다ᄒᆡᆼ이 약을 잘 먹어 슈일 동안의 미오 낫고 오히 【69】 려 보졔를 먹는다."

ᄒᆞ거ᄂᆞᆯ, 요홰 니로ᄃᆡ,

"네 가히 여긔 잇셔 슈일을 지톄ᄒᆞ라. 왕비긔셔 ᄉᆞ괴(事故) 잇시량이면 다시 오기를 면케 ᄒᆞ라."

군쇄 답응ᄒᆞ더라. 요홰 죠셕의 왕의 궁듕의 니ᄅᆞ러 문안ᄒᆞ고 왕비의 병셰 위독ᄒᆞ믈 칭도(稱道)ᄒᆞᄃᆡ, 왕은 죵릭 ᄋᆡ련(哀憐)ᄒᆞ여 아니ᄒᆞ고 도로혀 깃거ᄒᆞ거ᄂᆞᆯ, 요홰 깁히 그른 쥴노 아나 감히 발구(發口)ᄂᆞᆫ 못ᄒᆞ더라.

사오일을 지나더니 궁녀 급히 와 픔ᄒᆞᄃᆡ,

"낭낭긔셔 악 【70】 미로 더브러 긔운이 막혀 계시다."

ᄒᆞ거ᄂᆞᆯ, 요홰 ᄲᆞᆯ니 가셔 보니 임의 훙셔(薨逝)ᄒᆞ엿ᄂᆞᆫ지라. 즉시 거ᄋᆡ발상(擧哀發喪)ᄒᆞ고 령ᄉᆞ를 분부ᄒᆞ여 샹쳥(喪廳)을 지으라 ᄒᆞ고, 음양싱(陰陽生)으로 ᄒᆞ여금 일시를 갈히여 념습(殮襲)ᄒᆞᄂᆞᆫ 일을 료리ᄒᆞ고 아올나 왕비의 본겻히[236] 통부(通訃)ᄒᆞ고 례졀을 안(按)ᄒᆞ여 닙관셩복(入棺成服)ᄒᆞ더라.

요홰 비록 임의 츌가ᄂᆞᆫ ᄒᆞ엿시나 왕긔 ᄉᆞ쇽(嗣續)이 업ᄉᆞ믈 인ᄒᆞ여 다만 시러곰 잠간 ᄋᆞ돌의 직분 【71】 을 ᄃᆡ신ᄒᆞ여 참쵀지복(斬衰之服)을 ᄀᆞ쵸고 쥬군좌ᄂᆞᆫ 반ᄌᆞ지복(半子之服)을 닙고 련일 슈죠(受吊)ᄒᆞ더라.

요화ᄂᆞᆫ 이곳의셔 쟝ᄉᆞ 범ᄇᆡᆨ을 은근이 힘을 ᄡᅳᄂᆞᆫᄃᆡ, 왕은 다만 쟝ᄉᆞ비로 더브러 왕비 쇽현ᄒᆞ기를 의론ᄒᆞ고, 각쳐로 결식 규수를 탐문ᄒᆞ나 믄득 용이치 못ᄒᆞᆫ지라. 왕이 셩픔이 죠급ᄒᆞ여 날마다 쟝ᄉᆞ비로 더브러 힐칙 만ᄒᆞ니 져 무리 급ᄒᆞ여 ᄒᆞᆯ 길은 업고 다만 사ᄅᆞᆷ을 요구ᄒᆞ여 각쳐로 ᄉᆞ문ᄒᆞ여 무 【72】 ᄅᆞ미, 겨유 개봉부 됴지

---

236) 【본겻ᄒᆞ】 명 왕후의 친정. 친정 어머니. 궁중말. ¶ 母親 ‖ 즉시 거ᄋᆡ발샹ᄒᆞ고 령ᄉᆞ를 분부ᄒᆞ여 샹쳥을 지으라 ᄒᆞ고 음양싱으로 ᄒᆞ여금 일시를 갈히여 념습ᄒᆞᄂᆞᆫ 일을 료리ᄒᆞ고 아올나 왕비의 본겻히 통부ᄒᆞ고 례졀을 안ᄒᆞ여 닙관셩복ᄒᆞ더라 (隨卽擧哀發喪, 外邊搭蓋喪棚, 裏面赶着令陰陽生揀選日時, 料理入殮之事, 並報知徐妃母親知道.) <瑤華 12:70> 져근덧 견ᄃᆡ여 문이나 열거든 본겻ᄒᆞᆯ 만나 보오샤 ᄋᆡ미코 셜운 말ᄉᆞᆷ을 통ᄒᆞ시고 <셔궁 1:56> ⇒ 본겻ᄎᆞ

부(趙知府)가 녀ᄋᆞ를 두엇ᄂᆞᆫᄃᆡ, ᄌᆡ뫼 빵전ᄒᆞ고 아직 빙폐를 기ᄃᆞ린다 ᄒᆞ며 드ᄅᆞ니 쟝샹의 와셔 공쥬와 ᄀᆞᆺ치 시회(詩會)를 ᄒᆞ엿다 ᄒᆞᄂᆞᆫ지라. ᄌᆞ셰히 아라보고 왕긔 픔ᄒᆞ니 맛쵸와 요홰 와셔 문안ᄒᆞᄂᆞᆫ지라. 왕이 요화다려 무ᄅᆞᄃᆡ,

"됴지부의 녀ᄋᆡ ᄉᆡᆼ기미 엇더ᄒᆞ냐? 네가 ᄌᆞ연 보왓시리라."

요홰 드ᄅᆞᄆᆡ ᄆᆡ오 깃거 극진이 칭찬ᄒᆞ니, 왕은 본ᄃᆡ 호ᄉᆡᆨᄒᆞᄂᆞᆫ 무리라. 녀ᄋᆞ의 ᄭᅬ이믈 듯 【73】 고 ᄉᆡᆼ각ᄒᆞᄆᆡ, 반ᄃᆞ시 죠ᄒᆞᆯ지라. 드듸여 쟝ᄉᆞ로 ᄒᆞ여곰 명텹을 가지고 포뎡ᄉᆞ(布政司)의게 즁ᄆᆡ되기를 청탁ᄒᆞ니 져 포뎡ᄉᆡ 감히 어긔지 못ᄒᆞ여 즉시 됴지부를 청ᄒᆞ여 말ᄒᆞ더니, 됴지뷔 왕의 ᄒᆡᆼᄉᆡ 블미ᄒᆞ므로 ᄲᅧ ᄌᆡ삼 츄탁(推託)ᄒᆞᄂᆞᆫ지라. 왕이 련쇽히 ᄌᆡ쵹ᄒᆞᄆᆡ 포뎡ᄉᆡ ᄯᅩ 감히 그만 잇지 못ᄒᆞ여 다만 굴너 동뇨로 ᄒᆞ여곰 져를 권ᄒᆞ여 윤죵케 ᄒᆞ며 듯지 아니ᄒᆞ다가ᄂᆞᆫ ᄉᆞ단을 인련ᄒᆞ여 【74】 벼술의 ᄒᆡ로오리라 ᄒᆞ니, 됴지뷔 비각(排却)지 못ᄒᆞ여 다만 허락ᄒᆞ거ᄂᆞᆯ, 왕이 ᄃᆡ희ᄒᆞ여 즉시 빙폐를 보ᄂᆡ고 ᄉᆞ월 쵸의 믄득 ᄒᆡᆼ례ᄒᆞ려 ᄒᆞ니, 됴지뷔 ᄒᆞ기를 일ᄌᆞ가 너모 쵹박ᄒᆞ여 능히 쟝념졔구(粧奩諸具)를 판비치 못ᄒᆞᆫ다 ᄒᆞ거ᄂᆞᆯ, 왕이 말을 보ᄂᆡ여 니로ᄃᆡ,

"쟝념은 궁듕의 다 잇ᄂᆞᆫ 거시니 별노이 판비치 말고 만일 그져 두기가 어렵거든 졀가(折價)를 ᄒᆞ여 보ᄂᆡ면 도로혀 량편(兩便)ᄒᆞ리라."

됴 【75】 지뷔 어긔기 어려오믈 료량ᄒᆞ고 다만 그ᄃᆡ로 ᄒᆞ더라.

ᄌᆡ셜, 궁듕의셔 왕비를 위ᄒᆞ여 ᄉᆞ십 구일 슈륙도쟝(水陸道場)을 경긔ᄒᆞ고[237] 비로쇼 안쟝ᄒᆞᆯ시, 여러 사ᄅᆞᆷ이 분망ᄒᆞ여 일야의 잠을 못ᄌᆞ고 ᄯᅩ 왕의 ᄌᆡ취ᄒᆞᄂᆞᆫ 범ᄉᆞ를 판리ᄒᆞᄂᆞᆫ 거ᄉᆞᆫ 니로 말 아니ᄒᆞ고 요홰 옴겨 침궁 셔편 계화쳥(桂花廳) 우ᄒᆡ 잇셔 헐슉ᄒᆞ고, 낫이면 일졀 ᄉᆞ무를 쥬쟝ᄒᆞ고, 밤이 깁허야 비로쇼 ᄌᆞ긔 방듕의 니ᄅᆞ러 안침ᄒᆞ 【76】 고, 눈 굴닐 동안의 임의 길일을 당ᄒᆞᆫ지라. 혼례 범ᄇᆡᆨ을 판비ᄒᆞ기가 심히 분란ᄒᆞᄃᆡ 다ᄒᆡᆼ히 요홰 경긔ᄒᆞ믈[238] ᄌᆞ셰히 ᄒᆞ여 비로쇼 쳘ᄋᆡ[掣肘]ᄂᆞᆫ 되지 아니ᄒᆞ고, 화쵹의 례를 평안이 지ᄂᆡ더라. 당일 셕반 후의 왕이 즉시 침젼의 니ᄅᆞ러 ᄌᆡ쵹ᄒᆞ여 취침ᄒᆞᆯ시, 됴삼고(趙三姑)의 련미ᄒᆞᆫ ᄐᆡ도를 가져 한밧탕 광풍취우(狂風驟雨)ᄀᆞᆺ치 희롱ᄒᆞ여 이운 ᄭᅩᆺ과 병든 학 ᄀᆞᆺ치 일반이 된지라.

ᄎᆞ일의 묘 【77】 현례(廟見禮)를 ᄒᆡᆼᄒᆞ고 연셕을 크게 ᄇᆡ셜ᄒᆞ며 ᄂᆡ외 하ᄀᆡᆨ을 청ᄒᆞ여 ᄯᅩ 슈삼일을 분망히 지ᄂᆡ고 겨유 맛치더라.

요홰 삼고로 더브러 이왕은 시붕으로 지ᄂᆡ더니 이졔ᄂᆞᆫ 믄득 모녜 된지라. 비록 일반으로 언어와 희쇼(嬉笑)ᄂᆞᆫ ᄒᆞ나, 필경은 명분(名分)의 관계되미 잇셔 젼쳐로 의취ᄂᆞᆫ 잇지 못ᄒᆞ고, 양졍산(楊貞山)의 범졀을 무ᄅᆞ니 삼괴 니로ᄃᆡ,

"져의 거거(哥哥)가 벼술을 바리고 지나간 셰말(歲末)의 함긔 본향으로 도라갓다."

ᄒᆞ 【78】 ᄂᆞᆫ지라. 요홰 다만 니양쳥(李揚淸)을 청ᄒᆞ여다가 슈일을 노닐고 바야흐로 도라가게 ᄒᆞ며, 졍히 쟝샹으로 가려 ᄒᆞᆯ시 쥬쳥ᄃᆡ 일봉셔신을 드리거ᄂᆞᆯ, 요홰 ᄠᅥ혀보고, 즉시 발ᄒᆡᆼᄒᆞ여 가니 다만 아지 못게라 셔신 쇽의 무ᄉᆞᆫ 말을 ᄡᅧᆺᄂᆞᆫ고? 하회의 분ᄒᆡᄒᆞ라.

237) 【경긔ᄒᆞ다】 동 {경기(經紀)하다.} 중개(仲介)하다. ¶ 做 ‖ 궁듕의셔 왕비를 위ᄒᆞ여 ᄉᆞ십 구일 슈륙도쟝을 경긔ᄒᆞ고 비로쇼 안쟝ᄒᆞᆯ시 (這裡爲徐妃做了七七四十九日水陸道場, 才出殯安葬.) <瑤華 12:75> 經紀 ‖ 이인이 술을 먹으며 졍히 경긔ᄒᆞᄂᆞᆫ 일을 니ᄅᆞ더니 (二人席上正說及經紀間事.) <包公 紅衣婦 5:47>

238) 【경긔ᄒᆞ다】 동 {경기(經紀)하다.} 중개(仲介)하다. ¶ 經理 ‖ 혼례 범ᄇᆡᆨ을 판비ᄒᆞ기가 심히 분란ᄒᆞᄃᆡ 다ᄒᆡᆼ히 요홰 경긔ᄒᆞ믈 ᄌᆞ셰히 ᄒᆞ여 비로쇼 쳘ᄋᆡᄂᆞᆫ 되지 아니ᄒᆞ고 (宮中事務忙亂, 那裏分撥得淸, 幸而瑤華從無碍子經理了些事, 才不掣肘.) <瑤華 12:76>

24

회신친당쟝츌추 인샹월즉셕의졔
會新親當場出醜 因賞月卽席議題

화셜 요홰(瑤華) 경히 발힝ᄒᆞ려 ᄒᆞ더니, 쳥ᄃᆡ(靑黛) 【79】 의 가져온 편지로 무익지(無碍子) 지휘(知會)ᄒᆞ기를[239] 쥬황친이 왕장(王莊) 좌우의 잇셔 부마부(駙馬府)를 지으려 ᄒᆞ고, 도양(圖樣)을 보니엿시니 가히 도라와셔 보고 졍탈ᄒᆞ라 하엿ᄂᆞᆫ지라. 즉시 찬경(趲程)ᄒᆞ여[240] 슈일간의 쟝샹(莊上)의 니ᄅᆞ러 무익ᄌᆞ를 보고 변량(汴梁) ᄉᆞ셰를 가져 말ᄒᆞ여 알게 ᄒᆞ니, 무익지 웃고 니로ᄃᆡ,

"왕애 ᄯᅩ 엇지 괴로이 져런 비인졍(非人情)의 일을 ᄒᆞ시ᄂᆞ냐?"

요홰 니로ᄃᆡ,

"ᄉᆞ부의 말ᄉᆞᆷ을 이졔 ᄭᅵ치지 【80】 못ᄒᆞ노라."

무익지 니로ᄃᆡ,

"이후의 ᄌᆞ연 ᄭᅵ치리라."

ᄒᆞ고, 드ᄃᆡ여 부마부 도양을 쥬어 보게 ᄒᆞ니, 요홰 니로ᄃᆡ,

"져 집 일을 져다려 쥬장ᄒᆞ라 ᄒᆞᄂᆞᆫ 거시 편ᄒᆞ리라."

무익지 니로ᄃᆡ,

"비록 그러ᄒᆞ나 약간 침쟉(斟酌)ᄒᆞ여[241] 쥬어 져로 ᄒᆞ여곰 안심케 ᄒᆞ라."

요홰 드ᄃᆡ여 붓슬 드러 후문으로 죠ᄎᆞ 통ᄒᆞ여 침궁 뒤히 셔샹방ᄂᆡ(西廂房內)의 니ᄅᆞᄂᆞᆫ 거술 가져 다만 곳쳐 쥬고 령ᄉᆞ로 ᄒᆞ여곰 도로 보니더라.

무익지 【81】 ᄯᅩ 무ᄅᆞᄃᆡ,

"부미 가히 왕부의 니ᄅᆞ러 셩복ᄒᆞ며 슈응이나 ᄒᆞ더냐?"

요홰 니로ᄃᆡ,

"시종 그곳의 잇셔 왕야의 혼례를 지닌 후의야 비로쇼 경셩으로 갓다."

ᄒᆞ니, 무익지 니로ᄃᆡ,

"네가 쟝샹의 잇실 ᄯᅢᄂᆞᆫ 져로 더브러 심히 친밀치 아니ᄒᆞ엿거니와 ᄉᆡᆼ각건ᄃᆡ 부즁의 잇셔ᄂᆞᆫ 여긔보다 친밀ᄒᆞ게 구럿시리라."

요홰 니로ᄃᆡ,

"부즁의셔 총망이 지니여시니 어ᄂᆡ 곳의셔 져로 더브러 도로혀 친밀ᄒᆞ게 지니 【82】 엿시리오."

무익지 니로ᄃᆡ,

"니 드ᄅᆞ니 졔가 능히 문지도 잇고 무기(武技)도 잇다 ᄒᆞ니 필경 아지 못게라 져의 근져(根底)가 엇더ᄒᆞ더냐? 져 오기를 기ᄃᆞ려 니가 긔여히 져를 한두 가지 시험ᄒᆞ여 보리라."

요홰 니로ᄃᆡ,

"ᄉᆡᆼ각건ᄃᆡ 이십일 안의ᄂᆞᆫ ᄆᆞᆫ득 도라오리라."

경히 말ᄒᆞᄆᆡ, 쟝기덕(張其德)이 드러와 픔ᄒᆞᄃᆡ,

---

239) 【지휘ᄒᆞ다】 동 {지회(知會 zhīhuì)하다.} 알리다. 중국어 차용어. ¶ 知會 ‖ 화셜 요홰 경히 발힝ᄒᆞ려 ᄒᆞ더니 쳥ᄃᆡ의 가져온 편지로 무익지 지휘ᄒᆞ기를 (却說瑤華正要起行, 周青黛忽送一封書來, 當時拆閱, 乃是無碍子知會.) <瑤華 12:79> ⇒ 디위ᄒᆞ다, 지위ᄒᆞ다

240) 【찬경ᄒᆞ다】 동 찬정(趲程)하다. 서둘러 가다. ¶ 趕着上路 ‖ 즉시 찬경ᄒᆞ여 슈일간의 쟝샹의 니ᄅᆞ러 (卽趕着上路, 不數日間, 已到莊上.) <瑤華 12:79>

241) 【침쟉ᄒᆞ다】 동 {짐작(斟酌)하다.} ¶ 斟酌 ‖ 비록 그러ᄒᆞ나 약간 침쟉ᄒᆞ여 쥬어 져로 ᄒᆞ여곰 안심케 ᄒᆞ라 (雖然如此, 也得略爲斟酌, 使他安心.) <瑤華 12:80> ⇒ 6:17

"젼일의 와셔 무예 비교ᄒᆞ던 도괴(道姑) 왓다."

ᄒᆞ거ᄂᆞᆯ, 무ᄋᆡ지 져를 인도ᄒᆞ여 드리라 ᄒᆞ니, 한즈음이 못【83】ᄒᆞ여 아진(阿眞)이 드러와 무ᄋᆡᄌᆞ와 요화를 향ᄒᆞ여 각기 ᄒᆡᆼ녜ᄒᆞ고, 또 쇼란(素蘭) 등으로 더브러 셔로 보며, 요홰 무ᄅᆞᄃᆡ,

"네가 엇지ᄒᆞ여 오래 오지 아니ᄒᆞ엿ᄂᆞ냐?"

아진이 ᄃᆡ답ᄒᆞᄃᆡ,

"비지 시시(時時)로 와셔 문안ᄒᆞᄌᆞ ᄒᆞ나 부친의 오ᄅᆡ 신병(身病) 잇기를 인ᄒᆞ여 그러므로 능히 쇼원ᄃᆡ로 못ᄒᆞ더니 근일은 또 셔ᄀᆡᆨ(西客)의 은ᄌᆞ242) 오십만 량을 거ᄂᆞ리고 져를 보젼ᄒᆞ여 쟝안의 니ᄅᆞ러 교ᄃᆡᄒᆞ여 쥬믈 인ᄒᆞ여 금일의 특별이 와 하직【84】을 고ᄒᆞ노라."

무ᄋᆡ지 니로ᄃᆡ,

"너의 부녜 다만 집의 잇셔 평안이 지ᄂᆡ지 아니코 엇지 져런 싱계를 경영ᄒᆞᄂᆞ냐243)?"

아진이 니로ᄃᆡ,

"이거슨 구ᄎᆞ(苟且) 쇼치라."

ᄒᆞ거ᄂᆞᆯ, 요홰 무ᄅᆞᄃᆡ,

"이번 한 번 가ᄂᆞᆫᄃᆡ 능히 언마 은ᄌᆞ를 밧ᄂᆞ냐?"

아진이 니로ᄃᆡ,

"만치ᄂᆞᆫ 못ᄒᆞ고 다만 은ᄌᆞ 일쳔 오ᄇᆡᆨ 량을 밧ᄂᆞᆫ다."

ᄒᆞ니, 요홰 니로ᄃᆡ,

"로샹의셔 허다ᄒᆞᆫ 관계되ᄂᆞᆫ 거ᄉᆞᆯ 담착ᄒᆞᄂᆞᆫ244)ᄃᆡ 다만 져 몃 량 은ᄌᆞ를 밧ᄂᆞ냐?"

무ᄋᆡ지 니로ᄃᆡ,

"너ᄂᆞᆫ 부귀의 싱쟝【85】ᄒᆞ여 빈가의 고쵸ᄒᆞ믈 아지 못ᄒᆞ거든 쳔 량의 넘은 은ᄌᆞ면 져기 평안이 지ᄂᆞᆫ다 혬치ᄂᆞᆫ지라.245) 만일 져 부녀의 무예 고강(高强)치 아니면 엇지 져런 은젼이 손의 드러오랴?"

요홰 또 무ᄅᆞᄃᆡ,

"몃 ᄯᅢ의 가히 도라오ᄂᆞ냐?"

아진이 ᄃᆡ답ᄒᆞᄃᆡ,

"젹으면 반 년이오 만흐면 팔구삭이 되리라."

ᄒᆞ니 무ᄋᆡ지 니로ᄃᆡ,

"임의 져쳐럼 지톄ᄒᆞᆯ량이면246) 네가 여긔셔 몃칠 머믈너 가ᄂᆞᆫ 거시 죠흐리라."

아진이 밋쳐 ᄃᆡ답지 못ᄒᆞ여 요홰【86】이어 니로ᄃᆡ,

"아모리 젹어도 이십일은 긔여히 머믈게 ᄒᆞ라."

아진이 니로ᄃᆡ,

"만히 ᄉᆞ부와 공쥬의 은덕을 ᄉᆞ례ᄒᆞ거니와 슈일 ᄂᆡ의 긔여히 몸을 날나 ᄒᆞ미 능히 명ᄃᆡ로 못ᄒᆞ리라."

무ᄋᆡ지 니로ᄃᆡ,

"이ᄀᆞᆺ치 말을 말나. 이제 텬긔가 졈히 더우니 ᄆᆞ옴ᄃᆡ로 하지(夏至)를 지ᄂᆡ고 긔졍(起程)ᄒᆞ여야 인부 무리 쥬동(走動)ᄒᆞ기가 죠흘지라. ᄂᆡ가 쥬쟝ᄒᆞ여 ᄒᆞᄂᆞᆫ 거시니 네가 가히 다려온 노파를 시겨 몬져 도라가셔 너【87】의 부친긔 말ᄒᆞ기를 셔로 보지 못ᄒᆞ미 일삭의 지나지 아닐지니 과히 더ᄃᆡ지 아니타 ᄒᆞ라."

아진이 우ᄉᆞ며 응치 아니ᄒᆞ거ᄂᆞᆯ, 요홰 ᄡᆞᆯ니 쳥ᄃᆡ를 블너 말을 젼ᄒᆞ여 ᄂᆡ여 보ᄂᆡ여 몬져

242)【은ᄌᆞ】[명] 은자(銀子). ¶ 鏢銀 ‖ 근일은 또 셔ᄀᆡᆨ의 은ᄌᆞ 오십만 량을 거ᄂᆞ리고 져를 보젼ᄒᆞ여 쟝안의 니ᄅᆞ러 교ᄃᆡᄒᆞ여 쥬믈 인ᄒᆞ여 (近日又攬了西客的鏢銀, 要保他到長安交代.) <瑤華 12:83>

243)【경영ᄒᆞ다】[동] 경영(經營)하다. ‖ 營生 ‖ 너의 부녜 다만 집의 잇셔 평안이 지ᄂᆡ지 아니코 엇지 져런 싱계를 경영ᄒᆞᄂᆞ냐 (你父女在家安逸些罷了, 何苦又幹這營生?) <瑤華 12:84>

244)【담착ᄒᆞ다】[동] {담착(擔着)하다.} 도맡다. ¶ 擔干係 ‖ 로샹의셔 허다ᄒᆞᆫ 관계되ᄂᆞᆫ 거ᄉᆞᆯ 담착ᄒᆞᄂᆞᆫᄃᆡ 다만 져 몃 량 은ᄌᆞ를 밧ᄂᆞ냐 (路上擔多少干係, 也只得這兩個錢.) <瑤華 12:84>

245)【혬치다】[동] 셈치다. 계산하다. ¶ 算 ‖ 너ᄂᆞᆫ 부귀의 싱쟝ᄒᆞ여 빈가의 고쵸ᄒᆞ믈 아지 못ᄒᆞ거든 쳔 량의 넘은 은ᄌᆞ면 져기 평안이 지ᄂᆞᆫ다 혬치ᄂᆞᆫ지라 (你享着富貴, 不知貧家的清苦, 上千銀子也算是小康了.) <瑤華 12:85> 일승 팔인 교ᄌᆞ로 메여오게 ᄒᆞ고 남변 규구를 의방ᄒᆞ여 당의 빈례ᄒᆞ고 일양으로 평샹의 안져 쟝을 것ᄂᆞᆫ 거시 가히 취친ᄒᆞ엿다 혬치지 아니ᄒᆞ랴 (一乘八人轎子擡了來, 照南邊規矩拜了堂, 一樣坐床撒帳, 可不是算娶了親了麽.) <紅樓 96:27>

246)【지톄ᄒᆞ다】[동] 지체(遲滯)하다. ¶ 耽擱 ‖ 임의 져쳐럼 지톄ᄒᆞᆯ량이면 네가 여긔셔 몃칠 머믈너 가ᄂᆞᆫ 거시 죠흐리라 (卽有這些時耽擱, 你須多住幾天去.) <瑤華 12:85> ⇒ 지체ᄒᆞ다

아진의 다리고 온 노파를 가져 차를 셰ᄂᆡ여 쥬어 변량의 도라가셔 말ᄒᆞ기를 '쇼쥬인이 여긔 잇셔 노닐다가 하지(夏至)를 지ᄂᆡ고 비로쇼 도라간다' ᄒᆞ고, 그쳐럼 ᄒᆞ라 ᄒᆞ니 아진이 긔여히 막ᄌᆞᄅᆞ려 ᄒᆞ거ᄂᆞᆯ, 요홰 쳥ᄃᆡ를 ᄉᆞ 【88】 지져 ᄒᆞ여곰 밧비 나가 젼ᄒᆞ라 ᄒᆞ니 아진이 능히 만류치 못ᄒᆞᆯ 쥴 알고, 쳥ᄃᆡ를 향ᄒᆞ여 니로ᄃᆡ,

"져져ᄂᆞᆫ 몬져 노파를 블너드리면 ᄂᆡ가 도로혀 부쵹ᄒᆞᆯ247) 말이 이시니, 져다려 ᄒᆞ여곰 듯고 가게 ᄒᆞ라."

요홰 니로ᄃᆡ,

"너다려 ᄉᆞᄉᆞ로이 거ᄌᆺ말노 부쵹ᄒᆞ기를 허치 아니ᄒᆞ노라."

아진이 니로ᄃᆡ,

"임의 ᄉᆞ부와 공쥬의 아ᄅᆞᆷ다온 ᄯᅳᆺ을 이어 비ᄌᆞ로 ᄒᆞ여곰 몃칠을 머믈게 ᄒᆞ시니 엇지 봉승(奉承)치248) 아닐 ᄂᆡ가 잇【89】시리오? ᄂᆡ가 말ᄒᆞᄌᆞ ᄒᆞᄂᆞᆫ 거ᄉᆞᆫ 도로혀 다ᄅᆞᆫ 일이라."

ᄒᆞ니, 무ᄋᆡ지 니로ᄃᆡ,

"그러ᄒᆞ여야 비로쇼 우리 무리의게 의합ᄒᆞᆫ ᄉᆞ롬이 되리라."

한즈음의 노픠 드러오거ᄂᆞᆯ 아진이 블너 겻ᄒᆡ 셰우고 한 ᄎᆞ례 부쵹ᄒᆞ고 인ᄒᆞ여 몬져 도라가라 ᄒᆞ니, 요홰 죠히 깃거ᄒᆞ며 당야의 아진의 힝니를 다ᄅᆞᆫ 곳의 옴기지 말게 ᄒᆞ고, ᄆᆞᆫ득 침궁 안의 안돈ᄒᆞ여 쥬졉게 ᄒᆞ고, ᄯᅩ 년꼿치 픠엿ᄂᆞᆫ지 아니픠엿ᄂᆞᆫ지 아라오라 ᄒᆞ【90】니, 무ᄋᆡ지 니로ᄃᆡ,

"일젼의 ᄂᆡ가 은치하(殷彩霞)의 말을 드ᄅᆞ니 년꼿치 쟝ᄎᆞᆺ 픠ᄂᆞᆫᄃᆡ, 금년은 공쥐 복졔(服制)가 이시니 아지 못게라 가셔 구경ᄒᆞ실ᄂᆞᆫ지? 만일 가려 ᄒᆞ시면 ᄇᆡ 부릴 쥴 아ᄂᆞᆫ 녀ᄌᆞ를 몬져 지휘(知會)ᄒᆞ여249) 등ᄃᆡᄒᆞᆫ다."

ᄒᆞ더라. 요홰 ᄃᆡ답ᄒᆞᄃᆡ,

"례문을 논란ᄒᆞ면 본ᄃᆡ 맛당히 삼년샹을 닙으리라."

무ᄋᆡ지 니로ᄃᆡ,

"녀ᄌᆞ의 삼년샹은 츌가 여부를 난홀 거시오 허믈며 너의 싀부(媤父)250)가 오히려 계시니 본 【91】 집 삼년샹은 ᄯᅩᄒᆞᆫ 도리ᄂᆞᆫ 그러ᄒᆞ나 싀가의셔 반ᄃᆞ시 말이 잇실 거시오, ᄯᅩ 왕애 그 일을 강구ᄒᆞ여 쥬지 아니코 왕비 낭낭이 쇼츌이 업ᄉᆞ니 ᄆᆞᆫ득 강복(降服)ᄒᆞᆫ다 ᄒᆞ여도 될 거시니, ᄂᆡ 쥬견(主見)으로 ᄒᆞ면 변량의 가거든 례졔(禮制)를 죠ᄎᆞ 삼년샹을 ᄒᆞ고, 만일 쟝샹(莊上)의 이시량이면 구ᄐᆡ여 그리 마라. ᄲᅧ 두 집 례졀을 온젼케 ᄒᆞ라."

요홰 올타 일커ᄅᆞ니 무ᄋᆡ지 니로ᄃᆡ,

"임의 올타 ᄒᆞ면 ᄆᆞᆫ득 가히 아진과 ᄀᆞᆺ치 년꼿 【92】 출 하로 구경ᄒᆞ여 쥬인의 졍의를 펴게 ᄒᆞ다."

요홰 응락ᄒᆞ고 쟝기덕을 분부ᄒᆞ여,

"만일 년꼿치 픠거든 젼년 모양으로 지샹(池上)의 가셔 구경ᄒᆞ믈 판비케 ᄒᆞ라."

기덕이 젼ᄒᆞ라 나가더라.

---

247) 【부쵹ᄒᆞ다】 [동] {부쵹(咐囑)하다.} 부탁하다. ¶ 囑咐 ‖ 져져ᄂᆞᆫ 몬져 노파를 블너드리면 ᄂᆡ가 도로혀 부쵹ᄒᆞᆯ 말이 이시니 져다려 ᄒᆞ여곰 듯고 가게 ᄒᆞ라 (煩姐兒且先叫他進來, 我還有話囑咐他, 纔叫他回去.) <瑤華 12:88>

248) 【봉승ᄒᆞ다】 [동] {봉승(奉承)하다.} 아첨하다. ¶ 擡擧 ‖ 임의 ᄉᆞ부와 공쥬의 아ᄅᆞᆷ다온 ᄯᅳᆺ을 이어 비ᄌᆞ로 ᄒᆞ여곰 몃칠을 머믈게 ᄒᆞ시니 엇지 봉승치 아닐 ᄂᆡ가 잇시리오 (既承師父和公主美意, 要婢子多住幾天, 那有不中擡擧之理.) <瑤華 12:88>

249) 【지회ᄒᆞ다】 [동] {지회(知會 zhīhuì)하다.} 알리다. 중국어 차용어. ¶ 知會 ‖ 만일 가려 ᄒᆞ시면 ᄇᆡ 부릴 쥴 아ᄂᆞᆫ 녀ᄌᆞ를 몬져 지휘ᄒᆞ여 등ᄃᆡᄒᆞᆫ다 (若可以去得, 好把駕船娘預先知會他們修飾修飾.) <瑤華 12:90> ⇒ 디위ᄒᆞ다, 지위ᄒᆞ다

250) 【公公 공공】 gōnggōng <名> [궁궁] 싀아비 (譯上 親屬 58a) (方一 親屬 14b) [궁궁] 싀아비 (漢清 人倫 5:37a) (漢語 人倫 1:39b) (同上 人倫 11a) (蒙上 人倫 9b) (三學 親) 싀아비, 又曰"君舅". (課目 人倫 31b) [궁궁] 싀아비 (華抄 親屬 16b) ▼싀아비 ‖ "～喪婆存, 今年四十九歲." 싀아비ᄂᆞᆫ 죽고 싀어미 이셔 금년이 ᄉᆞ십 구 셰니이다 (包公 黑痣 8:38) [궁궁] 싀아비 ‖ "對我說那位老人是我的～。" 나를 ᄃᆡᄒᆞ여 니ᄅᆞ되 져 位 老人은 이 나의 싀아비니 (華上 21b) ▼싀부 ‖ "三年之喪, 要分在家、出嫁, 況你公公尚在, 執定三年之喪, 雖盡了在家贅婿之禮, 然周家必有言說." 녀ᄌᆞ의 삼년샹은 츌가 여부를 난홀 거시오 허믈며 너의 싀부가 오히려 계시니 본집 삼년샹은 ᄯᅩᄒᆞᆫ 도리ᄂᆞᆫ 그러ᄒᆞ나 싀가의셔 반ᄃᆞ시 말이 잇실 거시오 (瑤華 12:91)

지셜, 쥬군쇄 셩친ᄒᆞᆫ 후로브터 미식의 탐혹ᄒᆞ여 슈삭을 지닉지 못ᄒᆞ여 신샹이 이상이 허겁(虛怯)ᄒᆞ게 된지라. ᄌᆞ긔 그 연고ᄅᆞᆯ 아ᄂᆞᆫ고로 그러므로ᄡᅥ 경셩의 잇셔 착실히 신샹을 죠양ᄒᆞ여 가지고 ᄡᅥ 【93】 요화의 깃거ᄒᆞᄂᆞᆫ ᄆᆞᄋᆞᆷ을 요구ᄒᆞ려 ᄒᆞ여, ᄭᅳ러 그몸251)의 니ᄅᆞ러 비로쇼 쟝샹으로 도라오기ᄅᆞᆯ 싱각ᄒᆞ더니, ᄎᆞ시 부마부즁이 임의 죠셩되고 쥬황친이 ᄯᅩ 셔신을 붓쳐 직촉ᄒᆞᄂᆞᆫ지라. 드ᄃᆡ여 튁일 긔졍(起程)ᄒᆞ여 집의 도라와 졍셩ᄒᆞᆫ 후의 ᄯᅩ 요화의 곳의 사ᄅᆞᆷ을 부려 힘긔 반이(搬移)ᄒᆞᄌᆞ ᄒᆞ니, 요홰 심즁의 원치 아니ᄒᆞ나, 무ᄋᆡ지 니로ᄃᆡ,

"그리ᄂᆞᆫ 못ᄒᆞᆯ지라. 벅벅이 일ᄌᆞᄅᆞᆯ 졍ᄒᆞ여 져로 더브러 옴겨 【94】 들 거시니 원ᄒᆞ고 아니 원ᄒᆞ기ᄂᆞᆫ 비록 닉게 이시나 너모 고집지 말나."

ᄒᆞ니, 요홰 감히 어긔지 못ᄒᆞ여 다만 무ᄋᆡᄌᆞ긔 쳥ᄒᆞ여 륙월 쵸ᄉᆞ일을 졍ᄒᆞ여 부마부로 가려 ᄒᆞᆯ시, 그날 쥬군쇄 몬져 쟝샹의 니ᄅᆞ러 돈쳥(敦請)ᄒᆞ거ᄂᆞᆯ, 요홰 다만 ᄯᅡ라 부듕의 니ᄅᆞ니, 량가 례슈(禮數) 찰히ᄂᆞᆫ 거순 ᄡᅥ 말ᄒᆞ지 아니ᄒᆞ고, 당만(當晩)ᄒᆞ여 믄득 부즁의 잇셔 헐슉ᄒᆞᆯ시, 군좌의 몸이 임의 왕셩ᄒᆞ엿ᄂᆞᆫ지라. ᄯᅩ 모롬죽 【95】 이 가의 봉승ᄒᆞ믈 면치 못ᄒᆞ니 요홰 졍히 한 번 탄토(呑吐)ᄒᆞᄂᆞᆫ 법을 시험코ᄌᆞ ᄒᆞᄂᆞᆫ고로, ᄯᅩ 즐겨 다리고 쥬션(周旋)은 ᄒᆞ나, 그러ᄒᆞ나 ᄯᅩ 능히 오릭 견ᄃᆡ지 못ᄒᆞ여 슈일 후의 여젼이 피연(疲軟)ᄒᆞ게 된지라.

요홰 ᄉᆞᄉᆞ로 쟝샹으로 도라가고, 무ᄋᆡ지 즉시 미영으로 ᄒᆞ여곰 부듕의 도라가 톄ᄃᆡ(替代)ᄒᆞ게 ᄒᆞ나 군좌ᄂᆞᆫ 맛춤닉 그 진가ᄅᆞᆯ 분변치 못ᄒᆞ니 그 우쥰(愚蠢)ᄒᆞᆫ 거시 ᄯᅩᄒᆞᆫ 심히 우읍더라.

지셜 아진이 【96】 임의 슈십일을 두류(逗留)ᄒᆞ미 이 히ᄂᆞᆫ 륙월 쵸이일 하지(夏至)라. 맛쵸아 쵸ᄉᆞ일의 부마부로 옴겨드ᄂᆞᆫ 일을 마죠쳐 다만 참고 반이ᄒᆞᆫ 후의 치하ᄒᆞ고, 다시 힝ᄒᆞ기ᄅᆞᆯ 고ᄒᆞ려 ᄒᆞ더니, 엇지 알미 쥬부미 ᄯᅩ 쵸륙일을 갈ᄒᆞ여 크게 연셕을 버리고 두루 쟝샹의 ᄃᆡ쇼 남 부인 등을 쳥ᄒᆞᄂᆞᆫᄃᆡ 아진도 ᄯᅩᄒᆞᆫ 쳥ᄒᆞᄂᆞᆫ 슈의 든지라. 믄득 비각(排却)지 못ᄒᆞ여 그날의 니ᄅᆞ러 다만 즁인을 ᄯᅡ라가고, 이 ᄯᅢ의 미영【97】이 임의 슈틱ᄒᆞ므로 신ᄌᆡ(身子)가 블편ᄒᆞ여 홀노 머믈너 죠셥ᄒᆞ니, 요홰 알고 깁히 깃거ᄒᆞ더라.

이날 쥬군쇄 요화로 더브러 ᄀᆞᆺ치 쥬인이 된지라. 요홰 미리 군좌다려 부탁ᄒᆞᄃᆡ,

"닉당(內堂)은 다만 량셕(兩席)을 판비ᄒᆞ여 일셕은 젼혀 무ᄋᆡᄌᆞ와 아진을 쳥ᄒᆞ게 ᄒᆞ고 일셕은 네가 ᄌᆞ미와 ᄀᆞᆺ치 티티(太太)ᄅᆞᆯ 뫼셔 지닉게 ᄒᆞ고, 희ᄌᆞ(戲子) 무리ᄂᆞᆫ 젼쳥(前廳)의 잇셔 거힝케 ᄒᆞ고, 닉당의셔ᄂᆞᆫ 다만 쳥쥬(淸酒)ᄅᆞᆯ 마시ᄂᆞᆫ 거 【98】 시 도로혀 별노이 의취가 되리라."

군쇄 명ᄃᆡ로 죠ᄎᆞ 감히 어긔지 못ᄒᆞ고 좌셕ᄒᆞᄂᆞᆫ ᄯᅢ의 니ᄅᆞ러 요홰 군좌로 더브러 몬져 술을 밧고 ᄯᅩ 안ᄎᆞᄒᆞ여 잔을 바들시, 무ᄋᆡᄌᆞᄂᆞᆫ 슈셕 뎨일 위의 안고 믄득 아진과 요홰 뫼시고 뎨이셕은 군좌의 슈씨(嫂氏)가 슈셕이 되고, 문란(文鸞)의 ᄌᆞ미ᄂᆞᆫ 군좌로 더브러 빗기 안ᄌᆞ셔 음식이 두어 탁ᄌᆞᄅᆞᆯ 지닉며 술이 두어 순을 돌니미, 드ᄃᆡ여 연셕을 거두고, 무ᄋᆡ지 무ᄅᆞᄃᆡ,

【99】 "드ᄅᆞ니 부미 무예ᄅᆞᆯ 잘ᄒᆞᆫ다 ᄒᆞ니, 오릭 가ᄅᆞ쳐 쥬믈 쳥ᄒᆞ려 ᄒᆞᆫ지라. 이졔 다힝이 아진이 맛쵸와 이의 이시니, 부미 가히 놉흔 홍이 나깃ᄂᆞ냐?"

군쇄 임의 아진의 무예 잇시믈 아나, 요홰 즐겨 져로 ᄒᆞ여곰 친근ᄒᆞ게 못ᄒᆞᆯ가 두리ᄂᆞᆫ고로 죠히 기구ᄅᆞᆯ 못ᄒᆞ고 ᄯᅩ 샹히 슈단을 드러닉고ᄌᆞ ᄒᆞ나 무ᄋᆡᄌᆞ의 무예 고강ᄒᆞ믈 겁ᄒᆞ더니 이날은 췌후의 무ᄋᆡᄌᆞ의 한 말을 어드미 졍히 심회의 맛 【100】 ᄂᆞᆫ지라. 드ᄃᆡ여 니로ᄃᆡ,

"아진 져져의 슈단이 미오 죠타 ᄒᆞ니, 학싱이 져의 ᄃᆡ슈(對手)가 되지 못ᄒᆞᆯ가 두리노라."

아진이 니로ᄃᆡ,

"비지 엇지 감히 부마(駙馬)252)로 더브러 슈단을 겯우리오?"

251) 【그몸】 명 그믐. ¶ 月底 ‖ 그러므로ᄡᅥ 경셩의 잇셔 착실히 신샹을 죠양ᄒᆞ여 가지고 ᄡᅥ 요화의 깃거ᄒᆞᄂᆞᆫ ᄆᆞᄋᆞᆷ을 요구ᄒᆞ려 ᄒᆞ여 ᄭᅳ러 그몸의 니ᄅᆞ러 비로쇼 쟝샹으로 도라오기ᄅᆞᆯ 싱각ᄒᆞ더니 (所以在都中着實保養, 調治得身子精精壯壯, 以討瑤華的歡心, 所以直到五月底纔想回莊.) <瑤華 12:93> ⇒ 그믐

252) 【부마】 명 부마(駙馬). 임금의 사위. ¶ 粉侯 ‖ 비지 엇지 감히 부마로 더브러 슈단을 겯우리오 (婢子那敢與粉侯交手.) <瑤華 12:100>

무ᄋᆡ지 니로ᄃᆡ,

"이거ᄉᆞᆫ 블과 가졍간(家庭間)의셔 유희ᄒᆞᄂᆞᆫ 거시니 무어ᄉᆞᆯ 두려ᄒᆞ랴? 다만 슈단을 비교ᄒᆞ여 노닐게 ᄒᆞ라."

아진이 니로ᄃᆡ,

"임의 ᄉᆞ부의 명을 이어시니 비ᄌᆡ ᄯᅩ 죄ᄅᆞᆯ 쳥ᄒᆞ리라."

군쇄 연망히 멈츄며 니로ᄃᆡ,

"네가 오ᄂᆞᆯ날은 ᄀᆡ【101】이니 가히 이ᄌᆞᆺ치 말나."

요쇄 겻히 잇셔 니로ᄃᆡ,

"아진은 반ᄃᆞ시 쇽투ᄅᆞᆯ 쓰지 말나."

군쇄 흥을 가히 막지 못ᄒᆞᆯ지라. 몸을 닐며 니로ᄃᆡ,

"ᄂᆡ가 몬져 더러온 모양을 ᄂᆡ여 한 슈단을 부릴 거시니 너ᄂᆞᆫ 보라."

ᄒᆞ고, 드ᄃᆡ여 긴 옷ᄉᆞᆯ 버셔 바리고 두 팔 ᄯᅮᆨ을 드러ᄂᆡ고 졍듕의 잇셔 거롬을 도드며 한 가지 가슈ᄅᆞᆯ 버려 ᄆᆡᆼ회츌림(猛虎出林)ᄒᆞᄂᆞᆫ 모진 권법을 부려 ᄆᆡ오 흥치가 놉하지니, 요쇄 니로ᄃᆡ,

"ᄆᆡ오 넉넉【102】ᄒᆞ니, 다시 한 슈단을 밧고게 ᄒᆞ라."

군쇄 드ᄅᆞᄆᆡ 요쇄 이쳐럼 말ᄒᆞᄂᆞᆫ지라. 련망히 다시 한가지 취팔션(醉八仙)의 연(軟)ᄒᆞᆫ 권법을 곳치니 무ᄋᆡ지 겻흐로 죠ᄎᆞ 칭찬ᄒᆞ며 니로ᄃᆡ,

"이 한가지가 젼의 비기여 부리ᄂᆞᆫ 거시 ᄆᆡ오 죠흐니 아진아 네가 가셔 져의 긔셰ᄅᆞᆯ 파ᄒᆞ여 ᄂᆡ라."

아진이 우ᄉᆞ며 니로ᄃᆡ,

"ᄉᆞ부의 명을 죠ᄎᆞ리라."

ᄒᆞ고, 거옷ᄉᆞᆯ 버셔바리고 치마폭을 가져 도두ᄆᆡ고, 한 번 틈나ᄂᆞᆫ 거ᄉᆞᆯ 어더 부【103】ᄃᆡ쳐 드러가니 군쇄 형셰ᄅᆞᆯ 비러 한 숀을 낫쵸아 아진의 팔을 븟들고 돌연이 몸을 굴너 아진을 ᄭᅳ러 번드치랴 ᄒᆞ더니, 아진이 몸을 한 번 피ᄒᆞ며 얼풋 군좌의 뒤흘 너머셔ᄂᆞᆫᄃᆡ, 일ᄀᆡ 볼기ᄧᅡᆨ이 군좌의 이마ᄅᆞᆯ 밀쳐 너머가니 군좌의 발부리가 븟치기ᄅᆞᆯ 편치 못ᄒᆞ게 ᄒᆞ여 셤돌 아ᄅᆡᄅᆞᆯ 바라고 밋그러져 가더니, 쇼란이 맛쵸아 밧그로셔 드러오다가 져ᄅᆞᆯ 븟드러 멈츄ᄆᆡ, 군쇄 도로【104】혀 어질ᄒᆞ여 ᄒᆞᄂᆞᆫ 즁의 아진이 ᄯᅩ 와셔 치ᄂᆞᆫ 쥴노 알고 숀을 가져 한 번 닙ᄠᅳ며[253] 한 다리ᄅᆞᆯ 날녀드다가 쇼란이 븟드러 멈츄어 웃고 니로ᄃᆡ,

"만일 비ᄌᆡ 다시 한 번 들츄더면 두리건ᄃᆡ 부ᄆᆡ(駙馬)[254] ᄯᅩ 밋그러져 져곳으로 가리라."

ᄒᆞ니 어시의 만당(滿堂)이 ᄃᆡ쇼ᄒᆞ고 군쇄 다힝히 것구러지지 아니ᄒᆞᄆᆡ 믄득 한 번 웃고 긋치ᄂᆞᆫ지라. 무ᄋᆡ지 니로ᄃᆡ,

"부마의 슈단이 도로혀 ᄒᆞᆯ 만ᄒᆞ니 오날은 임의 가ᄅᆞ치믈【105】바닷노라."

군쇄 면강ᄒᆞ여 말ᄒᆞ여 니로ᄃᆡ,

"학ᄉᆡᆼ은 본ᄃᆡ 셰 다리 괴양이라.[255] 오ᄂᆞᆯ날 ᄉᆞ부의 명을 죠ᄎᆞ 더러온 ᄐᆡ도(態度)ᄅᆞᆯ 드러ᄂᆡ엿시니 이후ᄂᆞᆫ 도로혀 교도(教導)ᄒᆞ여 쥬믈 쳥ᄒᆞ노라."

무ᄋᆡ지 니로ᄃᆡ,

"권법을 말ᄒᆞᄂᆞᆫ 거시 도로혀 명ᄇᆡᆨ은 ᄒᆞ나, 다만 샹히 부리지 아니ᄒᆞ므로 슈단이 ᄉᆡᆼ쇼ᄒᆞᆫ 거시니 일업ᄂᆞᆫ ᄯᅢ의 가히 너의 죤부인이 지시ᄒᆞ여

---

253)【닙ᄠᅳ다】㊀동 벌떡 일어서다. ¶ 捽 ‖ 군쇄 도로혀 어질ᄒᆞ여 ᄒᆞᄂᆞᆫ 즁의 아진이 ᄯᅩ 와셔 치ᄂᆞᆫ 쥴노 알고 숀을 가져 한 번 닙ᄠᅳ며 한 다리ᄅᆞᆯ 날녀드다가 (君佐還在發昏, 道是阿眞又來打他, 將手一捽, 飛起一腿.) <瑤華 12:104>

254)【부ᄆᆡ】㊀명 부마(駙馬). 임금의 사위. ¶ 粉侯 ‖ 만일 비ᄌᆡ 다시 한 번 들츄더면 두리건ᄃᆡ 부ᄆᆡ ᄯᅩ 밋그러져 져곳으로 가리라 (若婢子再加一掀, 恐粉侯又要跌到那裏邊去了.) <瑤華 12:104> ⇒ 부마

255)【三脚猫 삼각묘】sānjiǎomāo <熟> 셰 다리 괴양이 *喻對技藝略知皮毛, 或徒有其表, 不中用的事物和人。‖ "學生本是~, 今日遵師父之命, 故爾獻醜, 往後還要謝師父教導." 학ᄉᆡᆼ은 본ᄃᆡ 셰 다리 괴양이라 오ᄂᆞᆯ날 ᄉᆞ부의 명을 죠ᄎᆞ 더러온 ᄐᆡ도ᄅᆞᆯ 드러ᄂᆡ엿시니 이후ᄂᆞᆫ 도로혀 교도ᄒᆞ여 쥬믈 쳥ᄒᆞ노라 (瑤華 12:105) "這些~的軍官, 見他舞得這重槍, 也便喫驚, 看他舞得蔟蔟不辨好歹也隨着羅公喝彩, 也便了了一場事, 連叔寶心中未必不自道好哩." 모든 쟝관이 뎌 듕ᄒᆞᆫ 창을 둘러 임의로 쓰믈 보고 죠흐며 사오나오믈 아디 못ᄒᆞ야 나공을 ᄯᆞ와 기리기ᄅᆞᆯ 마디 아니ᄒᆞᄂᆞᆫ디라 (隋史遺文 3:64) "物不中謂之~。" (百寶總珍集 10) "俗以事不盡善者, 謂之~。" (七修類稿 下) "無論學儒、學佛、學道, 苟得其眞, 不妨喚作一家貨, 否則爲~, 終無用處。" (瞿元立傳)

쥬믈 쳥ᄒᆞ면 ᄌᆞ연이 졍슉ᄒᆞ여지리라."

쥬문란이 겻희 잇다 【106】 가 요화ᄅᆞᆯ 쓸며 니로ᄃᆡ,

"슈슈(嫂嫂)ᄂᆞᆫ 엇지 이 씨의 우리 거거(哥哥)ᄅᆞᆯ 교도ᄒᆞ여 쥬지 아니ᄒᆞᄂᆞ뇨?"

요홰 니로ᄃᆡ,

"교도ᄒᆞ여 쥬기ᄂᆞᆫ 용이ᄒᆞᄃᆡ, 다만 한가지 믈건이 업도다."

문란이 무ᄅᆞᄃᆡ,

"무ᄉᆞᆫ 거시 업ᄂᆞ냐?"

요홰 니로ᄃᆡ,

"다ᄅᆞᆫ 거시 아니라 우피(牛皮) 옷시 업도다."

즁인이 씨닷지 못ᄒᆞ여 니로ᄃᆡ,

"엇지 우피로 의복을 지어 닙깃ᄂᆞ냐?"

요홰 다만 우ᄉᆞ며 말 아니ᄒᆞ거ᄂᆞᆯ 니운이 맛참 겻희 잇다가 졔 입부리가 쾌ᄒᆞᆫ지라. ᄃᆡ신 【107】 답ᄒᆞᄃᆡ,

"만일 우피 옷슬 입지 못ᄒᆞ면 엇지 밋그러지믈 견ᄃᆡ여 니깃ᄂᆞ냐?"

즁인이 ᄯᅩ 만당 ᄃᆡ쇼ᄒᆞ거ᄂᆞᆯ,

"군좌 의시 죠치 못ᄒᆞ믈 씨닷고 한 쥴기 연긔 쳐로 쒸여 나가더라."

무이ᄃᆡ 아진과 ᄀᆞᆺ치 몸을 닐고 요홰 ᄌᆞ녀 무리로 더브러 모다 보ᄂᆡ여 왕부로 도라가게 ᄒᆞ더라. 군좌ᄂᆞᆫ 젼쳥의 니ᄅᆞ러 희ᄌᆞᄅᆞᆯ 보며 슐마시기ᄅᆞᆯ 쥬야ᄅᆞᆯ 지ᄂᆡᄂᆞᆫ 거ᄉᆞᆫ 말ᄒᆞ지 말고, 아진이 뎨 이일의 니ᄅᆞᄆᆡ, 구지 ᄉᆞ양ᄒᆞ고 도라가 【108】 니, 무이지 다시 머무ᄅᆞ지 못ᄒᆞ여 다만 쟝ᄉᆞ비로 ᄒᆞ여곰 챠ᄅᆞᆯ 삭ᄂᆡ여 보ᄂᆡ여 쥬며, 요홰 지삼 졍녕(叮嚀)이 니ᄅᆞ니, 무ᄉᆞᆫ 말인지 하회의 분히ᄒᆞ라.

〔요화젼 瑤華傳 권지십삼 卷之十三〕

챠셜, 요홰(瑤華) 지삼 졍녕(叮嚀)이 니로ᄃᆡ,

"가즁의 도라가셔 힘뻐 즉시 도라오량이면 너가 도로혀 너ᄅᆞᆯ ᄃᆡ신ᄒᆞ여 한가지 실ᄉᆞᄅᆞᆯ 쥬획(籌劃)ᄒᆞᆯ 거니오, 이거시 너ᄅᆞᆯ 위ᄒᆞ여 의견을 닌 거시니, 긔여히 실신(失信)은 말게 ᄒᆞ라."

ᄃᆡ개 아진(阿眞)이 요화로 더브러 십분 친이ᄒᆞ여 샹히 져 【2】 의 부친을 쟝샹(莊上)의 다려다가 ᄃᆡ두(對頭)ᄒᆞ리ᄅᆞᆯ 어더즐 ᄉᆞ단을 요화의게 부촉ᄒᆞ여시니, 요홰 시긔의 심두(心頭)의 두엇시나 기인을 엇지 못ᄒᆞ믈 인ᄒᆞᆫ고로 이쳐럼 부촉ᄒᆞ미라.

아진이 믄득 씨닷고 쳔은만ᄉᆞ(千恩萬謝)ᄒᆞ며 눈믈을 뿌려 니별ᄒᆞ니 엇지 후ᄂᆡ의 요와의 슌란(殉難)ᄒᆞᄂᆞᆫ 츙신이 될 쥴을 씨치리오? 텬하일이 능히 예탁(豫度) 못ᄒᆞ미 이ᄀᆞᆺ튼지라. 이거ᄉᆞᆫ 뒤 말이ᄆᆡ 아직 더져두고.

지셜, 쥬군좨(周君佐) 일즉히 련ᄒᆞ여 죠히 몟날 슐먹기ᄅᆞᆯ 쳥ᄒᆞ니, 요홰 번거ᄒᆞ믈 슬혀ᄒᆞ여 다만 ᄆᆡ영(梅影)으로 ᄒᆞ여곰 ᄃᆡ신 가셔 지ᄂᆡ게 ᄒᆞ고, 륙월 십삼일의 니ᄅᆞᄆᆡ 이날은 텬긔가 십분 념렬(焰烈)ᄒᆞ여 사ᄅᆞᆷ을 견ᄃᆡ기가 어려올너니, 오후의 광풍취우(狂風驟雨)가 니러나 훈징(薰蒸)ᄒᆞᆫ 긔운을 쓰러바리고, 홀연이 변ᄒᆞ여 쳥량셰계(淸涼世界)가 되고, 홍일은 셔흐로 줌기며 쇼월(小月)은 동으로 오ᄅᆞ고 만리쳥광(萬里淸光)의 가ᄂᆞᆫ 【4】 틧글이 동ᄒᆞ미 업셔 ᄉᆞᄅᆞᆷ으로 ᄒᆞ여곰 깃거ᄒᆞ믈 도도ᄂᆞᆫ지라. 이 씨의 셕식을 임의 맛치고 요홰 몟 ᄀᆡ 비ᄌᆞ(婢子)와 ᄀᆞᆺ치 침궁의 잇셔 짜히 고요히 안줏더니, 쇼란(素蘭)이 겻희 잇셔 니로ᄃᆡ,

"오날 텬긔가 몟 ᄀᆡ 광경을 밧고와 죠간은 그쳐럼 번죠(煩燥)ᄒᆞ더니 오후ᄂᆞᆫ ᄃᆡ우(大雨)가 와셔 그 즈음은 ᄯᅩ 신츄량상(新秋涼爽)ᄒᆞᆷ과 ᄀᆞᆺ트니 가히 긔괴치 아니ᄒᆞ냐?"

요홰 ᄃᆡ답ᄒᆞᄃᆡ,

"일즉 블쾌ᄒᆞ미 잇기로 비로쇼 이즈음의 샹리(爽利)ᄒᆞ미 【5】 이시니 우리 무리 금야의 굿트여 민망ᄒᆞ게 안줏지 말고 져 월ᄃᆡ(月臺) 우희 가셔 납량(納涼)ᄒᆞ며 완월ᄒᆞᄂᆞᆫ 거시 엇지 의취가 잇지 아니ᄒᆞ랴?"

셜비봉(薛比鳳)이 니로ᄃᆡ,

"져 월ᄃᆡ 우희 가셔 노라본 지 오리니 오날밤은 죠흔 광경을 헛도히 지ᄂᆡ지 아니ᄒᆞ리라."

니운(李雲)이 니로ᄃᆡ,

"공쥬야 가히 ᄉᆞ부ᄅᆞᆯ 쳥ᄒᆞ랴?"

요홰 니로ᄃᆡ,

"ᄯᅩ 셔셔히 ᄒᆞ고 다만 달만 구경ᄒᆞᄂᆞᆫ 거시

무미ᄒᆞ니 네 가셔 ᄇᆡᆨ우옥(白于玉)을 블너오라."

한즈음이 못 【6】 ᄒᆞ여 우옥이 다라오거ᄂᆞᆯ, 요홰 분부ᄒᆞᄃᆡ,

"네가 쥬방의 가셔 량셕(兩席) 쥬효(酒肴)ᄅᆞᆯ 판비ᄒᆞ고 녀악(女樂) 무리ᄅᆞᆯ 젼ᄒᆞ여 월ᄃᆡ 우ᄒᆡ 와셔 ᄃᆡ후케 ᄒᆞ라."

우옥이 답응ᄒᆞ고 가며 ᄯᅩ 쳥ᄃᆡ(青黛)다려 무ᄅᆞᄃᆡ,

"ᄉᆞᄇᆡ 방즁의셔 무어ᄉᆞᆯ ᄒᆞᄂᆞ냐?"

쳥ᄃᆡ 대답ᄒᆞᄃᆡ,

"캉 우ᄒᆡ 잇셔 좌공ᄒᆞᆫ다."

ᄒᆞ거ᄂᆞᆯ, 요홰 드ᄃᆡ여 쇼란 무리ᄅᆞᆯ 거ᄂᆞ리고 ᄃᆡ루 아ᄅᆡ 니ᄅᆞ니 무ᄋᆡ지(無碍子) 요화의 오ᄂᆞᆫ 거ᄉᆞᆯ 보고 무ᄅᆞᄃᆡ,

"너의 무리 와셔 무어ᄉᆞᆯ ᄒᆞ려 【7】 ᄒᆞᄂᆞ냐?"

요홰 우ᄉᆞ며 니로ᄃᆡ,

"뎨지 죠간은 념렬ᄒᆞ믈 위ᄒᆞ여 반일을 번민ᄒᆞ게 지ᄂᆡ미 심샹이 샹쾌치 못ᄒᆞ더니, 이 ᄯᅢ의 비로쇼 쳥량ᄒᆞ믈 ᄭᆡ닷고 겸ᄒᆞ여 월ᄉᆡᆨ이 심히 아름다오니 특별이 와셔 ᄉᆞ부ᄅᆞᆯ 쳥ᄒᆞ여 월ᄃᆡ샹(月臺上)의 가셔 완월ᄒᆞᄌᆞ."

ᄒᆞ미, 무ᄋᆡ지 니로ᄃᆡ,

"뎐시 한란[寒燠]ᄒᆞᆫ 거ᄉᆞᆫ 오직 ᄆᆞ음이 고요ᄒᆞ여야 가히 ᄲᅧ 견ᄃᆡ여 지ᄂᆡᄂᆞᆫᄃᆡ, 번민ᄒᆞ여 ᄒᆞᆷ은 다 네 좌공(坐工)ᄒᆞᄂᆞᆫ 공ᄇᆡ 투쳘ᄒᆞ지 못 【8】 ᄒᆞᆫ 연고로 인ᄒᆞ미니 임의 울민ᄒᆞ면 다시 죰간 쇼견(消遣)ᄒᆞᄂᆞᆫ 거시 ᄯᅩᄒᆞᆫ 블가치 아니리라."

경히 말ᄒᆞ미, 우옥이 드러와 고ᄒᆞᄃᆡ,

"분부ᄒᆞ신 쥬안을 임의 판비ᄒᆞ여 월ᄃᆡ샹의 버려 노홧다."

ᄒᆞ거ᄂᆞᆯ, 우ᄋᆡ지 니로ᄃᆡ,

"ᄯᅩ ᄉᆞᆯ가지 죠비ᄒᆞ엿ᄂᆞ냐?"

요홰 ᄃᆡ답ᄒᆞᄃᆡ,

"이거시 아니면 가히 흥을 돕지 못ᄒᆞᆯ 거시니 쳥컨ᄃᆡ ᄉᆞ부ᄂᆞᆫ 옮셔 가ᄌᆞ."

ᄒᆞ니, 무ᄋᆡ지 드ᄃᆡ여 요화ᄅᆞᆯ ᄯᆞ라 월광을 죠ᄎᆞ 다라 인지 【9】 헌(仁知軒)의 니ᄅᆞ니, 임의 월ᄃᆡ샹의 인영(人影)이 분잡ᄒᆞ며 한 마ᄃᆡ 단판(檀板)의 풍악쇼ᄅᆡ 일제히 동ᄒᆞᄂᆞᆫ지라. 무ᄋᆡ지 셕교샹(石橋上)의 잇셔 요화ᄅᆞᆯ ᄃᆡᄒᆞ여 니로ᄃᆡ,

"풍악쇼ᄅᆡ 유양(悠揚)ᄒᆞᄂᆞᆫ 거ᄉᆞᆯ ᄂᆞᆫ득 먼리 드러야 죠코, 만일 면젼의 이시면 도로혀 아름다온 쥴을 모ᄅᆞᆯ지니, 가히 녀악 무리로 ᄒᆞ여곰 옴겨 인지헌 쇽으로 가게 ᄒᆞ고 우리 무리 월ᄃᆡ 우ᄒᆡ셔 먼리 듯ᄂᆞᆫ 거시 더옥 묘ᄒᆞ리라."

요홰 니로ᄃᆡ,

"ᄉᆞ부의 말ᄉᆞᆷ이 극 【10】 히 올타."

ᄒᆞ고, 드ᄃᆡ여 쳥ᄃᆡ로 ᄒᆞ여곰 몬져 가셔 져 무리의게 알게 ᄒᆞ고, 일변 우옥으로 ᄒᆞ여곰 인지헌 즁간의 네 ᄀᆡ 피리등(玻璃燈)을 거러노코 녀악 무리ᄅᆞᆯ 위ᄒᆞ여 쥬과ᄅᆞᆯ 츌혀 쥬라 ᄒᆞ니, 우옥이 답응ᄒᆞ고 가며, 드ᄃᆡ여 각기 가ᄂᆞᆫ 거ᄅᆞᆷ을 더ᄃᆡ 힝ᄒᆞ여 월ᄃᆡ하의 니ᄅᆞ니, 부ᄉᆞ(副史) 위가긔(魏家驥)의 녀인이 영졉ᄒᆞ여 루의 오ᄅᆞ미, 무ᄋᆡ지 보니 ᄉᆞ면의 창문을 통개(通開)ᄒᆞ고 즁간의 ᄉᆞ개 피리등을 【11】 혀 달고 교위와 탁ᄌᆞᄅᆞᆯ 졍제히 비셜ᄒᆞ여 노코, 쥬안을 ᄯᅩᄒᆞᆫ ᄃᆡ령ᄒᆞᆫ지라. 하ᄂᆞᆯ을 우러러 한 번 바라미 몸을 슈뎡궁(水晶宮) 쇽의 둔 것 ᄀᆞᆺ트니, 요홰 ᄆᆡ오 득의ᄒᆞ여 ᄒᆞ고 월ᄃᆡ 량편의 큰 분(盆)의 심은 야ᄅᆡ향(夜來香)을 노왓ᄂᆞᆫᄃᆡ, 쳥춍(青葱)ᄒᆞᆫ 빗치 남긔 가득ᄒᆞ고 향긔가 ᄉᆞ롬을 엄습ᄒᆞᄂᆞᆫ지라. 인ᄒᆞ여 무ᄅᆞᄃᆡ,

"져 두 분(盆)이 어ᄃᆡ셔 온 거시냐?"

쇼란이 ᄃᆡ 【12】 답ᄒᆞᄃᆡ,

"젼일의 드ᄅᆞ니 ᄐᆡ감(太監) 무리 말ᄒᆞ기ᄅᆞᆯ '은ᄎᆡ하(殷彩霞) 강남으로 죠ᄎᆞ 십여 분을 어더다가 이곳의 네 분을 보ᄂᆡ고, 부마 부즁의 네 분을 보ᄂᆡ엿다' ᄒᆞᄂᆞᆫᄃᆡ 공쥬ᄂᆞᆫ 도시 보지 못ᄒᆞ엿ᄂᆞ냐?"

요홰 니로ᄃᆡ,

"엇지 그런ᄃᆡ 유심ᄒᆞ엿시랴? 임의 져 모양 죠흔 ᄭᅩᆺ치 잇ᄂᆞᆫᄃᆡ 엇지ᄒᆞ여 너의 무리 머리의 ᄭᅩᆺ지 아니ᄒᆞᄂᆞ냐?"

니운과 욱니(郁李) ᄀᆞᆺ치 ᄃᆡ답ᄒᆞᄃᆡ,

"모다 ᄭᅩᄌᆞᆺ다."

ᄒᆞ고, 쇼란이 니로ᄃᆡ,

"공쥬도 ᄯᅩᄒᆞᆫ ᄭᅩᄌᆞ려 ᄒᆞᄂᆞ냐?" 【13】

요홰 각인의 두샹(頭上)을 향ᄒᆞ여 한 번 보고 니로ᄃᆡ,

"너의 무리 두샹의 ᄭᅩᄌᆞᆫ 거시 말니화(茉莉花)가 아니냐? 어ᄃᆡ 야ᄅᆡ향(夜來香)이 잇ᄂᆞᆫ고?"

니운이 니로ᄃᆡ,

"한 포귀ᄂᆞᆫ 말니화오 ᄉᆞ이의 한 포귀 야ᄅᆡ향을 ᄭᅩᄌᆞᆺᄂᆞᆫᄃᆡ 공쥬 엇지 명ᄇᆡᆨᄒᆞ게 보지 못ᄒᆞᄂᆞ냐?"

요홰 ᄌᆞ셔히 보고 우ᄉᆞ며 니로ᄃᆡ,

"엇지 ᄂᆡ가 져쳐럼 유심치 아니ᄒᆞ엿ᄂᆞ냐?"

홀연 드ᄅᆞ니 인지헌의셔 ᄯᅩ 풍악쇼ᄅᆡ 나거ᄂᆞᆯ, 무ᄋᆡ지 니로ᄃᆡ,

"놉흔 곳의셔 나즌 곳 쇼ᄅᆡ롤 드ᄅᆞ【14】니 ᄯᅩ 일양 셩음이로다."

요홰 믄득 무ᄋᆡᄌᆞ롤 쳥ᄒᆞ여 슈셕(首席)의 안게 ᄒᆞ고 ᄌᆞ긔ᄂᆞᆫ 겻ᄒᆡ 안ᄌᆞ 뫼시ᄆᆡ, 무ᄋᆡ지 니로ᄃᆡ,

"다만 너와 나와 량인만 안즌 거시 젹막ᄒᆞᆫ 듯ᄒᆞ고 ᄯᅩ 두 교ᄌᆞ롤 ᄀᆞᆺ쵸아 왓시니 쇼란 무리로 ᄒᆞ여곰 너의 무리ᄂᆞᆫ 모다 져 일셕의 안게 ᄒᆞ고, 쳥ᄃᆡ와 우옥은 ᄂᆡ겻ᄒᆡ 안ᄌᆞ 술을 치라."

ᄒᆞ니, 즁인이 졔셩(齊聲)ᄒᆞ여 안지믈 고ᄒᆞᆫ 연후의 두 뭉치[256]로 안고 요홰 머리롤 우러러 달을 향ᄒᆞ고 읍쥬【15】어리며[257] 니로ᄃᆡ,

"금야의 달이 ᄇᆞᆰ은ᄃᆡ ᄉᆞ롬이 다 바라보니 아지 못게라, 가을 ᄉᆡᆼ각이 뉘 집의 ᄯᅥ러진고?"

ᄒᆞᄂᆞᆫ지라. 비봉(比鳳)이 니로ᄃᆡ,

"이졔 도로혀 하텬(夏天)인ᄃᆡ 공쥐 몬져 가을 ᄉᆡᆼ각을 읍쥬어려[258] ᄂᆡᄂᆞ뇨?"

쇼란이 니로ᄃᆡ,

"다만 술만 먹고 시롤 읇지 아니면 져 죠흔 월식을 져바리미 되리라."

요홰 니로ᄃᆡ,

"가히 쇼시 무리롤 블너오랴?"

무ᄋᆡ지 니로ᄃᆡ,

"져 무리도 블너오려니【16】와 부마롤 쳥ᄒᆞ여 오라. ᄂᆡ가 져의 문ᄌᆡ(文才)롤 시험ᄒᆞ여 보리라."

요홰 니로ᄃᆡ,

"ᄉᆞ부의 놉흔 흥으로 져롤 블너다가 노닐게 ᄒᆞᄂᆞᆫ 거시 죠흐ᄃᆡ, 만일 져다려 시롤 지으라 ᄒᆞ면 두리건ᄃᆡ ᄯᅩ 젼일 무예 모양이 되리라."

무ᄋᆡ지 니로ᄃᆡ,

"네가 일즉 시험ᄒᆞ여 보왓ᄂᆞ냐?"

요홰 니로ᄃᆡ,

"뎨지 믄득 시험ᄒᆞ여 보지ᄂᆞᆫ 못ᄒᆞ여시나 다만 져의 언ᄉᆞ 발ᄒᆞᄂᆞᆫ 거술 드ᄅᆞᄆᆡ 깁히 문한(文翰)의 통치 못ᄒᆞᆫ 듯ᄒᆞ더라."

무ᄋᆡ지 니【17】로ᄃᆡ,

"져거ᄉᆞᆫ 썹쩔노 상(相)ᄒᆞ미라."

ᄒᆞ고, 드ᄃᆡ여 쳥ᄃᆡ롤 ᄃᆡᄒᆞ여 니로ᄃᆡ,

"네기 쇼시롤 보ᄂᆡ여 부마롤 쳥ᄒᆞ여 이곳의 와 ᄒᆞᆷ긔 완월ᄒᆞ게 ᄒᆞ라."

쳥ᄃᆡ 답응ᄒᆞ고 가거ᄂᆞᆯ, 요홰 ᄯᅩ 니로ᄃᆡ,

"ᄯᅩ 거문고가지 가져오라."

ᄒᆞ며, 무ᄋᆡ지 니로ᄃᆡ,

"부마 오ᄂᆞᆫ ᄣᅢᄂᆞᆫ 네가 좀간 피ᄒᆞ엿다가 와셔 져의 의심을 면케 ᄒᆞ라."

요홰 니로ᄃᆡ,

"가히 ᄲᅥ 그리 말지라. 져ᄂᆞᆫ ᄃᆡ문으로 죠ᄎᆞ 드러오거든 나ᄂᆞᆫ 맛당히 후문으로 죠ᄎᆞ 나아가【18】졔가 갓가히 오거든 ᄆᆡ영의게 한마ᄃᆡ 지회(知會)ᄒᆞᄂᆞᆫ 거시 믄득 죠흐리라."

무ᄋᆡ지 졈두(點頭)ᄒᆞ고, ᄯᅩ 무ᄅᆞᄃᆡ,

"ᄆᆡ영의 슈틔(受胎)ᄒᆞᆫ[259] 지가 몃 달이 되엿ᄂᆞ냐?"

요홰 니로ᄃᆡ,

"ᄂᆡ 일즉 드ᄅᆞ니 셕 달이 되엿다."

ᄒᆞ더라. 무ᄋᆡ지 니로ᄃᆡ,

"ᄆᆡ오 죠흐니 졔가 일즉 분만이 되면 죠히 너의 ᄃᆡᄉᆞ롤 ᄯᅡ라 쥬션ᄒᆞ리라."

요홰 홀연이 드ᄅᆞ니 풍악 쇼ᄅᆡ ᄯᅩ 나ᄂᆞᆫ지라, 무ᄋᆡᄌᆞ롤 ᄃᆡᄒᆞ여 니로ᄃᆡ,

"뎨지 보ᄆᆡ 도셔 우ᄒᆡ 《보허ᄉᆞ步虛詞》 곡죄(曲調) 이시니 아【19】지 못게라, 과연 이 곡죄 젼ᄒᆞᄂᆞ냐?"

무ᄋᆡ지 니로ᄃᆡ,

"이거시 《시젼詩傳》 우ᄒᆡ 피리 두고 지은 시와 일양이니 다만 쇼ᄅᆡᄂᆞᆫ 잇고 곡죠ᄂᆞᆫ 업ᄂᆞᆫ지라, ᄂᆡ가 긔력ᄒᆞ니 당인(唐人) 류ᄌᆞ산(庾子山)이 일즉 《보허ᄉᆞ步虛詞》롤 지엇ᄂᆞᆫᄃᆡ, ᄯᅩᄒᆞᆫ 간략ᄒᆞᆫ

256) 【뭉치】 명 무리. ¶ 圈兒 ‖ 즁인이 졔셩ᄒᆞ여 안지믈 고ᄒᆞᆫ 연후의 두 뭉치로 안고 (衆丫鬟齊告了坐, 然後兩圈兒坐下.) <瑤華 13:14>

257) 【읍쥬어리다】 동 읊조리다. ¶ 吟 ‖ 요홰 머리롤 우러러 달을 향ᄒᆞ고 읍쥬어리며 니로ᄃᆡ (瑤華仰着頭, 向月吟着道.) <瑤華 13:14> ⇒ 읇쥬어리다, 읇쥬어리다

258) 【읍쥬어리다】 동 읊조리다. ¶ 吟 ‖ 이졔 도로혀 하텬인ᄃᆡ 공쥐 몬져 가을 ᄉᆡᆼ각을 읍쥬어려 ᄂᆡᄂᆞ뇨 (如今還是夏天, 公主到先吟出秋思來了.) <瑤華 13:15> ⇒ 읇쥬어리다, 읇쥬어리다

259) 【슈틔ᄒᆞ다】 동 [수태(受胎)하다.] ¶ 身孕 ‖ ᄆᆡ영의 슈틔ᄒᆞᆫ 지가 몃 달이 되엿ᄂᆞ냐 (梅影身孕有幾個月了?) <瑤華 13:18>

되 지나지 못ᄒᆞᆫ지라. 그 허공의 것ᄂᆞᆫ다 니ᄅᆞᆫ 밧쟈ᄂᆞᆫ «동텬긔洞天記» 우히 니ᄅᆞ리롤 여러 신션(神仙)이 봉리방쟝(蓬萊方丈)의 모혀 공즁의 산산(珊珊)이 쇼릐나ᄂᆞᆫ 거술 드ᄅᆞᆫ 즉 허비경(許飛瓊)이 나라 니ᄅᆞᄂᆞᆫ지라. 블과시 그 산산ᄒᆞᆫ 쇼【20】릐롤 본바다 뼈 곡죠롤 민ᄃᆞ럿ᄂᆞᆫ고로 아올나 곡죠 글은 업ᄉᆞ니, 너 니ᄅᆞᄂᆞᆫ 셔즁(書中)의셔 본 밧 쟈[260]ᄂᆞᆫ ᄯᅩ 아지 못게라, 엇진 ᄉᆞ롬의 지은 빈고? 만일 그 거술 어더 음악을 민둘량이면 반ᄃᆞ시 심샹ᄒᆞᆫ 악쟝 밧긔 뛰여나리라."

경히 말ᄒᆞ미, 니운이 니로ᄃᆡ,

"쇼시 무리 부마롤 청ᄒᆞ여 왓시니 우리 무리ᄂᆞᆫ 다시 닐지라."

ᄒᆞ고, 드ᄃᆡ여 각기 몸을 니러 월ᄃᆡ 어귀의 잇셔 ᄉᆞ후ᄒᆞ며 무인지 먼리 바라보니【21】량ᄃᆡ(兩對) 궁등(宮燈)이 ᄌᆞ등화(紫藤花) 시렁 아릐로 굴너오ᄂᆞᆫ지라. ᄉᆞᄉᆞ로 니러셔고 요홰 ᄯᅩᄒᆞᆫ 겻히 니러 기ᄃᆞ리더니 슈유(須臾)의 임의 월ᄃᆡ의 니ᄅᆞ러 무인ᄌᆞ롤 향ᄒᆞ여 례슈ᄒᆞ고 요화롤 보며 니로ᄃᆡ,

"공쥐 여긔 계시기로 닉가 오기롤 쾌히 ᄒᆞ엿노라."

요홰 다만 웃고, 무인지 니ᄅᆞᄃᆡ,

"금야의 월식이 심히 아롬답기로 특별이 현부부(賢夫婦)롤 청ᄒᆞ여 여긔 와셔 완월ᄒᆞ랴 ᄒᆞ니, 아지 못게라 부듕의 가히 경경 일이 잇【22】거든 굿ᄐᆞ여 여긔셔 유련치 말나."

군좨 ᄃᆡ답ᄒᆞᄃᆡ,

"학싱이 일호도 다ᄅᆞᆫ 일은 업고 경히 방듕의 잇셔 답답히 안ᄌᆞᆺ더니, ᄉᆞ부의 부ᄅᆞ시믈 닙으니 알지라. 홍치롤 닉여 완월ᄒᆞ시미 부득블 와셔 뫼시려 ᄒᆞ노라."

무인지 니로ᄃᆡ,

"임의 홍치가 나거든 ᄯᅩ 머믈너 안ᄌᆞ라."

ᄒᆞ고, 요화로 더브러 여젼이 안고 비녀 무리로 ᄒᆞ여곰 모다 셕샹의 와 안ᄌᆞ라 ᄒᆞ니 츄쳥ᄃᆡ·빅우옥·황금순(黃金釧)·셜비봉 ᄉᆞ개【23】ᄀᆞᆺ치 니로ᄃᆡ,

"우리 무리ᄂᆞᆫ 시롤 지을 쥴 모로니 감히 셕샹의 드러 안지 못ᄒᆞᆯ 거시오, 다만 슐이나 치마."

ᄒᆞ고, 요홰 쇼시 무리다려 니로ᄃᆡ,

"금야의 ᄉᆞ부의 놉흔 흥으로 부마롤 청ᄒᆞ고 아올나 너의 무리가지 블너 완월ᄒᆞ고 시롤 지으랴 ᄒᆞ니 너의 무리ᄂᆞᆫ 가히 부마롤 뫼셔 안게 ᄒᆞ라."

어시의 쇼시비 비녀 무리로 ᄀᆞᆺ치 일졔히 고두ᄒᆞ고 안ᄂᆞᆫ다 고ᄒᆞ며 거듭 남녀롤 난호와 두 뭉치[261]롤 지어 안더【24】라.

쥬군좨 쇼시롤 ᄃᆡᄒᆞ여 니로ᄃᆡ,

"너의 무리 여긔 잇ᄂᆞᆫ 거시 민오 죠흐니 가히 나롤 ᄃᆡ신ᄒᆞ여 두어 귀(句)롤 지어쥬게 ᄒᆞ라. 나ᄂᆞᆫ 실노히 시격(詩格)이 평샹ᄒᆞ도다."

즁인이 ᄃᆡ답ᄒᆞᄃᆡ,

"노ᄌᆞ 무리 도로혀 부마의 지교(指敎)ᄒᆞ시믈 구ᄒᆞ노라."

당샹의 각기 두어 잔 슐을 마시고 요홰 니로ᄃᆡ,

"무ᄉᆞᆫ 졔목을 지어야 죠흐랴?"

무인지 니로ᄃᆡ,

"눈 압히 뵈ᄂᆞᆫ 거시 도시 죠흔 글졔니 두리건ᄃᆡ 잘 짓지 못ᄒᆞᆯ가 ᄒᆞ노라."

군좨【25】야릐향을 가ᄅᆞ쳐 니로ᄃᆡ,

"져 두 분(盆)의 쳥쵸ᄒᆞᆫ 거시 무ᄉᆞᆫ 곳치냐?"

하향(荷香)이 니로ᄃᆡ,

"야릐향 곳치라."

ᄒᆞ거ᄂᆞᆯ, 군좨 니로ᄃᆡ,

"져 '야릐향' 삼ᄌᆞ(三字) 도로혀 아치(雅致)가 잇도다."

요홰 니로ᄃᆡ,

"글졔ᄂᆞᆫ 비록 죠커니와 다만 젼 ᄉᆞ롬이 그 거술 도시 지어보지 아니ᄒᆞ고, ᄯᅩ 젼고가 업도다."

무인지 니로ᄃᆡ,

"젼고(典故)가 업ᄉᆞ면 가히 희게 묘(描)ᄒᆞᆯ 지니라.[262]"

260)【밧쟈】㊀ 바. ¶ 所 ‖ 너 니ᄅᆞᄂᆞᆫ 셔즁의셔 본 밧 쟈ᄂᆞᆫ ᄯᅩ 아지 못게라 엇진 ᄉᆞ롬의 지은 빈고 (你道書上所見, 又不知何人所作.) <瑤華 13:20>

261)【뭉치】㊀ 무리. ¶ 圈兒 ‖ 어시의 쇼시비 비녀 무리로 ᄀᆞᆺ치 일졔히 고두ᄒᆞ고 안ᄂᆞᆫ다 고ᄒᆞ며 거듭 남녀롤 난호와 두 뭉치롤 지어 안더라 (小厮同婢女們齊齊向上叩頭告坐, 重新分了男女, 作兩圈兒坐了.) <瑤華 13:23>

쇼란이 니로딕,

"무슨 톄격(體格)을 지어야 죠흐랴?"

무익지 한 번 보다가 믄득 니로딕,

"ᄉᆞ룸의 【26】 슈가 만흐니 비률(排律)을 짓게 ᄒᆞ라."

요홰 니로딕,

"비률은 두리건딕 딧귀(對句)ᄒᆞ기가 어려올 듯ᄒᆞ니, 만일 희게 묘ᄒᆞ량이면263) 도로혀 부(賦)롤 짓는 거시 죠흐니, 글 뜻이 엿허 갈ᄒᆞ여 너는 것이 쉬오리라."

262) 【白描 백묘】 báimiáo <動> [배뱌] 희게 모흐다 *中國畫的一種畫法, 純用線條勾畫, 不加彩色渲染。‖ 희게 묘ᄒᆞ다 ‖ "沒有典實, 便可～." 전고가 업ᄉᆞ면 가히 희게 묘ᄒᆞᆯ지니라 (瑤華 13:25)

263) 【白描 백묘】 báimiáo <動> 희게 묘ᄒᆞ다 ‖ "排律恐怕對仗難工, 如要～, 到是賦好, 文義淺些, 也有掩飾得過." 비률은 두리건딕 딧귀ᄒᆞ기가 어려올 듯ᄒᆞ니 만일 희게 묘ᄒᆞ량이면 도로혀 부롤 짓는 거시 죠흐니 글 뜻이 엿허 갈ᄒᆞ여 너는 것이 쉬오리라 (瑤華 13:26)

25
의부연음슈각필 쟉시우쳥쥬셩쟝
擬賦聯吟羞擱筆 作詩又倩湊成章

쵸엽(蕉葉)이 두 손을 흔들며 니로되,

"노지(奴子) 말을 드르니 다만 비률이야 가히 뼈 련귀를 한다 ᄒᆞ니 고인이 모다 이왕 지너여 보왓거니와 만일 부를 지으량이면 반ᄃᆞ시 미인(每人)이 한 편 식을 지을 거시니, 두리 【27】 건디 져 허다ᄒᆞᆫ 죠흔 글귀가 업술가 ᄒᆞ노라."

무이지(無碍子) 니로되,

"고인이 지너여 보지 못ᄒᆞᆫ 거술 우리로브터 녜롤 짓는 거시 하방(何妨)가? 우리 무리 이제 련귀로 한 편 부롤 지으면 신긔(新奇)ᄒᆞ리라."

즁인이 모다 니로되,

"실노이 미오 신긔ᄒᆞᆯ 거시니 쳥컨디 ᄉᆞ부는 쳣 귀롤 일희여면 이차(挨次)ᄒᆞ여 나려가 한 차례롤 두루 ᄒᆞ고 다시 시작ᄒᆞᄌᆞ."

ᄒᆞ니, 쇼란(素蘭)이 니로되,

"니리 ᄒᆞ량이면 쳥컨디 공쥬는 져곳의 안 【28】 졋시리니 비ᄌᆞ(婢子) 무리 도로혀 웃머리의 안졋시랴."

요홰(瑤華) 니로되,

"이거시 엇지미냐?"

쇼란이 니로되,

"ᄉᆞ뷔 쳣 귀롤 너시면 둘지 귀는 믄득 공쥐 ᄒᆞ실 거시오, 셋지 귀는 부미 ᄒᆞ시깃고, 다시 쇼시 무리롤 죠ᄎᆞ 이ᄎᆞ(挨次)ᄒᆞ여[264] 비ᄌᆞ의게 니ᄅᆞ는 거시 바야흐로 순례(順禮)가 되리라."

ᄒᆞ니, 무이지 뎜두(點頭)ᄒᆞ며 니로되,

"이 말이 심히 올토다."

요홰 시로이 니러 무이ᄌᆞ의 슈하의 안고, 빅우옥(白于玉)이 임의 문방 졔구롤 ᄀᆞ쵸왓는지 【29】 라. 요홰 쳥디(青黛)와 비봉(比鳳)으로 ᄒᆞ여곰 부ᄌᆞ런이 술을 치라 ᄒᆞ고, 무이지 드디여 쳣 귀롤 일희여 너되,

원유묘품(爰有妙品)ᄒᆞ니
이의 묘ᄒᆞᆫ 품이 이시니

요홰 이러 한 귀롤 부르되,

긔특영위(奇特英偉)라
긔특ᄒᆞ고 영위ᄒᆞᆫ지라

요홰 쳥디로 ᄒᆞ여곰 지필을 가져 부마의게 미뤄여 젼ᄒᆞ니, 군좌(君佐) 바다 가지고 한 ᄎᆞ례 보며 또 반일을 싱각ᄒᆞ여 장ᄎᆞᆺ 붓술 나리 【30】 려 ᄒᆞ다가 다시 멈츄고 젼젼ᄒᆞ기롤 슈삼ᄎᆞ ᄒᆞ다가 바야흐로 뼈 니로되,

엇지ᄒᆞ여 그 ᄆᆞᆰ은고?
若何其清

쵸엽이 머리롤 늘혀 보며 니로되,

"부마의 글귀가 너모 허여진[265] ᄃᆞᆺᄒᆞ여 굴너 나려가기가 어렵도다."

무이지 무르되,

"무순 글귀냐?"

쵸엽이 낭숑ᄒᆞ여 니ᄅᆞ니 즁인이 드ᄅᆞ미 모

264) 【이ᄎᆞᄒᆞ다】 동 {애차(挨次)하다.} ¶ 挨 ‖ 다시 쇼시 무리롤 죠ᄎᆞ 이ᄎᆞᄒᆞ여 비ᄌᆞ의게 니ᄅᆞ는 거시 바야흐로 순례가 되리라 (再從小厮們挨到婢子們, 這纔算順理.) <瑤華 13:28>

265) 【허여지다】 동 흩어지다. 산만하다. ¶ 鬆泛 ‖ 부마의 글귀가 너모 허여진 ᄃᆞᆺᄒᆞ여 굴너 나려가기가 어렵도다 (粉侯這句似乎太鬆泛了, 轉不下去.) <瑤華 13:30>

다 말ᄒᆞ기롤 너모 허여졋다[266] ᄒᆞ거놀, 군쥬 ᄯᅩ 한 차례롤 싱각ᄒᆞ다가, 하향다려 니로ᄃᆡ,

“네가 나롤 ᄃᆡ신ᄒᆞ여 한 귀롤 【31】 련ᄒᆞ여 나려가게 ᄒᆞ고, 즁인이 기ᄃᆞ리는 거술 면케 ᄒᆞ라.”

하향이 ᄃᆡ답ᄒᆞᄃᆡ,

“다만 두리건ᄃᆡ 노ᄌᆞ의 련귀가 죠치 못ᄒᆞᆯ가 ᄒᆞ노라.”

요홰 니로ᄃᆡ,

“구ᄐᆞ여 지톄치 말나.”

하향이 드ᄃᆡ여 니로ᄃᆡ,

“념ᄒᆞ여 닐 거시니 쳥컨ᄃᆡ 부마는 ᄡᅳ라.”

ᄒᆞ거놀, 군쥬 붓술 들고 니로ᄃᆡ,

“무어시라 ᄒᆞ랴?”

하향이 니로ᄃᆡ,

긔불명화(旣不名花)요
임의 ᄭᅩᆺ치라 일홈ᄒᆞᆯ 슈 업고

군쥬 그ᄃᆡ로 ᄡᅳ고 쳣 귀로죠ᄎᆞ 념ᄒᆞ여 나리 【32】 며 니로ᄃᆡ,

“죠타. 텬쟉(天作)으로 된 글귀라.”

ᄒᆞ고, 드ᄃᆡ여 붓술 가져 하향의게 젼ᄒᆞ니, 하향이 붓술 바다 ᄯᅩ 한 귀롤 ᄡᅧ 니로ᄃᆡ,

역불칭훼(亦不稱卉)라
ᄯᅩᄒᆞᆫ ᄭᅩᆺ나무라 일캇지 못ᄒᆞᆯ너라

하향이 붓술 가져 류지(柳枝)롤 쥬니, 류지 즉시 한 귀롤 련ᄒᆞ여 너ᄃᆡ,

영우셩하지쳔(榮于盛夏之天)이오
셩ᄒᆞᆫ 여롬 ᄒᆞ놀의 영화롭고

도홍(桃紅)이 붓술 바다 ᄡᅧ너ᄃᆡ,

번ᄉᆞ졍향지루[예](繁似丁香之蕊)라
번셩ᄒᆞ기는 졍향덥블과 ᄀᆞᆺ더라

266) 【허여지다】 동 흩어지다. 산만하다. ¶ 鬆泛 ‖ 쵸엽이 낭송ᄒᆞ여 니ᄅᆞ니 즁인이 드ᄅᆞ미 모다 말ᄒᆞ기롤 너모 허여졋다 ᄒᆞ거놀 (蕉葉朗誦出來, 大家聽了都說太鬆泛些.) <瑤華 13:30>

【33】 쵸엽이 ᄯᅩᄒᆞᆫ 붓술 바다 ᄡᅧ너ᄃᆡ,

ᄌᆡᄌᆞ두이[ᄉᆞ]만연(栽磁斗似蔓延)ᄒᆞ고
ᄉᆞ긔 그ᄅᆞ시 심어셔 ᄲᅧ 만연ᄒᆞ고

니운이 숀을 늘혀 붓술 바다 ᄡᅧ 너ᄃᆡ,

가쥭지이층루(架竹枝而層壘)라
ᄃᆡᆺ가지롤 시렁ᄒᆞ여 층층이 얽혓더라

드ᄃᆡ여 붓술 가져 쇼란을 쥬니, 쇼란이 ᄣᅡ라 ᄡᅧ너ᄃᆡ,

징문유하거지션슈[쥬](曾聞有霞擧之仙姝)러니
일즉 드ᄅᆞ니 안개의 드는 신션의 계집이 잇다 ᄒᆞ더니

ᄯᅩ 무ᄋᆡᄌᆞ의 면젼의 보너니, 무ᄋᆡ지 보고 니로ᄃᆡ,

“너의 무리 말ᄒᆞᆫ 거시 젼실(典實)ᄒᆞᆫ 거시 업더니 【34】 쇼란이 도로혀 ᄡᅧ너엿다.”

ᄒᆞ고, 드ᄃᆡ여 붓술 드러 한 귀롤 이어 니로ᄃᆡ,

너환ᄎᆞ야러지향예(乃幻此夜來之香蕊)라
이의 야러 ᄭᅩᆺ 향긔 ᄭᅩᆺ부리롤 변환ᄒᆞ여너엿도다

셜비봉이 ᄯᅩ 지필을 요화긔 드리니, 요홰 이어 니로ᄃᆡ,

이기위본야(爾其爲本也)뇨
너의 근본된 거순

황금순이 지필을 바다 부마 면젼의 니ᄅᆞ니, 군쥬 니로ᄃᆡ,

“ᄯᅩ 너 차례의 왓ᄂᆞ냐?”

ᄒᆞ고, 드ᄃᆡ여 쳣귀로 죠ᄎᆞ 일편을 념ᄒᆞ며 칭찬ᄒᆞ여 【35】 니로ᄃᆡ,

“너의 각기 슌슉(純熟)ᄒᆞ여 죠히 미리 지은 것 ᄀᆞᆺ도다.”

요홰 니로ᄃᆡ,

"이 졔목을 네가 블너닌 거시오, 우리 무리 ᄯᅩ 신션이 아니어든 엇지 미리 지엇시랴?"

군쇄 니로ᄃᆡ,

"이 말은 블과 각 위롤 칭찬ᄒᆞᄂᆞᆫ 의시로다."

요홰 니로ᄃᆡ,

"그러ᄒᆞ면 그만 ᄒᆞ려니와 다만 너ᄂᆞᆫ 쇽히 지어야 ᄒᆞᆯ 거시니 그러치 못ᄒᆞ면 하ᄂᆞᆯ이 ᄇᆰ아 두리건ᄃᆡ 셩편(成篇)을 못ᄒᆞᆯ가 ᄒᆞ노라."

군쇄 니로ᄃᆡ,

"올타."

ᄒᆞ고, 드ᄃᆡ여 ᄲᅡᆯ니 븟술 ᄌᆞᆸ으며 ᄉᆡᆼ각ᄒᆞ【36】ᄂᆞᆫ 쳬ᄒᆞ고 가마니 ᄉᆞᆫ을 가져 하향을 한 번 지ᄅᆞ니 하향이 ᄠᅳᆺ을 짐작ᄒᆞ고, 가마니 니로ᄃᆡ,

젼면[ᄉᆞ]위완[ᄉᆞ](纏綿[絲]委婉[死])ᄒᆞ며
젼면ᄒᆞ고 완젼ᄒᆞ며

쥬군쇄 드ᄃᆡ여 의지ᄒᆞ여 ᄲᅢ니여 하향을 쥬며, 요화롤 ᄃᆡᄒᆞ여 니로ᄃᆡ,

"가히 더ᄃᆡ지 아니ᄒᆞ냐?"

요홰 웃고 니로ᄃᆡ,

"이 후ᄂᆞᆫ 남을 비러 ᄃᆡ신ᄒᆞ기롤 금ᄒᆞᆯ 거시오, 이번은 그만 두고 다만 한 잔 ᄉᆞᆯ로 벌ᄒᆞ리라."

황금순이 한 잔을 부어 부마 ᄋᆞᆲ히 오니, 군쇄 잔을 드러 마【37】시며 니로ᄃᆡ,

"믄득 남을 비러 ᄃᆡ신ᄒᆞᄆᆞᆯ ᄒᆞ엿다 혬ᄒᆞ리라."

ᄒᆞ고, 한 번 마셔 다ᄒᆞᄆᆡ, 하향이 임의 한 귀롤 이어 니로ᄃᆡ,

왕복교영(往復交縈)이라
왕복ᄒᆞ여 셕귀여267) 얽혓더라

류지 ᄎᆞ례의 니ᄅᆞ니 류지 븟술 바다 ᄲᅢ니ᄃᆡ,

엽광비이윤턱(葉光肥而潤澤)ᄒᆞ고
닙ᄉᆞ괴ᄂᆞᆫ 빗치 살지며 윤턱ᄒᆞ고

도홍이 븟술 바드며 니로ᄃᆡ,

"이 귀ᄂᆞᆫ 편의ᄒᆞᄆᆞᆯ 어덧도다."

쵸엽이 니로ᄃᆡ,

"엇지 편의【38】ᄒᆞᄆᆞᆯ 어덧ᄂᆞ냐?"

도홍이 니로ᄃᆡ,

"졔가 닙ᄒᆞᆯ 말ᄒᆞ엿시니 나ᄂᆞᆫ 브드ᄅᆞᆸ 가지롤 말ᄒᆞ리라."

ᄒᆞ고,

지유치이죵횡(枝柔脆而縱橫)이라
가지ᄂᆞᆫ 브드럽고 연ᄒᆞ여 죵횡ᄒᆞ더라

쵸엽이 븟술 바드며 니로ᄃᆡ,

"나ᄂᆞᆫ 더옥 편의ᄒᆞ도다. 이믜 지엽(枝葉)이 이시니 블가블 ᄭᅩᆺ숑이롤 말ᄒᆞ리로다."

드ᄃᆡ여 ᄡᅥ 니로ᄃᆡ,

발예즉일총긴족(發蕊則一叢緊簇)ᄒᆞ고
ᄭᅩᆺ숑이가 열닌즉 한 포귀가 긴히 모도여 잇고

니운이 얼픗 븟술 바다 ᄡᅥ셔 니로ᄃᆡ,

【39】분판즉오츌기경(分瓣則五出其莖)이라
화판을 난혼즉 다ᄉᆞᆺ스로 나온 그 줄길너라

븟술 가져 쇼란을 쥬니 일변 바드며 일변 ᄡᅥ니ᄃᆡ,

쳬깅쵸군(蔕更超群)에
ᄭᅩᆨ지가 다시 무리의 ᄲᅱ여나ᄂᆞᆫᄃᆡ

셜비봉이 졍히 지필을 무인ᄌᆞ ᄋᆞᆲ히 보니려 ᄒᆞ니 무인지 ᄉᆞᆫ을 가져 흔드ᄃᆡ,

"ᄯᅩ 셔셔히 ᄒᆞ라. ᄉᆞ륙의 쟝귀(長句)롤 ᄃᆡᄒᆞᄂᆞᆫ 거ᄉᆞᆫ 믄득 한 ᄉᆞ롬이 지을 거시니, 만일 한 ᄉᆞ롬이 넉 ᄌᆞ롤 짓고 한 ᄉᆞ롬이 여섯 ᄌᆞ롤 지으면 진개【40】하ᄂᆞᆯ이 ᄇᆰ아셔 도로혀 셩편 못ᄒᆞ리라."

쇼란이 말을 듯고 다시 븟술 가져 한 귀롤 이어니ᄃᆡ,

엄ᄉᆞ록쥬셩닙(儼似綠珠成粒)이오

---

267) 【셕귀다】 동 섞다. ¶ 交 ‖ 왕복ᄒᆞ여 셕귀여 얽혓더라 (往復交縈.) <瑤華 13:37> ⇒ 3:50

엄연이 프른 구술이 알을 일운 것 ㄱ고

무익디 ᄯᅩᄒᆞᆫ 쇼란의 븟술 바다 ᄡᅥ니ᄃᆡ,

향환유세(香還幽細)ᄒᆞ니
긔동말니훈등(豈同茉莉薰騰)ᄒᆞ랴
향긔가 도로혀 유셰ᄒᆞ니
엇지 말니화ᄀᆞᆺ치 훈등ᄒᆞ랴

요홰 무익ᄌᆞ의 븟술 바다 ᄡᅥ니ᄃᆡ,

셩본이군방(性本異群芳)ᄒᆞ니
블욕징과농염보(不欲爭誇濃艷譜)오
셩픔이 본ᄃᆡ【41】 여러 ᄭᅩᆺ다온 것과 다ᄅᆞ니 롱염ᄒᆞᆫ 보롤 ᄌᆞ랑ᄒᆞ믈 닷토고ᄌᆞ 아니ᄒᆞ고

곳 쳥ᄃᆡ로 ᄒᆞ여곰 지필을 가져 부마의게 보니니, 군쇄 ᄯᅩ 죵두(從頭)ᄒᆞ여 보려 ᄒᆞ거놀, 쵸엽이 겻히 잇셔 니로ᄃᆡ,

"져 글귀가 도시 일톄로 순히 나리고, 믄득 방한은 업ᄂᆞᆫ 거시니, 부마ᄂᆞᆫ 다만 싱각ᄒᆞ여 ᄡᅥ니라."

군쇄 드ᄃᆡ여 븟술 잡으며 침음ᄒᆞ거놀, 하향이 니로ᄃᆡ,

"노지 한 잔 벌쥬롤 마시고 부마롤 ᄃᆡ신ᄒᆞ여 이어 지으리라."

요홰 ᄯᅡ라 니로ᄃᆡ,

"나롤 한 잔을 벌ᄒᆞ여 너가 이【42】 어 짓기롤 기ᄃᆞ리라."

ᄒᆞ고, 쳥ᄃᆡ로 ᄒᆞ여곰 지필을 도로 가져오고 ᄯᅩ 비봉으로 ᄒᆞ여곰 술을 치라 ᄒᆞ고, 붓술 ᄲᅢ며 ᄡᅥ니ᄃᆡ,

경편감독쳐(情偏甘獨處)ᄒᆞ니
슈구렬입미화셩(誰求列入賣花聲)가
졍히 편벽도히 독쳐ᄒᆞᄂᆞᆫ 거술 달게 알미 화ᄒᆞᄂᆞᆫ 쇼릐의 버리 들기롤 구ᄒᆞ랴

무익지 겻히 잇셔 보며 웃고 니로ᄃᆡ,

"죠히 고강(高强)ᄒᆞ도다."

군쇄 듯고 ᄲᅢ니 ᄌᆞ리의 나 취ᄒᆞ여 보며 웃고 니로ᄃᆡ,

"경히 나롤 ᄃᆡ신ᄒᆞᄂᆞᆫ 의시로다."

하향을 미러 쥬니, 하향이 ᄌᆞ【43】 리의 나셔 븟술 취ᄒᆞ여 가지고 ᄡᅥ니ᄃᆡ,

기위지[질]얘(其爲質也)
그 바탕되미

군쇄 겻히 잇다가 웃고 니로ᄃᆡ,

"네 안ᄌᆞᆫ ᄌᆞ리가 미오 죠토다. 너가 방ᄌᆞ이 글귀롤 싱각ᄒᆞ더니 믄득 네게 아이미 되도다."

쵸엽이 니로ᄃᆡ,

"그러ᄒᆞ면 져로 ᄒᆞ여곰 좌롤 양(讓)케 ᄒᆞ리라."

하향이 니로ᄃᆡ,

"두리건ᄃᆡ 밧고와 안ᄌᆞ면 ᄯᅩ 면셰(面勢)가 변ᄒᆞ리라."

도홍이 임의 한 귀롤 련ᄒᆞ여 너ᄃᆡ,【44】

개동탁취쥬와(開同琢就珠窩)ᄒᆞ야
함약싱셩옥진(含若生成玉瑱)이오
열닌 거시 죠화 구술 집을 일위여 누은 것 ᄀᆞᄐᆞ여
먹음기롤 옥구술 일움과 ᄀᆞᆺ더라

류지 도홍의 슈즁으로죠ᄎᆞ 븟술 아ᅀᅡ ᄡᅥ니ᄃᆡ,

의안비우쟝각지긔챵[복](宜安排于妝閣之綺宓)이오
혹위치부셔당지곡원(或位置夫書堂之曲院)이라
맛당히 단쟝ᄒᆞᄂᆞᆫ 집 깁창의 안비ᄒᆞᆯ 거시오
혹 글닑ᄂᆞᆫ 집 굽은 원락의 위치ᄒᆞᆯ 만ᄒᆞ더라

[쵸엽이 ᄯᅩ ᄯᅡ라 련귀ᄒᆞ여 ᄡᅥ니ᄃᆡ,

격념젹녀ᄂᆞᆫ
빙난이감샹미경이오
발의 격ᄒᆞᆫ 고요ᄒᆞᆫ 계집은
난간을 의지ᄒᆞ여 감샹ᄒᆞ미 더옥 졍ᄒᆞ고][268)]

---

268) [ ] 부분은 원문에 없음.

【45】 니운이 ᄯᅩᄒᆞᆫ ᄯᅡ라 련귀ᄒᆞ여 니ᄅᆞᄃᆡ,

옹비지인(擁鼻才人)은
완보이비회망권(緩步而徘徊恩倦)이라
코흘 ᄡᅡ 지죠잇ᄂᆞᆫ ᄉᆞᄅᆞᆷ은
셔셔히 거러 ᄇᆡ회ᄒᆞ며 게으ᄅᆞᆷ을 잇더라

쇼란이 ᄯᅩ 니운의 슈즁으로 븟술 아ᄉᆞ며 니로ᄃᆡ,

"쾌ᄒᆞ다. 달이 ᄇᆞᆰ은ᄃᆡ 어셔 지어니ᄌᆞ."

ᄒᆞ고, 드ᄃᆡ여 두 귀롤 ᄲᆞᆯ니 ᄡᅥ니ᄃᆡ,

청풍불좌(淸風拂座)ᄒᆞ니
긔가무군(豈可無君)이랴
ᄆᆞᆰ은 바ᄅᆞᆷ이 좌의 ᄯᅥᆯ치니
엇지 가히 그ᄃᆡ가 업ᄉᆞ랴

쇼란이 즉시 지필을 무ᄋᆡ지 옯히 노흐니 무 【46】 ᄋᆡ지 우러러 월식을 보ᄆᆡ, 진개 셔침(西沈)이 되ᄂᆞᆫ지라. 니로ᄃᆡ,

"이졔ᄂᆞᆫ 반ᄃᆞ시 ᄋᆡᄎᆞ롤 말고 다만 글귀가 잇거든 문득 ᄡᅥ니고, 만일 한 편 부(賦)롤 곳 지여 ᄇᆞᆰ기의 니ᄅᆞ면 엇지 ᄉᆞᄅᆞᆷ의 우음이 되지 아니랴?"

ᄒᆞ고 드ᄃᆡ여 븟술 드러 ᄡᅥ니ᄃᆡ,

아긱경쟝[샹](雅客傾觴)ᄒᆞ니
슈교젹면(須教覿面)이라
아담ᄒᆞᆫ ᄀᆡᆨ이 잔을 기우리니
모롬즉이 가ᄅᆞ쳐 낫출 뵈게 ᄒᆞ라

무ᄋᆡ지 븟술 요화롤 쥬며 다만 보니 요홰 【47】 ᄉᆞ면을 ᄌᆞ셔히 보와 한 가지 믈건을 뒤져 보ᄂᆞᆫ 모양이라. 무ᄋᆡ지 무ᄅᆞᄃᆡ,

"네가 엇지ᄒᆞ여 그리ᄒᆞᄂᆞ냐?"

요홰 머리롤 돌나 ᄲᆞᆯ니 븟술 바드며 니로ᄃᆡ,

"이곳의셔 일개 ᄉᆞᄅᆞᆷ을 보지 못ᄒᆞᄂᆞᆫ고로 져곳을 향ᄒᆞ여 찻ᄂᆞᆫ다."

ᄒᆞ거ᄂᆞᆯ, 쇼란이 몸을 니러 한번 보며 이로ᄃᆡ,

"욱니롤 보지 못ᄒᆞᆯ깃도다."

무ᄋᆡ지 니로ᄃᆡ,

"져 ᄋᆞ히 어ᄃᆡ로 갓ᄂᆞᆫ고?"

요홰 ᄲᆞᆯ니 청ᄃᆡ로 ᄎᆞᄌᆞ보라 ᄒᆞ고 ᄌᆞ긔 먹을 뭇쳐 ᄡᅥ니ᄃᆡ, 【48】

긔이ᄃᆡ쇼염이응(旣已對素艶以凝思)ᄒᆞ니
갈불가유호이경현(曷不假柔毫而輕絢)가
임의 희게 고은 거술 ᄃᆡᄒᆞ여 ᄡᅥ 깁게 ᄉᆡᆼ각ᄒᆞ니
엇지 브드러온 븟술 비러 가비야이 셜치(設彩)롤 아니ᄒᆞᄂᆞᆫ고

경히 비봉으로 ᄒᆞ여곰 지필을 보니려 ᄒᆞ더니, 청ᄃᆡ 욱니롤 ᄭᅳ러오며 니로ᄃᆡ,

"졔가 피ᄒᆞ여 루 아릭 부ᄉᆞ의 집이 가셔 ᄌᆞ더라."

ᄒᆞ거ᄂᆞᆯ, 무ᄋᆡ지 무ᄅᆞᄃᆡ,

"네가 엇지 피ᄒᆞ여 갓ᄂᆞ뇨?"

욱니 웃고 니로ᄃᆡ,

"비ᄌᆞ의 안줄 곳이 업셔 그리ᄒᆞ엿노라."

요홰 니로ᄃᆡ,

"엇지 편벽도히 너 안줄 곳만 업ᄂᆞ냐?"

욱니 ᄃᆡ답ᄒᆞᄃᆡ,

"만일 비지 ᄉᆞ 【49】 부의 슈ᄒᆞ의 안ᄌᆞ면, 엇지 공쥬롤 참남(僭濫)ᄒᆞ미 아니며, 만일 공쥬의 슈ᄒᆞ의 안ᄌᆞ면 엇지 부마롤 참남ᄒᆞ미 아니며, 만일 쇼시 무리 쇽의 이시면 ᄯᅩ 보기의 아경치 못ᄒᆞᆫ고로 피ᄒᆞ여 갓다."

ᄒᆞ거ᄂᆞᆯ, 무ᄋᆡ지 니로ᄃᆡ,

"져 말이 도로혀 ᄆᆡ오 통ᄒᆞ미로다. 네가 그러ᄒᆞ면 ᄂᆡ 웃머리의 안ᄌᆞ 쇼란과 ᄀᆞᆺ치 안게 하라."

요홰 니로ᄃᆡ,

"맛당히 뎨ᄌᆞ의 슈하의 안줄 거시오, 부마ᄂᆞᆫ 별노이 한 ᄌᆞ리롤 맛타시니 참남이 안ᄂᆞᆫ다헴 【50】 ᄒᆞ지 못ᄒᆞ리라."

즁인이 모다 니로ᄃᆡ,

"공쥬의 말숨이 유리ᄒᆞ도다."

군쇄 욱니롤 가ᄅᆞ치며 니로ᄃᆡ,

"네가 편벽도히 례졀 강ᄒᆞ기롤 ᄉᆞ랑ᄒᆞ여 한 편의 피ᄒᆞ여 ᄀᆞᆺ시니 방자(方才) 네가 여긔 잇더면 ᄂᆡ가 한 귀롤 이어니고 죠히 밧쳐나려 갈 거술, 도시 네가 피ᄒᆞ여 죠ᄒᆞᆫ 글귀롤 모다

바리게 되어시니, 쾌히 나롤 딕신ᄒᆞ여 한 귀롤 이어너려 공을 가지고 죄롤 쇽ᄒᆞ게 ᄒᆞ라."

요홰 니로딕,

"너가 【51】 본딕 맛당히 가셔 져롤 ᄎᆞᄌᆞ오지 아니홀 거술 ᄎᆞᄌᆞ다가 도로혀 남의 한 개구(開口)ᄒᆞᄂᆞᆫ 벌이 되엿도다."

어시의 합셕(合席)이 딕쇼ᄒᆞ고, 욱니 니로딕,

"임의 부마롤 딕신ᄒᆞ여 련ᄒᆞ여 나려가랴 ᄒᆞ면, 이왕 련ᄒᆞ여 나린 글귀롤 가져 날노 ᄒᆞ여곰 일편을 보와야 비로쇼 죠히 련귀롤 부ᄅᆞ리라."

황금순이 쌜니 시축(詩軸)을 취ᄒᆞ여 져롤 쥬니 욱니 바다 본 연후의 한 귀롤 이러 니로딕, 【52】

기능시[신]아(其凌晨也)의
그 ᄉᆞ빅롤 업슈히 너기믹

도홍이 쟝ᄎᆞᆺ 바드려 ᄒᆞ믹, 요홰 니로딕,

"이 한 귀ᄂᆞᆫ 네가 지은 양으로 치고 다시 부마롤 딕ᄒᆞ여 한 귀롤 더ᄒᆞ라."

욱니 련ᄒᆞ여 두 귀롤 뻐닉딕,

앙승비비지옥루[로](仰承霏霏之玉露)ᄒᆞ고
경함셰셰지청분(輕含細細之淸氛)이라
우러러 비비ᄒᆞᆫ 옥구술을 잇고
가비야이 셰셰ᄒᆞᆫ 뭙은 긔운을 먹음더라

하향이 바다 니로딕,

"네가 나롤 딕신ᄒᆞ여 뻐닉라."

【53】 교피염위지ᄉᆞ밍(巧避炎威之乍猛)ᄒᆞ며
만슈량샹이셔훈(慢隨凉爽以徐薰)이라
공교히 더운 위엄의 잠간 모진 거술 피ᄒᆞ며
부즈럽시 량샹ᄒᆞᆫ 거술 ᄯᆞ라 뻐 너음식 나더라

쵸엽이 ᄯᅩ 니로딕,

"네가 날도 딕신ᄒᆞ여 뻐닉라."

고쇼인지촌음히셕(顧騷人之寸陰是惜)이오
쇼인의 촌음을 이 앗기ᄂᆞᆫ 거술 도라보고

류지 쌜니 니로딕,

"아릭 귀ᄂᆞᆫ 너가 딕ᄒᆞ여 너기롤 양(讓)케 ᄒᆞ라."

니운이 니로딕,

"너가 임의 딕ᄒᆞ여 너여시니 너ᄂᆞᆫ 다시 아릭롤 이어가ᄂᆞᆫ 거시 죠흐리라."

류지 니로딕,

"네 그러ᄒᆞ면 쾌히 말ᄒᆞ라."

니운이 념ᄒᆞ여 니로딕,

【54】 셩쥬긱지오야미훈(醒酒客之五夜微薰)이라
쥬긱의 오경의 져기 취ᄒᆞᆫ 거술 ᄭᆡ게 ᄒᆞ더라

쇼란이 욱니다려 니로딕,

"네가 나롤 딕신ᄒᆞ여 뻐닉라."

만로혜노포한류안면(慢勞兮老圃汗流顔面)이오
브즈럽시 슈고ᄒᆞ미여 노픠 쌈이 안면의 흐ᄅᆞ고

류지 니로딕,

"이 아릭 귀ᄂᆞᆫ 나롤 양ᄒᆞ여 딕ᄒᆞ게 ᄒᆞ라."

쇼란이 듯지 아니커ᄂᆞᆯ 류지 임의 념ᄒᆞ여 니로딕,

쇄락혜화랑로침의군(灑樂兮花郎露浸衣裙)이라
이 쇼쇄ᄒᆞ게 즐거오미여 화랑이 이술이의 군을 젓더라

도홍이 몸을 닐며 니로딕,

"네가 나롤 위ᄒᆞ여 【55】 뻐닉라."

욱니 니로딕,

"너가 도로혀 너의 무리 딕셔롤 ᄒᆞ랴. 너가 몸쇼 쓰기롤 기ᄃᆞ려 네가 가져 가라."

ᄒᆞ고, 드딕여 한 귀롤 뻐 니로딕,

변삽화남이현두실(遍揷花籃而懸斗實)이오
두로 ᄭᅩᆺ 광쥬리의 ᄭᅩᄌᆞ셔 두실의 달고

도홍이 졔가 쓰기를 기드려 드디여 니로디,

"가히 지필을 가져오라."

호고, 드디여 써 니로디,

가차유질이장홍문(假此幽質而壯鴻文)이라

이 그윽호 바탕을 비러 큰 글을 장케 호더라

무익지 니로디,

"네가 요긴호게 디호는 거시 올흔디 엇더케 디호엿느냐?"

도홍이 한 번을 념【56】호미 무익지 머리를 흔들며 니로디,

"그 아름다온 거술 보지 못호깃시니 너는 도로혀 남을 디신호여 쓰기나 호고 몬져 나를 디신호여 쓰라."

호고, 드디여 념호여 니로디,

기야러야(其夜來也)의

그 밤의 올 젹의

요홰 니로디,

"나를 디신호여 쓰라."

호며 니로디,

잠유[휴]니원화디(潛携內院花臺)호야

좀간 니원 화디의셔 쯔러셔

쇼란이 닐며 니로디,

"공쥬는 비즈를 양호여【57】이어 나리게 호라."

호고, 도홍을 디호여 니로디,

"너는 나를 디신호여 쓰라."

호고 드디여 니로디,

황젹[접]심규운위(恍接深閨韻友)라

황연이 심규의 운치 잇는 벗을 영졉호더라

하향이 니로디,

"네가 나를 디신호여 쓰라."

호고 니로디,

뇌즈신욕지젼(賴賓新浴之前)호여

시로 목욕감는 욻흘 즈뢰호믈 힘닙어

욱니 칭찬호여 니로디,

"죠흔 글귀로다. 나를 디신호여 써니엿다."

호고 념호여 니로디,【60】

깅즈만장이휘(更藉晩粧而後)라

츠공월계쇼게지시(且供月階小憩之時)오

다시 느즌 단장호 후를 즈뢰호더라.

월계의 젹게 의지호는 씨를 이바지호고

류지 니로디,

"나도 한 련귀를 홀 거시니 네가 나를 디신 쓰라."

호고 니로디,

완문계셜亽함지구(宛聞鷄舌乍含之口)라

인온장져이미롱(氤氳帳底以彌濃)이오

완연이 계셜향(鷄舌香)을 좀간 먹음은 입을 드럿는지라.

쟝 밋히 인온호여 써 더옥 무르녹고

즁인이 다 고요호거놀, 무익지 니로디,

"모다 이어 나리지 못호고 나를 기드리느냐?"

도홍이 드디여 쓰며 념호여 니로디,

임염몽회이유구(荏苒夢回而悠久)라

슈령략츄미쳔연(須領略趣味天然)이오

쑴 도라오미 임염호여 오린 비라.

모롬즉이 의미가 쳔연호 거술 령략홀 거시오

니운이 니로디,

"나도 한 련귀를 호리라."

호고, 념호여 니로디,

휴착인존졍가우(休錯認助情佳偶)라

졍을 아름다온 짝의게 돕는다 그롯 아지 말나

요홰 니로듸,
"니가 구을너 나리기를 기ᄃ리라."
ᄒ고, 드듸여 념ᄒ여 니로듸,

지우슌졀셔슈텬시(至于順節序守天時)ᄒ며
졀셔를 슌히 ᄒ고 하늘 ᄯᅢ를 직희ᄂ듸 니ᄅ며

쇼란이 니로듸,
"비지 공쥬를 이어나리리라."
【60】 ᄒ고 념ᄒ여 니로듸,

염분듸경쳥ᄉ(厭粉黛逞淸安)ᄒ야
분듸를 슬혀ᄒ며 ᄆᆰ은 ᄌ틔를 밧쳐

하향이 니로듸,
"니가 다시 한 귀를 이으리라."
ᄒ고 념ᄒ여 니로듸,

영ᄉ란ᄉᆡᆼ공곡(寧似蘭生空谷)이랴
엇지 난쵸가 뷘 골의 나ᄂ 것과 비ᄒ랴

쵸엽이 니로듸,
"니가 듸ᄒ기를 기ᄃ리라."
ᄒ고 념ᄒ여 니로듸,

블교명현인지(不敎名炫人知)라
고가영지한궁기온(故歌詠者罕窮其韞)ᄒ고
일홈을 드러니여 ᄉᄅᆷ을 가ᄅ쳐 알게 아닌ᄂ지라
고로 가영(歌詠)ᄒᄂ 재 그 ᄡᅡᆫ 거술 궁구ᄒ기 드믈고

【61】 욱니 니로듸,
"나도 이어 나리리라."
ᄒ고, 념ᄒ여 니로듸,

기가지블금기치(嗜痂者不禁其痴)라
ᄶᅡᆨ지[269] 즐기ᄂ 재 그 어리셕으믈 금치 못ᄒ더라

요홰 니로듸,
"나를 듸신ᄒ여 ᄲᅢ녀라."
ᄒ고 니로듸,

슌[슈]년부쥬문슈호(誰戀夫朱門綉戶)ᄒ라
뉘가 쥬문과 슈호를 ᄉᆡᆼ각ᄒ리오

무ᄋᆡ지 니로듸,
"니가 락귀(落句)를 ᄆᆡᄌ 긋치고 죠히 노릐를 지으리라."
ᄒ며 념ᄒ여 니로듸,

왈귀야모ᄉ쥭니(曰歸也茅舍竹籬)라
[원]위가왈(爰爲歌曰)
모ᄉ와 쥭니로 도라가더【62】라.
이의 노릐ᄒ여 ᄀ로듸

니운이 니로듸,
"니가 한 노릐를 지어 여긔 잇시니 네가 나를 듸신ᄒ여 ᄡᅳ라."
ᄒ고, 드듸여 념ᄒ여 니로듸,

록침침혜번타(綠沈沈兮繁朶)오
프른 거시 침침ᄒ여 번화ᄒ ᄭᅩᆺ포귀오

류지 니로듸,
"니 이어 나리리라."
ᄒ고, 념ᄒ여 니로듸,

취ᄉᆡᆼᄉᆡᆼ혜져타(翠生生兮低嚲)라
프른 거시 ᄉᆡᆼᄉᆡᆼᄒ여 낫게 드리웟더라

쇼란이 니로듸,
"니 굴너 나리리라."
ᄒ고, 념ᄒ여【63】 니로듸,

블명화이단각기형향(不名花而但覺其馨香)이오
ᄭᅩᆺ치라 일홈은 아니ᄒ나 다만 그 형향ᄒ 거술 ᄭᆡ돗고

하향이 니로듸,

---

269) 【ᄶᅡᆨ지】 ㊔ 딱지. ¶ 痂 ‖ ᄶᅡᆨ지 즐기ᄂ 재 그 어리셕으믈 금치 못ᄒ더라 (嗜痂者不禁其痴.) <瑤華 13:61>

"이 글귀가 미오 죠흐니 너가 미져 너기롤 기드리라."

ᄒᆞ고 념ᄒᆞ여 니로ᄃᆡ,

희함예이편증기요리(喜含蕊而偏增其裊娜)라

우가왈(又歌曰)

꼿부리 먹음은 거술 깃거ᄒᆞᄂᆞᆫᄃᆡ 편벽도히 그 요라(裊娜)ᄒᆞ믈 더ᄒᆞ더라.

ᄯᅩ 노리ᄒᆞ여 ᄀᆞᆯ오ᄃᆡ

쵸엽이 니로ᄃᆡ,

"너가 귀(句)롤 니러너리라."

ᄒᆞ고, 념ᄒᆞ여 니로ᄃᆡ,

셔야청량농쟝ᄉᆞ(暑夜淸凉籠帳紗)ᄒᆞ니

더운 밤의 밤이 청량ᄒᆞ여 깁쟝을 얽엇시니

【64】 욱니 니로ᄃᆡ,

"너가 이 글귀롤 이으리라."

ᄒᆞ고, 념ᄒᆞ여 니로ᄃᆡ,

무인블이챠긔픠(無人不愛此奇葩)라

ᄉᆞ롬마다 이 긔이ᄒᆞᆫ 꼿출 ᄉᆞ랑 아니리 업더라

무이지 니로ᄃᆡ,

"너가 한번 굴너 니리라."

ᄒᆞ고 념ᄒᆞ여 니로ᄃᆡ,

ᄌᆞ금찬입군방보(自今纂入群芳譜)ᄒᆞ야

이졔로브터 군방보 쇽의 지어 너허셔

요홰 니로ᄃᆡ,

"너가 거두어 긋치리라."

ᄒᆞ고 념ᄒᆞ여 니로ᄃᆡ,

호셕가명청몽화(好錫嘉名淸夢花)라

죠히 아롬다온 일홈을 꿈을 ᄇᆞᆰ히ᄂᆞᆫ 꼿치라 ᄒᆞ리라

【65】 무이지 니로ᄃᆡ,

"글 쵸롤 가져다가 너가 ᄃᆡ총을 엇더ᄒᆞᆫ지 보리라."

금슌이 도홍의 슈듕으로 죠ᄎᆞ 취ᄒᆞ여 무이ᄌᆞ 읇히 노흐니, 무이지 죵두지미(從頭至尾)ᄒᆞ여 한편을 보며 니로ᄃᆡ,

"통톄(通體)가 도로혀 격률의 버셔나지ᄂᆞᆫ 아니ᄒᆞ나, 오죽 경인귀(驚人句)ᄂᆞᆫ 업도다. 너가 명일의 ᄃᆡ강 곳쳐 노와야 비로쇼 글쵸롤 젼ᄒᆞᆯ 거시오, 다만 부마만 괴롭게 ᄒᆞ여시니 오ᄂᆞᆯ은 촉급ᄒᆞᆫ지라. 명일의 다시 쳥ᄒᆞ여 두어 슈롤 짓게 【66】 ᄒᆞ면 ᄌᆞ연 졀묘ᄒᆞ리라."

군쇄 니로ᄃᆡ,

"학싱이 비록 글은 닑엇다 ᄒᆞ나 다만 실샹은 공뷔 심히 쳔박ᄒᆞ도다."

요홰 니로ᄃᆡ,

"공부ᄂᆞᆫ 깁게 말고 다만 참션ᄒᆞᄂᆞᆫ 우히 가셔 쓰게 ᄒᆞ라."

즁인이 모다 ᄭᆡ치지 못ᄒᆞ거ᄂᆞᆯ, 니운이 무ᄅᆞᄃᆡ,

"부ᄆᆡ ᄯᅩ 참션ᄒᆞᆯ 쥴을 아ᄂᆞ냐?"

군쇄 니로ᄃᆡ,

"너가 엇지 참션ᄒᆞᆯ 쥴 알냐."

무이지 웃고 니로ᄃᆡ,

"져 한 귀졀 말이 희롱ᄒᆞᄂᆞᆫ 말이니 부ᄆᆡ 공부롤 녀식 우히 모다 쁜다 ᄒᆞ미라. 쇽담【67】의 니ᄅᆞ기롤 '노파션(老婆禪)을 참예한다' ᄒᆞ엿ᄂᆞ니라."

즁인이 박쟝ᄃᆡ쇼ᄒᆞ고, 무이지 ᄯᅩ 니로ᄃᆡ,

"달이 임의 산의 나려가 밤이 미오 깁허시니 우리ᄂᆞᆫ 그만 쉬ᄌᆞ."

ᄒᆞ미, 군쇄 몬져 가기롤 고ᄒᆞ거ᄂᆞᆯ,

요홰 쇼시 무리로 ᄒᆞ여곰 보너여 쥬고, 일변 미영의게 알게 ᄒᆞ고, ᄯᅩ 위가긔(魏家驥) 녀인을 분부ᄒᆞ여 졔구롤 슈습게 ᄒᆞ고 비로쇼 침궁의 도라와 헐숙ᄒᆞ더라.

익일 청죠의 즁인이 모다 쇼셰ᄒᆞ고 무이지 요화의 방즁【68】의 와셔 한담ᄒᆞ더니 쟝기덕(張其德)이 일쟝 죠희롤 가지고 드러오ᄃᆡ, 시롤 쁜 것 ᄀᆞᆺ튼지라. 고ᄒᆞᄃᆡ,

"부마부의셔 보너여 ᄉᆞ부긔 보시게 한다."

ᄒᆞ거ᄂᆞᆯ, 무이지 바다보니 과연 한슈 야리향 칠률시(七律詩)라. 요홰 밧비 와셔 보고 념ᄒᆞ여 니로ᄃᆡ,

야향블가박산쇼(夜香不假博山燒)ᄒᆞ니
로읍방총운ᄌᆞ픠(露浥芳業韻自飄)라
슈투염장경숑목(誰鬪艶粧驚俗目)이냐
【69】 지여유복쳘쳥쇼(只餘幽馥徹淸宵)라

밤의 향을 박산[博山: 향로 닐홈이라]을 비러 술오지 아니ᄒᆞ니

이술이 쏫다온 포귀의 져져 운치가 스ᄉᆞ로 나붓기더라

뉘 고은 단쟝을 닷토와 쇽인의 눈을 놀니ᄂᆞ냐

다만 그윽ᄒᆞᆫ 향긔롤 남겨 몱은 밤의 ᄉᆞ못치더라

산호침찬중쳠미(珊瑚枕粲重添媚)오
비취금온별죠교(翡翠衾溫別助嬌)라
쇼슈풍류무한복(消受風流無限福)ᄒᆞ니
미인진즁비경요(美人珍重比瓊瑤)라

산호 벼기가 빗ᄂᆞ니 거듭 고은 거술 더ᄒᆞ고

비취 니블이 더우니 별노이 어엿분 거술 돕더라

풍류의 무한ᄒᆞᆫ 복을 바닷시니

미인이 진즁히 너겨 구술의 비ᄒᆞ더라

무ᄋᆡ지 니로ᄃᆡ,

"부마의 시지가 도로혀 가히 쌀 만ᄒᆞ도다."

요홰 니로ᄃᆡ,

"두리건ᄃᆡ 사롬이 잇셔 필삭(筆削)ᄒᆞ여 쥬엇도다."

무ᄋᆡ지 니ᄅᆞᄃᆡ,

"네가 엇지 아라니ᄂᆞ냐?"

요홰 ᄃᆡ답ᄒᆞᄃᆡ,

"이 【70】 시가 격률이 심히 셰셰ᄒᆞ고 쏘 여운이 만흐니 엇지 졔가 지엇시며 져의 집의 타인이 지어니리가 업ᄉᆞ니 싱각건ᄃᆡ 필시 미영이 지엇도다."

무ᄋᆡ지 니로ᄃᆡ,

"네가 엇지 부마롤 져러틋 격게 보ᄂᆞ냐?"

요홰 니로ᄃᆡ,

"미영을 블너다가 한 번 무ᄅᆞ면 믄득 알니라."

ᄒᆞ니, 쳥ᄃᆡ 답응ᄒᆞ고 나가며 쏘 보니, 쟝기덕이 일봉 셔신을 가지고 드러와 픔ᄒᆞᄃᆡ,

"령시 젼ᄒᆞ여 말ᄒᆞ【71】ᄃᆡ, 도즁(都中)의 셔 부ᄉᆞ(副史) 젼금역(錢金易)이 긔별ᄒᆞ여 말ᄒᆞ기롤 량년 동안 방옥셰(房屋稅) 밧ᄂᆞᆫ 도죠롤 모다 일졔히 거두지 못ᄒᆞ엿시니 공쥬긔셔 ᄉᆞ롬을 부려 긴ᄒᆞ게 징츌(徵出)ᄒᆞ여야 비로쇼 량년 혬이 쳥쟝이 될 거시오, 만일 다시 년타(延拖)ᄒᆞ여 쏘 슈년을 지닌 후ᄂᆞᆫ 졈졈 바다니기가 어려오니 공쥬의 졍탈ᄒᆞ시믈 쳥ᄒᆞᆫ다."

ᄒᆞ거놀, 무ᄋᆡ지 니로ᄃᆡ,

"져 방옥 도죠(賭租)롤 젼브터 엇지 바닷시며 뉘 숀으로 경긔(經紀)ᄒᆞᆫ지[270] 너ᄂᆞᆫ 반ᄃᆞ시 알니로【72】다."

요홰 니로ᄃᆡ,

"니가 모다 하향을 맛겨 판리케 ᄒᆞ고 쏘 쟝긔(帳記)[271]가 잇셔 가히 쇼고(訴告)홀지라. 져로 ᄒᆞ여곰 다시 가게 ᄒᆞ면 스ᄉᆞ로 명ᄇᆡᆨ히 되리라."

무ᄋᆡ지 니로ᄃᆡ,

"부ᄉᆞ 젼금역 일인이 홀노 판리ᄒᆞ기가 어려오니 ᄂᆡ 쯧은 맛츔ᄂᆡ 하향으로 ᄒᆞ여곰 쇼란을 다리고……"

홀연이 입을 멈츄며 싱각ᄒᆞ니, 아지 못게라 무ᄋᆡ지 무어술 싱각ᄒᆞᆫ고? 하회의 분ᄒᆡᄒᆞ라.

---

270) 【경긔ᄒᆞ다】 동 {경기(經紀)하다.} 중개(仲介)하다. ¶ 經手 ‖ 져 방옥 도죠롤 젼브터 엇지 바닷시며 뉘 숀으로 경긔ᄒᆞᆫ지 너ᄂᆞᆫ 반ᄃᆞ시 알니로다 (這房租、租子, 從前怎樣接收過來, 是誰經手? 你必知道.) <瑤華 13:71>

271) 【쟝긔】 명 장기(帳記). ¶ 帳本 ‖ 니가 모다 하향을 맛겨 판리케 ᄒᆞ고 쏘 쟝긔가 잇셔 가히 쇼고홀지라 (我都交于荷香辦理, 且有帳本可査.) <瑤華 3:72>

26
형영잡분인유후 ᄉᆞ도읍별분젼뎡
形影暫分因有後 師徒泣別奔前程

【73】 각셜, 무ᄋᆡ지(無碍子) 경히 말ᄒᆞ다가 홀연이 입을 멈츄고 홀연이 또 이어 니로ᄃᆡ,

“ᄂᆡ ᄉᆡᆼ각의ᄂᆞᆫ 하향(荷香)이 쇼란(素蘭)을 다리고 도즁(都中) 뎨턱(第宅) ᄂᆡ의 가셔 쥬졉(住接)ᄒᆞ게 ᄒᆞᆯ 거시니, ᄒᆞ믈며 져 ᄉᆞ룸들이 오년을 지ᄂᆡ여 긔한이 ᄎᆞ면 죡히 공명을 도도와 닐 거시오, 믄득 가히 혼잡ᄒᆞᆫ ᄉᆞ무를 죠검(照檢)케 ᄒᆞ고 다시 량 편 쇼식을 통케 ᄒᆞ리라.”

요홰(瑤華) 니로ᄃᆡ,

“ᄉᆞ부의 념녀가 ᄆᆡ오 올흔지라. 이제 쟝【74】상(莊上)의 모든 일은 삼개 쇼시(小厮)가 넉넉 죠응ᄒᆞᆯ 만ᄒᆞ다.”

ᄒᆞ고, 드ᄃᆡ여 쟝기덕(張其德)으로 ᄒᆞ여곰 하향과 쇼란을 부ᄅᆞ라 ᄒᆞ니, 한즈음이 못ᄒᆞ여 모다 침궁의 니ᄅᆞ거ᄂᆞᆯ, 무ᄋᆡ지 분부ᄒᆞ여 니로ᄃᆡ,

“방ᄌᆞ 젼금역(錢金易)이 셔신이 잇셔 와 말ᄒᆞ기를 경즁(京中)의 도죠를 능히 지금 슈습지 못ᄒᆞ고, 져 일인이 본ᄃᆡ 판리(辦理)ᄒᆞ기가 어려오며, ᄒᆞ믈며 네 숀의 지ᄂᆡ여 본 거시니 너의 부쳐 량기가 가히 경셩의 드러가 ᄉᆞ급ᄒᆞ신 뎨턱 ᄂᆡ의 쥬졉ᄒᆞ【75】여 일졀 ᄉᆞ무를 죠검케 ᄒᆞ고, 이후의 공쥐 운유(雲遊)ᄒᆞ다가 두리건ᄃᆡ 다시 도즁의 니ᄅᆞ러 휴식ᄒᆞᆯ ᄯᅢ가 잇실 거시니 일졀 바든 바 도죠를 그 곳의 유치ᄒᆞ여 두고 반ᄃᆞ시 쟝샹으로 슈운(輸運)ᄒᆞ여 오지 말지라. 네가 즁(衆) 쇼시의게 비겨 져기 츌두(出頭)가 되ᄆᆡ 가히 공명을 취ᄒᆞ여 숀의 니ᄅᆞᆫ 후의 죡히 공쥬의 양휵ᄒᆞᆫ 은혜 보답게 ᄒᆞ라.”

량기 듯더니 눈믈이 흘너 얼골의 가득ᄒᆞ믈 ᄭᅴᆺ지 못ᄒᆞ고 니로ᄃᆡ,

“공【76】쥐 니러ᄐᆞᆺ 부귀를 안향(安享)ᄒᆞ시리니 또 운유ᄒᆞ기를 요구ᄒᆞ시ᄂᆞ뇨?”

무ᄋᆡ지 니로ᄃᆡ,

“져의 젼졍(前程)은 너의 무리 료량(料諒)의 약간 한 둘을 알 거시오 두 말과 셰 말의 말ᄒᆞ여 다 ᄒᆞ지 못ᄒᆞᆯ지라. ᄃᆡ총(大總)이 각기 진심갈녁(盡心竭力)ᄒᆞ여 쟝샹을 보호ᄒᆞᄂᆞᆫ 거시 요긴ᄒᆞᆯ 거시오, 져ᄂᆞᆫ 운유ᄒᆞ고 나ᄂᆞᆫ 긔여히 좀간 산으로 도라갈 거시니 그 ᄯᅢ의 니ᄅᆞ러 ᄌᆞ연 알거시ᄆᆡ 반ᄃᆞ시 비샹(悲傷)ᄒᆞ여 말고 믄득 이의 가게 ᄒᆞ라.”

하향 부쳬 당쟝【77】의 고두 작별ᄒᆞ고, 또 즁인으로 더브러 하직을 ᄒᆞ고 돌쳐 발힝ᄒᆞ여 경도로 드러가니라.

지셜, ᄆᆡ영(梅影)이 부ᄅᆞ믈 인ᄒᆞ여 침궁의 니ᄅᆞ러 하향과 쇼란의 경셩으로 가셔 쥬졉ᄒᆞᆫ단 말을 드ᄅᆞᄆᆡ, 즁인을 ᄯᅡ라 한 ᄎᆞ례 류련(留戀)ᄒᆞ다가 져 무리를 보닌 후의 바야흐로 드러와 요화긔 뵈니, 무ᄋᆡ지 요화를 ᄃᆡᄒᆞ여 니로ᄃᆡ,

“ᄆᆡ영의 신양(身樣)이 졈졈 츄(麤)ᄒᆞ여 가니 ᄎᆞ후ᄂᆞᆫ 두리건ᄃᆡ 밧고와 힝키 어려오【78】리라.”

ᄒᆞ거ᄂᆞᆯ, ᄆᆡ영이 니로ᄃᆡ,

“져곳의셔 반듄(搬屯)ᄒᆞ여 여긔 와셔 쥬졉ᄒᆞᆯ지니 져 실업ᄉᆞᆫ 부ᄆᆡ ᄆᆡ일의 혼혼침침(昏昏沈沈)ᄒᆞ여 우히 잇셔 ᄌᆞ셰히 분별ᄒᆞ여 ᄂᆡ지 못ᄒᆞᆫ다.”

ᄒᆞ니, 무ᄋᆡ지 니로ᄃᆡ,

“ᄆᆡ오 그러ᄒᆞᆯ 듯ᄒᆞ도다.”

요홰 무ᄅᆞᄃᆡ,

“져 야ᄅᆡ향시(夜來香詩)를 졔가 가히 일즉 지엇ᄂᆞ냐?”

ᄆᆡ영이 웃고 니로ᄃᆡ,

“짓기ᄂᆞᆫ 지엇시나 다만 ᄂᆡ여노흘 슈 업ᄂᆞᆫ

지라. 그러므로 뼈 져롤 디신ᄒᆞ여 곳쳐 쥬미, 비로쇼 등셔(謄書)ᄒᆞ여 니엿 【79】 ᄂᆞ니라."

요홰 니로디,

"져의 본쵀(本草) 그져 잇ᄂᆞ냐?"

미영이 니로디,

"엇지 그 거술 머믈너 두엇시랴?"

요홰 니로디,

"네가 도로혀 몃 귀롤 긔억ᄒᆞᄂᆞ냐?"

미영이 니로디,

"두 귀는 긔억ᄒᆞ니 져의 쳣 련귀의 닐너시디,

삽계원향투과침(揷髻遠香透過枕)이오

탁포일식도통쇼(拆苞一色度通宵)라

머리의 ᄭᅩ존 먼 향긔는 ᄯᅮ러셔 벼개롤 지니고

포귀롤 터진 한 빗촌 통쇼롤 건너더라

무이지 니로디,

"의ᄉᆞ는 믄득 죠흐나 다만 통ᄒᆞ여 니지 못ᄒᆞ도다."

요홰 니로디,

"남은 여셧 귀 【80】 도 도로혀 져만치 죠흐냐?"

미영이 웃고 니로디,

"엇지 못뼈 바린 글귀롤 념ᄒᆞ여 니랴? 져가 말ᄒᆞ기롤 '작야(昨夜)의 지은 부(賦)롤 우리 무리 지어 두엇다가 유의ᄒᆞ여 져롤 어렵게 ᄒᆞᆫ다' ᄒᆞ미 니가 긔력이 업셔 져로 더브러 분변치 못ᄒᆞ여시니 가히 보건디 져의 심지가 실노이 모호 ᄒᆞ도다."

무이지 니로디,

"만일 져의 면모롤 보면 믄득 비쇽의 져 모양 결실(結實)된 거슨 ᄀᆞᆺ지 아니ᄒᆞ더라."

요홰 니로디,

"비쇽의 결실 【81】 된 거슨 디략이 환과(紈袴) ᄌᆞ뎨의 ᄲᅥᆺᄲᅥᆺᄒᆞᆫ 일이오, ᄯᅩ 다시 구무가 업셔 사ᄅᆞᆷ의 깃거ᄒᆞ믈 엇지 못ᄒᆞ는 거슨 믄득 한 가지 큰 병근이니라."

미영이 니로디,

"실노이 젹당ᄒᆞᆫ 말이라."

ᄒᆞ고, ᄯᅩ 한 ᄎᆞ례 지톄ᄒᆞ다가 비로쇼 져곳으로 가더라.

지셜, 쥬군좌(周君佐) 쟝상(莊上)의 잇시미 한가지도 흥치날 거시 업ᄂᆞᆫ지라. 홀연이 ᄉᆡᆼ각이 니러 급히 공명을 취ᄒᆞ려 ᄒᆞ고, ᄯᅡ라 경셩으로 드러가니, 일노브터 다ᄅᆞᆫ 말은 업고.

하츄(夏秋)롤 홀 【82】 연이 지니고 엄동이 임의 다ᄃᆞᄅᆞ미 미영의 분만홀 ᄯᅢ가 되엿ᄂᆞᆫ지라. 십일 월 이십ᄉᆞ 일의 니ᄅᆞ러 일개 ᄋᆞᄌᆞ롤 ᄉᆡᆼ산ᄒᆞ고, 각쳐의 깃부믈 보ᄒᆞ미, 군좨 알고 ᄲᅡᆯ니 쟝샹의 도라와 강보 즁으로죠ᄎᆞ 쇼ᄉᆡᆼᄋᆞ롤 보고 죠히 쾌활이 너겨 ᄯᅩ ᄌᆞ긔의 집으로 도라와 죠죵(祖宗)과 부친긔 깃부믈 고ᄒᆞ고, 아올나 일홈 지어쥬믈 쳥ᄒᆞ니, 쥬황친(周皇親)이 극셩(克成) 두 ᄌᆞ롤 취ᄒᆞ여 지어쥬고, 각쳐의셔 모다 와 두집치 【83】 하ᄒᆞᄂᆞᆫ 례단을 보니니 두 집의셔 모다 쥬셕을 판비ᄒᆞ여 긱을 쳥ᄒᆞ미 이십여 일을 분망ᄒᆞ여 비로쇼 맛치고, 요화ᄂᆞᆫ 다만 무이ᄌᆞ로 더브러 디루 아릐 잇셔 좌공(坐工)ᄒᆞ여 고요히 닷글ᄉᆡ, 무이지 져곳의 깃분 일이 임의 맛치믈 료량(料量)ᄒᆞ고 드디여 요화다려 니로디,

"부미 임의 ᄉᆞ쇽(嗣續)을 두엇시니 너의 분니(分內)의 일은 임의 완젼이 된지라. 몸쇼 공힝(功行)을 더져바리지 말 거시오, 나는 긔여히 산으로 도라가 졍과(正果)롤 슈련ᄒᆞ려 【84】 ᄒᆞ니, 져 부귀 총즁(叢中)의는 오릭 셔로 쳐홀 곳이 아니라. 니 ᄯᅳᆺ은 식힉 졍최(正初) 되거든 너와 더브러 흠긔 발힝홀 거시니, 다만 미영다려 말ᄒᆞ기롤, '남히(南海)의 가셔 지[진]향(進香)ᄒᆞᆫ다' ᄒᆞ고 나는 스ᄉᆞ로 아미산(峨嵋山)으로 가고 너는 가히 하람(河南)으로브터 강셔(江西)와 복건(福建)과 졀강(浙江)과 쇼쥬(蘇州)와 산동(山東)과 즉예(直隸)와 산셔(山西)와 셤셔(陝西)와 ᄉᆞ쳔(四川) 등쳐로 가 한 둘레 노라 공을 셰우고, 죄롤 술오는 거시 엇지 죠치 아니ᄒᆞ랴?"

요홰 니로디,

"임의 져 여러 ᄉᆡᆼ(省)을 단이려 【85】 ᄒᆞ면 반젼노비(盤纏路費)가 블쇼(不少)홀 거시니 만일 뎨ᄌᆞ 일인만 단이랴면 엇지 허다ᄒᆞᆫ 믈건을 ᄯᅴ고 가며, 만일 만흔 사ᄅᆞᆷ을 다리고 가면 능히 공을 셰우고 죄롤 술오는 거시 못되리라."

무이지 니로디,

"니 임의 너롤 위ᄒᆞ여 혬ᄒᆞ여 노왓시니 졍되(程途)가 요원ᄒᆞᆫ디 단신으로 힝치 못홀디라. 졀근(切近)ᄒᆞᆫ 져 몃 ᄉᆡᆼ(省)의는 ᄌᆞ연이 슈삼인을

다리고 갈 거시오, 길의 잇셔 가히 빨 만흔 쟈룰 술피여 어더니여 믄득 가히 셔셔히 밧고게 ᄒᆞ고, 【86】 공덕을 세우는디 니ᄅᆞ러는 공슈(空手)로 가히 엇지 못ᄒᆞᆯ지니, 벅벅이 은ᄌᆞ 빨 곳을 만나면 신변의 엇지 능히 언마나 진히깃ᄂᆞ냐? 너가 임의 미리 쥬획(籌劃)ᄒᆞ여 미 싱(省)의 본은(本銀) 오 만 량을 발ᄒᆞ여 우리 무리 쟉인 듕의 능히 경긔(經紀)ᄒᆞᆯ 쟈룰 빠니여 ᄒᆞ여곰 각 싱의 가셔 젼당(典當)푸리룰 여러 노코 만일 슈용ᄒᆞᆯ 은ᄌᆞ 잇거든 쵸지룰 민ᄃᆞ러 각기 반 죠각을 가져 합부(合符)ᄒᆞ여 보고 은ᄌᆞ룰 쥬디 만일 임의 뻐셔 다 ᄒᆞ여시면 다시 져 곳 【87】 으로죠ᄎᆞ 발ᄒᆞ여 갈 거시니 국가의 역참(驛站) 셜치ᄒᆞᆫ 것과 ᄀᆞᆺᄐᆞᆫ지라. 임의 가히 쇼식을 샹통ᄒᆞᆯ 거시오 ᄯᅩᄒᆞᆫ 가히 ᄌᆞ뢰(藉賴)ᄒᆞ여 뻐 몸을 의탁ᄒᆞᆯ 거시니 분비룰 이ᄀᆞᆺ치 ᄒᆞ면 가히 만젼ᄒᆞ다 니ᄅᆞ리라.”

요홰 니로디,

“본젼을 가지고 거힝ᄒᆞᆯ 쟉인을 가히 일즉 빠시며 다리고 갈 ᄉᆞᄅᆞᆷ도 일즉 파졍ᄒᆞ엿ᄂᆞ냐?”

무이지 니로디,

“본젼 가질 쟉인은 너가 임의 쵸엽(蕉葉)을 시겨 빠게 ᄒᆞ미, 제 말이 이십여 인을 어덧시디 경【88】원(情願)ᄒᆞ여 가마 ᄒᆞ기로 이제 지촉ᄒᆞ여 본젼을 거ᄂᆞ리고 금년 너로 몬져 힝케 ᄒᆞ고 너 다리고 갈 ᄉᆞᄅᆞᆷ은 쇼시비ᄂᆞᆫ 부뷔 함긔 쟝샹의 잇셔 보호ᄒᆞᆯ 거시니, 난호아 너기가 편치 못ᄒᆞ기로 너 뜻은 빅우옥(白于玉)과 황금슌(黃金釧)으로 ᄒᆞ여곰 황가 식부(媳婦)와 ᄀᆞᆺ치 슈힝케 ᄒᆞᆯ지니, 우옥 등은 약간 궁ᄆᆞ지지(弓馬之才)룰 통ᄒᆞ미 가히 그 팔과 숀 돕ᄂᆞᆫ 거술 ᄌᆞ뢰ᄒᆞᆯ 거시오, 져 삼인의 남ᄌᆞ 즁의 일개 강윤쟝(江允長)이 약간 문ᄌᆞ룰 ᄭᅵ치니 가히 뻐 너 【89】 룰 디신ᄒᆞ여 쟝긔(帳記)룰 치부ᄒᆞ며, 왕리 셔찰도 거힝케 ᄒᆞ고, 그 두명 진옥(陳玉)과 니영(李榮)이 도시 츄솔(麤率)ᄒᆞᆫ ᄉᆞᄅᆞᆷ이라. 도듕의셔 가히 다리 힘 어더 쓰기ᄂᆞᆫ 넉넉ᄒᆞᆯ 거시오 네가 ᄯᅩ 가마니 ᄌᆞ긔의 응용ᄒᆞᆯ 샹롱(箱籠) 믈건을 가져 미리 슈습ᄒᆞ엿다가 시히가 되거든 즉시 발힝케 ᄒᆞ라.”

요홰 니로디,

“노샹(路上) ᄉᆞ세ᄂᆞᆫ 엇지 비치ᄒᆞ랴?”

무이지 니로디,

“져거ᄉᆞᆫ 아직 졔긔치 말고 분슈ᄒᆞᆯ ᄯᅢ의 다시 너로 더브러 셰셰히 【90】 말ᄒᆞ리라.”

요홰 일일히 슈명ᄒᆞ고 몟 ᄯᅢ룰 격ᄒᆞ여 쵸엽이 와 고ᄒᆞ디,

“쟉인비 각기 표지(標識)룰 거ᄂᆞ리고 은ᄌᆞ룰 바다 가지고 몸을 닐냐 ᄒᆞᆫ다.”

ᄒᆞ거ᄂᆞᆯ, 무이지 요화와 ᄀᆞᆺ치 은을 다라 쥬니 함긔 ᄉᆞ십오 만 량이 되ᄂᆞᆫ지라. 각각 표지 반 죠각을 쥬어 맛쵸와 보와 ᄀᆞᆺ거든 즉시 니여 쥬기로 ᄒᆞ고, 눈을 굴닐 동안의 임의 신년이 된지라. 무이지 쵸팔일 길신(吉辰)을 갈히여 쟝기 덕으로 ᄒᆞ여곰 령ᄉᆞ의게 젼ᄒᆞ여 거 【91】 ᄆᆞ룰 판비케 ᄒᆞ고 미영으로 ᄀᆞᆺ치 남히(南海) 보타산(普陀山)의 진향ᄒᆞ라 간다 말을 너고, 쵸칠일의 니ᄅᆞ러 ᄌᆞ녀 무리와 틱감비(太監輩)와 각항 궁녀 무리룰 침궁으로 블너드려 가마니 니로디,

“너가 공쥬와 ᄀᆞᆺ치 밧그로 나가 운유ᄒᆞᆯ 거시니 너의 무리ᄂᆞᆫ 집의 잇셔 죠히 쟝샹(莊上)을 보호ᄒᆞ디 한갈ᄀᆞᆺ치 너가 여긔 잇ᄂᆞᆫ 일톄(一體)로 ᄒᆞ고 져기 위범치 말게 ᄒᆞ며, 각인이 모다 신ᄌᆞ(身子)룰 보양ᄒᆞ고 가히 난잡히 구지 못ᄒᆞᆯ지니, 식욕 【92】 이 비록 죠흐나 덕음의 비ᄒᆞ여 도로혀 리히(利害)가 되ᄂᆞᆫ 거시오, 만일 공쥐 도힝(道行) 곳 어드면 ᄌᆞ연 너의 무리룰 졔도ᄒᆞ여 쥴 거시니 그리 알고 기ᄃᆞ리며, 슈년 후의 이곳의 도젹이 봉긔ᄒᆞᆯ지라. 쟝ᄌᆞ 젼후 좌우의 함긔 고동(鼓動)을 베프러 두엇시니 그 ᄯᅢ가 되거든 미리 열고 방비ᄒᆞ여 뻐 여간 도젹의 졀발(竊發)ᄒᆞᄂᆞᆫ 거술 면케 ᄒᆞ고, 만일 디젹이 횡힝ᄒᆞ면 그 거ᄉᆞ로ᄂᆞᆫ 믄득 일을 건지지 못ᄒᆞᆯ지니 가히 미리 부 【93】 쳐의 쇼샹(塑像)을 민들고 곳쳐 도원(道院)을 민둘면 가히 분쇼(焚燒)ᄒᆞ고 노략ᄒᆞ믈 면ᄒᆞᆯ지니, 너의 무리 모롬즉이 너말을 굿게 긔록ᄒᆞ고 가히 범연(泛然)이 보지 말 거시오, 미영이 부마부의 잇셔 공쥬의 직분을 디신 ᄒᆞ미 너의 무리 다만 공쥬로 아라 디졉ᄒᆞ고, 가히 그 죵젹을 ᄭᅵ치지 못ᄒᆞᆯ 거시오, 너가 운유ᄒᆞ며 게어ᄅᆞ믈 슬혀ᄒᆞ면 쟝샹의 도라와 너의 무리로 다시 모드리라.”

즁인이 련셩(連聲) 응락ᄒᆞ고 믈너 【94】 가더라. 뎨 이일 쳥신(淸晨)의 힝쟝을 너여 싯게 ᄒᆞ고 ᄯᅩ 령ᄉᆞ와 쟝ᄉᆞ와 부ᄉᆞ와 관ᄉᆞ인 등을 블너 다시 한 ᄎᆞ례 부탁ᄒᆞ고 교ᄌᆞ의 올나 문의 나니, 여러 쟉인 남녀와 가방(街坊)의 져지 버린

ᄉᆞ룸들이 모다 와 비송ᄒᆞ거ᄂᆞᆯ, 무ᄋᆡ지 일일히 회ᄉᆞᄒᆞ고 요화로 ᄀᆞᆺ치 몸을 니러 슈레가 달니고 말이 쇽(速)ᄒᆞ여 눈을 굴니ᄆᆡ 임의 묘연ᄒᆞ더라.

미영이 궁의 도라와 무ᄋᆡᄌᆞ의 부촉을 좃ᄎᆞ 공쥬로ᄡᅥ 스ᄉᆞ로 쳐ᄒᆞ고 【95】 궁너 남뷔(南婦) ᄯᅩᄒᆞᆫ 공쥬로ᄡᅥ 존슝ᄒᆞᄂᆞᆫ고로 군좌와 복왕이 일호도 ᄭᅵ닷지 못ᄒᆞ고 쟝ᄉᆞ 령ᄉᆞ 무리 각각 법을 직희고 등분(等分)을 평안이 ᄒᆞ며, 오즉 무ᄋᆡᄌᆞ의 미영과 ᄀᆞᆺ치 남히 보타산의 다라가 진향ᄒᆞᄂᆞᆫ 연유ᄅᆞᆯ 가져 두 집 쥬인의게 품ᄒᆞ니, 군좨 왕으로 더브러 아올나 이 일로 ᄡᅥ 괘렴을 아니ᄒᆞ니 만일 이 모양으로 ᄀᆞᆺ치 지나가면 ᄌᆞ연 안일ᄒᆞ여 일이 업것마ᄂᆞᆫ 엇지 쥬문란(周文鸞) ᄌᆞ미가 미영 알기ᄅᆞᆯ 요화 【96】 와 ᄀᆞᆺ치 일반으로 아라 친열(親熱)ᄒᆞ기ᄅᆞᆯ 이샹히 ᄒᆞ고 가즁의 사ᄅᆞᆷ이 잡되믈 인ᄒᆞ여 군좌의 경셩의 드러가믈 탐지ᄒᆞ고, 즉시 부마 부즁으로 와 ᄒᆞ지 아니ᄒᆞᄂᆞᆫ 비 업고 미영ᄭᆞ지 유인ᄒᆞ여 졍을 노코 즐기믈 방ᄌᆞ히 ᄒᆞ니, 이거ᄉᆞᆫ 부마 부즁의 졍형(情形)이오 져곳의 복왕은 우연이 쟝샹의 니ᄅᆞᄆᆡ 음난ᄒᆞ믈 참지 못ᄒᆞ여 몬져ᄂᆞᆫ 먼뎌 규슈들이 와셔 시회ᄅᆞᆯ 짓ᄂᆞᆫ 거시 실노이 시ᄅᆞᆯ 지으미러니, 무ᄋᆡ지 【97】 간후로브터ᄂᆞᆫ 시 짓ᄂᆞᆫ 거시 블과 일홈만 비ᄂᆞᆫ 거시오 기실은 졍격(正格) 못되ᄂᆞᆫ ᄒᆡᆼ실을 ᄒᆞ여 당쵸ᄂᆞᆫ 블과시 쇼시 무리 마고 ᄒᆡᆼᄒᆞ며 어ᄌᆞ러이 동ᄒᆞ고 이후로ᄂᆞᆫ 복왕이 어더 알고 무란이 본바다 졈졈 공연이 낫출 드러너여 셔로 고로ᄆᆡ, 념치ᄅᆞᆯ 도라보지 아니ᄒᆞᄂᆞᆫ 규슈비ᄂᆞᆫ ᄌᆞ연 락죵(樂從)ᄒᆞ고 졍렬(貞烈) 직희ᄂᆞᆫ 사ᄅᆞᆷ은 믄득 좃지 아니ᄒᆞ며 들네고 가ᄂᆞᆫ 재도 잇ᄂᆞᆫ지라. 인ᄒᆞ여 시회ᄒᆞᆫ단 셩명이 크게 문허진지라. 【98】 왕이 ᄉᆞᄅᆞᆷ이 만히 오지 아니믈 보고 흥치가 쇼삭(消索)ᄒᆞ여 스ᄉᆞ로 변량으로 도라가더라.

지셜, 무ᄋᆡ지 요화로 더브러 시비 ᄒᆡᆼᄒᆞ고 밤이면 ᄌᆞ, 블과 오륙일의 믄득 비ᄅᆞᆯ 셰너여 강을 건너 느ᄌᆞ믈 당ᄒᆞᄆᆡ 한 쳐쇼ᄅᆞᆯ 갈히여 헐슉ᄒᆞᆯ 시, 셕식 후의 몬져 근슈(跟隨)ᄒᆞᄂᆞᆫ 남녀ᄅᆞᆯ 일너 쉬게 ᄒᆞ고 방문을 긴히 닷치고 드ᄃᆡ여 요화ᄅᆞᆯ ᄃᆡᄒᆞ여 니로ᄃᆡ,

"너ᄂᆞᆫ 명일의 강을 건너가 【99】 고 나ᄂᆞᆫ 금야의 너와 더브러 쟉별ᄒᆞᄂᆞᆫ 거시니 젼도의 일졀 ᄉᆞ경은 너가 ᄌᆞ연 미리 알지라. 다만 네가 긔여히 도심(道心)을 견고ᄒᆞ게 가지고 나의 이왕 부탁ᄒᆞᆫ 말을 잇지 마ᄂᆞᆫ 거시 믄득 너의 쟝진ᄒᆞᄂᆞᆫ ᄆᆞᄋᆞᆷ이니 너 비록 네 겻히 잇지 아니ᄒᆞ나 믄득 시긱으로 가마니 호위ᄒᆞ여 쥴 거시니 너ᄂᆞᆫ 다만 담을 크게 ᄒᆞ고 압ᄒᆞ로 가셔 네가 공ᄒᆡᆼ(功行)이 원만ᄒᆞ기ᄅᆞᆯ 기ᄃᆞ려 즉시 ᄉᆞ쳔싱(四川省) 아미산(峨嵋山) 쇽으로 니ᄅᆞ면 그곳의 공공동(空空洞) 【100】 이 잇ᄂᆞᆫᄃᆡ 너가 거긔 잇셔 슈련ᄒᆞᄂᆞᆫ지라. 네가 그리로 와 나ᄅᆞᆯ ᄎᆞᄌᆞ면 믄득 셔로 만나리라."

요홰 말을 듯더니 울며 업드러지거ᄂᆞᆯ, 무ᄋᆡ지 니ᄅᆞ혀며 니로ᄃᆡ,

"네가 이졔ᄂᆞᆫ 심지가 명ᄇᆡᆨᄒᆞ여시니 도로혀 엇지 우ᄂᆞ냐? 피ᄎᆞ의 각기 도로(道路)만 ᄎᆞ즐 거시오 긔여히 리별된다 말은 아닐지니 믄득 텬디ᄂᆞᆫ 혼돈ᄒᆞᄂᆞᆫ 날이 잇ᄂᆞᆫ지라. ᄒᆞ믈며 우리 무리랴?"

요홰 니로ᄃᆡ,

"비록 ᄉᆞ부의 북도다 쥬믈 닙어 ᄉᆞᄅᆞᆷ 【101】 이 되고 도슐을 젼ᄒᆞ여 쥬나 뎨ᄌᆞ의 이번 ᄒᆡᆼᄒᆞ미 만연ᄒᆞ여 가히 업ᄉᆞ니 아지 못게라 엇지ᄒᆞ면 죄얼을 쇼졔ᄒᆞ며 엇지ᄒᆞ면 공ᄒᆡᆼ이 원만타 니ᄅᆞ리오? 도로혀 ᄉᆞ부의 희미ᄒᆞᆫ 길을 지시ᄒᆞ믈 구ᄒᆞᄂᆞ니 뎨지 좃히 좃ᄎᆞ 가리라."

무ᄋᆡ지 니로ᄃᆡ,

"네가 이졔 비록 사ᄅᆞᆷ의 도ᄂᆞᆫ 되여시나 오히려 진범(塵凡)의 잇시니 만일 공을 일우랴 ᄒᆞ면 반ᄃᆞ시 죄얼을 쇼멸ᄒᆞ고 음덕을 만히 ᄡᆞᇂ흔 연후의 【102】 가히 ᄡᅥ 신션의 ᄌᆞ최ᄅᆞᆯ 바랄 거시오. 만일 너가 일일히 ᄇᆞᆰ히 가ᄅᆞ치면 텬긔ᄅᆞᆯ 누셜ᄒᆞ미오 ᄯᅩ 두리건ᄃᆡ 네 도심이 견고치 못ᄒᆞᆯ 거시니 오히려 ᄉᆞᄅᆞᆷ 모양ᄀᆞᆺ치 ᄒᆞ여 흐ᄅᆞ거든 ᄒᆡᆼᄒᆞ고 ᄲᅡ지거든 긋쳐 그 ᄌᆞ연ᄒᆞ믈 좃출 거시오. 만일 쥭을 긔약을 알량이면 더옥 사ᄅᆞᆷ의 ᄆᆞᄋᆞᆷ이 긔틀의 ᄆᆞᄋᆞᆷ이 날 거시니, 네가 만일 긋치ᄂᆞᆫ 거술 아ᄂᆞᆫ 연유ᄅᆞᆯ ᄭᆡ치지 못ᄒᆞ면 너가 네 귀[四句] 가결(歌訣)이 잇셔 네 【103】 곳의 머믈너 둘 거시니, 만일 만나ᄂᆞᆫ 빅 입쇌[272]쳐럼 합ᄒᆞ거든 믄득 가히 즈레 와 나ᄅᆞᆯ 찻게 ᄒᆞ라."

---

272) 【입쇌】 ㊔ 입술. ¶ 吻 ‖ 너가 네 귀 가결이 잇셔 네 곳의 머믈너 둘 거시니 만일 만나ᄂᆞᆫ 비 입쇌쳐럼 합ᄒᆞ거든 믄득 가히 즈레 와 나ᄅᆞᆯ 찻게 ᄒᆞ라 (你若不解知止之由, 我有四句歌訣, 留在你處, 若所遇吻合, 就可徑來尋我.) <瑤華 13:103>

ᄒᆞ고, 드ᄃᆡ여 일쟝 죠희의 ᄡᅥ 니ᄃᆡ,

도연텬디쵸(陶然天地初)의
닉시[식]음양변(乃識陰陽變)이라
역진긔여홍(力盡氣如虹)ᄒᆞ고
기궁공ᄌᆞ현(技窮功自見)이라

혼연ᄒᆞᆫ 텬디 쳐음의
이의 음양 변ᄒᆞ믈 알너라
힘이 다ᄒᆞ고 긔운이 무지게 ᄀᆞᆺ고
지죠가 궁ᄒᆞᄆᆡ 공이 스ᄉᆞ로 뵈더라

당쟝의 미러 쥬어 보게 ᄒᆞ니 요홰 침음ᄒᆞ【104】며 ᄭᆡ치지 못ᄒᆞ거ᄂᆞᆯ, 무ᄋᆡ지 니로ᄃᆡ,

"네가 셔셔히 ᄒᆡᆼᄒᆞ여 가면 ᄌᆞ연 일일히 응ᄒᆞ미 될 거시오, ᄯᅩ 삼개 경계ᄒᆞᄂᆞᆫ 바ᄂᆞᆯ이 잇셔 네 몸 우히 너허 쥴 거시니 네가 ᄋᆞᆲ흐로 오라."

요홰 신변의 ᄀᆞᆺ가히 안ᄌᆞ니 무ᄋᆡ지 옷 밋ᄎᆞ로 죠ᄎᆞ 삼개 ᄭᅩᆺ 슈놋ᄂᆞᆫ 바ᄂᆞᆯ을 집어닉여 니로ᄃᆡ,

"닉 이 삼개 바ᄂᆞᆯ이 뎨 일개ᄂᆞᆫ 교귀(嬌貴)ᄒᆞ믈 경계ᄒᆞ미니 네가 어려셔브터 지금가지 니ᄅᆞ러 닉【105】가 교후[훈](教訓)ᄒᆞᄂᆞᆫ 외의ᄂᆞᆫ 부모도 일즉 한마ᄃᆡ ᄭᅮ짓지 아니ᄒᆞ고 황뎨게셔도 오히려 즁ᄆᆡᄒᆞ여 계시니, 어ᄂᆡ 사ᄅᆞᆷ이 감히 너를 일호(一毫)나 거우깃ᄂᆞ냐[273]? 네가 이졔 문의 나 도로의 ᄂᆞᆯ 터이니 도쳐의 쟝쇽을 곳치고 혹 벅벅이 형셰를 ᄡᅳᆯ 곳이 잇셔도 다만 가히 사ᄅᆞᆷ을 시겨 젼ᄒᆞᄂᆞᆫ 거시 죡ᄒᆞ고 가히 스ᄉᆞ로 과쟝치ᄂᆞᆫ 못ᄒᆞᆯ지니, 만일 그런 ᄉᆡᆼ각을 한 번 두면 공과 죄가 홈긔 더ᄒᆞ여지고 업셔지지 아니【106】ᄒᆞᆯ 지니 네가 좌슈(左手)를 집어니라."

요홰 좌슈를 펴니니, 무ᄋᆡ지 바ᄂᆞᆯ을 가져 팔둑 피부를 향ᄒᆞ여 ᄭᅩᄌᆞ 노흐니 피 흔젹만 뵈고 바ᄂᆞᆯ은 믄득 뵈지 아니ᄒᆞᄂᆞᆫ지라. ᄯᅩ 당부ᄒᆞᄃᆡ,

"만일 나의 경계를 어긔량이면 이 바ᄂᆞᆯ이 필연 동ᄒᆞ여 네 심폐의 니ᄅᆞ러 의연이 도로 여호 귀신이 되리라."

ᄒᆞ고, ᄯᅩ 뎨 이개를 취ᄒᆞ여 니로ᄃᆡ,

"이 바ᄂᆞᆯ은 너의 침면(沉湎)ᄒᆞ믈 경계ᄒᆞᄂᆞᆫ 거시니 니리로【107】가ᄆᆡ 즐거온 일이 심히 만하 반ᄃᆞ시 침면ᄒᆞᄂᆞᆫ 지경의 니ᄅᆞᆯ지니 이 바ᄂᆞᆯ이 한 번 동ᄒᆞ거든 즉각의 ᄆᆞᄋᆞᆷ을 도ᄅᆞ라."

ᄒᆞ고, 드ᄃᆡ여 올흔 팔의 ᄭᅩᄌᆞ 두고, ᄯᅩ 뎨 삼개를 가져 니로ᄃᆡ,

"이 바ᄂᆞᆯ은 너의 경죠(輕躁)ᄒᆞ믈[274] 경계ᄒᆞᄂᆞᆫ 거시니, 도즁의 ᄉᆞ셰를 다 ᄌᆞ연ᄒᆞ믈 취ᄒᆞ고 아올나 경죠ᄒᆞ믈 가히 엇지 못ᄒᆞᆯ 거시니, 공뷔 밋쳐 되지 못ᄒᆞ면 네가 비록 텬문을 ᄯᅱ여넘ᄂᆞᆫ다 ᄒᆞ여도 인ᄒᆞ여 일호 괘【108】련[렴](掛念)ᄒᆞ미 잇셔 다시 능히 버셔나지 못ᄒᆞᆯ지니 이거시 긴요ᄒᆞᆫ 쇼관이라. 네가 옷깃ᄉᆞᆯ 프러니라."

요홰 옷깃ᄉᆞᆯ 프러노흐니 필경 엇지된고? ᄎᆞ간하문분히(且看下文分解)ᄒᆞ라.

〔요화젼 瑤華傳 권지십ᄉᆞ 卷之十四〕

【1】화셜 요홰(瑤華) 옷깃ᄉᆞᆯ 푸러 노흐ᄆᆡ 무ᄋᆡ지(無碍子) 바ᄂᆞᆯ을 가져 등 우 피부 쇽의 ᄭᅩᄌᆞ 노코, ᄯᅩ 당부ᄒᆞᄃᆡ,

"나의 ᄉᆞ귀(四句) 가결(歌訣)을 ᄒᆡᆼᄒᆞ고 나의 삼개 계침(戒針)을 직희면 큰 도가 니ᄅᆞ지 못ᄒᆞ믈 두리지 아닐 거시오, 네가 만일 공덕을 알션ᄒᆞ다가 로ᄎᆞ(路次)의셔 험란ᄒᆞᆫ 거ᄉᆞᆯ 만나ᄂᆞᆫ ᄯᅢ【2】가 이시면 닉가 ᄌᆞ연 알고 반ᄃᆞ시 가셔 보호ᄒᆞᆯ 거시오, 의셔(醫書) 한 길[질]은 ᄒᆡᆼ구(行具)의 머믈너 두면 맛당히 ᄡᅳᆯ 곳이 이시리라.

273)【거우다】동 거스르다. 대적(對敵)하다. ¶ 糟踏 ‖ 네가 어려셔브터 지금가지 니ᄅᆞ러 닉가 교훈ᄒᆞᄂᆞᆫ 외의ᄂᆞᆫ 부모도 일즉 한마ᄃᆡ ᄭᅮ짓지 아니ᄒᆞ고 황뎨게셔도 오히려 즁ᄆᆡᄒᆞ여 계시니 어ᄂᆡ 사ᄅᆞᆷ이 감히 너를 일호나 거우깃ᄂᆞ냐 (你自幼到今, 除了我教訓之處, 父母也未曾吆喝一聲, 天子尚然寵愛, 何人敢來糟踏你一點.) <瑤華 13:105>

274)【경죠ᄒᆞ다】형 {경조(輕躁)하다.} 경박하고 조급하다. ¶ 浮躁 ‖ 이 바ᄂᆞᆯ은 너의 경죠ᄒᆞ믈 경계ᄒᆞᄂᆞᆫ 거시니 도즁의 ᄉᆞ셰를 다 ᄌᆞ연ᄒᆞ믈 취ᄒᆞ고 아올나 경죠ᄒᆞ믈 가히 엇지 못ᄒᆞᆯ 거시니 공뷔 밋쳐 되지 못ᄒᆞ면 네가 비록 텬문을 ᄯᅱ여넘ᄂᆞᆫ다 ᄒᆞ여도 인ᄒᆞ여 일호 괘렴ᄒᆞ미 잇셔 다시 능히 버셔나지 못ᄒᆞᆯ지니 (這戒浮躁. 我道中事皆取自然, 並非浮躁可得一毫, 工夫未到, 憑你跳過天門, 仍有這一毫掛碍, 再不能灑脫.) <瑤華 13:107>

ᄂᆡ 말이 여긔 다ᄒᆞ니 너ᄂᆞᆫ 굿게 긔록ᄒᆞ고 나ᄂᆞᆫ 스ᄉᆞ로 가노라."

요홰 의의(依依)ᄒᆞ여 놋치 못ᄒᆞ고 겨유 ᄯᅡ라 챵문의 나ᄆᆡ, 무ᄋᆡ지 허리 ᄉᆞ이로죠ᄎᆞ 칼을 ᄂᆡ여 공즁을 바라고 한 번 더지ᄆᆡ, 한 길 ᄇᆡᆨ광이 니러ᄂᆞᆫ 곳의 무ᄋᆡ지 빗출 ᄯᅡ라가거ᄂᆞᆯ 요홰 ᄆᆞᄋᆞᆷ의 놀나고 담이 ᄯᅥᆯ녀 공즁을 바라고 먼리 ᄇᆡ 【3】 ᄉᆞᆼᄒᆞ더라.

ᄎᆞ일의 ᄇᆡᆨ우옥(白于玉) 등이 ᄒᆡᆼ쟝을 슈습ᄒᆞᆯ시 무ᄋᆡᄌᆞᄅᆞᆯ 보지 못ᄒᆞ고 두로 ᄎᆞᆺ거ᄂᆞᆯ, 요홰 니로ᄃᆡ,

"ᄉᆞ뷔 쟉야의 믄득 가 계시니라."

즁인이 니로ᄃᆡ,

"문도 여지 아니ᄒᆞ고 엇지 갓ᄂᆞ냐?"

요홰 니로ᄃᆡ,

"ᄉᆞ부ᄂᆞᆫ 공즁으로 오고 공즁으로 가니 ᄉᆡ로이 무ᄉᆞᆫ 긔이타 ᄒᆞ리오?"

즁인이 니로ᄃᆡ,

"ᄉᆞ부ᄂᆞᆫ 맛참ᄂᆡ 신션이로다."

ᄒᆞ고, 드ᄃᆡ여 ᄇᆡᄅᆞᆯ ᄯᅴ여 가니 이거ᄉᆞᆫ 슝뎡(崇禎) 오년 츈쵸(春初)의 일이라.

요홰 강 건너가므로브 【4】 터 몬져 강셔(江西)의 니ᄅᆞᆯ시, 길히셔 진옥(陳玉)으로 ᄒᆞ여곰 쟉인(作人)의 개셜ᄒᆞᆫ 바 젼당푸리[275]가 어ᄂᆡ 곳의 이시며 셩명을 아라 오라 ᄒᆞ엿더니, 몟날이 못ᄒᆞ여 남챵부(男昌府) 셩즁의셔 셜시(設施)ᄒᆞᆫ 거술 알고 온지라. 드ᄃᆡ여 슈로로 죠ᄎᆞ 즈레 남창의 니ᄅᆞ러 하쳐(下處)ᄅᆞᆯ ᄎᆞᄌᆞ 쥬졉ᄒᆞ고[276] 몟날을 쉬고, 즉시 쟝쇽을 곳치고 나가 놀ᄉᆡ, 우옥으로 ᄒᆞ여곰 샹ᄌᆞ 쇽의 녀관의 건복(巾服)을 ᄎᆞᄌᆞᄂᆡ여 밧고와 닙고 황가 식부로 ᄒᆞ여곰 ᄯᅡ 【5 】 ᄅᆞ게 ᄒᆞ고 일개 보찜을 ᄆᆡᆫᄃᆞ러 은량을 너허가지고 우옥 등의게 부촉ᄒᆞ여 니로ᄃᆡ,

"하쳐ᄅᆞᆯ 챡실히 직희게 ᄒᆞ고 만일 ᄂᆡ가 ᄲᆞᆯ은지 잇거든 ᄀᆞᆺ가오면 황가 식부로 가져가게 ᄒᆞ고 멀면 ᄯᅡ로 별노 ᄉᆞᄅᆞᆷ을 보ᄂᆡᆯ 거시니 ᄂᆡ 두샹의 ᄭᅩᄌᆞᆫ 옥잠을 보ᄂᆡ거든 표ᄅᆞᆯ ᄉᆞᆷ고 즉편(卽便)의 ᄆᆡᆺ기여 보ᄂᆡ라."

ᄒᆞ고, 말을 맛ᄎᆞᄆᆡ 믄득 ᄒᆡᆼᄒᆞ니, ᄇᆡᆨ우옥과 황금슌(黃金釧)이 무ᄅᆞᄃᆡ,

"공쥬의 이번 온 거시 산의 놀고 경치ᄅᆞᆯ 구경ᄒᆞ 【5】 ᄂᆞᆫ 거시니 엇지ᄒᆞ여 긔여히 이쳐럼 ᄒᆡᆼᄒᆡᆼᄒᆞ므로 죠흔 슈용(受用)ᄒᆞᄂᆞᆫ 거술 바리고, 엇지 괴로이 져러ᄐᆞᆺ 분파(奔波)ᄒᆞ믈 바드며, ᄒᆞ믈며 공쥐 어려셔브터 이졔 니ᄅᆞ러 엇지 일즉 쳑신(隻身)으로 홀노 거러 ᄒᆡᆼᄒᆞ여 문의 나가 보왓ᄂᆞ냐? 비ᄌᆞ 무리 져 모양 졍샹(情狀)을 보ᄆᆡ 죠히 공쥬ᄅᆞᆯ ᄃᆡ신ᄒᆞ여 비감치 아니ᄒᆞ랴?"

ᄒᆞ고, 각기 눈물을 나리거ᄂᆞᆯ, 요홰 니로ᄃᆡ,

"이 일은 너의 무리 알 ᄇᆡ 아니니 네 다만 보라. 우리 ᄉᆞ뷔 【7】 ᄂᆡ가 ᄉᆞ오 셰로브터 믄득 와셔 무양(撫養)ᄒᆞ고 교도ᄒᆞ여 십여 년 공부ᄅᆞᆯ 허비ᄒᆞ미 믄득 금일의 나ᄅᆞᆯ 가ᄅᆞ쳐 문의 나 공덕을 알션케 ᄒᆞ여, ᄲᅧ 젼싱의 허믈을 쇽ᄒᆞ게 ᄒᆞ미니, 다시 부귀 총즁(叢中)의 유련(留戀)ᄒᆞ다가ᄂᆞᆫ 필경 쵸목으로 더브러 함긔 셕고 말지라. ᄂᆡ 일은 한 말노 다ᄒᆞ기 어려오니 너의 무리 나ᄅᆞᆯ ᄃᆡ신ᄒᆞ여 구ᄐᆞ여 샹심치 말고 다만 ᄂᆡ가 일즉 업을 셰우고 도라오ᄂᆞᆫ 것만 츅원ᄒᆞ 【8】 면 쟝ᄅᆡ의 혹시 ᄲᅧ 너의 무리ᄅᆞᆯ ᄭᅳ러 갈ᄂᆞᆫ지 아지 못ᄒᆞ리라."

즁인이 약간 ᄯᅳᆺ을 알고 바야흐로 눈물을 거두고 보ᄂᆡ여 나오더라.

요홰 황가 식부와 ᄀᆞᆺ치 하쳐 문의 나셔 각쳐로 유람ᄒᆞᆯᄉᆡ, 한 곳의 다ᄃᆞᄅᆞ니 륙가(六街)와 삼시(三市) 심히 열요(熱鬧)ᄒᆞᆫ지라. ᄒᆡᆼᄒᆞ여 곤ᄒᆞᄆᆡ 믄득 챠가게 니ᄅᆞ러 챠ᄅᆞᆯ 먹고 헐각(歇脚)ᄒᆞ고[277] 거롬을 ᄯᅡ라 ᄒᆡᆼᄒᆞ여 일긔 셩문의 니ᄅᆞ니, 믄득 셩문 아ᄅᆡ 한 포귀 사ᄅᆞᆷ이 잇셔 방문을 【9 】 닑ᄂᆞᆫ지라. 요홰 먼리 보니 방 우희 ᄡᅧ시ᄃᆡ,

남챵현(南昌縣)은 ᄃᆡ망(大蟒)이 작희(作戲)ᄒᆞ여[278] 인민을 샹히ᄒᆞ믈 위ᄒᆞ여 모군(募

275) 【젼당푸리】 명 {전당푸리(典當鋪裏).} 전당포(典當鋪). ¶ 典鋪 ‖ 길히셔 진옥으로 ᄒᆞ여곰 쟉인의 개셜ᄒᆞᆫ 바 젼당푸리가 어ᄂᆡ 곳의 이시며 셩명을 아라 오라 ᄒᆞ엿더니 (先令陳玉探聽佃戶所開典鋪在于何處, 將姓名開付.) <瑤華 13:4>

276) 【쥬졉ᄒᆞ다】 동 {주접(住接)하다.} 잠시 머물다. ¶ 居住 ‖ 드ᄃᆡ여 슈로로 죠ᄎᆞ 즈레 남창의 니ᄅᆞ러 하쳐ᄅᆞᆯ ᄎᆞᄌᆞ 쥬졉ᄒᆞ고 (遂由水路徑至南昌, 于左近覓個下處居住.) <瑤華 14:4>

277) 【헐각ᄒᆞ다】 동 {헐각(歇脚)하다.} 머물러 쉬다. ¶ 歇足 ‖ ᄒᆡᆼᄒᆞ여 곤ᄒᆞᄆᆡ 믄득 챠가게 니ᄅᆞ러 챠ᄅᆞᆯ 먹고 헐각ᄒᆞ고 (走乏了就到茶肆中吃茶歇足.) <瑤華 14:9> ⇒ 2:53

278) 【작희ᄒᆞ다】 동 {작희(作戲)하다.} ¶ 作祟 ‖

軍)ᄒᆞ여 잡아 죽이려 ᄒᆞᄂᆞᆫᄃᆡ, 이십일도(二十一都) 향민(鄕民) 념ᄉᆞ신(閻士信)의 무리 등쟝ᄒᆞ므로 말미암아 ᄒᆞ미라.

ᄒᆞ엿더라.

요홰 심즁의 ᄉᆡᆼ각ᄒᆞᄃᆡ,

'능히 이 한 가지 ᄒᆡ되ᄂᆞᆫ 거ᄉᆞᆯ 졔어ᄒᆞ여 인민의 샹ᄒᆡᄒᆞ믈 면ᄒᆞ여 쥬면 믄득 큰 공이 되리라'

ᄒᆞ고 드ᄃᆡ여 황식부로 ᄒᆞ여곰 ᄌᆞ셔히 노샹인의게 무러 이십일도 디방【10】이 어ᄃᆡ 잇ᄂᆞᆫ지 아라오라 ᄒᆞ엿더니, 언마 못되여 명ᄇᆡᆨ히 무러보고 와 ᄃᆡ답ᄒᆞᄃᆡ,

"여긔셔 륙십여 리ᄅᆞᆯ ᄯᅥ셔 동남각샹 심산즁의 그 일이 잇다."

ᄒᆞ거ᄂᆞᆯ, 요홰 니ᄅᆞᄃᆡ,

"임의 머지 아니ᄒᆞ니 우리 무리 믄득 그곳으로 가리라."

ᄒᆞ거ᄂᆞᆯ, 황식뷔 니ᄅᆞᄃᆡ,

"하ᄂᆞᆯ이 임의 오시(午時)가 지낫시니 엇지 가셔 밋ᄎᆞ리오? 만일 로즁(路中)의 슉쇼가 업ᄉᆞ면 엇지ᄒᆞ여야 죠흐리오?"

요홰 니ᄅᆞᄃᆡ,

"우리 이졔 엇지 져 잘 누리ᄂᆞᆫ 거ᄉᆞᆯ ᄉᆡᆼ각【11】ᄒᆞ랴? 니ᄅᆞᄂᆞᆫ 곳의 믄득 ᄌᆞ고 믈건을 만나면 믄득 먹고 다만 공ᄒᆡᆼ(功行)을 셩ᄎᆔᄒᆞ기만 강구ᄒᆞ미 올흘지라. 네가 몬져 슈용(受用)을 잘 ᄒᆞ엿시니 다만 이번 고샹[279]을 지ᄂᆡ지 아니면 쟝ᄅᆡ의 ᄆᆡ오 블호(不好)ᄒᆞᆯ 일ᄌᆡ(日子) 이실 거시오, 다만 두리건ᄃᆡ 더옥 지ᄂᆡ기가 어려올지니 니러ᄐᆞᆺ 교긔(嬌貴)ᄒᆞᆫ 쳬 말고 우리가 ᄀᆞᆺ치 다라가다가[280] 가히 긋치면 쉬고 발ᄒᆡᆼᄒᆞᄂᆞᆫ 거시 편ᄒᆞ리라."

황식뷔 다만 ᄯᆞ라 다ᄅᆞᆯ시, 요화ᄂᆞᆫ 본ᄃᆡ 솟고 ᄯᅱᄂᆞᆫ【12】법을 련습ᄒᆞ여 아올나 교[교]젹젹(嬌嬌滴滴)ᄒᆞᆫ 공ᄌᆔ 아니므로 그러므로 ᄲᅧ 그 ᄒᆡᆼᄒᆞ미 심히 속(速)ᄒᆞ고 황식뷔 도로혀 ᄯᆞ라 밋지 못ᄒᆞ고, 다만 져닷ᄂᆞᆫ ᄃᆡ로 ᄎᆞᄌᆞ 늣기의 니ᄅᆞᄆᆡ, 산 안개가 희미ᄒᆞᆫ 쇽의 먼리 보니 촌장(村莊)이 잇ᄂᆞᆫ지라. 믄득 가셔 ᄌᆞ기ᄅᆞᆯ 빌고 ᄌᆡ식(齋食)을 쳥ᄒᆞ니 져 향민들이 량개 도괴(道姑) 도시 문아(文雅)ᄒᆞ믈 보고 각각 환희ᄒᆞ여 한 곳 뷘 방을 슈습ᄒᆞ여 져 량개ᄅᆞᆯ 쥬어 ᄌᆞ게 ᄒᆞ고, 쇼ᄎᆡ(素菜)와 다반(茶飯)을 ᄀᆞ쵸와 관ᄃᆡ(款待)【13】ᄒᆞ거ᄂᆞᆯ, 드ᄃᆡ여 그 부녀다려 무ᄅᆞᄃᆡ,

"ᄂᆡ 드ᄅᆞ니 이곳의 ᄃᆡ망(大蟒)[281]이 잇셔 사ᄅᆞᆷ을 ᄒᆡᄒᆞᆫ다 ᄒᆞ니, 가히 진젹(眞的)ᄒᆞ냐?"

그 부녜 ᄃᆡ답ᄒᆞᄃᆡ,

"ᄉᆞ부ᄅᆞᆯ 쇽여 말ᄒᆞ미 아니라 이곳셔 이십여 리ᄅᆞᆯ 가면 산 일홈은 마두산(馬頭山)이라 ᄒᆞ고 그 쇽의 ᄃᆡ망이 잇시ᄃᆡ ᄆᆡ오 쟝ᄃᆡᄒᆞ며 졔가 굴 밧긔 나지 아니코 믄득 안개ᄅᆞᆯ 토ᄒᆞ여 ᄉᆞᄅᆞᆷ으로 ᄒᆞ여곰 희미ᄒᆞ여 보지 못ᄒᆞ게 ᄒᆞ고 믄득 와셔 ᄉᆞᄅᆞᆷ을 먹으ᄃᆡ, 가쟝 쇼ᄒᆡᄌᆞ(小孩子) 먹기ᄅᆞᆯ 죠화ᄒᆞ므로 이【14】근쳐 쇼ᄒᆡᄌᆡ 모다 져의게 먹힌 ᄇᆡ 되여 종락(種落)[282]이 ᄭᅳᆫ허지게 되엿다."

ᄒᆞ거ᄂᆞᆯ, 요홰 무ᄅᆞᄃᆡ,

"엇지 그러ᄒᆞ면 ᄉᆞᄅᆞᆷ을 어더 져ᄅᆞᆯ 잡아 죽이지 아니ᄒᆞᄂᆞ냐?"

부녀 무리 ᄃᆡ답ᄒᆞᄃᆡ,

"각쳐로 가셔 무예 잇ᄂᆞᆫ 이ᄅᆞᆯ ᄎᆞᄌᆞ 그리ᄒᆞ랴 ᄒᆞᄃᆡ 다만 아직 업다."

ᄒᆞ거ᄂᆞᆯ, 요화 니ᄅᆞᄃᆡ,

"ᄂᆡ가 이졔 가셔 져ᄅᆞᆯ 슈포(收捕)ᄒᆞ여 너의

남챵현은 ᄃᆡ망이 쟉희ᄒᆞ여 인민을 샹ᄒᆡᄒᆞ믈 위ᄒᆞ여 모군ᄒᆞ여 잡아 죽이러 ᄒᆞᄂᆞᆫᄃᆡ (南昌縣示: 爲大蟒作祟, 傷害人民, 召募捕殺事.) <瑤華 14:9>

279)【고샹】명 고생(苦生). ¶ 苦 ‖ 다만 이번 고샹을 지ᄂᆡ지 아니면 쟝ᄅᆡ의 ᄆᆡ오 블호ᄒᆞᆯ 일ᄌᆡ 이실 거시오 (但若不吃些苦, 將來有大不好的日子.) <瑤華 14:11>

280)【다라가다】동 달려가다. ¶ 走去 ‖ 니러ᄐᆞᆺ 교긔ᄒᆞᆫ 쳬 말고 우리가 ᄀᆞᆺ치 다라가다가 가히 긋치면 쉬고 발ᄒᆡᆼᄒᆞᄂᆞᆫ 거시 편ᄒᆞ리라 (不要如此轎貴, 大家走去, 可止則止, 可行則向便了.) <瑤華 14:11>

281)【ᄃᆡ망】명 대망(大蟒). ¶ 蟒蛇 ‖ ᄂᆡ 드ᄅᆞ니 이곳의 ᄃᆡ망이 잇셔 사ᄅᆞᆷ을 ᄒᆡᄒᆞᆫ다 ᄒᆞ니 가히 진젹ᄒᆞ냐 (我聽得你們這裡有蟒蛇害人, 可眞麽?) <瑤華 14:13>

282)【죵락】명 {종락(種落).} 종내기. 종류나 계통의 같고 다름을 이르는 말. ¶ 種 ‖ 가쟝 쇼ᄒᆡᄌᆞ 먹기ᄅᆞᆯ 죠화ᄒᆞ므로 이 근쳐 쇼ᄒᆡᄌᆡ 모다 져의게 먹힌 ᄇᆡ 되여 종락이 ᄭᅳᆫ허지게 되엿다 (他喜屹小孩子, 這一帶的小孩子, 都被他吃絶了種了.) <瑤華 14:14> ⇒ 죵락, 죵락

무리ᄅᆞᆯ 위ᄒᆞ여 일방의 ᄒᆡ되ᄂᆞᆫ 거술 졔어ᄒᆞ면 가히 죠흐랴?"

그 부녀 무리 개개히 합장ᄒᆞ며 아미타불을 념【15】ᄒᆞ고, 니로ᄃᆡ,

"너의 무리 녀보살을 어더 잡아 죽이ᄂᆞᆫ ᄣᅵᄂᆞᆫ 사ᄅᆞᆷ의 집이셔 너ᄅᆞᆯ 감격ᄒᆞ여 ᄒᆞᄂᆞᆫ 이가 언ᄆᆡ 될지 모로리라."

요쾌 니로ᄃᆡ,

"ᄂᆡ 져 심원(心願)을 발ᄒᆞ여시니 ᄌᆞ연 반드시 져ᄅᆞᆯ 졔어ᄒᆞ고 가리라."

즁인이 말을 듯더니 각기 가셔 남ᄌᆞ의게 고ᄒᆞᄆᆡ, 일개 ᄉᆞᄅᆞᆷ이 와셔 공경치 아니리 업더라.

당일의 안침ᄒᆞ고 명죠의 몸을 니러 져의 무리다려 말ᄒᆞ고 즈레 마두산으로 올ᄉᆡ, 산의셔 머지 아니ᄒᆞ여 노방(路傍)의 ᄯᅩ 촌장이【16】잇ᄂᆞᆫ지라. 요쾌 드ᄃᆡ여 촌즁의 드러가 쥬졉ᄒᆞᆯ 비니, 일즉 이왕의 지ᄂᆡ여 본 부녀비 와셔 통ᄒᆞ여 알게 ᄒᆞᄆᆡ 모다 환희ᄒᆞ며 믄득 영졉ᄒᆞ며 청당(廳堂)의 드리고 남녀 무리 모다 와셔 ᄇᆡ현ᄒᆞ거ᄂᆞᆯ, 요쾌 무ᄅᆞᄃᆡ,

"져 괴물의 동혈(洞穴)은 어ᄃᆡ 이시며 평일의 어ᄂᆡ 곳으로 츌입ᄒᆞ며 오ᄂᆞᆫ ᄣᅵᄂᆞᆫ 광경이 엇더ᄒᆞ며 엇던 모양으로 ᄉᆞᄅᆞᆷ을 확취(攫取)ᄒᆞ여 먹ᄂᆞᆫ고? 너의 무리 이곳의 ᄀᆞᆺ가히 거ᄒᆞ엿시니 ᄌᆞ연 다 알지라. 그 졍유(情由)【17】ᄅᆞᆯ 가져 나ᄅᆞᆯ 알게 ᄒᆞ면 ᄂᆡ 죠히 계교ᄅᆞᆯ 베풀니라."

져 남녀 무리 숀을 드러 가ᄅᆞ치ᄃᆡ,

"져의 쇼혈은 빈 산쇽의 이시ᄃᆡ 날마다 나오지 아니코 만일 일쉭이 혼암ᄒᆞ면 믄득 비린 긔운이 나며, 오후의 골노 나와 산밋ᄒᆡ 가셔 믈을 마시며, 만일 ᄯᅩ 괴이ᄒᆞᆫ 바ᄅᆞᆷ이 부러오며 안개 긔운이 미만(迷滿)ᄒᆞ여지면 졔가 반ᄃᆞ시 쟝샹(莊上)의 니ᄅᆞ러 사ᄅᆞᆷ을 뒤져 먹으ᄃᆡ, 가쟝 쇼ᄒᆡᄌᆞ 먹기ᄅᆞᆯ 즐겨 이졔ᄂᆞᆫ ᄒᆡᄌᆡ(孩子) 다 업고, ᄃᆡ인가지 련ᄒᆞ여 모【18】다 먹기로 우리 이 촌장이 일즉 열요ᄒᆞ더니 져 괴믈 싱긴 후로브터ᄂᆞᆫ ᄃᆡ총(大總)이 별쳐로 반이(搬移)ᄒᆞ여 가고 우리 무리ᄂᆞᆫ 여간 젼토(田土)ᄅᆞᆯ 바리지 못ᄒᆞᆷ을 인ᄒᆞ여 그러므로 ᄲᅧ 여긔 잇셔 져의 ᄒᆡᄅᆞᆯ 밧노라.

요쾌 니로ᄃᆡ,

"그거시 츌입ᄒᆞᄂᆞᆫ 곳이 다만 이 두 곳 ᄲᅮᆫ이냐? 다시 다ᄅᆞᆫ 곳으로 가ᄂᆞᆫ 곳이 잇ᄂᆞ냐?"

즁인이 니로ᄃᆡ,

"이 산쇽의 시ᄂᆡ물이 다만 져 한 곳 ᄲᅮᆫ이라. 비린 바ᄅᆞᆷ이 부러도 이곳의 아니오ᄂᆞᆫ ᄣᅵᄂᆞᆫ 싱각건ᄃᆡ 반ᄃᆞ시 산쇽으로 드러가셔 미【19】록(麋鹿)과 쟝토(獐兎)ᄅᆞᆯ 뒤져 먹ᄂᆞᆫ 비라. 우리 무리 피ᄒᆞ여도 밋지 못ᄒᆞᆯ 듯ᄒᆞᆫᄃᆡ 엇지 감히 가셔 져ᄅᆞᆯ 보ᄀᆡᆺᄂᆞ냐?"

요쾌 니로ᄃᆡ,

"그러나 너의 무리 일개도 보니가 업ᄂᆞ냐?"

즁인이 니로ᄃᆡ,

"우연이 별쳐 산 가ᄒᆞᆯ 지나다가 마죠쳐 바라보니 졔가 시ᄂᆡ가의셔 믈을 먹ᄂᆞᆫ지라. 보기의 두 쟝 기리ᄂᆞᆫ 되고 ᄉᆞ발 몸픠[283]만 ᄒᆞ고 길의 가ᄂᆞᆫᄃᆡ 신ᄌᆞ(身子) 졀반을 니ᄅᆞ혀 셰우고 쾌ᄒᆞ기가 나ᄂᆞᆫ 듯ᄒᆞ며 여간 슈목을 만나면 머리로 한 번 부ᄃᆡ【20】치ᄆᆡ 그 남기 믄득 ᄭᅳᆫ허지고 큰 나무 우희ᄂᆞᆫ 졔가 올나가셔 셔리기ᄅᆞᆯ 죠화ᄒᆞᄂᆞ니라."

요쾌 니ᄅᆞᄃᆡ,

"그 산쇽의 큰 나무가 언마나 되ᄂᆞ냐?"

즁인이 니로ᄃᆡ,

"큰 남기 젹지 아니ᄒᆞ니 본시 금양(禁養)ᄒᆞᄂᆞᆫ 산이라. 져 괴믈이 이시므로죠ᄎᆞ 나무ᄒᆞᄂᆞᆫ ᄉᆞᄅᆞᆷ이 감히 와셔 ᄆᆡᄆᆡ 못ᄒᆞ고, 그 산 나무ᄅᆞᆯ 우리 무리 죠부의 말을 드ᄅᆞᄆᆡ 몃십 년 동안의 쟉벌(斫伐)ᄒᆞᄂᆞᆫ[284] 이가 업다 ᄒᆞ더라."

요쾌 니로ᄃᆡ,

"너의 무리 져러ᄐᆞᆺ 말ᄒᆞᄂᆞᆫ 거ᄉᆞᆯ 의거ᄒᆞ면【21】가히 ᄲᅧ 지혜로 슈포(收捕)ᄒᆞ리라.[285]"

---

283)【몸픠】[명] 몸피. 몸 둘레. ¶ 粗 ‖ 보기의 두 쟝 기리ᄂᆞᆫ 되고 ᄉᆞ발 몸픠만 ᄒᆞ고 길의 가ᄂᆞᆫᄃᆡ 신ᄌᆞ 졀반을 니ᄅᆞ혀 셰우고 쾌ᄒᆞ기가 나ᄂᆞᆫ 듯ᄒᆞ며 (有二丈多長, 罎子粗, 走起路來竪起半個身子, 其快如飛.) <瑤華 14:19>

284)【쟉벌ᄒᆞ다】[동] 작벌(斫伐)하다. 나무 베다. ¶ 砍伐 ‖ 우리 무리 죠부의 말을 드ᄅᆞᄆᆡ 몃십 년 동안의 쟉벌ᄒᆞᄂᆞᆫ 이가 업다 ᄒᆞ더라 (我們聞祖父輩說, 已有幾十年沒有砍伐.) <瑤華 14:20>

285)【슈포ᄒᆞ다】[동] 수포(收捕)하다. ¶ 收捕 ‖ 너의 무리 져러ᄐᆞᆺ 말ᄒᆞᄂᆞᆫ 거ᄉᆞᆯ 의거ᄒᆞ면 가히 ᄲᅧ 지혜로 슈포ᄒᆞ리라 (據你們這樣說來, 還可以用智收捕.) <瑤華 14:21>

즁인이 모다 ᄉᆞ례ᄒᆞᄃᆡ,

"만일 ᄉᆞ부의 법력을 어더 슈포ᄒᆞᄂᆞᆫ ᄢᅴᄂᆞᆫ 우리 무리 졍원(情願)ᄒᆞ여 져 산 슈목을 쟉벌ᄒᆞ여 ᄉᆞ부긔 드려 치ᄉᆞᄒᆞᄂᆞᆫ 례믈(禮物)을 지으리라."

요홰 니로ᄃᆡ,

"너의 무리 일긔ᄅᆞᆯ 보ᄂᆡ여 셩즁의 ᄂᆡ 하쳐ᄒᆞᆫᄃᆡ 가셔 믈건을 가져오게 ᄒᆞ고 아올나 일졀 슈용(需用)되ᄂᆞᆫ 졔구ᄅᆞᆯ 판비케 ᄒᆞ여야 비로쇼 하슈ᄒᆞ기 죠흐리라."

즁인이 니로ᄃᆡ,

"져거ᄉᆞᆫ 용이ᄒᆞ니 ᄉᆞ부ᄂᆞᆫ 다만 【22】 셔신만 ᄲᅧᄂᆡ면 우리 편ᄒᆞ믈 ᄯᆞ라 아모나 모다 가히 가리라."

요홰 한 ᄎᆞ례 혬노와 보고 일봉 셔신을 ᄲᅧ져로 ᄒᆞ여곰 탄궁(彈弓)과 뢰젼(弩箭)과 표챵(鏢槍) 셰 가지ᄅᆞᆯ 가져 오게 ᄒᆞ고, ᄯᅩ 별노이 텰환 셰 개ᄅᆞᆯ 쳐 ᄆᆡᆫᄃᆞᄂᆞᆫᄃᆡ, 우ᄒᆞᆫ 둥글고 아릐ᄂᆞᆫ ᄲᅭ족ᄒᆞ며 ᄲᅭ족ᄒᆞᆫ 머리ᄂᆞᆫ 모다 쳠니(尖利)케 ᄒᆞ고, ᄯᅩ 한 쟝 약발긔ᄅᆞᆯ 버려, 발긔[286]ᄃᆡ로 죠슈(照數)ᄒᆞ여 무득(貿得)ᄒᆞ여[287] ᄉᆞᄅᆞᆷ을 맛기여 보ᄂᆡ라 ᄒᆞ고, 드ᄃᆡ여 머리 우희 옥잠(玉簪) 일지(一支)ᄅᆞᆯ ᄲᅡ혀 【23】 표ᄅᆞᆯ ᄒᆞ게 ᄒᆞ니, 즁인 쇽의셔 일개 다라나오며 바다가지고 믄득 닷더라.

요홰 다만 이집의 잇셔 쉬ᄂᆞᆫᄃᆡ, 두 ᄢᅴ 쇼찬을 졍졔히 판비ᄒᆞ여 드리고 즁인이 공경치 아니라 업더라. 황식뷔 공쥬다려 ᄉᆞᄉᆞ로이 무ᄅᆞᄃᆡ,

"ᄒᆞᆫᄌᆞ 몸으로 가히 ᄡᅥ 져 요괴ᄅᆞᆯ 잡긧ᄂᆞ냐?"

요홰 니로ᄃᆡ,

"져거ᄉᆞᆫ 긔력을 ᄡᅳᆯ 일이 아니오, 다만 계교로 ᄡᅥ 용이ᄒᆞ게 잡으리라."

황식뷔 요화의 무예ᄂᆞᆫ 치 아지 못ᄒᆞ고 심즁의 도로혀 민망 【24】 ᄒᆞ여 ᄒᆞ더라.

ᄎᆞ일 오후의 셔신 가지고 갓던 ᄉᆞᄅᆞᆷ이 도라오ᄃᆡ, 한짐 약믈(藥物)과 각양(各樣) 긔계(器械)ᄅᆞᆯ 메고 오ᄂᆞᆫ지라. 요홰 황가 식부로 ᄒᆞ여곰 일일히 졈검ᄒᆞᄆᆡ 그ᄅᆞ지 아닌지라. 믄득 약봉을 ᄶᅧ혀 ᄂᆡ여 즁인을 쥬어 겻드러 치기도 ᄒᆞ고 갈기도 ᄒᆞ며 ᄯᅩ ᄉᆞᄅᆞᆷ을 보ᄂᆡ여 산즁의 드러가 ᄡᅮᆨ 슈십 단을 ᄏᆡ여다가 화건(火乾)ᄒᆞ여[288] ᄡᅳ게 ᄒᆞ고, ᄯᅩ 쥭근(竹根)을 ᄏᆡ여다가 ᄯᅡᆨ가 쥭쳠 슈ᄇᆡᆨ 개ᄅᆞᆯ ᄆᆡᆫᄃᆞ러 판비ᄒᆞ여 노코, 화건ᄒᆞᆫ[289] ᄡᅮᆨ 【25】을 가져 약말(藥末)을 셧거 ᄎᆞᆫ쟝으로 오ᄂᆞᆫ 요로(要路) 어귀의 ᄲᅡ하 노코, ᄯᅩ 쥭쳠(竹籤)을 가져 시ᄂᆡ의 나려와 믈 마시ᄂᆞᆫ 길 우희 박아 노흐라 ᄒᆞ니, 즁인이 니로ᄃᆡ,

"그ᄂᆞᆫ 감히 못ᄒᆞᆯ지니 만일 그 거ᄉᆞᆯ 만나보면 셩명을 도시 보젼치 못ᄒᆞ리라."

요홰 숀을 흔들며 니로ᄃᆡ,

"무방ᄒᆞ니 ᄂᆡ가 ᄌᆞ연 교도ᄒᆞ여 쥬리라."

---

286) 【발긔】 명 {발기(發記).} 물목(物目)을 적은 글발. 이두어(吏讀語). ¶ 單 ‖ ᄯᅩ 한 쟝 약발긔ᄅᆞᆯ 버려 발긔ᄃᆡ로 죠슈ᄒᆞ여 무득ᄒᆞ여 ᄉᆞᄅᆞᆷ을 맛기여 보ᄂᆡ라 ᄒᆞ고 (又開上一張藥單, 照單置買, 交人帶來.) <瑤華 14:22>

287) 【무득ᄒᆞ다】 동 무득(貿得)하다. ¶ 置買 ‖ ᄯᅩ 한 쟝 약발긔ᄅᆞᆯ 버려 발긔ᄃᆡ로 죠슈ᄒᆞ여 무득ᄒᆞ여 ᄉᆞᄅᆞᆷ을 맛기여 보ᄂᆡ라 ᄒᆞ고 (又開上一張藥單, 照單置買, 交人帶來.) <瑤華 14:22>

288) 【화건ᄒᆞ다】 동 화건(火乾)하다. 불에 말리다. ¶ 烘乾 ‖ ᄯᅩ ᄉᆞᄅᆞᆷ을 보ᄂᆡ여 산즁의 드러가 ᄡᅮᆨ 슈십 단을 ᄏᆡ여다가 화건ᄒᆞ여 ᄡᅳ게 ᄒᆞ고 (又叫人到山中去, 盡量採取蓬艾十數担, 于火上烘乾聽用.) <瑤華 14:24>

289) 【화건ᄒᆞ다】 동 화건(火乾)하다. 불에 말리다. ¶ 烘乾 ‖ ᄯᅩ 쥭근을 ᄏᆡ여다가 ᄯᅡᆨ가 쥭쳠 슈ᄇᆡᆨ 개ᄅᆞᆯ ᄆᆡᆫᄃᆞ러 판비ᄒᆞ여 노코 화건ᄒᆞᆫ ᄡᅮᆨ을 가져 약말을 셧거 (又需用老竹根, 掘了來, 削下竹簽數百根. 備辦完全, 先將烘乾的蓬艾雜上藥末.) <瑤華 14:24>

27

운긔의시슈요망 론기량가쇼망인

運機宜試收妖蟒 論伎倆可笑妄人

"다만 담을 크게 ᄒᆞ고 ᄋᆞᆱ으로 가게 ᄒᆞ며 몃 ᄀᆡ 다ᄅᆞᆷ질 잘ᄒᆞᄂᆞᆫ ᄉᆞᄅᆞᆷ을 ᄲᅡ 오ᄂᆞᆯ 밤의 몬져 가셔 산을 블지ᄅᆞᆯ 거시니, 두 짐 쇼 【26】 나무ᄅᆞᆯ ᄀᆞᆯ히여 뉴황(硫黃)을 셕고 ᄯᅩ 빡을 가져 두어 뭉치ᄅᆞᆯ ᄆᆡᆫ돌고, 가마니 산밋ᄒᆡ 니ᄅᆞ러 블을 한 번 달히면 ᄃᆡ망이 필연 굴노 나올 거시니 져의 좃ᄎᆞ오ᄂᆞᆫ 거ᄉᆞᆯ 막으려 ᄒᆞ거든 다만 블븟ᄂᆞᆫ 빡을 가져 ᄋᆞᆱ으로 더져 바리고, 일변 ᄲᆞᆯ니 다라 큰 덤이 빡 티이ᄂᆞᆫ 곳을 지ᄂᆡ면 믄득 방ᄒᆡ치 아니리라."

당장의 일일히 분파ᄒᆞ믈 명ᄇᆡᆨ히 ᄒᆞ고 ᄯᅩ 니로ᄃᆡ,

"산을 블지ᄅᆞ기ᄅᆞᆯ 기ᄃᆞ린 후의 ᄂᆡ가 스ᄉᆞ로 가 져ᄅᆞᆯ 잡으 【27】 리라."

즁인이 각기 가 ᄇᆡ포(擺布)ᄒᆞ기ᄅᆞᆯ[290] 정당히 ᄒᆞ엿더니, 일경의 니ᄅᆞ러 보니 산샹의 연뮈(煙霧) 등등ᄒᆞ여 한 ᄎᆞ례ᄅᆞᆯ 블지ᄅᆞᄆᆡ, ᄇᆡ린 바ᄅᆞᆷ이 ᄉᆞ면으로 두룬지라. 부녀 무리 두려워 모다 피ᄒᆞ려 ᄒᆞ거ᄂᆞᆯ, 요홰 니로ᄃᆡ,

"구ᄐᆞ여 두려워 말나. 져 괴물이 다시ᄂᆞᆫ 져 빡덤이ᄅᆞᆯ 지나오지 못ᄒᆞ리라."

ᄒᆞ더니, ᄯᅩ 일각을 멈츄ᄆᆡ 믄득 괴믈 오ᄂᆞᆫ 거ᄉᆞᆯ 보지 못ᄒᆞᄆᆡ 각기 안침ᄒᆞ고, 이경이 지ᄂᆞᆫ 후야 비로쇼 각각 취침 【28】 ᄒᆞ더니 먼리 드ᄅᆞᄆᆡ 산즁의셔 풍우쇼ᄅᆡ가 나ᄂᆞᆫ 듯ᄒᆞ여 광광(轟轟)ᄒᆞ여 긋치지 아니ᄒᆞ고 하ᄂᆞᆯ이 ᄇᆞᆰ지 못ᄒᆞ여 ᄎᆞᆫ인이 모다 와 엇지된 거ᄉᆞᆯ 뭇거ᄂᆞᆯ, 요홰(瑤華) 니로ᄃᆡ,

"산쇽의 드러가 보와야 바야흐로 엇지된 연고ᄅᆞᆯ 알니라."

ᄒᆞ고 급히 죠반을 먹고 탄궁과 표창을 가지고 ᄯᅩ 열아믄 개 남긔 잘 오ᄅᆞᄂᆞᆫ ᄎᆞᆫ인을 ᄲᅡᄃᆡ신 궁뇌(弓弩)ᄅᆞᆯ 잡게 ᄒᆞ고, 요홰ᄂᆞᆫ 도포ᄅᆞᆯ 버셔 바리고 협슈오ᄌᆞ(夾袖襖子)ᄅᆞᆯ 입고, ᄒᆡᆫ 슈건으로 두발(頭髮)을 ᄡᆞᄆᆡ고 【29】 앏셔셔 몬져 다ᄅᆞ니, 져 십여 개 ᄎᆞᆫ인이 ᄯᅡ라 산밋ᄒᆡ 니ᄅᆞ러 바라보ᄆᆡ 산허리의 ᄃᆡ망의 동혈(洞穴)이 드러나ᄂᆞᆫ지라. 요홰 ᄎᆞᆫ인을 블너 모다 남긔[291] 오ᄅᆞ게 ᄒᆞ고 ᄌᆞ긔가 몸을 한 번 솟가 임의 나무 우ᄒᆡ 올나 시ᄂᆡ 가ᄒᆞᆯ 향ᄒᆞ여 한 번 보니 칠팔 개 ᄃᆡ망이 죽어 노혓ᄂᆞᆫᄃᆡ ᄇᆡᄭᅥᆸ질[292]이 모다 죽쳠(竹簽)의 가ᄅᆞᆫ ᄇᆡ 된지라. 먼리 드ᄅᆞ니 도로혀 광광ᄒᆞᄂᆞᆫ 쇼ᄅᆡ 잇ᄂᆞᆫ지라. 요홰 ᄯᅩ 이 나무로죠ᄎᆞ ᄠᅱ여 져 나무 이마ᄅᆞᆯ 너 【30】 머 한 번 보니 일개 긔괴ᄒᆞᆫ ᄃᆡ망이 허다ᄒᆞᆫ 쇼망(小蟒)을 거ᄂᆞ리고 져편 뫼ᄲᅮ리[293]로 지나가거ᄂᆞᆯ, 어시의 ᄎᆞᆫ인

---

290) 【ᄇᆡ포ᄒᆞ다】 [동] {배포(擺布)ᄒᆞ다.} ¶ 鋪設 ‖ 즁인이 각기 가 ᄇᆡ포ᄒᆞ기ᄅᆞᆯ 정당히 ᄒᆞ엿더니 일경의 니ᄅᆞ러 보니 산샹의 연뮈 등등ᄒᆞ여 한 ᄎᆞ례ᄅᆞᆯ 블지ᄅᆞᄆᆡ ᄇᆡ린 바ᄅᆞᆷ이 ᄉᆞ면으로 두룬지라 (衆人各去鋪設停當, 到得一更大天.) <瑤華 14:27>

291) 【낡】 [명] «나모» 나무. ¶ 樹 ‖ 요홰 ᄎᆞᆫ인을 블너 모다 남긔 오ᄅᆞ게 ᄒᆞ고 ᄌᆞ긔가 몸을 한 번 솟가 임의 나무 우ᄒᆡ 올나 시ᄂᆡ가ᄒᆞᆯ 향ᄒᆞ여 한 번 보니 (瑤華叫村人都上樹, 自家將身一縱, 已上樹頂, 往溪邊一看.) <瑤華 14:29>

292) 【ᄇᆡᄭᅥᆸ질】 [명] 배껍질. ¶ 肚片 ‖ 칠팔 개 ᄃᆡ망이 죽어 노혓ᄂᆞᆫᄃᆡ ᄇᆡ ᄭᅥᆸ질이 모다 죽쳠의 가ᄅᆞᆫ ᄇᆡ 된지라 (有七八條死蟒蛇, 肚片都被竹簽剖開, 遙聞得還有轟轟之聲.) <瑤華 14:29>

293) 【뫼ᄲᅮ리】 [명] 뫼뿌리. ¶ 山崗 ‖ 한 번 보니 일개 긔괴ᄒᆞᆫ ᄃᆡ망이 허다ᄒᆞᆫ 쇼망을 거ᄂᆞ리고 져편 뫼ᄲᅮ리로 지나가거ᄂᆞᆯ (只見一條奇大的蟒蛇, 領着許多小蟒蛇, 過那邊山崗去.) <瑤華 14:30>

무리ᄅᆞᆯ 다리고 함긔 ᄃᆡ면ᄒᆞᆫ 져 뫼ᄲᅮ리 우희 니ᄅᆞ러 ᄒᆞ여곰 궁로(弓弩)ᄅᆞᆯ 가지고 우러러 ᄡᅩᄆᆡ 분분히 굴너 뫼ᄲᅮ리ᄅᆞᆯ 나리ᄂᆞᆫᄃᆡ, 져 ᄃᆡ망이 머리ᄅᆞᆯ 돌나 한 번 보거ᄂᆞᆯ, 요홰 탄궁을 달희여 가지고 힘을 다ᄒᆞ여 일개 탄환을 졍히 ᄃᆡ망의 안졍(眼睛)을 맛치니, 움ᄌᆞᆨ이ᄂᆞᆫ 쇼ᄅᆡ 산이 문허지ᄂᆞᆫ 모양 ᄀᆞᆺ고 ᄃᆡ【31】망은 뫼ᄲᅮ리[294]로죠ᄎᆞ 다라나고, 쇼망은 모다 피ᄒᆞ여 각기 다라나ᄂᆞᆫᄃᆡ, 살의 마ᄌᆞ 쥭ᄂᆞᆫ 거시 함긔 만코 잠시의 모다 업셔진지라. 요홰 ᄎᆞᆫ인들을 블너 숑지(松脂) 뉴황을 셕거 가지고 가셔 져 동혈을 블지ᄅᆞ라 ᄒᆞ니, 한 즈음이 못ᄒᆞ여 ᄯᅩ 허다ᄒᆞᆫ ᄎᆞᆫ인이 와 숑지의 블을 질너가지고 동혈을 향ᄒᆞ여 앏뒤ᄒᆞᆯ 일졔히 블지ᄅᆞ고 ᄯᅩ 숑근(松根)을 가져 동혈 가온ᄃᆡ 메여[295] 노와 스ᄉᆞ로 타기ᄅᆞᆯ 맛겨 두고 요홰 몬져 도라오니, 부녀 무【32】리 크게 깃거 다만 념블ᄒᆞ며 마ᄌᆞ 당즁의 드러가ᄆᆡ, 황식ᄇᆡ 곡ᄒᆞ여 량안이 통홍(通紅)ᄒᆞᆫ지라. 그 연고ᄅᆞᆯ 무ᄅᆞ니, ᄃᆡ답ᄒᆞ여 말ᄒᆞᄃᆡ,

"ᄂᆡ가 여긔 잇셔 산즁의 큰 쇼ᄅᆡ 나ᄂᆞᆫ 거ᄉᆞᆯ 드ᄅᆞᄆᆡ 공쥬의 실슈ᄒᆞ미 잇실가 두려 그리 ᄒᆞ엿다."

ᄒᆞ거ᄂᆞᆯ, 요홰 니로ᄃᆡ,

"ᄂᆡ가 임의 편안이 도라왓시니 굿ᄐᆞ여 그리 말나."

ᄒᆞ고, ᄯᅩ 보니 ᄎᆞᆫ인ᄇᆡ(村人輩) 개개히 모다 와셔 요화의 무예ᄅᆞᆯ 칭찬ᄒᆞ며 슈무죡도(手舞足跳)ᄒᆞ더니 그 즁의 일개 노인이 요화ᄅᆞᆯ ᄃᆡ【33】ᄒᆞ여 니로ᄃᆡ,

"ᄉᆞ부야 ᄃᆡ망의 쇼혈을 네가 쇼졔ᄒᆞᆫ 거ᄉᆞᆫ 다ᄒᆡᆼᄒᆞ거니와 다만 그 ᄃᆡ망이 탄환을 맛고 다라나시니 두리건ᄃᆡ 졔가 눈이 나ᄒᆞᆫ 후의 인ᄒᆞ여 와 괴변을 지을 거시오. ᄉᆞ부ᄂᆞᆫ 임의 가ᄆᆡ 우리 무리 반ᄃᆞ시 져의 보복을 바들 거시니 그거ᄉᆞᆫ 엇지 쳐치ᄒᆞ랴?"

요홰 니로ᄃᆡ,

"졔 쇼혈이 임의 쇼졔되엿시니 다시 무어ᄉᆞᆯ 두리랴?"

ᄒᆞ더니, 외변 사ᄅᆞᆷ이 일개 우둔ᄒᆞᆫ 봉두(蓬頭) 비ᄌᆞᄅᆞᆯ 거ᄂᆞ리고 한 숀의 일봉 셔신을 가【34】지고 한 숀으로 올ᄒᆞᆫ 눈을 갈희고 말ᄒᆞᄃᆡ,

"셩ᄂᆡ 햐쳐의셔 보ᄂᆡ여 왓다."

ᄒᆞ거ᄂᆞᆯ, 요홰 몬져 그 사ᄅᆞᆷ을 보ᄆᆡ 믄득 아라보지 못ᄒᆞ고 셔신을 바다 보ᄆᆡ 봉피 우희 ᄡᅧᆺ시ᄃᆡ '션문요무곤덕후(宣文耀武坤德侯)ᄂᆞᆫ ᄀᆡ탁(開坼)ᄒᆞ라' ᄒᆞ엿거ᄂᆞᆯ, ᄯᅥ혀보니 무ᄋᆡᄌᆞ(無碍子)의 슈필이라. ᄒᆞ엿시ᄃᆡ,

> ᄃᆡ망을 거둔 일은 지용이 겸젼ᄒᆞ고 쳐변을 잘ᄒᆞ여시니 이ᄀᆞᆺ치 공을 세우량이면 무ᄉᆞᆫ 공을 일우지 못ᄒᆞ랴? 다만 너ᄂᆞᆫ 위엄【35】으로ᄡᅥ 뵈고 나ᄂᆞᆫ ᄯᅩ 은혜로ᄡᅥ 베푸러 그 잔명을 보젼ᄒᆞ고 그 형톄ᄅᆞᆯ 변화ᄒᆞ게 ᄒᆞ여 ᄒᆞ여곰 너ᄅᆞᆯ ᄯᆞ라 공을 세워ᄡᅥ 이젼 허믈을 쇽게 ᄒᆞ며, ᄒᆞ믈며 네가 쟝ᄎᆞᆺ 텬외의 두로 놀지라 이졔 근슈ᄒᆞᄂᆞᆫ ᄉᆞᄅᆞᆷ을 두리건ᄃᆡ 오ᄅᆡ 뫼시기가 어렵고 이 ᄃᆡ망이 도술을 슈련ᄒᆞᆫ 지 ᄒᆡ가 만흐ᄆᆡ, ᄯᅩ ᄒᆞᆫ 가히 호위ᄒᆞ믈 ᄌᆞ뢰ᄒᆞᆯ 거시니, 이ᄂᆞᆫ 량젼(兩全)의 도리라. ᄂᆡ가 임의 그 ᄆᆞ음을 깃드려 항【36】복바닷시니 너ᄂᆞᆫ 가히 신변의 머믈너 두어 챠역(差役)을 시기ᄃᆡ, 만일 졔 셩픔을 다시 ᄆᆡᆼ동(萌動)ᄒᆞ여 감히 범ᄒᆞᄂᆞᆫ 폐가 잇거든 괴믈을 결박ᄒᆞᄂᆞᆫ 진언(眞言)이 이시니 잠잠이 긔록ᄒᆞ면 가히 ᄡᅥ 졔복ᄒᆞᆯ 거시오, 져ᄅᆞᆯ 편ᄐᆡ(鞭笞)ᄒᆞ려 ᄒᆞ거든 관음등(觀音藤)을 ᄡᅳ량이면 졔가 스ᄉᆞ로 부슈쳥명(俯首聽命)ᄒᆞ리라. 무ᄋᆡᄌᆞᄂᆞᆫ 륙(勠)이라.

요홰 보기ᄅᆞᆯ 맛치ᄆᆡ 심듕의 심히 깃거 드ᄃᆡ여 ᄒᆞ여곰 앏으로 오라 ᄒᆞ여 보ᄆᆡ, 비록 우쥰(愚蠢)【37】은 ᄒᆞ나 도로혀 가히 부림즉 ᄒᆞᆫ지라. 믄득 져의 명ᄧᆞᄅᆞᆯ 지어 아신(阿新)이라 부ᄅᆞ

---

294) 【뫼ᄲᅮ리】 명 뫼뿌리. ¶ 山崗 ‖ 움ᄌᆞᆨ이ᄂᆞᆫ 쇼ᄅᆡ 산이 문허지ᄂᆞᆫ 모양 ᄀᆞᆺ고 ᄃᆡ망은 뫼ᄲᅮ리로죠ᄎᆞ 다라나고 (只聽得豁喇的一聲, 如同倒了半座山的樣子, 那條蟒蛇滾過山崗那邊去了.) <瑤華 14:31>

295) 【메이다】 동 메이다. 막히다. ¶ 塞 ‖ 한 즈음이 못ᄒᆞ여 ᄯᅩ 허다ᄒᆞᆫ ᄎᆞᆫ인이 와 숑지의 블을 질너가지고 동혈을 향ᄒᆞ여 앏뒤ᄒᆞᆯ 일졔히 블지ᄅᆞ고 ᄯᅩ 숑근을 가져 동혈 가온ᄃᆡ 메여 노와 스ᄉᆞ로 타기ᄅᆞᆯ 맛겨 두고 (不多一會, 又來了許多村人, 挑着油松, 點着火, 往洞穴只管的摺, 前洞口直燒到後洞口, 又將油松根的塞滿洞中, 由他盡燒.) <瑤華 14:31> ⇒ 머이다, 메이다, 며이다

니, 그 개과ᄌᆞ신(改過自新)코ᄌᆞ ᄒᆞᄂᆞᆫ 의시라. 드ᄃᆡ여 황식부로 궁젼과 표창을 가지고 아신은 쇠궁(弩弓)과 탄환ᄌᆞ로ᄅᆞᆯ 지고 드ᄃᆡ여 중인을 쟉별ᄒᆞ고 도라가려 ᄒᆞ니, 촌인이 니로ᄃᆡ,

"청컨ᄃᆡ ᄉᆞ부ᄂᆞᆫ 져기 슈일을 더 머믈나. ᄃᆡ망이 ᄯᅩ 오면 우리 무리 엇지 가셔 너ᄅᆞᆯ ᄎᆞᄌᆞ랴?"

요홰 니로ᄃᆡ,

"졔가 다시ᄂᆞᆫ 오지 아닐지니 너의 무리ᄂᆞᆫ 방심ᄒᆞ라."

【38】 촌인이 니로ᄃᆡ,

"이거슨 ᄉᆞ뷔 우리 등을 위로ᄒᆞᄂᆞᆫ 말이라. 젼일의 우리 보기의 져 ᄃᆡ망이 일개 탄환을 맛고 져편 뫼ᄲᅮ리ᄅᆞᆯ 굴너나려 갓시니, 블과 슈일이면 다시 나올지라. 이곳이 져의 익이 단인 길이니 엇지 즐겨 그만 잇시랴?"

요홰 웃고, 아신을 가ᄅᆞ쳐 니로ᄃᆡ,

"너의 무리ᄂᆞᆫ 보라. 탄ᄌᆞ의 샹ᄒᆞᆫ 거시 미오 침즁(沉重)치 아니ᄒᆞ냐? 엇지 량일을 지ᄂᆡ여 믄득 나으리오? 다만 안심ᄒᆞ라."

ᄒᆞ고, 드ᄃᆡ여 량개 비ᄌᆞ와 ᄀᆞᆺ치 쳔연【39】이 가ᄂᆞᆫ지라. 중인 듕의 분슈ᄅᆞᆯ ᄶᅵᄃᆞ론 이가 잇셔 니로ᄃᆡ,

"너의 무리가 ᄉᆞ부의 의ᄉᆞᄅᆞᆯ ᄶᅵ치지 못ᄒᆞᄂᆞ냐? 졔가 임의 ᄃᆡ망을 가져 거두어 두워 믄득 그 시녜 되여시니 그러므로 ᄲᅧ 졔가 도로혀 올흔 안졍(眼睛)을 갈히ᄂᆞ니라."

중인이 바야흐로 ᄶᅵ쳐ᄂᆡ고 모다 공즁을 바라고 먼리 ᄉᆞ례ᄒᆞ더라.

지셜, 요홰 량개 시녀로 더브러 셩듕 햐쳐의 도라오니 ᄇᆡᆨ우옥(白于玉) 등이 영졉ᄒᆞ여 보미 일개 시녀가 더 잇ᄂᆞᆫ지라. ᄲᆞᆯ니 【40】 무ᄅᆞᄃᆡ,

"어ᄃᆡ셔 다리고 왓ᄂᆞ냐?"

요홰 니로ᄃᆡ,

"언지댱야(言之長也)니 져기 참아 ᄌᆞ셔히 말ᄒᆞ리라."

ᄒᆞ고, 황금순(黃金釧)으로 ᄒᆞ여곰 의셔(醫書)ᄅᆞᆯ 취ᄒᆞ여 ᄂᆡ여 약방문(藥方文)을 ᄆᆡᆫᄃᆞ러 약지ᄅᆞᆯ ᄉᆞ다가 법졔(法制)ᄒᆞ여 아신을 쥬어 븟치게 ᄒᆞ고, 우옥 등이 임의 셕식을 판비ᄒᆞ엿ᄂᆞᆫ지라, 요홰 일변 먹으며 일변 ᄃᆡ망을 쇼졔ᄒᆞ던 일을 가져 ᄃᆡ강 말ᄒᆞ고 ᄯᅩ 무익ᄌᆞ의 슈단으로 변화ᄒᆞ여 근쉬(跟隨) 되여 함긔 온 말을 일편(一遍)을 옴기니, 중인이 드【41】ᄅᆞ미 모골이 송연ᄒᆞ여지고, ᄯᅩ 아신을 향ᄒᆞ여 그 젼일을 무ᄅᆞ미 ᄃᆡ답이 모다 긔억지 못ᄒᆞᆫ다 ᄒᆞ고 오직 요화ᄂᆞᆫ 말ᄒᆞ면 실샹으로 드러 ᄃᆡ답ᄒᆞ더라.

오륙일 만의 안졍(眼睛)이 평복ᄒᆞ여지거ᄂᆞᆯ, 다시 ᄇᆡᆨ우옥으로 ᄒᆞ여곰 져ᄅᆞᆯ 위ᄒᆞ여 쇼셰 시기고 슈식ᄒᆞ기ᄅᆞᆯ 건졍(乾淨)이 ᄒᆞ여 노흐니, 거연(居然)ᄒᆞᆫ 시녜라. 다ᄅᆞᆫ 사ᄅᆞᆷ 보기의ᄂᆞᆫ 년긔가 다만 이십여 셰ᄂᆞᆫ 되여 뵈고 오직 한 가지 이샹ᄒᆞ미 이시니, 졔가 우연이 셩이 나셔 보【42】ᄂᆞᆫ ᄯᅢᄂᆞᆫ 량안(兩眼)이 통홍ᄒᆞ여지고 희쇼(喜笑)ᄒᆞᄂᆞᆫ ᄯᅢᄂᆞᆫ 쳐연이 그러치 아니터라.

요홰 다시 슈일을 두류(逗留)ᄒᆞ여 각쳐의 류람ᄒᆞ니 그 경치가 ᄃᆡ개 일반이라. 드ᄃᆡ여 발힝ᄒᆞ여 곳 복건싱(福建省)의 다ᄃᆞ라 보니, 산슈ᄂᆞᆫ 츄악(醜惡)ᄒᆞ고 민졍(民情)은 완만ᄒᆞᆫ지라. 드ᄅᆞ니 항쥬(杭州) 셔호(西湖)의 경치가 텬하의 뎨일이 된다 ᄒᆞᄂᆞᆫ지라. 급히 유람코져 ᄒᆞ여 믄득 옯흐로 가며 아올나 젼당푸리ᄅᆞᆯ 가져 항쥬의 가셔 셜시(設施)케 ᄒᆞ고, 효힝야【43】슉(曉行夜宿)ᄒᆞ여 블과 월여(月餘)의 임의 항쥬셩(杭州城)의 다ᄃᆞ라 젼당푸리 개셜ᄒᆞᆫ 쳐쇼ᄅᆞᆯ 아라가지고 즉시 그 곳 근쳐의 방옥을 셰ᄂᆡ여 쥬졉ᄒᆞ고, ᄯᅢ가 졍히 츈삼월을 다ᄃᆞ랏ᄂᆞᆫ지라. 셔호의 노ᄂᆞᆫ 쟤 심히 만커ᄂᆞᆯ 요홰 시녀비와 아올나 강윤쟝(江允長)을 다리고 호샹(湖上)의 가셔 유람ᄒᆞᆯ시 햐쳐의ᄂᆞᆫ 다만 니영[296](李玉)과 진옥[297](陳玉)을 머믈너 간슈케 ᄒᆞ고 호샹의 니ᄅᆞ러 승방(僧房)을 ᄎᆞᄌᆞ 햐쳐ᄅᆞᆯ 졍ᄒᆞ고 ᄆᆡ일의 ᄇᆡᄅᆞᆯ 타고 나가 놀식, 진긔 보【44】기의 부족ᄒᆞ고 즐기미 무궁ᄒᆞᆫ지라. 이날이 삼월 십삼일인ᄃᆡ 하ᄂᆞᆯ이 임의 져믈미 ᄇᆡᄅᆞᆯ 도로혀고ᄌᆞ ᄒᆞ더니 쟝ᄎᆞᆺ 둥구러오ᄂᆞᆫ 달이 임의 산봉을 ᄯᅮ러 오ᄅᆞᄂᆞᆫ지라. 흥치ᄅᆞᆯ 막지 못ᄒᆞ여 드ᄃᆡ여 강윤쟝으로 ᄒᆞ여곰 거듭 쥬효(酒肴)ᄅᆞᆯ 판비ᄒᆞ여 쥬듕의셔 달구경ᄒᆞᆯ시, 각인으로 ᄒᆞ여곰 단좌(團坐)ᄒᆞ여 ᄆᆞ옴ᄃᆡ로 통음ᄒᆞ게 ᄒᆞ니, 달은 졈졈 놉히 오ᄅᆞ고 믈결 흐ᄅᆞᄂᆞᆫ 거슨 고요ᄒᆞ고, 어부의 노ᄅᆡᄂᆞᆫ ᄉᆞ면으【45】로 닐고, 깃드리ᄂᆞᆫ ᄉᆡᄂᆞᆫ 어ᄌᆞ러이 나ᄂᆞᆫ지라. 실노이 경치

296) 니영: 원래 '니옥'으로 되어 있으나 오기이므로 고침.

297) 진옥: 원래 '진영'으로 되어 있으나 오기이므로 고침.

가 죠흐믜 요화의 시흥이 발발ᄒ나 창(唱)ᄒ는 이는 잇고 화답ᄒ는 이는 업ᄉ믈 혐의ᄒ여 우연이 강운쟝 다려 무ᄅ듸,

"능히 시ᄅᆞᆯ 짓ᄂ냐?"

ᄃ답ᄒ기를 일죽 비호지 못ᄒ엿다 ᄒ거ᄂᆯ, 홍치(興致)가 쇼여(掃如)ᄒ여지믈 씨ᄃ지 못ᄒ여 경히 엇지ᄒᆯ 길히 업ᄂ 즈음의 홀연 드ᄅ니, 션격비(船格輩) 니로듸,

"동븍각(東北角) 샹의 쎄구롬이 니러ᄂ니 두리건ᄃ 풍위(風雨) 잇실 듯ᄒ고【46】호ᄂ(湖內)의 풍랑이 미오 긴ᄒ여지니 노니지 못ᄒ리라."

ᄒ거ᄂᆯ, 즁인이 ᄯᅩᄒᆫ 신샹이 한령ᄒ여지믈 씨ᄃ고 드듸여 비의 나려 햐쳐로 니ᄅ니 바람쇼릐 졈졈 커지더라.

암듕의 모든 니괴(尼姑) 오히려 잇셔 등후(等候)ᄒ다가 드듸여 무ᄅ듸,

"존긱(尊客)이 오ᄂᆯ날의 무어ᄉᆯ 위ᄒ여 져 모양 홍치가 나ᄂ냐?"

요홰 니로듸,

"귀쳐(貴處)ᄅᆞᆯ 니ᄅ기가 어렵고 셔호ᄂ ᄯᅩ 명승지디(名勝之地)로 오ᄂᆯ날 경히 도라오라 ᄒ더니, ᄯᅩ 죠흔 월식을 만나 죠히 놀녀 ᄒᄂ【47】듸, 만일 바롬이 닐지 아니터면 도로혀 더 지톄ᄒᆯ 번ᄒ여시니 ᄉ부 무리의 기ᄃ리믈 슈고ᄒ게 ᄒ엿도다."

그 듕의 듕년 니괴 잇셔 니로듸,

"그러치 아니터면 믄득 잘 거ᄉᆯ 도뎨의 본집의셔 한 병 죠흔 ᄉᆞᆯ을 보ᄂ엿ᄂ듸 감히 홀노 먹지 못ᄒ고 특별이 약간 치쇼ᄅᆞᆯ 쥰비ᄒ여 존긱의 홍치가 져러ᄒᆯ 쥴 아더면 일죽 션즁(船中)으로 보ᄂ엿실지라. 이졔 밤【48】이 깁지 아니ᄒ엿시니 다시 한 잔을 청ᄒ여 남은 홍을 돕게 ᄒ라."

요홰 그 니고ᄅᆞᆯ ᄌ셔히 보니 봉용(丰容)ᄒᆫ[298] 운치가 얼골의 가득ᄒ여 즁인과 ᄀᆺ지 아닌지라. 드듸여 니로듸,

"만히 ᄉ부의 아담ᄒᆫ ᄠᅳᆺ을 ᄉ례ᄒ나 그러나 임의 ᄉᆞᆯ을 만히 먹어시니 다시 한 번 취ᄒ기ᄅᆞᆯ 감히 ᄉ양치 못ᄒ리라."

여러 니괴 쥬반을 비셜ᄒ고 몬져 요화 무리 ᄉ개ᄅᆞᆯ 쳥ᄒ여 안존 연후의 져의 무리 삼기가 뫼시고 마실시, ᄉᆞᆯ을 겨유【49】쳐ᄂ미 임의 향취가 ᄉ좌(四坐)의 ᄡᅩ이ᄂ지라. 즁인이 모다 죠흔 ᄉᆞᆯ노 칭찬ᄒ고 니괴 각기 ᄉᆞᆯ잔을 보ᄂ여 마시기ᄅᆞᆯ 청ᄒ니 한 번 입ᄉᆞᆯ[299]의 다히미 더욱 방렬(芳冽)ᄒ믈 씨다ᄅᆞᆯ지라. 인ᄒ여 무ᄅ듸,

"이왕으로브터 이 모양 죠흔 ᄉᆞᆯ은 먹어보지 못ᄒ엿시니 이 ᄉᆞᆯ을 민ᄃᄂ 집이 어ᄂ 곳의 잇ᄂ냐?"

그 니괴 ᄃ답ᄒ듸,

"도뎨ᄂ 쇼쥬(蘇州) 사ᄅᆞᆷ이오 그 ᄉᆞᆯ은 본쳐 쇼산이라. 그러ᄒᆫ듸 이 거ᄉ 다시 가양(家釀)ᄒᆫ 거시라. 져직의셔ᄂ 니런 거ᄉᆯ【50】파ᄂ 이가 젹다."

ᄒ거ᄂᆯ, 요홰 니로듸,

"이 ᄉᆞᆯ이 미오 이샹ᄒᆫ 맛시 잇도다."

그 니괴 ᄯᅩ 무ᄅ듸,

"존긱 무리 긔여히 각쳐로 단이며 산의 놀고 믈을 구경ᄒ려 ᄒᄂ냐?"

즁인이 그러ᄒᆯ ᄌᆞᆯ노 말ᄒ니, 그 니괴 ᄯᅩ 무ᄅ듸,

"몃 곳이나 힝ᄒ여 보왓ᄂ냐?"

요홰 니로듸,

"하롬싱(河南省)으로브터 발힝ᄒ여 다만 슈삼 싱을 지ᄂ여 보왓노라."

그 니괴 니로듸,

"엇지 폐쳐의 가셔 한 번 노지 아니려 ᄒᄂ냐?"

요홰 니로듸,

"ᄌ연 그리ᄒ려니와 다만【51】이 곳을 오히려 두로 노지 못ᄒ엿노라."

겻히 한 노괴 그 니고ᄅᆞᆯ ᄃᄒ여 니로듸,

"편벽도히 너의 쇼쥬가 죠타 ᄒ나 우리 항쥬가 믄득 ᄀᆺ지 못ᄒ랴?"

요홰 니로듸,

"모다 죠흐니 ᄃ범 사ᄅᆞᆷ이 말ᄒ기ᄅᆞᆯ 우히ᄂ 텬당이 잇고 아리ᄂ 쇼쥬 항쥬가 잇다[300] ᄒ

---

298)【봉용ᄒ다】 ㊔ 봉용(丰容)하다. ¶ 丰韻 ‖ 요홰 그 니고ᄅᆞᆯ ᄌ셔히 보니 봉용ᄒᆫ 운치가 얼골의 가득ᄒ여 즁인과 ᄀᆺ지 아닌지라 (瑤華細看此尼, 滿面丰韻, 與衆不同.) <瑤華 14:48>

299)【입ᄉᆞᆯ】 ㊔ 입술. ¶ 唇 ‖ 니괴 각기 ᄉᆞᆯ잔을 보ᄂ여 마시기ᄅᆞᆯ 청ᄒ니 한 번 입ᄉᆞᆯ의 다히미 더욱 방렬ᄒ믈 씨다ᄅᆞᆯ지라 (各尼送齊了酒, 擧杯請飮. 一沾唇齒, 更覺芳冽.) <瑤華 14:49>

니 너의 무리 량ᄀᆡ가 모다 쟝졈ᄒᆞ엿도다."

즁인이 일졔히 웃고 그 니괴 ᄯᅩ 슐을 쳐 오거ᄂᆞᆯ, 요홰 쥬긔 잇시믈 씌돗고 믄득 마시기 긋치니 즁인이 모다 몸을 닐【52】고, 이 ᄯᆡ가 임의 ᄉᆞ경은 된지라. 즉시 안침ᄒᆞ여 한 잠의 ᄭᆡ이ᄆᆡ 하ᄂᆞᆯ이 임의 ᄇᆞᆰ은지라. 모다 니러나 쇼셰ᄒᆞ더니, 사ᄅᆞᆷ이 젼ᄒᆞ여 말ᄒᆞ기ᄅᆞᆯ '녀역(癘疫)이 셩ᄒᆡᆼᄒᆞ여 쥭ᄂᆞᆫ 재 련쇽ᄒᆞ다' ᄒᆞ고, 한즈음이 못ᄒᆞ여 진옥이 ᄯᆞ라 드러와 보ᄒᆞᄃᆡ '가히 오러 머무지 못ᄒᆞ리라' ᄒᆞ거ᄂᆞᆯ, 요홰 듯고 즉시 몸을 닐냐 ᄒᆞ니, 그 니괴 와 무ᄅᆞᄃᆡ,

"존ᄀᆡᆨ이 가히 쇼쥬로 가려 ᄒᆞᄂᆞ냐? 그러ᄒᆞ거든 도뎨가 본집의 도라가랴 ᄒᆞ니 가히 븟치여 ᄇᆡ의 ᄀᆞᆺ【53】치 가게 ᄒᆞ깃ᄂᆞ냐?"

요홰 니로ᄃᆡ,

"그리 ᄒᆞ깃시니 ᄒᆞ여곰 쾌히 ᄒᆡᆼ구ᄅᆞᆯ 슈습게 ᄒᆞ라."

니괴 니로ᄃᆡ,

"우리 무리 츌가ᄒᆞᆫ ᄉᆞᄅᆞᆷ은 블과 한 엇게 ᄒᆡᆼ쟝(行裝)[301]이니 슈습ᄒᆞ기가 용이ᄒᆞ다."

ᄒᆞ고, 드ᄃᆡ여 ᄀᆞᆺ치 셩의 드러가니, 진옥 등이 임의 량개 션쳑을 셰ᄂᆡ여 한 쳑은 남인이 안고 한 쳑은 녀인이 안고 즉ᄀᆡᆨ의 ᄒᆡᆼ구(行具)[302]ᄅᆞᆯ 반운ᄒᆞ여 ᄇᆡ의 올니고 발ᄒᆡᆼ코ᄌᆞ ᄒᆞ더니, 요홰 니로ᄃᆡ,

"아직 멈츄라."

ᄒᆞ고, ᄇᆡᆨ우옥으로 ᄒᆞ여곰【54】필연을 취ᄒᆞ여 의셔(醫書)의셔 녀역 피ᄒᆞᄂᆞᆫ 방문을 ᄉᆞ츌(査出)ᄒᆞ여 한 텹ᄌᆞ(帖子)ᄅᆞᆯ ᄡᅥ 노코 뎐포(典鋪) 안 쟝괴지(掌櫃的)[303]ᄅᆞᆯ 젼유(傳諭)ᄒᆞ여 만히 약ᄌᆡᄅᆞᆯ ᄉᆞ셔 합ᄒᆞ여 시쥬(施主)케 ᄒᆞ고 아올나 사ᄅᆞᆷ을 보ᄂᆡ여 강셔의 가셔 판목(板木)을 무ᄒᆞ여 관ᄌᆡᄅᆞᆯ ᄆᆡᆫᄃᆞ러 시쥬케 ᄒᆞ고, 녀역이 진ᄒᆞ여 가기ᄅᆞᆯ 기ᄃᆞ려 바야흐로 긋치ᄃᆡ, 반ᄃᆞ시 젼ᄌᆡ(錢財)ᄅᆞᆯ 인식지 말게 ᄒᆞ고, 즉시 한로(旱路)로죠ᄎᆞ ᄯᆞ라 ᄇᆡ의 나려 일변 ᄇᆡᆺ쥴을 플고 발ᄒᆡᆼᄒᆞᆯ시 요홰 믄득【55】그 니고다려 무ᄅᆞᄃᆡ,

"ᄉᆞ형아 네 본가의 셩은 무어시며 법명은 무어시라 ᄒᆞᄂᆞ냐?"

그 니괴 ᄃᆡ답ᄒᆞᄃᆡ,

"도뎨의 쇽가의 셩은 반시(潘氏)오 부뫼 ᄒᆞᆷᄭᅴ 구몰(俱沒)ᄒᆞ고 다만 일ᄀᆡ 형뎨가 잇ᄂᆞᆫᄃᆡ 향교의 거ᄌᆡ(居齋)ᄒᆞᄂᆞᆫ 늠ᄉᆡᆼ(廩生)이라. 졔가 밧갈고 글닑ᄂᆞᆫ 외의 ᄯᅩ 슐을 비져 모리(牟利)ᄒᆞ여 일ᄌᆞᄅᆞᆯ 지ᄂᆡ여 가고, 도뎨의 법명은 묘하(妙華)라 부ᄅᆞ고, 별호ᄂᆞᆫ 지암(止巖)이라 일ᄏᆞᆺ노라."

요홰 니로ᄃᆡ,

"임의 가산이 그러ᄒᆞᆫᄃᆡ 엇지ᄒᆞ여 ᄯᅩ 츌가ᄅᆞᆯ 하엿ᄂᆞ냐?"

지암이 니【56】로ᄃᆡ,

"도뎨의 어린 ᄯᆡᄂᆞᆫ 부뫼 빈핍(貧乏)ᄒᆞ더니 이졔 가산이 져기 ᄉᆞ뎨(舍第)의 발쟉(發作)ᄒᆞ미라."

ᄒᆞ니, 요홰 니로ᄃᆡ,

"슈ᄌᆡ(秀才)가 되여 엇지 가산을 일워ᄂᆡ엿ᄂᆞ냐?"

지암이 니로ᄃᆡ,

---

300) 【上有天堂, 下有蘇杭】 <諺> 우희ᄂᆞᆫ 텬당이 잇고 아러ᄂᆞᆫ 쇼쥬 항쥬가 잇다 ‖ "都好, 大凡人說話, 皆說~. 都把你們兩位占盡了." 모다 죠흐니 ᄃᆡ범 사ᄅᆞᆷ이 말ᄒᆞ기ᄅᆞᆯ 우희ᄂᆞᆫ 텬당이 잇고 아러ᄂᆞᆫ 쇼쥬 항쥬가 잇다 ᄒᆞ니 너의 무리 량ᄀᆡ가 모다 쟝졈ᄒᆞ엿도다 (瑤華 14:51)

301) 【ᄒᆡᆼ쟝】 명 행장(行裝). ¶ 行李 ‖ 우리 무리 츌가ᄒᆞᆫ ᄉᆞᄅᆞᆷ은 블과 한 엇게 ᄒᆡᆼ쟝이니 슈습ᄒᆞ기가 용이ᄒᆞ다 (我們出家人不過一肩行李, 容易的.) <瑤華 14:53> ⇒ ᄒᆡᆼ댱, ᄒᆡᆼ장

302) 【ᄒᆡᆼ구】 명 행구(行具). 행장(行裝). ¶ 行李 ‖ 진옥 등이 임의 량개 션쳑을 셰ᄂᆡ여 한 쳑은 남인이 안고 한 쳑은 녀인이 안고 즉ᄀᆡᆨ의 ᄒᆡᆼ구ᄅᆞᆯ 반운ᄒᆞ여 ᄇᆡ의 올니고 발ᄒᆡᆼ코ᄌᆞ ᄒᆞ더니 (陳玉等已雇下兩隻船, 一隻坐男人, 一隻坐女人, 卽刻搬取行李上船, 卽欲開行.) <瑤華 14:53>

303) 【쟝괴지】 명 장궤적(掌櫃的). 중국어 차용어. '-지(的)'는 '-하는 사람' 이란 뜻. '的'은 우리말 한자음으로 읽으면 '적'으로 읽히지만 중국어로는 '더(de)' 또는 속음으로 '디'로 읽힌다. '디'가 다시 '지'로 바뀌었다. 참고로 중국어의 '的'자에는 '-하는 사람' '-이'란 뜻이 담겨 있다. 예컨대 현대 중국어에서 '擦皮鞋的' 하면 '구두닦이', '送信的'하면 '우체부'란 뜻이다. ¶ 管帳的 ‖ ᄇᆡᆨ우옥으로 ᄒᆞ여곰 필연을 취ᄒᆞ여 의셔의셔 녀역 피ᄒᆞᄂᆞᆫ 방문을 ᄉᆞ츌ᄒᆞ여 한 텹ᄌᆞᄅᆞᆯ ᄡᅥ 노코 뎐포 안 쟝괴지ᄅᆞᆯ 젼유ᄒᆞ여 만히 약ᄌᆡᄅᆞᆯ ᄉᆞ셔 합ᄒᆞ여 시쥬케 ᄒᆞ고 (于醫書上查了辟瘟方子, 寫一帖子, 諭知典鋪內管帳的人, 多買藥料合就施送.) <瑤華 14:54>

"ᄉ뎨ᄂᆞᆫ 문무젼ᄌᆡ라. 져의 문학이 유명한 거ᄉᆫ 말ᄒᆞ지 말고 져의 권법과 방법이 도시 츌중(出衆)ᄒᆞ기로[304] 그러므로ᄡᅥ 가문을 지탱ᄒᆞ엿ᄂᆞ니라."

요홰 니로ᄃᆡ,

"만일 녕ᄌᆡ(令弟)가 되랑이면 년긔가 만치 아니ᄒᆞᆫᄃᆡ 믄득 져 모양 문무젼ᄌᆡ롤 두엇시니 실노이 엇기가【57】어렵도다.

지암이 니로ᄃᆡ,

"졔가 도뎨보다 두 ᄒᆡ가 젹어 금년이 겨유 이십륙 세가 된지라. 이졔 가ᄆᆡ 션쳑이 집 아러로죠ᄎᆞ 지날 거시니 응당 졔가 나와 비현ᄒᆞ고 아올나 존긔게 청ᄒᆞ여 몃 날을 노닐게 ᄒᆞ리라."

요홰 니로ᄃᆡ,

"ᄆᆡ오 죠타."

ᄒᆞ고, 당야의 지암을 가ᄅᆞ쳐 '반ᄃᆞ시 푸개롤 여지 말고 믄득 ᄂᆡ 탑샹(榻床)의셔 ᄒᆞᆷ긔 ᄌᆞᄌᆞ' ᄒᆞ니, 지암이 니로ᄃᆡ,

"두리건ᄃᆡ 존긔이 ᄂᆡ음ᄉᆡ 나ᄂᆞᆫ 거ᄉᆞᆯ 혐의ᄒᆞ리라."

요홰 니로ᄃᆡ,

"그 쳐럼 말을【58】말나."

ᄒᆞ거ᄂᆞᆯ, 드ᄃᆡ여 ᄀᆞᆺ치 누어 우연이 요화의 신샹의 부ᄃᆡ쳐 보니 활이(滑膩)ᄒᆞ기가[305] 기롬 ᄀᆞᆺ튼지라. 심중의 ᄉᆡᆼ각ᄒᆞᄃᆡ,

'져 녀랑이 츌가ᄒᆞᆫ 모양과 ᄀᆞᆺ지 아니ᄒᆞ고 ᄒᆡᆼ동거지롤 보ᄆᆡ 비범ᄒᆞ고 ᄯᅩ ᄉᆡᆼ기ᄆᆡ 일신의 죠흔 피부오, 슈하의 ᄯᅩ 져런 사ᄅᆞᆷ들이 ᄇᆡ죵(陪從)ᄒᆞ니, 반ᄃᆞ시 부귀가(富貴家)의셔 츌리ᄒᆞᆫ ᄉᆞᄅᆞᆷ이라. 다만 아지 못게라 무ᄉᆞᆫ 일을 위ᄒᆞ여 나와 노ᄂᆞᆫ고?'

ᄒᆞ며 죠히 의심을 품고 ᄎᆞ일의 몸을 니러 셰셰히 보니 용뫼 심히【59】미려ᄒᆞᆫ지라. 드ᄃᆡ여 가셰롤 힐문ᄒᆞ니 요홰 다만 쇽이ᄂᆞᆫ 말노 ᄃᆡ답ᄒᆞ고, ᄒᆡᆼ젹은 드러ᄂᆡ지 아니ᄒᆞ더라.

뎨삼일 오후의 니ᄅᆞ러 임의 지암의 집의 니ᄅᆞᄆᆡ 지삼 청ᄒᆞ여 졔집으로 가ᄌᆞ ᄒᆞ니, 요홰 니로ᄃᆡ,

"법요롤 시기ᄂᆞᆫ 거시 당치 못ᄒᆞ고 ᄯᅩ 임의 쇼쥬의 ᄀᆞ가왓시니 노샹의셔 지톄되믈 면ᄒᆞ려 ᄒᆞ노라."

지암이 니로ᄃᆡ,

"임의 여긔 니ᄅᆞ럿시니 엇지 즐겨 존긔을 머믈너 노닐게 아니리오?"

요홰 보기의 져의 머무ᄂᆞᆫ 거시 진졍이【60】라. 믄득 믈니치지 못ᄒᆞ여 다만 ᄀᆞᆺ치 졔집의 니ᄅᆞ러 보니, 집안의 포셜ᄒᆞᆫ 거시 블과시 져기 지ᄂᆡᄂᆞᆫ ᄉᆞᄅᆞᆷ의 집이라. 믄득 지암의 뎨뷔 나와 영졉ᄒᆞᄂᆞᆫᄃᆡ 그 거지와 용뫼 도로혀 톄면이 잇ᄂᆞᆫ 지라.

지암이 져 뎨부(弟婦)의 가셰롤 과쟝ᄒᆞ며 말ᄒᆞᄃᆡ, 져의 셩은 륙(陸)시오 죠샹의셔 모다 ᄉᆞ환(仕宦)을 ᄒᆞ엿기로 이졔 죠흔 가쉬 되엿ᄂᆞ니라. 요홰 믄득 ᄯᅡ라 칭도(稱道)ᄒᆞ고 맛쵸와 지암의 아비가 집의 도라오ᄂᆞᆫ지라. 지암이 마ᄌᆞ며 요화의 져와【61】ᄀᆞᆺ치 ᄇᆡ롤 타고 ᄒᆞᆷ긔 왓기로 그러므로ᄡᅥ 청ᄒᆞ여 여긔 머믈너 슈일을 두류ᄒᆞᆫ다 ᄒᆞ니, 져 반슈ᄌᆡ(潘秀才) 드러와 례로 뵈옵거ᄂᆞᆯ, 요홰 믄득 회ᄉᆞ(回辭)ᄒᆞ고 언어ᄒᆞᄂᆞᆫ ᄉᆞ이의 그 슈ᄌᆡ 눈이 ᄉᆞᄒᆡ(四海)롤 븨게 아라 믄득 요화다려 무ᄅᆞᄃᆡ,

"귀쳬가 어ᄃᆡ냐?"

요홰 니로ᄃᆡ,

"하람ᄉᆡᆼ(河南省)이라."

ᄒᆞ니, 반슈ᄌᆡ 니로ᄃᆡ,

"븍방 오ᄉᆡᆼ(五省)의 글ᄌᆡ죠ᄂᆞᆫ 한(限)이 잇고, 숑산(嵩山) 쇼룽ᄉᆞ(少林寺)의 권방법(拳棒法)은 텬하 뎨일노 치ᄂᆞ니라."

요홰 니로ᄃᆡ,

"나도 일즉 드럿노라."

반슈ᄌᆡ 니로ᄃᆡ,

"우리 남변(南邊)의셔ᄂᆞᆫ 그 기예롤 익히ᄂᆞᆫ 이가 심히 젹으ᄃᆡ 믄득 ᄂᆡ가 련습ᄒᆞ노라."

요홰 니로ᄃᆡ,

---

304)【츌중ᄒᆞ다】동 츌중(出衆)하다. ¶ 出色 ‖ ᄉᆞ뎨ᄂᆞᆫ 문무젼ᄌᆡ라 져의 문학이 유명한 거ᄉᆞᆫ 말ᄒᆞ지 말고 져의 권법과 방법이 도시 츌중ᄒᆞ기로 그러므로ᄡᅥ 가문을 지탱ᄒᆞ엿ᄂᆞ니라 (舍弟是個文武全材, 他文學是不消說得有名的, 他的拳棒也都出色, 所以撑得起這個家門.) <瑤華 14:56>

305)【활이ᄒᆞ다】형 활이(滑膩)하다. ¶ 滑膩 ‖ 드ᄃᆡ여 ᄀᆞᆺ치 누어 우연이 요화의 신샹의 부ᄃᆡ쳐 보니 활이ᄒᆞ기가 기롬 ᄀᆞᆺ튼지라 (與瑤華同鋪而臥, 偶然貼着瑤華身子, 滑膩如脂.) <瑤華 14:58>

"슈지의 익히ᄂᆞᆫ 거ᄉᆞᆫ 몟 가지나 되ᄂᆞ냐?"

반슈지 져의 니러ᄐᆞᆺ 믓ᄂᆞᆫ 거ᄉᆞᆯ 보고 믄득 슈무죡도(手舞足蹈)ᄒᆞ며 권법을 말ᄒᆞ여 니로ᄃᆡ,

"나 아ᄂᆞᆫ 거ᄉᆞᆫ 개ᄉᆞ문(開四門)과 취팔션(醉八仙)과 팔ᄃᆡ번신(八大翻身) 품ᄌᆞ보(品字步)와 난벽부(亂劈斧) 보복[보긴](步步緊)이니라. 그러므로 뼈 ᄂᆡ가 이곳의 잇셔 약간 젹은 일홈이 잇노라."

요홰 듯고 심듕의 가마니 우ᄉᆞ며 원ᄅᆡ 져 ᄇᆡ혼 거시 모다 외양(外樣)306)만 아도다. 그 슈지 ᄯᅩ 요화다려 【63】 무ᄅᆞᄃᆡ,

"네가 날다려 무ᄅᆞ니 ᄃᆡ략(大約)이 너도 몟 가지ᄅᆞᆯ 아나냐?"

요홰 니로ᄃᆡ,

"ᄂᆡ가 도져(到底)히 아지ᄂᆞᆫ 못ᄒᆞ고 ᄃᆡ강은 아노라."

슈지 니로ᄃᆡ,

"임의 몟 가지ᄅᆞᆯ 알냐 ᄒᆞ면 우리 함긔 슈단을 비교ᄒᆞ여 보ᄌᆞ."

ᄒᆞ니, 요홰 니로ᄃᆡ,

"남녀지간의 편치 못ᄒᆞᆯ가 ᄒᆞ노라."

슈지 니로ᄃᆡ,

"그거시야 ᄯᅩ 무어시 방히오라?"

지암이 멈츄어 니로ᄃᆡ,

"죤긔이 임의 여긔 잇셔 두류ᄒᆞ실 터이니 셔셔히 가ᄅᆞ치믈 청ᄒᆞ노라."

슈지 니로ᄃᆡ,

"임의 안다 말ᄒᆞ 【64】 고 즐겨 비교치ᄂᆞᆫ 아니ᄒᆞ니 사ᄅᆞᆷ을 쇽여 ᄒᆞᄂᆞᆫ 말ᄀᆞᆺ도다."

륙시 니로ᄃᆡ,

"네가 너모 추솔(麤率)ᄒᆞ도다. 죤긔이 겨유 안ᄌᆞ 계신ᄃᆡ 믄득 드럼즉지 못ᄒᆞᆫ 말을 지어 ᄂᆡᄂᆞ냐?"

한즈음이 못ᄒᆞ여 셕반을 버려 올니거ᄂᆞᆯ 슈지 니로ᄃᆡ,

"ᄂᆡ가 여긔셔 지ᄂᆡᄂᆞᆫ 거시 방히롭지 아니ᄒᆞ랴?"

지암이 니로ᄃᆡ,

"우리 무리ᄂᆞᆫ 방외인이라. 져런 거ᄉᆞᆯ 구ᄋᆡ치 아니리라."

슈지 믄득 밧글 향ᄒᆞ여 안고 요화ᄅᆞᆯ 청ᄒᆞ여 슈좌의 안치고 지암은 ᄃᆡ면ᄒᆞ여 안고 【65】 륙시ᄂᆞᆫ 아ᄅᆡ셔 ᄉᆞᆯ을 쳐 올니ᄂᆞᆫᄃᆡ, ᄉᆞᆯ마시 젼일의 지암의 권ᄒᆞ던 것과 다ᄅᆞ지 아닌지라. 요홰 극구 칭찬ᄒᆞ더니 슈지 홀연 요화ᄅᆞᆯ ᄃᆡᄒᆞ여 니로ᄃᆡ,

"권법은 남녀지간의 슈단 비교가 블편ᄒᆞ거니와 필믁을 가지고 ᄒᆞᄂᆞᆫ 거ᄉᆞᆫ 무방ᄒᆞᆯ 듯ᄒᆞ니 네가 가히 시ᄅᆞᆯ 지을 ᄌᆞᆯ 아ᄂᆞ냐?"

요홰 니로ᄃᆡ,

"슈지의 말ᄃᆡ로 우리 븍방 오싱의 글지죠ᄂᆞᆫ 한이 잇시나 임의 슈지 흥치ᄅᆞᆯ ᄂᆡ량이면 다만 면강ᄒᆞ여 밧드러 지ᄂᆡ리 【66】 라."

슈지 니로ᄃᆡ,

"능히 면강ᄒᆞᄂᆞᆫ 거시 믄득 죠타."

ᄒᆞ고, 지필을 ᄎᆔᄒᆞ여다가 륙시로 ᄒᆞ여곰 요화의 면젼의 ᄂᆡ여 노흐니, 요홰 니로ᄃᆡ,

"슈지 몬져 ᄡᅥᄂᆡ게 ᄒᆞ라."

슈지 니로ᄃᆡ,

"쥬인이 숀을 참남(僭濫)치 아니ᄒᆞᄂᆞ니라."

요홰 니로ᄃᆡ,

"니러ᄒᆞ면 ᄂᆡ가 참남ᄒᆞ리라."

ᄒᆞ고 드ᄃᆡ여 붓ᄉᆞᆯ ᄯᅳ러 한 슈ᄅᆞᆯ ᄡᅥᄂᆡᄃᆡ,

운듕표묘픽환명(雲中縹緲珮環鳴)ᄒᆞ니
지시산산거옥경(知是姍姍去玉京)이라
【67】 홀우빵셩귀히도(忽遇雙成歸海島)ᄒᆞ니
요ᄅᆡ쳥셔뎨형뎡(邀來聽叙弟兄情)이라

구룸 가온ᄃᆡ셔 표묘ᄒᆞ여 픽가 우럿시니
알괘라 이 산산ᄒᆞ여 옥경을 가더라
홀연이 [동]빵셩이가 히도로 도라가믈 만나시니
마ᄌᆞ와셔 형뎨 경회 펴ᄂᆞᆫ 거ᄉᆞᆯ 듯더라

드ᄃᆡ여 미뤄여 지암을 쥬니, 지암이 한 번 보고 굴너 슈지ᄅᆞᆯ 쥬미, 슈삼 번을 읇흐다가 무로ᄃᆡ,

"이거시 무ᄉᆞᆫ 졔목이냐?"

306) 【외양】 명 외양(外樣). ¶ 花拳 ‖ 요홰 듯고 심듕의 가마니 우ᄉᆞ며 원ᄅᆡ 져 ᄇᆡ혼 거시 모다 외양만 아도다 (瑤華聽了心中暗笑, 原來學的都是花拳.) <瑤華 14:62>

요홰 니로ᄃᆡ

"«즉경卽景»이라 ᄒᆞᄂᆞᆫ 거시 가ᄒᆞ리라."

슈지 ᄯᅩ 슈삼 번을 념ᄒᆞ더니 홀연 니로ᄃᆡ,

"올타. 네가 우리 ᄌᆞ씨(姊氏)ᄅᆞᆯ 만나 보기로 그러므로 ᄲᅧ 이 두 귀(句)ᄅᆞᆯ 지엇도다."

요홰 니로ᄃᆡ,

"그러ᄒᆞ니 쳥컨ᄃᆡ 슈지ᄂᆞᆫ 한 슈ᄅᆞᆯ 【68】 화답ᄒᆞ라."

슈지 반일을 ᄉᆡᆼ각ᄒᆞ다가 붓술 들냐 ᄒᆞ며 ᄯᅩ 긋쳐 니러ᄃᆞᆺ 삼ᄉᆞᄎᆞᄅᆞᆯ ᄒᆞ더니 ᄯᅩ 몸을 니러 삼ᄉᆞᄎᆞ 왓다 갓다 ᄒᆞᆫ 연후의 비로쇼 ᄡᅧᄂᆡᄃᆡ,

아요경인미밀[일]명(我要驚人未一鳴)ᄒᆞ니
븍경부도지남경(北京不到只南京)이라
당연팔고공뷔슉(倘然八股工夫熟)ᄒᆞ니
변가비등[황]득의졍(便可蜚黃得意情)이라

ᄂᆡ가 ᄉᆞᄅᆞᆷ 놀ᄂᆡ기ᄅᆞᆯ 요구ᄒᆞ여 한 번 울지 못ᄒᆞ여시니
븍경은 니ᄅᆞ지 못ᄒᆞ고 다만 남경의 잇더라
오히려 팔고 [과거보ᄂᆞᆫ 글을 니ᄅᆞ미라] 의 공뷔 익으면
믄득 가히 비등ᄒᆞ여 ᄯᅳᆺ을 엇ᄂᆞᆫ 졍일너라

ᄡᅳ기ᄅᆞᆯ 맛치ᄆᆡ 곳 요화의게 보ᄂᆡ니 요홰 한 번 【69】 보ᄆᆡ 참지 못ᄒᆞ여 우ᄉᆞ며 니로ᄃᆡ,

"슈지의 죠흔 글지죄로다."

슈지 스ᄉᆞ로 낫치 더우믈 ᄭᆡᄃᆞᆺ고 니로ᄃᆡ,

"이 글은 ᄯᅳᆺ을 ᄡᅳ지 아니ᄒᆞᆫ 거시니 ᄂᆡ가 다시 한 슈ᄅᆞᆯ 짓거든 네가 화답ᄒᆞ라."

요홰 니로ᄃᆡ,

"가ᄅᆞ치믈 쳥ᄒᆞ노라."

슈지 ᄯᅩ 반일을 ᄉᆡᆼ각ᄒᆞ다가 겨유 네 귀ᄅᆞᆯ ᄡᅧᄂᆡᄃᆡ,

삼입문장이의호(三入文場已矣乎)인져 307)
지인쥬시할쌍쥬(只因主試瞎雙珠)라
하과약지류락요(下科若再遺落了)ᄒᆞ면
【70】 아유권두칭댱부(我有拳頭稱丈夫)라

셰 번 쟝듕의 드러갈 ᄯᆞᄅᆞᆷ인져
다만 시관의 두 눈 멀믈 인ᄒᆞ엿더라
하과의 다시 만일 ᄲᅥ러진 ᄇᆡ 되량이면
ᄂᆡ가 쥬머괴 잇셔 쟝뷔라 일ᄏᆞᆺ더라

ᄯᅩ 곳 요화의게 보ᄂᆡ니, 요홰 보며 니로ᄃᆡ,

"슈지 험ᄒᆞᆫ 운ᄶᆞᄅᆞᆯ 죠히 ᄡᅥ시니 다만 두리건ᄃᆡ ᄂᆡ가 화답을 잘 못ᄒᆞᆯ지라. 보고 웃지 말나."

ᄒᆞ고, 붓술 드러 한 번 둘너 ᄡᅧᄂᆡ니,

ᄌᆡ인ᄉᆞ치ᄌᆡᄌᆞ호(才人詞采在玆乎)아
어목ᄒᆞ감혼화쥬(魚目何堪混火珠)라
ᄎᆞ후권군분필연(此後勸君焚筆硯)이니
블교쇼긱쇼우뷔(不敎騷客笑愚夫)라

ᄌᆡ죠 잇ᄂᆞᆫ ᄉᆞᄅᆞᆷ의 ᄉᆞ치가 여긔 잇ᄂᆞ냐
어목이 엇지 화쥬ᄅᆞᆯ 혼잡ᄒᆞ리오
이후ᄂᆞᆫ 그ᄃᆡᄅᆞᆯ 권ᄒᆞ여 필연을 블지ᄅᆞᆯ 거시니
쇼긱을 가ᄅᆞ쳐 어린 ᄉᆞᄅᆞᆷ을 웃지 말게 ᄒᆞ리라

슈지 보더니 크게 로ᄒᆞ여 니로ᄃᆡ,

"네가 감히 나ᄅᆞᆯ ᄭᅮ짓ᄂᆞ냐? ᄂᆡ가 문지ᄂᆞᆫ 남만 못ᄒᆞᄃᆡ 무예ᄂᆞᆫ 도로혀 너ᄅᆞᆯ 이긘다."

ᄒᆞ고, 쥬머괴로 쳐 오니 요홰 머리ᄅᆞᆯ 한 번 낫쵸고 두 숀가락으로 ᄲᅧ 져의 머리ᄅᆞᆯ 향ᄒᆞ여 한 번 부ᄃᆡ치ᄆᆡ 것구러져 가거ᄂᆞᆯ 다ᄒᆡᆼ이 지암이 겻ᄒᆡ 잇셔 븟들며 니로ᄃᆡ,

"형뎨ᄂᆞᆫ 온즁(穩重)히 굴나. 져분은 죤긱이시니 네가 포용ᄒᆞᄂᆞᆫ 거시 죠흐리라."

슈지 지암의 말을 듯고 거ᄌᆞᆺ 우ᄉᆞ며 니

307) 【-ㄴ져】 回 -ㄴ 것이여. -로구나. ¶ 矣乎 ‖ 셰 번 쟝듕의 드러갈 ᄯᆞᄅᆞᆷ인져 다만 시관의 두 눈 멀믈 인ᄒᆞ엿더라 (三入文場已矣乎, 只因主試瞎雙珠.) <瑤華 14:69> 귀신지덕이 기셩의흰져 (鬼神之德, 其盛矣乎!) <雪月 3:24> ⇒ -ㄴ뎌

로ᄃᆡ,

"ᄌᆞᄶᅵ(姊氏)[308]야 ᄂᆡ가 진개 【72】 그리ᄒᆞᆫ 거시 아니라 블과시 져 존긱의 무예ᄅᆞᆯ 시험ᄒᆞ미러니 과연 진개 죠흔 슈단이로다."

ᄒᆞ고, 일변 말ᄒᆞ며 일변 시ᄅᆞᆯ 가져 ᄐᆡ여 바리니 륙시 니로ᄃᆡ,

"술이 링(冷)ᄒᆞ니 다시 더혀와 한 잔을 마시고 밥을 먹게 ᄒᆞ리라."

슈지 니로ᄃᆡ,

"아즉 셔셔히 ᄒᆞ고 ᄂᆡ가 존긱의게 한 잔을 공경(供敬)ᄒᆞ려 ᄒᆞ니 네가 셔지(書齋)의 가셔 화병 속의 잇는 술을 가져오게 ᄒᆞ라."

륙시 쇼리ᄅᆞᆯ 응ᄒᆞ여 가고 지암이 요화ᄅᆞᆯ ᄃᆡᄒᆞ여 니로ᄃᆡ,

"존긱이 진개 무 【73】 예도 ᄒᆞ고 문지도 잇도다."

요홰 니로ᄃᆡ,

"슈지의 놉흔 흥을 인ᄒᆞ여 이오라지 뼈 슈응ᄒᆞ미나 도시 우음만 취ᄒᆞ엿도다."

경히 말ᄒᆞ며 다만 드ᄅᆞ니 외변의셔 문을 두ᄃᆞ리거ᄂᆞᆯ, 슈지 나가 문을 열ᄆᆡ 일인이 드러오며 쒸놀기ᄅᆞᆯ 우레ᄀᆞᆺ치 ᄒᆞ고 입속으로 말ᄒᆞᄃᆡ,

"반(反)ᄒᆞᆯ지라. ᄃᆡ방의 져모양 관원을 두고 ᄇᆡᆨ셩이 엇지 일ᄌᆞᄅᆞᆯ 평안이 지ᄂᆡ랴?"

ᄒᆞ며, 당즁으로 드러오거ᄂᆞᆯ 지암이 요화ᄅᆞᆯ ᄃᆡᄒᆞ여 니로ᄃᆡ,

"져는 믄득 뎨부(弟婦) 【74】 의 형이라."

ᄒᆞ고, 그 ᄉᆞᄅᆞᆷ이 드러와 지암을 향ᄒᆞ여 한 번 읍ᄒᆞ고 머리ᄅᆞᆯ 돌나 요화ᄅᆞᆯ 보며 무ᄅᆞᄃᆡ,

"져분은 뉘시냐?"

지암이 입을 이어 니로ᄃᆡ,

"나와 ᄀᆞᆺ치 오신 존긱이니라."

ᄒᆞ고, 반슈지 져ᄅᆞᆯ 마ᄌᆞ 좌의 드리니 기인이 니로ᄃᆡ,

"ᄂᆡ가 져 ᄃᆡ방관의 말을 ᄌᆞ셔히 ᄒᆞ여 너ᄅᆞᆯ 듯게 ᄒᆞ리라."

ᄒᆞ고 인ᄒᆞ여 니로ᄃᆡ,

"쟉년 십일월의 져 관원이 도임ᄒᆞ더니 각처로 돈잇는 ᄉᆞᄅᆞᆷ의 집을 념탐ᄒᆞᄆᆡ 아지 못게라 뉘가 져 면젼의 잇 【75】 셔 노부의 명ᄌᆞᄅᆞᆯ 졔긔ᄒᆞ엿는지? 월젼(月前)의 졔가 명텹을 보ᄂᆡ여 와 청ᄒᆞ거ᄂᆞᆯ, 노뷔 가지 아니ᄒᆞ엿더니 십여일을 격ᄒᆞ여 다시 관ᄎᆡ(官差)ᄅᆞᆯ 보ᄂᆡ여 은ᄌᆞ 오천 량을 ᄭᅮ이라 ᄒᆞ니, 네 말ᄒᆞ라 우리 집이 언마 가산이 잇관ᄃᆡ 엇지 져 슈ᄅᆞᆯ 취ᄒᆞ여 ᄂᆡᄭᅵᆺ는냐? ᄉᆡᆼ각지 못ᄒᆞᆫ 오일 젼의 일개 강도ᄅᆞᆯ 잡아가지고 져 관원이 억탁(臆度)으로 강도ᄅᆞᆯ 부쵹ᄒᆞ여 공쵸(供招)ᄒᆞ기ᄅᆞᆯ, '겁략ᄒᆞᆫ 쟝믈을 우리집의 맛겨 두엇다' ᄒᆞ고 노부(老父)ᄅᆞᆯ 잡 【76】 아다가 옥듕의 슈금ᄒᆞ여시니 노인과 ᄂᆡ가 죵릐 져런 놀나오믈 지ᄂᆡ지 못ᄒᆞ엿고 ᄯᅩ 년로다병(年老多病)ᄒᆞ고 집 속의셔 ᄯᅩ 은ᄌᆞᄅᆞᆯ 취ᄒᆞ여 ᄂᆡ지 못ᄒᆞᆯ지라. 필연 ᄉᆡᆼ명을 보젼치 못ᄒᆞᆯ 듯ᄒᆞ기로 쟉일 ᄂᆡ가 졍쟝(呈狀)ᄒᆞ여 ᄃᆡ신 갓치마 원ᄒᆞᄃᆡ, 져 관원이 즐겨 듯지 아니코 방ᄌᆞ ᄯᅩ 일개 관ᄎᆡᄅᆞᆯ ᄂᆡ여 보ᄂᆡ여 말ᄒᆞ기ᄅᆞᆯ '오천 량은 다 못ᄒᆞ거든 삼천 량은 긔여히 밧치라' ᄒᆞᄆᆡ, ᄂᆡ가 겨유 이천 량은 구취ᄒᆞ여 노코 다시 취ᄒᆞᆯ 곳 【77】 이 업ᄉᆞ니 이졔 일이 위급히 되엿는지라. 다만 죠히 너로 더브러 샹량ᄒᆞ는 거시니 네가 나ᄅᆞᆯ ᄃᆡ신ᄒᆞ여 일쳔 량을 변통ᄒᆞ여 쥬면 노뷔 노혀 나온 후의 다시 구쳐(區處)ᄒᆞ리라."

ᄒᆞ며, 륙시 술을 더혀가지고 나오다가 그 ᄉᆞᄅᆞᆷ으로 더브러 한 마ᄃᆡ 말ᄒᆞ고 믄득 드러와 술을 치거ᄂᆞᆯ, 반슈지 니로ᄃᆡ,

"나의 본젼이 다만 집안의 잇셔 용도나 ᄒᆞ는 거시니 아모리 그 슈ᄅᆞᆯ 취ᄒᆞ여 ᄂᆡ라 ᄒᆞ여도 되지 못ᄒᆞᆯ지라. 네가 다ᄅᆞᆫ 곳의 가 쥬 【78】 션ᄒᆞ는 거시 죠흐리라."

륙시 경유ᄅᆞᆯ 무ᄅᆞᄆᆡ, 그 ᄉᆞᄅᆞᆷ이 ᄯᅩ 한 번을 옴기고 즁인이 셔로 벙벙ᄒᆞ며 말을 못ᄒᆞ거ᄂᆞᆯ, 요홰 보기의 그 ᄉᆞᄅᆞᆷ의 년긔가 블과 이십셰는 되고 급ᄒᆞ여 두 눈믈이 움ᄌᆞᆨ이며 곡ᄒᆞ여 ᄂᆡᆯ 모양이라. 심즁의 죠히 블인(不忍)ᄒᆞ여 드ᄃᆡ여 지암을 ᄃᆡᄒᆞ여 니로ᄃᆡ,

"ᄂᆡ가 져 륙슈ᄌᆞ의 말ᄒᆞᆫ 바ᄅᆞᆯ 드ᄅᆞᄆᆡ, 다만 일쳔 량이 부족ᄒᆞᆫ지라. 만일 치와셔 삼천 량을 보ᄂᆡ면 믄득 가히 무ᄉᆞᄒᆞ랴?"

그 ᄉᆞᄅᆞᆷ이 【79】 니로ᄃᆡ,

"이 거ᄉᆞᆫ 관가의셔 요구ᄒᆞ는 빈니 만일 그 슈만 잇시면 족히 료리가 되리라."

308) 【ᄌᆞᄶᅵ】 명 자씨(姊氏). 누이. ¶ 阿姐 ‖ ᄌᆞᄶᅵ야 ᄂᆡ가 진개 그리ᄒᆞᆫ 거시 아니라 블과시 져 존긱의 무예ᄅᆞᆯ 시험ᄒᆞ미러니 과연 진개 죠흔 슈단이로다 (阿姐, 我不是認眞的, 不過要試試這道姑的武藝, 果眞好手段.) <瑤華 14:71>

요홰 니로듸,

“져거손 용이ᄒᆞ니 청컨듸 亽부논 션듕의 가셔 우리 아신(阿新) 시녀롤 블너오면 너가 져다려 말홀 일이 잇다.”

ᄒᆞ니, 지암이 등블을 가지고 급급히 나가더니 아신을 다리고 오거놀, 요홰 져롤 다리고 한편의 가셔 귓가홀 향ᄒᆞ여 무슨 말을 ᄒᆞ논지 아지 못ᄒᆞ깃고 쏘 필연을 취ᄒᆞ여 한 쟝을 뻐셔 그 시녀롤 쥬니 그 시녜 바다가지고 믄득 【80】 닷거놀, 요홰 그 亽롬을 디ᄒᆞ여 니로듸,

“너의 부친의 일을 너가 사롬을 시겨 료리ᄒᆞ라 보닉여시니 네가 가히 이쳔 량 은ᄌᆞ롤 가져다가 나롤 맛기면 명일의 결단코 녕죤(令尊)이 무亽히 노혀 나올 거시니, 네가 만일 밋지 아니커든 녕죤이 나온 후롤 기ᄃᆞ려 가져오논 거시 가ᄒᆞ리라.”

28
임협징탐관루셜 인마닙화식간ᄉᆞ
任俠懲貪寬縲絏 引魔入火識奸邪

그 ᄉᆞᄅᆞᆷ이 말을 듯고 련망히 ᄭᅮ러안ᄌᆞ 고두ᄒᆞ거ᄂᆞᆯ, 요홰(瑤華) 답례ᄒᆞ고 반슈ᄌᆡ(潘秀才) 륙시(陸氏)와 ᄀᆞᆺ치 ᄯᅩ 치ᄉᆞᄒᆞ고 은근이 슐을 권ᄒᆞ며 무ᄅᆞᄃᆡ,

“엇지 판 【81】 리케 ᄒᆞᄂᆞ냐?”

요홰 니로ᄃᆡ,

“이 거ᄉᆞᆫ 슈ᄌᆡ의 알 ᄇᆡ 아니니 명일의 일이 되ᄂᆞᆫ 것만 보ᄂᆞᆫ 거시 ᄆᆞᆫ득 죠흐리라.”

다만 보니 지암(止巖)이 ᄯᅩ 와셔 슐을 권ᄒᆞ거ᄂᆞᆯ, 요홰 이 슐을 먹으ᄆᆡ 비젼(比前)ᄒᆞ여 더옥 죠흐나, 다만 과히 취ᄒᆞᆯ가 두려 드ᄃᆡ여 굿치ᄌᆞ 니ᄅᆞ고 밥을 먹으ᄆᆡ ᄆᆞᆫ득 ᄇᆡ로 도라오니, 아신(阿新)이 임의 간판(幹辦)ᄒᆞ라[309] ᄀᆞᆺ다가 ᄉᆞ경(四更)의 니ᄅᆞ러 가마니 요화ᄅᆞᆯ 향ᄒᆞ여 니로ᄃᆡ,

“비지 젼당푸리의 가셔 이쳔 량 표지[310]ᄅᆞᆯ 취ᄒᆞ여 가지고 져 관원 【82】 의 아즁(衙中)을 다라 드러가 보니 샹방(上房)은 ᄒᆞᆷᄭᅴ 잠드러 고요ᄒᆞ고 방 쇽의 등홰 도로혀 명낭ᄒᆞ거ᄂᆞᆯ 챵 죠희ᄅᆞᆯ 침으로 ᄯᅮᆯ고 몰ᄂᆡ 보니 방쇽 평샹 옯히 남인(男人)의 신이 노혓ᄂᆞᆫ지라. ᄉᆡᆼ각건ᄃᆡ 져 관원이 그 쇽의 이시리라 ᄒᆞ여 드ᄃᆡ여 방듕으로 드러가셔 쟝(帳)을 들고 보니 과연 일남일녀가 동침ᄒᆞ고 ᄉᆞ모(紗帽)와 포ᄃᆡ(袍帶)가 모다 의(衣)거리[311] 우희 잇ᄂᆞᆫ지라. 료량컨ᄃᆡ 바로 드러왓기로 이쳔 량 표지[312]와 져의 ᄂᆡ여보ᄂᆡᆫ 은 구ᄒᆞᄂᆞᆫ 문텹 【83】 을 ᄒᆞᆷᄭᅴ 평샹가의 노화두고 가지고 간 칼을 ᄲᅢ혀 표지ᄅᆞᆯ 련ᄒᆞ여 한ᄃᆡ ᄶᅩᄌᆞ 노흐ᄆᆡ, 져 량개 남녀ᄂᆞᆫ 아올나 ᄭᆡ지 못ᄒᆞ고 비지 ᄆᆞᆫ득 도라왓다.”

ᄒᆞ거ᄂᆞᆯ, 요홰 니로ᄃᆡ,

“이만 ᄒᆞ여도 가히 져 관원의 담을 놀나게 ᄒᆞ엿도다.”

직셜, 져 관원이 실노이 탐남(貪婪)ᄒᆞ여 일을 만나면 풍파ᄅᆞᆯ ᄂᆡ여 다만 ᄌᆡ믈 탈취ᄒᆞ기ᄅᆞᆯ 도모ᄒᆞᄆᆡ, 륙가의 일이 실노 유의ᄒᆞᆫᄃᆡ 난지라. 이 밤의 ᄌᆞ고 텬명의 밋ᄎᆞᄆᆡ, 한 번 ᄭᆡ여 구을며 보니 평상 가 【84】 의 한 병(柄) 눈쳐럼 ᄇᆞᆰ은 칼이 ᄭᅩᆺ쳣ᄂᆞᆫ지라 한 번 놀나믈 ᄭᆡ닷지 못ᄒᆞ여 련망히 옷ᄉᆞᆯ 닙고 가셔 보니 칼ᄭᅳᆺ 아ᄅᆡ 죠희쟝[313]이 ᄀᆞᆺ치 ᄭᅩᆺ쳐ᄂᆞᆫ지라. 칼을 가져 ᄲᅢ히려 ᄒᆞ니, 임의 남게 드러가미 ᄲᅧᆷ이 넘은지라. 힘을 다

309) 【간판ᄒᆞ다】 동 {간판(幹辦)하다.} 일을 처리하다. ¶ 幹辦 ‖ 아신이 임의 간판ᄒᆞ라 ᄀᆞᆺ다가 ᄉᆞ경의 니ᄅᆞ러 가마니 요화ᄅᆞᆯ 향ᄒᆞ여 니로ᄃᆡ (見阿新已去幹辦, 約四鼓光景纔回, 悄問瑤華道.) <瑤華 14:81>

310) 【표지】 명 표지. ¶ 號票 ‖ 비지 젼당푸리의 가셔 이쳔 량 표지ᄅᆞᆯ 취ᄒᆞ여 가지고 져 관원의 아즁을 다라 드러가 보니 (婢子先去典中, 取了二千兩的號票, 打聽那官的衙署, 隨從後衙飛入.) <瑤華 14:81>

311) 【의거리】 명 의(衣)걸이. 옷걸이. ¶ 衣架 ‖ 드ᄃᆡ여 방듕으로 드러가셔 쟝을 들고 보니 과연 일남일녀가 동침ᄒᆞ고 ᄉᆞ모와 포ᄃᆡ가 모다 의거리 우희 잇ᄂᆞᆫ지라 (遂閃入房中, 掀開帳幃, 果是一男一女同寢. 卓上還放着一頂烏紗帽, 袍帶都在衣架上.) <瑤華 14:82>

312) 【표지】 명 표지. ¶ 號票 ‖ 료량컨ᄃᆡ 바로 드러왓기로 이쳔 량 표지와 져의 ᄂᆡ여보ᄂᆡᆫ 은 구ᄒᆞᄂᆞᆫ 문텹을 ᄒᆞᆷᄭᅴ 평샹가의 노화두고 (當將二千兩的號票同那張帖子放在床沿.) <瑤華 14:82>

313) 【죠희쟝】 명 종이장. ¶ 紙 ‖ 련망히 옷ᄉᆞᆯ 닙고 가셔 보니 칼ᄭᅳᆺ 아ᄅᆡ 죠희쟝이 ᄀᆞᆺ치 ᄭᅩᆺ쳐ᄂᆞᆫ지라 (連忙披衣坐起, 見刀尖挿着兩張紙.) <瑤華 14:84>

ᄒᆞ여 겨유 ᄈᆞ혀 가지고 보니 그 죠희의 ᄡᅧᆺ시ᄃᆡ,

륙셩(陸姓) 노인이 가계가 본ᄃᆡ 한쇼(寒素)ᄒᆞᆫᄃᆡ, 네가 그릇 ᄉᆞ룸의 말을 듯고 그 은ᄌᆞ 오천 량을 늑탈(勒奪)ᄒᆞ랴 ᄒᆞ여 도적을 부촉ᄒᆞ여 거ᄌᆞᆺ 공쵸(供招)를 ᄆᆡᆫᄃᆞ러, 잡아다가 슈【85】금 ᄒᆞ여시니 그 사룸이 년로다병ᄒᆞ고 ᄯᅩ 량션ᄒᆞᆫ 사룸으로 죵릭 그런 놀나온 일은 쳐음 보고, 일됴의 무죄히 이 지경을 당ᄒᆞ여 반ᄃᆞ시 몸을 샹ᄒᆞᄂᆞᆫ ᄃᆡ 니ᄅᆞ고, ᄯᅩ ᄌᆞ식의 경지(情志)가 간졀ᄒᆞ여 능히 여슈히 밧치지 못ᄒᆞᄆᆞᆯ 인ᄒᆞ여, 원졍ᄒᆞ여 아비 ᄃᆡ신 몸쇼 ᄀᆞᆺ치려 ᄒᆞᄃᆡ 네가 ᄯᅩ 좃지 아니ᄒᆞᆫ다 ᄒᆞ니, 만일 져 부ᄌᆞ를 ᄂᆡ여노치 아니면 량개의 목숨을 ᄀᆞᆺ치 보젼키 어려온지라. ᄂᆡ가 우연이 그 ᄉᆞ경을 듯고 량쳔(兩千) 은ᄌᆞ를 ᄃᆡ신【86】쥰비ᄒᆞ여 은표(銀票)를 맛타 보ᄂᆡᄂᆞᆫ 거시니, 네가 즉시 륙셩 노민(老民)을 몬져 방숑(放送)ᄒᆞᆫ[314] 연후의 표를 가지고 은을 취ᄒᆞ면 가히 두릴 거시 업술 거시오, 만일 리욕(利慾)이 지혜로 ᄒᆞ여곰 어둡게 ᄒᆞ여 오히려 부쥭히 아라 명일 오후가 되도록 그 사룸을 놋치 아니면 ᄂᆡ가 몬져 네 머리를 취ᄒᆞ여 ᄲᅧ 사룸의 ᄆᆞ옴을 쾌히 ᄒᆞᆯ 거시니, 네 그 삼가ᄒᆞ라.

ᄒᆞ고 그 밋ᄒᆡ 이쳔 량 표지가 잇ᄂᆞᆫ지라. 그 관원이 놀나 ᄆᆞ옴이 ᄠᅥᆯ니고 련망히 ᄉᆞ룸을【87】부려 륙셩 로인을 방숑ᄒᆞ니, 져 노인이 한길노 집의 도라와 부지 보고 셔로 ᄃᆡᄒᆞ여 곡ᄒᆞ며 ᄋᆞᄌᆞ다려 무ᄅᆞᄃᆡ,

"엇지 슈단을 부려 능히 노혀 나오게 ᄒᆞ엿ᄂᆞ냐?"

그 ᄋᆞᄃᆞᆯ이 쟉야ᄉᆞ(昨夜事)를 명ᄇᆡᆨ히 말ᄒᆞ니 그 노인이 련망히 녀셔(女婿)의 집의 니ᄅᆞ러 녀ᄋᆞ로 ᄒᆞ여금 져 위(位) 녀보살(女菩薩)을 쳥ᄒᆞ여 오라 ᄒᆞ니, 륙시 인ᄒᆞ여 지암을 달ᄂᆡ여 쳥ᄒᆞ여, 요홰 니ᄅᆞᄆᆡ, 노인이 한 번 보고 ᄲᆞᆯ리 업ᄃᆡ여 졀ᄒᆞ거ᄂᆞᆯ, 요홰 ᄯᅩᄒᆞᆫ 답례ᄒᆞ며 니로ᄃᆡ,

"네가 무ᄉᆞ【88】ᄒᆞᆷ을 깃거ᄒᆞ노라."

져 노인이 은혜를 감동ᄒᆞᄆᆡ 극진ᄒᆞ고, 한즈음이 못ᄒᆞ여 륙슈지 량쳔 은ᄌᆞ를 가지고 요화의게 드리며 ᄯᅩ 고두ᄉᆞ은ᄒᆞ고, 인ᄒᆞ여 쥬안(酒案)을 셩비(盛備)ᄒᆞ여 ᄆᆡᄌᆞ와 지암으로 ᄒᆞ여곰 뫼셔 마시게 ᄒᆞ고, 노인 부ᄌᆞᄂᆞᆫ 각기 하직ᄒᆞ고 도라가더라.

요홰 강윤쟝(江允長)을 블너다가 아신과 ᄀᆞᆺ치 량쳔 은ᄌᆞ를 가져 젼당 푸리의 도라보ᄂᆡ고, 지암이 륙시와 ᄀᆞᆺ치 술을 가져 은근이 권ᄒᆞ며, 요화 ᄃᆡ졉ᄒᆞ기를 부쳐【89】와 ᄀᆞᆺ치 ᄒᆞ여 바른 눈으로 감히 보지 못ᄒᆞ나, 요화ᄂᆞᆫ 담쇼를 ᄌᆞ약(自若)히 ᄒᆞ고 회포를 열고 쾌히 마시ᄂᆞᆫᄃᆡ, 쥬력(酒力)이 쥰ᄒᆞᆫ 잇고 일비 일비를 마셔 긋치지 아니ᄒᆞᄆᆡ 과취ᄒᆞᆷ을 ᄭᆡ둣지 못ᄒᆞ여 지텅치 못ᄒᆞ고, 믄득 륙시의 샹 우희셔 업ᄃᆡ여 ᄌᆞ거ᄂᆞᆯ, 지암과 륙시ᄂᆞᆫ 도로혀 등ᄃᆡ(等待)ᄒᆞ고 아신은 샹 겻ᄒᆡ셔 ᄭᆡ기를 기ᄃᆞ리나 쥬력이 침즁ᄒᆞ여 능히 ᄭᆡ지 못ᄒᆞ고 한즈음이 못ᄒᆞ여 륙슈지 다라와 ᄆᆡ시(妹氏)로 더브러 샹량【90】ᄒᆞᄃᆡ,

"엇더케 요화를 ᄉᆞ례ᄒᆞ여야 죠흐랴?"

ᄒᆞᄆᆡ, 륙시ᄂᆞᆫ 쥬견이 업셔 ᄒᆞ고, 지암이 니로ᄃᆡ,

"나 보기의 져 긱인이 츌가ᄒᆞᆫ 모양 ᄀᆞᆺ지 아니ᄒᆞ다."

ᄒᆞ니, 륙슈지 니로ᄃᆡ,

"엇지 츌가 아니ᄒᆞ엿시면 무어ᄉᆞᆯ 위ᄒᆞ여 밧긔 잇셔 한가히 노ᄂᆞ냐?"

지암이 니로ᄃᆡ,

"너의 무리ᄂᆞᆫ 아지 못ᄒᆞ리라. ᄂᆡ가 로샹의 잇셔 보니, 져의 무리 슈하 사룸들이 동쟉ᄒᆞᄆᆡ 례졀이 잇고 져 긱인의 힝지가 비범ᄒᆞ고 ᄂᆡ가 져와 더브러 동침ᄒᆞᄂᆞᆫ ᄣᅴ의【91】우연이 제 신샹의 부ᄃᆡ쳐 보니, 그 밋그러온 거시 기름 ᄀᆞᆺᄐᆞᆫ지라. 반ᄃᆞ시 ᄃᆡ부귀(大富貴)ᄒᆞᄂᆞᆫ ᄉᆞ룸의 집이셔 나온 모양이나 믄득 져의 분슈ᄂᆞᆫ ᄭᆡ치지 못ᄒᆞ리로다."

륙슈지 무ᄅᆞᄃᆡ,

"져 슈하의 ᄉᆞ룸이 언마나 잇ᄂᆞ냐?"

지암이 니로ᄃᆡ,

"셰 ᄲᅣᆼ 부쳐와 일개 챠환이 잇고 항쥬(杭州)의 잇셔 비를 발ᄒᆞᆯ ᄣᅴ의 림ᄒᆞ여 녀역(癘疫)이 셩힝ᄒᆞᆷ을 듯고 믄득 사룸을 시겨 약지를 취ᄒᆞ여

---

314) 【방숑ᄒᆞ다】 圖 {방송(放送)하다.} 풀어주다. ¶ 放出 ‖ 네가 즉시 륙셩 노민을 몬져 방숑ᄒᆞᆫ 연후의 표를 가지고 은을 취ᄒᆞ면 가히 두릴 거시 업술 거시오 (爾卽將陸姓老民先行放出, 然後持票取銀, 可無恐也.) <瑤華 14:86>

시쥬케 ᄒᆞ고, ᄯᅩ 관ᄌᆡ(棺材)를 분급ᄒᆞᄂᆞᆫ듸, 다만 일봉 셔신을 븟쳐 믄득 【92】 판비케 ᄒᆞ니 다만 져 ᄉᆞᄅᆞᆷ들만 근슈(跟隨)ᄒᆞᄂᆞᆫ 거시 아니니라."

륙슈지 니로듸,

"ᄉᆞ부의 말이 일졈도 그ᄅᆞ지 아니ᄒᆞ니 믄득 쟉일 량쳔 은ᄌᆞ를 ᄉᆡᆼ각건듸 졔가 듸신 구획(求獲)ᄒᆞ미로다."

지암이 니로듸,

"ᄂᆡ 드ᄅᆞ니 졔가 온 사ᄅᆞᆷ을 분부ᄒᆞ여 젼당 푸리로 도로 보ᄂᆡ더라."

륙슈지 니로듸,

"네 ᄉᆡᆼ각ᄒᆞ여 보라. 일개 녀인을 어ᄂᆡ 젼당 푸리의셔 즐겨 이쳔 은ᄌᆞ를 ᄭᅮ이깃ᄂᆞ냐?"

ᄒᆞ고, 의론이 분분ᄒᆞ더니 지암이 홀연 우ᄉᆞ며 니로듸,

"ᄂᆡ가 스ᄉᆞ로 일분 【93】 회ᄉᆞᄒᆞᆯ 녜믈이 여기 잇다."

ᄒᆞ니, 륙슈지 급히 무ᄅᆞ듸,

"엇지ᄒᆞᆫ 말이냐?"

지암이 니로듸,

"만히 ᄲᅳᆯ 거시 아니라 네가 일ᄇᆡᆨ 량 은ᄌᆞ를 가져 나를 쥬면 ᄂᆡ가 긔여히 져 ᄀᆡᆨ인을 보ᄂᆡ여 쇼쥬(蘇州) 지경의 니ᄅᆞ러 량개 ᄉᆞᄅᆞᆷ을 졔게 보ᄂᆡ여 쥬면 만 량 은ᄌᆞ보다 더 죠흐리라."

륙슈지 니로듸,

"ᄇᆡᆨ 량 은ᄌᆞᄂᆞᆫ 가져오기 용이ᄒᆞ거니와 네가 그 연고를 가져 날다려 말ᄒᆞ여 알게 ᄒᆞ면 실노이 죠흘ᄂᆞᆫ지 아니 죠흘ᄂᆞᆫ지 료량ᄒᆞ여 보리【94】라."

지암이 니로듸,

"ᄂᆡ ᄉᆡᆼ각ᄒᆞ니, 부귀ᄒᆞᄂᆞᆫ ᄉᆞᄅᆞᆷ의게 은ᄌᆞ 보ᄂᆡᄂᆞᆫ 거시 진개 심샹ᄒᆞᆫ 일이라. 젹게 보ᄂᆡ면 그 눈의 ᄎᆞ지 못ᄒᆞ고 만히 보ᄂᆡᄌᆞ ᄒᆞ면 너의 녁[념]량(力量)이 ᄯᅩ 당치 못ᄒᆞᆯ지라. 져 ᄀᆡᆨ인의 져 모양 어린 나히 나와 놀나 단이ᄂᆞᆫ 거시 그 즁의 필연 곡졀이 잇ᄂᆞᆫ지라. 우리 무리ᄂᆞᆫ 아라ᄂᆡ지 못ᄒᆞ고 다만 져의 심ᄉᆞ를 쵀탁ᄒᆞ여 보니 임의 츌가ᄂᆞᆫ 아니ᄒᆞ엿시미, ᄉᆡᆼ각건듸 남녀의 그 일이 필연 심듕의 부족ᄒᆞ여 ᄒᆞ미라. 【95】 네 보라. 져 슈하의 도로혀 삼개 부쳐가 량량ᄡᅡᆼᄡᅡᆼ(兩兩雙雙)이 듸ᄒᆞ여 잇ᄂᆞᆫ듸, 져 쥬인은 도로혀 고독ᄒᆞ게 이시니 곳 은혜를 난호ᄂᆞᆫ 일이 잇다 ᄒᆞ여도 각각 ᄯᅳᆺ의 챵쾌치 못ᄒᆞᆯ지라. ᄂᆡ가 향ᄅᆡ(向來) 쇼쥬의 잇실 ᄯᅢ 량개 녀인을 만나 보니 도시 두 형뎨를 가졋ᄂᆞᆫ지라. ᄉᆞ나희를 만나면 곳 계집 노ᄅᆞᆺ술 ᄒᆞ고 계집을 만나면 곳 ᄉᆞ나희 노ᄅᆞᆺ술 ᄒᆞᄂᆞᆫ듸, 일개ᄂᆞᆫ 녀승으로 미쳐 락발(落髮) 아니ᄒᆞ고 날노 더브러 가쟝 셔로 【96】 죠화ᄒᆞ며, 일기ᄂᆞᆫ 미파 노ᄅᆞᆺ술 ᄒᆞᄂᆞᆫ듸, 량개가 도시 팔구분 ᄌᆞ모가 잇고 년긔가 도시 삼십 셰 안이라. 져 미파ᄂᆞᆫ 더옥 여력이 잇셔 각쳐로 노니라 단이니, 져런 사ᄅᆞᆷ을 어더 ᄲᅳᆯ 만ᄒᆞᆫ지라. 네가 일ᄇᆡᆨ 량 은ᄌᆞ를 가져오면 ᄂᆡ가 지고 가 져 량개를 잡아 쟝쇽을 곳치게 ᄒᆞ고, 져 ᄀᆡᆨ인의 죵젹을 져다려 고ᄒᆞ면 뉘가 즐겨 져를 ᄯᆞᄅᆞ지 아니ᄒᆞ랴? ᄂᆡ가 그 쳐럼 쥬션ᄒᆞ여 노코 우리가 져로 더브러 분슈ᄒᆞᆫ 후의 져 【97】 녀승과 미파 량개로 ᄒᆞ여곰 너의 치ᄉᆞᄒᆞᄂᆞᆫ 경의를 가져 져 ᄀᆡᆨ인의게 말ᄒᆞ여 알게 ᄒᆞ면 엇지 만 량 은자 ᄡᅳᄂᆞᆫ듸 비ᄒᆞ여 도로혀 죠치 아니ᄒᆞ랴?"

슈지 륙시와 ᄀᆞᆺ치 듯고 묘ᄒᆞᆫ 계교라 칭찬ᄒᆞ며, 믄득 집의 도라와 ᄇᆡᆨ 량 은ᄌᆞ를 보ᄂᆡ더라.

지암이 륙시와 ᄀᆞᆺ치 ᄒᆞᆷᄭᅴ 방의 드러가 보니, 요화ᄂᆞᆫ 바야흐로 몸을 닐고 아신은 겻히 안ᄌᆞ 부치질 ᄒᆞᄂᆞᆫ지라. 륙시 니로듸,

"존ᄀᆡᆨ의 두발이 모다 헛트러졋시니 쳥컨【98】듸 한 번 경졔케 ᄒᆞ여 쥬리라."

ᄒᆞ니, 요홰 ᄭᆡ엿시나 도로혀 혼혼침침ᄒᆞᆫ지라. 져의 무리 드러오믈 보고 비로쇼 몸을 닐며 니로듸,

"비쟉(杯酌)을 탐ᄒᆞ여 만히 우음을 취ᄒᆞ엿도다."

지암이 니로듸,

"쥬력이 본듸 쥰ᄒᆞ여 우리 무리ᄂᆞᆫ 쾌히 ᄭᆡ지 못ᄒᆞ엿노라."

륙시 니로듸,

"너ᄂᆞᆫ 다만 ᄎᆞ를 취ᄒᆞ여 오고 나ᄂᆞᆫ 존ᄀᆡᆨ을 위ᄒᆞ여 빈발(鬢髮)을 슈쇄(收刷)ᄒᆞ리라."

지암이 ᄲᆞᆯ니 가 ᄎᆞ를 더혀 오고 륙시 요화의 긔부(肌膚)를 보려 ᄒᆞ여 짐【99】ᄌᆞᆺ 그 등우히 의복을 졍돈ᄒᆞᄂᆞᆫ 쳬ᄒᆞ고 ᄉᆞᆫ으로 그 피부를 만져 보니 진기 믯그러오미 기름 ᄀᆞᆺ고 ᄯᅩ 심히 ᄇᆡᆨ셕(白晳)ᄒᆞᆫ지라.[315] ᄯᅩ 귀밋츨 빗기며 니로듸,

---

315) 【ᄇᆡᆨ셕ᄒᆞ다】 형 백석(白晳)하다. ¶ 白膩 ‖ 륙시 요화의 긔부를 보려 ᄒᆞ여 짐ᄌᆞᆺ 그 등우히 의복을 졍돈ᄒᆞᄂᆞᆫ 쳬ᄒᆞ고 ᄉᆞᆫ으로 그 피

“죤긔이 가히 분을 바ᄅᆞ려 ᄒᆞᄂᆞ냐?”

요홰 니로ᄃᆡ,

“죵니 분은 발나보지 못ᄒᆞ엿노라.”

륙시 밋지 아니코 숀ᄉᆞᆺ출 가져 ᄲᅡᆷ 우을 향ᄒᆞ여 눌너 보ᄆᆡ, 아올나 죠금도 뭇ᄂᆞᆫ 거시 업ᄂᆞᆫ지라. 심듕의 더옥 이샹히 너기고 지암이 ᄎᆞᄅᆞᆯ 드리고 믄득 아신을 ᄯᅡ라 ᄇᆡ의 도라오고, 륙슈직ᄂᆞᆫ 문어귀【100】의 잇셔 기ᄃᆞ리다가 ᄇᆡ의 나리믈 보고 도라오ᄆᆡ 집쇽 사ᄅᆞᆷ들이 졍유(情由)ᄅᆞᆯ 뭇거ᄂᆞᆯ, 져 량개가 일오일십(一五一十)을 모다 ᄌᆞ셔히 말ᄒᆞ니 져 반슈직 다ᄅᆞᆫ 일은 능치 못ᄒᆞᄃᆡ 슐노ᄡᅥ 사ᄅᆞᆷ 쇽이ᄂᆞᆫ 거ᄉᆞᆫ 도로혀 쟝기라. 져 량개 말이 요화의 신샹이 엇지 활이(滑膩)ᄒᆞ다[316] 말ᄒᆞᄂᆞᆫ 거ᄉᆞᆯ 듯고, 인ᄒᆞ여 취ᄒᆞ믈 타 통간(通奸)ᄒᆞᆯ 념두(念頭)ᄅᆞᆯ 동ᄒᆞ여 거ᄌᆞᆺ 요화의 죠ᄒᆞᆫ 고슬 말ᄒᆞ고, 겸ᄒᆞ여 니로ᄃᆡ,

“너의가 맛당히 동도쥬(東道主)가 되여야 믄득 ᄌᆞᄡᅵ의 쟝뎨【101】라 혬ᄒᆞ리라.”

지암이 도로혀 니로ᄃᆡ,

“져 형뎨가 죠히 ᄆᆡᄡᅵᄅᆞᆯ ᄃᆡ신ᄒᆞ여 쳬면을 출힌다 ᄒᆞ니 엇지 졔가 죠치 못ᄒᆞᆫ ᄠᅳᆺ을 품은 쥴이야 알니오?”

말ᄒᆞ고 믄득 지암을 ᄌᆡ촉ᄒᆞ여 가셔 의ᄉᆞᄅᆞᆯ 통ᄒᆞ고 간쳥케 ᄒᆞ니, 요홰 지암의 간걸ᄒᆞ미 가련ᄒᆞ믈 닙어 다만 갈 쥴노 허락ᄒᆞ니 반슈직 깃거 슈무족도ᄒᆞ며 가마니 ᄉᆡᆼ각ᄒᆞᄃᆡ,

‘반드시 노쳐(老妻)로 더브러 샹의ᄒᆞ여야 바야흐로 되리라.’

ᄒᆞ고 그 밤의 힘을 다ᄒᆞ여 한 ᄎᆞ례ᄅᆞᆯ 봉승(奉承)【102】ᄒᆞ고, 져와 ᄀᆞᆺ치 그 일을 ᄭᅬᄒᆞᄆᆡ, 몬져ᄂᆞᆫ 듯지 아니타가 련ᄒᆞ여 ᄇᆡ단 ᄋᆡ걸ᄒᆞ니, 방ᄌᆞ 허락ᄒᆞ고, 명일 쳥됴의 ᄎᆡ쇼와 죠ᄒᆞᆫ 슐을 판비ᄒᆞ여 ᄡᅥ ‘독 가온ᄃᆡ 자라 잡기’[317]ᄅᆞᆯ 기ᄃᆞ리더라.

한 즈음이 못ᄒᆞ여 지암이 ᄇᆡ의 나려와셔 쳥ᄒᆞ니, 아지 못게라 필경이 엇지 된고? 하회의 분히ᄒᆞ라.

［요화젼 瑤華傳 권지십오 卷之十五］

【1】 ᄌᆡ셜 지암(止巖)이 한즈음이 못되여 배의 나려 와 셔로 쳥ᄒᆞ거ᄂᆞᆯ, 요홰(瑤華) 즉시 쟝쇽(裝束)ᄒᆞ고 언덕의 오ᄅᆞ고ᄌᆞ ᄒᆞ니, 아신(阿新)이 겻히 잇다가 지암을 가져 핑계ᄒᆞ여 ᄇᆡ 밧그로 나아가게 ᄒᆞ고, 가마니 요화다려 니ᄅᆞᄃᆡ,

“비ᄌᆞ 보기의 져 니괴(尼姑) ᄲᅡᆷ의 ᄉᆞ긔(邪氣) 가득ᄒᆞᆫ지라. 반ᄃᆞ시 죠ᄒᆞᆫ ᄠᅳᆺ을 품지 아니【2】ᄒᆞ여시니 공쥬ᄂᆞᆫ 가지 말나.”

요홰 니ᄅᆞᄃᆡ,

“나도 짐쟉ᄒᆞ나 만일 가지 아니ᄒᆞ면 도로혀 우리가 겁낸다[318] 니ᄅᆞᆯ 거시니 내가 너ᄅᆞᆯ 다리고 가셔 무ᄉᆞᆫ 법을 ᄇᆡ포ᄒᆞᄂᆞᆫ 거ᄉᆞᆯ 보리라.”

이신이 니로ᄃᆡ,

“비록 방ᄒᆡ롭지 아니ᄒᆞ나 엇지 괴로이 져 무리ᄅᆞᆯ 가져 희롱ᄒᆞ랴?”

요홰 니로ᄃᆡ,

“무어시 괴로오랴?”

ᄒᆞ고, 드ᄃᆡ여 ᄀᆞᆺ치 반가(潘家)의 니ᄅᆞ니, 져 슈직 일즉 임의 ᄒᆞᆫ 곳의 피ᄒᆞ여 잇고, 륙시(陸氏) 영졉ᄒᆞ고 공경ᄒᆞ믈 극진이 ᄒᆞ여 관ᄃᆡᄒᆞ며, 지암【3】은 겻히 잇셔 겻들며 아신은 경ᄀᆡᆨ을 ᄯᅥᄂᆞ지 아니코, 요화의 거동이 의연이 쟉일 ᄀᆞᆺ치 회포ᄅᆞᆯ 여러 쾌챵히 마시여 삼ᄇᆡᄅᆞᆯ 지낸 후의 졈졈 쥬력(酒力)을 이긔지 못ᄒᆞᄂᆞᆫ지라. 아신이 령낙ᄒᆞᆫ 눈치로 명ᄇᆡᆨ히 보니, 슐병이 둘힌

부ᄅᆞᆯ 만져 보니 진ᄀᆡ 밋그러오ᄆᆡ 기ᄅᆞᆷ ᄀᆞᆺ고 ᄯᅩ 심히 ᄇᆡᆨ셕ᄒᆞᆫ지라 (陸氏要看瑤華的肌膚, 故意替他扯好背上衣服, 手臂擦着皮膚, 眞個其滑如油, 抑且白膩.) <瑤華 14:99>

316) 【활이ᄒᆞ다】 [형] 활이(滑膩)하다. 피부가 매끄럽다. ¶ 滑膩 ‖ 져 량개 말이 요화의 신샹이 엇지 활이ᄒᆞ다 말ᄒᆞᄂᆞᆫ 거ᄉᆞᆯ 듯고 인ᄒᆞ여 취ᄒᆞ믈 타 통간ᄒᆞᆯ 념두ᄅᆞᆯ 동ᄒᆞ여 (聽見他兩個說, 他身上如何滑膩, 一發動了乘醉圖奸的念頭.) <瑤華 14:100> ⇒ 14:58

317) 【독 가온ᄃᆡ 자라 잡기】 [속] 독 안에 든 쥐. ¶ 瓮中捉鱉 ‖ 명일 쳥됴의 ᄎᆡ쇼와 죠ᄒᆞᆫ 슐을 판비ᄒᆞ여 ᄡᅥ 독 가온ᄃᆡ 자라 잡기ᄅᆞᆯ 기ᄃᆞ리더라 (第二日一早, 起來備辦菜蔬, 端正好酒, 以待瓮中捉鱉.) <瑤華 14:102>

318) 【겁내다】 [동] {겁(怯)내다.} ¶ 恇怯 ‖ 나도 짐쟉ᄒᆞ나 만일 가지 아니ᄒᆞ면 도로혀 우리가 겁낸다 니ᄅᆞᆯ 거시니 내가 너ᄅᆞᆯ 다리고 가셔 무ᄉᆞᆫ 법을 ᄇᆡ포ᄒᆞᄂᆞᆫ 거ᄉᆞᆯ 보리라 (我也知覺, 若我不去, 反道我恇怯. 我帶着你去, 看他有甚法兒?) <瑤華 15:2>

디 륙시는 지암과 ᄀᆞᆺ치 ᄯᅡ로 ᄒᆞᆫ 병을 쳐서 먹는지라. 륙시의 치쇼ᄅᆞᆯ 올니며 슈응ᄒᆞ는 ᄯᅢᄅᆞᆯ ᄯᅡ라 가마니 술병을 가져 술 밧고와 너흐나, 륙시 지암과 ᄀᆞᆺ치 일심으로 요화ᄅᆞᆯ 향ᄒᆞ기의 아오로 술 【4】 밧고는 줄은 ᄭᅢᄃᆞᆺ지 못ᄒᆞ고 치쇼ᄅᆞᆯ 슈ᄎᆞ 가ᄅᆞ 올니ᄆᆡ, 요홰 거ᄌᆞᆺ 취ᄒᆞᆫ 체ᄒᆞ고, 탁ᄌᆞᄅᆞᆯ 의지ᄒᆞ여 코 고으는 쇼ᄅᆡᄅᆞᆯ 내는지라. 아신이 요화ᄅᆞᆯ ᄡᅳ을며 니로ᄃᆡ,

"져러ᄐᆞᆺ 견ᄃᆡ기 어렵거든 방의 드러가 눕는 거시 죠흐리라."

ᄒᆞ니, 요홰 죠타ᄒᆞ고 드ᄃᆡ여 방중의 드러가 안고 아신으로 ᄒᆞ여곰 ᄉᆞ면으로 숣혀 보게 ᄒᆞ니, 반슈ᄌᆡ(潘秀才) 건넌방의 피ᄒᆞ여 잇다가 숣혀 보는 눈치ᄅᆞᆯ 알고 젹은 문으로죠ᄎᆞ 다라나거ᄂᆞᆯ, 아신이 ᄲᅡᆯ니 ᄯᅡ라올나 【5】 슈ᄌᆡᄅᆞᆯ 가ᄅᆞ치며 니ᄅᆞᄃᆡ,

"네가 죠히 담대ᄒᆞ도다. 네가 쾌히 닷지 아니ᄒᆞ더면 ᄉᆞ라 잇기ᄅᆞᆯ ᄉᆡᆼ각지 못ᄒᆞ니라."

져 슈ᄌᆡ 황겁ᄒᆞ여 다만 ᄋᆞᆲ흐로 다라나고 엇지 감히 머리ᄅᆞᆯ 도로혀리오? 급히 별쳐로 도타(逃躱)ᄒᆞ여 가더라.

지셜, 류[륙]시(陸氏) 지암다려 니로ᄃᆡ,

"요홰 진ᄀᆡ 취ᄒᆞ여시니 반ᄃᆞ시 져와 봉착ᄒᆞ여시리라. 져의 무리는 죠히 즐거오믈 취ᄒᆞ거니와 우리는 다만 한 잔 술만 만히 먹는 거시 ᄯᅩᄒᆞᆫ 즐겁다 ᄒᆞ리라."

지암이 숀을 드【6】러 방쇽을 가ᄅᆞ치며 가마니 니로ᄃᆡ,

"챠환이 잇셔 직희니 두리건ᄃᆡ 능히 ᄉᆡᆼᄉᆞ치 못ᄒᆞᆯ가 ᄒᆞ노라."

륙시 니로ᄃᆡ,

"너의 져 형뎨가 그 일의 ᄆᆡ우 단련ᄒᆞ니 믄득 챠환이 직흰다 ᄒᆞ여도 졔가 믄득 한 그믈의 둘흘 거둘지니 무ᄉᆞᆫ 관계가 되랴? 우리 무리는 다만 쾌챵히 마시ᄌᆞ."

ᄒᆞ니, 지암이 니ᄅᆞᄃᆡ,

"뎨뷔(弟婦) ᄌᆞ연 져의 슈단을 아는고로 념녀ᄅᆞᆯ 아니ᄒᆞᆫ다."

ᄒᆞ고, 량인이 한 입의 한 잔식 마시니 엇지 알니? 술이 아신의 밧고와 너흐미 되어 미인이 【7】 칠팔ᄇᆡ가 복중의 드러가더니 필연 한 뭉치 되여 능히 동작을 못ᄒᆞ더라.

지셜, 지암이 어린 ᄯᅢ의 심히 고요ᄒᆞᆫ 거술 견ᄃᆡ지 못ᄒᆞ고 출가ᄒᆞᆫ 후의 ᄒᆞᆼ샹 집의 니ᄅᆞ러 견븟혀 셔로 죠하ᄒᆞ던 사ᄅᆞᆷ으로 더브러 왕ᄅᆡᄒᆞ더니, 반슈ᄌᆡ의 취쳐(娶妻)ᄒᆞ므로븟혀 더러온 ᄐᆡ도ᄅᆞᆯ 감히 드러내지 못ᄒᆞ나, 그러나 ᄯᅩ 능히 졍을 ᄭᅳᆫ치 못ᄒᆞ여 가마니 셔로 죠하ᄒᆞ는 사ᄅᆞᆷ으로 더브러 샹의ᄒᆞ여 뎨부가지 ᄭᅳ러 ᄀᆞᆺ치 믈의 들면 ᄌᆞ연 죠히 막지 못ᄒᆞ리라 ᄒᆞ【8】고, 인ᄒᆞ여 계교ᄅᆞᆯ 뎡ᄒᆞ고 반슈ᄌᆡ 달니 나가믈 ᄯᅡ라 드ᄃᆡ여 계교ᄅᆞᆯ 의지ᄒᆞ여 ᄒᆡᆼᄒᆞ니, 륙시는 필경 믈 ᄀᆞᆺ튼 ᄉᆡᆼ픔과 버들 ᄭᅩᆺ치라 능히 ᄌᆞ쥬치 못ᄒᆞ고 뭉킈여 한 길이 되엿더라.

이날 져 셔로 죠하ᄒᆞ는 사ᄅᆞᆷ이 지암이 집의 도라오고 반슈ᄌᆡ 밧긔 나가믈 탐지ᄒᆞ고 홀연 돌입ᄒᆞ니 모다 취ᄒᆞ여 것구러졋는지라. 드ᄃᆡ여 젼후문을 긴히 닷치고 안아 빈 방의 누이고 ᄋᆡᄎᆞ(挨次)ᄒᆞ여 통간ᄒᆞ고 가마니 맛ᄎᆞᆷ내 가더라. 반슈ᄌᆡ 피【9】ᄒᆞ여 갓다가 즉시 도라와 보니, 안히와 누의가 모다 방의 잇지 아니ᄒᆞ고, ᄎᆞᄌᆞ 빈간의 니ᄅᆞ러 보ᄆᆡ 심히 아졍(雅正)치 못ᄒᆞᆫ지라. 그 연유ᄅᆞᆯ 무ᄅᆞ니 량인이 ᄭᅵ여나 ᄲᆞᆯ니 다른 말을 지어 엄식(掩飾)ᄒᆞ나, 요화와 아신은 모다 명ᄇᆡᆨ히 알고 홀연 방을 다라나오니, 반슈ᄌᆞ는 여젼이 피ᄒᆞ여 가고, 지암과 다ᄆᆞᆺ 륙시 면강ᄒᆞ여 한 ᄎᆞ례 슈작ᄒᆞᄆᆡ, 요홰 쟉별ᄒᆞ고 ᄇᆡ로 도라가니 지암이 ᄯᅡ라오ᄆᆡ 륙슈ᄌᆡ 몬져 ᄇᆡ의 잇셔 강윤장(江允長)으로 더브러 셜화【10】ᄒᆞ다가, 요홰 ᄇᆡ의 나리믈 보고 믄득 가며, 강윤쟝이 품ᄒᆞ여 말ᄒᆞᄃᆡ,

"륙셩(陸姓)이 와셔 셔로 간쳥ᄒᆞ기ᄅᆞᆯ 져의 ᄉᆞ뷔 인ᄒᆞ여 ᄇᆡ의 ᄀᆞᆺ치 올나 쇼쥐로 가려 ᄒᆞ고 ᄒᆡᆼ니(行李)ᄅᆞᆯ 가져왓다."

ᄒᆞ거ᄂᆞᆯ, 요홰 웃고 니ᄅᆞᄃᆡ,

"그리ᄒᆞ라."

ᄒᆞ고, 드ᄃᆡ여 ᄇᆡᄅᆞᆯ ᄯᅴ우라 ᄒᆞ니, 지암이 ᄉᆡᆼ각의 요홰 필연 알 거시니 다만 말을 가져 분변ᄒᆞ랴 ᄒᆞ는ᄃᆡ, 요홰 아신으로 더브러 셔로 보고 웃기만 ᄒᆞ는지라.

지암이 ᄯᅩ 협잡ᄒᆞ여 니로ᄃᆡ,

"쇼쥬(蘇州)의 경치가 극히 만코 디【11】방이 광활ᄒᆞ니 본쳐 사ᄅᆞᆷ곳 아니면 두로 구경치 못ᄒᆞᆯ지라. 그러므로ᄡᅥ 졔가 와셔 뫼셔 ᄒᆡᆼᄒᆞ려 ᄒᆞ노라."

요홰 니로ᄃᆡ,

"족히 ᄉᆞ부의 쥬밀ᄒᆞᆷ믈 보리로다."

져 반슈지의 거쥬ᄒᆞᄂᆞᆫ 곳이 쇼쥬셩의셔 상게 삼십 니ᄂᆞᆫ 되ᄂᆞᆫ지라. 순풍을 만나 경긱의 믄득 니ᄅᆞ러 언덕의 다ᄃᆞᄅᆞ미, 요홰 진옥(陳玉)으로 ᄒᆞ여곰 햐쳐롤 어더보라 ᄒᆞ니, 지암이 말녀 니로ᄃᆡ,

"반ᄃᆞ시 ᄶᅡ로 엇지 아닐지라. 내가 익이 아ᄂᆞᆫ 암지 잇ᄂᆞᆫᄃᆡ, ᄃᆡ방이 경결ᄒᆞ고 훤잡ᄒᆞᆫ【12】사ᄅᆞᆷ이 왕릭ᄒᆞ미 업셔 졍히 죤긱의 의ᄉᆞ의 합당ᄒᆞ리라."

요홰 진옥으로 ᄒᆞ여곰 지암을 ᄯᅡ라가셔 노경(路徑)을 밝히 알고, 죠히 힝니롤 가져다가 경돈ᄒᆞ라 량인이 가더니, 몃 시긱이 못되여 진옥이 도라와 힝니롤 가지고 요홰 즁인을 다리고 보힝ᄒᆞ여 ᄯᅡ라 그곳의 니ᄅᆞ니, 문 우희 편익을 '숑취암(松翠庵)'이라 거럿ᄂᆞᆫᄃᆡ, 과연 ᄃᆡ경이 그윽ᄒᆞ고 고요ᄒᆞᆫ지라. 지암이 오륙 기 본암 녀승을 거ᄂᆞ리고 영졉ᄒᆞ거ᄂᆞᆯ, 요홰 드ᄅᆞ니, 져 무리 기【13】개히 음셩이 경쳥(輕淸)ᄒᆞ고 유활(柔滑)ᄒᆞ여 어엿분 식가 닷토와 우ᄂᆞᆫ 것 ᄀᆞᄐᆞ미 십분 션모(羨慕)ᄒᆞᆷ믈 ᄭᆡᄃᆞᆺ지 못ᄒᆞᆯ지라.

모든 니괴(尼姑) 니로ᄃᆡ,

"우리 ᄉᆞ형 말ᄉᆞᆷ이 죤긱이 쳥졍ᄒᆞᆫ 곳을 ᄉᆞ랑ᄒᆞᆫ다 ᄒᆞ시기로 우리 무리 대젼 우 좌편의 한층 루방이 잇ᄂᆞᆫᄃᆡ, 샹히 십간이 되고 오히려 골방과 다른 쳥이 잇셔 별노이 일기 원락(院落)이오 다시 사ᄅᆞᆷ이 와 훤잡ᄒᆞ리가 업ᄉᆞ리라."

ᄒᆞ니, 요홰 니ᄅᆞᄃᆡ,

"그러ᄒᆞ면 ᄆᆡ우 죠흐니 ᄉᆞ부 무리ᄂᆞᆫ 나롤 거ᄂᆞ리고 가【14】셔 알게 ᄒᆞ라."

즁인이 ᄒᆞᆷᄭᅴ 루하의 니ᄅᆞ러, 요홰 보니 즁당의 일기 편익이 잇ᄂᆞᆫᄃᆡ, '경슈당(靜修堂)'이라 ᄒᆞ고, 량편 벽 우희 도시 명인의 셔화롤 거럿시ᄃᆡ, 십분 아경(雅正)ᄒᆞ고 방쇽이 ᄯᅩ 심슈경결(深邃淨潔)ᄒᆞ며, 량편 월낭이 각기 ᄉᆞ 간식 되ᄂᆞᆫᄃᆡ 일졀 긔명졔기(器皿諸具) ᄒᆞᆷᄭᅴ 가져 엄연이 예포대루하(藝圃大樓下)와 일반(一般) 되여 진기 심회의 맛고, 복부비(僕婦輩) 거긔 잇셔 힝니롤 뎡돈ᄒᆞ고 인ᄒᆞ여 지암으로 ᄒᆞ여곰 한곳의 머믈게 ᄒᆞ더니, 한즈음이 못ᄒᆞ여 한 ᄶᅦ 니괴【15】모다 큰 옷슬 닙고 와셔 요화의게 비현ᄒᆞ고, 즉시 마ᄌᆞ드려 각기 안ᄌᆞ니, 아오로 오기 니승(尼僧)이라. 일기ᄂᆞᆫ 년긔 가쟝 늙어 오십여 셰ᄂᆞᆫ 되고 기ᄎᆞᄂᆞᆫ 쟝ᄎᆞᆺ ᄉᆞ십 셰ᄂᆞᆫ 되고 ᄯᅩ 아릭 량기ᄂᆞᆫ 모다 이십여 셰ᄂᆞᆫ 되고 ᄶᅡ로 일기ᄂᆞᆫ 겨유 십팔구 셰가 된지라. 요홰 즉시 무ᄅᆞᄃᆡ,

"쳥컨ᄃᆡ 각위(各位)ᄂᆞᆫ 법명을 가ᄅᆞ치라."

지암이 니로ᄃᆡ,

"내 ᄃᆡ신 베플니라."

ᄒᆞ고, 가쟝 늙으니롤 가ᄅᆞ쳐 니로ᄃᆡ,

"져의 법명은 능졍(能靜)이라 부ᄅᆞ고 뎨이ᄂᆞᆫ 능슈(能修)라 부른다."

ᄒᆞ거ᄂᆞᆯ, 요홰 드ᄅᆞ미【16】이왕의 ᄆᆡ우 아ᄂᆞᆫ 듯ᄒᆞᆫ지라. 지암이 니로ᄃᆡ,

"이 량기ᄂᆞᆫ 형뎨 된다."

ᄒᆞ고, ᄯᅩ 이십여 셰된 량기롤 가ᄅᆞ쳐 니로ᄃᆡ,

"우ᄂᆞᆫ 경[증]연(證緣)이라 부ᄅᆞ고 아릭ᄂᆞᆫ 증션(證善)이라 부ᄅᆞᄂᆞᆫᄃᆡ, 도시 능졍의 도뎨(徒弟)오 져 년긔 가쟝 적으니ᄂᆞᆫ 블염(不染)이라 부ᄅᆞᄂᆞᆫᄃᆡ, 증션의 도뎨로 이 졔 당기(當家) 되엿ᄂᆞ니라."

요홰 니로ᄃᆡ,

"엇지ᄒᆞ여 년쇼ᄒᆞᆫ 이가 당가(當家)롤 ᄒᆞᄂᆞ냐?"

능슈 니로ᄃᆡ,

"도뎨의 무리 도시 륜회ᄒᆞ여 당가ᄒᆞ기로 등분을 논난치 아니ᄒᆞ노라."

ᄒᆞ고, 인ᄒᆞ여 요화다려 무ᄅᆞᄃᆡ,

"죤긱의【17】귀쳐(貴處)가 어ᄃᆡ냐?"

요홰 니로ᄃᆡ,

"하남부(河南府)의 잇다."

ᄒᆞ니, 능슈 니로ᄃᆡ,

"어내 고을과 샹관이 되ᄂᆞ냐?"

요홰 니ᄅᆞᄃᆡ,

"귀덕부(歸德府)의 쇼관이 되ᄂᆞ니라."

능슈 니로ᄃᆡ,

"싱각건ᄃᆡ 반ᄃᆞ시 향거(鄕居)ᄒᆞ리로다."

요홰 니로ᄃᆡ,

"셔향(西鄕)의셔 산다."

ᄒᆞ니, 능슈 니ᄅᆞᄃᆡ,

"셔향이 박쥬(亳州)와 ᄀᆞᆺ갑지 아니ᄒᆞ냐?"

요홰 니로ᄃᆡ,

"졍히 그러ᄒᆞ니 ᄉᆞ뷔 이ᄀᆞᆺ치 익이 알진ᄃᆡ 폐쳐(弊處)의 니ᄅᆞ러 보왓ᄂᆞ냐?"

능슈 니ᄅᆞᄃᆡ,

"귀쳐의ᄂᆞᆫ 가지 못ᄒᆞ고 귀쳐의셔 ᄌᆞ가온 박쥐ᄂᆞᆫ 샹히 왕ᄅᆡᄒᆞ엿노라."

요홰 일변 답【18】응ᄒᆞ며, 일변 ᄉᆡᆼ각ᄒᆞᄃᆡ, 져 니고ᄅᆞᆯ 내가 어ᄃᆡ셔 본 ᄃᆞᆺᄒᆞ나 일시의 모착(摸着)지 못ᄒᆞᆫ다 ᄒᆞ고, 능경이 ᄯᅩ 요화ᄅᆞᆯ ᄃᆡᄒᆞ여 니ᄅᆞᄃᆡ,

"우리 가형이 박쥬의셔 졀근(切近)한 지싱암(再生庵)의 잇셔 츌가ᄒᆞᆫ고로 우리가 샹히 그 곳의 갓다."

ᄒᆞ니, 요홰 황연대각(恍然大覺)ᄒᆞ미, 이 어려실 젹의 지내여본 사ᄅᆞᆷ이라. 믄득 니로ᄃᆡ,

"져 지싱암은 나도 아ᄂᆞᆫ지라. 내 긔역ᄒᆞ니 어내 ᄒᆡ의 그 암지 화지ᄅᆞᆯ 당ᄒᆞ여 져 쥬지승이 블을 ᄶᅡ라 쇼화(燒化)ᄒᆞ엿다 ᄒᆞ니, 가히 그러ᄒᆞ미 닛ᄂᆞ냐?"

능【19】경과 능쉬 졔셩ᄒᆞ여 니로ᄃᆡ,

"믄득 가형이 당ᄒᆞᆫ 거시라."

ᄒᆞ고 각기 눈믈을 흘니며, 능쉬 ᄯᅩ 무ᄅᆞᄃᆡ,

"죤긱이 각쳐 보찰(寶刹)노 만히 단여 보왓ᄂᆞ냐?"

요홰 니로ᄃᆡ,

"죠히 몃 곳을 지내여 보왓노라."

능쉬 니로ᄃᆡ,

"귀쳐가 복왕(福王)의 왕쟝(王莊)으로 셔로 ᄌᆞ가오냐?"

요홰 니로ᄃᆡ,

"믄득 머지 아니ᄒᆞ노라."

능쉬 니로ᄃᆡ,

"복왕 부즁의 한부인(韓夫人)이라 ᄒᆞ시ᄂᆞ니가 잇ᄂᆞᆫᄃᆡ, 우리 무리 일족 낫출 ᄃᆡᄒᆞ여 지내고 ᄯᅩ 믈건을 보내여 우리ᄅᆞᆯ 쥬ᄃᆡ 일ᄌᆡ 옥지환이 잇셔 지【20】금가지 우리게 이시니 이졔 한부인이 도로혀 평안ᄒᆞ시냐?"

요홰 니ᄅᆞᄃᆡ,

"임의 별셰 되엿다 ᄒᆞ더라."

능쉬 니로ᄃᆡ,

"져 부인의 년긔가 오히려 젹으신ᄃᆡ 엇지 그리되고, 일ᄌᆡ 군쥐 잇더니 ᄉᆡᆼ각건ᄃᆡ 하가(下嫁)ᄒᆞ여시리라."

요홰 니로ᄃᆡ,

"드ᄅᆞ니 임의 군마ᄅᆞᆯ 블넛다 ᄒᆞ더라."

능쉬 니ᄅᆞᄃᆡ,

"내 도로혀 긔역ᄒᆞ니 우가진(尤家鎭) 우히 영령암(永寧庵)이 잇ᄂᆞᆫᄃᆡ, 거긔 뎡연(靜緣)이라 ᄒᆞᄂᆞᆫ 니괴 한부인을 뫼시고 지싱암의 와셔 한 위(位) 터럭을 ᄭᅥᆨ고 공힝(功行)을 닥ᄂᆞᆫ ᄉᆞ부ᄅᆞᆯ【21】청ᄒᆞ여 갓다 ᄒᆞ니, 져 졍연이 의구히 영녕암의 잇다 ᄒᆞ더냐?"

요홰 니ᄅᆞᄃᆡ,

"드ᄅᆞ니 졔가 무ᄉᆞᆫ 고이ᄒᆞᆫ 일을 위ᄒᆞ여 위휘부(衛輝府)의 잡혀갓다 ᄒᆞ나 필경 엇지된 쥴은 몰랏노라."

졍히 말ᄒᆞ미, 십여 셰 된 일ᄌᆡ 쇼니괴(小尼姑) 와셔 능슈다려 무ᄅᆞᄃᆡ,

"쥬효ᄅᆞᆯ 모다 판비ᄒᆞ여시니 어내 곳의 버려 노흐랴?"

능쉬 니로ᄃᆡ,

"져곳으로 가져가고 별노이 한 탁ᄌᆞᄅᆞᆯ 동편 샹방(廂房) 속으로 보ᄂᆡ게 ᄒᆞ라."

요홰 보니, 져 쇼리(小尼)가 량안(兩眼)이 셤세ᄒᆞ고 의샹이 션명ᄒᆞ며 말을 아니ᄒᆞ【22】여 몬져 우셔 일죵 사ᄅᆞᆷ을 달내ᄂᆞᆫ ᄐᆡ되 잇셔 심히 의취 잇시믈 ᄭᆡ드ᄅᆞᆯ지라. ᄲᆞᆯ니 져ᄅᆞᆯ 블너 년셰ᄅᆞᆯ 무러보며,

"평일의 무ᄉᆞᆫ 공부ᄅᆞᆯ ᄇᆡ호고 법명은 무어시라 부ᄅᆞ나냐?"

지암이 ᄃᆡ신 ᄃᆡ답ᄒᆞᄃᆡ,

"졔가 아직 법명은 업고 다만 ᄋᆞ쇼(阿小)라 부ᄅᆞᄂᆞᆫᄃᆡ, 능슈의 도뎨라."

ᄒᆞ며, ᄋᆞ쇠 몃 마ᄃᆡ ᄃᆡ답ᄒᆞᄂᆞᆫᄃᆡ, 셩음이 싱황(笙簧) 쇼ᄅᆡ ᄌᆞᄐᆞ여 십분 ᄋᆡ셕(愛惜)ᄒᆞ고 ᄌᆞ긔의 음셩이 도로혀 츄솔(麤率)ᄒᆞ믈 ᄭᆡ다ᄅᆞᆯ지라.

한즈음의 니고비(尼姑輩) 쥬안을 올니거ᄂᆞᆯ, 즁인이 요【23】화ᄅᆞᆯ 쳥ᄒᆞ여 슈좌의 안치고 지암은 지ᄎᆞ(之次)[319]의 안고 기여ᄂᆞᆫ ᄋᆡᄎᆞ(挨次)ᄒᆞ여 좌ᄅᆞᆯ 뎡ᄒᆞ미, 각기 잔을 드러 마시믈 쳥ᄒᆞ니, 요홰 긔역ᄒᆞ미, 능쉬 술을 경계ᄒᆞ던 사ᄅᆞᆷ으로 엇지 오ᄂᆞᆯ은 파계ᄒᆞᄂᆞᆫ고? 심즁의 가마니 우음을 면치 못ᄒᆞ더라. 능경이 니로ᄃᆡ,

"술이 젹고 실업시 마시면셔 무미ᄒᆞᆯ ᄃᆞᆺᄒᆞ니, 우리 무리 엇지 죤긱을 쳥ᄒᆞ여 쥬령(酒令)을

319)【지ᄎᆞ】명 {지차(之次).} 다음. 버금. ¶ 二坐 ‖ 요화ᄅᆞᆯ 쳥ᄒᆞ여 슈좌의 안치고 지암은 지ᄎᆞ의 안고 기여ᄂᆞᆫ ᄋᆡᄎᆞᄒᆞ여 좌ᄅᆞᆯ 뎡ᄒᆞ미 (請瑤華首坐, 止巖二坐, 其餘皆本庵, 就挨次坐定.) <瑤華 15:23>

힝케 ᄒᆞ고, 쾌히 한 잔을 마시ᄂᆞᆫ 거시 엇더ᄒᆞ냐?"

지암이 니ᄅᆞᄃᆡ,

"그리ᄒᆞ량이면 죤긱의 쥬량이 【24】 죠흐니 가히 ᄃᆡ비(大杯)ᄅᆞᆯ 보내여 쥬령을 짓게 ᄒᆞ라."

요홰 어려셔븟허 규구즁(規矩中)의 잇셔 쟝셩ᄒᆞ엿ᄂᆞᆫᄃᆡ, 죵ᄅᆡ 셕샹의 쥬령을 힝ᄒᆞ고 짓거리며 마시ᄂᆞᆫ 거ᄉᆞᆫ 지내여 보지 못ᄒᆞᆫ고로 도로혀 ᄭᅵ치지 못ᄒᆞ여 실샹을 드러 비각(排却)ᄒᆞ니, 지암이 니ᄅᆞᄃᆡ,

"죤긱이 ᄆᆡᄉᆞᄅᆞᆯ 정명(精明)히 아ᄂᆞᆫᄃᆡ 져거ᄉᆞᆫ 블과시 노닐며 희롱ᄒᆞᄂᆞᆫ 일이라 무ᄉᆞᆫ ᄭᅵ치기가 어려오랴? 말ᄒᆞ면 믄득 알니라."

즁니괴(衆尼姑) 니ᄅᆞᄃᆡ,

"죤긱이 임의 겸ᄉᆞᄒᆞ시면 ᄉᆞ형아 네가 몬져 다른 거ᄉᆞᆯ 경ᄒᆞ【25】여 내라."

[320]지암이 니ᄅᆞᄃᆡ,

"그러ᄒᆞ면 각기 우ᄉᆞᆫ 말을 ᄒᆞ거나 곡죠ᄅᆞᆯ 챵ᄒᆞ거나 시ᄅᆞᆯ 짓거나 ᄯᅳᆺ을 ᄶᅡ라 죠흘ᄃᆡ로 ᄒᆞᄌᆞ."

ᄒᆞ니, 증연이 웃고 니ᄅᆞᄃᆡ,

"편벽도이 부ᄃᆡ쳣도다. 나ᄂᆞᆫ 한가지도 아지 못ᄒᆞ니 엇지ᄒᆞ여야 죠흐랴?"

지암이 니ᄅᆞᄃᆡ,

"그러면 가히 남의게 ᄉᆞ게 ᄒᆞ라."

증연이 니ᄅᆞᄃᆡ,

"ᄒᆞᆯ 슈 업ᄂᆞᆫ지라. 내가 능슈 ᄉᆞ슉게 곡죠 챵ᄒᆞᄂᆞᆫ 거ᄉᆞᆯ ᄉᆞ리라."

능쉬 니로ᄃᆡ,

"나의 곡죠 챵ᄒᆞᄂᆞᆫ 거ᄉᆞᆯ 요구ᄒᆞᆯ 양이면, 네가 모롬즉이 한 큰 잔을 더 【26】 먹어야 내가 바야흐로 즐겨 팔니라."

능경이 니ᄅᆞᄃᆡ,

"그만두고 져ᄅᆞᆯ 양(讓)ᄒᆞ여 젹은 잔을 먹게 ᄒᆞ라."

능쉬 니ᄅᆞᄃᆡ,

"임의 ᄉᆞ형이 쳥ᄒᆞ니 믄득 그리ᄒᆞ리라."

지암이 니ᄅᆞᄃᆡ,

"이러ᄒᆞ면 네가 년ᄒᆞ여 두 잔을 마시라."

증연이 명을 좃ᄎᆞ 두 잔을 먹고 임의 보니, 아쇠 싱쇠와 고악을 가져 모다 ᄭᅳ을고 오ᄂᆞᆫ지라. 한 사ᄅᆞᆷ이 한 가지식 맛ᄂᆞᆫᄃᆡ 개개히 능히 ᄒᆞ거ᄂᆞᆯ, 요홰 니ᄅᆞᄃᆡ,

"ᄋᆞ쇼도 네가 가히 챵ᄒᆞᆯ 쥴 ᄒᆞᄂᆞ냐?"

지암이 니ᄅᆞᄃᆡ,

"져 ᄉᆞ도 량기 【27】 의 곡죠 챵ᄒᆞᄂᆞᆫ 거시 ᄆᆡ우 죠타 니ᄅᆞᄂᆞ니라."

요홰 니ᄅᆞᄃᆡ,

"만일 나도 무ᄉᆞᆫ 곡죠ᄅᆞᆯ 알 량이면 너ᄅᆞᆯ ᄉᆞ셔 챵ᄒᆞ게 ᄒᆞ리라."

ᄋᆞ쇠 응낙ᄒᆞ고 한ᄌᆞ음의 ᄉᆞ쥭(絲竹)이 ᄀᆞᆺ치 발ᄒᆞᄂᆞᆫᄃᆡ, 챵ᄒᆞᄂᆞᆫ 쇼ᄅᆡ 아오로 구술을 ᄶᅵ인 모양과 일반이라. 요홰 드ᄅᆞᄆᆡ 취ᄒᆞᆫ ᄃᆞᆺ 어린 ᄃᆞᆺ ᄒᆞ고, 한ᄌᆞ음이 못되여 챵을 맛ᄎᆞᄆᆡ 즁인이 칭찬ᄒᆞ고, 능쉬 니ᄅᆞᄃᆡ,

"늙은 낫가족이 몬져 더러온 ᄐᆡ도ᄅᆞᆯ 드러내엿도다. 증연이 뎨 이배ᄅᆞᆯ 마시고 ᄯᅩ 지암을 간구ᄒᆞ여 우은 말을 【28】 ᄒᆞ라 ᄒᆞ니, 지암이 응낙ᄒᆞ고, 믄득 니ᄅᆞᄃᆡ,

"하슈 믈가의 ᄆᆡ양 단어(團魚)[321]와 션어(鱔魚)의 굴혈이 잇ᄂᆞᆫᄃᆡ, 단어ᄂᆞᆫ 신지 ᄆᆡ우 둥군 거ᄉᆞᆯ 인ᄒᆞ여 굴혈의 나가 놀기ᄅᆞᆯ 게을니 ᄒᆞ고, 션어ᄂᆞᆫ 신지 경텹(輕捷)ᄒᆞ기로 믄득 일곱 구븨와 여덟 구븨ᄅᆞᆯ ᄯᅮ러 가고 ᄯᅮ러 와 일ᄀᆞᆨ도 긋치지 아닛ᄂᆞᆫ지라. 우연이 단어가 고요히 굴혈 쇽의 이시믈 보고 무ᄅᆞᄃᆡ, '네가 구무[322] 쇽의 이시니 도로혀 민망치 아니ᄒᆞ냐?' 단에 니로ᄃᆡ, '내가 날노 여긔 잇셔 민망ᄒᆞ여 ᄒᆞᄂᆞᆫ 거【29】시 아니라, 이 쇽의셔 고요히 닥ᄂᆞᆫ다' ᄒᆞ거ᄂᆞᆯ, 션에 니ᄅᆞᄃᆡ, '네가 모다 고요ᄒᆞ고 닥글 쥴을 아ᄂᆞ냐?' 단에 니ᄅᆞᄃᆡ, '내가 그러ᄒᆞ기로 비로쇼

---

320) 이 곳에 한 쪽 가량 번역 생략됨.

321) 【團魚 단어】 tuányú <名> 쟈래, 俗呼"王八"。(訓上 鱗介 10b /20a) [퉌유] 쟈라 =王八[왕바] (譯下 水族 38a) (方四 水族 19b) ▼단어 ‖ "河灘上每多團魚、鱔魚之窟, 團魚因身子狼抗, 懶于出洞遊行, 那鱔魚身子靈便, 七曲八曲, 鑽來鑽去, 一刻不停." 하슈 믈가의 ᄆᆡ양 단어와 션어의 굴혈이 잇ᄂᆞᆫᄃᆡ 단어ᄂᆞᆫ 신지 ᄆᆡ우 둥군 거ᄉᆞᆯ 인ᄒᆞ여 굴혈의 나가 놀기ᄅᆞᆯ 게을니 ᄒᆞ고 션어ᄂᆞᆫ 신지 경텹ᄒᆞ기로 믄득 일곱 구븨와 여덟 구븨ᄅᆞᆯ ᄯᅮ러 가고 ᄯᅮ러 와 일ᄀᆞᆨ도 긋치지 아닛ᄂᆞᆫ지라 (瑤華 15:28) 鱉的別稱。‖ "智深裸袖道: '～灑家也吃, 甚麽善哉! ……～大腹, 又肥甜了, 好吃。'" (水滸 4)

322) 【구무】 명 구멍. ¶ 洞 ‖ 네가 구무 쇽의 이시니 도로혀 민망치 아니ᄒᆞ냐 (你整天的在洞裏, 倒虧你不悶?) <瑤華 15:28>

능경ᄒᆞ고 능슈ᄒᆞᆫ다 부ᄅᆞᄂᆞ니라.”

즁인이 듯더니 대쇼ᄒᆞ믈 닐워내며, 능경이 니ᄅᆞᄃᆡ,

“죠토다. ᄉᆞ형이 맛쵸와 우리 형뎨ᄅᆞᆯ 가지고 우은 말을 ᄭᅮ며내여 즁인의 즐거오믈 취케 ᄒᆞ니 다시 한 잔을 공경ᄒᆞ리라.”

지암이 니ᄅᆞᄃᆡ,

“만일 이쳐럼 아니ᄒᆞ면 엇지 우음을 어더 내겟ᄂᆞ냐?”

능쉬 니ᄅᆞᄃᆡ,

“이의 네가 쾌히 져 【30】 잔을 말니라. 내가 다시 너ᄅᆞᆯ 한 잔을 벌ᄒᆞ리라.”

지암이 니ᄅᆞᄃᆡ,

“한 번도 임의 심ᄒᆞ거든 엇지 가히 다시 ᄒᆞ랴.”

즁인이 니ᄅᆞᄃᆡ,

“한 잔만 더 먹으면 그만두리라.”

지암이 다만 술을 바다 마시고 증연이 몬져 뎨 삼비ᄅᆞᆯ 마시며 니ᄅᆞᄃᆡ,

“다시 뉘게 가셔 한가지ᄅᆞᆯ 살고?”

지암이 니ᄅᆞᄃᆡ,

“내 너ᄅᆞᆯ 한곳을 지시ᄒᆞ여 줄 거시니 가셔 ᄉᆞ게 ᄒᆞ라.”

증연이 니ᄅᆞᄃᆡ,

“이 어내 곳이냐?”

지암이 요화ᄅᆞᆯ 가ᄅᆞ치며 니로ᄃᆡ,

“져 존긱이 시지가 죠흐시다 ᄒᆞ니 네가 글을 ᄉᆞ게 ᄒᆞ라.” 【31】

증연이 진ᄀᆡ 요화ᄅᆞᆯ 양ᄒᆞ여 ᄉᆞ기ᄅᆞᆯ 구ᄒᆞ니, 요홰 지암을 가ᄅᆞ쳐 니로ᄃᆡ,

“네가 남의게 우은 말을 팔다가 한 잔 벌쥬ᄅᆞᆯ 어더 먹고 이졔 ᄯᅩ 내 몸의 니ᄅᆞ게 ᄒᆞᄂᆞ냐?”

즁인이 니ᄅᆞᄃᆡ,

“경히 가ᄅᆞ치믈 청ᄒᆞᄂᆞ니 큰 ᄌᆡ조로 술 홍치ᄅᆞᆯ 비는 거시 더옥 그져 시 짓는ᄃᆡ 비ᄒᆞ면 의취 이실지니 존긱은 져 말을 응ᄒᆞ게 ᄒᆞ라.”

요홰 니ᄅᆞᄃᆡ,

“너의 무리 각위 시 짓는 중 ᄌᆞ미(滋味)ᄅᆞᆯ 말ᄒᆞ여 내니 ᄉᆡᆼ각건ᄃᆡ, 도시 능통ᄒᆞᆯ지라. 내 감히 몬져 동치 못ᄒᆞ리라.” 【32】

즁인이 니ᄅᆞᄃᆡ,

“존긱을 속여 말ᄒᆞ미 아니라, 우리 무리는 모다 ᄉᆞᆨ믈이니 엇지 능히 아담ᄒᆞᆫ 일을 알깃ᄂᆞ냐? 존긱은 맛ᄎᆞᆷ내 과히 겸양치 말나.”

요홰 니로ᄃᆡ,

“그러ᄒᆞ면 내가 어ᄌᆞ러이 지어 노흘 거시니 각위는 웃지 말나.”

지암이 증연다려 니ᄅᆞᄃᆡ,

“네가 존긱의 가ᄅᆞ치믈 청ᄒᆞ니 다시 몃 잔을 더 먹게 ᄒᆞ라.”

요홰 니로ᄃᆡ,

“내 글은 매오 죠치 못ᄒᆞ니 감히 만히 공경치 못ᄒᆞᆯ지라. 쳥컨ᄃᆡ 젹은 잔을 ᄡᅳ게 ᄒᆞ라.”

증연이 명을 죠ᄎᆞ 젹은 잔을 【33】 쳐 마시고, ᄋᆞ쇠 필연과 지쟝(紙張)을 가져 옮히 노흐니, 요홰 부술 ᄡᅳ을고 죠희ᄅᆞᆯ 펴 한 번 휘쇄(揮灑)ᄒᆞ여 지어 노흐니, 닐너시ᄃᆡ,

미려셔호비셔ᄌᆡ(美麗西湖比西子)러니
우쟝셔ᄌᆞ비오랑(又將西子比吳娘)이라
약교착개셔호ᄅᆡ(若敎着個西湖裏)ᄒᆞ면
점진인간즁묘쟝(占盡人間衆妙場)이라

가려ᄒᆞᆫ 셔호ᄅᆞᆯ 셔ᄌᆞ의게 비ᄒᆞ더니
ᄯᅩ 셔ᄌᆞᄅᆞᆯ 가져 옷(吳)나라 계집의게 비ᄒᆞ더라
만일 가ᄅᆞ쳐 셔호 ᄉᆞᆨ의 부ᄃᆡ치면
인간의 여러 묘ᄒᆞᆫ 마당을 당졈ᄒᆞ여다[323] ᄒᆞ여시리라.

즁인이 보기ᄅᆞᆯ 파ᄒᆞᄆᆡ 각각 칭양(稱揚)ᄒᆞ고 능경이 니ᄅᆞᄃᆡ,

“존긱이 죠ᄒᆞᆫ 민쳡ᄒᆞᆫ ᄌᆡ죄오, 죠ᄒᆞᆫ 제작ᄒᆞ 【34】 는 의ᄉᆡ라. 반ᄃᆞ시 이ᄀᆞᆺ치 부술 내려야 비로쇼 아담ᄒᆞᆫ 사ᄅᆞᆷ의 깁ᄒᆞᆫ 의취나, 다만 이곳을 너모 포쟝(褒奬)ᄒᆞ엿도다.”

요홰 니ᄅᆞᄃᆡ,

“져 량쳐의 풍경과 인믈을 엇지 찬양ᄒᆞ기ᄅᆞᆯ 극진이 ᄒᆞ여시랴?”

지암이 니ᄅᆞᄃᆡ,

“우리 ᄒᆞ는 령(令)은 임의 다 되엿도다.”

---

323) 【당졈ᄒᆞ다】 [동] 장점(□占)하다. ¶ 占 ‖ 만일 가ᄅᆞ쳐 셔호 ᄉᆞᆨ의 부ᄃᆡ치면 인간의 여러 묘ᄒᆞᆫ 마당을 당졈ᄒᆞ여다 ᄒᆞ여시리라 (若敎着個西湖裏, 占盡人間衆妙場.) <瑤華 15:33>

즁인이 ᄯᅩ 요화ᄅᆞᆯ 쳥ᄒᆞ여 령을 힝ᄒᆞ라 ᄒᆞ니, 요홰 니ᄅᆞ되,

"각위(各位)ᄅᆞᆯ 쇽여 말ᄒᆞᄂᆞᆫ 거시 아니라 내가 어린 ᄣᅢ로죠ᄎᆞ ᄉᆞ뷔 관쇽ᄒᆞ고 교훈ᄒᆞᄆᆞᆯ 심히 엄ᄒᆞ게 ᄒᆞ기로 믄득 죵ᄅᆡ 쥬령은 지내여 보지 못ᄒᆞ여【35】시니, ᄉᆡᆼ각건ᄃᆡ 그 즁의 필연 묘리가 잇ᄂᆞᆫ 거시라. 한 ᄣᅢ로 엇지 어더 내ᄀᆡᆺᄂᆞ냐? 내가 다시 법이 잇노라."

즁인이 무ᄅᆞ되,

"죤ᄀᆡᆨ이 무ᄉᆞᆫ 법이 잇ᄂᆞ냐?"

요홰 니로되,

"오ᄂᆞᆯ날 몬져 각위의게 쳥ᄒᆞ여 몃 ᄀᆡ 령을 힝ᄒᆞ게 ᄒᆞ고 죠히 날노 ᄒᆞ여곰 셔셔히 ᄇᆡ화 가지고 슈일을 지내여 내가 동도쥬 되여, 인ᄒᆞ여 각위ᄅᆞᆯ 쳥ᄒᆞ고, 나ᄅᆞᆯ 용납ᄒᆞ여 다시 힝케 ᄒᆞᄂᆞᆫ 거시 엇더ᄒᆞ냐?"

즁인이 니ᄅᆞ되,

"이 ᄀᆞᆺᄐᆞ면 맛ᄎᆞᆷ내 명ᄃᆡ로 좃ᄎᆞ리라."

지암이 니ᄅᆞ【36】되,

"령을 힝ᄒᆞ미 가쟝 죠케 ᄒᆞ기ᄂᆞᆫ 능졍 ᄉᆞ형과 ᄀᆞᆺᄐᆞ니가 업고 다만 죠흘 ᄲᅮᆫ이 아니라 다시 만타."

ᄒᆞ니, 능졍이 니ᄅᆞ되,

"네가 ᄯᅩ 나ᄅᆞᆯ 웃ᄂᆞ냐? 나ᄂᆞᆫ 블과시 몃ᄀᆡ 츄솔(粗率)ᄒᆞᆫ[324] 령이 잇ᄂᆞᆫ 거시니 죤ᄀᆡᆨ을 죠흔 거술 감쵸와 두고 우리 무리ᄅᆞᆯ 쇽여 더러온 모양을 내게 말나."

요홰 니ᄅᆞ되,

"엇지 그럴 니가 이시랴?"

졍히 이쳐럼 말ᄒᆞᄆᆡ, 지암이 ᄌᆞ리의 나와 니로되,[325]

"즁인은 그만 그치고 내 말을 드ᄅᆞ라. 져 죤ᄀᆡᆨ이 문ᄌᆡ만 쟝ᄒᆞᆯ ᄲᅮᆫ 아니라 무예도 ᄆᆡ우【37】졍슉ᄒᆞ시니 한 번 쳥ᄒᆞ여 보기ᄅᆞᆯ 구ᄒᆞ라."

즁인이 올타 칭도ᄒᆞ니 필경이 엇지ᄒᆞᆫ고? 하회의 분ᄒᆡᄒᆞ라.

---

324) 【츄솔ᄒᆞ다】 형 {조솔(粗率 cūshuài)하다.} 중국어 차용어. ¶ 粗俗 ‖ 나ᄂᆞᆫ 블과시 몃ᄀᆡ 츄솔ᄒᆞᆫ 령이 잇ᄂᆞᆫ 거시니 죤ᄀᆡᆨ을 죠흔 거술 감쵸와 두고 우리 무리ᄅᆞᆯ 쇽여 더러온 모양을 내게 말나 (我不過是有幾個粗俗令，不要姑姑藏着好的來騙我們出醜.) <瑤華 15:36> ⇒ 추솔ᄒᆞ다, 츄솔ᄒᆞ다

325) 이곳에 원문 한쪽 정도 번역 생략됨.

29

삼아침감미식샹 이형션옥죵츈경
三雅沈酣迷色相 二形煽惑縱春情

화셜 즁인이 지암(止巖)의 말을 듯고 일졔히 요화(瑤華)ᄅᆞᆯ 향ᄒᆞ여 니ᄅᆞᄃᆡ,

"존ᄀᆡᆨ(尊客)이 기예가 그러ᄒᆞ시다 ᄒᆞ니 청컨ᄃᆡ 한두 가지ᄅᆞᆯ 가ᄅᆞ쳐 우리로 ᄒᆞ여곰 셰간ᄉᆞ면(世間事面)을 보게 ᄒᆞ라."

요홰 니ᄅᆞᄃᆡ, 【38】

"우리 기예란 거ᄉᆞᆫ 본ᄃᆡ 츄숄(麤率)ᄒᆞ여[326] 너의 무리의 문아(文雅)ᄒᆞᆫ 것과 ᄀᆞᆺ지 아니ᄒᆞ니라."

즁인이 니ᄅᆞᄃᆡ,

"무예ᄂᆞᆫ 본ᄃᆡ 문아치 아니ᄒᆞ다 ᄒᆞ더라."

요홰 마지 못ᄒᆞ여 다라 ᄌᆞ리의 나려 긴 오ᄉᆞᆯ 벗고 동편 방문 어귀로죠ᄎᆞ 몸을 ᄒᆞᆫ 번 쇼ᄉᆞ 올흔 숀 량ᄀᆡ 지두(指頭)로 셕가레 ᄭᅳᆺ출 잡고, 좌편 숀 량ᄀᆡ 지두로 한 번식 밧고와 나가 길노 닷ᄂᆞᆫ 것ᄀᆞᆺ치 ᄒᆞ여, 곳 셔편 셕가레 ᄭᅳᆺ가지 니ᄅᆞ러 비로쇼 긋치며, 숀가락을 한 번 ᄯᅥᆯ치고 몸이 ᄭᅩᆺᄭᅩᆺ이 ᄡᅡ 우히 셧ᄂᆞᆫᄃᆡ, 틧 【39】 글이 한 졈도 널지 아니ᄒᆞ거ᄂᆞᆯ, 즁인이 보고 ᄀᆡ개히 혀ᄅᆞᆯ ᄎᆞ며 니로ᄃᆡ,

"녀보살이 어ᄂᆡ 곳의셔 져런 죠흔 무예ᄅᆞᆯ 비홧ᄂᆞ냐?"

요홰 인ᄒᆞ여 의복을 닙고 좌의 드ᄂᆞᆫᄃᆡ, 아오로 ᄲᅡᆷ이 븕고 긔운이 쳔촉(喘促)지 아니ᄒᆞ며, 웃고 니ᄅᆞᄃᆡ,

"내가 더러온 ᄐᆡ도ᄅᆞᆯ 드러냇다."

ᄒᆞ고, 그 ᄎᆞ례ᄂᆞᆫ 지암의게 당ᄒᆞᆫ지라. 지암이 니ᄅᆞᄃᆡ,

"나ᄂᆞᆫ 기예가 업ᄉᆞ니 다만 스ᄉᆞ로 의구히 우ᄉᆞᆫ 말을 ᄒᆞ리라."

능경이 니ᄅᆞᄃᆡ,

"네가 ᄯᅩ 누구ᄅᆞᆯ ᄭᅮ지ᄌᆞ려 ᄒᆞᄂᆞ냐?"

지암이 니ᄅᆞᄃᆡ,

"내 ᄌᆞ 【40】 긔ᄅᆞᆯ ᄭᅮ짓ᄂᆞᆫ 거시 엇더ᄒᆞ냐?"

즁인이 니ᄅᆞᄃᆡ,

"그거ᄉᆞᆫ 비로쇼 가ᄒᆞ니 그리ᄒᆞ게 ᄒᆞ라."

지암이 니ᄅᆞᄃᆡ,

"셕가여ᄅᆡ 겻ᄒᆡ 일위 보살이 셔 계신ᄃᆡ 일홈은 비굴[比丘尼]이라 부ᄅᆞᄂᆞᆫ지라. 믄득 산ᄋᆞ희 즁이기로 여ᄅᆡ 져ᄅᆞᆯ 원망ᄒᆞ여 니ᄅᆞᄃᆡ, '남ᄌᆡ 내 교즁(教中)의 드러와 화샹 되ᄂᆞᆫ 거ᄉᆞᆫ 그만 ᄒᆞ려니와, 네 져 명ᄶᅵ 이시믈 인ᄒᆞ여 녀인가지 련ᄒᆞ여 모다 교즁의 드러와 ᄒᆡᆼ실을 닥그며 무ᄉᆞᆫ 니괴라 부ᄅᆞ도다.'"

비굴이 ᄃᆡ답ᄒᆞᄃᆡ,

"죠흐니 내가 져 니ᄶᆞ(尼字) 잇기 【41】 로 겨유 져 녀인ᄇᆡ 잇셔 녀승이 되고 비로쇼 져 도ᄌᆞ(徒子)와 도숀(徒孫)이 잇다."

ᄒᆞ니, 즁인이 모다 우ᄉᆞ며 니ᄅᆞᄃᆡ,

"죠히 ᄭᅮ짓ᄂᆞᆫ도다."

능쉬 니로ᄃᆡ,

"네가 나ᄅᆞᆯ ᄭᅮ짓기ᄅᆞᆯ 죠화ᄒᆞ니 맛당히 벌ᄒᆞ리라."

ᄒᆞ고, 드ᄃᆡ여 큰 잔을 취ᄒᆞ여 만작(滿酌)ᄒᆞ여 가지고 ᄑᆡᆸ박ᄒᆞ여 먹게 ᄒᆞ고 능경이 잔을 드러 요화긔 ᄯᅩ 무엇ᄒᆞ기ᄅᆞᆯ 청ᄒᆞ니, 요홰 니ᄅᆞᄃᆡ,

"ᄉᆞ뷔 무ᄉᆞᆫ 기예ᄅᆞᆯ ᄉᆞ랑ᄒᆞᄂᆞᆫ지 몬져 편ᄒᆞ믈 ᄯᅡ라 한 가지ᄅᆞᆯ 시험ᄒᆞ여 우리 무리 보게 ᄒᆞᄂᆞᆫ 거시 믄득 올흐리라."

능경이 【42】 니ᄅᆞᄃᆡ,

---

326) 【츄숄ᄒᆞ다】 형 {조솔(粗率 cūshuài)하다.} 중국어 차용어. ¶ 粗魯 ‖ 우리 기예란 거ᄉᆞᆫ 본ᄃᆡ 츄숄ᄒᆞ여 너의 무리의 문아ᄒᆞᆫ 것과 ᄀᆞᆺ지 아니ᄒᆞ니라 (我們來得粗魯, 不像你們的文雅.) <瑤華 15:38> ⇒ 추솔ᄒᆞ다, 츄솔ᄒᆞ다

"한 가지ᄅᆞᆯ ᄒᆞᄌᆞ ᄒᆞ니 가히 쇼히ᄌᆞ(小孩子)의 습긔라 우ᄉᆞ리라."

즁인이 니ᄅᆞᄃᆡ,

"엇더ᄒᆞ던지 가ᄅᆞ치믈 쳥ᄒᆞ노라."

능경이 ᄉᆞᆫ을 가져 입ᄉᆞᆯ을 모흐며 ᄇᆡᆨ죠(百鳥)의 지져괴며 웃ᄂᆞᆫ 거ᄉᆞᆯ 입내내ᄃᆡ[327] 한 쇼ᄅᆡ가 ᄀᆞᆺ지 아닌 거시 업고, 잉무의 말을 입내내ᄂᆞᆫᄃᆡ 니ᄅᆞ러ᄂᆞᆫ 말ᄒᆞᄃᆡ,

"너의 그만 쉬게 ᄒᆞ라."

ᄒᆞ니, 즁인이 드ᄅᆞᄆᆡ 미미(娓娓)ᄒᆞ여 게을너 아니ᄒᆞ고 능쉬 잔을 드러 지암의게 쳥ᄒᆞ니, 지암이 니ᄅᆞᄃᆡ,

"내가 임의 기궁ᄒᆞ여시니 너의ᄂᆞᆫ 그만 이시라."

ᄒᆞ고, 요홰 【43】 련일 ᄉᆞᆯ을 마시ᄆᆡ 곤핍ᄒᆞ믈 ᄭᆡ돗지 못ᄒᆞ여 드ᄃᆡ여 아신(阿新)을 블너 븟들고 방즁의 드러가 쉬ᄆᆡ, 지암이 나ᄅᆞᄃᆡ,

"ᄉᆞᆯ이 임의 죡ᄒᆞ니 우리도 다른 날 다시 흥을 다ᄒᆞ리라."

ᄒᆞ더라.

ᄎᆞ일의 요홰 니러나 지암을 보지 못ᄒᆞ고 무ᄅᆞ니, 일즉 문의 나아갓다 말ᄒᆞ더라.

직셜, 젼ᄎᆞ(前次)의 말ᄒᆞᆫ 바 량ᄀᆡ 두 형샹 가진 이가 셩은 무어시며 일홈은 무어신고? 몬져 ᄆᆡ파(媒婆)ᄅᆞᆯ 말ᄒᆞ리라. 제 셩은 풍이오 항렬은 뎨삼이 되기로 명ᄶᆞᄂᆞᆫ 업시 믄득 풍삼져(馮三姐)라 부ᄅᆞ고, 두 【44】 형샹이 졈졈 쟝ᄃᆡᄒᆞ여 거연 산ᄋᆞ희게 싀집가시ᄃᆡ 산ᄋᆞ희[328]가 삼져의 셩픔이 경죠(輕燥)ᄒᆞ믈 혐의ᄒᆞᄂᆞᆫ고로 믄득 집의 바려두고 의식도 아른 체 아니ᄒᆞ며 밧긔 나아가 스ᄉᆞ로 별노이 취쳐(娶妻)ᄒᆞ고, 져 삼져ᄂᆞᆫ 심히 간릉(幹能)ᄒᆞᆫ지라 남ᄌᆞ의 ᄆᆞᄋᆞᆷ 변ᄒᆞ믈 짐쟉ᄒᆞ고, 믄득 져로 더브러 샹관 아니ᄒᆞ고 ᄌᆞ긔가 ᄆᆡ파의 싱ᄋᆡᄅᆞᆯ 비화 ᄒᆞᄂᆞᆫᄃᆡ, 싱기미 본ᄃᆡ 츌즁ᄒᆞ고 ᄯᅩ 쥬ᄉᆞ(做事)ᄒᆞᄂᆞᆫ 거시 다른 ᄆᆡ파의 비ᄒᆞ여 간릉케 ᄒᆞ고, ᄯᅩ 사ᄅᆞᆷ으로 더브러 교합(交合)ᄒᆞ기ᄅᆞᆯ 【45】 죠하ᄒᆞ므로 사ᄅᆞᆷ의 집의셔 져ᄅᆞᆯ 부리기ᄅᆞᆯ 만히 ᄒᆞ고, 이십 셰의 니ᄅᆞ러ᄂᆞᆫ 남의 집 규녀(閨女)ᄅᆞᆯ 도젹질ᄒᆞ기ᄅᆞᆯ 죠하ᄒᆞ여 졈졈 사ᄅᆞᆷ들이 져ᄅᆞᆯ 깃거 아니ᄒᆞ고, 몃 ᄒᆡ 동안의 무뢰배로 더브러 왕ᄅᆡᄒᆞ기로 심히 낭ᄑᆡ되고, 져 니고의 일홈은 아교(阿巧)라 부ᄅᆞᄂᆞᆫᄃᆡ 역시 츌즁ᄒᆞᆫ 인믈노 몸의 두 형톄 가지믈 인ᄒᆞ여 계집을 보면 믄득 ᄒᆡᆼ음(行淫)ᄒᆞᄂᆞᆫ[329] 고로 본쳐 진신(縉紳)의 집의셔 모다 져ᄅᆞᆯ 문의 드지 못ᄒᆞ게 ᄒᆞ고, 다만 몃 낫 늙은 니고만 봉승ᄒᆞ고 【46】 지내니, 무ᄉᆞᆫ 죠ᄒᆞᆫ 곳이 이시랴?

지암이 오ᄅᆡ 져 량ᄀᆡ의 ᄒᆡᆼ동을 알고 ᄯᅩ ᄡᅥ로 샹히 져의 봉승ᄒᆞ여 쥬ᄂᆞᆫ 거ᄉᆞᆯ 밧ᄂᆞᆫ고로 즐겨 륙슈ᄌᆡ(陸秀才)ᄅᆞᆯ ᄃᆡ신ᄒᆞ여 힘을 다ᄒᆞ여 쥬션ᄒᆞ더라.

ᄎᆞ셜, 지암이 쳥신의 니러나 믄득 암ᄌᆞ의가 아교ᄅᆞᆯ ᄎᆞᄌᆞᄆᆡ 암즁의 잇지 아니코, 말ᄒᆞ기ᄅᆞᆯ '졔가 거리의 나가 믈건을 ᄉᆞ라 갓다' ᄒᆞ거ᄂᆞᆯ, 지암이 니고의게 부탁ᄒᆞ여 니로ᄃᆡ,

"졔가 만일 도라오거든 믄득 져로 ᄒᆞ여곰 집의 잇셔 기다리게 ᄒᆞ면 내 요긴ᄒᆞᆫ 말 【47】 이 잇셔 져로 더브러 말ᄒᆞ리라."

ᄒᆞ니, 니괴 답응ᄒᆞ거ᄂᆞᆯ, 다시 한 길노 풍삼져의 집의 니ᄅᆞ니 문이 오히려 닷치엿ᄂᆞᆫ지라. 몃 번을 두다리ᄆᆡ, 안의셔 듯고 믄득 니ᄅᆞᄃᆡ,

"쳥컨ᄃᆡ 반ᄉᆞ부(潘師父)ᄂᆞᆫ 기다리게 ᄒᆞ라. 내 보ᄂᆞᆫ 일을 맛치고 나아가리라."

ᄒᆞ더니, 반시ᄀᆡᆨ을 격ᄒᆞ여 비로쇼 나오ᄂᆞᆫᄃᆡ 두 귓밋치 거ᄉᆞ러지고[330] 두 ᄲᅣᆷ이 통홍(通紅)ᄒᆞᆫ

327) 【입내내다】 [동] 흉내내다. ¶ 學 ‖ 능경이 ᄉᆞᆫ을 가져 입ᄉᆞᆯ을 모흐며 ᄇᆡᆨ죠의 지져괴며 웃ᄂᆞᆫ 거ᄉᆞᆯ 입내내ᄃᆡ 한 쇼ᄅᆡ가 ᄀᆞᆺ지 아닌 거시 업고 잉무의 말을 입내내ᄂᆞᆫᄃᆡ (能靜把手揾着嘴, 學百鳥喧鳴, 學一種無一種不像. 臨了學鸚哥說話.) <瑤華 15:42> ⇒ 임내내다, 임ᄂᆡᄂᆡ다, 입ᄂᆡᄂᆡ다

328) 【산ᄋᆞ희】 [명] 사나이. ¶ 男人 ‖ 두 형샹이 졈졈 쟝ᄃᆡᄒᆞ여 거연 산ᄋᆞ희게 싀집가시ᄃᆡ 산ᄋᆞ희가 삼져의 셩픔이 경죠ᄒᆞ믈 혐의ᄒᆞᄂᆞᆫ고로 믄득 집의 바려두고 (二形子之名, 自小就出的, 長大以來居然也嫁了個男人, 人嫌他性燥, 故就棄置在家.) <瑤華 15:44> ⇒ 산ᄋᆞᄒᆡ, ᄉᆞ나희, ᄉᆞ나ᄒᆡ

329) 【ᄒᆡᆼ음ᄒᆞ다】 [동] 행음(行淫)하다. 간음하다. ¶ 淫 ‖ 몸의 두 형톄 가지믈 인ᄒᆞ여 계집을 보면 믄득 ᄒᆡᆼ음ᄒᆞᄂᆞᆫ고로 본쳐 진신의 집의셔 모다 져ᄅᆞᆯ 문의 드지 못ᄒᆞ게 ᄒᆞ고 (爲因身是二形子, 見女輒淫, 所以本地紳衿都不許他們上門.) <瑤華 15:45>

330) 【거ᄉᆞ러지다】 [동] 곤두서다. ¶ 蓬鬆 ‖ 반시ᄀᆡᆨ을 격ᄒᆞ여 비로쇼 나오ᄂᆞᆫᄃᆡ 두 귓밋치 거ᄉᆞ러지고 두 ᄲᅣᆷ이 통홍ᄒᆞᆫ지라 (隔了半個時辰, 纔出來開門, 只他兩鬢蓬鬆, 兩頰通紅.) <瑤華 15:47> ⇒ 거ᄉᆞ러디다

지라. 지암이 우ᄉᆞ며 니ᄅᆞᄃᆡ,

"너모 청신의 니러나 믄득 안졍(安靜)치 못ᄒᆞ냐?"

삼졔 니로ᄃᆡ,

"네가 나의 ᄣᅢ가 잇ᄂᆞᆫ 거ᄉᆞᆯ 알지니 【48】 이 ᄣᅢᄅᆞᆯ 지내면 내가 ᄯᅩ 가셔 사ᄅᆞᆷ을 챳ᄂᆞᆫ지라. 네가 오기의 내가 달니 사ᄅᆞᆷ 찻ᄂᆞᆫ 거ᄉᆞᆯ 면케 ᄒᆞ엿도다."

지암이 니ᄅᆞᄃᆡ,

"그러ᄒᆞ면 네가 더옥 피곤ᄒᆞ리라."

삼졔 니ᄅᆞᄃᆡ,

"네가 이쳐럼 일족 왓시니 필연 일이 잇셔 나ᄅᆞᆯ 셩취ᄒᆞ여 쥬랴 ᄒᆞᄂᆞ냐?"

지암이 니ᄅᆞᄃᆡ,

"그런 일이 잇시니 내 너로 더브러 ᄋᆞ교ᄅᆞᆯ 가 보고 샹량ᄒᆞ리라."

삼졔 니ᄅᆞᄃᆡ,

"내가 져로 더브러 길이 다른ᄃᆡ 져와 무ᄉᆞᆫ 샹량을 ᄒᆞ리오?"

지암이 니ᄅᆞᄃᆡ,

"만일 길이 다ᄅᆞ량 【49】 이면 와셔 너의 무리 량ᄀᆡᄅᆞᆯ 찻지 아닐지라. 쾌히 빈발(鬢髮)을 졍졔ᄒᆞ고 믄득 가게 ᄒᆞ라."

삼졔 니로ᄃᆡ,

"엇지 밥을 먹고 가지 아니ᄒᆞ려 ᄒᆞᄂᆞ냐?"

지암이 니로ᄃᆡ,

"그곳의 밥이 이시니 너ᄂᆞᆫ ᄀᆡ여히 지체 말나."

삼졔 진ᄀᆡ 쟝쇽을 단졍이 ᄒᆞ고 ᄯᅩ 셔로 죠하ᄒᆞᄂᆞᆫ 사ᄅᆞᆷ을 인도ᄒᆞ여 내여보낸 후의 문을 ᄌᆞᆷ으고 ᄀᆞᆺ치 ᄋᆞ교의 쳐쇼의 니ᄅᆞ니 임의 도라왓ᄂᆞᆫ지라. 피ᄎᆞ의 한훤(寒喧)을 파ᄒᆞ고 지암이 믄득 항쥬(杭州)의 잇셔 요화ᄅᆞᆯ 만나 보던 ᄉᆞ졍을 가져 【50】 일편(一遍)을 말ᄒᆞ고 륙가의 집의셔 노륙(老陸)을 구ᄒᆞ던 말을 ᄌᆞ셰히 젼ᄒᆞ고,

"이졔 륙슈ᄌᆡ 너의 량ᄀᆡᄅᆞᆯ 쳥ᄒᆞ여 요화ᄅᆞᆯ ᄧᅡᆨ짓게 ᄒᆞ려 ᄒᆞᄂᆞᆫᄃᆡ, 너의 량인의게 각기 오십 량 은ᄌᆞᄅᆞᆯ 보내여시니 너의가 요화ᄅᆞᆯ ᄧᅡ라 가면 져ᄂᆞᆫ ᄃᆡ부대귀(大富大貴)ᄒᆞᆫ 범졀노 너의 무리 각인의 슈단을 ᄉᆞ랑ᄒᆞᆯ 거시니, 너의 각기 간판ᄒᆞ기의 잇ᄂᆞᆫ지라. 만일 졍의 원ᄒᆞᆯ 양이면 믄득 이 ᄣᅢ의 갈 거시오 오히려 별노이 죠ᄒᆞᆫ 곳이 이시면 내 감히 이러틋 쇼ᄀᆡ 【51】 아니ᄒᆞ리라."

량인이 심즁의 ᄉᆡᆼ각ᄒᆞ니, 별노이 죠ᄒᆞᆫ 곳은 업고 그곳의 니ᄅᆞ러 몃 ᄣᅢᄅᆞᆯ 혼동치다가 다시 계교ᄅᆞᆯ ᄒᆞ리라 ᄒᆞ고, 량인이 일졔히 허락ᄒᆞ며, ᄋᆞ괴 밥을 임의 ᄀᆞᆺ쵸와 노흐ᄆᆡ 삼인이 믄득 ᄀᆞᆺ치 먹고 요화의 쳐쇼의 니ᄅᆞ니 임의 문의 나아가 유남(遊覽)ᄒᆞ라 ᄀᆞᆺᄂᆞᆫ지라. 다만 암ᄌᆞ의 잇셔 고요히 기다리더라.

ᄌᆡ셜 요홰 량ᄀᆡ 시녀ᄅᆞᆯ 다리고 거ᄅᆞᆷ을 ᄧᅡ라 ᄒᆡᆼᄒᆞ여 쇼쥬(蘇州)의 광경을 보니, 무론남녀(毋論男女)ᄒᆞ고 일ᄀᆡ도 쟝쇽을 졍졔히 ᄒᆞ며 의 【52】 샹이 졍결치 아니ᄒᆞᆫ 이가 업고 부민(富民)의 집 부녀들은 모다 고루의 잇셔 발을 드리고 혹 슈도 노흐며 옥 난간을 의지ᄒᆞ여 한가히 보ᄂᆞᆫ 이도 이시며, 빈한ᄒᆞᆫ 사ᄅᆞᆷ의 집은 문을 련ᄒᆞ여 침션을 위업ᄒᆞᄂᆞᆫᄃᆡ, 동작ᄒᆞᄂᆞᆫ ᄉᆞ이의 스ᄉᆞ로 일죵 뇨라(裊娜)ᄒᆞᆫ 태되 잇고, 언에(言語) 미려ᄒᆞ여 쇼ᄅᆡ가 ᄢᅬᄭᅩ리와 ᄉᆡᆼ황 ᄀᆞᆺᄐᆞᆫ지라. 심즁의 ᄉᆡᆼ각ᄒᆞᄃᆡ '고이치 아니ᄒᆞ다. 사ᄅᆞᆷ이 쇼쥬ᄅᆞᆯ 졔ᄀᆡᄒᆞ여 말ᄒᆞᄂᆞᆫ 이가 모다 칭찬ᄒᆞ여 텬ᄒᆞ의 뎨일이 된다 ᄒᆞ니 내 【53】 가 만일 집 쇽의 ᄀᆞᆺ치여 잇더면 엇지 이런 졍경을 보와시며 우리 하남부(河南府) ᄀᆞᆺᄐᆞᆫ ᄃᆡᄂᆞᆫ 풍쇽이 진ᄀᆡ 루츄ᄒᆞ여 견ᄃᆡ지 못ᄒᆞ리라' ᄒᆞ고, 노경(路徑)이 혼잡ᄒᆞ믈 보ᄆᆡ, 도로혀 길을 일ᄒᆞᆯ가 두려 다만 좌편 근쳐의 잇셔 한 박회ᄅᆞᆯ 도라단니고 믄득 도라오니, 임의 져녁 ᄣᅢ가 된지라.

졍슈당(靜修堂)의 드러가 미쳐 좌뎡치 못ᄒᆞ여 다만 보니 지암이 드러오ᄃᆡ, 등 뒤ᄒᆡ 량ᄀᆡ 녀랑이 ᄧᅡ른지라. 요홰 져ᄅᆞᆯ 양(讓)ᄒᆞ여 안ᄌᆞ라 ᄒᆞ니, 즐겨 안지 아 【54】 니코 지암의 뒤ᄒᆡ 셔 잇ᄂᆞᆫ지라. 요홰 져 량개ᄅᆞᆯ ᄌᆞ셰히 보니, 한 ᄀᆡᄂᆞᆫ 빈발을 머믈지 아니ᄒᆞ고 면ᄉᆡᆨ은 심히 ᄇᆡᆨ셕(白晳)ᄒᆞ고[331] 신ᄌᆞ(身材)ᄂᆞᆫ 단쇼(短小)ᄒᆞ고 젹은 승혜(僧鞋)ᄅᆞᆯ 신고 의샹은 도시 포의(布衣)며 셰답(洗踏)을 건졍(乾淨)이 ᄒᆞ고, ᄯᅩ 일ᄀᆡᄅᆞᆯ 보니 궁양쟝쇽(宮樣裝束)으로 분면유두(粉面油頭)오 신ᄌᆞᄂᆞᆫ 팟쥴기 ᄀᆞᆺᄐᆞᆫᄃᆡ,[332] 몬져 일ᄀᆡ의 비ᄒᆞ면

331) 【ᄇᆡᆨ셕ᄒᆞ다】 형 백석(白晳)하다. 피부가 하얗고 곱다. ¶ 白嫩 ‖ 면ᄉᆡᆨ은 심히 ᄇᆡᆨ셕ᄒᆞ고 신ᄌᆞᄂᆞᆫ 단쇼ᄒᆞ고 (面色甚是白嫩, 身材短小.) <瑤華 15:54> ⇒ 14:99

332) 【苗條 묘조】 miáotiáo <形> 회창회챵 (艷夢 西廂 12a) 회창회창ᄒᆞ단 말 (語覽 西廂 99b) 회창회창 ᄡᅦ여나다 (大方 西廂 8a) "又看那一個,

다만 머리ᄅᆞᆯ 쪽지고 년긔ᄂᆞᆫ 잠간 만흔 ᄃᆞᆺᄒᆞ고 의상은 도시 능라(綾羅)오 일ᄡᅡᆼ 젹은 발이 셤셰ᄒᆞ고 눈셥 ᄉᆞ이의 봉용(丰容)ᄒᆞᆫ[333] 운치가 흐ᄅᆞᄂᆞᆫ지라. 드 【55】 ᄃᆡ여 무ᄅᆞᄃᆡ,

"져 량위가 어ᄃᆡ로셔 오ᄂᆞ냐?"

지암이 니ᄅᆞᄃᆡ,

"ᄌᆞᆫᄀᆡᆨ이 여긔 류람ᄒᆞ려 ᄒᆞ면 노경도 아지 못ᄒᆞᆯ 거시오, 이곳 승디도 분변치 못ᄒᆞᆯ지라. 져 무리가 도시 쳑신으로 집의 잇셔 한가ᄒᆞᄆᆡ ᄌᆞᆫᄀᆡᆨ의 위인이 심히 죠흐므로 어급ᄒᆞ엿더니, 져 량ᄀᆡ가 스ᄉᆞ로 ᄯᅳᆺ의 원ᄒᆞ여 와셔 ᄌᆞᆫᄀᆡᆨ을 뵈셔 ᄧᅡᆨᄒᆞ고 유람ᄒᆞ려 ᄒᆞ기로 그러므로ᄡᅥ 다리고 와셔 뵈옵ᄂᆞ니, 만일 ᄡᅳᆯ터이 되거든 믄득 가인(家人) ᄀᆞᆺ치 보와 쥴 거시오 그러치 아니면 쳐분을 기 【56】 다리노라."

요홰 심즁의 경히 져런 사ᄅᆞᆷ을 어더 져의 장쇽ᄒᆞᄂᆞᆫ 법과 힝동거지ᄅᆞᆯ 비호려 ᄒᆞ더니 맛쵸와 지암의 쳔거ᄒᆞ믈 보ᄆᆡ 심히 깃거ᄒᆞ여 드ᄃᆡ여 니ᄅᆞᄃᆡ,

"ᄉᆞ형이 ᄆᆡ우 ᄆᆞᄋᆞᆷ을 허비ᄒᆞ엿도다. 만일 져 량위가 진ᄀᆡ 나ᄅᆞᆯ ᄯᅡ라 쥬션ᄒᆞᆯ 양이면 ᄆᆡ우 죠토다."

ᄒᆞ고, 머리ᄅᆞᆯ 돌나 무ᄅᆞᄃᆡ,

"너의 무리가 여긔 이시려 ᄒᆞ거든 힝구ᄅᆞᆯ 가져오게 ᄒᆞ라."

지암이 니ᄅᆞᄃᆡ,

"그ᄂᆞᆫ 용이타."

ᄒᆞ고, 드ᄃᆡ여 져 량ᄀᆡᄅᆞᆯ ᄡᅳ을고 다른 곳으로 가셔 반일 【57】 을 셜화ᄒᆞ다가 드ᄃᆡ여 다라오며 니ᄅᆞᄃᆡ,

"내가 져 무리ᄅᆞᆯ ᄃᆡ신ᄒᆞ여 힝구ᄅᆞᆯ 취ᄒᆞ여 오리라."

ᄒᆞ고 말ᄒᆞ며 믄득 닷거ᄂᆞᆯ, 요홰 량인을 다리고 방쇽의 드러가 젼후ᄉᆞ졍을 무ᄅᆞᄆᆡ 일일히 화답ᄒᆞ고, 요홰 ᄯᅩ 명ᄍᆞᄅᆞᆯ 무ᄅᆞ며 드ᄃᆡ여 아교ᄅᆞᆯ ᄃᆡᄒᆞ여 니ᄅᆞᄃᆡ,

"네 져 모양이 승도 아니오 쇽인도 아니니 빈발을 머믈고 나ᄅᆞᆯ ᄯᅡ라 도뎨되ᄂᆞᆫ 거시 엇더ᄒᆞ냐?"

竟是內家時樣裝束, 油頭粉面, 身子~." ᄯᅩ 일ᄀᆡᄅᆞᆯ 보니 궁양장쇽으로 분면유두오 신ᄌᆞᄂᆞᆫ 팟쥴기 ᄀᆞᆺᄐᆞᆫᄃᆡ (瑤華 15:54) 如艸之初芽, 柳之初眉也. (博文 西廂 54)

아괴 련망히 답응ᄒᆞ고 ᄯᅩ 삼져의 두샹의 빈혀와 귀의골리[334]ᄅᆞᆯ 취ᄒᆞ여 개개히 【58】 보니, 진ᄀᆡ 하남부의 비ᄒᆞ면 ᄆᆡᆫᄃᆞᆫ 거시 령롱ᄒᆞᆫ지라. 드ᄃᆡ여 강윤장(江允長)을 블너 져 몃 가지 빈혀와 아오로 귀의골의[335]ᄅᆞᆯ 가져 그 모양ᄃᆡ로 ᄆᆡᆫ돌게 ᄒᆞ니, 삼졔 니ᄅᆞᄃᆡ,

"굿ᄐᆞ여 ᄆᆡᆫ돌지 아니ᄒᆞ여도 도시 ᄆᆡᆫᄃᆞ러 파ᄂᆞᆫ 거시 잇다."

ᄒᆞ거ᄂᆞᆯ, 요홰 니로ᄃᆡ,

"엇지 미리 사ᄅᆞᆷ을 위ᄒᆞ여 죠히 ᄆᆡᆫᄃᆞ러 노홧ᄂᆞ냐? 만일 사ᄅᆞᆷ이 와셔 ᄉᆞ지 아니면 엇지 본젼을 밋지ᄂᆞᆫ 혬이 아니랴?"

아ᄌᆞ 니ᄅᆞᄃᆡ,

"져 쇼쥬 셩내의 무엇 ᄆᆡᆫᄃᆞᄂᆞᆫ 거ᄉᆞᆯ 어렵다 ᄒᆞ랴. 대인가(大人家)의셔ᄂᆞᆫ 경ᄀᆡᆨ의 큰 거시라 【59】 도 판비ᄒᆞ거든 져 젹은 믈건을 도로혀 무어ᄉᆞᆯ 혬ᄒᆞ랴?"

ᄒᆞ고, 드ᄃᆡ여 삼져다려 니ᄅᆞᄃᆡ,

"져곳의 가셔 ᄉᆞ셔 올 쥴노 네가 져의 무리다려 니ᄅᆞ게 ᄒᆞ라."

삼졔 니ᄅᆞᄃᆡ,

"ᄌᆞᆫᄀᆡᆨ이 만일 우리 장쇽을 비호려 ᄒᆞ면 두샹(頭上)의 진인 바ᄅᆞᆯ 도시 밧고와 내여야 비로쇼 죠ᄒᆞᆯ 거시니 명ᄇᆡᆨ히 죠검(照檢)ᄒᆞ여[336] 내여

333) 【봉용ᄒᆞ다】 형 봉용(丰容)하다. ¶ 丰韻 ‖ 다만 머리ᄅᆞᆯ 쪽지고 년긔ᄂᆞᆫ 잠간 만흔 ᄃᆞᆺᄒᆞ고 의샹은 도시 능라오 일ᄡᅡᆼ 젹은 발이 셤셰ᄒᆞ고 눈셥 ᄉᆞ이의 봉용ᄒᆞᆫ 운치가 흐ᄅᆞᄂᆞᆫ지라 (比先那一個高有一髻, 年紀也大一些, 裙衫都是紬羅, 一雙小脚尖瘦伶俐, 眉眼之間, 丰韻四流.) <瑤華 15:54> ⇒ 14:48

334) 【귀의골리】 명 귀고리. ¶ 環 ‖ 아괴 련망히 답응ᄒᆞ고 ᄯᅩ 삼져의 두샹의 빈혀와 귀의골리ᄅᆞᆯ 취ᄒᆞ여 개개히 보니 진ᄀᆡ 하남부의 비ᄒᆞ면 ᄆᆡᆫᄃᆞᆫ 거시 령롱ᄒᆞᆫ지라 (阿巧忙忙答應, 又取三姐頭上簪環, 一一看視, 眞比河南打得玲瓏.) <瑤華 15:58> ⇒ 귀엣고리, 귀엿고리, 귀엿골, 귀엿쏠, 귀엿글

335) 【귀의골리】 명 귀고리. ¶ 耳環 ‖ 져 몃 가지 빈혀와 아오로 귀의골의ᄅᆞᆯ 가져 그 모양ᄃᆡ로 ᄆᆡᆫ돌게 ᄒᆞ니 (瑤華將這幾支簪子並耳環, 令去照樣打造.) <瑤華 15:58> ⇒ 귀엣고리, 귀엿고리, 귀엿골, 귀엿쏠, 귀엿글

336) 【죠검ᄒᆞ다】 동 조검(照檢)하다. ¶ 檢點 ‖ ᄌᆞᆫᄀᆡᆨ이 만일 우리 장쇽을 비호려 ᄒᆞ면 두샹의 진

일쟝 단ᄌᆞ롤 버려 내면 일별 ᄉᆞ셔 오리라."

요홰 니ᄅᆞ듸,

"ᄆᆡ우 죠타."

ᄒᆞ고, 드듸여 필연을 취ᄒᆞ여 갓갓이[337] 버려 내며 보지 못ᄒᆞᆫ 거ᄉᆞᆫ 삼졔 ᄯᅩ 일일히 가ᄅᆞ쳐 윤 【60】 쟝을 맛겨 홈긔 가셔 ᄉᆞ오라 ᄒᆞ고, ᄯᅩ 파ᄂᆞᆫ 바 디명(地名)과 푸리(鋪裏)[338]롤 가져 모다 ᄇᆞᆰ히 말ᄒᆞ니, 윤쟝이 영회(領會)ᄒᆞ고 다만 보니 지암이 힝구롤 압령(押領)ᄒᆞ여 오거늘, ᄒᆞ여곰 ᄌᆞ긔 방 내의 버려두게 ᄒᆞ고, 셕식을 기다려 지암과 더브러 ᄀᆞᆺ치 먹고 져 량인으로 ᄒᆞ여곰 월랑(月廊)의 가셔 즁인을 ᄯᆞ라 밥을 먹게 ᄒᆞ니 지암이 져 량ᄀᆡ 가ᄂᆞᆫ 거술 보고 드듸여 요화롤 ᄭᅳ을고 ᄌᆞ긔 방즁의 니ᄅᆞ러 가마니 말ᄒᆞ듸,

"죤긔이 져 량ᄀᆡ 사ᄅᆞᆷ이 도시 두 형톄 잇ᄂᆞᆫ 쥴을 아ᄂᆞ냐?"

요홰 망연 【61】 이 ᄭᆡ치지 못ᄒᆞ고 니ᄅᆞ듸,

"엇지 두 형톄라 니ᄅᆞᄂᆞ냐?"

지암이 비로쇼 져 량인의 연유롤 명ᄇᆡᆨ히 고ᄒᆞ니, 요홰 심히 이샹히 너기고 한가히 안ᄌᆞᆺ다가 드ᄅᆡ여 각기 안침ᄒᆞ더라.

요홰 져 량인이 쳐음으로 니ᄅᆞ믈 인ᄒᆞ여 즉시 근져(根底) 드러내미 편치 못ᄒᆞ다 ᄒᆞ여 당야ᄂᆞᆫ 안온(安穩)이 ᄌᆞ고 ᄎᆞ일의 니러나 무ᄅᆞ니, 지암이 ᄯᅩ 일즉 나아갓ᄂᆞᆫ지라. 다만 보니 아쇠 말니화(茉莉花)와 쥬란화(珠蘭花)와 야ᄅᆡ향(夜來香)을 가져오며 말ᄒᆞ듸, 'ᄉᆞ뷔 보내더라' ᄒᆞ니, 요홰 회샤ᄒᆞ고, 삼졔 믄득 요 【62】 화롤 ᄃᆡ신ᄒᆞ여 머리롤 빗길ᄉᆡ 본시 슈단이 잇ᄂᆞᆫ지라 엇지 빗기미 죠치 못ᄒᆞ랴? 요홰 거울 쇽을 한 번 빗쵸ᄆᆡ 면뫼 련ᄒᆞ여 모다 경치가 더ᄒᆞᆫ지라. 심즁의 십분 환희ᄒᆞ고 죠반 후의 믄득 무ᄅᆞ듸,

"금일은 어내 곳의 가 유람ᄒᆞ랴?"

아쾨 니ᄅᆞ듸,

"몬져 셩내(城內)로 죠ᄎᆞ 갈지라. 그 곳의 ᄉᆞᄌᆞ림(獅子林)이 잇ᄂᆞᆫ듸 죠히 가산(假山)을 ᄲᅡ하시ᄆᆡ 명인의 슈젹이오, ᄉᆞᄌᆞ림의 노닐고 다시 챵랑뎡(滄浪亭)의 가려ᄒᆞ면 믄득 느ᄌᆞ리라."

인 바롤 도시 밧고와 내여야 비로쇼 죠흘 거시니 명ᄇᆡᆨ히 죠검ᄒᆞ여 내여 일쟝 단ᄌᆞ롤 버려 내면 일별 ᄉᆞ셔 오리라 (姑姑若要學我們這裡裝束, 頭上所戴的都要換去纔好, 不如檢點明白, 總開一張單子去, 一起買來.) <瑤華 15:59> ⇒ 조검ᄒᆞ다

요홰 인ᄒᆞ여 아신과 황식부 【63】 롤 다리고 홈긔 갈ᄉᆡ, 의ᄉᆡ 도포롤 닙지 아니코ᄌᆞ ᄒᆞ거늘, 삼졔 니로듸,

"죤긔의 의복 졔되 도시 조치 못ᄒᆞ니 모롬즉이 다른 옷술 밧고와 닙어야 우리 무리와 ᄀᆞᆺ치 일양이 되리라."

요홰 다시 신ᄌᆡ(身子) 쟝단과 옷ᄉᆞᄆᆡ와 옷깃 약간 쳑(尺) 드ᄂᆞᆫ 거술 말ᄒᆞ여 아올나 몃가지롤 ᄉᆡ로 짓게 ᄒᆞ니, 삼졔 ᄯᅩ 일편을 강론ᄒᆞᄆᆡ 요홰 졔 말을 의지ᄒᆞ여 다시 한 죠각 쟝긔(帳記)[339]롤 내여 윤쟝을 쥬어 판리케 ᄒᆞ고 드듸여 문의 나 홈긔 ᄉᆞᄌᆞ림의 니ᄅᆞ러 한 ᄎᆞ례 놀고, 요 【64】 홰 심즁의 ᄉᆡᆼ각ᄒᆞ듸,

'긔디ᄂᆞᆫ 널지 못ᄒᆞ듸 뢰락(磊落)ᄒᆞ고 굴졀(屈折)ᄒᆞ여 녕롱ᄒᆞ니 진개 명인의 슈젹이로다.'

ᄒᆞ고 다시 챵낭뎡의 니ᄅᆞ러 ᄉᆞ면을 도라단니ᄆᆡ 긔이ᄒᆞᆫ 거ᄉᆞᆫ 보지 못ᄒᆞ고 다만 그 쳥슈흘ᄯᆞ롬이라. 드듸여 한 덩이 산셕 우희 안져 헐각(歇脚)흘ᄉᆡ, 아신이 황식부로 더브러 믈을 격ᄒᆞ여 ᄭᅩᆺ출 보라 가ᄂᆞᆫ지라. 요홰 사ᄅᆞᆷ 업ᄉᆞᆷ을 보고 져 량인을 블너 무ᄅᆞ듸,

"지암이 말ᄒᆞ기롤 너의 무리 량ᄀᆡ가 도시 두 형톄가 잇다 ᄒᆞ니 가히 진젹(眞的) 【65】 ᄒᆞ냐?"

량인이 졈두ᄒᆞ며 올타 니ᄅᆞ거늘, 요홰 니ᄅᆞ듸,

"너의 무리 평일의 ᄌᆞ연 계집이 되려 ᄒᆞ면 곳 계집이 되고 산ᄋᆞ희가 되랴이면 곳 산ᄋᆞ희가 된다 ᄒᆞᄂᆞ냐?"

337) 【갓갓이】 뷔 일일이. 갖가지. ¶ 逐件 ‖ 드듸여 필연을 취ᄒᆞ여 갓갓이 버려 내며 보지 못ᄒᆞᆫ 거ᄉᆞᆫ 삼졔 ᄯᅩ 일일히 가ᄅᆞ쳐 윤쟝을 맛겨 홈긔 가셔 ᄉᆞ오라 ᄒᆞ고 (遂令阿新取出筆硯, 逐件開出, 還有未見的, 三姐又一一說出, 開上交與允長, 明日一早去買.) <瑤華 15:59> ⇒ 갓갓지

338) 【푸리】 명 {포리(鋪裏 pùli).} 가게. 중국어 차용어. ¶ 鋪面 ‖ ᄯᅩ 파ᄂᆞᆫ 바 디명과 푸리롤 가져 모다 ᄇᆞᆰ히 말ᄒᆞ니 윤쟝이 영회ᄒᆞ고 (三姐又將所買的地名、鋪面, 又都說明. 允長理會.) <瑤華 15:60>

339) 【쟝긔】 명 {장기(帳記).} 장부(帳簿). ¶ 帳 ‖ 요홰 졔 말을 의지ᄒᆞ여 다시 한 죠각 쟝긔롤 내여 윤쟝을 쥬어 판리케 ᄒᆞ고 (瑤華據他所講, 又開了一片帳, 여윤장去照辦.) <瑤華 15:63> ⇒ 쟝긔

삼졔 니로디,

"그 즁의 분별되미 이시니 나는 오시로븟허 능히 녀인으로 더브러 교졉호고 조시가 되면 능히 남조로 더브러 교졉호디 져 오교는 또 셔로 밧고엿느니라."

요홰 니로디,

"이 곳트면 너의 무리 량기가 모롬족이 비밀호게 호고 가히 우리 사롬으로 호여곰 셔로 알게 【66】 말고 만일 와셔 나롤 빡호는 씨는 각기 미리 지위(知會)호여340) 비녀비 의심호는 거술 면케 호라."

삼졔 니로디,

"존긱이 만일 혐의롤 두려호거든 져 암조 쇽이 심히 고요호니 져 노리(老尼)의게 부탁호여 슈삼일을 비러가지고 경을 다호여 챵쾌호게 지내는 거시 엇지 죠치 아니랴?"

요홰 그 말을 듯고 더옥 환희호더니 아신이 황식부와 굿치 드러 오는지라. 흠긔 암조의 도라와 보니 지암이 몬져 졍슈당의 잇고 탁조우히 쥬효롤 비치 【67】 호여 숀을 청호여 술을 먹는 광경 굿튼지라. 문득 무르디,

"금일 또 뉘가 동도쥬(東道主) 노르술 호느냐?"

지암이 니르디,

"쇼리가 젼의 집의 잇셔 밧드러 쳥호 거시 경셩을 다호지 못호지라. 오놀은 또 한잔 술을 판비호여 존긱을 청호여 일기 쥬령(酒令) 힝호믈 시힝코자 호노라."

요홰 니로디,

"엇지 도로혀 소현이 돈을 허비호여 나롤 위호게 호느냐?"

지암이 니르디,

"허비는 언마 못되고 다만 즁인이 열요(熱鬧)이 지내믈 구호미라."

호고, 경히 【68】 말호미, 오기 니승이 드러와 각기 좌뎡호고 요홰 니로디,

"쥬령은 싱각호여 내지 못호고 다만 술을 아소 먹기만 호도다."

즁인이 니르디,

"반드시 령을 힝치 말고 다만 호긔롭게 마셔 상쾌히 호는 거시 역시 한 즐거오미 되리라."

호니, 요홰 쥬량디로 먹어 또 취호는 거슨 이로 말호지 말고 명일의 몸을 니니 임의 소시(巳時)가 된지라. 황식뷔 윤쟝의 판리호 바 잠환(簪環)과 의복을 가져 모다 방의 드러오거놀, 요홰 일일히 뎜겸호여 【69】 보니 진기 하람부의셔 믿든디 비호여 극히 졍교호고 또 삼져 무리 디신호여 머리롤 빗기고 꼬조 쥬는디 미우 졍치호며, 아괴 또 의복 가라입으믈 쳥호미 요홰 방즁으로 드러가 닙은 옷술 푸러 노흐니, 아괴 쟝을 격호여 몰내 엿보미 혼신(渾身)이 셜빅(雪白)호지라. 위호여 춤을 흘니믈 씨돗지 못호고 일시의 쇽옷술 밧고와 닙고 쟝 밧긔 나와 시톄(時體) 의샹을 쟝쇽호고 조긔가 거울 쇽으로죠ㅊ 한 번 보미 완연이 옷[吳]나라 계집 모양이 【70】라. 심즁의 미우 깃거호고 다시 뉘웃쳐 니르디,

"져 몃히 동안의 일즉 이러틋 죠흔 곳이 잇는 거술 아더면 하람부의 거쥬치 아니리라."

호고 어시의 쳥젼(廳前)의 나와 죠반을 먹을식, 빅우옥(白于玉)과 황금슌(黃金釧)이 다라와 보고 니르디,

"공쥐 맛춤내 쇼쥬 사롬 되기롤 싱각호느냐?"

요홰 니르디,

"블과 입향슌쇽(入鄕循俗)호는 거시니 이곳술 지나면 인호여 내 구일(舊日) 면목을 도로 내리라."

호고 밥을 맛추미 아신과 황식부롤 분부호여 니로디,

"내가 금일 【71】 의 져 암조의 가셔 져의 무리롤 보랴 호니 너의는 반드시 짜로지 말지어다."

량기 답응호거놀, 드디여 아교와 삼져로 굿치 져곳 암조로 향호여 갈식, 노샹의 유벽호 곳을 다드라 삼졔 웃고 니로디,

"존긱의 힝보호는 거시 죵리 류달나 방인(傍人) 보기의 우리 무리 이곳 사롬이 아닌가 의심호리라."

요홰 니로디,

340) 【지위호다】 동 {지회(知會)하다.} 알리다. ¶ 照會 ‖ 만일 와셔 나롤 빡호는 씨는 각기 미리 지위호여 비녀비 의심호는 거술 면케 호라 (若要求來伴我時, 須各預爲照會, 免致他們猜疑.) <瑤華 15:66> ⇒ 디위호다, 지휘호다 / 4:53

"네가 옯셔셔 다ᄅᆞ면 내가 네 보법(步法)을 빅호리라."

삼졔 드ᄃᆡ여 압셔셔 뇨라(裊娜)ᄒᆞ게 다라 가거ᄂᆞᆯ, 요홰 한 거름을 한 번【72】식 ᄯᅩᆺᄎᆞ며 ᄯᅩ 져의 신톄와 두각(頭脚)을 엇지 움즉이ᄂᆞᆫ지 보와, 요화의 춍명이 남과 다ᄅᆞ고 ᄯᅩ 긔여히 본바드려 ᄒᆞᄆᆡ, 블과 몃 오리 골목을 지내여 믄득 몃 분을 어더내고 ᄯᅩ ᄒᆞᆫ즈음을 닷더니 임의 셔로 ᄀᆞᆺᄐᆞᆫ지라. 아쐬 뒤히 잇셔 니로ᄃᆡ,

"죤긔이 진ᄀᆡ 비호기ᄅᆞᆯ 쾌히 ᄒᆞ도다. 이졔ᄂᆞᆫ 실노이 외싱 사ᄅᆞᆷ으로 보지 못ᄒᆞ리라."

다만 급히 거러 암ᄌᆞ의 갓가오ᄆᆡ 임의 대위(大雨) 방타(滂沱)ᄒᆞ여 삼인【73】의 신샹이 모다 져즌지라. 드러와 당즁의 니ᄅᆞ러 져즌 옷슬 밧고와 닙더니 다만 보ᄆᆡ 아쐬(阿小) 한 숀의 광쥬리ᄅᆞᆯ 가지고 한 숀의 슐병을 들고 비ᄅᆞᆯ 무릅ᄡᅳ고 당즁의 드러와 말ᄒᆞ기ᄅᆞᆯ,

"ᄉᆞ뷔 죤긔의게 보내여 먹게 ᄒᆞᆫ다."

ᄒᆞ거ᄂᆞᆯ, 요홰 ᄌᆞ세히 보니 한 반(盤) 마롬과 한 병 슐인ᄃᆡ, 그 슐 내음식ᄅᆞᆯ 맛ᄐᆞ니 지암의 집의셔 먹던 것과 일반이라. 드ᄃᆡ여 회샤ᄒᆞ라 니ᄅᆞ고, 아쇼다려 닐너 셔셔히 가고 져【74】량인으로 더브러 이 믈건을 가져 셔셔히 먹으며 져로 ᄒᆞ여곰 쇼쥬어픔(蘇州語品)을 가ᄅᆞ치라 ᄒᆞ니, 아쐬 먹기의 홍이 나셔 진개 말귀[句]ᄅᆞᆯ 죠ᄎᆞ 일편을 가ᄅᆞ치니, 요홰 심령이 긔교(機巧)ᄒᆞ여 뉴ᄅᆞᆯ ᄶᅡ라 겻ᄒᆞ로 통ᄒᆞ고 ᄯᅩ 삼져로 하여금

"이후ᄂᆞᆫ 관화(官話)[341]ᄅᆞᆯ ᄡᅳ지 말고 나ᄅᆞᆯ ᄃᆡᄒᆞ여 대략 이 일량월(一兩月)을 셔로 문답게 ᄒᆞ면 내가 믄득 옴겨 내리라."

ᄒᆞ고, 우셰(雨勢)가 더욱 커지니 다ᄅᆞᆫ 일은 업ᄂᆞᆫ지라. ᄯᅩ 아쇼ᄅᆞᆯ 시겨 곡죠ᄅᆞᆯ 챵케 ᄒᆞ니 쇼ᄅᆡ가 싱황과 ᄀᆞᆺ고 글ᄌᆞ【75】토ᄒᆞᄂᆞᆫ 거시 구슬 ᄀᆞᆺᄐᆞᆫ지라. 셕반을 기다리지 아니코 믄득 아신으로 ᄒᆞ여곰 슐을 더혀오게 ᄒᆞ고, 아쐬 뫼셔 안ᄌᆞ ᄯᅩ 챵ᄒᆞ며 ᄯᅩ 마시더니 다시 셕반을 올니ᄂᆞᆫᄃᆡ 회포ᄅᆞᆯ 열고 쾌챵히 마셔 부지블각(不知不覺)의 취ᄒᆞ기의 니ᄅᆞ러도 비ᄂᆞᆫ 오히려 긋치지 아니ᄒᆞ고, 요화ᄂᆞᆫ 임의 곤ᄒᆞ여 가히 견ᄃᆡ지 못ᄒᆞᆯ지라.

드ᄃᆡ여 우옥을 블너 ᄋᆞ쇼와 ᄀᆞᆺ치 말ᄒᆞ라 ᄒᆞ고 자긔ᄂᆞᆫ 믄득 ᄌᆞ더니, 이 ᄣᅢᄂᆞᆫ 하ᄂᆞᆯ이 겨유 어둔지라. 한 번 ᄭᆡ여 보니 챵간(窓間)의 명월이 낫 ᄀᆞᆺ고 삼졔 겻【76】히 안졋ᄂᆞᆫ지라. 요홰 무ᄅᆞᄃᆡ,

"네가 도로혀 ᄌᆞ지 아니ᄒᆞ엿ᄂᆞ냐?"

삼졔 니ᄅᆞᄃᆡ,

"죤긔이 ᄭᆡ지 아니믈 인ᄒᆞ여 여긔 잇셔 ᄉᆞ후ᄒᆞ엿노라."

요홰 니ᄅᆞᄃᆡ,

"네가 오ᄅᆡ 기다린 거ᄉᆞᆫ 어렵고 아교ᄂᆞᆫ 엇지 오지 아니ᄒᆞ엿ᄂᆞ냐?"

삼졔 니ᄅᆞᄃᆡ,

"져ᄂᆞᆫ 본시 이 ᄣᅢ가 아니라. 그러므로 ᄲᅧ 감히 오지 못ᄒᆞ노라."

요홰 니로ᄃᆡ,

"임의 져의 ᄣᅢ가 아니 되여시면 너ᄂᆞᆫ ᄣᅢ가 되어실지라. 밤이 고요ᄒᆞ고 경고(更鼓)가 깁허시니 한 번 시험ᄒᆞᄂᆞᆫ 거시 무방ᄒᆞᆯ지라. 네가 내 평샹 우ᄒᆞ로 올나오라."

삼【77】졔 명을 좃거ᄂᆞᆯ 드ᄃᆡ여 다리고 한 ᄎᆞ례ᄅᆞᆯ 젼면(纏綿)ᄒᆞ여 보ᄆᆡ, 과연 남ᄌᆞ로 더브러 다르미 업고, 그 ᄉᆞ쳐(私處)ᄅᆞᆯ 만져 보니 진ᄀᆡ 별경(別境)을 여럿ᄂᆞᆫ지라. 드ᄃᆡ여 니ᄅᆞᄃᆡ,

"너 ᄀᆞᆺᄐᆞᆫ 사ᄅᆞᆷ은 진ᄀᆡ 셰샹의 드믈게 이실 터인ᄃᆡ 엇지 나ᄂᆞᆫ 한 번의 량긔ᄅᆞᆯ 어덧ᄂᆞ냐?"

삼졔 니ᄅᆞᄃᆡ,

"그러치 아니ᄒᆞ다. 내 드ᄅᆞ니 우리 무리 이모양 ᄀᆞᆺᄐᆞᆫ 사ᄅᆞᆷ이 도쳐의 다 잇다 ᄒᆞ더라."

요홰 니ᄅᆞᄃᆡ,

"내가 심규의 싱장ᄒᆞ여 엇지 이런 일이 이실 쥴을 알깃ᄂᆞ냐? 다만 네가 남ᄌᆞ로 더브러 교합ᄒᆞ【78】여 보니 그 즐거오믄 우리 무리와 ᄀᆞᆺ더냐?"

삼졔 니ᄅᆞᄃᆡ,

"져거ᄉᆞᆫ 각인의 각양ᄒᆞ기의 잇ᄂᆞ니라. ᄣᅢ로 극락ᄒᆞ믈 만나기도 ᄒᆞ고 맛ᄎᆞᆷ내 그 즐거오믈 ᄭᆡᄃᆞᆺ지 못ᄒᆞᄂᆞᆫ ᄣᅢ도 잇ᄂᆞᆫᄃᆡ, 다만 한 사ᄅᆞᆷ이 잇셔 가쟝 죠히 ᄒᆞ더라."

요홰 무ᄅᆞᄃᆡ,

341) 【관화】 명 {관화(官話).} 옛날 관가에서 쓰던 공용어로 중국어 표준어. ¶ 官話 ‖ 이후ᄂᆞᆫ 관화ᄅᆞᆯ ᄡᅳ지 말고 나ᄅᆞᆯ ᄃᆡᄒᆞ여 대략 이 일량월을 셔로 문답게 ᄒᆞ면 내가 믄득 옴겨 내리라 (此後不用另說官話對我, 大約一兩個月, 我就會了.) <瑤華 15:74>

"이 남ᄌᆡ냐? 이 녀인이냐?"

삼졔 니ᄅᆞᄃᆡ,

"그ᄂᆞᆫ 남ᄌᆡ라. 그 사ᄅᆞᆷ의 셩은 양(楊)이오 별호ᄂᆞᆫ 졍부(靜夫)라 ᄒᆞᄂᆞᆫᄃᆡ, 년긔ᄂᆞᆫ 나와 샹등ᄒᆞ고 그 사ᄅᆞᆷ이 가쟝 묘법이 잇기로 무ᄅᆞᆺ 녀인 배 져 사ᄅᆞᆷ을 만나면 ᄆᆞᄋᆞᆷ을 붓치고 렬복지 아니리가 업ᄂᆞᆫ지라. 그【79】러므로 그 곳 사ᄅᆞᆷ이 네 귀졀 고[구]호(口號)ᄅᆞᆯ 지어내ᄃᆡ, '양졍부ᄂᆞᆫ 텬하의 업ᄂᆞᆫ지라. 어더 친근ᄒᆞ면 몸이 믄득 무ᄅᆞ록ᄂᆞᆫ다[342](楊靜夫, 天下無. 得親近, 體便酥.)' ᄒᆞ니, 네 말ᄒᆞ라. 죠흐냐 죠치 아니ᄒᆞ랴?"

요홰 니ᄅᆞᄃᆡ,

"이 사ᄅᆞᆷ이 이졔도 그져 잇ᄂᆞ냐?"

삼졔 니ᄅᆞᄃᆡ,

"다시 졔긔치 말나. ᄌᆡ작년의 일ᄀᆡ 회안(淮安) ᄯᅡ 강동[도]의 괴슈가 계교ᄅᆞᆯ 베푸러 후려가미 되여 이졔가지 도라오지 못ᄒᆞ고 그 후의 사ᄅᆞᆷ이 잇셔 져 강도의 근져ᄅᆞᆯ 탐청ᄒᆞᄆᆡ 진쥬쳔(眞珠泉)이라 부ᄅᆞ고, 졔가 그 디방의 잇셔 쳐쇼ᄅᆞᆯ 웅거ᄒᆞ여 쟝믈【80】을 겁략ᄒᆞᄂᆞᆫ 괴쉬라. 졔가 녀ᄉᆡᆨ을 죠하ᄒᆞ믈 위ᄒᆞ여 일즉 하톄ᄅᆞᆯ 가져 녹여바리고 가즁의 쳐쳡은 업다 ᄒᆞ더라."

요홰 니ᄅᆞᄃᆡ,

"임의 져 모양이 되면 긔여히 져 사ᄅᆞᆷ을 후려다가 무어ᄉᆞᆯ ᄒᆞᄂᆞ냐?"

삼졔 니ᄅᆞᄃᆡ,

"졔가 능히 그 노ᄅᆞᄉᆞᆯ 하지 못ᄒᆞ믈 인ᄒᆞ여 가쟝 사ᄅᆞᆷ의 그 노ᄅᆞᆺᄒᆞᄂᆞᆫ 거ᄉᆞᆯ 보기ᄅᆞᆯ 깃거ᄒᆞᄆᆡ, 져의 가즁의 부녀 무리 도시 가려(佳麗)ᄒᆞᄃᆡ 각쳐의 노략ᄒᆞ여 더브러다가 죠흐면 믄득 몃 ᄯᆡᄅᆞᆯ 머믈너 두고 죠치 못ᄒᆞ면 한 ᄎᆞ례ᄅᆞᆯ 편티(鞭笞)ᄒᆞ고 즉시 쫏【81】ᄎᆞ바리며, 더옥 죠치 못ᄒᆞ면 긔여히 죽이고 마ᄂᆞᆫ지라. 져 양졍부ᄅᆞᆯ 다려가기ᄂᆞᆫ 츈공도(春宮圖) 내의 한 ᄀᆡ 통초(通草)로 ᄆᆡᆫᄃᆞᆫ 남인을 ᄆᆡᆫ돌녀 ᄒᆞ미니, 네 ᄉᆡᆼ각ᄒᆞ여 보라. 괴로오냐 괴롭지 아니ᄒᆞ냐? 우리 무리 일즉 져로 더브러 셔로 죠히 지내여시ᄆᆡ ᄉᆡᆼ각을 닐혀 내면 개개히 분ᄒᆞ여 ᄲᅧᄅᆞᆯ 가ᄂᆞᆫ ᄃᆞᆺᄒᆞ고, 여러 사ᄅᆞᆷ이 일즉 한 슈 《황잉ᄋᆞ黃鶯兒》 ᄉᆞ곡(詞曲)을 지어내시니, 내가 념ᄒᆞ여 ᄌᆞᆫ긔으로 더브러 ᄃᆞᆺ게 ᄒᆞ리라."

ᄒᆞ고, 드ᄃᆡ여 념ᄒᆞ여 니ᄅᆞᄃᆡ,

【82】 가히 앗갑다 졍 잇ᄂᆞᆫ 낭군이 ᄭᅩᆺ포귀[343]의 희롱ᄒᆞ여 일홈이 드러나기로 사ᄅᆞᆷ이 다 풍류의 쟝슈로 아더라. 황금을 ᄡᅡ하 샹ᄌᆞ의 가득ᄒᆞ고 청운을 가ᄅᆞ쳐 가히 올흐리라 ᄒᆞ더니 춍명을 위ᄒᆞ여 도로혀 후두(糊塗)ᄒᆞᆫ[344] ᄃᆡ 올나 강량(强梁)ᄒᆞᆫ 사ᄅᆞᆷ의 도당이 되엇다 ᄭᅮ지ᄌᆞ니 죠히 살ᄶᅵᆫ 양육(羊肉)을 편벽도이 ᄀᆡᄅᆞᆯ 쥬어 챵ᄌᆞᄅᆞᆯ 치게 ᄒᆞ엿도다.

요홰 드ᄅᆞᄆᆡ 심히 의취(意趣) 잇ᄂᆞᆫ지라. ᄉᆞᆫ벽치믈 ᄭᆡ【83】ᄃᆞᆺ지 못ᄒᆞ고 죠타 부ᄅᆞ며 니ᄅᆞᄃᆡ,

"너의 무리 이 곳 사ᄅᆞᆷ들이 실노이 춍명ᄒᆞ여 ᄉᆞ곡(詞曲)가지 지은 거시 도시 졍의 들고 리의 드도다."

삼졔 니ᄅᆞᄃᆡ,

"져거ᄉᆞᆫ 죠타 니ᄅᆞ지 못ᄒᆞᆯ지라. 우리 무리 져 굴헝머리의 뉴두(油頭)[345]와 무뢰비 근쳐 인

---

342) 【무ᄅᆞ록다】 [형] 무르녹다. ¶ 酥 ‖ 양졍부ᄂᆞᆫ 텬하의 업ᄂᆞᆫ지라 어더 친근ᄒᆞ면 몸이 믄득 무ᄅᆞ록ᄂᆞᆫ다 (楊靜夫, 天下無. 得親近, 體便酥.) <瑤華 15:79> ⇒ 무르록다

343) 【ᄭᅩᆺ포귀】 [명] 꽃포기. ¶ 花叢 ‖ 가히 앗갑다 졍 잇ᄂᆞᆫ 낭군이 ᄭᅩᆺ포귀의 희롱ᄒᆞ여 일홈이 드러나기로 사ᄅᆞᆷ이 다 풍류의 쟝슈로 아더라 (可惜有情郎, 戲花叢, 名太彰, 人皆知是風流將.) <瑤華 15:82>

344) 【후두ᄒᆞ다】 [형] {호도(糊塗 hútu)하다.} 멍청하다. 중국어 차용어. ¶ 糊塗 ‖ 춍명을 위ᄒᆞ여 도로혀 후두ᄒᆞᆫᄃᆡ 올나 강량ᄒᆞᆫ 사ᄅᆞᆷ의 도당이 되엇다 ᄭᅮ지ᄌᆞ니 죠히 살ᄶᅵᆫ 양육을 편벽도이 ᄀᆡᄅᆞᆯ 쥬어 챵ᄌᆞᄅᆞᆯ 치게 ᄒᆞ엿도다 (爲聰明, 反上了糊塗當. 罵强梁, 好肥羊肉, 偏與狗充腸.) <瑤華 15:82>

345) 【油頭 유두】 yóutóu <名> ▼뉴두 ‖ "我們這裏橋頭巷口, 這些~光棍, 聽見左近人家做出些風流事來, 不過一兩個時辰, 就有人編造, 到靠晚乘凉時就有小頑童唱出來了." 져거ᄉᆞᆫ 죠타 니ᄅᆞ지 못ᄒᆞᆯ지라 우리 무리 져 굴헝 머리의 뉴두와 무뢰비 근쳐 인가의 풍류 되ᄂᆞᆫ 일을 지어내믈 보면 블과 두어 시긔의 믄득 사ᄅᆞᆷ이 잇셔 져 모양 ᄉᆞ곡을 ᄆᆡᆫᄃᆞ러 늣기ᄅᆞᆯ 당ᄒᆞ여 쇼히ᄌᆞᄅᆞᆯ 가ᄅᆞ쳐 챵ᄒᆞ여 내ᄂᆞ니라 (瑤華 15:83) ▼유도 /계집 ‖ "不幹這兩個~事, 饒你去。只是你這個老狗才, 人要殺你家主, 你就引來殺他。賣主求生, 不義之甚!" 너 두 낫 유도의

가의 풍류 되ᄂᆞᆫ 일을 지어내믈 보면 블과 두어 시ᄀᆡᆨ의 믄득 사ᄅᆞᆷ이 잇셔 져 모양 ᄉᆞ곡을 믿ᄃᆞ러 늣기ᄅᆞᆯ 당ᄒᆞ여 쇼히ᄌᆞ(小孩子)ᄅᆞᆯ 가ᄅᆞ쳐 챵ᄒᆞ여 내ᄂᆞ니라.”

요쾌 입으로ᄂᆞᆫ 삼져와 말ᄒᆞ며 심즁은 믄득 ᄉᆡᆼ각ᄒᆞᄃᆡ, ‘이런 ᄃᆡ도(大盜) 【84】 가 잇셔 디방의 ᄒᆡ가 되니 만일 능히 져ᄅᆞᆯ 쇼졔ᄒᆞ여 바리면 한 가지 덕ᄒᆡᆼ이 되리라’ ᄒᆞ고, 드ᄃᆡ여 무ᄅᆞᄃᆡ,

“이졔 그 강되 오히려 잇ᄂᆞ냐?”

삼졔 니ᄅᆞᄃᆡ,

“엇지 잇지 아니ᄒᆞ랴? 져 슈하의 사ᄅᆞᆷ들이 무예가 개개히 고강ᄒᆞ여 관군을 눈쇽의 노와 두지 아니코, 만일 사ᄅᆞᆷ의 집을 모ᄒᆡᄒᆞ려 ᄒᆞ면 쳠하의 날고 벽의 닷ᄂᆞᆫ 사ᄅᆞᆷ들이 모다 져의 문하의 죠ᄎᆞ 나오ᄂᆞᆫ지라. 드ᄅᆞ니 졔가 근일은 바다의 잇셔 왜구로 더브러 샹통ᄒᆞ고 륙디의 이시면 류젹(流賊)으로 더브러 【85】 샹통ᄒᆞ고 은젼 ᄡᅳ기ᄅᆞᆯ 분토(糞土)ᄀᆞᆺ치 ᄒᆞ고, ᄯᅩ 탐관오리ᄇᆡ 왕왕 져ᄅᆞᆯ 구ᄒᆞ여 졉졔(接濟)ᄒᆞ여 달나 ᄒᆞ고, 죠뎡을 쇽이기ᄅᆞᆯ 텰통ᄀᆞᆺ치 ᄒᆞ니 졔가 도로혀 누구ᄅᆞᆯ 두려ᄒᆞ랴?”

요쾌 듯고 심즁의 한 번 헴ᄒᆞ여 보다가 혼침ᄒᆞ여 ᄌᆞ기ᄅᆞᆯ ᄭᆡᄃᆞᆺ지 못ᄒᆞ고 몃 시ᄀᆡᆨ이 못되여 눈을 ᄯᅥ보니 하놀이 임의 붉앗ᄂᆞᆫ지라. 급히 몸을 니러 안ᄌᆞ니 아신이 아교와 ᄇᆡᆨ우옥 등을 다리고 모다 방의 드러와 쇼셰ᄒᆞ기ᄅᆞᆯ ᄉᆞ후ᄒᆞ고 아신이 즁인 나가기ᄅᆞᆯ 기ᄃᆞ려 승간(乘間) 【86】 ᄒᆞ여 요화다려 니ᄅᆞᄃᆡ,

“비ᄌᆡ 보ᄆᆡ 공쥬의 도심(道心)이 굿지 못ᄒᆞ미 잇셔 긔여히 여긔 잇셔 두류(逗留)ᄒᆞᆯ 의ᄉᆞᄀᆞᆺ도다.”

요쾌 니ᄅᆞᄃᆡ,

“임의 여긔 왓시나 도심이 엇지 굿지 못ᄒᆞ랴? 유람ᄒᆞ고 쟝쇽 곳친 거시 역시 위ᄒᆞᄂᆞᆫ 일이라. 결단코 즁심을 동요치 아닐지니 너ᄂᆞᆫ 다만 방심ᄒᆞ라. 쟉야의 져의 말을 드ᄅᆞ니, 회안 ᄡᅡ히 젹괴(賊魁) 진쥬쳔이라 ᄒᆞᄂᆞᆫ 거시 잇셔 련노(沿路)의 노략질ᄒᆞ고 과로(過路)ᄒᆞᄂᆞᆫ 쟈ᄅᆞᆯ 만나면 곳 구류(拘留)ᄒᆞ믈 넙ᄂᆞᆫ다 ᄒᆞ니, 만일 이런 사ᄅᆞᆷ을 만 【87】 나셔 쵸멸(剿滅)을 못ᄒᆞ면 나의 도ᄒᆡᆼ의 휴숀(虧損)ᄒᆞ미 이실 거시오, 만일 경숄이 움즉이다가ᄂᆞᆫ 그 슈하의 각ᄉᆡᆨ 인ᄌᆡ 도시 무예 고강ᄒᆞ다 ᄒᆞ나 가히 져당키 어렵고 만일 졔가 너와 ᄀᆞᆺᄐᆞᆫ 사ᄅᆞᆷ이 그 쇽의 이시면 우리가 엇지 견ᄃᆡ여 내랴? 내가 그러므로 우려ᄒᆞ노라.”

아신이 니ᄅᆞᄃᆡ,

“이곳을 지내면 젼노(前路)ᄂᆞᆫ 모다 가기 죠치 못ᄒᆞᆫ지라. 젼일의 ᄉᆞ부의 부촉ᄒᆞᄂᆞᆫ 말을 드ᄅᆞ니, 다만 두리건ᄃᆡ 삼ᄉᆞ쳐 지나가지 못ᄒᆞᆯ 곳이 이시니, 다만 공쥬와 우리 량긔만 밋다가 【88】 ᄂᆞᆫ 실노이 능치 못ᄒᆞ미 이실 거시오, 만일 다시 우리 ᄀᆞᆺᄐᆞᆫ 이 하나ᄒᆞᆯ 어드면 믄득 두렵지 아니리라.”

요쾌 니ᄅᆞᄃᆡ,

“어내 곳으로죠ᄎᆞ ᄎᆞᄌᆞ내랴?”

아신이 니ᄅᆞᄃᆡ,

“황하슈(黃河水)ᄅᆞᆯ 건너 다시 ᄒᆞᆯ 말이 잇고 비ᄌᆞ의 의견은 만일 옯ᄒᆞᆯ 향ᄒᆞ여 가려 ᄒᆞ면 져 비ᄌᆞ 무리 삼긔 부쳐ᄂᆞᆫ 가히 돌녀 보낼 거시니, 만일 ᄀᆞᆺ치 노샹의 이시면 임의 능히 우리 힘을 돕지 못ᄒᆞ고, 도로혀 사ᄅᆞᆷ을 시겨 져ᄅᆞᆯ 방호ᄒᆞ여 쥴지니 엇지 한 루가 되지 아니ᄒᆞ며, 만일 ᄉᆞ후ᄒᆞᆯ 【89】 사ᄅᆞᆷ을 어드려 ᄒᆞ면 일쳐의 니ᄅᆞ러 믄득 일쳐의 가히 다릴 사ᄅᆞᆷ이 잇거든 곳 다리고 그러치 못ᄒᆞ면 문득 바릴지니 공쥐 ᄲᅧ 엇더타 ᄒᆞᄂᆞ냐?”

요쾌 니ᄅᆞᄃᆡ,

“져 녀셧 사ᄅᆞᆷ 즁의 ᄇᆡᆨ우옥과 황금슌은 가히 힘을 도와쥴 만ᄒᆞ고, 기여ᄂᆞᆫ 일병(一弁)[346] 능치 못ᄒᆞ나 다만 ᄉᆡᆼ(生)으로 져의 무리 부쳐ᄅᆞᆯ 혜쳐 노흐면 ᄯᅩ 니셰(理勢)의 합지 못ᄒᆞ리라.”

게ᄂᆞᆫ 간셥디 아니ᄒᆞ니 너ᄂᆞᆫ 섈니 가고 다만 이 늘근 개ᄂᆞᆫ 제 가쥬ᄅᆞᆯ 죽이라 ᄒᆞ고 날을 혀 이에 니ᄅᆞ러 뎌ᄅᆞᆯ 죽이게 ᄒᆞ니 매쥬구ᄉᆡᆼ ᄒᆞ미라 (禪眞 15冊本 8:87) 너 두 낫 계집은 간셥지 아니니 섈니 가고 이 늙은 긔 ᄀᆞᆺ흔 가동이 나ᄅᆞᆯ 인도ᄒᆞ여 졔 가쥬ᄅᆞᆯ 죽게 ᄒᆞ니 ᄆᆡ쥬구ᄉᆡᆼᄒᆞ미라 (禪眞 11:50) 代指浮浪子弟。‖ “劉稿內原非令器, 楊金吾更是~, 奉勅旨陳州糶米, 改官價擅自徵收。” (陳州糶米 4)

346) 【일병】 [부] {일병(一弁).} 함께. 모두. ¶ 一概 ‖ 져 녀셧 사ᄅᆞᆷ 즁의 ᄇᆡᆨ우옥과 황금슌은 가히 힘을 도와쥴 만ᄒᆞ고 기여ᄂᆞᆫ 일병 능치 못ᄒᆞ나 다만 ᄉᆡᆼ으로 져의 무리 부쳐ᄅᆞᆯ 혜쳐 노흐면 ᄯᅩ 니셰의 합지 못ᄒᆞ리라 (這六人中白于玉、黃金釧還可助力, 其餘一概不能. 但要生生拆開他們的夫妻, 又是與理不合.) <瑤華 15:89> ⇒ 4:21

아신이 니ᄅᆞ딕,

"식로 드러온 량인 중의 삼져의 여력이 ᄆᆡ우 죠코 ᄯᅩ 건장ᄒᆞᆫ지라. 내가 쟉일의 보니 졔가 두 기 및 【90】 돌을 옴기ᄂᆞᆫ딕, 맛참내 힘을 허비치 아니ᄒᆞ니 공쥐 셔셔히 져를 슈법을 가ᄅᆞ쳐 쥬면 도로혀 쓸 딕 이시리라."

요홰 졈두ᄒᆞ며 니ᄅᆞ딕,

"ᄯᅩ 림힝ᄒᆞᆯ ᄯᅢ 니ᄅᆞ러 다시 명ᄒᆞ리라."

ᄒᆞ고, 이후ᄂᆞᆫ 날마다 지암을 다리고 각쳐로 유람ᄒᆞ라 단니니 대략이 ᄒᆞᆷᄭᅴ ᄉᆞ도(邪道)의 드럿ᄂᆞᆫ지라.

30
슈ᄉᆞ가풍셩고박 룡양무미특신긔
秀士家風誠古樸 龍陽嫵媚忒新奇

요홰(瑤華) ᄆᆞᄋᆞᆷ은 비록 명ᄇᆡᆨᄒᆞ나 믄득 이 거ᄉᆞᆯ 비러 ᄲᅧ 죄얼을 쇼졔ᄒᆞ려 ᄒᆞ고, 일일은 노닐다가 도라와 바야흐로 ᄌᆞ더니, 홀연 한마ᄃᆡ 'ᄋᆡ야'ᄅᆞᆯ 부ᄅᆞ거ᄂᆞᆯ, 즁인 【91】 이 급히 방즁의 드러가 보ᄆᆡ, 요홰 ᄯᅩᄒᆞᆫ 니러나 안ᄌᆞ며 즁인을 ᄃᆡᄒᆞ여 니로ᄃᆡ,

"우리 ᄉᆞ뷔 세 ᄀᆡ 바ᄂᆞᆯ을 붓쳐 내 신샹의 두엇더니, 방ᄌᆞ(方才) 팔 우히 ᄭᅩ존 바ᄂᆞᆯ이 움즉이ᄂᆞᆫ지라. ᄉᆡᆼ각건ᄃᆡ ᄌᆡ촉ᄒᆞ여 몸을 니러 ᄋᆞᆱ흐로 가라 ᄒᆞᄂᆞᆫ ᄯᅳᆺ이라. 우리 무리 명일은 몸을 닐게 경긔(經紀)ᄒᆞᆯ 거시니 너의 무리ᄂᆞᆫ 평안이 쉬게 ᄒᆞ라."

즁인이 바야흐로 믈너오고 ᄎᆞ일의 셔신을 ᄲᅧ ᄆᆡ영(梅影)의게 붓치고 즉시 삼ᄀᆡ 부쳐ᄅᆞᆯ 발송ᄒᆞ여 쟝샹(莊上)으로 보내려 ᄒᆞ여 【92】 졍히 료리ᄒᆞ더니, 홀연 드ᄅᆞᄆᆡ 문 ᄋᆞᆱ희셔 일편 고ᄒᆞᆷᄒᆞᄂᆞᆫ 쇼릐 나ᄂᆞᆫᄃᆡ 무슴 ᄉᆞ경인지 아지 못ᄒᆞ여 사ᄅᆞᆷ을 시겨 나가보라 ᄒᆞ더니, 드러와 말ᄒᆞᄃᆡ,

"지암(止巖)의 형뎨 져의 쳐ᄌᆞ 륙시(陸氏) 사ᄅᆞᆷ으로 더브러 통간ᄒᆞ믈 인ᄒᆞ여 간부(奸夫)와 간부(奸婦)ᄅᆞᆯ 모다 죽이고 량ᄀᆡ 슈급(首級)을 ᄭᅳ을고 셩즁의 드러가 졍관(呈官)ᄒᆞ려[347] ᄒᆞᄂᆞᆫᄃᆡ, 몬져 와셔 져의 ᄌᆞᄡᅵ(姊氏)ᄅᆞᆯ ᄎᆞᄌᆞ 도라가 져의 집을 관쇽(管束)ᄒᆞ려 ᄒᆞ더니, ᄉᆡᆼ각지 못ᄒᆞᆫ 간부의게 ᄌᆞ식이 잇셔 졔 부친이 륙시로 더브러 통 【93】 간ᄒᆞ미 반슈ᄌᆡ(潘秀才)의 ᄌᆞᄡᅵ가 은젼을 밧고 ᄉᆞᄉᆞ로이 붓쳐 쥰 거ᄉᆞᆯ 이졔 반슈ᄌᆡ ᄲᅡᆼᄲᅡᆼ이 니불 쇽의셔 잡아죽이믈 아라 보고 그 ᄌᆞ식이 긔가 올나 가마니 반슈ᄌᆞᄅᆞᆯ ᄯᅡ라 셩으로 드러오다가 암ᄌᆞ ᄋᆞᆱ희셔 반ᄀᆡ(潘家) 졔 누이ᄅᆞᆯ 만나 졔 집 일을 부탁ᄒᆞᄆᆡ, 져 간부의 ᄌᆞ식이 사ᄅᆞᆷ의 총즁의 잇다가 ᄯᅱ여나와 지암을 잡아 칠팔ᄎᆞ 칼노 지ᄅᆞᄆᆡ 즉ᄀᆡᆨ의 긔졀ᄒᆞᆫ지라. 이졔 디방관이 와셔 검시ᄒᆞ기ᄅᆞᆯ 기다리고 방ᄌᆞ 고함ᄒᆞ기ᄂᆞᆫ 졍히 지암을 죽이ᄂᆞᆫ 【94】 ᄯᅢ라."

ᄒᆞ거ᄂᆞᆯ, 요홰 드ᄅᆞᄆᆡ 심즁의 임의 ᄉᆞᄉᆞ로 명ᄇᆡᆨᄒᆞᆫ지라. 인ᄒᆞ여 ᄉᆡᆼ각ᄒᆞᄃᆡ, '대범 인ᄉᆡᆼ이 죄얼을 지으량이면 샹텬(上天)이 보응치 아니미 업ᄂᆞᆫ지라. 내 지암과 ᄀᆞᆺ치 다 샹텬이 벌ᄒᆞ샤 보응을 밧게 ᄒᆞᆫ 사ᄅᆞᆷ이라' ᄒᆞ며, 감탄ᄒᆞ믈 이긔지 못ᄒᆞ고, ᄯᅩ 아교(阿巧)ᄅᆞᆯ 노와 보내고, 다만 아신(阿新)과 삼져 량ᄀᆡᄅᆞᆯ 다리고 ᄒᆞᆷ긔 가려ᄒᆞ니, 아괴 다만 졔곡ᄒᆞ고 즐겨 듯지 아니ᄒᆞ며, 삼졔 ᄯᅩ 위ᄒᆞ여 졔 경셰ᄅᆞᆯ 말ᄒᆞᄂᆞᆫ지라. 다만 면강(勉強)ᄒᆞ여 다리고 갈 줄노 허락ᄒᆞ 【95】 고 당쟝의 션쳑을 세내여 양ᄌᆞ강(揚子江)의셔 길을 난호려 ᄒᆞ고, 그 날의 니ᄅᆞ러 ᄒᆡᆼ니ᄅᆞᆯ 몬져 내여 보내고 암즁(庵中) 니고ᄇᆡ(尼姑輩)ᄅᆞᆯ 개개히 쟉별ᄒᆞ고 ᄯᅩ 방셰(房貰) 돈과 분향ᄒᆞᆯ 은ᄌᆞᄅᆞᆯ 죵후(從厚)ᄒᆞ여 혬ᄒᆞ랴 쥬니, 아쇠(阿小) ᄯᅥ나기ᄅᆞᆯ 앗겨 곡ᄒᆞ여 죽을 듯ᄒᆞ거ᄂᆞᆯ, 요홰 심즁의 죠히 블인(不忍)ᄒᆞ여 다만 별노이 져ᄅᆞᆯ 은ᄌᆞᄅᆞᆯ 쥬고 져ᄅᆞᆯ 명하(名下)의 두어 녀ᄋᆞᄅᆞᆯ 삼을 줄노 허락ᄒᆞ니, 아쇠 비로쇼 울기ᄅᆞᆯ 긋치ᄂᆞᆫ지라. 즉시 ᄇᆡ의 나려가셔 쇼쥬(蘇州)의셔 쟉만ᄒᆞᆫ 의복 【96】 과 슈식을 일병(一並) 거두어 너코 의구히 젼일 복식을 닙고 가며, 노ᄎᆞ(路次)의셔 가마니 져 삼ᄀᆡ 부쳐ᄅᆞᆯ ᄃᆡᄒᆞ여 니ᄅᆞᄃᆡ,

"ᄆᆡ영을 뫼시기ᄅᆞᆯ 나와 일양으로 ᄒᆞ고 결

---

347) 【졍관ᄒᆞ다】 [동] 정관(呈官)하다. 관에 고하다. ¶ 報官 ‖ 간부와 간부ᄅᆞᆯ 모다 죽이고 량ᄀᆡ 슈급을 ᄭᅳ을고 셩즁의 드러가 졍관ᄒᆞ려 ᄒᆞᄂᆞᆫᄃᆡ (將奸夫、奸婦都殺了, 提着兩顆人頭, 到城裏來報官.) <瑤華 15:93>

단코 두 ᄆᆞ음을 내지 못ᄒᆞᆯ지니, 만일 져의 형적을 드러내여 왕야와 부마긔셔 ᄢᆡᄃᆞᄅᆞᆯ 닙으면 ᄆᆡ영의게는 빈관이 되지 아니코 믄득 나의 젼경을 막는 거시니 너의 무리 긔여히 명심ᄒᆞ라."

즁인이 모다 응낙ᄒᆞ고 슈일이 못ᄒᆞ여 임의 양ᄌᆞ강변의 니ᄅᆞ러 쟝ᄎᆞᆺ 분노(分路)ᄒᆞᆯ식, 빅【97】우옥(白于玉) 등 삼인이 곡읍ᄒᆞ여 운졀(暈絶)ᄒᆞ야 션쟝 쇽의 업드러지거ᄂᆞᆯ, 요홰 역시 참기 어려워 지삼 위로ᄒᆞ미 바야흐로 긋치고, 강윤쟝(江允長) 등 삼인도 스ᄉᆞ로 오열ᄒᆞ믈 마지 아니ᄒᆞ더라. 즁류의 니ᄅᆞ러 각기 분노ᄒᆞᆯ식, 망망ᄒᆞᆫ 믈결이 한 번 바ᄅᆞᆷ의 극ᄒᆞ미 업ᄂᆞᆫ지라. 요홰 ᄯᅩ 샹감(傷感)ᄒᆞ여 ᄒᆞ거ᄂᆞᆯ, 아교와 아신과 삼졔 다시 권ᄒᆞ여 긋치게 ᄒᆞ고, 풍범(風帆)이 순리ᄒᆞ여 경긔의 임의 양쥬(揚州)의 니ᄅᆞᆫ지라. 아신으로 ᄒᆞ여곰 언덕 우히 올나가 유벽ᄒᆞᆫ 곳을【98】굴히여 일기 하쳐(下處)를 뎡ᄒᆞᆫ 연후의 ᄒᆡᆼ리를 슈운ᄒᆞ여 쥬졉ᄒᆞ고, ᄯᅩ 아신으로 ᄒᆞ여곰 젼도(前途) 광경을 탐쳥ᄒᆞ여 다시 슈륙 량노(兩路)를 굴히여 어내 길노 죠ᄎᆞ 갈 거ᄉᆞᆯ 졍ᄒᆞ게 ᄒᆞ니, 아신이 아라오ᄃᆡ 젼로의ᄂᆞᆫ 험난ᄒᆞᆫ 셩식(聲息)[348]이 업다 ᄒᆞ거ᄂᆞᆯ, 요홰 ᄆᆞ음을 노코 한로(旱路)로 죠ᄎᆞ 가믈 뎡ᄒᆞ고 드ᄃᆡ여 아신 등을 ᄃᆡᄒᆞ여 니로ᄃᆡ,

"우리 무리 네 사ᄅᆞᆷ이 이 모양 놉흔 낭ᄌᆞ와 보비 귀읫고리[349]로 쟝쇽ᄒᆞ여는 도즁의셔 어려올 일이 이실 거시니, 모다 관치(官差) 모양으로【99】쟝쇽ᄒᆞ고 궁젼(弓箭)과 탄궁을 모다 몸의 진히고, 만일 ᄆᆞᆯ을 다리고 가다가는 두리건ᄃᆡ 즁도의셔 길이 막히면 마부 무리 엇지 즐겨 홈긔 가리오? 우리 무리 나귀 네 필을 ᄉᆞ가지고 죠히 스ᄉᆞ로 먹이며, ᄉᆞ고를 만나미 되여도 가히 그 각력(脚力)을 어드리라."

아신이 ᄆᆡ우 죠흘 쥴노 ᄃᆡ답ᄒᆞ거ᄂᆞᆯ, 드ᄃᆡ여 뵈필[布匹]과 편모(□帽)와 화ᄌᆞ(靴子)를 ᄆᆡ판ᄒᆞ게 ᄒᆞ고 나귀푸리[350]의 가셔 죠흔 나귀를 사오라 ᄒᆞ니, 슈일이 못ᄒᆞ여 홈긔 죠비(造備)ᄒᆞ미 된지라. 요홰 ᄆᆡ일의 하쳐의 잇셔 삼져【100】를 권방(拳棒) ᄡᅳᄂᆞᆫ 법을 가ᄅᆞ쳐 쥬고, 아교는 산[탄]궁 비호기를 원ᄒᆞ거ᄂᆞᆯ ᄯᅩᄒᆞᆫ 지시ᄒᆞ여 쥬고, 하쳐의셔 월여를 지쳬ᄒᆞ여 젼노가 녕졍(寧靜)ᄒᆞ믈 아라보고 ᄐᆡᆨ일 긔졍(起程)ᄒᆞᆯ식, 관치 모양으로 쟝쇽ᄒᆞ고 궁젼을 각기 ᄢᅵ고 드ᄃᆡ여 ᄒᆡᆼᄒᆞ여 삼ᄉᆞ일만의 믄득 회안(淮安) ᄯᅡ히 니ᄅᆞ나 ᄉᆞ괴(事故) 잇ᄂᆞᆫ 거ᄉᆞᆫ 보지 못ᄒᆞ고, 길의 사ᄅᆞᆷ다려 탐문ᄒᆞᄆᆡ, 도젹 진쥬쳔(眞珠泉)이 왜구(倭寇)를 결년(結緣)ᄒᆞ여 가마니 약쇽ᄒᆞ여 경구(京口)의 니ᄅᆞ기를 기다려 졉응ᄒᆞ려 ᄒᆞᄂᆞᆫ고로 일ᄃᆡ가 모다 강즁(江中)의 잇다 ᄒᆞᄂᆞᆫ지라.

【101】요홰 다ᄒᆡᆼ이 이 어려온 거ᄉᆞᆯ 면ᄒᆞ여 나고, 오륙일을 다시 지내여 믄득 황가령(黃家營)의 니ᄅᆞ러 황하슈를 격ᄒᆞ여 옮흘 바라고 한 번 보ᄆᆡ 풍ᄉᆞ만목(風沙滿目)ᄒᆞᆫ지라. 쳐참ᄒᆞ믈 금치 못ᄒᆞ고 당만(當晩)ᄒᆞ여 헐슉ᄒᆞᆯ식, 요홰 진쥬쳔 일ᄃᆡ(一隊)가 도망ᄒᆞ여 ᄒᆡ즁(海中)의 드러가량이면 시러곰 공ᄒᆡᆼ(功行)을 셰우지 못ᄒᆞᆯ가 념려ᄒᆞ여 심히 민망ᄒᆞ여 ᄒᆞ거ᄂᆞᆯ, 아신이 겻ᄒᆡ 잇셔 그 ᄯᅳᆺ을 짐쟉ᄒᆞ고 드ᄃᆡ여 니ᄅᆞᄃᆡ,

"공을 셰우고 ᄒᆡᆼ실을 닥ᄂᆞᆫ 거ᄉᆞᆫ 도시 만나믈 ᄯᅡ라 니ᄅᆞᄂᆞᆫ 거시오, 만일 유【102】의ᄒᆞ여 억탁(臆度)을 ᄒᆞᆯ 양이면 반ᄃᆞ시 공을 돌나 죄가 될 거시니 공쥬ᄂᆞᆫ 엇지 반ᄃᆞ시 깁히 쵸죠ᄒᆞ시ᄂᆞ뇨?"

요홰 니ᄅᆞᄃᆡ,

"내가 그를 위ᄒᆞ미 아니라. 쵸의(初意)ᄂᆞᆫ 몸을 돌나 ᄒᆡ샹의 니ᄅᆞ러 져 무리를 슈습ᄒᆞᄌᆞ ᄒᆞ더니, ᄯᅩ 드ᄅᆞ미 져 무리가 왜구로 더브러 결연ᄒᆞᆫ지라. 내 ᄉᆡᆼ각의 져 무리ᄂᆞᆫ 블과시 쵸귀(草寇)라 박멸ᄒᆞ기가 용이ᄒᆞ거니와 만일 왜젹이 나라흘 기우려 오고 ᄯᅩ 져 무리가 향되(嚮導) 되량이면 호랑이가 날개돗침 ᄀᆞᆺᄐᆞ여 그 형셰를 가

348)【셩식】 명 {셩식(聲息).} 기운.¶ 信息 ‖ 아신이 아라오ᄃᆡ 젼로의ᄂᆞᆫ 험난ᄒᆞᆫ 셩식이 업다 ᄒᆞ거ᄂᆞᆯ 요홰 ᄆᆞ음을 노코 한로로 죠ᄎᆞ 가믈 뎡ᄒᆞ고 (阿新打聽了兩三日，前途未有凶險的信息. 瑤華遂放了心，拿定了起旱.) <瑤華 15:98>

349)【귀읫고리】 명 귀고리. ¶ 環 ‖ 우리 무리 네 사ᄅᆞᆷ이 이 모양 놉흔 낭ᄌᆞ와 보비 귀읫고리로 쟝쇽ᄒᆞ여는 도즁의셔 어려올 일이 이실 거시니 (我們四個人，照這樣高髻雲環的打扮，恐途中惹事.) <瑤華 15:98> ⇒ 귀엣고리, 귀엿고리, 귀엿골, 귀엿글, 귀엿쇨, 귀의골리

350)【나귀푸리】 명 나귀상점. ¶ 驢行 ‖ 드ᄃᆡ여 뵈필과 편모와 화ᄌᆞ를 ᄆᆡ판ᄒᆞ게 ᄒᆞ고 나귀푸리의 가셔 죠흔 나귀를 사오라 ᄒᆞ니 (遂令阿新買辦布匹、靴帽，并托驢行代找好驢子.) <瑤華 15:99>

히 알지라. 엇【103】지 우리 무리 몃 사ᄅᆞᆷ이 져당ᄒᆞ여 내리오?"

아신이 니ᄅᆞᄃᆡ,

"국가의 긔슈(氣數) 쇼관이니 가히 반ᄃᆞ시 론난(論難)치 못ᄒᆞ리라."

ᄒᆞ고 ᄎᆞ일의 발ᄒᆡᆼᄒᆞ여 산동(山東)을 향ᄒᆞ니 아지 못게라 엇지된고? 하회의 분ᄒᆡᄒᆞ라.

［요화젼 瑤華傳 권지십륙 卷之十六］

【1】ᄌᆡ셜 져 삼개 부체 ᄒᆡᆼᄒᆞ여 포구의 니ᄅᆞ러 륙노로 죠ᄎᆞ 갈ᄉᆡ, 강윤쟝(江允長) 등 삼개ᄂᆞᆫ 각기 나귀롤 세ᄂᆡ여 타고 ᄇᆡᆨ우옥(白于玉) 등 삼개ᄂᆞᆫ 차 ᄒᆞ나흘 세ᄂᆡ여 ᄒᆞᆷ긔 안ᄌᆞ 길의 잇셔셔 효ᄒᆡᆼ야슉(曉行野宿)ᄒᆞ여 십여 일 만의 쟝샹(莊上)의 니ᄅᆞᆫ지라. 쟝ᄉᆞ(長史)와 령ᄉᆞ(令史) 무리 쟉인(作人) 등을 다리고 모다 ᄉᆞ뷔 도라온다 ᄒᆞ고【2】기다리더니, 밋쳐 무리 륙인만 도라오ᄂᆞᆫ지라. 차시 복왕(福王)이 됴삼고(趙三姑)롤 다리고 쟝샹의 와 시회(詩會)롤 ᄒᆞ더니, 져 륙개 남녜 드러와 뵈옵고 문안을 맛치ᄆᆡ, 왕이 무ᄅᆞᄃᆡ,

"무ᄋᆡᄌᆞ(無碍子) 도라왓ᄂᆞ냐?"

강윤쟝이 ᄃᆡ답ᄒᆞᄃᆡ,

"ᄉᆞ부게셔 ᄆᆡ영(梅影)과 ᄀᆞᆺ치 아미산(峨嵋山)의 놀나 ᄀᆞᆺ다."

ᄒᆞ거ᄂᆞᆯ, 왕이 니로ᄃᆡ,

"져의 무리 홍치가 실노이 죠타."

ᄒᆞ며, 즁인이 ᄯᅩ 침궁의 니ᄅᆞ러 ᄆᆡ영을 보고 셔신을 올니니, ᄆᆡ영이 보고 눈물 나리믈 면치 못ᄒᆞ며, ᄇᆡᆨ우옥 등으로 ᄒᆞ【3】여금 의구히 관ᄉᆞ(管事)케 ᄒᆞ고, 황식뷔(黃媳婦) 져 죠삼괴 예포(藝圃) ᄃᆡ루ᄒᆞ(大樓下)의 거쥬ᄒᆞ믈 알고, ᄯᅩ ᄇᆡᆨ우옥으로 더브러 드러가 뵈오ᄆᆡ 각기 무ᄋᆡᄌᆞ와 ᄆᆡ영의 쇼식을 무러보고, 황식뷔 ᄯᅩ 보니 화원 쇽의 쥬문란(周文鸞) 형뎨와 니어ᄉᆞ(李御史)의 ᄯᆞᆯ 니양청(李揚淸)이 잇고, 아올나 젼의 아지 못ᄒᆞ던 시ᄀᆡᆨ(詩客)이 모다 화원 쇽의 잇셔 가득ᄒᆞ고, 삼개 쇼시 무리 쟝샹 ᄉᆞ무롤 판리(辦理)ᄒᆞᄂᆞᆫᄃᆡ 개개히 모다 간릉(幹能)ᄒᆞ고[351] 오죽 ᄆᆡ영이 왕긔 졍셩ᄒᆞᄂᆞᆫ 여가ᄂᆞᆫ 다만 져 몃ᄀᆡ 시ᄀᆡᆨ을 다리고 술마【4】시며 글을 지어 노닐기로 집안 일은 죠금도 도라보지 아니ᄒᆞ고 ᄒᆞᆷ긔 삼개 쇼시 무리 부쳐의게 맛져 판리케 ᄒᆞ더라.

ᄎᆞ시ᄂᆞᆫ 졍히 츄슈(秋收)ᄒᆞᄂᆞᆫ ᄯᅢ라. 쟉인 등이 도됴(稻租)롤 갓다가 밧치거ᄂᆞᆯ, 쟝ᄉᆞ와 령ᄉᆞ와 관ᄉᆞᄒᆞᄂᆞᆫ ᄉᆞᄅᆞᆷ들이 거두워 챵(倉)의 드리고, ᄯᅩ 죠젹ᄒᆞᄂᆞᆫ 리죠[352] 은ᄌᆞ롤 거두워 입고(入庫)ᄒᆞ기로 ᄆᆡ일의 집안 사ᄅᆞᆷ이 분망ᄒᆞ여 지ᄂᆡᄆᆡ 도로혀 무ᄋᆡᄌᆞ의 집의 잇실 ᄯᅢ와 샹등ᄒᆞ더라.

져 왕이 년긔ᄂᆞᆫ 비록 만하가나 음흥(淫興)은 감치 아니ᄒᆞᄂᆞᆫᄃᆡ【5】다만 방듕술(房中術)이 아니면 능히 거ᄉᆞ롤 못ᄒᆞᄂᆞᆫ고로, 쟝샹의 별노이 약국을 비셜ᄒᆞ고 ᄆᆡ일의 이 일노ᄡᅧ 가쟝 긴ᄒᆞ게 알며, ᄯᅩ 어ᄌᆞ러오미 시ᄀᆡᆨ의게 가지 밋치고 쇼시비의 니ᄅᆞ러 ᄯᅩᄒᆞᆫ 다 효빈(效顰)ᄒᆞ여 피ᄎᆞ의 셔로 쳐쳡을 밧고며 쳑신 궁녀가지 ᄯᅩᄒᆞᆫ 각쳐로 단이며 란잡히 굴고, 쟝샹의 잇ᄂᆞᆫ ᄉᆞᄅᆞᆷ들이 ᄒᆞᆷ긔 혼탁ᄒᆞᆫ 믈쇽의 잇ᄂᆞᆫ 것 ᄀᆞᆺ튼지라. ᄇᆡᆨ우옥 등이 쳐음으로 집의 니ᄅᆞ러 이문목도(耳聞目睹)ᄒᆞᄆᆡ 심히 괴이히 너겨 져 삼개 부【6】체 ᄉᆞᄉᆞ로이 의론ᄒᆞᄃᆡ,

"우리 쟝샹의 긔샹을 보니 심히 아ᄅᆞᆷ답지 못ᄒᆞ고 ᄉᆞ뷔 ᄯᅩ 능히 도라보지 아니ᄒᆞᄆᆡ 사ᄅᆞᆷ이 그 일을 ᄇᆞᆰ히ᄂᆞᆫ 이가 업ᄂᆞᆫ지라. 엇지ᄒᆞ면 죠흐리오?"

ᄇᆡᆨ우옥이 니로ᄃᆡ,

"누롤 ᄃᆡᄒᆞ여 의론ᄒᆞ여야 죠흐랴?"

황금슌(黃金釧)이 니로ᄃᆡ,

"ᄂᆡ가 방ᄌᆞ(方才) 드ᄅᆞ니 쥬쳥ᄃᆡ(周靑黛) 말ᄒᆞ기롤 '져 ᄆᆡ영이 제 방쇽의 사ᄅᆞᆷ을 감쵸와 두고 다만 즐기믈 취ᄒᆞ기만 ᄒᆞ고, 부마(駙馬)도 슈삼삭이 되도록 궁의 블너 드리지 아니ᄒᆞ니, 두리건【7】ᄃᆡ 말ᄒᆞ여 무익ᄒᆞᄆᆡ 다만 져롤 맛져 두리라."

ᄒᆞ더라.

광음이 신쇽ᄒᆞ여 년져(年底)롤 다ᄃᆞᄅᆞᄆᆡ

---

351) 【간릉ᄒᆞ다】 혱 {간능(幹能)하다.} 능력(能力)있다. ¶ 能幹 ‖ 삼개 쇼시 무리 쟝샹 ᄉᆞ무롤 판리ᄒᆞᄂᆞᆫᄃᆡ 개개히 모다 간릉ᄒᆞ고 (三個小厮辦理莊務, 箇箇都能幹了.) <瑤華 16:3> ⇒ 간능ᄒᆞ다, 능간ᄒᆞ다

352) 【리죠】 몡 이자(利子). ¶ 銀 ‖ ᄯᅩ 죠젹ᄒᆞᄂᆞᆫ 리죠 은ᄌᆞ롤 거두워 입고ᄒᆞ기로 (又出糶米石收銀入庫.) <瑤華 16:4> ⇒ 리죠

왕이 경셩의 드러가 됴하(朝賀)ᄒᆞ려 ᄒᆞ고, 됴삼고ᄅᆞᆯ 다리고 변량(汴梁)의 니ᄅᆞ러 안돈케 ᄒᆞ고, 즉시 경셩(京城)으로 나아가니라. 이 ᄒᆡ 겨울노브터 봄의 니ᄅᆞ러 우셜(雨雪)이 젼혀 업기로 량ᄆᆡᆨ(糧麥)을 파죵치 못ᄒᆞ여 ᄡᆞᆯ갑시 고등(高騰)ᄒᆞᄆᆡ, 외변의 졈졈 부졍(不靖)ᄒᆞᆫ ᄉᆞ셰가 드러나ᄂᆞᆫ지라. 삼개 쇼시 샹의ᄒᆞ고 왕긔 품ᄒᆞ여 챵고ᄅᆞᆯ 열고 강가ᄒᆞ여 ᄡᆞᆯ을 【8】 분급ᄒᆞᄆᆡ, 다ᄒᆡᆼ히 이 한 가지가 잇셔 근쳐ᄂᆞᆫ 오히려 공동(哄動)되지353) 아니ᄒᆞ고, 하람(河南) 셔북 일ᄃᆡ와 셤셔(陝西) 디방의 류젹(流賊)이 둔취(屯聚)ᄒᆞ여 움즉이ᄆᆡ, 믄득 슈 만식이 되고 삼복을 지ᄂᆡᄆᆡ 다시 젹디(赤地) 쳔 리가 되여 인민이 먹을 거시 핍절ᄒᆞᄆᆡ, ᄉᆞ방이 향응(響應)ᄒᆞᄂᆞᆫ지라. 쵸엽(蕉葉)이 무ᄋᆡᄌᆞ의 부탁으로죠ᄎᆞ 근쳐 촌락 거민들을 블너 모도와 놋코 량미ᄅᆞᆯ 분급ᄒᆞ고 쟝샹을 보호케 ᄒᆞ여 힘닙어 무탈ᄒᆞ고, 류지(柳枝)ᄂᆞᆫ 무ᄋᆡᄌᆞ의 부쵹을 【9】 죠ᄎᆞ 가마니 블샹을 쇼셩(塑成)ᄒᆞ여 예포 ᄃᆡ루 우ᄒᆡ 뫼셔 노와 뻐 블우지변(不虞之變)을 방비ᄒᆞ더라.

일후ᄂᆞᆫ 련ᄒᆞ여 가을 비가 쳠죡(沾足)ᄒᆞ여 민심이 져기 졍ᄒᆞ나 류젹의 긔셰ᄂᆞᆫ 날노 셩ᄒᆞᄃᆡ, 다ᄒᆡᆼᄒᆞᆫ 바ᄂᆞᆫ 아직 하람부(河南府) 이곳의ᄂᆞᆫ 니ᄅᆞ지 아닌지라. 그러치 아니면 쟝샹도 보젼키 어렵더라.

지셜, 요홰 산동 디경의 니ᄅᆞ러 지나ᄂᆞᆫ 바의 만목 황량ᄒᆞ여 인연(人煙)이 령락ᄒᆞᆫ지라. 본쳐 사ᄅᆞᆷ다려 무ᄅᆞᄆᆡ 흉년이 드러 그러타 ᄒᆞ【10】나 다ᄒᆡᆼ이 아직은 도뢰(道路) 녕졍(寧靜)ᄒᆞᆫ지라. 비셜ᄒᆞᆫ 바 젼당포ᄅᆞᆯ 아라보니 졔령부(濟寧府) 셩듕의 잇다 ᄒᆞᄂᆞᆫᄃᆡ, 다만 오뢰(拗路)가 되ᄂᆞᆫ지라. 의견이 졔령부로 말ᄆᆡ암지 아니코 곳ᄃᆡ로로 ᄒᆡᆼ코ᄌᆞ ᄒᆞ나 반젼(盤纏)이 넉넉지 못ᄒᆞᆫ지라. 아신으로 더브러 샹의ᄒᆞ니, 아신이 니로ᄃᆡ,

"공쥐 가히 은표(銀票)ᄅᆞᆯ 가져 나ᄅᆞᆯ 쥬시면 ᄋᆞᆲ흐로 가셔 취ᄒᆞ여 올 터히오, 일ᄒᆡᆼ이 모다 츄현셩듕(鄒縣城中)의 잇셔 나ᄅᆞᆯ 기ᄃᆞ리게 ᄒᆞ라. ᄂᆡ가 협노로죠ᄎᆞ ᄲᅡ라오ᄂᆞᆫ 거시 편 【11】 ᄒᆞ리라."

요홰 그 말을 의지ᄒᆞ여 은표ᄅᆞᆯ ᄂᆡ여 쥬고 믄득 분로(分路)ᄒᆞ여 가더라. 요화 등 삼인이 츄현셩듕의 니ᄅᆞ러 한 곳 햐쳐ᄅᆞᆯ 어더 쥬졉ᄒᆞ고 기ᄃᆞ린 지 삼일의 아신이 바야흐로 니ᄅᆞᆫ지라. 드ᄃᆡ여 ᄀᆞᆺ치 긔졍(起程)ᄒᆞ여 연쥬(兗州)의 다ᄃᆞᄅᆞᄆᆡ 가을비가 ᄣᆡ로 ᄒᆡᆼᄒᆞ여 로듕의 물이 일이쳑(一二尺)이 깁고 일영(溢盈)ᄒᆞ여 ᄒᆡᆼ키 어려오ᄆᆡ 능히 참(站)을 ᄃᆡ지 못ᄒᆞ고 한 곳 쟝샹(莊上) 잇ᄂᆞᆫ 거ᄉᆞᆯ 보ᄆᆡ, 다만 ᄋᆞᆲ흐로 가 슉쇼ᄒᆞ믈 쳥ᄒᆞ니 쟝샹의셔 일개 슈ᄌᆡ 【12】 다라나와 ᄂᆡ력을 무러 알고 즉시 쳥ᄒᆞ여 당듕의 드리니 요화 등이 혼신이 쳠습ᄒᆞᆫ지라. 다만 의관을 버셔바리고 계집의 쟝쇽을 곳쳐 ᄒᆞ니, 져 슈ᄌᆡ 보ᄆᆡ 도시 녀랑이라. 즉시 믈너가고 ᄂᆡ당으로 죠ᄎᆞ 일위 로ᄑᆞ ᄑᆞ(老婆婆)ᄅᆞᆯ 붓드러 ᄂᆡ여 와 뫼셔 말ᄒᆞ게 ᄒᆞ거ᄂᆞᆯ, 요홰 져기 안돈이 되고 아신으로 ᄒᆞ여곰 ᄉᆡᆼ구(牲口)ᄅᆞᆯ 먹이게 ᄒᆞ고, ᄯᅩ 아교와 삼져로 져즌 옷ᄉᆞᆯ 불의 말뢰라 ᄒᆞ고 ᄉᆞᄉᆞ로 노파파ᄅᆞᆯ 다리고 한가히 말ᄒᆞᆯᄉᆡ 파픠 니로ᄃᆡ,

"쳥컨 【13】 ᄃᆡ 믓ᄂᆞ니 어ᄂᆡ 곳으로 가려 ᄒᆞ며 엇지ᄒᆞ여 모다 쟝쇽을 곳치고 단이냐?"

요홰 니로ᄃᆡ,

"친쳑의게 투탁ᄒᆞᄂᆞᆫᄃᆡ 도듕이 부졍ᄒᆞ믈 위ᄒᆞ여 부녜 ᄒᆡᆼ키 어려온고로 쟝쇽을 곳쳐 사ᄅᆞᆷ의 이목을 가리려 ᄒᆞ노라."

ᄯᅩ 노파다려 무ᄅᆞᄃᆡ,

"귀쟝(貴莊)의 존셩은 무어시며 슈ᄌᆡ 관인(官人)은 로파의게 엇지 되ᄂᆞᆫ 사ᄅᆞᆷ이냐?"

파픠 ᄃᆡ답ᄒᆞᄃᆡ,

"본집 셩은 공시(孔氏)니 셩인의 후예오, 져 사ᄅᆞᆷ은 우리 ᄋᆞ지(兒子)니 일홈은 가긔(家騏)라 부ᄅᆞ고, 본ᄃᆡ 오경박ᄉᆞ(五經博士)ᄅᆞᆯ 셰습ᄒᆞᆯ 【14】 터인ᄃᆡ, 졔가 즐겨 구ᄎᆞ히 벼ᄉᆞᆯ을 승습지 아니코 안례(按禮)ᄒᆞ여 시취(試取)ᄅᆞᆯ 보와 임의 반궁(泮宮)의 드러가고, ᄒᆡᄅᆞᆯ 련ᄒᆞ여 젼장(田莊)을 거두지 못ᄒᆞ믈 인ᄒᆞ여 가즁의셔 고공(雇工)ᄒᆞᄂᆞᆫ 사ᄅᆞᆷ을 능히 먹이지 못ᄒᆞᄂᆞᆫ고로 다만 모ᄌᆞ 량인이 셔로 의지ᄒᆞ여 ᄉᆡᆼ활ᄒᆞ노라."

요홰 니로ᄃᆡ,

"녕랑(令郎)은 유지(有志)ᄒᆞᆫ 션비라. 다만 년긔가 젹지 아니ᄒᆞᆫᄃᆡ 오히려 취실(娶室)을 아

---

353) 【공동되다】 동 {홍동(哄動)되다.} 뒤흔들다. 여러 사람이 지껄이며 떠들다. ¶ 哄動 ‖ 다ᄒᆡᆼ히 이 한 가지가 잇셔 근쳐ᄂᆞᆫ 오히려 공동되지 아니ᄒᆞ고 (幸而有此一着, 近處尙不哄亂.) <瑤華 16:8>

니ᄒᆞ엿ᄂᆞ뇨?"

파ᄑᆡ 니로ᄃᆡ,

"졔가 임의 혼쳐ᄂᆞᆫ 졍ᄒᆞ여시나 다만 년풍(年豊)ᄒᆞ기ᄅᆞᆯ 기ᄃᆞ려 【15】 혼례ᄅᆞᆯ 힝ᄒᆞ려 ᄒᆞ노라."

경히 말ᄒᆞᄂᆞᆫ ᄉᆞ이의 그 슈지 스ᄉᆞ로 찬슈(饌需)ᄅᆞᆯ 반운ᄒᆞ여 나와 요화ᄅᆞᆯ 쳥ᄒᆞ여 먹게 ᄒᆞ고, ᄯᅩ 져의 모친긔 쳥ᄒᆞ여 뫼시게 ᄒᆞ고 ᄌᆞ긔ᄂᆞᆫ 셔셔 ᄉᆞ후(伺候)ᄒᆞᄂᆞᆫ지라. 요홰 보기의 심히 ᄯᅳᆺ의 편치 못ᄒᆞ여 ᄲᆞᆯ니 파파ᄅᆞᆯ 향ᄒᆞ여 니로ᄃᆡ,

"우리 무리 여긔 와셔 쇼요ᄒᆞ게 ᄒᆞ미 블안ᄒᆞ거ᄂᆞᆯ 도로혀 관인을 슈고롭게 ᄒᆞ니 실노 미안ᄒᆞᆫ지라. 우리 다리고 온 사ᄅᆞᆷ이 모다 ᄑᆡᆼ임(烹飪)ᄒᆞᆯ 쥴을 아ᄂᆞ니 파파ᄂᆞᆫ 슈지의게 분부ᄒᆞ 【16】 여 ᄌᆞ편(自便)케 ᄒᆞ고, 쥰 바 찬슈ᄂᆞᆫ 가히 우리 량인을 맛겨 져의가 료리케 ᄒᆞ라."

파파 니로ᄃᆡ,

"로부(老婦)ᄂᆞᆫ 용죵(龍鍾)ᄒᆞ여[354] 능히 찬슈ᄅᆞᆯ ᄀᆞᆺ쵸지 못ᄒᆞ고 ᄋᆞ지 쥬인의 졍의ᄅᆞᆯ 다ᄒᆞ여 응당 거힝ᄒᆞᆯ 거시니 엇지 슈고ᄒᆞ미 이시랴?"

요홰 몸을 니러 니로ᄃᆡ,

"만이 이 ᄀᆞᆺ트면 우리 무리 감히 쇼요ᄅᆞᆯ 시기지 못ᄒᆞᆯ 거시니 슈지 관인은 쳔만 ᄌᆞ편케 ᄒᆞ라."

ᄒᆞ고 드ᄃᆡ여 삼져ᄅᆞᆯ 블너 니로ᄃᆡ,

"네가 쥬방의 드러가 관인을 ᄃᆡ신ᄒᆞ여 료리ᄒᆞ라."

ᄒᆞ니 【17】 파ᄑᆡ 다만 윤죵(允從)ᄒᆞ고 가긔로 ᄒᆞ여곰 드러가 찬슈ᄅᆞᆯ 난호와 져ᄅᆞᆯ 쥬라 ᄒᆞ니, 요홰 비로쇼 안ᄌᆞ 먹으며, 파ᄑᆡ 무ᄅᆞᄃᆡ,

"너의 녕친(令親)은 어ᄂᆡ 곳의 이시며 몃ᄯᅢ나 되여야 가히 그곳의 니ᄅᆞ랴?"

요홰 니로ᄃᆡ,

"친쳑이 ᄉᆞ쳔싱(四川省)의 이시ᄃᆡ 노졍이 ᄆᆡ오 머다."

ᄒᆞ더니, 홀연 가긔 겻희 잇다가 말을 듯고 드ᄃᆡ여 니로ᄃᆡ,

"여긔셔 ᄉᆞ쳔싱으로 가려 ᄒᆞ면 도뢰 심히 힝키 어려워 도쳐의 다 류젹이 횡힝ᄒᆞ니 엇지 가리오?"

요홰 말을 못ᄒᆞ더니, 파ᄑᆡ ᄋᆞᄌᆞ 【18】 다려 무ᄅᆞᄃᆡ,

"다ᄅᆞᆫ 길이 잇ᄂᆞ냐?"

가긔 ᄃᆡ답ᄒᆞᄃᆡ,

"만일 쟝ᄉᆞ(長沙)로죠ᄎᆞ 가량이면 겨유 통달은 ᄒᆞ려니와, 다만 쟝ᄉᆞ 디방 일ᄃᆡ의 뇨동(傜僮)[오랑킈 일홈이라][355]이 잇셔 쟉란ᄒᆞ기로 도뢰 막혀 녀랑 등은 더옥 지나가기가 어려오리라."

파ᄑᆡ 니로ᄃᆡ,

"이 ᄀᆞᆺ트면 엇지ᄒᆞᆯ고?"

ᄯᅩ ᄋᆞᄌᆞ다려 무ᄅᆞᄃᆡ,

"우리집 고가(高家) 셩(姓) 가진 노ᄌᆡ(奴才) 어ᄂᆡ 디방의 잇셔 쟉변(作變)을 ᄒᆞᄂᆞ냐?"

가긔 니로ᄃᆡ,

"셤셔싱의 잇다."

ᄒᆞ니, ᄯᅩ 무ᄅᆞᄃᆡ,

"ᄉᆞ쳔을 가랴 ᄒᆞ면 가히 그 곳을 지ᄂᆡᄂᆞ냐?"

가긔 니로ᄃᆡ,

"반ᄃᆞ시 지 【19】 나ᄂᆞᆫ 길이라."

ᄒᆞ니, 파ᄑᆡ 요화ᄅᆞᆯ ᄃᆡᄒᆞ여 니로ᄃᆡ,

"만일 셤셔 그곳의 니ᄅᆞ량이면 ᄂᆡ게 호신(護身)ᄒᆞᄂᆞᆫ 부쟉이 잇셔 낭ᄌᆞᄅᆞᆯ 쥬ᄂᆞᆫ 거시니 가히 ᄡᅧ 험악ᄒᆞᆫ 거ᄉᆞᆯ 피ᄒᆞ리라."

요홰 니로ᄃᆡ,

"파파의 이곳의 엇지 도로혀 져 반젹의 믈건을 어더 두엇ᄂᆞ냐?"

파ᄑᆡ 니로ᄃᆡ,

"그런 연괴 이시니 노부의 본집은 문시(文氏) 셩이고 ᄃᆡᄃᆡ로 쟝안(長安)의 거ᄒᆞ여 죠샹의셔 다 현관(顯官)을 지ᄂᆡ고, 가노(家奴)의 슈효가 이쳔여 인이라. 져 고가의 일홈은 영샹(迎祥)이라 부 【20】 ᄅᆞᄂᆞᆫᄃᆡ, 졔가 어려셔브터 션군이

354) 【용죵ᄒᆞ다】 형 {용종(龍鍾)하다}. ¶ 龍鍾 ‖ 로부ᄂᆞᆫ 용죵ᄒᆞ여 능히 찬슈ᄅᆞᆯ ᄀᆞᆺ쵸지 못ᄒᆞ고 ᄋᆞ지 쥬인의 졍의ᄅᆞᆯ 다ᄒᆞ여 응당 거힝ᄒᆞᆯ 거시니 엇지 슈고ᄒᆞ미 이시랴 (老婦龍鍾, 不能具膳, 小兒盡莊人之誼, 應當承値, 何勞之言.) <瑤華 16:16>

355) 【傜僮 요동】 yáotóng <名> 뇨동; 오랑킈 일홈이라 ‖ "若走長沙也可通達, 但長沙一帶, 也有~作亂, 道路梗塞, 女娘們更難過往." 만일 쟝ᄉᆞ로죠ᄎᆞ 가량이면 겨유 통달은 ᄒᆞ려니와 다만 쟝ᄉᆞ 디방 일ᄃᆡ의 뇨동[오랑킈 일홈이라]이 잇셔 쟉란ᄒᆞ기로 도뢰 막혀 녀랑 등은 더옥 지나가기가 어려오리라 (瑤華 16:18)

길너ᄂᆡ여 장셩ᄒᆞᄆᆡ 비녀ᄅᆞᆯ 딱ᄒᆞ여 쥬엇더니, 졔가 우연이 길의셔 블평ᄒᆞ믈 보고 인명을 살히ᄒᆞ고 강호의 도타(逃躱)ᄒᆞ엿더니, 어ᄂᆡ ᄒᆡ의 일즉 우리 근쳐의 와셔 분쇼(焚燒)ᄒᆞ고 노략ᄒᆞᄃᆡ, 홀노 감히 공시(孔氏)의 집은 범치 못ᄒᆞ고 ᄯᅩ ᄂᆡ가 여긔 ᄉᆡ집온 쥴을 알ᄆᆡ, 슈하 젹당을 신칙(申飭)ᄒᆞ여 우리 집을 위ᄒᆞ여 방호ᄒᆞ여 쥬거ᄂᆞᆯ ᄂᆡ가 졔 쇼위ᄅᆞᆯ 통분ᄒᆞ여 블너 집의 와 면ᄃᆡ(面對)ᄒᆞ여 질칙 【21】 ᄒᆞ기ᄅᆞᆯ, '네가 만일 우리 집의셔 은혜로 기ᄅᆞᆫ 거ᄉᆞᆯ 감동ᄒᆞ거든 쾌쾌히 개ᄉᆞ귀졍(改邪歸正)ᄒᆞᆯ 거시오, 만일 해 밋출가 두려ᄒᆞ거든 쇽쇽(速速)히 츄류(醜類)ᄅᆞᆯ 거ᄂᆞ리고 ᄂᆡ 눈ᄋᆞᆲᄒᆞᆯ ᄯᅥ날 거시오, 네 만일 ᄂᆡ 분부ᄅᆞᆯ 좃지 아니면 ᄂᆡ가 ᄆᆞᆫ득 몬져 죽으리라' ᄒᆞ고 곳 칼을 ᄲᆡ혀 ᄌᆞ문(自刎)코ᄌᆞ ᄒᆞᄆᆡ, 져 노ᄌᆡ 황겁ᄒᆞ여 련ᄒᆞ려 말ᄒᆞᄃᆡ, 'ᄐᆡᄐᆡ(太太)ᄂᆞᆫ 이ᄀᆞᆺ치 말나, 노ᄌᆡ 즉긔의 ᄆᆞᆫ득 갈 거시나 다만 이졔 범을 탄 형세가 되여 능히 명을 죠ᄎᆞ 개ᄉᆞ귀졍 【22】 치ᄂᆞᆫ 못ᄒᆞ고, 쟝ᄎᆞᆺ 별쳐로 가셔 별노이 ᄉᆞ업을 도모ᄒᆞᆫ다 ᄒᆞ며 다ᄅᆞᆫ 도젹이 와 츙범ᄒᆞᆯ가 두려 호신부 십여 장을 머믈너 두어 ᄡᅳ게 ᄒᆞᆫ다' ᄒᆞ거ᄂᆞᆯ, ᄂᆡ가 바다 ᄯᅡ 아ᄅᆡ 더져바리ᄆᆡ, 졔가 도라보지 아니코 ᄆᆞᆫ득 다라난지라. 그러므로ᄡᅥ 그거ᄉᆞᆯ 멈츄어 여긔 잇ᄂᆞᆫᄃᆡ, 우리 등은 평안이 집의 이시나 료량컨ᄃᆡ 져 비류(匪類)가 감히 와셔 가ᄇᆡ야이 범치ᄂᆞᆫ 못ᄒᆞᆯ지니, 져 믈건을 두엇다가 무어싀 ᄡᅳ라? 죠히 낭ᄌᆞᄅᆞᆯ 쥬어 신변의 진혓 【23】 다가 혹ᄌᆞ ᄡᅳᆯᄃᆡ 잇실ᄂᆞᆫ지 ᄯᅩ 아지 못ᄒᆞ리라."

ᄒᆞ고, 드ᄃᆡ여 가긔로 ᄒᆞ여곰 죠검ᄒᆞ여 ᄂᆡ여 요화ᄅᆞᆯ 쥬어 거두게 ᄒᆞ니, 요홰 바다보ᄆᆡ 도젹이 ᄆᆡᆫ든 격문이라. 모다 도젹의 관원 직함과 셩명이 우희 잇ᄂᆞᆫ지라. 드ᄃᆡ여 ᄉᆞ례ᄒᆞ고 밥을 맛치ᄆᆡ 시녀 무리 방듕의셔 침셕을 포셜ᄒᆞ거ᄂᆞᆯ, 가긔 ᄆᆞᆫ득 파파ᄅᆞᆯ 붓드러 몸을 닐고 ᄯᅩ 요화ᄅᆞᆯ 향ᄒᆞ여 블안ᄒᆞ다 일컷고 드ᄃᆡ여 ᄂᆡ당으로 드러가더니, 한즈음이 못ᄒᆞ여 글닑 【24】 ᄂᆞᆫ 쇼ᄅᆡ 명낭ᄒᆞ거ᄂᆞᆯ, 요홰 보기의 져 모ᄌᆞ의 동지(動止)ᄒᆞᄂᆞᆫ 거시 례가 잇셔 공시 후숀 되미 붓그럽지 아닌지라. 심듕의 십분 공경ᄒᆞ고 인ᄒᆞ여 ᄉᆡᆼ각ᄒᆞᄃᆡ '도듕의 로비(路費)가 넉넉ᄒᆞ니 엇지 난호와 져ᄅᆞᆯ 쥬어 일즉 혼례ᄅᆞᆯ 지ᄂᆡ게 ᄒᆞ여 가히 ᄡᅥ 져의 노친을 복시(伏侍)ᄒᆞ여 쳑신(隻身)을 면케 ᄒᆞ미 히로오랴' ᄒᆞ고 쥬의(主意)ᄅᆞᆯ 졍ᄒᆞᄆᆡ, ᄎᆞ일의 일즉 니러 보니 하ᄂᆞᆯ이 오히려 개이지 아니ᄒᆞᆫ지라. 쇼세ᄅᆞᆯ 겨유 맛치ᄆᆡ 노ᄑᆡ 집힝이356)ᄅᆞᆯ 잡 【25】 고 ᄋᆞᄌᆞ와 ᄀᆞᆺ치 당듕의 니ᄅᆞ고, 탁ᄌᆞ 우희 죠반을 임의 ᄀᆞᆺ쵸왓ᄂᆞᆫ지라. 즉시 먹기ᄅᆞᆯ 맛치고 아신으로 ᄒᆞ여곰 ᄒᆡᆼ탁(行橐) 쇽의셔 은ᄌᆞ 삼ᄇᆡᆨ량을 푸러 ᄂᆡ여 좌탑 우희 머무ᄅᆞ고 남쟝을 곳치고 파파ᄅᆞᆯ ᄃᆡᄒᆞ여 니로ᄃᆡ,

"파파의 셩ᄒᆞᆫ ᄯᅳᆺ을 이어 가히 보답ᄒᆞᆯ 길히 업ᄂᆞᆫ지라 탑상의 ᄉᆞ쇼지믈을 머믈너 녕랑의 혼슈 쇼용을 보ᄐᆡᄂᆞᆫ 거시니 그리 알나."

ᄒᆞ고 언필의 나귀ᄅᆞᆯ 타고 달녀가거ᄂᆞᆯ, 파파 모ᄌᆡ 문 어귀의 나와 숑별ᄒᆞ고 도라 【26】 번방쇽의 니ᄅᆞ러 보니, 세 뭉치 은량이 노혓ᄂᆞᆫ지라. ᄯᅳᆺ의 도로 보ᄂᆡ고ᄌᆞ ᄒᆞ나 능히 ᄯᅡᄅᆞᆯ 길히 업ᄂᆞᆫ지라 다만 거두워 두어 혼슈의 ᄡᅳ려 ᄒᆞ고 모ᄌᆡ 감격ᄒᆞ믈 마지 아니터라.

ᄌᆡ셜, 요홰 길을 찬뎡(趲程)ᄒᆞ여357) 가미 일이일(一二日)이 아니라. 쟝ᄎᆞᆺ ᄐᆡ안부(泰安府)의 ᄀᆞᆺ가오ᄆᆡ 큰 쥬졈을 갈희여 나귀의 나려 요홰 홀노 문어귀의 셔셔 한가히 보더니, 븍편으로 량개 ᄀᆡᆨ인이 오더니 곳 쥬졈으로 드러오거ᄂᆞᆯ, 드ᄃᆡ여 ᄌᆞ셔히 보ᄆᆡ 일개 나히 젹은 사ᄅᆞᆷ이 【27】 남ᄌᆞ 모양 ᄀᆞᆺ지 아닌지라. 눈을 모와 술피더니 기인이 머리ᄅᆞᆯ 돌나 요화ᄅᆞᆯ 보며 ᄆᆞᆫ득 숀을 드러 니로ᄃᆡ,

"죤ᄀᆡᆨ이 어ᄃᆡ로죠ᄎᆞ 오ᄂᆞ냐?"

요홰 그 셩음을 듯고 이샹히 너겨 니로ᄃᆡ,

"네가 방아진[의](龐雅宜)이 아니냐?"

기인이 ᄲᅡ라 ᄋᆞᆲ흐로 와 요화의 젼닙(氈笠)을 한 번 들츄어 보고 ᄲᅡ히 업ᄃᆡ여 졀ᄒᆞ여 니로ᄃᆡ,

"ᄂᆡ 뉜고 ᄒᆞ엿더니 원ᄅᆡ 군쥬(郡主)로다."

요홰 련망히 붓드러 니로ᄃᆡ,

"과연 우리 ᄆᆡ뎨로다. 져 ᄉᆞᄅᆞᆷ은 뉜고?"

아진(阿眞)이 니로ᄃᆡ,

---

356) 【집힝이】 명 지팡이. ¶ 拐兒 ‖ 쇼세ᄅᆞᆯ 겨유 맛치ᄆᆡ 노ᄑᆡ 집힝이ᄅᆞᆯ 잡고 ᄋᆞᄌᆞ와 ᄀᆞᆺ치 당듕의 니ᄅᆞ고 탁ᄌᆞ 우희 죠반을 임의 ᄀᆞᆺ쵸왓ᄂᆞᆫ지라 (那老婆婆拄着拐兒, 同家騏已到堂中, 桌上早膳已具.) <瑤華 16:24>

357) 【찬뎡ᄒᆞ다】 동 찬정(趲程)하다. 서둘러 가다. ¶ 赶程 ‖ ᄌᆡ셜 요홰 길을 찬뎡ᄒᆞ여 가미 일이일이 아니라 (再說瑤華等一起人, 赶程而進, 非止一月.) <瑤華 16:26> ⇒ 찬졍ᄒᆞ다

"우리 노뷔(老父)라."

ᄒᆞ고 ᄲᆞᆯ니 손을 【28】 드러 블너 니로ᄃᆡ,

"공쥐 여긔 계시니 가히 와셔 비현ᄒᆞ라."

ᄒᆞ니, 방희덕(龐希德)이 ᄯᅡ라 올나 고두코자 ᄒᆞ거ᄂᆞᆯ, 요홰 ᄲᆞᆯ니 아진으로 ᄒᆞ여곰 멈츄며 니로ᄃᆡ,

"ᄌᆞ편ᄒᆞ믈 취ᄒᆞ고 ᄂᆡ가 츙곡(衷曲)의 말이 잇셔 녕아(佞阿)와 슈작ᄒᆞ련다."

ᄒᆞ니, 희덕이 다만 믈너가고 요홰 아진을 ᄭᅳ을고 방듕의 드러가 좌졍ᄒᆞ미 즉시 아신(阿新)을 시겨 니로ᄃᆡ,

"찬슈ᄅᆞᆯ 죠비(造備)ᄒᆞ여 ᄡᅥ 밤의 말ᄒᆞ믈 돕게 ᄒᆞ라."

ᄒᆞ고, ᄯᅩ 아진다려 무ᄅᆞᄃᆡ,

"엇지ᄒᆞ여 오ᄅᆡ 지체ᄒᆞ고 비로 【29】 쇼 남으로 도라오ᄂᆞ냐?"

아진이 니로ᄃᆡ,

"그ᄒᆡ의 샹고(商賈)ᄅᆞᆯ 호위ᄒᆞ여 가지고 산셔싱(山西省)의 니ᄅᆞ고, ᄯᅩ 그곳으로죠ᄎᆞ 호위ᄒᆞ여 경셩가지 니ᄅᆞ미 리식(利息)이 ᄌᆞ못 남은지라. 즉시 집으로 도라오고ᄌᆞ ᄒᆞ더니, ᄯᅩ 동향 한 사ᄅᆞᆷ이 잇셔 지믈을 가지고 능히 홀노 오지 못ᄒᆞᆯ지라. 졔가 우리 부녜 본토로 도라오믈 알고 지삼 부탁ᄒᆞ여 ᄒᆞᆷ긔 ᄒᆡᆼᄒᆞᄌᆞ ᄒᆞ니, 우리 부친이 능히 비각(排却)지 못ᄒᆞ여 다만 ᄒᆞᆷ긔 ᄒᆡᆼᄒᆞ여 덕쥬(德州) 디경의 니ᄅᆞ미, ᄃᆡ적(大賊) 진쥬쳔의 도당 【30】 이 ᄯᅩᆺᄎᆞ와 겁략ᄒᆞ여 가고, 아올라 동ᄒᆡᆼᄒᆞᄂᆞᆫ 그 사ᄅᆞᆷ을 잡아다가 살ᄒᆡᄒᆞ고 슈급을 나무가지의 거러 노코, ᄯᅩ ᄆᆞ병(馬兵)을 발ᄒᆞ여 우리 부녀ᄅᆞᆯ 잡으려 ᄒᆞ거ᄂᆞᆯ, 우리가 탄궁 슈단이 잇기로 다ᄒᆡᆼ히 면ᄒᆞ여 나고, 드ᄅᆞ니 그 도적의 슈하의 간릉(幹能)ᄒᆞᆫ 사ᄅᆞᆷ 만흔지라. 이졔 군쥬ᄅᆞᆯ 만나 뵈오니 가히 우리 부녀의 담력을 크게 ᄒᆞ리로다."

요홰 니로ᄃᆡ,

"ᄂᆡ 드ᄅᆞ니 진쥬쳔 일ᄃᆡ(一隊) 회안 ᄯᅡᄒᆡ 잇셔 왜적을 결년(結緣)ᄒᆞ믈 인ᄒᆞ여 다 바다 【31】 의 나려간고로, ᄂᆡ가 안연이 여긔가지 니ᄅᆞ럿ᄂᆞᆫᄃᆡ 엇지 이곳의 ᄯᅩ 그 사ᄅᆞᆷ이 잇ᄂᆞ냐?"

아진이 니ᄅᆞᄃᆡ,

"비지 드ᄅᆞ니 졔가 신통이 광ᄃᆡᄒᆞ여 도쳐의 왜구ᄅᆞᆯ 쳐결ᄒᆞ고 류적 무리 다 그 우익이 된다 ᄒᆞ더라."

요홰 니로ᄃᆡ,

"필경은 졔가 엇던 사ᄅᆞᆷ이냐? ᄂᆡᄂᆞᆫ 응당 져의 분슈ᄅᆞᆯ 알니라."

아진이 니로ᄃᆡ,

"이왕은 아지 못ᄒᆞ더니 일젼의 어ᄂᆡ 쥬뎜의셔 한 사ᄅᆞᆷ을 만나 져의 시비ᄅᆞᆯ ᄆᆡ오 ᄒᆞ니, ᄉᆡᆼ각건ᄃᆡ 진쥬쳔 슈하의 ᄃᆞ의치 못ᄒᆞᆫ ᄉᆞᄅᆞᆷ 【32】 인가 ᄒᆞ노라."

요홰 니로ᄃᆡ,

"졔가 엇지 말ᄒᆞ더냐?"

아진이 니로ᄃᆡ,

"졔 말이 져 진쥬쳔은 본시 념샹(鹽商)의 ᄌᆞ식으로 가산이 유여ᄒᆞᆫᄃᆡ 경도ᄅᆞᆯ 힘ᄡᅳ지 아니ᄒᆞ고 쥬식으로 ᄡᅥ 일을 ᄉᆞᆷ아 가산을 탕픠ᄒᆞ고, 굴러 젹뉴의 드러간지라. 졔가 죡지다모(足智多謀)ᄒᆞ믈 인ᄒᆞ여, 그러므로ᄡᅥ 져 젹류들이 져ᄅᆞᆯ 미뤼여 괴슈ᄅᆞᆯ ᄉᆞᆷ고 모다 즐겨 슌죵ᄒᆞᄂᆞᆫ고로, 능히 와쥬(窩主)가 되여 쟝믈을 난호고, 졔 슈하의 인지 심히 만흔ᄃᆡ, 무ᄅᆞᆺ 기예잇ᄂᆞᆫ ᄉᆞᄅᆞᆷ을 【33】 즁가(重價)ᄅᆞᆯ 앗기지 아니코 블너드리며 그 거샹의 동작ᄒᆞ미 심히 은밀ᄒᆞ고 ᄯᅩ 큰 지믈을 흣허 뢰믈을 베플기로, 근일의 ᄯᅩ 일개 리인(異人)을 어드니, 이의 셔홍유(徐鴻儒)[요술ᄒᆞᄂᆞᆫ ᄉᆞᄅᆞᆷ이라]의 도뎨로 능히 호풍환우(呼風喚雨)ᄒᆞ고 팟출 더져 군ᄉᆞᄅᆞᆯ ᄆᆡᆫ돌고 요ᄉᆞᄒᆞᆫ 슐쉬 심히 강ᄒᆞᆫ지라. 진쥬쳔이 ᄎᆞ인을 어드ᄆᆡ 가히 ᄡᅥ 그 음모와 비계(秘計)ᄅᆞᆯ 시ᄒᆡᆼᄒᆞᄂᆞᆫ고로 근일 각쳐의 도시 진쥬쳔의 명호가 이시니 다 그 변화ᄒᆞᆫ 몸이오 원근 젹비(賊匪)가 그 롱 【34】 락의 드지 아니ᄒᆞᄂᆞᆫ 이가 업고, 이졔 덕쥬 요로의 잇셔 한 쟝샹을 빈셜ᄒᆞ여 경셩과 셔로 갓갑게 ᄒᆞ여노코, 죠뎡 동졍을 탐쳥ᄒᆞ여 죠히 슈륙 량로의 젹구비(賊寇輩)ᄅᆞᆯ 지휘ᄒᆞ여 아올나 ᄒᆡᆼ인을 겁략ᄒᆞ고, 만일 관병이 슈포(收捕)ᄒᆞ믈 만나면 형셰가 커셔 능히 져당치 못ᄒᆞᆯ 쟈ᄂᆞᆫ 만히 회뢰(賄賂)ᄅᆞᆯ ᄒᆡᆼᄒᆞ여 그 일이 침식(寢息)되게[358] ᄒᆞ고, 만일 외겁(畏怯)ᄒᆞ여 옯흐로 오지 못ᄒᆞᄂᆞᆫ 쟈ᄂᆞᆫ 그 살

---

358) 【침식되다】 동 침식(寢息)되다. 떠들썩하던 일이 가라앉아서 그치다. ¶ 寢 ‖ 만일 관병이 슈포ᄒᆞ믈 만나면 형셰가 커셔 능히 져당치 못ᄒᆞᆯ 쟈ᄂᆞᆫ 만히 회뢰ᄅᆞᆯ ᄒᆡᆼᄒᆞ여 그 일이 침식되게 ᄒᆞ고 (若遇官兵收捕, 勢大不能抵御者, 卽多方賄賂, 以寢其事.) <瑤華 16:34>

히ᄒᆞ믈 바ᄃᆞ니, 그러므로 ᄡᅧ 십여 년 ᄂᆡ의 평안ᄒᆞ미 【35】 반셕과 ᄀᆞᆺ다 ᄒᆞᄂᆞᆫ지라. 비ᄌᆞ의 ᄆᆞᄋᆞᆷ의 그 사ᄅᆞᆷ이 솰구[脫口]ᄒᆞ여 그 말을 ᄂᆡ니 반ᄃᆞ시 그 실샹이오, 스ᄉᆞ로 가ᄎᆞᄒᆞ미 업ᄉᆞᆷ을 가히 알니라."

ᄒᆞ니, 요홰 니로ᄃᆡ,

"다ᄒᆡᆼ히 즁도의셔 너ᄅᆞᆯ 만나 그 리력을 아랏고 그러치 못ᄒᆞ면 어ᄃᆡ로ᄌᆞᄎᆞ 탐지ᄒᆞ랴?"

아진이 니로ᄃᆡ,

"공쥬게셔 죠흔 터 슈ᄅᆞᆯ 누리지 아니ᄒᆞ고, 엇지ᄒᆞ여 가ᄇᆡ야이 규합(閨閤)을 ᄯᅥ나 먼리 이 험로ᄅᆞᆯ 밟ᄂᆞ냐?"

요홰 니로ᄃᆡ,

"한 말노 다 ᄒᆞ기 어려오리라."

아진이 니로ᄃᆡ,

"왕야 【36】 야(王爺爺)의 쟝샹이 모다 죠히 지ᄂᆡ고 ᄉᆞ부도 쟝샹의 잇ᄂᆞ냐?"

요홰 니로ᄃᆡ,

"나의 ᄒᆡᆼ젹을 네가 치 아지 못ᄒᆞ리라. ᄂᆡ가 ᄉᆞ셰로브터 우리 ᄉᆞ부가 문지와 무지ᄅᆞᆯ 가ᄅᆞ쳐 쥬어 지금가지 니ᄅᆞ고, ᄯᅩ ᄒᆞ기ᄅᆞᆯ ᄂᆡ가 신션의 연분이 이시나 다만 젼ᄉᆡᆼ의 죄얼이 심듕ᄒᆞ미 반ᄃᆞ시 몸쇼 갑흔 연후의 바야흐로 능히 션도의 들지라. 그러므로ᄡᅧ 날노 ᄒᆞ여곰 텬하의 두로 노라 ᄡᅧ 공덕을 ᄡᆞ흐라 ᄒᆞ미 ᄂᆡ가 시러곰 좃지 아니치 못ᄒᆞᆯ 거시오, ᄯᅩ 부 【37】 귀춍듕(富貴叢中)의ᄂᆞᆫ 다만 능히 위복(威福)만 지을지니 엇지 죄얼을 쇼졔ᄒᆞ랴? 그런고로 ᄂᆡ가 특별이 그 ᄯᅳᆺ을 죠ᄎᆞ 망녕도히 신션의 ᄌᆞ최ᄅᆞᆯ 바라고 ᄉᆞ부ᄂᆞᆫ 임의 아미산(峨嵋山)의 올나가고 왕야게셔 신샹이 아직 죠흐시니라."

아진이 듯고 련망히 머리ᄅᆞᆯ 죠으며 니로ᄃᆡ,

"공쥬ᄂᆞᆫ 본시 신션이 범간의 나리시미니 엇지 심샹ᄒᆞᆫ 사ᄅᆞᆷ이랴? 비ᄌᆞ 다ᄒᆡᆼ이 건즐(巾櫛)을 밧드ᄂᆞᆫ 거시 역시 젼ᄉᆡᆼ의 연분이라 노뷔 비ᄌᆞᄅᆞᆯ 위ᄒᆞ여 비필을 ᄎᆞᄌᆞ려 ᄒᆞ더니, 이졔 길 【38】 의셔 공쥬ᄅᆞᆯ 만나ᄆᆡ 그 ᄉᆡᆼ각이 돈연이 ᄉᆞ라지ᄂᆞᆫ지라. 다만 공쥬ᄂᆞᆫ 거두어 부리시면 비ᄌᆞ 평ᄉᆡᆼ의 ᄃᆡ원(大願)이오 본향의 도라가고ᄌᆞ 아니ᄒᆞ노라."

요홰 니로ᄃᆡ,

"니런 의ᄉᆞ 잇거든 오히려 세 번 ᄉᆡᆼ각ᄒᆞ여 보고 너의 젼졍을 그ᄅᆞ게 말나."

아진이 니로ᄃᆡ,

"공쥬게셔 아진 보기ᄅᆞᆯ 너모 낫비 ᄒᆞ시도다. 비ᄌᆞ ᄆᆞᄋᆞᆷ 셰우기ᄅᆞᆯ 한 번 졍ᄒᆞ면 쥭ᄂᆞᆫ ᄃᆡ도 변치 아니리라."

ᄒᆞ니, 요홰 니로ᄃᆡ,

"너의 부친이 오히려 잇ᄂᆞᆫ지라. 가히 니러ᄐᆞ시 쳐ᄉᆞᄒᆞ여 효도의 【39】 휴손(虧損)되게 말나."

아진이 니로ᄃᆡ,

"노부(老父)의 일신은 ᄌᆞ못 념녀ᄒᆞᆯ 거시 아니라. 임의 ᄉᆞ쇽을 두고 비ᄌᆞ 비록 친ᄉᆡᆼ한 녀ᄋᆞ로 곳 죵신토록 시봉ᄒᆞᆫ다 ᄒᆞ여도 ᄯᅩᄒᆞᆫ 능히 향화ᄂᆞᆫ 밧드지 못ᄒᆞᆯ 거시오, 공쥬ᄅᆞᆯ ᄯᆞ라 시러곰 션도(仙道)의 븟죠ᄎᆞ면 부친을 갑ᄂᆞᆫ 날이 졍히 길지라 엇지 젹은 거ᄉᆞᆯ 구ᄋᆡᄒᆞ여 공쥐 만일 의심ᄒᆞ시면 맛당히 노부ᄅᆞᆯ 닛그러 공쥬 욥힙셔 니런 의톄ᄅᆞᆯ 밝혀 비ᄌᆞ의 회포ᄅᆞᆯ 펴리라."

요 【40】 홰 니로ᄃᆡ,

"아직 셔셔히 ᄒᆞ고 ᄂᆡ가 이졔 몬져 진쥬쳔을 쇼졔ᄒᆞ고 바야흐로 욥흐로 가고ᄌᆞ ᄒᆞ니, 네가 임의 그런 ᄆᆞᄋᆞᆷ이 이시면 ᄂᆡ가 엇지 죠출 의ᄉᆞ 업ᄉᆞ랴? 이졔 ᄂᆡ 슈하의 본ᄃᆡ 사ᄅᆞᆷ이 만치 못ᄒᆞ니 너의 부녀의 힘을 비러 능히 ᄃᆡ젹을 멸ᄒᆞ고 ᄃᆡ방을 위ᄒᆞ여 ᄒᆡ되ᄂᆞᆫ 거ᄉᆞᆯ 졔(除)ᄒᆞ여 쥬면 너와 나의 공ᄒᆡᆼ(功行)이 엇더타 ᄒᆞ랴?"

아진이 니로ᄃᆡ,

"비ᄌᆞ의 부녜 다만 능히 힘을 다ᄒᆞᆯ 만ᄒᆞᆫ지라. 부리실 곳이 이시면 비록 쥭ᄂᆞᆫ다 【41】 ᄒᆞ여도 ᄉᆞ양치 아닐 거시오 다만 엇더케 비치ᄒᆞ실ᄂᆞᆫ지 젼혀 공쥬의 긔묘ᄒᆞᆫ ᄭᅬᄅᆞᆯ 힘닙으려 ᄒᆞ노라."

요홰 니로ᄃᆡ,

"ᄂᆡ가 이 곳의 삼ᄉᆞ인을 다렷ᄂᆞᆫᄃᆡ, 무예ᄂᆞᆫ 비록 너의만 못ᄒᆞ나 다른 일노 부리기ᄂᆞᆫ 가히 ᄒᆞᆯ만ᄒᆞ니, 네 가히 져무리로 더브러 셔로 보게 ᄒᆞ고 ᄂᆡ가 무슨 계교ᄅᆞᆯ ᄉᆡᆼ각ᄒᆞ여 큰 ᄒᆡ되ᄂᆞᆫ 거ᄉᆞᆯ 졔어ᄒᆞ고 ᄆᆞ득 욥흐로 나가기ᄅᆞᆯ 기ᄃᆞ리라."

아진이 즉시 답응ᄒᆞ고 나가더라. 요홰 드ᄃᆡ여 아신을 블너 니로ᄃᆡ,

"진쥬쳔 【42】 의 ᄒᆡᆼ식을 임의 아진의 말노 아랏거니와 다만 져의 쇼혈 안의 광경이 엇더ᄒᆞᆫ지 탐지ᄒᆞᆫ 연후의 비로쇼 계교ᄅᆞᆯ ᄡᅳᆯ 거시니, 네가 ᄆᆞ득 늣게야 비등(飛騰)ᄒᆞ여 그 령ᄎᆡ(營寨)의 드러가 그 실샹을 탐쳥ᄒᆞ게 ᄒᆞ고 너 오기ᄅᆞᆯ 기

ᄃᆞ려 의견을 경ᄒᆞ리라."

아신이 응락ᄒᆞ고 가더라.

한즈음이 못ᄒᆞ여 아진이 드러와 뵈셔 말ᄒᆞᄃᆡ,

"공쥬 여긔 오시는 ᄃᆡ 엇지ᄒᆞ여 ᄌᆞ녀 무리모다 동힝치 아니ᄒᆞ엿ᄂᆞ뇨?"

요홰 니로ᄃᆡ,

"져 무리를 집의 머믈너 쟝【43】샹(莊上)을 보호ᄒᆞ게 ᄒᆞ고, 발뎡(發程)ᄒᆞ여 올 ᄡᅴ의 삼개복부를 다리고 동힝ᄒᆞ엿더니 도뢰 험악ᄒᆞ여 다만 능히 셔로 근심을 난호지 못ᄒᆞ고 도로혀 져의를 호위ᄒᆞ여 쥴 터인고로, ᄉᆞ셰가 난쳐ᄒᆞ여 도강(渡江)홀 ᄡᅴ의 몬져 져의 무리를 보니여 쟝샹으로 도라가게 ᄒᆞ엿ᄂᆞ니라."

아진이 니로ᄃᆡ,

"져 몃 개 시녀가 ᄉᆡᆼ각건ᄃᆡ 도시 무예를 잘ᄒᆞ리라."

요홰 니로ᄃᆡ,

"잘ᄒᆞ기는 필연치 못ᄒᆞ나 로듕의 ᄯᅩ흔 그 보ᄒᆞ는 힘은 힘닙엇노라."

경히 말ᄒᆞᄆᆡ, 홀연 보니 아신이 공듕으로 죠ᄎᆞ 나라 나리거ᄂᆞᆯ, 요홰 니로ᄃᆡ,

"네 가히 명ᄇᆡᆨ히 탐쳥ᄒᆞ엿ᄂᆞ냐?"

아신이 ᄃᆡ답ᄒᆞᄃᆡ,

"비지 비등ᄒᆞ여 져의 령ᄂᆡ의 니ᄅᆞ러 ᄌᆞ셔히 형셰를 술펴보고, ᄯᅩ 져의 무리 군무ᄉᆞ(軍務事) 의론ᄒᆞ는 거술 드러 그 ᄂᆡ령(來歷)[359]을 다 알고, 젼ᄎᆞ의 공쥬의 드러셔 말ᄒᆞ던 바 양졍뷔(楊靜夫) 그 쇽의 잇ᄂᆞᆫᄃᆡ, 원릭 진쥬쳔의 슈하의 샹이(桑二)라 ᄒᆞ는 ᄉᆞ롬이 이시니, 비록 남ᄌᆡ나 부인으로 더브러 다ᄅᆞ미 업고 ᄆᆡ일 밤의 양졍부를【45】쳥ᄒᆞ여 져로 더브러 후졍(後庭)[360]의 일을 지ᄂᆡᄂᆞᆫᄃᆡ, 졔가 양졍부 ᄉᆞ랑ᄒᆞ기를 쟝샹(掌上)의 진쥬ᄀᆞᆺ치 너기나 나보기의 양졍뷔 심히 면강ᄒᆞ여 지ᄂᆡ고, 다시 말을 드ᄅᆞ니 샹이의 궤슐(詭術)이 고강ᄒᆞ므로 진쥬쳔이 져를 미오 공경ᄒᆞᆫ다 ᄒᆞ니, 만일 그 사롬 곳 업ᄉᆞ면 블과 심샹ᄒᆞᆫ 토비(土匪)라."

ᄒᆞ니, 요홰 니로ᄃᆡ,

"져의 령ᄂᆡ의 인ᄆᆡ 언마나 잇더냐?"

아신이 니로ᄃᆡ,

"ᄃᆡ춍(大總)이 오륙ᄇᆡᆨ 인의 지나지 못ᄒᆞ나 ᄉᆡᆼ각건ᄃᆡ 반ᄃᆞ시 굿셴 군ᄉᆞ로 져의 방옥 ᄉᆞ면의 잇셔 호【46】위ᄒᆞ고, ᄯᅩ 말을 드ᄅᆞ니 원근의 둔취(屯聚)ᄒᆞᆫ 무리 심히 만흔ᄃᆡ, 져의게 령픠(令牌)가 잇셔 가히 ᄡᅥ 죠발(調發)ᄒᆞ고, 각 항 인ᄆᆡ는 믄득 다쇼를 아지 못ᄒᆞᆫ다."

ᄒᆞ거ᄂᆞᆯ, 요홰 니로ᄃᆡ,

"네 말을 ᄀᆞᆺ트면 져를 쇼졔키 도로혀 용이ᄒᆞ리라."

아신이 니로ᄃᆡ,

"반ᄃᆞ시 한 가지 죠흔 계칙이 잇셔야 져 무리 도당을 헷치고 비로쇼 가히 쇼졔ᄒᆞ리라."

요홰 머리를 슉이고 착실이 한 ᄎᆞ례 혬ᄒᆞ여 보다가 홀연이 말ᄒᆞᄃᆡ,

"잇다."

ᄒᆞ거ᄂᆞᆯ, 아신과 아진이 ᄲᆞᆯ니 무ᄅᆞᄃᆡ,

"무순 계【47】칙이 잇ᄂᆞ뇨?"

요홰 블황블망(不慌不忙)ᄒᆞ고 한 가지 ᄭᅬ를 말ᄒᆞ여 ᄂᆡ니, 엇지된 지 알냐 ᄒᆞ거든 하회의 분히ᄒᆞ라.

359) 【ᄂᆡ령】 명 내력(來歷). ¶ 底蘊 ‖ 비지 비등ᄒᆞ여 져의 령ᄂᆡ의 니ᄅᆞ러 ᄌᆞ셔히 형셰를 술펴보고 ᄯᅩ 져의 무리 군무ᄉᆞ 의론ᄒᆞ는 거술 드러 그 ᄂᆡ령을 다 알고 (婢子飛騰到他莊內, 仔細看了形勢, 又聽他們在那裏議論軍機情事, 悉知其底蘊.) <瑤華 15:45> ⇒ ᄂᆡ력 / 8:57

360) 【후졍】 명 후정(後庭). 항문(肛門). 비역. ¶ 後庭 ‖ 비록 남ᄌᆡ나 부인으로 더브러 다ᄅᆞ미 업고 ᄆᆡ일 밤의 양졍부를 쳥ᄒᆞ여 져로 더브러 후졍의 일을 지ᄂᆡᄂᆞᆫᄃᆡ (雖是男子, 與婦人無二, 每日夜必要楊靜夫與他干那後庭之事.) <瑤華 16:45> "未得時時節, 相與上等是書手、外郎, 做這副膩臉, 捱他些酒植; 下等是皂隸、甲首, 做這個～騙他銀子。" (型世 30) "劍鞘不會作嬌態, 未央生雖不時弄他, 還不覺十分得意; 書笥性極狡猾, 與未央生行樂之時, 能聳駕～, 如婦人一般迎合, 口裏也會做些浪聲。" (肉蒲團 8)

31
슈상이망요현릉[함슐] 예쥬쳔부녀슌신
收桑二蟒妖衒術 殪珠泉父女殉身

화셜 요홰(瑤華) 말ᄒᆞ되,

"ᄂᆡ 의ᄉᆞᄂᆞᆫ ᄉᆡᆼ각건ᄃᆡ 져 진쥬쳔(眞珠泉)이 다만 샹이(桑二)의 요슐을 밋ᄂᆞᆫ지라. 만일 샹이ᄅᆞᆯ 업시ᄒᆞ면 진쥬쳔의 위픙이 믄득 일반(一半)은 업셔질지라. ᄂᆡ가 명일의 몬져 아교(阿巧)와 삼져【48】ᄅᆞᆯ 시겨 모다 ᄒᆡᆼ각(行脚)ᄒᆞᄂᆞᆫ 도고(道姑)ᄂᆞᆫ 쟝쇽ᄒᆞ여 거즛 졔 쇼혈(巢穴) 가흘 다ᄅᆞ면 필연 져의 무리 잡아다가 신변의 머믈너 두고 ᄉᆞ역을 시길 거시니, 져 량개로 ᄒᆞ여곰 양졍부(楊靜夫)ᄅᆞᆯ 암통(暗通)ᄒᆞ여 약으로ᄡᅥ 샹이ᄅᆞᆯ 희미ᄒᆞ여 너머지게 ᄒᆞ고 도망ᄒᆞ여 나오면 져 샹이가 필연 요슐을 ᄡᅥ 좃ᄎᆞ 잡으려 ᄒᆞᆯ 거시니, 네가 믄득 슈단을 부려 져ᄅᆞᆯ 잡아 항복바다 멈츄면 양졍뷔 여긔 이시미, 졔가 반ᄃᆞ시 ᄯᅥ러져 가지 아니코 진쥬쳔이 임의 가【49】히 미들 거시 업ᄉᆞ며, 다시 졔 령픽(令牌)ᄅᆞᆯ 도젹ᄒᆞ여 ᄂᆡ여 샹이로 ᄒᆞ여곰 가셔 원근의 둔취ᄒᆞᆫ 도당을 유인ᄒᆞ여 다만 말ᄒᆞ기ᄅᆞᆯ, '회안(淮安) ᄶᅡ히 위급ᄒᆞ니 가셔 구호ᄒᆞ라' ᄒᆞ여, 져 악을 돕ᄂᆞᆫ 무리ᄅᆞᆯ 헷쳐 보ᄂᆡ면 져의 형셰가 반ᄃᆞ시 고독ᄒᆞ여질 거시오, 쥬쳔의 잇ᄂᆞᆫ 바 몃ᄇᆡᆨ 사ᄅᆞᆷ은 비록 모진 군ᄉᆡ라 ᄒᆞ나, 두리건ᄃᆡ ᄯᅩᄒᆞᆫ 능히 ᄒᆞ잘거시 업슐 거시오. 그리ᄒᆞᆫ 연후의 ᄂᆡ가 별노이 계교ᄅᆞᆯ ᄡᅥ 슈포(收捕)ᄒᆞ랑이면 박멸ᄒᆞ기 어렵지 아니리라."

【50】아신(阿新)이 니로ᄃᆡ,

"계교ᄂᆞᆫ 비록 죠ᄒᆞ나 다만 샹이ᄅᆞᆯ 약을 ᄡᅳ지 아니면 가히 능히 미혹지 못ᄒᆞ리라."

ᄒᆞ고, 홀연이 우ᄉᆞ며 니로ᄃᆡ,

"비ᄌᆞ의 쇼견은 샹이가 임의 후졍(後庭)[361]을 죠화ᄒᆞᆫ다 ᄒᆞ니, 미약(迷藥)을 ᄡᅥ 져의 무리 량개로 ᄒᆞ여곰 져ᄅᆞᆯ 희롱ᄒᆞ여 노흐면 도로혀 가히 일시ᄅᆞᆯ 엄차(掩遮)ᄒᆞᆯ 거시오, 그 젹의 비ᄌᆡ 양졍부ᄅᆞᆯ 가져 취ᄒᆞ여 도라오고 다시 법슐을 ᄡᅥ 샹이ᄅᆞᆯ 결박ᄒᆞ여 노흐면 져 무리 호위ᄒᆞᄂᆞᆫ 군ᄉᆡ 비록 효용(驍勇)ᄒᆞ다 ᄒᆞ나 가히【51】별슐(別術)을 ᄡᅥ 볼 거시오, 혹 샹이ᄅᆞᆯ 시겨 의ᄉᆞᄅᆞᆯ 베푸러 쇼졔케 ᄒᆞ리라."

요홰 니로ᄃᆡ,

"죠ᄒᆞᆫ 미약을 ᄂᆡ가 도로혀 죠비ᄒᆞ여 여긔 두엇시니 네가 ᄂᆡ ᄒᆡᆼ탁(行橐) 쇽의 어더ᄂᆡ여 져 량개ᄅᆞᆯ 맛기고 아올나 계칙을 가져 알게 ᄒᆞ여 ᄒᆞ여곰 명죠의 계교ᄅᆞᆯ 의지ᄒᆞ여 ᄒᆡᆼ케 ᄒᆞᄂᆞᆫ 거시 편ᄒᆞ리라."

아신이 명을 밧드러 나가거ᄂᆞᆯ, 아진(阿眞)이 니로ᄃᆡ,

"공쥐 요슐ᄒᆞᄂᆞᆫ ᄉᆞᄅᆞᆷ이 져긔 이시믈 인ᄒᆞ여 니러틋 계교ᄅᆞᆯ 베푸러시니, 만일 그 사ᄅᆞᆷ을 거두어 노흐면 져 호【52】위ᄒᆞᄂᆞᆫ 군ᄉᆞᄂᆞᆫ 몃ᄇᆡᆨ 인이라 말ᄒᆞ지 말고 믄득 이삼인이 된다 ᄒᆞ여도 비ᄌᆡ 로부로 더브러 가히 모다 뭇지ᄅᆞ리라."

요홰 니로ᄃᆡ,

"ᄂᆡ가 니ᄅᆞᆯ 위ᄒᆞ미니 샹이ᄅᆞᆯ 거둔 후ᄂᆞᆫ ᄌᆞ연 너의 무리 부녀ᄅᆞᆯ 의지ᄒᆞ여 비로쇼 능히 셩공ᄒᆞᆯ 거시니, 네 몬져 이 일을 가져 네 노부의게 고ᄒᆞ고 힘ᄡᅥ 나의 일비지력(一臂之力)을 돕게 ᄒᆞ라."

아진이 니로ᄃᆡ,

"져거슬 엇지 슈고ᄅᆞᆯ 본밧지 아니ᄒᆞ리오?"

---

361)【후졍】몡 후정(後庭). 항문(肛門). 비역. ¶ 後庭 ‖ 샹이가 임의 후졍을 죠화ᄒᆞᆫ다 ᄒᆞ니 미약을 ᄡᅥ 져의 무리 량개로 ᄒᆞ여곰 져ᄅᆞᆯ 희롱ᄒᆞ여 노흐면 도로혀 가히 일시ᄅᆞᆯ 엄차ᄒᆞᆯ 거시오 (桑二既有後庭之好, 何不用春藥, 令他們兩個去弄他, 倒可掩飾一時.) <瑤華 16:50>

셕반을 지닉고 각기 방의 도라가 안침ᄒᆞ더라.

직셜, 삼져와 【53】 아괴 아신의 말을 듯고 청신의 니러나 함긔 덕쥬(德州) 딕로롤 향ᄒᆞ여 가더니, 뎨 이일 오후의 니ᄅᆞ러 바야흐로 젹병을 만나 한 마딕 쇼라(小鑼) 쇼릭의 져 량개롤 잡아 결박ᄒᆞ고 그 외의 겁략ᄒᆞᆫ 믈건을 슈습ᄒᆞ여 홈긔 령치로 프러 니ᄅᆞ러 진쥬쳔의게 공을 드리니, 삼졔 보기의 진쥬쳔이 일개 비반(肥胖)ᄒᆞᆫ 신ᄌᆞ(身子)로 극딕ᄒᆞᆫ 교위 우힉 안고, 두 겻힉 허다ᄒᆞᆫ 부녜 셔 잇셔 져롤 위ᄒᆞ여 다리도 치며 가려온 딕도 긁어 쥬더니, 【54】 삼져와 아교 량인을 보고 니로딕,

“져 량개의 면뫼 싱기미 믜오 죠흐니 가히 져롤 잡아온 사ᄅᆞᆷ을 즁샹(重賞)케 ᄒᆞ라.”

어시의 일개 후싱(後生)이 다라오며 량개 원보(元寶)롤 가져 잡아온 병뎡을 샹급ᄒᆞ더라. 진쥬쳔이 말을 무ᄅᆞ니, 량개의 어엿분 쇼릭와 연ᄒᆞᆫ 말이 쇼쥬(蘇州) 사ᄅᆞᆷ인 쥴을 알고 더옥 환희ᄒᆞ여 ᄉᆞᄅᆞᆷ을 시겨 져 량개롤 위ᄒᆞ여 도고의 쟝쇽을 밧고게 ᄒᆞ고, 의복과 슈식을 도시 쇼쥬 격식으로 믠든 거술 가져 닙히고 ᄯᅩ 분을 【55】 바ᄅᆞ며 머리롤 빗기고 잠환(簪環)을 가져 ᄭᅩᄌᆞ쥬고, 져 량개로 ᄒᆞ여곰 몸을 ᄌᆞ가히 복시케 ᄒᆞ고, 이왕 두엇던 녀인비는 틱반이나 졔틱(裁汰) ᄒᆞ고, 일노죠ᄎᆞ 츈보롤 ᄯᅥ나지 아니케 ᄒᆞ고 ᄡᅥ로 샹이의 곳의 가 한담ᄒᆞᆯ식, 샹이의 모양이 부인과 일반으로 분을 바ᄅᆞ고 연지롤 ᄶᅵᆨ고 션연(鮮姸)ᄒᆞᆫ 의복을 닙고 흔신의 향취 가득ᄒᆞ고 언어와 동지가 홈긔 부인의 모습을 비홧시나 다만 양경부는 어딕 잇는지 보지 못ᄒᆞᆯ지라.

하로는 홀연 【56】 보니 진쥬쳔의 슈하인이 품ᄒᆞ딕,

“부샹(富商) 무리 힝니와 츼즁(輜重)을 만히 가지고 가딕, 져의 무예 고강ᄒᆞ기로 딕젹지 못ᄒᆞᆯ깃시니 샹야(桑爺)롤 쳥ᄒᆞ여 나아가야 비로쇼 탈취ᄒᆞ리라.”

ᄒᆞ니, 진쥬쳔이 사ᄅᆞᆷ으로 ᄒᆞ여곰 쳥ᄒᆞ여 닉믜 샹이 요라(裊娜)ᄒᆞ게 다라 나오거늘, 진쥬쳔이 공경ᄒᆞ며 본ᄉᆞ롤 가져 고ᄒᆞ니, 샹이 니로딕,

“져 무리 여간 무예 잇다 ᄒᆞ나 늣게 쟝관(將官)을 닉여 보닉면 믄득 져의 셩명을 결과(結果)ᄒᆞᆯ 거시어늘 날노 ᄒᆞ여곰 【57】 나가라 ᄒᆞ믄 엇지미뇨?”

슈하인이 니로딕,

“샹얘 아지 못ᄒᆞ도다. 져 부샹 무리 무예 고강ᄒᆞᆯ ᄲᅮᆫ 아니라 법슐이 잇실가 두려 그러므로 셔로 쳥ᄒᆞ는 거시니, 한 번 나아가야 온당ᄒᆞ게 되리라.”

샹이 면강ᄒᆞ여 니로딕,

“너의 무리 나롤 긔여히 괴롭게 ᄒᆞ는도다.”

진쥬쳔이 련망히 한 ᄎᆞ례 위로ᄒᆞᆫ 후의 몸을 니니 쥬쳔이 문어귀의 나와 보닉더라. 삼졔 가마니 아교롤 딕ᄒᆞ여 니로딕,

“너는 여긔 잇셔 져 무리롤 쥬졉게 ᄒᆞ 【58】 라. 닉 후변의 니ᄅᆞ러 양경부롤 ᄎᆞᄌᆞ 보리라.”

아괴 졈두ᄒᆞ고 삼졔 곳 굴너 후원의 드러가 각쳐로 단이딕 보지 못ᄒᆞ여 ᄲᅧ 이샹히 너기고 각쳐로 찻다가 일개 골방의 다ᄃᆞ라 보니, 양경뷔 평샹 우힉 누어 잇다가 삼져롤 보고 련망히 몸을 니러 머리롤 안고 누어 잇다가 삼져롤 보고 련망히 몸을 니러 머리롤 안고 곡읍ᄒᆞ거늘, 삼졔 급히 권ᄒᆞ여 긋치게 ᄒᆞ고, 무ᄅᆞ딕,

“네가 여긔 잇셔 도로혀 몸이 평안ᄒᆞ냐?”

양경뷔 드딕여 도젹의 굴혈의 ᄲᅡ져 다만 져 념치업는 무리로 더브러 【59】 져러틋 더러온 일을 격는 말을 가져 니ᄅᆞ니, 삼졔 니로딕,

“우리 무리 역시 이곳의 ᄲᅡ졋시니 엇지ᄒᆞ던지 능히 너로 더브러 도망ᄒᆞ여 나가야 비로쇼 죠흐리라.”

경뷔 니로딕,

“비록 도망ᄒᆞ려 ᄒᆞ나 져 샹이의 법슐이 믜오 리히(利害)되여 버셔나기 어려온지라. 닉가 젼번의 일즉 도망ᄒᆞ여 일야(一夜)롤 다라가더니, 도로혀 져의 방 쇽의 잡혀 잇고, 뎨이일의 져의게 한 ᄎᆞ례 어더맛고, 져의 말이 만일 다시 다라나다가는 믄득 쥭이리라 ᄒᆞ 【60】 더라.”

삼졔 니로딕,

“만일 져 모양으로 일ᄌᆞ롤 지닉면 출하리 쥭는 이만 못ᄒᆞ리라.”

경뷔 니로딕,

“나도 져러틋 싱각ᄒᆞ노라.”

삼졔 니로딕,

“닉가 이졔 일개 큰 슈단잇는 공쥬롤 ᄯᅡ라 단이는딕 그 슈하의 법슐 잘ᄒᆞ는 사ᄅᆞᆷ이 만코

네가 만일 이곳을 버셔나면 너로 ᄒᆞ여곰 공쥬의 곳으로 함긔 가 ᄆᆡ오 죠흘 곳이 잇고, 네가 만일 샹이로 더브러 간ᄉᆞᄒᆞᆯ ᄯᆡ의 우리 무리 량개 은졍(隱情)을 가져 가마니 져ᄅᆞᆯ ᄃᆡᄒᆞ여 말ᄒᆞ여 알게 ᄒᆞ면, 졔가 필 【61】 연 우리 무리ᄅᆞᆯ 요구ᄒᆞ여 ᄒᆞᆷᄭᅴ 그 일을 셩취ᄒᆞᆯ 거시니, ᄂᆡ 별노 한 가지 미약이 잇셔 져ᄅᆞᆯ 봉승ᄒᆞᆯ ᄯᆡ의 네가 믄득 틈을 타 도망ᄒᆞ여 나가 ᄐᆡ안부 셩외의 아모 쥬뎜의 가 은신ᄒᆞ면 샤ᄅᆞᆷ이 와셔 너ᄅᆞᆯ 졉응ᄒᆞ리라."

경뷔 듯고 일일히 명ᄃᆡ로 ᄒᆞ려 ᄒᆞ더니, 한 즈음이 못ᄒᆞ여 인셩이 훤잡ᄒᆞᆫᄃᆡ, 허다ᄒᆞᆫ 집뽁을 가져 쳥젼의 ᄲᅡ하 노흐니 도시 겁략ᄒᆞ여 온 믈건이라. 샹이 문의 드러오더니 ᄲᆞᆯ니 ᄌᆞ긔 방듕으로 돌입 【62】 ᄒᆞᄂᆞᆫ 거시 ᄉᆡᆼ각건ᄃᆡ, 경뷔 도쥬ᄒᆞᆫ가 두리ᄂᆞᆫ 광경이라. 그 밤의 경뷔 샹이ᄅᆞᆯ 가져 진력ᄒᆞ여 봉승ᄒᆞ고 ᄯᅩ 져다려 말ᄒᆞ기ᄅᆞᆯ 져 삼져와 아교라 ᄒᆞᄂᆞᆫ 사ᄅᆞᆷ이 도시 형톄ᄅᆞᆯ 둘흘 가져[362] 가히 녀인으로 더브러 교합(交合)ᄒᆞ고 져의 범졀이 ᄆᆡ오 긔묘ᄒᆞ다 ᄒᆞ니, 샹이 드ᄅᆞᄆᆡ 츔을 흘니고 쥬쳔을 향ᄒᆞ여 져 량인 요구ᄒᆞ니, 쥬쳔이 ᄯᅩᄒᆞᆫ 그 량개ᄅᆞᆯ ᄉᆞ랑ᄒᆞ여 즐겨 듯지 아니코ᄌᆞ ᄒᆞ나, 다만 샹이의 법슐이 고강ᄒᆞᄆᆡ 좃지 아니타가ᄂᆞᆫ 다ᄅᆞᆫ 【63】 변이 날가 두려 마지 못ᄒᆞ여 보ᄂᆡ여 쥬니, 샹이 보더니 더옥 요죠ᄒᆞᆫ 모양을 지어ᄂᆡ거ᄂᆞᆯ, 져 량개 도로혀 우음을 ᄯᅴ ᄃᆞᆺ고 삼졔 믄득 아교ᄅᆞᆯ 시겨 몬져 져로 더브러 교합게 ᄒᆞ고, 졍부ᄅᆞᆯ ᄃᆡ신ᄒᆞ여 몬져 도망ᄒᆞ여 나갈 길을 가ᄅᆞ쳐 쥬고, 아교 나오기ᄅᆞᆯ 기ᄃᆞ려 믄득 가게 ᄒᆞ고, 한즈음이 못ᄒᆞ여 아괴 나와 삼져ᄅᆞᆯ 밧고와 드려 보ᄂᆡ니, 이 ᄯᆡᄂᆞᆫ 졍히 져 무리 량개의 형톄가 밧고여 드러ᄂᆞᄂᆞᆫ ᄯᆡ라. 삼져ᄂᆞᆫ 본ᄃᆡ 그 일을 잘ᄒᆞ여 샹이 【64】 ᄅᆞᆯ 가져 봉승ᄒᆞ여[363] 쾌활ᄒᆞ미 당키 어려오ᄆᆡ, 진개 혼미ᄒᆞ여 느러졋다가 반시긔을 지ᄂᆡ여 겨유 ᄭᅵ여 나ᄂᆞᆫ지라. 일노부터 셔로 졍투의합(情投意合) ᄒᆞ여 맛춤ᄂᆡ 졍부ᄅᆞᆯ 이져바리ᄂᆞᆫ 모양이라. 삼졔 짐즛 졍부의 허다ᄒᆞᆫ 죠치 못ᄒᆞᆫ 곳을 말ᄒᆞ며, 나 보기의 너ᄂᆞᆫ 져러틋 져ᄅᆞᆯ ᄉᆞ랑ᄒᆞᄂᆞᆫᄃᆡ 져ᄂᆞᆫ 도로혀 담박히 구니 도져히 우리무리쳐럼 죠치 못ᄒᆞ리라. 샹이 ᄯᅩᄒᆞᆫ 그러히 알고 져로 더브러 잠이 드러 ᄉᆞ경의 니ᄅᆞ러 ᄭᅵ여보ᄆᆡ, 【65】 샹이 한 그ᄅᆞᆺ 믈을 취ᄒᆞ여 가지고 무ᄉᆞᆫ 법을 짓거ᄂᆞᆯ, 삼졔 무ᄅᆞᄃᆡ,

"네가 무어ᄉᆞᆯ 위ᄒᆞ여 그리ᄒᆞᄂᆞ냐?"

샹이 니로ᄃᆡ,

"경뷔 가징(可懲)ᄒᆞ여 ᄯᅩ 다라낫시니 ᄂᆡ가 져ᄅᆞᆯ 잡아다가 죽이고 말니라."

삼졔 니로ᄃᆡ,

"져 잡죵의 사ᄅᆞᆷ이 도망ᄒᆞ여 갓시면 믄득 그만ᄒᆞᆯ지라. 긔여히 져ᄅᆞᆯ 잡아다가 무어ᄉᆞᆯ ᄒᆞ랴?"

말이 맛지 못ᄒᆞ여 다만 보니 챵밧긔 븕은 빗치 한 번 동ᄒᆞ여 번개 모양 ᄀᆞᆺ트며, 한 오리 홍승(紅繩)이 챵밧그로죠ᄎᆞ ᄯᅮ러 드러오며, 샹 【66】 이ᄅᆞᆯ 잡아 결박ᄒᆞ고 공즁으로죠ᄎᆞ ᄯᅳ러나가ᄂᆞᆫ지라. 삼졔 ᄲᆞᆯ니 져 그ᄅᆞᆺ 물을 가져 더져바리고 즉시 ᄯᅩ 보니 아신이 나라 드러오며 니로ᄃᆡ,

"진쥬쳔의 삼개 령픠ᄅᆞᆯ 도젹ᄒᆞ여 가져왓시니 너의 량개ᄂᆞᆫ 눈을 감고 나와 ᄀᆞᆺ치 도라가ᄌᆞ."

ᄒᆞ거ᄂᆞᆯ, 삼졔 아교와 ᄀᆞᆺ치 두 눈을 감으ᄆᆡ, 홀연 비등ᄒᆞ여 니러나며 다만 드ᄅᆞ니 귓가의 바ᄅᆞᆷ 쇼ᄅᆡ 우뢰 ᄀᆞᆺ더니, 언마 못ᄒᆞ여 ᄶᅡ히 ᄯᅥ러져 나리ᄆᆡ 임의 긔뎜 쇽인ᄃᆡ, 샹이가 얼골이 진토 ᄀᆞᆺ고 【67】 도로혀 한 편의 결박ᄒᆞ여 노힌지라. 삼졔 니로ᄃᆡ,

"임의 너ᄅᆞᆯ 구ᄒᆞ여 나왓시니 도젹의 굴혈의 ᄲᅡ져 잇ᄂᆞᆫ 것과 엇더ᄒᆞ냐?"

샹이 니로ᄃᆡ,

"임의 니리 되엿시니 네가 져 져져의게 고ᄒᆞ기ᄅᆞᆯ ᄂᆡ가 졍원(情願)ᄒᆞ여 항복ᄒᆞᆯ 거시니 나ᄅᆞᆯ 노와쥬게 ᄒᆞ라."

아신이 그 말을 듯고 니로ᄃᆡ,

---

362) 【陰陽人 음양인】 yīnyángrén <名> 형톄ᄅᆞᆯ 둘흘 가진 사ᄅᆞᆷ ‖ "又說他兩個是~, 可以與女兒交媾, 誇他戰法高妙." 져 삼져와 아교라 ᄒᆞᄂᆞᆫ 사ᄅᆞᆷ이 도시 형톄ᄅᆞᆯ 둘흘 가져 가히 녀인으로 더브러 교합ᄒᆞ고 져의 범졀이 ᄆᆡ오 긔묘ᄒᆞ다 ᄒᆞ니 (瑤華 15:62)

363) 【봉승ᄒᆞ다】 동 {봉승(奉承)하다.} 아첨하다. ¶ 삼져ᄂᆞᆫ 본ᄃᆡ 그 일을 잘ᄒᆞ여 샹이ᄅᆞᆯ 가져 봉승ᄒᆞ여 쾌활ᄒᆞ미 당키 어려오ᄆᆡ 진개 혼미ᄒᆞ여 느러졋다가 반시긔을 지ᄂᆡ여 겨유 ᄭᅵ여 나ᄂᆞᆫ지라 (這三姐自會弄聳, 把個桑二收拾得快活難當, 眞個昏迷過去.) <瑤華 16:63>

"너를 놋키ᄂᆞᆫ 용이ᄒᆞ거니와 네가 ᄆᆞᄋᆞᆷ을 기우려 우리게 셰 가지 일을 허락ᄒᆞ면 ᄂᆡ가 믄득 너를 노흐리라."

샹이 니로ᄃᆡ,

"무ᄉᆞᆫ 셰 가지 일이냐?"

아신이 니로ᄃᆡ,

"뎨 일【68】은 우리 공쥬를 보호ᄒᆞ여 아미산으로 가게 ᄒᆞ며, 로샹의 험악ᄒᆞᆫ 곳을 만나거든 도시 ᄂᆡ ᄉᆞ령(使令)ᄒᆞ믈 드러 힘을 다ᄒᆞ면 무리 ᄉᆞ부긔 쳥ᄒᆞ여 너를 죠흔 곳을 졈지ᄒᆞ여 쥴 거시니, 네가 원ᄒᆞᆯ깃ᄂᆞ야?"

샹이 니로ᄃᆡ,

"ᄂᆡ가 그ᄃᆡ로 ᄒᆞ리라."

ᄯᅩ 니로ᄃᆡ,

"뎨 이ᄂᆞᆫ 네가 진쥬쳔의 령픠를 가지고 각쳐 도당의게 젼ᄒᆞ여 말ᄒᆞ기를 회안부 령치가 실슈ᄒᆞ미 잇기로 져의 무리를 죠발ᄒᆞ여 구호ᄒᆞ라 ᄒᆞ여 져의 우익을 흐터바리게 ᄒᆞ【69】며, 뎨 삼은 진쥬쳔 휘하의 호위ᄒᆞᄂᆞᆫ 군ᄉᆞ를 엇지ᄒᆞ면 가히 흐터 보ᄂᆡᆯᄂᆞᆫ지 네가 한 가지 계칙을 ᄉᆡᆼ각ᄒᆞ여ᄂᆡ게 ᄒᆞᄂᆞ니 네가 드ᄅᆞ랴? 아니 듯깃ᄂᆞ냐?"

샹이 니로ᄃᆡ,

"도시 드ᄅᆞ리라."

ᄒᆞ거ᄂᆞᆯ, 아신이 니로ᄃᆡ,

"네가 임의 윤죵(允從)ᄒᆞ여시니, ᄂᆡ가 믄득 너를 노흘지라. ᄌᆞ량컨ᄃᆡ 네가 ᄂᆡ 슈즁의 버셔나지 못ᄒᆞ리라."

ᄒᆞ고, 드ᄃᆡ여 진언을 념ᄒᆞᄆᆡ 그 홍승이 ᄉᆞᄉᆞ로 플니며 샹이 ᄯᅱ여 니러나 아신을 ᄃᆡᄒᆞ여 니로ᄃᆡ,

"션고(仙姑)야 너의 법력이 긔묘ᄒᆞᆫ【70】쥴을 ᄂᆡ가 임의 다 아랏시니 감히 다시 두 ᄆᆞᄋᆞᆷ을 ᄂᆡ지 못ᄒᆞᆯ지라. 너ᄂᆞᆫ 나를 다리고 공쥬긔 뵈여쥬면 ᄂᆡ가 보호ᄒᆞ여 아미산의 가ᄂᆞᆫ 거시 믄득 죠흐리라."

아신이 니로ᄃᆡ,

"네가 여긔 잇셔 ᄃᆡ후ᄒᆞ라."

ᄒᆞ고, 드ᄃᆡ여 방듕의 드러가 샹이의 셰 가지 일을 원ᄒᆞ여 듯ᄂᆞᆫ 말을 고ᄒᆞ니, 요홰 ᄒᆞ여곰 드러와 보라 ᄒᆞ거ᄂᆞᆯ, 아신이 다리고 드러와 고두ᄒᆞ고 뵈거ᄂᆞᆯ, 요홰 삼져로 ᄒᆞ여곰 븟드러 니ᄅᆞ혀며 니로ᄃᆡ,

"아신의 부탁ᄒᆞᆫ 말을 네 가히【71】입으로ᄂᆞᆫ 올타 ᄒᆞ고 ᄆᆞᄋᆞᆷ으로ᄂᆞᆫ 그ᄅᆞ게 너기지 말나. 우리 ᄉᆞ뷔 시긱(時刻)으로 와셔 우리 무리를 관쇽(管束)ᄒᆞ시니, 네가 간ᄉᆞᄒᆞᆫ ᄆᆞᄋᆞᆷ이 한 번 동ᄒᆞ면 ᄉᆞ부의 나ᄂᆞᆫ 칼이 리ᄒᆡ가 되ᄂᆞᆫ지라. 그 ᄣᅢ를 당ᄒᆞ여 너의 셩명을 보젼키 어려오리라."

샹이 련망히 블감ᄒᆞ믈 일컷더라. 요홰 져를 ᄌᆞ셔히 보ᄆᆡ 남ᄌᆞ의 모양ᄀᆞᆺ지 아닌지라. 드ᄃᆡ여 니로ᄃᆡ,

"너의 모양이 도로혀 계집의 쟝쇽을 곳치ᄂᆞᆫ 것만 ᄀᆞᆺ지 못ᄒᆞ니 엇지 남ᄌᆞ 모양도 아니오 계집 모양【72】도 아니 되여 남의 눈의 이샹히 뵈게 ᄒᆞᄂᆞ냐?"

샹이 니로ᄃᆡ,

"다시 공을 일운 후의 공쥬의 명을 죠ᄎᆞ 쟝쇽을 곳치리라."

요홰 니로ᄃᆡ,

"네가 엇지ᄒᆞ여 져 호위ᄒᆞᄂᆞᆫ 쟝졸을 헤쳐 보ᄂᆡᆯ 도리를 ᄉᆡᆼ각ᄒᆞ여ᄂᆡ여 우리 무리를 알게 ᄒᆞ면 우리가 스ᄉᆞ로 가 판리ᄒᆞᆯ 거시오, 다시 가셔 각쳐의 둔취ᄒᆞ엿ᄂᆞᆫ 도당을 흐터바리게 ᄒᆞ라."

샹이 니로ᄃᆡ,

"일호도 어렵지 아니ᄒᆞ니, 져 진쥬쳔이 가쟝 두려ᄒᆞ기ᄂᆞᆫ 셤셔싱의 잇ᄂᆞᆫ 고영샹(高迎祥)【73】이라. 만일 일개 고유(告諭)ᄒᆞᄂᆞᆫ 문텹을 거즛 ᄆᆡᆫᄃᆞ러 말ᄒᆞ기를 '고영샹이 이졔 ᄉᆞᄉᆞ로이 탁쥬(涿州) ᄃᆡ경의 니ᄅᆞ러 셔로 기ᄃᆞ리니 져로 ᄒᆞ여곰 병ᄆᆞ를 만히 다리지 말고 즉긔의 몸을 니러 와셔 고유ᄒᆞ믈 드ᄅᆞ라' ᄒᆞ고, 미리 군ᄉᆞ를 즁로의 ᄆᆡ복ᄒᆞ여 두면 믄득 가히 ᄉᆞ로잡을 거시오, 졔 슈급을 취ᄒᆞ여다가 져의 호위병뎡을 뵈면 엇지 허여지지 아니ᄒᆞ며, 가히 져의 무리 지믈을 가져 궁민을 구졔ᄒᆞ여 쥴 거시니 공쥬ᄂᆞᆫ 뼈 엇【74】더타 ᄒᆞᄂᆞ뇨?"

요홰 니로ᄃᆡ,

"그러ᄒᆞ면 ᄆᆡ오 죠흐니 네가 몬져 가셔 쥬션케 ᄒᆞ라."

샹이 즉시 발힝ᄒᆞ고, 요홰 령샹의 거즛 문텹을 ᄡᅳᄂᆞᆫᄃᆡ, 져의 무리 밋지 아닐가 두려 공시의 집이셔 어더온 호신부를 가져 ᄒᆞᆷ긔 맛겨 쥬고, 요홰 ᄯᅩ 니로ᄃᆡ,

"모롬죽이 타인을 시겨 옯흐로 가 유텹(諭帖)을 더지ᄂᆞᆫ 거시 비로쇼 죠흐리라."

아진이 겻히 잇셔 니로ᄃᆡ,

"ᄯᅡ로 사ᄅᆞᆷ을 시기지 아닐지라. 비ᄌᆞ의 부녜 함긔 가셔 더져 쥬리라."

아신이 니로ᄃᆡ,

"ᄆᆡ오 죠흐니 진 【75】 쥬쳔이 샹이와 령픠ᄅᆞᆯ 보지 못ᄒᆞ면 필연 동ᄒᆞ미 이실지라. 우리 무리 ᄋᆞᆲ흐로 가셔 탁쥬로 더브러 상근(相近)ᄒᆞᆫ 쳐쇼ᄅᆞᆯ 어더 쥬졉ᄒᆞ여 ᄲᅧ 졉응ᄒᆞ미 편케 ᄒᆞ리라."

요홰 니로ᄃᆡ,

"쇼견이 심히 올타."

ᄒᆞ고 즉긔의 슈습ᄒᆞ여 몸을 닐며 일변 아진 부녀로 ᄒᆞ여곰 몬져 힝케 ᄒᆞ더라.

ᄌᆡ셜, 진쥬쳔이 그날 밤의 드ᄅᆞ니 후당의셔 무ᄉᆞᆫ 쇼릐가 나ᄂᆞᆫ지라. 심듕의 의혹ᄒᆞ다가 명죠의 오히려 몸을 닐지 아니ᄒᆞ여 사ᄅᆞᆷ이 드러와 품ᄒᆞᄃᆡ,

【76】 "샹이ᄂᆞᆫ 간 곳을 모로고, 노략ᄒᆞ여온 량개 녀인가지 련ᄒᆞ여 모다 보지 못ᄒᆞᆫ다."

ᄒᆞ고, ᄯᅩ 긔계ᄅᆞᆯ 관슈ᄒᆞᄂᆞᆫ 사ᄅᆞᆷ이 픔ᄒᆞ기ᄅᆞᆯ 쟉야의 도적이 방의 드러와 셰 ᄀᆡ 령픠ᄅᆞᆯ 도적ᄒᆞ여 ᄀᆞᆽ다 ᄒᆞ거ᄂᆞᆯ, 진쥬쳔이 ᄃᆡ경ᄒᆞ여 련망히 쳥젼의 나와 슈하인을 모호고 의론ᄒᆞ니, 즁인이 니로ᄃᆡ,

"필시 져 량개 녀인이 샹이ᄅᆞᆯ 유인ᄒᆞ여 ᄒᆞᆷ긔 도망ᄒᆞᄂᆞᆫᄃᆡ, 우리 무리 ᄯᆞᄅᆞᆯ가 두려 아올나 령픠가지 도적ᄒᆞ여 ᄀᆞᆽ시니 가히 쇽히 군ᄉᆞᄅᆞᆯ 발【77】ᄒᆞ여 ᄯᆞ로ᄂᆞᆫ 거시 죠흐리라."

진쥬쳔이 니로ᄃᆡ,

"만일 샹이ᄅᆞᆯ 유인ᄒᆞ여 ᄀᆞᆽ치 도망ᄒᆞ여시면 져의 법술이 고강ᄒᆞ여 결단코 능히 잡지 못ᄒᆞᆯ 거시오, 다만 령픠(令牌)ᄅᆞᆯ 도적ᄒᆞ여 간 거시 두리건ᄃᆡ 우익(羽翼)을 가져 공동(哄動)ᄒᆞ여[364] 흐트려 ᄒᆞ미니 져거시 도로혀 요긴ᄒᆞᆫ 일이라. 우리 무리 맛당히 몬져 격문을 발ᄒᆞ여 각쳐의 지휘(知會)ᄒᆞ여 말ᄒᆞ기ᄅᆞᆯ 령픠ᄅᆞᆯ 셔실(闖失)ᄒᆞ여시니[365] 만일 고유(告諭)ᄒᆞ미[366] 잇셔도 쥰힝치 말고 우리 별【78】노 ᄉᆡ 모양 령픠ᄅᆞᆯ ᄆᆡᆫᄃᆞ러 거힝ᄒᆞ믈 기ᄃᆞ려 비로쇼 좃게 ᄒᆞᆯ 거시니, 이거시 가쟝 긴요ᄒᆞᆫ 일이라. 쇽히 판리ᄒᆞ라."

ᄒᆞ니, 그 즁의 일개 니로ᄃᆡ,

"샹이ᄂᆞᆫ ᄉᆞᄉᆞ로 법술이 잇시ᄆᆡ ᄉᆡᆼ각건ᄃᆡ 좃ᄎᆞ 붓드지 못ᄒᆞᆯ 거시오, 다만 져 량개 녀인은 한 무리 되여 ᄀᆞᆽ치 다라낫ᄂᆞᆫ지 도로혀 아지 못ᄒᆞ깃시니, 격문도 발ᄒᆞ고 츄병도 발ᄒᆞ여 두 길노 한가지 힝ᄒᆞ여야 비로쇼 분슈ᄅᆞᆯ 알니라."

진쥬쳔이 니로ᄃᆡ,

"그 말이 올타."

ᄒᆞ고 일변 격문을 ᄆᆡᆫᄃᆞ【79】러 몬져 발ᄒᆞ고, ᄌᆞ긔가 군ᄉᆞᄅᆞᆯ 지촉ᄒᆞ여 ᄯᆞᄅᆞ더라.

ᄌᆡ셜, 아진 부녜 길의 잇셔 힝ᄒᆞᆯᄉᆡ, 방희덕이 진쥬쳔 슈포ᄒᆞᄂᆞᆫ 계ᄎᆡᆨ을 ᄌᆞ셰히 무ᄅᆞ니,

아진이 일일히 말ᄒᆞ거ᄂᆞᆯ, 희덕이 니로ᄃᆡ,

"요술ᄒᆞᄂᆞᆫ ᄉᆞᄅᆞᆷ을 임의 항복바다시니 다시 져의 무리ᄅᆞᆯ 엇지 두려ᄒᆞ랴? 구ᄐᆞ여 계교ᄅᆞᆯ ᄲᅧ져 무리ᄅᆞᆯ 쇽이지 말고 한 칼과 한 챵으로 져 무리ᄅᆞᆯ 슈포ᄒᆞᄂᆞᆫ 것만 ᄀᆞᆽ지 못ᄒᆞ리라."

아진이 니로ᄃᆡ,

"ᄯᅩ 져곳의 니ᄅᆞ러 동졍을 보와 가지고 다시 계교 【80】 ᄒᆞᆯ 거시오, ᄯᅩ 공쥐 오시거든 ᄒᆞᆷ긔 샹의ᄒᆞᄂᆞᆫ 거시 올타."

ᄒᆞ고, 뎨이일 오후의 니ᄅᆞ러 쟝ᄎᆞᆺ 젹진의 ᄀᆞᆽ가올ᄉᆡ, 한 ᄯᅦ 인ᄆᆡ(人馬) 엽흐로죠ᄎᆞ ᄯᅡ라오ᄂᆞᆫᄃᆡ, 표긔 우희 참 진[眞]ᄌᆞ가 ᄡᅴ엿ᄂᆞᆫ지라. 아진이 희덕다려 니로ᄃᆡ,

"져 무리 인ᄆᆞ의 임의 표긔가 이시니 ᄉᆡᆼ각건ᄃᆡ, 진쥬쳔이 그 쇽의 잇ᄂᆞᆫ지라. 우리 무리 믄득 ᄋᆞᆲ흐로 가 격문을 더지ᄌᆞ."

ᄒᆞ니, 희덕이 니로ᄃᆡ,

"져의 광경을 보고 다시 쳐치ᄒᆞ리라."

ᄒᆞ더니, 말ᄒᆞ기ᄂᆞᆫ 더ᄃᆡ고 그 ᄯᆡᄂᆞᆫ 쾌ᄒᆞᆫ지라,[367] 슌식간의 【81】 션봉이 임의 니ᄅᆞ더니 졍

---

364) 【공동ᄒᆞ다】 동 공동하다. ¶ 哄 ‖ 다만 령픠ᄅᆞᆯ 도적ᄒᆞ여 간 거시 두리건ᄃᆡ 우익을 가져 공동ᄒᆞ여 흐트려 ᄒᆞ미니 져거시 도로혀 요긴ᄒᆞᆫ 일이라 (但令牌盜去, 恐把羽翼哄散, 這倒緊要的.) <瑤華 16:77>

365) 【셔실ᄒᆞ다】 동 서실(闖失)하다. 분실하다. ¶ 被盜 ‖ 우리 무리 맛당히 몬져 격문을 발ᄒᆞ여 각쳐의 지휘ᄒᆞ여 말ᄒᆞ기ᄅᆞᆯ 령픠ᄅᆞᆯ 셔실ᄒᆞ여시니 만일 고유ᄒᆞ미 잇셔도 쥰힝치 말고 (我們自應先發檄文, 知會各處, 說令牌被盜.) <瑤華 16:77>

366) 【고유ᄒᆞ다】 동 고유(告由 /告諭)하다. 중대한 일을 치른 뒤에 그 내용을 사당이나 신명에 고하다. ¶ 諭 ‖ 만일 고유ᄒᆞ미 잇셔도 쥰힝치 말고 (若有所諭, 不必遵行.) <瑤華 16:77>

367) 【說時遲, 那時快】 shuōshíchí, nàshíkuài <熟>

유ᄅᆞᆯ 뭇지 아니코 져 부녀 량개ᄅᆞᆯ 잡아 결박ᄒᆞ거ᄂᆞᆯ,

희덕이 ᄲᆞᆯ니 니로ᄃᆡ,

"나ᄂᆞᆫ 고장군의 곳의셔 유셔(諭書)ᄅᆞᆯ 가지고 왓다."

ᄒᆞ니, 션봉이 듯더니 유셔ᄅᆞᆯ ᄎᆞᄌᆞ 굴너 듕군의 드러가ᄆᆡ, 한즈음이 못ᄒᆞ여 즉시 나와 령을 젼ᄒᆞ여 결박ᄒᆞᆫ 거ᄉᆞᆯ 풀고 ᄯᅩ 니ᄅᆞᄃᆡ,

"너의 무리ᄂᆞᆫ 몬져 도라가 고쟝군긔 보ᄒᆞ기ᄅᆞᆯ, 진쥬쳔이 일간의 발힝ᄒᆞ여 탁쥬의 가 셔로 모힐 터이오, 밋쳐 답장은 못ᄒᆞ고 몬져 한 【82】 가지 긔호ᄅᆞᆯ 드려 신을 삼ᄂᆞᆫ다."

ᄒᆞ니, 희덕이 긔호ᄅᆞᆯ 바다가지고 아진과 ᄀᆞᆺ치 도라와 덕쥬 로샹의셔 아신이 그곳의 잇셔 등후ᄒᆞ다가 셔로 만나 보고, 믄득 무ᄅᆞᄃᆡ,

"유텹을 젼ᄒᆞ엿ᄂᆞ냐?"

아진이 니로ᄃᆡ,

"임의 젼ᄒᆞ기ᄂᆞᆫ ᄒᆞ나 회답은 잇지 아니ᄒᆞ고 몬져 긔호ᄅᆞᆯ 붓쳐 신을 삼ᄂᆞᆫ다 ᄒᆞ더라."

아신이 웃고 니로ᄃᆡ,

"져 무리 길의 올낫다."

ᄒᆞ고, ᄀᆞᆺ치 졈ᄂᆡ(店內)의 니ᄅᆞ러 그 졍유ᄅᆞᆯ ᄌᆞ셰히 고ᄒᆞ니, 요쾌 니로ᄃᆡ,

"져 무리 일간의 필연 발힝ᄒᆞᆯ 거시니 우리 【83】 무리 몬져 한 쳐쇼ᄅᆞᆯ 갈히여 쥬졉ᄒᆞ여야 비로쇼 슈포ᄒᆞ기가 죠흐리라."

아신이 니로ᄃᆡ,

"죠흔 쳐쇼가 이시ᄃᆡ 여긔셔 십여 리ᄂᆞᆫ 된다."

ᄒᆞ니, 요쾌 니로ᄃᆡ,

"그곳 디형이 엇더ᄒᆞ더냐?"

아신이 니로ᄃᆡ,

"큰 분ᄆᆡ(墳墓) 잇고 슈목이 심히 울밀ᄒᆞ고 ᄯᅩ 묘막(墓幕)이 잇시ᄃᆡ, 가히 몸을 감츌만 ᄒᆞ고, ᄯᅩ 심히 심슈ᄒᆞ더라."

ᄒᆞ니, 요쾌 니로ᄃᆡ,

"그곳이 ᄆᆡ오 죠토다. 우리 무리 몬져 가셔 시험ᄒᆞ여 보고 죠히 비치ᄒᆞ리라."

ᄒᆞ며, 드ᄃᆡ여 셕반을 ᄌᆡ촉ᄒᆞ여 먹고 일힝 샹하 칠 【84】 개인이 ᄆᆞᆯ을 타고 분치(奔馳)ᄒᆞ여 가 무덤 어귀의 니ᄅᆞ니, 쵸경(初更)은 되고 맛쵸와 월ᄉᆡᆨ이 잇ᄂᆞᆫ지라. 요쾌 각쳐로 한 ᄎᆞ례 도라보고, 즁인을 ᄃᆡᄒᆞ여 니로ᄃᆡ,

"이곳이 비록 죠흐나 가히 앗가온 거시 ᄃᆡ로(大路) 우희 잇지 아니ᄒᆞ여 능히 져 무리로 ᄒᆞ여곰 ᄎᆞᄌᆞ 드러와 우리 무리 완롱(玩弄)ᄒᆞ믈 밧지 못ᄒᆞᄂᆞᆫ 거시 심히 흠ᄉᆡ(欠事) 되도다."

방희덕이 니로ᄃᆡ,

"그 거ᄉᆞᆫ 일호도 어렵지 아니타."

ᄒᆞ거ᄂᆞᆯ, 요쾌 니로ᄃᆡ,

"계괴 장ᄎᆞᆺ 어ᄃᆡ로 날고?"

희덕이 니로ᄃᆡ,

"삼졔 아교와 ᄀᆞᆺ치 그 【85】 곳의셔 도망ᄒᆞ여 나왓시니, 졔가 필연 아라 볼지라. 가히 져 량개로 ᄒᆞ여곰 로샹의 잇다가 영졉ᄒᆞ여 말ᄒᆞ기ᄅᆞᆯ, 샹이가 져의 무리ᄅᆞᆯ 유인ᄒᆞ여 나왓ᄂᆞᆫᄃᆡ, 의지ᄒᆞᆯ 곳이 업셔 다만 묘막 쇽의셔 거쥬ᄒᆞ나, 날마다 밥먹ᄂᆞᆫ 거시 부족ᄒᆞ고 ᄯᅩ 우리 무리ᄅᆞᆯ 도망치 못ᄒᆞ게 ᄒᆞ며, 다만 밧긔 나가 밥을 어더 먹으라 ᄒᆞ고, 만일 한 말이나 듯지 아니면 믄득 방치로 치던지 ᄯᅩ 칼노 살을 긁던지 ᄒᆞ며 이졔 무덤 근쳐의 이시니, 【86】 장군이 엇지 우리 무리ᄅᆞᆯ 겻드러 쥬어 ᄌᆡᄅᆞᆯ 밧게 말나 ᄒᆞ면, 졔가 샹이의 그 곳의 이시믈 드ᄅᆞᄆᆡ, 필연 져ᄅᆞᆯ 보고 쳥ᄒᆞ여 도로 가려 ᄒᆞᆯ 거시니, 져의 무리가 묘막으로 드러오거든 큰 길 어귀의 굴헝을 파고 극쵸(棘草)로 덥허 노코 토셕으로 눌너노와 두어 져 무리 굴헝 어귀의 니ᄅᆞ기ᄅᆞᆯ 기ᄃᆞ려 우리 무리가 나가 마ᄌᆞ ᄉᆡ살ᄒᆞ량이면 비록 슈삼ᄇᆡᆨ 인이라도 모다 굴헝 쇽의 몰니여 드러가게 ᄒᆞ고, 공쥐 아진으로 더브 【87】 러 탄궁과 표창을 가지고 ᄒᆞᆷ긔 나무 우희 올나 ᄉᆞ셰ᄅᆞᆯ 보와 쳐치케 ᄒᆞ여 도망ᄒᆞᄂᆞᆫ 쟈ᄂᆞᆫ 다시 한 탄ᄌᆞ와 한 표창을 더ᄒᆞ면 하나토 도망치 못ᄒᆞᆯ 거시오, 그 ᄢᆡ의 젹괴의 슈급을 버혀가지고 져의 진쇽의 가셔 져의 우익을 모라 바리게 ᄒᆞ고, 항복지 아니ᄒᆞᄂᆞᆫ 쟈ᄂᆞᆫ 개개히 셩명을 결과시기면 디방이 믄득 평정ᄒᆞ리라."

요쾌 듯고 ᄃᆡ희ᄒᆞ여 계교ᄃᆡ로 의지ᄒᆞ여 힝ᄒᆞ고 드ᄃᆡ여 희덕을 부촉ᄒᆞ여 명일의 인부ᄅᆞᆯ 【88】 골입(雇立)ᄒᆞ여 굴헝을 파게 ᄒᆞ고, 즁인이

말ᄒᆞ기ᄂᆞᆫ 더ᄃᆡ고 그 ᄢᆡᄂᆞᆫ 쾌ᄒᆞ다 ‖ "~, 瞬息之間, 前部已到, 不問情由, 將他父子兩個拿住." 말ᄒᆞ기ᄂᆞᆫ 더ᄃᆡ고 그 ᄢᆡᄂᆞᆫ 쾌ᄒᆞᆫ지라 순식간의 션봉이 임의 니ᄅᆞ더니 졍유ᄅᆞᆯ 뭇지 아니코 져 부녀 량개ᄅᆞᆯ 잡아 결박ᄒᆞ거ᄂᆞᆯ (瑤華 16:80)

인ᄒᆞ여 쥬뎜의 도라와 안헐ᄒᆞ고, 그날의 니ᄅᆞ러 오경의 밥지어 먹고 각기 긔계롤 씌고 흡긔 분묘 가온ᄃᆡ 드러와셔 아진으로 ᄒᆞ여곰 나무 우히 셔 요망ᄒᆞ게 ᄒᆞ고, 삼져ᄂᆞᆫ 아교와 ᄀᆞᆺ치 ᄃᆡ로샹의 ᄉᆞ후ᄒᆞ더니, 일고삼장(日高三丈)ᄒᆞ여 먼리 보니 일ᄃᆡ 인ᄆᆡ 분치(奔馳)ᄒᆞ여 오ᄃᆡ, ᄃᆡ략 이ᄇᆡᆨ여인의 넘지 못ᄒᆞ더라.

아진이 군호(軍號)ᄒᆞᄂᆞᆫ 살을 ᄡᅩᄆᆡ, 즁인이 ᄠᅳᆺ을 짐쟉ᄒᆞ고 하슈ᄒᆞ믈 쥰비【89】ᄒᆞ더니, 한 즈음이 못ᄒᆞ여 사ᄅᆞᆷ이 지져괴고 말이 부ᄅᆞ지지더니, 다시 ᄯᅩ 홀연 텬붕디탑(天崩地塌)ᄒᆞᄂᆞᆫ 쇼릐 나며 ᄯᅩ ᄒᆞᆫ 마ᄃᆡ 고함셩이 들니ᄂᆞᆫ지라. 즁인이 일졔히 하슈ᄒᆞ여 진개 일인도 다라나지 못ᄒᆞ고 요홰 진쥬쳔의 시신을 ᄎᆞᄌᆞ 슈급을 버혀가지고 죠흔 ᄆᆞᆯ 한 필을 밧고와 타고 각인을 거ᄂᆞ리고 달녀 진쥬쳔의 문 어귀의 니ᄅᆞ러 큰 쇼릐로 놉히 부ᄅᆞᄃᆡ,

"진쥬쳔이 ᄃᆡ방의 희롤 ᄭᅵ치기로 임의 져롤 효슈(梟首)ᄒᆞ【90】고, 너의 무리 그 협죵(脅從)되믈 ᄉᆡᆼ각ᄒᆞ고 깁히 궁구치ᄂᆞᆫ 아니ᄒᆞᄂᆞ니, 쇽히 개과쳔션ᄒᆞᄃᆡ 어긔ᄂᆞᆫ 쟈ᄂᆞᆫ 진쥬쳔ᄀᆞᆺ치 ᄒᆞ리라."

져 한 마ᄃᆡ 고함의 진즁 사ᄅᆞᆷ이 경동되여 모다 진듕으로죠ᄎᆞ 나오며 황망히 다라나오ᄂᆞᆫ 쟈도 잇고 ᄃᆡ젹ᄒᆞᄂᆞᆫ 쟈도 잇ᄂᆞᆫᄃᆡ, 져 ᄉᆞ오인이 에워ᄡᆞ고 먼 쟈ᄂᆞᆫ 표창을 ᄡᅳ고 갓가온 쟈ᄂᆞᆫ 탄궁을 부려 타살ᄒᆞᆫ 거시 츄풍낙엽 ᄀᆞᆺ튼지라. 홀연 일ᄃᆡ인ᄆᆡ(一隊人馬) 돌출ᄒᆞᄂᆞᆫᄃᆡ 대략이 슈삼ᄇᆡᆨ 인은 되고, 에워ᄡᆞ오며 ᄉᆡ【91】살ᄒᆞ거ᄂᆞᆯ, 요화 등이 다만 탄궁과 표창을 가지고 쟝챵과 ᄃᆡ도ᄂᆞᆫ 업ᄂᆞᆫ지라. 오ᄂᆞᆫ 긔세가 흉용ᄒᆞ믈 보고 다만 죽은 사ᄅᆞᆷ 신변의 챵도롤 뒤혀가지고 마죠 ᄃᆡ젹ᄒᆞᆯ시, 요화ᄂᆞᆫ 맛촘ᄂᆡ 큰 젼쟝을 지ᄂᆡ여 본지라. 용ᄆᆡᆼ을 ᄲᅩᆷᄂᆡ여 ᄂᆡᄃᆞᄅᆞ며 탄궁으로 ᄉᆞ면을 ᄡᅩ니, 맛ᄂᆞᆫ 재 아니 것구러지ᄂᆞᆫ 이 업고, 삼져ᄂᆞᆫ 아교와 ᄀᆞᆺ치 요화롤 호위ᄒᆞ고, 희덕은 아진과 ᄀᆞᆺ치 좌츙우돌ᄒᆞ여 괴로이 ᄡᅡ호나 능히 버셔나지 못ᄒᆞᄂᆞᆫ지라. 요홰 다시 ᄯᅱ여【92】드러가 아진을 구ᄒᆞ여 ᄂᆡ고, 머리롤 돌나 방희덕을 보지 못ᄒᆞᄆᆡ 아진이 요화롤 ᄯᅡ라 나오지 아니코 다시 ᄆᆞᆯ을 두루혀 아비롤 구ᄒᆞᆯ시, 희덕이 임의 한 칼을 마ᄌᆞ 샹ᄒᆞ나, 도로혀 ᄆᆞ샹의셔 젹인과 ᄉᆡ살ᄒᆞᄂᆞᆫ지라. 아진이 ᄃᆡ호 일셩의 ᄃᆡ도로 ᄲᅧ 젹인의 두뢰(頭腦)롤 ᄭᅵ쳐 두 죠각을 ᄆᆡᆫᄃᆞ니, 겻히 ᄯᅩ 한 젹인이 큰 쇼릐로 니로ᄃᆡ,

"파랑(婆娘)은 닷지 말나!"

ᄒᆞ고, 한 살을 ᄡᅩ와 아진의 미간을 맛쳐 번신락ᄆᆞ(翻身落馬)ᄒᆞᄂᆞᆫ지라. 희덕이 보고 졉젼ᄒᆞ던 젹【93】인은 바리고 련망히 와셔 그 살 ᄡᅩ든 사ᄅᆞᆷ을 죽이고, 요홰 놉흔 곳의셔 아진의 락ᄆᆞᄒᆞ믈 바라보고 곳 ᄆᆞᆯ을 달녀 에운 가온ᄃᆡ 드러가 아교와 삼져로 ᄀᆞᆺ치 아진을 구ᄒᆞ여 ᄂᆡ여 슈림하(樹林下)의 노화 두고, 다시 몸을 돌나 드러가 희덕을 구ᄒᆞᆯ시, 빗긴 길노 다시 일개 도적이 오ᄂᆞᆫᄃᆡ, 흑면ᄌᆞ염(黑面紫髯)의 신톄가 웅댱ᄒᆞ고 일필 대완ᄆᆞ(大宛馬)롤 타고, 슈듕의 ᄃᆡ도롤 들고 달녀와 졉젼ᄒᆞ니 요화의 량편의 아교와 삼졔 잇셔 삼지창이 져【94】한 개롤 ᄃᆡ젹ᄒᆞ나 엇지 져당ᄒᆞ리오? 그 도적이 ᄃᆡ도롤 츔츄어 인ᄆᆞ롤 옹후ᄒᆞᄂᆞᆫᄃᆡ, 일뎜 ᄐᆞᆷ이 업ᄂᆞᆫ지라. 요홰 경히 챡급ᄒᆞ더니 다ᄒᆡᆼ히 희덕이 달녀와 요화롤 겻드러 졉젼ᄒᆞᆯ시, 그 적쟝이 칼을 가져 한 번 핍박ᄒᆞ며 ᄃᆡ갈일셩(大喝一聲)의 희덕을 질너죽이니, 삼졔 옯으로 오다가 져 적쟝이 칼ᄌᆞ루롤 더져 ᄯᅩ 삼져로 ᄒᆞ여곰 부ᄃᆡ쳐 ᄆᆞᆯ긔 ᄯᅥ러지게 ᄒᆞ고, 즁적이 일졔히 ᄯᅩ 에워ᄡᆞ 드러오니, 요홰 아교와 ᄀᆞᆺ치 ᄃᆡ젹지 못ᄒᆞ고 드ᄃᆡ여 진을 헷치고 ᄂᆡ다라 ᄯᅩ ᄡᅡ호며 ᄯᅩ 닷더라.

각셜 삼졔 ᄆᆞᆯ긔 ᄯᅥ러져 젹인이 질너죽일가 두려 몸을 한 번 쇼ᄉᆞᄆᆡ 믄득 에운 ᄃᆡᄂᆞᆫ 버셔나나 챵도 바리고 숀의 촌텰이 업ᄂᆞᆫ지라. 요화의 픠ᄒᆞ여 오믈 보고 ᄆᆞ음이 챡급ᄒᆞ여 노방(路傍)의 일개 나무롤 ᄊᆡᆼ희가지 ᄲᅡ혀 가졋더니, 홀연 ᄃᆡ도 가진 젹인이 엇던 모양인지 아지 못ᄒᆞ고 ᄆᆞᆯ이 눈가의 얼픗ᄒᆞ더니 삼져의 신변의 ᄀᆞᆺ가온지라. 삼졔 형셰롤 죠ᄎᆞ 그【96】ᄊᆡᆼ혀 가진 나무롤 ᄊᆡᆼ희와 흙가지 련ᄒᆞ여 옯을 향ᄒᆞ고 더져 그 ᄃᆡ도 가진 젹인을 마쳐 사ᄅᆞᆷ과 ᄆᆞᆯ이 일졔히 것구러지ᄂᆞᆫ지라. 삼졔 보ᄆᆡ 임의 것구러졋시나 다시 한 번을 치ᄆᆡ 모다 죽은지라. 삼졔 일시의 용ᄆᆡᆼ을 부려 그 나무롤 가지고 함부로 쳐드러가니, 져 젹인ᄇᆡ 엇지 져당ᄒᆞ리오? 다만 믈너가거ᄂᆞᆯ, 요홰 아교와 ᄀᆞᆺ치 보고 ᄲᆞᆯ니 탄궁을 달희여 련쇽히 탄환을 쏘와 보ᄂᆡ니, 져 젹인ᄇᆡ 안쟝을 안고 도찬(逃竄)ᄒᆞ며, 삼져【97】ᄂᆞᆫ 나무가지롤 바리고 젹인의 ᄃᆡ도롤 아ᄉᆞ가지고 ᄯᅡ라가며 어즈러이 지르니, 인마를 령ᄒᆞ여 질너죽이기도 ᄒᆞ고 몰머리만 질너나리기도 ᄒᆞᄂᆞᆫ지라. 요홰 아교와 ᄀᆞᆺ치 싸라가 ᄯᅩ 이삼십 비(輩)를 쳐 죽이고, 다만 도라오믹 양경부와 아신이 삼져를 붓들고 부르지지거놀, 요홰 ᄲᆞᆯ니 몰을 나려 연고를 무르니, 아신이 딕신 딕답ᄒᆞ딕,

"졔가 힘쓰기를 믹오 ᄒᆞ여 그러므로 ᄲᅧ 현훈증(眩暈症)이 발ᄒᆞ엿다."

ᄒᆞ니, 요홰 욮흐로 가 한 번 보믹 【98】 삼져의 면식이 셜빅ᄒᆞ여지고 신지 련ᄒᆞ여 한 뭉치되엿시나, 명문(命門)을 만져보믹 다만 발발(勃勃)ᄒᆞ여 쒸노니 보기의 일이 업ᄂᆞᆫ지라. 드딕여 아교와 ᄀᆞᆺ치 싸라 슈플 쇽의 드러가 보니 아진이 마즌 살을 임의 ᄲᅢ혓시나 한 구부 피가 흐르고, 아관(牙關)을 긴폐(緊閉)ᄒᆞ고 신지(身子) 임의 ᄲᅥᆺᄲᅥᆺᄒᆞ엿ᄂᆞᆫ지라. 어시에 방셩딕곡ᄒᆞ니, 아괴 니로딕,

"공쥬ᄂᆞᆫ 우롬을 긋치라. 도로혀 희덕이 죽어 져곳의 이시니 우리 무리 져를 가져 한 곳의 모화 노 【99】 코 안쟝ᄒᆞ여 쥬믈 샹량ᄒᆞ리라."

ᄒᆞ고 인ᄒᆞ여 진문 어귀의 도라오니 삼졔 임의 ᄭᅵ여낫ᄂᆞᆫ지라. 요홰 ᄲᆞᆯ니 아교로 ᄒᆞ여금 아신과 양경부로 ᄀᆞᆺ치 아진의 시신을 메워다가 희덕의 시신으로 더브러 일병 빈 집 쇽의 옴겨두고, 일변 더운 믈을 어더 삼져를 먹인 후의 모다 진(陣) 안의 니르러 지화를 가져 한 곳의 모화 노흐니, 믄득 만치 못ᄒᆞᆫ지라. ᄯᅩ 갑바들 믈건을 뒤져너여 두 뭉치를 민드러 한 뭉치ᄂᆞᆫ 아진 부녀의 안쟝 【100】 쇼용을 ᄒᆞ고, 한 뭉치ᄂᆞᆫ 운젼ᄒᆞ여다가 쥬뎜 근쳐의 궁곤ᄒᆞᆫ ᄉᆞ롬을 분급ᄒᆞ려 ᄒᆞ고, 몬져 양경부를 시겨 고군(雇軍)을 어더 옴겨가게 ᄒᆞ고, ᄯᅩ 판지를 ᄉᆞ다가 아진 부녀를 념습ᄒᆞ고, 도젹의 진을 블지르고, 아진 부녀를 진 터 우희 안장ᄒᆞ고, 즁인이 인ᄒᆞ여 쥬뎜으로 오니, 샹이도 역시 도라온지라. 인ᄒᆞ여 승도를 쳥ᄒᆞ여 아진 부녀를 위ᄒᆞ여 칠쥬야(七晝夜) 공덕을 민둘고 표셕을 셰워 긔록ᄒᆞ여 쟝릭의 천쟝홀 근본 【101】 을 민둘고, ᄯᅩ 도젹의 은젼을 가져 궁곤ᄒᆞᆫ 샤람을 흐터쥬니, 깃거ᄒᆞ며 감동치 아니리 업더라.

요홰 즁인과 ᄀᆞᆺ치 아진 부녀의 방조(幫助)ᄒᆞ여 쥬던 공을 싱각ᄒᆞ고, 각기 ᄯᅩ 일쟝 통곡ᄒᆞ며 부지블각의 팔구일이 지쳬되믹, 삼져의 몸이 겨유 여샹(如常)ᄒᆞᆫ지라. 샹이다려 젹당 헤치던 일을 무르니, 샹이 딕답ᄒᆞ딕,

"진쥬쳔이 령픽 일키로 인ᄒᆞ여 졔가 싸로 격문을 민ᄃᆞ러 각치(各寨)의 지회(知會)ᄒᆞᄂᆞᆫ딕, 몃 곳은 노ᄌᆞ(奴子)의 멈츈 빈 되 【102】 고, 몃 곳은 됴량컨딕 임의 지회가 된지라. 그 우익이 오히려 만흐니 이곳의 오릭 머무지 못홀지라. 만일 젹괴가 우리 무리의 쵸멸된 쥴 알면 두리건딕 져의가 보슈홀 의론이 잇시리라."

요홰 놀나 니로딕,

"이거시 반ᄃᆞ시 잇실 일이라. 우리 무리 명일의 발힝ᄒᆞᄌᆞ."

ᄒᆞ고, 양경부로 ᄒᆞ여곰 몬져 탁쥬의 가셔 유벽ᄒᆞᆫ 햐쳐를 갈히여 우리 무리 거긔 니르믹, 슈일을 휴식ᄒᆞ여야 바야흐로 나가 능히 젼진ᄒᆞ리라. 경 【103】 뷔 즉긔의 ᄯᅥ나가고 요화 등이 일즉 헐슉ᄒᆞ여 오경의 니르러 죠반을 먹고 쟝ᄎᆞᆺ 발힝홀ᄉᆡ, 요홰 니로딕,

"ᄋᆡ야 닉가 한가지 일을 이졋도다."

즁인이 니로딕,

"무슨 일을 이졋ᄂᆞ뇨?"

요홰 숀을 드러 가르치며 말ᄒᆞ여너니 말ᄒᆞᆫ 비 무슨 일인고, 하회의 분히ᄒᆞ라.

[요화젼 瑤華傳 권지십칠 卷之十七]

32

음양젼도진감니 비복존숭비셕시
陰陽顚倒眞堪異 婢僕尊崇非昔時

각셜 요홰(瑤華) 손을 드러 한 번 가르치며 니르듸,

"아진(阿眞) 부녀의 분묘의 우리 무리 쏘한 맛당히 쥬과와 지빅(紙帛)을 굿초와 한 번 가셔 졔젼(祭奠)홀 거시니, 쳔묘(遷墓)홀 긔약이 오히려 먼지라. 가히 링락(冷落)지 못흐리라."

흐니, 즁인이 모다 올타 흐고, 드듸여 급히 판비흐여 가지고 흠긔 무덤의 니르러 곡흐여 치졔흔 【2】 후의 문득 발힝흐여 삼스일이 되미 양졍뷔(楊靜夫) 하쳐롤 어더노코 마즈 흠긔 쥬졈의 드니 이번의 진쥬쳔(眞珠泉) 쇼졔(掃除)흔 거시 젹은 일이 아니라 사룸이 모다 피곤흔 빗출 가져 고요히 스오일을 셥양흐여 비로쇼 여상(如常)흐더라.

요홰 그 날 빠홈흐던 정경을 졔긔흐여 니르듸,

"그 씨가 십분 위태흐거놀 엇지 너 아신(阿新)은 도로혀 신통흔 거술 드러내여 방조(幇助)흐여 쥬지 아니코 믄득 아진 부녀의 셩명(性命)을 맛치게 흐니, 만일 삼졔(三姐) 그 거믄 도적을 짜려 죽이지 【3】 아니흐더면 두리건듸 우리 무리 몃 기도 능히 싱존치 못흐여시리라."

아신이 니르듸,

"젼일 악젼[鏖戰]홀 씨의 련쇽흐여 일이 만키로 비지(婢子) 공쥬긔 즈셰히 픔흐여 알게 흐지 못흔지라. 방희덕(龐希德)이 한 칼을 맛고, 아진이 한 살을 마즈므로붓허 공쥐 삼져와 아교로 더브러 역시 위급히 된지라. 비지 보기의 죠치 못흐여 쇼스 구름 쇽의 올나 의스의 져 젹즈롤 구름 쇽으로 쯔러 올녀 쳐쥭이려 흐더니, 엇지 알니, 스뷔 이믜 구름 쇽의 잇셔 비즈롤 보고 믄득 무 【4】 르듸, '네 엇지흐즈 흐느냐?' 비직 말흐기롤, '이졔 공쥐 위급히 되고 슈하인이 흠긔 샹흐믈 바닷는지라 의식 그 진셰롤 도와 쥬고져 흔다' 흐미, 스뷔 니르듸, '내 여긔 잇셔 엇지 진셰 도와쥴 쥴을 모로깃느냐? 금일은 방희덕 부녀와 져 무리 젹비(賊匪)의 명을 맛치는 긔한이고, 공쥬 무리도 쏘흔 이 익회(厄會)롤 밧는 거시 모다 샹텬이 뎡흐여 쥬신 분쉬라. 네가 쏘 엇지 모롬즉이 진셰롤 도와쥬랴?' 흐시기로, 감히 움즉이지 못흐고 다시 보니 삼졔 나무 【5 】롤 빠혀 들고 흑젹(黑賊)을 타살흐미, 에운 거시 비로쇼 풀닌지라. 스부롤 보닌 후의 나려와 시니 그럿틋 위급흔 거술 엇지 슈슈방관홀 니이시랴?"

요홰 듯고 공즁을 향흐여 졀흐야 샤례흐고, 쏘 삼져다려 니르듸,

"나 보기의 너희 빠혀 가진 나뮈 젹지 아니흔지라. 네 긔력이 엇더흐관듸 능히 그 나무롤 빠혀내엿느냐?"

삼졔 웃고 니르듸,

"그 씨의 급거흐여 즈긔도 빠혀내기롤 바라지 못흐엿노라."

아신이 니르듸,

"나무 빠히기는 능히 흔다 흐여도 나무롤 드러 사룸치기는 더 【6】 옥 어려오니, 만일 쳔근의 힘이 업스면 져런 일을 싱각지 못흐리라."

삼졔 니르듸,

"만일 이 씨의 다시 날다려 한 나무롤 빠히라 흐면 결단코 능히 못흐리라."

요홰 니르듸,

"우리 무리 명쉬 끈허질 터히 아니기로 그리 되엿느니라."

샹이(桑二) 니르듸,

"ᄉᆞᄅᆞᆷ의 ᄉᆡᆼ시 스ᄉᆞ로 뎡ᄉᆔ 이시니 능히 억지로 못ᄒᆞᄂᆞ니라."

요홰 ᄯᅩ 샹이다려 무ᄅᆞᄃᆡ,

"너의 배혼 바 법술이 가쟝 리ᄒᆡ(利害)된다 ᄒᆞ니 몃 가지나 ᄇᆡ홧ᄂᆞ냐?"

샹이 니ᄅᆞᄃᆡ,

"노ᄌᆞ의 ᄇᆡ혼 바ᄂᆞᆫ 다 ᄇᆡᆨ년교(白蓮教)[요술을 니ᄅᆞ미라]의 법이라. 【7】 다만 ᄉᆞᄅᆞᆷ의 이목을 가리고 능히 오릐 견ᄃᆡ지 못ᄒᆞ며, 팟출 더져 군ᄉᆞᄅᆞᆯ ᄆᆡᆫᄃᆞ나 다만 륙기 시긱을 견ᄃᆡ고 시긱을 지나면 도로 팟치 되고, 그 나마ᄂᆞᆫ 산을 문허바리고 바다흘 것구ᄅᆞ치ᄂᆞᆫ 거시 다 가ᄎᆞ(假借)ᄒᆞ미라. 범부와 쇽ᄌᆞ의 보기의ᄂᆞᆫ ᄒᆡ이(駭異)ᄒᆞ다 ᄒᆞ나 만일 대 귀인을 만나면 믄득 탕ᄑᆡ(蕩敗)되고, 그 가쟝 리해되ᄂᆞᆫ 거ᄉᆞᆫ ᄉᆞᄅᆞᆷ의 혼ᄇᆡᆨ을 옴겨 내여 ᄒᆞ여곰 젼도(顚倒)ᄒᆞ게 ᄒᆞ고 그 팔ᄌᆞ(八字)ᄅᆞᆯ 져쥬ᄒᆞ고 그 명문(命門)을 침으로 ᄯᅳᆺᄂᆞᆫ 거시 가쟝 리해(利害)되고,[368] 나무 ᄉᆞᆯ기[369]ᄅᆞᆯ 타고 【8】 하ᄂᆞᆯ의 오ᄅᆞ며 플노 ᄆᆡᆫ든 룡(龍)을 닛그러 바다히 드러가ᄂᆞᆫ 거시 모다 진언(眞言)으로 져쥬ᄒᆞᆷ을 밋고 반 시긱을 지톄ᄒᆞ면 즉시 타락(墮落)이 되고, 만일 텬리 밧긔 ᄉᆞᄅᆞᆷ 왕ᄅᆡᄒᆞᄂᆞᆫ 거ᄉᆞᆯ 아라내며 낫출 대ᄒᆞ여 셔로 보고 남의 낭탁(囊橐)을 앗ᄂᆞᆫ 거ᄉᆞᆫ 그 즁 최말(最末)의 ᄉᆞᆯ슈로 죡히 ᄒᆞᆯ 거시 업ᄂᆞ니라."

요홰 니ᄅᆞᄃᆡ,

"그러ᄒᆞ면 너의 교되(教道) 심히 평평(平平)ᄒᆞ도다."

아신이 니ᄅᆞᄃᆡ,

"국초(國初)의 당시ᄋᆞ(唐賽兒)의 그러ᄐᆞᆺ 강셩ᄒᆞ므로도 ᄯᅩᄒᆞᆫ 셩ᄉᆞᄂᆞᆫ 못ᄒᆞᆫ지라. 비ᄌᆞ의 알기의ᄂᆞᆫ 져 무리 법력이 모다 실 【9】 노 건지ᄂᆞᆫ 거시 업ᄂᆞᆫ고로 향일(向日)의 공쥬의 홍승(紅繩)을 가지고 긔운을 운젼ᄒᆞ여 믄득 샹이ᄅᆞᆯ 결박ᄒᆞ여 와시니 가히 그 기량을 알니로다."

요홰 보ᄆᆡ 샹이의 셜화ᄒᆞᄂᆞᆫ ᄯᅢ에 요라(裊娜)ᄒᆞᆫ 태도ᄅᆞᆯ 짓ᄂᆞᆫ지라. 드ᄃᆡ여 니ᄅᆞᄃᆡ,

"네 거동이 나 보기의 계집의 쟝쇽을 고치ᄂᆞᆫ 거시 조흘 ᄃᆞᆺᄒᆞ니 그러치 아니면 남ᄌᆞ 남ᄌᆞ ᄀᆞᆺ지 아니ᄒᆞ고 녀인이 녀인 ᄀᆞᆺ지 아니ᄒᆞ여 무ᄉᆞᆫ 모양이 되랴?"

ᄒᆞ고, 드ᄃᆡ여 삼져로 ᄒᆞ여곰 샹이ᄅᆞᆯ 다려 쟝쇽을 곳치게 ᄒᆞ고, ᄯᅩ 보니 아 【10】 괴(阿巧) 길희 난 이후로 신양(身樣)이 비반(肥胖)ᄒᆞ고 ᄯᅩ 탄궁과 권방법(拳棒法)을 닉히여 졈졈 규규무부(糾糾武夫)의 긔샹이 잇ᄂᆞᆫ지라. 인ᄒᆞ여 니로ᄃᆡ,

"노샹의 다만 양경뷔 곳 남ᄌᆡ라. 도로혀 한 긔가 젹은 ᄃᆞᆺᄒᆞ니 네가 맛ᄎᆞᆷ내 남ᄌᆞ의 쟝쇽을 곳치라."

ᄒᆞ고, 드ᄃᆡ여 아신으로 ᄒᆞ여곰 져 량인의 의복을 가져 셔로 밧고와 닙히고 쟝쇽을 잘ᄒᆞ여 노흐니 즁인이 보ᄆᆡ 진ᄀᆡ 셔로 ᄀᆞᄐᆞᆫ지라. 요홰 니ᄅᆞᄃᆡ,

"임의 쟝쇽이 셔로 ᄀᆞᄐᆞᆯ진대 ᄆᆞ옴ᄃᆡ로 져 량인을 일ᄲᅡᆼ 젼도(顚倒)ᄒᆞᄂᆞᆫ 부부ᄅᆞᆯ ᄆᆡᆫᄃᆞ러 【11】 쥬리라."

즁인이 드ᄅᆞᄆᆡ 모다 우ᄉᆞ며 ᄆᆡ우 죠타 ᄒᆞ고, 요홰 니ᄅᆞᄃᆡ,

"오ᄂᆞᆯ 밤의 내가 연셕을 판비ᄒᆞ여 져의 무리ᄅᆞᆯ ᄃᆡ신ᄒᆞ여 화촉연을 지으리라."

즁인이 ᄯᅩ 각기 홍치 니러나 분망히 판비ᄒᆞ고, 양경뷔 ᄯᅩ 가셔 향촉을 ᄉᆞ고 아오로 화합ᄒᆞᄂᆞᆫ 두 션인(仙人)의 화샹을 가져 공양ᄒᆞᆯ시, 한 즈음이 못ᄒᆞ여 졍졔히 슈습ᄒᆞ여노코 양경부ᄂᆞᆫ 아교ᄅᆞᆯ 븟들고 삼져ᄂᆞᆫ 샹이ᄅᆞᆯ 붓드러 화합션인(和合仙人)의 ᄭᅮᆯ히셔 졀 시기고, ᄯᅩ 요화ᄅᆞᆯ 쳥ᄒᆞ여 졍즁의 좌뎡ᄒᆞ게 ᄒᆞ고 일졔 【12】 히 고두배현ᄒᆞ고, ᄯᅩ 부쳐 량인으로 ᄒᆞ여곰 교배ᄒᆞᆫ 연후의 방즁의 드러가 평샹의 안치고 일변 연셕을 배셜ᄒᆞᆯ시, 요홰 니ᄅᆞᄃᆡ,

"너의 무리도 연셕을 참예치 아니치 못ᄒᆞ

---

368) 【탕ᄑᆡᄒᆞ다】 동 탕패(蕩敗)하다. 탕진(蕩盡)하다. ¶ 破綻 ‖ 범부와 쇽ᄌᆞ의 보기의ᄂᆞᆫ ᄒᆡ이ᄒᆞ다 ᄒᆞ나 만일 대 귀인을 만나면 믄득 탕ᄑᆡ되고 그 가쟝 리해되ᄂᆞᆫ 거ᄉᆞᆫ ᄉᆞᄅᆞᆷ의 혼ᄇᆡᆨ을 옴겨내여 ᄒᆞ여곰 젼도ᄒᆞ게 ᄒᆞ고 그 팔ᄌᆞᄅᆞᆯ 져쥬ᄒᆞ고 그 명문을 침으로 ᄯᅳᆺᄂᆞᆫ 거시 가쟝 리해되고 (凡夫俗子見或駭異, 若大富貴人, 就能看出破綻. 其最利害的是移人魂魄, 使其顚倒, 壓鎭八字, 用刺其心.) <瑤華 17:7> ⇒ 탕패ᄒᆞ다

369) 【ᄉᆞᆯ기】 명 솔개. ¶ 鳶 ‖ 나무 ᄉᆞᆯ기ᄅᆞᆯ 타고 하ᄂᆞᆯ의 오ᄅᆞ며 플노 ᄆᆡᆫ든 룡을 닛그러 바다히 드러가ᄂᆞᆫ 거시 모다 진언으로 져쥬ᄒᆞᆷ을 밋고 반 시긱을 지톄ᄒᆞ면 즉시 타락이 되고 (至騎木鳶上天, 控草龍入海, 皆仗眞言咒誦, 稍停半刻, 即時墮落.) <瑤華 17:7> ⇒ 솔기

리라."

아신이 니ᄅᆞ되,

"미우 조타."

ᄒᆞ며, 요홰 니ᄅᆞ되,

"너의 삼인이 비록 친쳑은 되지 아니ᄒᆞ나 즁미(仲媒)라 혬홀지라. 연셕을 겻히 베플고 뫼셔 안게 ᄒᆞ라."

양경뷔 니ᄅᆞ되,

"져 량인이 부뷔 되기ᄂᆞᆫ 공쥬의 쥬혼ᄒᆞ신 거시니 공쥐 벅벅이 상좌ᄒᆞ시고 져 량인은 되면ᄒᆞ여 안게 ᄒᆞ라."

요【13】홰 니ᄅᆞ되,

"과연 그럴 듯ᄒᆞ나 여이 츌가ᄒᆞᄂᆞᆫ 날의ᄂᆞᆫ 여ᄋᆡ 뎨 일위가 되고, 기 모(母)ᄂᆞᆫ 도로혀 다음 ᄌᆞ리의 안ᄂᆞᆫ 거시 벅벅ᄒᆞᆫ 도리니, 져 량인으로 ᄒᆞ려금 상좌케 ᄒᆞ고…."

각기 좌ᄅᆞᆯ 뎡ᄒᆞ여 회포ᄅᆞᆯ 열고 쾌챵히 마실ᄉᆡ, 요홰 아교ᄅᆞᆯ 되ᄒᆞ여 니ᄅᆞ되,

"네가 이제ᄂᆞᆫ 남ᄌᆞ 되여시니 맛당히 쟝부의 긔셰ᄅᆞᆯ 드러낼지라. 만히 한 잔 술노 공경ᄒᆞ리라."

각인이 드ᄅᆞ미【14】또 웃고 삼졔 니ᄅᆞ되,

"져 량인이 금일의 신인이 되여시니 ᄌᆞ연 문아(文雅)ᄒᆞᆫ지라. 우리 미파의 술을 쥬어 져 무리로 합환쥬ᄅᆞᆯ 삼게 ᄒᆞ리라."

ᄒᆞ고, 드되여 두 잔을 쳐 올녀 량 신인이 밧고와 마시게 ᄒᆞ고, 아신이 다시 큰 잔을 쳐 요화의게 드리며 니ᄅᆞ되,

"공쥐 쥬혼ᄒᆞ여 계시니 부득블 한 잔을 더 졉ᄒᆞ리라."

ᄒᆞ고, 한 ᄯᅢ의 굉쥬교착(觥籌交錯)ᄒᆞ고 훤쇼만당(喧笑滿堂)ᄒᆞᆫ지라. 하쳐 쥬인이 드ᄅᆞ미, 무ᄉᆞᆫ 일인지 아지 못ᄒᆞ여 대쇼 남녀 모다 와셔 엿보니 일ᄊᆞᆼ 남녀 상좌의 셔로【15】되ᄒᆞ고 향촉을 베플고 화합션인을 공양ᄒᆞᆫ지라. 비로쇼 남녀 배합ᄒᆞᄂᆞᆫ 쥴을 ᄭᅢ닷고 렁락지 못ᄒᆞ여, 네가지 치하ᄒᆞᄂᆞᆫ 례믈을 드러오거ᄂᆞᆯ, 요홰 량죵(兩種)만 밧고 남은 거ᄉᆞᆫ 도로 쥬며 가져온 사ᄅᆞᆷ의 나가기ᄅᆞᆯ 기다려 즁인이 ᄯᅩ 우음을 그치지 아니ᄒᆞ더라.

요홰 아교다려 니ᄅᆞ되,

"명일은 네가 연셕을 판비ᄒᆞ여 사ᄅᆞᆷ을 쳥ᄒᆞ여 희쥬(喜酒)ᄅᆞᆯ 먹게 ᄒᆞ라."

아신이 니ᄅᆞ되,

"남의 집 믈건을 바다시니 회ᄉᆞ(回謝)ᄒᆞᄂᆞᆫ 거ᄉᆞᆫ 면치 못ᄒᆞ리라."

ᄒᆞ고 밤의 니ᄅᆞ러 륙ᄀᆡ 인이 셰되ᄅᆞᆯ【16】지어 누으되,

"아교ᄂᆞᆫ 샹이로 더브러 탑(榻)을 ᄀᆞᆺ치 ᄒᆞ고, 삼져ᄂᆞᆫ 아신으로 더브러 탑을 ᄀᆞᆺ치 ᄒᆞ고, 가마니 양경부로 ᄒᆞ여곰 요화의 방문 어귀의 잇셔 ᄉᆞ후ᄒᆞ다가, 요홰 ᄌᆞ리의 들기ᄅᆞᆯ 기다려 믄득 몸을 ᄲᅢ혀 샹의 오ᄅᆞ니, 요홰 목마른 싱각이 임의 오런지라. 바야흐로 원ᄒᆞᄂᆞᆫ 바ᄅᆞᆯ 일우미 자연 심샹치 아니ᄒᆞ고, 경뷔 ᄯᅩᄒᆞᆫ 그 번ᄉᆞ[本事]ᄅᆞᆯ 크게 베푸러 가의(加意)ᄒᆞ여 봉승ᄒᆞ여 쥬니, 이 밤의 즐거온 지경은 ᄌᆞ연 요화ᄅᆞᆯ 미뤼여 가쟝[最] 되엿다 ᄒᆞᆯ지라.

ᄎᆞ일의 요홰 몸을【17】니러 돌나 쟉야 즐거온 거ᄉᆞᆯ 싱각ᄒᆞ니, 비록 몸이 신션의 디경의 드러가나 대략(大約)이 이의 지나지 못ᄒᆞᆯ지라. 만심환희(滿心歡喜)ᄒᆞ더니, 삼졔 방의 드러오미, 요홰 니ᄅᆞ되,

"금일은 되긱(待客)ᄒᆞᆯ 거시니 너ᄂᆞᆫ 나ᄅᆞᆯ 되신ᄒᆞ여 머리ᄅᆞᆯ 죠히 빗기라."

ᄒᆞ고, 쇼쥬(蘇州)의셔 가져온 의복과 슈식을 ᄀᆞᆯ히여 쟝쇽ᄒᆞ여 내니 ᄭᅩᆺᄀᆞᆺ고 옥ᄀᆞᆺ더라. 당일의 두 ᄀᆡ 연셕을 판비ᄒᆞ여 한 ᄌᆞ리ᄂᆞᆫ 쥬인의 남ᄌᆞ 숀을 쳥ᄒᆞ고 한 ᄌᆞ리ᄂᆞᆫ 계집 숀을 쳥ᄒᆞ여 죵일을 즐기더라. 요화 싱각ᄒᆞ되,

'삼일을 지내면 경셩의 드러갈지라. 셩즁의 사ᄅᆞᆷ들이 아라보ᄂᆞᆫ 쟤 만ᄒᆞᆯ 거시니 힝인의 모양으로 갓기ᄂᆞᆫ 편치 못ᄒᆞᆯ지라. 모롬즉이 녯날 복식으로 져 무리의 눈을 가리리라'

ᄒᆞ고 드되여 셔신을 ᄡᅧ 하향의게 븟쳐 니ᄅᆞ되,

> 내가 한 번 문의 나미 홀홀(忽忽)ᄒᆞ여 오년이 된지라. 이제 임의 도라와 여긔가지 니ᄅᆞ러시나 가히 녯날 면모로 사ᄅᆞᆷ을 되치 못ᄒᆞᆯ 거시니, 모롬즉이 쇼ᄎᆞ[後擋車] 한 량을 죠비ᄒᆞ여 간 사【19】ᄅᆞᆷ을 맛기여 다리고 탁쥬(涿州)의 도라와 타고 가기ᄅᆞᆯ 편케 ᄒᆞ고, 경셩의 니ᄅᆞ미 쟝ᄉᆞ(長史)와 령ᄉᆞ(令史) 무리로 영졉지 말게 ᄒᆞᆯ 거시니, 황샹이 아ᄅᆞ실가 두려ᄒᆞ미라. 네가 근일은

황미(況味)가 엇더나 ᄒᆞ며, 인ᄒᆞ여 흠ᄉᆞᄒᆞ신 뎨턱(第宅) 내의 잇셔 거쥬ᄒᆞᄂᆞ냐? 나ᄅᆞᆯ 위ᄒᆞ여 슈 간 방옥을 쇄쇼ᄒᆞ여 잠간 헐각(歇脚)ᄒᆞ게 ᄒᆞ고, 만일 사ᄅᆞᆷ이 뭇거든 날노 뻐 ᄆᆡ영(梅影)을 숨아 ᄃᆡ답ᄒᆞᄂᆞᆫ 거시 가ᄒᆞᆯ 거시오 나의 ᄒᆡᆼ젹은 ᄭᆡ치지 말게 ᄒᆞ【20】라.

하엿더라.

쓰기ᄅᆞᆯ 다ᄒᆞᄆᆡ 긴봉(緊封)ᄒᆞ여 노코 경부ᄅᆞᆯ 블너 니ᄅᆞᄃᆡ,

"내가 일봉 셔신을 쥬ᄂᆞᆫ 거시니 네 가히 셩야(星夜)로 경셩의 나아가 십ᄉᆞ장 공쥬 곤덕후흠ᄉᆞ부뎨(坤德侯欽賜府第)의 가셔 드리고 회답 셔신을 맛하오며, 아오로 일량 쇼ᄎᆞᄅᆞᆯ 어더 가지고 오ᄃᆡ 지톄치 마ᄂᆞᆫ 거시 죠흐리라."

경뷔 령명(令命)ᄒᆞ고 즉시 발ᄒᆡᆼᄒᆞ더라.

요홰 즁인으로 더브러 한화(閑話)ᄒᆞ더니, 하쳐 쥬인의 녀권(女眷) 무리 와셔 쳥알ᄒᆞ거ᄂᆞᆯ, 요홰 마ᄌᆞ【21】드리ᄆᆡ, ᄒᆞᆷᄀᆡ 삼인이 드러오ᄂᆞᆫᄃᆡ, 일ᄀᆡᄂᆞᆫ 노파오 량ᄀᆡᄂᆞᆫ 즁년 부인인ᄃᆡ, 일ᄀᆡᄂᆞᆫ ᄉᆡᆨ부오 일ᄀᆡᄂᆞᆫ 녀ᄋᆡ라. 져의 셩은 우(于)시오, 량ᄀᆡ ᄋᆞᄌᆞ(兒子)ᄅᆞᆯ 두어시니, 큰 ᄋᆞ희ᄂᆞᆫ 집의 잇고 젹은 ᄋᆞ희ᄂᆞᆫ 밧ᄀᆡ 나가 작ᄀᆡᆨ(作客)ᄒᆞ다가 이졔 궤질(怪疾)을 어더 집의 잇다 ᄒᆞᄂᆞᆫ지라. [370]좌의 든 지 언마 못ᄒᆞ여 져의·무리 ᄆᆞᆫ득 쥬과와 ᄎᆡ쇼ᄅᆞᆯ 버려 올니며, 요화ᄅᆞᆯ 쳥ᄒᆞ여 상좌의 안치고 은근이 슐을 권ᄒᆞ더니, 홀연 보ᄆᆡ 하쳐 쥬인이 일ᄀᆡ 병인(病人)을 붓들고 나아와 ᄭᅮ러 고두【22】ᄒᆞ며, 그 노인이 니ᄅᆞᄃᆡ,

"이거ᄉᆞᆫ 젹은 ᄋᆞᄌᆞ로 일종 궤질을 어덧ᄂᆞᆫᄃᆡ, ᄌᆞ셰ᄒᆞᆫ 곡졀은 노쳬 맛당히 밧드러 고ᄒᆞᆯ지라. 우리 알기의 ᄌᆞᆫᄀᆡᆨ은 범인이 아니시니 가히 뻐 쳐치ᄒᆞᆯ 법이 이실지라. 바라건ᄃᆡ, 져의 일명을 구ᄒᆞ여 쥬시면 ᄌᆞᆫᄀᆡᆨ의 젹덕이 되리라."

요홰 ᄲᆞᆯ니 니러나라 ᄒᆞ니 져 노인이 두어 마ᄃᆡ 말ᄒᆞ다가 ᄆᆞᆫ득 드러가ᄂᆞᆫ지라. 요홰 두셔ᄅᆞᆯ 아지 못ᄒᆞ여 노파ᄅᆞᆯ 향ᄒᆞ여 무ᄉᆞᆫ 연괴냐 무ᄅᆞ니, 노ᄑᆡ ᄃᆡ답ᄒᆞᄃᆡ,

"져 ᄋᆞᄌᆡ 금년이 겨유 이십【23】이 세오, 슈년 젼의 나가 우연이 한유ᄒᆞᆯᄉᆡ 도즁의셔 일개 미부인을 만나 다리고 ᄀᆞᆺ치 ᄒᆡᆼᄒᆞ며 셔로 문답ᄒᆞ다가, 쇼년의 졍태로 ᄆᆞᆫ득 밧 가온ᄃᆡ 잇셔 죠흔 일을 지내고, 미쳐 졔가 실가(室家)ᄅᆞᆯ 취치 못ᄒᆞ믈 알고 그 녀ᄌᆡ 경원(情願)ᄒᆞ여 ᄯᆞ라오려 ᄒᆞ기로, 드ᄃᆡ여 다려다가 집안의 감쵸와 두고, 우리 무리가 쳐음은 아지 못ᄒᆞ더니 졔가 날노 슈쳑ᄒᆞ여 맛ᄎᆞᆷ내 노채증(癆瘵症)이 되엿기로 우리 무리 ᄌᆡ삼 힐문ᄒᆞ여 바야흐로 그 졍유ᄅᆞᆯ ᄭᆡᄃᆞᆺ고 집안 사ᄅᆞᆷ들이 모다【24】져 녀ᄌᆞ의 형샹도 보지 못ᄒᆞ고 ᄶᅩᆺᄎᆞ려 ᄒᆞᄃᆡ, 가지 아니ᄒᆞ며 졔가 도로혀 ᄋᆞᄌᆞ의 실졍을 말ᄒᆞ믈 깁히 ᄒᆞᆫᄒᆞ여 ᄯᆡ로 타ᄆᆡ(唾罵)ᄒᆞ며,[371] ᄋᆞᄌᆡ 져와 더브러 동침치 아니ᄒᆞ면 졔가 ᄯᅩ 능히 ᄭᅮᆷ 가온ᄃᆡ 교합ᄒᆞᄂᆞᆫ지라. 이러ᄐᆞᆺ 슈년 내의 병증이 졈졈 긴ᄒᆞ여 능히 밧ᄀᆡ 나가 ᄉᆡᆼ리(生理)도 못ᄒᆞ고, 일젼의 ᄌᆞᆫᄀᆡᆨ 무리 와셔 쥬졉ᄒᆞ실 ᄯᆡ의 져 괴믈이 ᄌᆡ삼 부쵹ᄒᆞ여 ᄌᆞᆫᄀᆡᆨ을 용납ᄒᆞ여 머믈지 못ᄒᆞ게 ᄒᆞ나, ᄋᆞᄌᆡ 듯지 아니ᄒᆞ고 밋 ᄌᆞᆫᄀᆡᆨ이 문의 들ᄆᆡ, 졔 ᄆᆞᆫ득 공구(恐懼)【25】ᄒᆞ기ᄅᆞᆯ 이샹히 ᄒᆞ여 곳을 어더 몸을 감쵸려 ᄒᆞ나, 내당(內堂)이 협ᄎᆡᆨ(狹窄)ᄒᆞ여 가히 피ᄒᆞᆯ 곳이 업ᄂᆞᆫ지라. 마지 못ᄒᆞ여 영셩(零星)ᄒᆞᆫ 믈건을 집어가지고 밧그로 도타(逃躱)ᄒᆞᄂᆞᆫᄃᆡ,[372] 아ᄌᆞᄅᆞᆯ 가ᄅᆞ치며 니ᄅᆞᄃᆡ, '네가 ᄀᆡ여히 내 말을 듯지 아니ᄒᆞ니 후일을 기다려 내가 다시 와셔 네 셩명을 결과ᄒᆞ리라' ᄒᆞ고, 분분히 가ᄂᆞᆫ고로 ᄌᆞᆫᄀᆡᆨ의 비범ᄒᆞ시믈 알지라. 만일 ᄌᆞᆫᄀᆡᆨ이 가시면 져 괴믈이 반ᄃᆞ시 와셔 해ᄒᆞᆯ 거시니 ᄌᆞᆫᄀᆡᆨ은 져의 일명(一命)을 구ᄒᆞ여 쥬시【26】믈 바라노라."

ᄒᆞ고, 말노조ᄎᆞ 눈물을 ᄒᆞᆯ니거ᄂᆞᆯ, 요홰 웃고 니ᄅᆞᄃᆡ,

"져 괴믈이 임의 갓시니 다시ᄂᆞᆫ 오지 아니

---

370) 이 부분 한 쪽 가량 번역 생략됨.

371) 【타ᄆᆡᄒᆞ다】 동 {타매(打罵)하다.} 치고 꾸짖다. ¶ 詬詈 ‖ 가지 아니ᄒᆞ며 졔가 도로혀 ᄋᆞᄌᆞ의 실졍을 말ᄒᆞ믈 깁히 ᄒᆞᆫᄒᆞ여 ᄯᆡ로 타ᄆᆡᄒᆞ며 ᄋᆞᄌᆡ 져와 더브러 동침치 아니ᄒᆞ면 졔가 ᄯᅩ 능히 ᄭᅮᆷ 가온ᄃᆡ 교합ᄒᆞᄂᆞᆫ지라 (遣之不去, 并深恨二小兒將他實情說出, 時復詬詈. 二小兒不與同寢, 他又能于夢中與之交合.) <瑤華 17:24>

372) 【도타ᄒᆞ다】 동 {도타(到躱)하다.} 피하다. ¶ 逃避 ‖ 내당이 협ᄎᆡᆨᄒᆞ여 가히 피ᄒᆞᆯ 곳이 업ᄂᆞᆫ지라 마지 못ᄒᆞ여 영셩ᄒᆞᆫ 믈건을 집어가지고 밧그로 도타ᄒᆞᄂᆞᆫᄃᆡ (因知內堂房舍狹窄, 沒有可躲之處. 看他坐臥靡寧, 只得携了些零星物件逃避.) <瑤華 17:25> ⇒ 躱閃 / 1:63

ᄒᆞᆯ 듯ᄒᆞ나 내가 요괴 잡ᄂᆞᆫ 무예 업ᄉᆞ니 엇지 구ᄒᆞ여 쥬라?"

노픠 니ᄅᆞᄃᆡ,

"우리 무리 엇지 감히 존긔이 잡기ᄅᆞᆯ 청ᄒᆞ리오마ᄂᆞᆫ 져 괴믈의 광경을 보ᄆᆡ 반ᄃᆞ시 긔탄ᄒᆞᄂᆞᆫ 형젹이 잇ᄂᆞᆫ지라. 존긔이 능히 못ᄒᆞ시거든 ᄉᆞ환 즁의 반ᄃᆞ시 능ᄒᆞᆫ 사ᄅᆞᆷ이 이실 거시니, ᄯᅩᄒᆞᆫ 바라건ᄃᆡ 한마ᄃᆡ 분부ᄒᆞ여 그 종젹을 쫏ᄎᆞ 근져ᄅᆞᆯ 멸ᄒᆞ여 바리면 ᄋᆞ지 비【27】로소 싱활ᄒᆞ믈 어드리라."

ᄒᆞ고, 말이 맛ᄎᆞᄆᆡ 다시 몸을 니러 졀ᄒᆞ고 구ᄒᆞ려 ᄒᆞ거ᄂᆞᆯ, 요홰 련망히 멈츄며 니로ᄃᆡ,

"아직 기다리고 이시면 우리 무리 샹의ᄒᆞ여 가히 ᄡᅧ 힘을 드릴 만ᄒᆞ면 결단코 진심치 아니ᄒᆞᆯ 니 업ᄉᆞ리라."

졔 삼인이 은근이 샤례ᄒᆞᆫ 연후의 바야흐로 물너가더라. 요홰 그 일이 괘렴ᄒᆞ믈 인ᄒᆞ여 방의 도라와 의복을 버ᄉᆞ며 아신다려 가마니 무ᄅᆞᄃᆡ,

"그 요괴ᄅᆞᆯ 네가 능히 쇼졔ᄒᆞ깃ᄂᆞ냐?"

아신이 니ᄅᆞᄃᆡ,

"져의 말을 의거ᄒᆞ면 져【28】괴믈이 우리 무리 문의 들기ᄅᆞᆯ 기다리지 아니ᄒᆞ고 임의 황겁ᄒᆞ여 ᄒᆞ니, ᄯᅩᄒᆞᆫ 크게 법력이 잇ᄂᆞᆫ 거ᄉᆞᆫ 아니라. 반ᄃᆞ시 내 가지 아니ᄒᆞ고 다만 샹이로 ᄒᆞ여곰 약간 슈단을 브려 가히 ᄡᅧ 졔어ᄒᆞ여 결박ᄒᆞ리라."

요홰 그 말을 조ᄎᆞ 샹이로 ᄒᆞ여곰 슈포케 ᄒᆞ고, 요홰 후의 캉(炕) 우히 누엇더니, 아신이 급히 드러와 고ᄒᆞᄃᆡ,

"샹이가 임의 그 요괴의 종젹을 탐지ᄒᆞᄆᆡ 황하슈(黃河水) 쇽의 일기 고기의 졍령으로 아직 슈단은 다 되지 못ᄒᆞᄆᆡ, 쇼졔ᄒᆞ기 용이【29】ᄒᆞ다 ᄒᆞ고, 이졔 방즁의 잇셔 법술을 시작ᄒᆞᆫ다."

ᄒᆞ니, 요홰 니ᄅᆞᄃᆡ,

"졔가 무ᄉᆞᆫ 법을 시작ᄒᆞ더냐?"

아신이 니ᄅᆞᄃᆡ,

"졔가 그릇시 믈을 담아 가지고 져쥬(咀呪)ᄅᆞᆯ 념ᄒᆞᄂᆞᆫᄃᆡ, 졔 말이 몬져 그거ᄉᆞᆯ 못ᄉᆞ로 멈츄어 모시 박히기ᄅᆞᆯ 기다려 뽕나무 칼노 믄득 가히 질너쥭인다 ᄒᆞ더라."

요홰 니ᄅᆞᄃᆡ,

"져의 ᄒᆞᄂᆞᆫ 거시 효험이 잇셔야 바야흐로 방심되리라."

ᄒᆞ고, 인ᄒᆞ여 혼침ᄒᆞ여 ᄌᆞ더라. 져곳의셔 샹이 법술을 ᄡᅧ 괴믈을 잡아 질너쥭이고, 아신과 ᄀᆞᆺ치【30】보(報)ᄒᆞ라 왓더니, 다만 보ᄆᆡ 요홰 몽즁의 호도대곡(號啕大哭)ᄒᆞ거ᄂᆞᆯ, 아신이 그 몽압(夢魘)된가 두려워 경경(輕輕)ᄒᆞ게 블너 ᄭᆡ이고, ᄯᅩ 위ᄒᆞ여 견배(肩背)ᄅᆞᆯ 쥬무ᄅᆞ니 졈졈 ᄭᆡ여나거ᄂᆞᆯ, 샹이 무ᄅᆞᄃᆡ,

"공쥬 엇지ᄒᆞ여 이러틋 ᄒᆞᄂᆞ뇨?"

요홰 눈을 쓰기ᄂᆞᆫ ᄒᆞ나, 후간(喉間)의 오히려 오렬(嗚咽)ᄒᆞ여 긋치지 아니ᄒᆞᄂᆞᆫ지라. 삼졔ᄎᆞᄅᆞᆯ 가져오니, 요홰 마시고 졍신을 진졍ᄒᆞ며 믄득 니ᄅᆞᄃᆡ,

"몽ᄉᆡ(夢事) ᄆᆡ우 블길ᄒᆞ도다."

즁인이 무ᄅᆞᄃᆡ,

"무ᄉᆞᆫ 쑴인고?"

요홰 니ᄅᆞᄃᆡ,

"내가 ᄌᆞ기ᄂᆞᆫ ᄒᆞ나 노샹의 잇ᄂᆞᆫ 것 ᄀᆞᆺ【31】고, 돌나보ᄆᆡ ᄉᆞ면이 황량ᄒᆞ여 인연이 단졀ᄒᆞᆫ 거시 임의 쳐참ᄒᆞ기 극ᄒᆞᆫᄃᆡ, 엇진 모양으로 모호히 ᄯᅩ 한 곳의 니ᄅᆞ니 어내 곳인지 모ᄅᆞ고, 다만 보ᄆᆡ 샹탁(床卓)의 졔젼(祭奠)을 버려노코 내 몸 우히 효복(孝服)을 닙고 거긔 잇셔 곡배(哭拜)ᄒᆞ여시니, 내 이졔 싱각건ᄃᆡ 긔여히 효복을 닙을지라. 왕얘 블휘(不諱)ᄒᆞᄆᆡ 계셔야 내 비로쇼 그 모양을 ᄒᆞᆯ지라. 가련ᄒᆞ기ᄂᆞᆫ 왕야긔셔 다만 나 일기 녀ᄋᆞᄅᆞᆯ 나흐시고, 비록 ᄉᆞ쇽(嗣續)ᄒᆞ리ᄅᆞᆯ 어더시나 친 골육이 눈 옯히 잇【32】ᄂᆞᆫ 것과 엇더ᄒᆞ랴?"

말이 맛ᄎᆞᄆᆡ, ᄯᅩ 곡을 내거ᄂᆞᆯ, 즁인이 니ᄅᆞᄃᆡ,

"이 거ᄉᆞᆫ 몽ᄆᆡ의 일이니 공쥬ᄂᆞᆫ 엇지 진졍으로 아시ᄂᆞ뇨?"

삼졔 니ᄅᆞᄃᆡ,

"몽ᄉᆞᄂᆞᆫ ᄆᆡ양 샹반되여 극히 흉ᄒᆞ면 크게 길ᄒᆞᄂᆞ니, 혹ᄌᆞ 왕야긔셔 ᄯᅩ 황샹의 큰 은면을 바드시고 져긔 계셔 환희ᄒᆞ게 지내시ᄂᆞᆫᄃᆡ 도로혀 이러틋 져쥬ᄅᆞᆯ ᄒᆞ랴?"

요홰 그 말을 듯더니, 바야흐로 곡을 긋치고 드듸여 무ᄅᆞᄃᆡ,

"요괴 잡ᄂᆞᆫ 일은 엇지 되엿ᄂᆞ냐?"

샹이 니ᄅᆞᄃᆡ,

"임의 황하슈 가의셔 질너 쥭여시【33】니 그곳이 여긔셔 스오십 리 노졍은 되는지라. 져의 무리를 가르쳐 믈가흘 년ᄒᆞ여 ᄎᆞᄌᆞ가면 ᄌᆞ연 어드미 이시리라."

요홰 듯고 심히 깃거ᄒᆞ여 드듸여 아신으로 ᄒᆞ여곰 쥬인의게 통ᄒᆞ여 쥬고 그 ᄯᅴ가 임의 이경은 된지라. 바야흐로 안침ᄒᆞᄂᆞᆫᄃᆡ, 삼져를 머무러 반슉케 ᄒᆞ고 ᄎᆞ일의 몸을 니러 드ᄅᆞ니 쥬인 가즁의셔 훤화(喧嘩)ᄒᆞᄂᆞᆫᄃᆡ 무슨 일인지 아지 못ᄒᆞ더니, 죠반 후의 안흐로셔 일기 녀ᄌᆡ 나아오며 치샤ᄒᆞ고 말ᄒᆞ기를,

"이졔 아춤의 황【34】하슈 가의셔 일기 악어를 어더시ᄃᆡ, 가슴의 한 칼을 마즈 쥭어 노혓ᄂᆞᆫ지라. 쟉야의 너의 무리가 우리다려 니ᄅᆞ기를 임의 괴믈을 잡아 믈가의 두엇다 ᄒᆞ더니 오ᄂᆞᆯ날 ᄎᆞᄌᆞ내니 싱각건ᄃᆡ, 필연 그 믈건이라. 우리 부친이 사ᄅᆞᆷ을 시겨 메여오니 한 낫 큰 고기니 대략 이ᄇᆡᆨ 근 즁슈(重數)나 되고 이졔 우리 ᄯᅳᆯ 가온ᄃᆡ 두어시니 쳥컨ᄃᆡ 렬위ᄂᆞᆫ 가셔 보게 ᄒᆞ라."

요홰 드ᄅᆞ미 심히 긔이ᄒᆞᆫ지라. 드듸여 즁인과 ᄀᆞᆺ치 드러가 보니 그 고기 몸픠[373]ᄂᆞᆫ 도야지【35】만 ᄒᆞ고 기리ᄂᆞᆫ 오륙 쳑이 되ᄂᆞᆫᄃᆡ, 가슴의 과연 칼 흔젹이 잇고 가슴 량편의 은은히 두드러진 거시 부인의 졋과 완연ᄒᆞ고 ᄇᆡ 아ᄅᆡ 쳔연이 음문(陰門)이 잇셔 부인과 더브러 다ᄅᆞ미 업ᄂᆞᆫ지라. 노ᄑᆡ 니ᄅᆞᄃᆡ,

"사ᄅᆞᆷ이 말ᄒᆞ기를 져 고기가 심히 먹기 죠코 ᄯᅩ 가히 질병을 곳친다."

ᄒᆞ거ᄂᆞᆯ, 요홰 대강 슈쟉ᄒᆞ고 즉시 도라오ᄆᆡ, 하ᄂᆞᆯ이 임의 어두엇ᄂᆞᆫ지라. 홀연 즁인이 드러와 보ᄒᆞᄃᆡ,

"외변의 경즁의셔 일위 관인이 와셔 여긔 이시니 너의 무리ᄂᆞᆫ【36】나가 보게 ᄒᆞ라."

요홰 싱각ᄒᆞᄆᆡ, 반ᄃᆞ시 하향(荷香)이 왓ᄂᆞᆫ지라. 드듸여 블너 드려보니 과연 하향인ᄃᆡ, 아관박ᄃᆡ(峨冠博帶)를 갓쵸고 ᄯᅡ히 업ᄃᆡ여 배현ᄒᆞ거ᄂᆞᆯ, 요홰 련망히 닐나 ᄒᆞ고, 피ᄎᆞ 얼골을 가리며 울고, 하향이 니ᄅᆞᄃᆡ,

"공쥬긔셔 쟝릐의 도힝은 ᄌᆞ연 셩취ᄒᆞ신다 ᄒᆞ여도 다만 져러ᄐᆞᆺ 고샹(苦生)을 바드시니 노ᄌᆞ 무리로 ᄒᆞ여곰 심즁의 실노 블인ᄒᆞ도다."

요홰 니ᄅᆞᄃᆡ,

"내가 ᄉᆞ부의 십여 년 교훈ᄒᆞ믈 닙으ᄆᆡ 감히 져긔 망ᄒᆞᄂᆞᆫ 거슬 밧드지 아【37】니치 못ᄒᆞᆯ지라. 엇지 도로혀 신고ᄒᆞ믈 도라보랴? 네가 이졔 ᄉᆞ환ᄒᆞᄂᆞᆫ 몸이 되엿도다."

하향이 니ᄅᆞᄃᆡ,

"공쥬의 구졔ᄒᆞ여 쥬신 은혜를 의탁ᄒᆞ여 임의 병부거가ᄉᆞ낭즁(兵部車駕司郞中)의 오ᄅᆞ고, 황샹게셔 상히 공쥬의 훈로(勛勞)를 싱각ᄒᆞ샤 몃 번 젼지ᄒᆞ여 부ᄅᆞ시ᄂᆞᆫᄃᆡ, ᄆᆡ영이 임의 알외여 산후의 병폐[病廢]ᄒᆞ믈 ᄇᆞᆰ히 고ᄒᆞ여시나, 그러나 목하의 ᄉᆞ방의 ᄉᆞ괴(事故) 만흐니 두리건ᄃᆡ 긔여히 부ᄅᆞ실가 ᄒᆞ노라."

요홰 니ᄅᆞᄃᆡ,

"내가 이졔 임의 한가ᄒᆞᆫ 구름과 들 학(鶴)이 된지라. 비록 부【38】ᄅᆞ신다 ᄒᆞ여도 ᄯᅩᄒᆞᆫ 가히 ᄆᆡ영으로 ᄒᆞ여곰 벼슬을 승습ᄒᆞ여 경셩의 가게 ᄒᆞ리라."

경히 말ᄒᆞᄆᆡ 양경뷔 오ᄂᆞᆫ지라. 하향이 니ᄅᆞᄃᆡ,

"공쥬의 녯날 사ᄅᆞᆷ은 엇지 하나토 보지 못ᄒᆞᆯ깃ᄂᆞ냐?"

요홰 니ᄅᆞᄃᆡ,

"도즁이 험난ᄒᆞ기로 문을 날 ᄯᅴ의 ᄇᆡᆨ우옥(白于玉) 황금슌(黃金釧)과 황가 식부 삼기 부쳐를 다리고 왓더니, 강남으로죠ᄎᆞ 믄득 도로 가게 ᄒᆞ여시니 져의 무리 능히 나의 힘을 돕지 못ᄒᆞ고 도로혀 져의 무리를 보호ᄒᆞ여 쥬기 난쳐ᄒᆞᆫ 고로, 그러므로 져의를 도로【39】보낸 거시오, 이졔 잇ᄂᆞᆫ 져 몃 사ᄅᆞᆷ 곳 아니면 능히 이곳가지 니ᄅᆞ지 못ᄒᆞ여시리라."

ᄒᆞ고 드듸여 하향으로 ᄒᆞ여곰,

"편히 쉬고, 명일은 반ᄃᆞ시 ᄯᅡ라 힝치 말나. 네가 몬져 도라갈 거시니, 쳣지ᄂᆞᆫ 사ᄅᆞᆷ의 이목을 번거히 ᄒᆞᆯ가 두리며, 둘지ᄂᆞᆫ 황샹이 아ᄅᆞ시면 필연 나의 힝졍(行程)을 막으시리라."

하양이 니ᄅᆞᄃᆡ,

"쇼ᄎᆞ(小車)ᄂᆞᆫ 임의 ᄀᆞᆺ쵸와 오고, 흠ᄉᆞᄒᆞ신 뎨택 내의 몃 간을 경결ᄒᆞ게 슈습ᄒᆞ여시니 이

373)【몸픠】명 몸피. 몸 둘레. ¶ 粗大 ‖ 드듸여 즁인과 ᄀᆞᆺ치 드러가 보니 그 고기 몸픠ᄂᆞᆫ 도야지 만ᄒᆞ고 기리ᄂᆞᆫ 오륙 쳑이 되ᄂᆞᆫᄃᆡ (看那死魚, 眞個粗大如猪身, 長有五六尺, 仰臥在堂中.) <瑤華 17:34>

희롤 지내고 츈긔 화챵ᄒᆞ기롤 기다려 다시 옮흐로 나아가게 ᄒᆞ라."

요홰 니ᄅᆞ【40】 ᄃᆡ,

"다시 도중의 드러가 ᄒᆡᆼ지(行止)롤 뎡ᄒᆞ리라."

하향이 믈너 문어귀의 나가미, 요홰 홀연 ᄯᅩ 블너 니ᄅᆞᄃᆡ,

"왕야긔셔 몃 ᄒᆡ 동안의 신지 조흐시고 샹ᄒᆡ 경셩의 드러가시ᄂᆞ냐?"

하향이 니ᄅᆞᄃᆡ,

"ᄆᆡ년 원죠(元朝)와 만슈셩졀(萬壽聖節)의 반ᄃᆞ시 경셩의 니ᄅᆞ샤 죠하(朝賀)ᄒᆞ시나, 오작 류젹(流賊)이 츌몰ᄒᆞ미 뎡쳬 업ᄉᆞ믈 인ᄒᆞ여 왕왕 ᄯᅡ라오지 못ᄒᆞ여 시일을 어긔나 황샹긔셔 깁히 아ᄅᆞ시고 믄득 칙망은 아니ᄒᆞ시더라."

요홰 무ᄅᆞᄃᆡ,

"왕애 가히 셰ᄌᆞ롤 두어 계시냐?"

하향이 니ᄅᆞᄃᆡ,

"근간의 드ᄅᆞᆫ죽【41】 깁분 일은 잇다 ᄒᆞ나 가히 셰ᄌᆞᄂᆞᆫ 어ᄃᆡ시믄 아지 못ᄒᆞ엿노라."

요홰 니ᄅᆞᄃᆡ,

"왕야의 신지 오히려 비반(肥胖)ᄒᆞ시더냐?"

하향이 니ᄅᆞᄃᆡ,

"여샹ᄒᆞ시더라."

요홰 ᄯᅩ 니ᄅᆞᄃᆡ,

"네가 몬져 경셩의 도라가 분부ᄒᆞ여 쟝ᄉᆞ와 령ᄉᆞ들이 다만 나롤 닐ᄏᆞ러 향군(鄕君)이라 ᄒᆞᄂᆞᆫ 거시 믄득 올흘지라. 내가 부즁의 드러가거든 별노이 유벽ᄒᆞᆫ 곳의 일긔 문을 내여 ᄡᅥ 츌입을 통케 ᄒᆞ고, 대문은 인ᄒᆞ여 봉쇄ᄒᆞ여 두어 사ᄅᆞᆷ의 ᄢᅴ닷ᄂᆞᆫ 거술 면케 ᄒᆞ라."

하향이 일일이 답응ᄒᆞ고 별노이 쳐【42】쇼롤 어더 안헐ᄒᆞᆯᄉᆡ, 슈하 사ᄅᆞᆷ들이 모다 노애라 닐ᄏᆞᆺ더라.

지셜, 아교와 삼져와 샹이 무리 겻ᄒᆡ 이셔 하향의 ᄒᆞᄂᆞᆫ 모양을 보미, 모다 요홰 필경 엇더ᄒᆞᆫ 사ᄅᆞᆷ인 쥴을 아지 못ᄒᆞ더니, 양경뷔 도라오미 ᄀᆡᄀᆡ히 와셔 져다려 뭇기롤,

"너 갓던 곳이 엇더ᄒᆞᆫ 모양이며 만나 본 거시 엇더ᄒᆞᆫ 사ᄅᆞᆷ이며 져의 부친이 왕애라 닐ᄏᆞᄅᆞ니 과연 엇더ᄒᆞᆫ 왕야더냐?"

양경뷔 드ᄃᆡ여 니ᄅᆞᄃᆡ,

"져 요홰 십륙 셰 되여 믄득 군ᄉᆞ롤 거ᄂᆞ리고 츌정ᄒᆞ여 반젹을 멸ᄒᆞᆫ고로【43】일죽 후작을 봉ᄒᆞ엿고, 당금 황뎨로 더브러 동항(同行)간 형ᄆᆡ(兄妹) 되고, 져의 집의 허다ᄒᆞᆫ 금은 고쟝(庫藏)이 잇고, 경즁의 뎨튁은 황샹의 흠ᄉᆞ(欽賜)ᄒᆞ신 거시오, 져의게 ᄉᆞ뷔 이시니 무ᄋᆡ지(無碍子)라 부ᄅᆞ고, 나ᄂᆞᆫ 칼이 잇셔 가히 쳔리 밧긔 사ᄅᆞᆷ의 슈급을 취ᄒᆞ여 십분 득력(得力)ᄒᆞ고, 이졔 도술을 젼ᄒᆞ려 ᄒᆞ여 아미산 쇽의 가 슈련ᄒᆞ믈 위ᄒᆞ여 그러므로ᄡᅥ 단신으로 ᄀᆞᄂᆞᆫ대, 우리 무리 호위ᄒᆞ여 쥬면 쟝ᄅᆡ의 모다 죠흘 곳이 이실 거시오, 져의 집 쇽의 도로혀 한 낫 면뫼 셔로【44】ᄀᆞᄐᆞᆫ 시녜 잇ᄂᆞᆫᄃᆡ ᄆᆡ영이라 부ᄅᆞ고, 져롤 ᄃᆡ신ᄒᆞ여 명ᄧᅡ롤 드러내고, 오ᄂᆞᆯ날 온 져 관원은 져의 집의셔 쇼ᄉᆡᆼ(所生)ᄒᆞᆫ 노지라. 어려셔 븟허 져롤 ᄯᆞᆯ와 ᄒᆞ여 독셔ᄒᆞ더니 이졔 임의 대대(大大)ᄒᆞᆫ 관원이 되고, 져의 집의 져 모양 ᄀᆞᄐᆞᆫ 관원이 ᄯᅩ 오륙 긔나 잇고, 그에셔 젹은 이ᄂᆞᆫ 도로혀 칠팔인이나 되더라 ᄒᆞ니, 즁인이 드ᄅᆞ미 십분 흠경ᄒᆞ더라.

ᄎᆞ일 쳥조의 하향이 드러와 하직ᄒᆞ고 몬져 발ᄒᆡᆼᄒᆞ고, 요홰 즁인으로 ᄒᆞ여곰 ᄒᆡᆼ리롤 슈습ᄒᆞ고, 쥬인을【45】작별ᄒᆞᆫ 후의 ᄀᆞᆺ치 경셩으로 나아갈ᄉᆡ, ᄒᆡᆼᄒᆞ여 양향(良鄕)의 다다ᄅᆞᄂᆞᆫ 머믈너 헐슉ᄒᆞᆯᄉᆡ, 요홰 아신을 블너 의복을 ᄎᆞ져 내라 ᄒᆞᄃᆡ, 각쳐로 부ᄅᆞ나 아진을 보지 못ᄒᆞᆯ지라. 즁인이 이샹히 너겨 샹이로 ᄒᆞ여곰 그 어대로 간 거술 아라 보라 ᄒᆞ엿더니, 삼경 후의 비로쇼 도라오ᄂᆞᆫ지라. 요홰 그 갓던 곳을 무ᄅᆞ니, 아신이 웃고 대답 아니ᄒᆞ거ᄂᆞᆯ, 그 다른 경셰 이시믈 알고 가마니 방즁으로 블너 지삼 힐문ᄒᆞ니, 아신이 비로쇼 실토ᄒᆞ여 니ᄅᆞᄃᆡ,

"비지 비록 ᄉᆞ부【46】의 변화ᄒᆞ여 쥬믈 닙어 사ᄅᆞᆷ의 형뎨롤 일워시나 필경은 가작(假作)이라. 경ᄉᆞᄂᆞᆫ 지존의 거쳐 ᄒᆞ시ᄂᆞᆫ 곳이라. 모다 신령이 잇셔 호위ᄒᆞ미 비지 드러가면 구축ᄒᆞᆯ가 두리ᄂᆞᆫ고로 몬져 가셔 탐지ᄒᆞ여 가히 갈 만ᄒᆞ면 가고, 그러치 못ᄒᆞ면 잠간 원쳐의 피ᄒᆞ엿다가 공쥬의 발ᄒᆡᆼᄒᆞ믈 기다려 다시 와셔 뫼시려 ᄒᆞ고, 방ᄌᆞ(方才) 구롬 쇽의 잇셔 ᄌᆞ셰히 보니, 황셩(皇城) 안의 다만 ᄉᆞ쇼(些少)ᄒᆞᆫ 신광(神光)이 잇고, 요긔ᄂᆞᆫ 도로혀 승ᄒᆞᆫ지라. 곳 셩즁의 나려 일긔 배암의 졍령(精靈)【47】을 만나보고 그 연고롤 무ᄅᆞ니, 제 말이 본조의 긔슈 임의 쇠ᄒᆞ

여 정대(正大)ᄒᆞᆫ 신령들은 홈긔 븍방의 가 진명텬ᄌᆞ(眞命天子)ᄅᆞᆯ 호위ᄒᆞ고, 이 ᄶᅡ희 오히려 ᄉᆞ쇼ᄒᆞᆫ 여운(餘運)이 잇기로, 다만 슈하 신쟝(神將)을 머믈너 여긔 잇셔 보호ᄒᆞ나, 미구(未久)의 ᄯᅩᄒᆞᆫ 흣터져 가기로, 요미(妖魅) 시러곰 무란(無難)이 츌입ᄒᆞᆫ다 ᄒᆞ니, 비지 모롬즉이 회피치 아니리라."

요홰 드ᄅᆞ미, 한마듸 탄식ᄒᆞ며 니ᄅᆞ듸,

"텬명이 그러ᄒᆞ시니 도망키 어렵다."

ᄒᆞ니, 대개 무ᄋᆡᄌᆞ의 당부ᄒᆞ던 바 말을 ᄉᆡᆼ각ᄒᆞ미라.

ᄎᆞ일 【48】 의 일즉 달녀 셩의 드러가 부즁의 니ᄅᆞ미 임의 느졋고, 하향이 영졉ᄒᆞ여 문의 든 후의 대문은 봉쇄ᄒᆞ고, 뎨 이문의 드러가미 쇼란(素蘭)이 허다 부녀ᄅᆞᆯ 거ᄂᆞ리고 나와 마져 셔양루(西洋樓) 아리 니ᄅᆞ러 좌ᄅᆞᆯ 뎡ᄒᆞ미, ᄀᆡᄀᆡ히 와셔 배현ᄒᆞ거ᄂᆞᆯ, 홀노 쇼란으로 더브러 ᄉᆞᆫ을 잡고 희허(欷歔)ᄒᆞ며 오열ᄒᆞ거ᄂᆞᆯ, 즁인이 권ᄒᆞ여 그치게 ᄒᆞ고, 하향이 와셔 품ᄒᆞ듸, 량ᄀᆡ 령ᄉᆞ와 일ᄀᆡ 부ᄉᆞ와 호위ᄒᆞᄂᆞᆫ 사ᄅᆞᆷ들이 모다 와 문안을 청ᄒᆞ거ᄂᆞᆯ, 노진 임의 져의다려 베프러 니ᄅᆞ기ᄅᆞᆯ, 【49】

"공쥐 오시지 아니코 다만 향군이 공쥬의 명을 밧드러 와셔 이즁의 고쟝ᄒᆞᆫ 거ᄉᆞᆯ 졈고ᄒᆞᆫ다 니ᄅᆞ며, 임의 져의ᄅᆞᆯ 믈녀 보냇다."

ᄒᆞ니, 요홰 조타 니ᄅᆞ고 궁녀배 힝니ᄅᆞᆯ 슈습ᄒᆞ고 셕반을 안배ᄒᆞ미, 요홰 심신이 비로쇼 편안ᄒᆞ여 쇼란을 다리고 셕일 졍경을 말ᄒᆞ며 아오로 쟝상(莊上) 광경이 엇더ᄒᆞ믈 무ᄅᆞ니,

"쇼란이 머리ᄅᆞᆯ 흔들며 니ᄅᆞ듸,

"비젼(比前)ᄒᆞ면 ᄆᆡ우 죠치 못ᄒᆞ다."

ᄒᆞ거ᄂᆞᆯ, 요홰 무ᄅᆞ듸,

"엇지ᄒᆞ여 죠치 못ᄒᆞ냐?"

쇼란이 단슌(丹脣)을 열고 몃마듸 말을 【50】 ᄒᆞ여 내니 필경 무ᄉᆞᆫ 말인고 하회의 분ᄒᆡᄒᆞ라.

33

즁ᄅᆡᄉᆞ뎨장ᄒᆡᆼ젹 ᄌᆡ셔젼연화슉인
重來賜第藏行蹟 再叙前緣話夙因

화셜, 쇼란(素蘭)이 셔셔히 단슌(丹唇)을 열며 니ᄅᆞᄃᆡ,

"이 곳 광경이 크게 조치 못ᄒᆞᆫ지라. ᄒᆡᄅᆞᆯ 련ᄒᆞ여 겸흉(歉凶)이 되기로 곡ᄆᆡᆨ(穀麥)을 아오로 과립(顆粒)을 거두미 업셔 도로혀 량미(糧米)ᄅᆞᆯ 내여 근쳐 쟉인배ᄅᆞᆯ 진휼(賑恤)ᄒᆞ여[374] 쥬고, 젼년의 츄계와(鄒桂娃)와 려량진(呂良珍) 량ᄀᆡ 부체 반이(搬移)ᄒᆞ여 경셩의 드러와 거쥬ᄒᆞ기로 비ᄌᆞ의 【51】 곳의 잇고, 져의 말을 드ᄅᆞ니, 이왕 젹치(積置)ᄒᆞ엿던 량미ᄂᆞᆫ 임의 태반이나 ᄲᅥ 바리고, 쟝샹(莊上)의 잇ᄂᆞᆫ 남녀배 ᄀᆡᄀᆡ히 음난을 견ᄃᆡ지 못ᄒᆞ여 도홍(陶紅)은 임의 노졈증(老漸症)을 엇고, [구]쇼셤(裘素蟾)은 음탈증(陰脫症)으로 죽고, ᄆᆡ영(梅影)은 달이 지나도록 부마(駙馬)ᄅᆞᆯ 블너 셔로 보지 아니ᄒᆞ고, 쟝샹 ᄉᆞ무ᄅᆞᆯ 젼연이 아른 체 아니ᄒᆞᄆᆡ, 외변은 쵸엽(蕉葉)과 류지(柳枝) 쟝ᄉᆞ(長史)와 령ᄉᆞ(令史) 무리ᄅᆞᆯ 다려 쥬쟝ᄒᆞ고, 내간은 ᄇᆡᆨ우옥(白于玉) 등 ᄉᆞ오 ᄀᆡ 부체 료리ᄒᆞᄂᆞᆫ지라. 그러치 아니면 무슴 모양이 될ᄂᆞᆫ지 말ᄒᆞ기 어렵다."

【52】 ᄒᆞ니 요홰(瑤華) 니ᄅᆞᄃᆡ,

"져런 일을 왕야ᄭᆡ셔 아시ᄂᆞ냐?"

쇼란이 니ᄅᆞᄃᆡ,

"왕야ᄂᆞᆫ 다만 공쥐 잇ᄂᆞᆫ 쥴노 아ᄅᆞ시니 엇지 의심을 두며, 죠비낭낭(趙妃娘娘)을 ᄌᆡ취(再娶)ᄒᆞ무로븟허 ᄆᆞ옴ᄃᆡ로 쾌락만 ᄒᆞ시고 근ᄅᆡ의 년ᄉᆡ(年歲) 겸황ᄒᆞ믈 인ᄒᆞ여 쟝샹의 니ᄅᆞ기ᄅᆞᆯ 슬혀ᄒᆞ시고, 말을 드ᄅᆞᄆᆡ, 쟝기덕(張其德)과 쥬쳥대(周青黛) 십분 쵸조ᄒᆞ여 시시로 ᄆᆡ영을 권ᄒᆞ여 즁인을 약쇽(約束)게 ᄒᆞ니 도로혀 일편 츙심이 잇더라."

ᄒᆞ거ᄂᆞᆯ, 요홰 한 ᄎᆞ례 탄식ᄒᆞ고, 인ᄒᆞ여 니ᄅᆞᄃᆡ,

"내 임의 진세 밧긔 부침(浮沈) 【53】 ᄒᆞ여 단니니 엇지 도로혀 져런 일을 고련(顧戀)ᄒᆞ랴? 다만 져의 무리ᄅᆞᆯ 맛겨둘 거시오, 너의 량인은 도로혀 이 곳의셔 쥬졉ᄒᆞᄂᆞ냐?"

쇼란이 니ᄅᆞᄃᆡ,

"쳐음 경셩의 니ᄅᆞᆫ ᄯᆡᄂᆞᆫ 잠간 머믈넛고 제가 승직(昇職)ᄒᆞᆫ 후로븟허ᄂᆞᆫ 져의 동뢰 ᄌᆞ로 왕ᄅᆡᄒᆞᄆᆡ 츌입이 블편ᄒᆞ기로 별노이 한 곳 방옥을 어더 쥬졉ᄒᆞ노라."

요홰 니ᄅᆞᄃᆡ,

"그러ᄒᆞ면 너도 ᄯᅡ로 가ᄐᆡᆨ을 두어시니 집안 일을 관쇽(管束)ᄒᆞᆯ지라. 내 여긔 잇셔 임의 편안ᄒᆞ고 스ᄉᆞ로 관ᄉᆞ(管事)ᄒᆞᄂᆞᆫ 사ᄅᆞᆷ들이 잇셔 ᄉᆞ후(伺候)ᄒᆞ니 너 【54】 ᄂᆞᆫ 다만 도라가게 ᄒᆞ라."

쇼란이 눈믈을 머금고 니ᄅᆞᄃᆡ,

"공쥬로 더브러 셔로 ᄯᅥᄂᆞᆫ 지 임의 륙년이 된지라. 대개 공쥬의 도ᄒᆡᆼ 닥기ᄅᆞᆯ 인ᄒᆞ여 심즁의 허다ᄒᆞᆫ ᄉᆞ졍이 이시나 능히 입의 내지 못ᄒᆞ고 ᄉᆞ렴(思念)ᄒᆞᄂᆞᆫ 괴로온 거ᄉᆞᆫ 시ᄀᆞᆨ으로 ᄆᆞ옴의 잇ᄂᆞᆫ지라. 시러곰 한 ᄯᆡ나 의지ᄒᆞ려 ᄒᆞ기로 쟉일의 임의 반이ᄒᆞ여 왓노라."

요홰 ᄯᅩᄒᆞᆫ 눈믈을 ᄒᆞᆯ니며 니ᄅᆞᄃᆡ,

"너의 일편 아ᄅᆞᆷ다온 ᄯᅳᆺ을 가히 알니라."

ᄒᆞ더라.

---

374) 【진휼ᄒᆞ다】 동 {진휼(賑恤)ᄒᆞ다.} ¶ 賑濟 ‖ 이 곳 광경이 크게 조치 못ᄒᆞᆫ지라 ᄒᆡᄅᆞᆯ 련ᄒᆞ여 겸흉이 되기로 곡ᄆᆡᆨ을 아오로 과립을 거두미 업셔 도로혀 량미ᄅᆞᆯ 내여 근쳐 쟉인배ᄅᆞᆯ 진휼ᄒᆞ여 쥬고 (光景不大好, 連年荒欠, 租子并無顆粒, 反復給發口糧賑濟近莊佃戶居民.) <瑤華 17:50>

근ᄅᆡ 요홰 음심(淫心)이 졈졈 셩ᄒᆞ여 즐겨 사ᄅᆞᆷ의 【55】 간ᄒᆞᆷ을 듯지 아니ᄒᆞ니, 쇼란이 그 분슈를 대강 알ᄆᆡ 구ᄐᆞ여 번거이 말을 아니ᄒᆞ더라.

ᄎᆞ일 쟝ᄉᆞ(長史) 죠의(趙宜) 부쳬 경셩으로 왓거ᄂᆞᆯ, 하향이 다려 드러와 뵈ᄂᆞᆫᄃᆡ 다만 ᄆᆡ영으로 아라보더라. 요홰 무ᄅᆞᄃᆡ,

"너의 무리 조히 쟝샹의 잇셔 관ᄉᆞᄒᆞᄂᆞᆫᄃᆡ 엇지ᄒᆞ여 왓ᄂᆞ냐?"

량기 부뷔 ᄒᆞᆷᄭᅴ 니ᄅᆞᄃᆡ,

"쟝샹이 요란ᄒᆞ여 블셩(不成) 모양이 되엿ᄂᆞᆫᄃᆡ, 공쥬ᄂᆞᆫ 젼연 부지(不知)ᄒᆞ고, 무ᄉᆞᆫ 말이 잇셔 품ᄒᆞ면 다만 ᄃᆡ답만 ᄒᆞ고, 아오로 분셕ᄒᆞ여 쥬지 아니며, 젼월의 림록환(林綠環)의 쟝뷔 외변의 잇【56】셔 촌쟝(村莊)의 난감(難堪)ᄒᆞᆫ 부녀배를 유인ᄒᆞ여 쟝ᄂᆡ(莊內)의 감쵸와 두고 간음ᄒᆞ더니, 본집의셔 알고 와셔 ᄎᆞᄌᆞᄃᆡ 즐겨 도로혀 내여쥬지 아니ᄒᆞᄆᆡ, 일촌 사ᄅᆞᆷ이 모다 짓거려 거의 반(反)ᄒᆞᆯ 지경이 되고, 쥬황친가(周皇親家)의 량위 쇼졔 량기 남ᄌᆞ로 녀복(女服)ᄒᆞᆫ 사ᄅᆞᆷ을 다리고 쟝샹의 와셔 반년을 류련(留連)ᄒᆞ다가 그 즁의 일인은 죽엇ᄂᆞᆫ지라. 시신을 화원 슈문 쇽으로죠ᄎᆞ 내치니 가히 블샹ᄒᆞᆫ 거시 그 사ᄅᆞᆷ이 져의 집 독ᄌᆞ(獨子)라. 져의 부뫼 긔를 내여 형부의 고ᄒᆞ여 긔여히 샹명(償命)ᄒᆞ【57】ᄆᆡ, 다ᄒᆡᆼ히 두 집이 형셰 죠키로 형부의셔 ᄃᆡ신 미봉ᄒᆞ여 쥬ᄆᆡ, 만 량 은ᄌᆞ를 허비ᄒᆞ여 겨유 무ᄉᆞ히 되고 이졔 류젹(流賊) 횡ᄒᆡᆼᄒᆞ여 임의 쟝샹의 와셔 슈ᄎᆞ 겁략ᄒᆞᄂᆞᆫᄃᆡ, 쵸엽 무리의 살퇴(殺退)ᄒᆞᆷ을 힘닙어시나 사ᄅᆞᆷ 샹ᄒᆞ기ᄂᆞᆫ 젹지 아닌지라. 우리 부뷔 놀나믈 견ᄃᆡ지 못ᄒᆞ여 다만 쟝ᄉᆞ의 직분을 ᄉᆞ양ᄒᆞ고 경셩의 니ᄅᆞ러 평안이 일ᄌᆞ(日子)를 지내리라."

ᄒᆞ고, 말이 ᄆᆞᆺᄎᆞᄆᆡ 하직ᄒᆞ고 도라가거ᄂᆞᆯ, 요홰 심즁의 안쥬부득ᄒᆞ여 드ᄃᆡ여 셔신을 ᄡᅥ ᄆᆡ영【58】의게 부쳐 니ᄅᆞᄃᆡ,

> 너와 나 두 사ᄅᆞᆷ이 형톄ᄂᆞᆫ 비록 다르나 면모ᄂᆞᆫ 셔로 ᄀᆞᆺᄐᆞᆫ고로 ᄉᆞ부ᄭᅴ셔 특별이 쥬션ᄒᆞ여 ᄡᅥ 나의 빈 일홈을 모츙(冒充)ᄒᆞ여 나의 대도(大道)를 일우랴 ᄒᆞᄆᆡ, ᄯᅥ날 젹의 슌슌히 부탁ᄒᆞᆫ 말이 오히려 귀의 이실지라. 내 임의 도라 도즁의 니ᄅᆞ러 련쇽히 드ᄅᆞ니, 쟝샹 ᄉᆞ셰 심히 젼일보다 다ᄅᆞ고, 다시 알ᄆᆡ 네가 ᄆᆡᄉᆞ를 당ᄒᆞ여 젼도히 ᄒᆞ고, 분셕ᄒᆞ여 쥬미 업다 ᄒᆞ며, 쇼위(所爲)가 【59】 심히 ᄑᆡ려(悖戾)ᄒᆞ여 먼니 심샹(尋常)ᄒᆞᆫᄃᆡ 낫다 ᄒᆞ니, 돌나 ᄉᆡᆼ각ᄒᆞᄆᆡ ᄒᆞᆷᄭᅴ 규즁의 이실 ᄯᅢᄂᆞᆫ 너의 동지(動止)ᄒᆞᄂᆞᆫ 거시 모다 득톄(得體)ᄒᆞᆷ을 닐ᄏᆞ럿더니, 엇지 슈년을 지내지 못ᄒᆞ여 믄득 쳐음 ᄆᆞᄋᆞᆷ을 밧고ᄂᆞ냐? ᄉᆞ부의 셩용(聲容)이 비록 목젼의ᄂᆞᆫ 머ᄅᆞ시나 신긔ᄂᆞᆫ 샹히 사ᄅᆞᆷ의 뒤흘 붋ᄂᆞᆫ지라. ᄲᅡᆼ겸의 리해를 네 ᄒᆞᆯ노 아지 못ᄒᆞᄂᆞ냐? 벅벅이 쇽히 이왕 그ᄅᆞᆺᄒᆞᆫ 거ᄉᆞᆯ 곳치고 급히 셰칙(洗滌)ᄒᆞ여야 거의 인구와 쟝원이 오히려 【60】 지텽ᄒᆞᆯ지라. 죄를 ᄉᆞ로고 공이 ᄎᆞ기를 기다려 맛당히 ᄡᅥ 우리 그림ᄌᆞ와 형샹이 합ᄒᆞᆯ지니 ᄒᆡ타(懈惰)치 말고 만ᄒᆞᆯ(慢忽)치 말나.

ᄒᆞ고, 하슈(下首)의 ᄡᅳ기를 곤덕후(坤德侯) 슈륵(手泐)이라 ᄒᆞ엿더라.

ᄡᅳ기를 맛ᄎᆞᄆᆡ 긴히 봉ᄒᆞ여 하향(荷香)을 맛겨 보내게 ᄒᆞ고, 이밤의 요홰 올흔 팔이 ᄋᆞᆲ푸고 바ᄂᆞᆯ이 동ᄒᆞ거ᄂᆞᆯ, 감히 두류(逗留)치 못ᄒᆞ고 ᄐᆡᆨ일 발ᄒᆡᆼᄒᆞᆯᄉᆡ, 일변 하향으로 ᄒᆞ여곰 고쟝 쇽의셔 ᄇᆡᆨ만 량 은ᄌᆞ를 분비ᄒᆞ여, 은표(銀票) 열쟝을 ᄆᆡᆫᄃᆞ러 가지고 【61】 ᄒᆡᆼ쟝을 슈습ᄒᆞ여, 즉시 몸을 니니 하향과 쇼란이 ᄒᆞᆷᄭᅴ 보내여 이윽히 ᄒᆡᆼᄒᆞ니, 요홰 도라가라 당부ᄒᆞ고 옯흐로 향ᄒᆞ여 노샹의셔 탐텽ᄒᆞᄆᆡ, 류젹이 모다 셤셔ᄉᆡᆼ(陝西省)의 잇ᄂᆞᆫ 고로 시러곰 평안히 ᄒᆡᆼᄒᆞ여 보졍부(保定府)와 노안부(潞安府)로 말ᄆᆡ암아 산셔(山西) 태원부(太原府)의 니ᄅᆞ러 배셜ᄒᆞᆫ 바 뎐당 푸리를 아라 보고, 그 근쳐의 햐쳐ᄒᆞ고, 은표를 가져 이십만 량 은ᄌᆞ를 령ᄉᆞ로 ᄒᆞ여곰 경ᄉᆞ의 드러가 슈운ᄒᆞ여 오게 ᄒᆞ고, 요홰 보ᄆᆡ 산셔의 풍쇽이 슌박ᄒᆞᆫ지라. 이 【62】 곳의셔 유람코져 ᄒᆞ여 아교(阿巧)로 ᄒᆞ여곰 햐쳐 쥬인의 녀권(女眷)을 블너 무ᄅᆞ려 ᄒᆞ니, ᄒᆞᆯ연 드ᄅᆞᄆᆡ 안의셔 사ᄅᆞᆷ이 봉괴(鳳姑)라 부ᄅᆞᄂᆞᆫ 이 잇거ᄂᆞᆯ, 요홰 드ᄅᆞᄆᆡ, 심히 귀의 익으ᄃᆡ 일시의 ᄉᆡᆼ각지 못ᄒᆞ고 민망ᄒᆞ여 ᄒᆞ더니, 아괴 일기 즁년 부인을 다리고 나오거ᄂᆞᆯ, 요홰 마져 좌뎡ᄒᆞ고 한가히 말ᄒᆞᆯᄉᆡ, 져의 신샹이 남루ᄒᆞ여 부요치 못ᄒᆞ나 면모ᄂᆞᆫ 심히 쳥슈

(淸秀)ᄒᆞᆫ지라. 그 부인이 아교의 음셩을 듯고 믄득 무ᄅᆞᄃᆡ,

"죤비(尊輩) 등이 도시 강남 사ᄅᆞᆷ이냐?"

요홰 니ᄅᆞᄃᆡ,

"그러ᄒᆞ거니와 낭지 엇【63】지 아라내ᄂᆞ냐?"

그 부인이 ᄃᆡ답ᄒᆞᄃᆡ,

"우리 본ᄃᆡ 강남의셔 살고 션군이 ᄉᆞ환ᄒᆞ여 이곳의 잇다가 작고ᄒᆞ신 후의 능히 본향으로 도라가지 못ᄒᆞ믈 인ᄒᆞ여 드ᄃᆡ여 루[류]락(流落)ᄒᆞ여 이곳 사ᄅᆞᆷ으로 더브러 혼배(婚配)ᄒᆞ엿다."

ᄒᆞ거ᄂᆞᆯ, 요홰 니ᄅᆞᄃᆡ,

"션군의 존셩이 무어시냐?"

그 부인이 니ᄅᆞᄃᆡ 허시(許氏)라 ᄒᆞ거ᄂᆞᆯ, 요홰 홀연 ᄭᆡ다ᄅᆞ니, 무ᄋᆡ지(無碍子) 일즉 말ᄒᆞ기ᄅᆞᆯ 젼ᄉᆡᆼ의 허지(許字) 관(貫)의 녀아 봉고의 슌음을 취ᄒᆞ다가 비검의 효슈(梟首)ᄒᆞ믈 닙고 인ᄒᆞ여 환ᄉᆡᆼ되엿다 ᄒᆞᄂᆞᆫ지라. 크게 깃브믈 ᄭᆡ닷지 못【64】ᄒᆞ고 ᄉᆞᄉᆞ로 ᄉᆡᆼ각ᄒᆞᄃᆡ, '내가 이 사ᄅᆞᆷ으로 더브러 량셰의 교븡(交朋)이 되ᄂᆞᆫ 거시 실노 희한ᄒᆞ니 가히 가ᄅᆞ쳐 내지 아니치 못ᄒᆞ리라' ᄒᆞ고, 드ᄃᆡ여 다려 친밀ᄒᆞ게 굴고, 아신(阿新)으로 ᄒᆞ여곰 셕반을 죠비ᄒᆞ여 내가 져 낭ᄌᆞ로 더브러 한가히 쇼견ᄒᆞ리라 ᄒᆞ니, 그 부인은 엇지 니면(裏面)을 알리오? 지삼 ᄉᆞ양ᄒᆞ거ᄂᆞᆯ, 요홰 다만 듯지 아니ᄒᆞ니 부인이 마지 못ᄒᆞ여 강잉ᄒᆞ여 안ᄌᆞ미, 요홰 쥬효ᄅᆞᆯ 가져다가 방즁의 버려노코 ᄃᆡᄒᆞ여 마실ᄉᆡ 피ᄎᆞ의 ᄒᆡᆼ젹을 뭇거ᄂᆞᆯ, 요홰 약간 본젹을 드러【65】내미, 부인이 국축(跼蹐)ᄒᆞ여 평안치 못ᄒᆞᆫ지라. 요홰 니ᄅᆞᄃᆡ,

"너ᄂᆞᆫ 굿ᄐᆞ여 이리 말나. 내 너로 더브러 량셰(兩世)의 교븡이 되ᄂᆞᆫᄃᆡ, 너ᄂᆞᆫ 도로혀 아지 못ᄒᆞ리라."

부인이 벙벙ᄒᆞ고 감히 답응치 못ᄒᆞ거ᄂᆞᆯ, 요홰 ᄌᆞ리ᄅᆞᆯ 옴겨 갓가이 안고 니로ᄃᆡ,

"네가 부친을 뫼시고 도임ᄒᆞᆯ ᄯᅢ의 가히 승방 쇽의셔 헐슉ᄒᆞ엿ᄂᆞ냐?"

그 부인이 ᄃᆡ답ᄒᆞᄃᆡ,

"그런 일이 잇ᄂᆞᆫᄃᆡ 박쥬(亳州)의셔 당ᄒᆞ니라."

요홰 니ᄅᆞᄃᆡ,

"그날 밤의 엇던 믈건이 잇셔 네가 잠들기ᄅᆞᆯ ᄯᅡ라 너로 더브러 교합ᄒᆞ더냐?"

그 부인이【66】드ᄃᆡ여 그 ᄯᅢ 경경을 ᄌᆞ셰히 말ᄒᆞ니, 요홰 니ᄅᆞᄃᆡ,

"그 호리(狐狸)가 뉜 지 ᄭᆡ닷ᄂᆞ냐?"

그 부인이 ᄃᆡ답ᄒᆞᄃᆡ,

"그 호리가 임의 ᄉᆞ부의 쥭인 배 되엿ᄂᆞᆫᄃᆡ, 내가 친히 보와시니 엇지 도로혀 셰상의 이시랴?"

요홰 웃고 니ᄅᆞᄃᆡ,

"엇지 셰상의 잇지 아니랴? 내가 믄득 그 믈건이라. 당쟝의 쥭으믈 당ᄒᆞ미, 혼이 즉시 ᄉᆞ부ᄅᆞᆯ 의지ᄒᆞ여 환ᄉᆡᆼᄒᆞ여 이졔 내가 되고 너 봉고ᄂᆞᆫ 이졔가지 ᄉᆡᆼ존ᄒᆞ여 젼셰 연분을 다시 만나믈 ᄌᆞ셰히 말ᄒᆞ고, 다시 뭇기ᄅᆞᆯ ᄉᆡ집간 바 그 사ᄅᆞᆷ이 가산이나 두어 동뇌(凍餒)【67】지경의 니ᄅᆞ지나 아니ᄒᆞᄂᆞ냐?"

봉괴 듯더니 눈믈 흐ᄅᆞ믈 ᄭᆡ닷지 못ᄒᆞ고, 남ᄌᆞ의 진취(進就)ᄒᆞ미 업셔 쥬식만 일삼고 가계ᄅᆞᆯ 도라보지 아니ᄒᆞ며, 뎐쟝(田莊)이 촌토(寸土)도 업기로 다만 두어 간 방옥을 셰내여 거쥬ᄒᆞᄂᆞᆫᄃᆡ, ᄆᆡ일의 먹ᄂᆞᆫ 날도 잇고 먹지 못ᄒᆞᄂᆞᆫ 날이 잇셔 허다ᄒᆞᆫ 고초 격ᄂᆞᆫ 말은 이로 고ᄒᆞᆯ 슈 업다 ᄒᆞ니, 요홰 니ᄅᆞᄃᆡ,

"네가 ᄉᆞ환가(仕宦家) 녀ᄋᆞ로 너의 존친이 벼슬의 이실 ᄯᅢ의 젹션을 못ᄒᆞ여 너가지 루(累)ᄅᆞᆯ ᄭᅵ쳐 이러틋 간고(艱苦)ᄒᆞ믈 밧게 ᄒᆞ엿다."

ᄒᆞ고, 희허(欷歔)ᄒᆞ믈 마지 아니ᄒᆞ고 아신으로 ᄒᆞ여곰【68】ᄒᆡᆼ탁 즁의셔 오ᄇᆡᆨ 량 은표ᄅᆞᆯ ᄎᆞᄌᆞ내여 봉고ᄅᆞᆯ 주며 니ᄅᆞᄃᆡ,

"이 은표ᄂᆞᆫ 오ᄇᆡᆨ 량 은지 되ᄂᆞᆫ 거시니 가져다가 우리 젼당 푸리의 노와 취식게 ᄒᆞ고 네 남지 도라보지 아닐 ᄯᅢᄅᆞᆯ 당ᄒᆞ거든 ᄎᆞᄎᆞ 취용(取用)ᄒᆞ여 우리 량셰의 샹교(相交)ᄒᆞᆫ 분의(分意)ᄅᆞᆯ 셔로 표ᄒᆞ게 ᄒᆞ라."

봉괴 쳔은만ᄉᆞᄒᆞ고 밧거ᄂᆞᆯ, 요홰 ᄯᅩ 당부ᄒᆞᄃᆡ,

"네가 이후ᄂᆞᆫ 내 셩명을 드러내지 말고 다만 내 경력ᄒᆞᆫ 바 일을 가져 사ᄅᆞᆷ을 권ᄒᆞ여 죄얼을 짓고 지ᄉᆡᆼᄒᆞ여 보복(報復)을 밧지 말게 권ᄒᆞ라."

봉괴 년ᄒᆞ여 명ᄃᆡ로 ᄒᆞ리라 ᄒᆞ【69】고, 은표ᄅᆞᆯ 거두어 가지고, ᄎᆞ일(次日)의 ᄯᅩ 와셔 말ᄒᆞᄃᆡ,

"이곳 오ᄃᆡ산(五臺山)이 ᄆᆡ우 경치가 이시

니 엇지 가셔 유람치 아니ᄒᆞᄂᆞ냐?"

요홰 경히 상량ᄒᆞ더니, 다만 보미 양졍뷔(楊靜夫) 드러와 말ᄒᆞ되,

"방ᄌᆞ 당마(塘馬) ᄉᆞ필이 공문을 지고 슌무아문(巡撫衙門)의 고ᄒᆞ라 가니, ᄉᆡᆼ각건ᄃᆡ 반ᄃᆞ시 류적이 디경을 범ᄒᆞᄂᆞᆫ ᄉᆞ단이 이시미라. 이곳이 ᄉᆡᆼ셩(省城)이니 두리건ᄃᆡ 에우믈 닙을지라. 명일의 곳 발ᄒᆡᆼᄒᆞᄂᆞᆫ 거시 조타."

ᄒᆞ거ᄂᆞᆯ, 요홰 그 말을 드ᄅᆞ니 유람ᄒᆞᆯ ᄆᆞᄋᆞᆷ을 바리고 드ᄃᆡ여 명일노 발ᄒᆡᆼᄒᆞ기를 뎡【70】ᄒᆞ니 봉괴 감히 머믈지 못ᄒᆞ고 다만 ᄒᆡᆼ찬(行饌)을 ᄀᆞ쵸와 쥬거ᄂᆞᆯ, 요홰 바다 가지고 봉고와 쟉별ᄒᆞ고 ᄐᆡ원 싸흘 ᄯᅥ나, ᄉᆞ면으로 탐텽ᄒᆞ미 믄득 류적은 업고 이의 황하슈 터져셔 큰믈이 ᄒᆡᆼ류ᄒᆞᄂᆞᆫᄃᆡ, 노샹인(路上人)이 말ᄒᆞ기를 '믈 놉히가 슈쟝(數丈)이나 된다' ᄒᆞ거ᄂᆞᆯ, 믈을 만날가 두려 련야(連夜)ᄒᆞ여 ᄲᅡ라 분쥬(汾州) 디경의 니ᄅᆞ미, 믈이 임의 지나가고 거민의 방옥을 파궤(破壞)ᄒᆞᆫ 거시 블가승슈(不可勝數)오, 황하 쇽의 죽은 시신이 믈결의 흘너나리ᄂᆞᆫ 거시 ᄯᅩᄒᆞᆫ 블계기쉬(不計其數)라. 아신【71】이 ᄲᆞᆯ니 셔남 각 뫼ᄲᅮ리 우흘 가ᄅᆞ쳐 니ᄅᆞᄃᆡ,

"져곳의 ᄉᆞ당집이 이시니 가히 잠간 피ᄒᆞᆯ 터인ᄃᆡ 모름죽이 ᄲᆞᆯ니ᄒᆞ여야 조흐리라."

즁인이 ᄉᆡᆼ구(牲口)를 칫직질ᄒᆞ여 ᄲᆞᆯ니 가나 믈이 임의 등ᄌᆞ(鐙子)의 니ᄅᆞᄂᆞᆫ지라. 다ᄒᆡᆼ히 뫼 ᄲᅮ리 우히 니ᄅᆞ러 ᄉᆞ당 쇽으로 드러가니 승방 모양 ᄀᆞᆺ고, 별노이 다른 곳의 피ᄒᆞᆯᄃᆡ 업ᄂᆞᆫ지라. 양졍부로 ᄒᆞ여곰 화상(和尙)다려 말ᄒᆞ여 도즁의셔 믈을 만나 이곳의셔 잠간 피ᄒᆞ려 ᄒᆞ나, 다만 녀랑 무리 만흐니 몃 간 공방(空房)을 어더야 바야흐로 조흐리【72】라 ᄒᆞ니, 화상이 니ᄅᆞᄃᆡ,

"방옥은 몃 곳만 되거ᄂᆞᆯ 엇지 공방이야 이시랴?"

경부 ᄉᆞ면으로 ᄎᆞᄌᆞ미 실노 공한ᄒᆞᆫ 곳은 업ᄂᆞᆫ지라. 다만 산문 어귀 ᄉᆞ금강각(四金江閣)하의 머믈너 잇고, 경뷔 보기의 량미 업ᄂᆞᆫ지라. 화상을 향ᄒᆞ여 량미를 ᄉᆞ셔 가지고 아괴 쥬방의 드러가 밥을 지어 봉고의 보낸 바 ᄒᆡᆼ찬으로 포끽(飽喫)ᄒᆞ고 포진(布陳)ᄒᆞᆯ 곳이 업ᄂᆞᆫ지라. 다만 조히 고요ᄒᆞ게 ᄒᆞᆫᄎᆞ례 안ᄌᆞ 조으ᄂᆞᆫᄃᆡ, 륙기인 즁의 요홰 신긔가 쳥명ᄒᆞ여 비록 눈을 감고 안ᄌᆞ시나 심지ᄂᆞᆫ 쳔연ᄒᆞᆫ지라.【73】쳐음 드ᄅᆞ미 믈쇼ᄅᆡ ᄑᆡᆼ배ᄒᆞ더니 니어셔 바ᄅᆞᆷ쇼ᄅᆡ ᄉᆞ면으로 크게 니러나며 믈 긔셰로 더브러 츙격되고 다시 대우(大雨) 방타(滂沱)ᄒᆞ여 ᄉᆞ경의 니ᄅᆞ미 붕탑(崩塌)ᄒᆞᄂᆞᆫ 한 쇼ᄅᆡ 언덕이 문허지ᄂᆞᆫ ᄃᆞᆺᄒᆞ고, 다시 사ᄅᆞᆷ의 쇼ᄅᆡ 나ᄂᆞᆫᄃᆡ 구ᄒᆞ여 쥬믈 부ᄅᆞ지지니, 반야 즁 광경이 맛춤내 텬디번복ᄒᆞᄂᆞᆫ ᄃᆞᆺᄒᆞ고, 귀곡신호(鬼哭神號)ᄒᆞ여 ᄆᆡ오 쳐참ᄒᆞᆫ지라. 심즁의 십분 블인(不忍)ᄒᆞ여 ᄯᅳᆺ의 가지고 온 은ᄌᆞ롤 내여 일방(一方) ᄉᆡᆼ령(生靈)을 구졔코져 ᄒᆞ여 경히 혬ᄒᆞ며 보더니, 홀연 드ᄅᆞ미 사ᄅᆞᆷ의 발ᄌᆞ【74】최 잇고 한ᄌᆞ음이 못ᄒᆞ여 눈 ᄋᆞᆲ히 ᄯᅩ 붉은 빗치 뵈ᄂᆞᆫ지라. 이샹ᄒᆞ미 잇시믈 ᄭᆡᄃᆞᆺ고 드ᄃᆡ여 눈을 ᄯᅥ 한 번 보니, 이 ᄯᅢᄂᆞᆫ 우셰(雨勢) 졈졈 젹어지고 흑암 즁의 슈광(水光)이 죠요(照耀)ᄒᆞ여 도로혀 보기의 명ᄇᆡᆨᄒᆞᆫ지라. 아괴 몸의 갓가이 안고 샹이ᄂᆞᆫ 올흔 편의 잇고 삼져ᄂᆞᆫ 잠간 먼니 안고 경부ᄂᆞᆫ 븍경 아ᄅᆡ 안ᄌᆞ시나, 다만 아신이 어ᄃᆡ 잇ᄂᆞᆫ지 아지 못ᄒᆞᆯ지라. 드ᄃᆡ여 샹이다려 니ᄅᆞᄃᆡ,

"아신이 어ᄃᆡ 안졋ᄂᆞ냐?"

삼졔 ᄃᆡ답ᄒᆞᄃᆡ,

"방ᄌᆞ 졔가 문지방 우히 거러 안졋더라."

ᄒᆞ니, 요홰【75】니ᄅᆞᄃᆡ,

"내 드ᄅᆞ미 발자최 쇼ᄅᆡ나니 그 즁의 연괴 이시리라."

ᄒᆞ고, 샹이로 ᄒᆞ여곰 졈쳐보라 ᄒᆞ니, 샹이 니ᄅᆞᄃᆡ,

"임의 아랏ᄂᆞᆫ지라. 여긔셔 머지 아니케 아신이 가셔 사ᄅᆞᆷ을 살히ᄒᆞᄂᆞᆫ ᄆᆞᄋᆞᆷ을 내ᄂᆞᆫ ᄃᆞᆺᄒᆞ다."

ᄒᆞ니, 요홰 니ᄅᆞᄃᆡ,

"져 믈건이 필경 깃드리믈 밧지 아니토다."

ᄒᆞ고, 드ᄃᆡ여 관음등편(觀音藤鞭)을 츄ᄒᆞ여 내니, 원ᄅᆡ 이 칫직이 강윤장(江允長)으로 ᄒᆞ여곰 ᄉᆞ셔 두어 요괴롤 결박ᄒᆞᄂᆞᆫ 진언을 슈련ᄒᆞ엿ᄂᆞᆫ지라. 경긱간의 아신이 오며 두긔 븕은 안경(眼睛)을 부릅ᄯᅳ고 믁【76】믁히 말을 아니ᄒᆞ거ᄂᆞᆯ, 요홰 니로ᄃᆡ,

"네 어ᄃᆡ 갓더냐?"

아신이 분분히 ᄃᆡ답ᄒᆞᄃᆡ,

"ᄉᆞ승비(寺僧輩) 무례ᄒᆞ여 맛춤내 와셔 간음ᄒᆞ기로 도모코져 ᄒᆞᄂᆞᆫ고로 져롤 산즁의 ᄯᅳᆯ을

고 갓노라."

요홰 니릭딕,

"산즁의 쓰러갓시면 일즉 그 신명(身命)을 샹히ᄒᆞ엿ᄂᆞ냐?"

아신이 니릭딕,

"그 무리ᄂᆞᆫ 경계ᄅᆞᆯ 직희지 아니ᄒᆞ고 블문(佛門)을 오예(汚穢)케 ᄒᆞ니, 만일 공쥐 진언을 웨여 나ᄅᆞᆯ 결박ᄒᆞ여 오지 아니ᄒᆞ엿더면 내 특별이 그 고기ᄅᆞᆯ 먹어 이 분ᄒᆞᆫ 거ᄉᆞᆯ 푸럿시리라."

요홰 니릭딕,

"간음ᄒᆞᆫ 죄ᄂᆞᆫ 【77】 죽ᄂᆞᆫ딕 니ᄅᆞ지 아닐지라. 우리 ᄉᆞ뷔 너ᄅᆞᆯ 구ᄒᆞ여 와셔 나ᄅᆞᆯ 호위ᄒᆞ여 쥬믄 니로 ᄲᅧ 공덕을 ᄲᅡ케 ᄒᆞ미어ᄂᆞᆯ, 엇지 도로혀 인명을 살히코ᄌᆞ ᄒᆞᄂᆞ냐?"

ᄒᆞ고 등편을 가져 치려 ᄒᆞ니, 아신이 ᄶᅡ히 업딕여 요딕ᄒᆞ믈 고ᄒᆞ고, 샹이의 무리 ᄯᅩᄒᆞᆫ 각기 익걸ᄒᆞ거ᄂᆞᆯ, 요홰 니릭딕,

"임의 너의 즁인이 요딕ᄒᆞ믈 구ᄒᆞ기로 이번은 면ᄒᆞ여 쥬딕, 다만 ᄆᆞ옴 쓰ᄂᆞᆫ 거시 흉악ᄒᆞ니 ᄯᅩᄒᆞᆫ 모롬즉이 한가지 착ᄒᆞᆫ 일을 지어야 비로쇼 져당(抵當)이 될지라. 방ᄌᆞ 보기의 언덕이 붕퇴(崩頹)ᄒᆞ여 【78】 시나 하ᄂᆞᆯ이 븕지 아니믈 ᄶᅡ라 네가 ᄲᆞᆯ니 법력을 베푸러 언덕을 가져 흙을 너허 ᄲᅡ하노와 다시 범남되ᄂᆞᆫ 거ᄉᆞᆯ 면케 ᄒᆞ여야 바야흐로 능히 그 허믈을 쇽ᄒᆞ리라."

아신이 련셩(連聲) 답응ᄒᆞ고 몸을 니러 비등ᄒᆞ여 가더라. 요홰 ᄯᅩ 샹이와 ᄀᆞᆺ치 진휼ᄒᆞ여 쥴 일을 의론ᄒᆞᆯ시 샹이 니릭딕,

"이 일을 우리 무리 다만 능히 돈은 내려니와 다만 관리ᄒᆞᆯ 사름이 업ᄉᆞ니 모롬즉이 디방관의게 맛겨야 바야흐로 능히 셩ᄉᆞᄒᆞ리라."

요홰 니릭딕,

"그거ᄉᆞᆫ 그러ᄒᆞ나 나ᄅᆞᆯ 위ᄒᆞ여 【79】 담착ᄒᆞ여 가지고 슈만 싱령을 살녀내여 날노 ᄒᆞ여곰 공힝의 유익게 ᄒᆞᆯ 거시오 다른 거ᄉᆞᆫ 도라볼 거시 아니라."

ᄒᆞ며 졍히 말ᄒᆞ믹, 아신이 도라와 말ᄒᆞ기ᄅᆞᆯ 임의 언덕을 견고ᄒᆞ게 ᄲᅡ핫다 ᄒᆞ고, 텬식이 졈졈 붉으믹 아괴 쥬방의 드러가 탕슈(湯水)ᄅᆞᆯ 판비ᄒᆞ고, 삼졔 졍부와 ᄀᆞᆺ치 겻들며, 요화ᄂᆞᆫ 문어귀의 나와셔 ᄉᆞ면을 바라보믹, 오즉 빅랑(白浪)이 도쳔(滔天)ᄒᆞ며, 반기 분쥬(汾州) 셩딕(城池)가 드러나 파랑(波浪) 즁의 잇고, 슈면의 ᄯᅳᆫ 시신(屍身)이 셔로 부딕쳐 ᄎᆞ마 보지 못ᄒᆞᆯ지라. 아신다려 【80】 무릭딕,

"져 편의 물을 닛그러 갈 곳이 이시나 이졔 언덕 ᄲᅡ흐믈 인ᄒᆞ여 물이 능히 터지지 못ᄒᆞ여 그러므로 ᄲᅧ 물이 나아가미 더딕다."

ᄒᆞ고, 졍뷔 와셔 고ᄒᆞ딕,

"이곳 화샹이 실노 강악ᄒᆞᆫ지라. 나 보기의 져의 무리 곳 집의 ᄡᆞᆯ이 츙만ᄒᆞᆫ딕, 즐겨 팔지 아니ᄒᆞ고, 우리 무리 이졔 가셔 ᄉᆞ올 곳이 업ᄉᆞ니 쟝ᄎᆞᆺ 어지ᄒᆞᆯ고?"

요홰 니릭딕,

"졔가 즐겨 파지 아니키ᄂᆞᆫ ᄯᅩᄒᆞᆫ 도리 잇ᄂᆞᆫ지라. 믈이 믈너가지 아니면 졉졔(接濟) 못ᄒᆞᆯ가 두리미니 우리 반ᄃᆞ시 사ᄅᆞᆷ의 어려워ᄒᆞᄂᆞᆫ 바ᄅᆞᆯ 억 【81】 으로 못ᄒᆞᆯ지라. 나 보기의 힝쟝을 시른 싱귀(牲口) 능히 것지 못ᄒᆞ니 가히 져ᄅᆞᆯ 가져 직활(宰活)ᄒᆞ면 우리 포끽(飽喫)ᄒᆞ기가 넉넉ᄒᆞ리라."

졍뷔 응락ᄒᆞ고 아신과 ᄀᆞᆺ치 싱구ᄅᆞᆯ 쓰러내여 지살(宰殺)ᄒᆞ고 쥬하(廚下)의 니ᄅᆞ러 핑임(烹飪)ᄒᆞ려 ᄒᆞ니, 화샹 무리 ᄯᅩ 셥나무ᄅᆞᆯ 허락지 아니ᄒᆞ거ᄂᆞᆯ, 아신이 딕로ᄒᆞ여 나무 곳[柴房]의 드러가 젼슈(全數)히 닉여 쇼화(燒火)ᄒᆞ니 강포ᄒᆞᆫ 승인(僧人)들이 이셔 모다 와셔 막ᄌᆞᄅᆞ거ᄂᆞᆯ, 아신과 삼져와 아괴 ᄶᅡ려셔 동으로 것구러지며 셔흐로 잣바지딕, 즁승(衆僧) 무리 듯지 아니코 칠팔기 일 【82】 졔히 다라들거ᄂᆞᆯ, ᄯᅩ ᄶᅡ려셔 기기히 머리 ᄭᅵ여져 류혈이 림니(淋漓)ᄒᆞᄂᆞᆫ지라. 모다 산문 어귀의 와셔 요화의게 하쇼연ᄒᆞ니, 요홰 니릭딕,

"너의 무리 블ᄉᆞᆯ을 나무도 허치 아니ᄒᆞ니 우리 엇지 밥을 지으랴? 믈이 믈너가기ᄅᆞᆯ 기다려 내가 ᄉᆞᄉᆞ로 갑ᄉᆞᆯ 쥬리라."

ᄒᆞ니, 즁승이 니릭딕,

"만일 슈셰 믈너가지 아니면 엇지 우리 무리로 ᄒᆞ여곰 아ᄉᆞ(餓死)ᄒᆞ게 ᄒᆞ미 아니냐?"

요홰 니릭딕,

"믈이 믈너가ᄂᆞᆫ 거시 슈삼일의 지나지 아닐 거시니 엇지 ᄲᅧ 과히 념려ᄒᆞ랴?"

즁승이 보믹 다만 요화 【83】 와 샹이 량인 ᄲᅮᆫ이라, 문득 업슈히 너기ᄂᆞᆫ 의ᄉᆡ 잇셔 졈졈 란잡게 구니 요홰 노ᄒᆞ여 졍히 발작고ᄌᆞ ᄒᆞ더니, 홀연이 삼졔 쇽으로 조ᄎᆞ 나오며 화샹을 가ᄅᆞ쳐

니로듸,

"져 무리 젹독(賊禿)이 우리 무리가 나무 가져 오지 못ᄒᆞ게 ᄒᆞ미 괴이치 아닌지라. 원릐 나무 빠흔 후변의 디곡375)을 파고 몃 ᄀᆡ 녀인을 감쵸와 그 쇽의셔 음난ᄒᆞ미 극ᄒᆞ여 도로혀 츌가ᄒᆞᆫ 사름과 ᄀᆞᆺᄐᆞ냐?"

화샹 무리 이 말을 듯더니 각기 경황ᄒᆞ여 몸을 돌쳐 믄득 다라나거놀, 요홰 져의 분슈를 짐쟉ᄒᆞ고 쌜니 【84】 삼져로 ᄒᆞ여곰 사름들을 블너 져 무리를 져당케 ᄒᆞ고, 요홰 탄궁을 잡아 숀의 두고 삼졔 ᄯᅩᄒᆞᆫ 나는다시 다라가 져 삼ᄀᆡ를 블너와셔 ᄒᆞ여곰 도쟝(刀杖)을 가지게 ᄒᆞ더니, 져 화샹 무리 각각 긔계(器械)를 쥐고 한마듸 고함의 ᄌᆞᆺ쳐 나오거놀, 요홰 한 탄환의 ᄀᆡᄀᆡ히 모다 마져 현훈(眩暈)ᄒᆞ여 짜희 업더지는지라. 요홰 드듸여 즁인으로 ᄒᆞ여곰 승삭(繩索)을 어더내여 화샹을 잡아 ᄀᆡ개히 결박ᄒᆞ여 노코, 삼져ᄃᆞ려 무ᄅᆞ듸,

"디곡376) 내 녀인 감촌 거순 어듸 잇ᄂᆞ냐?"

삼졔 후변을 가ᄅᆞ치며 니ᄅᆞ듸,

【85】 "져 곳이 거긔니 내 몬져 가고 공쥬는 짜라오라."

요홰 니ᄅᆞ듸,

"너의 무리 모다 긔계를 가지라. 두리건듸 다시 화샹 무리 다라들가 두리노라."

즁인이 각기 도검과 탄궁을 가지고 홈긔 그곳의 니ᄅᆞ러 아릐를 향ᄒᆞ여 한 번 보미, 흑암 즁의 모다 것도 뵈지 아니ᄒᆞ는지라. 요홰 ᄒᆞ여곰 홰불을 가져 쇽을 향ᄒᆞ여 한 번 비최미, ᄉᆞ오ᄀᆡ 녀인이 그 쇽의 잇는지라. 즁인이 블너 니ᄅᆞ듸,

"낭ᄌᆞ 무리는 쾌히 나아오라. 화샹배(和尙輩)는 홈긔 우리 무리의 결박ᄒᆞ믈 닙어시니 【86】 이제는 두리지 말나."

디곡377) 쇽의 여러 부인이 드ᄅᆞ미 부인의 셩음 ᄀᆞᆺᄐᆞᆫ지라. 비로쇼 셔로 븟들고 나오거놀, 요홰 한 번 보미 회쳑골입ᄒᆞ고 봉두션죡(蓬頭跣足)으로 살기는 ᄒᆞ여시나, 디옥(地獄) 즁 귀슈(鬼獸)와 ᄀᆞᆺᄐᆞᆫ지라. 모다 짜희 업듸여 고두ᄒᆞ며 명을 구ᄒᆞ여 달나 ᄒᆞ거놀, 요홰 니ᄅᆞ듸,

"너의 무리 연분이 죠화 우리를 만나시니 다시 구ᄒᆞ여 내여보내지 아닐 니 업술 거시오. 너의 무리 엇지ᄒᆞ여 져 간승배(奸僧輩) 후려셔 디곡 쇽의 드러간 경유를 낟다려 말ᄒᆞ여 알게 【87】 ᄒᆞ라."

그 즁의 한ᄀᆡ 져편의 련경(年輕)ᄒᆞᆫ 사름을 가ᄅᆞ쳐 니ᄅᆞ듸,

"우리 무리 량ᄀᆡ ᄌᆞ믜가 져의 와셔 분향ᄒᆞ더니, 화샹배 약을 가져 혼도(昏倒)ᄒᆞ게 ᄒᆞ고, 디곡 쇽의 모라 너헛다."

ᄒᆞ며, 일ᄀᆡ는 ᄯᅩ 니ᄅᆞ듸,

"나는 본집으로 가다가 길이 희미ᄒᆞ여 져의 무리 후려오믈 닙엇다."

ᄒᆞ고, ᄯᅩ 일ᄀᆡ는 니ᄅᆞ듸,

"나는 우리 부친이 화샹의 은ᄌᆞ를 갑지 못ᄒᆞ더니 져의 위엄으로 핍박ᄒᆞ여 은갑ᄉᆞ로 디신 다려왓다."

ᄒᆞ고, ᄯᅩ 일ᄀᆡ는 니ᄅᆞ듸,

"나는 과거(寡居)ᄒᆞᆫ 사름으로 거거(哥哥)의 임쇼의 짜라 갓다가 류젹의 란 【88】 을 만나 져 화샹 무리 거ᄌᆞᆺ말노 셔로 구ᄒᆞ는 체ᄒᆞ고 유인ᄒᆞ여 디곡 즁의 드러가미, 몃 번을 쥭으려 ᄒᆞ다가 져 부녀 무리 구ᄒᆞ여 쥬고 홈긔 여긔셔 죄를 밧는다."

ᄒᆞ며, 말이 맛ᄎᆞ미 머리를 드러 대곡ᄒᆞ거놀, 요홰 ᄌᆞ셔히 드ᄅᆞ미 셩음이 ᄆᆡ우 익은지라. 드듸여 무ᄅᆞ듸,

"너의 거거가 어내 곳의셔 무순 벼술을 ᄒᆞ고 셩명은 뉘뇨?"

그 부인이 니ᄅᆞ듸,

"우리 거거의 셩은 양(楊)이오, 명은 셔셩(瑞成)이니 일쪽 하람샹부현(河南祥符縣) 젼시

---

375) 【디곡】 명 {지교(地窖).} 움. ¶ 地窯 ‖ 져 무리 젹독이 우리 무리가 나무 가져 오지 못ᄒᆞ게 ᄒᆞ미 괴이치 아닌지라 원릐 나무 빠흔 후변의 디곡을 파고 몃 ᄀᆡ 녀인을 감쵸와 그 쇽의셔 음난ᄒᆞ미 극ᄒᆞ여 도로혀 츌가ᄒᆞᆫ 사름과 ᄀᆞᆺᄐᆞ냐 (你這班賊禿, 怪不道不容我們搬柴, 原來柴房後邊挖了地窯, 藏着好幾個女人, 在內淫樂, 還像個出家人麽!) <瑤華 17:83> ⇒ 디고

376) 【디곡】 명 {지교(地窖).} 움. ¶ 地窯 ‖ 디곡 내 녀인 감촌 거순 어듸 잇ᄂᆞ냐 (地窯內女人在何處?) <瑤華 17:84> ⇒ 디고

377) 【디곡】 명 {지교(地窖).} 움. ¶ 窯 ‖ 디곡 쇽의 여러 부인이 드ᄅᆞ미 부인의 셩음 ᄀᆞᆺᄐᆞᆫ지라 (那窯內衆婦人聽得明白, 像是婦人聲音.) <瑤華 17:86> ⇒ 디고

(典史) 되여 옥(獄) 쇽의 류젹을 잡아두엇던 죄【89】슈 일키롤 인ᄒᆞ여 삭직(削職)ᄒᆞ고 본향으로 도라오다가 이런 슈죄롤 만낫노라."

요홰 니ᄅᆞᄃᆡ,

"네가 양졍산(楊貞山)이 아니냐?"

그 부인이 머리롤 드러 ᄌᆞ세히 보며 니ᄅᆞᄃᆡ,

"나ᄂᆞᆫ 과연 양졍산이나 너ᄂᆞᆫ 경락ᄉᆞ(經略使)로 츌졍ᄒᆞ던 공쥐 아니냐?"

요홰 니ᄅᆞᄃᆡ,

"엇지 그러치 아니랴?"

그 부인이 무릅흐로 힝ᄒᆞ여 ᄭᅮ러 안ᄌᆞ며 ᄃᆡ곡을 긋치지 아니커놀, 요홰 역시 눈믈을 흘니ᄂᆞᆫ지라. 아신이 겻희 잇다가 니ᄅᆞᄃᆡ,

"너의 무리ᄂᆞᆫ 도시 나롤 겻드러 화샹의 거쥬ᄒᆞ던 지실(齋室)과 방쟝(方丈)을 일병【90】쇄쇼ᄒᆞ고 공쥬롤 쳥ᄒᆞ여 편히 안게 ᄒᆞ고, 다시 구쳐(區處)ᄒᆞ리라."

져 부인 무리 공쥬란 말을 듯고 더욱 흠모ᄒᆞ며 공경ᄒᆞ더라. 드ᄃᆡ여 ᄂᆡ외 방옥을 간졍ᄒᆞ게 슈습ᄒᆞ여 노코 힝리롤 옴겨 드리고 ᄯᅩ 요화의게 품ᄒᆞ여 니ᄅᆞᄃᆡ,

"져 젹독(賊禿) 무리롤 엇지 쳐치ᄒᆞ리오?"

요홰 니ᄅᆞᄃᆡ,

"몬져 져의 무리 가진 바 긔계롤 일일히 조검ᄒᆞ여 거두고 모다 금강각하(金江閣下)의 가도며, 죠만(早晩)의 다만 쥭그ᄅᆞ시나 쥬고 슈셰 믈너가기롤 기다려 디방관의게 압송ᄒᆞ여 쳐치케 ᄒᆞ라."

아교 무리 명【91】을 좃ᄎᆞ 그러케 거힝ᄒᆞᆫ 후의 죠반을 ᄀᆞ초와 올니거놀, 요홰 다만 양졍산을 ᄭᅳ러 방즁의 니ᄅᆞ러 ᄒᆞᆷᄭᅴ 먹고 그 남아 부인은 아신으로 지웅(支應)케[378] ᄒᆞ고, 밥을 맛치ᄆᆡ 화샹 무리의 믈건을 졈고ᄒᆞᆯ시, 샹ᄌᆞ롤 열고 보니 도시 음구즙믈(淫具什物)이라. 십분 루츄ᄒᆞ고 다시 한 샹ᄌᆞ롤 열고 보니 십여 봉 셔신이 잇ᄂᆞᆫ지라. ᄉᆞᆫ을 드러 한 봉을 ᄣᅥ혀보니 그 우희 ᄡᅧ시ᄃᆡ,

우리 ᄌᆞᄆᆡ 놀나믈 담챡ᄒᆞ고 드리믈 바든 거시 도시 네가 경을 알고 의춰 이시믈 ᄉᆞ랑ᄒᆞ미라. 젼월 십오야의 너로【92】더브러 지삼 약쇽ᄒᆞ여 긔회(記會)ᄒᆞ믈 뎡ᄒᆞᄆᆡ, 우리 ᄌᆞᄆᆡ 오경가지 기다렷거놀 엇지 너ᄂᆞᆫ 맛춤니 언약을 져바렷ᄂᆞ냐? 료량컨ᄃᆡ 네 별노이 죠화ᄒᆞᄂᆞᆫ 사ᄅᆞᆷ이 잇기로 그러므로 ᄲᅧ 우리 무리 량인을 바려두ᄂᆞᆫ 거시니, 너의 져 모양 ᄆᆞ옴을 져바리ᄂᆞᆫ 원슈롤 우리 젼븟허 셔로 조하ᄒᆞᆫ 거시 심히 뉘웃치니 가히 우리 부친 쳐쇼의셔 도젹ᄒᆞ여쥰 바 고시(告示)ᄒᆞᆫ 방문(榜文)을 쇽쇽히 도로 보내고, 일노조ᄎᆞ 한 칼의 두 조각이 난다 ᄒᆞ여도 다시 우리 ᄌᆞᄆᆡ롤 친근ᄒᆞᆯ ᄉᆡᆼ각을 내지 말【93】나. 말이 여긔 긋치ᄆᆡ 셩뤼 ᄒᆞᆷᄭᅴ 나린다.

ᄒᆞ고, 후변의 ᄡᅳ기롤,

우ᄆᆡ(愚妹) ᄂᆡ영련(李英蓮)과 ᄂᆡ경련(李瓊蓮)은 ᄒᆞᆷᄭᅴ 옷기술 념의고[379] 진슈(眞修) ᄉᆞ형의 법좌(法座)의 드리노라.

ᄒᆞ엿거놀, 요홰 니ᄅᆞᄃᆡ,

"이거시 도시 졍찰(情札)인ᄃᆡ 다만 져의 도젹ᄒᆞᆫ 바 부친의 고시방(告示榜)이 아지 못게라 이 엇던 모양인고?"

경산이 니ᄅᆞᄃᆡ,

"대략이 모다 한 곳의 감초와 두어시리라."

ᄒᆞ거놀, 드ᄃᆡ여 셔신 쇽의셔 고시방을 ᄎᆞᄌᆞ내니, 우희 ᄡᅧ시ᄃᆡ,

틈왕(闖王) ᄂᆡ(李)ᄂᆞᆫ 부하 쟝졸의게 지실(知悉)ᄒᆞ게 니ᄅᆞ노라. 너의 무리 노략ᄒᆞ다가 어【94】내 곳이 되든지 이 고시방이 잇거든 시러곰 그 문의 드러가지 못ᄒᆞ게 ᄒᆞᄃᆡ, 만일 어긔ᄂᆞᆫ 쟈ᄂᆞᆫ 효슈(梟首) 경즁(警衆)ᄒᆞ리라.

ᄒᆞ엿ᄂᆞᆫ지라.

---

378)【지웅ᄒᆞ다】동 지웅(支應)하다. ¶ 照應 ‖ 요홰 다만 양졍산을 ᄭᅳ러 방즁의 니ᄅᆞ러 ᄒᆞᆷᄭᅴ 먹고 그 남아 부인은 아신으로 지웅케 ᄒᆞ고 (瑤華只拉了楊貞山, 到方丈陪待, 其餘婦人令阿新輩照應.) <瑤華 17:91>

379)【념의다】동 여미다. ¶ 斂衽 ‖ 우ᄆᆡ ᄂᆡ영련과 ᄂᆡ경련은 ᄒᆞᆷᄭᅴ 옷기술 념의고 진슈 ᄉᆞ형의 법좌의 드리노라 (愚妹李英蓮、李瓊蓮同斂衽, 眞修師兄法座.) <瑤華 17:93> ⇒ 녀미다

요홰 혀ᄎᆞ며 니ᄅᆞ되,

"져 무리 젹독이 도로혀 잘되엿도다."

ᄯᅩ 보니, 기여(其餘)ᄂᆞᆫ 도시 블셩셜화(不成說話)ᄒᆞᆫ 거시라. 굿ᄐᆞ여 다 보지 아니ᄒᆞ고 맛쵸와 아신이 드러오ᄂᆞᆫ지라. 요홰 니영연의 졍찰과 틈왕의 고시방을 가져 연유ᄅᆞᆯ 말ᄒᆞ니, 아신이 니ᄅᆞ되,

"니거시 ᄡᅳᆯ되 이시니 공쥬ᄂᆞᆫ 조히 거두워두라. 위급ᄒᆞᆫ ᄯᅢ 니ᄅᆞ러 가히 ᄡᅥ 우리 무리 익회(厄會)ᄅᆞᆯ 풀니 【95】 라."

ᄒᆞ더라.

요홰 경산과 더브러 한가히 녯날 ᄉᆞ졍을 말ᄒᆞ며 아오로 조삼괴(趙三姑) 임의 왕야로 더브러 쇽현(續弦)ᄒᆞ믈 고ᄒᆞ고, 니양쳥(李揚淸)은 내가 변량셩(汴梁城)의 이실 ᄯᅢ의 슈ᄎᆞ 만나 보왓다 ᄒᆞ니, 경산이 눈물을 먹음어 니ᄅᆞ되,

"믄득 나만 복박(福薄)ᄒᆞ여 만난 비 이ᄀᆞᆺ도다."

ᄒᆞ고 말ᄒᆞ며 ᄯᅩ 울거ᄂᆞᆯ 요홰 권ᄒᆞ여 겨유 그치고 양경뷔 드러와 픔ᄒᆞ되,

"지살(宰殺)ᄒᆞᆫ[380] 싱구(牲口)의 남은 고기ᄅᆞᆯ 이졔ᄂᆞᆫ ᄡᅳᆯ 더 업ᄉᆞ니 말녀 포육(脯肉)을 민다려 건량(乾糧)을 되게 ᄒᆞᄂᆞᆫ 거시 가히 죠타."

ᄒᆞ거ᄂᆞᆯ, 요홰 니ᄅᆞ되,

"매우 조흐니 【96】 이졔 가ᄂᆞᆫ 노졍(路程)이 심히 멀ᄆᆡ 가히 업지 못ᄒᆞᆯ 믈건이라."

ᄒᆞ고, 경산이 무ᄅᆞ되,

"공쥐 여긔 오기ᄂᆞᆫ 오ᄃᆡ산의 니ᄅᆞ러 진향ᄒᆞ랴 ᄒᆞ미냐?"

요홰 니ᄅᆞ되,

"엇지 져런 한가ᄒᆞᆫ 흥이 이시랴?"

경산이 니ᄅᆞ되,

"그러ᄒᆞ면 어ᄃᆡ로 가려 ᄒᆞᄂᆞ냐?"

요홰 니ᄅᆞ되,

"ᄉᆞ쳔 아미산의 가셔 우리 ᄉᆞ부ᄅᆞᆯ ᄎᆞᄌᆞ려 ᄒᆞ노라."

경산이 니ᄅᆞ되,

"ᄉᆞ뷔 쟝샹(莊上)의 잇지 아니코 어내 ᄯᅢ의 그곳의 갓ᄂᆞ냐?"

요홰 니ᄅᆞ되,

"날과 ᄀᆞᆺ치 문의 날 ᄯᅢ의 져ᄂᆞᆫ 몬져 아미산으로 갓ᄂᆞ니라."

경산이 니ᄅᆞ되,

"나 보기의 ᄉᆞ뷔 ᄌᆡ졍(才情)이 비록 쟝ᄒᆞ나 【97】 엇지 홀노 발셥(跋涉)ᄒᆞ며 엇지 능히 몬져 갓시랴?"

요홰 웃고 니ᄅᆞ되,

"네가 블과시 외면만 본 거시라. 엇지 ᄉᆞ부의 쇽이야 ᄭᆡ치랴?"

경산이 니ᄅᆞ되,

"도로혀 다른 도ᄉᆞᆯ이 잇ᄂᆞ냐?"

요홰 니ᄅᆞ되,

"네 알 비 아니라."

경산이 니ᄅᆞ되,

"이졔 공쥐 긔여히 져ᄅᆞᆯ ᄎᆞ져 무엇ᄒᆞ려 ᄒᆞᄂᆞ냐?"

요홰 니ᄅᆞ되,

"도ᄒᆡᆼ(道行) 닥그믈 위ᄒᆞ여 의건[견](意見)을 내엿노라."

경산이 홀연 ᄭᆡ다라 니ᄅᆞ되,

"ᄉᆞ뷔 공쥬로 더브러 원간 진셰 인믈이 아니라. 내 어내 ᄒᆡ의 일죽 니양쳥으로 더브러 ᄉᆞᄉᆞ로이 의론ᄒᆞ엿노라."

요홰 【98】 니ᄅᆞ되,

"너의 무리 아라보미 투쳘ᄒᆞ도다. 우리 ᄉᆞ부ᄂᆞᆫ 실노 비범ᄒᆞ시고, 나ᄂᆞᆫ 블과시 십여년 ᄉᆞ부의 교훈을 닙어 그 바라ᄂᆞᆫ 바ᄅᆞᆯ 조ᄎᆞ려 ᄒᆞ미오, 만일 망녕도히 신션의 ᄌᆞ최ᄅᆞᆯ 바라면 이ᄂᆞᆫ 과분ᄒᆞᆫ 일이라."

ᄒᆞ고, 말을 맛ᄎᆞᄆᆡ, 하ᄂᆞᆯ이 임의 어두엇ᄂᆞᆫ지라. 경산으로 더브러 동침ᄒᆞ고 ᄎᆞ일의 아라보니 슈셰가 오히려 커셔 능히 셩의 드지 못ᄒᆞᆯ지라. 경히 민망ᄒᆞ더니, 홀연 드ᄅᆞᄆᆡ 외변의셔 한마ᄃᆡ 고함이 나거ᄂᆞᆯ ᄲᆞᆯ니 사ᄅᆞᆷ을 블너 사문(査問)ᄒᆞ니, 아지 못게라 무삼 일인 【99】 고? 하회ᄅᆞᆯ 보와 분ᄒᆡ하라.

---

380) 【지살ᄒᆞ다】 동 재살(宰殺)하다. 잡다. ¶ 宰 ‖ 지살ᄒᆞᆫ 싱구의 남은 고기ᄅᆞᆯ 이졔ᄂᆞᆫ ᄡᅳᆯ 더 업ᄉᆞ니 말녀 포육을 민다려 건량을 되게 ᄒᆞᄂᆞᆫ 거시 가히 죠타 (宰的牲口, 這時候無須用他, 不如烘乾了, 磨成粉兒做圓兒帶着, 做箇乾糧可好?) <瑤華 17:95>

［요화젼 瑤華傳 권지십팔 卷之十八］

34

검션음호공즁지 장ᄉᆞ궁도의외봉
劍仙陰護空中至 長史窮途意外逢

【1】 화셜 요홰(瑤華) 졍히 민망ᄒᆞ여 ᄒᆞ더니 홀연 드ᄅᆞᄆᆡ 외변(外邊)의서 한 마ᄃᆡ 고함이 나거ᄂᆞᆯ ᄲᆞᆯ니 사ᄅᆞᆷ을 블너 사문(査問)ᄒᆞ여 보니 양졍뷔(楊靜夫) 탄궁(彈弓)과 표창(鏢槍)을 가지고 황망히 드러와 말ᄒᆞᄃᆡ,

"쟉일의 동혀 두엇던 젹독(賊禿) 무리ᄅᆞᆯ 홀연 일ᄀᆡ 쇼년 즁이 드러와 져의 무리ᄅᆞᆯ 푸러노코 각기 ᄀᆡ계(器械)ᄅᆞᆯ 가지고 곳 ᄌᆞᆺ쳐 드러오는ᄃᆡ 다힝 【2】 히 아교(阿巧)와 삼져(三姐)의 슈각(手脚)이 편쾌ᄒᆞ여 져의 무리ᄅᆞᆯ 멈츄게 ᄒᆞ니 공쥬는 밧비 나가 슈포케 ᄒᆞ라."

요홰 ᄲᆞᆯ니 것오ᄉᆞᆯ 버셔 바리고 탄궁을 가지고 나와 보니 일ᄀᆡ 흉악ᄒᆞᆫ 승인(僧人)이 곳 다라드러가 요화의 탄환을 마ᄌᆞ 즉ᄀᆡᆨ의 것구러지나 믄득 운졀(暈絶)은 되지 아닌지라. 졍뷔 그 살가 두려 다시 한 칼노 그 두뢰(頭顱)ᄅᆞᆯ 찍어 두 죠각의 내니 요홰 아오로 도라보지 아니코 젼문(殿門)의 나가 보니 아교와 삼져 량인이 병력(竝力)ᄒᆞ여 승인ᄇᆡ로 더브러 ᄉᆡ살(厮殺)ᄒᆞ는지라. 요홰 일ᄀᆡ 승인을 마죠쳐 일 【3】 ᄀᆡ 탄ᄌᆞᄅᆞᆯ 노흐ᄆᆡ 활시위ᄅᆞᆯ 응ᄒᆞ여 것구러지는지라. 이의 승인ᄇᆡ 능히 니긔지 못ᄒᆞᆯ 쥴 알고 모다 밧글 향ᄒᆞ여 분찬(奔竄)ᄒᆞ거ᄂᆞᆯ, 아교 등이 긴긴히 ᄶᅩᆺᄎᆞ가니 개개히 믈의 ᄠᅱ여 드러 도망ᄒᆞ는지라. 요홰 ᄒᆞ여곰 탄궁을 가지고 ᄠᅥ오ᄅᆞ는 쟈ᄅᆞᆯ 보면 믄득 져 셩명(性命)을 결과(結果)ᄒᆞ라[381] ᄒᆞ여 바라본 지 반일의 겨유 일ᄀᆡ가 ᄠᅥ오ᄅᆞ거ᄂᆞᆯ 각인의 탄지 모다 그 광두(光頭)ᄅᆞᆯ 맛치ᄆᆡ 뢰장(腦漿)이 병츌ᄒᆞ고 시신이 풍낭(風浪)을 ᄯᅡ라 표류ᄒᆞ여 가고 ᄯᅩ 한 ᄎᆞ례ᄅᆞᆯ 기다려도 다시는 ᄠᅥ오ᄅᆞ는 거시 업는지 【4】 라. 요홰 니ᄅᆞᄃᆡ,

"ᄉᆡᆼ각건ᄃᆡ 져 젹독 무리 모다 믈 분슈ᄅᆞᆯ 아는지라. 져 몃 ᄀᆡ 너머진 거ᄉᆞᆯ 결박ᄒᆞ엿다가 ᄭᆡ기ᄅᆞᆯ 기다려 져ᄅᆞᆯ 츄열(推閱)ᄒᆞ여[382] 보면 믄득 알니라."

ᄒᆞ고 드ᄃᆡ여 다시 방쟝의 니ᄅᆞ러 졍부ᄅᆞᆯ 시겨 ᄭᅳᆯ는 믈을 가지고 져 무리ᄅᆞᆯ 먹여 ᄭᆡ게 ᄒᆞ니, 졍뷔 삼져와 ᄀᆞᆺ치 져 무리ᄅᆞᆯ 결박ᄒᆞ여 가지고 산문(山門) 어귀의 ᄆᆡ여 니ᄅᆞ러 탕슈(湯水)로 ᄭᆡ게 ᄒᆞ고 허다ᄒᆞᆫ 쵸ᄉᆞ(招辭)ᄅᆞᆯ 바다 도라와 고ᄒᆞᄃᆡ,

"아ᄎᆞᆷ의 가마니 드러온 젹은 즁은 믄득 어내 날의 아신이 ᄭᅳ을고 산쇽으로 드러갓던 거시라 【5】 그 젹독의 말이 졔가 임의 니영년(李英蓮)의 곳의 가셔 보ᄒᆞ여 ᄒᆞ여곰 믈의 ᄠᅥ와셔 져의 무리ᄅᆞᆯ 구ᄒᆞ여 달나 ᄒᆞ고 져의 도당이 도로혀 만ᄒᆞᆯ가 두리노라."

요홰 니ᄅᆞᄃᆡ,

"그러치 아니ᄒᆞ다. 니영년이 져의가 어ᄃᆡ 잇는 쥴 아지 못ᄒᆞᆯ 거시니 엇지 져러ᄐᆞᆺ 신쇽히 쥬션ᄒᆞ여시랴? 반ᄃᆞ시 거ᄌᆞᆺ말을 지어내여 우리ᄅᆞᆯ 공갈(恐喝)ᄒᆞ미로다."

양졍뷔 니ᄅᆞᄃᆡ,

"나도 그러ᄐᆞᆺ 힐문ᄒᆞᄆᆡ 졔 말이 니영년의

---

381) 【결과ᄒᆞ다】 ㊍ {결과(結果)하다.} 요절내다. 죽이다. ¶ 結果 ‖ 요홰 ᄒᆞ여곰 탄궁을 가지고 ᄠᅥ오ᄅᆞ는 쟈ᄅᆞᆯ 보면 믄득 져 셩명을 결과ᄒᆞ라 ᄒᆞ여 바라본 지 반일의 겨유 일ᄀᆡ가 ᄠᅥ오ᄅᆞ거ᄂᆞᆯ (瑤華令阿巧張着彈弓, 見有浮起者, 便結果他性命. 望了半日才浮了一個起來.) <瑤華 18:3>

382) 【츄열ᄒᆞ다】 ㊍ {추열(推閱)하다.} 죄인을 심문하다. ¶ 拷問 ‖ 져 몃ᄀᆡ 너머진 거ᄉᆞᆯ 결박ᄒᆞ엿다가 ᄭᆡ기ᄅᆞᆯ 기다려 져ᄅᆞᆯ 츄열ᄒᆞ여 보면 믄득 알니라 (且把那個打倒的綁縛了, 救醒轉來, 拷問他便知.) <瑤華 18:4>

외가(外家)히 여기셔 머지 아닌ᄃᆡ 잇기로 샹ᄒᆡ 왕ᄅᆡᄒᆞ고 ᄯᅩ 말ᄒᆞ기ᄅᆞᆯ 도망【6】ᄒᆞᆫ 승인 즁의 하나히 져쥬ᄒᆞᄂᆞᆫ 법을 가져 심히 령(靈)ᄒᆞ미 잇다 ᄒᆞ니 져ᄅᆞᆯ 방ᄎᆞᄒᆞ기ᄅᆞᆯ383) ᄉᆡᆼ각ᄒᆞ미 올타."

ᄒᆞ거ᄂᆞᆯ 요홰 니ᄅᆞᄃᆡ,

"도시 우리ᄅᆞᆯ 공갈ᄒᆞᄂᆞᆫ 말이나 다만 슈셰가 믈너가지 아니ᄒᆞ니 엇지 슈족(手足)을 놀니랴."

아ᄀᆈ 니ᄅᆞᄃᆡ,

"믈이 슈삼일을 지내면 ᄌᆞ연 마ᄅᆞ리라."

ᄒᆞ며 샹이(桑二) 니ᄅᆞᄃᆡ,

"공쥬의 말ᄒᆞᆫ 바 은ᄌᆞᄅᆞᆯ 운젼ᄒᆞ여 진휼ᄒᆞᄂᆞᆫ 그 일을 가히 미리 판리ᄒᆞ엿다가384) 믈이 지내기ᄅᆞᆯ 기다려 져 ᄇᆡᆨ셩을 구졔ᄒᆞ여 쥬리라."

ᄒᆞ니 요홰 니ᄅᆞᄃᆡ,

"그 말이 ᄆᆡ우 올【7】타."

ᄒᆞ고 드ᄃᆡ여 아교로 ᄒᆞ여곰 은표(銀票)ᄅᆞᆯ 가져 삼십만 량을 죠슈(照數)ᄒᆞ여385) 노코 아신으로 ᄒᆞ여곰,

"너ᄂᆞᆫ 뎐당푸리386)의 니ᄅᆞ러 지휘ᄒᆞ여 몬져 이십만 량을 운젼ᄒᆞ여다가 군쥬부(汾州府) 챵고 쇽의 져치(貯置)ᄒᆞ게 ᄒᆞ고 믄득 말ᄒᆞ기ᄅᆞᆯ 내가 오ᄃᆡ산(五臺山)으로 조ᄎᆞ 도라와 지날 젹의 진휼ᄒᆞᆯ 거시니 인ᄒᆞ여 다시 경셩의 드러가 이십만량을 운젼ᄒᆞ여 쇼용(所用)이 부족ᄒᆞ거든 글노 ᄡᅥ 예비케 ᄒᆞ라."

아신이 표지ᄅᆞᆯ 가지고 믄득 발힝ᄒᆞ더라. 요홰 샹이다려 무ᄅᆞᄃᆡ,

"양졍부의 말을 드ᄅᆞ니 젹독의 춍즁(叢中)의 일【8】ᄀᆡ 져쥬법 잘ᄒᆞᄂᆞᆫ 거시 잇다 ᄒᆞ니 비록 공갈ᄒᆞᄂᆞᆫ 말이나 그러나 출하리 가히 그 잇다고 미드며 가히 그 업다고 밋지 못ᄒᆞᆯ지라. 너의 가히 법이 잇셔 져 무리ᄅᆞᆯ 푸러내ᄀᆡᆺᄂᆞ냐?"

샹이 니ᄅᆞᄃᆡ,

"노ᄌᆞ(奴子)의 아ᄂᆞᆫ 법은 블과 ᄉᆞ부의 젼ᄒᆞᆫ 바ᄅᆞᆯ 의지ᄒᆞ여 ᄒᆞᄂᆞᆫ 거시니 각각이 모다 모양을 의지ᄒᆞ여 호로(葫蘆)ᄅᆞᆯ 그리미라, 자ᄀᆡᄂᆞᆫ 아오로 능히 활동ᄒᆞ게 변통치 못ᄒᆞ며 허믈며387) 노ᄌᆞ의 아ᄂᆞᆫ 법의ᄂᆞᆫ 믄득 져쥬 푸ᄂᆞᆫ 슈단이 업다."

ᄒᆞ니 요홰 발을 구ᄅᆞ며 니ᄅᆞᄃᆡ,

"가히 앗갑다. 아신을 몬져 보내엿【9】도다."

삼졔 니ᄅᆞᄃᆡ,

"져거시 져의 무리 큰 말ᄒᆞᄂᆞᆫ 거시니 그거ᄉᆞᆯ 미더 무엇ᄒᆞ랴?"

요홰 비록 입으로 답응ᄒᆞ나 심즁의 실노이 공구ᄒᆞ여 당야의 양졍산으로 ᄒᆞ여곰 반슉게388) ᄒᆞ더니 홀연 드ᄅᆞ니 외간의셔 신음ᄒᆞᄂᆞᆫ 쇼ᄅᆡ 나ᄂᆞᆫ지라. 믄득 무ᄅᆞᄃᆡ,

"뉘가 그 쇼ᄅᆡᄅᆞᆯ 내ᄂᆞ냐?"

아ᄀᆈ 겻방의 잇다가 ᄃᆡ답ᄒᆞᄃᆡ,

"양졍부의 셩음(聲音) ᄀᆞᆺ다."

ᄒᆞ거ᄂᆞᆯ 요홰 드ᄅᆞᄆᆡ 심히 민망ᄒᆞ여 죵야토록 능히 눈을 븟치지 못ᄒᆞ고 하ᄂᆞᆯ이 ᄇᆞᆰ으니 믄득 몸을 닐ᄆᆡ 삼졔 아교와 더브러 ᄉᆞ후ᄒᆞ거ᄂᆞᆯ 무ᄅᆞᄃᆡ,

"양졍【10】뷔 엇지ᄒᆞ여 일야(一夜)ᄅᆞᆯ 신음ᄒᆞ더냐?"

---

383)【방ᄎᆞᄒᆞ다】[동] {방차(防遮)하다.} 막아 가리다. ¶ 防 ‖ ᄯᅩ 말ᄒᆞ기ᄅᆞᆯ 도망ᄒᆞᆫ 승인 즁의 하나히 져쥬ᄒᆞᄂᆞᆫ 법을 가져 심히 령ᄒᆞ미 잇다 ᄒᆞ니 져ᄅᆞᆯ 방ᄎᆞᄒᆞ기ᄅᆞᆯ ᄉᆡᆼ각ᄒᆞ미 올타 (又說逃去的裏邊, 有一個僧人會詛咒之法, 甚是靈驗, 要防他的.) <瑤華 18:6> ⇒ 방차ᄒᆞ다, 방챠ᄒᆞ다

384)【판리ᄒᆞ다】[동] {판리(辦理)하다.} 처리(處理)하다. ¶ 辦 ‖ 공쥬의 말ᄒᆞᆫ 바 은ᄌᆞᄅᆞᆯ 운젼ᄒᆞ여 진휼ᄒᆞᄂᆞᆫ 그 일을 가히 미리 판리ᄒᆞ엿다가 믈이 지내기ᄅᆞᆯ 기다려 져 ᄇᆡᆨ셩을 구졔ᄒᆞ여 쥬리라 (公主前夜所言, 要運銀賑濟, 此事可以預辦.) <瑤華 18:6>

385)【죠슈ᄒᆞ다】[동] 점검(點檢)하다. ¶ 檢 ‖ 드ᄃᆡ여 아교로 ᄒᆞ여곰 은표ᄅᆞᆯ 가져 삼십만 량을 죠슈ᄒᆞ여 노코 (遂令阿巧將銀庫號票檢出四十萬兩來.) <瑤華 18:7> ⇒ 4:97

386)【뎐당푸리】[명] 전당포(典當鋪). ¶ 典當 ‖ 너ᄂᆞᆫ 뎐당푸리의 니ᄅᆞ러 지휘ᄒᆞ여 몬져 이십만 량을 운젼ᄒᆞ여다가 군쥬부 챵고 쇽의 져치ᄒᆞ게 ᄒᆞ고 (你可到典當知會, 令其先運二十萬兩來, 交汾州府庫內收貯.) <瑤華 18:7>

387)【허믈며】[부] 하물며. ¶ 況 ‖ 자ᄀᆡᄂᆞᆫ 아오로 능히 활동ᄒᆞ게 변통치 못ᄒᆞ며 허믈며 노ᄌᆞ의 아ᄂᆞᆫ 법의ᄂᆞᆫ 믄득 져쥬 푸ᄂᆞᆫ 슈단이 업다 (自家并不能活變, 況奴子所會這些法內, 却沒有解詛咒的法子.) <瑤華 18:8>

388)【반슉ᄒᆞ다】[동] {반숙(伴宿)하다.} 밤을 함께 지내다.¶ 伴宿 ‖ 당야의 양졍산으로 ᄒᆞ여곰 반슉게 ᄒᆞ더니 홀연 드ᄅᆞ니 외간의셔 신음ᄒᆞᄂᆞᆫ 쇼ᄅᆡ 나ᄂᆞᆫ지라 (當晚令楊貞山伴宿, 一覺醒轉, 忽聽外間有哼唧之聲.) <瑤華 18:9>

삼졔 니ᄅᆞᄃᆡ,

"내 가셔 무ᄅᆞᄆᆡ 져의 말이 어졔 낫의 오한증이 나기로 평샹 우ᄒᆡ셔 한잠을 잣더니 믄득 발열되ᄆᆡ 슈삼 겹 니블을 덥흐ᄃᆡ 오히려 ᄯᆞᆷ은 나지 아니ᄒᆞ더니 방ᄌᆞ ᄯᆞᆷ긔가 잇셔 그러므로 아직 신음은 아니 ᄒᆞᆫ다."

ᄒᆞ고 졍히 말ᄒᆞᄆᆡ 아괴 ᄯᅩ 몃 마ᄃᆡ ᄌᆞ치음ᄒᆞ며 니ᄅᆞᄃᆡ,

"나도 죠치 못ᄒᆞ다. 오한증이 니러나 견ᄃᆡ기 어려오니 가셔 ᄌᆞ려 ᄒᆞ노라."

졍산이 겻ᄒᆡ 잇셔 니ᄅᆞᄃᆡ,

"져져야 네가 ᄌᆞ면 내가 너ᄅᆞᆯ ᄃᆡ신ᄒᆞ여 쥬리라."

아괴 【11】 숀을 더지고 머리ᄅᆞᆯ 덥고 ᄌᆞ더니 언마 못되여 역시 신음ᄒᆞᄂᆞᆫ지라. 요홰 니ᄅᆞᄃᆡ,

"져 젹독의 괴슐의 ᄲᅡ져시니 믄득 엇지ᄒᆞ면 조흐랴?"

ᄒᆞ고 ᄲᆞᆯ니 쇼셰ᄅᆞᆯ 맛치고 의셔(醫書)ᄅᆞᆯ 죠검ᄒᆞ여 일ᄀᆡ 방문을 뎡ᄒᆞ여 내니 양졍산이 니ᄅᆞᄃᆡ,

"비록 방문이 이시나 약지ᄅᆞᆯ 취ᄒᆞᆯ 곳이 업고 져 젹독이 진ᄀᆡ 져쥬ᄅᆞᆯ ᄒᆞᆯ 양이면 두리건ᄃᆡ 약력(藥力)으로 능히 곳쳐내지 못ᄒᆞ리라."

요홰 니ᄅᆞᄃᆡ,

"내가 블과 인ᄉᆞ(人事)ᄅᆞᆯ 다ᄒᆞᄂᆞᆫ 거시니 다만 약지ᄅᆞᆯ 엇지 못ᄒᆞᄂᆞᆫ 거시 한가지 어려온 일이라. 【12】 네가 샹이ᄅᆞᆯ 블너 져와 더브러 샹량(商量)ᄒᆞᄂᆞᆫ[389] 거시 조흐리라."

졍산이 나가더니 한즈음의 도라와 말ᄒᆞᄃᆡ,

"샹이가 겻구러져 잔다."

ᄒᆞ거ᄂᆞᆯ 요홰 놀나며 니ᄅᆞᄃᆡ,

"졔가 어내 곳의 누어 잇더냐? 조반가지 련ᄒᆞ여 료리(料理)ᄒᆞᆯ 사ᄅᆞᆷ이 업도다."

졍산이 니ᄅᆞᄃᆡ,

"죠반은 임의 녀인을 분파(分派)ᄒᆞ여 경긔ᄒᆞᆫ다."

ᄒᆞ니 요홰 ᄆᆡ우 챡급ᄒᆞ여 졍산과 ᄀᆞᆺ치 밧긔 나와 보니 졍뷔 혼침ᄒᆞ여 ᄌᆞᄂᆞᆫᄃᆡ 블너도 ᄭᆡ지 못ᄒᆞ고 ᄯᅩ 샹이의 곳의 니ᄅᆞ러 보니 졍히 한열(寒熱)이 교공(交攻)ᄒᆞ여 신음ᄒᆞ믈 마지 아니 【13】 ᄒᆞᄂᆞᆫ지라. 다시 쥬방내의 니ᄅᆞ러 보니 부녀 무리ᄂᆞᆫ 도로혀 무ᄉᆞᄒᆞᄆᆡ 져기[390] 방심(放心)ᄒᆞ고 방쟝의 도라와 아교의 신음ᄒᆞᄂᆞᆫ 쇼ᄅᆡᄅᆞᆯ 듯지 못ᄒᆞ고 니불을 들고 한번 보ᄆᆡ 양졍부 ᄀᆞᆺ치 혼침(昏沈)ᄒᆞ여졋ᄂᆞᆫ지라. 심즁의 다시 계칙이 업더니 한즈음이 못ᄒᆞ여 부녀배 합을 올니거ᄂᆞᆯ 졍산과 ᄀᆞᆺ치 먹고 민민(悶悶)ᄒᆞ여 탑(榻) 우ᄒᆡ 빗기[391] 안잣다가 겨유 한번 눈을 감으ᄆᆡ 홀연 한죠각 거믄 긔운이 몸을 부ᄃᆡ쳐 오거ᄂᆞᆯ 급히 몸을 피ᄒᆞ다가 홀연 놀나 ᄭᆡ이고 귓가의 ᄯᅩ 한마 【14】 ᄃᆡᄅᆞᆯ 드ᄅᆞ니 니ᄅᆞᄃᆡ,

"엇지 이러나 좌공을 아니ᄒᆞᄂᆞ냐?"

ᄒᆞ거ᄂᆞᆯ 머리ᄅᆞᆯ 돌나 한번 보ᄆᆡ 믄득 사ᄅᆞᆷ 잇ᄂᆞᆫ 거ᄉᆞᆫ 보지 못ᄒᆞᆯ지라. 심즁의 ᄉᆡᆼ각ᄒᆞᄃᆡ,

'죠히 긔괴(奇怪)ᄒᆞ도다. ᄯᅩ 셔셔히 췌탁(揣度)ᄒᆞ여[392] 보니 져 흑긔(黑氣)가 반ᄃᆞ시 젹독의 져쥬ᄒᆞᄂᆞᆫ 슈단이라. 나ᄅᆞᆯ ᄭᆡ여 좌공ᄒᆞ랴 ᄒᆞᄂᆞᆫ 거ᄉᆞᆫ 졍령이 ᄉᆞ뷔 가만ᄒᆞᆫ 가온ᄃᆡ 나ᄅᆞᆯ 보우(保佑)ᄒᆞ여 쥬시미라. 내가 몃 ᄯᆡ 동안의 노샹의 잇셔 그 공부(工夫)ᄅᆞᆯ ᄡᅳ지 아니ᄒᆞ여 심신을 슈렴(收斂)ᄒᆞ면 비록 져쥬ᄒᆞᄂᆞᆫ 괴슐이 이시나 능히 내 몸의ᄂᆞᆫ 니ᄅᆞ지 못 【15】 ᄒᆞ리라.'

ᄒᆞ고 쥬의ᄅᆞᆯ 뎡ᄒᆞᄆᆡ 믄득 몸을 니러 다리ᄅᆞᆯ 도ᄉᆞ리고 안ᄌᆞ 눈을 감고 긔운을 멈츄고 한

---

389) 【샹량ᄒᆞ다】 동 {상량(商量 shāngliang)하다.} 헤아려 생각하다. 중국어 차용어. ¶ 商量 ‖ 내가 블과 인ᄉᆞᄅᆞᆯ 다ᄒᆞᄂᆞᆫ 거시니 다만 약지ᄅᆞᆯ 엇지 못ᄒᆞᄂᆞᆫ 거시 한가지 어려온 일이라. 네가 샹이ᄅᆞᆯ 블너 져와 더브러 샹량ᄒᆞᄂᆞᆫ 거시 조흐리라 (我也不過盡人事, 但不能取葯, 倒是一樁難事. 你去把桑二喚來, 與他商量個法子才好.) <瑤華 18:12> ⇒ 샹냥ᄒᆞ다

390) 【져기】 부 저으기. 조금. 약간. ¶ 稍稍 ‖ 다시 쥬방내의 니ᄅᆞ러 보니 부녀 무리ᄂᆞᆫ 도로혀 무ᄉᆞᄒᆞᄆᆡ 져기 방심ᄒᆞ고 방쟝의 도라와 아교의 신음ᄒᆞᄂᆞᆫ 쇼ᄅᆡᄅᆞᆯ 듯지 못ᄒᆞ고 (復到廚房內, 見這些婦女到還無事, 稍稍放心. 仍回到方丈內, 不聞阿巧哼唧之聲.) <瑤華 18:13>

391) 【빗기】 부 비스듬히. ¶ 歪 ‖ 민민ᄒᆞ여 탑 우ᄒᆡ 빗기 안잣다가 겨유 한번 눈을 감으ᄆᆡ 홀연 한죠각 거믄 긔운이 몸을 부ᄃᆡ쳐 오거ᄂᆞᆯ (悶悶的歪在榻上, 才一合眼, 忽有一團黑氣撲上身來.) <瑤華 18:13>

392) 【췌탁ᄒᆞ다】 동 {췌탁(揣度)하다.} 헤아리다. ¶ 揣摩 ‖ ᄯᅩ 셔셔히 췌탁ᄒᆞ여 보니 져 흑긔가 반ᄃᆞ시 젹독의 져쥬ᄒᆞᄂᆞᆫ 슈단이라 (又慢慢的揣摩道: "那團黑氣必定是那禿驢詛咒來的.") <瑤華 18:14>

ᄎᆞ례롤 고요히 슈련ᄒᆞ며 양경부 등 삼인이 샹의 누어 능히 견진치 못ᄒᆞᆷ을 싱각ᄒᆞᄆᆡ 심즁의 다시 쵸죠(焦燥)ᄒᆞ더니 귓가의 ᄯᅩ 드ᄅᆞ니 사ᄅᆞᆷ이 잇셔 말ᄒᆞ기롤,

"다만 졍심(靜心)ᄒᆞ며 좌공ᄒᆞ면 아신이 니ᄅᆞᄆᆡ 믄득 가히 이 익회롤 졔ᄒᆞᆯ 거시니 한갓 쵸죠ᄒᆞᄂᆞᆫ 거시 무익ᄒᆞ다."

ᄒᆞ난지라. 요홰 드ᄅᆞᄆᆡ 눈을 ᄯᅳ지 아니ᄒᆞ고 ᄲᆞᆯ니 합쟝(合掌)ᄒᆞ고 공듕을 향ᄒᆞ여 니ᄅᆞᄃᆡ,

"만일 ᄉᆞ【16】뷔 와셔 뎨ᄌᆞ(弟子)롤 구ᄒᆞ시면 쳔만 바라ᄂᆞ니 현형(現形)ᄒᆞ여 ᄇᆞᆰ히 가ᄅᆞ치라."

ᄒᆞᆫᄃᆡ ᄯᅩ 형향이 업ᄂᆞᆫ지라. 심히 번민ᄒᆞ더니 홀연 드ᄅᆞᄆᆡ 곗방[393]의셔 아괴 고함ᄒᆞ여 니ᄅᆞᄃᆡ,

"ᄆᆡ우 죠타."

ᄒᆞ거늘 요홰 ᄲᆞᆯ니 무ᄅᆞᄃᆡ,

"네가 엇지ᄒᆞ여 '죠타' ᄒᆞᄂᆞ냐?"

아괴 니ᄅᆞᄃᆡ,

"내가 졍히 혼침ᄒᆞ여 ᄌᆞ더니 눈ᄋᆞᆲ히 홀연 밝은 빗치 나며 일위 녀랑(女娘)이 신변의 잇셔 한 ᄎᆞ례 무마(撫摸)ᄒᆞ며 말ᄒᆞ여 니ᄅᆞᄃᆡ, '너의 지익이 임의 지낫기로 내 와셔 너롤 구ᄒᆞ여 쥬ᄂᆞ니 죠히 네 쥬인을 복시(伏侍)ᄒᆞ라.' ᄒᆞ고 ᄯᅩ 내 얼【17】골 우흘 향ᄒᆞ여 한 입 긔운을 불ᄆᆡ 한 ᄧᅢ 향취 나며 혼신이 믄득 쳥쾌ᄒᆞ여지ᄂᆞᆫ 고로 죠타 말ᄒᆞ엿노라."

요홰 심즁이 명ᄇᆡᆨᄒᆞ여 비로쇼 무ᄋᆡ지(無碍子) 와셔 구ᄒᆞᆷ을 ᄭᆡ돗고 드ᄃᆡ여 몸을 니러 다시 공즁을 바라며 ᄇᆡ샤ᄒᆞ고 ᄯᅩ 아교로 ᄒᆞ여곰 외변의 나아가 양(楊) 상(桑) 량인(兩人)이 가히 병이 나흔가 보라 ᄒᆞᄆᆡ 맛쵸와 경산이 드러와 니ᄅᆞᄃᆡ,

"량ᄀᆡᄂᆞᆫ 모다 혼침ᄒᆞ여 아오로 쳥쾌치 못ᄒᆞ다."

ᄒᆞ고, ᄯᅩ 아교롤 보고 니ᄅᆞᄃᆡ,

"져져야 너ᄂᆞᆫ 도로혀 병이 나핫ᄂᆞ냐?"

아괴 니ᄅᆞ【18】ᄃᆡ,

"몽즁(夢中)의 일위 녀랑이 와셔 나롤 구ᄒᆞ더라."

ᄒᆞ니, 경산이 니ᄅᆞᄃᆡ,

"임의 그러ᄒᆞ면 져 무리 량ᄀᆡ도 용이ᄒᆞ게 나흐리라."

요홰 드ᄃᆡ여 경산을 머믈너 방내의 두고 여젼이 좌공ᄒᆞ더라.

지셜, 아신이 ᄐᆡ원부(太原府) 젼당푸리의 가셔 밝히 지휘ᄒᆞ고 이십 만 은표롤 듀어 ᄒᆞ여곰 경셩의 가셔 슈운ᄒᆞ여 오게 ᄒᆞ고 일변 지촉ᄒᆞ여 현지(現在)ᄒᆞᆫ 은 이십 만 량을 분쥬 곳집의 시러다가 두고 공쥬의 명의롤 젼ᄒᆞ여 니ᄅᆞ라 ᄒᆞ고 판리ᄒᆞ기롤 졍졔ᄒᆞᆫ 후의 인ᄒᆞ여 구름을 명에【19】ᄒᆞ여 도라올시 힝ᄒᆞ여 한 뫼 ᄲᅮ리의 니ᄅᆞ러 졍히 구름의 나리려 ᄒᆞ더니 홀연 보ᄆᆡ 한 쥴기 흑긔가 남편 산즁으로 조ᄎᆞ 비등(飛騰)ᄒᆞ여 요화의 쳐쇼로 드러가ᄂᆞᆫ지라. 심히 고이ᄒᆞ여 드ᄃᆡ여 흑긔 니러ᄂᆞᆫ 곳을 ᄎᆞᄌᆞ가 슌식간의 임의 니ᄅᆞ러 보니 일ᄃᆡ 쵸암(草庵) 쇽의셔 니러나ᄂᆞᆫ지라. 가마니 암즁의 드러가 보니 ᄉᆞ오기 승인 부쳐의 좌탑 아ᄅᆡ 안ᄌᆞ 가마니 진언을 외오고 ᄯᅩ 부쳐의 칙상 우희 풀노 오기 인형(人形)을 ᄆᆡᆫᄃᆞ러 노코 흙긔 부쟉을 인형 우희 진압(鎭壓)ᄒᆞ엿ᄂᆞᆫ【20】ᄃᆡ 져 흑긔가 믄득 부쟉 쇽으로 조ᄎᆞ 니러나고 ᄯᅩ ᄌᆞ셰히 보니 승인 몃ᄀᆡᄂᆞᆫ 도시 이왕 보던 것 ᄀᆞᆺ튼지라. 심즁의 싱각ᄒᆞᄃᆡ,

'져거시 ᄯᅩ 엇지 여긔 와 잇ᄂᆞᆫ고?'

믄득 ᄭᆡ다ᄅᆞᄆᆡ 져 무리 도시 믈쇽으로 도망ᄒᆞ여 여긔 온 거시오, ᄯᅩ 양경부의 봉쵸ᄒᆞᆫ 거술 드ᄅᆞᄆᆡ 져 승인 즁의 일ᄀᆡ가 져쥬법을 잘ᄒᆞᆫ다 ᄒᆞ니 반ᄃᆞ시 여긔셔 그 법을 힝ᄒᆞᄂᆞᆫᄃᆡ 아지 못게라 우리 총즁의 가히 져거술 부ᄃᆡ첫ᄂᆞᆫ지 져 젹독이 실노이 통악ᄒᆞᆫ지라. 만일 쇼졔 아니코 도로혀 엇지ᄒᆞ랴 ᄒᆞ고 드【21】ᄃᆡ여 한 ᄧᅢ 모진 바ᄅᆞᆷ을 니ᄅᆞ혀 쵸옥(草屋)을 너무치고[394] 져 승인을 잡아 공즁으로 ᄯᅳ려 올녀 개개히 평디로 더지니 모다 샹ᄒᆞ여 분신쇄골(粉身碎骨)이 되고 ᄯᅩᄒᆞᆫ 입으로 불을 토ᄒᆞ여 져의 시신을 쇼화ᄒᆞᆫ

393) 【곗방】 명 옆방. 옆집. ¶ 外房 ‖ 심히 번민ᄒᆞ더니 홀연 드ᄅᆞᄆᆡ 곗방의셔 아즈 고함ᄒᆞ여 니ᄅᆞᄃᆡ (甚是煩悶, 忽聞外房阿巧在塌上喊道.) <瑤華 18:16>

394) 【너무치다】 동 넘어뜨리다. ¶ 倒 ‖ 드ᄃᆡ여 한 ᄧᅢ 모진 바ᄅᆞᆷ을 니ᄅᆞ혀 쵸옥을 너무치고 져 승인을 잡아 공즁으로 ᄯᅳ려올녀 개개히 평디로 더지니 (遂起了一陣惡風, 將草房亂倒, 將這一衆僧人, 在空中一個一個的摔下來.) <瑤華 18:21>

후의 구름머리롤 굴너 바야흐로 도라오니 아괴 보고 쌜니 드러와 고ᄒᆞ거놀 요홰 경히 좌공ᄒᆞ다가 곳 몸을 니러 방을 나오미 아신이 비현(拜見)ᄒᆞ고 텩원부의 갓던 일을 명빅히 고ᄒᆞ니 요홰 쏘ᄒᆞᆫ 양졍부 삼인의 병어든 연유롤 일편을 말ᄒᆞ고 자긔도 혹긔가 【22】 부딕쳐 오는 거술 만나시니 ᄉᆞ뷔 암즁(暗中)의 보우ᄒᆞ시므로 아라 놉지 아니ᄒᆞ엿다 ᄒᆞ니 아신이 다시 노즁의셔 승인 쳐치ᄒᆞ던 일을 ᄌᆞ셰히 말ᄒᆞ미 요홰 니ᄅᆞ딕,

"ᄉᆞ부의 말솜이 네가 도라오면 가히 지익을 쇼멸ᄒᆞᆫ다 ᄒᆞ시니 져 젹독이 임의 쥭엇신즉 경부와 샹이 량기는 가히 약을 아니ᄒᆞ여도 나흐리라."

아신이 니ᄅᆞ딕,

"다만 비지(婢子) 져의 무리롤 위ᄒᆞ여 마긔롤 푸러 믈니면 믄득 가히 ᄌᆞ리의 닐니라."

요홰 쏘 무ᄅᆞ딕,

"믈이 언마나 믈너갓ᄂᆞ냐?"

아신이 니ᄅᆞ딕,

"슈 【23】 일만 되면 믄득 가히 업셔지리라."

ᄒᆞ고 말이 맛치미 양 샹 이인을 보와 마긔롤 푸러쥬고 ᄒᆞ여곰 조셥게 ᄒᆞ고 슈일이 지나미 믈이 겨유 물너가고 량인의 병도 쏘ᄒᆞᆫ 나흔지라. 요홰 드딕여 양졍부로 ᄒᆞ여곰 분쥬 디방의 가셔 말ᄒᆞ기롤,

"내가 오딕산 진향(進香)ᄒᆞ는 길의 빅셩이 지란을 만나믈 보미 심히 블인(不忍)ᄒᆞ여 가지고 온 은량을 내여 일방 싱령(生靈)을 구졔ᄒᆞ려 ᄒᆞ니 디방관이 밧비 지란 당ᄒᆞᆫ 호구슈롤 사실ᄒᆞ여[395] 쇽히 셩칙을 보릭(報來)ᄒᆞ여 뻐 은을 가져 【24】 다가 진급ᄒᆞ게 ᄒᆞ고 츄관(推官) 일명을 발송ᄒᆞ여 이곳 승인(僧人)의 불법ᄒᆞᆫ 일을 지쳐ᄒᆞ라."

ᄒᆞ니 경뷔 령명ᄒᆞ고 가더라.

쏘 아신으로 ᄒᆞ여곰 티원부의 가셔 은ᄌᆞ롤 임의 슈운(輸運)ᄒᆞ여 오믈 아라보라 ᄒᆞ고 일변 아교 샹이 양졍산 삼인으로 ᄒᆞ여곰 힝구(行具)[396]롤 슈습게 ᄒᆞ고 각인이 흠긔 장쇽ᄒᆞ고 기다리더니 반일을 지내미 경뷔 디방관과 츄관을 다리고 와 문안ᄒᆞ고 쏘 영문(營門) 장교배 나와 등딕(等待)ᄒᆞ고 교마(轎馬)롤 깃쵸와 셩내 힝관(行館)의 드러가 안헐(安歇)ᄒᆞ믈 쳥ᄒᆞ니 샹이 말을 【25】 젼ᄒᆞ여 내여보내 지현으로 ᄒᆞ여곰 각쳐 사출ᄒᆞᆫ 호구셩칙을 독출(督出)ᄒᆞ여 밧비 은ᄌᆞ롤 가져다가 진휼ᄒᆞ여 쥬고 반ᄃᆞ시 여긔 잇셔 ᄉᆞ후 말나 ᄒᆞ니 부현관(府縣官)이 응낙ᄒᆞ고 믈너가며 쏘 승인을 츄관의게 맛기여 감죄케 ᄒᆞ고 디곡의 갓치엿던 부녀롤 가 집의 지휘ᄒᆞ여 다려가게 ᄒᆞ고 오즉 양졍산은 머믈너 좌우의 뫼시더라.

아신이 쏘ᄒᆞᆫ 도라와 은량을 임의 운젼ᄒᆞ여 곳집의 맛겻다 보ᄒᆞ니 요홰 드딕여 발힝홀시 쏘 셔신을 밋드러 믹영(梅影)을 쥬어 니ᄅᆞ딕,

"황 【26】 샹긔셔 진휼ᄒᆞᆫ ᄉᆞ셰롤 무ᄅᆞ시거든 이 경샹을 깃쵸와 쥬달ᄒᆞ라."

ᄒᆞ고 인ᄒᆞ여 아신을 시겨 젼ᄒᆞ게 ᄒᆞ고 요홰 분쥬 디방의 잇셔 진휼ᄒᆞ여 슈월을 지내미 쏘 신곡(新穀)이 밋쳐 나지 못ᄒᆞ믈 다다라 다시 슈월을 진급ᄒᆞ여 쥬미 디방 인민이 져기 안돈이 되더라. 요홰 분쥬의 머믄지 ᄉᆞ오 삭 동안의 그곳 문무관원이 존경치 아니리 업고 지란 닙은 인민들이 흠긔 향불을 밧드러 배샤ᄒᆞ미 간단(間斷)ᄒᆞ는 날이 업ᄉᆞ미 심히 ᄯᅳᆺ의 쾌ᄒᆞ더니 일일은 올흔팔 우히 【27】 박히엿던 바놀이 동ᄒᆞ거놀 급히 텩일 발힝홀시 일변 장[졍]산을 보내여 집으로 가게 ᄒᆞ고 즁인이 의구히 장쇽을 곳치고 셤셔싱(陝西省)으로 향ᄒᆞ여 가며 노즁의셔 아신으로 ᄒᆞ여곰 류젹의 쇼식을 탐쳥ᄒᆞ라 ᄒᆞ니 아신이 니ᄅᆞ딕,

"져 무리 동셔로 분찬ᄒᆞ거놀 급히 어딕로 조ᄎᆞ 아라보랴. 공쥬는 옯흐로 가면 ᄌᆞ연 알니라."

요홰 그 말을 죠ᄎᆞ 나온즉 노샹의셔 보는 배 비감(悲感)홀 ᄯᆞ름이러라. 슈일간의 임의 연

395) 【사실ᄒᆞ다】 동 사실(査實)하다. 사실을 조사(調査)하다. ¶ 査明 ‖ 디방관이 밧비 지란 당ᄒᆞᆫ 호구슈롤 사실ᄒᆞ여 쇽히 셩칙을 보릭ᄒᆞ여 뻐 은을 가져다가 진급ᄒᆞ게 ᄒᆞ고 츄관 일명을 발송ᄒᆞ여 이곳 승인의 불법ᄒᆞᆫ 일을 지쳐ᄒᆞ라 (速令地方官査明被灾處所, 速速造冊報來, 以便給銀賑濟. 并拔一名推官來, 勘問寺僧不法之事.) <瑤華 18:23>

396) 【힝구】 명 힝구(行具). ¶ 行裝. ‖ 일변 아교 샹이 양졍산 삼인으로 ᄒᆞ여곰 힝구롤 슈습게 ᄒᆞ고 각인이 흠긔 장쇽ᄒᆞ고 기다리더니 (一面令阿巧、桑二、楊貞山三個收拾行裝, 各人俱濃粧以待.) <瑤華 18:24>

안부(延安府)의 다ᄃᆞ라 젼당푸리ᄅᆞᆯ 어내 곳의 배셜ᄒᆞ믈 아라보고 【28】 근쳐의 방옥을 어더 잠간 쥬졉ᄒᆞ고 반젼이 넉넉지 못ᄒᆞ믈 인ᄒᆞ여 은표ᄅᆞᆯ 내여 일쳔 량 은ᄌᆞᄅᆞᆯ 취ᄒᆞ여 오게 ᄒᆞ고 당포(當鋪) 사ᄅᆞᆷᄃᆞ려 무ᄅᆞᄃᆡ,

“이곳은 능히 안정ᄒᆞ냐?”

그 사ᄅᆞᆷ이 답응ᄒᆞᄃᆡ,

“ᄆᆡ년의 틈왕(闖王)의 군량 은을 언마나 쥬어야 비로쇼 무ᄉᆞᄒᆞ다.”

ᄒᆞ더라. 당야의 아신으로 ᄒᆞ여곰 반슉게 ᄒᆞ고 ᄌᆞᄂᆞᆫ 즁의 심샹의 류젹의 일이 괘렴(掛念)되여397) 누우락 안ᄌᆞ락 ᄒᆞ다가 ᄉᆞ경 후의 겨유 눈을 븟치려 ᄒᆞ더니 홀연 드ᄅᆞᄆᆡ 붕탑(崩塌)ᄒᆞᄂᆞᆫ 쇼릐 나며 방옥이 반이나 문허지고 바 【29】 ᄅᆞᆷ 쇼릐 크게 니러나 졈졈 우로 동ᄒᆞ며 니마 우희 잇셔 왕릐ᄒᆞ고 ᄯᅩ 드ᄅᆞ니 하놀이 흔들니며 짜히 동ᄒᆞᄂᆞᆫ 큰 쇼릐 나ᄂᆞᆫ지라. 요홰 담이 ᄯᅥᆯ니고 ᄆᆞᄋᆞᆷ이 놀나 급급히 몸을 니러 아신을 브ᄅᆞ려 ᄒᆞ고 어로만져 캉(炕) 우희 니ᄅᆞ러도 아오로 보지 못ᄒᆞᆯ지라. 심히 고이히 너기더니 외변의 ᄉᆞ인이 ᄯᅩ 몸을 니러 고함ᄒᆞ고 드러오거ᄂᆞᆯ 요홰 것문을 열고 등블을 혀 비최여 보니 방 쳠하 셕가릐398)가 오륙 ᄀᆡ 셕어 부러진지라. 즁인이 모챡부득(摸着不得)ᄒᆞ고 요홰 니ᄅᆞᄃᆡ,

“이 【30】 거시 아신이 비등ᄒᆞ여 가기로 이 모양이 된 ᄃᆞᆺᄒᆞ다.”

ᄒᆞ고 샹이로 ᄒᆞ여곰 졈을 쳐보라 ᄒᆞ니 샹이 즉시 졈쳐 보며 니ᄅᆞᄃᆡ,

“일ᄀᆡ 흉악ᄒᆞᆫ 믈건이 와셔 우리ᄅᆞᆯ 히ᄒᆞ랴 ᄒᆞᄂᆞᆫᄃᆡ 아신이 가셔 그 믈건을 쇼졔ᄒᆞ여시니 이졔ᄂᆞᆫ 익회가 임의 지나고 도시 무방ᄒᆞ다.”

ᄒᆞ더라. 졍히 말ᄒᆞᄆᆡ 공즁의셔 한가지 믈건을 더져 나리거ᄂᆞᆯ 즁인이 한번 보니 일ᄀᆡ 화샹을 결박ᄒᆞ여 짜히 노히고 아신이 뒤로 죠ᄎᆞ 나라 나리ᄂᆞᆫ지라.

요홰 ᄲᆞᆯ니 무ᄅᆞᄃᆡ,

“네가 어ᄃᆡ 가셔 무어ᄉᆞᆯ 알션ᄒᆞ엿ᄂᆞ냐?”

아신 【31】 이 니ᄅᆞᄃᆡ,

“내가 졍히 ᄌᆞ더니 홀연 ᄉᆞ뷔 와셔 밀쳐 ᄭᆡ며 니ᄅᆞᄃᆡ, ‘쾌히 니라나 구ᄒᆞ게 ᄒᆞ라. 큰 돌이 나라와셔 너의 머리ᄅᆞᆯ 친다.’ ᄒᆞ거ᄂᆞᆯ 내 즉시 니러나ᄆᆡ ᄉᆞ뷔 니ᄅᆞᄃᆡ, ‘더ᄃᆡ면 밋지 못ᄒᆞᆯ 거시니 네가 믄득 방즁의셔 비등ᄒᆞ여 가라.’ ᄒᆞ기로 비지 쳠하ᄅᆞᆯ ᄯᅮᆯ코 나셔 보니 반 공즁으로 큰 돌 한 덩이가 굴너 나리거ᄂᆞᆯ 비지 ᄲᆞᆯ니 몸을 멈츄고 법을 지어 오리 밧긔 더져 바려시나 다만 아지 못게라 어내 사ᄅᆞᆷ의 그리ᄒᆞᆫ 빈지 ᄉᆞ면으로 ᄎᆞᄌᆞ보ᄆᆡ 혹긔 한 즄 【32】 기가 텬령ᄉᆞ(天寧寺) 즁으로 죠ᄎᆞ 니러나거ᄂᆞᆯ 그곳의 니ᄅᆞ러 ᄉᆞᆲ혀보니 일ᄀᆡ 승인이 괴슐을 베푸러 슈단을 내니 ᄉᆡᆼ각건ᄃᆡ 그 젹독의 소위(所爲)라. 한 오리 승삭을 어더 져ᄅᆞᆯ 결박ᄒᆞ여 이곳의 ᄭᅳ러 와시니 가히 져다려 무러보면 비로쇼 그 연유ᄅᆞᆯ 알니라.”

요홰 혀ᄎᆞ며 니ᄅᆞᄃᆡ,

“만일 ᄉᆞ부가 구호ᄒᆞ지 아니ᄒᆞ더면 우리 무리 모다 돌 아릐 죽어시리라.”

ᄒᆞ고 련망히 공즁을 바라며 배샤ᄒᆞ니 즁인도 역시 ᄒᆞᆷ긔 ᄭᅮ러 치샤ᄒᆞ더라. 요홰 니ᄅᆞᄃᆡ,

“그거시 ᄆᆡ우 긔괴(奇怪)ᄒᆞ도 【33】 다. 내 져 젹독을 엇지ᄒᆞᆫ 원슈 아니어든 무어ᄉᆞᆯ 위ᄒᆞ여 긔여히 우리ᄅᆞᆯ 히ᄒᆞ려 ᄒᆞᄂᆞ뇨?”

샹이 니ᄅᆞᄃᆡ,

“대략 이 분쥬 졀 쇽의 잇던 여당(餘堂)이로다.”

요홰 아교로 ᄒᆞ여곰 가히 져 젹독을 ᄆᆡ여다라 둘지니 두리건ᄃᆡ 둔신(遁身)ᄒᆞᄂᆞᆫ 법을 가져 도망ᄒᆞ여 가리라. 졍뷔 삼져와 ᄀᆞᆺ치 겻드러 그 화상을 뎡즁(庭中) 나무 우희 다라 노코 요홰 그 화상의 쵸ᄉᆞᄅᆞᆯ 바드라 ᄒᆞ고 스ᄉᆞ로 방의 드러가 쇼셰ᄒᆞ더니 반시ᄀᆡᆨ을 지내ᄆᆡ 졍뷔 드러와 보ᄒᆞᄃᆡ,

“방ᄌᆞ 져 젹독(賊禿)을 츄열ᄒᆞ 【34】 여399)

397) 【괘렴되다】 동 {괘념(掛念)되다.} ¶ 掛 ‖ ᄌᆞᄂᆞᆫ 즁의 심샹의 류젹의 일이 괘렴되여 누우락 안ᄌᆞ락 ᄒᆞ다가 ᄉᆞ경 후의 겨유 눈을 븟치려 ᄒᆞ더니 (睡臥時, 心上記掛着流賊之事, 總睡不着, 飜來覆去, 直到三更後, 才有些倦意.) <瑤華 18:28>

398) 【셕가릐】 명 서까래. ¶ 椽 ‖ 셕가릐 언다(擺椽) <廣物譜 宮宅 2:2a> 椽子 ‖ 요홰 것문을 열고 등블을 혀 비최여 보니 방 쳠하 셕가릐가 오륙 ᄀᆡ 셕어 부러진지라 (瑤華開了房門, 點起燈來一照, 見前房冲塌了五六根椽子.) <瑤華 18:29> ⇒ 혀

399) 【츄열ᄒᆞ다】 동 {추열(抽閱)하다.} 고문하다. ¶ 拷問 ‖ 방ᄌᆞ 져 젹독을 츄열ᄒᆞ여 보니 져

보니 져 젹독의 일홈은 젼경(禪鏡)이라 부르고 젼일의 져의 도뎨(徒弟) 진슈(眞修) 져쥬법을 부리다가 우리 무리의 잡아 죽이믈 닙으미 특별이 져의 도뎨를 위ᄒᆞ여 원슈를 갑ᄂᆞᆫ다."

ᄒᆞ거ᄂᆞᆯ 요홰 니ᄅᆞ되,

"져 진슈라 ᄒᆞᄂᆞᆫ 거ᄉᆞᆫ 엇던 젹독이냐?"

아신이 겻히 잇셔 니ᄅᆞ되,

"내 긔역ᄒᆞ니 젼일 상ᄌᆞ 쇽의셔 뒤여닌 경찰 쇽의 진슈란 명ᄍᆡ 잇더라."

ᄒᆞ니 요홰 싱각ᄒᆞ여 보고 우ᄉᆞ며 니ᄅᆞ되,

"믄득 니영년 ᄌᆞ미로 더브러 릭왕ᄒᆞ던 그 젹독인ᄃᆡ 대략 이 져쥬법가지 아ᄂᆞᆫ도다."

경 【35】 뷔 니ᄅᆞ되,

"져를 노와 보내ᄂᆞᆫ 거시 올흐랴?"

요홰 니ᄅᆞ되,

"져거시 실노 통분ᄒᆞ니 우리 무리 몃 사ᄅᆞᆷ이 져의 져쥬ᄒᆞᄂᆞᆫ 법의 죽으랴. 우리 져를 쳐 죽이ᄂᆞᆫ 거시 맛당ᄒᆞᆯ지라. 졔가 엇지 법을 ᄡᅥ셔 우리를 히ᄒᆞ려 ᄒᆞᄂᆞ냐!."

아신이 니ᄅᆞ되,

"우리 져로 더브러 무ᄉᆞᆫ ᄉᆞ리를 의론ᄒᆞ랴. 다만 공쥬ᄂᆞᆫ 분부ᄒᆞ여 엇지 쳐치ᄒᆞᄂᆞᆫ 거시 믄득 올흐리라."

요홰 니ᄅᆞ되,

"너모 참혹케ᄂᆞᆫ 말고 다만 져를 죽이ᄂᆞᆫ 거시 믄득 과(過)치ᄂᆞᆫ 아니리라."

아신이 듯고 즉시 몸을 날녀 공중 【36】 으로 올나가며 션경을 ᄭᅳ러 가더라. 각인이 모다 다시 ᄌᆞ고 요화ᄂᆞᆫ 홀노 좌공ᄒᆞ더니 텬명의 니ᄅᆞ믜 아신이 도라오ᄂᆞᆫ지라. 요홰 ᄲᆞᆯ니 무ᄅᆞ되,

"져를 죽여 어내 곳의 바렷ᄂᆞ냐?"

아신이 니ᄅᆞ되,

"져를 ᄭᅳ러 ᄡᅡ히 이시면 두리건ᄃᆡ 졔가 토둔법(土遁法)을 알가 ᄒᆞ여 비지 보니 큰 돌이 경히 대로 어귀의 노혓거ᄂᆞᆯ 그 사ᄅᆞᆷ의 법을 ᄡᅥ 그 사ᄅᆞᆷ의 몸을 다ᄉᆞ려 그 돌을 드러 져를 돌 밋히 눌러 노흐니 임의 보믜 뢰뎡이 병츌(迸出)ᄒᆞ니 대략이 살지 못ᄒᆞ리라."

젹독의 일홈은 젼경이라 부르고 젼일의 져의 도뎨 진슈 져쥬법을 부리다가 우리 무리의 잡아 죽이믈 닙으믜 (方才拷問這賊禿, 他叫禪鏡. 前日他徒弟眞修, 在庵裏作詛咒法, 被我們的人摔死了.) <瑤華 18:33>

요홰 박장대 【37】 쇼(拍掌大笑)ᄒᆞ며 니ᄅᆞ되,

"도져히 네가 져를 맛당히 잘 쳐치ᄒᆞ엿도다."

아신이 니ᄅᆞ되,

"도라오다가 구룸 쇽의셔 ᄉᆞ부를 마죠쳐 보니 그 말솜이 이후의 다시 대란을 만나리라 ᄒᆞ고 여섯 쟝 호신ᄒᆞᄂᆞᆫ 부작을 쥬며 공쥬와 우리 무리로 ᄒᆞ여곰 모다 거두워 두엇다가 급ᄒᆞᆫ ᄯᅢ를 당ᄒᆞ여 신변의 ᄎᆞ면 가히 무ᄉᆞᄒᆞ리라 ᄒᆞ더라."

요홰 탄식ᄒᆞ며 니ᄅᆞ되,

"신고(辛苦)를 이왕 만히 격것거ᄂᆞᆯ 아지 못게라 무ᄉᆞᆫ 대란이 ᄯᅩ 잇ᄂᆞ뇨? ᄎᆞᆯ하리 내가 몬져 죽어 여젼히 녀호 귀신이 되 【38】 여 가ᄂᆞᆫ 거시 죠흐리라."

아신이 니ᄅᆞ되,

"공쥬ᄂᆞᆫ 뉘웃ᄂᆞᆫ ᄆᆞ옴을 내지 말나. 무릇 션도(仙道)를 배호ᄂᆞᆫ 이가 간난(艱難)ᄒᆞᆫ 가온ᄃᆡ로 죠ᄎᆞ 나오지 아니ᄒᆞᄂᆞᆫ 이 업ᄉᆞ니 마쟝을 버셔나면 비로쇼 죠흔 곳이 이시리라."

요홰 니ᄅᆞ되,

"마쟝을 엇지ᄒᆞ면 버셔나랴?"

아신이 니ᄅᆞ되,

"만흘ᄉᆞ록 죠흐니 본근(本根)이 쳔박ᄒᆞᆫ 이ᄂᆞᆫ 비록 십분 도힝이 이시나 다만 륜회(輪廻)의만 면ᄒᆞ여 낫ᄂᆞ니라."

요홰 니ᄅᆞ되,

"나의 본근은 엇더ᄒᆞ냐?"

아신이 니ᄅᆞ되,

"공쥐 만일 본근이 쳔박ᄒᆞ면 ᄉᆞ뷔 엇지 즐겨 이러ᄐᆞᆺ 【39】 븟드러 쥬랴?"

요홰 니ᄅᆞ되,

"ᄉᆞ뷔 나를 븟드러 쥬ᄂᆞᆫ 거ᄉᆞᆫ 진ᄀᆡ 산 ᄀᆞᆺᄐᆞᆫ 은혜오 바다 ᄀᆞᆺᄐᆞᆫ 의긔(義氣)나 다만 엇지 나와 ᄀᆞᆺ치 힝치 아니ᄒᆞᄂᆞᆫ지 ᄀᆞᆺ치 힝ᄒᆞ더면 더욱 신쇽지 아니ᄒᆞ랴."

아신이 니ᄅᆞ되,

"그러치 아니ᄒᆞ다. 셔싱(書生)의 등과(登科)ᄒᆞᄂᆞᆫ 것 ᄀᆞᆺᄐᆞ여 비록 밝은 스승이 교도(敎導)ᄒᆞ여 쥬나 다만 챵 밋히셔 지휘ᄒᆞ여 쥬고 능히 ᄃᆡ신 쟝중(場中)의 드러가 글쟝은 지어쥬던 못ᄒᆞ며 허믈며 등과ᄒᆞᆫ 후의 지샹(宰相)ᄭᆞ지 되기의

니ᄅᆞ러ᄂᆞᆫ 허다ᄒᆞᆫ 쟝즁의셔 지내던 고싱을 경력ᄒᆞ여 【40】 야 ᄒᆞᆯ지니 명운(命運)이 형통ᄒᆞᄂᆞᆫ ᄯᅢ를 당ᄒᆞ여 비로소 능히 ᄯᅳᆺ과 ᄀᆞᆺᄐᆞᆫ지라. 큰 도를 닥가 니ᄅᆞᄂᆞᆫ 거시 역시 이ᄀᆞᆺᄐᆞ니라."

요홰 졈두(點頭) 칭찬ᄒᆞ고 아교와 삼졔 방으로 드러와 픔ᄒᆞᄃᆡ,

"금일의 발힝ᄒᆞᄂᆞᆫ지 아니ᄒᆞᄂᆞᆫ지 양경뷔 뭇ᄂᆞᆫ다."

ᄒᆞ거ᄂᆞᆯ 아신이 니ᄅᆞᄃᆡ,

"금일은 긔여히 발힝ᄒᆞᆯ 거시니 이곳 사ᄅᆞᆷ의 의심ᄒᆞᄂᆞᆫ 거ᄉᆞᆯ 면ᄒᆞ리라."

요홰 니ᄅᆞᄃᆡ,

"ᄆᆡ우 올타. 네 가히 각인을 최촉(催促)ᄒᆞ여[400] 힝장을 슈습ᄒᆞ게 ᄒᆞ라."

아괴 밧비 나아가 외변의 지휘ᄒᆞ더니 한즈음이 못ᄒᆞ여 【41】 샹이 드러와 말ᄒᆞ기를,

"졔귀 모다 경졔ᄒᆞ여시니 쳥컨ᄃᆡ 공쥬ᄂᆞᆫ 몸을 닐나."

ᄒᆞ거ᄂᆞᆯ 각기 ᄉᆡᆼ구(牲口)를 타고 ᄋᆞᆲ으로 힝ᄒᆞ여 슈리를 지나더니 아신이 먼니 산 어귀의 한덩이 큰 돌을 가ᄅᆞ쳐 니ᄅᆞᄃᆡ,

"공쥬ᄂᆞᆫ 보라 져 돌이 믄득 나라와 우리를 히ᄒᆞ려 ᄒᆞ던 거시라."

즁인이 보고 모다 혀ᄎᆞ며 놀나고 ᄯᅩ 슈일을 힝ᄒᆞ여 임의 한즁(漢中) ᄯᅡ히 니ᄅᆞ러 홀연 보니 쟝ᄉᆞ(長史) 조의(趙宜) 피란ᄒᆞᄂᆞᆫ 사ᄅᆞᆷ 총즁의 밀니여 잇셔 혼신이 남루ᄒᆞᆫᄃᆡ 앏셔락 뒤셔락 도찬ᄒᆞ거ᄂᆞᆯ 요홰 【42】 눈이 쾌ᄒᆞ여 즉시 경부로 ᄒᆞ여곰 앏셔 가셔 블너 멈츄게 ᄒᆞ니 죠의 발을 멈츄고 요홰 니ᄅᆞᄆᆞᆯ 보ᄆᆡ ᄯᅡ 아릭 업ᄃᆡ여 호도대곡(號啕大哭)ᄒᆞ거ᄂᆞᆯ 요홰 심히 고이히 너겨 ᄲᆞᆯ니 니러나게 ᄒᆞ고 무ᄉᆞᆫ 일노 이 지경의 니ᄅᆞ럿ᄂᆞ냐 무ᄅᆞ니 죠의 벙벙ᄒᆞ며[401] ᄋᆞᆲᄒᆞᆯ 바라 가ᄅᆞ치ᄃᆡ,

"공쥬야 여긔셔 보경부 가기가 다만 슈십니ᄂᆞᆫ 되ᄂᆞᆫ지라. 일셰 오히려 니ᄅᆞ니 만일 나를 일필 ᄉᆡᆼ구를 쥬량이면 타고 가셔 쥬졈을 어더노코 공쥬를 쳥ᄒᆞ여 그곳의 가셔 잠간 쉬시 【43】게 ᄒᆞ고 나의 만복ᄒᆞᆫ 셜화를 이곳의셔ᄂᆞᆫ 말ᄒᆞ여 내지 못ᄒᆞᆫ다."

ᄒᆞ거ᄂᆞᆯ 요홰 그 졍셩을 보ᄆᆡ 반드시 ᄉᆞ괴(事故) 잇ᄂᆞᆫ지라. ᄲᆞᆯ니 아신과 샹량ᄒᆞ니 아신이 니ᄅᆞᄃᆡ,

"ᄌᆞ져치 말고 나의 ᄉᆡᆼ구를 가져 져를 쥬어 타고 가게 ᄒᆞ고 나ᄂᆞᆫ 어둡기가지 한ᄒᆞ여 굿ᄐᆞ여 그곳으로 가ᄂᆞᆫ 거시 믄득 올타."

ᄒᆞ고 ᄉᆡᆼ구를 나려 양ᄒᆞ니 죠의 ᄭᅳ러 타고 칫직을 더져 나ᄂᆞᆫ ᄃᆞ시 닷더라.

요홰 갈ᄉᆞ록 더욱 황량ᄒᆞ여 졈졈 인연(人煙)이 ᄭᅳᆫ허지고 시신이 ᄯᅡ히 두로 잇ᄂᆞᆫ지라. 이ᄯᅢᄂᆞᆫ 신츄(深秋) 텬긔로 셔풍 【44】 이 늠렬(凜冽)ᄒᆞ고 나ᄂᆞᆫ 모릭 사ᄅᆞᆷ을 ᄶᅵᄅᆞᄆᆡ 쳐참ᄒᆞᆫ 거동이 형언치 못ᄒᆞᆯ지라. 즁심이 엇진 모양인지 쳔빅 ᄀᆡ나 되ᄂᆞᆫ 젹은 ᄉᆞ슴이 ᄯᅱ노ᄂᆞᆫ 듯ᄒᆞ여 긋치지 아니ᄒᆞ고 심회 신산ᄒᆞ여 비록 ᄉᆡᆼ구 우히 안ᄌᆞ시나 죠름이 오ᄂᆞᆫ 광경 ᄀᆞᆺ더니 홀연 산곡 즁의셔 한 마ᄃᆡ 호곡(號哭)이 산악을 진동ᄒᆞᄂᆞᆫ지라. 요홰 젹비(賊匪)를 만날가 두려 각인으로 ᄒᆞ여곰 방비케 ᄒᆞ니 아신이 니ᄅᆞᄃᆡ,

"져 오ᄂᆞᆫ 거시 젹비ᄂᆞᆫ 아니라."

ᄒᆞ더니 홀연 빗긴 편으로 ᄯᅱ여 지나가거ᄂᆞᆯ 요홰 보ᄆᆡ 한 무리 【45】 남녜 모다 한 ᄑᆞᆯ을 ᄶᅵᆨ어 바린지라. 경뷔 무ᄅᆞᄃᆡ,

"엇지ᄒᆞ여 이러ᄒᆞ냐?"

그 사ᄅᆞᆷ이 곡ᄒᆞ며 니ᄅᆞᄃᆡ,

"도시 쟝헌츙(張獻忠) 젹ᄌᆞ의 쇼위라. 우리 무리를 히ᄒᆞ여 괴로오믈 당ᄒᆞ엿다."

ᄒᆞ고 일셩호통의 쳐참ᄒᆞ미 이샹(異常)ᄒᆞ니, 요홰 눈믈 나리믈 금치 못ᄒᆞ고 하ᄂᆞᆯ을 우러러 탄식ᄒᆞ며 니ᄅᆞᄃᆡ,

"하ᄂᆞᆯ이 엇지 져런 악인을 내여 ᄉᆡᆼ령으로 ᄒᆞ여곰 참독(慘毒)ᄒᆞᆫ 거ᄉᆞᆯ 만나게 ᄒᆞ신고."

즁인이 니ᄅᆞᄃᆡ,

"하ᄂᆞᆯ이 임의 일지 아니ᄒᆞ니 긔여히 ᄯᅡ라 보경부의 니ᄅᆞᄂᆞᆫ 거시 모름즉이 【46】 긴ᄒᆞ다."

ᄒᆞ고 각기 말을 치쳐 달녀 보령셩(保寧城)의 니ᄅᆞ니 임의 날이 산의 머금고 한즈음이 못

---

400) 【최촉ᄒᆞ다】 동 {최촉(催促)하다.} 독촉(督促)하다. ¶ 催 ‖ ᄆᆡ우 올타 네 가히 각인을 최촉ᄒᆞ여 힝장을 슈습ᄒᆞ게 ᄒᆞ라 (很是, 你可去催各人, 趕緊收拾, 不必在此間早膳了.) <瑤華 18:40> ⇒ 최촉ᄒᆞ다

401) 【벙벙ᄒᆞ다】 형 벙벙하다. 멍하다. ¶ 呆呆的 ‖ 무ᄉᆞᆫ 일노 이 지경의 니ᄅᆞ럿ᄂᆞ냐 무ᄅᆞ니 죠의 벙벙ᄒᆞ며 ᄋᆞᆲᄒᆞᆯ 바라 가ᄅᆞ치ᄃᆡ (問其何事到此? 那趙宜呆呆的望前指道.) <瑤華 18:42>

ᄒᆞ여 조의 마ᄌᆞ 나오거놀 요홰 급히 블너 내간의 드러가 그 지낸 바 연유롤 무ᄅᆞ니 조의 일즉 입을 여지 아니ᄒᆞ여셔 셩음이 몬져 오열ᄒᆞ여지ᄂᆞᆫ지라. 즁인이 그 경샹(景象)[402]을 보고 모다 와셔 엿듯더라. 요홰 니ᄅᆞᄃᆡ,

"ᄒᆞᆯ말이 잇거든 너ᄂᆞᆫ 다만 말ᄒᆞ라."

죠의 니ᄅᆞᄃᆡ,

"내가 젼셰(前歲)의 경셩의 드러갈 ᄣᅢ로 붓허 다만 미영을 공쥬로 아랏더니 이후의 ᄎᆞᄎᆞ ᄭᆡᄃᆞᄅᆞᆫ지라. 【47】 공쥐 발힝ᄒᆞᆫ 후로 붓허 왕애 즉시 유텹(諭帖)을 ᄆᆡᆫᄃᆞ러 하향(荷香)을 시겨 날다려 권ᄒᆞ기롤 임의 쟝샹의 잇지 아니려 ᄒᆞ거든 변량셩(汴梁城)의 와셔 ᄉᆞ후ᄒᆞ라 ᄒᆞ시기로 감히 어긔지 못ᄒᆞ여 드ᄃᆡ여 쳐ᄌᆞ롤 다리고 왕부의 니ᄅᆞ러 쥬졉ᄒᆞ더니 삼ᄉᆞ 삭을 지내지 못ᄒᆞ여 틈젹(闖賊)이 믄득 와셔 셩을 에우고 공타(攻打)ᄒᆞᄂᆞᆫ ᄃᆡ 다ᄒᆡᆼ히 병부샹셔(兵部尙書) 려유긔(呂維祺) 잇셔 왕야와 ᄀᆞᆺ치 셩즁의 잇셔 문무 졔원을 동독ᄒᆞ여 도젹을 방어ᄒᆞ여 피ᄎᆞ의 샹지(相持)ᄒᆞᆫ 지 팔구 삭 만의 됴 【48】 뎡의셔 구원ᄒᆞᄂᆞᆫ 군ᄉᆡ 니ᄅᆞ러 젹셰 호대(浩大)ᄒᆞ믈[403] 보고 모다 허여져 가고 틈젹이 셩을 공타ᄒᆞ여 나리지 못ᄒᆞ미 오룡강(烏龍江)을 트고 황하슈롤 닛그러 셩의 다히니 경ᄀᆡᆨ(頃刻)간의 슈셰 흉용(洶涌)ᄒᆞ여 셩디(城池) 반편이 침몰되고 도젹이 일야의 ᄣᅦ목을 타고 악젼ᄒᆞ여 일삭 동안의 셩이 믄득 파ᄒᆞᆫ 지라.

왕야긔셔 젼년의 임의 셔ᄌᆞ(庶子)롤 어더 일홈은 계화(繼華)라 부ᄅᆞ고 왕야긔셔 다만 셔ᄌᆞ와 ᄀᆞᆺ치 셩을 ᄯᅮᆯ코 나와 ᄎᆞᆫ장의 은피(隱避)ᄒᆞ엿더니 틈젹이 셩을 파ᄒᆞᆫ 후의 【49】 강슈롤 믈녀 내여 보내고 믄득 셩즁의 쵸찰ᄒᆞ미 부즁 샹하인 등이 도망ᄒᆞ고 살히ᄒᆞ여 다 ᄭᅳᆫ허지고 쵸비 낭낭(娘娘)이 ᄌᆞ익ᄒᆞ여 죽고 도젹이 ᄯᅩ 두로 왕야롤 찻더니 홀연 ᄎᆞᆫ장 쇽의셔 잡힌 배 되여 셩의 니ᄅᆞ미 몬져 셔ᄌᆞ롤 죽이거놀 려유긔 ᄋᆞᆲ흐로 와 구호ᄒᆞ다가 져도 ᄯᅩᄒᆞᆫ 살ᄉᆞ(殺死)되고 젹쟝 무리 원슈 갑ᄂᆞᆫ다 닐ᄏᆞᆺ고 드ᄃᆡ여 슐을 두어 크게 모히고 왕야롤 잡아 살히ᄒᆞ고 ᄉᆞ슴의 고기롤 셧거셔 져술 ᄆᆡᆫ돌고 일홈을 복록쥐(福祿酒)라 ᄒᆞ며 맛춤내 젹ᄌᆞ 【50】 의 무리 먹어 다ᄒᆞ믈 닙엇다 ᄒᆞ니 요홰 드러와 여긔 니ᄅᆞ미 일셩대통(一聲大慟)의 운졀ᄒᆞ거놀 즁인이 황망히 믈을 먹여 구ᄒᆞ미 반일 만의 바야흐로 ᄭᆡ미 통곡을 그치지 아니ᄒᆞ고 ᄆᆡᆼ셰코 도젹으로 더브러 둘히 살지 아니ᄒᆞᆫ다 ᄒᆞ여 곳 단신으로 ᄋᆞᆲ흐로 가 도젹을 죽이려 ᄒᆞ니 죠의 즁인과 ᄀᆞᆺ치 ᄌᆡ삼 괴로이 권ᄒᆞᄃᆡ 다만 듯지 아니ᄒᆞ거놀 죠의 니ᄅᆞᄃᆡ,

"공쥬야 아지 못ᄒᆞᄂᆞᆫ도다. 져 도젹이 그곳의 잇셔 두루 공쥬롤 뒤지며 말ᄒᆞ기롤 긔여히 무ᄉᆞᆫ 한ᄀᆡ 탄ᄌᆞ 원슈 【51】 롤 갑ᄂᆞᆫ다 ᄒᆞ니 만일 공쥐 단신필마(單身匹馬)로 가면 반ᄃᆞ시 ᄉᆞ로잡힐지라. 두리건ᄃᆡ 즉시 살히도 아니ᄒᆞ고 셔셔히 허다ᄒᆞᆫ 슈욕(羞辱)을 당ᄒᆞ게 ᄒᆞᆯ 거시니 엇지 괴로이 이러ᄐᆞᆺ ᄒᆞ리오."

요홰 즉시 칼흘 ᄲᅢ혀 ᄌᆞ문(自刎)코져 ᄒᆞ거놀 아신이 련망히 ᄋᆞᆲ흐로 가 칼을 아ᄉᆞ며 니ᄅᆞᄃᆡ,

"공쥐 가히 이ᄀᆞᆺ치 못ᄒᆞᆯ지니 비ᄌᆡ 한가지 긴요ᄒᆞᆫ 말이 잇셔 뭇고져 ᄒᆞ노라."

요홰 비로쇼 ᄉᆞᆫ을 멈츄며 무ᄅᆞᄃᆡ,

"네 무ᄉᆞᆷ 무롤 말이 잇ᄂᆞ냐?"

아신이 졍ᄉᆡᆨᄒᆞ고 한마ᄃᆡ 말을 ᄒᆞ여 내니 아지 못게라 무ᄉᆞᆫ 말인고 하회 【52】 의 분ᄒᆡᄒᆞ라.

---

402) 【경샹】 명 {경상(景象)} 형편. ¶ 情形 ‖ 즁인이 그 경샹을 보고 모다 와셔 엿듯더라 (衆人見此情形, 都來竊聽.) <瑤華 18:46>

403) 【호대ᄒᆞ다】 형 호대(浩大)하다. 크고 많다. ¶ 盛 ‖ 피ᄎᆞ의 샹지ᄒᆞᆫ 지 팔구 삭만의 됴뎡의셔 구원ᄒᆞᄂᆞᆫ 군ᄉᆡ 니ᄅᆞ러 젹셰 호대ᄒᆞ믈 보고 모다 허여져 가고 (彼此相持了八九個月, 朝中救兵到來, 見賊勢盛, 大都各散去.) <瑤華 18:48>

35
구슈골육츙등쵹 도로지앙긔ᄉᆞᄉᆡᆼ
仇讎骨肉充燈燭 道路災殃幾死生

화셜 요홰(瑤華) 무ᄅᆞᄃᆡ,

"무ᄉᆞᆫ 요긴ᄒᆞᆫ 말이 잇셔 무ᄅᆞ려 ᄒᆞᄂᆞ냐?"

아신이 니ᄅᆞᄃᆡ,

"쳥컨ᄃᆡ 뭇ᄂᆞ니 공쥬가 왕야의 난의 슌죵(順從)ᄒᆞ시려 ᄒᆞ면 ᄉᆞ부의 허다 신고ᄒᆞᆫ 거ᄉᆞᆫ 엇지 공연이 그리ᄒᆞᆫ 거시 아니냐?"

요홰 급ᄒᆞ여 두 발을 어ᄌᆞ러이 구ᄅᆞ며 니ᄅᆞᄃᆡ,

"날노 ᄒᆞ여곰 어내 편을 도라보와야 죠흐랴."

말이 오히려 맛지 못ᄒᆞ여 등 우희 ᄉᆞᆺ【53】친 바늘이 요동ᄒᆞ여 알픈 거시 폐부(肺腑)의 드러오ᄂᆞᆫ지라. ᄌᆞ긔가 급급히 눌너 멈츄고 오족 곡읍(哭泣)만 ᄒᆞᆯ ᄯᆞ름이라. 양졍부로 ᄒᆞ여곰 참최 복식을 쥰비케 ᄒᆞ고 다반(茶飯)을 모다 먹지 아니코 다만 곡읍만 ᄒᆞ니 즁인이 비록 시시(時時)로 괴로이 권ᄒᆞ나 엇지 능히 말녀 내리오. 홀연 샹이 다라와 니ᄅᆞᄃᆡ,

"쳥컨ᄃᆡ 공쥬ᄂᆞᆫ 잠간 곡읍을 그치라. 노ᄌᆡ 임의 계교(計較)ᄅᆞᆯ ᄉᆡᆼ각ᄒᆞ여 내시니 아지 못게라 공쥬의 의견의 합ᄒᆞ랴?"

요홰 진ᄀᆡ 우롬을 멈츄고 무ᄉᆞᆷ 계괴 잇ᄂᆞ냐 무ᄅᆞ니,

샹이 니ᄅᆞ【54】ᄃᆡ,

"공쥐 임의 즐겨 계교ᄅᆞᆯ ᄒᆞ시려 ᄒᆞ면 긔여히 졍신을 진쟉(振作)ᄒᆞ여야 비로쇼 능히 대ᄉᆞᄅᆞᆯ 간판ᄒᆞᆯ[404] 거시니 너의 무리ᄂᆞᆫ 찬슈ᄅᆞᆯ 슈습ᄒᆞ여 공쥬ᄅᆞᆯ 권ᄒᆞ여 ᄌᆞ시게 ᄒᆞ면 내 조히 샹량ᄒᆞ여 의견을 뎡ᄒᆞ리라."

즁인이 ᄲᆞᆯ니 찬슈ᄅᆞᆯ 조비ᄒᆞ라 가고 요홰 믄득 무ᄅᆞᄃᆡ,

"계교 쟝ᄎᆞᆺ 엇지 날고?"

샹이 니ᄅᆞᄃᆡ,

"이 ᄊᆡ의 젹셰 호대ᄒᆞ여 텬하 쟝ᄉᆡ ᄆᆞᄋᆞᆷ이 셔눌치 아니ᄒᆞᄂᆞᆫ 이 업ᄂᆞᆫ 고로 구원병을 발ᄒᆞ여 오ᄆᆡ ᄲᅡ홈을 못ᄒᆞ고 허여지니 만일 틈젹을 ᄉᆞ로 잡아 원슈ᄅᆞᆯ 갑고져【55】ᄒᆞ면 두리건ᄃᆡ 이 ᄊᆡᄂᆞᆫ 능치 못ᄒᆞᆯ지라. 젼일 분쥬 디방의 이실 ᄊᆡ의 보니 졍찰(情札) 우희 분명이 니영련 ᄌᆞ미가 틈젹의 녀ᄋᆡ(女兒)라. 져거시 져의 친 골육(骨肉)이니 엇지 져 량ᄀᆡ ᄌᆞ미ᄅᆞᆯ 후려다가 ᄆᆞᄋᆞᆷᄃᆡ로 쳐치ᄒᆞ면 가히 우흐로 왕야(王爺)의 통분(痛憤)ᄒᆞ시ᄂᆞᆫ 령혼을 위로ᄒᆞ고, ᄯᅩᄒᆞᆫ 가히 젹이 공쥬의 죵쳔지한(終天之恨)을 플 거시니 이 계괴 엇더ᄒᆞ뇨?"

요홰 니ᄅᆞᄃᆡ,

"아지 못게라 틈젹이 부모와 조샹 분뫼 잇ᄂᆞ냐?"

아신이 졍히 밥을 가지고 드러오더니 그 슈작ᄒᆞ믈 듯고 니ᄅᆞᄃᆡ,

"비【56】ᄌᆡ 임의 아라시니 틈젹의 부모ᄂᆞᆫ 일죽 쟉고(作故)ᄒᆞ고 졔 쳐ᄂᆞᆫ 졔가 죽인 배 되고 져 령련 량ᄀᆡ 녀ᄋᆞᄂᆞᆫ 도시 관기(官妓)의 쇼ᄉᆡᆼ(所生)인ᄃᆡ 큰 거ᄉᆞᆫ 미지현(米脂縣)의 ᄉᆡ집가고 젹은 거ᄉᆞᆫ 아직 츌가(出嫁)치 못ᄒᆞ엿ᄂᆞᆫᄃᆡ 음힝이 이시믈 인ᄒᆞ여 남ᄌᆞ의 집의셔 다만 츄탁ᄒᆞ고[405] 취ᄒᆞ여 오지 아니ᄒᆞ나 감히 퇴혼(退婚)치

---

404)【간판ᄒᆞ다】 동 {간판(幹辦)하다.} 일을 주관하다. ¶ 幹 ‖ 공쥐 임의 즐겨 계교ᄅᆞᆯ ᄒᆞ시려 ᄒᆞ면 긔여히 졍신을 진쟉ᄒᆞ여야 비로쇼 능히 대ᄉᆞᄅᆞᆯ 간판ᄒᆞᆯ 거시니 너의 무리ᄂᆞᆫ 찬슈ᄅᆞᆯ 슈습ᄒᆞ여 공쥬ᄅᆞᆯ 권ᄒᆞ여 ᄌᆞ시게 ᄒᆞ면 내 조히 샹량ᄒᆞ여 의견을 뎡ᄒᆞ리라 (公主既肯計較, 也要振作精神, 才能幹這樁大事. 你們去收拾飯來, 送公主吃了, 我好商量定見.) <瑤華 18:54>

못ᄒᆞ고 틈적의 조부의 분묘ᄂᆞᆫ 일족 미지현 지현(知縣) 변대슈(邊大綏)의 발굴ᄒᆞᆫ 배 되고 져의 친 골육은 져 영련 량인만 잇다 ᄒᆞ니 요홰 일변 밥먹으며 듯고 일변 쥬견을 내여 다시 샹이 다 【57】 려 무ᄅᆞᄃᆡ,

"무슨 슈로 져 량긔 녀ᄋᆞ롤 후려 오랴."

샹이 니ᄅᆞᄃᆡ,

"그거슨 용이ᄒᆞ니 닛집406)으로 ᄉᆞ기 비봉(飛鳳)을 ᄆᆡᆫ드러 조희로 바ᄅᆞ고 치쉭으로 그려 가지고 내가 아교와 ᄀᆞᆺ치 타고 공즁의 잇셔 두 비봉을 나려 보내여 져 무리 치마 밋히 ᄯᅮ러 드러가 ᄐᆡ여 가지고 구롬 쇽으로 쇼ᄉᆞ 오르며 말젼ᄒᆞ기롤 졔가 텬샹의 옥녀(玉女)로 죄벌을 당ᄒᆞ여 범간(凡間)의 나렷더니 이졔 긔한이 ᄎᆞᄆᆡ블너 텬샹으로 도라간다 ᄒᆞ면 져의 집 사롬이 밋지 아닐 니 업고 이곳의 니ᄅᆞ러 이리이리 ᄒᆞ면 두 시긔을 허비ᄒᆞ 【58】 여 믄득 후려 오리라."

요홰 무ᄅᆞᄃᆡ,

"져 량긔가 이졔 어대 잇ᄂᆞ냐?"

샹이 니ᄅᆞᄃᆡ,

"가히 졈ᄒᆞ여 내리라."

요홰 별노 다른 의견이 업셔 다만 그쳐럼 ᄒᆡᆼᄒᆞ라 ᄒᆞ니 아신이 겻히 잇셔 니ᄅᆞᄃᆡ,

"여긔ᄂᆞᆫ 판ᄉᆞ(辦事)ᄒᆞᆯ 곳이 아니니 모롬ᄌᆞᆨ이 심산궁곡(深山窮谷)의 드러가야 비로쇼 판리ᄒᆞ기가 챵쾌ᄒᆞᆯ 거시오 ᄯᅩ 긔여히 비밀ᄒᆞᆯ 거시니 만일 셩실이 드러나면 틈적이 필연 분노ᄒᆞ여 쟝헌츙(張獻忠)을 결년(結連)ᄒᆞ여 량긔 도적 무리 일졔히 오면 우리들이 하나토 버셔나지 못ᄒᆞ리라."

요홰 드ᄅᆞᄆᆡ 심히 【59】 올케 너겨 죠의로 ᄒᆞ여곰 나가셔 쥬막 쥬인다려 무러 유벽ᄒᆞᆫ 쳐쇼롤 아라오라 ᄒᆞ니 언마 못ᄒᆞ여 드러와 보ᄒᆞᄃᆡ,

"져런 쳐쇼가 심히 만흐니 이졔 보령 디방 암당(庵堂)과 ᄉᆞ관(寺觀)들이 도적이 올가 두리여 열의 아홉은 뷔고 여긔셔 십여 리 가긔의 려산노고(驪山老姑)의 ᄒᆡᆼ궁(行宮)이 잇ᄂᆞᆫᄃᆡ 깁흔 산의 이시니 쥬인의 집 가뫼(家廟)라. 향내의ᄂᆞᆫ 니고배(尼姑輩) 쥬지ᄒᆞ더니 텬히 요란ᄒᆞᆷ을 인ᄒᆞ여 모다 나가 도롤 닥그라 갓시니 너의 무리 만일 져 곳의셔 거쥬ᄒᆞᆯ 양이면 열쇠가 그곳의 이 【60】 시니 다만 가셔 쥬졉ᄒᆞᄂᆞᆫ 거시 편타 ᄒᆞ더라."

ᄒᆞ니 요홰 드ᄅᆞᄆᆡ 심히 공교ᄒᆞᆫ지라. 즉시 쥬인을 분파(分派)ᄒᆞ여 일졀 ᄡᅳ울 믈건을 ᄆᆡ판(買辦)ᄒᆞ고 ᄡᅡ라 져곳으로 반이ᄒᆞ게407) ᄒᆞ고 ᄯᅩ 쥬막 쥬인으로 ᄒᆞ여곰 ᄃᆡ신 십이 긔 니고롤 청ᄒᆞ여 조히 슈륙도쟝(水陸道場)을 셜ᄒᆡᆼᄒᆞ게 ᄒᆞ니 각인이 모다 가셔 판비ᄒᆞ고 요홰 다만 ᄋᆡ곡(哀哭)ᄒᆞ여 일야의 그치지 아니ᄒᆞ고 쥬인이 판리(辦理)ᄒᆞᆫ 지 슈일의 졔귀 모다 되엿거ᄂᆞᆯ 반후(飯後)의 드ᄃᆡ여 옴겨 암즁으로 드러가니 과연 루방(樓房)이 통챵ᄒᆞ고 즙믈408)이 구 【61】 비ᄒᆞᆫ지라. 요홰 즁간 방옥의 거쳐ᄒᆞ고 남ᄌᆞ와 부녀배ᄂᆞᆫ 좌우 겻방의 쥬졉ᄒᆞ고 요홰 다만 아신으로 ᄒᆞ여곰 반숙ᄒᆞ더라.

언마 못되여 쥬막 쥬인이 임의 십이명 승니(僧尼)롤 다려오니 도시 경문(經文)의 련숙(鍊熟)ᄒᆞ더라. 요홰 하여곰 루하(樓下)의 머믈게 ᄒᆞ고 즁당(中堂)의 도쟝을 배셜ᄒᆞ고 ᄎᆞ일 오경의 니고배 경문을 숑ᄒᆞ며 참회ᄒᆞᆷ을 베푸니 요홰 친히 졔문지어 부쳐 읇히 뫼셔 놋코 ᄌᆞ긔ᄂᆞᆫ 최마롤 닙고 두발을 헤치고 두눈이 곡ᄒᆞ여 븕어지고 ᄡᅥ로 불젼의 나와 례 【62】 배(禮拜)ᄒᆞᆯᄉᆡ 향긔ᄂᆞᆫ ᄌᆞ욱ᄒᆞ고 범패(梵唄) 쇼ᄅᆡᄂᆞᆫ 표모(飄緲)ᄒᆞ고 죵과 경쇠 일졔히 울어 경고가 깁흔 ᄡᅥ의 니ᄅᆞ러

---

405) 【츄탁ᄒᆞ다】 동 {추탁(推托)하다.} ¶ 推 ‖ 젹은 거슨 아직 츌가치 못ᄒᆞ엿ᄂᆞᆫᄃᆡ 음ᄒᆡᆼ이 이시믈 인ᄒᆞ여 남ᄌᆞ의 집의셔 다만 츄탁ᄒᆞ고 취ᄒᆞ여 오지 아니ᄒᆞ나 감히 퇴혼치 못ᄒᆞ고 (第二個還未出嫁, 因有淫行, 南家只推娶不起, 却不敢退婚.) <瑤華 18:56>

406) 【닛집】 명 잇짚. ¶ 稻草 ‖ 그거슨 용이ᄒᆞ니 닛집으로 ᄉᆞ기 비봉을 ᄆᆡᆫ드러 조희로 바ᄅᆞ고 치쉭으로 그려가지고 (這個容易, 用稻草扎四個飛鳳, 用紙糊好, 彩畫了.) <瑤華 18:57>

407) 【반이ᄒᆞ다】 동 {반이(搬移)하다.} 이사(移徙)하다. 운반(運搬)하다. 운송(運送)하다. ¶ 搬 ‖ 즉시 쥬인을 분파ᄒᆞ여 일졀 ᄡᅳ울 믈건을 ᄆᆡ판ᄒᆞ고 ᄡᅡ라 져곳으로 반이ᄒᆞ게 ᄒᆞ고 (即時分派諸人, 買辦一切物件, 趕着要搬到那裏居住.) <瑤華 18:60>

408) 【즙믈】 명 집물(什物). ¶ 什物 ‖ 반후의 드ᄃᆡ여 옴겨 암즁으로 드러가니 과연 루방이 통챵ᄒᆞ고 즙믈이 구비ᄒᆞᆫ지라 (飯後遂遷入庵裏, 果眞樓房樓進, 十分寬大, 一應什物全齊.) <瑤華 18:60>

비로쇼 그치며 ᄆᆡ일의 역연(亦然)ᄒᆞ더라.

이날 늣게야 샹이 아교와 ᄀᆞᆺ치 도라와 말ᄒᆞ기ᄅᆞᆯ 져ᄌᆞᄆᆡ 량긔ᄅᆞᆯ 후려왓다 ᄒᆞ고 다만 아교ᄅᆞᆯ 시겨 량인을 다리고 루샹의 올나가 조히 ᄃᆡ졉ᄒᆞ고 져의 무리로 눈치ᄅᆞᆯ 알게 말나 ᄒᆞ더라. 요홰 져 량인을 가져 한ᄡᅡᆼ 랍촉(臘燭)을 ᄆᆡᆫᄃᆞ러 왕야 령연(靈筵)의 치졔ᄒᆞᆯ ᄯᅢ의 ᄡᅳ려 ᄒᆞ고 양경부로 ᄒᆞ여곰 판리케 ᄒᆞ더라. 슈일간의 【63】 슈륙도쟝을 맛ᄎᆞᄆᆡ 믄득 령연의 치졔ᄒᆞᆯ ᄉᆡ 졔구(祭具)ᄅᆞᆯ 조히 비셜ᄒᆞ여 노코 요홰 친히 루샹의 니ᄅᆞ러 만면 살긔로 영련 ᄌᆞᄆᆡᄅᆞᆯ 가ᄅᆞ쳐 니ᄅᆞᄃᆡ,

"너의 부친이 흉역을 지어 텬하ᄅᆞᆯ 겁탈ᄒᆞ려 ᄒᆞ니 다만 그리만 ᄒᆞᆯ 거시지 엇지 우리 부친을 잡아 죽이고 도로혀 ᄉᆞ슴의 고기와 ᄀᆞᆺ치 젓담고 말ᄒᆞ기ᄅᆞᆯ 복록쥬(福祿酒) 먹는다 ᄒᆞ니 우리 부친이 너의 부친과 더브러 무슴 원쉬관ᄃᆡ 져러틋 잔독(殘毒)ᄒᆞ여시며 네 부친이 이졔 대병(大兵)을 ᄢᅵ고 이시니 내 아직 가셔 초멸(剿滅)은 【64】 못ᄒᆞ거니와 쟝ᄅᆡ의 황샹긔셔 싱금ᄒᆞ여다가 쳔참만륙(天斬萬戮)을 ᄒᆞᆯ 터이나 그거ᄉᆞᆫ 후의 ᄒᆞᆯ 일이니 다만 내가 그 ᄯᅢ가지 기다리지 못ᄒᆞᆯ지라. 오ᄂᆞᆯ날 부친 령연의 치졔ᄒᆞᄂᆞᆫ ᄃᆡ 몬져 너의 량긔ᄅᆞᆯ 비러 령연 앏ᄒᆡ 한ᄡᅡᆼ 납촉으로 ᄃᆡ신 ᄡᅳ려 ᄒᆞᄂᆞᆫᄃᆡ 명ᄉᆡᆨ(名色)은 은원등(恩怨燈)이라 블너 우리 부친의 은혜ᄅᆞᆯ 갑고 내 ᄌᆞ긔의 원슈ᄅᆞᆯ 플니라."

믄득 아교와 삼져와 아신 경부 ᄉᆞ긔인을 시겨 량인이 한 긔식 슈쇄ᄒᆞ게 ᄒᆞ니 량긔 자ᄆᆡ 듯더니 놀나고 함(喊)ᄒᆞ여 내거ᄂᆞᆯ 요홰 두 【65】 오리 노ᄭᅵᆫ을 가져 량 긔 녀인의 입을 동혀 노흐니 믄득 고함을 못ᄒᆞᄂᆞᆫ지라. 밧비 샹하 의복을 벗겨 젹신(赤身)이 되게 ᄒᆞ고 숑진을 ᄲᅩ려 두 다리 우ᄒᆡ 두터이 발나 노코 삼ᄲᅵᄅᆞᆯ 가져 염쵸와 황가ᄅᆞᄅᆞᆯ 바ᄅᆞ고 기름 쇽의 너허 젹셔 져의 음호(陰戶) 쇽의 ᄭᅩᄌᆞ셔 촉심(燭心)이 되게 ᄒᆞ고 세 발 가진 ᄉᆞ다리ᄅᆞᆯ ᄆᆡᆫᄃᆞ러 것구로 다라 노흐니 여러 니괴 죵리의 져런 거ᄉᆞᆫ 보지 못ᄒᆞ엿ᄂᆞᆫ지라. 긔긔히 담이 ᄯᅥᆯ니고 ᄆᆞ음이 놀나거ᄂᆞᆯ 요홰 전후 ᄉᆞ경을 가져 일편을 말ᄒᆞ니 니고 【66】 배 모다 합쟝념불(合掌念佛)ᄒᆞ며 니ᄅᆞᄃᆡ,

"샹텬이 눈이 계시도다. 져 틈젹의 악독ᄒᆞᆫ 거술 졔 ᄌᆞ식이 져런 보응(報應)을 당ᄒᆞ니 비로쇼 즁인의 원한되믈 풀니라."

ᄒᆞ더라. 한즈음의 죵과 북을 치며 령연의 졔향ᄒᆞᆯ ᄉᆡ 믄득 량긔 녀인을 가져 블지ᄅᆞ니 블ᄭᅩᆺ치 비등ᄒᆞ며 반시긔의 두 다리가 임의 타바리고 졈졈 젼톄의 밋더라. 요홰 령연 앏ᄒᆡ셔 ᄇᆡ곡(拜哭)ᄒᆞ다가 ᄯᅩ 운졀ᄒᆞ니 즁인이 구ᄒᆞ여 바야흐로 ᄭᆡ여나고 아괴 븟드러 니ᄅᆞ혀며 은원 등이 모다 탓다 고ᄒᆞ 【67】 니 요홰 도로혀 니ᄅᆞᆯ 가라 깁히 한ᄒᆞ거ᄂᆞᆯ 즁인이 니ᄅᆞᄃᆡ,

"믄득 보복이 넉넉히 되엿다."

ᄒᆞ더라. 한즈음이 못되여 졔ᄉᆞᄅᆞᆯ 맛ᄎᆞᄆᆡ 즁인과 니고 무리 ᄀᆞᆺ치 요화의게 보복ᄒᆞ믈 치하ᄒᆞ니 요홰 ᄯᅩᄒᆞᆫ 샹쾌ᄒᆞ믈 ᄭᆡᄃᆞᆺ더라.

ᄎᆞ일의 아신이 드러와 니ᄅᆞᄃᆡ,

"이곳이 오ᄅᆡ 머믈 ᄶᅡ히 아니니 즉시 이곳을 ᄯᅥ나ᄂᆞᆫ 거시 죠타."

ᄒᆞ거ᄂᆞᆯ 요홰 즉시 발힝ᄒᆞᆯᄉᆡ 샹이 니ᄅᆞᄃᆡ,

"내 드ᄅᆞ니 여긔 지나가면 믄득 쟝헌츙의 웅거ᄒᆞᆫ 바 긔지(基地)라. 졔가 음욕(淫慾)은 죠하ᄒᆞ지 아니ᄒᆞ고 긔여히 【68】 사ᄅᆞᆷ 죽이기ᄅᆞᆯ 쾌히 너긴다."

ᄒᆞ니 요홰 니ᄅᆞᄃᆡ,

"우리 무리 방비ᄒᆞᄂᆞᆫ 거시 믄득 올흐리라."

ᄒᆞ니 아신이 니ᄅᆞᄃᆡ,

"헌츙의 쟝졸이 틈젹의 비ᄒᆞ여 더욱 리해(利害)된다 ᄒᆞ며 ᄯᅩ 드ᄅᆞ니 져의게 비텬(飛天)대포가 잇ᄂᆞᆫᄃᆡ 일긔 쟝관 별호ᄅᆞᆯ 물진흥쟝일(沒盡興張一)이라 부ᄅᆞᄂᆞᆫ 사ᄅᆞᆷ의 쇼관이라. 그 사ᄅᆞᆷ이 가쟝 음독ᄒᆞ니 맛당히 조심ᄒᆞ여 방비ᄒᆞ리라."

요홰 니ᄅᆞᄃᆡ,

"우리 무리 이리로 가ᄆᆡ 엇지 허다ᄒᆞᆫ 거술 방비ᄒᆞ여 내겟ᄂᆞ냐. ᄎᆞᄎᆞ 동경을 보와 ᄒᆞ리라."

ᄒᆞ더라.

져 쟝헌츙은 이 엇던 사ᄅᆞᆷ인 【69】 고 샹텬이 나리신 일긔 살셩(殺星)이니 니ᄌᆞ셩(李自成)으로 더브러 한 ᄯᅢ의 도젹이 되여 난호엿다가 합ᄒᆞ고 합ᄒᆞ엿다가 난회기ᄅᆞᆯ 임의 여러 ᄎᆞ례 되고 니ᄌᆞ셩은 ᄯᅢᄅᆞᆯ 엇고 져ᄂᆞᆫ 득지(得志) 못ᄒᆞ믈 인ᄒᆞ여 그러므로 ᄲᅧ 공연이 살륙ᄒᆞ믈 일숨고 셩도부(成都府) 어드므로 븟허ᄂᆞᆫ 살륙ᄒᆞᄆᆡ 더욱 심ᄒᆞ고 니ᄌᆞ셩이 겸병(兼併)ᄒᆞᆯ가 두려워 졔 슈하 사ᄅᆞᆷ들이 죠불려셕(朝不慮夕)ᄒᆞ여 ᄆᆡᄆᆡ(每每)

도챤(逃竄)ᄒᆞᄂᆞᆫᄃᆡ 헌츙이 가쟝 그 무리를 노ᄒᆞ여 방슈(防守)ᄒᆞ미 심히 엄ᄒᆞ고 법령이 더욱 쎅쎅ᄒᆞ며 슈하 사ᄅᆞᆷ이 남녀를 【70】 노략ᄒᆞ여다가 그 살륙ᄒᆞᄂᆞᆫ 쾌ᄒᆞᆫ ᄆᆞ음을 니바지ᄒᆞ고져 쟝일(張一)이 더욱 등용ᄒᆞ여 무릇 영치(營寨)와 디방의 일을 ᄌᆞ셰히 쥬션ᄒᆞ여 ᄡᅥ 그 죵의ᄒᆞᆷ믈 요구ᄒᆞ고 슈일 내의 살륙ᄒᆞᆯ 사ᄅᆞᆷ을 진배ᄒᆞᆯ 길이 업ᄉᆞᄆᆞᆯ 심히 황공ᄒᆞ여 인ᄒᆞ여 슈하 쟝관으로 ᄒᆞ여곰 심산궁곡의 반마삭(絆馬索)을 무더 믄득 왕릭ᄒᆞᄂᆞᆫ 재 이시면 슈모를 뭇지 아니코 잡아 대영의 드러가 헌츙의 살륙ᄒᆞᆷ믈 니바지ᄒᆞᄂᆞᆫ 고로 ᄉᆞ쳐 산곡의 그쳐럼 배치ᄒᆞ여 ᄡᅥ 기다린다 ᄒᆞ더라.

지셜 요화 【71】 의 한 ᄯᅦ 사ᄅᆞᆷ 즁의 아신은 본ᄃᆡ 도힝이 잇ᄂᆞᆫ 고로 ᄆᆡ양 일을 ᄯᅡ라 요화를 졔도ᄒᆞ여 쥬더니 이번은 한 ᄎᆞ례 익회를 바들지라. ᄯᅩᄒᆞᆫ 감히 텬긔를 누셜치 못ᄒᆞ고 그 앏흐로 가기를 맛겨 두더라. 이날은 마호 디방의 쟝ᄎᆞᆺ 니ᄅᆞ미 ᄌᆞ셰히 아라보니 이곳의 헌츙의 대영(大營)이 쥬찬되고 여긔셔 한참을 지나면 그 후ᄂᆞᆫ 믄득 평안ᄒᆞ여 일이 업다 ᄒᆞᄂᆞᆫ지라. 인ᄒᆞ여 요홰 샹이로 더브러 의론ᄒᆞᄃᆡ,

"이 험악ᄒᆞᆫ 쳐쇼를 만ᄂᆞ미 부득블 법력을 ᄡᅥ 그 ᄯᅴ를 너머 가리라."

샹 【72】 이 니ᄅᆞᄃᆡ,

"노ᄌᆞ의 령량은 유한ᄒᆞ니 도로혀 아신을 밋노라."

요홰 니ᄅᆞᄃᆡ,

"피ᄎᆞ의 동심합력(同心合力)ᄒᆞ여 다만 념려 밋치ᄂᆞᆫᄃᆡ로 미리 방비ᄒᆞ리라."

아괴 니ᄅᆞᄃᆡ,

"이 한츔길이 도로혀 갓가오니 엇지 련야(連夜)ᄒᆞ여 넌ᄌᆞ시 지나가면 혹 가히 무ᄉᆞᄒᆞ리라."

즁인이 니ᄅᆞᄃᆡ,

"맛ᄎᆞᆷ내 그리ᄒᆞᄂᆞᆫ 거시 올타."

ᄒᆞ고 드ᄃᆡ여 각기 포씩ᄒᆞ고 말의 방울을 ᄯᅧ혀[409] 바리고 년야ᄒᆞ여 가마니 힝ᄒᆞ여 총망히 지나가더니 싱각지 못ᄒᆞᆫ 반야(半夜)의 반마삭을 만나 고함ᄒᆞᄂᆞᆫ 쇼릭의 각인의 좌마가 ᄒᆞᆷ긔 승삭의 【73】 얽히여 것구러지고 즉시 유긱쥬(留客住)와 구렴챵(鉤鐮槍)이 일졔히 나려와 기기히 ᄉᆞ로잡히미 되나 오직 아신은 공듕으로 쇼ᄉᆞ 다라나더라. 져 병뎡 무리 옯흐로 다라드러 결박ᄒᆞ기를 졍당히 ᄒᆞ여노코 ᄯᅳ을고 쟝일의 영즁의 니ᄅᆞ니 쟝일이 보미 요화비 일반 인믈의 양경부와 죠의 랑기 외의ᄂᆞᆫ 아괴 비록 남복(男服)ᄒᆞ여시나 도시 쳥슈(淸秀)ᄒᆞᆫ지라. 드ᄃᆡ여 슈하인으로 ᄒᆞ여곰 쇼문을 내지 말게 ᄒᆞ고 ᄒᆞᆷ긔 ᄌᆞ긔 쟝막 쇽 목칰(木柵) 안의 감쵸와 두고 밤을 기다려 셔셔히 더블고 【74】 노닐녀 ᄒᆞ고 양조 이인은 ᄯᅡ로 ᄒᆞᆫ 곳의 두고 분비를 겨유 맛ᄎᆞ미 홀연 쟝헌츙이 젼령ᄒᆞ여 ᄒᆞ여곰 인마를 통령(統領)ᄒᆞ고 남노(南路)의 가 인민을 노략ᄒᆞ라 ᄒᆞ니 헌츙의 호령이 심히 업ᄒᆞ여 감히 구긔을 지쳬치 못ᄒᆞ고 급히 슈ᄒᆞ의 심복으로 부리ᄂᆞᆫ 노병(老兵) 마궐(馬蹶)이라 부ᄅᆞᄂᆞᆫ 사ᄅᆞᆷ을 블너 요화 등을 맛기며 분부ᄒᆞ기를 쳔ᄌᆞ히 목칰을 여러노와 보내지 못ᄒᆞ게 ᄒᆞ니 마궐이 일일히 명ᄃᆡ로 ᄒᆞ고 쟝일이 간후의 마궐이 다만 벙벙이 직히며 보더니 목칰쇽이 긔식(氣息)을 통치 【75】 못ᄒᆞ여 사ᄅᆞᆷ으로 ᄒᆞ여곰 답답ᄒᆞ여 반은 죽게 되엿ᄂᆞᆫ지라.

아신이 그 ᄌᆞ셰ᄒᆞᆷ믈 탐지ᄒᆞ나 다만 그 파슈(把守)ᄒᆞᄂᆞᆫ[410] 군식 심히 만키로 억지로 ᄲᅦ셔 가지ᄂᆞᆫ 못ᄒᆞ고 그 ᄒᆡᄒᆞᆷ믈 닙을가 두려워 다만 몸을 노와 옯흐로 가 춍즁취ᄉᆞ(叢中取事)ᄒᆞ려 ᄒᆞ고 드ᄃᆡ여 구름 쇽의 나려 가마니 마궐의 쟝막 옯히 니ᄅᆞ러 보니 사ᄅᆞᆷ이 ᄒᆞᆷ긔 잠드러 고요ᄒᆞᆫᄃᆡ 다만 마궐이 혼ᄌᆞ 안져 술을 먹으니 져의 쟉인이 심히 노셩(老成)ᄒᆞ나 다만 한 가지 병근이 이시니 쥬야를 련ᄒᆞ여 술노ᄡᅥ 일을 ᄉᆞᆷᄂᆞᆫ지라. 홀연 【76】 사ᄅᆞᆷ을 블너 술을 더히라 ᄒᆞ나 맛ᄎᆞᆷ내 응답ᄒᆞᄂᆞᆫ 사ᄅᆞᆷ이 업ᄂᆞᆫ지라. 아신이 ᄯᅡ라 쟝막 쇽의 드러가 한마ᄃᆡ 답응ᄒᆞ고 술병을 가지고 화로 겻히 가셔 더혀노코 ᄯᅳ러 마궐의 옯히 니ᄅᆞ니 임의 량안이 몽롱ᄒᆞ여 졍히 조름을 쳥ᄒᆞᄂᆞᆫ지라. 아신이 료량의 임의 침취(沉醉)ᄒᆞᆫ 쥴 알

---

409) 【ᄯᅧ히다】 동 떼다. 뜯다. ¶ 摘 ‖ 드ᄃᆡ여 각기 포씩ᄒᆞ고 말의 방울을 ᄯᅧ혀 바리고 년야ᄒᆞ여 가마니 힝ᄒᆞ여 총망히 지나가더니 (遂各飽餐一頓, 摘去馬鈴, 連夜悄悄而行, 各人俱懷着鬼胎, 悤忙偸過.) <瑤華 18:72> ⇒ ᄯᅧ이다

410) 【파슈ᄒᆞ다】 동 {파수(把守)하다.} 지키다. ¶ 留守 ‖ 아신이 그 ᄌᆞ셰ᄒᆞᆷ믈 탐지ᄒᆞ나 다만 그 파슈ᄒᆞᄂᆞᆫ 군식 심히 만키로 억지로 ᄲᅦ셔 가지ᄂᆞᆫ 못ᄒᆞ고 (只有阿新探知其詳, 但其留守之兵甚衆, 若用强去槍) <瑤華 18:75>

고 드ᄃᆡ여 내영의 드러가 각인의 갓친 목칙을 ᄶᅥ드러 여러 노흐니 모다 혼침ᄒᆞ여 인ᄉᆞ를 모르ᄂᆞᆫ지라. 다시 령ᄒᆞᆫ 긔운을 운동ᄒᆞ여 각인의 면상을 향ᄒᆞ여 한번 ᄲᅮᆷ으【77】ᄆᆡ 비로쇼 각각 활동ᄒᆞᄂᆞᆫᄃᆡ 필경 요화ᄂᆞᆫ 근져(根底)가 잇ᄂᆞᆫ지라. 몬져 ᄭᅵ여 나거ᄂᆞᆯ 아신이 흑암즁(黑暗中)의 보니 모다 결박이 되엿ᄂᆞᆫ지라. 아오로 푸러쥰 연후의 요화를 붓드러 니ᄅᆞ혀며 니ᄅᆞᄃᆡ,

"공쥬야 밧비 목칙을 나가셔 우리 무리 조히 탈신ᄒᆞᆯ 계교를 ᄉᆡᆼ각ᄒᆞ리라."

요홰 즉시 즁인을 다리고 ᄒᆞᆷᄭᅴ 목칙을 ᄯᅱ여 나오니 아신이 니ᄅᆞᄃᆡ,

"너의 무리가 반일 동안의 ᄉᆡᆼ각건ᄃᆡ 각기 긔갈(飢渴)이 될 거시니, 내 후영의 드러가 믈건을 취ᄒᆞ여다가 ᄲᆞᆯ니 먹고【78】조히 도망ᄒᆞ여 나가ᄌᆞ."

ᄒᆞ고 드ᄃᆡ여 아교와 삼져를 ᄭᅳ을고 가마니 음식을 취ᄒᆞ여다가 난호와 먹게 ᄒᆞ고 ᄯᅩ 양경부와 조의를 구ᄒᆞ여 오고 요홰 샹이를 분부ᄒᆞ여 눈가리ᄂᆞᆫ 법을 ᄒᆡᆼᄒᆞ여야 겨유 가히 영문을 도망ᄒᆞ여 나리라 ᄒᆞ고 ᄯᅩ 아신으로 ᄒᆞ여곰 법슐을 지어 ᄒᆡᆼ쟝(行裝)과 마필(馬匹)을 도적ᄒᆞ여 내여 뒤ᄯᅡ라 와 ᄡᅥ 동ᄒᆡᆼ케 ᄒᆞ니 량인이 각각 명을 죠ᄎᆞ 판리ᄒᆞ더라.

지셜 요홰 샹이 눈가리ᄂᆞᆫ 법 ᄒᆡᆼᄒᆞ믈 ᄯᅡ라 영문의 도망ᄒᆞ여 ᄂᆡ와 ᄒᆡᆼᄒᆞ여 반리 ᄶᅡ【79】히 니ᄅᆞ러 한 뭉치 되어 산 밋ᄒᆡ 안져 젼혀 아신의 오기를 기다려 동ᄒᆡᆼᄒᆞ려 ᄒᆞ더니 이 ᄯᅢᄂᆞᆫ 쟝ᄎᆞᆺ ᄉᆞ경이 된지라. 홀연 보니 공즁으로 조ᄎᆞ ᄒᆡᆼ쟝과 긔계와 마필을 더져 나려 오거ᄂᆞᆯ 아교 등이 일일히 졈검ᄒᆞ여 보니 아오로 셔살ᄒᆞ미 업ᄂᆞᆫ지라. 요홰 즁인을 ᄃᆡᄒᆞ여 니ᄅᆞᄃᆡ,

"우리 이졔 도적의 굴혈의셔 블우지변(不遇之變)을 면키 어려우니 각인의 긔계를 가져 몸가의 ᄢᅵ여두어 가히 쇼홀치 못ᄒᆞ리라."

즁인이 모다 명을 듯고 다시 한 경(更) 동안을 기다려도 아【80】신이 오ᄂᆞᆫ 거ᄉᆞᆫ 보지 못ᄒᆞᆯ지라. 요홰 니ᄅᆞᄃᆡ,

"하ᄂᆞᆯ이 쟝ᄎᆞᆺ ᄇᆞᆰ은ᄃᆡ 져ᄂᆞᆫ 오지 아니ᄒᆞ고 적병의게 들히여 에워ᄡᅡ셔 오면 엇지 져당(抵當)ᄒᆞ리오.[411]"

샹이 니ᄅᆞᄃᆡ,

"다만 병긔를 ᄡᅳ면 도로혀 방ᄒᆡ롭지 아니ᄒᆞ나 가쟝 두리기ᄂᆞᆫ 져의 비텬 대포라 믄득 피ᄒᆞᆯ 곳이 업ᄂᆞ니라."

요홰 니ᄅᆞᄃᆡ,

"져 비텬포ᄂᆞᆫ 필경 엇던 모양으로 시방(施放)ᄒᆞᄂᆞ냐? 나ᄂᆞᆫ 믄득 ᄭᅵ치지 못ᄒᆞ노라."

샹이 니ᄅᆞᄃᆡ,

"노ᄌᆞᄂᆞᆫ 다만 드ᄅᆞ니 그 믈건이 믄득 셔양국(西洋國)의셔 나ᄂᆞᆫ 거신ᄃᆡ 심히 경편(輕便)ᄒᆞ여[412] 가히 슈즁의셔 화약을【81】졈ᄒᆞ여 더져 사ᄅᆞᆷ을 맛치ᄂᆞᆫᄃᆡ 져거시 믈ᄎᆞ란(沒遮攔)이라 ᄒᆞᄂᆞᆫ 도적의 쇼관(所管)이라. 져 일ᄃᆡ 병뎡이 도시 비텬포 노키의 익다."

ᄒᆞ니 아교 니ᄅᆞᄃᆡ,

"이졔 임의 여긔 니ᄅᆞ러시ᄆᆡ 만일 명슈가 이시면 비록 비텬푀나 맛치지 못ᄒᆞᆯ 거시오 만일 명슈가 맛당히 이곳의셔 샹ᄒᆞᆯ 터이면 도망치 못ᄒᆞ리라."

경히 말ᄒᆞᄆᆡ 먼니 드ᄅᆞ니 함셩이 련텬(連天)ᄒᆞᆫ지라. 요홰 니ᄅᆞᄃᆡ,

"너의 무리 져 쇼ᄅᆡ를 듯ᄂᆞ냐? 아지 못게라 어내 곳 병마가 ᄎᆞᆺ쳐 오ᄂᆞᆫ고."

양경뷔 몸을 니러 한【82】번 바라더니 동편을 가ᄅᆞ쳐 니ᄅᆞᄃᆡ,

"져 머리의셔 진퇴(塵土) 니러ᄂᆞ니 필시 그 곳으로 오나보다."

즁인이 듯고 일졔히 먼니 바라니 이 ᄯᅢᄂᆞᆫ 하ᄂᆞᆯ이 임의 ᄇᆞᆰ은지라. 함셩이 졈졈 갓가와 오거ᄂᆞᆯ 요홰 니ᄅᆞᄃᆡ,

"아교와 삼져ᄂᆞᆫ 나와 ᄀᆞᆺ치 ᄋᆞᆲ흐로 가 도적을 막고 샹이ᄂᆞᆫ 양경부와 조의 등을 보호ᄒᆞ여 뒤ᄒᆡ 잇다가 만일 우리 픠ᄒᆞᄂᆞᆫ 거ᄉᆞᆯ 보거든 속히 법슐을 ᄲᅢ셔 구ᄒᆞ게 ᄒᆞ라."

---

411) 【져당ᄒᆞ다】 [동] 저당(抵擋)하다. ¶ 抵 ‖ 하ᄂᆞᆯ이 쟝ᄎᆞᆺ ᄇᆞᆰ은ᄃᆡ 져ᄂᆞᆫ 오지 아니ᄒᆞ고 적병의게 들히여 에워ᄡᅡ셔 오면 엇지 져당ᄒᆞ리오 (倘再不來, 若被賊兵見了, 圍將攏來, 如何抵賊?) <瑤華 18:80>

412) 【경편ᄒᆞ다】 [형] {경편(輕便)하다.} 손쉽고 편리하다. ¶ 輕便 ‖ 노ᄌᆞᄂᆞᆫ 다만 드ᄅᆞ니 그 믈건이 믄득 셔양국의셔 나ᄂᆞᆫ 거신ᄃᆡ 심히 경편ᄒᆞ여 가히 슈즁의셔 화약을 졈ᄒᆞ여 더져 사ᄅᆞᆷ을 맛치ᄂᆞᆫᄃᆡ (奴子也只聽見說, 就是西洋的西瓜炮, 取其輕便, 可以在手內, 點着葯線, 抛去打人.) <瑤華 18:80>

ᄒᆞ니 각기 명을 좃더니 말ᄒᆞᄂᆞᆫ 쎄ᄂᆞᆫ 더ᄃᆡ고 그 쎄ᄂᆞᆫ 쾌ᄒᆞᆫ지라. 일즉 보니 일ᄃᆡ 병뎡이 한 사【83】ᄅᆞᆷ을 쫏ᄎᆞ ᄯᅡ라 나ᄂᆞᆫᄃᆞ시 다라오거ᄂᆞᆯ 요홰 눈이 ᄇᆞᆰ아 먼니 바라보니 쫏겨오ᄂᆞᆫ 사ᄅᆞᆷ이 믄득 아신이라. 드ᄃᆡ여 아교 등으로 ᄒᆞ여곰 탄궁(彈弓)을 가지고 ᄒᆞᆷᄭᅴ 마조 나아가 구ᄒᆞᄌᆞ ᄒᆞ고 말이 맛ᄎᆞᄆᆡ 나ᄂᆞᆫᄃᆞ시 다라가더니 다만 보니 아신이 마샹의 안져 각인의 좌마(坐馬)ᄅᆞᆯ 모라가지고 다라오며 후변의 일ᄃᆡ 젹병이 긴긴히 쫏ᄂᆞᆫ지라.

요홰 아교 무리와 ᄀᆞᆺ치 ᄋᆞᆸ흐로 다라드러오ᄂᆞᆫ 좌마ᄅᆞᆯ ᄭᅳ러당겨 몸을 날녀 올나 타고 탄궁을 다려 쫏ᄎᆞ오ᄂᆞᆫ 병마ᄅᆞᆯ 향ᄒᆞ여 십여 기【84】탄환을 발ᄒᆞ더니 ᄉᆡᆼ각지 아닌 한기 탄ᄌᆞ가 젹쟝의 말눈을 맛치니 그 말이 알프믈 견ᄃᆡ지 못ᄒᆞ여 곳 니러셔며 쇼릐 지ᄅᆞ고 뛰여 다라날ᄉᆡ 탓던 젹쟝을 몬져 흔드러 ᄯᅥᄅᆞ치고 기여(其餘) 다른 병졍의 좌ᄆᆡ 져 탄환 마즌 말이 어ᄌᆞ러이 ᄎᆞ고 어ᄌᆞ러이 무ᄂᆞᆫ거ᄉᆞᆯ 넙어 젹쟝 무리 몬져 스ᄉᆞ로 어ᄌᆞ러워지거ᄂᆞᆯ 요홰 아교 등과 ᄀᆞᆺ치 탄ᄌᆞᄅᆞᆯ 노와 빗방울 ᄀᆞᆺ치 쳐셔 오니 젹쟝 무리 머리 ᄭᅢ여지고 눈이 ᄭᅢ여지ᄂᆞᆫ지라. 샹이 그 황난ᄒᆞ믈 보고 드ᄃᆡ여 진언을 념ᄒᆞ여 대풍(大風)【85】을 니ᄅᆞ혀 비사쥬셕(飛砂走石)ᄒᆞ여 젹진을 향ᄒᆞ여 부러가니 젹쟝 무리 능히 발을 븟치지 못ᄒᆞ고 다만 이의 바ᄅᆞᆷ을 지고 들쳐 뒤로 믈너가거ᄂᆞᆯ 샹이 양졍부와 조의ᄅᆞᆯ 거ᄂᆞ리고 각각 병긔ᄅᆞᆯ 가지고 쫏ᄎᆞ ᄯᅡ라 죽이니 죽엄이 ᄯᅡ히 가득ᄒᆞ고 바린 바 도챵(刀槍)과 긔치 블계승쉬(不計勝數)라.

요홰 보니 남은 도젹이 ᄉᆞ면으로 훗허져 픠ᄒᆞ여 다라나거ᄂᆞᆯ 드ᄃᆡ여 아교로 더브러 말곳비ᄅᆞᆯ 멈추고 중인을 지위ᄒᆞ여 쫏지 말나 ᄒᆞ고 일긔 촌락을 ᄎᆞ져 드러다 잠시 휴식ᄒᆞ고 건량【86】을 내여 요긔ᄒᆞ고 요홰 아신다려 무ᄅᆞᄃᆡ,

"네가 엇지ᄒᆞ여 힝쟝과 ᄉᆡᆼ구(牲口)ᄅᆞᆯ 두 ᄎᆞ례의 난호와 ᄲᅦ셔 왓ᄂᆞ냐?"

아신이 니ᄅᆞᄃᆡ,

"비ᄌᆞ의 쵸의(初意)ᄂᆞᆫ 본ᄃᆡ 져의 무리ᄅᆞᆯ 경동(驚動)코져 아닌 고로 가마니 힝쟝을 가져 공즁으로 좃ᄎᆞ 운젼ᄒᆞ여 오고 다만 ᄉᆡᆼ구ᄂᆞᆫ 그쳐럼 못ᄒᆞᆯ지라. 다힝이 져 ᄉᆡᆼ구들이 모다 안쟝은 벗지 아니ᄒᆞᆫ 고로 일일히 ᄭᅳ러내여 다리고 오다가 젹진 쟝졸이 ᄶᅵ다ᄅᆞ믈 닙어 쫏ᄎᆞ오거ᄂᆞᆯ 져의 쫏ᄂᆞᆫ 거ᄉᆞᆫ 두렵지 아니ᄒᆞ나 다만 두리기ᄂᆞᆫ 졔가 비텬포ᄅᆞᆯ 발ᄒᆞ【87】여 쳐 오더면 져 마필이 능히 안연히 도라오지 못ᄒᆞ여시리라."

샹이 니ᄅᆞᄃᆡ,

"우리 무리 ᄇᆡ부ᄅᆞ게 먹어시니 ᄲᆞᆯ니 다라나ᄂᆞᆫ 거시 올흔지라. 그러치 아니면 져의 픠ᄒᆞᆫ 군식 도라가ᄆᆡ 다른 젹쟝들이 엇지 즐겨 그만이시랴."

요홰 니ᄅᆞᄃᆡ,

"다라나기ᄂᆞᆫ 용이ᄒᆞ나 다만 만젼(萬全)ᄒᆞᆯ 계칙을 ᄉᆡᆼ각ᄒᆞ여야 비로쇼 조흐리라."

아교 니ᄅᆞᄃᆡ,

"아신이 이시니 무어시 두려우랴."

아신이 니ᄅᆞᄃᆡ,

"다른 거ᄉᆞᆫ 모다 가히 져당ᄒᆞ려니와 다만 두리기ᄂᆞᆫ 비텬포가 오ᄂᆞᆫ 거시 져거ᄉᆞᆫ 믄득 막을 슈 업다."

ᄒᆞ거【88】ᄂᆞᆯ 양졍뷔 니ᄅᆞᄃᆡ,

"그ᄃᆡ의 법력이 심히 큰ᄃᆡ 져 비텬포ᄅᆞᆯ 엇지 두려ᄒᆞ랴?"

아신이 니ᄅᆞᄃᆡ,

"내가 두려ᄒᆞᄂᆞᆫ 거시 아니라 다만 너의 무리 여러 사ᄅᆞᆷ을 일일히 고호(顧護)ᄒᆞ기가[413] 어렵도다."

요홰 니ᄅᆞᄃᆡ,

"그거시 과연 요긴ᄒᆞᆫ 일이니라."

샹이 니ᄅᆞᄃᆡ,

"젹병을 만나셔 가히 져젹(抵敵)ᄒᆞᆯ 쟈ᄂᆞᆫ 다만 공쥬와 아교와 삼져 ᄲᅮᆫ이라. 우리 무리ᄂᆞᆫ 가히 뒤만 ᄯᅡᄅᆞᆯ 거시니 노ᄌᆞ의 의견은 젹병의 무리 오기 젼의 우리가 몬져 방비ᄒᆞᆯ 거시니 젹병이 비록 강셩ᄒᆞ나 도로혀 숀(孫)이 되고 우리 무리 비록【89】약ᄒᆞ나 필경 우리 무리 쥬인이 될지니 젹병 방비ᄒᆞᆯ 계칙은 ᄉᆞ면의 몬져 배치ᄒᆞᄌᆞ."

ᄒᆞ니 요홰 니ᄅᆞᄃᆡ,

"몬져 배치ᄒᆞᆯ 거시 몃 가지나 되ᄂᆞ냐?"

413) 【고호ᄒᆞ다】 동 {고호(顧護)하다.} 돌보아주다. ¶ 顧 ‖ 내가 두려ᄒᆞᄂᆞᆫ 거시 아니라 다만 너의 무리 여러 사ᄅᆞᆷ을 일일히 고호ᄒᆞ기가 어렵도다 (我難道怕, 還要顧你們這些人.) <瑤華 18:88>

샹이 니ᄅᆞ되,

"젹병 대대(大隊)가 흠ᄭᅴ 오량이면 대젹ᄒᆞ기ᄂᆞᆫ 결단코 능치 못ᄒᆞ리니 다만 가히 가만ᄒᆞᆫ[414] 곳의 막ᄌᆞ롤 거술 배포ᄒᆞᆯ지니 뎨일은 반마삭을 느려 노코 뎨이ᄂᆞᆫ 굴헐을 파고 뎨삼은 바룸을 돌나 셔로 향ᄒᆞ게 ᄒᆞ여 져의 무리로 ᄒᆞ여곰 스ᄉᆞ로 싀살케 ᄒᆞ고 뎨ᄉᆞᄂᆞᆫ 눈가리ᄂᆞᆫ 법을 힝ᄒᆞ여야 가히 탈신ᄒᆞᆯ 계교가 될 거시 【90】 니 공쥬ᄂᆞᆫ 뻐 엇덧타 ᄒᆞᄂᆞ뇨?"

요홰 니ᄅᆞ되,

"반마삭은 판비ᄒᆞ기 쉬오나 굴헝 파기ᄂᆞᆫ 우리 사롬 슈회 젹으니 셩ᄉᆞᄒᆞ기 어려올가 ᄒᆞ노라."

샹이 니ᄅᆞ되,

"져거ᄉᆞᆫ 인력을 쓰지 말고 다만 아신이 황하슈 언덕 막던 법을 힝ᄒᆞ면 믄득 넉넉ᄒᆞᆯ 거시오 남져지[415] 두 가지ᄂᆞᆫ 노지 스ᄉᆞ로 ᄒᆞ리라."

요홰 니ᄅᆞ되,

"임의 그리ᄒᆞᆯ 양이면 우리 무리 그되로 ᄲᅡᆯ니 거힝ᄒᆞ리라."

아신이 니ᄅᆞ되,

"츄병(追兵)을 방어ᄒᆞ기ᄂᆞᆫ 네 가지 계괴 가히 뻐 되려니와 다만 두리기ᄂᆞᆫ 젼도(前途)의 다른 병미 와셔 량노(兩路)로 【91】 협공(夾攻)ᄒᆞ면 엇지 져당ᄒᆞ랴."

요홰 니ᄅᆞ되,

"그거ᄉᆞᆫ 의외에 나ᄂᆞᆫ 일이라. 미리 료량키 어렵고 ᄯᅩ 즉금으ᄂᆞᆫ 츄병을 져당ᄒᆞ고 다시 쳐치ᄒᆞ리라."

ᄒᆞ며 드ᄃᆡ여 아교 등으로 ᄒᆞ여곰 씌고 온 승삭을 취ᄒᆞ여 내여 대도 샹의 반마삭 십여 치롤 느러노코 샹이 니로되,

"우리 무리ᄂᆞᆫ 몬져 가고 다만 아신만 머무러 여긔 두어 굴헝을 파게."

ᄒᆞ니 요홰 드ᄃᆡ여 ᄒᆞ여곰 각기 발힝ᄒᆞᆯ시 아신이 니ᄅᆞ되,

"굴헝과 반마삭은 한곳의 ᄀᆞᆺ치 버리지 아닐지라. 셔(西)흐로 ᄉᆞ오 리롤 ᄯᅧ셔 배치ᄒᆞᄂᆞᆫ 거 【92】 시 조흐리라."

요홰 니ᄅᆞ되,

"올타."

ᄒᆞ고 드ᄃᆡ여 일졔히 발힝ᄒᆞᆯ식 노샹의 인연(人煙) 끈허져시미 가히 임의 ᄃᆡ로 판리ᄒᆞᆯ지라. 십여리롤 힝ᄒᆞ여 요홰 니ᄅᆞ되,

"우리 잠간 쉬고 내가 놉흔 곳의 가셔 병마가 오ᄂᆞᆫ지 아니 오ᄂᆞᆫ지 바라보리라."

ᄒᆞ고 산파(山坡)의 달녀 니ᄅᆞ러 븍편을 향ᄒᆞ여 바라보니, 과연 먼니셔 뎡긔(旌旗)가 표양ᄒᆞ고 젹병 대되 달녀오ᄂᆞᆫ되 대략이 상게(相距) 이십여 리ᄂᆞᆫ 되ᄂᆞᆫ지라. 드ᄃᆡ여 산파의 나려 샹이롤 ᄃᆡᄒᆞ여 니ᄅᆞ되,

"젹병이 임의 오나 아직은 셔로 머더라."

【93】 ᄒᆞ니 샹이 니로되,

"아신이 도라오면 ᄌᆞ연 져곳의 경경을 알니라."

말이 맛지 못ᄒᆞ여 아신이 말을 달려오니 아지 못게라 무ᄉᆞᆫ 일이 잇ᄂᆞᆫ고? 하회롤 보와 분힉ᄒᆞ라.

---

414) 【가만ᄒᆞ다】 형 은밀(隱密)하다. 비밀(秘密)하다. ¶ 暗 ‖ 젹병 대대가 흠ᄭᅴ 오량이면 대젹ᄒᆞ기ᄂᆞᆫ 결단코 능치 못ᄒᆞ리니 다만 가히 가만ᄒᆞᆫ 곳의 막ᄌᆞ롤 거술 배포ᄒᆞᆯ지니 (賊兵大隊而來, 若要對敵, 斷斷不能, 只可暗中攔截.) <瑤華 18:89>

415) 【남져지】 명 나머지. ¶ 以下 ‖ 져거ᄉᆞᆫ 인력을 쓰지 말고 다만 아신이 황하슈 언덕 막던 법을 힝ᄒᆞ면 믄득 넉넉ᄒᆞᆯ 거시오 남져지 두가지ᄂᆞᆫ 노지 스ᄉᆞ로 ᄒᆞ리라 (這不用人力, 只要新姐照壅塞黃河堤岸的法子就够了. 以下兩策, 奴子自能.) <瑤華 18:90>

[요화젼 瑤華傳 권지십구 卷之十九]

36

도인형방지험악 우방외막실인위
覩人形方知險惡 遇方外莫悉因由

【1】 화셜, 샹이 니ᄅᆞ되,

"아신이 도라오면 ᄌᆞ연 져곳 ᄉᆞ졍을 ᄌᆞ세히 알니라."

ᄒᆞ더니, 말이 맛지 못ᄒᆞ여 아신이 말을 날녀와 니ᄅᆞ되,

"적병이 우리를 ᄶᅩᆺᄎᆞ 반마삭(絆馬索) 느러노흔 쳐쇼의 니ᄅᆞ러 믄득 일대(一隊) 인ᄆᆡ(人馬) 얽히여 것구러지고 후ᄃᆡ 인ᄆᆡ 오더니 반마삭을 모다 끈허바리나 그러나 임의 조히 인마를 【2】 숀상(損傷)ᄒᆞ고, 뎨이ᄃᆡ(第二隊)ᄂᆞᆫ ᄯᅩ 굴헝의 ᄲᅡ지고 남져지ᄂᆞᆫ 언ᄆᆡ 못되ᄂᆞᆫᄃᆡ 급히 대영(大營)의 보ᄒᆞ라 가시니 ᄉᆡᆼ각건ᄃᆡ 져 대영의셔 반ᄃᆞ시 ᄶᅩᆺᄎᆞ올 거시니 우리 무리 밧비 옯흐로 가셔 은피(隱避)ᄒᆞᆯ 거술 ᄀᆞᆯ히ᄂᆞᆫ 거시 조흐리라."

요홰 니ᄅᆞ되,

"공산광야(空山曠野)의 어내 곳으로 죠ᄎᆞ 은피ᄒᆞ랴. 다시 져 무리 오기를 기다려 샹이(桑二)가 슈단을 부려 방어케 ᄒᆞ라."

샹이 니ᄅᆞ되,

"대대 인ᄆᆡ 오면 반ᄃᆞ시 비텬푀(飛天炮) ᄶᅡ라올 거시니 노ᄌᆞ(奴子)의 법력으로 ᄒᆞᆯ노 능히 비텬포를 져당치 못ᄒᆞᆯ 거시니 디방을 【3】 ᄀᆞᆯ히여 잠간 피ᄒᆞ고 그 긔셰가 느그러지기를 기다려 바야흐로 슈단을 부려 보리라."

양졍뷔(楊靜夫) 옯흘 향ᄒᆞ여 한번 가ᄅᆞ치며 니ᄅᆞ되,

"져 먼니 한 낫 토강(土崗)이 이시니 우리 져곳의 가셔 디형을 보와 능히 몸을 감초며 가히 그 젼봉(前鋒)의 예긔(銳氣)를 피ᄒᆞ리라."

ᄒᆞ니 요홰 니ᄅᆞ되,

"이ᄀᆞᆺ트면 우리 무리 ᄲᆞᆯ니 가ᄌᆞ."

ᄒᆞ고, 급히 힝ᄒᆞ여 토강의 니ᄅᆞ러 보니, 만산편야(漫山遍野)ᄒᆞ여 젹병이 크게 오ᄂᆞᆫ지라. 요홰 아리를 향ᄒᆞ여 보니 맛쵸와[416] 토굴이 잇셔 가히 은신ᄒᆞᆯ지라. 곳 【4】 즁인을 불너 가ᄅᆞ쳐 니ᄅᆞ되,

"져 토굴 쇽이 ᄆᆡ우 죠타."

ᄒᆞ고 드듸여 몬져 토강의 나리고 즁인이 ᄒᆞᆷᄭᅴ 나리ᄆᆡ 비텬포 쇼ᄅᆡ 산곡을 흔드ᄂᆞᆫ지라. 즁인이 각기 두려온 빗치 잇고 모다 말을 나리고 말을 먼 곳의 노와 바리고 각인이 ᄒᆞᆷᄭᅴ 토굴 쇽의 드러가ᄆᆡ 아신이 니ᄅᆞ되,

"젼ᄎᆞ(前次)의 ᄉᆞ부(師父)의 부쳐쥰 바 보신부(保身符)를 모다 신변의 두어 ᄡᅥ 블우지변(不虞之變)을 막ᄌᆞ."

ᄒᆞ니 요홰 ᄲᆞᆯ니 ᄎᆞ져내여 각인(各人)을 ᄎᆞ게 ᄒᆞ고, 드ᄅᆞᄆᆡ 포셩이 졈졈 ᄀᆞᆺ가온지라. 요홰 좌립(坐立)이 블평ᄒᆞ여 가마 【5】 니 토강의 올나 엿보니 보지 안터면 죠ᄒᆞᆯ 거술 한번 보ᄆᆡ 진ᄀᆡ 혼비ᄇᆡᆨ산(魂飛魄散)이 되ᄂᆞᆫ지라.

원ᄅᆡ 져 비텬포ᄂᆞᆫ 비단으로 ᄡᅥ 큰 폭쥭(爆竹)을 동혀셔 ᄆᆡ인(每人)이 숀으로 ᄭᅳ을고 엇기로 메여 슈삼십 기식 화약 뭇친 실고리[417]를 블

---

416) 【맛쵸와】 副 마침. ¶ 恰好 ‖ 요홰 아리를 향ᄒᆞ여 보니 맛쵸와 토굴이 잇셔 가히 은신ᄒᆞᆯ지라 (瑤華飛上土崗, 往下一看, 恰好有個土窟, 很可藏身.) <瑤華 19:3> ⇒ 마초아, 마초와, 마쵸아, 맛초아

417) 【藥線 약선】 yàoxiàn <名> 화약 뭇친 실고리 *火藥引線. ‖ "每人手提肩背二三十個, 點着葯線, 往空抛法, 打着人身, 炸開可以分裂屍身." ᄆᆡ인이 숀으로 ᄭᅳ을고 엇기로 메여 슈삼십 기식 화약 뭇친 실고리를 블 다려 공즁을 향ᄒᆞ여 더져 바리ᄆᆡ 사ᄅᆞᆷ의 몸의 부듸쳐 터지면 가히 시신을 분렬ᄒᆞ여내고 (瑤華 19:5)

다려 공중을 향ᄒᆞ여 더져 바리ᄆᆡ, 사ᄅᆞᆷ의 몸의 부딋쳐 터지면 가히 시신을 분렬(分裂)ᄒᆞ여 내고 만일 디하의 ᄯᅥ러졋다가 ᄎᆞᆼ동ᄒᆞ여 니러나면 사ᄅᆞᆷ이 ᄯᅩᄒᆞᆫ ᄯᅡ라 니러나 ᄉᆞ지가 흠긔 ᄯᅥ러지ᄂᆞᆫ 고로 일홈을 비텬포라 ᄒᆞ고 다라오ᄂᆞᆫ 인마【6】의 다소(多少)ᄅᆞᆯ 아지 못ᄒᆞᆯ지라. 우리ᄅᆞᆯ 보지 못ᄒᆞᆷ을 인ᄒᆞ여 져 사ᄅᆞᆷ들이 ᄉᆞ면으로 쵸탐(哨探)ᄒᆞᄂᆞᆫᄃᆡ 포셩이 크게 니러 산곡이 진동ᄒᆞᄂᆞᆫ지라.

요홰 져 무리들이 불가 두려 련망히 몸을 날녀 나려오나 임의 적병의 본 ᄇᆡ 되여 각기 비텬포로 쳐 오거ᄂᆞᆯ ᄲᆞᆯ니 토굴 쇽으로 피ᄒᆞ여 드러가니 져 토굴은 태평시졀의 거민(居民)들이 흙을 파셔 ᄆᆡᆫ든 비라. ᄆᆡ우 심슈(深邃)ᄒᆞ고 년ᄃᆡ(年代) 다소ᄂᆞᆫ 아지 못하며 견경(堅硬)ᄒᆞ게 ᄲᆞ흔 고로 아직 붕퇴치ᄂᆞᆫ 아니ᄒᆞ엿더니 이졔 포셩이 진동【7】ᄒᆞ고 대대인ᄆᆡ 즛ᄇᆞᆲ아 오ᄆᆡ 홀연이 터지ᄂᆞᆫ 한 쇼릐의 붕퇴ᄒᆞ여 나리ᄂᆞᆫ지라. 아신은 능히 몸을 날녀 쇼ᄉᆞ 오ᄅᆞ고 요화 등 륙인은 일졔히 굴 쇽의 ᄲᅡ져시니 장헌츙(張獻忠)의 인ᄆᆡ 놀나셔 도로혀 살 한 밧탕 동안[418]을 믈너가고 방비치 못ᄒᆞᆷ을 인ᄒᆞ여 오히려 허다히 숀샹ᄒᆞ고 다시 각쳐로 쵸탐ᄒᆞ나 아오로 인적이 업ᄂᆞᆫ지라. 도시 토굴 쇽의 ᄲᅡ진 쥴 알고 다만 군ᄉᆞᄅᆞᆯ 거두워 도라가더라.

지셜 요화 등 륙인이 토굴의 ᄲᅡ지고 아신이 공중의 비등(飛騰)ᄒᆞ여 보니【8】장헌츙의 병ᄆᆡ 졈졈 흣터지니 비텬포ᄂᆞᆫ 오히려 나라 사ᄅᆞᆷ을 치ᄂᆞᆫ 거시 잇ᄂᆞᆫ지라. 아신이 ᄯᅩᄒᆞᆫ 감히 급히 나려오지 못ᄒᆞ고 겨유 공중의 잇셔 법력을 힝ᄒᆞ여 그 붕퇴ᄒᆞᆫ 흙덩이ᄅᆞᆯ 가져 바ᄅᆞᆷ을 부러 보내여 노샹의 더진 후의 토굴 쇽을 향ᄒᆞ여 한번 보니 륙인이 모다 긔식(氣塞)ᄒᆞ여 누은 거시 죽은 것 ᄀᆞᆺᄐᆞ나 다ᄒᆡᆼ이 숀샹치ᄂᆞᆫ 아니ᄒᆞ고 각인의 가슴을 만지ᄆᆡ 오히려 온긔ᄂᆞᆫ 이시니 이거ᄉᆞᆫ 모다 호신부의 힘일너라.

아신이 ᄯᅩ 신령ᄒᆞᆫ 긔운을 운젼ᄒᆞ【9】여 각인을 부러 ᄭᆡ이ᄃᆡ 오직 삼져(三姐)ᄂᆞᆫ 인ᄉᆞ(人事)ᄅᆞᆯ 블셩(不省)ᄒᆞᄂᆞᆫ지라. 요홰 십분 민망ᄒᆞ여 ᄒᆞ니 샹이 니ᄅᆞᄃᆡ,

"무방타."

ᄒᆞ고 드ᄃᆡ여 그 입을 밧들고 힘을 다ᄒᆞ여 긔운을 부러 너흐니 겨유 ᄭᆡ여ᄂᆞᆫ지라. 아신이 나무ᄅᆞᆯ 가져다가 탕슈(湯水)[419]ᄅᆞᆯ ᄆᆡᆫᄃᆞ러 각인이 먹고 건량으로 요긔ᄒᆞᆫ 후의 격이 경신이 나ᄂᆞᆫ지라. 졍히 발힝코져 ᄒᆞ더니 홀연 보니 셔남각(西南角) 상의셔 틔글[420]이 놉히 니러나 ᄯᅩ 병ᄆᆡ 니ᄅᆞᄂᆞᆫ 것 ᄀᆞᆺᄐᆞᆫ지라. 요홰 놀나 니ᄅᆞᄃᆡ,

"져 무리 병ᄆᆡ 와셔 우리ᄅᆞᆯ 잡으려【10】ᄒᆞ면 이졔 각인의 경력이 도시 업ᄉᆞ니 반ᄃᆞ시 살오잡히미 되리라."

아신이 ᄲᆞᆯ니 산모롱이의 올나 먼니 바라보고 나려와 니ᄅᆞᄃᆡ,

"됴량컨ᄃᆡ 필시 쟝일(張一)의 병ᄆᆡ 온다."

ᄒᆞ거ᄂᆞᆯ 죠의(趙宜) ᄯᅩ 븍편을 가ᄅᆞ쳐 니ᄅᆞᄃᆡ,

"져거시 ᄯᅩ 병ᄆᆡ 오ᄂᆞᆫ 거시 아니냐?"

즁인이 보ᄆᆡ 과연 진퇴 츙텬ᄒᆞ며 오ᄂᆞᆫ 거시 심히 급ᄒᆞᆫ지라. 요홰 샹이로 ᄒᆞ여금 법력을 힝ᄒᆞ여 ᄲᅧ 그 봉예(鋒銳)ᄅᆞᆯ 피ᄒᆞ게 ᄒᆞ더니 즉시 두 군시 일졔히 니ᄅᆞ러 각기 힐칙ᄒᆞ니 원ᄅᆡ 장헌츙이 쟝일의 노략ᄒᆞᆫ 남부(男婦)ᄅᆞᆯ【11】ᄌᆞ긔의 진중의 감쵸와 두고 즉시 와셔 밧치지 아니ᄆᆞᆯ 탐지ᄒᆞ고 군ᄉᆞᄅᆞᆯ 발ᄒᆞ여 와셔 문죄ᄒᆞ미 쟝일

---

418)【一箭之地 일전지지】yījiànzhīdì 한 ᄇᆡ탕 (博文 西廂 67) ▼살 한 밧탕 동안 ‖ "張獻忠人馬, 也驚得倒退了一箭之地." 장헌츙의 인ᄆᆡ 놀나셔 도로혀 살 한 밧탕 동안을 믈너가고 (瑤華 19:7) ▼ᄒᆞᆫ 살 동안 ‖ "馬超見張飛軍到, 把槍望後一招, 約退軍有～。" 마툐 댱비의 오믈 보고 창으로 뒤흘 ᄇᆞ라며 ᄒᆞᆫ 번 두로티니 군시 ᄒᆞᆫ 살 동안은 므ᄅᆞ거ᄂᆞᆯ (三國 21:52)

419)【탕슈】명 {탕수(湯水).} 끓인 물. ¶ 湯水 ‖ 아신이 나무ᄅᆞᆯ 가져다가 탕슈ᄅᆞᆯ ᄆᆡᆫᄃᆞ러 각인이 먹고 건량으로 요긔ᄒᆞᆫ 후의 격이 경신이 나ᄂᆞᆫ지라 (阿新於野地拾取柴薪, 煮了湯水, 各人吃了, 又將乾粮充了饑, 然後稍有精神.) <瑤華 19:9> 開水 ‖ 모다 먹기 슬흐니 도로혀 탕슈ᄅᆞᆯ 가져오라 (總不要吃, 倒是開水拿一杯來.) <快心 18:48>

420)【틔글】명 티끌. ¶ 塵頭 ‖ 졍히 발힝코져 ᄒᆞ더니 홀연 보니 셔남각 상의셔 틔글이 놉히 니러나 ᄯᅩ 병ᄆᆡ 니ᄅᆞᄂᆞᆫ 것 ᄀᆞᆺᄐᆞᆫ지라 (正要啓行, 忽見西南上塵頭高起, 像有兵馬到來.) <瑤華 19:9> 인귀 소ᄅᆞᆯ 븟들고 밧츨 갈녀 ᄒᆞ더니 믄득 동 다히로 광풍이 니러나며 즘기 멘 소가 놀나 닷고져 ᄒᆞ거ᄂᆞᆯ 인귀 쇼ᄅᆞᆯ 잡고 셔ᄂᆞ 보니 틔글이 뭉킈ᄂᆞᆫ 중 ᄒᆞᆫ 즘싱이 발톱을 거ᄉᆞ리고 다라들거ᄂᆞᆯ <셜인 1:24> ⇒ 듯글, ᄯᅳᆺ글, ᄢᅴ글, ᄢᅴ끌, ᄣᅵᆺ글, 틋글, 틧글

이 져뢰(抵賴)ᄒᆞ고 항복지 아니ᄂᆞᆫ지라. 량군이 믄득 셔로 ᄉᆡ살ᄒᆞᄆᆡ 포셩은 긋치지 아니코 고함 쇼릐 하ᄂᆞᆯ의 련ᄒᆞ더니 한 시긱이 지나ᄆᆡ 젹연ᄒᆞ여 쇼릐 업셔지니 ᄉᆡᆼ각건ᄃᆡ 승뷔 임의 난호인지라. 즁인이 산모롱이의 올나 바라보니 쟝일의 병ᄆᆡ 픠ᄒᆞ여 쥭엄[421]이 들의 가득ᄒᆞ고 최즁(輜重)을 바린 거시 심히 만흔지라.

ᄎᆞ시 요화의 량식(糧食)이 임의 지나【12】ᄆᆡ[진(盡)ᄒᆞᄆᆡ], 각인이 옮흐로 가 쁠만ᄒᆞᆫ 물건을 골희여 슈습ᄒᆞ여 오니 이거ᄉᆞᆯ 어더 졉졔(接濟)되ᄆᆡ 각기 깃거ᄒᆞ고 ᄯᅩ 보니 빅포쟝막 한 뭉치가 노방(路傍)의 노혓ᄂᆞᆫ지라. 가져다가 쟝막을 쳐노코 각기 그 쇽의 잇셔 헐식(歇息)ᄒᆞ고[422] 슈일을 죠셥(調攝)ᄒᆞ여 옮흐로 나아갈ᄉᆡ 졈졈 심산궁곡(深山窮谷)의 묘연이 인젹이 업셔지고 ᄯᅩ 힝ᄒᆞᆫ지 삼ᄉᆞ일의 량식이 모다 진ᄒᆞᆫ지라. 셔로 의론ᄒᆞᄃᆡ,

"이러ᄐᆞᆺ 황량ᄒᆞᆫ 곳의 어ᄃᆡ가 량식을 어드랴?"

요홰 니ᄅᆞᄃᆡ,

"이졔 츄졀(秋節)이 진ᄒᆞᄆᆡ 졍히 잡곡【13】이 결실ᄒᆞᄂᆞᆫ ᄯᅢ라, 임의 인젹이 업ᄉᆞ니 반ᄃᆞ시 밧희 홋허 이실지라. 아지 못게라 근쳐의 가히 그런 거시 이시랴?"

아신이 급히 산머리의 올나 ᄉᆞ면을 바라보고 니ᄅᆞᄃᆡ,

"츄슈 아니ᄒᆞᆫ 잡곡이 대로의 만히 이시니 우리 무리 옮흐로 가셔 취ᄒᆞ리라."

ᄒᆞ고 즁인이 밧희 나려 버혀 노흐ᄆᆡ 요홰 니ᄅᆞᄃᆡ,

"비록 잡곡은 이시나 도로혀 육미ᄅᆞᆯ 어더야 가히 츙긔(充飢)ᄒᆞ리라."

아쾨 니ᄅᆞᄃᆡ,

"비지 공쥬와 더브러 산즁의 드러가 산양ᄒᆞ면 ᄌᆞ연 노루와 ᄉᆞ슴을 어드리라."

요홰【14】그 말을 조ᄎᆞ 각기 도검과 탄ᄌᆞᄅᆞᆯ 가지고 그을너 깁흔 산의 드러가 각쳐로 뒤혀 겨유 슈삼 개 톳기와 ᄉᆞ슴을 어든지라. 협의(愜意)치 못ᄒᆞ여 길을 ᄎᆞᄌᆞ 나오더니 홀연 보ᄆᆡ 산곡 즁으로 두ᄀᆡ 들쇼가 달녀 나오ᄂᆞᆫᄃᆡ 긔세가 심히 흉ᄆᆡᆼ(凶猛)ᄒᆞᆫ지라. 아쾨 쇼릐질너 니ᄅᆞᄃᆡ,

"들쇼가 다라 나오니 쾌히 피ᄒᆞᄌᆞ."

ᄒᆞ더니 요홰 보니 그 즘ᄉᆡᆼ이 도로혀 가히 먹음즉 ᄒᆞᆫ지라. 드ᄃᆡ여 몰을 노와 마ᄌᆞ 올나 몬져 한ᄀᆡ 탄ᄌᆞᄅᆞᆯ 노하 옮셔 오ᄂᆞᆫ 쇼의 눈을 맛치니 그 쇼가 알픈 거ᄉᆞᆯ 견ᄃᆡ【15】지 못ᄒᆞ여 믈너가며 어ᄌᆞ러이 뛰니 뒤희 오든 쇼가 셔로 마죠쳐 부ᄃᆡ쳐 각기 너머지ᄂᆞᆫ지라. 요홰 ᄯᅡ라 올나 탄ᄌᆞ 맛지 아니ᄒᆞᆫ 쇼ᄅᆞᆯ 가져 특별이 표챵(標槍)으로 지ᄅᆞ니 탄ᄌᆞ 마진 쇼가 몸을 번드겨[423] 다라들거ᄂᆞᆯ 요홰 다시 표창으로 ᄯᅩ 지ᄅᆞ니 량ᄀᆡ 아오로 쥭은지라. 요홰 보기의 두 쇼가 쳔근즁(千斤重)이나 되거ᄂᆞᆯ 능히 ᄭᅳ러오지 못ᄒᆞᆯ 쥴 알고 다만 말을 노화 다라오니 즁인이 잡곡을 용졍(舂精)ᄒᆞ여시나 다만 긔명(器皿)이 업ᄂᆞᆫ지라. 요홰 니ᄅᆞᄃᆡ,

"임의 량식을 어더시니 촌가의 사【16】롬은 비록 업ᄉᆞ나 필연 긔명은 이실 거시니 가히 각쳐의 가셔 뒤지면 가히 어드리라."

즁인이 길을 난호와 어드라 가고 아쾨 니ᄅᆞᄃᆡ,

"공쥬야 그 들쇼ᄅᆞᆯ 엇지ᄒᆞ려 하ᄂᆞ냐?"

요홰 니ᄅᆞᄃᆡ,

"쇼ᄅᆞᆯ 임의 쳐 쥭여시나 이리로 ᄭᅳ러오기ᄂᆞᆫ 어려오니 너의 그 곳의 가셔 지할(裁割)ᄒᆞ여 힘을 허비치 아니케 ᄒᆞ라."

졍히 말ᄒᆞᄆᆡ 졍부 무리 긔명졔구ᄅᆞᆯ 가지고 오거ᄂᆞᆯ 요홰 무ᄅᆞᄃᆡ,

---

421) 【쥭엄】 명 주검. 시체(屍體). ¶ 屍 ‖ 즁인이 산모롱이의 올나 바라보니 쟝일의 병ᄆᆡ 픠ᄒᆞ여 쥭엄이 들의 가득ᄒᆞ고 최즁을 바린 거시 심히 만흔지라 (大家奔上土崗, 見張一這支兵馬, 殺得屍橫遍野, 遺下輜重甚多.) <瑤華 19:11> ⇒ 주검

422) 【헐식ᄒᆞ다】 동 헐슉(歇息)하다. ¶ 歇息 ‖ 가져다가 쟝막을 쳐노코 각기 그 쇽의 잇셔 헐식ᄒᆞ고 슈일을 죠셥ᄒᆞ여 옮흐로 나아갈ᄉᆡ (衆人一一拾了回來, 先支開行帳, 令各人在內歇息. 衆人又調養了兩天, 然後起身前進.) <瑤華 19:12>

423) 【번드기다】 동 뒤집다. ¶ 翻身 ‖ 요홰 ᄯᅡ라 올나 탄ᄌᆞ 맛지 아니ᄒᆞᆫ 쇼ᄅᆞᆯ 가져 특별이 표챵으로 지ᄅᆞ니 탄ᄌᆞ 마진 쇼가 몸을 번드겨 다라들거ᄂᆞᆯ 요홰 다시 표창으로 ᄯᅩ 지ᄅᆞ니 량ᄀᆡ 아오로 쥭은지라 (瑤華趕上, 將未中彈的牛特發一標槍. 那中彈的牛, 飜身撲來, 瑤華復又加上一標槍, 兩牛幷斃) <瑤華 19:15>

"엇지ᄒᆞ여 반일이 되엿ᄂᆞ냐?"

아신이 니ᄅᆞ되,

"이 집의 가셔 업ᄉᆞ면 져 집의 가셔 엇는 되 각 집의 【17】 도시 죽은 사ᄅᆞᆷ의 빅골이 낭ᄌᆞ ᄒᆞ니 죠히 가련ᄒᆞ더라."

ᄒᆞ거ᄂᆞᆯ 요홰 드ᄅᆞ미 눈물이 나리믈 씨ᄃᆞᆺ 지 못ᄒᆞ고 아괴 즁인을 다리고 산즁의 드러가 쇼ᄅᆞᆯ 지할ᄒᆞ여 육죵을 메여오고 ᄯᅩ 산의 올나가 나무ᄒᆞ기로 반일을 번요(煩鬧)ᄒᆞ여 각기 죠비가 된지라. 아신이 웃고 니ᄅᆞ되,

"너의가 져 쇼가 어ᄃᆡ로 죠ᄎᆞ 오는 쥴 아 ᄂᆞ냐?"

요홰 니ᄅᆞ되,

"그거시 엇진 말이냐?"

아신이 니ᄅᆞ되,

"져거시 ᄉᆞ뷔 산즁의 잇셔 모라다가 쥬신 거시니 챵졸간의 엇지 그런 물건을 만나랴."

즁인이 각기 공즁 【18】 을 바라보고 고두(叩頭) 샤례ᄒᆞ더라.

어시의 즁인이 한 ᄎᆞ례 포씌(飽喫)ᄒᆞ고 남은 미육을 싱구의 시러가지고 즉시 발힝ᄒᆞᆯ시 요홰 길히셔 무ᄅᆞ되,

"필경 아미산(峨嵋山) 가기가 언마 노졍이 남앗ᄂᆞ냐?"

조의 니ᄅᆞ되,

"드ᄅᆞ니 그 산이 가졍즁[쥬](嘉定州) 아미현(峨嵋縣)의 잇다 ᄒᆞ니 여긔셔 샹게 십여 일 노졍이 될가 ᄒᆞ노라."

아신이 나ᄅᆞ되,

"공쥬는 가히 노졍 원근을 의론치 말고 다만 셩심을 향ᄒᆞ여 가게 ᄒᆞ라."

죠의 니ᄅᆞ되,

"이리로 가는 도로의는 도시 도젹이 업ᄉᆞ나 다만 인연이 ᄭᅳ허져시니 그리ᄒᆞ면 가 【19】 기 어려오리라."

요홰 심즁의 번민ᄒᆞ여 ᄒᆞ고 ᄯᅩ 칠팔일을 힝ᄒᆞ여 두어 곳 촌쟝(村莊)이 이시믈 보고 그곳으로 ᄎᆞᄌᆞ 드러가니 촌쟝 사ᄅᆞᆷ들이 요화 무리 오는 거ᄉᆞᆯ 보고 기기히 이샹히 너기며 그 즁 한 노인이 ᄋᆞᆸ흐로 와 무ᄅᆞ되,

"너의 각 위(位)가 어ᄃᆡ로 죠ᄎᆞ 왓ᄂᆞ냐?"

죠의 니ᄅᆞ되,

"셤셔싱(陝西省)으로 죠ᄎᆞ 왓노라."

노인이 니ᄅᆞ되,

"아야 너의 무리 모다 나라 단닐 쥴을 아라야 비로쇼 지나왓실지니 만일 아모 길노 죠ᄎᆞ 오량이면 그 길의 힝인이 ᄭᅳ허지미 임의 슈년이 되 【20】 엿ᄂᆞ니라."

죠의 니ᄅᆞ되,

"우리 무리 ᄯᅩ 나리[424]가 업ᄉᆞ니 엇지 나라왓시랴?"

노인이 니ᄅᆞ되,

"그러ᄒᆞ면 ᄯᅩ 긔이ᄒᆞ도다."

요홰 여러 날 인연(人煙)을 보지 못ᄒᆞ다가 심히 깃거ᄒᆞ여 졍부로 ᄒᆞ여금 그 집다려 무러 ᄎᆞ슉(借宿)게 ᄒᆞ랴 ᄒᆞ니 노인이 응낙ᄒᆞ거ᄂᆞᆯ 드ᄃᆡ여 힝쟝을 푸러 나리고 내간의 니ᄅᆞ러 쥬졉ᄒᆞ고 쥬인다려 무ᄅᆞ되,

"이곳은 도젹이 업ᄂᆞ냐?"

그 사ᄅᆞᆷ이 니ᄅᆞ되,

"이곳은 산곡간 유벽ᄒᆞᆫ 길이미 도젹이 이리로 지나 단니지 아니키로 우리 무리 도로혀 안연(安然)이 거쥬ᄒᆞ고 그러치 【21】 아니 ᄒᆞ더면 일죽 피ᄒᆞ여 갓시리라."

ᄒᆞ고 다시 무ᄅᆞ되,

"너의 무리 어ᄃᆡ로 죠ᄎᆞ 가려 ᄒᆞᄂᆞ냐?"

요홰 니ᄅᆞ되,

"아미산으로 가려 ᄒᆞᄂᆞ니라."

노인이 져의 쇼년다려 무ᄅᆞ되,

"젼일의 도싀 지나가며 말ᄒᆞ기ᄅᆞᆯ 아미산으로 죠ᄎᆞ 간다 ᄒᆞ고 슈일을 격ᄒᆞ여 몃 기 녀랑(女娘)이 슈삼 개 남ᄌᆞᄅᆞᆯ 다리고 이곳을 지나갈 거시니 몬져 쇼식을 통ᄒᆞ여 져다려 말ᄒᆞ기ᄅᆞᆯ 내가 젼면의 잇셔 등ᄃᆡ(等待)ᄒᆞᆯ 거시니 져의 무리ᄅᆞᆯ 가ᄅᆞ쳐 쇽쇽(速速)히 ᄯᆞ라오면 ᄉᆞᄉᆞ로 죠흔 곳이 잇다 아니ᄒᆞ더냐?"

그 쇼년이 졈 【22】 두(點頭)ᄒᆞ거ᄂᆞᆯ, 요홰 무ᄅᆞ되,

"그 사ᄅᆞᆷ의 모양이 엇더 ᄒᆞ더냐?"

그 쇼년이 ᄃᆡ답ᄒᆞ되,

"면뫼 빅졍(白淨)ᄒᆞ며 삼십셰즘 되고 삼각슈(三角鬚)가 나고 포단(蒲團)을 지고 일파(一把)

---

424) 【나리】 명 날개. ¶ 翅膀 ‖ 우리 무리 ᄯᅩ 나리가 업ᄉᆞ니 엇지 나라왓시랴 (我們又沒翅膀, 怎麽會飛?) <瑤華 19:20> ⇒ 날기, 날이, ᄂᆞᆯ개, ᄂᆞᆯ기, ᄂᆞᆯ릐

ᄌᆞᆼ려션자(棕櫚扇子)ᄅᆞᆯ 가젓ᄂᆞᆫᄃᆡ 일ᄀᆡ 파리ᄎᆡ425)ᄅᆞᆯ 다라시니 너의 무리가 아라내ᄀᆡᆺᄂᆞ냐?"

요홰 죠의와 ᄀᆞᆺ치 반일을 ᄉᆡᆼ각ᄒᆞ나 그 모양 사ᄅᆞᆷ은 업ᄂᆞᆫ지라. 한ᄌᆞ음의 쥬인이 쥬효(酒肴)ᄅᆞᆯ 버려 요화 무리ᄅᆞᆯ 쳥ᄒᆞ여 먹으라 ᄒᆞ거ᄂᆞᆯ 요홰 사양치 못ᄒᆞ여 바야흐로 먹고 ᄯᅩ 쇼년다려 무ᄅᆞᄃᆡ,

"여긔셔 아미산 가기가 언마나 되ᄂᆞ냐?"

쇼년이 【23】 니ᄅᆞᄃᆡ,

"그 산밋가지 가기ᄂᆞᆫ 오륙 참(站)의 지나지 못ᄒᆞ나 산의 올나가기가 ᄆᆡ우 머러 우리 무리 지련(地連)ᄒᆞ여 언마 노졍이 되ᄂᆞᆫ지 아디 못ᄒᆞ고 우리 니웃 사ᄅᆞᆷ의 말을 드ᄅᆞ니 산샹의 셰 긔 고봉(高峰)이 잇다 ᄒᆞ더라."

요홰 니ᄅᆞᄃᆡ,

"가히 명ᄶᆞ(名字) 잇ᄂᆞ냐?"

쇼년이 니ᄅᆞᄃᆡ,

"대아(大峨)와 즁아(中峨)와 쇼아(小峨)라 ᄒᆞᄂᆞᆫᄃᆡ 대아가 가쟝 놉고 즁쇼 량아(兩峨)ᄂᆞᆫ 져기 낫다 ᄒᆞ더라."

요홰 니ᄅᆞᄃᆡ,

"그 쇽의 무ᄉᆞᆫ ᄉᆞ찰이 잇다 ᄒᆞ더냐?"

그 쇼년이 니ᄅᆞᄃᆡ,

"그거ᄉᆞᆫ 듯지 못ᄒᆞ엿노라."

요홰 경부ᄅᆞᆯ ᄃᆡᄒᆞ여 니ᄅᆞᄃᆡ,

"내 신샹이 ᄆᆡ우 【24】 곤핍ᄒᆞ니426) 여긔 잇셔 슈일을 지쳬코져 ᄒᆞ나 다만 아지 못게라 져의 무리 즐겨 드ᄅᆞᆯᄂᆞᆫ지 너ᄂᆞᆫ 져다려 말ᄒᆞ여 엇지 ᄃᆡ답ᄒᆞᆯᄂᆞᆫ지 보라."

경뷔 쇼년을 닛글고 나가셔 한 ᄎᆞ례 말ᄒᆞ더니 드러와 니ᄅᆞᄃᆡ,

"져의 무리 허락ᄒᆞᆫ다."

ᄒᆞ거ᄂᆞᆯ 요홰 드ᄃᆡ여 즁인으로 ᄒᆞ여금 ᄒᆡᆼ쟝을 안돈ᄒᆞ고 일야ᄅᆞᆯ 평안히 쉬고 명죠의 몸을 니러 각쳐로 단니며 구경ᄒᆞ더니 한 곳을 다ᄃᆞᄅᆞ니 방옥(房屋)이 경결ᄒᆞ거ᄂᆞᆯ 우연이 여러보니 한가지 무ᄉᆞᆫ 물건인지 모ᄅᆞᄂᆞᆫ 거시 빗겨 【25】 목탑 우희 잇거ᄂᆞᆯ ᄌᆞ셰히 보와 맛ᄎᆞᆷ내 ᄭᆡᄃᆞᆺ지 못ᄒᆞ고 져기 멈츄ᄆᆡ 그 물건이 능히 젼칙(轉側)ᄒᆞᄂᆞᆫ지라. ᄆᆞ옴의 심히 의아ᄒᆞ더니 맛쵸아 아괴 와셔 밥을 쳥ᄒᆞᄂᆞᆫ지라. 아교로 ᄒᆞ여금 한번 보라 ᄒᆞᄆᆡ ᄯᅩᄒᆞᆫ 무어신지 아지 못ᄒᆞᄂᆞᆫ지라. 드ᄃᆡ여 갓치 도라와 밥을 먹으며 본 바ᄅᆞᆯ 가져 즁인의게 말ᄒᆞ고 양경부로 ᄒᆞ여금 쥬인의게 무러보라 ᄒᆞ니 반일만의 도라와 말ᄒᆞᄃᆡ,

"노직 가셔 어제 슈작ᄒᆞ던 그 쇼년다려 무ᄅᆞ니 말ᄒᆞ기ᄅᆞᆯ, '너의 무리가 아미산으 【26】 로 가려하ᄆᆡ 그 일을 구ᄐᆞ여 말ᄒᆞ지 아닛ᄂᆞᆫ다.' ᄒᆞ거ᄂᆞᆯ 노직 니ᄅᆞᄃᆡ, '우리 무리 보ᄆᆡ 모다 ᄭᆡᄃᆞᆺ지 못ᄒᆞ여 의혹을 면치 못ᄒᆞ고 아미산으로 가려 ᄒᆞᄆᆡ 졍히 져런 긔이ᄒᆞᆫ 일을 알 거시니 네 ᄉᆡᆼ각의 우리 사ᄅᆞᆷ들이 ᄆᆡ우 허겁(虛怯)ᄒᆞ냐? 너ᄂᆞᆫ 다만 말ᄒᆞᄂᆞᆫ 거시 무방ᄒᆞ리라.' 그 쇼년이 ᄃᆡ답ᄒᆞᄃᆡ '그거시 한낫 사ᄅᆞᆷ이라.' ᄒᆞ거ᄂᆞᆯ 노직 져ᄅᆞᆯ ᄭᅮ지져 니ᄅᆞᄃᆡ, '엇지 사ᄅᆞᆷ이냐? 네가 우리ᄅᆞᆯ 쇽이지 말나' ᄒᆞᄆᆡ 그 쇼년이 니ᄅᆞᄃᆡ, '너의 그 곡졀을 모ᄅᆞᄆᆡ 밋지 아니ᄒᆞᄂᆞᆫ 거시니 내 【27】 셔셔히 말ᄒᆞ여 너로 ᄒᆞ여금 듯게 ᄒᆞ리라. 그 사ᄅᆞᆷ이 약ᄌᆡᄅᆞᆯ ᄏᆡ라 단니ᄂᆞᆫᄃᆡ 져 아미산 쇽의 죠ᄒᆞᆫ 약ᄌᆡ 만히 나기로 졔가 ᄆᆡ년의 그 산즁의 드러가 ᄏᆡ더니 젼년의 ᄏᆡ라 가셔 보ᄆᆡ 그 쇽은 약ᄌᆡ 만치 아니ᄒᆞ기로 건량을 가지고 깁흔 곳의 드러가 ᄏᆡ다가 노곤ᄒᆞ여 ᄌᆞ더니 ᄉᆡᆼ각지 아니ᄒᆞᆫ 산즁의 대망(大蟒)이 먹을 거ᄉᆞᆯ ᄎᆞᄌᆞ라 나왓다가 져ᄅᆞᆯ 잡아 숨켜 ᄇᆡ쇽의 너흐니 졔가 잠이 ᄭᆡᄆᆡ 혼신(渾身)이 견ᄃᆡᆯ 길이 업ᄂᆞᆫ지라. 졔가 리검(利劍)을 몸의 진히므로 급히 칼 【28】 ᄒᆞᆯ 가져 ᄇᆡ암의 ᄇᆡᄅᆞᆯ 가ᄅᆞ고 산 우희 ᄠᅥ러져 노힌지라. 여러 동뮈 지나다가 보고 메여 내매 그 ᄡᅥᆨᄂᆞᆫ 오히려 셜화(說話)ᄂᆞᆫ ᄒᆞ나 다만 신샹의 피육이 졈졈 쇼화(消化)ᄒᆞ여지ᄂᆞᆫ지라. 급히 메여다가 약을 어더 죠치ᄒᆞ나 임의 불셩(不成) 모양이 되고 다

425) 【파리ᄎᆡ】 명 파리채. ¶ 拂子 ‖ 면뫼 ᄇᆡᆨ졍ᄒᆞ며 삼십 셰즘 되고 삼각슈가 나고 포단을 지고 일파 ᄌᆞᆼ려션자ᄅᆞᆯ 가젓ᄂᆞᆫᄃᆡ 일ᄀᆡ 파리ᄎᆡᄅᆞᆯ 다라시니 너의 무리가 아라내ᄀᆡᆺᄂᆞ냐 (白白淨淨, 有個三十來歲, 三牙鬚, 肩上背個蒲團, 手裏拿着一把棕扇, 扇頭上就有一個拂子, 大約你們都認識的.) <瑤華 19:22> ⇒ ᄑᆞ리채

426) 【곤핍ᄒᆞ다】 형 {곤핍(困乏)하다.} 피곤(疲困)하다. ¶ 困倦 ‖ 내 신샹이 ᄆᆡ우 곤핍ᄒᆞ니 여긔 잇셔 슈일을 지체코져 ᄒᆞ나 다만 아지 못게라 져의 무리 즐겨 드ᄅᆞᆯᄂᆞᆫ지 너ᄂᆞᆫ 져다려 말ᄒᆞ여 엇지 ᄃᆡ답ᄒᆞᆯᄂᆞᆫ지 보라 (我這多時身子甚覺困倦, 竟欲在此耽擱數日, 但不知他們可肯, 你可與他們說知, 看是如何?) <瑤華 19:24>

힝이 ᄌᆞ두지복(自頭至腹)은 여젼ᄒᆞ나 오관(五官)과 슈족이 녹아 업고 이졔 다만 나무등걸ᄀᆞᆺ치 한 죠각이 잇ᄂᆞᆫ지라. 너의 보기의 죽은 것 ᄀᆞᆺᄐᆞ나 기실은 ᄉᆞ라 잇고 날마다 능히 음식은 먹으나 다만 셜화ᄂᆞᆫ 못ᄒᆞᆫ다 ᄒᆞ더라."

요홰 니ᄅᆞ되,

"임의 【29】 셜화ᄅᆞᆯ 못ᄒᆞ면 무어ᄉᆞᆯ ᄎᆞᆺᄂᆞᆫ지 복시(服侍)ᄒᆞᄂᆞᆫ 사ᄅᆞᆷ이 엇지 아라듯ᄂᆞ냐?"

경뷔 니ᄅᆞ되,

"그 일을 역시 쇼년다려 무러보ᄆᆡ 제 말이 모다 ᄒᆞᄂᆞᆫ지 져 귀가 이시ᄆᆡ 복시ᄒᆞᄂᆞᆫ 무리 모다 익이 안다 ᄒᆞ더라."

요홰 니ᄅᆞ되,

"져 산즁이 이러ᄐᆞᆺ 흉험(凶險)ᄒᆞ니 우리 무리 이졔 가ᄆᆡ 도로혀 엇던 모양을 당ᄒᆞᆯᄂᆞᆫ지 아지 못ᄒᆞ리로다."

아신이 겻ᄒᆡ셔 니ᄅᆞ되,

"대망의 사ᄅᆞᆷ 먹ᄂᆞᆫ 거시 무슨 긔이ᄒᆞᆫ 일이 되랴? 내 비쇽의 언마 사ᄅᆞᆷ을 멋엇ᄂᆞᆫ지 아지 못ᄒᆞ며 다만 벅벅이[427] 내가 먹을 거 【30】 시라야 비로쇼 능히 입의 니ᄅᆞ고 그러치 못ᄒᆞ면 아모리 먹으려 ᄒᆞ나 능히 못ᄒᆞᆯ 거시오. 만일 방한(防閑)이 업ᄉᆞ면 셰상 사ᄅᆞᆷ을 모다 먹지 못ᄒᆞ랴?"

요홰 졈두ᄒᆞ며 니ᄅᆞ되,

"네가 이왕 지내여 본 일이니 엇지 아지 못ᄒᆞ랴."

아괴 니ᄅᆞ되,

"우리 무리 가ᄂᆞᆫ듸 너와 ᄀᆞᆺ치 동힝ᄒᆞ니 만일 대망이 우리 동ᄉᆞ(同事)ᄒᆞᄂᆞᆫ 사ᄅᆞᆷ은 먹지 못ᄒᆞ리라."

아신이 즘즛[428] 니ᄅᆞ되,

"그거ᄉᆞᆫ 그러치 아니ᄒᆞ니 만일 네 명이 벅벅이 져의게 먹힐 터이 되면 내가 ᄉᆞ경을 말ᄒᆞᆫ다 ᄒᆞ여도 도시 듯지 아니 【31】 ᄒᆞ리라."

ᄒᆞ니 즁인이 모다 웃더라.

당야(當夜)의 헐슉ᄒᆞ고 ᄎᆞ일의 죠반을 맛치고 홀연 드ᄅᆞ니 먼니셔 함셩이 대진ᄒᆞᄂᆞᆫ듸 졈졈 갓가히 오ᄂᆞᆫ지라. 맛쵸와 타문(打門)ᄒᆞᄂᆞᆫ 쇼러 나거ᄂᆞᆯ 경뷔 나가셔 연유ᄅᆞᆯ 무러 보고 드러와 니ᄅᆞ되,

"노쥬인이 와셔 말ᄒᆞ기ᄅᆞᆯ 동편 촌장(村莊) 가온듸 일ᄀᆡ 들즘싱이 왓시되 무슨 일홈인지ᄂᆞᆫ 모ᄅᆞ고 사ᄅᆞᆷ과 더브러 샹등(相等)ᄒᆞ며 터럭[429]이 ᄶᅡ히 드리오고 녁듸(力大)ᄒᆞ기 무궁ᄒᆞ며 사ᄅᆞᆷ을 보면 믄득 잡아먹기로 임의 여러 사ᄅᆞᆷ 【32】을 샹ᄒᆞᆫ지라. 그곳 촌장 사ᄅᆞᆷ들이 모다 피란(避難)ᄒᆞ여 이곳의 오고 만일 그 즘싱이 져곳의 사ᄅᆞᆷ을 먹어 다ᄒᆞ면 필연 이곳으로 올지라. 렬위ᄂᆞᆫ 능히 셤셔로 죠ᄎᆞ 이곳의 니ᄅᆞ니 반ᄃᆞ시 비범ᄒᆞᆫ 무예가 이실지라. 렬위ᄂᆞᆫ 쳥컨듸 이 즘싱을 업시ᄒᆞ여 일방(一方) 싱령을 구ᄒᆞ여 쥬기ᄅᆞᆯ 바라고 특별이 와셔 품ᄒᆞᆫ다 ᄒᆞ니 공쥐 도로혀 졔 말을 듯깃ᄂᆞ냐?"

요홰 싱각ᄒᆞ며 니ᄅᆞ되,

"만일 쟝헌츙의 인ᄆᆡ 오면 실노이 져당ᄒᆞᆯ 도리가 업거니와 져거ᄉᆞᆫ 불 【33】 과 일ᄀᆡ 밍쉬라. 아신과 샹이만 ᄒᆞ여도 도로혀 져ᄅᆞᆯ 졔어ᄒᆞ리라."

ᄒᆞ고 드ᄃᆡ여 량인을 부ᄅᆞ니 ᄒᆞᆷᄭᅴ 면젼의 니ᄅᆞ거ᄂᆞᆯ 요홰 양경부의 ᄒᆞ던 말을 일일히 고ᄒᆞ니 아신이 니ᄅᆞ되,

"그거시 불과시(不過是) 인웅 [人熊 사ᄅᆞᆷ ᄀᆞᆺ치 셔셔 단이ᄂᆞᆫ 곰이라] 이라. 그리 희한(稀罕)ᄒᆞᆯ 거시 업고, 만일 셩셩(猩猩)이더면 믄득 슈쇄(收刷)ᄒᆞ기 어려오리라."

샹이 니ᄅᆞ되,

"져 무리들 즘싱은 슈쇄ᄒᆞ기 어렵지 아니ᄒᆞ나 이곳 져 즙물(什物)이 업ᄉᆞ니 믄득 쉽지 아니리라."

요홰 니ᄅᆞ되,

---

427) 【벅벅이】 副 반드시. 틀림없이. ¶ 應 ‖ 다만 벅벅이 내가 먹을 거시라야 비로쇼 능히 입의 니ᄅᆞ고 그러치 못ᄒᆞ면 아모리 먹으려 ᄒᆞ나 능히 못ᄒᆞᆯ 거시오 (但是應我吃的才能到口, 不然要吃也不能.) <瑤華 19:29> ⇒ 5:30

428) 【즘즛】 副 짐짓. 일부러. ¶ 假意 ‖ 아신이 즘즛 니ᄅᆞ되 그거ᄉᆞᆫ 그러치 아니ᄒᆞ니 만일 네 명이 벅벅이 져의게 먹힐 터이 되면 내가 ᄉᆞ경을 말ᄒᆞᆫ다 ᄒᆞ여도 도시 듯지 아니ᄒᆞ리라 (阿新假意道: "這倒不然, 若你命中該把他吃, 連我講人情都不中用的.") <瑤華 19:30> ⇒ 진짓, 즘즛, 짐즉, 짐즛, 짐즛

429) 【터럭】 名 터럭. 털. ¶ 髮 ‖ 터럭이 ᄶᅡ히 드리오고 녁듸ᄒᆞ기 무궁ᄒᆞ며 사ᄅᆞᆷ을 보면 믄득 잡아먹기로 임의 여러 사ᄅᆞᆷ을 샹ᄒᆞᆫ지라 (髮垂至地, 力大無窮, 見人捉來就吃, 已傷了好些人.) <瑤華 19:31>

"너의 무리 랑ᄀᆡ가 법력을 ᄒᆡᆼᄒᆞ면 져 ᄀᆞᆺᄐᆞᆫ 【34】 들즘싱을 슈쇄치 못ᄒᆞ랴? 셜사 아미산의 올나가셔 져에셔 더 흉악ᄒᆞᆫ 거ᄉᆞᆯ 만나면 ᄯᅩ 쟝ᄎᆞᆺ 엇지ᄒᆞ랴?"

샹이 니ᄅᆞᄃᆡ,

"져거시야 엇지 슈쇄치 못ᄒᆞ리오마ᄂᆞᆫ 능히 ᄉᆞᄅᆞᆷ을 샹ᄒᆞᄂᆞᆫ 즘싱을 긔여히 션범(仙凡)을 갈나낼 거시니 만일 분쉬 다되여 시기ᄂᆞᆫ ᄇᆡ 잇셔 온 거ᄉᆞᆫ 범인이 능히 슈포치 못ᄒᆞᆯ ᄇᆡ오, 만일 심산광야의 우연이 나온 즘싱이야 엇지 ᄲᅧ 힘을 허비ᄒᆞ리오. 다만 한 굴헝의 지나게 ᄒᆞ면 한번 근두쳐[430] 것구러질 거 【35】 시니 그 ᄡᅧᄂᆞᆫ 도챵검극(刀槍劍戟)으로 ᄆᆞ옴ᄃᆡ로 쥭이리라."

요쾌 니ᄅᆞᄃᆡ,

"엇지 션범을 분변ᄒᆞ여 내나뇨?"

아신이 니ᄅᆞᄃᆡ,

"그거ᄉᆞᆫ 어렵지 아니ᄒᆞ니 만일 신령ᄒᆞᆫ 즘싱이면 홀연이 잇다가 홀연이 뵈지 아니ᄒᆞᄆᆡ 슈포ᄒᆞ려 ᄒᆞ나 능히 못ᄒᆞ고 만일 범샹ᄒᆞᆫ 즘싱이면 엇지 능히 죵젹을 감쵸랴. 샹이의 법력만 ᄒᆞ여도 능히 졔어ᄒᆞ리라."

요쾌 니ᄅᆞᄃᆡ,

"우리 무리 이졔 아미산의 올나가ᄆᆡ 덕ᄒᆡᆼ을 데일을 숨을지라. 이러ᄐᆞᆺ 샹ᄒᆞᄂᆞᆫ 믈건을 만나 엇지 쇼졔치 아 【36】 니ᄒᆞ랴."

아신이 니ᄅᆞᄃᆡ,

"비지 가지 아닐지라. 샹이의 법력이 가히 슈쇄ᄒᆞ리라."

ᄒᆞ더니 한즈음이 못ᄒᆞ여 샹이 드러와 니ᄅᆞᄃᆡ,

"신령ᄒᆞᆫ 즘싱과 ᄀᆞᆺ지 아니ᄒᆞ니 노지 스ᄉᆞ로 가셔 졔어ᄒᆞᄂᆞᆫ 것시 죠타."

ᄒᆞ거ᄂᆞᆯ 요쾌 드ᄃᆡ여 졍부로 ᄒᆞ여금 각인의게 젼유ᄒᆞ여 평안이 쉬라 ᄒᆞ고 ᄎᆞ일의 요쾌 몸을 닐며 믄득 니ᄅᆞᄃᆡ,

"샹이 가히 그곳을 갓ᄂᆞ냐?"

아괴 니ᄅᆞᄃᆡ,

"졔가 어졔 반야 즁의 갓다."

ᄒᆞ거ᄂᆞᆯ 요쾌 심히 깃거ᄒᆞ고 즉시 쇼셰(梳洗)ᄅᆞᆯ 맛ᄎᆞᄆᆡ 드ᄃᆡ여 ᄒᆞ여금 ᄒᆡᆼ쟝을 슈습게 ᄒᆞ고 【37】 샹이 그 즘ᄉᆡᆨ을 졔어ᄒᆞ고 도라오기ᄅᆞᆯ 기다려 즉시 발ᄒᆡᆼᄒᆞ려 ᄒᆞ니 즁인이 각기 슈습ᄒᆞ여 졍히 분망ᄒᆞ여 ᄒᆞᄂᆞᆫ 즁의 샹이 도라와 그 즘싱을 졔어ᄒᆞ엿다 ᄒᆞ거ᄂᆞᆯ 요쾌 엇지 졔어ᄒᆞᆫ 슈단을 무ᄅᆞᆫᄃᆡ 샹이 니ᄅᆞᄃᆡ,

"그 즘싱이 실노이 흉ᄆᆡᆼᄒᆞᆫ지라. 그 곳의 니ᄅᆞ러 보ᄆᆡ 그거시 ᄉᆞᄅᆞᆷ을 확취(攫取)ᄒᆞ여 먹고 동으로 향ᄒᆞ여 다라나거ᄂᆞᆯ 노지 ᄯᅴᄅᆞᆯ 글너 두 머리ᄅᆞᆯ 니어 나무 ᄲᅮ리의 ᄆᆡ여 두엇더니 그 즘싱이 총망히 오다가 즉시 걸니여 업드러지거ᄂᆞᆯ 곳 ᄯᅴᄅᆞᆯ 가 【38】 져 그 량슈ᄅᆞᆯ ᄆᆡ여 인ᄒᆞ여 나무 ᄲᅮ리 우ᄒᆡ 동혀 노코 마른 나무ᄅᆞᆯ 쥬어 불을 내여 졔 머리가의 ᄲᅡ하 노흐ᄆᆡ 화염이 ᄆᆡᆼ렬ᄒᆞᆫᄃᆡ 그 즘싱이 어ᄌᆞ러이 훤동(喧動)ᄒᆞ나[431] 다ᄒᆡᆼ히 나무가 커셔 졔가 ᄡᅥᆨ지 못ᄒᆞ고 일 시ᄀᆡᆨ을 지나지 못ᄒᆞ여 머리 모다 타고 이졔 길 어귀의 쥭어 잇다 ᄒᆞ니 ᄎᆞᆫ쟝 ᄉᆞᄅᆞᆷ들이 드ᄅᆞᄆᆡ 죠히 환희ᄒᆞ며 졍히 말ᄒᆞᄆᆡ 쇼년이 드러와 니ᄅᆞᄃᆡ,

"동편 ᄎᆞᆫ쟝 쇽 각집 ᄉᆞᄅᆞᆷ들이 모다 와셔 큰 ᄒᆡ되ᄂᆞᆫ 거ᄉᆞᆯ 더러쥬믈 배샤ᄒᆞᆫ다."

ᄒᆞ니 요쾌 졍부로 ᄒᆞ여 【39】 금 회답ᄒᆞ여 보내고 아교로 ᄒᆞ여금 십 량 은ᄌᆞᄅᆞᆯ 내여 연가(烟價)[432]ᄅᆞᆯ 갑흐니 노쥬인이 즐겨 밧지 아니코 말ᄒᆞ기ᄅᆞᆯ,

"렬위가 일방의 ᄒᆡ되ᄂᆞᆫ 거ᄉᆞᆯ 졔어ᄒᆞ여 쥬엇ᄂᆞᆫᄃᆡ 엇지 도로혀 은젼을 허비케 ᄒᆞ리오?"

요쾌 다만 한 마ᄃᆡ 회샤(回謝)ᄒᆞ고 몸을 니러 길ᄒᆡ 올나 ᄒᆡᆼᄒᆞᆯᄉᆡ 하로ᄂᆞᆫ 일죽 니러 ᄒᆡᆼᄒᆞ더니 먼니 보ᄆᆡ ᄂᆞᆸ흔 산이 곳 하ᄂᆞᆯ의 다핫고 산샹의 운뮈(雲霧) 둘넛ᄂᆞᆫ지라. 요쾌 ᄀᆞᄅᆞ쳐 니ᄅᆞ

430) 【근두치다】 동 {근두(筋斗)치다.} 재주넘다. ¶ 筋頭 ‖ 다만 한 굴헝의 지나게 ᄒᆞ면 한번 근두쳐 것구러질 거시니 그 ᄡᅧᄂᆞᆫ 도챵검극으로 ᄆᆞ옴ᄃᆡ로 쥭이리라 (只須掘下一坑, 引他過坑, 一個筋頭栽倒他, 再也起不來.) <瑤華 19:34>

431) 【훤동ᄒᆞ다】 형 {훤동(喧動)하다.} 떠들썩하다. 왁자하다. ¶ 滾 ‖ 그 즘싱이 어ᄌᆞ러이 훤동ᄒᆞ나 다ᄒᆡᆼ히 나무가 커셔 졔가 ᄡᅥᆨ지 못ᄒᆞ고 (這獸只是亂滾, 幸而樹大, 沒有被它拉折.) <瑤華 19:38>

432) 【연가】 명 밥값. ¶ 요쾌 졍부로 ᄒᆞ여금 회답ᄒᆞ여 보내고 아교로 ᄒᆞ여금 십 량 은ᄌᆞᄅᆞᆯ 내여 연가ᄅᆞᆯ 갑흐니 <瑤華 19:39> 店賬 ‖ 조반을 먹고 연가ᄅᆞᆯ 준 후 민ː히 동문을 나 도라갈ᄉᆡ (喫了一餐午飯, 算還店賬, 悶悶的出東門, 趕回山東.) <隋史遺文 2:74>

되,

"져 산이 필시 아미산이라."

ᄒᆞ고 마샹의셔 머리롤 조으며 니ᄅᆞ되,

"굿ᄐᆞ여 다돗 【40】 ᄂᆞᆫ 일지(日子) 잇도다."

삼졔(三姐) 먼니 가ᄅᆞ치며 니ᄅᆞ되,

"젼면의 일기 도식 그 곳의셔 단니지 아니 ᄒᆞᄂᆞ냐?"

즁인이 급히 ᄯᅡ라보니 과연 일기 도식 젼일의 쇼년 말ᄒᆞ던 것과 셔로 ᄀᆞᄐᆞᆫ지라.

요홰 마샹의 잇셔 무ᄅᆞ되,

"져 도식 젼면(前面)의 잇ᄂᆞ냐 어내 곳 사ᄅᆞᆷ이 그ᄃᆡ의 말을 젼ᄒᆞ여 우리로 ᄒᆞ여금 ᄲᆞᆯ니오라 ᄒᆞ기의 우리 모다 왓거니와 너ᄂᆞᆫ 엇던 사ᄅᆞᆷ이며 엇지 우리 무리가 올 쥴을 아랏ᄂᆞ냐?"

도식 머리롤 돌나 요화롤 보며 니ᄅᆞ되,

"내가 너의 무리 도시 죠케 누린 거술 아ᄂᆞᆫ지 【41】 라. 이 길이 ᄆᆡ우 힝키 죠치 못ᄒᆞ니 우리 산뎡이 믄득 젼면의 이시니 가히 가셔 잠시 휴식ᄒᆞ면 내가 별노이 한 곳 길을 가ᄅᆞ쳐 너의로 아미산의 니ᄅᆞ게 ᄒᆞ리라."

요홰 니ᄅᆞ되,

"네가 무어술 인연ᄒᆞ여 우리롤 아ᄂᆞ냐?

도식 니ᄅᆞ되,

"너ᄂᆞᆫ 나롤 아지 못ᄒᆞ거니와 내가 엇지 너의롤 모로랴?"

즁인이 말을 치쳐 닷기롤 쾌히 하ᄂᆞᆫ되 져 도ᄉᆞᄂᆞᆫ 도시 몬져 힝ᄒᆞᄂᆞᆫ지라. 텬식이 쟝ᄎᆞᆺ ᄂᆞᄌᆞᆷᄋᆡ 졍뷔 쳐쇼롤 굴히여 헐슉ᄒᆞ려 ᄒᆞ거ᄂᆞᆯ 도식 니ᄅᆞ되,

"내 집이 머지 아니 ᄒᆞ니 그곳으로 【42】 가셔 쥬졉ᄒᆞᆯ 거시오 이곳은 독샤와 밍쉬 심히 만하 부ᄌᆞ럽시433) 셩명을 맛ᄎᆞ리라."

ᄒᆞ고 일변 말ᄒᆞ며 일변 산 밋ᄎᆞ로 다ᄅᆞ며 요화롤 ᄃᆡᄒᆞ여 니ᄅᆞ되,

"내가 몬져 갈 거시니 너의 무리ᄂᆞᆫ 뒤ᄯᅡ라오라."

ᄒᆞ고 인ᄒᆞ여 가ᄂᆞᆫ되 힝뵈 나ᄂᆞᆫ돗 ᄒᆞᆫ지라. 굴너 산파(山坡)롤 지나더니 믄득 뵈지 아니ᄒᆞ거ᄂᆞᆯ 요화와 즁인이 밧비 ᄯᅩᄎᆞ 산파롤 지나ᄆᆡ 도시 그곳의 셔셔 니ᄅᆞ되,

"이곳이 내 집이라."

ᄒᆞ거ᄂᆞᆯ 즁인이 모다 말긔 나리고 도ᄉᆞ다려 무ᄅᆞ되,

"싱구(牲口)ᄂᆞᆫ 어ᄃᆡ 두어 먹이ᄂᆞ냐?"

도식 니ᄅᆞ되,

"먹이ᄂᆞᆫ 【43】 곳이 이시니 너의ᄂᆞᆫ 안쟝을 가져 벗겨 내라."

ᄒᆞ고 슈즁의 가진 죵려션(棕櫚扇)을 드러 싱구의 등 우희 향ᄒᆞ여 각각 한 번식 두다리니 모다 달니여 산강(山崗)으로 올나가ᄂᆞᆫ지라. 아괴 니ᄅᆞ되,

"들의 노홧다가ᄂᆞᆫ 거두기가 어려오리라."

도식 니ᄅᆞ되,

"무방ᄒᆞ니 내 ᄉᆞᄉᆞ로 거두어 낼 거시니 너의ᄂᆞᆫ 모다 굴 쇽으로 드러가라."

요홰 드러가ᄆᆡ 심히 협착(狹窄)ᄒᆞᆫ지라. 모다 말ᄒᆞ기롤,

"이곳의셔 엇지 쥬졉ᄒᆞ랴?"

도식 니ᄅᆞ되,

"엇지 쥬졉지 못ᄒᆞ랴. 져곳의 련단(煉丹)ᄒᆞᄂᆞᆫ 방옥이 잇셔 너의 【44】 쟝막의 비ᄒᆞ면 ᄆᆡ오 크고 ᄒᆞ물며 너의 무리 도시 ᄆᆞ옴ᄃᆡ로 홈긔 ᄌᆞ니 무슨 쥬졉지 못ᄒᆞᄆᆡ 이시랴?"

요홰 드ᄅᆞᄆᆡ 도식 실졍을 도도와 내ᄂᆞᆫ지라. 심히 즐겁지 못ᄒᆞ나 다만 달니 갈 슈ᄂᆞᆫ 업고 면강ᄒᆞ여 동듕(洞中)을 드러가니 즁간의 일쟝(一張) 돌궤와 두 기 돌방셕을 버려노코 궤우희 ᄯᅩ 네 반(盤) 믈건이 버렷ᄂᆞᆫ지라. 옯흐로 가 한번 보ᄆᆡ 한 가지도 아라내지 못ᄒᆞ고 겻희 두 벌 슐잔과 시져(匙箸)가 잇ᄂᆞᆫ지라. 도식 니ᄅᆞ되,

"내가 임의 한잔 슐을 조비ᄒᆞ여 노와시니 【45】 금야의 너와 더브러 쇼견ᄒᆞ려 ᄒᆞ노라."

요홰 죵리 사ᄅᆞᆷ이 이쳐럼 희롱ᄒᆞᄂᆞᆫ 거ᄉᆞᆫ 드러보지 못ᄒᆞᆫ지라. 심즁의 ᄃᆡ로ᄒᆞ여 도ᄉᆞ롤 가ᄅᆞ쳐 ᄭᅮ지ᄌᆞ며 니ᄅᆞ되,

"너의 발피(潑皮)434)가 나를 엇더ᄒᆞᆫ 사ᄅᆞᆷ으로 알건ᄃᆡ 감히 이러톳 방ᄌᆞᄒᆞ냐?"

---

433) 【부ᄌᆞ럽시】 ㊀ 부질없이. ¶ 枉 ‖ 이곳은 독샤와 밍쉬 심히 만하 부ᄌᆞ럽시 셩명을 맛ᄎᆞ리라 (此山中毒蛇猛獸甚多, 枉送了性命.) <瑤華 19:42>

434) 【발피】 ㊐ {발피(潑皮).} 무뢰배(無賴輩). ¶ 潑道 ‖ 너의 발피가 나를 엇더ᄒᆞᆫ 사ᄅᆞᆷ으로 알건ᄃᆡ 감히 이러톳 방ᄌᆞᄒᆞ냐 (你這潑道, 你看我何等樣人, 敢如此放肆!) <瑤華 19:45>

도ᄉᆡ 흡흡대쇼(哈哈大笑)ᄒᆞ며 니ᄅᆞᄃᆡ,

"네가 이졔 한 낫 가쪽 쥬머니ᄅᆞᆯ 밧고와 일신을 금슈(錦繡)로 동히ᄆᆡ 믄득 죤귀ᄒᆞᆫ 체ᄅᆞᆯ ᄒᆞᄂᆞ냐? 내가 네 젼ᄉᆡᆼ의 호귀(狐鬼)되엿던 모양을 모ᄅᆞᄂᆞ냐? 너의 져런 말은 다만 죠히 경셩(京城) 쇽 왕쟝(王莊) 우희셔 강(講)ᄒᆞ면 【46】 혹ᄌᆞ 사ᄅᆞᆷ이 잇셔 너ᄅᆞᆯ 공경ᄒᆞ려니와 이곳의셔야 엇지 그리 ᄒᆞᄂᆞ냐?"

요홰 말이 맛치기ᄅᆞᆯ 기다리지 아니ᄒᆞ여 분ᄒᆞ믈 가히 막지 못ᄒᆞᆯ지라. 일쪽 도ᄉᆞᄅᆞᆯ 향ᄒᆞ여 한 숀바닥을 치니 도ᄉᆡ 몸을 잠간 믈너셔며 죵려션을 드러 한번 쩔치며 니ᄅᆞᄃᆡ,

"네가 권방법(拳棒法)을 밋고 여긔셔 슈쪽을 놀니지 못ᄒᆞ지니 내 실샹으로 너다려 말ᄒᆞ리라. 네가 아ᄂᆞᆫ 거ᄉᆞᆫ 내가 모다 알거니와 나 아ᄂᆞᆫ 거ᄉᆞᆫ 네 믄득 아지 못ᄒᆞ리라."

ᄒᆞ니 요홰 드ᄅᆞᄆᆡ 급ᄒᆞ여 ᄲᆞᆯ니 것 【47】 옷술 버셔 바리고 두 ᄉᆞᄆᆡᄅᆞᆯ 거더 ᄆᆡ며 긔셰ᄅᆞᆯ 버려 곳 도ᄉᆞ의 품쇽을 노와 드러 한번 지ᄅᆞ고 앏흘 향ᄒᆞ여 믄득 다르니 의ᄉᆡ 져 쏫ᄎᆞ오기ᄅᆞᆯ 기다려 다리ᄅᆞᆯ 날녀 도ᄉᆞ의 명문(命門)을 ᄎᆞ고ᄌᆞ ᄒᆞᄆᆡ라. 도ᄉᆡ 부ᄎᆡᄅᆞᆯ 드러 한번 막ᄌᆞᄅᆞ고[435] 한 다리ᄅᆞᆯ 날녀 요화ᄅᆞᆯ 가져 ᄎᆞ 더니ᄂᆞᆫ지라. 즁인이 대로ᄒᆞ여 급히 요화ᄅᆞᆯ 븟드러 니ᄅᆞ혀고 일졔히 앏흐로 다라드러 치려 ᄒᆞ니 도ᄉᆡ 불황불망(不慌不忙)ᄒᆞ고 부ᄎᆡᄅᆞᆯ 드러 즁인의 면샹을 향ᄒᆞ여 한번식 쩔치며 입쇽으로 【48】 말ᄒᆞ기ᄅᆞᆯ,

"긋치라!."

ᄒᆞ니 즁인이 긔긔히 못박은 모양 ᄀᆞᆺᄐᆞ여 움즉이려 ᄒᆞ나 움즉이지 못ᄒᆞᄂᆞᆫ지라. 요홰 보ᄆᆡ 긔셰가 죠치 못ᄒᆞ므로 몸을 날녀 동문(洞門)의 쒸여 나가더니 ᄉᆡᆼ각지 못ᄒᆞ여 져 도ᄉᆡ 짜라셔 한번 솟ᄂᆞᆫᄃᆡ 도로혀 쇼ᄉᆞ 앏흐로 셔고 요화의 옷기술 잡아 한번 쓸ᄆᆡ 쇼ᄋᆞ(小兒) 모양 ᄀᆞᆺ치 ᄭᅳ러다가 동즁(洞中)의 노코 ᄃᆡᄒᆞ여 니ᄅᆞᄃᆡ,

"내가 너다려 비로 니ᄅᆞᄂᆞᆫ 거시니 네가 긔여히 대도(大道)ᄅᆞᆯ 일우려 ᄒᆞ여 ᄉᆞ부ᄅᆞᆯ ᄎᆞᄌᆞ 온 거시니 내 이곳이 아니고 어내 곳으로 죠ᄎᆞ 찻깃ᄂᆞ냐? 이 【49】 졔 일긔 경결치 못ᄒᆞᆫ 신ᄌᆞ(身子)로 엇지 아미산의 올나 가깃ᄂᆞ냐? 네가 다시 안졍(安靜)ᄒᆞ게 잇셔 내가 져무리 사ᄅᆞᆷ들을 발숑(發送)ᄒᆞᄂᆞᆫ 거ᄉᆞᆯ 보게 ᄒᆞ고 만일 다시 네 무예의 고강(高强)ᄒᆞ믈 미드면 내가 져 무리 모양을 의지ᄒᆞ여 너ᄅᆞᆯ 못박아 노흘 거시니 네가 도로혀 다른 슈단이 잇깃ᄂᆞ냐?"

요홰 스ᄉᆞ로 혜아리ᄆᆡ ᄌᆞ긔의 무예가 실노 이 져ᄅᆞᆯ ᄃᆡ적지 못ᄒᆞᆯ지라. 다만 답답히 안ᄌᆞ 말을 아니 ᄒᆞ더라. 도ᄉᆞ의 엇지 져 무리 사ᄅᆞᆷ을 발숑ᄒᆞᆫ지 알녀 ᄒᆞ거든 하회의 분히ᄒᆞ라.

---

435) 【막ᄌᆞᄅᆞ다】 동 막지르다. 막다. 거절(拒絶)하다. ¶ 隔 ‖ 도ᄉᆡ 부ᄎᆡᄅᆞᆯ 드러 한번 막ᄌᆞᄅᆞ고 한 다리ᄅᆞᆯ 날녀 요화ᄅᆞᆯ 가져 ᄎᆞ 더니ᄂᆞᆫ지라 (那道士用扇一隔, 早飛起一腿, 把瑤華摔出去了.) <瑤華 19:47> ⇒ 막잘ㄴ-, 막ᄌᆞ르다, 막졸ㄴ-, 막졸ㄹ-

37
형희일일풍위쇼 산동공공검ᄌᆞ류
形骸一一風爲掃 山洞空空劍自留

화셜 도ᄉᆡ 요화다려 니ᄅᆞᄃᆡ,

"네가 나의 져 무리 사ᄅᆞᆷ을 발송ᄒᆞᄂᆞᆫ 거ᄉᆞᆯ 보라."

ᄒᆞ고 몬져 아신을 가ᄅᆞ쳐 니ᄅᆞᄃᆡ,

"너의 도슐이 가히 ᄒᆞᆯ만 ᄒᆞ나 다만 오히려 공뷔(工夫) 부죡ᄒᆞ고 네 몸이 비러온 거신ᄃᆡ 잠시의 혼ᄇᆡᆨ을 부칠 ᄯᆞᄅᆞᆷ이오 맛ᄎᆞᆷ내 오히려 오ᄅᆡ 밋지ᄂᆞᆫ 못ᄒᆞᆯ 거시나 이번의 요화ᄅᆞᆯ 보호ᄒᆞ여 이곳의 니른 거시 일쟝(一場) 공덕(功德)이 되ᄂᆞᆫ지라. 져 산 뒤히 일죵 구절 【51】 령지쵸(九節靈芝草)가 잇ᄂᆞᆫᄃᆡ, 뉴희셕(劉海石)이 ᄆᆡ양 셰 발 가진 둑겁이[436]ᄅᆞᆯ 보내여 와셔 도직질ᄒᆞ여 가니, 네가 가히 져곳의 머믈너 나ᄅᆞᆯ ᄃᆡ신ᄒᆞ여 구지 직희여 만일 ᄇᆡᆨ년이 지나도록 무양(無恙)ᄒᆞᆯ 양이면 그 ᄣᆡ의 내가 너ᄅᆞᆯ 졔도ᄒᆞ여 사ᄅᆞᆷ의 몸을 ᄆᆡᆫᄃᆞ러 쥴 거시니 그러ᄒᆞ여야 비로쇼 실졍 공뷔가 되리라."

ᄒᆞ고, 션ᄌᆞ(扇子)ᄅᆞᆯ 드러 아신의 면샹을 ᄃᆡᄒᆞ여 한번 부치ᄆᆡ 아신이 즉시 ᄯᅡ회 업드러지며 옷밋ᄎᆞ로 일ᄀᆡ 젹은 ᄇᆡ얌이 나오ᄂᆞᆫ지라. ᄯᅩ 한번 부치질 ᄒᆞᄆᆡ 그 ᄇᆡ 【52】 얌이 바ᄅᆞᆷ을 ᄯᅡ라 쇼ᄉᆞ 니러나 산 뒤흐로 가고 ᄯᅩ 삼져와 아교ᄅᆞᆯ 향ᄒᆞ여 니ᄅᆞᄃᆡ,

"너의 량ᄀᆡᄂᆞᆫ 도시 음양 부졍ᄒᆞᆫ 긔운으로 변화ᄒᆞᄆᆡ 음욕(淫慾)은 이의 본셩(本性)이라. 비록 사ᄅᆞᆷ의 명졀(名節)을 더럽게 ᄒᆞ나 ᄌᆞ긔가 ᄯᅩ ᄒᆞᆫ 보복을 바들 거시로ᄃᆡ 다만 요화ᄅᆞᆯ 보호ᄒᆞᆫ 공이 이시니 공괘(功過) 셔로 져당(抵當)ᄒᆞᆯ지라. 아직 너의 부졍ᄒᆞᆫ 긔운을 가져 업시ᄒᆞ여 바리고 한 쥴기 졍긔ᄅᆞᆯ 쥬어 환싱케 ᄒᆞ리라."

ᄒᆞ고 드ᄃᆡ여 션ᄌᆞᄅᆞᆯ 드러 량인의 면샹을 향ᄒᆞ여 부치ᄆᆡ 믄득 ᄯᅡ히 【53】 업드러지며 옷깃 쇽의셔 한 쥴기 흑긔(黑氣)가 나오며 응결ᄒᆞ여 허여지지[437] 아니커ᄂᆞᆯ 다시 한번 부치질ᄒᆞ니 한 쥴기 ᄆᆞᆰ은 긔운이 변ᄒᆞ여 비등ᄒᆞ여 가고 ᄯᅩ 양졍부ᄅᆞᆯ 가ᄅᆞ쳐 니ᄅᆞᄃᆡ,

"너ᄂᆞᆫ 텬ᄉᆡᆼ(天生) 요물(尤物)이라. 한 차례 누리기ᄂᆞᆫ 잘ᄒᆞ여시나 도로혀 한 ᄎᆞ례 고쵸ᄅᆞᆯ 면치 못ᄒᆞᆯ 거시니 너ᄅᆞᆯ 가져 불친[438] 나귀ᄅᆞᆯ ᄆᆡᆫᄃᆞ러 보내ᄂᆞᆫ 거시니 죠히 가셔 쉬라."

ᄒᆞ고 부ᄎᆡᄅᆞᆯ 드러 한번 부치ᄆᆡ 무루녹은 연긔가 되어 가고 다시 샹이ᄅᆞᆯ 가ᄅᆞ쳐 니ᄅᆞᄃᆡ,

"너 ᄀᆞᆺᄐᆞᆫ 얼쟝(孽障)이 귀신도 아 【54】 아니요 요괴도 아니라. 샹텬의 일ᄀᆡ 남ᄌᆞ ᄆᆡᆫᄃᆞ러 쥬신 거ᄉᆞᆯ 져바려시니 쟝ᄅᆡ의 그러ᄐᆞᆺ 작용ᄒᆞᄂᆞᆫ 거시 비록 사ᄅᆞᆷ의 희롱ᄒᆞᆷ을 닙엇다 ᄒᆞ나 너의 본셩이 죠화ᄒᆞᄂᆞᆫ ᄇᆡ라. 그러나 포진쳔물(暴殄天

---

436) 【둑겁이】 ⑮ 두꺼비. ¶ 蟾 ‖ 뉴희셕이 ᄆᆡ양 셰 발 가진 둑겁이ᄅᆞᆯ 보내여 와셔 도직질 ᄒᆞ여 가니 네가 가히 져곳의 머믈너 나ᄅᆞᆯ ᄃᆡ신ᄒᆞ여 구지 직희여 (劉海石每每放三足蟾來盜取, 你可往後山替我牢牢的守着.) <瑤華 19:51>

437) 【허여지다】 ⑮ 헤어지다. 나뉘어지다. 흩어지다. ¶ 散 ‖ 드ᄃᆡ여 션ᄌᆞᄅᆞᆯ 드러 량인의 면샹을 향ᄒᆞ여 부치ᄆᆡ 믄득 ᄯᅡ히 업드러지며 옷깃 쇽의셔 한 쥴기 흑긔가 나오며 응결ᄒᆞ여 허여지지 아니커ᄂᆞᆯ (遂用扇對着三姐面上扇, 只見撲地便倒, 衣領內冒出一道黑氣, 濃結不散.) <瑤華 19:53>

438) 【불치다】 ⑮ 불치다. ¶ 騸 ‖ 한 차례 누리기ᄂᆞᆫ 잘ᄒᆞ여시나 도로혀 한 ᄎᆞ례 고쵸ᄅᆞᆯ 면치 못ᄒᆞᆯ 거시니 너ᄅᆞᆯ 가져 불친 나귀ᄅᆞᆯ ᄆᆡᆫᄃᆞ러 보내ᄂᆞᆫ 거시니 죠히 가셔 쉬라 (這一輩子也盡够你受用了, 但不免那一輩子苦楚, 且把你化個騸驢兒, 去歇息歇息.) <瑤華 19:53>

物)ᄒᆞᆫ 죄명을 졍ᄒᆞ려 ᄒᆞ나 요화의 면분을 보와 권도(權道)로 그만 두고 거믜ᄅᆞᆯ ᄆᆡᆫᄃᆞ러 복즁의 오예(汚穢)ᄒᆞᆫ 거ᄉᆞᆯ 건졍(乾淨)ᄒᆞ게[439] ᄒᆞ고, 다시 졔도(濟度)ᄒᆞ여 환ᄉᆡᆼ케 ᄒᆞ리라."

ᄒᆞ고 션ᄌᆞᄅᆞᆯ 가져 한번 부치ᄆᆡ ᄶᅡ히 업드러지며 옷깃 안흐로 한 줄기 누른 긔운이 나오ᄂᆞᆫ ᄃᆡ 그 내음ᄉᆡ가 괴샹ᄒᆞᆫ지라. 【55】 도ᄉᆡ ᄯᅩ 련ᄒᆞ여 부치질 ᄒᆞᄆᆡ 그 긔운이 비로쇼 멸ᄒᆞ고 ᄯᅩ 죠희[의](趙宜)ᄅᆞᆯ 가ᄅᆞ쳐 요화ᄅᆞᆯ 향ᄒᆞ여 니ᄅᆞᄃᆡ,

"이 사ᄅᆞᆷ은 도로혀 ᄡᅳᆯ ᄃᆡ 잇ᄂᆞᆫ지라. 졔 명슈(命數)의 ᄆᆡ우 죠흔 일이 잇다."

ᄒᆞ고 한 줄기 죽쟝(竹杖)을 가져 죠의의 다리 아릐 너허 노코 죽쟝다려 분부ᄒᆞᄃᆡ,

"져ᄅᆞᆯ 가져 죠히 왕야(王爺)의 쟝샹(莊上)으로 보내여 주고 가히 놀내지ᄂᆞᆫ 말나."

ᄒᆞ고 션ᄌᆞᄅᆞᆯ 가져 사ᄅᆞᆷ과 죽쟝을 련ᄒᆞ여 부치질ᄒᆞ니 별안간의 그 죽쟝이 일ᄀᆡ ᄇᆡᆨ룡(白龍)이 되어 죠의ᄅᆞᆯ 지고 셔셔히 공즁으로 올나가더라.

요홰 니【56】ᄅᆞᄃᆡ,

"네가 우리 사ᄅᆞᆷ들을 모다 발송ᄒᆞᆫ즉 내 한 몸이 엇지 아미산으로 가랴?"

도ᄉᆡ 니ᄅᆞᄃᆡ,

"너의 ᄉᆞ부(師父)의 곳의 가히 져런 사ᄅᆞᆷ을 다리고 가깃ᄂᆞ냐? 다시 잡말을 말고 몬져 쥬식(酒食)을 먹어 네 신샹의 오예ᄒᆞᆫ 거ᄉᆞᆯ ᄡᅵᄉᆞ라."

ᄒᆞ고 드ᄃᆡ여 요간(腰間)으로 일ᄀᆡ 호로(葫蘆)ᄅᆞᆯ 푸러 내여 막은 거ᄉᆞᆯ ᄲᅢ히고 ᄉᆞᆯ 한잔을 쳐셔 요화ᄅᆞᆯ 쥬며 니ᄅᆞᄃᆡ,

"이 ᄉᆞᆯ은 감로슈(甘露水)ᄅᆞᆯ 취ᄒᆞ여 ᄆᆡᆫᄃᆞ러 시ᄆᆡ 인간의셔 텬쟝(天漿)이라 말ᄒᆞᄂᆞᆫ 거시 믄득 이거시니라."

요홰 바다 한입을 마시ᄆᆡ 한줄기 ᄆᆞᆰ은 향긔가 곳 심폐【57】ᄅᆞᆯ ᄯᅮᆯᄂᆞᆫᄃᆡ 문득 독ᄒᆞ지ᄂᆞᆫ 아니ᄒᆞᆫ지라, 도ᄉᆡ 웃고 니ᄅᆞᄃᆡ,

"이 ᄉᆞᆯ이 쇼쥬(蘇州) ᄯᅡ 니고의 보낸 ᄉᆞᆯ의 비ᄒᆞ면 마시 도로혀 담(淡)ᄒᆞ리라."

요홰 져 도ᄉᆞ의 본근(本根)을 말ᄒᆞ여 내믈 닙으ᄆᆡ 입을 여지 못ᄒᆞ고 도ᄉᆡ 지촉ᄒᆞ여 마시게 ᄒᆞ며 ᄯᅩ 한잔을 쳐 쥬고 다시 한 반(盤) 물건을 가ᄅᆞ치며 니ᄅᆞᄃᆡ,

"이거ᄉᆞᆫ 일홈이 셕쉬(石髓)니 먹으면 사ᄅᆞᆷ으로 ᄒᆞ여금 몸이 가ᄇᆡ야워지ᄂᆞᆫ이라."

ᄒᆞ고 모다 먹으라 ᄒᆞ니 요홰 보ᄆᆡ 모양이 련실(蓮實) 가루 ᄀᆞᆺ탄지라. 삼키ᄆᆡ 한줄기 쳥냥ᄒᆞᆫ 긔운이 곳 단젼(丹田)을 ᄯᅮᄅᆞᄆᆡ 쟝【58】뷔위ᄒᆞ여 통쳔[철](洞徹)ᄒᆞ여지고 다시 한반을 가ᄅᆞ쳐 니ᄅᆞᄃᆡ,

"이거ᄉᆞᆫ 화죠(火棗)라 ᄒᆞᄂᆞᆫ 거시니 먹으면 쥬리믈 ᄭᆡ닷지 아닌다."

ᄒᆞ고 ᄒᆞ여금 젼슈히 먹게 ᄒᆞ고 ᄶᅡ라 ᄯᅩ 일비ᄅᆞᆯ 쳐 쥬니 요홰 보ᄆᆡ 뎨 삼반(三盤)의 희게 빗ᄂᆞᆫ 거시 무ᄉᆞᆫ 물건인디 아지 못ᄒᆞ거ᄂᆞᆯ 도ᄉᆡ 임의 그 ᄯᅳᆺ을 알고 이의 가ᄅᆞ쳐 니ᄅᆞᄃᆡ,

"이거ᄉᆞᆫ 믄득 교리(交梨)라 ᄒᆞᄂᆞᆫᄃᆡ 반도(蟠桃)로 더브러 공덕이 셔로 ᄀᆞᆺ고 먹으면 영영 목마ᄅᆞ지 아니ᄒᆞᆯ 거시니 네가 가히 양ᄃᆡ로 먹으라."

ᄒᆞ고,

"져 뎨ᄉᆞ반의 잇ᄂᆞᆫ 거ᄉᆞᆫ 믄득 옥셜(玉屑)이라. 네가 오날밤의 공부(工夫) ᄡᅳ기ᄅᆞᆯ 기다려 다시 먹게 ᄒᆞ라."

요홰 니ᄅᆞᄃᆡ,

"네가 나ᄅᆞᆯ 동즁(洞中)의 가도와 두ᄂᆞᆫ 거시 무ᄉᆞᆫ 의견이냐? 만일 ᄇᆞᆰ히 말ᄒᆞ면 믄득 그만 ᄒᆞ려니와 그러치 아니면 나의 무예가 비록 너만 못ᄒᆞ나 한 번 죽ᄂᆞᆫ 거ᄉᆞᆯ 바리고 결단ᄒᆞ여 너의 슈욕(羞辱)을 밧지 아니리라."

도ᄉᆡ 탄식ᄒᆞ며 니ᄅᆞᄃᆡ,

"너 호귀(狐鬼)가 죵시 녀호의 음난ᄒᆞᆫ 셩품을 버셔나지 못ᄒᆞ여 맛ᄎᆞᆷ내 녀호의 신령ᄒᆞᆫ 거ᄉᆞᆫ 어둡게 되여시니 엇지 알니 네가 유한ᄒᆞᆫ 범졀노 너의 ᄉᆞ부의 한번 긔망(期望)ᄒᆞᆫ 거ᄉᆞᆯ 져바리도다."

요홰【60】니ᄅᆞᄃᆡ,

"내가 이졔 셩심으로 긔여히 아미산을 올나 가려 ᄒᆞᄂᆞ니 엇지 ᄉᆞ부의 긔망(期望)ᄒᆞ믈 져바리ᄆᆡ 되나냐?"

도ᄉᆡ 니ᄅᆞᄃᆡ,

---

439) 【건졍ᄒᆞ다】 형 {건정(乾淨)하다.} 깨끗하다. ¶ 乾淨 ‖ 요화의 면분을 보와 권도로 그만 두고 거믜ᄅᆞᆯ ᄆᆡᆫᄃᆞ러 복즁의 오예ᄒᆞᆫ 거ᄉᆞᆯ 건졍ᄒᆞ게 ᄒᆞ고, 다시 졔도ᄒᆞ여 환ᄉᆡᆼ케 ᄒᆞ리라 (看瑤華面上, 權且叫你去做個蜘蛛兒, 將腹中汚穢抽乾淨了, 再來度你轉世.) <瑤華 19:54>

"내가 실노이 너ᄅᆞᆯ ᄃᆡᄒᆞ여 말ᄒᆞᆯ 거시니 너의 ᄉᆞ부ᄂᆞᆫ 날과 동문(同門)ᄒᆞ여 도ᄅᆞᆯ ᄇᆡ호ᄂᆞᆫ 벗시라. 너의 ᄉᆞᄇᆡ 너ᄅᆞᆯ 붓도다 검션(劍仙)을 ᄆᆡᆫᄃᆞ러 쥬려 ᄒᆞᄂᆞᆫᄃᆡ 네가 젼ᄉᆡᆼ의 죄얼이 ᄆᆞᆰ지 못ᄒᆞᆫ 고로 너로 ᄒᆞ여금 텬ᄒᆞ의 두로 노라 몸으로 ᄡᅥ 친히 갑게 ᄒᆞ고 이졔 이곳가지 나ᄅᆞ러시니 너의 ᄉᆞ부의 지삼 부탁ᄒᆞ믈 위ᄒᆞ여 내가 여긔 잇셔 등ᄃᆡ(等待)ᄒᆞ며[440] 신션의 과실(果實)을 예비ᄒᆞ여 너【61】ᄅᆞᆯ 가ᄅᆞ쳐 구각(軀殼)을 견고케 ᄒᆞ고 음욕을 셰쳑(洗滌)ᄒᆞ여 시러곰 ᄃᆡ도(大道)ᄅᆞᆯ 닥그려 ᄒᆞᄂᆞᆫᄃᆡ 네 ᄆᆞᄋᆞᆷ이 모호ᄒᆞ니 엇지 긔망ᄒᆞ믈 져바리미 아니냐?"

요홰 니ᄅᆞᄃᆡ,

"션과(仙果)ᄅᆞᆯ 먹으면 구각은 견고ᄒᆞ다 ᄒᆞ나 다만 음욕은 엇지 새쳑ᄒᆞᄂᆞ냐?"

도ᄉᆡ 니ᄅᆞᄃᆡ,

"우리 도의 가쟝 묘ᄒᆞᆫ 거ᄉᆞᆫ 좌공(坐工)만ᄒᆞᆫ 거시 업ᄉᆞ니 만일 좌공이 도져ᄒᆞ면 ᄌᆞ연 별노이 긔묘ᄒᆞᆫ 거시 잇셔 믄득 가히 셰쳑ᄒᆞ여지ᄂᆞ니라."

요홰 니ᄅᆞᄃᆡ,

"좌공ᄒᆞᄂᆞᆫ 거ᄉᆞᆫ 어려셔 븟허 ᄉᆞ부의 교도(敎導)ᄒᆞ믈 닙엇고 이졔 흐린 거ᄉᆞᆯ 지시ᄒᆞᄆᆡ 엇지 좌공을 ᄒᆞ여야 가히 그러케 되ᄂᆞ냐?"

도ᄉᆡ ᄉᆞᆫ을 드러 뒤ᄒᆞᆯ 향ᄒᆞ여 한번 가ᄅᆞ치ᄃᆡ,

"져 련단(煉丹)ᄒᆞᄂᆞᆫ 방쇽이 가쟝 조ᄒᆞ니 네가 스ᄉᆞ로 가셔 좌공ᄒᆞ라."

요홰 그 쇽으로 드러가 한번 보니 일긔 셕상(石床)이 노히고 셕상 ᄋᆞᆲ히 단약(丹藥)을 고ᄋᆞᄂᆞᆫ 화로가 잇고 화로 가온ᄃᆡ 오히려 불ᄭᅩᆺ치 잇셔 단약이 잇ᄂᆞᆫ ᄃᆞᆺᄒᆞᆫ지라. 요홰 ᄉᆡᆼ각ᄒᆞᄃᆡ, '임의 ᄉᆞ부의 벗시면 다른 념녀ᄂᆞᆫ 업ᄉᆞᆯ 거시니 내가 ᄯᅩ 좌공을 ᄒᆞ여 엇던 긔묘ᄒᆞᆫ 거시 잇나 보리라.' ᄒᆞ고 드ᄃᆡ여 화로ᄅᆞᆯ 의지ᄒᆞ여 믄득 눈을 감고 긔운을 슈렴ᄒᆞ며 안ᄌᆞ니 도ᄉᆞᄂᆞᆫ 드【63】러오지 아니코 역시 밧긔 잇셔 좌공ᄒᆞᄂᆞᆫ ᄃᆞᆺ ᄒᆞ더라. 요홰 좌공ᄒᆞ여 반야(半夜)ᄅᆞᆯ 지내ᄆᆡ 공효(功效)ᄂᆞᆫ 보지 못ᄒᆞ고 쟝ᄎᆞᆺ ᄌᆞ시(子時)의 밋ᄎᆞᄆᆡ 화로 쇽 불ᄭᅩᆺ치 우흐로 솟거ᄂᆞᆯ 요홰 우연이 긔운을 마시ᄆᆡ 그 불ᄭᅩᆺ치 내 긔운을 ᄯᅡ라 코구무[441]ᄅᆞᆯ ᄯᅮ러 곳 흉격(胸膈)으로 드러와 구을너 단젼의 나리더니 ᄯᅩ ᄌᆞ궁(子宮)과 학문을 죠ᄎᆞ 도로혀 등ᄲᅥ리ᄲᅧᄅᆞᆯ ᄯᅮ러 뇌후(腦後)의 드러가 인ᄒᆞ여 비공(鼻孔)으로 말ᄆᆡ암아 나오니 혼신이 온란(溫暖)ᄒᆞ미 이샹(異常)ᄒᆞ고 ᄌᆞ궁 안의 홀연이 욕홰 불ᄭᅩᆺ가치 니러나 그 의ᄉᆡ 바야흐로 동ᄒᆞᄆᆡ【64】화로 쇽 불ᄭᅩᆺ치 다시 니러 비공(鼻孔)을 ᄯᅮ러 여젼이 곳 ᄌᆞ궁을 나려가며 한 ᄎᆞ례ᄅᆞᆯ 도라 단니니 그 도라 단니ᄂᆞᆫ ᄢᅵᄂᆞᆫ 사ᄅᆞᆷ으로 더브러 교합ᄒᆞᄂᆞᆫ 것과 방불(彷佛)ᄒᆞ여 통창(通暢)ᄒᆞ고 아ᄅᆞᆷ다온 거ᄉᆞᆯ 형언ᄒᆞᆯ 길이 업고 음졍(陰精)이 크게 누셜(漏泄)되ᄆᆡ 신지 더옥 샹연(爽然)ᄒᆞ고 져기 멈츄ᄆᆡ 음심(淫心)이 다시 동ᄒᆞ니 그 불ᄭᅩᆺ치 ᄯᅩᄒᆞᆫ ᄯᅡ라 드러오ᄂᆞᆫᄃᆡ 이번은 젼번 량ᄎᆞ(兩次)의 비ᄒᆞ여 더욱 동안이 오러여 혼신 골졀(骨節)의 마ᄃᆡ마다 니ᄅᆞ지 아니ᄒᆞᆫ 곳이 업고 인ᄒᆞ여 비공을 죠ᄎᆞ 나오ᄂᆞᆫ지라. 화념이 삼ᄎᆞᄅᆞᆯ 운【65】동ᄒᆞᄆᆡ 몸이 심히 곤핍ᄒᆞ여 ᄌᆞ고져 ᄒᆞ더니 의ᄉᆡ 바야흐로 동ᄒᆞᄆᆡ 긔운이 흉격간(胸膈間)으로 죠ᄎᆞ 나리ᄂᆞᆫᄃᆡ 혼신이 셔놀ᄒᆞ여 어름의 든ᄃᆞᆺᄒᆞ여 일호(一毫)도 뇌권(勞困)ᄒᆞᆫ 의ᄉᆡ 업ᄂᆞᆫ지라. 홀연 드ᄅᆞ니 도ᄉᆡ 밧긔셔 니ᄅᆞᄃᆡ,

"가ᄒᆞ다. 이졔야 옥셜(玉屑)을 먹게 ᄒᆞ라. 이졔ᄂᆞᆫ 너의 음욕이 영영 ᄭᅳᆫ허질 거시오, 나의 삼ᄆᆡ진화(三昧眞火)로 너의 신톄(身體)ᄅᆞᆯ 츄련ᄒᆞ여 견고히 되게 ᄒᆞ여시니 이후로ᄂᆞᆫ 가히 ᄆᆞᄋᆞᆷ을 고요히 ᄒᆞ고 셩픔을 길너 진젹(眞的)ᄒᆞᆫ[442] 도ᄅᆞᆯ

---

440) 【등ᄃᆡᄒᆞ다】 동 {등대(等待)하다.} 기다리다. ¶ 等候 ‖ 이졔 이곳가지 나ᄅᆞ러시니 너의 ᄉᆞ부의 지삼 부탁ᄒᆞ믈 위ᄒᆞ여 내가 여긔 잇셔 등ᄃᆡᄒᆞ며 신션의 과실을 예비ᄒᆞ여 너ᄅᆞᆯ 가ᄅᆞ쳐 구각을 견고케 ᄒᆞ고 (如今得到此間, 你師父再三囑托, 故我在此等候, 例批下仙果, 教你堅牢軀殼.) <瑤華 19:60> ⇒ 等待ᄒᆞ다

441) 【코구무】 명 콧구멍. ¶ 鼻孔 ‖ 요홰 우연이 긔운을 마시ᄆᆡ 그 불ᄭᅩᆺ치 내 긔운을 ᄯᅡ라 코구무ᄅᆞᆯ ᄯᅮ러 곳 흉격으로 드러와 구을너 단젼의 나리더니 (瑤華偶然吸氣, 那火焰也隨氣冲入鼻孔, 直入胸隔, 轉下丹田.) <瑤華 19:63> ⇒ 곳굼, 코ㅅ 구무, 코굼, 코ᄭᅮᆷㄱ, 콧구무

442) 【진젹ᄒᆞ다】 형 {진적(眞的)하다.} ¶ 眞 ‖ 이후로ᄂᆞᆫ 가히 ᄆᆞᄋᆞᆷ을 고요히 ᄒᆞ고 셩픔을 길너 진젹ᄒᆞᆫ 도ᄅᆞᆯ 일울지라 너의 ᄉᆞ부의 ᄉᆞᆫᄉᆞᆫ히 부탁ᄒᆞ미 아니면 이ᄀᆞᆺ치 되기 어려오리라 (然後可以靜心養性, 得近眞詮. 若非你師父諄托, 恐難得此.) <瑤華 19:65>

일울지라. 너의 ᄉᆞ부의 슌슌(諄諄)히 부탁ᄒᆞ미 아【66】니면 이ᄀᆞᆺ치 되기 어려오리라."

요홰 이 ᄯᆡ는 심지(心地) 명ᄇᆡᆨᄒᆞ여 어졔 날과 다른지라. 드듸여 옥셜을 가져 먹고 샤톄(四體)를 ᄯᅡ히 더져 배샤(拜謝)ᄒᆞ며 도슐을 젼슈ᄒᆞ여 쥬믈 구ᄒᆞ니 도ᄉᆡ 니ᄅᆞᄃᆡ,

"이 후는 ᄎᆞᄎᆞ 용이히 될지라."

ᄒᆞ고 도의 드러가는 진언을 일일히 가ᄅᆞ쳐 쥬니 요괴를 잡고 괴물을 졔어ᄒᆞ며 몸을 방비ᄒᆞ고 사ᄅᆞᆷ을 금졔ᄒᆞ는 비결을 가ᄅᆞ쳐 쥬지 아니미 업ᄉᆞ니 요화의 셩령이 투쳘(透徹)ᄒᆞᆫ지라. 모다 영회(領會)ᄒᆞ거ᄂᆞᆯ 도ᄉᆡ 니ᄅᆞᄃᆡ,

"네가 이졔는 가히 아미산의 드러가리【67】라."

요홰 니ᄅᆞᄃᆡ,

"뎨지 이번의 가면 시러곰 다시 진토(塵土)의 드러가믈 면ᄒᆞ랴?"

도ᄉᆡ 니ᄅᆞᄃᆡ,

"진토의 버셔나는 거ᄉᆞᆫ 말을 엇지 용이히 ᄒᆞ랴?"

요홰 ᄯᅩ 무ᄅᆞᄃᆡ,

"공ᄒᆡᆼ(功行)은 엇지ᄒᆞ여야 모다 되깃ᄂᆞ냐?"

도ᄉᆡ 니ᄅᆞᄃᆡ,

"모롬즉이 날다려 뭇지 말고 너의 ᄉᆞ부의 부쳐쥰 바 가결(歌訣)을 ᄉᆡᆼ각ᄒᆞ여 내면 엇지 될는지 알니라."

요홰 니ᄅᆞᄃᆡ,

"혼연텬디쵸(混然天地初)라."

ᄒᆞ니 도ᄉᆡ 니ᄅᆞᄃᆡ,

"그 거ᄉᆞᆫ 슐 먹는ᄃᆡ 흐미ᄒᆞ단 말이오."

ᄯᅩ 념ᄒᆞ여 니ᄅᆞᄃᆡ,

"내식음양변(乃識陰陽變)이라."

ᄒᆞ니 도ᄉᆡ 니ᄅᆞᄃᆡ,

"그거ᄉᆞᆫ 미ᄉᆡᆨ의 권련(眷戀)ᄒᆞ미라."

ᄒᆞ【68】고 ᄯᅩ 념ᄒᆞ여 니ᄅᆞᄃᆡ,

"력진긔여홍(力盡氣如虹)이라."

ᄒᆞ니 도ᄉᆡ 니ᄅᆞᄃᆡ,

"그거ᄉᆞᆫ 네가 부형(父兄)의 원슈갑는 일이라."

ᄒᆞ고 ᄯᅩ 념ᄒᆞ여 니ᄅᆞᄃᆡ,

"기궁공ᄌᆞ현(技窮功自見)이라."

ᄒᆞ니 도ᄉᆡ 니ᄅᆞᄃᆡ,

"이거ᄉᆞᆫ 믄득 목젼(目前)의 일이라 공ᄒᆡᆼ(功行)이 임의 찻다."

ᄒᆞ거ᄂᆞᆯ 요홰 말을 듯고 십분 환희ᄒᆞ며 즉시 도ᄉᆞ를 배별(拜別)ᄒᆞ고 셩명(姓名)을 뭇고져 ᄒᆞ더니 져 도ᄉᆞ의 미러 동문(洞門)의 내치믈 닙어 머리를 돌나 보ᄆᆡ 등문이 임의 닷치고 흔젹이 업는ᄃᆡ 인ᄒᆞ여 한 죠각 산 돌이라. 깁히 션가(仙家)의 묘ᄒᆞ믈 탄식ᄒᆞ고 인ᄒᆞ여 ᄒᆡᆼ【69】ᄒᆞ여 먼니 바라보니 아미산이 ᄋᆞᆲ히 잇셔 놉히 셧는ᄃᆡ 산의 오ᄅᆞ는 길은 보지 못ᄒᆞᆯ지라. 삼ᄉᆞ일을 도라 단녀도 맛ᄎᆞᆷ내 올나가지 못ᄒᆞ고 ᄯᅩ 인젹이 업셔 가히 뭇지 못ᄒᆞᆯ지라. ᄆᆞ옴이 심히 쵸쵸ᄒᆞ더니 홀연 한 쵸부(樵夫)를 만나 ᄲᆞᆯ니 ᄋᆞᆲ흐로 나아가 례를 ᄒᆡᆼᄒᆞ니 그 쵸뷔 심히 거오(倨傲)ᄒᆞᆫ지라.[443] 요화를 한 ᄎᆞ례 보더니 무ᄅᆞᄃᆡ,

"너 부인 몸으로 엇지 홀노 어ᄃᆡ를 ᄎᆞᄌᆞ가려 ᄒᆞᄂᆞ냐?"

요홰 연고를 고ᄒᆞ니 쵸뷔 니ᄅᆞᄃᆡ,

"산샹의 인젹이 업는지라. 어내 곳의 너의 ᄉᆞ뷔 이시랴?"【70】

요홰 니ᄅᆞᄃᆡ,

"우리 ᄉᆞ부는 본ᄃᆡ 션인이라. 그러므로 ᄲᅧ능히 산즁의 잇셔 슈련ᄒᆞᄂᆞ니라."

쵸뷔 니ᄅᆞᄃᆡ,

"너의 ᄉᆞ뷔 임의 션인이면 너도 능히 션도를 일웟ᄂᆞ냐?"

요홰 니ᄅᆞᄃᆡ,

"나는 범샹ᄒᆞᆫ 사ᄅᆞᆷ이라. 엇지 ᄉᆞ부의게 비ᄒᆞ랴?"

그 쵸뷔 우ᄉᆞ며 니ᄅᆞᄃᆡ,

"원ᄅᆡ 이러ᄒᆞ면 져 아미산은 본ᄃᆡ 신션의 굴혈이라. 엇지 범인을 가ᄅᆞ쳐 올나가게 ᄒᆞ리오마는 네가 긔여히 올나 가려 ᄒᆞ면 내 한가지 법을 가ᄅᆞ쳐 쥬리라."

요홰 니ᄅᆞᄃᆡ,

"이 엇던 법이냐? 네가 지시ᄒᆞ여 쥬믈 구ᄒᆞ노라."

쵸뷔【71】니ᄅᆞᄃᆡ,

---

443)【거오ᄒᆞ다】 혱 거오(倨傲)하다. 거만(倨慢)하다. ¶ 倨傲 ‖ ᄆᆞ옴이 심히 쵸쵸ᄒᆞ더니 홀연 한 쵸부를 만나 ᄲᆞᆯ니 ᄋᆞᆲ흐로 나아가 례를 ᄒᆡᆼᄒᆞ니 그 쵸뷔 심히 거오ᄒᆞᆫ지라 (心甚焦燥, 這日在西山脚下盤旋了一回, 忽遇了一個老樵夫, 忙忙上前施禮, 那樵夫甚是倨傲.) <瑤華 19:69>

"내가 능히 지시는 못ᄒᆞ나 싱각ᄒᆞ니 도롤 배호ᄂᆞᆫ 사롬은 가쟝 즁ᄒᆞᆫ 거시 셩심이 되ᄆᆡ 네가 임의 ᄉᆞ부롤 ᄎᆞᄌᆞ려 ᄒᆞ면 엇지 셩심을 ᄀᆞᆺ초지 아닐니가 이시랴. 네가 셩심을 발ᄒᆞ고 공즁을 바라며 세번 거ᄅᆞᄆᆡ 한번식 졀ᄒᆞ여 ᄎᆞᄎᆞ 올나 가면 엇지 본쳐의 니ᄅᆞ지 못ᄒᆞᆯ니 이시랴."

요홰 쵸부의 말을 드ᄅᆞᄆᆡ 꿈이 쳐음으로 ᄭᆡᆫ듯ᄒᆞ여 쌜니 쵸부롤 향ᄒᆞ여 배샤ᄒᆞ고 머리롤 들ᄆᆡ 임의 뵈지 아니ᄒᆞᄂᆞᆫ지라. 산샹을 향ᄒᆞ여 바라보니 쵸뷔 임의 산샹【72】의 잇셔 박쟝대쇼(拍掌大笑)ᄒᆞ며 니ᄅᆞ되,

"죠히 도롤 배호ᄂᆞᆫ 사롬이로다."

ᄒᆞ니 그 한 마듸 쇼ᄅᆡ가 산곡을 진동ᄒᆞᄂᆞᆫ 지라. 심샹의 돈연이444) ᄭᆡ다라 니ᄅᆞ되,

"이곳의 엇지 쵸뷔 이시리오. 필연 신션인듸 가히 앗갑다 ᄉᆞ부의 쳐쇼롤 뭇지 못ᄒᆞ엿도다."

ᄯᅩ 싱각ᄒᆞ듸 망령도히 싱각지 말니라 ᄒᆞ고 드듸여 흙을 모하 향을 ᄆᆡᆫ돌고 공즁을 바라 빌며 온 ᄯᅳᆺ을 고ᄒᆞᆫ 연후의 쵸부의 가던 길을 의지ᄒᆞ여 세 번 거르ᄆᆡ 한번 졀ᄒᆞ며 산을 올나가니 의희(依稀)ᄒᆞ여 노경이 잇셔 가히【73】오롤 만ᄒᆞ더라. 하놀이 믄득 느ᄌᆞᄆᆡ 나무 우히셔 헐슉ᄒᆞ고 날이 붉ᄂᆞᆫ 거술 보면 의구히 졀ᄒᆞ여 올나가 십여일을 지내ᄆᆡ 비로쇼 대아봉(大峩峰)의 니ᄅᆞ니 가쟝 놉흔 봉이라 ᄒᆞᄂᆞᆫ듸 다만 공공동(空空洞)이 잇ᄂᆞᆫ 거순 보지 못ᄒᆞᆯ지라. ᄉᆞ면을 바라보더니 량봉(兩峰)이 환포(環抱)ᄒᆞᆫ ᄉᆞ이의 공공동 삼ᄶᆞ롤 삭엿ᄂᆞᆫ지라. 십분 환희ᄒᆞ나 노경(路逕)이 오히려 먼지라. 여젼히 세번 거ᄅᆞᄆᆡ 한번 졀ᄒᆞ여 올나가더니 양일만의 한 곳의 다다ᄅᆞ니 폭포가 ᄉᆞ이롤 ᄭᅳᆫ헛ᄂᆞᆫ듸 물이 깁고 ᄯᅩ 너른지라【74】싱각의 반ᄃᆞ시 발원ᄒᆞᆫ 곳이 잇다 ᄒᆞ여 드듸여 시내롤 죠ᄎᆞ 졀ᄒᆞ여 가ᄆᆡ ᄯᅩ 일일을 지내여 보니 그 믈 근원이 구름 가온듸로 죠ᄎᆞ 나리ᄂᆞᆫ 듯ᄒᆞ고 아오로 근원이 잇ᄂᆞᆫ 바ᄂᆞᆫ 보지 못ᄒᆞᆯ지라. 엇지 ᄒᆞᆯ 길이 업셔 비회ᄒᆞ더니 시내 건너편의 목벌(木筏)이 잇고 그 우히 한 사롬이 잇셔 허리롤 굽히고 믈쇽으로 죠ᄎᆞ 물건을 찻ᄂᆞᆫ 것 ᄀᆞᆺ거놀 드듸여 고함ᄒᆞ여 그 사롬을 블너 목벌을 건네다가 나롤 틔여가게 ᄒᆞ라 ᄒᆞ고 삼ᄉᆞ번을 부ᄅᆞᄆᆡ 그 사롬이 비로쇼 듯고 몸을 니러 오ᄂᆞᆫ듸【75】여인 모양이라. 다시 부ᄅᆞ듸,

"목벌 우히 져져(姐姐)ᄂᆞᆫ 급히 와셔 나롤 건네라."

ᄒᆞ니 그 녀인이 목벌을 ᄊᆞ러 와셔 언덕의 ᄯᅳ기가445) 살 두 바탕이 되ᄂᆞᆫ듸 믄득 머믈고 셔거놀 요홰 보니 그 녀인의 싱기ᄆᆡ 십분 미려ᄒᆞᆫ 지라. 져다려 다시 ᄊᆞ러 오기롤 구ᄒᆞ니 그 녀인이 듸답ᄒᆞ듸,

"만일 그 편으로 ᄊᆞ러가면 믄득 아ᄅᆡ로 흘너 나릴지라. 네가 어듸로 가려 ᄒᆞ건듸 믄득 이곳의 와 건너기롤 구ᄒᆞᄂᆞ냐?"

요홰 니ᄅᆞ듸,

"내가 공공동의 가셔 ᄉᆞ부롤 ᄎᆞᄌᆞ려 ᄒᆞ노라."

녀인이 니ᄅᆞ듸,

"너의 ᄉᆞ부【76】ᄂᆞᆫ 누구라 ᄒᆞᄂᆞ냐?"

요홰 니ᄅᆞ듸,

"무ᄋᆡ지라 부ᄅᆞ며 나롤 약쇽ᄒᆞ여 이곳의 와셔 찻게 ᄒᆞ엿ᄂᆞ니라."

그 녀인이 니ᄅᆞ듸,

"그러면 네가 쥬요화(朱瑤華)가 아니냐?"

요홰 니ᄅᆞ듸,

"내가 그러ᄒᆞ나 너ᄂᆞᆫ 엇지 아ᄂᆞ냐?"

녀인이 웃고 니ᄅᆞ듸,

"내가 엇지 너롤 모로깃ᄂᆞ냐 다만 두리기ᄂᆞᆫ 네가 도로혀 나롤 아지 못ᄒᆞ리라."

요홰 그 녀인을 ᄌᆞ셰히 보와도 믄득 셔로 아지 못ᄒᆞ거놀 그 녀인이 니ᄅᆞ듸,

"드ᄅᆞ니 네가 이졔ᄂᆞᆫ 도롤 어덧다 ᄒᆞ더니 도로혀 엇지 져러틋 모호ᄒᆞ냐? 내가 너로 더브러 니별ᄒᆞᆫ 지 이십여【77】년이어놀 져듸지 긔역지 못ᄒᆞᄂᆞ냐?"

요홰 니ᄅᆞ듸,

444)【돈연이】㉿ 돈연(頓然)히. 갑자기. ¶ 頓 ‖ 심샹의 돈연이 ᄭᆡ다라 니ᄅᆞ듸 이곳의 엇지 쵸뷔 이시리오 필연 신션인듸 가히 앗갑다 ᄉᆞ부의 쳐쇼롤 뭇지 못ᄒᆞ엿도다 (心上頓悟道: "這裏那有什麽樵夫, 必定也是個神仙, 可惜不曾問得師父的處所.") <瑤華 19:72> ⇒ 돈연히

445)【ᄯᅳ다】㉻ 사이가 뜨다. ¶ 離 ‖ 그 녀인이 목벌을 ᄊᆞ러 와셔 언덕의 ᄯᅳ기가 살 두 바탕이 되ᄂᆞᆫ듸 믄득 머믈고 셔거놀 (遂慢騰騰的把筏撑將過來, 離岸約有兩箭路, 就把篙子揷住.) <瑤華 19:75>

"내가 비록 ᄉᆞ부의 슈련ᄒᆞᄂᆞᆫ 공부ᄂᆞᆫ 젼ᄒᆞ여 쥬나 나ᄅᆞᆯ 과거 미리 ᄒᆞᄂᆞᆫ 일을 알게 ᄒᆞᄂᆞᆫ 현묘ᄒᆞᆫ 거ᄉᆞᆫ 가ᄅᆞ치미 업ᄂᆞ니라."

그 녀인이 니ᄅᆞᄃᆡ,

"엇지 그런 일이 업ᄉᆞ랴. 네가 다시 언덕 우희 잇셔 한 ᄎᆞ례 좌공을 ᄒᆞ여 환ᄉᆡᆼᄒᆞ던 이젼 일을 ᄉᆡᆼ각ᄒᆞ면 믄득 ᄭᆡ다ᄅᆞ리라."

요홰 듯고 진ᄀᆡ 셩령(性靈)을 슈렴ᄒᆞ여 셰셰히 ᄉᆡᆼ각ᄒᆞᄆᆡ 비록 영ᄌᆞ(影子)ᄂᆞᆫ 잇ᄂᆞᆫᄃᆞᆺ ᄒᆞ나 믄득 말ᄒᆞ여 내지 못ᄒᆞ거ᄂᆞᆯ 그 녀인이 고셩(高聲)ᄒᆞ여 니ᄅᆞᄃᆡ,

"네가 긔역지 【78】 못ᄒᆞᄂᆞ냐? 내가 너와 더브러 어내 ᄒᆡ의 노죠종(老祖宗)의 곳의 가셔 슈련ᄒᆞᄂᆞᆫ 졀ᄎᆞ(節次)ᄅᆞᆯ 무러 보왓ᄂᆞ니라."

요홰 듯더니 황연이 ᄭᆡ다라 드ᄃᆡ여 눈을 ᄯᅳ고 우ᄉᆞ며 니ᄅᆞᄃᆡ,

"내가 진ᄀᆡ 모호ᄒᆞ도다. 네가 그 일을 졔긔치 아니터면 내가 다시 ᄉᆡᆼ각지 못ᄒᆞᆯ거시오, 내가 젼ᄉᆡᆼ의 너와 더브러 ᄌᆞᄆᆡ간으로 지내여시니 네가 이졔 셩공ᄒᆞ여시리라."

그 녀인이 니ᄅᆞᄃᆡ,

"셩공ᄒᆞ기ᄂᆞᆫ 반ᄃᆞ시 못ᄒᆞᆯ 거시오 다만 네게 비ᄒᆞ면 마졀(磨折)ᄒᆞᆫ 거ᄉᆞᆫ 면ᄒᆞ엿ᄂᆞ니라."

요홰 니ᄅᆞᄃᆡ,

"ᄉᆡᆼ각건ᄃᆡ 노죠종이 임의 션젹(仙籍)의 올나 갓시【79】리라."

그 녀인이 니ᄅᆞᄃᆡ,

"그 사ᄅᆞᆷ이 여긔 잇셔 너ᄅᆞᆯ 인도ᄒᆞ여 쥬어시니 네가 가히 보왓ᄂᆞ냐?"

요홰 니ᄅᆞᄃᆡ,

"보지 못ᄒᆞ엿노라."

그 녀인이 웃고 니ᄅᆞᄃᆡ,

"네가 이졔 진ᄀᆡ 화호불위(畫虎不爲)로다. 젼일의 만나본 쵸뷔(樵夫) 그 사ᄅᆞᆷ이 아니냐?"

요홰 돈연이 ᄭᆡ치고 드ᄃᆡ여 공즁을 바라 배샤ᄒᆞ고 ᄯᅩ 니ᄅᆞᄃᆡ,

"네가 임의 날과 ᄀᆞᆺ치 ᄌᆞᄆᆡ로 지내여시니 바라건ᄃᆡ 네가 목벌을 ᄭᅳ러다가 나ᄅᆞᆯ 건너게 ᄒᆞ라."

그 녀인이 니ᄅᆞᄃᆡ,

"너와 ᄀᆞᆺ치 두어 귀졀 말ᄒᆞᄂᆞᆫ 거시 더ᄃᆡ지 아닐지니 네가 이졔 도로혀 져 모【80】양 죠급ᄒᆞ냐?"

요홰 니ᄅᆞᄃᆡ,

"내가 죠급ᄒᆞ미 아니라 목벌의 올나 안ᄌᆞ 셰셰히 담화ᄒᆞᄂᆞᆫ 거시 죠치 아니랴?"

그 녀인이 니ᄅᆞᄃᆡ,

"ᄭᅳ러오고 아니 ᄒᆞ기ᄂᆞᆫ 내게 잇고 오ᄅᆞ고 아니 오ᄅᆞᄂᆞᆫ 거ᄉᆞᆫ 네게 잇ᄂᆞ니라."

요홰 심즁의 ᄉᆡᆼ각ᄒᆞ니,

'져거시 유의(留意)ᄒᆞ여 나ᄅᆞᆯ 힐난코져 ᄒᆞ미 아니냐. 목벌이 머지 아니케 이시니 니젼브터 져런 거ᄉᆞᆫ 임의 ᄯᅱ여 너머 갓ᄂᆞᆫᄃᆡ 엇지 금일이거시랴.'

ᄒᆞ고 한숀으로 옷술 거두고 한숀으로 긔셰ᄅᆞᆯ 지으니 말ᄒᆞᄂᆞᆫ ᄯᆡᄂᆞᆫ 더ᄃᆡ나 그 ᄯᆡᄂᆞᆫ 쾌ᄒᆞᆫ지라. 몸을 날녀 목벌을 향【81】ᄒᆞ여 한번 ᄯᅱ더니 방비치 아니ᄒᆞᆫ 그 목벌이 한번 옴기ᄂᆞᆫ ᄃᆞᆺᄒᆞ여 ᄯᅱᆫ 거시 공연이 되여 한 마ᄃᆡ 쇼ᄅᆡ나며 믈쇽의 ᄲᅥ러진지라. 요홰 졔반 무예ᄂᆞᆫ 모다 배화시나 오족 믈의 드러가ᄂᆞᆫ 거ᄉᆞᆫ ᄇᆡ호지 못ᄒᆞᆫ지라. 슈즁의 침몰ᄒᆞ여 심히 견ᄃᆡ기 어렵더니 드ᄅᆞᄆᆡ 그 녀인이 ᄃᆡ쇼ᄒᆞ며 니ᄅᆞᄃᆡ,

"내가 너다려 죠급ᄒᆞ다 말ᄒᆞᆫ 거시 엇더ᄒᆞ냐? 나무 가지ᄅᆞᆯ 가져 더질 거시니 너ᄂᆞᆫ 쾌히 붓들고 멈추라. 그러치 아니면 잠기여 밋가지 드러가리라."

요홰 급히 숀을 가져 바다【82】가지고 슈즁의셔 부시ᄃᆡ여446) ᄯᅥ가고 ᄯᅥ오ᄆᆡ 엇지 능히 몸을 ᄲᅦ쳐 나오리오. 급ᄒᆞ여 눈의 불이 어즈러이 닐고 ᄯᆞᆷ이 흘너 구슬 ᄀᆞᆺ더니 엇진 모양인지 아지 못ᄒᆞ게 한번 몸을 번드치ᄆᆡ 다시 한 가지 믈건을 붓든 것 ᄀᆞᆺ더니 겨유 슈변(水邊)의 ᄯᅮ러 나오며 눈을 ᄯᅥ 보고 아연(啞然)이 실슈ᄒᆞᆷ을 ᄭᆡ돗지 못ᄒᆞ니 원ᄅᆡ 시내믈도 업고 목벌도 업고 웅덩이진 산골 쇽의 잇셔 한 숀의ᄂᆞᆫ 마른 나무 가지ᄅᆞᆯ 쥐고 한 숀의ᄂᆞᆫ ᄌᆞ긔의 의복을 ᄭᅳ을고 ᄯᅱ여 올나온 모양이라. 다만 보니 그 녀인이【83】산샹의 안ᄌᆞ 흡흡(哈哈)히 우ᄉᆞ며 니ᄅᆞᄃᆡ,

"네가 한 비쇽 물을 가히 포ᄭᅴᄒᆞ엿ᄂᆞ냐?"

446)【부시ᄃᆡ다】 동 부스대다. 몸을 자꾸 움직여 부스럭거리다. ¶ 爭扎 ‖ 요홰 급히 숀을 가져 바다 가지고 슈즁의셔 부시ᄃᆡ여 ᄯᅥ가고 ᄯᅥ오ᄆᆡ 엇지 능히 몸을 ᄲᅦ쳐 나오리오 (瑤華急忙將手接住, 在水裏掙扎, 漂來浮去, 那裏掙紮得起.) <瑤華 19:82>

요홰 노ᄒᆞ여 니ᄅᆞᄃᆡ,

"내가 너와 ᄀᆞᆺ치 임의 젼싱의 ᄌᆞ미라. 나의 험난ᄒᆞᆷ을 보ᄆᆡ 와셔 븟드러 지시ᄒᆞ여 쥬지ᄂᆞᆫ 못ᄒᆞ나 도로혀 환슐(幻術)을 지어 나ᄅᆞᆯ 희롱ᄒᆞ니 네가 죠흔 사ᄅᆞᆷ은 아니로다."

그 녀인이 우ᄉᆞ며 니ᄅᆞᄃᆡ,

"도ᄅᆞᆯ ᄇᆡ호ᄂᆞᆫ 사ᄅᆞᆷ이 긔여히 신고ᄒᆞᆫ 거ᄉᆞᆯ 맛보와야 비로쇼 바야흐로 능히 도ᄅᆞᆯ 일우ᄂᆞᆫ지라. 네가 이제 일졈(一點) 휴손된 거시 업거ᄂᆞᆯ 도로혀 분긔ᄅᆞᆯ 내여 나ᄅᆞᆯ 원ᄒᆞᄂᆞ냐? 내가 뭇ᄂᆞ【84】니 네가 젼일의 산동(山洞) 쇽의 잇셔 도ᄉᆞ의 죠롱ᄒᆞᆷ을 바ᄃᆞᄆᆡ 엇지 참앗ᄂᆞ냐?"

요홰 니ᄅᆞᄃᆡ,

"그 션ᄉᆞ(仙師)ᄂᆞᆫ 나ᄅᆞᆯ 졈화(點化)ᄒᆞ여 주신 거시니 엇지 춤아 견ᄃᆡ지 못ᄒᆞ랴?"

녀인이 니ᄅᆞᄃᆡ,

"그 션ᄉᆞᄂᆞᆫ 너ᄅᆞᆯ 졈화ᄒᆞ엿거니와 나ᄂᆞᆫ 너ᄅᆞᆯ 죠롱ᄒᆞᆫ다 못ᄒᆞ리라. 실노 너다려 말ᄒᆞᆯ 거시니 그 션싀 삼미진화(三昧眞火)로 ᄡᅧ 너의 복즁의 잇ᄂᆞᆫ 음욕은 단졀ᄒᆞ엿거니와 나 보기의 네가 무미(嫵媚)ᄒᆞᆫ ᄌᆞᄐᆡ로 피모(皮毛) 우희 음긔(淫氣)ᄂᆞᆫ 오히려 다 쓴치 못ᄒᆞᆫ 고로 텬하슈(天河水)ᄅᆞᆯ 비러다가 다시 너ᄅᆞᆯ ᄃᆡ신ᄒᆞ여 한 ᄎᆞ례ᄅᆞᆯ 세【85】쳑ᄒᆞᄂᆞᆫ 거시니 이졔ᄂᆞᆫ 죠히 가셔 ᄉᆞ부ᄅᆞᆯ 보게 ᄒᆞ라."

요홰 말을 듯고 ᄲᆞᆯ니 머리ᄅᆞᆯ 죠흐며 니ᄅᆞᄃᆡ,

"원릐 져져가 와셔 나ᄅᆞᆯ 졔도ᄒᆞ여 쥬도다. 다만 공공동을 몬져ᄂᆞᆫ 바라보더니 이졔ᄂᆞᆫ 믈이 침몰ᄒᆞᆷ을 닙어 ᄯᅩ 모호히 되여시니 아지 못게라 어내 길노 죠ᄎᆞ 가랴?"

그 녀인이 손을 드러 한번 가ᄅᆞ치며 니ᄅᆞᄃᆡ,

"져곳이 거긔 아니냐?"

요홰 머리ᄅᆞᆯ 돌나 한번 보ᄆᆡ 아오로 ᄎᆞᄌᆞ 갈 길이 업고 다시 뭇고ᄌᆞ ᄒᆞ나 그 녀인이 임의 뵈지 아니 ᄒᆞᄂᆞᆫ지라. 산 머리의 셔셔 올나【86】져의 가ᄅᆞ치던 바 방향을 의지ᄒᆞ여 셰셰히 바라ᄆᆡ 맛춤내 가히 엇지 못ᄒᆞᆯ지라. 심즁의 죠히 쵸죠ᄒᆞ다가 홀연이 싱각을 두루혀 니ᄅᆞᄃᆡ,

"산동(山洞)을 내가 방ᄌᆞ(方才)의 보와시니 ᄃᆡ략이 다만 이 산중의 잇ᄂᆞᆫ지라. 엇지 죠급히 굴니오. 졔가 날다려 말ᄒᆞ기ᄅᆞᆯ 셩픔이 급ᄒᆞ다 ᄒᆞᄂᆞᆫ 거시 역시 졈화(點化)ᄒᆞ여 쥬ᄂᆞᆫ 의ᄉᆡ라. 다시 셩심을 발ᄒᆞ여 졀ᄒᆞ며 가려 ᄒᆞ나 다만 어내 방위로 죠ᄎᆞ 가리오?"

ᄒᆞ더니 홀연이 한 계괴 나ᄂᆞᆫ지라. 노샹의 긴 오리 돌덩이ᄅᆞᆯ 가【87】져 니ᄅᆞ혀 셰워 노코 업드러ᄯᅥ러 보니 우편으로 너머지ᄂᆞᆫ지라. ᄆᆞᆫ득 우편으로 죠ᄎᆞ 셰 거름의 한번 졀의 열 번 니ᄅᆞ지 아니ᄒᆞ여 임의 공공동 어귀의 니ᄅᆞ러 황망히 드러가니 ᄆᆞᆫ득 무ᄋᆡᄌᆞᄂᆞᆫ 보지 못ᄒᆞ고 다만 한 쟝 셕궤(石几)가 잇ᄂᆞᆫᄃᆡ 셕궤 우희 털 ᄀᆞᄐᆞᄃᆡ 털도 아니오 금 ᄀᆞᄐᆞᄃᆡ 금도 아닌 량ᄀᆡ 탄환(彈丸)이 이시니 완연(宛然)이 무ᄋᆡᄌᆞ의 물건이라. 경히 췌탁(揣度)ᄒᆞᄂᆞᆫ ᄉᆞ이의 홀연이 공중으로 일쟝 죠희[447]가 날녀 나리며 그 우희 두 즐 글지 잇ᄂᆞᆫ지라. ᄲᆞᆯ니 집어보니 ᄒᆞ【88】여시ᄃᆡ,

일구희경(一軀喜淨)ᄒᆞ고
량검능비(兩劍能飛)라
긔언호귀(寄言狐鬼)ᄒᆞ니
예포ᄎᆞ의(藝圃且依)ᄒᆞ라

한 몸은 졍결ᄒᆞᆷ을 깃거 ᄒᆞ고
두 칼은 능히 날더라
녀호의 귀신의게 말을 븟치ᄂᆞ니
예포의 ᄯᅩ 가셔 의지ᄒᆞ라.

요홰 보ᄆᆡ 무ᄋᆡᄌᆞ의 ᄭᅵ친 바ᄅᆞᆯ 알고 환희ᄒᆞᆷ을 이긔지 못ᄒᆞ여 공중을 향ᄒᆞ여 배샤ᄒᆞ고 량ᄀᆡ 탄환을 거두고 문텹을 졉어 노코 졍히 슈습ᄒᆞ려 ᄒᆞ더니 홀연 등 뒤흐로 한 ᄧᅡᆨ 손을 펴셔 탈취(奪取)ᄒᆞ여 가【89】거ᄂᆞᆯ 머리 돌나 한번 보니 다시 한 낫 부인이 년긔(年紀)ᄂᆞᆫ 삼십여 셰가 된지라. 요홰 ᄆᆞᆫ득 무ᄅᆞᄃᆡ,

"너ᄂᆞᆫ 엇던 사ᄅᆞᆷ으로 감히 와셔 내 슈중의 믈건을 앗ᄂᆞ냐?"

ᄒᆞ니 아지 못게라 이 엇던 사ᄅᆞᆷ인고 하회ᄅᆞᆯ 보와 분히ᄒᆞ라.

---

447) 【죠희】 명 종이. ¶ 紙 ‖ 경히 췌탁ᄒᆞᄂᆞᆫ ᄉᆞ이의 홀연이 공중으로 일쟝 죠희가 날녀 나리며 그 우희 두 즐 글지 잇ᄂᆞᆫ지라 (正在揣摹間, 忽空中飄下一張紙來, 上有兩行字.) <瑤華 19:87>

[요화젼 瑤華傳 권지이십 卷之二十]

38

곤덕후장환여구 무익ᄌᆞ검부회진
坤德侯庄還如舊 無碍子劍復會津

【1】 화셜 요홰 믄득 무ᄅᆞ듸,

"너ᄂᆞᆫ 엇더ᄒᆞᆫ 사ᄅᆞᆷ으로 감히 와셔 내 슈즁의 믈건을 앗ᄂᆞ냐?"

그 부인이 니ᄅᆞ듸,

"너ᄂᆞᆫ 엇던 사ᄅᆞᆷ이완듸 감히 우리 ᄉᆞ부의 동즁의 드러와 쳔ᄌᆞ(擅自)히448) 검환(劍丸)을 취ᄒᆞᄂᆞ냐?"

요홰 니ᄅᆞ듸,

"이거시 우리 ᄉᆞ뷔 나를 끼쳐 쥬신 거시니 이졔 문텹(文帖)이 여긔 잇ᄂᆞ니라."

그 부인이 믄득 숀을 놋 【2】 코 웃고 니ᄅᆞ듸,

"네가 요화 공쥐 아니냐?"

요홰 니ᄅᆞ듸,

"그러ᄒᆞ나 네가 엇지 나의 명ᄍᆞ(名字)를 아ᄂᆞ냐?"

그 부인이 니ᄅᆞ듸,

"비ᄌᆞ(婢子)의 셩은 쟝(章)이오 ᄌᆞᄂᆞᆫ 아신(阿辛)이니 본시 더러온 류(類)로 ᄉᆞ뷔 슈련ᄒᆞᄂᆞᆫ 법술을 가ᄅᆞ쳐 쥬믈 인ᄒᆞ여 시러곰 인형(人形)을 화ᄒᆞ여 되엿ᄂᆞᆫ지라. 일젼의 ᄉᆞ뷔 분부ᄒᆞ시기를 공쥐 불일간(不日間)의 여긔 니ᄅᆞᄂᆞᆫ듸 공쥬의 슈죵(隨從)ᄒᆞᄂᆞᆫ 사ᄅᆞᆷ들이 모다 쥬션ᄉᆞ(周仙師)의 발송ᄒᆞ미 되여 도라가ᄂᆞᆫ 길의ᄂᆞᆫ ᄯᅡ지으리가 업ᄉᆞ니 비ᄌᆞ로 ᄒᆞ여곰 공쥬를 뫼셔 쟝샹(莊上)으로 도라가라 ᄒᆞ 【3】 시더라."

ᄒᆞ니 요홰 심히 깃거 ᄯᅩ 공즁을 향ᄒᆞ여 배샤ᄒᆞ고 함긔 산의 나릴ᄉᆡ 요화ᄂᆞᆫ 아신의 도술이 신묘ᄒᆞ여 음식을 기다리지 아니믈 알고 아신은 요홰 검환(劍丸)을 슈련ᄒᆞ여 임의 검션(劍仙)의 반렬의 오른 쥴을 짐작ᄒᆞ고 흠경(欽敬)ᄒᆞ여 길의 잇셔 셔로 심히 ᄯᅳᆺ의 합ᄒᆞ믈 씨ᄃᆞᆺ더라.

일간(日間)은 산벽쇼로(山僻小路)로 ᄒᆡᆼᄒᆞ고 느ᄌᆞ면 나무 우희셔 ᄌᆞ다가 하ᄂᆞᆯ이 쟝ᄎᆞᆺ 붉으미 바라 【4】 보니 동편 머리의 한 쥴기 흑긔(黑氣)가 츙텬ᄒᆞᄂᆞᆫ듸 심히 악독ᄒᆞᆫ지라. 요홰 니ᄅᆞ듸,

"져 흑긔가 필연 독물이 ᄲᅳᆷᄂᆞᆫ449) 비니 네가 가히 엇더ᄒᆞᆫ 악믈(惡物)인지 알깃ᄂᆞ냐?"

아신이 니ᄅᆞ듸,

"믄득 알 슈 업ᄉᆞ니 공쥐 여긔 잇셔 기다리면 비ᄌᆡ 가셔 탐지ᄒᆞ여 곡졀을 아라 오리라."

요홰 니ᄅᆞ듸,

"매우 죠흐니 우리 무리 도 닥은 사ᄅᆞᆷ이 덕ᄒᆡᆼ으로 ᄲᅧ 뎨일을 삼ᄂᆞᆫ지라. 이런 악믈을 만나셔 제어치 못ᄒᆞ면 도로혀 ᄌᆞ긔의 죄과(罪過)를 더ᄒᆞᆯ지니 네가 쇽히 가고 쇽히 오게 ᄒᆞ라."

아 【5】 신이 즉시 공즁으로 올나 가더니 반 시긱이 못ᄒᆞ여 임의 도라와 말ᄒᆞ듸,

"비ᄌᆡ 져곳의 니ᄅᆞ러 흑긔 잇ᄂᆞᆫ 바를 ᄎᆞᄌᆞ 보니 일긔 독사(毒蛇)의 쇼위라. 일방(一方) 인민이 히 밧ᄂᆞᆫ 거시 젹지 아니ᄒᆞ더라."

요홰 니ᄅᆞ듸,

"죵젼으로 내가 이런 챡ᄒᆞᆫ 일을 ᄒᆡᆼᄒᆞᄂᆞᆫ듸 심히 난쳐ᄒᆞ더니 이졔 ᄉᆞ부의 비검(飛劍) 쥬시ᄂᆞᆫ 거술 닙어시니 졍히 가히 시ᄒᆡᆼᄒᆞ여 볼지라.

448) 【쳔ᄌᆞ히】 囝 {쳔자(擅自)히.} 제멋대로. ¶ 擅 ‖ 너ᄂᆞᆫ 엇던 사ᄅᆞᆷ이완듸 감히 우리 ᄉᆞ부의 동즁의 드러와 쳔ᄌᆞ히 검환을 취ᄒᆞᄂᆞ냐 (你是何人? 敢在我師父洞裏擅取劍丸.) <瑤華 20:1> ⇒ 쳔쟈히

449) 【ᄲᅳᆷ다】 图 뿜다. ¶ 噴 ‖ 져 흑긔가 필연 독믈이 ᄲᅳᆷᄂᆞᆫ 비니 네가 가히 엇더ᄒᆞᆫ 악믈인지 알깃ᄂᆞ냐 (這股黑氣必是毒物所噴, 你可得知是何惡物?) <瑤華 20:4>

내가 져 악믈을 가져 칼ᄒᆞᆯ 시험ᄒᆞ리라."

ᄒᆞ고 드ᄃᆡ여 검환을 ᄎᆞᄌᆞ내여 공즁을 바라고 던지더니 슌식간의 칼이 배암과 【6】 ᄀᆞᆺ치 공즁으로 죠ᄎᆞ 비등(飛騰)ᄒᆞ다가 비암은 어내 곳의 ᄯᅥ러진지 모ᄅᆞ고 칼은 인ᄒᆞ여 도라와 숀의 잇ᄂᆞᆫ지라. 요홰 ᄆᆡ우 신통ᄒᆞ믈 ᄭᆡᄃᆞᆺ고 량인이 ᄎᆞᄎᆞ 힝ᄒᆞ여 하로ᄂᆞᆫ 쟝샹의 니ᄅᆞᆯᄉᆡ 아신의 복ᄉᆡᆨ이 괴샹ᄒᆞ믈 보고 쟝샹의 드러가지 아니코 우가진(尤家鎭)으로 가셔 은량을 내여 쟝쇽(裝束)[450]을 졍졔히 ᄒᆞ고 우가진으로 죠ᄎᆞ 쟝샹 뒤ᄒᆞᆯ 지날ᄉᆡ 먼니 바라보ᄆᆡ 쟝샹의 슈목이 희쇼(稀少)ᄒᆞ여 이젼 ᄀᆞᆺ치 번셩치 못ᄒᆞ고 ᄯᅩ 쟝원이 모 【7】 다 퇴락ᄒᆞ고 ᄒᆡᄌᆞ[451] 파셔 노흔 믈이 모다 마ᄅᆞ고 다시 쟝샹 동편을 지나ᄆᆡ 작인의 방옥이 허다히 문허지고 거인(居人)이 ᄯᅩᄒᆞᆫ 젹은지라. 심즁의 ᄉᆡᆼ각ᄒᆞᄃᆡ 필시 류젹이 노략ᄒᆞ고 지나가미라. 아신이 니ᄅᆞᄃᆡ,

"이거시 믄득 왕쟝(王莊)이냐?"

요홰 니ᄅᆞᄃᆡ,

"그러ᄒᆞ니 네가 죵젼의 흥왕(興旺)ᄒᆞ던 긔샹은 보지 못ᄒᆞ여시리라."

ᄒᆞ고 셜화ᄒᆞᄂᆞᆫ 사이의 임의 쟝문(莊門)의 니ᄅᆞ니 문경이 심히 링낙(冷落)ᄒᆞ여 문직희ᄂᆞᆫ 사ᄅᆞᆷ도 업고 좌우 방옥과 슈목들이 ᄒᆞᆷ긔 문허지기도 ᄒᆞ고 쟉별[斫伐]ᄒᆞ기도 【8】 ᄒᆞ여 쇼견이 심히 쳐량ᄒᆞ고 다만 문 우희 일기 벽돌노 편익(匾額)을 ᄆᆡᆫᄃᆞ러 다랏ᄂᆞᆫᄃᆡ 그 우희 ᄡᅳ기ᄅᆞᆯ '학귀도원(鶴歸道院)' 네 글지라. 드ᄃᆡ여 문을 두다린지 식경만의 바야흐로 사ᄅᆞᆷ이 답응ᄒᆞ고 문을 열거ᄂᆞᆯ 요홰 보니 쥬쳥ᄃᆡ(周青黛)라. 쳥ᄃᆡ 놀나 무ᄅᆞᄃᆡ,

"공쥐 져 모양으로 엇지 오시며 사뷔 ᄒᆞᆷ긔 오셧ᄂᆞ냐?"

ᄒᆞ고 ᄲᆞᆯ니 문을 열고 요홰 ᄯᆞ라 졍뎐(正殿)의 드러가ᄆᆡ 졍뎐 우희 불샹(佛像)을 뫼셔시니 관음대ᄉᆡ시고 량편의 션ᄌᆡ(善才) 동ᄌᆞ(童子)와 룡녀(龍女) 무리 뫼신지라. 드ᄃᆡ여 몸을 움죽여 배 【9】 례ᄒᆞ고, ᄯᅩ 뎨이층 뎐각의 드러가ᄆᆡ ᄯᅩ 한 불샹이 계신지라. 졍히 쳠배(瞻拜)코져 ᄒᆞ더니 다만 보ᄆᆡ 남녀 제인이 ᄒᆞᆷ긔 나오며 지져괴며 니ᄅᆞᄃᆡ,

"공쥬ᄂᆞᆫ 도ᄅᆞ오시ᄂᆞᆫ ᄃᆡ ᄉᆞ부ᄂᆞᆫ 엇지ᄒᆞ여 오지 아니 ᄒᆞ시ᄂᆞᆫ고?"

요홰 니ᄅᆞᄃᆡ,

"나도 ᄉᆞ부의 얼골을 보지 못ᄒᆞ엿도다."

ᄒᆞ고 ᄯᅩ 샹셔방(上書房)의 드러가니 ᄆᆡ영(梅影)이 일기 ᄋᆞᄌᆞᄅᆞᆯ 다리고 마ᄌᆞ 나오거ᄂᆞᆯ 량인이 숀을 잡고 셔로 희희(欷歔)ᄒᆞ고[452] 함긔 침궁(寢宮)의 드러가니 ᄆᆡ영이 모든 부녀ᄅᆞᆯ 거나려 고두문안ᄒᆞ고 쟝기덕 죠의 등 남인(男人)이 ᄒᆞᆷ긔 문 【10】 안ᄒᆞ더라. 요홰 죠의다려 무ᄅᆞᄃᆡ,

"네가 엇지 도라왓ᄂᆞ냐?"

죠의 ᄃᆡ답ᄒᆞᄃᆡ,

"그날 션ᄉᆡ(仙師) 나ᄅᆞᆯ 가져 못술 박아 멈츈 후의 내가 믄득 혼침ᄒᆞ여 엇진 모양이 된지 몰나 ᄒᆞ더니 홀연이 한 곳 ᄇᆡᆫ ᄧᅡ 우희 밀니여 와셔 ᄭᆡ여보니 임의 쟝상의 다다ᄅᆞᆺᄂᆞᆫ지라. 도라온 지 슈월이 되엿다."

ᄒᆞ거ᄂᆞᆯ 요홰 믈너 이시라 ᄒᆞ고 좌뎡ᄒᆞᆫ지 한 ᄎᆞ례 만의 방셕[셩]대공[곡](放聲大哭)ᄒᆞ거ᄂᆞᆯ 즁인이 모다 니ᄅᆞᄃᆡ,

"공쥐 츌류ᄒᆞᆫ지 슈년만의 도라오신 거시 깃브거ᄂᆞᆯ 엇지ᄒᆞ여 져러ᄐᆞᆺ 비감(悲感) 【11】 ᄒᆞ시나뇨?"

요홰 니ᄅᆞᄃᆡ,

"왕야(王爺)긔셔 난즁의 죵신ᄒᆞ시고 가국

---

450) 【쟝쇽】 명 {장속(裝束).} 옷차림을 갖추어 부림. ¶ 衣飾 ‖ 아신의 복ᄉᆡᆨ이 괴샹ᄒᆞ믈 보고 쟝샹의 드러가지 아니코 우가진으로 가셔 은량을 내여 쟝쇽을 졍졔히 ᄒᆞ고 (見阿新服食不甚合式, 且不到莊, 竟上尤家鎭, 將號票押了些銀兩, 令阿新自爲置辦衣飾, 收拾整齊.) <瑤華 20:6> ⇒ 장쇽, 쟝쇽

451) 【ᄒᆡᄌᆞ】 명 해자(垓子). 호수(연못)처럼 깊게 파 놓은 곳. ¶ 溪河 ‖ ᄯᅩ 쟝원이 모다 퇴락ᄒᆞ고 ᄒᆡᄌᆞ 파셔 노흔 믈이 모다 마ᄅᆞ고 다시 쟝샹 동편을 지나ᄆᆡ 작인의 방옥이 허다히 문허지고 거인이 ᄯᅩᄒᆞᆫ 젹은지라 (又見墻垣倒卸, 連後樓都看見, 溪河也涸竭了. 再由莊東過來, 佃戶房屋倒敗了許多, 居人亦甚稀少.) <瑤華 20:7>

452) 【희희ᄒᆞ다】 형 {희허(唏噓)하다.} ¶ 欷歔 ‖ 량인이 숀을 잡고 셔로 희희ᄒᆞ고 함긔 침궁의 드러가니 ᄆᆡ영이 모든 부녀ᄅᆞᆯ 거나려 고두문안ᄒᆞ고 (兩人執手欷歔, 遂同入寢宮, 見各處房屋, 俱各敗壞. 梅影率領衆婦女, 都來叩首請安.) <瑤華 20:9> ⇒ 희허ᄒᆞ다

(家國)이 쟝춧 니즈러지고 쟝샹이 파픽(破敗)되고 가즁 사룸이 언마 남지 못ᄒᆞ여시니 엇지 감샹(感傷)치 아니ᄒᆞ랴."

또 무ᄅᆞᄃᆡ,

"엇던 사룸들이 잇셔 관ᄉᆞᄒᆞᄂᆞ냐?"

미영이 니ᄅᆞᄃᆡ,

"외변(外邊) 남ᄌᆞᄂᆞᆫ 쵸엽(蕉葉)과 류지(柳枝)와 강윤쟝(江允長)과 니영(李榮)과 진옥(陳玉) 등 다ᄉᆞᆺ 사룸이 잇고 도홍(桃紅)은 노칙병(癆瘵病)으로 쥭고 삼기 부ᄉᆞ(副史)ᄂᆞᆫ 쟝가(張家) 남인(男人)과 ᄀᆞᆺ치 도젹의게 쥭고 죠셩(趙成) 부쳐(夫妻)ᄂᆞᆫ 빵망(雙亡)ᄒᆞ고[453] 틱감(太監) 무리ᄂᆞᆫ 병ᄉᆞ(病死)ᄒᆞᆫ 이도 잇고 피살ᄒᆞᆫ 이도 잇셔 지금의 다만 쟝기덕(張其德) 일【12】인만 남고 내간의 녀인은 구쇼셤(裘素蟾)과 나환ᄋᆞ(羅紈兒)ᄂᆞᆫ 모다 병ᄉᆞᄒᆞ고 한츄계(韓秋桂) 등 칠인은 왕야ᄅᆞᆯ 짜라 변량(汴梁)으로 가고 심계션(深繼仙) 등 륙인은 모다 도젹의게 사로잡힌 빅 되여 싱사죤망(生死存亡)을 모로고 츄계와(鄒桂娃)ㆍ려량진(呂良珍) 부쳐ᄂᆞᆫ 경즁(京中)으로 반이ᄒᆞ여[454] 가셔 쇼란(素蘭)과 ᄀᆞᆺ치 거쥬ᄒᆞ더니 드ᄅᆞ니 왕애 난리ᄅᆞᆯ 당ᄒᆞ셧ᄂᆞᆫᄃᆡ 다힝히 공쥬 틈젹의 량기 녀ᄋᆞᄅᆞᆯ 잡아 원슈 갑흔 거술 죠의의 말을 드러 알고 우리 무리 미우 깃거ᄒᆞ엿노라."

요홰 니ᄅᆞᄃᆡ,

"몃ᄎᆞ례나 범ᄒᆞ더【13】냐?"

쳥ᄃᆡ 니ᄅᆞᄃᆡ,

"팔년 삼월의 한 ᄎᆞ례ᄅᆞᆯ 지나가ᄂᆞᆫᄃᆡ 슈호(守護)ᄒᆞ기ᄅᆞᆯ 잘 ᄒᆞ엿고 구년의 한 ᄎᆞ례ᄅᆞᆯ 다시 오ᄂᆞᆫ ᄃᆡ 대단이 니해(利害)가 되여 우리 무리 쟉인배 허다ᄒᆞᆫ 사룸이 도시 쥭인 배 되엿ᄂᆞᆫ지라. 이후로 믄득 도원(道院)을 민둘미 비록 도젹이 와셔 규탐(窺探)ᄒᆞ나 픽ᄒᆞᆫ 광경을 보고 도시 그져 지나가더라."

요홰 또 무ᄅᆞᄃᆡ,

"쵸엽과 류지ᄂᆞᆫ 엇지ᄒᆞ여 보지 못ᄒᆞᄂᆞ냐?"

쟝기덕이 니ᄅᆞᄃᆡ,

"량미(粮米)가 졀핍ᄒᆞ므로 박쥬(亳州) 짜히 량미ᄅᆞᆯ ᄉᆞ라 갓노라."

뇨홰 니ᄅᆞᄃᆡ,

"이졔 뎐쟝의 도죠(賭租) 밧ᄂᆞᆫ 거【14】시 언마나 되ᄂᆞ냐?"

미영이 니ᄅᆞᄃᆡ,

"여간 도죠ᄂᆞᆫ 도시 쟉인배 ᄉᆞ망ᄒᆞ고 도산(逃散)ᄒᆞ여 십분의 겨유 슈삼분이 남아 그러므로 뻐 거둘 곳이 업셔 이졔 창고 쇽이 모다 과립(顆粒)이 업다."

ᄒᆞ거ᄂᆞᆯ 요홰 니ᄅᆞᄃᆡ,

"고쟝(庫藏)은 언마나 잇ᄂᆞ냐?"

미영이 니ᄅᆞᄃᆡ,

"여죤(餘存)이 만량(萬兩)의 밋지 못ᄒᆞ나 다힝히 인구가 만치 안키로 겨유 지텽ᄒᆞ여 지낸다."

ᄒᆞ고 다시 ᄋᆞᄌᆞᄅᆞᆯ 다려와셔 졀ᄒᆞ게 ᄒᆞ니 요홰 옯히 안치고 ᄌᆞ셔히 보며 니ᄅᆞᄃᆡ,

"이거시 쥬극셩(周克成)이 아니냐? 져의 부형으로 삼분(三分)은 ᄀᆞᆺ도다."

미영이 니ᄅᆞ【15】ᄃᆡ,

"졔 셩경(性情)이 져의 부친의게 비ᄒᆞ여 도로혀 죠토다."

ᄒᆞ고 또 보니 일기 쇼ᄋᆡ 와셔 고두ᄒᆞᄂᆞᆫ지라. 요홰 무ᄅᆞᄃᆡ,

"어내 사룸의 ᄌᆞ식이냐?"

미영이 니ᄅᆞᄃᆡ,

"쟝기덕의 ᄋᆞ지라."

ᄒᆞ거ᄂᆞᆯ 요홰 니ᄅᆞᄃᆡ,

"쇼원향(蘇元香)의 나흔 배 아니냐?"

미영이 니ᄅᆞᄃᆡ,

"졍히 그러타."

ᄒᆞ고 또 무ᄅᆞᄃᆡ,

"공쥬 가히 아미산(峨嵋山)의 니ᄅᆞ럿더냐?"

요홰 니ᄅᆞᄃᆡ,

"아미산의 니ᄅᆞ지 못ᄒᆞ여시면 내 엇지 즐겨 도라오랴?"

ᄒᆞ고 ᄌᆞᄃᆡ여 ᄉᆞ뷔 검환(劍丸)과 문텹을 끼쳐 쥰 연유ᄅᆞᆯ 일편을 말ᄒᆞ니 황금슌(黃金釧)이

453) 【빵망ᄒᆞ다】 ⓗ 쌍망(雙亡)하다. ¶ 俱亡 ‖ 죠셩 부쳐ᄂᆞᆫ 빵망ᄒᆞ고 틱감 무리ᄂᆞᆫ 병ᄉᆞᄒᆞᆫ 이도 잇고 (令史趙成夫婦俱亡, 太監們也有病死的.) <瑤華 20:11>

454) 【반이ᄒᆞ다】 ⓓ {반이(搬移)하다.} 이사(移徙)하다. 운반(運搬)하다. 운송(運送)하다. ¶ 搬 ‖ 츄계와ㆍ려량진 부쳐ᄂᆞᆫ 경즁으로 반이ᄒᆞ여 가셔 쇼란과 ᄀᆞᆺ치 거쥬ᄒᆞ더니 (鄒桂娃、呂良珍夫妻, 已搬到京中去與素蘭同居了.) <瑤華 20:12>

니ᄅᆞᄃᆡ,

"공쥐 엇지 ᄯᅩ 【16】 다른 사ᄅᆞᆷ 하나ᄒᆞᆯ 다리고 왓시며 이왕의 부리던 삼져와 아신은 엇지 ᄒᆞ여 보지 못ᄒᆞᄂᆞ냐?"

요홰 니ᄅᆞᄃᆡ,

"내가 만[마]호(馬湖) 디방의 니ᄅᆞ러 일위 션ᄉᆞ(仙師)ᄅᆞᆯ 만나 보니 그 사ᄅᆞᆷ이 ᄉᆞ부의 부탁을 드러 져 무리 몃 사ᄅᆞᆷ이 모다 능히 아미산의 올나가지 못ᄒᆞ기로 각쳐로 졈졔(點指)ᄒᆞ여 보내고 이 시녀ᄂᆞᆫ ᄉᆞ부긔셔 미리 거두어 산의 두엇다가 ᄒᆞ여곰 나ᄅᆞᆯ ᄯᆞ라 도라오게 ᄒᆞ엿ᄂᆞ니라."

황금슌이 ᄯᅩ 무ᄅᆞᄃᆡ,

"공쥐 아미산으로 죠ᄎᆞ 여긔가지 오시기의 언마 일ᄌᆡ 되ᄂᆞ냐?"

요홰 니ᄅᆞᄃᆡ,

【17】 "이십여 일을 지내엿노라."

즁인이 니ᄅᆞᄃᆡ,

"아미산 가기가 만여 리ᄂᆞᆫ 된다 ᄒᆞ더니 엇지 져러틋 쾌히 왕릭ᄒᆞ며 ᄒᆡᆼ니(行李)도 가지지 아니 ᄒᆞ여시니 노샹의셔 엇지 헐슉(歇宿)ᄒᆞ엿ᄂᆞ뇨?"

요홰 니ᄅᆞᄃᆡ,

"이졔ᄂᆞᆫ 음식을 먹지 아니코 노샹의셔 방옥 업시 나무 우희셔 헐슉ᄒᆞ엿노라."

즁인이 니ᄅᆞᄃᆡ,

"공쥬의 범졀이 ᄉᆞ부와 일양(一樣)이 되여시니 일쟝 신고ᄒᆞ미 헛되지 아니토다. 져 챠환455)의 명ᄧᆞᄂᆞᆫ 무어시라 ᄒᆞᄂᆞ뇨?"

요홰 니ᄅᆞᄃᆡ,

"져의 셩은 쟝(章)이오 명은 아신(阿新)이라."

ᄒᆞ고 졍히 【18】 말ᄒᆞᄆᆡ 쵸엽이 류지로 ᄒᆞ여곰 도라와 고두 문안ᄒᆞ거ᄂᆞᆯ 요홰 보ᄆᆡ 량긔가 도시 쟝대(長大)ᄒᆞ엿ᄂᆞᆫ지라. 셔로 한담ᄒᆞ더니 량인이 니ᄅᆞᄃᆡ,

"금일의 박쥐(亳州) 잇셔 드러보니 셩식(聲息)이 ᄆᆡ우 죠치 못ᄒᆞ여 말ᄒᆞ기ᄅᆞᆯ 틈젹(闖賊)이 임의 경셩을 에워 곤ᄒᆞ게 되엿다 ᄒᆞ니 다만 진가(眞假)ᄂᆞᆫ ᄌᆞ셰히 모로노라."

요홰 니ᄅᆞᄃᆡ,

"하향(荷香)이 샹히 셔신을 부쳐 오더냐?"

쵸엽이 니ᄅᆞᄃᆡ,

"져 몃ᄒᆡ 동안은 부ᄌᆞ런이 븟치더니 쟉년 이후ᄂᆞᆫ 도뢰 험란ᄒᆞ기로 졈졈 드무러졋다."

ᄒᆞ거ᄂᆞᆯ 요홰 니ᄅᆞᄃᆡ,

"텬하 【19】 ᄉᆞ(天下事)ᄅᆞᆯ 당긔여 ᄃᆞᆫ니기가 어렵도다. 우리 무리 각쳐 뎐당푸리ᄅᆞᆯ 거두어다가 젼당(典當)을 만히 두어야 비로쇼 인구ᄅᆞᆯ 양활(養活)ᄒᆞᆯ 거시니 명일의 쵸엽은 강졀인[일]ᄃᆡ(江浙一帶)의 가셔 당포(當鋪)ᄅᆞᆯ 거두어 오고 죠의ᄂᆞᆫ 산동(山東)과 산셔(山西)와 하남(河南) 삼ᄉᆡᆼ(三省)의 가셔 거두어 오게 ᄒᆞ고 셤셔(陝西)와 ᄉᆞ쳔ᄉᆡᆼ(四川省)은 도젹의 웅거ᄒᆞ미 되엿다 ᄒᆞ니 거두어 오기가 쉽지 못ᄒᆞᆯ지라. ᄯᅩ 시셰(時勢)ᄅᆞᆯ 보와 다시 쳐치 ᄒᆞ리라."

즁인이 응락ᄒᆞ고 믈너가더라.

ᄆᆡ영이 황금슌으로 ᄒᆞ여곰 동샹방(東廂房)을 슈습ᄒᆞ여 요화로 ᄒᆞ여 【20】 곰 머믈게 ᄒᆞ고 셜비봉(薛比鳳)과 쟝가(張家) 식부(息婦)로 아신과 ᄀᆞᆺ치 ᄉᆞ후케 ᄒᆞ더라. 요홰 니ᄅᆞᄃᆡ,

"이졔 외면은 비록 도원(道院)이 되여시나 니면은 인ᄒᆞ여 왕장(王莊)이라. 이졔 왕애 비록 쟉고(作故)ᄒᆞ여 계시나 내가 도로혀 아직 여긔 이시니 격식을 출히지 아니치 못ᄒᆞ리라."

ᄒᆞ고 니영과 진옥으로 부ᄉᆞ(副史)ᄅᆞᆯ 숨고 죠의의 나아간 ᄃᆡ의 강슌[윤]쟝으로 ᄒᆞ여곰 ᄃᆡ신 관ᄉᆞ(管事)케456) ᄒᆞ고 쟝기덕으로 궁문(宮門)을 총리케 ᄒᆞ고 쵸엽과 류지ᄂᆞᆫ 챵고 범졀을 관리케 ᄒᆞ고 ᄇᆡᆨ우옥(白于玉) 황금슌 쥬쳥ᄃᆡ로 침궁 ᄉᆞ무ᄅᆞᆯ 쥬션케 【21】 ᄒᆞ고 화견슈(花見羞)와 심취미(沈翠眉)로 쥬방과 셰답방 ᄉᆞ무ᄅᆞᆯ ᄎᆞ지(次知)ᄒᆞ게 ᄒᆞ여 분파ᄒᆞ기ᄅᆞᆯ 임의 뎡ᄒᆞᄆᆡ 즉시 졔례(祭禮)ᄅᆞᆯ 판비ᄒᆞ여 명일의 한부인(韓夫人) 분샹의 가셔 치졔(致祭)ᄒᆞ고 승인(僧人)과 도ᄉᆞᄅᆞᆯ 쳥ᄒᆞ여 왕야ᄅᆞᆯ 위ᄒᆞ여 쵸혼(招魂)ᄒᆞ여 졔ᄉᆞ지내고 ᄯᅩ 강윤쟝으로 ᄒᆞ여곰 쟝싀을 블너 방옥을 슈리ᄒᆞ고 슈목을 더 심우고 쟝인(庄人)을 블너 방을 쥬어 거쥬케 ᄒᆞ고 아오로 류지로 ᄒᆞ여곰

455) 【챠환】 명 {차환(丫鬟).} 계집종. ¶ 丫頭 ‖ 져 챠환의 명ᄧᆞᄂᆞᆫ 무어시라 ᄒᆞᄂᆞ뇨 (這個丫頭叫什麽名字?) <瑤華 20:17> ⇒ 차환, ᄎᆞ환

456) 【관ᄉᆞᄒᆞ다】 동 {관사(管事)하다.} 일보다. ¶ 理 ‖ 죠의의 나아간 ᄃᆡ의 강슌쟝으로 ᄒᆞ여곰 ᄃᆡ신 관ᄉᆞ케 ᄒᆞ고 쟝기덕으로 궁문을 총리케 ᄒᆞ고 (趙宜現要出差, 先令江允長代理, 張其德總理內宮門.) <瑤華 20:20>

ᄉ망ᄒ고 도산ᄒᆫ 쟉인ᄇᆡ의 묵힌 바 젼지를 ᄌ셰히 타량(打量)ᄒ여 쟉인을 ᄲᅢ셔 파죵(播種)ᄒ게 ᄒ니 일졀 【22】 폐기ᄒ엿던 일이 ᄎ례로 거힝이 되고 ᄯᅩ 학쟝(學長)을 쳥ᄒ여 쥬극셩(周克成)을 글닑게 ᄒ고 뎡돈ᄒᆫ 지 일년만의 비로쇼 녯날 규모를 회복ᄒ엿더라.

일일은 쵸엽이 도라와 픔ᄒᄃᆡ 졀강(浙江) 강남(江南) 강셔(江西) 삼싱(三省) 뎐당푸리의 리식(利殖)을 거두어 온 거시 은ᄌ 이십일 만 삼쳔여 량이 되ᄂᆞᆫᄃᆡ 흠긔 운젼ᄒ여 왓다 ᄒ거ᄂᆯ 요홰 ᄒ여곰 고즁(庫中)의 바다 너케 ᄒ고 강윤쟝이 ᄯᅩ 와셔 픔ᄒᄃᆡ,

"방옥이 임의 슈습ᄒ여 졍졔히 되여시니 쳥컨ᄃᆡ 공쥬ᄂᆞᆫ ᄉᆞᆲ혀보라."

요홰 드ᄃᆡ여 믹영 【23】 과 황금슌 등으로 ᄀᆞᆺ치 침궁의 나가 각쳐를 둘너보니 모다 졍졔히 되엿고 ᄯᅩ 예포(藝圃) 쇽의 드러가 인지헌(仁知軒)의셔 헐각(歇脚)ᄒ고 쇼ᄎ(小車)를 어더 담우희 올나가 먼니 바라보니 각쳐 뎡지 흠긔 시로 개죠ᄒ엿ᄂᆞᆫ지라. 믄득 믹영다려 니로ᄃᆡ,

"엇지ᄒ여 져 뎡지 일졔히 시로 되엿ᄂᆞ냐?"

믹영이 니ᄅᆞᄃᆡ,

"도젹의 노략ᄒ믈 지내민 다시 슈보(修補)ᄒ엿노라."

요홰 니ᄅᆞᄃᆡ,

"젹인이 쟝문(莊門)가지 쳐 드러오더냐?"

믹영이 니ᄅᆞᄃᆡ,

"쟝문 ᄉ면의 모다 긔계를 감쵸왓더니 졔 【24】 가 치다 못ᄒ여 드러오지ᄂᆞᆫ 못ᄒᆫ 고로 도로혀 무ᄉ히 지내엿노라."

요홰 뎡ᄌ 챵으로 죠ᄎ 내미러 보니 쟉인배 누방(樓房)과 뎐당푸리를 개개히 시로 슈리ᄒ여 노코 머리를 둘너 보니 창고의 방ᄉ들이 모다 문허진 거시 만흔지라. 강윤쟝 다려 무ᄅᆞᄃᆡ,

"져 곳집은 엇지ᄒ여 슈보치[457] 아니ᄒ엿ᄂᆞ냐?"

윤쟝이 니ᄅᆞᄃᆡ,

"아직 량식 ᄲᅡᄒᆫ 거시 업ᄉ니 츄셩(秋成)되기를 기다려 다시 슈습ᄒ리라."

요홰 니ᄅᆞᄃᆡ,

"너의 무리 믹영의 의견을 듯기의 익엇도다. 모든 일을 엇지 【25】 셔셔히 ᄒ며 고ᄉ(庫舍)를 하로를 곳치지 아니면 하로를 더 문허지니 비록 미믹(米麥)이 그 쇽의 업다 ᄒ나 다만 동량과 챵호가 모다 비가 맛고 히가 ᄡᅬ이면 엇지 더옥 문허지지 아니ᄒ랴. 명일의 공역을 니ᄅᆞ혀 슈보케 ᄒ라. 내가 믄득 미목을 거두어 져치ᄒ리라."

윤쟝이 응낙ᄒ거ᄂᆯ 슐위를 미러 셔편으로 니ᄅᆞ러 보니 부마부(駙馬府)도 역시 붕퇴(崩頹)ᄒ여 견ᄃᆡ지 못ᄒᆯ지라. 윤쟝으로 ᄒ여곰 ᄯᅩᄒᆫ 슈리ᄒ라 ᄒ고 즉시 도라와 쵸엽을 분부ᄒ여 은ᄌ를 가지고 【26】 각쳐의 가셔 무곡(貿穀)ᄒ여다가 ᄡᅧ 불우지변을 방비케 ᄒ고 쟉인배 즁의 쟝뎡군(壯丁軍)을 ᄲᅢ셔 무예를 련습ᄒ여 죠히 젹비(賊匪)의 쇼요ᄒᆞᄂᆞᆫ 거술 방ᄎ케 ᄒ더라. 홀연 보니 죠의 도라와셔 산동 하람 산셔 삼싱(三省)의 당포의 리식 거두어 온 거시 오십 만 팔 쳔여 량이라 ᄒ거ᄂᆯ 경즁(京中) 광경이 엇더ᄒ냐 무러보니 죠의 니ᄅᆞᄃᆡ,

"류젹 무리 모다 산셔싱의 잇ᄂᆞᆫᄃᆡ 령무관(寧武關) 춍병(摠兵) 쥬우길(周于吉)이 군ᄉ의 형셰 크게 ᄯᅥᆯ쳐 도적을 져곳의 두류(逗留)시기게 ᄒ고 도로혀 젼 【27】 셜(傳說)을 드ᄅᆞ미 크게 쵸멸ᄒᆯ 형셰 잇다."

ᄒ니 요홰 하ᄂᆯ을 우러러 샤례ᄒ며 니ᄅᆞᄃᆡ,

"과연 쥬쟝군의 위무(威武)를 어더 도젹을 쵸멸ᄒᆯ 양이면 국긔(國家) 다시 흥ᄒᆯ지라. 다만 두리기ᄂᆞᆫ 젼셜이 확실치 못ᄒᆫ 거ᄉ ᄯᅩ 텬의를 볼 거시어니와 다만 이번의 쥬쟝군이 젹비를 얽어셔 져긔 두엇ᄂᆞᆫ지라. 그러치 못ᄒ면 엇지 져 몃 량 은직 이곳의 니ᄅᆞ러시랴?"

요홰 니ᄅᆞᄃᆡ,

"임의 이런 죠흔 긔회가 이시니 엇지 경 【28】 셩의 잇ᄂᆞᆫ 은ᄌ를 일병(一幷) 슈운ᄒ여 오지 아니ᄒ랴."

죠의 니ᄅᆞᄃᆡ,

"공쥐 일즉 분부치 아니시고 ᄯᅩ 유텹(諭帖)을 보내지 아니ᄒ시니 하향이 엇지 감히 쳔ᄌ

---

457) 【슈보ᄒ다】 동 {수보(修補)하다.} 보수(補修)하다. 수리(修理)하다. ¶ 修理 ‖ 져 곳집은 엇지ᄒ여 슈보치 아니ᄒ엿ᄂᆞ냐 (這倉庫如何不修理?) <瑤華 20:24>

(擅恣)히 ᄒᆞ리오?”

요홰 니ᄅᆞᄃᆡ,

“네 말이 올흐니 아직 반월(半月)을 멈츄어 내 가셔 취ᄒᆞ기ᄅᆞᆯ 기다리고 너도 ᄀᆞᆺ치 가셔 슈운(輸運)케 ᄒᆞ라.”

죠의 답응ᄒᆞ고 나가더라.

요홰 ᄯᅩ 쟝샹 ᄉᆞ무ᄅᆞᆯ 가져 몃 가지ᄅᆞᆯ 판리ᄒᆞ여 노코 죠의로 ᄒᆞ여곰 몬져 경셩으로 가게 ᄒᆞ고 ᄌᆞ긔ᄂᆞᆫ 아신을 다리고 뒤ᄯᅡ라 가더라.

ᄌᆡ셜 ᄆᆡ영 무리 요홰 츌유ᄒᆞᆫ【29】후로 븟허 졍의(情意)ᄅᆞᆯ 방ᄌᆞ히 ᄒᆞ여 즐거오믈 취ᄒᆞ며 비록 류적(流賊)이 겁략ᄒᆞ미 이시나 져의 무리ᄂᆞᆫ 무ᄉᆞ(無事)ᄒᆞᆫ 양으로 알고 어ᄌᆞ러이 몃ᄒᆡᄅᆞᆯ 지나다가 홀연 요홰 도라오ᄂᆞᆫ지라. 각기 슈습은 ᄒᆞ나 다만 년쇼(年少) 부녀로 엇지 츈심(春心)을 견ᄃᆡ여 내며 ᄒᆞ믈며 ᄆᆡ영과 비봉은 ᄒᆞᆷ긔 과거ᄒᆞᆫ지라.[458] 믄득 ᄎᆞᆷ지 못ᄒᆞ여 벽노(僻路)로 죠ᄎᆞ 각기 공부ᄅᆞᆯ 시험ᄒᆞᄆᆡ ᄉᆡᆼ각지 못ᄒᆞᆫ 바 모다 노ᄎᆡ증(癆瘵症)을 일워엿ᄂᆞᆫ지라. ᄎᆞ시 요홰 비록 경셩의 거쥬ᄒᆞ나 쟝샹의 규모ᄂᆞᆫ 여젼【30】히 졍졔되ᄆᆡ 엇지 능히 젼번의 마고 동쟉ᄒᆞᄂᆞᆫ 것과 ᄀᆞᆺᄐᆞ리오.

차셜 요홰 아신과 갓치 산벽 쇼로(小路)로 죠ᄎᆞ 힝ᄒᆞ여 느ᄌᆞ면 나무 우희셔 ᄌᆞ고 삼ᄉᆞ일이 못ᄒᆞ여 경셩의 갓가오ᄆᆡ ᄋᆞᆲ흐로 나아가지 아니코 다만 탁쥐(涿州) 근쳐의 잇셔 죠의 등 오기ᄅᆞᆯ 기ᄃᆞ리더니 이 밤의 나무 우희셔 헐슉ᄒᆞ고 아신과 ᄀᆞᆺ치 한담ᄒᆞ더니 먼니 바라보ᄆᆡ 귀홰(鬼火) 니러나며 난호엿다가 합ᄒᆞ고 합ᄒᆞ엿다가 난호히더니 홀연 한 뭉치 되여 비등ᄒᆞ여 나무 ᄋᆞᆲ흐로 다라드【31】ᄂᆞᆫ지라. 이 ᄢᆡ의 요홰 임의 쥬션ᄉᆞ(周仙師)의 비슐(秘術)을 어든지라. 귀화 오ᄂᆞᆫ 거ᄉᆞᆯ 보고 반ᄃᆞ시 연괴 이시리라 ᄒᆞ여 드ᄃᆡ여 진언(眞言)을 념ᄒᆞ고 가ᄅᆞ치며 ᄭᅮ지져 니ᄅᆞᄃᆡ,

“아직 그치라.”

ᄒᆞ니 귀홰 쇼ᄅᆡᄅᆞᆯ 응ᄒᆞ여 ᄯᅥ러지며 일ᄀᆡ 녀ᄌᆡ 되여 요화 면젼의 부복(俯伏)ᄒᆞ려 통곡ᄒᆞ며 쇼ᄅᆡ 질너 말ᄒᆞᄃᆡ,

“공쥬ᄂᆞᆫ 노ᄌᆞᄅᆞᆯ 구ᄒᆞ여 달나.”

ᄒᆞ거ᄂᆞᆯ 요홰 신령ᄒᆞᆫ 긔운을 운동ᄒᆞ여 보니 일ᄀᆡ 귀혼(鬼魂)이라. 드ᄃᆡ여 ᄭᅮ지져 니ᄅᆞᄃᆡ,

“네가 너른 들의 잇셔 와셔 도로혀 나ᄅᆞᆯ 희롱【32】ᄒᆞ며 ᄯᅩ 감히 간ᄉᆞᄒᆞᆫ 거ᄉᆞᆯ 지어 구호ᄒᆞ여 달나 ᄒᆞ니 내가 너의 ᄒᆡᆼ적을 아지 못ᄒᆞᆫ다 ᄒᆞ여 그리 ᄒᆞᄂᆞ냐?”

귀혼이 니ᄅᆞᄃᆡ,

“비ᄌᆡ 엇지 감히 공쥬ᄅᆞᆯ 희롱ᄒᆞ리오. 다만 원통ᄒᆞ미 이시ᄃᆡ 펴지 못ᄒᆞ고 청양(泉壤)의 침몰ᄒᆞ여 억울ᄒᆞᆫ 긔운이 샹ᄒᆡ 쇼한(霄漢)을 츙통(衝慟)ᄒᆞ더니 년젼의 다ᄒᆡᆼ이 션ᄉᆞ 무ᄋᆡ지 공즁의 노닐다가 억울ᄒᆞᆫ 긔운이 구룸머리ᄅᆞᆯ 막으믈 인ᄒᆞ여 곳 종적을 죠ᄎᆞ 뭇친 곳의 니ᄅᆞ러 유혼(幽魂)을 졔도ᄒᆞ여 쥬고 본근(本根)을 무러 알고, 비ᄌᆞ의 원슈【32】지은 사ᄅᆞᆷ의 양슈(陽數) 다ᄒᆞ지 아니믈 혬ᄒᆞ여 보며 비ᄌᆞ로 ᄒᆞ여곰 다시 슈월을 견ᄃᆡ라 ᄒᆞ고 공쥬의 여기 니ᄅᆞ기ᄅᆞᆯ 기다려 가히 ᄡᅧ 원혼을 푸러 쥬리라 ᄒᆞ더니 굴지계일(屈指計日)ᄒᆞᄆᆡ 그 ᄢᆡ가 되엿고, ᄯᅩ 나무 머리의 검광이 ᄯᅮ러나오믈 보ᄆᆡ ᄉᆡᆼ각건ᄃᆡ 공쥐 반ᄃᆞ시 림ᄒᆞ신지라. 이졔 비로쇼 ᄋᆞᆲ흐로 와 구ᄒᆞ여 쥬믈 바라ᄂᆞ니 엇지 희롱ᄒᆞᄂᆞᆫ 도리가 이시리오.”

요홰 니ᄅᆞᄃᆡ,

“임의 우리 ᄉᆞ뷔 부탁ᄒᆞ신 일이니 ᄌᆞ연 ᄃᆡ신 신셜(伸雪)ᄒᆞ여 쥬려니와 다만 무ᄉᆞᆫ 연【34】유로 그러ᄒᆞ며 원슈지은 사ᄅᆞᆷ은 뉜고? 네가 ᄌᆞ세히 말ᄒᆞ여 날노 알게 ᄒᆞ라.”

귀혼이 니ᄅᆞᄃᆡ,

“비ᄌᆞ의 쇼명(小名)은 교랑(巧娘)이오 방년이 십오 셰라. 부친 하기탁(何其倬)이 학교의 공ᄉᆡᆼ(貢生)으로 집이 빈한ᄒᆞ여 교슈(教授) 노ᄅᆞ술 ᄒᆞ더니 슝뎡(崇禎) 칠년의 참혹ᄒᆞᆫ 흉년을 당ᄒᆞ여 글 가ᄅᆞ치ᄂᆞᆫ 곳을 일코 먹을 거시 핍졀ᄒᆞᄆᆡ[459] 동촌(同村) 니유효(李維孝)라 ᄒᆞᄂᆞᆫ 사ᄅᆞᆷ의

---

458) 【과거ᄒᆞ다】 [동] 과거(寡居)하다. 과부(寡婦)로 지내다. ¶ 寡居 ‖ 각기 슈습은 ᄒᆞ나 다만 년쇼 부녀로 엇지 츈심을 견ᄃᆡ여 내며 ᄒᆞ믈며 ᄆᆡ영과 비봉은 ᄒᆞᆷ긔 과거ᄒᆞᆫ지라 (自是各各收斂, 但少年婦女, 如何拴得住春心, 況梅影和薛比鳳皆在寡居.) <瑤華 20:29>

459) 【핍졀ᄒᆞ다】 [형] {핍절(乏切)하다.} 모자라다. 끊기다. ¶ 乏 ‖ 슝뎡 칠년의 참혹ᄒᆞᆫ 흉년을 당ᄒᆞ여 글 가ᄅᆞ치ᄂᆞᆫ 곳을 일코 먹을 거시 핍졀ᄒᆞᄆᆡ 동촌 니유효라 ᄒᆞᄂᆞᆫ 사ᄅᆞᆷ의게 표뎨 엄셰연이 잇셔 ᄌᆡ물이 일방의 웃듬이 된지라 (崇

게 표뎨(表弟) 엄셰연이 잇셔 ᄌᆡ물이 일방의 웃듬이 된지라. 취리(取利)ᄒᆞᄂᆞᆫᄃᆡ 익으니 진ᄀᆡ 위부불인(爲富不仁)ᄒᆞᆫ 일ᄀᆡ 사ᄅᆞᆷ이라. ᄂᆡ유회 부【35】친이 빈한ᄒᆞ여 신고ᄒᆞ믈 보고 ᄃᆡ신 ᄭᅬᄒᆞ여 엄가ᄅᆞᆯ 향ᄒᆞ여 비술 어더다가 ᄉᆡᆼ활ᄒᆞ게 ᄒᆞ니 부친이 견ᄃᆡ다 못ᄒᆞ여 다만 ᄂᆡ유효로 거간ᄒᆞ여 엄가의게 ᄎᆡ젼(債錢) 오십 젼을 어더 ᄡᅳ고 명년 오월의 오푼(五分) 변(邊)을 갑기ᄅᆞᆯ 언약ᄒᆞ엿더니 흉년을 지내ᄆᆡ 능히 본젼도 갑지 못ᄒᆞ고 ᄆᆡ월의 리ᄧᆞ[460]ᄅᆞᆯ 더ᄒᆞ여 량년 반이 되ᄆᆡ 리ᄧᆞ가 본젼의 지나ᄂᆞᆫ지라. ᄂᆡ가의게 간쳥ᄒᆞ여 엄가ᄅᆞᆯ 향ᄒᆞ여 리ᄧᆞᄂᆞᆫ 그만 두고 본젼만 갑고ᄌᆞ ᄒᆞ나 엄ᄀᆡ 듯지 아니ᄒᆞ고 스ᄉᆞ로 와셔 핍박ᄒᆞ【36】고 토ᄉᆡᆨ(討索)ᄒᆞᄂᆞᆫ[461] ᄃᆡ 부친이 빈한ᄒᆞ여 갑지 못ᄒᆞ믈 알고 비ᄌᆞᄅᆞᆯ 그 갑ᄉᆡ 쥰졀(準折)ᄒᆞ여 다려가려 ᄒᆞ니 부친이 듯지 아니 ᄒᆞᄆᆡ 엄ᄀᆡ 고관(告官)ᄒᆞ여[462] 관ᄎᆡ(官差)ᄅᆞᆯ 보내여 문권(文券)을 ᄆᆡᆫᄃᆞ러 쥰졀케 ᄒᆞ니 부친이 핍박의 견ᄃᆡ지 못ᄒᆞ여 다만 자ᄋᆡᆨ(自縊)ᄒᆞ여 죽고 모친도 긔가 막혀 셔로 니어 망ᄒᆞ고 다만 오 셰된 젹은 형뎨만 남아 비ᄌᆞ로 더브러 산업을 파라 부모ᄅᆞᆯ 영장(營葬)ᄒᆞᆫ 후의 한가지 잇ᄂᆞᆫ 거시 업ᄂᆞᆫ지라. ᄆᆡ일의 오즉 구걸ᄒᆞ여 지내ᄂᆞᆫᄃᆡ 져 엄가ᄂᆞᆫ 사ᄅᆞᆷ을 핍박ᄒᆞ여 죽인 거ᄉᆞᆫ ᄉᆡᆼ각【37】지 아니코 오즉 비ᄌᆞᄅᆞᆯ 쥰졀ᄒᆞ여 다려가믈 도모ᄒᆞᄆᆡ ᄃᆡ방관이 그 뢰믈을 밧고 억탁(臆度)으로 족인(族人)을 압령ᄒᆞ여 교할(交割)ᄒᆞ여 주ᄂᆞᆫ 문권을 ᄆᆡᆫᄃᆞ러 비ᄌᆞᄅᆞᆯ 억탁으로 다려가ᄆᆡ 비ᄌᆡ 몸의 비슈ᄅᆞᆯ 픔고 ᄌᆞ문코져 ᄒᆞ더니 ᄯᅳᆺ아닌 엄ᄀᆡ 통간(通姦)ᄒᆞ려 ᄒᆞ거ᄂᆞᆯ 비ᄌᆡ 칼노 그 가ᄉᆞᆷ을 지ᄅᆞᄆᆡ 그 사ᄅᆞᆷ이 임의 죽엇다 ᄒᆞ고 고관(告官) 되면 죄ᄅᆞᆯ 바들가 두려 즉시 우믈의 ᄲᅡ져 몸이 망ᄒᆞ엿더니 엇지 알니 엄ᄀᆡ 다만 피부만 샹ᄒᆞ고 명은 ᄒᆡ치 못ᄒᆞ여 부ᄌᆞ럽시 ᄌᆞ긔의 셩명만 맛치고 부【38】모의 원슈도 갑지 못ᄒᆞ고 년쇼ᄒᆞᆫ 형뎨가 이졔 구걸ᄒᆞ여 도일(度日)ᄒᆞ니 져 분한ᄒᆞ믈 엇지 능히 쇼셕(消釋)ᄒᆞ랴. 이거술 위ᄒᆞ여 공쥬의게 구ᄒᆞᄂᆞᆫ 거시니 쳔만 바라건ᄃᆡ 어엿비 너겨 븟드러 구ᄒᆞ여 쥬면 맛당히 결쵸보은(結草報恩)ᄒᆞ리라.”

요홰 듯고 니ᄅᆞᄃᆡ,

“비술 내여 구황(救荒)ᄒᆞ여시니 ᄂᆡ셰의 맛당히 즉시 갑흐려니와 다만 리식(利殖)이 본젼의 지나ᄆᆡ ᄯᅩᄒᆞᆫ 맛당히 량의(量宜)ᄒᆞ여 감ᄒᆞ여 쥴 거술 반ᄃᆞ시 ᄌᆞ녀ᄅᆞᆯ 쥰졀코져 ᄒᆞ여 형셰로ᄡᅧ 강박ᄒᆞᆫ 거시 임의 위부불인(爲富不仁)ᄒᆞᄂᆞᆫ ᄃᆡ 쇽ᄒᆞ고 ᄯᅩ 의【39】ᄉᆞᄅᆞᆯ 내여 통간ᄒᆞ믈 도모ᄒᆞ니 실노이 음악(淫惡)이 되고 네가 비록 유의ᄒᆞ여 죽ᄂᆞᆫᄃᆡ 니ᄅᆞᄃᆡ 다만 힘이 약ᄒᆞ여 익이긔 어려오믈 위ᄒᆞ고 도로혀 죄ᄅᆞᆯ 두려워 일명을 맛친 거ᄉᆞᆫ 실노이 가긍(可矜)ᄒᆞᆫ지라. 다만 악ᄒᆞᆫ 거술 지은 쟈ᄂᆞᆫ 오즉 엄가 일인이오 그 슈한(壽限)이 임의 진ᄒᆞ게 되여시니 내 맛당히 너ᄅᆞᆯ ᄃᆡ신ᄒᆞ여 그 머리ᄅᆞᆯ 버혀다가 네 부모의 명을 갑고 아오로 너의 슉셕(夙昔)의 분ᄒᆞᆫ 거술 푸러쥴 거시오. ᄯᅩ 네가 ᄯᅳᆺ이 부모의 원슈 갑ᄂᆞᆫ ᄃᆡ 이시니 효ᄉᆡ(孝思) 가히 아ᄅᆞᆷ다온지라.【40】맛당히 너ᄅᆞᆯ 졔도ᄒᆞ여 귀션(鬼仙)이 되게 ᄒᆞ고 나ᄅᆞᆯ ᄶᆞᆨᄒᆞ여 산의 도라가려 ᄒᆞ니 네 ᄯᅳᆺ의 엇더ᄒᆞ뇨?”

교랑이 십분 감격ᄒᆞ여 고두ᄒᆞ믈 마지 아니ᄒᆞ고 요홰 ᄯᅩ 니ᄅᆞᄃᆡ,

“져 탐장(貪贓)ᄒᆞᄂᆞᆫ 관원도 ᄯᅩᄒᆞᆫ 요ᄃᆡᄒᆞ기 어렵다.”

ᄒᆞ고 아신으로 ᄒᆞ여곰 그 아즁(衙中)의 드러가 그 혼ᄇᆡᆨ(魂魄)을 거더내여 ᄒᆞ여곰 젼도(顚倒)ᄒᆞ여 벼술을 파ᄒᆞ게 ᄒᆞ고 응당 어들 녹봉(祿俸)으로 ᄡᅧ 그 탐장(貪贓)ᄒᆞᆫ 슈효ᄅᆞᆯ 갑게 ᄒᆞ면 ᄯᅩᄒᆞᆫ 족히 그 허믈을 덥흐리라.

아신이 명을 죠ᄎᆞ 가더라.

요홰 검환을 ᄎᆞᄌᆞ내여 공즁을 바【41】라

禎七年, 慘值凶歲, 失館乏食. 同村李維孝, 有個表弟嚴世衍, 　相離二里多路的一個村莊上居住, 財雄一方.) <瑤華 20:34>

460) 【리ᄧᆞ】 명 이자(利子). ¶ 利 ‖ 흉년을 지내ᄆᆡ 능히 본젼도 갑지 못ᄒᆞ고 ᄆᆡ월의 리ᄧᆞᄅᆞᆯ 더ᄒᆞ여 량년 반이 되ᄆᆡ, 리ᄧᆞ가 본젼의 지나ᄂᆞᆫ지라 (過了荒年, 雖得了館, 不能償本, 只得每月加利, 已有兩年半了, 利過於本.) <瑤華 20:35>

461) 【토ᄉᆡᆨᄒᆞ다】 동 {토색(討索)하다.} 돈이나 물건 따위를 억지로 달라고 하다. ¶ 索 ‖ 스ᄉᆞ로 와셔 핍박ᄒᆞ고 토ᄉᆡᆨᄒᆞᄂᆞᆫᄃᆡ 부친이 빈한ᄒᆞ여 갑지 못ᄒᆞ믈 알고 비ᄌᆞᄅᆞᆯ 그 갑ᄉᆡ 쥰졀ᄒᆞ여 다려가려 ᄒᆞ니 (自來拍索, 見父親貧不能償, 要父親將婢子準折.) <瑤華 20:36>

462) 【고관ᄒᆞ다】 동 {고관(告官)하다.} 관청에 고하다. 자수하다. ¶ 告 ‖ 부친이 듯지 아니 ᄒᆞᄆᆡ 엄ᄀᆡ 고관ᄒᆞ여 관ᄎᆡᄅᆞᆯ 보내여 문권을 ᄆᆡᆫᄃᆞ러 쥰졀케 ᄒᆞ니 (父親不願, 被嚴惡告在州里, 差押立契準折.) <瑤華 20:36>

고 한번 더지더니 일도ᄇᆡᆨ광(一道白光)이 번ᄀᆡᄀᆞᆺ치 니러나며 믄득 뵈지 아니타가 슌식간의 다만 보ᄆᆡ 엄셰연의 슈급(首級)이 임의 나무 니마의 ᄯᅥ러지며 나무가지의 걸니미 되여 효슈(梟首)ᄒᆞ여 시즁(示衆)ᄒᆞᄂᆞᆫ 것과 일반이 되고 그 검환이 ᄯᅩᄒᆞᆫ ᄯᅡ라와셔 인ᄒᆞ여 요화의 슈즁으로 드러가고 교랑이 슈급을 보더니 한ᄒᆞ미 ᄲᅧᄅᆞᆯ 가ᄂᆞᆫ ᄃᆞᆺᄒᆞ여 요화의게 픔ᄒᆞᄃᆡ 가지고 부모의 분상(墳上)의 가셔 졔젼(祭奠)ᄒᆞᆫ다 ᄒᆞ니 요홰 니ᄅᆞᄃᆡ,

"ᄆᆡ우 죠흐니 아신이 도라오기ᄅᆞᆯ 기다려 너ᄅᆞᆯ 도와 판 【42】 리케 ᄒᆞ리라."

말ᄒᆞᄆᆡ 아신이 도라오거ᄂᆞᆯ 요홰 분부ᄒᆞ여 교랑과 ᄀᆞᆺ치 슈급을 가지고 져의 분샹의 가셔 졔젼ᄒᆞ게 ᄒᆞ더라.

일노 조ᄎᆞ 교랑이 ᄯᅩᄒᆞᆫ 요화ᄅᆞᆯ 의지ᄒᆞ여 반당(伴當)이 되고 ᄯᅩ 십여 일을 지나ᄆᆡ 조의 니가 진가 량ᄀᆡ 부ᄉᆞᄅᆞᆯ 다리고 탁쥬참(涿州站)의 니ᄅᆞ고 요홰 유텹(諭帖)을 ᄡᅥ 하향의게 부쳐 ᄀᆡᆨ시의 여존(餘存)ᄒᆞᆫ 물건을 가져 모다 죠검ᄒᆞ여 내여 령ᄉᆞᄇᆡ(令史輩)로 ᄒᆞ여곰 일병 압령ᄒᆞ여 쟝샹으로 도라오게 ᄒᆞ니 죠의 등이 병을 죠ᄎᆞ 가고 요홰 인ᄒᆞ여 나무 우희 도라 【43】 와 아신과 교랑으로 더브러 한담ᄒᆞᆯ시 방희덕(龐希德) 부녜 난즁의 죽엇ᄂᆞᆫ ᄃᆡ 밋쳐 반구(返柩)ᄒᆞ여 감쟝(勘葬)ᄒᆞ지 못ᄒᆞ믈 니ᄅᆞ고 ᄎᆞᄎᆞ 경긔(經紀)ᄒᆞ믈 의론ᄒᆞ더라. ᄯᅩ 오륙일을 지내여 하향이 호위ᄒᆞᄂᆞᆫ 궁녀비와 각인 권솔(眷率)을 압령ᄒᆞ여 오고 죠의 등은 고쟝(庫藏)을 운젼ᄒᆞ여 니른지라. 요홰 노즁 광경을 무ᄅᆞ니 죠의와 하향이 ᄒᆞᆷᄭᅴ 픔ᄒᆞᄃᆡ,

"쟝헌츙이 ᄯᅩ 하남으로 ᄌᆞᆺ쳐 드러가ᄆᆡ ᄉᆞ쳔 뎐당푸리ᄅᆞᆯ 그 틈을 타셔 죠히 운젼ᄒᆞ여 오ᄌᆞ."

ᄒᆞ니 요홰 니ᄅᆞᄃᆡ,

"이졔ᄂᆞᆫ 사ᄅᆞᆷ 【44】 이 임의 만핫ᄂᆞᆫ지라. 너ᄂᆞᆫ 맛당히 ᄉᆞ쳔싱의 가 뎐당푸리ᄅᆞᆯ 거두워 오라 ᄒᆞ고 ᄯᅩ 하붕(何鵬)과 니영으로ᄡᅥ 각기 은ᄌᆞ 이ᄇᆡᆨ 량을 ᄡᅵ고 탁쥬 ᄯᅡ 니가 셩 가진 쥬뎜의 가셔 방희덕 부녀의 엄토(掩土)ᄒᆞᆫ 곳을 무ᄅᆞ면 스ᄉᆞ로 사ᄅᆞᆷ이 가ᄅᆞ치리니 그 가ᄅᆞ친 사ᄅᆞᆷ을 다리고 량ᄀᆡ 관ᄌᆡ(棺材)ᄅᆞᆯ 슈운ᄒᆞ여 쟝샹으로 와셔 ᄯᅡᄒᆞᆯ ᄀᆞᆯᄒᆡ여 안쟝(安葬)케 ᄒᆞ라."

량인이 령명ᄒᆞ고 가더라. 슈일을 지체ᄒᆞ여 하향으로 ᄒᆞ여곰 경셩의 도라가 공직(供職)ᄒᆞ게 ᄒᆞ고 ᄯᅩ 당포의 본젼과 ᄀᆡᆨ시(客氏)의 믈건을 가져 【45】 각항 리식을 회계ᄒᆞᄆᆡ 은ᄌᆞ ᄉᆞ백여 만량이 되ᄂᆞᆫ지라. 쵸엽 등으로 ᄒᆞ여곰 치부의 올니고 각인을 분파ᄒᆞ여 미ᄆᆡᆨ(米麥)을 무역ᄒᆞ여 흉년 쇼용을 죠비(造備)ᄒᆞ고[463] 쥬황친의 집이 난리ᄅᆞᆯ 당ᄒᆞᆫ 후의 영쟝(營葬)ᄒᆞ미 심히 쵸쵸(草草)ᄒᆞ다 ᄒᆞ여 은ᄌᆞ 삼쳔량을 내여 쵸엽 등을 시겨 쥬황친의 ᄲᅡᄒᆞᆫ 바 셩텹(城堞) 안의 가셔 존비(尊卑)와 쇼목(昭穆)을 갈ᄒᆞ여 안쟝케 ᄒᆞ더니 맛초와 하봉과 니영이 임의 방희덕 부녀의 관ᄌᆡ(棺材)ᄅᆞᆯ 가져 슈운ᄒᆞ여 온지라. 요홰 쵸엽으로 ᄒᆞ여곰 일 【46】 톄로 뷘 ᄯᅡᄒᆞᆯ 어더 안쟝케 ᄒᆞ고 승도ᄅᆞᆯ 쳥ᄒᆞ여 좌위(座位)ᄅᆞᆯ ᄇᆡ셜ᄒᆞ고 쵸혼(招魂)ᄒᆞ여 예포 누하의 공양(供養)ᄒᆞ고 스ᄉᆞ로 졔문지어 곳을 난호와 치졔(致祭)ᄒᆞᆯ ᄉᆡ ᄒᆞᆯ노 방희덕 부녀 령좌 ᄋᆞᆲ히셔 일쟝 ᄃᆡ곡ᄒᆞ더라. 이ᄒᆡ의 년ᄉᆡ 맛쵸와 대슉(大熟)이 되ᄂᆞᆫᄃᆡ 류지(柳枝) 불유여력(不遺餘力)ᄒᆞ고 이왕의 폐기ᄒᆞ엿던 뎐디ᄅᆞᆯ 가져 작인을 모흐고 파죵ᄒᆞ엿더니 츄셩(秋成)이 되ᄆᆡ 도죠 밧치ᄂᆞᆫ 재 분분(紛紛)ᄒᆞ여 맛ᄎᆞᆷ내 당년 모양과 ᄀᆞᆺ고 챵고의 금은과 미곡이 가득히 ᄲᅡ혀 파락(破落)ᄒᆞ엿던 쟝샹을 다 【47】 시즁흥ᄒᆞ여 내더라.

ᄌᆡ셜 요홰 각항 ᄉᆞ무ᄅᆞᆯ 졍돈ᄒᆞ기로 과일(過日)ᄒᆞ여 분망ᄒᆞᄆᆡ 오ᄅᆡ ᄆᆡ영과 비봉을 보지 못ᄒᆞᆫ지라. 우연이 쳥ᄃᆡ(靑黛)다려 무러 바야흐로 량인이 모다 병든 쥴 알고 ᄯᅩ 무ᄅᆞᄃᆡ,

"무ᄉᆞᆫ 증졍(症情)이냐?"

쳥ᄃᆡ 니ᄅᆞᄃᆡ,

"도시 노ᄎᆡ증(癆瘵症)인가 ᄒᆞ노라."

요홰 친히 가셔 보ᄆᆡ 비봉은 임의 위경(危境)의 니ᄅᆞ고 ᄆᆡ영도 역시 한 오리 긔운만 남앗ᄂᆞᆫ지라. 요홰 그 병을 일윈 연유ᄅᆞᆯ 알ᄆᆡ 즁가(重價)ᄅᆞᆯ 앗기지 아니코 사ᄅᆞᆷ을 보내여 강남의 가셔 명의ᄅᆞᆯ 쳥ᄒᆞ 【48】 여다가 치료ᄒᆞᆯ ᄉᆡ 비봉은 임의 밋지 못ᄒᆞ여 몬져 죽고 다ᄒᆡᆼ이 ᄆᆡ영은 치료ᄒᆞ여 나흐ᄆᆡ 요홰 심히 깃거 일변 비봉은

---

463) 【죠비ᄒᆞ다】 [동] {조비(造備)하다.} 만들어 갖추다. 준비(準備)하다. ¶ 備 ‖ 각인을 분파ᄒᆞ여 미ᄆᆡᆨ을 무역ᄒᆞ여 흉년 쇼용을 죠비ᄒᆞ고 (分派各人屯積米麥, 廣置地畝, 以備荒欠之虞.) <瑤華 20:45> ⇒ 조비ᄒᆞ다

엄토(掩土)ᄒᆞ여 쥬고 삼령(參苓)을 가져 미영을 보호ᄒᆞ며 조의 도라오기롤 기다려 ᄒᆞ여곰 비필을 경ᄒᆞ여 쥬어 그 고독ᄒᆞ믈 면케 ᄒᆞ려 ᄒᆞ고 경히 싱각ᄒᆞ더니 홀연 보ᄒᆞᄃᆡ 하향과 쇼란 량인이 단긔(單騎)로 도망ᄒᆞ여 왓시ᄃᆡ 몸의 즁히 샹ᄒᆞ믈 바닷다 ᄒᆞ거ᄂᆞᆯ 요홰 놀나 ᄲᆞᆯ니 불너 드리니 하향 부뷔 드러와 고두ᄒᆞᄃᆡ 몸의 가득 【49】 ᄒᆞᆫ 혈흔으로 각기 샹ᄒᆞ믈 바닷ᄂᆞᆫ지라. 그 연유롤 무ᄅᆞ니 하향이 ᄃᆡ답ᄒᆞᄃᆡ,

“황샹긔셔 지삼 공쥬롤 불너 죠뎡의 드러와 도젹을 방어ᄒᆞ라 ᄒᆞ시미 노지 공쥬의 슈도ᄒᆞᄂᆞᆫᄃᆡ 구ᄋᆡ될가464) 두리고 ᄯᅩ 미영의 분슈 업ᄉᆞ믈 념녀ᄒᆞ여 다만 죠회의 드러가면 쥬ᄒᆞ기롤 공쥐 산후의 병폐되여 ᄲᅧ 힘을 본밧기가 어렵다 ᄒᆞ나 황샹이 오히려 ᄌᆞ져(趑趄)ᄒᆞ시거ᄂᆞᆯ465) 노지 마지 못ᄒᆞ여 다만 알외기롤 경원(情願)ᄒᆞ여 쳐ᄌᆞ롤 다리고 공쥬롤 ᄃᆡ신ᄒᆞ여 츌젼 【50】 ᄒᆞ려 ᄒᆞ미 황샹이 심히 깃거ᄒᆞ샤 당쟝의 오쳔 텰긔(鐵騎)롤 죠발ᄒᆞ여 쥬시고 령무관(寧武關) 션봉인(先鋒印)을 ᄎᆞ고 ᄒᆞ여곰 령무관의 다ᄃᆞ라 쥬쟝군을 안동(眼同)ᄒᆞ여466) 량노로 협공ᄒᆞ라 ᄒᆞ시기의 노ᄌᆞ의 부체 즉시 명을 밧드러 옯흐로 가더니 싱각지 못ᄒᆞᆫ 령무관의 니ᄅᆞ미 쥬쟝군이 슈일젼의 틈젹의 살퇴(殺退)ᄒᆞ미 되여 혼가(渾家) 난즁의 죽고 젹병이 경히 강셩ᄒᆞᆫ ᄯᅢ라 령치롤 밋쳐 셰우지 못ᄒᆞ여 젹병이 츙돌ᄒᆞ여 오미 우리 군졸이 본ᄃᆡ 도젹의 강 【51】 ᄒᆞ믈 두리ᄂᆞᆫ지라. 이졔 그 봉예롤 당ᄒᆞ미 ᄃᆡ젹ᄒᆞ여 보지 아니코 별ᄀᆞᆺ치 흣허지거ᄂᆞᆯ 노ᄌᆞ의 부쳐 량인이 힘을 다ᄒᆞ여 져당ᄒᆞ나 젹은 거시 만흔 거ᄉᆞᆯ 당치 못ᄒᆞ여 ᄉᆞ면의 젹병이 잇기로 능히 경셩으로 가지 못ᄒᆞ고 다만 피ᄒᆞ여 이곳으로 도라오며 이졔 젹병이 호ᄃᆡᄒᆞ여 경셩이 심히 위급ᄒᆞ니 싱각건ᄃᆡ 길ᄒᆞᆫ 거ᄉᆞᆫ 젹고 흉ᄒᆞᆫ 거ᄉᆞᆫ 만흐리라.”

요홰 듯더니 가슴을 어로만져 대통ᄒᆞ고 하향 부부도 역시 곡읍ᄒᆞ거ᄂᆞᆯ 즁인이 경히 위로ᄒᆞᄂᆞᆫ 즈음의 홀 【52】 연 보ᄒᆞᄃᆡ ᄉᆞ부긔셔 도라 오신다 ᄒᆞ거ᄂᆞᆯ 요홰 비로쇼 눈믈을 거두고 ᄌᆞ녀배롤 거ᄂᆞ리고 젼문의 나와 마ᄌᆞ려 ᄒᆞᆯ ᄉᆡ 무ᄋᆡ지 임의 뎐샹의 니ᄅᆞ럿ᄂᆞᆫ지라. 즁인이 옹호ᄒᆞ여 침궁의 니ᄅᆞ미 요홰 몬져 배현(拜見)ᄒᆞ고 녀인은 ᄋᆡᄎᆞ(挨次)ᄒᆞ여 고두ᄒᆞ며 그 면모와 광경을 보니 오히려 죵젼 모양과 ᄀᆞᆺᄐᆞᆫ지라. 다만 쟝샹 사ᄅᆞᆷ만 환희ᄒᆞᆯ ᄲᅮᆫ 아니라 쟝외의 젼인배[佃人輩]와 당포(當鋪)의 남녀인 등이 ᄯᅩᄒᆞᆫ 각기 흔연ᄒᆞ여 모다 와셔 문안 ᄒᆞ더라. 요홰 셔로 ᄃᆡᄒᆞ여 희허(欷歔)ᄒᆞ니 무ᄋᆡ지 니 【53】 ᄅᆞᄃᆡ,

“셔로 보와시니 이 ᄐᆡ도롤 짓지 말며 ᄒᆞ믈며 대ᄉᆡ 경히 만흐니 내가 특별이 와셔 너의로 더브러 일변 료리(料理)ᄒᆞ리라.”

ᄒᆞ고 몬져 하향을 ᄃᆡᄒᆞ여 니ᄅᆞᄃᆡ,

“너의 부뷔 젼쟝(戰場)의 잇고 ᄯᅩ 각기 샹ᄒᆞ믈 바닷시니 가히 몬져 방의 도라가 헐슉ᄒᆞ라.”

ᄒᆞ니 량인이 퇴거ᄒᆞ거ᄂᆞᆯ 요홰 ᄯᅩ 하향의 피ᄒᆞ려 도라온 일을 고ᄒᆞ고 아오로 말ᄒᆞᄃᆡ 경셩이 위급ᄒᆞ여시니 곳 근왕(勤王)ᄒᆞᄂᆞᆫ 군ᄉᆞ롤 니ᄅᆞ혀고ᄌᆞ ᄒᆞ니 무ᄋᆡ지 니ᄅᆞᄃᆡ,

“네가 죵실(宗室)이라. 비록 심샹ᄒᆞᆫ 사ᄅᆞᆷ이라 【54】 도 ᄯᅩᄒᆞᆫ 벅벅이 이ᄀᆞᆺ치 ᄒᆞᆯ 거시니 하믈며 고쟝(庫藏)ᄒᆞᆫ 거시 풍죡ᄒᆞ니 의병을 드러 호령ᄒᆞ면 뎐해 향응치 아니리 업ᄉᆞᆯ 거시로ᄃᆡ 다만 너와 내가 흉긔 도힝을 어더셔 슌력(順逆) 두 글ᄌᆞᄂᆞᆫ 오러 흉즁의 익어시니 만일 알고 면강(面强)ᄒᆞ여 ᄒᆞ면 이ᄂᆞᆫ 하ᄂᆞᆯ을 거ᄉᆞ리고 리롤 힝ᄒᆞ미라. 우리 도ᄂᆞᆫ 모다 텬도롤 죠ᄎᆞ 슌히 힝ᄒᆞᄂᆞᆫ ᄃᆡ 만일 억탁으로 ᄒᆞ면 일의 유익ᄒᆞ미 업고 한ᄀᆞᆺ 인명만 살히ᄒᆞᆯ ᄯᅡᄅᆞᆷ이니 다만 공이 업ᄉᆞᆯ ᄲᅮᆫ 아니라 ᄆᆞᆫ득 ᄯᅩ 죄얼(罪孽)을 더ᄒᆞ미 되여

---

464) 【구ᄋᆡ되다】 형 {구애(拘碍)되다.} 거리끼다. ¶ 碍 ‖ 황샹긔셔 지삼 공쥬롤 불너 죠뎡의 드러와 도젹을 방어ᄒᆞ라 ᄒᆞ시미 노지 공쥬의 슈도ᄒᆞᄂᆞᆫᄃᆡ 구ᄋᆡ될가 두리고 (主上再四要召公主入朝御敵, 奴子恐碍公主大道.) <瑤華 20:49>

465) 【ᄌᆞ져ᄒᆞ다】 동 {자저(趑趄)ᄒᆞ다.} 주저(躊躇)하다. ¶ 猶豫 ‖ 황샹이 오히려 ᄌᆞ져ᄒᆞ시거ᄂᆞᆯ 노지 마지 못ᄒᆞ여 다만 알외기롤 경원ᄒᆞ여 쳐ᄌᆞ롤 다리고 공쥬롤 ᄃᆡ신ᄒᆞ여 츌젼ᄒᆞ려 ᄒᆞ미 (主上尙在猶豫, 奴子只得奏請, 情願携妻代公主出征.) <瑤華 20:49>

466) 【안동ᄒᆞ다】 동 안동(眼同)하다. 사람을 따르게 하다. ¶ 協同 ‖ 령무관 션봉인을 ᄎᆞ고 ᄒᆞ여곰 령무관의 다ᄃᆞ라 쥬쟝군을 안동ᄒᆞ여 량노로 협공ᄒᆞ라 ᄒᆞ시기ᄋᆞ 노ᄌᆞ의 부체 즉시 명을 밧드러 옯흐로 가더니 (掛了寧武關先鋒印, 寧赴寧武關協同周將軍, 兩路夾攻. 奴子夫婦卽時領兵前往.) <瑤華 20:50>

너의 죵 【55】 젼 신고ᄒᆞᆫ 일이 모다 동뉴슈(東流水)의 븟칠지라. 내 의견을 의지ᄒᆞ량이면 맛ᄎᆞᆷ내 영원이 청정(淸淨)ᄒᆞᆫ 계교ᄅᆞᆯ 도모ᄒᆞᆯ 거시니 임의 텬명도 어긔지 아니ᄒᆞ고 ᄯᅩ 가히 후ᄅᆡᄅᆞᆯ 보젼ᄒᆞᆯ 거시니 이거시 실노 량편ᄒᆞᆫ 법이 되리라."

요홰 즁인과 ᄀᆞᆺ치 청ᄒᆞ여 니ᄅᆞᄃᆡ,

"ᄉᆞ뷔 ᄌᆞ비(慈悲)ᄒᆞ신 ᄆᆞ옴이니 아지 못게라 엇지ᄒᆞ여야 뎨ᄌᆞ 무리로 ᄒᆞ여곰 영원이 청정케 ᄒᆞ리오? 바라건ᄃᆡ 지시ᄒᆞ여 ᄡᅧ 편히 ᄒᆡᆼ케 ᄒᆞ라."

무ᄋᆡᄌᆡ 니ᄅᆞᄃᆡ,

"국가의 대셰 임의 가고 ᄉᆡ 인군(人君)이 쟝ᄎᆞᆺ 니ᄅᆞᆯ지라. 【56】 만일 ᄑᆡ괴(敗壞)ᄒᆞ고 결련[決裂]ᄒᆞᆫ ᄣᆡᄅᆞᆯ 당ᄒᆞ면 비록 청정코ᄌᆞ ᄒᆞ나 ᄯᅩᄒᆞᆫ 가히 엇지 못ᄒᆞᆯ지라. 그런고로 내가 이왕의도 몬져 말ᄒᆞ엿거니와 맛ᄎᆞᆷ내 이 쟝샹을 곳쳐 도원(道院)을 ᄆᆡᆫ돌고 ᄯᅩ 승니(僧尼)의 량쳐 ᄉᆞ암(寺庵)을 ᄆᆡᆫᄃᆞ러 하향 무리가 쟝ᄉᆞ(長史) 령ᄉᆞ(令史)와 ᄀᆞᆺ치 졍원ᄒᆞ여 즁이 되려ᄒᆞᄂᆞᆫ 쟈ᄂᆞᆫ 즉시 락발(落髮)ᄒᆞ여 즁이 되고 부마부ᄅᆞᆯ 가져 ᄉᆞ찰을 ᄆᆡᆫ돌고 별노이 산문을 여러 츌입게 ᄒᆞ고 졍젼 문은 막아 두고 졀 일홈은 셔은ᄉᆡ(棲隱寺)라 부ᄅᆞ고 즁되기ᄅᆞᆯ 원치 아니ᄒᆞᄂᆞᆫ 쟈ᄂᆞᆫ 드러쥬【57】고 쇼란 등 각 부녜 니고(尼姑) 되기ᄅᆞᆯ 원ᄒᆞᄂᆞᆫ 쟈ᄂᆞᆫ ᄯᅩᄒᆞᆫ 허락ᄒᆞ고 예포ᄅᆞᆯ 곳쳐 암ᄌᆞᄅᆞᆯ ᄆᆡᆫ돌고 암ᄌᆞ 일홈은 즉공암(卽空菴)이라 부ᄅᆞ고 그도 원치 아니ᄒᆞᄂᆞᆫ 쟈ᄂᆞᆫ ᄯᅩᄒᆞᆫ 면강치 말고 왕쟝은 도원을 ᄆᆡᆫᄃᆞ러 이젼 일홈ᄃᆡ로 두고 오죽 남녀배로 ᄒᆞ여곰 곳쳐 도ᄉᆞ의 쟝쇽을 ᄒᆞ고 다른 규모ᄂᆞᆫ 반ᄃᆞ시 경쟝(更張)치 말고 쟝샹을 보호ᄒᆞᄂᆞᆫ ᄉᆞ무ᄂᆞᆫ ᄯᅩᄒᆞᆫ 변통치 마라 ᄡᅧ 텬시ᄅᆞᆯ 기다리라."

ᄒᆞ니 즁인이 드ᄅᆞᄆᆡ 각기 환희ᄒᆞ고 ᄯᅩᄒᆞᆫ 원치 아니ᄒᆞᄂᆞᆫ 재 업ᄂᆞᆫ지라. 요홰 드ᄃᆡ여 령ᄉᆞ와 쟝ᄉᆞ비로 ᄒᆞ 【58】 여곰 가마니 판비케[467] ᄒᆞ고 홀연 보니 쇼란이 비읍(悲泣)ᄒᆞ며 와셔 말ᄒᆞ기ᄅᆞᆯ,

"하향이 샹ᄒᆞ믈 인ᄒᆞ여 작고ᄒᆞ엿다."

ᄒᆞ거ᄂᆞᆯ 요홰 쵸엽 등과 ᄀᆞᆺ치 십분 비도(悲悼)ᄒᆞ고 즉시 영장ᄒᆞ여 쥬고 일변 황샹긔 쥬문ᄒᆞ고 ᄯᅩ 보니 죠의 ᄉᆞ쳔싱의 고장(庫藏)ᄒᆞᆫ 은ᄌᆞᄅᆞᆯ 가져 오며 니ᄅᆞᄃᆡ,

"도뢰 십분 ᄒᆡᆼ키 어렵거ᄂᆞᆯ 다ᄒᆡᆼ이 한 도ᄉᆡ 방ᄎᆞ(防遮)ᄒᆞ여 호위ᄒᆞ여 쥬므로 몃번을 도젹의 겁략ᄒᆞ믈 닙으나 도ᄉᆡ 그 힘을 힘닙어 그러므로 ᄡᅧ 안연이 도라왓다."

ᄒᆞ거ᄂᆞᆯ 요홰 니ᄅᆞᄃᆡ,

"이거시 엇던 사ᄅᆞᆷ인지 일 【59】 즉 그 셩명을 무러보왓ᄂᆞ냐?"

죠의 니ᄅᆞᄃᆡ,

"일즉 무러보와시나 그 도ᄉᆡ 웃고 ᄃᆡ답지 아니ᄒᆞ며 말ᄒᆞ기ᄅᆞᆯ, '내가 셔신(書信)이 잇셔 도라가 무ᄋᆡᄌᆞ의게 젼ᄒᆞ면 믄득 ᄉᆞ단을 알니라.' ᄒᆞ니 내 말ᄒᆞ기ᄅᆞᆯ, 'ᄉᆞ뷔 오ᄅᆡ 쟝샹의 잇지 아니타.' ᄒᆞᄆᆡ 그 도ᄉᆡ 니ᄅᆞᄃᆡ, '이 ᄣᆡᄂᆞᆫ 혹ᄌᆞ 너의게로 도라왓실 거시니 다만 가지고 가라.' ᄒᆞ더라."

ᄒᆞ고 언필의 특별이 셔신을 올니랴 ᄒᆞ더니 무ᄋᆡᄌᆡ 경히 나오ᄂᆞᆫ지라. 죠의 홀연 보고 ᄒᆞᆫ번 놀나 즉시 ᄋᆞᆲ히 니ᄅᆞ러 고두ᄒᆞ니 무ᄋᆡᄌᆡ ᄒᆞ여곰 닐게 ᄒᆞ고 요홰 셔신 【60】 을 가져 굴너 드리니 무ᄋᆡᄌᆡ 바드며 웃고 슈즁의 너흐며 니ᄅᆞᄃᆡ,

"내 이왕 아랏ᄂᆞᆫ지라. 내가 만일 그 사ᄅᆞᆷ의게 죠응(照應)ᄒᆞ여 달나 미리 부탁 아니ᄒᆞ엿더면 져 몃 량 은ᄌᆡ 엇지 도라왓시랴?"

요홰 ᄯᅩ 무ᄋᆡᄌᆞᄅᆞᆯ 향ᄒᆞ여 니ᄅᆞᄃᆡ,

"죠의의 실ᄀᆡ(室家) 난리ᄅᆞᆯ 당ᄒᆞ여 이졔 환거(鰥居)ᄒᆞ고 ᄆᆡ영이 뎨ᄌᆞᄅᆞᆯ ᄃᆡ신ᄒᆞ여 일홈을 밧고와 쥬션ᄒᆞ던 일이 결말이 되엿ᄂᆞᆫ ᄃᆡ 피ᄎᆞ의 고독ᄒᆞ니 량인으로 ᄒᆞ여곰 비합ᄒᆞ여 부뷔 되려ᄒᆞᄂᆞᆫ 거시 ᄉᆞ부ᄂᆞᆫ ᄡᅧ 엇더타 ᄒᆞᄂᆞ뇨?"

무ᄋᆡᄌᆡ 니ᄅᆞᄃᆡ,

"내가 【61】 본ᄃᆡ ᄆᆡ영을 허ᄒᆞ여 결과ᄒᆞᄆᆡ 잇다 ᄒᆞ더니 이졔 너의 의론ᄒᆞᄂᆞᆫ 배 졍히 내 ᄯᅳᆺ의 맛ᄂᆞᆫ지라. 너ᄂᆞᆫ 맛ᄎᆞᆷ내 이ᄀᆞᆺ치 판리케 ᄒᆞ라."

요홰 즉시 쟝ᄉᆞ 무리의게 젼ᄒᆞ여 ᄲᆡᆯ니 료리케 ᄒᆞ고 일변 길일을 ᄐᆡᆨᄒᆞ고 쵸엽으로 ᄒᆞ여곰 ᄆᆡ영과 죠의의게 이 ᄯᅳᆺ을 젼ᄒᆞ니 량인이 ᄯᅩᄒᆞᆫ

467) 【판비ᄒᆞ다】 동 {판비(辦備)하다.} 변통하여 준비(準備)하다. ¶ 備辦 ‖ 요홰 드ᄃᆡ여 령ᄉᆞ와 쟝ᄉᆞ비로 ᄒᆞ여곰 가마니 판비케 ᄒᆞ고 홀연 보니 쇼란이 비읍ᄒᆞ며 와셔 말ᄒᆞ기ᄅᆞᆯ 하향이 샹ᄒᆞ믈 인ᄒᆞ여 작고ᄒᆞ엿다 ᄒᆞ거ᄂᆞᆯ (瑤華遂令史、長史暗暗備辦, 忽一日, 見素蘭悲泣而來, 說荷香因傷身故.) <瑤華 20:58>

원ᄒᆞ여 길일의 니ᄅᆞ러 빵빵이 합근(合巹)ᄒᆞᄂᆞᆫ 례롤 힝ᄒᆞ고 ᄎᆞ일의 량인이 ᄒᆞᆷ긔 침궁의 드러가 무의ᄌᆞ와 요화의게 고두 샤례ᄒᆞᆯ ᄉᆡ 요홰 몬져 보며 믹영을 ᄃᆡᄒᆞ여 니ᄅᆞᄃᆡ,

"내가 시러곰 ᄃᆡ【62】도(大道)의 드러간 거ᄉᆞᆫ 모다 네가 나롤 ᄃᆡ신ᄒᆞ여 쥬션ᄒᆞ믈 힘닙엇ᄂᆞᆫ지라. 이졔 죠의로ᄡᅥ ᄶᅡᆨ지어 쥬어 ᄡᅥ 은혜롤 갑흐려 ᄒᆞ미 오히려 너의 종신대ᄉᆞ(終身大事)롤 그ᄅᆞ치미 아니니 이후ᄂᆞᆫ 모롬즉이 죠심ᄒᆞ여 삼가 부녀의 직분을 직혀 시죵(始終)을 온젼케 ᄒᆞ라."

믹영이 응낙ᄒᆞ고 경히 무의ᄌᆞ의 곳으로 가려 ᄒᆞ더니 ᄯᅩᄒᆞᆫ 임의 방으로 나오ᄂᆞᆫ지라. 량인이 고두ᄒᆞ미 무의지 조의로 ᄒᆞ여곰 몬져 닐나 ᄒᆞ니 믹영도 ᄯᅩᄒᆞᆫ 닐냐 ᄒᆞ거ᄂᆞᆯ 무의지 노ᄒᆞ여 니ᄅᆞᄃᆡ,

"너 쇼히지 공쥬와【63】ᄀᆞᆺ치 기예롤 배화 이왕ᄒᆞ던 일은 오히려 보암즉 ᄒᆞ더니 엇지ᄒᆞ여 한번 공쥬의 직함을 이어 가지미 돈연이 젼 힝실을 곳치고 능히 그 직ᄒᆡᆯ 바롤 좃지 못ᄒᆞᄂᆞᆫ 거시 아니라 다시 음난ᄒᆞᄂᆞᆫ 악ᄉᆞ롤 지어내니 비록 다ᄅᆞᆫ 사ᄅᆞᆷ의 유인ᄒᆞᆫ 비나 다만 네가 엇지 능히 ᄉᆞᄉᆞ로 쥬쟝치 못ᄒᆞ여 ᄡᅥ 고쟝(庫藏)이 공허ᄒᆞ여지고 챵곡이 궤핍(匱乏)ᄒᆞ며 쟉인배 힉타 ᄒᆞ고 젹비 침범ᄒᆞᄂᆞᆫ ᄃᆡ 니ᄅᆞ니 네가 무릉ᄒᆞᆫ 쟈ᄂᆞᆫ 아니어ᄂᆞᆯ 일병 뇌후(腦後)의 더져 버리고 내가 죵젼의 부탁ᄒᆞᆫ 말【64】을 맛ᄎᆞᆷ내 한ᄌᆞ도 좃지 아니 ᄒᆞ니 이거시 무ᄉᆞᆫ 도리냐? 본의ᄂᆞᆫ 너의 스승을 어긔고 즁인을 배반ᄒᆞᆫ 죄롤 쳐치코져 ᄒᆞᄃᆡ 이졔 죠의롤 ᄶᅡᆨᄒᆞ여 실가(室家) 되엿기로 아직 관셔(寬恕)ᄂᆞᆫ 하거니와 이후의 다시 부녀의 도롤 닥지 아니ᄒᆞ면 보복되미 이실 거시니 너ᄂᆞᆫ 부ᄃᆡ 명심ᄒᆞ라."

믹영이 슈참(羞慚)ᄒᆞ미 만면ᄒᆞ여 감히 니러셔지 못ᄒᆞ고 무의지 ᄯᅩ 죠의롤 ᄃᆡᄒᆞ여 니ᄅᆞᄃᆡ,

"네가 도로혀 츌신ᄒᆞ미 되여시니 반ᄃᆞ시 여긔 잇지 말고 ᄉᆞᆯ권ᄒᆞ여 경셩으로 드러가 ᄉᆞ업【65】을 알션ᄒᆞ며 쟝릭의 공쥬의 후ᄉᆞ(後嗣)롤 븟드러 쥬믈 바라노라."

죠의 슈명ᄒᆞ거ᄂᆞᆯ 무의지 믹영을 ᄭᅮ지져 니ᄅᆞ현 후의 죠의와 ᄀᆞᆺ치 믈너가고 후릭의 과연 쥬극셩(周克成)을 인도ᄒᆞ여 ᄉᆞ초(史草)의 들게 ᄒᆞ니라.

지셜, 요홰 무의ᄌᆞ롤 향ᄒᆞ여 니ᄅᆞᄃᆡ,

"셕교(釋教)와 도교(道教)가 도시 의졀(儀節)이 잇셔 가히 ᄉᆡ비 븍과 져녁 경쇠의 시러곰 그 ᄆᆞᄋᆞᆷ을 고요히 ᄒᆞᆫ다 ᄒᆞ나 우리 도ᄂᆞᆫ 두리건ᄃᆡ 이런 거ᄉᆞᆫ 잇지 아니ᄒᆞ리라."

무의지 니ᄅᆞᄃᆡ,

"셕(釋) 도(道) 량가의 의졀은 도시 황탄(荒誕)ᄒᆞ여 졍【66】경(正經)이 못되고 츄졸(醜拙)ᄒᆞ고 쳔루(淺陋)ᄒᆞᆫ ᄉᆞ연이라. 본시 불가의셔 노군(老君)의 «도덕경道德經»을 투졀ᄒᆞ여 근져(根底)[468]롤 숨고 ᄯᅩ 구담나(瞿曇)롤 어더 고동(鼓動)ᄒᆞ여 내며 문인ᄌᆡᄉᆡ(文人才士) 잇셔 우익이 되여 죠ᄎᆞ 윤식ᄒᆞᆫ 고로 그 글이 심슈ᄒᆞ고 긔이ᄒᆞ여 가히 녓게 알 비 아니라. 노군의 쵸의(初意)ᄂᆞᆫ 본릭 이거ᄉᆞ로 ᄡᅥ 교(教)롤 베푸ᄂᆞᆫ ᄌᆞ뢰(資賴)[469]ᄂᆞᆫ 숨지 아니ᄒᆞ나 이후의 우ᄀᆡᆨ(羽客)과 방ᄉᆞ(方士)의 무리 그 말을 긔이히 너겨 가셔 깁히 도덕경은 푸러내지 못ᄒᆞ고 도로혀 구담나(瞿曇)의 쳔루ᄒᆞᆫ 거ᄉᆞᆯ 도젹ᄒᆞᄂᆞᆫᄃᆡ 다시 문인ᄌᆡᄉᆞ의 윤【67】ᄉᆡᆨᄒᆞ미 업셔 도시 비루ᄒᆞᆫ 말이 되어시니 대개 불가의셔ᄂᆞᆫ 도가의 졍미(精微)ᄒᆞᆫ 거ᄉᆞᆫ 도젹ᄒᆞ고 도가의셔ᄂᆞᆫ 다만 불가의 피부(皮膚)만 투졀(偷竊)ᄒᆞᆫ지라. 련ᄒᆞ여 나려가면 더욱 견ᄃᆡ여 눈의 드리지 못ᄒᆞᆯ지라. 그런 고로 셕(釋) 도(道) 량가의 의졀은 족히 의론치 못ᄒᆞᆯ 거시나 오작 가졍(嘉靖) 황뎨(皇帝)긔셔 가쟝 도교롤 깃거ᄒᆞ샤 그 의졀일단(儀節一段)을 죠신(朝臣)으로 ᄒᆞ여곰 찬집(纂輯)게 ᄒᆞ미 다만 엄슝(嚴嵩)의 찬집ᄒᆞᆫ 배 가쟝 아름다온 고로 일노 ᄡᅥ 춍힝(寵幸)을 엇고 그 아ᄃᆞᆯ 셰번(世蕃)이 더옥 그 아【68】비의게 승ᄒᆞᆫ지라. 이러므로 ᄡᅥ 그 부ᄌᆞ의 롱권(弄權)ᄒᆞ미 일노 말미암아 니러나고 이졔 도가의셔 ᄯᅩ 그 운고(韻稿)롤 도젹질ᄒᆞ여 약간

468)【근져】 명 근저(根底). ¶ 根子 ‖ 본시 불가의셔 노군의 도덕경을 투철ᄒᆞ여 근져롤 숨고 ᄯᅩ 구담나롤 어더 고동ᄒᆞ여 내며 (先是僧家竊得老子«道德經»作爲根子, 又得瞿曇鼓舞.) <瑤華 20:66>

469)【ᄌᆞ뢰】 명 {자뢰(資賴).} ¶ 資 ‖ 노군의 쵸의ᄂᆞᆫ 본릭 이거ᄉᆞ로 ᄡᅥ 교롤 베푸ᄂᆞᆫ ᄌᆞ뢰ᄂᆞᆫ 숨지 아니ᄒᆞ나 이후의 우ᄀᆡᆨ과 방ᄉᆞ의 무리 그 말을 긔이히 너겨 (老子初意, 本無以此爲設教之資. 後之羽人方士, 好奇其說.) <瑤華 20:66>

윤식ᄒᆞ여시니 향찬(香讚)과 슈찬(水讚)과 슈하련(水火煉)과 쵸발(超拔) 유명(幽冥) ᄒᆞᄂᆞᆫ 거시 그 일이라. [모다 도교의셔 ᄒᆡᆼᄒᆞᄂᆞᆫ 졀치라] 그러나 시죵이 견강(堅強)되ᄂᆞᆫ 거시니 너의 ᄯᅳᆺ은 블과시(不過是) 승니배ᄅᆞᆯ 위ᄒᆞ여 죠만의 공과ᄅᆞᆯ 학습ᄒᆞ게 ᄒᆞ며 ᄡᅥ 삭망(朔望)의 신령 옯히 송도(頌禱)ᄒᆞᄂᆞᆫ ᄉᆞ연(詞緣)이라. 도원(道院) 즁의셔 ᄯᅩᄒᆞᆫ 방죠(倣照)ᄒᆞ여 우리 도ᄅᆞᆯ 널니고자 ᄒᆞ미로다."

요홰 니ᄅᆞᄃᆡ,

"졍히 올타."

ᄒᆞ【69】니 무ᄋᆡ지 니ᄅᆞᄃᆡ,

"그 거ᄉᆞᆫ ᄒᆞ기가 쉬온지라. 우리 도가 황셕공(黃石公)으로븟허 니러 ᄇᆡᆨ원(白猿)의 ᄭᅵ친 법술를 젼슈ᄒᆞ여 가지고 ᄉᆞᄉᆞ로 췌마(揣摩)ᄒᆞ여 검술을 젼ᄒᆞ여 내니 삼교(三教) 밧긔 ᄲᅱ여ᄂᆞᆫ 듯ᄒᆞ나 기실은 삼교 안의 경녁(經歷)ᄒᆞ미라. 믄득 삼교 가온ᄃᆡ 더옥 졀근(切近)ᄒᆞᆫ 거시 유괴(儒教)되니 대기 이단(異端)으로 ᄡᅥ 사ᄅᆞᆷ의 혹ᄒᆞᄂᆞᆫ 거ᄉᆞᆫ 업고 검술의 니ᄅᆞ러ᄂᆞᆫ ᄯᅩᄒᆞᆫ 문인의 글짓ᄂᆞᆫ 것 ᄀᆞᆺᄐᆞ여 이거시 아니면 내 심곡(心曲)을 통ᄒᆞ여 내지 못ᄒᆞ니 셕가의 륙근오계(六根五戒)와 도가의 ᄎᆡ젼련단(採戰煉丹)과【70】ᄀᆞᆺ지 아니ᄒᆞ니라."

요홰 니ᄅᆞᄃᆡ,

"유가의도 ᄯᅩᄒᆞᆫ 의졀(儀節)이 잇ᄂᆞ냐?"

무ᄋᆡ지 니ᄅᆞᄃᆡ,

"유가의 의졀은 셩경현젼(聖經賢傳)이 그거시라. 그러나 근ᄅᆡ의 문챵뎨군(文昌帝君)의 의졀이 이시나 다만 도가의 습긔(習氣)의 버셔나지 못ᄒᆞᄂᆞᆫ지라. 만일 내 의ᄉᆞᄅᆞᆯ 의지ᄒᆞ여 우리 도의 의졀을 졔죠(製造)ᄒᆞᆯ 양이면 힘ᄡᅥ 져 량가의 규례(規例)ᄂᆞᆫ 더져 바리고 별노이 ᄉᆡᆼ면(生面)을 여러야 바야흐로 가히 ᄒᆡᆼ세ᄒᆞ리라."

요홰 니ᄅᆞᄃᆡ,

"져 셕 도 량가ᄂᆞᆫ 엇던 모양 규식이냐?"

무ᄋᆡ지 니ᄅᆞᄃᆡ,

"내가 대략을 긔역(記憶)ᄒᆞᄂᆞ니 셕【71】도 량가의셔ᄂᆞᆫ 쳐음으로 도쟝의 들ᄆᆡ 곳 니ᄅᆞᆫ 공과(功課)ᄅᆞᆯ 슈응(酬應)ᄒᆞ고 기ᄎᆞᄂᆞᆫ 신령을 쳥ᄒᆞ고 신령을 쳥ᄒᆞᆫ 후ᄂᆞᆫ 참회(懺悔)ᄒᆞᄂᆞᆫ 쟈ᄂᆞᆫ 참회ᄒᆞ고 기ᄎᆞᄂᆞᆫ 공궤(供饋)ᄒᆞ믈[470] 베푸ᄂᆞᆫᄃᆡ 그 안의 향찬(香讚)과 슈찬(水讚)의 뉴가 잇고 과실을 올니며 술을 올니ᄂᆞᆫ ᄃᆡ 도시 찬(讚)ᄒᆞ미 이시니 이거ᄉᆞᆫ 블과 그 일을 부연(敷衍)ᄒᆞ미오. ᄯᅩ 가히 근일 사곡(詞曲)을 너흘만 ᄒᆞ니 사ᄅᆞᆷ이 ᄉᆞᆫ을 모화 잔치ᄒᆞᄆᆡ 풍악을 베푸러 ᄡᅥ 술을 권ᄒᆞᄂᆞᆫ ᄯᅳᆺ이오, 기ᄎᆞᄂᆞᆫ 참회ᄅᆞᆯ 시쟉ᄒᆞᄆᆡ ᄯᅩ 경문을 숑(頌)ᄒᆞ고 참회ᄅᆞᆯ【72】맛친 후의 ᄯᅡ라 다시 참회ᄒᆞᄂᆞᆫ 거시 부쳐의 일이 임의 여긔 니ᄅᆞ러 맛친 연후의 다시 망혼(亡魂)의게 밋쳐 몬져 등잔을 배셜ᄒᆞ고 지옥을 열고 ᄎᆞ례로 령혼을 블너 목욕ᄒᆞ고 치졔ᄒᆞ며 념구(焰口)ᄅᆞᆯ 방(放)ᄒᆞ고 텬교(天橋)ᄅᆞᆯ 건너 다시 부쳐ᄅᆞᆯ 보내여 텬당의 오ᄅᆞ게 ᄒᆞᄂᆞᆫ 거ᄉᆞᆫ 이거시 셕가의 일일공과(一日功課)오, 도가ᄂᆞᆫ 부쟉(符籍)을 발ᄒᆞ여 신쟝(神將)을 쳥ᄒᆞᄂᆞᆫ 공괘 더ᄒᆞ니 방념구(放焰口)ᄒᆞᄂᆞᆫ 거ᄉᆞᆫ 일홈을 곳쳐 슈하련(水火煉)이라 니ᄅᆞ고 기여ᄂᆞᆫ ᄃᆡ동쇼이(大同小異)ᄒᆞ니 부귀ᄒᆞᄂᆞᆫ 집의 삼일 공덕【73】을 짓거나 칠일 공덕을 ᄒᆞᄂᆞᆫ 재 대총이 이 두어 가지의 지나지 아니ᄒᆞ니 블과 경문과 참회ᄅᆞᆯ 더ᄒᆞᆯ ᄯᆞᄅᆞᆷ이오 ᄉᆞ십구 일 슈륙도쟝(水陸道場)은 ᄯᅩᄒᆞᆫ 블과시 가지 슈ᄅᆞᆯ 일량일(一兩日)의 부연ᄒᆞᄂᆞᆫ 거시니 니ᄅᆞᆫ바 믈 이ᄅᆞᆫ 쟈ᄂᆞᆫ 곳 년화(蓮花) ᄇᆡᄅᆞᆯ 화ᄒᆞ고 믈속 등잔을 ᄂᆞᆺᄂᆞᆫ 거시오. 니ᄅᆞᆫ바 륙(陸)이ᄅᆞᆫ 쟈ᄂᆞᆫ 고쟝(庫藏)을 비러다가 방옥(房屋)을 화ᄒᆞ여 내ᄂᆞᆫ 거시오. 이외의ᄂᆞᆫ 다시 다ᄅᆞᆫ 의졀이 업ᄂᆞᆫ지라. 근ᄅᆡ의 ᄯᅩ 드ᄅᆞ니 파혈하(破血河)와 혈분경(血盆經)과 죠희 사ᄅᆞᆷ을 ᄆᆡᆫ드러 븍 속의 달고【74】ᄉᆞ십구 일을 두다리며 니ᄅᆞ기ᄅᆞᆯ 파[제]혈히(提血河)라 ᄒᆞ니 더옥 가히 우을지라. 이 거ᄉᆞᆫ 우부(愚夫)와 우부(愚婦)ᄅᆞᆯ 농락ᄒᆞ여 ᄡᅥ 은ᄌᆞᄅᆞᆯ 앗ᄂᆞᆫᄃᆡ ᄌᆞ뢰(藉賴)ᄒᆞᆯ ᄯᆞᄅᆞᆷ이라. 우리 도의 의졀은 반ᄃᆞ시 아졍(雅正)ᄒᆞᆫᄃᆡ 도라가게 ᄒᆞ여 ᄯᅳᆺ 셰우기ᄅᆞᆯ 호협(豪俠)ᄒᆞ므로 ᄡᅥ 쥬쟝을 삼고 간ᄉᆞ(奸邪)ᄒᆞᆫ 거ᄉᆞᆯ ᄡᅥᆨ고 덕ᄒᆡᆼ을 존슝ᄒᆞ며 원슈 갑ᄂᆞᆫ 거ᄉᆞᆫ 옯셔 망ᄒᆞ고 뒤희 죽ᄂᆞᆫ 거ᄉᆞᆯ 의론치 말며 은혜 갑ᄂᆞᆫ 거ᄉᆞᆫ 엇지 ᄌᆞ식과 밋 ᄉᆞᆫᄌᆞᄅᆞᆯ 기다리리오. 신령을 쳥ᄒᆞ여 공헌(貢獻)을 배셜ᄒᆞᄆᆡ 졍의ᄅᆞᆯ 베푸【75】러 ᄡᅥ ᄇᆞᆰ고 어둔 거ᄉᆞᆯ 통ᄒᆞᄂᆞᆫ 거시 ᄉᆞᄉᆞ로 가히 업지

470) 【공궤ᄒᆞ다】 동 공궤(供饋)하다. 먹여 살리다. ¶ 供 ‖ 기ᄎᆞᄂᆞᆫ 공궤ᄒᆞ믈 베푸ᄂᆞᆫᄃᆡ 그 안의 향찬과 슈찬의 뉴가 잇고 과실을 올니며 술을 올니ᄂᆞᆫᄃᆡ 도시 찬ᄒᆞ미 이시니 (又其次設供, 設供之內, 便有香讚、水讚之類. 讚完, 讀意旨. 讀完意旨, 上筵上酒, 都有讚.) <瑤華 20:71>

못ᄒᆞᆯ 거시오 그 찬ᄉᆞ(讚辭)와 숑문(誦文)은 반ᄃᆞ시 ᄉᆡ로 짓게 ᄒᆞ고 결단코 젼인의 남은 거ᄉᆞᆯ 이어 ᄒᆞ지 못ᄒᆞᆯ 거시오. ᄉᆞ곡(詞曲) 즁의 ᄑᆡ명(牌名)이 셔로 맛ᄂᆞᆫ 쟈로 ᄡᅧ 메이고 그 ᄌᆡ졍(才情)이 부셤(富贍)ᄒᆞᆯ 양이면 비단 향과 물을 가히 칭찬(稱讚)ᄒᆞᆯ지라. 범믈을 모다 칭찬ᄒᆞᆯ 거시오 반ᄃᆞ시 그 슈효ᄂᆞᆫ 뎡치 말고 유명(幽冥)을 쵸발(初拔)ᄒᆞᄂᆞᆫ ᄃᆡ 니ᄅᆞ러ᄂᆞᆫ 네가 젼의 ᄉᆞ쳔ᄉᆡᆼ의 잇셔 만나던 바 션ᄉᆡ(仙師)곳 나의 동문친붕(同門親朋)이라. 즉ᄀᆡ의 쳐분ᄒᆞ여 각인을 발송ᄒᆞ여 각【76】기 쳐쇼ᄅᆞᆯ 엇게 ᄒᆞ니 그거시 비로쇼 실노이 졔도ᄒᆞ미 되ᄂᆞ니라."

요홰 니ᄅᆞᄃᆡ,

"젼ᄎᆞ의 만난 바 ᄉᆞ부의 동문친붕은 맛참내 어내 ᄃᆡ의 신션이뇨?"

무ᄋᆡ지 니ᄅᆞᄃᆡ,

"져ᄂᆞᆫ 국쵸(國初)의 쥬젼(周顚)이라 ᄒᆞᄂᆞᆫ 사ᄅᆞᆷ인ᄃᆡ 우리 ᄉᆞ문(師門)의 님문공(任文公)의 뎨ᄌᆡ라. 너ᄂᆞᆫ 니ᄅᆞ라 내 의졀의 졔되 엇더타 ᄒᆞᄂᆞ냐?"

요홰 니ᄅᆞᄃᆡ,

"ᄉᆞ부의 도ᄅᆞᆯ 세샹의 젼ᄒᆞ미 쳐음으로 우몽(愚蒙)ᄒᆞᆫ 거ᄉᆞᆯ 여러 쥬ᄂᆞᆫ 거시니 가히 셕 도량가로 더브러 합장(合掌)되지 아니ᄒᆞ여야 바야흐로 긔이ᄒᆞ다 일ᄏᆞᆯ지라. 아지 못게라 글쵸【77】ᄅᆞᆯ 뎡ᄒᆞ미 잇ᄂᆞ냐?"

무ᄋᆡ지 니ᄅᆞᄃᆡ,

"글쵸[471] 뎡ᄒᆞ기ᄂᆞᆫ 용이ᄒᆞ나 다만 음악은 업지 못ᄒᆞᆯ 거시오 숑문과 찬ᄉᆞ와 각ᄉᆡᆨ 격죠ᄅᆞᆯ ᄯᅩᄒᆞᆫ 음악을 기다려 화답ᄒᆞ여야 거의 보ᄂᆞᆫ 이가 동쳥(動聽)이 될 거시니 두 가지가 겸비ᄒᆞ여야 비로쇼 죠흘지라. 몬져 시녀 즁의 심지 령리ᄒᆞᆫ 쟈ᄅᆞᆯ ᄀᆞᆯᄒᆡ여 악공으로 ᄒᆞ여곰 교훈ᄒᆞ여야 바야흐로 가히 쇼ᄅᆡᄅᆞᆯ 의지ᄒᆞ여 화합ᄒᆞ리라."

요홰 니ᄅᆞᄃᆡ,

"이졔 잇ᄂᆞᆫ 시녀 무리ᄂᆞᆫ 모다 년긔 만하 칭당(稱當)치 못ᄒᆞᆯ가 두리ᄂᆞ니 뎨ᄌᆞ의 의견은 쟉【78】인의 집의 가셔 어린 녀ᄌᆞ 팔인을 ᄲᅡ내여 신가(身價)ᄅᆞᆯ 후히 쥬고 다려다가 교훈ᄒᆞ여 내면 어린 나흐로 더욱 구률(彀律)의 들기 쉬오리라."

무ᄋᆡ지 니ᄅᆞᄃᆡ,

"ᄆᆡ우 죠흐니 너ᄂᆞᆫ 그 일을 판리ᄒᆞ고 나ᄂᆞᆫ 글쵸ᄅᆞᆯ 뎡ᄒᆞ리라."

어시의 요홰 쥬쳥ᄃᆡ로 ᄒᆞ여곰 년[녀]ᄋᆞ(女兒) 션ᄐᆡᆨᄒᆞᄂᆞᆫ 일을 쥬션케 ᄒᆞ고 ᄯᅩ 진옥 등을 보내여 쇼쥬의 가셔 악공을 극가(極價) 쥬고 각항(各項) 악긔ᄅᆞᆯ 죠비케 ᄒᆞ고 무ᄋᆡ지 ᄯᅩ 도양(圖樣)을 그려 죠의ᄅᆞᆯ 쥬어 젹동(赤銅)의 도금(鍍金)ᄒᆞ여 렬위(列位) 죠ᄉᆞ(祖師)와 각ᄉᆡᆨ ᄉᆞᄌᆞ(使者)의 신샹(神像)을 ᄆᆡᆫᄃᆞᆯ게 ᄒᆞ고 법긔(法器)와 관(冠) 등 믈을 죠비ᄒᆞ고 몬져 경문과 찬ᄉᆞᄅᆞᆯ 쵸본(草本)내여 삭여 쟝황케 ᄒᆞ고 일일이 분파(分派)ᄒᆞᄆᆡ 무ᄋᆡᄌᆞᄂᆞᆫ 인ᄒᆞ여 예포의 잇셔 ᄆᆡ일의 글쵸ᄅᆞᆯ 찬즙(撰集)ᄒᆞ더라.

슈일이 못ᄒᆞ여 쳥대 임의 팔ᄀᆡ 녀ᄋᆞᄅᆞᆯ ᄲᅡ셔 드러오니 도시 ᄉᆡᆼ기미 가려(佳麗)ᄒᆞ더라. 무ᄋᆡ지 몬져 ᄡᅳᄂᆞᆫ 것과 닑ᄂᆞᆫ 거ᄉᆞᆯ 시험ᄒᆞ여 보ᄆᆡ 모다 춍명ᄒᆞ더라. 슈삼삭을 지나ᄆᆡ 진옥 등이 량ᄀᆡ 녀승을 거ᄂᆞ려 왓거ᄂᆞᆯ 요홰 니ᄅᆞᄃᆡ,

"악공을 구ᄒᆞ여 오라 ᄒᆞ엿더니 엇지ᄒᆞ여 니고ᄅᆞᆯ 어더 오ᄂᆞ냐?"

진옥 등【80】이 ᄃᆡ답ᄒᆞᄃᆡ,

"노지 쇼쥬의 니ᄅᆞ러 악공을 구ᄒᆞ려 ᄒᆞ니 그 사ᄅᆞᆷ이 말ᄒᆞ기ᄅᆞᆯ, '무어ᄉᆡ ᄡᅳ려 ᄒᆞᄂᆞ냐?' ᄒᆞ거ᄂᆞᆯ 노지 니ᄅᆞᄃᆡ, '녀히ᄌᆞᄅᆞᆯ 가ᄅᆞ쳐 습악(習樂)ᄒᆞᆫ다.' ᄒᆞᄆᆡ 그 무리 니ᄅᆞᄃᆡ, '우리 무리ᄂᆞᆫ 다만 큰 곡죠 부ᄅᆞ기ᄅᆞᆯ 아라 히ᄌᆞ 총즁의 참예나 ᄒᆞᆯ 거시오. 각항 음악은 모다 ᄭᆡ치지 못ᄒᆞ고 ᄯᅩ 녀히ᄌᆞᄂᆞᆫ 우리가 교도(教導)ᄒᆞ미 편치 못ᄒᆞ고 이곳의 슈단 놉흔 녀령(女伶)이 이시나 져도 다만 큰 곡죠만 알고 ᄐᆡ반이나 교방으로 죠ᄎᆞ 노혀 나온 사ᄅᆞᆷ이니 너의 부즁의 용졉(容接)ᄒᆞ기 어려올지라. 우【81】리가 너ᄅᆞᆯ ᄃᆡ신ᄒᆞ여 한 곳을 ᄉᆡᆼ각ᄒᆞ여 쥬마.' ᄒᆞ기로 노지 어ᄃᆡ냐?"

무ᄅᆞ니 악공이 두 ᄉᆞᆫ가락을 펴며 한 쳐쇼ᄅᆞᆯ 말ᄒᆞ여 내니 어내 곳인지 알녀 ᄒᆞ거든 하회의 분ᄒᆡᄒᆞ라.

---

471)【글쵸】명 초고(草稿). ¶ 稿 ‖ 글쵸 뎡ᄒᆞ기ᄂᆞᆫ 용이ᄒᆞ나 다만 음악은 업지 못ᄒᆞᆯ 거시오(定稿容易, 但音樂必不可少.) <瑤華 20:77> ⇒ 글초, 긄草

[요화젼 瑤華傳 권지이십일 卷之二十一]

39
긔의왕쟝ᄅᆡ구시 불도아쥬입료의
豈意王庄來舊識 不圖雅奏入科儀

【1】 화셜, 그 사ᄅᆞᆷ이 니ᄅᆞᄃᆡ,

"우리 무리 셩밧긔 동뎡산(洞庭山)이 잇고, 그 산이 동셔 량ᄀᆡ가 잇ᄂᆞᆫᄃᆡ, 셔산은 반ᄃᆞ시 가지 말고, 다만 동산(東山)으로 가ᄂᆞᆫ 거시 ᄆᆞᆫ득 죠ᄒᆞᆯ지라. 그 곳 거민들이 문의 나가ᄂᆞᆫ 이가 만흔 고로 화샹(和尙) 무리ᄅᆞᆯ 용납ᄒᆞ여 산 우희 머물게 못ᄒᆞ고, 암당(菴堂)과 ᄉᆞ관(寺觀)의 도시니고배오 평일의 경문(經文)과 참회(懺悔) 【2】 와 징과 경쇠 치기ᄅᆞᆯ 배호고 ᄲᅧ 관현(管絃)과 ᄉᆞ쥭(絲竹)의 류ᄅᆞᆯ 졍통치 아니ᄒᆞᄂᆞᆫ 거시 업고, 음악을 화답ᄒᆞᄂᆞᆫ ᄃᆡ 니ᄅᆞ러ᄂᆞᆫ 더옥 져의 무리의 능ᄒᆞᆫ 일이오, ᄯᅩ 셔화와 금긔(琴棋)ᄅᆞᆯ ᄀᆡᄀᆡ히 잘 ᄒᆞ지 못ᄒᆞᄂᆞᆫ 거시 업ᄉᆞ니, 너의 무리 엇지 그곳의 니ᄅᆞ러 슈단 놉흔 이ᄅᆞᆯ ᄀᆞᆯ희여 량인만 다려가면 ᄆᆞᆫ득 넉넉ᄒᆞᆯ지니, 쳣지ᄂᆞᆫ 본ᄉᆞ(本事)와 합당ᄒᆞ고, 둘지ᄂᆞᆫ 피ᄎᆞ의 편ᄒᆞᆯ 거시니 엇지 죠치 아니ᄒᆞ랴?"

ᄒᆞ기로, 노지 ᄉᆡᆼ각ᄒᆞ니 그러ᄒᆞᆯ ᄃᆞᆺ ᄒᆞᆫ고로 특별이 동뎡산(洞庭山)의 가셔 【3】 량ᄀᆡ 니고ᄅᆞᆯ 다려오며, 일즉 낫ᄎᆞ로 시험ᄒᆞ여 보ᄆᆡ 능치 못ᄒᆞᆯ 거시 업ᄉᆞ니 ᄆᆞᆫ득 공쥐 보셔도 ᄉᆞ랑ᄒᆞ실 거시오, 졔가 길의 잇셔 우리 무리 이곳 일과 공쥬의 도ᄒᆡᆼᄒᆞᄂᆞᆫ 연유ᄅᆞᆯ 무ᄅᆞ며, 일ᄀᆡ 년쇼ᄒᆞᆫ 니괴 노ᄌᆞᄅᆞᆯ ᄌᆞ셰히 보더니 니ᄅᆞᄃᆡ, 네가 칠팔년젼의 공쥬와 ᄀᆞᆺ치 우리 암ᄌᆞ의 니ᄅᆞ지 아니 ᄒᆞ엿더냐? 노지 니ᄅᆞᄃᆡ 내가 비록 공쥬ᄅᆞᆯ ᄯᅡ라 문의 나가 길의 단니기ᄂᆞᆫ ᄒᆞ여시나 ᄆᆞᆫ득 너의 무리 곳의 니ᄅᆞ지ᄂᆞᆫ 아니 ᄒᆞ엿노라 ᄒᆞᆫ즉, 그 니괴 니ᄅᆞ 【4】 기ᄅᆞᆯ, 내가 죵젼의 쇼쥬 셩내 숑취암의셔 츌가ᄂᆞᆫ ᄒᆞ여시나 도로혀 산 우희ᄂᆞᆫ 니ᄅᆞ러 보지 못ᄒᆞ고, 너ᄂᆞᆫ 엇지ᄒᆞ여 도ᄉᆡ되여 단니ᄂᆞ냐? 노지 ᄯᅩ 져다려 연유ᄅᆞᆯ 고ᄒᆞ니, 졔가 ᄆᆞᆫ득 환희ᄒᆞ며 ᄯᅩ 말ᄒᆞ기ᄅᆞᆯ 졔 일즉 공쥬긔 졀ᄒᆞ여 모친을 삼앗다 ᄒᆞ더라 ᄒᆞ니, 요홰 드ᄅᆞᄆᆡ 희한히 너기고 드ᄃᆡ여 불너 드리니, 앏흐로 오ᄂᆞᆫ 이ᄂᆞᆫ 일ᄀᆡ 광두(光頭)오, 뒤희 ᄯᅡᄅᆞᄂᆞᆫ 일ᄀᆡᄂᆞᆫ 다만 량편 빈발(鬢髮)만 머물지 아니 ᄒᆞ고, 머리ᄅᆞᆯ 단졍ᄒᆞ게 비슨지라. 량ᄀᆡ 앏흐로 나아와 뵈올시 년노ᄒᆞᆫ 거슨 한번 졀ᄒᆞᆯᄯᆞᄅᆞᆷ이오, 그 년쇼ᄒᆞᆫ 거슨 맛춤내 ᄭᅮ러 안ᄌᆞ 고두ᄒᆞ며 오열ᄒᆞ여 곡을 내거ᄂᆞᆯ 요홰 ᄲᆞᆯ니 븟드러 니ᄅᆞ혀며 ᄌᆞ셰히 보니, 다른 사ᄅᆞᆷ이 아니라 ᄆᆞᆫ득 숑취암의셔 보던 아쇠(阿小)니 ᄆᆡ우 쟝셩ᄒᆞ엿ᄂᆞᆫ지라. ᄆᆞᆫ득 니ᄅᆞᄃᆡ,

"너 ᄋᆞ쇼ᄅᆞᆯ 셔로 니별ᄒᆞᆫ 지 여러 ᄒᆡ가 되고, ᄯᅩ 이곳의셔 만ᄂᆞ니 가히 깃브다."

ᄒᆞ고 드ᄃᆡ여 년노ᄒᆞᆫ 것 다려 무ᄅᆞᄃᆡ,

"네 법명은 무어시냐?"

기인이 니ᄅᆞᄃᆡ, ᄌᆞ원이라 부ᄅᆞᆫ다 ᄒᆞ고, ᄯᅩ 아쇼다려 무ᄅᆞᄃᆡ,

"너도 법명이 잇ᄂᆞ냐?"

아쇠 니ᄅᆞᄃᆡ,

"뇨ᄉᆡᆼ(了生)이라 부른다."

ᄒᆞ거ᄂᆞᆯ 요홰 다시 그 면모ᄅᆞᆯ 보니, ᄉᆡᆼ기미 ᄆᆡ우 단졍ᄒᆞᆫ지라. 드ᄃᆡ여 닛글고 무ᄋᆡᄌᆞ의 곳의 니ᄅᆞ니, 져 량인이 ᄯᅩ 참배(參拜)ᄒᆞ고, 요홰 ᄯᅩ 뇨ᄉᆡᆼ을 가ᄅᆞ치며 쇼쥬의 잇셔 셔로 아던 연유ᄅᆞᆯ 말ᄒᆞ니 무ᄋᆡ지 ᄯᅩᄒᆞᆫ 보ᄆᆡ 량인의 언에 문아(文雅) ᄒᆞ고 인물이 슈려ᄒᆞᆫ지라. 심히 깃거ᄒᆞ고 요화로 더브러 량인의 배혼 바ᄅᆞᆯ 시험ᄒᆞᄆᆡ 실노이 모다 능ᄒᆞᆫ지라, 무ᄋᆡ지 니ᄅᆞᄃᆡ,

"우리 무리 이번의 경긔(經紀)ᄒᆞᄂᆞᆫ 일이 이 개챵(開創)ᄒᆞᄂᆞᆫ 거시니, 글쵸ᄅᆞᆯ 뎡ᄒᆞᆫ 후 【7】 의 ᄆᆞᆫ득 져 량인으로 ᄒᆞ여곰 련습ᄒᆞᆫ 후의 녀희 무리ᄅᆞᆯ 가ᄅᆞ치게 ᄒᆞᆯ 거시니, 져 무리로 ᄒᆞ여곰 날과 ᄀᆞᆺ치 거쥬ᄒᆞ여야 죠히 죠셕(朝夕)의 강론ᄒᆞ며, 아오로 오음(五音)의 격률을 쥰(准)ᄒᆞ여 보리라."

요홰 ᄯᅩᄒᆞᆫ 올타 ᄒᆞ여, 드ᄃᆡ여 쥬쳥ᄃᆡ로 ᄒᆞ여곰 그 ᄒᆡᆼ구ᄅᆞᆯ 가져다가 대루하 셔편방 쇽의 베푸러 두고, 팔ᄀᆡ 녀 ᄒᆡᄌᆞᄅᆞᆯ 다려 져 량ᄀᆡ로 관쇽(管束)게 ᄒᆞ더라. 아ᄒᆡ 요화로 더브러 십분 친밀ᄒᆞ여 모녀로 ᄡᅥ 칭호코ᄌᆞ ᄒᆞ더니, 요홰 니ᄅᆞᄃᆡ,

"그ᄂᆞᆫ 쇽가(俗家)의 칭회라. 우【8】리가 이졔 츌가ᄒᆞ여시니 네가 맛ᄎᆞᆷ내 나ᄅᆞᆯ 닐커러 스승이라 ᄒᆞ고, 우리 ᄉᆞ부ᄅᆞᆯ 닐코러 ᄉᆞ죄(師祖)라 ᄒᆞᄂᆞᆫ 거시 편ᄒᆞ리라."

뇨싱이 명을 좃고, ᄌᆞ원도 복죵ᄒᆞ기ᄅᆞᆯ 요구ᄒᆞ거ᄂᆞᆯ, 요홰 허락ᄒᆞ니, 이후ᄂᆞᆫ 맛ᄎᆞᆷ내 한 집안 사ᄅᆞᆷ이 되더라. 무ᄋᆡ지 길일을 ᄀᆞᆯᄒᆡ여 학당을 열고 몬져 팔ᄀᆡ 녀ᄒᆡᄌᆞ로 ᄒᆞ여곰 글을 배호게 ᄒᆞ고, ᄯᅩ 쵸엽 등 각 승인과 쇼란 등 각 니고로 ᄒᆞ여곰 경문(經文) 과숑(課誦) 하ᄂᆞᆫ 거ᄉᆞᆯ 련습ᄒᆞ게 ᄒᆞ고, 무ᄋᆡ지 ᄆᆞ옴을 오로지 ᄒᆞ여 찬집ᄒᆞᆫ 경문과 신(神)【9】을 쳥ᄒᆞ며 신을 나리ᄂᆞᆫ 각 글쵸ᄅᆞᆯ 가져 량 니고로 ᄒᆞ여곰 학습게 ᄒᆞ여 음률이 졀차의 마ᄌᆞ면 그만 두고, 젹이 간삽(艱澁)ᄒᆞᆫ 재 이시면 다시 곳쳐 반ᄃᆞ시 음셩이 아졍ᄒᆞᆫᄃᆡ 도라가게 ᄒᆞ고, ᄯᅩ ᄇᆡᆨ우옥과 황금슌과 화견슈와 황가식부 ᄉᆞᄀᆡᄅᆞᆯ ᄡᅡ 보우ᄉᆞᄌᆞ(葆羽使者)ᄅᆞᆯ ᄆᆡᆫᄃᆞ러 ᄉᆞ곡(詞曲)을 부ᄅᆞᄂᆞᆫ 것과 츔츄ᄂᆞᆫ ᄐᆡ도ᄅᆞᆯ 학습게 ᄒᆞ고, ᄯᅩ 별노이 승인과 니고의 량편의 잇셔 ᄃᆡ신 망혼(亡魂)을 쳥ᄒᆞᄂᆞᆫ 의졀을 지어 련습게 ᄒᆞ여 팔ᄀᆡ월이 지나ᄆᆡ, 각각 완젼이 되고【10】ᄯᅩ 대문 어귀로 븟허 샹셔방의 니ᄅᆞ러 각항 마당을 엇더케 비치 ᄒᆞ며, 응용ᄒᆞᆯ 물건을 셰셰히 단ᄌᆞ의 버려 강윤쟝 등으로 ᄒᆞ여곰 분류ᄒᆞ여 판리케 ᄒᆞ고, 집의 잇ᄂᆞᆫ 거ᄉᆞᆫ ᄎᆞᄌᆞ내여 슈보(修補)ᄒᆞ고, 업ᄂᆞᆫ 거ᄉᆞᆫ 각쳐의 가셔 ᄆᆡ판(買辦) ᄒᆞ더니, 하로ᄂᆞᆫ 죠의 경셩의 잇셔, 죠ᄉᆞ(祖師)와 ᄉᆞᄌᆞ(使者)의 각항 신샹(神像)과 법의(法衣)와 법관(法冠) 등물(等物) 죠셩ᄒᆞᆫ 거ᄉᆞᆯ 가져 도라왓거ᄂᆞᆯ, 요홰 일일히 졈검ᄒᆞ여 보고, 무ᄋᆡ지 즁인을 독쵹ᄒᆞ여 죠셕의 공부ᄅᆞᆯ 더ᄒᆞ게 ᄒᆞ더니, 다시 ᄉᆞ오【11】월을 지내ᄆᆡ, 도시 투쳘이 되엿ᄂᆞᆫ지라.

홀연 죠의 보ᄒᆞ여 니ᄅᆞᄃᆡ, ᄆᆡ영의 구병(舊病)이 다시 발ᄒᆞ여 임의 십월 쵸구일의 작고ᄒᆞ엿다 ᄒᆞ거ᄂᆞᆯ, 요홰 ᄉᆡᆼ각ᄒᆞᄆᆡ,

'임의 졔가 나의 직함을 ᄃᆡ신하여 쥬션ᄒᆞ기로 날노ᄒᆞ여곰 도ᄅᆞᆯ 일위엿다.'

ᄒᆞ여 위ᄒᆞ여 비감ᄒᆞ고, 승니배로 ᄒᆞ여곰 삼일 도쟝을 베푸러 츄텬(追荐)ᄒᆞ여 쥬고, 쥬극셩으로 ᄒᆞ여곰 셔모의 례로ᄡᅥ 셩복(成服)게 ᄒᆞ더라.

무ᄋᆡ지 ᄐᆡᆨ일ᄒᆞ여 셜ᄒᆡᆼᄒᆞ려 ᄒᆞᆯ식, 요화다려 니ᄅᆞᄃᆡ,

"각ᄉᆡᆨ(各色) 일이 구비ᄒᆞ여시나【12】오히려 한 낫 찬례(贊禮)ᄒᆞᄂᆞᆫ 재 업도다."

ᄒᆞ고 드ᄃᆡ여 ᄌᆞ원과 뇨싱을 젼보(轉補)ᄒᆞ여 일홈을 시단ᄉᆞᄌᆡ(侍壇使者)라 ᄒᆞ고, 쟝쇽ᄒᆞ기ᄅᆞᆯ 하나흔 남ᄌᆞ 모양이오, 하나흔 녀ᄌᆞ 모양으로 죠ᄉᆞ(祖師)의 션단(仙壇) 좌우의 셔 잇셔, 무ᄅᆞᆺ 집ᄉᆞ(執事)ᄒᆞᄂᆞᆫ 사ᄅᆞᆷ들의 ᄒᆡᆼ동거지ᄅᆞᆯ ᄒᆞᆷᄭᅴ 놉히 불너 례(禮)ᄅᆞᆯ ᄒᆡᆼ케 ᄒᆞ고, 요홰 스ᄉᆞ로 방문(榜文)과 ᄃᆡ련(對聯)을 지어 량ᄀᆡ 니고로 등셔(謄書)ᄒᆞ여 내고, 별노 동지(冬至) 젼 ᄉᆞ일을 ᄀᆞᆯᄒᆡ여 크게 장문(庄門)을 여러 노코 셩ᄒᆞ게 포진(鋪陳)ᄒᆞ며, 명목을 지어 ᄃᆡ문의 놉히 거럿시ᄃᆡ, 챵연【13】곡셩상유도보졔션단(彰演穀城山遺道普濟仙壇)이라 ᄒᆞ엿ᄂᆞᆫ지라. ᄉᆞ방 원근 사ᄅᆞᆷ이 드ᄅᆞᄆᆡ, 심히 신긔ᄒᆞ믈 ᄭᆡᄃᆞᆺ고 ᄒᆞᆷᄭᅴ 젼긔(傳期)ᄒᆞ여 와 볼식, 진ᄀᆡ 인산인ᄒᆡ(人山人海) 되여 벌ᄣᅦ ᄀᆞᆺ치 니ᄅᆞ며 그 즁의 의ᄎᆔ 잇ᄂᆞᆫ 사ᄅᆞᆷ이 몬져 ᄃᆡ문 어귀로 조ᄎᆞ 보와 드러오니, 네 니로라 엇지 배포ᄒᆞ엿ᄂᆞᆫ고?

다만 보니, ᄃᆡ문을 ᄃᆡᄒᆞ여 일좌 고ᄃᆡ(高臺)ᄅᆞᆯ 니ᄅᆞ혀, 고ᄃᆡ 우ᄒᆡ 한쟝 탁ᄌᆞᄅᆞᆯ 베플고 탁ᄌᆞ 우ᄒᆡ 한덩이 누른 풀을 더져노코 한낫 편ᄋᆡᆨ을 다랏ᄂᆞᆫᄃᆡ, 그 우ᄒᆡ 크게 네 글ᄶᆞ 이시니, 닐너시ᄃᆡ,

【14】황셕유죵(黃石遺踪)이라
황셕공의 ᄭᅵ친 ᄌᆞ최라

량편 가의 일ᄃᆡ(一對) 련귀(聯句) 이시니 닐너시ᄃᆡ,

원능헌술젼호협(猿能獻術傳豪俠)이오

검가셩환부길흉(劍可成丸剖吉凶)이라

원숑이는 능히 법슐을 드려 호협ᄒᆞᆷ물 젼ᄒᆞ고

칼흔 가히 탄환을 일위여 길흉을 ᄶᅵ치여 내더라

샹탁(床卓)과 치등(彩燈)이 각기 션명ᄒᆞ고 좌우의 ᄯᅩ 량기 뎡ᄌᆡ 이시니 좌편 뎡ᄌᆞ의 편익이 잇셔 니ᄅᆞ되,

창도뎡(彰道亭)

도롤 드러내는 뎡ᄌᆞ오

우편 뎡ᄌᆞ의 편익은 니ᄅᆞ되

신의뎡(申意亭)

쯧을 펴는 뎡지라

【15】 창도뎡 속의 오식 방문(榜文)을 다랏거놀 즁인이 드러가 보며 낭연이 닑으니 ᄒᆞ여시되,

곡셩산유도적파문인(穀城山遺道的派門人)

칙봉슌승현묘션ᄉᆞ(勅封順承元妙仙師) 무ᄋᆡ지(無碍子)와 도뎨(徒弟) 칙봉ᄉᆞ쳔경략ᄉᆞ션문요무일등곤덕후뎨십ᄉᆞ공쥬녀ᄉᆞ(勅封四川經略使宣文耀武一等坤德候第十四公主 女史) 쥬요화(朱瑤華) 등은 도(道)가 셩픔으로 말미암아 거ᄂᆞ리미 널니지 아니면 드러나지 못ᄒᆞᆷ믈 위ᄒᆞ는 일이라. 무릇 고금지왕(古今之王)은 일통(一統)을 드리워 다ᄉᆞ리믈 널위고 텬하 ᄉᆞ【16】셔(士庶)는 삼교(三敎)롤 나호와 ᄡᅥ 싱도(生道)롤 숨는지라. 삼교의 셩경을 ᄯᅥ나셔 도롤 말ᄒᆞ는 쟈는 스ᄉᆞ로 이단(異端)이 되고, 일긔(一己)의 ᄉᆞ욕(私慾)을 밧쳐 즁인을 의혹ᄒᆞ는 쟈는 니ᄅᆞ기롤 좌되(左道)라 ᄒᆞ나, 그러나 셕(釋)·도(道) 량가(兩家)의 셔 도시 그 그롯ᄒᆞᆷ믈 훼방ᄒᆞ미 잇고, 유가(儒家) 일파(一派)의 니ᄅᆞ러는 그 슌졍(純正)ᄒᆞᆫ 거술 존샹(尊尙) 아니리 업ᄉᆞ니, 대기 셰도(世道)와 인심(人心)의 관계ᄒᆞᆫ 비오, 륜상(倫常)과 강긔(綱紀)의 계착(係着)ᄒᆞᆫ 비라. 우리【17】죠ᄉᆡ(祖師) 류후(留候)롤 도와 뎨ᄉᆡ(帝師) 되여 ᄡᅥ 텬명(天命)을 순히 ᄒᆞ고, 한실(漢室)을 도와 긔업(基業)을 열게 ᄒᆞ엿ᄂᆞᆫ되, 인ᄒᆞ여 셩명이 ᄆᆡ몰(埋沒) ᄒᆞ엿ᄂᆞᆫ지라. 검술 니ᄅᆞ기는 ᄇᆡᆨ원(白猿)으로븟허 어덧고, 셩픔을 감쵸미 겨유 황셕(黃石)만 남아 잇ᄂᆞᆫ지라. 본되 신통ᄒᆞᆫ 거술 미더 셰샹의 현릉(衒能)코ᄌᆞ 아니ᄒᆞ미오, 다시 규각(圭角)을 베프러 사ᄅᆞᆷ 뵈는 거슨 듯지 못ᄒᆞᆫ지라. 유가(儒家)의 문달(聞達)을 구치 아니ᄒᆞᆷ과 셕가(釋家)의 청졍뎍멸(淸靜寂滅)ᄒᆞᆷ과 도가(道家)의 은신벽곡(隱身辟穀)【18】ᄒᆞ는 것과 ᄀᆞᆺ트여 삼교 가온되 유약(悠揚)ᄒᆞ여 ᄡᅥ 협긔(俠氣)로 륜상(倫常)과 강긔(綱紀)롤 건네여 쥬고, 호긔(豪氣)로 셰샹 우위(憂危)ᄒᆞᆫ 거술 구ᄒᆞ여 쥬어 능히 길휘셔 불평ᄒᆞᆫ 것 보는 거술 졔도(濟度)ᄒᆞ여 쥬어 일만인연(一萬因緣) 우히 ᄯᅱ여나ᄂᆞᆫ지라. 무ᄋᆡ지 친히 그윽ᄒᆞᆫ 뜻을 닛고 현묘(玄妙)ᄒᆞᆫ 긔틀을 바다 공(功)을 ᄲᅡ코, ᄒᆡᆼ실을 닥가 힘ᄡᅥ ᄉᆞ도(師道)의 쳔유(闡幽)ᄒᆞᆷ믈 널니고, 졍도(正道)롤 직희고 간샤(奸邪)ᄒᆞ미 업셔, 반ᄃᆞ시 어진 규모(規模)롤 면원(綿遠)ᄒᆞᆫ되, 널니라【19】ᄒᆞᄂᆞᆫ지라. 일노ᄡᅥ 번뢰ᄒᆞᆫ 거술 ᄶᅳ리지 아니코 요화롤 어로만져 공이 스무 ᄒᆡ의 드리고, 괴이ᄒᆞᆫ되 밝을가 두려 ᄶᅵ친 도롤 일희여 한ᄯᅢ의 드러내여 널니ᄂᆞᆫ지라. 우리 ᄉᆞ도(師徒)의 심젹(心迹)을 임의 ᄇᆞᆰ히여시니 너의 즁인은 의심ᄒᆞ난 단셔롤 가히 풀지라. 비록 능히 은턱(恩澤)을 ᄉᆞᄒᆡ(四海)의 ᄒᆡᆼ치 못ᄒᆞ나, ᄯᅩᄒᆞᆫ 일즉 보쟝(保障)을 일방의 지은지라. 쟝마가 되고 비가 되미 엇지 감히 편히 거ᄒᆞ랴. 비로쇼 달니고 비로【20】쇼 몰미 여긔 붓그러오미 업ᄂᆞᆫ지라. 이셰(理勢)의 맛당히 방문(榜文)을 다라 통ᄒᆞ여 알게 ᄒᆞᄂᆞ니 일노죠ᄎᆞ 봉홰(烽火) 길게 쉬미 셩셰(盛世)의 념희(恬熙)ᄒᆞᆫ 거술 누리고 믄득 ᄯᅩ 연곡(年穀) 순히 되여 낭시(曩時)의 긔근ᄒᆞ미 업술지라. 되즁(大衆)이 임의 안령(安寧)ᄒᆞᆷ믈 어드미 우리 무리 오히려 엇지 계련(係戀)이 되랴. 인ᄒᆞ여 크게 ᄌᆡ(齋)올니는 ᄌᆞ리롤 베플고, 널니 그윽ᄒᆞᆫ 은혜롤 시쥬(施主)ᄒᆞᄂᆞ니 이십여년 즁의 ᄉᆞ졍(事情)이 잇는 사ᄅᆞᆷ들을【21】ᄉᆞ망ᄒᆞᆫ 거술 혜지 못ᄒᆞ깃고, 구층텬되(九層泉臺) 아릐 침뉸(浸潤)ᄒᆞᆫ 귀혼을 쵸발(初拔)ᄒᆞ여 쥬믈 ᄶᅵ치미 업노라. 쳥컨되 우리 도의 심미(深微)ᄒᆞ고 졍슈(精邃)ᄒᆞᆷ믈 보라. 말미암아 오미 젼셰젼형(前世典型)은 잇지 아니ᄒᆞ고, 너의 되즁의 먼니 보고 널니 드ᄅᆞᆷ믈 시험ᄒᆞ미, 가히 별노이

싱면(生面)을 여럿는지라. 쟝춧 법긔(法器)를 울닐 거시니 즁인은 아직 머믈너 잇고 의졀(儀節) 널니기를 맛추면 내가 쟝춧 가리라. 특별이 ᄒᆞ는 방【22】문(榜文) 이라.

슝뎡(崇禎) 십오년 십일월 일

져 즁인이 각기 보미 방문(榜文)이 신긔ᄒᆞ다 칭찬ᄒᆞᄂᆞᆫ 쟈도 잇고, ᄌᆞ획이 츄경(遒勁)ᄒᆞ다 기리ᄂᆞᆫ 쟈도 잇고, 죠희쟝과 규식(規式)이 아롬답다 닐ᄏᆞᆺᄂᆞᆫ 쟈도 잇셔 분분ᄒᆞ미 불일(不一) ᄒᆞ고, 그 즁의 한기 독노(耄老)ᄒᆞᆫ 재 잇셔 흔연이 찬탄ᄒᆞ며 니ᄅᆞᄃᆡ,

"승(僧) 도(道) 량괴(兩教) 실노이 이단의 괴쉬 되더니 이졔 져 집의(執意) ᄒᆞᆫ 거ᄉᆞᆫ 이의 유교의 븟죠ᄎᆞ 극히 신분(身份)이 잇도다."

즁인이 니ᄅᆞᄃᆡ,

"져ᄂᆞᆫ【23】샹관치 말고 우리 무리 다시 신의뎡(申意亭)의 니ᄅᆞ러 그 방문을 보리라."

ᄒᆞ고 ᄯᅩ 몰니여 져편으로 가셔 보니, 거믄 죠희의 흰 분(粉)으로 ᄡᅧᆺ시ᄃᆡ,

곡셩산유도죠ᄉᆞ젹파문인(穀城山遺道祖師嫡派門人) 무익ᄌᆞ와 도뎨(徒弟) 쥬요화ᄂᆞᆫ 방문을 천ᄃᆡ(泉臺)의 뵈여 ᄲᆞᆯ니 지(齋)올니ᄂᆞᆫ ᄌᆞ리의 다라와 ᄡᅧ 침뉸(沈淪)ᄒᆞ믈 쵸발(初發)ᄒᆞ게 ᄒᆞ고, ᄡᅧ ᄲᅡ힌 경셩으로 우럿게 ᄒᆞ믈 위ᄒᆞᄂᆞᆫ 일이라. 그윽이 싱각ᄒᆞ니 인싱이 븟친 것 ᄀᆞᆺ트여 고금의 구각(軀殼)이 길게 잇ᄂᆞᆫ 이가【24】업고, 믈방울 그림지 빗치 잇셔 순식간의 내흐ᄅᆞ믈 죠ᄎᆞ 잇지 아니ᄒᆞᄂᆞᆫ 고로, 혼빅을 거두고 경신을 모흐미 ᄡᅧᄒᆞ미 이시미오, 참 거술 닥고 슈은(水銀)을 취련(吹鍊)ᄒᆞᄂᆞᆫ 거시 무어시라 니ᄅᆞ랴. 우리 도가 시쟉ᄒᆞ미 곡셩(穀城)으로 븟허 황셕(黃石)의 슈어시니 향내(向來)의 가비야이 진셰(塵世)의 드러와 ᄡᅧ 그 술법을 신긔ᄒᆞ게 아니 ᄒᆞ믄 대개 본ᄃᆡ 셕도(釋道)를 혐의ᄒᆞ여 그 ᄆᆞ옴을 붓그럽게 ᄒᆞ고ᄌᆞ ᄒᆞ미라. 이의 무익지 요【25】화를 어로만져 도를 일워 쥬미 예포를 여러시ᄃᆡ, 다만 이십여 년 가온ᄃᆡ 혹 봉인(鋒刃)의 죽기도 ᄒᆞ고, 혹 질병의 죽으며, 혹 식(色)을 탐ᄒᆞ여 몸을 상ᄒᆞ며, 혹 지물을 도모ᄒᆞ여 명(命)을 끈흐며, 혹 몸을 국난의 바리고, 혹 졀긔(節概)로 쥬인의 집의 죽으며, 려역(癘疫)이 흘너 힝ᄒᆞ며, 긔근(饑饉)이 니어 니ᄅᆞᄂᆞᆫᄃᆡ 니ᄅᆞ러 기천의 메이ᄂᆞᆫ 이가 쳡쳡ᄒᆞ고, 뫼ᄲᅮ리를 베ᄂᆞᆫ 이가 즁즁(重重)ᄒᆞᆫ지라. 이ᄂᆞᆫ 다 능히 혜지 못ᄒᆞ며, ᄀᆞᆺ쵸 상고(詳考)키 어려온지라. 비록 요화를 말미암아 일운 바ᄂᆞᆫ 아니나, ᄯᅩᄒᆞᆫ 우리ᄂᆞᆫ 도의 익긍(哀矜)ᄒᆞᄂᆞᆫᄃᆡ 계관(係關)ᄒᆞᄂᆞᆫ 비라. 삼일의 도쟝(道場)을 널니 베프러, 다시 쳔ᄃᆡ(泉臺)의 그윽ᄒᆞᆫ 혼빅을 쵸발(初發)ᄒᆞ여 쥬ᄂᆞᆫ 거시니, 이의 지올리ᄂᆞᆫ ᄌᆞ리를 갓쵸미 니셰(理勢)가 맛당히 방문(榜文)을 고시홀지라. 오회라, 죽은 쟈ᄂᆞᆫ 임의 능히 다시 ᄉᆞᆯ지 못ᄒᆞ미, 싱(生)ᄒᆞᆫ 재 엇지 ᄡᅧ 죽으니를 구원ᄒᆞ여 쥬미 업ᄉᆞ랴. 이러므로 ᄡᅧ 죠ᄉᆞ(祖師)긔 긔도ᄒᆞ【27】고 고ᄒᆞ여, 그 그윽ᄒᆞᆫ 원망을 푸러쥬며 무릇 보족(寶簇)을 베플미 곳 령단(靈壇)의 다라드러 이 증샹(蒸嘗)ᄒᆞᄂᆞᆫ 거술 흠향ᄒᆞ여 ᄡᅧ 졉인(接引)ᄒᆞ믈 펴게 ᄒᆞᄂᆞ니, 각각 률령(律令) ᄀᆞᆺ치 ᄒᆞ라. 특별이 방문(榜文)ᄒᆞ노라.

슝뎡 십오년 십일월 일

즁인이 념ᄒᆞ기를 맛치미 ᄯᅩ 밀니여 쟝문(莊門) 어귀의 니ᄅᆞ러 보니, 즁간의 여덟 쟝 죠희 폭을 븟치고 ᄆᆡ폭(每幅)의 일기 대ᄌᆞ(大字)로 버려 붓쳣거늘,【28】즁인이 안ᄎᆞ(案次)ᄒᆞ여 닑어 니ᄅᆞᄃᆡ, 쳔유현미신명유되(闡幽顯微申明遺道)라 ᄒᆞ고, 샹하의 모다 화폭을 붓치고 ᄯᅩ 대문으로 드러가 보니, 량 가의 흡긔 허다ᄒᆞᆫ 탁ᄌᆞ를 버리고, 탁자 우히 쥬효(酒肴)를 배치ᄒᆞ고, 곳 버려 졍젼(正殿) 쳠하 밋가지 니ᄅᆞ고, 뎐폐(殿陛)를 의지ᄒᆞ여 즁간의 한 탁ᄌᆞ를 버리고 그 우히 량기 위픿(位牌)를 노왓ᄂᆞᆫᄃᆡ, 일기ᄂᆞᆫ 졍면(正面)이오 일기ᄂᆞᆫ 칙면(側面)이라. 졍면 우히 ᄡᅳ기ᄂᆞᆫ 슌신협ᄉᆞ유슈하람싱천빅호지휘ᄉᆞ희덕방공(殉身俠士留守河南省千百戶指揮使希德龐公)의 신위오, 칙면은 ᄡᅳ기를【29】슌신렬녀아의방진고(殉身俠女雅宜龐眞姑)의 위픿라 ᄒᆞ고, 좌우 탁ᄌᆞ 우히 각기 일기 도춍(都總) 되ᄂᆞᆫ 위픿를 버렷ᄂᆞᆫᄃᆡ, 동편의 ᄡᅳᆫ 거ᄉᆞᆫ 봉인(鋒刃)의 걸니여 젼쟝의 죽은 유혼(幽魂)의 위픿라 ᄒᆞ고, 셔편의 ᄡᅳ기ᄂᆞᆫ 려역(癘疫)과 긔근(饑饉)을 만나 죽은 여러 유혼의 위픿라 ᄒᆞ고, 졍뎐 즁간의 빅원(白猿)의 위픿

ᄅᆞᆯ 베플고, ᄯᅩᄒᆞᆫ ᄌᆡ공(齋供)ᄒᆞ미 이시며, 량가의 젹은 탁ᄌᆞ ᄉᆞ십여 쟝을 버려 노코 ᄌᆡ공을 버리며 두ᄀᆡ 도춍(都總) 위ᄑᆡ 이시니, 동편은 여러 복부(僕婦)의 유혼(幽魂) 위ᄑᆡ오, 셔편은 번부(藩府) 쟝ᄉᆞ(長史) 령ᄉᆞ(令史) 관 【30】 ᄉᆞ(管事) ᄐᆡ감(太監) 즁관(衆官) 부부(夫婦) 유혼의 위ᄑᆡ오, ᄯᅩ 대뎐의 드러가 보니, 쳠하 어귀의 깁으로 ᄆᆡᆫᄃᆞᆫ 사ᄅᆞᆷ 량인을 셰워시니, 도시 녀인의 쟝쇽이라. 역시 위ᄑᆡ의 ᄢᅧᆺ시니 동편은 인혼ᄉᆞᄌᆞ(引魂使者) 교랑(巧娘)의 위ᄑᆡ오, 셔편은 탁ᄉᆡᆼᄉᆞᄌᆞ(托生使者) 신랑(辛娘)의 위ᄑᆡ라. 보ᄂᆞᆫ 이ᄂᆞᆫ 네 말ᄒᆞ라. 져 량인은 뉜고?

원ᄅᆡ 요화의 거ᄃᆞᆫ 바 한 낫 노루오, 한 낫 귀ᄆᆡ(鬼魅)라. 일이 고이ᄒᆞᆫᄃᆡ 난 고로 다만 방즁의셔 ᄉᆞ후시기고, 그 일홈을 드러나지 아니케 ᄒᆞ더니, 이졔 도ᄒᆡᆼ을 널니ᄂᆞᆫ ᄯᅢ의 모ᄅᆞᆷ 【31】 즉이 인혼(引魂)ᄒᆞ고 탁ᄉᆡᆼ(托生)ᄒᆞᄂᆞᆫ 두 ᄉᆞᄌᆞ(使者)ᄅᆞᆯ ᄀᆞᆺ촛ᄂᆞᆫ 고로 ᄒᆞ여곰 그 일의 당치(當次) 되여 반ᄃᆞ시 그 일홈을 드러ᄂᆡ여 귀혼(鬼魂)으로 ᄒᆞ여곰 알게 ᄒᆞ미라. 다시 뎐샹을 우러러 보니, 졍즁(正中)의 두 탁ᄌᆞ 졔슈ᄅᆞᆯ 배렬ᄒᆞ엿ᄂᆞᆫᄃᆡ, ᄆᆡ우 졍졔ᄒᆞ고 각기 위ᄑᆡ가 이시니 동편 위ᄑᆡ 우희ᄂᆞᆫ 칙봉하람번왕(勅封河南藩王)의 신위라 ᄒᆞ고, 셔편은 샹십ᄉᆞ공쥬칙봉부마군좌쥬공(尙十四公主勅封駙馬君佐周公)의 신위라 ᄒᆞ고, 아ᄅᆡ편 위ᄑᆡ의ᄂᆞᆫ 번왕셰ᄌᆞ계화(藩王世子繼華)의 신위라 ᄒᆞ고, ᄯᅩ 량ᄀᆡ 위ᄑᆡᄅᆞᆯ 버려시니 샹슈(上首) 일ᄀᆡᄂᆞᆫ 【32】 번비셔시낭낭(藩妃徐氏娘娘)의 신위오, 하슈(下首) 일ᄀᆡᄂᆞᆫ 칙증슌졀번비죠시군부인(勅贈殉節藩妃趙氏君夫人)의 신위오, 동편을 향ᄒᆞ여 ᄯᅩ 일ᄀᆡ 위ᄑᆡᄅᆞᆯ 베푸러시니, 번왕귀비한시부인(藩王貴妃韓氏夫人)의 신위오, 동셔 량 가의 각기 ᄌᆡ공(齋供)을 버리고 동편 위ᄑᆡᄂᆞᆫ 번왕의 외쳑(外戚) 모든 유혼의 신위오, 셔편 위ᄑᆡᄂᆞᆫ 번왕의 본죵(本宗) 모든 유혼의 신위오, 뎨 ᄉᆞ층은 믄득 샹셔방(上書房)이 되ᄂᆞᆫ지라. ᄯᅳᆯ 가온ᄃᆡ로 죠ᄎᆞ 모다 홍젼(紅氈)을 ᄶᅡ히 펴셔 뎐샹가지 니ᄅᆞ러 긋치고, 글방 량 가의 각기 경문 닑ᄂᆞᆫ ᄌᆞ리ᄅᆞᆯ 버리고, 쳠 【33】 하 어귀의 션단일좌(仙壇一座)ᄅᆞᆯ 버리고 궤 우희 법긔(法器)가 모다 잇고, 단(壇) 우희 일쳑 기러 되ᄂᆞᆫ 도금ᄒᆞᆫ 신샹(神像)이 삼위(三位)ᄅᆞᆯ 버려시니, 즁간은 믄득 황셕공(黃石公)이로, 좌편은 임문공(任文公)이오, 우편은 장뉴후(張留候)오, 팔 ᄀᆡ 션동(仙童)이 ᄆᆡ셧시ᄃᆡ, 텬셔(天書)와 보록(寶籙)과 여의(如意)와 파리ᄎᆡᄅᆞᆯ 밧들고 ᄃᆡ문 ᄯᅳᆯ노 븟허 뎨 ᄉᆞ층 샹셔방 ᄯᅳᆯ가지 니ᄅᆞ러 모다 ᄎᆡᄉᆡᆨ(彩色) 시렁을 셰우고 각 ᄉᆡᆨ과 각 모양 ᄎᆡ등(彩燈)을 걸고 무ᄅᆞᆺ 궤연(几筵)을 베플면 반ᄃᆞ시 슈(繡)ᄅᆞᆯ 노코 금으【34】로 메인 반(盤)과 죠ᄀᆡᆨ(彫刻)ᄒᆞᆫ 각양(各樣) 샹탁(床卓)을 버려노와시니, 보ᄂᆞᆫ 재 부셩(富盛)ᄒᆞ고 번화ᄒᆞ믈 칭찬 아니리 업더라.

이거ᄉᆞᆫ 이십륙 일 일이오. 드ᄅᆞ니 이십칠일 오경(五更)븟허 도장(道場)을 니ᄅᆞ혀 이십구일의 니ᄅᆞ러 곳 긋친다 ᄒᆞᄆᆡ, 져 보려 ᄒᆞᄂᆞᆫ 사ᄅᆞᆷ이 엇지 즐겨 몬져 가리오. 믄득 근쳐의 잇셔 잠간 헐숙ᄒᆞ고 모다 오경의 니ᄅᆞ러 보려 ᄒᆞᄆᆡ, 쟝젼쟝후(庄前庄後)의 열요(熱鬧)ᄒᆞ여 ᄯᅩ 일ᄀᆡ 시촌(市村)을 일위엿ᄂᆞᆫ지라. 무ᄋᆡ지 즁인으로 ᄒᆞ여곰 각기 쉬게 ᄒᆞ고, 삼경(三更)의 몸을 니【35】러 쇼셰ᄅᆞᆯ 맛치고 몬져 팔 ᄀᆡ 녀ᄒᆡ(女孩)로 ᄒᆞ여곰 착슈금의(窄袖錦衣)ᄅᆞᆯ 닙고 긴 쵸마ᄅᆞᆯ ᄭᅳ을고 머리의 취교관(翠翹冠)을 ᄡᅳ고, 각기 악긔(樂器)ᄅᆞᆯ 가지고 ᄇᆡᆨ우옥 황금슌 화견슈 황식부 ᄉᆞᄀᆡ(四个)ᄂᆞᆫ 오ᄎᆡ광슈텬마무의(五彩廣袖天魔舞衣)ᄅᆞᆯ 닙고, 취룡관(翠龍冠)과 월화군(月華裙)을 ᄀᆞᆺ쵸고, 좌슈의 우보(羽葆)ᄅᆞᆯ 잡고, 우슈의 파리ᄎᆡᄅᆞᆯ 잡고, 쵸엽 등 각 승인(僧人)과 쇼란 등 각 니고(尼姑)들이 가ᄉᆞ(袈裟)와 비로(毘盧)ᄅᆞᆯ ᄀᆞᆺ쵸고 각기 법긔(法器)ᄅᆞᆯ 잡고, 요화ᄂᆞᆫ ᄇᆡᆨ릉오ᄌᆞ(白綾襖子)ᄅᆞᆯ 닙고 월ᄇᆡᆨ쇼릉삼(月白素綾衫)과 ᄇᆡᆨ릉오간군(白綾五簡裙)을 ᄀᆞᆺ쵸고 남ᄉᆡᆨ혜ᄌᆞ(藍色鞋子)의 오ᄉᆡᆨ운룡 【36】 도포(五色雲龍道袍)ᄅᆞᆯ 닙고 하협[엽]요ᄃᆡ(荷葉腰帶)ᄅᆞᆯ ᄯᅴ고, 무ᄋᆡᄌᆞᄂᆞᆫ 가샹(家常)의 닙ᄂᆞᆫ 도포ᄅᆞᆯ 닙고, ᄌᆞ원은 시ᄌᆞ(侍者)ᄅᆞᆯ 쟝쇽ᄒᆞ고, 뇨ᄉᆡᆼ[은] 녀동(女童) 모양으로 쟝쇽ᄒᆞ고, 쥬쳥ᄃᆡ와 쟝기덕은 모다 남ᄉᆡᆨ오ᄌᆞ(藍色襖子)의 쳥ᄉᆞ도포(靑紗道袍)ᄅᆞᆯ 닙고 기여(其餘) 졔인(諸人)은 각ᄉᆡᆨ으로 쟝쇽ᄒᆞ고 일졔히 침궁 안의 니ᄅᆞᄆᆡ, 북쇼ᄅᆡ 한번 나리ᄆᆡ 녀악(女樂) 무리 균텬악(鈞天樂)을 알외고, 승니 무리 법긔ᄅᆞᆯ 두다리며 졉인 ᄒᆞᄂᆞᆫᄃᆡ, 그 셩음이 승도와 더브러 각별(各別) 되여 완연이 군즁(軍中) 고취(鼓吹)ᄒᆞᄂᆞᆫ 쇼ᄅᆡ와 ᄀᆞᄐᆞ여 십분 의취(意趣) 잇고, 법긔 두 【37】 다리믈 맛치ᄆᆡ, 대문 어귀의 별노이 악공이 잇셔 신[심]샹(尋常)ᄒᆞᆫ 풍악을 지어, 이ᄀᆞᆺ치 ᄒᆞ기ᄅᆞᆯ 세 ᄎᆞ례ᄅᆞᆯ ᄒᆞ고, 비로쇼 북을 치고 일졔히 모도히니, 관광ᄒᆞᄂᆞᆫ 사ᄅᆞᆷ이 모다 대문 어귀의 니ᄅᆞ러 먼니 바라니 층층이 더옥 보기 죠흔지라. 한 즈음이 못ᄒᆞ여 ᄯᅩ 풍악이 니러나며 량ᄀᆡ 니괴 무ᄋᆡ즈ᄅᆞᆯ 닛그러 션도(先導)ᄒᆞ고, 다음의 ᄉᆞᄀᆡ 무녜 요화ᄅᆞᆯ 닛그러 오고, 승니배ᄂᆞᆫ 각기 량가 법연(法筵)의 잇셔 ᄉᆞ후ᄒᆞ며 모다 닛그러 샹셔방 즁간의 니ᄅᆞ러, 몬져 죠ᄉᆞ(祖師) 【38】 의게 참배(參拜)ᄒᆞ고, 졀을 맛ᄎᆞᄆᆡ 드ᄃᆡ여 경문을 송(誦)ᄒᆞ며 싱쇼(笙簫)와 관현(管絃)이 붓죠ᄎᆞ 화답ᄒᆞ고, 무ᄋᆡ지 요화로 더브러 경문을 닑어 맛ᄎᆞᄆᆡ, 승니배 방울을 울녀 풍악을 그치게 ᄒᆞ고, 다시 종지(宗旨)ᄅᆞᆯ 념ᄒᆞ여 니ᄅᆞᄃᆡ,

"업ᄃᆡ여 ᄉᆡᆼ각ᄒᆞ니 스승의 되(道) 깁고 머러 본ᄃᆡ 흔젹이 업ᄂᆞᆫ지라. 침몰ᄒᆞᆫ 혼ᄇᆡᆨ을 불샹히 아라 흘연이 ᄋᆡ긍(哀矜)ᄒᆞᆫ ᄆᆞᄋᆞᆷ을 발ᄒᆞᄆᆡ 괴로온 거ᄉᆞᆯ 구텬(九泉)의 쵸발(超拔)ᄒᆞ려 ᄒᆞ여 특별이 이 도쟝을 ᄉᆞᆷ을시, 삼일을 셰우기로 이러틋 죠 【39】 과(早課)ᄅᆞᆯ 널녀 몬져 궤연(几筵)의 알왼다."

ᄒᆞ고 념ᄒᆞ기ᄅᆞᆯ 맛치ᄆᆡ 승니배 징과 바라ᄅᆞᆯ 아오로 ᄯᅥᆯ치더니, 방울쇼ᄅᆡ 나며 모든 여악이 ᄉᆞ쥭(絲竹)으로 ᄡᅧ 븟쳐 화답ᄒᆞ고, 무ᄋᆡ지 요화로 더브러 경문을 닑어 맛치ᄆᆡ 경뎐 우 ᄇᆡᆨ원(白猿) 좌젼의 니ᄅᆞ러 풍악은 그치고 인ᄒᆞ여 념ᄒᆞ야 갈오ᄃᆡ,

"업ᄃᆡ여 ᄉᆡᆼ각ᄒᆞ니 신령ᄒᆞᆫ 진납이가 긔특ᄒᆞ여 검슐을 챵개ᄒᆞᆫ 거시 더욱 ᄉᆡ로온지라. 우리 ᄇᆞᆰ은 빗촐 여러 쥬어 이 큰 도ᄅᆞᆯ 일우게 ᄒᆞ니, 이의 죠과(早課)ᄅᆞᆯ 널녀 ᄡᅧ 좌뎐(座前)의 【40】 고ᄒᆞ노라."

ᄒᆞ고 승니배 각기 방울을 ᄯᅥᆯ쳐 팔음(八音)이 일졔히 니러나며 ᄯᅩ 경문을 닑어 맛치ᄆᆡ, 각기 침궁의 드러가 휴식ᄒᆞ니 외면의 관광ᄒᆞᄂᆞᆫ 사ᄅᆞᆷ들이 이목이 ᄉᆡ로와지ᄆᆡ 흠모치 아니리 업더라.

하ᄂᆞᆯ이 ᄇᆞᆰ으ᄆᆡ 여젼이 닛그러 나와 각기 좌우(座位)의 나아가 경문(經文)을 여러 내고, 무ᄋᆡ지 요화로 더브러 셔로 문답ᄒᆞ니, 니ᄅᆞ기ᄅᆞᆯ ᄇᆡᆨ학담경(白鶴淡經)이라 ᄒᆞ더라. 량ᄀᆡ 시신(時辰)을 지내고 다시 침궁의 드러가 밥을 먹고 져기 지체ᄒᆞ여 다히 나오며 죠ᄉᆞᄅᆞᆯ 【41】 쳥ᄒᆞ여 지연(齋筵)의 오ᄅᆞᆯ시, 모든 풍악이 모다 울더니, 방울쇼ᄅᆡ 한 마ᄃᆡ의 풍악은 급히 긋치고, 무ᄋᆡ지 요화ᄅᆞᆯ 닛글고 츄챵(趨蹌)ᄒᆞ여 션단(仙壇) 압히 니ᄅᆞ러 시ᄅᆞᆯ 송ᄒᆞ여 니ᄅᆞᄃᆡ,

일쳥션ᄉᆞ하극셩(一請仙師下轂城)ᄒᆞ니
은은쇼고감미셩(殷殷昭告鑒微誠)이라
지연십지ᄆᆡ유ᄇᆡᆨ(祇憐十地埋幽魄)ᄒᆞ야
학가광림발즁ᄉᆡᆼ(鶴駕光臨拔衆生)이라

한번 션ᄉᆞᄅᆞᆯ 쳥ᄒᆞ여 곡셩의 나리게 ᄒᆞ니
은은이 쇼고(昭告)ᄒᆞᄆᆡ 젹은 졍셩을 감(鑑)ᄒᆞ라
다만 십지(十地)의 그윽ᄒᆞᆫ 혼ᄇᆡᆨ이 ᄆᆡ몰ᄒᆞᄆᆞᆯ472) 블샹히 너겨
학(鶴)의 메인 거시 광림(光臨)ᄒᆞ여 즁ᄉᆡᆼ을 쵸발(招拔)ᄒᆞ여 쥬더라

풍악 쇼ᄅᆡ ᄯᅩ 니러나며 무ᄋᆡ지 요화로 ᄀᆞᆺ치 고ᄇᆡ(叩拜)ᄅᆞᆯ 맛치ᄆᆡ 악셩(樂聲)은 그치고 ᄯᅩ 쳥ᄒᆞ여 니ᄅᆞᄃᆡ,

셔츙이쳥경상최(抒衷二淸敬相催)ᄒᆞ니
졍하션령특디ᄅᆡ(定荷仙靈特地來)라
비감걸은근독쳥(非敢乞恩勤瀆聽)이라
위타귀안망텬ᄃᆡ(慰他鬼眼望泉臺)라

츙곡(衷曲)을 펴셔 두 번 쳥ᄒᆞᄆᆡ 공경ᄒᆞ여 셔로 지쵹ᄒᆞ니
졍히 션령(仙靈)이 특디(特地)의 오ᄆᆞᆯ 닙엇더라
감히 은혜ᄅᆞᆯ 비러 부즈러니 듯ᄂᆞᆫ 거ᄉᆞᆯ 더러이미 아니라
져 귀신의 눈이 텬ᄃᆡ(泉臺)의 바라ᄂᆞᆫ 거ᄉᆞᆯ 위로ᄒᆞ미러라

악셩이 ᄯᅩ 니러나며 무ᄋᆡ지 요화와 ᄀᆞᆺ치 길게 단젼(壇前)의 ᄭᅮᆯᄆᆡ 풍악은 그치고, ᄯᅩ 쳥ᄒᆞ

---

472) 【ᄆᆡ몰ᄒᆞ다】 동 매몰(埋沒)하다. 묻다. ¶ 埋 ‖ 다만 십지의 그윽ᄒᆞᆫ 혼ᄇᆡᆨ이 ᄆᆡ몰ᄒᆞᄆᆞᆯ 블샹히 너겨 학의 메인 거시 광림ᄒᆞ여 즁ᄉᆡᆼ을 쵸발ᄒᆞ여 쥬더라 (祇憐十地埋幽魄, 鶴駕光臨拔衆生.) <瑤華 21:41>

여 니ᄅᆞ되,

지삼궤청희릭림(再三跪請喜來臨)ᄒᆞ니
구ᄎᆞ궤연표ᄎᆞ심(具此几筵表此心)이라
【43】 원득인ᄌᆞ슈의발(願得仁慈隨喜拔)ᄒᆞ니
분비옥셜셩감림(紛飛玉屑勝甘霖)이라

지삼 ᄉᆞ러 청ᄒᆞ미 릭림(來臨)ᄒᆞ믈 깃거ᄒᆞ니
이 궤연(几筵)을 ᄀᆞᆺ쵸고 이 ᄆᆞ음을 표ᄒᆞ더라
원컨디 인ᄌᆞᄒᆞ므로 ᄯᅳᆺ을 ᄯᅡ라 쵸발ᄒᆞ믈 어드랴 ᄒᆞ니
어즈러이 나는 옥셜(玉屑)이 감림(甘霖)의셔 셩(盛)ᄒᆞ더라.

풍악쇼릭 ᄯᅩ 닐며 무ᄋᆡ지 요화와 ᄀᆞᆺ치 니러셔미, 풍악은 그치고 단(壇) 직흰 재 겻히 잇셔 ᄭᅮ지져 니ᄅᆞ되,

"션ᄉᆡ(仙師) 단의 나려 계시니 몬져 법슐을 드리라 ᄒᆞ거ᄂᆞᆯ, 쥬쳥되 믈 그ᄅᆞ술 밧드러 요화ᄅᆞᆯ 쥬미 요홰 무ᄋᆡᄌᆞ의게 젼ᄒᆞ여 신좌(神座) 우히 공샹(供上)ᄒᆞ고, 무ᄋᆡ지 찬(讚)ᄒᆞ여 니ᄅᆞ되,

"무릇 물이란 쟈는 하ᄂᆞᆯ이 한번 내시미 만물이 취ᄒᆞ여 윤턱ᄒᆞ여지는 【44】 지라. ᄎᆞ도 넘치지 아니코 부드러워도 능히 강ᄒᆞᆫ지라. 오지(五材)ᄅᆞᆯ 아오로 ᄢᅵ는디, 슈덕(水德)이 영쟝(靈長)ᄒᆞᆫ지라. 한 그ᄅᆞ시 ᄯᅩ 만흐미 근원 머리가 활발ᄒᆞᆫ지라. 맛당히 공헌(貢獻)ᄒᆞ믈 펴 ᄡᅥ 궤연을 정결케 ᄒᆞ노라."

모든 악셩이 일제히 울며 찬문을 맛치미, 징과 북이 일제히 움족여 쇼릭가 우릭ᄀᆞᆺ더니, 방울이 닐미 곳 긋치고 슈단ᄉᆞ지(守壇使者) 겻히 잇셔 ᄭᅮ지져 니ᄅᆞ되,

"법슐을 임의 드려시니 청향(淸香)을 다시 나아오라."

ᄒᆞ거ᄂᆞᆯ, 쥬쳥되 향을 밧드 【45】 러 요화ᄅᆞᆯ 쥬미, 요홰 무ᄋᆡᄌᆞ의게 젼ᄒᆞ여 화로 쇽의 픠여 노코 무ᄋᆡ지 찬ᄒᆞ여 니ᄅᆞ되,

"무릇 향이란 쟈는 아릭로 지셩(志誠)의 발ᄒᆞ여 우흐로 령현(靈顯)의게 쳥ᄒᆞᄂᆞ니, 비비(霏霏)ᄒᆞᆫ 일루(一縷)가 날니여 담담ᄒᆞᆫ 구텬(九天)의 오ᄅᆞ는지라. 일즉 깅풍(罡風)의 구ᄋᆡ치 아니ᄒᆞ니, 엇지 신션의 힘을 ᄌᆞ뢰치 아니랴. 우리 도는 흙을 움킨다 ᄒᆞ는 거슨 듯지 못ᄒᆞ고 궤연을 당ᄒᆞ미 엇지 시러곰 비름과 나무ᄅᆞᆯ 티이미 업ᄉᆞ랴. 블을 살와 한가지로 오ᄅᆞ미 ᄆᆞ음으로 더브러 아오로 나아간다 【46】 ᄒᆞ더라."

풍악이 ᄯᅩ 니러나고 찬문을 맛ᄎᆞ미, 징과 북이 니러 동ᄒᆞ더니, 방울이 닐미 일졔히 긋치고 슈단ᄉᆞ지 겻히 잇셔 ᄭᅮ지져 니ᄅᆞ되,

"봉우ᄉᆞᄌᆞ(捧羽使者)는 니러나 츔츄라."

ᄒᆞ니 풍악이 질주(迭奏)ᄒᆞ며 빅우옥 등 ᄉᆞ기 무네(舞女) 일졔히 경즁의 니ᄅᆞ러 셔고, 한마디 쇼라 쇼릭의 반렬을 난호와 긔셰ᄅᆞᆯ 짓고 ᄯᅩ ᄒᆞᆫ 마디 바라 쇼릭의 거두고, 다시 왕릭쥬션(周旋)ᄒᆞ다가, 한 마디 바라 쇼릭의 다시 한 긔셰ᄅᆞᆯ 지어내여 이ᄀᆞᆺ치 십여 기 긔셰ᄅᆞᆯ 내미, 각각 ᄀᆞᆺ 【47】 지 아니ᄒᆞ여 뇨라(嬝娜)ᄒᆞᆫ 쟈도 잇고 분치(奔馳)ᄒᆞᆫ 쟈도 잇고, 몸을 기우리며 우러러 보는 쟈도 잇고, 발을 드러 급히 림(臨)ᄒᆞ는 쟈도 잇셔 신경(神情)과 의틱(意態)가 틱반이나 팔일무(八佾舞)의 긔셰와 갓ᄐᆞᆫ지라. 져 보는 사ᄅᆞᆷ들이 개개히 혼빅이 비등(飛騰)ᄒᆞ여지며, 칭찬ᄒᆞ믈 마지 아니ᄒᆞ더라. 경히 표양(飄颺)ᄒᆞ는 즈음의 방울 쇼릭 한 마딕의 일졔히 셔기ᄅᆞᆯ 뎡ᄒᆞ니, 슈단ᄉᆞ지 ᄯᅩ ᄭᅮ지져 니ᄅᆞ되,

"봉우ᄉᆞᄌᆞ는 반ᄎᆞ(班次)로 도라가라."

ᄒᆞ니 ᄉᆞ기 무네 완보ᄒᆞ여 본쳐로 도라가고, 풍악쇼릭 바야흐로 긋치미 북과 징이 ᄯᅩ 동ᄒᆞ여 한 ᄎᆞ례ᄅᆞᆯ 치더니, 방울이 ᄯᅥᆯ치미 각기 긋치고, 슈단ᄉᆞ지 ᄭᅮ지져 니ᄅᆞ되,

"초헌(初獻)을 드리라."

ᄒᆞ거ᄂᆞᆯ, 쥬쳥되 슐을 올녀 한결ᄀᆞᆺ치 믈 드린 ᄡᅥ로 의ᄎᆞᄒᆞ여 굴너 젼ᄒᆞ여 궤연 우히 공샹(供上)ᄒᆞ고, 무ᄋᆡ지 찬(讚)ᄒᆞ여 니ᄅᆞ되,

"무릇 슐이란 쟈는 아ᄅᆞᆷ다온 마시라 닐ᄏᆞᆺ는디, 지어내기ᄅᆞᆯ 쇼강(少康)으로 븟허 난지라. 임의 오뎨(五齊)의 경영ᄒᆞ여 ᄯᅩᄒᆞᆫ 륙믈(六物)의 고로게 ᄒᆞᆫ지라. 샹빈(上賓)을 놉혀 【49】 례졀을 일우고, 지덕(至德)을 보와 ᄡᅥ 깃브믈 엇는지라. 잔을 ᄢᅵᄉᆞ며 디[盞臺]ᄅᆞᆯ 날녀 공경ᄒᆞ여 ᄡᅥ 쵸헌ᄒᆞᆫ다."

ᄒᆞ며 모든 풍악이 일졔히 니러나니, 쟝ᄎᆞᆺ 엇지 된고? 하회의 분ᄒᆡᄒᆞ라.

40

견도연셩경쇽안 웅호조취반션종
遣道演成驚俗眼 雄狐造就返仙踪

지셜, 무익지 쥬찬(酒讚)을 송(誦)ᄒᆞ여 맛ᄎᆞ미, 징과 북이 졉응ᄒᆞ더니, 방울쇼릭 나미 즉시 그치고 슈단ᄉᆞ지 ᄯᅩ ᄉᆞ지져 니ᄅᆞᄃᆡ,

"슐을 쵸헌ᄒᆞ여시【50】니 봉우ᄉᆞᄌᆞ는 가무로 권ᄒᆞ라."

ᄒᆞ미, ᄉᆞ쥭 쇼릭 니러나며 ᄉᆞ기 무녜 셔셔히 즁뎡(中庭)의 나려셔고, 바라 쇼릭 나ᄂᆞᆫ 곳의 여젼이 반렬을 난호와 한 ᄎᆞ례 츔추고, 슈단ᄉᆞ지 ᄯᅩ ᄉᆞ지져 니ᄅᆞᄃᆡ,

"슐을 임의 드려시니 연셕(筵席) 마ᄐᆞᆫ 자ᄂᆞᆫ 찬슈(饌需)를 올니라."

ᄒᆞ거ᄂᆞᆯ, 쥬쳥ᄃᆡ 찬슈를 밧들고 인ᄎᆞᄒᆞ여 무익ᄌᆞᄀᆡ 드려 궤연(几筵)의 공샹(供上)ᄒᆞ고, 풍악이 니러나며 졀ᄎᆞ를 ᄎᆞ례로 거ᄒᆡᆼᄒᆞ미, 슈단ᄉᆞ지 ᄯᅩ ᄉᆞ지져 니ᄅᆞᄃᆡ,

"봉우ᄉᆞᄌᆞᄂᆞᆫ 니러나 츔추며 찬슈를 권ᄒᆞ라."

ᄒᆞ니, ᄉᆞ기 무【51】녜 여젼이 나려 셔셔 츔추고 바라 쇼릭 나며 즉시 긋치고 각기 침궁의 드러가 잠간 휴식ᄒᆞ니, 오작 니영과 진옥 등은 각항 법긔를 슈습ᄒᆞ고, 호위ᄒᆞᄂᆞᆫ 사ᄅᆞᆷ들은 밧긔 잇셔 슌ᄒᆡᆼᄒᆞ니 이거ᄉᆞᆫ 뎨일일 의졀이라. 찬송ᄒᆞᄂᆞᆫ 의졔(儀制)와 가무(歌舞)ᄒᆞᄂᆞᆫ 졀치 ᄯᅩᄒᆞᆫ 날마다 시로 지어 신긔(新奇)치 아니미 업ᄉᆞ니, 관광ᄒᆞᄂᆞᆫ 사ᄅᆞᆷ들이 보기를 게으ᄅᆞ지 아니ᄒᆞ고, 드ᄅᆞ니 ᄎᆞ야의 렴구(焰口)를 방(放)ᄒᆞᆫ다 ᄒᆞ미, 필연 별노 의취(意趣) 잇다 ᄒᆞ여 엇지 즐겨 놋치리오. 졔【52】졔히 물니여 잇셔 벙벙이 기다리더니, 하ᄂᆞᆯ이 쟝ᄎᆞᆺ 어두미 임의 ᄉᆞ층 방옥과 각쳐 문 욺히 각식 등쵹이 휘황ᄒᆞ여 ᄇᆞᆰ기 빅쥬(白晝) ᄀᆞᆺ고 쵸경(初更)의 니ᄅᆞ러 문쇽의셔 한마ᄃᆡ 북쇼릭의 셰악(細樂) 쇼릭 층층이 젼ᄒᆞ여 나오며 이러ᄐᆞ시 숨ᄎᆞ의 뇌고(擂鼓) 삼통(三通)ᄒᆞ며, 즁인이 무익ᄌᆞ와 요화로 ᄀᆞᆺ치 인도ᄒᆞ여 욺흐로 나아와 각기 즁간 좌우의 안ᄌᆞ미, 바라 쇼릭의 풍악이 다시 동ᄒᆞ며, 무익지 쇼릭를 놉혀 단의 나리ᄂᆞᆫ 시(詩)를 송ᄒᆞ여 니ᄅᆞᄃᆡ【53】

본무번뇌슉샹침(本無煩惱孰相侵)가
호귀익구긔션심(狐鬼哀求起善心)이라
조취인지개예포(造就人材開藝圃)오
칙샹얼치하금침(責償孽債下金針)이라

본ᄃᆡ 번뇌ᄒᆞᆫ 거시 업ᄉᆞ미 뉘 셔로 침노ᄒᆞᆯ고
녀호 귀신이 슬피 구ᄒᆞ미 션심(善心)을 니ᄅᆞ혀리라
인지를 샹취(嘗取)ᄒᆞ미 예포를 여럿고
얼치(孽債)를 칙샹(責償)ᄒᆞ미 금침(金針)을 나렷더라

닙년위젹홍진료(廿年委積紅塵擾)오
ᄎᆞ야응년고히침(此夜應憐苦海沉)이라
쟝득션령다묘슐(杖得仙靈多妙術)ᄒᆞ니
텬쟝변쇄작감림(天漿遍洒作甘霖)이라

ᄉᆞ무 ᄒᆡ의 홍진번요(紅塵煩擾)ᄒᆞᆫᄃᆡ 바려 잇셧고
이 밤의 고히(苦海)의 잠긴 거ᄉᆞᆯ 벅벅이 슬허ᄒᆞ리라
션령(仙靈)을 집허 어드미 묘슐(妙術) 만호니
하ᄂᆞᆯ 쟝(漿)을 두루 ᄲᅮ려 감림(甘霖)을 드렷더라.

념ᄒᆞ기를 맛ᄎᆞᄆᆡ 북과 경쇠와 각항 법긔를 【54】 한 ᄎᆞ례 치고, 졔셩(齊聲)ᄒᆞ여 대비쥬(大悲咒) 일편을 념ᄒᆞ고, 요홰 홀노 고왕관음경(高王觀音經) 일편을 송ᄒᆞ고, 녀악 무리 ᄉᆞ쥭(絲竹)으로 ᄡᅧ 화답ᄒᆞ며 송ᄒᆞ여 맛ᄎᆞᄆᆡ, 승니배 ᄯᅩ 니어 «금강경金剛經»과 «밀다심경密多心經»을 송ᄒᆞ여 맛ᄎᆞᄆᆡ, 인ᄒᆞ여 법긔를 두ᄃᆞ리며 량편의 승니배 ᄯᅩ «십왕경十王經»과 «계옥쥬啓獄咒»를 송ᄒᆞ며, 다만 보니 무ᄋᆡ지 좌의 잇셔 사ᄅᆞᆷ으로 더브러 문답ᄒᆞᄂᆞᆫ 모양 ᄀᆞᆺᄐᆞ니, 대개 아신과 교랑이 와셔 명을 쳥ᄒᆞᄂᆞᆫ 연괴라. 보ᄂᆞᆫ 사ᄅᆞᆷ은 다 ᄭᆡᄃᆞᆺ지 못ᄒᆞ 【55】 고 한ᄎᆞᆷ이 못ᄒᆞ여 경문을 ᄀᆞᆷ긔 맛ᄎᆞᄆᆡ, 슈단ᄉᆞ지 ᄯᅩ ᄭᅮ지져 니ᄅᆞᄃᆡ,

"망혼(亡魂)을 계쳥(啓請)ᄒᆞ라."

ᄒᆞ니, 량편의 승니배 일졔히 방울을 흔들며 바라를 움즉여 원근의 쇼릐가 들니고 이 ᄯᅢᄂᆞᆫ 임의 반야(半夜)가 된지라. 졈졈 음풍이 니러나며 촉광이 희미ᄒᆞ더니, 다만 드ᄅᆞ니 승인(僧人) 쵸엽이 쇼릐를 놉혀 ᄃᆡ신 베푸러 니ᄅᆞᄃᆡ,

"창연극셩산유도보졔션단쥬단(彰演穀城山遺道普濟仙壇主壇) 무ᄋᆡᄌᆞᄂᆞᆫ 뎨ᄌᆞ 요화를 거나리고 망령(亡靈) 칙봉하남싱번왕(勅封河南省藩王)을 계쳥ᄒᆞ여 션단(仙壇) 【56】 의 니ᄅᆞ러 부록(符籙)을 바드라."

ᄒᆞ고, 무ᄋᆡ지 좌의 잇셔 보니, 한 뭉치 흑긔가 굴너 단으로 드러오며 교랑이 뒤흘 ᄯᆞ라 닛그러 좌젼(座前)의 니ᄅᆞᄆᆡ, 요홰 년망히 좌의 나려 법복을 벗고 일신의 호쇼(縞素)를 닙고, 쥬쳥ᄃᆡ 미리 빈셕(拜席)을 겻히 ᄭᆞ랏ᄂᆞᆫ지라. 요홰 즉시 빈셕 우희 부복ᄒᆞ여 호도ᄋᆡ곡(號啕哀哭)ᄒᆞ며, 무ᄋᆡ지 숀으로 ᄆᆞᆰ은 물을 잡아 단 아릐 ᄲᅮ리며 낭연이 송ᄒᆞ여 니ᄅᆞᄃᆡ,

뎨ᄌᆞ참죠국난빈(帝子慘遭國難頻)ᄒᆞ니
【57】 신동록ᄌᆞ작슈진(身同鹿子作饈珍)이라
슈지음월[얼]여산젹(須知淫孽如山積)이니
죵ᄎᆞ환진반ᄌᆞ신(從此還眞返紫宸)이라

뎨실 ᄌᆞ숀으로 참혹히 국난을 만나기를 ᄌᆞ죠 ᄒᆞ여시니
몸이 ᄉᆞ슴과 ᄀᆞᆺ치 진쉬(珍羞)되엿더라
모름즉이 알괘라 음월[얼](淫孽)이 산ᄀᆞᆺ치 ᄡᅡ혀시니
일노 죠ᄎᆞ 진경을 돌녀 ᄌᆞ신(紫宸)으로 드러가더라

드ᄃᆡ여 니ᄅᆞᄃᆡ,

"가히 부록(符籙)을 젼ᄒᆞ라."

ᄒᆞ니 승인 쵸엽 등이 부록을 가지고 고셩ᄒᆞ여 낭송ᄒᆞᄃᆡ, 보졔단쥬(普濟壇主) 무ᄋᆡᄌᆞᄂᆞᆫ 공순히 황셕션ᄉᆞ(黃石仙師)의게 부록을 쳥득(請得)ᄒᆞ여 칙봉하남싱번왕쥬샹순(勅封河南省藩王朱常洵)의게 붓치여 거두게 ᄒᆞ라 ᄒᆞ고, 아릐 머리의 니고(尼姑) 쇼란 등이 니어 송ᄒᆞ여 니ᄅᆞᄃᆡ,

"이 부록 【58】 은 널니 삼계(三界) 신기[지](神祇)긔 고ᄒᆞ여 유혼을 졔도ᄒᆞ여 일즉 인셰의 나게 ᄒᆞᄂᆞᆫ 거시니, 한갈ᄀᆞᆺ치 부록을 죠ᄎᆞ 시힝ᄒᆞ라."

ᄒᆞ고 웃머리 승인이 부록을 가져 쇼화ᄒᆞᄆᆡ, 무ᄋᆡ지 보니 져 흑긔 뭉치가 부록을 지고 셔편으로 향ᄒᆞ여 굴너가ᄆᆡ, 아신이 겻히 잇다가 닛그러 가고, 요화ᄂᆞᆫ 곡배ᄒᆞ며 보내더라.

기여(其餘) 망령(亡靈)의 단(壇)의 니ᄅᆞᄂᆞᆫ 졀ᄎᆞᄂᆞᆫ 이왕 ᄀᆞᆺ치ᄒᆞ니, 거듭 말 아니ᄒᆞ고, 동편 쵸엽 무리 ᄯᅩ 송ᄒᆞ여 니ᄅᆞᄃᆡ,

"망령번비셔시낭낭(亡靈藩妃徐氏娘娘)을 계쳥(啓請) 【59】 ᄒᆞ여 단의 니ᄅᆞ러 부록을 바드라."

ᄒᆞ니 무ᄋᆡ지 보ᄆᆡ 교랑이 셔시(徐氏)와 악미(萼梅)를 닛글고 ᄯᆞ라 단의 오ᄆᆡ, 무ᄋᆡ지 물을 ᄲᅮ리며 낭송ᄒᆞ여 니ᄅᆞᄃᆡ,

하슈질투ᄉᆞ긔모(何須嫉妬機謀)ᄒᆞ야
왕히방인쇼원우(枉害旁人訴怨尤)오
령득병광죠참독(贏得病狂遭慘毒)이니
쳔ᄃᆡ오열샹몽쉬(泉臺嗚咽尙蒙羞)라

엇지 질투ᄒᆞ여 긔모(機謀)를 부려
부ᄌᆞ럽시 방인(旁人)을 히ᄒᆞ여 원망ᄒᆞ고 탓 되ᄂᆞᆫ 거술 하쇼연ᄒᆞᆫ고
밋친 병으로 ᄎᆞᆷ독(慘毒)ᄒᆞᆫ 거술 만나미 넉넉ᄒᆞ니
쳔ᄃᆡ(泉臺)의 오열ᄒᆞ여 오히려 붓그러오믈 닙엇더라

승니ᄇᆡ 여젼히 부록을 가져 쇼화(消火)ᄒᆞᄆᆡ, 무ᄋᆡ지 보니 셔시 악ᄆᆡ와 ᄀᆞᆺ치 흔연ᄒᆞ여 ᄯᅳᆺ을 엇고 가【60】ᄂᆞᆫ지라. 요홰 희허(欷歔)ᄒᆞ며 배송ᄒᆞ고, 동편 승인이 ᄯᅩ 송ᄒᆞ여 니ᄅᆞᄃᆡ,

"망령칙봉순란번비죠시군부인(亡靈勅封殉難藩妃趙氏君夫人)을 계청ᄒᆞ여 단의 니ᄅᆞ러 부록을 바드라."

ᄒᆞ니, 무ᄋᆡ지 보ᄆᆡ 금동(金童)과 옥녀(玉女) 죠시ᄅᆞᆯ 인도ᄒᆞ고 ᄯᅩ 뒤ᄒᆡ 한 녀ᄌᆞ ᄯᆞ라오며 웃ᄂᆞᆫ 얼골이 가히 움길 만ᄒᆞᆫ지라. 무ᄋᆡ지ᄅᆞᆯ 향ᄒᆞ여 옷기슬 념의거ᄂᆞᆯ, 무ᄋᆡ지 ᄲᆞᆯ니 니러 회례ᄒᆞ고 고셩(高聲)ᄒᆞ여 창ᄒᆞ여 니ᄅᆞᄃᆡ,

졀렬죵ᄅᆡ흠귀신(節烈從來欽鬼神)ᄒᆞ니
【61】하슈부록위쥬륜(何須符籙衛朱輪)가
텬츄죠두류휘원(千秋俎豆流徽遠)ᄒᆞ니
차젼응츄뎨일인(此傳應推第一人)이라

졀렬(節烈)ᄒᆞᆫ 거시 죵ᄅᆡ 귀신이 공경ᄒᆞ니
엇지 부록으로 쥬륜(朱輪) 호위ᄒᆞ기ᄅᆞᆯ 기다리랴
텬츄 죠두(俎豆)의 아름다온 거시 흐ᄅᆞ기ᄅᆞᆯ 먼니 ᄒᆞ여시니
이 ᄎᆡᆨ 가온ᄃᆡ 벅벅이 뎨 일인으로 밀월너라

송ᄒᆞ여 맛ᄎᆞᄆᆡ 녀악을 움죽여 보내니 죠시 ᄯᅩ 옷기슬 념의며 배ᄉᆞᄒᆞ거ᄂᆞᆯ, 무ᄋᆡ지 ᄯᅩᄒᆞᆫ 회례(回禮)ᄒᆞ고, 죠시 다시 요화ᄅᆞᆯ 향ᄒᆞ여 숀을 드러 물너가ᄆᆡ, 요홰 부복ᄒᆞ여 배송ᄒᆞ고, 동편 승인이 ᄯᅩ 송ᄒᆞ여 니ᄅᆞᄃᆡ,

"망령번왕귀비한시부인(亡靈藩王貴妃韓氏夫人)을 계청ᄒᆞ여 단의 니ᄅᆞ러 부록을 바드라."

ᄒᆞ니, 무ᄋᆡ지 보ᄆᆡ,【62】교랑이 한시ᄅᆞᆯ 닛그러 오니, 요홰 겻ᄒᆡ 잇다가 업ᄃᆡ여 ᄋᆡ통ᄒᆞ고, 한시 ᄯᅩᄒᆞᆫ ᄌᆞ로 도라보며 눈믈을 흘니더라. 무ᄋᆡ지 숀으로 믈을 가져 ᄲᅮ리고, 고셩(高聲) 낭송ᄒᆞ여 니ᄅᆞᄃᆡ,

일등이결량두과(一籐已結兩頭瓜)ᄒᆞ니
ᄒᆡᆼ미슈풍권류시(行未隨風捲柳斜)라
삼쳥ᄅᆡ장류약식(三請來莊留弱息)ᄒᆞ야
면교허[구]구압니사(免敎久久壓泥沙)라

한 등걸의 임의 두 머리의 가 ᄆᆡᆺ치여시니
다ᄒᆡᆼ이 바ᄅᆞᆷ을 ᄯᆞ라 버들 쳐로 빗기지 아니터라
세 번 쳥ᄒᆞ여 쟝샹의 와셔 약ᄒᆞᆫ 녀식을 머믈너
가ᄅᆞ쳐 허구히 니토(泥土)의 눌니믈 면케 ᄒᆞ더라

승니배 여젼이 부록을 쇼화ᄒᆞ니 한시 부록【63】을 엇고 흔연이 머리ᄅᆞᆯ 죠아 샤례ᄒᆞ고, ᄯᅩ 요화ᄅᆞᆯ 도라 보고 졈두ᄒᆞ며 눈믈을 가리고 가거ᄂᆞᆯ, 요홰 ᄯᅩᄒᆞᆫ 곡읍비송(哭泣拜送)ᄒᆞ고 동편 승인이 ᄯᅩ 송ᄒᆞ여 니ᄅᆞᄃᆡ,

"망령샹십ᄉᆞ장공쥬부마쥬군좌(亡靈尙十四長公主駙馬周君佐)ᄅᆞᆯ 계쳥ᄒᆞᆫ다 ᄒᆞ니, 무ᄋᆡ지 보ᄆᆡ 교랑이 군좌ᄅᆞᆯ 닛그러 오거ᄂᆞᆯ 무ᄋᆡ지 믈을 가져 ᄲᅮ리며 고셩 낭송ᄒᆞ여 니ᄅᆞᄃᆡ

션군탁톄호ᄌᆡᄇᆡ(羨君托體好栽培)ᄒᆞ니
블ᄋᆡ난ᄃᆡᄋᆡ쵸ᄃᆡ(不愛蘭臺愛楚臺)라
【64】션ᄐᆡᆨ유여류일션(先澤有餘留一線)이어ᄂᆞᆯ
험ᄉᆞ우ᄎᆞ졀근ᄒᆡ(險些于此絶根荄)라

블워ᄒᆞᄂᆞ니[473] 그ᄃᆡ가 몸 의탁ᄒᆞᆫ 거시 죠히 ᄇᆡ식ᄒᆞ여시니
란ᄃᆡ(蘭臺)ᄂᆞᆫ ᄉᆞ랑치 아니코 [초]ᄃᆡ(楚臺)ᄅᆞᆯ 사랑ᄒᆞ더라
션인(先人)의 은ᄐᆡᆨ이 유여ᄒᆞ여 한 실마리ᄅᆞᆯ 머무럿거ᄂᆞᆯ
험ᄒᆞ다 여긔셔 근본이 ᄭᅳᆫ허질 번 ᄒᆞ여시리라

승니ᄇᆡ 여젼이 부록을 쇼화ᄒᆞᄆᆡ, 쥬군좌ㅣ 부록을 어더가지고 머리ᄅᆞᆯ 죠아 샤례ᄒᆞ고, 몸을 돌나 ᄯᅩ 요화의게 샤례ᄒᆞ니 아신이 닛그러 가거ᄂᆞᆯ, 요홰 눈믈을 가리며 비송ᄒᆞ고 즉시 니러나 무ᄋᆡᄌᆞᄅᆞᆯ 향ᄒᆞ여 고두ᄒᆞ니, 무ᄋᆡ지 슈단ᄉᆞᄌᆞ로 ᄒᆞ여곰 붓드러 좌의 드리고, 동편 승인이 ᄯᅩ 송

473)【블워ᄒᆞ다】동 부러워하다 ¶ 羨 ‖ 블워ᄒᆞᄂᆞ니 그ᄃᆡ가 몸 의탁ᄒᆞᆫ 거시 죠히 ᄇᆡ식ᄒᆞ여시니 란ᄃᆡᄂᆞᆫ ᄉᆞ랑치 아니코 [초]ᄃᆡᄅᆞᆯ 사랑ᄒᆞ더라 (羨君托體好栽培, 不愛蘭臺愛楚臺.) <瑤華 21:63>

ᄒᆞ여 니ᄅᆞᄃᆡ,

"망령쥬가ᄌᆞᄆᆡ(亡靈周家姊妹)ᄅᆞᆯ 계청ᄒᆞᆫ다."

ᄒᆞ거ᄂᆞᆯ, 무ᄋᆡ지 【65】 보니 교랑이 쥬문란과 치란을 닛그러 오니, 량ᄀᆡ 녀귀(女鬼) ᄒᆞᆷ긔 ᄉᆞᄆᆡᄅᆞᆯ 드러 낫ᄎᆞᆯ 가렷ᄂᆞᆫ지라. 무ᄋᆡ지 물을 가져 ᄲᅮ리고 고셩 낭송ᄒᆞ여 니ᄅᆞᄃᆡ,

량지션염호긔파(兩枝鮮艷好奇葩)ᄅᆞᆯ
경방류봉입강ᄉᆞ(輕放遊蜂入絳紗)오
손각방명쇼각분(損却芳名消却粉)ᄒᆞ니
슈용개혁불슈치(羞容改革不須遮)라

두가지 션연ᄒᆞᆫ 죠흔 긔이ᄒᆞᆫ ᄭᅩᆺ출
가배야이 노ᄂᆞᆫ 벌을 노와 강ᄉᆞ장(絳紗帳)으로 드러오게 ᄒᆞ엿ᄂᆞᆫ고
ᄭᅩᆺ다온 일홈을 손(損)ᄒᆞ여 바리고 지분(脂粉)가지 술와 바려시니
븟그러온 얼굴이 곳쳐 되여시ᄆᆡ 모롬즉이 가리지 말지라

승니배 여젼이 부록을 쇼화ᄒᆞᄆᆡ 량ᄀᆡ 녀귀 부록을 엇고 븟그러온 낫ᄎᆞ로 믈너가더라.

동편 승 【66】 인이 ᄯᅩ 송ᄒᆞ여 니ᄅᆞᄃᆡ,

"후부쟝ᄉᆞ츄승병부거가ᄉᆞ랑즁망혼기슈박(侯府長史推陞兵部車駕司郎中亡靈祁守璞)은 단의 니ᄅᆞ러 부록을 바드라."

ᄒᆞ니, 무ᄋᆡ지 보ᄆᆡ, 교랑이 하향을 닛글고 니ᄅᆞ러 즉시 ᄭᅮ러 안거ᄂᆞᆯ, 무ᄋᆡ지 ᄆᆞᆰ은 믈을 ᄲᅮ리며 고셩 찬탄ᄒᆞ여 니ᄅᆞᄃᆡ,

계군학입가츄존(鷄群鶴立可推尊)인ᄃᆡ
황시연구보국은(況是捐軀報國恩)가
ᄌᆞ유구즁반악ᄐᆡᆨ(自有九重頒渥澤)이니
무슈부록호분돈(無須符籙護墳墩)이라

닭의 무리의 학이 셔셔 가히 츄존(推尊)ᄒᆞᆯ 터인ᄃᆡ
ᄒᆞ믈며 몸을 바려 국은을 갑흐미냐
스ᄉᆞ로 구즁(九重)의셔 져존 은ᄐᆡᆨ을 반샤(頒賜)ᄒᆞ실지니
모롬즉이 부록[474]으로ᄡᅥ 무덤을 호위ᄒᆞ미 업ᄉᆞ리라

【67】 무ᄋᆡ지 찬탄을 맛치ᄆᆡ 풍악을 움즉여 셔로 보내니 하향이 ᄌᆡ배ᄒᆞ며 고두ᄒᆞ고 가더라.

동편 승인이 ᄯᅩ 송ᄒᆞ여 니ᄅᆞᄃᆡ,

"후부륙품직함쟝ᄉᆞ망혼필슈진(侯府六品職銜長史亡靈畢守珍)은 단의 니ᄅᆞ러 부록을 바드라."

ᄒᆞ니, 무ᄋᆡ지 보ᄆᆡ 교랑이 도홍을 닛그러 단의 니ᄅᆞ니, 녀윈 형샹과 마른 얼굴노 감히 머리ᄅᆞᆯ 드지 못ᄒᆞ고, 맛ᄎᆞᆷ내 스ᄉᆞ로 ᄭᅮ러 업ᄃᆡ거ᄂᆞᆯ, 무ᄋᆡ지 믈을 ᄲᅮ리며 고셩 낭송ᄒᆞ여 니ᄅᆞᄃᆡ,

하ᄉᆞ경령임곤피(何事精靈恁困疲)오
【68】 홍군향최입심비(紅裙香最人心肥)라
미인황토누누시(美人黃土壘壘是)니
불신음혼금샹치(不信淫魂今尙痴)라

무ᄉᆞᆫ 일노 경령이 져러ᄐᆞᆺ 곤핍ᄒᆞ냐?
븕은 치마의 향내가 가쟝 심폐(心肺)의 드러오더라
미인의 황퇴(黃土) 누누ᄒᆞᆫ 거시 다 그러ᄒᆞ니
밋지 못ᄒᆞᆯ지라 음혼이 오히려 어리셕더라.

송ᄒᆞ믈 맛치ᄆᆡ, 승니ᄅᆞᆯ 향ᄒᆞ여 니ᄅᆞᄃᆡ,

"가히 이 부록을 가지고 쇼혼(消魂)ᄒᆞᄂᆞᆫ 마을의 이송ᄒᆞ여 쳐치케 ᄒᆞ라."

쵸엽과 류지 등이 모다 ᄋᆞᇁ흐로 와 면(免)ᄒᆞ여 쥬기ᄅᆞᆯ 구ᄒᆞᄃᆡ, 무ᄋᆡ지 노ᄒᆞ믈 오히려 풀지 아니ᄒᆞ거ᄂᆞᆯ, 요홰 ᄯᅩ 쇼란과 니운 등으로 ᄀᆞᆺ치 간쳥ᄒᆞ여 비로소 요ᄃᆡ(饒待)ᄒᆞ믈 엇고, 쵸엽 등이 비로소 부록을 술 【69】 오ᄆᆡ, 도홍이 다만 혼침ᄒᆞ여 아신의게 븟들녀 가더라.

474) 【符籙】 【符錄 부록】 fúlù <名> 符, 取信也; 籙, 圖讖之類。(博文 西廂 120) [부루] 부록 *道士所畫的一種圖形或線條, 道教認爲可以驅使鬼神、給人帶來禍福, 迷信的人認爲它有很大的魔力。 ‖ "自有九重頒渥澤, 無須～護墳墩." 스ᄉᆞ로 구즁의셔 져존 은ᄐᆡᆨ을 반샤ᄒᆞ실지니 모롬즉이 부록으로 ᄡᅥ 무덤을 호위ᄒᆞ미 업ᄉᆞ리라 (瑤華 21:66) ▼부작 ‖ "父親不必多慮, 待孩兒死了來與父親看, 只怕這幾箇字兒比遣將～更靈." 부친은 의심 마ᄅᆞ시고 ᄒᆡᄋᆡ의 ᄒᆞᄂᆞᆫ 양을 보쇼셔 부작도곤 더옥 녕ᄒᆞ리이다 (平山 3:8)

동편 승인이 ᄯᅩ 숑ᄒᆞ여 니ᄅᆞᄃᆡ,

"후부향군망혼고ᄉᆞ미(侯府鄕君亡魂顧斯媚)는 단의 니ᄅᆞ러 부록을 바드라."

ᄒᆞ니, 무ᄋᆡ지 보ᄆᆡ, 교랑이 ᄆᆡ영을 닛그러 와 무ᄋᆡᄌᆞ롤 향ᄒᆞ여 고두ᄒᆞ거놀, 무ᄋᆡ지 믈을 ᄲᅮ리며 낭숑ᄒᆞ여 니ᄅᆞᄃᆡ,

형쟝이탈영란류(形將離脫影難留)ᄒᆞ니
아의샹긔공일류(我意相期共一流)러니
부도ᄉᆞᄆᆡ션인거(不道邪魔先引去)ᄒᆞ야
【70】 고교졍ᄇᆡᆨ막능슈(故教精魄莫能收)라

형톄가 쟝ᄎᆞᆺ 버셔나ᄂᆞᆫᄃᆡ 그림ᄌᆞᄂᆞᆫ 머믈기 어려오니

내 ᄯᅳᆺ이 셔로 긔약ᄒᆞ기롤 홈긔 한 류(流)가 되리라 ᄒᆞ더니

부도ᄒᆞᆫ ᄉᆞᄆᆡ(邪魔) 몬져 닛그러 가셔

진짓 졍ᄇᆡᆨ(精魄)을 가ᄅᆞ쳐 능히 거두지 못홀너라

승니배 부록을 쇼화ᄒᆞ니, ᄆᆡ영이 거두어 가지고 지삼 고두ᄒᆞ고 니러 나가거놀, 요홰 ᄆᆡ영으로 더브러 셔로 ᄃᆡᄒᆞ여 희허ᄒᆞ고, 비로소 아신과 ᄀᆞᆺ치 가더라.

동편 승인이 ᄯᅩ 숑ᄒᆞ여 니ᄅᆞᄃᆡ

"후부궁녀망혼(侯府宮女亡魂) 구쇼셤과 나환ᄋᆞᆫ 단의 니ᄅᆞ러 부록을 바드라."

ᄒᆞ니, 무ᄋᆡ지 보ᄆᆡ 교랑이 닛그러 단의 니ᄅᆞᄆᆡ, 일졔히 ᄭᅮ러 업ᄃᆡ거놀, 무ᄋᆡ지 믈을 ᄲᅮ리며 낭숑ᄒᆞ여 니ᄅᆞᄃᆡ, 【71】

향혼부려우ᄉᆞ동(香魂不與藕絲同)ᄒᆞ니
단후난련약셜융(斷後難連若雪融)이라
ᄌᆞ미심쟝하급급(滋味深長何急急)고
가련ᄉᆡᆨ샹량셩공(可憐色相兩成空)이라

향혼(香魂)이 련실노 더브러 ᄀᆞᆺ지 못ᄒᆞ니

ᄭᅳᆫ허진 후의 련(連)ᄒᆞ기가 어려워 눈과 ᄀᆞᆺ치 녹더라

ᄌᆞ미가 깁고 긴ᄃᆡ 엇지 급급히 ᄒᆞ엿ᄂᆞ냐

가히 어엿부다 ᄉᆡᆨ과 형샹이 두 가지가 빈 거술 일워엿더라.

승니배 부록을 쇼화ᄒᆞᄆᆡ, 쇼셤과 환이 바다 가지고 흔연이 무ᄋᆡᄌᆞ와 요화롤 향ᄒᆞ여 지삼 고두ᄒᆞ고, 아신을 ᄯᆞ라 가더라.

동편 승인이 ᄯᅩ 숑ᄒᆞ여 니ᄅᆞᄃᆡ,

"후부궁녀망혼셜비봉(侯府宮女亡魂薛比鳳)은 단의 니ᄅᆞ러 부록을 바드라."

ᄒᆞ니, 무ᄋᆡ지 보ᄆᆡ 교랑이 닛그러 니【72】ᄅᆞᄆᆡ, 비봉이 좌젼(座前)을 향ᄒᆞ여 ᄡᅡᆼ슬(雙膝)을 ᄭᅮᆯ며 고쵸롤 니긔지 못ᄒᆞᄂᆞᆫ 형상이 잇ᄂᆞᆫ지라. 무ᄋᆡ지 믈을 ᄲᅮ리며 낭숑ᄒᆞ여 니ᄅᆞᄃᆡ,

풍류낙ᄉᆞ녀우가(風流樂事女尤佳)ᄒᆞ니
쇼득츈졍챵만회(消得春情暢滿懷)라
긔ᄌᆞ유릐방과식(飢者由來方過食)이니
졍마능고여형히(情魔能槁汝形骸)라

풍류의 즐거온 일이 계집이 더옥 아름다오니

츈정을 ᄉᆞ라 어드ᄆᆡ 쾌챵ᄒᆞ여 심회가 ᄎᆞ더라

쥬린 지 말ᄆᆡ암아 오ᄆᆡ 과히 먹ᄂᆞᆫ 거술 막을지니

졍의 마귀가 능히 네 형히롤 마르게 ᄒᆞ더라.

승니배 부록을 쇼화ᄒᆞᄆᆡ, 비봉이 거두어 가지고 아신을 ᄯᆞ라 가더라.

동편 승인이 ᄯᅩ 숑ᄒᆞ여【73】니ᄅᆞᄃᆡ,

"번부령ᄉᆞ부ᄉᆞ관ᄉᆞ태감궁녀졔남부망혼(藩府令史副史管事太監宮女諸男婦亡魂)은 일병(一竝) 드러오라."

ᄒᆞ니, 무ᄋᆡ지 보ᄆᆡ 교랑이 일ᄃᆡ(一隊) 귀혼(鬼魂)을 거ᄂᆞ리고 졔졔(齊齊)히 단하(壇下)의 ᄭᅮᆯ거놀, 무ᄋᆡ지 믈을 가져 두로 ᄲᅮ리고 낭숑ᄒᆞ여 니ᄅᆞᄃᆡ,

션근시[션]근십년여(宣勤宣謹十年餘)ᄒᆞ니
긔유공부득ᄌᆞ여(豈有工夫得自如)아
위셜지연슈보여(爲設齋筵酬報汝)ᄒᆞ니
ᄌᆡᄉᆡᆼ구향호젼려(再生俱享好田廬)라

은근ᄒᆞᆫ 거술 베플고 근신ᄒᆞ믈 시힝ᄒᆞ여 십 년이 남아시니

엇지 공뷔 시러곰 스스로 ᄀᆞᆺᄐᆞ미 이시랴
위ᄒᆞ여 지계(齋戒)ᄒᆞᄂᆞᆫ ᄌᆞ리롤 베프러 너롤 갑하쥬니
다시 나믜 흠긔 죠흔 밧과 집을 누리게 ᄒᆞ라.

ᄒᆞ여곰 일홈을 안ᄎᆞ(按次)ᄒᆞ여 부록을 쥬게 ᄒᆞ니 【74】 승니빅 쇼화ᄒᆞ믹 모든 남부(男婦) 무리 각각 거두워 가지고 아신을 ᄯᅡ라가더라.

승인이 ᄯᅩ 송ᄒᆞ여 니ᄅᆞ딕,

"쟝샹을 보호ᄒᆞ다가 봉인(鋒刃)의 죽은 모든 망혼은 드러오라."

ᄒᆞ니, 교랑이 ᄯᅩ 일딕 귀혼을 거ᄂᆞ리고 일제히 단ᄒᆞ의 ᄉᆞᆯ거ᄂᆞᆯ, 무ᄋᆡ지 믈을 가져 두로 ᄲᅮ리며 낭송ᄒᆞ여 니ᄅᆞ딕,

비가셩리암심경(悲笳聲裏暗心驚)ᄒᆞ니
혈과도쳠결ᄉᆞᄉᆡᆼ(血裹刀尖決死生)이라
홀보젼휘졔함진(忽報前麾齊陷陣)ᄒᆞ니
【75】 삽시쳔리변시횡(霎時千里遍屍橫)이라

슬픈 호젹(胡笛) 쇼릐의 가마니 ᄆᆞ음이 놀나니
피로 칼ᄭᅳᆺ출 ᄡᆞᆺᄂᆞᆫ딕 ᄉᆞᄉᆡᆼ을 결단ᄒᆞ더라
홀연이 보ᄒᆞ딕 압션 긔치가 모다 진(陣)의 함몰ᄒᆞ여시니
삽시간의 쳔리(千里)의 시신 빗긴 거시 두로 ᄒᆞ더라.

승니배 안ᄎᆞᄒᆞ여 부록을 쇼화ᄒᆞ니 귀혼들이 각기 고두ᄒᆞ고 아신을 ᄯᅡ라가더라.

승인이 ᄯᅩ 송ᄒᆞ여 니ᄅᆞ딕,

"흉ᄒᆞ게 려역(癘疫)과 긔근(饑饉)을 만나 죽은 모든 망혼은 드러오라."

ᄒᆞ니, 아뢰 일제히 닛그러 단하의 ᄉᆞᆯ믹, 무ᄋᆡ지 물을 가져 두로 ᄲᅮ리고 낭송ᄒᆞ여 니ᄅᆞ딕,

긔근환련온역침(饑饉還連瘟疫侵)ᄒᆞ니
귀셩ᄉᆞ읍야침침(鬼聲四泣夜沈沈)이라
【76】 금쇼도이중싱셰(今消度尒重生世)ᄒᆞ니
면ᄉᆞ쳐기고불금(免使凄其苦不禁)이라

긔근이 도로혀 련ᄒᆞ고 온역이 침노ᄒᆞ여시니

귀신의 쇼릐 ᄉᆞ면으로 울며 밤이 침침ᄒᆞ더라

오늘 밤의 너의롤 거듭 졔도ᄒᆞ여 세샹의 나게 ᄒᆞ니
쳐쳐(凄凄)ᄒᆞᆫ 거시 괴로이 금치 못ᄒᆞᆯ 면케 ᄒᆞ노라.

승니빅 부록을 쇼화ᄒᆞ믹 귀혼이 각기 바다 가지고 흔연이 고두ᄒᆞ며 아신을 ᄯᅡ라가더라. 승인이 ᄯᅩ 송ᄒᆞ여 니ᄅᆞ딕,

"순졀의ᄉᆞ뉴슈하남부지휘천빅호운휘ᄉᆞ방희덕(殉節義士留守河南部指揮千百戶雲揮使龐希德) 망령은 단의 니ᄅᆞ러 부록을 바드라."

ᄒᆞ니, 무ᄋᆡ지 보믹 교랑이 일긔 긴 몸을 학ᄀᆞᆺ치 션 령혼(靈魂)을 닛글고 단의 니ᄅᆞ러 무ᄋᆡᄌᆞ롤 보고 한번 읍ᄒᆞ며 ᄯᅩ 요화롤 향ᄒᆞ여 한번 읍ᄒᆞ니, 단의 잇ᄂᆞᆫ 즁인이 각각 니러셔고 무ᄋᆡ지 믈을 가져 ᄲᅮ리며 낭송ᄒᆞ여 니ᄅᆞ딕,

오도거연임협ᄒᆡᆼ(吾道居然任俠行)인딕
군가병셩역분명(君家秉性亦分明)이라
발도죠젼셔츙의(拔刀助戰抒忠義)ᄒᆞ나
셕긔신망부령명(惜矣身亡負令名)이라

우리 도ᄂᆞᆫ 거연이 협긔(俠氣)롤 가져 ᄒᆡᆼᄒᆞᄂᆞᆫ딕
그딕의 집 셩픔 잡은 거시 ᄯᅩᄒᆞᆫ 분명ᄒᆞ더라
칼을 ᄲᆡ혀 싸홈을 도와 츙의롤 펴기ᄂᆞᆫ ᄒᆞ나
앗갑다 몸이 망ᄒᆞ여 아름다온 일홈을 져바린지라.

승니로 ᄒᆞ여곰 부록을 가져 쇼화케 ᄒᆞ고 ᄯᅩ 녀악 무리로 ᄒᆞ여곰 풍악 쇼릐로 보내게 ᄒᆞ니, 방희덕이 만면 쇼용(笑容)으로 고두 사례ᄒᆞ고 가믹, 아신이 인 【78】 도ᄒᆞ여 가더라. 승인이 ᄯᅩ 송ᄒᆞ여 니ᄅᆞ딕,

"순졀협녀방아의(殉節俠女龐雅宜) 망령은 단의 니ᄅᆞ러 부록을 바드라."

ᄒᆞ니, 교랑이 아진을 닛그러 단ᄒᆞ의 니ᄅᆞ러 ᄉᆞ러 안거ᄂᆞᆯ, 무ᄋᆡ지 요화와 ᄀᆞᆺ치 니러셔고

요화는 눈물이 흐르믈 면치 못ᄒᆞ더라. 무ᄋᆡ지 물을 가져 ᄲᅮ리고 낭송ᄒᆞ여 니ᄅᆞᄃᆡ,

규합량붕기로봉(閨閤兩朋岐路逢)ᄒᆞ니
의연반비긍샹죵(毅然返轡肯相從)이라
이쟝경렬명간담(已將貞烈明肝膽)ᄒᆞ니
【79】 취의셩인상적봉(取義成仁喪敵鋒)이라

규합(閨閤)의 어진 벗슬 이의 기로(岐路)의 셔 만나시니
굿세게 곳비롤 돌나 즐겨 셔로 좃더라
임의 경렬을 다져 간담을 붉혀시니
의롤 취ᄒᆞ고 어진 거술 일위여 도적의 칼의 상ᄒᆞ더라

승니로 ᄒᆞ여곰 부록을 쇼화ᄒᆞ고 녀악으로 ᄒᆞ여곰 ᄯᅩ 풍악쇼리로 보내게 ᄒᆞ니, 아진이 고두 ᄉᆞ례ᄒᆞ고 부록을 바드며 요화롤 향ᄒᆞ여 손을 드러 칭샤(稱謝)ᄒᆞ니, 요홰 더옥 비감ᄒᆞ믈 ᄭᅢ돗고 좌의 나와 먼리 보내니, 아신이 거ᄂᆞ리고 가더라. 승니배 ᄯᅩ 금강경과 밀다심경 각 일편을 풍숑(諷誦)ᄒᆞ고 맛치미, 슈단ᄉᆞ지 쇼리롤 놉혀 ᄡᅮ지져 니ᄅᆞᄃᆡ,

"렴누[구](焰口)롤 임의 맛쳐시니 죠ᄉᆞ(祖師)롤 빈숑(拜送)ᄒᆞ라."

ᄒᆞ미, 균쳔악(鈞天樂)을 알 【80】 외고, 무ᄋᆡ지 요화와 ᄀᆞᆺ치 니러 궤연(几筵) 옵히 니ᄅᆞ러 참비ᄒᆞ고 부복ᄒᆞ여 보내니 ᄉᆞ쥭셩(絲竹聲)과 죵경(鐘磬) 쇼리 일졔히 동ᄒᆞ며, 무ᄋᆡ지 니러셔미, 슈단ᄉᆞ지 ᄡᅮ지져 니ᄅᆞᄃᆡ,

"션ᄉᆞ(仙師)의 멍에[駕] 도라가셧시니 도쟝을 어셔 거드라."

ᄒᆞ거놀, 승니와 무녀비 징과 북을 일졔히 울니며 ᄯᅩ 한 지위롤 츔츄다가 홀연 한마디 방울 쇼리 나미, 각기 일졔히 물너 나아가니 이ᄯᅢ는 하놀이 임의 붉앗는지라. 왕쟝 우히셔 도쟝ᄒᆞ기롤 임의 맛ᄎᆞ시 【81】 니 다시 엇지ᄒᆞ엿는고? 하회롤 보와 분히ᄒᆞ라.

[요화젼 瑤華傳 권지이십이 卷之二十二]

41
무지망샹흥파랑 롱가셩진획죄근
無知妄想興波浪 弄假成眞獲罪愆

【1】 화셜 왕쟝 우희셔 도쟝(道場)을 맛치니 진옥 등이 각기 긔구롤 슈습ᄒᆞ미 삼ᄉᆞ 일을 분망ᄒᆞ더라. 즁인이 우연이 무러볼 일이 잇셔 무의ᄌᆞ의 곳의 니ᄅᆞ미 보지 못ᄒᆞᆯ지라. 각쳐로 ᄎᆞᄌᆞ니 요혜 니ᄅᆞ되,

"너의 무리ᄂᆞᆫ 반ᄃᆞ시 찻지 말나. ᄉᆞ뷔 임의 산으로 도라 가 계시니라."

즁인이 바야흐로 그만 【2】 잇더라.

지셜 왕쟝의셔 도쟝을 배셜ᄒᆞ미 원근(遠近)의셔 와 보ᄂᆞᆫ 쟈롤 엇지 쳔만의 비ᄒᆞ리오. 일을 맛친 후도 오히려 샹관 업ᄂᆞᆫ 사ᄅᆞᆷ들이 등뒤히셔 의론이 분분ᄒᆞ며 말ᄒᆞ기롤,

"져 집의 츌입ᄒᆞᄂᆞᆫ 인물이 개개히 슈미(秀美)치 아니ᄒᆞ니 업ᄉᆞ니 어내 곳의셔 져러ᄒᆞᆫ 이롤 ᄲᅢ셔[475] 모듸엿ᄂᆞ뇨?"

일인이 니ᄅᆞ되,

"져 집이 본ᄃᆡ 황가(皇家) 죵친이라. ᄆᆡ년의 남녀 간 ᄲᅢ셔 왕야(王爺)의 집 쇽의셔 ᄉᆞ역을 시기ᄆᆡ 그러므로 ᄲᅧ 져 모양으로 모혓ᄂᆞ니라."

ᄒᆞ고 ᄯᅩ 니ᄅᆞ 【3】 되,

"져긔 포진ᄒᆞᆫ 물건은 한가지도 션명치 아닌 거시 업더라."

ᄒᆞ니 ᄯᅩ ᄃᆡ답ᄒᆞ되,

"네 그쳐로 말ᄒᆞ니 말나. 져 무리 일동일졍(一動一靜)ᄒᆞᄂᆞᆫ 거시 도시 대내의 규모롤 본바드니, 엇지 그러치 아니ᄒᆞ랴."

ᄯᅩ 니ᄅᆞ되,

"우리 슈년 젼의 우리 친척되ᄂᆞᆫ 사ᄅᆞᆷ이 왕쟝(王庄) 쇽의 잇셔 무ᄉᆞᆫ 일노 지내여 보ᄆᆡ 쇠픽(衰敗)ᄒᆞᆫ 모양이 견ᄃᆡ기 어렵다 ᄒᆞ더니 엇지 ᄒᆞ여 져쳐로 졍졔히 되엿ᄂᆞ냐?"

ᄯᅩ ᄃᆡ답ᄒᆞ되,

"내 드ᄅᆞ니 공쥬 츌젼ᄒᆞ여 셩공ᄒᆞ고 도라온 후의 져러틋 슈졍(修整)이 되 【4】 엿ᄂᆞ니라."

ᄯᅩ 니ᄅᆞ되,

"내 드ᄅᆞ니 공쥐 일양 쟝샹의 잇다 ᄒᆞ더니 엇지 일족 문의 나아가 보왓ᄂᆞ냐?"

ᄯᅩ ᄃᆡ답ᄒᆞ되,

"임의 그러ᄒᆞ면 엇지 쟝샹이 쇠픽되여시랴."

ᄒᆞ더니 홀연 사ᄅᆞᆷ 총즁으로셔 한 사ᄅᆞᆷ이 ᄯᅱ여 나오며 니ᄅᆞ되,

"너의 무리 드ᄅᆞᆫ 바 말이 모다 쥰젹(準的)지 못ᄒᆞᆯ지라. 만일 근져(根底)[476]롤 알녀 ᄒᆞ면 날다려 무러보라."

겻히 잇ᄂᆞᆫ 사ᄅᆞᆷ이 니ᄅᆞ되,

"네가 ᄯᅩ 져 집 사ᄅᆞᆷ이 아니어든 엇지 근져(根底)롤 ᄌᆞ셔히 아ᄂᆞ냐?"

그 사ᄅᆞᆷ이 니ᄅᆞ되,

"렬위(列位)롤 쇽이미 아니라 젼년 【5】 의 져 쟝샹을 슈리ᄒᆞᆯ 젹의 내가 공쟝(工匠)을 거힝ᄒᆞ더니 져 집의 무ᄉᆞᆫ 령ᄉᆞ라 ᄒᆞᄂᆞᆫ 거시 져의 등이 공쥬 간릉(幹能)ᄒᆞ믈 칭찬ᄒᆞᄂᆞᆫ 고로 내가 비

475) 【ᄲᅢ다】 동 뽑다. 빼다. ¶ 挑 ‖ 져 집의 츌입ᄒᆞᄂᆞᆫ 인물이 개개히 슈미치 아니 ᄒᆞ니 업ᄉᆞ니 어내 곳의셔 져러ᄒᆞᆫ 이롤 ᄲᅢ셔 모듸엿ᄂᆞ뇨 (說他家走出來的人物, 無一個不秀美異常, 那裏挑得這樣齊集.) <瑤華 22:2>

476) 【근져】 명 근저(根底). ¶ 細底 ‖ 너의 무리 드ᄅᆞᆫ 바 말이 모다 쥰젹지 못ᄒᆞᆯ지라 만일 근져롤 알녀 ᄒᆞ면 날다려 무러보라 (你們所聞的話都沒有準確, 若要曉得細底, 除非問我.) <瑤華 22:4> ⇒ 20:66>

로소 아랏노라."

좌우의 듯던 사름이 둘너서며 니르듸,

"노형의 가르치믈 청ᄒᆞᄂᆞ니 져 공쥬 무슨 간릉이 잇다 ᄒᆞ더냐?"

그 사름이 니르듸,

"공쥬의 문문젼지(文武全材) 가진 거슨 중쇼공지(衆所共知)라. 그러므로 뻐 십륙셰 되는 희의 믄득 경략ᄉᆞ(經略使)를 봉ᄒᆞ고 무슨 반젹을 쵸멸ᄒᆞ고 ᄯᅩ 후작(侯爵)을 봉ᄒᆞ여시니 너의 무리 싱각ᄒᆞ여 보【6】라. 일기 녀ᄌᆞ 엇지 능히 져 모양 대관(大官)을 봉ᄒᆞ여시랴. 졔가 벼술을 어드믹 아오로 나셔지 아니ᄒᆞ고 집 속의 일기 챠환(叉鬟)이 잇는듸 공쥬로 더브러 면뫼 공교히 일양(一樣)이 된지라. 져의게 양(讓)ᄒᆞ여 벼술을 지내게 ᄒᆞ고 져는 일기 도고(道姑)를 ᄯᅡ라 션도(仙道)를 배호려 나가고 팔구년 만의 비로쇼 도라왓는 고로 ᄉᆡ로이 져 쟝ᄌᆞ(庄子)를 슈졍(修整)ᄒᆞ여 노와시니 이왕은 쟝샹 모양이 칠령팔락(七零八落)ᄒᆞ더니 져의 도라오므로 붓허는 챵괴 모다 ᄎᆞ고 ᄯᅩ 죠흔 뎐디를 만히 작만 ᄒᆞ【7】여시니 네 말ᄒᆞ라. 간릉ᄒᆞ냐 간릉치 못ᄒᆞ냐?"

여러 사름이 니르듸,

"임의 져 모양 부귀를 ᄒᆞᆯ 양이면 엇지ᄒᆞ여 죠코 죠흔 쟝샹을 가져 도원(道院)을 곳쳐 민돌고 량편의 방옥은 니암(尼菴)과 승ᄉᆞ(僧寺)를 민드러시니 그거슨 무슨 연괴냐?"

그 사름이 니르듸,

"내 드르니 왕애 임의 홍셔(薨逝)ᄒᆞ엿ᄂᆞ니라."

여러 사름이 니르듸,

"왕야는 임의 비록 홍셔(薨逝)ᄒᆞ여시나 공쥬는 맛참내 금지옥엽(金枝玉葉)이라. 무슨 곡졀노 긔여히 녀도ᄉᆞ(女道士) 되엿ᄂᆞ냐? 필연 기중의 두리【8】건듸 무슨 다른 ᄉᆞ단(事端)[477]이 이시리라."

기인이 니르듸,

"그 거슨 나도 련(連)ᄒᆞ여 아지 못ᄒᆞ노라."

ᄒᆞ더니 엇지 알니 그 사름 총중의 량기 파락회(破落戶) 이시니 일기는 셩은 쳠(詹)이오 일홈은 덕졔(德著)니 본시 외방 사름으로 문무의 버셔 나고 혼잡ᄒᆞ여 숑ᄉᆞ(訟事) 시기는 스승 노르술 ᄒᆞ고 일기의 셩은 예(倪)오 항렬(行列)은 둘지오 별호는 니리쥐(泥裡鰍)니 역시 외방 사름이라. 량인이 혼잡히 날치여 의식(衣食)을 도모ᄒᆞ는지라. 져 사름들이 왕쟝의 ᄉᆞ졍(事情) 의론ᄒᆞ는 거술 듯고 져의【9】곳의 드러와 량인이 ᄒᆞᆷ긔 샹량ᄒᆞ듸 왕쟝 우히 져 모양 도쟝(道場) 비치ᄒᆞᆫ 거시 엇지 빅십만 은ᄌᆞ 업ᄉᆞ랴? 우리 무리 이졔 여러 사름을 모화 가지고 가셔 겁탈ᄒᆞᄌᆞ ᄒᆞ니 니리쥐 니르듸,

"내 드르니 져 집을 류젹(流賊)이 슈 삼ᄎᆞ를 가셔 겁략ᄒᆞ듸 도시 드러가지 못ᄒᆞ엿다 ᄒᆞ고 ᄯᅩ 드르니 져 집 사름이 개개히 무예 잇다 ᄒᆞ니 만일 가셔 겁략ᄒᆞ다가는 부졀업시 셩명(性命)만 맛치리라."

쳠덕졔 니르듸,

"임의 가히 붉게 힝치 못ᄒᆞ면 다만 조【10】히 져쥬(咀呪)ᄒᆞ는 법을 가져 져의 일가인(一家人)을 모다 병들게 ᄒᆞ면 부득블 의원을 청ᄒᆞ여 치료ᄒᆞᆯ 거시니 그 ᄯᅢ의 내가 사름을 시겨 져의게 통ᄒᆞ여 나를 청ᄒᆞ여 치료ᄒᆞ거든 내 져쥬법을 가져 푸러 노흐면 필연 나를 샤례ᄒᆞ는 례믈(禮物)을 쥴 거시니 젹어도 슈쳔량 은ᄌᆞ(銀子)는 되리라."

니리쥐 니르듸,

"과연 그리ᄒᆞ면 례믈은 쥰다 ᄒᆞ여도 두리건듸 슈쳔량 은ᄌᆞ는 되지 못ᄒᆞ리라."

쳠덕졔 다만 머리를 숙이고 싱각ᄒᆞ더니 홀연 탁ᄌᆞ를【11】박ᄎᆞ며 크게 쇼리ᄒᆞ여 니르듸,

"한 가지 계괴 여긔 잇다."

ᄒᆞ거놀 니리쥐 도로혀 놀나 무르듸,

"무슴 계괴 잇ᄂᆞ냐?"

쳠덕졔 대쇼ᄒᆞ며 니르듸,

"내가 한 가지 긔이ᄒᆞᆫ 꾀를 싱각ᄒᆞ여시니 슈쳔량 은ᄌᆞ만 어들 ᄲᅮᆫ 아니라."

ᄒᆞ거놀 니리쥐 니르듸,

"믄득 엇지ᄒᆞ려 ᄒᆞᄂᆞ뇨?"

쳠덕졔 니르듸,

"네가 방ᄌᆞ 그 사름들의 의론을 듯지 못ᄒᆞ엿ᄂᆞ냐? 왕애 비록 쥭어시나 금지옥엽의 공쥐 긔여히 녀도ᄉᆞ 되는 거시 그 중의 반ᄃᆞ시 연괴

477) 【ᄉᆞ단】 명 사단(事端). 일. 사건(事件). ¶ 緣故 ‖ 필연 기중의 두리건듸 무슨 다른 ᄉᆞ단이 이시리라 (這個裏頭只怕有些緣故.) <瑤華 22:8>

잇다 ᄒᆞ니 내 【12】 가 ᄆᆞᆫ득 그 말을 가져 졔목을 ᄆᆡᆫᄃᆞ러 셰셰히 일편 대문ᄶᆞ(大文字)ᄅᆞᆯ 지어 내여시니 만일 내게 ᄉᆞ오만 량 은ᄌᆞᄅᆞᆯ 보내지 아니면 내 능히 져의 무리로 ᄒᆞ여곰 가산을 젹몰(籍沒)ᄒᆞ고 도비(徒配)ᄒᆞᄂᆞᆫ 죄ᄅᆞᆯ 당케 ᄒᆞ리라."

예리쉬 드ᄅᆞᄆᆡ 한번 ᄉᆡᆼ각ᄒᆞ더니 니ᄅᆞᄃᆡ,

"그리 졔목을 ᄆᆡᆫᄃᆞᄂᆞᆫ 거ᄉᆞᆫ 그리 되려니와 다만 네가 문ᄶᆞ 짓ᄂᆞᆫ 법을 엇지ᄒᆞ엿ᄂᆞ냐? 네 몬져 그 ᄯᅳᆺ을 가져 나ᄅᆞᆯ 알게 ᄒᆞ라."

쳠덕졔 니ᄅᆞᄃᆡ,

"그러ᄒᆞ면 내가 대강 니ᄅᆞ리라. 져의가 도교(道敎)ᄅᆞᆯ 널 【13】 닌다 일홈ᄒᆞᆫ 거시 이의 ᄉᆞᄉᆞ로이 ᄉᆞ교(邪敎)ᄅᆞᆯ 챵셜ᄒᆞᄂᆞᆫ 거시니 률문(律文)을 비겨 보면 불궤ᄅᆞᆯ ᄭᅬᄒᆞ미니 쳐참(處斬)ᄒᆞᄂᆞᆫ 죄ᄅᆞᆯ 당ᄒᆞᆯ지라. 이 졔목이 엇지 크지 아니ᄒᆞ냐?"

예리쉬 니ᄅᆞᄃᆡ,

"다만 그러ᄒᆞ나 한 가지로ᄂᆞᆫ 도져히 잡지 못ᄒᆞ리라."

쳠덕졔 니ᄅᆞᄃᆡ,

"죄ᄅᆞᆯ 더ᄒᆞ고자 ᄒᆞ면 엇지 ᄉᆞ연이 업ᄉᆞ리오. 뎨 이건은 ᄆᆞᆫ득 말ᄒᆞ기ᄅᆞᆯ 졔가 요악(妖惡)ᄒᆞᆫ 사ᄅᆞᆷ을 감쵸와 좌도(左道)로 즁인을 의혹케 ᄒᆞᆫ다 ᄒᆞ면 져 률문(律文)의 만히 틀니지 아니리라."

예리쉬 졈두ᄒᆞ며 【14】 니ᄅᆞᄃᆡ,

"ᄆᆡ오 죠커니와 반ᄃᆞ시 한 가지ᄅᆞᆯ 더 너허야 ᄆᆞᆫ득 되리라."

쳠덕졔 니ᄅᆞᄃᆡ,

"ᄯᅩ 말ᄒᆞ기ᄅᆞᆯ 져의 집의셔 승니와 도쇽(道俗)을 모와 노코 쥬야로 힝음ᄒᆞ여 황족(皇族)을 더럽게 ᄒᆞᆫ다 ᄒᆞ면 그 죄가 더옥 즁ᄒᆞᆯ 거시니 네 말ᄒᆞ라. 져 셰 가지 일이 큰 죄ᄅᆞᆯ 당치 아니ᄒᆞ랴?"

예리쉬 니ᄅᆞᄃᆡ,

"실노이 큰 리ᄒᆡ(利害)ᄂᆞᆫ 되려니와 다만 맛춤내 가셔 졍관(呈官)ᄒᆞᄂᆞᆫ 거시 다ᄅᆞᆫ 슈단이 잇ᄂᆞ냐?"

쳠덕졔 니ᄅᆞᄃᆡ,

"내 ᄉᆡᆼ각의 공연이 가셔 고관(告官)ᄒᆞ여 그리 된다 【15】 ᄒᆞ여도 우리 무리로 더브러ᄂᆞᆫ 무익ᄒᆞᆯ지라. 내 의견은 몬져 이 쟝내(庄內) ᄉᆞ연을 가지고 져의게 통ᄒᆞ여 알게 ᄒᆞ면 져의가 공겁(恐怯)ᄒᆞ여[478] 필연 와셔 우리게 구ᄒᆞᆯ 거시니 그 ᄣᆡ의 내가 은ᄌᆞ 언마ᄅᆞᆯ 달내여 보와 졔가 드ᄅᆞ면 ᄆᆞᆫ득 그만 둘 거시오. 만일 그러치 아니면 그 ᄣᆡᄂᆞᆫ 우리가 인ᄒᆞ여 고관ᄒᆞ리라."

예리쉬 니ᄅᆞᄃᆡ,

"셩식(聲息) 통ᄒᆞᄂᆞᆫ 거ᄉᆞᆯ 긔여히 간릉ᄒᆞᆫ 사ᄅᆞᆷ을 시겨야 비로쇼 죠코, 그러치 아니면 공연이 쥬션ᄒᆞ미 되리라."

쳠덕졔 니ᄅᆞᄃᆡ,

"네가 ᄆᆡ우 【16】 간릉ᄒᆞ니 엇지 반ᄃᆞ시 다ᄅᆞᆫ 사ᄅᆞᆷ을 구ᄒᆞ랴?"

예리쉬 니ᄅᆞᄃᆡ,

"그러ᄒᆞ면 네가 쇼지(所志)ᄅᆞᆯ 내여 뵈여야 비로쇼 거취ᄅᆞᆯ 뎡ᄒᆞ리라."

쳠덕졔 니ᄅᆞᄃᆡ,

"그 거시야 무ᄉᆞᆷ 어려오랴. 너ᄂᆞᆫ 가셔 밥을 짓게 ᄒᆞ라. 밥이 익기 젼의 내 ᄆᆞᆫ득 지어내리라."

예리쉬 응락ᄒᆞ고 나아가거ᄂᆞᆯ 쳠덕졔 ᄆᆞᆫ득 먹을 갈며 븟술 들고 한 ᄎᆞ례ᄅᆞᆯ 셰셰히 ᄉᆡᆼ각ᄒᆞ다가 ᄆᆞᆫ득 뼈내니 ᄒᆞ여시ᄃᆡ,

"왕쟝을 쳔단(擅斷)이 승니 도원을 ᄆᆡᆫᄃᆞᆯ고 요 【17】 인(妖人)을 감쵸고 ᄉᆞ교(邪敎)ᄅᆞᆯ 베푸러 즁심(衆心)을 의혹ᄒᆞᄂᆞᆫ 거시 현져히 불궤(不軌)ᄅᆞᆯ ᄭᅬᄒᆞᄂᆞᆫ 거시니 부득블 몬져 고ᄒᆞ믈 위ᄒᆞᄂᆞᆫ 일이라. 덕뎌(德著) 등이 왕쟝의 갓가이 거ᄒᆞᆫ 빅셩이라 젼의 아니 복왕(福王)의 농쟝을 베푸러 향곡의 둔 거ᄉᆞᆫ 도조(賭租)ᄅᆞᆯ 슈취(收取)ᄒᆞᄂᆞᆫ ᄃᆡ 지나지 아니코 아오로 그곳의셔 거쥬ᄒᆞᄂᆞᆫ 거ᄉᆞᆫ 아니라. 십년 젼의 공연이 공쥬 쟝샹의 옴겨 거ᄒᆞᄂᆞᆫ ᄃᆡ 부녀ᄅᆞᆯ 거ᄂᆞ린 거시 불계기슈(不計其數)오. 다시 【18】 ᄉᆞᄉᆞ로이 쟝ᄉᆞ 령ᄉᆞ 등 관직을 베플고 말내기ᄅᆞᆯ 황샹이 ᄉᆞ급ᄒᆞ신 비라 ᄒᆞ고 니어셔 ᄯᅩ 녀도ᄉᆞᄅᆞᆯ 쳥ᄒᆞ여 쟝샹의 니ᄅᆞ러 도ᄅᆞᆯ 배혼다 ᄒᆞ더니, 그 도싀 ᄉᆞᄉᆞ로이 공쥬ᄅᆞᆯ 거ᄂᆞ리고 밧긔 나아가 유람ᄒᆞ다가 젼년의 니ᄅᆞ러 바

---

478) 【공겁ᄒᆞ다】 동 공겁(恐怯)하다. 두려워하다. ¶ 害怕 ‖ 내 의견은 몬져 이 쟝내 ᄉᆞ연을 가지고 져의게 통ᄒᆞ여 알게 ᄒᆞ면 져의가 공겁ᄒᆞ여 필연 와셔 우리게 구ᄒᆞᆯ 거시니 (我意欲先起個狀底, 通風與他莊上知道, 他若害怕, 必然來求我.) <瑤華 22:15>

야흐로 쟝샹의 도라오며 창괴(倉庫) 풍만ᄒᆞ고 뎐디롤 능미(能買)ᄒᆞ고 량쵸(粮草)롤 젹치(積置)ᄒᆞ고 ᄉᆞᄉᆞ로이 용밍ᄒᆞᆫ 사롬을 ᄲᅢ셔 쟝샹의 두어 죠련ᄒᆞ고 ᄯᅩ 동지 젼일의 홀연이 유도(遺道)【19】롤 널닌다 일홈ᄒᆞ고 크게 삼일도장(三日道場)을 여러 ᄉᆞ방 ᄉᆞ롬을 움ᄌᆞ여 내여 쥬야롤 련ᄒᆞ여 혼잡히 지내니 그 의ᄉᆡ 인심을 고혹(蠱惑)ᄒᆞ고 디방을 루(累)가 되게 ᄒᆞ미오, ᄯᅩ 병긔와 긔치롤 판비ᄒᆞ여 쟝ᄎᆞᆺ 불궤(不軌)롤 ᄭᅬᄒᆞ고ᄌᆞ ᄒᆞ니 그 ᄌᆞ최 현져ᄒᆞᆫ지라. 덕뎌(德著) 등이 지쳑의 거ᄒᆞ여 깁히 그 ᄌᆞ셔(仔細)ᄒᆞ믈[479] 알고 만일 몬져 고치 아니 ᄒᆞ다가ᄂᆞᆫ 쟝릐의 필연 쥴련[株連]이 될지라. 이롤 위ᄒᆞ여 년망히 고【20】쟝ᄒᆞᄂᆞ니 복걸(伏乞) 노야(老爺)ᄂᆞᆫ 황샹(皇上)긔 쥬달ᄒᆞ여 쇽히 졔긔(緹騎)롤 말[발](發)ᄒᆞ여 디방 문무관원을 회동ᄒᆞ여 ᄉᆡᆼ니 박멸ᄒᆞ여 ᄡᅧ 일방이 도탄되믈 면ᄒᆞᆫ 즉 국개 ᄒᆡᆼ심(幸甚)ᄒᆞ고 만민이 ᄯᅩᄒᆞᆫ ᄒᆡᆼ심일가 ᄒᆞᄂᆞ이다.

ᄒᆞ엿ᄂᆞᆫ지라.

쳠덕졔 짓기롤 맛ᄎᆞᄆᆡ 박쟝대쇼ᄒᆞ며 심히 득의ᄒᆞᆫ 모양이러니 언마 못ᄒᆞ여 예리취 밥을 지어 가지고 드러와 먹으라 ᄒᆞ거ᄂᆞᆯ, 쳠덕【21】졔 쟝릐(狀內) ᄉᆞ연을 쥬어 보게 ᄒᆞ니 예리취 약간 몃ᄌᆞ롤 아ᄂᆞᆫ지라. 념ᄒᆞ여 나려가지 못ᄒᆞ고 쳠덕뎨로 ᄒᆞ여곰 념ᄒᆞ여 졔가 듯게 ᄒᆞ고 ᄢᅵ치지 못ᄒᆞᄂᆞᆫ 곳은 ᄯᅩ 푸러달나 ᄒᆞᄆᆡ 귀졀을 죠ᄎᆞ 셰셰히 일편을 념ᄒᆞᄆᆡ 비로쇼 명ᄇᆡᆨ히 ᄭᆡ듯고 믄득 덕졔롤 디ᄒᆞ여 니ᄅᆞ듸,

"너의 져 쟝내가 비록 죠흐나 다만 말ᄒᆞᆫ 빈 심히 범연ᄒᆞ고 ᄯᅩ 능히 져 집 근져롤 깁히 아지 못ᄒᆞ고 블과시(不過是) 대략을 거든 거신듸 말ᄒᆞ기롤 깁히 그 ᄌᆞ셔ᄒᆞᆫ 거ᄉᆞᆯ 안다 ᄒᆞ니 사롬이 반【22】빅(反駁)ᄒᆞ믈 ᄯᅳ러내지 아니ᄒᆞ랴?"

쳠덕뎨 니ᄅᆞ듸,

"나와 네가 본시 져 집일을 도져히 아지 못ᄒᆞ고 이거ᄉᆞᆫ 불과시 져의 무리롤 놀내ᄂᆞᆫ 의ᄉᆡ라. 만일 진ᄀᆡ 고관ᄒᆞᆯ 양이면 다시 가셔 탐쳥ᄒᆞ여다가 명ᄇᆡᆨ히 아라 이 쇽의 넛ᄂᆞᆫ 거시 죠흐리라."

예리취 ᄯᅩ 한 ᄎᆞ례 ᄉᆡᆼ각ᄒᆞ다가 니ᄅᆞ듸,

"그리 ᄒᆞᆯ 양이면 누롤 보내여 쥬션ᄒᆞ깃ᄂᆞ냐?"

쳠덕졔 니ᄅᆞ듸,

"내가 너로 더브러 다년 동뮈라. 네가 가지 아니코 날노 ᄒᆞ여곰 어듸 가셔 사롬을 어드라 ᄒᆞᄂᆞ냐?"

예리취 니ᄅᆞ듸,

"심【23】샹(尋常)ᄒᆞᆫ ᄉᆞ경은 ᄌᆞ연 내가 쥬션ᄒᆞ려니와 다만 이 일은 미우 즁대ᄒᆞᆫ지라. 내가 져런 간릉ᄒᆞ믄 업ᄉᆞ니 도로혀 다른 사롬을 시기ᄂᆞᆫ 거시 죠흐리라."

쳠덕졔 착급(着急)ᄒᆞ여 니ᄅᆞ듸,

"네가 진ᄀᆡ 후두ᄒᆞᆫ[480] 사롬이로다. 평일의 네가 다만 나롤 원망ᄒᆞ기롤 무ᄉᆞᆫ 계교롤 지어 슈다ᄒᆞᆫ 은젼을 후리지 못ᄒᆞᆫ다 ᄒᆞ더니 이졔 한가지 대ᄉᆞ롤 혬ᄒᆞ여 내엿ᄂᆞᆫ듸 네가 도로혀 어렵다 ᄒᆞ고 가지 아니ᄒᆞ니 만일 은젼을 후려내면 내 혼ᄌᆞ ᄡᅳᆯ 터이냐?"

예리취 니ᄅᆞ듸,

"너ᄂᆞᆫ 급【24】히 구지 말나. 내가 실경을 말ᄒᆞ리라. 계교 지어내기도 네가 ᄒᆞ고 문ᄌᆞ 지어내기도 네가 ᄒᆞ여시나 그 두 가지ᄂᆞᆫ 도시 밍랑ᄒᆞᆫ 일이라. 은뎐이 능히 ᄉᆞᆫ의 드지 못ᄒᆞᆯ 듯ᄒᆞ고 만일 은젼이 ᄉᆞᆫ의 들게 ᄒᆞᆯ 량이면 쇼즁ᄒᆞ미 져 셩식(聲息) 통ᄒᆞ기의 잇ᄂᆞ니라."

덕졔 니ᄅᆞ듸,

"엇지ᄒᆞ여 계교 낸 것과 문ᄌᆞ 지은 거ᄉᆞᆫ 도로혀 밍랑ᄒᆞᆫ 일이오 너의 셩식 통ᄒᆞᄂᆞᆫ 거시 도로혀 쇼즁이 된다 ᄒᆞᄂᆞ냐?"

예리취 니ᄅᆞ듸,

"네가 쟝릐의 말ᄒᆞᆫ 거ᄉᆞᆯ 져의 보기의 블과 그러ᄒᆞ고【25】내가 ᄯᅩ 가셔 져 집의 근져롤 탐지ᄒᆞ며 셩식을 통ᄒᆞᆯ ᄶᅵ의 긔여히 긔틀을 보와

479) 【ᄌᆞ셔ᄒᆞ다】 형 자세(仔細)하다. ¶ 細 ‖ 덕뎌 등이 지쳑의 거ᄒᆞ여 깁히 그 ᄌᆞ셔ᄒᆞ믈 알고 만일 몬져 고치 아니 ᄒᆞ다가ᄂᆞᆫ 쟝릐의 필연 쥴련이 될지라 (我等居近咫尺, 深知其細, 若不預先擧首, 將來必致株連.) <瑤華 22:19> ⇒ ᄌᆞ셰ᄒᆞ다

480) 【후두ᄒᆞ다】 형 {호도(糊塗 hútu)하다.} 멍청하다. 중국어 차용어. ¶ 混帳 ‖ 네가 진ᄀᆡ 후두ᄒᆞᆫ 사롬이로다 평일의 네가 다만 나롤 원망ᄒᆞ기롤 무ᄉᆞᆫ 계교롤 지어 슈다ᄒᆞᆫ 은젼을 후리지 못ᄒᆞᆫ다 ᄒᆞ더니 (你眞是個混帳人, 平常日子, 只管抱怨我不會算計, 從未有大大的賺一宗銀錢使用.) <瑤華 22:23>

접응ᄒᆞᆯ 거시니 졔가 무슨 말을 ᄒᆞ면 내가 무슨 법으로 져당ᄒᆞᄂᆞᆫ 거술 ᄉᆡᆼ각ᄒᆞᆯ 거시니 그거시 쇼즁치 아니며 ᄎᆡᆨ임이 젹지 아니 ᄒᆞ니라."

덕졔 니ᄅᆞᄃᆡ,

"그쳐럼 말 말고 은젼을 후려오면 도시 너와 ᄀᆞᆺ치 난호와 ᄡᅳ리라."

예리취 니ᄅᆞᄃᆡ,

"네가 이쳐로 말ᄒᆞ면 엇지 난호려 ᄒᆞᄂᆞ냐? 내가 혬ᄒᆞ여 보리라."

덕뎨 니ᄅᆞᄃᆡ,

"네 말ᄃᆡ로 ᄒᆞ면 믄득 엇지ᄒᆞ랴?"

【26】 예리취 니ᄅᆞᄃᆡ,

"나ᄅᆞᆯ 반분(半分)의 더 쥬어야 비로쇼 갈 거시오, 그러치 아니면 네가 별노이 사ᄅᆞᆷ을 시겨 돈을 후려온다 ᄒᆞ여도 내가 난호와 달나지 아니리니 네가 죠흐냐 죠치 아니ᄒᆞ냐?"

덕뎨 죠급ᄒᆞ믈 발ᄒᆞ여 니ᄅᆞᄃᆡ,

"네가 량심이 젼혀 업도다. 평일의 밥을 먹지 못ᄒᆞᄂᆞᆫ ᄯᅢ는 믄득 와셔 나ᄅᆞᆯ 의지ᄒᆞ더니 내가 이졔 일이 잇ᄂᆞᆫ ᄃᆡ 네가 믄득 다른 의ᄉᆞᄅᆞᆯ 내여 나ᄅᆞᆯ 롱락ᄒᆞ니 임의 그러ᄒᆞᆯ 양이면 그 일을 내가 알션치 【27】 아니ᄒᆞᆯ 거시니 네가 어ᄃᆡ 가셔 다쇼간 은젼을 난화 숀의 들게 ᄒᆞ랴?"

ᄒᆞ고 말이 맛치ᄆᆡ 믄득 쟝내ᄅᆞᆯ 가져 쇼화ᄒᆞ려 ᄒᆞ니 예리취 련망히 솝흐로 가 아ᄉᆞ 멈츄며 니ᄅᆞᄃᆡ,

"내가 너와 더브러 시렵시 말ᄒᆞᆫ 거술 네가 믄득 진졍으로 아ᄂᆞ냐? 죠흔 형뎨야 엇지 너ᄅᆞᆯ ᄃᆡ신ᄒᆞ여 ᄆᆞᄋᆞᆷ을 다ᄒᆞ여 간판(幹辦)치[481] 아니ᄒᆞ랴. 너 ᄒᆞᄂᆞᆫ ᄃᆡ로 졀반식 난홀 거시니 반ᄃᆞ시 긔(氣)ᄅᆞᆯ 내지 말나."

쳠덕졔 니ᄅᆞ 【28】 ᄃᆡ,

"그ᄂᆞᆫ 그만 두고 네가 믄득 가겟ᄂᆞ냐?"

예리취 니ᄅᆞᄃᆡ,

"내가 이졔 한번 가면 결단코 셩공ᄒᆞᆯ 거시니 다만 너로 더브러 반분ᄒᆞᄂᆞᆫ 거시 도져히 네게 편ᄒᆞ다."

ᄒᆞ고 문텹을 가지고 한길노 가거ᄂᆞᆯ 쳠덕졔 져의 가믈 보고 심즁의 ᄉᆡᆼ각ᄒᆞ여 니ᄅᆞᄃᆡ,

"져놈이 심히 가증(可憎)ᄒᆞ니 무슨 의ᄉᆞᄅᆞᆯ 내여 져로 ᄒᆞ여곰 고쵸ᄅᆞᆯ 당케 ᄒᆞ여야 비로쇼 나의 슈단을 알니라."

ᄒᆞ고 눈셥을 한번 ᄶᅵᆼ긔ᄆᆡ[482] 계괴 ᄆᆞᄋᆞᆷ으로 죠차 오ᄂᆞᆫ지라. 가마니 한 ᄎᆞ례 료량ᄒᆞ여 계칙을 임의 뎡ᄒᆞ고 다만 져의 도라오기ᄅᆞᆯ 기 【29】 다려 ᄇᆡ포ᄒᆞ려 ᄒᆞ더니 반일을 지내ᄆᆡ 다만 보니 예리취 도라오ᄂᆞᆫ ᄃᆡ 만면(滿面) 노ᄉᆡᆨ(老色)으로 일언을 아니 ᄒᆞ거ᄂᆞᆯ 쳠덕졔 나ᄌᆞᆨ이 무ᄅᆞᄃᆡ,

"네가 일을 엇더케 힝ᄒᆞ엿ᄂᆞ냐?"

예리취 고셩대ᄆᆡ(高聲大罵)ᄒᆞ여 니ᄅᆞᄃᆡ,

"져 모양 션악(善惡)을 아지 못ᄒᆞᄂᆞᆫ 사ᄅᆞᆷ의 집의 고쟝을 ᄒᆞ량이면 다른 말은 의론ᄒᆞᆯ 거시 업ᄂᆞ니라."

쳠덕졔 니ᄅᆞᄃᆡ,

"져 집의셔 엇지 말ᄒᆞ더냐? 네가 ᄯᅩ 긔운을 나리고 셔셔히 날다려 말ᄒᆞ면 내가 ᄌᆞ연 ᄒᆞᆯ 도리가 이시리라."

예리취 니ᄅᆞᄃᆡ,

"내가 만일 져의 말을 【30】 가져 너다려 니ᄅᆞ면 네가 나와 ᄀᆞᆺ치 한 모양으로 죠급ᄒᆞ믈 발ᄒᆞ리라."

ᄒᆞ니, 언미필(言未畢)의 쳠덕졔 니ᄅᆞᄃᆡ,

"네가 져집의 가셔 무슨 말을 ᄒᆞ엿ᄂᆞ냐?"

예리취 니ᄅᆞᄃᆡ,

"내가 져집 근져ᄅᆞᆯ 탐지ᄒᆞ려 ᄒᆞ고 한길노 져의 쟝샹의 니ᄅᆞᄆᆡ 문 솝히 슈삼인(數三人)이 이시니 대략이 무슨 쟝ᄉᆞ와 령ᄉᆡ라. 내가 믄득 문쟝을 지어 져의 집을 고ᄒᆞ여 ᄒᆞᄂᆞᆫ 연유ᄅᆞᆯ 말ᄒᆞᄆᆡ, '져의 말이 가히 문쟝이 잇ᄂᆞ냐?' ᄒᆞ기의 내 말ᄒᆞ기ᄅᆞᆯ, '문쟝은 잇거니와 다만 몬져 강론ᄒᆞᆫ 【31】 후의 너의로 보게 ᄒᆞ리라.' ᄒᆞᄆᆡ 져의 무리 믄득 말ᄒᆞ기ᄅᆞᆯ, '임의 문쟝도 뵈지 아니ᄒᆞ니 네가 필시 속이고 후리ᄂᆞᆫ 광경이라. 네가 만일 가지 아니면 우리 무리 믄득 결박ᄒᆞ여 디방관의게 보내여 츄치(推治)ᄒᆞᆫ다.' ᄒᆞᄆᆡ 내가 그 광경을 보니 필연 문쟝을 가져 져의ᄅᆞᆯ 쥬어 보게 ᄒᆞ여야 일이 될지라. ᄯᅩ 일편 죠흔 셜화ᄅᆞᆯ

481) 【간판ᄒᆞ다】 동 {간판(幹辦)하다.} 일을 처리하다. ¶ 幹辦 ‖ 죠흔 형뎨야 엇지 너ᄅᆞᆯ ᄃᆡ신ᄒᆞ여 ᄆᆞᄋᆞᆷ을 다ᄒᆞ여 간판치 아니ᄒᆞ랴 너 ᄒᆞᄂᆞᆫ ᄃᆡ로 졀반식 난홀 거시니 반ᄃᆞ시 긔ᄅᆞᆯ 내지 말나 (好弟兄那有不替你用心幹辦的, 就依你對分罷了, 不必生氣.) <瑤華 22:27> ⇒ 14:81

482) 【ᄶᅵᆼ긔다】 동 찡그리다. ¶ 皺 ‖ 눈셥을 한번 ᄶᅵᆼ긔ᄆᆡ 계ᄀᆞ ᄆᆞᄋᆞᆷ으로 죠차 오ᄂᆞᆫ지라 (眉頭一皺, 計上心來.) <瑤華 22:28>

내고 비로쇼 문장을 가져 져무리ᄅᆞᆯ 보게 ᄒᆞ니 져 무리 쥬며 바드며 한 ᄎᆞ례ᄅᆞᆯ 보다가 각기 가만ᄒᆞᆫ 말노 의론ᄒᆞ더니 믄【32】득 한 사ᄅᆞᆷ이 문쟝을 더지며 니ᄅᆞᄃᆡ, ‘져 모양 ᄀᆡ방귀483)도 통치 못ᄒᆞᆫ 쟝내ᄂᆞᆫ 다만 죠히 가셔 귀ᄆᆡ(鬼魅)만 놀낼 거시니 네 가려 ᄒᆞ거든 믄득 가고 가지 아니면 우리가 믄득 결박ᄒᆞ리라.’ ᄒᆞ기로 내가 도로혀 분변코져 ᄒᆞ더니 ᄯᅩ 일인이 ᄭᆞ지져 니ᄅᆞᄃᆡ, ‘어ᄃᆡ셔 한 무리 도젹(盜賊) 광곤(光棍)이 와셔 져러ᄐᆞᆺ 통악ᄒᆞ니 호위군으로 ᄒᆞ여곰 져ᄅᆞᆯ 잡아 결박ᄒᆞ고 몬져 한 ᄎᆞ례 치직으로 치라.’ ᄒᆞ더니 다만 보니 량편 방즁의셔 한 마ᄃᆡ 답응ᄒᆞ며 믄득 사ᄅᆞᆷ들이 나와【33】잡으려 ᄒᆞ거ᄂᆞᆯ 내가 ᄀᆡ셰 죠치 못ᄒᆞ믈 보고 믄득 ᄲᅱ여 도라와시니 네 말ᄒᆞ라. 가히 분ᄒᆞ냐 분치 아니ᄒᆞ냐?”

첨덕졔 듯더니 진ᄀᆡ 분을 내여,

“ᄋᆡ야, 져런 일이 잇도다. 져의 무리 맛참내 일호도 두려ᄒᆞ지 아니ᄒᆞ니 만일 진ᄀᆡ 고관 아니ᄒᆞ면 져의가 엇지 리ᄒᆡ(利害)되믈 알니오. 내가 너와 ᄀᆞᆺ치 명일의 믄득 경셩(京城)의 드러가 져의 무리로 ᄒᆞ여곰 밥도 밋쳐 먹지 못ᄒᆞ고 급히 도쥬케 ᄒᆞ리라.”

예리츄 니ᄅᆞᄃᆡ,

“그러ᄒᆞ면 ᄆᆡ우 죠타.”

ᄒᆞ거ᄂᆞᆯ 첨덕졔 니【34】ᄅᆞᄃᆡ,

“고쟝ᄒᆞᄂᆞᆫ 거ᄉᆞᆫ 경히 ᄒᆞ려니와 다만 반젼을 어ᄃᆡ 가져야 비로쇼 거힝ᄒᆞ기가 죠흐리라.”

예리츄 니ᄅᆞᄃᆡ,

“내게 팔ᄇᆡᆨ ᄀᆡ 젼문(錢文)이 이시니 너도 그 슈ᄂᆞᆫ 가져야 ᄒᆞᆯ 터이오. 우리 무리 참나귀ᄅᆞᆯ 타면 ᄉᆞ오일을 지내지 아니ᄒᆞ여 믄득 경셩의 니ᄅᆞ리라.”

첨덕졔 니ᄅᆞᄃᆡ,

“너ᄂᆞᆫ 팔ᄇᆡᆨ 젼만 ᄒᆞ면 참나귀 타기가 넉넉ᄒᆞ거니와 나ᄂᆞᆫ 팔ᄇᆡᆨ 젼이 업ᄉᆞ니 노슈(路需) ᄡᅳ기 부족ᄒᆞᆯ지라. 엇지ᄒᆞ여야 죠흐랴?”

예리츄 니ᄅᆞᄃᆡ,

“너ᄂᆞᆫ 그러ᄒᆞ면 가지 못ᄒᆞ리【35】라.”

첨덕졔 니ᄅᆞᄃᆡ,

“내가 가지 아니면 이 분긔(憤氣)ᄅᆞᆯ 삼켜바리랴? 엇지ᄒᆞ던지 무ᄉᆞᆫ 도리ᄅᆞᆯ ᄉᆡᆼ각ᄒᆞ여야 비로소 죠흐리라.”

예리츄 니ᄅᆞᄃᆡ,

“어ᄃᆡ로 죠ᄎᆞ ᄉᆡᆼ각ᄒᆞ라 ᄒᆞᄂᆞ냐?”

첨덕졔 니ᄅᆞᄃᆡ,

“네가 본ᄃᆡ 슈단이 이시니 엇지ᄒᆞ던지 경영ᄒᆞᆯ 도리가 업ᄂᆞ냐?”

예리츄 니ᄅᆞᄃᆡ,

“다만 가면 노샹의셔 무ᄉᆞᆫ 도리ᄅᆞᆯ 어더 내리라.”

ᄒᆞ고 량인이 즉시 발힝ᄒᆞ니라. 필경 엇지 된고 하회의 분ᄒᆡᄒᆞ라.

---

483) 【ᄀᆡ방귀】 명 개방귀. 욕하는 말. ¶ 狗屁 ‖ 져 모양 ᄀᆡ방귀도 통치 못ᄒᆞᆫ 쟝내ᄂᆞᆫ 다만 죠히 가셔 귀ᄆᆡ만 놀낼 거시니 네 가려 ᄒᆞ거든 믄득 가고 가지 아니면 우리가 믄득 결박ᄒᆞ리라 (這樣狗屁不通的狀底, 只好去唬鬼. 你去就去, 不去我就要綑起來了.) <瑤華 17:32>

42

연죵슈산분디파 은젹젼지쵹후곤
延宗授産分支派 隱迹傳書囑後昆

【36】 지셜, 죠의 경셩의 드러오므로 븟허 ᄌᆞ긔의 뇨젼(料錢)도 넉넉ᄒᆞ고 ᄯᅩ 방옥(房屋)과 뎐장(田庄)을 간검(看儉)ᄒᆞ기로 여리(餘利) 엇는 거시 만흔지라. 그러므로 ᄡᅥ 한번 경셩의 니ᄅᆞ미 맛쵸와 군향(軍餉)을 위ᄒᆞ여 련보젼(捐補錢)을 밧는지라. 믄득 쟝ᄉᆞ 직함으로 은젼을 련보(捐補)ᄒᆞ여 일긔 금의위경력ᄉᆞ(錦衣衛經歷司) 쇼임의 올나시니 사ᄅᆞᆷ이 본ᄃᆡ 간릉ᄒᆞᆫ지라. 그러므로 ᄡᅥ 샹관 무리 져ᄅᆞᆯ 관즁(寬重)히 보고 무릇 ᄉᆞ단이 이시면 도시 져ᄅᆞᆯ 맛겨 관리 【37】 케 ᄒᆞ미 셩망이 심히 죠화 가는지라.

이 날은 죠의 좌긔(坐起)ᄒᆞ고 각 항 문쟝을 밧더니 홀연이 쳠덕뎨 예리츄와 ᄀᆞᆺ치 련명 쇼지(所志)ᄅᆞᆯ 뎡(呈)ᄒᆞ는 ᄃᆡ 왕야의 쟝샹 ᄉᆞ연을 고ᄒᆞᆫ지라. ᄌᆞ셰히 보ᄆᆡ 가지가지 실ᄉᆞ(實事)는 되나 져의게 샹관은 업는 일이라. 분명 블량ᄒᆞᆫ 무리가 지믈을 도모ᄒᆞ려 ᄒᆞ는 의시라. 만일 당쟝의 힐문ᄒᆞ면 반ᄃᆞ시 능히 그 내령을 엇지 못ᄒᆞᆯ지라. 드ᄃᆡ여 관치ᄅᆞᆯ 불너 분부ᄒᆞᄃᆡ,

"이 고쟝(告狀) ᄉᆞ연이 심히 즁대ᄒᆞ니 두리건ᄃᆡ 긔여히 【38】 쥬문(奏聞)이 될지라. 원고(原告)ᄅᆞᆯ 먼니 ᄯᅥ나지 못ᄒᆞ게 ᄒᆞ고 착실이 관쇽(管束)ᄒᆞ여[484] 내두(來頭)의 츄열(推閱)ᄒᆞ미 편케 ᄒᆞ라."

관치(官差) 답응ᄒᆞ고 즉시 쳠예(詹倪) 량인(兩人)을 다리고 나가거ᄂᆞᆯ 죠의 퇴당(退堂)ᄒᆞᆫ 후의 즉시 량ᄀᆡ 간릉(幹能)ᄒᆞᆫ 하쇽(下屬)을 시겨 쳠예 량인의 고시 엇더ᄒᆞᆷ을 탐지ᄒᆞ라 ᄒᆞ고, 일변 거둔 바 각항 문쟝을 가져 당샹의 올니고 아오로 쳠덕져의 쟝내ᄅᆞᆯ 가져 연유ᄅᆞᆯ 붉히고 하쇽이 ᄌᆞ셔히 알고 도라오기ᄅᆞᆯ 기다려 판리ᄒᆞ려 ᄒᆞ니 엇지 알니 져 지휘ᄉᆞ(指揮使)는 【39】 쳐음으로 도임ᄒᆞᆫ지라. 심히 명찰(明察)ᄒᆞ지 못ᄒᆞ고 ᄯᅩ 죠의가 복왕 부즁의 쟝ᄉᆞ관으로 련보젼(捐補錢) 내이믈 알ᄆᆡ 그 작폐ᄒᆞᆷ을 닙을가 두려 쳠예 량인의 문쟝을 거두어 즈레 도찰원(都察院)의 니ᄅᆞ러 졍(呈)ᄒᆞ니 져 도찰원은 더욱 후두ᄒᆞᆫ지라.[485] 쟝내의 ᄉᆞ연을 보더니 ᄯᅳᆺ의 반젹(叛賊)이라 니ᄅᆞ고 원고도 잡아 츄문ᄒᆞ여 보지 아니코 믄득 스ᄉᆞ로 급히 쥬문ᄒᆞ니,

황상(皇上)이 표쟝(表章)과 뎡관(呈官)ᄒᆞᆫ 문쟝을 보시ᄆᆡ 역시 괴이히 너기샤 드ᄃᆡ여 각신(閣臣)을 다 【40】 리시고 한 ᄎᆞ례ᄅᆞᆯ 침량(沈量)ᄒᆞ실 시, 이 ᄯᅢ는 류젹(流賊)이 창궐ᄒᆞ는 셰가 심히 긴급ᄒᆞ미 죠즁(朝中)의 문무 겸지 잇는 사ᄅᆞᆷ은 흠긔 츌젼ᄒᆞ여 밧긔 잇고 ᄯᅩ 죵친의 일이라 흠ᄎᆞ(欽差)ᄅᆞᆯ 보내여 ᄉᆞ실ᄒᆞ는 거시 편치 못ᄒᆞ므로 아롯더니 맛쵸와 죠숑(趙宋) 량왕(兩王)이 다른 ᄉᆞ단을 알외여 맛ᄎᆞᄆᆡ 즉시 도찰원 표쟝과 쳠예의 고쟝을 취ᄒᆞ여 쥬며 보게 ᄒᆞ시니 죠숑 량왕이 ᄌᆞ세히 보고 ᄯᅮ러 알외ᄃᆡ,

"황ᄆᆡ(皇妹) 일죽 공훈을 셰운 후의 산후병폐(産後病廢)ᄒᆞ여시니 만일 【41】 복왕이 란니(亂離)의 쥭으믈 인ᄒᆞ여 셕도(釋道)의 ᄆᆞ옴 ᄡᅳ는 거

---

484) 【관쇽ᄒᆞ다】 동 {관속(管束)하다.} 단속하다. 관리하다. ¶ 管帶 ‖ 원고ᄅᆞᆯ 먼니 ᄯᅥ나지 못ᄒᆞ게 ᄒᆞ고 착실이 관쇽ᄒᆞ여 내두의 츄열ᄒᆞ미 편케 ᄒᆞ라 (原告不便令其遠離, 着令管帶, 以便隨時傳問.) <瑤華 22:38> ⇒ 관쇽ᄒᆞ다

485) 【후두ᄒᆞ다】 형 {호도(糊塗 hútu)하다.} 멍청하다. 중국어 차용어. ¶ 糊塗 ‖ 그 작폐ᄒᆞᆷ을 닙을가 두려 쳠예 량인의 문쟝을 거두어 즈레 도찰원의 니ᄅᆞ러 졍ᄒᆞ니 져 도찰원은 더욱 후두ᄒᆞᆫ지라 (恐被其作弊, 拿了這張狀子, 徑到都察院來. 這個都察院更是塗糊.) <瑤華 22:39> ⇒ 15:82

ᄉᆞ 인졍이 혹 그러ᄒᆞ거니와 굿ᄐᆞ여 반역지심(叛逆之心)을 둔다 ᄒᆞᆫ족 결단코 그런 일은 업술 거시오, 황ᄆᆡ 몸이 뎨녜(帝女)되고 ᄯᅩ 황샹이 ᄃᆡ졉을 심히 두터이 ᄒᆞ시니 엇지 죵묘의 존귀ᄒᆞ믈 바리고 도로혀 불측ᄒᆞᆫ 앙화(殃禍)ᄅᆞᆯ ᄇᆞᆲ으리잇가? 그 즁의 반ᄃᆞ시 연괴 잇다."

ᄒᆞ니 황뎨 량왕(兩王)으로 ᄒᆞ여곰 니러셔게 ᄒᆞ고 니ᄅᆞ시ᄃᆡ,

"짐의 ᄉᆡᆼ각의도 ᄯᅩᄒᆞᆫ 반ᄃᆞ시 그럴 일은 업술 거시나 다만 임의 사ᄅᆞᆷ이 잇셔 【42】 정장(呈狀)ᄒᆞ여시니 한번을 ᄉᆞ획(査覈)ᄒᆞ여 ᄲᅧ 허실을 난호ᄂᆞᆫ 것만 ᄀᆞᆺ지 못ᄒᆞ니 이ᄂᆞᆫ 짐의 집안 일이라. 외신(外臣)의게 븟쳐 거ᄒᆡᆼᄒᆞ미 편치 못ᄒᆞ니 경등은 노쵀(勞悴)ᄒᆞ믈 ᄉᆞ양치 말고 ᄉᆞ원(司員)을 회동ᄒᆞ여 짐의 명의(名義)ᄅᆞᆯ 가지고 ᄉᆞᆲ호로가 명ᄇᆡᆨ히 ᄉᆞ문(査問)ᄒᆞ면 ᄒᆞᆯ노 의단(疑團)만 푸러 바리미 아니라 ᄯᅩ 만민으로 ᄒᆞ여곰 ᄒᆞᆷ긔 무고ᄒᆞ믈 알게 ᄒᆞ미 곳 죵족을 보젼ᄒᆞ고 국톄(國體)ᄅᆞᆯ 바ᄅᆞ게 ᄒᆞ미라."

ᄒᆞ시니 량왕(兩王)이 셩지(聖旨)ᄅᆞᆯ 밧들고 물너가니라.

챠셜, 죠의 보낸 바 하쇽ᄇᆡ(下屬輩) 【43】 즉시 도라와 픔ᄒᆞᄃᆡ,

"져 쳠예 량긔ᄂᆞᆫ 본시 무뢰배라. 그 ᄯᅳᆺ이 몬져 공쥬ᄅᆞᆯ 놀내ᄂᆞᆫᄃᆡ 죠ᄎᆞ 니러 공갈(恐喝)ᄒᆞ미 되지 못ᄒᆞ믈 인ᄒᆞ여 맛ᄎᆞᆷ내 구날(構捏)ᄒᆞ여 고쟝ᄒᆞ여시니 노애 몬져 당샹(堂上)게 방챠(防遮)ᄒᆞ야 쥬달(奏達)이 아니 되게 ᄒᆞ면 그일이 용이케 ᄉᆞ라지려니와 만일 찰원(察院)이 ᄀᆞᆺ쵸 쥬문ᄒᆞ면 필연 크게 쥬션ᄒᆞ믈 허비ᄒᆞ리라."

ᄒᆞ더니 말이 맛지 못ᄒᆞ여 문 직흰 사ᄅᆞᆷ이 드러와 보ᄒᆞᄃᆡ,

"금일의 복왕부(福王府) 경고(呈告)ᄒᆞᆫ 문장을 당상이 임의 도 【44】 찰원긔 면픔(面稟)ᄒᆞ고 찰원이 즉ᄀᆡ의 쥬문ᄒᆞᄆᆡ 황상(皇上)이 죠송 량왕을 보내샤 왕쟝의 가셔 샤문(査問)ᄒᆞ라 ᄒᆞ시ᄆᆡ 내각이 임의 셩지ᄅᆞᆯ 죠ᄎᆞ ᄒᆡᆼ회ᄒᆞ여[486] 나려시니 슈일을 지내지 못ᄒᆞ여 믄득 발ᄒᆡᆼ이 된다."

ᄒᆞ거놀 죠의 즉시 관ᄎᆡ(官差)ᄅᆞᆯ 보내여 셩야(星夜)로 이 ᄉᆞ연을 요화의게 알게 ᄒᆞ고 일변 당샹의게 쳥ᄒᆞ여 죠송 량왕을 ᄯᅡ라가셔 ᄒᆞᆷ긔 판리ᄒᆞᄌᆞ ᄒᆞ니 도찰원이 이 쇼식을 듯고 본의ᄂᆞᆫ 다른 ᄉᆞ원(司員)을 시겨 보내여 ᄉᆞ후케 ᄒᆞ려 ᄒᆞ 【45】 더니 경력시 와 쳥ᄒᆞ믈 보ᄆᆡ 죠의ᄂᆞᆫ 스ᄉᆞ로 ᄯᅳᆺ의 맛ᄂᆞᆫ지라. 믄득 허락ᄒᆞ니 죠의 즉ᄀᆡ의 쟝쇽(裝束)ᄒᆞ고 량위 왕야ᄅᆞᆯ ᄯᅡ라 발ᄒᆡᆼᄒᆞ니라.

ᄌᆡ셜, 왕쟝의셔 죠의가 경셩의 드러가므로 븟허 하붕(何鵬)과 고감(高鑒)으로 령ᄉᆞ의 ᄉᆞ무ᄅᆞᆯ 죠검ᄒᆞ게 ᄒᆞ고 다른 일은 의례이 ᄒᆞ나 오족 복식을 곳쳐 도ᄉᆞ의 쟝쇽을 ᄒᆞ엿더니 일일은 예리취 고쟝을 가지고 와셔 ᄒᆡᆯ난ᄒᆞ니 사ᄅᆞᆷ이 그 간ᄉᆞᄒᆞ믈 다 알더라. 강윤쟝이 즉시 요화긔 픔ᄒᆞ니 요홰 졍히 좌공(坐功)을 【46】 ᄒᆞ다가 그 일을 알고 한마ᄃᆡ 탄식ᄒᆞ며 니ᄅᆞᄃᆡ,

"인심이 져러ᄒᆞ고 텬의가 이러ᄐᆞᆺ ᄒᆞ니 오히려 무ᄉᆞᆫ 말을 ᄒᆞ랴?"

ᄒᆞ고 즉ᄀᆡ의 강윤쟝을 분부ᄒᆞ여 니ᄅᆞᄃᆡ,

"월내(月內)의 반ᄃᆞ시 흠ᄎᆞ(欽差)가 여긔 니ᄅᆞ러 사문(査問)ᄒᆞᆯ 거시니 일졀 요동치 말고 오족 샹셔방의 포진을 잘 ᄒᆞ여 흠ᄎᆞᄅᆞᆯ 졉대케 ᄒᆞ라."

강윤쟝이 응낙ᄒᆞ고 나아가셔 각인으로 ᄒᆞ여곰 거ᄒᆡᆼ케 ᄒᆞ더라. 슈일을 지내ᄆᆡ 죠의의 픔고ᄒᆞ미 왓거놀 요화의게 드려 보게 ᄒᆞ니 ᄯᅩᄒᆞᆫ 다른 말은 【47】 업고 ᄯᅩ 일변 셔신을 바다 보니,

황샹(皇上)긔셔 죠송 량왕을 ᄎᆞ뎡ᄒᆞ여 쟝샹의 와 ᄉᆞ문ᄒᆞ라 ᄒᆞ신다 ᄒᆞ니 즁인이 바야흐로 요화의 분부ᄒᆞᆫ 말이 연유가 이시믈 ᄭᆡᄃᆞᆺ더라. 슈일이 못ᄒᆞ여 흠ᄎᆡ 드러오니 요홰 죠복(朝服)을 곳치고 문의 나와 셩지ᄅᆞᆯ 영졉ᄒᆞ니 죠송 량왕이 뎡즁(正中)ᄒᆞ여 셔셔 베프러 니ᄅᆞᄃᆡ,

> 셩지ᄅᆞᆯ 밧드러시니 도찰원좌도어ᄉᆞ신왕위션(都察院左都御史臣汪爲善)이 알외여 닐ᄋᆞᆺ기ᄅᆞᆯ 십일월 이 【48】 십이일의 지휘ᄉᆞ 위경(虞璥)이 본 일의 개좌(開坐)ᄒᆞ고 고쟝을 밧더니 박쥬(亳州) 향민(鄕民) 쳠덕졔와 예리취 련명ᄒᆞ여 고쟝ᄒᆞ기ᄅᆞᆯ 복왕의 쟝샹의 요인(妖人)을 감쵸와 두고 ᄉᆞ교(邪敎)ᄅᆞᆯ 베프러 즁졍(衆情)을 의혹케 ᄒᆞᆫ다 ᄒᆞ니 그 쟝샹의 잇ᄂᆞᆫ

---

486) 【ᄒᆡᆼ회ᄒᆞ다】 동 행하(行下)하다. ¶ 行下 ‖ 내각이 임의 셩지ᄅᆞᆯ 죠ᄎᆞ ᄒᆡᆼ회ᄒᆞ여 나려시니 슈일을 지내지 못ᄒᆞ여 믄득 발ᄒᆡᆼ이 된다 (內閣已遵旨擬票行下, 不過明後日, 就要啓行了.) <瑤華 22:44>

바 복번(福藩)의 녀식(女息) 요화ᄂᆞᆫ 짐의 적 죵미(嫡從妹)라. 일즉 십ᄉᆞ쟝공쥬(十四長公主)룰 봉ᄒᆞ고 ᄯᅩ 경략ᄉᆞ로 출젼ᄒᆞ려 반뎍(叛賊) ᄉᆞ슝명(奢崇明)을 쵸멸ᄒᆞ여 공을 어드므로 더 봉ᄒᆞ여 일등 곤덕후(坤德侯)룰 삼고 쟝【49】샹의 거주ᄒᆞ더니 하가(下嫁)ᄒᆞᆫ 후로붓허 ᄒᆡ산병(解産病)을 인ᄒᆞ여 폐인(廢人)되믈 쥬문(奏聞)ᄒᆞᆫ 거시 문안이 오히려 이시니 그런 ᄉᆞ경은 업술 ᄃᆞᆺᄒᆞ되 다만 쥬민(州民)이 고쟝ᄒᆞ미 이시니 만일 실경을 의거ᄒᆞ여 ᄉᆞᄒᆡᆨ지 아니ᄒᆞ면 허실(虛實)을 분변치 못ᄒᆞ여 도로혀 분셕ᄒᆞ여 쥬ᄂᆞᆫ 도리가 못될지라. 친왕(親王) 류호(由浩) 등은 원고(原告) 쳡예 량기을 다리고 역마룰 달녀 쟝샹의 가셔 안동ᄒᆞ여487) 사실(査實)ᄒᆞ야 믈이 ᄯᅥ러지고 돌이 나게 ᄒᆞ여 사문ᄒᆞᆫ 거술 ᄌᆞ세히 복쥬(復奏)케 ᄒᆞ라. 흠ᄎᆞᄒᆞ라.

베플기룰 맛ᄎᆞ미 요홰 ᄉᆞ은ᄒᆞ고 셩지룰 쳥ᄒᆞ여 가지고 ᄯᅩ 량왕(兩王)을 향ᄒᆞ여 비샤ᄒᆞ니 죠왕이 니ᄅᆞ되,

"우형(愚兄)이 이졔 오믄 황샹(皇上)이 치숑(差送)ᄒᆞ샤 황미(皇妹)의 무고룰 닙은 일을 변빅(辯白)ᄒᆞ여488) 쥬믈 위ᄒᆞ미라. 오ᄂᆞᆯ은 ᄂᆞ졋시니 명일을 기다려 판리ᄒᆞᆯ지니 황미ᄂᆞᆫ ᄌᆞ편(自便)ᄒᆞ믈 쳥ᄒᆞ노라."

요홰 즉시 도라와 하붕으로 ᄒᆞ여곰 쥬극셩을 다리고 샹셔방(上書房)【51】의 니ᄅᆞ러 량왕긔 배현ᄒᆞ고 도라오미 죠의 바야흐로 침궁의 드러와 문안ᄒᆞ니 요홰 대강 말을 뭇고 명ᄒᆞ여 물너가라 ᄒᆞ더라.

ᄎᆞ일의 죠왕이 죠의로 ᄒᆞ여곰 침궁의 드러가 쳠덕졔의 고쟝의 죠건을 일일이 분변ᄒᆞ여 공쵸(供招)룰 민ᄃᆞ러 ᄃᆡ질케 ᄒᆞ고 ᄅᆡ두(來頭)의 믄득 회계(回啓)ᄒᆞᆯ 문쵸(文招)가 되게 ᄒᆞ니 요홰 즉시 공ᄉᆞ(供辭)룰 ᄲᅥ 내엿거ᄂᆞᆯ 량왕이 보고 쳡예 량범(兩犯)을 잡아 드려 축죠(逐條)ᄒᆞ여 힐문ᄒᆞ니 져 량기ᄂᆞᆫ 본시 무뢰배로 쟝샹 ᄉᆞ경(事情)을 ᄌᆞ세히 아【52】지 못ᄒᆞ니 엇지 도져히 ᄉᆞ문ᄒᆞ믈 당ᄒᆞ여 내리오. 한 가지도 ᄃᆡ답ᄒᆞ여 내지 못ᄒᆞ미 임의 허무ᄒᆞᆫ 쥴을 알 거시오. 승인(僧人) 이고비(尼姑輩)룰 블너 ᄉᆞ문(査問)ᄒᆞ니 모다 집의 잇ᄂᆞᆫ 비복비(婢僕輩)오. ᄯᅩ 일즉 공이 잇셔 관작을 봉ᄒᆞ엿고 ᄯᅩ 요인이 셜교ᄒᆞ믈 ᄉᆞ문ᄒᆞ니 믄득 요화의 스승 무익ᄌᆞ(無碍子)라. 일즉 슌셩현묘션ᄉᆞ(順成玄妙仙師)룰 봉ᄒᆞ엿다 ᄒᆞ미 쳡예 량범(兩犯)이 겻ᄒᆡ 잇셔 듯더니 놀나 함구블언(緘口不言)ᄒᆞ거ᄂᆞᆯ 량왕이 다시 지삼 힐문ᄒᆞ미 오즉 부슈쳥죄(俯首請罪)ᄒᆞᆯ ᄯᆞ롬이라. 드ᄃᆡ여 디【53】방관의게 젼령ᄒᆞ여 쳡예 량범을 형구의 올녀 슈금(收禁)ᄒᆞ엿다가 발힝ᄒᆞᆯ ᄯᅢ의 경셩으로 압숑케 ᄒᆞ고 일변 죠의로 ᄒᆞ여곰 공쥬긔 쳥ᄒᆞ여 표쟝(表狀)을 지어 복계(覆啓)ᄒᆞ게 ᄒᆞ니 요홰 당야(當夜)의 죠히 지어 ᄲᅥ 노코 명일의 량왕긔 보내니 ᄯᅩ 하로룰 휴식ᄒᆞ고 비로쇼 발힝ᄒᆞ거ᄂᆞᆯ, 요홰 인ᄒᆞ여 죠복(朝服)을 곳치고 말을 붓쳐 ᄃᆡ신 셩테 평안ᄒᆞ믈 쳥ᄒᆞ게 ᄒᆞ고 다시 쇼복(素服)을 가라 닙고 쥬극셩을 다리고 량왕을 배숑(拜送)ᄒᆞ고 죠의 드러와 하직을 고ᄒᆞ니 요홰【54】니ᄅᆞ되,

"내 임의 량위 왕야긔 면탁(面託)ᄒᆞ여시니 황샹긔셔 내 표쟝을 보시면 필연 셩지가 잇셔 나리실 거시니 그 ᄯᅢ룰 기다려 네가 ᄯᆞ라 ᄀᆞᆺ치 쟝샹으로 도라오면 내가 다른 ᄉᆞ단이 잇셔 너룰 맛겨 판리ᄒᆞ려 ᄒᆞ노라."

죠의 슈명ᄒᆞ고 인ᄒᆞ여 량위 왕야룰 ᄯᆞ라 쳡예 량범(兩犯)을 압령ᄒᆞ여 가지고 몟칠이 못ᄒᆞ여 경셩의 니ᄅᆞ미 죠숑 량왕이 감히 몬져 ᄉᆞ실(私室)의 드러가지 못ᄒᆞ고, 죠회의 드러가 복명(復命)ᄒᆞ니 황샹이 즉시 블너 드리시거ᄂᆞᆯ 량왕이 산호【55】비무(山呼拜舞)룰 맛치미 요화의 표쟝을 올니니 황샹이 어안(御案) 우히셔 ᄯᅥ혀 보시미 그 표(表)의 닐너시ᄃᆡ,

칙봉십ᄉᆞ황녀가봉일등곤덕후신쳡요화(勅

---

487) 【안동ᄒᆞ다】 동 안동(眼同)하다. 사람을 따르게 하다. ¶ 面同 ‖ 쳡예 량기을 다리고 역마룰 달녀 쟝샹의 가셔 안동ᄒᆞ여 사실ᄒᆞ야 물이 ᄯᅥ러지고 돌이 나게 ᄒᆞ여 사문ᄒᆞᆫ 거술 ᄌᆞ세히 복쥬케 ᄒᆞ라 (帶同原呈詹倪二姓, 馳驛前往該莊, 面同質訊, 務使水落石出, 按擬復奏.) <瑤華 22:49>

488) 【변빅ᄒᆞ다】 동 {변백(辯白)하다.} 변명(辨明)하다. ¶ 剖白 ‖ 우형이 이졔 오믄 황샹이 치숑ᄒᆞ샤 황미의 무고룰 닙은 일을 변빅ᄒᆞ여 쥬믈 위ᄒᆞ미라 (愚弟兄此來, 亦爲主上差遣, 剖白皇妹被誣之事.) <瑤華 22:50>

封十四皇女加封一等坤德侯臣妾瑤華)ᄂᆞᆫ 표장을 ᄀᆞᆽ쵸와 ᄉᆞᆷ가 알외기ᄂᆞᆫ 은혜ᄅᆞᆯ 더ᄒᆞ여 ᄉᆞ문ᄒᆞ여 긔괴ᄒᆞᆫ 원통ᄒᆞᄆᆞᆯ 분셕ᄒᆞ여 쥬시ᄆᆞᆯ 위ᄒᆞ여 읍혈(泣血)ᄒᆞ며 공슌히 텬은을 샤례ᄒᆞ고 업ᄃᆡ여 셩감(聖鑑)ᄒᆞ시ᄆᆞᆯ 비ᄂᆞᆫ 일이라. 그윽이 드ᄅᆞ니 공명을 닐운 쟈ᄂᆞᆫ 편안이 물너가고, 쳥념ᄒᆞ미 만ᄒᆞᆫ 쟈ᄂᆞᆫ ᄒᆞ【56】ᄂᆞᆫ 거시 격다 ᄒᆞ니 이거ᄉᆞᆫ 고대신(古大臣)의 신분을 직희고 졀기ᄅᆞᆯ 가다듬ᄂᆞᆫ 묘법(妙法)인ᄃᆡ ᄉᆞᄎᆡᆨ(史冊)이 쇼연(昭然)ᄒᆞᆫ지라. 신쳡이 더러온 류의 명을 타 가지고 왕실의 의탁ᄒᆞ여 ᄉᆡᆼᄒᆞ엿ᄂᆞᆫ ᄃᆡ 다ᄒᆡᆼ이 셩셰(聖世)ᄅᆞᆯ 만나 졔우(帝遇)가 더욱 놉하 번왕의 녀식으로 말ᄆᆡ암아 칙지ᄅᆞᆯ 닙어 봉ᄒᆞ여 십ᄉᆞ황녜 되여 시러곰 쟝공쥬(長公主)의 반렬의 참예케 ᄒᆞ니 덕턱을 인 거시 하ᄂᆞᆯ과 ᄀᆞᆽ고 영ᄒᆡᆼ(榮幸)ᄒᆞ미 ᄶᅡ히 업ᄂᆞᆫ지라. ᄯᆡ【57】의 ᄉᆞ역(奢逆)의 도량(跳梁)ᄒᆞᄆᆞᆯ 마죠쳐 명을 밧들고 군ᄉᆞᄅᆞᆯ 거ᄂᆞ리고 졍토(征討)ᄒᆞ여시니 약질(弱質)이 엇지 능히 ᄒᆞ랴. 다 묘졍(廟廷)의 셩산(成算)을 좃ᄎᆞ미오 역괴(逆魁)ᄅᆞᆯ 모다 죽인 거ᄉᆞᆫ 도시 지시ᄒᆞ여 쥬신 긔틀을 바드미라. 일노 ᄲᅧ 한번 ᄲᅡ화 도젹을 잡으ᄆᆡ 봉화 연긔 길게 쉬고 달이 ᄎᆞ셔 공젹을 알외ᄆᆡ 궁시(弓矢)ᄅᆞᆯ 이의 노와 바린지라. ᄯᅩ 젹은 슈고ᄅᆞᆯ 진렴(軫念)ᄒᆞᄆᆞᆯ 닙어 후쟉을 더 봉ᄒᆞ여 쥬시니 이ᄂᆞᆫ 녜로븟허 만나【58】기 어려온 너븐 젼례(典例)오. 특별이 반샤(頒賜)ᄒᆞ신 격식의 너믄 이샹(異常)ᄒᆞᆫ 은슈(恩殊)라. ᄌᆞ못 경셩의 뎨턱(第宅)을 샤급ᄒᆞ시고 사ᄅᆞᆷ을 갈희여 하가케 ᄒᆞ시며 록봉(祿俸)을 후히 쥬시고 톄례(體例)ᄅᆞᆯ 놉혀 쥬시니 은춍을 쥬시미 더ᄒᆞ미 잇고 권쥬(眷注)ᄒᆞ시미 마지 아닌지라. 그윽이 챵업ᄒᆞᆫ 공훈과 강토(疆土)ᄅᆞᆯ 개쳑ᄒᆞᆫ 공젹의 비ᄒᆞᄆᆡ 여긔 지나미 업ᄂᆞᆫ지라.

그러나 신쳡 일인이 비록 큰 은뎐을 닙어시ᄃᆡ 잔미ᄒᆞᆫ 명슈【59】실노이 지박(至薄)ᄒᆞ미 붓그러온지라. 츌가(出嫁)ᄒᆞᆫ지 슈ᄌᆡ(數載)의 ᄌᆞ식 하나ᄒᆞᆯ 나하 노코 산후의 드ᄃᆡ여 고질을 어든 고로 여러번 샹쇼ᄒᆞ여 실졍을 쥬문ᄒᆞ엿더니 다ᄒᆡᆼ이 가마니 감최고 암컷 쳐로 업ᄃᆡᄆᆞᆯ 어더시나 통한ᄒᆞ기ᄂᆞᆫ 쳡의 아븨 변량 난리의 죽의ᄆᆡ 길게 바람 나무ᄅᆞᆯ 슬퍼ᄒᆞ고 쳡의 지아비 류젹의 칼의 걸니여시니 그윽이 미망인 되ᄆᆞᆯ 한ᄒᆞᄂᆞᆫ지라. 인ᄒᆞ여 진셰의 쓰【60】이 ᄉᆞ라지고 부쳐ᄅᆞᆯ 셤기ᄂᆞᆫᄃᆡ 경셩이 나셔 왕쟝을 곳쳐 도원(道院)을 ᄆᆡᆫᄃᆞᆯ고 슈복(綉服)을 ᄉᆞᆯ와 바리고 거믄 옷ᄉᆞᆯ 밧고니 이ᄂᆞᆫ 진실노 부득이 ᄒᆞᆫ ᄉᆡᆼ각이어ᄂᆞᆯ 이의 블량ᄒᆞᆫ 무리들이 잇셔 오히려 희긔(睎覬)ᄒᆞᄂᆞᆫ[489] ᄉᆡᆼ령을 내여 망혼(亡魂) 쳔도(薦道)ᄒᆞᄂᆞᆫ 거ᄉᆞᆯ 가ᄅᆞ쳐 ᄉᆞ교ᄅᆞᆯ 베픈다 ᄒᆞ며 ᄉᆞ부ᄅᆞᆯ ᄉᆞᆨ여 요인이라 니ᄅᆞ며 호위ᄒᆞᄂᆞᆫ 사ᄅᆞᆷ은 쥬신 거시 텬가(天家)로븟허 ᄒᆞ고 챵고의 ᄡᆞ흔【61】거ᄉᆞᆫ 록봉의 남은 거시어ᄂᆞᆯ 다만 버려셔 죠건을 ᄉᆞᆷ아 가지고 감히 형죠(刑曹)의 고쟝ᄒᆞ며 심ᄒᆞ기 밋친 말노 모역(謀逆)ᄒᆞᆫ다 ᄒᆞ며 긔ᄀᆞᆽ치 짓ᄂᆞᆫ 거시 간샤ᄒᆞ다 ᄒᆞ며 단셔 업시 거즛말을 지어내며 싀랑(豺狼)[490]쳐럼 도로혀 ᄆᆞᆯ녀 ᄒᆞ더니 다ᄒᆡᆼ히 황샹의 은턱이 부월(斧鉞)의 업ᄃᆡᄂᆞᆫ 거ᄉᆞᆯ 느츄어 쥬시ᄆᆡ 드ᄃᆡ여 시러곰 완젼이 졍을 베푸러 우러러 셩명(聖明)의 감찰(監察)ᄒᆞᄆᆞᆯ 마ᄌᆞ려 ᄒᆞ니, 이ᄂᆞᆫ 실노이 진(秦)나라 거울【62】을 놉히 다라 굽혀 ᄉᆡᆼ젼(生全)ᄒᆞᄆᆞᆯ 뫼엿ᄂᆞᆫ지라. 사문ᄒᆞᆫ 졍샹은 스ᄉᆞ로 흠ᄎᆞ의 면쥬(面奏)ᄒᆞ미 잇기로 감히 번관(煩官)ᄒᆞ게 ᄇᆞᆰ히지 아니ᄒᆞ고 다시 쳥ᄒᆞ미 잇ᄂᆞᆫ 밧ᄌᆞᄂᆞᆫ 쳡의 아비 나라ᄒᆞᆯ 위ᄒᆞ여 몸을 바린 거ᄉᆞᆫ 직분의 응당ᄒᆞᆯ 거시나 이 ᄉᆡᆼ의 ᄉᆞᄉᆞᆨ(嗣續) 업ᄂᆞᆫ 거ᄉᆞᆫ 졍경이 실노이 불샹ᄒᆞᆫ지라. 신쳡이 비록 젹츌(嫡出)이나 계집이 나면 밧글 향ᄒᆞᆫ다 ᄒᆞ니 비록 능히 효ᄉᆞ(孝思)ᄅᆞᆯ 갈진(渴盡)ᄒᆞ나 능히 죵ᄉᆞ(宗嗣)ᄂᆞᆫ【63】니어 벗지 못ᄒᆞᆯ지라. 업ᄃᆡ여 ᄉᆡᆼ각ᄒᆞ니 셩샹이 효로ᄲᅧ 텬하ᄅᆞᆯ 다ᄉᆞ리ᄆᆡ 친친(親親)ᄒᆞᄆᆞᆯ 돈독히 ᄒᆞ시니 비록 일만 번 죽으나 오히려 쳐자(妻

---

489) 【희긔ᄒᆞ다】 동 희개(睎覬)하다. 엉큼한 마음으로 기회를 노리고 엿보다. ¶ 覬覦 ‖ 이ᄂᆞᆫ 진실노 부득이 ᄒᆞᆫ ᄉᆡᆼ각이어ᄂᆞᆯ 이의 블량ᄒᆞᆫ 무리들이 잇셔 오히려 희긔ᄒᆞᄂᆞᆫ ᄉᆡᆼ령을 내여 망혼 쳔도ᄒᆞᄂᆞᆫ 거ᄉᆞᆯ 가ᄅᆞ쳐 ᄉᆞ교ᄅᆞᆯ 베픈다 ᄒᆞ며 (此誠不得已之興, 思無可奈何之飮泣也. 乃有不逞之徒, 猶生覬覦, 指薦亡爲設敎.) <瑤華 22:60>

490) 【싀랑】 명 시랑(豺狼). 승냥이와 이리. ¶ 狼 ‖ 단셔 업시 거즛말을 지어내며 싀랑쳐럼 도로혀 ᄆᆞᆯ녀 ᄒᆞ더니 (持狀底而生訛, 拂狼貪而反噬.) <瑤華 22:61>

孥)의게 밋지 아니ᄒᆞᄂᆞᆫ디 엇지 가지를 련ᄒᆞ여 그 절ᄎᆞ(節次)되믈 ᄎᆞ마 ᄒᆞ리오?

감히 비ᄂᆞ니 칙지를 죵신(宗臣)의게 나리샤 옥텹(玉牒)을 안험(按驗)ᄒᆞ여491) 샹당(相當)ᄒᆞᆫ 쇼목(昭穆)을 갈히여 죵파(宗派)를 니어 쥬시면 존몰(存沒)의 너른 은턱을 니는 거시 가히업술지라. 표문(表文) 【64】 을 림ᄒᆞ여 격졀(激切)ᄒᆞ고 병영(屛營)ᄒᆞᆫ 지극ᄒᆞ믈 니긔지 못ᄒᆞ고 삼가 봉표(奉表)ᄒᆞ여 ᄡᅥ 들닌다.

ᄒᆞ엿더라.

황샹이 보시기를 맛ᄎᆞ미 위ᄒᆞ여 눈물을 나리시고 인ᄒᆞ여 사문ᄒᆞᆫ 바 경샹을 무ᄅᆞ시니 죠송 량왕이 알외딕,

"이 거슨 실노이 쳠예 량범의 죠건을 ᄲᅡ하 구날(構捏)ᄒᆞ미오. 아오로 실샹의 거ᄒᆞᆯ 거슨 업ᄂᆞᆫ지라. 신 등이 축죠(逐條) ᄒᆞ여 힐문ᄒᆞ미 죄인이 ᄒᆞᆷ긔 머리를 굽혀 말이 업고 오쟉 죽기를 빌ᄯᆞ름이라."

ᄒᆞ니 황데 니ᄅᆞ시딕,

"ᄎᆞ등 픽류(悖類)ᄂᆞᆫ 맛당히 젼형(典刑)을 명뎡(明正)ᄒᆞᆯ 거시니 지톄말나."

ᄒᆞ시고 드딕여 형부(刑部)를 명ᄒᆞ샤 밧비 죠률(照律)ᄒᆞ여 알외라 ᄒᆞ시고 ᄯᅩ 죠송 량왕을 명ᄒᆞ샤 죵친부(宗親府)를 회동(會同)ᄒᆞ여 사ᄅᆞᆷ을 ᄀᆞᆯ히여 복왕의 닙후(立後)를 ᄒᆞ여 쥬시고 각신(閣臣)을 명ᄒᆞ여 표쟝(表章)을 비답(批答)ᄒᆞ여 쥬시고 즉시 퇴죠ᄒᆞ시니 형부 관원이 긴ᄒᆞ게 죠률ᄒᆞ여 쳡덕졔 예리[취] 량긔를 가져 ᄉᆞᄅᆞᆷ을 무고ᄒᆞ고 방ᄌᆞ히 죵실을 구날(構捏)ᄒᆞᆫ 죄로 즉시 경【66】 법ᄒᆞ믈 청ᄒᆞ니 셩지 윤종ᄒᆞ시고, ᄯᅩ 죠송 량왕이 임의 죵친부로 더브러 회동ᄒᆞ여 보국쟝군(輔國將軍)의 ᄋᆞ돌 유미(由枚)를 ᄀᆞᆯ히여 옥텹(玉牒)을 죠검ᄒᆞ고 쇼목을 명빅히 아라 쥬달ᄒᆞ고, ᄎᆞ일 죠죠(早朝)의 다리고 드러가 뵈오니 황샹이 일홈을 영화(英華)라 ᄒᆞ여 쥬시고 봉은쟝군(奉恩將軍) 직함을 셰습게 ᄒᆞ시고 신칙(申飭)ᄒᆞ여 왕쟝의 도라가 봉샤케 ᄒᆞ시며 죠송 량왕이 ᄯᅩ 알외기를, 경녁ᄉᆞ 죠의ᄂᆞᆫ 본딕 곤덕후(坤德侯) 부즁 쟝ᄉᆞ로 복왕 부즁의 가ᄉᆞ를 익이 아니【67】 계후(繼後)ᄒᆞᆫ 영화를 ᄯᆞ라 왕쟝의 가셔 셩지를 베플게 ᄒᆞ니 황뎨 의윤 ᄒᆞ시미 죠송 량왕이 셩지를 밧들고 퇴됴ᄒᆞ여 죠의를 분부ᄒᆞ여 간판(幹辦)ᄒᆞ라 ᄒᆞ니 죠의 셩지를 ᄡᅡ셔 가지고 영화를 ᄯᆞ라 쟝샹으로 도라오더라.

요홰 져 죠의의 즁로의 셔신 통ᄒᆞ믈 바다 알고 인ᄒᆞ여 샹셔방을 슈정ᄒᆞ여 ᄡᅥ 영화의 거쥬ᄒᆞ믈 죠비ᄒᆞ여 노코 쵸엽(蕉葉)과 류지(柳枝)로 ᄒᆞ여곰 쟝샹의 잇ᄂᆞᆫ 젼산(田産)과 고쟝(庫藏)ᄒᆞᆫ 것과 포진(鋪陳)과 긔명(器皿) 등믈을 난호【68】와 둘히내여 일분은 계후ᄒᆞᆫ 사ᄅᆞᆷ을 쥬고 일분은 쥬극셩(周克成)을 쥬고 아올나 경셩의 ᄉᆞ송ᄒᆞᆫ 뎨턱을 가져 극셩으로 ᄒᆞ여곰 거쥬케 ᄒᆞ고 분망ᄒᆞᆫ지 슈일의 비로쇼 판리(辦理)ᄒᆞ믈 경당히 ᄒᆞ더라.

몃날이 못되여 죠의 임의 영화와 ᄀᆞᆺ치 쟝샹의 니ᄅᆞ럿거ᄂᆞᆯ 요홰 죠복을 곳치고 인ᄒᆞ여 쟝문 어귀의 나아가 셩지를 영졉ᄒᆞ니 죠의 즉시 베프러 니ᄅᆞ딕,

셩지를 밧들나. 어졔 죠왕(趙王) 뉴호(由浩) 등이 가져 【69】 온 복계(復啓) 표쟝을 의거ᄒᆞ여 문[무]고(誣告)를 닙은 연유를 지실(知悉)ᄒᆞ고 임의 량범을 가져 죠률ᄒᆞ여 젼형(典刑)을 명뎡(明正)ᄒᆞᆫ지라. 니ᄅᆞᆫ바 복번(福藩)이 국난의 죽엇ᄂᆞᆫ딕 오히려 ᄉᆞ속이 업다 ᄒᆞ니 경샹이 심히 긍측(矜惻)ᄒᆞᆫ지라. 임의 죵친부의 칙지를 나려 벅벅이 계후ᄒᆞᆯ 사ᄅᆞᆷ을 갈히여 일홈을 영화로 쥬고 쟝샹의 가셔 봉ᄉᆞ케 ᄒᆞ여시니, 곤덕후(坤德侯)ᄂᆞᆫ 맛당히 교훈ᄒᆞ여 힘ᄡᅥ 션인의 뜻을 닛게 ᄒᆞ고 능히 가 【70】 셩(家聲)을 ᄯᅥᆯ치게 ᄒᆞ라. 흠지 ᄉᆞ은이라.

ᄒᆞ엿더라.

요홰 ᄉᆞ은을 맛치미 셩지를 밧드러 가묘의 봉안(奉安)ᄒᆞ고 죠의 옮히 와 문안ᄒᆞ고 일졀(一切) ᄉᆞ졍(事情)을 가져 한 ᄎᆞ례 면픔ᄒᆞ미 요홰 즉시 영화를 청ᄒᆞ여 셔로 볼 ᄉᆡ 각기 ᄉᆞ비(四拜)ᄒᆞ고 요홰 보미 영화의 인픔이 문아(文雅)ᄒᆞ

---

491) 【안험ᄒᆞ다】 동 안험(案驗)하다. ¶ 案 ‖ 안험할 안 (案) <兒上 10b> 按稽 ‖ 감히 비ᄂᆞ니 칙지를 종신의게 나리샤 옥텹을 안험ᄒᆞ여 샹당ᄒᆞᆫ 쇼목을 갈히여 죵파를 니어 쥬시면 존몰의 너른 은턱을 니는 거시 가히업술지라 (敢祈勅下宗臣, 按稽玉牒, 擇相當昭穆繼續宗支, 則存歿均戴渥澤之靡涯矣.) <瑤華 22:63>

고 긔되(氣度) 헌앙(軒昻)ᄒᆞ며 나흘 무ᄅᆞ니 겨유 십오셰오, 언에 ᄯᅩᄒᆞᆫ 심히 활달ᄒᆞᆫ지라. ᄆᆞ옴의 심히 깃거ᄒᆞ고 일변 표문을 지어 사은ᄒᆞ고 ᄎᆞ【71】일의 연셕을 판비ᄒᆞ여 샹셔방의 버리고 영화ᄅᆞᆯ 쳥ᄒᆞ여 잔치ᄒᆞ며 ᄯᅡ로 일셕(一席)을 ᄀᆞᆺ쵸와 졍즁(庭中)의 노코, 죠의로 ᄒᆞ여곰 안ᄌᆞ라 ᄒᆞ고 ᄯᅩ 쥬극셩으로 ᄒᆞ여곰 ᄧᅡᆨᄒᆞ여 먹게 ᄒᆞ니 죠의 지삼 샤례ᄒᆞ거ᄂᆞᆯ 요홰 니ᄅᆞ되,

"네가 이졔ᄂᆞᆫ 셩지ᄅᆞᆯ 밧들고 왓시니 흠챠로 혬ᄒᆞᆯ 거시오. ᄯᅩ 오히려 긴요ᄒᆞᆫ 부탁ᄒᆞᆯ 거시 이시니 반ᄃᆞ시 밀쳐 ᄉᆞ양치 말나."

죠의 부득이ᄒᆞ여 요화와 영화의 ᄋᆞᆲ히 니ᄅᆞ러 무샹(無狀)ᄒᆞ믈[492] 고ᄒᆞ고 비로쇼 감히 안더라【72】요홰 잔치ᄒᆞᄂᆞᆫ ᄌᆞ음의 ᄆᆞᆫ득 쵸엽과 류지로 ᄒᆞ여곰 분배(分配)ᄒᆞ여 노흔 젼산과 고쟝과 포진과 긔명 각항 치부칙을 가져 영화ᄅᆞᆯ 쥬어 보게 ᄒᆞ고 오열ᄒᆞ여 니ᄅᆞ되,

"왕얘 계실 ᄯᅢ의 ᄭᅵ쳐 쥬신 믈건은 슈년 흉겸(凶歉)ᄒᆞ미 용되(用度) 태과(太過)ᄒᆞ여 거의 진케 되엿더니 다힝이 젼일의 본젼을 내여 외간의 뎐당푸리ᄅᆞᆯ 개셜ᄒᆞ엿다가 근릐의 병홰 니러나믈 인ᄒᆞ여 다 거두웟기로 바야흐로 이 젹츅(積蓄)ᄒᆞᆫ 거시 이시니 이졔 각항 물건을【73】고로게 량분ᄒᆞ여 일분(一分)은 너ᄅᆞᆯ 쥬고 일분(一分)은 쥬극셩을 쥬어시니 우리 두 집이 가히 세월을 보내리라."

ᄒᆞ고 ᄯᅩ 죠의ᄅᆞᆯ 딕ᄒᆞ여 니ᄅᆞ되,

"네가 경셩으로 도라갈 ᄯᅢ의 쥬극셩을 다려가고 ᄆᆞᆫ득 네게 부탁ᄒᆞᄂᆞ니 챡실이 관쇽ᄒᆞ여 문필을 익이게 ᄒᆞ고 쟝릐의 가도(家道)ᄅᆞᆯ 일우며 ᄉᆞ업을 셰우며 츌신ᄒᆞᄂᆞᆫ 근본은 내가 모다 아ᄅᆞᆫ 체 아니ᄒᆞᆯ 거시오. 남은 바 지물은 네가 ᄀᆞᆺ치 ᄡᅳ고 가게 ᄒᆞ라."

ᄒᆞ고 ᄯᅩ 쵸엽과 쇼란(素蘭)을 블너 분부ᄒᆞ되,

"져 영화의 일은 내가 너의 량인의게 부탁ᄒᆞᄂᆞᆫ 거시니 난흔 바 지믈은 일일히 죠슈(照數)ᄒᆞ여 보고 명일노 위시(爲始)ᄒᆞ여 명ᄉᆞ(名師)ᄅᆞᆯ 연쳥(延請)ᄒᆞ여 ᄋᆞᄌᆞ의 학업을 교도ᄒᆞ게 ᄒᆞ고 슉녀ᄅᆞᆯ 구ᄒᆞ여 가실(家室)을 셩취(成娶)ᄒᆞᄂᆞᆫ 거시 모다 급히 간판(幹辦)ᄒᆞᆯ 일이오, 지어 각항 범절은 벅벅이 각기 ᄆᆞ옴을 다ᄒᆞ여 료리(料理)케 ᄒᆞ라. 나ᄂᆞᆫ 도시 뭇지 아닐 거시오 나ᄅᆞᆯ 노화 쳥한ᄒᆞ게 공부ᄒᆞ여 도힝을 닥가 어드면 혹ᄌᆞ 너의 무리가지 유익ᄒᆞ미 이시리라."

즁인이 일일히 령명(領命)ᄒᆞ고 잔【75】치 맛기ᄅᆞᆯ 기다려 각기 방의 도라가 헐슉(歇宿)ᄒᆞ고 ᄎᆞ일의 쥬극셩을 다리고 하직ᄒᆞ고 경셩(京城)으로 나아가거ᄂᆞᆯ 요홰 빅우옥 등으로 ᄒᆞ여곰 지믈 건긔[493]ᄅᆞᆯ 슈습ᄒᆞ여 죠의ᄅᆞᆯ 맛겨 쥬어 ᄒᆞᆷ긔 ᄡᅳ고 가게 ᄒᆞ더라.

영홰 임의 명ᄉᆞ(名師)ᄅᆞᆯ 마져 독셔ᄒᆞ고 하붕(何鵬) 등으로 ᄒᆞ여곰 별노이 산디(山地)ᄅᆞᆯ ᄀᆞᆯ희여 복왕을 위ᄒᆞ여 쳔묘(遷墓)ᄒᆞ고 죠부인과 한부인(韓夫人)을 옴겨 합쟝ᄒᆞᆯ ᄉᆡ 죵일 분망ᄒᆞ여 모든 일을 겨유 맛ᄎᆞ미 령ᄉᆞ 무리 드러와 턱일 거힝【76】ᄒᆞ믈 쳥ᄒᆞ거ᄂᆞᆯ 빅우옥이 요화의게 품ᄒᆞ랴 ᄒᆞ고 두로 ᄎᆞ져도 엇지 못ᄒᆞᆫ지라. 즁인이 심히 고이히 너기더니 영홰 침궁으로 드러와 말ᄒᆞ기ᄅᆞᆯ,

"우리 져졔(姐姐) 죠됴(早朝)의 나ᄅᆞᆯ 딕ᄒᆞ여 말ᄒᆞ기ᄅᆞᆯ ᄉᆞ부와 ᄀᆞᆺ치 산즁으로 드러간다 ᄒᆞ고 문텹(文帖)을 머믈너 여긔 두며 너의 무리로 ᄒᆞ여곰 죠히 가ᄉᆞᄅᆞᆯ 죠관(照管)ᄒᆞ라 ᄒᆞ며 져져ᄂᆞᆫ ᄯᅢ 아니로 와셔 본다 ᄒᆞ더라."

쵸엽 등이 말을 듯고 일졔히 문텹을 ᄯᅥ혀 보니 여샹이 일을 판리ᄒᆞ며 가히 드【77】러내지 말게 ᄒᆞ고 만일 긴요ᄒᆞᆫ 일이 잇거든 내 샹(床) ᄋᆞᆲ히 와셔 긔도(祈禱)ᄒᆞ고 고(告)ᄒᆞ면 자연 응ᄒᆞ미 이시리라 하엿거ᄂᆞᆯ 즁인이 각각 그 ᄯᅳᆺ을 짐작ᄒᆞ고 쟝기덕 쥬쳥딘ᄂᆞᆫ ᄯᅩᄒᆞᆫ 시시로 비결(秘訣)을 의지ᄒᆞ여 슈련ᄒᆞᆫ 후의 맛ᄎᆞᆷ내 샹ᄌᆞ(相者)의 말과 ᄀᆞᆺᄐᆞ여 하나흔 귀션(鬼仙)이 되고, 하나흔 디션(地仙)이 되더라.

죠의 쥬극셩을 다리고 경셩의 니ᄅᆞ러 요화의 부탁을 져바리지 아니코 진졍으로 교훈ᄒᆞ여

492)【무샹ᄒᆞ다】 톙 {무샹(無狀)하다.} ¶ 無狀 ‖ 죠의 부득이ᄒᆞ여 요화와 영화의 ᄋᆞᆲ히 니ᄅᆞ러 무샹ᄒᆞ믈 고ᄒᆞ고 비로쇼 감히 안더라 (趙宜只得遵命, 在瑤華、英華之前告了無狀, 才敢坐下.) <瑤華 22:71> ⇒ 무샹ᄒᆞ다

493)【건긔】 몡 {건기(件記).} ¶ 件 ‖ 요홰 빅우옥 등으로 ᄒᆞ여곰 지믈 건긔ᄅᆞᆯ 슈습ᄒᆞ여 죠의ᄅᆞᆯ 맛겨 쥬어 ᄒᆞᆷ긔 ᄡᅳ고 가게 ᄒᆞ더라 (瑤華令白于玉等收拾周克成貲財物件, 代爲拴縛停當, 交與趙宜, 一同帶回.) <瑤華 22:75>

쟝졍(壯丁)을 닐울 ᄣᅢ의 니ᄅᆞ러 임의 국ᄌᆞ감(國子監)의 【78】 의 드러가고 다시 븟도다 ᄉᆞ로(仕路)의 들게 ᄒᆞ고 ᄯᅩ 블너 ᄉᆞ회ᄅᆞᆯ ᄉᆞᆷ고 ᄌᆞ숀이 번셩ᄒᆞ여 이의 련면부졀(延綿不絶)ᄒᆞ고 ᄌᆞ원(自愿)과 뇨ᄉᆡᆼ(了生) 량 니고도 ᄯᅩᄒᆞᆫ ᄧᅡ라 산의 드러가 맛친 바ᄅᆞᆯ 아지 못ᄒᆞᆫ다 니ᄅᆞ더라. [권이십이 종]

日了又對趙宜道你回京時將周克成帶去就托你照管攻書上學以及將來成家立業立身根本我都不問了所有貲財你也帶了去又喚蕉葉素蘭來吩咐道這熊子的事我也托付你兩个將所分貲財一一查收自明日為始即延名師教導熊子學業求聘淑女以成家室此皆急于幹辦者至于田業收放日常用度應各盡心料理我也都不問了放我清閒工夫得修道行或者與尔等亦有益處衆人一一領命已是散席之候各各歸房歇息次日趙宜告辭進京瑤華令白于玉等收拾周克成貲財物件代為捆縛停當交與趙宜一同帶回于是各各拜辭而去這裡英華已請有教讀在庄教導另撥所餘田產分給僧尼

兩處養贍並囑何鵬等另擇佳地為瑞王建造衣冠墓遷移趙夫人韓夫人之柩併葬一處終日營營忙个不了諸事辦妥令史等稟進來請擇日舉行白于玉找尋瑤華遍尋不得衆人以為咤異忽見英華進寢宮來說我姐姐于早上來對我說同師父入山去了留个諭帖在此叫你們好々照管家事他不時也要回來看視蕉葉所見一并折閱諭帖無非叫照常辦事不可聲張如有緊要事在我床前禱告自有應响衆人各各會意張其德周青燕一人日見瑤華在房揔不說與大家知道二人亦時授秘訣修煉以後竟如相士之言一成鬼仙一成地仙趙宜帶回周克成到京不負瑤華所托認真教導到成丁時已列成均後

又提拔入了仕途即招為婿子孫繁衍延綿不絕自愿了生二尼後亦隨同入山不知所終云

一段情懷何處伸　無端撰出幻中真
鬚眉久被時流厭　斂髮應教俊父親
寧此心雄揮筆墨　縱將意馬美精神
請留劍術逢人授　盡斬前緣與夙因

閬仙評曰

此則全收此傳之大局尤可異者將歸結矣而又起一小波瀾即借波瀾而遂結之戲矣筆墨而到此境界寔為暢心快意于是著書之能事畢矣論其全傳無非為戒淫兩字劍仙之眈眈于此無非要積功兩字狐鬼之

得以成劍仙無非肯服善兩字周青燕張其德得以一成地仙一成鬼仙無非能守分兩字在庄之各僕婦人等無非遵節慾兩字余之從而加評議論無非得看透兩字請　諸君子閱此傳者無非望醒覺兩字庶不負作者評者之嘔心滴血也跂予望之

勅下宗臣按稽玉牒擇相當昭穆繼續宗支則存殁均戴
而忍其絶後敢祈
遊澤之靡涯矣臨表不勝激切屏營之至謹表以
聞
恩宗閲畢不覺為之隕淚因問所憫情形趙宋而王奏道
此寔詹俔二犯之砌欸捏誣並無絲毫實據臣等遂欸面
加質訊該犯俱各俯首無詞惟有乞死而已恩宗道此等
棍徒宜加顯戮勿得有稽遂命刑部速即按擬具奏又命
趙宋而王會同宗人府擇人為福王立繼表章發閣臣擬
旨批發即時退朝刑部赵緊按擬將詹德著俔二照誣告
人死罪未決律擬斬監候但捏告宗室訊係全誣應加等

請旨即行正法俔二名下應追冒挑官錢十二千給舖戶
収領疏入即時施行一面批發表章趙宋而王已同宗人
府會擇得輔國將軍之子山枚應繼檢呈玉牒欽明昭穆
入奏次日早朝帶領引見恩宗賜名英華降襲奉恩將軍
之職飭歸王庄奉祀趙宋而王又奏明前揮經歷司趙宜
本係坤德侯府中長史素諳福王府中家事即令其跟隨
應繼之英華赴王庄宣讀旨意恩宗准奏趙宋而王領旨
出朝即宣旨令趙宜承辦趙宜賫了旨意跟隨英華束装
起程一面赶繕禀啟由驛遞送先行敬明原委瑶華處接
到趙宜奏啟即令江乞長預備接旨仍將上書房舖設以
備繼續到庄歇宿一面令蕉葉栁枝將在庄所有田產倉

庫舖墊器玩什物配作两分一分與繼立之人一分與周
克成並將京中賜第給周克成居住擾乱了数日纔辦理
妥當不一日趙宜同英華已到王庄瑶華仍出庄門口迎
接旨意趙宜即時宣讀曰
奉聖旨昨據趙王由浩等賫到陳奏表章知悉被誣緣
由已將二犯按擬明正典刑矣所有福藩殉國尚乏子
嗣情堪憫惻已勅下宗人府擇有應繼之人賜名英華
來庄入祀該侯即為教養勉承先志克振家声欽哉謝
恩
瑶華謝過恩將旨意供入家廟趙宜上前請了安將一切
情事面禀了一番瑶華即請英華相見各拜了四拜問了

年分叙為姊弟瑶華見英華人品閒雅氣度軒昂問年纔
止十五歲語言亦甚豁達心甚歡喜一面繕表謝恩次晨
辦備筵席在上書房請英華筵醼另備一席在庭下令趙
宜坐下又令周克成陪席趙宜再三叩辞瑶華道你如今
奉旨意來的也筭是个欽差且尚有要事囑咐不必推遜
趙宜只得遵命在瑶華英華之前告了無狀纔敢坐下瑶
華陪醼之際便令蕉葉栁枝將配分之田產倉庫舖墊玩
器各項冊籍送英華看了道王爺在日也有遺下那两年
荒歉用度不貲幾乎殆盡幸襄時發本在外開張典舖近
因鋒烟不靖盡行収回方有此積蓄如今將所有在庄各
物均做两分你取一分周克成取一分我两家均可度

看奏表必有旨意下來朱乃隨同來在我尚有別事發辦
趙宜領命仍赴上兩位王爺督押詹俛二犯回京行過汴
梁忽有脚夫同發錢之人在兩位王爺據前控告俛二冒
挑錢文一事趙王即發與趙宜訊問口供一併入奏不一
日到京趙宋兩王不敢先入私第一逕造朝覆命思宗立
即宣召兩王嵩呼拜舞畢呈上瑤華覆奏表章思宗就龍
案拆閱其表曰
勅封十四皇女加封一等坤德侯臣妾瑤華具表謹
奏為恩加叠勅剖白苛冤泣血恭謝
天恩伏乞
睿鑒事竊聞名成者恬退蕭靜者寡為此古大臣守身勵

節之妙用史冊昭然臣妾稟命濁流托生王室幸逢
聖世遭遇弥隆由潘王之女荷蒙
勅封為十四皇女得並于長公主之列戴德如
天荷幸無地時值番逆之跳梁奉
命督師而征討弱質何能悉避
廟廷之成算逆酋盡殲皆受
指示之機宜是以一戰而獻俘鋒烟永息弥月而奏績寺
一矢斯張又蒙
軫念微勞加封侯爵此亘古難逢之
曠典特頒逾格之
殊恩也追荷

賜館京畿擇人下嫁厚其廪祿增其式廓
寵錫有加
眷注無已窃比于創業之勛開疆之績莫過于此然臣妾
一身雖被
鴻庥而微命實慚至薄結褵數載育子一人胎前催保粗
寧産後遂成痼疾故屢疏據實以奏
聞幸獲潛藏而雌伏嗣痛妾父殉難于汴梁永悲風木妾
夫又惟鋒于流寇切恨未亡因而灰志塵寰誠心古
佛改王庄以為道院爨務服而易緇衣此誠不得已
之與思無可奈何之飲泣也乃有不逞之徒猶生覬
覦捐者以為蠱數誣師御為妖人護衛

錫曰
天家倉儲餘于廩祿盡羅刘為欵迹敢槩首于刑市甚而
狂言謀逆犬吠奸邪持狀底而生訛挑狼貪而反噬
幸叨
皇仁之寬網緩斧鑕之驟加遂得苑轉陳情仰邀
聖明垂鑒斯誠
秦鏡高懸而曲荷生全者也所有查勘情形自有
欽差面奏未敢絮贅致蹈瀆愆尤更有請者妾父為國捐軀
分所應得此生之嗣情寔堪憐臣妾雖其嫡血無如
女向外生縱能竭盡孝思不克續延宗嗣伏念
聖主以孝治天下敦篤親親雖萬死尚不及妻孥豈連枝

口氣道人心如此天意如此尚何言哉遂又咲了一咲道却也斷了此舉好完我這樁大事當即吩咐江允長道不過一月內必有欽差到此查勘一切不必舉動惟將上書房鋪設完好接待欽差江允長領命出來令各人辦理何鵬寺道公主也太當件事辦了這个賊光棍成什麽氣候真个敢去舉首江允長道寧可信其有不可信其無隔了十多日忽然得了趙宜的稟啟送與瑤華看了亦無甚言語又隔了八九日又接了一封送進拆閱纔知主上欽差趙宋兩位王爺來庄查勘一兩日內即到大家方信瑤華之吩咐有因不一日到庄瑤華換了朝服出庄迎接聖旨趙宋兩王爺正中立了宣旨意道

998

奉聖旨十一月二十三日據都察院左都御史臣汪為善奏稱為據實具奏事十一月二十二日據指揮使正使臣虞璥于本日開期放告有臺州鄉民詹德著倪二聯名舉首稱王收租庄子有藏匿妖人設教惑衆情事查該庄有福藩之女瑤華係朕嫡從堂妹曾封為十四長公主又經出師收滅叛逆奢崇明得功加封為一等坤德侯爵在庄居住自下嫁後因產病瘵踈據奏明在案似無前項情事但有州民舉首若不據情查勘虛實不分反非所以剖白之道着親王由浩寺帶同原告詹倪二姓馳驛前往該庄面同質訊務使水落石出按擬覆奏欽此

999

宣畢瑤華謝恩後請過聖旨又向趙宋兩王請安各各相見趙王道恩弟兒此來亦為主上差遣剖白皇妹被誣之事今日天晚歇息一晚待明日辦理皇妹且請自便瑤華當即辭回又令令史何鵬寺隨同周克成出到上書房叩見陪侍趙宋兩王亦即辭回趙宜方進寢宮來請安瑤華問了些話纔出來伺候兩位王爺一晚無話次晨趙王即令趙宜入寢宮將詹德著舉首之款逐條登答做一个親供好提犯質審將來就可作為覆奏之稿瑤華當即親筆寫了親供送與趙宋兩王看了即時將詹倪二犯提到逐條質訊這兩个本是賴皮光棍又未將庄上情事探听明白那裡經得徹底查問一條也答不上來已見虛誣又

1000

傳僧尼兩院僧人尼姑查問皆是衆生懺悔且曾有功封過官爵的又查妖人設教就是瑤華之師無礙子也曾封過順成元妙仙師這詹倪兩个在旁听了嚇得頓口無言趙王宋王又再三詰問惟有俯首請罪而已遂傳地方州縣將詹倪二犯上了刑具收禁俟起身時解京一面令趙宜請公主作表奏覆瑤華當晚做好繕寫明白送趙宋兩王代為覆奏又休息了一日纔辭回覆命瑤華仍舊換了朝衣寄請聖安復又更換素衣帶同周克成拜送兩王起程趙宋兩王再四辭道外邊尚有文武員弁送行皇妹甚覺不便請自回宮瑤華只得令令史跟隨周克成叩送趙宜又進寢宮叩辭瑤華道我已面托兩位王爺俟主上閱

1001

有兩个替巳錢又有客氏的房租掌管所以一到京師恰值開捐助兵餉他就在長史職銜上加捐了一个錦衣衛指揮使經歷司人本能幹所以上官都看重他凡有事件都發與他審辦聲望甚好這日放告也發交他收狀子趙宜坐堂收了十來張忽收着詹德著同倪二聯名狀一帋首告王庄之事細看情由甚覺浮泛且件件實事明知是不逞之徒意存圖詐若當堂審問必不能得其底蘊遂喚番子手吩咐道這件首告的事甚覺重大恐要奏聞原告不便令其遠離着令管帶以便隨時傳問番子手答應即將詹倪二人管帶趙宜退堂後即喚兩个能幹番子手私下去探詹倪二人的意思若何一面將所收狀子送到堂

994

上並將詹德著狀子一張回明底裡俟番子手探到再來回明辦理哪知這指揮使是个初任甚不明察且知趙宜是福王府中長史官加捐的恐被其作弊發了這張狀子遞到都察院來這个都察院更是糊塗看了狀子上這个計話意謂是反叛也不提原告審問竟自奏了思宗見了表章並原呈亦甚詫異遂與閣臣商擬了一回其時流寇猖獗之事甚緊朝政方午凡朝中文武有經濟者俱出師在外且又係宗族之事不便又遣欽差勘問恰值趙宋兩王奏報事件完畢後即取都察院奏章及原呈付閱趙宋兩王看了即便跪奏道皇妹先曾建功後因產廢若說因福王殉難灰心空門情或有之若存反叛之心則斷無其

995

非皇妹身為皇女且主上待之甚厚豈有棄宗廟之尊貴反蹈不測之禍竊其中必有緣故思宗令趙宋兩王起立道朕思亦必無其事但既有人呈首莫若根究一番以分虛實此乃朕之家事又不便付之外臣二弟兆辭勞悴竟率同司員齎朕意旨前往勘問明白不特解去疑團且使萬民咸知被誣即所以保全宗族而政國体也二王銜旨即刻陛辭不題且說趙宜所遣的番子手至晚即來回覆道這詹倪兩个乃是無知光棍其意先從恐嚇而起因恐嚇不遂竟來捏控老爺先要問他堂上不稟不奏其事容易消弭若察院具奏了必然大費周章正未說完只見門上來回道今日所收告福王府裡的狀子堂上巳面稟察

996

院院上即刻奏了聞皇上面遣趙王宋王前往王庄查勘內閣巳遵旨擬票行下不過明後日就要啟行了趙宜聽說即遣出番子手星飛作啟報知瑤華一面上堂求討跟隨趙宋兩王爺前往辦理這个差使都察院听了這个消息本要委員前往伺候王爺勘問听見經歷司來討這个差使又問知是趙宜更是合意即發委牌下來趙宜立刻束裝稟知兩位王爺為前站兩位王爺也不敢遲延亦即如飛的起程下來且按過一邊再說王庄上自趙宜進京後仍是何彬高鑒辦理令史事務一切照常惟服色改為道粧這日倪二持狀底來講話無人不知其為圖詐紅瓷長聞知即稟知瑤華時瑤華正在打坐聞知其說嘆了一

997

道賊花子說罷收起五个指頭向倪二臉上這麼一学打
去只听得豁剌的一声响不知倪二可曾被他打倒請看
下回便知
閒仙評曰
彰演道道後就此收煞亦未嘗不可但凡文畢之事必
須少留遺風餘韻則不特有味而且生趣矣如無倂子
去後而瑶華亦即急急分派諸事遽然而隱顯有頭重
脚輕之誚借詹德著之事一渾往外一推再行收回似
乎纏綿有致文氣伸舒矣
第四十二回　延宗授產分支派　隱迹傳書囑後昆
四言詩曰

990

讀斯傳者目注心專瑶華終始何其十全起自狐鬼
結以劍仙享無窮福擁百萬錢功業赫奕美貌鮮妍
有子且貴而宗並延以此云罰罰我千年如寬債務
許以纏綿請君暫止听我言宜殺人身命誰肯釋然
舍學從我猶鄙昔賢新婚燕爾促其棄捐貴而抑賤
不屑行權權難受辱悉念前愆有一于此君必喧闐
神仙富貴皆出熬煎炎漢三傑吳越一蠡苟能堅忍
始獲留傳心高氣硬執與周旋
話說那脚夫要打倪二那知倪二手頭狠有幾路拳頭且
又滑溜見那脚夫打來将身一蹲反踞在脚夫背後那脚
夫不過是些蠻力來得甚為勇猛被倪二在脊尖上怎麼

991

一推兩脚站不穩撲在一張木坑上把木坑都壓折了所
以有這一聲响店主听見連忙跑進來把脚夫挽起來那
脚夫還迎去要打被大家勸住店主道這不是打的事如
果認定是他冒挑的向他要錢就是了又向倪二道這錢
可是你冒挑的鄧三接口說道我認得狠明白實是他冒
挑的店主又向倪二道你是个走道兒的人大約路上盤
費不夠所以趁着忙乱冒挑了來却不是搶劫你認了少
不得有个道理倪二道既你只樣說我就認是冒挑的你
使把我怎麼樣店主道也沒有什麼這是官錢是要着賠
的他兩个如何賠得起你若還了他叫他兩个認錯不是
謝你兩个錢這件事就完了倪二咲道你這个人到也明

992

白若是錢在我手裡也肯依你還他實不瞞你說我因路
上少了人的錢他要緊進京幹他的勾當所以冒挑了來
就換銀還了他了若他們三个人裡議一个出來跟我進
京找着了那个人我向他要了來先還他我再到別地方
去弄了錢還那个人如何店主道這也使得遂向鄧三道
如今事已如此只可你們三个人裡議着誰去討了來還
你再謝他兩个錢這發錢的人同脚夫一議只有叫脚夫
同去脚夫允從鄧三遂同發錢之人回汴倪二同脚夫進
京倪二在路又說了些大話哄這脚夫心上打算挨進了
京把這脚夫丢了京城地方狠大挖叫他个找不着就完
賬了不說這兩个進京再表趙宜自進京後梅影身旁狠

993

脚夫看道可是你的那脚夫看了喜道可不是的就將舖內發錢的人駡道你自家瞎了眼被人冐挑了去倒賴我作弊于是衆脚夫都不依起來舖主得知泒那發錢的與這脚夫分賠兩人都不依就在舖內打起架來鬧个不淸正鬧之時這鄧三走將過來喝住了就將所見冐挑的人面貌服色說了一遍若是赶緊追去還追得着你們兩家都可免賠了舖主听說這緣由遂令發錢的人與那脚夫請鄧三一同去追那發錢的人與那脚夫亦願許他相謝鄧三見有謝儀立刻一同起身追赶在路看見來的行人便問也有說見的也有說不關心的不知不覺已赶上站頭了天已昏黑只得就在站上歇宿見人便問那主人听

見將那鄧三揑了一把鄧三知覺悄悄的跟了店主人在一个僻静之處問其緣由店主人道方纔有這樣一个人下店還有一个同伴如今都睡下了你們三个且在這裡明日等他動身時細細認他一認若是他就有着落了鄧三會意只等明日再處事有凑巧那店主人與鄧三說話時恰好詹德著起來在黒地裡小便都听見了回房推醒倪二將有人來追赶的情由告知倪二道不妨我自有計你明日起个五更早早的先去一逕進京在前門得陞舘裡住下我到那裡找你就是了詹德著要再問倪二只推他睏下詹德著畧合了一合眼听見雞啼就起身喚當槽的打水洗臉并會了房飯錢當槽的說你們兩位怎麽會

一人之賬詹德著道我是孤身行路那有兩个人那當槽的道你昨晩和那位同食同宿怎麽不是你的同伴詹德著道路上同行的人甚多偶然一齊下店同桌吃飯各自還錢都是有的事難道同進了店同吃了飯就硬泒我算同伴麽他還睡着你只管去問他便了那當槽的真个去問了也是一樣的話沒得說了只得收他一人房飯錢那店主也都听見只好開門讓他搖擺而去這倪二听見詹德著出門去了他在牀上粧起病來哼哼不止直到日高三丈纔起身那鄧三悄悄偷看了一眼正是這个人就知會那兩个一齊走進來向倪二舉了一舉手那錢舖內發錢的人就開言道我昨日一時不留心把你冐挑了十二

吊錢去這是官錢你冐挑不去的你好好的還了我大家沒事不然恐難安享倪二睁着兩个光眼道我幾時冐挑你們的錢你不要認錯了人那發錢的人道現有人看見你冐挑的還要混賴倪二道是那个見的發錢的人指着鄧三道是他親眼見的倪二向鄧三道你看見我怎麽冐挑的鄧三道你看見他將空担靠在墻上往毛房去了你就挑了空担到舖裡去粧了錢向西就走轉到一个小衚去的怎麽我沒有看見你說是也不是倪二道這也要憑賍據我冐挑的錢在那裡鄧三道這那裡曉得你把錢怎麽樣了倪二道既拏不住賍據這不是你混賴我麽那脚夫動了氣道你這个賊花子冐挑了還敢強辨我先打你

彀了但我身上還沒有八百錢吃用同使費恐不彀怎麼
處倪二道那就去不成詹德著道去不成難道這口氣就
咽下去了怎麼想个法兒纔好倪二道這從那裡去想詹
德著道你有本行的手段在那裡何不使出些來就狠彀
了倪二道騙局只可一時凑巧要拏他當一件事幹也難
拏得穩詹德著道原是如此我同你明日且上了道在路
上留些心要凑巧的時候就行他一行這叫做路極無君
子怕什麼倪二道這樣就騎不得站驢的了詹德著道只
要弄錢到手何必一定要騎站驢倪二道如此我們明日
就起身兩下說定當夜無話次日一早起來兩个背上行
李步行而去走了兩三日將到汴梁盤纏已剩不多了倪

982

二平拐騙的事原是本行不免隨地留心得便就要下手
無如俱不凑巧次日已到汴梁城中這汴梁乃是省會之
地舖戶比鱗買賣繁盛隨囑附詹德著先走他却在後相
機行事到了徐府街有一家行舖十分熱鬧倪二擦將進
去看是何事乃是發錢與脚夫挑送東司裡去省城布按
兩司謂之東司西司東司即布司也听見要發到二千多
吊看了一回無處下手只得走將出來見一个挑夫將空
担靠在一个墻上向別个舖家討了一張手帋上毛房去
了他見發錢的舖內一連出來了十多担想必挨着上毛
房的挑夫了他就把空担挑上赶進舖內見那發錢的人
與二个人講話見有空担進來便發了十二吊錢給了一

983

張發票倪二挑上就走却不往東反向西走揀一條僻街
挑將進去歇了担解下外衣將錢包上揹在肩頭出街向
西在西司將近一个銀舖內將錢換了銀子放開脚步赶
上詹德著道如今不怕了將手內的銀包遞與詹德著道
你收着使用詹德著接銀在手約有七八兩重就問他如
何弄得來的倪二道路上不便說且下了店再講于是兩
个緊緊的出城赶上站頭下了歇店吃晚飯時一五一十
的告訴詹德著知道詹德著也很誇他能幹倪二十分得
意因幹了這件事身子一倒即便睡熟了且按過一邊再
說那上毛房的脚夫走出毛房不見了空担就嚷將起來
脚夫們听見大家吵嚷起來鬧得那舖家知道了疑心這

984

脚夫作弊便道你不要裝憨這是官錢少不得要送官辦
鬧就叫人把他看守起來這个脚夫有冤莫訴在舖門首
哭喊對面有个賣油炸金剛圈的叫做鄧三見那脚夫在
那裡哭喊又听見脚夫的夥裡埋怨那哭喊的脚夫總知
被人冒挑了十二吊錢去也却靜靜的看着有一担錢挑
向西去他心裡就想道他們舖裡發了大半日的錢都向
東挑怎麼這一担獨向西去諒來又是一家的以後也就
不關心了這回听見被人冒挑錢去心上終轉着冒挑的
就是這个人想起這个人的面貌也有些記得正想着只
見這舖內的一个小孩子往西頭街內出恭看見一條空
担撂在地上恭也不出就把空担挑回把與這个哭喊的

985

道怎麼我筭計同起狀底倒是呆的你這風倒是重的呢倪二道你這狀底是板定這幾句話他看了也不過如此我又去打听他家的細底通風時又要見機而作他來什麽話我就要想法抵擋他可不是重的而且責任非同小可詹德著道這个講不得弄了銀錢來總是同你分用倪二道你這樣講是要對分了那我合筭不來詹德著道依你便怎麽倪二道我要个大分総去不然你另弄人去賺了錢來我也不來分你的好不好詹德著發燥道你這沒良心的你閑時沒飯吃就來依傍我如今有些事了你就想法來訛我既這樣我也不幹了看你那裡去有大分兒到手說罷就將那狀底要燒化倪二連忙上前搶住笑道

978

我同你講个頑話你就這麽認真好兄弟那有不替你用心幹辦的就依你對分罷了不必生氣詹德著道這還罷了這麽你就去倪二道我這一去包管就成功但與你對分到底便宜了你說罷拏了狀底一逕就去了詹德著見他去了心上想道這倪二甚是可惡少不得要想个法兒把点痛苦給他吃總知道我的手段哩眉頭一縐計上心來暗暗又盤筭了一回計策已定只等倪二辦成了回來擺布他隔了大半日只見倪二回滿面怒容一言不發詹德著下氣問他你行的事如何了那倪二高声大罵道這樣不知好歹的人家只有告他一狀別的話也不用向他去講了詹德著道他家怎樣說法你且把氣來舒一舒慢

979

慢的對我說了我自有道理倪二道我若說把你听包你和我一樣發燥詹德著道你去他家到底說些什麽倪二道我去先打听了他家的細底就一逕到他庄上門上有兩三个人在那裡大約是什麽長史令史了我就把你做狀要告他家的緣由說了一遍他說可有狀底我說狀底是有的但要講究講究總把你們看他們就說既不把狀底來看你必定是个誆騙的光棍你若不去我們就要把你綑起來送地方官去究治我看這光景必定要與他們看了總有想頭又造了一篇討好的話總把狀底與他們看了他們把狀底傳來傳去的看了一遍又各声悄話的議論了一番就有一个人拏狀底丟了出來道這樣狗屁

980

不通的狀底只好去唬鬼你去就去不去我就要綑起來了我還要分辨又一个嚷道那裡來了這一班的賊光棍這等可惡叫護衛的來把他綑了先給他一頓鞭子只听見兩邊耳房內答應了一声吓就有人赶將出來我見不是勢頭就跑回來了你說可惱不可惱那詹德著听了果真也就惱了道吓有這樣的事他們竟一些懼怕也沒有若不認真告他一狀他如何知道利害我同你明日就進京叫他吃不盡還兜着走哩倪二道很是詹德著道告是告定了他了但是要弄些盤纏總好暴行倪二道我還有八百个錢在這裡你身邊少不得還有我們騎个站驢不過五天多就到京了詹德著道你這八百錢騎站驢也就

981

還有別个法子詹德著道我想竟去告他就告准了也與
我們無益我意欲先起个狀底通風與他庄上知道他若
害怕必然來求我我就要他多少他若依了就歇倘或不
成樣子那時我仍舊告他倪二道這通風的要弄个能幹
的人纔好不然也是白幹詹德著道你也狠能幹何必另
去央人倪二道你且把狀底起出來看了纔定得我去不
去詹德著道這有何難你替我去做飯包你飯沒有熟我
這狀底就完了倪二道這還虧你說那鄉道上做夢一輩
子的事業都幹完了黄粱還未熟哩說着就去做飯了這
詹德著就磨起墨來細細的一面想一面就寫將出來道
為王庄擅收僧尼道院藏匿妖人設教惑衆顯係謀為

974

不軌不得不首告事竊著寺皆附近王庄居民前知
福王爺設有庄子在鄉不過收取租籽並非在此住家
十年前忽有公主移居在庄又帶領婦女不計其數且
又私設長史令史等官聲言
皇上所賜繼而又有女道士到庄私領公主出外閒游直
至前年方回庄上倉廒豐盈佑買田業屯積糧草私招
鄉勇在庄操演又于冬至前忽又創立彰演遣道為名
大啟三日一夜道場引動四方之人連宵達旦意在蠱
惑人心連累一方人民奸盗搶劫不一而足現又置辦
兵器旂幟將欲謀為不軌其迹顯然著寺居近咫尺深
知其細若不預先舉首將來必致株連為此聯名具狀

975

稟首伏乞
都爺奏明
皇上速發緹騎會同地方文武迅即撲滅以免一方塗炭
則萬民幸甚國家幸甚謹狀
這詹德著做完拍掌大笑甚為得意不多時倪二做了飯
來赶着吃了詹德著即將狀底付看那倪二也粗識幾字
念不下了又叫詹德著念與他听不懂之處又叫解釋他
知道逐句逐字細細念了一遍覺得明白了就對詹德著
你這个狀底雖好但所說的話甚覺浮泛且不能深知他
家細底不過是約畧的光景狀內又說是深知其細這不
是惹人駁麼詹德著道我同你本沒有曉得他家細底

976

這不過是唬他們的意思若要真个告狀不難再去打听
明白了填在裡面就是倪二又端詳了一回道這麼你要
人去通風詹德著道我和你合了多年的夥計你不去却
叫我那裡央人去倪二道別的尋常事情自然是我去這
件事來得大了我沒有這能幹還是你叫別人去的好詹
德著着急道你真真是个混帳人平常日子只會抱怨我
不會筭計從未有大大的賺一宗銀錢使用如今筭計了
一樁大事你又作難不去難道賺了銀錢來是我一个人
用的麼倪二道你不用着急我實對你說筭計却是你筭
計的狀底也筭是你想的這兩件却都是呆事那銀錢未
必就能到手若要銀錢到手倒重在那个通風的詹德著

977

于十六歲上就拜封經畧使滅了什麽反叛又封了侯爵你想一个女子如何能夠封到這樣大官他得了官並不要做家裡有个了頭與這公主的面貌有一無二倒讓他做了他却又隨着二个道姑出去修仙行道一去就有八九年総回來的故重新修理這个庄子先前庄上也就丟得七零八落自他回來後庫也滿了倉也滿了又置了好些田畝你說能幹不能幹那些閑人道既是這樣富貴怎麽把个好好的一个王庄又改做道院兩傍的房屋一邊改做尼菴一邊改做僧寺這是什麽緣故那小工道我也畧听得些說這王爺已經死了那些閑人道王爺雖死他究竟是金枝玉葉為什麽要做女道士這个裡頭只怕有

些緣故那小工道這个連我也不知道了那些閑人也就漸漸的散了那知這些人裡頭有兩个壞鬼在內一个是姓詹名德著是个外路人文不文武不武慣做混帳訟師的又一个姓倪行二綽號叫泥裡鰍也是外路人慣替這混帳訟師跑腿混飯吃的他兩个都是冒失鬼那些閑人在那裡議論王庄上這些情事時他只听了下半截回到下處就同這泥裡鰍商量起來說這王庄上這樣排場豈沒有百十萬銀子我們何不糾合些人來去打刼他倪裡鰍道我听見這些人說他家流賊去打搶過兩三次都打不進又听見說他家个个好武藝若去打刼枉送了性命那詹德著道既然不可明取只好行个魘魔法將他一家

人都丟病了少不得要請醫調治那時我們弄个人去通風叫他請我去醫治我將魘魔法解了必然要謝我少說些也有兩三千兩銀子謝儀那泥裡鰍道如果這个法子靈少不得也得些謝儀但要兩三千兩恐怕未必那詹德著只低着頭想忽然立起來將桌子一拍大聲的道在這裡了倒把倪裡鰍嚇了一跳道什麽在這裡了那詹德著忽又大笑起來道我想一个奇策在這裡這不是三千兩千的事了倪二道便怎麽詹德著道你方纔不听見那些人議論他家說王爺雖然死了他還是个金枝玉葉為什麽要做起女道士來其中必有緣故我就把這三句笑个題目再細細的做起一篇大文章來若不送我三五萬兩

銀子我能夠叫他們抄家問罪倪二听了又想了一想道哦這題目還想得可以但你這文章如何做法你先把大意說把我听听我雖不通文墨然臭棋肚裡也會摸出仙着來的詹德著道也罷我把大意先說把你听听他彰演遺道乃是私創邪教律上照謀為不軌是要問斬罪的這个題目大不大倪二道有些意思但只這一件還拏不倒他詹德著道欲加之罪何患無之第二件就說他藏匿妖人左道惑衆這與上頭那條律也差不多倪二點頭道好得狠必再得一件事就好了詹德著道說他家僧尼道俗混襍宣淫有玷皇族這罪更來得重你說這三件事告[illegible]了豈不要抄家問罪倪二道寔在利害但是竟去告他[illegible]

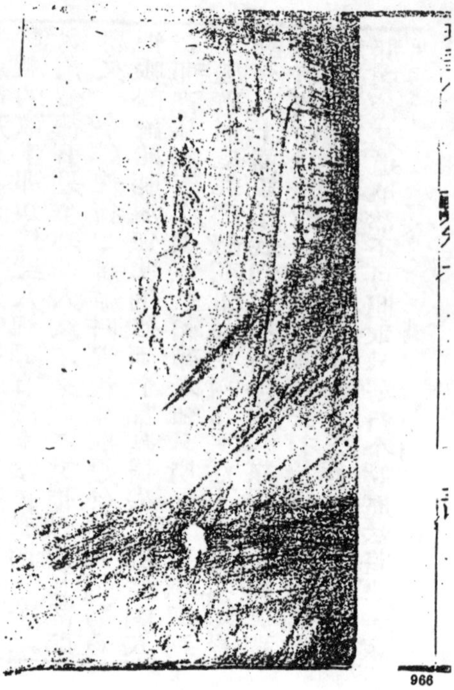

966

瑤華傳卷十一

第四十一回　無知妄想興波浪　弄假成真獲罪愆

吳下香城丁秉衡著
茂苑尤夙真闌仙評

填詞跨曲一闋曰

驕駐馬聽游蕩無聊到處興波混造謠靠櫃酒常澆茶肆助喧囂一味會生刁粗強做小粘着些兒沒有一个銚

話說王庄上彰演遺道完畢于是鬨然而散陳玉𠯋在外收拾壇場周青爺等在內裡收拾物件足足忙了三四日纔完衆人忙乱之際偶然有一準要尋無碍子遍處我尋

967

不着瑤華听見說你們不必再尋師父已還山去了衆人纔各散手而瑤華仍在庄上修行不題再說這王庄上演了這三日一夜的道場引得那遠近來看的何止千萬完結之後尚有那些沒相干的人背後紛紛議論說他家走出來的人物無一个不秀美異常那裡挑得這樣齊集旁邊一个人道他家原是皇子皇孫年年挑選的這些秀女也有發在王爺家裡服役所以這樣齊集又有个說道這些鋪設的物件你看那一樣不鮮明那一樣不講究旁邊的道士你說他們一舉一動俱照皇宮裡氣派那有不講究的又有一个說道我前数年來我親戚家裡在這裡王庄上住過一晚看見破壞得了不得了怎麼忽然又修整

968

得這樣齊整那旁邊的又說道我听得那个出征過的公主又回來了所以修整的那人道我約莫听得這公主一向都在庄上何曾出過門旁邊的道既在庄上爲何弄得這个庄子裡那樣破敗忽然人叢裡鑽出一个來道你們所聞的話都沒有準確若要曉得細底除非問我旁邊的道你又不是他家的人如何曉得這樣細底那纘後鑽出來的人道不瞞列位說沒有到過他庄上的原難知道前年他修理庄子房屋我曾充當過小工所見他家裡那兩个叫什麼令史在背後稱贊這位公主的能幹故此曉得那些閑人都圍攏來道請教老兄他家那位公主如何能幹那个小工道這位公主文武全材大家都知道的所以

969

到壇見了無碍子深深一揖又向瑤華作了一揖在壇各
各想立無碍子手執淨水洒向壇前高声朗誦道

吾道居然任俠行　君家秉性亦分明
揮刀助戰㤁忠義　惜哉身亡負令名

令僧尼將符籙宣誦焚送又令女樂鼓吹送之麗希德滿
面赧容稽首作謝而去早有阿辛引領去了東邊僧衆又
誦曰莉身俠女麗雅宜亾靈到壇受籙無碍子見何巧娘
引了阿真到壇即向壇前跪下無碍子同瑤華仍前起立
而瑤華不禁淚雨如珠無碍子手執淨水洒向壇前高声
朗誦曰

閨閣良朋歧路逢　毅然返轡背相從

已將貞烈明肝胆　取義成仁丧敵鋒

令僧尼將符籙焚送也令女樂以鼓吹送之那麗雅宜頃
首叩謝持了符籙向瑤華舉手称謝瑤華愈覺傷悲出位
遥送早有阿辛引領而去瑤華仍自還坐僧尼等復又諷
誦金剛經心經各一遍誦畢兩守壇高声喝道焰口已終
拜送師祖衆女樂鈞天迭奏無碍子與瑤華起座同至几
筵前恭拜畢鐃声齊樂又以絲竹和無碍子等歌頌曰

吾師縹緲降仙壇　俯憐弟子瀝胸肝　稽遲三歸共追薦
不辞煩絮暫盤桓　跨下飛鳴五綵鸞　所說前因也梟皈
慨然慈念湧急滿　宣揚符籙使鋟刊　因而遵奉發其端
几筵布告衆仙官　申明三界求恩寬　提拔沉幽起沍寒

天漿遍洒若露滴　抑鬱一散風始搏　隨其善惡托身安
非此元機施泛瀾　夜臺猶自愁漫漫　狐鬼功成九轉丹
藝圃結構殊艱難　聊將生死歸圂圂　從此弟子還隱巒
悍誠叩送廻玉鑾

頌畢即俯伏叩送衆女樂仍奏鈞天之樂奏畢無碍子等
起立兩守壇喝道仙師駕回就此撤壇衆僧尼鉦鐃齊擊
四舞女又在中庭旋舞一回振鐸一聲四舞女即退而鉦
鐃亦驟止矣其時天已大明作者為者个个疲倦想看官
們也覺眼花了要知下回如何也請休息一回再看

閒仙評曰

演一日科儀觀者已覺煩瑣故省去而日省得甚妙焰
口寔與僧道兩家五爭多係新奇之作不但不煩且嫣
其餘至弔亾之詩有似各人之小傳妙不可言觀者固
佳惟有費作者之心思耳

亡靈傾斯媚到壇受籙無碍子見巧娘引梅影到壇向無
碍子叩拜無碍子手執净水洒向壇前朗誦曰
形將離脫影難留　我意相期共一流
不道邪魔先引去　故教精魄莫能収
可給與符籙僧尼念誦焚付梅影収了符籙再三叩拜而
起瑶華與梅影相對欷歔重又叩謝戀同阿辛荏苒而去
東邊僧人又誦曰侯府宮女亾靈裘素蟾羅裱兒到壇受
籙無碍子見何巧娘引至壇前齊齊跪下無碍子手執净
水洒向壇前高声朗誦曰
香魂不與藕絲同　斷後難連若雪融
滋味深長何急急　可憐色相而成空

958

可給與符籙僧尼念誦焚付裘素蟾羅裱兒持了符籙忻
忻向無碍子及瑶華再四叩謝而起阿辛在旁接引去了
東邊僧人又誦曰侯府宮女亾靈薛比鳳到壇受籙無碍
子見巧娘引至壇前薛比鳳向無碍子座前双膝跪下若
有不勝苦楚之狀無碍子手執净水洒下壇前高声朗誦
曰
風流樂事女尤佳　消得春情暢滿懷
飢者由來防過食　情魔能槁汝形骸
可給與符籙僧尼寺念誦焚付薛比鳳収了符籙叩拜而
起阿辛引將去了東邊僧人又誦曰潞府令史副史管率
女監宮女諸男婦亡靈到壇受籙無碍子只見何巧娘引

959

領一大羣鬼魂齊齊跪到壇前無碍子手執净水遍洒壇
下高声朗誦曰
宜勤宜謹十年餘　豈有工夫得自如
為設齋筵酬報汝　再生俱享好田廬
令按名給與符籙僧尼寺念誦焚付訖諸男婦各各収執
叩拜而起早有阿辛引領去了東邊僧衆又誦道保庄罹
難鋒鏑諸亾靈到壇受籙無碍子見何巧娘又領着一大
羣鬼魂齊跪壇下無碍子手執净水遍向壇下匀洒口中
朗誦曰
悲笳聲裡暗心驚　血濺刀尖決死生
怨報前魔齊陷陣　霎時千里遍尸横

960

誦畢令僧尼按名給與符籙僧尼寺念誦焚付訖衆鬼魂
各為収執叩謝而起阿辛上前接引去了東邊僧衆又誦
曰凶遭瘟疫饑饉諸亡靈到壇受籙無碍子見何巧娘又
引一大羣鬼魂齊跪壇前無碍子手執净水遍向壇前匀
洒口中朗誦曰
饑饉還連瘟疫侵　鬼聲四泣夜沉沉
今宵度尔重生世　免使淒其苦不禁
誦畢令僧尼給與符籙僧尼寺念誦焚付訖衆鬼魂各各
収執忻然叩謝而起旦見阿辛上前引領去了東邊僧衆
又誦曰殉身義士留守河南指揮千百户雲麾使龐希德
亾靈到壇受籙無碍子見何巧娘引一長身鶴立的鬼魂

961

女導引趙氏又身後隨一嬰孩來壇咲容可掬向無碍子
深深斂衽無碍子忙起立回礼高聲贊嘆曰

節烈從來欽鬼神　何須符籙衛朱輪
千秋俎豆流徽遠　此傳應推第一人

須臾令女樂作仙音送之趙氏又斂衽告辭無碍子亦即
回礼趙氏復向瑤華舉手而退瑤華仍俯伏拜送東邊僧
人又誦曰敬請亡靈淋王貴嬪韓氏夫人到壇受籙無碍
子只見何巧娘引將韓氏來到壇前瑤華在旁跪着哀慟
韓氏亦時時回頭揾淚無碍子起立手執浄水洒向壇下
高声朗誦曰

一縷已結而頭爪　幸未隨風捲柳斜

954

三請來庄留弱息　免教八八壓泥沙

可送符籙僧尼照前念誦焚化韓氏得了符籙忻然稽首
而謝又看着瑤華點点頭掩淚而去瑤華哭泣拜送早有
阿辛接着引領去了東邊僧人又誦曰敬請亡靈尚十四
長公主周駙馬到壇受籙無碍子見巧娘將周君佐引到
壇前無碍子手執浄水洒向壇下高声朗誦曰

羨君托体好栽培　不愛蘭臺愛楚臺
先澤有餘留一線　險些于此絶根荄

可送符籙僧尼照前念誦焚化周君佐得了符籙稽首而
謝回過身來又謝瑤華阿辛接引而去瑤華揮淚拜送即
起立向無碍子叩謝無碍子令而守壇扶起入座東邊僧

955

人又誦曰敬請亡靈周家姊妹到壇受籙無碍子見巧娘
將周文鴛周彩鴛引至壇前兩女鬼皆用袖障面無碍子
手執浄水洒向壇前高声朗誦曰

兩枝鮮艶好奇葩　輕放游蜂入絳紗
損却芳名消却粉　羞容改革不須遮

可給與符籙僧尼照前念誦焚化兩女鬼得了符籙慚顏
而退早有阿辛接引去了東邊僧人又誦曰候府長史推
陞兵部車駕司亡靈祁守璞到壇受籙無碍子見巧娘引
到壇前荷香即便跪下無碍子手執浄水洒下壇前高声
贊嘆曰

雖然獨立可推尊　况是捐軀報國恩

956

自有九重頒渥澤　無須符籙護墳墩

無碍子贊嘆畢令女樂鼓吹相送荷香再拜稽首而去東
邊僧人又誦曰候府六品職銜長史亡靈邢守珍到壇受
籙無碍子見巧娘引桃紅到壇癩形醜貌不敢抬頭竟自
跪下無碍子手執浄水洒向壇前高声朗誦曰

何須精塑恁困疲　紅襖香最入心脾
美人黃上蠱蠱是　不信混魂今尚痴

誦畢向僧尼曰可將此一道符籙移送冥魂司處置蕉葉
柳枝都上前求免無碍子怒猶未息瑤華又同素蘭梨雲
苦請求始得饒恕蕉葉等依念誦焚付見桃紅也只昏沉
沉的執去了早有阿辛接引而去僧人又誦曰候府鄉君

957

碍子與瑤華齊聲歌誦絲竹和其詞曰
莫測仙踪且未肯留名那代豪雄猿公傳術也自朦朧
圯橋始露春容但留侯瞻仰更未有別个重逢作開言
便稱孺子驪遺如僮　陡然叱呼納履令五日相期來
此過從折辱三番辛勤子夜兵書始授懷中曰可師王
者十年後佐漢興隆悄叮嚀見穀城黃石即是吾躬
右調春從天上來
誦未完兩守壇又喝曰捧羽使者歌舞頌之四舞女齊下
中庭接頌而舞女樂仍前附和其詞曰
欣羨留侯哭呼取履偏能忍受仙翁受取無嫌長跪進
從容倘然不識元機妙那得開展佐漢功英豪具奇卓

穀城山下祿祠全終　何故漏傳消息也只隱埋不露
令山雞窮後學無稽枉自仰高風援徒濟濟原非一乃
任姓文公性亦同看默言黃石仙猿閉口迷却芳踪
右調送我入門來
歌舞將完兩守壇又喝曰捧羽使者就位四舞女遂即退
回又喝各僧尼諷誦十王經破獄咒僧尼兩旁各振法器
齊聲闘誦只見無碍子在座似有與人問答之勢益章阿
辛與何巧娘來請命耳故觀者皆不知覺不一時經咒俱
完兩守壇又喝啟請亡靈兩旁僧尼一齊搖鈴振鐸遠近
聲聞其時已將半夜漸覺陰風旋繞燈燭光微只聽得僧
人焦葉寺高聲代宣曰彰演穀城山道道普濟仙壇主壇

無碍子率徒朱瑤華啟請亡靈勅封河南省藩王到壇受
籙無碍子在座見一團黑氣滚入壇來早見何巧娘隨後
跟着引至座前瑤華連忙下座卸去法衣法冠穿着一身
素縞周害無頭將拜墊鋪設在旁遂即俯伏于拜墊上號
啕哀哭只見無碍子起立手執净水洒于壇下口内朗誦
曰
帝子憐遭國難頻　身同鹿子作饈珍
須知淫孽如山積　從此還真返紫宸
可送符籙僧人焦葉寺將符籙執在手中高聲朗誦曰普
濟壇主無碍子恭請黃石仙師符籙寶誥給付勅封河南
省藩王朱常洵收執下首尼僧素蘭寺接誦曰右籙普告

三界神祇拔度幽魂早生人世一如符籙施行上首僧人
將籙焚化無碍子見這團黑氣負了符籙往西邊滚去早
有章阿辛在旁引領而去瑤華哭着拜送以下亡靈到壇
皆照此宣讀不復重贅東邊焦葉寺又誦曰啟請亡靈藩
妃徐氏娘娘到壇受籙無碍子見何巧娘引將徐氏有蔣
梅隨着來壇無碍子手執淨水洒往壇下高声朗誦曰
何須嫉妬使機謀　枉害旁人訴怨尤
流得痴狂遭慘毒　泉臺嗚咽尚蒙羞
可送符籙僧尼如前念誦焚化無碍子見徐氏同蔣梅忻
忻得意而去瑤華欷歔拜送東邊僧人又誦曰啟請亡靈
勅封陶藩妃趙氏君夫人到壇受籙無碍子見金童玉

鐘暮鼓乃是緇衣設教之餘夏凊冬溫亦同子道省親之
候故創設科儀色色與之區別何于茲功課拘拘偏又爾
同證緣於情度勢當循儒理之道宜去短取長只勞異端
之中亟徵恍惝恐晚課謹申念畢僧尼鉦鐃擊動鐸起止
住隨奏絲竹和其詞曰
朝參師祖法脊流舞聊遮蓋凡進清苦盡誠敬礼於日
循規矩不覺曦光入暮　甜净徵歌無從盤旋緊步看
諸女香腮汗雨且安子夜明且還如故先擊净壇鐘鼓
右調明月逐人來
誦畢衆樂女迭奏引至白猿座前鐸响樂止無碍子率瑤
華至前參拜畢起立陳意旨曰伏以天漿甫獻仙果薦陳

946

設三日之凡進援九泉之沉魄茲臨晚課擯告下私陳畢
僧尼鉦鐃齊擊鐸起止住衆樂女又以絲竹和其詞曰
仙乎高妙自天成未聞誰所授術偏精湛然吾道有光
榮人爭羡能說不能行　歌舞和簫笙拍佘何所擬步
虛聲日唧華袖晚霞生且休息次早再遍誠
右調小重山
誦畢衆樂女仍鳴絲竹導引送入寢宮僧尼响擊鉦鐃一
回鐸振而止大衆盡散去惟有李榮陳玉等將各項法器
齊爲收拾何鵬高鑑在門外照應一切一面關好門戶仍
派護衛人等在外巡查此則第一日之科儀排場也看官
這醮壇上科儀乃是無碍子特創本無成式做書的不過

947

擬出一个樣子與看官們解頤若盡要得知那裡記得這
許多槩請原諒閒話休題再說無碍子與瑤華于次晨仍
是五更起身做早課清晨談經飯後請仙請的就是黃石
公白猿任文公張留侯諸仙師請過了神又談經仍舊做
了晚課纔歇第三日亦然飯後荐匹沐浴朝參凡進經也
這日談完做過晚課就安排放燄口其二三兩日一切讚
誦科儀皆隨時興就不在稿本之內而歌舞音節亦皆自
興無不新奇把這些人看得歎敬不倦那晚所見還要放
燄口必然也是別致的那裡會得走開半步人頭擠擠的
只是衆等天將就黑已把四進房屋及燈棚內各樣燈燭
都點得雪亮如同白晝將及起更時斯見裡邊金鐘一响

948

那些粗細鼓樂一層一層傳將出來如是者三次又听擂
鼓三通衆女樂把無碍子同瑤華引將出來各就中間位
上坐下鐸聲節樂無碍子高聲朗誦下燄詩曰
本無煩惱孰相侵　孤鬼哀求起善心
造就人材開藝圃　貢償孽債下金針
廿年委積紅塵擾　此夜應憐苦海沉
仗得仙靈多妙術　天漿遍洒作甘霖
念畢衆僧尼等以尋常鐃鈸鐺鐸法器敲打一回齊聲誦
大悲咒一遍誦完瑤華獨誦高王觀音經一遍女樂以絲
竹和之誦畢僧尼又齊聲長誦金剛經心經各一遍誦畢
仍敲法器收住兩守壇在旁贊曰歌頌仙蹟女樂復起無

949

再說無礙子誦畢酒讚衆樂女以絲竹和其詞曰
琉璃筵初設紊落飛花滿樹浮白請沾脣暇醱醅味
勝繚膠香緇齒頰舞生歡悅　敬礼仙凡別奉醽宜修
潔鳳膏麟鋪末張羅襲褻只此度心聊申馨薦于焉
慢綏　右調醉春風
誦畢儐尼又鐃鈸接應鑼起節止兩守壇在旁又喝道酒
初上獻捧羽使者歌舞備之絲竹之樂又起四舞女徐徐
步下中庭站立鑼聲响處仍舊分班串舞一回鑼聲節樂
四舞女且歌且舞衆樂女以八音和之其歌曰
蹁躚舞袖招颺歌聲迭奏微仙真遮不得當場醜輕移蓮
步插頭斂頭步虛聲裡韻偏幽這科儀是吾師辛苦覩

942

裁就知音觀聽切宜分曉作閒中優孟劇情勞
兩守壇在旁喝道主壇者在壇者依次至筵前陳情又喝
道司筵者上饌又喝道捧羽使者止舞仍歸原位周而舞
捧饌挨次遞獻獻畢仍是周青鸞供于几筵四舞女齊齊
退回無碍子恭拜畢起立于中間陳情歌曰
其五藝圃初建工夫懸授鬼狐狸亦緊的將因情即皈
依頗切更不憎佗故教滌腑把胎換許而今積功累行
如山斗陶鎔一一盡人才堪憫黃粱一夢歸烏有一
瑤華續上恭拜畢起立中間陳情歌曰
其四罪孽深重消前積後感吾師肯廿載恩光要為出
一番張腋成裘屍從此入劍仙流只可憐仂劳鞠育皆

943

相負仙靈術豎拔泉臺乞賜金符寶籙空中佑
蒲葉寺幾个僧人在庭中恭拜畢起立陳情歌曰
其三蹤是奴餘追隨自幼主人恩自與兩別尚厚承師
培植指教戈矛幾番征戰獲封侯旋乾坤銀裝換却羅
袍袖同儕都半化黃泉還些元機曾授毋遺後
素蘭寺衆尼僧也在中庭恭拜畢起立陳情歌曰
其二短髮雖婢深閨戮覆德如山只隔得親生肉錦衣
被体玉食充喉鄉君名號作銜頭盡師恩提携陶冶真
称厚追思一樣受恩人早掩黃沙壘壘祈拯救
又大衆合誦歌曰
其一合誦誠意切恩曲佑拔幽沉更有勝蒲牢吼前尤

944

知悔後過宜修而今豈敢不回頭鑒前車鬼狐不忘遐
成就從來難得是人身何忍輪迴轉入追悔歟
然尾几筵恭敬惟盃酒胸臆因情訴不休為只為九泡
觸魂有千萬愁
大衆歌畢兩守壇高聲喝曰捧羽使者起舞撤饌四舞女
又復如前齊下樂聲起處鑼又振响漸舞漸緊樂之音節
亦隨其舞態之促正在酣暢之際鑼聲節止遂各退入寢
宮休息那看的人也就散了一散停了半个時辰又引大
衆出來仍是無碍子與瑤華問答談經音樂附和又有兩
个時辰天已將晚無礙子復率瑤華等在几筵前恭拜畢
陳敬晚課衆樂女奏樂一回無碍子先陳意旨道伏以晨

945

衆樂又起無碍子同瑤華起立樂止兩守壇在旁喝曰仙
師下壇先獻法水旁道周青蕪特送水盂遞與瑤華瑤華
轉遞無碍子獻畢瑤華後住仍與周青蕪供上神座無碍
子讀曰夫水者天一即生萬物取潤盈而不泛柔而能為
五材並用水德靈長之勺且多源頭活潑宜伸荐獻用潔
凡經樂女們絲竹齊鳴和其文曰
湯湯兮泱泱瀉瀉兮不絕一游一泳兮宜人盈滿盈溢
兮如月沾潛潤喈兮必心脚瀑布飛雪兮向山骨引一
股兮清泓自九天兮瑩潔
誦畢鉦鐃齊擊響如雷鳴鐸起即止兩守壇在旁又喝道
法水既獻再進清香周青蕪送香與瑤華瑤華轉呈無碍

938

子進畢仍前挨次遞與周青蕪供于爐內無碍子讀道夫
香者下發乎志誠上通乎靈顯裊裊乎之一縷騰湛湛之
九天曾不碍乃罡風何與於夫仙力吾道來臨有撮土當
筵安得無沉榆爇火同升與心並進衆樂女絲竹並起和
其詞曰
細細青煙初篆起漸覺盤旋突噴薄芬芳誠致美可博
得旃檀比 一段蔡恍須緊此的是中通理縷縷無非
情未已發尽藝金爐裊 右調四和香
誦畢鉦鐃樓擊鐸起齊止兩守壇在旁喝道捧羽使者起
舞衆樂女絲竹迭奏自于玉壇四舞次齊齊走至庭中站
定一聲鑼響分班作勢又一聲鑼響收住復又盤旋穿插

939

一回鑼響又作一勢如此者作有十餘个勢各各不同有
嫣娜者有旖馳者有側身而仰視者有翹足而俯臨者神
情意態大半有似乎脩蟄之勢那看的人个个驚魂動魄
称贊不已正在飄颻之際振鐸一聲仍復齊齊朝上站定
兩守壇又喝道捧羽使者歸班四舞女緩步仍歸原處細
樂少止鉦鐃又起鼓擊一回鐸振止住兩守壇在旁喝道
初獻爵周青蕪進上酒來一如獻水時挨次傳轉獻畢周
青蕪供上凡筵無碍子讀道夫酒者味称美祿制自少康
既豊慶于玉齊亦均調乎六物尊上賓而致礼覲至德以
成歡洗盥觶揚敬以初獻衆樂女以絲竹和之其詞云何
且听下回自有佳趣

940

閬仙評曰
閱此回不覺為之吃驚每見人著書至收煞時與致闌
珊潦草完結者俱多水滸傳尚未能免俗何香城于歸
結數回反用全副精神則余未之見也閱詩詞讚語皆
出自新構絕無蹈襲一句一字且又甚多有此文心恐
無此興致乃香城不憚煩勞而為此全壁之作殊令人
治倦請觀者公同月旦之非余之一言即為準繩也

第四十回 遣道演成驚俗眼 雄狐造就返仙踪

調倚十六字令二首詞曰
新不染他人半點塵誰指摘愿罰十千緡 一
仙演成遺道樂流傳知此矣携劍好蹁躚

941

俱袈裟尼雞帽者執法器瑤華內身着魚白綾團襖單着
月白素綾衫白綾百褶裙寶藍緞甾外罩着五色雲龍斜
襟道袍荷葉號髻巾腰拴絲鑾無礙子只家常道袍號髻
巾白紬裙尼僧自愿扮了个侍者尼僧了生扮了个女童
周青緞張其德都戴寶藍布紮巾青紬素道袍以下諸八
一色如此打扮穿着齊全寢宮內金鐘一下女樂們奏鈞
天樂一次隨又僧尼們敲法器接引其音節與僧道各別
純然似軍中鐃歌之聲十分別致敲畢大門口另有樂八
們作壽常鼓吹也接引一次如是者三回始擂鼓齊集看
的八已都到大門口迎超一僧僧更是好看不一會樂聲
又起兩尼引着無礙子先導次即四个舞衣女引着瑤華

934

僧尼各在兩旁法筵伺候都引到上書房中間先參拜師
祖祖師參畢遂誦早課笙簫管笛絲絃箏琵附和着其詞
曰
喟徹雞聲將闌夜色朝霞就日須臾得勤修豈敢恣高
眠晨參座下嚴時刻
無礙子與瑤華誦畢僧尼鳴鐸止樂復又念出意旨道伏
以師道深閎本無痕迹為憐沉魄忽發哀矜欲拔苦于九
原特建壇以三日茲滿早課先啟凡筵念畢僧尼又鉦鐃
並振鐸响節止衆女樂以絲竹附和無礙子與瑤華又誦
其詞曰
告我先師慶悖胸臆案茲梨念非綵飾法音纏綿啟朦

935

朧四民聽此齋修職　右調踏莎行
誦畢仍起奏樂導引無礙子瑤華至正殿上白猿座前樂
止念曰伏以靈猿奇特刺術尤新啟我明光成此大道瀕
茲早課用告座前僧尼各又振鐸八音齊起無礙子等誦
曰
方明海曙即具虔誠疏為救沉幽可據参座下懇相助
神力能拯馭輪迴旋撤去乞早宣威天上蓮告矣休
猶豫　調寄霜天曉角
誦畢仍奏樂引回鐸起樂止遂各進寢宮休息外邊那些
看的八耳目一新沒一个不生羨慕天大明仍舊照前引
出各執坐位開出經卷無礙子與瑤華相為問答讀之白

936

鶴談經也有音樂相和之處此一談竟有兩个多時辰齊
入寢宮各膳畢少停引出即請師祖上筵衆樂齊鳴振鐸
一聲樂器聚止只見無礙子引着瑤華趨至壇前誦詩目
一請仙師下鶴城　殷然照普鑒微誠
祇憐千燒埋幽魄　鶴駕光臨救拔衍
衆樂又起無礙子同瑤華叩拜訖樂止又請
悖哀二請散相催　定荷仙靈特地來
非敢乞恩勤作聽　慰他鳥眼淚泉臺
衆樂又起無礙子同瑤華長跪壇前樂止又請目
再三跪請望來臨　只此凡誠表此心
願得仁慈隨接引　紛飛玉屑勝甘霖

937

開講而投大道即是地上老人之一部元機忽乖送入大門兩旁俱擺着多少小條桌桌上酒餚羅列直擺到正殿滴水簷止靠着殿堦中間設有一桌上有牌位兩个一正一側正面牌上寫的是殉身俠士留守河南千百戶指揮使希德麗公之位側面牌上寫的是殉身俠女雅宜麗真姑之位左右條桌上各設一个總牌位東邊的寫着羅鋒鏑陣亡衆幽魂之位西邊的寫着遭瘟疫飢餓衆幽魂之位正殿上中間設有白猿之位亦有齋供兩旁設列半桌四十來張擺列齋筵也有兩个總牌位東邊寫着衆僕婦幽魂之位西邊寫着藩府長史令史胥事太監衆宦者婦幽魂之位又進大殿見滴水簷口站着兩个

930

綢紮的人兒都是女裝也供有牌位東邊的寫着引魂使者巧娘之位西邊的寫着托生使者辛娘之位看官你道這兩个人名是誰原來就是瑤華所收的一雙一鬼因辛出說異故只在房間內伺候不令其彰名昭著今演道時須要全引魂托生二使者故令其充當其事也欲其列名者要使鬼魂知之耳再看殿上正中排有兩桌齋筵分外齊整各有神牌東首一桌朝外神牌上寫着敕封河南藩王之位西向上首設有个神牌上寫的十四公主敕封駙馬君位周公之位下首牌上寫着藩王世子繼華之位西首一桌朝外並設有兩个神牌上首一个寫着藩妃徐氏娘娘之位下首一个神牌上寫着敕贈殉節藩妃趙氏君

931

夫人之位向東又設一个神牌上寫藩王貴嬪韓氏夫人之位東西兩旁用半桌各設有一筵東首神牌上寫着藩王外戚諸幽魂之位西首神牌上寫着藩王本支諸幽魂之位第四進就是上書房了從天井內起俱用大紅毡貼地直鋪到房門為止廊房兩旁各設有三座經筵及一切法器靠滴水簷口中間設有平座仙壇一座几上都有法器設着平座之後正中門設有高座仙壇一座前列空几一張緊靠房門正中又設有最高的高臺一座上邊供着一尺來高的溜金神像三位各在一个羅漢小榻上打坐中間便是黃石公左邊是任文公右邊是張留侯有八个仙童使者持捧着天書寶劍如意塵拂之類自大門天井

932

起到第四進上書房天井止都紮着滿天綵棚懸掛各色各樣上細宮燈几有几筵必設各樣顏色顧繡堆紗描金刻絲的桌圍椅靠并點銅錫大小五供觀者無不稱贊富麗傑華這是二十六的事打听得二十七日五更就起道場直到二十九日止那些要看的人那裡肯去只就近處暫時歇息都想五更天來看熱鬧這一晚庄前庄後差不多又成了一个市了無碍了令各人早早安歇三更時候即起身促令大家梳洗飲食先令八个女樂穿起窄袖錦團襖繫着長裙頭戴翡翠翹各持樂器立于五黃傘劍花見新貢來的四个穿着五綵大袖大廣襟衣闊龍半翠冠用華袿左手執羽旄右手執拂塵等各帶素蘭斗各尼

933

名成劍術得自白猿隱仙蹤僅存黃石原不欲特補
通術世再無聞施圭角示人如儒之不求聞達釋之
清靜寂滅道之隱身辟穀游于三教之中以俠濟
倫常綱紀扶濟世上憂危斷濟路見不平拯世乎萬
緣之上無礙子親承與吉得授元宗累功積行務廣
師道之闡幽守正無邪必闡良規于總遂是以不憚
煩勞撫瑤華而功垂世識認淺說與明遺道而彰演
一時我師從心迹既明示大衆疑團可釋雖未能行
恩遊于四海亦曾有作保障于一方為彝為爾豈敢
自居載馳載驅于焉無報理合懸榜通知從此烽烟
永息草

926

盛世之恬熙抑且年穀順成無饑時之飢饉大衆所獲亟
寧我寺尚何係戀因而大設齋筵溥施幽惠兢廿餘
年中情事之人死亡萬數召九層泉下沉淪之鬼魂
拔無遺請看我道之深微將遂由求未有前型試尔
大衆之遠鑒廣開可是別開生面將鳴法器衆且少
留畢演科儀我將逝矣特榜

崇禎十五年十一月　　日

那衆人看了有贊榜文之雅奇者有贊字畫之道勁者有
贊署張款式之佳者紛紛不一內中有个老而耄者看了
欣然贊嘆道僧道兩教寔為異端魁首他這立意乃附于
儒教極有身分大家道不要管他我們再到中竈亭看那

卷之十　第三十九回

927

榜文于是又擠到道迎來看是一道黑漆白粉寫的榜文
上寫道

穀城山道道師祖的派門人無礙子率徒朱瑤華為
榜示泉壤速赴齋筵以拔沉淪以伸積愫事竊念人
生如寄古今無軀殼之長存泡影有光瞬息逝川流
于烏有故斂魄聚精良有以也修真煉汞謂之何哉
我道創自穀城隱于黃石向不輕入塵寰以神其術
蓋綠柔燕釋道欲愧乃心茲無礙子撫瑤華成道開
闢藝圃只此二十餘年中或殞于鋒鏑或死于病魔
或恣色而傷身或圖財而喪命或捐軀于國難或殉
節于主家至于瘟疫流行飢荒洊至填溝渠于疊疊

928

枕卯壑于重重斯則悉莫能稽數難備考者也雖非
由瑤華之所致亦攸係吾道之哀矜彰演三日之道
源更拔重泉之幽魄爰備齋筵理宜榜示嗚呼死者
既不能復生生者豈無以援死是以祈求
師祖釋其幽怨凡宜寶籙即赴靈壇享此蒸嘗用伸接引
各知律令特榜

崇禎十五年十一月　　日

衆人念罷又擠到庄門口見中間門枋上貼着八張條幅
每幅上有一个大字衆人挨次念道闡幽顯微申明遺道
上下都有背幅縱接又見大門兩旁一副長對道
設齋筵以拔沉幽不同時下緇流之九天太乙

929

倫又將自大門口起至上書房止各處壇場如何鋪設應
用何物細細開了一单與江九長同何鵬高嶜們分頭赶
辦如家中現有者檢出修飾未有者往各處買辦忽一日
趙宜將在京所鑄師祖祖師及使者各神像并法衣法冠
一切零星物件置辦寄來瑤華逐件檢點俱各齊整無礙
子督着大衆朝夕加工燗習又是四五个月都已逐熟正
欲擇日試演忽然接着趙宜寫信來報知梅影舊病復發
已于十月初九日身故瑤華想起代襲銜名得以自已成
道不覺為之傷感特令僧尼們追荐了三日令厨竟成以
庶母礼成服無礙子又擇日試演了一遍个个都說堂皇
冠冕並沒有僧道兩家惡習無礙子道演不便用礼生尚

922

少一个喝礼者自愿道擬弟子的意思還用兩个班首為
是無礙子道你之所言未嘗不是但又蹈襲他兩家的窠
臼了瑤華道這也不妨我們另立一个名目又是一樣裝
束則不與他兩家同了無礙子點頭道也罢就叫自愿了
生充當改名為侍壇使者粧束作一男一女立于師祖祖
師仙壇之左右凡執事人等居止行動俱須高唱而行倒
也別致自愿了生亦情愿充當而瑤華之自製榜文聯對
已成令二尼繕寫另擇于冬至前四日大開庄門盛設鋪
張題个名目高標于門曰彰演穀城山遺道普濟仙壇四
方遠近聞知甚覺新奇俱預期前來觀看真个八山人海
蜂擁而至有那細緻的人先從大門口看起你道怎麼个

923

鋪設只見對着大門架起一座高臺臺上只設一張大桌
桌上供設黃石一大塊懸有一个匾額上有四个大字曰

黃石遺踪

兩旁一副對子曰

猿能献術傳豪俠
劍可成龙剖吉凶

桌圍燈綵俱各鮮明左右又有兩个亭子左邊亭子有个
匾額曰

彰道亭

右邊亭子的匾額曰

申言亭

924

彰道亭內懸有五色榜文一道大家進入亭去朗誦道

勅封穀城山遺道的派門人
勅封順承元妙仙師無礙子率徒
勅封四川經畧使宜文耀武一等坤德侯第十四些女女
史朱瑤華等為道由性率非演莫彰事夫古今帝王
垂一統而成治天下士庶分三教以為生離三教之
性而言道者即為異端逆一已之私而惑衆者謂之
左道然而釋道兩家都有誠假其設迂于儒家一派
莫不尊尚其總蓋由世道人心之所關倫常綱紀之
攸係者也我
師祖佐道侯為帝師以順天命翼漢室開基業仍埋姓

925

容和尚們住在山上凡有菴堂寺觀都是尼僧平日無非學那些經懺鐃鈸笙簫管笛以及絲弦箏琶琴瑟之類無一不精至奏樂更是他們的能事且書畫琴棋个个擅長你們何不到那裡擇个高手段的只須請兩位就夠了一則與事合宜二則彼此相便豈不是好奴子想來卻也要當故特往洞庭山去請了兩个尼僧來曾經面試還在無一件不佳就是公主見了也都愛他在路上問起我們這裡的事并公主行道的事有一个年輕的尼姑仔細把奴子認了一認道你莫非七八年前同這位公主到過我們菴裡的麼奴子道我雖曾跟隨公主出門行道卻沒有到你們這裡那年輕的尼姑道我從前在燕州城裡松翠菴

918

出家也攙沒有到這山上你為什麽也做了道士了奴子又把原委告訴了他他却歎息得緊又說他曾拜過公主為母哩瑶華听了也歎稀奇遂令引進來相見李荣出去將兩个尼僧引將進來瑶華見前走的一个是个光頭後面一个只不留兩鬢一个鬢兒還梳得齊整的狠兩个尼僧上前相見那老的不過恭拜了一拜那年輕的竟跪將下去叩拜嗚嗚咽咽的哭將起來瑶華慌忙扶他起來仔細一看不是別人就是松翠菴裡的阿小也長大許多了便道原來是阿小一別多年又在這裡相會可喜可喜遂問年長的那个法名叫做自愿又問阿小可有法名阿小說道叫做了生瑶華再看其面龐眉眼一發生的齊整了

919

在寢宮內吃了茶即引到無碍子這邊來他兩个又恭見了無碍子瑶華指着了生將在燕州認識的緣由講了一遍無碍子亦見兩个尼僧語言文雅人物秀麗甚是歡喜并將李荣在洞庭山請來原委也告訴明白無碍子道這个處所遠我也不知當時擺下素齋來無碍子與瑶華陪坐考其所學竟皆不謬無碍子對瑶華道我們所做的這件事乃是開創定稿後尚要與他們兩个者究然後轉授這些女孩子們習學就叫他們同我一處居住也好朝夕談論並可按准宮商格律瑶華亦以為是遂令周青黛張其德將行李設在大樓下西房之內那八个女孩子也交與這兩个尼僧管束這阿小與瑶華十分親密意欲以母

920

女稱呼瑶華道這是俗家的稱呼我們如今都出家了你竟稱我為師稱我師父為師祖便了了生遵命這自愿也要拜從瑶華也允了以後竟成一家子了無碍子擇了吉日開學先令這八个女孩子上學又令燕莊寺各僧人素蘭寺各尼僧習學壽常經兇早晚課誦無碍子專心將編著的經讚請神降神的各詞調譜起腔板令兩尼恭勸如音節合拍者即定為准則稍有滯澀者再為删改必使聲音俱歸雅正又挑自于王黃金釧花見羞黃家的四个充作傑羽使者也要學習詞曲舞態恐兩尼不諳自為斟酌要當令其逐日習練不妥者自起教導並又另製僧尼兩處在旁代宣亡靈科儀令各人演習不到八个月俱各完

921

顯蒙自不可與釋道兩家合掌方稱特異未識定有稿本否無碍子道定稿容易但音樂必不可少如誦讚各詞之詞既定許餘格式亦須衆音附和庶式觀動聽而者無偽應先挑選使女中心靈者倩伶人教導習熟方可依聲而和瑤華道現在使女中俱上年紀恐不相稱擬弟子之意于佃户家中選擇十齡上下之女子八人重酬身價帶回得學且幼年更易入彀無碍子道狠好待你辦起這件事來我的稿本也可定了于是瑤華令周青鸞專辦選擇女孩的事又遣李榮陳玉琫往燕州僱倩伶工與備各項樂器無碍子又畫成圖樣令瑤華諭知趙宜定鑄紫銅鎏金各位師祖祖師及使者各神像併各項法器法衣法冠等

914

物又先趕起經咒各稿本去刊刻裝潢一一分派明白無碍子仍居在藝圃大樓下每日纂擬稿本瑤華從而恭讚不一日青鸞已選得八个女孩進來都還生得流麗無碍子先令認字讀些小書俱皆聰俊隔了三个多月李榮陳玉琫領了兩个尼僧來瑤華道要的是伶工怎麽又僱了尼僧來李榮琫道奴子到了燕州原要僱伶工那些伶工說那處使用奴子就將要教女孩子學習奏樂那伶工們道我們只會的大曲作戲班的後場那奏樂都不懂得且是女孩子我們也不便教導我們這裡也有高手段的女伶工但也只會女曲且大半俱是教坊裡放出來的人想你們府上也不便容留我到替你想个地方奴子問他是

915

那裡只見那伶工伸出兩个指頭說出一个處所來究竟何處下回說得明白

閬仙評曰

此回復與王庄歸結梅影終身亦在捲收之例下即敷衍劍仙遺道不知者似屬方為設施其寔欲為傳內死者之結束耳此乃作者故意瞞人處至創製遺道科儀寔屬新奇之至劍術之傳知者皆在隱約之間不知者城又從何得其大畧而為之彰演辨僧道一篇確有所本非約畧詞也吾意作者為借大一部書斷斷不肯以單收作結如三國志必以歸降吴蜀為双收水滸傳必以天降碣石及夢被張叔夜擒住作為双收此書亦當

916

以師徒二人作為双收若僅悄然而隱未免有虎頭蛇尾之誚故借遺道一事庶為大開大合之文香城造意直不讓四大奇書之獨妙千古予患貧何不日以著書付與坊賈令刊刻流傳豈不兩得其利何患杖頭之不豐足乎

第三十九回　豈意王庄來舊識　不圖雅奏入科儀

五言截句兩首曰

阿小來何暮　姑姑道已成　當時多繾綣　留得此交情
步虛聲自妙　也得雅音和　不是双成至　何來縹緲歌

再說那个人道我們城外有个洞庭山山却有東西兩个西山不必去只到東山就好他那里居民出門的多故不

917

詩幽深奇偉不可淺窺老子初意本無以此為設教之資
後之羽人方士好奇其說不去深繹道德經反竊瞿曇唾
餘且無文人才士潤色悉成鄙陋之言蓋佛家乃盜襲道
家之精微而道家只偷得佛家之屑殼沿而下之更不堪
入目矣故釋道兩家之科儀不足置議惟嘉靖皇帝最喜
道教其科儀一切曾令朝臣纂輯只有嚴嵩所纂最佳故
以此得幸其子世蕃更勝于父于是父子弄權由此而起
現在道家文移其稿畧為潤色如香讚水讚水火煉超拔
幽冥一切是也然始終牽强就你之意不過為尼菴僧菴
令其學習早晚課以及朔望神前讚誦之詞道院中亦欲
倣照演習之道耳可是此意瑶華道正是無礙子道這正

910

易為我道起自黃石公得授白猿遺法自為揣摩傳有劍
術似乎超出于三教之外其實游揚于三教之中就三教
之中尤切近儒教益無異端惑人至劍術亦如文人之華
非此莫達我心曲非如釋家之六根五戒道家之採戰吞
丹也瑶華道儒家亦有科儀否無礙子道儒家之科儀即
聖經賢傳是也然近今亦有文昌帝君科儀但總不脫道
家窠臼若就我的意思制造我道科儀務要撇去他兩家
的爪子另開生面方可行世瑶華道他兩家是怎樣的款
式無礙子道我也記得些大畧釋道兩家如初入道場即
誦早課其次請神請神之後如拜懺者啟懺又其次設供
設供之內便有香讚水讚之類讚完讀意旨讀完意旨上

911

筵上斟酒都有讚以下又須獻寶此即敷衍其事也又可入
近時詞曲如人宴客設樂以侑酒之意其次如懺未拜完
又須拜誦懺完之後隨即繳懺佛事至此已了然後再及
亡靈先從鍊燈開地獄起次即召靈沐浴設祭放焰口渡
天橋再送佛升天此即釋家一日之功課也道家多發符
請將一段功課放焰口改名謂之水火煉其餘大同小異
如富貴之家有做三日至七日者總不離此數事無非多
添經懺而已即四十九日水陸道場亦不過每件敷衍一
兩日所謂水者即化遊船放水燈是也所謂陸者寄庫藏
化一房屋是也此外再無別項科儀矣近今又聞得有破
血河池誦血盆經及行一將入燈于鐘內而敲四十九日

912

謂之拔血河更屬可笑此乃播弄愚夫愚婦藉以沾潤錢
文而已我道科儀必使歸于雅正立意以任豪任俠為主
抑詐偽尊碩德報怨不論前亡後化酬恩何待遺子及孫
如請神設獻陳情達意以通明晦自不可缺其讚誦必須
出自新製斷不可沿襲唾餘格式以詩餘中牌名相合者
填之如其才情富餘豈但香水可讚凡物皆可讚嘆不必
拘定其數至超拔幽冥要如你前在四川所遇之仙師即
我同門之好友也立刻處分即得其所變為寔濟瑶華道
前此所遇師父之同門好友究竟是何代神仙無礙子道
他就是國初的周顛是我同門任文公之及門也你道我
科儀之制度以為何如瑶華道師父傳道于世亦如初闢

瑶華傳　卷之十　第三十八回

913

將正殿旁開之門堵塞題个寺名曰棲隱寺不願者聽素
蘭寺各婦女如願為尼者亦即削髮為尼[illegible]藝圃改為尼
菴題个菴名曰即空菴不願者亦不勉[illegible]一庄槩為道院
仍舊其名惟令各男女改作道妝一切規模仍舊不必更
張所有保守庄子事宜亦不必更動以待天時衆人听了
各各歡喜亦無不願者瑤華遂令史長史暗暗備辦忽
一日見紫蘭悲泣而來說荷香因傷身故瑤華與蕉葉柳
枝梅影梨雲都來[illegible]悼隨即殯殮完結一面具表
奏聞又見趙宜搬運四川庫藏回來將銀交割清楚并云
途次十分難行幸而有一道者帮同護衛幾番被强寇搶
劫皆賴其力所以安然回庄瑤華道此是何人曾詢其姓

906

名否趙宜道亦曾問及那道者咲而不荅說我有封信稍
回與無礙子便知端的我說師父久不在庄了那道者道
此時或者仍在你只管帶去特將書信呈上無礙子正走
出來趙宜暫見吃了一驚即忙上前叩見無礙子令其進
來瑤華將書信轉呈無礙子接着咲納袖中說我都知道
我若不預為托个道友照應這幾兩銀子如何回得庄來
你一路辛苦且暫出外邊歇息趙宜遵命退出瑤華又向
無礙子道趙宜家室被難現在緱店梅影代弟子掛名事
完兩家孤另不如令兩人配為夫婦師父以為何如無礙
子道我原許梅影有个結果今你所論正合我意你竟照
此妝辦便了瑤華領命即傳知長史們赶着辦理一面擇

907

个吉日令蕉葉梨雲兩个將此意傳知梅影趙宜曉得兩
人亦各願意至期双双行了合巹礼次日梅影趙宜兩个
同入寢宮叩謝無礙子並瑤華先見瑤華遂對梅影道我
之得以証入大道皆賴你代替我今以趙宜匹配聊以酬
報尚不致誤你終身大事此後須要謹守婦戒克全令終
梅影領諾正欲到無礙子這邊而無礙子亦已出房趙宜
梅影叩謝無礙子令趙宜道你且起來梅影將欲起立
無礙子慈道你這妮子與瑤華一全學藝從前一切尚屬
可觀怎麽一襲瑤華之銜頓改前行不特不能遵其所守
而且創為淫惡雖外誘所及但你豈不能自主以致庄上
庫藏空虛倉廒皆匱佃戶拋荒賦稅屢役你非無能者一

908

槩豈之腦後我前此所囑之言竟不一字遵守是何道理
本應處治你一个違師悖主之罪現已配與趙宜為室姑
為寬恕以後再不克盡婦道少不得有个報應你須在意
梅影羞慚滿面不敢起立無礙子又對趙宜道你還有个
出身不必隨在此間竟携着人京幹些事業將來公主的
後人還望提拔趙宜領命無礙子叱令梅影起去然後同
趙宜退出後來果然提拔周全成人仕此是後話不題瑤
華問無礙子道僧道兩教[illegible]有科儀可以晨鐘暮鼓得靜
其心我道恐未必有此[illegible]于道釋道兩家科儀都是荒
誕不經粗俗淺陋之詞先天僧家竊得老子道德經作為
根子又得聞[illegible]鍛鍊文人才士為之羽翼從而潤色故其

909

紛紛竟同當年的樣子四圍荒廢漸又貯滿把一个危危
乎敗落的庄子重又興復起來真个人傑地靈再說瑤華
自進回京師庫項整日悒乱久不見梅影同薛比鳳偶然
問及周青熊方知兩人都病了又問何等樣病青熊道係
个勞怯的光景瑤華親往看視見比鳳已將垂危而梅影
亦只剩得一絲半氣瑤華亦心知其致病之由遂不惜重
價遣人往江南請个名医來調治比鳳已不及医治先已
嗚呼了幸而保全了梅影瑤華心上甚喜一面收拾薛比
鳳一面用參苓調養梅影意在俟避宜回來使其匹配免
致孤另正想着忽報荷香仝素蘭兩个单騎逃回身受重
傷瑤華吃了一驚忙令進見荷香夫婦上前叩見並請了

902

安瑤華見他兩个滿身血迹各受傷痕問其情由荷香回
道主上再四要召公主入朝禦敵奴子恐得公主大道又
怕梅影後有智略只得入朝面奏公主為避後病廢難以
効力主上尚在猶豫奴子只得奏請情愿携妻代公主出
征主上甚為喜悅當下發了五千鐵騎御了寧武關先鋒
印令赴寧武關協同周將軍兩路夾攻奴子夫婦即時領
兵前往不想將到寧武已聞周將軍于兩日以前被闖賊
殺敗合家殉難賊兵正當强盛之時營寨未立即被賊衆
横衝而來兵將本素畏其强今見其鋭不可當不戰而星
散奴子夫婦二人勉力抵當無如寡不敵衆三面皆是賊
兵不能衝突回京只得敗陣而回現在賊兵勢大京師甚

903

是危急想來多凶少吉瑤華聞之撫膺大慟荷香夫婦亦
相對哭泣衆人正在勸慰之時忽報師父回來了瑤華急
收淚率領各子女趕出大殿迎進而無礙子已到大殿大
家簇擁至寢宮先是瑤華上前叩見了其餘挨次叩見看
其面貌光景還是從前的樣子不但合庄徹裔即庄外舊
時佃户及鋪面男婦人等亦各灌然皆來請安瑤華同各
子女相對欷歔無礙子道既已相見勿作此態況大事正
多我特來與你們調度一番先對荷香道你夫婦戰陣辛
勞且各帶重傷可先回房歇息荷香夫婦遵命告退瑤華
又將荷香敗陣之事告知並言京師危急意欲即興勤王
之師無礙子道你是帝室宗支雖尋常人亦應如是況虖

904

藏豈盈舉義號召不怕天下不响應但你我俱得道行順
逆兩字久熟胸中若知而強為乃逆天行事我道中皆避
天道順行于此大背且于事無濟徒傷殘民命而已不但
無功抑且增重罪孽保從前一番辛苦又付東流矣依我
主見竟圖个永遠清淨之計既不違天又可保後此宴綏
妙兩全之法瑤華同大衆上前啟請道師父慈悲不知如
何使弟子們得一永遠清淨之計伏望示知以便皈依無
礙子道國家大勢已去新君將至若待敗壞決裂之時雖
欲求為清淨恐亦不可得矣故我先日有言竟將這庄子
改為道院如今又增僧尼兩院如荷香們同長史令史愿
為僧者即削髮為僧撥駙馬府改為僧院另開山門出入

905

命而去了于腰間摸出劍丸望空一擲只見一道白光如電就不見了轉瞬間一聲响亮只見嚴世蕃的首級已落樹頂被樹枝抓住一一如梟首示衆的一般其劍丸亦隨之而來仍歸瑤華手內何巧娘見了恨如切骨又向瑤華稟請將向父母墳前奠祭瑤華道也好可俟阿幸回來幫助你辦理何巧娘又謝了說話之間阿幸回來稟命瑤華又令阿幸幫同何巧娘將首級同讀墓所祭奠了方回從此何巧娘亦依傍瑤華做个伴當了又待了十餘日已見趙宜領同李陳二史到了涿州下店瑤華飛身到了彼處寫諭帖與荷香令其一同押運而回並將客氏所存細巧物件盡行檢交令史何鵬高鑒付史錢金易三个率同六

898

十名護衛及八个宮女隨同令史眷屬一併押運回庄途次令各人放胆而行我自另于僻路照應趙宜等領了言語收了諭帖于次日登程瑤華仍回樹頂與阿幸何巧娘一路追空隨裡又往涿州南邊腰站上前次所歇客店內閑說要盤回麗希德父女棺柩這客店內到還認識瑤華囑咐道我這二十天內必然遣人來盤運猶恐來人不知葬所你可撥人指引並令幫同照應送到王庄我另有酬謝客店內一一遵命瑤華仍回原處又待了十五六日纔見荷香何鵬高鑒錢金易領同護衛宮女及眷口人等押運號子車輛而來趙宜等另做一幫押了庫藏號子繼至瑤華就于途中見了大衆趙宜荷香同與道張獻忠又殺

899

入河南去了四川當舖趙這空兜也好運回瑤華道現在人已與多趙宜不必隨同押往竟往四川收回當舖當又傷了諭帖付知趙宜即于此站分路先去又令何鵬李榮各帶銀二百兩往涿州南首腰站有个李姓客店內問明麗希德父女葬處自有人指引你們即同指引之人將兩口棺柩即行運回庄上聽候擇地安葬何鵬等領命而去瑤華自與荷香高鑒錢金易等押運回庄到得庄上荷香將銀兩什物交割明白停了數日瑤華仍令回京供職荷香領命回京瑤華撥何鵬高鑒充為令史錢金易為付史陳李二人派為管事江允長總理內外雜務六十名護衛另撥宿衛房居住隨同新挑之壯丁習練武藝以備守庄

900

八个宮女俱已匹配務在各局分辦局務又將運回當舖本錢同客氏所存庫項租息合共兌收四百餘萬兩令蕭葉等登入揩冊分派各人屯積米麥廣置地畝以備荒歉之處又聞知周皇親一家被難後殯葬甚屬草草復提出銀三千兩令蕭葉等前往即就周皇親所管城內分出學皐招穆改葬完好恰好何鵬李榮已將麗希德父女棺柩運回瑤華另擇附馬府後空地一塊築好墳塋安葬延請僧道設壇招魂于鼓樓下供養自做祭文分頭致祭獨在麗希德父女座前大哭一場以後逢時過節必為設祭不必細表王庄上這年地畝大熟虧了柳枝不遺餘力將從前已經拋荒之地畝緊行招佃播種到得秋來納租者

901

而分忽又結成一大毬突然騰起飛近樹來此時瑶華已得周顛秘授擒妖捉鬼之術見此一團鬼火飛來必有緣故遂念動真言捻訣戟指而喝曰止那團鬼火應聲而落在樹頂化成一个女子俯伏在瑶華面前痛哭聲言公主救奴則个瑶華運靈氣而視之乃是一个鬼魂遂喝道尒鬼頭你在曠野之所忽分忽聚結成一團來戲弄我反敢逞力哭救豈謂我不識尒之行逕耶那鬼魂道婢子那敢大胆戲公主只為有寃莫伸沉埋泉壤抑鬱之氣常冲霄漢舊年幸仙師無礙子空中游幸被抑鬱之氣阻碍雲頭即棠追蹤至甕所提拔幽魂詢知原委計筭婢子的仇人陽數未終囑令婢子再耐數月并棠將魂聚在一處不使

894

離散俟公主到此可以伸此寃孽屈指算來此其時矣今晚又見樹頭有劍光透出想必公主駕臨因不能即時認確故有分合之形今始認明前來叩求豈有戲弄的道理瑶華道既我師父囑咐自然代為伸理但是何緣由仇人是誰你且細細說與我知道那鬼魂道婢子小字巧娘亡年一十五歲父親何其偉是州學庠生家貧教授為業崇禎七年慘值凶歲失館乏食同村李繼孝有个表弟嚴世衍相離二里多路的一个村庄上居住財雄一方慣放利債是為富不仁的一个人李繼孝見父親守貧清苦代謀向嚴惡借債度活父廹于無奈只得央李繼孝代為說合借了嚴惡五十千京錢約明每月五分起息過了兩年雖

895

得了館不能償本只得每月加利已有兩年半了利過于本欲懇李姓向嚴惡停利償本豈知嚴惡不依自來廹索見父親貧不能償要父親將婢子準折父親不應被嚴惡告在州裡差押立契準折父親被逼不過只得自縊而死母親氣苦相繼而亡只剩一个五齡的小兒弟與婢子兩人將房產殯殮父母之後一無所有日惟求乞度日那嚴惡不念人已被逼而死惟計圖婢子準折州官愛其賄賂飭差强押族長立契交割將婢子擒拏而去婢子身懷利刃將欲自刎不意嚴惡意圖奸宿被婢子手刃其胸謂其已死恐被告官受罪登時投井身亡豈知嚴惡只傷皮肉並未戕命枉送了自已一條性命父母之寃竟不能報兒

896

弟現在求乞度日這仇恨豈能消釋為此叩求公主萬望垂憐援救定當結草啣環瑶華听了道借債救荒理當清償但既利過于本亦當量情免利乃必欲準折子女用勢强廹已屬為富不仁又蓄意圖奸寔為淫惡尒雖有意致死奈為力弱難勝所致反因畏罪送了一命寔有不甘但佀造惡者惟嚴世衍一人餘者不及且其壽数已終我當代尒梟取其首以償尒父母之命並洩尒夙昔之忿且尒志在報復父母之仇孝思可嘉還當度尒做个鬼仙以伴我還山尒意若何那巧娘十分感激叩首不已瑶華又道這賊子尒難饒恕因令阿辛飛至其衙署擷其魂魄令其頭[illegible]以應得之祿抵償贓数亦足蔽辜矣阿辛領

897

忽報趙宜回來了不一回趙宜進來將狀回山東河南山
西三省當舖核見本利總共有五十四萬八千餘兩問京
中光景如何趙宜道流賊俱在山西聞得寧武關總兵周
于吉軍聲大震將賊羈晋在彼聞道路傳說大有撲滅之
勢瑤華向天謝道果得周將軍威武殲滅此賊國家再造
矣但恐傳言不確耳趙宜道只看天意若何要知端的下
回即見

閬仙評曰

余讀道書頗知修煉大畧凡修煉工夫究竟男子易于
婦女其故為何蓋為月事所隔即如打坐運氣而言男
子用功一日即得一日之功婦女未嘗不可以日積但

890

不能月累臨月即須停止恐碍其血凝致病所以男仙
多于女仙周顛之先伐瑤華淫根更是深透一層至于
陰陽交媾不知者以為不過採戰之術耳非也婦人通
体屬陰惟癸水屬陽慾念絕癸水亦隨之而絕欲絕慾
念非三昧真火內煉于中終莫能絕也若不絕雖有天
漿玉屑亦莫之靈婦人與女子又各有異不鑿靈竅則
無須內煉此道書之所載也至採戰補煉亦有其事然
則已墮下乘修煉家羞言其說此回已完劍仙所囑之
四句歌訣即緊收緊捲却又不使讀者知其有收捲之
意故作慢詞而伸舒之寔無以形容其妙

第三十八回　坤德侯庄還如舊　無碍子劍復會津

891

七律詩曰

少小隨身未暫離長而游道別天涯因卿面貌人難
辨代我術名衆不疑露湛方滋花作放月明欲照影
偏移延津劍合徒增慨薄命難承福壽基

話說趙宜道確與不確且看天意但此番深虧周將軍將
賊羈絆在彼不然這幾兩銀子如何到得道里瑤華道既
有此好機會何不把京師的庫藏一併運回趙宜道公主
未曾吩咐且沒有諭帖給符香如何敢擅專瑤華道也說
得是你且稍停半个月待我往取你亦隨了我去一同運
回趙宜答應退出去了瑤華又把庄上的事赶辦了幾宗
然後撥派李榮陳玉隨同趙宜往京師搬運庫藏擇日先

892

行自家帶了阿辛隨後起身不題再說梅影們自瑤華與
無碍子行道去後日日縱情恣意的取樂雖有流蕩却畧
他們也只當無事一般亂了這多少年今瑤華忽然回庄
自是各各收斂但少年婦女如何捺得住春心況梅影和
符此鳳皆在寡居不走偏路更是忍耐不住因而各下強
制工夫不想都成了乾血勞病此時瑤華雖往京都而庄
上規模復整內外戒嚴豈能復如前番之胡行亂為故兩
人之病日重一日此是後話再說瑤華同阿辛仍舊由山
僻處所行走晚間亦露宿樹頂不過三四日將近京師却
不前進只在涿州左近專待趙宜等到來這夜在樹頂歇
宿與阿辛閒談庄上的事遠望四下鬼火燐燐分而合合

893

這个信是真是假瑤華道荷香常有信來麼蕉葉道那兩年來得勤這幾年上為路道不好走故此少得有信來瑤華道天下事恐難挽回我們要將各處當舖收回多置田庄總養得活這些人口明日蕉葉就起身往江浙一帶將當舖收回趙宜往山東山西河南這三省去收回陝西四川被賊盤踞收回不易且看時候再處各各應諾散去梅影令黃家的仍收拾東房讓瑤華住下收拾西房自家搬入仍撥薛此鳳張家的往瑤華房中因他們都是寡居故此着令同阿辛伺候瑤華道如今外面雖是个道院而裡邊仍是王庄王爺雖故我還在此不要太不成欵式了趙宜本是我的長史叫他仍在門前辦理長史的事但他如

886

今是个孤身將來再撥个人與他成房李榮陳玉作為付史趙宜現要出差先令江允長代理張其德揔理內官門蕉葉柳枝夫婦揔辦倉庫上事白于玉黃金釧周壽熊管理寢宮一切黃家的張家的花見羞洗翠君揔理膳房及洗浣各局之事分派已定即着脩辦祭禮明日上韓夫人墳墓中另請僧道與王爺招魂設座一面又令江允長喚泥水木匠修理房屋補種樹木仍招佃戶賃房居住門前舖戶房屋一併修好招集人來開設舖面并着柳枝將理死亡逃散的拋荒田畝召佃播種一切應隨之事次第舉行又令延請教授與周克成上學攻書足足整理了一年多纔復了些舊時規模不一日蕉葉回來了禀知收回

887

浙江江南江西三省當舖本利共有二十一萬三千有零銀兩均已運回瑤華令其收入庫內登記檔冊再帮着柳枝清理拋荒田地江允長又來禀道房屋俱已收拾完竣了請公主收工瑤華遂帶仝梅影白于玉黃金釧薛比鳳張家的等出了寢宮一路看出正殿見兩旁廊屋都整齊了又從東小門入到藝圃內各處游了一遍在仁知軒歇了歇腳吩咐備小車上墻瞭望不一會江允長來禀備齊了遂各上車推到墻基上見各亭子俱是新葢的便問梅影道怎麼這亭子一概從新起葢梅影回道防禦賊寇都被這些佃戶們在上住宿蹧蹋壞了瑤華道賊人可曾攻打進門梅影道庄門四面都藏有機關也曾攻打過只是

888

打不進來故還完好瑤華從亭子窗內看那各佃戶樓房并舖面俱收拾得一槩新簇簇的回過頭來見倉廒房屋間有倒塌問江允長道這倉廒如何不修理允長道現無粮食堆貯且俟下半年再為收拾瑤華道你們听慣了梅影的主意只是慢騰騰的凡是房屋一日不修多壞一日雖無米麥在內但梁柱椽枋皆被雨淋日晒豈不更壞了麼明日就起工修理我就要收貯粮食江允長應了遂令車子從東面推到西邊見駙馬府也坍塌不堪令江允長動工修理江允長答應了瑤華仍從南面下墻即回寢宮吩咐蕉葉帶了銀兩往各處買米麥雜粮堆貯以備不虞仍令賃居佃戶報名挑選壯丁習練武藝好防賊匪滋擾

瑤華傳 卷十 第三十七回 六

889

聲大哭衆人都道公主行道數年今喜回庄為何又悲傷起來瑶華道我為王爺殉難家國將傾庄子破敗家人無多豈不傷心衆人勸止了瑶華又問起還有何人梅影道外邊男子只有蕉葉柳枝江允長李榮陳玉等五个人桃紅為痨瘵病死了三个付史仝張家的男人都被賊殺了令史趙成夫婦俱亡太監們也有病死的也有被殺的如今只剩得張其德一个趙宜也幾回來裘素蟏羅統兒都已病死韓秋桂等七个王爺從汴梁要了去沈繼仙等六个都被賊擄去不知死活存亾邬桂娃呂良珍兩對夫妻已搬到京中去與素蘭同居了聞知王爺被難幸虧公主將他兩个女兒報了仇趙宜回來說知我們好不歡喜瑶

882

華道賊來犯過幾次周青黛道八年三月來過一次虧得守護得好九年這一次更來得利害我們佃户全家裡這些人都是這年上殺掉的以後就改為道院了雖有些小賊來窺探看見道破敗光景都就過去了瑶華又問蕉葉柳枝為何不見張其德道為缺了米上亳州買米去了瑶華道如今田庄還有些租籽麽梅影道租籽儘有都被佃户欠着死亾逃散的十停內倒有八停所以無處可收如今倉內都無粿粒了瑶華道庫藏還有些麽梅影道所存不及萬兩幸而人口無多還可苦度梅影又令小子來叩頭瑶華拉近來前一看道這不是周克成麽梅影道正是瑶華道畧有其父三分相似梅影道性情比他老子倒好

883

些又見一个小子上來叩頭瑶華問是何人之子梅影道就是張其德的兒子瑶華道莫非藕遠香所生的麽梅影道便是瑶華見此周青黛來得長大笑道也如此長成了又道那浪子在何處梅影垂淚道全家都被難了駙馬一家老小皆婢子仝蕉葉們收拾完備並無虧缺現俱草葬在周家庄上瑶華又不覺哽咽哭泣道這一家的作為亦甚可惜自于玉來問道公主可曾得到峨嵋山麽瑶華道不到峨嵋山我那肯回來遂將師父留下劍丸帖子對大家講了一遍黄金鍘道公主怎麽又另帶了一个人回來那先前收的那个阿新以後又收的那个三姐阿巧為何不見瑶華道我到馬湖地方遇見了一位仙師乃是師父

884

囑託他點化我的因三姐他們幾个人不能上峨嵋山去被仙師用扇搧成了一股烟都有好處去了這个丫頭又是師父預收在山令其送我回來的黄家的問道公主在路上走了多少日子瑶華道只得二十多天大衆道听得說峨嵋山到此有一萬多里路怎麽來得這樣快也不見有行李路上如何歇宿瑶華道我如今不飲食了路上只在樹頭歇宿衆人道原來公主如今仝師父一樣了也不枉此一場辛苦這个丫頭叫什麽名字瑶華道他姓章也叫阿辛正說着蕉葉仝柳枝回來知是瑶華回庄都來叩頭請安瑶華見他兩个都已長大問了些話那兩个道今日在亳州听得風聲不好說是李闖已圍困京城了不知

瑶華傳 卷十 第三十七回

885

喜又向空中拜謝了遂一仝下山瑤華問阿辛的道術知已深妙的了也無須飲食那阿辛更知瑤華修成双劍已在劍仙之列十分欽敬兩个在路甚覺合意日間于山僻處行走晚間在樹巔歇宿仍由成都至重慶思南銅仁辰州這日到得辰州界上宿在樹巔天將發明望見東首有股黑氣冲天甚是惡毒瑤華問阿辛道這股黑氣必是毒物所噴你可得知是何惡物阿辛道却算不出公主在此畧等一時待婢子前往一探就知原委瑤華道狠好我們修道之人以德行為第一見此惡物不除反增罪過你速去速回那阿辛登時騰空而去沒有半个時辰已轉回來對瑤華道婢子已到彼處踪跡黑氣所在乃是一條毒蛇

878

這一方的人民受恩不淺瑤華道先前我行此等諸事甚覺艱難今蒙師父授有飛劍正可施為我且先把惡物來試劍遂向腰間携出劍丸望空擲去瞬息間已見劍仝蛇身從空飛起蛇身不知墮落何處而劍則仍歸在手瑤華見劍丸靈異與無礙子的一般好不得意二人仍再啟行途間情事不能盡述這日將要到王庄見阿辛服飾不甚合式且不到庄竟上尤家鎮將號票押了些銀兩令阿辛自為置辦衣飾收拾齊整天已漸黑仍在樹頂宿了一晚次日一仝到庄由尤家鎮來却從庄後經過遠望庄上樹木稀少不似從前繁盛心甚傷感及將近後楼又見墻垣倒卸進後楼都看見溪河也個轍了再由庄東過來佃户

879

房屋倒敗了許多居人亦甚稀少心上想道必是被流賊擾擾過的阿辛道這就是王庄麽瑤華道你沒有見從前的樣子好个旺相的氣象說話之間已到庄門人烟冷落門前佃房也倒卸了大半舖面亦只寥寥十餘間無人居住遂進入庄門柳樹俱伐的伐死的死也無一人把門将過濟橋見墻上嵌着一个方磚匾額上寫崔歸道院四个大字過得橋來遂即叩門半晌裡邊纔有人聲應答開出門來瑤華見是周靑黛靑黛道公主回來了又問師父來了麽瑤華道沒有來靑黛忙閉了門飛報進去瑤華隨入正殿見正殿上供着佛龕龕內是位大士兩旁有善才龍女遂倒身下拜又見兩旁側廂俱各倒敗轉到第二層大

880

殿也有佛龕正欲看視只見趙宜江尤長李榮陳玉張其德同于玉黃金釧張家的黃家的薛比鳳梨雲郁李流翠眉花見羞藕遂香寺一群人出來見了瑤華閧然都道公主回來了師父為何不來瑤華道師父我竟未得見面又到上等房來已見梅影攜着一个孩子接將出來兩人執手欷歔遂同入寢宮見各處房屋俱各毀壞梅影率領衆婦女都來叩首請安隨後張其德趙宜等一班男人來叩安瑤華即問趙宜道你是怎麽回來的趙宜道那日仙師把我釘定了我就昏昏沉沉的不知了以後也不知怎樣忽然掉在一處空地上醒來看時已離此不遠就回庄上還只得兩个多月哩瑤華揮令出去坐定了一回不覺放

瑤華傳　卷十　第三十七回　三

881

過耳邊却听得那女人大笑道如何我說你太性急了我把竹筒拋來你快扳住不然要沉到底了瑤華急忙將手接住在水裡掙扎漂來浮去那裡掙扎得起急得火星亂迸香汗如珠不知怎樣一个翻身又像扳住了一件東西終透出水面睁開眼來一看不覺啞然失笑原來並沒有水谿也沒有木筏不過在低窪的山坳裡一手拉的並不是竹筒乃是一根枯樹枝那一手拉的也不是什麼東西是自家的衣服爬上來只見那女人坐在高山頂上哈哈大咲的問道你這一肚子的水可吃得飽麽瑤華發恨道我仝你既是前生的姊弟見我艱難時不來援引罷了反手這些幻術來戲弄我你也不是个好人那女人咲着說

道學道的人要信常辛苦方能入道你如今吃不得一點虧吃了一虧就要發怒怨人我問你前日在山洞裡受了人的氣怎麽就忍受了瑤華道這位仙師是為點化我怎麽不該忍受那女人道那仙師是點化你難道我是來捉弄你的寔對你說了罷那周仙師用三昧真火只煉絕了你內裡的淫根我看你滿臉的嫵媚那皮毛上的淫氣尚未盡絕故借天河裡的水來再替你洗濯一遍你如今好去見師父了瑤華听說忙稽首道原來姐姐也是來提拔我的但那空空洞先到見了如今被水一淴又模糊了不知往那條路去那女人將手一指道這不是的瑤華回頭一看並無路逕可尋再要問時那女人已不見了只得縱上

山頭照依他所指方向細細望去竟不可得心上好生焦燥忽又轉念道山洞我方纔已見了大約只在此山中又何必發燥他時時說我性急也是點化之意且再發誠心拜去但從那一方拜起忽生一計見路上有長條石塊將他豎起看他倒往那一頭就往那一頭走商量定了將那石塊一豎撲的倒了是往右倒只得遵着向右邊三步一拜拜不上十拜已到了空空洞的洞口慌忙入去却不見無礙子但見有張石几几上置有似鐵非鐵似金非金的兩个劍丸宛然無礙子之物正在摸摹間忽空中飄下一張帋來上有兩行字忙忙拾起念那字道

一軀潔淨　兩劍能飛　寄言狐鬼
藝圃且伏

瑤華看了知是無礙子所遺不勝歡喜遂向空拜謝取了雙丸將帖子疊好正要收藏忽背後伸一隻手來奪取回頭一看又是一个婦人年紀約有三十餘歲瑤華便問道你是何人敢來奪我手中之物那婦人道你是何人敢在我師父洞中擅取劍丸瑤華道這是我師父遺與我的現有說帖在此那婦人忽然放手咲道你莫非是瑤華公主麽瑤華道正是你那知我的名那婦人道婢子姓辛小字阿辛也是醜類承師父教授修煉之術得幻人形前日師父在此吩附公主不日到此知道公主隨侍的人都被周仙師化去歸途無伴令婢子伴送公主回庄瑤華聞之甚

頭了只不見有空字洞四下瞭望了一回忽然于兩峯環抱之隙看去有空空洞三个大字十分歡喜約來路逕尚遥仍然三步一拜拜将過去又拜上兩天突有瀑布間断水谿深而且濶意想必有發源之處遂循着山谿拜去又拜了一日見那水源如從雲中流下並不見有發源所在上下逡巡了一日沒个理會轉眼間見隔谿有个木筏筏上似有一人彎着腰在水裡撈摸東西心上轉念道不如叫喊那人撑過木筏來渡了過去豈不是好遂高聲的喊道木筏撑過來渡我過去喊了三四遍那个人総听見立起身來遠遠望去也像是个女人遂又叫道木筏上姐姐煩你撑過來渡我一渡又将手招着遠見那女人似乎知

870

覺了遂慢騰騰的把筏撑將過來離岸約有兩箭路就把篙子樁住瑶華見那女人也生得十分俏麗叫他再撑過來那女人道若撑過了頭就要往下流了你要往那裡去却來這裡問渡瑶華道我要到空空洞去尋我師父那女人道你師父是誰瑶華道我師父叫無碍子他約我來此尋他的那女人道這麼你是朱瑶華了瑶華道我是朱瑶華你如何曉得那女人唉道我怎麽不曉得只怕你到認不得我了瑶華把那女人仔細看了一看道却不相認那女人道聞得你如今也得了道了怎麽還是這樣糢糊我只知你別了二十多年就會記不清了瑶華道我雖蒙師父傳些修煉的工夫却沒有授我過去未來的元妙那女

871

人道怎麼沒有你且在岸上打坐一回想想你投胎以前之事就知覺了瑶華聽了真个收住性靈細細的想了一想雖有些影响却說不出來那女人高聲的喊道你不記得我和你到老祖宗那裡去請問修煉的層次麼瑶華听見恍如夢醒遂睁開眼來唉道真真懵懂了你不提這句我再想不起來我前生仝你還是姊弟哩你如今想必成功了那女人道成功恐還未必不過比你省了一番磨折瑶華道老祖宗想早已上昇仙籍了那女人道他也在此接引你你可見了麽瑶華道並沒有見那女人唉道你如今真成了个下愚了你前日遇見的樵夫不是麽瑶華忽然省悟遂又望空拜謝又問前次引我們兩个去見老祖

872

宗的那位老前輩想必得了道了那女人道得道這樣容易瑶華道如今他在那裡那女人道他在老祖宗原稍的對面山頭上瑶華道原來如此我仝你既是姊妹且你撑過筏來渡我過去那女人道就仝你再說兩句話究也不為遲你如今還是這樣性急麽瑶華道不是我性急我上了木筏仝你細細的談論不好那女人唉道撑不撑由我上不上由你瑶華心上想道這不是有意留難我麽看那木筏離岸不遠從前也能縱跳上去何況如今一手撿衣一手作勢說時遲那時快將身往筏一縱不防那筏似乎移了一移縱了一个空撲通的一聲响落在水裡了瑶華諸般武藝都曾學過惟赴水未曾學得在水裡淹得甚覺難

873

精大洩再一旋轉又從尻尾骨透入脊樑仍由腦後貫于
鼻孔中出來身子更覺爽然少停淫心復熾其火焰亦隨
念而入此番較前兩次更入渾身節骨無處不到仍由鼻
孔而出被火焰逼了三次身子甚覺困倦意欲睡下慾念
方興氣從胸膈間突然一下忽覺得渾身一凉如入冰窨
覺無困倦之意忽聞道士在外問道可矣須將玉屑吞下
你以後之淫慾從此絕矣得我三昧真火蒸煉你之身体
從此堅矣然後可以靜心養性得近真詮若非你師父諄
托恐難得此瑤華此時心地空明異于昨日遂將玉屑吞
下即四体投地拜謝了并求其傳授道術道士道以下俱
容易了當將入道真言一一教授擒妖捉怪防身制人秘

訣莫不盡傳瑤華性靈透徹諸多領會道士道你如今可
以入峨嵋山了瑤華道弟子此去得免再入塵寰否道士
道要離塵寰談何容易瑤華又問功行如何道士道不須
問我只想你師父所付的啟訣如何解瑤華道混然天地
初道士道這就迷于酒又想道乃識陰陽変道士道這就
恋于色又想道力盡氣如虹道士道這就是你報父仇的
事瑤華道枝窮功自見道士道便是目前之事功行已滿
了瑤華聽說十分歡喜即時拜別道士道一切物件都可
棄了只將號票帶着後有用處瑤華尚欲叩請姓名被這
仙師推出洞門回頭見洞門已閉毫無痕迹仍是一片山
石深嘆仙家之妙行路之際覺身輕如葉再加縱跳赶路

如飛望見峨嵋山在前矗立總不見有上山之路奔波了
三四日竟不得上且無人迹可問心甚焦燥這日在四山
脚下盤旋了一回忽遇了一个老樵夫怔怔上前施礼那
樵夫甚是傲見了瑤華仔細認了一回問道你這婦人
獨自一个要到那裡去瑤華告知緣由那樵夫道山上並
無人迹那裡有你師父在上瑤華道我師原是半仙所以
能夠在山修煉樵夫道你師父既是半仙了你成仙了沒
有瑤華道我還是凡人如何比得上師父那樵夫笑道原
來如此這峨嵋山本是仙家窟穴那裡便叫凡人上去你
必定要上去我教導你一个法子那山路就現出來了瑤
華道怎樣一个法子求你指示樵夫道我也不能指示我

想學道的人最重的是誠感格你既尋師父豈有不具
誠心之理你依我發个誠心望空禱告了三步一拜拜將
上去豈有不到你師父靜窟之理瑤華所了樵夫之言如
當頭喝棒即忙向樵夫拜謝抬起頭來已不見了樵夫再
向山上一望只見樵夫已在半山上拍手大笑道好个學
道的人這一聲響震動山谷心上頓悟道這裡那有什麼
樵夫必定也是个神仙可惜不曾問得師父的處所又想
道且不要胡思乱想遂撮土為香望空禱告了來意然後
依着樵夫走的一路三步一拜拜上山去依稀似有路逕
可上拜了一日天就晚了就在樹頭歇宿見天發亮仍舊
拜將上去約莫拜了十來天纔到上峩峯這峯最高的峯

造化隨采取過一根小竹杖來揷在道宜胯下吩咐竹杖
道你將他好好送到王庄上去不可恐嚇了他將扇遮人
令竹杖扇了幾扇轉眼間那竹杖化了一條白龍負着道
宜慢慢的騰空去了又把扇向着這些軀殼連扇幾扇漸
漸的併衣履都化作一大堆灰燼又加幾扇隨風颺出洞
門外去了瑶華道你把我這些人遣開了叫我一人如何
到峨嵋山去那道士道你師父吩咐可是這班人到得的
且不要閑話你先吃些酒食好洗你身上的汚穢說罷遂
于腰間解下一个小葫芦來揭開盖子斟一盃與瑶華道
這酒是收取甘露製造的人間傳說天漿這个就是瑶華
呷一口但覺一股清香直透肺腑却不狠醉那道士笑道

862

比蘇州尼姑菴裡送的却淡些瑶華被道士說着底蘊
開口不得道士促令飲乾又斟上一盃又指着一盤如藕
粉一樣的道此名石髓食之令人体輕叫瑶華成盤吞下
覺一股清凉之氣直透丹田腸胃為之洞徹再指一盤說
道這就是火棗食之不覺飢餓令其盡數啖食見瑶華酒
又乾了隨即斟上一盃瑶華見第三盤白瑩瑩的不知何
物道士已知其意乃指道這就是交梨與蟠桃功力相似
吃了便永不作渴你可盡量吃完了他那第四盤乃是玉
屑須待你今晚用下工夫再吃瑶華道你把我閉在洞中
是何意見若說得明便罷否則我的武藝雖不如你我拚
着一死斷不受你的羞辱那道士嘆道你這个孤鬼但不

863

脫狐之淫性竟昧了狐之靈根那知你是有眼無珠辜負
了你師父一番期望瑶華道我現在誠心要上峨嵋山去
何為有負師父的期望那道士道我還對你說我是你師
父的同門道友為你師父要抬舉你成个劍仙奈你前生
孽債未清故令你遍游天下以身親償如今得到此間你
師父再三囑托故我在此等候預備下仙果教你堅牢軀
殼洗伐淫根得修大道你心懷懷豈非有負你師父期望
麼瑶華道食此仙果或能堅牢軀殼但淫根如何洗伐那
道士道我道中最妙莫如打坐如坐有工夫自然別有與
妙便可洗伐瑶華道打坐是自幼蒙師父教導的今蒙指
迷却要如何坐法可以洗伐淫根呢道士用手往後一指

864

道我這丹房內最好你自去坐罷了瑶華走入丹房一看
也有个石床床前就是丹炉炉中尚有火焰似乎炉中有
丹煉着瑶華心上想道既是師父的道友想無他意我且
依着打坐看有何與妙遂倚着丹炉就閉目歛氣的坐着
那道士却不進來像也在外間打坐瑶華坐了半夜也未
見功效將及子時覺得丹炉內火焰上冲瑶華偶然吸氣
那火焰也隨氣冲入鼻孔直入胸膛轉下丹田略覺一停
又從子宮尻尾骨反冲上脊骨入于腦後仍由鼻孔而出
覺得渾身溫煖異常而子宮內忽然有似乎慾火如熾其
意方動而炉內火焰復起又冲入鼻孔照前直下子宮在
內旋轉了一回其旋轉時彷彿與人交媾暢美不可言喩

865

奈何我瑤華心上自忖武藝定不能對他只得悶坐不語要知道士如何發放這些人看官們快快揭起下回來看

閬仙評曰

瑤華自遼真珠泉後一路節次遭難今已過馬湖地方峨嵋山將次可到忽又听聞如此險惡觀者必謂上山時又有多少禍患豈知功罪已將完滿乃作者故意作此搖曳之筆以愚人也能者作為每每如此不意香城亦效尤之殊出意外

瑤華傳卷十

吳下香城丁秉仁編著

茂苑尤夙真閬仙評

第三十七回　形骸一一風為掃　山洞空空劍自留

長短句歌曰

峨嵋山空空洞不山一个人但有双丸造師座何遜山花徒供歷盡艱辛倍嘗播弄淒淒宛似失乳兒閑山過遮臨風惆悵雲際飄來一紙書且歸藝圃遲恭綜

話說道道士對着瑤華道你看我發放這夥人先指着阿新道你的道術也可以了只是尚欠靜養工夫但你這个人身是假借來的不過暫時依附魂魄而已終不可久恃

你此番保護瑤華到此也是一場功德我山後有一株九節靈芝草劉海石每每於三足蟾來盜取你可往後山替我牢牢的守着如保得百年無恙那時我度你做个人身纔是定靜工夫把扇子對着阿新面上這麼一扇那阿新立時撲地見衣底游出一條小蟒蛇來那道士又一扇那小蟒蛇隨風騰起往後山去了又向三姐阿巧道你兩个乃是陰陽不正之氣所化淫慾乃是本性雖然壞人名節然自身亦隨時報還且有保護瑤華之功功過亦足相抵姑把你不正之氣化去了另與你一股正氣去生活罷遂用扇對着三姐面上一扇只見撲地便倒衣領內冒出一道黑氣濃結不散那道士又用扇扇了一扇化成一股清

氣飛騰去了阿巧亦復如是又指着傷靜夫道你是天生於物這一輩子也儘夠你受用了但不免那一輩子苦楚且把你化个獼驢兒去歇息歇息將扇一扇化道濃烟而去再指着桑二道你這个魔障非鬼非怪辜負了上天造成你一个男身將來如此作用雖是被人提弄也是你性之所近本來要罰你一个暴殄天物的罪名也只看瑤華面上權且叫以去做个蜘蛛兒將腹中污穢抽乾淨了再來度你轉世把扇向桑二面上一扇隨風倒地只見衣領內冒出一股黃氣其臭非凡瑤華想起桑二之事不覺攤鼻而笑那道士又連扇了幾扇其氣遂滅又指着趙宜向瑤華道此人還得用麼瑤華點頭那道士道他命裡還有些

前面可以暫時休息我另指一條道兒與你們走纔走得到峨嵋山去瑤華道你緣何知道我們那道者道你自不知我我那有不曉得的大衆騎着牲口走得甚快那道者捻只前行行了大半日天色將晚瑤華欲擇地支帳房歇宿那道者道山居不遠了都可住下不必再支帳房此山中毒蛇猛獸甚多枉送了性命一面說一面走近山脚那道士回頭對瑤華道我先赶一步你們隨後就來說罷那道士行走如飛這裡大家加鞭赴着只跟不上只見那道士轉過山坡就不見了瑤華問趙宜道這道士的面龐與我家何人相似趙宜想了半晌對瑤華道直沒有相像的瑤華也道我也在這裡想却是沒有說話之間轉過山坡

854

見道士站在那裡道這就是山居瑤華大衆都下騎來就有楊春夫阿巧們收拾號子都放在山洞內問道士道牲口在那裡喂那道士道有喂處你把鞍轎卸了送各除去鞍轎那道士把手內棕扇在那牲口背上各各敲了一下都飛了山樹上去了阿巧道野放恐後難收道士道不妨我自會收你們都到裡邊去瑤華們進得山洞甚覺狹窄都說這裡如何住得下道士道怎麼住不下裡面還有丹房比你們的帳房揔大些况且你們都可隨便同睡有什麼住不下的瑤華見道士挑着寃事心上甚不樂意但又不便他往只得勉强走入山洞見中間擺着一張石几兩个石墩几上又擺着西盤東西近前一看一樣也不認得

855

几上有兩副盃箸那道士對瑤華道我巳備下一盃酒今夜和你消夜瑤華從未被人如此睬脾心中大怒指着道士罵道你這潑道你看我是何等樣人敢如此放肆那道士哈哈大咲道你如今不過換了一个皮囊裹了一身錦繡就矣尊貴了麼難道我不知你前生做狐鬼的模樣你這些話只好在京師裡王庄上講或者有人欽敬你我這裡那有你來瑤華不等他說完巳忿不可遏早把那道士一掌打去那道士將身一遐用棕扇一拂對瑤華道你不要仗着會些拳捧在這裡動手動脚我寔對你說你會的我都會我會的你却不會瑤華聽得急了忙卸去長衣捋起衫袖擺一个架勢即縱入道士懷裡只一点往前就走

856

意欲等他追來起个𧘂裡腿取道士的命那道士用扇一隔早飛起一腿把瑤華摔出去了衆人大怒急急把瑤華扶了起來一齊上前要打道士那道士不慌不忙用扇在衆人面上一拂口裡說聲止衆人个个猶如釘釘的一般動也不動瑤華見勢頭不好飛身跳出洞門不想那道士也隨着一跳反跳在前用手把瑤華胸襟一把如提小兒似的提進洞來放在東首一个石墩上對瑤華道我對你說你是要証大道尋覓師父來的除了我這裡你到那處去尋覓現放着一个不潔不凈的身子如何上得峨嵋山去你且安安靜靜的听我發放這些人若再恃你的武藝高强我也照他們的樣把你釘起來看你還有別的法兒

857

道你們兩个會這些法術連這个野獸都收不下設或上峨嵋山比這个更狠惡的又將如何桑二道一个尋常野獸如何收不來但能傷人之獸也要分仙凡二種如成氣候者必有所使而來則非凡人所能收服若是深山曠野偶然出了一个野獸則何用費事只須掘下一坑引他過坑一个觔斗盺倒他再也起不來刀鎗劍戟都不能傷他只消一股烟也就熏死了瑤華道如何分別出仙凡來阿新道這也不難如果神獸倏而在倏而不見要收也不能收若是凡獸豈能潛踪滅迹就如桑二的法子也能結果了他瑤華道我們如今上峨嵋以德行為第一有此傷人之物如何不剪除了他倘果係神獸少不得也會迯遁便

850

向桑二道你且笑一笑可以制得住他更妙桑二道他若成氣候有精靈者方可制住他待奴子笑一笑便知道了即時跳出去了瑤華又對阿新道若果成氣候的你也服得住麼阿新道也不用婢子去降桑二的法術也狠可降住了不一會見桑二來回道不像个神獸還容易除他待奴子自去剪除了他就是了瑤華道甚好遂令靜夫去應了房東各人且自安息一夜無話次日瑤華起身便問桑二可曾去阿巧道他還是半夜裡去的瑤華听了甚喜即時梳洗畢遂令阿巧斗收拾行裝俟桑二除了此獸即便啓行衆人一面收拾一面料理早膳正在忙乱之際已見桑二回來瑤華忙問可剪除了麼桑二道剪除了瑤華全

851

衆人細問如何剪除之法桑二道這獸寔在凶猛奴子用障眼法不令明見意欲掘个陥坑那知土内俱是山根不能用力因見其各處攫人而食甚是鹵莽約莫要往東走奴子解帶子接長兩頭拴在樹根這獸匆忙行來即時絆倒奴子即將帶束其兩手仍絆在樹根上拾取枯枝取火点着堆在他頭邊火烟熏着這獸只是乱滚幸而樹大沒有被他拉折不過一个時辰頭都熏焦了現在死于路口奴子解了帶纔回來的這村庄上人見了好不歡喜正說着只听得外邊人聲嘈雜那小後生來說道東村裡各家都來拜謝各位除了一害瑤華令揚靜夫回答了去瑤華即令阿巧取銀包出來包了十來兩銀子償還飯錢那老

852

房東死不肯受瑤華又令楊靜夫再四去說沒有白擾的理一會兒又送了來說已蒙各位除了一害這点小費那裡還教破鈔瑤華只得謝了一聲起身上路有一日早起趲行遙見一山直接霄漢山頂俱有雲霧遮護瑤華遙指道這必定是峨嵋山了馬上稽首道也有到的日子阿新道山遠纔見要不見了方纔到哩三姐遙指道前面不有一个道士在那裡走麼衆人加上一鞭赶來看時果有一个道士與前日那後生所說相同瑤華在馬上問道道者你在前面那个人家寄言教我們赶上我們都赶上了你是何人那知我們要來那道者回頭看着瑤華道我曉得你們都是愛用慣的這條道兒狠不好走我的山居就在

853

們見了都不懂未免這疑團不解我們要上峨嵋山去正
要曉得這些奇事你想我們這些人可是怕事的你只管
說不妨那小後生道這是个人奴子服飾道這那裡像个
人你不要哄我那小後生道你不曉得原委所以不信我
慢慢的說與你所這人是採取藥材的這峨嵋山中很出
些異樣的藥料他一生都做這个行業所以狠發些財他
年年做慣不拘窮山深谷都去採取前年去取時是一種
藥料平常時甚少的倘可盡行取出得價無窮故邀会夥
伴帶了乾粮不辞劳瘁晝夜採取採了兩晝夜也甚辛苦
就在山中休息睡着了不想這山中的蟒蛇很大也很多
這一驗蟒蛇出來覓食把他吞在肚裡他醒覺了覺得渾

846

身難過也曾听見人說過有這樣的事所以各人都帶有
利刀在身急急將刀劃開蛇腹隨于山岩之上衆夥計聚
攏來不見了他各處找尋纔找到了那時還能說話但身
上的皮肉漸漸的消化了夥計們曉得這緣故急怔抬出
山來覓藥調治已化得不成樣子了幸而自頭至腹未傷
但化去五官手足如今只存松木似的一段你看像是死
的其實還活着日常也能飲食只不說話就是了瑶華道
既不能說話如要長要短服侍的人那裡知道那大道奴
子也曾問他他說都有暗號服侍的人都已慣的了瑶華
道這山中如此凶險我們此去還不知怎麽樣哩阿新在
旁道蟒蛇吃个把人有什麽奇事我肚裡也不知吃了多

847

少但是應我吃的纔能到口不然要吃也不能倘無節制
不把世上的人都吃完了麽瑶華点頭唉道你是過來的
豈不知道阿巧道我們此去現有新姐在此若有蟒蛇也
不好吃他同事的人阿新假意道這倒不然若你命中該
把他吃進我講人情都不中用的大家都唉將起來當下
又宿了一晚次日瑶華起身忽覺頭目森森還不爽快又
叫衆人再歇一天衆人依允瑶華懶懶的躺了一日到吃
晚膳時纔能飲食僅僅的喝了一碗稀粥將欲睡下忽聞
遠遠的喊聲大震不一回漸次近了問衆人都听見了麽
衆人也有說听見也有說不听見的正在分說忽听得打
門聲楊帯夫出去開了問明緣由來對瑶華道老房東來

848

說東邊村庄上來了一个野獸不知何名與人相等髮垂
至地力大無窮見人捉來就吃已傷了好些人那村庄上
都到這邊來避難若在那邊將人吃盡必到這邊來諸位
能從陝西到此必有非凡的武藝要求各位降服此獸救
這一方的性命特來禀知公主還是允他不允他瑶華想
道若是張献忠的大隊人馬寔無法子抵禦如今不過一
个猛獸就阿新桑二這兩人也還服得他住遂令將阿新
桑二叫來不一會二人都到面前瑶華將楊帯夫所述老
房東的說話一一告知阿新道這不過是个人熊也不打
緊若是猩猩便難收服了桑二道這兩項野獸要收伏他
也不難但這个處所沒有這些什物却也不易瑶華道難

849

八脚閙了大半天總閙成了阿巧說若沒有這兩條牛來
如何有這好糧食充飢阿新咲道你道牛是那裡來的瑶
華所說像有緣故就問道是那裡來的阿新道這是師父
在山裡趕來的這時候那裡還有牛羊衆人都各望空叩
謝次日再往深山裡走瑶華在路問這些人究竟到峨嵋
山還有多少路趙宜道聞得在嘉定州峨嵋縣離此恐怕
還有一二十天的路阿新道公主可以不必計論路途只
要誠心向往趙宜道我向來聞得這條道兒沒有賊來蹧
蹋是極好走的如今皆為斷了人烟所以難走瑶華心上
好不煩悶又過了七八天纔見一處有一兩个村庄在那
裡有好些户口見瑶華這幾个人來个个咤異内中一个

842

老者上前來問道你們各位是從那裡來的趙宜道從陝
西來那老者道阿呀你們只怕都會飛的纔過得來若是
行走這條路行人已斷了三四年了趙宜道我們又沒翅
膀怎麽會飛那老者道這又奇了瑶華多時不見人烟見
了甚是歡喜令楊靜夫去就問他家借宿那老者應允遂
卸下行裝到裡面住下問起你們這裡倒沒有賊來蹧蹋
麽那些人道這裡是條僻路賊不打這裡過所以我們
是安然住下不然也早躲避了隨又問道你們要往何處
去的瑶華道要往峨嵋山那老者問那後生的道不是前
日有个道士過去問他說也往峨嵋山去那後生道他還
提起你們哩說隔幾天有幾个女娘仝兩三个男子在這

843

裡過路先寄个信與他說我在前面等他們教他們速速
趕來自有好處瑶華問道怎麽个臉兒那後生道白白淨
淨有个三十來歲三牙鬚眉上背个蒲團手裡拏着一把
棕扇扇頭上就有一个拂子大約你們都認識的瑶華仝
趙宜三姐想了半日沒有這麽个人也有瞎猜的揣不確
定這家人倒好一會兒擺上酒飯請瑶華們吃瑶華謝了
就叫他們一桌兒吃了又問那後生這裡到峨嵋山有多
少路那後生道離山脚不過五六站若上山去還遠着哩
連我們也不知有多少路聞得我們隣舍人講山上有三
个高峰瑶華道可有名字那後生道所說叫大我中我小
我那个大我最高那兩个還低些瑶華道可曉得有什麽

844

寺院在上麽那後生道這却不曉得瑶華對楊靜夫道我
這多時身子甚覺困倦意欲在此擔擱數日但不知他們
可肯你可與他們說知看是如何靜夫遂拉了那後生出
去說了一回纔回覆瑶華道他們也肯瑶華遂令大衆安
排行李一晚過了明日起身出往各處看了一回只見對
面一家房屋精雅偶一窺探見有一段不知什麽東西橫
在木榻之上端詳半晌竟不懂得稍停又能轉側心甚疑
惑恰好阿巧來請用早膳瑶華令其一看亦不知是什麽
遂合回原處吃了早膳遂將所見告知楊靜夫令其轉問
房東去了半日方來回話道奴子去問那昨日的小後生
他說道你們都要上峨嵋山去這裔不說也罷奴子道我

845

得兩軍齊到各各打話原來是張獻忠察知張一將擄掠的男婦藏在自巳營内不即解赴大營發兵來問罪的張一混賴不服兩軍就厮鬥起來炮聲不絕賊殺連天約有一个時辰就絶然無聲想是勝負巳分桑二停兒解法大家奔上土崗見張一這枝兵馬殺得尸横遍野遺下錙重甚多其時瑶華行粮巳盡遂令各人上去掠得用之物槩行收拾回來得此接濟衆皆歡喜又見有白布行帳一大綑遺在路旁以及行裝應用之物甚多衆人一一拾了回來先支開行帳令各人在内歇息衆人又調養兩天然後起身前進漸多深山窮谷查無人迹又行三四日戶粮又盡大家作計道如此荒凉那處得有粮食瑶華道如今秋

838

盡冬初正穀粮結實之時既無人迹亦必散漫于地未識近處可有對阿新道你可上山嶺去望望好向彼處收取阿新依言即向西南首奔去不一會來報瑶華道無人收割之穀粮甚多且在大路口我們前往都收得着的瑶華听了道這麽我們趁晚就去各人加上一鞭飛馳而去轉瞬之間巳到有穀粮之處遂又扎起帳房大家下田刈割瑶華對阿巧道雖有穀粮還須穀些野味照前捻成丸子方可充飢阿巧道婢子和公主到山中打獵去自有獐狍鹿兎打來也可作粉漿有瑶華應允遂各携帶短刀弓彈騎馬而去轉入深山于竹篁林莽之間各處搜尋僅得兩三个兎鹿甚不濟事心上好不惬意方欲尋路回歸忽見

839

山凹裡有兩頭野牛追奔而來其勢甚猛阿巧在馬上喊道公主快走有野牛奔來了自巳飛跑而回瑶華見那兩頭野牛甚是可惡遂挾着弓彈放馬迎將上去先放一彈正中前頭一條牛眼上那牛負痛退回狂跳後走的牛是跑發的不防前牛忽然一退兩牛一跳力大勢猛俱各跌出一箭之地瑶華赶上將未中彈的牛特發一標鎗那中彈的牛翻身扑來瑶華復又加上一標鎗兩牛並斃瑶華見兩个野牛約有千斤之重諒不能拖回只得放馬跑回只見衆人刈割了一大堆的穀粮正沒有家伙擺弄見瑶華回來各人迎上前來說穀粮到狠有都割了來只沒有家伙瑶華道既有粮食就有人家人雖殺死那些家伙還

840

在可往各處找尋必然可得大家都說我們分頭去找說畢俱各去了只有阿巧在旁道公主那牛赶去了麼瑶華道巳被我打死把个阿巧都嚇呆了瑶華道牛巳打死還怕什麼阿巧咲道真个打死了瑶華道我哄你做什麼但牛身甚大且待他們回來就在那裡去開剝省得拉回來費力阿巧道公主寔在好武藝我見他跑來的勢猛唬得跑回還來不及那敢去打他正說着巳見楊静夫們携了房鋪等物來了瑶華道為何去這半日阿新道這家沒有還得到那家去找倂一家去無非是死尸白骨好不可憐瑶華聽了不覺淚下又令阿巧率領衆人到那山中去開剝野牛移時都把牛肉揹了回來又各上山樵了柴七手

841

飛彈散原來這飛天炮乃用綢緞裹紮的大爆竹每人手
提着有二三十個點着藥線往空拋去打着人身炸開可
以分裂尸身若在地下冲起人亦隨其飛起四肢迸落故
名叫飛天炮來的人馬也不知多少因我不見這些人四
下哨探而炮聲轟起山谷震動瑤華恐被哨兵看見連忙
縱身而下然已被馬兵窺見指揮各兵飛炮打來忙忙躲
入土窟這土窟乃是太平時居民挖土所成甚為浮鬆也
不知多少年代了因土堅硬故不崩落今被炮聲震動且
大隊人馬奔來忽聞豁剌一聲崩將下來阿新早已知覺
飛身騰去這瑤華等六個人一齊陷在土窟內那張獻忠
的人馬也驚得倒退了一箭之地因未防備到傷損了許

834

多再往各處哨探並無人迹知已陷入土窟了只得收兵
而返要知瑤華等性命若何請看下回

閱仙評曰

此篇竭力描寫哀怨二字亦如火如錦李闖飲福祿酒
瑤華以恩怨報之亦雅亦狠如此設想真所謂異想
天開若不知香城胸中有多少不平事乃于此傳盡情
發揮之且詞嚴義正字字滴得血出雖子胥鞭楚之仇
亦未有如此之暢快偉哉香城誰復知子有如許妙文
集于腕下吾料子當寫此篇之時必左置巨觥右置寶
劍寫一驟爽語則浮一大白出一痛快意則擊劍飛舞
舞一回寫完復大慟慟後又長嘯使胸膈間塊磊盡消

835

而後已吾之所言以為然否子不必亂語直言毋隱

第三十六回　覩人形方知險惡　過方外莫悉因由

調倚昭君怨詞曰

歷盡禍殃辛苦又見人形如脯心胆一時寒淚珠彈
就不寄言于此沒点因由可擬策騎且前行自分
明

話說瑤華等六人陷入土窟阿新飛騰空中見張獻忠的
兵馬漸漸散去而飛天炮尚有飛起打人者阿新亦不敢
驟下隔了半日纔在空中行起法來將那塊崩墮之土分
做数塊用風吹起拋擲路旁然後飛下雲頭往土窟內一
看見六人氣俱悶悶齊齊的躺着如同死的一般幸未傷

836

損傷各人胸口俱還温煖此皆護身符之力也阿新又運
靈氣將各人吹醒惟三姐不省人事瑤華十分着急桑二
道不妨遂撬其口竭力哺氣有一个多時辰纔醒過來了
但各人俱覺氣咻咻不能動彈阿新乃出地拾取柴薪煮
了湯水各人吃了又將乾糧充了飢然後稍有精神正要
啟行忽見西南上塵頭高起像又有兵馬到來瑤華吃驚
道這隊兵馬若是來拏我們的現在各人俱無精采必致
被擒了阿新奔上崗頭遠望了一回下來回覆瑤華道娘
子約來就是張一那枝兵馬趁宜又指北頭道這不是有
一枝兵馬來了大家望北一看果見塵土冲天來得甚驟
瑤華令桑二行障眼法以避其鋒桑二即時作法耳畔听

837

天炮來這就沒法楊靜夫道新姐的法力甚大難道這飛天炮你就怕了阿新道我難道怕還要須你們這些人瑶華道這總是緊要的事桑二道倘賊兵來可以抵敵者不過是公主仝巧姐三姐而已我們只可靠後依奴子之慈何必等他趕來我們且先為預備賊兵雖強到底是寡我們雖弱究竟是主凡可策計賊兵之策四下先為布置瑶華道先為布置的那幾庄你且說來我听看是如何桑二道賊兵大隊而來若要對敵斷斷不能只可暗中攔截第一件也係絆馬索第二是掘陷坑第三是反風相向使其自行廝殺第四是行障眼法可為脫身之計就奴子主見只有這四庄可以禦敵公主以為何如瑶華道絆馬索也

830

還易辦掘陷坑我們人手少恐難成事桑二道這不用人力只要新姐照壅塞黃河堤岸的法子就夠了以下兩策奴子自能瑶華道既是這樣我們就趕緊行起來阿新道堵禦追兵這四策儘可以了只恐前途別有兵馬來兩路夾攻這就難抵當了瑶華道這是出于意外難以預料且抵攪了進兵再處遂令阿巧等所帶繩索概行取出于大道上釘下絆馬索十餘處桑二道我們且先走只要新姐在此開陷坑瑶華遂令各各啓行阿新道陷坑不可與絆馬索在一處且行過三五里纔好安排瑶華道也是遂一齊啟行路上人烟俱絕甚可恣意辦理約行了十餘里瑶華道我們且暫歇待我往高處望望可有兵馬來大家俱

831

各暫歇瑶華一馬馳至山坡棄馬縱上山頭往北一望果見遠遠旌旗招颭賊兵大隊飛奔而來相隔約來尚有二十餘里遂下山頭仍跨馬而回對桑二道賊兵已來然相隔尚遠桑二道俟新姐趕來自知彼處情形話言未了早見阿新飛馬而來見了瑶華滾鞍下馬道賊兵追趕我們到絆馬索處就絆倒一隊人馬後隊人馬趕來將索盡行割斷了然已損傷了好些人馬第二隊又墮人陷坑所剩無幾如今飛報大營去了想必要拔大營趕來我們速速前進且要擇个藏躲之處縱好瑶華道空山曠野從何處躲避且待他來自有桑二作法抵禦桑二道大隊人馬到來必有飛天炮隨行奴子的法子獨不能抵禦飛天炮也

832

須擇个地方暫避待其勢緩方可作法楊靜夫往前一指道這遠遠不有一个土崗麼我們且趕到那裡去看地勢如何若能藏身亦可避其前鋒銳氣瑶華道如此我們就走于是各各上馬飛奔而行將到土崗往後一望已見漫山遍野賊兵大至瑶華飛上土崗往下一看恰好有个土窩很可藏身招呼大衆上崗來指道這土窩内很好遂先自下崗衆人亦一仝隨下已聞飛天炮聲响震得山搖地動大衆各有懼色遂各下馬將馬驪縱放遠處各人躲入土窩内阿新道前次師父所付護身符都要佩在身旁以防不虞瑶華忙令阿巧檢出分付各人佩帶所听炮聲漸近瑶華坐立不寧悄上土崗窺探不看則已一見真果魂

833

桑二行了障眼法逃出營門走有半里地一堆兒坐在山
坡下専候阿新取到行装馬匹即時啓行其時將有四鼓
忽見空裡將行裝器械各物撂下來阿巧仝楊靜夫等一
一檢点並無缺少瑤華對大衆道我們現在賊窩難免不
虞之事須將各人的器械先要隨帶身旁不可疎忽各人
俟了收束完整又等到一个更次竟望不見阿新到來瑤
華見天已將亮便道倘再不來若被賊兵見了圍將攏來
如何抵敵桑二道但止打仗還不妨事只怕他的飛天炮
却沒處躲避的瑤華道這飛天炮究竟是怎樣施放的我
却不懂桑二道奴子也只所見說就是西洋的西瓜炮取
其輕便可以在手內点着藥線拋去打人這是沒遮攔所

826

帑這一隊兵就是慣放飛天炮的阿巧在旁道如今已到
此間怕也怕不了這許多若有命雖有飛天炮恐也打不
着我若我命裡該喪在此也躲不去正說着忽遠遠的听
見喊殺連天瑤華道你們可听見麽不知那裡有兵馬殺
來了楊靜夫站起來一望指着東邊道那頭塵土冲起必
是那頭來的衆人听了一齊起身遥望其時天已大明喊
聲漸近瑤華道阿巧三姐仝我上前以備迎敵桑二保護
楊靜夫趙宜等在後若見我們敗陣速用法解救各各遵
依說是遲那時快早見一隊兵追赶一人飛奔而來瑤華
眼快遠望所追的人不是別人就是阿新遂令阿巧等端
整弾弓一仝迎上搭救說罷飛奔上去只見阿新坐在馬

827

上赶着各人的坐騎駝子飛奔而來後邊有一隊兵緊緊
的追着瑤華仝阿巧們搶上前去將坐騎拉到飛身跨上
張開弾弓照着追赶的兵馬連發十餘个弾丸子不想一
弾子正打着領頭一个賊將的馬眼那馬負痛直豎起來
跑哮迸跳將那賊將先掀了下來其餘馬上兵將所騎之
馬被這負痛的馬乱踢乱咬一隊賊兵先自乱了瑤華仝
阿巧等開放弾弓如雨点打過去打得這些兵將頭破眼
裂桑二見賊兵慌乱了遂念動真言發起一陣大風飛砂
走石往賊陣吹將過來賊將不能站脚只得背着這陣風
往後退去這裡桑二領着楊靜夫趙宜各執兵器追着赶
殺只見尸横滿地遺下刀鎗旗幟不計其數瑤華見餘賊

828

四散敗回遂與阿巧収住馬勒招呼衆人勒馬勿追赶往
一个荒村處所暫時歇息一面檢出乾粮療飢瑤華問阿
新道你怎麽行装牲口均作兩次取回阿新道婢子初意
原不欲驚動他們故悄悄將行装取出從空運來但牲口
斷不能悄然從空而至幸而這些牲口俱未卸下鞍籠物
件一起赶在一處就是張一的後營不能越過這些营頭
所以赶出圍來被他們知覺隨後發兵追來不怕他追及
只怕他發飛天炮打來這些駝子馬匹就不能安然回來
了桑二道我們吃飽了赶緊要走纔是不然這些敗兵回
去豈肯干休瑤華道走是容易也要想个萬全之策纔好
阿巧道怕新姐沒有阿新道諸樣都可以抵擋只怕他飛

829

不脩細密陳以邀其寵数日來並無應殺之人觧往心甚惱恐因令手下將官于深山僻谷之處暗埋絆馬索令小兵看管凡有過往者勿問為誰捻以行刺為題觧往大營以供獻忠殺戮故于四下山僻深谷處所埋藏以待再說瑶華這一班人惟阿新本有道行故每微言開導因瑶華應受此一番磨折故亦不敢漏洩元機任其前去這日採知將到馬湖地方此處乃獻忠大營駐扎之所過此一站以下就平安無事了因而瑶華與桑二計議道過此嶮惡處所不得不用法力以喻其地桑二道奴子的力量有限自然還仗新姐瑶華道彼此合力同心但有慮得到者預為防備阿巧道這一站的路還短何不連夜偷過或可無

822

事大衆道竟是這樣遂各飽餐一頓摘去馬鈴連夜悄悄而行各人俱懷着鬼胎夯怯偷過不想將近半夜過着絆馬索一聲响亮各人的坐騎俱被繩索絆倒即有晋客任夠饑餐一齊而下个个被擒惟阿新騰空而去那些小兵上前綁縛停當觧送到張一營中張一見了瑶華葦一班人物除去楊靜夫趙宜而个外阿巧雖然男妝也覺清秀遂令手下小兵不許聲張俱令藏在自家營帳裡木柜內要想晚間慢慢的受用楊趙二人另置一處安排甫畢忽然張獻忠傳下令來令其統領人馬往南路擄掠人民獻忠號令最嚴不敢片刻遲延急令手下一个得用的老兵名叫馬蹶人甚老成只有一个毛病不好自晨至晚以酒

823

為事張一取他老成故十分用事那晚得了令旨不敢遲延急急的把瑶華一班人都交與他收管不許擅啟木柜縱放這馬蹶一一領令當時張一去了馬蹶只呆呆的看守那眺得木柜不通氣息把這一班人悶得半死不活只有阿新探知其詳但其留守之兵甚衆若用強去搶恐怕被其戕害只得舍身前往以便從中取事遂落下雲頭悄至馬蹶帳前見人俱睡靜只有馬蹶還在舉盃獨酌忽聞喚人溫酒竟溰个人答應阿新趁着鑽入帳房應了一聲拏了酒壺往帳後一看尚有火炉在旁將酒溫熱攜至馬蹶面前已見兩眼朦朧正打磕睡阿新料已沉醉的了遂悄至內營將各人的木柜撳開都已昏昏沉沉不懂人事

824

遂又運動靈氣在各人面上噴了一口纔見各各活動宪竟瑶華有点根底首先甦醒阿新于黒暗中見都綑縛着遂又與各人放鬆了然後將瑶華扶起瑶華于昏沉之中忽覺精爽坐起來靜了一回心上都已明白阿新遂道公子你出柜來我們好想个脫身之計瑶華即時蹿出柜來已見桑二阿巧三姐俱各跳出來了阿新道你們悶了這半日想各飢餓且向他後營取些東西吃了好奔逃出去遂拉仝阿巧三姐悄悄取了些藥食分吃又將楊靜夫趙宜也救醒了瑶華吩咐桑二行个障眼法纔可逃出營門又令阿新作法將行裝馬匹盜出隨後趕來以便一同前進桑二阿新各各遵命分頭辦理再說瑶華等六人隨仝

825

道也處置他彀了隨去如法辦理准准做了七天道場過
了六天到第七天就要祭壹瑶華將祭筵辦好鋪設停當
親自到後樓一臉殺氣指着李英蓮李瓊蓮道你父親還
王覇道要搶天下只管搶天下怎麽把我父親生生的殺
來吃了還襍上鹿肉說是吃福祿酒我父親與你父親有
甚冤仇這様殘毒你父親現擁着大兵我也不值去勦滅
將來主上擒拏少不得千刀萬剮就在後邊但我不能等
到那時候我今日設祭父親且先借重你兩个在我父親
祭筵前代做一對臘燭点我也有个名色叫做恩怨燈報
我父親的恩洩我自己的怨就叫阿巧三姐阿新楊静夫
四个人每兩人收拾一个兩个听了嚇得哭喊起來瑶華

818

取兩條帶子勒住兩个女人的口就喊不出來了速令剮
去上下衣褲細縛停當扛出前進天井內一邊一个擺下
衆尼僧從未見過一个个嚇得胆戰心驚瑶華又把這一
段的話宣說一遍衆尼齊道也該也該都合掌念佛道天
有眼睛這賊子的恶毒怎麽件件照這樣報應幾消得衆
人的怨恨一會兒敲動鐃磬請與祭享就把這兩个女人
燒起來騰騰火焰半个時辰已燒去兩腿看那陰門已脹
得如大碗的腫起來了衆人見那兩个女人初時点着尚
不肯聲喊着了脚因喊不出只所見如公鴨叫的呷呷聲
啕再燒一回連眼珠都迸出來了瑶華于祭筵前哭拜得
又暈過去衆人灌救移時方纔醒過來阿巧扶起請点的

819

恩怨燈瑶華還咬牙深恨衆人道也就報得彀了不一會
祭完了衆人仝各尼俱來替瑶華道喜瑶華亦覺爽快看
道竹架也燒倒了尸首落在地下忙令阿巧動手分了尸
拔出那燭心來還是鮮血淋漓的另用鉄鍋煮熟了剁碎
拌着飯放于路口自有這些畜類吃个精光又將頭顱骨
直敲碎散棄道場完畢到第八日晋往衆尼另備酒筵謝
了方送襯錢併囑其不必聲張衆尼亦各會意散去瑶華
這晚稍解愁煩一夜無話次日一早阿新道此非久居之
地應即離此為妙瑶華道狠是即令阿巧三姐收拾啓程
桑二在旁道我聞得過去就是張献忠所踞的界址他却
不愛淫慾一味要殺人為快瑶華道我們戒備他就是了

820

阿新道他的兵將比闖賊還利害我又聞得他有个飛天
炮更了不得是一个將官綽號叫做浚盡與張一所管這
人最是陰刻宜小心防備瑶華道我們此去那裡還防得
許多你不要把我們這些人的胆都講與了阿新即時退
去瑶華遂令各人赶着起身不題看官你道這張献忠是
何人也是上天降下的一个殺星與李自成同時為盜分
而合合而分已有多少次数後因李自成得了氣候他不
得志所以日以殺戮為事自得了成都殺戮更甚恐李自
成兼併他手下的人朝不保暮每每逃竄献忠最惱此輩
故防守甚嚴法令更密手下人擄得男子婦女俱要稟命
以供其殺戮之快這張一更爲得用凡管伍地方之事無

821

兩个瑤華一面吃飯听着一面做主見又問桑二道用何計賺得他來桑二道這个容易用稲草札四个飛鳳用紙糊好彩畫了我仝阿巧騎在空中放下一只鳳去鑽在他們裙底下冲上雲端令阿巧傳言只說他是上天玉女為罪謫摘罰下凡今已限滿仍行召回天上他一家人斷無不信的到那一處也如此不過費兩个時辰就賺來了瑤華听說道他兩个現在那裡桑二道這可以筭得出的瑤華别無思想只得依計而行阿新在旁道這裡不是辦事之所須要在深山窮谷中纔辦得暢意且要秘密萬一風聲吹出去了李賊必然忿恨結連張献忠兩頭賊衆齊來我們一个也走不脫瑤華深以為是便令趙宜仝靜夫兩

814

个出去問那客店主人家去不多時便來回覆道這个處所甚多現在保寧地方菴堂寺觀恐怕賊來滋擾十有九空近這裡十餘里有个驪山老姥的行宫在深山裡這是他家的家廟向是尼姑住持因天下不太平都出去游道去了你們若要這仝處所去住鎖匙還在這裡只管住去便了瑤華听說甚為湊巧即時分派諸人置辦一切物件赶着要搬到那裡居住又令店主人代請了十二个尼姑要懂得經懺的好做道場各人都去幹辦事情瑤華只是哀哀哭泣日夜無休諸人赶辦数日諸色齊備飯後遂遷入菴裡果真楼房数進十分寛大一應什物齊全趙宜早已僱人収拾潔凈瑤華住在中一進後面尚有一大進楼

815

房以下男人住在前進婦女住在側廂瑤華只教阿新伴宿少頃店主人已僱了十二名尼僧來都是熟諳經懺的瑤華令居于後楼下那些佛婆便于前進中堂鋪設道場當晚無話次日五鼓衆尼即起諷經拜懺瑤華親自做了中疏在佛前供着自家披蔴散髪兩眼哭得紅腫時出佛前礼拜那桑二們料理賺這兩个姊妹來香氣氤氲梵音飄緲有時鐘磬齊鳴有時笙嗽迭奏直到定更時総止每日亦然這晚上桑二巳仝阿巧回來說知將他姊妹騙來了只令阿巧到楼上去好生礼待不可使他們窺探瑤華欲將這兩个姊妹做一對活臘燭于設祭時点在福王靈前說與楊静夫好好辦理静夫不懂怎樣个点法又來請

816

問瑤華道先把這兩个女人脫得赤條條用繩將兩臂貼着腰肋細細綑縛住了將松香鎔化起來趁熱潑在兩个女人的兩條腿上越厚越好総燒得着又用茶盃口粗的大毛竹將竹節打通灌硫磺焰硝松香在内用三根紮起一个三脚架須要用粗鉄絲札住竹梢將這女人倒懸在三脚架之下將兩脚並好仝三脚架之竹梢一齊綑縛結塞另用蔴皮一把將硝磺末滲入綑紮如酒鍾口大在油内浸透臨用時將這根揷在他陰户内當做燭心使火油滴入燒及腸胃身子斷難燒盡不過將他兩腿燒枯了也就筭了其身子砍做七八塊于鍋内煮熟剁成肉丁拌飯與狗吃骨頭磨碎撒在田内我這口氣就消了静夫听了

817

閑仙評曰

阿新齎書探知賊耗趙宜逃難報到凶訃此則行文之連捲連收是也若無全局在胸何能得此細緻至劍仙所入三針針針浮動且浮動處俱在上下文轉折關頭却無刻畫痕迹又檢寺僧箱籠得李英蓮姐妹情書李自成保護爲示此一舉得有三事一係爲瑤華報父仇之伏線二則于未報仇之先寺僧亦有報復以相形之三則出僞示而免李闖之厄再預爲伏線之事亦分一重輕如福王殉國警告三番他事不過一現而已如此作手尚稱之爲小說耶

又評曰無礙子身爲女冠所行之事一皆任豪任俠瑤

華亦然所謂統于道教也至于致君澤民扶持倫紀則又行于儒教也釋氏每以左道惑人彼師徒皆屏斥異端故危難時俱困于僧人在無礙子師徒又以打坐靜攝爲主則又邃于釋教是所謂統于三教者也余代作者釋明此義恐視者不悟于懷故爲表出之

第三十五回 仇讐骨肉充燈燭 道路災殃幾死生

填詞曲調詞曰

字字錦兀的不快煞人也麽噤女娘行報父怨偏自雅無端帝室親慘遭若輩代窶客艱苦只苦伶竹女淩了爺恨只恨你的爹淩虐抓我無可奈只將你姐妹孥噤天理昭彰你不須怨咱他稱福祿酒我名恩

怨燈他食我爹肉我把他的嫡骨血來炙化兀的不樂煞人也麽寃家

却說瑤華問阿新你有甚緊要話說阿新道請問公主殉了王爺的難師父這番辛苦豈不白使了瑤華急得双脚亂跳道這叫我頭那一頭好言猶未了覺背上浮燥針動痛入肺腑自家急急按住惟有哭泣而已當令楊靜夫婦偺斬衰服色茶飯都不下咽只是哭泣不止衆人雖時時苦勸那裡勸得住忽然桑二走來道請公主暫止哭泣恐予已想个計較在此不知有合公主的意否瑤華真个住了問何計較桑二道公主既肯計較也要振作精神纔能幹這椿大事你們去收拾飯來送公主吃了我好商量定

見衆人忙去收拾瑤華便問計將安出桑二道此時賊勢之大天下將士莫不寒心故發出救兵不戰而散若欲去擒闖賊報仇恐此時是不能的了前日在汾州時見那情書上明寫着李英蓮姉妹是他女兒這是他的親骨血了何不懸這兩个姉妹來盡情處治既可上慰王爺痛憤之靈亦可稍洩公主終天之恨此計以爲何如瑤華道不知此賊可有父母及祖宗坟塋否阿新正送飯來所見答應道婢子已知他父母早故花燭妻子被他殺了這兩个女兒是與營妓所生大的就嫁在米脂縣裡第二个還未出嫁因有淫行男家只推娶不起却不敢退婚其祖坟早被米脂縣知縣邊大綬去發掘過的了他的真骨肉就美這

怪異忙令起來問其何事到此那趙宜呆的望前指道公主此去保寧只有幾十里天還早若與我一匹牲口騎了我先往前去打个店房請公主到那裡暫歇我有一肚子的話這裡說不出來瑤華見其情狀必有事故忙與阿新商量桑二道不用商量且把我的牲口叫他騎去我牽晚些竟來店中就是了說罷跨下牲口那趙宜拉着跨上打上兩鞭飛也似去了瑤華在路越走越荒凉漸漸人烟斷絕遍地處身此時正深秋天氣西風凛冽飛沙刺人其淒慘之情不可言說而中心不知怎樣似有千百个小鹿兒撞个不止意甚闌珊雖坐在牲口上竟欲瞌睡的光景忽聞山凹裡號哭一聲振動山岳瑤華恐遇賊匪令各人戒

806

係阿新道這來的不是賊匪突然于斜刺跑過瑤華見一群男女都砍去一臂静夫問為何如此那些人哭着道都是張献忠那賊子砍去的管得我們好苦吓一聲號慟淒慘異常瑤華不禁淚下仰天嘆道天何降此惡人使生靈遭此慘毒大家道天已不早要赶到保寧須要加緊遂各策鞭驅驟到得保寧城外已是日落啣山不多一會見趙宜迎將上來引入客店將牲口行李安放明白瑤華急喚趙宜進到裡間問其緣由只見趙宜未曾啟齒聲先哽咽衆人見此情形都來窃听瑤華道有話你只管說趙宜道我自前歲入京那時只知公主是梅影以後纔知就是公主自公主起身後王爺即寫諭帖與荷香勸諭說既不敢

807

在此可來汴梁伺候我不敢不遵遂帶全妻小到汴梁王府住下不到三四个月李闖便來圍城攻打幸有兵部尚書呂維祺全王爺在城督令文武禦敵彼此相持了八九个月朝中救兵到來見賊勢盛大都各散去李賊見攻打不下掘開烏龍江引黃河水來灌城頃刻間水就汹湧而來淹沒了半个城池被其日夜乘筏攻打不一月之間城就破了王爺前年已得有庶子取名繼華止全庶子縋城逃于村庄躲避那李賊破城後退了兵就在城中駐札合府上下人等逃殺盡絕趙妃娘娘自縊身死那賊又遍索王爺匿于村庄內被捉到城先把庶子殺了呂維祺前來救護也被殺死賊將說要報仇遂置酒大會把王爺殺死

808

祿上鹿肉為俎名為福鹿酒竟被這賊子們吃了瑤華听到這裡忽大慟一聲登時昏暈衆人進來灌救半日方甦痛哭不止與賊誓不兩立即欲孤身前往殺賊趙宜全衆人再四苦勸只是不依趙宜道公主不知這些賊子還在那裡逍搖公主就要報什麼一彈之仇若公主單身獨騎而往必被擒拏恐還不即殺還要慢慢的受多少屈辱哩何苦如此瑤華即欲抽刀自刎阿新忙上前奪住道公主不可如此婢子有句緊要話勸問瑤華纔住了手遂問你有什麼話阿新正顏礼色的說出一句話來直急得瑤華死負尊師培植德生卿嚴父戴天仇到底不知所說何詞不要忙下回即見

809

道去静夫仝三姐帶着將那和尚吊在庭中一棵樹上不一會阿巧拏進湯來衆人將湯灌了一回漸已甦醒瑶華令静夫慢慢的問他瑶華自去梳洗過了半个時辰只見楊静夫來回道方纔拷問這賊禿他叫做禪鏡前日他徒弟真修在藏裡作咀咒法被我們的人捽死了特與他徒弟報仇的瑶華道那个賊禿叫什麼真修阿新在旁道我記得公主念那情書內有个真修的名字瑶華想着咲道就是與李洪道姊妹來往的這个賊禿大約會咀咒法的也是他静夫道放走這些和尚也是他瑶華道這个賊禿寔在可惡難道我們這些人該與他咀咒死的我們的人將他捽死也是應該怎麼他就用法要害我們一隊的人

802

道个寔在該死阿新道我們還同他講什麼理只請公主吩附怎麼處置他就是瑶華道也不必太慘只把他捽死了𠎝不為過阿新听了即時飛身騰入空中將那禪鏡也提去了這裡各人還驗得半醒不醒的重又去睡只有瑶華獨自一个打坐天要將明已听見阿新回來瑶華忙問道將他捽死在那裡阿新道捽他在那邊怕他會走道娘子見那塊大石正在大路口即以其人之道還治其人之身了一个法將大石掀起將他壓在石下已見腦漿迸出大約不會活的了瑶華拍手咲道倒是你處得他好阿新道回來在雲裡還碰見師父說往後還有大難付了六道護身符叫公主和他們都隨身收着倘有急難佩在身

803

分可然無爭瑶華嘆道辛苦也吃盡了不知還有什麼大難倒是死了還做我的狐鬼去也好阿新道公主不要悔心凡修仙學道的無有不從艱難中出來只要魔得出來便有好處瑶華道也有魔不出頭的麼阿新道多得狠那夙根淺薄的雖有十分道行也只免得个輪迴瑶華道我的夙根如何阿新道公主若夙根淺薄師父亦何肯如此扶持瑶華道師父的扶持我真是恩山義海但是何不與我同行豈不更加迅速阿新道不然如書生之登科第雖有明師教導但能寫下指撥不能代入場中作文字況中科第憑你狀元宰相也要歷過多少場屋之苦倒那命運亨通之時總能如意修証大道亦是如此瑶華点頭稱是

804

已見阿巧三姐進房來道楊静夫問今日決不走阿新道今日必定要走免得此間入多少猜疑瑶華道狠是你可去催各人赶緊收拾不必在此早膳了阿巧忙令三姐去知會外邊遂仝阿新兩个收拾瑶華房中物件不一會衆二來說道牲口都拴好了請公主起身罷遂各拴上騾子上了牲口前行行過數里阿新遥指山凹中一塊大石道公主你看那塊大石就是要飛來壓我們的衆人看了都咋舌吃驚静夫道這塊石足有一畝多大又走了幾日已將到漢中忽見長吏趙宜擠在逃難的人叢裡一身藍縷前前後後的乱竄瑶華眼快即令静夫前往叫住那趙宜站住了御見瑶華到來扒到地下嚎啕的大哭瑶華深覺

805

信與梅影如主上問及賑濟之事照此情形奏稟仍令阿
新馳送而去瑶華在汾州賑了兩个月又值青黄不接又
賑了兩个月見地方人民稍稍安貼方纔停止瑶華往在
汾州四个多月彼處大小文武無不尊敬被災人民俱捧
香叩謝日無間斷甚覺快意這一晚右臂嬌責針浮動急
自收斂遂擇日啟行一面送楊貞山回家又與桑二商量
須行个遮眼法作回河南光景却好阿新也回這五人仍
舊改裝往陝西進發瑶華欲令阿新去探流賊消息阿新
道流賊東奔西竄急切從何探听公主且自奔前程瑶華
听了也只索听從惟在路悲傷不已數日間已抵延安果
有兵將盤詰遂將告條驗每過歇店亦已告條貼在門

798

上遂不一門又行了五六日方到西安探聞典舖尚在開
設就于左近賃房暫住為因盤費不敷瑶華檢出號票令
一夫先取現銀一千兩隨將又發與京中窖藏銀二十萬
兩令其逐漸向山西典舖短二兩來收貯條川一夫去了
半日已將銀子取回并囑典戥向山西運銀收貯俱已妥
當瑶華問道在此門設當舖能够安靜否一夫道一他們
說每年要貼門王兵餉銀若干總保無事哄遂各歇下瑶
華那晚令阿新伴宿睡卧時心上記掛着流賊之事捻一
不着翻來覆去直到三更後纔二有些倦意而要合眼時
去忽听得豁喇一聲前房塌卻了半邊又听見風聲呼呼
的响漸漸如動蕩一般在頭上盤旋復又听見天搖地動

799

的大响了一聲嚇得瑶華胆戰心驚急急起身要叫阿新
摸到坑上並不見阿新睡着正在吃驚外邊四个人亦都
起身喊叫進來瑶華開了房門点起燈來一炤見前房冲
塌了五六根椽子大家猜摸不出瑶華道這像阿新飛騰
上去總冲塌的忙令桑二作法推筭桑二即時推筭了一
回道像是有一凶惡之物來加害新姐去解此禍患如今
難是已過大象已無妨了正說着空中忽摔下一件東西
來眾人開門一看是一个和尚細縛在那裡像是跌暈的
了隨見阿新也從空飛下來瑶華忙問道你在那裡幹些
什麽阿新道了也了不得我正睡着忽見師父來推醒道
快些起來解救有大石飛來打你們了我即時起來師父

800

道來不及了你就房門內飛一去罷所以婢子在房內飛
丁出去見半空中有大石一塊壓將下來婢子忙忙將身
搅住作法抛擲在五里之外但不知何人所使四下裡一
看見有黒氣一道從天寧寺中騰起遂一徑到彼處落下
雲頭見一个人還在那裡踏罡步斗想必是這个賊禿作
怪拾了一條索子運些靈氣將他縛了提到這裡可將他
灌醒問他總曉得緣故瑶華昨晤道若不是師父搭救我
們都死在石下了即忙望空拜謝眾人亦俱跪下叩謝了
瑶華道這也奇怪我與這禿驢無怨無仇為什麽要來加
害桑二道大約還是汾州廟裡的餘党瑶華令阿巧速去
燒湯灌救阿新道可將這賊禿吊起來恐怕會逝法被其

801

些恰好貞山進房來所見回道他們兩个都在昏昏沉沉
之際並不見輕鬆又見阿巧道姐姐你倒好了阿巧道夢
裡見一位女娘來救我的貞山道既如此他們兩位也容
易好的瑤華遂留貞山在房內他仍然打坐不題再說阿
新去太原與與內說明并又付二十萬兩號票令其往京
轉運一面促令催車載運現在二十萬兩傳述公主之意
付交汾州庫府眼見辦理齊全始辭回覆命仍舊駕雲而
回行到山崗正要落下雲頭只見一道黑氣從南邊山中
騰起飛入廟中甚覺駭異且不落下遂直往這道黑氣所
起之處瞬息之間已到見在深山一个草菴內遂下雲頭
悄入菴內見有四五个僧人着地坐在佛座下默誦咒語

又見佛案上用草紮着五个人形俱有符書壓鎮在人形
之上這股黑氣就從符內騰出又細相那幾个僧人似乎
都在廟內見過的心上想道怎麽又在這裡猛然想起道
這些僧人都往水遁遁原來却在這裡又聞楊靜夫曾拷
究那个僧人說內中一个僧人會咀咒法想必就在這裡
咀咒了不知廟中可曾有他的道兒想着這些禿驢寔在
可惡若不剪除還了得麽遂起了一陣惡風將草房刮倒
將這一个僧人一一在空中一个一个的摔下來都跌得粉
身碎骨又吐一口心火把這些人形都燒燬了然後撥轉
雲頭幾入廟來阿巧見阿新回來疾忙報知瑤華瑤華正
在打坐亦即起身走出房來阿新也迎面而至將往太原

之事回明白了瑤華亦將楊靜夫三人起病緣由說了一
遍並說自已也遇着黑氣扑來想是我師父暗中保佑故
不病倒阿新也將所為之事一一回明瑤華道師父也說
候你回來即可消此厄難這些禿驢已死他們兩个也可
不藥而愈阿新道只須婢子與他們解退魔氣就可起床
瑤華道水消退了沒有阿新道也只在這幾天便可消涸
了說罷遂去看視楊桑二人將魔氣解退令其漸漸調養
又擔擱了三四日水纔消退楊桑二人亦已痊愈瑤華遂
令楊靜夫往汾州報知地方官說我往五台山進香途次
遇水暫避僧寺因見百姓遭此大災難心甚不忍帶有銀
兩在此可以賑濟以救一方生靈速令地方官查明被災

庭所速速造冊報來以便給銀賑濟並擬一名推官來勘
問寺僧不法之事靜夫領命而往又令阿新往探太原銀
兩曾否運到遂各分頭而去一面令阿巧桑二楊貞山三
个收拾行裝各人俱濃妝以待隔了半日靜夫帶全府縣
及推官來寺中請安隨後又有営伍將備皆來請安倫有
轎馬請進城下行館安歇瑤華令桑二傳話出來令知府
速將各縣分查戶口造冊具報以便發給賑濟災民不必
在此守候府縣皆謝諭而退又將僧人交與推官審勘辦
理不法之事被搶藏寄婦女亦發交各家領回惟楊貞山
留侍左右阿新亦回來報知銀兩已運交府庫瑤華令將
僧寺護送進城遂即啓行下了行館催促趕辦暗暗又寫

會這些法内却沒有解咀咒的法子瑤華跌足道可惜把
阿新先逃開了三姐道這是他們大話信他做什麽瑤華
雖口裡答應心上寔有些害怕當晚令楊貞山伴宿一覺
醒轉忽听外間有哼唧之聲便問那个哼唧阿巧在外房
歇宿應道像是楊静夫的聲音瑤華听了甚是掛憂下半
晚竟不能合眼天將發亮就起身了三姐听見也就起身
同阿巧進房伺候梳洗便問道楊静夫為什麽哼唧了一
夜三姐道我也曾去問過據他說是下午有些作冷一睡
倒床上就發熱起來正了兩三床被搃不得汗方纔又有
些發昏所以如今倒不哼唧了正說着阿巧也打了幾个
寒噤道不好我也有些寒冷覺得掌不住我也要去睡

790

楊貞山在旁道姐姐你去睡罷待我來替你一替阿巧丟
着手紮頭便睡沒有一盞茶時也就哼唧起來瑤華道中
了這禿驢的計了這便如何是好忙忙令楊貞山梳洗完
了檢出醫書來定了一个方子楊貞山在旁道雖有方子
也無處取藥那賊禿果真在那裡咀咒恐怕這藥也不能
醫得好瑤華道我也不過盡人事但不能取藥倒是一樁
難事你去把桑二喚來與他商量个法子纔好楊貞山出
去走了一會叫來道桑二也睡倒了瑤華吃驚道這怎麽
處他睡倒了連早膳都沒人料理了貞山道早膳已分派
那些女人在那裡料理了瑤華好不着急遂令貞山走出
外間見楊静夫昏昏沉沉的睡着喚之不醒又到桑二那

791

間房内看桑二正在寒熱交攻哼唧不已復到厨房内見
這些婦女到還無事稍稍放心仍回到方丈内不聞阿巧
哼唧之聲掀被一看也仝楊静夫漸漸的昏沉去了心上
沒个計策不多一會衆婦女送上膳來仝貞山吃了悶悶
的歪在榻上纔一合眼忽有一團黑氣扑上身來急把身
子一閃突然驚醒耳邊又听見一聲道何不起來打坐回
頭一看却不見有人心上想道好不奇怪又慢慢的揣摩
道那團黑氣必定是那禿驢咀咒來的提醒我打坐想是
師父暗中保佑我這幾時在路上却未曾用過這段工夫
以致心神不能收攝想心神收斂就有咀咒法術也不能
上身了主意定了就立起身來盤腿坐了合着眼屏氣舒

792

息的静養了一回偶憶及楊静夫等三人卧床不起不能
進步心上不覺又生焦躁耳邊又听見有人說道只管静
心打坐阿新一到便可消此厄難焦慮無益瑤華听了也
不睜眼忙合掌向空道如果師父來救弟子萬望現形明
示却又一無影响甚是煩悶忽聞外房阿巧在榻上喊道
好了瑤華忙問道你怎麽就好了阿巧道我正睡着昏沉
沉的眼睛前忽然亮了見一位女娘在我身上撫摸了一
回對我說道你的災難已過我來救你好伏侍你主人又
在我面上吹了一口氣覺得一陣花香渾身就鬆爽了故
此說好了瑤華心上明白必是無碍子來相救遂立起身
來又望空拜謝又令阿巧往外間看視楊桑二人可曾好

793

徹兩半眼見不能活了瑤華並不管頭直出大殿見阿巧
三姐兩个迸力利這些僧人廝殺瑤照着一个僧人也是
一彈應弦而倒那些僧人見不能取勝都往外奔竄這三
个緊跟着趕來一个个都跳水而逃瑤華令阿巧張着彈
弓見有浮起者便結果他性命整了半日纔浮了一个起
來瑤華令阿巧各人一彈都中在光頭上頃刻腦漿迸出
尸首隨着風浪漂去了又等了一回再沒有一个浮起了
瑤華道想是這些禿驢都是會水性的且把那个打倒的
綁縛了救醒轉來拷問他便知遂復到方丈叫楊靜夫將
滚湯灌醒靜夫仝三姐兩个依言縛好扛出他到山門口
如法灌一了拷問了許多話來回復瑤華但不知說些什

786

麽下回便見

閒仙評曰

山西途次晤見鳳姑一節讀之令人嘆異鳳姑乃卷首
引出雉狐之人既經引出則隨手即可抹去何期將到
傳尾重又挽結吾環唧接殊出人意外又囑其遍揚其
事以勸世人更且周到嗣又途遇水發而寄僧寺察知
地窖而拯婦女且就帶結楊貞山可謂周匝容嫩

第三十四回　劍仙陰護空中至　長史窮途意外逢

長短句歌曰

勿婬勿禿勿禿勿婬禿其肆毒是以必禿開窖藏嬌
遺尔殘酷貞山發婦更不可瀆梁被幽囚暢其徙竄

787

一宜援諸火宜沉諸瀆不則如瑤華之報父仇將諸禿
　以式而代爇燭
話說楊靜夫將那禿驢拷問明白來稟瑤華道這早上偷
進廟來的小沙弥就是那晚阿漸擄去山裡的那个賊禿
說是他已到李英蓮那邊報知令其浮水來放脫他們這
些賊禿都是一黨恐怕還多着哩瑤華道不然李英蓮也
不知他住在那裡何以曉得這樣迅速必定是捏造這段
話來恐嚇我們的楊靜夫道我也想着駁過他的他說李
英蓮的外家在此不遠時常往來其間又說逃去的裡邊
有一个僧人會咀咒之法甚是靈驗要防他的瑤華道這
不過總是恐唬我們的話但這水不退如何措手足阿巧

788

道水已退去好些了不過兩三月內必能涸出桑二任方
道公主前夜所言要運銀賑濟此事可以預辦俟水退盡
即可入城救這些百姓瑤華道也說得是遂令阿巧將沒
庫號票檢出四十萬兩來又對阿漸道你可到典史知會
令其先還三十萬兩來交汾州府庫內收貯便說我一五
台山回來經過發心賑濟即速運來仍令再往京中盤運
二十萬有典用俻不敷阿漸將號票檢束好了即便辭行
瑤華問桑二道據楊靜夫拷那禿驢說內中有個賊禿會
咀咒法雖是恐嚇之詞然而寧可信其有不可信其無你
可有法解得他們的麽桑二道奴子所會的法不過照師
父所傳件件都是依樣葫蘆自家並不能活變况奴子所

789

回覆瑤華然後去安排早膳瑤華只拉了楊貞山到方丈陪侍其餘婦人令阿新照應到得方丈仝貞山查点和尚們的東西打開箱子看時都是些淫具什物十分穢褻又查到一箱內檢出十來封信隨手拿一封打開看那書子上寫道我姊妹攜驚愛怕皆愛你知情識趣前月十五和你再四約定叙會我姊妹待至五更怎麼你竟失約諒必另有好的所以把我們兩个撇下你這樣負心的冤家懊悔從前與你相與可將我在父親處所物告條速速還我從此一刀兩段再休想親近我姊妹了言盡于此聲淚俱下後邊寫着愚妹李英蓮李瓊蓮仝斂衽其修師兄法座瑤華道這都是些情書但他所物父親的告條不知是

何人的貞山道大約都藏在一處遂在這些信內檢出告一六張上寫門王李示諭部下將卒人等知悉爾等擄掠一所凡見有此告示者貼者不得一入其門如違梟首示衆瑤華咋舌道這个禿驢還了得又看其餘都是不成句語的也無心逐一檢閱正過阿新來瑤華將李英蓮的情書并將闖王告示說知阿新道這却有用公主好生收着到那緊要之際可以解我們的厄難又見阿巧們已送上膳來遂令貞山仝吃那貞山講些舊時閒話并告知趙三姑已與王爺續了絃了李揚讓我在汴梁時也曾過他兩次貞山垂淚道就是我這个福薄的際遇如此說着又哭瑤華勸慰了一回終止又見楊靜夫來道華的牲口這時

候無須用他不如趁乾了磨了粉兒做圓兒帶着做个乾粮可好瑤華道狠好此去路途正遠也斷不可少的貞山問道公主此來莫非到五台山進香麼瑤華道那有這樣閒情逸興貞山道這麼到那裡去瑤華道要到四川峨嵋山上尋我師父貞山道師父不在庄上了麼何時去的瑤華道與我仝出門的他先上峨嵋山去了貞山道我看師父才情雖大也不是獨自一个跋涉得來的如何能夠先去瑤華嘆道你不過是个皮相那曉得我師父的底裡貞山道莫非還有道行麼瑤華道非你所知貞山道如今公主要尋他做什麼瑤華道也為道行起見貞山忽然省悟道是了師父與公主原不是尋常凡間人物我那年曾與

李揚清私下議論過的瑤華道也斷你們識得透我師父寔是不凡我不過承師父十餘年期望不得不遵其旨若妄與俗緣也是過分說罷天已昏黑就與貞山在方丈內同寢至次晨起身打聽水勢還大不能入城正在納悶忽聞外邊發了一聲喊忙忙喚人査問只見楊靜夫持了彈弓標一慌忙來回道昨日拴縛的這些賊禿方纔忽有一个少年沙彌偷進廟來解放他們取了器械直殺進來幸一阿巧三姐手脚快便將他們敵住快請公主出去收服了他瑤華聽說忙把外衣卸去拏着彈弓飛奔出來已見一个凶惡僧人直搶進來被瑤華劈面一彈登時跌倒却來昏黑楊一夫恐其起來復鬥隨手就是一刀把頭顱砍

不過豈不累我們也要餓死瑤華道此退也不過三兩日
之事何用過慮衆僧見只有瑤華孫二兩个就有撒佈之
意漸漸的吵鬧起來瑤華也有怒意正要發作忽見三姐
從裡邊走出來指着這些和尚道你這班賊禿怪不道不
容我們搬柴原來柴房後邊挖了地窨藏着好幾个女人
在內淫樂誑像个出家人麼這些和尚听見這一聲各各
驚慌回身往殿內就走瑤華知覺忙叫三姐喚這些人出
來好與這廝們廝殺瑤華早執弾弓在手三姐亦即飛奔
招呼那三个出來也令執持刀仗見這些和尚各執器械
發一聲喊赶殺出來被瑤華們一弾丸一个都打得發暈
倒地瑤華遂全這些人取出繩索將這些和尚一个个的

都綑縛了遂問三姐地窨內女人在何處三姐指着後邊
道在柴房後間我先走公主隨着我來瑤華道你們都要
攜帶家伙恐防還有和尚藏躲着大家依言各執刀劍弾
弓之類一全奔到柴房後往下一看烏洞洞不見什麼瑤
華叫把柴火点着兩三把來往下一炤竟有四五个女人
在內瑤華叫道娘子們快出來和尚俱被我們綑縛你們
休怕那窨內衆婦人听得明白像是婦人聲音一个一个
的纔敢扶出窨來瑤華一見都是骨瘦如柴蓬頭跣足活
像是地獄中之鬼因見了瑤華都扒下叩頭聲言救命瑤
華吩咐道你們的緣法好遇見了我再無不救你們出去
的且把你們各人怎麼被這些好僧騙入窨內的情由說

我知道內中一个指着那邊年輕的道我們是兩姊妹來
寺裡燒香把和尚用藥迷倒遂拘在窨內那下手一个道
我是為回娘家去迷了路把他們騙引在窨內的又下手
一个道我是為父親欠了和尚的銀子把他威逼准折的
結末了兜一个道我是个寡居因隨全哥哥任上回籍遭
過流賊之亂横被這些和尚假言相救誘入窨中要死過
幾回都被這些女伴們救活了一全在此受罪說罷昂起
頭來大哭瑤華仔細一看似乎認得聲音也熟遂問你家
哥哥在何處做官姓甚名誰那婦人道我哥哥姓楊名瑞
成是做河南祥符縣典史為因監獄內逃走了拏住的流
賊故職回籍遭此羞辱瑤華道你莫非是楊貞山麼那婦

人抬起頭來把瑤華仔細一認道我是楊貞山你不是封
了經略使出兵打仗的公主麼瑤華道可不是麼那婦人
膝行跪到瑤華跟前大哭不止瑤華也不禁淚流阿漸在
旁道你們都起來帮着我們把和尚所住的齋堂方丈一
槩掃除起來好請公主住下了再為區處那四个婦人听
說是公主一發欽敬遂把裡裡外外三四進房屋都收拾
乾淨阿巧們早把行李拾掇進來另排好了又回瑤華道
這些賊禿們有的醒過來了把他這幾个安放在那裡瑤
華道先把這些禿驢們所執器械一一檢收就把他們拴
鎖在金剛脚下早晚只給他稀粥兩碗吃候水過了帶入
城中發地方官處治阿巧們遵了瑤華的令旨辦明白了

水聲澎湃繼而又聞風聲四吼與那水勢搏擊漸又大雨傾盆到得半夜又听得豁喇一聲像是倒了堤岸復有人聲號救這半夜之中竟是天翻地覆鬼哭神號好不悽慘心中十分不忍意欲將所帶之銀盡出賑濟以救一方生靈正在打筭忽聞有脚步聲不一會眼前又是一亮覺得有異遂睜開眼來一看其時雨漸小了黑夜之中偏有水光照耀倒還看得明白見阿巧坐在近身桑二在右側三姐暨遠靜夫直坐北墻之下只不見阿新在何處遂喚桑二道阿新坐在那邊三姐荅應道他方纔蹲在柵欄門檻上的瑤華道並沒有在那裡我方纔還听得有脚步聲這裡頭恐怕有些緣故令桑二推筭桑二道已筭了離此不

774

遠似有凶殺之心瑤華道這東西究竟不馴遂于行囊中取出觀音篠鞭原來此鞭暗令江允長久已暨賢點誦練怪真言頃刻之間阿新來了睜着兩个紅眼睛默默不語瑤華道你往何處去阿新忿忿的道討耐寺僧無礼竟欲來圖奸故攝去山中瑤華道攝去山中曾否傷其身命阿新道此寺不守法戒之僧汚穢佛門若非公主誦咒來縛我將食其肉以洩此恨瑤華道奸騙之罪不至于死我師父救你來護衛我積行累功何得反欲戕害人命欲將條鞭排打阿新伏地求饒桑二們亦各乞免瑤華道既是你們大衆求饒姑免此次但居心凶惡亦須做一件善事纔抵得過方終我所見堤岸崩壞趁此天還未明你速施些

775

法力將堤岸擁土堵住免再泛濫方能贖此過失阿新與連荅應瑤華即促其速行阿新立起身來飛騰而去瑤華又令桑二們計議賑濟之事桑二道此事我們只能出錢欵有人手來辦理仍須委之地方官吏方能集事瑤華道這也易為我拚着些重貨活此數萬生靈只要與我功行有益也顧不得那些正說着阿新回來云已塞築堅固了天色漸明阿巧仍往厨房偹辦湯水三姐和靜夫和着接連瑤華立出廟門四圍一望惟有白浪滔天顯出半个汾州城池在波浪中水面浮屍互相碰撞不忍入目遂進廟來問阿新道這水何時可退阿新道那邊有一條引河今因堤口堵禦水不能宣洩所以遲緩那靜夫來回道這

776

裡和尚寔在可惡我見他們米倉尚滿堅不肯轉賣我們如今又無處可買將若之何瑤華道彼不肯轉賣亦有道理恐水不退無以接濟我們倒不必去强入所難我見有个駝子上牲口不能行走可將牲口宰殺些夠我們飽了靜夫應諾遂仝三姐阿新阿巧俱往柵欄外牽出那條牲口宰殺就于廟前水內洗剝淨了進到厨下煮熟和尚們又不容燒他們柴火阿新大怒搶入柴房儘數搬燒有那強横的僧人都來攔阻把阿新三姐阿巧三个打得東歪西倒衆僧不依七八个齊上又打得一个个頭破血淋都到山門口来告訴瑤華瑤華道你不容他們燒柴時我們那裡去欲俟水退之後我自償還你們便了衆僧道倘水

777

不要如此我今你已是兩世相交你還不知道那婦人
果著不敢昔應瑤華道你可要知詳細麼那婦人道公主
所說甚在不懂要請明示瑤華移椅切近對鳳姑道你今
你令尊到任時可曾在一尼菴裡作過寓麼鳳姑道有的
緣道亳州哩瑤華道你那晚有个東西逃你睡覺時來與
你交合麼鳳姑遂把那晚情事說个詳細瑤華道你曉得
那狐狸是誰鳳姑道狐狸已被那師父殺死我親眼看見
那狐狸還有在世瑤華咲道怎麼不在世我就是了鳳姑唬
異瑤華又把續後皈依并投胎一切情事也說个詳細兩
人不覺越加親熱瑤華復問其所嫁之人可有家業不致
凍餒麼鳳姑听了不覺的兩淚交流訴說男人不長進惟

爭嫖賭並不顧家田園一些也沒有只靠這幾間房子可
以作寓趁些錢來度日有一餐沒一餐也不知吃了多少
的苦楚瑤華道你也是官家之後不知你令先尊在官時
怎樣不積德以致累你受此艱辛說得兩人都欷歔不止
瑤華遂令阿新于囊中檢出五百兩銀子的對半號票來
贈與鳳姑道這張銀票是五百兩銀子你拿這宗銀子仍
放在我與內生些利息以便男人不須你時自為支用也
見我與你兩世相交的意思鳳姑千恩萬謝的了不得瑤
華又囑咐鳳姑道你以後不要題我的名姓只把這件事
說與人听勸人不要作孽省得再世裡償人孽債鳳姑連
說遵命遂依依告辭的收了銀票回去當晚無話次日鳳

姑又來相伴陪話并說這裡五臺山很有景致何不去游
玩游玩瑤華正在相商只見楊靜夫進來道方纔看見有
報馬三四疋背了插羽公文飛報巡撫衙門去了諒必有
流賊犯境的事這是省城恐怕被圍不宜久居明日即須
起程纔好瑤華被這一句把游玩的心腸冷了遂定明日
啓行鳳姑知道也不敢強留惟去備了些路菜送來瑤華
只得收下明晨一早上路遂與鳳姑分別話休絮煩離了
太原四下探听却無流匪擄掠乃是黃河發大水路人傳
說水頭有幾丈高恐怕遇水連夜趕到汾州來到府城水
已往下大流冲壞居民房屋不計其數黃河內死屍隨波
而下者亦不計其數阿新怂指西南角山崗上道那邊有

个廟宇可以暫避須得趕緊纔好大家策着牲口緊趕而
水已沒到踏鐙了幸而趕到上得崗來入那廟裡一看乃
是个僧寺然別無他處可趋只得令楊靜夫去與和尚說
知途中遇水要在此間借住且多女娘們要撥出幾間空
房纔好和尚道房屋就這幾進那有間空只好將就住下
水退也就快的靜夫四下找尋竟無空閒之所只得就在
山門口四金剛殿的腳下暫居靜夫見米粮俱無遂向和
尚處轉買了些米阿巧持向厨房煮飯搬到金剛腳下取
出鳳姑所送路菜來過飯大家飽餐一頓又喂了牲口也
無處打鋪只好靜坐瞌睡而已就這六个之中到底要算
瑤華神氣明淨雖然也合着眼打坐心地甚是了了初聞

有若應並不剖斷前幾个月林綠環潘兔的丈夫在外
邊引誘這些村庄上不堪的婦女藏在庄内好宿被本家
知道上門來察人還不肯發回一村人不服幾幾乎逼反
開至親家的兩位小姐帶了兩个男扮女妝的人來到庄
上整半年的擔擱内中一个死在裡邊將屍首從花園水
門裡放出可憐這家是个獨子父母氣苦得了不得直告
到衙裡必要拘人償命幸而兩家的聲勢好部中代為弥
縫費了幾萬銀子総得完結現在流賊横行已來庄搶刦
過兩次皆賴莊樂們殺退然傷的人也不少我夫婦兩个
受驚不起擔不住這樣的干係只得辭了長史之職回到
京中將就過个平安日子說罷辭回瑤華心上按捺不住

766

遂寫信與撫影道
爾我兩人体雖各授貌則相同故吾師特為造就以奧
代我虚名成我大道臨行諄囑之言言猶在耳我已游
至都中叠闘庄上情事甚詳昔時且知過事瀟領了無
分剖甚而所為乖謬迥出尋常猶憶同在閒韓府鼎動
皆稱得体何未經数載輙易初心吾師襟容雖渺于目
前而神氣常昭乎八後双九鋒利獨尓未知耶應速改
前非亟為洗滌庶丁口庄園尚不致化為烏有俟罪消
功満當有以合我影形毋怠毋忽餘不盡下首寫坤德
俟手泐
寫畢封固即交荷香遣人賫去是晚瑤華覺右臂沉湎針

767

浮動不敢逗留擇日啓行一面令荷香于庫藏内撥出一
百萬兩號票分做十張對半裁發收拾行裝即便啓行荷
香張簡俱送出一站瑤華即時遣回前進一路探听流賊
都在陜西故得坦然而行由保定直定潞安至山西太原
府探知所設與舖左近賃房住下將號票檢出二十萬兩
令與中赴京師還來收貯瑤華見山西風俗淳朴欲于此
游玩令阿巧去喚寓主人内眷來一問忽聞裡邊有人喚
鳳姑名字瑤華听見甚為熟悉一時竟想不起來好生納
悶不一會阿巧仝一个中年婦人走來瑤華接入坐定茶
畢問了些閒話看他身上襤褸不像富足的而面容甚為
清秀那婦人听見阿巧們在裡面說話便問道尊使們都

768

是江南人麽瑤華道正是娘子那裡曉得那婦人道我母
家也是江南因先君作官在此身後不能返鄉遂尓流落
就與此間人婚配瑤華道令先君尊姓是那婦人道姓許
瑤華忽然省悟無礙子曾經說起為前生者原許宰官女
兒鳳姑的元紅致被飛劍斬首因而得轉世投胎不覺大
喜自念我與此人乃兩世之交冥出稀異不可不為指出
遂與漸次親熱并令阿漸卑些倫辦晚膳我與這娘子講
講閒話消遣那婦人那知就裡再四辭謝瑤華只是不允
那婦人也只得強留瑤華令滯酒肴設在房間對飲那婦
人見瑤華如此親熱不解其故少頃也下殷勤敬奉彼此
問些行踪瑤華略題其由那婦人已躊躇不安瑤華道你

769

道也至剪除魚怪以覘蘩二之能而酬房東之貸隨手
又暗引鳳姑會合之事皆作者之幻思也勿以浪費筆
墨責之再報仇之事尚隔兩回而先以夢寐透露之作
者斷不肯為突如其來之筆若福王起居庄上所為
得荷香夫婦趙宜夫婦叠次告知此則為後之復興伏
綫阿新探知國運衰微冢使深悉瑤華事業又為現在
之小結束

瑤華傳卷九

吳下香城丁秉仁
茂苑尤夙真閬仙

第三十三回　重來賜第蒐行迹　再叙前緣話夙因

調倚感美人詞曰

天涯飄泊人情異直到繁華地當時氣概欲凌雲脫
去攬纛甲胄尚何云　偶思隔世何其醜萍迹爲交
友淺斟細語憶前因惟爾身經甚事好規人

話說素蘭慢咨朱修道光景大不好連年荒歉租籽並無
粿粒反要給發口粮賑濟近庄佃户居民上半年鄒桂娃
呂良珍兩對夫妻移家來京居住到姍子淸遊據他們說

爾時積存粮食已用去大半庫藏亦俱用動了庄子上男
女个个淫亂不堪桃紅已得了弱症袞素蟾脫除身死梅
影乾个厅不宜召粉侯相見庄務全然不管外邊還虧蕭
棄柳枝和這些長史令史們把持內裡虧了白于玉苻四
五對夫妻料理不然還不曉得怎樣哩瑤華道這些事王
爺可曉得麽素蘭道王爺只知是公主那裡還有癡心自
續娶了趙妃娘娘恣情快樂因近來年歲荒歉無租可收
也懶得到庄上所說張其德周青黛二个十分焦慮時時
勸諫梅影約束大衆到有一片忠心彼此嗟嘆一回瑤華
道我已浮沉世外那裡還去頋恋這許多只好由他們了
你們兩个還在此間住麽素蘭道初到京時也曾暫住自

他推陞後有這些賓僚往來在侯府出入似覺不便故又
另置了一所房屋居住瑤華道如此你为自有家也不免
要主持家務我在此已安然樂逆自有職事人伺候你只
管回去素蘭含淚道自與公主相離已將第六个年頭了
皆因公主欲証大道心上有許多言語不能出口然思念
之苦時刻在心好容易得以依傍些時所以昨日只先搬
來了瑤華亦垂淚道難得你這片美意遂各散去但瑤華
浮心甚熾且不肯听人勸諫素蘭也略知大槩也不便絮
聒這日長史趙宜夫婦也來京了荷香帶領來見還只說
做梅影瑤華問道好好在庄管事怎麽來了這兩夫婦道
庄上亂得不成樣子公主全然不曾有什麼話回上去只

都稱為畢老爺不題再說那阿巧三姐桑二們在旁見了荷香如此規模都不知瑤華究竟是何等樣人楊靜夫回來後一个个的來問他所到處所是何樣子所見的是何等樣人他說他的父親是王爺是何等王爺楊靜夫遂把瑤華曾經于十六歲上就領兵出征滅了反叛曾封過侯爵他令當今皇帝是平輩的兄妹他家有多少金銀庫藏這京中府第是皇上欽賜的他有个師父叫無碍子有飛劍可以千里外取人首級十分了得如今傳了道術要去峨嵋山裡修仙所以孤身前往要我們這班人護衛將來都有好處他家裡還有一个面貌相同的了●再做檢影替着他出名今日來的這个官兒是他的家生子自幼伴

讀大的如今巳做了大大的官了他家像這樣的官有五六个小些的還有七八个哩衆人听了十分欽敬當夜無話第二日一早先是荷香進來辭了先行瑤華即令衆人收拾行李裝好馱子辭了寓主人一仝進京行抵良鄉住宿行李鋪設停當瑤華吩阿漸取件衣服各處找尋不見大家以為咤異正要令桑二筭其何往三更後始見其回瑤華問其何來阿漸咲而不答知其有異情悄令其來房再四盤問阿漸終寔告瑤華道婢子雖蒙師父化成人体究竟是假的京師乃至尊坐鎮之地都有神靈護衛婢子入到京城恐被驅逐故先往探視如可去則去否則暫避遠處俟公主啓行再來隨侍方終縱在雲頭細看皇城以

內只有些少神光而妖氛反盛當即下到城中遇見一个蛇精問其緣故據云本朝氣運巳衰正大之神俱往北邊衛護真命天子此間因尚有些微餘運只撥手下神將在此保護不久亦將散去故妖魅得以出入無忌婢子更不須迴避了瑤華听了嘆上一口氣道天命使然難以回逭蓋追憶無碍子囑咐時所言也遂各寢息第二日起个早早馳入城到得府第巳將傍晚早有荷香在彼接進進門後仍將大門拴鎖到得第二進見素蘭率領一班婦女來接瑤華竟到西洋楼下坐定一个个的叩見了獨與素蘭執手欷歔哽咽不止大家勸定又見荷香來禀道兩名令史一名付史及管事護衛人等都來請安奴子巳宣示他

們並非公主到來乃是顧鄉君奉公主遣來盤查此間庫藏的巳吩咐他們去了瑤華道很好那八个職事官女都代收拾行李安排夜膳瑤華到此心神始安與素蘭講講舊日情事并論庄上光景如何素蘭搖頭道光景大不好瑤華道如何不好只見素蘭慢啓朱唇說出幾句話來要知端的下回即見

閒仙評曰

瑤華必令桑二改為女妝者惡其將男作女也着阿巧改為男妝者喜其有糾糾丈夫氣也既各改妝矣何可不結為顛倒夫妻此即作者命瑤華字之義也以下接連大段文字此回暫舒胸臆為消遣計亦踈密相間之

在那裡喜歡你倒反去咀咒他了瑤華听了這番話方緣止哭遂問桑二孥妖之事如何了桑二道已刺死在黃河灘上約莫離這裡不過四五十里路教他們沿灘尋去自然有得瑤華也覺歡喜遂令阿巧去報知寓主人其時已有二更多天瑤華又吃了些夜消總解衣而寢留三姐伴宿次日起身听見寓主人家中言咲喧嘩正不知為何事膳後寡居來道謝并言今早在黃河灘上尋着了一个白鱷魚胸口有一道劍傷死在那裡昨日你們那位來報知已除怪物說在黃河灘上今日尋着想來就是此物了我父親竟吗人抬了回來好大一个魚約來有整百觔熏現在我們堂中請娘子過去看看瑤華听了倒覺稀奇遂仝

阿新三姐走過來看那死魚真个粗大如猪身長有五六尺仰臥在堂中果見胸前有劍痕一道而胸之兩旁隱隱高起宛如婦人之乳看之肚下居然有陰與婦女無二據那老女人道有人說這魚肉甚好吃且可療病人之疾瑤華應答了幾句略坐一坐即便回轉又住了一兩天無事可述這日天已將黑忽听見寓主人報進來道外面有京中來的一位官人在此你們那位去引他進來瑤華想必是荷香來了遂令阿巧引進來一見果然是荷香已是峩冠博帶伏地叩拜瑤華令其起來彼此掩面而哭荷香道公主將來的大道自然有成只是受這番辛苦叫奴子們心上寔是不忍瑤華道我承師父十餘年培植不敢不副

他的期望那還須得辛苦你如今陞官了荷香道兆公主提拔之恩已陞授兵部車駕司主上時常念及公主的勳勞幾番下旨宣召梅影已奏明產後病廢了然目下四方多故恐還要宣召哩瑤華道我如今已是閒雲野鶴即有徵召亦只可令梅影襲職赴京正說着楊靜夫也來了荷香道公主舊時的人怎麼一个也不見瑤華道途中險惡異常臨出門時也帶了白千玉黃金釧黃家媳婦三對夫妻從江南就打發回去因不能助我之力反要保護他們若不是這幾个人也不能到此遂令荷香且暫歇宿明日也不必隨行竟先自回去一來恐招人耳目二來主上得知必然阻我行踪也荷香道車子已備來了仍在于[illegible]

內收拾潔净且過了這个年頭俟春融時再往前進瑤華道且到都中再定行止荷香退出至門首瑤華忽又喚回道我到不曾問你王爺這幾年身子可好當時到京麼荷香道每年元旦萬壽節必然到京朝賀惟因流賊出沒無定往往赶不上誤了時日主上也深知卻不見責瑤華問道王爺可曾有庶子麼荷香道近今聞得有甚不知可能得个庶子瑤華道王爺身子還是這麼肥胖麼荷香道也還如常瑤華又道你先回京吩咐下邊這些官兒們只稱我為鄉君就是了進了府第另開一个門兒在僻靜處以通出入大門上仍用你的封條封好免人知覺荷香一一答應總走出門來寓主人另備處所請荷香安歇手下人

擬那老的說道這个二小兒今年尚止二十二歲三四年前偶然出去閒游想來少年性情擬他說途中遇見一个美婦人與其同路而相問答就在野田中成了好事知道他未有家室情願隨他遂一仝回來藏于室內我們一家初不知道那知日漸瘦瘠竟成勞瘵我們再四盤問方纔曉得我們一家人都不能見遣之不去并深恨二小兒將他寔情說出時復詬詈二小兒不與同寢他又能于夢中與之交合這幾年始終病体懨懨不能出外生理前日娘子們來賃居那怪物再四叮囑不許容留二小兒不睬他及娘子們進門他就恐懼異常輒思藏躲無如內堂房舍狹窄沒有可躲之處看他坐卧廳亭只得攜了些零星物

750

件逃避臨去時指着二小兒道你不听我話少不得來結果你的性命忿恨而去故知娘子非凡人君娘子們去後這怪物必來圖害務必要求娘子們救他一命說罷流淚瑤華咲道那怪物既然去了恐亦未必再來然我並無拏妖捉怪的武藝如何搭救那老的道我們何敢必定要娘子捉拏着那怪物的光景必有可惧之處娘子不能尊使中必有能人亦望吩咐一聲若能追其踪迹滅去根株二小兒纔得生活說罷立起身來要拜求瑤華連忙阻止道且待回去商酌若可以為力斷無不盡心之理道三个都謝了然後殷勤伺候瑤華因有此事在心亦即告止散席而回御去衣服便悄問阿新道此妖你可能除他麼阿新

卷八 第三十二回

751

道擬他說來這怪物不待我們入門心已恇怯亦非大有法力者不必我去只令桑二畧施小術可以制縛矣瑤華即令阿新傳知桑二令其收除阿新去了瑤華酒後醺醺橫躺于炕上不一會阿新來房對瑤華道桑二已將此妖綁出乃是黃河內魚精尚不成氣候容易收除他現在房中作法瑤華道他施什麼法兒阿新道他把个面盆盛了水在那裡念咒他說先要釘住他俟釘住之時用桑木劍便可刺死瑤華道必與他們些效驗纔能放心阿新又去說了瑤華不覺沉沉睡去桑二這邊已用法術將魚怪刺死仝了阿新來報瑤華知道只見瑤華睡夢中號啕大哭阿新恐其沙魘忙去輕輕喚醒又與他拍着肩背遂漸漸

752

醒來桑二便問瑤華道公主為何如此瑤華睜開了眼喉嚨裡還哽咽不止三姐已烹了茶來阿巧也來了瑤華飲了茶纔覺甦醒便道此夢不祥衆人都問做的什麼夢瑤華道我睡去時似乎又在路上見四壁荒凉人烟斷絕已覺淒慘之極不知怎樣的糢糢糊糊又到了一處也不知是什麼處所但見上面擺着祭供自顧身上穿了一身重孝在那裡哭拜我如今想來要穿重孝除非王爺有些不妙纔穿得上身可憐我王爺只生我一个女兒雖然稱个替身在那裡代我何如親骨血在眼前的好說罷又哭衆人道此是夢魅之事何足認真公主休得如此三姐道夢中事是相反的夢凶則吉或者王爺又受皇上大恩與正

卷八 第三十二回

753

如何仍在賜第內居住否為我拂拭數間暫歇游足倘人問及以我為梅影對之可也不可破我行踪毋忽寫畢封固遞喚傷靜夫人來道我有一信你可星馳進京投在十四長公主坤德侯欽賜府第守取回信并討一輛後撥車來以速為妙不可耽擱靜夫接了信即便啓行去了瑤華這裡到得下午寓主人女眷們來瑤華接入仍令阿新替打扮一對新人出來拜謝見女眷們共來了三个一个老的兩个中年的問是婆媳兩个一个是寡居女兒他家姓于有兩个兒子大的兒子與他丈夫居守田園第二个兒子常在外間作客現因患病在家瑤華也把些假話來謊說一遍不一會兩个新人出來拜謝了也就端端

正正的坐陪那兩个中年的把他兩个新人看个仔細但完桑二耳上沒有環又見新郎耳上倒有環眼兩个在那裡私語似乎有疑惑的意思瑤華覺了就着他兩个告退隨後也就擺上酒席那老的上坐中年兩个左右坐瑤華在主位上坐陪三姐仝阿新往來伺候這兩个中年的一眼不斷的把瑤華細看那老的問道這兩个配合的新人是娘子何人瑤華道是家下用的小厮了頭因長大了途中不便故索性與他們配合那老的道狠該這樣又問娘子是那裡人瑤華道是河南那寡居的女兒道娘子的打扮不像河南人就是尊使們一个个都講的蘇州話瑤華道舍下用人都半是蘇州人所以衣妝都是蘇州款式姐

姐你那裡曉得是蘇州來的款式那寡居道是家君講的瑤華道卻也不錯那老的道娘子如今要往何處去瑤華道到京城投奔親戚那老的道這也近了可以多住兩天再走瑤華道今日已差人前去討車輛恐怕還有兩日擔擱哩那媳婦道我婆婆還要奉屈娘子到我們裡頭坐坐吃盃水酒瑤華道在此打擾已不當千萬不要費心那老的道也不成什麼無非坐坐說个閑話省得寂寞瑤華正要勸酒那老的已立起身來告止瑤華又留坐吃了一盃茶纔回去瑤華送出便回一夜無話次日午後那邊令他寡居女兒來請瑤華并這兩个新人過去用酒瑤華接進來謝了請他坐下道既承盛意我自然要領情的他們不

消了那寡居也就依允催促起身瑤華遂入房中稍為修飾加上外罩大衫阿新三姐跟着一仝到後堂來那老的早在庭前等候相接瑤華一到十分恭敬禮畢獻茶又談論些家常只見那个媳婦合這寡居出來拜見了就擺上菜蔬請瑤華坐了仍是他們三个來陪勸酒送菜殷勤倍至忽見那男的寓主人扶着一个病人出來跪下叩頭那男的老兒道這是二小兒因染了一種怪病一切細底拙荊自當稟告我知娘子非凡人可以有法處治務望救他一命也是娘子積德那瑤華三不知的立起身來怔怔請起那男的老兒說了這兩句也就扶了進去了大家仍請瑤華坐下瑤華不知頭腦遂逐細問那老女人是何緣故

氣象因對阿巧道路上只有楊靜夫是个男的似乎還少一个你竟改做男妝遂令阿新將他兩个的衣服掉換過來一時打扮好了大家一看真个相像瑤華道既妝扮得相像索性把他兩个做一對顛倒夫妻衆人听了都咲說狠該這樣瑤華道今晚我倆个喜筵替他們做花燭衆人又各高興起來真个忙忙碌碌倫辦筵席楊靜夫又去買了香燭并畫就的和合二仙的神像供設起來不一會收拾齊了楊靜夫扶了阿巧三姐扶了桑二在和合二仙前拜了又請瑤華正中坐下齊齊叩拜又令夫妻兩个對拜過了然後纔入房中坐床一面外邊鋪設筵席瑤華道你們少不得也有一席阿新道有的瑤華道你們三个入雖

742

不是公親也算个大媒把筵席也設在旁邊陪坐各人照依鋪設將要入坐楊靜夫道他們兩个結為夫婦是公主主婚的公主應上坐他們兩个對面坐瑤華道果然如此但主婚人應坐主位如女兒出嫁之日女兒是第一位其毋反坐主位就是這个道理應令他們兩个上坐我在旁坐纔為合式衆人都道公主這个議論不錯遂將椅子那轉各各坐下于是開懷暢飲瑤華對阿巧道你如今是男子了也該放些丈夫氣概出來多多敬你令正一盃各人听了又咲起來三姐道他兩个今日做新人自然都文文雅雅待我這个舊時媒婆與他們送个合巹遂斟上兩盃酒與這兩个新人交互而飲阿新也斟个大盃送與瑤華

743

道公主是主婚少不得也要陪一盃一時觥籌交錯鬨咲滿堂寓主人听見不知何事大小男女都來窺視見一對男女在上坐着又設香燭供着和合仙纔曉得與男女配合不好冷淡送了四盒賀礼來瑤華令收兩色餘者璧還候來人去後大家又咲不止瑤華對阿巧道明日你還要備席請人吃喜酒哩阿新道收了人家東西這倒免不了的不一時酒興暢足遂各散席那晚六个人作三對而卧阿巧與桑二同床三姐和阿新仝床大家暗令楊靜夫只在瑤華房門口伺候一俟人衆即便換身上床瑤華渴想已久方遂私願自然比尋常不同而靜夫亦大展其本領是必加意奉承這晚的樂境自然推瑤華為最次日瑤華

744

起身回想昨宵之樂雖身入仙境大約不過如此滿心歡喜三姐進房瑤華喚令今日要陪客你來替我梳个好頭又令阿新將在蘇州所製衣裙首飾撿點出來打扮得如花似玉令各人都打扮了好待女客當日備了兩席酒一席請寓主人男客一席邀他們女客打鋒停妥即令倫辦瑤華在房想道離京師不過三日路程京師中曾在那裡閱過兵恐認識者多不便似行脚打扮進去也須如今日裝束好遮他們的眼主意定了遂寫信與荷香道

我游道出門忽忽五載今已來此不可以舊日面貌對人可倫後攬車一輛交與來人帶回涿州以便乘坐來京毋使長史令史們迎接恐主上知之也尔在京児味

745

第三十二回　陰陽顛倒眞堪異　婢僕尊崇非昔時

五言律詩曰

除暴安良事全資將相才滿朝門户立大地紀綱頹
氣候還和矣陰陽亦異哉故明多失政惹出劍仙來

却說瑤華用手一指說道阿眞父女攷頭我們亦當備些
酒漿脩吊前往一祭還葬之期尚遠不可冷落了衆人都
道極應如此遂赶緊辦齊一仝到彼哭祭了一回然後就
道約莫行了三四日忽見楊静夫迎將上來一仝下店此
番識除眞珠泉是一庄非同小可之事無人不有倦色整
整的静養了三五日總得服帖瑤華提起那日鏖戰時十
分危險怎麽阿新倒不顯些神通來帮助却送了阿眞

父女兩條性命若非三姐把那黑賊打死恐怕我們這幾
个也不能生全阿新道前日鏖戰的事因接聯的事多婢
子還沒有細禀公主知道自龐希德中了一刀阿眞中了
一箭公主仝三姐阿巧亦在危急之時婢子看看不好急
急從上雲頭意欲將這些賊子提在雲中摔死那知師父
已先在雲頭上見了婢子便問你待要怎麽婢子說現在
公主危急手下人俱已受傷意欲助陣師父道我也在此
難道不會助陣麽今晨乃龐希德父女及這些賊子畢命
之期公主們亦應受此危難皆上天注定之數你又何須
助陣故尔不敢舉動後見三姐拔起樹來將黑賊打死賊
圍漸漸總退了師父然後落下雲頭如此危急豈有袖手

旁觀的理瑤華聽了向空拜謝畢又對三姐道我見你
拔的那顆樹却也不小你有多大氣力就能拔起這顆樹
來三姐笑道這也是發了急連自家也不望拔得起的阿
新道拔樹也還能彀到是舉起樹來打人更了不得若無
千金之力休想動他一動三姐道若此時再要我拔起一
顆樹來也斷斷不能瑤華道也是我們命不該絕桑二道
人之生死自有定數也不能强為的瑤華又問桑二道你
所學的法術最利害的是那幾庄桑二道奴子所學皆是
自遁教只可掩人一時耳目不能悠久如撒豆成兵止有
六个時辰過了時刻就仍為豆子其餘移山倒海皆是虛
假凡夫俗子見或駭異若大富貴人就能看出破綻其最

利害的是移人魂魄使其顛倒歷鎮凡字用刺其心只此
兩端纔是利害的至騎木鳥上天控草龍入海皆仗眞言
咒符稍停半刻即時墮落若千里以外籍人來往對面相
逢倒人裝束此更下乘而不惜為者瑤華道若據你說來
此教甚屬平平桑二道多半受人愚弄阿新道本朝唐賽
兒如此强盛亦未見成事婢子知他們法力總無寔濟故
那晚只將公主的流星繩索迎了些靈氣便能縛來可知
其伎倆與瑤華見桑二說話時還是低頭垂頸的遂道你
這樣子竟依我改了女妝倒還看得不然男不成男女不
成女像什麽規模遂令三姐與桑二改妝又見阿巧自出
路以來身面皆胖且習學了彈弓拳棒漸有斜斜武夫的

瑶華傳　卷八　第三十一回　三

一齊倒下三姐見巳打倒復打一下眼見人馬都死三姐
還着一時之勇輪起那樹幹一味蠻打上去這些賊將如
何招架只得倒退下去瑶華和阿巧見了忙倚住了鎗挽
過彈弓來連連的將彈丸開去打得這些賊抱頭逃竄三
姐放下樹枝搶了那把大刀赶着亂砍也有連人和馬砍
死的也有將馬頭砍掉的沒一个時辰把這些賊砍死的
砍死逃走的逃走瑶華不舍仝阿巧緊緊追去又打死了
二三十个見逃者巳遠只得回馬轉來巳見楊靜夫阿新
將三姐扶着叫喚瑶華仝阿巧忙下馬來問是為何阿新
道用力太過了所以發暈瑶華上前一看只見三姐面色
雪白身子軟做一堆摸他心頭只是勃勃的　看來無事

734

遂又仝阿巧赶入林內看那阿真見箭巳拔出流了一大
窪的血牙關緊閉身子巳殭了于是放聲大哭阿巧道公
主且慢哭還有希德死在那裡我們把他聚在一堆商量
埋葬于是仍回賊寨門口見三姐巳醒過來了瑶華忙令
阿巧仝阿新楊靜夫將阿真屍身抬來與希德屍身一並
移入寨口空屋內一面往寨內找取鉄鍋燒起滚水來與
三姐吃了然後齊至寨內將財帛檢在一處却不時多又
檢那值錢的東西也檢了些分做兩堆一堆與阿真父女
埋葬之用一堆運回就店之左近分給窮苦之人先令楊
靜夫回店備大運同驢又令其買棺木來收殮阿真父女
不一會收拾齊整將賊寨放火燒了就將阿真父女埋在

瑶華傳　卷八　第三十一回　三

735

瑶華傳　卷八　第三十一回　三

寨基上大家仍回店中見桑二也回來了仍請僧道做了
七晝夜功德另鐫石表誌以為將來遷葬地步又將賊寨
裡銀錢俵散窮苦之人莫不敬呼感戴瑶華仝衆人想起
阿真父女幫助之功各各又痛哭了一場不知不覺擔擱
了八九天三姐身子総能復舊問及桑二解散羽党之事
桑二道真珠泉因失了令牌他就另行文檄知會各寨有
幾處被奴子接住有幾處諒巳知會其羽翼尚多此處亦
不宜久住尚一知道被我們殲滅恐有復仇之議瑶華驚
道此必有之事我們明日就走遂嘱咐收拾行裝又令楊
靜夫連夜往琢州過去擇个清靜的下店我們到彼還要
休息數日方能前進楊靜夫當即起行瑶華等亦即早歇

736

到二日起个五更用了早膳將要啓行瑶華道阿喲我幾
乎忘了一事衆人道忘了何事瑶華用手一指說出一件
事來看官們請猜猜可猜得着否

閬仙評曰

此回如獅子搏物俱用全力惟瑶華計出萬全始得收
服桑二希德機尤敏捷故能立殲珠泉乃忽遭羽翼狙
擊遂致父女喪身若非三姐發急奮勇恐知瑶華不為
其所虜天耶人耶吾不得而辨之矣至三姐初來阿新
即揚其膂力出衆究竟若何未知底蘊故于此回中極
為描寫以慰觀者盼望之心耳是耶非耶香城必然首
應

瑶華傳　卷八　第三十一回　三

737

看再加一弾一標鎗休想逃回一个那時梟了首級再到他寨内驅散他羽翼不服者逐个結果了性命這一方就平靜了瑤華听了大喜依計而行遂嘱咐龐希德于明日罷了人夫悄地行事大衆仍由原路回店安歇以偹後日舉動各各在店靜養到了這日一交五更即起身造飯吃了各將器械帶了俱投入坟林中來令阿真在樹梢頭瞭望三姐仝阿巧在大路上伺候日高三丈始見遠遠有一隊人馬奔馳而來約來不到百餘人阿真將號箭射下衆人會意準偹下手不一會人聲馬嘶又一會兒忽然開山崩地裂的一响旋又听得發了一聲喊衆人一齊下手直个不曾走了一个瑤華尋見了真珠泉的尸身將首級梟

730

了檢那好的馬換一匹騎了并嘱令各換了馬匙回竟至真珠泉寨門口大聲高叫道真珠泉為害地方已將他梟首示念尓等被其脅從姑免深究速速改過從善違者即以真珠泉為榜樣這一聲喊早驚動了寨内諸人听見也發了一聲喊都從寨内赶出也有落荒走者也有上前拒敵者被這四五人圍住遠者標鎗近者弾弓打得落花流水忽然又突出一隊人馬約有二三百人竟圍上前來廝殺瑤華等只帶有弾弓標鎗却未帶有長鎗大刀見勢頭來得凶勇只得將打倒的死人身旁有鎗刀者檢來拒敵瑤華宛竟上過大戰場奮勇殺出圍場仍用弾弓四面開弓中者無不立倒三姐仝阿巧緊緊護着瑤華龐希德仝

731

阿真在衛右突苦戰不能離脫瑤華重又殺入將阿真救出回頭又不見了龐希德阿真不顧瑤華出圍復又回馬救父見龐希德已中傷了一刀還在馬上與賊人廝殺阿真大喊一聲用劈刀將那賊頭顱劈做兩半旁邊又一賊大聲道那婆娘休走䬃的一箭射來正中阿真肩窩翻身落馬希德見了丢了接戰之賊連忙來殺那放箭的瑤華縱出圍子于高處望見阿真落馬即飛馬入圍仝阿巧三姐將阿真救回另放在樹林下復反身殺入來救希德斜刺裡又來了一賊是个黑面落腮鬍身軀雄偉騎着一匹高頭大馬手中持着一把板門大刀飛馬來敵住瑤華而邊阿巧三姐三枝鎗敵他一个那裡抵攩得住那賊揮起

732

板門刀遮護得人馬無一點空隙瑤華好生着忙幸希德將對攔之賊殺死帮着瑤華來戰只見那賊將刀一遍大喝一聲將希德砍死三姐上前被這賊的刀柄横來又將三姐撞下馬去衆賊又一齊圍攏來瑤華仝阿巧招架不住只得跳出圍子敗下陣來且戰且走却說三姐撞下馬來恐被賊人將刀砍死將身往外一滚就滚出圍來鎗也掉了手無寸鐵看見瑤華敗陣下來心上急了路旁有一株半大不大的一顆樹用力一搖却鬆動了一半再用力一扳連根都扳起了忽見那持大刀的賊不知怎樣馬閃了眼突然跳出陣來恰近三姐這邊那三姐趁勢將那扳起的樹連根帶土往前打去正中那大刀的賊連人帶馬

733

文知會各處說令牌被盜若有所論不必遵行俟我另製
新標令牌到來再行遵守這最緊要速速辦來分發內中
一个道桑爺自有法術想來趕不回的但兩个女人是
不一夥全逃還未見得檄文也發追兵、發兩路並行緣
知分曉真珠泉道也說得是快些趕辦這一夥的人手忙
腳亂的辦這些事到得午後俱已辦齊文檄先發縣兵時
起手下人不認真自家督兵追趕不題再說阿真父女兩
人在路行走麗希德細問收捕真珠泉的計策阿真一一
說了希德道會妖術的人既已收服還怕他什麼何必還
要用計賺他不如一刀一鎗還怕收他不下阿真道且到
彼處看何動靜再作計較且公主也就起身來了還與他

726

商酌的為是希德也就息了此念到第二日午前將近賊
寨見有一隊人馬從斜裡趕來遠見認旗上有个真字阿
真指與希德道這隊人馬既有認旗只怕真珠泉在內我
們何不就到前途投遞希德道且到近前看何光景再處
說是遲那時快瞬息之間前部已到不問情由將他父女
兩个拏住希德忙道我是高將軍處差來下書的那前部
那知即忙東書轉遞入中軍去了不一回傳令出來即時
鬆綁又道你們先回去上覆高將軍說真某一准後日起
程來涿州相會不及回書先繳降旗一枝為信希德接着
應了一聲遂全阿真出寨仍回原路于德州大路口遇見
阿新在那裡等候就問投遞了麼阿真道已投遞了未有

727

回札先付有降旗為信阿新咲道這廝上了道兒了遂一
全到店內將投遞的情由回明了琚華琚華道這廝後日
一准起身我們先要擇个處所緣好收服他阿新道倒有
一好處所離此約有十五六里琚華道是怎麼一个形勢
阿新道是一所大墳墓樹木甚為茂密且有墓道房屋可
以藏身更是曲折琚華道却是一个好形勢我們今晚先
去試探一回好為布置阿真道此一行斷不可少遂趕快
晚膳吃了一共七个人騎上牲口奔馳而去到得墳頭將
有初更時分那晚恰有月色琚華各處兜了一个圈子遂
對眾人道這墳墓雖好可惜不在大路上不能叫他湊進
來受我們愚弄如何是好麗希德道據在下主見一些也

728

不難琚華道計將安出希德道這三姐全阿巧是在那邊
逃出的他必然認得可叫他兩个在路口迎着說桑二騙
誘他們出來無處栖止只在墳堂內住宿日食不周又不
許我們逃遁只叫我們兩个在外邊覓食養贍他不依就
作法處置非打即用刀挖肉現在墳堂內將軍何不仍請
他寨內幫助免了我們兩个受罪他所見桑二在此必然
要見他請回寨內就叫他們引入墳堂來路口掘一大坑
用高粱蓆遮蓋將土浮鋪在上內用兩根大木擱起他兩
个走過即在那坑邊站住俟其將近坑邊招其速來那馬
撒開便不能收住憑他有二三百人都要送在內公主與
阿真及能打彈弓標鎗者俱登樹頂見事成功或有逃遁

729

耳邊風聲若雷一霎時落下地來巳是客寓裡了見桑二面如塵土還綑在一邊三姐道他是救你出來省得陷在牢籠有什麽好處桑二道既如此你去對那位姐姐講我情愿降服把我放了罢阿新道放你容易要你傾心許我三件事我就放你桑二道那三件阿新道第一件要保我公主到得峨嵋山路上有險惡之處都要聽我使令用力見了師父還與你些好處你愿不愿桑二道我愿依第二件要你持了真珠泉的令牌共說淮安營寨有失擒他們救護散去他的羽翼你愿不愿桑二道也愿依第三件真珠泉手下這些護衛如何可以遣散他着你身上想一个計策來你依不依桑二道都依都依阿新听說道你既先

服我就放你諒你也逃不出我的手遂念誦真言其繩自解桑二扒起來向阿新道仙姑你的法力我已儘知了不敢再生二心求你带領引見公主我保他上峨嵋就是了阿新說你且在這裡等候遂到房中將桑二依愿三件的話告訴了瑤華遂令進見阿新領着桑二進來見了瑤華即拜令三姐們扶起道阿新所說你不可口是心非我師父時刻來管顧我們你邪心一動他的飛劍利害到那時你的性命就難保了桑二連稱不敢瑤華把他仔細一看本不像个男子遂道你這个樣子倒不如改了女妝罢何苦不男不女的倒觸眼睛桑二道且成功了此事再遵公主的令旨改妝瑤華道你先把如何遣散這些護衛兵將

的法兒速速想出來說我們知道我們自去辦理你也好去遣開那些助惡的黠党桑二道一些也不難真珠泉最怕陝西的高迎祥只消做一个假諭帖說高迎祥現在私行涿州相待叫他不必多帶兵馬立刻起身前來听諭預先埋伏人在中路不過一个時辰便可擒住取了首級回來與這些護衛看了有什麽不散的還可將他家財賑濟窮民公主以為何如瑤華道如此甚好你先去行事桑二遂即啓行瑤華寫了假諭帖尤恐不信將一張高迎祥的護身牌令其交與收執瑤華道須得另叫一人前去賫投纔好阿真在旁道不須另外叫人待婢子父女兩个去投遞阿新道很好真珠泉不見了桑二令牌必然有舉動我

們也要趕在前站與德州相近處所住下以便接應瑤華道所見甚是立刻促令收拾起身一面令阿真父女先行不題再說真珠泉這夜听見後屋內許多聲息心上也有些疑惑次晨尚未起身早有人來禀知桑爺不知去向連那新擄的兩个女人都不見了又見看守機密房的人來禀道昨晚有賊進房將三面令牌盜去真珠泉听了不覺吃了一驚連忙起身出廳傳齊手下得力的人商議衆人道必是這兩个女人把桑爺煽惑一仝逃去了恐怕我們追趕併將令牌盜去可速速發兵追趕總是真珠泉道若果把桑爺煽惑仝逃他的法術高强斷不能追回他的但令牌盜去恐把羽翼鬬散這倒緊要的我們自應先發檄

有什麼拏不來的要我去做什麼那手下的道桑爺不知道幾個富商不但武藝高强且恐也有法術叫將官也難結果他們還是請桑爺出去一走來得穩當那桑二勉勉强强的道我把你們累死了真珠泉連忙上前安慰了一回然後起身那真珠泉直送至寨門口纔回道三姐見真桑二不在面前遂悄對阿巧道你在此按住了他們我到後邊去尋楊靜夫去阿巧點頭會意三姐即轉入後廳各處我尋不見以為咤異又走到一个耳房內一看見楊靜夫躺在一張床上一見三姐連忙起身抱頭哭泣三姐恐怕真珠泉听見忙忙搵住問他在此還可安身麼這楊靜夫把陷在賊巢只與這个没廉耻的人成天幹這件骯髒

718

的事三姐道我們也陷在此怎麼能夠與你逃去纔好靜夫道逃不得這个桑二他的法術好不利害我前番也曾逃過走了一夜遂在這間房裡第二日被他打了一頓說若再逃走就要殺我三姐道若過這樣日子倒是可殺了罷靜夫道我也這樣打賬三姐道我如今隨着一个大本領的公主他手下也有好法術的人他也有你在心上你若脫離此地包你有大好處你若與他幹事時把我們兩个的隱情悄悄對他說知他也必然要我們與他成事我另有一種春藥奉承他你就這个空裡便可脫逃出去回到泰安府城外一个客店裡藏身少不得有人來接應你靜夫听了一一承命不一會听見人聲嘈雜只見大担小

719

担堆滿了一廳都是打刦來的東西這桑二進門忙忙鑽入自己房裡去了想怕靜夫逃走的光景那一晚靜夫十分奉承他又說他兩个是陰陽人可以與女人交媾誇他戰法高妙說得桑二痴延遂向真珠泉要這兩个人珠泉又愛這兩个人意欲不肯但他法術高強不依他恐怕生變只得勉强送去這桑二見了他兩个越發裝出那药寵樣子來他兩个倒覺得好笑三姐就令阿巧先與成事三姐代靜夫先辭了出路一侯阿巧換出你就走脫不一會阿巧出來喚三姐進去其時正是他們兩个氣脉調換的時候也笑湊巧這三姐自會弄鋒把个桑二收拾得快活難當真个昏迷過去約有半个時辰終醒回來兩个情投

720

意合竟忘了靜夫的光景三姐也故意勾搭住他說靜夫多少的不好處我看你這樣愛他他倒這麼淡淡的到底不如我們好桑二也就說他多少不是不知不覺竟睡着了一覺醒來方交四鼓只見桑二起身取了一盆水在那裡作法三姐也起身來看他問他為什麼桑二道這靜夫可惡又逃走了待我拿他回來殺掉他三姐道這種人逃去就罷了要趕他回來做什麼話猶未了只見窗外紅光一亮有如烟炮一樣的一條紅繩從窗外穿入把桑二綑縛從空中提出去了三姐忙把這盆水潑掉少頃又見阿巧飛下道真珠泉的三面令牌也盜得在此你兩个閉着眼仝我回去罷三姐仝阿巧緊閉兩眼忽然騰起只听得

721

既男又作女行為直把後庭當前户何如截去毛骨
都索性與人做老娃
話說瑤華說道我的意思諒這真珠泉只仗得桑二的邪
術若除了桑二那真珠泉的威風也就去了一半我明日
先令阿巧三姐都扮做行脚的道姑故意在他巢穴邊走
過必然被他們搶去留在身邊服役叫他兩个暗通楊靜
夫用藥迷倒桑二潛逃出來這桑二必然用邪術來追拏
你就放開本領把他降住有楊靜夫在此彼必不肯離開
那真珠泉已無可恃再將他令牌盜出令桑二往諭遠近
嘯聚之徒只說淮安危急令其前往救護把這些助惡的
遁開彼勢必孤就他這幾百人縱然勁旅恐亦無能為矣

我們另出妙計收服則不難撲滅也阿新道計雖好但桑
二非用藥可能迷倒者忽然咲道據婢子意見桑二既有
後庭之好何不用春藥令他們兩个去弄𢪛他倒可掩飾
一時那時婢子將楊靜夫先行取回再用法術縛住桑二
這些護衛雖然驍勇可用別計或叫桑二散想收除瑤華
道好春藥我倒備得些在此你在我行囊中取出交與他
兩个并將計策說與知道令其明早依計而行便了阿新
領命而出阿真道公主因有邪術的人在內故如此設計
若收得此人那些護衛的人不要說這幾百人就有二三
千人婢子與老父兩个也可殺倒他們瑤華道我也為此
俟收到桑二以下自然要仗你們父女兩个纔能收功你

回去先將此事告訴你老父務必要助我一臂之力阿真
道這有什麽不効勞的吃過晚膳遂各回房安寢再說三
姐阿巧兩个聽了阿新的言清晨起來一仝前往德州大
路行去到得第二日午後方遇見游兵一擁鑼响將他兩
个拏住綁縛好了仝另外打劫物件同觧到寨裡送進真
珠泉這邊來獻功三姐見真珠泉是一个落腮鬍身子肥
胖坐在一把極大的圈椅上兩旁站立多少婦女與他搥
的搥扒癢的扒癢見了三姐阿巧兩个道今日這兩个面
龐生得好可重重賞那拏的人于是旁邊走出一个小後
生去拏了兩个大元宝發賞兩个游兵叩頭謝了拏着元
宝就走真珠泉問起話來嬌音軟語知是蘓州人一發歡

喜得了不得叫人與他兩个換了道妝廂內取出多少衣
裙首飾都是蘓州欵式拏來穿着又令擦粉梳頭把首飾
插戴了令他兩个貼身服役舊時這些女人裁減了一半
從此不離左右有時也到桑二後邊去閒話見桑二竟仝
婦人一般擦粉點胭脂穿着一身艷麗的衣服渾身薰得
噴香語言舉動俱學婦人的行徑只不見楊靜夫在何處
這一日忽聽見真珠泉的手下人來禀道有一起富商行
李輜重甚多倘是武藝高强敵他不過要請桑爺出去纔
可取得真珠泉令人請出只見桑二嬝嬝娜娜的走將出
來真珠泉恭恭敬敬的將此事告訴了一遍桑二道這不
過這兩个有些武藝撥幾个將官前去結果了他性命還

方能前進你既有心我豈無意現在我手下本無多人正欲仗你父女之力倘能滅此巨擘為地方除害你我功行皆非淺鮮阿真道婢子父女但能用力倘有驅使雖死不辭但如何布置全賴公主妙策瑶華道我這裡也帶有三四人武藝雖不如你父女而別項差遣却還可以你可與他們相見待我想个法兒除此大害以便前進阿真即時罷飲而去瑶華遂喚阿新至前道真珠泉的行踪已據阿真備細說知但究竟要探他巢穴內如何光景纔能用計你就今晚飛騰入其背䆫探听的寔俟你回來定見阿新應諾而去不一會阿真仍來陪話道怎麼公主此來哥兒姐兒都不同行瑶華道子文們都留在家保護庄子啓程

710

來時也帶了三房僕婦同行因路途險惡不但不能分憂反要保護他們故渡江時先打發他們回庄了阿真道這幾位姐兒想都是好武藝瑶華道好也未必然而路途中亦頼其保護之力正說着忽見阿新從空飛身而下瑶華道你可曾打听明白阿新道婢子飛騰到他庄內仔細看了形勢又听他們在那裡議論軍機情事悉知其底蘊前次公主听三姐所言之楊静夫也在那裡原來他手下有个桑二雖是男子與婦人無二每日夜必要楊静夫與他趕那後庭之事他愛楊静夫如仝掌上之珍我看楊静夫也甚勉强再听說桑二的邪術甚強所以真珠泉尊敬他得狠若無此人也不過尋常草寇而已瑶華道他庄上約

711

來有多少人馬阿新道人馬有限約來不過五六百人想必定是勁旅住在他房屋四圍聞得說這裡遠近嘯聚之徒甚衆他有个令牌可以調撥這个人馬就不知有多少了瑶華道據你這樣說來也還容易除他阿新道必得想一條好計策散了這些人衆纔可殲除瑶華低頭着寔打算了一回忽然說有了阿新與阿真忙問有何計策只見瑶華不慌不忙說出一條計策來晉教楊桑從此隨行帳父女將圖建懋勲要知如何下回即見

閱仙評曰

妙哉設想孔家所與高迎祥之護身符本欲避李闖之難却不用着偏用在賺真珠泉殊令猜測不出甩作稗

712

官野史被人一覽而知亦復何味至瑶華設計先擒桑二再收珠泉亦計之得者然桑二之別開幻境是以三形子對照至麗希德父女不殉于擒珠泉之時反丧其羽翼之手更翻得奇與又與高迎祥之護身符對照再賺真珠泉之計策乃希德所定彼自身亦不能保何耶或曰秦州道上必要現出孔家來是何意義余答曰不聞無礙子云統乎三教者耶

第三十一回　收桑二蟒妖術　殲珠泉父女殉身

長短句歌行曰

你是人為妖我却妖作人我妖作為人之事你人反似妖之身我形是女淫邪悉拒你身是男偏須淫倡

713

京師利息頗好本擬即欲回家又有家鄉一人帶有財帛不能進回他知我父女回籍再四央托仝行我父親不能拒絕只得搭着同行不意行至德州過來遇着巨盜真珠泉的夥盜突出行刼而去并將家鄉之人擄入賊營旋將首級懸掛樹梢復又發騎追拏我父女幸我父女彈子利害不能着手在路聞知其盜手下能者甚衆保無別有他慮今得遇公主可壯愚父女之胆矣瑶華道我聞真珠泉全夥皆在淮安因結連倭寇盡下海去了故我安然而來怎麽這裡又有此人阿真道婢子九聞得他神通甚大對遲連結倭寇沉賊皆其黨羽瑶華道他究竟是何等樣人你可曉得他的底裡麽阿真道先還不知今早上在打

尖的飯舖內有一人倒他的架子想是他手下不得意的人瑶華道他怎麽說阿真道他說這真珠泉本是个鹽商之子頗有家業因不務正日以嫖賭為事把家私敗完流入匪類為他足智多謀所以這些匪類推他為長都肯順從他故能坐地分贓他手下人材甚衆凡有材藝者不惜重價而羅致之其居常行為甚為險刻且擁有巨貲施其賄賂近日又得一異人乃是徐鴻儒之門徒能呼風喚雨撒豆成兵邪術高强那真珠泉得了此人可以施旋其陰謀詭計所以近日各處都有真珠泉的名號皆其化身也遠近賊匪無不被其籠絡今在德州要路上設一庄子與京師相近易得朝中舉動好通知水旱兩路賊寇并可藉

以擄掠行人恣其快樂若遇官兵收捕勢大不能抵禦者即多方賄賂以寢其事若畏葸不前者即受其戕害所以十餘年来安如磐石婢子想此人脫口而出必其寔事自無假借可知瑶華道幸得中途遇着你知其底裡否則從何打探阿真道公主大好受用為何輕離閨閣涉此險途瑶華道一言難盡阿真道王爺在庄上都好師父還在庄上麽瑶華道我的行逕你還未知我師父自我四歲上就來教導文才武藝直至如今道我有仙籍之分但我前生孽債甚深必須身償方能入道所以令我遨遊天下以積功行我不得不從且富貴叢中但能作威福何能消罪孽故我特遵其旨妥與仙踪師父已上峨嵋山去了王爺身子

還好阿真听了連忙稽首道公主本是神仙降凡豈是尋常之輩婢子得以奉巾進帨是必前生也有緣分老父欲令婢子再尋匹配今得途遇公主此念頓消矣惟求公主收録驅使是婢子生平之願不願還鄉也瑶華道此意尚須三思勿誤了你的前程阿真道公主你把麗阿真看得太低了婢子立心一定之死靡他瑶華道你父親尚在不可如此決裂有虧孝思阿真道老父一身頗不乏慮渠已另立有嗣婢子雖係親生之女即侍奉終身亦不能接續宗嗣隨公主得附仙籍報親之日正長也何必拘拘于淺近哉公主或有疑慮婢子當引老父于公主之前釋明此義以伸婢子之懷瑶華道且慢我如今先欲殲除真珠泉

吳家騏道聞得他在陝西又問道四川去可要那裡走的家騏道是必由之路那婆婆對瑤華道若到陝西那裡我倒有个護身符送與娘子可以避此險惡瑤華道婆婆這裡如何倒存有此輩的東西那婆婆道有个緣故老婦毋家閒姓世居長安歷祖皆為顯官家奴數有二千餘人這高家奴才名叫迎祥自幼先君豢養長成匹配婢女偶因路見不平殺死人命逃竄江湖那年也曾在左近焚燒擄掠獨不敢犯孔家且知我嫁在這裡戒飭手下賊人為之防護我思其匪為傳喚來家面為呵叱你若知感我家的恩養快快改邪歸正若恐禍及速速率領醜類離我眼前你若不依我吩咐我就先死即欲抽刀自刎這奴才慌了

跪說太姑休如此奴才即刻就去但如今已成騎虎之勢不能遵命改邪歸正將到別處另圖事業恐有人來冒犯留下護身符十餘張我接來擲在地下他也不顧從此就去了所以有這个存留在此我們安居在家諒這些匪類也不敢輕犯要這个東西何用正好送與娘子存在身旁或者有用亦未可知遂令家騏檢出送與瑤華收存瑤華接來一看是賊發的文檄都有偽職官銜姓名在上遂即面謝收了飯畢已見使女們在空房內鋪設床鋪家騏就扶那婆婆起身又向瑤華道了不安遂進內堂去了不一會書報嚮亮瑤華見他母子舉動有禮不愧孔門心中十分敬重因想途中資用富足何妨分送與他早為完娶可

以伏侍老親以免隻身無傾主意定了次晨起身見天未晴露趕緊梳洗甫畢那老婆婆拄着拐兒全家騏已到堂中桌上早膳已具遂即坐下膳畢令阿新于駝子上解下銀袱檢出三百金留于櫈上仍與改了男粧裝好駝子拉着驢子再三申謝那婆婆送到大門口瑤華道盛承婆婆雅意無可報答櫈上存有些微之敬聊送與令郎作婚娶之需以免母子劬劳說罷跨驢馳去母子回到空房中見櫈上留三大包銀兩意欲送還諒不能趕上只得收下打算婚娶母子兩个深為感念不題再說瑤華等一起人趲程而進非止一日將近泰安擇有大店正在卸駝子瑤華獨自往門首閒看只見北首也來了兩个客人直進店來

遂跟着進店細辨那年輕的這个不像似男子一眼注定的看着忽見那年輕的回過頭來也看瑤華便一舉手道尊客從那裡來瑤華聽他聲口相同又近前仔細一看忽然吃異道你莫非麗雅宜麼那年輕者趕上前來將瑤華毡笠一揪又上下一看扑地拜倒曰我道是誰原來是公主瑤華連忙扶起道果是吾妹那个是誰阿真道就是老父忙以手招呼道公主在此可來叩見那麗希德趕上欲叩瑤華忙令阿真阻住道且請便尚有隱衷當說與令愛知之希德只得告退瑤華遂將阿真拉入房中坐定即令阿新整治晚膳以佐夜談又問阿真道因何擔擱許久纔得南回阿真道那年護標至西省又從西省攬了一標到

齊近处尚不聞亂而河南西北一帶及山陝地方流賊相
聚動輒數萬這年遇了三伏還是赤地千里人民乏食四
方响應誰萊記起無碍子之言招集近處村落居民給發
口粮收集保庄賴以無恙柳枝也記起無碍子所囑暗暗
裝塑佚像龕子藏在莊園大楼上以備不虞後得秋霖沾
足民心稍定而流賊之勢日熾所幸還不到河南這邊來
不然庄也難保不在話下再提瑶華進得山東界口走那
些八站滿目荒凉人烟冷落間起土人知為年景歉收幸
不遂中尚屬亭靜一路打听所設當鋪在濟寧府城中郑
是枸路意欲不由濟寧直上大路而行然盤費又在不敷
與阿新商量阿新道公主可將號票付我前去支取盤纏

都在鄒縣城中等我我從僻道趕來便了瑶華依言遂撥
出號票交付阿新就分路去了瑶華等三人趕到鄒縣就
在城中賃了一所寓處住下等了三日阿新纔到遂一仝
起身行抵兗州忽遇秋雨時行途中水深一二尺滓泥難
行不能趕上站頭見有一所庄子只得前往借宿庄上走
出一个秀士來問知來歷即請入堂中瑶華等渾身濕透
只得解除靴帽改换女粧那秀士見了都是女娘即時告
退從內堂伕出一位老婆婆來陪話瑶華已粧為安頃即
[illegible]新喚蔡庄口又着阿巧三姐烘焙濕衣自與這老婆
婆閒話那老婆婆道請問要往何處去為何都改粧行走
瑶華道為投奔親戚聞得途中不靖婦女難行故爾遮人

耳目又問那老婆婆道貴庄尊姓這位秀才官人是老婆
婆的何人那婆婆荅道舍姓孔是的派聖裔那一个就
是小兒名叫家騏本有五經博士可襲他不肯苟且襲職
仍舊應試已經入泮了因連年庄家不收家中不能養活
工人故止母子兩人相為依活瑶華道令郎乃有志之士
但年紀不小了因何尚不娶室那婆婆道他已聘定下了
只等歲豐就要完娶正說間只見那秀士自為搬饌出來
請瑶華用膳又請他母親坐陪自家站着伺候瑶華見了
甚不過意怩向那婆婆道我們來庄吵擾已屬不當今又
勤勞秀才官人操作寔在不安我們現有多人皆會烹庖
婆婆務必吩咐秀才官人自便賞賜飲食可即說知下人

待他們料理婆婆道老婦能鍾不能具膳小兒蓋庄人之
誼應當承值何勞之有瑶華站起身來道若如此我們不
敢打攪了秀才官人千萬請便遂喚三如道你到廚房去
代秀才官人料理那婆婆只得依允令家騏進去去分與
他瑶華纔坐下飲食那婆婆問瑶華道你的令親在那裡
幾時就可到了瑶華道還在四川路正遠哩忽見家騏已
在旁邊听說遂道此去四川路上甚是難行遍地皆是流
賊如何去得瑶華道也說不得那老婆婆問家騏道還有
別路可通麼家騏道若走長沙也可通達但長沙一帶也
有猺獞作亂道路梗塞女娘們更難過往那婆婆道如此
為之奈何又問家騏道我家那个姓高的奴才在那方作

起程竟打扮做公差挾着弓箭稍上行李遂各啓行不過
三四日就到淮安却不見有甚事故探問路人說盜真
珠泉為倭寇暗約其到京口接應故此全䑸都在江中瑶
華得免此難再過五六日就到黃家營子厮着黃河望前
一看風砂滿目不由你不凄惨上來當晚歇宿瑶華因真
珠泉全䑸闖入海中未得立此功行甚覺納悶阿新從旁
畧知其意遂道立功立行都要隨遇而成若有意强為必
致反功為罪公主何必深為焦慮瑶華听了道我非為此
我初意欲尽身到海上收拾那厮又聞與倭寇連結我想
那厮始終是个草寇容易扑滅若倭寇他傾國而來又加
那厮作為鄉導如虎添翼其勢可知豈我們這幾个可以

抵擋的阿新道國家氣運使然原可不必討論當夜無話
次晨啓行往山東進發且按過一邊单說這三對夫妻舡
行至浦口就登陸路江允長等三个男子各僱驢子白下
玉三个女人共坐了一乘騾轎直僱到庄上在路曉行夜
宿不過十餘日已抵王庄長史令史們仝各佃户等都迎
師父回來了及至問起只有他們六人回來其時福王領
仝趙三姑也來庄上會這些詩友遂進見了福王各各請
安畢福王問無碍子都回來了麼江允長等回稱師父仝
梅影到峨嵋山去游玩了福王道他們的游興寔在真好
又到寢宮見了梅影呈上書子梅影看了不免隨淚衆人
問起仍以往峨嵋山回荅梅影令白于玉等仍管職事黃

家的知趙三姑住在藝圃大楼下又仝白于玉等過去見
了各各問了無碍子仝梅影的情由又見花園內有周文
鳶周彩鸞及李御史之女李揚清并尚有不認識的詩客
都在花園內住得滿滿的三个小厮辦理庄務个个都能
幹了惟梅影除在福王那邊早晚定省之外只陪伴這幾
个詩客飲醼做詩頑耍家中事畧不顧問俱委三个小厮
們夫妻管理其時正秋收之時佃户完租長史令史及管
事等收稓又出糶米石收銀入庫每日一家人忙个不了
也還仝無碍子在庄時相仿到得晚間就看出來了福王
年紀雖有了些而淫興不減但非房中術秘訣則不能舉
故此庄上另設了合藥局日日以此事為最要而且亂及

女皆羣小厮們亦皆效尤彼此相換妻妾隻身丫女亦皆
各處赶騷在庄之人俱在渾水慣了到不覺得合王等
初然到家耳聞目覩甚為咤異這三對夫妻私下議道看
這庄上氣象甚屬不佳師父又不能回來無人清理其事
這便怎麼了白于玉道還是對那个講講総好黃金剛道
我方纔所見周青經說他如今房裡藏着个人只知取樂
連附馬有三个多月不孙進宮了恐怕說之無益只好由
他們去其時收割完竣即值過年福王要進京朝賀年底
就帶了趙三姑往汴梁安頓即便進京豈知這年自冬至
春雨雪全無稞粮麥子不能入土粮價高貴外邊漸有不
靖之勢三个小厮尚是稟知福王開倉平糶幸而有此一

有春情鼓蕩　誰箇拓開幻境致令鳥道弛張也教此帥遥猖狂女色而今絕响

話說瑤華方纔睡下忽叫了一聲阿喲衆人急進房中看問瑤華亦即坐起對衆人道我師父付有三个神針在身方纔臂上這一針浮動想是催促起身前進之意我們明日即打筭起身你們且去安歇了罷衆人纔退一到次晨寫信與梅影即打發三對夫妻回庄正在料理得發暈忽听見菴門前嚷成一片不知什麽情事差人出去看了回來說道就是止岩的兄弟因他妻子陸氏與人通奸將奸夫奸婦都殺了提着兩顆人頭到城裡來報官先來尋他阿姊回去替他管家不想奸夫有个兒子打听得他父親

與陸氏有奸是潘秀才的阿姊得了銅錢私下撮合的如今被潘秀才双双的在被窩裡拏住殺了他兒子氣苦不過悄地跟着潘秀才來城在這菴前尋見了阿姊正在那裡托付他家事那奸夫之子猝然在人叢裡跳出把止岩殺了七八刀立刻氣絕了現在要候縣官來相驗方纔嚷嚷時正是殺止岩的時候瑤華听了心中已自明白因思凡人做了作孽的事上天再無不報應的我全止岩皆是上天罰為報應之人不勝感嘆續又打發阿巧意欲只帶阿新三姐兩个全行阿巧只是啼哭不肯三姐又為說情只得勉強允許帶着當下僱定船隻在楊子江分路到了那日發下行李與菴內衆尼叙別又送了房金香金一槩

從厚只把个阿小哭得死去活來瑤華心上好生不忍只得另外與了他些銀兩許他拜在名下做干女兒阿小纔安穩了遂即下船而去到得舡中將藕州所置的一切衣服首飾槩行收起仍舊穿上襌衣襌襖并拴上鐵條遂次悄對這三對夫妻道你們回庄去奉承梅影如我一樣切不可生二心倘若露出破綻被王爺粉侯知道在梅影不打緊就阻了我的行踪要緊要緊衆人都各依從不数日已到楊子江邊將要分開把白千玉等三个哭得昏暈倒在船艙裡瑤華也自難忍再四勸慰纔止江允長等三个也自哽咽不止到得中流大家分路茫茫烟水一望無極瑤華不覺又傷感起來那阿巧阿新三姐又來勸止風帆

順利頃刻已到楊州遂令阿新上岸揀僻靜處賃下一个寓所然後發上行李住下又令打听前途光景再定水旱兩路從那一路走阿新打听了兩三日前途却未有凶險的信息瑤華遂放了心拏定了起旱遂對阿新等道我們四个人照這樣高髻雲環的打扮恐途中惹事不如都妝扮做公差樣子弓箭彈弓都隨身帶着若僱驢馬恐怕合筭不上萬一中途梗阻驢夫豈肯等候與若竟買了四匹驢子好好的喂養精神遇有事故也可得其脚力阿新道甚好遂令阿新買辦布疋靴帽并托驢行代我好驢子不数日俱已辦齊瑤華每日在寓默撥三姐拳棒阿巧喜歡學彈弓亦為教導在寓擔擱了月餘打听前途寧靜擇日

這裡橋頭巷口這些油頭光棍聽見左近人家做出些風
流事來不過一兩个時辰就有人編造到靠晚乘凉時就
有小頑童唱出來了瑤華口中與三姐講着心裡却又想
有此大盜為害地方若能除去也是一樁德行遂問道如
今這个強盜還在麼三姐道怎麼不在他手下的人武藝
个个高強官兵直不放在眼裡若要謀害人家飛檐走壁
的人都出在他門下聞得他近日在海上與倭寇相通在
岸與流賊相通使用銀錢如仝糞土又有這些貪官往往
還要求他周濟朝廷裡邊瞞得鐵桶一般他還怕誰瑤華
聽了心上打算了一回不覺沉沉睡去睜眼時天已大亮
急忙起身阿新與阿巧白于玉芽都進房伺候梳洗畢阿

新見衆人出去乘間對瑤華道婢子見公主道心有些不
固似乎要在此逗留之意瑤華道既已來此道心那得不
固若游戲改粧亦偶然之事斷不致動搖中念你放心但
昨晚所見他們說淮安有盜首真珠泉澄遠擄掠但逢過
路者即被拘留若遇此等人不加殲除與我道行有虧倘
輕為舉動聞其手下各色人材都有一个个武藝高強你
雖可擋一面萬一他也有和你一般的人在內我一个如
何抵擋得住我到在此憂慮阿新道過了此間一路都不
好走了前日聞師父囑咐的話只怕有三四處過不去的
所在只靠公主仝我兩个還有不能若再得如我這麼一
个就不怕了瑤華道這從何處我尋阿新道過了黃河也

還有再有一說婢子意中如往前走他們三對夫妻竟可
這回若在路上既不能助力還須要人防護豈不反多一
累若要人伺候到一處就有一處可帶者即帶否則便撂
下公主以為何如瑤華道這六人中白于玉黃金釧還可
助力其餘一槩不能但要生生拆開他們的夫妻又是與
理不合阿新道新收這兩个中三姐的膂力甚好而且勇
健我昨日見他發開兩个石磨竟不費事公主慢慢的指
撥他些手法也還用得瑤華點頭道且到臨行再定以後
日與止岩各處游戲大約俱入于邪道瑤華心雖明白却
借此以消遣這一日游玩回來方纔睡下忽吽了一聲
阿喲衆人不知何事急忙進房看視究竟不知何故請看

下回便知

問仙評曰

瑤華甫脫一魔又入一魔且此番止岩引誘尤甚于前
況瑤華本性原不離狐之根底今歷此繁華之地又得
煽惑之人道心渙漾危危乎如孤木矗立大海中其不
為巨浪激撲者幾希矣猶幸有三針之戒得抽身而起
且能彼以魔來援我我即用魔以止魔機心靈變何其
捷哉

第三十回　秀士家風誠古樸　龍陽娬媚忒新奇

調倚西江月詞曰

方嘆孔門氣象忽聞盜窟龍陽居然脂粉學閨房別

如今寔寔看不出是外省人了瑤華正走得合意忽然天變作起陣雨來只得走回將近菴門巳是大雨傾盆三人身上也都着了雨了到得堂中不免換去濕衣只見阿小一手裡拏着个籃子一手提着个酒瓶冒雨走入堂中說師父送與姑姑吃的瑤華細看是一盤酥雞一盤筍肉一盤嫩藕一盤小菱一大瓦瓶的酒嗅其酒氣與止岩家的無二遂道謝了叫阿小且慢過去就與他兩个把這些東西慢慢吃着要他教蘇州話阿小吃得高興真个逐句逐句的教了一大篇瑤華心靈機巧觸類旁通又令三姐此後不用另說官話對我大約一兩个月我就會了見那雨一發下得大了左右無事又令阿小唱曲聲全靠肯吐字

如珠不覺晚膳就令阿新將酒盪來阿小也陪着且唱且飲少間又擺上晚膳菜蔬開懷暢飲不知不覺的又飲多了雨尚未止瑤華已倦不可支遂喚自千玉來陪着阿小閒話自家就去睡了其時天幾黑黑一覺睡醒見窗間明月如晝又見三姐坐在旁邊瑤華道你還不曾睡麼三姐道因見姑姑未睡在這裡伺候瑤華道難為你久待阿巧為何不來三姐道他本不是這時候所以不敢就來瑤華道既不是他的時候你是時候了夜靜更深不妨一試你且上我床來三姐從命遂與纏綿一度却與男子無異瑤華探其私處真是別開幻境遂道似你這樣人真世間罕有怎麼我就一得兩个三姐道不然我聞得似我們這樣

人隨處皆有瑤華道我生長深閨那知有此事但你與男子交媾其樂也同我們麼三姐道這在各人各樣有時也遇着極樂的有時竟不覺其樂只有一人最好瑤華道是男是女三姐道是男此人姓楊號靜夫年紀也仝我相彷其人最為得法凡女人遇了他無不貼心悅服我們這裡人有四句口號道楊靜夫天下無得親近体便酥你說好不好瑤華道此人如今還在麼三姐道再不要提起大前年被一个淮安強盜頭設計哄了去至今還不得回來以後有人打听得這强盜叫做真珠泉他是那一方坐地分贓的頭兒他是為愛嫖早把此物爛去的了家中也無妻妾瑤華道既是這樣要哄這个人去做什麼三姐道因他

不能起這件事最喜歡看人做活春工他家中婦女都是美貌却是各處擄掠回去的好就多留幾時若不好幾敲一頓即時逐出再不好就要殺却要這个人去無非充做春工圖內一名通草的男人你說苦也不苦我們這些曾與他相好過的想念起來一个个恨如切骨大家背編過一隻黃鶯兒的詞調待我念與姑姑聽遂念道

可惜有情郎戲花叢名太彰人皆知是風流將堆貴金消箱指青雲可翔為聰明反上了糊塗當竊強梁好肥羊肉偏與狗充腸

瑤華聽得有趣不覺拍掌叫好道你們這裡的人寔在聰明連做个詞調都入情入理三姐道這也叫不得好我們

同行意欲不穿道袍三姐道姑姑的衣服欵式都不好須得另置纔好仝我們一樣瑤華又令說出身材袖子衣襟要若干丈尺并應做多少件三姐又講了一遍瑤華據他所講又開了一片賬與允長去照辦遂即出門仝到獅子林園内上下的遊了一遍瑤華心上想道地步無多磊落曲折真是名人手迹玩之不盡復又到滄浪亭四圍走了一轉不見奇異但取其清秀而已遂在一塊大山石上歇足阿新仝黄家的到隔河看花去了瑤華回顧無人喚那兩个來問道止岩師說你們兩个都是二形子可真麽兩个點頭道是瑤華道你們平日自然要女即女要男便男的了三姐道也有分别的如我自午時後能與女人交接

子時能與男子交接他又換个過兒瑤華道如此你們兩个須要秘密不可叫我那些人知道若要來伴我時須各預為形會免致他們猜疑三姐道姑姑若怕嫌疑他菴中甚靜叫他去夘會那些老尼識一兩天盡情暢快一回豈不是好瑤華聽說更是歡喜正說着只見阿新仝黄家的過來了遂一仝回菴見止岩先在靜修堂了桌上又鋪設酒殽像个請吃酒的光景便問道今日又是誰的東止岩道法弟前在舍下奉請不虔誠今日又辦一盃水酒請姑姑試行一个酒令瑤華道那裡還要師父破鈔美我的能止岩道也不費什麽無非請大家熱鬧而已正說着那五个尼僧也來了遂各坐下瑤華道酒令是想不出來只好

騙酒吃了再請衆尼道不必要令只要豪飲爽快也是一樂瑤華放量一吃不消說又醉了其間情事不能盡述第二日起身已是巳牌時候見黄家的拏了江允長所辦的簪環衣服都送進房來瑤華一一檢視真比河南所做精巧且各相稱又是三姐們替他梳頭插戴極其精工阿巧又請換衣服三姐見瑤華貼肉還穿着褌衣三姐從旁忽然咲將起來道這樣打扮姑姑還穿着這兩件衣褌仍舊不像我們這裡人物瑤華道今日且依你解鬆一天遂進帳裡去卸下阿巧隔帳偷窺見渾身雪白不覺為之流涎一時換好走出帳來束上時樣裙子自己在鏡裡一看宛然竟是个吳娘了心上好不歡喜自又悔道那幾年早知

有這个好所在也再不住在河南了于是走出堂前早膳白于玉仝黄金釧走來見了道公主竟想要做蘇州人了瑤華道隨鄉學鄉過了這裡仍還我的舊日面目吃過飯吩咐阿新黄家的道我今日去看看他們兩个的家裡一會就回來你們可以不必跟去兩个答應了遂仝阿巧三姐往那邊巷裡去在路上僻靜處三姐對瑤華道姑姑走路終有些武相旁人見了終疑不是我們這裡人瑤華道你在前走我來學學你看三姐遂在前頭嬝嬝娜娜的走起來瑤華一步一趨又看他身腰頭脚如何擺颺瑤華人本聰明且又刻意相效不過學走一條深巷就得了个幾分又走了一會已極相像了阿巧在後道姑姑真學得快

着小僧鞋衣裙皆是布的然也漿洗得乾乾淨淨又看那一个竟是內家時樣裝束油頭粉面身子苗條比先那一个高有一髻年紀也大些裙衫都是紬羅一双小脚尖瘦伶俐眉眼之間丰韻四流遂問止岩道這兩位何來止岩道法弟恐怕姑姑要在這裡遊玩不知路逕不知這裡勝景處所他們都是隻身在家也是閒着道及姑姑為人甚好他兩个也自情愿來陪伴陪伴所以領他們來見若用得着叫他兩个搬行李過來就美自家人一般都不用拘礼的瑤華心上正想要弄个來學他們的打扮又喜本地人的說話就是行動舉止也要揣摹听止岩說都肯來陪伴真个合拍得緊遂道難得師父費心若這兩位真个

肯在我這裡盤桓妙得狠了就去端正行李[illegible]止岩道也容易的同過頭來問道你們且在此要取行李物件你對我說了我替你們取來遂拉他兩个在自已住的一間裡去說了半日的話遂走出來道只麼我去替你們取來說罷就走瑤華喚令兩个進到房裡問其家常一切情事一个个回答了瑤華又問了名字遂對阿巧道你這个樣子不好僧不僧俗不俗不如留了兩鬢隨我做个道姑罷阿巧忙忙答應又取三姐頭上簪環一一看視真比河南打得玲瓏遂令阿新去喚允長來不一會允長走到瑤華將這幾枝簪子并耳環令去照樣打造三姐道不用去打都有現成賣的瑤華道那有預先替人打好在那裡的麼

倘無人來買豈不擱住本錢了阿巧道這个蘇州城裡那怕要成个大人家頃刻可辦這些小東西還筭得什麼呢遂對三姐道在那裡去買你去告訴他們三姐道姑姑若要學我們這裡妝束頭上所帶的都要換去縂好不如檢點明白摠共開一張单子去一起買來豈不是好瑤華道狠不錯遂令阿新取出華硯遂件開出還有未見的三姐又一一說出開上交與允長明日一早去買三姐又將所買的地名鋪面又都說明允長理會只見止岩也押着行李來了即令在自已房內裡間打鋪恰好擺夜膳了就與止岩兩个吃完便令那兩个在側廂內隨着大衆吃飯止岩見那兩个去了遂拉瑤華到自已房中說道姑姑這兩

个人都是二形子瑤華茫然不解道什麼叫做二形子止岩道姑姑連這个名色都不懂瑤華道寔在不懂止岩始把這个緣由一一告訴明白瑤華以為詫異悶坐一回遂各安寢瑤華因這兩个初到不便即露根底當夜安穩而寢次日起來問止岩又早出去了又一回又見阿小送茉莉珠蘭夜來香來說師父叫送來的瑤華謝了拉住他講了一回纔放他去這三姐就替瑤華梳頭這原是內行有什麼梳得不好瑤華從鏡裡一照連面容都增精彩了心上十分歡喜早膳後就問今日何處游玩阿巧道先從城裡游起這裡有个獅子林堆的好假山也是名人手迹須了獅子林再到滄浪亭也就晚了瑤華仍帶阿新黃家的

食出到外邊自去另娶了這馮三姐甚是能幹知道男人
变心他也就不與他纏繞自家習了媒婆的行業人本生
得出衆又比一切媒婆作事妥致又好與人遇合故人家
喚他的甚多到二十以外好偷人家閨女以致漸漸的人
多不喜他了這幾年無非仝這些光棍往來甚覺狼狽那
尼姑名叫阿巧也是出色人兒為因身是二形子見女輙
淫所以本地紳衿都不許他上門只奉承這幾个老尼姑
有甚麽好處這止岩久知道他這兩个的行踪又時常受
他奉承故肯代小陸出力話休絮煩且說止岩一早起來
就去尼菴裡找阿巧偏又不在菴中說他上街去買東西
去了止岩囑咐伕婆道他若回來叫他在家等候些時我

有要緊話與他說伕婆答應了遂一徑到馮三姐這邊來
門兒還閉着敲了幾下房屋淺窄早已聽見便問何人止
岩道是我裡邊听見便道請潘師父等一等我還掉不下
手等我弄完了就來隔了半个時辰纔出來開門見他兩
鬓蓬鬆兩頰通紅與他說咲道大清早起就這樣不安静
三姐咲道你曉得我是有時候的過了這个時辰我又要
去我人了你來了倒担了我另找人止岩道小油嘴越疲
了三姐道你這樣早來必定有事來作成我止岩道事是
有一庄我仝你到阿巧菴裡去商量三姐道我與他擠道
兒的與他商量什麽止岩道若果擠道兒也不來找你們
兩个了快些把頭髮刷梳好了仝你就去三姐道何不吃

了飯去止岩道有吃飯求你不要擔擱了三姐真个赶緊
收拾齊整又把相好放了出去然後鎖上門兒一仝走到
阿巧菴中已見回來了大家相見各道寒温止岩便把在
杭州遇見瑤華的事說了一遍又把在陸墓救老陸之事
說了一遍如今小陸意欲請你兩位去伴伴他每位送五
十兩銀子到了那邊他是个大富大貴的人看你們各人
的手段在你們自家去幹辦你們兩位若情愿這時候就
同去倘別有好處我也不敢介紹這兩个心上一想本没
有別的好處且到那裡混他幾時再作計較兩人齊聲允
諾阿巧飯已做好三个人就在房裡同吃了隨着便走到
得菴中知瑤華已出門游玩只得在尼僧處靜候再說瑤

華帶着兩个使女信步而行看那蘇城光景無論男女淡
一个不妝扮得齊齊整整衣飾精潔富人家婦女皆在高
楼垂着簾子或有刺綉的或有倚欄閒看的貧户人家都
沿門做着針黹舉動之間自有一種嬝娜之態語言俏麗
妝若鶯簧心中想道怪不道是人提起蘇州來無不称贊
為天下第一我若身居内院那得見此情景若我河南風
俗真是粗鹵不堪了見路逕迴還誠恐迷道只在左近處
走了个圈子就回來了已是傍晚時候回到靜修堂尚未
坐定只見止岩進來背後跟着兩个女娘瑤華讓他坐了
這兩个女娘只不肯坐站在止岩之後瑤華仔細把他兩
个一看一个不留鬓的面色甚是白嫩身材短小脚下穿

修道一盃一盃復一盃数到不桀瑤華止岩三个人每位一盃各架箸記数應止岩飛数止岩道腸一日而九迴数到能修一盃瑤華九盃仍架箸記数瑤華又飛道斗七十古來稀数到証善七盃止岩十盃又該止岩飛数道鵬程九萬里数該不桀九盃能静十盃能静又飛道楼臺六七座証緣應六盃証善七盃能静道数巳飛遍大家聚籌報数瑤華共十盃減作五盃止岩共十七盃折該十二盃能修共八盃折該五盃半不桀共十盃折作八盃証善共十四盃折作七盃証緣共只六盃折作兩盃能静有十盃折作五盃于是從瑤華斟起取小盃斛入大碗都斟齊了又從瑤華起請判儀注瑤華請到能静能静道我曉得姑

姑的絕技甚多請教一个我們見見世面瑤華道我們來得粗鹵不像你們的文雅衆尼道武藝原不文的瑤華將酒乾了走下位來只卸去長衣從東邊房門口將身一縱右手兩个指頭捏住樑子又用左手兩个指頭換過一捏一換如仝走路一般直捏到西邊樑子末了一根總止指頭一懸身子直立在地壓土不起一點衆尼看了个个咋舌道菩薩那裡學得這等好武藝瑤華仍將衣服穿好入座並不臉紅氣喘咲道獻醜其次該止岩止岩道我從有絕技不好請判只可自陳仍舊說个咲話罷能静道你心上不知又要罵那一个止岩道罵我自家好不好衆尼道這纔可以請罵罷止岩道如來佛旁邊站着一位老菩薩

名叫比邱尼却是个男僧如來埋怨他道男人入我教中做个和尚也罷了為你有了這个名字連女人都入教修行起來也叫什麼尼了比邱尼道也好厲我有了這个尼字總有這些女人做尼僧總有這些徒子徒孫哩衆人都咲道好罵能修道你會罵我會罰遂取个大盃滿滿的斟了一大盃逼着乾了能静舉盃請瑤華儀注瑤華道師父愛做什麼技藝隨便做一个大家看看就是了能静道做出來可咲得狠的是小孩子頑意衆人道請教能静把手搵着嘴學百鳥喧鳴學一種無一種不像臨了學鸚哥說話道你也該歇了聽得衆人娓娓不倦能修舉盃請止岩儀注止岩道前年我在這裡聽見你仝一个師父學和尚

燒膀子化錢我至今還在這裡想聽今日遇姑姑在這裡再請教一回能修道你倒還要點件兒須麼止岩道豈敢不過渴想得狠所以還要聽能修真个仝阿小兩个喝了一段大家稱贊得了不得瑤華連日被酒不覺脾倦坐不住了遂喚阿新扶入房中躺下了止岩道酒巳夠了我們改日再盡興罷衆尼亦各終止次日瑤華起來巳不見了止岩問起說老早出門去了瑤華趕着飯吃帶了阿新黄家的出門游玩不遇看官你道我前次所說的兩个二形子姓甚名誰先說那个媒婆他姓馮排行第三也沒有名字就叫做馮三姐二形子之名自小就出的長大來居然也嫁了个男人因嫌他性燥故就棄置在家也不管他衣

千百揔以十盃為率酒数定了揔請一个儀註飲罷数目
数到那个就是那个飲就是我先説起草坡横野六七里
数到止岩能修兩个道你們兩个架着快子記数一个六
盃一个七盃就是能修飛出数來能修呆想了半日竟説
不出來能静即要罰酒能修道不用罰我巳想在這裡了
衆人静聽不知説些什麽出來且看下回

閬仙評曰

魔瑤華者即所以自魔其愚亦甚矣要知此事天理國
法人情皆所不宥何瑤華妝其妻党之親友與其妻設
謀擠陷其親欲倫礼相酬乃止岩又從而施其詭譎以
致甚喪于鋒刃之下瘖室虧心神目如電誰謂稗官野

史無関于風教哉至瑤華嘗見人子悲哀其父貪官魚
肉其民即爲振刀相助儼然以俠者自居且能堅忍潛
子之相欺尚許止岩之共載無一非克巳愛人以濟其
行以此断魔其魔自断矣何必求人傳授

瑤華傳卷八

吳下香城丁秉仁編著

茂苑尤鳳真閱併評

第二十九回 三雅沉酣迷色相 二形煽惑縱春情

四言詩曰

移情易性莫如酒湯有君子德有小人狂劉伶告戒
畢卓偷嘗斯尚蕭洒非關禍殃凡為女子宜絶盃觴
耽于此者有閑莫防以酒媒色如火熱湯流而不返
恣即難忌二形乘入一魅匡襄邪緣失正陰且為陽
速堅方寸悟乃行藏

再表能修道不用罰我巳有了能静道既有了快些説能

虧你不悶圓魚道我不是白白的定在這裡悶着我在這
裡靜靜的修修那鱔魚道你都會靜修悶魚道我終叫做
能靜能修哩大家聽了関堂的咲起來能靜道好咋師兄
竟把我們弟兄兩个編咲話兒取樂且敬你一盃止岩道
若不這樣說那裡來的咲能修道你快些乾了我還要罰
你一盃止岩道一之巳甚豈可再乎大家道一盃也罷了
止岩只得接酒飲乾証緣也乾了第三盃道再買那一位
呢止岩道我指引你一个地方去買証緣道是那位止岩
道姑姑尚好的詩才你去買他的証緣真个向瑤華去買
瑤華對止岩道你賣人的咲話討罰了一盃如今又飛到
我身上來了衆尼道正要請教大才借着酒的情景更比

特特的做詩來得有趣姑姑應了他罷瑤華道你們各位
說得出這詩中滋味想來都是精明的我却不敢動衆尼
道不瞞姑姑說我們都是些俗物那裡會這个雅事姑姑
竟請不必過讓瑤華道我也是乱謅各位不要見咲止岩
對証緣道你請教姑姑要加幾盃瑤華道我這詩狠不值
什麽不敢多敬也請用一小盃罷証緣遵命斟上一小盃
飲乾阿小早把筆硯帋張放在面前瑤華提筆伸帋一揮
而就大家看是

美麗西湖比西子　又將西子比吳娘
君教着个西湖裡　占盡人間衆妙場

衆尼看罷各各稱揚能靜道姑姑好捷才好作意必得如

此下筆終是雅人深致只是太過獎了瑤華道這兩屁的
風景人物那裡賛揚得盡止岩道我的令巳完了衆人又
請瑤華行令瑤華道不瞞各位說幼時家師管教甚嚴却
從未行過酒令想來必有與妙此一時中心上那裡轉得
過來我有个法子衆人道姑姑有什麽法子瑤華道今日
先請各位行幾个好令讓我慢慢的學着過兩日待我做
个小東仍請各位到來容我再行何如衆尼道如此竟從
命止岩道令行得最好爽如能靜師不但好而且多能靜
道你又來取咲我了我不過有幾个粗俗令不要姑姑藏
着好的來騙我們出醜瑤華道那有此理能靜道半日沒
有用酒須得吃酒的令才好想了一想道有了各位先認

分數瑤華道我不能多飲只可三分能靜道止岩師自然
知道姑姑的量三分以爲如何止岩道三分太少五分罷
瑤華只得依了能靜道你自家呢止岩道我比姑姑的量
畧好些吃个六分罷能修道這樣便宜你該吃个八分止
岩道太多了既如此七分就是了証緣道我只可六分証
善道我還只好四分哩不染道我可以八分能修道吃了
不許說心事的呢瑤華道何爲說心事能修道他多吃了
酒把平日不講的話都會講出來的瑤華听了大咲道倒
也有趣能靜道我也仝姑姑一樣吃个半盃向能修道你
呢能修道我仝止岩師一樣盃分巳定請宣令罷能靜道
要說一句成句不許杜撰句裡俱要數目越多越好那怕

行瑤華細細盤問止岩道姑姑件色精明這不過是頑耍的事有甚難處說來便明衆尼道既然姑姑謙遜師兄你先起一令俟你令完再請姑姑施行就容易了遂令阿小斟上令盃送在止岩面前止岩未便推托只得照位告了不是舉起盃來將令酒飲乾了遂道姑姑是極文雅的我們也要想个文雅的令纔好又道有了我要請教一个字摠要說得在行這就是酒面了乾了酒還要說一句酒底不論四書五經詩詞歌賦史鑑經典與眼前人身上有點照應纔笑我先說一个水字把酒乾了酒底說水到渠成又道不論次叙有卷先交能修道我說一个吾字把酒乾了酒底是吾日三省吾身瑤華道我也說一个字不知是

654

不是我說个同字把酒乾了說同心之言証緣道我說个道字把酒乾了說率性之謂道不染道我說一个圭字把酒乾了說如圭如璋証善道我說一个重字吃乾了酒道重重叠叠上瑤臺能靜道我說一个魚字酒乾了說如魚得水止岩道都說完了麽我要開拆了我是要說得在行在行者所說這个字要放在行字之内又成一个字所以我說水字行字内加三點水是个衍字酒底說水到渠成姑姑到此有水到渠成之妙我的意思如此請各位自解能照我者免敬否則有酒盃分都要請判了纔吃能修道我這吾字却可以放入但酒底没甚關會止岩道吾日三省吾身正是我們的行徑可以免敬瑤華道我這个同字

655

也有也可以關會止岩道姑姑說得狠好証緣道阿呀我說錯了該罰不染道我的圭字雖有不知可有關會請老師父判斷止岩道如圭如璋恭敬待客之礼也有關會能靜道這樣說我可以免罰了止岩道到底是老脚色這七个字你的說得第一公敬一盃掛紅酒証緣師窘在該罰你不拘請那位判盃公証緣道如此就請老師父判止岩道不敢多敬請用三盃添滿十分每盃酒乾了隨你的意說唉話也好唱曲子也好做詩也好有別人不能的事做一件也好証緣唉道偏偏撞着我都不會的怎麽處止岩道可以買得的証緣道也罷我買能修師叔唱个曲子罷能修道要我唱曲子你須要添飲一大盃我纔肯賣能靜

656

道罷了讓他些吃一小盃罷能修道既然師兄說了就是這樣止岩道如此你要連乾兩盃証緣遵令吃了兩盃已見阿小將笙簫鼓板都拏出來一人交一樣个个都能瑤華道阿小你可會唱止岩道他師徒兩个的曲子算最好瑤華道若我有了曲子我買你來唱阿小首應一聲兜竹肉同音真是驪珠一串把瑤華听得如醉如痴不一會唱完大家稱賛能修道老臉皮先丟醜了証緣吃了第二盃又央及止岩說唉話止岩應了也加一小盃酒乾了止岩道河灘上每多圓魚鱔魚之窟圓魚因身子狼犺懶于出洞游行那鱔魚身子靈便七曲八曲鑽來鑽去一刻不停偶然見圓魚定定的在洞裡鱔魚道你整天的在洞裡倒

657

道請教各位的法號止岩道我來代宣一遍指着最老的道這位法號叫做能静第二位就叫能修瑶華听了似乎狠熟止岩道這两个是弟兄又指着二十多歲的两个道上首的叫証緣下手的叫証善都是能静的徒弟這年紀最輕的一位他叫不染又是証善的徒弟現年是他當家瑶華道怎麽倒是小一輩的當家能修道法弟們都是輪着當家故不論輩分能修問瑶華道姑姑貴處是那裡瑶華道是河南能修道是那一府瑶華道是歸德府的能修道想必鄉居了能静道在那一鄉瑶華道是在西鄉能修道西鄉不是將近亳州了瑶華道正是能修師傅如此熟識莫非到過敝地麽能修道貴省未經到過惟切近亳

650

的亳州常常來往瑶華一邊答應一邊心上想着這个尼僧我在那裡見過來一時却摸想不着到是那能静又對瑶華道因有个家兄在亳州切近的再生菴裡出家故舍弟常雲游到彼瑶華恍然大悟是幼時見過的看官要曉得凡人四五歲上的事皆不能記憶就有些影响亦再不能清楚這瑶華曾隨着無碍子打坐得有静養功夫莫説四五歲上就是前生的事都能追想故一提即醒瑶華得了這一句便道這再生菴却也知道我記得那年听得遭了回禄這位住持也就隨火化了可是有的那能静能修两个齊般道就是家兄了又各垂淚能修又道姑姑在那个寶刹裡出家瑶華道也歴了好幾處能修道離福王爺

651

的王庄相近麽瑶華道却不甚遠能修道福王府裡有位韓夫人法弟也曾會面過來又承他送些東西與我還有一个玉戒指這不還帶在指上如今還好麽瑶華道聞已下世了能修道這位夫人的年紀還輕呢他還有一位郡主想來也下嫁了瑶華道聞已招了郡馬了能修道我還記得允家鎮上的永寧菴裡有个静緣師陪着韓夫人來再生菴裡請那位帶髮修行的師父這静緣師仍舊在永寧菴麽瑶華道也聞得他為了什麽一椿事被衛輝府裡拏去也不知怎樣了正説着只見十一二歲的一个小尼姑來問能修道酒菜都有了設在那裡能修道你就叫佛婆送到這裡來另外一桌送在東邊厢房内瑶華見這小

652

尼姑眼眉纖細衣衫光潔未言先咲有一種旋人歡喜之態甚覺有趣怡把他招了過來問他年歲日常可學功課名叫什麽止岩道他叫阿小還沒有法名就是能修師的徒弟阿小也回荅了幾句聲如笙簧十分可爱覺得自已般首甚是粗俗一會兒道婆送到酒餚遂各起身擺設停妥衆尼請瑶華首坐止岩二坐其餘皆本菴就挨次坐定各各舉盃請飲瑶華忽記憶能修是戒酒的怎麽今日又開戒了心中不無暗咲能静道寡酒悶飲似覺無味我們何不請姑姑行个令快飲一盃何如止岩道姑姑却是好量可送一个大盃做令酒瑶華自幼在規矩中長大從未有席間行令鬪飲之時故還不懂據寔回覆止岩是老在

653

止岩道他們正好取樂我們只好多吃一盃笑取樂了止
岩用手指着裡間悄悄的道有他了頭守着恐怕不能成
事陸氏道咳姑母你的造个兒弟于此道好不諳練便有
了頭他就一總收攤有什麼要緊我們只管暢飲止岩听
了也道弟婦自然知他手段故不楪娆兩人一口一盃的
吃着那知酒被阿新換轉的了約八七八盃入肚一般也
歡做一堆不能動彈再說止岩幼時甚不耐靜出家後當
到家中與從前相好的來往自潘秀才娶妻以來不好露
此醜態然又不能絕情略與相好商酌將弟婦拖下水去
自不好極出於因而謀畫定了趂潘秀才他出遂依計行
之陸氏究竟水性楊花不能自持因此打成一路這日那

646

相好探听止岩到家見潘秀才走出悄然突入見都醉倒
遂將前後門閂上抱去空間內挨次行奸奸畢悄然竟去
潘秀才打了一个圍子回來見乃妻阿姊都不在坐尋到
空間内一看甚不雅相究其所以兩人醒過來怅把話來
掩飾去了誰知瑶華與阿新却都明白忽然走出房來潘
秀才仍然躲過止岩陸氏兩个勉強應酬了一回瑶華辞
謝回舡止岩跟着下來見小陸先在舡上與江允長講話
見瑶華下舡謝了一聲就去了江允長來稟說陸姓來相
懇說這位師父仍要趂舡上蘇州行李也來了瑶華咲道
也使得遂即開舡止岩想瑶華必然知道只拏話來分說
瑶華與阿新相視而咲止岩又夾雜着道蘇州景致極多

647

地方寬闊非離了本地人沒處遊玩所以法弟特特來奉
陪的瑶華道足見師父周到這潘秀才所住的鎮市名叫
陸墓相離蘇州城只有三十里遇着順風頃刻便到舡抵
了岸瑶華令陳玉上岸租賃下處止岩怅道不必另賃我
有个熟識的菴堂地方潔靜也無閒雜人纏繞正合姑姑
的意思瑶華便令陳玉隨仝止岩上去認明了路逕好來
發行李陳玉與止岩去不多時已見陳玉回來發了行李
上去瑶華仝這幾个女人步行隨着約有兩里多路就到
了見山門上嵌着橫匾上寫松翠菴三个大字果真居址
幽深見止岩領了五六个本菴的尼僧相接瑶華听他們
語言聲口輕清軟滑一如嬌鳥爭鳴不覺十分羨慕眾尼

648

道我們師兄說姑姑是愛清静修潔的我們大殿後左邊
有一進楼房上下十間還有廂房側屋是別居一院再無
人來混襍的瑶華道這也狠好就煩師父們領去認認眾
尼齊遂到楼下瑶華見中堂掛着一个匾上寫着靜修堂
兩邊墙上都掛着名人字畫十分幽雅房間又深遂修潔
兩邊側廂各有四間一切動用器皿俱全儼仝在畫圖大
楼下一般真稱心懷巳見衆僕婦在那裡安頓行李俄令
止岩住在一處不多一會只見一隊尼姑都穿了大衣來
拜瑶華即時邀進大家見了礼緣各坐下共是五个尼僧
一个年紀㝡老的約有五十餘歲其次的將有四十兩下
手兩个俱止二十餘歲另一个僅有十八九歲遂即動問

649

也都在三十歲以內那娼婆更有氣力他若各處游道道个人也是用得着的你將這一百銀子我去分把他兩个置辦衣裳把這位的行逕告訴了他們誰不肯隨他只要陸是明寫一封信與我我只算替兩个人與他并我與他分手後叫他們兩个將你這片情意說知與他豈非比一萬兩銀子還好小陸合陸氏聽了也替他妙計就照這樣行去就是只聽見裡間房內聲响想必醒了小陸即回身到家辦這一百兩頭去了止岩合陸氏俱進房來見瑤華起身阿新在旁打扇陸氏道頭髮都鬆了請整一整粧瑤華還覺得昏沉沉的見他們進來終是身道貪杯了見吠得狠止岩道酒力不大我們也覺得熏熏未醒陸氏道

姑媽你去取茶我替姑姑梳掠止岩連忙就去泡茶陸氏要看瑤華的肌膚故意替他扯好背上衣服手臂擦着皮膚真个其滑如油抑且白膩又與他梳掠道姑姑可要加些粉瑤華道從未搽過粉陸氏不信將指頭在他臉上抹着並無一些兒粘指心中以為咤異止岩送茶來吃了隨與阿新同往舡那秀才只在門口候着一見下舡他就回到傳齊問起情由他道兩个一五一十都說个細底這潘秀才別并不能以酒算入到是長技聽見他兩个說他身上如何滑膩一發動了乘醉圖奸的念頭假意說瑤華的好處你們也該做个東道地主就笑阿姊的也好止岩還道這个兄弟好替他裝体面那曉得他是不懷好意說道了

就促止岩去道意欲將瑤華被止岩央及得可憐只得允下回來罷了這潘秀才竟得了親是隨嘴想必得與老婆商愛終行得去這晚盡力奉承了一次合他商議此事先還不允以後百般哀求方終首肯第二日一早起來備辦菜蔬端正好酒以待臨中提醒不一會止岩下舡來請瑤華即欲裝束上岸阿新在旁將止岩支出外艙去悄對瑤華道姆子看這尼僧滿臉邪氣必不懷好意公主不去也罷瑤華道我也知覺若不去反道我怯怯我帶着你去看他有甚法兒阿新道雖然不妨何苦把這些人捉弄瑤華道何礙遂一合到潘家來那秀才早已躲在一邊陸氏接着恭恭敬敬的款待止岩從旁幫襯阿新頃刻不離瑤華

依然如昨日開懷暢飲三盃之後瑤華漸覺酒力不勝阿新冷眼看得明白是兩把酒壺陸氏合止岩替是另斟一壺趁着陸氏上菜開應之時悄把酒壺拏下將酒調換陸氏合止岩一心向着瑤華並不知道菜上數碗而瑤華假裝做醉就桌倚着打盹阿新在旁拉着瑤華道這樣不自在仍在房中去躺一回好瑤華道也好遂到房中坐下令阿新四下巡查只見潘秀才躲在內房聽得要查吱的一聲從小門內溜出去了阿新即忙趕上指着潘秀才道你好大膽虧你走得快不然休想存活潘秀才只顧前奔那裡還敢回頭抄出後門躲到別處去了不題瑤華在房暫坐再說陸氏與止岩道是瑤華真醉必定着了道兒遂對

之数代其擧有銀票你即將陸姓老兒先行放出然後持
票取銀可無悲也倘利令智昏猶為不送明日上午不見
放人出禁我將先決汝首以快人心你其愼之廐下一張
就是二千兩頭合同銀票那賊官也嚇得心頭打戰連忙
起身星飛的令人將陸姓放出監獄這陸老一逕回家父
子見了相對而哭那陸老問兒子如何做了手脚纔能放
出那小陸把夜晚間的事說个明白那陸老連忙到女婿
家來令女兒請這位乡哲藤上岸來陸氏仍煩止岩下舡
請了瑶華到裡間陸老一見伏地便拜瑶華亦即回礼這
恭喜無事了那老陸感恩不盡不多一會那小陸帶了兩
千銀子送還瑶華又來叩謝仍收拾一席極盛的酒筵令

638

妹子止岩陪飲那老陸父子停了一回就各回家只有這
潘秀才不見了也是無面見江東之意瑶華備止岩到舡
喚了浴允長同阿新上來將兩千銀子交與老長歸還典
鋪阿新隨着伺候止岩合陸氏把酒席端正婦了代父把
盞止岩把瑶華看得如仝伏爺一般連正眼也不敢視瑶
華談笑自若開懷暢飲不想忘記了這酒的力量一盃一
盃飲个不止不覺過飲了撑持不定就在陸氏床上睡倒
止岩陸氏還在半候阿新只坐在床邊候醒那曉得酒力
沉重竟不能醒轉不一回小陸走來與妹子商量作何酬
謝瑶華陸氏也沒主意倒是止岩道我看這姑姑不像个
出家的小陸道既不出家為什麼在外閑游止岩道你們

639

不省得我在一路上看他們手下的舉動有禮這姑姑行
止大是不凡我和他合鋪睡時偶然着他身上其滑如脂
必是大富貴人家出來的樣子却不識得他的就裡小陸
問道他手下有多少人止岩道有三對夫妻一个丫頭在
杭州臨開舡時聞得瘟疫他還着人合藥施送又施合棺
不只消一封信去便可修辦這還不止這些人跟他着哩
小陸道爺父說得一點也不錯就是昨日的兩千銀子想
來也是他代繳的止岩道我還聽見他吩咐來人歸還當
鋪小陸道你想一个女道士那个當鋪就肯借三千銀子
與他大家都說一些也不差止岩一想忽然笑道我自一
分礼在這裡了小陸急問道怎麼辦法那止岩道不用參

640

你父一百兩銀子把我我還要送他到蘓州一个地方把
這兩个人送了他比一萬兩銀子還不止小陸道一百兩
銀子有限你要把這个緣故說與我知道是在好不好止
岩道我想富貴人你送他銀子真不稀罕送得少不在眼
裡送得多你又沒力量他這樣輕年紀就出來游道內中
自然有个緣故看來我們是打聽不出的只好揣摸他的
心事既不是真出家想男女這件事必然少不來你看他
手下的倒是三對夫妻雙雙對對他這主兒反居孤另即
有分患的事也各不得意我向在蘓州物色兩个女人都
是个二形子遇男即女遇女即男一个是尼僧却沒有落
髮與我最相好二个是媒婆兩个都有八九分人材年紀

641

來你若不信俟令尊回府後再交來也可那人聽說連忙跪下叩頭瑤華還禮那潘秀才同陸氏又謝了瑤華道陸居士既然用過夜膳竟請回府讓我們再吃一盃好散那人連称幾个是字討个燈籠先回去了要知端的下回便見

閬仙評曰

余作釋褐時曾沉湎于書本無書不讀嘗閱道書凡丹汞家未開爐火先斷魔頭煉丹之事與天地生意相違故每為魔障阻隔斷魔之說雖有傳授然亦盡屬渺茫其結語總歸之于福緣二字可知其槩矣瑤華此行一路並未遇一好人即所謂之魔障也摸稜而觀者不察

細底反謂胡謅亂道殊不知香味俱內所演一一皆有所本即此數回中暗藏酒色財氣四字自此起手至峨嵋山上歷遍又藏喜怒哀樂四字即老子劍仙所定之歌訣也若明底蘊自耐咀嚼但不可因冷淡而潦草忽過則同嚼人之初食橄欖也

第二十八回　任俠懲貪空縹緲　引魔入火識奸邪

五言古風詩曰

但聞不平鳴奮志拔刀助誠哉使者行非欲邀聲譽
遣奴遜嚴詞飛身入公署挿刃置床沿能使貪官懼
恬然出囹圄酬情有以具乃忽易奸謀貪沙反狼顧
孰知骨肉親頃被他人污所得不償失相報亦何遽

却說那陸姓聽說連忙答應幾个是字回了一聲即刻走了陸氏殷勤勸酒那潘秀才要問瑤華如何辦法瑤華道此非居士所知只看明日事成就是了只見止岩又來勸盃瑤華吃這酒覺得比前更好但恐易醉遂告終止各人飯罷就回舡去了見阿新已去幹辦約四鼓光景終回悄向瑤華說道婢子先去典中取了二千兩的號票打聽那官的衙署隨從後衙飛入見上房俱已宿靜房間燈火都還明亮遂房戳開窓紙偷看見有一房內床前有双男鞋想必是這贓官在内遂闖入房中掀開帳幃果是一男一女同寢桌上還放着一頂烏紗帽袍帶都在衣架上諒無錯悞當將二千兩的號票合那張帖子放在床沿將那只

腰刀就地與連帖一齊插住那兩个並未醒覺婢子就溜來了瑤華道只此已可嚇破這贓官的胆了遂各安寢不題再說這縣官是貪婪無厭遇事生風只圖收拾富家陸家之事是出有意適晚睡了將及天明一覺醒轉只見床沿上一把雪亮的腰刀不覺吃了一驚連忙披衣坐起見刀尖下插着兩張帖要將刀拔起已入木寸餘用力総拔出只見那帖上寫着陸姓老民家本寒素尔悞聽人言惡欲詐其銀五千兩囑盜扳供遂収監禁其人老而多病且係良善從未受此驚恐一旦遭此無辜必致傷身且其子情切因不能如數餽遺愿甘身代尔又不從若不及早放出父子兩命均不能保我偶然耳聞知其只措辦兩千

潘秀才着了大怒道你敢罵我麽我文不如你武還能勝
你說罷劈面一拳打來瑤華把頭一低用兩个指頭在下
頷上這一縣撲的一聲顛出去了幸有止岩在旁扶住道
兄弟放穩重些姑姑是客你要包涵些總好潘秀才聽了
止岩的話假做咲道阿姊我不是認真的不過要試試這
道姑的武藝果真好手段一面說一面把詩燒了陸氏在
旁道酒都冷了我再去熱了吃一盃用飯罷潘秀才道且
慢我還要敬姑姑一盃你把我書廚頂上磁瓶裡的倒一
壺來瑤華道酒量牢狠夠了陸氏應聲而去止岩對瑤華
道姑姑真个武也來得文也來得瑤華道因居士高興聊
以應酬都見咲的正說着只聽得外邊打門甚緊潘秀才

630

出去開了門只聽見有个人進來暴跳如雷口裡說道反
了反了地方上有了這樣的官百姓還有安逸的日子麽
其聲漸近竟入堂中來了止岩對瑤華道這就是弟婦的
兄弟那人進來見了止岩作了一揖回頭見瑤華便問止
岩道這位道長是止岩接口道是我同路來的一位姑姑
那人也作了个揖潘秀才邀他入座那人道我已吃過了
你只管陪客我把方纔的話慢慢說把你聽這个瘟官上
年十一月裡纔到任各處打聽有錢人家不知那个在他
面前提起老父的名字前月就飛了个帖子來請酒老父
不去隔了十餘日又差个門子來要借五千兩銀子你說
我家能有多少家當那裡拏得出來不想前五天拏了一

631

起強盜勸令供說打劫的賍物寄頓在我家三不知把老
父拏去收在監裡他老人家從未受過驚嚇又年老多病
家中又拏不出銀子必定性命不保我昨日動呈狀情愿
替代那个瘟官只是不肯方纔又有一个縣裡的書辦來
說五千拏不出三千是必定要的了我已湊足了二千兩
再沒處打算如今事在危急之際只好同你商量替我張
羅一千兩銀子且把老父放了出來底下再處只見陸氏
熱了酒出來與那个人相喚了一聲就來斟酒潘秀才道
我這點子本錢只可在手頭運用若提了出來就運用不
轉了你還在別處打算總好陸氏問起情由那个人又述
了一遍大家發呆不作聲瑤華細看那个人年紀也只得

632

三十多歲急得兩淚汪汪幾乎要哭出來的樣子瑤華心
上好生不忍遂對止岩說我聽這位陸居士所言也只差
一千兩銀子但是三千兩送去可能無事麽那人道這是
瘟官所要的若有了這項所差不過數百金料理外邊各
項使費瑤華道這个也還容易煩師父到舡上喚我那个
叫阿新的了頭來我有話與他說止岩尋了一个燈急急
出去了一回兒同了阿新上來瑤華拉他在半邊向耳躲
邊不曉得說了些什麽又令取筆硯到旁邊寫了一張又
一張交與那了頭這了頭接了就走止岩照悄將燈熄了
送出大門瑤華對那人道陸居士你的事我打發人去料
理了你將這兩千銀兩交來與我明日包管令尊午後回

633

搭舡回來所以留在這裡盤桓兩日那潘秀才進來見了
一禮瑤華也就回答言語之間目空四海便問瑤華道貴
處那裡瑤華道是河南那潘秀才道北五省的文才是有
限的嵩山少陵寺的拳棒算天下第一瑤華道也曾聽見
潘秀才道我們南邊習這道的甚少就是我還講究講究
瑤華道居士習的是那幾家潘秀才聽得問他學的家数
他就手舞足蹈說起拳經來說我會的開四門醉八仙八
大盤身品字步亂劈斧步步緊所以我在鎮上薄薄有點
小名瑤華聽了心中暗笑原來學的都是花拳又對瑤華
道你來問我大約也會幾路瑤華道會是不會略曉得些
罷了那潘秀才道既然曉得些我們何不來交交手瑤華

626

道男女之間似覺不便潘秀才道這又何妨止岩道姑姑
還要在此盤桓慢慢請教罷潘秀才道既說會又不肯交
手這像个欺人的話陸氏道你也太莽了客人纔坐下就
講出這些不中聽的話來不一會擺上晚飯潘秀才道我
也在裡頭陪陪對止岩道不妨事麼止岩道我們方外人
不拘這些那潘秀才就向外坐下請瑤華坐了首座止岩
對面陸氏在下斟下酒來與止岩那夜的無二瑤華極力
稱贊那潘秀才忽然對瑤華道拳恐男女之間不便交手
動動筆墨想來無妨你可曉得做詩麼瑤華道居士所說
我們北五省的文才是有限的既然居士高興只得勉強
奉陪潘秀才道能夠勉强就好取筆來陸氏起身取來

627

令送到瑤華面前瑤華道還是居士先請潘秀才道主不
僭客瑤華道如此有僭了遂提起筆來寫一首道

雲中縹緲珮環鳴　知是姍姍去玉京
忽遇双成歸海島　邀來聽叙弟兄情

即遞與止岩止岩看了一看轉遞與潘秀才吟了兩三遍
問道這是什麼題目瑤華道就即景的題目也可潘秀才
又念了兩遍忽然道吓是了你遇見我們家姊所以寫這
後兩句瑤華道然也請居士和一首潘秀才想了半天意
欲動筆忽又終止如此者三四遍又立起身來踱了三四
遍然後入座寫出來道

我要驚人未一鳴　北京不到只南京

628

倘然八股工夫熟　便可裝黃得意情

寫完直送與瑤華瑤華一見忍不住笑道居士好文才潘
秀才自覺靦顏道這首詩是不經意的我再做一首來你
和瑤華道請教那潘秀才又磴磴了半天寫下四句來道

三入文場已矣乎　只因主試瞎双珠
下科若再遭落了　我有拳頭称丈夫

又直送與瑤華看瑤華看了道居士用得好險韻只怕我
和不上來休要笑話提起筆來一揮而就潘秀才連忙走
到桌旁來看道

才人詞采在茲乎　魚目何堪混火珠
此後勸君焚筆硯　不教騷客笑愚夫

629

起行還只到得兩三省哩那尼僧道何不到做鄉去一遊瑶華道自然要到的但此間還未領遍那旁邊一个老尼對那中年的道偏是你們蘇州好我們杭州就不如麼瑶華道都好大凡人說起皆說上有天堂下有蘇杭都把你們兩位估盡了大家一齊歡笑這尼僧又斟過酒來瑶華覺得有些酒意就告止了衆人也都起身其時已交四鼓即時散席安寢一覺睡醒大家都起趕着梳洗外邊早有人傳說春瘟盛行死者接踵不一回陳玉也趕出城來報知不可久留瑶華聽了即時作計起身那中年尼僧來問道姑姑可往蘇州瑶華道是往蘇州去那尼僧道法弟也要回家可許附在寶舟麼瑶華道使得快些收拾那尼僧

622

道我們出家人不過一肩行李容易的遂即一同進城陳玉等已在下兩隻船一隻坐男人一隻坐女人即刻搬取行李上船即欲開行瑶華道且慢令白于玉取出華視子醫書上查了辟瘟方子寫一帖子諭知典舖內管賬的人多買藥料合就施送並遣一人往江山置買板片趁舍棺木以瘟疫行過方止不必吝惜錢財令李榮賚諭與管賬人知道即從旱路趕下船來一面解纜開行瑶華便問那尼僧道師兄你外家姓什麼還請教你法號那尼僧道法弟俗家姓潘父母俱故只有一个兄弟是在庠的廪生他耕讀之外又釀酒牟利也還過得日子法弟的法名叫妙華號是止岩瑶華道既然家業可以為何又要出家止岩

623

道法弟幼時父母貧乏如今稍有家業也是舍弟發的瑶華道做个秀才如何起發得家來止岩道舍弟是个文武全材他文學是不消說得有名的他拳棒也都出色所以撑得起這个家門瑶華道若是令弟則年紀還不大就有這樣文武全材這也難得止岩道他小法弟兩歲今年總二十六歲此去船隻要從舍下經過少不得要出來拜見拜請姑姑須要幾天再入城去瑶華道狠好當晚瑶華教止岩不必打開鋪陳就在我鋪上同睡罷止岩道恐怕姑姑嫌髒瑶華道不妨事止岩當與瑶華同鋪而臥偶然粘着瑶華身子滑膩如脂心上想道這个女娘不像个出家的道姑看他居止行動不凡又生得一身好皮膚手下

624

又有這些人扈從必定是富貴家出來的人但不知為甚事出游好生懷疑次日起身細細相他容貌十分美麗遂也盤問家世瑶華只以謊話回答並不顯露行迹到第三日下午已到止岩兄弟家再四請瑶華到他家裡瑶華道打攪不當且已近蘇州必得在路上擔擱了止岩道既然到此豈有不留姑姑上岸盤桓的瑶華看他留得認真不好却意只得一同到他家裡看他兄弟家中房屋鋪設也不過是个小康之家入到裡面就有止岩的弟婦出來接待瑶華見其居止容貌都還体面止岩就說他弟婦的家世說他姓陸祖上都做官的現在好家當瑶華也就稱揚一回少頃止岩之弟回家止岩接着就把瑶華許他一路

625

去眾人中有个明白的道你們不懂師父的意思他已把蟒怪收去了就是這个毛了頭所以他還掩着右眼睛衆人纔省悟過來各人都望空遥謝不說村人歡喜再表瑶華帶同兩个使女竟回城中寓所白于玉等接着又見多了一个了頭忙問是那裡來的瑶華道言之話長少停細說遂令黄金釧取出醫書查了藥方令買藥炮製與阿新敷上白于玉等已偹好晚膳瑶華一面用膳一面將剿除蟒怪之事說知又將無碍子燒化此怪來眼隨仔細說了一遍衆人聽得毛骨悚然且寓阿新與大衆都說得來問其前事則回說都不記憶了惟瑶華問及據寔回答五六日後眼睛平復令白于玉與他洗刮修飾得乾净了居然

是使女別人看來年紀只在二十以外惟一件有異如倘然怒視竟是兩个紅眼睛嘻咲時則全然不現瑶華又盤桓數日各處覧其風景不過如此遂即起身直抵福建見山水惡劣民情強悍聞得杭州西湖景致為天下第一急欲游賞就起程前往并令將興舖併歸杭州開設曉行夜宿不過月餘已抵杭城採明典肆處所即于左近賃房居住正值春二三月游湖者甚衆瑶華携同白于玉黄金釧阿新黄家的并江允上帶了行李往湖上游賞寓中止留李玉陳荣看守到得湖上尋了个尼菴作寓每日駕舟出游仍作女冠打扮真个觀之不足樂之無極其時三月十三天已垂暮意欲廻舟忽見將圓之月已透山峯之上與

復招迎遂令江允長壷置酒肴于舟中賞玩令各人圍聚船頭恣情痛飲月漸升高波流纖細漁歌四起巢鳥乱飛委實好景致也瑶華吟興勃勃若于有唱無和偶問江允長能詩否回說未曾習學不覺為之掃興正無可如何之際忽聞船稍道東北角上起了陣恐怕有風雨西湖內風浪大得緊不是耍子的大家亦覺得身上寒冷了遂即回舟到得寓中風聲漸响菴內衆尼尚在等候遂問姑姑們今晚為何這樣有興瑶華道貴地難得到的西湖且是大名勝今日正要回來又遇着好月色不舍得回來若不起風陣遂要擔擱吔有勞師父們候門內中有个中年尼姑道不然也就睡了因法弟毋家送有一種好酒來不敢自

飲特備些小菜請姑姑們賞月不曉得姑姑有興不然早送到船上來了如今夜還未深再請一盃賞賞風罷瑶華細看此尼滿面丰韻與衆不同遂道多謝師父們雅意雖然吃過酒了就拚一醉也不敢辭已見衆尼排設酒盤先請瑶華們四个坐了然後他們三个尼姑陪飲酒纔斟出已覺香飄四座大家都贊好酒各尼遂齊了酒舉盃請飲一沾唇齒更覺芳洌因問道從未吃過這樣好酒尊外家在何處乃有此醇醪那中年的尼僧道法弟是蘇州人這酒就是本地所產又是家釀若坊中也少得出售的瑶華道怪道有此異味這尼又問姑姑們是要各處游山玩水的麼大家說是那尼僧道到了幾處了瑶華道自河南

紬襖袴褲用索帕包紮了頭髮領頭先走這十幾个村人跟着到得山脚下望見半山裡露出蟒蛇的洞穴瑤華叫村人都上樹自家將身一縱已上樹頂往溪邊一看有七八條死蟒蛇肚皮都把竹簽剖開遥聞得還有轟轟之聲瑤華又從這个樹頂縱過那个樹頂上一看只見一條奇大的蟒蛇領着許多小蟒蛇過那邊山崗去于是招呼村人下樹同到對面這个山崗上來令將弩弓攀射紛紛掉下山崗這大蟒蛇回頭一看瑤華早搭着弾弓儘力一弾正中這條大蟒蛇的眼睛只聽得豁喇的一聲如同倒了半座山的様子那條大蟒蛇滾過山崗那邊去了這些小蟒也有逃過去的大約中箭死的倶多一霎時都没有了

614

瑤華叫幾个村人回去都挑油松樵着硝磺去燒那蟒洞不多一會又來了許多村人挑着油松點着火往洞穴只管的擲滿洞口直燒到後洞口又將油松整根的塞滿洞中由他儘燒瑤華遂即先回壽得衆婦女只管念佛進到堂中只見黃家的哭得兩眼通紅問其緣故黃家的說我在這裡聽見山中這一响恐怕公主有失故在此擔憂瑤華道我已回來不妨事了還哭什麼又見這些村人一个个的都回來了誇贊瑤華的武藝手舞足蹈那些男婦喜咲不止内中有个老的來對瑤華道師父蟒蛇的巢穴多謝你剿除了但是那條大蟒蛇中了弾子滾在山崗那邊只怕他養好了仍來作怪師父又去了我們必更要受他

的報復這便怎麼處瑤華止在回他說巢穴已除還怕他什麼只見外邊人領着一个粗粗蠢蠢的逕到婢女一手拏着一封書一手拖着右眼說是城裡寓所差來的瑤華先將這丫頭一看却不認識接到書子一看封面上寫着宣文耀武坤德侯開拆拆開書來認得是無碍子的手筆讀其文曰

收蟒非智勇兼全頗得機變似此施功功何不克但汝示之以威我又施之以恩聚其餘喘化其形骸着令隨汝立功以贖前愆况汝將遍天涯現在所隨之人恐難久侍此蟒之道術潛修有年亦可以藉其衛護此而全之道也我已馴服其心汝可留于身畔驅遣倘野性復

616

萌敢于違犯後有縛怪真言默為熟記可以制伏鞭管用觀音篠彼自俯首帖服矣此字無碍子涉

瑤華閱罷心中甚喜遂令婢女來前看了雖然粗蠢也還可以修飾就與他起个名字叫做阿新欲其改過自新之意令黃家的持了弓箭標鎗阿新背了弩弓九袋遂辭鄉衆告回衆村人道還求師父少留数日恐蟒怪又來我們那處來找你瑤華道蟒怪再不來的了你們放心村人道這是師父寬慰我們的話前日眼見那蟒怪中了一弾子滾下那邊山崗去的他不過養息一兩日就好了這裡是他的熟逕怎肯舍去瑤華咲指着丫頭道你們看弾子傷好不沉重養息一兩天那就會好放心遂同兩婢揚長而

617

一封信叫把弾弓弩箭摽鎗三樣交來又須另打鉄弾丸三个要上圓下尖尖頭都要鋒利又開上一張藥单照单置買交人帶來遂拔頭上玉簪一枝為信衆人裡边走出一个接了就走瑤華只在這家止息兩餐素飯都備得齊整衆人沒一个不恭敬黄家的私自問道公主獨自一个可以拏得這妖怪麼瑤華道這不用力氣的事只要算計得好也容易拏的這黄家的不知瑤華的武藝心上倒替他擔着險當夜睡了到次日午後那去的人回來了肩上挑着一担藥物併各樣器械瑤華令黄家的一一檢點不錯就將藥包打開傳了衆人來幇着敲的敲碓的碓磨的磨又叫人到山中去儘量採取蓬艾十数担于火上遍乾

聽用又需用老竹根掘了來削下竹簽数百根備辦完全先將遍乾的蓬艾彿上藥末堆于來村生的要路道口又將竹簽叫人釘在蟒蛇下溪飲水的路徑上衆人道這个不敢當遇見此物性命都沒有了瑤華搖手道不妨我自然教導你但不知教導什麼法子看官且耐性待我慢慢說來

閱仙評曰

周君佐生子劍仙謂瑤華婦道已盡即令出游行道此意甚覺純正且有栴影身代其労更為允當分別時所論如人預知死期更多機械是為切確所以必欲獨游而險為之護者因有消償孽債之事豈可同行乎収蟒

妖奇矣而又化一使女護衛此寔出諸意外往後所過處所得其力何可勝言有此成算方能出此奇書讀者勿当閒忽過也

第二十七回　運機宜試収妖蟒　論使倆可笑妄人

調倚月中行詞曰

愛茲佳景掇蘭橈周覽興偏饒三潭印月水漂揺有意助春嬌　厄莚置酒還虚席情繾綣孤斝相邀邏綿直到迸相嘲詩思一時消

却說瑤華對衆人道蟒蛇吃水不過一時那便就會碰着只管大着胆前去還要選幾个會跑奔的今晩先去焼山挑兩担油松木樵着硝磺又須多帶蓬艾札成把兒悄到

山脚火一點着蟒蛇必然出洞來要防他追赶只點着艾把抛去一面要逃走得快過了大堆焼蓬艾之處就不妨了當時一一分派明白又道我待焼過山後我自去拏他衆人各去鋪設停當到得一更多天已見山上烟霧騰騰的焼着了一會兒腥風四繞衆婦女害怕都要躲避瑤華道不用擔怕這怪物再不敢過這堆蓬艾又停了一刻却不見有怪物來方各安心看到三更以後始各就寢人靜後遠遠聞得山中如同風雨之聲[illegible]不止天未明村人都起來問瑤華瑤華道這要到山裡去看了纔曉得什麼緑故赶着吃了早飯拏着弾弓弾丸摽鎗又叫十幾个會上樹的村人代拏着弓弩瑤華卸去道袍穿着小緊身青

止可行則行便了黃家的只得跟着就走瑤華是習練縱跳的並非嬌嬌嫡嫡的公主所以其行甚速黃家的倒時時趕不上來只索由他走到傍晚山霧迷朦遙見有个村庄就往借宿求齋這鄉村婦女見兩个道姑都是文文雅雅的各各歡喜留進收拾一處空屋與他兩个宿了還脩些素菜茶飯款留遂問這些婦女道我聽得你們這裡有蟒蛇害人可真麼那些婦女道了不得不瞞師父們說離我這裡只有二十多里路了山名叫做馬頭山山洞裡有條蟒蛇多長多粗他未出洞就會吐霧把人迷得看不見了就來吃人他喜吃小孩子這一帶的小孩子都被他吃絕了種了瑤華道怎麼不叫人捕殺他呢那些婦女道各

606

處去尋覓有武藝的捕殺只是沒有瑤華道我如今要去收捕他與你們這一方除害可好麼那些婦人个个合掌念阿弥陀佛道得你這个女菩薩捕殺了時不知多少人家感激你哩瑤華道我發了這个心願自然必定要除他衆人听說各去說與夫男知道沒一个人不來恭敬當下安寢次日起身與他們說了打攪徑往馬頭山來離山不遠路旁又有个村庄瑤華遂進村中與這些婦女借住早有前边村裡人來通知一見都知道是來收捕蟒蛇的沒一个人不欢喜當下就接入廳堂男女都來叩問瑤華道這个怪物的洞穴在于何處平日何處出入來時如何光景怎樣攫人而食你們居近此間自然尽悉先要把這些

瑤華傳　卷之二　第二十六回　二

607

情由說與我知道我好設計這些男婦用手指道他的巢穴在半山裡也不是日月出來的若這天日色昏暗又有些腥氣午後便要出洞往山下飲水若又有怪風吹來霧氣迷騰必定到庄上尋人吃他最喜吃小孩子如今都把他吃尽吃絕連大人都要吃了我們這村庄從前狠熱鬧自有了這个怪物都搬往別處住了我們因捨不得田土所以還在這裡受他的害瑤華問道他出入之所只在這而處呢還到別處去衆人道這裡山溪只有這一處也有腥風吹過不到這裡來的日子想必又往山裡尋這些獐猫兎鹿吃了我們躲還來不及那个敢去看他瑤華道你們曾經見過他沒有衆人道偶然在別處山邊經過碰着

608

望見他在山溪吃水也曾見過有二丈多長大鐔子粗走起路來豎起半个身子其快如飛遇着細小樹木把頭一掛這樹就斷了大樹上他也會盤上去瑤華道那山裡大樹有多少衆人道大樹倒不少本是个種樹的山自從有了這个怪物木客都不敢來買這山樹木我們聞祖父輩說已有幾十年沒有砍伐了瑤華道據你們這樣說來還可以用智收捕衆人都謝道若得師父法力收得去時我們情愿伐這山的樹木送與師父做謝礼瑤華道但要你們造一个的當人到城中我寫處單這些東西併要置備一切需用的物件纔好下手衆人道這个容易師父只管寫信我們隨便那个都可去得瑤華計算了一回遂寫了

瑤華傳　卷之二　第二十六回　三

609

心遂插入右臂又拈第三个針道這戒浮躁我道中事皆取自然並非浮躁可得一毫工夫未到總你跳過天門仍有這一毫掛碍再不能洒脫這是緊要關頭你將衣襟解開瑤華解開了衣襟無碍子將這个針揷入背上皮膚裡去了你行我四句戒詞守我三个戒針不怕大道無成你若幹著功行逐次有遇險之時我自知道必來保護醫書一部留在行篋當有用處我言盡于此你牢牢記着我自去了瑤華還依依不捨剛走出窗檻邊無碍子從腰間摸出劍光望空一擲只見一道白光起處無碍子隨光去了瑤華心驚膽戰望空遥為拜送回房安寢第二日白于玉収拾行裝不見無碍子各處找尋瑤華道師父昨晚半[illegible]

602

去了大家說門也不聽得開怎麽去的瑤華道師父是空中來空中去有什麽出奇大家道這位師父竟是个仙人遂各收拾下船開行這是崇禎五年春初之事也看官們要記清自瑤華渡江逕西江先令陳玉探聽佃户所開典鋪在于何處將姓名開付不一日探得在南昌府城中遂由水路逕至南昌于左近覓个下處居住略停了幾日即改裝出游令白于玉于僻内取出女冠巾服出來換了令黃家的隨行打了一个小包裹帶些銀兩囑咐白于玉寺看着寓所我若有所須近者令黃家媳婦來取若遠了另遣人來見我頭上揷的玉簪為記即便交付說罷要行白于玉黃金釧問道公主此來是游山玩景為何要如此作

603

為捨着老大的好受用何苦受此奔波况公主自幼到今幾曾隻身獨自步行出過門的婢子們見了這个情狀好不代公主傷感遂各流下淚來瑤華道此事非你們所知你只看我師父自四五歲上就來撫養教導也費了十多年的工夫就為今日放我出門幹些德行以贖前生之愆若再留戀富貴之叢無非與草木同腐罷了我的事一言難盡你們不要替我傷心只願我早立些事業回去將來或者可以帶挈你們也未可知衆人也畧知其意方各收淚送出瑤華同黃家的出了寓門隨處游玩看那六街三市甚為熱鬧走乏了就到茶肆中吃茶歇足飢餓了就于飯舖打尖隨步行來漸漸走到一个城門問是東門見城

604

門之下有一叢人在那裡讀告示瑤華也遠遠的看着見告示上寫着南昌縣示為蟒蛇作祟傷害人民召募捕殺事據二十一都鄉民關士信等稟告云云瑤華心上想道若能除此一害免致人民傷殘卻是一樁大功德遂令黃家的細問路人二十一都地方在于何處不多時已細問明白來對瑤華道離此有六十餘里東南角上深山中瑤華道既不遠我們就到那裡去黃家的道天已下午那里還走得及倘路上無宿處如何是好瑤華道我如今那裡還想這个受用到處就宿過物就吃只講成得功行就是了你先前也曾受用過的但若不吃些苦將來有大不好的日子只怕更難過哩不要如此嬌貴大家走去可止則

605

梅影赴南海普陀山進香緣由稟知爾家的主兒這周君佐和福王並不以此事記懷若照這樣下去自然安逸無事奈有周文鴛姊妹認若梅影是瑤華一般親熱異常因家中人竊探知周君佐進京即來駙馬府中無所不為引誘得梅影也是縱情恣樂這是駙馬府中情形這邊福王偶然到庄也是淫亂不堪先前遠處閨秀來做詩會是寔在做詩自無碍了去後做詩不過假个名兒其寔做那沒正經的勾當起初不過是小廝們胡行亂為以後福王得知竟效移幟拔趙的故事繼而公然出面挑選有那不顧廉耻的自然樂從還有貞烈的也就不從吵嚷而去者因而將詩會的名聲大壞了福王見無多人來也就掃興回

許不題再說無碍子同瑤華曉行夜宿不過五六天已到安慶江口第二日便要買舟渡江當晚檢一處宿店歇了用畢晚膳先打發跟隨男女歇下了無碍子將房門閉好遂對瑤華道你明日即買舟渡江我今晚和你別了前途一切情事我自須知只要你道心堅固不可把我從前囑咐的話忘了就是你向上之心我雖不在你跟前却也時刻衛護你只放大了膽前去待你功行完滿即到四川峨嵋山中有个空空洞我在那裡清修你來尋我便可相逢瑤華聽說哭倒在地無碍子扶起道你如今必地明白還要哭什麼大家要赶大家的道路不要說別的便是天地也有混沌之日何况我們瑤華道雖蒙師父提拔成人傳

授道術弟子此行茫無畔岸不知如何謂之孽障償清如何謂之功行完滿還求師父指示迷途弟子好遵依行去無碍子道你如今雖然入道尚在塵凡若要功成必須消除罪孽廣積陰功然後可以希與仙籍若我一一指明既洩了天機又怕你道心不固猶如做人一般流行坎止聽其自然若預知死期人心更多機械了你若不解知止之由我有四句歌訣留在你處若所遇脗合就可逕來尋我遂取一張帋寫道

隨然天地初　乃識陰陽變
力盡氣如虹　拔窮功自見

當時遞與瑤華看了沉吟不解無碍子道此非解釋得來

的你慢慢的行將去自然一一應驗還有三个戒針入在你身上你且近前來瑤華走到無碍子身旁無碍子于衣袱拿出三个綉花針遞與瑤華道這三个針第一个針戒的是矜持你自幼到今除了我教訓之外父母也未曾叱喝一聲天子尚然寵愛何人敢來斷難你一點你如今出門遊道要到處殷勤即有應加謙勢之處只可着人傳宣是不可自為誇張若一存此念功罪俱不能消長你拳左手來瑤華將左手伸出無碍子將針往手背皮膚插入見血就不見針了又道你若違我的戒此針必然走動走到心上你依然仍是个孤鬼了又取第二个針道這个針戒的是沉湎此去樂事甚多必致沉湎于此戒針一動即刻回

福建浙江蘇州山東直隸山西陝西四川游一个圈子立
功消罪豈不是好瑤華道既有這些省分盤纏路費也非
小可若就平一人行走那裡帶得許多若帶了多人更不
能立功消罪無碍子道我已替你打算在此路途遙遠也
非單身走得來的如近這幾省自然帶个兩三房人去在
路上如今已有可用之人便可慢慢掉換轉來至建立功
行也非徒手可得遇着應用銀錢之處也須用度身邊能
帶幾何我已預為籌畫每省發本銀五萬兩招募我們佃
戶中有能經紀者令其領去各省開張典舖如有需用暨
脩號票各執半張合符發銀如已用完再從這裡發去猶
如皇家設立驛站一般既可信息往還亦可藉以托身用

度如此可謂萬全瑤華道領本開張之佃户可曾召募
領的人可曾點定無碍子道領本的佃户我已令樵葉召
募據他說已有二十餘人情愿領本前去現在催令具領
着令年內先行你所帶的人如小厮們夫婦俱要在庄保
守不便分撥我意令自于玉黄金釧同黄家媳婦這三房
人同行自于玉等畧曉些方馬也可資其指臂之助那三
个男子內中一个江光長畧懂得些字義可以代你登記
賬目及往來書札之用那兩名陳玉李荣都是粗人途中
可以跑腿也就夠用了你且脂賠把自家應用箱籠物件
預為收拾一過新年即便同行瑤華道路上一切如何布
置無碍子道這且慢提少不得分手時再與你細說瑤華

一遊所命又隔了些時樵葉來回各佃户俱具領來領銀
起身無碍子同瑤華一同兌發共銀四十五萬兩各給號
票半張驗對合同即行給發轉眼之間已過新年無碍子
擇于初八日期令張其德傳知令史脩辦車馬要同梅影
上南海普陀山進香到了初七晚上傳了子女們及在宮
太監宮女並各局人等進寢宮密諭道我同公主出外雲
游你等在家好生保護庄子一如我在這裡一般不許稍
有違犯各人都要保養身子不可蹭蹬色慾雖好比刀劍
還利害若公主得有道行自然也提拔你們斷不可胡行
乱為數年之後這裡盜賊蜂起庄子前後左右俱設有機
關在內到那時節要預為關設防備以免盜賊窃發若遇

反叛橫行這就不濟事了可預先塑造佛像以為道院可
免焚燒劫掠你們須牢記吾言不可視為虛談梅影在駙
馬府代公主之職你們只當公主看待不可褻其行踪我
雲游厭倦仍來庄上與你們聚會衆人喏喏連聲而退初
二日清晨將行裝發出細載明白到大殿上轎又傳令史
長史副史及管事人等囑咐了一番出到大門衆佃户男
婦並街坊舖户都來拜送無碍子又一一叮嚀了一遍衆
子女及在宮人等俱送至大殿洒淚而回遂同瑤華起身
而去車馳馬速轉眼已渺梅影同宮遵無碍子囑咐以公
主自居而宮內諸男婦亦以公主尊奉故周君佐及福王
毫無知覺長史令史人等俱各守法安分惟將無碍子同

五年期滿也好就近弄个功名便可照料襍務且可通通
西頭消息瑶華道師父慮得狠是現在庄上諸事這三个
小廝狠夠照應了遂令張其德將荷香素蘭叫來不一會
都到寢宮內無碍子吩咐道方緣錢金易有書來說京中
租籽不能收起他一人原難辦理况是你經手過的你們
夫妻兩个可即收拾進京就在賜第內住下照料一切事
務往後公主雲游恐怕有復到都中休息的時候所有一
切租籽即存留在彼不必再運來庄上你比衆小廝稍出
一頭也可博个功名到手也好後來報効公主養育之恩
荷香素蘭兩个聽了不覺淚流滿面的道公主有此富貴
享用為何又要雲游無碍子道他的行逕你們諒來也畧

590

知一二也非三言兩語說得盡的總之各要盡心報効你
護這庄子要緊他去雲游我也要暫且回山到那時節各
知道不必傷悲就此去罷荷香夫妻兩口當時叩別又與
衆人告辭旋即啟行入都去了再說梅影旋亦來到寢宮
見說荷香素蘭人都居住少不得隨同大衆留戀了一回
直送了他們去後終來見無碍子瑶華無碍子見了梅影
對瑶華道你看他身子漸漸的粗了以後恐不便掉換了
梅影道再下去也要服過這邊來住這浪子每日昏昏沉
沉也不在這个上細辨的無碍子道狠使得瑶華道這首
夜來香詩他可曾做梅影咲道做也做了只是拏不出所
以替他改了幾句送來的瑶華道他的原稿可在梅影道

591

那裡還留他的稿兒瑶華道你還記得兩句麽梅影道也
記得兩句他的頭咲道
　插髻遠香送遊枕　拆苞一色度遙宵
無碍子道意却有只是達不出來瑶華道那六句還有好
似他的麽梅影咲道那有檢換的句子念出來的他說昨
晚的賦是我們凑搆了有意難他的我也沒有這些氣力
同他分辨可見他心地實在糢糊無碍子道若看他的面
容却不像此這樣結實的瑶華道肚裡結實大約是純
務的當事而且更是無敵再不討人喜歡道是二滿太毛
病梅影道寔為確當又擱了一回總過那邊去再說周
君佐在庄一無與頭忽然想起要上急功名赶着進京去

592

了自此無話直秋候過殘冬又來已是梅影分娩時候到
得十一月二十四日產下一子遂各處報喜周君佐得知
連忙趕回庄來從襁褓中見了所生之子好不快活又到
自己庄上與祖宗父親叩喜並求取名周生親取了克成
兩字少不得各處都來送道兩家的賀礼兩家都要備酒
請客足足的又忙亂了二十餘天纔算完結這瑶華只與
無碍子在大楼下打坐靜修無碍子估諒這邊喜事辦完
遂對瑶華道周君佐已有了子嗣你分內之事已算完了
不要自家擔擱了功行我也要回山修煉正果這富貴叢
中不是久相處的我意欲于正初和你一同起行只說與
梅影往南海進香我自往峨嵋山去你可由河南往江西

593

華道功夫到深但只用在叅禪上去了衆人都不懂梨雲問道粉侯又會叅禪麽周君佐道我那會叅禪無礙子唉道這是一句頑話說粉侯的功夫都用在女色上去了俗語謂之叅老婆禪大家鬨然一笑無礙子道月也下山了夜已深了大家歇歇罷君佐先行告辭瑤華仍令小厮們送回一面遣人知會梅影又吩咐魏家賺女人收拾幾各回至大樓下與無礙子談了一回纔返寢宮安歇一夜無話次日清晨大家都在梳洗無礙子已到寢宮來在瑤華房裡閒談只見張其德手裡拏着一卷畫像是寫的詩回道駙馬府裡送來與師父看的無礙子接過手來打開一看果是一首夜來香七律詩瑤華揪着頭髮也來看看

念道

夜香不假博山燒露浥芳叢韻自饒誰門艷粧驚俗目祇餘幽馥徹清宵珊瑚枕粲垂添媚翡翠衾温別助嬌消受風流無限福羨人珍重比瓊瑶

無礙子道這浪子的詩才到還可以瑤華道恐怕有人筆削的無礙子道你那裡曉得瑤華道這首詩格律甚細且多餘韻那裡是他做的他家沒有別人做得出想來必是梅影代做的無礙子道你怎麽這樣小視他瑤華道叫過梅影來一問便知遂對周青黛道你去請了梅影過來周青黛應着去了又見張其德進來持着一封書子來回道令史傳進來說都中副史錢金易寫信來說兩年來房租

租籽都收不齊全必得要公主這裡打發人下去緊追一追總能年清年欵若再任其延捱一兩年往後累難追出請公主定奪無礙子道這房租租籽從前怎樣接收過來是誰經手你必知道瑤華道我都交與荷香辦理且有賬本可查除非叫他前去自可明白無礙子道副史錢金易一人原難辦理我意思竟叫荷香帶了素蘭忽停了口想衆人不知無礙子想些什麽恐怕他們也想不着要待在下于下回內說明罷

閒仙評曰

夜來香自古及今詩詞甚少賦則絕响雖入傳內為衆人聯吟之作似乎作者專為此設故每句中稍有關會

此則小說中所絕無者也而又為周君佐代作一詩尤為工穩香城胸中實不可測余相隔不過十餘年何進益若此可稱異下阿蒙矣

第二十六回　瘦影暫分因有後　師徒泣別奔前程

七言絕句兩首詩曰

酒闌分離別淚傾戒針歌訣授卿卿要知功罪如何論效驗還須信步行

說心收拾已驚疑點化為奴事更奇豈但一方皆受惠且教保衛走天涯

却說無礙子正說着忽停了口忽又回過來道我想荷香竟帶了素蘭送去都中賜第內住下況他人也出衆到那

郁李道好句子代我寫下去念道
更耕脫粧而後且供月堦小憩之時
柳枝道我也接一聯下去你替我寫
宛聞雞舌乍含之口氤氳帳底以彌濃
衆皆嘆然無礙子道都不接下去待我來挑紅寫着遂念
道
荏苒菱廻而攸从須領畧趣味天然
梨雲道我也接一聯念道
休錯認助情佳偶
瑶華道待我來轉下去遂念道
至于順節序守天時

素蘭道姊子接公主的下去念道
厭粉黛還清姿
荷香道我再接一句下去念道
宛似蘭生空谷
蕉葉道待我來對念道
不教名衒人知故歌詠渚罕窮其韞
郁李道我接下去念道
嗜痴者不禁其痴
瑶華道待我寫下去
誰戀夫朱門綉户
無礙子道待我來結住了好作歌念道

曰歸也茅舍竹籬援為歌曰
梨雲道我做一句歌在這裡你替我寫上遂念道
綠沉沉兮繁朶
柳枝道我接下去念道
翠生生兮低葉
素蘭道我轉下去念道
不名花而但覺其馨香
荷香道這句好待我結住他念道
旹含蕊而偏增其嬝娜又歌曰
蕉葉道我來起句念道
暑夜清涼簾帳紗

郁李道我來承這句念道
無人不愛此奇葩
無礙子道我來轉一轉念道
自今幾人認芳譜
瑶華道我來收住了罷念道
好錫嘉名清麥花
無礙子道取稿來待我看看純体如何黄金釧向桃紅手
內取了送在無礙子面前無礙子從頭至尾看了一遍道
通体遂不脫節惟欠勁拔句子明日還得擴易總存得稿
只是有虧了扮侯了今晚本來急促明日再請教獨做数
首自然入妙君佐道學生雖附名讀書其實功夫甚淺瑶

饒了公主若坐在公主手下豈不僭了粉侯再在小廝們
隊裡又不雅相故婢子躲開了無礙子道你說這話到也
狠通來來你到坐在我上首同素蘭並坐罷瑤華道該坐
在弟子手下駙馬乃是一席也算不得僭坐大家都道
公主說得有理周君佐指着郁李道你偏愛講礼節躲在
一邊方纔你若在此我續了一句上好的下去了都是你
躲了累我把好句都丟了快些代我接一句下去將功折
罪瑤華道我原不該去找他的找了來到把你做了一个
救星了于是合席大啖郁李道既要代粉侯接下去也要
把聯過的句子與我看一遍總好接聯那黃金釧怯怯的
取與他郁李看了一遍然後續一句道

其凌晨也

桃紅將要接來瑤華道這一句算你的再代粉侯接一句
郁李遂又連寫兩句道

仰承霏霏之玉露輕含細細之清氛

荷香接着道你替我寫下去

巧避炎威之乍猛慢隨凉爽以徐薰

蕉葉也道你也替我寫下去

願驗人之寸陰是惜

柳枝怯道下句讓我對梨雲道我已對就了的你再接下
去不好柳枝道這麽你快說梨雲念道

歷涵容之五夜微醺

素蘭對郁李道你也替我寫下去

慢勞兮老圃汗流顏甲

柳枝道這句要讓我對了素蘭不依柳枝已念出來道

洒樂兮花郎露浸衣裙

桃紅站起身來道你與我寫下去郁李道我倒做了你們
的代書了待我自己寫了你拏回去自家寫不好遂寫了
一句道

遍插花籃而懸斗室

桃紅昔他寫完遂道可把瑤華遞來黃金釧將瑤華遞到
桃紅手裡遂寫道

假此幽賞而壯鳩文

無礙子道你這麽要緊是對的什麽桃紅念了一遍無礙
子搖頭道不見其佳你到代人寫寫罷先替我寫上遂念
道

其夜來也

瑤華道代我寫下去

潛携內院花盞

素蘭站起來道公主萧婢子接下去對桃紅道你替我寫
遂道

恍接深閨韻友

荷香道你替我寫下去道

賴資新浴之前

做六真个天亮還不得完篇哩素蘭聽說遂又接過筆來
續一句道
　儼似綠珠成粒
無礙子亦就素蘭手中接過筆來寫道
　香凝幽細豈同茉莉薰騰
瑤華也在無礙子手中接過筆來寫道
　性本異羣芳不欲爭誇穠豔譜
即令周青鸞將筆送到周君佐面前君佐又要從頭看
下來蕉葉在旁道這都是一順下去却沒有門限在內粉
侯只管想着寫下去君佐遂搦管沉吟荷香道待奴子吃
一盃代粉侯續了罷瑤華趕着道罰我一盃待我續下去

574

即令周青鸞取硯又叫薛比鳳斟酒即舐筆寫道
　情偏甘獨處誰求列入黃花譜
無礙子在旁看着咲道好高尚周君佐聽了即忙出位來
取着看了也咲道這正是代我的意思遂遞與荷香荷香
也出位取過筆來寫道
　其為質也
周君佐在旁咲道你坐位坐得好我方纔正想這句却被
你做去了蕉葉道叫他讓粉侯坐罷荷香道恐怕轉來又
變局面了桃紅道裡已聯下一句道
　開同琢就珠窩含若生成玉頰
柳枝在桃紅手內奪過筆來寫道

575

　宜安排于粧閣之綺窗或位置夫書堂之曲院
蕉葉亦趕着聯下去道
　隔籬靜女憑欄而鑒賞彌精
梨雲亦趕着聯下去道
　擁鼻才人緩步而徘徊忘倦
素蘭也在梨雲手內奪過筆來道快些月亮都要下去了
遂即疾書兩句道
　清風拂座豈可無君
素蘭即將將筆送到無礙子面前無礙子仰頭看着月色
道真个月要下西了如今不必挨次但有句子的便續下
去若一篇賦直要做到天亮豈非大咲話麽遂搦筆寫道

576

　雅客頌觴須教覿面
無礙子將筆交與瑤華只見瑤華四下裡細瞧好像不見
了一件東西似的無礙子道你瞧什麽瑤華回過頭來忙
接了筆回道我們這裡似乎不見了一个人故在這裡找
尋素蘭站起身來一看道不見了郁李無礙子道這丫頭
那裡去了瑤華忙令周青鸞去找來自已隨手寫下道
　既已對素艷以凝思曷不假柔毫而輕絢
正欲令薛比鳳送過筆去只見周青鸞把郁李拉了過
來道那曉得他躲在樓下劉史家裡睡覺無礙子道你怎
麽到躲過去了郁李咲道沒有婢子的坐處瑤華道怎麽
偏沒有你的坐處呢郁李道婢子若坐在師父手下豈不

577

荷香荷香接着寫一句道

亦不稱卉

荷香將筆遞與柳枝柳枝即聯一句道

榮于盛夏之天

桃紅接過筆來寫道

繁似丁香之蕊

蕉葉亦接過筆來寫道

栽磁斗以蔓延

梨雲也伸手過來接筆寫道

架竹枝而層纍

遂將筆交與素蘭素蘭隨筆寫道

肯閥有霞舉之仙姝

又轉送在無碍子面前無碍子看道你們說沒有與定素蘭到用出來了遂提筆續一句道

乃幻此夜來之香蕊

薛比鳳又將紙筆送到瑤華面前瑤華拈筆而寫道

爾其為本也

黃金釧接來送到周君佐面前君佐道又到我了麼遂從頭念了一遍贊道你們各位純熟極了好像夙搆的瑤華道這個題目是你與他的我們又不是仙人怎麼樣的夙搆呢周君佐道這不過稱贊各位的意思瑤華道這還可以但你要迅速些纔好不然天亮了恐還不能完篇哩君

佐道是了是了即忙執筆構思暗將手把荷香捻了一把荷香會意悄悄的道

纏綿委宛

周君佐遂照寫了遞與荷香遂對瑤華道可是不遲瑤華咲道以後禁止倩代這回罷了只罰一杯酒罷黃金釧斟上一杯酒送到君佐面前君佐舉起杯來道就算倩代的一吸而盡荷香已續出一句來道

往復交縈

遞到柳枝柳枝接過筆來寫道

葉光肥而潤澤

桃紅接過來道我這句討便宜蕉葉道怎麼討便宜桃紅

道他說了葉我少不得要寫枝了遂寫道

枝柔脆而縱橫

蕉葉接過筆來道我一發便宜宥了枝葉少不得要發蕊了遂寫道

發蕊則一叢簇簇

梨雲早接過筆來寫道

分瓣則五出其莖

將筆遞與素蘭一邊接筆一手曳過硯來寫道

蒂更超羣

薛比鳳正要送到無碍子跟前無碍子將手一揺道且慢如四六對仗的長句子就一人做下去若一人做四一八

晁下香城丁
茂苑尤夙真

第二十五回 擬賦聯吟羞擱筆 作詩又倩湊成章

七言截句兩首曰

作賦聯吟事本稀敲金戛玉錯紛霏只推藝圃詩壇艷無怪周郎衆所譏

荷香自是不凡才故得仙師格外培豈獨雲衢安步穩忠公体國報恩來

卻說蕉葉兩手捧着對瑤華道奴子聽說只有排律可以聯句古人都有行過的若賦必要每人一篇恐怕沒有這

許多好句子無礙子道古人沒有行過的何妨自我作古我們今晚就聯句做一篇賦卻來得新奇衆人都道甚是新奇得狠就請師父起句挨順下來周而復始素蘭道如此要請公主坐在這邊婢子們倒坐在上首瑤華道這為什麽素蘭道師父起句第二就是公主第三是粉侯再從小厮們挨到婢子們這纔算順理無礙子點頭道此論甚是瑤華亟渐又坐在無礙子下手白于玉早已備下紙張筆硯瑤華令周青黛斟比鳳勸勤飾酒無礙子遂抽筆濡毫起一句道

爱有妙品

瑤華接過筆來續一句道

荷將英偉

瑤華令周青黛將紙筆遞與周君佐遂接在手中看了一遍又想了半日將要下筆又復擱住展轉再四方寫下一句道若何其消蕉葉伸過頭來看了道粉侯這句似乎太鬆泛了轉不下去無礙子問是什麽句蕉葉朗誦出來大家聽了都說太鬆泛些周君佐又想了一回遂對荷香道你且替我聯一句下去免得大家候着荷香道但恐奴子聯的也不見好瑤華道不必再擔擱了荷香遂道奴子念來請粉侯寫君佐拐着筆道寫什麽呢荷香道

既不名花

君佐照寫了從上念下道好天生要這一句遂將筆遞與

好赶你的大事瑤華忽听樂声又起遂對無礙子道弟子看那道書上有步虛声的曲兒不知果有此曲否無礙子道此與詩經上的笙詩一個道理只有声而無曲我只記得唐人庾子山曾作有步虛詞亦不過約畧耳其謂步虛者洞天記上云羣仙會於蓬萊方丈聞空中珊珊有声則許飛瓊玉不過效其珊珊之声以為曲故並無曲文你道書上所見又不知何人所作若得此譜串作音樂自必超出尋常樂章之外正說着梨雲指道小厮們請了粉侯來了我們且起遂各起身一綹兒站在月臺口伺候無礙子遠遠望見兩對宮燈從紫籐花架下轉過來了也自站起瑤華亦即起坐旁侍須臾已到月臺向無礙子行了個礼

見了瑤華道公主到此我來得快瑤華只笑了一笑無礙子道今夜月色甚佳特特請賢夫婦來此賞月不知府上可有正事不要反擔擱了君佐道斈生們毫無是事正在那裡悶坐蒙師父呼喚知道有興賞月巴不得要來陪奉無礙子道既然有興且請坐了無礙子與瑤華依舊坐下令婢女們都到上席來坐周青鸞白于玉黃金釧薛比鳳四個道我們不會做詩不敢坐在席上還是斟我們的酒罷瑤華对小厮們道今夜師父高興請了駙馬並呼你們來賞月做詩你們也陪着粉侯坐下小厮同婢女們齊齊向上叩頭告坐重新分了男女作兩團兒坐了周君佐道你們在此也好可代我做兩句兒我實是平常得狠衆人

道奴子們還要求粉侯指教哩當下各飲了幾杯酒瑤華向無礙子道做甚麼題目好無礙子笑道眼前都是上好的詩題恐怕做不了君佐指着夜來香道這兩盆絲慈慈的是什麼東西荷香道是夜來了君佐道這夜來香三字倒也雅致無礙子笑道這個詩題却是有趣瑤華道詩題雖好但前人都未做過且沒有典實無礙子道沒有典實便可白描素蘭道做个什麼体格好無礙子看了一看便道人數多了做篇排律罷瑤華道排律恐怕对仗难工如要白描到是賦好文義淺些也還撿飾得過蕉葉兩手搖着說出一句話來但不知他說的是什麼話請看下回便知

閑仙評曰

麗雅宜為瑤華殉身若不一見再見豈能得其死力周君佐與之較武乃是敷演非正文也即下回賞月聯吟亦為有此月臺從未登臨故借夜來香賦而敷演之皆非正文惟作者舒法其胸臆攄臾其文思耳然事亦新奇罕覩觀觀者安肯釋卷哉

只見白于玉進來回道公主吩咐備的酒碟俱已辦好擺
設在月臺上了請去賞月無礙子道又備下酒了麼瑤華
道非此不可助興就請師父前去無礙子道也好遂下坑
來領了瑤華們由迴廊走過仁智軒上了石橋已望見月
臺上人影幢幢一聲檀板樂聲齊奏無礙子站在橋上對
瑤華道樂声悠揚却好遠听若在面前到不見其佳可令
女樂們移到仁智軒來我們在月臺上遠听更妙瑤華道
師父說得極是遂令周青鸞先去傳知一面又叫白于玉
去將仁智軒中間的玻璃燈點上四盞也與女樂們備些
酒菓白于玉等應声而去遂各細步徐行的到了月臺
下早有副雙鬟[illegible]的女人接着引着各人

回[illegible]到得樓上見四下窗槅俱已打開中間點上了四
盞玻璃燈椅桌俱鋪設齊整走出月臺見地平上鋪下涼
簟設有矮几兩張酒碟亦已排好仰天一望如置身水晶
宮裡瑤華好不得意便道一看月臺兩角上架有兩大盆
夜來香青葱滿樹香氣襲人周道道兩盆是那裡來的素
蘭道前日听見太監們說是殷彩霞從江南帶了十多盆
來這裡送了四盆駙馬府裡也送了四盆公主都沒有見
麼瑤華道那個留心到這個上去既有這樣好花為什麼
你們都不插戴梨雲郁李齊声道都戴了素蘭道公主頭
上也戴着呢瑤華往各人頭上一看道你們頭上戴着白
星星的不是茉莉花麼那裡有夜來香梨雲道是一朵茉

莉花間着一朵夜來香公主怎麼看不明白瑤華仔細看
了一看笑道怎麼我這樣不留心忽听仁智軒樂声又起
無礙子道高處听低處奏樂又是一樣声音瑤華就請無
礙子在上首一席坐下自已旁坐陪着無礙子道只你我
兩人也覺寂寞況又備了兩桌對着素蘭們道你們都在
那一席坐下只留周青鸞白于玉在我這手下坐了斟酒
衆丫鬟齊告了坐然後兩圈兒坐下瑤華仰着頭向月吟
着道今夜月明人盡望不知秋思落誰家薛比鳳在那席
上道如今還是夏天公主到先吟出秋思來了素蘭道今
晚也像個秋景無礙子道只吃酒不吟詩也覺辜負了這
好月色瑤華道可與小廝們也來給無礙子道一發叫他們

去請了駙馬進來他要領教他的文才瑤華道師父高興
叫他過來須也好若要他做詩恐怕又是前日的武藝
了無礙子道你曾經試過他了麼瑤華道弟子卻沒有試
過但听他出言吐語不像深通的無礙子道這也是皮相
遂對周青鸞道你去着小廝們請了駙馬來這裡一仝賞
月青鸞答應立起身來就走瑤華又道你把琴也抱了來
青鸞也忙答應了無礙子道這派子來時你也暑避一避
再來免他疑心瑤華道可以不必他從大門裡進我只當
從後門裡來比他原近好些待他過去時知會梅影一声
就是了無礙子點頭又道梅影身孕有幾個月了瑤華道
我曾問他說有三個月了無礙子道很好得他早早分娩

一摔飛起一腿被素蘭接住却不動手笑說道若婢子再加一掀恐粉侯又要跌到那裡边去了於是滿堂大笑君佐幸不跌倒也就一笑而止無礙子道粉侯的手段也還去得今日已領教了君佐又到無礙子這边來說道學生本是三脚猫兒今日還師父之命故爾献醜往後還要請師父教導無礙子道好說拳路也還明白只是常不動手皆生踈了無事時可請你令正夫人指撥指撥自然精熟了周文鴛在旁拉着瑤華道姆嫂何不此時就教導教導我哥哥瑤華道教導也容易還少一件東西文鴛道少什麽瑤華道少件牛皮衣服大家不懂道那裡牛皮好做衣服穿的瑤華只笑而不言梨雲恰在身旁偏他嘴快便道

若不穿牛皮衣服如何跌得起呢衆人[illegible]竟得不好意思一溜烟跑出去了無礙子[illegible]起身瑤華同子女們都送回王府這裡周君佐到了前[illegible]看戲吃酒不消說是通宵達旦了阿真到第二日堅辭回去無礙子不便再留只得令長史依直送回瑤華再四叮嚀一到家中務必即來庄上我還要替你打算一件事實是為你起見不要失信看官你道瑤華這句話說的是那件事並因阿真與瑤華十分親愛閒時將他父親常常囑咐來庄尋個對頭的話私與瑤華說知瑤華也時刻放在心上因不得其人故有此囑阿真也就懂得千恩萬謝的洒淚而別那裏後边到做了瑤華的殉難忠臣天下事未

能預料如此這是後話暫且擱起再表周君佐一連請了好幾日的酒瑤華嫌煩只令梅影去替他到了六月十三這一日天氣十分熱燥令人難受午後幸起了個陣雨驟風狂把薰蒸之氣掃了總變為清凉世界紅日沉西又見氷輪東升萬里清光纖塵無染不覺令人心喜其時曉膳已畢瑤華仝幾個婢女在[illegible]露地靜坐素蘭在旁對瑤華道今日這一天換了幾個光景早間如此煩燥午上大雨傾盆這會又像新秋凉爽可不奇怪瑤華道有早上之不快幾有這會的爽利我們今晚不要悶坐在這裡好到月臺上乘凉賞月去罷不有趣麽比鳳道月臺上好久沒有去頑耍了今晚這樣好光景却不可錯過梨雲道公主

可要去請師父麽瑤華道且慢清清的賞月也無味你去叫白于玉來梨雲得了一声飛也似的去了不多一會白于玉走到瑤華道你去吩咐廚房裡備兩席酒菜傳了女樂我們要到園內月臺上賞月叫他們速速裡辦白于玉答應去了又問周青鸞道師父在房裡做什麽青鸞道在坑上打坐瑤華遂起身帶領素蘭們仍由廂房走到大樓下無礙子在坑上見了瑤華們來問道你們來做什麽瑤華笑道弟子見今晚月色甚佳因早間煩悶了半天心上不爽此時稍覺凉快些特請師父到月臺上賞月無礙子道天時寒熱惟心靜可以解散煩悶些你打坐工夫不透的緣故既然納悶且暫為開展亦未為不可正說着

直到五月底絶想回庄其時駙馬府已造成功而周皇親又有信促其回庄遷居遂擇期起程回家定省後又着人到瑶華處擇期一同遷移瑶華意中甚覺不願無礙子道這却使不得自應定個日子與他還要應個景兒願與不願仍在於你不可太執性了瑶華不敢違拘只得請無礙子定了六月初四日進府到了那日周君佐先到庄上敦請瑶華只得隨同進了府第兩家禮數完全自無庸細述當晚就在府中歇宿周君佐身已壯旺不免又須加意奉承瑶華正欲一試吞吐之法故亦樂與周旋然又不能久恃救日後依然罷歇了瑶華仍自回庄無礙子卽令梅影回府替代而周君佐竟不能辨其眞假其愚亦甚可笑且

550

挨過一边單表阿眞已盤桓二十餘天這年是六月初二夏至適値初四有遷居駙馬府之事只得耐着待遷後之後道了喜再行告回那知周駙馬又擇初六日大開筵宴邀請王庄上男婦上下人等阿眞亦在請数之列又不便辭門到了那日只得隨同大衆過去其時梅影已懷孕了因身子不爽獨留大樓下靜養瑶華得知深爲欣喜這日周君佐與瑶華乃是主人瑶華預先囑咐周君佐道內堂只備兩席一席專請無礙子和阿眞一席你同姊妹陪着大姥姥戲班只令在前廳演唱內堂只飲清酒對坐免致君佐惟命是從不敢違拘此到那坐席之時瑶華與君佐兩人商酒按席又逐位把盞無礙子坐了首席第一位其次

551

就是阿眞瑶華陪着第二席周君佐之嫂是第一座其周文爲姊妹與君佐橫頭坐陪食過數套酒遍數巡遂各告止撤席後無礙子道聞得粉侯好武藝久已要請教今幸眞姑恰好在此粉侯可高興麼君佐已久知阿眞有武藝恐瑶華不肯教他親近故不好啟齒且日常每要顯顯手段總有些膽怯無礙子這班武藝高強今日酒後又得無礙子一言正中心懷遂道眞姑大好手段孝生恐不是他的對手阿眞也道婢子那敢與粉侯交手無礙子道這不過家庭游嬉怕什麼只管交手作耍阿眞道旣承師父之命婢子且告個罪君佐連忙起住道你今日是客切不可如此瑶華在旁也道眞姑不必周旋世故了君佐興不可

552

過先站起身來道我先出醜打一路你看看遂將長衣卸去將出兩臂即在中庭踏步擺了一個家門打上一路猛虎出林的破拳打得高興瑶華在旁道很夠了再換一路打罷君佐聽見瑶華說他連忙又改了一路醉八仙的軟拳無礙子從旁讚道這一路比前打得好眞姑你好上去破他的架勢了阿眞笑道遵師父之命也卸去外衣把裙幅紮起撿了一個空子撲將入去君佐借勢蹲下一手搭住阿眞的手臂突然轉身要拉翻阿眞那知阿眞將身一躲早閃在君佐之後一個箭尖把君佐攛出去了君佐腳尖站不穩早望搭前踉蹌跌出來了素蘭正在外邊走進一手將他扶住君佐還在發昏道是阿眞又來打他將手

553

道我聞得他也能文能武究竟不知他底裡若何待他回來我也要領教他一二瑤華道想在這一二十日內也就回庄的正說着只見張其德來與道前回來比武的道姑來了無礙子道可引他進來不一回張其德引了阿真進來向無礙子瑤華處各行了一禮又與素蘭梅影等相見了瑤華問他為何這多時不來阿真道婢子時時要來庄請安因父親身子病了多時故不能如願近日又攬了西客的標銀五十萬要保他到長安交代今日特來告辭無礙子道你父女在家安逸些罷了何苦又幹這個營生阿真道這也為貧所使瑤華道這一去能賺多少阿真道也不多只有一千五百兩銀子瑤華道路上要擔多少干係也

只得這兩個錢無礙子道你享着富貴不知貧家的清苦上千銀子也算是小康了若不是他父女武藝高強那得有這[illegible]銀錢到手瑤華又問道幾時可以回來阿真道少則半[illegible]多則八九個月無礙子道既有這些時擔擱你須多住幾天去阿真尚未回答瑤華接着道極少也要住二十天去阿真道多謝師父和公主的恩德恐怕數日之內就要起身不能奉命無礙子道休如此說如今天氣正熱索性過了夏至起身人夫們也好走動我做主你可叫帶來的老嫗同去與你父親說知相隔也不到一月也不教過遲阿真笑而不應瑤華忙喚周青黛來傳話出去先把真姑帶來的老嫗僱車送回汴梁說他小主兒在此盤桓要

過了夏至纔回家哩阿真要阻被瑤華喝令周青黛速傳出去阿真見不能挽回只得也向周青黛道煩姐兒且先叫他進來我還有話囑咐他纔叫他回去瑤華道不許你私自囑他詭話阿真道既承師父和公主美意要婢子多住幾天那有不中抬舉之理我要說的是別項的事無礙子道這纔是我們合意的人一會兒老嫗進來阿真與在旁邊吩咐了一番真個先令回汴瑤華好不歡喜當晚不教阿真的行李搬到旱船就安頓在寢宮住歇又打聽荷花開了沒有無礙子在旁道前日已聽見殷彩霞進來說荷花將要開了今年公主有服不知可好去賞玩若可以去得好把鴛舩娘預先知會他們修飾修飾瑤華道論禮

原該服三年之喪無礙子道三年之喪要分在家出嫁況你公公尚在執定三年之喪雖盡了在家贅婿之禮然周家必有言說且王爺並不在這個上講究徐妃娘娘也無所出就降服也說得去依我主見若回汴梁遵制成三年之喪若在庄上竟可不必以全兩家之禮節瑤華稱是無礙子道既然說是便可同真姑往荷花池上賞玩一天以盡主人之意瑤華應允隨囑張其德傳話出去若荷花開了即照前備辦往池上賞花其德傳出去了然後晚膳安寢不題再說周君佐自成親以後耽於酒色不到兩月把身子弄得虛怯異常自家也知道這個緣故所以在都中着實保養調治得身子精精壯壯以討瑤華的歡心所以

從修理寢宮辦起事却不少瑤華又遷移在寢宮西邊兩
進桂花廳上歇宿日間到寢宮來主持一切事務到深夜
纔能回自已房中安寢仍要早晚請安轉眼之間已到吉
期宮中事務忙亂那裡分撥得清幸而瑤華從無礙子經
理了些事纔不掣肘直待結過了花燭吃了夫妻夜膳纔
算安當臨卧又去請了晚安福王醉了纔回桂花廳來歇息
再說那福王晚膳後到起更時節從就寢把個嬌滴滴的一
個趙三姑一陣狂風驟雨弄得如菱花病鶴一般次日不
消說是謁廟見祖一切禮節逐件趲完了其餘只有筵宴
內外賀喜又忙了三兩天纔得了結瑤華與三姑先前是
詩友如今到成了母女了雖一般語言嬉笑然究竟有閒

名分反不如從前率意的有趣閒起楊貞山趙三姑道他
哥子壞了官於上年年底一同回籍去了瑤華只得把李
揚清接了來盤桓了數日纔回去瑤華也即辭回正要起
行只見周青錄持了一封書來瑤華拆開閱了即提着趙
路但不知書內寫些甚麼且俟下回說知

閒仙評曰

瑤華尙婣於周君佐亦係氣類相引無礙子導以呼吸
吞吐之法爲工夫也非淫慾也觀者切勿誤會徐妃之
褻瑤華無絲毫芥蒂莫非劍仙教誨之所致福王續娶
乃是趙三姑作者先令人詩會未嘗無意故其前是閨
女絲無絲毫透露將到臨時只須一提點索處處玲瓏

第二十三回

且又省去無數筆墨可稱神化之至作書須得如此本
領庶不落下乘

第二十四回　會新親當場出醜　因賞月郎府議婚

五言古風一章曰

吾聞雌莫耻于羊公之舞鶴羞于郭生之濫
竽鶴尙止呆立竽即爲驅除周子尙公主其名久
自愈何可不謙抑昂昂稱丈夫麗女推而手衆不
輕挪揄乃敢與之較誠哉是至愚當場而出醜寧
不抱慚乎

却說瑤華正要起行周青錄忽送了一封書來當時拆閱
乃是無礙子知會周皇親要在王庄左近蓋造駙馬府呈

有圖樣可即回庄定奪瑤華將書收存即趲着上路不數
日間已到庄上見了無礙子將汴梁一切情事說知無礙
子笑道王爺又何苦做這庄不情的事瑤華道師父所言
弟子不懂無礙子道將來自然曉得遂將駙馬府的圖樣
取出令瑤華看定瑤華道這他家的事由他作主便了無
礙子道雖然如此也得略爲斟酌使他安心瑤華聽說隨
與筆將後門通到寢宮後西廂房內只改了這處叫令史
送還無礙子又問這混子可來王府成服應酬麼瑤華道
都在這裡直到王府喜事完結後纔入京去了無礙子道
你在庄上和他不甚親密想在府中必然比庄上又密切
了些瑤華道府中匆忙那裡還有工夫和他親密無礙子

第二十四回

收拾衣飾無礙子令周青黛傳知令史備辦人夫仍照舊
葉荷香素蘭郁李四個跟隨又派周青黛同兩名太監一
名副史在路照應次日辭了無礙子清晨就道在路趲行
於第五日已到王府先到福王宮裡請了安說了些庄上
事情周青黛又代無礙子請安福王忙起身回問了無礙
子的好瑤華又問徐妃的病症福王道據那边管事的宮
女來禀奏來也不濟事了不過這幾天你且去一看便知
瑤華辭了遂入寢宮已見素蘭等在那裡安放行裝遂坐
下稍歇只見宮中一班婦女宮監都來請安隨後長史令
史們傳進手版來請安瑤華道聲有勞坐了一回喚同素
蘭郁李同往後樓見徐妃與蔓梅兩個直挺挺的躺在炕

上面眼斜覷有時還發喊嚷時叫要打鬼了賊不甚高有
時閉眼喘息看來也不能久了遂回到寢宮囑咐長史將
陪備辦妃娘娘的後事一會兒周君佐也到府來請安並
要請見瑤華道喚令進宮大家通問了遂問謝道了恩爲
何不即回庄周君佐道因身子不爽在這裡就醫幸喜遇
了個好大夫這兩天覺身子大好了還要吃補藥瑤華道
你可在此擔擱日內恐妃娘娘有事故免得再來周君佐
答應了就在府中外書房住下瑤華早晚都到福王宮中
請安說起徐妃病勢危篤福王並不哀憐反生歡喜瑤華
深以爲非然不敢出諸於口過了四五日這晚宮女來禀
報妃娘娘和蔓梅先後咽了氣了瑤華忙去禀知福王隨

即舉哀發喪外边搭蓋喪棚裡面趕著令陰陽生擇選日
時料理入殮之事並報知徐妃母家知道依時盛殮成服
瑤華雖已出嫁因福王無子只得暫代子職仍是斬衰重
服周君佐服半子之服連日開喪受弔瑤華這边殷勤喪
務而福王那裡只與長史商量續立王妃之事遍處訪查
絕色閨女那也不容易得福王性本燥急日與長史吵鬧
長史也急得沒法挽人各處去訪訪來訪去總訪着開封
趙知府有個女兒才貌双全尚在待聘聞得也到王庄上
做過詩會遂來禀知福王正遇瑤華來請晚安福王便問
瑤華趙知府的女兒生得如何你自然見過了的瑤華聞
之色喜竭力攛掇這福王是個好色之徒見女兒慇懃想

來必是好的遂令長史拏個名帖請託許布政爲媒那許
布政不敢有違即與趙知府說知不料趙知府以福王行
爲不好再四推托這那福王連連催促許布政又不敢直
回只得轉令同寅勸他應允否則恐被尋事傷官那趙知
府被這些同寅圈住無及奈何只得允了福王大喜隨即
下聘四月初就要過門趙知府以爲太促不能趕辦粧奩
福王傳話道粧奩宮中儘有不必另辦若他過意不去叫
他折了銀子過來倒也兩便許布政傳下話去趙知府料
難違拗只得依了這裡爲徐妃做了七七四十九日水陸
道場纔出殯安葬忙得這些人日夜無眠纔完喪事又辦
福王續立王妃的喜事不消說又是瑤華內外料理於是

驚這擔擱久了婢女僕婦們俱已睡熟瑤華獨自一個回到閣中忽听假山後有窸索之聲急回頭看時像有個人兒竄入竹林裡去了瑤華心上想道這麽一個皇親家裡難道有賊麽遂把裙幅札起趕入竹林中見有個人兒蹲在地下不動瑤華使個身法突然縱去一把衣領將那個人提到花樓前往地下一摔那個人跌上一交朦着臉兒不動瑤華又把他抓起在黑暗中看時乃是一個白臉小廝兒年紀還不上二十歲瑤華問道你是甚麽人到此何幹你說得明白我就放你去你若藏頭露尾我就叫起小廝們來把你吊起明日送到國丈那裡去活活把你獻死那小廝兒跪在地下叩頭道求公主饒命我絕敢說瑤華

道快說我便饒你那小廝道小人是周府上隔壁的鄰佑素常出入慣的與二小姐三小姐自幼一處游嬉今承小姐們約我到他房中陪伴不敢從大廳上走故從花園內繞到他腳門边進去瑤華道這腳門在那裡那小廝兒用手指道就在花廳捲棚之後他已遣人在那裡等候瑤華道再没有兩位小姐都要你去陪伴的究竟是二小姐呢三小姐那小廝兒道實在是三小姐那二小姐另外有人瑤華心上忖道我又常不住在此何苦揚人家的惡處遂道你說的話是真麽那小廝道公主面前那敢說謊若不信可以押到腳門边問那等我的人就確實了瑤華笑笑道看三小姐面上饒你去罷那小廝兒抱頭鼠竄而去瑤

華回到樓上素蘭知覺忙來伺候睡了這瑤華並不睡倒仍舊打坐心上想道文鸞業已招婿聞知其婿巴急功名只在京中逗留他不耐孤孀私下通人已屬不情不理至彩鸞還未出嫁就肯與人私通這還成個什麽家法且這皇親年紀七十餘歲房中偏有許多姬妾看來亦難清淨這個混水中如何久住得的明日即須告回庄上以免口舌主意定了次日即往周皇親處告辭周皇親說會未造駙馬府不敢固留仍令周君佐双双回門並令入京謝恩遍謁妻党遂即起行分作兩日行走到了庄上周君佐一逕進京去了瑤華回庄日與無礙子講究呼吸吞吐工夫煉養精氣無礙子所瑤華所言似已進益遂道據你日常

所言已得其真妙但尚未精熟急須重下靜養工夫方得深入閑鍵非打坐不可你如今不拘晝夜須一心打坐為主瑤華領命忽見張其德從外持了一封信進來回道令史傳報說汴梁宮中妃娘娘瘋病甚為沉重近日不省人事長史寫信與他教他稟知公主應到汴梁看視以全倫理無礙子道我算你孝服臨身此可應了這封書想來也是王爺教寫的遂展開信來果真是奉王爺寄知遂道此一行斷不可少你可吩咐他們收拾行裝即速前去以慰王爺記念宮中料理喪務無人不能推諉亦可代為辦理且恐不止喪務一事你須耐煩習學事完不可擔擱稟明回庄好辦各件緊要的事瑤華亦深為有理遂傳素蘭等

聚氣吸入如此則彼之進退猶如我之吞吐陽氣薰騰入我殼中矣及至彼精欲來我又聚氣吸之雖發瘋服藥者亦難躲避瑤華道何謂養龜服藥無礙子道男子陽具上有圭稜俗語謂之龜頭因其能如龜頭之伸縮也將出精時銷殘皆在圭稜如圭稜忍住則精不易洩故須用工修養則可以遂肯之職能御十女服藥亦是此意但藥則有效有不效較之用功養龜者不足道矣瑤華道如遇龜者運氣可能制之否無礙子道此但能制服尋常濫淫之婦如何勉制能運氣之人惟有一等妖僧邪道彼亦能運氣尚要採陰補陽切切加防備萬一把持不得定不但不能保我之元氣且恐被其取去則我全功盡棄矣瑤華道可有

秘訣解之否無礙子道法子雖有恐難萬全如彼初上身時先用兩手按定其軟腰或到急不能收科之際用力按捺彼即遺瀉倘彼道行較高必不令人按住其次只有柔能剋剛用嫵媚惑之大要總在平日收斂精氣為主你明晚與那混子一試纔知其中元妙瑤華又問道弟子前回打殲時收埋白骨的一段夙因弟子切記在心不敢啟問如今要求師父一一指示無礙子道我到忘了遂將維狐一切情事自頭至尾細細的講了一遍又道你此番積的功德也除去了一半但未經身償總不能消此罪孽瑤華道身為貴介之第滿前皆是僕從如何償得過來無礙子道我已代你計算在此且待你呼吸吞吐的工夫得了然

後說與你知道你從今晚起不可坦然仰臥也隨着我打坐細細明瞭前生一切事情其中自有所得斷斷不可違了此說瑤華領命遂各下幃打坐單表瑤華坐在幃中把無礙子所說一一理會果然那靈氣貫通心上就覺得有想像的影兒自家也覺歡喜自此瑤華的靈機一發深進了次日只在大樓下房中靜坐到那將晚之時無礙子把梅影喚回仍換瑤華道去郎宣周君佐進宮瑤華有意就從這晚起習煉那呼吸工夫周君佐一味蠢蠻那知其中奧妙不知不覺已過滿月了此月中梅影亦常掉換周家來接夫婦回庄行歸寧禮幸瑤華與周家姊妹熟悉慣的一些也不覺生疎那周文鴛等周家好容易盼到滿月知

已備禮迎接大家伸長頸子在那裡盼望再說無礙子這邊郎宵備了回禮辦了人夫令七個子女同碧兒鳳同下玉黃金釧及兩太監跟隨打發這夫妻兩口歸寧瑤華同周君佐辭了無礙子即時起行而去到得周皇親家已見周皇親率領合家眷屬在城門口接進正廳先行了君臣禮然後謁廟行子婦禮少不得大排筵宴請了諸親百眷來陪准准鬧了三四日把瑤華鬧得眼花頭暈只推有病仍舊移到花樓上住宿以避熱鬧日間只有周家姊妹陪奉晚間周君佐來就榻瑤華竟呼吸的工夫得了又添上吞吐工夫把個周君佐弄得骨瘦如柴形容枯槁時時躲避差往瑤華也不去宣召由他自來自去有一晚在周文

個晚上却狠有些不自在你道為何也有一首西江月為証
梅蕊初偕婚嬌啼他新試風流緊經入柄苦相投此
際好生難受一任攢眉强忍纔無憐惜溫柔再三
求免不容求更進靈犀馳驟
兩人一覺睡醒乃是日影橫窗急急起身梳洗規矩新婚
三日後纔出房門如皇家制度駙馬尚公主者要謝恩三
日纔行廟告祀一回見駙馬入房謝恩就出去了須得公
主傳宣纔許進宮不然宮門太監都要攔阻的這晚趙長
史之妻王氏問瑤華道天已不早可令宣召駙馬進宮寵
兒瑤華不瞞遂令傳進這周君佐與福王無二也不會溫
存也不會熱鬧進房來只知央求早寢而已話休絮煩轉

526

眼間已過三朝這一晚無礙子使人喚瑤華到花園大樓
下來令將廂房門拴閉遂對瑤華道我所以不把梅影匹
配者皆為你將來功行的事你已結褵三日今晚可換梅
影過去代你我有緊要的事教導你知道你可把衣服與
梅影掉轉令其先去你就在我這裡歇宿俟得了意義再
行掉回瑤華不敢違拗即將把衣服換了即令梅影過去
臨行囑咐道自今以後時常掉換切不可以婢女自居致
教周君佐疑竇梅影紅着臉兒走過去了無礙子仍令瑤
華將廂房拴閉遂悄與瑤華道男女交媾之事你已嘗着
滋味了大概不過如是但你要修煉成功柔劍不能如凡
常女子暢其所欲若將陰精盡洩豈能得成大道趁你如

527

今尚未縱慾故先把保守元陰之法教導你大凡男女淫
慾之暢快各有各休如男子則先洩精而後銷魂其銷魂
甘美之時止不過頃刻女身則不然是先銷魂而後洩精
其暢快之時數倍於男子若不到至快至美之地陰精可
以不洩凡男女精液皆血氣所凝加以膀胱相火一扇即
化為精女身以血氣為主必須血氣通達身子方得健旺
所以行經澀滯便得疾病修煉之家尤為緊要故必先習
運氣氣行血道血隨氣行自無澀滯凝阻之患行之悠久
能使癸水不漏倘過子宮但此段工夫大非易易欲得此
功須從保守元陰做起你自後與人交媾第一先要順着
男子的進退為自已的呼吸到那銷魂之時必須持定心

528

神約莫有酸氣透於尻骨即按定男子勿使馳驟稍舒膀
胱之氣其精液自不致凝聚精液不凝則元氣不損此乃
入手之秘訣也呼吸之際最難持定恭容易透入靈關耳
若要堅持有一妙法將恩愛二字置之度外自無貪戀之
意念矣積久自然如意其次再煉吞吐之法瑤華道照依
師父所教呼吸之術據弟子想來也還容易但不知吞吐
之法有何秘訣無礙子道你既能心領神會則吞吐亦不
甚難呼吸口鼻氣息順着進退吞吐都又用着運氣工夫
了當男子縱慾竪入之時我先聚氣運在兩腰之間戶口
雖張不使長驅直入要如口唇衘物漸次沒入將抵花心
又須運氣抵住陽具被抵自然即退俟其將出戶口復又

529

要把你與瑤華暗中替換待他出門後你就襲了他的銜
名做个嬌貴的人他也有托你也受用俟瑤華功成之後
少不得與你一个歸結梅影心地靈巧有甚不明白便道
師父慈悲能夠使婢子有个結果就是莫大之恩了無碍
子道但此事不可洩漏若被駙馬看出就阻了瑤華的行
徑了梅影理會遂各寢息到第二日清晨就與梅影開了
膩以為掉換地步忽汴梁有信寄與無碍子瑤華接着看
信面上寫着順承元妙仙師開拆瑤華親自送到無碍子
這邊來無碍子一看笑道這有甚稀罕遂即拆開乃是福
王告知周皇親家已奏明皇上聘訂成禮禮物已收在汴
梁擇十一月二十四日尙婚已奉旨允准所有親禮一切

查宜因他病亦未能來庄務望仙師代為料理云云無碍子
道有了日子就容易預備一面起着長史們先匹配下邊
的一班人不数日間俱各齊備到了二十日的日子好不
熱鬧走來走去無非都是新入直闖到天亮方纔完結第
二晚叫瑤華進房悄地囑咐道我前次叫你不要在京師
成婚若是為你緊要事所以叮嚀再三今事已切近不可
擔擱你那个劍丸我已替你煉有根基了趁你未到婚期
還是童身要你自家守三个庚夜纔算是你的物件若我
煉了仍舊算我的與你毫不相干明日是個庚日你今晚
就齋戒沐浴我再授你口訣煉過三更日後更為容易瑤

華遵命當即就沐浴持齋無碍子將口訣盡行傳授瑤華
熟習之後無碍子取出兩个鉄丸放在瑤華口內啣着一
仝打坐謂之守庚一夜之間似夢非夢經歷多少塵凡間
煩瑣之事隔了十日又值二庚仍然隨着無碍子一仝打
坐這夜裡夢中又歷多少鬼怪險惡之事又隔了十日已
值三庚之期了照前打坐這回夢寐之間所見皆鸞鶴飛
翔仙山靈立往來男女都不是凡間人物意義間甚得其
趣似乎不即夢醒纔好轉眼之間天已大亮無碍子道這
三庚幸喜你夙根深厚纔不勞力就過了若根子淺薄好
不難哩瑤華心上亦甚歡喜外間結婚之事都已料理宜

先兩日祭拜韓夫人墳墓一面繕表奏聞到得吉日駙馬
到門先行君臣禮然後行夫婦禮以下禮節皆如常儀不
用細述單表那周君佐本是勳戚子弟年紀止長瑤華兩
歲其賞風月場中久已歷練這回得遂中心到那同床時
豈肯輕過有一首西江月為証

你是深宮佳麗我為浪子頑疲天生玉杵久稱奇玉
白休嫌粗糲　那顧初經關斷恣情直透樊籬便教
嚙齒淚交頤到底不容規避

再表這瑤華居常本不勝前生的狐性所以得守元真者
皆因身分貴高卻且防閑甚嚴故不能恣意亂為然皆勉
為強制今值新婚自然意氣相投漸漸甚知好味在後這

如鄧素貞楊玉腕戚勝蘭謝長春柏正青夏幽蘭樊山雪
梅近春等八名竟自發出听其自家回沐擇配或在此府
擇配亦可這十月內還是小陽春我替他們揀二十日子
最好娶行婚配這一声吩咐喜得合府下邊男婦个々歡
功誦德內中只有一个人好生鬱悶說又說不出惱又惱
不得吾知看官們又猜着了請揭開下回來便見

閬仙評曰

鄰齡女子而封侯作意甚新且非硬派即論功陞賞亦
在所應得至於古來婦女封侯者尚不止鳴雌侯一人
漢史內誌載甚詳非香城杜撰也如徐妃之顛狂考核
其事理之所必有幸而王府中酒肉薰天不甚珍惜尚

官事勤謹者見瑤華換下之席竟存留而歎徐妃豈不
請君入甕乎今傷及膳房中人尚為厚倖但人命關天
豈容漏網後之報應皆自醸成又何疑焉最妙者福王
嗟嘆徐妃得病之由而瑤華只隨口應答並不提及前
事於得體之中又顧及徐妃倘一經寫告福王秉性暴
戾必致發女恐妃在瑤華何以自安故知不提之妙至
遣西婢時在他人亦稍有知覺福王乃蠢然一物竟爾
不察何其懵々耶

第二十三回　曠女新婚初識味　藩王續娶舊知音

調倚巫山一段云詞曰

初識風流味從開雲雨天曠懷從此暢綿々何用

再修仙　好事何其盛求新為舊捐忽逈社友續
蘇弦名分隔天淵

話說無礙子又對瑤華道現在各人所住房屋也須掂掇
着將各局道進房子與這四个小廝做房庫房局房兩邊
側屋與自了玉等八對夫妻做房大樓下兩邊廂房作為
局房這進寢宮你住東房我仝梅影暫住西房俟你吉期
我仝他移在花園內大樓下住令趙宜々[illegible]搬入照應寢
宮門外另要造一个垂花門以荷體[illegible]箭道演武所
後盖造樓房五大間暫為駙馬府宫[illegible]照前名目即
將成房的人撥入料理其庫藏及[illegible]來一切情事改
給四小廝經管王爺回庄仍在[illegible]住兩邊側廂留

為承值的這班宮女歇宿瑤華道既造駙馬府亦應撥成
房的人在內成值無礙子道這也容易可將鄧桂娃等八
名侯其匹配後撥入承值也可我都代你分派好了你只
照单吩咐長史們緊々辦理免得擠在一時瑤華一一听
命膳畢各就安寢當晚無礙子就把梅影與去房中住宿
瑤華仝梅影寢處已久忽然離開甚覺不捨又不將他匹
配且說別有用處也不知是何用又不便細問心上好生
納悶整々的半夜不曾睡熟再說無礙子把梅影與令在
房歇宿悄地對他說道我不把你匹配者我有意思先與
你說明免你心焦公主這出月就招駙馬他的事多侯合
巹後即須出門遊道幸而你的面厖與他一樣我的意思

回庄把守瑤華遂即往福王處稟知即欲回庄福王應允擇了吉日備齊夫馬遣回福王道我且看病人若好也隨後就來勸勸的寄信免我懸望瑤華遵奉到了那日遂拜辭啟行瑤華恐怕流賊圍庄赶着駝子兼程而進行抵路上竟有土賊窃發遂令子女們挾着弓弹以防不虞這日起得太早離站頭十餘里早有一起草寇在齊梁田裡等候忽聞一枝响箭飛來被素蘭接住瑤華道休等他們上前令桃紅柳枝護着隨行人衆放開馬直入齊梁叢裡弹子撲鎗流星齊發打死的打死生擒的生擒問來都是無籍之徒冒着流賊之名沿途搶掠瑤華道憐你們飢寒無奈暫饒一死速速去改邪歸正再被拏住断不輕恕衆賊

抱頭鼠竄而去瑤華這一日赶着將近庄子總歇第二日一早便到看見庄上人烟湊集四境平安不像个有流賊相犯的光景已有令史仝親隨軍都來迎接進得大殿又有太監們接着寢門邊一羣婦女都在門邊迎接瑤華問師父在那間大家說仍在西房內瑤華竟入房中無碍子也迎出來了瑤華倒身下拜無碍子扶了起來說起久離之況不免大家流淚隨後子女們拜見宛然遠離之子見了親娘一般个个哭个不了無碍子道見了就是還哭什麼你們一个个官的官鄉君的鄉君也不枉了這番心苦瑤華道弟子們的榮耀都是師父教成的弟子不敢忘恩在帝前奏明師父也蒙主上加了一个封號無碍子道我

要這个做什麼又見新收的一班婦女都來叩見長史等亦具手版來見無碍子令太監們辭去了吩咐白于玉備辦筵席吃个合家歡瑤華問起有流賊來過麼無碍子道什麼流賊敢來窺伺我知你們已到汴梁王爺是不消說得宣淫無度王妃又得瘋病你在那裡無非與這些社友纏繞有甚益處且恐有孝服臨身若不趁早完了終身大事這一擔擱又是三年如此消磨歲月豈不可惜故我假个話頭喚你們回來正說着已排下膳了瑤華陪着無碍子用膳那些子女們亦在內外筵席無碍子道你的事在即就成我想這些子女都長成了趁着幾天空閒都把他們配合分管內外職事有些孤身年老的宮女槩行發出

也免閙事無碍子令白于玉取筆硯將那成就席上開出素蘭配與荷香薛比鳳配與桃紅梨雲配與蕉葉郁李配與柳枝瑤華問梅影配與何人無碍子道此人我有用處且緩匹配白于玉沈翠眉黃金釧袁素蟾潘桂兒林綠環花見羞羅紈兒這八个人明日在四百名親隨軍內挑選無家室的與他匹配在職事宮女內如韓秋桂鞠瀲芳曹宜嬪申玉娥張玉蟾王嬌孫玉蓮這七个人是王爺親愛的且留着另撥後樓房屋居住以待王爺到庄伺候如鄒桂娃沈繼仙殷碧玉呂良珍鄭玉濤袁珠兒蔣碧桃黃花冠等八名雖曾王爺幸過却不親愛隨便令長史們代爲擇配許他們在外居住愿來服役者亦許其朝進晚出又

娘匕的力氣果真大他見婢子們四个走入寢宮倒條預先知道要請他到別屋裡住的光景他口內說道你們來难道我就怕你赶到寢門邊拏了一條門拴足有碗口來粗一丈多長兩手拏來一屈兩段就舞將起來打入婢子夭梅影兩个縱在他身後將這門拴奪下妃娘匕就惱極看婢子們有段門拴在手都不敢上來回頭見郁李矮小遂用兩手提着郁李的後領往上一舉着力往下一擲虧得婢子們都會縱跳一擲到地郁李把脚一頓倒縱上了屋樑妃娘匕仰起頭來看着大笑婢子們三个悄悄到妃娘匕後身把他兩手一束用綃帕拴住連忙提過一張椅子請他坐了妃娘匕還起兩脚亂踢又用綃帕連椅拴住

動彈不得忽又哭起來口裡說道偏匕又撞着這几个寃家來了婢子們遂與兩个小厮抬着送上大楼上去住了福王道還有个莫梅呢梅影道他不過是文痴若妃娘匕鬧起來他也會襟在中間乱迸今見妃娘匕拴在椅上他就笑嘻匕的跟着上楼了已將楼門緊閉想也鬧不出事來當下就吩咐婆子們在那屋裡收拾打完了尖去正好往下福王听了呆上半天忽然道這樣病是從何處得來的寔在不解瑤華道女兒聞得師父說大凡瘋病都從孽障上起有前生的有今生的不知母親是從那一端起的福王道這有誰知道且回家中再處說罢大家一時起身不到兩个時辰就到了瑤華一逕直到寢宮已見打掃乾

淨鋪設行李早有長史令史以及太監宮女各局执司婦女都來請安道喜口稱侯爺瑤華笑道你們就稱一声公主罢侯爺寔在不好听曉得有封號的還好不然還當我竟是个猴子哩大家都笑將起來不一回漸匕多退出去了瑤華仍舊把這些人照依在京一樣分撥各處住下打听得福王另在別宮和這些宮嬪們耍樂去了不多一會天就晚了擺膳独用有黃家媳婦也在旁伺候瑤華問道你招的男人我還沒有問得倒底是那一个黃家的道那後生白胰的就是瑤華道他們招的三个都只平匕何独你招的只麼好黃家的笑道這也各人的命瑤華道是誰替你招的黃家的道是張家老婆子說來的也是他遠房

內姪瑤華道他平日做什麼生理黃家的道他姓江名字叫允長先前原是富商之子後來敗完了習過經道因不得時所以情愿來投靠在公主門下瑤華道我說他必不是个粗人正說着只見張其德來稟道長史來稟知道裡本府小姐和本地鄉紳小姐們都有帖來道喜請安瑤華道叫他登上門簿我明日回看張其德傳出去了瑤華膳已用畢遂各收拾安寢一夜無話次早往福王處請了安即出門回拜了不停當不過投帖而已回到府中天還尚早只見長史來稟說庄上師父有書來瑤華忙令傳進乃是个太監賫來入到寢宮叩頭請安畢呈上書子瑤華拆看了知亳州一帶時有流賊竊伺令稟知王爺率領子女

華回想京師城中並無留恋意欲還回庄上無如福王到一處擔擱一處每日拜不到三四家就爛醉回來這一日清晨去請早安遂把自己的意思告知福王此時又不免要順着瑤華一二這日方把這些客拜完了瑤華已代寫下表章送把福王看了即便人齎就奉旨意下來不必陛辞且各歸第瑤華方有些快心就這晚上掂掇去任的人口取着一張单子想着開出八个子女隨行張周兩个不消說得意欲将長史夫婦兩口帶回庄上揭着筆呆想梅影道公主要想什麼這樣艰澀瑤華道我欲将長史夫婦帶回不知他們可愿意梅影道只要公主吩咐誰敢不依但是我們小厮都是長史了還要他們去做什么瑤華道

我家這些小厮初掛着銜若要承辦須當學習且我們庄上的這个令史就不叫好所以要帶他去梅影道這裡也不能少人料理瑤華道我将付史錢金易晋在這裡辦事只筭掉个過兒又将張黄兩媳婦帶回入于单上梅影道前日素蘭講的那八个婦人也要安頓他瑤華道這也狠是遂又傳知令史即于護衛人丁內如欲就室者令其报名給發庫藏即交令史們收貯分派已定擇了九月廿二日啓行遂與福王定奪福王自然備從到了那日先入朝陛辞然後發帖遍辞疾忙出城上路曉行夜宿不過十餘天已到汴梁未過黄河先有長史來接福王問府中都好長史道此外都好只有妃娘娘仝丫頭尊梅成了瘋顛之

症凡見了人持刀便殺独自在房只想上吊抹額子先還認得人這幾日連人都不認得了所以小官先赶上來迎接如今公主一仝回府寢宮內已蹧蹋得不成様子特請王爺示下怎麼个办法福王道他既不認得人人豈能與他相處你們赶回家去擇几間閑房将他主僕兩个關鎖在內就是了那長史道王爺雖然這樣吩咐王爺不知他兩个的氣力甚大非凡婦女們近他身子个个跌了出來若下邊男人他究竟是位妃娘娘誰敢輕易去近身所以吵了七八个月只好看着他福王道這也容易遂對瑤華說你可遣這四个丫頭去将他鎖禁就是了瑤華道這是女兒的嫡母如何敢教丫頭們去囉唣福王道他若好好

的人自然他是你的嫡母他今人事不省還講什麼倫理況這丫頭是我所遣並不是他們敢于犯上速速遣他們去一過了河不過七十里就到了遲則見面到难爲情瑤華對着素蘭們笑道王爺的令旨你們且去走一遭但不可傷損了妃娘娘這个罪你們就當不起福王道倒不要如此說若把他傷了呢還是我的罪過哩你們只管前去這四个丫頭一聲遵旨帶着馬匹上渡船頃刻已到彼岸上了馬豁喇喇的跑去了長史也就隨去父女引着隨從人等從從容渡河到得彼岸仍然接轡徐行早有地方文武都來迎接福王一一辞回偹有头站遂入行館正在用膳時四个丫頭已復反身來了福王問起情由素蘭道她

福王即趨前俯伏又听宣道
兩次監軍先被奢逆狡計詐降該藩不察虛寔率被欺
朦撤兵復數今雖得十四長公主瑤華
瑤華听見亦即趨上俯伏又听接宣道
遂成殲滅該藩功過只可相抵但十四長公主究係該
藩親生之女又係自爲舉薦不無與有微勳應添賞護
衛軍四十名增食滎澤縣一邑錢粮似此褒功褒過其
績以廣功疑惟輕之意至于十四長公主髫齡學業智
勇功全師行箟擧焉到雷轟以數年之猖獗逆匪不一
月而生擒告廟拯生民於塗炭撫邊境爲樂郊朕躬免
西顧之憂將士有東山之詠以此論功功莫大焉崇報

勲猷用昭公允茲封拜爲宣文耀武一等埒德公世襲
三代本身免死五次給與鐵券增食陳留許三州食邑
以酬懋績以昭籙衍其師女冠無碍子寔心開導成厥
異能且此番戦陣機宜悉出所授尤著偉功但其性同
野鶴閑雲未可懋酬高爵厚祿茲遂封爲順承元妙仙
師其瑤華手下倚有家丁陸守瑜畢守珍祁守璞阮守
璉婢女顧斯媚樊斯嫻孟斯嫣甄斯妤
八个子女均各趨前俯伏又听宣道
或致力籠圍或守禦險要或採報軍情又或搴旗殺賊
雖皆其主之運籌擘畫亦斯輩之勇往直前奮不顧身
匡襄其主即係斯僕樹績攸同家丁陸守瑜等四名授

爲六品侯府長史之職俟宣力五年果能幹辦裕如送
部引見量爲酌推婢女顧斯媚等四名均授爲六品鄉
君之職將來招壻許一體稱爲儀賓嗚呼朝綱厥典是
奬是懲臣下布忠惟賢惟德雖纖細勲勞亦必酬之以
旣況大展智勇自應渥沛其恩封賞旣宜懋清無忝欽
哉謝恩
遂各拜舞謝恩畢方欲起立忽聞宣名蕉葉等四个小厮
上殿黃門官齊唱道封拜者退班福王仝瑤華及四婢女
起立丹墀之下望見那四个小厮伏在龍案下並不听見
如何奏荅約有半个時辰纔陛辞下殿又見司禮監拿了
勅旨下來宣的是拜封司員等四名福王遂對瑤華道旣

已退班應先回第明日五鼓再來朝門謝恩遂率領子女
仝出朝門早有新賜的四十名護衛軍及瑤華的護衛均
各齊集伺候瑤華問蕉葉道主上名你們問些什麼蕉葉
道並未問話只誇奬了一回父女二人遂率仝這八个小
厮婢女各々上馬前呼後擁的援鑾回第不知怎樣街坊
上人又各知道在那裡紛々的議論說人家都道養女不
好若照這樣的女兒多養兩个勝似兒子一百倍又一个
低声道看不出這福王到在女兒身上掙了个臉不然也
不得䢖再說福王回到府第早有親王郡王仝朝內大小
文武各官都來禀賀福王各々辞謝後即令長史記明應
行登門道謝之處一一分作几天走遍福王頗不寂寞瑤

瑤華傳 卷之六 三

十一長公主前往陪宴福藩王同從征員弁仍在武英殿
着令朱王陪宴瑤華退朝且擱過一邊再說瑤華仝福王
回至府第仍詣福王處陪侍了一回福王遣令回來縂回
這邊來行至大楼下只見那老婦人領着四男四女見瑤
華進來跪下就拜瑤華喚令起來對着張其德道這是些
什麼人老婦連忙上前禀道老婢們是蒙公主妝奩派在
門口屋裡看守又給發口粮原是五个孤身婦人承公主
諭令令史咨羅家兩姉妲擇人配合又老婢的媳婦同黃
家媳婦又蒙與他擇配這都是公主的恩典他們四對夫
妻特來叩謝這八个男女又叩了頭瑤華一看那四个男
子都是些粗人內中只有一个倒生得白白净净年紀約

498

來也不過二十多歲心上想道這个人不知配那一个的
嘴裡說道我道爲什麼是了叫他們出去罷遂一逕回到
房中更換了衣服靜々的歇了一回遂令傳與荷香將各
人的名字開送兵部又對梅影道看來師父此番也有封
贈的梅影道有是必有的恐怕他又不喜這些事瑤華道
喜是由他不喜不過盡我的心不沒人的善就是了瑤華
又想起一事向素蘭道親王那邊送來這八个宮女裡邊
有一个年紀還輕也還生得可以這个人叫甚名字我倒
忘了梅影道他叫雲兒瑤華道可叫了他上來可以抵黃
家媳婦的缺素蘭道聞得王爺又將黃家媳婦發回來了
瑤華道幾時的事我沒有知道素蘭道我回來時听見周

瑤華傳 卷之六 第二十二回 三

499

瑤華傳 卷之六 三

青黛說瑤華道這麼不用傳了當夜無話次日起身不免
又到福王那邊請安就留在那邊用膳父女兩个說些得
意的話兒只見長史進來手裡拏着手版禀道光祿寺差
人持手版來禀知十一日奉旨意王爺赴武英殿筵宴公
主賜筵府第有十一長公主來陪宴福王道先將謝恩奏
表預爲辦齊長史答應去了福王道我明日又得各處差
走你可在家預備後日十一長公主來的一切情事這府
裡長史令史管事人等忙得个了不得長史又令妻子到
府裡承值內堂事務拜見瑤華瑤華看了真个人材出衆
言語順適與他甚爲投分就令其在自己房中套房間內
住下看他分派內外各事井井有條却也心服到十一這

500

天筵宴倒平常惟周到這些禮節足々忙了一天第二日
又入朝謝恩畢未召見回來又听說十四日有旨意封拜
出師功臣將士又有天使下來不免辦席款待這些子女
都要備辦冠帶忙得這些人[illegible]辦齊全已到日期了
當晚早睡到得四更天就起身赶着梳洗入朝听候封拜
福王仝瑤華并八个子女各々冠帶以下司員及一班武
弁齊集朝堂不一回靜鞭三响早有黃門官逐名宣名進
立丹墀遠々望見龍亭內坐着至尊尚寶司在旁發勅
旨發一道即有司禮監捧下丹墀中間站立高声宣讀道
奉天承運皇帝詔曰諮爾河南分藩福王兼充四川監
軍使臣常洵

瑤華傳 卷之六 第二十二回 四

501

現在府第可居且未起慶成筵宴可再留京師盤桓些時回庄未遲也福王仝瑤華齊声遵旨伺候駕起跟随下山從旁侍立俟帝回宮然後随仝内侍趨出將出朝門已見護衛僕從人等皆在伺候即時上馬仝回府第不題再説崇禎皇帝回宮向皇后道代主瑤華姻事已與福王宣示明白皇后聞知甚喜即令内侍傳與周国丈知之可即擇吉送聘周皇親那敢稽遲即時遵旨備辦次日帝御偏殿令閣臣將瑤華所奏兩事擬旨須行兵部又奏十四長公主已將随仝出征之婢僕姓名開单报来帝遂與閣臣擬議封賞勦滅脅崇明一案出師將士閣臣温体仁奏道福藩王兩次監軍先未察其詐降致寇復叛今雖勦滅功過

494

只可相掩惟於十四長公主面上似應量加奨賞出自上天恩帝問十四長公主宜如何晋封温体仁奏道此一大功告成皆出十四長公主一人之力恩宜從厚臣竊想晋封十四長公主侯伯之爵帝道婦人古無加封侯伯之號体仁奏道有漢高祖曾封老嫗許負爲鳴雌侯帝曰此美相術之言何可出此体仁奏道不過不出之杜撰耳只須將晋封事由表出與許負判然有別矣帝曰命良玉一們招撫之事馳哨宜降随征將士亦須照例封賞体仁道容俟臣等擬定請旨定奪帝曰還有一人加封爵號閣臣未知其細因而奏請宜示帝便指示一人不知所指者誰何吞如有官們不看下回也就明白了

閨鑑錄 卷之 第二十二回 十一

495

閒鉏評曰

此一回瓦皮演武時如火似錦何則如瑤華之春心漸逗從見桃紅而省小詩起一層一層次第描寫及乎懷春女子之情至此可稱盛極之地至思宗翻扇亦如瑤華之懷春初動從賜皇女封號起也是一層一層次第至拜封侯爵止亦稱爲至極之地此兩節可作爲兩大股對聯文字看此等灰蛇伏線恐看者亦未能透徹故爲拈出之尋常小説家不但不能且亦未嘗夢見追歸朝後先賜休沐十日欲爲之擇配再行名見此真謂錦上添花加一倍寫法似此筆仗皆從四大奇書倣出始入諧情盡興之境其樂不待言矣請浮一大白

496

第二十二回 封侯帝女堪驚世 狂疾王妃欲絶倫

四言古詩詩曰

黑頭奇丞髽髻無侯況是處女舉世罕儔王妃致病若甘求由生者含恐死者難休一施一報何怨何尤奇言妒婦禍兩自求

却説帝謂閣臣曰此振十四長公主面奏此番戡陣機宜皆由伊師文姐無碍子所授卿等亦即擬入旨内閣臣領旨又見光祿寺表奏平定四川逆匪班師將帥士卒例應欽賜筵席在武英殿筵宴帝道内有福藩王與十四長公主係屬父女且設筵武英殿又須遣員陪宴于儀注均有未洽宜爲權變朕意十四長公主筵席即賜于邸第另遣

閨鑑錄 卷 第二十二回 三

497

奏達諾蒙俞允不特国祚綿遠抑且聖壽無疆帝問何事
瑶華奏道第一事主上所定魏客兩奸之逆案天下莫不
快心悦服且曾受二逆所害之臣民死者已邀擴典追敍
免但尚有家屬充發边陲者皆二逆羅織所成茲逆等已
明正典刑而被害家属仍遭辱僇似乎稍有未洽應請勅
旨赦回爲數却也不少帝曰此事朕亦曾念及於天理国
法人情莫不脗合瑶華又奏天下設立教坊此時太祖高
皇帝定鼎之初原爲四方窃踞逆命之俘虜所設国家恩
養元元迄今已将二百五十餘年雖間草窃之寇亦未能
如国初之頑劣或施之此輩甚属相宜至于臣宰犯法自
有常典緣坐之家属亦不過遣戍而止至謀逆之案施之

尚不爲過若尋常贓私追賠不清至有罰令家属入於教
坊者不無過當應請皇上竟行裁去此項名目於風俗人
心大有裨益帝道此不過減去課鈔一項錢粮教坊裁撤
亦是盛德之事瑶華道臣妾前蒙皇上賞給客氏家産尚
有庫金亦蒙賞給今臣妾愿將此項銀兩置買庄田收入
租籽以抵所虧課鈔之額帝曰吾妹更議得周到還有第
三事呢瑶華道久在宮中之宮女年大者使令恐亦不當
聖意似可懇求天恩勅下内官遍査宮人入宮年分定以
限制概行放出消此宮内陰沴之氣必能感召上天和諧
之祥此三事若蒙俞允是必歡聲動地戴德如山矣帝曰
吾妹所奏三事皆大公至正並無一件涉私于朕甚有裨

益有何不准俟明晨早朝當命閣臣查明案據擬旨施行
釋放宮女一事即着司禮監辦來遂令内侍傳旨去了鄭
妃時復進酒内侍等進饌絡繹帝向福王道吾妹之代爲
国事可稱盡所能朕放酬庸之外亦必有以慰其隱憂前
歲叔父奏及妹之婚事朕已宣明當代叔父擇一快壻此
言未曾忘于頃刻者因妹才名久播於朝羣臣子弟頗多
紈袴即有出類拔萃者已早被同僚物色是故心懷雖久
猝未有成今已物色一人即皇后之幼弟所謂親上加親
情更親也此子前日朕已宣來朝見其品貌才幹皆可匹
敵前將抄没客氏家産賜給與妹亦朕有心玉成佳偶之
意今與叔父宣明朕當擇吉下嫁以釋朕數年在心之事

福王全瑶華齊聲謝恩帝令内侍扶起瑶華又奏道臣妾
重蒙天恩下逮雖百世莫能仰報況聖上所主之婚自是
至吉何敢有違但臣妾將出兵之時曾于生母之墓前禱
告求請陰爲保護父女安穩班師今仗天威得以如願似
應省墓宜先下嫁宜後伏乞皇上容臣妾回庄祭掃後即
遵旨諏吉奏聞成禮帝又令内侍扶起賜坐帝道朕知妹
意在先盡孝思然後于歸此出禮之所正且皇后外家亦
切近庄上事無不可福王見天色將暮遂奏道臣等蒙賜
陪宴榮幸非常但恐聖躬勞倦止此告退帝指鄭妃曰今
晨帶此人同來意欲做登高詩消遣乃爲談讌所誤負此
佳節矣福王全瑶華起立後又復叩拜謝宴帝自扶起道

庄田收租積貯出陳易新得有積蓄又復增益十餘年來未敢絲毫靡費故得有若干之項臣女仰体聖心大兵之後必有灾歉故特賚往軍前以代撫恤流離無籍之民稍慰皇上軫念之懷帝曰叔父與妹之心即朕之心可見事無巨細總不外乎骨肉兩字安得不敦親親之誼故今日朕特備有家筵畧去朝廷禮節聊叙骨肉至情恰值重陽令節正好登高叙樂福王等奏道聖恩高厚無以復加敬當陪侍遂令内侍引福王等先至太液池相待朕更衣即至福王仝瑶華送駕後總仝内侍到太液池伺候須臾帝至後有鄭留仙隨着福王與瑶華又趨前迎接仝上假山之上一个小亭内帝道此間只敍家庭之私叙毋分國制

之典儀叔父坐上朕與妹分坐兩旁福王忙跪下奏道臣子爲天下之主即使宗親分長應遵祖宗明訓臣死不敢奏詔帝亦忙爲扶起曰叔父何不脫洒乃尔福王口稱不敢帝令内侍鋪設毡毯席地南面坐下令福王旁坐福王正欲謝恩忽見鄭妃往後退去忽踏了一空往後便倒瑶華眼快飛身竄下將鄭妃救起抱至原處放下帝向未竟回頭見瑶華從山後上亭遂問妹又何往瑶華笑而不答鄭妃奏道臣妾適纔失足撞下山崗蒙公主飛身搭救得不致損傷帝乃問内侍此何時之事内侍跪奏道就這頃刻鄭娘娘失足跌下山坡公主飛身下山扶救上來帝曰怎麽我就未有知覺可見吾妹之武藝超羣身輕如葉此

等身法是何人傳授瑶華奏道就是那女冠自號無碍子自臣妾五歲上即來往上教授縱跳騰躍十八般武藝以及上學攻書作文諷詠未曾從過兩師帝曰此必異人今還在否福王道還在庄上帝曰朕將宣召到來教授宫中妃嬪福王奏道此人性情太傲慢恐不便朝見至尊瑶華奏道他更不以榮利爲事帝道必自劍俠之流瑶華奏道聖明洞鑒無遺此番戰陣機宜皆其所授得以巨逆殲除帝曰若此則彼亦有功於国宜加封號叔父與妹雖自家骨肉然亦有所酬庸以下尚有致力人否福王乃奏四婢道這四婢與臣女致力無二向有四个小厮頗多勣績此臣所目覩不蒙垂詢亦不敢擅奏帝曰爲國除害那論貴

賤漢朝衛青乃是徒民位至封侯所謂英雄何論出身微也吾妹可將手下這四婢四僕名單開呈朕當爲封賞瑶華答應即跪下謝恩四婢亦即叩謝已見内侍送上酒餚設于毡毯之上帝令福王瑶華坐下福王仝瑶華謝恩畢福王坐于西首之上瑶華即坐福王之下帝回顧鄭妃曰你也來坐下爹爹敬十四長公主一盃酒以謝答救之恩鄭妃朝上謝恩又向福王瑶華致禮畢坐下東首之下執壺送酒帝執酒自飲福王等纔敢持盃照陪帝問叔父所莅省分民情尚安帖否福王奏道曾經遭賊蹂躪者多有殘破撫恤之後可以弗廑聖懷帝道可有見聞別事尚須調劑者否福王奏道臣愚未能悉知瑶華道臣妾有三事

活得全那張家媳婦的婆婆一个樣子千人憎萬人嫌也
沒有麼好處人到死後總要叫人思念纔好若前生就把
人惹厭你道心上好過不好過梅影道這樣說起來若女
人好光景不過只得二十多歲你看羅家妯娌兩个終上
三十多歲就這樣一个面龐了我个你到那年歲只怕也
要老若了瑤華道原是這等說女子及時而嫁過了時就
有摽梅之嘆梅影道公主是缺了十日後面君必然有下
嫁的好信息瑤華道我有好信息難道倒把你撇起來梅
影道有怕沒有只是到那時不知怎樣瑤華笑道就全那
夜聽見的一樣就是了兩个說到那時不免摸摸摟摟又
要乾發燥一陣遂各熟睡不知隔壁那黃家媳婦初招男

人正在綢繆之際忽然瑤華回來派了進來伺候不敢不
依那裡聽得着他們兩个在床上所言之語聽得清清楚
楚瑤華笑道這兩个春情大動了不在話下到次日梳洗
畢即往福王處請早安福王已起身了留住閒話福王道主
上叫我們休沐十日一些好事沒有又不好出來拜客到
也難過我想有一法可免寂寞瑤華請問福王道這府中
只有我父女兩个且喜分住兩下各人在各人處飲食覺
得不醒脾我今你迭爲賓主今日你在我這裡用膳明日
我到你那裡用膳再叫人去外邊傳些戲耍的人來每日
辦辦解悶那就好過這十日了瑤華道王爺說得甚是就從
今日起福王聽見女兒湊趣一發高興遂喚這个又叫那

个眞个的鬧熱了一天瑤華回來少不得又要與張其德
周青然兩个商量調停其事這些長史令史心上只揣着
一个公主那福王就有些稍次一層的意思第二日知是
公主請王爺比那王爺請公主這一日更辦得鬧熱這福
王滿心歡喜席上見黃家媳婦甚是風騷悄悄的露些風
聲瑤華自然不敢不遵只得讓他過去如此度日正所謂
易過光陰熱鬧場一瞬之間已到第十日午後就有大內
裡太監傳出旨意來明日不用一早入朝明日是重陽主
上在太液池假山上登高王爺全公主早膳後在宮門伺
候宣召以敘親親之誼福王全瑤華得旨即煩內監轉謝
天恩內監去了父女仍然飲宴取樂到得次日膳後全入

朝門伺候將及午刻早有內監出來引進帝尚在偏殿福
王全瑤華趨上殿階帝亦迎將下來父女兩人起居畢帝
曰苦勞叔父與妹親歷戎行得免一方生靈塗炭福王與
瑤華齊聲奏道此皆聖主德威所及故巨魁得以授首臣
等奉命征勦皆分內應爲之事何敢言勞帝道叔父與妹
固是休戚相關然食祿之臣筭且不能分憂而優游之宗
室亦不知凡幾要叔父與妹我獨賢勞實深注念昨又據
四川貴州湖廣河南四處撫臣奏到勦滅逆匪之後又各
撫恤難民報銷之數將及百萬但查朝內並未發及此項
賑濟之餉叔父從何處撥來的福王道臣自蒙先皇及主
上鴻恩撥食一州五縣糧餉并鹽引積年所餘又另貯買

首令張其德周青黛兩个看住帶着官房四个小厮撥在第三進大樓下分住又向趙米兩王府上將那八个女人仍旧要回照前分派職事又嫌後边冷靜叫兩个令史將家眷搬入看住門口長史住府六十名護衛仍在群房住宿支更守夜那四百名親隨軍各與路費仍令原押太監先行帶領回庄仍修書與無碍子說知并報捷音分派已定再令長史將自出征起至班師回來日止用過帳目及存剩銀兩繳進入庫着令荷香查核收報轉眼之間天色將晚率仝四个婢女到福王這边請安福王傳話出來身子劳倦且各休息罷明日再見其實在房中與這些婦女行樂瑶華退回用膳畢後與張黃兩媳婦閒話知都已招夫

了又問我們去後這房子是幾時動工修理的費多的道是三月初頭修起六月盡纔修完又問是那个的主見張家的道是長史夫人主見的道夫人也是好才情雖是兩个令史監工其實都是他的分派瑶華道人可生得好兩个媳婦道品貌也好做人更好正說間梅影來請安寢只得自去歸房瑶華道我仝你今晚把這褻衣褲換了豈不但就髒而且漸有氣息梅影道師父不叫寬褪又無別項衣服替換如何換去瑶華道你但聽師父說不許寬褪是講在軍中的話所以有防不虞的結語如今事已完結又在京師城內還有什麼不虞梅影道將什麼來換呢瑶華道我前日偶然翻册子上約模廂樓箱內有這些零星的

小衣服在内你去喚了這兩个媳婦仝張周兩个一塊去取梅影道匙鑰還在長史處瑶華道叫張其德去取來梅影遂出房將話傳與兩媳婦令其叫其德一仝去取這兩个媳婦隨即出房辦理隔了一會子纔取了來總共有三十多副瑶華分發衆人一概寬褪漿洗看官要曉得無碍子所囑咐之言也不獨在軍中之時而不虞兩字所包者甚廣瑶華今年已是十六歲情竇已開且其今生雖然十分尊貴總不離前生狐狸之性前生還是雄狐今生又成女体陽性動中有靜陰性是靜中有動故八人中沒一个敢先動性惟他偏又不耐可見在下所說不謬那一晚仍與梅影同床共衾梅影換下褲衣仍要穿上乾淨的衣褲

睡下瑶華向住道呆子不脫衣褲已是半年多了今晚就受用受用也不打緊我兩个都光光的睡一宿去梅影只得依允睡將下來道穿慣了睡倒覺得脫了不合意瑶華摸着梅影奶道阿呀你的奶都把這个褲衣束匾了梅影道那會束匾我並不見他高起來瑶華道你明日看就曉得了梅影遂摸瑶華奶道公主可是一樣的用手一摸卻是高高的往上聳着遂道怎麼公主的又不會匾瑶華道你只仝我面龐一樣形体就兩樣了不聽見那相面的說你沒有臂尖梅影自家回轉手去摸了一摸又伸過手來摸瑶華的說道真个公主的臂尖比我的高只怕要把這个相面的說准了怎麼處瑶華道有甚怎麼處一个女人

不得不先殪良玉作書者移前挪後即三國演義亦在所不免何可訾議後遇李闖之戰陣更覺生新且預伏福王猢難之機尤為出色試問觀者曾見如此之小說否香城序內云並未通盤計算只隨手撰出此則欺人之談也如劍仙遠授兵機瑤華預籌禦敵步步皆設策在前益徵予言之不謬

第二十一回　隔墻有耳聽春意　面帘陳情貸寵恩

吳下香城子　著

茂苑尤夙真　閱併評

調倚惢情深詞曰

已是破瓜時年紀脈情何已背背無計漫相偎語同儕　重陽御宴小亭開面受寵恩來乞得三椿盛事稱心懷

話說那門客講出來道只要你令尊到皇后那裡求一求包你一說便成周君佐聽了甚喜原來君佐雖無大才情而於文武兩途都還懂得一二若不在行的見了到也信

服的於是日在伊父之前求轉向皇后討情且與瑤華的庄了相近諸多便易周皇親也曉得王上所愛的公主如何不肯皇后又在外家附上明知不及瑤華也只好包涵着些攛成其事不時也曾在帝前說過這日回宮提及瑤華之事宰臣們並無好了弟四院倒是一庄掛心的事皇后又將周君佐誇獎了一番帝也礙的皇后的臉皮勉為應許這邊周皇親知帝有允意好不快活連忙着人去喚了周君佐進京怕要面試令其朝夕熟習文才武藝這一日早朝真个有旨宣召連忙入朝見駕帝爾周君佐面貌還好帝不過問了幾句話却不提起面試之事就退出來了這段姻緣想來也有七八分到手不覺快活得心癢難

搔且按過一边再說福王令瑤華回到私第早有六十名護衛及令史們迎接進來福王與瑤華坐定都來叩見了瑤華告知皆主上所賜福王好不歡喜又到各處看了房屋瑤華見都已修整了福王自知不便與瑤華在一處遂指東首五進房屋道我在那首住下遂令跟隨人等都到東首居內安住將旁边門户盡行砌斷只留第三進廳房房門後一門以為瑤華朝夕請安出入之逕福王少不了那件事却不敢別處胡為只好悄令跟隨人去教坊裡叫三四个人在屋裡受用瑤華這边却搬在西洋臺歇宿瑤華佔了東半边分梅影住了一大間門首兩小間撥令張黃兩媳婦居住管房西首這一溜素蘭紫雲祢李各佔一間門

好不體面一路上都有文武官員迎接驛站供應又行了十五六天將近京師就有那親王郡王內外勳戚遣人迎接到得平則門又有內閣六部九卿都遞手本迎接道賀隨後又有奉旨出城迎接的一班內官瑤華傳令將兵扎住携帶經畧使印信李建泰仝福王各携印信入朝覆旨將及朝門只見有司禮監出來口稱有旨衆各下馬俯伏聽宣那司礼監即便開讀

奉聖旨監軍使臣福藩王仝經畧使十四長公主征討狂寇不一月之間便能殲滅寇爲迅速甚屬可嘉但行陣劳苦各予休沐假十日然後入宫朝見所有印信即交內臣賫繳兵將撤回歸伍俟論功之日再行陞賞欽

哉謝恩

各拜舞起立那司禮監對李建泰道李老先兒你也有个旨意在此李建泰正要起來聽了仍舊俯伏聽宣只見那司礼監又捧出一道旨意來宣道

奉聖旨大將軍李建泰領兵出征茫無寸功虛耗兵粮寔屬有忝厥職着革去兵部侍郎賞給同知銜迅往川省將所用軍餉銷筭明白具奏如有虛糜即着令賠充仍收回大將軍印信押令立刻起程欽哉謝恩

李建泰叩頭謝恩畢滿面羞慚司禮監背後走出七八个校尉來收回印信押着啓程去了福王請過聖旨仝瑤華呈上印信即時歸第瑤華在路付令箭與小廝們傳知中

軍將兵撤回歸伍小廝們赶着去了路上的人又看个不了衆口称揚只聽見一个人道你看衆人沒有一个不是滿面風塵惟獨這公主臉色與從前出兵去的光景一樣這又是什麽緣故不說他們路人閒話父女回第再說崇禎皇帝爲甚不即召見原來心上欲與瑤華相一个駙馬豈知滿朝臣宰都曉得這位公主不比等閒若好子弟早已名登科甲身列宦途若不成材的如何配得過這位公主所以自奏捷後即留心起意欲也要个文武全材各大臣中子弟有了文即欠武有了武又少文有時宣諭各官都不敢登荅只有那些內外勳戚都在皇后面前求親皇后外家就是周皇親其幼子周君佐尚未聘室曾經偷見

過瑤華十分心熱要想配這頭親事與一个門客商量那門客道這又何難現放着皇后是你的令姊只要就此住了口不往下說了周君佐再四央告那門客終把這句話講完了不知所講何話請看下回便知

閒仰評曰

燕葉尚香之設伏認旗囚車之縱橫奇矣那知所放之炮而買鑼誤得此一着則與于他書操必勝之權矣且能掩去刻畫痕迹故四面皆得一時彙集以致奢遮猝不及防無心戀戰此一節寔出意想之外不知從何筭到若無此誤則奢遮未必即爲俘囚而兩軍勝負屬誰未可知也至秦良玉乃死于流城之戰欲與瑤華收功

一弹丸打去正中那賊往後就倒了冲陣的賊兵馬脚欲亂一个个顛下馬來親隨兵隨手一刀一个只見賊兵羣賊頭被傷無心戀戰各回馬救護我陣中一聲號炮戰鼓齊發衆兵併力赶殺這一陣把賊兵殺得屍橫遍野血流成河赶上五十餘里賊兵都荒逃遁瑤華馳馬在後鳴金收軍暫時札住沿路賊匪所遺輜重甚多令各兵收回都是銀餅每个重五百多兩餅內有孔穿索令軍扛抬遂拔寨而起赶到荆州住下早有荆州文武前來迎接被瑤華當面申飭賊兵來往如入無人之境虧我兵甲堅利殺退賊人並不見你們一兵一卒前來策應倘被賊圍豈不盡送你們這班狗官之手我回去奏明主上定然把你這

班狗頭个个砍下來罵得這些文武叩頭流血一面入城一面差遣中軍及手下小厮督令府縣查明被賊焚掠庭所安撫百姓仍發文令赴武昌領銀賑濟又將賊匪所遺之銀餅充在數內各各領命遵辦去了却說李闖並未紮領全軍只帶得一萬四千人馬想襄陽城內並無大兵駐守可以不勞而得不料行至荒僻地方忽遇瑤華這枝兵馬殊出意外前軍被陷誤聽敵軍被陷故冲上前來人馬還未站定被瑤華打中了一弾丸正打在額角上登時暈倒幸虧衆賊救起而隊伍錯亂不防敵軍反來冲陣一萬四千人馬去了一大半那些殘兵落荒躲避幸而敵軍不加追赶見已直往荆州去了方敢聚集殘兵暫時札个營

些賊歇那李闖直到半夜纔甦醒轉來恨如切骨問這些手下的人究竟是何處兵馬是從那裡來那手下的小賊回道已據探子查明來稟是河南封藩福王全將軍李建泰剿滅賽崇明從四川回來途次相遇被他殺了一陣李闖道我早望見有面認旗寫的不像是福王的字樣有一个道這是他的女兒加封為第十四皇女又是經略使用彈弓打人的就是他李闖道你們都記着我有日得了河南省城捉住福王務要生咬其肉拏住這个丫頭與衆人拚死方出得這口惡氣手下人齊聲答應又調養了十餘日總覺平復一面發令箭再向陝西調取兵馬攻取襄陽不題再說瑤華令李建泰督率散賑又擔擱了一个多月

民情安貼然後啟行衆官文武全遠近百姓都來叩送一个个千恩萬謝歡聲動地瑤華傳令仍發報子四下打探有無賊兵預備抵敵行了十餘天却未遇見一賊將及衛輝即進城暫駐問及各官知賊人于三月内曾經在此焚掠一次瑤華仍令中軍及小厮們暫全府縣查明被災户口一一賑濟一面行文開封解銀來軍前發賑又對福王說女兒在此還有一月擔擱王爺何不悄回府中一避仍即赶回一全覆旨福王道路上賊多萬一遇着倒不穩便有你在此我甚安心別的事我倒並不掛在心上瑤華聽見福王膽寒也就罷了轉眼之間賑濟完了遂接衆回京這一路切近帝畿賊兵究竟不敢窺探瑤華領着班師兵

撤去倘或遇着賊兵如何抵敵瑶華聞知只得終止仍行文與貴州省將銀解赴軍前應用一面擇吉班師衆地方官全百姓皆送出三十里外衆行辞回領着大兵一逕仍由荆襄回京仍發撥子四路探聽賊兵消息福王于途次問瑶華道你此番來川主上倒發這些兵餉來賑濟共有多少銀兩瑶華道主上征剿流賊兵餉還接濟不來那裡還有發來川省用度福王道這麼你各處行文所謂的是何項銀兩瑶華道女兒曉得此番來川剿滅賊匪後地方必定殘破若不賑濟百姓何以為生必致仍為流寇故于未起身之前將庫藏内金子提了十萬發在這幾省布政司庫内易換得餉銀一百四十餘萬如今所用的就是這

462

項福王道我們出了力還費了若干銀兩覺得劃算不着瑶華道主上的恩典也大女兒到京蒙賜答氏房屋并田產租穀約來也有四百餘萬怎樣劃算不來福王聽見了這句方得歡心這一日將抵襄陽忽有報子探明流賊李自成在大路欲取襄陽城瑶華令將人馬扎住細詢了情由心中暗暗計畫定了遂傳中軍諭知明日遇見賊兵你們扎住陣脚切不可移動但看我們得有進步你們也緩緩跟進如賊兵乱箭四射各執藤身牌擋住徐徐退後若然驟退賊兵必來冲陣若果冲來你們就取牌上所受的箭射回若我們將他殺敗你們就放起號炮驟發戰鼓令衆兵併力冲殺鳴金纔止中軍即傳下去了又喚親隨兵

463

吩咐道你們明日遇見賊兵都一字排開如賊營放箭第一要緊護衛着各人身子我們自有戰法如賊兵一敗只顧追砍賊兵的馬脚又密諭這八个子女道明日的戰法不同與賊兵對陣時不用軍器各人多帶弾丸先取弾丸揔以五个拑在手内連連發去不可歇手打倒一排我們就趲進一步緊緊打去賊兵再無不退的俱各理會了福王在旁道我聞得流賊並無紀律一味冲殺若照你號令萬一四面地冲將來如何是好瑶華道原為他們無紀律所以我們要紀律嚴明他一見兵旅齊整必然也會度量意思的福王道你們這九个人弾子雖好賊兵勢大那裡打得盡許多瑶華道擒賊擒王打了他大頭目小卒誰去

464

打他福王點頭一夜無話次日行到草灘地方已望見賊營遂將兵馬列成陣勢瑶華帶全這四百名親隨兵都步看一身墨蹲在地上一步一步的進入早有一隊賊兵前來冲殺被瑶華等覷定領隊賊將一人一弾子都倒撞下馬去了這裡開弓發弾个个連弾五丸這弾丸如雨打得那些賊兵抱頭鼠竄的逃去了不一會賊兵大至箭如雨發瑶華們躲過一排箭乘空即打弾丸箭要拽矢扣弦弾丸隨手便發早把那些弓箭手打得七零八落那些賊將大怒傳令冲陣瑶華也令親隨兵四散奔入賊陣砍馬脚這九个齊放弾丸瑶華遥見賊隊裡有个賊將頭上打着傘蓋一馬冲將出來想必是賊頭子是趲進數步看个准

465

駐札一面令兩个先鋒去攻城務要取勝遂帶領兩千人
馬飛至城邊城上還要放箭孫朝貴在城下喊道你這班
不知死活的毛賊你們的賊頭都被我們公主擒住上了
囚車明日就要解京獻俘了諒你們也無能為我看這一
城百姓面上不來圍城許你們逃走若再拏住定不饒恕
正說着早有敗回的小賊來招呼道還不快走大兵又要
來了城上百姓看這光景真了鬨的一聲城門大開賊匪
亂竄孫朝貴指着道且饒你一死快快回頭做个好百姓
只見城內擁了多少的老人執着香上前迎接孫朝貴道
大營還在前面你們速上去迎接王爺公主入城孫朝貴
遂將兵馬扎住只帶都司千百戶百餘名各帶弓箭背着

鎗入城巡哨百姓都沿街跪接查明賊人俱已逃竄遂令
將府衙打掃潔淨安排慶賀筵席一面差官迎接王爺公
主全大將軍入城去不多時大軍齊到仍札住在城外福
王瑤華全李建泰進城即時令司員寫表報捷并報秦良
玉陣亡又飭查秦良玉宗族內應行襲職之人奏請除授
瑤華吩咐李建泰安撫城內百姓又查四鄉被賊蹂躪處
所何撫恤以便奏聞早有省城各官遞手版請安遂令委
員來署府事縣事承辦善後事宜李建泰出兵數年毫無
樹績只得督着各官辦理善後事宜聊以塞責瑤華對福
王道先差一个先鋒撥兵五百名押解送犯進京再令中
軍向省城官說知撥一名鄉導官來領兵搜山務要將賊

匪斬絕根株免貽後患福王依着瑤華的主意一一發令
去了且按過這一邊再說紀世英領出人馬搜山又撞着
餘匪嘯聚被紀世英大殺一陣死者無數生擒有一百餘
名解到城中來又往四下裡搜尋了一遍俱已淨盡總回
兵繳令府縣把這些賊匪審明來請示是否解京抑或就
此正法福王來問瑤華瑤華道此番征剿已大傷天和可
做一个脅從充發往各邊安插開他們一條生路福王隨
即吩咐各官照此辦理瑤華又悄令中軍于四百名親隨
兵丁內挑曉事者六七十名聽候差遣又密囑衙香寺四
个小廝各帶領十數名兵往四鄉查看民情光景如府縣
官查不到的你可另造一本冊來筭為我的私賑務要查

得確寔不要被人冒領了去四个小廝各各領命而去不
一日李建泰回來告知民情大為疲敝今得賑濟皆安衽
席矣又據府縣官查明被賊蹂躪之處應行賑濟兩个月
口粮并修理住屋共應給銀二十八萬四千三百餘兩造
明冊籍先核瑤華細細看了一遍也還周到遂令赴布政
司庫支發隔了半个多月四个小廝前後回來各將所查
冊籍呈上核見又得銀六萬七千餘而瑤華亦令一併赴
司庫支出交與府縣官轉給除去發賑之項餘銀悉令解
來以濟軍餉瑤華在川撫恤賑濟見民情安貼意欲先撤
大兵回京然後沿途賑濟而回中軍即悄來稟道聞得流
賊正在湖廣窺視襄陽我們回京乃必由之路若將大軍

還有戰心只辦得往西逃遁回頭一看見一面高高的誌
旗上寫着第十四皇女寺字飛奔而來耆逆知是這了頭
在内心上忽想起高興念頭來回兵抵敵陣内飛出兩員
將官來彼此對敵耆逆的手下人衆見兩將敵他一个主
兒遂一齊鬨上圍住了廝殺不想荷香蕉葉仝弁兵正埋
伏在左邊山澗内聽得喊殺之聲遂仝領着五百个步軍
斜刺裡殺入陣中也有砍馬脚的也有縱身殺馬上將官
的這耆逆看了也不知是何處來的兵這荷香雪変殺倒
馬上的將官就他手裡奪過鎗來飛身上馬就戰馬上的
將官勇不可當蕉葉仝營弁見了也學荷香辦法率仝五
百个步兵在陣中如入無人之境耆逆急了把鎗一招賊

人蜂擁而來恰碰着李建泰仝秦良玉南北兩頭一擁而
至倒把耆逆的人馬冲得七零八落方纔被圍的兩員將
官見耆逆的人馬冲散遂引兵死命來戰耆逆見四下裡
圍裹攏來只得往東首敗將下來那三路兵馬那裡肯捨
緊緊追殺耆逆領着數千兵將且戰且走忽聽得旁邊山
谷内一聲鎗响推出幾百輛囚車來截住去路又見一隊
烏簇簇的步兵疾地飛捲而來也無旗號也無長刀濶斧
手裡只拏着牌刀縱跳如猴那些馬兵見了都慌了要殺
回去又殺不過官兵要往前逃遁又被這些囚車攪住只
得下馬來往兩邊峭壁上逃走這却是他們的絕技再沒
有别處人赶得上的那知就有對付得過的人來了瑶華

見了招呼這八个子女抽出鉄條一齊扒上各使流星彈
子摽鎗遠者用流星鎚抛去將繩一收連人捲下往山下
一擲自有各兵抓住細縛就往囚車内一拏近者用弾弓
打去無不應弦而倒那四百个步軍打從山脚上兜將上
來帮着砍殺可憐耆逆數千人馬殺傷大半餘剩者逃的
逃降的降有武藝的將官自謂有恃無恐不想撞着這一
班孩兒兵竟能追躡其踪生擒活捉了一百餘名只有耆
崇明逃走了秦良玉知他的去路恐怕瑶華奪了他的頭
功引着五六十騎飛奔入山去了瑶華想得其情遂招呼
這八个子女仝四百名親隨兵死命往山裡追赶大兵亦
即隨後跟來瑶華仝這一班子女跳躍如飛將已赶及秦

良玉忽地裡望見耆逆的伏兵四起箭如飛蝗又見秦良
玉從馬上掀下來了瑶華着急喝住後來的軍馬只喚親
隨軍沿着山脚搶步進去尚見賊人還在那裡放箭遂令
牌刀手護着身子令素蘭等各婢俱用流星鎚蕉葉等俱
用彈弓兩下齊施打倒者打倒被流星繩網倒者網倒又
拏了五六十名大軍隨後也到將拏着的賊人逐个細縛
有人認得耆逆亦在其中其餘俱扒山越嶺逃了瑶華令
大軍兵卒將拏住的賊人挑斷脚筋扛抬出山與福王合
隊纔得相見李建泰也來請安瑶華說可惜秦良玉中箭
身死遂仝到死的處所衆兵俱已被箭受傷又一齊扛抬
出來招呼他的手下料理遂鳴金聚集兵馬紮札个大營

路的提足無分晝夜赶到瑤華營中呈上書子瑤華知是
李建泰一無籌畫石柱女土司獨力難支而奢逆十分猖
獗遂傳諸將把這件事大家商酌如何進兵于是各人都
來進計瑤華一个个聽了有說得切當處順著他們有無
關緊要處另與計議總不離無碍于所定之大局遂當著
大衆訂定四月初二日期約會合剿但聽號炮一齊進兵
寫書與福王知道另修一書與石柱女土司知之當時封
好傳進來人重加賞賜又限他飛依時刻投到如時刻無
誤大功告竣計他議叙職銜那人也千肯萬肯瑤華道我
還有一人也要到王爺那邊去與你仝行那人允諾瑤華
巳先令張其德于親隨軍内選得一名善走的與那來人

仝行監押着不許停留之意遂各起行瑤華此時尚在夔
州與重慶相連之界口扎住恐被賊知在一處山谿内將
另製綠色布的帳房取出支開將白布帳房一槩收起旗
幟也不設立不放炮不支更有人遠遠望來帳房與山色
相似並不知有人馬扎住在内打聽得離重慶只有天半
的路尚有漢江阻碍遂令先鋒孫朝貴暗暗帶領二百名
兵入山砍伐樹木在上流頭扎排伺候渡兵等到三月二
十八日夜二更時分拔寨悄行連夜渡了漢江仍揀一个
山谿内扎住那奢逆暗刻遣人探聽大路上並未見有人
馬拔營四五起的探報如出一口奢逆又大吠道毛了頭
起先是一團高興而來路上一聽風聲不好自然回去了

那些賊將道大王不可如此猜度萬一是他使的詭計哭
如其來又有那大營仝石柱司三面圍將攏來如何抵敵
奢逆道他們的那兩枝人馬一在南一在北這了頭來自
東如三面齊來殺得過安如磐石殺不過我正好往西回
家那裡崇岩峭壁莫說赶不上就赶上了兩个眼烏珠只
好望着我你們都放心他若不回去這枝人馬總在大路
上辦道又藏躲得别處去麼衆將道藏躲也容易這一路
上深山邃谿那處不可以藏躲奢逆道我也慮過了所以
探報的來我就問他可曾在各山頂上瞭望過他們都說
逐處瞭望過了只不見有什麽人馬駐扎在那裡衆將道
既如此他果真回去了我們明日就要起兵去殺那秦家

婆娘子奢逆拍手道好吓這終是正辦可速傳下令去明
日五鼓都要齊集出城聽候調撥城内只留下五百兵仝
二个將官把守就夠了衆將一齊允諾明日五鼓准備這
調厮殺且說福王這邊于四月初一日午刻接得瑤華之
信遂與李建泰說知暗傳號令明日五鼓悄悄齊集但聽
東路發有號炮一仝殺出又傳與秦良玉知道一体預備
却不可透漏消息各各理會瑤華到了三更天則傳下令
來啣枚疾走直到五更時分將近重慶城池了忽聽見砲
响疑是福王那邊巳啓營了遂令放炮接應殺奔前去那
秦良玉聽見號炮也殺將出來炮擊相應三路齊到奢逆
那邊不過因出城放炮還未點兵猝地裡圍殺攏來那裡

降大兵前撒復又嘯聚李建泰奉命征剿奈失之懦弱觀
望不前幸有秦良玉與之撐持但兵力單薄亦不能剿滅
故福王奏請添兵令瑤華統兵相助近日奢建見大營無
所動靜毫無忌憚復占踞重慶將圖大舉忽接到招安檄
文仰天大笑道明朝皇帝看來朝內無人矣先差一个沒
用的文官在這裡打了許多日的嘴唾今日又差个毛丫
頭來看熱鬧檄文上寫着十四皇女待我臨陣擒來受
用受用亦未為不可衆賊將道大王不可小覷這丫頭將
官們久已聞得是个文武全材此不是天啓皇帝的公主
就是現在監軍使福王的女兒奢建道也不過是藩王的
郡主這麼我還不要他哩你們衆將好沒志氣傳來之言

446

無非要與福王掙臉面你想十幾歲的毛丫頭憑他冲天
武藝也就看得見難道你們倒怕他不成衆賊將道怕是
不怕也不可輕視奢建道略加防備就是了不說奢建肆
意驕縱再說荷香寺初奉差遣俱各勇往直前拏出私囊
買些酒肉與這些弁兵們吃了又說了一大些好話騙得
這些人各各歡喜一路上情投意合因各献討道承小爺
這樣恩待我們明日不是這樣走法荷香寺問道依你怎
麼个走總好那弁兵們道我們如今不要拘定按程按站
也不必一定要下店房荷香寺道如何宿食呢那弁兵們
說出一句話來真个大得其益要知如何得益之處不要
性急自有下回可看

447

閑仙評曰
大閱一回妙矣尤妙在相士一篇將瑤華終身預為透
露此小說中絕無而僅有者何敢以小說目之至思宗
之賜旗賜詩乃石柱女土司秦良玉之事今借移在瑤
華身上亦借得有來歷其劍仙遠授機宜奢建遽生驕
態亦皆作者苦心挐出驕兵無有不敗者安知非思宗
預知奢建生驕索性遣一幼小女子臨陣征剿令其不
為之備亦在必勝之得其要者且瑤華忽生潛藏兵馬
漆娘能越峭壁以追擒此二事更出奢建意料之外
似此兵機即孫吳十三篇之中亦未有備也何其偉哉

第二十回　滅寇成功晉後勁　施金普賑問前愆

448

七言截句兩首詩曰
十年學業遠馳名何物幺魔敢弄兵我有横空千丈
箒掃除小醜享昇平
世間可恨守錢奴堆積金銀與命俱爭似一朝揮霍
盡消除罪孽洗卑汚
話說弁兵們道我們只要多帶乾粮隨路食宿就好荷香
們依幺不拘白日晝夜醒了就走倦了就歇該應十日的
路四日已經赶到了所以到重慶時比别人快到五六天
到了大營進見福王請了安將瑤華的書子呈上福王看
了想着劈畫軍情有條有理十分歡喜遂與李建泰商議
要嘗逆夜劫軍情偹細寫明又于軍前選了一名善于跑

449

已大亮方欲上馬只見御前校衛來稟奉旨意差來代公
主打認旗瑤華即令婢女將認旗交執那校衛早帶有旗
杆跟時拴上在馬後扛着瑤華即令四婢上馬趕出平則
門已見候送者紛紛直到營門纔止一一道意致謝各兵
將整齊隊伍迎接瑤華入帳升坐發了起行號令遂放了
三个抬營炮即刻發行旌旗招颭殺氣奔騰浩浩蕩蕩的
望驛而去自此曉行夜宿途中號令森嚴秋毫無犯將抵
荊州城即在城外駐扎忽有太監兩名到營投信瑤華意
中已知無碍子遣兵來此着令進見中軍官帶進營中太
監請安畢呈上書子瑤華一面拆書吩咐小厮引領後營
暫歇遂展開閱

爾啓程後一切情節我都知悉現領大軍將次進剿我
已精練親隨兵四百名令其間道直趨荊州相待諒刻
下可以會合宜先暗遣荷香蕉葉二名帶仝裝扮出衆
之營并四員撥精壯兵丁五百名由辰州銅仁思南趕
渡漢江報知王爺先將彼處軍情探明細底精選捷足
仍由原路背知此五百兵仝荷香蕉葉營并時可致明
王爺預埋于相近賊營之後仍暗暗令石柱女土司知
之以壯其胆俟會剿之日起發尔在大營宜先發檄招
安賊黨探其動靜若何再明文知會石柱女土司剋期
會剿如其詐降即就其詐降之意設計破之至會剿之
日照打認旗即令大軍冲陣尔帶七人率仝親隨埋

伏左側以爲兵相接自逆必不能出我所料可一鼓而
就擒此行軍自先令軍政司多備囚車先軍前驅使賊
匪覩之胆寒亦可阻隔馬陣班師後主上必然擇人下
嫁斷不可在京師成禮須奏明俟回庄省墓後擇吉成
親再行具奏主上亦必允准大段情形不過如此臨時
當以機變行之可也無碍子手泐
瑤華看畢即傳中軍仝太監將親隨兵領回守護大營中
軍仝太監賫令前往將及二鼓兵都到營安置瑤華已將
書信寫好咨諭荷香蕉葉照行又咨傳中軍進帳示知選
將撥兵那使信息透漏交四鼓即要啓行吩咐畢中軍官
自去暗暗承辦人啣枚馬摘鈴一交四鼓悄然而去中軍

檄令認瑤華次晨升帳傳集兵部司員及統兵將弁共議
先發招安文檄遣員飛馬賫去并諭荊湖二府趕緊多備
囚車并另製綵布帳房解赴軍前聽用又諭統兵將弁通
傳衆兵自今日為始要兼程行走限十日務抵重慶如違
軍法從事遂即拔寨啓行不題且說石柱女土司姓秦名
良玉先係伊父襲職土司因病身故諸弟皆幼奏明即以
長女暫襲俟撫弟長成再行啓奏咨襲秦良玉為人剛正
宣撫有方諸土番皆服其法度故諸弟雖俱長成仍未歸
正嘉靖年間奢崇明作亂自請征代朝廷嘉其忠義假以
節鉞征討無如奢逆狡猾作叛作降遷延窃踞秦良玉諸
弟戰死四人力不能支奏請發兵會剿奢逆恐懼率衆投

馬上不見髯尖恐怕有始無終那三位不過平平常常倒多還長壽小爺們裡邊也只得一位可以做到三四品的官但是秀不深藏性多飛達也不是个長久的相兒瑤華道說你的相是無疑了小厮們裡倒底說那个梅影道我想來只怕是荷香瑤華道却是他別个都還差寔惟有他好做張致還說別人沒有梅影道據他們後來又聽見門房裡的老女人說他聽見相面的說公主馬後還有一男一女跟着這兩个倒成點小氣候老女人道難道也會做官那相面的道官是沒他的分兒這个小太監將來可成个鬼仙這女的可以成个地仙其餘的人不過和我們不差什麽瑤華道這不是說張其德周青麓了梅影道他說

後邊的兩个是明指着他兩个人瑤華道這个相面的着還有些意思他兩个師父將在我面前提起過後來有些好處一面說一面就睡着了仍是梨雲芋守夜照依那晚的更次就傳喚這些人起來料理赶着請了瑤華起來梳洗用膳外邊已來催了瑤華一面裝束又吩咐小厮們仝付史收拾行裝先行出城只帶四个婢女入劉張闕兩人遠遠的跟着伺候出了大門就有中軍官護衛軍打着官燈火炬前後簇擁瑤華仝婢女們一齊上馬直到朝門外下馬早有太監們奉了皇后的懿旨前來照應通知御前校衛皇上陞殿即來招呼等了半个時辰已奏宣召瑤華帶着四婢上殿嵩呼舞蹈畢帝傳令至前把軍情細細的

宣示了一遍又說你此去非比他人務與叔父全心戮力早報捷音瑤華一一遵領帝又道我已令七長公主代朕推轂卿盡遣將之禮瑤華聽說忙又跪下叩首再三堅辭越宋兩王亦從旁代奏道這是自家宗支非比臣宰既皇妹堅辭伏乞皇上俞允帝纔允免又令近侍賞出一面認旗與瑤華瑤華跪接了展開看時有五尺多長三尺五六寸多寬用金黃緞團繡着三爪龍又用黑剪絨橫頭貼着五个小字是第十四皇女中門又貼十二个大字是欽命四川武威盪寇經略正使瑤華看畢即時叩首祗領帝道朕特令宮女趕夜繡趕與妹軍前耀武出宮時又得有面旨裁何卿為餞行遂令近侍于案上遞與瑤華瑤華双

手接着朗誦一遍其一曰

天潢毓秀建奇勳　文武才能經緯分
爲繡認旗當殿賜　追奔行陣盪妖氛

其二曰

唐代爭傳娘子軍　曾開幕府露紅裙
土司且得前茅列　後効憑卿捷奏聞

瑤華復又叩首謝恩奏道臣寸功未効已荷恩賚盈頒且蒙宸翰褒嘉並增懼悚臣女雖有矢志殲滅醜類上慰聖懷以報大恩于萬一遂即陛辭帝道行軍以迅速為貴可勉兵將早抵蜀中朕當計日以待瑤華領旨辭出殿廷仍詣寧坤宮叩辭皇后及各公主不敢久留即出朝門天

吽蕉葉來一問梅影荅應了又問瑤華道公主今日祭蠶神可曾見蠶神的神像麼瑤華道我拜下去了抬起身來他們就把神像捲起再拜下去等到抬身又捲起來了約摸着見神像是側面站着又像个女相你見了麼梅影道見了寔在是个女相不知怎麽是赤身露體對着一匹馬站着却不曉得這个緣故瑤華道我向年聽見師父說過這女子爲救父情切向馬祝告如能到敵營中救父馳回情愿與馬結爲夫婦那馬竟把他父親于敵營中救回以後怎麽樣就記不清了梅影道這又奇了一个人怎麽與馬結爲夫婦想來必然死後的事瑤華道這不過是一片孝心所以能夠成神也是勸獎之意兩个又說些閒話就

睡着了一覺醒來已見日高三丈急急起來梳洗用膳畢就有張其德來禀道小廝們在外禀知要到庫樓各處查點東西還有脚夫挑着冊簿進來請公主到房中坐罷瑤華喚道你又奇了我昨日在教場中人也見了千萬今日到要躲避這脚夫了吽他只管挑進來罷其德即忙令小厮們引着付史脚夫進來將點冊查明就從簿內檢出在樓物件的冊子令史脚夫抱着查去了瑤華又吩咐張其德傳知長史將這收回租息銀兩隨帶用度所有看守府第人口共有多少作何散給口粮在何處開銷吽他開明单子送來查明給發又令將王府送來的八个宮女俟我起身後着令史暫帶他們寄在那兩家王府中待班師回

京再來請發張其德傳出去了又喚張黃兩家媳婦來吩咐道你兩个且仍住門前屋裡依棲着我自有口粮給發你這兩个年紀更輕孤身隻影究竟不好我教令史替你們作配的爲是兩个叩頭領命出去了一會兒張其德傳進新製的盔甲進來瑤華看了果然做得好都是新欵花樣的領繡且全錦襯一般可以穿着到臨陣時再下鉄片盔帽裡也鑲着一條裝綿的紅緞勒額不比昨日那盔的欽沉要放入內裡去了令周青兼各各分給又傳知長史令其將家眷搬入這三進屋內居住好照應庫藏一一吩咐出去了隔不多時這些小廝們來回道各處東西都查點了並沒有短少止有田房屋契未見想在冊簿內遂各

于箱底檢出一大綑來瑤華交與荷香挨順年月分別田房全出息租籽租錢每年若干共錄一本帶着仍將契券發交長史收執荷香答應領着付史們都出去了轉眼之間天已將黑張其德傳進長史來禀的話道明日四鼓入朝陛辭五更出城中軍官打聽得有七長公主奉旨代行推蠶禮公主務必要堅辭瑤華道曉得了遂擺膳用完安寢各就寢所臨睡時瑤華問梅影道可曾問過蕉葉的話梅影道問是問過講得不甚着是瑤華道他怎麽說梅影道據他們聽見相士說姐兒們內中有一位全公主一樣面龐的就該全公主一樣了豈知又是兩樣的這就要看氣色了這位姐兒面上的氣色有媚無威但秀不清坐在

你一樣的一双眼睛一樣的看過兩遍怎麽你就看得清
我們就看不清倒要請教个明白那一个道老兄們不要
着急我說來包管各位都服我你們不過見人一看就是
了不去細辨五官察看氣色所以不能像我清楚這些人
道你難道會相面的麽那一个道不敢欺其寔我靠着相
面吃飯這些人道怪不道這却看你不過但是怎麽看得
个清楚法子也要說與我們知道才肯服你那个道這个
自然你們不要喧嚷聽我細說這位公主的品貌美是不
消說了美中還帶一股清氣寔是奇相看他眼稍眉稍都
往上翹邊顴際又高兩鬓又濶少年必定掌握兵權其風
流秀麗却不在上停乃在中停如兩顴隐起鼻準圓平山

430

根不陷淚堂豐滿辦哭如笑似喜若嗔即王嬙西子亦不
過如是下停甚奇兩顋笑靨常存口角如菱而小耳輪貼
服地閣方圓故上中下三停各不相預這些人道這各不
相預這句話我們就不懂了那人道所以我說是奇相若
上停不消說是文武全材聲名赫奕了中停又是非凡四
益一笑傾城不像掌握兵權到底的可是與上停各不相
預至于下停更令人難測一股清氣束在兩顋下頷直超
過耳根宛然豐擬滿月之相竟有仙籍的福分與中停嫵
媚之態更不相傾不瞞各位說我吃了這一輩子的相面
飯人也細看了幾千幾萬却没有見過這位公主的異相
你們那裡辨得真那些人聽了道你若不說判也糊塗過

431

去你說明了我們細想起來却一點也不錯這些人又問
他乎下這些娘兇小爺們呢奴婢正要聽下去聽得付史
來傳就進來了還有蕉葉們躲在旁邊聽着哩瑤華聽得
中心悅服與無碍子平階日子透露一兩句話兒倒是相
合的口裡却說道我不聽這些野話方才周青儀說我們
今日要藏的盔甲是兵部製辦本用不得的開得都要自
家另備你快傳與令史叫他作速照樣製造襯盔軟甲十
三副後日一早就要用的断不可悞張其德傳出去了隔
不多時長史來禀道昨日的奏章已批回了一切銀兩物
件仍舊賞給我們請公主速派人檢點後日好起程瑤華
一面點頭一面接看那所抄批語看是

432

據繳回抄没眷氏所存什物具見廉潔但此項原擬賞
給功臣之用今該經畧嫻熟韜畧鞍馬勤勞今日之須
賞即爲異日之酬庸爾其毋辭欽此
瑤華對長史道不敢違命可再繕表謝恩長史應諾而去
瑤華又寫條諭并將點冊簿發交四个小厮仝隨行付史
錢金易一仝經手點明回覆又令張其德發出去了這一
天各人都有些辛苦遂各早睡瑤華與梅影仍是一床共
枕而卧梅影悄問瑤華道方才張其德所傳相面的三停
之說公主以爲何如瑤華嘆口氣道今生已是女身了要
想保全貞身到老恐怕不能中停之說似乎不謬只要下
停之說得如所言願亦足矣但不知相你們如何明日可

433

一會兵部軍政司禀請祭纛神瑤華遂下樓坐馬到教場之中祭了纛神回身就在第三層公座上早有隨營文武分做兩班禀參瑤華見固原鎮總兵細世英氣象崢嶸點爲中軍又點大名鎮總兵孫朝貴與保定鎮總兵龔新仝掛先鋒印就當廳給付扎諭又宣了號令着軍政司立了榜文如有違犯條欵即按軍法從事曉諭于二十三日辰時啓行各各遵依遂即起身入朝覆旨有旨傳出暫免朝見俟陛辭時另有諭旨瑤華遵旨回第一路上看的人比前一發多了你道爲何就是那日進新屋之時衆人見了這一位花容月貌的公主又是出征的經畧使且其手下一班子女个个都是四上人兒一傳兩兩傳十遂把个京師

426

城都哄動了這日又聽見要代皇帝閱兵料想是戎裝打扮騎馬下教場比那一日坐轎更看得滋味所以不止城中人連城外遠鄉的人都來看熱鬧如何不擠前面這些步兵拏着皮鞭木棍一味混打那裡打得開除非打死要躱避退讓斷沒有一點空隙那中軍沒了法只得傳了一百名馬兵放轡冲開纔得回到府中進到裡面還聽得外邊人聲沸騰直到二更後纔得清靜再說瑤華一到樓下連連的喚婢女來快些替我把盔除下隨將盔除了又令人速速卸甲這幾个手忙脚亂纔卸去了甲即奔入房間倒在榻上喘息婢女們也各卸除了盔甲梅影連忙的進來問道公主怎麼不自在瑤華道我長了十六歲那裡受

427

過這般苦這那裡是盔分明是腦箍甲也不是甲只算細縛了一天若穿戴了這个東西還想去殺賊只好去送把賊殺梅影唉道公主是金枝玉葉自然禁受不起就是婢子們雖是下賤却自幼伴着公主長大又何曾受過這樣拘束如今事已到此恐還不止這一日哩正說着素蘭們三个也進房來問安瑤華只是躺着問起情由大家都一齊叫苦只見周青黛來道我也打聽了這兵部送來的盔甲原是藏着不穿戴的過有什麼迎喜神迎霜降時叫人抬着把人看的要穿須要自家另做襯盔軟甲才能時常穿戴我們那裡曉得後日起程聽見說還要這樣裝束哩瑤華道這班死人沒有一个打聽了進來回一聲的快叫

428

張其德來周青黛應了出去隔了老大一會纔仝張其德進來已有人來請用膳了瑤華歇息了一回覺得平復了纔起來到廳上用膳已見張其德進來便問道你在那裡叫這半天不來其德唉道在大門口聽那些街上人在那裡議論公主到說得好唉故此站着聽聽瑤華道他們議論些什麼其德道他們說這一位公主前日坐在轎內我們看得文文雅雅絕風流姣嫩的一位美人今日戎裝了坐在馬上不知怎樣就有一種威武氣象令人畏懼就是手下的這些姐兒小爺們前日也各清清秀秀粉嫩絕嬌的臉彈子今日怎麼都是雄糾糾威武逼人這也奇怪又一个人說道你們都沒有看清所以疑惑這些人道我仝

429

令周育黛看明了進來禀知伺候瑶華遂入房更衣不一
回周青黛進來先與這四婢穿好然後四婢又來與瑶華
東縛諸色停當外邊已來禀請其時天色已微明了都出
到前廳上馬一聲鉦鑼鼓樂齊鳴遠遠的聽見放了三个
大炮出得大門前導已過去一里多路了前有曲盖後有
噂嚇結束撑着一面繡龍五黃大纛坐旗隨從官員也不
知多少雲騰霧駕的已到教場又放了三个營門炮進得
營門早見兩旁排齊隊伍合計京營五軍都督府共有十
萬領兵明盔亮甲見曲盖傘將到俱齊齊跪倒口称逢接
經畧爺一聲起去應响若雷遂上了第二層閱武楼先謝
了恩然後公座忽見將臺上紅旂一招哭然聽見陣內一

片鉄甲聲响不知究竟何事且看下回必然有異樣的熱
鬧

閬仙評曰

閱瑶華漸進所賜府第時哭有客氏之三家僕婦子閙
叢中喊救余初亦謂之贅疣今見游府第一回如知作
者之用意盖亦埋根伏線之謂也先有此一游則將來
復到京師縱其淫乱即有現成一所發兂之地矣如此
設想前之所評猶不足形容于萬一也必于擁擠之時
出者一則令人摸頭不着二則除却這回鋪隙更無可
入之時矣至繳回府項及感嘆大閱之舉趣皆曲盡文
思之妙余于此回中始知香城非不有意作小說者欲

追踪前人諸著作余眼大如盆覓窺不見其底裡用深
愧愧

第十九回　大閱歸來傳相術　坐辭就道耀兵威

塡詞曲調黄鸎兒詞曰

莫吠女嬌娃受皇恩意氣排雄兵十萬塵埃拜叱風
雲口閑揮鬚眉吁樓一番威武旋旌旆過長街精明
相士直與寫形骸

話說軍營內一隊將官上前参謁即時揮去軍政司早送
上名冊仍點兵部侍郎錢人龍軍政司即將宣令號旗交
付那錢人龍跪接了令旗遂往下一䬍陣內早有十餘員
將官飛奔前來迎接宣令官那錢人龍就下楼去也是一

般公座了又點上一名搖兵官即到當廳跪下然後將令
旗衛下來交付那搖兵官接了令旗就站在將臺之東角
將旗一颭炮聲鼓起軍中鼓樂齊鳴隊伍陣脚即時那動
入馬齊齊調轉排成陣勢各展技能真个酉蹕布令山岳
動搖不一回蟻聚蜂屯變化不測約有兩个時辰陣完歸
隊又發號令各兵將試演雜技如馬步箭一切器械之類
瑶華看有技藝出衆之兵將于冊內暗暗用筆記出又有
三四个時辰緣完遂有軍政司請大閱武楼後暫時休息
一會兒排下膳來瑶華于用膳之頃將冊內記出之兵將
發交兵部堂官按名再加挑選足額定爲出師弁兵用膳
畢已據各官將令繳回票即挑選齊全另結隊伍伺候又

之事令這兩个辦理現在行裝一切隨路自有也不必狠
再備辦餘下也沒甚要緊事了素蘭道就目前光景原沒
有什麽事辦若皇上將這些東西仍舊賞給我們那事就
多了瑤華道到那時再商量回過頭來見十三副盔甲排
在疊衣桌上瑤華令周青黛一件一件的打開看這幾个
人可合式周青黛都打開了瑤華看只有一件製得最細
對素蘭道這副甲想必是我的了素蘭道自然有金片鑲
在上頭別人也不敢穿瑤華道明日跟我去的人都要戴
盔穿甲先檢四副與小厮們叫他去請教人怎樣穿法習
學成了好來教我們穿束周青黛拏出交付了一會兒長
史來稟京營五軍都督二十四衛都來稟請明日五鼓下

御教場瑤華道曉得了又呈兵部軍政司送來大閱儀注
瑤華接着看那儀注內開主上大閱陞閱武樓第一層隨
駕文武俱在第三層伺候侯奉旨欽點何員代發號令即
陞第二層施行今公主奉命代閱應陞第二層閱武樓隨
從人員在第三層伺候當時簽點兵部堂官一員傳宣號
令着其另點捴兵一員代執號旗布陣畢各演技藝演畢
即選領兵府衛都司各員弁再委挑選馬步軍兵三千名
先撤去存營兵丁其出師軍兵另結隊伍伺候祭大纛神
祭畢隨營司員仝領隊武弁等齊集稟叅聽候號令畢入
朝覆旨回府瑤華道阿喲喲好勞叨的儀注隨先點出兵
部堂官一名錢人龍着令隨至御教場伺候登荅長史傳

出去了天已傍晚催促排膳一面將跟下教場人員派定
親隨婢女四名小厮四名值膳張其德周青黛二名長史
一名隨行付史一名將單發出然後用膳吩咐明日三更
起身四更梳洗排膳五更下教場于是各各膳畢赶着就
寢自有梨雲郁李守更一交三更四點即傳喚伺候人等
起辦茶湯飯食一面喚起梅影素蘭一起人來請瑤華起
身先自手忙脚乱的赶着梳洗再來同候瑤華梳粧瑤華
對梅影素蘭道一个女兒家不學什麽文才武藝到這時
候在床上正好翻身再睡第二覺哩我們偏偏生長王家
又習了這些技藝身是女身幹的都是丈夫家的事豈不
好笑梅影道公主榮膺王命統領兵權身歷其境似乎不

覺若尋常丈夫家費也做不到一个所不遂者無非是个
女身但也有女身爲帝王者只要幹得出功業來千載留
名又何分于男女瑤華道事雖如此但我的本懷只求清
靜無爲得一至道免受輪迴之苦于願足矣這樣虛浮榮
耀不過如電光石火在人眼中一亮而已徒增威福之罪
有何益哉素蘭道公主立定這个主意更是深進一層惟
願守一不二自然有志竟成梳洗畢即請用膳大家膳畢
早有小厮們來稟裝束停當稟命進來說知束縛甲胄纓
勒的緣故瑤華即命進來早聽得一片聲響到得跟前只
見焦業等一个个頂盔貫甲面容修整威武異常對梅影
道看他們四个覺得又高了多少瑤華先令張其德穿甲

可綏大閱後還有兩日閑空正好料理瑤華道今日先要
派撥定了然後教他們好分手辦理梅影道極是瑤華梳
洗畢剛要和梅影們商議派撥只見張其德來稟道長史
稟請公主到前廳商議要事瑤華只得擱下帶仝姆女們
走出廳來只見長史率着兩个令史一仝請安畢長史道
欽天監已定有出師日期多不過三四天工夫府中之事
甚多先請公主派撥多人分理纔來得及瑤華道我已想
着正要動手分派你們來請故尔停止你們有何話說長
史道今日令史們收得各庄田租籽仝各處房屋租息共
有五年零八个月計筭總共收得二萬九千八百餘兩此
項銀兩還是收貯抑或隨帶特請示下瑤華道府中本有

414

庫藏否長史道客氏原有未動金銀兩大庫零用金銀兩
庫都收在檔冊上瑤華即令取那檔冊來長史隨叫令史
去取只見外邊又傳進兵部抄錄旨意送來接進到瑤華
面前看是
奉聖旨本月二十日大閱京營武備着十四長公主代
朕查閱并即挑選出師兵三千照依額設府衛都司各
弁統領隨仝進剿欽此
又兵部循例製造出師將軍盔甲十三副挑選鐵壯馬十
三疋鞍轡十三副送來瑤華即令收下打發賞封去了已
見令史將到庫藏檔冊瑤華看那冊開金銀門廣積豐盈
四字號廣字金庫共兑見黄金二十四萬兩積字銀庫兑

415

見白銀五十一萬兩俱未開動豐字金庫係貯零星條塊
葉子不等成色共兑見一千五百四十六兩有零盈字銀
庫係貯各路不等樣式定件成色銀共兑見五千八百七
十九兩有零瑤華遂道這銀数不少又查見冊上物件亦
甚繁多遂道皇上止賞我房屋不及東西况抄沒客氏家
產原應入官不便存留你們可代我寫个奏摺將銀兩物
件繳還連這租息一槩并繳長史答應了又稟道公主現
在動用無從支取作何打筭瑤華道我另有攜帶銀兩你
若用度不來先來支取便了你先赶辦這个奏摺要緊長
史們退出去了瑤華仍舊到樓下一仝商量道我的意思
這右邊空房先教兩个令史搬在屋裡看守就不必帶他

416

們去這三進修好的內屋只令這八个宮女住在這裡看
守外間群房仍交與那護衛們居住這些人原是平常日
子使喚的單前原用不着他們梅影道只好這樣安頓但
日常用度也要打筭存留瑤華道這容易我提出一萬兩
銀子交與令史或買庄子或存放大典舖生出息來每人
每日額定口粮教他們散給就夠了素蘭在旁映道這都
容易只有一件最難瑤華道那一件素蘭道這八个女人
關在這幾進屋內也不知我們幾時班師只怕一个不安
靜起來甚覺不便瑤華道也慮得是只把他們仍將在那
兩家去俟我回來再喚來未為不可梅影道也慮得是瑤
華道長史要帶去的我們隨行付使也要去的日常應用

417

將起來復令將別的關鍵又扭將轉來那兩塊擱手板都
落下去了張家的坐在板上後臀落空指着車墊之下道
這裡睡一男子男女兩㩳正好湊着再將車子推到那獵
那石的花砌上往來其間不費氣力自然動播豈非至樂
說罷仍將關鍵扭好走下車來他兩个仍然坐上已到一
个處所崇樓邃閣忽然上樓忽然平地高下其間也有大
間也有小室那車都可隨着灣轉全無一點隔碍自東穿
出西首也不知有多少房屋也不知如何起造若不認識
的必定要迷路瑤華道這是什麼處所張家的道這叫做
西洋臺都照外國的款式造的推出屋來就是花園從假
山洞內曲折看走張家的指道這是石室內中有石床共

几夏月天取樂的所在瑤華等從裡望去真个製造得雅
致非常穿出石室又是座花楼再由花楼又上假山山尖
之上又一座小楼張家的指着道這是暢春塢請公主下
車來上楼去一看瑤華仝梅影先行兩个隨後走上楼來
中間的一間比兩頭的兩間又低二尺多中間有个木榻
几案條椅齊全走到榻上一看是个空的望下又有一小
間平屋有斜梯可以直到榻上梅影道這又不懂了黃家
的道也是取樂的地方底下這間是藏人的瑤華見榻後
板壁上嵌有一面大銅鏡徑裡不過三尺來高橫裡足有
八九尺長問道要這鏡何用黃家的咲道無非助興的意
思梅影道難道還要把自家的醜態照出來麼瑤華咲道

這淫婦從早到晚大約總不離這件事兩个又上了車從
西又轉到東北角來又是一座大楼雕梁画棟煇耀異常
張家的在車後向瑤華道這裡是堆貯金銀衣飾的庫楼
這些東西都還在上又稍轉南從一个圓圈門進去見是
一个大空院四圍都是游廊遍栽梅樹中間一个大亭子
也有一層楼四圍欄杆都走得轉大長格子到得亭子邊
遂下車上亭一切鋪設几案都在黃家的道這是舊主人
的梳粧亭夏月天最凉爽楼上可以賞月瑤華道自然還
可以藏人說得大家都咲起來張家的指道那對面游廊
後邊還有一所也是取樂之地也可通到西洋臺又可直
到二層廳上梅影道還有房屋沒有黃家的道那西首還

有五大進不過平常房屋是侯爺住家的瑤華道那个什
麼侯爺梅影道我記得客氏的本夫原姓侯他的兒子叫
侯國興想來也曾封過侯爵所以称侯爺瑤華道若然該
称侯侯爺了大家又咲了一回天色將晚遂從原路而回
已是排晚膳的時候素蘭接着道游得好樂吓梅影道樂
的人已樂死了我們只看得氣有什麼樂瑤華便把這些
所見之處說與這些婢女聽了沒一个不狠罵而散一嚮
無話次日一早長史已傳進欽天監選的日期條子來瑤
華等已自起身梳洗見那紙條上開着二月二十三日辰
時大吉瑤華道又要收拾起程了明日恐怕要大鬧今日
先要把這裡府內的事分開辦理總來得及梅影道今日

羅那个年最輕的穿着綠綢嵌肩的是黃貴的妻子老婢們夫男都正法了從前都在老祖太太千歲府中的老僕瑤華道那个叫做什麽老祖太太千歲老婦道就是這裡的舊府主梅影道你就說是客氏罷了瑤華道他不過先皇的一个乳母那有這樣大的稱呼這也可咲他是個什麽那老的重犯道是凌遲碎剮的瑤華道怪不道受此刑戮你們在慣這樣人家我本不欲留你但看你們孤苦伶仃却也不忍罷了你這老婦仝這兩妯娌仍在大門上照應這妯娌兩个要嫁人可向長史說知看他可有管事人相配不許另嫁府外的閒人你兩个小媳婦且暫在裡間伏侍我幾天俟我啓行後再與你們設處那五个婦人都

406

扒下叩頭道謝遂令張其德傳諭長史知之當將那三个先引出去了瑤華見天色尚早欲往後邊遊逛看周圍的房屋梅影道須要傳長史引路不然無人認識瑤華道長史不便那兩个婦人道婢子們自幼在府中長大都可以引路瑤華道狠好你們不必都去恐外間有事來只梅影隨我去罷家婢答應梅影欲去更衣瑤華道婢子只穿在自巳家裡更什麽衣那黃貴媳婦回道婢子先去把長街門拴上并看看可有襍作人在內然後再請公主進去瑤華道使得去不多時只見黃家媳婦走來道都查了沒有閒人在內婢子想宅中各處查閱恐公主走不動特取了一輛車來這个車也是舊主人在時所製欵式甚好瑤華道

407

你且推進來我看這媳婦忙去推到庭中大家一看果然製造玲瓏推動之時玎玎璫璫宛如奏樂又見其中多少小横檔都是活動的其擱手板也是可上可下沒一人懂得張家媳婦從旁道請公主上車且到路上待婢子稟知瑤華坐上去覺綽有餘遂叫梅影也坐上還不甚挨擠黃家媳婦一人推御張家媳婦也坐上車沿玎玎璫璫的從旁門推出往北首而去瑤華問話張家的不甚仔細竟被這些事件聲响所以聽不明白只見張家的下車來在車後把關捩子一扭這些事件都不响動了梅影道這車的工夫寔在精巧瑤華遂道在家中乘坐的車何用這樣精巧張家的道婢子要稟明白不知公主可許麽瑤華道路

408

上無人聽見你只管說張家的道這个車原是男人御女的如意車後來舊主自御改名叫好春消息車梅影道你說的我們都不懂張家的道說原不懂要做出勢來就懂了瑤華道如何做法張家的道要請公主下車待婢子坐上做出便見他兩个一齊走出這張家的坐上黃家的推動把關鍵一捩只見那些小横檔自自然然擱的擱勾的勾把那張家身子推倒手也勾住脚叉架起不能動憚張家的道這麽一个架子可是任憑男人戲弄沒有遮攔掩護的工夫了所以叫做如意車瑤華看了道好心思爲什麽不放在正經應用的家伙上去梅影道你再做那好春消息的架子看張家的遂叫黃家的將關鍵扭轉然後坐

409

計二千五百八十間瑤華對梅影道了不得了竟是分了一分大大的家私與我住房不筭還要取房租錢哩梅影道公主將來事業大了也得這些進益瑤華又翻到後邊見有一條木器門總共三萬八千五百四十一件咲對梅影道你看這些木器連傢你們的裝奩都有了引得衆了頭都咲起來正咲着張其德來稟道這些老女人還在前廳伺候公主怎麼个處置他長史們來請示瑤華道我倒忘了就對素蘭道你們看有穿不着的裙袄每人賞他們一件叫他們穿了進來我有話問他素蘭即去找尋梅影在旁道這些老婦人不過客氏手下看門的僕婦公主與他並不認識有什麼話問他瑤華道他們方纔在門外混

鬧了一頓子也不知是為什麼故要問他一个明白还說着已見素蘭檢了些舊衣服出來遂交與周青黛轉遞與張其德發出去了又見周青黛來稟道令史們來稟衛位親王送的八个宮女要進來叩見公主并請示下撥在那處承值瑤華道且傳他們進來見了再說周青黛出去引了進來齊齊的向瑤華叩了頭分班站立瑤華先看左邊的四个只有一个面貌還清秀其餘三个都是粗用的人右邊的四个更不如左邊的約來年紀都有二十以外粗腰短項側不像个處女遂問道那四个是趙王府中的左邊的道婢子們是回頭問那右邊的道這麼你們是宋王府中的了衆皆答應又道你們在王府中平日當甚職役

左邊的稟道婢子們自幼撥在郡主宮中伺候後大了也有分在局內當差的王爺知道公主沒有多帶人來所以撥來伺候那右邊的道婢子們都是在宮中伺候王妃的瑤華道好得很多承你們王爺費心撥你們來替我幫忙且暫出去歇息等我想了職司分派你們承當八个宮女答應瑤華令周青黛引他們到二層廳上耳房內暫居叫荷香將八个名字開來青黛應着引出去了瑤華對梅影素蘭道八个之中只有一个稍覺可以這七个只可膳房洗浣局內使用梅影道這兩位王爺很不講究這樣人物都派撥伺候王妃郡主梨雲赶着道這王爺們不但不講究還不吃好食呢素蘭問道你那裡曉得梨雲道你不見

這八个一个个奶高聲大聲粗眉散那還像个女兒家瑤華道你這了頭的嘴也太快了這樣話都大聲的講且也不是你女兒家說的梨雲自知失言紅着臉退過一邊去了瑤華令傳隨行付史查問現在膳房內何人承值可將這八个宮女應派在何處着仝荷香斟酌妥當都開在單上送閱張其德聽了即傳出去隨後又領進那五个老婦女來叩見站在一旁瑤華細看也就收拾得乾乾净净不似前番的模樣了內中有最老的一个兩个中年的又兩个約來還不過二十來歲瑤華問那老的道你們這五个人是一家呢還是幾家那老的道是三家老婢和這年輕穿粉紅袄的是婆媳姓張這兩个中年的是妯娌他家姓

伙物件富足有餘只這三進屋內器皿什物囚匠工修理
思怕遺失滿滿的都封貯在大樓上瑤華道皇上尚恩典
大極了房子的價值有限倒是存貯物件數倍于房價了
可令長史將擋冊送來查閱其德答應出去了不多一回
又來禀道長史請公主到前廳禀話瑤華帶了婢女走出
前廳只見長史手中擎着一大路手版帖子上前禀道親
王趙宋兩王爺有帖請安並送賀禮另外又各送宮女四
名應否收下請公主定奪瑤華道趙宋兩王是我嫡堂兄
長不必客套竟收了就是與來使重重的一个賞封長史
答應了又送上十九家郡王的請安帖也有送賀禮的瑤
華道郡王們疎遠了不便收他的可寫帖致謝一槩璧還

398

長史又答應了又送上外戚及內閣六部九卿翰詹科道
各朝臣的官銜帖請安瑤華道都說有勞長史又道有京
營中五軍二十四衛武弁手版請安瑤華道他們都來做
什麼長史道聽得他們說二月二十日春台大閱今日兵
部有信知會出來聖意要委公主代閱就請道日點兵瑤
華道旨意下了沒有那長史回出一句話來畢竟旨意下
與不下不要忙下回自然曉得

閑仙評曰

瑤華芽于福王之前連試兩次文武技藝已是如火似
錦的一篇熱鬧文字止隔兩回又在恩宗之前也是連
試兩番文才武藝各自得体並無絲毫犯重不著文義

399

者猶恐犯重而老作家則越犯重越出色如水滸傳內
魯智深鬧五臺山亦必連連兩次武松打虎奇矣後又
接着李逵殺虎此則故意犯之也做一潘金蓮又接一
潘巧雲有个孫二娘必接上一个顧大嫂兩山對峙各
極其妙何曾有犯重痕迹者則好看矣不知作者皆嘔
心瀝血而出之也至于恩宗前不令四小廝上前更為
得体所賜府第乃是入沒客氏家產殊堪絕倒而又妙
不可言所謂以氣相接以好相投即聽隔隣之狎褻亦
是觸處生情之意那得有此設想靈心妙運寔不可及

第十八回　游賜第淫心畢露　繳貲財庫藏充盈

調倚調笑令詞曰

400

個儂個儂忒煞風流興濃鎮日夜將情縱家財沒爲
公共共公共公今朝入我囊中

卻說瑤華聽說有旨代上大閱所以京營中都來請安因
問旨意下了沒有長史道還不曾下來瑤華道且待旨意
下了再上門來請安也未遲何必這等着忙郁李在旁道
這些管弁得知利害所以不敢怠慢瑤華吩咐長史道都
替我說有勞長史答應又禀道公主要看交割檔冊但檔
冊有兩大箱查閱需時現有點冊簿一本先呈查看如要
那一項檔冊遵示繳進瑤華道使得令張其德將點冊簿
收下長史出去了瑤華仍回到大樓下在一張書案邊坐
下將那點冊簿隨手翻閱第一項就是房屋門共七處總

401

們說今日是黃道不將是大好日瑤華遂令遷移過去一面吩人收拾一面擺膳小厮們稟命進來搬東西沒半刻的工夫都搬完了瑤華們膳畢就有長史們在外傳進話來同候齊了請公主上轎進新屋瑤華更換了衣服四婢女亦一齊打扮簇擁着上了八人大轎也不垂簾婢女們另坐後檔車四小厮騎馬前導早有京營將備打着經畧將軍的執事前呼後擁導子打有一里路長好不榮耀引得六街三市的人擁擠不開都說從沒有見過這麽一位公主到封拜了經畧將軍會領兵出征又有在旁的道你看他不出這麽一位嬌嫩的公主他的武藝好不了得前日京營裡挑了幾个絕頂好武藝的將官在皇帝面前與

他比試他把那將官打得滿頭臉都是血連眼烏珠都闔了出來他如何做不得經畧將軍瑤華在轎內聽見到覺得好哄衆人聽得都一个个羨慕不已不多一會將到新屋只見街路兩旁停的轎馬也不計其數又見那人頭挨擠得結結實實前面步軍將手中鞭子木棍打出一條路來轎子纔走得過那人聲嘈雜嚷成一片好容易纔到得新屋門口進得門樓迎接的男女又是一大羣也不知是那裡來的瑤華在轎中令長史將各人手中所呈的手版帖子一槩接下另立門簿一一登記衆人纔起去讓轎到正廳中間歇下纔要下轎突見四五个一身襤褸像个求乞的老女人在轎前跪下口裡嚷道求公主救命瑤華不

知頭腦到吃了一驚遂令傳喚長史而長史已到轎前瑤華道這班是什麽人在此求救長史道[illegible]公主這幾家婦女都是從前客氏看門的家口夫男俱已正法房子抄沒閉空這幾个老婦無處棲身仍在外間門房內挨着今房屋已是公主之業小官不容他們在此故來喊救瑤華道既有這段因由即應預爲驅逐或有哀憐他們無處依栖的意思亦該預先禀明今我轎尚未下乃被這班婦女池哭這都是你這狗官辦理不善着實該打長史聽見發怒立刻跪下免冠認罪求饒瑤華喝退起去那長史纔敢起立瑤華方走出轎長史掇轉身來就去趕逐這些婦女又喊哭起來瑤華回身吩咐長史道我既知道且聽我處置

不容你擅去長史喏喏連聲而退旁的執事護衛人員道阿喲這位公主年紀雖輕好不利害內中一个道不利害如何去做經畧將軍不提外邊七言八語那說瑤華進到第二層廳堂十分爽亮又轉到第三層更覺高大閎厰都是七大間院落深邃且有園亭氣象又是樓房修理得如同畫上一般鋪墊陳設應用什物色色俱備且是上細之物遂問張其德道這都是我們發價置備的麽張其德回道我們並沒有發價置備瑤華道這麽是那裡來的其德道奴子方纔也曾問過長史他說當日抄沒客氏房屋家產並未奉旨變價所有屋內物件只原舊封鎖只登冊記數昨日長史往戶部請領也照原舊交割所以一切家

道宜品貌魁梧何鵬也還可以只有高鑿生得矮小不甚出衆遂吩咐道蒙皇上天恩賜有客氏房屋你們速去查收明白連夜赶緊修整我這寓所很不便易欽天監也不知擇那一日起程這里寬塞一刻難居長史令史各各應諾趨出去了隨後又有兵部撥來隨征司員四名各呈手版叩見瑶華看那手版上開兵部員外郎王濂兵部額外員外郎李觀成兵部即陞員外郎車駕司主事錢連壁兵部郎中降補員外郎毛一清瑶華道此時且免恭見待點兵升帳時再見罷遂打發去了又令荷香同隨行副史將護衛親隨軍點收轉令各處居住瑶華旨回房中休息梅影咲向瑶華道如今是要称經略爺了瑶華咲道浮名浮

利與戲臺上傀儡一般粧什麽就稱什麽鑼鼓一息燈火一滅依然是塊木頭有何好處大家又說些閑話就擺膳了膳畢之後覺懶倦得狠蓋瑶華從未經此數日勒策故覺勞倦遂令婢女們赶着鋪設衾枕先自安寢仍是梅影在房伴宿吩咐梨雲郁李在中間守夜素蘭和周青黛在對面房住張其德守門就于門房內歇宿四小厮令在前廳耳房内住各各遵令安息瑶華睡得太早一覺醒來聽那更鼓還止三更四點自家屋裡寂靜無聲只聽見隔壁那家有男女唧噥悄語之聲偏偏這坑床並在一堵只隔得一層薄板雖低聲悄語也聽得明白是小夫妻兩口先還說些家常恐怕老的聽見所以唧噥以後漸洪戲謔响

瑶華傳 卷之五 第十七回 八

動起來京中風俗凡作此事女人必要將得情處隨口道出以男人之興十分明朗瑶華長了十六歲從未聽見這樣聲息遂把梅影推醒也教他聽着聽一回就不响了漸聞聲聲大作瑶華對梅影道這是什麽怪聲聽得教人好不難過梅影道想來男女同室自有這些怪聲了瑶華道不知怎麽樣的好處就不顧忌憚如此梅影道若無好處那肯作此奇形怪狀之聲兩个說得高興大家接做一堆也乾燥牌了一回總睡着瑶華同梅影第二日倒起得遲了素蘭來敲門總醒覺一面伺候梳洗一面問道公主昨晚早睡為何今日倒起得遲瑶華同梅影兩个咲將起來素蘭細問因由總悄悄把昨晚所聽之事説个不了素蘭

道道邊還只是聽我那邊還好看哩于是兩个又細問素蘭素蘭道教我說不出這些形狀若今晚還住在此請到那邊看就曉得了瑶華道聽已儘夠還經得起看素蘭道聽只有聲看就有形了梅影道周青黛也見麽素蘭道他倒好睡還來不及那有工夫去看正說着張其德進來稟道副史來說親王只有趙宋兩王都在這邊不遠皆郡王甚多恐怕看不了許多據長史說均可差人致意不必到門下嫁的長公主們到京都如此瑶華道既如此差人致意就是了又見周青黛來報說長史又來稟知欽賜的房屋連夜已將上房修整三進公主要撇先可搬住瑶華道再問長史今大日子可好周青黛去了一回來稟道長史

瑶華傳 卷之五 第十七回 九

未被傷那弾丸就落地了遂于地上拾起繳于帝前帝畧
不顧視又令四婢和那四个武弁對打第二三四个還可
支吾到第五个武弁更覺不濟早被郁李一弾丸打着眼
睛撲的倒了趙王在旁忙揮令抬出帝怒目視趙王道
京營將弁如此無能皆由爾平日不加訓練之過趙王免
冠謝罪帝令太監進宮取出花紅表禮賞與瑤華並四個
婢女各各謝恩甫畢只見太監呈到通政司遞進四川大
將軍求救的表章來帝閱畢遂諭瑤華道你父親在川已
將叛賊圍褁只少一枝兵馬再當一面你武藝出衆此去
必定奏凱瑤華道仰賴聖主天威兵將効命自然不日內
便可剿滅毋煩聖慮帝即下旨諭兵部照例分撥隨營司

員并飭欽天監選擇出師日期另行選兵隨征瑤華亦即
陛辭出宮暫告休沐帝允准瑤華仍坐小車回宮再辭趙
后領同四婢回寓早有小厮們接着一同回到寓所請安
畢瑤華坐定埋怨郁李道在聖主之前比試不過而不相
厮就是了何必打傷人家連累趙王都擔不是成何体統
郁李咲道這武弁技藝實在平常婢子還是招架着他不
然三弾丸个个都打着了瑤華喝退遍視寓所房屋甚爲
湫隘再往房間內看視覺是隔着一層板片就聽見有女
人聲音板縫內一張乃又是一家居住甚不安穩便令張
其德去責備隨行御史辦理不善其德進來禀覆道京城
房屋大槩如此寔沒有好似他的瑤華又到對面房間看

時也是一般其板縫竟有一指寬幸而兩邊俱用紙糊瞞
不然聲息相通如在一室瑤華自小不曾見過這个光景
心上狠不自在却也無法可施只得令張周兩人多備帷
幔遮掩仍又走出前廳令小厮們傳諭副史打聽有幾家
親王郡王必須要到者明日早往請安副史荅應去了不
一會副史飛奔來報皇上有旨意並派長史官一員令史
官兩員護衛親隨六十名金印一顆即刻到了快排香案
接旨張其德和這些小厮們手忙脚乱的鋪設瑤華入內
更換朝衣却好天使已到遂從大門口接進隨于前廳上
俯伏聽宣旨意那天使捧着旨意念道
奉聖旨朕聞十四長公主文才武藝甚爲出衆現令帶

兵赴川會剿叛逆但既統兵領將未便不掛職銜不佩
印信今特封爲武威盪寇經畧正使獨當西面並總監
軍使節制特鑄金印一顆賜與行軍信守之用仍循公
主舊例撥長史官一員令史官兩員以備辦理府中之
事護衛親隨六十名爲出入擁護之需現在寄旅京師
無所棲止查有抄沒客氏房屋賜爲別第便于休止欽
哉謝恩
瑤華拜舞謝恩畢請過聖旨令副史款待天使茶畢即去
隨有長史令史三名各具手版呈上並即叩見瑤華閱那
手版上開新撥長史官趙宜又新撥令史官何鵬高鑒隨
令進見即有隨行副史帶進齊齊叩拜請安畢瑤華見那

敵大家都不相上下且各有各的意思如鄭妃起句即暗
指瑤華而瑤華順着其意直貫而下這四婢的承轉兩意
俱佳不但得應制之体且又得各人的身分而鄭妃結這
一句往前推去推得妙極似乎要瑤華照此結住豈知瑤
華更妙偏又從空收回真令人猜度不出聯句至此可稱
絕唱又問瑤華道你讀了幾年書瑤華奏道自五歲上李
直到如今没有間断帝又指着四婢道他們呢瑤華道也
如此帝道怪道文李如此甚深可見工夫又向瑤華道文
才已見明日還要一試武藝瑤華領旨遂出宮去了於是
皇后即令留仙在宮陪侍一夜無話次晨瑤華隨着大衆
四鼓起身趕着梳洗並即奏明皇后恐皇上要宣召試武

令太監們往寓所取更換的衣服天将平明已有小宮監
來傳旨宣召説在宮内小教場試武恰好衣服亦已取到
遂将試武的錦襖着在裡間外边仍套大衣四婢女俱更
換齊整辞了皇后随着小宮監出了坤寧宮即有宮中小
車伺候遂各坐車一逕到教場來到得教場門遂下車步
行直至皇上寶座前起居請安畢帝問瑤華道騎射自然
習熟的了瑤華答應遂令各跑馬箭一躺瑤華們領旨即
将大衣卸下早有太監們伺候各各拴縛停當紮起裙幅
辞下殿陛上馬到教場下边瑤華領頭飛上馬道射馬箭
三枝没有一箭落空這四婢女亦即挨聯而上縱轡而飛
轉眼間俱各上殿报箭皇上深加讃賞又問可敢與人比

試麽瑤華道遵旨帝問比何技藝瑤華道男女之間别件
不便比較惟打弾丸最爲得体帝即令趙王於京營内挑
選五名頂好準頭的弾弓手武弁進宮比試不半個時辰
挑選得五名帶領引見帝諭道這是十四長公主武藝甚
強你們敢同公主比試弾弓麽武弁們領旨又奏道萬一
傷損要求赦免帝降旨道既要比試那得保全無事遂對
瑤華道如何比法瑤華道大家先對弾三弓然後各受三
弾丸弾丸落地即是輸了帝令各抱就在殿庭之下斜立
對弾只見五個之中走出一個高長大漢携着弾弓走到
殿陛跪奏道臣敢與公主對弾帝俞允遂走下西南角上
立定瑤華站在東北角也执着弾弓大家各持鉄丸開弓

弾來両个弾丸在半路貼準打着一搬响亮都落在地又
一弾弓也如此再一弾弓又如此帝喜得眉花眼笑那武
弁道請公主先打未将三弾丸瑤華道許你先打那武弁
真个開弓打一弾丸來瑤華用左手一張弾丸正打在袖
裡縮進右手從衣内接住武弁又發有弾丸來瑤華用右
手一張也打在袖裡左手又在衣内接住武弁又打第三
个弾丸來瑤華用口咬住将三个弾丸繳在帝前大加稱
賞旁邊站着一班親王近臣各各喝采帝令瑤華打武弁
三丸瑤華遵旨瞬前立定即取丸開弓打去第一丸武弁
接在手中第二丸又到來也接在手内打三丸又着趕來
那武弁手脚略遲鈍了一些早接了个空急将身躲過幸

居止端重十分優待又勅傳長公主們來宮與瑤華敘姐
妹排行不一会都到瑤華接見也只得四箇了其餘皆下
嫁或亡過正要相敘稱呼忽報駕到遂一同出宮迎接帝
見四箇長公主在宮遂道你們敘過排行沒有都說还未
帝對瑤華道我指示與你曉得指着年約三十餘者曰這
是第七長公主曾經下嫁已寡居了指着年約二十餘者
曰這是第八長公主還未下嫁指着年約十七八者道這
是第十一長公主也未下嫁其餘皆已下嫁了第十二十
三兩公主皆早崇逝你該排行第十四瑤華又跪下叩謝
帝令長公主們扶起又問瑤華日常所學有那件讀之人
瑤華一一奏明並指着四婢並在外四小厮均係幼時同

學帝門你之所學他們也能麼瑤華道都能帝又大悅遂
令小宮監傳宮正司鄭貴妃來原來這鄭貴妃名留仙女
官中文才數爲第一詩詞歌賦色色皆能帝欲面試瑤華
等才調故爾勅傳不多時小宮監引到瑤華見鄭留仙生
得玉貌亭亭居止閑雅向帝后前起居畢又與各公主請
安帝指着瑤華及諸婢道這是福王的郡主如今已續在
先皇駕下加封爲十四長公主是箇文武全材今日朕要
試他的文義這些婢女所學亦復如是卿來和他們倡和
一首留仙道既有多人便可聯句帝道聯句更好朕出個
題目與你們因見庭前玉蘭盛開遂指道以此爲題就是
你起句留仙遵旨早有宮女們設下紙筆在案上留仙想

了一想遂寫下一句在紙上進呈帝看是
　一本從御苑倚雲栽
遂令宮女遞與瑤華看了瑤華亦即遵旨至案前提筆續上
一句進呈帝看是
　　奇體還是木筆胎
遂傳四婢女都到案前道你們挨次聯下去四婢女齊至
案前挨次應是素蘭遂提筆寫上
　　滴滴九天垂露重
意欲進呈帝止道你們四箇都聯了再送素蘭遵旨即將
筆遞與梅影梅影不假思索提筆直寫
　　亭亭一樹向春開

梨雲接過筆來沉吟了一回纔寫上道
　　含苞絕勝黃金蕊
將筆遞與郁李郁李也不思索接過筆來寫道
　　初綻如擎白玉杯
寫畢一同進呈帝逐句看了道很去得仍令宮女遞與留
仙四婢女即時退下留仙接着前後看了一遍遂又寫道
　　姑射仙姿何杳渺
帝見留仙寫完即令瑤華結句瑤華遵旨遂接留仙手內
之筆寫上道
　　姍姍環珮自空來
瑤華寫完自捧進呈帝接覽數四喜盈眉宇指道工律悉

瑤華先將這些人安頓了帶着素蘭先去宫門上報名作計明日早朝面君不想即刻宣召只得隨着宣召的太監引領入宫走過了幾重殿到了一座偏殿太監低聲回道就在這殿內即引着朝見嵩呼起居畢崇禎皇帝見了龍顏大悦問了起程日期及在路一切瑤華一一奏對帝自引了到皇后宫中瑤華又朝見了皇后帝指着瑤華說能文武技藝皇后似乎將信不信的光景帝出前殿后即留在宫中住宿素蘭悄與瑤華說出一句話來但不知所說何話這是宫裡也不是亂說話的處所看來必有大緊要的事請快快揭過下回來必然好看

閒仙評曰

思宗詔書云爵祿不尊威儀不飭大哉皇言凡推不下移而趨要奉上之人辦理必善世豈有此能事哉昌黎公所作伯樂相馬之說亦是此意今之人皆不自省俱欲責人以效而又自掘其相抑何愚也即如徐妃自無賢德而規正福王乃怨他嬪有女而得此榮耀即欲置人于死地亦在愚之一字女或可恕而七尺鬚眉亦將蹈之實不可解至若劍仙之布置由寸而尺由尺而丈未有絲毫滲漏劍仙之能即作者之周到不勝悦服

瑤華傳卷五

吳下香城丁秉仁編輯

茂苑尤夙眞閬仙評

第十七回　御苑試文武技藝　鄰家逗男女春情

栢梁體古風詩曰

瑤華文義貫且通瑤華武藝壯且雄面為小試舒心胸敢將抱負陳九重天顏有喜授元戎連朝樂事何其同又听鄰家話唧噥

話說素蘭知道皇后要留瑤華在宫中住宿斷不敢辭悄向瑤華說知轉奏皇后將在外的使女引領進宫伴宿瑤華依着奏了皇后即傳旨令太監們知会皇后細看瑤華

也只索綸好了放在扛箱內抬進宮中他守門的還來查問我們誆說送裡邊的東西抬到裝宮門外一間空廂房裡他們上二碗來我們接住就掉換自家的上席兩次俱是一般他們上的菜都擱在廂房地板上宴完了我們自家收拾回來一切茶酒也都換過公主並不曾嘗着他們一些東西今早開街宮中買了四口棺木進去奴子偶然看見問那承辦的他也不知奴子是這裡的人他說昨日宮中不知何人擺一桌菜在廂房裡這些膳房裡人收來吃了都中了毒救活了幾个死了四个奴子想廂房裡的這桌菜就是要公主的了若不掉換必然也中其毒豈非不懷好意麼瑤華聽了大吃一驚道別事好防這个從何

防備我同他無怨無德有什麼放我不過去這也可咲我們師父竟是个仙人你們大家服也不服大衆道真个是仙人不然怎麼預先曉得瑤華道前日雖承師父誡飭你們耳不知道就是自家人加害梅影道昨日撥來的兩个宮女婢子還燒心他行動居止竟不像个女人瑤華道我也是這麼起疑可見他們舉動都有害我們的意思柳枝道奴子們幾个要進來伴宿門上竟來攔阻被我們打翻了幾个這話還沒有回公主既得哩瑤華道既如此我們明日就走若再住下去他們還想別的毒計來計美哩遂吩咐傳與隨行副史知道明日挨城門起行俟我們走了纔去禀知宮裡說昨晚奉到旨意催促不敢遲留不及來

面辭了俟班師同王爺回來再來請罪桃紅傳出去了當夜大家趕着安寢五更早就起來梳洗天將亮即叫開城門出去各官都趕送不及王妃徐氏那邊清晨起來遂同勞梅商量另想計策來擺佈瑤華正要遣人去請守門的也傳報進來說公主昨晚接到旨意催促不敢遲留今晨五更早動身進京了特遣人來禀知徐氏聽了一場掃興呆了半晌忽指着北邊恨道這了頭實實利害但願他到了四川把賊千刀萬剮纔趁我的心懷勞梅忽然走來道這條計策白白的屈死了四个人徐氏本不知道遂問勞梅道你說些什麼勞梅道公主實在利害前日席上的菜蔬原來公主都是自己備的我們送上的菜被他們手下

的掉換下來整整的擱在廂房內地板上膳房裡人收去快活得緊都吃盡了一會兒發作起來救活了三个死了四个徐氏發呆道原來如此怪道沒些影響這了頭的用心也了不得這屈死的四條性命少不得又是我的罪孽了勞梅道娘娘本來為什麼要去謀害他虧他們還不知不然到自做了冤家哩正說着只見徐汝成跳進來對徐氏道你試試這了頭的手段看利害也不利害大家都猜着他怎麼知道徐氏道我聽得他們說他有个師父十分了得想必是他藏着同行或者曉得些妖法也未可知不講他們私下言語再說這瑤華走了十餘天將到京城有隨行副史先進城去租了衙所然後迎上瑤華一同進城

叫他扮作宮女攙去伺候公主年已十六必然懂事叫這不旦去引逗他乾柴烈火有什麼不上的上了手就教他去行刺他雖有手下好武藝的人到這時候自然遣了開去待他成事我們把小旦放去了神不知鬼不覺更覺了當徐氏想道這兩條計都要如這條不上再用那條豈不是好你可與一个精細的會事替我調排起來切不可令一人知道雪梅道這个自然遂去幹辦了不題却說瑤華在路不敢遲延趕着四日就到了汴梁早有地方官預備行館伺候那曉得徐氏先打發人在城門口邀截瑤華只得一逕入宮中拜見徐氏假意殷勤欲賛分外親熱瑤華並就導道他是正妃十分恭敬當時就留在宮中用膳瑤

366

華不便固辭即就住下講講亦上一切情事桃紅早已探明裡邊所辦菜蔬知會張其德與他們一樣辦法上菜時一般齊上只將他們的菜蔬換過了旁邊人皆不知膳畢即辭出徐氏那裡肯放要留在晚間賜宴瑤華沒法只好依允外邊又照早上一般辦法徐氏見瑤華毫無動靜只爲咤異宴完後仍要辭出徐氏又十分留住道我們娘兒難得見面且你就要起身離道這一日還不要聚在一塵說出多少的至情話來瑤華又沒法只得住下攙出寢宮內西首的三間房來鋪設齊整與瑤華住宿桃紅打探明白遂喚未經跟進去的婢女及那三个小斯進府伴宿巳有人知會門上不許放入彼這幾个子女一拳一腿打翻

367

了幾个那門上的人久聞得他們利害誰敢再去攔阻只得放他們進去臨睡時徐氏又撥兩名宮女來伺候被瑤華辭了出來徐氏悄令人來打探動靜見他手下的人沒有一个睡的一條計策也不成細問薏梅說菜裡的毒藥是我親手下的且碗碗都有怎麼一些也不效驗徐氏想來亦不解其故到了次晨瑤華一早起身過來請安並稟知要往各處去拜詩會中的社友遂上轎而去各處拜完纔到開封府裡知府甚有不竭力奉承之理趙三姑留住並請楊貞山李揚清及續後來入社的各詩友都來奉陪知道不御外邊飲食送過席假來辦理足足的耍了一天然後回來半路上張其德來稟道請公主回行館罷瑤華

368

進宮中娘娘處還未辭謝如何便回行館張其德道且回行館還有話稟知遂一同到行館中來瑤華道可遣人去啟明說我酒醉恐怕失儀故不回宮來了遂問張其德有何話說張其德道宮中娘娘不懷好意若不是師父預先吩咐我們公主昨日已遭他們的毒手了瑤華聽了不解其故還道自家骨肉何至于此這六个子女也團攏來聽張其德指着桃紅道都虧了他瑤華道你且說來是怎麼樣的一庄事這裡周繼青也來了張其德道昨日宮中賜膳賜宴桃紅去打聽得是十六个錫火碗就去拏了他們的一个出來奴了們到錫舖內看見恰好有打現成的十六个出賣當時就買了來又打聽菜蔬如何炮治我們

369

同小厮一般處治婢女們各各領命無碍子又對瑤華道下人之事我都囑咐了你也有幾庄大事都要時刻在意庫內金子我已悄地運出十萬兩交與長史分運在河南湖廣貴州四川四个布政司省庫內可換得白銀一百三四十萬兩你到前途自有各省庫收送來四川平定後必然大荒荒後必有大疫你將這項銀兩只檢最重之區加意賙濟撫綏不可吝惜班師後再上三个條陳皇上必定允准第一个赦免魏忠賢客氏兩逆所害這些官員的家屬充發在各處者請旨放回第二个裁去教坊另置庄田取租抵課第三个請放出久遠在宮的宮女這四樁事成了你的德行却也不小你去之後我隨後即發親隨兵四

百名與你作為護衛瑤華道這一枝兵從那裡撥來的無碍子道就在那各佃户家裡我已往說明要二十五歲以內的子弟各家撥出一名他們都到情愿只等你啓行後即傳來演習大約三月內便可嫻熟我當差御賜的兩名太監押送軍前護衛你可好好看視他們好得他們的死力御賜的兩名宮女且留在庄侍你回來另送瑤華一一領命無碍子道我還替你布置煉劍壇場待你回來再修內功其餘情事也不能遍囑只要隨機應變就是了吩咐已畢各回寢宮辦理啓行之事到了初三這日諸事停妥都來拜辭無碍子瑤華同這些子女哭得兩眼通紅無碍子道恢休如此只愿你們早去早回便好遂各更換行装

在正殿上啟行瑤華坐了綠幃帷硃紅漆杠的大轎女婢們乘車四小厮騎馬前導其餘俱隨轎作為跟馬三搬大炮營中都結隊送行地方官亦俱道旁跪送引得看的人一發多了無一个不羨慕小小女子就能出征立功話休絮煩再說汴梁宮中王妃徐氏聞得瑤華加封公主奉旨令其出征面上佯為歡喜而心中好生妒忌私與一个心腹宮女名叫尊梅又同自家一个兄弟商量道我一个王妃不能生出一男半女今反被宮嬪生个女兒這等榮耀此番必定到此見面我心上實實難過你們有什麼法兒把這了頭謀死了大家撒開他的兄弟名叫徐汝成靠着福王的聲勢也得了个中書職銜常常往來走動這日聽

見徐氏所言咲道這了頭好不了得又有這一班能幹的跟隨誰能夠去謀他除非投其所好用欵計去賺他或者自投羅網我是男人如何謀得他來只好你們女人們商量的說罷踱出去了徐氏指着汝成的背道沒用的獃子枉做了男人這點計較都沒有遂喚尊梅道我的兒到還是你平日有些主張你來替我想个道理尊梅道別的法子也沒有只有較計兩條徐氏問是那兩條尊梅道第一條他若來娘娘必然要設筵請他可暗放些毒藥在菜裡藥死了他徐氏道我也自然要陪他吃如何使得尊梅道也不難竟擺兩席又好看又恭敬豈不乾淨徐氏道還有二條呢尊梅道第二條我們戲班裡有个絕美的武小旦

樹勛何分男女況屬宗派尤非別論果能克奏膚功纖
滅醜類自當叙功受爵訓以嘉猷欽哉謝恩
瑤華拜舞謝恩畢請入聖旨令史長史們輪班陪待天使
太監宮女即入宮叩見瑤華撥令園内居住將詔書送與
無碍子看了道可令長史與天使商量得于元宵後起程
否以便置辦行裝長史問了來覆道只可過年正月初三
日起程先須拜表覆奏無碍子道很好遂令辦表送天使
啟行自此庄上人都稱瑤華爲十四長公主了那些詩社
姊妹聽見了這个信息都備礼致賀又擠在年底這王庄
上這些人加倍忽忙瑤華亦爲整備自巳什物同這幾个
了頭也自頭緒萬端往往用腦都添前差後忽提起一事

358

要問無碍了遍尋不得悶自于五苹也不知道又遇着薛
比鳳問及比鳳道師父于前晚到前邊佃户人家去的至
今尚未回來瑤華低頭不着料想必有事故遂亦不放在
心上又隔上一日素蘭來報道師父回來了瑤華一逕趕
到面前問出門的情事無碍子道此時也說不完且過了
年再說轉眼之間年已到了今年又比那兩年加倍的熱
鬧又兼那些趨炎的官場社友禮節往還直到元旦方止
那日無碍子吩咐外邊一切事情歷着到明日能總禀知
只悄悄辦理夫馬初三日一早都要齊全不許有悞膳後
無碍子帶着瑤華並八个子女及周青儀張其德們都入
藝圃牡丹臺側屋内坐下令將園門緊閉不許放个閒人

359

人來無碍子對瑤華道此行大衆俱好只有一處不懷好
心却要刻刻提防方免此厄今我囑咐你們凡屬飲食斷
不可輕易入口我所以叫周儀青張其德跟你前去每日
飲食不經他兩个的手子女們不許送上即有人來請酒
一概辭去必欲相强叫那請客之家送錢自辦這是第一
着緊要關頭去來如一直要回到家中方止你們大家都
聽見了不曾衆人都說聽見了又對四个小廝道你們如
今都大了有事不消說併力護衛公主無事須要分管職
事如荷香柳枝這兩个丁文義蒲順即掌外記室凡一切
用度賬目俱要經理蕉葉桃紅文理稍遜人很活变着他
們兩个充爲採訪使無論軍情細故到一處要打聽一處

360

丁夜晚悄悄查察公主但不可失實致悞大事如用心辦
理絲毫無悞旋師時即奏明主上量授官職也好使你們
腦个上進倘有遺犯变心你們都曉得我雖千里外的事
情我都知道輕則回來發落重則自有飛劍來取你們的
首級四个小廝都齊聲答應又喚四个婢女到跟前道你
這四个的武藝比他四个小廝們强護衛公主是第一樁
要事須要頃刻不離左右捨命保護餘下工夫素蘭梅影
文理尚好可充作内記室止管公主的往來字札梨雲郁
李隨身伏侍坐夜守更自出門日爲始到回家日止不可
疎忽你們才一人我都備下襯衣襯褲夏則单布冬則薄
綿連夜晚俱不許寬褪以防不虞如有違背我亦知之也

361

第十六回　丹詔寵榮加美號　黑心肆意使奸謀

調倚春光好詞曰

父爲女統貔貅滅邊脅寵須美號詔皇州待封侯
何事娘行偏妬意將置死方休誰料有人先識破枉
成佗

却說無礙子同瑤華拆開諭帖內云着瑤華進京我已奏明皇上令其帶兵來川三面合剿但不知皇上准與不准且到京自有定奪瑤華心上狠不自在說道邊上軍情朝廷豈無大將曾剿靠我這個女兒家有甚大本領王爺的意思不過要顯出有個女兒來若是個兒子還不知要怎樣誇張哩無礙子道你到不要抱怨王爺你的終身大事

全在此一行我包你有利無害你吃了這場辛苦回來好幹自己的功業你若不願前去我是爲什麼來守你這七多年的辛苦決不要如此瑤華道師父大恩殺身難報只是弟子不懂這些緣由所以懊惱無礙子道待你此番回來就要你說明了你如今速速打算開年過了元宵就擇日起程這庄上大小事情不必掛念都在我身上總之不可違拗一事必然順利回來瑤華聽了無礙子一番言語心上總覺稍安正在檢點明年進京之事十二月十五日忽報京中有天使到來汴梁長史也來了說有吉意並賞大監兩名宮女兩名一會兒就到了外邊香案接詔之事都已辦妥所有朝見公服長史也帶一副在此就請穿戴

伺候接旨無礙子遂將衣冠令瑤華更換並教導謝恩行禮之事出到前書房伺候一到上書房只見庄門都已大開不知營中如何知道已遣兵在大門外扎隊那王庄是个小所在一聞這个信這些看的人擁擠不開瑤華自已心上到覺得好笑無是無非受這樣的榮寵忽聽得外邊放炮响斗有令史長史們在門外飛奔進來請出到大門外接詔瑤華帶了兩个婢女直到大門外見兩个太監在馬上持着一對旌兩个宮女在馬上捧着一對節中間一个背着詔書就是天使將近到門即俯伏迎接到得正殿上中間已設着拜墊那天使打開詔書瑤華仍舊俯伏聽宣那天使宣道

奉天承運皇帝詔曰咨爾分封河南省藩王燕充四川監軍使臣常洵于本日具表奏稱叛逆奢崇明復肆橫逆抗拒王師現在分兵兩路攻圍吮其要隘石柱女土司秦良玉兵力單薄恐被賊匪衝潰臣女瑤華頗習武事諳練兵機伏乞速勑兵部撥兵三千星勑臣女督領來川恊同秦良玉保守西面臣等併力夾攻必能殲此巨魁以靖邊疆等情查監軍使臣常洵係朕叔父行其女瑤華即朕三服之妹既諳武畧自應致力邊隅以承懋賞第爵祿不尊威儀不震茲令瑤華人繼先皇駕下爲第十四皇女食邑壽春加封爲十四長公主特賜內侍兩名宮女兩名即日束裝就道來闕拜命嗚呼建續

尙況這路拳襬得另是一樣比外間所學的更進一層道就是郡主所設的麼梅影道不是這是我家師父設好在那裡與我們學習的阿真咋舌道你們府上這位師父就了不得如今可在庄上梅影道現在寢宮裡住阿真道莫不是一位女師麼梅影點頭阿真道我欲前去拜見拜見梅影道使得待我先打出去你仍隨後出來遂又打入山洞去了阿真聽了梅影所言且記方總打進洞來甚不容易遂又加意留心打將入去拳路又轉過來了真个一関利害似一関好容易打到洞口正要縱出來不妨斜刺裡一棍打來恰打在腿灣裡合面跌了一交急忙扒起忽見劈頭又是一刀砍來幸虧梅影搶入接得快沒有傷着阿

350

眞總出了洞門對着梅影搖頭道好利害若非姐姐趕來搶住這把刀幾乎命都沒有了梅影咲道姐姐打得出來就算好武藝且請到那裡歇息歇息阿真遂同梅影走到大樓下喘息了一回總定遂請梅影引進叩見師父和郡主梅影應承遂令自个[illegible]去廂中取了衣服方各穿上外罩同進寢宮先拜見無碍子然後再見瑤華衆人把他一看一看不[illegible]子臉面腮微有點細麻身材短小一對三寸金蓮頭髮也還生得倩帷須頷縧入眉彎居止不甚飄逸當下梅影將阿真兩次出入的緣由說了一遍無碍子道武藝也算去得的了阿真道弟子自幼承父親傳授從未出過手今聞得郡主好武藝特來拜投望師父郡主收錄在

351

門下情愿執鞭隨鐙無碍子道郡主雖也學得幾路拳輕易也不肯與人比試今承枉顧正好大家講究講究也教他曉得外邊的光景又將阿真的底裡細細問了一遍遂道你竟是个孝女一發可敬如不棄嫌將來常相往還做个相識阿真道這个那裡敢情愿做个婢女伺候郡主和師父瑤華又與他叙了一回就留在寢宮歇宿一連盤桓數日即欲辞回無碍子道既有令尊在堂我們也不好久留將來或者相聚一處也未可知阿真又遍處辞謝了遂即起身回汴自此以後入詩會者較比武藝者陸陸續續每月間必有兩三起來瑤華心上狠不耐煩但是王爺之命又不敢違拗不知不覺又過了年餘其間情事頗多不

352

暇細述其時瑤華已是十五歲了無碍子見年紀都大了將這四个小厮發在寢宮門外廂房内居住把寢宮内廂房的門兒閉断宮内宮外男女槩不許胡行乱走如有事須要大監們禀知方許傳入忽見外邊傳到福王諭帖進來正不知諭内寫些什麼看官休慌且待無碍子折開封子然後總曉得事情也待在下畧歇一歇力再寫下回

閬仙評曰

文鴛姊妹亦邀請一會断不可少將作詩而以火間之亦疏密相間之道也否則伊于何底且可畧知周皇親家之大槩也是氣類相引之意麗雅宜之來庄會武埋線尤遠往後好用其死力真好筆仗

353

孤身婦女在路行走不便改粧一个女冠又僱了一个老嫗見投王庄上來令史問明來意傳進話來無碍子吩咐出話來道郡主連日身子不爽不能比試但來意真誠不好怠慢且邀進到花園內暫住幾天待郡主調養好了另日比試何如令史將話傳與阿真阿真道貴人肯與我比試就待兩天何妨令史遂引到宮門轉令太監引進花園內仁知軒中坐下知會到寢宮裡來瑤華意中就要出去與他比試無碍子道使不得這武藝强中自有强中手况且又是女冠不可小覷且教梅影出去接待他俟問明來歷我自有道理瑤華深以為是當令梅影粧束了差白于霍黃金剛兩个跟隨出去沒有兩盞茶時梅影回來把他

來歷一一說明無碍子哄道好得狠他既也是一位官家小姐放這个人在那裡將來到有用處遂對梅影道仍舊你去陪他起居飲食閒話中只提郡主不肯輕與人交手我這園裡有个假山洞若打得進打得出這四五路拳棒我家郡主纔肯比試你可先打進去教他隨後打進來其中拳路已變了若打得進你從新打出來仍叫他跟着打出來這一路拳又變得利害若這幾路拳都能了這人的武藝也就去得了那時再引他來見面梅影一一領命又令將裩衣裩褲穿在裡邊卸了粧仍是白于玉菲跟隨出來這阿真初見梅影粧束甚好及第二次見這般打扮想必要與他比試遂問道姐姐想來也是好武藝可以教我

幾路拳麼梅影道小妹那裡敢阿真道既不比試為何這回又卸了粧了梅影道這是王爺的家法見客時許這樣裝束見過了就要換家常衣服正說着已擺下飯來梅影陪他吃了阿真又問道郡主這幾日身子有何不爽梅影道郡主乃金枝玉葉嬌慣了的也不必定是病然他也不肯輕與人交手我們庄上有个假山洞內中安放着幾路拳凡來比試者必先請他出入兩回若能往復無碍就不交手郡主也肯心悅誠服阿真心上想道少林拳內就有這一路正打在我心坎上便問道這山洞在那裡何不就往一試看小妹可能出入否梅影道且用了茶一同前去旋有副史的女人捧上茶來大家吃了梅影先把外罩衫

子都卸去就請阿真同往阿真道看來也要卸去長衫纔能往試梅影咲道可見姐姐是个惯家遂也卸去衣褶梅影引着出瀟湘大樓廂房邊過了板橋已到山洞前了梅影看那機關已開好了遂對阿真道且待小妹先打進去姐姐隨後就來說罷捋起兩袖做一个架勢打將進去了阿真聽見裡邊一片聲响想必同少林寺中有條巷衕相似他已試過來的全不放在心上也如梅影捋起袖管輕舒兩臂打將入去那知拳路各別幸他武藝出衆還招架得來然也大費心力總打得到那頭見梅影坐在階沿石上等候見阿真也打進來了已是氣喘不止就請他同坐了一回称賛他好武藝阿真道姐姐的武藝比小妹的更

天自然回府要緊但是怕不在一時今晨也只剩得半天了倘起人夫來也是明日的事周家今日也必有人來且聽聽他家火滅後可有事故那時回府去也好來慰謝他們三人聽了都道究竟師父思慮得到仍是瑶華邀他們各處戲耍無礙子令張其德傳諭令史僃辦人夫明日送小姐們回汴一面另辦禮物送回大家正在怕个不了副史到宮門上回道周皇親家打發一个老嫗來要見郡主無礙子道叫他進來仍令周青鸞去引進一面令使女們請郡主同各位小姐到寢宮裡來說周家打發人來了不一回都到寢宮方纔坐下那老嫗也進來了叩頭請安便道我家兩位小姐致意郡主同各位小姐昨日家中偶然

失火不但受驚反失照應心上甚是不安特叫老婢來謝貞山們道好說我們來打攪不當我們來了想必火就撲滅人口都平安麼老嫗道火是就滅的大衆都好只有太君身子欠安看來也無妨礙說罷就告辭回去了第二日貞山們也就辭去了令史們又撥人保護送回且按過一邊又隔了一日就有人來報喪說是太君作故並聞明周皇親庄上管事令史速忙報進說周皇親家那一日失火燒了五六進房屋把个太君驚出病來兩日間就沒有了現送有訃文在此瑶華向無礙子道他家是我們親戚理該去吊唁纔是無礙子道王爺不在家就是你去也使得瑶華道他雖是皇親但他家中內外全無理法無礙

子道何以見得瑶華把唱戲吃酒這一天眼中所見甚沒道理當晚我獨坐在楼上乘凉瞥見假山後有幾个小後生探身窺視又把周文鴛到楼上陪宿晚間都脫得赤條條的狠不像个規矩所以也懶得去無礙子道你既不去可令令史僃禮前往致吊就是了遂着張其德傳了出去一面寫信與楊貞山們知道不題王庄這邊再說楊貞山們三个回到汴梁把瑶華的文才武藝誇張得十分了得這話傳到外邊又驚動了一个人你道那个乃是汴梁城中世襲指揮千百户姓酈名希德他有个女兒小字叫阿真名喚雅宜因希德學得一身少林派的好拳棒馳名四遠却無子嗣所以盡行傳授阿真這阿真雖有一身好武

藝却從未衒人十七歲上也曾許配與一个姓李的不曾過門就身故了雅宜望門寡後隔了兩三年不想生母又故希德年老不肯再字意欲待父天年另作計較這日聽見鄰家傳說福王庄上有个郡主十分好武藝他心上自忖道我父親爲因無子所以把拳棒傳授與我他是王子王孫要學這武藝何用恐怕是別人奉承他故意誇張又想既有人讚他必然也有些本領念頭一動興致勃勃意欲要與他比試遂商之其父希德道你自幼學了些武藝從未與人見過高下今既有一般的婦女不妨前往一試且可于王爺庄上尋个好對頭也防老來之計阿真聽見乃父恿慫他一發得了主意遂打弄盤纏揀了日子啟行

站還要預備各人的乾粮纔能起身瑤華便叫蕉葉吩咐他們趂早預備瑤華對素蘭道外邊必有救火的人俱不是善良之輩况放夜站路上也要隄防我們都要穩帶弾弓標鎗以備不虞于是瑤華同八个了头卸去裙衫穿了襯衣襯褲外面只單一件長衫把釵環首飾亦都收起挽了个順梳粧把綿紗紮了頭楊貞山見李揚清還梳着个麻姑髻忙教他拆散了也和瑤華們一般粧束不一會副史領了人夫進來搬東西蕉葉荷香一一點交明白瑤華見那火焰起得越大了人聲嘈囃漸漸逼近攏來遂對楊貞山道我們走罷火頭若再高起來恐怕走不出了遂令四个小厮開道瑤華當頭保護這些婦女令四个婢女攙

338

住後路架出花園門只見人潮如山往來擁擠遂令四个小厮將弾弓背在背上奮開兩臂打將出去打得兩旁的人潮水一般兩下分開了那些人見是一隊婦女讓過四个小厮意欲上前欺侮被瑤華飛起一腿把這人從空裡踢出去了那些人鬨的一聲圍將攏來瑤華同八个子女圍了一个圈子打得那些人排山倒海且打且走纔衝了出家城門早有副史領着家人人夫上前接應出來先令楊貞山們三个上了轎發啓就走瑤華同八个子女繼後走了七八里路人漸稀了然後上轎登車路上又見來救火的營兵約有二三百名飛奔而來內中就有不逞之徒意欲擄搶突然把轎夫打倒來扯轎內的人這四小厮眼快

339

就在車上飛弾打來這幾个營兵個個着了一弾立時暈倒喝起轎夫抬了就走這些營兵不依副史上前道你們這班瞎眼的這是福王府中的內眷你們敢這樣無禮回去奏了皇上看你們个个都要砍頭哩營兵聽見說是福王府中纔覺有些害怕夾着屁股往前跑去了這裡趲着人夫趕路行了五十餘里路旁有个小村庄副史去打開了門先與了数百錢要借他們的所在打尖鄉民問明是王府裡郡主自然殷勤打掃令婦女們迎接堂中烹茶款待瑤華讓楊貞山們坐了小厮送上乾粮那鄉民婦女亦即送上茶來瑤華一面讓着一面令荷香同副史先行趕回庄上令管事帶了燈籠火把前來接應荷香領命趕着

340

同副史去了這裡大家吃了些也趕着上路走了十多里太陽下山玉兎東升轎夫車夫們趂着月光發開脚來正走得高興蕉葉在第一輛車上斜刺裡忽有一枝响箭飛來蕉葉就在車上接住隨取弾弓將這枝箭仍射了回去了遠遠望見樹林裡火光爛燦都跑不見了于是越走越近離庄二十餘里已有燈籠火把來接不多一會兒已到庄上了庄門開好一逕抬到大殿下轎各到寢宮無碍子接着已知周家被火趕着喚人擺膳大家膳畢無碍子道不但受驚而且辛苦且請早早安寢一面遂令將鋪陳即就寢宮內鋪設大家直睡到明晨下午纔起身梳洗畢貞山們便立刻要起身回汴無碍子道小姐們出門了好幾

341

隨同下樓來又到廳後捲棚內看他們可曾起身方走到花廳中間聽見捲棚內一片咲聲瑤華急走入裡邊見趙三姑同周彩鸞要與李揚淸照昨日戲班內扮的那麻姑仙梳的那个髻兒李揚淸不肯他兩个硬硬的捉住了在那裡梳楊貞山咲得腰都直不起來瑤華道好鬧熱周彩鸞道都走來看我在這裡替李家姐姐梳个麻姑的髻兒瑤華看他梳得眞个一模一樣這李揚淸的臉盤也與那唱旦的相似故此更覺相像李揚淸要打散了另梳瑤華道這怕什麼今日又不要坐席又沒有外人來看見這樣大熱天就省些氣力也好于是李揚淸就歇了又簪上些花兒就洗手穿衣都到前廳來坐着閑話不一會文鸞也

梳洗了來一同用了早膳遂各擬題做詩周文鸞道我也叫他們做下題目鬮子在這裡各人拈了就是楊貞山道且慢先擬了体格再拈彩鸞道我只會做絶句餘外都不能瑤華道既然不能各做各的体式到也便易楊貞山道若如此先要自認做什麼体式然後拈題趙三姑道也使得我就認五古瑤華道我做長短句楊貞山道我做首古風罷李揚淸道我做五言律周文鸞道我做首七古彩鸞早去把八个字文幾來叫他們認瑤華道你們自量做得來什麼体格只管認梅影道我認做柏梁体素蘭道我做七律蕉葉道我做六言詩荷香道我做首小令的詞兒郁李道我也做詞桃紅道我做五絶兩首梨雲道我做五言

古詩柳枝道我做四言詩文鸞道都認完了只麼三妹做兩首七言絶句罷遂取出題目鬮兒令使女們照位挨送楊貞山拈了一个即景趙三姑拈了一个雅集李揚淸拈了一个觀劇瑤華拈了一个對月周文鸞拈了一个晚粧周彩鸞拈了一个憩凉素蘭拈了一个拂榻梅影拈了一个烓香梨雲拈了一个垂簾郁李拈了一个揮扇蕉葉拈了一个囊琴荷香拈了一个洗硯桃紅拈了一个理釣柳枝拈了一个灌花遂令周彩鸞拏張紙來將題目按名寫好各人抽筆磨墨靜靜的設想忽聽得內堂大聲疾呼的喊道不好了大家吃了一驚霎時人聲沸騰文鸞坐不定擲筆起身外邊已有一群了頭僕婦飛風的跑到廳上道

二小姐三小姐不好了上房起了火了文鸞道是在那裡起的婦女道在太君房內起的火彩鸞聽說連忙起身同文鸞飛跑的進去了楊貞山走到天井裡往上一看只見黑焰冲天火星乱迸忙到廳上道郡主和各位姐姐歇手罷了不得了遂一齊奔下來看了嚇得李揚淸趙三姑渾身打戰瑤華忙吩咐蕉葉道你快出去叫副史打點我們車轎人夫同候一面令素蘭梅影收拾樓上衣粧什物楊貞山們也令老媼收羅物件瑤華道我們再井一井如再火勢不息只好一同的到我們庄上去楊貞山們道也只好如此正說着蕉葉來回道副史們現在喚齊人夫在外邊伺候只是天色不早了一路上並無歇處只好放个夜

爲所瞞粗心者安能其透徹哉香城華豈可称詭譎之
至且又靈巧之至先止暗藏侯臨事只須一筆補出逼
体俱活潑矣視者請按此說為當否

第十五回　巳見睡情方竊笑　欲誇武藝反投誠

塡詞時曲一闋曰

雙調 繡帶兒香閨女亦何瀟洒相邀社友還家移繡榻
賓主誼相陪不提防竊視揭輕紗難遮擁衾窩顯出
光光乍扇柄兒將覩那苔把個風流客唉得襟難禁
架還叫個俏梅香也笑得聲兒啞

却說瑤華指着貞山道我既不偕你自應仍照在我家一
様坐法可是沒得說了衆人拍手道是貞山只得坐了首

330

席第一位趙三姑坐了二席第一位李揚清與貞山並坐
文鴛向西坐陪瑤華坐在趙三姑之下彩鸞坐了主位坐
定了早有老嫗將堂簾垂下各飲了一盃酒外間傳進戲
目來大家商酌點了一本群仙赴西王母瑤池蟠桃會轉
眼間鑼鼓一响早扮脚色上場席上水陸並陳色色皆極
講究說不盡榮華富貴衆人見上場的戲子俱是十四五
歲的小童唱來並皆佳妙个个喜得眉花眼笑惟瑤華似
覺厭煩約莫做了七八齣戲十多碗菜就撤臺了衆人都
退到捲棚裡來更衣走動已覺汗流浹背甚是煩燥停不
多時外間又請上翻席走出廳來燈燭輝煌熱氣薰蒸如
坐在火坑内如何受得勉强看了兩齣叫隨侍人將銀錢

331

代趙三姑楊貞山李揚清三人並自已放賞遂各起身告
止走回楼上忽令打水閂澡纔覺清凉了些也不教點燈
換了出浴衫褲獨一个坐在暗處納凉早見月光上窗又
令婢女們替換打扇將近初更纔觧了煩熱對梅影道這
様炎天暑熱偏要演戲筵宴這那裡是取樂直是受罪梅
影道他們算是特敬因天氣太熱所以都主不耐煩了瑤
華道寔是受不得趁他們未來我竟先睡了你們也睡罷
遂各睡下剛欲合眼忽聽楼梯响想必周文鴛上楼來了
見各人睡熟也不驚動悄悄的睡下了瑤華一覺醒來天
色纔有亮光甚覺凉爽遂喚起梅影來道趁這清凉時候
好替我梳頭省得在日影裡受熱梅影答應即赶着起身

332

净了手來與瑤華梳起了頭然後自家另梳瑤華無事忽
出第二間來聞文鴛鼾鼾的熟睡遂悄至坑邊將帳子揭
起一看不看猶可看了咲个不止忙將手招梅影來前同
看梅影一手握髮走到文鴛坑前一看只見文鴛脫得精
光的睡着搭着一條藕色紗的夾被被都擁蓋在上身滿
頭滿臉都是汗下身露得赤條條的向裡睡着有一把鵞
毛扇撂在大腿之後那扇柄兒恰恰抵住那私處引得梅
影也咲將起來忙去扯件衣服來替他遮蓋好了拉着瑤
華到裡間悄悄的道怕他醒來看見都不好意思瑤華抿
着嘴咲道那有个女人是這樣睡的可見這周家不成体
統正說着素蘭們也起身了瑤華俟梅影梳完了頭即令

333

城來迎接各各相見先到上房拜見了各眷屬然後周文鸞姊妹也邀到花園內起坐瑤華見周家局面比丁庄上更來得寬光花園亦甚寬展花廳後有捲棚已見床帳鋪設在內問是請楊貞山等三人在此歇宿問為何多有一榻云是周彩鸞移來陪宿的又同瑤華到西邊一座花樓上說就在此間下榻因是瑤華帶得人多故獨住五間大樓周文鸞也在此陪宿當晚草草用過晚膳大家辛苦了一日即時就寢四个小厮同在樓下睡了一覺酣睡靜聞眼看時早又是日高三丈瑤華喚醒使女起來各各梳洗正在忙乱之時周彩鸞上樓來道了不安瑤華連忙讓坐彩鸞道舍下管事的雖多因我家君為人太寬諸都唐塞

如有不到處郡主還要怨那瑤華道到府吵擾豈是不當三小姐休得如此一面說着一面看那彩鸞是个圓臉兒肌膚還生得白凈一頭好青絲髮惟髮際低厭濃眉大眼獅鼻濶口大不如文鸞秀美其情致到甚濃鬱故不嫌其醜惡彩鸞見了素蘭等四个婢女贊不絕口正說着文鸞也睡醒了對彩鸞道他們這四个姐兒不但生得標緻你還沒有見他們的技藝哩彩鸞便問會什麼技藝文鸞將所見文才武藝一一說了一遍把个彩鸞驚得咋舌縮頸的道有這樣本事寔是可敬聽見樓梯响楊貞山等三个人也來了文鸞姊妹忙起身接住大家坐了閑話彩鸞道我家爹爹吩咐今日要請各位吃个戲酒花廳上都收拾

了我們吃了早飯看一天戲明日纔做詩罷瑤華道為什麼要這樣費心况且天氣炎熱未免糟蹋東西文鸞道也不費什麼又見一个老嫗引着一班女樂上樓來請安楊貞山等各各起身扶了起來瑤華定睛一看却沒有一个清秀的在內老嫗回道早飯已設在花廳上了文鸞道不要催我還不曾梳頭洗臉哩正說着只見一个使女送了盒兒上來那老嫗帮着梳了个頭又洗了臉瑤華同了頭們俱已收拾齊整遂一齊下樓到花廳上用飯畢就往各處游玩了一回遠遠聽見音樂嘹喨迎面來了一个大了頭上前回道請兩位小姐邀郡主和各位小姐們上席大家聽了都走步上前行近花廳那女樂們分作兩行上前

迎接不一會齊至廳間見朝外分擺兩席周文鸞姊妹先滴了酒回過身來按席大家堅辭遂令一一送上楊貞山要讓瑤華首座周文鸞道郡主雖然尊貴究竟與舍下有親誼斷不好僭的楊貞山只是不肯坐瑤華道我只消一句話他就坐了衆人道什麼話你快說出來瑤華把个指頭指着貞山說將出來看官們猜猜該說的是什麼話恐怕猜不着還請翻過下回來看罷

閑仙評曰

設樓閣于山洞乎初閱時以為咤異此必香城滿于伏華故有此兀突之舉及查七回中果有喚般彩霞在房所囑之事妙在其時並未透出余閱此書甚為留意乃

着瑤華道郡主你好武藝楊家姐姐方進洞門口一看裡邊飛出兩條棍來幾乎頭都打破幸虧師父双手托住纔逃了出來瑤華咲道你又怎麽走了出來衆人道是師父拴住了機關我們纔敢走的不然只好躲在裡頭一日了引得這些使女們都咲起來遂令打水梳洗又令老嫗去取了各人的奩具就在寢宮內梳洗了約有一个時辰纔畢那時擺膳遂各坐下李揚清道照山洞內先前這个光景就來一萬人也走不過一个無碍子道也不是這麽講若會拳棒的自能打得入來不會的莫說一萬就是十萬人也進不來一个楊貞山道何不移在前後門防備盜賊比人還强哩無碍子道我這庄上前後兩旁都有盜賊是

不消說得上不來的了所怕若此盜賊更强的人這就拏不穩了周文鳶道且慢說這个明日奉邀各位姐姐到舍下頑耍兩天敢請師父一同光降務乞俯從無碍子咲道極承周小姐盛意本無辭的道理但小徒出門庄上無人約束內外諸色人等萬一有个緊要事情致負王爺所托似乎不好看相要周小姐見諒衆人道這也師父的實情無碍子道足見各位明府況且今日就要代各位小姐辦理起身之事小徒那裡料理得過來說話之間已膳畢了遂令張其德傳話與令史知道說郡主要和各位小姐們往周府上做詩會敎他催備人夫伺候明日一早起身務要趕到不許在路歇宿張其德領了言語傳出去了又令

婢女們收拾瑤華隨帶應用一切物件衆人仍到仁知軒敘話走入迴廊見了邀月廊三字道三姑問瑤華道郡主王府上前邊大殿書房寢宮內各處掛的匾聯字畫都下有名欵怎麽花園內各處匾聯字畫都不落欵是什麽意思瑤華聽了不覺大咲起來衆人苦問情由瑤華方纔說出就是自家同子女們亂搨的楊貞山道雖非盡善然也有狠好的又問畫是誰的瑤華道我這些子女們只有兩个會畫的一个蕉葉一个梨雲又問字是誰寫的瑤華道也有兩个寫得好的一个荷香一个桃紅周文鳶道還有那个會別樣的技藝麽瑤華道郁李的棊還下得好文鳶道如此我來請敎一盤瑤華隨喚郁李取棋對局李揚清

道郡主的字畫棋局必定也好的瑤華道我都不能只學得彈琴一樣趙三姑道既如此必定要請教一曲瑤華不好却意同梅影各撫了一曲大家賛賞不迭李揚清又要瑤華教他彈琴鬼混了半日忽然作起陣雨來雷轟電掣大雨傾盆仁知軒不能藏身一齊回到寢宮併趕着將鋪陳移回寢宮內鋪設各人俱怕雷攢聚一室內閒話直到半夜纔雨收雲散方各安寢正在熟睡天已大亮早被無碍子催促起身衆人亦各驚醒起來赶着梳洗外邊報進轎馬俱已齊集遂各辭了無碍子起程往周皇親庄上去瑤華帶了八个子女因路上人多又派了兩名副史在路照應車馳馬速赶到纔半晚時候已有周皇親的眷屬出

退出去了貞山道可見還是姐姐的武藝好文鴦道如今山洞隔絶進又不能進退又不能退怎麽樣纔好正說着只見郁李也打進來了素蘭問道他們呢郁李也是汗淋淋面氣喘不止搖手道都打不進來退出去了素蘭道這麽要送信出去了遂到旱舡裡將流星放了一个趙三姑道這什麽意思素蘭道他們得了信自有師父會領他們進來的老嫗在旁道若是師父同他們也打不進來我們怎麽出去今日這頓早飯就没得吃了衆人聽了都大咲起來且擱過一邊再表桃紅梨雲柳枝三个打過第三个機關桃紅肩胛上早中了一刀幸而刀未出口只打起了一條血痕早已胆怯遂復身打回那知機關掉轉又不是

318

前番一路拳了進怹政轉拳路終打了回來只得走回寢宮告知無碍子咲道你們平時只會偷閒躲懶不去講究工夫所以打不進去倘或遇着勁敵豈不大吃虧了遂令瑶華梅影荷香桃紅梨雲柳枝一同跟隨到山洞邊無碍子將外罩道袍卸去捋起双袖呼着衆人跟着打進來于是瑶華等有無碍子在前壯着胆一步一趦的招架着不消一盞茶時都已打到那頭了楊貞山等接住見無碍子也不氣喘也不汗流似乎毫不費力的様子遂各称讚道究竟師父的武藝高强隨後見瑶華等都打出山洞來仍是汗流氣喘趙三姑忙令老嫗那椅出來大家坐下憩息了一回無碍子又令素蘭郁李瑶華荷香領頭率着這五

319

个再打過去又嘱咐道這一路拳更比進來時利害各人小心在意如已打出仍放流星知會衆人荅應了一聲遂又打將出去了楊貞山問道這裡頭到底是怎樣的師父可好同我們去看看無碍子咲道看也容易遂把楊貞山拉到洞門口道你且進去貞山終將脚跨入正踏着機關只聽得趙三姑在後邊喊道不好了快回來貞山把頭一抬只見兩條棍子兜頭劈下來唬得貞山喊救不迭無碍子早已伸手接住到把李楊清等三个没命的飛跑到旱舡裡去了無碍子忙說道不要跑不妨事的將手一放兩條木棍収回去了回身對楊貞山道可是利害的衆人都道阿呀好怕人這裡頭到底是神是鬼無碍子道那裡什

320

麽神鬼不過是些木頭人正說着見空中放起流星知是子女們打出去了遂道我們好出去梳洗用膳了衆人道怕得緊我們今日情愿不吃飯了無碍子道不必怕只要把機關拴好就同平日一樣有什麽怕無碍子湊身到山洞口把寂門揭起拴縛停當遂拉着楊貞山先走一面道小姐們都隨我出來罷衆人方敢那步貞山問道如今這些木人都藏在那裡無碍子指道這些山石是假的若翻過身來都是不人趙三姑道我們快走不要被他翻過身來又要打人無碍子道如今機關都已拴住那裡會再打人說話之間已出山洞遂由廂房大楼下轉入廻廊逕到寢宮只見子女們喘息方止都在那裡等候周文鴦等對

321

園內演習什麽無碍子道你們既説運氣工夫都嫺習熟了花園内山洞裡邊有一路軟拳在裡面明日先令素蘭梨雲郁李桃紅柳枝打入山洞去到旱船裡請了各位小姐們到仁知軒來用膳打得進去纔算嫺熟明日早起都不用梳洗俟請出了各位小姐之後都到寢宮内梳粧看你們那个的武藝出衆各人都應了打罷就散無碍子又道我這路軟拳千變萬化萬一有人能彀打了過去恐怕不能打得過來我旱船裡倫有流星花炮在内可放一个信出來我好來接應你們不可忘了但裡面這路拳甚是利害都要招架得仔細稍懈怠必然有傷身子切不可自悞各人又答應了無碍子纔令各人回房安寢這九个

人回房不敢輕忽又運煉了一回始各上床就寢次日無碍子起得獨早先去花園山洞内擺弄了一回纔轉回寢宮看官你道無碍子到山洞内擺弄些什麽原來當時造山洞時已囑咐殷彩霞脂傳與令史到嵩山少林寺内請了高手和尚照依寺内所設一條衕内的木人各執器械俱暗藏機関機関一動器械皆能舞動敲擊如今這幾路軟拳的纔能招架若武藝生疎運氣工夫不到不但不能打出竟有打死在内的所以少林拳頭為天下第一這無碍子的拳路更高這山洞内所設的機関比少林寺的更多有幾十路拳凡打過一遍機関内又改換一路若打完這幾十路重新又是第一路這是無碍子獨出心裁所製

非凡人所能變換也當轉回寢宮令周青黛催令子女們起身子女們亦各驚心一聞催呼各各穿衣下床都到無碍子房中來無碍子道昨夜已吩咐了就是你們五个先去試打一回看那个的武藝好素蘭們遂各換了短衣帮褲束了摟腰齊到花園從游廊大楼下廂房邊過了板橋即到山洞邊一脚踏着機関早見一棍飛將出來素蘭躱過踏入第二機関又有一刀砍下又躱過奮起双拳打將進去那桃紅等四个也跟着打入素蘭打到一半不見後邊的人來想是打不過來了遂獨自分開兩旁器械奮勇架格好容易纔打出了山洞已汗流脊背氣喘吁吁坐在一塊小石上歇息忽見文鴦的老嫗拏着个臉盆要進山

洞到厨房裡去打水素蘭連忙道老姥姥不可進去那老嫗見了素蘭道呀咻姐姐爲什麽這樣打扮可是與人打架麽素蘭道不是我們在這裡習武老嫗道你們只管習武怎麽不叫我去打水素蘭道山洞内都設有機関我會打拳的尚且打了半日纔打得過來你不會的進去還要打死哩那老嫗聽了急忙去告知文鴦楊貞山們聽見各出旱船來果見素蘭還坐在石上喘息趙三姑道素蘭姐姐你可曾打壞素蘭道還不曾只肩膀上着了一棍幸而招架得快沒有打得重李揚清道阿唷你們這个習武也就險得狠楊貞山道就是你一个人打麽還有姐姐們呢素蘭道我們共是五个人打進來的看來他們打不進都

瑤華咲謂文鴦道令妹詩才必大高我寔恐愼趙三姑道郡主尚如此我們更不敢放肆了周文鴦道此是舍妹激将之法各位姊姊休要認真然妹之存心久欲邀請各位降臨敝庄今舍妹亦已同然務望各位明晨一早啟行楊貞山道已在外盤桓数日了且容暫回另日造府周文鴦道既已來此何爭此数日必要各位俯從如有見却妹當跪求遂于軒中長跪下去衆人見了即忙來扶楊貞山道且再計議文鴦道各位不允誓不起來瑤華來扶起道各位姊姊再無不允之理且請起來文鴦方始起立瑤華又道明日是小妹們演武的日期恐怕不能竟是後日一廚趙府何如文鴦即時謝道謹依郡主之命已見擺勝無碍

310

子亦到軒中遂各坐下用勝瑤華把文鴦挨到其妹來字欲邀各位至周府作詩會弟子已允周宗姐姐侯明日演武後後日同往無礙子道也好且可見見外間的世面不一會膳畢大家散步到池邊見太監們在那裡拴鞦韆畫板瑤華對衆人道各位姐姐們那位曾經打過鞦韆的先上去一試楊貞山同李楊清道我們都没有耍過趙三姑道我却耍過但那時年紀還小害怕得緊也没有十分的推開無碍子道這个雖是一件戲耍的事然也要經過幾回纔可放胆倘冒冒失失的上去設有差池也不是當耍的且教个使女們先試一回再好請小姐們戲耍已見子女們來了無碍子令周青黛去将天魔舞衣並翠雲翹取

瑤華傳 卷四 第十四回 七三

311

來又叫梅影郁平素蘭梨雲到來道你們四个先上去試試但綵繩要拏得緊兩腿要挺得直飛颺開去断不可鬆勁兒若你們手脚一鬆綵繩也會鬆了不但不好看還怕有失正說着周青黛已将舞衣雲翹取來遂令穿戴完好各人趁過橋去纔上鞦韆架楸着綵繩已在畫板上太監們要上前去送無碍子喝住道他們自會不必你送如小姐們上去都要你們送的見這四个丫頭把脚一蹬早已飄入空際風飄舞衣如一朶綵雲從天外飛來你來我去飄颺不已真个好看一會兒都收住了溜下架來無碍子遂請衆人上去耍楊貞山不便穿綵服辞掉了趙三姑李楊清周文鴦瑤華四个人換上綵衣帶上雲翹同過橋去

312

早有太監們在旁扶上鞦韆板只有瑤華盤旋而上和趙三姑踏一板李楊清周文鴦踏一板太監們先把李楊清一板送出去這裡瑤華早已蹬開往來擺颺如飛仙從空而下各有各人的媚態殊令旁觀者忻羡不已耍了一回各人纔下又令桃紅柳枝蕉葉荷香又耍了一回無碍子又叫人去傳了八个女樂們來也頑上半晌有興着重又上去更翻飄颺足足的戲上半天纔止各人歇息了一回又早是晚膳時候一如每日身澡乘凉纔各回房就枕惟瑤華同众个子女無碍子喚齊吩咐道你們運氣工夫熟了没有衆人都道熟習多時了無碍子道這麽明日不用如往常止習弓箭弹丸跑馬只就花園内演習瑤華道花

瑤華傳 卷四 第十四回 七四

313

少得講究這便所兒是吳王游姑蘇臺過錦帆港令宮女
們採蓮西施自製採蓮曲與吳王侑酒這不是亡國之音
麼趙三姑咲道師父寔寔無所不能無所不曉那女樂們
聽見復又改換宮商重新唱了个洛陽女兒對門居的一
套時調曲兒唱畢瑤華正要說出一句話來被趙三姑攔
住搶說究竟不知搶着說些什麼且看下回

閬仙評曰

閨秀結詩社他書並未有見前回已發洩其興觀者尚
在咀嚼其味何作者不憚煩勞又聯一社其才其能何
可限量且前後兩社之詩題各有深意存焉如上一社
之題意乃初時見面人君也第二社題意係微露各人

後之終身一詩題亦不肯泛設其他可知至邀賞荷花
不虛前之作爲此時不賞往後無暇及此矣安放極好

第十四回　王左試武開關鍵　周府爭華設戲筵

五言律詩一首曰

山洞機關巧仙師洵異能內防強項者可歷少林僧
即我先驚服請君勿自矜天心已有在何苦設飛鎗

却說瑤華正要說出一句話來被趙三姑搶說及至讓他
說他又忘了大家咲做一團貞山仍請瑤華說瑤華道今
時音樂究竟不如古音古節的大雅趙三姑道方纔我看
見取了琴來何不請教郡主撫弄一曲瑤華搖首道我們
都未學得到家周文鴦道想必師父最精明了意欲懇求

師父賜教一曲何如于是楊貞山趙三姑李楊清寺俱站
起身來求請無碍子忙欠身起立道使得小姐們請坐了
遂令周青黛解去琴囊另設在一張條几上瑤華忙令梅
影爇了一爐香無碍子走過條几邊坐下和了琴弦彈上
一曲洞仙引彈畢起身歸坐衆人稱羨不已又歡飲了幾
盃酒各起身告止已是日下山顛矣一時間舟車並發頃
刻回庄大家辛苦了一日赶着盥漱就寢次日仍舊聚集
花園楊貞山同周文鴦正要伸箋寫詩只見周文鴦家的
老嫗來回道前日打發回去的家人回來了取有三小姐
的書札在此周文鴦對衆拆封大家聽誦道
晨間接誦吾姊手示並捧讀各位姊氏詩章欽佩之餘

更深艷羨竊自郡主徵詩遠布領袖騷壇誠爲盛舉是
以深閨秀艷不辭緗幰車塵雲山跋涉各抒錦心繡口
遂成霞蔚雲蒸妹喜不自禁恨不脇生兩翅飛越來前
何期福薄灾生忽徧痧發裝且戒途頃然返轡好事之
多磨未有甚于此者因思天之厄妹不過不能趨覲各
位姊氏花容耳能禁妹不邀請下顧耶使來賤恙稍瘥
務乞吾姊邀約郡主及各位姊氏結秋惠臨既可俯遂
傾慕之渴想亦與再整文壇之旗鼓妹雖遜陳思王成
章于七步却有謝道韞咏絮之全才社中有却是必畏
妹接幟搴旗也希遠鄙忱掀帘以待不勝忻切神馳之
至小妹綠鴦謹祉

上令其収拾槳櫓篙索瑤華同衆人俱告更衣添粧無碍子這邊泒撥林緑環花見羞沉翠眉羅統兒四人看管寢官並約束局内諸人又安排了些不到的事見俱已齊備着令子女們各去邀請併令殷彩霞同行照應不半盞茶時俱已齊到遂各下船無碍子楊貞山趙三姑李楊清周文鶯瑤華帶同四婢及殷彩霞周青鸞坐了一舡八个女樂同白于玉黃金釧薛比鳳袁素蟾張其德坐了一船其四小厮同副史管事及兩名太監俱從大路往池上去船隻出了水門女樂船前導[illegible]細吹細打的一路作樂而行梨雲在旁指着岸上道這兩岸站得齊齊的是什麽人殷彩霞道是文武兩衙門撥來的兵役驅逐閑人的楊貞山

302

問瑤華道庄上離荷花處所約有多少路瑤華指着殷彩霞道你問他我不甚明白彩霞怳同道約莫有三里多路李楊清伸着頸領望道可就是遠遠望去有青色的所在麽彩霞道正是瑤華道這一點青色是什麽無碍子道是問嘗裡備的行帳好在那裡坐坐趙三姑又指着岸上拉縴的女娘道他們所穿的衣裙也要同那女樂們的五彩舞衣順風飄颺起來更是好看無碍子笑道趙小姐意中是要學隋煬帝三千殿脚女的打扮了趙三姑聽了自覺失言把臉都漲紅了無碍子道趙小姐休要留心我也是説哄話兒頑這女樂們衣服名叫天魔舞衣我置備時也作兩用的楊貞山道還有何用無碍子道若用着女樂時

303

暫時與他們披掛如小姐們在我們閨中喜歡要个鞦韆也可穿着鞦韆上断不可以隨常服色瑤華道趙家姐姐我們明日大家來打个鞦韆兒耍何如衆人道狠好説話間已到行帳前了向東一望荷花滿池燦若錦綉齊聲道好大觀也早見駕船娘支着扶手遂个个扶入行帳那行帳正對荷花池花氣一飄香盈四座大家心上好不快樂周青鸞從舟中將琴棋双陸牙牌搬上來分列在兩三張桌兒上有下棋的也有打双陸的也有弄牙牌的婢女和小厮們三三兩兩的各處游嬉無碍子問殷彩霞道對面村庄人家也打造了好些小刬船兒何不借他們的來叫這些使女們去採那繚開的蓮花取回去好插瓶兒殷彩

304

霞道這也是我們打造的原備着姐兒們去採蓮花所用無碍子道好得緊可叫駕舡娘去放過來這些婢女和小厮們聽見都簇攏來要到湖池裡去採蓮花不一會船都放到這邊各各跳下船去蕩入池心裡去了瑤華同周文鶯走下行帳來隨着無碍子看子女們採蓮不一會採了好些回來遂先令管事人送回庄上這裡在行帳内已擺設酒筵請衆人入席無碍子令瑤華滴酒送席楊貞山同趙三姑再四告止遂各攏下仍照在仁知軒坐了女樂們作起樂來又唱秋江岸邊蓮子多採蓮女兒掉船歌的曲兒無碍子連忙止住道不可唱此亾国之音楊貞山道詞句甚佳何謂亾国之音無碍子道楊小姐子詞曲中想來

305

華遂邀請衆人往看李揚清諸道好个精緻舡兒不是王
府裡何能打造得這樣齊整楊貞山道打造的工本也還
不大就是這欵式兒難得趙三姑道好在个不用板篷四
圍止用欄杆又凉爽又輕快李揚清道這欵式就與南京
秦淮河裡的燈船一个樣子趙三姑道你那裡曉得秦淮
河裡有燈舡李揚清道我在那裡生長的豈不曉得正說
着只見張其德來請用早膳瑤華即邀衆人上仁知軒來
衆人道我們候了師父一同去瑤華道做業師恐還不得
閑我們先走遂各走上軒來無碍子亦已到了他四人坐
了客位無碍子向外坐了瑤華在主位相陪無碍子道諸
色俱已齊備只少幾个駕船娘子了這那裡去我李揚清

道弟子聞得亳州婦人都會駕船可惜遠了一步不能即
至無碍子拍手咲道虧得李小姐教導不然也就鶻突過
去了忙令周青黛去快傳殷彩霞來我有話吩咐周青黛
荅應去了這裡侍女們送上飯來各自用膳不一會殷彩
霞已走到無碍子身邊道師父有何示下無碍子道郡主
們要看荷花船隻行帳一切事情都已明白只少幾个駕
船娘我們宮中是沒人會的方纔李小姐說亳州婦人都
會駕船我們四圍住的佃戶中可有亳州人在內你可親
自去走遭務要訪得幾个來纔好駕船前去殷彩霞道這
還容易不用查訪婢子都還曉得只是一件都沒有粧束
不像个樣子無碍子道駕船的衣裙帽罩我幾年前差人

往江南採辦綢緞時已預爲置備欲與粗用丫頭們穿着
今可借用這到不消慮得但不知你曉得會駕船的有幾
个殷彩霞道人到不少老老少少也有二十幾个無碍子
道起先怕沒有人今既有人就要挑選了我想毎舡頭尾
兩人是斷少不得的毎舡拉縴繩的也得四个共總得十
二人也就夠了你去選那年輕些及面貌略可看得的照
數選來我也給他工錢並不白當差使但以速爲妙郡主
們用了膳就要下舡的殷彩霞荅應了如飛而去無碍子
又令周青黛道你去在我坑床邊有个白木板箱箱內一
切物件都取了來周青黛荅應去了楊貞山道師父實實
費心無一事不預爲打算真令人佩服無碍子道承王爺

以家事見托小徒又年輕不得不代爲經理周文鴛道今
日我們去賞荷花做什麼好趙三姑道無非做詩了無碍
子道我聞得還有周小姐的令妹未來今日且慢做詩俟
得有寔在情景各人只在肚裡打稿明日一併録出今日
到池上我已令女樂們在那裡伺候船中又備有琴棋双
陸牙牌隨意俱可消遣小姐們以爲何如衆人都道師父
吩咐得是只是太費心了無碍子道也不過代小徒之劳
倘有不周到處還要各位包涵衆人都道好說不一會膳
畢殷彩霞已帶了十二个女娘來叩見無碍子同瑤華衆
人們看了都道挑選得狠好周青黛同張其德已將帽罩
裙衫取來了遂令殷彩霞引去廂間內易換了再引到船

李小姐的腰聯特勝結得太鬆了昨日所作因題不趂手故覺今□稍勝指着周文鶯道周小姐你這首詩為題目捆縛住了不得不如此做法但太克已了我們女人做詩遇着此等題目宜在題外設想總不落小家氣局然而題面也還擒得住腰聯的心思用得狠好趙三姑在旁道師父的批評寔有意思足見深雅無碍子道隨口亂道休要見咲又對瑤華道你這首可與楊小姐的詩相並較昨日的穩當素蘭這首遠不如昨日的出色金盤承露檀心小這何更不是女子口氣下回鄰髮簪心結句也還可以梅影的詩昨日與今日所作都好結句尤稱高潔梨雲的兩首都還去得郁李今勝于昨但無勁句蕉葉的筆氣本

來平常不能就題敷衍桃紅亦然荷香今日的大勝于昨日柳枝的兩首俱好且氣韻充足□上難為他正要說下去只見張其德來請票話遂辭回衙去了大家背後又嘆服了一回轉眼紅日啣山仍在午知軒設席晚膳周文鶯道小妹家還有个舍妹也能楊詞句難遇着各位姐姐在此也教他來見見各位的大才瑤華道既如此明日我這裡打轎去接文鶯道豈敢有勞我帶有家人在此只消將今日的詩抄寫回去明日飛也似的來了遂于席上將詩録出另寫個手札交老嫗發出趕着家人馳賫去了瑤華又令素蘭梅影殷勤勸酒席間只有周文鶯吃兩杯其餘甚屬有限不多一會就膳畢了各各散坐閒話張其德

從外間進來向瑤華道方纔令史來報知荷花盛開了可以請各位小姐明日前往賞花趙三姑聽了道有趣有趣這荷花也凑趣得緊明日到那裡須先敬他一杯文鶯道可惜舍妹趕不上這勝會了瑤華道何妨一賞再賞又回頭來對張其德道你可曾禀知師父張其德道方纔禀話就為此師父在那裡躊躕說船小人多天氣炎熱恐怕小姐們受暑已吩令史往營中借倫帳房搭盖伺候小厮同奴子們都坐車去纔不致擁擠趙三姑道我們快樂要令業師這様操心真个當不起衆人亦各道了不安瑤華道應當如此正說着只見了頭們來請上浴堂了遂各往寢宮嵒浴畢略坐閒談即便告回乘凉就寢一夜無話次晨

無碍子已令人來催促瑤華起身瑤華已同梅影赶着梳洗到得中堂白于玉來回道師父恐郡主起身太遲先往園中應酬詩客去了郡主可速到園中早早用膳赶着早凉好往荷花池去瑤華對梅影道清清静静的人要做什麼詩會討這樣的悭實實合筭不來梅影道做主人果然辛苦我想做客的也不見受用郡主不用煩惱且看荷花面上快去應酬他們瑤華只得蹙着眉頭勉強行去纔出厢房門只見趙三姑同周文鶯走將人來見了瑤華道我們正要到郡主那裡來請安郡主到早起身了瑤華道不敢不敢主人貪懶有慢尊客得緊遂同到仁知軒來各各見了遠見無碍子在紅欄橋邊吩咐這些人收拾船隻瑤

迷春謫更無儔暫離飄緲神京闕旹入昏淫帝子眸留得
佳名千古在便教思慕復何求
水仙花得香字　　蘭谷侍女繆斯婉
不滋地脉潤天漿瑞体凝脂玉有香漢女淩波相顧盼馮
夷驚浪互低昂金盤承露檀心小湘膏生花翠蒂長怪底
風流能絕世銀臺清韵迥非常
梅花得清字　　梅林侍女頎斯媚
自與松篁結舊盟凌霜傲雪勵冰清都因高格堅持定獨
占羣芳未許爭冷淡無心邀月伴橫斜有態隔江明中懷
每恨林高士于世無端浪播名
霜山菊得開字　　梨苑侍女孟斯嫣

向晨青女下青苔傲性偏能鬪晦開自信幽姿堅晚節不
同冶艷便隨推捲簾豈為西風瘦伴月無煩冷雨催一種
孤高天付與知心惟有嶺頭梅
長春花得腓字　　郁芬侍女甄斯好
昨夜東君叱馭歸偏于小草畀芳菲從教客蕊經年吐不
似林花轉眼稀每傍玉階消永日常攀金檻咨春暉霜華
滿地嫣然咲何見寒梅香雪霏
僧鞋菊得奇字　　蕉窗童子陸守瑜
踏遍雲山步步隨偶然寄迹在東籬九年面壁無塵染一
隻西歸有種遺脫屣愛依芳徑僻倦游覺得晚秋宜紛紛
俗艷端難混妙合青蓮色相奇

水樹花得霞字　　桃園童子畢守珍
薄命紅顏未足嗟風人久已入詩葩不爭榮萎崇朝易逝
見芳菲幾月花茹屋板屏芳點染萊遮藥圃倩週遮短籬
曲折紅塵隔旧日蒸成一片霞
芍藥花得曛字　　荷沼童子祁守璞
千叢穠穠釀烟雲國色依稀近幾分已被吟壇推近侍終
懸花譜作元勳玉盤圓麗迎朝旭金帶彎環耀夕曛姚魏
開殘誰步武翻階絢爛獨超羣
西番蓮得珍字　　柳亭童子阮守璉
竺國曾推九品珍何緣陸地托根新層層寶座分殊艷點
點靈心轉法輪祇許六時邀妙相不留經宿染纖塵阿誰

傳向人間植咒鉢初開一朶真
繇碍子誦完呆着身子不動尚在默誦趙三姑同周文鸞
也上前來道弟子們亂道的詩文還請師父指教指教無
碍子笑道何敢如小徒及子女們的自然要教導他小姐
們都是慣家何敢放肆楊貞山同李揚清也上前來道弟
子們同郡主哥兒姐兒們揔是一般還求師父不要外視
盡情指教感德不淺無碍子道既承不棄只得亂道了這
四人齊聲道足感無碍子將楊貞山詩誦了一遍道楊小
姐畢竟是老手腰聯做得道勁通体俱稱熨貼且與昨日
所做七截筆氣相同並無出入就這工夫也不淺了趙小
姐這首結得好中間也還平穩較之昨日所作似乎欠些

瑤華傳卷四

吳下香城下乘禪編輯
茂苑尤夙真僊評

第十三回 評詩句咸欽卓識 賞荷花足暢幽情

調倚浪淘沙詞曰

詩社復豪吟費盡蘭心虛懷竹請規箴喜得吾師無外視肯下砭針 花發若浮沉自淺紅深相邀荷沼興難禁暢美幽情猶未足又撫瑤琴

話說大家吟哦了一回陸陸續續都落了草稿仍是荷香逐一謄入詩箋就在昨日所做詩箋之下粘貼恰好無碍子走來回拜周文鴛各見過了禮遂問今日所做什麼体

格都做完了沒有瑤華荅道剛纔落稿已謄清了粘在壁上無碍子走近東壁抬頭見端端楷楷的寫在箋上遂即朗誦起來道

藝圃仁知軒第二社分題會稿

一 雪裡芭蕉得描字 貞山女史楊静姝

摩詰丹青任筆描不聞雪地有甘蕉詩人曠達無心臥䕺婦中懷夙恨消那許書緘還瞎捲何來綠扇尚輕搖寄語閨宦休迷執便到三春也謝凋

一 宜花得芳字 如也閨秀趙曼衍

仙鹿啣來樹北堂紛披翠葉苛蘭芳漫猜手澤金針瘦且喜繁英蜀錦張綵服舞時同絢爛春暉照處正舒長相看

只覺歡情洽更有何憂底用忘

一 紫薇花得華字 楊清女史李素濤

亭亭芳樹出清華爛熳經年半着花林表雨來疑濯錦枝頭風轉恍流霞端宜學士香閨伴豈欲麻姑織瓜爬遥見幾叢高閣近熒然藜火映窗紗

一 蝴蝶花得痴字 仙翰女史周文鴛

戀花心性本來痴幻作花身卻自知艷艷舞衣方貼樹蘧蘧莊夢覺粘枝蜂媒休再當前引狎友難教偶世爲試看畫長慵困甚輕狂全不似當時

一 瓊花得游字 璇宮閨秀朱瑤華

瑤星底事下邗溝也作人間汗漫游雪艷夜光難並色香

得詩篇爛熳哉

文鴦看完又見各有圖章字畫端楷款式整齊不覺讚不絕口的道無一件不精妙問這八位是那个瑤華指道就是這四个小廝四个女婢文鴦驚道就是他們麽阿喲了不得連忙走下來對着素蘭們道原來都是詩翁失敬失敬貞山道請周姐姐評評如何周文鴦道小妹自家的還看不清各位姐姐仝郡主都是大學問真个游夏不能讚一詞趙三姑道這張詩箋是落稿後謄的還謄一張送教授去看不知看了來沒有瑤華道我聽見令史們傳來的說說這四个教授還在那裡你讓我讓的推遜不曉得幾時終究哩楊清道省得他們推遜今日周姐姐又來我們

大家努力再延三日的會稿去使他們各看一張就沒得謙讓了瑤華道李家姐姐說得不錯回頭見素蘭在後接令遞題目閣了貞山道且慢今日先擬定体格然後再去周文鴦道七截体昨日已做過了今日該做七律了趙三姑道七律啊必要限韻倒好做不然漫天曠野那裡去着邊文鴦道也好那个限那个的瑤華道拈了題目各人隨手翻一本書第二行第一字就是仄聲不棄再看第二字衆人道就是這樣遂各拈題拈齊後大家展開仝看李揚清是紫微花周文鴦是蝴蝶花大家都說這个題目有趣楊貞山是雪裡芭蕉趙三姑是萱花瑤華是瓊花大家都說郡主拈得題目都是出色的又看那婢女們拈的梅影

是梅花素蘭水仙花梨雲霜中菊郁李長春花再看那四小廝拈的蕉葉是倒鞋蘋桃紅是木槿花荷香是芍藥花柳枝是西番蓮仍令荷香將題目謄寫各人又翻書指韻遂吟哦起來不知那个是詞壇驍將下回必有佳句請教

閬仙評曰

一詩社而各人之性情俱出矣如劍仙則淡而不濃者瑤華則有似其師楊貞山爲服制拘縛不敢顯露趙如也則歡情四溢是个愛鬧熱的人李揚清新婚未幾志不在此其心地自是拘謹一邊素蘭梅影乃是有心人因見主人過于清淡故加意趣奉梨雲郁李不過一詩而已別無留意蕉葉似有不屑入隊之心桃紅別有所

憶故如楊清之志不在此荷香則與素蘭等相似却識得嬾遠柳枝則更爲穠鬱至于周文鴦詩雖未見只聽其入門數語便知也是喜歡熱鬧的人但覺有些乱篇此即十四人之性情也而擬題之妙又如高手醫生个个對症發藥至于瑤華必須梅影同床而寢又是作者故意要瞞人虛觀者但知兩人一樣面龐較大衆更爲親熱之意余謂作者漸欲描寫瑤華前生之狐性透發也信乎否耶

名那周小姐說學名文鸞表字仙儕今年十六歲瑤華道
你還長我兩歲又道你有字了麽文鸞道是舊年臘月結
褵的又道郡主想已有郡馬了瑤華搖頭道道你今日來
入會很好我這裡已有三位先來了請到那邊園裡坐罷
遂令侍女們先去知會然後一仝到仁知軒來拜見不消
說是情投意合嗨又須去拜了無礙子敘了一回仍到園
中文鸞便問昨日做的什麼詩題瑤華指着壁上道就是
這个文鸞抬頭見東壁貼着一張描金詩箋近前看是

藝圃仁知軒分題會稿

訪友　貞仙女史楊靜姝

剩此朴心任折磨不嫌辛苦費吟哦殷勤為訪天潢女寫

出詩篇請正訛

邀仙　如也閨秀趙鬘衍

滿檻春光日九迴苛閒邀得故人來情懷一種惺惺惜不
到仙源誓不回

倜儻　楊清女史李素濤

藉藉仙名响大鏞此行豈敢效疎慵蟾宮得識姮娥面不
怨吳儂謝倜儻

小遊仙　璇宮閨秀朱瑤華

昨宵曾記到瑤池西母慇言道我痴一段兇文猶未了而
三姊妹又催詩

捧硯　蘭谷侍女繆斯嫏

捧硯曾經說太真清平雅調至今新今朝學士皆班艷婢
子何妨一效顰

絡花　梅林侍女顧斯媚

群仙雅會門詞華詩思清新手八叉試問將何為潤筆鬟
環簪上一枝花

烹茗　梨苑侍女孟斯嫣

病渴相如皆不弃翻經陸羽亦非冠只須一滴詩腸潤佳
句堪驚星斗寒

拂箋　郁芳侍女甄斯好

薛濤雅製意何居都為裁詩女校書請看眼前誰個弁拂
箋人語未曾虛

沽酒　蕉窗童子陸守瑜

早知鸞鶴下雲衢已向麻姑借一壺可潤詩腸飛玉屑村
醪麤污不須沽

釣魚　桃圃童子畢守珍

濠梁雅興自優游釣得鮮鱗有數頭多各珠璣隨唾咳平
原十日可扳留

灌圃　荷沼童子祁守璞

老圃經營歲月深殷勤灌溉勝甘霖野情亦可充詩料請
賦來看滿地金

搗草　柳亭童子阮守璉

端為延賓鬪草來草根不盡恭遂該要將一片殷勤意博

衆人道這首做得更好寔難爲他做瑤華叫發與荷香謄寫清了請師父看定若師父嫌煩請發那个敎授去貞山道郡主可吩咐他不要落各人的名字瑤華又吩咐了只見那太監們來排酒筵各人又到魚池邊走了一回瑤華打發張其德去請師父隔一回其德來回道師父說請郡主陪罷師父不出來了衆人道這怎麼瑤華道他是這樣性情只依他便了瑤華遂位送了酒遂邀各人坐下飮酒中間大家說些閒話偏是不用酒的多所以頃刻就吃完趙三姑問道聞得郡主又好武藝是真麼瑤華道好是不見得却也自小習練的楊貞山道是必另一位師父了瑤華道就這一位大家咋舌驚道這位師父竟是个文武全

材真眞可敬李揚淸道聞說拳不離手曲不離口居常也習練習練麼瑤華道今日是幾那三个道今日是六月初五瑤華道初八是演武的日三个道隔幾天一演瑤華道隔五天三个道演些什麼瑤華道演得狠多如馬步箭援發縱跳器械之類準準要演一天纔完三个人又歡喜起來道初八日還要請敎武藝快活快活忽見白于玉來請各位上浴堂遂各往寢宮來洗澡然後送到客房安息瑤華方退回房中歇宿梅影隨後也回房了瑤華道王爺做什麼代我發些徵詩啓引得這些客來鬧我梅影道這也是王爺替郡主做名兒恐怕還不止這幾个哩瑤華道若再多了我真个鬧不開梅影道這也是沒奈何的瑤華道

我到想个法兒梅影道這有什麼法兒瑤華道人家都說我兩个一模一樣明日你穿戴了我的衣飾代我去應酬一天也好讓我歇歇梅影道模樣兒雖像名份排着誰敢混充瑤華道你自已混充原使不得這是我的意思怕什麼梅影道今日還是第一天等到劳得很的時候再代也未遲瑤華睡下遂叫梅影道你帶了枕頭過來我們兩个仍舊一塊兒在一个坑上睡不好梅影道我怕郡主嫌熱瑤華道這幾天也叫不得狠熱梅影聽了遂携了枕頭到這邊來一頭睡下又道怎麼昨晚說了一回話就睡着了瑤華道倦了就睡着了這總好我心上想他們大家看我們兩个只分別得衣服你如今的衣服都改做个我一樣

我以後連大衣服都替你預備一套弄到要緊要慢的時候你就代我出去会会梅影道好是好也要看什麼事寔在免不得總好這樣辦法倘將來郡主招了郡馬這个就代不來了瑤華道我同你說的是正經話你到來頑我梅影咲道我說的也是正經話瑤華道我將來難道不招郡馬了麼我到那時把你帶了去我兩个仍在一塊可好麼梅影道這更是郡主的恩典了瑤華道這麼今晚說妥了梅影道這有什麼不妥的兩个又說了些咲話纔睡第二日無樹子清早就來催起身只得又到園裡應酬膳後外邊又報周皇親家的二小姐過來會文瑤華遂到上書房隱門邊接着相會兩个叙起親來却是同輩即時動問大

衆人亦都讚道扣得題目住真好格律李揚清道你們各
位的題目都稱心怎麽我就拈着了這个題目只得也要
呈醜遂提起筆來寫道

藉藉仙名响大鏞　此行豈敢效疎慵
蟾宮得識嫦娥面　不想吳儂謝个儂

衆人各各大讚惟三姑哄道好得狠避去那个个儂來講
這个个儂李揚清指着三姑道偏要你說得這樣大家又
哄起來只見這八个子女的稿也送來了大家展開朗誦
題目是捧硯

捧硯曾經說太真　清平雅調至今新
今朝學士皆班艷　婢子何妨一效顰

各人都說意思用得新又看一个題目是簪花

群仙雅會鬥詞葩　詩思清新手八叉
試問將何為潤筆　翠環釵上一枝花

各知讚賞道可稱清新句字又看一个題目是烹茗

病渴相如昔不介　翻經陸羽亦非冠
只須一滴詩腸潤　佳何與驚星斗寒

各人都咲道太過獎了又看一个的題目是拂箋

薛濤雅製意何居　端為裁詩女校書
請看眼前誰个　拂箋人詎不曾虛

各人又讚道匪夷所思愈做愈巧了又一个的題目是沽
酒

早知鶴駕下雲衢　已向麻姑借一壺
可潤詩思飛玉屑　村醪壓污不須沽

各人讚道意狠新奇又看一个的題目是釣魚

濠梁雅興自優游　釣得鮮鱗有數頭
勿吝珠璣隨唾咳　平原十日可扳留

各人道這个題目本無做處瑤華道釣魚的題目也狠鬆
這首是立不出意思的原故貞山道題目原不緊但出諸
他們的意思也要暗合道妙這也算挖出心思做的了瑤
華道再看下去又一个的題目是灌園趙三姑道這个題
目要想出暗合道妙的意思來更難李揚清道且看他怎
麽个做貞山念道

老圃經營歲月深　殷勤灌溉勝甘霖

三姑把手拏住了道等我來想想怎麽轉下去貞山只道
了一回道却不好做三姑道若把我做張季鷹的菜花
詩意充入也就可以了李揚清道這个要合他們的口氣
纔為得体張季鷹的菜花詩那裡合得上瑤華道不要争
論且看他怎麽做法三姑放開手衆人看是

野情亦可充詩料　請賦來春一片金

三姑大咲道如何除了這个意思那裡去想衆人道是在
厨他想得到還有一首是什麽題目大家看是耨草

端為延賓闢草萊　草根不盡耨還該
要將一片殷勤意　博得詩腸爛熳栽

不差遂邀了三个詩客到寢宮及各局裡閒耍去了無礙子獨自吩咐兩家付史取三位的行李鋪設在旱船內住下又令將上書房應用書本搬過仁知軒來自已代他們做好題目閱了一一鋪設停妥然後回到寢宮知他們已往各局去了只見小桌上有了女們開來的姓就替他們題起名號來看那單上

蕉葉姓陸 取名守瑜 號蕉窗　桃紅姓畢 取名守珍 號桃圃
荷香姓祁 取名守玟 號荷沼　柳枝姓阮 取名守璉 號柳亭
梅影姓顧 取名斯娟 號梅林　素蘭姓繆 取名斯婉 號蘭谷
梨雲姓孫 取名斯姝 號梨花　郁李姓甄 取名斯妤 號郁芬

題畢將詩箋也題了璇宮兩字做了別號一併俯令張其

德交令史鐫刻各人的圖章今晨下午必定要的早見瑤華今三位詩客都來了無礙子忙讓了坐送了茶趙三姑道如此日長無事我們何不請師父出幾个題目去做詩罷大家都說很好無礙子道出題兩字却不敢當少終無事照着一本書上謄了幾十个題目在仁知軒伺候小姐們消遣眾人都起謝道倒教師父費心既有題目我們就到那邊去罷瑤華遂邀他們從前房門內走出逕到仁知軒來已見色色齊備有一个雕漆盤內堆着一盤的籤捲兒楊貞山道大約這就是題目了請各位拈一拈就定不准更改三姑道姐姐就請先拈貞山拈了一个三姑也拈了一个楊清也拈一个瑤華自已也拈了三姑去拈八个

子女各拈了一个瑤華令荷香拏幅箋來將各人的題目謄上空着寫詩的地步不一會荷香謄好送來貞山拈的是訪友三姑拈的是邀侶楊清拈的是个儂瑤華拈的是小游仙素蘭拈的是捧硯梅影拈的是簪花梨雲拈的是烹茗郁李拈的是拂箋蕉葉拈的是沽酒桃紅拈的是釣魚荷香拈的是灌園柳枝拈的是鬬草遂將題目桌子粘于壁上各人正要構思瑤華道我們今日做个什麼體格好貞山道不拘體格隨各人的意思趙三姑道若不拘體格寫來不好看我們總有幾天打攪不如分日分體的做罷李楊清道很使得今日先做七截句如何大家都說好已見貞山握筆打稿了又向眾人道眾位不要咲先獻醜

了眾人都來看着寫的是

剩此枯心任折磨　不嫌辛苦費吟哦
殷勤為訪天潢女　寫出詩篇請正訛

瑤華等看了各各讚其敏捷妥當瑤華亦即提筆作稿眾人看是

昨宵曾記到瑤池　西母臨言道我痴
一段廻文猶未了　兩三姊妹又催詩

眾人一齊讚道好心思正湊着題目趙三姑也要起稿了遂伸手握筆寫道

渴憶容光日九廻　幸聞邀得故人來
情懷一種惺惺惜　不到仙源誓不回

是小妹學業的師父這三个道莫非是女師父麼瑤華道正是三姑道我們不知連禮都沒有備得隨與僕婦道你去對家丁說王府裡還有一位師父着他們先代備我們三个人的帖子并老爺們的脚色手本速速送來好去拜見遂各各立起身來執事人連桌抬下欵待下人瑤華讓他們在西間裡坐了閒話不多時僕婦送到帖子三姑就對瑤華道相懇郡主差一位尊使引這老媪去師父那邊投帖小妹們還求郡主引進瑤華了不當遂叫桃紅引了進去一會兒出來道師父說不敢當各位小姐的駕且請到園内少坐隨後便來拜見這三个道理該小妹們先去叩拜終是瑤華道敝業師本不敢當他既說到花園相會

就依他便了且請到園中閒步遂吩咐這四个小廝先去知會瑤華仝了這四姆陪進園來各處走了一走就在个知軒坐下就有付史的女人献茶大家問些所學三姑道郡主學的詩文難道就沒有幾个伴讀的麼瑤華指着這八个子女道這都是小妹的伴讀貞山道他們的工夫自然也好的了瑤華道這八个子女與小妹差不多的年紀狠大的也不過一歲自四五歲上一齊學業長大小妹所學的他們都會三人吃驚道這工夫就深了不是王爺府上誰家能夠這樣培植三姑們走到這八个子女跟前就要行禮瑤華再三辭讓終各就位貞山說道少間做詩這八位哥兒姐兒少不得也要請教瑤華道小妹在家

中亂道原有他們的分兒今日尊客在前如何敢放肆三姑道郡主休如此說小妹們到王爺這裡就仝哥兒姐兒們一般何敢稱客況詩乃韻事既能詩豈有不請教之理忽見周青黛來說師父來了貞山忙叫下人鋪設毡毯三人整衣齊立道是這位師父必定是六七十歲的老婆子遠遠望見游廊中來的一位不過是三十來歲的佳人衆人還道不是又望後邊來的瑤華知覺遂先對這三个說道這來的就是敝業師這三个說道吓還是這樣後生麼說着已見到了各人迎上來請無碍子上坐意欲參拜無碍子連忙推遜大家平拜了撤去毡毯分賓主坐下這三个那裡肯坐瑤華上前道三位姐姐究竟是客敝業師住

在這裡自無僭坐的道理再四說了總各坐下三个人仔細把無碍子一看覺得另是一樣各人肚裡自忖怪不道瑤華學力高厚原來得了這个名師自然與衆不同了無碍子問瑤華各位的姓氏瑤華一一宣明無碍子道難得三位到來王爺因小徒未有廣見故有徵詩之舉其實所學膚淺三个人道師父過謙了女學生們都是來求師父和郡主教導的各人謙遜了一回就擺上膳來無碍子朝外坐了三个坐了客位瑤華仍在主位陪奉說道這是便飯下晚再盡薄意三个人道打攪不當遂即膳畢各各起身閒行無碍子道這四个新請來的教授看他們的詩文都還可以我已吩咐令史請去了瑤華道師父看了定然

起來那兩个各自通了名姓遂擺上茶菓瑤華邀請坐下楊貞山年長坐了第一位第二趙三姑第三李揚清瑤華坐了主位自有婢女送茶又令分送茶菓趙三姑見有兩个桂圓結在一處悄地取來遞與李揚清揚清知道取笑他把趙三姑看了一眼瑤華不知便來問揚清趙三姑忽然笑將起來不知所笑何事且看下回便見

閬仙評曰

凡事私場演官場做瑤華與八箇子女攝云皆可交幾宛竟若何工夫並未盡行試演並因花園完工令各擬匾聯也叫觀者知各人底裡固知香城所攜但在傳內則作為九人之筆墨若一律完好天下事無此整齊然論其人何若身分于身分中再別高下則各人之智慧皆別矣擬定後又得劍仙猜出婚姻似乎確有此九人之定爭何其如是之畢肖乎可見小說亦不容易做此回乃瑤華初次出場酬應其所來之人與後傳俱有關照非過而不留者即所謂埋根伏線是也四大奇書埋根伏線之處其如金瓶梅以冷熱兩字作骨格作熱字必照後之冷字而寫故寫完熱字用冷字捲收前熱無絲毫緊懈皆由用意之深也余閱香城所作瑤華傳隱然相似即看此回之埋根便知 門香城所作瑤華隱

第十二回 詩社共吟題俚句 枕前如對鏡中人

七言律句詩曰

閨中韻友喜來臨刻燭分題助快吟已愛師生勤款接更憐僕婢亦知音聽來戲謔供歡笑問到工夫識淺深誰道主人存別意好從桃畔話同心

却說瑤華問着揚清趙三姑因何而笑揚清道郡主不要保他瑤華遂也不問細看楊貞山年紀約莫三十五六生得面如鵝卵兩道修眉十分清秀兩腮有幾點微麻略嫌口濶齒露穿着一身縞素又看趙三姑是个瓜子臉眉目俱秀鼻梁稍陷櫻桃小口頸項甚濶未語先笑却甚有丰致衣飾亦甚鮮明再看李揚清是圓面廣額眉還纖細眼睛微帶着潑洪口還端正一双好手衣飾不如趙三姑却有舊家氣象這三人也把瑤華細看瑤華又令使女們送茶送果又問了各人的官閥他三个一一登答了瑤華問楊貞山道楊姐姐的服色是何人的貞山道小妹已是未亡人故屏除艷服瑤華道青年遭此亦甚可傷貞山道薄命人應當如此趙三姑道我們楊家姐姐是个大能人可惜隻身了瑤華又問李姐姐額際像是新開的趙三姑代言道結褵纔月乘其歸寧之便就拉了他來楊貞山道趙小姐真个不情大家又笑了一回只見蕉葉手中拿了一大些帖三四个本頭來禀道令史傳知四个義學教授都訪請了這是他們的手本那是各人送的詩文稿本瑤華道說我知道就是了把這些東西送去師父看蕉葉遂送往裡間去了三姑道請問師父是那一位瑤華道就

比你早還是正月裡來起的說了一回遂各睡熟不題再
說汴城内開封府知府趙大成是直隸應天松江府人氏
有个閨女排行第三大家只以三姑稱之並無小字他學
名叫做燮衍表字如也自幼上學攻書詩詞歌賦無不嫻
習趙太守愛如掌珠必得擇一佳婿故至今未字自見了
瑶華的徵詩啓意欲來會文猶恐父親不依因與素日倡
和的兩个閨中詩友商量這兩个詩友是誰一个是祥符
縣典史楊瑞成之妹學名叫做楊靜姝表字貞山山西人
氏是个寡居一个是本地紳衿李御史之女名叫李素瀞
表字揚淸燮衍隨父到任罕有詩伴千方百計纔請得這
兩个來作爲詩友彼此往還唱和遂成莫逆楊貞山聽燮

254

衍說出意思便道此事須得我哥哥挙我名頭在太尊前
說知看尊大人之意若何肯就肯不肯也難勉强燮衍道
姐姐你可與令兄說知且在家君面前先爲探試成否也
不打緊貞山回去就傳是趙小姐的意思楊典史自然凑
趣剋說得好他在趙太守跟前說道前日蕭王送了些徵
詩啓其意要延請閨秀與其郡主唱和不知有人去否趙
太守道蕭王的意思自然如此我聞得這位郡主才情大
好等閑的閨秀不敢去若大有名的又不屑去看來去的
也少楊典史道卑職聽得外邊人說蕭王早知寒臺有位
千金能詩所以特有此舉趙太守道小女恐還不能與郡
主唱和且沒有伴一人也不便去楊典史道女千金肯去

255

舍妹常在憲署伴讀自當陪奉一行還有李紳衿之令愛
亦是常相往來三位同去也不寂寞了趙太守道幸喜蕭
王出征去了可令小女前去一走就煩足下代爲料理一
兩日内起身便了楊典史領命只要此老一肯以下之事
有什麽難辦三人約齊即便起身不數日已到王庄先令
人通知一面送進見禮令史傳將入來無碍子即令派出
之人迎接到書房坐下然後把禮節教導瑶華令這八个
子女簇擁出去他們三个詩客鋪下紅毯必定要請郡主
上坐恭謁瑶華再三推遜半日纔分賓主行禮坐下茶畢
湖三姑開口道方纔家君備有些薄禮不堪之至要請郡
主收下瑶華謝了又道還有一首拙作在果盒之内郡主

256

可曾賜教瑶華道却未捧讀即令素蘭進去取出展開
朗誦道

汴京捧誦徵詩啟　引得詩人特地來
我願驅馳親色笑　誰云畢竟是詩才

瑶華讀罷稱讚不已趙三姑道既已來此少不得要獻
醜不如先學的爲妙郡主幸勿見笑瑶華道趙小姐過
謙了又看到後边兩壹閒如也女史趙燮衍苴稿瑶華
道兩名尊號俱爲別致自是大家的規模三姑道見笑
遂問道二位的大名还未請教三姑道小妹早对這兩
位姐姐說你們也各做一首不必定要好詩無非適个
名姓兒臨時動問又擔擱了多少工夫說得衆人都笑

257

家住在月台下前後都有照應了如客多的時候隨時撥入帮理豈不兩便衆人都說師父的主見狠是瑤華遂問殷彩霞道撥那兩家合宜彩霞道魏家顒孫必大這兩家好無碍于道你出去時就可對你家的令史告訴他們擇日遷移迦不可緩彩霞答應遂各走出旱船無碍子見花卉所種無多樹木亦不茂盛吩咐彩霞多喚花兒匠包種必要四季齊全只要趕辦就多出些銀錢也不打緊再有鞦韆架在這樓上可即取下來在這牡丹臺外邊空場上竪起彩霞答應遂復從山洞走出過了廂房大樓重新過橋由游廊轉入寢宮廂房門裡回來已是晚膳時候用膳畢後各就浴室㡿澡另易出浴衣裙在空庭中閒話了一

回纔各就寢瑤華進房問梅影道你進園後又從那裡去了我你不見梅影笑道看人家戲耍瑤華道看那个嬉耍瑤華一邊問一邊就睡下梅影揭開帳帷將身扒在坑沿來對瑤華道前日的兩首詩今日總有着落了瑤華道你這麼扒着也覺不受用我這坑寬大何不睡上枕頭來細細的對我說梅影隨即上坑與瑤華一頭睡下道郡主你說那个瑤華道我那裡曉得梅影道衆人都看師父蹻圓去只有桃紅站着不動我就有些疑心我只官假做上來眼睛却顧着他他見我走了就一溜烟跑出園門去了我想他必到寢宮去會那一个遂從小橋走到游廊悄悄推開廂房小門從窓眼裡一張桃紅恰恰也走到一逕往西

邊廂房去了我立了半晌纔見桃紅與裘素蟾手拉着手嬉笑出來素蟾催其速來免被人知覺那曉得我都看見了先前我們猜着荷香那曉得倒是桃紅瑤華道他們一共四个人管事那三个又到那裡去了梅影道想必有在房裡睡覺的有的到後邊局房裡去閒話的他兩个必然私約故尔這樣湊巧瑤華道素蟾年紀大了不知可是童身梅影道他初撥來時年紀還小怎麼不是童身我從前與他閒話聽他性情像个不甚安靜的瑤華道他怎麼說你就知他不安靜梅影道王爺在庄時晚間傳這些麪兒們去承值他聽見了私向我說道我若不撥入藝園戲學得親近王爺了我就羞他說你好不害臊他說做了女身

那个兒了這樁事你若怕害臊難道將來就不嫁人不成瑤華道話是說得不差但是嫁人乃父母所命不是桑間濮上有甚麼臊若私偷私摸人盡為夫不但害臊也不齒于人類梅影道我每每聽見人說怎麼不做這事就全少了飯吃的一般這却不懂瑤華道我們還不到這个時候所以不懂得梅影道我還有一事告訴郡主昨日新換小衣忽然覺得滋漉漉的私自一看竟是一大些血想是這里邊流出來的是什麼緣故瑤華咲道你真有些呆女子十四癸水來這就是天癸水以後就要發身了梅影道發身便怎麼瑤華道癸水一通兩乳就要高了便可親近男人這叫做發身梅影道郡主的癸水可曾來過瑤華道我

人也該取个表字將來詩箋上也好落欵同去將各人的
姓開來我與你們題取各人答應了遂下土崗到月臺上
看了甚覺爽快瑤華道隔一日好月色時請師父到來賞
玩無礙子笑道有了這个處所賞的時候正多着哩又到
月臺裡間去看了看三面窓槅齊開甚爲塏爽各人歇了
一歇脚仍從裡間樓梯下來到得堂中看了對素蘭道始
終少一个匾額無礙子道有匾不懸在這間月臺裡間還
少一个不拘誰回去做了補上又從土崗下轉入牡丹臺
已有牡丹種上看那付石版對已嵌上了無礙子道石版
對必須要紀年月落欵將來也好摹搨這都是不懂欵式
的緣故隨到側屋內坐下把對子念了一遍道都李年紀

雖小倒虧他做這付對瑤華道物我兩字也是他的無礙
子道這兩个字不如對子好物我不過是同春之意與殿
春兩字有些合掌應該另擬說罷起身走出門來已到魚
池邊過了環洞石橋對面就是仁知軒各人都在沿池靠
着橋闌看水無礙子低下頭來往東墻下一看已見水門
通進活水來了蕉藥道但只少船了瑤華笑對無礙子道
請師父就是今日說个船圖樣與他們去打造開得荷花
池內十分茂盛大約再得一个多月就可去賞玩了無礙
子回轉頭來望見仁知軒左側置有烏皮几上有都盛盤
陳設着遂應道就這裡畫也使得即那步上去眾人聽見
師父要畫船樣一齊都赶上來看各人磨墨的磨墨濡筆

的濡筆那椅擦棹忙个不了瑤華要叫人去取帋回頭不
見了梅影就叫梨雲道你到寢宮去取帋張并帶了畫具
什物來蕉藥道他走得慢待奴子去罷說着飛也似去了
真个没有一盞茶時取得帋張畫具來了各人與無礙子
展開帋來無礙子取了抝條端相了一端相遂打成影子
周青黛將硯捧着無礙子即將淡墨描出没有半个時辰
俱已畫好并又寫明如何捻縫如何油漆另置精細篷
用篠片夾入四圍欄杆細爲雕刻件色註明無絲毫遺漏
眾人个个心服遂令張其德發交令史擇日起工周青黛
收拾畫具各人又從小石橋上走到廻廊轉入大樓復從
廂房那邊穿進山洞無礙子將步放緩逐處細看了一回

纔入山洞到得洞裡順着曲曲折折也自仔仔細細的端
詳不了眾人隨在後邊甚覺心焦也不知他看些什麼好
容易纔走出了遂進旱船內一看鋪設得十分齊整各人
前後走了一回無礙子仝瑤華坐下無礙子道將來會文
的來好在此間住歇也須撥人伺候瑤華道好將局裡的
人撥幾个來免得另派無礙子道不是這樣講若撥他們
來都是孤身女人有人來自然有事若没有人來叫他們
太覺冷靜不如撥兩家付史搬在園裡住家男的在外辦
事女的就在裡首照應鋪陳打掃拂拭也不是過于劳動
的事若有子女也可帮着收拾如無外來之客仍許他們
夫婦一處有客在園令付史在外歇宿一家住在廂房一

天潢自是人如玉　　富貴能教花也王

齊聲的都讚道除了郡主別人也不敢這樣題梅影道這對叫他們刻在石板上砌在墻內素蘭道狠該狠該郁李擠出來道我若不擬。聯又要把梨雲說我使乖了我擬牡丹臺旁邊側屋內一聯我年紀最小應該讓我兩个字只做五言的罷梨雲道不管五言七言只要做得好郁李寫的是

幽遠何嫌僻　　鮮妍看殿春

大衆齊聲道妙極這聯移不到別處去瑤華道這裡頭還要一个匾你一發題了罷郁李一想即提起筆來寫道

物我

大衆又齊聲道好于是瑤華令荷香將各人的匾對端楷謄清照着一處一處的粘在圖上并簽出各人的名字令素蘭送師父那邊斟酌大衆隨後都到無碍子道邊來無碍子逐个看了指着柳枝的這付對道你的用筆將來要成滑調了須要更改纔好又看了各人的道也不必改各人意中應不好自家再斟酌你們這九个人所題最切當又双關的只有三聯第一筭郁李的五言第二筭瑤華的牡丹臺第三筭荷香樓上這一聯此外拘泥的太拘泥疏落的太疏落與園亭兩字總少關會如今且教他們去照樣做好候懸掛起來如果自家看不過請出各人的月錢來另做也筭个不罰之罰衆人點點而回有的另做有的

翻轉有的呆想到也好看無碍子又令張其德傳知令史說明日且緩到園先將匾對拏去刊刻俟懸掛齊整再來稟請張其德傳出去了到得晚來各人就寢瑤華本是沈翠眉薛比鳳兩个伴宿這晚吩咐只要梅影一人在房就夠了令他們兩个搬到耳房調過梅影來不在話下又隔了二十來天纔把匾對做好懸掛起來第二日清晨請到園中收工無碍子應允早膳後即令各人更換衣飾暫停一日功課早有殷綠霞進來伺候其時已近端陽節綠霞送了許多戴勝絨人繭虎之類一一分散插戴瑤華本性最喜素淨那大紅大綠平時再不肯穿這日身上穿着銀條短紗襯衫外罩着血牙色長紗衫青紗百襇裙松花綠

單紗膀褲因習學縱跳工夫這四根鉄條揔不離身所以大熱天也得穿膀褲大紅鞋桃紅白羅褶褲頭上只帶金玉二釵又插上兩朵絨人繭虎那四婢一色的銀條紗襯衫綠素紗外罩大紅腰巾各持巾盂扇拂等件伺候跟着無碍子只加上素紗道袍張其德兩青頭跟着四小廝青紗道袍不戴巾幘只挽个鬏兒絲帶淨襪在前引導仍出復關之東小門進園將到園門已見甃園兩字嵌在墻上了進得園門就是紫藤架以代門道屋見紫藤花已盤結在上于是先到土崗亭子上四下一望都還不顯卅竹林木茂還看得旱船無碍子見那觀我兩字問是誰題的瑤華道是梅影所題無碍子道這兩个字還有意思你們各

大家道很去得梅影接過華來道我題游廊一个匾額寫
將出來衆人看是
　邀月廊
瑶華道還可以桃紅道我也擬有書房一聯接過筆來寫
道
　書味都由情性出　　景光便作畫圖看
瑶華道景光有出處麽蕉葉道怎麽郡主連十九首老古
詩都忘了大家說不錯不錯素蘭道我擬書房一个匾不
知可否寫出衆人念道
　仁知軒
郁李道怎麽解素蘭道前有水後有山衆人道這个題得

甚好蕉葉道我擬一个旱船上的匾額寫出兩个字來衆
人念道
　不虚
瑶華讚道這意思翻得好還不止双關道付對留着我做
你們另想別處梨雲道我題月臺上這个匾也只得兩个
字衆人看他寫出來是
　仰之
大家道去得柳枝道我就擬月臺上的對子提筆寫出來
是
　到口酒尊惟一仰　　當身桂窟更何之
大家道也好且看師父定奪瑶華道待我寫出旱船上的

對子你們看衆人看是
　脚跟有線隨蓬轉　　心地無波與舫平
齊聲道這聯真个好梅影道我題土崗上這个亭子的匾
額寫出來衆人看道
　一觀我
瑶華拍手大笑道好得狠這个處所必得這兩个字素蘭
道這兩个字却是爛熟的今安放得好所以舊穀裡舂出
新米來了梨雲道梅影只是使筆衆人道他使什麽筆梨
雲道你們不見麽他先只題了一个游廊的匾如今又題
一个小亭的匾並沒有好好的做一對句衆人道却是使
筆瑶華道如今亭子上少不得也要一付對就着在他身

上對出來如對得好抵過對得不好再罰他使筆的罪名
衆人道好郡主處得公道梨雲道我擬有一付月臺底下
堂中的對遂提筆寫道
　有興自然隨月上　　餘輝仍到此堂中
衆人道這聯很覺流麗梅影道亭子上的對擬到擬了一
付不知可去得梨雲道不要謙且寫出來看梅影寫出梨
雲在旁念道
　原知西蜀多才者　　始信東坡詠快哉
瑶華道很好可以敵得過觀我兩字蕉葉道似乎太拘泥
亭字了且待師父再改瑶華接過筆來道我擬牡丹臺上
這一聯你們看是如何一面下筆就寫衆人看是

別于是錯認者紛紛不知者必謂無以甄諳借此博笑孰知後面乃有一樁大事由此演出然作者亦盡非無意或曰何由而知余猜道只看命名兩字即知預埋根子矣妙在只是有意無意不令閱者猜度出來若非通盤計筭那得有此如意可見一小説尚如此其難何況著作大部書籍乎至福王之底裡久被劍仙看得微乎渺乎不聞瑤華云師父早知王爺要看演武所以驟學好看的演與王爺看其実在工夫全不在此如此語言福王全不愧怍余謂其人全無心肝愈看愈真然皆作者揣寫而出宛有蠢然一物的一个人置在眼前真好心思

第十一回　藝圃匾聯粗擬就　徵詩文啓早傳揚

六言截句詩曰

初建園亭成就　且將聯匾分題　爭似一群小鳥　枝頭學語難齊
欲廣別裁大旨　須教益友琢磨　閨秀咸臨門艷　園花好助吟哦

話説無碍子慎重庫藏想了一想即令白于玉黃金釧花見蓮裘慕蟾道四个人總理寢宮內一切大小事情并司庫藏匙鑰又于守門宮女內撥出蘋秋桂串玉蛾兩名并守門太監內撥出汪輝嚴正兩名都派在上書房打掃值宿凡有會詩文的閨秀來庄俱令接待伺候又傳知令史

訪請能詩的教讀四人就佃户租剩的空房內設立義學四處許各佃户的子弟在內讀書兼看郡主們所做詩文定其可否如有閨秀來庄會文聽其評定甲乙列榜無碍子吩咐出去誰敢不遵各各自去料理又一日令史來報汴梁運到庫藏來了請郡主彈兌收貯無碍子即傳白于玉花見蓮等逐一兌收明白來報收数並錄入檔冊白于玉等准准又忙上兩天纔收明白禀知黃金一庫兌見二十五萬兩白銀兩庫共兌見五十八萬兩並將檔冊登入送看瑤華公無碍子看過了將檔冊收存光陰如駛轉眼之間又是四月天氣忽聽令史來報花園完工了請領鋪墊陳設明日請師父同郡主到園遊賞收工無碍子就着

白于玉一一撿出發交令史領去一面令婢女們我那張開畫出來應須安設匾對之處就各人意思擬出送來定奪那些婢女小厮們聽見各要誇能促着瑤華領頭搆擬不多時素蘭找出圖樣來了展開大家一看各人呆想看官們恐怕我前回所説不甚分明特又繪出一圖却没有無碍子畫得好然因在下素不習繪事也諸公休笑瑤華先説道我有大樓下一聯寫出來請師父更改寫道

石雲為本　惟仁是崇

大家看了道這何用改荷香道我擬有樓上一聯不知可去得遂寫將出來衆人看是

飛越雲山從我好　欲修丹汞約仙居

該土司忠貞効命福王獨勤瑤華使奏道臣女瑤華亦習有文才武藝惜尚年輕不然也可與國家効力崇禎聽了也甚希罕便問今年多少年紀福王奏道今年纔十四歲崇禎道可曾擇有郡馬福王道尚未議及崇禎道妹既有此才華不可輕易許人待他十六歲時即送來京朕當親爲擇配福王隨謝了恩正要說下去適報又到崇禎即時詔拜兵部侍郎李建泰爲大將軍征勦仍令福王監軍從權釋服趋吉福王亦即陛辭回到寓邸將出征緣由諭知府中庄上衆令成服并將召見新君曾將瑤華的事奏明奉有意到十六歲上送京聽候皇上擇配一一諭知差个軍營武弁星夜馳寄送即監着兵將往四川去了再說瑤

華自福王起身後方把福王諭知宮中嫡母已知有我在庄往後須時時啓請問安并許將沐來庫藏再撥到庄存貯又命設立詩社以廣學問一一告知無碍子無碍子道宮中嫡母既已知道以後凡有書信往來俱要啓稟請安不可忽忽致失禮節庫藏撥來也是一庄大緊要事自此無話隔不到二十日令史傳進天啓皇帝大行無碍子傳令照依上兩個承辦旋有差官到來將福王的諭帖傳進瑤華與無碍子看了即時令瑤華寫个家信稟覆即交來差持回令庄成服過了四十九日纔釋重服仍照依服制另換緦麻服色在瑤華服制原輕但皇家制度如此不得不然轉眼間已是新年了無碍子忽想着王爺已刻徵詩

啓過送未免有會詩文者來你們自今日爲始都要將唐詩熟讀朝夕揣摹并令四个婢女四个小厮仝瑤華每日輪流唱和詩詞先自習熟免得臨時掣肘好對付王爺這番獎勸于是令瑤華領着四个婢女遷在東首房內居住撥令沈翠眉薛比鳳兩个伺候并監督着功課這西邊仍請無碍子居住惟撥移在外間瑤華所睡的坑上第二間并打通耳房令四个小厮在內讀書睡宿撥張其德仝周貴魚兩个伺候也監督着功課每日唱和的詩詞于晚間呈與無碍子改削又細爲講究格律撥調不許一日間斷有不用心者扑責從事逢五日期仍演武藝亦不許間斷一則瑤華仝這八个子女埋頭于此如何不會進益無得

子又把藝圃內衆人檕行掣回換襍在各局執司並將各局內婦女並新揣撥了一番外邊令什各史仍舊惟太監不甚均勻又復派撥過了偶然說到庫藏無碍子又盤算了一回總說出口來究竟不知所說何人且慢揭開下回請看官們試猜一猜看猜得着否

閬仙評曰

凡事不從苦心而得終屬皮毛如梅影與瑤華一樣面應却未刻意描寫初聞之正門外令史人等闃然發笑又評之劍仙云也兩个一年像似一年了連我也時時唤錯是初來亦並未相像也蓋由留髮之後漸漸相似以後只分別得服色及試武之日服色相同竟無從分

可無慮瑤華道汴梁王府只算得關門吃飯的一家富戶
若有些不靖只好双手捧上求其全生恐還不得福王道
這也是一定的待我回汴梁再打算撤道而三處金銀來
收貯說得高興開懷暢飲樂不可支正要出題目叫他們
做詩忽有守門太監來回道長史有要緊話來面稟福王
道着他進來不一會長史到身邊稟道方才接到汴梁的
令史書信說有旨意召王爺耳聞得奢崇明復叛了福
王聽說不覺把一天的高興多丟了便道既有旨意明日
便得起身你可先自料理起來長史應命而去福王亦
郎罷膳打發瑤華們入宮又傳庄上令史分派了一大
此事然後安寢心雖不樂而不能改其毛病仍命徐

常華值的來邀與瑤華於次晨起个清早梳洗停當打聽
福王起身便過来請了安福王道我這一去又不知多少
年你在家好生率領着這些子女習學文武技藝你們的
詩雖已做得好了但學問無窮只靠着家門內幾个揣摩
始終不廣我聞得汴梁一帶閨女能詩者甚多應該立起
一个閨秀的詩社來彼此均可有益我且到汴梁代你做
篇徵起過處傳送凡有閨秀來我庄上入社者都要好好
接待少不得隣近数百里中翕然都來了瑤華應諾一面
擺膳庭外面已稟齊集無碍子已遣同青鸞薛此鳳出來
代送福王致謝了仍令瑤華進去道達一切都仗師父照
料回來再謝瑤華進去說了復身來稟福王道師父致意

王爺此行不過一年多就可回來不必擔憂庄上的事但
請放心自然代爲料理福王稱謝方欲起行忽又記起一
事對瑤華道汴梁宮中你的嫡母處我已說明往後也須
問候瑤華應諾仍送至上書房隱門邊福王就打發回來
了庄上的事都料理得明明白白然後啟行回到汴梁這
福王尚爲躲懶只推日子不好在府裡延挨王妃徐氏少
不盡情起奉每值酒筵必問瑤華在庄作何持家所習何
事福王遂把歷試文武技藝說了一遍徐氏雖然答應心
只是不信福王知覺便道你疑我偏向過譽誇獎他麼你
不信可傳長史來問是真是假就釋然了徐氏真个傳了
長史并隨去的家丁們來問無不極口稱讚連不曾去的

人都道他們是眼見奴子們是耳聞也聞得多入了徐氏
方始信寔福王又請个飽學代瑤華口氣做了一篇徵詩
啟刊刷了整千張遍送汴城內文武各官并囑令轉送遠
近紳衿士庶這一傳引得這些閨秀欣慕之心踴躍欲動
又將金銀庫藏運送庄上尚欲延挨大吏又奉到旨意催
促臨即來王府啟請福王無奈只得就道到得京中恰值
天啓皇帝晏駕傳位于胞弟信王改元崇禎福王正好成
服這崇禎皇帝十分敦篤親誼詢知福王是叔父輩時時
召見且因天下不靖採訪從前征代之事提起奢崇明一
事福王曾監過軍來得知底細遂一一奏聞崇禎皇帝又
諭出石柱女士司秦良玉的告急本章令福王閱看深嘆

子旁人見了竟似必定要砍断的樣子那知拏流星繩的將繩頭一鬆那把刀早被繩子捲往往廳後只一搭連人都搭去了那使流星的仍然一个再要不防夾有七八个人各持長鎗大刀一齊擁上㨯的㨯砍的砍那使流星的一些也不忙將繩一緊縱起身子特向這些刀鎗上這麼一繞七八个人手中所執的刀鎗盡捲在繩內了于是一齊奔回忽見斜刺裡有匹空馬冲上馬道來那使流星的丟了繩子飛奔赶上前去離馬還有四五尺一縱上了馬背後邊又一个也是飛奔前去把那馬上的一揪往外一摔自已就飛上馬背星馳的去了恰好下邊又一匹空馬跑上來這摔下去的人隨手一揪貼准一个着把蹬鐙皮

條揪住也上了馬背一个跑上一个跑下兩个相遇即在馬上掉了个過兒腿後又有五六匹馬都上馬道來也有持刀也有持鎗各在馬上跳舞着得福王讚不絕口而旁的人也个个驚心駭目福王心上忽生憐惜迍邅的道人下來說終止遂各縱馬回到帳房边都下馬來入帳房休息早有馬脚子過來將馬拉住太監們又來收拾器械看的人也漸漸的散去忽見帳房開處無碍子一輛小車推將出來衆使女上馬簇擁而去獨瑤華上廳來禀了一聲先走遂在廳前上馬仍有四个小厮騎着馬前導引去福王亦即乘轎而回天亦將晚福王到得上書房而瑤華已領一班子女換了服飾來請晚安了福王便令陪膳飲

便問瑤華道這些技藝你們怎麼學得這樣快瑤華覆道都是五歲上就學起所以比別人來得快福王道這樣工夫也就去得了瑤華不語抿着嘴笑向衆人看衆子女也是抿着嘴笑福王疑心道爲何都笑起來瑤華道今日的武藝只有騎射合拔簽是真實工夫那些好看的師父早知王爺回來要看所以猝然演就的這不過眼前好看與真實工夫一些也不相干福王道怎樣是真實工夫瑤華道師父的本領全在運氣次即縱跳福王道運好了氣便怎麼瑤華道能運精了氣刀劍上身都不惧福王道如今你們能也不能瑤華道也有兩三个不能福王道怎麼樣就算能了瑤華道如在一條窄街裡兩边排列着人各持

刀鎗棍棒不住手的往下亂打能夠從底頭打出外边去這就算成功了福王道這都是性命相關的事你如今自然是能的了瑤華道法子都曾講究師父說人還不曾長足故未曾試過俟長足了絕敢演試福王道也說得是此間庄子得你們這幾个長成了我還怕什麼瑤華道師父說我們外边住的佃戶倘遇年歲荒歉時就可將們養贍教練起武藝來壯健的可得一千人少年的可得四百人得這枝精兵勝似京營中所養的游手好閒而充数者不啻十倍福王點頭稱善道現在朝中都是魏忠賢當事凡有用之才一槩退去了山陝荆襄一帶盡是流賊橫行將來不知是何光景我意欲將汴梁的庫藏都運到此間到

縱跳板櫈福王立起身來走到板櫈之前見這些子女們一个个縱過板櫈兩手扳起兩根竹篾來跳過一條又一條浸一个遲鈍的轉眼之間都扳完了各人又于膀褲統內抽出兩根鐵條來而鐵條頭上俱有一个棗核釘將釘齒扳轉一个个將鐵條抓住粉墻身子也貼上墻去了有的縱上箭廳屋有的縱在柳樹上也有跳在大高墻上宮內房屋上一霎時浸了影兒了但看見箭廳上這个在青紬袄裡扯出兩幅大襟來將鐵條穿在夾層裡兩手執着猶如兩个翅膀說時遲那時快憑空一閃也上柳樹上去了柳樹上的又到屋頂上來有時墻上有時屋上滿空亂飛看得衆人眼花頭暈也辨不出是那一个呼的一撥响

齊齊的都落在地上灰塵也不動一點那兩旁的人看到得意之時齊聲喝采喜得福王双脚亂跳急呼令史取預備的禮物來令史聽說飛奔的去了瑤華們一个个走上廳來站着一邊福王摸着瑤華道我的兒你真好武藝這个道王爺奴婢是梅影福王回頭一看不覺大笑起來原來瑤華在他身後因此時全是一樣服色從那裡分別處巳見令史將賞犒銀錢物件分作兩扛抬來福王令殷彩霞先取尺頭四个黄金錠兩个白金錠兩个送與師父又令白于玉取一分送與瑤華白于玉取了拿到瑤華面前道王爺說送與郡主的請收了這不撲嗤的一笑道我是梅影郡王在那邊福王聽見又大笑起來衆人問起情由

也笑个不止又令將賞與小廝們的東西是兩个尺頭一个小金錠一个小銀錠令白于玉撿出送去又令殷彩霞撿出賞與婢女們的東西也是兩个尺頭二只金鐲一只玉鐲又令一分一分的送去那些都送了只剩梅影這一分他就看相了半天送到一个面前道王爺賞與你的那个說我巳有了那邊一个道梅影在這裡衆人聽了又笑將起來各人都向福王叩謝黄金釧白于玉兩个上來代無碍子道謝福王站起身來道致意師父不成敬意兩个總要轉身福王忽又叫住又問令史道這兩个我竟忘了不曾備得東西你們速速照辦兩分來賞他令史應着飛也似去了他兩个重又叩謝總上覆無碍子去這裡瑤華

又率領子女們各持器械又下廳去了福王令移一張椅坐在滴水檐口觀看只見有个捧着双刀在廳前舞將起來愈舞愈緊到後人都看不見了有時連刀連人舞在空裡離地有二尺多高忽地將身一縱但見一道白光縱向箭廳後去了又見一對持鎗持棍的跳舞上來放對廝殺絞做一團沒有絲毫空隙當見持鎗的忽地跳出圈子將鎗尖着个准縱身持棍的當心搠去但見那持棍的將棍一點連人跳往後去了又見一个使叉和一个使大刀的放對也甚駭人心目又見一个使流星鎚的獨自一个使上半天那根拴流星鎚的五綵絨竟全鉄棍一般自巳將身在繩上跳躍忽然跳出一个拏着腰刀去砍那繩

了一个報箭的韓秋桂道這是郡主福王看了一眼就下
去了一回又來一个韓秋桂說是小厮柳枝赶着又來了
一个韓秋桂道婢女撫影福王一看道你報錯了這又是
郡主韓秋桂道郡主穿的是黃錦衩他穿的白錦衩他兩
个面龐原是一樣的婢子們于宮中整天在一塊沒有留
心得穿甚衣服往往也要認錯福王道這又奇了天下一
樣的也有等到見面摠有些兩樣那有竟不能分別的以
後報箭的甚多不能悉数忽見了女們都上廳來馬道上
已沒有馬上來了福王道馬箭完了麼瑶華上前回道馬
箭每人三躺都遍了福王道如今演甚麼瑶華道射步箭
再打弹福王道好就是這樣般綵霞在旁瑶華將眼對他

214

一看綵霞知覺遂對這些長史們道你們老爺們好站下
廳去伺候讓郡主們射箭遂闔的都下去了又將福王的
案棹向東擺了以便看箭的架式只見白手玉拏着个靶
子是一根竹竿上頂着一个鉄圈將五色紬纏了中間懸
着一个小金鐘沒有酒鐘大黃金釧也拏着一根竹竿上
拴着十多條五色線福王道這是什麼用處金釧道是射
响舌箭的靶子福王道這怎麼射金釧道要把這線勾做
三次射断了纔算合式福王擺頭道難難難遂令一个太
監前去安設又見兩个太監拏了一把小竹筒在那對面
墻上排排的一竿兒釘着福王又問這釘的竹筒何用瑶
華道這是打弹丸的靶子福王道怎麼一个打法瑶華道

215

要將弾丸个个打入這竹筒裡去落一个下來便不合式
福王咋舌道更難更難于是這些子女各挨弓箭挨次上
廳來先是瑶華第一个開射拏的是蟒頭响箭弓開箭發
只聽得箭聲响到靶子上又是精的一聲道箭射中了以
後箭箭皆然一个个挨排射去難得有一箭不中的不一
會都已射遍又射那線靶子就有一大群小丫頭跑下去
躲在靶子旁邊射一箭去就有一段断線纔來這一大群
小丫頭足不停留的跑个不住間或也有空的大約不出
三箭那些下邊看的人都說我們也學過騎射那有這樣
好準頭沒一个不傾心誠服轉眼間又都射遍了弾丸也
沒有一个打得不合式的遂各下廳到帳房裡休息又見

216

幾个太監拏着一尺來長的竹簽在地下一對一對的釘
着共釘有九排每排約來釘了五六對就不釘了又在箭
廳後撇出高高低低的板櫈五六十條先從矮的擺起一
條板櫈閒着十對竹簽越擺到後邊越高了結末了兒一
條板櫈就有三尺多高也是九排福王道這是什麼工夫
韓秋桂道這是練縱跳手力的福王道這些工夫不要說
沒有看見也沒有聽見人說過這師父實在出奇正說着
瑶華領了一班子女從帳房裡走上廳來福王一見又換
過妝束了一个个都是青紬窄袖小襖青紬膀褲青緞子
尖靴青縐紗大包頭頭髮都挽成懶梳妝簪環釵朵盡行
卸除腰間束着倭腰走近前來道請王爺到馬道上去看

217

才之能耶至瑶華之生原可不必相瞞徐妃既瞞矣何
又醉後漏言人之飲食置毒皆由福王讒成此人竟全
無心肝在腹若非劍仙預覺破其奸謀否則尚可問耶
每提福王殊令人悶悶

第十回　嬌容莫辨真堪咲　武藝超群盡吃驚

調倚蝶戀花詞曰

相像春容不須對鏡知嬌面你癡我視識鮮妍惑煞
旁人眩只認衣衫深淺倘然同直教難辨親生嚴父
隨侍了環猶多錯咲　嬌小纖柔何來武藝偏耑擅
精嫻騎射已心驚縱躍還輕軟深透此中應変赳驪
招覔難其選痴呆觀者狂喜王孫閧然欽羨

話說福王沉思了一回道今日試武乃郡主和丫頭們本
不許外人觀看幸而郡主們年紀還小也罷准他們進來
齊龍付史答應去了只見一隊騎馬的使女引導着一輛
小車飛奔而來問是無碍子將到箭廳福王正要站起身
來只見騎馬的各使女將他遮護竟入帳房內去了隨後
四个小厮騎着馬引着瑶華驰驟而來到箭廳前下馬直
上廳來福王又見各女使從帳房走出也上廳來俱穿各
色宋錦小袖緊身窄袄外罩猩紅一口鐘各蹬小靴遂令
瑶華在旁坐下那些婢女一字兒的站在背後小厮們則
站在滴水檐下另有兩个婢女年紀又大些福王便問這
兩个大的婢女是那裡撥來的瑶華回道也是宮中所撥

因女兒們習練武藝時都是這兩个伺候所以帶他們來
福王道他們也會些武藝麼瑶華道只能騎射别樣不能
福王道也好如今先從那一樣演起瑶華道從騎射步箭
弹弓三樣先演起免得再換衣妝福王道就從馬箭起瑶
華應了一聲遂率全這班婢女小厮直下廳堦走入帳房
裡去福王已在正面紫檀上坐下觀着沒多一會見各人
俱卸去一口鐘扎起裙幅都走出帳房來跨馬往教場南
頭去了早有兩个太監拴着五个綵畫皮毬于馬道旁勻
勻的擺下福王一人孤另令傳汴梁長史全庄上令付各
史上廳替許各人上得廳來已見一馬飛出就搭上一箭
射那皮毬有三四尺高一連五箭箭皆然這頭的馬方

得收住那頭的馬又上馬道了皆一樣手法並無一箭虚
發福王傳令太監禀知師父說我眼力不濟遠望不能清
楚教他們收馬後都到廳前來站一站我好認識太監去
了只見帳房內走出一个老婢向收馬處去了不多時就
有一个婢女來站着報箭福王又認不得說道再喚一兩
个宮內認識的人來報我知道太監又去了一回只見帳
房內走了兩个婦人出來一个認得是殷綵霞那一个也
認得是韓秋桂福王道好你們站在我身後來報箭的是
誰說我知道話言未了又一个來報箭韓秋桂道是宮女
黄金釧福王見過就下去了抬頭見馬道上的馬如同走
馬燈一般並沒有停了一刻真跑得滑溜輕捷這邊又來

朵大珠花四个婢女也是青衫白裙小厮們也只净素好不整齊福王換了素袍前後上轎車馬跟隨王庄到墳上不過三里之遥早望見搭着帳房有文武官員先在伺候福王下轎面辞衆官不敢告退再三吽令史傳知尚有郡主在旁似乎不便方各禀辞回去正副史管事們早把祭筵排設福王行了一个禮瑶華則俯伏哭拜哀慟悲號福王也淚滚如珠早有殷彩霞在旁勸止焚帛酹酒而回此日無事福王在上書房無非與這些令史們将本年所収租籽的帳目又有管外務的副史出糶租米収兑銀両零星襍務糾纏不清爭却不少不知不覺料理了両三天這日稍暇見天氣晴明遂傳知令史収拾箭道箭廳要看郡

王們武藝令史們回道蒙師父吩咐辦齊了王爺[illegible]就可請到箭廳福王聽了甚喜遂起催攏轎仍與瑶[illegible]擡轝即令瑶華去禀知今日可以請師父一仝到箭[illegible]一看瑶華道女兒晓得師父去的也安排妥了只[illegible]爺先下箭廳福王道怎麼你不與我同行瑶華道女兒率領着小厮們騎了馬來福王道好我且先去遂令張其德傳知外間伺候不一會齊集了福王坐轎下箭道來遠望見箭廳左邊搭有一个帳房便問令史道要這帳房何用令史禀道是師父仝郡主們在裡頭歇息的轉眼之間已到箭廳下轎對面見那高墻上有些房屋又問令史們道這屋架在那裡令史禀道在墻上福王道墻有多寛要這房屋做

什麼令史禀道不過是保護庄子師父說恐怕将來不太平所以打這道圍墻以防草寇窃刼福王道師父也太遠慮了我這庄子誰敢來刼令史回道師父的話每每效驗恐不是無益的福王道預爲防範未嘗不好但不可與外人眼見這不像个城池麼令史道那也無妨離這裡一百多里就是周皇親家顕顕的造了一个城也沒人去恭他福王道如此甚好正說着只見副史魏家騏走來禀道洙梁跟王爺來的長史護衛隨從人等聞得郡主極好武藝意欲到箭道內伺候王爺閲武王爺可容他們進來特請示下福王沉思了一回說出一句話來不知所說何辞下回必定註明請仔細一看便知

閑仙評曰

或問初時韓氏來庄未嘗有此舉動何瑶華方理庄務便須如此擺擋耶曰作文必須分一賔主次第始爲好文字韓氏初來止納一宮嬪也因罷而置之王庄免受正妃節制且當時規模狹隘而韓氏但知一身安享焉顧其他耶或有此設想恐亦不称玆瑶華乃福王親生之女又系有管庄諭帖旁有劍仙爲之設施既得名分堂堂自應事歸井井況且庫藏已移來矣庄房又修葺矣花園又興工作矣家務也得綱領矣子女技藝又出衆矣何可不作如此鋪張在福王意中又何曾有此注意数年在外方歸一旦煥然耀目安得不欽佩劍仙之

下福王亦淚流不止着寔的安慰了一番叫宮女扶入休息隨有執事人等一班一班的叩請了安然後止息令史們把自從出門後一切情事都禀得明白福王亦覺得歡喜天色將晚已見瑤華來請晚安福王忙令瑤華進宮說代我請師父的安庄子上諸事有勞師父費心瑤華領命進去說知旋見黃金釧白於玉兩个出來代無碍子請安福王連忙起立回說不敢代我再三致謝二婢領命禀覆去了當下傳知令史備辦祭禮明日往韓夫人墳上祭奠不一會擺膳了瑤華已至福王令其陪膳飲酒之間問瑤華所學瑤華一一回對福王聽說你能做詩了麽瑤華應道不過畧曉得些福王道我出一个題目與你能夠做詩

瑤華道雖然能做只是做得不好福王咲指着席間的蠟燭道即此爲題瑤華低頭想了一想遂命素蘭取帋筆填刻録出送上福王拏着看道

寳炬張筵席　燈心結蕋妍
恩光誠普照　且又及黃泉

看罷不覺大加贊賞道我的兒不但做得好而且詩中藏着孝思寔屬難得又問與你同學的幾个如何瑤華道也能奉命福王就指素蘭道你也做一首素蘭便說請王爺命題福王周圍看了一遍回頭見瓶內插着一枝芙蓉道就詠這个罷素蘭答應了一聲低頭一想遂提起筆來寫就呈閱福王看着念道

搖拽秋江上　鮮妍何足論
金瓶承顧盼　作識主人恩

福王拍案贊道難得這樣好心思你們這位師父是怎麽教道得這樣好又問這些小厮如何瑤華道可以奉命得來福王指着一个道就是你瑤華回頭看是荷香遂走近席邊道請王爺賜个題目福王道你叫什麽應道奴子叫荷香福王曰就是這个題目荷香低頭一想便到素蘭這邊取帋筆寫就送上福王拏着看道

花秉非凡質　風吹何處香
九天深湛露　太華可聯芳

福王看了重又點頭朗誦大報的贊道這麽一个小題目

做得這樣大方這小厮好身分不是久在人下的將來好好的造就了狠有用處又問瑤華道文才如此武藝自然更妙隔一日帶你們到藝圃去試演瑤華道藝圃現在盡造花榭還是在王爺箭道試演的好福王道我正想要造个花園恰合我意如何造法可有圖樣麽瑤華道有就是師父畫的即令素蘭拏來送與福王看了道這師父色色精能真令人欽服說罷膳已用畢瑤華辭回福王又少不得與這些宮嬪叙舊次日午後令史來請上韓夫人墓作祭瑤華穿了一身素服早到上書房來伺候福王見瑤華打扮得異樣精彩身上穿一件魚白素綾長袄青素紬外罩下着白綾百摺襯裙寶藍鞋頭上只插白玉如意簪而

如何箬尾就立得直終翻觔斗大壺這个有些不懂無碍子道這要撥把你們看了方纔懂得若撥得好的還有多少名目撥出來也算个絶技花兒羞道明日去取來請教師父撥與我們看了再來學習正說着只見張其徳來回道永寧菴的那个静緣尼姑鬧出事來被歸徳府差人拏去了無碍子道你那裡曉得其徳道方纔在庄門口聽見那些舖面裡的人在那裡議論瑶華道是爲什麽事情其徳道他們說歸徳府裡拏了七八做响馬强盜追究打刼的賍物都寄在永寧菴静緣處大前日府差粧做有錢主兒到他菴裡許他修造山門大殿這静緣歡喜得了不得就留這府差在菴内住下那知被府差用酒灌醉在地房

禮搜出强盜寄頓的多少賍物連夜禀了府裡昨日差官來起賍連人帶去了無碍子道這只怕不能回來的了不題再說福王回汴徐妃以子嗣爲憂勸王静養身子又預先在蘇杭買了幾个女娃子拴住福王那知福王全在房術發龜上做工夫不好拂意勉强支吾臨幸終不暢意仍舊與那班能征慣戰的宮娥取樂在汴擔擱了月餘忽想念韓氏病亡瑶華孤另遂擇日啓行來庄王妃徐氏向不知福王有韓氏在庄都被長史們瞞得鉄桶一般那晚知要來庄不免又有多時離隔忙喚人備下筵席親自奉酒做出多少親愛之意福王原是酒色之徒經不得這様趨奉遂開懷暢飲徐氏勾留在房歇宿猶恐自已衰憊又喚

新買到的女娃子幫着慫恿福王心上意不遂只得與徐氏綢繆一晩徐氏百般奉承纔能受得一宵快樂雲雨之後徐氏便問爲何急急要到庄上去福王含糊道要看瑶華去徐氏道那个什麽瑶華福王又道韓氏所生你還不知道麽徐氏再要問時就迷迷的睡着去了徐氏心中好不自在准准的一晩不曾合眼到得天明俟福王睡醒遂追問情由福王自知酒後失言幸韓氏已死説知亦不妨碍遂將這十幾年的事盡行告知徐氏即欲請福王將瑶華帶回福王道他非尋常之女不用你管他閑事徐氏摸不着頭腦惟有心中懷恨而已福王早膳後即時起身將近到庄遠遠望見有烏簇簇的一叢樹木福王在馬上指

道我幾年不到又添上許多庄子了長史們道這就是王爺的庄子福王道那有這樣緊簇長史們道這都是那位師父布置的若到庄門口只怕王爺都認不出了福王心中暗喜不到兩个時辰將到庄門只見人頭濟濟都是令史副史及各官事上前迎接福王的又見門前添了一大些房屋也有舖面開着人烟湊襍大非從前荒落的光景一進大門就有一垛高墻矗立進了正門溝水奔流那條橋也添高了氣象十分雄壯到了正殿下馬早有太監把正門都開直了一逕走到上書房的隱門只見一羣婦女簇擁着瑶華迎門跪接福王忙將手拽起上了書房西間坐下瑶華也到座前叩拜請安并説母親亡故哭倒在膝

廊由廻廊繞進得藝圃大楼之下由大楼東邊廂房門口架一條紅欄八板橋通假山之路可到旱船旱船之北又築起一座三台大花樹可種蘭菊則與大楼下東邊廂房隔絶矣假山前面山上山下多種白皮松花楼一帶沿墻多種梧桐樹舊時所開小門照舊開通將藝圃兩字的石匾移嵌在上又種一架紫籐以代門道屋水池盡處極南首還有一方空地四圍築起花墻內造矮屋三間要向東首再向南築一壯丹臺種牡丹一大叢往書房來又須造一條小石橋通路說畢用柳條通画了影子然後用墨筆勾出凡各處應造之房應種之樹應栽之花應造之橋假山峪峒之路逕水道蜿蜒之絡脉無不一一画个細緻其

快如飛再將顏色着了竟是一幅上好的洋圖瑤華又道還少兩只船無碍子道花園都造了還怕這兩个船造不起這要另打圖樣不必要緊衆人看了無不稱贊道師父無般不會無件不精瑤華當下就要傳殷彩霞來當面吩咐無碍子道夜已深了何用性急各安寢次日瑤華起得極早仔細觀那圖樣無碍子起來見了道你的心也太熱了遂令張其德傳喚殷彩霞來一一指示明白叫他去對令史說了估計工料領銀與工彩霞領命而去無碍子方進房門忽叫張其德將殷彩霞追回令其進房又說了好大一回皆是低聲悄語也不知說些什麼瑤華正要去問只見林緑環花見羞從寢宫後間大咲的走將出來周青

鸞問道你們咲些什麼林緑環道看不出郁李小小年紀倒下得好高碁瑤華道那个同他下花見羞指着林緑環道他連輸了三盤我也輸了一盤還有老大的鄒素貞不服又輸了兩盤如今沒人敢同他下了梨雲在旁道我去贏他一盤正要動脚無碍子在房中走出喚住梨雲道自家要學的工夫一些也沒有到要去與別人爭勝如今蕉菜的画略有可觀了你画的是什麼廚你過意得去說得梨雲閉口無言紅着臉躲回房裡去了無碍子問白於玉道你們向在汴梁宮裡可曉得王爺平日愛頑些什麼白于玉道那時婢子年紀還小常聽得說王爺喜打双陸葉知双陸是件什麼東西從沒有見過無碍子道双陸是三

十二个棒槌也如象棋有个盤兒只要算得好先過河者為勝這却甚不難的那瑤華道我見藝圃大楼上有一个木匣內都有一大些棒槌一半是烏木一半是黃楊木可就是双陸的槌兒麼無碍子道正是他林緑環道師父自然打得好的明日婢子要學無碍子道也容易花見羞又道大楼上婢子還看見有个銅的大花瓶口上又多兩个透穿的耳朵這是什麼用的無碍子咲道這那是花瓶是个地壺另有二十枝竹簽其名謂之投壺瑤華道怎麼个投法無碍子道將竹簽拏一根在手人要站得遠遠的將簽往地上投去那竹簽的尾在地上一立一个觔斗翻入壺裡就算中了或翻入兩耳也算中的瑤華道將簽投去

瑤華又喚令上來叩了頭站在旁邊瑤華道你今年多少年紀了比鳳道十六歲瑤華道你是家生子呢還是外來的比鳳道是家生子瑤華道你年紀尚輕如何就撥你充當差使比鳳道原是母親應撥因母親病得利害又是暗病驗不來的故自家情愿來替代的瑤華道倒是一个孝女司茶酒我再撥一个人代你你儿站在這邊候有別項差使再派你當比鳳只得站着伺候殷氏又叫道司膳宮女二名第一名鄒桂娃二名沈繼仙司衣宮女兩名第一名殷碧玉二名呂良珍司冠履宮女兩名第一名鄭玉濤二名袁珠兒司針線宮女兩名第一名蔣碧桃二名黄花冠司洗浣局宮女四名第一名鄒素貞二名楊玉腕三名

190

臧勝蘭四名謝長春又叫司廚宮女六名第一名栢正青二名夏幽蘭三名滕玉鶯瑤華喚道這个婦人骯髒得狠怎麽放他司廚快快仍發回宮去殷氏即喚守門大監領他出去撥人送回汴梁四名樊山雲五名孫玉蓮方走過去瑤華喚令上來問道你這个人又誰撥你來司廚玉蓮道王爺在宮時因奴婢會做蒸雞餅特派來這裡伺候的瑤華道我說自有緣故殷氏又叫六名梅近春殷氏道都點完了瑤華道藝圃的人我都認得不須點了都叫上來殷氏將手一招都上來了瑤華道潘桂兒可抵滕玉鶯的缺羅統兒抵了施夜來的缺穢遠香抵了薛比鳳的缺說罷立起身來衆人也就散了無碍子引着回到寢宮又是

191

擺膳時候用膳畢瑤華要請無碍子畫个花園圖樣無碍子道吩附外邊畫一張來斟酌就是了瑤華道他們畫的款式不中弟子的意又恐反被他們惑了倒不好不如請師父憑空撰出一个圖樣來定然好似他們的無碍子咲罵道你這了頭要好的念頭太甚了這些婢女要看無碍子畫圖都手忙脚乱的把畫具搬將出來又擺上一張紙無碍子先用柳條画个影子遂向瑤華道我的意思這原舊的藝圃楼房可以不動只將門道這一溜房子拆去可開个魚池瑤華道所以這圖樣必定要師父畫纔合心意無碍子遂在紙上將楼房照舊画好又道東邊的廂房仍舊將西邊的廂房改做遊廊直通到舊時小門止又從東

192

邊廂房住址起將門道基地開一个大魚池却由西首直渐湾到東南角上止以便引溝池内活水進來門道基址已鑿魚池不可把這座大楼盡顯出來中間宜堆一座大假山遮掩以免直率之病遂用柳條畫成假山樣了山洞須要寬厰以便通出一條路來山前已有一大塊空地了從東首魚池邊應横造三間旱船四圍都栽成竹林不教一目了然旱船之西南角上要起一土崗就將開魚池的土堆起崗上建一个亭子北面又要遮住不然全圖景致又顯了從土崗下直南建三間花楼却不宜高大一間是楼要靠定西墻兩間是月臺便于擺酒賞月假山前空地宜造一大間四檐披水的書廳又建一條石橋可通廻

193

聽見一發歡喜遂對殷氏道可速興工照着師父所說開年就可如此游玩了說罷各又上車亦有停留之處不能細說仍舊轉到門樓這邊下坡回宮已見正殿門口大小男婦簇擁着閒話看見郡主到來分開讓車進去方進正殿門忽聞外邊人鬨然大笑嘈雜不止無碍子下車來到上書房西間門首坐下令瑤華于正面案桌上坐下瑤華道師父在此弟子怎好上坐無碍子道這位是你父親坐的你所以坐得不用碍着我瑤華告過罪纔去坐了那素蘭們幾个婢女站在身旁小厮們站在檐口無碍子見張其德進來遂問道方纔正門口這些人爲何喧笑其德道他們說郡主身邊的婢女竟是一樣的面也若不是衣飾

分別竟辨不出來所以喧笑無碍子亦笑道正是他兩个一年像似一年了我時常也會喚錯遂令其德喚殷氏進來教他帶了册籍點名其德纔要出去殷氏已進來了見瑤華只在正中坐了忙招令史率領衆人聽點殷氏走上桌案邊將册子展開瑤華用硃筆點着第一名就是令史趙成底下答應自東走過西來往西邊隱門轉出去趙成名下妻殷氏子女共三名口第二名副史孫必大妻段氏子女二名口第三名副史張超然妻余氏子一名張其德下註已淨身入宮第四名副史錢金易妻封氏子女三名口第五名副史魏家騏妻周氏子女四名口瑤華問殷氏道爲何要這些副史殷氏道先是這庄上只派令史一名

副史兩名後因師父到庄內務煩了所以又從王府裡撥來兩名上兩名管內務下兩名管外務各副史名下還有管事人是他們自已僱來使喚的故不入册瑤華點頭殷氏道各太監聽點守門太監二名第一名侯新底下答應過西去了第二名汪輝樵用太監八名第一名何喜二名金鎔三名吳渭四名李俊五名王成六名戴元七名陳昆八名朱秀藝圃守門太監兩名第一名孫慶二名嚴正樵用太監兩名第一名姜發二名褚貴一一都答應從西隱門轉出去了殷氏又說道宮女們聽點內宮守門宮女四名第一名韓秋桂二名鞠潄芳三名曹宜嬪四名申玉蛾寢門宮女二名第一名張正蟾二名施夜來瑤華喝住道

叫他上來施夜來上來叩了頭站在一邊瑤華道你有多少年紀了夜來道五十八歲了瑤華道你是自幼進宮的呢還是大了進宮的夜來道奴婢是二十五歲進宮的瑤華道莫非也是緣坐家屬麼夜來道是瑤華道你是那裡人家鄉還有可靠的人麼夜來道是廣東人母家還有人可靠瑤華道你年紀大了我宮中有人伺候我開恩放你回去受用體可好麼夜來連忙扒下叩頭道多謝郡主厚恩如同天地瑤華對殷氏說你帶他出去交與令史賞他二十兩銀子撥一人送他回籍施夜來又復千恩萬謝殷氏遂叫守宮太監慱領出去送到我家瑤華遂將名字勾了殷氏又叫司茶酒宮女二名第一名王嬌二名薛比鳳

處雖覺得曠野也還有數處村落遠看則烏簇簇的樹林
不斷無碍子道這不是亳州麼殷氏道還不到亳州大約
是九家鎮上無碍子道這些村落可是我們的佃户殷氏
道有的多無碍子便指與殷氏道這个村落過去的一片
田畝狠可鑿池還開條小河直通我們溝內將來還有用
處殷氏道過這小河師父有何用處無碍子用手指着藝
圃說出一件事來要知何事展開下回便見

聞仙評曰

王庄事業托之于織女付之于師尊亦可悲矣此何故
亦由縱慾淫蕩所致昔淸心寡欲滿宮治艷何致一子
不得乃年已四十止留一弱女置宗祧于腦後漁放色

182

于眼前只此一端治其淫亂之罪亦所應得雖李蔭之
凶殘亦上天之假手故偶然也哉至劍仙之爲人誠而
必忠處其事而尽善非爲福王而掛攔即所以教導瑤
華後之復興王庄安知不由此嫺習故凡子弟必須從
明師其得益處何可勝言余最恨有力之家但巡逡樂
蕩心之事雖明知有損而有意蹈之捐金如土而不惜
毎到延師教訓子弟些微脩儀必錙銖較甚有爭可猶
縢子弟而不肯多費分文遷就者余目中見之不已至
戚好友未嘗不爲規諫而諸親友亦未嘗不爲之听但
臨事仍復不不奈之何哉只可浩嘆而已

瑤華傳　卷之三　第九回

183

184

瑤華傳卷三

與下香城丁秉仁編著

茂苑尤夙真閒仙評

第九回　女庶子熱驗家口　福藩王面試文才

五言律句詩曰

欲治家庭事先勤整翠鬟安排新俗冗約束舊鄉
頑琢何誠餘事揮毫亦苛閒古來名女史不信獨
稱班

話說無碍子道你家這位郡主心心念念要在花園裡造
个花園若在內蓋了花園可以打造兩隻船從這底下開
个水門出入俟那裡蓮花開了駕着船兒好去玩賞瑤華

瑤華傳　卷之三　第九回　一

185

五萬銀子就成了先令殷氏去傍邊歇息一面催着擺膳用畢令瑤華更換衣飾并點梅影素蘭花見羞白于玉周壽鱗林綠環仝四个小厮跟隨張其德前導又叫添備一輛車子與殷氏坐點派明白仍令洗翠眉黄金釧黎雲砌李看守房屋并約束各局裡人宮門上太監已進來回稟道令史們伺候齊了無礙子領着頭遂到正殿上上車無礙子車上帶着周壽鱗捧了各項册子瑤華車上帶着梅影素蘭同花見羞坐了一車白于玉仝林綠環一車張其德前行四个小厮在車后隨着一逕碾出大殿早有正副史各揔管在門楼左右伺候先到東首看那挨着門楼的六十間倉厫無礙子叫瑤華的車夫相並着推行又子周

壽鱗捧册籍内檢出一本遞與瑤華道每間厫門上都有收数你可與册内查對瑤華看着叫車子慢慢的行而下對着並無舛錯一个圈子直兜到西邊門楼下看厫止令史們稟道丈量手都在可要抽盤一厫無礙子道你們若信得過就不用盤量了令史們道這都是經手的干係如有缺少要着落賠補的如何信不過瑤華道既如此各人具个缺少愿賠的甘結來衆人都已寫就送上來瑤華叫張其德一一收了殷氏傳語就上墻去看工令史遂開了門楼間壁一个栅欄門令史前導領着車子推到墻根就有斜坡層層碾上一到墻上就有一个亭子殷氏先下車來請無礙子瑤華到亭子内瞭望野景遂各下車殷氏

將後窗打開見兩行柳樹高過于墻于柳樹空隙内望去眞个数里之遙南山打獵處所依稀望見又見門楼之外往來行人不絶各項舖面開得整整齊齊瑤華心中甚喜無礙子仍令車夫向東邊一路慢慢的推去轉過東來又過了好幾个亭子到得正東面一个亭子上無礙子就令停車殷氏早先下車去開後窗無礙子仝瑤華走到窗邊往外一望遠遠見駝子騾轎一隊走來問殷氏道這必定是大路了殷氏道正是往亳州的大路從我們庄后過去的無礙子往下一看見溝水涸轍又問殷氏道這裡溝水為何涸了殷氏道這溝水是死水此間地形高些又值交冬的時候所以先涸了無礙子道這件事到先要料理此

間何處通大河殷氏道聞得大河離此有幾十里路道路難引無礙子道可還有相近的麼殷氏道待婢子去問令史張其德道令史就在外面殷氏招呼近前問明了遂回無礙子道相近沒有大河只有南山脚下有條山谿可以引來只有三四里路倒還省費只恐怕山水發的二歲要被淹浸無礙子道這倒不妨我們往北首拚做十畝田不着開个引河水大則放水小則蓄那引河内可以栽藕養些魚利錢還好似租穀哩你去對你們那个令史說趁此佃户閑暇谿水涸轍之時三兩日内就可興工更是一勞永逸殷氏荅應即便通知遂又上車行到北面正亭子上無礙子喚了殷氏打開後窗仝瑤華走到窗邊一望近

寫得出桃紅不過相似而已瑤華道我也猜着是他不知
他與何人的詩梅影道詩中之意他們暗中各有不相遇
的意思却不知與何人相親我和郡主慢慢留心揔看得
出的瑤華道小廝們年紀已大了原不該還攙在我們隊
裡待我與師父說知攆他們出去罷梅影道狠該萬一不
留心還要上他們的擋哩瑤華扑哧的笑起來道你今晚
就要留心梅影也笑道只怕不獨是我一个說罷才回寝
宮此日無話到第二日早膳後無碍子叫張其德傳與令
史知道今日不用轎只脩小手車四輛好在各處查看瑤
華道四輛如何夠無碍子道狠夠我令你坐兩輛還可各
帶一个使女那兩輛與不應走的婢女每輛坐兩个其餘

小廝們只跑路揔在府中又不出門不必排款上書房灑
上茶桌好查點人口張其德傳了出去又來回道令史說
郡主查點人口令史不便在旁唱名他的女人很懂得事
情也識字可以相代現在宮門外先要進來叩見無碍子
道傳他進來張其德出去引將進來先向無碍子叩頭次
向郡主叩頭畢遂立在一旁瑤華全無碍子將那婦人一
看是个五短身材雖年將四旬而眉目也還清秀身上穿
着五八品服色珠翠滿頭跟着个小了頭無碍子道你是
令史的結髮了毋家姓什麼那婦人道婢子毋家姓殷小
名彩霞是令史的結髮也是宮發配的向在汴梁宮中専
司內務無碍子道如此說你是狠懂事的了殷氏回說還

要師父教導無碍子道郡主年輕正要你這麼一个人來
輔佐他你也可以常進宮來走走殷氏道郡主聰明絕世
外邊那一个不在背後稱贊這都是師父的教法好瑤華
問道我們現在倉中米麥共有多少殷氏道共有四十二
萬斛數還有二千多石零給瑤華道存庫的銀子呢殷氏
道截至上月底止本有十七萬七千零瑤華道這个錯了
只有十五萬七千零殷氏道不錯內中提了二萬兩修築
周圍的磚牆瑤華道周圍的牆都築了麼殷氏道五日前
才完工今日伺候郡主查完倉庫之後就請上牆去閱看
無碍子道牆上可以上去麼殷氏道春間稟師父吩咐了
令史還不解師父的意思是婢子揣摹倉間外面四圍築

牆原為保固這个庄子起見若不加厚加高枉費了這宗
銀子所以如今牆從滿河內用大石條起脚有八尺高再
用磚砌有一丈六尺高共計高有二丈四尺下脚濶有九
尺牆頂濶有五尺半可以三馬並行每倉廒十間牆上起
一路亭都開有後窓可以瞭望庄外數里之遠無碍子道
這不照城牆一樣的造了殷氏道外面有椰樹遮蔽又沒
有女牆却不顯得若裡面看竟是城牆的款式無碍子道
怪不道要用到二萬兩銀子也好你的主見却也是的瑤
華向無碍子道弟子的意思藝圃中一片空地狠可蓋个
花園若要習練技藝這西邊還有王爺的箭道可以借用
無碍子道蓋造花園原是你們富貴人家幹的事拚着三

四柱清数外二庫係收糶賣租穀歷年積貯除動用外實存銀十五萬七千有零內收宮中撥來黃金二庫共是三十一萬兩白銀二庫共是五十萬兩並未支動惟造佃户楼房并買馬匹發出銀三萬五千兩不知可是在此動支未蒙諭知不敢擅登其餘年月月三項簿籍甚為煩瑣不暇細查其一切金玉磁銅鋪墊各冊皆係初設庄子時攢造下的諒無增減至于男婦人口冊不時增減刪除亦甚煩碎無碍子對瑤華道且收拾進去做个逐日消遣之事慢慢看明示期查點遂各起身還宮瑤華連宵達旦稽查各数真个聰達之人不同流俗心中已覺了了這晚看得夜深了奶女皆已睡熟只得自掩房門寬衣就寢忽見房

門後一個字帋在地上隨手拾起扯開一看乃是兩首詩

其一曰

我是有情郎　你為無義娘
幾番虛弄影　不肯效鴛央

其二曰

非啞又非聾　單犀自不通
何因不做係　背地竊東風

瑤華看得津津有味不忍釋手蓋緣瑤華年已十三歲雖無碍子管束甚嚴但情竇漸開何能禁止展玩半晌但不知何人所作及看詩後又無名字想四小廝之中只有荷香最為伶達細詳口氣字迹甚是相近然與何人交好却

揣摩不出遂將詩疊好收藏袖口內才上床安寢一夜夢魂顛倒次日黑早就醒了想起那詩遂披衣坐起于袖口內取出那詩又展玩了一回听見無碍子下床声响連忙將詩仍舊塞在袖口內恐怕來催促只得穿好衣服赶着梳洗甫畢無碍子來問道你這幾日查看冊籍可曾將籠統的總数記清麼瑤華道細数也記了無碍子道既如此寫个告條出去明日查點瑤華回頭見素蘭在側遂令傳與四个小廝不拘那个寫个告條出去明日查看倉廒庫房素蘭去了不多時就拏了一張送與無碍子看瑤華也近身來看是寫着內諭令史人等知悉明午伺候盤驗倉廒庫房并查點在庄人口其各凜遵此示字畫端好款式

調匀瑤華問是誰寫的素蘭回道他們都往[illegible]去了只有荷香在藝圃內臨帖所以就叫他寫的無碍子道荷香究竟肯用功瑤華細看字迹與昨晚紙條上的有些相似瑤華又問道還有誰在那裡素蘭道沒有人我出來時才見沈翠眉進他房裡取東西瑤華隨口答應了心下轉念莫非就是素蘭與他相交當下用過膳約了梅影出到上書房來稽查書本梅影取了冊籍兩个檢點一回一部也不錯瑤華把梅影拉到後間房內于袖口裡摸出詩句來與梅影看梅影看了便問郡主是那裡得來這有趣的詩瑤華道是昨晚在我房門背後拾的你看是何人的筆迹梅影看了半晌道我們這幾个小廝們只有荷香

又無庶子只你一人既准你管理庄務就仝王爺一般心
上不要存着我是女孩兒家礙臉怕羞庄上内外男婦都
是手下人誰敢不來尊敬用過膳只管出到上書房坐了
傳這些令史副史管事諸人進來面諭王爺准我管理庄
務令其將在庄倉庫各項册籍赶造送進查點到那查點
之時親自到各處經目怕他怠的瑶華道師父也要仝去
才好無礙子道也使得我且伴你經理一番往後自然有
條有理的能調度了瑶華遂令張其德傳令史等大衆于
飯後到上書房听候諭話一會兒膳畢無礙子令瑶華更
換衣飾梅影等諸婢都上前伺候瑶華頭上揷戴一金一
玉的壓鬢簪鬢后揷插着十二枝鳳頭釵鳳口内啣着七

寸來長的真珠串翠條勒齊額上散髮翠條中嵌着二龍
戲珠耳上帶着八寳鑲嵌垂珠環身 綉花松緑閃緞满
綿襖上罩挖雲淡紅宮緞團花長襖 后沿邊都有五
色排鬚又間着金鈴玉磬小事件腰繫白縐白綾裙大紅
鑲邊松花緑褶褲四婢女一色金簪壓髮四掛珠串垂素
翠條勒額内着襍綵錦襖外罩各色短褂有白綾裙四男
童也是一色的錦襖外罩青衫荷葉巾絲鞋净襪無礙子
只穿家常服色外邊已報齊集了遂各走出宫門先是張
其德出報其次四男童又其次才是瑶華四婢在后簇擁
然後無礙子出來有黄金劍白玉拂跟隨青黛又捧着拂
塵巾盂之類都到上書房來瑶華請無礙子在西邊一間

坐下自已在房陪着張其德早已領着令史副史管事人
等上前請安分班站定不敢仰視瑶華于袖中取出福王
的諭帖交與素蘭轉遞與張其德叫令史等大衆開看遍
了瑶華道你們都見了各人俱回說王爺的來諭都見了
瑶華道我自王爺出征母親去世雖然暫管着庄務寔未
徹底查察究竟倉庫若干在庄什物若干人口若干俱未
悉知因王爺沒有諭帖叫管我也不便擅自稽查今既奉
命倘王爺回庄問起無從登荅似乎我不經心的樣子甚
覺不像你們可把各項出入動存各數造具册籍送來我
好逐一查點令史上前禀道自夫人去世也知王爺必定
教郡主掌管所有各項册籍早已開造清楚至于出入動

存之數年有年總月有月總日有日總各有經管細冊
紊亂遂將各人手中所持簿籍一併交與張其德轉送于
素蘭素蘭又送瑶華瑶華令送無礙子查看無礙子道這
一大路簿籍也不是頃刻看得來的且俟郡主查明示知
日期你們听候查點如今且先出去衆人齊聲一諾都退
出去了無礙子就令瑶華旁坐先檢倉簿一本揭開看那
總存在倉穀麥共有四十二萬二千有零每日食用出在
要廒支取另有册開廒數東邊一溜共廒二百四十間每
間約貯穀麥五百石上下西邊如之向南楼房後倉廒共
一百八十間數亦相等向北門楼左右共倉廒一百二十
間一如各廒之數統計與總數相符又翻閱庫項簿開有

的人痴的痴呆的呆也有愛這打扮的也有称賛容貌的也有說小小年紀偏能騎馬射箭還敢去打圍正說着只見這些兵丁把打死的獐麅兎鹿鵝鶺雞鶩扛的扛抬的抬不下八九件後邊又有两个兵各牽着一个活獐一个活鹿都是狠大的旁邊有个人道這必定是向庄家買來的兵丁道那處去買這一个獐是穿青衣的夫人生擒的一个鹿是頭上帶翠鳳的這位小姐擒來的旁邊又有个人道你不要瞎称呼穿青的是郡主的師父帶翠鳳的這位就是郡主衆人听了一發称奇打圍那有生擒活獸的隨後又有馬兵來說道你們沒有見這些郡主小姐小爺們在圍場內于馬上縱來縱去並不費半点氣力比我們

馬上的工夫好多哩衆人所說真个千人愛慕萬人称賛直到更深時才散不題再說瑤華們進宮休息了一回才用晚膳用畢後無礙子喚令到房中閑話大家說了些所見的景致瑤華說再生菴的尼姑怎麼竟被火燒死了也覺可憐無礙子道這是刼数我也指點過他豈知竟不能躲避也好算完了他此生的情事再換一个好皮囊去受用受用瑤華道能夠如此也還罷了無礙子對瑤華道你擒鹿之后我遠看你又在那裡站了一回做什麼瑤華道我見脚后有一堆白骨不知是人是獸不忍教他暴露我故把刀尖掘鬆泥土將他埋了所以站這一回無礙子听了拍手大咲道也該也該瑤華從未見無礙子有此大咲

想來必有原故遂問道師父如此大咲想這堆白骨與弟子有些夙世的因果麼無礙子道然也瑤華即便請問無礙子道且待將來自然與你說知此時尚早且去睡罷瑤華不敢再問只得自去安寢然心上好生納悶次日黒早寢宮以內都未起身守宮太監敲開了門傳話進來道汴梁長史報到王爺已經班師回朝了這幾日內可以到汴梁侯有來庄的信再來報知先寄有諭帖在此無礙子即出房來喚醒瑤華催令起身看諭帖瑤華赶着起來穿着梳洗拆開諭帖來看知叛逆奢崇明已投降了現在班師回朝接尔來禀知尔母病故甚為傷感尔可依傍師父好生學業所有庄上事務准尔掌管經理如有不諳禀命師

父不可自作主張我回汴后稍停数日亦即來庄云云瑤華將帖內情由告知無礙子并說王爺雖准我管理庄務我還一些也不懂連內外用人都未認清倘王爺回來問及竟全木偶一般怎麼處無礙子道這有什麼難處不過費数日工夫便明白了瑤華道從那一樁查起無礙子道自然先從帑庫而項查出入追存数目有無舛錯再查庄上所存衣裝鋪墊金玉磁銅玩器什物是否與檔册相符在庄內外男婦先有多少人口續增了幾多所司何事先傳與令史副史各管事開明册籍送進逐一過目檢查將册收存這一樁的情事都在心上了有什麼難處瑤華道件数多了恐傳話不清無礙子道也不用他們傳話王爺

見了各各喜歡又見馬後拴着一隻活鹿衆各駭異瑤華遂將見師父拏了一个活獐故我也要生拏一个活的大家誇他好武藝無碍子道今日圍場可称樂甚天色傍晚了我們回去好教這些官兒也早散回說罷一騎當先出了圍場衆人俱已隨來再說那班文武各官都在帳外伺候瑤華幷在圍場打獵將遂遂也望得見看他們往來馳驟飛上飛下大家都贊嘆道這樣小小年紀如何有這等技藝見副史在側遂各詢問日常如何學習副史一一說知衆各咋舌吃驚道怪不道這樣熟練但不知這位師父從何處請來的正欲問副史只見一羣村婦要進帳房內獻茶各官道且待郡主們回來再進帳房去衆村婦道我

門婦人家怕什麽不要你們來管我們的閒事各官都來攔阻已見郡主們飛馬回來了只得上前站立一回見這些婦女下馬時一个个三寸金蓮細腰一搦那有這樣的力量一霎時俱進帳房内去了這些村婦不知各官們究竟容他們入帳房内去否請看下回便見

閑仙評曰

韓氏物故無碍子事事經理雖纖細微末無一不到不言才而才自見且瑤華上新坟是寫正面却暗藏郊外踏春而逗其春情也文心之曲乃至于此至瑤華畋獵一事觀者必謂誇耀其才貌撼動手旁人非也若作此想必不是善讀書人其結穴在收拾雄狐骨殖耳以了

前段之事切勿又為作者瞞過如長篇累牘文字其波瀾排宕必以時景點綴典寔比照寔在收煞處只須輕輕一点全題皆活潑矣香城文藝有此等筆仗誠為可貴

第八回　庄務初歸纖女手　家園全仗劍仙圖

調倚似娘兒詞曰

少女脆還柔奈遠人覊絆皇州趋前那得還兼後首囑寵寄付與庄務仔細持籌　知汝欠良謀仗師尊可免擔憂虛心領畧循循誘準繩規矩雌房閨雅事事宜修

話說無碍子與瑤華們在圍場内馳騁了這半天正在帳

房休息只見十來个村婦各持茶壺爭來献茶無碍子仝瑤華吃了問些鄉閒的情事那些村婦一个个走近身來自頭上看到脚下覷个仔細贊个不了無碍子吩附令副史包了十兩銀子分賞這些村婦各各称謝不盡無碍子即令子女們起身依舊穿戴好了都出帳房外上馬仍令副史向文武各官道謝并給各兵役賞封遂星馳而返不多一會已到庄上直進大殿上各自下馬正要進去只見令史上前回道方才有再生菴的道婆來過知前日再生菴被火燒成一片白地那尼僧能覺也隨火化了無碍子听說道我早已曉得那道婆若再來可給銀三十兩令其收拾煙墍遂一仝回宮不說他們進宮歇息只把這班看

下些銀兩交副史帶着安排節安遂各散㝎到第二日梳洗后赶着早膳碑令各人裝束瑤華令四婢頭上都紮縐紗抹額帶上翠雲翹惟瑤華抹額上多插一朶斷珠翠鳳身上俱穿團花綉襖瑤華與四婢恰好分為五色腰繫一色月華裙外罩綠漸握紅一口鋼腳蹬三寸小蠻靴各簇上弓箭彈弓標鎗惟瑤華不自珮帶無碍子頭上也扎抹額帶邊花翠髻巾內穿窄袖素紬緊身襖下繫青紬百襇裙外罩古香色素紬長領道袍無碍子道自于玉黃金劍他兩个的騎射也去得跟隨着攜帶郡主並我的弓箭鎗刀二人也即裝束頭上一樣抹額翠雲翹身穿粉紅素紬襖外罩家常素紬衫下拴白綾百襇裙腳蹬粉底素緞靴

貴仝鋼代無碍子背了彈弓九袋標鎗白于玉帶了瑤華的弓彈三尖兩刃刀這四男童各穿一色玫瑰紫素緞鑲邊箭衣束髮冠粉底靴弓箭衩袋身背長鎗一齊到大殿中上馬出門兩邊看的人乍眼一見疑是天上飛下一隊仙童仙女來走出大門即轉過照墻外只見前面已有八對馬兵每人背上拴着八尺多高的一面方旗五色相錯在前引道又有一百名牌刀手步兵在兩旁護衛這是令史往營中借帳房武官知是王爺的郡主出獵特撥這些兵來凑趣那些看的人遠遠望去就像一朶五色的綵雲往前飛去了一霎時已到山脚下見帳房邊已有文武地方官先在那裡伺候迎接瑤華先叫副史前往申謝不安

一直迎到帳房內坐下當有官事人獻進茶來白于玉帯接着轉送無碍子又傳與副史去致意武老爺們且請暫留在此督率兵丁與我們擺个圍場文老爺竟請回衙休因我們悞了公事副史領了言語出去道意不一會進來禀道各位老爺說都要在此伺候因此處是荒山曠野文官彈壓居民武弁約束兵丁都不敢擅離的其實在的意思也要看郡主們打獵無碍子也知此意只得由他遂令各人卸去外罩衣服將襟幅扎起自巳也卸去道袍扎起襟幅又令馬牌子于各馬上加上一條肚帶各各拴縛停當已听外邊一聲炮响隨后嗚嗚鑠鑠之聲知道在那裡布圍場了各人持了器械遂出帳房飛身上馬加鞭縱轡

而去入得圍場這些兵丁赶着草裡的飛禽走獸四下飛奔這些子女遇走獸便用箭射遇飛禽即用彈打那圍場有数里之遥赶得那些獐麂兎鹿鴆鵲雉鷟逃避無門都被標鎗箭彈打个發昏兵丁們隨路擒獲瑤華遠望見無碍了飛身下馬來生擒得一个活獐令兵丁用繩拴縛他心上也欲譯一个恰好赶出一隻大鹿來在馬前躍過刺斜裡逃出場外去了瑤華不舍緊緊赶到一个山凹裡飛身跳下馬來擒住將馬上一條偏韁用力割斷將來拴了繫在馬鞍橋上回身正要上馬見有一堆白骨不知是人是獸看着不忍就將三尖兩刃刀撥鬆山泥掩埋了才上馬赶入場來只見無碍子仝着子女們都赶來尋覓大家

這琴理細微也不是三言兩語可以包括盡的你們的耳
音不熟盖由平日不常听作樂所致必須要听熟今時之
樂才能管入古樂不知我們庄上宮女內可有幼時充過
女樂的麼梅影道也有四五个會音樂的無碍子對瑤華
道你明日無事可挑選出這幾个人來叫他們時時演習
一則以備王爺筵宴之用二則使你們耳中識得高下音
節學琴又容易些了瑤華答應無碍子又撫了一曲才回
安寢這瑤華凡學一藝無不專心專意自那晚和琴絃不
上听無碍子指教以後漸能理會甚肯梅影亦然這日有
職遵無碍子之教今白于玉黃金釧兩个走入洗浣處裡
見這些宮女在內搽作內有一个年紀稍大的令白于玉

去喚到身邊瑤華道你叫什麼名字那宮女道婢子叫鄒
素貞瑤華道你多大年紀了素貞道婢子今年三十五歲
瑤華道你是家生子女麼素貞道正是瑤華道你可曉得
現在宮中有幼時曾經充當過女樂的人麼鄒素貞道有
婢子幼時也曾充過還有鞠瀲芳張玉蟾殷碧玉袁珠兒
夏幽蘭樊山雲楊近春這都是女樂部內出身後因年紀
大了發出來充當別項差使的瑤華道這幾个中音樂那
个最好素貞道那七名本事相仿婢子曾充過教習比他
們又多會些襍曲本頭瑤華道狠好師父叫我來查問你
們如有會者自明日為始每日都到上書房西首廂間內
演習爛熟以備王爺到庄筵宴之用我仍舊准你做个教

習若果教導得好我在王爺面前舉薦你另當个好差使
素貞連忙跪下叩謝瑤華又令白于玉去諭知那七个方
回寢宮自此王庄好不熱鬧不知不覺一日三三日九轉
眼之間瑤華孝服已滿其年已交十三歲正前髮齊眉后
髮披肩之時身子不長不短不瘦不肥大有伊母之身材
其眉目之俏麗五官之端正以及皮膚細膩舉止閒雅又
過于其母無碍子又令熟讀唐詩學做詩句八个子女也
教隨全學習書味貫通學詩更為容易半年之間已入格
律又令習學襍作皆不勞于力四婢之中色色也能惟素
閒梅影直可與瑤華比肩郁李稍次梨雲又稍次至梅影
更為奇怪本與瑤華全歲其身材態度眉目言談以及行

動舉止與之毫一無二等虧服色分別出一樣否扮竟無
從辦別性格亦甚相近所以瑤華與梅影比大衆更為親
熱其四明中自然數荷香陶成得更好其餘亦有可觀却
不如四婢其時秋高氣爽不暖不寒無碍子道你們只躲
在家裡騎射心眼都不曠濶這樣好天氣明日可以率領
你們去打一回獵以試各人的技藝君何各人听了好不
喜歡遂令張其德傳知令史往營中借帳房備辦茶點往
南山打獵將帳房扎在山下以待休息張其德傳將出去
令史自去趕辦又撥副史一名管事兩名到那裡伺候寢
宮以內着沈翠眉裘素蟾林綠環花見蓋四名看管約束
宮門上又撥藝圃的四名太監一名守把並吩附令史備

道不知要這些房屋何用既造了楼房如何又歸得轉來無碍子道往後年歳不好此時不赶緊造起將來要造也難了我要這些楼房債與各佃户居住毎間毎歳房租只取租米二斗合來不過数百文窮苦佃户那有不願的我們佃户共有六千餘家有錢者與可以度日者自不肯遷移貧者巳不得依到我們庄上來住一則庄院不落空二則遇有意外之事便可作為護衛你們雖是親王但不許養兵我這佃户訓練熟了與兵無二又省兵粮豈不一舉数得毎間租米毎年就多三百餘石十年之后房是白多的你道何如瑶華听了心中甚喜遂令白于玉即刻開庫兑出銀來交與無碍子一面令使女傳喚令史領銀購料

146

擇日興工令史即來領銀去了無碍子又對瑶華道須與管事兩名一名賫銀到四川買小川馬二十四一名往陝西買凉州大馬四十匹也好習練騎射約來也得千金以外明日叫令史撥人赶辦瑶華應允無碍子又說四圍著廠墻雖單薄宜周圍再加一道厚厚的磚墻這到要費萬金便可堅守此庄了且待楼房造完再行起工自此無話到得十月間楼房巳竣完工無碍子率仝瑶華到后楼上一望果真王庄不像在曠野之處了栁樹容易長發也將及一人高了四圍菁葱與溝水相映另有一種清雅氣象一面侯佃戶完租時大張告示貼出召租真果日日有佃戶來賃房間有不是佃戶也來租賃令史來請示無碍子

147

道我這楼房獨租與佃戶住的若非佃戶不必應許令史又傳稟進來道告示上原有不租與別人住的話那些佃戶道這些房屋要住到七八百戶人家差不多也成个市鎮了工匠鋪戶俱少不來他們意欲求將居住自愿持銀到我們地上造房開張鋪面即將屋價扣除地租也是大家合算得來的無碍子道既然衆人愿意准他們暫租住下但速令持銀造房不可悞了我們來賃租的佃戶令史答應去了過了一年房屋皆巳住滿各鋪戶在楼房之外又造起平屋挨着照墻兩邊各有三四十家竟成了鎮市居民竟把王庄兩字作為地名了至今尚有人称呼瑶庄兩処馬匹俱巳買回瑶華們双日又多了一椿工課白於

148

玉黃金釧亦隨着子女們學習騎射却也利便有一夜無碍子從寢宮回到藝圃大楼下走過廂房听見淵筵琴声繚亮尚不成聲不知何人在內習學遂轉身走到窗欞內一張見瑶華仝梅影在內和琴弦都和不上來無碍子走入房內道和琴弦有隻仙翁仙翁的曲兒爛熟了才能和得准瑶華道就在這裡習這个曲兒不知怎樣聲音總不似的無碍子道走開待我來和將軫子捻上数把弾起來覺得音節就和了梅影道師父所和的不知捻幾轉才准弟子們不懂這个緣故無碍子道不是這节說宪和絃之高低總在自巳所定如一絃和高了那六絃也要跟着都高那就准了總以君絃為主若是意為高下就難和准了

149

紅道我要學字也要學棋柳枝道我也全郁李學棋無碍
子道既各聰明我看荷香筆力較各人來得道勁碑帖都
交與荷香凡要學習者與之一全講習瑤華先要學琴我
這本琴譜付你自為理會不懂者來問轉說與全學者知
道棋止不用閱譜常言道棋從園墻起閑時只管對局俟
得知死活再行看譜書則非稿不可有稿一束在此愛學
那一種只揀那一種學但不可朝更暮改俟有所得再臨
別二稿遂各遵依祇領各自描摹去了無碍子又將子女
們所需各項書籍開单令副史們置備又思子女們漸漸
長大服滿之後一切衣飾俱不相稱細為査檢應備者一
一記出另開揔单着令史撥人往江南買辦紗羅綢緞等

142

類又往汴梁打造時樣釵環首飾巾幘靴履各件分派停
妥飭令即行前往照辦只見使女們手中拏着一張紙片
來稟道外邊副史來稟後日是韓夫人忌辰理應請郡主
上新坟掛帛應辦物件開有单子請師父閱定好預為置
備無碍子接了单兒看了說照此辦了就是使女仍將单
兒發出去了隨後又有來請示道師父自然要全去的還
是坐轎坐車無碍子道郡主不便步行只可坐車我也不
必一定坐轎也備一輛素帷的車兒罷當又傳出去了隔
了一日已是忌辰無碍子令張其德吩附令史撥副史一
名先往坟頭備辦坐落以便郡主歇息又戒瑤華及子女
們不必梳洗一両趕催早膳畢即令瑤華易換斬衰重服

143

四小子細麻道袍孝巾草履四使女細麻裙衫罩髻長巾
每兩名坐一輛小車瑤華全無碍子各獨坐一輛周青黛
張其德坐在瑤華車旁白于玉黄金釧坐在無碍子車旁
撥兩名太監前導宮華人等押着祭筵及鼓樂人等後隨
派林緑環花見莊約束局內人等派撥定了都出大殿上
登車起發坟頭只離王庄三里多路瞬息便到先人坐落
暫歇副史人等將祭筵楮帛鋪設妥當然后禀請無碍子
令四婢扶了瑤華出到坟頭祭奠鼓樂並作奠后掛了
帛瑤華哀哭半晌使女們勸止仍回坐落歇息了一會遂
各登車而回路上見楊柳發青鶯聲巧囀抬頭又見風箏
滿天箏声嘤唔真好天氣又見行人皆擔簦攜榼像也是

144

祭掃的車子將近王庄無碍子令車停住即下車來相看
庄外地勢瑤華亦各下車趨侍無碍子對瑤華道想是
已近清明節氣故路上祭掃者甚多瑤華道后日就是清
明無碍子又默想了一回遂各上車回府一到寢宮即喚
張其德傳知令史于宅溝之外四圍都要栽種柳樹離樹
一丈周圍起蓋楼房離楼房之外又種一圈柳樹着照這
个意思先画一个圖樣並估計工料銀兩送核令史領命
不兩日間送進估計单來四圍共該上下楼房一千六百
八十間每間需銀十八兩並栽種柳樹兩行揔共需銀三
萬四千餘兩遂與瑤華說知轉令開庫兑出瑤華意在躊
躕無碍子道你不省得這宗銀子仍舊歸得回來的瑤華

145

了女雖不及瑤華在子女中也算出類拔萃的了瑤華自
運氣縱跳拳棒弓箭彈子標鎗流星以及鎗刀戈矛鐧劍
兵之類色色精明這四个女婢中惟素蘭梅影與瑤華
相彷彿那梨雲本來粗夯郁李年紀更小兩歲所以不
丫童中武藝蕉葉為第一桃紅則在愚蠢一邊荷香却
是个文武全材因年紀過小故也不能赶上柳枝雖諸般
去得只是不能精熟就福王出征這一年起双日習練武
事單日尽心讀書夜間講解書義這三四个年頭無一日
間斷你想如何不過這年瑤華已交十歲同這四个女婢
个个娶得一双好脚尖小如竹葉走路如飛盘從縱跳上
做下的工夫全無如今這些女娘的毛病脚雖小走不上

子識凡地方文武各官來叩見者俱一一回礼送讀這日
一般喪校們俱送四書孝道逍遙再生而巻的尼僧
都來叩唁後事完畢無碍子說了个議論出來不知所議
何事請看下回便見

閬仙評曰

福王回府聞請有女冠為瑤華師則應礼敬之致托之
乃欲令其充為宮嬪及韓氏稟明情由亦可已矣尚必
欲見其面甘受劍仙之冷落有何益哉此若非好色也
直是濫淫耳俗不可耐至韓氏乃瑤華之楔子也瑤華
既已長成其韓氏可有可無且衆墜葬墨不如隨手抹
去此即著作家去留之權變也

第七回　上新妝乍知春色　試吹獵埋郊前骸

五言絶句兩首曰

春情覺暗生未見春之處俊眼望春郊和風飄柳
絮
作願芙蓉面初登射獵場前骸猶暴露只待自埋
藏

却說無碍子發出一个議論道將各丫女俱遷回寢宮藝
圃所居太監宮女不必移動到双日習武之時仍到彼處
演習惟將書本鋪陳衣飾捲收回來在寢宮下首兩間內
作房擺周書黛張其德兩人在房伺候仍照大楼下一般
鋪設無碍子兩下來往其間凡所行之事一皆稟命于無

碍子宿將上書房小門關斷又在寢宮東廂房內另開一
門以通往來瑤華因孝服在身除讀書習武外他事概請
無碍子主張而無碍子亦不推辞照常經理這日無事令
張其德于藝圃大楼上將預先備辦之琴棋書貝碑帖之
類搬回寢宮對瑤華全這八个丫女道你們現俱孝服在
身他事都不能干與這琴棋書畫四項于讀書習武之暇
可就各人性之所好揀習一藝既可消遣又可開豁性靈
你們自為擇定了我好將各件圖譜授與你們習練于是
各為揣擇瑤華道我先要學琴蕉葉道我亦學畫梨雲道
我也要學畫荷香道我愛寫字也愛學琴素蘭道我要學
棋梅影道我全郡主學琴郁李道我要學棋也要學畫桃

知不起悄令瑤華寫信稟知福王其時山東賊寇已靖接到瑤華之信即差一諭道一俟服首後即便回庄韓氏听說也覺快意不料服首後又接到邊報為四川重慶府奢崇明作乱大啟皇帝旨意令將山東得勝之兵移師征剿福王不敢不遵仍舊監軍星夜而去連寫信都不及只差个兵部差官到汴梁知會就令汴梁長史再知會庄上無碍子知道囑令瑤華瞞着韓氏不令知此消息不料未曾囑咐梨雲尽行告知韓氏一聞此信懊恨一聲竟氣絕了瑤華令八个子女哀慟異常無碍子代其料理喪務一面飛報福王並稟明掌理家務又飭令史請地師擇地建坟庄上做了七七四十九日水陸道場瑤華斬衰重麻椎代

134

十步便要人扶瑤華做人就像無碍子的行徑高似我的斷不肯下氣低似我的到概不計較和顏悅色之時自然居多而剛氣猛烈之時却也不測下人們都不敢輕慢一些他所敬者只有無碍子一人餘俱不在心上其識見甚高一日沈翠眉與潘桂兒因為收藏的海菜霉変彼此埋怨不小心潘桂兒出口便罵沈翠眉不依要掌他的嘴兩人攪嚷不清瑤華所見喚令兩人前來問此項海菜應何人管收沈翠眉道原應婢子管收到那應用之時才檢出交他們洗净了才發厨房下鍋年頭上曾經檢出交與潘桂兒他將應用的用了不應用的就藏在他那邊並不來繳還是我檢點少了一件才去問他他說已繳來了我並

135

未經手方才在他屋裡檢尋出來已是霉変了反說經管之人不曾吹晾所以壞了還要罵人因此與他講理又問潘桂兒你怎麼說潘桂兒道婢子記得已經交還他了隔了幾時又來問婢子要這東西忽然走到婢子房內尋檢出來焉知不是東西壞了他恐怕郡主責罰假在婢子房中查出以卸責罰他為人最刁所以罵他他反要來打婢子所以吵鬧起來的瑤華對沈翠眉道把你收好的別樣海菜拏出幾件來把方才在他屋子裡檢出的也拏來兩下一比若是他收藏的與方才在你房裡檢出來的霉得一樣是他的不是若兩樣了就是你的不是極容易辨的一會兒翠眉拏到面前瑤華令白於玉一包一包的打開

136

看守庄子又有一封信與師父的都傳進來了韓氏一病仍未起床遂去請了無碍子來坐了將外邊傳來的話告知又將書子遞與拆閱無碍子道王爺為搬運庫藏在此托我照管這不消說是我身上的事韓氏道師父住在那邊這一邊的事如何照應得過來不如移到這邊宿罷無碍子道那在乎此你們庄上的事我那一件不知無關緊要者我落得不管有大事也不肯看冷眼大人放心韓氏千恩萬謝無碍子就起身回去了看官大凡做小說的有話則長無話則短自從福王出征韓氏卧病這邊甚属清靜只有瑤華那邊尽心學業光陰迅速倏忽已過了三四个年頭瑤華人本聰明又加無碍子寔心教導連那八个

137

來庄收貯須要迅速毋許遲緩令史答應出去赶辦這裡張超然已將其子縛送進來一同跪下請罪福王道你驗明了沒有超然頓首認罪請將其德即時處死福王道念你平日辦事還好免你兒子一死可即報名入册送入宫內服役如果小心謹慎照常看待倘別有違犯必不寬宥其德頓首泣謝福王即令超然起來辦理報名入册之事其德發與看守宮門太監教導並將藏選香發交張超然收領訖令史們已將諭帖辦齊請福王簽發即時遣人賫往又將在庄出入租穀銀錢賬目呈送查閱福王稽查了一會方退回寢宫瑤華等已進寢宫請晚安了仍[illegible]一会晚膳畢才回藝圃福王仍要在韓氏處歇宿韓氏辭以身

上不分便福王只得出往上書房住了傳喚這些宮女入侍取樂每日閑清理庄上一切事情却也怡怡的不得空閑倏了二十餘日汴梁已將四庫金銀運到福王又令正副史于寢宮後進改設庫房西邊作為金庫東邊作為銀庫置備架櫥櫃櫃齊全逐一兌收明白瑤華又忙上好幾天福王在庄不知不覺住了五十餘日正欲回汴梁府中忽然汴梁長史報到萬歷皇帝晏駕凡親王以下都要進京成服限立刻起身福王進入寢宮將此事告知韓氏當將倉庫一切鎖鑰交與查收一面促令婦女收拾行裝福王復出上書房傳令史進來吩附查明如何搭蓋孝棚及一切儀注開送以便在庄上婦女成服韓氏忽差侍女請福

王進宮福王轉入問是何事韓氏道我兩日好三日歹身子甚覺支撑不住想成服後必須每日舉哀拜跪恐怕勞碌不起可好叫瑤華代我行礼麼福王道也使得倘有不曉得的事可與師父斟酌不一會車馬報齊即便啟行而去這裡令史們又忙个不了三日後喪事已俻辦齊全每日只是瑤華到這邊來行礼合庄人都穿素服過了四十九日纔釋忽又接到汴梁長史來報立的新君是泰昌皇帝在位一月又賓天了重新又辦起喪棚喪服來足足忙了三个多月又一日汴梁長史又有報來說山東賊匪作亂新皇帝是王爺的姪子王爺面奉旨意充作監軍出征去了有王爺的諭帖諭知我們在庄內外男婦人等小心

雖有些霧却都在浮面中間尽是好的把那檢出來的一包打開過身翻到底而且連包袱都潮濕了瑤華向桂兒道你自家去看你冤屈罵了人還要吵嚷桂兒看了無言可答瑤華問道你可心服麼桂兒只得認了个錯瑤華令白子玉把桂兒打了三掌吩附道再敢倔强拏來打鞭子于是衆人都服其斷見且暫擱起再說韓氏這邊從福王去後準準的醫治了一年才得起床而面容消瘦痰嗽不時又調養些年始復本元精神則大不如前矣繼而淹纏不清漸成了癆瘵竟不能起床了瑤華全這八个子女殷勤奉侍無碍子又令令史們各處延請高明醫士胗治如石沉大海毫無效驗到弟三年亥春日重一日無碍子情

保守禧年秋間因蝗蟲災荒嚇得我日夜不安得這八个子女不過七八年間武藝俱各嫻熟了那繼有恃無恐還說往後時世不靖汴梁庫藏亦可搬運些來此間堆貯也可放心福王道庫藏貯在汴梁自有城池軍兵護衛此間何能積貯韓氏道王爺還不曉得師父的武藝哩他若在雖有三五千人馬來他可以法制福王咋舌道有這樣武藝麼韓氏道王爺狠可放心福王道既是這等我有什麼不放心的待我遣人往汴梁搬運些庫藏收貯在這裡遂對瑶華道你去請你師父來寢宮我有話與他談論並非是無事勦擾他瑶華稟道師父吽女兒來代請父親的安他性喜清淨不教人見他福王道你先去回說既在我庄

126

說有不見面的師父是方外不來也罷我如何不去且這新造的花園我還未認識你先過去罷瑶華听了遂入房辭了韓氏和道八个子女簇擁而回便將王爺要過來見的話與無碍子說了無碍子遂令各執事婦女迎接伺候並代我謝辭衆婦女答應各爲整備不一回那邊官女來報王爺過來了瑶華領仝衆婦女接入中堂叩見了福王就問道過師父爲何不見衆婦女道師父吽奴婢們辭謝王爺福王道他是師父自然這樣說你們傳我的話說務必請出來一見白于王同黃金釧進去一回出來禀道師父說他是方外人不知礼節王爺既必定要見休要責備福王不在乎礼節只管請出來只見門帘開處無碍子穿

127

着道服出來向福王稽首福王也站起身來回了一礼無碍子就在東邊上首坐下福王把無碍子上下看了一遍人雖標致眉間隱隱似有一股殺氣不敢涉邪遂說了些寒暄閒話又道及些朝中的事無碍子只不開口听了一會便起身道方外人不知世務不敢奉陪了遂走了進去福王又去楼上看了一回也就回宫只有瑶華同衆婦女送出來福王回到上書房即傳令史副史們諭話不消三兩刻齊集階下福王喚副史張超然道你充當副史好無法度超然不知何事冒犯即時跪下福王道你有老大的兒子怎麼不嚴加管束致有撬門入室行奸之事這還成个體統麼超然道副史的兒子名喚其德日在身旁使喚

128

並不敢有犯奸之事若果有証據副史即時綁來請王爺處死不敢姑息的福王道你連个兒子都不能管那裡還做得副史來我且問你你兒子于正月間可曾因病睡臥幾日麼超然道有半个月後有起床福王道這麼你就回去驗驗你家兒子的下身還有沒有這就是証據了超然即時扒擗出去了福王又喚令史趙成道你是个令史官手下副史都要你約束怎麼仝不留心致有這庄情事在你也擔有幾分不是趙成也免冠謝罪福王道以後俱要小心在意再犯並究令史同各副史俱各領命福王遂吽令史寫一諭單差人發與汴梁府中長史知道教他派撥兵衛將天地兩字號金庫同露結兩字號銀庫一併護送

129

險作醉魚矣他見無從下手忽把薌遠香房門推開奈遠香酣卧不覺竟被下種而去我初意卽欲飛劍斬之因念他是張超然之獨子姑容他留个後裔然其罪較重已將他宮刑了後來可撥與瑤華做个貼身服役之人韓氏道怎麽不見張超然仝薌遠香稟及無碍子道此事須待三四个月后自然發覺但王爺不日回庄我故先為說破使王爺也知利害韓氏雖强作點頭而意中甚為醜靦無碍子道夫人不必掛心此處欺宿與寢宮有何分別益為此輩心存邪念致疑慮可以不必盡行告訴王爺致啟疑團韓氏所說方始及憂為喜膳畢卽回寢宮暗暗誠服無碍子之作為且心上自忖以后不可大意又隔了月餘這日

忽報福王離庄不過十餘里卽刻到了韓氏自然預先備辦一切伺候並着人往藝圃知會令瑤華率領八个子女到這邊一仝迎接不多一會福王到庄先在外殿有令史副史管事人等稟知出門后一切情事然後轉入寢宮來韓氏同瑤華在正間滴水下伺候先有宮娥使女在宮門接入等到上殿在椅上坐定遂各跪拜請安福王一見瑤華便對韓氏道這妮子長成得恁了韓氏稟道今年已是五歲脚也裹了現在請个師父教導學習哩福王遂抱在身上坐了問其所學瑤華一一登荅口齒清朗心地明白十分歡喜又見有八个一般大的子女問是那里來的韓氏又細細稟知又問師父是那里請的瑤華也就將原委

說明福王意謂湊巧得緊令瑤華傳語令師父明晨來見韓氏又將無碍子的許多能處誇述了一番又說他輕易不肯見人是一个有道德的女冠正說着已擺下膳來韓氏同瑤華陪用了瑤華先自稟辭福王令太監們送回這八个子女也一仝跟隨而去常言道新婚不如遠歸況這福王平日以女色為第一件要務一到初更卽促就寢不消說是顛鸞倒鳳整夜不休次晨起身已見一羣子女擁着瑤華進寢宮來請安畢站在一旁福王遂問韓氏道這師父有多大年紀了生得如何韓氏道師父年紀已是五十餘歲生得也十分齊整看他面容只像个二十以外的様子福王道既然少艾何不還俗改粧也做个貴嬪不强

似出家麽韓氏忙搖手道王爺斷不可提他這師父道行深與犯他恐有傷損福王道他斷不致傷我韓氏道他不慕榮利又有法術王爺恐不能奈他何福王道他有什麽道行法術你們說得他這般利害韓氏道我也不知倒是他自已說起元宵那晚有副史張超然之子張其德撬門越進藝圃趁宮女薌遠香睡熟竟敢入房玷污師父恨其不法已將他淨身了一府中若干人沒有一人知覺的可是利害麽福王道張超然之子竟如此大胆卽凈了身待我出去着他報名入宮服役又問道這師父平日教這些子女學些什麽韓氏道據他說來先學武藝次卽讀書很覺有條有理他說庄子落在曠野之處必得些武藝才能

第六回　福王受劍仙冷落　韓氏因勞察云亡

調倚四和香詞曰

毆耐淫王惟好色預戒邀相憶求見何其堅且力
有甚的便宜得　別抱琵琶違內則雖是他人過
大限來時徒嘆息悔昔日中心惑

却說韓氏緩步走到藝圃先令一个使女去把守門太監喚一个來不多時喚到面前韓氏道我要偷看師父如何教導他們你且不必通報遂悶進墻門見天井地下排許多板櫈又釘下竹簽只見無碍子卸去裙襖在那裡教郡主和這些子女纔跳要跳過這些板櫈又隨手按那地上竹簽韓氏拚在隱門的門縫內張着他們一个一个見跳

躍如飛無碍子見有跳不如法者又自家跳與覷看口裡又說着身子先要起得高然後容易跳得過韓氏站得脚酸遂令報知無碍子忙入房中穿好裙襖出來接見韓氏道師父太費心了無碍子道也無甚費心要學這些武藝須自幼學習方可成功韓氏贊道師父寔在無事不精郡主有福才蒙師父如此教導待王爺回庄自然要來面謝無碍子問道王爺有信回來了麼韓氏道已早回汴城只在這幾天也自來庄了又見堂中擺了四張小桌每桌上俱攤着書又問道他們還要讀書麼無碍子道這那叫讀書不過教他們先識幾个字兒罷了韓氏復令瑶華到身旁問道你好生學着不要討師父打罵瑶華答應了又問

你累了脚了麼瑶華道用布纏了好幾日了那八个子女們也叫過來看了看都吩咐了話遂又令使女傳知那邊說我在這邊與師父談談有膳擺過這邊來使女們傳出去了韓氏又問無碍子道前日師父叫備一大些東西教他們一時那裡學得及無碍子道凡人幼小時心靈機巧何事不可學我每見人家父母過于姑息遂令子弟廢時失學寔是可惜故我不留餘地盡情教導使他們大來成个偉器豈不是好韓氏道師父慈悲肯用心造就人材也是功德正說着已擺下膳來就令瑶華同膳無碍子催令瑶華趕着吃了去睡明日好一早起來用工夫瑶華吃完了膳即便辭回仝白子玉進房歇去了韓氏且與無碍子

對酌無碍子道王爺不日回庄我先與夫人說知王爺本性好淫但見婦女必動邪念我不耐與他見面可先代我達知且我之培植瑶華也為他日後保庄起見不為無益他若另眼相看自當始終其事設有別生希冀冒犯休怪前已做有榜樣在那裡了也要教他曉得韓氏愕然道前日不見師父做有什麼榜樣吓無碍子咲道夫人自是不知但這小子存心已久韓氏道是那个小子無碍子道就是副史張超然之子張其德他先妄想于夫人以後忽又移到我身上我知他雖存此心還不敢妄作故尔置之豈知元宵那晚他忽發高興公然撬門越進藝圃來妄想天鵝肉吃夫人那晚醉卧在床幸而過房門緊閉不然夫人

還只一劍之苦不然我聲張起來還要累你生身父母其
德抬頭一看不是別人就是無碍子心中稍有主張遂道
師父我也有片刻趍奉之勞你忍心下此毒手無碍子道
你口裡胡說些什麼你剛纔所姦的乃是蘊遠香你要近
我的身恐怕你轉十個娘胎還不能彀哩你快伸直頭頸
我只一劍就斷送了你若再倔强我就亂砍了起手即欲
砍下嚇得其德魂不附體連忙跪下只求饒命無碍子停
了一停道也罷饒只饒一命你若肯從此聽我指揮受我
約束暫寬你一線之恩其德叩頭道多謝師父無碍子道
也還要你伏侍郡主你依不依其德忙又叩頭說都依都
依無碍子道既能依我你且站起身來其德聽說只得扒

起方纔站定忽見一道白光在眼前閃來覺得下身冰凉
的一遍把陽物剁將下來却不覺疼痛究吃了一驚竟
如木鷄一般無碍子從腰間摸出一包末藥來交付道快
把這藥滲上可保一命去罷無碍子旋轉身來就不見了
這其德接着道藥意欲解褌豈知褌已破碎這件寶貝已
落在地上遂檢出揣了將藥末搽好依然跳出墻去從屋
後轉到家中悄悄睡下一夜不睡又加驚恐上床就睡熟
了未到天明而疼痛難當又將末藥摻上聊以止痛足足
的挨了一個多月方纔收口已成了一個太監了且擱過
一邊再說韓氏那晚在無碍子這邊因酒醉了和衣睡在
藝圃一覺醒來纔知不在寢宮深自懊悔恐怕無碍子起

來見了笑話起着梳洗就回寢宮然猶宿酲未醒依舊躺
下因身子卑弱又感觸了舊病睡了好幾日纔得平復已
是落燈時候這日恰好永寧再生而庵的尼姑來問候韓
氏正與閒談忽見黃金釧過來禀道師父叫來禀知夫人
今日是好日子郡主和這些子女們上學也就要出來了韓
氏笑道孩子們還小這師父為什麼只樣要緊金釧道師
父說恐遲了不容易學韓氏道也罷由着師父就是了金
釧應了正欲轉身那而庵的尼僧又寄言請安金釧又應
了便回又見侍女來報道外邊令史衛進話來說王爺已
回汴梁不過數日內就要起身來庄了韓氏道曉得了遂
而庵尼姑聽見王爺要回庄知道有些事情遂告辭回去

韓氏也欲報知無碍子且要看這些子女們學些什麼故
也不留侯他們去後却不坐轎竟自扶了使女走過藝圃
來不知看些什麼下回自有分曉

閬仙評曰

書云國家將興必有禎祥國家將亡必有妖孽又云和
氣致祥乖氣致戾又云上有好者下必尤甚焉張其德
乃國之妖孽也氣之乖戾也下之尤甚也福王苟能屏
除慾念致力朝廷何致家庭有此怪異之事若無倒仙
在室截去孽根其流毒伊于何底其所以然者揔欲扶
持瑤華成器而收前言之三功也其經營慘淡之心亦
良苦矣

靠左另有一張小坑韓氏問道何人在此伴他歇宿無碍
子道我已撥白於玉在此伴他韓氏稱善外間也有兩個
坑是四個女婢睡的又到通連的兩間耳房內看是每間
有一坑是四個男童住的看完之後又到樓上眺望了一
回見左右樓房內所貯皆是置備的家伙什物韓氏道這
些孩子還小恐要隔了兩三年纔能上學無碍子道小時
有小時的功課我欲過了新年就要開館韓氏笑道但憑
師父的主意說罷遂各下樓韓氏見鋪設整齊各物完備
十分歡喜當晚就在無碍子這邊用膳纔回寢宮轉眼之
間已近年下府中大小事件不消說是忙個不清直到元
且過了遂各清閒無事合府婦女無非是耍錢吃酒終日

110

預備不覺又到上燈了韓氏備了酒筵專請無碍子賞燈
瑤華同八個子女一齊到寢宮來已是燈月交輝看移
時即便上席韓氏興致濃鬱吃個淋漓盡致一交二鼓無
碍子同瑤華告退韓氏趁着酒興必定要送他們過來也
不坐轎只扶着兩個使女步行前後殿上都張着燈綵又
看了一回纔同到藝圃韓氏一路趁着月光說笑不休大
家也只得隨着到了大樓下不想酒忽湧上心來吐了個
乾淨頭重腳輕就在西首洗翠房床上睡下各宮女伺候
了一天也各倦了遂倒的倒睡的睡燈燭自滅人聲寂靜
這個空裡就撳動了一個人你道是誰原來就是副史張
趙然之子張其德那夜酒後正無奈何出了家門口要看

111

大殿上燈火突然聽得藝圃這边守門太監知會那邊宮
內守門太監道夫人酒醉已在藝圃睡下了可關好宮門
小心燈燭守宮門的太監答應了各自去收拾睡覺其德
聽了淫興大發想今晚必有機會可圖遂瞞了父母換了
輕便衣服束縛停當悄自一人打從後屋扒上粉墻縱身
一跳已是藝圃的空地直至藝圃墻門見門已緊閉四圍
高墻無處可入再往門縫內一張見內裡燈火未滅遂拔
下頭上挽髮的簪兒用簪腳撬撥門閂因天時乾燥木門
寬鬆竟被他撥開了挨身悄入聞這守門大監俱已鼾睡
遂潛至崇本堂中燈燭俱滅黑洞洞不知無碍子睡在那
一間遂將東首房門一推見門得牢緊再往西首房門一

112

推也自堅閉又順着西廊下走去似有一門用手一推而
開竟挨身入去往坑上一摸像是一双小腳知是一個女
人想必是無碍子了此時色胆如天遂輕啟其衣成其好
事一溜而出你道所姦者何人乃是藕遠香因伺候一日
十分懶倦故爾酣睡被其德輕薄而去竟不知覺却說無
碍子打坐出神神歸後放出慧光一照知有奸人在室宣
淫乃是副史張趙然之子即欲飛劍斬之忽又回想將留
為後日之用且念及張趙然止有此子待其接續後嗣然
後處其罪孽遂悄然拔關先出以待那其德急欲潛回家
中不防無碍子在暗處手執一劍一手揪住其德道你這
賊子竟敢潛入我室任意姦淫罪該萬死快快伸頸受戮

113

玉道這人怎麽派入漿洗粗用单内無碍子道如何正好與蘇遂香對調韓氏遂將单子遞與無碍子換正也令站在一旁又看司厨宮女兩名单内寫着羅紈兒周青黛唤令入見到也潔净面龐都有三十來歲無碍子問周青黛道你們在宮中派何職事周青黛道本是司厨的聲音十分清亮韓氏道你偌大年紀聲音倒這樣嬌嫩青黛低頭不語羅紈兒忽笑了一聲無碍子道你這笑必定有因可說與我知道羅紈兒初時不肯說被韓氏盤詰不過只得悄悄的道他是石女遂大家都笑起來無碍子道這纔是得用的人狠好韓氏又看守門太監兩名粗用太監兩名遂道這真太監也不必看他遂傳與令史將撥來宮女太

監都發在新屋内居住使女們即領出交與令史去了又傳進選擇遷移吉日的帖子進來韓氏看是十二月十四日戌時進屋大吉遂轉遞與無碍子無碍子看了又在指尖上輪了一輪道這日子甚好韓氏遂叫傳與令史知道就是這日遷移無碍子道還少了一件事韓氏道何事無碍子道這新造樓房没有題個名字只教新屋兩字覺得不雅韓氏道就請師父題個名兒也好無碍子想了一想道有了這屋原為郡主學習武藝之所總名就叫做藝圃就寫個匾額用潤澤青石鐫刻嵌在墻門頂上韓氏道樓上樓下索性也題個匾兒懸上無碍子道也有了樓下匾額題個崇本堂三字用楠木洋青字樓上題好居樓三字

用洋青底黑漆字對聯留着等郡主大了自家題罷韓氏笑應了一聲無碍子另寫一单遞與韓氏遂令傳與令史赶做要懸掛好了總遷移使女接着隨即傳出去了又有使女來請用膳韓氏邀了無碍子回到堂中剛要坐下忽見瑤華飛跑的哭將出來滿地亂滚嚇得韓氏連忙抱起正要問明緣由早有宮女來報郡主奶娘死了韓氏道他好端端的是什麽病死得這樣快宮女們回道像個急中瘋韓氏聽了不免流淚嗟嘆無碍子從韓氏懷中將瑤華抱來不知所說何語安慰了一番不知不覺瑤華就肯聽了一同用膳韓氏即令管事備辦身後一切自此瑤華竟依傍無碍子眠食隔了七八日已是遷移之期人手衆多

已先擺設得齊齊整整到了那個時辰韓氏送無碍了同瑤華進屋俱坐轎到了藝圃各各拜了屋神遂同韓氏周圍看視一進墻門就有兩耳房東邊是守門太監居住西邊是粗用太監居住東邊廂房上兩間是浣浣宮女住下往下數間俱堆積日用一應食物西邊上兩間也是粗用宮女住下下邊數間就是庖厨走上廳堂俱有槅扇粧在二枋上空出一條迴廊走入西邊兩大間與耳房通連共有四間是上房使令之宮女所居瑤華伺四男四女的衣穿什物都安放在此又從西房先到東邊只見頭一間就是無碍子做房中有槅扇分別内外次間是瑤華做房中間用細巧短槅扇隔開另有房門内房是瑤華一張大坑

遂令使女傳出去置備當日無話却說韓氏與無碍子往看新造樓屋時那些伺候人內有一個管內務的副史張趂然的兒子叫做張其德年終十八九歲初知人道即仰慕韓氏的姿容眠思夢想不能夠一為親近這日出來喜出望外擠在衆人內看他一眼也是好的遂伸長頭頸望那第一乘轎必是韓氏豈知是無碍子不看尤可看了魂飛魄散再看第二乘轎乃是韓氏覺得不及了竟把想韓氏之心頃刻移到無碍子身上去了隨着轎不轉眼的看他入去又呆呆的等他出來直送進宮內神魂顛倒竟欲隨轎進去被守宮太監打將出來方纔知覺遂細細打聽就是此人搬入新屋內住又不覺手舞足蹈原來他家就

住在東首小門口的側廂內自謂可以到手日日打聽搬的日期猶如得了做親的日子一樣快活你道可笑不可笑也是他命該如此所以發此奇想此是後話且擱過了另說再講令史將發出要派宮女及挑選子女的原单寫信寄與汴梁長史不敢遲延趕着派齊送來庄上令史隨往宮門稟知韓氏邀同無碍子到書房坐定先叫挑選的子女進來一會兒都來齊齊叩見韓氏叫他們走近無碍子身邊聽候挑選無碍子一個個問些閑話撫摩頭面又拉手細看挑來挑去選了四男四女都是眉清目秀體態端莊的韓氏看了也覺可愛其餘的發還本家就這選定的八個子女看那单上開着名字第一個男童名蕉葉是

陸家次子第二名男童名桃紅是畢家四子第三名男童名荷香是祁家的次子第四名男童名柳枝是阮家第三子韓氏道這原來的名字都好不必改了再看那四個女童第一個名叫素蘭第二個名叫梅影第三個名叫梨雲第四個名叫郁李無碍子道題的名字都好一發不用改了韓氏道不但人兒好連名兒都取得齊整遂喚使女們領他們去見郡主一同領受又看所撥上房使令的宮女四名单上開着沈翠眉黃金釧蕪遠香裘素蟾遂令進見無碍子都令立近身來一一問話韓氏從旁觀看沈黃裘三人都生得面貌端方身裁窅嫋惟蕪姓這人較衆粗鹵及聽其聲音破而且大無碍子問道你是自幼進宮的呢

還是長大了選的蕪遠香道是緣坐入犯家屬分派入宮的韓氏道如此你不是閨女了蕪遠香紅了臉道沒有嫁過人無碍子道眉散腰粗必不是童身蕪遠香低頭悄說道路上被人蹧蹋過其實沒有嫁人韓氏道在郡主那邊伺候却不便遂令傳與守門太監轉發令史將蕪遠香仍令回宮另換一人抵缺無碍子道且點驗完了恐怕還有掂掇亦未可知韓氏點頭遂令站在一旁又看单上所撥漿洗粗用宮女四名潘桂兒林綠瓔花見羞白於玉韓氏喚令進見遂魚貫而入無碍子挨排看去都在二十以外忽見第四人年紀不過十六七歲生來體態不同眼眉秀朗而左眼角有朱砂㾦一點甚覺俏麗韓氏亦笑指白於

瑤華傳卷二

吳下香城丁秉仁編著

茂苑尤鳳真閬仙評

第五回 選子女備堂學藝 貪色慾一劍除根

七言截句兩首曰

選奴擇婢共珠帷 不學拈針理繡絲
歲月潛修文武藝 要將名姓唱丹墀

笑爾迷花滋味長 如天色膽正飛揚
幸逢一劍除根早 免似雄狐陷世償

話說無礙子見韓氏吩咐去了遂道我聞得皇家制度子女上了書堂後就要撥人伺候伴讀韓氏道有的前次聽

見王爺說過無礙子道既有這個道理夫人可吩咐令史去對長史說往宮中家奴名下要與郡主年紀相仿的家生子女挑二十名來待我選擇清秀有福分的男女各四名就夠了上房使令與那伴讀的子女收拾頭面裹脚的女人也得四名韓氏想道要得狠師父只管開在单上無礙子遂提筆寫了又對韓氏道漿洗衣服粗用打掃也得四個婦人韓氏道必定要的只是此間離大廚房甚遠只好另設一個廚房了無礙子道這也是一定要的又須廚婦兩名守門太監兩名担水抬物太監兩名照单開來已有二十二名韓氏道可要買辦一名無礙子道這可不必這屋內都是婦女買辦必是管事人不便出入只要就上

房使令的婦女內揀選一名總理其事日常需用什物開单令太監傳遞出去也甚便易韓氏道甚好遂接過所開单子令使女傳與令史照单撥齊送到寢宮內揀選定了再行分撥遂令傳齊轎夫仍廻寢宮與無礙子閒話無礙子又遞一单與韓氏看道這些東西一件也少不了韓氏接來一看都是書籍文房器具並定做小弓箭鎗刀戈矛棍棒無一不備紙尾又開琴棋畫貝碑帖及双陸投壺鞦韆架索書板之類下皆又開沙袋沙袋木椿鐵椿石毬短石柱高低板凳大小木梯竹笭等物總共有五六百件韓氏笑道這些武藝如何都學得來師父所望過奢了無礙子道這還是急用的東西往後所需尚未開出來哩韓氏

数日走到無碍子道邊來問可要衣服替換無碍子道我從不替換衣服韓氏道穿久了豈不骯髒無碍子翻過衣袖與韓氏看道可與新洗的一般韓氏用手摸着果然白净又嗅那氣味另有一種幽香却與自家身上不同更覺吒異無碍子早已知覺咲道夫人身上的氣味自是不凡現在享的荣華富貴就從此氣而得我這氣味是工夫修煉成的皆從夙根上發出大不容易韓氏點頭稱善正説着只見一个使女來報道方才宮門的太監來説令史在外邊禀知新道房屋俱已完備了請夫人看驗收工韓氏道曉得了叫他候着使女自去回覆韓氏對無碍子道師父可高興仝去一看有什麼不合意處好教他們更改

94

無碍子道使得韓氏便吩咐使女令傳轎夫伺候一面回到房中裝束更衣邀仝無碍子一起上轎出了上背房就轎東首小門内早已望見新造的楼屋周圍是一圈白粉墻正中間兩扇門約有兩箭路就到了轎直抬進門内纔下韓氏仝無碍子下得轎來看上面是五大間楼房十分高厰兩旁另有耳房四間往下一看東西各有廂房七間門道屋也是七間俱是廻廊欵式四圍上下都有朱漆欄干其中椅桌床鋪日用什物無不周備兩人于堂中坐下韓氏道這些房屋師父與郎上如何住得去無碍子咲道我兩人只兩間足矣但另有使令之人分派起來恰好够往韓氏道如此就請師父分派起來好傳與他們知道無

95

碍子令使女備下筆硯紙張自已走過書案邊坐下又請韓氏對面坐了挑着筆正要對韓氏説話只見使女説道令史在宮門上説回明夫人汴梁長史與他們信説王爺已從四川回到京中了皇上不叫回藩故在京中擔擱先有諭帖回來諭知韓氏道曉得了若王爺有信回汴叫他們預先報知使女傳出去了韓氏不知無碍子説什麼話來且听下回便知

閑仙評曰

福王原有三大罪元宵擺放花燈引誘民間婦女入宮挑選其罪一預備地裡鬼探听婦女陰私其罪二以勢凌逼寡婦再醮破人名節其罪三有此三罪故劍仙令

96

雄狐來此投胎出世以為將來代其償人之淫債也至劍仙之來亦有三端功行設立義園授業以待瑤華償夙孽其功一瑤華償夙孽即所以暴揚福王之惡多而消其肆淫之罪其功二彼能提拔一人而超上乘其功三此三端皆解釋消弭之道非令再造冤孽而陷人于獄底也觀者請自思之劍仙之所為即香城之構造乃一片婆心非浪費筆墨而圖名可想

97

分清高大來狠做得一番爭榮韓氏道女子濟得甚事師父直得如此獎他無礙子道非獎也恐非夫人所知韓氏遂吩咐宮女于對房這一間收拾干凈請無礙子住下遂各安寢第二日早膳後引着無礙子前後周圍巡視了一遍回到寢宮無礙子道府中房屋都不甚清凈且將來也不能教得技藝韓氏咲道女孩子家要習何等技藝無礙子道夫人不知這郡主不是凡間俗子將來可與仙籍若不習到文武全材如何教他積德累行韓氏驚喜道師父之言果真麽無礙子道夫人要想若是尋常之人我何肯輕入府中討此煩惱且我超拔一人也爲自家功德韓氏听了不覺動心遂忙起身拜謝又問道若府中無有静處

恐王爺不肯教師父帶他遂去無礙子咲道不但王爺不肯就是夫人那裡就舍得相離我見西邊有个箭所箭道想是王爺在裡邊習射之所不便借他的這東邊也有相仿的一處現係空曠之所若于此處另蓋五間大廳樓並廂開耳房狠彀住下了讀書騎射件件皆可夫人以爲何如韓氏道這也極易之事只要孩子得以造就那在乎此一處師父之命做了遂傳與令史画成圖樣造閣仍令管事人購買磚瓦木植所候興工一日無礙子與韓氏閑談遂問現在府中庫藏幾何韓氏道此間庫藏無多無非糴買歷年租栽存貯約來不過十餘萬兩金貯穀麥合來約有四五十萬石無礙子道王爺既以此爲別墅也應將宮

中所有搬運于此開分貯以備意外之虞韓氏深以爲然便道師父所慮甚是俟王爺來庄當爲提及旋據令史呈到圖式兩人按圖更改定了即發出擇吉興工王府作事自是迅速轉眼之間又交十一月十二日是瑶華生辰韓氏備辦筵席款請無礙子縱情暢飲瑶華是年已交四歲語言對答甚是清爽席間坐了一回先同乳母去睡了韓氏酒興甚濃欲令無礙子一醉殷勤勸敬無礙子並不推辭也無醉意韓氏遂道師父酒量大佳無礙子道吃也可不吃也可韓氏咲問道若酒字之下這个字也能够如是麽無礙子道有甚不能韓氏道師父自然還是童身無礙子首應韓氏道平時也有動心的時候麽無礙子道猶[illegible]

能運氣可以抱制韓氏道何爲運氣無礙子將胸前衣襟袒開露出雪白的兩个奶來先令韓氏將手撫摸韓氏用手撫弄其个順滑如綿又令使女們來試摸皆說與尋常人一般無礙子忽然一挺胸膊兩奶硬如生鐵衆以爲異無礙子道你們不拘用何物搥打都不妨就有一个孫了頭拿了一根鐵戒尺敲上一下霍然有声到把鐵戒尺擊將轉來幾乎把頭敲破于是人人悅服愈信不是等閑之人韓氏又想他既是女身怎麽全我們各樣我且留心看他從此每夜必着使女們探其動靜个个回報說師父晚間並不脫衣卸粧只是打坐到天將要亮時就起來了也未見他梳洗過說來都是一般韓氏從此更加悅服隔了

遊説來又閒談了一回韓氏即時邀了無碍子一仝回庄
能覺道路途甚遠再無不用了早飯去的能修也再四款
留韓氏不好却意只得住下早又擺下膳來各人坐下韓
氏仝無碍子先吃酒能覺能修與瑞華即時用飯無碍子
對能覺道我承夫人來意真誠不能不往庄上去盤桓盤
桓若我去後還有那些無頼棍徒來此作賤你可打發个
人來知會一声我再來處治他們能覺道自從師父前番
舉動了兩次他們已知利害故一直清静到如今倘再復
萌故智自然要請師父設法無碍子道還有什要緊囑咐
你廚房離你方丈大遠柴火務要小心能覺答應了幾个
是遂各膳畢宮女了頭各各收拾韓氏吩咐道你們赶看

86

吃完了快傳知官轎的喚齊人夫伺候宮女們答應了不
一會來回明都伺候齊了韓氏即令宮女搬出礼物來無
碍子處是一柄玉如意一串挪南数珠四疋淺淡顔色濮
院綢四疋本色濮院綢代瑞華送贄見礼白銀四十兩赤
金元寶两个各重十兩能覺處送密蠟数珠一串鍍金袈
裟如意鈎一枝藍布十疋白布十疋香金四兩能修處送
椰瓢数珠一串羊脂玉戒指一寺沉香色素杭綢一疋白
布一對將礼物配好一分一分的當面致送無碍子吠道
我要這些東西何用且從無箱籠也無處収藏請夫人仍
舊収了韓氏道我也知師父不稀罕這些東西但我們俗
家只可送些東西以見誠意不然何以為情師父原不在

87

此然亦須暫収即不自用也可轉送做个人情無碍子道
既夫人如此説我在此間打擾了能覺多時可將贄見礼
内白銀四十兩轉送與他聊盡我意此外東西只算我収
了或到貴庄别有用處再向取用何如韓氏道這却使得
能覺能修也推遜了一回也只得収了各各拜謝遂邀無
碍子一仝上轎起身能覺能修送上了轎才回且按過這
邊再説無碍子同韓氏瑞華一逕回庄九月内天時甚短
六十多里路趕到庄時已將近點燈了管事人等早先赶
回備了燈籠火把接來遂一仝進庄在大殿上下了轎邀
請無碍子到了寢宮各人見過了礼然後歸房卸粧外邊
已擺晚膳了遂入席用膳韓氏道今晚匆促暫請便飯隔

88

一日再專誠奉請無碍子道夫人可以不必我是雲遊之
人那些飲食不甚着意你要暴殄天物韓氏道也不過尽
一點礼不一會膳畢大家坐着閒話韓氏把瑞華想念的
一番意思説了又道我意欲留師父住在庄令郡主拜從
不知師父可肯収納否無碍子道行何不肯只是須先稟
知王爺方敢應承韓氏道師父放心我的話説去王爺再
無不從的無碍子道原來如此那就可以但我愛清净不
耐煩冗未識府中有多少房屋須先領我周圍看視擇个
静處方可住下韓氏道這都容易待明日請師父看視當
下就令奶娘攜了瑞華與無碍子拜了八拜無碍子直受
無辞拜完了就摟在身旁撫摸着又對韓氏道這郡主天

89

道好幾个人物在茆舍邊遂將手指道這不是麽韓氏立起身來走近画邊一看果真有兩个人三匹馬在墻外又見墻内草堂中也有兩个人在那裡坐着但不知是何古典遂問無碍子道旣師父說是古典自必有名有姓的了我却看不出來請師父指示明白無碍子道這是三國時古典墻内草堂中坐的兩个人上首一个是劉玄德下首就是諸葛孔明墻外的兩个人一个是關夫子一个是張將軍這是劉皇叔三顧茅廬的故事韓氏听說也就懂得了又細看了一回無碍子道我們再到後邊枕漱亭上游玩罷韓氏荅應隨各起身又從雪洞沿墻梧桐樹下往東約來一箭之地早見一个亭子盖在池塘邊靠着右邊是

座假山看那山石甚覺玲瓏剔透能覺道那座假山有這樣的玲瓏的山石只怕是鑿成的罷無碍子同韓氏一齊大咲道那裡有假山是鑿成的能覺道若不鑿成那裡有天生這樣玲瓏的無碍子道天生玲瓏的山也不知多少却不能栽來堆假山這堆假山的乃是太湖石將大塊的青石沉在太湖内由水流冲激年深月久就能如此玲瓏了能覺道這也奇怪水何等柔弱石何等堅硬到能穿鑿得如此玲瓏韓氏道所以說柔能克剛正說着已到亭子上有一个宮女抬頭一看道夫人天色變了恐怕又有雨來于是大家抬頭一看韓氏道我們走罷若再阻雨今晚就不能去菴中了鋪陳俱未帶來如何歇宿無碍子道可

惜花園只游得一半韓氏道改日再來暢游一回無碍子道這麽就從山洞裡出去就是我們吃飯的地方了仍是無碍子先走曲曲灣灣的走出山洞來真个就是花厛韓氏即吩咐宮女傳知付史打轎回再生菴去大家仍在花厛上坐了一坐一會兒宮女來報齊集了遂仝出園門各各上轎宮女丫頭也坐上了車人夫們恐怕淋雨飛的赶回不過一个時辰已到再生菴了自有道婆出來開門能修也隨着出來在大殿簷下站着無碍子仝韓氏下轎進菴一眼就見能修道你也來了麽幾時到的能修一一見了也回荅無碍子道別了師父又將兩年了再不曉得又在此地會着韓氏道人生何處不相逢大家都道山水

也有相逢日人的聚散是不能預料的能修又對無碍子道弟子幾來不過幾天聞得師父到來久了無碍子道我仝你別後原要到山陝去一游路過此間風俗到還淳朴故暫停游足韓氏道師父寔寔快樂想是天下都游遍的了無碍子道也還有未曾到的韓氏道游得倦了也須安息安息能覺遂邀入方丈坐談其時已將黃昏時候不多時點燈擺膳席間言來語去甚覺投機膳畢後韓氏邀無碍子仝榻無碍子道請夫人自便我有禪床可以打坐遂各回房安歇一宵無話次早韓氏起身宮女丫頭們伺候梳洗了出房來看那天又晴正了已見無碍子仝能覺能修都來方丈在那裡談論說這一場透雨人士還可救得

何如夫人也難得到此的韓氏道這个自然韓氏還要勸
無碍子的酒無碍子道今日且游玩花園俟到了貴庄正
有得奉擾奉陪哩韓氏道既如此我們竟吃飯罷了頭們
听見送上飯來不一會就吃完了催令宮女丫頭們赶快
吃了好仝去游玩無碍子道這園内我常來的路徑都熟
由他們去吃飯我們竟先去游起來何如韓氏道狠好能
覺道我來抱了郡主一同去于是無碍子前走韓氏其次
能覺仝瑶華又在後往西走去劈面一座大假山山上也
盖着兩間小房子無碍子回頭對韓氏道夫人可能上山
去游玩韓氏回道怎麼不能只要師父走得慢些就好無
碍子道我是並不快走時特等着夫人哩能覺道師父你

78

也是一双三寸金蓮怎麼就會坦然而行並不像裂脚的
樣子無碍子咲道如今這些裂脚的女娘自有手下人換
扶自然從小就慣了我們出了家孤身隻影還有那个來
換扶不知不覺一天一天的也就慣了話未說完只听得
後面阿唷一聲回頭一看已見韓氏坐在地下上不上山
了無碍子忙道夫人為什麼韓氏咲道就是師父所說手
下人換扶慣了所以上得不多幾山岡就上不去了無碍
子道如此夫人挽着我的膊子且上那小屋裡坐了等他
們來再走韓氏道這如何使得無碍子道這怕什麼遂用
手將韓氏拉起一步一步的扶上了山轉到小屋內坐下
韓氏看是三間小書房收拾的極其精雅掛着許多名人

79

字畫兩間是廠的一間是住房門兒鎖着跳開窓往裡
一看架着滿滿的一房書能覺將瑶華放下請韓氏仝無
碍子一齊坐了韓氏道看來這个花園也還寬大無碍子
道大却不大從前布置的人好所以顯不出底蘊來正說
着只見奶娘仝着宮女丫頭找尋來了無碍子道我們轉
到花楼上去眺望一回遂各起身仍是無碍子前走反從
書房後走出下了幾級山岡就有粉墻攔截界轉一灣小
湧就有一个小門將門推開只見是五間大楼楼上也鋪
設得齊整遂各走到當面憑欄眺望看得甚遠韓氏指着
南首道這一帶烏簇簇的好像是个鎮市能覺道那塊和
近信陽關原是一个鎮市往下一看乃是一个大魚池池

80

内還有兩隻游船泊在楼下石砌邊無碍子道夫人可要
歇足韓氏道這時候還可以走得無碍子道如此我們下
楼到池那邊雪洞裡去歇足罷遂先下楼梯韓氏同能覺
隨着下楼到得楼下只有三間抱座兩頭的兩間也夾做
住房遂又從西邊轉出即是一條九曲石板橋透透宛宛
的過了池塘對面是雪洞走入裡邊乃是曲房深院甚覺
深邃遂各走了一遍看不尽許多陳設事件仍回到前間
内大家坐下歇脚韓氏看上面掛着一幅横披乃是雪景
遂對無碍子道雪洞裡邊必定要掛幅雪景的画兒幾襯
得起這个雪字來無碍子道夫人沒有細看雖布置的雪
景其实是画的一庄古典韓氏道怎麼不見人物無碍子

番窪事　卷一　第四回　四一

81

起自滴滴岩結以空空洞此乃首尾旁環之意也引入
無碍子用着兩个尼僧是為起首瑤華游道也遇兩个
尼僧是為入逕歸結時仍是兩个尼僧來庄是為收煞
且是一線穿成方以物聚人以類分此乃鍼線之意也
雌狐是堅守老狐第一个層次雄狐改念是行老狐第
三个層次追至悔過服善仍行老狐第二个層次此分
經之意也瑤華一見無碍子刻刻不忘是有夙念在心
韓氏必邀無碍子孜孜不倦是因凶年為偷又韓氏往
滴滴岩請無碍子是迭逝三四瑤華到空空洞覓無碍
子亦被阻隔三回章法井然與開端立意不爽分厘至
在顧家花園見三頭拳庐圖画則又隐然高抬無碍子

74

身分不可不知

第四回　邀得劍仙來府第　創成藝圃啟蒙童

調倚滿宮花詞曰

睥睨踪蹤意氣勝似到門投刺真言指點再三邀
別自一番情致　得驗基從布置開藝圃于斯地
便教頑石也點頭況是精靈狐魅

話說韓氏回過頭來見了能覺道呵喲我們俗的多是葷
菜叫能覺師吃什麼呢能覺道多謝夫人掛心貧尼也帶
有飯菜遂于袖內取出个包來韓氏接過手來打開看時
多是極精致的小菜遂道能覺師好用心正說着茶已送
到韓氏便令了頭們移椅就桌請無碍子坐了首席能覺

75

第二位韓氏外向瑤華下陪先吃了茶飯菜亦即連連而
上韓氏又送了無碍子的酒那無碍子並不推辭想來葷
也吃的了遂一遞一盃的飲着韓氏開言道師父你叫我
尋得好苦無碍子道何敢勞動夫人見訪韓氏道那日在
永寧菴別後約請師父到庄上須要敘第二天一早就打
發轎來以後靜緣來報師父並未回再生菴我又隔了一
日復令淨緣再到再生菴能覺處奉請知道尚未回菴因
欲兌發粮食不得不回庄一走不然那日就要來滴滴岩
相請因而又擔擱了數日我望師父已是度日如年豈知
我那郡主望得尤切故特特今日趕來相請到庄上須要
須要務望師父鑑我母女誠心切勿再有推托能覺亦代

76

為傳述了一遍無碍子咲道難得夫人美意自然要來庄
一走韓氏道不用另作主意我請師父的那乘轎子已空
擡了三回了無碍子道直如此費心麽這斷不好却意待
天晴了就一仝回庄就是韓氏道足見師父慈悲瑤華听
了也就嬉咲起來能覺道你看听說師父仝回庄上連郡
主都嬉咲了寔寔湊巧無碍子對韓氏道郡主的福命甚
好夠他一生受享但他前生孽債甚重須要積功累行方
能消除韓氏道但求師父着寔指示明白我好遵教替他
祈禳無碍子咲道也好也好韓氏又令宮女們斟酒上菜
與無碍子一盃照一盃十分歡暢能覺在旁看天道雨到
止了我們吃完飯也到各處游玩游玩看看他們的園景

77

荒歉管事回道夫人在轎内看不仔細如今田内的麥子膏粱只有稈子穗頭早被蝗蟲吃得乾乾净净那裡還有人吃的正說着只見斜刺裡一羣男婦飛奔的往前去了韓氏道這一羣人赶着往那裡去這等匆忙管事的回道都向歸德府裡去告荒求賑的韓氏心下想道果真大荒了不一回已到庄上遂發匙鑰與令史們開倉照數發兑赶運汴梁去了次日一早只見守宫太監來禀道外間多少飢民來求施舍令史來請夫人示下每人給他多少粮食韓氏道叫令史酌量着發給就是了隔了一回又听見人聲沸騰韓氏心上十分驚慌直到下午緩靜因令了頭去問令史發了多少粮食去停了一刻來回道飢民每人

發一升去了五石的光景韓氏又令去問道如今田地上麥子膏粱被蝗蟲吃去了還能補種得別樣稞粮麼了頭答應了出去記不清楚這些話到是宫門上大監听見傳了出去復又令了頭進來回道據令史說如今還是秋天正好補種稞粮因天就旱不能下土只要一場大雨才好補種韓氏听了望那天上一點雲彩也沒有每日一早就有飢民來吵擾韓氏坐立靡寧不知不覺挨過了四五日當晚就吩咐令史雇夫仍往再生菴去並令將空轎仍舊同往旁邊了頭道前日婢子知道夫人隔幾天仍要去請師父故叫管事將空轎寄在菴中韓氏听了道狠好遂即安寢次晨早起梳洗竟往再生菴來且按過一邊再說那

滴滴岩在于何處就是從前雄狐所穴之南山一帶相離不過三十餘里因山勢趨西漸漸低下山岩中有个石室相傳有人于此修煉飛昇因山泉下流滴滴不止人都呼為滴滴岩又叫珍珠泉居人于春秋掃墓時都往游覽平時人迹罕到這無碍子雖寓再生菴究屬大路口欲代人報仇雪恨恐駭人听聞不便作為故常在滴滴岩暴行却不知韓氏遂次來請然保護瑶華却時刻在意這幾日處了好幾件事作意回菴行至殯家花園忽然大雨如注遂避入花園門首暫時躲避遠望見一簇轎車飛奔而來先有數人赴來敲開了花園門說欲入避雨管園人听說福王府中内眷不敢怠慢赶着拂拭打掃轉眼間轎車齊

到園門窄小大轎不能抬入遂于門首下轎韓氏甫出轎門已見無碍子遠立在園門首急忙招呼道師父你倒在此間無碍子回頭見是韓氏亦即趋上前來道夫人有何貴幹直到此間來韓氏道師父你叫我尋得好苦無碍子道外間雨大我們且到園内慢慢的講一回兒能覺也到奶娘抱了瑶華也出轎來遂一同趋入園門在三間的一座花厅内坐下韓氏忙令了頭傳知管事備茶一面就端整午飯來吃回過頭來見了能覺忽然道阿喲不知韓氏為何驚訝起來管教座客長齋無下箸主人偶憶自驚心畢竟如何處置且听下回分解

閒仙評曰

西了遂道也罷竟是明日早走再打攪能覺師一晚能齊
道這也狠便就恐怕床鋪不潔凈討夫人的嫌韓氏道你
們出家人有什麼不潔凈遂令了頭們斟酒道索性放量
醉他一醉凈緣道夫人的量大可惜沒人陪得過韓氏道
你的量也不淺好意思叫我一人獨醉了頭們會意早又
送上一滿盃來大家照飲能覺道夫人王庄上我從未到
過那裡還鬧熱麼韓氏道孤另另的一个庄子有什麼鬧
熱能覺道庄上自然還有積蓄韓氏道你不听見汴梁宫
裡要到庄上來打粮食能覺道現在存有多少穀麥韓氏
道也有个四五十萬多能覺道阿喲如此年歲狠不放心
韓氏道我也在此擔憂回去就要知會営裡撥兵來看守

能覺道撥兵看守不叫與他口粮麼韓氏道這恐不能免
能覺道若得我們這位師父到庄就有个整千的強人他
也能够抵攪韓氏道這位師父的武藝如此高強麼能覺
道夫人你不知道他的本領多着哩能修道師兄你說的
是那位師父能覺道這位師父現在掛搭在我這裡他名
叫無碍子是个帶髮修行的道姑能修道可是白白凈凈
絕標致的一位據他說有五十餘歲望去只好三十來歲
可是這位麼能覺道一些也不錯你在那裡見過來能修
道前年秋間我往南海普陀山朝香在山上就遇着他因
見他臉上另有一股清氣我就估量他是个非凡的人當
下就與他見禮問訊却又一團和氣但他不叫無碍子另

有个名兒我一時想不起了我就與他一處住下盤桓了
十餘日見他身邊有兩个金弾丸據他說是兩口劍好不
利害常常為着別人的事要他乾生氣想來被他殺的人
也不少了韓氏道他殺了人難道不要償命麼能覺道他
這兩个弾丸會飛去殺人的那知道是他韓氏道吓這怪
不得你說可抵攪得整千人如此我急急要去請他到庄
凈緣道明日夫人先要回庄然後再來請他可是麼韓氏
道自然先回庄去把粮食發運了再往澗濟岩去請他以
見我的虔誠能覺道狠是這位師父斷不可錯過了凈緣
道夫人回庄了約莫隔幾天來韓氏道今日是十八大約
二十三四之間凈緣道這幾日我菴中正有事恐怕不得

奉陪韓氏道你有什麼要緊事凈緣道中秋節要到了過
年的粮食還欠缺不免要收拾些小菜菓品到各家去送
送也好化些齋粮度日韓氏道這却少不得的能覺道既
是師兄未暇夫人竟可一逕來小菴待貧尼奉陪了如何
韓氏道也好講了半日的話連酒多擱住了慌喚了頭們
斟酒道婆又點上燈來韓氏即令瑤華先取飯吃奶娘鮑
氏即忙盛上瑤華吃飯後先同奶娘去歇宿了韓氏仝凈
緣暢飲了一回然後用膳畢又講了些閑話才各安寢一
夜無話次晨韓氏赶早起來梳洗用些點心即時起身回
庄在轎内見田地上麥子高粱依然長得好好的遂問管
事道你們說年歲大荒你看田地上都有粮食怎麼叫做

游到此韓氏听他声音嬌嫩另有一種討人喜歡的樣子遂道這麼是遠方的大師了能覺道他在蘇州松翠菴出家大好受用不知怎麼要出來雲游說罷大家坐定韓氏細看那方丈却不叫寬只有兩大間一間做房一間做客座面前倒有一片空場正中間一株大桂花樹樹枝像盤結得一斬齊的一層一層約莫有十一二層猶如寶塔的樣子淨緣在旁道夫人你看這桂花樹生得古怪麼韓氏道好一片心思看來也有百十年了不知費了多少工夫纔得有這樣景致能覺道夫人寔在見得真一會兒走了一个道婆出來擺下果碟請韓氏坐席吃茶韓氏道今晨是你令弟遠來應該請他首坐能覺道他是自家人何敢

62

僭夫人能修道自然該請夫人坐韓氏道我們是本地人如何好僭遠客靜緣又代謙遜了幾句韓氏遂坐了首席能覺拉淨緣坐了二位請郡主向外坐他弟兄兩个坐了主位道婆斟上茶來能覺按位送茶果韓氏向能覺道你這位令弟的法名我還沒有請教能覺道他叫做能修我還有一个兄長叫做能靜我同門只有三弟兄韓氏道怎麼又分做兩處且又相隔甚遠能修道家師也是此間人帶同二兄長到敝地雲游因而拜從的淨緣道也好留一枝在此間可為雲游歇足之地韓氏道茶果都已擾了可以掣去竟擺飯罷能覺道且請夫人暫用些須素齋還早韓氏道不勞大師費心我已辦了飯菜來的遂吩咐了頭

63

上膳不一會接一連二的送上菜來韓氏請能覺弟兄舉箸都回說是長齋遂道好得狠足見清修又送上酒來能覺兩个也辭道從未開戒只有淨緣陪着飲食中間又問能覺道你家這位師父日常所到之處畢竟你也有些影响能覺道貧尼寔也不知有時听他說起常在這南山之西有个滴滴岩是个石室甚覺清靜他在那處歇足的多韓氏道離這里有多少路淨緣道我知道這个地方約來有二十多里將近滴滴岩還有一个顧家花園有景致可以游玩能覺道不錯這顧家與我的胡檀越也有親誼新近又與周皇親家結了婚姻了可是這家麼淨緣道可不是呢韓氏道他既在你道裡住下如何又常到那邊去能

64

覺搖頭道他的事情難說淨緣道他在那裡日常幹些什麼能覺道我听他偶然說起一兩件事都是路見不平與人報雪冤伲你說怕不怕正說着只見一个宮女來禀道方纔令史赶來說汴梁宮中打發長史來庄上為北路年歲荒了沒有口粮接濟要來庄上運米麥請夫人回庄發匙鑰開倉韓氏道曉得了叫令史先回庄去我下午就回來宮女去不多時又來禀道管事們說道裡離庄有六十多里路就是這時候起身也要走夜路請夫人竟在這裡住宿明日一早起身的好韓氏道就走些夜路也不妨宮女道婢子听見令史同管事兩个商量說夜晚間恐路上有歹人還是明日早走的安穩韓氏抬頭看那太陽已過

65

還要拜見你家那位師父能覺道他兩个幾時認識的淨緣道大前日在我菴裡會見的所以當晚就打發道婆來知會說你家這位師父沒有回來如今可曾回來麼能覺道我知這幾日都沒有見他淨緣道怎麼住在一家他出入都不知道的能覺咲道我這位師父神通大着哩正說着听見菴門口人聲嘈雜這能覺赶着穿上大衣同淨緣接出山門韓夫人正在下轎連忙上前打了問訊請進菴門這些丫頭宫女簇擁進來早有管事人等送進香燭能覺接了代為點上拈了香又到第二層殿來礼拜畢能覺重新上前拜見各各坐下韓氏就問這位大師就是住持了請教法名淨緣連忙代宣了一遍能覺赶着要起身禀

茶韓氏阻住道不必大師起來我自有人料理你且坐下談談能覺遂仍坐了看見瑤華便問這位是夫人的小姐了韓氏道就是王爺的郡主能覺連忙改口道吓是郡主好个福相淨緣道郡主前日見了你家這位師父十分記掛今日特特的來請他去頑耍頑耍韓氏道那位師父今日是在家了能覺道這位師父的行踪無定就是貧尼也不知在不在請夫人暫歇一歇再到他房中一看就曉得在家不在家了韓氏道他居常也時刻出門麼能覺道這位師父道行高妙也不敢去察他行逕韓氏道他出入你那竟知道能覺道也不能盡悉韓氏道難道不由門户出入麼能覺道他的武藝高着哩像這樣房屋值不得他一

跳何用門户出入淨緣道他每常不在家吃飯麼能覺道有時也吃却不像我們一餐也少不得的韓氏道寔在好道行他房間在那裡我們就去拜見拜見能覺遂邀着各人灣灣曲曲轉到後邊來將到房門能覺先去將門推開一看回顧韓夫人道不在家不在家韓氏道難道這三四天都不在家能覺道貧尼輕易也不敢來驚動他所以不知幾時出去的韓氏遂令瑤華走入房間內一看竟是一間空房只有一張禪床在中間擺着此外一無所有淨緣也隨着進來看了道這位師父寔寔奇怪這麼空空的怎樣過日子韓氏咲道這是你們禪門中的兩句現成話能覺接道色即是空空即是色了韓氏道能覺師亦甚通達

淨緣道請夫人到他方丈内去賞桂花罷韓氏道也好淨緣道到你方丈的路徑甚是曲折你倒不妨前走能覺道如此引導了韓氏道大師先請真个轉灣抹角走了好些路纔見門上有方丈兩个字能覺先進門去只听見大声的道阿呀你幾時來的我竟不知道淨緣在後邊道想是師父回來了獨自一个倒在這邊韓氏也道是他遂急急走入乃知另是一个尼僧却不是無礙子那能覺已把這尼僧拉下來道你來先拜見了夫人韓氏上前看那尼僧雖然是光頭却生得十分清秀彼此見了禮韓氏便問這位大師何來能覺道就是貧尼同門的兄弟淨緣道寶刹在那裡那尼僧開口答道法弟不在此間出家從蘇州雲

得豐富了那净緣道我道菴裡比他什麽來若夫人要去
我就奉陪了去何如話未說完又見奶娘抱了瑤華出來
道郡主又要來問夫人那位師父來了没有那净緣連忙
接口道郡主我方才從師父那邊來他說還有些事料理
了不過這两三日就會來的你千萬不要性急瑤華把那
尼姑瞟了一眼道你好會撒謊方才還要同我母親去請
道會又這樣說法净緣听了拍手的笑道這郡主真在精
細韓氏對瑤華道你既曉得了還要來催什麽你只管頑
你的去等我仝净緣師議定了少不得也仝你去請就是
了瑤華听說仍同奶娘進去了韓氏便對净緣道我們約
定幾時去净緣道他菴裡有顆大桂花樹如今正開得茂

盛就這一两天去也可賞賞桂花韓氏道這麽竟是明日
去遂吩咐了頭傳與令史知道明日我同净緣師到再生
菴去賞桂花叫他多備一乘小轎今日打發去的那乘空
轎也隨了去好接那位師父來了頭出去吩咐了當下遂
同净緣說說笑笑就留他住在寢宫一宿無話次日起身
赶着梳洗用過了膳一仝前往韓氏坐了一乘大轎奶娘
與瑤華同坐一頂大轎净緣一乘小轎其餘宫女了頭都
坐手車另撥管事两名在路照應出了王庄終有十里多
路忽見烏雲蔽日那雲中有嘎嘎之聲野田裡又有一大
些人拏着長竹竿乱打口裡乱喊韓氏不知何事就叫管
事的到轎前問那管事的回道這些百姓在那裡赶着蝗

蟲韓氏道蝗蟲在那裡爲什麽望着空裡乱打乱喊管事
的又回道這滿天烏雲的都是蝗蟲恐怕他下田來吃麥
子所以在那裡赶打韓氏道麥子被他吃去田家豈不要
挨餓麽管事的道這蝗蟲從京師一直到這裡所過地方
田裡都空了恐怕又要做荒年不說途間蝗蟲之事再說
那再生菴的老尼名叫能覺是个向善修行的一个好尼
僧所以無礙子肯暫住下能覺招留之後看見無礙子異
樣的一種虔心不敢怠慢另外收拾一間房子與他居住
這菴内本有些香火田又得胡家按月發齋粮甚爲豐富
就有當地這些獺皮光棍時生覬覦不時來菴打攪雖有
紳衿之勢那裡只管與他們爲仇能覺亦無法可施自無

礙子到後這些獺皮誤認爲帶髮修行的混帳道姑又生
妄念被無礙子打得這些獺皮寫了甘服狀子才放了去
雖清静了一時但這班獺皮當時雖服久後心上揔是不
甘然而打又打不過只得邀了一群過路的响馬去搶刼
那裡知道殺又殺不過反送了四五條性命從此才不敢
藐視以後許逼判在那裡借宿又斬了狐狸這一方人那
个不欽敬這能覺更不消說得這日無事正在殿上打掃
拂拭忽聞敲門响即來開門乃是净緣一面邀他進來仍
要將門拴上净緣道師兄不要上拴福藩王府裡的夫人
要來這裡游玩是我陪來的即刻要到了能覺道他從不
曾來過是特特來游玩呢還有什麽別件的事净緣道他

有意要會夫人的樣子韓氏道這也是前緣夙世的事也未可知但你說要他來也容易怎麽个容易法子你且講來我听听那尼姑做了一个手勢講出一句話來直教劍仙久久歸　府狐鬼欣欣習異能要知端的再看下回

閱仙評

淫為萬惡首孝為百行先旨哉言也雄狐欲幻人形必得採百萬之元紅始得成功若止蔓淫竊取但破人原身已屬罪孽深重倘能変幻人形而後必且壞人名節此更罪浮一等駢首之誅寔所應得其所以得邀劍仙收録為徒者皆由思過服善所致若今人之强是飾非何能有此際遇寄語當世者做人須要學雄狐時時思

過服善自有好事遇合如一味强是飾非以為能事則恐有忝于雄狐者豈可人而不如狐乎至于雄狐之投胎世間不乏富貴之家何獨劍仙單指福王余向在河南幕游翻閱誌書記載福王劣蹟不堪入目宜乎身遭菹醢女報夙因蓋由以氣引類也劍仙乃替天行道亦非得以自主昔云積善之家降之百祥積不善之家降之百殃余素未聞香城有著作小說之事今之所編必因耳目有所感觸于心故作為勸世之具若施送陰隲文感應篇必先入寓目故假此以代之也觀者須領畧作者之意切勿以淫乱之書目之請閱命名瑤華傳三字亦可知其作意矣

第三回　頻聞歎歲凶荒至　三請明師特地來

五言短歌曰

一請來寧菴二請再生刹仙師非自高要覘誠心發毋因禦荒災女欲乘慈筏各存各肺腸吾與吾磨刹驅馳三請來綉幃鳴戛戛

却說那净緣對韓氏道既是郡主刻刻思念必得夫人親自往請他自然不能却意一則夫人得个道友來陪侍陪侍二則以慰郡主記念之心但不知夫人肯到那邊去麽韓氏道你說這个再生菴還可以游玩麽净緣道這个菴比我那裡大有兩三倍這个菴是亳州城裡第一个大鄉宦的家廟韓氏道他怎麽取个再生兩字想來有些緣故

净緣道夫人講得一點也不錯那鄉宦的老太爺是个白户初年先有一个少爺真真千伶百利十三四歲就文名大振衆人都叫他什麽神童後來發身太早迷恋女色不過兩三年就去逝了這个老太爺好不傷心特特到我菴裡在送子觀音菩薩面前許了一个愿若得這位少爺再來投世情愿起廟供養不想回去當年就又得了一个少爺就是如今現在京裡做官的了這老太爺真个就大大的造了一个菴堂請了這位送子觀音供養在内先是男僧以後不知鬧了什麽事所以另請女僧住持這菴堂裡的齋供還是這个胡鄉紳家按月給發並不要自家出來募化夫人你說好不好韓氏道這様説起來比你菴中來

做來親自把盞勸餐語言調哄無非是一派奉承韓氏如
何不快樂不一回又喚徒弟們來輪番把盞說不尽許多
般勤俗套直飲到更深時候方才完席韓氏即令侍女傳
知付史打轎伺候靜緣堅留暫宿菴內明日竟全那位師
父一齊回庄也好韓氏道這个使不得我明日另自打轎
來這裡接他你們看他不來可差个人到原住的菴裡催
他務必早來靜緣答應了小尼來報轎夫伺候齊了遂即
起身上轎眾尼直送出山門縂回再說韓氏到家即吩咐
令史說明日一早備轎去尼菴裡接一位道姑來庄上嬉
耍令史即時答應才回寢宮安歇一覺醒來日已檝窗似
乎宿酲未醒意欲再躺一回只見奶娘鮑氏抱着搖華兒

46

進房來韓氏悄問為何鮑氏道昨晚郡主回家後只管說
在菴內所見的那个師父夫人說要請他來郡主十分掛
念又不知夫人所說是真是假夜間通睡都不安穩今早
天才發亮就起來了只管催婢子來看可曾去接否婢子
打听得夫人尚未起身故不即來郡主就不依哭泣不止
故尔抱來夫人可吩咐一声郡主就信了韓氏道我道為
什麼我說了接他來有什麼假的遂令侍女去問令史可
曾去接侍女去不多時來覆道已去半日想必就來了韓
氏听說即時起身赶着梳洗方才完畢早有太監們在宮
門口回道這位師父沒有來倒是永寧菴尼姑來回夫人
的話可要叫他進來韓氏道這位師父為什麼不來必有

47

緣故快叫那尼姑進來我有話問他太監們答應了一回
兒那净緣已到寢宮韓氏接着先謝了昨日的打攪尼姑
也道了不安韓氏就問怎麼那位師父不來净緣道夫人
不知道位師父着實有些道理輕易不肯到別家去閑走
昨日是夫人有緣恰好遇着我听見他言語與夫人十分
合意估量打發轎去必然就來我還恐他擔擱了昨日晚
上就打發道婆去知會那道婆的脚力本好今日飯前已
赶回來說那師父沒有回菴不知往那裡去了那本菴的
住持尼僧叫做能覺是个不會造謊的韓氏道他既說在
再生菴住怎麼又不回菴拟你這樣說來連轎子都沒有
打到那裡去净緣道轎子來時也不狠早我家道婆已赶

48

回來了所以不叫他倆空走這一躺韓氏道這不來的意
思寔在不懂净緣道拟我想來他不像我們走千家要募
化衣食的人夫人昨日所言他也不曾一口應承恐不能
一招就來若必定要他來也還容易韓氏道我是見他别
有一種可愛的意思所以要招他來盤桓盤桓也不是什
麼緊要可怪我那个郡主不知怎樣見了他安心樂意得
了不得今早奶娘來說昨日睡多不安穩恐怕我哄他一
早就累着奶娘抱到我房中催着去接你說怪也不怪净
緣道就是這師父也從未到我菴裡過因我五月間化齋
回來打從再生菴走過就在那裡[illegible]倒了一晚纔認得的
不知他怎麼昨日就一个人摸了來恰好夫人也到倒像

49

遂即赶來韓氏已經分娩福王詢其情由韓氏云于十一
月十二日半夜將臨盆時見有白光一道直射窓櫺産下
來可惜是个女的福王道男女一般有何分別抱起一看
十分清秀原來福王尚無庶子因而心中大喜賜名曰瑶
華又賞了多少金銀緞疋韓氏因産後不善調理于是常
常多病而福王淫性不改仍須纏繞韓氏不堪遂暗囑令
史禀請回宮忽聞得川省不靖復又進京討差奉旨令其
往四川監軍韓氏正好安閒養病而三年後病亦就痊從
前嬿福王纏繞不淸今則閒曠日久頗怨孤幃寂寞王庄
原近九家鎮鎮上尼菴甚多内惟永寧菴的尼僧最多常
在富貴人家走動韓氏到庄後即有菴内尼僧打逼令史

許其出入這尼僧人品俊俏語言伶利法名叫做靜緣常
常到庄趨奉韓氏併允代其披剃一徒騙得銀錢却也不
少這年七月十五日是盂蘭盆會大是熱鬧先期來請這
韓氏也想出門走走解悶遂吩咐令史備轎明日往尼菴
燒香次晨梳洗了奶娘带了瑶華郡主一仝來到尼菴不
消說是迎接趨奉請各處拈了香遂請齋堂坐下吃過茶
到各處游玩了一回見靜緣房内雅致遂就外間坐下侍
女們報說裡間有个婦人坐着韓氏遂喚靜緣邀來閒話
不一時走將出來韓氏把他上下一看委是一个俊俏佳
人也與見礼及至坐近觀其眉目之間有一股清氣逼人
十分愛慕看官你道是誰原來就是無碍子要識認韓氏

好保護瑶華故先在此韓氏與他言語簡而且明並無尋
常婦女氣局于是綿綿問荅氣味相投衆尼會意就把齋
供設在此間韓氏就留無碍子一仝坐食韓氏因問道師
父你從何處到此無碍子道雲游無定隨遇而安又問起
出身處所母家姓甚曾字人否法名叫做什麽無碍子道
我本趙州人母家姓許也曾許字方姓望門寡了故就學
道自家起个道號叫做無碍子韓氏道今年多少法筭無
碍子道五十六歲韓氏仝這些尼僧婦女都吃一驚都道
我們只估這位大師二十餘歲無碍子道方外人却無事
縈心故不見老正說着只見乳母抱了瑶華來無碍子見
了道這位是誰韓氏道是郡主無碍子抱將過來一看道

好个有福氣的郡主只不要與等閒人撫養恐悞了他的
前程那瑶華見了無碍子嬉咲自若說到我家去要無碍
子道好我也要來耍耍韓氏道師父有暇肯到我庄上暫
住幾天麽無碍子咲道有甚不肯但恐王府上礼節多容
不得我們野性的人韓氏道我們王爺平時也不講究這
些況現在往四川監軍去了我明日打轎來此接你無碍
子道我不在此間住韓氏道師父住在那裡無碍子道離
這裡四五十里有个西生菴在那裡住着韓氏道這也不
遠明日務必光降無碍子道且容再商尚有小事不能奉
陪了遂起身而去韓氏送至大殿方回衆尼又請游這
房裡坐一會那房裡坐一會看看天將就晚這靜緣擺下

專于打听一經登記即須查其底裡那一晚準準看了数千其最佳者挑不上十一二个內中止有一个最為合意年紀不過二十一二歲穿着一身編素而麗却不甚白而多丰韵身裁恰好所謂不可再長一寸又不可再短一寸洵為十分美色早有地裡鬼打听明白是王家續娶的妻子這姓王的也做過官娶了四五年丈夫貪他美色因而身死母家姓韓也是書香人家這寡婦身上有三件妙處第一件身上氣味最香如出汗更甚第二件面色雖不白而從頭至脚渾身絶無一點疤瘢肌膚如仝羊脂白玉滑膩非常其第三件更妙竟是夏姬再世內生三膜此皆其夫說出所以人都知道新寡後原欲立志守節福王听說

38

恨不得立刻喚來拏一碗水來吞他下肚當夜就傳長史吩咐務于三日內娶進宮來如遲先將長史責罰長史如何敢違王命遂于明晨仝地裡鬼鑽頭覓縫務到得他家將王爺之意說知豈知這寡婦大有志見說王爺之命自不敢違但要依我三椿事長史請問他道第一庄不願入宮要另外居住第二庄日食起居要仝妃嬪一樣第三庄要用鼓樂花轎來接如依這三件不拘何時就去倘王爺用強不依今晚就尋死路長史覆命福王只要到手那有不依遂與長史計議另居何處長史道先賃民房暫居一面收拾庄子上房屋作為別墅王爺于收租時或射獵或游嬉到甚便易福王听了大喜遂令長史趕辦到第三日

39

私行出府韓氏進門叅拜了用過晚膳即催促安寢登床毫無温存風雅之態這韓氏是个書礼人家出身見了這樣蠢俗心中甚是不樂所幸這福王平日只講究這件事能征慣戰是其所長婦人水性楊花自然安帖福王驗其三件無一件虛謬後宮雖有若干妃嬪那有無此三件者于是寵冠一時言听計從無一事違拗韓氏可称安心是意所嫌者王性太淫不戰則已戰則通宵而去白日裡還貪歡與韓氏自幼從未見過深覺其非然漸而視如常套矣不一日王庄修好長史擇吉禀知福王恐庄上人粗夯另于宮中選擇男女使令之人大隊遷居雖三四日路程而州縣伺應随路俱有行館也不覺勞瘁一日到了庄上

40

韓氏見房屋高大前後共有七大進每進七間廂房耳室不計其數圍墻內周圍都是倉厫及宿衛房第四進是上書房院落十分寬展第五進是寢宮一發華麗後兩進皆宮女職司之局韓氏獨居一處十分歡喜王又嫌庄上人少重又另撥宮嬪並撥長住令史一名管事而名太監兩名居然與宮中款式無二王愛韓氏如掌上之珠一住數月竟忘回省其時韓氏已受孕了極諫福王回宮以免物議長史亦時時禀請遂擇日還宮臨行甚不割舍韓氏自此合庄上人俱尊稱韓氏福王至汴城恰值萬壽遂進京称祝又留在朝領班不覺又是數月其時韓氏將次臨盆令史欲禀請福王來庄而福王恰好自京回汴一得此信

41

烟花隊裡墮落更深還思其次無碍子曰所償雖有此数然亦不必尽以身償或拯一命或雪一耻或保全名節或成人之美皆可消除一孽此又在汝所為也要知汚穢之地不加糞除則日積月滿若復不堆積又加糞除何患汚穢之地不改為潔淨之所耶狐魂五体投地而叩曰大師喝棒直透靈関但不知應從何地而可無碍子曰吾知汴梁福藩已是尸居餘氣不久敗亡彼韓嬪有孕將次臨盆汝可往投胎吾得乘間保護有此終歸散漫之財甚可濟汝功德之用仍為汝佈置鑄劍之基以授汝劍術之要狐魂復又叩拜願即往投尚祈法力保佑無碍子曰此其時矣隨我劍光所指而去説罷腰間掣出弹丸望北一擲狐

魂追之而往忽然墮地已在襁褓中矣看官你道這福藩是誰乃是萬歷皇帝之子名常洵久已分藩在河南省分因其不理政事日惟酒色娃嫇故不令至汴輦轂之下不暢所欲因而轉求于朝宰代為具奏歸藩已在萬歷四十三年上纔到汴梁此人身雖帝胄實乃下愚秉性奢侈眈于酒色嬪妃滿前猶不足意每于民間揀選美色不從者輙破人産業這些百姓人人痛恨因他身子肥胖稱之為猪王奈他是个藩王只得含忍他宮中也有家臣十餘員最大的是五品前程名為長史又有令史也食正八品俸禄其餘九品及未入流還有数人管理藩王府中内外大小之事他是親王撥収五縣一州錢粮漕米還撥淮揚鹽

三十餘萬地方縣要事也得會議入奏十分受享那年宵佳節府中大放花燈引得舉國若狂無論男女均准入宮觀賞真是人山人海擁擠不開直到寢宮門首男人就不許進去了只可遠望只見寢宮裡面是一座七間大楼楼下燈綵也不過與前邊一様那高楼上所掛的燈譜究異常而且又多楼前一色是朱漆闌干西邊有一班女樂在那裡鼓吹滿楼來往者都是宮嬪秀女其冶艶自不必説居中一間只有一个女人坐着旁邊立有四五个丫環伺候燈光之下美態四流滿楼佳麗一槩不及只有貼身站着一个十二三歲的小丫頭可以相並把這些穠豔人个个顛倒内中一个悄悄的向衆人道中間坐的這位

就是徐氏王妃娘娘又一个道這位王妃也就美个絶色了怎麼這个王爺尚不知足今日要人家的女兒明日要謀人家的妻子他收進來的這些婦女我都見過那有這位妃娘娘這様標緻這不是舍了肉盤去吃豆腐麼又一个道你看旁邊的那个小丫頭説唉起來真真画也画不出有這様的人物不受用倒喜歡吃那殘盤冷汁真不可解各人先是低低的議論説的高興忘其所以不防被守宮太監所見了就打將起來衆人恐怕打着拚命往外擠出一時鬧閙起來長史不知何事連忙阻住太監不許混打然後漸漸的散了再説那藩王却在一个僻靜處不張燈火偷窺女色如遇佳者令人登記又有當地之地裡鬼

異端則鬼怪兩途鬼乃有影無形遣足駭人而已怪則非禽即獸類精斂神皆能變易其形我狐屬天性自然更勝他類然不聞有飛劍隨身可以百里之外取戮首級者此意一萌神魂強為凝聚欲叩吾師原委我已形離魂蕩豈有他想哉無碍子曰汝欲悉原委不懷惡念即是改邪歸正之端可以皈依吾道汝欲知原委我當為汝剖悉之我道並無怪異實皆統于儒釋道三教之中狐魂曰此言似予欺罔吾聞自有天地以來只知三教未聞有總統三教者無碍子咲曰三教自是三教統者乃統而遵之非反統三教也故曰統三教之中狐魂曰何為三教之中無碍子曰吾道所行之事不離仁義礼智信是遵儒教也積功行

30

于此中置皮囊于度外是遵釋教也路見不平拔刀相助揮金如土解難拯危是遵道教也豈非徜徉于三教之中乎狐魂嘆曰妙哉此論誠乃開豁心胸悉歸于正如狐屬則罪不容誅矣無碍子曰吾道雖極醇正然習者甚少古來相傳只有黃石公一事此外雖有神仙兩途無精于此若人怪鬼則無門可入吾之所以遍游天下者無非欲傳吾道于人間耳豈料無一人一怪一鬼而求之者豈吾道之不足傳于世耶狐魂曰人自一途鬼自一途怪則我屬也然我今則鬼怪盡屬一身未識可得傳授否無碍子曰收汝傳授甚易但汝乃全邪我乃純正邪不勝正恐難入彀狐魂曰固如是但我皈依之意甚切豈因一邪字遂塵

31

出門墻之外無碍子曰入道者既罕豈有復拒之理吾當代汝籌計是須兩番工夫才能入吾之道恐非汝心所願狐魂道只求收録豈敢畏難無碍子曰你採陰濟陽已得幾何功次矣狐魂曰我屬修煉自有生而得採一百个處女元紅便能幻形我止得八十九人故尚施魘魔之術無碍子曰汝等之屬出世即以此為事尚可稱從未滅但行所事亦能知其善惡乎狐魂曰也略知其皮毛如前在此門所行還在善惡之間曾記那年有一處女因慾情而命在呼吸我與之一度既能濟我之功亦能援彼之命無碍子曰雖非盡惡亦非至善狐魂曰記得近年遇一處女私奔于人其情不過為此耳我即迷其去路一合而返遂其

32

欲念保其醜行或可為善乎無碍子曰彼以邪入汝以邪制在汝則為善在天仍為惡狐魂所說大慟曰若如此我屬有惡無善矣安能入道無碍子曰汝不聞天道好還乎汝能償還夙孽改邪歸正吾道亦自能容狐魂曰我將入輪廻豈能再償孽債夫師如肯發个慈悲求全其事我當一遵所命無碍子曰我見你靈氣不昧自屬易為但你夙孽實深非尋常可以償滿若不于富貴兩全之家功行有為之地斷難完滿你前身為雄必轉身為女再得富貴擁護消除尚易然這番磨折却也非同小可狐魂曰但不知如何償法還求明示無碍子曰汝壞了八十九个處女元身亦當按償其數狐魂曰若欲按數償之豈不同于娼妓

33

仇怨無如被殺身狐魂底事反相親靈機不昧能
深庭道術難明强斂神座下皈依誠服善生前罪
孽昔披陳而今托体切培植捨此皮囊理夙因
話說那雌狐大驚失色的道不好了你到別處去取頁也
罷怎麽惹起他來雄狐道他那裡有什麽惹不得雌狐道
道菴裡常常有寶氣直冲霄漢必有異人在內你不衣老
祖宗教訓恐怕這刼数就是你承當了雄狐道便把我怎
麽樣話猶未了忽見一道白光照咽喉下劃來雄狐急將
身一躲把那口飛劍接住仔細一看光耀礶目那同穴的
老小狐狸早都嚇走了那雄狐意欲拔劍逃遁說時遲來
時快又見白光射至飛劍又到躲閃不及早已身首異處

原來這雄狐平時修煉的工夫也不叫淺頭顱梟去腔中
一氣直透出來迎風旋繞了一回神魂依然凝聚一處伏
在戶旁漸能明了因思何人有此飛劍可以千百里之外
梟取首級這个必定是菴中有寶氣透出之人了他的道
行實非尋常我且收斂神魂尋到彼處認个明白如何修
煉可能提拔我出這幽冥之苦然主意定了遂隨風蕩漾
只往北首行來已是危巷仍越墻過菜園裡來見首級尚
存依傍了一回一逕尋到禪房見這位劍仙端坐榻上已
入定去了且伏在禪榻之旁候其神返而叩之再說這劍
仙是誰原來是趙州仁厚村人氏生長農家父姓許弟兄
姐妹共五人劍仙居二也曾字人因壻門寡了仍然待聘

偶在村口頑耍被拐子用藥迷住直拐到北京城裡賣與
人家作使女忽有个異人在那裡經過見了劍仙眉間有
一股清氣知有夙根遂用重價買回收養在家作為義女
朝夕授以修煉之術歷四五十年盡得異人秘傳煉得兩
口飛劍後值異人飛昇囑其修功積行迺可上列仙班劍
仙遵異人所囑由近而遠先在河溯之間廣行功德濟困
扶危後來遍行天下遨遊四海功行累積漸能輕身雲上
神飛舍外其道號不一到處更改今從東海雲遊而來見
河南風氣朴實暫為停留棲止此菴中自称為無碍子凡
所到之處有不公不平王法所不及之事即代為雪忿報
復如有善良之家不能度日即取强横不法之家財物悉

與接濟並不留名遺蹟所以世人知者甚少他雖說五十
餘歲其實百有餘齡矣那雄狐採取元紅的那一日他在
一个滴滴岩處分些不平的事故未得知自誅雄狐之後
這日出神返舍嗅有狐騷氣睜開慧眼見有狐魂伏在榻
旁其雄狐之魂已知劍仙神回遂趋而叩曰異類淫魂昨
蒙飛劍誅戮欽佩道德特來皈依無碍子叱曰汝即是採
取元紅修煉之雄狐耶竟能凝魂前來見我汝之道行也
不淺薄何故不改邪歸正而作此孽障汝之來意云何狐
魂曰無他我雖異類修煉則同不過工夫在深淺之別耳
至于邪正兩字何嘗不為辨別但近硃近墨各有所自來
我類亦有深功高行者但所習之正無非仙佛兩家至于

道我在這裡這逆畜還敢如此胡為斷斷不能饒恕遂走
出園裡用手向腰間摸出一个鑠亮的似金非金似銀非
銀的弾丸來往空一攛只見同烱電樣的一道白往南飛
去了又在四下裡望了一望復又高聲道這廝可惡又向
腰間取出一个彈丸照前攛去不多一回只听得一聲响
亮空中落了一件東西下來又將手往空中一招兩道白
光飛入手中仍是兩个彈丸藏在腰邊遂進房去了衆人
都出園子裡看那空中掉下來那个東西是毛鳥烏血淋
淋的一个首級也不是狗又不像猪大家在那裡亂猜周
氏領了鳳姑到老師父房内拜謝與他報仇的恩意那老
師父也甚遜謝又付了兩个棗丸與鳳姑道這是辟邪丸

22

分作四次服下身子就好了周氏問老師父道所斬的宛
竟是什麽妖怪那老師父回說不過是个狐精許通判聞
知十分感激要進來當面叩謝托老尼道意一會兒老尼
來覆道不消了前途保重許通判才收拾起程上路在路
大家猜這个老師父也有說神仙的也有說是佛轉世的
惟許通判知道是劍仙不說他們一逕上路再說那雄狐
又多得了一个童女原陰補着自巳的陽氣資其修煉十
分歡喜搖頭擺尾的仍回巢穴將到洞口只見雌狐採了
些松脂柏實也從山上回來恰好遇着雄狐得意洋洋
遂問道你從何處回來這等樂意雄狐道各幹各的道行
你問他怎麽雌狐道既然與道行有益應當歡喜但不知

23

怎樣與道行有益所以要問一聲雄狐道你自不肯取樂
要徒然自苦如我道也得了還落一个快活雌狐道大約
又得一个童女的元水了雄狐咲道你好猜咋雌狐道近
處已被你採完那裡還有剩下的與你資補那雄狐將昨
晚的情事說了一遍不覺手舞足蹈的稱快一番那雌狐
听了登時色變大聲的說道不好了雄狐忙來叩問不知
雌狐說些什麽且听下回便知

閒仙評曰

東坡先生傾慕韓文公之文章品行欲作廟碑以彰其
德其起句苦思不就越数日始得匹夫而為百世師一
言而為天下法云云以下勢如破竹遂成一代妙文凡

24

作文最難者起手得勢得其勢真同三峽源流不可遏
矣瑶華傳借大一書作者雖有成局在胸但渺無崖岸
從何作起乎亦代為熟籌絕少端緒及開卷細讀始嘆
作者構思之精妙將全部大局令老狐口中作三个層
次排宕而出自首至終皆不出其窠臼所謂開門見山
是也妙在不即不離以禪語擬出之與下之無礙子出
場有似乎兩峰盡立若各不相關者然而細按意義則
又暗合道妙起手第一回已引人入勝後之四十餘回
自多咀嚼安忍釋手而不為之讀竟耶

第二回　能聚神魂方說劍　指明罪孽使投胎

七律詩曰

25

的許通判道怪不得前頭店裡人說他是有道行的周氏道我看他不似尋常女人的樣子許通判道他可曾穿耳裹脚鳳姑呋道爹爹錯會意了母親說那師父行動居止來得異樣那裝束打扮也同我們相仿許通判呋道真个我錯會意了說話之間膳已用完各人收拾鋪陳睡下那做官的又到妻舅房中去看了一遍才回來閉門就寢他另在一鋪路遠辛苦倒下就睡着了周氏和鳳姑慢慢的收拾安寢暫且放過一邊再說這个尼菴的處所離尤家鎮尚有四五十里此處正是那雄狐出入之所適纔鳳姑的轎子歇在那草屋邊的時候早被雄狐瞧見一非人靜就來擺魅其時鳳姑雖也辛苦尚在將睡未睡之時忽覺

18

一陣腥氣撲上臉來正要側入裡床纔欲轉側即有一物壓住胸口十分氣悶又覺用手來解他小衣心上却也明白急急用手阻擋那知再抬不起已被他褪去小衣漸有一物直抵其私處十分着急使力叫喊只不能出声繼而漸漸昏迷竟不知所之了一宿已過雞聲初唱驛夫們來催起身衆人燒水偹點心一面收拾行李將次完了纔來上房請做官的起來周氏听見亦即穿衣起身忽然不見了鳳姑房內即時喧嚷婦女們接一連三的來請許通判急急走進房來周氏忙道鳳姑不知何處去了許通判道胡說同住一房那會不見大家都道現在沒有在鋪上許通判忙持燈燭往鋪上一照只剩了衣褲並不見个人影

19

不覺大驚失色究不知是何緣故遂叫妻舅家人們我尋毫無影响急得周氏叫苦起來驛夫們所說也各称奇早驚動了老尼開門出來問了詳細也代他們各處我尋那許通判便也兩淚交流呆坐不動周氏就大哭起來其時天已發亮忽見老尼急忙赶出來拉着周氏道夫人快來周氏覺得有些蹊蹺急住了哭隨着老尼趋入後殿老尼一邊走一邊告訴道不知你們小姐怎麼赤條條的睡在後邊菜園裡墻脚下周氏听得心慌急急令老尼領着七折八曲的走出厨房才到菜園果見鳳姑還倒在墻下了頭僕婦也隨同進來一齊上前將他抱到厨房內一个空板床上周氏赶近身來周圍細看幸無傷損惟私處有些

20

紅腫還有血水流出人似昏迷一般口角邊白涎糊住拔其胸口倒還溫熱忙令了頭取了衫褲替他穿上許通判也進來看視竟不知是何緣故各人呆看老尼便叫婦女們取滚湯來灌救又去請那老師父出來許通判只得避出去了周氏急將鳳姑夜來之事一一說知那老師父也不言語走到鳳姑睡的板床前看了一看向臉上噴了一口氣遂令老尼引至鳳姑昨晚所卧之處巡視了一回忽聞鳳姑醒了過來倒在周氏懷裡號啕大哭意欲尋死這老師父悄令周氏私下問明昨晚所遇緣由告知周氏急忙阻住鳳姑哭泣問了情由托老尼轉告老師父去不多時只見那老師父從房內走將出來愁容滿面大聲的說

21

八奏就獎賞了一个同知職銜以後家業彫替無以為生只剩了這个職銜因思不如降級補个實缺也好養活家口遂去面求大吏因他樂善好施以致家道式微就應許了代他奏聞朝廷也就念他前番這段好意准了以通判選用這是特旨人員自此他途選得迅速不過半年之間選了大同府通判十分歡喜遂謝了大吏收拾赴任這許通判本無子嗣只有一女名喚鳳姑年將及笄尚未字人挈同夫人周氏又有妻舅二人並家人僕婦輩一共有十五六口上路先自水路起行到了浦口遂僱下騾驢夫轎一同起旱欲由河南省城再至山西直抵大同行了數日這日過了信陽關還是下午光景驢夫們說可以趕過亳

14

州到尤家鎮腰站上駐宿于是匆匆趲行但見路上多有水漬問起土人知為黃河發水方纔消涸瞬息間已過了亳州再行四五里日將啣山路上汚泥難行牲口都有滑倒者驢夫們要覓一處所歇下許通判忙道我們眷屬多不便隨路住宿必要我一妥當寓所纔歇驢夫們道老爺放心這條路是我們走慣的包你安穩又走了數里就住下了那許通判出轎來一看是幾間破草屋家人們已在那裡喧嚷說這幾間草房我們如何住得下要催着驢夫們到下站去衆人只是不肯那做官的看見旁邊有幾个老者在那裡閒話就上前問他們道前途可有好店麼那老者們道這一站只有這些草房下去要到尤家鎮才有

15

歇店老爺們有這些眷屬這裡如何住得下我替你們想離此五里多路有个尼姑菴還寬綽些可以住宿得的那許通判听了就叫驢夫們趕上尼姑菴去驢夫們問那些老者道你說的可是前面的再生菴麼老者道正是這个菴那些驢夫轎夫一齊嚷起來道這菴裡常常有强盜來打刧倘有失事豈不累我們吃官司麼那些老者咲道你不要着急從前果真住不得如今那菴裡來了一个師父十分慈悲又好道行强盜上了一次以後再不敢去惹他你們放心只管去住宿驢夫們只是不信那許通判道你們雖是走熟的那有他們住在此的得知詳細你們若不前去難道就這露天裡住下麼驢夫們無奈只得勉强上

16

路不過走了五六里路已到菴門口天已將黑見家人們仝一个老尼在門前伺候即時下轎來與尼姑礼說那老尼倒也和氣遂請家眷下轎一仝進去一面令家人卸下行李跷子自已走到裡面看是五間大殿殿上佛龕內供的是送子觀音兩邊都有廂房還有廚灶可以做膳遂各佔住房頭搬入行李一面赶着做飯周氏同鳳姑被老尼邀入禪房閒話不一會晚膳有了周氏同鳳姑已從裡面出來遂就房間內一同用膳周氏道裡面有一个後生女人生得甚好也會做人却不是尼僧許通判道既不是尼僧在這裡做什麼周氏道我也問过他說是帶髮修行的鳳姑道母親問他年紀他說五十多歲臉還粉嫩絕標緻

17

露飢來食柏吞松就不致殺生作惡閉時眼對鼻鼻對心平心靜氣就能養性一日三三日九自然通達神理並不用傳授心法惟年歲久遠些所以要耐煩雄雌二狐道再請教第二層如何入殼老狐道第二層又比第一層省力只要屈身降志耐性受勞由心訪一位仙真師爭服後曲意承奉希冀得其歡心求其傳授元妙再加刻苦工夫得其耳提面命較之自為揣摩者究竟易入且得真詮秘要可免蹉蹷之孽雄雌二狐道但是我們形体醜陋仙真不肯收錄為之奈何老狐道我屬要仙真來物色那是必無此理所以說要耐性受勞我挨身進其洞府何敢即時擊其收錄須要不待驅遣而自為其致力不煩繩督而守其

清規彼仙真豈無心者哉必有側憐超度之心那時日親其側至于刻不可離焉有不收錄之理你們不听見洞賓仙師有个柳樹精服後之說麼雄雌二狐道這个也曾听見過還有那第三層一發請求指示老狐道那第三層就不脫我屬的行運了這是旁門左道倘得氣候仍須積功累行可復前愆亦不為不可如雄的媚得一百个童女的元陰補我的陽氣亦能幻形解脫雌者媚童男亦復如是但總非正道且生命有在呼吸之間者不可不防雄狐道如童女有何作為乃有性命之憂老狐道童女本無作為但自有父兄誰保護倘被知覺豈肯干休必致訪求有道術之人作法行誅還有一等劍仙俠客路見不平拔

刀相助此皆意中事也豈非性命之憂乎雄雌二狐道這三層修道之底蘊已蒙指示子孫們自當遵奉潛修但聞得所居山中道數年內將有劫數到來不知如何趨避還望老祖宗一併示知那老狐道這劫數兩字甚費解釋如上天杳杳冥冥可以無憑了然也有混沌之時這混沌就是上天之劫數如地凡然不動但也有滄桑之變滄桑就是地之劫數在人的劫數更多如改朝易代就是天下的劫數猝遇誅叛鋒刃便是一方的劫數又如疾病災傷就是一身之劫數也是趨避不來的若要趨避只消存心向善雖有劫數到來也輪不到他身上這就是趨避的法子了雄雌二狐听了老狐一番議論甚為歡喜遂即拜辭老

狐道你兩个來此也豈非緣法我如今教你們頃刻到家免得途路奔走可好麼二狐听了更自歡喜又叩謝了老狐站起身來在地下撮了一把土默誦了一回遂對二狐道我這法子叫做土遁于八門遁甲內學來的我把土往前一洒你們跟着這土往前縱去頃刻可到巢穴之內這是學道的入門第一法也教你們得知修煉的妙處雄狐道老祖宗何不把此法教導了我們豈不更好老狐指着雄狐道你存心急燥也難入殼况你一些影响全無就想要學這个法子你後有靜心就傳法子與你也不效驗下次要改悔才是說罷將泥土往前一洒他兩个縱身跟去真个轉眼之間已到巢穴了二狐驚喜非常又望空拜謝雌

入深谷尚有一雄一雌畧有知識見其欲去亦有希冀之心叩其底蘊那將去之狐道我的道行狠淺所以要去之意一則要潛修養真二則曾聞那前幾輩的老祖宗在此說過隔数百年後此間恐有刼数到來但不知如何刼数可是這幾年上的事所以要去請問請問你們若要討論修煉之法可同我到彼一問再無不肯教導之裡那一雄一雌听了甚覓有理遂一同啟行前去那將去之狐又道我稍得道術行法不同恐你們赶我不上我先對你們說了往西望去有白雲遮護的那个最高的山頭上就是我們前幾輩的老祖宗修煉之處你們只管上去就是了說罷騰空而去這一雄一雌兩个狐狸看了那个的光景十

4

十分羨慕于是修道之心十分堅固虔虔誠誠的趲行前去也不知走了多少日子這一天已到山脚之下望上去約有整百里之高這兩个又歇息了一兩日才發狠的上山真个千辛萬苦方到得山頂果見有个倒敗的草棚面前的荆棘足有一丈多高無路徑可入周圍走了一轉只有北面的荆棘似乎拔除了些可以容身人去他兩个想道必是同來的那个先來請問了遂就照這一條路進去走了一回方見有个老狐跏趺的坐在草棚之下身子還是原形惟毛片純黑了黑毛裡又生出些長白毛來約有五六寸長閉目真坐那雄雌二狐見了即時伏地把心上的意思禱告了一番只見那老狐醒過來了便問你兩个

5

也是我的後代子孫麼那雄雌二狐答應了那老狐道你們方才禱告的意思我都知道了但是修道這件事也同江流之水日趨日下記得我的上幾輩修煉道行甚覺容易如今証入仙籍的早已成功了其次蜕離軀壳逍遥海山之上何等樂逸我們這一輩也是一般的苦修了数百年連這皮毛都不能蜕去可見一輩不如一輩我想大千世界第一等天地人三才第二等龍鳳龜麟四靈長第三就等我們族類最稱靈異天付其性不思而得若就出世潛修自易入道無如近今一輩日惟竊物適口畏難喜樂並不想要脫離畜道故修煉成功者少仍入輪廻者多若再造下些惡孽不但披毛帶角未能將入鱗羽化生幾遭

6

豈不可惜如今你們要討論修煉的工夫雖說甚難其實也還容易其法有三个層次那雄雌二狐道不知那三層要求老祖宗教導明白使子孫輩易于潛修老狐道第一層却不甚難只要熬得清苦耐得心煩雄雌二狐咲道老祖宗你說得我們這些太輕賤了我們那有不熬清若不耐心煩的老狐道你兩个又來說謊話了你們平日偷雞攫兎血食充飢這難道也算清苦在洞裡蹲不得一个時辰就想滿山去跑个躺子這難道也算耐煩麼雄雌二狐道我們本無自然粮草不得不偷雞攫兎充飢一餐之後又須覓食不得不出洞去覓來這也是無極奈何老狐道所以你們不能修煉了如要修煉先戒殺牲渴來餐風欲

7

閨宮亦明波汝逢毅
然返變肖和隆已將貞
烈明肝膽取竊朱仁
表毅鋒

石屋張□法

42

瑤華傳卷一

吳下香城丁秉仁編著

茂苑尤夙真閒仲評

第一回 老狐神微言皆中 小妖魅攺念受誅

長短句古風曰

不說鬼不說人只說狐狸前後身前身能守乃祖訓何求罪孽如魚鱗雄狐欲逝雌狐隨後但須識得機關透雄者不容雌者知言言俱入禪中殼只爭一念之差池致使風人握筆開窮莞

凡走獸中之最靈者莫如狐狸出世儒知曉邦四方經營窟穴窺人輒生忻幸心每欲竊效故常攫塚中骷髏頂於

1

其首而望月求似非有以道之也蓋其天性使然稍有知竟便思媚人黃河以北尤多雄狐精女人雌狐媚男子其修煉深者則能幻化人形道行不足者止能乘人夢寐而祟之年深月久竟可白晝幻形交接應酬與常人無異閩北五省有持本行賈者慣在雨寧之經紀頗能辨識之只不可道破或遇酌鑄貨價低昂預計年歲豐歉將言採之確有效驗此則脩有德行而歸正者其次則惟媚人為事每亦被人求善勅勒之術者往往戕其生命亦有可以抵禦而逃竄者莫可測其行徑江北亳州與安慶毘聯其地有座南山皆高崕峻嶺但係荒山並無所產其中毒蛇猛虎狐群兎隊各安其族類除了獵戶罕有人到這裡面就

2

有一聚狐狸最稱蕃盛也不知幾千百年脩有道行者則遊窟穴而另入深山修而未成者亦有遊道遠方稍有知竟而將欲修煉者則尚處其中以下范無知識者不計其數然非竊食肆淫失其常性而已凡山之高遠者無往不具靈秀之氣如人處其中則鍾於人此山因無所產無人開闢其靈秀之氣則鍾於禽獸矣此山惟狐狸最盛這幾千百年中也不知修出多少狐屬但山靈之氣亦只有這許多漸漸拔去少不得也漸微薄成道者自然越修越進而近今族類自不能如前數百年之道行高深矣現在所存不過是些將欲修煉而未成者內中一狐竟被其若修而得其覺不屑與混無知識之類同處穴中將欲遠離而

3

截去濃根復安然守
兮棠黼應手人集
兒傲之大總路

金陵張世鵬

38

39

吾道居然任俠行君
家秉性最分明拔刀
助戰悍忠義情美身
亡負令名

楚黃蔣志垣

40

41

豚向已出塵之美
捷徑失水投之更
樓由一點靈心而為
衆中精忠

會稽朱忻

34

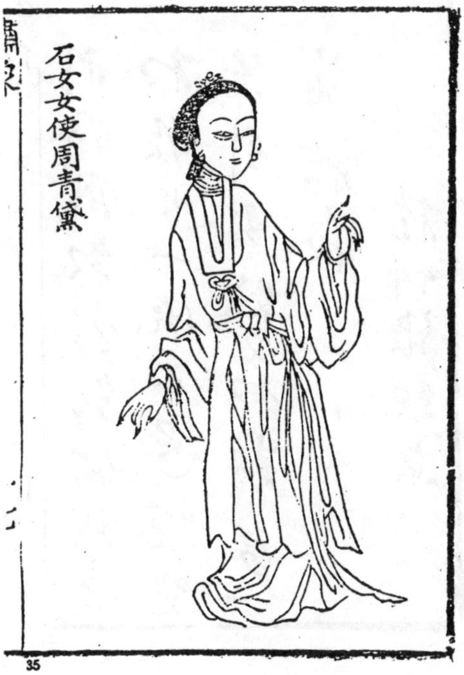

石女女使周青黛

35

相士識其夙果師尊
許為地仙懸知一生
誠實自能透徹前
緣

嘉善楊潮

36

太監張其徳

37

形將離軀新離兩我意
初歌共一流石是野魔
笑引去故多精鬼
莫能收

梅谿張觀京

30

31

直心快口本天然戰
陣奔馳身率先歸隱
自能遵戒律靜中可
以悟參禪

毘陵徐正

32

33

正色觀淫亂思心根
玉色仙姿也結果
將身遺世叔絕

淮水邸瀚

26

27

武藝超羣德心堅定衛
主不遺餘力助夫亦拚
絕命入空門而為尼必
脫凡而入聖

映溪梅本義

28

29

讀書為悟性習武更通靈与衆稱年少天然布海聲

毅山鄭士楷

22

23

何事精靈憑困疲紅裙香冣入心脾美人黃土纍纍是不信淫魂今尚凝

錫山周英

24

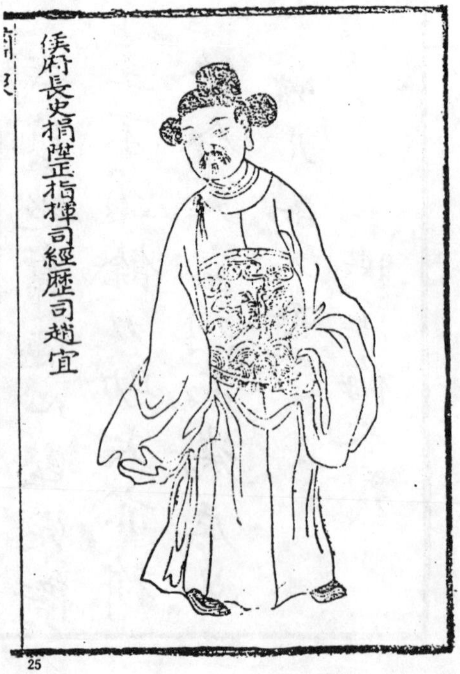

25

雖辱鶴立于推首役是
捐軀報國恩自有九重
須渥澤無須符籙
廢墳墩
秀山薛天驥

18

侯府六品長史蕉葉陸守瑜

19

少小勤學老大守成無纖
毫咎有忠義名堪為領袖
可冀蜚聲不負豢養終
此一身
武林馮瀚

20

侯府六品長史柳枝阮守璉

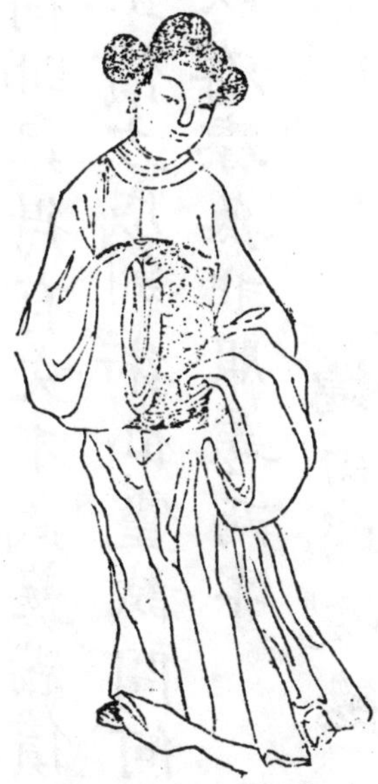

21

羨君托體好栽培不
愛蘭臺愛楚臺先澤
有餘留一線險些於
此絕根荄

介夫張曾奬

14

勅封古靈癸壽貞羅武尊坤德侯瑶華

15

以狐鬼之靈投貴嬪之腹盡
荷師恩得有文才武藝滿償
孽債方成劍術仙靈試問何
以溶臻無非服善兩字

錦田邱峻德

16

侯府長史稚陛長部真駕司掛虛武關先鋒印荷香祁守璞

17

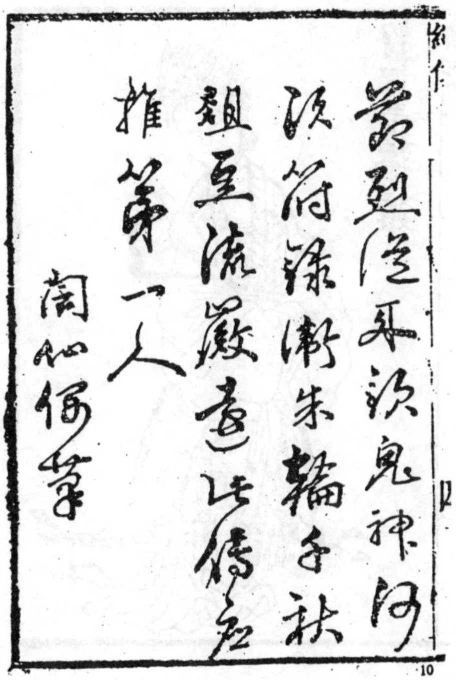

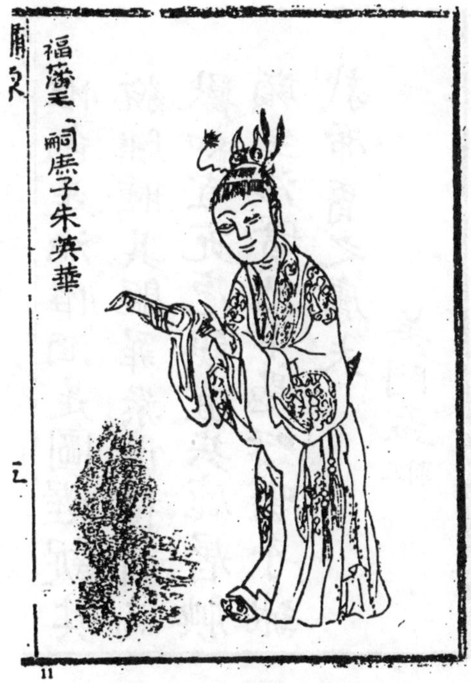
福藩王嗣庶子朱英華

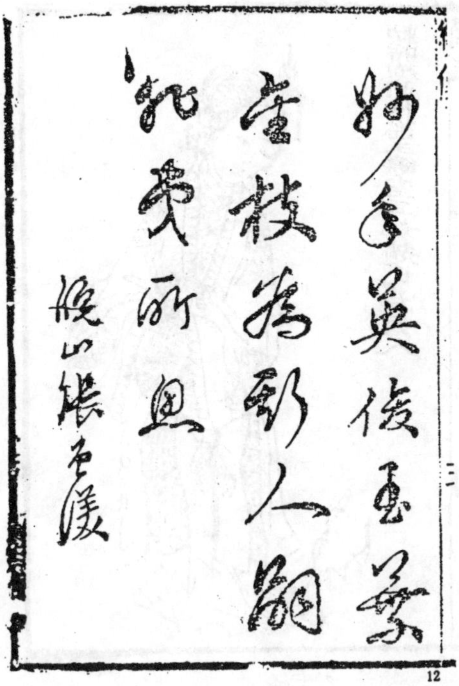

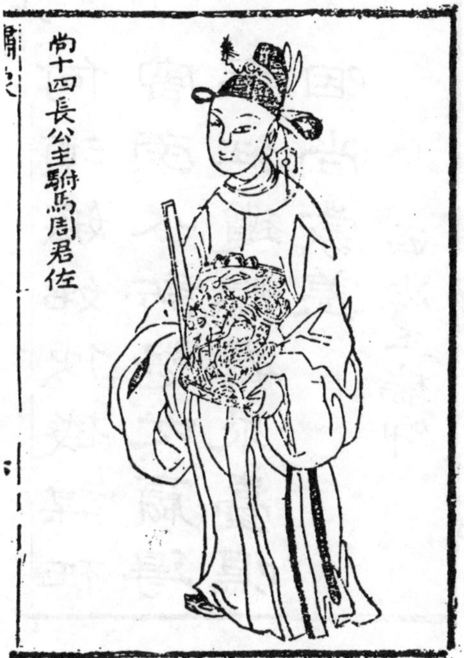
尚十四長公主駙馬周君佐

惟色是漁惟酒是圖齷齪其
貎臃腫其軀罪案山積行為
獸如宜充庖饌宜共鹿屠腆
顔生活實乃下愚吁嗟乎誠
叛帝胄之庸夫

吳門孟瓨

6

7

何須嫉妬使機謀枉
害旁人詐怨尤贏得
病狂遭慘毒泉臺嗚
咽尚蒙羞

西泠王瑞卿

8

9

你這些俗尚談論臺硯欠重
業上飛來封此兒才調
顯什麼神通與至鳴風
金河飛付說融蓬汐何安
經新享餘年將此情事
略諸於空　秀搽自讚

2

勅封順承元妙仙師尉氏女冠無礙子

3

劍化復丸能順昌積
陰果功并與比鄭由
正宗壓群邪六合
敬稱無礙子
蕭山張集

4

勅封河南省尉潘福王

5

化又極謹嚴洵閬仙氏之評
歷不臆求精掌非胸中別有
邱壑筆下可走虬龍焉孰能
與於此空前大奇書之的派也
豈敢漫為蔑識之紅樓夢所
能夢游其境者哉　兵琳蘇

州人也中疊寫佳貌尤為吳
趙生色當非阿好所僕閒劇
劂氏之技亦唯閶門家工倍精
畫就梓海內聲價當必不脛
而走毋徒韞匱而藏焉可
嘉慶十年三月下浣錫山霽

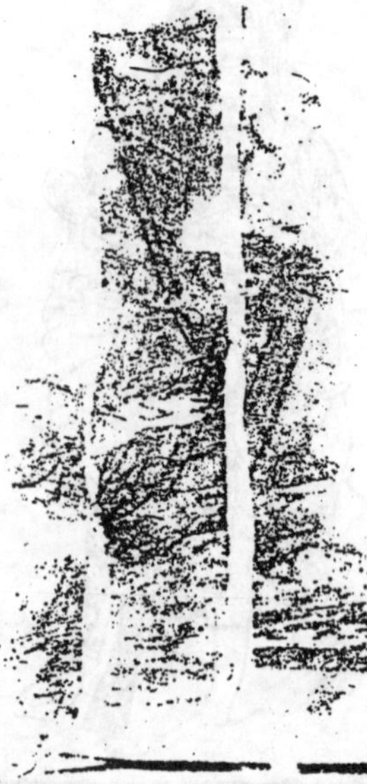

軒弟周永保拜跋

有繼此惟古宋遺民水滸後
傳懸宕蒼涼無收殘局矣
足為耐庵後勁他有女仙外
史憤懣鬱源出屈子離騷
平行亦頗得歐陽五代遺則
僕于二書之外無篤嗜焉竊

2

可厭者莫如近世之紅樓夢
蠅鳴蚓唱動輒萬言汗漫不
收味同嚼蠟世顧豔稱之哉又
從而續之亦大可怪矣乙丑之
春得見秉埜先生瑤華傳
抄本一冊乃喟然嘆曰天下未

3

嘗有才如屈湮沒于剞劂所
不及者豈少也哉野屈起與
雄狐託羽藩邸勸懲家言
初不敢謬稱解人第見一鏤
烟霧幻然蜃樓海市瞥然
与起如雲之觸石而興也矣

4

然而終如水之遇坎而止妙在間
縱橫抑宕枝葉攙雜如根之
分幹如蠶之附枝矣乳生氣
輸貫於索而一段一節一句之辭
拇捎揩以為詐病不可得如至
於提綱挈領穿貫收宿極安

5

無理字透出其情何由而生若屏絶
情理而着書則吾不知其所着何書
矣兹細閱瑶華傳甚嫌其少故閲之
不已又於每回之後妄加評語其灰
蛇伏線處猶恐難明者特爲拈出之
盖由得其情而愛其文也若紅樓夢

10

但嫌其繁不覺其有情致其生出枝
節未見其一一收羅余非薄於彼而
厚于此
諸君子悉具慧眼兩書具在何妨細
爲考核以証余言之然否
嘉慶己未歳中秋前六日茂苑閬仙

11

尤夙真漫題於雅言堂寓邸

12

稗乘小技耳文人之心何所不
至要惟攄綜乎人鬼之幻仍不
出乎天地之經是以胸具錘爐
筆同鼓鑄雖奇詭惝怳徒滋
洩寸情也四大奇書久臻絶頂
堪與左國史漢並傳厥後罕

1

為雄狐欲取百女元紅而得成幻形之術於是劍仙怒而斬之即按國法亦難饒恕於理實為純正迨狐鬼思過服善而皈依劍仙始生哀矜而收錄仍責償夙孽方能超度為仙不因皈依收錄便置夙孽於不問也如狐

捧腹共嘆世之自謂不盲者盡屬耳食之徒其精麤美惡究未了了於此中也余又翻一種標其目曰瑤華傳畧窺卷首大旨似乎有味亦乞携歸細閱焉自始至終僅有四十回每回之數較之紅樓夢長有數頁情節比

之紅樓夢更為煩冗敘事之簡明段落之清楚不待言矣抑且起因發覺盡非扯淡因共談論如紅樓夢之因由無非為青埂山下女媧氏煉剩之一石僧道等欲扶持其下凡歷劫既上古經女媧氏煉就之石非若血氣

鬼而不為皈依即入輪迴如投胎後不償夙孽不修功行仍還狐鬼之原蓋理勢然也試問青埂山下之石若不歷劫豈不令其為石乎抑絳珠艸不將眼淚哭還豈不令其為艸乎凡著書立說須要透得出一個理字既

聚珍板印刷故索價甚昂自非酸子紙裹中物可能羅致每深神往抵閩後竊見友人處有一函置於案側詢之曰紅樓夢不覺為之眼饞再四情懇而允假六日遂珍重攜歸閱之費去五日夜心神得其全部要領似與

2

從前耳聞閱者之讚美大相徑庭偶於廣座談及而大衆似有以盲人目我者心竊疑之及於漳郡得晤吾里香城乃余丱角交也知其素多著作當詢增得新構幾許即檢示四五種皆余所未睹者內有紅樓夢外史在

3

焉惜未告成然大局已定因借香城之所定即決我之疑團僅止二本於二三時中即閱竟不及掩卷而急拉香城拜之曰吾至今日始知兩目之猶未盲也子何先得我心之所同然耶香城詢故余述知所由不覺相對

4

修煉所成而有違天地生意致必須歷刼者至絳珠草得受此石之甘露灌溉欲隨下凡以眼淚酬還其恵此更屬無謂歷刼兩字之義並未考究得實亦將搖筆伸紙而著書不亦荒誕乎請閱香城所著瑤華傳其造意

5

閒續四截而始告竣先于滌野
忽晤同鄉 潤仙互相考訂復
加評語繼承社友 孫星耀兩
齋校閱又得 邱仰齋代為
謄清並綴後序有似乎成書
矣其閒雖亦有篇賞心悅目之

言無非引人入勝之處尚賴
同好 諸君子共發慈心再加
鑴湯沙石以琢磨之俾癡迷
者得翻然悔悟於百行不無
又有裨益
嘉慶八年仲冬月 英下丁

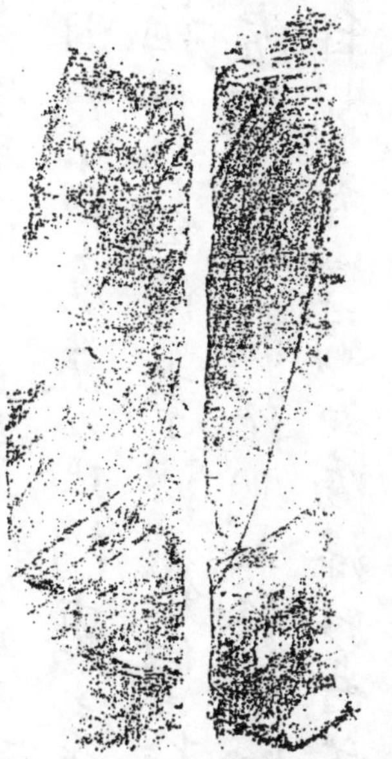

秉仁秀謀書於瀟塘官舍

弁言
余一身落落四海飄零亦自莫知定
所由楚而至豫章再由豫章而游三
浙今且又至八閩矣每到一處閱傳
有紅樓夢一書云有一百餘回因回
數煩多無力鐫刊今所流傳者皆係

自序

此將及四十年天下所不曾有
不過六七卷所以之爲常閱
録因欲識好色事十居五六
七財則十居二至於氣二三往
及一分而見色之一字犯者尤
衆故吾

2

自序

夫子不云乎未有好德如好色
者也
先聖一言可垂爲世鑑斷可見
矣追悔其所犯乃尋思知者當
忍且皆知而故犯樂此不疲雖
羅子身儻戮亦所甘爲彼不

3

自序

知當有身後禍孽之報復尤
甚于身受豈不痛哉每見慾
情戀色視如常錘諫而不悟
輒爲之忿懣無以救世之利劑
外太上感應篇孜傳録以及戒
淫等文廣爲施送竊恐比訛

4

自序

老生常談談者自談聽者不窮
目何不但無益反恐汚褻字
紙因特仿借一事謬撰由於
客館公餘之暇酒闌人靜之時
自劇青燈勒爲論録非是敢
自己未及至癸亥冬寒暑屢

三

5

而含蓄淵深緒更繁冗而不失錯亂行文變幻無非邀勸婆心隨筆波瀾不類尋常詭道或勢遷而盛或事迫而衰大約極盛則衰衰極復盛以天運之循環搆精思之簡鍊尤非摛句尋章牽蘿補屋者比至於此書之大

6

旨是爲懲淫誡色而設特其緒餘耳其平時詩賦古文詞尤爲沉著先生吳門人也幼而生於佳山秀水之區長而游於燕北海東之地山川鬱積江漢淬瀁天下之奇觀宇內之勝蹟畢載於胸臆間矣噫豈偶然也哉謹

7

序

嘉慶甲子桃月燕北張地鵬雲亭拜手

8

自序

或問崖世間營營碌碌旦晚不憚煩勞而了無休息者爲何鄭曰總不離酒色財氣四者耳然而四者又孰重曰尤重於色何以知之曰余慕游而歷覽

1

子曰之初未敢以小說輕之也後之
好事者每每俗事誣毁前人干瀆閨
閣甚而已淫褻之詞污穢筆墨遂致
大傷風化不齒於人此亦稗官野史
之一劫也夫鵷生也晚自兆甫就塾
師傅教誡綦嚴講經而外未有閱書

入目繼而隨 先嗣父之溫泉任附
書院課暇隙時得聞於同硯諸人談
論始悉其源嗣 先嗣父卒於任尚
有身後之私未了逗留苦次即有寅
僚舊好弔唁于茲僮僕星 不得不
躬為款接時聞有議論瑤華使一書

座中有譽之者聞亦有訾之者鵷雖
聞之有素亦未嘗考其何許人所作
壬戌寓江右高善堂來泉接篆偕
有提刀人至詢之為丁姓及晉謁之
不禁喜躍
先生非他乃 先君平日最稱契好

之密友也鵷猶憶垂髫時曾經識面
聆其高談深論娓娓如答惟蒼顏白
髮非復曩時意態矣言次提及瑤華
使即欣然檢閱細爲披卷研讀其間
文情濃洽奇異時生事出閨閣實勝
鬚眉開合迴環妙悉性理言雖淺近

稗官野史之作原備採擇以補正史
之闕文如陳壽三國志之不能徵信
於世後已演義補其不足正其統紀
者是也迨至史耐菴之水滸傳邱長
生之西游記已及王鳳洲之金瓶梅
次第行世遂稱四大奇書無不已才

1

縷著作宏富香艷照眼
矣所謂瑤華傳一書余於庚
申夏日在溫陵傳舍僅見
一斑最寄懷三山後向余購
索始携來得窺全豹既

2

已獨出心裁不落尋常科
套且自始至終雖頭緒甚
繁而其間情文相生迴環照
應竟能一氣呵成恍若天
衣無縫深佩學術尤有

3

豐也因援筆而為之序
嘉慶乙丑上元武林鴻瀚草
村澧題

4

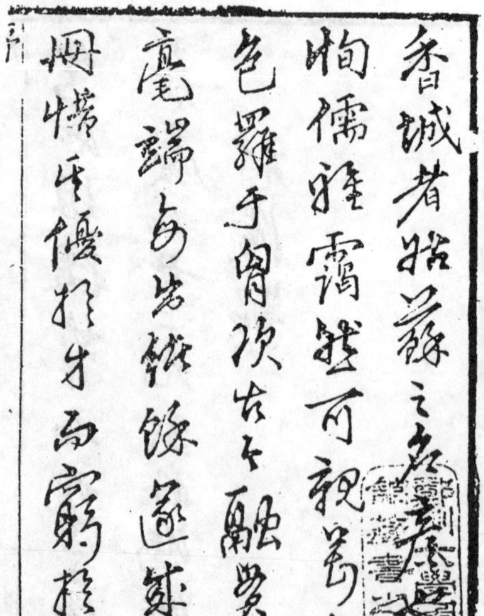
序
香城者姑蘇之名
恂儒雅靄然可親其象
色羅于胸次古今融貫于
毫端每出緒餘遂成卷
帙惜乎傲於才而窮於遇
1

繡像瑤華傳
濤音書屋藏板

校註 : 최길용

전주대학교 국어국문학과 겸임교수
논문 : 「명주보월빙 연작소설 연구」, 「연작형 고소설 연구」 외 다수
저서 : 「조선조 연작소설 연구」, 「한자와 한문」
역서 : 「신재집」

이재홍

선문대학교 중어중국학과 강사
논문 : 「『세설신어』의 내용과 언어 특성 연구」
역서 : 『훈세평화』(공역)

김 영

선문대학교 중어중국학과 강사
논문 : 「荊釵記 연구」
교주서 : 『손방연의』, 『평산닝연』, 『古文眞寶諺解』

조선시대 번역고소설 총서 ⑫

요화전(瑤華傳)

2004년 1월 5일 첫판 찍음
2004년 1월 7일 첫판 펴냄

교주자 : 최길용·이재홍·김영
발행인 : 송미옥
발행처 : 이회문화사

주 소 : 130-030 서울시 동대문구 답십리동 488-338 부영BD 503호
전 화 : (02) 2244-7912~3
팩 스 : (02) 2244-7914
E-mail : ih7912@chollian.net

등 록 : 제6-0532(1992. 5. 2)
ISBN : 89-8107-412-7 94820
89-8107-400-3 (세트)

정가 50,000원

이 저서는 2002년도 한국학술진흥재단(기초학문육성지원사업)의
지원에 의하여 연구되었음. (KRF-2002-071-AS3511)